中国中古文学史

上

顾农 著

凤凰出版社

图书在版编目（CIP）数据

中国中古文学史 / 顾农著. -- 南京 : 凤凰出版社,
2022.1
ISBN 978-7-5506-3585-2

Ⅰ. ①中… Ⅱ. ①顾… Ⅲ. ①中国文学－古代文学史－文学史研究－汉代②中国文学－古代文学史－文学史研究－魏晋南北朝时代 Ⅳ. ①I209.34

中国版本图书馆CIP数据核字(2021)第254789号

书　　名	中国中古文学史
著　　者	顾　农
责任编辑	孙　州
特约编辑	张　沫
装帧设计	陈贵子
出版发行	凤凰出版社(原江苏古籍出版社) 发行部电话025-83223462
出版社地址	江苏省南京市中央路165号,邮编:210009
照　　排	凤凰零距离数字印前中心
印　　刷	江苏凤凰通达印刷有限公司 江苏省南京市六合区冶山镇,邮编:211523
开　　本	718毫米×1005毫米　1/16
印　　张	81
字　　数	1369千字
版　　次	2022年1月第1版
印　　次	2022年1月第1次印刷
标准书号	ISBN 978-7-5506-3585-2
定　　价	598.00元(全二册)

(本书凡印装错误可向承印厂调换,电话:025-57572508)

目　录

导 言

本书观察的对象是汉末三国两晋南北朝至隋这一历史阶段的作家作品，也包括文学发展中的种种迹象、掌故、趋势和规律。

这一段文学时期从东汉末年的董卓之乱(189)起，到隋王朝灭亡(618)为止，前后约有四百三十年。这里的前一半，中枢政权经历了东汉—曹魏—西晋—东晋—刘宋四次更迭，除了西晋—东晋是同一王朝由掌握全局到偏安于一隅之外，其他三次更迭都是权臣取代皇帝，这样的夺权换代，当时都称为“禅让”[①]。与曹魏政权并列的有蜀汉和孙吴，与东晋并列的是北方的五胡十六国。后一半则继续了南北对峙的大格局，而南北两边都发生了很大变化——南方政权经历了宋、齐、梁、陈四个半壁河山的王朝；北方先是拓跋鲜卑建立的北魏削平群雄，合为一个北方政权同南方的刘宋对峙，然后又经历了再次的分裂，形成东魏—北齐与西魏—北周的互相对立，并继续与南方政权并存。这是一轮新的“三国演义”。最后在隋文帝杨坚手上才完成了中国的统一，而他的儿子隋炀帝杨广又把政权给弄丢了，接下来的乃是光芒万丈的大唐王朝。

中古时代这四百多年政局之纷纭复杂可以说是空前绝后的，这样的局面自然不能不对文学产生深刻而巨大的影响。

就其中枢而言，通过“禅让”新上台的皇帝必然是在前朝之末已经逐步掌握了很大的权力特别是兵权的政要，但他仍有必要作出若干复杂的准备，然后才能实现改朝换代。在新旧交替之前总有或长或短的一段时间，存在两个中心——以旧王朝最后一两个皇帝为象征的旧中心和行将取代旧朝、自己上

---

① 曹丕在代汉自立升坛礼毕之时，失口道出一句名言：“舜、禹之事，吾知之矣！”(《三国志·魏书·文帝纪》注引《魏氏春秋》)

台之权臣为首的新中心——的并列，于是士大夫和文人就存在着一个如何站边或持何种倾向的问题，他们必须深刻地思考怎样对待各种变化，煞费苦心地处理公和私的种种关系。其中态度始终明朗、行动相当得力的文人固然多有，而在另外一些文人那里，矛盾、彷徨、痛苦乃至人头落地的情形亦是不可避免的。魏晋南北朝时期文人死于非命的颇不少见，其比例之高令人惊心动魄。

长期的苦难和挣扎孕育出这一段大放异彩的文学。文学的创造力历来多产生于艰难困苦之中，痛苦使人思虑转深，情绪激动，唯有长歌可以当哭，这也就是古人常说的"诗穷而后工"了。

一

文学史上的建安时代，一般来说包括从东汉末年的中平六年(189)到曹魏景初三年(239)。用"建安"二字来命名这一时段的文学，无非是因为建安年间(196～220)及其前后出现了大批作家，文学创作空前繁荣。用年号来指称文学史上的某一时段有它方便的地方，也是一个传统悠久的老办法，不过一般来说这一时段总要比该年号所包括的岁月多少长一点。文学史上的建安作家甚多，其中老一代的人物在建安元年(196)之前已经开始了他们的文学活动，而晚一代的人物如曹植等则又在此后的曹魏初年活动了相当一段时间；这一阶段的文学同汉末董卓作乱到曹魏前期即文帝曹丕、明帝曹叡在位期间的政治社会状况关系非常密切。文学史上的建安时代约有五十年，比作为年号的"建安"长一倍。

建安八年(203)，曹操在《修学令》中称"丧乱以来，十有五年"，他正是从中平末年算起的；青龙年间(233～236)太子舍人张茂说："自衰乱以来，四五十载，马不舍鞍，士不释甲，每一交战，血流丹野，创痍号痛之声，于今未已。"(《三国志·魏书·明帝纪》注引《魏略》)他所说的"四五十载"，正大体相当于文学史上的建安时期。

东汉晚期政局非常糟糕。先是外戚和宦官的专权大伤了王朝的元气，稍后爆发的黄巾起义更给这个腐朽的政权以沉重的打击，中枢无力，军阀并起；而到中平六年(189)四月汉灵帝死，年仅十七的太子刘辩即位，外戚掌权，头脑发热的大将军何进谋诛宦官，召猛将董卓进京，引狼入室，把中央完全搞乱了。地方实力派讨伐董卓和接下来的混战，把国家拖进了多年的内战深渊。

建安元年(196)以后,首都迁到许昌,汉献帝总算被曹操安顿下来并充当了傀儡,成为东汉王朝的一个象征,原先力量不算很强的大英雄曹操从此崛起,逐步控制中枢。形势稍见起色,士人看到了希望,但战争仍然连续不断地打了几十年,灾荒和瘟疫也肆虐了多年,社会动乱,民生凋敝,人口锐减,风衰俗怨。

在这一空前痛苦的时代里也有着正面的东西,这就是在士人中普遍形成了外争功业、内求自由的精英意识,形成了强调个性、远离平庸的超越精神,文学的面貌也发生了很大的变化,在深重的苦难中掀起了一个空前的高潮。

如果不计个体的差异而只就其大的趋向而言,这一阶段的文学概貌恰如后来刘勰总结那样:

> 自献帝播迁,文学蓬转,建安之末,区宇方辑。魏武以相王之尊,雅爱诗章;文帝以副君之重,妙善辞赋;陈思以公子之豪,下笔琳琅。并体貌英逸,故俊才云蒸。仲宣委质于汉南,孔璋归命于河北,伟长从宦于青土,公幹徇质于海隅,德琏综其斐然之思,元瑜展其翩翩之乐;文蔚休伯之俦,子叔德祖之侣,傲雅觞豆之前,雍容衽席之上,洒笔以成酣歌,和墨以借谈笑。观其时文,雅好慷慨,良由世积乱离,风衰俗怨,并志深而笔长,故梗概而多气也。(《文心雕龙·时序》)

这里简要地提到当时作为文坛领军人物的三曹(曹操、曹丕、曹植)和围绕在他们身边的王粲(仲宣)、陈琳(孔璋)、徐幹(伟长)、刘桢(公幹)、应玚(德琏)、阮瑀(元瑜)、路粹(文蔚)、繁钦(休伯)、邯郸淳(子叔)、杨修(德祖)等一批作家,概括出他们共同的风格:慷慨多气,志深笔长,深刻地反映了那个痛苦的时代,并指出这种风格的形成与那个特定时代的联系。

这时还出现了一位伟大的女作家蔡琰,她水平极高,只因为是个女人,刘勰没有提到她。中国古代女作家尚有若干,而甚少女性理论家、批评家,这是很吃亏的;如果出几个女性文学批评家,情况就应当很不同。

刘勰列出的王、陈、徐、刘、应、阮六位,再加上一个年辈较高、名气很大的孔融,先前曾被曹丕称为“建安七子”,且孔融被列为第一人,其实孔融的情况很不同,曹丕开出这样一份名单另有其政治上的深意;所以刘勰不予理会,另开上述的十人名单。这是大有道理的——这些人如今一般被称为“邺下文人集团”,乃是建安文学的主力部队。

在建安时代,自西汉以来一直流行不衰、用以“润色鸿业”的散体大赋是衰歇了,抒情言志的小赋逐渐占据了主导地位;文人五言诗已经完全成熟,乐府诗的创作非常繁荣，日益与五言诗合流，文辞则渐渐走向华丽——诗歌由配乐演唱到无音乐配合的吟唱朗诵，是一个很大的变化，并成为后来的主流。这一时期的散文创作取得了很大的成就，其清峻通脱的文风影响极其深远，一直到辛亥以至于五四以后仍然大行其道，其中最著名的代表就是章太炎和他早年的弟子鲁迅。

关于建安诗歌，刘勰有这样的归纳："暨建安之初，五言腾踊。文帝、陈思，纵辔以骋节；王、徐、应、刘，望路而争驱。并怜风月，狎池苑，述恩荣，叙酣宴。慷慨以任气，磊落以使才；造怀指事，不求纤密之巧；驱辞逐貌，唯取昭晰之能：此其所同也。"（《文心雕龙·明诗》）这里谈到邺下文人集团诸公在相对安定的环境中也创作了一批并不直接反映社会动乱的诗篇，而这些作品仍然带有"慷慨"的品格，具有强烈的抒情性，而文辞则以简洁明晰见长。这样两个方面如果用一个术语来表达，那就是"风骨"——"慷慨以任气"就是"风"，"唯取昭晰之能"则是"骨"。

建安风骨在诗歌史上产生过极其深远的影响。后来每到诗风萎靡的时候，总有人请出建安时代的亡灵来指斥时弊，呼风唤雨，以求复归于刚健清新的正路。建安文学永远是中国文学史上的标杆和骄傲。

二

"正始"是三国曹魏后期的一个年号，前后虽只有十年不到（240～249）——到第十年的四月已改元为嘉平——在历史上却大为有名，每当谈到中古时代的思想史、文学史，常常会出现一个术语："正始之音"①，这个时期知识分子发出来的"音"与玄学及诗学的关系都非常之大。文学史上的正始时代固然首先包括这十年，又还要往下延伸，直到曹魏结束、西晋王朝正式建立（泰始元年〔265〕）的前夜。

正如前文所说，以某一年号标目的文学史时期总比该年号所包括的年头略长一点，"建安文学"是如此，"正始文学"也是如此。

曹魏正始年间（240～249）的皇帝曹芳（因为中途下台，没有庙号和谥号，

① "正始"一词早在三国时期以前很久就已经有了，见于《毛诗序》，但那并不是年号，而是"正其初始"（从一开始就把方向搞正确）的意思，由此而衍生的"正始之音"也就是指合于儒家传统之正宗的声音。这样的用法影响不大，也不是这里所要讨论的。

史称齐王芳)接下明帝之班的时候还是个小孩子,大权掌握在以大将军曹爽为首的宗室、官僚集团手中,另一派以司马懿为首的实力集团则实行韬晦之计,暗中准备发动政变夺权。建安时代是明争,正始时代则变为暗斗;明争使人慷慨奋发,而暗斗则容易引起疑虑和不安,退避的士人总会多一点。

在正始时期微妙险恶的政局夹缝里,思想界、文学界出现了两股互有联系的"正始之音"。

思想史上的"正始之音"指的是当时的玄学清谈。

那时的"名士"们一方面把自己的新思想写下来,一方面很讲究进行辩论式的谈话以阐述自己的思想并批评不同的意见,名士们书面表达和口头表达两手都很硬。按照东晋著名文学家、学者袁宏(彦伯)在《名士传》中提出的意见,正始有三大名士:何晏(平叔)、王弼(辅嗣)和夏侯玄(泰初)①。何晏是当时的高官,也是一位重要的思想家和诗人。在思想方面,他致力于带着自己的新思考来挖掘经典中蕴藏的义理,用作思想资料,以阐释经典的方式巧妙地建构自己的哲学思想、社会思想,从而开创了一个崭新的局面。何晏的基本哲学观点是:

> 天地万物皆以"无"为本,"无"也者,开物成务、无往不存者也。阴阳恃以化生,万物恃以成形,贤者恃以成德,不肖恃以免身,故"无"之为用,无爵而贵矣。(《晋书·王衍传》)

这样的概括里也包括了王弼的意见。何、王的观点原是基本一致的,而王弼尤为简明深刻,具有更严整的体系。《世说新语·文学》有两段记载说:

> 何晏为吏部尚书,有位望,时谈客盈坐。王弼未弱冠,往见之,晏闻弼名,因条向者胜理语弼曰:"此理仆以为极,可得复难不?"弼便作难,一坐人便以为屈。于是弼自为客主数番,皆一坐所不及。

> 何平叔注《老子》,始成,诣王辅嗣,见王《注》精奇,乃神伏曰:"若斯人,可与论天人之际矣!"因以所注为《道》《德》二论。

王弼的思想比何晏更透彻、更圆融。他对老子《道德经》和《周易》作了深入的研究,既有对全书的注释,又有若干专题论文,通过这些论著他确立了

---

① 袁著《名士传》今已失传,这份名单见于《世说新语·文学》"袁彦伯作《名士传》成"条,为后人提供了重要的线索和指示。此外还有一个钟会(字士季,225~264),学术水平也相当高,只是人品甚差,后来又背叛了司马氏,袁宏没有将他列入正始名士的名单中。

“以无为本”的本体论哲学，一举推倒了过去那种烦琐沉闷而令人厌倦的汉儒经学体系，包括他们津津乐道的宇宙构成论之类，开辟了一个以本体论解释世界的思想史新时代。王弼英年早逝，何晏、夏侯玄二人则先后被司马氏杀掉，但后来晋朝的许多知识分子对这三位正始名士的理论贡献、清谈风采仍然十分仰慕；如果在现实生活中出现了类似的人物，便会称赞其人达到了正始名士的水平。如《世说新语·赏誉》载：

王敦为大将军，镇豫章。卫玠避乱，从洛投敦，相见欣然，谈话弥日。于时谢鲲为长史，敦谓鲲曰：“不意永嘉之中，复闻正始之音。阿平（王澄）若在，当复绝倒。”

后来《晋书·卫玠传》也有同样的记载。又《世说新语·文学》载：

殷中军（浩）为庾公（亮）长史，下都，王丞相（导）为之集，桓公（温）、王长史（濛）、王蓝田（述）、谢镇西（尚）并在。丞相自起解帐带麈尾，语殷曰：“身今日当与君共谈析理。”既共清言，遂达三更。丞相与殷共相往反，其余诸贤，略无所关。既彼我相尽，丞相乃叹曰：“向来语，乃竟未知理源所归，至于辞喻不相负。正始之音，正当尔耳！”

大将军王敦夸奖卫玠，丞相王导称赞殷浩，都标举“正始之音”来做比较，在他们心目中，正始的玄学清谈乃是一个标杆，能达到那样的水平就算是一流人物了。这种清谈的风气一直贯穿到东晋，直接促成了玄言诗的繁荣。

文学史上的“正始之音”指的是当时的创作，特别是诗歌。

在正始时期除了以何晏为首的一批名士之外，还有后来被称为“竹林七贤”的一批知识精英，其中阮籍、嵇康二人尤为突出，阮籍的五言《咏怀诗》八十余首和嵇康的四言诗在文学史上都具有很高的地位；此外何晏、应璩等人也颇有诗作。这样一些诗篇也曾被称为“正始之音”。

李善《上〈文选注〉表》有云：“楚国词人，御兰芬于绝代；汉朝才子，综鞶帨于遥年。虚玄流正始之音，气质驰建安之体……”这里将“正始之音”与“建安之体”并列，显然是指正始时期的文学创作而非玄学清谈，因为《文选》只录狭义的“文”，不收理论性的论著。

陈子昂《与东方左史虬〈修竹篇〉序》云：

东方公足下：文章道弊五百年矣。汉魏风骨，晋宋莫传，然而文献有可征者。仆尝暇时观齐、梁间诗，彩丽竞繁，而兴寄都绝，每以永叹。思古人，常恐逶迤颓靡，风雅不作，以耿耿也。一昨于解三处见明公《咏孤桐篇》，骨气端翔，音情顿挫，光英朗练，有金石声。遂用洗心饰视，发挥幽郁。不图正始之音复睹于兹，可使建安作者相视而笑。解君云："张茂先、何敬祖，东方生与其比肩。"仆亦以为知言也。故感叹雅制，作《修竹》诗一篇，当有知音以传示之。

陈子昂批评齐、梁诗风，标举"正始之音"，有着明显的现实针对性。他希望东方虬的《咏孤桐篇》和自己的《修竹》诗能在纠正"文章道弊"、提升咏物诗之素质方面起到积极的作用。关于这篇以书作序的著名文献，一般认为就是标举建安风骨以反对齐梁文风，其实这是一种误解。尽管陈子昂的一些用语，如"汉魏风骨""骨气端翔"之类，显然受到《文心雕龙》的影响，他攻击六朝颓靡绮丽的文风也与刘勰当年的议论方向大体一致，但着眼点其实并不一样。陈子昂最重视的是"兴寄"，他提倡在咏物之作中有寄托，反对南朝的为咏物而咏物，一味以形似和华彩见工。咏物诗在南朝的畸形兴盛是所谓"宫体"的产物，刘勰未及看到，当然也不可能预先作出什么抵制和批判；陈子昂要对付宫体的流毒，他所高度评价的东方虬的《咏孤桐篇》和他本人的《修竹》诗都是咏物而其中有所寄托的。为了替自己的理论和创作寻找历史依据，陈子昂一下子就看中了"正始之音"，那就是以阮籍《咏怀诗》为代表的传统，他要召唤历史上的这一部分亡灵来对抗眼前文坛上"兴寄都绝"的颓风，他这样做是完全合乎逻辑的。"兴寄"是正始诗坛的特色，陈子昂夸奖东方虬的大作为"正始之音复睹于兹"，就是欣赏他能够继承正始的传统，通过咏物来抒情寄意，这样就"可使建安作者相视而笑"了，他的意思是说正始、建安水平相近，而正始更高，所以他不说建安风骨而说"汉魏风骨"。他之所谓"汉魏风骨"固然不妨包括建安诗歌，而尤其要包括"正始之音"。

李善、陈子昂文章里分别给予崇高评价的"正始之音"是指正始时期阮籍等人的诗歌作品；他们或肯定其文学史地位，或认为可以作为当今创作的楷模。萧统《文选》录入阮籍的五言《咏怀诗》十七首，嵇康的《幽愤诗》、《赠秀才从军》五首、《杂诗》、《琴赋》，应璩《百一诗》以及何晏的《景福殿赋》，此外还选了正始时期创作的若干散文。在曹魏后期不过二十多年的时间里，正始的文人学士取得了异常丰富的成果，在思想史、文学史上大放异彩，这在历史上是很罕见的，而"正始文学"也因此得以确立。

三

西晋王朝的建立，较之曹氏代汉费了更大的力气。先前的汉献帝根本就没有做过什么事情，曹操的最高领导地位是在他直接领导下取得一系列军事行动的胜利之后获得的，他完全有条件取而代之，而他只当“周文王”，由儿子曹丕来实施改朝换代。曹魏代汉，虽有阻力，但不算很大。司马氏面临的情况就不同了，为了取代曹魏，须克服巨大的阻力，得做许多功课。

西晋王朝建立后，曾反复讨论所谓《晋书》限断问题，亦即决定晋王朝的开始应当从何时算起。当时的意见分为三派：一是正始(240～249)开元说，二是嘉平(249～254)起年说，三是以泰始(265～274)为断说①。从泰始为断这一意见按说很容易理解，因为从这时起才正式改朝换代，可是开始讨论这一问题时此说竟然没有出现，意见的分歧仅仅在于是从正始算起还是从嘉平算起。这是很值得玩味的。西晋的开国之君武帝司马炎自己没有费什么劲，靠的是先辈开创的基业。按，自魏明帝曹叡死，齐王芳上台，司马懿已成为顾命大臣之一，到正始十年(249)司马懿发动高平陵之变，彻底消灭以另一顾命大臣曹爽为首的政治集团，改元嘉平，从这时起，中枢大权已落入司马氏之手。无论是从正始开元还是从嘉平起年，都是要把晋王朝的开端放在司马懿这一代领导人手上，只是算法有宽严之不同而已。

从高平陵之变得手到西晋王朝正式建立，司马氏同反对派苦斗了十多年。其间皇帝换了好几个(齐王曹芳、高贵乡公曹髦、陈留王曹奂)，年号换得更多(正始、嘉平、正元、甘露、景元、咸熙)，政局反复震荡。新王朝的建立标志着两个政治中心并存的局面终于结束。此前蜀已被消灭，随着对吴战争的胜利(太康元年〔280〕)，全国重新统一，出现了空前大好的形势。可惜好景不长，只太平了二十年，永康元年(300)赵王司马伦发动宫廷政变，八王之乱开始，北方少数民族酋长乘机占据中原地盘并迅速扩张，西晋王朝则迅速由盛而衰。

---

① 《晋书·贾谧传》:“先是，朝廷议立《晋书》限断，中书监荀勖谓宜以魏正始起年，著作郎王瓒欲引嘉平以下朝臣尽入晋史，于时依违未有所决。惠帝立，更使议之，谧上议，请从泰始为断。于是事下三府，司徒王戎、司空张华、领军将军王衍、侍中乐广、黄门侍郎嵇绍、国子博士谢衡皆从谧议。骑都尉济北侯荀畯、侍中荀藩、黄门侍郎华混以为宜用正始开元。博士荀熙、刁协谓宜嘉平起年。谧重执奏戎、华之议，事遂施行。”

西晋文学以八王之乱爆发为界可分为前后两期，其前期可称为太康时期，实指晋武帝司马炎在位的全部以及惠帝司马衷在位的前半，用年号来说，则包括武帝的泰始（265～274）、咸宁（275～279）、太康（280～289）、太熙（290），以及惠帝的永熙（290）、永平（291）和元康（291～299）——总计三十四五年。

西晋前期使用时间比较长的年号有两个，一为太康，一为元康，这两段时局也比较稳定，若取某一年号来指称西晋前期文学，这二者当居其一，也曾经有人选用元康，例如沈约《宋书·谢灵运传论》称“降及元康，潘、陆特秀，律异班、贾，体变曹、王，缛旨星稠，繁文绮合”；近贤罗庸先生讲魏晋文学，第一讲为《建安文学与正始玄风》，第二讲就是《元康文学与过江名士》①——这样当然也未尝不可，但考虑到太康是西晋最盛之时，中国的重新统一就在此时，文学的最为繁荣也在此时，传统文学批评中标举最多的也是太康②，所以以“太康文学”来指称西晋前期的文学更为合适。

西晋文学的后期可称为永嘉时期，这一时期包括晋惠帝司马衷的永康（300）、永宁（301）、太安（302～303）、永安（304）、建武（304）、永兴（304～305）、光熙（306）、怀帝司马炽的永嘉（307～312）和愍帝司马业的建兴（313～316），总计十六七年。时间不长，而年号屡屡改换，甚至一年之内换好几次，这正是政局不稳甚至天下已乱的标志。

西晋文学的繁荣在前期。钟嵘《诗品·序》写道：

> 太康中，三张、二陆、两潘、一左，勃尔复兴，踵武前王，风流未沫，亦文章之中兴也。

他又标举“陆机为太康之英，安仁（潘岳）、景阳（张协）为辅”。《诗品·序》又道：

> 永嘉时，贵黄老，稍尚虚谈，于时篇什，理过其辞，淡乎寡味。

钟嵘正以太康与永嘉分指西晋文学的前后两期，高度评价其前期，而认为后

---

① 详见郑临川整理之《笳吹弦诵传薪录——闻一多、罗庸论中国古典文学》，上海古籍出版社 2002 年版，第 215～238 页。

② 宋人严羽《沧浪诗话·诗体》中甚至有“太康体”的提法，就此他解释说：“晋年号，左思、潘岳、三张、二陆诸公之诗。”明人许学夷《诗源辩体》卷五云：“以太康较魏末，则为中兴，以建安视太康，实为再变。知此，则永嘉以后可类推矣。”如此等等。

期诗坛已经陷入玄言诗的泥淖,不足观了。

早一点的刘勰,看法同钟嵘非常相近,《文心雕龙·明诗》云:"晋世群才,稍入轻绮,张、潘、左、陆,比肩诗衢。采缛于正始,力柔于建安,或析文以为妙,或流靡以自妍,此其大略也。江左篇制,溺乎玄风……"这里关于西晋未做进一步的分期,而所论实为其前期——作为正面人物提到的"张、潘、左、陆",正是钟嵘所说的"三张、二陆、两潘、一左",这些作家主要的活动年代都在西晋的前期,只有张亢活得比较长久——然后就急转直下地去谈东晋的玄言诗了。刘勰对他最不以为然的文学时段往往根本不提或仅仅一笔带过,以表示他最大的轻蔑。这乃是一种最有力度的"默杀"。

永嘉时期西晋王朝已经日薄西山,气息奄奄。其中永嘉(307～312)是西晋后期用得最长的一个年号,也是历史行将发生巨变的过渡时期。到这时候,谁都明白司马氏的政权在中原是呆不下去了,唯一可行的办法是将中枢安排到长江以南去。司马睿于永嘉元年(307)进驻建康(今江苏南京),代表了政局的未来,中原士人纷纷大举南迁,形成了一个"四海南奔"的可悲而壮观的景象①。这时候在前一阶段十分活跃的作家大部分已成古人,其中颇多死于八王之乱者,水平最高的潘岳和陆机这两位即分别死于赵王司马伦与成都王司马颖之手。西晋前期文学的繁荣完全被内乱打断了。

在西晋后期的这十几年中,不少文人为逃避苦难的现实而一味沉溺于玄谈,玄风大举侵入诗歌创作,"于时篇什,理过其辞,淡乎寡味"。永嘉玄言诗已大量亡佚,现在能见到的,以卢谌《赠刘琨》的一组(《文选》卷二十五)最为典型。在这种风气之中而能超出流俗、写出优秀作品的是刘琨和郭璞。其中刘琨年辈较长,他先前曾与潘岳、左思、陆机等人同在"二十四友"之列;郭璞则是新一代作家,他的许多作品已是进入东晋以后的收获。

四

东晋王朝有一百零几年(317～420),文学史的这个时段比建安、正始、西晋都要长,但成就却不如前三个阶段,给人印象深刻的大作家和著名作品比较少——当然,这时出现了一个陶渊明,他是整个中古时代最伟大的文学家,

① 李白诗有句云"四海南奔似永嘉"(《永王东巡歌》其二)。

有这一座高峰即足以弥补东晋文学这一大片“丘陵地”的缺憾而有余。

东晋时代，司马氏皇室虽然还算是高踞于一切臣民之上的最高权威，但这只是象征性的，事实上它必须紧紧依靠若干高级贵族世家，如王、庾、郗、桓、谢诸家来共同维持局面。其间王敦、桓温先后有问鼎之意，因为种种原因未能得手，而桓温之子桓玄是正式取代东晋上台称帝的，但他很快就失败了。其意义在于一方面沉重打击了东晋王朝，一方面给出身下层的军官刘裕一个重大的机遇；稍后他打败了桓玄，然后又苦心经营多年，终于建立了一个新的王朝——宋。

东晋皇室的软弱无力和世家大族轮番共同掌握政权，形成了中国历史上空前绝后的门阀政治，这一局面在思想文化方面的反映是基本上没有权威，多元并存，思想活跃，各得其所。玄学大盛，而儒、释、道也一道繁荣，儒家思想仍为正宗，名僧与名士并驾齐驱，道教在上层和下层都广泛传播。无论你主张什么，都没有行政力量来干预，只是产生了频繁而活跃的清谈式的辩论。

但是在这种格局下，文学创作却出现了式微之势；当然也不能说东晋除了陶渊明就全都不行，这里有意思的作家还是不少的，如郭璞、袁宏、王羲之、孙绰等等；但更多的士人似乎不愿意在文学上多花功夫，宁可去清谈，或著子书，或信笔写一点玄言诗。东晋的士人非常注意保持贵族精英的身段，采取超越世俗的态度，追求诗意自由的人生，写诗作文仅为余事。即如最杰出的名士兼高官谢安，文学修养极高，但他或在东山高卧，或发挥军政韬略，全都潇洒之至，却很少动笔写文章。在他看来，像曹植、阮籍、陆机那样的活法，大约都是无事忙，找罪受。陶渊明的作品在东晋算最多的，而在他自己，却只是“自娱”而已，并没有借此不朽的意思——他对不朽毫无兴趣，曾大声疾呼道：“应尽便须尽，无复独多虑！”（《形影神·神释》）这样的选择和取向也自有其道理，比起人生来，文学到底相当次要。

陶渊明晚年已入刘宋。晋宋易代进行得比较自然，对陶渊明虽有某种刺激，却不算很强。前人以“忠愤”论陶虽然并非毫无根据，但是实在太过分了。此后的谢混等人，只是东晋文学的余波。其他由晋入宋的诸家，放到后面去处理。

与东晋几乎同步的，是北方的五胡十六国，这里有成就的作家比较少，为行文的方便起见，姑列于西晋一章之末叙述。

五

中古后期指南北朝的二百年，读这一阶段的文学作品，给人印象最深刻的是南方作家们思想比较自由，文采大为焕发，充满了求新求变的进取精神，他们积极探索的成果对此后中国古典文学的发展作出了重大的贡献。北方则比较坚持传统思想，同时也善于学习新的东西，守正创新，贞刚有力。

如果分头来说，南朝可以分作三段，这就是刘宋、南齐至梁前期、梁大同(元年〔535〕)以后至陈。北朝从政局来说，固然可以分作北魏、西魏至北周和东魏至北齐三个部分，但文化文学方面的变化不算很大。结束南北对峙、统一了全国的隋，虽然为时不长，却极其重要，这是一个做总结的时代，一个继往开来的时代。其第二代元首杨广(隋炀帝)是一位优秀的作家，在中国古代的帝王中实为水平最高之一人。他在扬州的墓葬完整地保存至今。

刘宋王朝的建立基本结束了先前东晋门阀政治的格局，统治的基础大为扩大了，但新的皇室作为行伍出身的暴发户，其成员中多有毫无原则、争权夺利之徒，内部斗争十分激烈，时见人头落地。这时从事文学的大抵有三部分人：一是皇室成员中没有什么野心而醉心于文化者，躲进文学以避难，典型人物是主编了《世说新语》等书的临川王刘义庆；二是正在走向没落的老贵族，他们旧梦渐醒，于是也逃进文学，通向山水，典型人物如谢灵运；三是正在官场里奋斗的文人学士，如颜延年、鲍照等人。谢、颜、鲍合称“元嘉三大家”，旧时还有“元嘉体”的说法，其实元嘉时代的诗文并无统一的体制，总的特色也许可以说是声色大开、雅俗并陈，预示着一个文学新时代的到来。

江淹也是刘宋时代的大作家，但他年辈稍晚，其文学活动下延到齐梁，只是到那时他已经“才尽”了。萧齐文学一个最重要的中心在竟陵王萧子良的西邸，这里人才济济，其中的杰出人物被称为“八友”。这一批新锐文学家热衷于声律的研究，并用来改造和提升五言诗，这就产生了永明体。谢朓是当时写这种新体诗最优秀的诗人，而沈约则在一个相当长的时段里扮演文坛领袖的角色。江淹未能进入新潮，自然落伍了，但他的诗赋在文学史上仍然有其崇高的地位。时髦与否是一回事，水平高下又是一回事，二者往往不一定能够重合。

“竟陵八友”之一的萧衍后来成了梁王朝的开国皇帝，而且一当就是将近五十年之久。天下太平，文风昌盛。这时不仅创作非常繁荣，而且出现了理论批评的热潮，又有编纂总集的风气。刘勰的《文心雕龙》动手于齐，写定于梁；钟嵘《诗品》、萧统《文选》、徐陵《玉台新咏》都是梁代文坛的新收获。萧统是当朝太子，但他活不过父皇；接下来从中大通三年(531)起充当太子的萧纲大约知道自己接班尚远，便一头扎进文学，他和身边的文人提倡比永明体更新的诗体，进一步讲究诗歌的音乐美，各种新技巧的试验风起云涌，形成一个声势浩大的"宫体"(东宫体、太子体)运动。这一新潮文学运动从梁的大同以后直至于陈，始终轰轰烈烈，陈后主陈叔宝的小朝廷简直像是宫体诗人的沙龙，这样的政权显然是不能长久的。北方文坛也大受最能体现"新变"之宫体诗风的影响，一直到隋以至初唐，此风仍方兴未艾。

前人谈南朝文学往往多将齐、梁连称，如杜甫《戏为六绝句》诗中有"恐与齐梁作后尘"之句，从此"齐梁"就成了萎靡文风的一个代名词。其实杜甫是在写诗，话不必说得很精确，而且他还要考虑诗句的格律，所以体会这种言论不能死于句下。刘师培先生在讲课的时候，将自两汉以迄唐初的文学，分为六个时期：一、两汉，二、魏，三、晋宋，四、齐梁，五、梁陈，六、隋及初唐。并就五、六两个时期的划分有如下的具体说明：

> 梁武帝大同以前与齐同，大同以后与陈同，故可分隶两期。
>
> 初唐风格，与隋不异，故可合为一期。(详见《汉魏六朝专家文研究·绪论》)

可知他之所谓"齐梁"指齐与大同以前之梁，而"梁陈"则是大同以后之梁与陈。在大同元年(535)前不久的中大通三年(531)四月，三十一岁的太子萧统非正常死亡，稍后他的弟弟——二十九岁的萧纲被立为太子。这不仅是政治局面的大变化，也是文学风气大变化的转折点。先前萧统当太子时主导文坛风会，其文学见解的主旨略见于他的《文选·序》，他在近现代作家方面推崇形成于南齐永明年间(483～491)的"竟陵八友"，尤其是一直活动到萧梁天监年间(502～519)的沈约、任昉和此前不幸短命死矣的谢朓三人，而对前代文学的取舍，则大抵以思想比较正统("典")、文采相当华绮("丽")为旨归，眼光与议论同沈约比较靠近；因为对历代相传的名篇采取宽松的态度，《文选》显得比较多元、比较丰富。新任太子萧纲则反对以正统思想来指导和规范文学，提倡"放荡"而艳丽的文风，几年后他完全站稳了脚跟，在他主持下，一个大规模的"宫体"运动风靡了全国。这一派甚少宽容明朗的文学史见解，大抵只顾当下的新变。萧统是学者型的文学家，非常注意研究文学史，而个人创作成就不算高；萧纲则是才华横溢的作家，较少关心文学史问题。

六

就其在历史上的作用和对隋唐历史发展的影响而言，北朝比南朝更重要，但是北朝的文坛不如南方那样活跃，作家比较少；而且这里比较稳重，流行的是中原旧传统与南方新风气的嫁接，出现了温子昇、邢劭、魏收三位大才子。庾信由南而北，成了这里文坛的翘楚和骄傲，他内心深处的矛盾和痛苦凝聚为《拟咏怀》《哀江南赋》等名篇，形成了如杜甫所谓“暮年诗赋动江关”的文学景观。薛道衡则是北朝至隋最后一位大诗人，可惜他被杨广杀掉了。

北朝更值得称道的是散文的繁荣，郦道元《水经注》、杨衒之《洛阳伽蓝记》、颜之推《颜氏家训》这三部书，代表了中国古典散文的新高潮。

隋王朝的统一全国是中国政治史上的大事，也促成了南北文人的大会师，为此后唐代文学高潮的到来准备了条件。许多老一辈的文人经历了南朝、隋和初唐，代表人物如虞世南；老一辈的学者也是如此，代表人物有《文选》学的开山祖师曹宪。

唐代文学的研究一向是大热门，但如果不了解作为其先导的南北朝和隋，许多事情就无从领会，难明其妙。

北魏作家向南方学习，重点在于永明—天监年间的主流文学，这一股风气延续到东魏和北齐，他们可以说大抵是“齐梁”派。

西魏和北周没有接受多少前北魏的文人，文化比较落后，但自从庾信、王褒等一批在江陵的后期萧梁文人进入北方以后，这里也有了学习的榜样，创作走的是宫体路线，也可以说属于“梁陈”派一系；后来隋灭陈，大批陈王朝的文人进入新的政治体制，隋炀帝杨广醉心于陈的文化，“梁陈”派得到了更长足的发展，其流风余韵一直下达初唐。刘师培将初唐与隋划归一段的用意非常深刻，亡国之君隋炀帝和一代明主唐太宗尽管为政风格完全不同，而写起诗来皆为宫体，陈朝的宫体遗老在隋及初唐活跃了多时。

但是“齐梁”一派并未倒台，只是暂时退居于学术领域。隋及初唐有萧统的后辈和扬州学者曹宪等人研究《文选》，稍后因李善《文选》注的问世而“《文选》学”渐盛，到玄宗时又出现了五臣注。“《文选》学”的繁荣同盛唐诗歌高潮的到来大体同步。至此谢朓和庾信都得到很高的评价，“齐梁”派、“梁陈”派的精华得到了新的综合和发展。

“齐梁”—“梁陈”以及隋至初唐—盛唐，就是这一段文学史的正—反—合。

七

根据上述对于文学史分期的看法，本书分为六章，又以比较重要的作家为单位再分为若干节。但是这样就产生了一个老大难的问题，就是民间文学和那时流行的口头文学批评这两方面的内容，难以在这种以时期为经、作家为纬的框架里予以安排，而“弃置不复道”又是绝对不行的，于是特在最后安排了一章两节来对这些内容予以安置。这是一个不得已的办法。撰写文学史，内容固然是个大问题，而结构也令人大伤脑筋。幸而最后出场的往往是重要的，开会的时候总是大人物后到，戏剧名角也往往到压轴的一出才亲自出马。

无论在哪个朝代，民间歌谣总是存在，并且会对文人产生某种影响，必须强调的是，这种影响在中古时代特别明显。曹植、鲍照、休上人这些诗人注意向民歌学习是人们熟知的，孙绰、王献之等名士、高官曾经向南朝时大为流行的《子夜歌》学习，写自己的爱情诗，则注意的读者就少得多。尤其值得注意的是，大诗人陶渊明也曾注意吸收《子夜歌》等民歌的营养，他自己也会唱民歌，并且写进自己的诗里去了，其《蜡日》诗云：

风雪送余运，无妨时已和。梅柳夹门植，一条有佳花。我唱尔言得，酒中适何多！未能明多少，章山有奇歌。

“蜡日”是古代年终的一大节日，远近的乡亲们聚在一起祭祀万物，同时豪饮高歌，尽兴狂欢，正所谓“一国之人皆若狂”（详见《礼记·郊特牲》）。这个节日起源很早，后来渐渐不太流行，但在偏远的农村仍然照过不误。陶渊明在《蜡日》诗里说，这时虽然还有点风雪，但天气已经开始趋暖，门边的梅树已经开花。过节了，大家喝酒唱歌，互相欣赏，非常适意。本地民歌，大家当然很理解；而另有人唱起章山那边的山歌来，这就不大听得懂了（“未能明多少”）。“章山”是《山海经·中山经》里曾经提到过的山，据说这就是在庐山北面的障山，那里离陶渊明他们的住处应当有一段距离。

归隐后的陶渊明就生活在民众之中，参与他们的民俗活动，同他们一起欣赏民歌，他自己自然也会唱，所以这里才有“我唱尔言得”这样的诗句。

那时南方民歌里多有表现爱情的五言四句小诗，名目甚多，以《子夜歌》最为出名。这些短歌大抵用女子的口吻大唱她们的爱情和哀怨，影响很大。这样的民歌，陶渊明也听得很多，对那些女孩子非常怜爱同情，他的《拟古》九首其七写道：

日暮天无云，春风扇微和。佳人美清夜，达曙酣且歌。歌竟长叹息，持此感人多。皎皎云间月，灼灼叶中花。岂无一时好，不久当如何？

青春易逝，人生苦短，诗人陶渊明对此亦复感慨系之。此诗被选入《文选》（卷三十，杂拟上），又曾进入《玉台新咏》（卷三）。钟嵘在《诗品》中也曾特别提到此诗，指出这乃是陶诗的一个重要侧面——由此可知大家都非常关心陶渊明同民歌的联系。

爱情在陶渊明的诗里简直不去抒写，而另见于他的《闲情赋》，其中火爆的句子很多，特别是关于"十愿"的那一段，如火如荼，一往情深。鲁迅曾据此指出，此赋表明陶渊明有时其实很"摩登"，又说他这样写是取用了《子夜歌》的遗产：

又如被选家录取了《归去来辞》和《桃花源记》，被论客赞赏着"采菊东篱下，悠然见南山"的陶潜先生，在后人的心目中，实在飘逸得太久了，但在全集里，他却有时很摩登，"愿在丝而为履，附素足以周旋，悲行止之有节，空委弃于床前"。竟想摇身一变，化为"阿呀呀，我的爱人呀"的鞋子，虽说后来因为"止于礼义"，未能进攻到底，但那些胡思乱想的自白，究竟是大胆的。①

读者的读选本，自以为是由此得了古人文笔的精华的，殊不知却被选者缩小了眼界，即以《文选》为例罢，没有嵇康《家诫》，使读者只觉得他是一个愤世嫉俗，好像无端活得不快活的怪人；不收陶潜《闲情赋》，掩去了他也是一个既取《子夜歌》意，而又拒以圣道的迂士。②

这些都是前人未尝道及的深刻观察，一举打破了此前关于陶渊明陈陈相因的成见。

《子夜歌》中关于抓紧相爱、时不我待这一层意思表现得非常迫切而且坦

① 《且介亭杂文二集·"题未定"草（六至九）》，《鲁迅全集》第6卷，人民文学出版社1981年版，第422页。

② 《集外集·选本》，《鲁迅全集》第7卷，第137页。

诚,又往往涉及贴身的衣物,试从《乐府诗集》(卷四十四)中略举几例以见一斑:

年少当及时,蹉跎日就老。若不信侬语,但看霜下草。(《子夜歌》)

梅花落已尽,柳花随风散。叹我当春年,无人相要唤。(《子夜四时歌·春歌》)

绿揽迮题锦,双裙今复开。已许腰中带,谁共解罗衣?(《子夜歌》)

叠扇放床上,企想远风来。轻袖拂华妆,窈窕登高台。(《子夜四时歌·夏歌》)

民间天真无邪的姑娘,就敢于把话说得这么直截了当;陶渊明学了一点,士人们就不大肯接受了。萧统本来对陶渊明评价甚高,但被他的《闲情赋》吓到了,遂严肃地指出,这一篇乃是他的瑕疵,“无是可也”(《陶渊明集序》)。其实陶渊明并没有把大胆进行到底,他仍然讲究“止于礼义”,不料仍为萧统所不容。当然学民歌也不能完全跟着走,学一点,就得及时地加以“雅化”,在敏感的地方务必含蓄一点,这才是文人创作的坦途。陶渊明在他的诗里简直不去写什么爱情,大约正是他谨慎的表现。

关于中古民歌,除了提供一点概述之外,重点分析的是几首著名的作品,它们是:《孔雀东南飞》《西洲曲》《木兰辞》《敕勒歌》。同民歌比较靠近的是民间的谣谚,被记录下来的往往同政治有关,自当一道予以论述。

为中古文学写史,笔者不想写成现在已经很多了的教科书模样,尽管作为此书之准备材料的,有我多年来的一大批讲稿和授课提纲。内容不求面面俱到,有看法就多谈一点,其余则少谈或干脆不谈。此即老话之所谓“有话则长,无话则短,或者竟无”。文字不甚讲究整齐修饰。总之,说什么,怎么说,都比较自由放松,希望读起来不至于很吃力伤神。中古时代的文人本来就追求自由和放松,然则谈论这一时段的人和文,似乎也可以甚至应当如此吧。

第一章　建安慷慨

概当以慷，忧思难忘。何以解忧？唯有杜康。

——曹操《短歌行》

建安文学，革易前型，迁蜕之由，可得而说：两汉之世，户习七经，虽及子家，必缘经术；魏武治国，颇杂刑名，文体因之，渐趋清峻，一也。建武以还，士民秉礼，迨及建安，渐尚通倪，倪则侈陈哀乐，通则渐藻玄思，二也。献帝之初，诸方棋峙，乘时之士，颇慕纵横，骋词之风，肇端于此，三也。又汉之灵帝，颇好俳词（见杨赐《蔡邕传》），下习其风，益尚华靡，虽迄魏初，其风未革，四也。

——刘师培《中国中古文学史讲义》

一　孔融及祢衡

一

孔融(字文举,153～208)是建安时代年辈最高的作家之一,成名又非常之早,所以常常流露出倚老卖老的意思。汉建安九年(204)他写信给曹操(155～220),希望曹公采取行动援救江南著名人士盛宪(字孝章),开头便道:“岁月不居,时节如流,五十之年,忽焉已至,公为始满,融又过二。海内知识,零落殆尽,唯会稽盛孝章尚存。其人困于孙氏,妻孥湮没,单孑独立,孤危愁苦。若使忧能伤人,此子不得复永年矣……”有求于人而措辞竟然如此老气横秋,很能反映孔融的性格和风格。

建安时代许多作家都是依附于曹操的,所谓“建安七子”中有六位全是曹操的幕僚或者说直接的部下;而孔融不是,他虽然是由曹操请到许都来的,但一直是朝廷的命官,同曹操可以说是同僚,而且最后被曹操杀了。可是曹丕却将他列为“建安七子”之首。后来有不少人反对曹丕这一提法,主张将孔融逐出“七子”,换上别人:明朝人杨德周辑印《汇刻建安七子集》时,即剔出孔融,另加曹植以凑足七人之数;胡应麟(《诗薮》外编卷一《周汉》)则主张去掉孔融和阮瑀,加入曹丕和曹植。“七子”的提法早已约定俗成,多年后提出换人,很难生效。可行的办法是指出孔融在“七子”中的特殊性以引起注意,例如鲁迅先生曾说过,“七子之中,特别的是孔融,他专喜和曹操捣乱。曹丕《典论》里有论孔融的,因此他也被拉进‘建安七子’一块儿去,其实不对,很两样的”①。

孔融是孔子的二十世孙,早年因为会见河南尹李膺(一说太尉李固)时应

---

① 《而已集·魏晋风度及文章与药及酒之关系》,《鲁迅全集》第3卷,第505页。

对从容机敏而得到名流的赏识，稍后又因救助遭到宦官追杀的著名的党人张俭而声名鹊起。后辟司徒杨赐府，又因为指斥宦官亲族获得了更大的名声，一举成为“天下莫不属目”的“英雄特杰”（《后汉书·孔融传》李贤注引《融家传》）。他一贯依靠聪明而大胆的议论来干预政治，博取名声，大抵属于明星派书生从政的那种类型。初平元年（190）孔融出任北海相，走上了镇压黄巾起义的第一线，“到郡，收合士民，起兵讲武”，可是一开始就大败亏输，“收散兵保朱虚县”（《后汉书》本传）。稍稍站稳以后，立刻忙于办学校，显儒术，“举贤贡士，表显耆儒，以彭璆为方正，邴原为有道，王修为孝廉。告高密县为郑玄特立乡，名曰‘郑公乡’。又国人无后及四方游士有死亡，皆为棺木而殡葬之。使甄子然、临孝存配食县社，其礼贤如此”（袁宏《后汉纪》卷三十）。凡此种种，都典型地表现出他的风格。

作为作家，孔融以散文见长。在北海相任上他写过几份文告，婉约朴茂，是很好的小品文，在散文史上有打破陈规的革新意义；但是如果从务实的角度看，在那样一个烽火连天的时代弄这等偃武修文的小玩意，其实颇近于可笑。试看他的《告昌安县教》：“邑人高幼自言辟得井中鼎。夫鼎久潜于井，德之休明，虽小重也，黄耳金铉，利贞之象。国遭凶荒，彝器出，或者明以饷人。”说祥瑞，谈《易》象，“谓鼎之出，或上帝明示人以养圣贤之意耶”①，言外不无自我标榜之意。孔融是孔子的后裔，其潜意识中似乎始终以圣贤自居。他的另外一些教令也隐隐然有这样的意思，那就不仅仅是书生气了。

孔融也颇有些政客作风。他的某些言行，大约是装出来给人看的，即如对于一代经学大师郑玄，他一方面多次下令表示尊重礼遇，另一方面却在私人通信中指责郑氏的经典注释“多臆说”（《与诸卿书》）。解释儒家经典他大约以为自己才是权威，但他在这一领域并不大写什么东西。孔融是以礼贤爱才著称的，但有一次却要把他表彰提拔过的“贤人”杀掉，并没有提出什么正当的理由；结果遭到邴原的严肃批评，弄得非常狼狈。孔融杀人往往比较随便，司马彪说过：“融在北海，自以智能优赡，溢才命世，当时豪俊皆不能及，亦自许大志。……然其所任用，好奇取异，皆轻剽之才。至于稽古之士，谬为恭敬，礼之虽备，不与论国事也。……但能张磔网罗，其自理甚疏。租税少稽，一朝杀五部督邮。奸民污吏，猾乱朝市，亦不能治。”（《三国志·魏书·崔琰

① 孙至诚《孔北海集评注》，商务印书馆1935年版，第90页。

传》注引《九州春秋》)作为一个政治活动家,孔融"不达治务,所在败绩"(葛洪《抱朴子》外篇卷二十一《清鉴》),他缺少实际的才干,一向未能有所树立,对于匡复汉室更没有涓埃之助。

曹操平定了北方,将汉献帝在许都安顿下来之后,征孔融为将作大匠,不久迁少府,他才从奔走逃亡的厄运中解脱出来,过了几年安稳的日子。开始时他对曹操相当感激,写过几首六言诗歌颂曹操;但不久就显示出反对派的色彩,曹操的许多政治措施在他看来都完全要不得。孔融曾经为朝廷推荐过不少人才,如郗虑、祢衡、谢该、赵岐、盛宪等等,大抵是儒家政客学者,其中的祢衡更是著名的反曹狂士。孔融时时幻想偃武修文,完全与时宜不合。孔融关于朝政的种种意见,例如建安二年(197)关于是否给马日磾加礼问题的议论,建安四年(199)关于是否恢复肉刑的议论,建安五年(200)写的《南阳王冯、东海王祗祭礼对》等等,都是从儒家政治伦理出发的庸常之论,虽然引经据典,头头是道,但对于解决当时的实际政治问题并没有多少帮助。至于建安二年他坚决反对曹操打击太尉杨彪,建安四年反对攻打袁绍,更是直接同曹操之政令对着干的。

对此曹操非常恼火,但为了稳住大局,为了争取豪族士大夫的支持,一直隐忍未发。早就有人建议杀孔融,曹操回答说:"当今天下土崩瓦解,雄豪并起……此上下相疑之秋也,虽以无嫌待之,犹惧未信,如有所除,则谁不自危?"(《三国志·魏书·武帝纪》注引《魏书》)这里表现了一位大政治家精明的计算,而同时也潜伏着可怕的杀机。

建安九年(204)以后曹操取得对于袁氏家族的彻底胜利,自领冀州牧;孔融的反曹斗争迅速升级,他不仅嘲笑曹氏家族的绯闻,而且非常及时地提出了《请准古王畿制》,要求限制曹操势力的膨胀;"操疑其所论建渐广,益惮之,然以融名重天下,外相容忍"(《后汉书·孔融传》)。建安十二年(207)孔融反对曹操征乌桓;建安十三年(208)他又反对曹操对南方用兵——曹操凡有所动作,孔融几乎无不反对。

孔融此时的政论大抵奇正杂出,表现出大名士的高傲。为了抵制曹操扩大直接统治地盘的企图,他大谈《周礼》,强调"千里寰内,不以封建诸侯"的古老传统;而反对禁酒的文章则完全以玩笑出之,虽然嬉笑怒骂皆成文章,很有可读性,但就当时的实际国情而言,他的言论实在一无可取,不过是些风凉话。鲁迅先生说:"其实曹操也是喝酒的。我们看他的'何以解忧?惟有杜康'的诗句,就可以知道。为什么他的行为会和议论矛盾呢?此无他,因曹操是个办事人,所以不得不这样做;孔融是旁观的人,所以容易说些自由话。"①旁观的人不能体谅办事的人,说些风凉话,还要一说再说,而且说得那么尖锐,那么深刻,这很容易让古代习惯于专权的政治家受不了,于是便大开杀戒。曹操上表要求禁酒,原因很简单,那就是"年饥兵兴"(《后汉书·孔融传》),收成不好,而战争不断,首先要保证军队的粮食供应。至于公开宣布禁令时讲些酒能亡国之类的大道理,不过是政治家常用的权术或曰策略,无足深责。

孔融被曹操杀掉是中国文学史乃至中国历史上很有名的一个事件。作家的作品和言论从来不可能对某一政权构成实质性的威胁,杀害作家总归不得人心,所以历来的同情都在孔融一边;现在看去也确实值得同情。但如果换一个角度来看,曹操之杀孔融乃是消灭某一持不同政见的反对派,与文学并没有什么大关系。曹操在公布孔融的罪证时,用了一些其他的借口,完全不提其人乃是一个令人头疼的异见分子,更不提杀此一人可以收到震慑一批反对派、稳定北方政局的意义,这就让人不容易看清楚了。

孔融是具有广泛社会影响的大名流,曹操要杀他很费了些心机,这时替他起草有关文件的是著名的刀笔吏路粹(? ~215)。此人也是当时知名的作家之一,《三国志·魏书·王粲传》(这实际上是一篇汉末三国时代的文苑传)在叙述过著名的"建安七子"以后,又道:"自颍川邯郸淳、繁钦、陈留路粹、沛国丁仪、丁廙、弘农杨修、河内荀纬等,亦有文采,而不在此七人之例。"当时他担任曹操手下的军谋祭酒,做文字秘书的工作②。路粹的刀笔现在能够看到的只有两篇,一是载于《后汉书·孔融传》中的《枉状奏孔融》;另一篇是同传中所录之曹操致孔融的一封信③,此信写于建安十二年(207)郗虑希旨打击孔

① 《而已集·魏晋风度及文章与药及酒之关系》,《鲁迅全集》第3卷,第505页。

② 《三国志·魏书·王粲传》裴注引《典略》云:"粹字文蔚,少学于蔡邕。初平中,随车驾至三辅。建安初,以高才与京兆严像擢拜尚书郎。……粹后为军谋祭酒,与陈琳、阮瑀等典记室。及孔融有过,太祖使粹为奏,承旨数致(孔)融罪……融诛之后,人睹粹所作,无不嘉其才而畏其笔也。"

③ 此信严可均辑入《全后汉文》卷九十四,指为路粹代曹操作,并有按语说:"《文选·任昉〈王文宪集序〉》注引路粹《为曹公与孔融书》云'邀一言之誉者,计有余矣',证知此文是路粹作。今此无'邀一言之誉者',范史有删节也。"既然曹操在处理孔融一案时将文字工作交给路粹来做,那么这封信由他代笔正在情理之中。

融之时[①]，其主要内容是乘势给孔融一个严厉的警告，行文非常讲究策略。其中大段的内容都是劝孔融与郗虑和好，学习古人“克让”之风，而不必“睚眦之怨必仇”；以下更有一段表面看去姿态甚高而骨里深含杀机的警句：“孤与文举（孔融）既非旧好，又于鸿豫（郗虑）亦无恩纪，然愿人之相美，不乐人之相伤，是以区区思协欢好。又知二君群小所构，孤为人臣，进不能风化海内，退不能建德和人，然抚养战士，杀身为国，破浮华交会之徒，计有余矣。”这里的文字大约已经过某种删节（例如《文选》李善注所引之“邀一言之誉者”即被删去，似可补于“破浮华交会之徒”一句之后），大体仍可理解，并且可以感到其中潜台词非常丰富。信中称自己与对方并无深交，无非是告诫孔融不要因为是老相识而肆无忌惮；又特别提到自己与郗虑“亦无恩纪”，则是表明郗虑奏免孔融之官一事与自己无关。这样的措辞让曹操显得高高在上，干干净净。以下的几句更进一步表达出息事宁人的一片好心。讲郗、孔的纷争乃是为群小所构，自己也有责任的几句最妙，表面上似乎是要承担所谓领导责任（“进不能风化海内，退不能建德和人”），而其实乃是为了进一步表明孔融之免官与己完全无干，并且透露出这样的信息：只要孔融不再捣乱，可以既往不咎，到此为止。最厉害的是最后一句：“破浮华交会之徒，计有余矣。”所谓“浮华”本指虚浮不实，王充《论衡·自纪篇》即以“浮华”与“虚伪”并提；到汉魏之际，“浮华”或“浮伪”成了一个专门术语，专指浮而不实、欺世盗名、伤风败俗的种种言行；“交会”则指拉帮结党。“浮华”与“交会”加在一起，用以指称反对现行体制而又声气相通的团伙。

东汉末年，“国命委于阉寺，士子羞与为伍，故匹夫抗愤，处士横议，遂乃激扬名声，互相题拂，品核公卿，裁量执政，婞直之风，于斯行矣”（《后汉书·党锢列传》），当时党人们互通声气，致力于提高知名度，扩大影响，由于他们当时斗争的矛头指向腐朽的宦官，所以很能得到人们的认可。汉末的党人在遭到朝廷镇压时往往“名愈盛，希之者唯恐不及涉其流者”（袁宏《后汉纪》卷二十二）。孔融青年时代深受此种风气的影响，曹操本人也与

---

① 按，《三国志·魏书·崔琰传》注引张璠《汉纪》云，孔融“天性气爽，颇推平生之意，狎侮太祖。太祖制酒禁，而融书嘲之曰……太祖外虽宽容，而内不能平。御史大夫郗虑知旨，以法免融官。岁余，拜太中大夫。虽家居失势，而宾客日满其门”。曹操下禁酒令及孔融大加嘲笑事约在建安十年（205），孔融被免去官职（少府）当在本年或建安十一年（206），拜太中大夫则在建安十二年（207）。如果这样的推测不误，则路粹替曹操代笔的这封信亦应写于建安十二年（207）。

这一派有很深的联系。但是到了建安初年，形势完全不同了。曹操挟天子以令诸侯，当务之急是要把北方的政局稳定下来，他就不能允许“匹夫抗愤，处士横议”的局面继续存在。过去的“浮华交会”矛头指向业已腐朽的东汉朝廷，而现在的“浮华交会”则是指向曹操本人了。鲁迅先生说过，“政治家最不喜欢人家反抗他的意见，最不喜欢人家要想，要开口”[①]，当然也就更不喜欢有一帮人“浮华交会”，干扰他的令行禁止，一呼百应。所以，当曹操平定了冀州以后，就于建安十年下令“整齐风俗”，破除朋党，加强对言论和结社的控制。而孔融却反其道而行之，仍然保持先前的“党人”作风，经常讽刺曹操，他被免去少府一职以后，仍然“宾客日满其门”，像个反对党领袖似的。在曹操眼里，孔融乃是一个典型的“浮华交会之徒”，也是曹氏专政的大敌，非要“破”掉他不可。路粹执笔的这封信把曹操的意图表达得十分准确、含蓄、到位，分寸感极好，不愧是一位高级的刀笔吏。

孔融问题的要害是他在政治上多次抵制曹操，反对禁酒之类乃是小事，他最遭嫉恨的是当曹操打算恢复古代九州建制的时候，孔融提出“宜准古王畿之制，千里寰内不以封建诸侯”(《后汉书》本传)——曹操当时为冀州牧，如果恢复古代的九州，冀州的地盘就可以大为扩大，而这一图谋被孔融顶住了；当时曹操手下的得力谋士荀彧也不赞成恢复古九州，曹操只好“寝九州议”(《三国志·魏书·荀彧传》)，而内心极为不快，他后来逼死荀彧与此当不无关系，要杀孔融大约也已在酝酿之中，只是时机尚未成熟而已。

袁宏《后汉纪》卷三十载：

> (建安十三年)秋七月，曹操征刘表……时中州略平，惟有吴、蜀，(孔)融曰：“文德以来之。”操闻之怒，以为怨诽浮华，乃令军谋祭酒路粹傅致其罪。

可知孔融问题进一步升级的关键在于他公开地直截了当地反对曹操南下攻荆州的重大决策，于是曹操下决心除掉他这个老牌反对派。路粹的《枉状奏孔融》正是在这样的背景下出台的。这份奏章乃是正式的公文，所以写法与私人书信不同，讲究的是简明扼要，条理清晰，措辞得体，且能立于不败之地。这份奏章中列举孔融五方面的罪状：反对皇室，欲规不轨；谤讪朝廷；不遵朝仪；非孝言论；与祢衡互相吹捧，拟于不伦。这五条的每一条分量都很

① 《集外集·文艺与政治的歧途》，《鲁迅全集》第7卷，第113页。

重，但曹操非杀孔融不可的真正原因，其实并没有提及。就专制时代的政治谋略而言，这是很微妙、很得体的。

这里前三条都是指出孔融已开罪于皇家，既然奏章是写给汉献帝看的，这三条在政治上就显得很正确。有非孝言论属于思想上违背了儒家的伦理准则，亦有死罪。路粹严正地指出：

> 又前与白衣祢衡跌荡放言，云："父之与子，当有何亲？论其本意，实为情欲发耳。子之与母，亦复奚为？譬如寄物瓶中，出则离矣。"既而与衡更相赞扬，衡谓融曰"仲尼不死"，融答曰"颜回复生"。大逆不道，宜极重诛。

这里所揭发的孔融的奇谈怪论，大约并非捏造，其他文献中也有类似的记载。东汉后期确有一股反传统的思潮，王充在《论衡》的《物势》《自然》等篇中已有生殖出于自然一类的议论，为孔氏导夫先路。孔融大胆的议论很多，有一点非孝的言论不足为奇。其实曹操本人也并不重视儒家的道德标准，他在后来的求贤令中就说过，关键在于要有真本领，孝不孝无所谓，例如建安二十二年(217)的《举贤勿拘品行令》说："今天下得无有至德之人放在民间，及果勇不顾，临敌力战；若文俗之吏，高才异质，或堪为将守；负污辱之名，见笑之行，或不仁不孝，而有治国用兵之术，其各举所知，勿有所遗。"这种反传统伦理道德的令文，影响比孔融私下的言论不知道要大多少倍。顾炎武曾经说过，"经术之治，节义之防，光武、明、章数世为之而不足；毁方败常之俗，孟德一人变之而有余"(《日知录》卷十三《两汉风俗》)。似此，则孔融有一点非孝的言论又有什么大不了的？路粹的奏章为什么要这样写？这里有两点可以注意：第一，当时崇儒和非儒两种思想并存，前者具有传统的力量，曹操在公开场合也讲崇儒；只有到了后来他的地位更加巩固的时候，这才公开发表其非儒的言论。何况主公能说的话，其他人未必能说。第二，即使是后来，曹操也只是说行动上的"不孝"无妨，并没有说可以散布非孝的言论。中国古代常常有这样的情形：事情可以做，但是不能说。为不孝之行，远远不及出不孝之言那样严重。孔融本来是一位孝子，史称他"年十三，丧父，哀悴过毁，扶而后起，州里归其孝"(《后汉书》本传)。但行为只是个人的事情，而言论却可以影响许多人。所以中国古代一向习惯于以言论治人之罪甚至是死罪——这种思路与现代的以事实为依据、以法律为准绳的法学观念可以说完全相反。言者无罪，谈何容易！

曹操杀孔融后，引起很大震动，“融有高才清名，世多哀之”，于是曹操下《宣示孔融罪状令》，其中着重揭发孔融有非孝的言论：

> 太中大夫孔融既伏其罪矣，然世人多采其虚名，少于核实。见融浮艳，好作变异，眩其诳诈，不复察其乱俗也。此州人说平原祢衡受传融论，以为父母与人无亲，譬若瓶器，寄盛其中，又言若遭饥馑，而父不肖，宁赡活余人。融违天反道，败伦乱理，虽肆市朝，犹恨其晚。更以此事列上，宣示诸军将校掾属，皆使闻见。（《三国志·魏书·崔琰传》注引《魏氏春秋》）

这里又追加材料，并继续用传统的道德为口实搞臭孔融，与路粹的奏章遥相呼应。不过这些仍然全是表面文章，“浮华交会”、反对曹操的政策才是问题的要害。公开的文件如奏章与令文，对此都避而不谈，一味高举传统伦理道德的大旗，这样才可以立于不败之地。

当时韦仲将评论路粹，有四个字的考语，曰“性颇忿鸷”（《三国志·魏书·王粲传》注引鱼豢《典略》），看路粹的文章，其人确实是非常阴毒的；不过他后来的结局也很不好①。

二

在政治上孔融完全失败了，他的贡献主要在文学，尤其是散文方面。

孔融写的诗并不多，“北海不长于诗”（胡应麟《诗薮》外编卷一），传诵最广的只有“坐上客恒满，尊中酒不空”两句。这两句对仗工稳，平仄和谐，很有点像近体诗中的一联。其次是著名的《离合作郡姓名字诗》，虽然不过是一种文字游戏，没有多少文学价值，但对后来颇有影响。孔融在创作上喜欢玩各种新花样，开了风气之先。

他的诗值得注意的是《六言诗三首》《杂诗二首》和《临终诗》。

《六言诗三首》见于《古文苑》，或疑为伪作，原因是其中有些歌颂曹操的句子，例如“梦想曹公归来”“曹公辅国无私”等等；但这很难说是充足的理由，

① 《三国志·魏书·王粲传》注引《典略》说，建安十九年（214）路粹转为秘书令以后，“从大军至汉中，坐违禁贱请驴伏法”。按，曹操大军征汉中张鲁在建安二十年（215），“贱请驴”的详情不得而知，大约是经济犯罪。

孔融反对曹操有一个发生发展的过程，并非从来如此。初平年间(190～193)孔融也曾有意与各地地方实力派合作，共讨董卓余部李傕、郭汜等贼臣乱子，迎奉献帝，未能成功；兴平元年(194)他与徐州牧陶谦谋迎天子还洛阳，又未能成功，至此孔融已感到"今日之事，百姓与能"(《三国志·蜀书·先主传》)，自己能力不够，所以他对曹操迎献帝于许，将朝廷安顿下来，又不忘故旧，征辟自己任将作大匠，是心怀感激的。《六言诗三首》当作于建安初，他这时歌颂曹操两句，于公于私，都在情理之中，完全可以理解。这三首诗回顾汉末动乱的由来和发展，平铺直叙，艺术上并不算成功，只有结末二句"虽得俸禄长饥，念我苦寒心悲"，说到自己初至许时的境况，感情色彩才浓厚一些，略有诗味。六言诗那时很少有人写，甚至不被承认为诗，只有少数趋时的作家才敢于采用这种形式。孔融在文学上不惮于革新，这一点很值得注意。

《杂诗二首》也曾被疑为伪作[①]，但根据《古文苑》《广文选》和《诗纪》，仍应视为孔融的作品。其作年不可考，从内容看，都是动乱年代的感慨。其中第一首是政治感慨，估计作于晚年：

> 岩岩钟山首，赫赫炎天路。高明曜云门，远景灼寒素。昂昂累世士，结根在所固。吕望老匹夫，苟为因世故。管仲小囚臣，独能建功祚。人生有何常，但恐年岁暮。幸托不肖躯，且当猛虎步。安能苦一身，与世同举厝。由不慎小节，庸夫笑我度。吕望尚不希，夷齐何足慕？

诗的开篇就提到钟山，很可能是赠给东吴有关人士并以言志之作。曹操杀孔融时提出的第一条罪状就是指出他与东吴使者谈话时"讪谤朝廷"，孔融的集子里又有他写给南方政要、名流张纮(169～229)的信，估计都与此有关。"昂昂累世士"见出豪门世族的口吻，接受这首诗的东吴士人当然也是世家出身，他们在这一方面有共同的语言。诗中最引人注目的是提到历史人物的那几句话，"太公灭殷，管仲尊周，先生取舍若此，知其怀忠于汉室也"(宋长白《柳亭诗话》卷十引李天生语)。在通常情况下，辅佐文王、武王的太公望历来

---

① 在《文选》李善注中多处引用此诗片断，皆作李陵诗，所以逯钦立编撰的《先秦汉魏晋南北朝诗》一书将《杂诗二首》均列入《汉诗》卷十二《李陵录别诗二十一首》之末。逯先生说："《古文苑》乃唐人所藏残书，宋时由一编次为九卷，且讹缺已甚，不可完全据信。"又说："苏、李诗今存者尚有二十一首也。……钦立曩写《汉诗别录》一文，曾就此组诗之题旨内容用语修辞等，证明其为后汉末年文士之作。依据《古今同姓名录》，后汉亦有李陵其人，固不止西京之少卿也。以少卿最为知名，故后人以此组诗附之耳。"

得到极高的评价，但孔融把现实的政治感情投射到他身上去，遂斥为“老匹夫”；诗的最后两句“吕望尚不希，夷齐何足慕”尤近于政治上的表态，他表明自己既不做革故鼎新的太公望，也不仰慕伯夷、叔齐那样不食周粟的隐遁遗老，那么剩下的路就只有充当现实政治生活中的反对派了，“然其胸怀高旷，睨傲一世之态，亦自可见”①。

《杂诗》其二主要抒写人生感慨：“远送新行客，岁暮乃来归。入门望爱子，妻妾向人悲。闻子不可见，日已潜光辉。孤坟在西北，常念君来迟。褰裳上墟丘，但见蒿与薇。白骨归黄泉，肌体乘尘飞。生时不识父，死后知我谁。孤魂游穷暮，飘飖安所依。人生图嗣息，尔死我念追。俯仰内伤心，不觉泪沾衣。人生自有命，但恨生日希。”在这首哀悼稚子夭折的诗里，时代的动乱作为背景并没有直接加以描写，但那苍茫的底色仍然分明可见。孔融写这首诗大约有一定的生活体验，史称建安元年(196)孔融为袁谭攻击，城陷出奔，妻、子为谭所掳，其事与本诗所述虽然不是一回事，而引起的感情可以相通。在动乱的年代，孤儿无依，稚子夭折是经常发生的事情，也屡见于歌咏，读来可以推见那个时代的风貌。

汉魏之际，人生感慨在诗歌中大量涌现，表现了那个时代对“人”的重视。中国传统文化所塑造的人格历来是所谓群体人格，一个人总是深刻地附着在某种群体结构之中，一般知识分子臣妾僮仆的意识很强，而他作为一个人独立的价值却很少得到重视和强调。汉魏之际天下大乱，王纲解纽，旧的统治思想对人的束缚大为放松，社会由超稳定一变而为不稳定，人的命运转瞬之间可能发生很大的变化，再加上战乱饥荒疫病不断，死亡枕藉，白骨遍野，人生如朝露的感慨不禁油然而生，这从反面促进了人性的觉醒。建安文学中生死、离别、爱情、妇女等题材的作品大批出现，形成了一股浩浩荡荡的新潮流，正是在这一背景下出现的；而孔融则是其中开创风气的先行者之一。

以五言诗来言政治之志，抒人生之情，“七子”中其他六人也是如此，形成了时代的主潮，孔融是站在这一潮流的前头的。从这个意义上来说，曹丕将孔融列为“七子”之首，自有其深刻的依据。如果我们抛开一时的政象不谈，只着眼于文学史发展的大局，应当承认曹丕《典论·论文》中那种批评家的眼光是非常锐利的。

孔融最有意味的诗当属《临终诗》，由此可见他死得十分镇静，也极其懊丧：

---

① 《游国恩中国文学史讲义》，天津古籍出版社2005年版，第238页。

言多令事败，语漏坐不密。河溃从蚁孔，山坏由猿穴。涓涓江汉流，天窗通冥室。谗邪害公正，浮云翳白日。靡辞无忠诚，华繁竟不实。人有两三心，安能合为一？三人成市虎，浸渍解胶漆。生存多所虑，长寝万事毕。

开头几句全是后悔和哀怨。据此以推，曹操及其部属列举他的各种罪状，如讪谤朝廷、违反孝道的言论等等，恐怕并非完全子虚乌有。死到临头，孔融后悔自己言多有失，没有好好保密；但以下的“谗邪害公正”“三人成市虎”等句，又回过头来不敢坦然承认自己那些言论，这与上文是互相矛盾的，当然也可以互补，可见他总有些死得冤枉的意思。这种心理状态是可以理解的，也颇值得玩味。最后两句讲以死为归宿、为休息，大有道家的气息，也可以说是一种精神胜利法。孔融知识分子式的软弱与动摇，同曹操那种政治家的果断狠毒形成鲜明的对比。这种对比在文学史上时时可以看到。前人评论《临终诗》往往有拔高的倾向，他们心目中总不免有一个曹操为汉贼而孔融乃是英雄的预设，于是就看出此诗“词理宏达，气骨苍然”（胡应麟《诗薮》外编卷一），其实颇不尽然。从这首诗看去，临刑前孔融的精神虽未全垮，但他平日的豪气、诙谐和居高临下的气势是大打折扣了。

孔融作为一个著名文学家的形象，主要是靠散文方面的成就树立起来的。东汉散文特别是以议论为主者，一般来说，冗长、散杂、平板、呆滞的居多，“体势漫弱”（《文心雕龙·诸子》），缺乏生气。孔融的贡献在于他率先突破了那种陈旧的文风，给古老的文体灌进了生气。孔融的文字简洁而充满抒情的色彩，不惮于标新立异，处处流露出个性，从而在文学史上开辟了一个新的时代。

孔融任北海相期间，下达过一系列教令，文辞简省而文意文情并有可观，尽管其中不乏沽名钓誉的杂念，单就文字而言，则确实可以说是“辞气温雅，可玩而诵”（《三国志·魏书·崔琰传》注引《九州春秋》）。例如《又教高密令》：“志士邓子然告困。焉得爱釜庾之间，以伤烈士之心？今与豆三斛，后乏复言。”简洁明快，充满温情。文章的奥妙完全在于“焉得……之心”一句，作为公文，不写这一句也是可以的，没有这一句，只是一般的教令，而加上这么一句，就有了散文味道。将文学元素导入实用性的公文，是建安时代文学自觉的一个重要侧面，影响至为深远。中国古代的杂文学传统，在散文中表现得最为分明。纯文学的观念，起来甚晚。

孔融的一些书信也颇见情致，如写给张纮的两封信：

闻大军西征，足下留镇。不有居者，谁守社稷？深固折冲，亦大勋也。无乃李广之气，循发益怒，乐一当单于，以尽余愤乎？南北并定，世将无事，孙叔投戈，绛、灌俎豆，亦在今日。但用离析，无缘会面，为愁叹耳。道直途清，相见岂复难哉？

前劳手笔，多篆书，每举篇见字，欣然独笑，如复睹其人也。

张纮为东吴孙氏手下的重要人物，《三国志·吴书·张纮传》云："建安四年，(孙)策遣纮奉章至许宫，留为侍御史。少府孔融等皆与亲善。曹公闻策薨……从其言，即表(孙)权为讨虏将军，领会稽太守。曹公欲令纮辅权内附，出纮为会稽东部都尉。"孔融的两封信当作于此后。信中对当前形势和政治前景的估计可说是大错特错，这时离开"道直途清"甚远甚远；但作者的态度则是十分真诚的。孔、张之间感情深厚，信中流露得恰到好处。

至于著名的《与曹公论盛孝章书》，则完全是用老朋友的口气写成的，居高临下，从容不迫，很能显出自己的身份和爱贤的深情。这封信比较长，一开头先从时序的变迁和彼此的年龄说起，亲切有味，由此很自然地引出盛孝章其人，并提出援救他的建议，顺流而下，容易接受。以下一大段评论"今之少年喜谤前辈"的不良风气，既为盛氏预占地步，也是提醒曹操，救助盛氏不仅可以挖掘和保护人才，还有转变风气的深刻意义。"市骏马之骨，非欲以骋道里，乃当以招绝足也"一句为全文之眼，要打动正在致力于延揽人才的曹操，这一句非常有力。孔融之所以要想办法救盛孝章，其实是因为他们早年曾经有过非常密切的关系。鲁迅辑本《会稽郡故书杂集》中有《会稽典录》，其中据《太平御览》《北堂书钞》辑得之遗文一则叙盛、孔交往云：

盛宪字孝章，初为台郎，常出游。逢一童子，容貌非常。宪怪而问之，是鲁国孔融。融时年十余岁。宪下车，执融手，载以归舍。与融谈，知其不凡，便结为兄弟。因升堂见亲，宪自为寿以贺母。母曰："何贺？"宪曰："母昔有宪，宪今有弟，家国所赖，是以贺耳。"融果以英才炜艳冠世。

可知孔融之所以积极援救盛氏，乃是因为他们曾结义为兄弟。但是孔融在写给曹操的信里绝口不提这些，显得完全是为曹操树立光辉形象来考虑问题似的。曹操得此信后采取措施，征盛孝章为都尉，可惜已经来不及了。

孔融散文的妙处在于，其短篇从容不局促，长篇则一气贯注而不松散干枯，都能寓老成练达于随便谈笑之中；对此后魏晋散文的发展并形成独特的风格，产生过极大的影响。一直到近现代，章太炎、鲁迅等作家仍然不断地从魏晋散文中吸收营养,取得了很好的效果。

等到孔融与曹操的矛盾日益激化以后,他散文的作风发生了比较大的变化,新的特色表现为意在言外的玩笑话大为增加,锋芒毕露,咄咄逼人,大有今之所谓杂文的味道。典型之作如《嘲曹公为子纳甄氏书》《嘲曹公讨乌桓书》等等。可惜传世者仅为残句,虽然是文中的警句,但因为失去了依托和陪衬,难以完全领会其原有的光彩。孔融那种以今例古、"杂以嘲戏"(曹丕《典论·论文》)的聪明手法,那种不软不硬、令人哭笑不得的锋芒,不仅在当时起到沉重打击对手的作用,对后来杂文、历史剧、历史小说的创作,也都产生了巨大的影响。这比一般的借古讽今显得更加尖刻,是打通古今的一大法门。鲁迅《故事新编》中那些所谓"油滑之处",很容易令人想起孔融这些书信的片断①。

孔融在议论性的散文当中颇喜欢历举史实以助成己说,其行文之妙在于能够一气呵成而毫无沉重板滞之感,其间又往往杂以嘲戏,更增添了活气。典型之作如《圣人优劣论》《汝颍优劣论》《报曹公书》等等,都用一股勃勃的生气、抗争的激情来带动那些史实,从而使文章厚重而不呆板,愤激而不轻浮。这方面最杰出的例子是两封《难曹公禁酒书》,前一封信列举酒之为德,近于玩笑,虽不合时宜而自有其可读性;后者借古讽今,归结为"将酒独急者,疑但惜谷耳,非以亡王为戒也",将曹操禁酒的原因一举揭破,是读来极其痛快的文字。这种嬉笑怒骂皆成文章的风采,在先前东汉那些思无二致的刻板文章中是根本看不到的。

总体来看,孔融散文的个性色彩非常强烈,无拘无束,放笔直干,往往带有抒情意味,又颇长于杂以嘲戏——这就开辟了新的散文传统。中国古典散文原来有两个悠久的传统,一是记载历史描写人物,一是高谈哲理议论政治。前者自《尚书》《左传》《战国策》《史记》以来篇章林立,但从《汉书》以下文史分家的趋势日益明显,史笔渐趋平实而缺少文采;后者自先秦诸子以下人才辈出,汉朝的几个散文大家如贾谊、晁错以至于王充、王符、崔实之徒,无不议论风发,但文学性也在不断下降。理论与文学的分途固然体现了历史的进步,但同时也使得文学散文面临着某种危机。这时孔融等人出来,将强烈的抒情性注入散文,这在中国散文史、文学史上具有重大的意义。散文从此可以不再借重于历史和理论而自强自立。刘勰称孔融"气盛于为笔"(《文心雕龙·才

---

① 参见顾农《关于〈故事新编〉的"信口开河"与"油滑之处"》,《鲁迅研究资料》第八辑,天津人民出版社1981年版。

略》),“气扬采飞”(《文心雕龙·章表》),所谓“气”也就是“风”——“情之含风,犹形之包气”(《文心雕龙·风骨》)——指抒情性以及由此产生的艺术感染力。从孔融等人开始,中国散文在叙事、议论之外,又多了一条以抒情见长的新路径。

所谓文学性,大体包括形象性和抒情性两个方面,中国古典散文自魏晋以下实以后者见长。孔融可算是这一新传统的开山大师。清末著名文学批评家刘熙载给予孔融极高的评价,指出“曹子建(植)、陈孔璋(琳)文为建安之杰,然尚非其伦比”(《艺概·文概》),用历史的长镜头来看,实非过誉之词。司马迁及其以前的史传散文以人物形象的描写见长,贾谊及其以前的诸子散文以其中寓言的形象勾勒取胜,二者当中理性都特别强,抒情意味一般来说不算浓厚,而且作品都是专著,单篇文章不多。孔融不写专著,专写单篇的散文小品,又专门以“气”亦即抒情性运作之,别开生面,影响极大。比他略晚一点的刘桢说过“孔氏卓卓,信含异气,笔墨之性,殆不可胜”(转引自《文心雕龙·风骨》)。同时代人的击节赞赏最能说明孔融新贡献之所在。

三

当时另有一位年轻的文学天才祢衡(字正平,173～198),与孔融一起“以气为主”来写文章。可惜他的文集早已亡佚,幸而其代表作《鹦鹉赋》尚存。王世贞《艺苑卮言》(卷三)将他与曹植并称为建安文学的一流人物:“正平、子建,直可称建安才子,其次文举,又其次公幹(刘桢)、仲宣(王粲)。”推崇可谓备至。

祢衡的家世不见于经传,甚至缺乏明确的记载①,大约相当微贱;但他凭借个人杰出的才华,少小知名,奖掖提携他的伯乐就是赫赫有名的孔融。祢衡的故乡平原郡般县(今山东临邑东北),与孔融任职的北海(今山东寿光)、青州(今属山东)相去不远;祢衡追随孔融,歌颂这位孔圣人的后裔是“仲尼不死”,而孔融则夸奖他为“颜回复生”②。这虽是官方宣布孔融罪状时揭示的材料,却并非全无根据,祢衡与孔融之间确有一种门徒与宗师的关系。孔融作为孔子的裔孙,自然是尊孔的,同时他又以思想解放、言论大胆著称;祢衡的作风与之相近,现在还可以看到他写的《鲁夫子碑》和《颜子碑》(《艺文类聚》

① 《世说新语·言语》“祢衡被魏武谪为鼓吏”条刘孝标注引《文士传》:“衡不知先所出。”
② 详见路粹《奏融状》,载《后汉书·孔融传》。

卷二十),正是颂扬孔子和颜回的,《颜子碑》中有句云:"在束脩之齿,入宣尼之室。德行迈于三千,仁风横于万国。见微知章,闻一觉十。用行舍藏,与圣合契。名为四友之冠,实尽疏附之益。尔乃安陋巷,挹清流,甘箪瓢以充饥,虽屡空而不忧。于时河不出图,周祚未讫,仲尼无舜禹之功,先生抱元凯之烈……"虽是称颂昔贤,大约也很有些身世之感寄寓于其中吧。

祢衡一方面尊孔崇儒,拥护传统,另一方面又大有狂士之风,他曾经写过一篇《吊张衡文》(《太平御览》卷五九六),照例当然先把张衡歌颂了一番,对张衡的未逢盛世表示同情和感慨,而结尾却写道:"余生虽后,身亦存游,士贵知己,君其勿忧!"尚友古人竟然大有居高临下之意。对于前代的大名流尚且如此,对于同时代的人物,除了少数几个他可以表示佩服或承认之外,余子碌碌,一概不在他的话下。祢衡少年气盛,恃才傲物,动辄骂人,言辞刻薄,不留余地,后来终于为此送了命。

祢衡的狂态同东汉末年那个时代有关。当东汉盛时,士人受儒家正统思想的约束甚严,大部分人比较忠厚老实,大抵以正人君子为人格范型,好古乐道,规行矩步,温良恭俭让;他们一心走修身齐家治国平天下的正途,认真读经书,希望出仕后当一个"循吏",既是朝廷的忠臣,又是百姓的良师。司马光说"自三代既亡,风化之美,未有若东汉之盛者也"(《资治通鉴·汉纪六十》),便是指此而言。但此时的道德标准过严而且僵硬,超我压抑本我过甚,结果也出了不少"伪士"。后来政局一天糟似一天,为了反对宦官的专权,"匹夫抗愤,处士横议"之风勃然兴起;而与此同时,儒家思想的凝聚力、号召力一天弱似一天,不少正统士大夫的虚伪行径日益引起人们的反感,于是一批年轻的知识分子遂一激而走向另一个极端,他们鄙视陈旧古板的道德标准,坦然表现本我,言行放荡,不加检束——就这个意义而言,汉末士风的激变不仅与当时的政局有密切的关系,也是对此前士风的一个反动,或者可以说是一种必然的补偿。这时他们当中有一些人大胆议论朝政,臧否人物,不事王侯,成了独立意识很强的在野评论家;另一些人则因为极度失望而不问世事,优游林下,自得其乐;还有些人则走向颓废和放肆,公开宣称"何不策高足,先据要路津?无为守穷贱,轗轲常苦辛"(《古诗十九首》其四),不加掩饰地表示希望升官发财,对于目前的处境大发牢骚[①]。总之,到东汉末年,一元化的君子人格

---

① 参见顾农《留在大城市还是回老家去?——从汉末古诗分析游子的奋斗、苦闷与抒情》,《文汇报》2019年3月22日《文汇学人》第8～10版。

范型已经被多元化的自我表现所取代。

《后汉书·逸民列传》说当时的“逸民”有种种不同的风采：“或隐居以求其志，或回避以全其道，或静己以镇其躁，或去危以图其安，或垢俗以动其概，或疵物以激其情。”如果说《刺世疾邪赋》的作者赵壹是“垢俗以动其概”的典型[①]，那么祢衡的特色即在于“疵物以激其情”——他是一个特别情绪化的狂放的青年才俊。

任何事情做过了头都可能导致虚伪。表面上不逾规矩的方正之士中固然暗藏了若干伪君子，而任情遂性的风流名士中很可能也不乏伪士。在祢衡自以为老子天下第一或第二的狂放中，显然也不无表演作秀的成分，并不完全出于本色——而他的特色恰恰便在于此。

祢衡的一生相当短促，他早年在山东，与孔融“作尔汝之交”（《世说新语·言语》“祢衡被魏武谪为鼓吏”条刘孝标注引《文士传》），互相吹捧；此后于兴平（194～195）间避难荆州；至建安初“来游许下”（《后汉书》本传），不久重去荆州，很快就横死在那里。

建安元年（196）曹操成功地将献帝迎至于许都，自领司隶校尉，录尚书事，稍后又自为司空，行车骑将军；一个以汉献帝为旗帜、由曹操掌实权的大有希望的中央政权在中原扎下了根，北方的政局朝着稳定、统一的方向发展。曹操一旦大权在手，首先抓的一件事便是“用贤任能”（《陈损益表》），广泛招揽人才，扩大统治基础。曹操登高一呼，各路人才纷纷涌向许下。正苦于走投无路的孔融即因曹操的举荐由朝廷征为将作大匠，对此孔融心存感激，除了写诗歌颂曹操以外，又利用自己的社会关系为朝廷招揽人才，推荐祢衡正是这时的事情，由他领衔的荐表略云：“窃见处士平原祢衡，年二十四，字正平，淑质贞亮，英才卓跞。初涉艺文，升堂睹奥，目所一见，辄诵于口，耳所暂闻，不忘于心。性与道合，思若有神。弘羊潜计，安世默识，以衡准之，诚不足怪。忠果正直，志怀霜雪。见善若惊，疾恶若仇。任座抗行，史鱼厉节，殆无以过也。”在荐表中孔融又预言：“使衡立朝，必有可观。飞辩骋辞，溢气坌涌。解疑释结，临敌有余。”最后他还表示，如果召来以后“无可观采，臣等受面欺之罪”云。祢衡到许下后，孔融又领他去见曹操，不料祢衡却出人意外地上演了一出裸体

① 《后汉书·文苑列传》有赵壹传，并引出其《刺世疾邪赋》，其中有云：“……于兹迄今，情伪万方，佞谄日炽，刚克消亡。舐痔结驷，正色徒行。”如此等等，深刻揭露了其时很糟的社会风气。此赋历来传诵。

而立、击鼓骂曹的闹剧，把事情完全给弄糟了，不得不很快离开许昌。

孔融的《荐祢衡表》不上给曹操而上给汉献帝，这一做法很值得玩味。一般来说，当时推荐人才的信件须写给曹操才管用，所以孔融推荐边让（字文礼，150？～193）的信是写给曹操的，要求救援盛宪（孝章）的信也是写给曹操的；大约是考虑到祢衡的特殊性（年纪既小，身份又低），在曹操那里不容易得到重视，于是才上表给献帝。其时曹操汲汲乎招揽的人才分两种，一是所谓"贤士大夫"，亦即出身名门或已在政治舞台上活动过一段时间、能给曹操立即带来具体利益的人物；一是确有本领的实用性人才。他们到来之后，曹操一般立刻给以官职，让他马上运转起来。而祢衡乃是一个年纪轻轻毫无凭借的布衣，除了有博闻强记、思若有神的才华以外，未见有任何实际从政的才干，这就很难给一个什么官职了。曹操三次下令求贤，"识拔奇才，不拘微贱"（《资治通鉴·魏纪一》）乃是后来的事情；建都于许之初，曹操迫切需要的乃是出身名门知名度高有实际才干的人。祢衡显然不符合这一标准。孔融是个明白人，他看清了这个形势，所以并不直接向曹操推荐，转而希望献帝能够破格录用这样一位不可多得的人才。而他还以为献帝有用人之权，则不免只知其一不知其二，到底还不是真明白。

《后汉书·文苑列传》记载这位少年狂士初到许都时的情状道：

> 建安初，来游许下。始达颍川，乃阴怀一刺，既而无所之适，至于刺字漫灭。是时许都新建，贤士大夫四方来集，或问衡曰："盍从陈文长、司马伯达乎？"对曰："吾焉能从屠沽儿耶！"又问："荀文若、赵稚长云何？"衡曰："文若可借面吊丧，稚长可使监厨请客。"唯善鲁国孔融及弘农杨修，常称曰："大儿孔文举，小儿杨德祖。余子碌碌，莫足数也。"

陈群（文长）、司马朗（伯达）两位乃是新来许都贤士大夫中的佼佼者；荀彧（文若）的地位尤高，曹操倚重为"吾之子房（张良）"，其时为侍中、守尚书令，"常居中持重"（《三国志·魏书》本传）；赵稚长为将军，亦非等闲之辈。这些人祢衡一个也看不上眼，他本人的年辈、资历、才干同其中任何一位相比都相去远甚，而他的评论如此刻薄狂妄，由此就不难推测，他要在这里站稳脚跟可能性是很小的。

祢衡在宴会上击鼓骂曹一事，起因固然在曹操对他不够尊重，他咽不下这口气；但大骂一通的做法实在与首都新建的气氛不合，与当时需要稳定和凝聚的大局不合，所以连一向性格高傲而且非常器重祢衡的孔融也认为他的做法很不妥，曾加以批评。可是不久以后，祢衡又跑到曹操驻地的大门口言辞激烈地臭骂了一通。

从表面看去，祢衡是一个很有个性的人，他竭力维护个人的人格尊严，在权贵面前毫无奴颜和媚骨，似乎很值得肯定和同情；但联系到他的目高于顶、随口批评当代名流的作风来看，人们便不能不怀疑他讲人格尊严只是假象，而故作狂放、哗众取宠才是本质。一个讲人格尊严的人，一定也会尊重别人的人格，陈、司马、荀、赵诸人并未开罪于他，往日无怨，近日无仇，他却那样不分青红皂白地横加笑骂，甚至不惜作恶劣的人身攻击①。祢衡本人出身微贱，看来他有很强烈的自卑感，而化解自卑情结的办法便是鼓其虚骄之气，故作狂放之态，骂倒一切，以争取引人注目和出人头地。在祢衡以后不久，有一个青州人叫隐蕃的，“大语有似东方朔，巧捷诡辩有似祢衡”，叛魏归吴，因为言论可观，有人誉为“有王佐之才”(《三国志・吴书・胡综传》)，但很快就垮了台。此人正是一个“祢衡第二”。这种人的言行虽然可以理解，甚至不妨予以适当的同情，但到底是不足为训的。

因为两番骂曹，祢衡很快走出许昌，到刘表那里去了②。《后汉书》本传记录他第二次到荆州后的言行道：“刘表及荆州士大夫先服其才名，甚宾礼之，文章言议，非衡不定。表尝与诸文人共草章奏，并极其才思。时衡出，还见之，开省未周，因毁以抵地。表怃然为骇。衡乃从求笔札，须臾立成，辞义可观，表大悦，益重之。”从这段材料中我们可以得到三点推论：其一，祢衡此次到荆州能得到刘表以及当地士大夫的礼遇，同他不久前在许昌大闹过一场、知名度大为提高很有关系。先前兴平中祢衡到荆州来时尚属无名小辈，上流社会根本没有人理他，现在情况不同了，虽然是被驱逐出境，看似倒霉，而知名度急剧提高，于是他从中受益。古今总是有些人为了出名而不择手段，别人从旁看去固然觉得可笑乃至可怜，而在当事者本人乃是自以为得计的，因为他达到了预期的目的。其二，唯其如此，祢衡的狂态绝没有也不会收敛。

---

① 《后汉书・祢衡传》李贤注引《典略》云：“衡见荀仪容但有貌耳，故可吊丧；赵有腹大，健啖肉，故可监厨也。”

② 《三国志・魏书・荀彧传》注引《祢衡传》说他是自己“知众不悦”主动离开的，而《后汉书》本传及《三国志・魏书・荀彧传》注引《文士传》说是被曹操驱逐出境，送到刘表那里去的。估计后一种可能比较大。或以为曹操此举意在借刀杀人，持论似乎稍苛，《资治通鉴》卷六十二《汉纪五十四》建安元年曾载此事，胡三省注云：“操怒衡而送于表，犹以表为宽和爱士，观其能容与否也。”此说较平实可取。

他故技重演，并继续获得成功。其三，到底因为不久前被驱逐过一次，他得到了经验教训，再也不乱骂地方当权派了；何况刘表出自高门，尊孔崇儒，比较容易得到祢衡的认可。对于刘表，祢衡不但不骂，还大加颂扬。但是不久以后他还是被刘表赶走了。此事《三国志·魏书·荀彧传》注引《傅子》已有记载，后来《资治通鉴》建安元年(196)说得更加清晰："表延礼以为上宾，衡称表之美盈口，而好讥贬其左右，于是左右形而谮之曰：'衡称将军之仁，西伯不过也，唯以为不能断，终不济者，必由此也。'其言实指表短，而非衡所言也。表由是怨，以江夏太守黄祖性急，送衡与之。"可见祢衡倒霉的根子仍在于狂，刘表左右的阴谋家挨了他的笑骂，便用巧妙而恶毒的诬陷迫使他在荆州不能存身。狂士遇到阴谋家也得栽跟头。刘表其人看上去是温厚儒雅的长者，而胸襟气度比起曹操来则要狭隘得多，正如胡三省注所说："表怒衡而送与(黄)祖，知祖性急，必不能容衡，是直欲置之死地耳。"借他人之刀以杀祢衡的，正是这个以宽和爱士著称的刘表。

祢衡在江夏太守那里不到一年，就死于他那性急的刀下。起先他当黄祖的书记，草拟文稿往往正得黄太守之意，言其所欲言，宾主颇为相得。祢衡与黄祖的长子、章陵太守黄射关系尤好。但稍后在一次宴会上，祢衡出言不逊，遭到黄祖的呵斥；祢衡是只习惯骂人而不肯挨骂的，于是他那"尚气刚傲"(《资治通鉴》卷六十二《汉纪五十四》)的脾气上来了，当面骂黄祖是"死公"("该死的老家伙")；黄祖是一个性急的人，他手下的主簿又是历来痛恨祢衡的，得到命令后立刻就杀了他，而黄祖很快就后悔了。建安初年人才紧缺，各地地方实力派都注意礼贤下士，延揽人才，最忌随便杀害士人特别是其中的名人。曹操和刘表都压住火气不杀祢衡者以此，而黄祖因为性急犯了一个大错误。二十六岁的一代怪杰死于非命。

在黄氏幕中一年，祢衡留下了一篇重要的也是唯一的文学作品：《鹦鹉赋》。据《后汉书》本传，《鹦鹉赋》作于黄射召集的一次宴会上："射时大会宾客，人有献鹦鹉者，射举卮于衡曰：'愿先生赋之，以娱嘉宾。'衡揽笔而作，文无加点，辞采甚丽。"

这篇赋大体可分三段。第一段从开头的"惟西域之灵鸟兮，挺自然之奇姿"到"故献全者受赏，而伤肌者被刑"，写鹦鹉的特异之处和被捕获的过程。第二段从"尔乃归穷委命，离群丧侣"到"矧禽鸟之微物，能驯扰以安处"，这是一个过渡性的段落，写席上所见到者已是笼中之鸟。第三段是全文的核心部分，也是其精彩之处：

眷西路而长怀，望故乡而延伫。忖陋体之腥臊，亦何劳于鼎俎。嗟禄命之衰薄，奚遭时之险巇？岂言语以阶乱，将不密以致危？痛母子之永隔，哀伉俪之生离。匪余年之足惜，愍众雏之无知。背蛮夷之下国，侍君子之光仪。惧名实之不副，耻才能之无奇。羡西都之沃壤，识苦乐之异宜。怀代越之悠思，故每言而称斯。若乃少昊司辰，蓐收整辔。严霜初降，凉风萧瑟。长吟远慕，哀鸣感类。音声凄以激扬，容貌惨以憔悴。闻之者悲伤，见之者陨泪。放臣为之屡叹，弃妻为之歔欷。感平生之游处，若埙篪之相须。何今日之两绝，若胡越之异区？顺笼槛以俯仰，窥户牖以踟蹰。想昆山之高岳，思邓林之扶疏。顾六翮之残毁，虽奋迅其焉如？心怀归而弗果，徒怨毒于一隅。苟竭心于所事，敢背惠而忘初？托轻鄙之微命，委贱陋之薄躯。期守死以报德，甘尽辞以效愚。恃隆恩于既往，庶弥久而不渝。

这篇赋确实表现了祢衡非凡的才华，就凭眼前这么一只鹦鹉，作者心事浩茫，浮想联翩，发抒了如此丰富的感慨，深刻地写出了动乱年代里富有才华之下层知识分子的复杂心情，不愧为咏物赋中的名篇，所以后来被选入《文选》(卷十三)。在第三段里，祢衡设身处地为鹦鹉着想，虚拟出笼中鸟的痛苦、哀伤和希望，这其实无非是作者把自己的心态和情绪投射到外物身上去，看似咏物，实为咏怀。可以说，《鹦鹉赋》的后半全然是一片不可收拾的情绪，过去汉赋中那种相当呆板的铺陈完全被充满诗意的抒情所取代，唯其如此，它才有很强的能够打动读者的艺术感染力。

祢衡着重写到了远离故乡、寄人篱下的哀伤。作者笔下的鹦鹉由西域运至荆州，与亲人生离死别，离群索居，憔悴不堪；然而就在这“斯人独憔悴”的苦楚中，它仍然保持着孤芳独赏的矜持，说什么“惧名实之不副，耻才能之无奇”，心比天高，命如纸薄——这正是汉末动乱年代里许多自视甚高而无多作为的知识分子的心态。因为董卓之乱和军阀混战，汉末流离失所的士人很多，哀叹与亲人分离、不胜其孤独寂寞之感，一度是不少文学作品的主题；愿意为世所用、痛感自己英雄无用武之地的感慨也是比较普遍的存在。例如稍后王粲在《登楼赋》中就十分突出地写到这样一些意思，但他写得比较直露，远不如祢衡在这里借着一只鹦鹉的哀鸣，把那种背井离乡形影相吊的痛苦以及担心只留下一个空名而其实不能副之的深层忧伤写得如此情景相生，哀婉动人。

作者笔下的笼中鹦鹉也曾想到过振翅高飞，但六翮已经残毁。其实秦汉以下中国知识分子中的大部分人从来就不曾长出过什么健翮，他们有一种与生俱来的软弱性与依附性，唯其如此，笼中之鸟这一意象很能引起他们的深思和共鸣，他们乐于通过这一形象设想自己本应高飞而可惜未能展翅，他们乐于想象自己壮志未酬而又雄心不已。祢衡笔下的鹦鹉意象既十分充实而又并不拘泥于生活和情绪的原生形态，因此更能激活读者的想象和联想，并进入与作者一起感受和思考的艺术境界。文学总是作者心灵的表现，其中不能不充满了激情和思考，虽然它们往往要依托于某些具体的物象或故事来展开，来显现。中国古典文学的"比兴"传统就是建立在这一审美机制上，《鹦鹉赋》成功的秘诀也在于此。

值得注意的是，祢衡笔下的鹦鹉因为试图高飞而不可得，遂一转而为向它的主人献忠心，乞哀怜。所谓"竭心于所事""守死以报德"云云，便将自己这一番心事和盘托出。也曾有人怀疑，一向那样狂妄不逊的祢衡何以竟然"语作啾啾燕雀声"（郑方坤《蔗尾诗集》卷二《夜读古赋，各题绝句》）；甚至还有人因该赋的倾向与祢衡傲世慢物的性格不合，便武断地论定它不是祢衡的作品①。这样的观察未免皮相，事实上祢衡平日的狂态本有许多做作的成分，作为封建社会一个下层知识分子，他很难保持他想象中的那种独立性，他到底要找一个靠山，否则便无从安身立命。鉴于汉末那个特定的时代，他如果找不到一个可以依附的地方实力派，就无从发挥其才能，甚至连饭都吃不上。看来他看好了当时欣赏他的章陵太守黄射，于是如此动情地为之作赋，表示要向他"效愚"。其实在汉末的群雄中，黄射是一个可以忽略不计的小人物，同雄才大略的曹操尤其不可同日而语，祢衡痛骂曹操而钟情于黄射，可谓莫名其妙之至，其眼力之差正与态度之狂相映成趣。大约祢衡待人处世完全以别人对他的态度为主要依据，说到底，他所担忧的并非天下国家，而是一己的得失荣辱。这是狂士祢衡的大局限大悲剧，也是封建时代许多士人的大局限大悲剧。他们满口高调，天花乱坠，而行动起来却远非巨人。从这个意义上来说，赋中那只能言的鹦鹉，也正是祢衡本人的写照。

咏物小赋的创作源远流长。最早以赋名篇的荀况，所写的就是一组咏物小赋，不过那时还相当简单，很像是一组谜语的谜面。西汉也有若干赋家写咏物赋，或用以"比德"，让物象成为某种品德的比喻，或一味"曲随其事"（《汉

① 详见张云璈《选学胶言》卷八。

书·枚皋传》),以追求形似为要务。至于西汉初年贾谊著名的《鹏鸟赋》(《文选》卷十三),那只是用一只鹏鸟为引子来大发议论,而东汉末年赵壹的《穷鸟赋》(载《后汉书》本传),则借穷鸟以释愤抒情——在他们那里,主体和客体仍然不免是两截,未能真正打成一片,形成和谐统一的有艺术感染力的意象。到祢衡的《鹦鹉赋》,能够沟通物我的咏物赋才算成熟了,其要点就在于他用抒情诗的手法来从事古老的赋体创作。这种用充沛的感情给作品灌注生气的创作路子,用稍后出现的理论批评术语来说,就叫"以气为文"。刘师培先生《中国中古文学史》指出,"以气为文"是从祢衡开始的。就赋这一文学样式而言,自是确论,而如果考虑到更广泛的范围,特别是就散文的创作来看,则孔融更早,影响也更大。鲁迅先生在《魏晋风度及文章与药及酒之关系》的著名讲演中,以孔融和祢衡并列,称之为"以气为文"的先驱,立论更加全面周到。

单从题目来看,祢衡的《鹦鹉赋》与贾谊的《鹏鸟赋》属于同一类,所以萧统把二者都列入赋之"鸟兽"一门;而从审美的机制看,这两篇作品差别很大,严格地说《鹏鸟赋》其实并非咏物赋,贾谊在这里不过借物发端,来讲"万物变化固无休息"、祸福相倚、吉凶同门这些道理;而祢衡《鹦鹉赋》则体现了建安时代美感的解放,开辟了以诗为赋的新路径。

大约正因为祢衡率先垂范地写了这么一篇"以气为文"的杰作,稍后邺下文人也纷纷来赋鹦鹉,在"七子"之中,至少就有陈琳、王粲、阮瑀、应玚等四位曾经写过,曹植也写过一篇《鹦鹉赋》。这五篇估计应是同时之作,按,中原文人云集于邺下并往往同题并作乃是建安十六年(211)曹丕为五官中郎将以后的事情,而到建安十七年(212)阮瑀已经去世,可知这一批以鹦鹉为题材的赋当作于这一两年间。大家都来学习和模仿祢衡,其中曹植的一篇模仿的痕迹尤为明显。祢赋云"匪余年之足惜,愍众雏之无知",而曹植云"岂余身之足惜,怜众雏之未飞";祢赋云"背蛮夷之下国,侍君子之光仪""恃隆恩于既往,庶弥久而不渝",曹植云"蒙含育之厚德,奉君子之光辉",如此等等,几乎亦步亦趋,全篇的体制结构也完全按祢衡的样板来处理。那时曹植还不到二十岁,模仿名流是很正常的。其余四位的同题之作,因为残缺已甚,无从深论,从王粲的一篇看去,大约比较强调鹦鹉的孤独和"羡鸣友之相求"这一面,也许有一点别出手眼的意味;而就写作的基本路子而言,仍然明显地受到祢衡的启迪和影响。

二　曹操

一

在汉末混乱的政治局面里，曹操（字孟德，155～220）是最厉害最成功的政治家、军事家，而难得的是他又是最有成就的作家之一。其生平俱见于《三国志·魏书·武帝纪》及裴注所引的大量史料中。后来的小说《三国志演义》中关于他的笔墨甚多，又古今戏剧及影视作品多有取材于他的，颇为读者、观众所熟知；但那些都是文学家、艺术家们的创作，有虚有实，多含戏说，不足以作为观察分析其人的依据。

鲁迅对历史上的曹操评价甚高，说"曹操是一个很有本事的人，至少是一个英雄，我虽不是曹操一党，但无论如何，总是非常佩服他"①。中国古代能诗善文或有其他艺术才华的皇帝很有一些，但往往不能治国平天下，甚至乃是亡国之君。

曹操自己并没有当皇帝，可以当而没有当，他说自己愿意做"周文王"，让儿子当皇帝。他做到了这一点，身后被追认为魏武帝。其实他活着的时候乃是北方实际上的最高领导人，皇袍贴身穿在里面；而那个汉朝的末代皇帝——献帝刘协则完全是一个不管用的傀儡。

曹操是中国古代第一流的诗人，他的诗同政治关系十分密切。例如被称为"汉末实录"（沈德潜《古诗源》卷五）的《薤露行》：

> 唯汉二十世，所任诚不良。沐猴而冠带，知小而谋强。犹豫不敢断，因狩执君王。白虹为贯日，己亦先受殃。贼臣持国柄，杀主灭宇京。荡覆帝基业，宗庙以燔丧。播越西迁移，号泣而且行。瞻彼洛阳郭，微子为哀伤。

① 《而已集·魏晋风度及文章与药及酒之关系》，《鲁迅全集》第3卷，，第502页。

这首诗大约写于建安元年(196)他重到洛阳迎接献帝去许之时①,而诗中写汉末的社会动乱,到董卓劫持汉献帝西迁长安即告一段落。这时诗人亲眼看到洛阳残破的情形,不禁回想起前几年发生在这里的一系列动乱,感慨系之,严厉地批评了何进与董卓这两个历史的罪人。

曹操奉汉献帝迁都于许乃是汉末具有划时期意义的一件大事,从此曹操在政治上一直处于非常主动的地位。朱嘉征说:“至东汉建安之乱,酷矣。魏武踵其事,挟孝献帝为共主,号令鞭笞天下,群雄靡遗,六州归心。……闵时悼乱,歌以述志,武帝有焉。”(《乐府广序》卷八)“闵时悼乱”历来是一个容易引起读者共鸣的主题,曹操的政治抒情诗以深沉的忧患意识和当仁不让的历史责任感打动了千百年来读者的心。

查汉代帝室世系,从高祖刘邦到灵帝刘弘,一共二十二世,最早著录本诗的《宋书·乐志》正作“唯汉二十二世”,应当是可靠的。后来的《乐府诗集》《广文选》《诗纪》等书著录的文本仅举其成数,当然也可以,这样更合于五言诗的规范。“所任诚不良”虽然是泛指,重点是说何进,下文“沐猴而冠带,知小而谋强。犹豫不敢断,因狩执君王。白虹为贯日,己亦先受殃”几句,则专门追叙何进误国并且自误的往事。何进是何太后的哥哥,他同袁绍合谋打算用近乎政变的非常手段一举消灭宦官,又要召董卓进京胁迫太后同意他们的主张;曹操不赞成尽废宦官,《三国志·魏书·武帝纪》裴注引王沈《魏书》云:

> 太祖闻而笑之曰:“阉竖之官,古今宜有,但世主不当假之权宠,使至于此。既治其罪,当诛元恶,一狱吏足矣,何必纷纷召外将乎?欲尽诛之,事必宣露,吾见其败也。”

从政治斗争的策略说,打击面不宜过宽,所以曹操不赞成袁绍一网打尽宦官的主张;而更重要的原因恐怕还在于曹操本人同宦官有着很深的历史渊源,他名义上的祖父中常侍曹腾正是一个宦官,其父据说本出于夏侯氏,赘入

---

① 中平六年(189)董卓进入洛阳,曹操即“变易姓名,间行东归”(《三国志·魏书·武帝纪》),离开了首都,此事在当年九月间;到十二月,他就起兵讨伐董卓了。直到七年之后的建安元年(196)曹操才重返洛阳,《三国志·魏书·武帝纪》建安元年记载:“秋七月,杨奉、韩暹以天子还洛阳,奉别屯梁。太祖遂至洛阳,卫京都,暹遁走。天子假太祖节钺,录尚书事。洛阳残破,董昭等劝太祖都许。九月,车驾出轘辕而东,以太祖为大将军,封武平侯。自天子西迁,朝廷日乱,至是宗庙社稷制度始立。”诗中有“瞻彼洛阳郭”之句,可知作于此时。

为曹腾后，然后才有曹操；所以后来陈琳在为袁绍写的檄文中称曹操为“赘阉遗丑”，骂得他很难堪。

曹操在诗中批评何进“犹豫不敢断”，指的是他在是否召董卓进京之决策过程中表现出来的摇摆。《资治通鉴》卷五十九《汉纪五十一》中平六年(189)叙述此事最有条贯：

> 何进召(董)卓使将兵诣京师……董卓闻召，即时就道……卓至渑池，而进更狐疑，使谏议大夫种邵宣诏止之。卓不受诏，遂前至河南。邵迎劳之，因譬令还军。卓疑有变，使其军士以兵胁邵。邵怒，称诏叱之，军士皆披，遂前质责卓；卓辞屈，乃还军夕阳亭。
>
> ……袁绍惧进变计，因胁之曰：“交构已成，形势已露，将军复欲何待而不早决之乎？事久变生，复为窦氏矣！”……绍使雒阳方略武吏司察宦者，而促董卓等使驰驿上奏，欲进兵平乐观。太后乃恐，悉罢中常侍、小黄门使还里舍，唯留进所私人以守省中。

多召四方猛将及诸豪杰，使引兵向京城以胁迫太后，原来是袁绍竭力主张的一条下策，何进开始是同意的，而稍后他也未尝没有感到此计不妥，考虑过中止执行，不让董卓进入洛阳，但他“犹豫不敢断”，结果袁绍继续推行其下策，虽然胁迫太后使罢宦官这一目的是达到了，但代价极其高昂：一则宦官们狗急跳墙，以政变方式杀死了何进；二则宦官们劫持少帝及陈留王出奔；三则董卓进入洛阳以后把首都彻底搞乱了、搞垮了。天下从此多事。一度当轴的何进是个没有主见的人，想干大事却又老是狐疑犹豫，当断不断，身受其害，终于成了历史的罪人。

“因狩执君王”一句指张让、段珪等宦官劫持少帝刘辩及陈留王刘协(稍后由董卓立为帝，死后称献帝)一事。“狩”是“巡狩”的简化说法，指帝王离开首都到外地去巡视。《孟子·梁惠王下》云：“天子适诸侯曰巡狩。巡狩者，巡所守也。”到外地去巡视，这大约是张、段等人劫持少帝及陈留王外逃时对外宣示的借口。这个细节史书未载，正可以依据曹操的诗来了解那时还有这么一个冠冕堂皇的提法。

“白虹为贯日”指董卓强行迁都引起的天象之变。《后汉书·献帝纪》初平元年(190)二月载：“丁亥，迁都长安。董卓驱徙京师百姓悉西入关，自留屯毕圭苑。壬辰，白虹贯日。”董卓迁都造成了一场非常大的灾难。《资治通鉴》卷五十九《汉纪五十一》初平元年二月载：“丁亥，车驾西迁。董卓收诸富室，以罪恶诛之，没入其财产，死者不可胜计；悉驱徙其余民数百万口于长安，步骑驱蹙，更相蹈藉，饥饿寇掠，积尸盈路。卓自留屯毕圭苑中，悉烧宫庙、官府、居家，二百里内，室屋荡尽，无复鸡犬。又使吕布发诸帝陵及公卿以下冢墓，收其珍宝。卓获山东兵，以猪膏涂布十余匹，用缠其身，然后烧之，先从足起。”这实在是史无前例的浩劫，官民上下损失惨重，名都洛阳毁于一旦，很多年以后这里仍然是一片“垣墙皆顿擗，荆棘上参天”（曹植《送应氏二首》其一）的萧条景象。

写“白虹贯日”的异常天象便于开启下文“贼臣持国柄，杀主灭宇京。荡覆帝基业，宗庙以燔丧”，并且与结尾的“瞻彼洛阳郭，微子为哀伤”前后照应，一气贯注。

“播越西迁移，号泣而且行”二句写献帝西迁的狼狈之态。当时这位小皇帝只有十岁，他被董卓极其野蛮的倒行逆施吓坏了，“号泣”正是分内之事。这种窘迫凄惨之状史籍中未载，曹操这句诗正可以补其不备。此其所以为“诗史”也。诗中的“且”乃是“徂”的假借字，训“始也”①；刘协哭哭啼啼地上了路。这个形象当然很糟糕，曹操坦然写出，固然意在暴露董卓的凶残蛮横，潜意识里恐怕也总有些对这位小皇帝的藐视，同时也还有跟自己现在把他接来许都、始立宗庙社稷制度的现状作对比的意思。结尾的“瞻彼洛阳郭，微子为哀伤”两句，则大有以仁人志士自居的味道。微子启本是殷纣王之兄，殷灭后虽称臣于周，但对于故国的灭亡十分悲痛，作有《麦秀》之歌②，曹操用这个典故既有表忠的意味，同时也隐隐然指出了大汉王朝气数已经将尽。这正与他“挟天子以令诸侯”的政治策略相表里，不仅是很好的政治抒情诗，同时也是很巧妙的宣传。

《蒿里行》是《薤露行》的续篇。两者的内容虽略有叠合之处，但视角不同：《薤露行》以洛阳为背景展开叙述，最后写到董卓劫持献帝西迁；《蒿里行》则从讨伐董卓的关东豪杰这一边着笔，写他们有始无终，没有能够打倒董卓却自己窝里斗起来，结果又给老百姓带来新的巨大灾难。诗云：

> 关东有义士，兴兵讨群凶。初期会盟津，乃心在咸阳。军合力不齐，踌躇而雁行。势利使人争，嗣还自相戕。淮南弟称号，刻玺于北方。铠甲生虮虱，万姓以死亡。白骨露于野，千里无鸡鸣。生民百遗一，念之断人肠。

---

① 详见《诗经·小雅·四月》“六月徂暑”句下郑《笺》。

② 见于《尚书大传》卷二，《史记·宋微子世家》谓此诗乃箕子作。

开始两句即叙关东豪杰并起讨伐董卓，曹操本人亦在其列，盟主则是袁绍。“初期会盟津，乃心在咸阳”二句写他们当初的计划和忠于汉王朝的政治态度，这两句全是写实。按，关东诸“义士”起兵讨董之初的形势大致如下：“初平元年春正月，后将军袁术、冀州牧韩馥、豫州刺史孔伷、兖州刺史刘岱、河内太守王匡、勃海太守袁绍、陈留太守张邈、东郡太守乔瑁、山阳太守袁遗、济北相鲍信同时俱起兵，众各数万，推绍为盟主。太祖行奋武将军。二月，卓闻兵起，乃徙天子都长安。卓留屯洛阳，遂焚宫室。是时绍屯河内，邈、岱、瑁、遗屯酸枣，术屯南阳，伷屯颍川，馥在邺。卓兵强，绍等莫敢先进。”（《三国志·魏书·武帝纪》）是讨董联军的前锋已抵酸枣、河内一线，离孟津（即盟津，为进攻洛阳的战略要地）已不甚远。当时盟军确有会师于孟津的打算，曹丕《典论·自叙》云：“初平之元，董卓杀主鸩后，荡覆王室。是时四海既困中平之政，兼恶卓之凶逆，家家思乱，人人自危。山东牧守……大兴义兵，名豪大侠，富室强族，飘扬云会，万里相赴。兖、豫之师战于荥阳，河内之甲军于孟津。卓遂迁大驾，西都长安。”据此可知袁绍部已达孟津前沿。《后汉书·袁绍传》载袁绍于建安元年上书献帝自陈其勤王之功，也说过“故遂引会英雄，兴师百万，饮马孟津，歃血漳河”，与曹丕的说法适相契合。似此，则“初期会盟津”一句也是写实，袁绍作为讨董联军的盟主指挥其本部人马（至少是一部分）已开至盟津最前线。又《三国志·魏书·夏侯惇传》注引王沈《魏书》云“韩浩字元嗣……太守王匡以为从事，将军拒董卓于盟津”，是王匡部也已经抵达盟津；至于提出这个建议的曹操本人也当率部开到了盟津；可惜另外一些“义士”迟疑不进，加上盟主袁绍本人因为惧怕董卓兵多势强，行动不力，失去了在洛阳一带与董卓会战、就地予以歼灭的战机，结果让董卓西窜，留下了很大的祸根。“乃心在咸阳”一句也是写实。“乃心”是“乃心罔不在王室”（《尚书·康王之诰》）的简略说法，咸阳则代指长安，当时献帝就在这里①。

联军之初衷在讨董，而后来发生很大变化。据这首诗里说，除曹操本人始终坚持其乃心王室的正义立场之外，其余诸人发生了三个层次的变化：第一，在强敌面前畏缩不前，等待观望。“军合力不齐，踌躇而雁行”两句就是批

① 按，咸阳本是秦的都城，在今陕西省西安市长安区西之渭城故址；而长安则是汉的都城，其地本为秦的离宫，汉惠帝三年筑长安城，故城在今西安西北。咸阳与长安是两个城，但相去不远，隔渭水相望，又都是故都，以彼代此是说得过去的。何况这里还因为押韵的关系，只好以咸阳代指长安，其深层含义则是喻指王室。

评他们的这一变化。史载当时曹操曾对畏缩踌躇的诸公说:“举义兵以诛暴乱,大众已合,诸君何疑?”得不到响应,他自己孤军西进,结果吃了败仗,这在他本人看来是虽败犹荣的。第二,前“义士”们自己先打了起来,“势利使人争,嗣还自相戕”,此种战争甚多,曹操本人卷入也很深,但在这里他只批评别人,显出一副与众不同的神气。

最糟糕的是第三个层次的变化,前“义士”们不仅互相乱打,其中还有人大做其皇帝梦,袁术、袁绍弟兄先后妄图称帝。“淮南弟称号,刻玺于北方”二句就是说这一层意思的。前一句讲袁术在淮南僭号一事。早在兴平二年(195)袁术已经流露出准备当皇帝的意向,到建安二年(197)更“僭号于九江”,当时他那里“下皆称臣,名门曰建号门,衣被皆为天子之制,两妇预争为皇后”(曹操《让县自明本志令》)。但袁术没有来得及正式当皇帝,只是僭号自称“仲家”,置公卿百官,郊祀天地,稍稍过了一把皇帝瘾而已。纷乱了两年就混不下去了。接下来做皇帝梦的是袁术的从兄袁绍,“刻玺于北方”一句便是指他而言。

《三国志・魏书・袁术传》载,袁术走到穷途末路时,“忧惧不知所出。将归帝号于绍,欲至青州从袁谭,发病道死”。袁术要把称号送给袁绍;而据裴注引《魏书》,对于袁术所谓“袁氏受命当王”的说法,“绍阴然之”,袁绍正准备自己当皇帝。当时袁绍位为邺侯、大将军,兼督冀、青、幽、并四州,野心大为膨胀,他的谋士沮授劝他迎献帝来邺城,“挟天子而令诸侯,畜士马以讨不庭”;而郭图、淳于琼等另一批部属认为“汉室陵迟,为日久矣,今欲兴之,不亦难乎!且今英雄据有州郡,众动万计,所谓秦失其鹿,先得者王。若迎天子以自近,动辄表闻,从之则权轻,违之则拒命,非计之善者也”(《三国志・魏书・袁绍传》注引《献帝传》,参见《后汉书・袁绍传》)。袁绍同意后一种意见,其潜台词则是自己准备上台当皇帝。这时他授意主簿耿苞加紧制造天命在袁的舆论,积极作登基的准备。估计就在这时他有“刻玺”的大动作。

袁术是有玺的,得之于孙坚,而孙坚则得之于洛阳的废井中。这一玉玺据说是秦始皇开始启用的,后归汉高祖刘邦,世世传授,称为传国玺。这个代表最高权力的玉玺到了袁术手里以后,对他的野心膨胀显然起了重大的催化作用。等到他走投无路将帝号转让给袁绍时,理应将这一传国玺一并转送过去,但这件事情没有完成。据袁绍的从弟、济阴太守袁叙写给袁绍的一封信中说,“今海内丧败,天意实在我家,神应有征,当在尊兄。南兄(按,指袁术)臣下欲使即位,南兄言,以年则北兄长,以位则北兄重,便欲送玺,会曹操断道”(转引自曹操《上言破袁绍》),传国玺未能送达,袁绍自然有必要另刻一方备用。袁绍在官渡之战的前夜亦即他势力最盛之时有“刻玺”的举动,是合于他的野心和性格发展的逻辑的。其时袁绍在冀州——这里正是“北方”。

曹操后来在《让县自明本志令》中说“设使国家无有孤,不知当几人称帝,几人称王”,这“几人”当中首先包括袁氏兄弟。《蒿里行》中“淮南弟称号,刻玺于北方”二句正是要写当时野心家之多。

曹操本人始终以“义士”自居,当年讨董时他最为坚定,现在又在《蒿里行》中对战乱给人民带来的痛苦深表同情,他在诗里指出,正是董卓和那些过去的“义士”们搞乱了天下,弄得死亡枕藉,民不聊生。诗的后六句写汉末悲惨的现实,深切著明,其中洋溢着同情民间疾苦的人道主义精神和以澄清天下为己任的历史责任感,立言得体,确有感人的力量。

曹操最著名的政治诗是他的《短歌行》:

> 对酒当歌,人生几何。譬如朝露,去日苦多。慨当以慷,忧思难忘。何以解忧,唯有杜康。青青子衿,悠悠我心。但为君故,沉吟至今。呦呦鹿鸣,食野之苹。我有嘉宾,鼓瑟吹笙。明明如月,何时可掇。忧从中来,不可断绝。越陌度阡,枉用相存。契阔谈宴,心念旧恩。月明星稀,乌鹊南飞。绕树三匝,何枝可依?山不厌高,海不厌深。周公吐哺,天下归心。

现在没有什么材料可以直接说明此诗的创作年代,从曹操一生的经历来看,最可能写于建安元年(196)将汉献帝在许都安顿下来之后不久。曹操将政治中心置于许下,挟天子以令诸侯,大规模地招揽人才,为此他在建安元年举行过许多宴会,《短歌行》很可能就作于招待各方来许人才的宴会上。史称曹操“登高必赋,及造新诗,被之管弦,皆成乐章”(《三国志·魏书·武帝纪》注引王沈《魏书》),在宴会上演唱这首属于相和歌平调曲的乐府诗,既表示对客人的热烈欢迎,又用十分风雅的方式做他们的思想工作,诗人政治家曹操真是出足了风头。

这首诗的主题,简而言之就是“叹流光易逝,欲得贤才以早建王业”(张玉谷《古诗赏析》卷八),其章法有点特别,大抵以八句为一个层次,层层深入,在矛盾纠葛的感情激荡中展示主题。

开始八句感慨人生苦短,忧思难忘,并且有一点及时行乐的意思。这是建安时代士大夫当中普遍存在的一种思想情绪。汉末的一系列军事政治变动，导致天下大乱，死丧多门，民生凋敝，人口锐减，知识分子普遍感到没有出路。生命意识在严重的生存状态面前显得格外强烈，曹操的诗就从这里开始，很得人心。诗人借酒浇愁，心思浩茫地发出深沉的感叹。从下文的发展来看，这里是以微吟低唱发其端，为后来慷慨激昂的政治抒情作出铺垫。“对酒当歌，人生几何”两句，典型地写出了一种具有普泛意义的人生境界，消极享乐的人可以搬来作为口实，而积极进取的人也可以欣赏其中对人生紧迫感的有力渲染。用这样两句来开头，亲切自然而又遥逼主题，最是高妙。

第二个八句多半引用《诗经》中现成的诗句，其中“青青子衿，悠悠我心”两句出于《郑风·子衿》，“但为君故，沉吟至今”两句是曹操自己写的（这两句在李善注本《文选》中缺失），以下四句完全照抄《小雅·鹿鸣》。这种写诗的方法是有点特别的，但是如果考虑到先秦“断章取义”赋诗言志的传统，那么也并不难理解。朱自清先生在《诗言志辨》一书中专门列有一节来讲这个问题，其中引用清人劳孝舆《春秋诗话》云：“……当时只有诗，无诗人。古人所作，今人可援为己诗，彼人之诗，此人可赓为自作，期于‘言志’而止。人无定诗，诗无定指，以故可名不名，不作而作也。”朱先生还进而指出：“献诗的诗都有定指，全篇意义明白。赋诗却往往断章取义，随心所欲，即景生情，没有定准……断章取义只是借用诗句作自己的话。所取的只是句子的文意，就是字面的意思；而不管全诗用意，就是上下文的意思……那时代只要诗熟，听人家赋，总知道所要言的志……赋诗大都是自己歌唱。有时也教乐工歌唱……”①这一传统后来渐渐衰歇，但知识分子仍然习惯于借用人们熟悉的现成诗句表达自己的意思；曹操这里的高明之处在于借用本来不相干的两段《诗经》以表达自己求才不得时的思贤若渴和求得贤才后的热烈欢迎，为了充分表达自己的“志”，中间又根据自己的意思补了两句，从而形成了意思相对完整的句群。这个极富创意的办法是前无古人的。后来流行的借句（在自己写的诗中借用前人一句）、集句（从各处摘取前人诗句拼成一首新的诗作）诸法，大约都从这里得到了某种启示和鼓舞。

第三个八句最为曲折有致，曹操在这里改用先前流离失意者的口吻来立言，写他们先前壮志难酬，忧心忡忡，而应主人之邀来到许都以后则如鱼得水、“契阔谈宴”的欢乐之情。诗的抒情角度有所变化，使作品更加富有立体感。

最后八句恢复到诗人的正面抒情，形成全诗的高潮。“月明星稀”四句用

---

①《朱自清全集》第6卷，江苏教育出版社1996年第2版，第148～149页。

生动的艺术形象"喻客子无所依托"(沈德潜《古诗源》卷五)。汉末大乱时许多士人到南方的荆、扬二州去避难正是"乌鹊南飞"的本事,他们在那里并没有找到合适的归宿;"山不厌高"四句写自己大海般的胸襟和思贤若渴的情怀,唱出了那个时代的最强音。

《短歌行》文字古朴有味,章法跳荡灵活,前人评为"曲曲折折,絮絮叨叨,若连贯,若不连贯,纯是一片怜才意思"(吴淇《六朝选诗定论》卷五)。自《诗经》以后,四言诗很容易落入摹仿的窠臼,写得好的甚少;曹操宁可有控制地借用《诗经》的成句,而绝不蹈袭旧的程式,用词平易清新,句法灵活飞动,比喻生动形象,所以诗体虽旧,气象却是全新的。这是极不容易达到的高水平。

除了正面写政治的诗以外,曹操又有一批诗涉及游仙题材,约占现存曹操诗的三分之一左右。曹操并不相信神仙。《文选》卷二十四曹植《赠白马王彪》李善注引曹操《善哉行》诗云"痛哉世人,见欺神仙",可见他在这个问题上要比秦始皇、汉武帝高明得多。曹操本人延揽过大批方士,据曹植在《辨道论》中所说,是因为这些方士各有异术,"若遭秦始皇、汉武帝,则复为徐福、栾大之徒也",而曹操将他们集中起来的原因乃在"诚恐斯人之徒,接奸诡以欺众,行妖恶以惑民,故聚而禁之也。岂复欲观神仙于瀛洲,求安期于边海,释金辂而顾云舆,弃文骥而羡飞龙哉?自家王与太子及余兄弟,咸以为调笑,不信之矣"。他又说,这些方士因为知道曹操的态度,所以"终不敢进虚诞之言,出非常之语"云。这篇《辨道论》当作于建安二十二年(217)曹丕被立为太子以后,其时已在曹操晚年,古代大人物晚年而不信神仙,尤为难能可贵。

可是曹操本人在游仙诗里把神仙写得活灵活现,言下不胜向往之至,如《陌上桑》云:

> 驾虹霓,乘赤云,登彼九疑历玉门。济天汉,至昆仑,见西王母谒东君。交赤松,及羡门,受要秘道爱精神。食芝英,饮醴泉,拄杖桂枝佩秋兰。绝人事,游浑元,若疾风游欻飘翩。影未移,行数千,寿如南山不忘愆。

一派想入非非,简直毫无诗意。一位在政治军事斗争中显得大有本领的英雄,一位本来很杰出的诗人,为什么热衷于写这种看上去相当无聊的东西?又如《精列》:

> 厥初生,造化之陶物,莫不有终期。莫不有终期,圣贤不能免,何为怀此忧?愿螭龙之驾,思想昆仑居。思想昆仑居,见欺于迂怪,志意在蓬莱。志意在蓬莱,周孔圣徂落,会稽以坟丘。会稽以坟丘,陶陶谁能度?

君子以弗忧。年之暮,奈何时过时来微。

可见曹操游仙诗中反复提到的一个中心在于人的衰老和死亡;或者从另一个角度说,在长寿。陈祚明《采菽堂古诗选》卷五评《精列》云"年暮之感,徘徊于心",抓住了诗义的核心。曹操是个理性主义者,他十分清楚人总是要老要死的,像神仙那样长生久视并无可能;可是另一方面,他又非常担心自己的衰老和死亡——理智与情感发生矛盾,于是他对民间迷信和神仙道教所信仰的神仙不禁有些虽不能至、心向往之了。神仙世界在曹操笔下不过是一个艺术世界。

正是从曹操开始,游仙诗才得以成立。钟嵘《诗品》卷中评郭璞(276～324)的《游仙诗》说"乃是坎壈咏怀,非列仙之趣也",这话如果移来评论曹操的游仙诗,似乎也十分合适。游仙诗本来即可定义为借游仙以咏怀。秦代的《仙真人诗》和所谓"后世游仙之祖"(朱乾《乐府正义》卷十二)的《远游》,以神仙世界为真实的世界,严格地讲并不足以称为游仙诗。自庄子、屈原以来,中国文学中言及神仙者大抵重在精神的超越而非方术迷信、羽化登仙;游仙诗自当以有言外之意者为正宗。范传正《唐左拾遗翰林学士李公(白)新墓碑并序》云"好神仙非慕其轻举,将不可求之事求之",即述此意。后代道教信徒完全以"列仙之趣"为言的那些作品,例如道士葛玄的三首诗(详见《历代真仙体道通鉴》卷二十三《葛仙公传》所引)之类,无非乃是押韵的道教文献,在文化史上或者有它的地位,文学史上是可以不必提到的。

争取长寿是曹操晚年的一大心事。他在著名的诗篇《步出夏门行·龟虽寿》中写道:"神龟虽寿,犹有竟时。腾蛇乘雾,终为土灰。老骥伏枥,志在千里。烈士暮年,壮心不已。盈缩之期,不但在天。养怡之福,可得永年。"曹操认为不死是不可能的,争取活得长一些是可能的,这就得讲究"养怡",他在这一方面向方士们学到不少东西。曹操不相信神仙,只相信方士们的养身之道。《三国志·魏书·武帝纪》注引《博物志》云,曹操"好养性法,亦解方药。招引方术之士,庐江左慈、谯郡华佗、甘陵甘始、阳城郄俭无不毕至。又习啖野葛至一尺,亦得少多饮鸩酒",这些爱好和措施都与争取长寿密切相关。所谓"养性"即指强身增寿之道,《三国志·魏书·方技传》说华佗"晓养性之术,时人以为年且百岁而貌有壮容,又精方药……",曹操请他来,既为治病,也为"养性"。又曹操妻妾甚多,生过子女的就有十四人,这大约也与他争取长寿有关,因为根据方士们的房中术,所谓"采补"("补导")是有助于长寿的,曹丕在《典论》中说过,"甘始、左元放(即左慈)、东郭延年,行容成御妇人法,并为丞相所录问，行其术，亦得其验”，当时并不讳言这一类事情。曹丕又说“左慈到，又竞受其补导之术，至寺人严峻，往从问受，阉竖真无事于斯术也……”，尤可见此术之风行一时，追星者之鱼龙混杂。曹操是站在这一股风气前端的，为了争取长寿他真是无所不用其极了。

曹操对方士们的养身之道开始也许还有些将信将疑，如曹植在《辨道论》中所说，但后来是相信的，不但曹操相信，连年轻的曹植也相信，《辨道论》中说过“余尝试郄俭，绝谷百日，躬与之寝处，行步起居自若也”；后来他又作《释疑论》，称“初谓道术直呼愚民诈伪空言定矣；及见武皇帝试闭左慈等，令断谷，近一月，而颜色不减，气力自若，常云可至五十年不食，正尔，复何疑哉……乃知天下之事不可尽知，而以臆断之，不可任也。但恨不能绝声色，专心以学长生之道耳”。特异功能之谜至今未能完全解开，一千八百多年前的曹操亲自进行试验并且相信这个东西，从中寻求长寿之道，可以说是很自然的事情。本师陈贻焮先生说：“孟德同他们（按，指方士们）相处久了，又尝亲试断谷等术而验，哪能不受蒙蔽不受影响？”[①]推论极合理。曹操一心追求长寿，方士们的一套很对他的心思。《千金方》卷八十一载有曹操的一篇《与皇甫隆令》，全文如下：“闻卿年出百岁，而体力不衰，耳目聪明，颜色和悦，此盛事也。所服食施行导引，可得闻乎？若有可传，想可密示封内。”亦可见他对养生长寿之秘诀是何等热衷。

曹操游仙诗的写作时间，大部分难以确知，大约总是他晚年所作。鲍照《代升天行》有句云“晚志重长生”，此是通例；长寿问题一般总要到晚年才会提到抒情的日程上来。可以明确考订作年的游仙诗只有《秋胡行》二首，因为此中有叙述现实斗争的内容，开头就说到“晨上散关山”，可见作于建安二十年（215）征张鲁之时。与《陌上桑》《精列》以及《气出唱》等一般的游仙诗相比，这两首有些新的特色，反映曹操的思想更为深刻，因此格外值得重视。征张鲁、取汉中一役具有重要的战略意义，是曹操企图统一全国的重要步骤。按，自赤壁之战失败后，曹操认识到想从长江中游或下游打过去是太困难了，从此他对孙权方面实际采取战略防御态势，而把进攻的重点放在关中以至汉中一线，计划拿下这两处以后进而攻取巴蜀，再及东吴。曹操后期以至司马氏统一中国的战争都是这么一个打法。建安十六年（211）曹操拿下了关中，本拟乘胜进取汉中，但河北出现了田银、苏伯起义，不得已将大军从关中前线

① 《评曹孟德诗》，《论诗杂著》，北京大学出版社 1989 年版，第 43 页。

抽回，以安定后方根本重地。稍后又用兵合肥以震慑孙权，稳住东南一线，以便集中力量攻取汉中。到建安二十年(215)，曹操亲率十万大军征伐盘踞汉中多年的张鲁，实施其统一全国的关键一步。当年四月，操部自陈仓以出散关，在这一带他们遭到了张鲁部顽强的抵抗，敌方依据有利地形横山筑城死守，曹操方面久攻始克，最后好不容易才攻入张鲁的根本重地南郑，可谓惨胜。《三国志·魏书·武帝纪》注引《魏书》云："军自武都山行千里，升降险阻，军人劳苦；公于是大飨，莫不忘其劳。"《秋胡行》二首即作于这一次苦斗之中。

《秋胡行》以游仙诗的面目出现，写的却是很现实的内容。其前一首写行军之苦，写官兵中动摇的情绪和他本人思想上的矛盾；第二首正面抒发其积极用世的雄心壮志。

第一首第一解，叙述"晨上散关山，此道当何难"，牛也走不动了，倒在地上，车子掉下了山谷，统帅兼诗人的作者这时也"意中迷烦"，十分苦闷。第二解，说这时出现了神仙"三老公"，问征西的将士们道："何困苦以自怨，徨徨所欲，来到此间?"第三解，"三老公"自称自赞地叙说神仙生活的乐趣："我居昆仑山，所谓者真人。道深有可得，名山历观，遨游八极，枕石漱流饮泉。沈吟不决，遂上升天。"第四解，诗人自称此次征张鲁乃如当年齐桓公西伐大夏，意义是很重大的，现在军事行动不利，只好赋诗遣怀。齐桓公是曹操最为钦佩的人物[①]，这里特别提出作为榜样。曹操在征战过程中作诗，从来不讳言遭受的挫折和内心的矛盾，例如建安十一年(206)征高幹时作《苦寒行》，就曾提到军行之苦以及想回故乡这样一层意思。征张鲁一役打得最苦的时候，曹操曾经一度考虑撤兵[②]，诗里借"三老公"的责问来表达内心矛盾，显得曲折有致，并且由此过渡到第二首去：

> 愿登泰华山，神人共远游。愿登泰华山，神人共远游。经历昆仑山，到蓬莱。飘飖八极，与神人俱。思得神药，万岁为期。歌以言志，愿登泰华山。　天地何长久，人道居之短。天地何长久，人道居之短。世言

---

① 如《短歌行》其二第二解："齐桓之公，为霸之首。九合诸侯，一匡天下。一匡天下，不以兵车。正而不谲，其德传称。"胡应麟评此诗云："首言西伯，次齐桓，又次晋文，则终篇皆挟天子令诸侯，三分天下之意。"(《诗薮》内编卷一)颇能抉出老瞒心事。

② 《三国志·魏书·张鲁传》注引《魏名臣奏》所载杨暨表云："武皇帝始征张鲁，以十万之众，身亲临履，指授方略，因就民麦以为军粮。张卫之守，盖不足言。地险守易，虽有精兵虎将，势不能施。对兵三日，欲抽军还。言：'作军三十年，一朝持与人，如何!'此计已定，天祚大魏，鲁守自坏，因以定之。"又董昭表也曾说起曹操"意沮，便欲拔军截山而还"事。

伯阳，殊不知老。赤松王乔，亦云得道。得之未闻，庶以寿考。歌以言志，天地何长久。　明明日月光，何所不光昭！明明日月光，何所不光昭！二仪合圣化，贵者独人否？万国率土，莫非王臣。仁义为名，礼乐为荣。歌以言志，明明日月光。　四时更逝去，昼夜以成岁。四时更逝去，昼夜以成岁。大人先天，而天弗违。不戚年往，世忧不治。存亡有命，虑之为蚩。歌以言志，四时更逝去。　戚戚欲何念，欢笑意所之。戚戚欲何念，欢笑意所之。壮盛智慧，殊不再来。爱时进趣，将以惠谁？泛泛放逸，亦同何为？歌以言志，戚戚欲何念。

开始两解仍以长寿为言，与其他游仙诗略同，第三解以下则有新的内容。曹操指出，现在吃尽千辛万苦来打仗，是为了统一全国（“万国率土，莫非王臣”），并进而实现天下大治的理想，所以必须以昂扬的斗志去争取胜利。朱嘉征《乐府广序》（卷十）说：“《秋胡行》……思治也，以及时立业为贵。武帝有大一统之志，尔时三分之业已定，且自苦年力不逮，是其遗恨。读‘去去不可追，长恨相牵攀’‘爱时进趣，将以惠谁’，寄托盖深远矣。”此论得之。

“三老公”所说的神仙生活的乐趣（“名山历观，遨游八极，枕石漱流饮泉”），曲折地反映了西征将士乃至曹操本人思想上贪图安逸的消极情绪，对此曹操在诗末以积极进取的精神来与之对垒，提出批评。“戚戚欲何念，欢笑意所之。壮盛智慧，殊不再来。爱时进趣，将以惠谁？泛泛放逸，亦同何为？”曹操提倡珍惜精力旺盛之时争取建功立业，遗惠后人，并强调指出贪图安逸无所作为是没有什么意思的。

由此可知，曹操对神仙生活作出了很独特的一分为二，即神仙的长寿是好的，而神仙的逍遥安乐并不足取。争取长寿是为了有足够的时间来完成统一中国、大治天下的大事业。这可以说是曹操游仙诗思想上光辉的顶点。史称曹操生活俭朴①，其程度在封建君王中颇为罕见。曹操的一生确实是奋斗的一生，“烈士暮年，壮心不已”，这句话并非说说而已，而是真能躬行，这在古代是很高的境界。“不戚年往，忧世不治”“泛泛放逸，亦同何为”这几句诗，同后来范仲淹在《岳阳楼记》中所说的“先天下之忧而忧，后天下之乐而乐”，精

① 《三国志·魏书·武帝纪》注引王沈《魏书》：“雅性节俭，不好华丽，后宫衣不锦绣，侍御履不二采，帷帐屏风，坏则补纳，茵蓐取温，无有缘饰。……常以送终之制，袭称之数，繁而无益，俗又过之，故预自制终亡衣服，四箧而已。”参见周一良《曹操遗物》，《魏晋南北朝史札记》，中华书局 1985 年版，第 2～4 页。

神完全一致。这种精神状态是值得大书特书、发扬光大的。

在建安诗人们那里，追求长寿并不是热门话题，当时像曹操这样年辈的诗人并不多，那时诗中最常见的乃是感慨光阴与生命的迁逝，并从个体生命的短暂进而想到积极有为、建功立业，在不朽的事业中得到永生。曹操的游仙诗与建安诗歌中这一主旋律一脉相通，表现了强烈的生命意识和进取精神。

中国古代早已有“三不朽”（立德、立功、立言）的提法，其立论自然以个体生命的必朽和易朽为前提，但这个前提远未得到强调。到东汉末年，灾荒、动乱、战争、瘟疫连续了多年，“百姓死亡，暴骨如莽”（曹丕《典论·自叙》），人是死得太多了①，这时个体生命的易朽表现得特别触目惊心。因为受到现实的强烈刺激，抓紧时间努力奋斗的思想在一批志士仁人心目中大为高扬，并得到空前的强调。例如曹丕在《典论·论文》中写道：“年寿有时而尽，荣乐止乎其身，二者必至之常期，未若文章之无穷。是以古之作者，寄身于翰墨，见意于篇籍，不假良史之辞，不托飞驰之势，而声名自传于后。……日月逝于上，体貌衰于下，忽然与万物迁化，斯志士之大痛也。”曹丕说这一番话的时候，刚刚被立为太子，国家大事的担子仍然压在他的父王曹操肩上，所以他更重视的乃是文学创作，颇欲凭借篇章翰墨以不朽。曹植倒是一向一门心思打算建功立业的，“愿能展功勤，输力于明君”，但他后来政治上很失意，无从立功，不得已而求其次，也只好“骋我径寸翰，流藻垂华芬”（《薤露行》），欲凭借创作以不朽了。曹操不可能像儿辈那样潇洒，作为一个创业之主，他几乎用全副精神关注军政大事，担心的是“世不治”，向往的是建设一个秩序井然的理想化的封建盛世，他曾在《对酒》诗中描写过他心目中的理想国：

> 对酒歌，太平时，吏不呼门。王者贤且明，宰相股肱皆忠良。咸礼让，民无所争讼。三年耕有九年储，仓谷满盈。班白不负戴。雨泽如此，百谷用成。却走马，以粪其土田。爵公侯伯子男，咸爱其民，以黜陟幽明。子养有若父与兄。犯礼法，轻重随其刑。路无拾遗之私。囹圄空虚，冬节不断人。耄耋皆得以寿终。恩德广及草木昆虫。

农业生产、精神文明、社会秩序、法制纪律几个方面都讲到了，全部完美

① 史称“是时天下户口减耗，十裁一在”（《三国志·魏书·张绣传》）；当时许多人估计，曹操统治区十几个州的人口总数只相当于西汉承平时的一大郡，详见《三国志·魏书》之《陈群传》《蒋济传》。

无缺。为了实现这样的浪漫主义理想，曹操奋斗了一辈子。到他晚年，更深感任重道远，非长寿不足以解决问题。曹操的游仙诗特别是《秋胡行》的深刻之处在于，诗人对生命的留恋有着深广的积极的内涵，体现了“烈士暮年”的悲哀与希冀；他终于认识到，既然个体生命的短暂是无法改变的，那么便不足忧，可忧的是能否对“世”之“治”作出应有的贡献。正是从这一点出发，他笔下的神仙竟然从被仰慕的对象变成了被批判的对象。在这个问题上，曹操算是把天人之际给参透了。

注意表现个体生命之短暂与伟大事业之不朽之间的矛盾及其转化，也是三曹以外的建安诗人们共同关心的一大母题。早一点的《古诗十九首》也讲生命的短暂，但往往归结为玩世不恭、及时行乐；这一脉在建安时代虽然没有断绝①，但建安诗歌的主潮则是感慨生命短暂而归结为积极奋斗。建安诗歌产生于外界苦难深重而士人心态普遍比较积极的时代，抒情诗的内部张力得到充分强化，贯穿在许多不同题材的作品当中。例如陈琳的《游览二首》其二云：“骋哉日月逝，年命将西倾。建功不及时，钟鼎何所铭？收念还寝房，慷慨咏坟经。庶几及君在，立德垂功名。”由游览生出感慨来，归结为建功立德。王粲的《七哀诗》，痛感动乱中人命危浅（其一）和自己不得已而滞留于荆蛮（其二），而结句道“南登霸陵岸，回首望长安。悟彼下泉人，喟然伤心肝”（其一），“丝桐感人情，为我发悲音。羁旅无终结，忧思壮难任”（其二）——忧伤与希望并存，并未陷入消极。

这样一个深沉积极的主题甚至也响彻于当时其他的文体。以赋来说，名篇如王粲《登楼赋》，从客子之悲写起，以见用于时为高潮（“唯日月之逾迈兮，俟河清其未极。冀王道之一平兮，假高衢而骋力”），最后结之以尚未能为时所用的悲哀，在慷慨哀叹的主旋律中跳动着高昂嘹亮的音符，而又显得非常协调，这在其他时代是并不多见的。曹植的《洛神赋》虽然以超现实的手法写性爱的主题，引起后人的种种猜测，但往深处看去，其中有着一时的欢会与超越“良会”而代之以长相思这样两种情态之间的冲突，赋末写道：“浮长川而忘反，思绵绵而增慕。夜耿耿而不寐，沾繁霜而至曙。命仆夫而就驾，吾将归乎东路。揽騑辔以抗策，怅盘桓而不能去。”——与神女的相会不过是东归长途中的一个插曲，正如易朽的人生乃是不朽的生命之旅中的一环，因此明智之

---

① 例如曹丕的《芙蓉池作》有云：“寿命非松乔，谁能得神仙？遨游快心意，保己终百年。”建安诗歌中及时行乐的话头很多，有时与建功立业的壮志并存。

士一则以无限的深情留恋观照这短暂而美好的插曲，一面仍不得不就驾抗策，继续走他的长途。透过《洛神赋》那些华艳旖旎的词句，我们分明可以感受到建安时代赋家细腻的感情世界和他们积极通达的人生哲学。

老一代诗人曹操站在这一股创作潮流的前列。他的诗率先集中而突出地写到人生有限与建立功业二者关系这个激动人心的时代主题，他的名作《短歌行》以"对酒当歌，人生几何"发端，用"周公吐哺，天下归心"结束，直截了当地唱出了那个时代的最强音。后来，他反复咏唱以争取长寿为手段、以大治天下为指归的游仙诗，不过是同一主题的变奏。中国古代的游仙诗，大抵以牢骚满腹、避世退隐为取向者居多，游仙诗写得充满积极进取之意的不甚多见。这正是曹操游仙诗的高明特异之处。

曹操的诗歌自有他自己的系统，并且融合于建安诗歌的大系统之中，稍加综合考察，便不难明白那种一见神仙灵药便斥为消极颓废的品评是何等粗心大意了。曹操当然有他消极的方面，而固不在于此也。

晚年曹操老是念念不忘长寿的原因，可能有种种。年龄因素当然首先需要考虑；赤壁之战以后，他在战场上往往不那么顺利，他说自己只能当"周文王"，可见他已预感到在有生之年，自己的雄图大略不能完全落实，此其二；此外恐怕跟他长期以来始终未能选定一个合适的接班人也有关系。起先他寄希望于曹植，后来看看不行，到建安二十二年(217)终于立曹丕为太子，但也并不十分满意。儿子们都不理想，只好自己多干几年了。在封建主义父传子的专制时代，新老交替很不容易圆满实现，于是像曹操这样一世之雄的创业之主只好寄希望于自己的长寿，神往于"神之药"了。然而他分明知道"造化之陶物，莫不有终期"(《精列》)，即使把寿命延长一些，也还是不能彻底解决问题。理智与情感在这个热点上冲突碰撞，找不到出路，于是只好大写其游仙诗来予以宣泄。曹操临终的遗令说起卖履分香，更似乎已经预感到自己身后天下将有不测之变，由此我们也不难体认他生前何以那样寄意于养性长寿，热衷于游仙之诗了。

二

曹操精通音乐，他的诗今存二十多首，全是乐府诗，当时可以演唱。《文心雕龙·乐府》云："至于魏之三祖，气爽才丽，宰割辞调，音靡节平。观其《北上》众引，《秋风》列篇，或述酣宴，或伤羁戍，志不出于淫荡，辞不离于哀思，虽三调之正声，实韶夏之郑曲也。"这里指出了曹操等人乐府诗的两个问题：一是内容不够正经，不合于传统的道德规范；二是所作之诗与音乐的关系发生变化，虽然采用相和“三调”，但“宰割辞调，音靡节平”。在“魏之三祖”中地位最重要、影响也最深远的是曹操，文学与音乐的关系发生变动，正是由他首先发起的。

《三国志·魏书·武帝纪》注引王沈《魏书》云：“御军三十余年，手不舍书，昼则讲武策，夜则思经传，登高必赋，及造新诗，被之管弦，皆成乐章。”又引《曹瞒传》云：“太祖为人佻易无威重，好音乐，倡优在侧，常以日达夕。”又《晋书·乐志》云：“但歌，四曲，出自汉世。无弦节，作伎最先唱，一人唱，三人和。魏武帝尤好之。时有宋容华者，清彻好声，善唱此曲，当时之特妙。”可知曹操听歌颇欣赏“但歌”即伴有帮腔的清唱，也很欣赏器乐演奏，他非常注意将自己的诗作“被之管弦”，形成乐章。然则那些日夕在他身边的倡优，除了从事其他服务之外，演出这些乐章显然也是分内之事，甚至乃是一项主要的任务。

曹操几乎一生都在戎马之中，当他得以稍稍安定下来之时，音乐方面的安排便达到一个新的规模。在曹操一手操办起来的以铜雀台为中心的园林里，音乐班子相当可观。值得注意的是，曹操如何安排音乐与诗之间的关系。他显然是先作诗，然后让他的音乐班子来配乐，形成乐章。这本来是汉代乐府中诸乐师为诗配乐的老路，但是汉代的宫廷乐师在为采集来的民歌合乐时，他们对原作可以不必十分尊重，往往大胆地加以割裂或拼凑①，因为那些诗不过是民间的东西；现在歌妓们要为曹操的诗配乐，对原作非得特别尊重不可，为了让诗和乐得以密切配合，“宰割辞调”时必然要以所配的器乐去迁就诗，这样就非在音乐上多动脑筋不可，古老的曲调于是不得不发生变化；当然，从另一个方面看，曹操考虑到自己的诗作要入乐，也会更多考虑诗怎样写才便于入乐，他多少要迁就一点自己所欣赏的乐曲，至少要达到能够“但歌”的水准。在这样的诗—乐互动之中，传统的音乐固然要发生某些变化，诗歌创作也必然发生某种变化。这是音乐史和文学史上史无前例的新动向。

在建安时代之前，中国非仪式性音乐生活中最常见的情形有三种类型，一是单纯的器乐演奏，二是清唱（“徒歌”“但歌”），三是诗歌和音乐局部配合所形成的演唱。诗与乐全程的配合，如曹操所实行者，实未出现。

单纯的器乐演奏，其例极多。《吕氏春秋·本味》记载过一则著名的音乐故事：

---

① 详见余冠英《乐府歌辞的拼凑和分割》，《汉魏六朝诗论丛》，上海古典文学出版社1956年版，第26～38页。

伯牙鼓琴，钟子期听之。方鼓琴而志在太山，钟子期曰："善哉乎鼓琴，巍巍乎若太山。"少选之间，而志在流水，钟子期又曰："善哉乎鼓琴，汤汤乎若流水。"钟子期死，伯牙终身不复鼓琴。

伯牙所演奏者显然是无歌辞无标题的纯器乐作品，所以像钟子期这样高水平的知音很是难得。《诗经》中有六首所谓"笙诗"，有目无诗，对此毛《传》、郑《笺》的解释是本有歌辞，后来亡佚；朱熹反对这种既无根据又很难理解的说法，指出这几首都是"有声无词"。他在《诗集传》中根据《仪礼》的有关记载提出新的解释道："《乡饮酒礼》：鼓瑟而歌《鹿鸣》《四牡》《皇皇者华》，然后笙入堂下，磬南，北面立，乐《南陔》《白华》《华黍》。燕礼亦鼓瑟歌《鹿鸣》《四牡》《皇华》，然后笙入立于县中，奏《南陔》《白华》《华黍》。《南陔》以下，今无以考其名篇之义，然曰'笙'，曰'乐'，曰'奏'，而不言'歌'，则有声而无辞明矣。"这一理解显然比较合理，所以后来成为权威的解释。然则所谓"笙诗"乃是纯器乐曲，而不是什么诗。"徒歌"是古代音乐生活中最常见的情形，汉代采集的民歌，原来都是所谓街陌谣歌，亦即清唱；也有清唱加上帮腔的，则称为"但歌"，亦为民间所常见，如宋玉《对楚王问》所述之一人领唱而多人相和的情形就是很生动的描述。"徒歌"和"但歌"被采入宫廷以后，才由乐师为之配乐。在当年的艺术歌曲演唱中，"但歌"仍然相当常见，曹操所激赏的宋容华就是一位著名的"但歌"表演艺术家。歌辞与伴奏相结合，也是早已有之的，从现有的材料看，这种伴奏一向仅限于歌唱的某些局部，或与歌唱交替进行。所谓"或编曲，或鼓琴，相和而歌"（《庄子·大宗师》），就是指的这种情形。荆轲在燕市高歌，高渐离为之击筑，显然只能在某几个关节处击筑，而不能不停地击筑。汉高祖刘邦回故乡，亲自执节而唱《大风歌》，组织一百二十名儿童来应和（帮腔）。汉代最为流行的"相和歌"，"丝竹更相和，执节者歌"（《宋书·乐志》），其基本方式是一人领唱，多人帮腔，管弦乐与歌唱作局部配合。"节"在这种演唱中起到十分重要的作用，由领唱者亲自掌握。"相和歌"就是局部配乐的"但歌"。这种演唱方式到建安时代仍然保持着①。

① 其例甚多，姑举其一以明之，繁钦《与魏文帝笺》形容少年歌手薛访车子的演唱道："……潜气内转，哀音外激，大不抗越，细不幽散，声悲旧笳，曲美常均。及与黄门鼓吹温胡迭唱迭和，喉所发音，无不响应，曲折沉浮，寻变入节。"唱得虽然很自由、很潇洒，但与打击乐所表示的节拍完全合拍。这样的演唱用的仍然是相和歌的传统唱法，只不过其发音方法很特别罢了。

只有在国家级的重大祭祀礼仪活动中，为了制造特殊的气氛，诗和乐才是全程配合的。先秦的情形难以确知，到汉朝，唐山夫人作《房中祠乐》，惠帝二年时“使乐府令夏侯宽备其箫管，更名曰《安世乐》”（《汉书·礼乐志》）。更大规模的一次是汉武帝为了进行场面空前浩大的郊祀大典，重组了乐府机关，作大规模的诗配乐运作，《汉书·礼乐志》云：“至武帝定郊祀之礼，祠太一于甘泉，就乾位也；祭后土于汾阴，泽中方丘也。乃立乐府，采诗夜诵，有赵、代、秦、楚之讴。以李延年为协律都尉，多举司马相如等数十人造为诗赋，略论律吕，以合八音之调，作十九章之歌。以正月上辛，用事甘泉圜丘，使童男女七十人俱歌，昏祠至明。”司马相如等撰写的《郊祀歌》十九章早已完成，此时由乐府的工作人员为之配乐。由于先秦雅乐已经散佚，汉武帝也不喜欢那些古老陈旧的调子，遂命李延年等借鉴民间音乐另行创作，为这些诗全程配乐。这在那时乃是一件了不得的盛事。乐府的一大任务本来就是为仪式性诗歌配乐；采集民歌重在取其音乐，为自己的配乐协律工作搜集资料。《汉书·李延年传》说：“延年善歌，为新变声。是时上方兴天地诸祠，欲造乐，令司马相如等作诗颂，延年辄承意弦歌所造诗，为之新声曲。”李延年的主要工作就是为诗配乐。为仪式性诗歌配乐的事情，汉代还有过若干次，总的情形恰如刘勰所说的那样，“暨后郊庙，惟杂雅章，辞虽典文，而律非夔、旷”（《文心雕龙·乐府》）。用带有浓厚民间音乐色彩的乐曲来配合仪式性的官样文章，成为汉代宫廷音乐生活中的一大特色。

凡此种种的诗、乐全程配合，一则都是政府行为，二则都是形成仪式性的乐章；一般的诗根本得不到这样的待遇。

到曹操，自己写诗，由歌妓配乐，形成乐章，就完全改变了上述格局。以“述酣宴”“伤羁戍”之类世俗生活为内容的诗与音乐全面配合，形成艺术歌曲，这是一场很伟大的革命。其成果是双方面的：主流音乐和诗歌创作都呈现出崭新的面貌。

从音乐方面来说，到曹操时代，历来相传的清商乐发生了相当大的变化，开创了崭新的局面。《宋书·乐志》引用宋、齐间著名音乐史家王僧虔（426～485）的话说：“今之清商，实由铜雀，魏氏三祖，风流可怀。”可知原来意义上的清商乐经过铜雀台音乐班子的整理、加工、改造以后，面貌已经焕然一新。从后来的情形看，正是这种以铜雀台为发祥地的清商乐被晋人继承，又继续流传下去，其流风余脉，直至隋唐①；而古老的汉清商三调已经随着汉王朝的衰亡而衰微乃至于消亡了。

所谓清商三调（清调曲、平调曲、瑟调曲）本是汉代的民间音乐，由乐府机关采来，加以改造，进入器乐，再回过头来与所采之诗相配合。清商三调是汉代配诗音乐的大宗，许多汉代民歌是用清商三调中某一调为之配乐，然后用相和歌的方式来演唱。所以这三调也被称为“相和三调”。从当年的操作程序来说，一般是先有诗再配乐，乐府对所采之诗与御用文人所作之诗进行整理加工，一个重要的工作就是为之配乐，但得以全程配乐的只是御用文人为国家级典礼所作的官样文章，其他诗篇只能局部配乐，至于未进入乐府的一般抒情言志叙事之作根本不可能得到配乐的待遇。自从哀帝下令罢乐府以后，只有一小半前乐府人员并入管理雅乐的太乐令②，用民间音乐来配诗的传统大受挫折；随着汉王朝的腐朽和垮台，则连雅乐都散乱亡佚了，曹操曾经让资深雅乐专家杜夔加以恢复整理，效果很不理想③，由汉代中央音乐机关保存的包括相和三调在内的俗乐，散佚的情况当更为严重。散落于民间的俗乐必然有很大的变易和改造，难以维持其原先的规范。所以可以想象，为曹操的新诗所配之乐，必然是“倡优”们吸收各路民间俗乐的营养所进行的新的创作，曹操本人也可能会参加进去，因为他乃是一位高水平的音乐家。《三国

---

① 朱乾《乐府正义》云：“清商曲自晋朝播迁，其音分散。苻坚灭凉得之，传于前后秦。及宋武定关中，因而入南，不复存于内地，此一变也。后魏孝文讨淮、汉，宣武定寿春，收其声伎，得江左所传中原旧曲。……及江南吴歌、荆楚西声，总谓之清商乐。殿廷享宴，则兼奏之。遭梁、陈亡乱，存者盖寡，此二变也。隋平陈，得其器乐、工人，上庭奏之，文帝叹曰：‘华夏正声也！’令太常置清商署以掌之。大业中，炀帝乃定清乐西凉等部。此三变也。”王灼《碧鸡漫志》卷一云：“隋氏取汉以来乐器、歌章古辞，并入清乐，余波至李唐始绝。”按，汉乐早已散佚，晋至唐所传清商，实为曹魏时代的“新声”，即与“魏之三祖”关系极大的“清商三调”。

② 《汉书·礼乐志》：“是时，郑声尤甚……哀帝自为定陶王时疾之，又性不好音，及即位，下诏曰：‘……其罢乐府官。郊祭乐及古兵法武乐，在经非郑卫之乐者，条奏，别属他官。’丞相孔光、大司空何武奏：‘……大凡八百二十九人，其三百八十八人不可罢，可领属太乐。其四百四十一人不应经法，或郑、卫之声，皆可罢。’奏可。”

③ 《三国志·魏书·杜夔传》：“（杜夔）以知音为雅乐郎，中平五年，疾去官，州郡司徒礼辟，以世乱奔荆州。……太祖以夔为军谋祭酒，参太乐事，因令创制雅乐。夔善钟律，聪思过人，丝竹八音，靡所不能，唯歌舞非所长。时散郎邓静、尹齐善咏雅乐，歌师尹胡能歌宗庙郊祀之曲，舞师冯肃、服养晓知先代诸舞。夔总统研精，远考诸经，近采故事，教习讲肄，备作乐器，绍复先代古乐，皆自夔始也。”雅乐一脉将绝，虽经杜夔等遗老努力恢复，勉强存留，但与古代雅乐已有出入，详见《晋书·律历志》。由汉皇室保存的俗乐当然更加散佚，无从恢复了。

志·魏书·武帝纪》注引张华《博物志》云:"桓谭、蔡邕善音乐……太祖皆与埒能。"他在"倡优"们创作时恐怕起过很大的指导作用。这些新的乐章当然免不了受到旧日清商三调的某些影响,同时也必有新的创造,新的清商三调正是在这一过程中逐步形成的。所谓"今之清商,实由铜雀",只有这样来理解才合于逻辑。

用新的清商曲为新的非仪式性诗作配套,这就形成了一个极其重要的音乐文学的新传统。从这个意义上来说,曹操所作的乐府诗虽然用了一些旧的题目,实为崭新的歌词;至于他那些自己起题目的乐府诗,则更是最新的歌词。《晋书·乐志》提到有不少歌诗"始皆徒歌,既而被之管弦",曹操许多作品也正经历了这么一个过程。正因为如此,他写那些乐府诗与一般诗人写徒诗的心态并没有什么不同,乐府和非乐府的界限在他这里几乎是不存在的,因为配乐是下一步的事情,也是自己的事情。他写诗不受什么拘束。

后代文人作乐府诗一般多着重于叙事,而作徒诗则径向抒情的路上走去,乐府与徒诗的区别,除了有入乐与否的不同之外,叙事与抒情各有所侧重也是十分明显的事实。曹操是专写乐府诗的,他有时采用乐府诗的传统手法以叙事为主,有时则将抒情成分强烈地导入乐府诗,使乐府诗与徒诗一样具有广泛的抒情言志的功能。这在当时是使人耳目一新的,并且产生过巨大的影响,建安时代许多诗人用乐府诗来述志抒怀,正是沿着这一条路向前走的。曹操实行的这一革新,同他将诗歌与音乐的关系作出全新的处理是分不开的。敢于创新的人是最自由的人。

建安时代诗歌与音乐发生全新关系还有一件大事,就是建安十八年(213)曹操进位魏公以后,建魏的社稷宗庙,要搞一套音乐歌舞。按传统,这当然要用雅乐,但当时由王粲作宗庙之诗《俞儿歌舞四首》用的乃是巴中夷蛮人舞曲的调子而"改创其辞"(《晋书·乐志》)。王粲从事这项创作时曾征求巴渝帅李管等人的意见,并让他们试唱,在辞、曲的配合上很下了一些功夫。尽管王粲所作歌词无非为曹魏歌功颂德,无多可观,但他搞声辞配合的路子与曹操本人一向讲究乐章之美,完全不管传统的清规戒律,并无二致,这同样体现了建安时代新的风尚。

由曹操开创的这种路子,后来由他的儿子曹丕、孙子曹叡继承下来。这两位都是当了皇帝的,更有条件在音乐上有所作为。其中最醒目的一件大事,是当汉魏禅让之际,曹丕命缪袭为新建立的大魏政权写颂歌,用的乃是北狄乐鼓吹曲，根本不考虑传统的雅乐。著名的雅乐专家杜夔，在曹操时代尚能研精雅乐，有事可做，而到曹丕时代日子很不好过，曹丕甚至不顾他的资历和身份，让他“于宾客之中吹笙鼓琴，夔有难色，由是帝意不悦”（《三国志·魏书·杜夔传》），后来竟被黜免，郁郁而死。杜夔勉力恢复的雅乐被大加改动，变得面目全非，《晋书·乐志》说：“黄初中，柴玉、左延年之徒，复以新声被宠，改其（杜夔）声韵。”新的清商三调大约就是在这时完全定型。

《三国志·魏书·三少帝纪》裴注引《魏书》载，齐王芳末年，司马师要赶他下台，于是由守尚书令、太尉司马孚领衔，共奏永宁宫（指明元郭皇后，齐王即位后尊为皇太后，称永宁宫），揭发曹芳的种种劣迹，其中有云：

> 皇帝即位，纂继洪业，春秋已长，未亲万机，耽淫内宠，沈漫女色，废捐讲学，弃辱儒士。日延小优郭怀、袁信等于建始芙蓉殿前裸袒游戏，使与保林女尚等为乱，亲将后宫瞻观。又于广望观上，使怀、信等于观下作辽东妖妇，嬉亵过度，道路行人掩目，帝于观上以为宴笑。于凌云台曲中施帷，见九亲妇女，帝临宜曲观，呼怀、信使入帷共饮酒。怀、信等更行酒，妇女皆醉，戏侮无别。使保林李华、刘勋等与怀、信等戏，清商令令狐景呵华、勋曰：“诸女，上左右人，各有官职，何以得尔？”华、勋数谗毁景。帝常喜以弹弹人，以此恚景，弹景不避首目。景语帝曰：“先帝持门户急，今陛下日将妃后游戏无度，至乃共观倡优，裸袒为乱，不可令皇太后闻。景不爱死，为陛下计耳。”帝言：“我作天子，不得自在邪？太后何与我事！”使人烧铁灼景，身体皆烂……

内容是否完全属实今不可知，但当时有清商署，其令为令狐景，则确然无疑。除了有令，还有丞（副职），就在这份告发傀儡皇帝曹芳的奏章中，还有如下一段：

> 太后遭郃阳君丧，帝日在后园，倡优音乐自若，不数往定省。清商丞庞熙谏帝：“皇太后至孝，今遭重忧，水浆不入口，陛下当数往宽慰，不可但在此作乐。”帝言：“我自尔，谁能奈我何？”皇太后还北宫，杀张美人及禺婉，帝恚望，语景等：“太后横杀我所宠爱，此无复母子恩。”数往至故处啼哭，私使暴室厚殡棺，不令太后知也。每见九亲妇女有美色，或留以付清商。帝至后园竹间戏，或与从官携手共行。熙曰：“从官不宜与至尊相提挈。”帝怒，复以弹弹熙。

据此可见清商署不仅有正式的编制，曹芳在位期间且有所扩大，增加女乐，为皇帝私人服务；清商令、丞的责任之一是管理乐工，所以他们对曹芳的秽行知道得很多，也曾经有所规劝，但不起任何作用。对于清商三调的达成，清商署这一机构应当发挥很大的作用。可惜由于史料丧失，今已难言其详。《三国志·魏书·文帝纪》注引《魏书》云："有司奏改汉世宗庙安世乐曰正世乐，嘉至乐曰迎灵乐，武德乐曰武颂乐，昭容乐曰昭业乐，云翘舞曰凤翔舞，育命舞曰灵应舞，武德舞曰武颂舞，文始舞曰大韶舞，五行舞曰大武舞。"实行这一番改革的部门应当就是清商署或其前身。清商署很可能在曹魏建国之初就有了，当时忙于张罗朝廷的大典，而到了不肖子孙手里，竟蜕变而为搞腐败的基地。

曹丕作诗大写其爱情，许多诗很像民间歌诗，而歌辞与音乐的配合十分讲究，他的乐府诗既有五言、七言，又多有杂言，显然意在深入探索声辞配合的路子，所配之乐则当然是他本人特别欣赏的清商"新声"。由当今皇帝来提倡新声，影响肯定是非常之大的。魏明帝曹叡也是一位俗乐的热烈爱好者，他最欣赏相和歌，《晋书·乐志》说，相和"本一部，魏明帝分为二，更递夜宿"，可见其爱好之深。经过曹操、曹丕两代人的大力提倡，新声已经完全成熟，曹叡便用这种新声来写乐府诗；《晋书·乐志》又说，在先有徒歌然后被以管弦这种模式之外，"又有因丝竹金石，造歌以被之，魏氏三调歌辞之类是也"。曹叡大约就是按音乐来写诗的代表，例如他的《燕歌行》：

白日晼晼忽西倾。霜露惨凄涂阶庭。秋草卷叶摧枝茎。翩翩飞蓬常独征。有似游子不安宁。

完全依乃父《燕歌行》的调子，这显然有着音乐方面的考虑。按乐填词，实以字数完全一致最为方便，可以省得乐师再费什么手脚。曹叡的诗作一般来说相当平庸，除了他本人素质上的原因之外，过于受到音乐的牵制可能也是一个原因。他因为缺少创新能力而在文学史上没有什么地位，但在进一步确立新声清商三调方面却不无贡献，"新声"需要一段巩固的时间，于是曹叡就能以"魏氏三祖"之一的身份，在音乐文学史上占有一席之地。

建安时代最优秀的诗人曹植，也具有非常良好的音乐素质，他在追求诗歌音乐美方面取得了更好的成绩。由于他不具备"魏氏三祖"那样至尊的地位，不可能有自己的音乐班子大规模地从事声、辞完全配合的创新试验，于是他转而从梵呗中寻找借鉴和出路，走上了一条更新的道路。

三

在曹操的时代，辞赋处于文学样式的中心，曹操颇能“论赋”①，他本人大约写得不多，或已亡佚。他在散文方面则有更杰出的表现，尽管现在所能看到的也不很多。

因为身份的关系，曹操的散文多半是令、表、书、教一类的应用文字，但他以气为文，写得充满感情，短小精悍，骈散兼施，无拘无束，同东汉时大量同类文字的沉闷死板、冗长散缓完全不同，不仅使当时的人们耳目一新，而且对后世产生了很大的影响。将文学元素引入应用性的文本，孔融已开其端，到曹操进一步发扬光大，因为作者的地位高到无可再高，所以影响也极其深广，从此以后本属应用文的官方文件也被当作文学文本来写，其流风遗韵一直贯穿到五四运动之前；公文也是美文的传统至现当代才几成绝响。

对于汉末以来战争灾荒给人民带来的痛苦，曹操深表同情，他又是一个乡土观念很强的人，所以在建安七年(202)正月回到故乡谯郡时下过一道著名的命令：

> 吾起义兵，为天下除暴乱。旧土人民，死丧略尽，国中终日行，不见所识，使吾凄怆伤怀。其举义兵已来，将士绝无后者，求其亲戚以后之，授土田，官给耕牛，置学师以教之。为存者立庙，使祀其先人。魂而有灵，吾百年之后何恨哉！(《军谯令》)

作为一道命令，基本内容在三四两句，但曹操在前面又有两句叙述自己的本意与实际效果，言下不胜感慨悼惜；最后又有一句，表明只有采取上述措施才能让自己不安的心灵稍稍平复。这样的令文充满了人间的温情，而又不失一代枭雄大处着眼不惜个别牺牲的阔大气魄，这就不是一般的公文了，简直是意味深长的抒情小品。

建安十二年(207)曹操下《封功臣令》：

> 吾起义兵诛暴乱，于今十九年，所征必克，岂吾功哉？乃贤士大夫之力也。天下虽未悉定，吾当要与贤士大夫共定之；而专飨其劳，吾何以安焉！其促定功行封。

① 《文心雕龙·章句》：“昔魏武论赋，嫌于积韵，而善于贸代。”

此时正在赤壁之战的前夜，总结前账论功行赏无非是为此作出动员，但令文写得很有感情，充满自信，态度谦抑，表现了大政治家宽广的胸怀，与一般干巴巴的政令完全不同。

曹操的许多散文不仅感情洋溢，而且十分讲究运用动人的细节，使作品有血有肉，相当耐读。曹操早年曾经得到过前辈高官桥玄的奖掖，建安七年(202)他派人以太牢祀桥玄，亲自作祀文云：

> 故太尉桥公，诞敷明德，泛爱博容，国念明训，士思令谟。灵幽体翳，邈哉晞矣。吾以幼年逮升堂室，特以顽鄙之姿，为大君子所纳，增荣益观，皆由奖助，犹仲尼称不如颜渊，李生之厚叹贾复。士死知己，怀此无忘。又承从容约誓之言："殂逝之后，路有经由，不以斗酒只鸡过相沃酹，车过三步，腹痛勿怪。"虽临时戏笑之言，非至亲之笃好，胡肯为此辞乎？匪谓灵忿，能诒己疾，怀旧惟顾，念之凄怆。奉命东征，屯次乡里，北望贵土，乃心陵墓，裁致薄奠，公其尚飨！

开头几句概括桥玄的盛德，尚属祀文的常规写法，但文字简括，一笔带过，以下重点写自己与逝者的交往，表达对前辈的感激之情，然后又忽然引出当年桥老前辈的一句戏言，幽默风趣，一下子写出了逝者与自己忘年交式的亲密关系，由此转入眼前的祭祀，非常亲切自然。祭祀文一般都写得比较正规严肃，采用这样轻松风趣的路径可谓前无古人，开出后来回忆散文一路。

曹操的散文想说什么就说什么，想怎么说就怎么说，敢讲真话，敢抒真情，开创了"通脱"的新文风。所谓"通脱"，意思是舒卷自如，无拘无束。

这方面最典型的作品是他自白式的《让县自明本志令》，作于建安十五年(210)。文章前半叙述自己早年的志向道：

> 孤始举孝廉，年少，自以本非岩穴知名之士，恐为海内人之所见凡愚，欲为一郡守，好作政教，以建立名誉，使世士明知之。故在济南，始除残去秽，平心选举，违迕诸常侍。以为强豪所忿，恐致家祸，故以病还。去官之后，年纪尚少，顾视同岁中，年有五十，未名为老，内自图之，自此却去二十年，待天下清，乃与同岁中始举者等耳。故以四时归乡里，于谯东五十里筑精舍，欲秋夏读书，冬春射猎，求底下之地，欲以泥水自蔽，绝宾客往来之望，然不能得如意。后征为都尉，迁典军校尉，意遂更欲为国家讨贼立功，欲望封侯作征西将军，然后题墓道言"汉故征西将军曹侯之墓"，此其志也……

闲闲道来，如叙家常，不夸大，也不故作谦虚，比较客观地写自己的经历和思想，而同时也就道出了汉末一批士人的心态。下文中段略叙自己在动乱中挫败群雄的主要经历，举重若轻，气势甚壮；末尾归结到当下来，于是说起一个最主要的问题：

> 身为宰相，人臣之贵已极，意望已过矣。今孤言此，若为自大，欲人言尽，故无讳耳。设使国家无有孤，不知当几人称帝，几人称王。或者人见孤强盛，又性不信天命之事，恐私心相评，言有不逊之志，妄相忖度，每用耿耿。齐桓、晋文所以垂称至今日者，以其兵势广大，犹能奉事周室也。……然欲孤便尔委捐所典兵众以还执事，归就武平侯国，实不可也。何者？诚恐己离兵为人所祸也。既为子孙计，又己败则国家倾危，是以不得慕虚名而处实祸，此所不得为也。

总之，“江湖未静，不可让位”，但分封的邑土可得而辞，所以决定让还阳夏、柘、苦三县二万户，以分损谤议云。曹操写这篇文章自然有他政治策略上的深刻考虑，未必句句是实话，但也有许多话说得非常坦率直露，显示了非同小可的气魄和胆量。文中将“不信天命”与“不逊之志”严格加以区分，暗含着很强的思想力度。像这样通脱豁达较少文饰的文章，不仅在汉代是空前的，在整个中国文学史上亦无先例。曹操主张“为表不必三让，又勿得浮华”(转引自《文心雕龙·章表》)，提倡质朴坦率的文风，他真能身体力行。鲁迅先生说，曹操“胆子很大，文章从通脱得力不少，做文章时又没有顾忌，想写的便写出来”，充分肯定称他“是一个改造文章的祖师”①。这是很中肯的评价。

曹操的散文大抵以充满抒情色彩的议论为主，叙事成分不多，但凡有叙事之处，往往特别讲究细节传神，以少许胜多许，如上述《让县自明本志令》提到袁术有称帝的野心时说：“又袁术僭号于九江，下皆称臣，名门曰‘建号门’，衣被皆为天子之制，两妇预争为皇后。”文字不多，而袁氏之丑态已被揭露无余。曹操表彰其部属之文，如建安六年(201)的《加枣祗子处中封爵并祀祗令》、建安十一年(206)的《表称乐进于禁张辽》、建安十二年(207)的《请增封荀彧表》和《请追赠郭嘉封邑表》等等，除了概述诸位功臣的贡献之外，一般都用亲切有味的文字讲一两件事例，平添了文章的活气。曹操擅长于大笔勾勒，局部稍加点染，便能写出人物的特色，得其神似，给人留下难忘的印象。

---

① 《而已集·魏晋风度及文章与药及酒之关系》，《鲁迅全集》第3卷，第503页。

曹操的文章一般都比较短，大抵在百字上下，简约严明，气势非凡。例如著名的求贤三令：

自古受命及中兴之君，曷尝不得贤人君子与之共治天下者乎！及其得贤也，曾不出闾巷，岂幸相遇哉？上之人不求之耳。今天下尚未定，此特求贤之急时也。孟公绰为赵、魏老则优，不可以为滕、薛大夫，若必廉士而可用，则齐桓何以霸世！今天下得无有被褐怀玉而钓于渭滨者乎？又得无有盗嫂受金而未遇无知者乎？二三子其佐我明扬仄陋，唯才是举，吾得而用之。（《求贤令》，建安十五年〔210〕）

夫有行之士，未必能进取；进取之士，未必能有行也。陈平岂笃行，苏秦岂守信邪？而陈平定汉业，苏秦济弱燕。由此言之，士有偏短，庸可废乎？有司明思此义，则士无遗滞，官无废业矣。（《敕有司取士勿废偏短令》，建安十九年〔214〕）

昔伊挚、傅说出于贱人，管仲，桓公贼也，皆用之以兴。萧何、曹参，县吏也，韩信、陈平负污辱之名，有见笑之耻，卒能成就王业，声著千载。吴起贪将，杀妻自信，散金求官，母死不归，然在魏，秦人不敢东向，在楚，则三晋不敢南谋。今天下得无有至德之人放在民间，及果勇不顾，临敌力战；若文俗之吏，高才异质，或堪为将守；负污辱之名，见笑之行，或不仁不孝，而有治国用兵之术：其各举所知，勿有所遗。（《举贤勿拘品行令》，建安二十二年〔217〕）

再三下令，可见曹操要推行其“唯才是举”的用人方针阻力不小，三份令文侧重点不同，写法各异：建安十五年令层次井然，气势极旺；建安十九年令单刀直入，旨在打通“有司”即主管人才选拔之官员的思想；建安二十二年令历举史实，进一步阐明“进取之士，未必能有行”的道理，要求“有司”切实解放思想，不拘一格举荐人才。三份令文都写得文约意丰，影响极大，至今读去也还虎虎有生气。

这些令文中都举了一些历史人物为例，又引用前贤的言论加以引申发挥，都只点到即止，没有堆砌板滞的毛病。行文以散句为主，兼用骈句，错综运用，唯求达意，绝不刻意追求形式上的整饬。三令明白晓畅，意态卓然，一派大家风度。

建安二十五年（220）正月，曹操病逝于洛阳，临终前留下一份遗嘱，因为身份的关系，称为《遗令》，不知道是手稿还是记录稿。稍后曹丕继承了曹操魏王的地位，改元延康；不久逼迫汉献帝把宝座“禅让”给他，径自上台当了皇帝，改元黄初，是为曹魏新王朝。于是先王《遗令》作为最重要的历史文献入藏曹魏的皇家档案馆；魏晋易代后，继续藏在新王朝的皇家档案馆里。西晋著名文学家陆机充当史官时亲眼看到过这份文献，曾在文章中有所引用；若干历史著作中也有片段的引用。

曹操《遗令》中现在所能知道的主要内容约可分为四个方面。第一个方面是政治军事方面。遗令指出，天下尚未安定，丧事务必从简；一切部属继续在原地点原岗位完成原来的任务，不得乱动；军事上继续实行法治，但自己过去执法时也有感情用事的地方，这一条不能效法。第二方面，要求实行薄葬，“敛以时服，无藏金玉珠宝”（《三国志・魏书・武帝纪》）；更具体地说，“金珥珠玉铜铁之物一不得送”（《宋书・礼志》）。曹操平时生活比较俭朴，死后墓葬也不准阔气。这里大约还有一大原因他没有明言，那就是值钱的陪葬品容易引来盗墓者。汉末天下大乱，盗墓成风，军阀们大张旗鼓地干这种事，曹操本人也领导过颇具规模的发掘取宝行动，借以增加收入，保障军费。为此他甚至专门设置过发丘中郎将、摸金校尉这样的专职官员，结果遭到袁绍手下笔杆子陈琳的揭发和痛骂①。曹操临终前特别强调薄葬，大约意在防止后人也来盗他的墓。

第三方面是关于财产、家属和歌舞伎的安排。曹操身边的妻妾和地位更低一些的女人不少，先前曹操说过，自己死后她们应当改嫁，“欲令传道我心，使他人皆知之”（《让县自明本志令》）；在正式的遗嘱中则不再唱这样的高调，只说是“余香可分与诸夫人，不命祭。诸舍中无所为，学作组履卖也。吾历官所得绶，皆著藏中。吾余衣裘，可别为一藏，不能者兄弟可共分之”。大人物一死，原先靠着大树乘凉的女人们决不可以指望再过先前那样的日子，曹操把这一点看得很透彻，到临终之际能说出卖履分香这样的话来，既多有情意，又简直可以说是见道之言。《遗令》又曰：“吾婕妤妓人，皆著铜爵台。于台堂上施八尺床，繐帐，朝晡上脯糒之属。月朝十五，辄向帐作妓。汝等时时登铜

① 详见陈琳《为袁绍檄豫州》，《文选》卷四十四。后来曹丕也很强调薄葬，在《终制》里有更为详细的规定，并公开说明其原因道：“自古及今，未有不亡之国，亦无不掘之墓也。丧乱以来，汉氏诸陵无不发掘，至乃烧取玉匣金缕，骸骨并尽，是焚如之刑，岂不重痛哉！”他亲身经历过汉末的盗墓高潮，见识过乃父如何领导“发丘”“摸金”，所以特别通达。参见顾农《曹操的领导盗墓与安排疑冢》，《博览群书》2008 年第 4 期；又收入《四望亭文史随笔》，凤凰出版社 2012 年版。

爵台，望吾西陵墓田。”（转引自陆机《吊魏武帝文》，《文选》卷六十）看来他对铜雀台里那些歌妓似乎有着更深的感情，死了以后其他可以不讲究，只是还要求欣赏那些常住于此的女艺术家们的表演，每月两次。曹操“好音乐，倡优在侧，常以日达夕”（《三国志·魏书·武帝纪》注引《傅子》）；这一爱好死而不已，他在遗令中特别指定要在铜雀台上给自己安排一个专门的席位，以便像生前那样就近欣赏音乐。这一条风雅到底的遗嘱真所谓前无古人，后少来者。陆机在《吊魏武帝文》中就此大发感慨道：“结遗情之婉娈，何命促而意长。陈法服于帷座，陪窈窕于玉房。宣备物于虚器，发哀音于旧倡。矫戚容以赴节，掩零泪而荐觞。……徽清弦而独奏，进脯糒而谁尝？悼繐帐之冥漠，怨西陵之茫茫。登爵台而群悲，贮美目其何望。”这才叫真正爱好艺术①。

第四方面是一个很特别的要求，拜托当时在他身边的曹植好好照顾“姬女”和“季豹”——他们都是曹操最为宠爱的杜夫人生的，当时也在曹操身边。姬女后来嫁给了曹操的假子何晏（190～249）；季豹即曹林，后封沛王，甘露元年（256）卒后谥为“穆”。这一条遗嘱表明他对曹植寄予厚望，甚至大有安排他为自己的接班人之意；稍后曹彰应曹操之召从外地赶到洛阳，《三国志·魏书·任城威王彰传》注引《魏略》云：

> 彰至，谓临淄侯植曰：“先王召我者，欲立汝也。”植曰：“不可。不见袁氏兄弟乎？”

把这些信息联系起来看，曹操临死前几乎是把继承权交给曹植了。关于这一点，曹彰肯定得到了明确的指示，曹植本人也完全心里有数，唯其如此，他对曹彰的说法并未否认，只是指出这样做不行，很容易重蹈袁绍家族内讧的覆辙。曹植毅然放弃了可能继承曹操地位的机会，拥戴乃兄曹丕继承父位来当魏王。由于曹植顾全大局主动谦让，也由于曹丕采取非常果断的措施迅即称王，一场可能产生的政治危机没有爆发。

可是曹操这一条临终嘱托产生了很严重的后果，曹植从此再也没有好日

① 不妨顺便指出，从此铜雀妓就成为一个引人注目的题目，许多人以此为题作乐府诗，形成相和歌辞平调曲中的一大热门，《乐府诗集》（卷三十一）录入甚多。在这些诗中得到正面表现的铜雀台歌妓们对旧时的主人和知音曹操充满了怀念的深情。在这些乐府诗里，曹操一直是很正面的形象，一个真懂艺术的政治家的形象。这种情形到赵宋以后发生很大变化，随着曹操逐步变成了一个反面人物，铜雀妓对他的一片深情也不再是诗人们歌咏的对象了。

子过，一再遭到乃兄的迫害，尽管他本人完全没有野心，并且特别顾全大局，但在曹丕心目中他乃是一个有实力的最危险的敌手，于是相煎甚急。

曹彰因为介入了曹操的善后事宜，而且他赶到洛阳以后，向主持丧礼的贾逵查问“先王玺绶所在”，“逵正色曰：‘太子在邺，国有储副，先王玺绶，非君侯所宜问也。’遂奉梓宫还邺”（《三国志·魏书·贾逵传》）；这时曹丕早已即王位，欲立曹植一事已经完全不可能了。曹彰来晚了一步。所以他后来的遭遇自然也就好不了，黄初四年(223)朝京都，暴死于此。《三国志·魏书》本传注引《魏氏春秋》云：“初，彰问玺绶，将有异志，故来朝不即得见。彰忿怒暴薨。”单是“忿怒”大约不至于“暴薨”，据《世说新语·尤悔》载，曹彰是被曹丕毒死的，曹植也几乎被害，因卞太后的保护而得以幸免。

曹丕、曹彰、曹植是亲弟兄仨，都是卞太后所生；但是在宫廷里，亲兄弟历来难以和平共处，没有才干还好，否则他就很危险。曹操临终时的感情用事，留下一大后遗症，这就是给曹植、曹彰带来巨大的灾难。

就文章而言，曹操的遗嘱仍然保持了他一贯的通脱之风，强烈地流露出他的个性——这在古代是很罕见的。

曹操在他去世的两年前(建安二十三年〔218〕)曾下过一道命令：“古之葬者，必居瘠薄之地。其规西门豹祠西原上为寿陵，因高为基，不封不树。”（《三国志·魏书·武帝纪》）其地离他的老根据地邺城不远。2009年年底，河南省考古工作者宣布曹操的陵墓已在河南省安阳市安阳县安丰乡西高穴村被发现，引起人们很大的兴趣。

三　蔡琰

建安时代出现了一位杰出的女作家蔡琰(字文姬,177～?),她的父亲蔡邕(字伯喈,133～192)是东汉末年第一流的学者和作家,也是孔融、曹操的老朋友。蔡邕死于非命之后,孔融对他非常怀念①;而曹操则用重金把流落在南匈奴的蔡琰接回中原。文姬归汉从此成为一个著名的典故,也是人物画的一大题材。

一

蔡邕多才多艺,在经学、史学、文学、音乐、书法诸方面都有很高的造诣,尤精史学,特别是典章制度、天文历法等专门史。光和元年(178)因得罪了宦官和权贵被流放到朔方去以后,匈奴、鲜卑侵犯边境,他处境危险,曾上奏章请求放回首都,戴罪写史;稍后虽遇赦得还,仍遭迫害,遂亡命江海,避居吴会,计划中的《续汉志》十篇始终未能完成。到初平三年(192)蔡邕被王允逮捕下狱,在生死关头他又"乞黥首刖足,继成汉史"(《后汉书》本传),遭到拒绝,死于狱中。从现存的他所著的《独断》一书看去,蔡邕在典章制度史方面确有丰富的知识、很高的造诣,没有能全面系统地写下来是很可惜的。

对于文学创作,蔡邕并不十分重视。当汉灵帝招揽文人,拟开鸿都门学之际,蔡邕奏《上封事陈政要七事》,反对以辞赋取士用人;稍后他在《对诏问灾异八事》中说得更为明确:"忧乐不并,喜戚易方,畏灾责躬,念当专一。精意以思变,则上方巧技之作,鸿都篇赋之文,宜且息心,以示忧惧。"他从政治

① 《三国志·魏书·崔琰传》裴注引张璠《汉纪》:"虎贲士有貌似蔡邕者,(孔)融每酒酣,辄引与同坐,曰:'虽无老成人,尚有典刑。'其好士如此。"按,"虽无老成人,尚有典刑"二句原出《诗经·大雅·荡》。史梦兰《尔尔书屋诗草》卷四《孔融》诗有句云"为爱中郎对虎贲",典出于此。

大局出发劝皇帝少为小事分心，而应励精图治。这当然有合理的地方，而他对辞赋小道之根本不重视也由此可以看得很分明。

蔡邕的史书撰写计划未能完成，他后来得到甚高评价的恰恰是他并不看重的篇章辞赋。曹丕在《典论·论文》中评论建安辞赋，特别推崇王粲、徐幹二人，认为他们的水平可以赶上张衡、蔡邕，可见在建安文学家的心目当中，蔡邕和张衡同为权威作家。

现存蔡邕的辞赋大抵是小赋，抒情的意味比较浓厚，其中最长也最重要的一篇是作于延熹二年(159)的《述行赋》。该赋序云："延熹二年秋，霖雨逾月，是时梁冀新诛，而徐璜、左悺等五侯擅贵于其处，又起显阳苑于城西，人徒冻饿，不得其命者甚众。白马令李云以直言死，鸿胪陈君以救云抵罪。璜以余能鼓琴，白朝廷敕陈留太守发遣。余到偃师，病不前，得归。心愤此事，遂托所过，述而成赋。"东汉后期梁氏是最显赫的外戚，大将军梁冀掌权近二十年，"专擅威柄，凶恣日积，宫卫近侍，并树所亲，禁省起居，纤微必知，其四方调发，岁时贡献，皆先输上第于冀，乘舆乃其次焉"(《资治通鉴》卷五十四《汉纪四十六》)。大权旁落的桓帝忍无可忍，于延熹二年八月组织宦官单超、徐璜、具瑗、左悺、唐衡等率领宫内武装以迅雷不及掩耳之势包围了梁冀的住处，杀其全家，又牵连杀其同党官僚数十人，罢免数百人，朝廷为之一空，政局为之一改。从这时起到中平末年何进诛灭宦官，大权完全落入宦官手中，单超等五人同时封侯，天下为之侧目。李云露布上书，反对宦官专权，立即被捕杀，大鸿胪陈蕃因救助李云被罢免，由此开始了清流亦即正直的士大夫反宦官专权的斗争，党锢之狱即将开场。

蔡邕本无意于卷入政治斗争，但他和中国古代许多正直的士人一样，以社会良心自命，希望凭个人才干立足于世，不愿依附权贵，而对民间疾苦则十分关心，对于重大的政治问题保持自己独立的见解。《述行赋》以自己的行程为线索，一路考之旧闻，凭吊古人，曲折地抒发自己的忧思，借古讽今的意思相当明显；然而作者仍然觉得言而未畅，到篇末更直截了当地写道：

皇家赫而天居兮，万方徂而星集。贵宠扇以弥炽兮，佥守利而不戢。前车覆而未远兮，后乘驱而竞及。穷变巧于台榭兮，民露处而寝湿。消嘉谷于禽兽兮，下糠秕而无粒。弘宽裕于便辟兮，纠忠谏其骎急。怀伊吕而黜逐兮，道无因而获入。唐虞眇其既远兮，常俗生于积习。周道鞠为茂草兮，哀正路之日涩。观风化之得失兮，犹纷拿其多违。无亮采以匡世兮，亦何为乎此畿！甘衡门以宁神兮，咏都人而思归。爰结踪而回轨兮，复邦族以自绥。

作者对当时的社会问题和潜伏着的危机看得十分清楚，但他只是一介书生，对此一筹莫展，只有逃向隐逸生活以求个人心灵上的平静。蔡邕对东汉王朝已经基本失去信心了。隐士们逃避政治往往正是因为他们关心政治，麻木不仁则无所谓逃避。《述行赋》直接写到作者对社会问题的观感，特别是相当尖锐地写到民间的疾苦，在中国赋史上具有重大的意义。赋这一文体虽然可能导源于民间，但比较早地就走向了宫廷，在一个相当长的时间里一味“润色鸿业”（班固《两都赋·序》），歌功颂德，严重地脱离了人民群众的生活实际。蔡邕此时以布衣的身份应召从民间走向宫廷，他没有走到底就回了头。民间的痛苦给了他太深的刺激，忍不住要痛陈时弊，暴露上层社会与下层民众之间生活水准的悬殊；巨大的反差被表现得惊心动魄，于是就越出了文人辞赋铺陈奢华而又曲终奏雅加一条讽谏尾巴的窠臼，给传统悠久的文体输入了新鲜的血液。

鲁迅先生曾标举“穷变巧于台榭兮”等四句，指出蔡邕不仅是一位“典重文章的作手”，而且“也是一个有血性的人”①；可以补充指出的是，他同时也是一位在赋史上继往开来的大人物。《述行赋》从体式上来看与过去那些纪行题材的作品如班彪的《北征赋》、班昭的《东征赋》等等大体相同，但明显地具有新的色彩，其中怀古的比重大为减少，直接反映现实生活的笔墨则大为增加；同时抒情的意味十分浓厚，即使在那些叙事的部分里也伴随着浓重的感伤和忧患，艺术感染力相当强。此后建安时代的赋家写纪行题材的作品，如王粲的《初征赋》、徐幹的《序征赋》、阮瑀的《纪征赋》、应玚的《撰征赋》、繁钦的《述行赋》、杨修的《出征赋》、曹丕的《述征赋》等等，无不以现实生活为铺叙的主要内容。写实因素大幅度增多，从一个重要的侧面促进辞赋取得新的长足的发展。反映现实生活永远是文学艺术最重要的任务，也是它能够吸引受众关注的根本原因。脱离当下、梦想生活在别处的作家、艺术家是没有前途的。在由怀古到写今的历史性转换中，蔡邕作为一个切近的榜样发挥了重大的作用：建安作家中有些人（如阮瑀和路粹）是他的学生，另一些（如王粲）得到他的奖掖提携，曹操是他的朋友，曹丕是他热烈的崇拜者。蔡邕对建安文

---

① 《且介亭杂文二集·“题未定”草（六至九）》，《鲁迅全集》第6卷，第422页。

学的影响是直接的，就辞赋一门而言尤其是如此。

蔡邕的思想深处也颇有远离政局、保全自己的道家倾向。他在建宁三年（170）出仕之前写过一篇《释诲》，假托一位“务世公子”出来教训自己，责问何以不出仕，不“登天庭，序彝伦，扫六合之秽慝，清宇宙之埃尘”；作者本人的意思则通过“华颠胡老”①之口来表达，他讲了两层意思，一是当前形势险恶，“君臣土崩，上下瓦解”，所以不能“睹暧昧之利而忘昭晢之害，专必成之功而忽蹉跌之败”，眼前已经有不少人“卑俯乎外戚之门，乞助乎近贵之誉，荣显未副，从而颠踣”，自己绝对不能去重蹈覆辙；这是从客观方面来讲的，审时度势，计算利害，尚未超出儒家思想的范围。二是从主观方面来说，最佳的人生态度无过于“抱璞而优游”“乐天知命，持神任己”——这就越出了儒家思想的牢笼而大有道家的意思了。华颠胡老遗世而独立的思想倾向在两汉正统士人中是很罕见的。汉朝士人总是想当一名经师或循吏，成为老百姓的导师和管理者，生活态度总是积极入世的。张衡虽然已有由儒入道的倾向，但内心相当矛盾，他想调和道家和周公、孔子，舍不得彻底抛弃入世救民的传统；而蔡邕则有着相当浓厚的出世思想了。这是很引人注目的。尽管不久以后蔡邕就应桥玄之辟出仕了，并且终于在汉末的政治动荡中死于非命，而唯其如此，《释诲》所宣扬的思想在后来就有了更大的吸引力。事实上当时已经有些人“慕老聃清净，杜绝人事”（《后汉书·周勰传》），又出现了若干“天子不得臣，诸侯不得友”（《后汉书·郭太传》）的大名士。汉末这一股崇拜道家的思想，力图在混乱纷扰之中保持个人心灵独立的思潮和风气值得引起高度重视。所谓魏晋风度，此时实已遥开其先河。此后，经过仲长统和魏晋玄学家们的逐步推演发展，道家思想的影响更日益扩大，深刻地改变了士人的心态，也改变了创作的面貌和文坛的风气。

蔡邕在思想上开了风气之先，创作上也是如此。在辞赋方面，他除了在《述行赋》中开创性地直接反映现实生活、揭示社会矛盾之外，还有一点颇引人注目，就是他热衷于写婚恋题材。汉赋里一向不大写这一题材②，在儒家思

---

① “华颠胡老”是蔡邕本人自嘲式的外号，指自己头发早白，状似胡人。按，蔡邕的从弟蔡谷说过，蔡邕“状异恒人，每行观者盈集”（《后汉书·蔡邕传》），当即指此而言。

② 司马相如的《美人赋》涉及恋爱，但主人公对此表示坚决的拒绝，从而证明自己的道德是非常高尚的。鲁迅先生在司马相如的辞赋中最重视此篇，曾选作教材。参见顾农《关于一份鲁迅手订目录的说明》，《鲁迅研究月刊》2003 年第 6 期；该文修订后收入讲评本《汉文学史概要》的附录，凤凰出版社 2009 年版，第 105～118 页。

想占据统治地位以后，个体自主的爱情已甚少有合法存在的余地，而婚姻则变成毫无诗意的伦理过程。蔡邕却写过一篇颇多性爱内容的《协和婚赋》，又写过以婚外恋情为题材的《青衣赋》。《协和婚赋》现已残缺不全，但其中的名句如"粉黛施落，发乱钗脱"，笔墨前无古人，切近而含蓄，为后来的艳体诗词开出一大法门[①]。《青衣赋》写一年轻的女仆，生气勃勃，纯洁无邪。封建主义的伦理道德规范要求妇女成为一味循规蹈矩死板板的奴隶，而这位"青衣"却以其开朗活泼的青春美丽让那些伦理教条黯然失色。过去的辞赋中也写过很多美女，但不是神女就是贵人，低微贫贱的少女根本得不到什么表现；蔡邕眼睛向下，一举打破了这种不公正的局面。在遣词造句方面，这篇赋虽然带有受到《诗经·卫风·硕人》某种影响的痕迹，但也多有出新之处，写"青衣"动作的部分，如"精慧小心，趋事如飞，中馈裁割，莫能双追"等等，直接来源于现实生活，同时又加以美化和诗化，这也给习惯于陈陈相因的辞赋吹进了新鲜的空气。赋中写作者被他旅行途中偶尔遇到的这位社会地位相当低的侍女给迷住了，一见钟情，低回不忍离去；别后其人入梦，设想颇为入微。这种真挚的萍水相逢中双向的爱慕之情，在汉赋中前所未有。该赋问世不久就遭到严厉的批评，张超（子并）作《诮青衣赋》[②]，一上来就责问："彼何人斯，悦此艳姿！丽辞美誉，雅句斐斐。文则可嘉，志鄙意微。"以下抛出一大通封建伦理的说教，写法颇近于后来一度流行的大批判文章。张超其人虽然曾经进入过《后汉书·文苑传》，但在文学史上毫无地位，早已被人们忘记了。《青衣赋》预告了这样一个消息：一个突破传统伦理道德规范并且在文学中大胆给予表现的时代就要到来了。稍后于蔡邕的建安作家们大写爱情题材的辞赋，正是沿着他开创的路子往前走的。建安时代是一个人性解放、个体复苏的时代，思想的活跃大大促进了文学创作的繁荣。蔡邕是建安文学伟大的先行者。

蔡邕的爱情题材作品还有一篇《静情赋》（《艺文类聚》卷十八，他本或作《检逸赋》），今所可见的文本虽然已颇残缺，但仍然非常值得注意：

> 夫何姝妖之媛女，颜炜烨而含荣。普天壤其无俪，旷千载而特生。余心悦于淑丽，爱独结而未并。情罔象而无主，意徙倚而左倾。昼骋情

① 详见钱锺书先生的分析说明，《管锥编》第3册，中华书局1979年版，第1018页。后代小说中也往往采用类似的手法，一直到《围城》仍然是如此——其中写主人公方鸿渐与鲍小姐那一段中，几只发夹便很有表现力。

② 载《初学记》卷十九、《艺文类聚》卷三十五、《古文苑》卷六。

以舒爱，夜托梦以交灵。

这是写“情”；此赋又有残存的两句道“思在口而为簧鸣，哀声独而不敢聆”（《北堂书钞》卷一一〇），也是属于写“情”的部分；而原作中写“静”即压抑这种情使它镇静下来的部分则已失传。在镇定、压抑感情的重大原则或者说漂亮旗号下放手写情，始于张衡的《定情赋》，该篇现在亦已残缺，其中较成片段者见于《艺文类聚》卷十八，《文选·洛神赋》李善注又引其逸句云“思在面为铅华兮，患离尘而无光”。依题目可知，这些大胆的乱想后来都被压抑下去而归之于“定”。这种先放后收的手法大抵是封建时代抒写爱情一种不得已的策略，题目冠冕堂皇无懈可击，足以对付来自正统方面的非议，而在这一保护伞的庇荫之下可以放手抒写对美好爱情的强烈追求。这是戴着镣铐的舞蹈，它真正吸引人的地方在舞蹈，而镣铐则是必不可少的护身符或者简直就是某种特殊的道具。历来有人用“比兴”来解说这一类作品的主题，似失之于迂，或者不免为那些镣铐所迷惑。此后建安时代的作家一哄而起地大写这一题材，如陈琳、阮瑀各有《止欲赋》，王粲有《闲邪赋》，应玚有《正情赋》，曹植有《静思赋》，繁钦有《定情诗》等等，蔚为大观，到陶渊明《闲情赋》则充类至极，遂成绝唱。在这个系列中，蔡邕的《静情赋》起到了承上启下的重要作用。“愿在×而为××”然后下一转语的办法，由张、蔡以至于陶渊明，一脉相承；蔡邕写到“夜托梦以交灵”，后来他的学生阮瑀作《止欲赋》则说“还伏枕以求寐，庶通梦而交神。神惚恍而难遇，思交错以缤纷。遂终夜而靡见，东方旭以既晨。知所思之不得，乃抑情以自信……”，显然是继承并发展了本师的手法。蔡邕在这一系列中的地位和作用，由此可以窥见一斑。

蔡邕还写过若干咏物咏人的短赋，前者如《笔赋》《琴赋》《弹棋赋》《圆扇赋》《蝉赋》等等，后者如《瞽师赋》《短人赋》等等。这些小品文字比较平易，充满文人雅士的审美情趣，而很少在里面讲什么政治伦理方面的道理，具有较强的可读性和娱乐性。这些作品对于促进辞赋从充当某一大目标——润色鸿业，提供讽谏，宣扬道德等等——之工具这一传统状态中解放出来，成为一种比较轻松随便、目的即在其自身的审美对象，具有相当大的作用。这种近乎为艺术而艺术的倾向，在当时是对于陈旧艺术规范的反抗，表明作者对传统的文化格局的消极、逃避和反拨。这样的小赋对此后曹丕等建安作家大有启迪。正始时代嵇康写《琴赋》，则更明显地与传统大唱反调，只是篇幅比较长，复近于大赋的格局了。

蔡邕也写诗，但现存仅有六首，其中《酸枣令刘熊碑诗》《答对元式诗》《答卜元嗣诗》都是四言的，平板无多可观；五言的《翠鸟诗》和《饮马长城窟行》比较精彩。前者写翠鸟来集庭树，"幸脱虞人机，得亲君子庭。驯心托君素，雌雄保百龄"，大约是他光和二年（179）遇赦后亡命江海时所作，表达幸得托身之所的欣慰之情，出之以比兴，很有意味。后者更是一首抒情的名作：

青青河边草，绵绵思远道。远道不可思，宿者梦见之。梦见在我傍，忽觉在他乡。他乡各异县，展转不可见。枯桑知天风，海水知天寒。入门各自媚，谁肯相为言。客从远方来，遗我双鲤鱼。呼儿烹鲤鱼，中有尺素书。长跪读素书，书中竟何如。上有加餐食，下有长相忆。

民歌风味很浓，当是蔡邕刻意模仿为之者。注意向民歌学习，用乐府旧题写自己的新诗，他也是一位先行者。到建安时代，向民歌学习更形成风气，促进了诗歌创作高潮的到来。

《饮马长城窟行》章法极妙，开篇后一连几个转折，流露出感情之深厚；文字飘忽不定，写出主人公的情绪恍惚不安，似真似梦，一往情深。"枯桑"二句忽然插入两个比喻，意谓无情之物尚且能感受到外界的刺激，令人感慨系之，更何况自己看到别人家亲人团聚亲亲热热的场面，自己被闪在一边冷冷清清，孤苦伶仃呢？反衬之下，情何以堪。"客从远方来"以下，进入一个新的境界，也许是真境，也许是梦境，但不管如何远方亲人的来信总是给了抒情主人公以莫大的安慰，但同时也给她带来新的痛楚——"长相忆"一则表明游子始终挂念着自己，一方面也说明他的归期仍然遥遥无定。诗到此戛然而止，留给读者巨大的遗憾和回味。全诗如行云流水，感觉之流、意识之流信口道出，毫无凝滞和做作，感人至深。这首诗很可能作于蔡邕被徙戍于朔方之时。据《后汉书》本传，他的流放地在五原安阳县即今内蒙古包头、五原间，已在长城之外，何时可还绝不可知，而家属妻子并已亡窜，分居两地，消息难通。《饮马长城窟行》当是此时作以寄意者。因为有真情实感，又得民歌神髓，遂成千古绝唱。

蔡邕作为一位学者和作家，从政非其所长，在相当长的一段时间内，他也有意避开政治上的纷扰。在他青年时代，士人反宦官的斗争如火如荼，风起云涌，蔡邕的至亲、"八顾"之一的羊陟卷入很深；蔡邕虽然对宦官专政非常不满，却没有采取过任何实际行动。两次党锢之狱都和他无关。建宁二年（169）第二次大兴党狱时，大批党人受到严重迫害，蔡邕未受到任何打击或株连，相反却在第二年（建宁三年〔170〕）应桥玄之辟开始出仕①。这似乎是很奇怪的，其实并不难理解，古代知识分子中许多人在政治风浪中特别是关键时刻往往只有观点而不行动，也很注意保护自己，他们要度过这样的关口并不太难；那时还不至于系统地以思想或言论治罪。

蔡邕入仕的履历，据《后汉书》本传所说，是"出补河平长，召拜郎中，校书东观，迁议郎"，其间外放为地方官的时间很短。蔡邕本人在《戍边上章》中说："臣邕被受陛下尤异大恩，初由宰府备数典城，以叔父故卫尉质时为尚书，召拜郎中，受诏诣东观著作，遂与诸儒并拜议郎，沐浴恩泽，承答圣问，前后六年。"由光和二年（179）上推六年，可知他拜议郎在熹平二年（173）。蔡邕在东观用许多时间研究典章制度②、天文历法，书写石经（即著名的熹平石经），也写过若干官场上的应用文，与文学都没有什么关系。蔡邕是写碑铭的专家，前后所作甚多，在传世的《蔡中郎文集》中占了很大的比重，这些文章大抵是应死者的家属或门生故吏之请而作，文字典雅凝重，讲究对偶和音节，在当时享有盛誉，但今天看去，除少数篇章以外，无非谀墓之文。蔡邕本人说，只有《郭太碑》写得问心无愧③。蔡邕本人安身立命的风格近于郭太，为此人立碑不牵涉敏感的政治问题，所以能写得比较忠实可信，富有感情。

敢于承认自己写的大量碑铭"皆有惭德"是蔡邕的高明处，但同时也就暴露了他的可悲处。他的大好才华都被消磨在这种无聊的文字当中了。是不是有这样一条规律：许多古代作家花大力气写的其时人们也以为重要的东西，当时固然名噪一时，而一旦事过境迁，便为已陈之刍狗，没有什么价值；倒是那些当时并不受重视，作者本人不端架子写得比较轻松的东西，因为写出了真情实感，却自有其不朽的价值。

---

① 《后汉书》本传："建宁三年，辟司徒桥玄府，玄甚敬待之。"按，《后汉书·灵帝纪》，建宁三年八月大鸿胪桥玄为司空，四年三月许训免，司空桥玄为司徒。所以有人认为蔡邕辟司徒桥玄府在建宁四年。但史书中以后来的官职称呼其人的例子甚多，这里系年仍依本传。

② 蔡邕关于典章制度的专著《独断》即着手于熹平元年（壬子，172），书中《历代帝系》之末云"从高祖乙未至今壬子岁，四百十一年"，可证。当然，此书后来又有许多增补。

③ 《后汉书·郭太传》："……同志者乃共刻石立碑，蔡邕为其文。既而谓涿郡卢植曰：'吾为碑铭多矣，皆有惭德，唯郭有道无愧色耳。'"

二

中平六年(189)董卓入据中枢以后,一方面大施暴政,一方面也注意拉拢朝野名士,平反先前的某些冤狱,以扩大其统治的基础,名流蔡邕亦在其罗致之列。蔡邕本来称疾不就,后因董卓以死相逼,不得已而应命,而到任后升迁极快,他的劝谏,董卓也曾采纳过一部分。中国古代的知识分子虽然一向以社会的良心自命,但往往缺少行动的能力,如果自己的主张当轴者能采纳一二,则往往深感荣幸,以为遇到了知己。蔡邕对董卓其实并不认可,一度打算逃出长安,未能实行;他对董卓又大约多少有些知遇之感,所以当王允杀董卓时,他叹息过几声,不料竟然因此而被捕杀——这是初平三年(192)的事情。

蔡邕的女儿蔡琰同样遭遇非常不幸。中国古代的女性作家,几乎都是些才华横溢而遭遇不幸的人,蔡琰在这两个方面都格外地突出。据《隋书·经籍志》,萧梁时尚有《蔡文姬集》一卷(附载于《丁廙集》小注中),后来就亡佚了。她传世的作品现在只能看到三篇,而每一篇都存在真伪之争。造成这种局面的一大原因在于,有关文姬生平的资料实在太少,而历来又多有误解,所以往往有学者觉得这三首诗同蔡琰的传记材料矛盾,因此乃是伪作;其实她的诗篇才是更可靠的传记材料。

史传中关于这位才女的传记资料,除《北堂书钞》《艺文类聚》《太平御览》等类书以及《乐府诗集》所引之零碎不全的《蔡琰别传》之外,比较成片段的只有《后汉书·列女传》中的一篇小传,略云:"陈留董祀妻者,同郡蔡邕之女也,名琰,字文姬,博学有才辩,又妙于音律。适河东卫仲道,夫亡无子,归宁于家。兴平中,天下丧乱,文姬为胡骑所获,没于南匈奴左贤王,在胡中十二年,生二子。曹操素与蔡邕善,痛其无嗣,乃遣使者以金璧赎之,而重嫁于祀……后感伤离乱,追怀悲愤,作诗二章……"这一段记载过于简略,又有不十分准确的地方,亟应根据她本人的诗作以及其他有关材料加以补充和订正。

《后汉书》本传的说法很容易被理解为蔡琰在兴平中即没于南匈奴,兴平只有两年(194～195),其时并未发生南匈奴抄掠内地特别是蔡琰故乡陈留的事情。前人每以为蔡琰直接没于南匈奴,于是便努力去寻找挖掘这方面的材料,结果自然不得要领。如王先谦《后汉书集解》引沈钦韩的意见,谓初平四年(193)"(袁)术引军入陈留,屯封丘,黑山余贼及於扶罗等佐之"(《三国志·魏书·武帝纪》),可知南匈奴曾经寇掠陈留,此即文姬之所以没也,云云。今按，袁术此行止于封丘，不久即退走襄邑，并未到达蔡氏故乡陈留；且这一推测与文姬本人的回忆不合。近人又或以为当蔡邕到长安去时蔡琰随行，然后在汉献帝车驾回洛阳途中为南匈奴去卑所掳；但此说推测过多，且于情理不合。一则蔡邕到董卓手下效劳本属万不得已，入长安后还曾经打算化装出逃，在这种情况下他怎么会带着死了丈夫暂回娘家的女儿？而兴平二年(195)时南匈奴去卑所扮演的角色是保卫汉献帝的大驾，他怎么可能掳掠随车驾而行的大家闺秀？

蔡琰没于南匈奴乃在南匈奴故地即西河美稷（今内蒙古河套地区），并非南匈奴南迁至河东平阳（今山西临汾地区）的那一支，而去卑正是属于河东平阳这一边的，他不可能将蔡琰掳来以后又专门送到南庭故地即西河美稷那一边去①。其实蔡琰本人在五言的《悲愤诗》中明白地说过，她并非直接没于南匈奴，自己的悲剧始于落入董卓部"羌胡"之手：

> 汉季失权柄，董卓乱天常。志欲图篡弑，先害诸贤良。逼迫迁旧邦，拥主以自强。海内兴义师，欲共讨不祥。卓众来东下，金甲耀日光。平土人脆弱，来兵皆胡羌。猎野围城邑，所向悉破亡。斩截无孑遗，尸骸相撑拒。马边悬男头，马后载妇女……

据《三国志》与《后汉书》的本传，董卓于中平六年(189)率部进入洛阳以后，废去刚刚即位不久的少帝刘辩，另立陈留王刘协为帝（献帝），从此独揽大权；第二年（初平元年〔190〕）初，关东义士群起而讨之，董卓遂将洛阳抢掠焚烧一空，挟持献帝西迁长安。此后两三年董卓与各派反董力量相对峙，反董各派之间亦复纷争不已，混战频仍，天下丧乱，人民痛苦不堪。董卓是陇西临洮人，可能有羌胡血统②，青年时代即与羌胡豪帅相结，所部亦多羌胡，颇有游牧民族的野蛮遗风。董卓的部下扰掠百姓的时间甚长，范围甚广，其中也涉及蔡琰的故乡陈留，《后汉书·董卓传》载："卓以牛辅子婿，素所亲信，使以兵屯陕。辅分遣其校尉李傕、郭汜、张济，将步骑数万，击破河南尹朱儁于中牟，因掠陈留、颍川诸县，杀略男女，所过无复遗类。"此事在初平三年(192)正月，估计正是在这场浩劫中，呆在陈留娘家的一代才女蔡琰沦为董卓部强盗兵的

① 谭其骧先生早已指出过这一点，见《蔡文姬的生平及其作品》，《〈胡笳十八拍〉讨论集》，中华书局1959年版，第246页。

② 这一点史书未明言，但皇甫规妻曾骂过董卓"羌胡之种，毒害天下"（《后汉书·列女传·皇甫规妻传》），可知董卓至少有部分羌胡血统。

战利品。

当李傕、郭汜诸部抄略陈留时，蔡邕还在董卓部下担任高级职务，但这并不足以确保他女儿的安全。那时天下兵荒马乱，虽官员的子女亦难幸免，何况李傕、郭汜所率的羌胡兵有些并不在汉朝官军的正式编制之内，他们有自己的部落组织系统，不完全听命于官方高层的领导，"所过无复遗类"，自然是玉石俱焚。

蔡琰由董卓部羌胡兵的战利品转而没入南匈奴，其间经历了相当复杂而痛苦的过程。根据骚体《悲愤诗》和《胡笳十八拍》这两首诗来推测，她在落入李傕、郭汜部羌胡兵以后，先被裹挟入关中，然后被他们带回西羌，最后才辗转没入南匈奴。《悲愤诗》有句云：

> 嗟薄祜兮遭世患，宗族殄兮门户单。身执略兮入西关，历险阻兮之羌蛮。山谷眇兮路曼曼，眷东顾兮但悲叹……惟彼方兮远阳精，阴气凝兮雪夏零。沙漠壅兮尘冥冥，有草木兮春不荣。人似禽兮食臭腥，言兜离兮状窈停……

这里分明说到她被带入关中以后继续西行，以至入于羌蛮之地。这"羌蛮"盖兼指当时西北地区的少数民族及其活动的区域而言，具体地说，羌指西羌，胡指月支胡，董卓的部队中多有这两种人。《后汉书·郑太传》记郑太对董卓说："且天下强勇，百姓所畏者，有并、凉之人，及匈奴、屠各、湟中义从、西羌八种，而明公拥之，以为爪牙。"按，《后汉书·西羌传》，羌人居于"河关之西南"，"滨于赐支，至于河首，绵地千里……南接蜀、汉徼外蛮夷，西北接鄯善、车师诸国。所居无常，依随水草"，是其活动范围在今甘肃西北、青海以至于新疆吐鲁番以东的广大地区；又"湟中月支胡，其先大月支之别也，旧在张掖、酒泉地。月支王为匈奴冒顿所杀，余种分散，西逾葱岭。其羸弱者南入山阻，依诸羌居止，遂与共婚姻……被服饮食言语略与羌同，亦以父名母姓为种。其大种有七，胜兵合九千余人，分在湟中及令居。又数百户在张掖，号曰义从胡。中平元年，与北宫伯玉等反，杀护羌校尉冷征、金城太守陈懿，遂乱陇西焉"。可知月支胡中未越葱岭者之大部已进入西羌地与羌族逐渐融合，另一部分则住在今西宁、兰州间及张掖等地。西北的羌胡在汉王室强大的时候依附中央，到汉末动乱时又复反叛。董卓早年曾参加过平定羌胡叛乱的战争，《三国志·魏书·董卓传》注引《英雄传》云"卓数讨羌胡，前后百余战"，又引《吴书》云："郡召卓为吏，使监领盗贼。胡曾出钞，多掳民人，凉州刺史成就辟卓为从事,使领兵骑讨捕,大破之,斩获千计。”董卓所俘虏和纳降的羌胡兵后来有一部分成为他的部属,另一部分则与他有比较松散的隶属关系,从而成为他在汉末动乱中挟以自重的军事力量。《后汉书·董卓传》载中平六年(189)“征卓为少府,不肯就,上书言:‘所将湟中义从及秦胡兵皆诣臣曰“牢直不毕,廪赐断绝,妻子饥冻”,牵挽臣车,使不得行。羌胡敝肠狗态,臣不能禁止,辄将顺安慰,增异复上。’朝廷不能制,颇以为虑”。这批羌胡兵这时已经成为董卓与朝廷讨价还价的资本和借口。

李傕、郭汜军中正多羌胡兵,他们在董卓死后行动更加自由,聚散无常,而且几乎不受李、郭节制①。李傕、郭汜内讧相攻在兴平二年(195),因贾诩之计,一部分与李傕有松散隶属关系的羌胡兵离开李傕而去,据《资治通鉴》卷六十一《汉纪五十三》,事在当年六月。他们当中必有一部分人带着他们的战利品如妇女重宝之类返回其故乡;蔡琰很可能正是由这一批羌胡兵带出长安入于西羌的。《后汉书》本传说蔡琰于兴平中“为胡骑所获”应即指此而言,但措辞不尽准确周密——蔡琰之最初沦为羌胡兵的婢妾乃在三年前的初平三年(192),但其时她人还在今河南、陕西一带,其婢妾身份也还带有战乱之中的临时性质;只有到了兴平二年(195),她才被劫持到今甘肃、青海、新疆一带,正式成为某一羌胡中有权势者的“家室”,开始了她新一轮更为艰难痛苦的人生之旅。《后汉书》本传说她兴平二年为胡骑所获,表明史家对本年度事件的高度重视,这也是可以理解的。

关于文姬由内地被劫持去西羌,《胡笳十八拍》中曾经有过相当明确的描写,这就是第二拍中所说的“戎羯逼我兮为室家,将我行兮向天涯”②,于是她由兵荒马乱中临时性的掳获物,一变而为远离故国投荒万死的戎羯家室,她的生活状态发生了一番重大而惨烈的变化,回忆至此她的情绪特别悲愤。后来她辗转到了南匈奴,南匈奴人的汉化程度大大高于西北胡人,所住之处的环境也不像西羌那样恶劣,文姬对异族的生活渐渐适应,又生了两个孩子,情

① 《三国志·魏书·贾诩传》注引《献帝纪》记载过一件非常典型而且与文姬的遭遇大有关系的事件:“傕时召羌胡数千人,先以御物缯彩与之,又许以宫人妇女,欲令攻郭汜。羌胡数来窥省门,曰:‘天子在中邪!李将军许我宫人美女,今皆安在?’帝患之,使贾诩为之方计,诩乃密呼羌胡大帅饮食之,许以封爵重宝,于是皆引去。傕由此衰弱。”

② 或以为“羯”乃是晋匈奴别部入居上党以后才有的名称,因此这一句诗即已足以证明《胡笳十八拍》之伪。今按,“羯”这一名目早已有之,羯室一地之所以被称为“羯室”,就是因为当地有羯人居住。参见《陈寅恪魏晋南北朝史讲演录》,黄山书社1987年版,第84页。

绪就不像初入西羌时波动得那样剧烈了。

所谓南匈奴，本是匈奴人中依附东汉的一部，初居五原塞，后迁西河美稷[1]；其中的一部到东汉末年更进一步内徙，居于今山西中南部。据《后汉书·南匈奴传》，其原因和经过大体是：中平四年(187)原中山太守张纯反叛，率鲜卑寇边郡，汉灵帝诏发南匈奴兵配合幽州牧刘虞去讨伐，南匈奴单于羌渠遣左贤王将骑诣幽州，这时南匈奴"国人恐单于发兵无已，五年(188)右部醯落与休著各胡、白马铜等十余万人反，攻杀单于。单于羌渠立十年，子右贤王於扶罗立""持至尸逐侯单于於扶罗，中平五年(188)立。国人杀其父者遂叛，共立须卜骨都侯为单于，而於扶罗诣阙自讼。会灵帝崩，天下大乱，单于将数千骑与白波贼合兵寇河内诸郡，时民皆保聚，钞略无利，而兵遂挫伤，复欲归国，国人不受，乃止河东"。李贤注曰："遂止河东平阳也。"其地在今山西临汾一带。南迁至河东平阳的只限于南匈奴中於扶罗中这一支，南匈奴的大部分"国人"仍居于原址，其政治中心在美稷，而活动范围则甚广，包括西河、北地、朔方、五原、云中、定襄、雁门和代八郡，约相当于今内蒙古、甘肃和山西、河北的北部，绵亘长城内外约三千里[2]。后来由于鲜卑族的压迫，他们虽不得不逐步南迁，但仍在平阳一支之北。他们奉须卜骨都侯为领袖。按，须卜为匈奴贵族大姓，骨都侯为单于家族之外异姓大臣中地位最高者，《后汉书·南匈奴传》继续写道："须卜骨都侯为单于一年而死，南庭遂虚其位，以老王行国事。单于於扶罗立七年死，弟呼厨泉立。单于呼厨泉兴平二年立，以兄被逐，不得归国，数为鲜卑所钞。建安元年，献帝自长安东归，右贤王去卑与白波帅贼韩暹等侍卫天子，拒击李傕、郭汜，及车驾还洛阳，又徙迁许，然后归国。"这里两用"归国"一词，含义不同，呼厨泉"不得归国"指他不能回到南匈奴的旧政治中心美稷去；而去卑之"归国"，据李贤注，乃是指回到河东平阳，即於扶罗一系的新政治中心。

要之，在於扶罗之父、单于羌渠被杀之后，南匈奴便分裂为二，一派是於扶罗、呼厨泉以至于去卑，另一派是须卜骨都侯及其继任者。这两派一直要到建安后期才重新和解合一。

---

① 《后汉书·南匈奴传》："(建武)二十四年春，八部大人共议立比(按，"比"乃是原呼韩邪单于的孙子)为呼韩邪单于，以其大父曾依汉得安，故欲袭其号。于是款五原塞，愿永为蕃蔽，扞御北虏。""(建武二十六年)冬……复诏单于徙居西河美稷。"

② 详见高亨《蔡文姬与〈胡笳十八拍〉》，《〈胡笳十八拍〉讨论集》，中华书局1959年版，第49页。

建安七年(202)南单于呼厨泉归降曹操①;建安十一年(206),曹操亲征降而复叛的并州高幹:“初,袁绍以甥高幹领并州牧,公之拔邺,幹降,遂以为刺史。幹闻公讨乌丸,乃以州叛,执上党太守,举兵守壶关口。遣乐进、李典击之,幹还守壶关城。十一年春正月,公征幹。幹闻之,乃留其别将守城,走入匈奴,求救于单于,单于不受。”(《三国志·魏书·武帝纪》)以地理位置及当时形势观之,这里所说的匈奴单于当是美稷一支的北单于。拿下并州以后,“曹操使陈郡梁习以别部司马领并州刺史”(《资治通鉴》卷六十五《汉纪五十七》);《三国志·魏书·梁习传》说:“时承高幹荒乱之余,胡狄在界,张雄跋扈,吏民亡叛,入其部落;兵家拥众,作为寇害,更相扇动,往往棋跱。习到官,诱谕招纳,皆礼召其豪右,稍稍荐举,使诣幕府;豪右已尽,乃次发诸丁强以为义从,又因大军出征,分请以为勇力。吏兵已去之后,稍移其家,前后送邺凡数万口;其不从命者,兴兵致讨,斩首千数,降附者万数。单于恭顺,名王稽颡,部曲服事供职,同于编户。边境肃清,百姓布野,勤劝农桑,令行禁止……长老称咏,以为自所闻识,刺史未有及习者。”似此,则美稷一支南匈奴也已经逐步内附了。这里的单于和名王都不可能指平阳一支的,因为一则他们在数年前已经归降,二则那也不在并州刺史辖内。美稷一支南匈奴的内附为南匈奴两部分的和解打下了基础,到建安二十一年(216),“七月,南单于呼厨泉入朝于魏,魏王(曹)操因留之于邺,使右贤王去卑监其国,单于岁给绵绢钱谷如列侯,子孙传袭其号。分其众为五部,各立其贵人为帅,选汉人为司马以监督之”(《资治通鉴》卷六十七《汉纪五十九》),至此,南匈奴南北两支重归于一。

曹操以重金赎回蔡琰当在建安十一年(206)北单于向曹操表示“恭顺”之时或其稍后,由兴平二年(195)至建安十一二年(206、207),其间凡十二三年;按,《后汉书·列女传·董祀妻传》谓文姬没入胡中十二年,《太平御览》卷四八八引《蔡琰别传》则说是十三年,订文姬归汉在建安十一二年与上述二传相合。从遣使者去打交道,到迎得文姬回来,其间可能要跨两个年头。由此也可知蔡琰“没于南匈奴左贤王”当是美稷一支的左贤王而非平阳一支的,否则

---

① 《三国志·魏书·张既传》:“袁尚拒太祖于黎阳,遣所置河东太守郭援、并州刺史高幹及匈奴单于取平阳,发使西与关中诸将合从。司隶校尉钟繇遣(张)既说将军马腾等,既为言利害,腾等从之,腾遣子超将兵万余人,与繇会击(高)幹、(郭)援,大破之,斩援首,幹及单于皆降。”《资治通鉴》卷六十四《汉纪五十六》于“建安七年条”下亦叙南单于投降一事,胡三省注并特别说明该南单于即呼厨泉其人。

她应当可以比较早地归汉，例如在建安七年左右，而用不着等到建安十一二年，同时也用不着派专使持金璧去赎人了①。

文姬由中国西北的羌胡之手转入南匈奴美稷一系的具体情形及其背景难以确知，当时西北、北方少数民族之间的交往，史书中少有记载，但其中仍有蛛丝马迹可寻，据《后汉书·郑太传》，董卓部下除羌、月支胡以外，还有屠各，而值得注意的是匈奴那边先前杀掉单于羌渠、拥立须卜骨都侯的也正有“休著各胡”，休著各正是屠各，译名稍异，部落则一。这个部落散居各地，如不细分，亦可概称为“胡”。文姬由西羌转入南匈奴美稷一系，大约就是通过这一胡人部落的迁徙来完成的。《胡笳十八拍》第七拍有云：

原野萧条兮烽戍万里，俗贱老弱兮少壮为美。逐有水草兮安家葺垒，牛羊满眼兮聚如蜂蚁。草尽水竭兮羊马皆徙，七拍流恨兮恶居于此？

似乎就是指自己随该部落迁徙。当然羌、月支胡也颇富于流动性，文姬究竟在哪一族，已难确指。此外还有一种可能，即西羌各族（羌、月支胡、屠各等）与匈奴须卜一支之间发生战争，文姬因以迁移。

文姬由西羌地转至南匈奴故地，即由今甘肃青海一带转至内蒙古，在她的诗中留下过显著的痕迹，这就是《胡笳十八拍》中说过的：

夜闻陇水兮声呜咽，朝见长城兮路杳漫。（第六拍）
杀气朝朝冲塞门，胡风夜夜吹边月。（第十拍）
塞上黄蒿兮枝枯叶干，沙场白骨兮刀痕箭瘢。（第十七拍）

陇水在今甘肃省，汉长城在今内蒙古阴山山脉上，并向西延伸到新疆。由陇水而至长城，正是蔡琰由西羌地转至南匈奴故地的应经之路。

这样看来，蔡琰前半生的经历大体是：十六岁时嫁给河东卫仲道，不久卫死，因无子回了娘家，此后经历了流离失所的三部曲：一、初平三年(192)在故乡陈留被董卓部羌胡兵掳获，稍后被带往关中；二、兴平二年(195)又被羌胡带往西羌地；三、后辗转入南匈奴故地即美稷一带，文姬在胡中前后十二三年，在南匈奴生有二子，后于建安十一、二年间(206～207)由曹操遣使赎回，改嫁陈留董祀。

蔡琰的两首《悲愤诗》载于《后汉书》本传，本来并不存在什么真伪问题。

---

①《太平御览》卷八〇六引曹丕《蔡伯喈女赋序》云：“家公与蔡伯喈有管鲍之好，乃令使者周近持玄玉璧，于匈奴赎其女还，以妻屯田郡(按，“郡”字衍)都尉董祀。”

《胡笳十八拍》虽然今天能见到的文本可能形成较晚，但唐宋人一般也不曾怀疑过其为伪作。

对蔡诗的种种怀疑都是比较晚的事情，虽事出有因，而查无实据。例如认为五言《悲愤诗》为伪的根据有两条，实际上均难以成立。根据之一，先树一个蔡琰的流离必在蔡邕死后的结论作为讨论的前提，然后指出五言《悲愤诗》与此不合，所以是伪作。此说首倡于苏轼，其《仇池笔记·拟作》条有云："《列女传》蔡琰二诗，其词明白感慨，颇类《木兰诗》，东京无此格也。建安七子犹含蓄不尽发见，况伯喈女乎？琰之流离必在父殁之后，董卓既诛，伯喈乃遇祸，此诗乃云董卓所驱虏入胡，尤知非真也。盖范晔荒陋，遂载之本传。"他又在《答刘眄都曹书》中写道："范晔作蔡琰传，载其二诗，亦非是。董卓已死，琰乃流落，方卓之乱，伯喈尚无恙也，而其诗乃云以卓故流入于胡，此岂琰语哉？"苏轼以一种假设为前提，而对此前提始终未见任何论证，难以取信。前人早有驳议①，但可惜后来仍有人盲从苏轼，一味沿用他的猜测。根据之二，诗中所叙之地理环境与南匈奴所在之平阳不合。此派意见学者首先认定文姬之没入胡中必在平阳，于是诗中凡与平阳不合者，他们便一一指为作伪的马脚。其实文姬所没之南匈奴并非平阳这一支，许多所谓"马脚"根本就不是什么问题。

此外还有一些认定五言《悲愤诗》为伪的理由，同样难以起信。例如说《悲愤诗》长达一百零八句，五百四十字，两汉文士从没有做过这样的长篇，也没有人表现过这样的笔力；可见蔡琰做这首诗是很可疑的。其实诗写得长而有笔力，无非表现了蔡琰的水平很高，要说的话很多，未便据以为伪。两汉文士没有她那样的经历和才情，自然写不出这样的作品来，是正常的。先秦的文士谁也没有写过《离骚》那样的长诗，总不能因此而怀疑《离骚》为伪作。又有人指出，诗的一开头就说"汉季失权柄"，而只要汉祧未绝，是不会有人这样说的。此亦似是而非之论，汉末的情况太糟糕了，谁都知道大汉王朝气数已尽，说话不客气的人多得很，如《三国志·魏书·袁术传》载袁术致其旧友陈圭的信云："昔秦失其政，天下群雄争而取之，兼智勇者卒受其归。今世事纷扰，复有瓦解之势矣，诚英乂有为之时也。与足下旧交，岂肯左右之乎？若集

① 详见《蔡宽夫诗话》；又毛先舒《诗辩坻》卷一云："《悲愤诗》峻直，正与孟德《蒿里》《薤露》及孔文举笔气极似，此真东京末流笔也。而《木兰诗》绝不类，子瞻疑之，谬矣。至出塞先后，《蔡宽夫诗话》驳之甚明，无俟余辩。"

大事，子实为吾心膂。”陈圭答复他说：“昔秦末世，肆暴恣情，虐流天下，毒被生民，下不堪命，故遂土崩。今虽季世，未有亡秦苛暴之乱也。”他明确表示不愿意同袁术一起去干“阴谋不轨”之事。同传载兴平二年袁术会群下谓“今刘氏微弱，海内鼎沸”；又《三国志·魏书·郭嘉传》注引《傅子》所记郭嘉对曹操的一段话说：“汉末政失于宽，(袁)绍以宽济宽，故不摄；公纠之以猛而上下知制。”又孔融《六言诗》有句云“汉家中叶道微”；又陈琳《武军赋》有句云“汉季世之不辟”，如此等等。政见不同的各色人等都看出并明确指出了汉王朝已到末日，蔡琰说一句“汉季失权柄”，何足为奇。

问题比较麻烦的是另外两首。时下流行的见解认为骚体《悲愤诗》所叙情节与蔡琰生平颇不相合，不少学者认为是假托之作。《胡笳十八拍》始见于宋代朱熹《楚辞集注·后语》，不载于《后汉书》，在文体上同当时作品距离较远，所以有更多的学者也认为是后人伪托的。这两首的真伪有必要多讨论一下。

骚体《悲愤诗》有哪些“与蔡琰生平颇不相合”的破绽呢？经常被举出来的有这几句：

> 唯彼方兮远阳精，阴气凝兮雪夏零。沙漠壅兮尘冥冥，有草木兮春不荣。

当代学者们质疑说：这样写来，直以蔡琰所居的胡中为穷北荒漠之地，哪里是南匈奴的景象？更何尝是去卑一支所住的平阳的景象？不要说山西南部今临汾地区没有沙漠，也没有这样的气候，即令山西中部也没有沙漠，没有这样的气候。其实原诗这几句是写她陷于“羌蛮”——即今青海一带——时的情形，那里是有沙漠并且可能有这样的气候的，拿平阳去套，自然格格不入。

又诗中有“身执略兮入西关，历险阻兮之羌蛮”二句，我们正可以根据这两句诗并参以其他史料，来推测文姬曾一度入西羌地，这样来考虑问题本极正常，但一味疑古认定此诗为伪者却这样反问道：称匈奴为“羌蛮”，似乎蔡琰被掳于羌，直至其国，这显然是错误的。如果这诗出于蔡琰手笔，怎么会有这许多不真实的叙写呢？蔡文姬是被南匈奴所掳获的，而诗中却说是“历险阻兮之羌蛮”，可见是别人假造的。如此等等。今按，凡此种种议论都以自己的假设前提为真，又反过来作为判定作品为伪的标准，并进而怀疑《后汉书》本传的权威性，这是很容易跌入误区的。骚体和五言这两首《悲愤诗》不仅为《后汉书》本传全文著录，《蔡琰别传》也曾引及，《别传》的作者一般来说总是与传主的时代相去不远，作《后汉书》的范晔掌握大量的东汉史料，向称良史；只凭一点似乎事出有因而查无实据的推测就怀疑古代史家的明确记载，难以令人信服。骚体《悲愤诗》之非伪，应当是完全没有问题的。

关于《胡笳十八拍》的真伪，涉及的方面比较广，不少问题尚待从容讨论；但认为其伪者所提供的若干主要论据，细看下来都不足以证明其伪。例如该诗未收入《后汉书》本传，《文选》与《玉台新咏》亦不载，始见于《楚辞后语》《乐府诗集》，而二者皆宋代之书，离作者的时代已远，如此等等。今按，不见于《后汉书》本传，不见而已，史传中录入作家作品只能选取一部分，不可能全部录入，录入《悲愤诗》二首已经不少了，未录之诗未必即伪；何况本传已经录入的作品，还不是被某些学者认为是伪作吗。所以，即使《胡笳十八拍》被全文录入《后汉书》本传，认为其伪者仍然不妨认为其伪，然则本传未曾录入，倒也不是一个什么大问题了。《文选》与《玉台新咏》不选此诗，是因为它不符合二书的选录标准，这与真伪问题无关。

事实上唐宋人是承认蔡琰对《胡笳十八拍》的著作权的，唐开元间诗人李颀《听董大弹胡笳声兼寄语弄房给事》云："蔡女昔造胡笳声，一弹一有十八拍。胡人落泪沾边草，汉使断肠对归客。古戍苍苍烽火寒，大荒沉沉飞雪白。先拂商弦后角羽，四郊秋叶惊摵摵……"白居易在《六帖》中也提及将胡笳播为琴曲的是蔡琰；据说是蔡琰手书的"我生之初尚无为，我生之后汉祚衰"（《胡笳十八拍》开始的两句）曾经收入《淳化阁帖》卷五；黄庭坚充分肯定过《胡笳十八拍》乃蔡琰之作……如此等等。可见唐宋人对《胡笳十八拍》并没有什么异议，只是到了明代以后，才发生离古愈远，疑古愈深的种种新见；而这种怀疑其实并没有多少确切的根据。

《胡笳十八拍》在文体上与当时一般作品距离比较远的问题，可以直截了当地解释为这乃是蔡琰的创新，而这与她曾经长期生活在胡地有关。所有的创新之作都存在一个与当时一般作品距离比较远的情况，《离骚》是如此，《胡笳十八拍》也是如此。蔡琰此诗实际上是将传统的骚体与新兴的七言诗结合起来，形成了一种新的体式，所以她的创新也并不是突如其来的东西，这里不存在什么作伪的破绽。

体制奇特就是作伪，这样看问题是不合逻辑的。既然郭茂倩《乐府诗集》、朱熹《楚辞后语》都并未提出怀疑，今人更大可不必提这一问题。《乐府诗集》卷五十九《琴曲歌辞》注引《琴集》云"《大胡笳十八拍》《小胡笳十八拍》并蔡琰作"；中唐人刘商曾作《胡笳十八拍》，其序言中也明确指出原来的《胡笳十八拍》为蔡琰所作，又说自己的拟作是“每拍为词，叙当时之事”，可见他是跟着用琴曲的形式写诗，用以歌咏蔡琰。蔡琰的《胡笳十八拍》本来就是为配合琴曲的一份歌辞，其曲与辞都是蔡琰所作。文姬有这样辞、曲一体的佳作毫不奇怪，因为她既是著名的诗人，又是有深厚家学渊源的音乐家，她的父亲蔡邕善于鼓琴，举世闻名；她本人也极有音乐天赋，又有长期没入胡中的经历，将胡笳的声调翻进古琴的曲调，非她莫属①，辞、曲一手包办，亦完全在情理之中。建安时代追求诗与乐的全程完美配合，辞、曲由一人来作乃是最理想的工作方式，而蔡琰恰恰是有条件一身而二任的人。《乐府诗集》所引《琴集》又写道：“按蔡翼《琴曲》有大小《胡笳十八拍》。沈辽集，世名沈家声；《小胡笳》又有契声一拍，共十九拍，谓之祝家声，祝氏不详何代人。”沈、祝等人当是演奏琴曲《胡笳十八拍》的艺术家，并非其作者；蔡翼则是重新编定并记载其琴谱的人物，更非其作者。演奏与记谱都偏重音乐方面，他们都绝无创作歌辞《胡笳十八拍》的可能。他们没有那样的生活，那样的感情，那样深刻入骨的女性心态。

现在有人将歌辞《胡笳十八拍》的著作权归之于唐朝人刘商，或者更晚的南唐时代人蔡翼；其实刘商只有歌咏蔡琰之作，而蔡翼乃是一个音乐史上的人物，并非文学史上的人物，他们的工作与蔡琰《胡笳十八拍》有关，但均不可能是该诗的作者。

今人指《胡笳十八拍》为伪作还有一种思路，即着眼于诗中所叙的种种与他们心目中的蔡琰生平不合。这实际上仍然是以先入之见为无须证明的前提来否定作品的真实性，即如上文曾经提到的诗中有“夜闻陇水兮声呜咽，朝见长城兮路杳漫”二句，按说这里提到的陇水、长城乃是文姬由西羌转入南匈奴的必经之地，情形完全正常，可是认《胡笳十八拍》为伪作的学者却说由山西临汾至陇水、长城，远至二千里，何能朝见长城，夜闻陇水？并且明言塞上，尤见其伪。其实只要人们捐弃蔡琰入胡乃直接从河南去山西临汾的成见，许多事情完全可以得到解释而毫不奇怪。按，《后汉书》那样简单的生平介绍，《胡笳十八拍》确实很容易被视为描写出格，与一般想象中的情况不合；但这种“不合”恰恰表明此诗出于蔡琰之手而非后人作伪——作伪者总是尽量迁就已知的事情而不敢越出雷池一步的。总而言之，认定《胡笳十八拍》为伪作，虽事出有因，其实查无实据。在能够确证其伪之前应承认其真。

---

① 参见杨荫浏《中国古代音乐史稿》上册，人民音乐出版社 1981 年版，第 122～123 页。

三

建安十一年(206)曹操彻底打垮了盘踞在山西一带的割据者高幹,任命梁习为并州刺史,美稷一支南匈奴向曹操表示归顺,稍后曹操遣使赎回了文姬。蔡琰回到中原以后改嫁给陈留董祀,《后汉书》本传记载她此后的事迹道:

> 祀为屯田都尉,犯法当死,文姬诣曹操请之。时公卿名士及远方使驿,坐者满堂。操谓宾客曰:"蔡伯喈女在外,今为诸君见之。"及文姬进,蓬首徒行,叩头请罪,言辞清辩,旨甚酸哀,众皆为改容。操曰:"诚实相矜,然状文已去,奈何!"文姬曰:"明公厩马万匹,虎士成林,何惜疾足一骑而不济垂死之命乎?"操感其言,乃追原祀罪。时且寒,赐以头巾履袜。操因问曰:"闻夫人家先多坟籍,犹能忆识之不?"文姬曰:"昔亡父赐书四千许卷,流离涂炭,罔有存者。今所诵忆,裁四百余篇耳。"操曰:"今当使十吏就夫人写之。"文姬曰:"妾闻男女之别,礼不亲授。乞给纸笔,真草唯命。"于是缮书送之,文无遗误。

由此可见文姬之机智勇敢,很重感情,以及她极高的文化素养。这位饱经忧患的弱女子用非常的手段救下犯了死罪的丈夫。她在五言《悲愤诗》的结尾处写道:"既至家人尽,又复无中外……托命于新人,竭心自勖厉。流离成鄙贱,怀忧终年岁。"一个有她那样复杂而惨痛经历的知名女士,在当时的社会里难免会受到世俗的歧视,她自然特别珍惜来之不易的新家庭。

在反映汉末社会动乱带给人们的痛苦方面,蔡琰的诗具有极高的成就,其深刻具体的程度,可以说超过了所有的建安诗人。一般来说,建安作家普遍地敢于直面惨淡的人生,敢于正视淋漓的鲜血,为那个苦难深重的时代留下了一幅幅令人惊心动魄的图景;但是诗人们所反映的社会动乱、民生疾苦往往是粗线条的,鸟瞰式的,静态的,例如曹操《蒿里行》之"白骨露于野,千里无鸡鸣。生民百遗一,念之断人肠";又如曹植《送应氏二首》其一之"洛阳何寂寞,宫室尽烧焚。垣墙皆顿擗,荆棘上参天。不见旧耆老,但睹新少年。侧足无行径,荒畴不复田"……基本上都是对已成之局的伤心叹息,而没有对过程的描写。诗人们目睹了人民的灾难,但他们大抵没有同普通老百姓一样去身受那些惨烈的痛苦,他们同民间疾苦之间总是有一段或长或短的距离,即使像王粲那样夹在难民堆里逃出长安,他也还是骑在马上,没有完全失去贵公子的身段(详见其《七哀诗》其一);蔡琰则不同,她虽然出身于一个社会名流的家庭,具有极高的素养,但丈夫已死,父亲又不在身边,没有任何力量可以依靠,于是在初平三年(192)就作为一般的落难女子落入董卓部羌胡兵之手,沦为最低贱的女奴,饱尝了人间最酷烈的痛苦,这样深重的灾难是任何一位建安诗人所未尝身受的。文姬归汉以后回忆往事,在五言《悲愤诗》中写道:

卓众来东下,金甲耀日光。……长驱西入关,迥路险且阻。还顾邈冥冥,肝脾为烂腐。所略有万计,不得令屯聚。或有骨肉俱,欲言不敢语。失意几微间,辄言"毙降虏。要当以亭刃,我曹不活汝!"岂敢惜性命,不堪其詈骂。或便加棰杖,毒痛参并下。旦则号泣行,夜则悲吟坐。欲死不能得,欲生无一可。彼苍者何辜,乃遭此厄祸?

备极形容,刻骨铭心,叙事笔墨之细致传神,在中国诗史上简直史无前例。诗人亲自经历了羌胡兵的围城与屠城,然后作为俘虏队伍中的一个弱女子饱受了欺凌和侮辱,她的生命和人格尊严都遭受到无可忍受的威胁和打击——这是何等惊心动魄的巨创,诗人用质朴无华、切切实实的笔墨一一道来。她所描写的并不限于她个人的痛苦,同时也写出了那数以万计的俘虏乃至更广大人民群众在汉末动乱中的痛苦。她在一个特别靠近的距离上目睹了当年的尸骸和血泪,像这样生动深刻的汉末实录,其文献价值和审美价值,在建安文学中均属一流。郭沫若先生对作为诗人的蔡琰评价极高,指出"她的文艺造诣,在建安七子之上"①,可以与司马相如、司马迁相提并论。确实,在反映时代的苦难方面,她与"三曹""七子"相比,未遑多让,实在是等而上之的。

文姬的深刻之处在于,她不仅具体详尽地反映了社会真实的一角,而且更具体深刻地表现了古代妇女精神上剧烈的痛苦,因而具有更广泛的意义。文姬始终以一个被侮辱被损害的女性的身份在说话,她惨烈的呼声中有着更多的发人深省的东西。

文姬的痛苦有一个漫长而复杂的过程。她首先是作为羌胡兵的战利品,被迫做了某一胡人的"室家",《胡笳十八拍》第二拍云:

戎羯逼我兮为室家,将我行兮向天涯。云山万重兮归路遐,疾风千里兮扬尘沙。人多暴猛兮如虺蛇,控弦披甲兮为骄奢。两拍张弦兮弦欲

① 《为"拍"字进一解》,《文史论集》,人民出版社 1960 年版,第 253 页。

绝，志摧心折兮自悲嗟。

身份由女奴一变而为“室家”，从表面看是一种上升，但由于这完全是被迫的，结果只能使文姬的身心再受重创；而胡、汉文化上的重大差异则进一步在她的伤口上搓盐。作为一场不幸婚姻中的主角，她这时的灾难主要不表现为挨打受骂，而重在精神上的痛苦，在南匈奴的那一段尤其是如此，对此骚体《悲愤诗》中有过深切的描写：

岁聿暮兮时迈征，夜悠长兮禁门扃。不能寝兮起屏营，登胡殿兮临广庭。玄云合兮翳月星，北风厉兮肃泠泠。胡笳动兮边马鸣，孤雁归兮声嘤嘤。乐人兴兮弹琴筝，音相和兮悲且清。心吐思兮胸愤盈，欲舒气兮恐彼惊。含哀咽兮涕沾颈！

她的情绪一片压抑低沉。这当然表现了因为流落异域而产生的乡关故国之思，而深入看下去，其实也反映了古代妇女在毫无主权的婚姻生活中必然会有的压抑之感，沉重之至，不能“舒气”。文姬在一种很特殊的情况下喊出了古代妇女久已沉埋在心底的愤懑和不平。中国古代妇女因为受到外部社会和内在心理的双重压力，往往娴淑温顺，沉默少言，她们的心声往往要通过她们当中那些身份和处境都比较特殊的人物来吐露，来表达，例如普通妇女对爱情的热烈呼唤与大胆追求往往集中地见之于风尘女子所作的诗词之中——这是畸形的，然而乃是事实。文姬以异族婢妾的特别身份来宣泄古代一般妇女在婚姻生活中完全丧失自我的悲哀，情形正与此相似。

这其实是不奇怪的。风尘女子的社会地位大大低于良家妇女，但唯其如此，她们倒也可以不受父母之命、媒妁之言的限制，在“从良”的时候具有某种个人选择的自由，结果，具有近代性爱性质的爱情反而容易在这里萌动乃至产生种种动人的故事，她们在这方面的感情状态实乃一般良家女子虽不能至、心向往之的[①]。妓女在古代的小说、戏曲里竟然成为十分活跃的女主角，原因即在于此。

传统的教条是要求女子无论嫁给谁都得听凭命运的安排从一而终，如果另有想法就会被道德和舆论所不容；而文姬因为处境特殊，她忍受不了嫁鸡随鸡嫁狗随狗的已成之局，她要背着人独自一吐胸中的恶气，却能得到人们的同情——正因为她的处境特殊，结果反而能够成为为人妻者宣泄其潜伏之

① 参见顾农《唐代方外女性之诗》，《文史知识》2009 年第 8 期。

情的一个合适的代表。

在古代妇女中，唯有经历非常之人，才能比较充分地抒发正常之情。古代女作家的命运大抵比较悲惨的道理正在于此：并不是因为他们热衷于创作才遭遇悲惨，恰恰相反，正因为遭遇不幸才去创作，才能写出代表广大妇女心声的文学作品。“诗穷而后工”本是带有普遍意义的现象，而在这一方面古代女作家付出的牺牲实在要大得多。文姬诗歌创作的价值，正可以从这个角度去理解：她不仅写出了东汉末年那个特定时代的苦难，同时也写出了具有普遍意义的中国古代女性的历史性灾难。

文姬诗歌的价值还远不止此。在她的三首作品中，诗人充分流露了她独特的婚姻家庭观念，代表了古代最进步的思想。

文姬被俘以后有过两次婚姻，前一次是被迫充当某一羌胡的妻室，对此她十分痛恨，在《悲愤诗》中有过强烈的反映；第二次是在南匈奴的婚姻，对此她是认可的，甚至还有某种由衷的喜悦，生了两个儿子以后尤其是如此。《胡笳十八拍》第十一拍写道：

日居月诸兮在戎垒，胡人宠我兮有二子。鞠之育之兮不羞耻，愍之念之兮生长边鄙。

这里的“宠我”与先前羌胡兵之“戎羯逼我兮为室家”之“逼我”适成鲜明的对比，相映成趣，对比有力。文姬没有民族偏见，她可以嫁给胡人，只要她本人愿意。封建时代的评论家对于“胡人宠我”这一提法极其反感，甚至以此作为此诗乃是伪作的根据，这种严于夷夏之辨的证明方式现在看去简直是很可笑的。文姬有权利爱一个胡人，何况其对象乃是胡人中的精英。这种坦率而大胆的笔墨恰恰表明《胡笳十八拍》不可能是后人的伪作。

当然，在当时的南匈奴与华夏之间仍然有着文化方面的巨大差异，而且她在那里安家落户从源头上来说本是不得已，不正常的，所以当她有机会归汉时，她是愿意的，而且欢欣鼓舞，很快成行；但是她又因为必须诀别两个亲生儿子而悲痛欲绝。她在三首诗中都写到与儿子分手时内心巨大的痛苦，凄凄惨惨戚戚，令人不忍卒读。文化认同与亲子之爱，因为母亲的遭遇特殊而形成尖锐的无可解决的矛盾，这一冲突乃是几首诗抒情的高潮。这里的悲剧性是极其深刻的，文姬的出身和素养决定了她决心归汉，但是作为一位母亲，她付出了不可想象的高昂代价。文姬敢于正视这一悲剧性的冲突，并在几首诗中反复有所表现。五言《悲愤诗》以回还往复的手法多次抒写念子之情；

《胡笳十八拍》也是如此，比较长的片段如第十三拍：

> 不谓残生兮却得旋归，抚抱胡儿兮泣下沾衣。汉使迎我兮四牡骓骓，号失声兮谁得知。与我生死兮逢此时，愁为子兮日无光辉，焉得羽翼兮将汝归！一步一远兮足难移，魂消影绝兮恩爱遗。

此真所谓“怨而怒，哀而思，千载如新”（范晞文《对床夜话》卷一），从而使她的作品透出崇高的光辉。这种深刻的悲剧性，自屈原因“忠而见疑”而又不忍去国只得一死了之并写入《离骚》等作品以来，是并不多见的。蔡琰没有自杀，她带着伤痕挺过来了，并且敢于在诗歌里仔细描写自己的痛苦。“诗贵乎真，文姬得之”（谢榛《四溟诗话》卷一）。中国女性的生命力和忍受力实在是值得惊叹的。

文姬的三首诗从诗体上来说分属三种类型：《悲愤诗》二首，一是传统的骚体，一是新兴的五言；而《胡笳十八拍》则基本上是骚体与七言融合在一起的独特体裁，而掺以杂言的气氛。这三首诗的题材和主题是相近的，只不过各有侧重，而竟然分别用了三种诗体，由此最能看出作者对形式的敏感以及她从事探索试验的高昂热情。

五言乃是建安时代处于主流地位的诗体，几乎所有的诗人都致力于此，甚至形成了“五言腾踊”（《文心雕龙·明诗》）的局面。蔡琰的自传体长诗五言《悲愤诗》长达一百八十句，五百四十字，在现存的建安诗歌中是最长的一首。她之所以要写这么长，首先当然是因为内容丰富，不仅所叙之事相当复杂，所抒之情尤见深度，非长篇不能淋漓尽致；同时也还因为女性作者的笔墨特别细腻，非常讲究多写细节，即如诗中写别子的一段云：

> 邂逅徼时愿，骨肉来迎己。己得自解免，当复弃儿子。天属缀人心，念别无会期。存亡永乖隔，不忍与之辞。儿前抱我颈，问母欲何之？人言母当去，岂复有还时？阿母常仁恻，今何更不慈？我尚未成人，奈何不顾思！

这一种生离死别的大悲剧，这一种回归故国与抛弃儿子之间无可解决的心灵撕裂，作者用工笔细细画出，“己之不忍别子说不尽，妙介入子之不忍别己，对面写得沉痛，而己之不忍与别显矣，最为文章妙诀”（张玉谷《古诗赏析》卷六）；特别是儿子那一连串问题，问得母亲苦不堪言，具有震撼人心的艺术力量。汉代乐府民歌本来就十分善于描摹人物语言，《孔雀东南飞》历叙许多人的口语，丝丝入扣，大有戏剧色彩；蔡琰充分吸收了民歌中这种高超的手法，又加以女性精细的心灵感受和质朴动人的艺术描写，千载以下的读者仍然由此受到感动和震撼。在文人五言诗中能以如此酣畅的笔墨来表现灵魂之深的篇章是很罕见的。既要细细描绘，篇幅势必要比较地长。后来杜甫写《自京赴奉先县咏怀五百字》《北征》诸长篇，就是继承了蔡琰此诗的路径。

文姬的诗词句浅近通俗，绝不用典，而自有诗味。诗中用了许多口语，描摹人物语言之处固不待言，就是直接叙事的部分也是如此，例如"逼迫迁旧邦，拥主以自强。海内兴义师，共欲讨不祥"，如"边荒与华异，人俗少礼义。处所多霜雪，胡风春夏起"；又如"念我出腹子，胸臆为摧败。既至家人尽，又复少中外""白骨不知谁，从横无覆盖。出门无人声，豺虎号且吠"，如此等等，全都明白如话，而又清新鲜明，诗意盎然。蔡琰从民歌中学习语言，灵活地加以运用，适当地加以提高，形成雅俗共赏的文学语言。建安时代有一股学习民歌的热潮，文学语言有走向白话的趋势，在这一股潮流中，蔡琰是走在前面的。

当然，蔡琰受过良好的传统文化教育，具有很高的文化修养，她在诗中为了使文字更加凝练，更富于音乐美，也用了许多书面语言的词汇，十分讲究韵律，注意艺术技巧。诗中的"孑遗""詈骂""厄祸""唏嘘""视息""勖厉"等等，都不是口语中有的，但运用得很恰当，也十分有利于韵脚的安排。民歌一般着重于表现人物的言行，很少作心理描写，而本诗中却有不少精彩的心理自剖，例如她为羌胡兵掳获后"岂敢惜性命，不堪其詈骂……欲死不能得，欲生无一可"，写出了深感屈辱而又无可奈何之情；又如写自己归汉改嫁后"托命于新人，竭心自勖厉。流离成鄙贱，常恐复捐弃"，衷心希望有一个新的稳定的家，同时又有很深的自卑之感。像这样细致入微的心理描写不仅在汉代民歌中无从见到，即使在其他建安诗人笔下亦复罕见。女性的心理感受能力比较强，而且乐于在诗歌中予以充分的表现，这正是女性作家的优势所在。在后来的诗词中擅长心理描写的作家，大约只有李清照达到了这样的水平。

骚体本是汉代诗坛上最重要的艺术形式，蔡邕即颇擅长此体；文姬幼承家学，运用这一形式很能笃守古老的规范。骚体《悲愤诗》叙事抒情的重点在于"历艰险兮之羌蛮"的惨痛经历和陷于胡中时欲"舒气"而不能的苦楚，这样就与重点描写自己不幸遭遇之一头一尾的五言《悲愤诗》形成互补的格局。估计她大约先作骚体的这一首，归汉后才另作五言者，并且就用内地新近最为流行的诗体为之。

《胡笳十八拍》在骚体的基础上作了比较大的变动，加进大量七言的成分，形成一种独特的新体。七言诗本源于民间，在一个相当长的时间里被认为是比较低级的通俗的样式。本来民间谚语、歌谣中已多七言的句子，甚至有通体七言的，西汉已有，东汉尤多；冶铸工匠创作的铜镜铭文，一般以七言句为主，也有通体七言的。七言诗一句就可以表达一个完整的意思，所以逐句押韵，句数奇偶皆可。为了迎合民间的这种风气，汉人所作的启蒙课本，如司马相如《凡将篇》、史游《急就篇》都写成七言谣谚的样子。东汉末年盛行的人物评论，也往往采用类乎七言谣谚的格式给人物品题，如"天下楷模李元礼，不畏强御陈仲举，天下俊秀王叔茂"(《后汉书·党锢列传》)之类，《太平御览》卷四六五所引袁山松《后汉书》所记七言谣，尤为此种七言人物评论之集大成者。现在所能看到的比较早的文人七言诗，是马融《长笛赋》、张衡《思玄赋》赋末所附者，大约因为是很新的形式，一时尚未能获得独立的地位，只能依附于古老的赋体。比较早的独立的七言诗，可举张衡《四愁诗》为例，但句中尚夹有"兮"字，表明七言诗的另一源头可以追溯到楚辞。楚辞中有四言一句、两句一组而句末用语气助词者，《招魂》中多有其例；又有八言句而中间或句末有语气助词者，如果去掉这些语气助词，便成为七言诗句；而如果保留语气助词却去掉一个实词，则成为《四愁诗》那种带"兮"字的七言诗。又汉人琴歌据说多有七言者，如董仲舒作有"七言琴歌"(《文选·北山移文》李善注引《董仲舒集》)，马融亦有"七言琴歌"(《后汉书》本传)，很可能是就骚体而略加变通形成的，可惜其文本今已不传。蔡琰《胡笳十八拍》大的格局是骚体，但并非正宗骚体，其中多有七言的成分，带有早期七言诗的特色，这也表现了这位女诗人伟大的创造精神。

四　邺下文人集团

对曹操来说，建安年间(196～219)有三个年头是具有里程碑意义的：一是建安元年(196)他迎献帝建都于许，从此挟天子以令诸侯，在政治上处于最有利的地位；二是建安九年(204)基本消灭了袁绍及其残余势力，攻占了邺城，领冀州牧，第二年春天又彻底打败袁谭，统一了黄河流域，从此真正成了北方的最高领导人；三是建安十八年(213)进位为魏公，加九锡，稍后建魏之宗庙社稷，然后又升格为魏王，为曹氏取汉而代之作出了最重要的准备。

从建安十年(205)起，曹操将自己的大本营安顿在邺城，虽然他本人常常出征在外，但总是留一个儿子——主要是曹丕，也有时是曹植——固守此地，他出征结束后也回到这里，邺城成了北方真正的政治中心，同时也是文化中心。由于形势相对稳定，一批文人集聚于此，吟诗作赋，大写文章，文学史家称之为邺下文人集团。建安十五年(210)冬天建铜雀台，形成当时最高级的建筑群①，邺城西又有玄武苑，风景绝佳②，这些都为文人雅集提供了优美的场所。钟嵘《诗品·序》说："降及建安，曹公父子笃好斯文，平原兄弟郁为文栋，刘桢、王粲为其羽翼，次有攀龙托凤，自致于属车者，盖将百计。彬彬之盛，大备于时矣。"所谓邺下文人集团就是在这里活动的一批文人，其核心人物是曹丕以及曹植，参加者主要是后来被曹丕称为"七子"中的六子(孔融在外)；此外还有吴质、繁钦等人。

围绕在某一权势者周围有一批文人活动，汉代即已如此，典型的如淮南王刘安、梁孝王刘武手下都聚集过一批文人学士；曹氏父子地位更高，本身文

---

① 《文选》卷六左思《魏都赋》李善注曰："文昌殿西有铜爵园，园中有鱼池堂皇。……铜爵园西有三台，中央有铜爵台，南则金虎台，北则冰井台，有屋一百一间。金虎台有屋一百九间，冰井台有屋百四十五间，上有冰室。三台与法殿皆阁道相通，直行为径，周行为营。"

② 左思《魏都赋》："苑以玄武，陪以幽林。缭垣开囿，观宇相临。硕果灌丛，围木竦寻。篁篠怀风，蒲陶结阴。回渊漼，积水深。蒹葭𦺋，雚蒻森。丹藕凌波而的皪，绿芰泛涛而浸潭。羽翮颉颃，鳞介浮沉。栖者择木，雊者择音……"

学修养又都是一流的，条件尤为优越。文学的繁荣往往发生在巨大的社会政治变动之后相对稳定的那一段时间之内，大家都有许多话要说，也才有吟诗作文的余裕。

鲁迅先生说得好："文学团体不是豆荚，包含在里面的，始终都是豆。大约集成时本已各个不同，后来更各有种种的变化。"[①]邺下文人集团并非现代意义上的文学社团，本来的差异和后来的变化更是非常之大。

一

这些文人集中到曹魏政治势力的旗帜下来，颇有先后，而其受到重视的程度则与其时序先后没有多少关系。来得比较早的有刘桢（字公干，？～217）和阮瑀（字元瑜，167～212）；打败袁绍以后，曹操接纳了陈琳（字孔璋，156～217）和应玚（字德琏，？～217）；来得比较晚的是徐幹（字伟长，171～218）和王粲（字仲宣，177～217）。

兖州东平人刘桢何时归曹颇难确考，其《遂志赋》有云"幸遇明后，因志东倾。披此丰草，乃命小生。生之小矣，何兹云当？牧马于路，役车低昂。怅恨恻切，我独西行。去峻溪之鸿洞，观日月于朝阳"，据此诸句看去，他同"明后"曹操有所联系大约很早。按，初平三年（192）济北相鲍信等迎东郡太守曹操为兖州牧，进兵击黄巾于寿张东（寿张属东平国），又追至济北，"冬，受降卒三十余万，男女百万余口，收其精锐者，号为青州兵"（《三国志·魏书·武帝纪》）。此后数年连年征战，至兴平二年（195）十月他终于得到兖州牧的正式任命；到第二年（建安元年〔196〕）更迎汉献帝都许。从这样的背景材料看，刘桢似应于初平三年（192）即开始与曹操有所联系，而到建安初则西行入许。《遂志赋》下文提到"梢吴夷于东隅，掣叛臣乎南荆"，当指赤壁之战。刘桢至此始作遂志之赋，可见前此虽早已到许，似未得到重用。谢灵运《拟魏太子邺中集诗》（《文选》卷三十）中关于刘桢的一首道："贫居晏里闬，少小长东平。河兖当冲要，沦飘薄许京。"由此亦可见在许下建都后刘桢即来依曹，但长期未得到重视，"沦飘"而已。刘桢个性很强，不大习惯绝对服从上司，所以也就不甚得意，他的作品当中一向多有壮志未酬的感慨，原因或在于此。

阮瑀归曹大约也在建安初。《三国志·魏书·王粲传》说："建安中都护

---

① 《且介亭杂文二集·〈中国新文学大系〉小说二集序》，《鲁迅全集》第6卷，第255页。

曹洪欲使掌书记，瑀终不为屈。太祖并以琳、瑀为司空军谋祭酒，管记室。”陈琳归曹操在袁绍败亡之后，具体时间早则建安九年(204)之夏秋，迟则建安十年(205)，而“并以琳、瑀为司空军谋祭酒”如指同时任命，则阮瑀之归曹操为司空军谋祭酒当在建安十年左右。但是《王粲传》裴注有按语云：“鱼氏《典略》、挚虞《文章志》并云瑀建安初辞疾避役，不为曹洪屈。得太祖召，即投杖而起。”似此则事在建安初。据《三国志·魏书·武帝纪》，建安三年(198)春正月初置司空军谋祭酒，其时正可以说是建安初。阮瑀归曹似以建安三年的可能性为大，也可能晚一两年。他一向是曹操倚重的秘书。

陈琳曾长期依附袁绍，官渡之战以后袁绍元气大伤，不久死去，其二子袁谭、袁尚忙于窝里斗，建安九年(204)他曾作为袁尚的使者向前来围攻的曹操乞降，曹操不许(详见《三国志·魏书·武帝纪》)。稍后他就单独归降曹操，据《三国志·魏书·王粲传》，其时他们之间有如下的对话：

> 太祖谓曰：“卿昔为本初移书，但可罪状孤而已，恶恶止其身，何乃上及父祖耶?”琳谢罪，曰：“矢在弦上，不可不发。”①太祖爱其才而不咎……太祖并以琳、瑀为司空军谋祭酒，管记室。军国书檄，多琳、瑀所作也。

从此陈琳便开始了他新的“矢在弦上，不可不发”的文字生涯，受到的重视甚至超过了老牌秘书阮瑀。

应玚归曹氏大约也在袁绍集团垮台以后，到建安十三年(208)才被辟为丞相掾属，后转平原侯庶子、五官将文学(详见《三国志·魏书·王粲传》)。谢灵运《拟魏太子邺中集诗》拟应玚的一首小序云：“汝颍之士，流离世故，颇有漂薄之叹。”诗云：“嗷嗷云中雁，举翮自委羽。求凉弱水湄，违寒长沙渚。顾我梁川时，缓步集颍许。一旦逢世难，沦薄恒羁旅。天下昔未定，托身早得所。官渡厕一卒，乌林预艰阻。晚节值众贤，会同庇天宇。列坐荫华榱，金樽盈清醑。始奏延露曲，继以阑夕语。调笑辄酬答，嘲谑无惭沮。倾躯无遗虑，在心良已叙。”诗中的“世难”当然指汉末的动乱，“长沙”属荆州，看来应玚和当时许多士族子弟一样，曾去荆州避难，但大约在建安初已回到其故乡附近的颍川一带。从“官渡厕一卒”一句看去，似乎他早在建安五年(200)官渡之战以前就已追随曹操为入幕之宾——近人大抵持这种看法，但这恐怕是不可能的，依下文，此乃“庇天宇”即依附曹操以前的事情，而他要到“晚节”才归曹

---

① 以上九字，据《文选·为袁绍檄豫州》李善注引《魏志》补出。

操。官渡之战以前应氏已到邺城，即使不一定有什么职务，但政治上必然是依附袁绍的——此事当与应玚的叔父应劭此时依附袁绍有关。《后汉书·应劭传》说劭于中平六年(189)拜泰山太守，“兴平元年(194)，前太尉曹嵩及子德从琅邪入泰山，劭遣兵迎之，未到，而徐州牧陶谦素怨嵩子操数击之，乃使轻骑追嵩、德，并杀之于郡界。劭畏操诛，弃郡奔冀州牧袁绍”。建安三年(198)，应劭为袁绍军谋校尉。应玚于建安初由荆州回到颍许一带以后并未依附曹操而匆匆赶去冀州，当与他的这一番家世背景有关。正是在冀州，应玚赢得了文学上的声誉。曹植《与杨德祖书》云：“今世作者，可略而言也。昔仲宣独步于汉南，孔璋鹰扬于河北，伟长擅名于青土，公幹振藻于海隅，德琏发迹于北魏，足下高视于上京，当此之时，人人自谓握灵蛇之珠，家家自谓抱荆山之玉。吾王于是设天网以该之，顿八纮以掩之，今悉集兹国矣。”由此可知，应玚归曹操之前曾经“发迹于北魏”①，北魏指冀州之魏郡(治邺)，在建安九年(204)八月曹操攻入邺城之前这里一直是袁绍的根本重地。应玚以文才发迹于此，当然与袁氏有些瓜葛。要之，建安九年以前应玚不可能是曹氏的幕僚。

应玚最早为曹操服务的文章是《撰征赋》，略云：“奋皇佐之丰烈，将亲戎于幽邻。飞龙旗以云曜，披广路而北巡。崇殿郁其嵯峨，华宇烂而舒光。摛云藻之雕饰，流辉采之浑黄。辞曰：烈烈征师，寻遐庭兮。悠悠万里，临长城兮。周览郡邑，思既盈兮。嘉想前哲，遗风声兮。”兵临长城云云，当指建安十二年(207)曹操征三郡乌桓。曹操力排众议征乌桓，是为了彻底消灭北方割据势力。当年二月下令出征；七月引兵出卢龙塞，涉鲜卑庭，东指柳城；八月登白狼山，大胜；十一月班师至易水。应玚的《撰征赋》当是为此而作。

徐幹从小喜欢闭门读书，书生气很重，早年隐居过比较长的时间，不应州郡礼命；大约在赤壁之战前不久，到曹操手下任司空军谋祭酒掾属。

在六子当中，到曹操手下来得最晚的一个是王粲，那是在建安十三年赤壁之战的前夜，当时刘表新死，曹操大军压境，王粲劝刘表之子刘琮投降，稍后他本人也随之转归曹操手下。

至于吴质(字季重，178～230)和繁钦(字休伯，？～218)，倒是来得很早的，这两位同曹丕关系特别密切，《典论·论文》罗列当代七大作家时没有提到他们，主要是因为他们的创作成就稍微要差一点。

---

① 按，“北魏”二字有异文，或作“大魏”，或作“北魏”，或作“此魏”，当以“北魏”为是。详见赵幼文《曹植集校注》，人民文学出版社1984年版，第155页。

吴质何时归曹现在难以确知,至晚在建安十年(205),他是所谓“南皮之游”的参与者之一。《三国志·魏书·王粲传》裴注据《魏略》引曹丕又与吴质书云:“南皮之游,存者三人,烈祖龙飞,或将或侯,今唯吾子,栖迟下仕,从我游处,独不及门,瓶罄罍耻,能无怀愧。路不云远,今复相闻。”这里的“烈祖”当为“烈丹”之误,“烈”指文烈即曹休,“丹”则指子丹即曹真。这二曹追随曹操多年,后来都身居高位。据《三国志·魏书》中二人的本传,到建安末年,曹休拜中领军,此职与中护军皆掌禁军实权(详见《晋书·职官志》);曹真先为中领军,后为征蜀护军,地位与曹休相近。这二曹早年都参加过消灭袁谭的战役,而所谓“南皮之游”正指该役之后的一次盛会。

曹丕、吴质以及曹休、曹真等人的南皮之游当在建安十年(205)正月曹部攻克南皮以后不久。曹丕《典论·自叙》曾提及建安十年暮春他曾经“与族兄子丹猎于邺西,终日手获獐鹿九、雉兔三十”,攻克南皮之后有一个休整阶段,所以曹丕、曹真才有如此豪兴;到当年夏,他们又结伴作南皮之游,留下了终生难忘的深刻印象。吴质凭借他同曹丕的密切关系,后来非常得意。

繁钦是颍川(今河南许昌)人,以文才机辩很早就得名于汝颍。东汉末年,豫州的颍川一带是文化最为发达的地区之一,先后出过大批名士,以致海外史家或认为颍川清流集团曾在全国范围内发挥过指导作用①,繁钦在这里能够出人头地,水平可以想见。可惜他生在一个乱世,大约在董卓之乱时离开了故乡,南下荆州避难。从他的《移零陵檄》一文可知他曾一度依附荆州从事文颖(叔良)②,所以替他代笔。长沙太守张羡率零陵桂阳三郡背叛荆州牧刘表在建安三年(198),《移零陵檄》一文当作于此时。繁钦什么时候离开荆州转而投奔曹操为豫州从事,史无明文,按,曹操曾经要求荀彧为他推荐人才,于是荀彧引荐了不少颍川同乡名士,所以估计繁钦之北返中原不会过晚。他后来当到曹操的丞相主簿,一直到建安二十三年(218)病逝。

二

阮瑀、陈琳两位以善于撰写军政应用文字著称,同时也是很有成就的诗人。

---

① 参见[日]川胜义雄《六朝贵族制社会研究》,上海古籍出版社 2007 年版,第 13 页。

② 按,王粲有《赠文叔良》诗,载《文选》卷二十三,李善注:“干宝《搜神记》曰:‘文颖,字叔良,南阳人。’《繁钦集》又云,为荆州从事文叔良作《移零陵》文。……叔良之为从事,盖事刘表也。”

建安初阮瑀归曹操后，长期担任秘书，曹氏“书檄多为瑀作”(《文选·为曹公作书与孙权》李善注引《魏书》)；建安十三年(208)曹操废三公自立为丞相，阮瑀改任丞相仓曹掾属，仍负责文书移檄的起草事宜，直到建安十七年(212)去世。他是邺下六子中去世最早的一个。

阮瑀的文才也便以擅长军政文书著称，曹丕称他“书记翩翩”(《与吴质书》)，刘勰将他与陈琳相提并论，说是“琳、瑀以符檄擅声”(《文心雕龙·才略》)；然而历史跟阮瑀开了一个恶毒的玩笑：他这方面的文章留下来并不多，赤壁之战前夜致刘备的信只残存两句，西征马超时致韩遂的信全部亡逸，完整地传下来的只有一篇建安十六年的《为曹公作书与孙权》(《文选》卷四十二)。因此现在看来还是他的诗更值得注意，例如以死亡为题材的《七哀》：

> 丁年难再遇，富贵不重来。良时忽一过，身体为土灰。冥冥九泉室，漫漫长夜台。身尽气力索，精魂靡所能。嘉肴设不御，旨酒盈觞杯。出圹望故乡，但见蒿与莱。

设想死后情景，已遥开陶渊明《挽歌诗》之先河。诗中颇有及时行乐的意思，不无贪恋富贵的庸俗气，但他始终没有忘记仍处在深重苦难中的故乡；不仅如此，此诗还能超越一时的政象而从更高的意义上来审视人生，他认为人死以后即使精魂尚在，也已干瘪瘪无生气，连享受祭品的力气都没有了，在近乎颓丧的语言中仍然跃动着贴近现实的热情。

建安时代的进取之士一方面舍生忘死地去苦斗，企图建功立业澄清天下，一方面又往往哀叹人生苦短，追求及时行乐以及官能的享受，这两个方面相反相成，互为补充，如此形成的人生态度应当说是有活力的；同时也就与强调安贫乐道、克己复礼的儒家传统思想很不合拍。

他还有一首描写孤儿的《驾出北郭门行》，反映时代的苦难，被认为是建安诗歌的代表作之一：

> 驾出北郭门，马樊不肯驰。下车步踟蹰，仰折杨柳枝。顾闻丘林中，嗷嗷有悲啼。借问啼者出：“何为乃如斯？”“亲母舍我殁，后母憎孤儿。饥寒无衣食，举动鞭捶施。骨消肌肉尽，体若枯树皮。藏我空室中，父还不能知。上冢察故处，存亡永别离。亲母何可见，泪下声正嘶。弃我于此间，穷厄岂有资！”传告后代人，以此为明规。

“后母憎孤儿”在高度重视血缘关系的古代颇为常见，在动乱的年代里更加显得严重。诗中负重难行的瘦马、枯萎的杨柳和无告的孤儿，提供了一个乱世的典型画面，其中寄寓了作者深厚的人道主义精神。同情民间疾苦，关心弱势群体，是建安诗歌大放光辉的一大原因。读阮瑀此诗很容易令人想起汉乐府民歌《孤儿行》，那里写孤儿受兄嫂的虐待；阮瑀处理的题材更典型，而其中以人物语言帮助叙事的办法，明显吸收了民歌的营养。

动乱时代的另一常态是士人背井离乡，朋友飘零分散。阮瑀有两首五言的《杂诗》（魏晋时代的"杂诗"大体相当于唐人之"无题"）写这个题材，其一（"临川多悲风"）写客子悲秋，其二写朋友相聚：

> 我行自凛秋，季冬乃来归。置酒高堂上，友朋集光辉。念当复离别，涉路险且夷。思虑益惆怅，泪下沾裳衣。

诗中短暂的相聚不过是两次远别离当中一点可怜的欢乐。自从宋玉《九辩》以来，悲秋已成为文人感情体验的一种定势，但阮瑀的诗仍然带有动乱时代的烙印，同时又有更深广的含义，"涉路险且夷"不仅指具体的行路难，也指那充满艰难险阻的人生之旅。朱嘉征《诗集广序》云"瑀河清难俟，赋'临川多悲风'之二章"，颇能道出《杂诗》的底蕴。这两首估计乃是作者归曹之前的作品，一介书生在动乱的时代里总难免会有这样的辛酸和痛苦。

陈琳也有若干诗作，比较著名的大抵作于归顺曹操之前。陈琳的一生明显地可以分为三个阶段：其早期在大将军何进手下效劳，至中平六年（189）何进败亡，陈琳避难冀州；其中期从初平元年（190）至建安十年（205），一直担任袁绍的秘书，"典密事"（《文选·答东阿王笺》李善注引《文士传》）、"典文章"（《三国志·魏书·王粲传》）；其后期从建安十年（205）归曹操到建安二十二年（217）去世，这时他在曹操手下任司空军谋祭酒，后迁门下督，管记室。《游览二首》大约是他早年的作品，其一抒发羁旅生活的惆怅和悲哀；其二先写外出游览，"翱翔戏长流，逍遥登高城"，接下来四句写登高所见，然后忽然急转直下道："骋焉日月逝，年命将西倾。建功不及时，钟鼎何所铭？收念还房寝，慷慨咏坟经。庶几及君在，立德垂功名。"这显然是青年时代的口吻，妙在说得极其坦率直露，游览了一通以后，忽然惊醒，要实行孟子所说的"求其放心"，回家攻读经典以便将来立德立功了。汉末知识分子尤其是其中的青年人，心情十分郁闷，多少有些玩世不恭，写诗往往放言无忌，例如《古诗十九首》有云"何不策高足，先据要路津"，这样想的大约颇不乏其人，而这样的言论和作品汉末以前似很罕见。

他最著名的一首诗《饮马长城窟行》应作于中期，当他追随袁绍征战时大约到过长城一线，不免发思古之幽情，同时也将现实的感情渗透进去。诗云：

> 饮马长城窟，水寒伤马骨。往谓长城吏，慎莫稽留太原卒！“官作自有程，举筑谐汝声！”男儿宁当格斗死，何能怫郁筑长城。长城何连连，连连三千里。边城多健少，内舍多寡妇。作书与内舍：“便嫁莫留住。善事新姑嫜，时时念我故夫子。”报书往边地：“君今出语一何鄙！”“身在祸难中，何为稽留他家子？生男慎莫举，生女哺用脯。君独不见长城下，死人骸骨相撑拄？”“结发行事君，慊慊心意关。明知边地苦，贱妾何能久自全！”

通篇叙事，其中安排筑城壮丁与他妻子的书信往返，古朴有致，民歌风味很足。“生男”四句化用秦时民歌而变化其句式，使之与全诗的杂言格式相一致，开出后来杂言歌行一路；杜甫《兵车行》诗中有云：“信知生男恶，反是生女好，生女犹得嫁比邻，生男埋没随百草！”显然向陈琳学到不少东西。《饮马长城窟行》本是汉代乐府旧题，属相和歌瑟调曲，古辞已不存①；陈琳写的这一首大抵是怀古，汉末显然已经没有筑长城这种劳役了，但其中亦多现实的感情，像“男儿宁当格斗死，何能怫郁筑长城”，秦代的筑城之卒恐怕未必会作此想，到建安年间，北方战乱频繁，英雄崇拜盛行一时，在陈琳看来，格斗而死不失为一个英雄，苦于劳役则没有任何意义。在汉末的动乱中，夫妻生离，生死难卜的情形颇为多见，诗中“健少”与“内舍”在通信中所说的那些看似冷酷而实际上极富于感情的话，正以实现生活中大量的不幸为其依托，而作者深厚的人道主义精神即寓于其中。当陈琳从他为袁绍“典文章”“典密事”的角色中暂时解脱出来，以一个文学家的眼光来审视生活时，他把握现实就不再采取官方人士的冷峻态度，而充满了人间的温情。

中古时代的文学家没有一官半职的很少，他们区别于一般官吏的地方在于他们往往能暂时地在某种程度上超越自己的行政身份，而以一个带有人道主义态度充满审美情趣的诗人心态去面对生活——古代文学家的二重角色以及由此而来的二重心态是普遍存在的，为了摆脱这种分裂的局面，他们当

① 因为陈琳这一首写得很古朴，近人或以为此即古辞，然于文献无征，似难起信。《文选》及《乐府诗集》所录之古辞，当从《玉台新咏》订为蔡邕作。《饮马长城窟行》古辞已经亡佚。

中一批人有隐逸的倾向，有些人实行了，另一些人未能实行，往往为此大发感慨；还有一些人则尽可能利用自己的职权为老百姓做点好事，以弱化内心的矛盾；而更多的人则是一方面恪尽职守地为官，一方面争取机会做若干超越其官僚身份的努力，创作充满人文关怀的作品便是其中最常见的途径之一。建安以前文学还不曾取得独立的地位，上述种种倾向都还不十分明显，而到建安以下这种趋势便日甚一日地分明起来。陈琳可以说是暂时超越型的一个代表人物。

陈琳的军政应用文字甚多，早期的《谏何进召外兵》表现了很高的见识，文章指出消灭宦官并不难，这一行动应采用“违经合道”的特殊手段，千万不能把外兵引进首都，自找麻烦。后来事态的发展果然不出陈琳所料。何进优柔寡断，迟疑而无所作为，结果反为宦官所杀，接下来是一场以宫省为战场的混战，袁绍等人大杀宦官，而由何进引进的董卓则废少帝，杀何太后，“何氏遂亡，而汉室亦自此败乱”（《后汉书·何进传》）。陈琳行文简明扼要，很见气势和锋芒，其中恰当地运用了古语、谚语、比喻，给人留下深刻的印象。

陈琳在袁绍手下参与机密，起草文檄；取得胜利后则作赋来歌颂，干的是机要秘书、高级参谋和文学侍从之臣三位一体的工作。这一阶段留下的作品主要有《与公孙瓒书》《更公孙瓒与子书》《武军赋》《应讥》等等；而最为著名的是建安五年(200)官渡之战前夜的《为袁绍檄豫州》，曾选入《文选》（卷四十四）。文中大骂曹操，而且上挂他家的祖宗：

> 司空曹操祖父故中常侍腾，与左悺、徐璜并作妖孽，饕餮放横，伤化虐民；父嵩，乞匄携养，因赃假位，舆金辇璧，输货权门，盗窃鼎司，倾覆重器。操赘阉遗丑，本无懿德，僄狡锋侠，好乱乐祸……

这里揭发他祖、父两代的劣迹，都有某种史实根据，而措辞特别刻毒。曹嵩既是宦官曹腾的养子，“莫能审其生出本末”（《三国志·魏书·武帝纪》），那么曹操自然就成了“赘阉遗丑”。檄文中间历数曹操的罪状，最后发出号召道：

> 方今汉室陵迟，纲维弛绝，圣朝无一介之辅，股肱无折冲之势，方畿之内，简练之臣皆垂头搨翼，莫所凭恃，虽有忠义之佐，胁于暴虐之臣，焉能展其节？又操持部曲精兵七百，围守宫阙，外托宿卫，内实拘执，惧其篡逆之萌，因斯而作。此乃忠臣肝脑涂地之秋，烈士立功之会，可不勖哉！操又矫命称制，遣使发兵，恐边远州郡，过听而给与，强寇弱主，违众旅叛，举以丧名，为天下笑，则明哲不取也。即日幽、并、青、冀四州并进……

虽然袁绍并非没有做过皇帝梦，但檄文却高举维护汉室的旗帜，争取政治上的主动，并用以对抗曹操“挟天子以令诸侯”的一贯方略；檄文处处做那些朝廷中枢官员和边远州郡地方官的工作，孤立曹操，争取政治、军事上的有利形势。就文章而言，陈琳确实写得极好，所以千古传诵；至于后来袁绍在官渡之战中大败，那是另一回事。当然，此文传诵之广与曹操在历史上长期得不到公正的评价也大有关系。

陈琳这篇檄文给曹操留下深刻印象，但他颇有雅量，爱惜人才，既往不咎，留陈琳在身边用为秘书。据说陈琳在此后的文章中也曾痛骂过袁绍，其文今已不存。后来颜之推批评说：“不屈二姓，夷、齐之节也；何事非君，伊、箕之义也。自春秋以来，家有奔亡，国有吞灭，君臣固无常分矣。然而君子之交，绝无恶声，一旦屈膝而事人，岂以存亡而改虑。陈孔璋居袁裁书，则呼操为豺狼，在魏制檄，则目绍为蛇虺。在时君所命，不得自专，然亦文人之巨患也，当务从容消息之。”（《颜氏家训・文章》）颜之推本人也是一个历事几朝的人，所以他承认屈事二姓的合理性，但强调对旧时的主人不能出“恶声”；可是这在“不得自专”的笔杆子那里有时实在是难以做到的。中国古代的文人因为政治形势的转换而大幅度地改变自己言论的方向，实在屡见不鲜；当文学完全从属于政治的时候，这几乎是不可避免的。

陈琳是写檄文的专家，在曹操手下时也写得很多，极得曹操赏识，以为可治头风①；但流传下来的并不多，比较完整的只有一篇建安二十一年（216）的《檄吴将校部曲文》（《文选》卷四十四），而真伪颇有争议。从内容看去，此文应当不伪，只是开头打着尚书令荀彧的旗号是不对的，此公已死于建安十七年（212）。估计此文在流传过程中有被浅人妄改的地方。此时的尚书令乃是华歆。

最足以代表陈琳这一时期水平的文章是建安二十年（215）的《为曹洪与魏文帝书》（《文选》卷四十一），该信的主要内容是向曹丕介绍征张鲁之役取得辉煌胜利的原因是对手太差劲了，实际上是用曲笔来显示我方的高明。文章夹叙夹议，以议论为主，行文简洁幽默，要算是一篇绝妙好辞。曹洪于曹丕为叔辈，陈琳与之年纪相仿，替他代笔，比较容易得体。信的开头说：“得九月二十日书，读之喜笑，把玩无厌。亦欲令陈琳作报，琳顷多事，不能得为。念欲远以为欢，故自竭老夫之思，辞多不可一一，粗举大纲，以当谈笑。”结尾又

① 《三国志・魏书・王粲传》注引《典略》：“琳作诸书及檄，草成呈太祖，太祖先苦头风，是日疾发，卧读陈琳所作，翕然而起曰：‘此愈我病！’数加厚赐。”

道:“间自入益部,仰司马、杨、王遗风,有子胜斐然之志,故颇奋文辞,异于他日,怪乃轻其家丘,谓为倩人,是何言欤?……恐犹未信丘言,必大噱也。洪白。”明明是陈琳代笔,却反复说明是曹洪本人“自竭老夫之思”的大作,与全文轻松幽默的风格一致,并且很容易产生明显的效果。这种手法的奥妙在于故意的欲盖弥彰,“已弄巧而人不为愚,则适成己之拙而愈形人之智”[①]。这大抵是一种不失赤子之心的老年人的风趣。智慧过多,超出所需,遂溢出而为幽默。曹洪其人作战勇敢而守财吝啬[②],大约是一个很少有幽默感的人,陈琳为他代笔而故意如此行文,则是更深一层的幽默了。

陈琳后期作品流传至今的以辞赋居多,其中《神武赋》是建安十二年(207)为庆祝曹操征乌桓大获全胜而作,残破已甚,看不出什么眉目;就残存的部分而言,气势似乎已远不及先前的《武军赋》。至于他的《止欲赋》《武猎赋》《大暑赋》以及《迷迭赋》《玛瑙勒赋》《车渠碗赋》等等大抵是应制之作,无多可观,比较值得注意的是一篇《神女赋》:

> 汉三七之建安,荆野蠢而作仇。赞皇师以南假,济汉川之清流。感诗人之攸叹,想神女之来游。仪营魂于仿佛,托嘉梦以通精。……感仲春之和节,叹鸣雁之噰噰。申握椒以贻予,请同宴乎奥房。苟好乐之嘉合,永绝世而独昌。既叹尔以艳采,又悦我之长期。顺乾坤以成性,夫何若而有辞。

依首句此赋当作于建安二十一年(216),当年曹操征吴,上文提到的《檄吴将校部曲文》即作于本年,但此次出军在十月,与赋中所说的“仲春”似不合;而且此次军事行动的路线也与汉水无涉。所以“三七”可能当作“二七”——即建安十四年(209),按,上年七月曹操南征,败于赤壁,曹操走华容道至南郡江陵,后北上襄阳,此番往返都经过汉水。汉水有著名的女神,《韩诗外传》曾记载“郑交甫将适南楚,遵彼汉皋台下,乃遇二女”,遂解佩赠之云云;后来“汉女”便成为神话传说中多情女子的典型,据说《诗经》中《汉广》就以这个美丽的神话为依托。曹植在诗中提到过“感《汉广》兮羡游女”(《九咏》);陈琳的赋则在古老传说的基础上大加想象,不仅写汉水女神的美丽多

---

① 《管锥编》第2册,第1040页。

② 后来他因此而得罪了曹丕,差一点送命。详见《三国志·魏书·曹洪传》及注引《魏略》。

情，而且说一旦与之“嘉合”，便可以长寿，“永绝世而独昌”了。陈琳用当时流行的神仙道教思想把那两位“游女”加以改造，颇近于想入非非。

晚周仙道中本有房中一派，汉代房中术公开流传，一般认为“乐而有节，则和平寿考”（《汉书·艺文志》）。在曹操身边有一大批方士，其中“甘始、左元放、东郭延年行容成御妇人法，并为丞相所录”（《博物志》），产生了颇大的影响，看来陈琳很相信这一套。陈琳还写过一篇《止欲赋》，其中有句云“忽日月之徐迈，庶枯杨之生稊”，用《易》“大过”九二的典故，希望年老而得少妇，大约也与房中术有关。与陈琳同时作《神女赋》的有王粲和应玚，应赋残缺已甚，今天所能见到的部分完全是对神女美丽外貌的描写，王赋的大部分内容也是如此，最后说：“彼佳人之难遇，真一遇而长别。顾大罚之淫愆，亦终身而不灭。心交战而贞胜，乃回意而自绝。”道德战胜了情欲，表现了浓厚的儒家思想。王粲比较年轻，对长寿不大关心，他出身高贵，思想也比较正统。陈琳没有多少贵族气，年纪也要大得多，遂勇于接受神仙道教。

自然，这种梦中的神仙嘉会不可能让陈琳“永绝世而独昌”。建安二十二年（217）一场大瘟疫夺走了许多人的生命，体弱的王粲死得最早，陈琳以及刘桢、应玚也纷纷病逝。建安诸子“数年之间，零落略尽”（曹丕《与吴质书》），文坛的局面为之一变。

邺下诸子中个性最强的刘桢乃是大汉王室的子孙，虽然支派已远，他自己大约仍以龙种自居。刘桢的父亲刘梁（一说祖父）完全走通经致用的汉儒老路子，而且有绝大的抱负，当他担任北新城长时，“大作讲舍，延聚生徒数百人，朝夕自往劝诫，身执经卷，试策殿最，儒化大行”（《后汉书·文苑列传》）。他本人的文章如《辩和同论》，亦复高举儒家的大道。这种家庭出身对刘桢影响极大，刘桢高自期许的作风酷似其先辈；他本人著有《毛诗义问》十卷，乃是经学的专著，从现存的片断看去，很着重名物训诂，颇合于汉儒古文学者治经的传统①。刘桢与曹氏政权总有些格格不入，同他的家庭文化背景大有关系。他又是一位神童，“少以才学知名，年八九岁能诵《论语》、诗、论及辞赋数万言。警悟辩捷，所问应声而答，当其辞气锋烈，莫有折者”（《太平御览》卷三五八引《文士传》）。成人以后孤芳自赏，个性高傲，在曹氏手下服务时曾经几乎被判处死刑。

---

① 《毛诗义问》，《隋书·经籍志》著录十卷，已亡佚；清人唐晏《两汉三国学案》卷六《诗》录入“毛诗派”下，辑得遗文六则。

建安十六年(211)刘桢被派去担任五官将曹丕的文学,有一次曹丕请诸文学喝酒,忽然"命夫人甄氏出拜。坐中众人咸伏,而桢独平视",就为这么一点小事,曹操大为震怒,"乃收桢,减死,输作"(《三国志·魏书·王粲传》注引《典略》)。甄氏是当时著名的超一流美人,曹丕得意地把她拿出来就是为了让诸文学见识一下的,"咸伏"则很难瞻仰,"桢独平视",这才看得清楚,才不至于辜负曹丕的一番雅意,这又何罪之有? 曹操并不在场,他通过某一渠道(很可能是吴质告密)闻知此事后便立即把刘桢抓起来几乎要判死刑,这些与一般的情理很是不合,可谓一大奇案。

从史料中所透露的零星信息去追寻曹操大光其火的根源,恐怕有两个:一是甄氏其人曹操本来是有意拿来归自己的,不料竟被儿子捷足先登,于是他的下意识里总有些耿耿,平时不便发作,现在听说有人"平视"甄氏,便觉得其人胆大妄为,对自己大不敬,平时郁积于内心深处的怨气就火山爆发似的喷射出来。甄氏原是袁绍之子袁熙的妻子,极其美丽,建安九年(204)曹操攻下邺城后,她是一个重要的搜寻目标,《三国志·魏书·甄后传》注引《魏略》载,曹丕率先进入袁氏宅第,命人捧起她低垂的头就视之,"颜色非凡,称叹之",就把她搞去了;《魏略》继续写道"太祖闻其意,遂为迎取(娶)",似乎是曹操主动为儿子纳甄氏的;但另据《世说新语·惑溺》的记载,在为曹丕迎娶之前还有一大曲折:"曹公之屠邺也,令疾召甄。左右曰:'五官中郎已将去。'公曰:'今年破贼正为奴!'"尽管曹操攻邺并非完全为了一个甄氏,但破城以后急于把这一份战利品弄到手当是事实。曹操对战俘中的美女一贯大有兴趣。可惜甄氏已被儿子"将去",木已成舟,不好意思再染指了,于是做一个顺水人情,为曹丕迎娶。《魏略》的记载与《世说新语·惑溺》介绍的细节看似矛盾,其实互补性很强,综合起来看始能洞悉事情的真相。从建安九年(204)曹丕娶甄氏,到他忽然高兴地向群下展示甄氏而刘桢平视之,这中间七八年倒也风平浪静,曹操当年的感情疙瘩似乎已经完全化解,而其实不然,一遇此事便旧病复发,把一腔无名怒火都烧向倒霉的刘桢。

曹操大为震怒的另一原因,大约与刘桢一再高度评价孔融有关。在曹丕写《典论·论文》之前,替孔融说好话是很犯曹操的忌讳的,而刘桢一则说"孔氏卓卓,信含异气,笔墨之性,殆不可胜"(转引自《文心雕龙·风骨》);再则说"文之体指,实殊强弱,使其辞已尽而势有余,天下一人耳,不可得也"(转引自《文心雕龙·定势》)。他给孔融这么高的评价,虽说并不涉及政治而只谈文章笔墨,但仍然容易给自己找麻烦。在中国古代,文学和政治之间从来是没有明确界线的；何况孔融在甄氏问题上讽刺过曹操，开过一个非常辛辣恶毒的玩笑。

《太平御览》卷四六四引《文士传》云："主者案桢大不敬，应死，减一等，输作部，磨石。"主持此案审理的官员极能揣摩曹操的心事，但所定之罪名很不恰当，对儿媳妇的"平视"怎么会构成对公公的"大不敬"呢，这样定性不仅不足以服众，而且很容易使阅历比较多的人回忆起往事来；所以后来还是从轻发落，改判徒刑，罚刘桢去干重体力活儿。这一桩"大不敬"案的结局出人意外而且意味深长。《世说新语·言语》"刘公幹以失敬罹罪"条注引《文士传》云："武帝至尚方观作者，见桢匡坐正色磨石，武帝问曰：'石如何？'桢因得喻己自理，跪而对曰：'石出荆山悬崖之巅，外有五色之章，内含卞氏之珍，磨之不加莹，雕之不增文，禀气坚贞，受之自然。顾其理枉屈纡绕而不得申！'帝顾左右大笑，即日赦之。"刘桢很机智地以石自喻，不失体面地声明自己实在冤枉。曹操则到底不愧为精明的政治家，在发生此案的建安十六年(211)顷，他的地位和权势已经相当巩固，根本犯不着与无足轻重的文人刘桢纠缠，何况甄氏充当自己的儿媳已经多年，前不久忽然发火不过是一时失态，所以，既然刘桢已经告饶，于是立刻"顾左右大笑"，将全部旧账一笑了之。

《水经注》卷十六引《文士传》与前引之文稍有出入，略谓："文帝之在东宫也，宴诸文学，酒酣，命甄后出拜。坐者咸伏，唯桢平视之。太祖以为不敬，送徒隶簿。后太祖乘步牵车乘城，降阅簿作，诸徒咸敬，而桢抠坐，磨石不动。太祖曰：'此非刘桢也？石性如何？'桢曰：'石出荆山玄岩之下，外炳五色之章，内秉坚贞之志，雕之不增文，磨之不加莹，禀气贞正，禀性自然'太祖曰：'名岂虚哉！'复为文学。"所记大同小异，当系传闻异词。这里说刘桢被赦后"复为文学"，当然还是五官中郎将曹丕的文学。这时刘桢生了一场大病，"自夏及徂秋，弥旷十余旬。常恐游岱宗，不复见故人"(《赠五官中郎将四首》其二)。其间曹丕曾来殷勤慰问，曹植也来关心他，使他感到十分温暖。不久以后他就调任曹植那里的"庶子"，而原任平原侯庶子的应玚则调为五官将文学。

经过这一番折腾之后，刘桢的处世态度平和得多了。他在曹植那里当"庶子"期间有一封给曹植的信写道："家丞邢颙，北土之彦，少秉高节，玄静澹泊，言少理多，真雅士也。桢诚不足同贯斯人，并列左右。而桢礼遇殊特，颙反疏简，私惧观者将谓君侯习近不肖，礼贤不足，采庶子之春华，忘家丞之秋实。为上招谤，其罪不小，以此反侧。"以"渊深法度"著称的邢颙是曹操特别选来给曹植当家丞的，贵公子曹植是自由散漫惯了，而家丞邢颙"防闲以礼，无所屈挠”(《三国志·魏书·邢颙传》),这样两人之间的关系就有些紧张。此事与刘桢本来并不相干,但刘桢害怕曹植过于亲近自己疏远邢颙将对自己和曹植都有所不利,所以特别写信劝谏。至此,刘桢往日的圭角锋芒已经消磨殆尽,只能在曹操巨大的阴影下充当一个谨小慎微的文学侍从之臣。

在这种诚惶诚恐的心态下,刘桢再也写不出什么好作品来,所能写的不过是奉命应景之作,如《仲雍哀辞》《瓜赋》《大暑赋》《斗鸡诗》《公宴诗》之类。在建安二十二年(217)他死于疫病之前,他的艺术生命可以说已经过早地结束,至少也是严重地萎缩了。

刘桢现存的作品不多,少数作于依附曹操之前,多数为此后所作。早年所作的《鲁都赋》属于所谓京都大赋,归附曹氏以后刘桢再也没有写过这种大赋,只作小赋,但也无多可观。在依附曹操之前,刘桢基本上在故乡东平(今属山东)一带过着隐居的生活,面对汉末动乱的社会,他既希望有所作为,建功立业,又很欣赏自己洁身自好,置身事外的现状。这种矛盾的情绪,集中地反映在他的代表作《赠从弟三首》之中:

泛泛东流水,磷磷水中石。蘋藻生其涯,华叶纷扰溺。采之荐宗庙,可以羞嘉客。岂无园中葵,懿此出深泽。

亭亭山上松,瑟瑟谷中风。风声一何盛,松枝一何劲。冰霜正惨凄,终岁常端正。岂不罹凝寒,松柏有本性。

凤凰集南岳,徘徊孤竹根。于心有不厌,奋翅凌紫氛。岂不常勤苦,羞与黄雀群。何时当来仪,将须圣明君。

“三章皆比,言简意尽。此从弟必是隐居不出者。”(《采菽堂古诗选》卷七)这三首诗既表现了对从弟的肯定与希望,也唱出了诗人高自期许的心声。汉末是个动乱的时代,许多诗人蒿目时艰,或以写实的笔墨描写民间的疾苦,或以高昂的热情表现自己的雄心,讴歌英明的雄主——写法大抵是比较直露的。深重的时代苦难已经不容许诗人从容不迫地雕章琢句,绕比兴的弯子了。刘桢不同,他大抵没有经历过多少流离迁播的痛苦,又在一个富于文艺和学术气氛的家庭中长大,自己还背着一个皇室子孙的大包袱,所以情不自禁地对从弟对自己都抱有极高的期待,诗里充满了贵族的气息。封建时代的文艺评论家给予这些诗极高的评价,原是很自然的。至于其中“亭亭山上松”一首,形象很美,又没有提到“宗庙”“明君”一类字眼,所以后代评论家也往往给予很高的评价。其实这首诗也不过就孔子说过的“岁寒然后知松柏之后凋也”(《论语·子罕》)一语加以敷衍,并没有提供多少新鲜的东西。这三首诗的突出之处主要是文字比较浅显,意象比较清新,当具体的创作背景经过历史长河的多年冲洗而日趋淡化以后,其意象已经完全升华了,留给人们的是一派挺拔高洁的形象,甚至成了象征的符码,任凭读者用自己的经历和感情去体验和坐实。

刘桢所期待的“圣明君”没有出现,出来的只是一个曹操。刘桢虽然长期在曹氏手下充当文学侍从之臣,但仍然有些贵族气,当了几天小官就觉得失去自由和自我,于是写《杂诗》来发牢骚:

> 职事相填委,文墨纷消散。驰翰未暇食,日昃不知晏。沉迷簿领书,回回自昏乱。释此出西城,登高且游观。方塘含白水,中有凫与雁。安得肃肃羽,从尔浮波澜。

此诗当是刘桢为丞相掾时所作。文艺家从政往往有诸如此类的痛恨文山会海而无法解脱的烦恼。刘桢总有些不愿为“职事”所拘的名士风度,所以才有颂扬孔融、平视甄氏一类事情发生。只是后来经过“磨石”的苦役以后,他才再也不敢摆名士的架子。“平视”案中及其稍后,刘桢有些诗文写得很有味。例如在业已被捕尚未去磨石以前,曾有《赠徐幹》诗:

> 谁谓相去远,隔此西掖垣。拘限清切禁,中情无由宣。思子沉心曲,长叹不能言。起坐失次第,一日三四迁。步出北寺门,遥望西苑园。细柳夹道生,方塘含清源。轻叶随风转,飞鸟何翻翻。乖人易感动,涕下与衿连。仰视白日光,皦皦高且悬。兼烛八纮内,物类无颇偏。我独抱深感,不得与比焉。

写他刚刚失去自由时的心情很是真切动人。当时大约把他拘禁在一个离原先办公地点不远的地方,他还可以遥望那些曾经十分熟悉乃至习焉不察的柳树、方塘、飞鸟和日光,现在他失去了这一切,这才格外感到它们的可贵和可亲。刚刚被囚禁的人容易会有这样的感觉[①]。“起坐失次第,一日三四迁”也是新囚徒的真实写照。这时刘桢在一个划定的范围内尚可走动,情形相当于后来的软禁——这跟他青年时代想象中的“奋翅凌紫氛”相去不可以道里计了。此后刘桢似乎就再也没有什么像样的作品,至少是今天看不到了。“磨

① 宋朝大诗人苏轼因为乌台诗案被捕,诗中有句云“故园多珍木,翠柏如蒲柳。幽囚无与乐,百日看不已”(《御史台榆槐竹柏四首》),与刘桢此诗异曲同工,相视而笑。

石”把他的才气也给磨掉了。看来刘桢和许多意气风发的文人一样，其实是很脆弱的，一遇比较重的打击，马上发生变化。当然这样也不足深责。“岂不罹凝寒，松柏有本性”，说说不难，做起来就不那么容易了。

跟随曹操的一批文人往往配合曹操的军事行动写诗作赋，刘桢此类作品甚少。这有两种可能：一是他本来就很少写这一类作品，二是也曾写过但大抵亡佚了。从刘桢的一些已经失去题目的诗文零句看去，后一种可能性比较大。例如诗句“旦发邺城东，暮次溟水旁。三军如邓林，剑戟冷秋霜”，显然是配合曹军某次军事行动而写的；又如文句“河灵惊而承旗，冯夷俨其操驮”，似乎是以神话人物喻指曹军战士。可惜所存过于零散，无从细考。

刘桢晚期作品中比较有意思而又完整保存的只有曾被收入《文选》（卷二十三）的《赠五官中郎将四首》。其前二首主要回顾自己与曹丕交往的经过，表达自己衷心感激之情，其四以应酬和吹捧为主，诗味不多，只有其三最能代表建安诗歌的“慷慨”之风：

> 秋日多悲怀，感慨以长叹。终夜不遑寐，叙意于濡翰。明灯曜闺中，清风凄已寒。白露涂前庭，应门重其关。四节相推斥，岁月忽欲殚。壮士远出征，戎事将独难。涕泣洒衣裳，能不怀所欢？

此中“多悲怀，感慨以长叹”正是“慷慨”二字的极好注释，据《说文》，“慷慨”从本义上讲就是“太息”的意思，汉末人多用此词，意为“悲叹”（《后汉书·杨震传》李贤注）。刘勰评建安诗歌道：“观其时文，雅好慷慨，良由世积乱离，风衰俗怨，并志深而笔长，故梗概而多气也。”（《文心雕龙·时序》）所谓“多气”，也正是多感慨的意思，风格主要是苍凉悲壮。建安中期以后，北方政局日趋稳定，与此相应的，邺下的文人们逐渐淡化了早年作品中慷慨悲歌的基调，改用欢愉的调子来唱颂歌，王粲在这一方面走得最远，其余诸子也多少带有这样的倾向；而刘桢在遭遇了一场“大不敬”案以后，继之以垂死的大病，情绪比较低沉，实在唱不出颂歌来，所以尚能保持梗概多气的调子，乃至成为建安诗风的一个著名代表——这在他本人原是不得已的。

曹丕对刘桢评价很高，以为“其五言诗之善者，妙绝时人”（《与吴质书》），但还是有分寸的，他看出了刘桢的作品水平很不均衡，也有不善的，有“壮而不密”（《典论·论文》）的弱点。后来钟嵘给刘桢极高的评价，列入上品，说他的诗“仗气爱奇，动多振绝。真骨凌霜，高风跨俗”，甚至说“自陈思（曹植）以下，桢称独步”；从此“曹刘”往往并称①。钟嵘评诗，因为要纠正自己所面对之诗坛弊端，对于合乎他本人审美趣味的诗人和诗作，往往不惜给予过高的评价，有时不免失去公允。钱锺书先生评《诗品》云：“记室评诗，眼力初不甚高，贵气盛词丽，所谓‘骨气高奇’‘词采华茂’，故最尊陈思、士衡、谢客三人。”②他之竭力尊崇刘桢，也出于同一思路，这在当时自属事出有因，而今天看去实未足成为定论。

一次莫名其妙的冤狱就把精神基本上给摧垮了，这不单是刘桢的悲剧，也是中国古代许多文人的悲剧。吴淇说：“魏氏与诸子，不过如富贵人家养几个作诗相公陪自己子弟读书，或游戏，或饮酒，间亦教他代作些书札，其实非怜其才而大用之也。在诸子，当汉室大乱之后，只得事急相随，留滞于此，其实心上多有不快活处。”（《六朝选诗定论》卷六）这一概括就建安十三年以后的北方文坛而言，是有道理的。曹操固然是杰出的政治家和优秀的诗人，他广泛搜罗人才，确实有利于北方文学的繁荣；但如果以为他就是理想的文坛领袖，在他的领导下才有了建安文学的辉煌，则未必合于事实。在大政治家眼里，文学大约只是小事一桩。比之为齿轮和螺丝钉，也正是相当小的意思。

《三国志·魏书·王粲传》将应玚与刘桢并列，只有极简单的介绍：“玚、桢各被太祖辟为丞相掾属。玚转为平原侯庶子，后为五官将文学。桢以不敬被刑，刑竟署吏。咸著文赋数十篇。”裴注引用的史料也只是介绍应玚的先辈如祖父应奉（世叔）、父亲应珣（季瑜）、伯父应劭（仲远）的有关情况，尤详于应劭，而对应玚本人几乎没有提供任何信息。这大约是因为应玚其人比较平庸，又始终没有写出什么像样的作品来。

应玚现存的作品只有六首诗、十五篇赋和五六篇文章，其中残缺不全的占了相当大的比例。通观现存诸作，大抵有两大特色：感慨自己书剑飘零、时运不济的篇什相当地多，成为他作品的主导；应教之作也比较多，帮闲的意味非常浓厚。这两点其实是同一心态的两面：当他未能找到一个可靠的依托时惶惶然不可终日；而一旦得到了，便一心归命，心甘情愿地当一个本分的文学侍从之臣，不再作什么高远之想了。在建安七子中，政治上、理论上以至于创

---

① 其例甚多，如元稹《唐故工部员外郎杜君墓系铭并序》称颂杜甫云：“至于子美，盖所谓上薄风、骚，下该沈、宋，古傍苏、李，气吞曹、刘，掩颜、谢之孤高，杂徐、庾之流丽，尽得古今之体势，而兼人人之所独专矣。”余不一一。

② 《谈艺录》，中华书局 1984 年版，第 93 页。

作上最缺乏远大抱负的似乎就是应玚，难怪他的成就最低，活得也最累。一个作家只要稍一安定就安于现状，安于平庸，想在创作上有什么大的作为，那是不可能的。

应玚感士不遇的情绪集中地见之于《愍骥赋》。“愍良骥之不遇兮，何屯否之弘多”，正是他的夫子自道。在建安时代说这种话可以说是毫无道理，因为这乃是一个王纲解纽、天下纷乱、群雄逐鹿的时代，英雄用武之地原是不难找到的。用武之地就在脚下，就看你有没有决心和本事去用。曹丕批评应玚“和而不壮”，大约正是指他太容易迁就环境而缺乏英武豪迈的壮志。人既如此，文亦如之。

应玚“悲当世之莫知”，发了一大通感慨。他哀叹自己生不逢辰，遇不到伯乐；他表示，一旦得一知己，一定会大显身手，从此勤勤恳恳地拉车，在天衢上奔驰。这篇《愍骥赋》应当作于他已归曹氏而尚未有一官半职之时，意思比较浅薄，大抵近于表态。

应玚最著名的一首诗《侍五官中郎将建章台集诗》，前一半仍然是感士不遇，到后半则一变而为欣逢知己，断然成为两截。写得较有意味的是前一半：

> 朝雁鸣云中，音响一何哀！问子游何乡？戢翼正徘徊。言我塞门来，将就衡阳栖。往春翔北土，今冬客南淮。远行蒙霜雪，毛羽日摧颓。常恐伤肌骨，身陨沉黄泥。简珠堕沙石，何能中自谐？欲因云雨会，濯羽陵高梯。良遇不可值，伸眉路何阶？

虽然所拟之象变了，主旨与《愍骥赋》如出一辙。“翔北土”“客南淮”云云都是说孤雁的行踪，借以表明自己的漂泊；可是到诗的后一半，调子完全不同了：

> 公子敬爱客，乐饮不知疲。和颜既已畅，乃肯顾细微。赠诗见存慰，小子非所宜。为且极欢情，不醉其无归。凡百敬尔位，以副饥渴怀。

一旦投靠到一个可靠的主人，应玚便如此欢欣鼓舞。公子曹丕的“赠诗”很可能就是他那两首《善哉行》①，那应当是写给全体与会者的，应玚听了便觉得受宠若惊，以为“小子非所宜”，一副可怜巴巴的小人物心态。正因为应玚在曹丕主持的酒会上情绪过于兴奋，他在写到后一半的时候已经把前面以雁为言的写作路子忘却了，这时出现在读者眼前的不仅不是先前那一只令人同

---

①《善哉行》其二后半云：“离鸟夕宿，在彼中洲。延颈鼓翼，悲鸣相求。眷然顾之，使我心愁。嗟尔昔人，何以忘忧。”此诗用比兴手法表明他对不遇之士的同情和爱护。

情的孤雁，而且不是任何的雁，已一变而为一个卑躬屈膝满面笑容的"小子"——诗的意象失去了前后一贯的线索，用审美的眼光看起来，是不能算成功的，用于表态或有余，用以言志则不足。《古诗源》(卷八)曾经选入此诗，沈德潜加按语道："魏人《公宴》，俱极平庸，后人应酬诗从此开出。篇中代雁为言，音调悲切，异于众作，存此以备一格。"他认为这首诗的前一半尚有可观，这是有见地的，可惜没有指出诗的后半未能将"代雁为言"贯彻到底，艺术上是失败的。沈德潜指出建安《公宴诗》的根本弱点在于平庸，则十分中肯。平庸乃是诗歌的死敌，应玚的致命伤正在于他始终未能走出这该死的平庸。

陈祚明(《采菽堂古诗选》卷七)认为应玚此诗立言得体，比一般的"俗笔"高明。此说亦自有见地，如果应玚刚喝了曹丕几杯老酒就来表决心献忠心，那也未免太不成话，根本无法进入"七子"之列了。但是应诗与所谓俗笔相去其实并不甚远，同他作为早已成名之老作家的身份很不相称。如果说他措辞得体的话，也只是应酬得体而已。事实上凡是平庸的东西往往是得体亦即合于传统规范的；只有敢于创造敢于大胆抒写的诗人，才能打破旧的体统建立新的体统。中国是一个极其重视人际关系讲究尊卑上下的国家，在《公宴》一类诗中要找立言不守传统规范而富于创新意味的作品，本来就很难。可以说，正是这种"得体"使得应玚写不出什么优秀的作品来。自从他追随曹氏集团以后，写的大抵是应教之作，《斗鸡》《公宴》诸诗是如此，《鹦鹉赋》《杨柳赋》《迷迭赋》亦无不如此，都是没有什么特色没有什么个性的应酬之作。至于《驰射赋》《校猎赋》之类更明显是捧场，还有一篇《西狩赋》，也是一丘之貉。

在应玚的应教诸作中，只有《正情赋》稍有可观。此赋大约与陈琳、阮瑀的《止欲赋》、王粲的《闲邪赋》、刘桢的《清虑赋》、繁钦的《抑检赋》、曹植的《静思赋》等等作于同时，是同一主题的变奏。以这个主题写赋，前代已有张衡的《定情赋》和蔡邕的《静情赋》，张、蔡二公是建安文人心目中的偶像，邺下文人纷纷模仿张、蔡那种可以充分体现"发乎情，止乎礼义"之创作原则的先扬后抑的辞赋。然而作者的宗旨非即作品之成效，在上述这些辞赋中，尽管作者们主观上想把男女之情欲彻底地"止""正""清""闲"掉，亦即用传统道德把它们压抑下去，但实际上总是那个情和欲写得比较充分，反而给读者留下比较深刻的印象。

应玚的文也是平庸的居多，如《弈势》，博引前代以至当代种种著名的战例来喻指对弈中的各种形势，平平堆砌，缺少生气，与汉人马融的《围棋赋》一比，立刻显得相形见绌①。他的《文质论》是针对阮瑀的同题文章而发的，主旨在于阐述“质者之不足，文者之有余”，虽然似乎言之成理，但细看下来，论证不足，近乎抬杠。当年的这一类辩论文章本来就带有强烈的游戏性质，也就是他在《公宴诗》中所说的“辨论释郁结”，并不是什么严肃的文章。

当应玚不再受教条的束缚，不摆平庸的功架时，他也能写出比较有味道的散文来，例如现在还可以看到他写给老朋友庞惠恭的一封信，其中说起自己时下的处境，有道是“朝隐之官，宾不往来，乔木之下，旷无休息，抱劳而已”，对自己忙于帮闲的生涯有着很深的自责与自嘲，这种才子的内心独白，说得虽然平淡却是有深度的，读来令人惊心动魄。读了这封信，可以让人明白，写过那么多洋洋洒洒平庸应酬之作的应玚，其实也正有他不得已的苦衷。只是由于他太缺乏勇气，在一般情况下总是在平庸的沼泽中越陷越深，难以自拔。

曹丕说应玚“常斐然有述作之意”，可见他曾经想走徐幹的道路，尽量摆脱无聊的应酬去成就自己的一家之言；曹丕特别提到这一点，并说是“美志不遂，良可痛惜”，应当可以算是他的知音。

徐幹是著名的作家，更是一位学者。曹丕在《典论·论文》中说他“著论，成一家之言”。后来在《与吴质书》中又说：“观古今文人，类不护细行，鲜能以名节自立。而伟长独怀文抱质，恬淡寡欲，有箕山之志，可谓彬彬君子矣。著《中论》二十余篇，成一家之言，辞义典雅，足传于后，此子为不朽矣。”建安时代虽说是一个文学自觉的时代，但也才开始不久，事实上当时还是更重视学术著作，建安七子都有志于此，只是成就各不相同罢了。

所谓“文学的自觉”，是一个渐进的过程，汉代已见端倪，魏晋沿此继进；建安时代可以视为一座最重要的里程碑，决非就此将前后断为两截。

曹植曾经批评徐幹对于现实的事功过于消极，安于贫贱，不善于推销自己，在赠他的诗中说：“……顾念蓬室士，贫贱诚足怜。薇藿弗充虚，皮褐犹不全。慷慨有悲心，兴文自成篇。宝弃怨何人，和氏有其愆。弹冠俟知己，知己谁不然。良田无晚岁，膏泽多丰年。亮怀玙璠美，积久德愈宣。亲交义在敦，申章复何言！”这里化用《韩非子》中“和氏之璧”的典故，和氏即喻指徐幹②。

① 详见《管锥编》第3册，第983页。

② 《文选》李善注说“宝以喻幹，和氏喻知己也”，似于文理不可通；这里采用朱绪曾《曹集考异》中的解读。

曹植对徐幹说：你手中有宝，却见弃于世，责任在你自己——你为什么不把宝直接拿出来，在现实的斗争中建功立业呢？曹植太年轻太一帆风顺了，他不能理解在当时那个大有作为的年代徐幹为什么要躲进蓬室里去坐冷板凳。当时他还在另外一首《矫志诗》中写道："抱璧途乞，无为贵宝。履仁遘祸，无为贵道。"态度也同样积极。只有到后来，曹植在政治上完全失意以后，他才收拾起先前的高调，一变而为神往于"骋我径寸翰，流藻垂华芬"（《薤露行》），争取以立言来实现不朽。

徐幹的"恬淡寡欲"并不像许多士人那样乃是政治上失意以后的退路，他几乎始终如此。《三国志·魏书·王粲传》注引《先贤行状》谓"幹清玄体道，六行修备，聪识洽闻，操翰成章，轻官忽禄，不耽世荣"。徐幹始终不曾飞黄腾达过，所以也不存在什么失败的问题。汉末天下大乱，一般士人大抵只有两条路可走，一条是依附一个当权者，施展自己的才华；另一条则是"苟全性命于乱世，不求闻达于诸侯"。走后一条路的既有纯粹的书生，也有非常有才干的人物，他们认为自己的崇高理想一时无从实现，便躲起来研究学问，观察时局，诸葛亮早年走的便是这条路，后来出山，大显身手，成为一代名臣。徐幹则始终保持其学者的本色，建安十二年（207）他被曹操任命为司空军谋祭酒掾属，算是进入了仕途，但经常"以疾休息"，很少参加曹氏的东征西讨，也很少撰写应命的文章。这在邺下文人集团中是比较特别的，与热心参政紧紧追随曹操的王粲尤其形成鲜明的对比。

建安十六年（211）曹丕为五官中郎将以后，徐幹成为他的文学侍从之臣，到建安十九年（214）转入曹植手下充当同样的角色，其间奉曹植之命写过几篇文章，大抵与政治无干。估计他在丕、植兄弟身边时也常常称疾避事，躲在家里写他的专著《中论》。吴质《答魏太子笺》（《文选》卷四十）说："至于司马长卿称疾避事，以著书为务，则徐生庶几焉。"说的正是这种情形。到建安二十三年（218），一场大规模的瘟疫结束了他的著书生涯①。

综计徐幹一生的行事，他直接参加政治活动以及写直接为政治服务的文章，都相当地少。这种情形单是用"不耽世荣"的道德修养来解释似乎远远不够，据此认为他完全是一个避世的隐士就更不懂他的心事。谢灵运认为徐幹"少无宦情"就是"有箕颍之心事"（《拟魏太子邺中集诗序》），那不过是他本人心态的反映，并不符合实际。事实上徐幹很少有学究的迂腐气，他对于治国

① 《三国志·魏书·王粲传》谓徐幹死于建安二十二年（217），不确；此据《中论·序》。

平天下抱有极高的热情，《中论·亡国》云：

> 夫远求贤而不用之，何哉？贤者之为物也，非若美嫔丽妾之可观于目也，非若端冕带裳之可加于身也，非若嘉肴庶羞之可实于口也。将以言策，策不用，虽多亦奚以为？……
>
> 囚人者，非必著之桎梏而置之图圄之谓也，拘系之，愁忧之之谓也。使在朝之人，欲进则不得陈其谋，欲退则不得安其身，是则以纶组为绳索，以印佩为钳铁也。小人虽乐之，君子则以为辱矣。故明主之得贤也，得其心也，非谓得其躯也，苟得其躯而不论其心也，斯与笼鸟槛兽无以异也，则贤者之于我也，亦犹怨仇也，岂为我用哉？

该篇中对这一层意思多所发挥，再三致意，显然有着深刻的身世之感在内。《中论·爵禄》也说，居富贵之地而行其政令，本来是一件好事，因为"身不尊则施不光，居不高则化不博"，但"求之有道，得之有命"，难以勉强，连圣贤也不免是如此；接下来以这样一段结束全文：

> 故良农不患疆埸之不修，而患风雨之不节；君子不患道德之不建，而患时世之不遇。《诗》云："驾彼四牡，四牡项领。我瞻四方，蹙蹙靡所骋。"伤道之不遇也。岂一世哉，岂一世哉！

这简直是一篇感士不遇赋了；只不过仍然用他习惯采用的"有所是非，则托古人以见其意"①的手法出之罢了。

理想主义者徐幹在政治上有着远大的抱负，远远不满足于当一个帮闲文人或帮忙文人，干这等事他认为是对自己的侮辱。当徐幹出山之初，他对曹操是很支持的，《中论·序》云："（幹）以发疾疢，潜伏延年。会上公拨乱，王路始辟，遂力疾应命，从戍征行。""上公"即指曹操。徐幹应他的征辟抱病出山，可见是寄予重大希望的；但后来的情形却很使他失望，曹操所需要的乃是秘书和参谋一类实用性的人才，而徐幹却是一位理论家，他志存高远，决不愿意充当做一点具体工作的属员。曹丕在《典论·论文》里说他身上有一股"齐气"，应即指此而言。所谓"齐气"，指一种不完全受当政者的制约而自由发表自己种种见解的先秦高士之风。战国时代的齐国稷下诸先生"不治而议论"（《史记·田敬仲完世家》），不担任具体行政职务，专门发议论，身份近于王者

---

① 《三国志·魏书·王昶传》所载王昶《戒子书》。参见胡应麟《诗薮》外编卷一。

之师。在汉末这个“家家欲为帝王，人人欲为公侯”（《三国志·魏书·王粲传》）的时代，徐幹大概很有些以王者之师自命的意思，所以他执着地要保持自己相对独立的人格——其“不耽世荣”的重要内涵在此，这与一般的隐士是很不一样的。

《中论》现存二十篇又若干片段，其中后六篇即《务本》《审大臣》《慎所从》《亡国》《赏罚》《民数》都是讲治国之术的，前面的十四篇也多处涉及这一问题，其中有许多独到而深刻的见解。

例如关于当时的一个热门话题人才问题，徐幹的立论便很有特色，他一方面同曹操一样特别看重实际才干，而同时也重视德行，立论比较全面。汉魏之际“天下贵刑名”（《晋书·傅玄传》），“家弃章句”（《宋书·臧焘传论》），“学者师商（鞅）、韩（非）而上法术，竟以儒家为迂阔，不周世用”（《三国志·魏书·杜畿传》）；曹操是这一股思潮的重要代表人物，他几次下求贤令，都强调才而不管德。他这样说这样做当然都有深刻独特的历史原因，并且对那时的思想解放潮流产生过极大的影响。而徐幹则认为，在这样一个王纲解纽天下大乱的时代，看人当然要考察事功，厉行赏罚；但是不宜只看浅层次的能力与事功，还应当看得更深远一些，而且要注意那些事功方面似乎并无所长的高级人才即“大贤”：“大贤为行也，裒然不自见，儡然若无能，不与时争是非，不与俗辩曲直，不矜名，不辞谤，不求誉，其味至淡，其观至拙。夫如是，则何以异乎人哉？其异乎人者，谓心统乎群理而不缪（谬），智周乎万物而不过，变故暴至而不惑，真伪丛萃而不迷。故其得志，则邦家治以和，社稷安以固，兆民受其庆，八极之内同为一，斯诚非流俗之所豫知也。”（《审大臣》）这样一种政治理论家类型的高级人才，曹操并不重视；徐幹对此意见很大——他本人正是以这种超一流人才自居的。

在《智行》篇中，徐幹一上来便提出“明哲穷理”高于“志行纯笃”，也就是说，他认为才比德更重要，“夫明哲之为用也，乃能殷民阜利，使万物无不尽其极者也”，以下又设难答疑云：

> 或曰：苟有才智而行不善，则可取乎？对曰：何子之难喻也。水能胜火，岂一升之水，灌一林之火哉？……管仲背君事仇，奢而失礼，使桓公有九合诸侯一匡天下之功，仲尼称之曰“微管仲，吾其被发左衽矣”。召忽伏节死难，仲尼比为匹夫匹妇之为谅矣。是故圣人贵才智之特能，立功立事益于世矣。如愆过多，才智少，作乱有余而立功不足，仲尼所以避

阳货而诛少正卯也，何谓可取乎？汉高祖数赖张子房权谋，以建帝业；四皓虽美行，而何益夫倒悬？此固不可同日而论矣。

就其重视事功而言，同于曹操，而就其同时仍考虑德行，注意考察德、才之间的关系而言，又要比明显带有短期行为倾向的曹操高出一头。徐幹所提倡的德才兼备而以才为主的人才观，应当说更全面一些。

《中论》多处表明徐幹洞悉时弊，考虑深远。他同先前某些议政书生之不同之处在于，他不是从经典出发（虽有所引用，却不算多），而是从实际出发。例如《谴交》篇指责衰世的士人"不修道义，不治德行，讲偶时之说，结比周之党"，这种风气在徐幹生活的年代仍然存在，后来又曾周期性地反复出现；在中国长期的封建社会里，曲学阿世大结其关系之网的流毒一向甚深，徐幹的议论足以表明他确有其独到之处。《务本》篇强调"人君之大患也，莫大于详于小事而略于大道，察于近物而暗于远图"，他认为首脑要抓带有全局性的大事，要考虑战略问题，而不必察察为明。《慎所从》篇讲决策问题，深刻而精彩。《民数》篇讲户籍管理，在"流民"问题十分严重的当时显得十分重要，至今读去，仍然觉得相当亲切。像这一类有见解有意味的议论，《中论》中时时可以见到。

《中论》文字平易，论述亲切，结构讲究，如《赏罚》篇，纲举目张，要言不烦，足以充当语文课本中的范文。整本《中论》都可以当作议论性散文来读，尽管它的文学性并不算强。应当说徐幹是中国古代杰出的政治学家，可惜他的学说一向未能得到应有的重视，他的才能也没有得到充分的发挥，徒然以一个文学侍从之臣著称于世。

作为一个文学家，徐幹传世的作品并不多，只有九首诗和若干残缺不全的文和赋。九首诗中有八首是恋爱和婚姻题材，只有一首《答刘桢》例外："与子别无几，所经未一旬。我思一何笃，其愁兼三春。虽路在咫尺，难涉如九关。陶陶朱夏别，草木昌且繁。"诗至此似乎尚未完，大约只是原作中的一个片段。此诗当作于刘桢因平视甄氏而被关押在原来办公地点附近之时，他在赠徐幹的诗中哀叹自己忽然成了阳光照不到的罪人；徐幹的答诗虽有替他抱不平的意思但也终于无可奈何。刘桢后来虽然被释放，仍然做官，但这样忽囚忽放，表明在曹操心目当中一般文人全都无足轻重。在邺下文人集团一片歌功颂德的诗赋之中，刘桢、徐幹的这一赠一答像一组不协和音那样引人注意，揭开了那个时代真相的一角。

徐幹思想上、人格上某种程度的独立性也见于他残存的辞赋中。赤壁之战失败以后，曹氏手下的文人凡提到此事的无一不作粉饰之词，例如陈琳就把这次大败说成是某种必要的战略转移，而徐幹在《序征赋》中写道："道苍神之受谢，逼鹑鸟之将栖。虑前事之既终，亦何为乎久稽。乃振旅以复踪，溯朔风而北归。及中区以释勤，超栖迟而无依。"尽管还不能说是完全直言无隐，但总算是比较坦率了。建安十六年(211)曹操征马超，徐幹"载笔而从师"，作《西征赋》，这一次曹操确实是大获全胜，徐幹的赋中自然也就有不少欢欣歌颂之词，但并没有一味庸俗地歌颂曹操本人，着眼点却在"庶区宇之今定"，而且还说"非小人之所幸，虽身安而心违"，为自己在西征中"无嘉谋以云补"深感内疚。这种真诚坦率的思想作风，与一味颂圣的作品相比，境界有上下床之别。

今天能够看到的徐幹的诗，绝大部分是情诗，其中有一首径题《情诗》：

> 高殿郁崇崇，广厦凄泠泠。微风起闺闼，落日照阶庭。峙嶓云屋下，啸歌倚华楹。君行殊不返，我饰为谁荣。炉熏阖不用，镜匣上尘生。绮罗失常色，金翠暗无精。嘉肴既忘御，旨酒亦常停。顾瞻空寂寂，唯闻燕雀声。忧思相连嘱，中心如宿酲。

写的是贵妇人的"闺怨"，这是当时的一个热门题材。本来《诗经》里写闺怨的作品就很不少，《卫风·伯兮》云："自伯之东，首如飞蓬。匪无膏沐，谁适为容？"即为此诗"君行殊不返，我饰为谁荣"二句导夫先路。秦汉以来妇女地位日益衰落，闺怨在一段很长的时间里甚少入诗，只是到了东汉末年，在蔡邕的《饮马长城窟行》和无名氏的《古诗十九首》里，这一题材才又重新活跃起来。建安时代风气大变，妇女题材空前繁荣，相思、闺怨、弃妇、寡妇等题材大量入诗入赋，其中有一些也许另有寄托，言近而旨远，而绝大部分应当说是并非比兴，别无用心的。在建安这一苦难的时代，人命危浅，人心叵测，天下大乱，朝不保夕。这种形势一方面促进有志之士慷慨悲歌，豪情满怀，一心致力于建功立业，澄清天下；另一方面也使得率先发现了自我的诗人们深感人间的真情十分值得依恋珍重，于是纯真的男女(恋人之间，特别是夫妇之间的)之情便成了乱世人心的避风港湾。建安时代爱情文学爆发式地繁荣，甚至形成了当时文坛上的一股大潮。近人论建安文学，往往十分重视它风骨刚健、梗概多气的一面，而相对忽略它儿女情长、柔情似水的一面，未免有所偏至。

徐幹看上去是一位病病歪歪的学者，他对女性的心理却揣摩得很透，诗中的细节往往相当讲究，十分传神。前引《情诗》完全以女性的口吻立言，过去颇不多见。他“极意摹写，无一二虚语，倾吐至情，故但觉平实”（《采菽堂古诗选》卷七）。其中的高殿、广厦足以与凄凉孤寂的女主人公之间形成明显而巨大的反差，使人感到压抑之深和感伤之至。以下连用炉熏、镜匣、绮罗、金翠等等女性色彩很浓的事物，又强调它们黯淡无光、没精打采，根子全在“君行殊不返”——作者注意的中心在人，在人的感情世界。诗中蕴涵着典型的汉魏间文人的情绪：对人间温情的追求和求之不得的悲哀。这与他们对功业名声的追求以及求之不得的悲哀其实是异质同构的。这种情绪有着很大的包容性，足以引发读者类似的人生经验通感，从而具有永久的魅力。

徐幹最著名的作品是组诗《室思》。“室思，即闺情也。”（张玉谷《古诗赏析》卷九）诗凡六首，有层层深入之妙。第一首点出“念与君相别，各在天一方”，女主人公“端坐而无为，仿佛君容光”，这是相思的初阶。第二首深入一步，自己劝慰自己，说“人生一世间，忽若暮春草，时不可再得，何为自愁恼”。第三首乃否定之否定，宣告自我宽慰的失败：

浮云何洋洋，愿因通吾辞。飘飘不可寄，徙倚徒相思。人离皆复会，君独无还期。自君之出矣，明镜暗不治。思君如流水，何有穷已时。

全诗“飘渺虚圆，文情生动”（《采菽堂古诗选》卷七），后四句单纯流畅，一往情深，设喻亲切，最为脍炙人口。后来有不少诗人专门模仿这四句的写法，径题《自君之出矣》，可见影响之大。后面的三首也各有精彩，其四自伤老大，夜不能寐；其五作今昔对比；其六由君行不返设想他可能已经另有新欢，很容易令人想起《诗经·邶风·旄丘》中“何其处也，必有与也；何其久也，必有以也”诸句，古代为人妻者最担心的就是这种情形①，于是抒情主人公发出这样的感慨和规劝：

人靡不有初，想君能终之。别来历年岁，旧恩何可期？重新而忘故，君子所尤讥。寄身虽在远，岂忘君须臾？既厚不为薄，想君时见思。

其中颇多女性历史性的伤痕，由于旧时代妇女在社会生活中长期处于完全被动无权的地位，于是她们在婚姻生活中也是如此，时时有被抛弃的危险；诗中女主人公寄希望于夫君的念旧至少是不忘旧，并同时表明自己的忠贞不渝，这种可怜而真诚的心态绝非仅为某一思妇所独有，而是旧时代广大妇女

① 参见顾农《风诗新说三题》，《江海学刊》1990年第5期。

的共同心态，因此容易引起强烈的共鸣；因为异质同构的关系，它也能引起处于臣仆地位的广大男子的共鸣。

汉魏之际的情诗多共性而少个性，因此往往发生同一首诗系于不同作者名下而难以区分的情形，徐幹的作品也有这个问题。《玉台新咏》卷二有《于清河见挽船士新婚与妻别》，题魏文帝曹丕作；而同一首诗列入《艺文类聚》卷二十九时，则题为《为挽船士与新娶妻别》，署徐幹作。考虑到徐幹在曹丕那里当过"文学"，侍从之臣代主人作诗非常常见而很少有相反的情形，我们宁可相信晚出的《艺文类聚》。这是一首古老的《新婚别》，全用一位新婚纤夫的口吻来写，诗的后半云："枯枝时飞扬，身体忽迁移。不悲身迁移，但惜岁月驰。岁月无穷极，会合安可知。愿为双黄鹄，比翼戏清池。"多用顶真格，蝉联而下，情意质朴，大有民歌风味，从中可以看到徐幹深厚的人道主义精神和他对民歌的熟悉。其实就是"自君之出矣"那四句，也颇近于清新质朴的民歌。汉魏之际的诗人都经历过离乱，许多人注意向民间文学学习，徐幹是其中非常成功的一位。

徐幹在中古诗歌史上应该有一席光荣的地位，但钟嵘《诗品》将他列入下品，评语是："伟长与公幹往复，虽曰以莛叩钟，亦能闲雅矣。"只就一首诗立论，就把刘桢比作一口大钟，而徐幹只是一个小木枝（"莛"），评价显然不够公允。胡应麟早就批评钟嵘"抑扬不已过乎"（《诗薮》外编卷二）；王士祯认为徐幹高于刘桢，所以更加反对"以莛叩钟"的提法，斥为"乖反弥甚"（《渔洋诗话》卷下）。

在钟嵘生活的时代，写妇女、爱情的诗已经泛滥成灾，诗坛上缺少的是刚健的风格，他特别标举"建安风力"——在这样的视界里，刘桢当然显得比较伟大，而大写闺怨相思的徐幹则失去了他固有的光辉，即使是"自君之出矣"那样的华章，也变得不值一提了。钟嵘写《诗品》有着强烈的现实针对性，遂不免影响评价的历史科学性，这往往是难以两全的事情。

三

在邺下诸子中，成就最高政治地位也最高的是王粲，其先世在东汉历任高官，地位显赫：他的曾祖王龚有高名于天下，于东汉永和元年（136）拜太尉（详见《后汉书·王龚传》）；祖父王畅名列"八俊"（详见《后汉书·党锢传序》），建宁元年（168）为司空；父亲王谦为大将军何进长史，另据曹植《王仲宣诔》，王谦曾"入管机枢""出临河岱"，在中央和地方都担任过高级职务，并且与其他名士一起参加了何进领头的反宦官斗争。这样显赫的家庭背景，在“七子”中只此一家。

王粲又是一个神童型的人物，博物多识，问无不对，有着惊人的记忆力和敏捷出众的文才。他很早就得到知识界泰斗蔡邕的赏识，《三国志·魏书》本传云：“时邕才学显著，贵重朝廷，常车骑填巷，宾客盈坐；闻粲在门，倒屣迎之。粲至，年既幼弱，容状短小，一坐尽惊。邕曰：‘此王公孙也，有异才，吾不如也。吾家书籍文章，尽当与之。’”后来也确实给了他很多，且传至王弼，而留给自己女儿蔡琰的只有一小半。

王粲投奔曹操以后，在各个方面跟曹操跟得很紧，不仅与时时托病休息的徐幹、一度被曹操抓起来罚以苦役的刘桢二人大不相同，就是与阮瑀、陈琳两位当红秘书相比，也显得更加热衷，巧于迎合。王粲为曹操歌功颂德的调门最高，后来的地位也最高，为其余诸子所不及。王粲病逝以后，丧仪十分隆重，《世说新语·伤逝》载：

> 王仲宣好驴鸣。既葬，文帝（指曹丕，其时尚未称帝）临其丧，顾语同游曰：“王好驴鸣，可各作一声以送之。”赴客皆一作驴鸣。

邺下诸子中其余诸位的丧事都没有这么高的规格。曹植则为王粲作了长篇诔辞，给予极高的评价。张溥《王侍中集·题辞》云：“子桓、子建交怨若仇，仲宣婉娈其间，耦居无猜。身没之后，太子临丧，陈思作诔，素旗表德，颂言不忘。彼固善处人骨肉，亦由天性宿深，长于感激，不但和光宴咏，为两公子楼护也。”王粲老于世故，善于处理敏感复杂的人际关系固然是事实，而丕、植兄弟都与他交好，除了钦佩他卓越的文才以外，恐怕也还有争取这一位高门世族的代表、父王曹操的亲信这样一层意思在内。当时曹氏弟兄都在争立为太子，曹丕尤其注意“自固之术”（《三国志·魏书·贾诩传》），他们在王粲的后事问题上如此肯花力气，今天看去固然是文坛佳话，而在当年其实主要都不是为了文学。

王粲本人也绝不仅仅是一个文学家，他的兴趣主要在政治方面。作为一个文学家，他的主要成就在前期，亦即他投奔曹操以前在荆州依附刘表、政治上比较失意的那个阶段，而后期则几乎没有写出什么像样的作品来。

初平元年（190）董卓劫持天子迁都长安，王粲随家同时迁去；初平三年（192）王允、吕布杀董卓，卓旧部李傕、郭汜攻长安，破城后纵所部羌胡兵抢掠，生灵涂炭，死亡枕藉，古都鱼烂，不可收拾。长安呆不下去了，上流社会的大批人物纷纷逃离，四处亡命，王粲遂与其族兄王凯以及一批高门世族子弟逃难去荆州，依附荆州牧刘表——刘表曾经是王畅的学生，与王谦也有很深的关系①——从此在荆州一呆就是十六七年。这一巨大的变动产生了两方面的重大影响：一是生活的急剧变化和空前丰富的阅历为他的创作提供了充沛的能源，他一生中写得最好的一诗一赋——《七哀诗》其一和《登楼赋》——正出现在这一阶段的一头一尾，也就是他人生的重大转折关头。二是王粲为了获得足以与其先辈相媲美的地位和名声，始终不渝地在政治舞台上拼命活动。前期他在荆州那个小舞台上使出了浑身解数，希望能有出人头地的机会，可惜收效甚微，只是意外地获得了创作上的丰收；后期他在曹操主导的大舞台上大显身手，他的文学写作完全成为政治活动的附庸，官样文章很多，文学上则贡献甚微。

他前期的佳作《七哀诗》其一作于他南下荆州的途中或其稍后：

> 西京乱无象，豺虎方遘患。复弃中国去，远身适荆蛮。亲戚对我悲，朋友相追攀。出门无所见，白骨蔽平原。路有饥妇人，抱子弃草间。顾闻号泣声，挥涕独不还。未知身死处，何能两相完？驱马弃之去，不忍听此言。南登霸陵岸，回首望长安。悟彼下泉人，喟然伤心肝。

霸陵为汉文帝的陵墓，在长安东郊，为长安通向南方的必经之地。诗人走到这里回望故都，充满了悲凉、痛惜、留恋和无可奈何之情。文帝是西汉著名的明君，登霸陵而伤今，其中自然有着深沉的历史感，这样的写法为后来的诗人开出一大法门②。“出门无所见，白骨蔽平原”二句用远镜头总写当时死亡枕藉的惨象，以下则用类似特写镜头的手法写母弃其子的人间悲剧，这一家母子已行将成为白骨。人活到这个份儿上，感情扭曲，完全变态了，但残忍的乃是作乱的豺虎，普通老百姓无非显得特别的可怜和无助罢了。诗人王粲尚能骑马逃难，没有完全丧失其贵公子孙的身段，但已经夹杂在朝不保夕的难民之中，所以也就不能不对人民群众产生大量的同情，于是感事伤怀，盼望朝廷能够中兴，恢复先前的文、景之治，这只能寄希望于明君贤相③，但眼下还看不到任何由乱而治的迹象，不禁喟然叹息，肝肠寸断。

---

① 《后汉书·王龚传》：“同郡刘表，时年十七，从畅受学。”

② 参见杜甫《北征》《行次昭陵》，杜牧《将赴吴兴登乐游原一绝》等等。

③ 《诗经·曹风·下泉》毛《传》云：“思治也。曹人疾共公侵刻，下民不得其所，忧而思明王贤伯也。”

因为有切身的体验，有令人触目惊心的见闻，有与人民群众相通的感情，《七哀诗》其一深刻地描画了那个时代的面影，为后来杜甫的“三吏”“三别”、《北征》等史诗导夫先路。不过在王粲的这首诗中，“自伤”的成分也许比“伤时”更多，谢灵运《拟魏太子邺中诗序》云“王粲，家本秦川，贵公子孙，遭乱流寓，自伤情多”；吴淇《六朝选诗定论》（卷六）说，《七哀诗》“固是哀汉，实自哀也……哀已之不辰也”，论颇中肯。正是这种把一己之哀看得过重的思想状态，使得王粲在此后的创作中没有能够继续沿着现实主义的路子走下去。等到他在荆州安顿下来以后，尽管其时全国政局的昏乱黑暗并未有任何改观，民间疾苦也没有丝毫减轻，但诗人已经很少去关心了，再也没有能写出像《七哀诗》其一这样的杰作。

王粲在荆州期间只写过几首赠人的四言诗：《赠蔡子笃》《赠士孙文始》《赠文叔良》，文辞典雅，有似《诗经·小雅》诸什，合于四言诗“雅润”的传统①，立言也可以算是得体，但从中看不出多少时代的眉目。即如其中写得最好的《赠士孙文始》，开始几句讲他们一起流亡到荆楚来的往事道：“天降丧乱，靡国不夷。我暨我友，自彼京师。宗守荡失，越用遁违。迁于荆楚，在漳之湄。在漳之湄，亦克晏处。”问题恰恰就出在这个“晏处”上——自己一旦安定下来，王公子孙的王粲就不复关心那些仍然在死亡线上挣扎的老百姓了。在这三首四言诗里洋溢着士大夫间的朋友之情和关心王室前途的慨叹，从中我们固然可以看到士人的心态，不无认识价值，但缺少激动人心的艺术力量。

王粲在荆州时期的另外一些好作品写于他行将离开之际。此时刘表新死，曹操大军压境，王粲劝刘表之子刘琮投降，稍后他本人也随之转归曹操手下，但一时尚未明确职务——这建安十三年（208）的秋冬，乃是王粲一生最重要的转折期。他对前途寄予重大希望，但形势一时还不够明朗，不确定的因素很多，因此他又有很深的失落感、自伤感，这种心态恰恰与建安时代乃至整个封建时代许多知识分子忧时伤国而又报国无门的忧患之情相通，具有比较深广的容量。这时的一些作品也就显得深沉有味，遂能长期传诵不衰。这方面的代表作是《七哀诗》其二和《登楼赋》。诗云：

> 荆蛮非我乡，何为久滞淫？方舟溯大江，日暮愁我心。山冈有余映，岩阿增重阴。狐狸驰赴穴，飞鸟翔故林。流波激清响，猴猿临岸吟。迅

① 《文心雕龙·明诗》：“若夫四言正体，则雅润为本；五言流调，则清丽居宗。华实异用，唯才所安。”

风拂裳袂，白露沾衣衿。独夜不能寐，摄衣起抚琴。丝桐感人情，为我发悲音。羁旅无终结，忧思壮难任。

这首诗当作于建安十三年深秋，作者随曹操的部队沿江行进之时；其时天下前途未卜，王粲自己的归宿也还未定，他自伤多情，又出现了一次创作高潮。他的那一层忧思带有某种广泛的代表性，足以引发各种类似的人生经验，诗又写得情景交融，其中“日暮景物萧条”（于光华《重订文选集评》卷五引方伯海评语）的物象与作者慷慨悲凉的心境互相生发，意境深沉，历来得到比较高的评价。

“狐狸驰赴穴，飞鸟翔故林”二句表明作者急于离开南方荆蛮之地，回到中原去，到政治中心去。这完全是可以理解的。他在《登楼赋》里大大发挥了这一层意思：

虽信美而非吾土兮，曾何足以少留！遭纷浊而迁逝兮，漫逾纪以迄今。情眷眷而怀归兮，孰忧思之可任？凭轩槛以遥望兮，向北风而开襟。平原远而极目兮，蔽荆山之高岑。路逶迤而修迥兮，川既漾而济深。悲旧乡之壅隔兮，涕横坠而弗禁。

刻骨的故乡之思，足以引起许多身在异乡为异客之游子的共鸣。跟深沉板滞的汉代大赋比较起来，此赋的景物描写以少许胜多许，并且渗透进大量的感情，清新明快，具有很强的可读性。但王粲的情愫绝非单纯的思乡，他主要抒发的乃是深沉得多的人生感慨：

惟日月之逾迈兮，俟河清其未极。冀王道之一平兮，假高衢而骋力。惧匏瓜之徒悬兮，畏井渫之莫食。步栖迟以徙倚兮，白日忽其将匿。风萧瑟而并兴兮，天惨惨而无色。兽狂顾以求群兮，鸟相鸣而举翼。原野阒其无人兮，征夫行而未息。心凄怆以感发兮，意忉怛而憯恻。循阶除而下降兮，气交愤于胸臆。夜参半而不寐兮，怅盘桓以反侧。

王粲希望拨乱反正，希望有一条大路在自己眼前，让自己大有作为。这种以澄清天下为己任、志在建功立业的思想状态，乃是建安时代许多知识分子的共同之处，所谓“建安风力”正以此为依托。刘熙载说：“《楚辞》风骨高，西汉赋气息厚，建安乃欲由西汉复于《楚辞》者。”（《艺概·赋概》）《登楼赋》抒情色彩浓厚，同情征夫，关心时局，寄托自己欲为世用的壮志，确能得屈原辞赋的某一精神，而在文辞外貌上全不相袭——这正是它成功的地方。

《登楼赋》在传统的京都、宫殿、田猎、述行、叙志等题材之外，开辟出登临抒怀这一崭新的领域，把反映社会乱离和抒发雄心壮志结合起来，给予后人无穷的启发，在赋史上有着崇高的地位，作为“魏晋之赋首”（《文心雕龙·诠赋》），确能当之而无愧。

可惜的是，在荆州十几年，除了在一头一尾写出这些优秀的作品以外，中间大抵乏善可陈，他在政治上也曾竭力活动，但始终未能有大的作为。造成这一局面的原因有种种，而其中关键的一条，说来可笑，是王粲的身体欠佳，而且仪表太差。《三国志·魏书·钟会传》注引《博物志》云：“初，王粲与族兄凯俱避地荆州，刘表欲以女妻粲，而嫌其形陋而用率，以凯有风貌，乃以妻凯。凯生业，业即刘表外孙也。”“用率”就是“通脱”，举止随便不拘小节的意思，当时新派人物的作风大抵如此，刘表保守，不大看得惯——这个问题还比较小，作风可以改变；而“形陋”则无法可想。王粲的糟糕之处在于“为人短小”（《初学记》卷十九引《魏书》），加以“肥戆”（《三国志·魏书》本传注引鱼豢转述韦诞语），于是拟议中的一门婚事就告吹了。在封建时代一个青年知识分子的婚姻与他一生的发展关系甚大，王粲既未能结上这一门高亲，而又长期在荆州活动，这就使得他的处境变得不尴不尬。因为有过这么一段曲折，所以尽管“表爱粲才”（张华《博物志》卷四），王粲也为刘表出过不少力，但局面始终不能打开。

王粲曾发挥所长，为刘表写过不少文章。建安三年（198），“长沙太守张羡率零陵、桂阳三郡叛表，表遣兵围攻，破羡，平之”（《后汉书·刘表传》），为此王粲作《三辅论》，借江滨逸老之口盛称刘表的功烈。相对于北方来说，当时荆州比较太平，刘表颇注意文化方面的建设，许多儒家学者纷至沓来，“关西、兖、豫学士归者盖有千数。表安慰赈赡，皆得资全。遂起立学校，博求儒术，綦毋闿、宋忠等撰立五经章句，谓之后定”（《后汉书·刘表传》），荆州一时成了新经学的中心。宋忠为一代大儒，持论取严格的古文经学立场，与北方以郑玄为首的杂取今、古文的一派几乎势均力敌。于是王粲一方面作《荆州文学记官志》，歌颂刘表的文治，表彰宋忠、綦毋闿的道德文章；另一方面则作《尚书问》，向北方经学大师郑玄提出种种问难，非常符合当时荆州的学术潮流①。王粲充满

① 关于当时学术界的歧异与王粲的立场，详见《汤用彤学术论文集》，中华书局 1983 年版，第 264～266 页。按，唐晏《两汉三国学案》卷四《尚书》部分将王粲列入“不知宗派，亦不详授受”一类。

经学气息的《爵论》《儒吏论》《安身论》《务本论》诸文，大抵也都作于此时。王粲是否真心服膺古文经学，现在很难得知；所可知者，他回到北方之后，诗文中很少出现儒家的一套而时有神仙道教的色彩，思想取向与过去完全不同——这显然是因为曹操不喜欢儒家而大力延揽方士之故，他要迎合新的文化气氛了。这种积极配合当权者的态度，使人怀疑他在学术问题上也许并没有多少定见，正如他在政治上并无定见一样①。

王粲投奔曹操以后，很快被辟为丞相掾，赐爵关内侯。曹操之所以对王粲如此重视，一则因为他曾在劝刘琮投降一事上建了大功，二则他出身高贵，少年知名，是豪门世族的一个著名代表。曹操本人出身寒门，为了巩固自己的地位，他一方面鄙弃儒术而以法术为治，摧毁豪门的精神支柱，同时不断给那些不肯合作的豪族人物以沉重的打击；而另一方面，他又积极争取豪族中可以争取的人物，扩大自己的统治基础。双管齐下，颇见成效。王粲非常凑趣，早在改换门庭之初就表现出十分配合的姿态，他在荣膺爵位时致辞道："方今袁绍起河北，仗大众，志兼天下，然好贤而不能用，故奇士去之。刘表雍容荆楚，坐观时变，自以为西伯可规。士之避乱荆州者，皆海内之俊杰也，表不知所任，故国危而无辅。明公定冀州之日，下车即缮其甲卒，收豪杰而用之，以横行天下；及平江、汉，引其贤俊而置之列位，使海内回心，望风而愿治，文武并用，英雄毕力，此三王之举也。"(《三国志・魏书》本传)既歌颂了曹操，批评了袁、刘，也把自己曾经为荆楚效力的往事轻轻地掩盖起来。陈琳脱离袁绍以后为自己过去所写的讨曹檄文磕头谢罪，相比之下，王粲的态度不那么坦诚。这一点，以曹操的精明当然不至于看不出来，所以王粲在归顺曹操之初的一段时间里，虽然在名义上有相当高的地位，但并未真正得到重用，一切军政文书，曹操仍然倚重陈琳、阮瑀。

王粲终于脱离荆楚回到中原，一时颇为欢欣鼓舞；建安十四年(209)王粲

① 王粲在荆州时一直是反曹操的。建安八年(203)，袁绍的两个儿子袁谭和袁尚发生内讧，袁谭向曹操求救，刘表介入此事，由王粲执笔分别向二袁写信，致袁尚的信中特别提到应当集中力量"先除曹操，以平先公(袁绍)之恨，事定之后，乃议兄弟之怨"(《为刘表与袁尚书》)，可惜二袁皆无动于衷。刘表是一所谓"坐谈客"(郭嘉语，见《后汉书・刘表传》注引《九州春秋》)，干不了什么大事，王粲以不甚明确的身份依附此人当然更不能有什么作为。萧绎《金楼子》卷六《杂记篇・上》云："王仲宣昔在荆州，著书数十篇，荆州坏，尽焚其书。"估计其中多为与政治有关的文件，否则无须把它们烧掉；烧掉这些，当是为了改换门庭的方便。

随曹操的部队到了曹氏的老家谯郡，曾写诗一首道：

悠悠涉荒路，靡靡我心愁。四望无烟火，但见林与丘。城郭生榛棘，蹊径无所由。萑蒲竟广泽，葭苇夹长流。日夕凉风发，翩翩漂吾舟。寒蝉在树鸣，鹳鹄摩天游。客子多悲伤，泪下不可收。朝入谯郡界，旷然消人忧。鸡鸣达四境，黍稷盈原畴。馆宅充廛里，士女满庄馗。自非圣贤国，谁能享斯休？诗人美乐土，虽客犹愿留。

此诗收入《文选》，题为《从军诗》其五。李善注以为建安二十一年(216)从曹操征吴时作，后人大抵遵用其说；但此说颇误，那时王粲追随曹操已久，应该不会用“客子”这样的词汇来自称。此诗当是赤壁之战后王粲随曹操的部队退回北方，先到达今河南一带，看到许多荒凉残破的景象，于是大发感慨，稍后随军入谯，景观大为改变，诗人的情绪为之一振，由于这时他归曹未久，所以仍以“客”自居。诗的结末二句与《登楼赋》之所谓“虽信美而非吾土兮，曾何足以稍留”相映成趣。这里是曹操的故乡，当然是必须加以歌颂的了。实际上，这谯郡经过汉末的大动乱也相当的残破，建安七年(202)曹操本人在《军谯令》中说过“旧土人民，死丧略尽，国中终日行，不见所识”；经过几年的恢复，情况虽然好了一些，但远非王粲所歌颂的“乐土”，这里仍然相当荒凉，甚至到黄初年间(220～226)，谯郡仍然“土地垸瘠，百姓穷困”(《三国志·魏书·卢毓传》)。王粲此诗不免有阿谀颂圣之嫌。如果说在荆州时王粲是把他的写诗作赋以抒其情与撰写应用文为人主效劳分开来处理的话；那么到归顺曹操以后，他就把这二者打成一片了。曹操本人就是一位高水平的文学家，要争取曹操进一步的重视，就非得在这一方面露几手不可。

配合曹操的东征西讨和政治方面的种种而写作，在文酒之宴上写作，从此成了王粲文学活动的两大模式。文学家王粲丧失了他曾经有过的与人民群众的某种联系，文学日益成为他应付眼前具体形势和事务的工具，官越做越大，诗越写越差。

曹操对王粲这样出身和经历的人要考察一段时间，看一看他对自己、对汉王室到底采取什么态度，所以一时没有给他完全的信任；因此在建安十三年(208)以后的若干年内，王粲的政务并不繁忙，而情绪颇不安定，他在《七释》中提出这样一个问题，究竟是要“无为无欲，混同荣辱”呢，还是要“进德修业，与世同理”？这个问题对王粲来说本来不成其为问题，他当然是积极进取的，但一时好像进取不了，于是撰此文以寄其意，似乎有些彷徨困惑举棋不定了。不甘寂寞的王粲不便向曹操本人直接开口，便写诗送给曹植，题作《杂诗》，等于后代的《无题》，诗云："日暮游西园，冀写忧思情。曲池扬素波，列树敷丹荣。上有特栖鸟，怀春向我鸣。褰衽欲从之，路险不得征。徘徊不能去，伫立望尔形。风飚扬尘起，白日忽已冥。回身入空房，托梦通精诚。人欲天不违，何惧不合并?"诗中用比兴的手法写自己有强烈的追求而无从实现，表达深切的遗憾和恳切的希望；曹植当然清楚他的意思，于是回敬了一首《赠王粲》，一则说"我愿执此鸟，惜哉无轻舟"，表示自己并无用人之权，爱莫能助；再则说"重阴润万物，何惧泽不周"，请对方耐心等待。

到建安十六年(211)王粲改任丞相军谋祭酒，这是一个实际职务，就任不久便随曹操西征关中。此行途中他写过好几篇很值得玩味的作品：《吊夷齐文》《咏史诗》和《征思赋》。前二者阮瑀有同题之作，阮瑀早就担任曹操的军谋祭酒，资格很老，一向深得曹操倚重，年龄也要比王粲年长十多岁，但他的同题之作显然被王粲压下去了。阮瑀的《吊伯夷文》文字很短，意思也比较普通，无非是把关于伯夷的传统评价拿来敷衍一番，不过是应景之作而已，例如其中有云"东海让国，西山食薇。重德轻身，隐景潜辉。求仁得仁，报之仲尼。没而不朽，身沉名飞"。这些都是老一套的话头，没有什么引人注意的东西。王粲则写得很认真，而且大有新意，他并不跟着古人一般化地歌颂伯夷、叔齐，而是根据当下形势的需要，对这一对难兄难弟进行了崭新的分析评价：

> 知养老之可归，忘除暴之为仁。絜己躬以骋志，愆圣哲之大伦。忘旧恶而希古，退采薇以穷居。守圣人之清概，要既死而不渝。厉清风于贫士，立果志于懦夫。到于今而见称，为作者之表符。虽不同于大道，合尼父之所誉。

这里只是肯定了伯夷、叔齐的归周，而不完全赞成他们的采薇，因为他们对改朝换代采取了消极抵制的态度，仅仅考虑个人的名节，而这是不合于"大道"的。即使是孔子称赞过的人，也可以重新评价，这与曹操不受儒家束缚的思想风格简直完全一致。到建安中后期，东汉王室早已被架空，朝廷的军政大权完全集于曹操一身，龙袍被他当作衬衫穿在里面——王粲深刻地看出，改朝换代不过是早晚的事情。他在自己的文章里对历史上的伯夷弟兄重新给予评价，内容丰富，意味深长，比阮瑀的泛泛之作高明多了。后来到魏晋易代前夜，阮瑀的儿子阮籍作《首阳山赋》，大旨同于王粲而不取乃父阮瑀的路子，也同样有着丰富的言外之意。凡是寄意于新朝或弃旧图新者，往往会这样批评伯夷①。用历史发展的长镜头来看，这样的批评显然比一味歌颂伯夷更为深刻。

建安时代同题共作蔚然成风，客观上成为作者们较量高下、露才扬己的手段，而就这里的情况而言，王粲这样写不过是向曹操表明自己的政治态度。当文学作品不是面向社会人生而仅仅面向一两个当权人物的时候，要它显得很有艺术魅力是困难的。王粲的赋今存二十篇，绝大部分是后期在曹氏手下的应命之作，其中《大暑赋》《游海赋》等篇，还不完全是政治的婢女，而且"辞少瑕累"(《文心雕龙·指瑕》)，表现了很高的文学水平和艺术水平，自有其价值；但总体来看，王粲后期辞赋始终未能达到《登楼赋》的水准。

这一次西征让王粲大出风头，也为他取代阮瑀的地位准备了条件。恰好第二年阮瑀去世，由王粲作《阮元瑜诔》，他从此成了曹操的首席笔杆子。

王粲进一步的升迁在建安十八年(213)以后。当年五月，在曹操的压力下，汉献帝册命曹操为魏公，加九锡，曹操三次谦让，演戏式地表明他具有伟大的谦虚；于是王粲等一大批人出来劝进，曹操终于接受了他本人自封的头衔，于当年七月建魏之社稷，迈出了代汉自立的重要一步。这时王粲出来为魏制礼作乐，他亲自动手作《太庙颂》，作宗庙之诗《俞儿歌舞四首》，又作登歌《安世歌》"以述魏德"(《宋书·乐志》)。

这些完全为仪式而作的东西可以说与文学已经没有什么关系，但作为考察王粲思想的文本它们仍然是有意义的，其中不乏富于兴味的材料。据说他的《安世歌》"专以思咏神灵及说神灵鉴享之意"(《宋书·乐志》)，其中有着很浓厚的神仙道教色彩；而《俞儿歌舞四首》的第一首《矛渝新福歌》里也有"子孙受百福，常与松乔游"这样的句子，赤松子、王子乔都是著名的神仙，也是曹操游仙诗中一再提到的，王粲这样写大有迎合曹操之意。我们知道曹操鄙弃儒学，而对神仙道教大有兴趣，他对部下的道教信仰采取极其宽容的态度，又延揽了一大批方士到自己身边来服务，弄得邺下道教气息甚浓②，曹操本人亲自学习并实践道教的种种养生长寿之术。现在没有什么材料可以证明王粲本人也相信道士们的长生久视之道，他的其他诗文中也并没有神仙道教气，但一到为曹操的宗庙社稷写诗，各路神仙就纷纷出笼了，这恐怕只能解释为故意的迎合。

---

① 参见《管锥编》第3册，第1079～1080页。

② 详见《三国志·魏书·方技传》《后汉书·方术传》。

稍后王粲当上了魏的侍中。侍中是最接近首脑的高官，“百僚之中，莫密于兹”(《太平御览》卷二一九“侍中”条引应劭《汉官》)。王粲此时负责负玺陪乘，主持草创朝仪，成了显赫之至的权贵。王粲后期一心从政，攀登高枝，所作诗赋多无足观。稍为像样一点的如《从军诗》，内容无非是无原则地吹捧乃至神化曹操个人。建安二十年(215)曹操征张鲁，为庆祝这一次的胜利，王粲作《从军诗》其一，开头便道：“从军有苦乐，但问所从谁。所从神且武，焉得久劳师?”完全是胡乱吹捧。事实上征张鲁一役打得很苦，拖的时间很长，伤亡惨重，中间曹操已经打算撤回，后来取得胜利，实属侥幸①；而到了王粲笔下，却胜得十分轻松愉快，这无非是神化曹操个人。建安二十一年(216)曹操征吴，王粲作《从军诗》其二、三、四，风格还是一样，诗中把曹操形容得比周公还要高明，前人已觉拟于不伦②。但多唱颂歌对于个人的升迁历来是大有好处的。

后期王粲还写了不少应教的诗赋。诗的内容大抵是所谓“公宴”，邺下文人一写到这个题材，便多御用帮闲气息，很少有可取的。应教赋的题材比较广泛一些，其中有些篇章如《寡妇赋》《出妇赋》表现了对妇女的同情——这是建安时代的一股新思潮，尚有可观。《寡妇赋》是为阮瑀的未亡人而作，首倡者是曹丕。建安十七年(212)阮瑀死，曹丕首先作《寡妇赋》，其序中有云：“陈留阮元瑜与余有旧，薄命早亡，故作斯赋。命王粲等并作之。”《出妇赋》大约也是曹丕首倡，曹植亦有同题之作，王粲的《出妇赋》应当也是应教而作，算是写得比较好的。

王粲在文学史上久享盛名，但不少读者只选读他的《七哀诗》和《登楼赋》，很容易相信传统的估价，久而久之，遂至牢不可破。鲁迅先生一再反对只凭选本研究作家，强调要通观其全部作品，从王粲这一例来看，这实在是非常重要的指示。王粲当然是富有才华的作家，但他后期并没有写出什么好作品来，这当中有着丰富的教训，有值得总结的规律。过于浓厚的人身依附思想和文学工具主义，绝对不利于一个文学家的正常发展。古往今来，无不如此。

---

① 有关史料俱见于《三国志·魏书·张鲁传》注引《魏名臣奏》。

② 葛立方《韵语阳秋》卷四：“其诗有‘昔人从公旦，一徂辄三龄。今我神武师，暂往必速平’，似非拟人必于其伦之义。盖仲宣时为操军谋祭酒，则亦无所不至矣。”按，王粲此时已为侍中。

四

吴质的家族背景比较微贱，全靠个人才华为曹丕、曹植兄弟所重，与曹丕关系尤为密切。曹丕在给他的信中曾一再深情地回忆起往日的交往游宴，《与吴质书》(《文选》卷四十二)写道：

昔日游处，行则接舆，止则接席，何曾须臾相失？每至觞酌流行，丝竹并奏，酒酣耳热，仰而赋诗，忽然不自知乐也。谓百年己分，可长共相保，何图数年之间，零落略尽！

这是回忆他们建安十六年(211)之前共聚邺下的情形，可见感情之深厚。

在建安十六年(211)曹丕为五官中郎将以后，吴质应当有"文学"一类的头衔。但不久就出了问题，外放到地方上当小官去了。此事的导火线在刘桢的被捕。《三国志·魏书·王粲传》注引《典略》云："其后太子尝请诸文学，酒酣坐欢，命夫人甄氏出拜。坐中众人咸伏，而(刘)桢独平视。太祖闻之，乃收桢，减死，输作。"又引《魏略》云："(吴)质与刘桢并在坐，桢坐谴之际，质出为朝歌长，后迁元城令。"吴质在坐，可知他也是五官将文学；刘桢平视甄氏一事，曹操是怎么知道的？史无明文，估计乃是吴质告密，否则将无从解释何以"诸文学"中只有他受到此事的牵连而被外放。当吴质出为朝歌长时，曹植曾经为他饯行，不久又给他写过一封信(《与吴季重书》，《文选》卷四十二)；稍后吴质复曹植一信(《答东阿王书》，《文选》卷四十二)，其中有一句话透露了一点消息。吴信道：

自旋之初，伏念五六日，至于旬时。精散思越，惘若有失。非敢羡宠光之休，慕猗顿之富，诚以身贱犬马，德轻鸿毛，至乃历玄阙，排金门，升玉堂，伏虚槛于前殿，临曲池而行觞，既威仪亏替，言辞漏泄，虽恃平原养士之懿，愧无毛遂燿颖之才，深蒙薛公折节之礼，而无冯谖三窟之效，屡获信陵虚左之德，又无侯生可述之美。凡此数者，乃质之所以愤积于胸臆，怀眷而悁邑(悒)者也。

"言辞漏泄"当是指他在刘桢平视甄氏事件中的一大失误，如果事情是这样的话，他的本意大约不过是向曹操敬献忠心，按照一般的逻辑应当受到嘉奖，但曹操其人城府太深，其内心世界不愿意让人窥破，多有不测之威，于是忽然将吴质逐出政治中心。估计曹丕、曹植都为他求过情，无效，只好跑到朝歌去当一个小小的县长了。终曹操之世，他一直不能回到邺城来。

吴质虽然与曹植也有相当的交往，却是曹丕的死党，在丕、植兄弟争立为太子的过程中，一直坚定地站在曹丕一边。当他们兄弟相争的关键时刻，杨修、丁仪、丁廙为曹植奔走活动，曹操似乎看好曹植，于是曹丕"以车载废簏，内(纳)朝歌长吴质与谋。(杨)修以白太祖，未及推验。太子(按，指曹丕，此时尚未为太子)惧，告质，质曰：'何患？明日复以簏受绢车内以惑之，修必复重白，重白必推，而无验，则彼受罪矣。'世子从之。修果白，而无人，太祖由是疑焉"(《三国志·魏书·陈思王传》注引《世语》)。曹丕用如此秘密的方式约见吴质共商对策，足见他们之间的关系非同寻常。此事结束后吴质复回朝歌，曹植写过一封信给他，其中有几句话很不客气："又闻足下在彼，自有佳政。夫求而不得者有之矣，未有不求而得者也。且改辙易行，非良、乐之御，易民而治，非楚、郑之政，愿足下勉之而已矣。"此信见《文选》卷四十二，与建安十六年(211)之《与吴季重书》连成一片，而实际上是另一封信，当写于建安十九年(214)[①]。吴质的回信，也被合二为一，该信(《答东阿王书》，《文选》卷四十二)的前一半是答复曹植建安十六年信的，而后半则是答复曹植建安十九年来信让他"勉之"的那些内容，吴质不无傲慢地回敬道：

> 重惠苦言，训以政事，恻隐之恩，形乎文墨。墨子回车，而质四年，虽无德与民，式歌且舞，儒墨不同，固已久矣。然一旅之众，不足以扬名，步武之间，不足以骋迹，若不改辙易御，将何以效其力哉！今处此而求大功，犹绊良骥之足，而责以千里之任，槛猨猴之势，而望其巧捷之能者也。不胜见恤，谨附遣白答。不敢繁辞。吴质白。

所谓"四年"，正是指建安十六年(211)到现在的建安十九年(214)。这封信的语气很有些不恭，其所依恃者正是曹丕。丕、植兄弟的矛盾至此已相当明朗，并且往下延伸了。

估计就在吴质写过上述这封信之后不久，他离开朝歌，调任元城令，地位

---

① 李善为《文选·与吴季重书》作注，已指出其中"夫君子而不知音乐……想足下助我张目也"一段为"别题"，"盖昭明移之，与吴季重书相映也"；钱锺书先生据此指出"古人选本之精审者，亦每改削篇什"(《管锥编》第3册，第1067页)。今按，昭明太子所移动者尚不止李善指出的那些，其以下的部分，即"又闻足下在彼……"一节，也是把另一封信的内容挪到这里来了。

略有上升(大县称令,小县称长)。吴质赴任途中经过邺城,正值曹操准备出征孙权①,其间又发生了一件颇有影响的事件:"世子(曹丕)及临淄侯植并送路侧。植称述功德,发言有章,左右属目;王(曹操)亦悦焉。世子怅然自失,吴质耳曰:'王当行,流涕可也。'及辞,世子泣而拜,王及左右咸歔欷。于是皆以植辞多华,而诚心不及也。"(《三国志·魏书·王粲传》注引《世语》)这样,吴质在曹丕争立太子的斗争中又立下了新的功劳,他与曹丕的关系又深入了一步。

吴质到元城任所之后给曹丕写信(《在元城与魏太子笺》,《文选》卷四十),表达了三点意思:一是对曹丕的款待表示感谢;二是介绍元城的地理人文环境,表示有信心把它治理好;第三层意思最深,略云:

> 往者严助释承明之欢,受会稽之位,寿王去侍从之娱,统东郡之任;其后皆克复旧职,追寻前轨。今独不然,不亦异乎……焉知来者之不如今?聊以当觐,不敢多云。质死罪死罪。

自己一心一意为曹操、曹丕父子效劳,却始终不能回中央来任职,吴质对此大惑不解,只好略发牢骚,并委婉地寄希望于将来。这种心态很可以理解。这封信的语气同他答复曹植的信形成强烈的对比,这当然也可以理解。

曹丕对此信的回复(《与朝歌令吴质书》,《文选》卷四十二;按,"朝歌令"误,当作"元城令")是建安二十年(215)五月十八日在孟津写的,内容以追念往昔的南皮之游为主,而一头一尾尤可注意:

> 五月十八日,丕白。季重无恙!途路虽局,官守有限。愿言之怀,良不可任。足下所治僻左,书问致简,益用增劳。
>
> ……
>
> 今遣骑到邺,故使枉道相过。行矣,自爱!

元城在今河北馆陶,曹丕特别安排去邺城的信使枉道去送这封信,其中语气之亲切,潜台词之丰富,都非同一般。曹丕的实际意思是要他再安心等待一段时间。果然,等到建安二十五年(220)正月,曹操死于洛阳,曹丕继任魏王、丞相、领冀州牧,改元为延康元年。曹丕提拔吴质的时机就快要到了,于是先写一封信给他,说自己长期未能提拔对方"能无怀愧",信中提到南皮之游,说

---

① 《三国志·魏书·武帝纪》建安十九年载:"秋七月,公征孙权。"

曹真(子丹)、曹休(文烈)早已有了很高的地位,《三国志·魏书·王粲传》裴注指出,这二曹因系宗室,“并受爵封,出为列将,而(吴)质故为长史;王顾质有望,故称二人以慰之”。自己不会忘了老部下吴质,叫他放心。曹丕既已上台为王,吴质确实可以不必担心了。

此后吴质时来运转,飞黄腾达。《王粲传》裴注继续写道:“及魏有天下,文帝征质,与车驾会洛阳。到,拜北中郎将,封列侯,使持节督幽、并诸军事,治信都。”这些完全靠的是他与曹丕的老关系。

《三国志·魏志·王粲传》裴注又引《质别传》,记叙此后一件很有趣的故事:“帝(曹丕)尝召质及曹休欢会,命郭后出见质等,帝曰:‘卿仰谛视之!’其至亲如此。”曹休、吴质都是南皮之游的故旧,所以曹丕的态度特别的亲切,而专门请出夫人来展览,恐怕也还有回应当年刘桢事件的意思,吴质曾为此意外地倒霉,现在似乎是用这种风雅的办法予以补偿。

大约正因为倚仗着自己与当今皇帝有着特别的关系,吴质晚年的气焰非常之高。栽过跟头后来又翻上来的人中有的会变得脾气很大,甚至胡作非为,以求一快。据《质别传》说,黄初五年(224)朝京师时,他在酒会上拿上将军曹真、中领军朱铄开玩笑,发脾气,做得很过头,完全不考虑这两位的身份和当下的场合。

曹丕一死,吴质非常伤心,他在《思慕诗》中写道“念蒙圣主恩,荣爵与众殊”,又说现在自己“茕茕靡所恃,泪下如连珠”。曹叡继位后,吴质为辅弼大臣,握有河北方面的军事实权。这时东吴方面的间谍专家胡综(183～243)故意伪造了吴质打算投降孙吴的三条“降文”,加以散布,“此文既流行,而质已入为侍中矣”(《三国志·吴书·胡综传》)。曹叡将吴质调入中央,实际上是取消他的兵权并且把他控制起来,对付令人不放心的元老重臣往往采用这种办法。史称吴质于太和四年(230)入为侍中,同年夏死去。这显然同他的新处境有关,是否正常死亡,史书未载,现在也弄不清楚了。

吴质从事政治活动过多,除了散文之外,创作成就比较少,这应当是他不能进入“七子”的主要原因。曹丕对吴质有许多特殊的照顾,但在《典论·论文》中,并没有提到他,是比较实事求是的;何况这时也不宜为吴质张目。

繁钦(字休伯,? ～218)少小知名,青年时代曾避乱于荆州,建安初归曹操。他是一位音乐专家,且“既长于书记,又善为诗赋”,作品以“巧丽”(《三国志·魏书·王粲传》注引《典略》)著称,水平并不在“建安七子”之下。他曾经随军多次参加过曹操发动的军事行动,并为此写下了《述征赋》《撰征赋》《述行赋》等等，可惜都仅存残句，看不出什么眉目。保存得比较完整也最足以代表他风格与水平的作品，主要是一篇书信体散文《与魏文帝笺》(《文选》卷四十)和一首《定情诗》(《玉台新咏》卷一)。

繁钦写给曹丕的那封信作于建安十七年(212)初。建安十六年(211)七月曹操亲征马超，繁钦与阮瑀、王粲等随行，其时曹丕以五官中郎将、副丞相的身份留守邺城；第二年初，征西大军回到首都许昌，繁钦在这里发现了一位艺术天才，立刻写信向曹丕报告：

> 顷诸鼓吹，广求异妓，时都尉薛访车子，年始十四，能喉啭引声，与笳同音，白上呈见，果如其言。即日故共观视，乃知天壤之所生，诚有自然之妙物也。潜气内转，哀音外激，大不抗越，细不幽散，声悲旧笳，曲美常均。及与黄门鼓吹温胡迭唱迭和，喉所发音，无不响应。曲折沉浮，寻变入节。自初呈试，中间二旬，胡欲傲其所不知，尚之以一曲，巧竭意匮，既已不能，而此孺子遗声抑扬，不可胜穷，优游转化，余弄未尽。暨其清激悲吟，杂以怨慕，咏北狄之遐征，奏胡马之长思，凄入肝脾，哀感顽艳。是时日在西隅，凉风拂衽，背山临溪，流泉东逝。同坐仰叹，观者俯听，莫不泫泣殒涕，悲怀慷慨。

这真是描写歌手的绝妙好辞。薛访车子采用了一种不同于传统的以喉音见长的运气发声的方法[①]，技法相当丰富，他这种新的“与笳同音”的唱法雅俗共赏，使人们得到新的审美享受，同时也引起极大的惊异和关注；相比之下，宫廷音乐班子里的专家温胡的普通老式唱法便黯然失色了。繁钦这里分两层来表现薛访车子的艺术奇迹，先是单独地写，然后再比较着写；在后一部分中，先从正面写，再从侧面写。过去还很少有人在散文里如此生动细致地描写过声乐表演，只是在辞赋里表现过器乐演奏，如王褒《洞箫赋》之类。繁钦提供了新的题材和新的趣味，固然是音乐史上的重要文献，在散文发展史上也是大有贡献的。至于欣赏悲凉的调子，听得流泪，乃是当时的一种时尚，“奏乐以悲为善音，听乐以能悲为知音，汉魏六朝，风尚如斯”[②]。稍后曹丕在《答繁钦书》里也来描写少年歌手的载歌载舞，以为水平高于薛访车子；他的

---

① 详细的讨论参见范子烨《呼麦与胡笳：中古时代的喉音艺术——对繁钦〈与魏文帝笺〉的音乐学阐释》，《中国文化》2009年春季号(总第29期)。

② 《管锥编》第3册，第946～950页。其中已引及繁钦此信。

写法明显地受了繁钦的影响，而文章却远不如繁钦的精彩。至于繁钦此信的开头和结尾在语气上明显地打上了僚属式的谦卑，那是建安时代以及整个封建时代的通病。

繁钦的诗现存八首，其中四言的《赠梅公明诗》《远戍劝戒诗》和五言的《咏蕙诗》《生茨诗》大约作于荆州，诗味不多。《定情诗》估计作于后期，写得最长也最好。全诗用一位女主人公的口气来写，约可分为四层，第一层总起："我出东门游，邂逅承清尘。思君即幽房，侍寝执衣巾。时无桑中契，迫此路侧人。"她感到了独处的寂寞，于是便外出寻觅知音。第二层写女主人公热烈地追求爱情：

> 我既媚君姿，君亦悦我颜。何以致拳拳，绾臂双金环。何以致殷勤，约指一双银。何以致区区，耳中双明珠。何以致叩叩，香囊系肘后。何以致契阔，绕腕双跳脱。何以结恩情，佩玉缀罗缨。何以结中心，素缕连双针。何以结相投，金薄画搔头。何以慰别离，耳后玳瑁钗。何以答欢欣，纨素三条裙。何以结愁悲，白绢双中衣。

一见钟情，一气贯注，波澜起伏，如醉如痴。据《文选》卷十八《洛神赋》李善注所引，还有"何以消滞忧，足下双远游"二句，大约正应该接在这一层之末——总而言之，她大胆、热情、主动、积极地去争取爱情，为此她愿意献出一切美好的东西，开始所赠还是首饰之类，后来更发展到衣裙等贴身之物，一往情深，夸张得妙。可惜欢娱苦短，一度春风以后男子就变了心：

> 与我期何所，乃在东山隅。日旰兮不来，谷风吹我襦。远望无所见，涕泣起踟蹰。

以下还有"乃期南山阳""乃期西山侧""乃期北山岑"，都始终不见人来。最后女主人公伤心地叹息道：

> 爱身以何为，惜我华色时。中情既款款，然后克密期。褰衣摄茂草，谓君不我欺。厕此丑陋质，徙倚无所之。自伤失所欲，泪下如连丝。

一片天真纯情，处境如此可悲，却决不对她的心上人说一句责备或绝情的话，也不说一句后悔的话。唯其如此，这个少女的形象就显得特别纯洁美好。中间两大段一味铺张排比，淋漓尽致，而结尾处给它一笔勾销，巨大的落差很容易产生强烈的艺术效果。

这是一首写得很有诗意的失恋诗，但是由于那时的传统观念作怪，却题作《定情诗》。所谓“定”，是指压抑而使之镇定。汉末魏初，儒家思想和传统道德受到很大的冲击，封建礼教对人们的压抑有所放松，从《古诗十九首》到《孔雀东南飞》，人性解放的主题大放光辉。这一股思潮对文人创作产生了很大的影响，“建安七子”中除年辈较高的孔融之外都写过爱情题材的诗篇，但是士大夫出身的诗人总是不能彻底冲破封建礼教的藩篱，跟他们的先辈张衡（《定情赋》）、蔡邕（《静情赋》）一样，他们仍然笃守“发乎情，止乎礼义”（《毛诗大序》）的传统准则，要来一个正统气味很浓厚的尾巴，在标题上也要在“情”“欲”“邪”一类字眼上加上一个表示压抑的动词，例如陈琳有《止欲赋》，王粲有《闲邪赋》，阮瑀有《止欲赋》，应玚有《正情赋》，刘桢有《清虑赋》等等，思路和格局都大同小异。曹植的《洛神赋》为此中的压卷之作，赋中的洛神简直就是一位纯情少女，而男主人公却“收和颜而静志兮，申礼防以自持”；女主人公也很注意克制自己。不过这些辞赋给人印象最深的部分乃是写“情”“欲”“邪”“虑”的那些文字，而并不在关于“止”“闲”“正”“清”的说教——这些部分也只有很少几句话。不管作者们主观上究竟是在那里不遗余力地压抑呢，还是表面打着压抑的旗号实际上放手写“情”，这些作品的精华总在写“情”的部分，后来陶渊明的《闲情赋》也是如此。中古时代文人作品中的爱情题材诸作，可以说正是在“止”“闲”“正”“清”一类大旗或保护伞下滋长繁荣起来的。

“发乎情，止乎礼义”的儒家诗教是一个弹性很强的提法，它对后来文学的繁荣既给予很大的限制，同时也给它留下了一点发展的空间和生机①。这一点在魏晋时代看得格外清楚。跟《止欲赋》一类作品比较起来，繁钦的《定情诗》除了在标题上著一“定”字以外，从诗的正文看，它显得更加开放而无所谓“定”。这与繁钦“都无格检”②、放荡不羁的性格有关。唯其如此，诗中就有着更多的民主性因素。诗用典型的民歌手法写成，与此互为表里。封建主义的文学批评家对于热情洋溢的《定情诗》感到很不舒服，千方百计地设法歪曲它，其中最典型的也许要算是陈沆《诗比兴笺》（卷一）中的怪论：“繁主簿有《咏蕙》篇云：‘蕙草生北山，托身失所依。植根阴崖侧，夙夜惧危颓。寒泉浸我根，凄风常徘徊。三光照八极，独不蒙余晖。葩叶永凋悴，凝霜不暇晞。百

---

① 参见顾农《“发乎情，止乎礼义”——〈毛诗大序〉的合理内核》，《福建论坛》1983年第6期；又收入《文选论丛》，广陵书社2007年版。

② 韦仲将语，转引自《三国志·魏书·王粲传》裴注。后来颜之推在《颜氏家训·文学》中说繁钦“都无检格”，意思与韦仲将语相同。

草皆含荣，己独失时姿。比我芳音发，鶗鴂鸣已哀。'夫休伯在魏，未为不遇，何哀苦若此哉。观魏文《与吴质书》，历数存没诸人，不及主簿，得无情好不终，骚怨斯作乎。彼甄后结发，尚致塞糠，子建连枝，犹泣煮釜，繁与二丁、德祖俱摈七子之列，知此《定情》之作，必非无病之呻。始合终睽，彼凉我厚，君臣朋友，千载同情。渊明《闲情》之赋，平子《四愁》之章，此申其嗣响。昧斯比兴，遂等闺情，辄复举隅，以当论世。"这一番话打着"知人论世"的旗帜，以比兴说诗，似乎头头是道，而其实一无是处。曹丕那篇"历数存没诸人"的《与吴质书》已在繁钦身后，就是那篇提出"七子"名目的《典论·论文》，作于建安二十二年(217)冬天，其时正值疾疫流行，繁钦已离大去不远，又何必为一点虚名而一再写诗来发牢骚？何胸襟狭隘如此竟毫无"都无格检"的意思？

说《定情诗》上承张衡《四愁诗》，下启陶渊明《闲情赋》，则是事实。辞赋本来就有"劝百而讽一"的传统，东汉以至于魏晋，文学界对于爱情题材的态度大抵是一方面允许描写，一方面又要求拿"礼"来规范和限制"情"，以免思想失控、人欲横流。这一观念在当时还得算是比较先进的。张衡《四愁诗》，在《文选》入选的文本中有一段小序，指出此诗乃是以比兴手法写成的政治讽喻诗；但此序乃后人所加，不足凭信。钱锺书先生说得好："若依序解诗，反多窒碍，似欲水之澄而捧土投之。故序倘真出于张衡之手，亦大类作诗本赋男女，而惩于'无邪'之戒，遂撰序饰言君臣，以文过乱真，卖马脯而悬牛骨矣。"①建安文人以至陶渊明都是以"止欲""闲邪""闲情"为题目而实际上大写爱情的辞赋，繁钦则改为写诗，尤为此中豪杰，他除了标题尚未能免俗之外，正文中竟然没有一句是发挥那个"定"字的，可算是典型的"卖马脯而悬牛骨"。

比兴本是从《诗经》以来被大量运用的艺术手段，《诗》后来虽然被称为"经"，而其中实多情歌，经师们吃不消那些火热的感情，往往以比兴为口实把情歌的内容歪曲为政治伦理方面的讽谏说教。由儒家经师们倡导阐发的"比兴"，较之本来意义上的比兴已经大为改观，至少是扩大化了：它指向全诗而非其中某些诗句。毛《传》、郑《笺》于此用力甚勤，也卓有成效，其影响所及，后来的确有不少作家借风雨、花草、艳情、游仙之类抒写其别有之用心，因为言近而意远，指小而旨大，往往有相当的艺术效果，遂构成了诗歌史上的一大传统；但是应当看到这一传统总要到唐以后才正式形成，汉末魏晋以至六朝的诗人们固然也有用此种手法写诗的，而大部分诗人并不热衷，建安诸子以

① 《管锥编》第1册，第118页。

及女诗人蔡琰都在诗中直写其事，晋宋以下基本也还是如此，只不过眼光日益狭隘，趣味日益琐细，风力渐失其刚健而已。这种文风在唐朝遭到严厉批判，陈子昂说“齐梁间诗，彩丽竞繁，而兴寄都绝”(《与东方左史虬修竹篇序》)，白居易正面号召“兴发于此而义归于彼”，认为“反是者，可乎哉！然则‘余霞散成绮，澄江静如练’‘离花先委露，别叶乍辞风’之什，丽则丽矣，吾不知其所讽焉。故仆所谓嘲风月、弄花草而已。于时六义尽去矣”(《与元九书》)。他们都不免把“兴寄”和“风力”完全捆绑在一起，走向了另一极端。按照这一套逻辑推论下去，除了美刺讽喻，诗歌已经一无可为，例如本来意义上的自然美就被排除在诗歌题材之外，而只能充当政治伦理的象征符号。陈子昂要求吐弃齐梁彩丽，恢复汉魏风骨，就其反对萎靡诗风而言自然是对的，但是把优秀的诗歌传统完全归结为比兴，征之诗史，实不尽然。建安诗人们并不像唐代理论家那样狭隘偏执，他们当中几乎每个人都十分关心政治，亲自参加斗争，而同时并不妨碍他们调动各种艺术手段，从事各种题材，包括以“赋”的手法直接写政治，写爱情，写其他题材，这正是建安诗人心态十分健康的生动表现。

繁钦的《咏蕙》篇大约确有比兴的言外之意，而《定情诗》则不然。本来意义上的“定情”是旨在抑制使之镇定的，现在也不妨就理解为现代汉语的定情，女主人公与其所爱定了情，而那家伙却不知道跑到哪里去了，于是她伤透了心。这样故意来误读，或者正可以将“牛骨”换为“马骨”，与诗的“马脯”内容取得一致，或者也还是有意思的。

五 曹丕

曹丕(字子桓,187～226)是曹操的次子,其长兄曹昂(? ～197)牺牲在战场上以后他就居长,按照传统他是曹操理所当然的接班人,但是曹操对他并不十分满意。建安十六年(211)为五官中郎将,副丞相;建安二十一年(216)曹操为魏王,在确立继承人一事上犹豫过一段时间,到第二年十月还是立他为太子。建安二十五年(220)曹操死后,曹丕迅即自行继位为魏王,稍后又安排汉献帝"禅让",实现了政权的更迭,在位七年,后来称为魏文帝。

在建安文学诸家中,曹操政治地位最高,曹植创作成就最高,曹丕夹在名父与名弟之间,似乎有些相形见绌;而其实他当年实处于文坛领袖的地位——曹操忙于军政大事,不可能太多地顾及文学,曹植比曹丕小五岁,尚在成长之中,他的主要作品产生于改朝换代之后——在建安年间,处于文坛中心的是曹丕。他广泛结交文人,主持文酒之会,请文学家们同题创作,进行辩论,其活动方式对后代产生过巨大的影响。

曹丕组织的文学聚会虽然也催生了一批近乎宫廷文学的《公宴诗》之类平庸的东西,但这一类作品在艺术探索方面亦非一无可取,而这种宴会在团结作家、融洽气氛方面更有着长期的积极效应。曹丕决不是单靠自己特殊的政治地位来充当领袖的,他在辞赋、诗歌、散文、理论批评以及小说等诸方面都有重要的创新和贡献,开创了一代新风;此外他又十分注意搜集保存当代作家的作品,曾为孔融等七子编集,也产生了巨大而深远的影响。

一

辞赋是当年最被人们看重的文体。当铜雀台落成不久,得意之至的曹操让儿子们分别作赋以记其盛，谁也没有像后人那样想到要作诗①。曹丕本人在著名的《典论·论文》中标举当代著名作家并逐一加以评论，重点也是谈赋，一直具体到列出王粲、徐幹的代表作；而谈到诗的文字则比较少，更没有涉及任何具体篇章。赋本来就是汉代的首选文体，汉代赋家在创作中积累了丰富的审美经验和创作窍门，并且很自然地形成一种文学惯例；文坛上的后来者承认并接受这种惯例，也热衷于写赋论赋，正是顺理成章的事情。

曹丕的赋现存近三十篇，虽然大部分已经残缺不全，有的甚至只剩下一点小序，但他对这一文体的重视是显而易见的。卞兰《赞述太子赋》写道："窃见所作《典论》及诸赋颂，逸句烂然，沉思泉涌，华藻云浮，听之忘味，奉读无倦。"这也表明了辞赋在人们心目中的重要地位以及曹丕在这方面的水平。曹丕主要写小赋，抒情性比较强。虽然早在东汉中期以后赋已有走向小型化的趋势，但传统悠久的散体大赋仍然处于文体的中心位置，司马相如仍然是公认的大权威。汉末以来诗歌大为繁荣，颇有后来居上、进据中心之势，但诗的地位仍赶不上赋。曹丕当然接受过老派的散体大赋的训练，他有一篇《校猎赋》，题材和手法就都是传统的；但他更倾向于出新，有意识地进行种种试验，咏物、写景、述行等赋体的传统题材到了他手里，处理的办法几乎全都是新的。

赋的特点本来就在于"体物写志"（《文心雕龙·诠赋》），传统汉赋之所谓"物"包容极广，几乎统摄宇宙间的一切、作者本人以外的一切——"物"字的本义正是如此。而曹丕及其后来许多作者所咏之物，却只是一件很具体甚至很细微的事物。汉代赋家最喜欢写畋猎、京都、郊祀这一类大题目，高贵庞大的宫殿和高雅复杂的音乐也在赋家的视野之内。"赋家之心，苞括宇宙，总揽人物"（司马相如语，转引自《西京杂记》卷二），他们追求的是"巨丽"（司马相如《子虚赋》）之美，"竞为侈丽宏衍之词"（《汉书·艺文志》），下笔不能自休，一篇之中往往涉及甚广，头绪纷繁，气魄阔大。这种情形与汉大赋的御用性质有关，要迎合天子的口味，气魄非阔大不可。而到了建安时代，汉王朝已经名存实亡，天下纷纷，动荡不安，人们失去了总揽一切的信心和兴趣，平添了朝不保夕、生命苦短的忧虑，于是觉得平常的一草一木之中都充满了生命的

---

①　曹丕《登台赋·序》云："建安十七年春，游西园，登铜雀台，命余兄弟并作。"《三国志·魏书·陈思王植传》："时邺铜爵（雀）台新成，太祖悉将诸子登台，使各为赋。植援笔立成，可观，太祖甚异之。"

脉动，因而是美的，是值得加以描写的。文人看世界的眼光由宏而微，作品的题材遂由大而小，于是新型咏物赋便成为曹丕进行文体革新试验的重点。

例如著名的《柳赋》，小序云："昔建安五年，上与袁绍战于官渡，是时余始植斯柳。自彼迄今，十有五载矣，左右仆御已多亡。感物伤怀，乃作斯赋。"赋的前半径写柳树，接下来写道：

> 在余年之二七，植斯柳乎中庭。始围寸而高尺，今连拱而九成。嗟日月之逝迈，忽亹亹以遄征。昔周游而处此，今倏忽而弗形。感遗物而怀故，俯惆怅而伤情。

一股深沉浓烈的迁逝之感洋溢于字里行间。序中"感物伤怀"四个字很值得注意，作为曹丕审美对象的固然是某一具体的自然物——柳树，但它并非孤立自足之物，而是以人为其参照系的令人动情之物，咏物与抒怀在这里打成了一片。这种写作路子，今天看去平淡无奇，似无足道，而在当时却是一种新的探索、新的创造。

汉赋中本来也有咏具体之物的篇章，但很少有感情色彩，它们或则只求形似，或则往往用"比德"的办法借此来歌颂一位什么大人物或者某种高尚的德行，干巴巴地歌功颂德，不能引起读者的感情反应。在传统的汉赋里，具体的物并非审美对象而仅仅是一件道具。曹丕打通物与情来写赋，在文学史上有某种开创之功，不能等闲视之。后代的读者和当时的读者有很大的不同，后人在阅读和解释古代作品时，很容易对当时具有开创性而后来已经司空见惯的技巧等闲视之；而同时代的读者则能根据前后的对比而深刻地感受到这里的创新。古代文学批评材料之可贵正在于此，它提醒我们要有严格的历史眼光，要设身处地去重建当年的阅读语境。卞兰提到曹丕的赋中有泉涌般的"沉思"，这正是我们不能忽略的曹丕的新贡献。

站到建安时人的立场上看问题，不难发现曹丕《柳赋》的创作机制是非常之新的。汉人之赋当然有以草木虫鱼等具体之物为题材的，但那是另一种路子。即如贾谊的《鹏鸟赋》，看题目很像一篇咏物赋，而实际上赋里的鹏鸟不过是引出正文的楔子，它本身并没有什么审美价值："谊为长沙王傅三年，有鹏鸟飞入谊舍，止于坐隅。鹏似鸮，不祥鸟也。谊既已谪居长沙，长沙卑湿，谊自伤悼，以为寿不得长，乃为赋以自广。"所以作品只在开头略一叙述"异物（按，即指鹏鸟）来萃"的不祥之兆，以下就不管此鸟，大段地去讲"万物变化固无休息"、祸福相依、吉凶同门的哲理，赋的主体部分几乎全是说理以自广。这种赋其实很难归入咏物一类。汉代宫廷里也曾有过以具体一物为题材的作品，多产作家枚皋写过不少“曲随其物，皆得其旨”(《汉书·枚皋传》)的咏物之作，可惜大抵湮没无传；今之可见者，往往只是简单地写一下某物的特点，很快就通过“比德”的跳板去歌颂该物的主人或其他作者所欲歌颂的要人去了。这里往往没有什么生动活泼的感情，多的是冷冰冰的道德。把咏物和抒情结合起来，在指向伦理道德的联想之外打通物质和精神之间的壁垒，从外物中看到人，看到美，这种美感的解放是汉末以来的新情况。在这一方面，祢衡的名作《鹦鹉赋》带有导夫先路的重大意义。《文选》卷十三将《鹏鸟赋》和《鹦鹉赋》都列于赋体的“鸟兽”一类之下；其实从审美机制说，祢衡《鹦鹉赋》与贾谊《鹏鸟赋》相去甚远，他开创了一条新路，曹丕的咏物小赋与祢衡的路数为近。

当然这里也还有些不同。祢衡写鹦鹉基本上是一个象征，作品的内涵大抵是封闭的，祢衡的路径仍然是“比”，只不过已经从“比德”中解放出来，而通过比拟来抒发个人的感慨；曹丕固然也用“比”，而他似乎更多地用“兴”，美感进一步得到解放：他从一株先前自己手植的柳树联想到世事和人生的变迁，作品的意象是开放的，这种路径更能引起广大读者联翩的浮想。“嗟日月之逝迈”这一从实际生活经验中得来的人生感慨在建安时代有着特别的意义——当时战乱和疫病造成死亡枕藉，人的平均寿命很低很低——在其他时代也有意义。曹丕将这种人生经验通感投射到外物上去，有所触动，有所发现，这种审美态度不仅与贾谊那种只是借外物为写作契机大异其趣，与祢衡那种所指单一的象征也有区别，这里流露出了物我相生的深刻触发，与抒情诗的机制没有什么不同。

“比兴”本是很古老的传统，“兴”的意味更为丰富，更值得关注。《文心雕龙·比兴》云“比显而兴隐”，“比者，附也；兴者，起也。附理者切类以指事，起情者依微而拟议”。一般来说，“比”是主题先行，意象的所指比较固定；而“兴”则要开放得多，其所指可以比较广，引发读者更多的体会和思考。

通过小规模铺叙眼前之物来抒情，这种赋的写法是崭新的，有生命力的，“感物伤怀”从此成了中国抒情文学的一大模式。

除了著名的《柳赋》之外，曹丕的《莺赋》和《感物赋》也属于感物抒怀这种类型。前者是就笼中之鸟发抒感慨，可惜文本残缺已甚；后者从甘蔗的兴衰触发出感想来，小序云：“丧乱以来，天下城郭丘墟，惟从祖太仆君宅尚在，南征荆州，还过乡里，舍焉。乃种诸蔗于中庭，涉夏历秋，先盛后衰，悟兴废之无常，慨然永叹，乃作斯赋。”此赋作于建安十四年(209)，写作的机制略同于建安二十年(215)所作之《柳赋》,艺术上不及《柳赋》那样成熟。一个在创作上有所突破的作家,往往会不期然而然地重复自己,掉换题材顽强地表现他的新花样。这种重复并不是全无意义的,因为作家也像士兵一样需要操练和演习;问题在于他不能一味重复自己,以至于作茧自缚。

传统汉赋特别是散体大赋虽然有种种优势,但它有一大致命的弱点,即感情色彩比较淡薄,非文学因素相当多,例如作者往往很喜欢炫耀其百科知识之博雅与冷僻字词之丰富,大有类书、字典之意;后来又陈陈相因,令人厌倦。到建安时代,赋体已有向边缘迁移之势;而此时乐府诗和五言诗正急剧地作相反的运动,敏感的勇于创新的作家一方面在惯性的作用下仍然大写其辞赋,另一方面则自觉不自觉地把上升势头正猛的文体即诗歌的机制引入古老的趋于衰微的赋体。由于新能量的摄入,几乎僵化了的赋体得以被激活,从而维持了相当的繁荣。诗赋双峰并峙、共存共荣的局面于是形成。

这时当然仍有固守旧辙的赋家,七子中的陈琳(孔璋)就是一个。曹植《与杨德祖书》有云:"以孔璋之才,不闲于辞赋,而多自谓能与司马长卿同风,譬画虎不成反为狗者也。前有书嘲之,反作论盛道仆赞其文。"陈琳自比司马相如,不仅是自我感觉过好,而且表明了他的写作路径还是比较旧的;对此曹植大不以为然,于是在这里狠狠挖苦了他一通。曹丕在《典论·论文》里只肯定陈琳的"章表书记",根本不提他的辞赋,实际上是以"默杀"为手段贬低否定他的辞赋,方向与乃弟一致,只是否定得比较含蓄,同时也更为彻底。

在曹丕的赋作里,也有一些是主要用"比"的,基本上走祢衡《鹦鹉赋》的路子,这在当时也还要算新潮,许多人都投身于其中,例如曹植以及"七子"中陈、王、阮、应诸人都写过《鹦鹉赋》,曹植的一篇模仿的痕迹最为明显;曹丕的高明之处在于他在另外的题材中试验这一新办法,其典型之作如《槐赋》,作品描写宫内一株槐树,隐喻大魏这块"丰壤"特别有利于美树(人才)的生长,也含有夸奖邺下诸文人的意思,写得相当含蓄有味。曹丕令王粲也写一篇,王赋则以槐树为曹丕的对应物,把它写得高大繁茂,光彩夺目,而"望庇"之情即寄寓于其中,甚至还直接予以点明。曹丕在《槐赋》序里说:"文昌殿中槐树,盛夏之时,余数游其下,美而赋之;王粲直登贤门,小阁外亦有槐树,乃使就赋焉。"这无非是命题作文、推广新潮手法的意思,王粲心领神会,既大唱颂歌,又全用新法,曹丕极为赏识,后来在《典论·论文》中特为表出,指为王粲的代表作之一。考察汉魏之际文学决不能忽略邺下文人如何利用同题写作来进行各种创新的训练。曹丕是同题写作的主要带头人。其时曹植也写过一篇《槐赋》，主题为歌颂曹操，而手法与曹丕、王粲相同。从这三首《槐赋》来看，曹丕的文坛领袖地位并非他的政治地位造成的，他确实领导着一股新的创作潮流。

在曹丕的咏物赋中，也有一些单纯写物，专用"赋"而不用"比""兴"者，他还要求身边的文人搞同题写作，于是写迷迭香、玛瑙勒、车渠碗等等从域外引进的珍奇罕见之物成了当时的一种时髦。陈琳写这一类赋时仍不忘"比德"，颇可见其老派作风，其余的作者则只描写具体物象，抒写自己的欣赏之情。这些作品的宫廷气比较浓厚，文学价值不算高。

写景之赋的兴起和繁荣，也与曹丕的提倡有关，这方面他做了许多有意义的试验。汉赋虽然早已涉及种种自然景物，但一般都作为人物活动（如田猎之类）的背景，它本身尚未构成自足的审美对象；换言之，人和自然在文学中尚未真正被区分而又在审美的意义上再联系起来，到建安时代，随着人的觉醒，自然景观开始有了独立的意义并成为审美的对象。曹操的《观沧海》诗是空前优秀的写景之作：

东临碣石，以观沧海。水何澹澹，山岛竦峙。树木丛生，百草丰茂。秋风萧瑟，洪波涌起。日月之行，若出其中。星汉灿烂，若出其里。

多么壮阔，多么令人心神飞越的美！"寻其意绪，无不明白，玩其笔势文法，凝重屈蟠，诵之令人意满。"（方东树《昭昧詹言》卷二）他还写过《沧海赋》，惜已亡逸，无从讨论。今天所能看到的是曹丕的《沧海赋》：

美百川之独宗，壮沧海之威神。经扶桑而遐逝，跨天崖而托身。惊涛暴骇，腾踊澎湃。铿訇隐邻，涌沸凌迈。于是鼋鼍渐离，泛滥淫游。鸿鸾孔鹄，哀鸣相求。扬鳞濯翼，载沉载浮。仰唼芳芝，俯漱清流。巨鱼横奔，厥势吞舟。尔乃钓大贝，采明珠，搴悬黎，收武夫。窥大麓之潜林，睹瑶木之罗生。上蹇产以交错，下来风之泠泠。振绿叶以葳蕤，吐芳葩而扬荣。

曹操、曹丕父子是率先发现大海之美的先驱，甚至也可以说是发现自然美的先行者，对后来的文学创作产生过巨大的影响。曹丕的《沧海赋》在这一系列中具有重要地位。

这种新的审美趣味和写作路径也见之于曹丕以述行为题材的作品中。以赋述行本是东汉以来的传统，如班彪有《北征赋》，班昭有《东征赋》，蔡邕有

《述行赋》等等，这些作品大抵记叙沿途所见所感，反映时代生活，怀古伤今的情绪很浓，而对自然景物一般来说并不太注意。曹丕长期追随其父南征北战，迫切的现实斗争不让他有怀古的悠闲，而新的审美趣味却促使他关心自然。在建安十三年的《述征赋》、十四年的《浮淮赋》、十五年的《临涡赋》和《济川赋》等作品中，固然有不少叙述军事行动以宣扬曹军声威的文字，而更引人注目的却在写景的笔墨，《济川赋》尤为出色，今所可见的片断完全写景，这在当年一定会给人耳目一新之感。

咏物、写景之外，曹丕又写过不少直接抒情的小赋，同样充满了创新探索的精神。这里可以分为两种情形：一种是从实际生活感受出发直抒其情，如《感离赋》《永思赋》《悼夭赋》《哀己赋》《戒盈赋》等等；另一种是用代言体为他人特别是妇女抒情，如《离居赋》《出妇赋》等等。这些代言体的赋写得很有人情味，感慨系之，哀惋动人。如作于建安十六年(211)的《感离赋》有云：

> 秋风动兮天气凉，居常不快兮中心伤。出北园兮彷徨，望众慕兮成行。柯条惨兮无色，绿草变兮萎黄。脱微霜兮零落，随风雨兮飞扬。日薄暮兮无悰，思不衰兮愈多。招延伫兮良久，忽踟蹰兮忘家。

文辞华美流畅，不乏典型的细节，遥开后来江淹《别赋》之先河。曹丕的代言体诸作全是代女子立言，态度显得相当开明。他在诗里已大写妇女，有思妇(如《燕歌行》)，有出妇(即被丈夫遗弃的妇女，如《代刘勋出妻王氏作》)，有寡妇(如《寡妇诗》)；他的赋也写到这几种值得同情的可怜人物，如《出妇赋》相当深刻地写出了她们的哀怨和痴情：

> 念在昔之恩好，似比翼之相亲。惟方今之疏绝，若惊风之吹尘。夫色衰而爱绝，信古今其有之。伤茕独之无恃，恨胤嗣之不滋。甘没身而同穴，终百年之常期。

何等温柔执着，一片痴情！在曹丕的带动下，曹植、王粲等人也写了《出妇赋》，也都充满了对不幸女子的同情。他们的《出妇赋》大约都是有感于王宋的不幸遭遇而作，据《玉台新咏》介绍说，王宋是平虏将军刘勋的妻子，结婚二十多年，刘勋“悦山阳司马氏女，以宋无子出之”——“无子”当然只是刘勋的一个借口。王宋的不幸遭遇成了当时一个热门题材，这在过去是难以想象的。代妇女立言，为她们说话，是当时赋体革新试验的一个重要方面，取得了很大的成绩。

总体来看，曹丕文学试验的基本方向是突破汉赋传统的框子，大大加强了赋的抒情性，多方扩大了赋的题材，从而为此后辞赋的发展作出了重大的贡献。

赋的本质特点"体物写志"在汉代出现了两方面的问题：一味铺叙事物而缺少激情；"志"则流为例行公事的教训，又往往放在赋末，曲终奏雅，刻板无味。这与汉代赋家念念不忘"润色鸿业"（班固《两都赋·序》）的写作态度是分不开的。东汉以来已有不少作家试图加以改革，题材有所扩大，抒情的成分有所加强，由于他们的创作只是个体劳动，其中所体现的新意形不成声势。而传统带来的惰性是很强的，不容易一下子就彻底抛弃，所以名作如张衡《归田赋》、蔡邕《述行赋》、赵壹《刺世疾邪赋》等篇，仍然未能脱离篇末点题的老套。

曹丕"体物"大抵比较简要，强调抒情，很少言志；而且身份和创作环境不同，他身边有一批作家，他领导的革新试验力度较大，诸作之末基本上抛弃了例行公事的教训，在很大程度上告别了先前汉赋的工具性、功利性，回到了文学的本身。

当然，所谓回到文学本身并非完全不讲功利，完全脱离政治。文学总是社会的文学而不是也不可能是什么完全独立自足的东西。但在正常情况下，文学与社会、政治的联系总是比较间接的、精神性的，正如别林斯基说过的那样，文学往往是作为"在自身中具有它的目的和它的原因的东西，来为社会服务的。如果我们要求艺术达成社会的目的，把诗人看成包工头……那么文坛就看不到美文学的作品却只看到关于抽象的、伦理题目的押韵论文；并不包含活生生的真理，而是包含僵死的说教和干巴巴的讽喻"①。赋体从讽喻走向抒情，走向"沉思泉涌，华藻云浮"，曹丕及其领导的革新试验作出了历史性的贡献。

二

关于曹丕的诗，清人沈德潜有过一段意味深长的评论："孟德（曹操）犹是汉音，子桓（曹丕）以下，纯乎魏响。子桓有文士气，一变乃父悲壮之习矣。要其便娟婉约，能移人情。"（《古诗源》卷五）此说继承了陈祚明的某些提法而立

① 《孟采尔，歌德的批评家》，《别林斯基选集》第 2 卷，上海译文出版社 1979 年版，第 47 页。

意有所变化①,概括尤为简明有力。曹丕结束“汉音”,开启“魏响”,在诗歌史上起到了划时代的作用。

所谓“汉音”,就汉代文人诗歌的特点而言,或可概括为三点:一是与政治伦理的关系特别密切,诗人们恪守“诗言志”的儒家诗教,写诗总离不开美刺讽谏,具有相当明显的工具性、功利性,如韦孟的《讽谏诗》、韦玄成的《自劾诗》、傅毅的《迪志诗》之类,便是其中的典型,其他许多诗作也都有或浓或淡的功利色彩。汉人所写的《毛诗大序》特别强调诗歌的教化功能,固然是就《诗经》来立论的,其实又何尝不包括他们对当下诗歌的思考。二是作诗多用赋体,直书其事,直抒其情,比兴较少用,如刘邦《大风歌》、刘彻《秋风辞》、乌孙公主《悲愁诗》、梁鸿《五噫歌》、张衡《同声歌》《四愁诗》②、郦言《见志诗》、赵壹《秦客诗》《鲁生诗》等等,乐府诗则直接叙事。这与当时大赋盛行、占据文坛的中心有关,处在边缘上的诗向中心文体即赋尽量地靠拢。三是文辞比较质朴直露,较少藻饰,例如一般认为是文人五言诗初祖的班固《咏史》,即一味干巴巴地叙事,质木无文;其他诗作一般也比较质朴。汉诗中创作路子不同于”汉音“主流者当然也有,最突出的便是《古诗十九首》,但那是无主名的下层文人的作品,在当时是不能登大雅之堂的;这些诗魏晋以来才受到重视,曹植、陆机均有拟作,而进一步受到充分的重视要到南朝梁,即萧统编《文选》、徐陵编《玉台新咏》的时代,其时“汉音”早已过时,而沿着“魏响”发展的诗风正如日中天。《古诗十九首》不能代表“汉音”,它恰恰是“汉音”行将发生变化的先兆。“汉音”和“魏响”都是就创作的路子而言的,尽管这种区分源于时代之不同,但并不完全以时限来分。钱锺书先生论唐宋诗之别云:“唐诗、宋诗,亦非仅朝代之别,乃体格性别之殊。天下有两种人,斯分两种诗。唐诗多以风神情韵擅长,宋诗多以筋骨思理见胜……非谓唐诗必出唐人,宋诗必出宋人也。”③此论最为通达。“汉音”“魏响”亦当作如是观。《古诗十九首》肆无忌惮、韵味十足地抒发一己之情,已开“魏响”之先河,作者虽为汉人,诗却并非

---

① 陈祚明《采菽堂古诗选》卷五:“孟德所传诸篇,虽并属拟古,然皆以写己怀来。……本无泛语,根在性情,故其跌宕悲凉,独臻超越。细揣格调,孟德全是汉音,丕、植便多魏响。取法乎上,仅得乎中,孟德欲为三代以上之词,劣乃似汉,子桓兄弟取法于汉,体遂渐沦矣。”陈氏有诗歌退化论的味道,而沈德潜则无此意。

② 《文选》卷二十九《四愁诗》小序说该诗全是比兴,大有讽喻的深意;但这篇序当出于后人伪托,不足为据。参见《管锥编》第1册,第110页。

③ 《谈艺录》,第2页。

"汉音"。

曹操是一位了不起的英雄，在文学创作方面也很敢于革易前型。他的散文清峻通脱，革新的色彩很强烈；他的诗全用乐府，开一代新风，但其诗篇在若干主要之点上仍与"汉音"保持着非常密切的联系。例如其诗作的工具性很强，有些篇章颇近于宣传，著名的《短歌行》非常深刻形象地宣传他本人的求贤之忱，千古传诵，显然"犹是汉音"。曾被誉为"诗史"的《薤露行》《蒿里行》二诗，叙述汉末动乱相当客观具体，有些诗句甚至可补史书记载之不足，具有很高的认识价值，而其写法基本上还是旧的，包括"生民百遗一，念之断人肠"这样深刻的感慨，也依然是汉诗那种比较直露的笔墨。即使是可以充分展开艺术想象的游仙诗，曹操写来也总是离不开政治，离不开眼前的现实和他混一宇内的雄图，其中所流露的社会责任感之强，一点也不弱于他那些直接写重大政治题材的作品。

到曹丕就不同了，他在一个很长的阶段里并不承担政治军事重任，他对文学较少抱功利主义的态度，写诗的路子完全变化了。曹丕当然也曾目睹汉末的一系列动乱、灾荒、战争、苦难，他也曾在散文中写下过他对时局的观察和感慨，可是在诗里他却很少直接去写外界的政象和其他一般意义上的重大题材，一转而为抒写内心世界，写他对人间万象的观感和思考。在曹丕这里，诗、文明显地分途发展。这一现象十分引人注目，对此后文学的发展影响甚深。

正因为曹丕在诗歌创作方面实行了向内转，于是他很少叙事，一味抒情，文辞则渐趋华丽。为艺术而艺术的诗人总是会在艺术性方面投入极大的热情。这样他就在质朴地叙事言志之古老传统外，开辟了一条新的诗歌创作路子。这一路径，用西晋大诗人陆机的话来说，就是"诗缘情以绮靡"（《文赋》）；用清代大批评家沈德潜的话来说，则称为"魏响"。

在整个中古时代，"诗缘情"取代"诗言志"成为主潮，诗坛上一片"魏响"。

不妨通过作品的比较具体地来看一看"魏响"与"汉音"有何不同。曹操的《短歌行》是一首大有宣传意味的卓越的政治抒情诗；曹丕也有一首《短歌行》，内容和写法都大不相同：

仰瞻帷幕，俯察几筵。其物如故，其人不存。神灵倏忽，弃我遐迁。靡瞻靡恃，泣涕连连。呦呦游鹿，衔草鸣麑。翩翩飞鸟，挟子巢栖。我独孤茕，怀此百离。忧心孔疚，莫我能知。人亦有言，忧令人老。嗟我白发,生一何早。长吟永怀,怀我圣考。曰仁者寿,胡不是保!

此诗当作于建安二十五年(220)曹操去世后不久。曹操于当年初病逝于洛阳,临终前颇有些奇特的举动,似有改立接班人之意,政局中很有些不确定的因素,政治形势十分复杂微妙。曹丕虽然早已被立为太子,但现在要把曹操的政治遗产全盘接下来,顺利地实现新老交替,亦大非易事,非竭力施展其韬略权术不可。政治家曹丕此时处于空前紧张的状态,他是干得很投入也很成功的;可是当他以诗人的角色出现时,他却很潇洒地超越于一时的政局之外,仅仅在诗中抒发其思亲哀伤之情。将政治和文学分档处理,这种态度在当时是崭新的。

这种将诗歌当作纯文学的态度在曹丕是一贯的。他最著名的诗作《燕歌行》二首写思妇的情愫,精微细腻,脍炙人口,历来传诵不衰,其中几乎没有涉及任何具体的社会历史背景。夫妇分离的事任何时代都有,汉末尤甚,这与当时的党争、动乱、战争等等都有很大的关系,如果由一位习惯于"言志"的诗人来处理这种题材,很容易由此引申到忧国忧民、澄清天下一类主题上去,至少要搭上一点边,而曹丕却一味细腻地抒写思妇的种种情绪和感慨,不加拔高,不及其余。表现感情就是一切,无须有另外的什么目的。这种创作思路亦见于他的其他许多作品,如《钓竿行》《秋胡行》《善哉行》等等。曹丕习惯于超越特殊性,超越社会学思考,而趋向于一般性,趋向于探求人性之深。这和他的父亲曹操等老一代建安诗人显然大异其趣。

即使是正面写到重大军事题材的作品,曹丕的上述特色也顽强地有所表现,如《黎阳作诗》:

奉辞罚罪遐征,晨过黎山巉峥。东济黄河金营,北观故宅顿倾。中有高楼亭亭,荆棘绕蕃丛生。南望果园青青,霜露惨凄宵零。彼桑梓兮伤情!

黎阳(在今河南浚县东)位于曹氏政治中心邺城(今河北临漳西)之正南,战略位置十分重要。此诗作于延康元年(220)夏,其时曹操新死,曹丕由邺城出发南征孙权①,声势颇为浩大。其实征孙权只是动员军队的借口,此行的实际目的在于为代汉称帝作准备,因为当年三月有黄龙见于曹氏故乡谯(今安徽亳州),此乃"王者兴"的祥瑞,曹丕急于回故乡一行以便上应天象;七月军行至谯,曹丕"大飨六军及谯父老百姓于邑东"(《三国志·魏书·文帝纪》),

① 《三国志·魏书·文帝纪》:"延康元年六月辛亥,治兵于东郊。庚午,遂南征。"

大规模地收拾人心；稍后回师，十月于繁阳（今河南临颍）登受禅台称帝[①]，改元黄初。征孙权之事不再提起。要之，写《黎阳作诗》的前后乃是曹丕一生中政治活动最为繁忙的关键时刻，为了代汉称帝，他使出了浑身解数；而一到写诗时却完全避开敏感的政治问题，仅仅以一个思乡情重的普通人的形象出现，一点也看不出行将登极的帝王气象。创作与政治完全脱钩。前人每称曹丕有“文士气”，殆即指此而言。“文士气”从某种意义上来说就是纯文学气。

当然，在曹丕的诗作中也有例外的情形，他也写过几首与军政大事密切相关、正面抒写其志的诗篇，但大抵有特殊的背景，在他的诗作中并不占重要地位。例如《令诗》：“丧乱悠悠过纪，白骨纵横万里，哀哀下民靡恃，吾将以时整理，复子明辟致仕。”此诗亦作于延康元年夏，其时“太史丞许芝条魏代汉见谶纬于魏王（丕）”，对此番劝进的美意曹丕自然欢迎之至，但仍然装出一副谦让不遑的姿态，明确表示绝对不能接受，下令说自己早已决心学习“周文王三分天下有其二，以服事殷”和“公旦履天子之籍，听天下之断，终然复子明辟”的伟大榜样，称帝之事无论如何不敢当。令文中带出一首诗，即上引之《令诗》，借以表明心迹——这显然是专门写来表态的。曹丕还信誓旦旦地说：“庶欲守此辞以自终，卒不虚言也。”（《三国志·魏书·文帝纪》注引《献帝纪》载禅代众事）其诗所言之“志”完全是作秀骗人的东西，事实上他在依礼表演完再三谦让的把戏以后，很快就登台受禅了。可见所谓《令诗》不过是他政治操作的一件道具，难怪写起来自然与平时的路子完全不同；现在读起来只觉得好玩，谈不上什么审美的享受。

假言志历来敌不过真抒情。《古诗十九首》敢于抒发真情，尽管其中有些情用正统的观点看有点不大正当[②]。曹丕作诗颇能得《十九首》真传，有时作假，那并非作诗，而是在玩弄政治权术。类似的例子还有《至广陵于马上作诗》：

观兵临江水，水流何汤汤。戈矛成山林，玄甲耀日光。猛将怀暴怒，胆气正纵横。谁云江水广，一苇可以航。不战屈敌虏，戢兵称贤良。古

---

① 该台遗址至今尚存，在临颍县繁城镇。其时所建《公卿将军上尊号碑》《受禅碑》之实物今尚存于繁城。

② 明人许学夷《诗源辩体》卷三谓《古诗十九首》“虽本乎情之真，未必本乎情之正”，他列举其中“不正”的诗句有“何不策高足，先据要路津”“无为守穷贱，坎轲常苦辛”“燕赵多佳人，美者颜如玉”“思为双飞燕，衔泥巢君屋”，评为“其性情实未为正”；但他又说“《十九首》托物兴寄，情致宛然”“文采完美，略无苍莽之态”，在艺术方面给予了很高评价。

公宅岐邑，实始剪殷商。孟献营虎牢，郑人惧稽颡。充国务耕织，先零自破亡。兴农淮泗间，筑室都徐方。量宜运权略，六军咸悦康。岂如《东山》诗，悠悠多忧伤！

采用“汉音”的写法，所言之志亦复全假，而这也是有特殊原因的：曹丕称帝以后，屡次欲兴兵讨伐孙权，黄初三年(222)孙氏复叛，曹丕自许昌南征，孙权凭借长江天险据守，曹丕知难而退；五年(224)春曹丕再次出动，亦未能得手。第二年八月，曹丕又“以舟师自谯循涡入淮，从陆道幸徐。九月，筑东巡台。冬十月，行幸广陵故城，临江观兵，戎卒十余万，旌旗数百里。是岁大寒，水道冰，舟不得入江，乃引还”(《三国志·魏书·文帝纪》)。其实此时孙权方面江防相当薄弱①，曹丕失去一个大好机会。连年用兵而一无所获，这是很丢面子的事情，作为最高统帅需要对此作出某种解释，这首《至广陵于马上作诗》正是用来完成这一任务的。诗中一则说准备采用《孙子兵法》上讲过的“不战而屈人之兵”那种最高明的策略，再则说要像历史上的古公亶父、孟献、赵充国那样，先做好充分的准备再动手，最后自然成功，当前不必急于去打，以免叫战士吃苦，如《诗经·豳风·七月》里描写过的那样。这首诗完全是蒙骗部下和自我解嘲，所以说理很多。孟子论知言云“诐辞知其所蔽，淫辞知其所陷，邪辞知其所离，遁辞知其所穷”(《孟子·公孙丑上》)，曹丕在这里不免既淫(说过了头)且遁(躲躲闪闪)，当然谈不上有什么诗味了。看来曹丕一旦板起面孔用“汉音”写诗时必说假话；背离他平时习惯的抒情调子，根子也在于一个“假”字。其父曹操为人甚假，权术用得厉害，但写诗却甚真；就这后一方面而言，曹丕乃一不肖之子。

曹丕诗的长处不在言志而在抒情，而且确如沈德潜所说，“便娟婉约，能移人情”。曹丕的诗风比较纤弱细腻，有女性化的倾向，或者说以阴柔之美见长。这种情形与曹丕的气质关系很大。他虽生于乱世，但他十岁那年(建安元年〔196〕)曹操已迎汉献帝到许昌，站稳了脚跟，贵公子曹丕的生活是安定舒适的。成年以后他虽然也曾随军出征，如建安十四年(209)随曹操由谯入淮，军合肥；建安二十年(215)曹操西征张鲁，他奉命驻扎于孟津，如此等等，但大抵不负什么重任，不过见习而已；平时大量时间都呆在曹氏大本营邺城，过着饮酒赋诗、流连光景的悠闲生活。他对男欢女爱也有着热烈的追求，十

① 详见《三国志·吴书·吴主传》黄武三年(225)纪事及注引《吴录》。

八岁那年曾以非常迅捷的手段把当时著名的美人甄氏弄到手。曹丕的性格倾向于“文”的方面，“有公子气，有文士气”①，曹操曾想办法改变他这种气质，收效甚微。曹丕后来在《典论·论文》里说得好，一个人的“气”难以改变，“虽在父兄，不能以移子弟”。

这种情形决定了曹丕的诗往往取材于文人宴饮、男女之情、游子思乡之类。建安时代的公宴诗正是由曹丕提倡起来的，他本人带头写了《芙蓉池作诗》《于玄武陂作诗》《夏日诗》《铜雀园诗》《善哉行》等等，其中多处写到音乐演奏及其效果，相当入神，描写自然景观尤其细致可观，为后来山水诗的发展导夫先路；曹丕写游猎的作品似乎比较一般，虽然他对打猎非常热衷。这些诗中贯穿着一条痛感生命迁逝、追求及时行乐的红线。

取材于爱情的诗，曹丕写得最多，也最好。如《钓竿行》：

> 东越河济水，遥望大海涯。钓竿何珊珊，鱼尾何簁簁。行路之好者，芳饵欲何为！

大有民歌风味，诗中的抒情主人公似乎是一个聪明调皮而又不无矜持的少女，非常可爱。钟嵘曾批评曹丕的诗“鄙质如偶语”（《诗品》），就是指这一类诗而言，其实能用近乎口语的质朴的文字写出深厚灵动的情致乃是绝大本领，岂容低估。又如《秋胡行》：

> 朝与佳人期，日夕殊不来。嘉肴不尝，旨酒停杯。寄言飞鸟，告余不能。俯折兰英，仰结桂枝。佳人不在，结之何为。从尔何所之，乃在大海隅。灵若道言，贻尔明珠。企予望之，步立踟蹰。佳人不来，何得斯须。

四言为主，间以五言，婉转入微地写出了失恋者的心态，很容易令人想起汉乐府《有所思》，而更为坦白。至于《燕歌行》之写思妇，《代刘勋妻王氏杂诗》之写弃妇，《寡妇诗》之写寡妇，更是历来脍炙人口。

写游子的诗以《杂诗二首》为最佳：

> 漫漫秋夜长，烈烈北风凉。展转不能寐，披衣起彷徨。彷徨忽已久，白露沾我裳。俯视清水波，仰看明月光。天汉回西流，三五正纵横。草虫鸣何悲，孤雁独南翔。郁郁多悲思，绵绵思故乡。愿飞安得翼，欲济河无梁。向风长叹息，断绝我中肠。

---

① 《古诗归》卷七钟惺评曹丕诗语，用以品题曹丕其人，亦颇允当。

西北有浮云，亭亭如车盖。惜哉时不遇，适与飘风会。吹我东南行，行行至吴会。吴会非我乡，安得久留滞。弃置勿复陈，客子常畏人。

没有任何具体背景，一味抒写游子的乡关故园之思，颇能写出典型的情境。李白的名句"举头望明月，低头思故乡"殆即从第一首化出。第二首中的"飘风""浮云"之喻带出一片无可奈何，结穴"客子常畏人"一句，单刀直入，无可移易，非常容易引起读者的人生经验通感。胡适先生曾举出此诗为例，作为"文人作品之民众化"的典型①。

曹丕的诗以那些写客子之愁、相思之苦的篇章为最佳，其深层原因是什么？我们知道曹丕本人其实完全不曾有过这样的遭遇，他有些诗明显的是写别人，如阮氏寡妇（见《寡妇诗·序》），又如所见之挽船士（见《挽船士兄弟辞别诗》）；另一些则是泛指，如《杂诗二首》《燕歌行》等等。看来曹丕对生活中悲伤的事情特别敏感，一往情深，于是一写再写。一个贵公子出身后来又当了皇帝的人，何以对悲苦之事如此动情？

最容易得到的解释是曹丕对民间疾苦深感同情，富于人道主义精神。不能完全否认有这种可能，但也绝不可对此作出过高的估计。常常被人们拿来作为曹丕富于人道主义精神的证据是他的《上留田行》：

居世一何不同，上留田。富人食稻与粱，上留田。贫子食糟与糠，上留田。

看出这一点并不难，问题在于对此持何种态度。曹丕接下来写道：

贫贱亦何伤，上留田。禄命悬在苍天，上留田。今尔叹息将欲谁怨？上留田。

归结为一切都是命中注定的，乐天知命吧。这是劝人安分守己，并没有多少人道主义。《见挽船士兄弟辞别诗》写纤夫之苦颇为凄楚动人，但结尾仍然是："谁令尔贫贱，咨嗟何所道！"与《上留田行》同一神气，都是让今天的读者相当反感的。中国古代当然有同情民间疾苦的思想，如屈原之"长太息以掩涕兮，哀民生之多艰"（《离骚》），"皇天之不纯命兮，何百姓之震愆"（《哀郢》），又如曹操之"生民百遗一，念之断人肠"（《蒿里行》），"悲彼《东山》诗，悠悠令

① 《白话文学史（上卷）》，新月书店 1928 年版，第 63～64 页。

我哀”(《苦寒行》),如此等等。这种思想,称为封建时代的人道主义亦未尝不可[①]。问题在于这种思想在曹丕身上浓度甚低,其诗歌创作更未尝贯穿此种思想,上引二诗即足以为证。

有种种迹象表明,曹丕写这一类诗其实是为了追求精神上的享受,这与他在物质生活方面有着享乐主义倾向相一致并互为表里。追求物质和精神上的享受乃是当时个人觉醒的表现,具有某种历史的必然性、合理性和进步性,并不是什么见不得人的东西。中国传统文化虽然并不讲禁欲,但往往比较轻视物质生活,儒家讲安贫乐道,道家讲回归自然,虽各有其不可磨灭的深刻处,但一味强调,无助于发展生产提高生活水平。汉末的战乱和灾荒把整个社会拖到崩溃的边缘,此时再讲安贫乐道已毫无意义,回归自然亦知易行难[②];曹操十分注意发展农业生产,实行屯田,他本人生活相当简朴;但到下一代就变为追求奢华,讲究享乐了,曹丕是如此,前期曹植更是如此[③]。后来到西晋,享乐主义更有了恶性的发展。从汉末到晋初,生产的恢复和发展是很明显的。传统道德水准的某种下降乃是此时社会进步难免要付出的代价。

追求享受、及时行乐可以说是曹丕人生态度的中心,其长诗《大墙上蒿行》简直就是一份享乐主义的宣言书,诗中感慨光阴易逝,人生苦短,主张要讲究衣食住行,而且要极视听之娱,诗的后半写道:

> 排金铺,坐玉堂。风尘不起,天气清凉。奏絙瑟,舞赵倡。女娥长歌,声协宫商。感心动耳,荡气回肠。酌桂酒,鲙鲤鲂。与佳人期为乐康。前奉玉卮,为我行觞。今日乐不可忘,乐未央。为乐常苦迟,岁月逝,忽若飞。何为自苦,使我心悲。

这种思想苗头曹操已有,《短歌行》之所谓“对酒当歌,人生几何”便是一个简明扼要的纲领,但曹操面临的形势太严峻了,他又是一位社会责任感极强的政治家,享乐主义未及发展。创业的老一辈讲奋斗,富贵的第二代重享受,世

---

① 人道主义一词严格地讲是有其特殊内涵的,但考虑到许多外来词语(如现实主义等等)在使用过程中都被泛化了,人道主义的所指也不妨扩大。中国封建社会的人道主义并非赞成人人平等,主要是同情民间疾苦,其思想基础是民本主义:民为邦本,本固邦宁。

② 只有一个隐士焦先真能实行此种主义,在蜗牛庐里苟延残喘,详见《三国志·魏书·管宁传》裴注所引关于此人的材料;参见鲁迅《二心集·序言》。

③ 曹植的前妻崔氏因衣服华丽被曹操处死。曹植本人在《名都篇》等作品中流露出追求物质享受的倾向。

事往往如此。

《大墙上蒿行》作年不可详考，朱乾《乐府正义》疑为黄初四年(233)作，可备一说。曹丕早就说过“寿命非松乔，谁能得神仙？遨游快心意，保己终百年”(《芙蓉池作诗》)，称帝以后要讲享乐，绝对有条件。曹丕集中表现享乐主义的诗还有一首典型之作《夏日诗》：

夏时饶温和，避暑就清凉。比坐高阁下，延宾作名倡。弦歌随风厉，吐羽含徵商。嘉肴重叠来，珍果在一旁。棋局纵横陈，博弈合双扬。巧拙更胜负，欢美乐人肠。从朝至日夕，安知夏节长。

这里除了津津有味地提到嘉肴珍果、棋局博弈以外，又一次提到弦歌，并特别指明其声调是凄厉的。汉魏之际人们欣赏音乐特别强调悲哀之美，颇多见于载籍①，曹丕也一再说到这一层意思，例如他在致吴质的信中就说过“清风夜起，悲笳微吟。乐往哀来，怆然伤怀”；诗中则说过“有客从南来，为我弹清琴。五音纷繁会，拊者激微吟。淫鱼乘波听，踊跃自浮沉。飞鸟翻翔舞，悲鸣集北林”(《善哉行》)。悲哀之情总是比欢乐之情更持久更集中，通过欣赏音乐而怆然伤怀在汉末的动乱中有着现实生活的影响，而一旦成为审美的定势，则已由先前的人生经验通感衍变为欣赏者得以深刻感受到的生活的韵味和生命的存在。换言之，在那个时代欣赏音乐是享受，而欣赏悲哀的音乐则是高级的享受，正如享用嘉肴珍果而非一般的肴果一样。听悲乐者可以得到强烈的审美愉悦。曹丕诗云：“悲弦激新声，长笛吐清气。弦歌感人肠，四坐皆欢悦。”(《善哉行》)这里生动地写出了汉魏之际的时尚。稍后到“竹林七贤”的时代，人们对上一代人“满堂而饮酒，乐奏而流涕”(阮籍《乐论》)那种享受生活的方式已经不大能够理解了；曹丕那一代人，却正沉溺于其中，一边流涕，一边自得其乐。

通过写出悲哀的诗歌来表达情绪上的巨大感动，与欣赏悲哀的音乐让自己得到感动，有着大体相同的机制，都可以通过心理能量的大量释放得到快感。这大约正是曹丕写了那么多以悲哀为主的诗歌的真正原因。“魏响”与这一时尚新潮关系很大。

所以，尽管曹丕本人并没有多少可悲之事可写，他为了满足自己精神上享受的需要，自然不肯放过任何一个可以在诗作中悲凉慷慨一番的机会，不

---

① 参见《管锥编》第3册，第946～950页。

但就所见所闻之悲写诗，还喜欢代人立言，以一吐其悲哀之情。老一代诗人因世积乱离、风衰俗怨而生出来的悲慨之情，至此已失去其现实的基础，仅仅成为一种审美的惯性运动，成为一种艺术享受。曹操等老诗人慷慨赋诗是为生活而艺术，到曹丕则一变而为满足自己的审美需要而写诗，不大考虑社会功利目的，为艺术而艺术——“汉音”与“魏响”的深层差别在此。

总而言之，曹丕在“经夫妇，成孝敬，厚人伦，美教化，移风俗”（《毛诗大序》）的汉代文人诗、缘事而发感于哀乐的汉代乐府诗以及继承这一传统的建安老一代诗人之作的前型之外，开创了新的创作模式，其特色在于它没有明确的政治教化目的，基本上是为满足一己的审美需要而作诗，作品重在抒情，特别热衷于抒发与普遍的人生经验相关的悲哀之情。曹丕式的“魏响”诗，不复有曹操那样的“诗史”，只见一片情绪，并且特别讲究文采。此后中国的文人诗，大抵是沿着“魏响”的路子发展下去的。抒情是中国文人诗的根本，当然叙事亦在其中发挥作用。曹丕在中国诗史上的重要地位可以由此得到说明，尽管他本人创作的成就并不算很高。

三

在散文创作方面曹丕也很有成绩，兼长叙事、记物、抒情，笔调通脱流畅，有一股轻扬的生气，如《典论·自叙》自夸其击剑技术之高超云：

> 予又学击剑，阅师多矣。四方之法各异，唯京师为善。桓、灵之间，有虎贲王越善斯术，称于京师，河南史阿言，昔与越游，俱得其法。余从阿学之，精熟。尝与平虏将军刘勋、奋武将军邓展等共饮，宿闻展善有手臂，晓五兵，又称其能空手入白刃；余与论剑良久，谓言“将军法非也。余顾尝好之，又得善术”。因求与余对，时酒酣耳热，方食芋蔗，便以为杖，下殿数交，三中其臂。左右大笑，展意不平，求更为之。余言：“余法急属，难相中面，故齐臂耳。”展言愿复一交，余知其欲突以取交中也，因伪深进，展果寻前，余却脚鄛，正截其颡。坐中惊视，余还坐，笑曰：“昔阳庆使淳于意去其故，方更授以秘术。今余亦愿邓将军捐弃故伎，更受要道也。”一坐尽欢。

先概括地介绍自己的功力和师承，再细写一次对抗赛，在一片欢笑声中自己便轻而易举地获得两局胜利，完全是一副武林高手的架势。葛洪曾批评曹丕不应该如此"虚自称扬"(《抱朴子·自叙》),此评实在隔膜,他不明白汉魏之际的高人是不大高兴装出一副谦虚君子之态的。曹丕的文章很生动,而用字颇平易,自己的三段话安排得错落有致,与叙事部分互相映衬,益发显得自信而不虚骄,居高临下,游刃有余。文章中提到一下平虏将军刘勋而下文不再提起,似为败笔,其实是借他做证人的意思,文心细密,不着痕迹。

曹丕又多有书信体散文,其中以写给吴质的几封最为著名,例如在"建安七子"中的几位病逝之后他的一封信(《文选》卷四十二)写道:

> 二月三日,丕白:
>
> 岁月易得,别来行复四年。三年不见,《东山》犹叹其远,况乃过之,思何可支?虽书疏往返,未足解其劳结。
>
> 昔年疾疫,亲故多离其灾。徐、陈、应、刘,一时俱逝,痛可言耶!昔日游处,行则连舆,止则接席,何曾须臾相失。每至觞酌流行,丝竹并奏,酒酣耳热,仰而赋诗,当此之时,忽然不自知乐也。谓百年已分,可长相共保,何图数年之间,零落略尽,言之伤心!顷撰其遗文,都为一集。观其姓名,已为鬼录,追思昔游,犹在心目,而此诸子化为粪壤,可复道哉!
>
> ……昔伯牙绝弦于钟期,仲尼覆醢于子路,痛知音之难遇,伤门人之莫逮。诸子但为未及古人,自一时之隽也。今之存者,已不逮矣。后生可畏,来者难诬,然恐吾与足下不及见也。
>
> 年行已长大,所怀万端,时有所虑,至通夜不瞑,志意何时复类昔日?已成老翁,但未白头耳。光武言年三十余,在兵中十岁,所更非一,吾德不及之,年与之齐矣。以犬羊之质,服虎豹之文,无众星之明,假日月之光,动见瞻观,何时易乎?恐永不复得为昔日游也。少壮真当努力,年一过往,何可攀援!古人思秉烛夜游,良有以也。
>
> 顷何以自娱?颇复有所述造否?东望於邑,裁书叙心,丕白。

此信写于建安二十四年(219)①,回忆与建安诸子的亲密交往,痛惜他们的一时俱逝,感情真挚深沉,固然是重要的文坛史料,也是优秀的抒情散文。行文潇洒自如,似乎不讲结构而自成章法,最是高妙。

---

① 一般认为此信写于建安二十三年(218),此据沈玉成、傅璇琮《中古文学丛考·曹丕〈与吴质书〉之作年》,《古代文学研究集》,中国文联出版公司1985年版,第156～163页。

四

曹丕不仅在创作上具有多方面的成就，在理论批评方面尤有重大的贡献。他的《典论·论文》(《文选》卷五十二)是中国最早的文学理论批评专篇文章，也是其专著《典论》一书中流传至今比较完整的两篇之一①。

《典论·论文》约作于建安二十二年(217)冬天，其时“建安七子”中只有徐幹尚在，所以文中说“(孔)融等已逝，唯(徐)幹著论，成一家之言”。

所谓“建安七子”正是曹丕在这里首先提出来的一个名目，对诸人的长短优劣他有如下的评说：

> 王粲长于辞赋，徐幹时有齐气，然粲之匹也。如粲之《初征》《登楼》《槐赋》《征思》，幹之《玄猿》《漏卮》《圆扇》《橘赋》，虽张(衡)、蔡(邕)不过也。然于他文，未能称是。(陈)琳、(阮)瑀之章表书记，今之隽也。应玚和而不壮，刘桢壮而不密。孔融体气高妙，有过人者，然不能持论，理不胜词，以至乎杂以嘲戏，及其所善，班(固)、扬(雄)俦也。

这里曹丕对各家的评论都是就艺术水平的高下立论的，没有涉及作品在思想上是否合于某种固定的标准。先前的汉朝人从事文学批评，往往过于重视意识形态之是否纯正，完全拿儒家的思想为标准，例如班固之攻击屈原和王逸的表彰屈原，虽然立论相反、各执一端，而均以儒家经典为标准。到曹丕的时代，儒家的地位大为动摇，没有什么东西被定于一尊，这样他就能超出意识形态的狭隘眼光，而从文学本体出发去评判作家作品的高下，这样的通脱态度对于文学的繁荣自能起到积极的作用。

曹丕也不完全从政治态度出发论文学，其中最典型的是论孔融，此人是被曹操杀掉的，他生前在纳甄氏问题上特别辛辣地讽刺过曹操和曹丕；对此曹丕也只是说他有“理不胜词，以至乎杂以嘲戏”的毛病，并未一笔抹杀，在总

---

①　另一篇是前文引用过的《自叙》，《三国志·魏书·文帝纪》裴注引用了很长的一部分。《典论》凡二十篇，生前曾手写赠人(详见《三国志·魏书·文帝纪》注引《吴历》)，死后刻石立于庙门及太学(详见《三国志·魏书·明帝纪》及《少帝纪》注引《搜神记》)。《隋书·经籍志》著录五卷，列入儒家，两《唐志》同，此后不见著录，全书似亡佚于南宋。《典论》各篇非作于一时，大部分应作于建安二十二年(217)曹丕被立为太子以后不久，见卞兰《赞述太子表》及《三国志·魏书·文帝纪》裴注引王沈《魏书》。

体上给予很高的评价，列为“七子”之首。这时曹操还健在，曹丕大约是在父王的默认下不露痕迹地替这位十年前被杀的名流平了反。这对扩大曹氏集团的统治基础，减少改朝换代的阻力，显然是不无好处的。这样的提法也未必完全出于统治策略方面的考虑，从纯文学的角度看，将孔融列为“七子”之首是合适的，其人不仅年辈最高，在促进文学走向抒情化方面早早先行了一步，“体气高妙”也确实是他的高明特异之处。作为一位文学批评家，曹丕具有宽广的胸怀和敏锐的眼光，既大力肯定同体之善，也能真正欣赏异量之美。

曹丕的气度和思路深刻地符合当时的人才学观念。曹丕本人写过一本人才学专著《士操》，今已失传；从稍后出现而流传至今的刘劭《人物志》一书看去，汉末以来盛行的“人伦鉴识”到汉魏之际已经上升到理论的层面，其中一个基本观点认为：普通人总是有无可避免的局限性，以一己之偏去看别人；唯有圣人能够“尽有诸流”，而无偏至。“夫人初甚难知，而士无众寡，皆自以为知人。故以己观人，则以为可知也；观人之察人，则以为不识也。夫何哉？是故能识同体之善，而或失异量之美……故一流之人，能识一流之善；二流之人，能识二流之美；尽有诸流，则亦能兼达众材。”（《人物志·接识》）从用人行政的角度来看，“一流”“二流”等各种人才都只能充当人臣，“主德不预焉。主德者，聪明平淡，总达众材，而不以事自任者也。是故主道立，则十二材各得其任也……若道不平淡，与一材同用好，则一材处权，而众材失任矣”（《人物志·流业》）。这大约可以视为道家“无为而无不为”的命题在人才问题上的发挥。同样的道理，在文学批评问题上，高明的批评家不可以拿一己的偏爱去品评情况至为纷纭复杂的作家作品，如果他本人兼事创作（古代大抵如此，在一个很长的时间段里很少有专业的批评家）则更忌以己之长轻人之短，而应自觉地既识同体之善又赏异量之美。曹丕正是十分清醒地持此种超越小我的批评家立场，所以他对作风相去绝远的王粲和徐幹都予以充分的肯定，指出“时有齐气”者亦不妨在文学上取得很高的成就。

《典论·论文》特别强调地批评文人相轻的不良风气。曹丕写道：“夫人善于自见，而文非一体，鲜能备善，是以各以所长，相轻所短。里语曰‘家有敝帚，享之千金’，斯不自见之患也。”文人往往高自期许而少见己短，这其实是偏至之才的小家子气。曹丕说，建安七子“于学无所遗，于辞无所假，咸自以骋骥騄于千里，仰齐足而并驰。以此相服，亦良难矣。盖君子审己以度人，故能免于斯累，而作论文”。这里以委婉的措辞指出“七子”固然都是水平很高的人物，但仍未能超越文人相轻的局限，必须由站得最高的君子也就是他本人来俯瞰诸家，下一定评。

“七子”之间互不服气、文人相轻的文证，现在基本看不到了，也许当初就仅仅表现在口头上而未形诸文字，但现在还可以看到曹植“轻”陈琳辞赋的文字以及陈琳的反攻，曹植又强调只有创作水平更高的人才有资格批评其他作者——这些意见在曹丕看来大约皆不恰当，遂于此不指名地加以订正。钱锺书先生说，《典论·论文》立论圆通，“戒拘守一隅、一偏、一边、一体之蔽”；而曹植过于强调“有龙渊之利乃可议于割断”(《与杨德祖书》)，不免“知其一而未知其二”，“曹丕‘自见’之论，不啻匡救阿弟之偏”[①]。考虑到曹丕、曹植兄弟因争立太子早已反目成仇，而作《典论·论文》时曹丕已经被立为太子，则他的这一番议论似已不属于救偏，而是要彻底压倒那政治上业已失败的阿弟，体现“主德”，全面树立自己的高大形象。

从创作论的角度来看，《典论·论文》的突出贡献在于以“气”论文，率先提出了“文以气为主”这一新命题。

传统的儒家文论历来将文与“德”联系起来考虑问题，所谓“有德者必有言”(《论语·宪问》)；王充本来很能独立思考，不完全赞成儒家，而他也说“德弥盛者文弥缛，德弥彰者文弥明。大人德扩，其文炳；小人德炽，其文斑。官尊而文繁，德高而文积”(《论衡·书解》)。完全以道德为本位，并不符合文学创作的实际。建安时代重才轻德，曹操几次下令求贤都贯穿这样的精神，其用人行政也贯彻这样的方针，陈寅恪先生说：“孟德三令，大旨以为有德者未必有才，有才者或负不仁不孝贪诈之污名，则是明白宣示士大夫自来所遵奉之金科玉律，已完全破产也。由此推之，则东汉士大夫儒家体用一致及周孔道德之堡垒无从坚守，而其所以安身立命者，亦全失其根据矣。故孟德三令，非仅一时求才之旨意，实际明其政策所在，而为一社会道德思想上之大变革。”[②]在这样的背景下，曹丕用“文以气为主”来取代“有德者必有言”的旧教条，可以说是当然的事情。

“气”这一概念非常古老，内涵也很丰富。老子以“专气致柔”(《道德经》第十章)为提高修养的大本大源；庄子说：“若一志，无听之以耳而听之以心，无听之以心而听之以气。听止于耳，心止于符，气也者，虚而待物者也。唯道

① 《管锥编》第3册，第1052页。

② 《书〈世说新语·文学类〉钟会撰四本论始毕条后》，《金明馆丛稿初编》，生活·读书·新知三联书店2001年版，第51页。

集虚。虚者,心斋也。"(《庄子·人间世》)心高于耳,气高于心,气是超越人体器官的精神,是永远流动不停的生机,真正认识外物要靠这一股气。道家的一支偏师宋钘、尹文学派也强调认识世界同心、气的关系:"思之思之,又重思之,思之而不通,鬼神将通之,非鬼神之力也,精气之极也。""定心在中,耳目聪明,四枝坚固,可以为精舍。精也者,气之精者也。气,道乃生,生乃思,思乃知,知乃止矣。"(《管子·内业》)他们所说的"气"颇近于今之所谓灵感思维。先秦关于"气"的思想资料并没有将"气"与文联系起来考虑问题,因此在文学理论批评中,"气"还应该算是一个新的概念,新的术语。

任何一门科学提出每一种新见解,往往都包含着这门科学的术语的更新。关于这个新术语的"气",曹丕没有作正面的阐述,只是打比喻道:

> 文以气为主。气之清浊有体,不可力强而致。譬诸音乐,曲度虽均,节奏同检,至于引气不齐,巧拙有素,虽在父兄,不能以移子弟。

既然是"不可力强而致"并且是不能通过遗传获得、不能通过教育改变的,则曹丕之所谓"气"自不能没有先验论、天才论的色彩,它主要指一个人先天的气质和才性;但从"巧拙""齐气"等提法来看,他实际上也并不排除后天的学习和熏陶,不排除地域文化等外来的影响。汉人有一种流行的观念:"人函天地之气,有喜怒哀乐之情"(《汉书·礼乐志》),感情之流动变化正如大气之变化不拘。所以"气"也包括感情,曹丕所说的"气"自然也是如此。总之,"气"是一个弹性很大的概念,是各种因素的总和,是作家各项主客观条件的综合。一个术语即使在具体的上下文中仍然有丰富的义项,在中国古典哲学、古典文论中是很常见的情形,当代符号学之所谓"超量编码"正是指这类情形而言。

喜欢运用综合性的、边缘模糊难以明确界定的概念,是中国古典文艺理论批评的一大传统,曹丕《典论·论文》与这一传统的形成关系极大。这种综合性往往通过比喻或概念的借用来实现;从自然界和人体两个方面借用概念并与所指打成一片,曹丕是一个重要的前驱。自从他拈出一个"气"以后,历代文评家大谈骨、力、魄、神、髓、文心、肌理、阳刚、阴柔者,指不胜屈。正因为中国传统文论是将人和文打成一片的,所以许多术语既可指人,也可指文,前者如"徐幹时有齐气",后者如刘桢赞许孔融的文章"信含异气"(《文心雕龙·风骨》)。曹丕称孔融"体气高妙"更是将人与文合而言之。

以气论人乃是汉魏之际"人伦鉴识"很常用的办法。任嘏《道论》云"木气人勇,金气人刚,火气人强而躁,土气人智而宽,水气人急而贼"(《太平御览》卷三百六十引);刘劭《人物志·九征》云:“夫容之动作,发乎心气,心气之征,则声变是也。”“气”或曰“心气”乃是一个人的本质,性格、容貌、声音则是其外在的表现;同样的道理,文章也受“气”的制约,由“气”来决定。将文学与作家的个人特点紧密地联系起来考虑问题,从后人看去似乎是十分自然的事情,而就其相对于汉代过分重视道德、将文章视为经典的奴婢来看,则是一个意义重大的突破。

作家的个性不同,所以他们作品的风格就不同,这是以“气”论文的必然结论。不同的作家将不同的“气”灌注进作品,于是呈现出不同的风采,这与歌者“引气不齐”而唱出不同的味道是同样的道理。曹丕十分重视作家抒发感情的不同特色:应玚“和而不壮”,指他情调柔美而力度不足;刘桢“壮而不密”,则是说他刚健有力,但不够细腻。作品里总是会流露作家的个性。

建安时代文学作品富于“气”,正是后人标举“建安风骨”的重要依据。“建安文学尚气之源,亦有可得而言者:盖东汉自明、章崇儒,经术久渐,学尚墨守,惮于阐发,经生之文,类多散缓,浅人为之,遂成冗漫。安、和之世,文章已敝……献帝末纪,天下大乱,风俗偷薄,魏武救之以名法,务为清峻,而海宇多事,才士皆有慷慨靖乱之心,言为心声,发而不觉,文举、正平之文已然,至建安诸子,而风会遂成。《典论·论文》直揭宗风,故倡主气之说。”①建安文学慷慨抒情的特色自曹操、孔融、祢衡以来日益形成,曹丕及时地作出了理论上的概括并加以提倡,这是他的一大贡献。

从文学观念的角度看,曹丕将文分为奏议、书论、铭诔、诗赋四科,实际上划出了文学与非文学的界线,使中国文学的概念进一步明确,这又是一个重大的贡献。

中国上古时代的“文”或“文学”包容甚广。孔子所谓“行有余力,则以学文”(《论语·学而》),“敏而好学,不耻下问,是以谓之文也”(《论语·公冶长》),这些地方的“文”,几乎包括一切知识和文明。孔子又以德行、言语、政事、文学四者并列②,“文学”指的是各种学术。这种用法在汉代仍在继续,但由于这时纯文学作品特别是辞赋渐多,为了与旧有的“文学”概念相区别,往往称为“文章”,也往往简称为“文”。这样一来,学术与文学之间就缺乏明确的界线,而“文学”一词使用也比较混乱,固然仍指学术,有时也指文学。这时文学尚未有独立的地位,往往

---

① 刘永济《文心雕龙校释》,中华书局 1962 年版,第 171 页。

② 《论语·先进》:“德行:颜渊、闵子骞、冉伯牛、仲弓;言语:宰我、子贡;政事:冉有、季路;文学:子游、子夏。”

依附于学术特别是儒学之下。汉末以来，纯文学作品更多，各种应用性的文章也染上浓厚的文学色彩，“文学”（学术）与“文章”（文学）并列的趋势日渐明显，曹丕率先在与学术并列的意义上使用“文章”一词，而且说“文章者经国之大业”，又将从事文学的人称为“作者”“文人”，与作为学者的儒生经师相区别，这是一个重大的进步。当然，曹丕决没有轻视学者和学术著作的意思，他认为最理想的状态的是学术和文学两手都很硬，所以他高度评价既是辞赋高手又能写出《中论》的徐幹，曹丕本人也既写诗赋，又撰《典论》。

曹丕将文章分四大类八小类，分别总结其特色道：“奏议宜雅，书论宜理，铭诔尚实，诗赋欲丽”；又说“文本同而末异”，各有所宜就是“末异”，而“以气为主”则是“本同”。这样一个基本观念在中国古典文论中有着极其久远的生命力。奏议、书论、铭诔是古代常用的几种应用文，也被视为文学的重要体裁，这一观念同曹丕关系很大，此后陆机将“文”细分为十种，与曹丕之“四科八目”大体相近。诗赋与富有文采的应用文构成中古时期文学的两大门类。稍后出现的最早的文章选本——杜预的《善文》似以选录应用文为主，挚虞《文章流别论》、李充《翰林论》也都把应用文与诗赋并列于“文章”之中。南北朝时期有所谓“文”“笔”之分，以有韵者为文，无韵者为笔，多数应用文被划入“笔”，仍在文学的范畴之内。《南史·颜延之传》载延之对宋文帝谈起他的两个儿子道“峻得臣笔，测得臣文”，对二者并不作高下之分。成书于齐末的刘勰《文心雕龙》一书用不少篇幅论述应用文的写作。萧统《文选》一方面明确地将经、史、子的专著排斥于文之外，一方面仍然选录了许多应用文。《文选·序》云：“诏诰教令之流，表章笺记之列，书誓符檄之品，吊祭悲哀之作，答客指事之制，三言八字之文，篇辞引序，碑碣志状，众制蜂起，源流间出。譬陶匏异器，并为入耳之娱，黼黻不同，俱为悦目之玩。”他充分肯定了这些应用文的文学价值。简文帝萧纲在《与湘东王书》中也说：“至如近世谢朓、沈约之诗，任昉、陆倕之笔，斯实文章之冠冕，述作之楷模。”任昉、陆倕的文章多为应用文。由此可知，在文坛上强调“文笔之分”以后，应用文被视为文学的传统始终没有改变。放远眼光来看，一直到五四新文化运动之前，中国传统的文学概念中始终包括了相当广泛的应用文，当然称得上好文章的应用文必须可娱可玩，既有辞令之美，复有感人之情，而不是干巴巴的纯应用的东西。曹丕讲“本同而末异”，其所同者在于“气”，那就是有才气、有感情；而其所异者，则是各文体自有其独特的要求和规范。这样讲比较全面、及时地总结了建安以来以气为文、把抒情性渗透到各种文体当中去的新鲜经验，奠定了中古以后文学概念的边界线。

"诗赋欲丽"的提法，道出了"魏响"的一大特色，其重大意义在于一反过去的工具论而大有为艺术而艺术的气味，总结了新的创作经验，对两晋南北朝的文学产生过很巨大的影响。

先前汉赋的传统是视辞赋为政治和伦理教化的工具，所以总是以讽谏或教训作结束，写法非常刻板。建安新派作家一般不愿意再去重复那些老套，大抵重在抒情；至于咏物之作也不再走"比德"的老路，文字很像静物写生，充分显露才华，其中或流露其生活情趣，或渗透其哲学思考，而尽可能回避提出伦理教训。

就诗而言，"诗赋欲丽"是对着"诗言志"的古老命题而来的，带有打破工具主义而张扬审美方面的追求。在实际生活中，曹丕利用自己的地位经常举办文人雅集，出题目共同撰写诗赋，推动赋的革新和诗歌向着"丽"的方向发展。由于这种雅集往往在景色优美的以铜雀台为中心的巨型园林中举行，曹植、王粲、刘桢、阮瑀、应玚等人写的这种应制诗里写景的成分甚多，又多写上层人士的各种游艺活动，歌颂主人的意思更是大量出现——其内容正如刘勰所说，不外"怜风月，狎池苑，述恩荣，叙酣宴"(《文心雕龙·明诗》)，与前期建安诗歌忧国忧民反映民间疾苦大为不同，而这正便于在文字技巧方面多下功夫，走向华丽和精细。以刘桢为例，他的《斗鸡》诗形容入微，而《公宴》诗则遣词华丽。曹丕带头写这一类作品，曹植也写过不少，华丽的倾向尤其明显。鲁迅先生曾用下面八个字来描述汉魏之际文学的特色：清峻、通脱、华丽、壮大，"慢慢壮大起来，是时代使然，非专靠曹操父子之功的。但华丽好看，却是曹丕提倡的功劳"①。曹丕又带头将赋的写法引入诗中，例如他的《芙蓉池作》"逐一细看，故逐一细写"(吴淇《六朝选诗定论》卷五)，效果很好，"大体如画"(方东树《昭昧詹言》卷二)。汉代大赋篇幅很大，讲究的是巨丽之美；建安时代的五言诗短得多了，"巨"字无从谈起，遂一变而为华丽。建安五言诗有两个学习的对象：一是乐府民歌，一是汉代辞赋。民歌长处很多，叙事抒情，安排对话，都是拿手好戏，但写景状物非其所长，曹丕等人一方面将新的辞赋小型化，一方面在诗里面吸收辞赋的营养。扬长避短，变化出新，这是很聪明的。

后来昭明太子萧统很欣赏《公宴》一类作品，《文选》选录了不少，安排在很显赫的位置。这样的作品，现在看去内容上可取之处固然很少，但并非全无意义。西园同西汉的上林苑相比固然是小得多了，但更加精雕细刻，是此

---

① 《而已集·魏晋风度及文章与药及酒之关系》，《鲁迅全集》第3卷，第506页。

时规模最大水平最高的园林，文人们在此游宴，加强了他们对自然美的敏感，写出了一批比较好的作品，为此后田园诗、山水诗的兴盛作出了心理和技巧上的准备。秦汉以至魏晋的皇家园林，规模宏大，其中既有真山真水，更有土山池沼、奇花异草、珍稀禽兽、高级建筑。中国的山水诗赋首先从皇家以及其他高级园林里滋生起来，东晋之后才大写南方的名山大川。

最后不妨顺便指出，曹丕领导的这一类文人雅集不仅在当时起到了团结文人、增强凝聚力的作用，也为后代的文学聚会树立了榜样。西晋的金谷之会，东晋的兰亭之会、乌衣之游以至后来的许多文人集体活动，大抵采用这样的方式；直到近代的南社，仍然采用这样的活动方式。

五

曹丕不但是文学史上著名的诗赋作家、理论批评家，也是重要的小说家，他的志人小说《笑书》和志怪小说《列异传》，开创了文人笔记小说的新传统。

《文心雕龙·谐隐》云“魏文因俳说以著《笑书》”，可知该书到齐梁时代尚有流传，可惜后来失传了；《列异传》一书，《隋书·经籍志》史部杂传类著录三卷，而《旧唐书·经籍志》改题撰人为张华，《新唐书·艺文志》入丙部小说家类，撰人仍题张华，卷数则改作一卷。改署张华的根据未见任何说明。鲁迅先生说：“《隋(书·经籍)志》有《列异传》三卷，魏文帝撰，今佚。惟古来文籍中颇多引用，故犹得见其遗文，则正如《隋志》所言，‘以序鬼物奇怪之事’者也。文中有甘露年间(256～259)事，在文帝后，或后人有增益，或撰人是假托，皆不可知。两《唐志》皆云张华撰，亦别无佐证，殆后有悟其抵牾者，因改易之。唯宋裴松之《三国志注》、后魏郦道元《水经注》皆已征引，则为魏晋人作无疑也。”①其说颇通达。在古小说中后人加进一些内容的情形屡见不鲜，这种情形不应当影响原书主体部分的著作权。

《列异传》中记录曹丕身后之异事的诸条——如一、《三国志·魏书·蒋济传》注引“蒋济为领军”条，按，蒋济为领军在景初元年(237)；二、《太平御览》卷七〇七、七六〇引“景初(237～239)中咸阳县吏王臣夜倦”条；三、《北堂书钞》卷一五八引“正始(240～249)中中山王周南为襄邑长”条；四、《太平御览》卷八八四引“任城公孙达甘露(256～260)中为陈郡”条；五、《太平广记》卷

① 《中国小说史略·六朝之鬼神志怪书(上)》，《鲁迅全集》第9卷，第43页。

二九二引“汉中有鬼神栾侯”条提及“甘露(256～260)中”事——凡此诸条当然是出于后人增益,应予删去;也可能是诸书征引时弄错了书名。

又有时限虽无明显悖谬但内容与曹丕本人不合者,亦应删去,如《初学记》卷二十六所引之:

> 吴选曹令史(长沙)刘卓病荒,梦见一人以白越单衫与之,言曰“汝著衫污,火烧便洁也”。卓觉,果有衫在侧。污,辄火浣之。

即为一例。曹丕限于见闻,不相信世界上有火浣布这东西存在,著之于《典论》,他的经验主义后来成了一个笑柄。《三国志·魏书·齐王芳纪》载,景初三年“二月,西域重译献火浣布,诏大将军、太尉临试以示百僚”;裴注引《搜神记》介绍火浣布,又谓:“汉世西域旧献此布,中间久绝;至魏初,时人疑其无有。文帝以为火性酷烈,无含生之气,著之《典论》,明其不然之事,绝智者之听。及明帝立,诏三公曰:‘先帝昔著《典论》,不朽之格言,其刊石于庙门之外及太学,与石经并,以永示来世。’至是西域使至而献火浣布焉,于是刊灭此论,而天下笑之。”据此可以推知,“吴选曹令史(长沙)刘卓”条不可能是曹丕的文字,当亦出于后人之增益或误题书名。

鲁迅辑本《列异传》(在《古小说钩沉》中)得五十则,大体齐备[①]。其中大部分作品应视为曹丕所作。这里有许多意味深长的故事,虽事涉怪异,而大有意思,发人深思。如《太平御览》卷八八八引猎人化鹿的故事:

> 昔鄱阳郡安乐县有人姓彭,世以捕射为业。儿随父入山,父忽蹶然倒地,乃变成白鹿。儿悲号追鹿,超然远逝,遂失所在。儿于是终身不捉弓。至孙,复学射。忽得一白鹿,乃于鹿角间得道家七星符,并有其祖姓名,年月分明。视之惋悔,乃烧去弧矢。

祖孙三代,或由捕鹿者变为鹿,或终身不捉弓,或先学射而后烧去弓箭,情节虽简而曲折有致;人与自然的种种关系,人心的往复变化,都十分发人深思。如果考虑到曹丕本人曾经是热衷于射鹿的人(参见《典论·自叙》《三国志·魏书·明帝纪》),他写这个指向动物保护的故事就尤其有深度了。文字干净轻妙,一无枝叶;此后的笔记体小说大体都沿着这个路子走。

《列异传》中许多怪异的故事实际上指向人间,照出世态,如《太平广记》

---

① 郑学弢先生由《艺文类聚》卷九十二补辑得“宋康王埋韩凭夫妻”一则,见《列异传等五种》,文化艺术出版社1988年版,第34页。

卷四五六引鲁少千故事云：

> 鲁少千者，得仙人符。楚王少女为魅所病，请少千。少千未至数十里，止宿，夜有乘鳖盖车从数千骑来，自称伯敬，候少千。遂请内（纳）酒数榼、肴餤数案。临别言："楚王女病，是吾所为。君若相为一还，我谢君二十万。"千受钱，即为还。从他道诣楚，为治之。于女舍前有排户者，但闻云："少千欺汝翁！"遂有风声西北去，视处有血满盆，女遂绝气，夜半乃苏。王使人寻风，于城西北得一死蛇，长数丈，小蛇千百伏死其旁。后诏下郡县，以其月日，大司农失钱二十万，太官失案数具。少千载钱上书，具陈说，天子异之。

这里的仙魅之争实即正邪之争；邪恶的一方为了保护自己，采用以酒食金钱行贿的手段，少千很讲策略，钱照收，病照治，最后将暂时收下的钱上交，光明磊落，一身正气。这个故事至今读去仍觉十分有趣有益；"伯敬"之类于今仍有，手段也还是那些手段，并无长进，古今邪恶固无多变异也。

《列异传》中短章为多，亦有篇幅较长者，著名的如《太平御览》卷三四三引"三王冢"故事，鲁迅先生据以作新编历史小说《铸剑》；又如《太平御览》卷八八四引宋定伯卖鬼故事，曾收入《不怕鬼的故事》（人民文学出版社 1961 年版），传诵甚广。此后干宝作《搜神记》，每每取《列异传》中的故事为基础加以生发敷衍，踵事增华，如韩凭夫妇故事，在《列异传》中（《艺文类聚》卷九十二引）甚简，干宝据以大加铺叙，成为一则非常著名的志怪小说。

不过《列异传》最值得注意之处不仅在于它本身的思想艺术成就，而尤在于它在文学史上的创新、带头作用。中国小说在建安之前始终处于萌芽状态，只是到了曹丕时代，才终于出现了一个明确的起点。曹丕的《列异传》《笑书》以及邯郸淳的《笑林》乃是最早的志人志怪小说。

作为一种叙事艺术品，小说总离不开故事；包含故事成分在内的文本当然古已有之，但故事在其作者那里只是一种手段，一种工具，服务于更远大的目标如说理论道之类；上古"小说"一词的本义正在于此，"小说"也是"说"，重在用形象化的比喻、寓言以至较成片段的小故事来助其雄辩，打动对方，此即庄子所谓"饰小说以干县令"（《庄子・外物》）。先秦诸子以及各路游说之士无不精于此道，至韩非则集其大成，他不但善于运用故事来说理，还专门建立了供个人使用的故事库，这就是《韩非子》一书中的《说林》和《储说》，其中储备的各种故事（主要是历史故事，也有民间故事和笑话）有三百则之多。但是韩非子仍然是政论家、思想家，而非小说家——故事只是他手中的一种小工具。

先秦诸子百家中的“小说家”，则是别无用心或者说没有什么远大目标而将说故事当作自己事业的人物；当时以及稍后的人们往往认为他们乃是没有什么理论而只能靠“人间近事”“流俗小事”(《孔丛子·答问》)来立足的小人物。那时政治斗争、军事斗争十分激烈，有许多紧迫的问题要解决，只是会讲故事的人不可能有什么地位。到汉代，游说之风日趋衰歇，但传统的“小说”仍有人注意，如古籍整理专家刘向编辑了《说苑》《新序》《世说》《百家》《列女传》《列仙传》《孝子传》等等故事集，“以助观览，补遗阙”(《汉书·楚元王传》)，更大的目标则仍在于提供教训，树立样板。可以说这些书乃是扩大化、系统化的《韩非子·说林》，但同时已存在手段日益被强化而目的被弱化的倾向，上述诸书中最为浅近通俗的《百家》即被班固归入“小说家”。班固在《汉书·艺文志》中说：“小说家者流，盖出于稗官。街谈巷语，道听途说者之所造也。”他开列了一份小说家著作目录，其中诸书大抵早已亡佚，而从这份书目及偶存之遗文看去，汉人之所谓“小说”是指不见经传的民间故事，兼及各种民间格言、比喻、笑话、奇闻、零星知识等等。刘向所辑诸书除《百家》之外，当时以及此后一段时间内并不被看作小说，或被列入杂家，或被列入史部，如《列仙传》，《隋书·经籍志》即列入史部杂传类。古人相信神仙的存在，记录神仙诸书遂与《列女传》之类等同视之。中国古小说在子、史的边缘上萌芽。

汉代是中央集权、儒学兴盛的时代，专业化的小说家仍然毫无地位，往往沦为俳优和民间艺人，他们的小说基本上只存在于口头，偶载于书面，也只是在某种圈子里流传的非正式的东西，张衡《西京赋》云“匪唯完好，乃有秘书。小说九百，本自虞初”，正说明了这种情形。俳优小说与民间小说的区别在于，俳优们讲故事往往有着近期的功利目的，即所谓“谈言微中，亦可以解纷”(《史记·滑稽列传》)，多用于讽谏；而民间故事则带有更强烈的娱乐性，功利目的即使有之，也比较朦胧。俳优活动于帝王周围，他们的小说有些被史官记录下来，甚至进入正史。例如近人任二北先生所辑之《优语集》(上海文艺出版社 1981 年版)有汉代倡优郭舍人的小说三则，分别取材于《史记·滑稽列传》《汉书·东方朔传》和佚名之《东方朔传》，正史占三分之二；民间故事一般无从进入史书，仅在民间口耳相传，如能记录下来也是较晚的事情，而且往往已经发生或大或小的变易了。

汉代的文人学士生活在浓厚的儒术独尊的精神气候之中，只对俳优小说和流传较久的民间故事作了零星的记录，新兴的民间故事很难进入他们的视野。中国文人历来有这种贵古贱今藐视流俗的贵族气。他们自己当然更没有写小说的兴趣了。现存汉人作品之近乎小说者如《神异经》《洞冥记》乃是方士模仿《山海经》而作的地理书,写这些是为了宣传其信仰,并非为了文学。鲁迅先生认为"现存之所谓汉人小说,盖无一真出于汉人"①,情况大体如此,《十洲记》《汉武故事》《西京杂记》《飞燕外传》《杂事秘辛》等等均为后人伪托;比较靠得住的大约只有《神异经》和《洞冥记》,而亦非真正的小说。

到建安时代,情况发生了很大变化。天下大乱,王纲解纽,儒学的权威地位土崩瓦解,民间文学空前繁荣,艺人演出相当活跃,俳优服务的对象由帝王扩大到上层官员,热点由讽谏转向娱乐,例如《三国志·魏书·王粲传》裴注引《世语》讲过这样一件事:在曹丕当皇帝的黄初年间,吴质宴请京师权贵,"召优,使说肥瘦",拿在场的胖子上将军曹真、瘦子中领军朱铄开玩笑,结果曹真发了火,差点把吴质召来的那两位笑星杀掉。当时说的大约是些笑话。汉魏之际俳优小说看来很繁荣。文人们在热心地学习民歌大写乐府诗的同时,也以极大的热情关心小说,曹丕之亲自动手"因俳说以著《笑书》",显然是开风气之先的壮举;他的弟弟曹植在老作家邯郸淳面前诵俳优小说数千言,还明确地说过"夫街谈巷议,必有可采;击辕之歌,有应风雅"(《与杨德祖书》);其言其行,均表现出他重视草根,眼光向下。小说终于在建安时代登上了文坛。鲁迅先生说:"记人间事者已甚古,列御寇、韩非皆有录载,惟其所以录载者,列在用以喻道,韩在储以论政。若为赏心而作,则实萌芽于魏而盛大于晋。"②以"赏心"为中国小说的本质,以魏为小说史上划时代的新开端,都是极深刻的观察,完全符合实际。中国小说的真正起点正在建安时代,曹丕乃是开山祖师之一。这时出现的几部小说集,都包含了若干民间故事、俳优小说,也有若干文人自作的文本,情节虽详略不等,趣味有雅俗之别,但同具审美娱心的特色和作用。至此,故事不再是喻道论政讽谏的手段,它本身就是目的。人们常说建安时代是文学自觉的时代,小说的正式出台是一个最明显的表现。

向民间故事吸收营养,使文人小说一开始就显得生机勃勃。《列异传》中"三王冢"条所记干将之子为父复仇的故事,虽说古已有之,但曹丕的文本特别强调了微贱的复仇者与高贵的国王在人格上完全可以平起平坐,体现了民间的价值观念。宋定伯卖鬼得钱千五的故事,民间色彩尤为浓厚,故事前半

① 《中国小说史略·今所见汉人小说》,《鲁迅全集》第9卷,第32页。
② 《中国小说史略·〈世说新语〉与其前后》,《鲁迅全集》第9卷,第60页。

的对话充满市井气息，必有民间传说为其依托。再如《太平御览》卷八八八引望夫石的故事：

新昌新县北山上有望夫石，状若人立者。传云：昔有贞妇，其夫从役，远赴国难；妇携弱子，饯送此山，立望而形化为石。

寄寓的是匹夫匹妇的情怀，显然来源于当地的民间传说；记录得简洁质朴而情味悠远，则见出曹丕高超的文笔。

建安小说离开种种思想学说和道德教训而独立，而蔚然兴起，是中国文学史上的一件大事；曹丕作为文人小说的开创者之一，应当得到足够的估量。

与曹丕同时或更早开始小说创作的是老作家邯郸淳。

邯郸淳大约可以说是建安时代年辈最高、活动时间最长的作家，他一名竺，字子礼，又字子叔，颍川人，约生于阳嘉元年(132)，一直活动到黄初元年(220)以后，其长寿在当时颇为罕见。

邯郸淳早年以《孝女曹娥碑》一文著名，蔡邕评为"绝妙好辞"(详见《后汉书·列女传》)；书法亦颇了得(详见《三国志·魏书·王粲传》注引《魏略》)，而他最重要的作品则是一部笑话集《笑林》。此书《隋书·经籍志》著录三卷，题"后汉给事中邯郸淳撰"，两《唐志》同；吴曾《能改斋漫录》卷七云"秘阁有《古笑林》"，很可能就指此书，或已有增补，均未可知。其书早已亡逸，明人陈禹谟《广滑稽》录十三则，清人马国翰《玉函山房辑佚书》辑得二十六则，鲁迅先生在马辑本基础上又补辑了三则，收入《古小说钩沉》一书。辑本《笑林》中可能已混入少数后人附益增补的作品，例如有两则涉及吴人张温及沈珩，而其活动年代较晚，已在邯郸淳身后，这两则恐怕就出于后人(有人认为是陆云)的增补；但目前我们还得承认《笑林》的基本部分出于邯郸淳之手。

《笑林》撰出的时间已不可考，所可知者，邯郸淳作为小说家的名声可能在比较早的时候已经相当地大，《三国志·魏书·王粲传》注引《魏略》云："太祖(曹操)遣淳诣(曹)植，植初得淳甚喜，延入坐，不先与谈。时天暑热，植因呼常从取水自澡讫，傅粉，遂科头拍袒，胡舞五椎锻，跳丸击剑，诵俳优小说数千言讫，谓淳曰：'邯郸生，何如耶?'"稚气十足的曹植在前辈老作家邯郸淳面前大显身手，其节目之一是背诵小说，原因应当是邯郸先生乃著名的小说专家。又《文心雕龙·谐隐》云"魏文因俳说以著《笑书》"，或谓这就是指邯郸淳的《笑林》，乃是他奉敕而撰，如果事情是这样的话，则成书就比较晚了。可以肯定的是，所谓“后汉给事中”的提法是不妥的，《三国志·魏书·王粲传》云“及黄初初，以淳为博士给事中”，给事中这个头衔是曹丕给的；但这也未必表明《笑林》一定成书于黄初年间。史料有缺，难以确知。比较模糊地称其为建安时代的产物，当无大误。

这里很有些经典性的笑话，例如：

> 鲁有执长竿入城门者，初竖执之，不可入，横执之，亦不可入。计无所出。俄有老父至，曰：“吾非圣人，但见事多矣。何不以锯中截而入？”遂依而截之。

这两位都不免可笑，但鲁人不过是智商太低，不动脑筋；老父则倚老卖老，尤令人忍俊不禁。“见事多矣”往往是老年人引以为自豪的所长，问题在于见得多未必就高明，何况活得长也未必就见得多，不过仅仅是活得长而已。“吾非圣人”一句尤为出色，妄自尊大的角色有时也会说这么一两句似乎很客气的话，而与真正的谦虚毫不相干。

平常受人尊重的老年人竟然也会闹些笑话，自以为聪明的人则更容易闹笑话，本书中有一则稍长的故事：

> 有甲欲谒邑宰，问左右曰：“令何所好？”或语曰：“好《公羊传》。”后入见，令问：“君读何书？”曰：“唯业《公羊传》。”试问：“谁杀陈他者？”甲良久对曰：“平生实不杀陈他。”令察谬误，因复戏之曰：“君不杀陈他，请是谁杀？”于是大怖，徒跣走出。人问其故，乃大语曰：“见明府，便以死事见访，后直不敢复来。遇赦当出耳。”

讽刺逢迎者颇见情致。投其所好而并不具备条件，于是大出丑态。这里最可笑的是其人逃出之后如释重负的欣慰之情，早知今日，何必当初！这个结尾如相声之抖包袱，使得故事余味无穷。

《笑林》中有些故事后来成为笑话的母题，例如关于呆女婿的故事：

> 有痴婿，妇翁死，妇教以行吊礼。于路值水，乃脱袜而渡，惟遗一袜。又睹林中鸠鸣曰“鹁鸪，鹁鸪”而私诵之，都忘吊礼。及至，乃以有袜一足立，而缩其跣者，但云“鹁鸪，鹁鸪”，孝子皆笑。又曰：“莫笑莫笑，如拾得袜，即还我！”

就吊礼而言，此人是健忘的，但丢了一只袜子一事，他并不健忘。传统的观念认为女人头发长见识短，而呆女婿的故事中从来是妻子比丈夫聪明得多，出洋相的总是男子汉大丈夫。笑话的精华往往体现在这些地方,它对传统的观念有所挑战。类似的笑话后来层出不穷。

“平原人有善治伛者”,只顾把患者的腰弄直,死人的事情他是不管的,这种单打一而不及其余的思想方法,后来也成为笑话中久盛不衰的母题。

看来邯郸淳是一位极富幽默感而又擅长喜剧艺术的资深文学家,他善于捕捉生活中的喜剧性事件,用很少一点细节就逗出笑来。本来,幽默即可定义为对生活不协调性的善意思考并加以艺术的表现,而邯郸淳正是挖掘不协调性的高手,即如城门外那位诲人不倦的老人,如果单是写他如何教人将长竿锯短了进城,则只不过是糊涂或愚蠢,而此人的妙处更在于他的装腔作势、大言不惭与所提建议之莫名其妙形成极强烈的对比,其言一出,则不协调性骤然得到强化,喜剧性意外就强烈地突现出来了。又如上述呆女婿的故事,结尾处写他忽然记起自己丢了袜子这件意外的小事,这与他完全忘了老婆教给他的如何“行吊礼”那件此行所在的大事也形成强烈的对比。这种出乎意外的不和谐,最能引起读者的大笑。

强烈地表现不和谐乃是邯郸淳的拿手好戏。《笑林》中有一则写“汉世有人年老无子家富性吝啬”,其故事只有一个细节:他拿了半文钱闭着眼交给乞丐,对他说“我倾家赡君,慎勿他说,复相效而来!”。他对自己的慷慨施舍大有惨不忍睹之意,神情悲壮,要求保密,而他拿出去的只是微不足道的半文钱,这与他的“年老无子家富”的基本情况,都极不协调,其间的喜剧性张力给读者留下深刻的印象。

《笑林》有着强烈的娱乐性,这正是它与先前思想家著作中偶尔运用的那些笑话有着本质不同的地方。先秦诸子也讲笑话,如拔苗助长、刻舟求剑之类,其目的完全在于说理,所以只有梗概,甚少细节,其意不在引出笑声,而欲促人思考。邯郸淳让笑话独立出来,与理论、教训之类的大道理脱钩,凭它自身的审美作用自立于文学之林,这对中国小说的正式形成具有重大的意义。中国小说在建安之前始终处于萌芽状态,只是到了曹魏时代,才终于出现了一个明确的起点。曹丕的《列异传》《笑书》和邯郸淳的《笑林》乃是最早的志人志怪小说。

志人小说从说笑话开始。考虑到邯郸淳的辈分比曹丕要高,即使称他为中国小说史上第一人,大约也是并不过分的。

六　曹植

一

曹植(字子建,192～232)在曹操的二十几个儿子中排名第四,其兄长是曹昂、曹丕、曹彰,丕、彰、植同为卞氏所生。曹植是个神童型的人物,“年十余岁,诵读诗论及辞赋数十万言,善属文”(《三国志·魏书·陈思王植传》),尤长于诗赋,对民间文学也非常熟悉,据说还兼善书画。他文武双全,多次跟随曹操出征,曾自称“昔从先武皇帝,南极赤岸,东临沧海,西望玉门,北出玄塞,伏见所以行军用兵之势,可谓神妙矣”(《求自试表》),可知他曾参与过建安十一年(206)征管承[①]、十二年(207)征三郡乌桓、十三年(208)征刘表、二十年(215)征张鲁诸役;不随军时则负责留守邺城大本营,如建安十九年(214)曹操征孙权,令他留守,并深情地告诫他说:“吾昔为顿丘令,年二十三,思此时所行,无悔于今。今汝年亦二十三矣,可不勉与!”(转引自《三国志·魏书》本传)看得出对他寄予厚望。建安二十一年(216)曹操又一次征孙权,曹植未从行,大约仍然负责留守。曹操在一段时间内很看好这个老四,似有立为接班人之意。

建安十六年(211)曹植二十岁时被封为平原侯,十九年(214)徙封临淄侯,但都没有就藩,大抵继续常住邺下,平时过的是贵公子诗酒留连的生活,据说他饮酒往往失去节制。他对自己身边的文士态度十分友好;这些人追捧曹植,固然是真心佩服他的才华,同时也不免有些政治投资之意——和接班人搞好关系,未来的产出之丰是不言而喻的。

建安十八年(213)曹操被封为魏公,按照当时的规矩,“立嗣”的问题提上

① 《三国志·魏书·武帝纪》载,建安十一年(206)“秋八月,公东征海贼管承,至淳于,遣乐进、李典击破之。承走入海岛”。曹植《表》中所言“东临沧海”当指此役。

了议事日程，二十一年(216)曹操进封为魏王，“立嗣”一事须马上办理。在曹操的诸多儿子中，曹丕和曹植是两个最有可能的候选人，于是这里的明争暗斗迅速升温，丕、植双方各有党羽，纷纷活动。

曹植一边的主要党羽是丁仪、丁廙兄弟和杨修。丁廙很热心地向曹操称颂曹植的德行和才华；杨修则揣摩曹操的心事，事先为曹植准备好若干“答教”，曹操的“教”(指令)一到，曹植马上把准备好的“答”呈上去，“太祖怪其捷，推问始泄”。又“太祖遣太子(按，指曹丕，其时尚未被立为太子，此处用后来的头衔称呼之)及植各出邺城一门，密敕门不得出，以观其所为。太子至门，不得出而还；修先戒植‘若门不出侯，侯受王命，可斩使者’。植从之”(《三国志·魏书·陈思王植传》注引《世语》)。曹植及其身边的几个青年才俊锐气十足，做事很有魄力，咄咄逼人，但后来才知道效果不佳。

曹丕一党则采取阴柔的低调姿态。“是时文帝(曹丕)为五官将，而临淄侯才名方盛，各有党与，有夺宗之议。文帝使人问贾诩自固之术，诩曰：‘愿将军恢崇德度，躬素士之业，朝夕孜孜，不违子道，如此而已。’文帝从之，深自砥砺。”(《三国志·魏书·贾诩传》)“不违子道”乃是当好太子最根本的一条大原则。吴质也建议曹丕以“诚”和“孝”去对抗曹植的才华横溢与锋芒毕露。曹操在一段时间里犹豫不决，更加剧了部属为未来进行权力投资的纷争。

稍后，曹植犯了一个不守纪律私出，开司马门的大错误，从此失去父王的信任。《三国志·魏书》本传云：“植尝乘车行驰道中，开司马门出，太祖大怒，公车令坐死。由是重诸侯科禁，而植宠日衰。”注引《魏武故事》载曹操《令》曰：“自临淄侯植私出，开司马门至金门，令吾异目视此儿矣。”又《令》曰：“诸侯长史及帐下吏，知吾出辄将诸侯行意否？从子建私开司马门来，吾都不复信诸侯也。恐吾适出，便复私出，故摄将行。”金门即金马门之简称，乃是后宫(王室的住宅区，亦称禁中或省中)之门，而司马门则是宫殿区的外门，门外的御街便是所谓驰道，也是禁区。金马门是严禁进入的，出入司马门也须持有特别的通行证①；看来曹植先是私出，乘车行驰道中，后又闯入，“开司马门至金门”。守司马门的公车令未能守住，判死刑，曹植则由此失宠。《三国志》叙事过简，文字可能还有误脱，只简单地说“开司马门出”，也许应该说是“私出，开司马门入，至金门”。曹植如此胆大妄为，可能跟他曾经“典禁兵、卫宫省”

① 《资治通鉴》卷二十三胡注云：“汉制：诸入宫殿门皆著籍，无籍而妄入，谓之阑入。”所谓“籍”就是进宫的特别通行证，倘有阑入，罪莫大焉。

有关，轻车熟路，容易有失检点；同时也许又跟前不久他听从杨修的指点闯出邺城一门、表现了侯王风度而没有出什么问题有关，他忘了这一次并未“受命”，因此没有上次那种特权，而又正值决定立嗣的关键时刻。这一事件促使曹操下决心立曹丕为太子，尽管他对曹丕始终并不十分满意，认为他缺少阳刚之气和尚武精神。

建安二十二年(217)十月，曹丕正式立为太子，曹植则到临淄去“就国”，但有时也在邺城，接受父王安排的重要任务。建安二十四年(219)形势比较严峻：西边，丢了汉中，五月刘备称汉中王；东边，七月孙权攻合肥；中间，八月关羽在樊城围攻曹仁。《三国志·魏书·陈思王植传》载，这时“太祖(曹操)以植为南中郎将，行征虏将军，欲遣救(曹)仁，呼有所敕戒。植醉不能受命，于是悔而罢之”，裴注引《魏氏春秋》云：“植将行，太子饮焉，逼而醉之。王召植，植不能受王命，故王怒也。”曹植失去了这一次建功立业的重要机会。

不久曹操到洛阳，一病不起；曹植跟到了洛阳，守候在父王身边直到他去世。曹操临终前重新对曹植寄予重大希望。看到过曹操遗令的陆机在《吊魏武帝文》中写道：

> 观其所以顾命冢嗣，贻谋四子，经国之略既远，隆家之训亦弘……持姬女而指季豹，以示四子曰：“以累汝！”因泣下……

“冢嗣”指法定接班人即曹丕，但曹操临终时并没有最终确认他的继承权，《三国志·魏书·陈矫传》云：“太祖崩洛阳，群臣拘常，以为太子即位，当须诏命。矫曰：‘王薨于外，天下惶惧，太子宜割哀即位，以系远近之望。且又爱子在侧，彼此生变，则社稷危矣。’即具官备礼，一日皆办。明旦，以王后令，策太子即位，大赦荡然。”可知曹丕上台继承王位并无曹操的遗诏为依据，只是用王后即曹丕生母卞后的名义来“策立”自己。陈矫所谓“爱子在侧”指的当是曹操临终时曹植正在洛阳，忠于曹丕的陈矫担心王位可能旁落；这一担心大有道理。封建社会的首脑去世时，谁在他身边就能占据有利的地位。幸而由于曹植没有野心，顾全大局，曹丕得以顺利接班。

建安二十五(220)年初，曹植奉曹操梓宫由洛阳回到邺城，参加二月丁卯的葬礼，并作《武帝诔》①，其中除盛称先王功德以外，又特别提到“茫茫四海，

---

① 这个题目当然是魏王朝建立以后修改过的，内容也可能有所修改。参见赵幼文《曹植集校注》，人民文学出版社1984年版，第199～200页。

我王康之。微微汉嗣，我王匡之。群杰扇动，我王服之。喁喁黎庶，我王育之。光有天下，万国作君。虔奉本朝，德美周文”。会葬曹操时，他的儿子们都到了邺城，各自抱着自己的希望；葬毕，曹丕遣“植与诸侯并就国”(《三国志·魏书·陈思王植传》)，以确保自己的地位不受挑战。性格刚烈的曹彰“不待遣而去”(《三国志·魏书·任城王彰传》)；曹植则老老实实回到临淄去，他的封地后来被一再调换，处境颇近于被软禁。在魏文帝曹丕、魏明帝曹叡父子执政期间，他一再遭到迫害，终于抑郁而死。曹植并没有任何政治野心，只是希望在现有体制内建功立业，但杰出的才华和曾经有可能接班这两点，总是让乃兄乃侄极不放心，所以长期被反复折磨，而他的文学创作却在十分痛苦的境遇里放出了万丈光芒。

二

在文学方面曹植兼善各体，如果以曹丕即位为魏王以及稍后称帝彻底取代汉王朝为界，曹植的一生可分为前后两期，其前期主要成就在诗赋和文学批评，后期诗赋取得了更大的成就，散文也颇有名篇。

曹植前期也写散文，以论为主，其中又可分为辩论之作和专论两种。

建安时代文人思维活跃，喜欢在宴集时举行带有娱乐性质的辩论，就同一问题各抒己见，同时把要点写下来，这种“辨论释郁积，援笔兴文章”(应玚《公宴诗》)的时尚，开启了后来的清谈之风。曹植是这一类活动的积极参加者，现在还可以看到他的《汉二祖优劣论》《周成汉昭论》等文。

先前孔融曾经写过一篇《周武王汉高祖论》，歌颂刘邦的盛德；而曹植则将汉高祖刘邦与东汉光武帝刘秀进行比较，指出刘邦虽有雄才大略，但缺点比较多，结果“身殁之后，崩亡之际，果令凶妇肆酖酷之心，嬖妾被人豕之刑，亡赵幽囚，祸殃骨肉，诸吕专权，社稷几移”；而刘秀则要高明得多，最突出的表现是军事指挥才能极为卓越，“庙谋而后动众，计定而后行师，故攻无不陷之垒，战无奔北之卒”；其个人品德也高于刘邦。曹植此论影响很大，后来诸葛亮作《论光武》，就大段引用他的观点，并从另外的侧面做了一些补充。

比较周成王与汉昭帝是当时的一个热门话题。这两位国王都是年幼即位，政事交给摄政的权臣，他们对权臣的态度不同，后来的结果也不同，因此特别便于进行比较的研究。当时曹丕、丁仪都就此写过文章，认为汉昭高于周成，曹丕说成王“聆二叔之谤，使周公东迁，皇天赫怒，显明厥咎，犹启金縢，稽诸国史，然后乃寤。不亮周公之圣德，而信金縢之教言，岂不暗哉”①；而汉昭帝“德与性成，行与体并，年在二七，早智夙达，发燕书之诈，亮霍光之诚，岂将有启金縢、信国史，而后乃寤哉”②。持论似无懈可击，而曹植却提出更深入一层的分析：

周公以天下初定，武王既终，而成王尚幼，未能定南面之事，是以推己忠诚，称制假号。二弟流言，召公疑之，发金縢之匮，然后用寤，亦未决也。至于昭帝所以不疑于霍光，亦缘武帝有遗诏于光。使光若周公，践天子之位，行周公之事，吾恐叛者非徒二弟，疑者非徒召公也。且贤者固不能知圣贤，自其宜耳。昭帝固可不疑霍光，周王自可疑周公也。若以昭帝胜成王，霍光当逾周公耶？若以尧、舜为成王，汤、禹作管、蔡、邵公，周公之不见疑必也。

这里指出周公的地位不同于霍光，他以叔父的身份摄政当国，已践天子之位，因此特别容易遭到怀疑；而霍光则是奉遗诏来处理国事的，名正言顺，如果他竟践天子之位，则叛者疑者一定会更多。曹植对历史人物的分析显然更加深入。如果考虑到当时曹操自比周公，则他的意见尤为发人深思。

曹植的专论有《辨道论》《释疑论》《辅臣论》等篇。前两篇讨论方士异术问题，前后立论有比较大的变化，反映了他本人思想的变迁，都是中国道教史上的重要文献。《辅臣论》实际上是一篇当代人物评论，发展了汉末月旦人物的传统，议论简洁通脱，多有足观。此外曹植还有书简体散文《与杨德祖书》《与陈琳书》《与吴季重书》等等，前两封信中多有文学评论方面的内容；致吴质(季重)信的前一部分作于后者出任朝歌长之初，信中以兴高采烈的夸张笔墨描写送别宴会的盛况和别后的相思，最能代表曹植文风中追求华丽的一面：

前日虽因常调，得为密坐，虽燕饮弥日，其于别远会稀，犹不尽其劳积也。若夫觞酌凌波于前，箫笳发音于后，足下鹰扬其体，凤叹虎视，谓萧、曹不足俦，卫、霍不足侔也。左顾右眄，谓若无人，岂非吾子壮志哉。过屠门而大嚼，虽不得肉，贵且快意。当斯之时，愿举泰山以为肉，倾东海以为酒，伐云梦之竹以为笛，斩泗滨之梓以为筝，食若填巨壑，饮若灌漏卮，其乐固难量，岂非大丈夫之乐哉！

完全一派青年浪漫主义的豪情。这时曹植与吴质及其后台曹丕关系还

① 有关史实详见《尚书·周书·金縢》。
② 有关史实详见《汉书·霍光传》。

比较正常，所以信中全是友情；等到曹氏弟兄因争立为嗣而纷争不已，吴质坚定地站在曹丕一边，出谋划策，曹植再给他写信时态度就完全变了。

前期曹植又写过大量的辞赋，他自称“余少而好赋，其所尚也，雅好慷慨，所著繁多”(《前录自序》)，后加删定，尚有七十八篇，这里有相当的部分作于汉魏易代之前。

曹植很早就显示了作赋的才华。建安十七年(212)春，曹操携诸子登新落成的铜雀台，命他们作赋，曹植的《登台赋》援笔立成，文辞可观：

从明后而嬉游兮，聊登台以娱情。见天府之广开兮，观圣德之所营。建高门之嵯峨兮，浮双阙乎太清。立中天之华观兮，连飞阁乎西城。临漳川之长流兮，望众果之滋荣。仰春风之和穆兮，听百鸟之悲鸣。天功恒其既立兮，家愿得而获逞。扬仁化于宇内兮，尽肃恭于上京。虽桓文之为盛兮，岂足方乎圣明。休矣美矣，惠泽远扬。翼佐我皇家兮，宁彼四方。同天地之矩量兮，齐日月之辉光。永贵尊而无极兮，等年寿于东王。

曹植摈弃汉大赋那种一味铺张的陈旧手法，对铜雀台及其周遭景物山川决不作具体琐细的描写，只用粗线条作大笔勾勒，复以众果、春风、鸟鸣略加点染，很快就转入抒情，全力歌颂其父的丰功伟绩，比之为齐桓、晋文而又要高出一头，这正合于曹操本人所说的“齐桓、晋文之所以垂称于今日者，以其兵势广大，犹能奉事周室也”(《让县自明本志令》)，不仅政治色彩十分浓厚，而且分寸到位；赋末以长寿为祝，也很合于乃父的心事。

稍后曹植游铜雀园，又作有《节游赋》，前半写该园景色，后面归结为“念人生之不永，若春日之微霜。谅遗名之可纪，信天命之无常。愈志荡以淫游，非经国之大纲。罢曲宴而旋服，遂言归乎旧房”。把“经国”“遗名”看得很重，决无沉湎于游览的公子哥儿气息。

青年时代的曹植意气风发，斗志昂扬，以建功立业、澄清天下为己任，其辞赋创作多包含这方面的内容。所谓“雅好慷慨”的中心在此。“慷慨”的本义是叹息，但并非悲观的叹息，而是壮志未酬的慨叹，其中包含着勇往直前、敢作敢为的一股激情，充满了阳刚进取之气①。凡慷慨悲歌之士，类多自悬极高的目标，绝无自我感觉良好的平庸，常有壮怀未申的不满，其归宿不在悲

① 《汉书·地理志》谓赵地“丈夫相聚游戏，悲歌忼慨”，《隋书·地理志》谓冀州“俗重气侠，好结朋党，其相赴死生，亦出于仁义，故班《志》述其土风，悲歌慷慨……”

观，而在继续奋斗——这种崇高有为的精神状态及其外化之强劲有力的文辞文气，都是所谓“慷慨”①；单纯地抒发豪情壮志，也可以称为“慷慨”。

曹植前期辞赋方面的重头之作《七启》典型地代表了他“雅好慷慨”的特色。该篇假托隐居者玄微子与有为者镜机子二人的对话，后者为前者“说游观之至娱，演声色之妖靡，论变化之至妙，敷道德之宏丽”，而玄微子始终不为所动，于是镜机子进而言之曰：

> 世有圣宰，翼帝霸世，同量乾坤，等曜日月，玄化参神，与灵合契。惠泽播于黎苗，威灵振乎无外，超隆平于殷、周，踵羲、皇而齐泰。显朝惟清，王道遐均，民望如草，我泽如春。河滨无洗耳之士，乔岳无巢居之民。是以俊乂来仕，观国之光，举不遗才，进各异方。赞典礼于辟雍，讲文德于明堂。正流俗之华说，综孔氏之旧章。散乐移风，国富民康。神应休征，屡获嘉祥。故甘露纷而晨降，景星宵而舒光。观游龙于神渊，聆鸣凤于高冈。此霸道之至隆，而雍熙之盛际。然主上犹尚以沉恩之未广，惧声教之未厉，采英奇于仄陋，宣皇明于岩穴。此甯子商歌之秋，而吕望所以投纶而逝也。吾子为太和之民，不欲仕陶唐之世乎？

玄微子终于被他说动，决心“愿反初服，从子而归”。文中的“圣宰”“主上”均指乃父曹操，他曾多次下令求贤，曹植在这里大加宣传和颂扬，完全符合当时的需要。曹植作《七启》时命王粲也作一篇，即《七释》，主题完全相同。

曹植早年一心建功立业，争取青史留名，他往往把世事看得很容易，带有青年浪漫主义的色彩。建安十六年(211)曹植随曹操西征马超，作《离思赋》，表达不惜为国捐躯的壮志。建安十九年(214)曹操东征，声势极浩大，而其本意不过是震慑孙权，以便在稍后集中兵力西取张鲁，进窥巴蜀。曹植被命留守邺城，时年二十三岁，他对乃父的战略上的老谋深算似无深刻领会，总以为“神武一举，东夷必克”，遂在《东征赋》中大讲“顾身微而任显兮，愧责重而命轻。嗟我愁其何为兮，心遥思而悬旌。师旅凭皇穹之灵祐兮，亮元勋之必举。挥朱旗以东指兮，横大江而莫御。循戈橹于清流，泛云梯而容与。禽元帅于中舟，振灵威于东野”。其实世事远没有这样简单，这样便宜。

---

① “慷慨”指内心世界之例，如《三国志·魏书·蒋济传》：“卿兼资文武，志节慷慨，常有超越江湖吞吴会之志，故复授将率之任。”指辞气之例，如《三国志·魏书·臧洪传》：“洪辞气慷慨，涕泣横下，闻其言者，虽卒伍厮养，莫不激扬，人思致节。”曹植《前录自序》则是较早地把“慷慨”一词引入文章概念的适例。

曹植前期的诗歌同样充满了慷慨高昂的热情和强烈的社会责任感,他的不少篇什深刻地反映了汉末的动乱和混战给百姓带来的创伤和痛苦。海边穷民“寄身于草野,妻子象禽兽,行止依林阻,柴门何萧条,狐兔翔我宇”(《泰山梁甫行》)的悲惨遭遇使他感慨伤怀,迫切而不能已于言。老一代建安诗人往往直接描写战乱中死亡枕藉的惨象,曹植年辈较晚,着重反映的则是战后的萧条和凄凉,他的《送应氏》二首其一是描写战争后遗症的名篇:

步登北邙坂,遥望洛阳山。洛阳何寂寞,宫室尽烧焚。垣墙皆顿擗,荆棘上参天。不见旧耆老,但睹新少年。侧足无行径,荒畴不复田。游子久不归,不识陌与阡。中野何萧条,千里无人烟。念我平生亲,气结不能言。

此诗大约作于建安十二年(207),已在董卓焚烧洛阳之后的十多年,而古都遭此史无前例的浩劫之后,一直未能恢复元气,仍然一片废墟。不仅洛阳如此,其周围广大的地区也都相当萧条。像这样的深刻描写,在当时的作品中不甚多见。曹植对底层的民众怀有深切的同情,秋天涝了,影响收割入仓,他感叹“朝云不归山,霖雨成川泽。黍稷委畴陇,农夫安所获”(《赠丁仪》);夏天旱了,“三麦不收,百姓分为饥饿”,忽然天降喜雨,他则高兴地赋诗道“时雨中夜降,长雷周我庭。嘉种盈膏壤,登秋必有成”(《喜雨》)。这种以人为本的思想是很可贵的。

但曹植到底是一位贵公子,他成年以后北方的局面基本已稳定下来,他本人的生活是舒适优越的,所以也有不少诗描写自己以及周围人物之生活状态,如《斗鸡》《公宴》《闺情》《侍太子坐》等,往往“但美遨游,不及世事”(谢灵运《拟魏太子邺中集诗·平原侯植·序》);由于大环境到底还是天下未定,战火不断,而曹植本人又是很有雄心壮志的,所以他虽玩物而不丧志,遂神往于既能享受生活,又能奋斗牺牲;这正如乃父曹操一方面高唱“对酒当歌,人生几何”,一方面又壮怀激烈地抒发统一天下的豪情。

曹植表现豪情最富于代表性的作品是《白马篇》:

白马饰金羁,连翩西北驰。借问谁家子,幽并游侠儿。少小去乡邑,扬声沙漠垂。宿昔秉良弓,楛矢何参差。控弦破左的,右发摧月支。仰手接飞猱,俯身散马蹄。狡捷过猴猿,勇剽若豹螭。边城多警急,虏骑数迁移。羽檄从北来,厉马登高堤。长驱蹈匈奴,左顾陵鲜卑。弃身锋刃端,性命安可怀?父母且不顾,何言子与妻!名在壮士籍,不得中顾私。捐躯赴国难,视死忽如归。

这首诗具体作年虽不可考，但总归是他青年时代的作品。诗中有两句说“长蹈驱匈奴，左顾凌鲜卑”，按，南匈奴在建安二十一年（216）已臣伏于曹操（详见《三国志·魏书·武帝纪》），《白马篇》当作于这以前。建安二十一年曹植二十五岁，写《白马篇》的时候他大约也就二十岁刚出头，充满了青年人的朝气和豪情。诗中着力描写并强烈歌颂的是一位骑着白马的青年英雄，其身份本是“游侠”，而现在则是名单在册的卫国壮士。

所谓“游侠”就是活跃于民间的武士。这种非官方的英雄古已有之，直到西汉时还相当活跃。《史记》有《游侠列传》，司马迁指出他们的特点是“救人于厄，振人不赡”，也就是后来武侠小说中常常写到的除暴安良、劫富济贫之类；但他们有时也会胡乱伤人杀人。游侠是不受官方约束的流氓无产者，其中的优秀分子固然可能成为民间英雄，但在一般情况下更容易成为社会不稳定的因素，所以凡是封建秩序比较稳定的时候，游侠之风必然衰歇；而在社会比较混乱的时候，游侠就会重新活跃起来。东汉末年天下大乱，游侠之风很盛，从《三国志》以及裴松之注所提供的材料来看，建安时代游侠们纵横江湖，著名的人物有祝公道、孙宾硕、杨阿若、鲍出等人[①]；上层社会出身的青年中，如徐庶、甘宁等等也都有过一段游侠生涯[②]。曹操青年时代大有任侠之风，《三国志·魏书·武帝纪》就曾说他“任侠放荡，不治行业”。曹植受他父亲的影响，很仰慕“重气轻命，感分遗身”“果毅轻断，虎谷生风”（《七启》）的侠义之风，这首《白马篇》也是他尊重游侠的一个证据。《白马篇》亦称为《游侠篇》（《太平御览》卷三五九）。后来在著名的《野田黄雀行》中他又说“利剑不在掌，结友何须多”。这虽然已是政治上失意后的悲鸣，然亦可见他很欣赏手持利剑、恩怨分明的游侠心态。

作为英雄，武功非常重要，没有本事，光有一股热情干不成什么大事。根据那时作战的实际，诗中着重描写白马英雄善于骑射，水平极高，“白马饰金羁，连翩西北驰”，色彩鲜明，动作潇洒，何等漂亮！“宿昔秉良弓，楛矢何参差”，装备何等精良！“控弦破左的，右发摧月支。仰手接飞猱，俯身散马蹄”四句则描写他武艺之高强。这里的“月支”“马蹄”都是当时的专门术语，曹丕

① 祝公道见《三国志·魏书·贾逵传》注引《魏略》，孙宾硕、杨阿若、鲍出等见《三国志·魏书·阎温传》注引《魏略·勇侠传》。文繁不录。

② 徐庶“本单家子，少好任侠击剑，尝为人报仇，白垩突面，被发而走，为吏所得，问其姓字，闭口不言”，后“其党伍共篡解之得脱”，详见《三国志·蜀书·诸葛亮传》注引《魏略》；甘宁“少有气力，好游侠，招合轻薄少年，为之渠帅……”详见《三国志·吴书》本传，又裴注所引材料亦多言其青年时代轻侠杀人等事。

《典论·自叙》有云：

> 尚书令荀彧奉使犒军，见余，谈论之末，彧言："闻君善左右射，此实难能。"余言："执事未睹夫项发口纵，俯马蹄而仰月支也。"彧喜笑曰："乃尔？"余曰："埒有常径，的有常所，虽每发辄中，非至妙也。若夫驰平原，赴丰草，要狡兽，截轻禽，使弓不虚弯，所中必洞，斯则妙矣。"

又《文选·赭白马赋》李善注云："玄蹄，马蹄也；素支，月支也。皆射帖名也。"又引邯郸淳《艺经》曰："马射左边，为月支二枚，马蹄三枚也。"可知"月支""马蹄"都是射箭用的靶子，大约"月支"置于高处，"马蹄"置于低处，所以曹丕说"俯马蹄而仰月支"。曹植这里所说的也正是所谓"左右射"，左右开弓，两手都有过硬的功夫。右手发箭射中"月支"，俯身一箭，又把"马蹄"给射碎（"散"）了。"仰手接飞猱"一句则是指射活靶，扬手一箭，迎面射中在空中腾跃的猿猴，亦复弓不虚弯。总之，白马英雄左、右、仰、俯四项全能，水平极高。后来颜延年《赭白马赋》(《文选》卷十四)形容骑射之妙，也说是"经玄蹄而雹散，历素支而冰裂"，即仿曹植的诗句又从而修饰之。

诗的后半，转入一个新的境界，边境有警，立刻奔赴，公而忘私，不怕牺牲。全篇以"名在壮士籍，不得中顾私。捐躯赴国难，视死忽如归"为结尾，青年英雄种种高超的武艺完全用来"赴国难"。这正是曹植的高明之处，他心目中的英雄不仅武艺高强，更重要的还在于有着崇高的理想，把国家民族的利益看得高于一切。在《白马篇》中，骑着骏马的少年游侠将自己的矫健身手和英雄气概拿来服务于保卫边疆、辅翼王室，而不是在民间行侠——这就与过去的各路游侠很不一样了。精忠报国，视死如归，也不是本来意义上的游侠精神，而是崇高的爱国精神、民族精神。曹植用爱国精神、民族精神改造了游侠，使之升华到一个崭新的高度。这样的英雄正是建安时代最需要的①。

换一个角度看，诗中的白马英雄就气质而言更像是一位将门虎子、少年侯王，也就是曹植本人的投影。曹植在另外一些诗中更把这样的英雄平时的生活描写得更加像他本人，其典型之作如《名都篇》：

> 名都多妖女，京洛出少年。宝剑值千金，被服丽且鲜。斗鸡东郊道，走马长楸间。驰骋未能半，双兔过我前。揽弓捷鸣镝，长驱上南山。左

---

① 对原来意义上的游侠，曹植是不赞成的，《七启》中镜机子说："游侠之徒……未足称妙。"

挽因右发，一纵两禽连。余巧未及展，仰手接飞鸢。观者咸称善，众工归我妍。归来宴平乐，美酒斗十千。脍鲤臇胎鰕，寒鳖炙熊蹯。鸣俦啸匹侣，列坐竟长筵。连翩击鞠壤，巧捷惟万端。白日西南驰，光景不可攀。云散还城邑，清晨复来还。

他在《箜篌引》中描写的生活，亦复以置酒高会为主；这些诗中的浪漫生涯、豪情胜概正是曹植青年时代生存状态和精神风貌的一个重要侧面，与他的《公宴》诸诗互相发明。前人对《名都篇》颇有误解，例如说“刺时人骑射之妙，游骋之乐，而无爱国之心”（《文选·名都篇》张铣注，参见郭茂倩《乐府诗集》卷六十三），可谓完全颠倒。骑射游骋何伤于爱国之心？曹植的特色恰恰在于把这两个方面结合得非常紧密，其结合部就在一个“侠”字，豪华公子而任侠，很容易形成这样的格局。曹植的豪饮是有名的，《三国志·魏书》本传就说他“任性而行，不自雕厉，饮酒不节”。《名都篇》和《白马篇》同为他本人或一侧面的写照，也代表他理想中的人生状态。

曹植又颇有类似民间游侠的地方，其《结客篇》道：“结客少年场，报怨洛北芒……利剑鸣手中，一击两尸僵。”以极而言之的夸张态度写他本人可以为朋友两肋插刀。这种平等交友的游侠作风体现了一种古典式的民主。

曹操是文武双全的，从政之后仍然神往于“秋夏读书，冬春射猎”（《让县自明本志令》）那样一种丰富多彩的生活，尤重武功。曹植青年时代处处模仿乃父，所以被认为“最可定大事”（《曹植私开司马门下令》），几乎被确立为接班人。

曹植思想中有儒家的成分，但他并不能归结为儒家，也决非一般意义上的文人学士、风流才子。这是因为他除接受正统的文化以外，对于民间的文化也抱有很高的热情。史称他会见老作家邯郸淳的时候，曾经兴会淋漓地全面展示他的才华，先表演草根文化，后谈论精英文化，无不头头是道，不同凡响。其前半大显本领，其中“跳丸击剑”等项目乃是民间高人的长技，曹植对这些也十分内行。游侠等民间英雄的特点在于武艺高强，行动自由，不受官方约束，独立自主地去除暴安良，排难解纷；他们有独立的伦理道德准则，与儒家的规范不同。

侠与儒的差异是多方面的，二十世纪初曾有人做过这样的总结：“侠者儒之反，儒者有死容而侠者多生气，儒者尚空言而侠者重实际，儒者计祸福而侠者忘利害，儒者蹈故常而侠者多创造。”[①]可以补充的是，侠者以武见称，而儒

---

① 壮游《国民新灵魂》，《辛亥革命前十年时论选集》，第一卷下集，生活·读书·新知三联书店 1960 年版，第 547 页。

者以文见长;侠者代表下层,而儒者代表上层;在人际关系方面,侠者特别重视朋友一伦,珍惜平等互助的关系,而儒者最重君臣父子,讲究尊卑上下、绝对服从;在生活作风方面,侠者潇洒自由,通脱不羁,而儒者拘谨严肃,不越规矩。如此等等。从这些方面看,曹植既有近于儒的一面,也有近于侠的一面,早年则尤其倾心于侠。

曹植吸收了侠的养料,在诗歌中曾多次批评儒。《赠丁翼(廙)》诗云:"滔荡固大节,世俗多所拘。君子通大道,无愿为世儒!"在曹植看来,那些死守经书章句、诵说儒家教条的"世儒"完全是无用的废物,做人应该胸怀宽广,以天下为己任,有治国用兵之术,能干一番大的事业。曹植又最反对那种庸庸碌碌坐而论道无所作为的旁观者,具见于《赠徐幹》一诗,该诗前十二句以夜游所见的景色隐喻那个时代的特色,然后针对他眼中的徐幹写道:"顾念蓬室士,贫贱诚足怜。薇藿弗充虚,皮褐犹不全。慷慨有悲心,兴文自成篇。宝弃怨何人,和氏有其愆。弹冠俟知己,知己谁不然。良田无晚岁,膏泽多丰年。亮怀玙璠美,积久德愈宣。亲交义在敦,申章复何言!"曹植认为像徐幹那样潜身穷巷闭门著书简直大错特错,劝他改弦更张,积极行动起来。尽管曹植对徐幹不甚理解,而他本人积极进取开朗豪放的心态已经表现得鲜明如画了。

曹植作为一位贵公子,当然没有也不可能全盘接受侠的观念,总是有意无意地把侠的一套纳入上层社会可以接受的范围之内。《白马篇》中游侠儿的事业是保卫边疆,这个任务是社会上下层可以达成共识的。曹植本人的壮志则是"高念翼皇家,远怀柔九州"(《鰕䱇篇》),是"愿得展功勤,输力于明君。怀此王佐才,慷慨独不群"(《薤露行》)——唯其如此,他笔下的"幽并游侠儿"也就不是在民间行侠,而是投身军伍为国立功。赤壁之战以后,三方鼎足之势已成,曹植在诗中写道:"烈士多悲心,小人偷自闲。国仇亮不塞,甘心思丧元。抚剑西南望,思欲赴太山!"(《杂诗》其六)他念念不忘的是削平割据势力,统一中国。

前期曹植在文学理论批评方面发表过一些重要的意见,见于建安二十一年(216)写给杨修(德祖)的一封信中,这篇《与杨德祖书》略早于曹丕的《典论·论文》。

在估量文学的地位与作用方面,曹氏兄弟立论颇异其趣。曹丕的调子比较高,说:"盖文章,经国之大业,不朽之盛事。年寿有时而尽,荣乐止乎其身,二者必至之常期,未若文章之无穷。"而曹植在致杨修的信中则强调自己志在建立功业,无意于文章,他写道:"辞赋小道,固未足以揄扬大义,彰示来世也。

昔扬子云先朝执戟之臣耳，犹称‘壮夫不为’也；吾虽德薄，位为蕃侯，犹庶几戮力上国，流惠下民，建永世之业，流金石之功，岂徒以翰墨为勋绩，辞赋为君子哉！”曹丕充分估计了文学的地位与作用，而曹植则颇近于熟视无睹。

或以为曹丕已经突破了儒家“三不朽”的传统观念，特别可贵；其实他并未突破，“太上有立德，其次有立功，其次有立言”（襄公十五年《左传》），立言可以不朽的观念古已有之，但那时之所谓“立言”，主要的并不指文学创作，而是指理论方面的著书立说，曹丕也是这么看的，他也认为理论著作的地位高于文学创作，所谓“生有七尺之形，死唯一棺之土，唯立德扬名，可以不朽，其次莫如著篇籍”（《与王朗书》）。他的观点基本上还是古老的“三不朽”。在“建安七子”当中，他特别推崇徐幹，无非因为徐幹有理论专著《中论》，“此子为不朽矣”（《与吴质书》）。当然曹丕把写文学作品看得也很重，则从一个侧面表现出当时文学的自觉。

曹植的见解比较新鲜大胆。他认为比起当时正在进行的军事政治斗争，学术和文学工作只能有比较次要的地位。文学家往往会把自己的工作看得特别重要，甚至是至高无上的；而曹植作为一个大作家对此能有清醒的认识是难能可贵的。当然，曹植把文学创作说成是不足挂齿的小道也未免过分。鲁迅先生曾经分析过他何以如此偏激：“第一，子建文章做得好……于是他便敢说文章是小道；第二，子建活动的目标在于政治方面，政治方面不甚得志，遂说文章是无用了。”①这乃是知人论世的见道之言，只是当曹植写这封信时还是比较得志的，到后期他真的不得志以后，就认为文章也是很有用的了——这无非是不得已而求其次的意思。晚年曹植说“骋我径寸翰，流藻垂华芬”（《薤露行》），陈祚明解释这两句诗道：“非谓以翰墨为勋绩，将缘不得建功而托之于此。”（《采菽堂古诗选》卷六）其说甚是。

关于文学创作的才能问题，曹氏弟兄的看法也有不同。曹丕说：“文以气为主。气之清浊有体，不可力强而致。譬诸音乐，曲度虽均，节奏同检，至于引气不齐，巧拙有素，虽在父兄，不能以移子弟。”他除了把“气”分为清、浊两种以外，又有“齐气”“逸气”等等提法，似乎带有天才论和地理环境决定论的色彩。曹丕之所谓“气”乃是天赋的气质，他认为创作完全靠先天的“气”，不大讲后天的努力。曹植强调的重点不同，他高度重视后天的学习，并且十分强调向民间文学、草根人士学习，深刻地指出“街谈巷说，必有可采；击辕之

① 《而已集·魏晋风度及文章与药及酒之关系》，《鲁迅全集》第3卷，第504页。

歌,有应风雅;匹夫之思,未应轻弃也”。比较起来,曹植的意见更深刻。曹植对民间文学十分熟悉,他的诗歌创作成就那样高,与他重视并注意汲取民歌和无主名的“古诗”的养料是分不开的。而曹丕凭着他的“气”写诗,题材相对单一,妨碍他取得更大的成就。

曹丕在《典论·论文》中提出反对“文人相轻”,产生过很大影响。“文人相轻”确实是文学界的顽症之一,不容易彻底扫除。但文坛上的纷争情况很复杂,互不服气的“文人相轻”一般来说往往并不是主要的原因①。曹植则说:“人各有好尚。兰茝荪蕙之芳,众人所好,而海畔有逐臭之夫;《咸池》《六茎》之发,众人所共乐,而墨翟有非之之论。岂可同哉。”有不同的爱好,不同的审美趣味,是正常的。曹植曾经尖锐地批评过陈琳古老保守的赋风,就不能用“文人相轻”来否定。

在品评作家方面,曹氏弟兄也有明显的差别。曹植《与杨德祖书》称道“今之作者”,标举王粲、陈琳、徐干、刘桢、应玚、杨修六人,并说是“吾王于是设天网以该之,顿八纮以掩之,今悉集兹国矣”。其时这六个人都活着。到第二年冬天曹丕作《典论》,提到当代作家,有所谓“七子”之目,他开列的名单与曹植提出的相比,剔除了杨修,增加了孔融和阮瑀,孔融且高列为第一人。这些差别是值得玩味的。杨修在政治上紧跟曹植,是曹丕争立为太子的反对派之一,曹丕不让他进入今之著名文人的行列是完全可以理解的②,加入一个阮瑀也说得过去,而加进孔融则有点奇怪。陈琳、王粲等六人都是曹操的部下,活动在曹丕、曹植兄弟左右,构成所谓“邺下文人集团”;而孔融从来没有直接归曹操管辖过,还经常跟曹操对着干,终于在建安十三年被杀,他与邺下文人集团没有什么关系,与丕、植兄弟也没有什么来往。曹操杀孔融在建安十三年(208),十年后曹丕竟然将他列为当代作家之首,这是很值得玩味的事情。

孔融一再与曹操捣乱,他那些被曹丕称为“体气高妙,有过人者”的文章,有不少正是以这种捣乱为内容的,孔融作为世族大地主阶级在政治和舆论界的代表,有恃无恐地一再向曹操发起攻势,乃至形成如苏东坡所说的“非公诛曹,则曹害公”(《孔北海颂》,《苏东坡集》卷二十)那样一种你死我活的局面。

---

① 鲁迅先生曾经写过七篇关于“文人相轻”的文章,有一个结论说,这个提法容易混淆是非;鲁迅的说法自然有着二十世纪三十年代的特殊背景,但也不妨看作是对曹丕的某种批评。

② 或以为不提杨修是因为他还活着,其实不然;曹丕写《典论·论文》时徐干还健在——可见“七子”的名单并不考虑其人是否已经去世,剔除杨修显然是别有用心。

在赤壁之战的前夜曹操杀孔融有巩固后方的政治意义，同时也是向豪门世族的一次大示威，这时曹操正雄心勃勃地准备统一全中国。赤壁之战以后，鼎足三分的情形逐渐形成，曹操也渐渐改变自己的政策，一心扩大统治基础以便代汉自立，于是他开始向豪门世族妥协。选定与世族关系比较密切的曹丕当太子而放弃先前内定的接班人曹植，其实也反映了他政策上的这一转变。曹丕是认识到这一转变的，所以被立为太子以后很快就写出他的《典论》，并在《论文》中公然颂扬孔融——而曹操也默认了这种颂扬。

曹植好像始终没有认清乃父这种政治上的大转折，始终坚持以武力统一全国的方针。统一中国是历史进步的要求，但它一时还无从实现，于是曹植只好成为一个悲剧人物，而他的《与杨德祖书》恰好揭开了悲剧的序幕。这样看来，丕、植兄弟在品评当代作家方面似乎很小的差异，实际上反映了那个时代变幻着的政治风云。

曾经流行的意见往往认为在理论批评方面曹丕远高于曹植，例如刘勰即认为“《典论》辩要”（《文心雕龙·才略》），而“陈（陈思王曹植）《书》辩而无当”（《文心雕龙·序志》）。这样的比较论似失之于简单化。

三

后期曹植的生活状态特别是心理状态发生了非常巨大的变化，作为最受乃兄魏文帝曹丕和他的儿子魏明帝曹叡忌恨的诸侯，他实际上过的是被半软禁的政治犯生活，多次被抓到首都去治罪，不断地写检讨认罪的文书；而他的雄心壮志仍在，这样他就不得不忍受更多的痛苦，同时也写下了许多空前绝后的诗赋和文章。

文章中最著名的是他的几份表。“标著事序，使之明白，以晓主上，得尽其忠曰表”（《文选·荐祢衡表》李善注），曹植后期处境艰难而不忘报国，曾经多次上表，刘勰评为“独冠群才”（《文心雕龙·章表》），从中最能考见他的心态和文才。略举四份来看：

一、《谢初封安乡侯表》。本文作于黄初二年（221）上半年。先是魏朝初建时曹植重去临淄就国，不久以后“监国谒者灌均希旨，奏植醉酒悖慢，劫胁使者，有司请治罪，帝以太后故，贬爵安乡侯”（《三国志·魏书·陈思王植传》）。封地范围连降两级（临淄郡属青州，安乡城属冀州中山国魏昌县）。曹植醉酒悖慢大约是可能的，曹丕正好抓住他的辫子狠狠整他，“时帝欲治植之罪，逼于太后，但加贬爵”（《三国志·魏书·方技传》）。曹植马上认罪谢恩：

> 臣抱罪即道，忧惶恐怖，不知刑罪当所限齐。陛下哀愍臣身，不听有司所执，待之过厚，即日于延津受安乡侯印绶。奉诏之日，且惧且悲：惧于不修，始违宪法；悲于不慎，速此贬退。上增陛下垂念，下遗太后见忧。臣自知罪深责重，受恩无量，精魄飞散，忘躯殒命。

“有司”（主管部门）提出从重治罪，皇帝仁慈从宽发落，这样的君臣互补之法原本是封建政治权术中的老套；而当事人却会真心认罪，感恩戴德，类似的情形在此后的历史进程中亦屡见不鲜。曹植自然有他的理想和抱负，也有傲岸不逊的一面，但他对封建专制下的伦理秩序是笃守不二的，这并非因为他性格软弱，而是他在这一方面思想相当正统。他觉得只要认罪谢恩就可以既往不咎，恢复自己为国家效力的地位，而完全不明白在当时的权力结构之下他决不可能得到这样的机会；他所以自负者在门第和才干，而他最终只能有悲剧的结局者也正在这两条。这样的悲剧简直可以说是他的宿命。

当年七月，曹植又改封为鄄城侯，地位略有上升（鄄城县属兖州东郡）。此后他特别小心，据说将这次获罪的有关文件“置之座隅”，“欲朝夕讽咏，以自警诫”（《写灌均上事令》）。可是他多年来养成的豪放和傲岸总是不期然而然地给他带来新的麻烦，给曹丕送去整自己的借口。黄初二年（221）下半年，身为鄄城侯的曹植欲派人去邺城办事，有司不允许，曹植坚持，结果由王机、仓辑出面告发，曹植再一次被拘至洛阳治罪，罪名是“不孝”。这个很奇怪的罪案牵涉到曹家的一大隐私，涉及刚死不久的甄后，情形复杂，扑朔迷离，至今仍然不十分清晰，结局是曹植几乎被判死罪，但到黄初三年（222）还是得到了从轻发落，复回鄄城。这一次实在是一大冤枉，所以曹植写了著名的《洛神赋》，又在《九愁赋》中写下了“恨时王之谬听，受奸枉之虚辞”这样激烈的抗议。

这一事件的大体情况是：当时曹丕最为宠幸那位在促成他上台一事上出过力的郭后①，原配甄后不免多有怨言，不料竟于黄初二年六月丁卯被赐死，葬于邺。《三国志·魏书·后妃传》注引《魏略》说，甄后惨死之后“不获大敛”，又引《汉晋春秋》说“初，甄后之诛，由郭后之宠，及殡，令披发覆面，以糠塞口，遂立郭后”。而此后不久曹植就派人到邺城去，“茕茕仆夫，于彼冀方”（《责躬诗》）。曹

① 详见《三国志·魏书·后妃传》中有关“文德郭皇后”部分。

植坚称派人去邺城是为了买布①，而监国谒者怀疑此行的真正目的，不予批准，曹植则坚持要派人去，并不惜为此上表，于是东郡太守王机、防辅吏仓辑等就此诬告，估计其内容总要涉及曹植与甄后之间不正常的关系，所以朝廷之“典议”也就依此定为“荒淫”和“不孝”之罪。按那时的规矩，长嫂如母，如果叔嫂之间感情上有什么暧昧之处，例如派人去私祭之类，那是足以构成重罪的。

宋尤袤本《文选》在《洛神赋》作者名下李善注引《记》曰：

魏东阿王（按，指曹植）汉末求甄逸女，既不遂，太祖回与五官中郎将。植殊不平，昼思夜想，废寝与食。黄初中入朝，帝示植甄后玉缕金带枕，植见之，不觉泣。时已为郭后谗死，帝意亦寻悟，因令太子留宴饮，仍以枕赉植。植还，度轘辕，少许时，将息洛水上，思甄后，忽见女来，自云：“我本托心君王，其心不遂。此枕是我在家时从嫁，前与五官中郎将，今与君王。遂用荐枕席。欢情交集，岂常辞能具？为郭后以糠塞口，今被发，羞将此形貌重睹君王尔。”言迄，遂不复见所在。遣人献珠于王，王答以玉佩。悲喜不能自胜，遂作《感甄赋》。后明帝见之，改为《洛神赋》。

这大约是小说家言，而非信史，但这个传说来源很古老，亦未便一脚踢开。说曹植“汉末求甄逸女”自出虚构，当年曹丕纳甄后时，曹植只有十三四岁，而甄后要比他大十多岁；曹丕以甄后之枕示植，即李商隐《无题》诗所谓“宓妃留枕魏王才”者，恐怕也不可能，他们弟兄之间的关系早已紧张之至。又黄初三年(222)时，曹丕尚未选定太子，“因令太子留宴饮”的提法亦颇可疑。如此等等。但考虑到中国的志人小说一向是以真人真事为依托，很少有完全凭空结撰的，可知曹植与甄后之间也许确实有些传闻，曹氏王室内似乎有一个以甄后为中心的奇怪的三角形，某些风言风语大约起源很早，曹植此次获罪与此不无关系。

曹植与甄后之间有无男女之情，史书未载，后人无从确知，但他们二人既然同为曹丕登极称帝的受害者，他对她有同病相怜的同情，有兔死狐悲的哀伤，恐怕乃是必然的。当甄后下葬于邺城以后不久，曹植即派仆夫去那里，而且态度异乎寻常地坚决，该仆夫的任务除了买布以外是否还有其他，固然也无从详悉，但谒者不许于前，王、仓告发于后，他们显然都想到了甄后，并且认

① 《太平御览》卷八百二十引曹植《表》云“欲遣人到邺，市上党布五十匹，作车上小帐帷，谒者不听”。又《艺文类聚》卷五录入该表的另外几句道：“臣谓寒者不贪尺玉而思短褐，饥者不愿千金而美一餐。夫千金尺玉至贵，而不若一餐短褐者，物有所急也。”

定植、甄之间有某种极不正常的关系，而“荒淫”和“不孝”的罪名于是成立。

其实这时甄后已死，“荒淫”“不孝”云云从何谈起，只是由于曹丕对乃弟嫉恨很深，望风希旨之辈遂无所不用其极。但这等滔天大罪到底属于捕风捉影，而且涉及皇室内部伦理大事，就曹丕本人的形象和根本利益来说，亦不便以此为题大张旗鼓地来整治四弟曹植之罪。何况赐死甄后之后，曹丕也并非始终心肠铁硬[①]；曹植之第二次获罪，有司所拟罪名重得莫名其妙，而最后处理则轻得糊里糊涂。恰好这时各路诸侯都已升格为王，于是顺水推舟地将曹植由鄄城侯晋升为鄄城王[②]。

二、《封鄄城王谢表》。作于黄初三年(222)四月。《表》云：

臣愚驽垢秽，才质疵下，过受陛下日月之恩，不能摧身碎首，以答陛下厚德，而狂悖发露，始干天宪。自分放弃，抱罪终身，苟贪视息，无复希幸。不悟圣恩，爵以非望，枯木生叶，白骨更肉，非臣罪戾所当宜蒙。俯仰惭惶，五内战悸。奉诏之日，悲喜参至。虽因拜章陈答圣恩，下情未展。

虽然内心深处曾经极其不满，但一旦得到“圣恩”，就不仅自承有罪，而且用了“垢秽”“狂悖”这样狠狠糟蹋自己的词语。曹植这种臣罪当诛、天子圣明的调子，对后来的官员、文人们影响很大。屈原在政治上遭到打击以后，始终不服，终于以一死报国；司马迁遭到沉重打击后没有自杀，忍辱负重以完成自己的事业——这样两种情形后世均甚罕见；最多见的一种类型就是曹植式的内心虽然不满但仍然低头认罪，表示要痛改前非，在得到某种宽大处理以后尤其是如此。曹植的特异之处在于，他虽处逆境而仍然抱有高昂的热情，在动辄得咎的困境中仍然念念不忘统一中国的大业，急于建功立业；从而区别于那些忧谗畏讥、只图自保的可怜虫。

三、《求自试表》，作于太和二年(228)。这时曹丕已死，继任的明帝是曹植的侄子，对于皇叔表面似乎较前宽松，而内里仍然严加防范；曹植却觉得自己出山的机会应该到了，于是呈上此表，表示自己的愿望和决心道：

方今天下一统，九州晏如，而顾西尚有违命之蜀，东有不臣之吴，使

---

① 《三国志·魏书·明帝纪》注引《魏末传》说，“(明)帝常从文帝猎，见子母鹿，文帝射杀鹿母，使帝射鹿子。帝不从，曰：‘陛下已杀其母，臣不忍复杀其子。’因涕泣。文帝即放弓箭，以此深奇之，而树立之意定。”可见赐死甄后以后，曹丕的态度已渐软化。

② 《三国志·魏书·文帝纪》载，黄初三年“三月乙丑，立齐公叡为平原王，帝弟鄢陵公彰等十一人皆为王……夏四月戊申，立鄄城侯植为鄄城王”。

边境未得税甲，谋士未得高枕者，诚欲混同宇内，以致太和也……今臣居外，非不厚也，而寝不安席，食不遑味者，伏以二方未克为念。

……窃不自量，志在授命，庶立毛发之功，以报所受之恩。若使陛下出不世之诏，效臣锥刀之用，使得西属大将军，当一枝之队；若东属大司马，统偏师之任。必乘危蹈险，骋舟奋骊，突刃触锋，为士卒先。虽未能擒权馘亮，庶将虏其雄率，歼其丑类。必效须臾之捷，以灭终身之愧。使名挂史笔，事列朝荣，岁身分蜀境，首悬吴阙，犹生之年也。如微才弗试，没世无闻，徒荣其躯而丰其体，生无益于事，死无损于数，虚荷上位而忝重禄，禽息鸟视，终于白首，此徒圈牢之养物，非臣之所志也。流闻东军失备，师徒小衄，辍食弃餐，奋袂攘衽，抚剑东顾，而心已驰于吴、会矣！

作者虽已被禁锢多年，但爱国之忱豪迈之气未尝稍减，倒是压抑既久，其发愈力，英雄本色，感人至深。《求自试表》气盛言宜，文采飞扬，是曹植散文方面的代表作，也是建安散文中最杰出的篇章之一。

四、《求通亲亲表》。作于太和五年(231)。对于曹植的热情呼吁，魏明帝曹叡不仅充耳不闻，相反还对这位声望比自己高、甚至一度谣传将取代自己的叔叔给予更多的限制，于是臣下希旨，进一步规定各诸侯之间不得互相来往。曹植就此再度上表，要求取消这一非人性的残酷规定。同时又提出一个个人的要求——这一次他不再提起领军出征的高调(现在他总算明白了这是不可能的)，而只是希望到首都去充当一个近臣：

臣伏自惟省，岂无锥刀之用，及观陛下之所拔授，若以臣为异姓，窃自料度，不后于朝士矣。若得辞远游，戴武弁，解朱组，佩青绂，驸马、奉车，趣得一号，安宅京室，执鞭珥笔，出从华盖，入侍辇毂，承答圣问，拾遗左右，乃臣丹情之至愿，不离于梦想者也……每四节之会，块然独处，左右惟仆隶，所对惟妻子，高谈无所与陈，发义无所与展，未尝不闻乐而拊心，临觞而叹息也。臣伏以为犬马之诚不能动人，譬人之诚不能动天，崩城陨霜，臣初信之，以臣心况，徒虚语耳。若葵藿之倾叶太阳，虽不为之回光，然终向之者，诚也。臣窃自比葵藿……

颇近于苦苦哀求，胸中交织着希望与绝望。这份表在有些文献中题作《自试表》，而与太和二年(228)那份《求自试表》相比，调门已经大为降低，尤为哀婉动人。此后曹植又上《谏取诸国士息表》，几乎全是诉苦，言之喋喋，不忍卒读。

同先前急于动用武力统一全国的想法不同，曹植到晚年已经不主张用兵，见于《请招降江东表》《谏伐辽东表》。这时他看出了曹魏实力已呈下降态势，当务之急在于“省徭役，薄赋敛，勤农桑”，必须先行解决这些内部的迫切问题，一切对外的宏图远略现今都无从谈起。曹植始终关心大局，诚心竭力地为主上出谋划策，不在其位而谋其政，用心良苦，精诚感人。他又在《陈审举表》中建言重用公室成员，警惕异姓权臣，指出曹魏政权有被“豪右”篡夺的危险。这是一个很深刻的观察。后来有一篇曹冏的《六代论》，呼吁起用和倚重宗室成员，一度被认为是曹植的遗文[①]；该文的主张曹植肯定是赞成的。

曹植后期诸表“体赡而律调，辞清而志显，应物掣巧，随变生趣，执辔有余，故能缓急应节”（《文心雕龙·章表》），内容丰富，文辞清新，慷慨悲壮与清丽婉转交融为一，是建安散文中最富于艺术魅力的部分。

曹植后期的辞赋作品甚多，其中以《洛神赋》最为著名，此篇作于黄初三年(222)年初，他的“不孝”罪案告一段落、由洛阳复回鄄城之时。该赋序云：“黄初三年，余朝京师，还济洛川。古人有言，斯水之神名曰宓妃。感宋玉对楚王说神女事，遂作斯赋。”这里所说的他本人由洛阳回鄄城的时间，与曹植其他生平材料密合无间，完全可信。曹植此番来洛阳，本来是拘来治罪的，最后既然已经无罪释放，不再追究，则往事都不必提了，于是他便改口说这一次是来朝见皇帝的。可是这一年并未召集诸侯朝会，所以正史也就未提，后来的学者因此觉得多有疑义[②]，其实这些都是可以解释的。

就创作的契机而言，不能排除这样的可能：曹植试图借这一篇赋来为刚刚结束的大案曲折地提供一种艺术的辩解，他说即使有美丽多情的洛神来追求自己，自己也会以礼义之大防来约束自己，何况还有“人神之道殊”即身份的鸿沟横亘于其间，根本无从逾越呢。然则该案起诉罪状之为捕风捉影也就不在话下了。在这里他用曲折的艺术手法洗去了一切强加给自己的诬蔑不实之词。《洛神赋》作于曹植刚刚从一场来势凶猛的官司中解脱出来之际，所

---

① 曹冏(字元首)是魏宗室成员，与曹植平辈。他的《六代论》曾被晋武帝司马炎怀疑为曹植所作，曹植的儿子曹志根据曹植手订著作目录予以否定，称“先王文高名著，欲令书传于后，是以假托”(《晋书·曹志传》)。但清人何焯认为还是曹植的文章，详见《义门读书记》卷四十九。

② 例如《文选》李善注云：“《魏志》云：黄初三年，立植为鄄城王，四年徙封雍丘，其年朝京师。又《文(帝)纪》曰：黄初三年行幸许。又曰：四年三月还雒阳宫。然京城谓雒阳，东蕃即鄄城。《魏志》及诸诗序并云四年朝，此云三年，误。一云《魏志》三年不言植朝，盖《魏志》略也。”此后沿用此说或加发挥者甚多，不具引。

以不免与那一场官司有关，打上了一个被迫害者心灵创伤的烙印，但作品的意义远远不限于此。作品所写的是一个传统悠久的人神恋爱故事，并赋予它崭新的文化意蕴；至于其中包含着若干切近的感慨，不过穿插寄寓于其中而已。全赋以大量的篇幅写洛神的美丽和多情，也写她的“习礼而明诗”，严格地约束自己。赋中给她安排了一段动人的言辞：

> 恨人神之道殊兮，怨盛年之莫当。抗罗袂以掩涕兮，泪流襟之浪浪。悼良会之永绝兮，哀一逝而异乡。无微情以效爱兮，献江南之明珰。虽潜处于太阴，长寄心于君王。

洛神那边如此，而作者曹植这边，起初虽然不免很动了些感情，却终于“收和颜而静志兮，申礼防以自持”。这一边的自我约束更早于洛神。双方都“发乎情，止乎礼义”，只在精神上短暂地恋爱了一番，很快就各奔东西了。

如果说《洛神赋》确曾以《感甄赋》为题，那应当只是从创作感兴的角度而言的，而不能说其中的洛神就是影射甄后——曹植如果试图影射当下，那只能找来极大的麻烦，甚至自我毁灭。

《洛神赋·序》称此篇乃“感宋玉对楚王说神女事”而作，点明了该赋文化上的承传和变异。人神恋爱起源于上古人神交接的神话，如商契、周稷都是人神交合而生的部落始祖，《商颂·玄鸟》《大雅·生民》即是明证。《周南·汉广》据三家诗说，是写郑交甫与汉水女神之恋爱的，可以说是写人神之恋最早的作品；曹植对此自然是熟悉的。南方楚文化中人神恋爱的母题较中原文化更为突出，如屈原的《九歌》，宋玉的《神女赋》，都保留了浓厚的人神恋爱的原始气息。

在人体描写方面，《诗经·卫风·硕人》二章对庄姜的描写已经非常可观，历来有“美人赋”的称誉；宋玉《神女赋》的描绘更为细致淋漓。此后汉乐府《羽林郎》《孔雀东南飞》等更重视对于服饰的描写。曹植的《洛神赋》兼取诸家之长，并有了新的突破，试看赋中对洛神外观的描写：

> 其形也，翩若惊鸿，婉若游龙，荣曜秋菊，华茂春松。仿佛兮若轻云之蔽月，飘飖兮若流风之回雪。远而望之，皎若太阳升朝霞；迫而察之，灼若芙蕖出渌波。秾纤得衷，修短合度。肩若削成，腰如约素。延颈秀项，皓质呈露。芳泽无加，铅华弗御。云髻峨峨，修眉联娟。丹唇外朗，皓齿内鲜。明眸善睐，靥辅承权。……奇服旷世，骨像应图。

这又是一位天生丽质、标准美人。与过去的作品相比，曹植明显地加强了动态的诗意的描写，而且流露出对曲线美（“惊鸿”“游龙”）、朦胧美（“轻云蔽月”“流风回雪”）的深情妙赏。

洛神与巫山神女的另一相通之处是她们都非常多情，但随着时代的推移，其神性已有不小的改变，曹植笔下的洛神主动进攻的态势已经大为弱化，上古的野气消退，她对诗人所表示的爱慕仅仅是含蓄地表示接受，并约他在合适的时候前来相会（“抗琼珶以和予兮，指潜渊而为期”）。她这种文质彬彬的外交姿态很让赋中的男主人公犯疑，弄不清她到底是真情实意还是虚情假意，惟恐上她一当，其实她还是相当真诚的，她看到对方的迟疑以后立刻载歌载舞向他致意，甚至打算跟他云雨一番，并开始向他传授做爱的要领（“动朱唇以徐言，陈交接之大纲”），可惜终因“人神之道殊”而无从实现，遂流泪而去。看来这位神灵也已经受到某种超我力量的制约，失去了行动的自由。

事实上夏、商、周特别是楚文化中的这一套观念和习俗在民间长期流传，到六朝时南方尚存其余绪，在文学上的反映有《神弦歌》之类；但在中原一带，在主流文化之中，这种赤裸裸的原始狂热是行不通了，占上风甚至是统治地位的是儒家思想，处理人际关系有种种伦理规范，不允许上古遗风重演。曹植青年时代很有些离经叛道的浪漫情绪，对非主流文化抱有高昂的热情，但在正式场合，他仍然严格按社会常规办事。到写《洛神赋》的时候，他人到中年，早已失去青年时代的豪情，政治上相当失意，而且刚刚被指控犯了“荒淫”“不孝”的大罪，受到非常严厉的审查，更加不敢乱说乱动。曹植虽自称“感宋玉对楚王说神女事”而作此赋，但一则由于文化背景的转换，二则由于他本人不幸的遭遇，他笔下的洛神除了美丽不减当年之外，言行已全失上古神女的风采，变得合于礼教，规规矩矩，严于律己了。

如果说巫山神女不过是楚国巫妓的曲折写照，她的神性乃是远古的人性，那么在洛神身上人们隐约可以看到汉魏之际名门闺秀的风范，先前的神性几乎已经丧失殆尽。原始气息很浓的人神交接已经不适合这个新时代，而且特别不适合曹植此时的境遇和心态。

《洛神赋》的承传通变除了楚文化人神恋爱以至交接的传统之外，还有汉代辞赋中的另一传统，那就是由张衡《定情赋》所开创的“始则荡以思虑，而终归闲正”（陶渊明《闲情赋·序》）的抒情辞赋模式。东汉以至六朝数百年间的爱情文学往往通过这一模式来体现“发乎情，止乎礼义”（《毛诗大序》）的儒家诗教原则。张衡之后，蔡邕作《检逸赋》，影响很大；到建安时代，陈琳、阮瑀各作《止欲赋》，王粲作《闲邪赋》，应玚作《正情赋》，刘桢作《清虑赋》，主题思想和行文格局都大同小异。曹植本人也写过这一类作品，这就是他的《静思赋》和《愍志赋》——前者大抵依题作文，蹈袭前人，表明曹植对这一新传统的承认和熟悉；后者从现实生活出发，比较有新意，赋序云“或人有好邻人之女者，时无良媒，礼不成焉。彼女遂行适人。有言之于予者，予心感焉，乃作赋曰”云云。正文道：

> 思同游而无路，情壅隔而靡通。哀莫哀于永绝，悲莫悲于生离。岂良时之难俟，痛予质之日亏。登高楼以临下，望所欢之攸居。去君子之清宇，归小人之蓬庐。欲轻飞而从之，迫礼防之我拘。

末了直截了当地提到了“礼”对情的压抑，写到抒情主人公头脑中超我与本我之间的撞击，非常真实而且沉痛。“定情”系列的辞赋至此已经完全成熟。

神女系列与定情系列虽然开始有早晚之不同，但到建安时代却基本采取平行发展的态势——当时陈琳、王粲、应玚也都写过《神女赋》，《洛神赋》的高明之处在于将这两个系列杂交嫁接，形成了文学史上空前绝后的一大新成果。《洛神赋》不朽的魅力正在于它是不可重复的。洛神既是前代神女的后裔，又颇能以礼法自持；赋中的男主人公也自觉地用超我的道德标准使自己镇定下来。男女主人公双双“迫礼防之我拘”，十分严格地压抑约束自己，这里既有时代的因素在起作用，也有曹植个人的特别缘由：他刚刚从一场“荒淫”重案中解脱出来，辩诬之不暇，心犹有余悸，在涉及“情”与“礼”这一类敏感问题时非多加小心不可。

曹植后期另外一些辞赋也都与他政治上深受迫害有关，青年时代的豪情壮志被忧生之嗟所取代，但仍有英雄本色，偶尔一露其峥嵘，尚有可观。典型之作如《白鹤赋》：

> 嗟皓丽之素鸟兮，含奇气之淑祥。薄幽林以屏处兮，荫重景之余光。狭单巢于弱条兮，惧冲风之难当。无沙棠之逸志兮，欣六翮之不伤。承邂逅之侥倖兮，得接翼于鸾皇。同毛衣之气类兮，信休息而同行。痛良会之中绝兮，遘严灾而逢殃。共太息而祇惧兮，抑吞声而不扬。伤本规之违迕，怅离群而独处。恒窜伏以穷栖，独哀鸣而戢羽。冀大纲之解结，得奋翅而远游。聆雅琴之清韵，记六翮之末流。

此赋似已残缺，但意思是清楚的。曹植用祢衡《鹦鹉赋》所开创的手法，以鹤自喻，写自己本性的洁白、处境的艰难、意外的逢殃与目下的希望，但并没有低三下四的哀求，他仍然未失奋飞的壮志。另一篇《蝙蝠赋》大约作于同时,描写蝙蝠"形殊性诡"的形象,暗喻那些诬告打击他的监国谒者、防辅吏之流。猥琐的蝙蝠与高洁的白鹤形成强烈的对照。

曹植此时对鸟雀大感兴趣,多借以寄托幽思。其中最奇妙的是一篇寓言式样的《鹞雀赋》,写鹞、雀之间弱肉强食的严峻形势和弱者进行巧妙斗争的情形,别开生面,生动清新,其中寄寓着他的身世之感。

曹植后期还写过几篇比较长的赋,其中《九愁赋》铺叙屈原既放之后的悲愁,写法也极似屈赋,而实为他本人的自剖,结尾更几乎全是自叙:

> 野萧条而极望,旷千里而无人。民生期于必死,何自苦以终身!宁作清水之沉泥,不为浊路之飞尘。践蹊隧之危阻,登岧峣之高岑。见失群之离兽,觌偏栖之孤禽。怀愤激以切痛,苦回忍之在心。愁戚戚其无为,游绿林而逍遥。临白水以悲啸,猿惊听以失条。亮无怨而弃逐,乃余行之所招。

将屈原的身世和自己的感伤完全打成一片,"文辞凄咽深婉,何减灵均"(丁晏《曹集诠评》卷一)。

曹植后期长期处于半软禁状态,进退失据"进无路以效公,退无隐以营私"(《临观赋》),所以有时不免有些消沉,可能作于黄初初年的《玄畅赋》叙述自己如何由积极进取一变而为只希望苟全性命于此世:

> 侥余生之幸禄,遘九二之嘉祥。上同契于稷卨,降合颖于伊望。思荐宝以继佩,怨和璞之始镌。思黄钟以协律,怨伶夔之不存。考所图之莫合,怅蕴结而延伫。志鹏举以补天,蹶青云而奋羽。舍余驷而改驾,任中才之展御。望前轨而致策,顾后乘而安驱。匪逞迈之短修,取全真而保素。弘道德而为宇,筑无怨以作藩。播慈惠以为圃,耕柔顺以为田。

从自比稷与契跌落到乐天知命,柔顺无为,古代中国许多有理想有作为的作家都曾经历过这样无可奈何的变化,曹植也许是最早明确表现这一历程的大家。道家思想乃是他们心灵的避难所。曹植终于没有像屈原那样去自杀,他重视个体生命的存在,不惜以退婴苟安来维系之。这一思路又见之于《释愁文》,其中写玄灵先生分析作者愁惨憔悴的病因道"今大道既隐,子生末季,沉溺流俗,眩惑名位",所以才会"遑遑汲汲,或惨或悴";对症的药方乃是"吾将赠子以无为之药,给子以澹泊之汤,刺子以玄虚之针,灸子以淳朴之方,安子以恢廓之宇,坐子以寂寞之床。使王乔与子携手而游,黄公与子咏歌而行,庄子为子具养神之馔,老聃为子致爱性之方。趣遐路以栖迹,乘青云以高翔”。作者内心的矛盾和解决之道分明可见;他打算清净无为,抱朴守雌,自动退出名利交争的社会,转而在精神领域寻求乐趣,在神仙世界获得安慰。曹植后期写了许多游仙诗,道理即在于此。

曹植后期诗作甚多,其中最为著名的是《七步诗》和《赠白马王彪》,均作于黄初四年(223)。当年五月,曹植与任城王曹彰、白马王曹彪分头去洛阳“朝京师,会节气”(《三国志·魏书·文帝纪》)。这是曹植第一次以诸侯王而非罪犯的身份来见皇帝,他抱着很大的希望,总以为可以改善同皇帝哥哥之间的关系,有机会为国效劳立功了。于是他一方面作了些自我批评,一方面就不久前曹魏南征孙吴未能得手一事献诗,表态说:“愿蒙矢石,建旗东岳。庶立毫厘,微功自赎。危躯授命,知足免戾。甘赴江湘,奋戈吴越。”(《责躬诗》)殊不知曹丕决不可能给他一支军队,帝王思维只会让他对几个能力比较强的弟弟更加提防,找机会予以迫害。吴淇说得对:“文帝决无假以兵权之理,而乃哓哓屡请自试,且请之于罹罪之余,更深文帝之忌耳。”(《六朝选诗定论》卷五)

曹丕在比较长的时间里拒不接见几个弟弟,稍后更残酷地下毒药害死曹彰,也想把曹植一道给毒死,因为卞太后的干预没有能够实施,于是又逼他在七步之内完成一首诗,否则就要“行大法”(《世说新语·文学》),曹植立刻吟诗一首:

> 煮豆持作羹,漉豉以为汁。其在釜下燃,豆在釜中泣。本自同根生,相煎何太急!

据说曹丕听了“深有惭色”。这首诗还有一种四句的文本,当是后人的修改本①,改得可以算是好的,但还是六句本最为近于原貌②。

---

① 《文选》卷六十任彦昇(昉)《齐竟陵文宣王行状》“陈思见称于七步”句下李善注引《世说》云:“文帝令陈思王七步成诗,诗曰:‘其在灶下燃,豆在釜中泣。本是同根生,相煎何太急。’”《诗纪》卷十四引“一作”本又将首句改为“煮豆燃豆萁”。

② 六句本显得比较古朴。这首诗的生长点在于燃豆萁煮豆子,煮豆子是要做豆豉“煮豆持作羹,漉豉以为汁”。这是当时的一种食品加工方法:先把豆子煮熟,然后让它发酵,加上盐和若干香料,做成“豆豉”或称“盐豉”,不加盐的则为淡豉,均为美味,其加工过程中产生的汁液,尤为常用的调味品(详见《齐民要术》卷八《作豉》)。在魏晋时代,豆豉算是新兴的美味,所以曹植在诗中详细言之。而到唐人或更后的读者心目当中,“豆豉”乃是十分普通的东西,“煮豆持作羹,漉豉以为汁”这些话完全可以不去多说。某一时代的科学技术水平对文学创作总会产生不小的影响,从《七步诗》的变迁看去,改诗有时同科技水平之与时俱进也不无关系。前人或谓《七步诗》“繁简二本并佳。多二语,便觉淋漓似乐府;少二语,简切似古诗”(陈祚明《采菽堂古诗选》卷六)。其说颇有见地,但乃是从艺术角度出发的比较论;如果从文献角度着眼,则自当以六句本为基准。

曹丕打压迫害乃弟曹植用心良苦，手法甚多，原因无非是曹植曾经是他的竞争对手，一度似有可能继承父王曹操的地位。曹丕当了皇帝以后对曹植防范、报复甚严，无所不用其极。帝王式的思维往往如此。专制主义导致人性严重异化，中国古代皇室成员中父子、叔侄、兄弟们相煎甚急的事情，史不绝书；但是就此写诗的人不多，好的更少；其他类型的内部矛盾闹得很激化的事情就更多了，《七步诗》传诵甚广的原因在此。"本自同根生，相煎何太急"后来成了成语，至今引用不衰。

不久曹植走出洛阳回他的鄄城去，归途中又受到种种无理而且不近人情的限制——他本可以与曹彪同一段路，但不被允许同行。就此曹植写下了长诗《赠白马王彪》，《杂诗》其五大约也作于此时：

> 仆夫早严驾，吾行将远游。远游欲何之，吴国为我仇。将骋万里图，东路安足由！江介多悲风，淮泗驰急流。愿欲一轻济，惜哉无方舟。闲居非吾事，甘心赴国忧！

尽管一再遭到迫害，曹植始终不肯消沉，仍然强烈希望为国立功，这样的精神是伟大的。但他的愿望根本无法实现，魏的诸侯王皆"空名而无其实，王国使有老兵百余人，以卫其国。虽有王侯之名，而乃侪为匹夫"(《三国志·魏书·武文世王公传》)。赤手空拳，何从建立战功？

曹彰的非正常死亡以及自己不能与曹彪同行给了曹植极深的刺激，他由此痛感生命的脆弱。对于政治上失意甚至惨败的哀叹与对于生命的执着热爱纷纭纠缠，使得《赠白马王彪》这一组诗具有沉郁顿挫、歌哭无端的特色。曹植仍然相信手足之情，不把矛头指向曹丕而只是痛斥那些"令亲疏"的"谗巧"小人，另一方面他也深刻感受到宫廷里的残酷，不知道自己何时何地就会死于非命。诗中虽然多有自我宽慰的句子(如第六章)，其实相当勉强，他更重要的感觉是生命的脆弱和命运的无常，体认到只有人间的真情才是最宝贵的安慰。政治感慨与人生感悟的交织，使得这一组诗超越了它具体的写作背景而有深广得多的内涵。

这一组诗"章法绝佳"(沈德潜《古诗源》卷五)，七首诗用联章法蝉联而下，一气贯注而又曲折多姿，各首的侧重点不同，穿插转换，跌宕交响，构成辉煌宏大的巨制，为后代组诗的写作开无数法门。

曹植后期诗作中涉及游仙题材的不少，其中多有追求长寿以至长生的内容，例如《升天行》《平陵东》《苦思行》《桂之树行》《飞龙篇》等等，试举出《飞龙篇》来看：

> 晨游太山，云雾窈窕。忽逢二童，颜色鲜好。乘彼白鹿，手翳芝草。我知真人，长跪问道。西登玉堂，金楼复道。授我仙药，神皇所造。教我服食，还精补脑。寿同金石，永世难老。

直截了当地写自己如何向真人求神药，掌握房中秘术，追求长生不老。这种想法与他早年诗里说过的"先民谁不死，知命复何忧"(《箜篌引》)旨趣完全相反，突出地表明了他此时对生命异乎寻常的重视。面对严重的迫害，曹植在现实生活中无法进行抗争，唯一的出路是寄希望于长寿，苟全性命于迫害之中，等待时机，徐图后计，争取为国立功。这一层意思他后来在《自试表》①中用散文的句子说得相当明确："臣闻士之羡永生者，非徒以甘食丽服，宰割万物而已，将有补益群生，尊主惠民，使功存于竹帛，名光于后嗣。"这里所说的"士"的心情，显然正是他本人的内心自白。

黄初四年(223)以后曹植游仙诗的重点由求长寿一变而为求自由。这是因为他连同曹彪同行的自由也没有了，回封地鄄城以后更是再也未能走出封地一步。希望的幻灭给曹植很深的刺激，《赠白马王彪》的末章写道：

> 苦辛何虑思？天命信可疑。虚无求列仙，松子久吾欺。变故在斯须，百年谁能持？离别永无会，执手将何时……

曹彰的暴死以及当局对自己的新迫害给了曹植毁灭性的打击，他不得不沉痛地感到"变故在斯须"，神药长寿之类未免太渺茫了。曹植建立功业的英雄之气并没有完全澌灭，他面临的主要形势不再是生命受到威胁而是完全失去行动的自由，于是他游仙诗抒情的中心就由祈求长寿一变而为追求自由。

这种情形一直延续到曹叡时代。魏明帝曹叡上台以后，曹植表面上得到某种尊重，而实际上仍然被严加看管。曹叡有腐败的倾向，对统一战争持观望等待的消极态度，他在一份诏书中说自己"哀怜天下数遭兵革，且欲养四海之耆老，长后生之孤幼，先移风于礼乐，次讲武于农隙……"(《三国志·魏书·明帝纪》注引《魏略》)，曹植不能容忍这种软弱保守的国策，于太和二年(228)上书求自试，表中指出，当前根本不能偃武修文，无所作为；表称自己"寝不安席，食不遑味"，一直"以二方未克为念"，他强烈要求带兵出征，决心

① 此表与太和二年(228)的《求自试表》并非同一文章，题目或作《降江东表》《请招降江东表》，当作于太和(227～232)末年。

“乘危蹈险，骋舟奋骊，突刃触锋，为士卒先”(《求自试表》)，一定能取得胜利，虽战死也在所不惜。这份奏章论旨明确，措辞犀利，产生了很大影响。当时盛传一则政治谣言，说明帝已死，“从驾群臣拥立雍丘王植”(《三国志·魏书·明帝纪》注引《魏略》)。由此颇可考见人心之所向，同时也可以解释明帝对他这位不安分的皇叔为什么始终严阵以待。此后曹植进一步失去自由，甚至“婚遘不通，兄弟乖绝，吉凶之问塞，庆吊之礼废”(《求通亲亲表》)，远不如一个普通老百姓了。

巨大的雄心与可怜的处境之间无可调和的矛盾逼出了曹植第二批游仙诗，这批作品抒写的中心在于超越时空的远游。如果说先前的求长寿表明作者对未来尚存希望，那么一味神游则表明了他深刻的绝望。这批新作中反复歌唱的一层意思是：

> 四海一何局，九州安所知？韩终与王乔，要我于天衢。万里不足步，轻举陵太虚。飞腾逾景云，高风吹我躯。回驾观紫薇，与帝合灵符。
>
> ——《仙人篇》

> 九州不足步，愿得陵云翔。逍遥八纮外，游目历遐荒。
>
> ——《五游咏》

> 远游临四海，俯仰观洪波。……昆仑本吾宅，中州非我家。将归谒东父，一举超流沙。鼓翼舞时风，长啸激清歌。金石固易弊，日月同光华。齐年与天地，万乘安足多！
>
> ——《远游篇》

这些诗的意境不免有些重复。作为一位早已成熟的诗人这样重复自己自然并不足取，但由此却很可以考见晚年曹植的心态，他在现实生活中既然已经不能越雷池一步，无比痛苦寂寞，于是只能在幻想的世界里自由自在地飞翔，以补偿其建功立业完全无着的心灵巨创。朱乾说过：“读曹植《五游》《远游》篇，悲植以才高见忌，遘遇艰厄……法既峻切，过恶日闻，惴惴然朝不知夕。所谓‘九州不足步’‘中州非我家’，皆其忧患之词也。”(《乐府正义》卷十四)论颇中肯；可以补充的是，这里不仅有忧患，也有反抗，虽然只是“悲时俗之迫厄兮，愿轻举而远游”(《楚辞·远游》)那样一种万般无奈、十分痛苦的反抗。

曹植晚年的痛苦不单是英雄无用武之地并且忠而见疑那种比较常见的痛苦，还有着更深刻的人格分裂的痛苦。前期曹植无忧无虑，单纯乐观，他的言论同他的行动大抵一致，他诗中所歌唱的便是他自己的生活（如《名都篇》）或心态（如《白马篇》），他的全部生活是和谐的；而到后期情形便完全不同，他一再无罪而获罪，又一再悔过谢恩，一再上表求自试，又一再遭到冷遇。《三国志·魏书·陈思王传》说，曹植在明帝时代曾多次上书建言，“帝辄优文答报”，但“植每欲求别见独谈，论及时政，幸冀时用，终不能得”。曹植为了争取参与朝政，作过许多努力，他的雄心壮志只能用一种可怜巴巴的赎罪口气诚惶诚恐地提出，这在骨气奇高以游侠烈士自许的曹植无疑是一件极其痛苦的事情；他的努力虽然似乎引起了明帝的某种注意，但完全没有采取任何切实有力的措施。曹植晚年进封陈王，封地恢复到郡一级（陈郡属兖州），但处境仍然很困难。曹植死后谥曰“思”，明帝下诏曰：“陈思王虽昔有过失，既克己慎行，以补前阙，且自少至终，篇籍不离于手，诚难能也。”貌似肯定，其实仍然揪住他的“过失”不放。《谥法》曰“追悔前过曰思”，这一谥号带有很强的侮辱性。曹植由青年时代的“任性而行”衍变为后期的克己慎行、追悔前过，其心灵上的痛苦何如！曹植的个性在反复折腾中完全被扭曲了。在现实生活中不能自拔者，可以在艺术中用虚幻的方式自拔之，可以“寻求缥缈虚无的幻境，来做解脱烦闷的寄托”①。曹植后期写了那么多游仙诗，根本原因在此。

无论是寄意于游侠（前期）还是游仙（后期），有一点是相通的，那就是强烈地追求个性自由，要求实现人生价值，这其实也是汉魏之际人性觉醒的重要侧面。从传统的思想格局中突围而出，崇尚个人价值的实现，争取个性的自由发展，曹植是格外突出的。他之所以能够成为“建安之杰”（钟嵘《诗品》），杰出的才华固然是十分重要的条件，而观念的先进和强烈尤为不可或缺的前提。

四

文、赋、诗是建安时代最为重要的文学形式，曹植可以说是三项全能的，就其对后代的影响而言，他的诗歌艺术最为引人注目。

和许多一流诗人一样，曹植追求多样统一的风格，他既能写充满阳刚之气的豪放之作，也能写描写儿女情长的阴柔之作。双峰并峙，蔚为大观。

曹植始终念念不忘的乃是统一中国，民富国强，为此他准备战胜一切困

① 沈达材《建安文学概论》，朴社 1932 年版，第 145 页。

难，甚至不惜牺牲自己，最为难能可贵的是，从春风得意的青年时代到困窘无聊的晚年，他始终不渝，充满了慷慨激昂的豪情和活力。后来意气风发的盛唐诗人在这一点上特别与他发生共鸣。杜甫诗云“文章曹植波澜阔”(《追酬故高蜀州人日见寄》)，这种壮阔的波澜集中地见之于他的诗中。所谓“盛唐气象”“少年精神”，都可以从这里找到某种基因。

在曹植的笔下，景象往往阔大雄浑，不多描写细节，有力的笔触直奔主题而去，如《杂诗》其五云：“江介多悲风，淮泗驰急流。愿欲一轻济，惜哉无方舟。闲居非吾事，甘心赴国忧！”直抒豪情，也直言其遗憾。即使是这样哀叹自己处境困难的诗，也还是豪放压过了低沉，希望战胜了绝望。又如《野田黄雀行》：

> 高树多悲风，海水扬其波。利剑不在掌，结友何须多！不见篱间雀，见鹞自投罗。罗家得雀喜，少年见雀悲。拔剑捎罗网，黄雀得飞飞。飞飞摩苍天，来下谢少年。

曹植眼看着自己的密友杨修、丁仪、丁廙等人一个个先后被灭，一筹莫展，但在他的想象中，在他的白日梦中，他却是一位屹立于苍天碧海之间的英雄少年，利剑在掌，济困扶危，很轻而易举地就解救了陷入罗网的弱小者，让他们重新展翅飞翔。在他晚年的大量游仙诗中，他自己的形象仍然充满了青春气息，俯瞰宇宙，横绝四海，可以有绝大的作为。这样积极的态度，进取的精神，感动了后世无数的读者。

但曹植并非一味粗豪，他也有细腻的柔情，他笔下的佳人、思妇、弃妇、寡妇，无不刻画入微，哀婉动人。例如《闺情》：

> 揽衣出中闺，逍遥步两楹。闲房何寂寞，绿草被阶庭。空穴自生风，百鸟翔南征。春思安可忘，忧戚与君并。佳人在远道，妾身单且茕。欢会难再逢，芝兰不重荣。人皆弃旧爱，君岂若平生。寄松为女萝，依水如浮萍。赍身奉衿带，朝夕不堕倾。傥终顾盼恩，永副我中情。

背景是小巧秀丽的闺房，情绪是纤细的哀愁和希望，与他那些豪放的高唱完全不同，但也同样有感人的魅力。后来六朝的诗人专学曹植的这一方面，颇有成效，但格局不免显得比较小了。只有儿女情，没有风云气，就很容易落入第二义。

曹植杰出的贡献在于，他将通常用于爱情婚姻题材的种种细腻抒情的手法引入政治抒情诗，从而使重大题材作品不仅具有题材本身的意义，还能表现人性之深，具有更强的可读性，同时引发读者丰富深广的人生思考。这一方面最典型的作品是《赠白马王彪》，诗凡七章，其后三章云：

太息将何为？天命与我违。奈何念同生，一往形不归。孤魂翔故域，灵柩寄京师。存者忽复过，亡没身自衰。人生处一世，去若朝露晞。年在桑榆间，影响不能追。自顾非金石，咄唶令心悲。　心悲动我神，弃置莫复陈。丈夫志四海，万里犹比邻。恩爱苟不亏，在远分日亲。何必同衾帱，然后展殷勤？忧思成疾疢，无乃儿女仁？仓卒骨肉情，能不怀苦辛！　苦辛何虑思，天命信可疑。虚无求列仙，松子久吾欺。变故在斯须，百年谁能持？离别永无会，执手将何时？王其爱玉体，俱享黄发期。收泪即长路，援笔从此辞。

曹彰之死不仅让曹植对政治动向有了新的思考，也引发他对人生对命运重新加以思考，人非金石，死亡随时可能发生，这是不能由自己掌握的，所以唯有人间的真情最可珍惜，地理上的距离并不能影响它的存在——但曹植这样说又无非是一种无可奈何的自我安慰罢了。神仙和天命全都靠不住，伤心的还是离别……来往循环，深沉酷烈，这样的诗不仅以内容的政治性引人注目，更以表现人性之深发人深思。《赠白马王彪》代表了建安五言抒情诗的最高成就。

现存曹植的诗，徒诗和乐府大抵各占一半，徒诗绝大部分是五言，乐府的四分之三是五言。通过学习民歌和无主名“古诗”并加以改造创新，奠定五言诗在中国诗歌史上地位，乃是曹植伟大的历史贡献。

在曹植以前，五言诗已经产生，并且有《古诗十九首》这样成熟的作品，但其中仍有比较多的叙事成分，或因为出于下层文人之手，一时也没有形成太大的影响。《古诗十九首》成就极高，前人曾推测其作者可能是曹植、王粲，今人更有认定其中部分作品出于曹植之手者，虽查无实据，而事出有因。无主名“古诗”正是五言诗由叙事转向抒情的先驱，而曹植则是这一方面成就特高而且影响尤大者。

曹操已经采用乐府旧题写五言诗，仍多叙事，反映重大的社会变动，同时他又十分热爱传统更为悠久的四言诗。曹丕是勇于试用各种诗体的，但总体来看，其五言诗成就不算高；曹植也是兼用各体的，但明显以五言为主，且转向以抒情为主。他一方面采用乐府旧题翻出新调，作有《平陵东行》《来日大难》《怨歌行》《蒿里行》《薤露行》等等，另一方面则勇于自我作古，新写了《白马篇》《名都篇》《种葛篇》等等，促使五言诗这种体式可以适应各种题材的需要，占据诗坛的中心。

汉乐府民歌多为抒情意味浓厚的叙事诗，宗旨不离反映民间疾苦，对当局或美或刺，此外也歌唱爱情，风格相当质朴；曹植用乐府的形式写五言诗，题材大为扩大，叙事减少，转向抒情，个人的主体性很强。中国后来的文人诗歌大抵以抒情为主，在这一传统形成的过程中，曹植起了很大的作用。

试以《薤露行》为例来看。汉乐府《薤露行》只是一首实用性的挽歌；曹操用此旧调写诗，内容是叙述何进、董卓之乱的过程，曾经得到“诗史”的美誉；而曹植所作，完全转向一己的抒情：

> 天地无穷极，阴阳转相因。人居一世间，忽若风吹尘。愿得展功勤，输力于明君。怀此王佐才，慷慨独不群。鳞介尊神龙，走兽宗麒麟。虫兽犹知德，何况于士人。孔氏删诗书，王业粲已分。骋我径寸翰，流藻垂华芬。

诗中说起自己如何由志在建功立业转向骋翰立言，不得已而求其次的转变过程，深刻表现了建安志士追求不朽的坚韧努力。诗的内容由外转内，形式则是地道而圆熟的五言诗，读起来很富于韵律感。他的五言徒诗也是如此。离开对音乐的依赖而追求诗的音乐之美，是曹植重大的贡献之一。

曹植五言诗的语言很有特色，他注意学习民歌，而又加以文饰提高，文采缤纷而不离歌谣的通俗。老一辈建安诗人已经注意学习民歌的语言，曹植更加自觉，曾明确提出“街谈巷议，必有可采；击辕之歌，有应风雅；匹夫之思，未应轻弃也”（《与杨德祖书》）；而对文人卖弄学问，偏爱“字隐”的风气则很不以为然[①]，对“烦文博采”“离言辨白”的书生气也不赞成[②]。他本人写诗语言清新流畅，极得民歌神韵。例如《美女篇》，属杂曲歌辞齐瑟行，写佳人求偶之难：

> 美女妖且闲，采桑歧路间。柔条纷冉冉，落叶何翩翩。攘袖见素手，皓腕约金环。头上金爵钗，腰佩翠琅玕。明珠交玉体，珊瑚间木难。罗

---

① 《文心雕龙·炼字》：“故陈思称扬马之作，趣幽旨深，读者非师传不能析其辞，非博学不能综其理。岂直才悬，抑亦字隐。”

② 《文心雕龙·定势》：“陈思亦云：‘世之作者，或好烦文博采，深沉其旨者；或好离言辨白，分毫析厘者。所习不同，所务各异。’言势殊也。”

衣何飘飖，轻裾随风还。顾盼遗光采，长啸气若兰。行徒用息驾，休者以忘餐。借问女安居？乃在城南端。青楼临大路，高门结重关。容华耀朝日，谁不希令颜。媒氏何所营，玉帛不时安。佳人慕高义，求贤良独难。众人徒嗷嗷，安知彼所观。盛年处房室，中夜起长叹。

前人每谓此诗有什么政治上的深意，未免求之过深。本篇采用赋体，从采桑写起，在行动中描绘这位美女，全用民歌手法，令人想起汉乐府《陌上桑》；但曹植绝非生吞活剥，多有创造和进步，这里的句法更加丰富，用字更加讲究，多处化静为动，写出了美人的神态，后半又转入内心的剖析，写她的高傲和痛苦，尤为民歌中所未见。古代诗歌中写"剩女"题材的，似以这一首为最早，也最美。

曹植追求"文义相扶"(《答明帝诏表》)前提下的多元发展，有时他非常质朴，颇近于口语，如《赠丁廙》，还有些诗写得比较散文化，如《吁嗟篇》《门有万里客》，他并不像曹丕那样一味追求"诗赋欲丽"；但他也有许多"词采华茂"(《诗品》)的篇什，"《名都》《白马》《美女》诸篇，辞极赡丽，句颇尚工，语多致饰"(胡应麟《诗薮》外编卷三)。他又特别讲究在诗的开头安排精彩的句子，突兀而起，先声夺人，这就是前人提起的"极工起调"(沈德潜《说诗晬语》卷上)；安排对仗也下过许多功夫。这些都表明他既注意学习民歌而又不为所限、注意提高的特色。

学习民歌而又带有比较强的文人气还表现在他很少叙述具体的人物、故事和事件，而重在抒发对生活的感受和思考，往往从所见到的物象出发，迁想妙得，生发开去，大发感慨。例如《杂诗》其一：

高台多悲风，朝日照北林。之子在万里，江湖迥且深。方舟安可极？离思故难任。孤雁飞南游，过庭长哀吟。翘思慕远人，愿欲托遗音。形影忽不见，翩翩伤我心。

写思友之情就从眼前所见之景出发，以情观景，第一句就突现了苍凉的世态和心态，这样的写法是民歌里未见的。孤雁飞南，忽然不见，本是常见的景象，但在这里具有多重的信息，既可表示传信无人，也可象征那远在万里之外的故人，令人悠然神往。曹植诗歌创作中最能引起后代读者注意的正是这一类强烈的抒情，他总是饱含着浪漫主义的激情来创作，不为传统的清规戒律所束。陆时雍《诗镜总论》批评"子建任气凭材，一往不制，是以有过中之病"，事实上"过中"恰恰是曹植的优点，他写民生的疾苦、本人的忧患、抒发统一中国的壮志，以及像这里说的思友之情，都能畅所欲言，以生动的形象出之，给予读者深刻的印象。

曹植诗歌的音乐美也是非常重要的一个优点，音韵和谐，铿锵响亮，读起来朗朗上口。例如下列二首：

明月照高楼，流光正徘徊。上有愁思妇，悲叹有余哀。借问叹者谁，言是客子妻。君行逾十年，孤妾常独栖。君若清路尘，妾若浊水泥。浮沉各异势，会合何时谐？愿为西南风，长逝入君怀。君怀良不开，贱妾当何依！

——《七哀》

南国有佳人，容华若桃李。朝游江北岸，夕宿潇湘沚。时俗薄朱颜，谁为发皓齿。俯仰岁将暮，荣曜难久恃。

——《杂诗》其二

这些作品平仄和谐，已经近于后来的永明体。永明体大师沈约早已注意及此，曾经举出曹植《赠丁仪王粲》中的"从军度函谷，驱马过西京"以及王粲《七哀》中"南登霸陵岸，回首望长安"等句，称为"音律调韵，取高前式"，他指出产生这种情形的原因是"暗与理合，匪由思致"（《宋书·谢灵运传》），因为在他看来声韵的奥秘是要到他们这一代手上才开始弄清楚的。后来的诗论家一再论述过曹植诗的平仄妥帖，金声玉振①。曹植在这一方面是下过许多功夫的，非常值得注意。

先前诗歌的音乐美往往直接依靠它同音乐的密切联系，例如乐府诗，是配乐演唱的，到所谓"魏之三祖"的曹操、曹丕、曹叡仍然是如此。曹植也具有非常良好的音乐素质，但由于他不具备"魏之三祖"那样的地位，不可能有自己的音乐班子大规模地从事声、辞完全配合的创新试验，于是他转而从梵呗中寻找借鉴和出路，走上了一条更新也更有远大前程的道路。

成规模的音乐与歌词的配合，需要有专门的班子，有音乐方面的专家。《文心雕龙·乐府》引用曹植的话说"左延年闲于增损古辞，多者则宜减之，明贵约也"；刘勰又追加两句道："子建、士衡，咸有佳篇，并无诏伶人，故事谢丝管。俗称乖调，盖未思也。"左延年"妙于音"（《三国志·魏书·杜夔传》），乃是从事声、辞配合的专家，但其人专门为皇家服务，曹植用不上他。那么，为

① 详见张戒《岁寒堂诗话》卷上、谢榛《四溟诗话》卷三等。

什么曹植那些“事谢丝管”也就是未尝用器乐伴奏过的诗篇仍然并非“乖调”呢，原来他有另外的途径。

曹植一向注意向民歌学习，后来又找到了佛教吟诵经文的调子——梵唱，从这里他进一步得到了加强诗歌音乐美的启示。东晋、刘宋间刘敬叔《异苑》卷五载：

> 陈思王曹植字子建，尝登鱼山，临东阿，忽闻岩岫里有诵经声，清通深亮，远谷流响，肃然有灵气，不觉敛衿祗敬，便有终焉之志，即效而则之。今之梵唱，皆植依拟所造。一云，陈思王游山，忽闻空里诵经声，清远遒亮，解音者则而写之，为神仙声。道士效之，作步虚声也。

道教徒历来喜欢剽窃佛教的东西，所以这里的“一云”与前文所叙并不矛盾。到萧梁时代，释慧皎《高僧传》卷十三《经师论》载：

> 始有魏陈思王曹植，深爱声律，属意经音。既通般遮之瑞响，又感鱼山之神制。于是删治《瑞应本起》，以为学者之宗。传声则三千有余，在契则四十有二。其后帛桥、支籥，亦云祖述陈思，而爱好通灵，别感神制，裁变古声，所存则一千而已……天竺方俗，凡是歌咏法言，皆称为呗。至于此土，咏经则称为转读，歌赞则号为梵呗。昔诸天赞呗，皆以韵入弦管，五众既与俗违，故宜以声曲为妙。原夫梵呗之起，亦肇自陈思，始著《太子颂》及《睒颂》等，因为之制声，吐纳抑扬，并法神授，今之“皇皇顾惟”，盖其风烈也。

“般遮”即佛教经典中所说的执乐神般遮翼，在佛前鼓琉璃琴为供养者。据《长阿含经》，他用来娱佛的偈歌译为汉语就是一首五言长诗，经他一唱，“悲和哀婉，感动人心”。另据《杂宝藏经》，般遮所唱的偈颂，也有五言加七言拼合而成的。这些经典译出都比较晚。首先将佛教音乐及其唱辞传入中国内地的是西域高僧支谦，他翻译了著名的《佛说太子瑞应本起经》，译文中有典型的五言诗，又有《帝释乐人般遮琴歌呗》(见《出三藏记集》卷二、十二、十三)，此外还制有《赞菩萨连句梵呗》三契。所谓“呗”，或称“梵呗”，指佛教音乐中歌咏经偈的部分，也就是一种特别的唱诗的方法；“契”则大体相当于汉语之所谓“章”，即歌唱中的一个段落。前引《高僧传》说曹植曾经“删治《瑞应本起》”，指的应当就是这部经典。支谦译经在吴黄武初至建兴中约三十年(222～252)，其译文的流布恐已在曹植身后；此后又不断有善梵音的西域来华僧人将佛教唱经之法带入中国，为时当然就更晚。僧祐《出三藏记集》卷十二列举他所见到的二十一种关于梵呗的记录，首列《东阿王（曹植）鱼山梵声制呗记》与《支谦制连句梵呗记》，这里有着明确的时序先后。支谦是月支人的后裔，学过梵书，熟悉多种民族语言，且深谙音律；曹植不具备他那些特殊的素质。所以，古今都有人怀疑曹植是否有可能孤明先发地创制梵呗①。“既通般遮之瑞响”一事虽然十分可疑，而“感鱼山之神制”则很可能确有其事。按，鱼山（一作渔山）在今山东东阿县境，曹植曾为东阿王，他登此山时可能听到过某种中国式的唱诵佛经的方法，认为大可借鉴，借用来吟诵诗歌，其可能性很难排除。

当佛教传入中国之初，佛教的呗赞音乐尚未正式传入，这就是《高僧传》卷十三《经师论》所说的“自大教东流，乃译文者众，而传声盖寡。良由梵音重复，汉语单奇。若用梵音以咏汉语，则声繁而偈迫；若用汉曲以咏梵文，则韵短而辞长。是故金言有译，梵响无授”。在这种情况下，中国的佛教信徒尽管从来华僧人那里学到了一些唱经的功架，甚至也多少吸收了一点外来音乐的成分，而基本上只能参用各地的民歌调子来唱诵佛教经典。佛教本来就主张开方便门，随时宣传，“入道场音，能随方俗，演出言辞，不可思议”（《度世品经》），所以从事佛教经偈而用中国唱法，看似奇怪，其实深刻地符合佛教之根本精神。看来给予曹植启示的应当是某种用来唱诵经偈的有中国特色的调子，而非印度原来的唱诵方式。“神制”云云当然是佛教徒的故神其说，“神制”仍然是人制，是某些在渔山一带从事佛教活动的中国僧人所制，只不过年代久远，知识产权的归属已经无法查明而已。

早期的中国佛教音乐基本应当是中国民间音乐的变形。著名音乐史家杨荫浏先生指出：“佛教音乐，既然是以中国的群众为对象，它就不得不从吸收中国民间土生土长的音乐艺术出发，而且以此为主，进行创作。梁代僧人慧皎（497—554）在他所写的《高僧传》中，曾经讲到当时佛教里面一些专长歌唱的僧人……可以看到，有的曾从民间学会了许多技术，又可以看出，他们并不一定死守旧的曲调，而有的人，是以善于创新，得到称道的。虽然，当时并不是没有少数几位专长音乐的外来僧人，他们的歌唱风格，对于中国的佛教音乐，并不是没有或多或少的影响，但比之中国僧人自己对本国民间音乐的

① 荷兰籍佛教史家许理和更明确指出“这个说法显然是假的”，见《佛教征服中国》，李四龙等译，江苏人民出版社 1998 年版，第 76 页。

吸收，以及他们在宗教音乐创作与发展上的贡献，则相形之下，究竟是次要的了。”①曹植受到这种出自民间的本土佛教音乐的启发，是大有可能的。

所以后来的记载就不再谈“既通般遮之瑞响”一事，单讲曹植在渔山的感悟。唐代释道世《法苑珠林》（完成于总章元年〔668〕）卷三十六有云：

至于末代修习，极有明验。是以陈思精想，感渔山之梵唱；帛桥誓愿，通大士之妙音。

…………

又至魏时，陈思王曹植字子建，魏武帝第四子也，幼含圭璋，十岁属文，下笔便成，初不改定。世间术艺，无不毕善。邯郸淳于见而骇服，称为天人。植每读佛经，辄流连嗟玩，以为至道之宗极也。遂制转赞七声，升降曲折之响，世之讽诵，咸宪章焉。尝游鱼山，忽闻空中梵天之响，清雅哀婉，其声动心，独听良久，而侍御皆闻。植深感神理，弥悟法应，乃摹其声节，写为梵呗，撰文制音，传为后式。梵声显世，始于此焉。其所传呗凡有六契。

这里不再涉及“既通般遮之瑞响”一说，专讲“感渔山之梵唱”，这样与佛教史的可信资料就不再发生矛盾；也不提什么“神制”，只说是曹植在渔山听到某种“梵天之响”或曰“梵唱”——这应当指中国佛教徒歌咏经偈的调子——从而得到诗歌音乐方面的启示，创制了六章“梵呗”（这当然仍是中国式的）。此说显然比较合于情理。又，唐代窥基《妙法莲华经玄赞》也说：

陈思登渔山，闻崖岫诵经，清婉遒亮，远谷流响。遂拟其声而制梵呗，故今俗中谓之“渔梵”，冥合西域三契七声。

曹植唱诗的方法是不是“冥合西域三契七声”，现在无从证实或证伪，但由此可以推测他的唱法中已多少有些外来的音乐成分——否则即无所谓“冥合”。

曹植通过某种中国式“梵唱”的中介间接地从民歌以及某些外来音乐成分中得到了若干营养，而不是单一地从乐府的专业伶人那里寻求诗—乐配合的窍门。乐府所采制者本来虽然也是民歌，但一入官署，容易凝固僵化，失去活力。曹植对于外来的文艺和民间的文艺是相当熟悉并且非常尊重的，他本人的诗歌创作极富于音乐之美，是他历来重视外来文艺、民间文艺的成果，同时也是他晚年能够一听渔山“梵唱”而立即有所体悟的基础。

① 杨荫浏《中国古代音乐史稿》上册，第157～158页。

五

曹植的作品特别是他的诗一向得到极高的评价。

据说晋、宋之际的大诗人谢灵运说过："天下才共有一石，（曹）子建独得八斗，我得一斗，自古及今同用一斗。苟不博敏，安有继之。"①谢灵运自我感觉极为良好，而他对曹植仍然崇拜得五体投地。

南朝梁大批评家钟嵘在《诗品》中将曹植列为上品，评语道："其源出于国风。骨气奇高，词采华茂，情兼雅怨，体被文质。粲溢古今，卓尔不群。嗟乎！陈思之于文章也，譬人伦之有周孔，鳞羽之有龙凤，音乐之有琴笙，女工之有黼黻。俾尔怀铅吮墨者，抱篇章而景慕，映余晖以自烛。故孔氏之门如用诗，则公幹升堂，思王入室，景阳、潘、陆，自可坐于廊庑之间矣。"这是无可更高的评价。

文史大家缪钺先生指出：

> 建安文人中，曹植对诗最努力，所作最多，而诗中尤以五言为多。就以上所统计，其作品传世者，乐府四十三篇，诗三十三篇，共七十六篇，其中五言五十六篇，几占全数四分之三，可见曹植特喜尝试五言。曹植作乐府虽不少，然既多自抒怀抱，不拘原题，且亦不必被诸管弦，（《文心雕龙·乐府》篇："子建士衡，咸有佳篇，并无诏伶人，故事谢丝管，俗称乖调，盖未思也。"可见曹、陆等人作乐府已不尽歌唱。）则其五言乐府与五言诗无异。
>
> ……东汉人试作五言，有两种途径。或仿乐府，叙述故事，描写社会，如辛延年《羽林郎》、宋子侯《董娇娆》是也。或用五言抒自己之怀抱，如《古诗十九首》之类是也。曹植创作五言，似偏重第二种途径。（钟嵘《诗品》谓古诗："《去者日以疏》四十五首，旧疑是建安中曹、王所制。"按"弹筝奋逸响，新声妙入神"二句，在《古诗十九首》"今日良宴会"篇中，《北堂书钞·乐部·筝》引为曹植作，当别有所据。故《古诗》中是否杂有曹植之作，虽难一一确考，然就上引两事观之，可见昔人视曹植诗与《古诗》极近似，盖二人撰作之途径与态度相同也。）惟《古诗》作者虽已将五言诗境提高，然未有专精为之者。曹植同时文人，如曹操、曹丕、王粲、刘

---

① 李瀚《蒙求》卷下徐子光注引"旧注引谢灵运云"。

桢等，天才虽卓，而于五言之创作，皆不如曹植之努力。曹植殚精竭虑，创作五言，做多方面之尝试，其人格个性，皆渗透于五言诗中，遂增扩内容，提高境界……五言源出于汉代民间之乐歌，有曹植出，用此体裁，写其深厚之情思，树立高浑之风格，五言诗体始定。就中国文学史中考之，每一种新文学体裁之产生，必经多年之酝酿，多人之试作，至伟大之天才出，尽其全力，多方试验，扩大其内容，增进其技巧，提高其境界，用此种新体裁作出许多高美之作品，树立楷模，开辟途径，使后人有所遵循，于是此种新体裁始能成立，始能盛行，而此伟大作家遂为百世尸祝，奉为宗匠，曹植在五言诗中即居如此之地位。①

这是就五言诗体的成立，论定了曹植的历史性贡献。

现代日本著名汉学家吉川幸次郎先生则就曹植写道：

> 他在一个相当长的时期内是中国的诗神。虽说到了八世纪中期，万能的诗人杜甫出现后，诗神的宝座就移让给杜甫了，但在这以前的数百年间，即从六朝到唐初时代的诗神，是曹植。
>
> ……而且，就是在杜甫取代曹植登上诗神宝座以后，中国人对曹植的尊敬和喜爱，也一直持续不断，直到现在。尤其是人们要求进行文学变革而追求变革的原动力——诗的热情时，总是要回顾到的对象，就是曹植，或者是以他为中心的建安诗人们。②

这里用文学史发展的长镜头来看问题，他的观察也是完全正确的。

---

① 《曹植与五言诗体》，《缪钺全集》第2卷，河北教育出版社2004年版，第30～31页。按，后世类书中偶引《古诗》断句而注明作者为曹植，原因可能有种种，如果即据此作为《古诗十九首》作者就是曹植的铁证，则跳跃未免过远，缺乏足够的文献支持。萧统《文选》选录古诗十九首，未标作者姓名，态度审慎；钟嵘在《诗品》中介绍"旧疑是建安中曹、王所制"这样一种揣测，立言自有分寸；缪先生的立论态度谨严，亦复无懈可击。

② 《关于曹植》，《中国诗史》（章培恒等译），复旦大学出版社2001年版，第127页。

七　其他建安作家

建安时代的文学创作以北方为主，南方作家很少，孙吴和蜀汉两边虽然也有若干人写诗作赋，用历史的长镜头来看，大抵可以忽略不计，唯一值得关注的作家乃是当时一流的政治家诸葛亮，他其实本来也是中原人士。江南的经济文化总要到晚些时候才真正发展起来，文学也是如此；而曹魏那边，即使是在一些相对次要的作家中，也颇有应予重视的人物，例如仲长统、缪袭、杨修、丁仪、丁廙、应璩等人。

一

诸葛亮（字孔明，181～234），琅邪阳都（今山东沂南）人。汉末动乱中随叔父去了荆州，他一生的事业与刘备对他极度礼遇重用关系极大。陈寿在进《诸葛亮集》的表文（载《三国志·蜀书·诸葛亮传》）中叙述他的一生道：

> 亮少有逸群之才，英霸之器。身长八尺，容貌甚伟，时人异焉。遭汉末扰乱，随叔父玄避难荆州，躬耕于野，不求闻达。时左将军刘备以亮有殊量，乃三顾亮于草庐之中；亮深谓备雄姿杰出，遂解带写诚，厚相结纳。及魏武帝南征荆州，刘琮举州委质，而备失势众寡，无立锥之地。亮时年二十七，乃建奇策，身使孙权，求援吴会。权既宿服仰备，又睹亮奇雅，甚敬重之，即遣兵三万人以助备。备得用与武帝交战，大破其军，乘胜克捷，江南悉平。后备又西取益州。益州既定，以亮为军师将军。备称尊号，拜亮为丞相，录尚书事。及备殂没，嗣子幼弱，事无巨细，亮皆专之。于是外连东吴，内平南越，立法施度，整理戎旅，工械技巧，物究其极，科教严明，赏罚必信，无恶不惩，无善不显，至于吏不容奸，人怀自厉，道不拾遗，强不侵弱，风化肃然也。
>
> 当此之时，亮之素志，进欲龙骧虎视，苞括四海，退欲跨陵边疆，震荡宇内。又自以为无身之日，则未有能蹈涉中原、抗衡上国者，是以用兵不

戢，屡耀其武。然亮才，于治戎为长，奇谋为短，理民之干，优于将略。而所与对敌，或值人杰，加众寡不侔，攻守异体，故虽连年动众，未能有克……青龙二年(234)春，亮帅众出武功，分兵屯田，为久驻之基。其秋病卒。黎庶追思，以为口实。至今梁、益之民，咨述亮者，言犹在耳。

这可以说是一份简明的诸葛亮传记，画出了一位深得人心的政治家、军事家的基本面貌。诸葛亮本无意于当文学家，然而真所谓有德者必有言，其政务活动中撰写的文字颇有成为文学史上之名篇者。

诸葛亮出山以前虽然采取“苟全性命于乱世，不求闻达于诸侯”的人生态度，其实非常注意观察形势，研究战略，规划未来，所以当刘备三顾茅庐之际，他对天下大势和刘备应采取的大政方针能够侃侃而谈，精辟深刻，并对未来作出了相当精确的预测，一篇《隆中对》展示了这位年轻政治家超人的胆识和智慧。此外他写于首次出师北伐(建兴五年〔227〕)前夕的《出师表》(《文选》卷三十七)尤为散文史上的名篇。

《出师表》中有些意思非常明白晓畅，如回忆往事的一段道：“臣本布衣，躬耕于南阳，苟全性命于乱世，不求闻达于诸侯。先帝不以臣卑鄙，猥自枉屈，三顾臣于草庐之中，谘臣以当世之事，由是感激，遂许先帝以驱驰。后值倾覆，受任于败军之际，奉命于危难之间，尔来二十有一年矣。”话说得非常清楚；文字骈散结合，错落有致，其中两组对偶的句子尤为脍炙人口。文章里的另外一些话则不那么直截了当，多有弯弯曲曲、话中有话的段落，例如接下来的一段道：

先帝知臣谨慎，故临崩寄臣以大事也。受命以来，夙夜忧叹，恐托付不效，以伤先帝之明。故五月渡泸，深入不毛。今南方已定，兵甲已足，当奖帅三军，北定中原，庶竭驽钝，攘除奸凶，兴复汉室，还于旧都。此臣所以报先帝而忠陛下之职分也。

这里对刘备充满了感情，大有“士为知己者死”的意思，他要竭尽全力来报答这位先帝的知遇之恩；而对当今皇帝陛下(刘禅，小名阿斗)，却只是说自己要尽忠职守而已：不仅如此，《表》文一开头就有批评刘禅的意思：“先帝创业未半，而中道崩殂。今天下三分，益州罢弊，此诚危急存亡之秋也。然侍卫之臣不懈于内，忠志之士忘身于外者，盖追先帝之遇，欲报之于陛下也。诚宜开张圣听，以光先帝遗德，恢志士之气；不宜妄自菲薄，引喻失义，以塞忠谏之路也。”“塞忠谏之路”而未能“开张圣听”的当然只能是指小皇帝本人，看来“妄自菲薄，引喻失义”指的也是他。年轻的皇帝刘禅意志消沉，对北伐中原复兴汉室持消极态度，所以文章一开头就教育他应当多听正确的意见，振作精神，恢弘志气，支持北伐。这个开头相当严峻。接下来，《表》文又对他交代了好几条注意事项：

> 宫中府中，俱为一体，陟罚臧否，不宜异同。若有作奸犯科及为忠善者，宜付有司论其刑赏，以昭陛下平明之理；不宜偏私，使内外异法也。侍中、侍郎郭攸之、费祎、董允等，此皆良实，志虑忠纯，是以先帝简拔以遗陛下。愚以为宫中之事，事无大小，悉以咨之，然后施行，必能裨补阙漏，有所广益也。将军向宠，性行淑均，晓畅军事，试用于昔日，先帝称之曰能。是以众议举宠为督。愚以为营中之事，悉以谘之，必能使行阵和穆，优劣得所也。亲贤臣，远小人，此先汉所以兴隆也；亲小人，远贤臣，此后汉所以倾颓也。先帝在时，每与臣论此事，未尝不叹息痛恨于桓、灵也。侍中、尚书、长史、参军，此悉贞亮死节之臣，愿陛下亲之信之，则汉室之隆，可计日而待也。

这里讲了四点意思：第一，我到了前方以后，中央的行政要依法办事，皇宫内部（“宫中”）和政府机关（“府中”）的赏罚升降应一视同仁；而且事情要让有关职能部门（“有司”）来处理。总之，在自己领兵出征期间，一切按规矩办，不得乱来。第二，即使是宫中的事情，无论大小，也都要先问一问侍中郭攸之、费祎和黄门侍郎董允三位，你不能乱作主张。诸葛亮深恐自己外出以后，刘禅失去控制，所以特别安排郭、费、董三位全面负责宫廷事务。后文还说“斟酌损益，进尽忠言，则攸之、祎、允之任也”，又说“若无兴德之言，则责攸之、祎、允等之慢，以彰其咎”，一再叮嘱，反复交代，看来他最担心这个方面。第三，中央的安全保卫工作，由中部督向宠负全责（详见《三国志・蜀书・向宠传》）。以上三个方面都还是比较具体的交代，诸葛亮意犹未尽，又加上一个第四条，直接向刘禅本人提出要求，要他亲贤臣，远小人。如果刘禅没有亲小人的毛病或倾向，诸葛亮就不会说这些话。事实上刘禅这方面问题很不小，诸葛亮死了以后更是恶性发展，终于亡国。所以从某种意义上来说，作者写《出师表》固然是用来表达自己复兴汉室的决心，而大量的篇幅则是写来告诫刘禅的，一条一条的非常具体——就好像大人离家时对小孩往往有所交代一样。这种写法相当特别[①]。这是因为当时皇帝是刘禅，但国家的领导权实际上集中

---

① 表是臣下给皇帝的报告；《出师表》这个标题是后人加的，当时称为“疏”，“疏”也是一种臣下给皇帝的报告。

在诸葛亮手里，他对刘禅忠心耿耿，可以说完全是看在先帝刘备的份儿上。《出师表》中屡以“先帝”为言，一共提到十三次之多，道理也正在于此。

刘备临死之前向诸葛亮交代后事，说“君才十倍曹丕，必能安国，终定大事。若嗣子(按，即指太子刘禅，时年十七岁)可辅，辅之；如其不才，君可自取”(《三国志·蜀书·诸葛亮传》)；诸葛亮表示决不自取，将尽全力辅佐刘禅。于是刘备郑重地向他托孤，并对在身边的儿子刘永(鲁王)说“吾亡之后，汝兄弟父事丞相”(《三国志·蜀书·先主传》裴注引)，他又把这一层意思写成文本下达给当时不在身边的刘禅。所以，刘备死后，各方面都远不成熟的刘禅只能将国家大事全部交给诸葛亮，自己则当一个名义上的元首；“亮亦以禅未闲于政，遂总内外”(《三国志·蜀书·后主传》注引《魏略》)，“政事无巨细，咸决于亮”(《三国志·蜀书·诸葛亮传》)。这时他的头衔有：丞相、录尚书事、领司隶校尉、领益州牧，封武乡侯。作为中古时代最卓越的政治家，诸葛亮把蜀汉治理得很上轨道，并且迅速安定了曾经一度发生叛乱的南中诸郡；到建兴五年(227)率师进驻汉中，准备北伐。而这时已经当了五年皇帝的刘禅不仅完全无所作为，而且已经产生了享乐腐化的倾向。唯其如此，当诸葛亮将出师北伐时，很不放心，不得不对朝廷之事作出细致的安排，还要反复叮咛，告诫小皇帝刘禅，不准如何，应当如何；但由于他们之间到底有君臣的名分，所以凡是告诫的话都不好直说，不能像一般的父母对子女那样，尽管按刘备的遗嘱，刘禅应“父事丞相”。

因为是这么一种特殊的空前绝后的君臣关系，于是就有了写法如此特殊、充满了潜台词的《出师表》。宋代大诗人陆游说得好：“出师一表真名世，千载谁堪伯仲间！”(《书愤》)

《出师表》文章写得极好，近期效果也比较好，但是并没有能够从根本上解决问题，刘禅还因此记恨诸葛亮[1]。诸葛亮将国家大事一手包办了，没有放

---

[1] 《三国志·蜀书·董允传》载：“丞相亮将北征，住汉中，虑后主富于春秋，朱紫难别，以允秉心公亮，欲任以宫省之事……允处事为防制，甚尽匡救之理。后主常欲采择以充后宫，允以为古者天子后妃之数不过十二，今嫔嫱已具，不宜增益，终执不听。后主益严惮之。”可知董允严格地执行诸葛亮的指示，在近期内管住了刘禅。同上传又载，后主宠爱宦官黄皓，由于董允尚在，刘禅、黄皓不敢太为非作歹；及至诸葛亮出师未捷身先死，后来(246)董允也死了，他们就放手享受胡为，国事日非，终至覆亡。刘禅被捉到洛阳，生活待遇不错，他竟然说什么“此间乐，不思蜀”。所以司马昭感慨地评论道：“虽使诸葛亮在，不能辅之久全，而况姜维耶！”(《三国志·蜀书·后主传》注引《汉晋春秋》)可见远期效果很不行。当诸葛亮死时，蜀汉全国上下十分悲痛，纷纷举行哀悼活动，刘禅加以压制，不同意在成都立庙纪念。看来刘禅实际上对诸葛亮颇有些怀恨于心，丞相活着的时候不敢有所表现，他一死，刘禅就为所欲为了。

手去锻炼刘禅，恐怕也要承担若干责任。

建兴六年(228)春诸葛亮出兵祁山，曹魏震动，由于本部前锋马谡违背指挥败于街亭，诸葛亮收兵回汉中，上疏自贬三等，承担领导责任。稍后孙权方面大破魏大司马曹休，魏兵向东吴方向调动，关中比较空虚，诸葛亮遂于当年十二月率部出散关，围陈仓，与魏之守将相持二十余日，不克，粮尽而还。这一次出兵前诸葛亮又上一表，后来被称为《后出师表》。由于这一份文件在陈寿所编的诸葛亮集中未载，而出于张俨《默记》，其真实性曾经遭到某种怀疑。按，张俨(？～260)为东吴大鸿胪，去诸葛亮未远，所记应当是可靠的，审其内容，亦非诸葛亮莫属。这是一篇辩论性的文字，诸葛亮在年初失利之后再次准备北伐，受到许多质疑和抵制，他本人的威信也有所下降，于是不免议论纷纷：反对派主张与民休息，徐图后计，坐定天下；诸葛亮则认为绝对不能坐等，弱小者采用保守的政策只能等死，而积极进取虽然不能保证成功，却有胜利的可能。“惟坐待亡，孰与伐之”；他说自己的态度是“鞠躬尽力，死而后已，至于成败利钝，非臣之明所能逆睹也”。这很有些知其不可而为之的意思，一席话说得非常动人。

北伐必然会增加民众的负担，使“民穷兵疲”的情况更加严重，对这样严峻的形势诸葛亮是看得很清楚的，但他认为这是没有办法的事情，非付出这样的代价不可。与民休息看上去很美，但只能迅速走向灭亡。蜀汉的民众对诸葛亮的政策是理解的，对他崇高的人格非常钦仰。“亮初亡，所在各求为立庙，朝议以礼秩不听；百姓遂因时节私祭之于道陌上。言事者或以为可听立庙于成都者，后主不从。”(《三国志·蜀书·诸葛亮传》注引《襄阳记》)诸葛亮在遗嘱中指定遗体葬于汉中定军山，敛以时服，不须器物。他预料自己身后蜀汉必亡。明智而悲观的估计与彻底的献身精神合二为一，形成了诸葛亮崇高的悲剧人格。

因为身份和职务的关系，诸葛亮的文章多数是言教书奏一类应用文，其特点正如陈寿所说，“文彩不艳，而过于丁宁周至”，原因在于“亮所与言，尽众人凡士，故其文指不得及远也；然其声教遗言，皆经事综物，公诚之心形于文墨，足以知其人之意理，而有补于当世”(《进诸葛亮集表》)。面向一般对象的应用文字，不得不如此。诸葛亮的教令甚多，例如《与群下教》二则云：

> 夫参署者，集众思广忠益也。若远小嫌，难相违覆，旷阙损矣。违覆而得中，犹弃弊蹻而获珠玉。然人心苦不能尽，唯徐元直(庶)处兹不惑，

又董幼宰(和)参署七年,事有不至,至于十反,来相启告。苟能慕元直之十一,幼宰之殷勤,有忠于国,则亮可少过矣。

昔初交(崔)州平,屡闻得失,后交(徐)元直,勤见启诲。前参事于幼宰(董和),每言则尽,后从事于伟度(胡济),数有谏止。虽姿性鄙暗,不能悉纳,然与此四子终始好合,亦足以明其不疑于直言也。

这些是诸葛亮身居相位以后,希望下属多向自己提出不同意见而发的。诸葛亮当时实际上处于国家最高领导地位,他能够虚心听取不同的意见,而且一再号召下属进谏,以便减少自己的过失,这是很难能可贵的。两份教令都不空讲大道理,只是举眼前的人和事为例,显得切实而有说服力。

诸葛亮也写过若干不直接涉及当前政治军事事务的文章,如《诫子书》:

夫君子之行,静以修身,俭以养德,非澹泊无以明志,非宁静无以致远。夫学须静也,才须学也,非学无以广才,非志无以成学。慆慢则不能励精,险躁则不能治性。年与时驰,意与岁去,遂成枯落,多不接世,悲守穷庐,将复何及!

夫酒之设,合礼致情,适体归性,礼终而退,此和之至也。主意未殚,宾有余倦,可以至醉,无至迷乱。

给子女写一篇或长或短的文章来告诫他们,是汉代兴起的一种新传统。现在还可以看到的东方朔《诫子书》、马援《诫兄子书》、班昭《女诫》、郑玄《诫子益恩书》、蔡邕《女训》等等,都反映了他们本人的思想和风格,也染有时代的色彩。诸葛亮对下一代的这些谆谆教诲,言温而厉,反映了他的人格理想,其中许多话都是至理名言。澹泊明志,宁静致远这两句,后来成为成语。诸葛亮唯一的儿子诸葛瞻长大后颇有声誉。最后为卫国而战死,时年三十七岁。

诸葛亮又有带有学术性的短论:

老子长于养性,不可以任危难;商鞅长于法理,不可以从教化;苏(秦)张(仪)长于驰词,不可以结盟誓;白起长于攻取,不可以广众;子胥长于图敌,不可以谋身;尾生长于守信,不可以应变;王嘉长于遇明君,不可以事暗主;许子将长于明臧否,不可以养人物。此任长之术者也。

夫知人之性,莫难察焉。美恶既殊,情貌不一:有温良而为伪者,有外恭而内欺者,有外勇而内怯者,有尽力而不忠者。然知人之道有七焉:

一曰问之以是非而观其志，二曰穷之以辞辩而观其变，三曰咨之以计谋而观其识，四曰告之祸难而观其勇，五曰醉之以酒而观其性，六曰临之以利而观其廉，七曰期之以事而观其信。

建安时代儒家的正宗地位严重动摇，先秦诸子百家的各种学说纷纷重新浮出地表。曹操最重视法家与兵家；刘备也是如此，他在给儿子的遗诏中明确提到"可读《汉书》《礼记》，闲暇历观诸子及《六韬》《商君书》，益人意志。闻丞相为写《申》《韩》《管子》《六韬》一通已毕，未送，道亡，可自更求闻达"（《三国志·蜀书·先主传》注引）。诸葛亮执法甚严，而他同时也看到法家"不可以从教化"的局限性，他实际政治运作中兼用儒、法，"行法严而国人悦服，用民尽其力而下不怨"（《三国志·蜀书》本传）。曹操也很明白儒家思想还是有它的用处的，但要等到天下太平了以后再用，现在只能用法家，用权术。他的事业更成功而得人心的程度不如诸葛亮，原因之一大约就在这里。

诸葛亮评论诸子时提到的近人许劭（字子将，150～195），乃是当时最著名的人物评论专家，连曹操都以能够得到他的评论为荣①，但他却同自己的从兄许靖不能和谐相处②，显得心胸相当狭窄。诸葛亮在这里顺便谈到，表明他对人伦鉴识这一当代显学的独立见解。他提出的七条观人之法大有道理，具有相当的可操作性。

蜀汉方面除了诸葛亮以外，还有许靖、秦宓、谯周等作家，孙吴方面则有张纮、孙权、陆逊、诸葛瑾、诸葛恪、韦昭等人，但成就都不高。南方土著文人，总要等到陆机等人出来，才能在全国范围内占有真正的席位。

二

《三国志·魏书》有《王卫二刘傅传》，实际上是一篇文苑传，其中在叙述过"七子"以后说"自颍川邯郸淳、繁钦，陈留路粹，沛国丁仪、丁廙，弘农杨修，河内荀纬等，亦有文采，而不在此七人之例"；此外又提到应璩、吴质、仲长统和缪袭，可见这些人都是当时比较重要的作家。

先来看仲长统（字公理，180～220）其人。

---

①　详见《三国志·魏书·和洽传》注引《汝南先贤传》、《三国志·魏书·武帝纪》注引《世语》。

②　详见《三国志·蜀书·许靖传》。

不少著作把仲长统当作东汉的政论家来对待，这样当然也未尝不可。就表面上来看，使用建安为年号的王朝仍然是东汉，但这时大权已经旁落，社会政治文化情况同以前大为不同，所以前人有“魏建安”这样虽然古怪却自有其道理的提法①。仲长统生活在文学史上的建安时代，他的年纪比“建安七子”中的任何一位都要小，比另外一位比较年轻的作家吴质(178～230)还要小两岁。问题在于他活得比较短，他死的那一年乃是建安二十五年(220)，当年正月曹操死，太子曹丕嗣位为魏王，三月改年号为延康元年，十月魏王曹丕登坛接受汉王朝的禅让称帝，改年号为黄初，汉魏易代正式完成。仲长统死于易代之前②，可以称为汉朝人，《后汉书》也为他立过传；而《三国志》也提到他。建安是一个过渡时期，所以不少人物在《后汉书》《三国志》两部史书中都会提到。

仲长统的主要著作《昌言》写于建安年间，其他作品大抵也写于此时或其稍前，正是最典型的建安作家。他是山阳高平(今山东邹城西南)人，董卓作乱时避难于上党多年，“每列郡命召，辄称疾不就，默语无常，时人或谓之狂”(《三国志·魏书·刘劭传》注引缪袭《上仲长统〈昌言〉表》)；稍后游并州，并州刺史高幹对他相当客气，但并不肯听从他的意见，于是他又离开了这里。青年时代的仲长统大约有点像诸葛亮，“苟全性命于乱世，不求闻达于诸侯”，而实际上正在观察形势，准备择主而仕。

仲长统曾写过一段文章(以“使居有良田广宅”开头，后世或题为《乐志论》者)自明其志，幻想避开世乱，过小庄园主田园安稳的生活。汉末有不少

---

① 建安虽为汉献帝年号，而实权在曹操之手，故历来有“魏建安”之说。西晋文学家夏侯湛《东方朔画赞·序》(《文选》卷四十七)云：“大夫讳朔，字曼倩，平原厌次人也。魏建安中，分厌次以为乐陵郡，故又为郡人焉。”李善注云：“范晔《后汉书》曰：献帝改兴平三年为建安元年。今云魏，疑误也。”但夏侯湛去汉魏未远，又是水平很高的人，他大约是故意这么说的，退一步说，即使是一时笔误，也深刻地揭示了建安时代的一个本质方面：这时已经是曹家的天下，在为魏的建立做准备了。正因为如此，“魏建安”这样的提法后来仍然有人用。唐秘书少监颜师古曾为《汉书》作注，书中征引旧注凡二十三家，他在书前的《汉书叙例》中一一加以介绍，其中有两位是：“邓展，南阳人，魏建安中为奋威将军，封高乐乡侯。”“文颖字叔良，南阳人，后汉末荆州从事，魏建安中为甘陵府丞。”这里两次出现“魏建安”的提法；对此顾炎武曾有所批评，指出“建安乃汉献帝年号，虽政出曹氏，不得遽名以魏”(《日知录》卷二十七《汉书注》)。顾氏的意见当然是对的，但颜氏作为唐秘书少监岂有不知道“建安乃汉献帝年号”之理？他是学问很大的人，却还是要这么说，可知自有其道理。现在看来，政治家、军事家曹操的个人魅力太强大了，历史常识在他面前也只好退避三舍。

② 《三国志·魏书·刘劭传》注引缪袭《上仲长统〈昌言〉表》云，统“延康元年卒”。

知识分子向往这样的境界,也确有几个人真正实行过,例如胡昭、田畴等人①;但正如东晋人袁宏《三国名臣序赞》(《文选》卷四十七)所说,“时方颠沛,则显不如隐;万物思治,则默不如语”,所以某些临时性的隐士到了合适的时候就会毫不犹豫地出山,在政治舞台上大显身手。仲长统也是如此,据《资治通鉴》卷六十五《汉纪五十七》载,建安十一年(206)他被尚书令荀彧举为尚书郎,《后汉书》本传说他“后参丞相曹操军事。每论说古今及时俗行事,恒发愤叹息,因著论,名曰《昌言》,得三十四篇,十万余字”。而缪袭《上仲长统〈昌言〉表》说是二十四篇;当以缪说为是。《昌言》没有写完,仲长统就去世了。他去世前已复为尚书郎,不算曹操的直接部下了。他何时离开曹操,史无明文。

《昌言》现已残缺,完整的只剩三篇。从它的内容看去,曹操请他去当参军事是大有道理的,他有不少观点同曹操非常接近。例如他认为,在正常情况下“德教”是重要的,乃“人君之常任”,而“至于革命之期运,非征伐用兵则不能定其业,奸宄之成群,非严刑峻法则不能破其党。时势不同,所用之数亦宜异也。教化以礼义为宗,礼义以典籍为本,常道行乎百世,权宜用于一时”。这样一层意思曹操曾经多次讲过,而且付诸实施。又如仲长统认为当前的政体应当采用皇帝之下的丞相负责制,而不宜采用三公集体负责制,因为“任一人则政专,任数人则相倚;政专则和谐,相倚则违戾”(《法诫篇》)。这一主张很合曹操的心事,他是一心要大权独揽的,在建安初年因为条件不成熟,只好沿用东汉的三公制,他本人自领司空;到建安十三年(208)便废除了三公,自为丞相。此时得知有人从政治学理论上论证“政在一人”的必要性和可行性,岂非正中下怀。

然而仲长统乃是一位具有独立见解的政论家,而且书生气很重,丝毫没有迎合曹操的意思,更谈不上为曹操的专权制造舆论。即以其主张实行丞相一人负责制而言,他的理论生长点是总结并吸收东汉的教训,他指出,当时“虽置三公,事归台阁……而权移外戚之家,宠被近习之竖”,以至政治完全乱

---

① 胡昭(162~250),字孔明,颍川人,不应袁绍、曹操的征辟,“居陆浑山中,躬耕乐道,以经籍自娱……至嘉平二年,公车特征,会卒,年八十九”(《三国志·魏书·管宁传》)。田畴(169~214),字子泰,右北平无终人,早年“入徐无山中,营深险平敞地而居,躬耕以养父母”(《三国志·魏书·田畴传》),后一度为曹操效劳,而坚辞封赏,拜为议郎。关于汉末隐士的情况及分析,详请参见王瑶《论企希隐逸之风》,《中古文学史论》,北京大学出版社1998年第2版,第192~195页。

套；所以他主张恢复西汉时代“自高帝逮于孝成”那种“政专则和谐”的局面。换言之，他的理论主张是反思历史经验教训的成果，与当前的人事安排并没有直接的关系，所以《法诫篇》下文还有这样一段议论：

> 或曰：政在一人，权甚重也。曰：人实难得，何重之嫌。昔者霍禹、窦宪、邓骘、梁冀之徒，借外戚之权，管国家之柄，及其伏诛，以一言之诏，诘朝而决，何重之畏乎！

这些话可谓不识时务之至，像汉献帝那样手无寸铁的傀儡皇帝，他的“一言之诏”其实是什么问题也解决不了的。

从“何重之畏乎”一类的措辞来看，《法诫篇》当作于建安十三年(208)曹操当上丞相之前，倘在其后则权臣伏诛一类的话将很犯忌，未必方便这样说。《昌言》的写作年代不可详考，估计在他于建安十一年(206)被尚书令荀彧请去以前已经开始，荀彧之看好他，或即因为看到了他的若干高论。《昌言》开始动手较早一事颇有内证，例如书中提到“顷皇子皇女有夭折，年未及殇，爵加王主之号，葬以成人之礼，非也”。检《后汉书·献帝纪》，建安五年“秋七月，立王子冯为南阳王，壬午，南阳王薨”；十月，献帝的另一个儿子“东海王祗薨”。《后汉书·孔融传》载，“(献)帝伤其早殁，欲为修四时之祭，以访于融”，孔融遂作《南阳王冯东海王祗祭礼对》，大意说葬以成人之礼尚可，修四时之祭则“不合礼意”；由此可知《昌言》中的有关篇章当作于两位小王子死后不久。又如关于是否要恢复肉刑的讨论发生于建安三、四年(198、199)间，而《昌言》是介入了这一场争论的，也可见写得比较早。当然，《昌言》的撰写历时甚久，终其身没有写完，所以其中或许有些是他出任尚书郎以至参曹操军事以后的文字。

曹操不大喜欢这个理论家，大概就因为他太“纯学术”了。曹操看重会做具体事情的干才和能写应用文字的笔杆子；而仲长统未遭曹操的嫉恨得以终其天年，也同他的书生气有关——书生一般来说对政治家不会构成实质性的威胁和危害。

仲长统有许多想法同曹操大有出入。他在《昌言·损益篇》里讲“行于古有其迹，用于今无其功者，不可不变”的道理似乎很合于时宜，而其具体内容却是指出分封诸侯的老办法现在已经不可行，他写道：“汉之初兴，分王子弟，委之以士民之命，假之以杀生之权。于是骄逸自恣，志意无厌，鱼肉百姓，以盈其欲，报蒸骨血，以快其情。上有篡叛不轨之奸，下有暴乱残贼之害，虽借亲属之恩,盖源流形势使之然也。”这话在此时说,对于皇室的讽谏作用几乎等于零,因为汉献帝的存在仅仅是作为这个政权合法性的一个象征,他也曾经分封诸子为王,那只是象征性的虚应故事;倒是曹操在实行一种新型分封制。先是他被封(实为自封)为武平侯,食万户,到建安十五年(210)兼封四县,食三万户,其时曹操作《让县自明本志令》,一则表明自己并无“不逊之志”,而重点则在于声明“然欲孤便尔委捐所典兵众以还执事,归就武平侯国,实不可也。何者?诚恐己离兵为人所祸也。既为子孙计,又己败则国家倾危,是以不得慕虚名而处实祸,此所不得为也”;“江湖未静,不可让位,至于邑土,可得而辞。今上还阳夏、柘、苦三县户二万,但食武平万户,且以分捐谤议,少减孤之责也”。他又说准备接受皇上给自己三个儿子的爵位,“欲以为外援,为万安计”。到建安十六年(211)初汉献帝果然按照曹操的要求“分所让三县万五千封三子,植为平原侯,据为范阳侯,豹为饶阳侯,食邑各五千户”(《三国志·魏书·武帝纪》注引王沈《魏书》)。这实际上是曹操要封自己的几个儿子为侯,其性质同西汉初年分封同姓诸侯王并无根本不同,曹操当时是丞相,但皇帝的龙袍已经当作内衣穿起来了。

当曹操等被封侯以后,曹操也同意汉献帝给几个皇子封侯,从表面看是曹操的让步,以便取得平衡;而实际上却隐藏着政治上更深的阴谋。《后汉书·献帝纪》载建安十七年(212)立皇子熙等为王,李贤注引《山阳公载记》云:“时许靖在巴郡,闻立诸王,曰:‘将欲歙之,必姑张之,将欲夺之,必姑与之。其孟德之谓乎!’”许靖一眼看穿了曹操的权术。

要之,分封制在东汉之末并未绝迹,当时自有需要如此这般的形势,而仲长统对此似无深刻的理解,可能正因为如此,他在曹操手下就呆不长。这也可以说明他为什么没有参加邺下文人们的种种活动,显得落落寡合。

仲长统的书生气到处有所表现。为了限制豪门无止境地兼并土地,他主张恢复上古的井田制,而事实上这是根本办不到的。他又主张恢复肉刑。肉刑问题是当时的一个热门话题,有过热烈的争论。《晋书·刑法志》说:汉末“天下将乱,百姓有土崩之势,刑罚不足以惩恶,于是名儒大才故辽东太守崔寔、大司农郑玄、大鸿胪陈纪之徒,咸以为宜复行肉刑,汉朝既不议其事,故无所用矣。及魏武帝匡辅汉室,尚书令荀彧博访百官,复欲申之。”当时附和荀彧的人很多,而孔融认为不可以恢复,在建安四年(199)写过两篇著名的文章,曹操也认为恢复肉刑此时不可行,这事就被搁置起来。后来到魏明帝时代这个问题又被提出来复议过一次,最后也没有实行。仲长统是主张恢复的，但他不是强调肉刑对罪犯的震慑作用，而着眼于实行肉刑即可以减少死刑这样一点："今令五刑有品，轻重有数，科条有序，名实有正，非杀人逆乱鸟兽之行甚重者，皆勿杀。"（《昌言·损益篇》）后来钟繇亦持此种论调。他们的动机不能说一点道理没有，但是正如王朗所说，"夫五刑之属，著在科律，自有减死一等之法，不死即为减。施行已久，不待远假斧凿于彼肉刑，然后有罪次也。前世仁者，不忍肉刑之惨酷，是以废而不用，不用已来，历数百年，今复行之，恐所减之文未彰于万民之目，而肉刑之问已宣于寇雠之耳，非所以来远人也"（《三国志·魏书·钟繇传》）。将这两种意见一对比，便很容易看出仲长统对于现实的政治运作不是那么了解，仅仅是文章写得头头是道而已。书生论政往往如此。

《昌言》中的政论文字，要算总结东汉外戚宦官专权之弊端的那些章节最为精彩，但时至建安这些意见已成知识界的共识，谈不上深刻了。

从仲长统的种种议论看去，他的思想大抵是儒家。他早年写过两首《述志诗》（一作《见志诗》），有句道"叛散五经，灭弃风雅"，不过是青年时代的偶发狂言，未足以证明他已抛弃了儒家思想而变成道家或法家。前人或谓他"得罪于名教甚矣。盖已开魏晋旷达之习"（吴师道《吴礼部诗话》），未免言之稍过。仲长统痛斥商鞅，大讲"德教"，其非法家甚明；看他的《答邓义社主难》，可以知道他对于儒家经典的了解非常透彻，讲起来头头是道。《昌言》中讲天道与人事的关系，结论是"所取于天道者，谓四时之宜也；所一于人事者，谓治乱之实也"；"不求诸己而求诸人，下愚之主也"。专重人事，强调发挥人的聪明才智以"布德生民，建功立业，流名百世"。这与老庄思想大异其趣。我们不能因为他在隐居期间说过那么几句话就认为他是道家。《隋书·经籍志》列《昌言》于杂家类，《新唐书·艺文志》列入儒家类，都有些道理，他的思想比较杂，而以儒家为宗主。

《昌言》的主要精华不在政论，而在他批评"时俗行事"的那些部分。他以清明的理性深刻地揭露和嘲笑当时的种种迷信和陋习，继承并发扬了王充"疾虚妄"的精神，在思想史上应有一席光荣的地位。《后汉书》将仲长统与王充、王符合为一传，自有其深刻的道理。

《昌言》中批判那时的"淫厉乱神之礼""侜张变怪之言""丹书厌胜之物"以及"常俗忌讳可笑事"都很有可观。他曾举住宅建筑方面的迷信为例道："掘地九仞以取水，凿山百步以攻金，入林伐木不卜日，适野刈草不择时，及其构而居之，制而用之，则疑其吉凶，不亦迷乎！"又讽刺那些以迷信为职业者以及相信他们那一套胡说八道的人们说："彼图家画舍转局指天者不能自使室家滑利，子孙富贵，而望其能自致之于我，不亦惑乎！"至今读去仍觉虎虎有生气。仲长统根本不相信神怪巫术；对于当时正在兴起的"胎食""行气""举行轻飞"等神仙道教的新花样，则将信将疑。他到了曹操手下以后，大约亲眼看到过那些被召集来的高级方士们表演过他们的神通，觉得新奇不解，也零星地有所记录，这些内容本来未必在《昌言》之内，但《全后汉文》在搜集他的遗文时一并纳入所谓"《昌言》下"之内，让人们得以了解他思想的复杂性。所谓特异功能的奥秘至今未能完全解释，仲长统有些将信将疑是正常的。但不能以此为根据确认他已经皈依了道教。

仲长统又批评那时闹新房的陋习道：

> 夫男女之际，明别其外内，远绝其声音，激厉其廉耻，涂塞其亏隙，由(犹)尚有匈心之逸念，睇盼之过视，而况开其门导其径者乎。今嫁娶之会，捶杖以督之戏谑，酒醴以趣之情欲，宣淫佚于广众之中，显阴私于族亲之间，污风诡俗，生淫长奸，莫此之甚，不可不断者也。

虽然出发点无非是封建主义的男女之大防，似无足取，而那时以至于今天嫁娶之会的种种陋习，也实在多有庸俗恶劣的东西，有所移易是必要的。仲长统不仅批评民间的陋习，也批评士人中的颓风，曾痛陈其时知识界的阴暗面道：

> 天下学士有三奸焉：实不知，详(佯)不言，一也；窃他人之记，以成己说，二也；受无名者，移知者，三也。
>
> 天下之士有三可贱：慕名而不知实，一可贱；不敢正是非于富贵，二可贱；向盛背衰，三可贱。

这些毛病远不限于东汉之末，在某种意义上甚至可以说于今为烈。仲长统笔致之峭拔结实、"骏发腾踔"①，在建安散文中颇不可多得。他还有些言论充满哲理，放之四海而皆准：

> 人之性，有山峙渊停者，患在不通；严刚贬绝者，患在伤士；广大阔荡者，患在无检；和顺恭顺者，患在少断；端悫清洁者，患在拘狭；辩通有辞者，患在多言；安舒沉重者，患在后时；好古守经者，患在不变。
>
> 同于我者，何必可爱；异于我者，何必可憎。

---

① 《管锥编》第3册，第1031页。

鲍鱼之肆，不自以气为臭；四夷之人，不自以食为异，生习然也。居积习之中，见生然之事，孰自知也。斯何异蓼中之虫，而不知蓝之甘乎。

研究人性，提倡修养，分析文化环境对人的影响，发为明达之论，虽然只是只言片语，而见识不凡，文字简洁整饬，确有可观者。与其说仲长统是一位政论家，不如说他是一位社会文明的批评家，是古代的一位杂文作家。

仲长统很少写诗，他在建安那样一个“五言腾踊”（《文心雕龙·明诗》）的时代竟然没有留下一首五言诗。他也不写应时的小赋。看来他只守住自己之所长，不赶任何时髦。他的诗只有早岁隐居时的两首四言的《述志诗》，其中颇有些道家气息，如“六合之内，恣心所欲。人事可遗，何为局促”（其一）；“百虑何为，至要在我。寄愁天上，埋忧地下”（其二）云云，同后来的致力于批评社会风俗，颇异其趣。胡适先生曾称这两首诗为“汉朝一代的四言杰作”①。

仲长统的文章虽然骈偶气息已经很浓，但能够以气运辞，所以畅达骏发；而且他也善于运用散句，使文章疏宕有致，毫无雕琢的弊端。“闿陈善道，指诃时弊，剀切之忱，踔厉震荡之气，有不容摩灭者”（严可均《铁桥漫稿》卷五《昌言叙》），他在中国散文史上应当有一席光荣的地位。

将仲长统的《昌言》上给朝廷的缪袭（186～245）字熙伯，东海（今山东苍山）人，曾“历仕魏四世”（《三国志·魏书·刘劭传》注引《文章志》），先后在曹操、魏文帝曹丕、明帝曹叡以及齐王芳身边任职，官至尚书、光禄卿。像这样的四朝元老，当时颇不多见。缪袭基本上是一个御用文人，他的工作以为其主公歌功颂德为主，其中有些作品现在读上去不免相当乏味，例如《许昌宫赋》《青龙赋》《神芝赞》等等就都是；但他在曹魏初建时撰写的《魏鼓吹曲》十二首，却要算是写得比较好的一组赞歌。单是看题目，这些诗就颇有新意：《初之平》《战荥阳》《获吕布》《克官渡》《旧邦》《定武功》《屠柳城》《平南荆》《平关中》《应帝期》《邕熙》《太和》。其中前九首专门歌颂曹魏政权的开创者曹操，是写得比较好的。

从西汉武帝时代开始，由北狄乐移植而来的鼓吹曲大抵用于祭祀出行的途中②，也用于宴乐群臣以及田猎、游览、丧葬等场合，总之是一种御用的仪式

① 《白话文学史》，第61页。

② 《汉书·韩延寿传》：“延寿在东郡时，试骑士，治饰兵车……建幢棨，植羽葆，鼓车歌车……于是(萧)望之劾奏延寿上僭不道……延寿竟坐弃市。”孟康为“鼓车歌车”作注云：“如今郊驾时车上鼓吹也。”

性的乐曲。西汉文人为这种曲子填写的歌词，如《上之回》《上陵》《远如期》之类，也大有御用的气味。到建安时代，古老的乐府曲调已经残缺不全，诗人们虽然还在用旧题写诗，内容多半是新的，而缪袭干脆新拟标题，使得文题相符，表现了非常可贵的大胆创新精神。稍后吴的韦昭为新建立的孙吴政权写鼓吹曲十二首，即完全采用缪袭的路子。后来东晋、宋、齐、梁、陈以至于隋，都在开国之初组织专人来写诸如此类的史诗，形成了叙事诗中一个特别的系列①，其影响之深远非常值得注意。

缪袭有些诗写得非常出色，例如《旧邦》：

> 旧邦萧条心伤悲。孤魂翩翩当何依。游士恋故涕如摧。兵起事大令愿违。传求亲戚在者谁。立庙置后魂归来！

乃是一首完整的七言诗。《晋书·乐志》说，此诗"言曹公胜袁绍于官渡，还谯收藏死亡士卒也"。官渡之战是一场恶战，在胜负未分之际曹操部下有不少人暗中与袁绍方面拉关系，为自己安排后路，《三国志·魏书·武帝纪》载，曹操获胜后，"尽收其辎重图书珍宝，虏其众。公收绍书中，得许下及军中人书，皆焚之"。注引《魏氏春秋》云："公曰：'当绍之强，孤犹不能自保，而况众人乎！'"可见其时形势之险恶。最后曹操虽然获胜，但付出的代价也非常之高。《三国志·魏书·武帝纪》建安七年(202)载："公军谯，令曰：'吾起义兵，为天下除暴乱。旧土人民，死丧略尽，国中终日行，不见所识，使吾凄怆伤怀。其举义兵已来，将士绝无后者，求其亲戚以后之，授土田，官给耕牛，置学师以教之。为存者立庙，使祀其先人。魂而有灵，吾百年之后何恨哉！'"缪袭的这首《旧邦》正是根据曹操这份令文加工敷衍而成，但不露痕迹，竟然大有诗意。

《魏鼓吹曲》既是汉魏禅代之际的颂歌，正面歌颂是必然的，《旧邦》专就曹操为死亡将士"传求亲戚""立庙置后"立言，本意都在称颂他的大仁大德，但诗中也直截了当地写到"旧邦萧条""孤魂翩翩"，并不粉饰太平，也不淡化阴暗，这在历代的颂歌中颇为罕见。缪袭这样处理，尽管有曹操的《军谯令》为依据，但仍然表现了绝大的勇气，在封建时代，有些话只能是首脑说，臣下说同样的话就不行，甚至已经犯了罪。建安时代的诗人敢于直面惨淡的人生，正视淋漓的鲜血，后代的御用文人难以望其项背。

---

① 详见洪隆顺《六朝建国史诗试论》，《魏晋南北朝文学与思想学术研讨会论文集》，台湾文史哲出版社 1991 年版，第 1～48 页。

现在一般认为曹丕的《燕歌行》是最早的完整的文人七言诗，但该诗作于何年颇难确考，所以也就不知道它与缪袭这首《旧邦》孰先孰后。这种情形表明，到这时候文人七言诗诞生的机运已经成熟了。当然，这时的七言还带有新生的特点，逐句押韵就是一个最明显的标志。

三

汉魏之际有三位作家——杨修、丁仪、丁廙——先后死于非命。这“三剑客”拥戴曹植，曹植一旦失势，他们就人头落地，成了宫廷斗争的牺牲品。

杨修（字德祖，175～219）出身于弘农杨氏，这一高门自杨震以来前后四代人当过太尉，与汝南袁氏俱为“东京名族”（《后汉书·杨震传》）；杨修本人成名很早，自视极高的汉末狂士祢衡说过，他只佩服“大儿孔文举，小儿杨德祖”这两个人，那时杨修刚刚二十出头，尚无官职，而孔融（文举）已经五十上下，且有很高的地位了。

杨修的处境一直不算很好，但他凭借杰出的个人才干，在政治舞台上活动了多年。建安初年他的父亲太尉杨彪被曹操逮捕下狱，差一点要以“大逆”罪论处，到官渡之战前夜的建安四年（199），曹操为稳定内部，对老资格的世族官僚作出让步的姿态，于是起复杨彪为太常，二十五岁的杨修也得以开始出仕，“举孝廉，除郎中，丞相请署仓曹属主簿”；当时尚书台分二十三曹，其中仓曹掌全国仓储出纳的政令，“是时军国多事，修总知内外事，皆称意，自魏太子以下，并争与交好”（《后汉书·杨震传》注引《典略》）。杨修本人则最看重与曹植的关系——那时曹植很像是曹操的接班人。

建安二十一年（216）曹植写信给杨修（《与杨德祖书》，《文选》卷四十二），其中评论当代作家，以杨修与王粲、陈琳、徐幹、刘桢、应玚等并列，给予很高评价，同时又表明自己的志向道：“辞赋小道，固未足以揄扬大义，彰示来世也。昔扬子云先朝执戟之臣耳，犹称‘壮夫不为’也。吾虽薄德，位为蕃侯，犹庶几戮力上国，流惠下民，建永世之业，流金石之功，岂徒以翰墨为勋绩，辞赋为君子哉！”青年政治家曹植具有如此之高昂的政治热情是可以理解的，但考虑到其时正是曹操确立太子的前夜，这样的放言无忌，对他本人是否最为有利是值得商榷的；所以杨修在回信（《答临淄侯笺》，《文选》卷四十）中一方面表示谦虚，说自己与王粲等人并列实在是不敢当，而重点则在规劝曹植不要轻视辞赋：

伏维君侯，少长贵盛，体发、旦之资，有圣善之教，远近观者，徒谓能宣昭懿德，光赞大业而已；不复谓能兼览传记，留思文章，今乃含王（粲）超陈（琳），度越数子矣。观者骇视而拭目，听者倾首而竦耳。非夫体通性达，受之自然，其孰能至于此乎！……今之赋颂，古诗之流，不更孔公，《风》《雅》无别耳。修家子云，老不晓事，强著一书，悔其少作，若此，仲山、周旦之俦，为皆有愆邪？君侯忘圣贤之显迹，述鄙宗之过言，窃以为未之思也。若乃不忘经国之大美，留千载之英声，铭功景钟，书名竹帛，斯自雅量，素所蓄也，岂与文章相妨害哉？

当时曹丕在文坛上地位已经很高，一向主持文酒之会，曹植的才华只是初步有所表现，尚有巨大的潜能未及发挥，所以杨修劝告他绝对不要轻视或放弃这一领域。这里将曹植比为周武王（姬发）和周公（姬旦），用心极深。杨修是坚决拥护曹植为太子的，所以提到姬发，又加上一个姬旦者，则是要防止过于触目，以免欲益反损。当时丕、植兄弟争立为太子已近最后关头，形势相当严峻。曹丕的优势在居长，与世族关系密切，又富于文才，在文坛上实居于领袖地位；曹植的优势在于有“经国”之才，朝气蓬勃，得到父亲的欣赏。现在曹植在来信中一味高谈建功立业，鄙视辞赋创作，高则高矣，但一则容易太露锋芒，而且顶多也只能加强原先的优势而无助于兼取众长，全面发展。因此杨修认为曹植这种高调只能减轻自己的分量，是不明智的，是“未之思”，所以他在复信中婉转地提出建议。杨修考虑问题比热情而单纯的曹植深刻得多了。

在政治方面计算得特别精明，乃是杨修一贯的风格。他一生著述不多，据《后汉书》本传所说，只有“赋、颂、碑、赞、诗、哀词、表、记、书，凡十五篇”，流传至今的就更少，但每一篇都显得工于心计。例如先前他写过一篇《司空荀爽述赞》，称颂这位前辈“砥心六经，探索道奥”，又说他“将混六合，绳以正直，散以礼乐，风以道德”，非常切合这位前辈的身份和特点。“荀氏八龙”之一的荀爽（128～190）为汉末奇才，他曾经长期不肯出仕，然后就一飞冲天：“幼好学，年十二通《春秋》《论语》，耽思经典，不应征命，积十数年。董卓秉政，复征爽，爽欲遁去，吏持之急，诏下郡，即拜平原相，行至苑陵，又追拜光禄勋，视事三日，策拜司空。爽起自布衣，九十五日而至三公。”（《三国志·魏书·荀彧传》注引张璠《汉纪》）但是他很快就去世了，史称“爽见董卓忍暴滋甚，必危社稷；其所辟举皆取才略之士，将共图之，亦与司徒王允及（董）卓长史何颙等为内谋，会病薨”（《后汉书·荀爽传》）。荀爽为司空时，杨修的父亲杨彪与之同列。这位奇才是由董卓以大大超乎寻常的速度和力度提拔起来的，而其内心并不拥护董卓，甚至密谋除掉他，只是没有来得及实施，所以世人很容易把他看成董卓的人，这样，为之写述赞措辞就很为难了，分寸尤其不容易掌握。杨修的措辞含糊而准确，一味强调荀爽高尚的道德及其影响，以此来掩盖他事功方面的无所作为，很巧妙地表达了歌颂之意。又如他写过一篇《许昌宫赋》，写宫殿的辞赋历来是要铺张扬厉的，可是所谓许昌宫相当简陋，于是这篇赋就难写得很，而杨修却大书道："俭则不陋，奢则不盈。黎民子来，不督自成。于是天子乃具法服，戒群僚，钟鼓隐而雷鸣，警跸嘈而响起。晻蔼低回，天行地止，以入乎新宫……"宫殿虽破，文章的调子却很高，不失皇家气度。

杨修的辞章修养在当时应当属于第一流，所以作品虽少，仍然具有重要的地位。大约是因为他太倾向于政治方面的计算了，作品的功利目的太强烈太明显，有时不免会伤害诗美。试看他作于建安十九年(214)的《出征赋》：

> 嗟夫吴之小夷，负川阻而不廷。肇天子之命公，总九伯而是征。整三军而饬戒，殄征夫而叛惊。舫翼华以鳞集，苍鹰杂以星陈。塞川原而上下，敝城隍而无垠。于是州牧覆舟，水衡戒事，饬师就部，乃讲乃试。信大海之可横，焉江湖之足忌。公命临淄，守于邺都。侯怀大舜，乃号乃谟。茂国事之足勉兮，叹经时而离居。企欢爱之偏处兮，独搔首于城隅。

题目是写曹操出征，而内容的重点却在于歌颂奉命留守邺城的临淄侯曹植，为他树立形象，制造舆论。这可以说是别有用心。《三国志·魏书·陈思王传》载："(建安)十九年，徙封临菑侯。太祖征孙权，使植留守邺，戒之曰：'吾昔为顿邱令，年二十三。思此时所为，无悔于今；今汝年亦二十三矣，可不勉与！'植既以才见异，而丁仪、丁廙、杨修等为之羽翼。太祖狐疑，几为太子者数矣。"可知此时正是曹植最受曹操信任器重之时，也是他可能被立为太子的关键时刻。估计就在曹植这次留守邺城期间，以曹植为中心辅之以杨修、二丁的集团正式形成。

这个集团以特别年轻和高智商为主要特点，但是他们没有斗得过老人很多的曹丕集团。到建安二十二年(217)十月，曹丕被立为太子，而曹植则被打发到临淄去就国。建安二十四年(219)秋天，曹操杀掉了杨修。曹操此举应当主要是考虑未来政治局面的稳定。《三国志·魏书·陈思王传》说："太祖(曹操)既虑终始之变，以杨修颇有才策，而又袁氏之甥也，于是以罪诛修。植益内不自安。"所谓"虑终始之变"，大有安排后事之意：他担心自己身后丕、植兄弟会发生内讧，如果他们各有党羽，旗鼓相当，那就很难收拾，不如及早削弱曹植一边，以免出现某种均势——所谓“以罪诛”，不过是另找借口而已。政治家曹操在重大决策中从来不把真正的心思暴露出来。

有两则史料可以帮助我们了解杨修被杀的细节：“人有白修与临淄侯曹植饮醉共载，从司马门出；谤讪鄢陵侯彰。太祖闻之，大怒，故遂收杀之。时年四十五矣。”(《后汉书·杨震传》注引《续汉书》)“至(建安)二十四年秋，公以修前后漏泄言教，交关诸侯，乃收杀之……修死后百余日而太祖薨。”(《三国志·魏书·陈思王传》注引《典略》)这里有许多值得分析的信息。曹植擅自开司马门出是建安二十二年确立曹丕为太子以前的事情，如果杨修当时也在车上，早已要受严重处分了，哪里会等到两年之后的现在，所以有人告这么一状乃是诬告。杨修曾经建议曹植闯出邺城城门，那是另一回事，并未引起曹操大怒；看来诬告者是故意混为一谈，似乎事出有因，其实是工于诬陷。说杨修曹植“谤讪鄢陵侯彰”，更是莫须有的罪名，曹植与同胞哥哥曹彰一向关系很好，后来建安二十五年(220)曹操病逝于洛阳时，曹彰从长安赶来奔丧，问主办丧事的贾逵“先王玺绶所在”(《三国志·魏书·贾逵传》)，又对曹植说“先王召我者，欲立汝也”(《三国志·魏书·任城威王彰传》注引《魏略》)。曹彰始终支持曹植，曹植和杨修根本用不着去“谤讪”他。这种诬告的内容对曹丕最为有利，由此正可以推知其背后的推动力量。

正因为“修与临淄侯曹植饮醉共载，从司马门出”与“谤讪鄢陵侯彰”这两条全然经不起事实和推理的检验，所以当正式宣布杨修的罪状时，拿出来的是所谓“漏泄言教”和“交关诸侯”——这两条倒是都有根据的。诸侯自然是指曹植，而所谓“漏泄言教”则是前不久才发生的事情，《三国志·魏书·武帝纪》建安二十四年载：“三月，王(曹操)自长安出斜谷，军遮要以临汉中，遂至阳平。(刘)备用险拒守。”注引《九州春秋》云：“时王欲还，出令曰‘鸡肋’，官属不知所谓，主簿杨修便自严装，人惊问修何以知之，修曰：‘夫鸡肋，弃之如可惜，食之无所得，以比汉中，知王欲还也。’”曹操晚年用兵受挫，心中极其不快，“鸡肋”之令近于解嘲，而杨修竟能洞察其心事，这是封建首脑不能容忍的——首脑们历来不愿意让部下摸到自己的心思，尤其不能容忍高于自己之上的智商。

《三国志·魏书·陈思王传》注引《典略》又载：“修临死，谓故人曰：‘我固自以死之晚也。’其意以为坐曹植也。”他的感觉很准确。此时曹操既然不让曹植继承自己的地位，当然就不愿意在他身边有杨修这样的高级智囊。

丁仪(字正礼，？～220)、丁廙(字敬礼，？～220)兄弟的父亲丁冲是曹操的老朋友，曾经劝曹操迎献帝都许昌，以此大功当上了权力很大的司隶校尉。丁仪被辟为西曹掾，后迁尚书，曹操打算把女儿嫁给他，因为曹丕反对（说他瞎了一只眼，没有条件当曹家的快婿）而未能成其好事。丁仪从此自结于曹植而与曹丕对立，曹丕当然决不肯放过他，不断给他打击。丁仪的传世之作只有《厉志赋》，其中多有牢骚，如"秽杯盂之周用，令瑚琏以抗阁。恨骡驴之进庭，屏骐骥于沟壑"。他说自己从此将自厉其志，实行"舍藏"的方针——这显然是失败以后的悲鸣。可是丁仪既已卷入宫廷斗争，"舍藏"已经不可能了。史称："时仪亦恨不得尚公主，而与临淄侯亲善，数称其奇才。太祖既有意欲立植，而仪又共赞之。及太子立，欲治仪罪，转仪为右刺奸掾，欲仪自裁而仪不能，乃对中领军夏侯尚叩头求哀，尚为涕泣而不能救。后遂因职事收付狱，杀之。"（《三国志·魏书·陈思王传》注引《魏略》）曹丕杀丁仪及其弟丁廙，当在他继承曹操的地位当了魏王而尚未称帝之时。

丁仪颇有思想家的风采，他写过一篇《刑礼论》，文章兼取儒、法两家之说，一方面强调"先礼而后刑"，同时又指出，所谓"礼"并不仅仅是叔嫂不亲之类的伦理规范，而是"别男女，定夫妇，分土地，班食物"，亦即维持社会生活正常运转的种种必要条件，要先行把这些安排好，然后才去惩罚不合于正常秩序的言行，那就是"刑"。这种思路比腐儒们只拘泥于种种小节高明多了，而且比较靠近曹操的思想。所以当曹操与丁仪接谈之后对他大为赏识，甚至说过："丁掾，好士也。即使其两目盲，尚当与女，何况但眇？是吾儿误我！"（《三国志·魏书·陈思王传》注引《魏略》）

丁仪在政治上支持曹植反对曹丕，但他仍然能够独立思考，他的《周成汉昭论》论证汉昭帝高于周成王，立论近于曹丕而与曹植相反。建安时代的文人喜欢同题作论，自由地发表意见并展开辩论，为此后玄学清谈的兴起准备了条件。当时的名士发表议论往往以立异为高。

丁廙"初辟公府，建安中为黄门侍郎"，他以文才见长，与曹植关系尤其密切，曾经对曹操大谈曹植的优点，说是"临淄侯天性仁孝，发于自然，而聪明智达，其殆庶几。至于博学渊识，文章绝伦，当今天下之贤才君子，不问少长，皆愿从其游而为之死。实天所以钟福于大魏，而永授无穷之祚也"。据说当时曹操对此言"深纳之"（《三国志·魏书·陈思王传》注引《文士传》）。曹操往往有点深不可测。

曹植在致杨修的信中曾经提到："昔丁敬礼尝作小文，使仆润饰之，仆自以才不过若人，辞不为也。敬礼谓仆：'卿何所疑难？文之佳恶，吾自得之，后世谁相知定吾文者耶？'吾尝叹此达言，以为美谈。"丁廙说他请曹植润饰自己的文章，修订后文本之文责还是由他自己来负，请曹植动笔时不要有什么顾虑。他们间关系之亲密实在不同寻常。曹植写过《与丁廙》（一作《与丁翼》，翼、廙二字相通）、《与都亭侯丁廙》（一作《赠丁仪》）、《答丁敬礼王仲宣》（一作《赠丁仪王粲》），充分表明了他与丁氏兄弟相知之深。

丁廙的作品现在可以看到的有《弹棋赋》与《蔡伯喈女赋》。弹棋据说是起于汉成帝时的一种博戏（详见《西京杂记》卷二），建安时代流行于上层社会，曹丕自称擅长此道（见《典论·自叙》）；丁廙的赋将弹棋的体制和操作说得很详细，具有相当的文献价值。《蔡伯喈女赋》当作于文姬归汉之初，乃是了解蔡琰生平和创作的重要参考材料。

丁仪、丁廙被杀的细节现在所知不多，《三国志·魏书》中没有二丁的传，只是在《陈思王传》中附带说了一句"文帝即王位，诛丁仪、丁廙并其男口"，没有更多的记载。曹丕杀二丁无非是因为他们曾经鼓吹由曹植来当曹操的接班人，直接威胁到曹丕的核心利益。在这个问题上，古代宫廷里历来是你死我活，没有任何其他考虑的。

杨修、二丁被杀时曹植有何反应，史籍未载，看来无非是一筹莫展。曹植诗《野田黄雀行》有句云："利剑不在掌，结友何须多！"在当时宫廷政治的格局之下，他无从采取任何措施，只能发出这样悲愤的哀叹。

二丁死难后，丁廙妻作《寡妇赋》①，对曹丕的暴行提出强烈的抗议。这篇赋着重写她本人悲惨的处境：

惟女子之有行，固历代之彝伦。辞父母而言归，奉君子之清尘。如

① 这一篇的著作权有点纷纭。严可均将此篇录入《全后汉文》卷九十六，出处注明为"《艺文类聚》三十四，又见《文选》潘岳《寡妇赋》注、陶潜《归去来辞》注，《初学记》十四"，他依据《艺文类聚》为此篇署名丁廙妻，又有按语说："《文选》注作丁仪妻，《初学记》作丁仪，无'妻'字。"这样作者就可能有三个：丁仪、丁仪妻、丁廙妻。严可均认为应是丁廙妻，但他又说："案寡妇者，阮元瑜之妻，见魏文帝《寡妇赋·序》言命王粲等并作之。此篇盖亦当时应教者。"这一推论恐不确，曹丕自己写了《寡妇赋》以后命王粲等人并作之是很正常的，当时的大人物常有让身边的文人同题写诗作赋的事情；而丁廙妻则不可能忽然跑出来"应教"，当时一个女流之辈无从参加这样的活动，何况丁廙亲近曹植而与曹丕对立，他后来被曹丕杀掉了。丁廙妻不大可能应曹丕之教写赋。陆侃如先生指出，"应教的假定很合理，不过关于作者的三说中，无论廙妻仪妻均不如仪本人的可能性大"（《中古文学系年》下册，人民文学出版社1985年版，第388页）。他赞成严可均关于"应教"的假设，而推倒了严氏所认定的主名。从当时社会风习的角度看，陆先生的推论比较令人信服；但是由丁仪来应曹丕之教而作此赋，可能性恐怕仍然非常小，曹丕、丁仪乃是死对头。丁仪不大可能应曹丕之教写《寡妇赋》，何况此赋与阮妻完全无关。

悬萝之附松，似浮萍之托津。何性命之不造，遭世路之险迍。荣华晔其始茂，所恃奄其徂泯。静闭门之却扫，魂孤茕以穷居。刷朱扉以白垩，易玄帐以素帱。含惨悴以何诉，抱弱子以自慰。时翳翳以东阴，日亹亹以西坠。鸡敛翼以登栖，雀分散以赴肆。还空床以下帷，拂衾褥以安寐。想逝者之有凭，因宵夜之仿佛。痛存殁之异路，终窈漠而不至。时荏苒而不留，将迁灵以大行。驾龙輀于门侧，设祖祭于前廊。彼生离其犹难，矧永绝而不伤！自衔恤而在疚，履冰冬之四节。风萧萧而增劲，寒凛凛而弥切。霜凄凄而夜降，冰溓溓而晨结。瞻灵宇之空虚，悲屏幌之徒设。仰皇天而叹息，肠一日而九结。神爽缅其日永，岁功忽其已成。惟人生于世上，若驰骥之过楹。计先后其何几，亦同归乎幽冥。

从“何性命之不造，遭世路之险迍”两句看去，这里寡妇的亡夫乃是非正常死亡，即死于非命。含糊言之，当有难言之隐。这与阮瑀之因病而亡绝然不同。单从这一点就可以推知，这篇赋不可能是为阮瑀妻而作，同时也就不可能是应曹丕之教而作。丁仪、丁廙弟兄都是曹植的“羽翼”（《三国志·魏书·陈思王传》），到延康元年（220，当年十月曹丕称帝，改元黄初）被曹丕作为政治上的对手杀掉，其未亡人的痛苦比一般的寡妇那是要深刻惨烈得多了。

丁廙妻的这篇赋女性色彩十分强烈，男性作家是写不出来的。即如“含惨悴以何诉，抱弱子以自慰”这样的句子，虽然看上去很普通，却深刻地流露了古代妇女真实的心态和感情。当曹丕杀二丁时，株连甚广，“并其男口”（《三国志·魏书·陈思王传》），几乎一网打尽，只有那么一个尚在怀抱中的婴儿侥幸漏网，这是丁家留下的一条根。明乎此，则“抱弱子以自慰”一句就有了很丰富的内涵，大有抗议和不屈的意味。

这个孩子长大以后，虽然未尝有大的作为可以名垂史册，但有一条史料说明了他乃是很有风骨的：“丁仪、丁廙有盛名于魏。（陈）寿谓其子曰：‘可觅千斛米见与，当为尊公作佳传。’丁不与之，竟不为立传。”（《晋书·陈寿传》）这个不理会“有偿作传”的小丁，应当就是《寡妇赋》中曾被提到过一下的那个“弱子”。

《寡妇赋》开头有好几句说到自己对丈夫的依附关系，这本来是封建社会妇女的常态，是她们不幸的地方，但考虑到二丁都是因政治原因被杀的，那么在这样软弱口吻的言外却大有忠于丈夫、对当局提出强烈抗议的意味，文中对“世路之险迍”的指控表现出很大的胆量。丁廙妻也是一个很有风骨不肯屈服的人。

赋中详细写到了丧事中的一系列细节：带孝、守灵、祖祭[①]、出殡，写风萧萧霜凄凄的悲惨气氛，固然是真情流露，但也都不乏弦外之音。这与曹丕、王粲的《寡妇赋》只是一般地表示对寡妇的同情是大不相同的。曹、王乃是隔岸观火，而丁廙妻正在烈火中焚烧。

关于妇女最深层的感情生活，最好还是由女性自己来写。女性文学应当占据文学的半壁河山。在女性没有正当地位的古代当然做不到这一点，而唯其如此，流传至今的女性作品更显得特别可贵。

后来潘岳的那篇《寡妇赋》向丁廙妻的《寡妇赋》学到不少东西，其中比较精彩的段落更明显地模仿丁廙妻，全赋的结构也很靠近丁廙妻赋。《文选》卷十六李善为潘岳此赋作注时多处征引丁妻《寡妇赋》，也早已充分表明潘岳很注意向女作家学习，多有参考；但是潘岳在此赋的小序中还是说“昔阮瑀既殁，魏文悼之，并命知旧作寡妇之赋，余遂拟之”。古代的男作家总是放不下架子，不愿意承认自己向女人学到了什么东西。

四

应璩（字休琏，190～252）是“七子”之一的应玚的弟弟。他在当时算是活得比较长久的，早在曹丕为五官中郎将时（211～217）他已叨陪末座，曹丕代汉自立以至明帝时任散骑常侍，“齐王即位，稍迁侍中、大将军长史。曹爽秉政，多违法度，璩以诗为讽焉。其言虽颇谐合，多切时要，世共传之。复为侍中，典著作。嘉平四年卒，追赠卫尉”（《三国志·魏书·王粲传》注引《文章叙录》）。从建安中期到嘉平年间（249～253）司马氏实际控制了政局之时，应璩的从政生涯与文学活动长达四十年。

应璩的散文以书简体见长，《文选》卷四十二选录了四篇之多：《与满公琰书》《与侍郎曹长思书》《与广川长岑文瑜书》以及《与从弟君苗君胄书》。严可均辑《全三国文》收应璩文三十余题，全部是书简。张溥说“休琏书最多，俱秀绝时表”（《〈应德琏休琏集〉题辞》）。像这样专工一体的散文家是很少见的。

---

① 祖祭或称为祖奠，出殡前夕设奠以告亡灵，准备送逝者离家上路。潘岳《南阳长公主诔》：“容车戒路，祖奠在庭。骓骖踌躇，服马悲鸣……”魏晋时代的这种风习，至今尚有某种留存。

《与广川长岑文瑜书》一篇颇富于幽默意味。其时大旱,广川长岑文瑜用传统的办法率众求雨,毫无效果,应璩写信给他开玩笑道:

知恤下人,躬自暴露,拜起灵坛,勤亦至矣。昔夏禹之解阳盱,殷汤之祷桑林,言未发而水旋流,辞未卒而泽滂沛;今者云重集而复散,雨垂落而复收,得无圣贤殊品,优劣异姿,割发宜及肤,剪爪宜侵肌乎?周征殷而年丰,卫伐邢而致雨,善否之应,甚于影响,未可以为不然也。想雅思所未及,谨书起予。

信写得词气温雅,而绵里藏针,揶揄得妙。文章不仅很委婉地讽刺了求雨不灵的广川长岑文瑜,而且对于古来的迷信,包括上古圣君的种种奇迹和割发剪爪之类的巫术操作①,都在肯定的语气之下流露出很深的怀疑。全文骈散兼用,语言通俗,板着面孔开玩笑,读起来很有意思。

《文选》未选的诸篇,传世文本残破者居多,但其中尚有很见情致的,例如《与阴中夏书》:

从田来,见南野之中有徒步之士,怪而问之,乃知郎君顷有微疴,告祠社神,将以祈福。闻之怅然,以增叹息。虚树高社,能有灵应哉?

批评迷信的行径,洋溢着建安时代理性主义的光辉。又如《答韩文宪书》:

昔公孙宏皓首入学,颜涿聚五十始涉师门,朝闻道夕殒,圣人所贵。足下之年,甫在不惑,如以学艺,何晚之有?如能上追南荣忘食之乐,下踵宁子黑夜之勤,穷文尽义,无微不综,规富贵之荣,取金紫之爵,是夏侯胜拾芥之谓也。

规劝中年人积极向学,态度非常诚恳,文字也清雅可诵。短短几行之内提到一批古人,却并不显得堆垛沉闷,是因为他善于灵活地运用古事,文字讲究变化,态度不是教训而是关心和劝诱,自是书简体散文的佳作。

应璩更著名的作品是他的诗,即总称为"百一诗"或"新诗"者,其特色在于用通俗的语言、诙谐的调子来反映广泛的社会生活,干预政治,其中最引人注目的是"讥切时事"(《文选》卷二十一《百一诗》李善注引张方贤《楚国先贤传》)、矛头直指其顶头上司曹爽的那些篇什。

---

① 关于古代这一方面的迷信习俗,可参见江绍原《发须爪》一书,北新书局 1928 年版;该书又有上海文艺出版社 1987 年影印本。

魏明帝驾崩前任命宗室成员、已故大将军曹真之子曹爽为大将军、都督中外诸军事，与资历很深的元老重臣太尉司马懿同为顾命大臣，辅佐继承皇位的齐王曹芳（时年八岁）。可是齐王曹芳上台不久，一场权力斗争就迅即开始了，《三国志·魏书·曹爽传》云："明帝崩，齐王即位，加爽侍中，改封武安侯，邑万二千户，赐剑履上殿，入朝不趋，赞拜不名。丁谧画策，使爽白天子，发诏转宣王（按，指司马懿）为太傅，外以名号尊之，内欲令尚书奏事，先来由己，得制其轻重也。爽弟羲为中领军，训武卫将军，彦散骑常侍侍讲，其余诸弟皆以列侯侍从，出入禁闼，贵宠莫盛焉。"稍后曹爽又采取组织措施，重用过去被明帝贬斥的南阳何晏、邓飏、李胜、沛国丁谧、东平毕轨等人，"乃以晏、飏、谧为尚书，晏典选举，轨司隶校尉，胜河南尹，诸事希复由宣王。宣王遂称疾避爽"。

曹爽自以为大权到手可以高枕无忧了，迅速走向腐败，《曹爽传》继续写道："晏等专政，共分割洛阳、野王典农部桑田数百顷，及坏汤沐地以为产业，承势窃取官物，因缘求欲州郡。有司望风，莫敢忤旨。晏等与廷尉卢毓素有不平，因毓吏微过，深文致毓法，使主者先收毓印绶，然后奏闻。其作威如此。"这一批政治暴发户作威作福，经济上贪得无厌，已经到了公开掠夺的程度；生活上穷奢极侈，也到了骇人听闻的地步。《曹爽传》中举过一个事例：曹爽"作窟室，绮疏四周，数与晏等会其中，饮酒作乐"，连曹爽的弟弟曹羲都看不下去，"数谏止之"。

凡此种种，正派的资深高官应璩当然看不下去，作诗予以讽刺规劝，他写道：

> 司隶鹰扬吏，爪牙徒擢空。折翅跃毛距，宛鶨还入笼。世人指为武，谁复励严冬。

这是讽刺司隶校尉毕轨手下的爪牙不可一世，耀武扬威；诗人告诫他们这样是长不了的。另外有些片段矛头直接指向曹爽本人：

> 室广致凝阴，台高来积阳。奈何季世人，侈靡在宫墙。饰巧无穷极，土木被朱光。征求倾四海，雅意犹未康。

这是批评曹爽等人大兴土木，滥用民脂民膏。应璩担任大将军府的长史，对内情非常了解，所以能反映出史书中都没有写到的细节，如"土木被朱光"之类。

应璩写这些诗的目的，仍在于谏，他并没有反对曹爽的意思；然而讽刺诗人的悲剧往往是他们好心好意的规劝却会被认为是恶毒攻击，其作品也往往遭到“焚弃”的厄运。在《百一诗》中有这样一首：

细微可不慎？堤溃自蚁穴。腠理早从事，安复劳针石？哲人睹未形，愚夫暗明白。曲突不见宾，焦烂为上客。思愿献良规，江海倘不逆。狂言虽寡善，犹有如鸡跖。鸡跖食不已，齐王为肥泽。

直截了当地披露心事，虽然诗味不多，却可以照见应璩的心迹。采用这种写法对于提高诗歌的艺术感染力并无好处，但古代诗人原有他们不得已的苦衷。

我们能从古代诗人的某些“狂言”中看到若干历史的真相，看到正直的诗人如何为民请命。所谓“狂言”恰恰是说真话的意思。商朝的箕子向纣王进谏，得不到采纳，只好佯狂为奴，仅能免于一死①。西汉以俳优方式屡次进谏的东方朔，当时即被称为“狂人”②。甚至到鲁迅笔下，敢于说真话的仍然是“狂人”。口出“狂言”，欲以救世，可以说是中国文学的传统之一。

《百一诗》中锋芒最露的篇章估计已经严重亡佚，现在所能看到的最完整的一首是曾被选入《文选》（卷二十一）者，却比较平庸：

下流不可处，君子慎厥初。名高不宿著，易用受侵诬。前者隳官去，有人适我闾。田家无所有，酌醴焚枯鱼。问我“何功德，三入承明庐？所占于此土，是谓仁智居。文章不经国，筐箧无尺书。用等称才学，往往见叹誉？”避席跪自陈：“贱子实空虚。宋人遇周客，惭愧靡所如。”

这首诗当是正始十年（249）司马懿发动高平陵之变将曹爽集团一网打尽之后③，应璩一度赋闲在家时所作。诗中假借主客答问来说明自己的空虚，从而保护自己。曹爽在位时，应璩是他的长史，当时就曾劝过主公：“公今闻周公巍巍之称，安知百虑有一失乎？”（《文选》卷二十一《百一诗》李善注引《百一诗·序》）又写过一批讽刺诗；政局发生巨变后，应璩虽然不在整肃之列，但失去了旧的依托，在他重新得到任用、复为侍中之前，有一段离开官场隐居于“田家”的生活。在政治形势急转直下之际，他写这样的诗以退为进，明哲保

---

① 详见《史记·殷本纪》。
② 详见《史记·滑稽列传》。
③ 详见《三国志·魏书·曹爽传》及裴注，又《晋书·宣帝纪》。

身，是完全可以理解的。

《文选》是一部非常著名的权威的选本；然而正如鲁迅先生所说，决不可以单凭选本来研究作家，因为“选本可以借古人的文章，寓自己的意见，博览群籍，采其合于自己意见的为一集，一法也，如《文选》是……读者虽读古人书，却得了选者之意，意见也就逐渐和选者接近，终于‘就范’了”“选本既经选者所滤过，就总只能吃他所给与的糟或醨”①。《文选》只选了这么一首《百一诗》，如果过于倚重此书就很容易误解应璩。刘勰《文心雕龙·明诗》评《百一诗》云：“独立不惧，辞谲义贞，亦魏之遗直也。”刘勰显然研读过应璩的许多作品，他这样来分析和评估就抓住了重点。在奸佞当权时大写其讽刺诗，没有相当的胆量是做不到的，偶有明哲保身之意亦属难免，不必苛求。

钟嵘《诗品》列应璩入中品，评语是：“祖袭魏文。善为古语，指事殷勤，雅意深笃，得诗人激刺之旨。至于‘济济今日所’，华靡可讽味焉。”这里除了肯定应璩那些质朴的讽刺诗以外，又指出他还有“华靡”的一面，可惜举以为例的那一首现在已经看不到了。在今天所能见到的全部应璩作品中全然没有显示华靡风格者，看来亡佚已多。《诗品》在评品陶渊明时又说：“其源出于应璩，又协左思风力。”这当然也是对应璩很高的评价，但这话不甚容易理解；叶梦得《石林诗话》以为陶诗与应璩没有什么关系，批评《诗品》的提法“不知其所据”，并另行提出自己的分析道：“应璩诗不多见，唯《文选》载其《百一诗》一篇，所谓‘下流不可处，君子慎厥初’者，与陶诗了不相类。五臣注引《文章录》云：‘曹爽用事，多违法度。璩作此诗，以刺在位，意若百分有补于一者。’渊明正以脱略世故超然物外为意，顾区区在位者，何足累其心哉！且此老何尝有意欲以诗自名，而追取一人而模仿之，此乃当时文士与世进取竞进而争长者所为，何期此老之浅？盖嵘之陋也。”叶梦得的批评很痛快，而其本身也有三点可疑：第一，在他生活的时代应璩诗已不可多见，而钟嵘却能看到比较多的应诗，《诗品》中的那个结论应自有其根据，未便马上就斥为“陋”；第二，钟嵘讨论问题的角度，也许不是从两位诗人对社会生活的态度而言的，也不是从诗歌的内容来立论，看上去“了不相类”的两位诗人之间也未必就没有其他渊源关系，我们应当想办法弄清钟嵘切入问题的角度；第三，钟嵘讲某甲源出于某乙，都是就诗歌发展史的意义而言的，并不是指某甲自觉地追取某乙而模仿之，其书的体例如此，所以叶梦得这一方面的批评，措辞虽然严厉，同样没

---

① 《集外集·选本》，《鲁迅全集》第7卷，第136～137页。

有什么力量。当然，钟嵘热衷于追寻某甲源出于某乙，结论未必都有道理，但也多有前人作品大量亡佚、后人难以理解的情形。

萧子显《南齐书·文学传论》将“今之文章”分为三体：其一是受谢灵运影响的；其二是与“傅咸五经、应璩指事”相类者；其三是“鲍照之遗烈”。不管这一概括是否准确，应璩的诗在南朝很有影响，不断有人向他学习借鉴乃是一个不可忽略的事实。所谓“指事”就是不用典故直指当下的意思，近乎“白描”。应诗确有这样的特色，试举一首同政治没有什么关系的来看：“少壮面目泽，长大色丑粗。丑粗人所恶，拔白自洗苏。平生发完全，变化似浮屠。醉酒巾帻落，秃顶赤如壶。”写老年人自拔其白发，终于拔成一个和尚头。这样的题材向不入诗，而应璩却敏锐地注意到生活中手段与目的完全相背的喜剧性意外，表而出之，大有幽默意味。应璩的一大本领正在于带着一副苦恼人的笑去看生活，挖掘诗料，颇有谐趣；这与通俗的语言加在一起，自然就很有些民歌的味道。老百姓如果没有一点幽默感，那是活不下去的。建安诗人向民歌学习的人很多，但把那种幽默诙谐也学到手的人甚少，大量的诗人都相当严肃。胡适先生早年曾经指出汉魏之际“确有一种民众化的文学趋势”，他称应璩为“白话诗人”，其作品的特色一是“文辞甚浅近通俗”，二是“诗体浅俚，近于俳谐”①。游国恩先生指出：“记室（钟嵘）所见休琏诗必多，决非妄臆之谈。如今所传《三叟诗》，词旨浅率，与陶略近。且陶公《责子》诗亦通俗诙谐，确肖应氏。”②这些观察都很发人深思。

以诙谐的言辞来讽谏本是东周以来的古老传统，直到汉初一脉未绝。那时一批身份不高的游说之士、宫廷弄臣用近于开玩笑的方式干预政治，言者无罪、闻者足戒。春秋时晋国的优施说“我优也，言无邮（尤）”（《国语·晋语二》），此人是现在所知的最早的俳优，他的话正道出了这一传统的妙处。但是这种风气后来中衰了，在中央集权的封建王朝日趋巩固、官僚政治体制日益成熟以后，经学昌盛，士人们纷纷板起面孔作一本正经状，即使有所劝谏，也往往引经据典，很严肃地发表意见，活泼不足，俳优干预政治的事也较少看到了；与这种社会风气和文人心态相应的是，东汉的诗歌质木无文，缺乏诗味。

这种衰颓沉闷的情况到东汉末年发生了很大的变化，上层的腐败和连续不断的宫廷斗争、党锢之祸使许多出身卑微的士人对前途完全失去信心，对

① 《白话文学史》，第69～70页。

② 《游国恩中国文学史讲义》，第357页。

儒家思想的信仰大为动摇，便转而去谈情说爱，大发牢骚，玩世不恭，作风随便（当时谓之“通脱”）——《古诗十九首》就代表了汉末这一股新的社会思潮和文学思潮。但稍后的战乱把这一股浪漫而颓废的非英雄化的潮流给压下去了，代之而起的是浪漫的悲壮慷慨的建安诗风。这时的人们崇拜英雄，希望建功立业，同时也不废物质的官能的享受。这一股英雄主义的阳刚之气也没有维持多久，随着汉魏易代的实现，曹魏集团逐渐失去了先前的锐气，“建安七子”先已过世，只有一个曹植于备受打击之余还在高唱统一中国的伟大理想和对于英雄人格的赞美，艰苦卓绝地继承并发展了建安传统，在此之外，诗坛日趋沉寂，谈玄析理之风渐兴；而等到魏明帝一死，曹爽辅政，政治迅速腐败，以阮籍为代表的新一代诗人感到无比的苦闷压抑，诗风一变而为隐晦深沉，歌哭无端。三曹、“七子”所开创的文坛风气已经荡然无存，这就不能不让文坛耆宿如应璩者难免有恍如隔世之感。应璩本人还保持着青年时代在战乱年代里养成的开朗豪放的性格，但他所面临的已远不是积极进取的局面，他不可能率性为文为诗，于是一变而为诙谐老练，甚至“义存优孟”（《〈应德琏休琏集〉题辞》），以一种近乎俳优式的幽默来面对惨淡的人生。

从作家心态史的角度看，应璩可以说是从“建安七子”、曹植到“竹林七贤”特别是阮籍之间的过渡性人物；从创作上看也是如此，他的作品大量亡佚，更增加了这种过渡性的色彩。

第二章　正始玄远

目送归鸿，手挥五弦。俯仰自得，游心太玄。

——嵇康《赠秀才入军》其十四

阮籍作文章和诗都很好，他的诗文虽然也激昂慷慨，但许多意思都是隐而不显的。宋的颜延之已经说不大能懂，我们现在自然更很难看得懂他的诗了。他诗里也说神仙，但他其实是不相信的。嵇康的论文，比阮籍更好，思想新颖，往往与古时旧说反对……

刘勰说："嵇康师心以遣论，阮籍使气以命诗。"这"师心"和"使气"，便是魏末晋初的文章的特色。正始名士和竹林名士的精神灭后，敢于师心使气的作家也没有了。

——鲁迅《魏晋风度及文章与药及酒之关系》

八　何晏与钟会

一

曹魏的开国皇帝曹丕在位只有七年(220～227),其子曹叡继立,是为明帝,在位也只不过十二三年(227～239);曹芳接班,改元正始,其时他还是个小孩子,大权逐步集中于顾命大臣、宗室曹爽之手,另一顾命大臣司马懿遭到排挤,暗中图谋大举,于是形势微妙,政局不稳。正始十年(249),老谋深算且手中有兵的司马懿、司马师父子发动政变,大开杀戒,从此大权渐归司马氏,魏晋易代就此拉开了序幕。

正始年间思想界、文学界发生了许多变化,嵇康、阮籍、山涛等"竹林七贤"成为后来最负盛名的人物,而此时大抵在野,过着隐居的生活;其时在朝具有很高地位并且实处于文学界、思想界领袖地位的乃是何晏(字平叔,190～249)。

何晏本是汉末大将军何进(一说何进之弟何苗)之孙,其父何咸早亡,母尹氏被曹操收纳,何晏跟了过去;他很小的时候就"明慧若神,魏武奇爱之"(《世说新语·夙慧》),地位几乎与曹丕相近。《三国志·魏书·曹爽传》注引《魏略》云,何晏"无所顾惮,服饰拟于太子,故文帝特憎之,每不呼其姓字,尝谓之为'假子'"。由于他的这一特殊身份,黄初年间未能出仕;至明帝时也只"颇为冗官",但处境已有所改善。他此时最引人注目的特色有二,一是"善谈《易》《老》"(《世说新语·文学》"何晏为吏部尚书"条注引《魏氏春秋》),"以材辩显于贵戚之间"(《三国志·魏书·傅嘏传》注引《傅子》),是玄学系列中开风气的人物之一;二是生活作风轻薄荒淫,他着意于化妆美容,又率先服五石散(寒食散),成为鲁迅先生之所谓"吃药的祖师"①。何晏好色,多情妇与娈

① 详见《魏晋风度及文章与药及酒之关系》,《鲁迅全集》第3卷,第506页。(转下页)

童；他本是一个美男子，“美姿仪，面至白”（《世说新语·容止》）；但由于他生活放荡，不肯自爱，衰老得很快，当他请管辂为之占卜时，已变得“魂不守宅，血不华色，精爽烟浮，容若槁木”（《三国志·魏书·方技传》注引《辂别传》），这正是他荒淫好色与服用五石散交相作用之最后“神效”。到明帝罢退“浮华”时，何晏同他的一伙遭到不同程度的抑制[①]，而到齐王芳继位曹爽专政时，这一帮人又纷纷东山再起。这时何晏当上了举足轻重的尚书，“主选举，其宿与之有旧者，多被拔擢”（《三国志·魏书·曹爽传》注引《魏略》），成为最有实权的政坛要人之一。此时大将军曹爽录尚书事，何晏、邓飏、丁谧等人为尚书，朝政大权几乎完全掌握在这个集团手中。《三国志·魏书·曹爽传》云：

> 明帝崩，齐王（曹芳）即位，加爽侍中，改封武安侯，邑万二千户，赐剑履上殿，入朝不趋，赞拜不名。丁谧画策，使爽白天子，发诏转宣王（按，指司马懿）为太傅，外以名号尊之，内欲令尚书奏事，先来由己，得制其轻重也。爽弟羲为中领军，训武卫将军，彦散骑常侍侍讲，其余诸弟，皆以列侯侍从，出入禁闼，贵宠莫盛焉。南阳何晏、邓飏、李胜、沛国丁谧、东平毕轨咸有声名，进趣于时，明帝以其浮华，皆抑黜之；及爽秉政，乃复进叙，任为腹心……乃以晏、飏、谧为尚书，晏典选举，轨司隶校尉，胜河南尹，诸事希复由宣王。宣王遂称疾避爽。晏等专政，共分割洛阳、野王典农部桑田数百顷，及坏汤沐地以为产业，承势窃取官物，因缘求欲州郡。有司望风，莫敢忤旨。晏等与廷尉卢毓素有不平，因毓吏微过，深文致毓法，使主者先收毓印绶，然后奏闻。其作威如此。

这一批政治暴发户作威作福，经济上贪得无厌，已经到了公开掠夺的程度；生活上穷奢极侈，也到了骇人听闻的地步，连曹爽的弟弟曹羲都觉得他们未免太过分了。

（接上页）按，《世说新语·言语》注引秦承祖云：“寒食散之方虽出汉代，而用之者寡，靡有传焉。魏尚书何晏首获神效，由是大行于世，服者相寻也。”所谓“神效”当即指此药对于“耽好声色”（巢元方《诸病源候总论》卷六引皇甫谧《寒食散论》）大有补助之效。又按，寒食散旧有两种处方，见于张仲景《金匮要略》；何晏综合增减之，以礜石、紫石英、白石英、赤石脂、钟乳石等五石为主，再加人参、附子等草药成方。礜石乃无机砷化合物，剧毒，少量服用或有奇效，而剂量过大或长期服用则令人中毒甚至死亡。后人或以无毒的石硫磺取代礜石。详见王奎克《“五石散”新考》，《中国古代化学史研究》，北京大学出版社 1985 年版，第 80～87 页。

① 详见《三国志·魏书·明帝纪》及《董昭传》。

正始年间已经完全腐败了的曹爽、何晏辈一味作威作福，而他们的对立面老奸巨猾的司马懿则深藏不露，正在积蓄力量，等待时机，准备大动作。正始后半叶表面平静，骨里很紧张，头脑清醒的人已经看出了天下行将有变。其时敢于直言者固然亦有其人，如尚书郎傅嘏对曹爽之弟曹羲说“何平叔(晏)外静而内铦巧，好利，不念务本。吾恐必先惑子兄弟。仁人将远，而朝政废矣”(《三国志·魏书·傅嘏传》)；而比较世故一点的，或隐遁以观时变，如山涛(详见《晋书·山涛传》)；或依违于两派之间以避害取利，如尚书仆射李丰一度靠反复请病假混日子，暗中等待时局的变化[①]，由此都可以窥见其时政局外松内紧、山雨欲来之势。当时有一位关心国家大事的寡妇严宪，同意将女儿嫁给傅玄，有人警告她说，傅玄同何晏等人矛盾很深，这门婚事有危险；她回答说何晏等人行将自行败亡，这门婚事绝对没有问题。后来的事情果然不出她之所料[②]。

曹爽集团在正始十年(249)正月的高平陵之变中全军覆没，司马懿了结此事只用了五六天时间，处理得很有章法，很讲策略，显示了老牌政治家的果断干练；而杀人之多，手段之残酷，也实在骇人听闻。剿灭曹爽集团使先前两个权力中心对峙的局面得以结束，曹魏政权在一种很奇特的状态下暂时稳定了下来，同时也预示着魏晋禅代的机运已在酝酿之中。这一年四月改元嘉平，中枢的大权开始集中到了司马氏的手里。

何晏不仅是其时的高官，也是重要的作家和思想家，著有文集，惜已失传[③]，现在所能看到的作品并不多，辞赋方面只有一篇《景福殿赋》(《文选》卷十一，又载《艺文类聚》卷六十二)，作于明帝时。黄初年间何晏因为“假子”的

---

① 《三国志·魏书·夏侯玄传》注引《魏略》云：“正始中，迁侍中尚书仆射。丰在台省，常多托疾；时台制，疾满百日当解禄，丰疾未满数十日，辄暂起，已复卧，如是数岁……曹爽专政，丰依违(曹爽、司马懿)二公间，无有适莫，故于时有谤书曰：‘曹爽之势热如汤，太傅父子冷如浆，李丰兄弟如游光。’其意以为丰虽外示清静，而内图事，有似于游光也。”

② 《晋书·列女传·杜有道妻严氏传》：“杜有道妻严氏，字宪……十八而嫠居。字植、女韡并孤藐，宪虽少，誓不改节，抚育二子，教以礼度，植遂显名于时，韡亦有淑德，傅玄求为继氏，宪便许之。时玄与何晏、邓飏不穆，晏等每欲害之，时人莫肯共婚。及宪许玄，内外以为忧惧。或曰：‘何、邓执权，必为玄害，亦由(犹)排山压卵，以汤沃雪耳，奈何与之为亲？’宪曰：‘尔知其一，不知其他。晏等骄侈，必当自败，司马太傅睡兽耳，吾恐卵破雪销，行自有在。’遂与玄为婚。晏等寻亦为宣王(司马懿)所诛。”

③ 《隋书·经籍志》著录“魏尚书何晏集十一卷，梁十卷，录一卷”。宋以后散佚，其学术著述亦多散佚，完整保存下来的只有《论语集解》十卷。

旧账颇遭曹丕的打压,魏明帝曹叡上台以后他的处境略有好转,但也只能写写学术和文学方面的著作和文章,尚难以进入实际政治运作的中心。

景福殿于魏明帝曹叡太和六年(232)建于许昌,这时魏国新老皇帝交替之初的种种内外问题已基本解决或得到缓解,曹叡松了一口气,转而注意树立形象,坐享荣华,兴建宫室,渐渐流露出守成以至腐败的倾向。《三国志·魏书·明帝纪》本年条下载:"三月癸酉,行东巡,所过存问高年鳏寡孤独,赐谷帛……夏四月壬寅,行幸许昌宫……九月,行幸摩陂,治许昌宫,起景福、承光殿。"《文选·景福殿赋》题下李善注引《典略》云:"魏明帝将东巡,恐夏热,故许昌作殿,名曰景福。既成,命人赋之。平叔遂有此作。"可知景福殿乃是为魏明帝避暑而在许昌兴建的一个离宫——许昌本是建安年间的首都,原已有宫殿,但相当简陋①,傀儡皇帝汉献帝在此呆了多年,他当然无从新建;现在情况不同了。

曹叡其人讲究奢华享受,一再滥用民力,大兴土木,建景福殿是其中比较早的一项,后来还有多项,臣下颇有就此进谏者②,景福殿是他上台后首先搞成的两大宫殿之一,一时尚未引起多少反感,而他本人更是兴高采烈地命臣下作赋,以渲染盛世的气氛。当时的作品,除何晏的这一篇之外,还有夏侯惠的同题之作(亦载于《艺文类聚》卷六十二)、卞兰的《许昌宫赋》(现存片段全写景福殿,亦载于《艺文类聚》卷六十二)以及缪袭的同题之作(现仅存赋序,载《太平御览》卷五三七)。大修宫殿,群臣献赋,成为当时的一大盛事。

建安时代天下丧乱,士人意气风发,感慨甚多,加上曹丕的大力提倡,抒情小赋风行一时,先前最为人们看重的以铺叙见长的大赋走向边缘;而到太和之末,北方完全安定了下来,宫廷气息甚浓的大赋之风卷土重来。天下一治一乱,文风也随之变化,辞赋体制之忽大忽小,正是其中的一节。

何晏在赋的开头部分说起兴建此殿的缘由与意义道:

> (太和六年)岁三月,东巡狩,至于许昌。望祠山川,考时度方。存问

① 许昌宫是建安初年仓促建成的,十分简陋。参见杨修《许昌宫赋》(《艺文类聚》卷六十二)。

② 《三国志·魏书·明帝纪》青龙三年(235)载:"是时,大治洛阳宫,起昭阳、太极殿,筑总章观。百姓失农时,直臣杨阜、高堂隆等各数切谏,虽不能听,常优容之。"裴注引《魏略》详细介绍明帝大兴土木的情况,又载太子舍人张茂上书切谏,直斥皇帝陛下"不兢兢业业,念崇节约,思所以安天下者,而乃奢靡是务",文繁不能尽录。

高年，率民耕桑。越六月既望，林钟纪律，大火昏正。桑梓繁庑，大雨时行。三事九司，宏儒硕生，感乎溽暑之伊郁，而虑性命之所平。惟岷越之不静，寤征行之未宁，乃昌言曰："昔在萧公，暨于孙卿，皆先识博览，明允笃诚，莫不以为不壮不丽，不足以一民而重威灵；不饰不美，不足以训后而永厥成。故当时享其功利，后世赖其英声。且许昌者，乃大运之攸戾，图谶之所旌。苟德义其如斯，夫何宫室之不营？"帝曰："俞哉！"玄辂既驾，轻裘斯御，乃命有司，礼仪是具。鸠经始之黎民，辑农功之暇豫。因东师之献捷，就海孽之贿赂，立景福之秘殿，备皇居之制度。

照这么说，乃是臣下首先提出建议，得到皇上俞允，然后才大兴土木的。这当然是曲说，事实上明帝曹叡本人才是讲究"皇居之制度"的原动力。在文人笔下，修一座宫殿往往具有多种意义，特别具有重大的政治意义——这一类论调，古代颇为多见，人们也就见怪不怪了。

有些记载说何晏在明帝时代处境相当困难，即所谓"南阳何晏、邓飏、李胜、沛国丁谧、东平毕轨，咸有声名，进趣于时，明帝以其浮华，皆抑黜之"（《三国志·魏书·曹爽传》），其实事情也还比较复杂。按，明帝在太和四年（230）二月是下过一道诏书，略云："兵乱以来，经学废绝，后生进趣，不由典谟。岂训导未洽，将进用者不以德显乎？其郎吏学通一经，才任牧民，博士课试，擢其高第者，亟用；其浮华不务道本者，皆罢退之。"（《三国志·魏书·明帝纪》）到太和六年（232），老臣董昭上疏痛陈时弊，狠批"当今年少，不复以学问为本，专更以交游为业；国士不以孝悌清修为首，乃以趋势游利为先"，建议加以整肃；"帝于是发切诏，斥免诸葛诞、邓飏等"（《三国志·魏书·董昭传》）。这很容易产生一种印象，似乎何晏与诸葛诞、邓飏以及李胜、丁谧、毕轨之徒都在这时候被抑黜；而事实却并非完全如此。《三国志·魏书·诸葛诞传》载："……累迁御史中丞尚书，与夏侯玄、邓飏等相善，收名朝廷，京都翕然。言事者以诞、飏等修浮华，合虚誉，渐不可长。明帝恶之，免诞官。"裴注引《世语》曰："是时，当世俊士散骑常侍夏侯玄、尚书诸葛诞、邓飏之徒，共相题表，以玄、畴四人为四聪，诞、备八人为八达，中书监刘放子熙、孙资子密、吏部尚书卫臻子烈三人，咸不及比，以父居势位，容之为三豫，凡十五人。帝以构长浮华，皆免官废锢。"在这个受到沉重打击的十五人小集团中并不包括何晏，他在当时的地位和知名度并不在夏侯玄、诸葛诞、邓飏等人之下，而他并不在罢官废锢之列。曹叡驾崩之后，他参与有关谥号的讨论，著有《魏明帝谥议》

二卷(《旧唐书·经籍志》《新唐书·艺文志》),也表明他其时的地位还是比较稳固的。

关于“四聪”“八达”“三豫”十五人“浮华”案,现在只能看到若干零星的材料。据《三国志·魏书·曹爽传》注引《魏略》,这时受打击最重的是李胜,他先被逮捕,释放后“禁锢数岁”;其次是邓飏,被罢去中书郎一职,“遂不复用”;丁谧本无官职,因他事被捕,“以其功臣子,原出。后帝闻其有父风,召拜度支郎中”;夏侯玄由散骑黄门常侍左迁为羽林监(《三国志·魏书》本传);诸葛诞免官(《三国志·魏书》本传)。毕轨由黄门郎出为并州刺史,基本没有受到什么打击。

总体来看,十五人“浮华”案乃是魏明帝打压朋党的一大举措,但处置的力度并不算很强。“浮华”在汉魏时代是一个政治术语,相当于现在所说的互相吹捧、组成小集团、达到不可告人的政治目的这些意思。先前曹操就以“浮华”等罪名杀了孔融;最高领导人从来就不能容忍自己手下有任何小集团的存在,大家必须不分彼此忠心事上才好。曹叡的本领远不能同乃祖比,但不能允许朋党存在的治国之道还是很明白的;他的手段也远不及乃祖那么有力度,而且该案人数太多,其先辈多为高官,案内有些人物还涉及其他问题,情况复杂,也必须区别对待。

何晏当时担任什么职务及其升降的详情,史传中未载,而在他参与编撰的《论语集解》的奏序中结衔为“驸马都尉、关内侯”,这应当就是他此时的官爵;后来他的官职大大升迁,不会再用这些老头衔了。《论语集解》是一部集体完成的学术著作,何晏“以亲贵总领其事”(《四库全书总目》卷三十五《四书类一》),可见他这时的地位。何晏在明帝时代虽然不像他后来那么手握实权,十分得意,但已经有了相当高的地位。《魏略》所谓“颇为冗官”当是指他没有什么实权,就他的显赫身份和学术地位而言,此时的官阶也确实不能算高。

要之,何晏并没有卷入十五人“浮华”案,更没有被免官禁锢,而且比起曹丕的时代来,他这时的处境已经有了很大的改善。大约因为后来在高平陵之变中他同邓飏、李胜、丁谧、毕轨等人先后被司马懿杀了,某些史家遂将他先前的经历同那些人混为一谈,或者干脆就是故意往他身上泼污水,让读者产生一个此人历来很坏的印象。这是有待澄清、还其本相的。太和六年(232)何晏应命写《景福殿赋》这样的皇皇大赋,也表明他仍在中枢任职,没有卷进正在查办的“浮华”案件里去。

《景福殿赋》的主体部分当然是以铺张华丽的笔墨描写宫殿的宏伟壮丽以及周围亭台楼阁的优美风光，这些部分同先前的京都大赋没有太大的区别，这里值得注意的是赋中具体写到在景福殿的外围还修建了大量的排列得非常整齐的耳房：

屯坊列署，三十有二。星居宿陈，绮错鳞比。辛壬癸甲，为之名秩。房室齐均，堂庭如一。出此入彼，欲反忘术。惟工匠之多端，固万变之不穷。物无难而不知，乃与造化乎比隆。雠天地以开基，并列宿而作制。制无细而不协于规景，作无微而不违于水臬。故其增构如积，植木如林。区连域绝，叶比枝分。离背别趣，骈田胥附。纵横逾延，各有攸注。公输荒其规矩，匠石不知其所斫。既穷巧于规摹，何彩章之未殚。尔乃文以朱绿，饰以碧丹，点以银黄，烁以琅玕。光明熠爚，文彩璘班。清风萃而成响，朝日曜而增鲜。虽昆仑之灵宫，将何以乎侈旃。规矩既应乎天地，举措又顺乎四时，是以六合元亨，九有雍熙。家怀克让之风，人咏康哉之诗。莫不优游以自得，故淡泊而无所思。历列辟而论功，无今日之至治。彼吴蜀之湮灭，固可翘足而待之。

由此颇可考见当时规划、建筑、装饰的水平，也可见那时有关天人合一、和谐为美的观念如何深入到具体的造作之中，最后归结为歌颂当前的大好形势，表明统一全国的充分信心。这些都合于御用大赋的规范，而又带有鲜明的时代特色。何焯说“此赋似拟《东都》，亦是讽刺”（《义门读书记》卷四十五），其实这里只有歌颂，并无讽刺①。

赋末曲终奏雅，更是不遗余力地歌功颂德：

然而圣上犹孜孜靡忒，求天下之所以自悟。招中正之士，开公直之路。想周公之昔戒，慕咎繇之典谟。除无用之官，省生事之故。绝流遁之繁礼，反民情于太素。故能翔岐阳之鸣凤，纳虞氏之白环。苍龙觌于陂塘，龟书出于河源。醴泉涌于池圃，灵芝生于丘园。总神灵之贶祐，集华夏之至欢。方四三皇而六五帝，曾何周夏之足言！

这里调子高到无可再高，后人读去固然相当肉麻，而在当时却是完全必要的，何晏写来也毫不费力。御用文人历来如此，可以不必多加责备。这里值得注

① 于光华《重订文选集评》卷二引何焯评语曰：“此赋似拟《东都》，有颂美而无讽刺，异乎扬、马之本事矣。”立言与《读书记》相反，或是其晚年定论。

意的是何晏特别提到当今之德政之一的“除无用之官”，指的当是解决十五人案——他本人对此是坚决拥护的；二是赋中既有浓厚的儒家色彩，完全合于魏明帝曹叡的意识形态政策，又带有某种道家无为而治的气息，充分流露了何晏本人的思想。他注《论语》、注《孝经》，从某些奏章看去，简直像个大儒①；但他决非纯儒，在为儒家经典所做的注释中融入了大量的道家思想，又著有《老子道德论》二卷和《无名论》，实为玄学的一大先驱。“何晏之徒，始盛玄论”（《文心雕龙·论说》），标志着思想界的转向，这一点在本来专写宫殿的大赋里也有着鲜明的表现。思想家的文学作品，总是会流露出比较多的思想层面的思考；这同夏侯惠、卞兰二赋以及缪袭赋序之一味铺叙美景、歌功颂德颇有区别。

何晏也写诗，其中有一首著名的《言志诗》，作于正始年间。他大约对形势将会发生变化已经有了某种预感，所以诗中有这样的句子：“鸿鹄比翼游，群飞戏太清。常畏大网罗，忧祸一旦并。岂若集五湖，从流唼浮萍。永宁旷中怀，何为怵惕惊！”然而他的理智终于未能战胜其感情和欲望，结果“内虽怀忧，而无复退也”（《世说新语·规箴》“何晏、邓飏令管辂作卦”条注引《文士传》）；他又有几句诗道：“转蓬去其根，流飘从风移。茫茫四海涂，悠悠焉可弥。愿为浮萍草，托身寄清池。且以乐今日，其后非所知。”末二句正可以解释他何以“无复退”，此所谓当局者迷。

二

何晏不仅是当时的高官和知名文学家，更是一位思想家，用历史的长镜头来看，他作为思想家具有更重要的意义，影响至为深远。东晋人袁宏（彦伯）将他与王弼（字辅嗣，226～249）、夏侯玄（字泰初，208～254）并列为正始三大名士②；后来大为繁荣的清谈和玄言诗同这些正始大名士关系很大。他

---

① 清儒钱大昕说，何晏“有大儒之风”“未尝援儒以入《庄》《老》，于儒何损乎”（《潜研堂文集》卷二《何晏论》）。参见王伊同《补〈魏志·何晏传〉》，《王伊同学术论文集》，中华书局2006年版，第392～408页。

② 《世说新语·文学》“袁彦伯作《名士传》成”条刘孝标注云：“宏以夏侯太初、何平叔、王辅嗣为正始名士，阮嗣宗、嵇叔夜、山巨源、向子期、刘伯伦、阮仲容、王濬仲为竹林名士，裴叔则、乐彦辅、王夷甫、庾子嵩、王安期、阮千里、卫叔宝、谢幼舆为中朝名士。”

们的人格魅力，长期为人们称道。

何晏的学术著作主要有领衔撰写的《论语》注，参与撰写的《孝经》注，又著有《老子道德论》二卷和《无名论》等等，成为玄学的一大先驱。

为儒家经典做注释，本是汉代儒生经师早已开始的事业，何晏等人不同于其前辈之处，一是扩大了注释的范围——汉儒基本是专门从事于五经（《诗》《书》《易》《礼》《春秋》），尤重《春秋》；而现在扩大到《论语》和《孝经》。二是汉儒或只重视训诂（古文派），很有学问而未必有多少思想，或一味发挥所谓微言大义（今文派），靠牵强附会来古为今用，更与谶纬搅在一起，形成一种半宗教性的教条；而现在何晏等人却致力于带着自己的新思考来挖掘经典中蕴藏的义理，用作思想资料，以阐释经典的方式巧妙地建构新的哲学思想、社会思想，从而开创了一个崭新的局面。

何晏很强调理论创新，他把《论语》中的“温故而知新”这句名言的重点解释为创新，与孔子的原意很有些不同[①]——这是他自己的新见解，也是他的方法论。

何晏的基本观点是：

> 天地万物皆以“无”为本，“无”也者，开物成务、无往不存者也。阴阳恃以化生，万物恃以成形，贤者恃以成德，不肖恃以免身，故“无”之为用，无爵而贵矣。（《晋书·王衍传》）

这是后来西晋清谈大家王衍的一个概括，其中也包括了王弼的意见。何、王的观点原是基本一致的，而王弼尤为简明深刻，具有严整的体系。

何晏学问很大，在正始年间官又做得很大，“天下谈士，多宗尚之”（《世说新语·文学》“何晏为吏部尚书”条注引《文章叙录》），他本人亦复自视极高，《三国志·魏书》本传注引《魏氏春秋》载：

> 初，夏侯玄、何晏等名盛于时，司马景王（按，即司马师，字子元）亦预焉。晏尝曰：“唯深也，故能通天下之志，夏侯泰初是也；唯几也，故能成天下之务，司马子元是也；惟神也，不疾而速，不行而至，吾闻其语，未见

① 何晏《论语集解》解释“温故而知新，可以为师矣”（《论语·为政》）说：“温，寻也。寻绎故者，又知新者，可以为师矣。”而孔子的原意当是温故即可以知新，并非另外去“又知新”。后来东晋玄学家孙绰进一步解释说：“滞故则不能明新，希新则存故不笃，常人情也。唯心平秉一者，守故弥温，造新必通，斯可以为师者矣。”（皇侃《论语义疏》引）他干脆提出了“造新”。玄学家一般不愿意守旧，这也正是他们高于一般经学家的地方。

其人。"盖欲以神况诸己也。

大有老子天下第一之意。他后来在高平陵之变的后期处理阶段被杀，固然因为他是曹爽集团的重要成员，而他先前评论当代名士时看轻了以事功见长的司马师，得罪了这位潜在的大人物，也给自己种下了祸根。

王弼是一位思辨哲学的天才；何晏极端赏识他，觉得自己在思辨方面比不上这位后起之秀。《世说新语·文学》有两段记载说：

何晏为吏部尚书，有位望，时谈客盈坐。王弼未弱冠，往见之，晏闻弼名，因条向者胜理语弼曰："此理仆以为极，可得复难不？"弼便作难，一坐人便以为屈。于是弼自为客主数番，皆一坐所不及。

何平叔注《老子》，始成，诣王辅嗣，见王《注》精奇，乃神伏曰："若斯人，可与论天人之际矣！"因以所注为《道》《德》二论。

王弼的思想比何晏更透彻更圆融；他对老子《道德经》和《周易》作了深入的研究，既有全书的注释，又有若干专题论文①，通过这些论著他确立了"以无为本"的本体论哲学；同时又作《论语释疑》，将孔子阐释为"以无为本"论的先驱。王弼本来是要复兴并发展道家的学说，他所改造发挥的主要是老子的哲学，但他却高举圣人孔子的旗帜，反让老子屈居其下。这种用心良苦的策略有助于大大减少阻力，获得人心。《三国志·魏书·钟会传》注引何劭《王弼传》云：

弼幼而察慧，年十余，好老氏，通辩能言。父业，为尚书郎。时裴徽为吏部郎，弼未弱冠，往造焉。徽一见而异之，问弼曰："夫无者诚万物之所资也，然圣人莫肯致言而老子申之无已者何？"弼曰："圣人体无，无又不可以训，故不说也。老子是有者也，故恒言无②所不足。"寻亦为傅嘏所知。

这应当是正始年间的事情。王弼新理论的精义在此，他在几部著作里详

① 楼宇烈有《王弼集校释》(中华书局 1980 年版)，网罗王弼遗文甚备，其中包括王弼关于《道德经》和《周易》的二注，也包括《论语释疑》的现存片段等。

② 这里的"无"字当是衍文。有关文字，《世说新语·文学》"王辅嗣弱冠诣裴徽"条作"圣人体无，无又不可以训，故言必及有。老庄未免于有，恒训其所不足"。似更为通妥易解。但这里的"庄"字当作"子"，王弼这里并不涉及庄子。"正始名士"都不大理会庄子，重视庄子并加以研究发挥的是竹林名士。

细发挥了这些意见。裴徽，河东闻喜人，是当时思想界年辈比较高的活跃人物，参与过不少重要活动，但他自己不著书，保持着老派名士的作风。王弼在回答他的问题时把自己的那一套以无为本、体用一如的思想讲得十分简明到位，一举推倒了过去那些烦琐沉闷令人厌倦的经学体系包括汉人津津乐道的宇宙构成论之类，开辟了一个以本体论解释世界的思想史新时代。

王弼考虑理论问题异常周密，高于何晏以及钟会等理论家。何劭《王弼传》继续写道：

> 性和理，乐游宴，解音律，善投壶。其论道，傅会文辞不如何晏，自然有所拔得，多晏也。颇以所长笑人，故时为士君子所疾。弼与钟会善，会议论以校练为家，然每服弼之高致。何晏以为圣人无喜怒哀乐，其论甚精，钟会等述之。弼与不同，以为圣人茂于人者神明也，同于人者五情也。神明茂，故能体冲和以通无；五情同，故不能无哀乐以应物。然则圣人之情，应物而无累于物者也。今以其无累，便谓不复应物，失之多矣。

所谓“校练”，指周密地研究一些与现实政治关系比较密切的理论问题，如才性异同之类；而“高致”则体现在系统地研究抽象的哲学理论问题。钟会长于应用型的理论研究而不甚善于作纯思辨的抽象研究，不过他颇佩服这方面的专家，也很愿意在这一领域一展身手。

强调“圣人之情应物而无累于物”，既坚持了“以无为本”的本体论，也注意到体与用之间的复杂关系，而不至于陷入简单化，这样才能够解释实际生活和历史记载。在王弼自己的理论系统里，宇宙论和人生论是可以贯通为一的，何晏则未免有些断为两截、僵硬难通之处，但他能够佩服王弼这样可畏的后生，也算是很有雅量，不失名士风度的了。

夏侯玄，沛国谯（今安徽亳州）人，曹魏大将夏侯渊族孙，高官夏侯尚之子，曹爽的表弟兄。曹操的父亲曹嵩本出于夏侯氏，后为宦官曹腾的养子，所以曹与夏侯二族关系极为密切，世代为婚姻。夏侯玄出身高贵，很年轻的时候就当上了散骑黄门侍郎这样的高官，成为年轻的“浮华”名士们的领袖；时人称他“以贵臣子少有重名”（《三国志·魏书·傅嘏传》注引《傅子》），是一位明星式的大人物，所以曾被列为“四聪”之首。正始年间“累迁散骑常侍，中护军”，曹爽败亡后为大鸿胪、太常；嘉平六年（254）受到李丰反司马氏密谋的牵连被捕，稍后以“大逆无道”罪论死，夷三族。夏侯玄气量弘远，世所共仰①,在当时声望很高,所作论文“辞旨通远,咸传于世”(《三国志·魏书·夏侯玄传》注引《魏氏春秋》)。

但是夏侯玄传世的作品很少,现在只能看到几则论政文章的片段,确有精义,例如他主张采取州、县两级管理,取消“郡”这一层次,以减少官员人数,节省行政开支,提高管理效率,即大有见地;他反对肉刑,意见也是正确的。史论方面有《乐毅论》(《艺文类聚》卷二十三),见识甚高,东晋大书法家王羲之曾手书此文,尤为有名。

作为玄学家的夏侯玄几乎没有什么完整的论文文本传世,只有《辨乐论》残存两个片段,其中一段点名批评阮籍的《乐论》,流露了他的高超见识;此外则只有何晏在《无名论》(《列子·仲尼篇》引)中引用的两句话“天地以自然运,圣人以自然用。自然者,道也”云云,由此可以推知他的看法与何晏、王弼基本相同,而立言尤为简明有味。

正始三大名士特别是其中的何晏、王弼后来遭到很严厉的批评,比较早的是东晋人、儒者范甯,他尖锐地批判说:

> 王(弼)、何(晏)蔑弃典文,不遵礼度,游辞浮说,波荡后生,饰华言以翳实,骋繁文以惑世。缙绅之徒,翻然改辙,洙泗之风,缅焉将坠。遂令仁义幽沦,儒雅蒙尘,礼坏乐崩,中原倾覆。古之所谓言伪而辩、行僻而坚者,其斯人之徒欤。昔夫子斩少正于鲁,太公戮华士于齐,岂非旷世而同诛乎!桀纣暴虐,正足以灭身覆国,为后世鉴戒耳,岂能回百姓之视听哉。王、何叨海内之浮誉,资膏粱之傲诞,画魑魅以为巧,扇无检以为俗,郑声之乱乐,利口之倾邦,信矣哉!吾固以为一世之祸轻,历代之罪重,自丧之衅小,众迷之愆大也。(《晋书·范甯传》)

西晋王朝为时很短就垮掉了,中原倾覆,王室偏安,而西晋时代是玄远清谈之风最盛的,于是就有人把责任推到清谈名士的前辈何晏、王弼身上,所谓“清谈误国”;其实这样重的责任他们是负不起的。何晏早已被司马氏杀掉了,晋王朝的一切问题都与他无关;王弼更完全是一介书生,和实际的政治军事国家大事全然不相干——他们哪里能承担几十年后中原倾覆的责任!

---

① 《世说新语·雅量》载:“夏侯太初尝倚柱作书,时大雨,霹雳破所倚柱,衣服焦然,神色无变,书亦如故。”后来他“临斩东市,颜色不变”(《三国志·魏书》本传)。这样的气度和定力极为后世名士钦仰,如东晋初年的大名士、高官庾亮“美姿容,善谈论,性好老庄,风格峻整,动由礼节”,时人即比为夏侯玄,详见《晋书·庾亮传》。

正始名士的人生态度,此后在一个相当长的时段内有很大影响,那是基于人性中本有对自由的向往和追求;这同社会政治行为完全可以分别处理,这当然并不容易,但后来也有处理得很好的,东晋的两位名相——王导和谢安,就是两个成功的典型。

三

在正始三大名士之外,还有一位思想家、文学家钟会(225～264)非常值得注意。

《三国志·魏书》本传说:“钟会字士季,颍川长社人,太傅繇小子也。少敏慧夙成……及壮,有才数技艺,而博学精练名理,以夜续昼,由是获声誉,正始中以为秘书郎。”高平陵之变后长期在司马氏手下任职,功劳卓著,屡有升迁。晚年率兵伐蜀,得手后图谋自立,很快败死。当他在司马昭身边时,一再大进谗言,促成了嵇康之死,又欲找阮籍的毛病,未能得手。这两件事给人留下极恶劣的印象。

本传又说“会尝论《易》无互体,才性同异。及会死后,于会家得书二十篇,名曰《道论》,而实刑(形)名家,其文似会”。按,《隋书·经籍志》著录他的著作有《老子道德经注》二卷、《周易尽神论》一卷、《周易无互体论》三卷,看来他的治学与何晏、王弼、夏侯玄有相近处,他本人与何、王二人也曾有过比较多的接触,可惜他的这些论著都亡佚了。

钟会最著名的论文是《四本论》,其文虽已不传,但仍然值得加以讨论,因为此文涉及魏晋之际思想界和人际关系的许多问题,产生过深远的影响。

《世说新语·文学》云:“钟会撰《四本论》,始毕,甚欲使嵇公一见。置怀中,既定,畏其难,怀不敢出,于户外遥掷,便回急走。”刘孝标注引《魏志》云:“(钟)会论才性异同,传于世。四本者,言才性同,才性异,才性合,才性离也。尚书傅嘏论同,中书令李丰论异,侍郎钟会论合,屯骑校尉王广论离。文多不载。”这里记载了他们的官衔,为我们推定钟会撰《四本论》的时间提供了线索。

傅嘏(209～255)任尚书在曹爽集团覆灭之后,《三国志·魏书》本传云:“傅嘏字兰石,北地泥阳人,傅介子之后也……弱冠知名,司空陈群辟为掾……曹爽诛,为河南尹,迁尚书……嘏常论才性同异,钟会集而论之。嘉平末,赐爵关内侯。”由此可知他论才性问题必在嘉平末(254)之前。据《三国志·魏书·夏侯玄传》及注引《魏略》,李丰(?～254)始任中书令在嘉平四年

(252),至嘉平六年(254)为司马师所杀。可见他论“才性异”与傅嘏论“才性同”大体同时,并且有针对傅嘏之意。

钟会结识傅嘏较早,他本人论才性问题并“集而论之”则在他任侍郎时。《三国志·魏书》本传云:“正始中,以为秘书郎,迁尚书中书侍郎。高贵乡公即尊位,赐爵关内侯。毌丘俭作乱,大将军司马景王东征,会从,知密事,卫将军司马文王为大军后继。景王薨于许昌,文王总统六军,会谋谟帷幄。时中诏敕尚书傅嘏,以东南新定,权留卫将军于许昌为内外之援,令嘏率诸军还。会与嘏谋,使嘏表上,辄与卫将军俱发,还到洛水南屯住。于是朝廷拜文王为大将军,辅政,会迁黄门侍郎,封东武亭侯,邑三百户。”关于钟会任“尚书中书侍郎”的具体情况,据注引钟会母传可知,会于正始八年(247)始为尚书郎,嘉平元年(249)为中书郎,而非所谓侍郎。钟会论“才性合”及“集而论之”当是他任黄门侍郎时。按,毌丘俭作乱在正元二年(255),而到甘露二年(257)时钟会已“丧宁在家”,可知会为黄门侍郎并撰《四本论》当在这两三年中,以甘露元年(256)可能为最大。这一时期正是钟会颇致力于撰论之时。《三国志·魏书·三少帝纪》甘露元年(256)注引《魏氏春秋》有记事云:“二月丙辰,帝宴群臣于太极东堂,与侍中荀顗、尚书崔赞、袁亮、钟毓、给事中中书令虞松等讲述礼典,遂言帝王优劣之差……于是侍郎钟会退论次焉。”钟会将小皇帝曹髦与群臣讨论“帝王优劣”的种种意见加以综合整理,这与他将才性问题的各种意见“集而论之”正是同一作派。又同年四月,曹髦幸太学,讲《周易》《尚书》《礼记》诸经典,《三少帝纪》注引傅畅《晋诸公赞》云:“帝常与中护军司马望、侍中王沈、散骑常侍裴秀、黄门侍郎钟会讲宴于东堂,并属文论。”这时宫廷里大有学术研究之风,钟会是其中的活跃人物。

王广(?～251)任屯骑校尉并研究才性问题大约比较早;他的父亲王凌因为谋立楚王曹彪为帝并拟起兵讨伐司马氏,于嘉平三年(251)被司马懿击破,自杀,夷三族,王广受到牵连当亦死于此时,当时他四十多岁。王广并不赞成其父的谋划,《三国志·魏书·王凌传》注引《汉晋春秋》说,当嘉平元年(249)王凌派人到洛阳就此事征求王广的意见,王广回答说:“凡举大事,应本人情。今曹爽以骄奢失民,何平叔(晏)虚而不治,丁、毕、桓、邓虽并有宿望,皆专竞于世,加变易朝典,政令数改,所存虽高而事不下接,民习于旧,众莫之从。故虽势倾四海,声震天下,同日斩戮,名士减半,而百姓安之,莫或之哀,失民故也。今(司马)懿情虽难量,事未有逆,而擢用贤能,广树胜己,修先朝之政令,副众心之所求。爽之所以为恶者,彼莫不必改,夙夜匪懈,以恤民为先。父子兄弟，并握兵要，未易亡也。”但仍因其父之谋反而死。王广不赞成曹爽、何晏等人，并不是反对他们的思想，只是认为他们“所存虽高而事不下接”，他又认为司马氏力量很强，措施有力，不容易打倒，起事的时机不成熟。王广在才性问题上大约仍然持建安以来占主导地位的意见，认为人的才干和品德是未必一致的，才、性可以分离而论之。这就率先唱出了与傅嘏不同的调子。

要之，傅嘏、李丰、王广诸人论才性问题，似均在嘉平年间，至甘露初(256)，钟会于诸说之外另树新义，并“集而论之”。所谓同、异、合、离这样的概括，大约亦出于钟会之手，原来恐怕只是一些分散的意见。此时李、王已先后被杀，傅嘏亦已去世(正元二年〔255〕)，此时钟会出来论才性，带有做总结的意思，也表明他就是这个领域唯一的权威了。

钟会撰《四本论》始毕即至嵇康宅，于户外遥掷之，此事亦必在甘露初；到甘露二年(257)他居丧在家，不久又随司马昭去镇压诸葛诞叛乱，没有时间来讨论理论问题了。甘露元年(256)时，嵇康正在首都洛阳。

傅嘏兼顾人的品质(性)和才能(才)，并认为都应当通过基层去考核；其思考的重点在于“贤”和“能”即性和才不能完全分开来考虑，所以他“论同”。《三国志·魏书》本传载有他景初年间(237～239)批评刘劭考课法(文官考核办法)的意见道：“夫建官均职，清理民物，所以立本也。循名考实，纠励成规，所以治末也……昔先王之择才，必本行于州闾，讲道于庠序，行具而谓之贤，道修则谓之能。乡老献贤能于王，王拜受之，举其贤者，出使长之，科其能者，入使治之，此先王收才之义也。方今九州之民，爰及京城，未有六乡之举，其选才之职，专任吏部。案品状则实才未必当，任簿伐则德行未为叙，如此则殿最之课，未尽人才。述综王度，敷赞国式，体深义广，难得而详也。”他的意思是说，仅仅靠吏部来考课，按政绩来考察“实才”，按家世来了解德行，都远远不够，必须将才、性一起考察，贤与能并重，特别是要狠抓基层推荐这一环方可解决问题。

傅嘏平日考察人物也是兼顾才性并且特别重视品性，例如他在正始年间对当时大出风头的何晏、邓飏、夏侯玄都敬而远之，并解释说：“泰初(夏侯玄)志大其量，能合虚声而无实才。何平叔言远而情近，好辩而无诚，所谓利口覆邦国之人也。邓玄茂(飏)有为而无终，外要名利，内无关钥，贵同恶异，多言而妒前，多言多衅，妒前无亲。以吾观此三人，皆败德也。远之犹恐祸及，况昵之乎？”他对同乡李丰评价也不高，预言其人“遭明者必死”(《三国志·魏书》本传注引《傅子》)。傅嘏对德行和实才并重而尤重人品，确有知人之明。

由此亦可以推知他论“才性同”的主要趋向。

才性关系大讨论直接的导因是明帝时关于“考课法”的意见分歧。《三国志·魏书·刘劭传》云:“景初中,受诏作《都官考课》。劭上疏曰:‘百官考课,王政之大较,而历代弗务,是以治典阙而未补,能否混而相蒙……臣奉恩旷然,得以启蒙,辄作《都官考课》七十二条,又作《说略》一篇。臣学寡识浅,诚不足以宣畅圣旨,著定典制。’”这种考课法的重点似在于通过政绩来考察官吏的“能”;早在建安时代刘廙就已提出过考核官员“皆当以事”,“事者,皆以户口率其垦田之多少,及盗贼发兴,民之叛亡者,为得负之计。如此行之,则无能之吏,修名无益;有能之人,无名无损。法之一行,虽无部司之监,奸誉妄毁,可得而尽”(《三国志·魏书》本传注引《廙别传》所载刘廙论治道语)。这正体现了曹操“用人唯才”的思想,在天下大乱之际最要紧的是进取是政绩,其他都可以不管,曹操在《求贤令》里明确地说过“有行之士未必能进取,进取之士未必能有行”,有行与否即道德水平以及声誉如何无关重要,即使有“盗嫂”“受金”的败德也无妨。但是曹操也清醒地认识到,这只是一时的权宜之计,到治平之时仍然要讲德行。曹操长期以来奉行的“用人唯才”的方针影响相当深远,在此后一个相当长的时间里考察官员以“能”为中心,重“才”而轻“性”的思路仍然十分流行,到刘劭的《都官考课》仍然贯彻了这一思路。

傅嘏讲“才性同”则有修正这一传统思路的意思,他并不否定“实才”的重要,但同时提出德行也很重要,甚至更重要。从明帝时选举用人的实际情况来看,回到儒家思想去的趋向已相当明显,太和四年(230)明帝下诏道:“世之质文,随教而变。兵乱以来,经学废绝,后生进趣,不由典谟,岂训导未洽,将进用者不以德显乎?其郎吏学通一经,才任牧民,博士课试,擢其高第者,亟用;其浮华不务道本者,皆罢退之。”(《三国志·魏书·明帝纪》)于是所谓“四聪八达”之流多被罢黜。此时的吏部尚书卢毓“于人及选举,先举性行,而后言才”,正是执行明帝的方针。其时“黄门李丰尝以问毓,毓曰:‘才所以为善也,故大才成大善,小才成小善。今称之有才而不能为善,是才不中器也。’丰等服其言”(《三国志·魏书·卢毓传》)。此时的黄门李丰正是后来论才性异的中书令李丰,他不赞成卢毓奉行的方针,故有此问,“服其言”则是一时的姿态,一旦形势变化,他还会坚持自己本来的意见。

明帝死后政局一变,用人的方针也为之一变,此时曹爽专政,先前被罢黜的“浮华”人物纷纷重新起用,占据要津。在这样的情况下,卢毓的吏部尚书一职被免去,由何晏取而代之。“晏为尚书,主选举,其宿与之有旧者,多被拔擢"(《三国志·魏书·曹爽传》注引《魏略》)。高平陵之变以后,"爽等见收,太傅司马宣王使(卢)毓行司隶校尉,治其狱。复为吏部尚书"(《三国志·魏书·卢毓传》)。从此用人方针又回到先前那种状态中去了。

选举用人的实际操作及其原则一变再变,强烈地刺激人们对人才问题、人物评价问题、用人方针问题从理论上加以研究探讨,傅嘏常论才性并率先提出"才性同",就是在这样的背景下发生的。

李丰论"才性异"与王广论"才性离",其详无可考。从李丰对卢毓的发问来看,他是不赞成"先举性行,而后言才"的,但是格于形势,不便坚持己见;到了齐王芳嘉平年间,皇权业已被抽空,高层只关心最紧迫的军事、政治问题,思想理论方面控制不严,李丰遂得以正式发表自己的意见,同傅嘏唱一反调。李、王二说大约强调才、性的不平衡而比较重视才这一面,但二者的意见又必有相当的差异,今已不得而知其详了。

同样看到才、性的不平衡也可能更重视德行的一面。《艺文类聚》卷二十一有袁准(孝尼)的《才性论》片断:"凡万物生于天地之间,有美有恶。物何故美?清气之所生也;物何故恶?浊气之所施也……贤不肖者,人之性也,贤者为师,不肖者为资,师资之材也。然则性言其质,才言其用,明矣。"他强调"质""用"之分,似乎近于论才性之异、离一派,其实不然。据《三国志·蜀书·诸葛亮传》裴注所引,袁准曾畅论诸葛亮,颇有可观,有人问他:"子之论诸葛亮则有证也……以亮之才,而少其功,何也?"他回答说:"亮持本者也,其于应变,则非其所长也。故不敢用其短。"人又问:"然则吾子美之何也?"袁准答曰:"此固贤者之远矣。安可以备体责也?夫能知所短而不用,此贤者之大也。知所短,则知所长矣。夫前识与言而不中,亮之所不用也。此吾之所谓可也。"然则才、性虽可分而论之,他更重视的乃在于性(贤),而非才,更非具体的事功。袁氏所见与李、王当颇有不同。

钟会论"才性合"的具体意见亦不能详悉,大约与傅嘏有相近处而又有相当的不同。《晋书·阮裕传》云:

> 裕虽不博学,论难甚精。尝问谢万云:"未见《四本论》,君试为言之。"万叙述既毕,裕以傅嘏为长。于是构词数百言,精义入微,闻者皆嗟叹之。

可知论"合"与论"同"仍然颇不同。近人论才性四本问题,往往以为论才性同、合者乃党于司马氏的一派,论异才性、离者则是反司马氏的;并进而认为才性问题的辩论乃是当时两派政治势力斗争的密切反映,大力强调四本论的政治意义。因为这一意见出于陈寅恪、周一良等权威学者[①],流布甚广。但是此论颇有可疑处,傅嘏固然与司马氏关系密切,但他关心才性问题为时较早,且与明帝时对选举考核办法的关注有关,与其后政治问题的联系并不紧密;傅嘏大约也没有想到改朝换代。钟会关于才性问题的论述今已难知,则又何从肯定乃是其政治立场的密切反映呢?何况他也并不忠于司马氏,不久就背叛而去。李丰、王广二人固然都是被司马氏杀掉的,但情形不同,李丰直接反司马氏,密谋破产后被杀;王广乃是受到株连,他并不赞成乃父的密谋,将他的论"才性离"直接与政治立场挂钩,证据亦复不足。才性问题与政治有关,与当年的政局反复有相当密切的联系,这些是可以理解的;但这到底是理论问题、学术问题,其中必有种种复杂的内容,在材料严重不足的情况下,就将这个问题说成是政治问题,四本变成两本,两军对垒,成为所谓曹氏、司马氏两党之争在思想领域的反映,这样的结论下得似乎过于匆忙,难以起信。

到东晋时"才性四本"仍然是清谈的重点话题,并且出了一位专家殷浩(字渊源,?—362)。《世说新语·文学》云:"殷中军虽思虑通长,然于'才性'偏精,忽言及'四本',便若汤池金城,无可攻之势。"又云:"支道林、渊源俱在相王许。相王谓二人:'可试交一言。而才性殆是渊源崤函之固,君其慎焉!'支初作,改辙远之,数四交,不觉入其玄中。相王抚肩曰:'此自是其胜场,安可争锋!'"可惜殷浩传世之文甚少(《全晋文》卷一二九仅录三篇),且绝未涉及"才性四本";照《世说新语》看去,到这时"才性四本"已成为一个传统悠久的纯思辨问题,与政治更没有任何关系了。

钟会写毕《四本论》以后,急欲使嵇康一见,而于嵇宅户外遥掷之,便回急走——这一古怪的行径基于下列两方面的原因:一是嵇康当时名声极大,乃是理论界的一大权威,而钟会则是历来喜欢与理论权威拉关系,占要津,图谋自己更远大的发展的;二是钟会曾经在嵇康那里碰过钉子,所以这次特别小心谨慎,避免见面,只用文章去开路。钟会的这一个动作把他的个人特色暴露无遗了。

魏晋之际曾经有过三个理论圈子:在朝两个,一个以何晏以及王弼、夏侯玄等人为核心构成;一个以裴徽、傅嘏等人为核心构成;在野一个,就是以嵇康为

---

① 详见陈寅恪《书世说新语文学类钟会撰四本论始毕条后》,《中山大学学报》1956年第3期,后收入《金明馆丛稿初编》,第47～54页;周一良《曹氏与司马氏之斗争》,《魏晋南北朝史札记》,第26～37页。

中心的竹林名士集团。钟会基本上单干，但每个圈子他都要挤进去一显身手。

以何晏为中心的圈子自然最为显赫。何晏本人“好老庄言，作《道德论》及诸文赋著述数十篇”，他当吏部尚书，行政地位很高，遂成为当时知识界、理论界的一个领袖。钟会在他手下为尚书郎，理论上亦复追随其后，例如“何晏以为圣人无喜怒哀乐，其论深精，钟会等述之”（《三国志·魏书·钟会传》注引何劭《王弼传》），就是其中一个典型的例子。这个圈子里的理论精英当数王弼，何晏对他评价极高，自叹不如，曾打算让他当黄门侍郎，后因曹爽不赏识而未成，“于是以弼补台郎”。钟会跟他很熟，很佩服他的“高致”（何劭《王弼传》）。“易无互体”是王弼首先提出来的，钟会亦尝专门论之。可惜王弼在高平陵之变后被免职并于当年秋死去，否则钟会大约一定会盯住他不放的。

夏侯玄出身高贵，出道甚早，他又是曹爽的表弟，钟会曾欲攀附交接其人，遭到拒绝，等到他下狱后，钟会借机来和他讲朋友，不料仍然遭到拒绝，一说“玄在囹圄，会因欲狎而友玄，玄正色曰：‘钟君何相逼如此也！’”（《三国志·魏书·夏侯玄传》注引孙盛《杂语》）一说“夏侯玄既被桎梏，时钟毓为廷尉；钟会先不与玄相知，因便狎之，玄云：‘虽复刑余之人，未敢闻命！’”（《世说新语·方正》）钟会大有追星族的意思，虽夏侯玄其人已离死不远，他仍然叮住不放，必欲成为其“友”而后快。可恨夏侯玄其人高傲，始终不肯假以颜色。

另一个在朝理论圈子成员的政治地位不如前一个那么高，但学术资历较老，《世说新语·文学》云：“傅嘏善言虚胜，荀粲谈尚玄远，每至共语，有争而不相喻。裴冀州（徽）释二家之义，通彼我之怀，常使两情皆得，彼此俱畅。”据注引《粲别传》，荀、傅相见清谈在明帝太和初（227）；荀粲的言论已遥开“以无为本”之玄论的先河①。此后王弼之知名，也是先得到裴徽、傅嘏的赏识，后来才得到何晏的拔擢的。

---

① 《三国志·魏书·荀彧传》注引何劭《荀粲传》云：“粲诸兄并以儒术议论，而粲独好言道，常以为子贡称夫子之言性与天道不可得闻，然则六籍虽存，固圣人之糠秕。粲兄俣难曰：‘《易》亦云“圣人立象以尽意，系辞焉以尽言”，则微言胡为不可得而闻见哉？’粲答曰：‘盖理之微者，非物象之所能举也。今称立象以尽意，此非通于意外者也；系辞焉以尽言，此非言乎系表者也。斯则象外之意，系表之言，固蕴而不出矣。’”又云：“太和初，到京邑与傅嘏谈，嘏善名理而粲尚玄远，宗致虽同，仓促时或有格而不相得意。裴徽通彼我之怀，为二家骑驿。顷之，粲与嘏善。”名理是兴起比较早的一派理论，可以追溯到建安时代；而玄远的思辨哲学，则要到明帝及齐王芳的时代才起来，至正始年间在王弼手上达到成熟，而荀粲则是一位重要的先驱。

裴、傅都是讲“名理”的，思想资料多取自儒、法，而何晏等人的“玄论”路径不同，他们重在融合儒、道（主要是老子），理路全新，影响也更大。《文心雕龙·论说》云：

> 魏之初霸，术兼名法，傅嘏、王粲，校练名理。迄至正始，务欲守文，何晏之徒，始盛玄论；于是聃、周当路，与尼父争涂矣。详观兰石（傅嘏）之《才性》、仲宣（王粲）之《去代》、辅嗣（王弼）之两例、平叔（何晏）之二论，并师心独见，锋颖精密，盖人伦之英也。

傅嘏的世代晚于王粲，但刘勰将他高列为第一人，可知他当时理论地位之高。自从王弼夭折，何晏、夏侯玄被处死以后，这个圈子的重要性尤不言而喻。

钟会挤进这个圈子最典型的事例就是他追随傅嘏研究才性问题并集而论之写出了《四本论》，这样他与业已过世的傅、李、王诸人并列为论才性问题的四家之一，并且是唯一健在的一家。

只有以嵇康为核心的那个圈子与钟会离得甚远，而其影响很大，与日俱增。嵇康“家世儒学，少有隽才，旷迈不群，高亮任性，不修名誉，宽简有大量；学不师授，博洽多闻。长而好老庄之业，恬静无欲”（《三国志·魏书·王粲传》注引嵇喜《嵇康传》）。他对儒家经典很有研究，著有《春秋左氏传音》，于道家尤有研究，写了许多论文，如《养生论》《声无哀乐论》《释私论》《明胆论》《难自然好学论》《难宅无吉凶论》等等，“皆为世所玩咏”（《三国志·魏书·王粲传》注引《魏氏春秋》），享有极高的声誉。《文选·五君咏》李善注引孙绰《嵇中散传》云：“嵇康作《养生论》，入洛，京师谓之神人。”嵇康游山泽、访神仙、采药石的生活方式极为世人注目，他一度在太学传写石经，亦复引起学生的高度注意。嵇康的容止风度大为世人叹赏，誉为“肃肃如松下风，高而徐引”（《世说新语·容止》）；他的书法和弹琴亦为世所景仰。嵇康后来被捕时，“太学生三千人上书，请以为师”（《世说新语·雅量》）。总之，嵇康乃是当时最耀眼的一颗学术明星。

在何晏、王弼、夏侯玄、傅嘏等人均已过去的甘露初年，学术界声誉在钟会之上的，大约也就只有一个嵇康。按钟会的思路来设想，如果能成为嵇康的朋友，如果自己的《四本论》能得到他的赞赏或至少引起他的注意，那是非常重要的事情。对于临死前夕的夏侯玄，钟会尚且不肯放过攀附为友的机会，何况眼前仍然锻铁、撰论十分活跃的嵇康呢，当然要抓住不放。

但是钟会实在有点怕去与嵇康见面，前不久碰过一个钉子。《世说新语·简傲》载:钟会带了几个精英朋友去拜会嵇康,嵇康不理他,只顾专心锻铁;另据《太平御览》卷八三三引邓粲《晋纪》,嵇康对钟会尚非完全不理,而是“坐以鹿皮,嶷然正容,不与之酬对”。总之钟会第一次登门拜访就遭到冷遇,使他十分尴尬,所以第二次再去送论文就不再邀请别人一道前往,也不与嵇康见面,只是远距离投掷自己大著的文本。明知此事之难,但钟会仍然不肯放过与嵇康拉关系的机会。钟会追星的热情后来变为报复的激情,其间的逻辑线索是清楚的。可以说,远距离投掷论文的做法虽然古怪,但完全符合钟会的性情和风格。

从现有材料看,嵇康对投掷而来的《四本论》没有任何反应。这很容易被看作是完全无视钟会其人及其理论贡献,这种高傲的态度种下了祸根。后来钟会一再向司马昭进谗言,促成了嵇康之死。嵇康领教了钟氏那毒辣无情的报复,要改悔已经来不及了。临死前不久他在《家诫》里告诫自己的儿子说,要处处小心谨慎,“宏行寡言,慎备自守,则怨责之路解矣”,这里显然包含了他本人的深刻教训。

嵇康研究理论问题有他自己的选题,极富于开创性。由他先谈起来的养生、声无哀乐,日后都成了经典性的题目。后来“王丞相(导)过江,止道声无哀乐、养生、言尽意三理而已”(《世说新语·文学》),其影响之巨,不难想见。才性问题嵇康似不甚关心,但也曾有所涉及,例如在他与吕安反复论难的《明胆论》中,嵇康强调“明、胆殊用,不能相生”,其论有云:

> 夫元气陶铄,众生禀焉,赋受有多少,故才性有昏明。唯至人特钟纯美,兼周内外,无不毕备;降此以往,盖缺如也……明、胆异气,不能相生。明以见物,胆以决断。专明无胆,则虽见不断;专胆无明,违理失机。

“明”大体属于“才”的范畴,“胆”则近于“性”的范畴。嵇康认为明与胆很可能不平衡,而又无从相生。此说似乎近于论才性之异或离者;但嵇康又说过,明与胆也可能兼备,“至人”就是如此,“至明能无惑,至胆能无所亏”,一般人则达不到这种水平,总是有些“弊损”,而其明、胆亦可以交相为用,例如贾谊就是“明、胆自足相经”的。嵇康认为明、胆出于阴阳二气,“二气有一体”“虽相须以合德,要自异气也”。可见嵇康虽有双向的思考,而偏重于将明、胆分别加以研究、强调其不能相生的一面。这一理论路向与钟会大约是颇不相同的。估计这也是钟会既急于让嵇康看到《四本论》而又“畏其难”、怕与嵇康直接见面的一个原因。思想上的分歧再加上钟会感到人格尊严受到侮辱,后来他报复起来就猛烈得可怕了。

钟会不仅具有思想家的风采，也很能写文章，多种文体兼善。他的赋以咏物者居多，有《孔雀赋》《菊花赋》《蒲萄赋》等等，从今存大抵已颇残缺的文本看去，作风略近于建安辞赋；其中有些民俗材料，颇可注意，例如《菊花赋》中说起菊花的药效"服之者长生，食之者通神"，后来晋人作品中也多述此意——由此亦可见陶渊明之东篱采菊并不是追求风雅，而是在做一件很实际、讲功利的事情。

钟会作品中最著名的是《檄蜀文》，曾被选入《文选》（卷四十四）。景元四年(263)，镇西将军钟会奉司马昭之命率部出骆谷伐蜀，蜀兵据剑阁之险相拒，钟会亲自写这篇文章去做对方的工作，希望他们认清形势，赶快投降。文章写得从容不迫，很有策略，并不剑拔弩张，一派王者之师的高姿态。檄文略云：

> 今镇西奉辞衔命，摄统戎车，庶弘文告之训，以济元元之命；非欲穷武极战，以快一朝之志。故略陈安危之要，其敬听话言。
>
> 益州先主以命世英才，兴兵新野，困踬冀、徐之郊，制命（袁）绍、（吕）布之手，太祖（曹操）拯而济之，兴隆大好。中更背违，弃同即异。诸葛孔明仍规秦川，姜伯约屡出陇右，劳动我边境，侵扰我氐羌，方国家多故，未遑修九伐之征也。今边境乂清，方内无事，蓄力待时，并兵一向。而巴蜀一州之众，分张守备，难以御天下之师；段谷、侯和沮伤之气，难以敌堂堂之阵。比年已来，曾无宁岁，征夫勤瘁，难以当子来之民。此皆诸贤所共亲见。蜀侯见禽于秦，公孙述授首于汉，九州之险，是非一姓。此皆诸君所备闻也。明者见危于无形，智者规福于未萌，是以微子去商，长为周宾；陈平背项，立功于汉。岂宴安鸩毒，怀禄而不变哉？
>
> 今国朝隆天覆之恩，宰辅弘宽恕之德，先惠后诛，好生恶杀。往者吴将孙壹举众内附，位为上司，宠秩殊异。文钦、唐咨为国大害，叛主雠贼，还为戎首。咨困逼禽获，钦二子还降，皆将军封侯，咨豫闻国事。壹等穷踧归命，犹加上宠，况巴蜀贤智见机而作者哉？诚能深鉴成败，邈然高蹈，投迹微子之踪，措身陈平之轨，则福同古人，庆流来裔，百姓士民，安堵乐业，农不易亩，市不回肆，去累卵之危，就永安之计，岂不美与！若偷安旦夕，迷而不反，大兵一放，玉石俱碎，虽欲悔之，亦无及也。各具宣布，咸使知闻。

文章中追述远远近近的历史，语重心长地规劝巴蜀贤智弃暗投明，辞气安详，具有动人的力量。同先前著名的陈琳的檄文相比，没有那种杀气腾腾的气势，这是因为敌我力量的对比不同了，那时势均力敌，胜负难知，而现在可以说是稳操胜券。前人评此文说："诸檄中独此篇浑厚得体。盖兹时蜀已不支，无庸辞费。"（闵齐华《文选瀹注》卷二十二引孙鑛评语）语境不同，立言自异。

钟会还写过不少论，大抵亡佚。他的五卷本《刍荛论》仅存若干片段，而仍有精彩的意见，例如：

> 国之称富者，在乎丰民，非独为府库盈、仓廪实也。且府库盈、仓廪实，非上天所降，皆取之于民；民困则国虚矣。

> 凡人之结交，诚宜盛不忘衰，达不弃穷，不疑惑于诡构，不信爱于流言，经长历远，久而愈固。而人多初隆而后薄，始密而终疏，斯何故也？皆由交情不发于神气，道数乖而不同，权以一时之术，取仓促之利。有贪其财而交，有慕其势而交，有爱其色而交，三者既衰，疏薄由生。

可以说都是见道之言，而且说得简明有味。钟会本来有条件成为一名优秀的政治家，可惜最后野心膨胀，迅速走向灭亡。

钟会还写过一篇《母夫人张氏传》，写自己母亲的素养才智，特别是对自己的培养教诲，亲切动人。其中记载母亲对自己的告诫有"谦恭慎密""人情不能自足，则损在其中矣""人谁能皆体自然，力行不倦，抑亦其次"等语。钟会是个聪明人，但后来大约全然忘记了这些庭训，终至身败名裂。

九 “七贤”林下之游

一

正始时代最重要的作家是嵇康（字叔夜，224～263）和阮籍（字嗣宗，210～263），在散文创作方面嵇康的成就尤为突出，而阮籍有大量的《咏怀诗》，名声极大，影响深远。嵇康、阮籍都曾经属于所谓的“竹林七贤”集团，他们二人加上最年长的山涛（字巨源，205～283），乃是林下之游的领军人物。

最早记载“七贤”林下之游的文献大约出于东晋史家孙盛（302～373）之手。《三国志·魏书·王粲传》裴松之注引孙盛《魏氏春秋》云：“（嵇）康寓居河内之山阳县，与之游者，未尝见其喜愠之色。与陈留阮籍、河内山涛、河南（按，“南”字当作“内”）向秀、籍兄子咸、琅邪王戎、沛人刘伶相与友善，游于竹林，号为七贤。”“七贤”中可以分为两个层次，第一梯队三人，第二梯队四人：“陈留阮籍、谯国嵇康、河内山涛，三人年皆相比，康年少亚之。预此契者：沛国刘伶、陈留阮咸、河内向秀、琅邪王戎。七人常集于竹林之下，肆意酣畅，故世谓‘竹林七贤’。”（《世说新语·任诞》）这七位年龄很不等，山涛、阮籍比王戎（字濬冲，234～305）要年长许多，实际上是两代人。阮咸（字仲容）是阮籍的侄子，自属第二梯队。向秀和刘伶生卒年不详，估计也比较年轻。嵇康处于山、阮与四位青年之间，恰好起到沟通映带的作用；他身份高、名气大，又是提供竹林等聚会场所的主人①，于是很自然地成为林下之游的实际主持人。

嵇康是谯郡铚（今安徽宿州西南）人，与曹氏皇室为同郡同乡；据说其先

① 《水经注》卷九《清水注》谓嵇康山阳旧居在长泉水侧，“长泉水出白鹿山，东南伏流，径十三里，重源浚发于邓城西北，世亦谓之重泉也。又径七贤祠东，左右�篁列植，冬夏不变贞萋……向子期所谓‘山阳旧居’也。后人立庙于其处。庙南又有一泉，东南流注于长泉水。郭缘生《述征记》所云‘白鹿山东南二十五里有嵇公旧居，以居时有遗竹焉’，盖谓此也”。其地今属河南省修武县。

世为会稽人,本姓奚或溪,后迁于此并改姓嵇。中国古人自已主动改姓的很少,名门大族尤其不会如此,看来嵇康家族的社会地位本不甚高,又遇到某种特别的情形,不得已而改姓①,而嵇康的父亲追随曹操,充当“督军粮,治书侍御史”(《三国志·魏书·王粲传》注引《嵇氏谱》),其长兄亦在曹氏手下当过官。曹操用人不讲门第。嵇康的父兄显然是追随曹氏集团在汉末的动乱中建功立业,从而进入统治阶层的。谯郡一带因为从龙有功而致腾达者颇不乏其人。嵇康凭着父兄的地位,更加上“幼有奇才,博览无所不见”(《文选·琴赋》李善注引臧荣绪《晋书》),因此少年得志,与魏宗室通婚,成为穆沛王曹林(一说其子曹纬)的女婿,并凭借这一身份“迁郎中,拜中散大夫”(《世说新语·德行》“王戎云”条注引《文章叙录》)。他诗中所谓“昔蒙父兄祚,少得离负荷”(《答二郭三首》其二),正是指此而言。嵇康父子两代与曹魏集团都有着密切的关系。

中散大夫是一个典型的散官,没有具体的公务②。当时曹魏政权业已相当衰败,司马氏自立门户的形势日渐明朗,正始年间两个权力中心(曹魏皇室、司马氏)并列的局面使许多人无所适从,隐逸成了不少士人的首选道路。嵇康的兄长嵇喜在为嵇康所作的传中写道:“长而好老、庄之业,恬静无欲。性好服食,尝采御上药……知自厚者所以丧其所生,其求益者必失其性,超然独达,遂放世事,纵意于尘埃之表。”(《三国志·魏书·王粲传》注引)养性服食、弹琴咏诗、高谈玄理、潇洒出尘,嵇康的生活内容如此。“七贤”中唯有他有条件成为聚会活动的核心人物。

据《晋书·山涛传》的记载,“七贤”集团是首先由山涛和嵇康(以及吕安)的相识,后来又加上一个阮籍而逐步形成的。山涛为河内怀(今河南武陟)人,其家与嵇康寓居之山阳同属一郡,相去不远,往来甚便。《晋书·嵇康传》说:

> 康早孤,有奇才,远迈不群……学不师受,博览无不该通,长好老庄,

---

① 《三国志·魏书·王粲传》注引虞预《晋书》谓“康家本姓奚”;《世说新语·德行》“王戎云”条注引王隐《晋书》说:“嵇本姓溪,其先避怨,徙上虞,移谯国铚县。以出自会稽,取国一支,音本同奚焉。”

② 《通典·职官》在文散官条下列有光禄大夫、太中大夫、中大夫、中散大夫等名目,掌议论,备顾问,无常事;均隶属于光禄勋之下。中散大夫一职,最初为王莽所置,后汉因之,置三十人,魏晋无员。历史上有过中散大夫头衔的人不少,因为无关紧要,大抵默默无闻;而嵇康乃超一流名士,又世称“嵇中散”,中散大夫一职即因此而有了些名气。

与魏宗室婚，拜中散大夫。常修养性服食之事，弹琴咏诗，自足于怀……盖其胸怀所寄，以高契难期，每思郢质，所与神交者唯陈留阮籍，河内山涛，预其流者河内向秀、沛国刘伶、籍兄子咸、琅邪王戎，遂为林下之游，世所谓"竹林七贤"也。戎自言与康居山阳二十年，未尝见其喜愠之色。

所谓"郢质"就是观点未必相同而旗鼓相当可以交流思想的伙伴。"郢质"典出《庄子·徐无鬼》："庄子送葬，过惠子之墓，顾谓从者曰：'郢人垩漫其鼻端，若蝇翼，使匠石斫之，匠石运斤成风，听而斫之，尽垩而鼻不伤，郢人立不失容。宋元君闻之，召匠石曰："尝试为寡人为之！"匠石曰："臣则尝能斫之。虽然，臣之质死久矣。"自夫子之死也，吾无以为质矣，吾无与之言矣。'"由这个关键词可以推见"七贤"首先是一个思想者的集体，从事文学创作倒是次要的——事实上"七贤"之中不少人并不从事文学创作，有成就的作家主要是嵇康、阮籍，向秀是一位大有见解的思想家，后来注释过《庄子》，他只写过一篇《思旧赋》，而亦千古传诵。

"七贤"结为林下之游约始于正始中叶，到正始十年(249)高平陵之变以后团体解散，阮籍、山涛先后到司马氏手下效力，"七贤"的林下之游即已无从继续进行①；此后只剩下嵇康、向秀，加上一个吕安仍然坚持原先的政治立场和生活态度。这时的种种同先前的"七贤"林下之游虽然有某种连续性，但已经不完全是一回事了。到景元四年(263)，阮籍去世，嵇、吕被杀，向秀失图，林下之游的流风余韵即告完全结束。

王戎说，自己先前"与(嵇)康居二十年，未尝见其喜愠之色"(《世说新语·德行》)，由景元四年(263)上数二十年，为正始五年(244)。竹林之游应

---

① 曾经有学者指出："阮籍在曹爽被诛后，曾被司马懿辟为从事中郎。嘉平三年，司马懿卒。第二年，复为司马师的从事中郎。他唯于此时有一段闲居的时间，有可能到山阳去。"(高晨阳《阮籍评传》，南京大学出版社1994年版，第27页)于是将林下之游系于此时。按，此说事出有因，而查无实据。《晋书·阮籍传》云："宣帝为太傅，命籍为从事中郎。及帝崩，复为景帝大司马从事中郎。"两任从事中郎之间似乎并没有一段闲居的空隙。不错，司马师在嘉平三年(251)司马懿新死时"以辅军大将军辅政"，到第二年才"迁大将军，加侍中，持节，都督中外诸军，录尚书事"(《晋书·景帝纪》)，但这并不表明阮籍只有到嘉平四年(252)才"复为景帝大司马从事中郎"。史书中以某人后来的官位称呼他是常有的事情，对于身份特别高的人尤其是如此，叙事亦不可能且无必要彻底地细密，处处顾及其人头衔的不断变化。司马师子承父业，阮籍则继续在此服务，中间忽然停顿一段时间恐于情理不合。说"七贤"的林下之游始于嘉平三年(251)既已过晚，那么就更不可能迟至正元(254～256)或甘露(256～260)年间了。"七贤"的林下之游至高平陵之变(249)已经结束。

当即开始于此时。本年王戎才十一岁，但他是一个早熟的神童[1]，因此得以叨陪末坐，预此高契。

正始中期，阮籍除短期为尚书郎以外，一直高隐在故乡陈留尉氏(在今河南)，与山涛、嵇康的住处相去不远。所谓林下之游，当是指诸贤曾经在山阳嵇康住处的竹林及其他地方例如首都洛阳的酒店[2]有过若干次著名的聚会，并不是也不可能是“七贤”成年地呆在一起。

林下之游的主要内容是饮酒和清谈，每次的参加者可能是“七贤”的全部或一部分人，也有“七贤”以外的熟人如吕安；他们的活动外人一般不能随便参加。

“七贤”的善饮，史籍中多有记载，刘伶作有假戒酒的《咒辞》(见《世说新语·任诞》)，又有《酒德颂》，称酣饮的妙处在于“无思无虑，其乐陶陶。兀然而醉，豁尔而醒。静听不闻雷霆之声，熟视不睹泰山之形。不觉寒暑之切肤、利欲之感情，俯视万物之扰扰，焉如江海之载浮萍”。他们的痛饮有麻醉自己、寻求寄托的意思，同时也便于为他们的不守礼法提供掩护，作出解释。

林下之游更重要的内容是清谈，探讨哲学和其他理论问题，嵇康、阮籍、山涛三人互为“郢质”，其余诸人也都具有相当的水平，例如向秀，“清悟有远识，少为山涛所知，雅好老、庄之学……与(嵇)康论养生，辞难往复，盖欲发康高致也”(《晋书》本传)，其反复论难的文章俱见于今本《嵇康集》。王戎虽然年龄甚小，但“善发谈端，赏其要会”(《晋书》本传)，也有不俗的表现。

“七贤”讨论的问题引领了一代潮流，例如养生问题，既与老庄之学有关，也与神仙道教有关，此后长期受到人们的关注；又如声无哀乐问题、自然好学

---

① 《晋书·王戎传》：“戎幼而颖悟，神彩秀彻。视日不眩，裴楷见而目之曰：‘戎眼烂烂，如岩下电。’年六七岁，于宣武场观戏，猛兽在槛中啸吼震地，众皆奔走，戎独立不动，神色自若，魏明帝于阁上见而奇之……阮籍与(王)浑为友，戎年十五，随浑在郎舍。戎少籍二十岁，而籍与之交。籍每适浑，俄顷辄去，过视戎，良久然后出，谓浑曰：‘濬冲清赏，非卿伦也。共卿言，不如共阿戎谈。’”按，戎年十五当正始九年(248)，当时阮籍为尚书郎，与王戎之父王浑同事。此时阿戎的水平已超过其父。

② 《世说新语·伤逝》：“王濬冲为尚书令，著公服，乘轺车，经黄公酒垆下过，顾谓后车客：‘吾昔与嵇叔夜、阮嗣宗共酣饮于此垆。自嵇生夭、阮公亡以来，便为时所羁绁。今日视此虽近，邈若山河。’”王戎为尚书令在晋惠帝永宁二年(302)，此时离嵇、阮死去已近四十年，所以他不胜今昔之感。该条下刘孝标注引戴逵《竹林七贤论》云：“俗传如此。颍川庾爰之尝以问其伯文康，文康云：‘中朝不闻，江左忽有此论，皆好事者为之也。’”可知庾亮(文康)对王戎的回忆有所怀疑，但不知他有什么确切的根据。

问题、宅无吉凶问题，都是当年的热门话题。后来两晋之交的一代名臣王导过江以后“止道声无哀乐、养生、言尽意三理而已”（《世说新语·文学》），其中竹林集团倡导的话题占了三分之二。清谈促进了说理文的发展，嵇康、阮籍都颇有所作，在散文史上有着很高的价值。

“七贤”的林下之游本来就是一个发生于特殊历史时期的松散的文人俱乐部。这时权力中心两极分化，暗中对峙，前景不明，这就使得一部分政治上相当敏感的知识分子深感无所适从，于是干脆不问政治，避开政治；他们信奉的老庄思想更促使他们放浪形骸，酣饮沉醉，抛弃礼法，一味寻求个人心灵的自由。司马懿发动高平陵之变，一举消灭了曹爽集团，迅即控制住中央政权，但是在中央和地方还有一批拥护曹氏皇室、反对司马氏的力量，叛乱和阴谋在此后相当长一段时间内层出不穷，政局动荡不安。换言之，虽然此后的基本政治格局是司马氏控制中央、改朝换代的机运正在逐步走向成熟；但当时人看到的只是两派力量仍在作你死我活的斗争。正始以后的一段时间内政局多有起伏动荡，这就是竹林诸贤分道扬镳、各行其是的基本背景。

然而明眼人看得很清楚：此时中枢两极化的问题已不复存在，司马氏家族代表了政局的未来，于是阮籍、山涛先后出仕于司马氏①，告别竹林；仍然坚守竹林的嵇康不改故辙，继续颐神养生，采药锻铁，过隐逸生活，与司马氏集团保持着相当远的距离。嵇康极端厌恶行政事务（中散大夫是一个没有什么具体任务的荣誉性的闲官，可以接受），乐于优游颐养，希望过一种闲散自由半神仙式的隐逸生活。他常常到山林里去采药，又曾苦苦追寻著名的得道之士孙登，可惜没有从他那里得到什么秘诀的传授，反而挨了一顿教训。

在《游仙诗》里，嵇康抒写自己的理想是采药服食，远离俗人，得“自然道”，过“飘摇”潇洒的神仙似的生活。而他内心深处有着很深的忧虑，《答二郭三首》其二云“良辰不我期，当年值纷华。坎壈趣世教，常恐婴网罗”“岂若翔区外，餐琼漱朝霞”，《与阮德如一首》云“荣名秽人身，高位多灾患。未若捐

---

① 山涛仕于司马氏比阮籍略晚。《晋书·山涛传》载：“涛年四十，始为郡主簿、功曹、上计掾。举孝廉，州辟河南从事……未二年，果有曹爽之事，遂隐身不交世务。与宣穆后有中表亲，是以见景帝（司马师），帝曰：‘吕望欲仕耶？’命司隶举秀才，除郎中。”可知山涛之初仕在正始五年(244)，中间一度归隐，要到司马师掌权时（嘉平三年〔251〕）才重出江湖。按，所谓“宣穆后”指司马懿夫人张春华，其母河内山氏是山涛的从祖姑，但司马懿同这位张夫人关系恶劣，常骂她为“老物”，这样山涛就不便向司马懿求官了；一直等到他去世以后，才以平辈表亲的身份去见司马师并迅速重新出仕。

外累,肆志养浩然",劝阮德如不要卷入政治,以便远祸全身。这些诗一再使用"岂若""未若"这样的字眼,表明他决心过隐逸脱俗的生活乃是经过深思熟虑的选择,中心是为了在形势极其敏感之时保护自己。

嵇康在政治上是不赞成司马氏的,但只限于态度,并没有任何实际的行动。他有可能采取实际行动的机会只有一次,这就是《三国志·魏书·王粲传》注引《世语》之所谓"毌丘俭反,康有力,且欲起兵应之;以问山涛,涛曰不可,俭亦已败"。但这一记载并不可信,正元二年(255)毌丘俭为反司马氏起兵于寿春,颇为仓促,在洛阳的嵇康很难与他有什么联系,嵇康也没有什么实力可以"起兵应之";事实上后来忽然提出此事的是钟会,此人与嵇康有私怨,由他提供的所谓罪状显然不无可疑。嵇康与山涛密商,他如何能得知?山涛从未提及此事。

嵇康寄意于神仙,真心向往服食养生,潇洒度日。他曾随王烈入山采药,又曾追随孙登三年,王、孙都是半神仙式的人物。嵇康认为成仙虽然很难争取,养生长寿、精神愉悦完全是可以做到的。他在著名的论文《养生论》中写道:

> 夫神仙虽不目见,然记籍所载,前史所传,较而论之,其必有矣。似特受异气,禀之自然,非积学所能致也。至于导养得理,以尽性命,上获千余岁,下可数百年,可有之耳。

这与先前曹操"盈缩之期,不但在天。养怡之福,可得永年"(《步出夏门行·龟虽寿》)的意见完全一致。嵇康讲养生尤重精神上的修养,《养生论》又写道:

> 形恃神以立,神须形以存。悟生理之易失,知一过之害生,故修性以保神,安心以全身。爱憎不栖于情,忧喜不留于意,泊然无感,而体气和平。又呼吸吐纳,服食养生,使形神相亲,表里俱济也。

在实际生活中他也确实能躬行其"爱憎不栖于情,忧喜不留于意"的主张,是相当心平气和极有涵养的;《世说新语·德行》"王戎云"条注引《康别传》说:"康性含垢藏瑕,爱恶不争于怀,喜怒不寄于颜。所知王濬冲(戎)在襄城,面数百,未尝见其疾声朱颜,此亦方中之美范,人伦之胜业也。"

这时紧紧追随嵇康的只有一个向秀,此外还有一个长期追随嵇康的外围人物吕安。这个结构较前紧密的新集团不妨称之为"竹林后三贤"。《太平御览》卷四〇九引《向秀别传》云：

> 又与谯国嵇康、东平吕安友善。其趋舍进止，无不必同；造事营生，业亦不异。常与康偶锻于洛邑，与吕安灌园于山阳，收其余利，以供酒食之费。或率尔相携，观原野，极游浪之势，亦不计远近，或经日乃归，复修常业。

可知他们三人常常在一起，在首都洛阳或嵇康的山阳寓所锻铁灌园，继续过潇洒浪漫的隐逸生活。

此时向秀为《庄子》一书作注，并且拿出了部分初稿给嵇、吕两位校阅。嵇康认为《庄子》一书无须作注，注释总是不能超越原书，而吕安则惊叹此注一出则庄周不死矣。向秀注《庄》颇致力于打通庄子思想与儒家思想，对庄子的学说作出了相当的修正和发展，与原书意思已经颇有不同。

虽然此时嵇、吕、向三人政治上都持与当局者司马氏不合作的消极态度，锻铁灌园，饮酒浪游，放诞任我，优游林下，但向秀只是一介书生，一味向故纸堆中讨生活；吕安的特点是"放逸迈俗"(《世说新语·文学》"初，注《庄子》者数十家"条注引《秀别传》)，或如后来向秀在《思旧赋·序》中批评的那样"心旷而放"，作风相当浮夸；后来他因为家庭内部的纠纷被捕，既而牵连到嵇康，其间发生了种种出人意料的变故，终于统统被杀。一向不大过问世事的向秀没有卷进这个莫名其妙的案子里去。

嵇康当时名声极大，可以说是一部分在野势力在思想文化界的代表，司马氏很注意争取他。景元二年(261)，早已在司马氏那边任职的山涛官职升迁，由吏部郎迁散骑常侍，曾举嵇康自代，这一举动显然正体现了司马氏的意向，不过稍微曲折一点而已；四年(263)，山涛拟再荐嵇康，于是嵇康作《与山巨源绝交书》，"亦欲标不屈之节，以杜举者之口"，"大将军闻而恶之"(《世说新语·栖逸》"山公将去选曹"条注引《嵇康别传》)，但一时尚未采取什么行动；这时钟会在司马昭耳边反复说嵇康的坏话，稍后又发生了吕安事件，于是嵇康迅即被捕，继而竟然走到绝路上去了。

嵇康被捕是受了吕安的牵连。六臣本《文选·思旧赋》李善注引臧荣绪《晋书》说："安妻甚美，兄巽报之。巽内惭，诬安不孝，启太祖，徙安远郡，即路与康书，太祖见而恶之，收安付廷尉，与康俱死。"原来吕巽与弟妇有染而反诬吕安，吕巽其时为相国掾①，遂利用职权把业已受到损害的老弟打发到远郡

① 详见《三国志·魏书·杜恕传》注引郭颁《魏晋世语》。

去。这件事本与嵇康无关，朋友家的丑闻，外人亦不便多加过问。可是吕安在临行之际写了一封措辞浮夸的信给嵇康，迅速将事情复杂化、扩大化了。按一般的逻辑，吕安应说明自己并无"不孝"之行，据实告发乃兄的禽兽行径，争取从被告席上走出来；可是这位"放逸"的名士不此之图，却在致嵇康的信中把自己描写成反司马氏领袖的模样，讲了许多容易引起极大误解的话。吕安不肯与司马氏合作或坚决反对司马氏都是可能的，但并没有任何事实可以证明他有巨大的计划和具体的行动，他信中的那一番大话说得毫无根据，唯一的效果是引起司马昭很大的疑虑，加速他自己的死亡。信中严责嵇康，同样没有道理。吕安在信里一再暗示嵇康与曹魏宗室的关系，说气话激他出来为自己辩护，这就有些绑架老朋友的意思了。

当嵇康写出《与山巨源绝交书》时，钟会即建议杀嵇康，司马昭未听；到吕安事件发生后，是否牵连逮捕嵇康，司马昭颇为迟疑，征求部属意见，于是"钟会廷论康曰：'今皇道开明，四海风靡，边鄙无诡随之民，街巷无异口之议；而康上不臣天子，下不事王侯，轻时傲世，不为物用，无益于今，有败于俗。昔太公诛华士，孔子戮少正卯，以其负才乱群惑众也。今不诛康，无以清洁王道。'于是录康，闭狱"（《世说新语·雅量》"嵇中散临刑东市"条注引《文士传》）。钟会这番话的要害在于指出嵇康乃是一个有影响的与司马氏集团对立的持不同政见者，这个危险人物构成对司马氏大业的重大障碍，因此决不可以放过。嵇康下狱后，钟会又再次大进谗言，把他形容成司马氏最危险的敌人。而事实上嵇康的道家乃至神仙道教的色彩非常浓厚，一向不大过问世事，完全没有行动能力，并不对司马氏构成多少威胁；何况他也并非没有可能转变立场，倒向司马氏一边。钟会的进谗与其说是为司马氏计，不如说是报私怨，因为他感到曾多次遭到嵇康的冷遇和藐视。《世说新语·简傲》载：

> 钟士季（会）精有才理，先不识嵇康。钟要于时贤俊之士俱往寻康，康方大树下锻，向子期（秀）为佐，鼓排，康扬槌不辍，旁若无人，移时不交一言。钟起去，康曰："何所闻而来，何所见而去？"钟曰："闻所闻而来，见所见而去。"

钟会是当时甚有才名的贵公子，他约一批贤俊之士去见嵇康，显然是为了同他讨论理论问题，不料却遭到令人难堪的冷遇，让他大丢架子。嵇康固然轻视钟会，但他锻铁必须连续作业，中间不能停顿，旁若无人不与钟会等人打招呼并不足为怪。钟会临走时二人的对话以警句相应对，也是当时名士间常见的情形——前"竹林七贤"间也多有这样的事情，例如《晋书·王戎传》所载之"戎每与(阮)籍为竹林之游，戎尝后至，籍曰：'俗物已复来，败人意！'戎笑曰：'卿辈意亦复易败耳！'"措辞精炼尖刻幽默，当时知识精英中有这么一种风气。但钟会"以此憾之"(《晋书·嵇康传》)，他来拜访嵇康既不是时候，气量又相当狭小，有失名士风度。不过他此时仍然十分崇拜嵇康，后来又去拜访，方式更加古怪，《世说新语·文学》载：

> 钟会撰《四本论》始毕，甚欲使嵇公一见。置怀中，既定，畏其难，怀不敢出，于户外遥掷，便回急走。

此事显然发生在上一次大树下大碰钉子之后，钟会仍然希望与嵇康进行学术交流，希望得到名流的肯定，遂采用避不见面遥掷论文的方式。"才性"问题是当时分歧最大的热门话题之一，但嵇康对这一问题似无兴趣。他不肯与钟会作口头或书面的交流，固然可能有一种文人的骄傲，但更表现了朝、野两个学术圈子的疏隔——中国历来有这种情形：在野的名流看不起在朝的权贵，尽管他们也自有其学问。两次碰壁使钟会感到受了极大的侮辱，这就引出了后来的报复。

当时清谈辩论都在具有相近水平的名士之间进行，这才能互为"郢质"。看来嵇康认为钟会并不具备这种水平，加之政见不同，所以拒之千里之外。钟会对嵇康的仇恨主要并不在政治上，如果他们在政治上是尖锐对立的，他就不会像追星族一样追逐嵇康，何况后来钟会背叛了司马氏，他并非司马氏死党，而嵇康也并非曹氏死党；他的仇恨也不在理论上，而在个人恩怨。

中国古代文人之倒霉已至于被杀，固然多有因为立场不同，政见互异，被有力者所惩处的，但亦有许多人乃是于有意无意间得罪了什么人，后来便被他陷害，终于遭到有力者之手的打击。鲁迅说过，古代文人被杀者，"因于私仇为多"①，他又说"叭儿狗往往比它的主人更严厉"②，均为见道之言。钟会就比司马昭严厉得多。

《世说新语·雅量》载，嵇康下狱后，"太学生三千人上书，请以为师"；又

① 1934年12月14日致杨霁云的信，《鲁迅全集》第12卷，第600～601页。

② 《而已集·小杂感》，《鲁迅全集》第3卷，第532页。

注引王隐《晋书》说，"于时豪俊皆随康入狱"。这些做法固然是为了营救嵇康，但客观上造成一种其人乃是危险人物的表象，反而促使司马昭仓促下令处死嵇康、吕安。

嵇康临刑之际表现得非常从容镇静，一改在狱中作诗悔过的低姿态，恢复了平日的高傲风度，顾日影而弹琴，叹息"《广陵散》于是绝矣"（《太平御览》卷五七九引《竹林七贤论》），成为中国历史上一个著名的形象，而所谓林下之游即宣告彻底结束。

其实在嵇康下狱后是有可能转变政治立场的，他此时所作的《幽愤诗》主题在于悔过，承认过去在政治上取不合作态度是错误的，表示悔改；诗中表明今后要改变自己的态度：

> 煌煌灵芝，一年三秀。予独何为，有志不就。惩难思复，心焉内疚。庶勖将来，无馨无臭。采薇山阿，散发岩岫。永啸长吟，颐性养寿。

这无非是说，如能免于治罪，今后将躲进山林里去隐居修炼，颐性养生。嵇康入狱后还作有《述志诗》二首，在其二中承认"往事既已谬，来者犹可追"，又说今后的打算是：

> 愿与知己遇，舒愤启幽微。岩穴多隐逸，轻举求吾师。晨登箕山颠，日夕不知饥。玄居养营魄，千载常自绥。

与《幽愤诗》所表之态完全一致。这种态度，就嵇康本人而言已算是彻底妥协，而从司马昭那边来看，则显得还很不够：你嵇康先前就是大讲寄意于神仙，讲服食养生，不肯为我们服务的；现在虽然下了狱，还是说今后要遁入山林，颐养轻举，这岂不是死不改悔，继续顽抗吗？司马昭要的是嵇康洗心革面彻底倒向自己这一边。嵇康被杀后，向秀"举郡计入洛。文王（司马昭）引进，问曰：'闻君有箕山之志，何以在此？'对曰：'巢、许狷介之士，不足多慕。'王大咨嗟"（《世说新语·言语》）。向秀接受教训，不敢再说什么"箕山之志"了，尽管这样说是违心的、痛苦的。反观嵇康在《述志诗》里说过的"晨登箕山颠"，虽已有"惩难思复"表示悔改之意，而对方并非知音。总之，司马昭似未能区别嵇康先前的神仙道教色彩与今后打算之间在政治上的差别，只注意其外观上的相似，匆匆下令杀嵇康，不免失之于草率。

司马昭作为一个政治家，应当说还是有些雅量的，他对阮籍不守礼法那样地宽容，连他的部下都看不下去；对嵇康，司马昭一直也是容忍的，曾经准备请他出来充当自己的属官,未能成功①;向秀追随嵇康多年,司马昭并未像后来某些帝王那样株连治罪,不过讽刺他一番,要他为自己服务而已。从某种意义上来说,嵇康与其说是死于司马昭之手,不如说是死于钟会的谗言,而钟会之所以要置嵇康于死地,又不过报复私仇而已。正是这个钟会,率先把嵇康化妆为司马氏最危险的敌人。此后对嵇康形象的种种改造,正是以钟会的胡说八道为其生长点。这实在是嵇康死于非命的悲剧之后又一可笑的悲剧,其影响至今尚在,妨碍人们认识嵇康的本来面貌。

从司马昭的思路来看,如果与曹氏皇室有姻亲关系的当今大名士嵇康能在改朝换代的前夜倒向自己一边,那在政治上、舆论上将是极其重大的收获;山涛两度举荐嵇康正是在这样的背景下发生的。可是嵇康不识抬举,断然拒绝了。这时钟会建议杀嵇康,司马昭未听,他还要再看看。不久吕安事件发生,是否要逮捕与吕安有牵连的嵇康,司马昭拿不定主意,征求部属的意见,于是钟会发表了一通"今不诛康,无以清洁王道"(《世说新语·雅量》注引《文士传》)的高论。钟会注意迎合司马昭的帝王式思维,可谓工于进谗;而细读其说词,嵇康其人的"负才""傲世"实为钟会本人痛心疾首的重点,这显然是因为他本人曾经至少两次在嵇康那里受到冷遇,现在他打着"清洁王道"的大旗,巧择手段来报自己的私仇了。

嵇康下狱后写诗悔过,按说这正是司马昭罗致嵇康的极好时机,这时钟会又"言于文帝曰:'嵇康,卧龙也,不可起。公无忧天下,顾以康为虑耳。'因谮康'欲助毌丘俭,赖山涛不听。昔齐戮华士,鲁诛少正卯,诚以害时乱教,故圣贤去之。康、安等言论放荡,非毁典谟,帝王者所不宜容。宜因衅除之,以淳风俗'。帝既昵听信会,遂并害之"(《晋书·嵇康传》)。如果嵇康确有欲助毌丘俭的严重政治问题,钟会应当早已有所揭发,哪里会等到此时,看来这不过是他加重自己谗言力度的捏造而已。他之所谓"因衅除之"的提法尤为刻

① 《三国志·魏书·王粲传》注引孙盛《魏氏春秋》云:"大将军尝欲辟康,康既有绝世之言,又从子不善,避之河东,或云避世。"所谓"辟康"当指辟为自己的属官。此事在山涛荐嵇康以自代之前。嵇康不应司马昭的征辟,且离开洛阳避之河东,乃是坚决不肯合作的表现。汉魏时代主公与属吏有君臣之义,所以名士而不应征辟往往被视为异己分子,有可杀之罪。《晋书·刘毅传》载"文帝(司马昭)辟为相国掾,辞疾,积年不就;时人谓毅忠于魏氏,而帝怒其顾望,将加重辟,毅惧,应命"。刘毅其人分量比较轻,司马昭的态度就相当严峻,不像对嵇康那样客气了。在两军对垒之际,名士而不肯为我所用,就是站在对立的一方,即有死罪——古代帝王式思维的路径如此。

毒，意谓即使嵇康没有死罪，为了帝王大业（这正是司马昭一心追求的东西，当时已经白热化到路人皆知的程度）也应当拿吕安事件为借口杀掉他。钟会再一次深刻地迎合司马昭的帝王思维，终于得手，把他的私敌嵇康送上了死路。

从司马昭的角度看，他很可能本来对嵇康期望值过高，因此觉得悔过诗中所表之态远不理想，并且又为嵇康悔过诗中强烈的道教色彩所迷惑——他大约把嵇康始终不变的神仙道教色彩误认作始终不变的政治态度——再加上钟会反复进言，似乎也大有道理，于是将吕安和嵇康一道处死。嵇康虽已妥协求生，仍然得不到宽大处理，终归死于非命，对此钟会应当承担很大的责任。一辈子注意加强修养的嵇康于无意中得罪了这位也算是一个理论家的阴谋家，而书生气十足的诗人玄学家绝对斗不过有文化的阴谋家。

东晋文学家孙绰曾为嵇康立传[①]，又在《道贤论》中说：“帛祖衅起于管蕃[②]，中散祸作于钟会。二贤并以俊迈之气，昧其图身之虑。栖心事外，轻世招患，殆不异也。”论颇中肯。就嵇康而言，“栖心事外”过隐逸生活本来是想远祸全身的，但一不小心“轻”了一下钟会，终于招致杀身之祸，造成了文学史上一个无可挽回的损失。

二

阮籍的儿子阮浑（字长成）很想挤进“竹林俱乐部”里来“作达”，被阮籍否决了[③]；然而却挤进来一个败事有余的吕安。此外，在竹林的外围还有几个同他们特别是同竹林之游的东道主嵇康关系比较密切的人。

首先有一位同嵇康、阮籍都很熟悉的袁准（字孝尼），《世说新语·雅量》载：

> 嵇中散临刑东市，神气不变，索琴弹之，奏《广陵散》。曲终曰：“袁孝

---

① 《文选》卷二十一颜延年《五君咏》李善注有所引用。

② 西晋名僧帛远（法祖）于惠帝末避乱秦州，州人管蕃与他议论，屡屈，“深衔耻恨，每加谗构”，帛远后竟为秦州刺史张辅杀害。详见慧皎《高僧传》卷一。

③ 《世说新语·任诞》云：“阮浑长成，风气韵度似父，亦欲作达，步兵曰：‘仲容已预之，卿不得复尔。’”林下之游这样的活动方式看来深受当时的知识青年仰慕，颇有人想挤进来一起喝酒谈玄。阮浑后来研究《周易》，有论二卷（《隋书·经籍志》），张璠《周易集解》列为二十二家之一。

> 尼尝请学此散，吾靳固不与，《广陵散》于今绝矣！”太学生三千人上书，请以为师，不许。文王寻亦悔焉。

袁孝尼请嵇康教他《广陵散》的特殊演奏方法，非老朋友不可能有这样的请求；嵇康不肯教他，临死前不胜感慨，非老朋友也不可能有这样的情形。总之由此则可见两人的交情。

袁准与阮籍关系尤为密切，《世说新语·文学》载：

> 魏朝封晋文王为公，备礼九锡，文王固让不受。公卿将校当诣府敦喻。司空郑冲驰遣信就阮籍求文。籍时在袁孝尼家，宿醉扶起，书札为之，无所点定，乃写付使。时人以为神笔。

这时阮籍就住在袁家，虽然喝得大醉，文章仍能一挥而就。阮、袁二人关系似非一般。阮籍为司马昭写劝进文，嵇康被司马昭枉杀，而均与袁孝尼有相当的关系，则袁氏其人显然值得引起高度重视。按，袁孝尼名准，陈郡扶乐（今河南太康西北）人，乃曹魏名臣袁涣之子，《三国志·魏书·袁涣传》注引《袁氏世纪》云：“涣有四子：侃、寓、奥、准……准字孝尼，忠信公正，不耻下问，唯恐人之不胜己。以世事多险，故常恬退而不敢求进。著书十万余言，论治世之务，为《易》《周官》《诗》传，及论《五经》滞义、圣人之微言，以传于世。”又《晋书·袁瑰传》追溯其从祖袁准，略谓“准字孝尼，以儒学知名，注《丧服经》。官至给事中”。

袁氏《丧服经注》今尚有遗文可见（《通典》卷九十），又有《正论》《正书》等著作，论礼制政教斐然成章，颇多确论，例如他指出：“夫唯君子而后能固穷。故有国而不务食，是责天下之人而为君子之行也……有民而国贫者，则君子伤道，小人伤行矣。”（《袁子正书·治乱》）治国者首先应重民生，千万不能要求人人都是安贫乐道的君子，那是根本做不到的；君子老是很穷，也是行不通的。此虽常识，却很容易被忘却。

治国者务必让人民摆脱贫困，否则就会“君子伤道，小人伤行”，此真放之四海而皆准、历尽古今而不变的笃论。袁准是一个头脑很清楚的人，这一方面他比嵇康、阮籍都要高明。嵇、阮是文学家，也是理想主义者、浪漫主义者，嵇康尤甚，这样的文学家对于实际的社会政治问题不一定能有太清楚的认识。

《袁子正书》的风格，似颇近于建安时代徐幹的《中论》，所存之遗文亦较多。袁准兼重儒、法，主要是一位学者、理论家，对于实际的政治活动并不太感兴趣，特别是在形势险恶微妙之时。袁准深刻地看出了曹魏皇室的危机，他写道：“今诸侯王国之制，无一成之田、一旅之众，独坐空宫之中，民莫见其面。其所以防御之备，甚于仇雠。内无公族之辅，外无藩屏之援，是以兄弟无睦亲之教，百姓无光明之德；弊薄之俗兴，忠厚之礼衰；近者不亲，远者不附；人主孤立于上，而无根本庇荫之助，此天下之大患也。”（《袁子正书·悦近》）这正是曹魏王朝政局的真实写照；在这种时刻，他是不会轻易出仕的，宁可隐于野，与各方名士交往，以待天下之变。一般认为此人要到晋王朝建立以后才开始出仕，泰始（265～274）中官至给事中，其时阮籍、嵇康已先死。但是《三国志·魏书·齐王芳纪》注引《汉晋春秋》提到正始七年（246）吴将朱然攻魏，曹魏方面商量对策，司马懿与曹爽意见不一，袁准曾对当轴的曹爽提出过“捐淮、汉以南”的建议，曹爽不从。然则他似乎早已进入政治圈子，有所活动，虽然此时他未必有什么明确的官职。这也许因为他是名父之子，与上层人物本来就相当熟悉的缘故。

中国古人习惯于将政见与私交分开，阮籍、嵇康政治态度很不同，而颇有交往，又同为袁准的朋友，正是一个适例。但政见总会影响私交，阮、袁关系显然更密切一些，因为他们都比嵇康更懂得政治，更懂得时务。

同嵇康关系比较密切的有郭遐周、郭遐叔兄弟，又有阮侃（字德如）。他们分别与嵇康有诗歌赠答。二郭都觉得时事已不可为，不如隐入山林，修身养性。郭遐周在与嵇康离别时赠五言诗三首，郭遐叔则赠以四言一首（凡四章）、五言一首。郭遐周赠诗三首其一云：

> 亮无佐世才，时俗所不量。归我北山阿，逍遥以相佯。同气自相求，虎啸谷风凉。惟余与嵇生，未面好文章。古人美倾盖，方此何不臧。援筝执鸣琴，携手游空房。栖迟衡门下，何愿于姬姜。予心好永年，年永怀乐康。我友不斯卒，改计适他方。严车感发日，翻然将高翔。离别在旦夕，惆怅以增伤。

由此可以推知，二郭当是嵇康在漫游途中结识的山林隐逸，一见如故，但他们的人生态度并不完全相同，对于嵇康不肯和自己在一起坚持下去，颇觉遗憾。赠诗其三结穴云“勖哉乎嵇生，敬德以慎躯”，似乎已经预感到嵇康的性格很不适应当前局势，提醒他保护好自己。郭遐叔在所赠五言诗的结尾道“愿各保遐年，有缘复来东”。嵇康最后也只有四十岁，二郭大约都比他年长，这里的希望同样意味深长。

嵇康在回答他们的诗中同样表达了很深的友情，同时又委婉地提出，在目前形势下单是隐居还不够，应当进而修炼神仙道教：他希望二郭今后进一步改变自己的生活方式。

阮侃其人思想上出入儒、道两家，政治上比较接近司马氏，入晋后官至太守①；嵇康在临别赠他的诗中劝他不要卷入政治，以便远祸全身。阮侃在回答他的诗中一方面对他的“良诲”表示感谢，但又写道：“洙泗久已往，微言谁为听。曾参易箦弊，子路结其缨。晋楚安足慕，屡空以守贞。潜龙尚泥蟠，神龟隐其灵。庶保吾子言，养真以全身。”（《答嵇康诗二首》其一）虽然好像完全同意嵇康的意见，其实他还是儒家思想，一时的退隐不过是传统的天下无道则隐，是一种政治性的退避，同嵇康的社会性、哲理性退隐实际上不同。在“竹林七贤”中，阮籍、山涛所实行者其实也是政治性退避，他们只是嵇康一时的同路人，只能在正始年间同行一段路程，分道扬镳是早晚的事情。

阮侃与嵇康曾经进行过一场辩论，凡两个回合，大有互为“郢质”之意。阮侃有《宅无吉凶摄生论》，批评当时在住宅、墓葬等方面的一些迷信禁忌，强调“宅无吉凶”，又指出人的寿命是命中注定的，不可强求，也无能为力；嵇康则批评他那种只相信“性命自然”无所作为的消极观点，指出吉宅有利于养生，知吉凶而后可以有为，经过努力延长性命是完全可能的。嵇康的意见是他本人《养生论》的进一步发挥。阮侃的意见亦颇有可取之处，但他前后立言颇有自相矛盾及照应不佳之处，被精于辩论的嵇康捉住，大受批评。双方立言都相当坦率尖锐，见出彼此有很深的友情。

当时还有一位出身比较微贱的青年赵至（字景真），热烈地追求嵇康，彼此有过一段交往，后来嵇康之子嵇绍写过一篇《叙赵至》介绍其事，全文如下：

> 赵景真与从兄茂齐书，时人误谓吕仲悌与先君书，故具列本末。
>
> 赵至字景真，代郡人。汉末，其祖流宕客缑氏。令新之郡，至年十二，与母共道旁看，母曰：“汝先世非微贱家也，汝后能如此不？”至曰：“可尔耳。”归便就师通书。蚤闻父耕叱牛声，释书而泣，师问之，答曰：“自伤不能致荣华，而使老父不免勤苦。”年十四，入太学观，时先君在学写石经古文，事讫去，遂随车问先君姓名，先君曰：“年少何以问我？”至曰：“观君风器非常，故问耳。”先君具告之。至年十五，阳病，数数狂走五里三里，为家追得，又炙身体十数处。年十六，遂亡命，径至洛阳，求索先君不得。

① 见《世说新语·贤媛》“许允妇是阮卫尉女”条注引《陈留志》，又《宋书·符瑞志》。

至邺，沛国史仲和，是魏领军史涣孙也，至便依之。遂名翼之，字阳和。先君到邺，至具道太学中事，便逐先君归山阳经年。至长七尺三寸，洁白，黑发，赤唇，明目，鬓须不多，闲详安谛，体若不胜衣。先君尝谓之曰：“卿头小而锐，瞳子白黑分明，视瞻停谛，有白起风。”至论议清辩，有纵横才，然亦不以自长也。孟元基辟为辽东从事，在郡断九狱，见称清当。常自痛弃亲远游，母亡不见，吐血发病，服未竟而亡。从兄太子舍人蕃，字茂齐，与至同年相亲，至始至辽东时，作此书与茂齐。

这是一段非常重要的文字。嵇绍将吕仲悌（安）与他家先君嵇叔夜（康）书说成是赵景真与嵇茂齐书，可能有些家族体面和利益方面的考虑，未必可信，前人考证甚详。这里应当注意的，一是嵇康当时大受青年知识分子的追捧；二是他喜欢走来走去，往来于洛阳、邺城、山阳之间；三是他曾在太学写石经古文，可见对儒家经典也并非没有兴趣，而且在太学很有影响，后来他临刑前太学生群起为之请命，不是偶然的事情。嵇康生平资料甚少，《三国志》和《晋书》的传都过于简单，不容易理出详细的行年来，《叙赵至》有些提法似不可信，但仍然提供了若干重要的信息，还是值得引起注意的。

十　嵇康

一

嵇康凭借过人的才华以及与魏宗室的裙带关系获得了中散大夫这一清高的官衔,但他很无意于当官,而一向神往于隐居修道的生活;虽然对时局也不无关心,却并不愿意直接介入政治。嵇康在文学、哲学两方面都取得很大的成就,当时享有很高的声誉,而后来却无辜被杀,历来引起人们高度的关注和同情。

不愿意过问政治的人,政治往往要过问他,知名之士特别是如此。最早把嵇康往政治是非上硬拉的是他的老朋友吕安(仲悌,小名阿都)。吕安曾长期追随嵇康,但水平较低未能进入"竹林七贤"之列。吕安的妻子徐氏甚美,吕安的哥哥吕巽(长悌)诱奸了她,弟兄关系破裂,吕安欲"告巽,遣妻"(《世说新语·雅量》"嵇中散临刑东市"条注引《晋阳秋》)。嵇康本来是先认识吕巽后来才与吕安多有交往的,作为吕氏弟兄的朋友,他出面进行过一些调解,希望他们最好内部解决,家丑不必外扬,大事宜乎化小。不料此举不但没有解决问题,吕巽反而利用自己的强势地位以极其卑鄙的手段抢先告发其弟,致使吕安被捕,稍后又把他流放到边远地区去。此事载籍中多有记叙,古写本《文选集注》卷八十五署赵景真《与嵇茂齐书》题下《文选钞》引干宝《晋纪》云:"(嵇)康有隐遁之志……(吕)安妻美,巽使妇人醉而幸之。丑恶发露,巽病之,反告安谤己。巽善钟会,有宠于太祖,遂徙安边郡。安还书与康……"又就该文署名问题发表意见道:"嵇康之死,实为吕安事相连,吕安不为此书言太壮,何为至死?当死之时,人即称为此书而死。嵇绍晚始成人,恶其父与吕安为党,故作此说以拒之。"《三国志·魏书·王粲传》亦有类似的记载,并谓吕巽强加给其弟的诬蔑不实之词是"不孝";而《世说新语·雅量》注引《晋阳秋》则提到所谓"不孝"的具体内容是殴打母亲。

嵇康觉得自己很对不起吕安，而根子则在吕巽，其人太无耻、太恶劣了，于是与之绝交以抒愤懑。他那封《与吕长悌绝交书》言及自己夹在中间想做好事而结果糟不可言的尴尬和窝囊，文字不免有些细碎。嵇康想充当和事佬而不可得，很能表现他性格中温良和善的一面。可是吕安在被流放去边郡的途中，却写了一封长信把嵇康臭骂了一顿，而且慷慨激昂地大谈其政治，似乎他之被捕和流放乃是出于政治上的原因而不是家里出了丑闻。这封信曾被收入《文选》（卷四十三），题为赵景真《与嵇茂齐书》，那是根据嵇康之子嵇绍故意的曲说，不足凭信[①]。这是一篇相当出人意外、莫名其妙的文字：

昔李叟入秦，及关而叹，梁生适越，登岳长谣。夫以嘉遁之举，犹怀恋恨，况乎不得已者哉？惟别之后，离群独游……进无所依，退无所据，涉泽求蹊，披榛觅路，啸咏沟渠，良不可渡，斯亦行路之艰难，然非吾心之所惧也。

……若乃顾影中原，愤气云踊，哀物悼世，激情风烈，龙睇大野，虎啸六合，猛气纷纭，雄心四据，思蹑云梯，横奋八极，披艰扫秽，荡海夷岳，蹴昆仑使西倒，蹋太山令东覆，平涤九区，恢维宇宙，斯亦吾之鄙愿也。时不我与，垂翼远逝，锋距靡加，翅翮摧屈，自非知命，谁能不愤悒者哉！吾子植根芳苑，擢秀清流，布叶华崖，飞藻云肆，俯据潜龙之渊，仰荫栖凤之林，荣曜眩其前，艳色饵其后，良俦交其左，声名驰其右，翱翔伦党之间，弄姿帷房之里，从容顾盼，绰有余裕，俯仰吟啸，自以为得志矣，岂能与吾同大丈夫之忧乐者哉！去矣嵇生，永离隔矣！

这显然也是一封绝交书，吕安用相当浮夸的言辞把自己形容成是一个志气极其高远的大英雄，责备嵇康不能与自己同其大丈夫之志。他以一个服刑者的身份说这一番话，客观上把自己弄成一个政治犯的样子，无异于玩火自焚，而且把嵇康也一道烧进去了。他的案情本来是可以说清楚的，他应当告发乃兄的诱奸罪和诬陷罪，把自己救出来，不料竟出此怪招。阴谋家钟会正是抓住这封信，把他的私仇嵇康形容成司马氏最危险的敌人，从而把嵇康和

---

① 干宝《晋纪》称此书为吕安《与嵇康书》，完全可信；将这封信指为赵景真致嵇茂齐者，乃是嵇康的儿子嵇绍的说法。《文选·与嵇茂齐书》李善注并引嵇绍、干宝二说，结果“题云景真，而书曰安”，显得不伦不类。李周翰注云：“《晋纪》国史，实有所凭；绍之家集，未足可据。”当代学者大抵相信此信出于吕安手，详见戴明扬《嵇康集校注》，人民文学出版社1962年版，第435～443页；黄侃《文选平点》，上海古籍出版社1985年版，第246～247页。

吕安一起送上了死路。

嵇康“以吕安事诛”(《文选·琴赋》李善注引臧荣绪《晋书》),显然是一个很大的冤案。吕安事件本来与政治无关,嵇康作为该事件的局外人尤其与政治无关。所以晋人谈到嵇康之死,一向充满了同情,没有人把嵇康与政治问题挂钩,例如东晋袁宏作《竹林名士传》,称“中散遣外之情最为高绝,不免世祸,将举体秀异,直致自高,故伤之者也”(《太平御览》卷四四七引)。嵇康“栖心事外”一心一意过隐逸生活本来是想远祸全身的,结果却没有能保住自己。

一直到唐代,各方面的评论意见虽然着眼点不尽相同,但高度评价嵇康的人品而不去涉及政治问题都是大体相同的。赵宋以下,情形发生了耐人寻味的变化。早已死于非命的嵇康与政治的关系渐渐变得越来越密切了。宋代的文人学者士大夫喜欢党同伐异,斗来斗去,他们看古人古事也喜欢从政治斗争着眼,结果虽多真知灼见,有时则不免有不少以今例古、以意为之的地方。嵇康在政治细胞甚为发达的一批论客笔下面貌渐渐变化,试看宋以及宋以后文人们的几段高论:

> 晋人贵竹林,竹林在今怀州修武县。初若欲避世远祸者,然反由此得名……唯嵇叔夜似真不屈于晋者,故力辞吏部,可见其意,又魏宗室婿,安得保其身?(叶适《避暑录话》)

> 嵇中散龙章凤姿,高情远韵,当世第一流也。不幸当魏晋之交,危疑之际,且又魏之族婿…… 自古奸雄窥伺神器者,鲜不维絷英雄,使不得遁……如公重名,安所遁哉!(赵秉文《题王致叔书嵇叔夜〈养生论〉后》)

> 嵇康诸人,皆以逸才,不能好遁,遂为狂人,老庄之术误之也。司马氏父子方放弑攘窃,踵武操、丕,厌然自以为舜、禹,康乃非薄汤、武,谓皆以臣弑君,揭触所忌,其能免乎?著《养生论》,而卒杀身,岂知养生之道哉!(郝经《续后汉书狂士传赞》)

> 嵇康人中龙,义不可当世。视彼盗国臣,伎俩如儿戏。吐辞薄汤武,千载有生气。临命索弹琴,聊示不屑意。(杜浚《三君咏·嵇康》)

嵇康越来越成为一位政治人物,他一生的活动特别是他的死与政治越来越紧密地挂靠在一起;当年那种戏剧性的误会与借刀杀人之阴谋交相为用所产生的悲剧,逐渐被淡化乃至淡忘了。

近现代以来政治斗争空前激烈,知识分子因为意识形态关系而遭杀身大祸者时有所闻，于是人们看历史上的嵇康，也就更加强调他与政治的关系，嵇康的形象沿着宋人所论的方向继续前进，并且几乎完全定型化了。这方面的言论甚多，不妨举鲁迅和陈寅恪二先生为例以见一斑。1927年7月，鲁迅先生在广州发表题为《魏晋风度及文章与药及酒之关系》的著名讲演，其中当然要讲到嵇康，略云：

> 嵇康的论文，比阮籍更好，思想新颖，往往与古时旧说反对……
>
> 但最引起许多人的注意，而且于生命有危险的，是《与山巨源绝交书》中的“非汤武而薄周孔”。司马懿因这篇文章，就将嵇康杀了。非薄了汤武周孔，在现时代是不要紧的，但在当时却关系非小。汤武是以武定天下的；周公是辅成王的；孔子是祖述尧舜，而尧舜是禅让天下的。嵇康都说不好，那么，教司马懿篡位的时候，怎么办才是好呢？没有办法。在这一点上，嵇康于司马氏的办事上有了直接的影响，因此就非死不可了。[①]

这里司马懿当为司马昭之误，此乃细节，无关宏旨；大的问题在于嵇康本死于吕安事件，而并非因《与山巨源绝交书》出事，以鲁迅先生对嵇康的熟悉[②]，这一点他当然是十分清楚的，那么他还要这样说，无非是因为他作这一番讲演实乃“有慨而言”[③]，别有怀抱。鲁迅的这份讲演当然包含了许多学术内容，同时也有若干议论属于非纯学术的意见。历来总有不少人鉴于鲁迅的崇高地位，把这些有着特殊背景和特殊意指的话改置于学术研究的层面上并奉若神明，照抄照引，加以发挥，这种食而不化的态度很难说是明智的。

陈寅恪先生1945年发表了著名的《陶渊明之思想与清谈之关系》，其中提到嵇康，说“‘七贤’之中应推嵇康为第一人，即积极反抗司马氏者”[④]；他又曾在一篇讲演中说：

> 七贤中之嵇康，为一绝对之清谈人物。其与山涛绝交，即因涛为司

---

① 《鲁迅全集》第3卷，第511～512页。

② 他用多年的工夫整理校勘的《嵇康集》至今仍然是最好的校本，参见顾农《关于鲁迅校本〈嵇康集〉手稿》，《鲁迅研究月刊》1994年第8期。该文修订稿收入顾农讲评本《汉文学史纲要》之附录，凤凰出版社2009年版。

③ 鲁迅1928年12月30日在给老朋友陈浚的信中说：“在广州之谈魏晋事，盖实有慨而言。‘志大才疏’，哀北海之终不免也。”载《鲁迅全集》第11卷，第646页。

④ 《陈寅恪集·金明馆丛稿初编》，第204页。

马氏宗室与卒出山林而仕。其所以见杀，则由与魏宗室有婚姻之好，而又“非汤武薄周孔”，为崇名教之司马氏所不容也。①

所论与鲁迅先生的意见不谋而合。事实上山涛与司马氏本有亲戚关系②，而且他颇有意于在官场中实现自己的人生价值③，但这些并不曾妨碍嵇康与他同作竹林之游；到司马氏手下当官的人甚多，例如阮籍在高平陵之变后出任司马懿的从事中郎，此后又一直为司马氏服务，嵇康也没有与之绝交，相反还说过很佩服他的“口不论人过”，自称“吾每师之，而未能及”(《与山巨源绝交书》)云云。“出山林而仕”又有何妨！陈先生虽然一向以纯学者的身份著书立论，其实恐怕也不无“有慨而言”；他的某些结论，就解决纯学术问题的意义而言，同样不宜简单化地照抄照引。

而历来的情形是既然有权威的大思想家、文学家、历史学家都这么看嵇康，于是嵇康的形象更加定型了。近数十年来的文史诸书中类似的意见，多到不胜枚举，而这些看法和意见，其实未必经得起历史事实和嵇康作品文本的对证的。

如果抛开种种影响深远的成见，细读嵇康本人的作品，并不难看出嵇康其实是一位隐士，他相信神仙道教，希望过高雅脱俗远离政治乃至远离红尘的生活，政治态度毫不激烈，尤未往而不返。他的被杀是一个偶然性很强的事件，吕安那封莫名其妙的信引出了很坏的后果，而置嵇康于死地的乃是跟他记仇而又很有理论兴趣的阴谋家钟会。从当权的司马氏家族的根本利益来考虑，像这样的名士完全不必杀。所以难怪司马昭在杀了嵇康之后大为后悔④，这当然已经来不及了；但政治家往往不肯认错，于是干脆利用此举的余威，把前竹林名士统统拉过来为自己服务。向秀失图，进京朝见司马昭，便是

① 《清谈与清谈误国》，《陈寅恪集·讲义及杂稿》，生活·读书·新知三联书店 2002 年版，第 451 页。按，此讲演记录稿原载《星岛日报》1949 年 1 月 26 日。

② 山涛与司马懿夫人张春华有中表亲，《晋书·后妃传上·宣穆张皇后传》：“宣穆张皇后讳春华，河内平皋人也。父汪，魏粟邑令，母河内山氏，司徒(山)涛之从祖姑也。后少有德行，智识过人。生景帝、文帝、平原王干、南阳公主。”可知山涛与司马师、司马昭为再表兄弟。

③ 《世说新语·贤媛》“山公与嵇、阮一面”条注引王隐《晋书》云：“韩氏有才识，(山)涛未仕时，戏之曰：‘忍寒，我当作三公，不知卿堪为夫人不耳！’”

④ 《世说新语·雅量》“嵇中散临刑东市”条云：“太学生三千人上书，请以为师，不许。文王(司马昭)亦寻悔焉。”《晋书·嵇康传》亦有类似记载。

在这一背景下实现的。司马昭非常注意拉拢名士，力图扩大统治基础，在一般情况下并不随便杀害文人；后来晋朝的各位皇帝也是如此。

嵇康对道教的态度颇类似于曹操。曹操不一定相信神仙的存在，但十分迷信服食、导引以及房中诸术，以为可以通过这一类“颐养”之法而致长寿。他身体力行，“好养性法，亦解方药……又习啖野葛至一尺，亦得少多饮鸩酒”（《三国志·魏书·武帝纪》注引《博物志》）；同时又大写其以争取长寿为关注中心的游仙诗。曹操人生路径的这一侧面深刻地影响了曹氏家族的快婿嵇康。他崇拜曹操，深受神仙道教思想影响，是很自然的事情。

嵇康成年以后，曹魏政权业已相当衰败，司马氏自立门户的形势日渐明朗，正始年间两个权力中心（曹爽集团控制下的魏皇室、司马氏）并列的局面使许多人无所适从，隐逸成了不少士人的首选道路。所谓“竹林七贤”的林下之游正是正始中叶至末年这一特殊的时期形成的。到高平陵之变以后，阮籍出山为司马懿的从事中郎，参与机密，稍后山涛也出仕，竹林三主力中只剩下一个嵇康还在继续过去的隐逸生活，原来意义上的林下之游就不可能延续了。将林下之游的时间订得过晚，与高平陵政变之后的形势是不能兼容的。

林下之游重要的内容是清谈，探讨哲学或其他理论问题，嵇康、阮籍、山涛三人互为“郢质”，其余诸人也都具有相当的水平，也可以在同一档次上交流切磋思想。“七贤”的林下之游乃是所谓“自得之游”（《水经注·清水》），即君子和而不同，各人仍然坚守自己的独立见解。在生活作风上，各人也继续保持自己的兴趣、爱好和风格。正如鲁迅先生所说，“竹林名士不纯粹是喝酒的，嵇康也兼服药，而阮籍则是专喝酒的代表”[①]。服药乃是嵇康信仰神仙道教的一个重要侧面，嵇喜在为嵇康所作的传中写道：“长而好老庄之业，恬静无欲。性好服食，尝采御上药……知自厚者所以丧其所生，其求益者必失其性，超然独达，遂放世事，纵意于尘埃之表。”（《三国志·魏书·王粲传》注引）所谓“上药”，指的是足以养生长寿诸药如曹操服食过的野葛和嵇康最为看重的黄精之类。

魏晋时代的服药有两派：比较新的一派以何晏为代表，服五石散，其目的在于滋补壮阳以助其纵欲[②]；比较旧的一派可以曹操、嵇康为代表，服食草药，目的在于帮助养生长寿。嵇康没有曹操那样高的地位可以罗致术士，但他也

① 《魏晋风度及文章与药及酒之关系》，《鲁迅全集》第3卷，第510页。

② 详见《寒食散考》，《余嘉锡文史论集》，岳麓书社1997年版，第167～171页。

曾努力寻访高人，有所请益，其中最为著名的人物是孙登和王烈。孙登是一位强调精神养生的隐士，主张远离世事，保全性命，《世说新语·栖逸》“嵇康游于汲郡山中”条注引《文士传》云：

> 嘉平中，汲县民共入山中，见一人，所居悬崖百仞，丛林郁茂，而神明甚察。自云孙姓，登名，字公和。（嵇）康闻，乃从游三年。问其所图，终不答。然神谋所存良妙，康每蔼然叹息。将别，谓曰：“先生竟无言乎？”登乃曰：“子识火乎？生而有光，而不用其光，果然在于用光。人生而有才，而不用其才，果然在于用才。然用光在乎得薪，所以保其曜；用才在乎识物，所以全其年。今子才多识寡，难乎免于今之世矣。子无多求！”康不能用。及遭吕安事，在狱为诗自责云“昔惭下惠，今愧孙登”。

高人孙登离群索居，沉默寡言，而一旦开口，则滔滔不绝，多含哲理。又《晋书·嵇康传》云：“登沉默自守，无所言说，康临去，登曰：‘君性烈而才隽，其能免乎！’”然则他们之间有过一番对话，当属可信。关于孙登的另外一些记载虽然较多传奇色彩，但仍然充满了人间性，例如《三国志·魏书·王粲传》注引《康集目录》云：“登字公和，不知何许人，无家属，于汲郡北山土窟中得之。夏则编草为裳，冬则被发自覆。好读《易》鼓琴，见者皆亲乐之。每所止家，辄给其衣服食饮，得无辞让。”大抵仍属隐士形象，他无非要避世避祸而已。嵇康也想避世避祸，所以他虽居官（中散大夫）而不问事，经常采药锻铁；但他远远没有达到孙登的境界，在那个特殊的时代终于未能保住性命。

如果说孙登基本上是一个重视精神修养的隐士，嵇康追随的另一位高人王烈就近乎神仙了。《大唐类要》卷一六〇引臧荣绪《晋书》说王烈自言二百余岁，又说嵇康随之入山，得石髓，像饴糖一样，王烈“即自服半，余半与康，皆凝而为石”。又“石室中见一卷素书，呼吸间康取辄不见”云。《文选》沈约《游沈道士馆》李善注引袁宏《竹林名士传》也有类似的记载。《太平广记》卷九引《神仙传》说王烈三百三十八岁，“中散大夫谯国叔夜甚敬爱之，数数就学，共入山游戏采药”。嵇康追随孙登重在内心的修养，追随王烈则完全为采药服食。游山泽，采上药，访神仙，谈道术，乃是嵇康的一大生活内容，他的道教信仰由此不难考见。

养性服食、弹琴咏诗、高谈玄理、潇洒出尘，在这一条道路上，嵇康的确有往而不返之意。嵇康曾“撰录上古以来圣贤隐逸遁心遗名者，集为传赞”（《三国志·魏书·王粲传》注引嵇喜《嵇康传》)①。用严谨的史家眼光看去,《圣贤高士传赞》的体例颇有可议之处②;但嵇康并非写史,而是寄意。病人总是喜欢谈他的病,嵇康本人的心事亦自分明可见矣。

正始十年(249)司马懿发动高平陵之变,权力结构发生重大变化,识时务者陆续倒向司马氏,阮籍和山涛先后跑到司马氏那边去当了官,"七贤"林下之游自行解散,前竹林三位主要成员只剩下一个嵇康,仍然在那里颐神养生,采药锻铁,继续过潇洒出尘的隐逸生活,与新兴的司马氏集团保持着相当的距离。嵇康本人并没有变化,但局势变了,于是他很容易被认为具有持不同政见、拒不与主流合作的色彩,他的姻亲关系加重了这种推测,而这是危险的;但是嵇康完全不以为意,一直活得很潇洒。

二

汉魏以来,文坛上逐渐形成三大文体:赋、诗、文,凡文人学士大抵每种都要写一点;赋的地位最高,乃是首选的体类,作者的才华、学问、见闻首先表现在这里。

嵇康的赋现在可以看到《酒赋》和《琴赋》两篇,前者仅残存四句十六个字,可以忽略不计;后者首尾俱足,且曾被收入萧统《文选》(卷十八),名声和影响都很大,是人们了解嵇康文学水平与独特思想的重要材料。

以乐器为题材的辞赋古已有之,如枚乘有《笙赋》,王褒有《洞箫赋》,刘向有《雅琴赋》,刘玄有《簧赋》,傅毅有《琴赋》,马融有《长笛赋》《琴赋》,蔡邕有《弹琴赋》(有些本子径称《琴赋》),阮瑀有《筝赋》等等,但传世而比较完整的只有后来被收入《文选》的《洞箫赋》(卷十七)和《长笛赋》(卷十八),其余或仅存标题,或残缺已甚,特别是几篇写琴的,基本上看不出眉目来;而琴乃是古代乐器中最重要的东西,表现力很强,嵇康颂之为"远而听之,若鸾凤和鸣戏云中;迫而察之,若众葩敷荣曜春风。既丰赡以多姿,又善始而令终,嗟姣妙以弘丽,何变态之无穷"。他的《琴赋》能完整地保存下来,成为乐器题材辞赋

① 《圣贤高士传赞》前后有多种辑本,戴明扬辑本最为齐备,列于他的《嵇康集校注》一书之附录中。

② 唐代著名史论家刘知几多次批评嵇康《高士传》,详见其《史通》之《浮词》《品藻》《杂说下》诸篇。

中的标杆[①]，实为一大幸事。

嵇康是操琴的名家，据说得到过高人的传授[②]，从他的诗句“目送归鸿，手挥五弦。俯仰自得，游心太玄”以及“操缦清商，游心大象”等等看去，他已经达到完全自由而且沉醉的境界，由演奏雅琴而彻底悟道，进乎技矣。他到阮籍家去吊孝时带着琴，临刑前还一定要弹一曲《广陵散》，琴与嵇康可谓合而为一，不可分离；由他来写《琴赋》，可谓最佳人选。

以乐器为题材的辞赋大抵总会写到这样四个方面的内容：材料、制作、演奏、效果。《洞箫赋》和《长笛赋》就都是如此，嵇康的《琴赋》也基本是这种路子：开头一段写用来制造琴的梧桐树生在峻岭崇冈之上，其周围的山川情况如何等等；第二段写制造琴的过程；第三段大写操琴的情形和琴声的美妙，其间还附了一首骚体的琴曲；最后写琴声引起的种种反应。可见嵇康也还是采用了传统的章法，但他在赋序中却批评前人道：

> 余少好音声，长而玩之，以为物有盛衰，而此无变，滋味有厌，而此不倦；可以导气养神，宣和情志。处穷独而不闷者，莫近于音声也。是故复之而不足，则吟咏以肆志；吟咏之不足，则寄言以广意。然八音之器，歌舞之象，历世才士并为之赋颂，其体制风流，莫不相袭：称其材干，则以危苦为上；赋其声音，则以悲哀为主；美其感化，则以垂涕为贵。丽则丽矣，然未尽其理也。推其所由，似元不解音声；览其旨趣，亦未达礼乐之情也。众器之中，琴德最优，故缀叙所怀，以为之赋。

原来他所批评的并非老一套的文章结构，而是立言的倾向。在《琴赋》里，嵇康列举了一批琴曲：《白雪》《清角》《清徵》《尧昶》《微子》《广陵》《止息》《东武》《太山》《飞龙》《鹿鸣》《鲲鸡》《游玄》《流楚》等古曲以及蔡氏五曲、《王昭》、《楚妃》、《别鹤》等谣曲，对古琴的手法和演奏过程，均有详细的描写[③]；但他立言的重点却不在这里，而在批评时下的风气，发表自己关于声无哀乐的新鲜见解。

---

① 《世说新语·文学》载，当东晋顾恺之写出他的《筝赋》后，有人问他：“君《筝赋》何如嵇康《琴赋》？”

② 刘敬叔《异苑》（卷七）载：“嵇康……少尝昼寝，梦人身长丈余，自称黄帝伶人，骸骨在公舍东三里林中，为人发露，乞为葬埋，当厚相报。康至其处，果有白骨胫长三尺，遂收葬之。其夜复梦长人来，授以《广陵散》曲。及觉，抚琴而作，其声正妙，都不遗忘。”这一神怪故事的意义在于说明嵇康早年曾得到奇人指教，遂能琴艺高妙绝伦，出神入化。

③ 参见杨荫浏《中国古代音乐史稿》上册，第183～185页。

汉魏以来，欣赏音乐以悲为美，于是写起乐器赋来，也就会充满危苦、悲哀和垂涕；这样的例子现在还可以看到若干①；而这在嵇康看来恰恰说明了“识音者希”。音乐的特点在中和、和谐而非悲哀，乐曲本身也无所谓悲哀还是欢乐，听众感情的活动出于他本身的原因，同样的乐曲可以引起非常不同的感情反应。嵇康写道：

若论其体势，详其风声，器和故响逸，张急故声清，间辽故音庳，弦长故徽鸣。性絜静以端理，含至德之和平，诚可以感荡心志，而发泄幽情矣。是故怀戚者闻之，则莫不憯懔惨凄，愀怆伤心，含哀懊咿，不能自禁；其康乐者闻之，则欨愉欢释，忭舞踊益，留连澜漫，嗢噱终日；若和平者听之，则怡养悦愉，淑穆玄真，恬虚乐古，弃事遗身。是以伯夷以之廉，颜回以之仁，比干以之忠，尾生以之信，惠施以之辩给，万石以之讷慎。其余触类而长，所致非一。同归殊途，或文或质，总中和以统物，咸日用而不失。其感人动物，盖亦弘矣。

音乐确实可以“感荡心志”“感人动物”，但引起何种感情反应却不是由乐曲本身决定的，而出于受众本身原先的状态，听乐只是其感情浮现的一个由头。这样，嵇康就在实际上取消了音乐的教化作用，而仅仅保留其审美价值。

以音乐为教化的手段乃是儒家思想的重要组成部分，史称孔子为了克己复礼，加强教化，曾将“诗三百”改编为琴歌：“三百五篇孔子皆弦歌之，以求合《韶》《武》《雅》《颂》之音。礼乐自此可得而述，以备王道，成六艺。”（《史记·孔子世家》）“声音之道，与政通矣”（《礼记·乐记》）乃是儒家文艺思想的核心；而按照嵇康在《琴赋》中的说法，音乐只有审美的作用，帮助人们“发泄幽情”，得到感情和心理上的满足，与政教其实无关。这样的纯艺术论具有反儒家旧传统、体现人性的解放和文艺之自觉的重大意义——这是先前以乐器为题材的辞赋根本未尝涉及的。

三

嵇康主要是一位隐士、音乐家、理论家，写诗只是余事，他的诗也主要谈

---

① 例如蔡邕《弹琴赋》有云：“尔乃清声发兮五音举，韵宫商兮动徵羽，曲引兴兮繁丝抚。然后哀音既发，秘弄乃开。左手抑扬，右手徘徊，抵掌反复，抑案藏摧。”又有云：“一弹三欷，曲有余哀。”

他的理想：采药、服食、离别俗人，得“自然道”，过绝对自由潇洒的神仙似的生活。其中最为典型的是他的《游仙诗》：

遥望山上松，隆谷郁青葱。自遇一何高，独立迥无双。愿想游其下，蹊路绝不通。王乔弃我去，乘云驾六龙。飘飖戏玄圃，黄老路相逢。授我自然道，旷若发童蒙。采药钟山隅，服食改姿容。蝉蜕弃秽累，结友家板桐。临觞奏《九韶》，雅歌何邕邕。长与俗人别，谁能睹其踪？

这乃是嵇康始终坚持的白日梦，“长与俗人别”尤为其刻意追求者，他真心相信这一理想总有一天可以实现，并为此做了长期的努力。这样的隐逸思想和隐逸实践本来是不会干扰政治，亦即与世无妨的。

游仙诗的作者中有不少人其实并不相信神仙，只不过是借此题材另有发挥，抒发其不便直说的感情和思想；而嵇康是动真格的，他的游仙并非故意为之的政治姿态。嵇康确实真心向往服食养生，潇洒度日，否则就无从解释他何以多次随王烈入山采药，又曾追随孙登三年，谁能花这么大的功夫做姿态？

人们读过《与山巨源绝交书》往往相信嵇康其人真如他本人所说，“直性狭中，多所不堪”，似乎是脾气很大的人，其实那不过是用来表明自己决不能当官的借口，并不完全可信，至少要大打折扣。“竹林七贤”之一的王戎说他“与(嵇)康居山阳二十年，未尝见其喜愠之色”(《晋书·嵇康传》)。他始终心平气和，未尝疾声朱颜。嵇康几十年如一日地实践他的养生论。如果政治开明一点，其实是可以允许这样的世外高人存在的，他并不构成任何威胁。

正因为要隐居求道，所以嵇康不想出仕(他因裙带关系被授予中散大夫一职是被动的，而且无须做任何俗务)，也不赞成亲近的人出仕，因为那是无聊而且危险的，远不如过隐居求道的潇洒生活。列在《嵇康集》最前面的《五言古意一首》和《四言十八首赠兄秀才入军》都是嵇康送给兄长嵇喜(公穆)的。对这位老兄的从军以求建功立业，嵇康大不以为然，分批写了这么多诗来劝诫他。《五言古意》大约是最初写的一首，虽出之以比兴，而主题相当明显：

双鸾匿景曜，戢翼太山崖。抗首嗽朝露，晞阳振羽仪。长鸣戏云中，时下息兰池。自谓绝尘埃，终始永不亏。何意世多艰，虞人来我疑。云网塞四区，高罗正参差。奋迅势不便，六翮无所施。隐姿就长缨，卒为时所羁。单雄翻孤逝，哀吟伤生离。徘徊恋俦侣，慷慨高山陂。鸟尽良弓藏，谋极身必危。吉凶虽在己，世路多险巇。安得反初服，抱玉宝六奇。逍遥游太清，携手长相随。

从这里的措辞看去，嵇喜是被请出山去从军的，而那时的军权完全在司马氏手中。嵇康希望他不要去，继续同自己在一起"逍遥游太清"。嵇喜是识时务图进取的，准备出山；嵇康不赞成他的选择，林下之游的朋友们更有点瞧不起他这个俗人，有许多故事历代流传①。但是对嵇喜翻白眼的阮籍也并不反对司马氏，由此亦可以推知嵇康之不赞成嵇喜从军，未必有什么政治意味而完全出于不同的人生观。在任何权力机构中任职在他看来全都是无谓而危险的。这里表明的是诗人的人生态度而非政治态度。

吕巽在司马氏手下当官，嵇康与他一直有相当的交情，"虽出处殊途，而欢爱不衰"(《与吕长悌绝交书》)，到最后才因道德方面的原因与之绝交；阮籍后来一直在司马氏手下任要职，嵇康同他的友谊没有变化。嵇康与人交往并不以政治态度划线，他更看重的是人的品位和素质；但对于自己家里的人，他有更高的要求，也更能说真心话，所以大写其诗，加以讽喻。

但是人各有志，嵇喜不理会他的这一套，写了三首五言诗来回答他，其中说"列仙殉生命，松乔安足齿？纵躯任世度，至人不私己"(其二)，"达人与物化，世俗安可论？都邑可优游，何必栖山原？"(其三)他反过来批评老弟坚持隐居才是世俗之见；他本人决心从军，建立功业。最后他说："孔父策良驷，不云世路难。出处因时资，潜跃无常端。保心守道居，视变安能迁。"(其三)他抬出孔夫子来压老弟，同时说明儒、道可以合一，不必拘执。西晋以后这种思想大为流行。史称嵇喜有当世才，入晋后当过几任刺史，最后做到太仆寺宗正。他的人生态度以及政治态度与嵇康绝然不同，并且反对乃弟热衷于神仙道教，所以诗中针锋相对地提出"松乔安足齿"——赤松子、王子乔正是嵇康钦迟之至的仙人。他们弟兄间的分歧主要并不在政治态度上，而在人生态度上。

于是嵇康又写了十多首四言诗来继续劝诫老兄，一方面动之以兄弟之

---

① 《世说新语·简傲》"嵇康与吕安善"条注引《晋百官名》："嵇喜字公穆，历扬州刺史，康兄也。阮籍遭丧，往吊之。籍能为青白眼，见凡俗之士，以白眼对之。及喜往，籍不哭；见其白眼，喜不怿而退。康闻之，乃赍酒挟琴而造之，遂相与善。"又同条下注引干宝《晋纪》："(吕)安尝从康，或遇其行，康兄喜拭席而待之，弗顾，独坐车中。"又该条正文云："嵇康与吕安善，每一相思，千里命驾。安后来，值康不在，喜出户延之，不入。题门上作'凤'字而去。喜不觉，犹以为欣故作。'凤'字，凡鸟也。"如此等等。

情，一方面反复说明你这样做乃是“为时所羁”，是“弃此荪芷，袭彼萧艾”，将来必无好结果，竭力劝他不要去，还是跟自己一起“隐逸于野”为好。其中描写隐居求仙生活的妙处道：

人生寿促，天地长久。百年之期，孰云其寿？思欲登仙，以济不朽。揽辔踟蹰，仰顾我友。（其七）

息徒兰圃，秣马华山。流磻平皋，垂纶长川。目送归鸿，手挥五弦。俯仰自得，游心太玄。嘉彼钓叟，得鱼忘筌。郢人逝矣，谁与尽言？（其十四）

他把哥哥嵇喜看成是自己的“郢质”之一，可惜现在要分道扬镳了。“手挥”“目送”那四句写音乐家出没山林的洒脱优雅，圆融无碍，高妙之至，历来被视为嵇康的标准像。后来的作品中颇有模仿乃至于抄袭这几句者①。

当然，中国古代隐逸之士在远离政治的时候，其内心深处仍然关注社会，而且往往有许多不便明言的深沉忧虑。嵇康也不例外。他的忧虑集中见于《答二郭三首》《与阮德如一首》等诗中。郭遐周、郭遐叔兄弟自称是“不怀土”的“君子”，原是指望“功烈在简书”的，只是由于形势不对头，才不得不“栖迟衡门下”。他们乃是出入儒、道的人物。嵇康在回答他们的诗中指出，最好的办法是隐居而且修炼神仙道教，这是因为形势太险恶了，一旦卷进去很容易陷入无妄之灾，“岂若翔区外，餐琼漱朝霞”，嵇康在赠阮德如的诗中有云“荣名秽人身，高位多灾患。未若捐外累，肆志养浩然”，只有远离政治，才能保存自己。嵇康之决心过隐逸生活乃是经过深思熟虑的选择。嵇康又曾写过一篇《卜疑集》，假托一位宏达先生请太史贞父为之决疑。文中描写这位宏达先生道：“恢廓其度，寂寥疏阔。方而不制，廉而不割。超世独步，怀玉披褐。交不苟合，仕不期达。常以为忠信笃敬，直道而行之，可以居九夷，游八蛮，浮沧海，践河源。甲兵不足忌，猛兽不为患。是以机心不存，泊然纯素，从容纵肆，遗忘好恶，以天道为一指，不识品物之细故也。然而大道既隐，智巧滋繁，世俗胶加，人情万端，利之所在，若鸟之追鸾。富为积蠹，贵为聚怨，动者多累，静者鲜患。尔乃思丘中之隐士，乐川上之执竿也。于是远念长想，超然自失，郢人既没，谁为吾质？圣人吾不得见，冀闻之于数术。”这个形象应当就是嵇康本人的化身，他对于在当前形势下应取何种生活态度亦不能无疑，于是将出仕

① 例如西晋夏侯湛《猎兔赋》有云：“息徒兰圃，秣骥华田。目送归鸿，手挥五弦。悠哉游哉，聊以永年。”

与隐逸两条道路的种种差别提出来请太史贞父作一决定,后者给他的结论是:

吾闻至人不相,达人不卜。若先生者,文明在中,见素抱朴,内不愧心,外不负俗,交不为利,仕不谋禄,鉴乎古今,涤情荡欲。夫如是吕梁可以游,汤谷可以浴,方将观大鹏于南溟,又何忧于人间之委曲!

这意思是说,你就坚持原先的道路就好。由此可知,嵇康在下决心隐逸之前,也未尝没有犹豫;而等到写诗给二郭和阮侃(德如)时,他本人的态度已经很坚定了。

嵇康的根本态度是不想过问政治,希望明哲保身,优游林下。他心目中的理想境界是"崇简易之教,御无为之治,君静于上,臣顺于下……群生自安,自求多福,默然从道,怀抱忠义,而不觉其所以然也"(《声无哀乐论》)。这一套道家思想的古老幻想在嵇康这里有着十分现实的内容,他分明看出了天下多故,必有一场恶斗,士大夫要想保全自己,只有置身事外,走无为而优游的道路。《答二郭三首》其二云:

昔蒙父兄祚,少得离负荷。因疏遂成懒,寝迹北山阿。但愿养性命,终己靡有他。良辰不我期,当年值纷华。坎壈趣世教,常恐婴网罗。羲农邈已远,抚膺独咨嗟。朔戒贵尚容,渔父好扬波。虽逸亦已难,非余心所嘉。岂若翔区外,餐琼漱朝霞。遗物弃鄙累,逍遥游太和。结友集灵岳,弹琴登清歌。有能从此者,古人何足多!

诗中所说的"网罗",正是对那个充满杀机的时代的痛苦总结。"但愿养性命",除此以外别无选择;"岂若翔区外",除此以外别无他途。这一层意思他在另外两首中亦曾反复言之,"寡智自生灾,屡使众衅成。豫让匿梁侧,聂政变其形。顾此怀怛惕,虑在苟自宁"(其一);"权智相倾夺,名位不可居……至人存诸己,隐朴乐玄虚。功名何足殉,乃欲列简书?所好亮若兹,杨氏叹交衢。去去从所志,敢谢道不俱"(其三)。他表示将坚持自己的生活道路,在政治上永远无所作为,而且根本不想有所作为。

嵇康虽然有一个中散大夫的头衔,但看他的生平行事,几乎全记载他如何浪游山泽,采药问道,弹琴饮酒,辩论玄理,而丝毫不见他如何从政。"餐沆瀣兮带朝霞,眇翩翩兮薄天游。齐万物兮超自得,委性命兮任去留"(《琴赋》)——嵇康这种生活态度固然有着深刻的政治原因,但绝不是装出来的,他确实很乐意过这种虽然有一个官衔而完全不问世事并且充满道教色彩的生活。

正是这样的人生态度，决定了嵇康很高兴同一些态度比较相近的高人雅士结为林下之游，并充当东道主，拿自己的山阳别墅[①]以及洛阳住宅作为“七贤”聚会的场所。关于他们聚会活动以及个别拜访的情形，史书以及他们自己的文章中都没有具体的记载，好在嵇康的《四言诗十一首》写到一点细节和气氛。这一组诗未必是同时之作，也不可能像散文那样具体细致，而仍然很让人缅怀那历史上空前绝后的名士雅集：

淡淡流水，沦胥而逝。泛泛柏舟，载浮载滞。微啸清风，鼓楫容裔。放棹投竿，优游卒岁。

婉彼鸳鸯，戢翼而游。俯唼绿藻，托身洪流。朝翔素濑，夕栖灵洲。摇荡清波，与之沉浮。

藻汜兰沚，和声激朗。操缦清商，游心大象。倾昧修身，惠音遗响。钟期不存，我志谁赏？

敛弦散思，游钓九渊。重流千仞，或饵者悬。猗与庄老，栖迟永年。实惟龙化，荡志浩然。

肃肃苓风，分生江湄。却背华林，俯溯丹坻。含阳吐英，履霜不衰。嗟我殊观，百卉俱腓。心之忧矣，孰识玄机。

猗猗兰蔼，殖彼中原。绿叶幽茂，丽蕊浓繁。馥馥蕙芳，顺风而宣。将御椒房，吐熏龙轩。瞻彼秋草，怅矣惟骞。

泆泆白云，顺风而回。渊渊绿水，盈坎而颓。乘流遥迈，自躬兰隈。杖策答诸，纳之素怀。长啸清原，惟以告哀。

抄抄翔鸾，舒翼太清。俯眺紫辰，仰看素庭。凌蹑玄虚，浮沉无形。将游区外，啸侣长鸣。神□不存，谁与独征？

---

① 山阳在东太行山南麓，与隐士高人云集的苏门山（在今河南卫辉）相去不远，离首都洛阳也不甚远，为风景秀丽的形胜之地。嵇康旧居之竹林曾长期保存，郭缘生《述征记》载：“白鹿山东南二十五里，有嵇公故居，以居时有遗竹焉。”《水经注·清水》载：“长泉又东经七贤祠，向子期所谓山阳旧居也，后人立庙于其处。”“左右筠篁列植，冬夏不变贞萋。魏步兵校尉陈留阮籍、中散大夫谯国嵇康、晋司徒河内山涛、司徒琅邪王戎、黄门郎河内向秀、建威参军沛国刘伶、始平太守阮咸等，同居山阳，结自得之游，时人号之为竹林七贤。”其遗址在今修武百家岩。

有舟浮覆，绋缅是维。栝楫松棹，泛若龙微。□津经险，越济不归。思友长林，抱朴山嵋。守器殉业，不能奋飞。

羽化华岳，超游清霄。云盖习习，六龙飘飘。左佩椒桂，右缀兰苕。凌阳赞路，王子奉轺。婉娈名山，真人是要。齐物养生，与道逍遥。

微风轻扇，云气四除。皎皎亮月，丽于高隅。兴命公子，携手同车。龙骥翼翼，扬镳踟蹰。肃肃宵征，造我友庐。光灯吐辉，华幔长舒。鸾觞酌醴，神鼎烹鱼。弦超子野，叹过绵驹。流咏太素，俯赞玄虚。孰克英贤，与尔剖符！

泛舟、垂钓、饮酒、长啸、赏花鸟，操雅琴、远离官场和尘嚣，大谈庄子齐物养生之论，在太行山麓优美的山水中，名士们逍遥自在，夜以继日地过着神仙似的快乐生活。那自由飞翔的鸾凤正是诗人本人的象征，大有飘飘欲仙之意。在这里，大家都彻底地避而不谈什么政治。

过这样无拘无束的生活比当官不知道高明到哪里去了。嵇康后来之所以不应司马昭本人的征召，也不肯应山涛的推荐去当为司马氏服务的吏部郎，固然有政见不同这一方面的原因，同时更有根本不愿意从政这个更深刻的原因。如果只重视嵇康的政治色彩而有意无意地淡化乃至抹杀了他出世隐逸的根本态度，就无从看清他的真实面貌。

嵇康过惯了自由而高雅的生活，一旦被捕下狱，情绪立刻发生很大的变化。他在狱中写了好几首诗，其中最重要的是《幽愤诗》：

嗟余薄祜，少遭不造。哀茕靡识，越在襁褓。母兄鞠育，有慈无威。恃爱肆姐，不训不师。爰及冠带，冯宠自放。抗心希古，任其所尚。托好庄老，贱物贵身。志在守朴，养素全真。曰余不敏，好善暗人。子玉之败，屡增唯尘。大人含弘，藏垢怀耻。民之多僻，政不由己。惟此偏心，显明臧否。感悟思愆，怛若创痏。欲寡其过，谤议沸腾。性不伤物，频致怨憎。昔惭柳惠，今愧孙登。内负宿心，外恧良朋。仰慕严郑，乐道闲居。与世无营，神气晏如。咨予不淑，婴累多虞。匪降自天，实由顽疏。理弊患结，卒致囹圄。对答鄙讯，絷此幽阻。实耻讼免，时不我与。虽曰义直，神辱志沮。澡身沧浪，岂云能补。嗈嗈鸣雁，奋翼北游。顺时而动，得意忘忧。嗟我愤叹，曾莫能俦。事与愿违，遘兹淹留。穷达有命，亦又何求。古人有言，善莫近名。奉时恭默，咎悔不生。万石周慎，安亲保荣。世务纷纭，祇搅予情。安乐必诫，乃终利贞。煌煌灵芝，一年三秀。予独何为，有志不就。惩难思复，心焉内疚。庶勖将来，无馨无臭。采薇山阿，散发岩岫。永啸长吟，颐性养寿。

这里颇有些责备自己的话，最明显的是“民之多僻”这一句，以及“昔惭柳惠，今愧孙登。内负宿心，外恧良朋”。他承认自己颇有做得不到的地方。

指责引起事端之吕安的意思反映在“曰余不敏，好善暗人”两句之中。《文选》卷二十三李善注“好善暗人”句曰“谓与吕安交也”；吕向注曰：“常好善道，而暗于人事。”这一传统的理解是很正确的。在吕氏家族的丑闻与纠葛之中，他本指望吕氏兄弟无恙，保住门户名声，哪里会料到变故突起，吕安徙边。吕安不去骂他的流氓哥哥吕巽，却一味严责嵇康，实属迁怒不当，而尤其古怪的是他在致嵇康的信中大讲那时全国的形势和自己的抱负，似乎自己并不是一个被侮辱与被损害的弱者，倒是一名重要的政治犯，是什么“横奋八极，披艰扫秽”的大英雄，吕安的神经大约是有些错乱了。他在信中斥责嵇康“岂能与吾同大丈夫之忧乐者哉”，尤为莫名其妙，较之吕巽的自食其言用阴谋手段对付老弟，可以说更加出乎嵇康的预料。本来嵇康扮演的是吕氏兄弟冲突中的和事佬，此信一出，他忽然成了大政治犯吕安的同案犯，于是非下狱不可了。据说吕安其人本有“济世志”，尽管人们并没有见到他有什么作为；现在因为乃兄的反诬而徙边，他的大志完全化为泡影，大约需要写这样一封极端夸张其辞的信，以维系其内心的平衡吧，而不知道这样一来给老朋友嵇康带来多大的灾难！

抽象地看，吕巽、吕安兄弟的种种突然变化，都给予嵇康沉重的心理打击，他后悔自己没有知人之明，从这个意义上来说，“好善暗人”用以指吕巽、吕安似乎都可以讲得通；但这不是一句孤立自足的诗句，如果把它放到具体的上下文当中去考察，便不难看出这里的“人”只能指吕安，而并非那个自己前已宣布与之绝交的吕巽。因为下面还有两句诗道“子玉之败，屡增唯尘”，前一句用《左传》僖公二十七年“子玉之败，子（按，指子文）之举也”的故实，意谓自己下狱，完全是因为吕安搞糟的；后一句用《荀子·大略篇》“取友善人，不可不慎，是德之基也。《诗》曰‘无将大车，唯尘冥冥’，言无与小人处也”，声明现在十分后悔与吕安这样的小人为友①。写《幽愤诗》时的嵇康早已与吕巽

① 清代诗评家陈祚明早已指出过这一点，他写道：“‘好善暗人’语意出《左传》，或是悔友吕安。子文荐子玉，而子玉败，或以比己友好吕安，而安及于祸，为不能择人也。”（《采菽堂古诗选》卷八）

绝交，无须再说这样的话了。

稽康下狱的导火线是吕安的那封信，《幽愤诗》中大骂吕安无非是为了自救；正因为如此，以下的诗句便转向歌颂司马昭，“大人含弘，藏垢怀耻”二句歌颂司马昭宽大为怀，大有帝王气象。“大人”一词充满敬意，嵇康在这里完全软化了先前的立场，向司马氏乞怜。接下来“民之多僻，政不由己”二句骂自己邪僻，并且说这是由于自己不仁。这里的“政”通“正”，“由己”用《论语》“为仁由己，而由人乎哉”。然后又说自己心眼不正，对世事妄加评议，现在回想起来痛心极了，愿意改悔，争取今后少犯错误，一定“顺时而动”；只是有人不予谅解，大加攻击（此当指钟会之流），自己恐怕要如孙登所说的那样“难乎免于今之世矣”，这真是既违背了自己的本心，也对不起老朋友（当指山涛等人）。后来嵇康临死时对儿子说“山公尚在，汝不孤矣”（《白氏六帖》卷六）；其实他在入狱时就承认山涛是自己的“良朋”，不谈什么与之绝交了。

《幽愤诗》中表达出这些意思，说明他显然已经有些动摇，有些乞求。指出这一点无伤于嵇康其人；只不过不少研究者习惯于将他所研究的本来相当复杂的对象加以美化纯化乃至神化，不肯直面惨淡的人生罢了。

诗的后半情绪相当低沉悲凉，他说现在后悔已经来不及了，不仅想做一个“乐道闲居”的安分良民为不可得，就是打算“顺时而动”改换门庭也不可能了；彻底洗澡，重新做人，但是此时表这样的态又有什么用呢（“澡身沧浪，岂云能补”）？无可奈何，只有归之于天命——这其实是用委婉的方式表示希望司马昭格外开恩，让自己得以“安亲保荣”。诗中当然也提到自己的“义直”与冤枉，这正是乞怜的题中应有之语。大约是怕这一层意思表达得还不够显豁，嵇康又写下了诗的最后几句，明白无误地表示，如能免于治罪，今后将不复过问世事，躲入深山老林研究养生之道。优游于山泽、致意于养生历来是嵇康一向神往的生活，但是把这一层意思写入乞求宽大处理的诗里，读上去很容易显得像一份悔过书。古代诗评家据此提出以下分析“叔夜在狱幽愤，作此诗悔过自责也”（唐汝谔《古诗解》卷十四）；“通篇直直叙去，自怨自艾，若隐若晦，‘好善暗人’，牵引之由，‘显明臧否’，得祸之由也。至于‘澡身沧浪，岂云能补’，悔恨之词切矣。”（沈德潜《古诗源》卷六）“直叙怀来，喜其畅达，怨尤之词少，而悔祸之意深，如得免者，当知所戒矣。”（陈祚明《采菽堂古诗选》卷八）这些观察都是实事求是的。

嵇康给人的印象一般来说是相当孤傲高洁的，现在却一变而为低眉顺眼，自责自悔，不免有些出人意外，所以李贽曾经怀疑这首诗乃是伪作：“诗中多自责之辞，何哉？若果当自责，此时而后自责，晚矣。是畏死也……世未有托孤寄命之臣既许以死乃临死而自责者，‘好善暗人’之云，岂别有所指而非以指吕安乎否耶？当时太学生三千人同日伏阙上书，以康为请，则康益可以死而无责矣。钟会以反虏乘机害康，岂康尚未之知，而犹欲颐性养寿，改弦易辙于山阿岩岫之间邪？此岂嵇康颐性养寿时也？余谓叔夜何如人也，临终奏《广陵散》，必无此纷纭自责、错谬幸生之贱态，或好事者增饰于其间耳，览者自能辨之。”（《焚书》卷五《读史·幽愤诗》）李贽看出了《幽愤诗》中颇有“畏死”之“贱态”，眼光很是敏锐，但并没有真正弄清楚嵇康是“何如人也”，竟反而怀疑《幽愤诗》为后人的伪作；其实这种诗恐怕是不容他人“增饰于其间”的。作伪说毫无根据，特别是没有任何文献上的根据。

嵇康入狱后还作有《述志诗》二首，命意与《幽愤诗》大体相同。该诗一则说自己“坎坷丁悔吝，雅志不得施”，不能如宁越、张仪那样得志于国君，所以“逝将离群侣，杖策追洪崖”，转而去求神仙长生之道了。此意与《幽愤诗》特别是其末段互相发明。其二诗中说“往事既已谬，来者犹可追”，这样的声明也充分证明嵇康入狱后态度大为软化，实际上是向司马氏妥协了。

嵇康先前不认同司马氏的一个重要原因是他的父辈曾追随曹氏集团奋斗，从龙有功，进入了社会上层；他本人既有父兄的庇荫，又“幼有奇才，博览无所不见”（《文选·琴赋》李善注引臧荣绪《晋书》），因而能够与魏宗室通婚，官拜中散大夫。像他这样年纪轻轻的既得利益者，当然拥护曹氏政权。而司马氏除了想取曹氏之地位而代之以外，同曹魏的官僚并没有不可调和的矛盾，所以他们十分注意争取曹魏派官僚以扩大自己的统治基础，先后拉拢了不少人；当然也杀了不少人。嵇康由忠于曹氏转变到拥护司马氏并不是不可能的，“竹林七贤”中的山涛、阮籍、向秀诸人就先后倒向司马氏或向司马氏妥协。嵇康最后的变化同他们有相近之处，只是他被匆匆杀掉，未能在实际上实行妥协或转向。史称司马昭杀了嵇康以后十分后悔，那是很可以理解的，让嵇康活下来为自己服务，至少是为自己装点门面，显然更加符合司马氏的利益。

从某种意义上来说，嵇康与其说是死于司马昭之手，不如说是死于钟会的谗言，而钟会之所以要置嵇康于死地，又不过报复私仇而已。正是这个钟会，处心积虑地利用机会（先是《绝交书》问题，后是吕安事件）把嵇康化妆为司马氏最危险的敌人。此后学者们对嵇康形象的种种改造，客观上恰恰是以钟会别有用心的不实之词为其生长点，也是不期然而然的一种遥相呼应。这实在是嵇康死于非命的悲剧之后又一出可笑的悲剧，其影响至今尚在，妨碍人们认识嵇康的本来面貌。

四

嵇康在赋、诗、文诸方面均有不凡的表现，而以文——包括论文和散文——的成就最高。

魏晋时代思想活跃，论辩成风，出现了不少杰出的理论、论辩文章，嵇康最为此中高手。章太炎先生说，魏晋文章"守己有度，伐人有序，和理在中，孚尹旁达，可以为百世师"①。嵇康的不少文章正是其中的杰出代表。

嵇康理论文章的话题和题目大抵是他率先提出来的，他并不跟着已有的东西拾人牙慧或稍事发挥，而具有从事理论创新的能力和驾驭文字的高超本领。这样的论文有《难〈自然好学论〉》《养生论》《释私论》《明胆论》《声无哀乐论》以及关于住宅是否有吉凶的辩论文章等等。

《难〈自然好学论〉》是写来批驳张叔辽的；张氏原论即附载于《嵇康集》中，但似乎已经不太完整。有这一份对立面的文章存世，人们对嵇康的立言之道和文词之妙就能够有比较深入的领会。编文集而将对立面的材料列入大有好处。

关于张叔辽现在所知道者甚少，《三国志·魏书·邴原传》注引荀绰《冀州记》曰："巨鹿张貔……父邈，字叔辽，辽东太守，著名《自然好学论》，在《嵇康集》。为人弘深有远识，恢恢然使求之者莫能测也。"其人先为魏之辽东太守，后来历仕西晋的武、惠二帝，是嵇康的同时代人而活得比较长久者。张氏是当时官方意识形态的一个代表。他的论文强调地指出，人们学习儒家经典的欲望是"不教而能"的，亦即自然的本能；而他的论证却极其简单，只是说既然人的"喜、怒、哀、乐、爱、恶、欲、惧"是生而有之、"不教而能"的②，那么他要求学习儒家经典的爱好也就是自然的，此即所谓"自然好学"。张文写道：

> 且昼坐夜寝，明作暗息，天道之常，人所服习。在于幽室之中，睹烝烛之光，虽不教告，亦皎然喜于所见也；不以向有白日，与比朱门，旦则复晓，不揭此明而减其欢也。况以长夜之冥，得照太阳，情变郁陶，而发其蒙也。故以为虽事以末来，而情以本应，即使六艺纷华，名利杂诡，计而

---

① 《论式》，《国故论衡》，商务印书馆 2010 年版，第 119 页。

② 这也是儒家经典中曾经说过的，《礼记·礼运》云："何谓人情？喜、怒、哀、惧、爱、恶、欲，七者弗学而能。"

后学，亦无损于有自然之好也。

他的意思是说，六经就像幽室中的灯烛，长夜中的太阳，人人见了人人高兴，所以自然好学，这就是事情的本质；即使有追求名利的“计而后学”，也无损于自然好学的大局——那些人不过是些例外罢了。这显然是一篇卫道的文章，除去做了一点类比推理之外，并没有什么论证，却有着很强烈的先验论的色彩。

嵇康的驳论文章承认有先天的“民之性”，同时指出，那本性并不是好学，而是“好安而恶危，好逸而恶劳”；但他并不以此来驳斥张叔辽——拿一个未加证明的“自然不好学”为据来驳斥“自然好学”，那就与对手处在同一水平上，没有什么意思了。嵇康很快转向了历史的分析，他首先提出“洪荒之世”的情形道：

> 大朴未亏，君无文于上，民无竞于下，物全理顺，莫不自得，饱则安寝，饥则求食，怡然鼓腹，不知为至德之世也；若此，则安知仁义之端、礼律之文？

嵇康用历史发展的观点来证明人的精神状态并不是永远一样的，它受到历史条件的制约。“洪荒之世”即无所谓“自然好学”；只是到了“圣人不存，大道陵迟”之后，“乃始作文墨以传其意，区别群物，使有族类，造立仁义，以婴其心，制为名分，以检其外，劝学讲文，以神其教。故六经纷错，百家繁炽，开荣利之途，故奔骛而不觉”。儒家经典乃是后起之书，并因为关系到人们的“荣利之途”才显得那样重要。嵇康通过简明的历史分析，彻底取消了儒家经典至高无上的太阳般的地位，同时也就将所谓“自然好学”论的基础抽空了。所谓“守己有度，伐人有序”，在这种地方最见分晓。

但是社会生活中确实有不少人相当自觉、相当勤奋地学习儒家经典，很像是“自然好学”的样子；嵇康并不回避这一事实，对此他分析说：

> 贪生之禽，食园池之粱菽；求安之士，乃诡志以从俗。操笔执觚，足容苏息，积学明经，以代稼穑。是以困而后学，学以致荣，计而后习，好以习成，有似自然，故令吾子谓之自然耳。

这显然是合乎实际的分析。在他生活的魏晋之际，从事儒家的思想学术确实是可以“学以致荣”的，嵇康对他们那种非常狭隘的功利目的看得十分清楚。然则某些人的“好学”自有其社会原因，并不是什么完全出于本能的“自然好学”。

嵇康拿来批评“自然好学”论的思想武器基本上是道家思想，主张“从欲”，拥有绝对的个人自由；他提出的命题是“人性以从欲为欢”，也就是说“从欲”才是自然；而“六经以抑引为主”，恰恰是反人性、反自然的。“从欲”的主要内容是“无为”，因此，应当说是自然无为，而不是什么自然好学。“人之真性无为，不当自然耽此礼学矣”，这是典型的以道攻儒。

嵇康实在是文章高手，他不仅大讲道理，而且行文非常机智，笔锋犀利，还带有微妙的感情色彩，于是很带些文学性。张论以处于幽室之人必然爱好灯光来推论人之自然好学；嵇康驳斥说：“夫口之于甘苦，身之于痛痒，感物而动，不须学而后能，不待借而后有，此必然之理，吾所不易也。今子以必然之理喻未必然之好学，则恐似是而非之议。”这里指出对方的前提虽可成立而推理没有说服力，由此可知嵇康并不单单是以道攻儒，他很讲究思辨的逻辑，兼有名法家写散文的那份精核严密。

张论中曾经说过，读了六经之后，“谁不忻然貌悦心释哉？尚何假食胆蜚而嗜菖蒲菹哉”；将菖蒲根切碎为菹，据说可以开心孔、补五脏、通五窍、明耳目、出声音云云。嵇康对此在文章之末作了极妙的回答：

> 今若以明堂为丙舍，以讽诵为鬼语，以六经为芜秽，以仁义为臭腐，睹文籍则目瞧，修揖让则变伛，袭章服则转筋，谭礼典则齿龋，于是兼而弃之，与万物为更始，则吾子虽好学不倦，犹将阙焉；则向之不学未必为长夜，六经未必为太阳也。俗语曰：乞儿不辱马医。若遇上古无文之治，可不学而获安，不勤而得志，则何求于六经，何欲于仁义哉！以此言之，则今之学者，岂不先计而后学？苟计而后动，则非自然之应也。子之云云，恐故得菖蒲菹耳。

这里嵇康重申前论，用了大胆的假设，把儒家认为神圣的东西说得一钱不值，从一个新的角度论证了人们努力学习儒家经典自有其功利目的，并不是出于自然。最后一句尤妙，讥笑张叔辽大约已经吃过“菖蒲菹”，难怪如此开窍。这正是所谓“和理在中，孚尹旁达”，文章能放得开。以反唇相讥为文章收束，最是自然高妙，余味无穷。

“六经未必为太阳”与“非汤武而薄周孔”同为嵇康最著名的高论，在当时具有冲击传统、解放思想的意义。

《养生论》是嵇康最重要最著名的论文。他本人可以说就是一位养生主义者，成年以后的全部活动几乎全是围绕着养生来展开的，而最后的遭遇和结局也与此关系密切，并可以由此得到解释。

养生问题庄子早已非常关注，《庄子》内篇中有《养生主》。嵇康谈论并实行养生，同他接受庄学的影响关系很大，但他同庄子的意见并不完全相同，他的思想中多有当时正在上层社会逐步流行的神仙道教的成分。

嵇康晚年在著名的《与山巨源绝交书》中写道：

> 吾每读尚子平、台孝威传，慨然慕之，想其为人……又读《庄》《老》，重增其放。故使荣进之心日颓，任实之情转笃。此由（犹）禽鹿，少见驯育，则服从教制，长而见羁，则狂顾顿缨，赴蹈汤火，虽饰以金镳，飨以嘉肴，逾思长林志在丰草也。

> 又闻道士遗言，饵术、黄精，令人久寿，意甚信之；游山泽，观鱼鸟，心甚乐之。一行作吏，此事便废，安能舍其所乐而从其所惧哉！

可知嵇康一要思想和人身的自由，二要健康和长寿；所以他热衷于隐居颐养，高谈玄理，又常操雅琴，服食上药，尤重黄精①。服药长寿之类不在庄子的视野之内。

嵇康强调的这两条决定了他一定厌恶行政事务，不肯当官，同时也不愿意从事其他政治活动，而只愿意当一名新型隐士。不错，他有一个中散大夫的头衔，但这是一个没有任何具体任务的闲散美职——他是曹氏宗室成员的女婿，所以能够得到这样的照顾性安排，凭此头衔可以领取一份干薪，正好拿来作为隐居优游的资金成本。嵇康大约把家安在郖城，自己则常住山阳别墅，充当"七贤"林下之游的东道主；他又到处游山泽，观鱼鸟，采上药，此外又来往于首都洛阳、河东等地。其他诸贤无此阔气，无此能力。

《养生论》的结论部分写道：

> 善养生者则不然矣。清虚静泰，少私寡欲，知名位之伤德，故忽而不营，非欲而强禁也；识厚味之害性，故弃而弗顾，非贪而后抑也。外物以累心不存，神气以醇白独著；旷然无忧患，寂然无思虑。又守之以一，养之以和，和理日济，同乎大顺。然后蒸以灵芝，润以醴泉，晞以朝阳，绥以五弦，无为自得，体妙心玄，忘欢而后乐足，遗生而后身存。若此以往，庶

① 张华《博物志》卷五有一则专论黄精，云："黄帝问天老曰：'天地所生，岂有食之令人不死者乎？'天老曰：'太阳之草，名曰黄精，饵而食之，可以长生。太阴之草，名曰钩吻，入口立死。人信钩吻之杀人，不信黄精之益寿，不亦惑乎？'"可知在当时人心目中黄精的地位之高。

可与羡门比寿，王乔争年，何为其无有哉！

归纳起来无非两条，一是内心要静，不要名位，不要享受，保持精神上的和谐，无忧患，无思虑，完全清净无为；二是辅之以若干具体措施，如服用灵芝等上药，晒太阳，操古琴。如此则无论是肉体还是精神全都美好而玄远，"养之以和，和理日济"，可以同著名的神仙一样长寿。

这两条都决定了官是绝对不能当的，当官同他的养生信条完全对立。"名位之伤德"的"德"并非道德，而是指生机①。《与山巨源绝交书》提出，如果出来当官，自己将有七点"不堪"：

卧喜晚起，而当关呼之不置，一不堪也；抱琴行吟，弋钓草野，而吏卒守之，不得妄动，二不堪也；危坐一时，痹不得摇，把搔无已，而当裹以章服，揖拜上官，三不堪也；素不便书，又不喜作书，而人间多事，堆案盈几，不相酬答，则犯教伤义，欲自勉强，则不能久，四不堪也；不喜吊丧，而人道以此为重，已为未见恕者所怨，至欲见中伤者，虽瞿然自责，然性不可化，欲降心顺俗，则诡故不情，亦终不能获无咎无誉，如此，五不堪也；不喜俗人，而当与之共事，或宾客盈坐，鸣声聒耳，嚣尘臭处，千变百技，在人目前，六不堪也；心不耐烦，而官事鞅掌，机务缠其心，事故繁其虑，七不堪也。

一旦当上职事官如吏部郎之类，那就得按时到岗办理公事，峨冠博带，正襟危坐，处理公文，会见宾客，此外还有种种应酬，多思虑，多忧患，那是根本受不了的。当他的长兄嵇喜准备入军从政时，嵇康一口气写了十多首诗劝他不要走这条路，还是隐居好，其中用大量的篇幅描写隐逸养生的美妙。现在他又对山涛大谈为官的苦经，在他看来，只有随心所欲地捉虱子，远俗人，行吟弋钓于山川草泽之间……过草根高人的潇洒生活才有利于养生。而这七点"不堪"则完全是自找罪受，因名位而伤生。

在这以前，司马氏方面已经先后两次热情地拉嵇康出山到他们手下服务：第一次是司马昭征辟他为自己的属官，嵇康不应，避之河东；第二次采取迂回婉转的办法，换嵇康的老朋友出面——景元二年(261)山涛(巨源)被任命为吏部郎(或称选曹郎)，而他举嵇康自代。这两次嵇康都不为所动，都没有留下书面反应材料。到景元四年(263)，山涛官职升迁，有迹象表明其人又要借此机会拉嵇康来担任自己留下的吏部郎一职；于是嵇康先发制人，发出

① 《易・系辞下》："天地之大德曰生。"

了《与山巨源绝交书》,说是"间闻足下迁,惕然不喜,恐足下羞庖人之独割,引尸祝以自助,手荐鸾刀,漫之膻腥,故具为足下陈其可否"。他的陈辞完全否定了自己出山的可能,所谓"七不堪"正是在这样的背景下提出来的。养生主义者嵇康潇洒惯了,受不了当官的束缚,他坚决不肯出山是很自然的事情,这同政治问题没有直接的关系。

嵇康其实没有发表过任何反司马氏的言论。前两次的不肯出山,他本人是怎么去应付并解释的,现在看不到什么材料;最后这一次他分明是不愿意中断自己多年坚持的养生大事而去接受那"七不堪"。在这封信中嵇康态度同他先前一贯的理论和生活方式完全一致,不能看成只是借口。作为曹氏家族的女婿,嵇康对司马氏决无好感,消极反抗自当有之,但他始终没有明确表示过反对的意思。嵇康根本不想过问政治。

除了"七不堪"之外,嵇康还有"二甚不可",其一就是前文已经提到的"刚肠疾恶,轻肆直言,遇事便发",脾气不好,不能适应官场的环境;另一个是"又每非汤、武而薄周、孔,在人间不止此事,会显世教所不容"。这一条似乎与政治有关了。

其实"非汤、武而薄周、孔"乃是道家的一贯意见,嵇康只不过讲得特别简明有力罢了。值得注意的是,钟会为了置嵇康于死地说了他许多坏话,却并没有揪住这句话不放,此事即足以深长思之;而且嵇康对于汤武周孔也发表过若干正面的评价,并不一味鄙薄、批评。试略举几例以见一斑:

> 伊尹不惜贤于殷汤,故世济而名显;周旦不顾嫌而隐行,故假摄而化隆。
>
> ——《释私论》

> 周公居摄,邵、奭不悦,推此言之,则管、蔡怀疑,未为不贤。而忠贤可不达权,三圣未为用恶,而周公不得不诛。若此,则三圣所用信良,周公之诛得宜,管、蔡之心见理,尔乃大义得通,内外兼叙,无相伐负者,而时论亦得释然而大解也。
>
> ——《管蔡论》

> 夫人之相知,贵识其天性,因而济之。禹不逼伯成子高,全其节也;仲尼不假盖于子张,护其短也……此可谓能相始终,真相知者也。
>
> ——《与山巨源绝交书》

在这些文章里,商汤、周武、周公、孔子全都得到正面的叙述。嵇康虽然并不像正统的儒家那样将汤武周孔奉若神明，但也决没有将他们完全颠覆，还是保留了许多积极的评价。

说嵇康反司马氏，实际上只有一个证据，这就是《三国志·魏书·王粲传》注引《世语》之所谓“毌丘俭反，康有力，且欲起兵应之；以问山涛，涛曰不可，俭亦已败”。提出这一罪证的乃是钟会，他的独家证词显然不足采信。正元二年(255)初镇东将军毌丘俭起兵于寿春反司马氏，迅即败亡①，如果嵇康真的要响应他，怎么可能去向司马氏手下的官员而且是表亲的山涛咨询？嵇康手上又有什么力量可以“起兵应之”？这一条所谓罪证完全于情理不合，决不可信。

《养生论》乃是嵇康的人生哲学、生命哲学。正统的儒家典籍中也大讲人生哲学、生命哲学，但他们以政治社会伦理道德为中心，有所谓“得志，泽加于民；不得志，修身见于世。穷则独善其身，达则兼善天下”(《孟子·尽心上》)，这就是说，在有条件时进入官场当一名大济苍生的政治家，而外界条件不允许的时候就呆在民间做一个名声四溢的道德高尚的标兵。嵇康完全抛弃了这两条道路，另行策划了一条新路，那就是远离官场，彻底地不去过问政治，不要名利，只管自己过日子，做一个人格独立、精神自由、幸福长寿的普通人。这样的主张虽然不免显得有点消极，但是如果考虑到世界上无须那么多政治家，同僵硬的道德教条相比，做一个自由幸福的人更合于人情物理，合于草根平民的心思——那么《养生论》是自有它的合理性的。嵇康地位甚高，衣食无忧，他的立论不免有些贵族气；后来陶渊明作出修正，主张躬耕自给，过比较朴素而心情平静的幸福生活，产生了更大的影响。

嵇康因为信仰神仙道教的关系，对于人的寿命不免抱有过分乐观的估计；但人寿的极限究竟是多少，现代科学也并没有给出权威的答案，而人类的平均寿命正在不断地延长乃是人所共见的事实。养生须从精神和物质两个方面入手也是大有道理的。养生问题不仅引起中古玄学清谈长期不疲倦的关注，而且至今仍然为人们所关注，心理咨询、锻炼器材和营养滋补品市场供销两旺。嵇康的贡献已经很大了。

《释私论》讲的是君子应有独立的人格，自由的思想，不能受名教、道德一类社会规范束缚。其中给人们留下最深印象的一句话是“越名教而任自然”，

① 《三国志·魏书·三少帝纪》：“二年春正月乙丑，镇东将军毌丘俭、扬州刺史文钦反。戊寅，大将军司马景王征之……闰月己亥，破钦于乐嘉。钦遁走，遂奔吴。甲辰，安风津都尉斩俭，传首京都。”

这话更简明的表述则是“越名任心”。

公与私这一组对立的概念一般都是从道德层面来加以讨论的，正始年间曹羲(？～249)作《至公论》即是如此，其中心在于反对“善恶不分”“朋友雷同”，只讲友情不顾原则；主张“臧否不可以远实，赏罚不可以失中”。他写道：“若乃背清议，违是非，虽尧不能一日以治；审臧否，详赏罚，故中王可以万世安。”他此时大谈这样的道理大约是感到以他的哥哥曹爽为首的当权集团搞小圈子太严重了，一味党同伐异，这样下去很危险。曹羲头脑比较清醒，可惜在后来的高平陵之变中玉石俱焚，他也被司马氏处死了。

曹羲论公私，关心的还是传统的政治理论，而嵇康论公私却是大讲他的人格理论。《释私论》指出，所谓君子，最重要的就是要有独立的人格，不以世俗的是非为转移，不屈服于任何外来的压力，坚守自己的原则：

> 夫称君子者，心无措乎是非，而行不违乎道者也。何以言之？夫气静神虚者，心不存于矜尚，体亮心达者，情不系于所欲。矜尚不存乎心，故能越名教而任自然；情不系于所欲，故能审贵贱而通物情。物情顺通，故大道无违；越名任心，故是非无措也。

文章又指出，一个人如果有了错失，只要公开讲出来，做自我批评，也就算得无私，“有非而能显，不可谓不公也”。嵇康提倡一种光明磊落、直道而行的君子风格；如果“驰骋于世教之内，争巧于荣辱之间”，那就与君子正好相反。

尽管嵇康所说的“值心而言，则言无不是；触情而行，则事无不吉”也有些片面性，因为真话未必一定就正确，跟着感觉走，效果的吉凶还很难说；但是在一个迫于社会规范而假话很多的环境里，在为了私利而深谋远虑非常风行的风气里，嵇康的主张自有其真理性。当时名教对人们压力很大，士人的独立人格和说真话的勇气大为受损，在这样的时候，提倡“越名教而任自然”显然是有积极意义的，当然也可以推测，这样的提倡者和躬行者一定会碰得头破血流。拿一个自然本性来对抗社会规范，力量总会显得很不足，但有这样的呼声同没有这样的声音还是很不同的，它至少可以在理论和舆论上起到某种制衡的作用，让那种社会规范不至于太违反人性并逐步有所进步。

在中国古代，像嵇康这样勇敢的精神界的斗士和殉道者有一批，他们强调人的主体的力量，希望不断地成长和升华，来对抗不合理的名教；但他们本人决不是神，因此并没有也不可能最后完成其主体，不可能止于至善；所以嵇康理论上的片面性以及他入狱后的动摇，都不足深责，这样的斗士已经难能可贵了。

《明胆论》也是嵇康率先开创的新鲜论题之一，讨论的是聪明才智（“明”）与胆量等非智力因素（“胆”）的关系问题。

当时持论与嵇康相反的是吕子（一般认为就是吕安），他认为“有胆可无明，有明便有胆”，二者互相发生作用，而明比胆更重要。嵇康的意见是“明胆殊用，不能相生”。除了“至人”能够两方面兼长没有片面性之外，普通人总不免偏至，“或明于见物，或勇于决断”，两方面的发展往往不平衡。辩论的双方各引史实以证明自己的观点，但简单的枚举法显然不足以解决问题，所以嵇康强调要从人的禀赋不同这样的理论上抓住纲领才行；他又善于揭露对方的自相矛盾，以加强自己的观点，例如吕子在举例中有“胆能偏守”这样的类型，嵇康就此指出说，“此则有专胆之人，亦为胆特自一气矣”，这恰好证明了自己的观点，其他也就不必多谈了。嵇康的机智由此可见一斑。

《声无哀乐论》是嵇康最长最周密的论文。刘勰《文心雕龙・论说》云：“嵇康之辨声，师心独见，锋颖精密，盖人伦之英也。”本文同《养生论》颇有关系。如果把嵇康的养生长寿之道归纳为一个字，那就是“和”——“和理日济”即可“同乎大顺”，非常和谐地与天地同步运行，从而达到人生的最高境界。而音乐的本质即在于“和”，养生必须“绥以五弦”的道理正在于此。

《声无哀乐论》由“秦客”与“东野主人”反复进行的八轮交锋构成，“秦客”的言论代表传统的意见，而“东野主人”则是嵇康本人的化身。

“声有哀乐”与“声无哀乐”这一组对立的命题涉及中国古代几个既有联系又互相区别的概念：声，指人、动物或自然界发出的单纯的声音（“口之激气为声”）；音，也称为音声，指经过整理加工而没有语言介入的声音（纯音乐），例如单独由雅琴等乐器演奏的、无歌词的乐曲之类（“声比为音”）；乐，则是指音乐、诗歌、舞蹈三合一的艺术品，或至少是音乐、诗歌二合一的艺术品。传统的观念认为，声和音声是表达感情的，其中自然有哀乐，甚至还有更丰富的内容，可以起到教化的作用；而嵇康认为包括音声在内的“声”是没有哀乐等感情在内的，表达感情的是与“乐”结合在一起的语言部分。纯音乐可以使人感动，但没有教化作用。

传统的意见认为，不仅音声带有哀乐等感情，反映了政治社会状况；甚至单独的声也有着丰富的社会生活内容，高水平的人能够听得出来。这一方面最经典的意见出于儒家的《礼记・乐记》：

> 凡音者，生人心者也。情动于中，故形于声，声成文，谓之音。是故

治世之音安以乐，其政和；乱世之音怨以怒，其政乖；亡国之音哀以思，其民困。声音之道，与政通矣……郑、卫之音，乱世之音也，比于慢矣。桑间濮上之音，亡国之音也，其政散，其民流，诬上行私，而不可止也。

而孔子早就提出“放郑声，远佞人。郑声淫，佞人殆”（《论语·卫灵公》）；又道是“恶郑声之乱雅乐也”（《论语·阳货》）——严于雅、郑之分，强调继承先王之乐的正统，从此成了儒家文艺思想的核心，其影响之重大且深远，可以说怎么估计都不过分。

关于声音之中有着丰富的内容，儒家经典以及其他古书中也有很多记载，其中颇多近于奇迹者，人们也都信而不疑，例如：

晋人闻有楚师，师旷曰：“不害。吾骤歌北风，又歌南风，南风不竞，多死声，楚必无功。”董叔曰：“天道多在西北，南师不时，必无功。”叔向曰：“在其君之德也。”

——《左传》襄公十八年

吴公子札来聘……请观于周乐，使工为之歌周南、召南，曰：“美哉，始基之矣！犹未也，然勤而不怨矣。”为之歌邶、鄘、卫，曰：“美哉，渊乎！忧而不困者也。吾闻卫康叔、武公之德如是，是其卫风乎?”为之歌王，曰：“美哉，思而不惧，其周之东乎?”为之歌郑，曰：“美哉，其细已甚，民弗堪也，是其先亡乎！”为之歌齐，曰：“美哉，泱泱乎，大风也哉！表东海者，其大公乎？国未可量也！”

——《左传》襄公二十九年

战争的胜负、各国的情况，全都能从音乐中听得出来；甚至并非听乐歌而是听到一点音声、哭声或叫唤声，也能了解甚多的信息：

钟子期夜闻击磬者而悲，使人召而问之曰：“子何击磬之悲也?”答曰：“臣之父不幸而杀人，不得生；臣之母得生，而为公家为酒；臣之身得生，而为公家击磬。臣不睹臣之母三年矣。昔为舍氏睹臣之母，量所以赎之则无有，而身固公家之财也。”钟子期叹嗟曰：“悲夫，悲夫！心非臂也，臂非椎非石也，悲存乎心，而木石应之。故君子诚乎此而谕乎彼，感乎己而发乎人，岂必强说乎哉！”

——《吕氏春秋·精通》

孔子晨立堂上，闻哭者声音甚悲，孔子援琴而鼓之，其音同也……

(颜)回曰:"今者有哭者,其音甚悲,非独哭死,又哭生离者。"……孔子使人问哭者,哭者曰:"父死家贫,卖子以葬之,将与其别也。"

——《说苑·辨物》

冬,介葛卢来,以未见公,故复来朝,礼之,加燕好。介葛卢闻牛鸣,曰:"是生三,牺皆用之矣,其声云。"问之而信。

——《左传》僖公二十九年

声音当中可以包含的内容实在丰富多彩,知音者能一一了解辨别之;事情既然是这样,音乐中能表达哀乐之情,更是毫无疑义的了。"秦客"正是用感情必然体现于音声这样的似乎理所当然的传统观点以及载籍中大量的有关材料来批评"声无哀乐"的新见怪论,显得非常理直气壮。

而嵇康却应对从容,在破解敌论时讲出了许多新鲜的道理。嵇康指出:"心之与声,明为二物,二物诚然,则求情者不留观于形貌,揆心者不借听于声音也。""声音自当以善恶为主,则无关于哀乐;哀乐自当以情感而后发,则无系于声音。"哀乐等情,先已存在于音乐接受者的心中,听音声而后即转嫁或者说放射到那音声上去:"和声无象而哀心有主,夫以有主之哀心,因乎无象之和声,其所觉悟,唯哀而已。""至夫哀乐,自以事会,先遘于心,但因和声,以自显发。"这样的感情并不是由音声的作用而产生的,只不过受此触动而浮出于心灵之表而已。

至于儒家经典以及其他著作中那些神乎其神的记载,嵇康非常怀疑其真实性和可能性,即如著名的师旷吹律而知楚师必败一事,嵇康直截了当地提出质疑,他写道:"请问师旷吹律之时,楚国之风耶,则相去千里,声不足达;若正识楚风来入律中耶,则楚南有吴越,北有梁宋,苟不见其原,奚以识之哉?""岂独师旷博物多识,自有以知胜败之形,欲固众心,而托以神微,若伯常骞之许景公寿哉?"这样的分析很合于情理。嵇康进而指出,古籍中许多神乎其神的记载,"皆俗儒妄记,欲神其事而追为耳。欲令天下惑声音之道,不言理以尽此,而推使神妙难知,恨不遇奇听于当时,慕古人而叹息。斯所以大罔后生也"。说得痛快而深刻之至,真所谓见道之言。这种不迷信经典的态度,是嵇康思想中最富于理性的光辉之处,值得大书特书。嵇康进而提出讨论问题应取的态度是:

夫推类辨物,当先求之自然之理,理已定,然后借古义以明之耳。今未得之于心,而多恃前言以为谈证,自此以往,恐巧历不能记耳。

从书本到书本乃是腐儒一贯的作风，严重地影响了中国古代思想文化的发展；嵇康提出一个“得之于心”的“自然之理”来与之抗衡，主张用清明的理性审视历史上的记载，表现出一个大思想家的风采。可惜他对这种“自然之理”没有作进一步的阐述。

“郑声”是历来大受儒家批判的，以为有害于世道人心；而嵇康与此大唱反调，指出“郑声”深得人心，乃是很美的艺术。这一意见得到鲁迅先生高度的肯定，他在文学史讲义中写道：

> 《诗》三百篇，皆出北方，而以黄河为中心……疆域概不越今河南山西陕西山东四省之外。其民厚重，故虽直抒胸臆，犹能止乎礼义，忿而不戾，怨而不怒，哀而不伤，乐而不淫，虽诗歌，亦教训也。然此特后儒之言，实则激楚之言，奔放之词，《风》《雅》中亦常有，而孔子则曰：“《诗》三百，一言以蔽之，曰：思无邪。”后儒因孔子告颜渊为邦，曰“放郑声”。又曰：“恶郑声之乱雅乐也。”遂亦疑及《郑风》，以为淫逸，失其旨矣。自心不净，则外物随之，嵇康曰：“若夫郑声，是音声之至妙，妙音感人，犹美色惑志，耽槃荒酒，易以丧业，自非至人，孰能御之。”（本集《声无哀乐论》）世之欲捐窈窕之声，盖由于此，其理亦并通于文章。①

这里鲁迅分明指出了嵇康与儒家诗教的对立，“自心不净，则外物随之”尤其是对嵇康之美学理论高度重视主体性这一点很深刻的概括。

嵇康实在是中国思想史上伟大的人物之一；当然他也有些弱点，有些意见或不免有些过头，缺少辩证的思考。他为了与强大的传统对抗，似乎不惜矫枉过正，对此当然应予以理解之同情，而不必多加责备。明智的态度自当是更多地关注他理论主张中的精华。

除了写过许多讨论理论问题的文章以外，嵇康也写史论，现在可以看到的是著名的《管蔡论》。

此文颇有新意，为历史上起兵反对周公的管叔、蔡叔二人昭雪；于是有人认为嵇康此文是写来影射现实的，其针对性在于为当下起兵反司马氏的毌丘俭辩护，同时贬斥司马氏；嵇康后来被司马昭杀掉，与此文也不无关系云云。可是嵇康是一个根本不想过问政治的人，为人光明磊落，他何以要转弯抹角写这等吃力不讨好的影射文章？文章与所影射的时事也不甚相应。按，周公

① 《汉文学史纲要》第二篇《〈书〉与〈诗〉》，《鲁迅全集》第9卷，第356页。

摄政,管蔡流言是历史上著名的事件。周武王姬发在伐纣取得胜利后不久就去世了,此时天下未宁,而他的接班人成王姬诵年纪尚幼,于是武王的四弟周公姬旦摄政,主持大局;稍后姬发的另外两个弟弟管叔和蔡叔等人就在东方起兵造反——本来安排他们在东方当诸侯是监管前殷王朝的继承者、遗民领袖武庚和住在那里的殷顽的,而管、蔡竟与他们结合起来反对中央;于是周公东征,费了很大的劲才取得胜利。最后管叔被杀,武庚当然也被杀掉,蔡叔则予以流放。此事载籍中多有记录,如《尚书·金滕》载:

武王既丧,管叔及其群弟乃流言于国,曰:"公将不利于孺子。"周公乃告二公曰:"我之弗辟,我无以告我先王。"周公居东二年则罪人斯得。

《史记·管蔡世家》载:

管叔鲜、蔡叔度者,周文王子而武王弟也。武王同母兄弟十人……(文王)长子曰伯邑考,次曰武王发,次曰管叔鲜,次曰周公旦,次曰蔡叔度……武王既崩,成王少,周公旦专王室。管叔、蔡叔疑周公之为不利于成王,乃挟武庚以作乱。周公旦承成王命伐诛武庚,杀管叔,而放蔡叔。

又《史记·鲁周公世家》载:

周公乃践阼,代成王摄行政当国。管叔及其群弟流言于国曰:"周公将不利于成王。"周公乃告太公望、召公奭曰:"我之所以弗辟而摄行政者,恐天下畔周,无以告我先王太王、王季、文王。"……

管、蔡、武庚等果率淮夷而反,周公乃奉成王命,兴师东伐,作《大诰》。遂诛管叔,杀武庚,放蔡叔。收殷遗民,以封康叔于卫,封微子于宋,以奉殷祀。宁淮夷东土,二年而毕定。诸侯咸服宗周。

《大诰》在《尚书》中,用成王的口气发布通告,指出东征平叛的重大意义,表明必胜的信心,是一篇著名的文告,应当出于周公旦本人的手笔。

周公东征平叛与司马师平定毌丘俭的起兵完全是两回事,司马氏正在打算取曹魏政权而代之,并无周公那样的名分和地位:这与周公摄政当国毫无共同或相似之处;而更重要的是,没有什么确切的证据能够证明嵇康支持毌丘俭反司马氏。说此文贬斥司马氏也同样毫无根据。嵇康此文固然为管叔、蔡叔辩护,说了不少好话,而同时更是完全肯定周公之东征平叛的,文中写道:

夫管、蔡皆服教殉义,忠诚自然,是以文王列而显之,发、旦二圣举而任之，非以情亲而相私也；乃所以崇德礼贤，济殷弊民，绥辅武庚，以兴顽俗。功业有绩，故旷世不废，名冠当时，列为藩臣。逮至武卒，嗣诵幼冲，周公践政，率朝诸侯，思光前载，以隆王业。而管、蔡服教，不达圣权，卒遇大变，不能自通，忠于乃心，思在王室，遂乃抗言率众，欲除国患，冀存天子，甘心毁旦。斯乃愚诚愤发，所以徼祸也。成王大悟，周公显服，一化齐俗，义以断恩，虽内信恕，外体不立，称兵叛乱，所惑者广。是以隐忍授刑，流涕行诛，示以赏罚，不避亲戚。

在嵇康看来，管、蔡二叔都是好人，只是不大了解情况，因为忠于成王，于是起兵反对上台摄政的周公，他们不明白周公这样做乃是一时的权宜之计，是为了国家利益的特殊举措，将来是要还政于成王的。鲁迅先生分析此文说：

管叔、蔡叔，是疑心周公，率殷民叛，因而被诛，一向公认为坏人的。而嵇康做的《管蔡论》，就也反对历代传下来的意思，说这两个人是忠臣，他们的怀疑周公，是因为地方相距太远，消息不灵通。[①]

鲁迅只是肯定嵇康此论多有新意，丝毫不涉及影射云云，尽管这样的臆测古已有之。

值得注意的是，虽然嵇康翻了一个历史上的大案，但他并没有简单化地翻到底，他认为管、蔡二叔还是有问题的，情报没有弄清楚就盲目行动；而且正如嵇康文中所说，他们的忠诚乃是“愚诚”“不达圣权”，结果铸成大错。而周公为了维护国家大局的稳定，不惜大义灭亲，坚决予以镇压，是无比英明的。经过嵇康的一番辨析，管、蔡二叔固然由坏人变成犯错误的好人，而周公则不仅仍然是圣人，而且成了水平更高的圣人。

“隐忍授刑，流涕行诛，示以赏罚，不避亲戚”是对周公极热烈的歌颂。如果像若干论客那样认定《管蔡论》乃是借古讽今的文章，以管、蔡二叔影射毌丘俭，周公影射司马师，那么岂不是成了一篇歌颂司马氏的文章，哪里有什么贬斥的意思呢。此一借古讽今的旧论连自圆其说尚且做不到，怎么能够成为定论呢？

嵇康的不少文章确实如鲁迅先生所说，“思想新颖，往往与古时旧说反对”[②]；但他并没有完全走出旧思想的牢笼。武王让管、蔡二叔到地方上去当诸侯，委以重任，现在看去无非是封建宗法制度下的一种安排，无所谓出以公

① 《魏晋风度及文章与药及酒之关系》，《鲁迅全集》第3卷，第512页。

② 《魏晋风度及文章与药及酒之关系》，《鲁迅全集》第3卷，第511页。

心或“崇德礼贤”;嵇康说这样的安排“非以情亲而相私也”,显然没有道理。当然这也难怪,因为在他生活的时代,宗法制度仍然在起作用,任人唯亲还是一种天经地义——嵇康本人之所以能有中散大夫的头衔,无非因为他与曹氏王室的小姐结了婚,因此得到特殊的照顾。他不可能批评这样的制度。

在中国古代,王室成员之间的争权夺利,历来非常激烈;兄弟之间斗得你死我活,真所谓史不绝书。如果说管、蔡二叔真是“愚诚”,并且因为消息不灵通而对周公有所误会,那么将怎样解释他们与监管对象武庚等人合起伙来造反?周公之征诛本来就可以完全不管什么亲情;格杀勿论实为你死我活之古代政治斗争中合乎逻辑的行为,正因为本是同根生,所以才相煎甚急。这里无所谓“示以赏罚,不避亲戚”。温情脉脉乃是书生气,最为古代政治家所不取。

嵇康思想的确比较开放,敢于同某些旧说对立,但周初的文王、武王、周公都是圣人这样意义重大的传统观点,他还是未曾突破的。嵇康曾经自称“非汤、武而薄周、孔”(《与山巨源绝交书》),这应当是他晚年的思想,或不过是说说而已——从他先前所写的《管蔡论》看去,他对武(王)、周(公)十分崇拜,“发、旦二圣”这样的提法绝非“非”“薄”,而是歌颂。其全文的基调也是相当正统的,新意仅在于没有把管、蔡二叔看成是彻头彻尾的坏人,说他们犯错误还是可以理解的而已,而这样看也还是为了充分肯定文王、武王、周公这三位圣人。如果管、蔡一向很坏,那么曾经委之以重任的人岂非缺乏知人之明,不够神圣?

嵇康的最后一篇文章是写给他儿子看的《家诫》。此文可能是嵇康下狱后临刑前匆匆写下的,在儿子太小的时候讲这些人生经验他恐怕未必能懂,但他已经没有别的机会再写这样的遗嘱了。《家诫》大体上以“志”字为中心展开,各段之间并没有密切的联系,全文也不讲究章法,基本上是想到哪里写到哪里,这也可见其写作此文时处境已经很困难了。

鲁迅先生曾经两次提到《家诫》:

> 至于嵇康,一看他的《绝交书》,就知道他的态度是很骄傲的……但我看他做给他的儿子看的《家诫》——当嵇康被杀时,其子方十岁,算来当他做这篇文章的时候,他的儿子是未满十岁的——就觉得宛然是两个人。他在《家诫》中教他的儿子做人要小心,还有一条一条的教训。有一条是说长官处不可常去,亦不可住宿;官长送人们出来时,你不要在后面,因为恐怕将来官长惩办坏人时,你有暗中密告的嫌疑。又有一条是说宴饮时候有人争论,你可立刻走开,免得在旁批评,因为两者之间必有对与

不对，不批评则不像样，一批评就总要是甲非乙，不免受一方见怪。还有人要你饮酒，即使不愿饮也不要坚决地推辞，必须和和气气地拿着杯子。我们就此看来，实在觉得很希奇：嵇康是那样高傲的人，而他教儿子就要他这样庸碌。因此我们知道，嵇康自己对于他自己的举动也是不满足的……但又于此可见魏晋的破坏礼教者，实在是相信礼教到固执之极的。①

读者的读选本，自以为是由此得了古人文笔的精华的，殊不知却被选者缩小了眼界，即以《文选》为例吧，没有嵇康《家诫》，使读者只觉得他是一个愤世嫉俗，好像无端活得不快活的怪人……②

由此可知鲁迅先生非常重视这篇《家诫》，并通过它来深入地分析嵇康其人。魏晋时代的散文名家不讲究起承转合的章法，行文极其自由潇洒，从中很可以体会到一些写文章的奥秘——这决不是说可以随手乱写，而是指避免公式化和八股腔。

① 《而已集·魏晋风度及文章与药及酒之关系》，《鲁迅全集》第3卷，第514～515页。
② 《集外集·选本》，《鲁迅全集》第7卷，第137页。

十一　阮籍

一

阮籍(210～263)的一生约可分为三个时期:三十岁以前为早期,三十到四十(恰好是正始那十年:240～249)为中期,此后为晚期。其创作以中期为最盛,《咏怀诗》《答伏义书》《达庄论》等重要诗文皆作于这一阶段。

《晋书》本传写道:

> 阮籍字嗣宗,陈留尉氏人也。父瑀,魏丞相掾,知名于世。籍容貌瑰杰,志气宏放,傲然独得,任性不羁,而喜怒不形于色。或闭户视书,累月不出,或登临山水,经日忘归。博览群籍,尤好《庄》《老》。嗜酒,能啸,善弹琴。当其得意,忽忘形骸。时人多所谓之痴,唯族兄文业每叹服之,以为胜己,由是咸共称异。
>
> 籍尝随叔父至东郡,兖州刺史王昶请与相见,终日不开一言,自以不能测。太尉蒋济闻其有隽才而辟之,籍诣都亭奏记曰……初,济恐籍不至,得记欣然,遣卒迎之,而籍已去,济大怒。于是乡亲共喻之,乃就吏。后谢病归。复为尚书郎,少时,又以病免。及曹爽辅政,召为参军,籍因以疾辞,屏于田里。岁余而爽诛,时人服其远识。

可知阮籍从很小的时候起就显得相当深沉,而表现形态却是"傲然独得,任性不羁";等到他成年以后,这些特点有了长足的发展。阮籍的高傲、任性、孤独主要表现在思想作风、生活作风方面;而在政治生活中,他却相当谨慎稳健,几次辞官都以称病为借口,深得从政三昧。

阮籍对世事的消极态度主要取决于他对形势的估计。阮籍对世事本来并不消极,他在诗里分明说过"王业须良辅,建功俟英雄"(《咏怀诗》其四十二①),他早年的信仰大抵是儒家一派的,只是现实太令他失望了,才一变而为"不开一言",或如《世说新语·德行》"晋文王称阮嗣宗至慎"条注引《魏氏春秋》所说的"口不论事,自然高迈"。当时曹魏政权已经相当腐朽,有一批清醒的知识分子遵照"天下无道则隐"的古训不愿意出仕;阮籍的特色则在于,他用强烈的不同于流俗乃至惊世骇俗的方式来宣泄其苦闷,把早年的"任性不羁"发挥到了极致。

阮籍不肯在蒋济、曹爽手下任职,显然有着政治上的深刻考虑。先前在魏明帝临终之际,以大将军曹爽与太尉司马懿为顾命大臣,共同辅佐幼主曹芳,而此时这两巨头已经分裂,引起许多有识之士的严重不安。曹芳继位后,司马懿升任太傅,持节都督诸军事如故;太尉一职改由满宠担任,正始三年(242)满宠死,蒋济接任②。蒋济虽然是元老级的大人物,但此时不过处在对立之两派的缓冲地位上而已。阮籍当然不愿意把自己的政治前途同这样的人物联系在一起。

阮籍有一组四言的《咏怀诗》,大约就作于他短期仕于蒋济而不久即"谢病归"之际,很可能就是呈给这位太尉的,其中有许多话都是解释自己为什么不能当官,组诗的一头一尾写道:

> 於赫帝朝,伊衡作辅。才非允文,器非经武。适彼沅湘,托分渔父。优哉游哉,爰居爰处。
>
> ——其一

> 嗟余幼人,既顽且固。岂不志远,才难企慕。命非金石,身轻朝露。焉知松乔,颐神太素。逍遥区外,登我年祚。
>
> ——其十三

"伊衡行辅"是称颂蒋济的客气话,说太尉大人同商朝的贤相伊尹(名阿衡,详见《史记·殷本纪》)一样伟大;可惜我自己素质太差,文武两个方面皆无才能("才非允文,器非经武");阁下要我出山,我不是不肯干,而是干不了("岂不志远,才难企慕"),所以只能同渔父野老一起居于草泽,这样或者还能活得长久一点。

---

① 阮籍的八十二首五言《咏怀诗》,诸本排列顺序有所不同,这里依据流行甚广的黄节《阮步兵咏怀诗注》(人民文学出版社 1984 年版)本。

② 详见《三国志·魏书·齐王纪》及《蒋济传》。

这与他上给蒋济奏记(《文选》卷四十)中那些话正可以互相呼应:“今籍无邹(邹衍)、卜(子夏)之德,而有其陋,猥见采擢,无以称当。方将耕于东皋之阳,输黍稷之税,以避当涂者之路。负薪疲病,足力不强,补吏之召,非所克堪。”诗里进一步说到自己的“既顽且固”,自是稍晚些时候的语气。奏记写于拒绝征辟之初,这一组诗当作于“谢病归”之际,所以才会有这样的诗句。

诗里又说,自己虽然要离开太尉府回乡下去了,但是对太尉大人的知遇之恩、栽培之意还是心存感激的:

重华登庸,帝命凯元。鲍子倾盖,仲父佐桓。回滨嗟虞,敢不希颜?志存明规,匪慕弹冠。我心伊何,其芳若兰。

——其三

“重华”指大舜(详见《尚书·舜典》),“凯元”则是当时的杰出人才八元八凯,大舜推荐他们出来帮助治理国家,于是天下大治。鲍叔牙推荐他的朋友管仲(“仲父”)辅佐齐桓公,遂霸诸侯,一匡天下(详见《史记·管晏列传》)。我很仰慕这些大人物,也很希望做一个有理想的人,虽然是实在干不了(“志存明规,匪慕弹冠”),但仍然十分感激推荐我的人(“我心伊何,其芳若兰”)。

阮籍不愿意得罪蒋济,说了大批的客气话;如果仅仅为了应酬一下,献上这些诗句也就可以了;但他到底是阮籍,也还要借此机会说几句心里话,抒发一下真实的感情,于是他又写道:

修林凋殒,茂草收荣。良时忽迈,朝日西倾。有始有终,谁能久盈。太微开涂,三辰垂精。峨峨群龙,跃奋紫庭。鳞分委瘁,时高路清。爰潜爰默,韬影隐形。愿保今日,永符修龄。

——其五

自己对前途有着许多忧虑,总觉得还是潜伏在草野之中保住自己为好,这一层意思点到即止;其六中的“非义之荣,忽若尘烟。虽无灵德,愿潜于渊”也是表达这样的想法,同样没有说透;后来到五言《咏怀诗》中才有大量的发挥。

阮籍在诗中还表示,现在其实也不是什么可以大有作为的时代:“姜叟毗周,子房翼汉。应期左(佐)命,庸勋静乱。身用功显,德以名赞。世无曩事,器非时干。委命承天,无尤无怨。嗟尔君子,胡为永叹。”(其七)现在已经不是姜子牙、张良那样的时代,根本干不成什么轰轰烈烈的事业(“世无曩事”),

更何况我这个人又没有才干呢，当然只好听天由命，委运顺化了。这里表面是就自己立言，而骨里大约暗含着一点对蒋济的劝谏，只是对方身份太高，未便完全直言。

《晋书》本传中说阮籍曾一度“为尚书郎”，虽然只有一句话，关系却很不小。其时典选举的尚书乃是赫赫有名的何晏。曹魏时期“凡五曹尚书，二仆射，一令”（《晋书·职官志》），其属下之尚书郎主文书起草；魏时尚书郎设二十三人，后增至二十五人，各有明确的分工，阮籍分掌哪一部分已不可考，总之在何晏领导下工作，但他只干了很短的时间就“以病免”了。这一段充当尚书郎的经历使阮籍得以就近地观察到当权的曹爽集团的真相，于是下决心远远地离开他们，同时对国家的前途充满了忧患。

何晏当时权倾一时，是曹爽集团中的重要人物。《三国志·魏书·曹爽传》注引《魏略》云，何晏“至正始初，曲合于曹爽，亦以才能，故爽用为散骑侍郎，迁侍中、尚书……晏为尚书，主选举，其宿与之有旧者，多被拔擢”。何晏是曹操的养子，深得宠爱，当然会认识曹操的秘书（“丞相掾”）阮瑀，也应当了解其子阮籍，于是就提拔阮籍，罗列于自己门下；但阮籍对这位高官、哲学家、诗人却实在不敢恭维。这一批政治暴发户经济上贪得无厌，公开掠夺国有资产；生活上穷奢极侈，荒淫纵欲，骇人听闻，其中一个典型的事例是曹爽“作窟室，绮疏四周，数与晏等会其中，饮酒作乐”，奢侈得连曹爽的弟弟曹羲都深感忧虑。阮籍对何晏及其一党看得清晰，忧虑更深，他之托病退出尚书郎一职，稍后又不应曹爽的征辟，都应当与此有关。

阮籍当初不应蒋济征辟时写过一份奏记，比较简单而且明显地流露出名士的高傲；后来他不应曹爽的征辟，也有一篇奏记，遣词造句便谨慎得多，其中皮里阳秋地恭维曹爽道“明公侔踪鲁、卫，勋隆桓、文，广延俊杰，恢崇大业”，而实指曹爽的几个兄弟都占据了要津，又有一大批“浮华”人物纷纷粉墨登场，搞得乌烟瘴气。曹爽带头为非作歹，史称其饮食车服已达到帝王水平。为了提高自己的声威，他们于正始五年（244）匆匆出师伐蜀，结果失利于骆谷，大伤了曹魏的元气。阮籍不拘小节，作风任诞，而实为正人君子，当然看不惯这一套，于是在奏记中自称身体不好，“守病委劣”，不能出来效劳。

这时曹爽那边跳出来一个名叫伏义的人，写了一封官气十足又臭又长的信给阮籍，一则责备他不肯合作，二则劝他赶快出山。信中大讲儒家圣贤之道、建功立业之志，批评阮籍之高卧为“弃圣背贤”“凌荣起名”，基调非常之高，但终于忍不住拿出他们实际上念念不忘的名利二字来诱惑阮籍，说什么

“盖自生民之性，受气之源，好恶大归，不得相远。君子徇名而不顾，亦有慕名以为显。夫名利者，总人之纲，集衢之门也。出此有为，于义未闻。吾子若欲逆取顺守，及时行志，则当矜而莫疑，以速民望。若欲怡情养神，不厚于俗，则当浩然恣意，唯乐是治。今观其规时，则行已无立德之身，报门无慕业之客；察其乐，则食无方丈之肴，室无倾城之色。徒泄泄以疑世为奇，纵体为逸，执此不回，既以怪矣”。他们对于阮籍之一再不肯出仕，不要高官之名利，而又没有躲在家里享受“方丈之肴”“倾城之色”，表示完全不能理解；于是很坦诚也很卑鄙地问道：你这样究竟想干什么？“疑世”疑到最后有什么好结果？以儒家圣贤之徒自居的伏义不免露出了他们庸俗之至的狐狸尾巴。对于这种无廉耻的说教、低水平的劝驾，阮籍真是不知道说什么才好。他只复了一封极短的信，冷冷地回敬道：“人力势不能齐，好尚舛异。鸾凤凌云汉以舞翼，鸠䳓悦蓬林以翱翔，螭浮八滨以濯鳞，鳖娱行潦而群逝。斯用情各从其好，以取乐焉。据此非彼，胡可齐乎？”措辞大有《庄子》的韵味，阮籍不屑与这种号称圣贤之徒的势利小人去讲什么道理，只是用一个“各从其好”把他们远远地打发走。完全没有共同语言，确实无须对话。黄节先生在《阮嗣宗咏怀诗注·自叙》中说：“古之人有自绝于富贵者矣，若自绝于礼法，则以礼法已为奸人假窃，不如绝之。”鲁迅先生在《魏晋风度及文章与药及酒之关系》中说，魏晋时代崇奉礼教者用以自利，老实人以为如此利用是亵渎了礼教，于是干脆不谈不信以至反对礼教。阮籍的思想中确乎有这样的愤激的成分，所以他无比地藐视伏义之流。读这封回信，很容易让人想起后来清朝人“步兵白眼向人斜”（敦诚《赠曹雪芹》）的诗句。

“七贤”的林下之游的时间即在正始十年(249)曹爽集团被诛的高平陵之变以前的几年之中，亦即阮籍十分勉强地在蒋济、何晏手下担任那两任小官的前后。高平陵之变以后阮籍很快就出任司马懿的从事中郎，司马懿死后任司马师之从事中郎，在高层参与机密，没有时间优游于林下了；而山涛在司马师为辅军大将军、掌握了中央实权的嘉平三年(251)或其稍后重新出仕，亦无从作林下之游。竹林三领袖都有可以自由支配的时间和合适的情绪在竹林之下肆意酣畅，唯一可能的时机只有在这一场惊天动地的政变之前。《晋书·山涛传》云：“山涛字巨源，河内怀人也。父曜，宛句令。涛早孤，居贫，少有气量，介然不群。性好庄老，每隐身自晦。与嵇康、吕安善，后遇阮籍，便为竹林之交，著忘言之契。”“七贤”集团之发育始于山、嵇（以及吕安）之间的交往，阮籍于稍后加入。老成持重的山涛在高平陵之变后有一段时间因亲戚关系中的敏感因素不便去见司马懿，等待了一段时间才去见司马师，司马师“命司隶举秀才，除郎中，转骠骑将军王昶从事中郎；久之，拜赵国相，迁尚书吏部郎”，在他那一段隐居期间即嘉平初年似乎有可能结为林下之游，但考虑到“后遇阮籍，便为林下之交”的记载，则取消了这种可能，阮籍此时忙于政务，业已无暇及此。

但是也不可能太早。《晋书·嵇康传》云：“（王）戎自言与康居山阳二十年，未尝见其喜愠之色。”嵇康及阮籍都死于景元四年(263)，往前数二十年为正始五年(244)，这一年前后应当是“七贤”林下之游开始之时。阮籍不得已应蒋济的征辟在正始三年(242)，为时不长，此后除一度为尚书郎以外，中间长期无公职；阮籍的老家陈留尉氏与河内山阳相去不远。正是在此时，他与嵇康、山涛以及几位青年人结为林下之游。

高平陵之变以后阮籍、山涛先后出仕于司马氏，另有数人一时去向不明(后亦仕于司马氏)，只有向秀和吕安继续追随嵇康，过浪漫的隐居生活。所以也许可以这样说：林下之游分为两个阶段，其前一段即正始中后期，可以称为“七贤时期”；此后还有一个“三贤时期”，其中的嵇康和向秀是前“七贤”中人，吕安虽然早已追随嵇康，却不在“七贤”之列，这时因为人少了，他的地位相对上升，也可算是“后三贤”之一。

“七贤”聚集在一起是为了交流思想，作所谓“自得之游”(《水经注》卷九《清水》)，即各人都保持自己的观点，相互交流，乃至于辩论。林下之游的“七贤时期”理论空气非常浓厚，今存阮籍的若干论文多半写于这一阶段。

阮籍晚期长时间在司马氏手下效劳，虽然他对司马氏并不完全佩服，但在政治上一向支持他们，所以内心仍然颇多痛苦。史称阮籍“尝登广武，观楚汉战处，叹曰：‘时无英雄，使竖子成名！’登武牢山，望京邑而叹，于是赋《豪杰诗》”(《晋书》本传)。《豪杰诗》今已不传，失去了重要的信息，但阮籍对当时政治舞台上的衮衮诸公并不真心佩服仍极分明。

司马懿发动的高平陵政变彻底消灭了当权的曹爽集团，中枢大权落入司马氏手中，政局大变。按照《晋书》本传的叙述，此后阮籍的经历是：

岁余而爽诛，时人服其远识。宣帝(司马懿)为太傅，命籍为从事中郎。及帝崩，复为景帝(司马师)大司马从事中郎。高贵乡公即位，封关内侯，徙散骑常侍。

籍本有济世志，属魏晋之际，天下多故，名士少有全者，籍由是不与世事，遂酣饮为常。文帝（司马昭）初欲为武帝（司马炎）求婚于籍，籍醉六十日，不得言而止。钟会数以时事问之，欲因其可否而致之罪，皆以酣醉获免。

及文帝辅政，籍尝从容言于帝曰："籍平生曾游东平，乐其风土。"帝大悦，即拜东平相。籍乘驴到郡，坏府舍屏障，使内外相望，法令清简，旬日而还。帝引为大将军从事中郎。

……

籍闻步兵厨营人善酿，有贮酒三百斛，乃求为步兵校尉。遗落世事。虽去佐职，恒游府内，朝宴必与焉。会帝让九锡，公卿将劝进，使籍为其辞。籍沉醉忘作，临诣府，使取之，见籍方据案醉眠，使者以告，籍便书案，使写之，无所改窜。辞甚清壮，为时所重。

……

景元四年冬卒，时年五十四。

行文虽简，仍然提供了大量的信息。高平陵之变以后阮籍迅即出任司马懿的从事中郎，此后又任司马师的从事中郎，然后到新皇帝高贵乡公曹髦身边当过一段散骑常侍，但他自行要求到东平去当了几天地方官，很快回到首都，并在司马昭身边继续充当从事中郎。

所谓从事中郎乃是最高级武官的僚佐。《晋书·职官志》在叙述过"诸公及开府位从公者"之后，又道："诸公及开府位从公加兵者，增置司马一人，秩千石；从事中郎二人，秩比千石……司马给吏卒如长史，从事中郎给侍二人。"从事中郎官阶俸禄并不算高，但如果他的主公是手中握有重权的人物，那么这个职务的地位就很重要，因为他实际上参与机密乃至核心机密。司马氏父子三人尽管先后具体头衔不同，但在高平陵之变以后的政局中，都是实际上的一号人物，在他们手下当从事中郎，地位之重要显然是不言而喻的①。

① 看一个同时期人物的情形颇有助于明白这一点。稍后钟会跟随司马昭讨伐诸葛诞叛乱，谋划有功，"军还，迁为太仆，固辞不就，以中郎在大将军府管记室事，为腹心之任"（《三国志·魏书·钟会传》）。钟会宁可放弃名位和俸禄都相当高的太仆（九卿之一，秩中二千石），却坚决要到大将军司马昭府里以中郎身份担任秘书，观此即可知从事中郎一职实际地位之极端重要了。又，后来的羊祜"拜相国从事中郎，与荀勖共掌机密"（《晋书·羊祜传》），也表明了在首脑身边担任从事中郎，地位比起一般的高官来要重要得多。在封建专制时代什么职务最靠近首脑，能参与机密，就在实际上变得很重要；表面上名义上的高低则大抵无关紧要。

嘉平三年(251)司马懿在粉碎了曹爽余党王凌的叛乱以后去世,阮籍继续担任司马师的从事中郎,稍后他对司马师废齐王芳另立高贵乡公曹髦未见有任何异议。由大臣来废立皇帝表明曹魏政权已经名存实亡,魏晋易代的机运又向前推进了一大步。阮籍对这一重大事件的态度见之于稍后正元元年(254)所作的《首阳山赋》。

伯夷叔齐反对"以暴易暴",义不食周粟,历来得到历代正统派人士和遗老们的高度评价,而阮籍却对伯夷兄弟表示了极大的保留和意味深长的批判:

> 聊仰首以广頫兮,瞻首阳之冈岑。树丛茂以倾倚兮,纷萧爽而扬音。下崎岖而无薄兮,上洞彻而无依。凤翔过而不集兮,鸣枭群而并栖。飏遥逝而远去兮,二老穷而来归。实囚轧而处斯兮,焉暇豫而敢诽?嘉粟屏而不存兮,故甘死而采薇。彼背殷而从昌兮,投危败而弗迟。此进而不合兮,又何称乎仁义?

阮籍肯定了伯夷、叔齐背殷而从文王的过去,否定了他们"义不食周粟"的现在,指出他们这种行为并不合于"仁义"。在皇帝被架空、权臣说了算的魏晋易代前夜发表这样的历史评论,曲折地表明他对曹魏政权已经没有任何顾惜,在实际政治生活中义无反顾地站在新兴的政治力量一边。《晋书》本传载,高贵乡公即位后,阮籍封关内侯,徙散骑常侍;另据《晋书·王沈传》载,阮籍还当过侍中,典著作,参与撰写《魏史》,而且"多为时讳"。

中国古代在改朝换代的前后,人们往往会想起伯夷、叔齐这一对难兄难弟,有所议论,大发感慨。一般地说来,凡是不赞成新王朝的,总是肯定、颂扬他们两位,而拥护革故鼎新的人们,则持相反的态度。钱锺书先生曾举出麋元的《吊夷齐文》(《全三国文》卷三十八):"夫五德更运,天秩靡常,如有绝代之主,必有受命之王……子不弃殷而饿死,何独背周而深藏?是识春香之为馥,而不知秋兰之亦芳也!……首阳谁山?而子匿之!彼薇谁菜?而子食之!行周之道,藏周之林,读周之书,弹周之琴,饮周之水,食周之芩,□谤周之主,谓周之淫。"进而解释说,此"乃诫遗老顽民不可眷念旧朝"①。阮籍写《首阳山赋》时以至他去世,尚未易代,但行将改朝换代是明白人心里都有数的了。

阮籍本是大司马从事中郎,而在高贵乡公曹髦即位后一度离开从事中郎

① 《管锥编》第3册,第1079页。

的岗位，是因为司马师在废齐王芳立曹髦这一大事取得成功以后，于正元元年(254)冬十月“命有司论废立定策之功，封爵、增邑、进位、班赐各有差”(《三国志·魏书·三少帝纪》)，阮籍当亦在有功人员之列，于是封侯、进位，当上了散骑常侍，他到任的时间当在正元元年底或第二年初，但是只干了很短一段时间，就向司马师的弟弟司马昭提出了出为东平相的请求。

散骑常侍是皇帝的侍从官，《晋书·百官志》云：“散骑常侍，本秦官也。秦置散骑，又置中常侍，散骑骑从乘舆车后，中常侍得入禁中，皆无员，亦以为加官。汉东京初，省散骑，而中常侍用宦者。魏文帝黄初初，置散骑，合之中常侍，同掌规谏，不典事，貂珰插右，骑而散从，至晋不改……常为显职。”在封建秩序正常、皇帝具有权威的时候，散骑常侍是一个比较闲散而极其风光的职务；而在傀儡当皇帝的时候则不然。阮籍不愿意担任此职，很快就设法离去，转了一圈复回司马氏身边重新担任级别并不算高的从事中郎，这一番经历无非表明了阮籍在政治上对司马氏的依赖和支持。

平定了毌丘俭之乱以后，司马师死于许昌，其弟司马昭继任大将军，阮籍则继续担任大将军从事中郎，但不久就主动要求去当步兵校尉。校尉乃是首都卫戍部队的高级军官，地位仅次于将军；这个职务地位重要而平时事情却不多，史称阮籍“闻步兵校尉缺，厨多美酒，营人善酿酒，求为校尉。遂纵酒昏酣，遗落世事”(《三国志·魏书·王粲传》注引《魏氏春秋》)。阮籍嗜酒，每至沉醉，自是事实，但他并没有完全喝昏了头，他当了步兵校尉以后仍然常到司马昭的大将军府里去，后来他又为司马昭加九锡写了劝进文。

总之，在高平陵之变以后，阮籍一变其过去不肯出仕的消极态度，出任司马懿的从事中郎，从此与司马氏集团建立了相当密切的联系，直到去世；尽管他嗜酒荒放的名士形象始终不曾改变。

长期以来流行一种观点，认为阮籍在政治上倾向于曹魏皇室，对司马氏集团怀有不满，在有些情况下，阮籍迫于司马氏的淫威，也不得不应酬敷衍。这种源远流长的议论，既不符合阮籍的生平行事和他的作品，也不符合魏晋之际的历史大势。可惜积非成是，竟至牢不可破。但幸而仍有头脑清楚、目光锐利的人，如宋朝人叶梦得《避暑录话》卷上指出，阮籍“为晋文帝从事中郎，后卒为公卿作劝进表，若论于嵇康前，自宜杖死”；他又写道：“阮籍既为司马昭大将军从事，闻步兵厨酒美，复求为校尉。史言虽去职常游府内，朝宴必与，以能遗落世事为美谈。以吾观之，此正其诡谲，佯欲远昭而阴实附之，故示恋恋之意，以重相谐结。小人情伪有千载不可掩者。不然，籍与嵇康当时一流人物也，何礼法之士疾籍如仇，昭则每为保护，康乃遂至于死，籍何以独得于昭如是耶？至劝进之文，真情乃现。”他看出了阮籍是依附司马氏的，同司马昭的关系尤为不同寻常。可惜叶氏心目中先存一个司马昭乃是反面人物的成见，因此处处用贬义词来叙述评价，其实司马氏又何尝没有可取之处。范文澜先生说得好：“魏国自曹操死后，汉国自诸葛亮死后，都失去了进攻对方的力量。吴国一向划江自守，孙权死后，也进入了衰落阶段。魏国的司马氏集团，在三国衰落阶段中，是统一趋势的代表者，虽然它是一个极其腐朽的集团，但也不容否定它在完成统一事业上所起的作用。”这是一个深刻的符合实际的结论。可以补充的是，在西晋建国以前的司马懿、司马师、司马昭阶段，这个集团尚未极其腐朽，还是生气勃勃的；到西晋初年也还有相当的生气。事实上中国每一个王朝的统治者在夺取政权以前以至于取得政权以后的一段时间里，往往总是真老虎而不是纸老虎。范文澜先生又说：“司马氏政权迅速地消灭汉吴两国，并且在短暂的太康年间，确也曾使社会呈现出一些繁荣的气象。这是因为它的某些政治措施多少是符合当时人民利益的，因而有可能完成国家的统一事业和有限度地恢复了久遭破坏的社会生产力。”①这是很深刻的观察。所以我们今天不必拿“篡魏”，拿司马氏政治斗争手段的残酷（他们杀起人来毫不留情，而且扩大化很厉害）或他们个人品德上的什么毛病来否定他们的历史作用，更不能因为司马氏政权后来的极其腐朽以及由此而来的八王之乱、五胡乱华便以为司马氏的前几辈也是如此。事实上，同早期司马氏集团比较起来，他们的对立面——后期曹魏当权派如曹爽、何晏之流更加腐朽。阮籍本来是一个理想主义色彩很浓的人，但在实际生活中他仍然舍弃曹魏而取司马，应该说他是有眼光的。论者又往往因为司马氏是豪族地主而曹操出身寒门来议论魏晋易代，以加重人们对司马氏的反感；其实曹魏建国以后，皇室已成为新的最大的豪门，他们与司马氏之间并不存在阶级的差异，只不过因为暴发而显得特别的贪婪罢了，曹爽及其党羽便是适例。所以我们不必一味肯定忠于曹魏而反对司马氏的人，也不必一概否定背弃曹魏站到司马氏一边来的人，而应该分别作出具体的分析和恰当的评价。

事实上，曹魏绝大部分官僚包括一度抵制司马氏者，后来都站在司马氏一边，并在西晋的政局中继续他们的从政生涯。

高平陵之变以后阮籍并不倾向于曹魏皇室而一贯站在司马氏一边，有着许

① 《中国通史简编》修订本第二编，人民出版社 1958 年版，第 273、274～275 页。

多表现。即如他自己要求出为东平相一事，其内在动因就在于不愿意在曹髦这里充当散骑常侍，于是设法走出皇宫，走出首都，而不久又跑到司马昭身边去。

高贵乡公曹髦在客观上只能充当一个傀儡，把他选出来接齐王芳的班本来带有相当的偶然性，司马师对他并不满意，后来终于同意也只是一种策略性的妥协①。曹髦年轻气盛，极欲有为，决不肯心甘情愿地当一个傀儡，最后他亲自率领其心腹攻打司马昭，被杀。他在所谓"三少帝"（齐王曹芳、高贵乡公曹髦、常道乡公曹奂）中是最有才干的一个，近人且有誉为"当涂儿孙之能不坠祖风者，髦一人而已"②。这样正元、甘露年间的政治形势便显得复杂起来。

曹髦是一个相当有头脑同时书生气非常浓厚的青年皇帝。《三国志·魏书·三少帝纪》注引《魏氏春秋》载，他上台不久司马师问钟会："上何如主也?"钟会说："才同陈思，武类太祖。"《魏氏春秋》又载，曹髦喜欢与身边的人讨论历史人物，讨论《易》《书》《礼》等儒家经典中的各种问题，而其言内言外总有些指向现实的微妙意味。例如他与臣下讨论古代帝王的优劣，高度评价夏朝的中兴之主少康，以为高于汉代的创业雄主刘邦。他强调"自古帝王，功德言行，互有高下，未必创业者皆优，绍继者咸劣也"；"太上立德，其次立功，汉祖功高，未若少康盛德之茂也。且夫仁者必有勇，诛暴必用武，少康武烈之威，岂必降于高祖哉？但夏书沦亡，旧文残缺，故勋美阙而罔载，唯有伍员粗述大略，其言复禹之绩，不失旧物，祖述盛业，旧章不愆，自非大雅兼才，孰能与于此？向令坟典俱存，亦岂有异同之论哉?"群下一开始还有些不同的意见，后来则转而同意他的高论。曹髦很有些中兴曹魏的意思，自视也非常之高，他忘了自己乃是权臣擅自废立的产物，手里并没有什么实权，尤无军权，官员中真正拥戴他的人也并不多；在这样的政治格局下多次召开意识形态气味很浓的学术讨论会其实是很危险的，但曹髦却抓得很紧，《三国志·魏书·三少帝纪》注又引傅畅《晋诸公赞》云："帝常与中护军司马望、侍中王沈、散骑常

① 司马师废齐王芳的预案中是准备立曹操之子彭城王曹据为帝，但明帝曹叡的未亡人郭太后为保持自己的地位坚决不同意这一方案，因为曹据比她长一辈，而曹髦为文帝曹丕之子东海定王霖之子，为郭太后的下一代。当时郭太后是司马氏手中一个非常有用的工具，"宰辅统政，与夺大事，皆先咨启于太后而后施行"（《三国志·魏书·后妃传》），对她的某些要求须适当予以满足，曹髦是在这一背景下被隆重推出的。曹据是一个没有什么头脑只讲享受的人（详见《三国志·魏书·武文世王公传》曹据部分及注引《魏书》），而曹髦则要精明强干得多，所以司马师看好曹据，他接受曹髦乃是向郭太后作出的妥协。

② 罗继祖《枫窗三录》，大连出版社 2000 年版，第 170 页。

侍裴秀、黄门侍郎钟会等讲宴于东堂,并属文论。名秀为儒林丈人,沈为文籍先生,望、会亦各有名号。帝性急,请召欲速。秀等在内职,到得及时,以望在外,特给追锋车,虎贲卒五人,每有集会,望辄奔驰而至。”这里没有提到阮籍,大约他避免参加这种文酒之会,而且很快就设法离去了。阮籍如果继续呆在这里当散骑常侍,恐怕势必也要奔赴这种集会,听取曹髦的高论,并且还要发言,这是何等辛苦、无谓而且危险的事情!

后来曹髦亲自率领少数人马攻司马昭时,下令给身边的侍中王沈、尚书王经、散骑常侍王业,要他们行动起来,结果王沈、王业奔到司马昭那里去告急;王经则死于此案。如果阮籍不离开这里,说不定也会陷入这种如不服从就得告密的境地。他急于离开这里显然是明智的——阮籍可以在政治上支持司马氏并且在实际上也支持了多年,但他未必乐意卷入政变、反政变一类非流血不可的事件。

何况这里的同僚中还有一位可怕的人物钟会,此人于正元年间任黄门侍郎,《晋书·阮籍传》云:“钟会数以时事问之,欲因其可否而致之罪,皆以酣醉获免。”钟会智商甚高而人品极坏,阮籍避之唯恐不远,这大约也是他急于抛弃散骑常侍一职、离开这一是非之地的重要原因。阮籍再一次表现出政治上的“远识”。

司马昭当然也不希望有过多的高明才略之士呆在曹髦身边,对知道机密的人他尤为注意①;所以当阮籍提出愿去东平当地方官时,司马昭的反应极其机敏,立刻同意他的要求,他的“大悦”也是可以理解的。

阮籍何以选择东平相这一位置为自己逃出皇宫的借口,史料丧失,难以确指,可能的原因有两个,一是如他本人所说“平生曾游东平,乐其风土”,《晋书》本传曾经提到阮籍早年尝随叔父至东郡(属兖州),“兖州刺史王昶请与相见,终日不开一言,自以不能测”②云云,东平国亦属兖州,与东郡相邻,想必他当年也曾去过东平,留下很好的印象。二是东平国当时有些问题,阮籍试图

---

① 试举一个极端的例子以明之。《三国志·魏书·三少帝纪》注引《魏氏春秋》:“(郑)小同诣司马文王,文王有密疏,未之屏也,如厕还,谓之曰:‘卿见吾疏乎?’对曰:‘否。’文王犹疑而鸩之,卒。”

② 《三国志·魏书·王粲传》注引《魏氏春秋》所载与此略同而更清晰,录以备考:“兖州刺史王昶请与相见,终日不得与言,昶叹赏之,自以不能测也。”王昶在文帝、明帝时曾长期担任兖州刺史,见《三国志·魏书》本传。

加以解决①，至少是以解决问题为借口从而便于走出皇宫。阮籍到了东平以后才知道问题不是那么简单而容易解决的，东平的自然地理状况也非常之恶劣，处处令人不快。在稍后所作的《东平赋》中阮籍写道：

虽黔首之不淑兮，傥山泽之足弥？古哲人之攸贵兮，好政教之有仪。彼玄真之所宝兮，乐寂寞之无知。咨闾阎之散感兮，因回风以扬声。瞻荒榛之芜秽兮，顾东山之葱青。甘丘里之旧言兮，发新诗以慰情。……乘松舟以载险兮，虽无维而自絷。骋骅骝于狭路兮，顾蹇驴而弗及。资章甫以游越兮，见犀光而先入。被文绣而贯戎兮，识旃裘之必袭。奉淳德之平和兮，孰斯邦之可集！

这里的山泽人情，一无可取，正统的"政教"简直无法推行，只宜装聋作哑("彼玄真之所宝兮，乐寂寞之无知")，阮籍只得承认这里的特殊性②，也承认自己的一套不合于这里的环境，只有及早离开；可能作于同时的《亢父赋》也极言其地的山穷水恶，民众顽嚣难化③。不过阮籍在这里也许只是极而言之——文学家总不免相当情绪化——本传说他"法令清简"，《世说新语·任诞》"步兵校尉缺"条注引《文士传》说"籍便骑驴径到郡，皆坏府舍诸壁障，使内外相望，然后教令清宁。十余日，便复骑驴去"。他这种潇洒的名士派头尽管未必能"一朝风化清"(李白《赠闾丘宿松》)，但也许已经产生了某种效果，化解了民间与官方某种情绪上的对立，并不是一无所获的。

像阮籍这样的大名士自告奋勇地出任亲民之官，结果往往并不能适应是很正常的，但他离开皇宫的目的已经达到；于是他很快复回洛阳，仍旧干自己

---

① 按，当时东平不甚稳定，嘉平初兖州刺史令狐愚和他的舅舅太尉王凌阴谋立楚王彪为帝，拟建都许昌，与司马氏控制下的以齐王芳为傀儡的朝廷对抗，"以兴曹氏"(《三国志·魏书·王凌传》注引《汉晋春秋》)。王凌败后自杀，其时令狐愚已先死，被发冢破棺，暴尸三日，而"兖州武吏东平马隆，托为(令狐)愚家客，以私财更殡葬，行服三年，种植松柏。一州之士愧之"(同上注引干宝《晋纪》)。看来当时在东平以至兖州境内有一种与司马氏控制下的中枢不协调乃至对立的情绪和倾向；这时一向得到司马氏信赖的阮籍主动要求去当东平相，司马昭当然非常高兴。

② "甘丘里之旧言"，典出《庄子·则阳》："丘里者，合十姓百名而为风俗也。合异以为同，散同以为异……此之谓丘里之言。"意谓各处自有其不同的风俗。

③ 亢父在任城郡，离东平甚近，且旧属东平，见《汉书·地理志》；又《魏书·地形志》更明确指出"亢父，前汉属东平，后汉、晋属任城"。参见《中国历史地图集》第3册，中华地图学社1975年版，图版18～19。

的老本行，继续充当司马氏的从事中郎去了。

在阮籍的全部诗文中，《为郑冲劝晋王笺》是政治意味最浓厚、最明朗的一篇，《晋书·文帝纪》云：

> （景元）四年冬十月，天子以诸侯献捷交至，乃申前命曰：“……今以并州之太原、上党、西河、乐平、新兴、雁门，司州之河东、平阳、弘农，雍州之冯翊，凡十郡，南至于华，北至于陉，东至于壶口，西逾于河，提封之数，方七百里，皆晋之故壤，唐叔受之，世作盟主，实纪纲诸夏，用率旧职。爰胙兹土，封公为晋公……今进公位为相国，加绿綟绶，又加公九锡，其敬听后命……”公卿将校皆诣府喻旨，帝以礼辞让。司空郑冲率群官劝进曰……帝乃受命。

劝进之文即阮籍执笔所写者。按《文帝纪》的说法，此《笺》似应作于常道乡公曹奂景元四年（263），但这里《晋书》实误，此文当作于高贵乡公曹髦甘露三年（258）。《文选》卷四十阮籍《为郑冲劝晋王笺》李善注引臧荣绪《晋书》云：“魏帝封晋太祖为晋公，太原等十郡为邑，进位相国，备礼九锡。太祖让不受，公卿将校皆诣府劝进，阮籍为其辞。”又云：“魏帝，高贵乡公也；太祖，晋文帝也。”可知此事尚在高贵乡公一朝，不可能迟至景元年间（260～263）。又《世说新语·文学》云：“魏朝封晋文王为公，备礼九锡，文王固让不受。公卿将校当诣府敦喻。司空郑冲驰遣信就阮籍求文。籍时在袁孝尼家，宿醉扶起，书札为之，无所点定，乃写付使。时人以为神笔。”从郑冲任职的经历看去，此事当在甘露三年（258）①。

郑冲是司马昭的心腹之一，他要写劝进文首先就想到阮籍，而阮籍也能文不加点一挥而就，看来精神上都早有准备。阮籍的劝进文博引前史，头头是道，其中歌颂司马昭功德的那些话，句句都有着落，并非一味浮夸的赞美。文章最后说：“今大魏之德，光于唐虞，明公盛勋，超乎桓文。然后临沧州而谢支伯，登箕山而揖许由，岂不盛乎。至公至平，谁与为邻。何为勤勤小让也哉！”不仅立言得体，而且意味深长。《文选》李善注云：“《庄子》曰：舜让天下于子州支伯，子州支伯曰，予有幽忧之病，方且治之，未暇治天下……《吕氏春秋》曰：昔尧朝许由于沛泽之中，请属天子于夫子；许由遂之箕山之下。”阮籍

---

① 比较详细的说明见顾农《〈为郑冲劝晋王笺〉作年考》，《文选论丛》，第294～297页。

引此二典，意谓如果魏室彻底向您让权（禅让），则依礼谦让倒也罢了，现在的备礼九锡何足为辞。

这话说得极妙，而且意味深长。事实上，权臣加九锡正是取代旧王朝的一大步骤，由此到权臣或其儿子登基只有一步之遥①。阮籍说，表示谦让的程序可以放到晚一点时候进行。这与他先前所作的《首阳山赋》可谓遥相呼应，至此阮籍的态度真是明朗已极。过去人们往往用"不得已"三个字来解释阮籍一系列无法掩盖的支持司马氏的言行；他支持的力度如此，一点"不得已"恐怕远远不足以解释。这一年阮籍四十九岁。由此到阮籍去世的景元四年（263）冬，还有五年。阮籍晚年的政治态度由此可以得到确切的说明。

阮籍还差一点与司马昭结为儿女亲家，此事也典型地表现了司马氏对阮籍的重视以及阮籍想保持适当距离的微妙状态。阮籍何以不肯把女儿嫁给司马昭之子、后来当了皇帝的司马炎，史籍无具体记叙，根据他立身行事的一贯作风来推测，原因似乎不外三条：一是他无意于更深入地介入政治，他本人可以同司马氏合作，但未必愿意加上一层亲戚关系，那样会影响自己的声誉——中国古代的名士历来有这样的洁癖。二是他本人恃酒放荡的形象树立已久，此时又正以一种高人雅士的方式为司马氏效劳，这种模式不容易也没有必要改变，为司马氏计也以仍其旧贯为宜。司马昭是个聪明人，所以也并不坚持，后来就不再提起此事，与阮籍达成默契，而且处处尊重阮籍的兴趣和风格，让他保持前后一致的放逸形象。三是阮籍虽然支持司马氏，但仍然要保持一定的距离，不必完全捆绑在一起。《晋书·阮籍传》说："籍本有济世志，属魏晋之际，天下多故，名士少有全者，籍由是不与世事，遂酣饮以为常。"此说影响很大，但我们应当注意阮籍"不与世事"、实行政治上的退避主要表现于曹爽当政的正始年间；真的到了"魏晋之际"，他是站在司马氏一边参与政治活动的，长期居于权力核心的周围；但他并非死党，也不恋栈，后来主动

① 所谓备礼九锡指皇帝赐给权臣九种象征权势的高级礼品。曹操于建安十八年（213）称魏公，加九锡，曹操三让后接受；而这实际上是他自己加给自己的。此后加九锡成了中古时代权臣或其接班人称帝前的一种例行程序。据《资治通鉴》卷七十七、七十八，甘露三年（258）"诏以司马昭为相国，封晋公，食邑八郡，加九锡。昭前后九让，乃止"。中间曾折腾数次，到景元四年（263）"昭乃受命"。谦让多次也是一种例行公事，每次谦让后又必有劝进，不到终于接受，则劝进不止。

要求去当步兵校尉，表现出某种退出中心的倾向[①]，他要为自己安排一个惬意的晚年。但稍后还是为郑冲写了一份劝进笺，并未完全“不与世事”。如果置阮籍与司马氏长期合作的大量史料于不顾，单抓住阮籍终于没有答应这门婚事一端，以为乃是阮籍对司马昭深怀戒备之心的铁证，恐怕是没有多少说服力的。

步兵校尉为五校之一，此时隶属于中领军将军辖下。《晋书·职官志》云：“屯骑、步兵、越骑、长水、射声等校尉，是为五校，并汉官也。魏晋逮于江左，犹领营兵，并置司马、功曹、主簿。”又说：“中领军将军，魏官也……主五校、中垒、武卫等三营。”依汉代旧制，“步兵校尉掌上林苑门屯兵”（《汉书·百官公卿表》），秩二千石；曹髦时代的步兵校尉具体执掌什么，史书未载，大约仍然是负责宫禁苑囿的卫戍事宜，既然这时的皇帝不过是无足轻重的傀儡，则阮籍当步兵校尉也就没有多少事可干，正可以大喝其酒，“遗落世事”。阮籍喝酒本来就很厉害，任步兵校尉后可以就地取材，尤为酣畅。阮籍理想中的世界与他亲身经历者相去太远了，只能在醉乡中得到安慰和麻醉。长期的、过量的痛饮严重地损害了他的健康，他的英年早逝同酒精中毒显然有着密切的关系[②]。

任步兵校尉后，阮籍仍与司马昭大将军府保持密切联系，以世外高人潇洒名士的姿态出现，完全置礼法于不顾，而司马昭对他却特别优容。史籍中所载这方面的轶事甚多，无烦列举。到了公卿将校劝司马昭接受晋公、加九锡、进位相国时，说辞还要阮籍来执笔，他的地位和分量可以想见。

此时阮籍与核心政局若即若离，优游不迫，不做多少事情，而能保持相对的自由，这对阮籍来说，可谓最佳状态；尽管这样做在他内心深处仍然并非没有痛苦，只是这种痛苦变得更加深沉惨烈，更加无可言说而已。在他的理想中，世界本应当美好得多。

这一时期阮籍还殷勤地为司马氏推荐人才，作有《与晋王荐卢播书》，开头便说“盖闻兴化济治，在于得人，收奇拔异，圣贤高致”，处处为司马氏着想，

---

① 阮籍离开东平回洛阳在正元二年(255)，他出任步兵校尉应在甘露元年(256)或甘露二年(257)，刘汝霖先生将此事系于甘露元年(《汉晋学术编年》下册，商务印书馆 1935 年版，第 19 页)，大体可以信从。

② 《世说新语·任诞》注引《竹林七贤论》云：“籍与刘伶共饮步兵厨中，并醉而死。”按，刘伶并未与阮籍同死；但步兵校尉阮籍之死与长期饮酒过量颇有关系，则在情理之中。

为国家着想。此意与山涛之举荐嵇康殊无二致;不同的是,卢播很快出仕,而嵇康则写信与山涛"绝交",稍后又牵进吕安的案子里去,死于非命。

景元四年(263)嵇康作《与山巨源绝交书》,其中提到"阮嗣宗口不论人过,吾每师之,而未能及。至性过人,与物无伤,唯饮酒过差耳。至为礼法之士所绳,疾之如仇。幸赖大将军保持之耳"。这正是阮籍晚年任步兵校尉以后状态的极好介绍。这种状态,嵇康自然决不能至,而亦未尝不心向往之。

阮籍并不存在什么低下头来应付环境以保存性命的苦衷,也不存在对司马氏深怀不满而又无力坚决抵制的软弱的精神状态。从汉末到隋,中国政局纷纭,王朝更迭十分频繁,有远见的统治者总是十分重视人才,他们求贤若渴,收奇拔异,并且敢于不拘一格地放手使用,至少也会加意保护。这种宽容的态度是后世很难想象的。"魏晋风度"形成于政局纷乱人才紧缺之际,阮籍虽然是一个特例,但也很能说明这一点。

正像在任何一次王朝更迭中一样,魏晋易代之际士大夫存在一个选择并确定自己之立足点的问题,与时推移站到新政权一边来乃是大势所趋,事实上前"七贤"之中除了嵇康之外的六个人先后都在新兴的司马氏这边当官;就是嵇康,下狱后也曾写诗悔过,表示今后将不再过问政治。嵇康的儿子嵇绍后来在西晋当官,是著名的忠臣,文天祥在《正气歌》里提到过他。曹魏代汉,司马氏代魏,都是由权臣取代过去的皇帝,但这并不妨碍人们肯定曹操的历史贡献,也不妨碍人们从正面去评价追随曹魏新势力、新政权的文人;对司马氏三祖的历史贡献为什么不能给予恰如其分的肯定,为司马氏效力的人为什么一定要斥为"小人"呢?

二

阮籍久享盛名的八十二首《咏怀诗》即作于阮籍短期出任尚书郎一职前后蛰居于故乡陈留之时,这一组诗原先的标题就叫《陈留》。

比较早的关于《咏怀诗》的评说,有两段话最为重要:一是晋宋之际颜延年说的"说者阮籍在晋文代常虑祸患,故发此咏耳"(《文选》卷二十三《咏怀诗》李善注引);一是齐梁间钟嵘说的"《咏怀》之作,可以陶性灵,发幽思。言在耳目之内,情寄八荒之表。洋洋乎会于风雅,使人忘其鄙近,自致远大"(《诗品》卷上)。前者指出要联系司马昭(后被追称为晋文帝)掌权时代的背景来理解阮籍的诗,提示的是一条诗史互证的路子。知人论世当然十分必要；遗憾的是颜延年弄错了背景，结果对读者产生了严重的误导。后者则强调探索诗人情思之幽微，深入到诗人的内心世界去。以意逆志当然很好，但读者往往需要得到评论家注释家的帮助①，而钟嵘在这里只是观其大略，未作任何具体的分析。查明本事②、诗史互证与"发皇心曲"、探幽索隐，两说言各有当，如果能够综合地恰当地加以运用，应当有助于人们走近阮籍。萧统《文选》选入阮籍《咏怀诗》十七首，李善注《咏怀诗》曾录入先前的"颜延年沈约等注"，但颇有保留。李善注说"嗣宗身仕乱朝，常恐罹谤遇祸，因兹发咏，故每有忧生之嗟。虽志在讥刺，而文多隐避，百代之下，难以情测。故粗明大意，略其幽旨也"。这里讲诸诗的背景避而不提"晋文代"而称阮籍"身仕乱朝"，当有深意，这实际上是对颜注委婉地提出了异议。而六臣注本《文选》中之"善曰"根据臧荣绪《晋书》提供另外的重要信息说"籍属文初不苦思，率尔便作，成《陈留》八十余篇，此独取十七首"，由此可知《咏怀》原题《陈留》——查阮籍隐居于故乡陈留乃是正始十年(249，四月改元嘉平)高平陵之变以前的事情。以这条记载彻底切断了《咏怀诗》与所谓"阮籍在晋文代常虑祸患"之间的联系，而将《咏怀诗》的背景置于正始年间曹爽集团当路之时。通观阮籍的生平材料，臧荣绪、李善的说法是正确的。阮籍在诗中所说的"北临太行道，失路将如何"(《咏怀诗》其五)、"三楚多秀士，朝云进荒淫"(《咏怀诗》其十一)即明显地与他的这一段经历有关，诗的批判锋芒指向何晏等人。阮籍的诗表面上用了不少典故，而所指则在当下，这个办法使他的作品比较难懂，同时也为后代的诗人在不能明言之时曲折地言志抒情开启了一条具有无限生机的门径。

运用诗史互证的方法，就文学研究者来说，其前提乃是对作者的生平、思想以及他所处的时代有准确透彻的了解，然后才能以此为参照系来分析研究他的相关作品。读阮籍的作品和传记材料，给人印象最深的是他内心深处无比的痛苦，《晋书》本传说他"时率意独驾，不由径路，车迹所穷，辄恸哭而返"；当时的正统派人士曾经这样形容阮籍"开阖之节不制于礼，动静之度不羁于俗"；"长啸慷慨，悲涕潺湲，又或拊腹大笑，腾目高视，形性俶张，动与世乖，抗

---

① 例如明清之际的大诗人钱谦益就曾经希望有"明眼人""为我代下注脚，发皇心曲"(《复遵王书》，《有学集》卷三十九)。

② 所谓"本事"指与诗歌创作直接相关之事。唐人孟棨《本事诗·序》云："触事兴怀，尤所钟情，不有发挥，孰明厥义？"中国古代搜集、整理、研究诗之本事的著作甚多，构成了一个重要的系列。

风立侯,蔑若无人"(《伏义与阮籍书》)——这很有一点像《红楼梦》里关于贾宝玉意味深长的评说"行为偏僻性乖张""无故寻愁觅恨"(第三回)。自号"梦阮"的曹雪芹深刻地理解阮籍,他所塑造的理想人物身上很有些魏晋风流特别是阮籍的基因。阮籍青年时代以儒家思想为主,希望出现一个礼乐齐备、稳定和谐的理想社会,他本人立志为此作出应有的贡献;后来他发现这完全是梦想,不可能实现,社会正处于大变动的前夜,而礼乐无非是统治者骗人的东西——于是一变而为尊崇并且躬行道家的一套,希望反璞归真,过个人完全自由的神仙式的生活;稍后他又清醒地发现,这同样是一个不可能实现的美梦。

阮籍的青少年时代正值黄初、太和年间,其时曹魏政权初建,大力提倡儒家思想,魏文帝曹丕公开宣称自己"备儒者之风,服圣人之遗教"(《三国志·魏书·文帝纪》注引《魏书》),很快制订并推行了一套有别于乃父曹操的新政策,包括恢复太学、重建博士制度等等,引导士人学习儒家经典。此时古文经如《古文尚书》《毛诗》《周礼》《左氏春秋》等始得并列于学官,经学风气发生很大变迁①。《三国志·魏书·王肃传》注引《魏略·儒宗传序》云:"从初平之元,至建安之末,天下分崩,人怀苟且,纲纪既衰,儒道尤甚。至黄初元年之后,新主乃复始扫除太学之灰炭,补旧石碑之缺坏,备博士之员录,依汉甲乙以考课。申告州郡,有欲学者,皆遣诣太学。"此后魏明帝曹叡沿此继进,进一步"重儒贵学",多次发出过号召。于是社会风气为之一变,不像建安时代那样藐视儒家经典、一味重视建功立业了。阮籍的家族本有儒家传统②,只不过他父亲生当乱世,不能那么纯粹,但对子弟则仍以儒家的诗书礼乐来教育培养。阮籍自称"昔年十四五,志尚好书诗"(《咏怀诗》其十五),这是很自然的。《咏怀诗》中又有表彰儒家的诗道:"儒者通六艺,立志不可干。违礼不为动,非法不肯言。渴饮清泉流,饥食甘一箪。岁时无以祀,衣服常苦寒。屣履咏南风,缊袍笑华轩。信道守诗书,义不受一餐。烈烈褒贬词,老氏用长叹。"(其六十)从正面充分肯定儒者安贫乐道、尊礼守法的高尚节操,大加褒扬("烈烈褒贬词"中"褒贬"为偏义复词,专用"褒"义),并说这种表扬一定会使道家学派不舒服,由此颇可考见青年阮籍在儒、道两家之间的选择相当明确而且自觉。对于儒家积极进取的精神,阮籍也充分予以肯定:

---

① 详见王国维《汉魏博士考》,《王国维集》第 4 册,中国社会科学出版社 2008 年版,第 165～166 页。

② 《世说新语·任诞》"阮仲容、步兵居道南"条注引《竹林七贤论》:"诸阮前世皆儒学。"

壮士何慷慨,志欲威八方。驱车远行役,受命念自忘。良弓挟乌号,明甲有精光。临难不顾生,身死魂飞扬。岂为全躯士,效命争战场。忠为百世荣,义使令名彰。垂声谢后世,气节故有常。

——其三十九

这里还夹有若干建安以来的尚武任侠精神,几乎可与曹植的《白马篇》相提并论;而其根基乃在儒家的忠义气节,舍生取义,杀身成仁;阮籍青年时代本有一番壮志豪情。

从理论层面上来说,阮籍心目中的理想社会乃是以儒家思想为指导的等级森严而又平稳和谐、秩序井然的正常的封建社会。他的《乐论》和《通易论》都充满了儒家的传统意见和理想。可是不久以后阮籍就亲手摧毁了自己建构的理想世界,他看清了现实世界并不和谐,恰恰相反,它是纷乱无序的;礼乐等等其实是骗人的东西,只有书生们才真正相信,上层大人物不过说说而已。因此他不愿出仕,打算遗世独立,以保持个人高尚的道德和心灵的自由。

阮籍之所以有如此巨变,主要是受到现实生活的刺激,他分明看到那些满口仁义道德大讲儒家理论的人,实际上并不实行自己口头上所说的一切,他们行为卑鄙,完全是伪君子;有时甚至言论也相当猥琐。另一方面则是他目睹了政治斗争的无比残酷,遂下决心避世。“籍本有济世志,属魏晋之际,天下多故,名士少有全者,籍由是不与世事,遂酣饮以为常”(《晋书·阮籍传》),在阮籍正式追随司马氏之前,他确实经历了这样一个转变的过程。

阮籍有两首《咏怀诗》分别写到自己变化的这两个层面:

洪生资制度,被服正有常。尊卑设次序,事物齐纪纲。容饰整颜色,磬折执圭璋。堂上置玄酒,室中盛稻粱。外厉贞素谈,户内灭芬芳。放口从衷出,复说道义方。委曲周旋仪,姿态愁我肠。

——其六十七

昔年十四五,志尚好书诗。被褐怀珠玉,颜闵相与期。开轩临四野,登高望所思。丘墓蔽山冈,万代同一时。千秋万岁后,荣名安所之?乃悟羡门子,噭噭今自嗤。

——其十五

前一首形象地描绘出当时的一种典型:雍容揖让,装腔作势,俨然正人君子，其实虚伪透顶，只有在不留神说漏了嘴的时候，才露出他们的真实思想，那是非常庸俗卑劣的；但他们善于伪装，马上又摆出一副岸然道貌来说他们的教了。这首诗着重从外在形态上揭发儒家伪君子，许多词句似乎用了古典，而实有今典为其依托，曹爽及其一伙就是表面上励精图治而实际上腐朽不堪的一帮伪君子，阮诗的现实批判锋芒正是指向他们的[①]。"放口"的情形，阮籍也曾亲自领教过，代表曹爽集团写信来问罪并教训阮籍的伏义就是一个生动的典型。一种思想学说在某一时代的倒运，遭到比较普遍的厌弃和先觉者的批判，有时往往并非这种思想学说在学理上有什么大不了的失误，而是因为大张旗鼓地奉行该种思想学说的人们表现太差，其行为太令人失望。奉行者、崇拜者拖累了他们所奉行、所崇拜的思想和学说，鲁迅先生把这一带规律性的因果关系归纳为"厌恶和尚，恨及袈裟"[②]。儒家思想学说，正是当年曹爽集团披在身上的一件漂亮袈裟。

第二首诗提到"丘墓蔽山冈"，讲生命之可贵与虚名之无用，这虽然是道家的老调，但在此时有着深刻的现实含义。魏晋时代的名士死于非命者，实在是太多了。在政局不稳、中心不一的情况下，愈是卷入政治，身家性命愈是危险；一时的荣华富贵完全是靠不住的，是可怕的，不如敷衍隐逸之为妙。阮籍在正始时代基本采取这种态度。但名士往往欲隐而不可得，总会有人拉他出山，阮籍的处境正是如此，他有时竟强烈地感到死亡的阴影向自己逼近。在伏义的来信中，就有这样充满杀机的词句："天官虽博，无偏驳之任；王道虽宽，无纵逸之流。苟无其分，则为身害教，贼怨布天下。以此备之，殆恐攻害，其至无日，安坐难保。"这正是代表官方严厉警告阮籍不要敬酒不吃吃罚酒，如果坚持不肯合作，小心你的脑袋！这与后来钟会劝司马昭杀嵇康的话头貌异而心同，尽管伏、钟二人所事之主分属对立的政治力量，而专制主义的气味却一样地浓厚。

阮籍世故较深，一向不与当局硬顶，而采取比较富于弹性的态度。当蒋济征辟他时，他开始不去，"济大怒；于是乡亲共喻之，乃就吏。后谢病归"(《晋书·阮籍传》)。此后又在曹爽死党何晏手下当过一段时间尚书郎，然后

① 例如"堂上"二句令人想起《汉书·张禹传》："禹性习知音节，内奢淫。身居大第，后堂理丝竹管弦。禹成就弟子者尤众：淮阳彭宣为大司空……宣为人恭俭有法度……(禹)疏之……宣之来也，禹见之于便座，讲论经义，日晏赐食，不过一肉，卮酒相对，宣未尝得至后堂"，原来后堂有"妇人相对，优人管弦铿锵，极乐，昏夜乃罢"。曹爽一伙的腐朽情形详见《三国志·魏书·曹爽传》。

② 《且介亭杂文二集·在现代中国的孔夫子》，《鲁迅全集》第6卷，第317页。

再设法离去。阮籍用诸如此类的办法苟全性命于乱世;他后来虽长期在司马氏手下服务,却决非紧跟,态度相当潇洒,注意保持相对的个人自由——但他早年的儒家理想不免彻底轰毁了。

儒家式的理想世界毁灭了,那么士人将如何安身立命,阮籍本人又将何以自处呢?作为一个思想家,阮籍非回答这个问题不可,他也明确作出了回答,他在文章中的替身"大人先生"自述其生活旨趣道:"必超世而绝群,遗俗而独往,登乎太始之前,览乎忽漠之初,虑周流于无外,志浩荡而自舒,飘飖于四运,翻翱翔于八隅……廓无外以为宅,周宇宙以为庐,强八维而处安,据制物以永居。"这就是要彻底超越现实世界,同时超越自我,抛弃一切世俗的礼法习俗,遗世独立;不仅如此,还要超越自然,超越时空,回到宇宙初始的混沌状态中去,从而保持精神上的绝对自由,获得彻底的解放和幸福。

这显然是一个更加虚幻的梦想;事实上阮籍只能在非常有限的范围内追求这一美梦,例如他确实置当时社会公认的礼俗于不顾,我行我素,惊世骇俗,《世说新语》一书记录这些逸事,多入《任诞》一门,后来刘孝标注又补充了一些有趣的故事,试分别各举一则如下:

阮公邻家妇有美色,当垆酤酒。阮与王安丰常从妇饮酒,阮醉,便眠其妇侧。夫始殊疑之,伺察,终无他意。

籍邻家处子有才色,未嫁而卒。籍与无亲,生不相识,往哭,尽哀而去。其达而无检,皆此类也。(刘注引王隐《晋书》)

在私生活中,阮籍一味欣赏美,哀叹美的灭亡,世俗的道德教条被他完全抛弃了。他公开地说过:"礼岂为我辈设也!"(《世说新语·任诞》)——这与他先前奉行过的"违礼不为动,非法不肯言"可以说是正好相反的。成熟后的阮籍对于社会和世道的反抗主要就表现在放纵自我、违背礼法的这些"任诞"的言行之中。

阮籍的这些言行,很容易令人想起《红楼梦》中"行为偏僻性乖张"的贾宝玉。但阮籍不是生活在曹雪芹小说开辟的特区大观园之中,而是置身于残酷纷纭的政局之中,他绝对不可能超越政治,超越社会,更不必说什么超越自然、超越时空了。抓住自己的头发把自己拎出现世之外,谁也没有这样的特异功能。何况魏晋之际是一个很惨烈的时代,当权者不可能放任阮籍这样的名士完全自行其是。事实上阮籍也在择主而仕,高平陵政变之后他长期在司马氏手下当官,得到相当的信任和很宽松的待遇,他曾为司马昭写劝进表,很深地卷入了当时的政局。阮籍唯一能表现其自由者仅仅在于他的清谈、酣饮和不顾礼法，显得相当潇洒出尘而已。价值取向与实际作为之间不得不发生相当大的差距，乃是专制时代士人的共同遭遇，阮籍是其中一个突出的代表。

高平陵政变后阮籍虽然出仕于司马氏，支持这一政治集团，但他也还有更高远的理想，这就是他在《大人先生传》所说的“飘飖于天地之外，与造化为友”，独与天地精神相往来；在实际生活中他做不到这一条，于是便用种种偏激放诞的言行来发泄其胸中的块垒。《晋书·阮籍传》中有两处细节值得注意：一处说阮籍“虽不拘礼教，然发言玄远，口不臧否人物”；另一处则记载他“尝登广武，观楚汉战处，叹曰：‘时无英雄，使竖子成名！’”这两者之间有着巨大的张力。由此可知阮籍的作风有他的两面性：在现实的政治生活中，他是十分谨慎的现实主义者；在精神生活中，他是摆脱了一切束缚的理想主义者。这也正表露了阮籍人格的分裂：他有着非常崇高的难以实现的理想，同时他又很务实——所以也就格外的痛苦。他必须放弃至少是淡化其中某一面，但是他不能，于是他的痛苦也就无从解脱了。他那任诞的不拘礼教的生活方式，无非是对这种痛苦的反抗，同时也是这种痛苦的反映。

所以阮籍的“任诞”并不因他在司马氏手下担任要职而改变，他的生活作风在许多方面仍然完全不符合当时的社会规范，因此为礼法之士所不容，最著名的故事是《世说新语·任诞》中所载之关于丧礼者：

> 阮步兵丧母，裴令公往吊之。阮方醉，散发坐床，箕踞不哭。裴至，下席于地，哭吊唁毕，便去。或问裴：“凡吊，主人哭，客乃为礼；阮既不哭，君何为哭？”裴曰：“阮方外之人，故不崇礼制；我辈俗中人，故以仪轨自居。”时人叹为两得其中。

> 阮籍遭母丧，在晋文王坐进酒肉。司隶何曾亦在坐，曰：“明公方以孝治天下，而阮籍以重丧显于公坐饮酒食肉，宜流之海外，以正风教。”文王曰：“嗣宗毁顿如此，君不能共忧之，何谓？且有疾而饮酒食肉，固丧礼也。”籍饮啖不辍，神色自若。

这种不讲究任何外在形式的作风很近于庄子笔下的高人孟子反、子琴张①，

---

① 《庄子·大宗师》：“子桑户、孟子反、子琴张三人相与为友……子桑户死，未葬，孔子闻之，使子贡往事焉。或编曲，或鼓琴，相和而歌曰：‘嗟来桑户乎，嗟来桑户乎！而已反其真，而我犹为人，猗！’子贡趋而进曰：‘敢问临尸而歌，礼乎？’二人相视而笑曰：‘是恶知礼意！’”孔子称彼二人为“游方之外者也”。

又颇近于东汉末年的高士戴良[1]。《任诞》后一条下刘注引《魏氏春秋》云：

> 籍性至孝，居丧，虽不率常礼，而毁几灭性。然为文俗之士何曾等深所雠疾，大将军司马昭爱其通伟，而不加害也。

何曾一类礼法之士乃是阮籍时时要直接面对的敌人，阮籍在《大人先生传》中讥刺他们如"虱之处乎裈中""逃乎深缝，匿夫坏絮，自以为吉宅也。行不敢离缝际，动不敢出裈裆，自以为得绳墨也"。臭骂一通，以舒愤懑，却不能解决任何问题。阮籍当时之所以没有被整肃，完全依靠司马昭的特别保护。司马氏当时面临极复杂极艰巨的夺取全部中央政权的任务，因此非常注意拉拢名士，扩大影响，增强凝聚力，于是也就容忍了阮籍惊世骇俗的生活作风，只要他在政治上是支持自己的。在皇位尚未到手之前，身边有这样一个色彩怪异的大名士，对司马氏有益无害。一个主张无君无臣、混沌太平的人，在实际生活中却完全离不开君臣，也无法太平，这是理想主义者阮籍的悲剧。幸而阮籍在晋王朝正式建立的前夜即已病逝，如果活得长久些，他的命运也许就会有所变化了。

正如鲁迅先生所说，"人生最苦痛的是梦醒了无路可以走"[2]，阮籍恰恰落在这种境界里，他无计可施，只能实行"任诞"，以狂饮、痛哭和写诗来宣泄。"时率意独驾，不由径路，车迹所穷，辄痛哭而返"——这正是他内心有着深刻的苦闷而又走投无路的一个象征。日本文艺学家厨川白村曾经说过："生命力受了压抑而生的苦闷懊恼乃是文艺的根柢，而其表现法乃是广义的象征主义。"[3]这一结论也许未必有普遍意义，但在阮籍这里倒是非常适用，阮籍的《咏怀诗》正是典型的苦闷的象征。诗人写道：

> 嘉时在今辰，零雨洒尘埃。临路望所思，日夕复不来。人情有感慨，荡漾焉能排？挥涕怀哀伤，辛酸谁语哉！
>
> ——其三十七

---

① 《后汉书·逸民列传·戴良传》："及母卒，兄伯鸾居庐啜粥，非礼不行。良独食肉饮酒，哀至乃哭，而二人俱有毁容。或问良曰：'子之居丧，礼乎？'良曰：'然。礼所以制情佚也，情苟不佚，何礼之论？夫食旨不甘，故致毁容之实。若味不存口，食之可也。'论者不能夺之。"

② 《坟·娜拉走后怎样》，《鲁迅全集》第1卷，第159页。

③ 《苦闷的象征》（鲁迅译），《鲁迅全集》第13卷，人民文学出版社1973年版，第39页。

所谓"所思",也就是"佳人",指阮籍的理想,"所思"始终不来,正是写理想幻灭,自己只剩下无可告语的悲哀。巨大的痛苦几乎伴随了阮籍的一生。

幻想超越一切而实际上不过是难得糊涂,或所谓"后得之混沌"[①],自我保存,对此阮籍有着清醒的认识,从这个意义上说,阮籍是一个不肯抛弃梦幻的现实主义者,明知是梦,却做得非常认真,这就使得他的痛苦更加深刻而无望解决。《咏怀诗》反复咏叹过这一内心的大矛盾,典型之作如:

> 鸿鹄相随飞,飞飞适荒裔。挥翮凌长风,须臾万里逝。朝餐琅玕实,夕宿丹山际。抗身青云中,网罗孰能制。岂与乡曲士,携手共言誓。
>
> ——其四十三

诗的前八句写自由翱翔的鸿鹄,可能是受到曹植《野田黄雀行》的启发,但他用这一意象来写自己的理想;可是他仍不能忘却罗网,不能忘却那个惨痛酷烈的时代[②],也不能忘却"乡曲士"——那些围绕他压迫他的庸俗而正统的人群。阮籍本想超越这一切,但他超越不了。

超越自我同样十分困难。诗人不胜感慨地写道:

> 有悲则有情,无情亦无悲。苟非婴网罟,何必万里畿。翔风拂重霄,庆云招所晞。灰心寄枯宅,曷顾人间姿。始得忘我难,焉知默自遗。
>
> ——其七十

像《大人先生传》所设想的那种完全无悲无喜,心平气和,与宇宙万物为一的状态,阮籍不得不承认是根本办不到的;所能为者不过是保持沉默而已——事实上他连保持沉默这一点也未能完全做到。

阮籍后半生正是魏晋易代的关键时刻,政局风云变幻,大潮迭起,事态的发展逼迫名士们表明态度。正始十年(249)初,司马懿发动高平陵政变,在几天之内(正月甲午至戊戌即初六至初十)将早已丧失民心的曹爽集团一网打尽[③],原先因为两个权力中心对峙而弄得政局不稳的局面基本结束了。司马

---

① 冯友兰先生讲究区分"原始的混沌"与"后得之混沌",他认为玄学家的特色在于自觉地对世事采取无区别、无计较的态度。详见其《中国哲学史新编》关于魏晋玄学部分。

② 《咏怀诗》其四十一云"天网弥四野,六翮掩不舒",诗人反复提到罗网,正可见其忧惧之深。

③ 王广说:"(曹爽一党)虽势倾四海,声震天下,同日斩戮,名士减半,而百姓安之,莫之或哀,失民故也。"见《三国志·魏书·王凌传》注引《汉晋春秋》。

氏当时虽说颇得人心①,但手段之毒辣却也相当骇人听闻。阮籍与司马懿及其继承人司马师、司马昭都保持着良好的关系,一直在他们手下任职并写过若干支持歌颂他们的诗文,总之他在政治上是支持司马氏的——中古士人在政治上总得有所依附,事实上"竹林七贤"除嵇康以外的六贤先后都到司马氏手下任职去了——无视这个方面是不符合实际的;但事情还有另外一个方面,那就是阮籍这样做并非死心塌地,毫无保留,事实上这样做与他的人生理想相去甚远,理想与现实的矛盾依然存在,并没有因为政局的巨变而消亡。

在现实的压迫下他只能极高明而道中庸,不无和光同尘、明哲保身的意味。某种程度上行与志的悖谬,形成阮籍心中一个难以解开的死结;解决这一矛盾的办法只有两条:一是少做实事,拼命喝酒,麻醉自己;二是赋诗言志,宣泄内心的痛苦。

这样一来,作于正始年间的《咏怀诗》固然代表着阮籍前期的思想和他的苦闷,而其中不少篇章(特别是与时局没有直接关系者)也可以视为阮籍后期的苦闷的象征。

当然,尽管《咏怀诗》可以视为阮籍一生苦闷的象征,但它到底是阮籍出仕司马氏之前亦即他前期的作品。认清这一点,许多历来认为非常难懂的作品就变得比较容易理解了。

正始后期的政治局面最大的特点在于两个政治中心并列而且对峙,一个是相当腐朽的以曹爽为首的当权集团,一个是实力强大野心勃勃的司马氏集团,两虎相争,山雨欲来。大魏王朝向何处去,自己未来向何处去,对此敏感的有责任心的知识分子忧心忡忡,精神上极其痛苦。《咏怀诗》作于此时,它无非是阮籍精神生活的深刻记录,也代表了一代知识分子无可奈何的希望和悲哀。

《咏怀诗》中有不少作品与当时具体的政治社会背景之间关系非常密切,这些诗篇只要适当地以诗史互证之法加以分析,一般来说都不难理解。例如其十一,诗云:

> 湛湛长江水,上有枫树林。皋兰被径路,青骊逝骎骎。远望令人悲,春气感我心。三楚多秀士,朝云进荒淫。朱华振芬芳,高蔡相追寻。一为黄雀哀,涕下谁能禁!

---

① 曹爽党人丁谧等人说司马懿"有大功而甚得民心",见《三国志·魏书·曹爽传》裴注引。

这里所说的“荒淫”云云应即指曹爽、何晏等人而言。过去自刘履《选诗补注》以来有一派意见认为指齐王曹芳，全诗的主题是哀叹他的被废，明显不妥。曹芳的被废在嘉平六年(254)九月，已经在《咏怀诗》写出的多年以后，他被废的真正原因乃在于其亲信密谋在平乐观设计杀害司马昭，对付司马师，与荒淫等等实际上关系不大；尽管司马氏为了搞臭曹芳也曾经拿他的生活作风大做文章。其实自高平陵之变以后，曹芳已由曹爽等人手中的工具一变而为司马氏手中的傀儡，如果他仅仅荒淫无道，是不妨碍他继续充当傀儡的，但他介入了反司马氏的密谋，这样就混不下去了。《三国志·魏书·齐王芳纪》注引《魏略》云：

> 景王(按，指司马师)将废帝(按，指曹芳)，遣郭芝入白太后，太后与帝对坐。芝谓帝曰：“大将军(按，指司马师)欲废陛下，立彭城王据。”帝乃起去。太后不悦。芝曰：“太后有子不能教，今大将军意已成，又勒兵于外以备非常，但当顺旨，将复何言！”太后曰：“我欲见大将军，口有所说。”芝曰：“何可见耶？但当速取玺绶！”太后意折，乃遣傍御史取玺绶著坐侧。芝出报景王，景王甚欢。

可知实际下“旨”者乃是司马师，而郭太后不过是在胁迫之下不得已取下玺绶并下诏废曹芳而已。《魏略》又称：“帝(按，指曹芳)受命，遂载王车，与太后别，垂涕，始从太极殿南出，群臣送者数十人，太尉司马孚悲不自胜，余多流涕。”群臣的态度如此，可见曹芳其人品行虽然有些问题，恐怕也还不至于恶劣到非下台不可的程度。从生活作风方面打开缺口，从而彻底打倒其人，历来是政治斗争中常用的行之有效的一种手法。

本诗中涉及楚人、楚地、楚事，诗意当由此入手来探求。黄节先生注引何焯曰：“此篇以襄王比明帝，以蔡灵侯比曹爽。嗣宗，爽之故吏，痛府主见灭，王室将移也。”此后曾国藩、陈沆等并从何说。此说颇有合理的因素，足以引发深入的思考。按，古人概念中的楚地范围甚广，有西楚、东楚、南楚等三楚，其中西楚包括今淮北的广大地区；曹爽是谯郡人，亦可大而言之曰楚人，其人确实相当荒淫奢侈，事俱载于《三国志·魏书》本传；曹爽手下的亲信有何晏(南阳宛人)、邓飏(南阳新野人)、丁谧(沛人)，三人皆楚人，浮华骄奢，时人称为“三狗”①，阮籍对他们相当了解。这些人不顾身后之患，阮籍担心他们早晚

① 详见《三国志·魏书·曹爽传》注引《魏略》。

有灭顶之灾，诗中“一为黄雀哀，涕下谁能禁”，当是为此而发。

曹爽虽曾征辟阮籍，但阮籍“以疾辞”，并未到任，所以阮籍并非曹爽之故吏，曹爽也不是阮籍的府主。对于曹爽集团的覆灭，阮籍未见得如何伤心，事实上不久之后他很快就出任诛灭曹爽的司马懿之从事中郎。《咏怀诗》其十一当作于高平陵政变之前，而非曹芳被废之时；此时山雨欲来，阮籍已敏锐地预感到天下将有巨变，预后难以估计，不禁为之涕下。中国古代知识分子对天下兴亡历来多感慨，敏感的诗人更是如此，这与所谓“痛府主见灭”无关。

此诗从长江、枫树写起，三四两句写青马骤驰于路，感叹光阴流逝，五六两句远望之悲实即兴亡之感，七八两句暗指何晏等曹爽党徒的奢侈荒淫，末四句写他们一时称盛，如“朱华振芬芳”，于是放纵忘忧，像蔡灵侯似的“驰骋乎高蔡之中，而不以国家为事”（《战国策·楚策四》），很可能要彻底翻车，正如“自以为无患”的黄雀行将为公子王孙所捕食一样。

又如《咏怀诗》其五：

> 平生少年时，轻薄好弦歌。西游咸阳中，赵李相经过。娱乐未终结，白日忽蹉跎。驱马复来归，反顾望三河。黄金百镒尽，资用常苦多。北临太行道，失路将如何。

以代言体的方式将讽刺的矛头直指他的顶头上司何晏。此人的一大特点是生活作风轻薄荒淫，着意于化妆美容，“动静粉帛不去手，行步顾影”（《世说新语·容止》“何平叔美美姿仪”条注引《魏略》），又率先服五石散（寒食散）以壮阳，成为所谓服药的祖师。何晏本是一个美男子，“美姿仪，面至白”（《世说新语·容止》），阮籍诗中所谓“色容艳美姿”“焕耀何芬葩”当即指此而言。何晏的外遇大约无非是些宫廷贵妇或佞幸小臣之类，阮诗中以“赵李”的典故概括之。

“驱马复来归，反顾望三河”，则指何晏一伙由放荡的生活转而卷入政治，“三河”代指政治中心①，何晏在文帝曹丕死后开始活跃，“是时何晏以材辩显于贵戚之间；邓飏好变通，合徒党，鬻声名于闾阎；而夏侯玄以贵臣子少有重名，为之宗主”（《三国志·魏书·傅嘏传》注引《傅子》）；到明帝罢退“浮华”时，夏侯、邓一伙遭到程度不等的打击；而到齐王芳时曹爽专政，这一帮人又

① 三河指河南、河东、河北，秦之三川郡，《史记·张仪列传》载仪曰：“今三川周室，天下之市朝也。”

纷纷东山再起。这时何晏当上了举足轻重的尚书，典选举。这时他生活上穷奢极侈，到了骇人听闻的地步，阮诗中“黄金百镒尽，资用常苦多”当即指此而言，形容他们欲壑难填，虽疯狂搜括仍然入不敷出。正因为如此，阮籍深刻地感到这一伙人预后不良。阮籍虽然未必能预测行将发生的高平陵之变，但当下这种腐败局面不可能持久，掌握权柄的以何晏为代表的这一帮“轻薄”少年不会有什么好下场，他认为是必然的。《咏怀诗》中涉及这一主题的篇什甚多，其五乃是其中最为典型的一首。

其实，对于形势可能发生不利于自己的重大变化，聪明过人的何晏本人也未尝没有感觉，他曾作《言志诗》道：“鸿鹄比翼游，群飞戏太清。常畏大网罗，忧祸一旦并。岂若集五湖，从流唼浮萍。承宁旷中原，何为怵惕惊!”然而他的理智终于未能战胜其感情和欲望，结果“内虽怀忧，而无复退也”(《世说新语·规箴》“何晏、邓飏令管辂作卦”条注引《文士传》)，所以他又有几句诗道：“转蓬去其根，流飘从风移。芒芒四海涂，悠悠焉可弥。愿为浮萍草，托身寄清池。且以乐今日，其后非所知。”末二句正可以解释他何以“无复退”。何晏本是极聪明的人，又是一位哲学家，但终于落入颓废与糊涂。后来司马懿收拾曹爽一党时，先让何晏参与办案，“晏穷治党羽，冀以获宥”(《三国志·魏书·曹爽传》注引《魏氏春秋》)，把其他人都治了重罪以后，司马懿最后来治何晏的罪。何晏临死前的这一场悲喜剧充分表明了其人“轻薄”的本性。对这个人阮籍早已看得很透。何晏曾经一度是阮籍的顶头上司，阮籍知之甚深，他之所以托病而退以及稍后不应曹爽的征辟，正与此有关；他能写出其五这样的诗来，与他这一段经历也有着密切的关系。

《咏怀诗》中涉及神仙者颇多，占四分之一左右，这也可以从当时的背景中得到互证性的解释。刘勰说“正始明道，诗杂仙心”，又说“何晏之徒，率多浮浅；唯嵇(康)志清峻，阮(籍)旨遥深，故能标焉”(《文心雕龙·明诗》)，可知“仙心”乃是阮籍诗歌中的一个重要的侧面。黄节先生早已指出：“《咏怀诗》中多有言及游仙之事者，此乃嗣宗心烦意乱不知所为时作也。按，《三百篇》所言虽多悲哀语，然而尚无言及游仙者。至《楚辞》则此种思想已勃然不可遏，盖世道之险巇，人心之恶劣，有以使之然也。此亦诗人自求解脱，强为旷达，以冀得精神上之安慰之一法。”[①]按，神仙道教在魏晋之际十分流行，正始年间表面平静而骨里非常紧张的政治形势很自然地迫使阮籍产生了一种远离政治、向神仙世界逃

① 转引自萧涤非《读诗三札记》，作家出版社1957年版，第19页。

亡的希望，或者说是幻想。同许多神仙道教的信徒不同的是，阮籍并不是指望到神仙世界中去享受——他在实际生活当中尚且安于“食无方丈之肴，室无倾城之色”，当然更不会到神仙世界去追求这些了；他是要到那里去避难。社会的黑暗和前途的渺茫已经使得阮籍觉得无法安身立命，在现实生活中他曾经专门拜访过有神仙色彩的隐士苏门先生，而在诗歌中则高唱游仙，希望能跟着赤松子、王子乔一类仙人去远避风雨。《咏怀诗》其三云：

嘉树下成蹊，东园桃与李。秋风吹飞藿，零落从此始。繁华有憔悴，堂上生荆杞。驱马舍之去，去上西山趾。一身不自保，何况恋妻子。凝霜被野草，岁暮亦云已。

所谓“西山”旧时注释往往说成是伯夷、叔齐所住的首阳山，不确，阮诗中不止一次提到过首阳山，均直接称呼，不作“西山”①。这里的西山应当与《咏怀诗》其二十六②中的西山一样，指《山海经·西山经》中的西山，许多神仙聚居在那里，其中昆仑山尤为有名；阮籍诗中还曾经提到玉山，那是西山的华彩部分、西王母的所在③。阮籍希望“翩翩从此飞，悠悠去故居”，到那里去得到庇护，得以“遗弃毁与誉”(《咏怀诗》其五十七)。如果我们考虑到当时曹爽一派正在逼迫阮籍为他们效劳，那么他的这一幻想便是很可以理解的事情了。

神仙世界在阮籍笔下一再出现，显得非常美好，例如其二十三云：

东南有射山，汾水出其阳。六龙服气舆，云盖切天纲。仙者四五人，逍遥宴兰房。寝息一纯和，呼吸成露霜。沐浴丹渊中，照耀日月光。岂安通灵台，游瀁去高翔。

所谓“射山”应当就指《庄子·逍遥游》中提到的“藐姑射山”，亦即神人之所在。神人们有时乘云气，驾飞龙，作太空漫游；有时宴寝于兰房，沐浴于丹渊④，他们身心安康(“岂安”之“岂”，通恺，康也)，悠闲舒展，自由自在。阮籍对他们的生存状态不胜仰慕之至。神仙世界是没有什么焦虑和忧患的。

问题在于这样的世界自己无从进入，《咏怀诗》其七十八云：

---

① 例如其九“步出上东门，北望首阳岑”，其六十四“朝出上东门，遥望首阳基”等。

② 其全诗如下：“朝登洪坡颠，日夕望西山。荆棘被原野，群鸟飞翩翩。鸾鹥特栖宿，性命有自然。建木谁能近，射干复婵娟。不见林中葛，延蔓相勾连。”

③ 《山海经·西山经》：“又西三百五十里，曰玉山，是西王母所居也。”

④ 丹渊，月出之处。阮籍《大人先生传》：“日没不周西，月出丹渊中。”

昔有神仙士，乃处射山阿。乘云御飞龙，嘘吸叽琼华。可闻不可见，慷慨叹咨嗟。自伤非俦类，愁苦来相加。下学而上达，忽忽将如何？

其三十五则说“天阶路殊绝，云汉邈无梁”，神仙世界可闻而不可见，无路可通，不可进入，只好徒叹奈何。孔子生前不为世人所理解，尝自我安慰说：“不怨天，不尤人，下学而上达，知我者其天乎！”（《论语·宪问》）只要自己尽到心，我知天知即可。阮籍这时也采用诸如此类的精神胜利法来安顿自己的心灵。

尽管明明知道自己与神仙之间有天人之隔，但阮籍在一个相当长的时间内却始终不肯放弃这一方面的幻想。既然现实世界中找不到任何出路，升天之路当然不能轻易放弃。诗人在《咏怀诗》其二十二中安慰自己说：

夏后乘灵舆，夸父为邓林。存亡从变化，日月有浮沉。凤凰鸣参差，伦伶发其音。王子好箫管，世世相追寻。谁言不可见，青鸟明我心。

我们记得“言不可见”的不是别人，正是诗人阮籍；在这里他不惜断然否定了自己。理智与情感的冲突，知其不可而求之的焦灼，在这首诗里表现得淋漓尽致。理论家最怕前言不搭后语、自相矛盾，而诗人却不妨如此并且往往如此，正是从这种近乎自打耳光的诗句中，人们更清楚地看到了诗人的精神世界中的矛盾、痛苦和走投无路的悲哀。

阮籍之所以神往于神仙世界还有一个重要的原因，那就是希望延长生命，永葆青春。时光飞逝，人生易老，青年时代的阮籍对此感慨极多，如“凝霜被野草，岁暮亦云已”（其三）、“清露被皋兰，凝霜沾野草”（其四）、“四时更代谢，日月递差驰”（其七）、“良辰在何许，凝霜沾衣襟”（其九）、“悦泽若九春，磬折似秋霜”（其十二）、“视彼桃李花，谁能久荧荧”（其十八），如此等等。意境和措辞如此重复，在艺术上当然不能说是很成功，在短时间内写大量的诗，难免会出现这种情形。但从中我们可以深刻地感受到这确实是诗人焦虑的一大热点。一旦成仙，这些问题立刻得到解决，可以长生不老，永葆青春，所谓“独有延年术，可以慰吾心”（其十）。于是诗人热烈地从这一角度对神仙大加歌颂道：

昔有神仙者，羡门及松乔。喻习九阳间，升遐叽云霄。人生乐长久，百年自言辽。白日陨隅谷，一夕不再朝。岂若遗世物，登明遂飘飖。

——其八十一

去者余不及，来者吾不留。愿登太华山，上与松子游。

——其三十二

朝为美少年，夕暮成丑老。自非王子晋，谁能常美好。

——其四

这些地方一再提到羡门、赤松子、王子乔（王子晋即王子乔，详见《列仙传》）这些知名度最高的仙人，深刻地流露了诗人如何强烈地痛感光阴的易逝；而成仙很简单地就将这个大问题解决了。

神仙世界既然那样美好，只要成仙就能全面地解决诗人面临的问题，走出心灵的困境，那么努力去追求成仙就是了；可是从某些诗句看去，阮籍对神仙的存在持一种将信将疑的态度，他不胜感慨地写道：

采药无旋返，神仙志不符。逼此良可惑，令我久踌躇。

——其四十一

对于采药服药即可成仙的流行思潮阮籍大为怀疑。他的朋友嵇康是相信服食上药的，常常到深山里去采药，每次都花很长时间，阮籍不干这种事情。他说自己很“踌躇”，对神仙的存在疑信参半，所可确知者，单靠吃药是成不了仙的。又《咏怀诗》其五十八说“顾谢西王母，吾将从此逝。岂与蓬户士，弹琴诵言誓”，更大有神仙并不足学之意。

阮籍的踌躇还有一个更深刻的原因，他的最高纲领尚非成仙，而是实现自己的理想，成仙不过是他在现实生活中走投无路时的一条路，根本问题还不在于成仙。这种深层的考虑在《咏怀诗》中有过多次流露，最典型的是其八十：

出门望佳人，佳人岂在兹？三山招松乔，万世谁与期？存亡有长短，慷慨将焉知？忽忽朝日陨，行行将何之？不见季秋草，摧折在今时。

旧说往往将此诗与当时的政局直接联系起来，以为“日陨”就是曹魏行将灭亡的隐喻，我们从诗中看不出这一点来。这里强调的分明是时光流逝，人生苦短，感叹有志不就，希望落空。诗中用了许多疑问句式，中心在于哀叹“佳人”亦即自己的理想难以追求，而自己的生命随时有结束的可能。诗中的“存亡”是一个偏义复词，偏用“存”义，“亡”字一本作“日”，更充分证明了这一点。既然人生苦短，佳人难求，那么就是有仙人赤松子、王子乔来相要约，也就是说自己可以成仙，那又有什么意义？

《咏怀诗》其十九对“佳人”作了十分具体的描绘：“西方有佳人，皎若白日光。被服纤罗衣，左右佩双璜。修容耀姿美，顺风振微芳。登高眺所思，举袂当朝阳。寄颜云霄间，挥袖凌虚翔。飘飖恍惚中，流眄顾我旁。悦怿未交接，晤言用感伤。”这里的佳人仍然不是某一具体的人或人格神，而是理想的化身，是阮籍的“所思”。阮籍同后来的贾宝玉一样，有一种对于女性的热烈崇拜，所以老是用美女来指代理想。

理想难以实现既是阮籍转而追求神仙的原因，同时也是他觉得追求神仙也没有太大意义的原因。如果能求得佳人，则神仙可以弃置不顾；可惜佳人求之不得，不得已而求其次，神仙也还能给自己相当的慰藉；然而神仙也是可望而不可即的——这种矛盾而无可奈何的心态贯穿于《咏怀诗》的全局，走投无路是正始年间阮籍面临的一个宿命。这与他的“时率意独驾，不由径路，车迹所穷，辄痛哭而返”，正可以互为注释。

换言之，在阮籍心目中，神仙之上还有一个更高的理想，这个朦胧的难以言说的理想他称为佳人，亦称“所思”。《咏怀诗》其三十七就曾经直接描写过“所思”不肯光临的悲哀。“望所思”乃是阮籍《咏怀诗》中多次出现过的短语[①]，望所思而不至，欲无忧（“荡漾”）而不能，终归是走投无路。阮籍的诗有一种十分强烈的崇高之美——即前人称为“艳逸”（《三国志·魏书·王粲传》）、近人称为“高浑”[②]者——根本原因在此。

正因为阮籍心目中在神仙世界之上还有一个理想世界，所以他固然在诗中多处涉及神仙，而在另外一些诗中则更多地涉及哲理。在这里，“仙心”让位于玄言，如《咏怀诗》其二十八：

> 若木耀西海，扶桑翳瀛洲。日月经天涂，明暗不相侔。穷达自有常，得失又何求。岂效路上童，携手共遨游。阴阳有变化，谁云沉不浮。朱鳖跃飞泉，夜飞过吴洲。俯仰运天地，再抚四海流。系累名利场，驽骏同一辀。岂若遗耳目，升遐去殷忧。

这里虽然仍有若干涉及神仙的符号，但更多的是哲学层面上的思考，诗人指出，只要去掉“得失”之心，离开“名利”之场，用庄子齐物论的眼光看世界，忘其肝胆，遗其耳目，则精神自可得到升华，也就不会再有任何忧虑了。后来阮籍在《大人先生传》中提出“不以物为累”的人生准则，与这里的诗义正可以互相发明。

---

① 他如“登高望所思”（其十五）、“登高眺所思”（其十九）等等。

② 刘师培《中国中古文学史讲义》，《刘申叔遗书》下册，凤凰出版社 1997 年影印宁武南氏本，第 2381 页。

阮籍认识到世界永远在变化，人生总会不断地沉浮，这是必然的，悲哀的根源在于人们不能“忘我”，不能忘怀得失，因此人生的根本出路还不在于服药成仙，而在于修身养性，安顿精神，求得解脱。这一种“向内转”的人生哲学后来到了陶渊明的手里得到长足的发展，他终于找到了一条简便易行的安顿精神的妙法。阮籍仅发其端，尚未能像陶渊明那样大彻大悟。

中国知识分子由于接受了以儒家思想为主的先秦理性主义的深刻熏陶，对于低级的宗教迷信总是没有太高的热情，顶多半疑半信，他们一般不大相信奇迹而致力于研究人生的哲理，主要不指望凭天国的神奇求得解脱，而设法用通达的生活态度在人间潇洒度日月。魏晋玄学和此后禅宗、理学的兴起，都是基于这样的人生态度而产生的。阮籍生活在魏晋神仙道教最为繁荣的时代，虽颇寄意于神仙而并不沉溺于神仙，他更多的还是致力于玄理的思考——这就使得他的诗虽有“仙心”，而更明显的特色却在于刘勰所说的“遥深”，也就是具有玄远的深度。由于阮籍是著名的玄学家，著有玄学论文多篇，在思想史上很有地位，在诗歌史上也成为玄言诗的一大先驱，尽管他的诗还不能说就是玄言诗；后来大为繁荣的玄言诗往往出于玄学水平并不甚高的诸公之手。把玄理吃透了的诗人反而不大在诗里运用玄学的关键词和种种基本结论；他们说自己的话，而玄远之意已在其中。

《咏怀诗》虽然写于高平陵政变之前，但其中的作品可以分为两种类型，一种与当时的具体背景关系非常密切，必须联系起来加以分析；还有一种则反映了阮籍思想上最基本、最深刻的矛盾，后来政治形势虽然发生了很大变化，阮籍也跑到司马氏手下去效劳了，而他的精神上的困惑并没有什么大的变化，所以先前所写的《咏怀诗》中有些篇章似乎乃是一种预言，用作后期之苦闷的象征也未尝不可。从这个意义上来说，一部分《咏怀诗》超越了它的具体背景而有着更广泛的抒情内涵，它代表了阮籍的一生。

后期阮籍没有写什么五言诗可以由此得到某种解释，他迫切而不能已于言的话，先前已经都说过了。例如前引《咏怀诗》其四十三、其七十，虽然写在政变之前，而其中所流露的欲超越而不能的心理状态，在政局巨变之后依然存在。更典型的作品如《咏怀诗》其一：

> 夜中不能寐，起坐弹鸣琴。薄帷鉴明月，清风吹我襟。孤鸿号外野，翔鸟鸣北林。徘徊将何见，忧思独伤心。

在一个月明风轻之夜，诗人走近窗口，忽然深感孤独和哀伤。诗里没有说起任何具体的的契机，任何具体的事件，可知其背景是涉及最广泛、最根本的思想矛盾，是理想与现实的冲突所导致的个人价值无从实现、寻找不到精神家园的悲哀。这首诗在《咏怀诗》中颇具有纲领性，被列为第一篇的原因也许就在这里。诗人用极简省的笔墨就描写出一片压抑的令人窒息的气氛，抒写自己莫名而无可摆脱的哀伤，这也就写出了一种普泛存在的人生困境了。

在一个相当长的时间里，人们把《咏怀诗》看成是高平陵政变之后的产物，因此往往联系司马氏的实际来推测诗的内容，并且认为阮籍是反司马氏至少也是充满不得已的情绪的，结果使得对诗的种种解说恰恰与阮籍的生平资料发生矛盾，不能自圆其说；认清《咏怀诗》作于政变之前，联系这一背景来进行诗史互证，可望实现《咏怀诗》研究的拨乱反正；但是我们一定要清醒地看到，阮诗“情寄八荒之表”，诗心幽微，包容性很广，并不完全是政治形势的投影；《咏怀诗》中的某些篇章反映了诗人哲学家阮籍的基本矛盾，这些矛盾在高平陵政变之后继续存在——这也正是过去将《咏怀诗》产生的背景错误地放在政变之后而不容易被发现的原因之一——因此我们应当通过这些作品去更深入地探讨阮籍的内心世界，而不能以为单是诗史互证就可以解决全部问题。

进而言之，单凭诗史互证的研究方法，即使运用得很成功，也只能恰当地解释某些作品的起因，而无从揭示其丰富的意义。如果以为弄清了作品的起因就是一切，则很容易陷入西方现代文论之所谓“意图谬误”①，事实上诗歌要比实用的信息复杂得多，单讲意图还不能完全理解其中的信息；而如果将作品同某些并不相干的史料联系在一起来分析研究，那更是只能徒滋纷扰。

三

阮籍在一生的三个时期中都写过文章，成为我们了解他思想和文采的重要材料，读起来也是很有兴味的。

阮籍出身于儒学世家，青年时代接受的是正统的儒家思想教育，所以他法先王，重礼乐，而且大有治国平天下的大志，希望能够建功立业，名垂青史。他早年的论文《乐论》几乎完全是儒家思想的正统言论。他的社会政治思想

① 详见威廉·K·韦姆塞特与门罗·比尔兹利合著之《意图谬误》一书，其要旨见于《文学批评理论——从柏拉图到现在》（英国拉曼·塞尔登编，刘象愚、陈永国等译），北京大学出版社2003年第二版，第315～318页。

只有一个中心点，那就是要建立在儒家思想指导下的等级森严而又平稳和谐、秩序井然的正常的封建社会。《乐论》写道："刑教一体，礼乐外内也。刑弛则教不独行，礼废则乐无所立。尊卑有分，上下有等，谓之礼；人安其生，情意无哀，谓之乐。车服、旌旗、宫室、饮食，礼之具也；钟磬、鞞鼓、琴瑟、歌舞，乐之器也。礼逾其制则尊卑乖，乐失其序则亲疏乱。礼定其象，乐平其心；礼治其外，乐化其内。礼乐正而天下平。"这无非仍然是先秦两汉儒生们孜孜以求津津乐道的礼乐刑政齐备的理想王国。就个人而言，阮籍神往于"精神平和，衰气不入，天气交泰，远物来集"的境界，这又正是儒家历来向往的天人合一、中正和平的状态。阮籍在另一篇论文《通易论》中更从哲学的高度描绘出一幅阴阳协和、"万物莫不一"的一元化太平世界。

《乐论》所表现的文化思想也完全是传统儒家的，其中详细阐述了"移风易俗莫善于乐"(《孝经·广要道章》)的基本观点，并大大地发挥了《荀子·乐论》《礼记·乐记》以来的正统之见。阮籍指出，只要把礼、乐这两件大事安顿好了，就可以"男女不易其所，君臣不犯其位，四海同其观，九州一其节"，秩序正常，天下太平。在他看来，乐并不是或主要不仅是一种可供欣赏的美，其意义要重要得多，关乎世道人心，决定天下治乱。对此文章中有大量论说，其中有云：

> 昔先王制乐，非以纵耳目之观，崇曲房之嬿也。必通天地之气，静万物之神也，固上下之位，定性命之真也。故清庙之歌咏成功之绩，宾飨之诗称礼让之则，百姓化其善，异俗服其德。此淫声之所以薄，正乐之所以贵也。

严格地区分"正乐"与"淫声"，强调音乐的教化作用，以此作为稳定社会秩序的手段，阮籍的这些意见很容易让人想起孔子关于音乐的种种阐述和教诲。礼崩乐坏，天下必乱。

可是自汉末曹魏以来，所谓"正乐""雅乐"已经零落不堪，流行的乃是过去不登大雅之堂的民间俗乐，而且人们以悲为美，无论是演唱还是欣赏音乐，全都"纵耳目之观"，以动感情流眼泪为上，离四平八稳、中和平淡的雅乐越来越远。曹操及其子孙欣赏民间音乐，大写乐府诗，离开儒家正宗甚远；曹丕更在诗里说"悲弦激新声，长笛吐清气。弦歌感人肠，四座皆欢悦"(《善哉行》)——一般认为是悲哀的音乐更能引起欣赏者审美的愉悦。所以后来刘勰痛斥他们"志不出于淫荡，辞不离于哀思，虽三调之正声，实韶夏之郑曲也"(《文心雕龙·乐府》)。阮籍生活在魏朝，虽不便正面指斥，但实在大不以为然。年轻的原教旨主义者总是更喜欢持某种极端之论。《乐论》尖锐地批评道：

满堂而饮酒，乐奏而流涕，此非皆有忧者也，则此乐非乐也。当王莽居臣之时，奏新乐于庙中，闻之者皆为之悲咽；桓帝闻楚琴，凄怆伤心，倚房而悲，慷慨长息曰："善哉乎！为琴若此，一而已足矣。"顺帝上恭陵，过樊衢，闻鸟鸣而悲，泣下横流，曰："善哉鸟声！"使左右吟之，曰："使丝声若是，岂不乐哉！"夫是谓以悲为乐者也。诚以悲为乐，则天下何乐之有？天下无乐，而有阴阳调和，灾害不生，亦已难矣。乐者，使人精神平和，衰气不入，天地交泰，远物来集，故谓之乐也。今则流涕感动，嘘唏伤气，寒暑不适，庶物不遂，虽出丝竹，宜谓之哀，奈何俯仰叹息，以此称乐乎！

阮籍要的是儒家倡导的中和之乐，效果应当是人心平和，安详愉悦，而非骚动不安，激动慷慨；社会效益第一，艺术感染力不能越出体制允许的范围。

正因为音乐是"化其内"的，所以在《乐论》中阮籍对音乐的意义作出了极其崇高的估价，说是"夫乐者，天地之体，万物之性也。合其体，得其性，则和；离其体，失其性，则乖"。又说"律吕协则阴阳和，音声适而万物类……奏之圜丘而天神下，奏之方丘而地祇上。天地合其德则万物合其生，刑赏不用而民自安矣"。似此则音乐不仅是制度的重要组成部分，而且简直具有决定一切的伟大意义。这样来看音乐当然是未免太正统、太夸张了。

阮籍此论当时遭到不少批评。严可均辑本《全三国文》卷二十一据《太平御览》录入夏侯玄《辨乐论》的残文两段，其中录自《御览》卷十六的一段写道：

阮生云"律吕协则阴阳和，音声适则万物类""天下无乐，而欲阴阳和调，灾害不生，亦以难矣"。此言律吕音声，非徒化治人物，可以调和阴阳，荡除灾害也。夫天地定位，刚柔相摩，盈虚有时。尧遭九年之水，忧民阻饥，汤遭七年之旱，欲迁其社；岂律吕不和音声不通哉？此乃天然之数，非人道所协也。

他在这里批判的阮生正是《乐论》的作者阮籍。夏侯玄反对把音乐的意义估计得那么崇高，那么神奇；他拿历史的实例证明，在儒家视为模范社会的尧舜禹汤的时代，音乐肯定是正乐了，但仍然有严重的自然灾害，这同音乐如何并没有什么关系。"天然"和"人道"是两回事，应当分别论之，音乐没有也不可能有什么调和阴阳、荡除灾害的神奇之力。玄学家夏侯玄强调"自然"，不赞成把儒家的名教礼乐看得那样伟大，好像有什么特别的神通似的。

嵇康的《声无哀乐论》是那时最有影响的音乐学论文，其中心在于强调音乐的审美价值；他认为音乐本身并没有政治伦理的教化作用，起作用的是同音乐结合在一起的诗，应分别言之，不能混为一谈。他暗中批评的对象之一也正是阮籍，只不过他不像夏侯玄那样直截了当，这大约是因为他同阮籍是好朋友，且后来结为林下之游，无须剑拔弩张；但他们之间意见很不同，乃是明显的事实。比较起来，自然是夏侯玄、嵇康的见解更有道理。

到正始年间，特别是与嵇康等人结为林下之游以后，阮籍的思想发生重大的变化，由儒入道，企希隐逸并且付诸行动。实现这样的转换在他是很痛苦的，于是写了大量的《咏怀诗》以释愤抒情，同时大喝其酒，以麻醉自己，寻求寄托，又写出了《达庄论》，从庄子的思想里寻找出路。

因为一再回避出仕，阮籍引起曹爽集团的严重不满，很快就出来一位打手式文人伏义，写了一封官气十足的信给阮籍，责备他的不合作。信中大讲儒家圣贤之道、建功立业之志，而终于忍不住拿出他们实际上念念不忘的名利二字来诱惑阮籍。这封打上门来的信给阮籍巨大的刺激，他的《达庄论》就是这个时候写的，文章开头提到本文的写作背景是“单阏之辰，执徐之岁，万物权舆之时，季秋遥夜之月”，其时作者“恍然而止，忽然而休，不识曩之所以行，今之所以留，怅然而无乐，愀然而归白素焉。平昼闲居，隐几而弹琴”，可见他已经归隐；而这时有些“缙绅好事之徒”来批评责问他，于是著此论以回敬之，则可见文章当作于伏义来信之后不久的一个辰年，这应当就是正始九年戊辰(248)，作于故乡陈留。

伏义的来信以庸俗化了的儒家思想给予阮籍强烈的批判，而阮籍在回信中则拿庄子的相对论思想和话语来对抗；《达庄论》先叙有“缙绅好事之徒”中的一个急先锋“怒目击势而大言”地指责作者，又批评作者此时信奉的庄子道：“天道贵生，地道贵贞，圣人修之，以建其名；吉凶有分，是非有经，务利高势，恶死重生，故天下安而大功成也。今庄周乃齐祸福而一死生，以天地为一物，以万类为一指，无乃徼惑以失贞，而自以为诚者也?”此论的思路与伏义如出一辙；而作者回答他的意见，就构成了《达庄论》的主体。从这个角度看，《达庄论》乃是他同伏义较量的继续。《达庄论》阐述庄子的相对论思想道：

> 人生天地之中，体自然之形。身者，阴阳之精气也；性者，五行之正性也；情者，游魂之变欲也；神者，天地之所以驭者也。以生言之，则物无不寿；推之以死，则物无不夭。自小视之，则万物莫不小；由大观之，则万物莫不大。殇子为寿，彭祖为夭，秋毫为大，太山为小。故以死生为一贯，是非为一条也。

别而言之，则须眉异名，合而说之，则体之一毛也。彼六经之言，分处之教也，庄周之云，致意之辞也。大而临之，则至极无外，小而理之，则物有其制。夫守什五之数，审左右之名，一曲之说也；循自然，性天地者，寥廓之谈也。

在这时的阮籍看来，庄子的理论乃是对于世界更高的概括，而儒家局限于讨论一些具体的问题，只是“一曲之说”，不能从根本上解决问题。把“自然”看成是最高的原则，用“齐物论”的眼光来看世界，可以比较圆满地解释自己的退隐。他写《达庄论》无非是回答来犯的官方打手，并解释自己退出官场的行为，保护自己的安全。

以道为高，而不废儒，只是将儒家的理论和经典置于道家的大格局大原则之下，这其实正是当时何晏、王弼、夏侯玄等玄学家的基本思路。阮籍曾被夏侯玄批评过，何晏一度是他的上级，阮籍对这位领导的政治作为、生活作风很不以为然，曾在诗中一再加以讽刺暴露；但这些并不妨碍阮籍向他们借鉴玄学的理论和方法。

后期阮籍一变其过去一再抵制出仕的消极态度，出任司马懿的从事中郎，此后又在司马师、司马昭手下继续担任从事中郎一职；晚岁迁步兵校尉，但仍与当时实际上的权力中心司马昭的大将军府保持着密切的联系，并替人写过一封信劝司马昭接受九锡（此乃改朝换代的重要前奏）。作为一位大知识分子，阮籍有必要对自己由隐而仕的巨大变化提出解释，对自己的人生态度理想做出新的理论性说明。这样的解释和说明见于他的名篇《大人先生传》中。此文大约写于嘉平三年（251）前后。

《大人先生传》的中心人物自然是“大人先生”，其人披发居于巨海之中，游于异方奇域，徘徊无所终结——这一绝对自由的大人物当是阮籍本人现在的偶像和思想传声筒；此外文章中先后出现并与大人先生对话的还有三个人：一个儒家之徒、一个隐士和一个“薪者”，文章通过大人先生与这三位不同思想代表之间的对垒和谈论来展开主题。

儒家之徒给大人先生写信说：“天下之贵，莫贵于君子。服有常色，貌有常则，言有常度，行有常式。立则磬折，拱若抱鼓，动静有节，趋步商羽，进退周旋，咸有规矩。心若怀冰，战战栗栗；束身修行，日慎一日；择地而行，惟恐遗失。诵周孔之遗训，叹唐虞之道德。唯法是修，唯礼是克。手执珪璧，足履绳墨。行欲为目前检，言欲为无穷则。少称乡闾，长闻邦国。上欲图三公，下不失九州牧。故挟金玉，垂文组，享尊位，取茅土，扬声名于后世，齐功德于往古。奉事君王，牧养百姓，退营私家，育长妻子……此诚士君子之高致，古今不易之美行也。今先生乃被发而居巨海之中，与若君子者远，吾恐世之叹先生而非之也。行为世所笑，身无由自达，则可谓耻辱矣。身处困苦之地，而行为世俗之所笑，吾为先生不取也。”其言论颇容易令人想起曾经来信教训阮籍的伏义，表面上道貌岸然，高谈道德和规矩，而其志则在高官厚禄和世俗的名声。对于这样的虚伪君子名利之徒，阮籍没有同他多讲什么道理，只是讽刺道，在一个“天因地动，山陷川起，云散震坏，六合失理”的社会大变动的时代，你们要保住富贵荣华恐怕不大容易吧；又道世界永远在变化之中，富贵难以长保，最好是回到没有矛盾处于混沌状态的上古去，“无君而庶物定，无臣而万事理”。

阮籍指出，用儒家的礼法来束缚下民的“君子”其实有害而无益：

> 今汝尊贤以相高，竞能以相尚，争势以相君，宠贵以相加，驱天下以趣之，此所以上下相残也。竭天地万物之至，以奉声色无穷之欲，此非所以养百姓也。于是惧民之知其然，故重赏以喜之，严刑以威之。财匮而赏不供，刑尽而罚不行，乃始有亡国戮君溃散之祸。此非汝君子之为乎！汝君子之礼法，诚天下残贼、危乱、死亡之术耳；而乃目以为美行不易之道，不亦过乎！

痛快淋漓地把“礼法”吃人的本质揭发得体无完肤。这里取用了不少庄子的思想和语言，又顺便提出了“无君”论。他早年那种以为靠儒家思想就能建设和谐社会的理想是彻底破灭了；对于利用儒家学说以自利的儒术之徒尤其藐视，毫不留情地给予严厉的批评。

但是此时的阮籍也并非完全赞成道家思想。文章中段出现的那位有宋扶摇之野的隐士，引大人先生为“均志同行”，拉他一起来隐居：“上古质朴淳厚之道已废，而末枝遗华并兴，豺虎贪虐，群物无辜，以害为利，殒性亡躯。吾不忍见也，故去而处兹。人不可与为俦，不若与木石为邻……吾将抗志显高，遂终于斯。禽生而兽死，埋形而遗骨，不复反余之生乎！夫志均者相求，好合者齐颜，与夫子同之。”这是当时一批躲入深山老林的隐居者的代表，阮籍先前也曾经对他们很有兴趣，拜访过苏门先生、孙登二人；但在此文中大人先生却严肃地同这一派人物划清了界限，明确表示不打算而且反对隐入山林，因为人生哲学的关键在于精神的自由而不在与世界隔绝。大人先生对隐士说，“至人”的特色不在于远离尘世，相反——

不避物而处，所睹则宁；不以物为累，所逌则成。彷徉足以舒其意，浮腾足以逞其情。故至人无宅，天地为客；至人无主，天地为所；至人无事，天地为故。无是非之别，无善恶之异，故天下被其泽，而万物所以炽也。若夫恶彼而好我，自是而非人，忿激以争求，贵志而贱身，伊禽生而兽死，尚何显而获荣？悲夫，子之用心也，薄安利以忘生，要求名以丧体，诚与彼其无诡，何枯槁而逌死？子之所好，何足言哉？吾将去子矣。

阮籍此时正在当官，这样立论是完全可以理解的，重视生命，不执着于枯槁，也确实是庄子的思想。问题只在于在正始年间他确实曾经隐居，而且对山林隐逸大为佩服；这只能用此一时彼一时来解释了。现在他主张身可以为官，而心仍是隐士；貌为入世，实乃出世——这样才是高人。这样的思路在此后的晋朝产生了极大的影响。

可以说，到阮籍的晚期，他既超越了早年的儒家理想，也超越了中期的道家归隐之意，而进入了一个新的境界。

最后，大人先生遇到了一位“薪于阜者”，问他“汝将焉以是终乎？”。这“薪者”认为是不是“以是终”根本无须多虑，并就此大讲了一通玄理：“穷达讵可知邪？且圣人以道德为心，不以富贵为志，以无为用，不以人物为事。尊显不加重，贫贱不自轻，失不自以为辱，得不自以为荣。木根挺而枝远，叶繁茂而华零。无穷之死，犹一朝之生。身之多少，又何足营？”随遇而安，以无为用，“藏器于身，伏以俟时”。世俗的种种问题特别是一己的贵贱荣辱完全用不着去想它。这也正符合阮籍本人这时的意见。“薪者”又唱了一首歌道：

日没不周方，月出丹渊中。阳精蔽不见，阴光代为雄。亭亭在须臾，厌厌将复东。离合云雾兮，往来如飘风。富贵俯仰间，贫贱何必终。留侯起亡虏，威武赫夷荒。召平封东陵，一旦为布衣。枝叶托根柢，死生同盛衰。得志从命升，失势与时隤。寒暑代征迈，变化更相推。祸福无常主，何忧身无归？推兹由斯理，负薪又何哀？

这首诗的内容和形式都很靠近阮籍先前的《咏怀诗》。富贵者未必能长保其富贵，而贫贱者亦未必终于贫贱，任何人都可以在机会来到时建功立业，做出一番事业来。“薪者”代表尚思有所作为而一度隐遁的士人。这个形象乃是阮籍本人的化身，其言论代表后期阮籍思想的一个重要侧面。

儒家理想毁灭以后的中期阮籍，曾经一度以道家的出世态度为自己安身立命的依托；但这种无可奈何而安之若命的安顿自己精神家园的思路并非阮籍的最爱，他还是希望“俟时”入世并有所作为，只是时机未到而已。阮籍先前在《咏怀诗》其五十六中已经说过“贵贱在天命，穷达自有时”，命运无从预测，而审时度势是可以做到的，这里早已埋伏着阮籍后来变化的根苗，所以他虽然说过“布衣可终身”，但他却不会以布衣终其一生，因为正始末年那种局面是不会长久的。

这同庄子的意思颇有些不同。庄子从来没有设想过藏器于身等待时机准备大有作为这一类宏伟的计划。阮籍吸收了庄子的某些思想资料，却不能归结为道家，他始终有些儒家入世的意思，但不是孔子式的“知其不可而为之”，而是知其可为才为之；当不可为的时候，他就“伏以俟时”，例如正始中后期的归隐；而一旦时机到了，他就会毫不迟疑地出任要职。

重复地说，阮籍曾经颇受道家思想影响，但他本人却远非道家。他的人生态度从根本上来说并不消极。他在正始中后期一度退出官场乃是政治性的退避，而非社会性退避，更非像庄子那样实现哲理性退避。阮籍虽然一向同嵇康齐名，而他们的思想其实很不同。

所以在《大人先生传》里大人先生对“薪于阜者”的言论和诗作给予了相当的肯定，评为“虽不及大，庶免小矣”，并认为应当进一步发挥之。那么他本人的“大”包括什么内容呢，从大人先生所唱的那首骚体诗以及作者的正面叙述中可以知道，那就是游于六合，上下徘徊，“必超世而绝群，遗俗而独往，登乎太始之前，览乎忽漠之初，虑周流于无外，志浩荡而遂舒。飘飖于四运，翻翱翔乎八隅……廓无外以为宅，周宇宙以为庐，强八维而处安，据制物以永居”。这就是要彻底超越现实世界，同时超越自我，抛弃一切世俗的礼法习俗，遗世独立；不仅如此，还要超越自然，超越时空，回到宇宙初始的混沌状态中去，从而保持精神上的绝对自由，获得彻底的解放和幸福。这在某种意义上近于庄子哲学中“独与天地精神往来”的完全超脱的境界；而不同的是，其中包括积极进取，建立功业。阮籍根据自己的需要将道家的精神自由与儒家的有所作为思想进行了化合和改造，形成他自己独特的思想，用以指导和解释自己的行动。

阮籍的文章，写得早的一般比较严谨，越写越放得开，到《大人先生传》则一味放笔直干，全无拘束，痛快淋漓，后人难以为继。《大人先生传》不仅是阮籍后期的代表作，也是他一生的精神自传。他的精神世界经历了从儒家到道家再到杂取儒、道二家之精华、以“大人先生”式彻底的超越精神为安身立命之基本，走完了他短暂而精彩的一生。

十二　向秀及其他

一

“竹林七贤”中四位小字辈之一的向秀(字子期,227？～272),河内怀(今河南武陟)人,其故里据说在今西尚村(原名向村),这一带有向秀冢,又有若干与向秀有关的民间传说①。

“七贤”的竹林之游到正始十年(249)初的高平陵之变即已结束,各奔东西。其时司马懿已一举消灭了曹爽集团,控制住中央政权,但是司马氏还有许多严重的政治、军事、思想问题有待解决,自立门户远非易事。政局继续动荡,不同思想倾向的成员各走各的道路。由于中枢两极化的问题已不复存在,司马氏明显代表了政局的未来,于是阮籍、山涛先后出仕于司马氏,告别竹林;原先“七贤”中的三位领袖人物只剩下一个嵇康,紧紧追随他的也只有一个向秀——林下之游风流云散了。

这时与嵇康、向秀在一起的还有一个曾长期追随嵇康的吕安。他们三人常常在一起,在首都洛阳或嵇康的山阳寓所锻铁灌园,继续过潇洒浪漫的隐逸生活。大约正是从这个时候起,向秀着手为《庄子》一书作注,并且很快拿出了部分文稿。《世说新语·文学》“初,注《庄子》者数十家”条注引《向秀别传》云:

> 秀与嵇康、吕安为友,趣舍不同。嵇康傲世不羁,安放逸迈俗,而秀雅好读书,二子颇以此嗤之。后秀将注《庄子》,先以告康、安,康、安咸曰:“此书讵复须注?徒弃人作乐事耳!”及成,以示二子,康曰:“尔故复胜不?”安乃惊曰:“庄周不死矣!”后注《周易》,大义可观,而与汉世诸儒

---

① 详见程峰、张全顺、李敬平《向秀故里调查》,《竹林七贤与魏晋风度》,大象出版社2009年版,第188～202页。

互有彼此，未若隐庄之绝伦也。

嵇康有自己的一套思路，并不完全认同庄子；向秀其实也自有一套，他通过注《庄》说出了自己要说的话，对庄子的学说作出了相当的修正和发挥；吕安水平较低，他不明白此注一出庄周已死，至少也半死了——吕安先前未能列名于“竹林七贤”，由此正可以得到一些消息。

虽然此时向秀仍然追随于嵇康之后，不与当局者司马氏合作，继续隐居以求其志；但他实在只是一介书生，很少过问世事，一味埋头注《庄》与《易》，所以当嵇康因吕安案件的牵连被逮捕下狱以至被杀害时，他没有受到株连。

司马氏很注意争取嵇康，一直未能成功。嵇康有着很浓的道家乃至神仙道教的色彩，对司马氏他本来并不构成实际的威胁；何况他也并非没有可能转变立场，倒向司马氏一边，他下狱以后已写诗表示悔改，如果司马昭继续坚持一向实施的拉拢名士的政策，再努力、等待一下，将嵇康争取过来并非没有可能。从整体上看，司马昭在取代曹魏自立门户的过程中十分注意延揽人才，扩大统治基础，很有一点开国之际的宏大气象，但失误亦在所难免。大约是为了补救错杀嵇康之误，挽回消极影响，稍后司马昭特地下令将竹林后三贤中硕果仅存的向秀请出山来。向秀不得不结束他的隐居生活开始出仕，他既慑于政治压力，同时也觉得没有必要与司马氏对立，就出山了；但他绝对无意于趋炎附势，出山不过是与时推移罢了，同时对往事充满了感慨。《世说新语·言语》“嵇中散既被诛”条注引《向秀别传》云：“康被诛，秀遂失图，乃应岁举到京师，诣大将军司马文王”，当时有一段著名的对话：

> 文王问曰：“闻君有箕山之志，何能自屈？”秀曰：“常谓彼人不达尧意，本非所慕也。”一座皆说。随以次转为黄门侍郎、散骑常侍。

而《世说新语·言语》正文所记略异：

> 文王引进，问曰：“闻君有箕山之志，何以在此？”对曰：“巢、许狷介之士，不足多慕。”王大咨嗟。

向秀不得不顺从大势所趋，态度由消极对抗趋于平和顺从；而司马昭的得意之色溢于言表。流血能使不少人发生改变，甚至连杀错了人也会有正面的收获，政治家不大肯算人道主义小账的道理也许就在于此了。

向秀著名的《思旧赋》(《文选》卷十六)作于这次进京又复出之后，时间大约是咸熙元年(264)或其稍后。赋的内容是怀故友，发感慨。向秀虽然收起了先前的“箕山之志”，但并未忘记昔日浪漫自由的生活和老朋友之间的深情。这似乎是矛盾的，其实很真实，并且为中国传统的伦理所允许。古人认可甚至鼓励这样的处世态度：公事归公事，私谊归私谊。何况向秀绝不热衷于进仕，史称他此后虽然担任过黄门侍郎、散骑常侍等清贵之职，但“在朝不任职，容迹而已”（《晋书》本传）；也就是只挂一个名，而以毕生的精力注《庄子》。他的这一重要成果后来被郭象（字子玄，253？～312）所袭取[①]，但人们将他们注释中的见解称为“向郭义”，仍然承认向秀开创性的贡献。

向秀进入晋王朝的官场以后仍然过着学者式的生活，与早年变化不大。《思旧赋》典型地写出了魏晋之际知识分子矛盾复杂的内心世界和深沉的人生感慨：

> 将命适于远京兮，遂旋反而北徂。济黄河以泛舟兮，经山阳之旧居。瞻旷野之萧条兮，息余驾乎城隅。践二子之遗迹兮，历穷巷之空庐。叹黍离之愍周兮，悲麦秀于殷墟。惟古昔以怀今兮，心徘徊以踌躇。栋宇存而弗毁兮，形神逝其焉如？昔李斯之受罪兮，叹黄犬而长吟。悼嵇生之永辞兮，顾日影而弹琴。托运遇于领会兮，寄余命于寸阴。听鸣笛之慷慨兮，妙声绝而复寻。停驾言其将迈兮，遂援翰而写心。

文字平淡含蓄，而且似乎没有写完就戛然而止了。从“黍离”“麦秀”两句看去，显然有些哀叹故国（曹魏）衰亡的意思，但赋的重点还在写嵇康旧居的零落萧条，人去庐空，无限惆怅，无限悲哀；向秀说当嵇康临刑之际已经参透了人生，听凭命运的安排；山阳闻笛令作者百感交集，万般无奈，感伤叹息，不欲多言。赋前小序写道：

> 余与嵇康、吕安居止接近，其人并有不羁之才，然嵇志远而疏，吕心

---

① 郭象是否存在学术腐败问题，一向有争议。比较权威的结论是《四库全书总目》作出的，四库馆臣根据陆德明《经典释文》、张湛《列子注》中所引向秀注与传世之郭象注本对勘，发现二注有绝不相同者，有此有彼无者，有互相出入者，有一字不易者，有大同小异者。最后的结论是：“是所谓窃据向书，点定文句者，殆非无证。”又《四库简明目录》云：“以陆德明《庄子释文》所引向书互校，攘窃之迹，灼然可见。然象亦有所补缀改定，不可目为秀书，故今仍题象名焉。”可知郭象尚非彻底的抄袭鲸吞，他是利用了向秀的若干成果，有所生发改造，又有所补充，“述而广之”，形成了新的文本；但他完全不加说明，其文德遂大有可议之处。中国古代虽未尝为著作权立法，但在传统的道德评价中，历来包括尊重他人著作这个侧面，褒贬分明，不稍假借。参见侯外庐等《中国思想通史》第3卷，人民出版社1957年版，第208～217页；方勇《庄子学史》第1册，人民出版社2008年版，第380～384页。

旷而放，其后各以事见法。嵇博综技艺，于丝竹特妙，临当就命，顾视日影，索琴而弹之。余逝将西迈，经其旧庐，于时日薄虞渊，寒冰凄然，邻人有吹笛者，发声寥亮，追思曩昔游宴之好，感音而叹，故作赋云。

更明白地表示怀亡友重于哀故国。序中嵇、吕并提，而下文于吕一字不提，前人或以为“章法亦有不羁之妙”（于光华《重订文选集评》卷四引何焯评语），其实魏晋高手作文皆不拘章法，一味神行。向秀怀念的重点在于嵇康的才华和人品，而非关于政治上的是非出处。“以事见法”一味含糊其辞，也非常之妙。魏晋时代不少知识分子注意的中心是人，是人的才干、品格、风度，诗文的主题多为感慨人生的短促和命运的无常，追求在有限的人生中得到提升和超越；厌倦了政治的诗人们尤其看重哲理层面上的超越，而不管实际的功利得失为何如。“悼嵇生之永辞兮”等四句未必是实际生活中的嵇康，但确实是向秀心目中的嵇康：风神潇洒，临危不乱，洞达天命，在生命最后的时刻还要留下一曲永恒美好的乐曲，这乐曲和当下听到的笛声交混回响，使作者浮想联翩，心事浩茫。通达洒脱的人生态度本来就是“竹林七贤”共同追求的境界，嵇康之死被向秀描写为这种态度的极致，这样，《思旧赋》就以其对人生深沉的叹喟表达了某种本体的探询，言短而意长，具有极强的耐读性。

山阳旧庐的笛声和洛阳刑场上的琴声为林下之游唱出了一支凄婉的挽歌；《思旧赋》一出，竹林的流风余韵就此完全结束，而竹林时代（由正始年间至魏晋易代，也就是文学史上的正始一段）也就彻底结束了。

曾经有论者责备向秀没有写出对司马氏的抗议和不平，而只是考虑自己的前途，或斥为“最无骨头者”[①]；恐未免是苛论。事实上向秀并非只担心自己的前途，他思考探究的重点乃是人的“运遇”，他以对于死亡的深沉感受和情感反思来哀悼亡友，这样就不限于个体的狭小领域，更不限于一时政治的得失，而能通达古今，穷究天人，这是很难得的。

《思旧赋》达成了情与理的高层交融，作品开端从容，中间渲染气氛，正题点到即止，结尾余韵悠然。抒情小赋由此开了一个新局面，向秀的理即在情

---

① 李贽《焚书》卷五《读史 · 思旧赋》：“向秀《思旧赋》，只说康高才妙技而已。夫康之才之技，亦今古所有，但其人品气骨，则古今所希也。岂秀方图自全，不敢尽耶？则此赋可无作也，旧亦可无尔思矣。秀后康死，不知复活几年，今日俱安在也？康犹为千古人豪所叹，而秀则已矣，谁复更思秀者，而乃为此无尽算计也耶。且李斯叹东门，比拟亦大不伦。竹林七贤，此为最无骨头者。莫曰先辈初无臧贬七贤者也。”

中，而情又处处与生活实践相连。抒情作品总得以某些事实为依托并以这种联系而动人。无依托的抒情是空洞无谓的，不与情感共生的理论无从真正进入文学。向秀固然是一位“雅好读书”的理论家，同时也是一位优秀的作家——尽管他的文学作品极少，可以说只有这一篇《思旧赋》，但比起后来那些连篇累牍大写其哲学讲义式玄言诗的人们来，不知要高明多少倍。

《职官分纪》卷六引臧荣绪《晋书》载：

> 向秀为散骑侍郎，公使乘轺车，经昔与嵇、阮共游酒垆前过，乃叹曰：“吾昔与嵇康、阮籍屡游此垆，自嵇生及阮公没，吾便为时所羁绁。今日视此虽近，邈若山河。”

世事沧桑，不胜今昔之感；上了一点年纪、经历过种种变化的人，很容易与向秀的感慨共鸣。《思旧赋》具有永恒的魅力，受众的心理基础也正在于此。

二

在“竹林七贤”四位小字辈中，向秀不仅追随嵇康最久，而且也是最有理论兴趣的才俊；但他的理论观点与嵇康却很不同。

嵇康既有浓厚的道家思想，又信仰神仙道教，著有《养生论》一文。他承认世界上有神仙，可惜一般人学不了，而讲究养生长寿，活几百岁上千岁是可以做得到的，这只要抓住两条：一条是精神上应“清虚静泰，少私寡欲”；另一条是服用一些高级药物，经常弹弹琴，双管齐下，就能成功，而许多人不懂这个道理，精神很不健康，又不懂得饮食之道，不知道吃药。按嵇康的意见，只要注意养生，就能同羡门、王乔等著名的神仙一样长寿，活数百岁上千岁。

在具体措施方面，嵇康最重视服食高级补药，而且认为必须长期坚持，他写道：“……故《神农》曰‘上药养命，中药养性’者，诚知性命之理，因辅养以通也。而世人不察，惟五谷是见”，那就是不懂养生；“自力服药，半年一年，劳而未验，志以厌衰，中路复废；或益之以畎浍，而泄之于尾闾，欲坐望显报者”，同样是不懂养生。他曾自称“又闻道士遗言，饵术、黄精，令人久寿，意甚信之”（《与山巨源绝交书》）；所以经常外出采“上药”，坚持服食，很迷信这一套。

向秀不同意嵇康的意见，撰文指出，国人历来讲究的“节哀乐，和喜怒，适饮食，调寒暑”等等养生之道是有道理的，但人的寿命终究有限，世界上谁也没有见过享年数百以至上千的活神仙，“导养得理，以尽性命，上获千余岁，下可数百年，未尽善也；若信可然，当有得者，此人何在？目未之见。此殆影响之论，可言而不可得”。向秀又指出，追求富贵乃是人之常情，只要求之以道义也就是了；人还是要靠吃饭活着，不能光靠吃药；人要过普通的生活，不能因为追求长寿而放弃世俗的乐趣。他在《难养生论》中写道：

纵时有耆寿耇老，此自特受一气，犹木之有松柏，非导养之所致。若性命以巧拙为长短，则圣人穷理尽性，宜享遐期，而尧舜禹汤文武周孔，上获百年，下者七十，岂复疏于导养耶？顾天命有限，非物所加耳。

且生之为乐，以恩爱相接，天理人伦，燕婉娱心，荣华悦志，服飨滋味，以宣五情，纳御声色，以达性气。此天理自然，人之所宜，三王所不易也。

向秀讲的都是常识，而且多有尊崇儒家圣人之意。他与嵇康辩论固然带有引发嵇康进一步发表高见的游戏性质，同时也流露了他思想深处的儒家情结，态度其实是严肃的。嵇康在回答向秀的文章(《答〈难养生论〉》)中为自己的观点提出许多辩解，更充分地阐明了自己的观点。向秀可算是嵇康高水平的“郢质”。

向秀主要贡献是他以毕生精力为《庄子》作注，他在崔譔注《庄》的基础上进行自己的工作而大有进境①，重视阐述义理。《世说新语·文学》云：

初，注《庄子》者数十家，莫能究其旨要。向秀于旧注外为解义，妙析奇致，大畅玄风。惟《秋水》《至乐》二篇未竟而秀卒。秀子幼，义遂零落，然犹有别本。郭象者，为人薄行，有俊才，见秀义不传于世，遂窃以为己注。乃自注《秋水》《至乐》二篇，又易《马蹄》一篇，其余众篇，或定点文句而已。后秀义别本出，故今有向、郭二《庄》，其义一也。

《晋书·向秀传》云：

庄周著内外数十篇，历世才士，虽有观者，莫适论其旨统也。秀乃为之隐解，发明奇趣，振起玄风，读之者超然心悟，莫不自足一时也。惠帝之世，郭象又述而广之，儒墨之迹见鄙，道家之言遂盛焉。

① 《世说新语·文学》“初，注《庄子》者数十家”条刘注引秀本传或言：“秀游托数贤，萧屑卒岁，都无注述，惟好《庄子》，聊应崔譔所注，以备遗忘云。”崔譔生卒年不详，约与向秀同时而略早，其注本早已亡佚，只有少量遗文见于陆德明《经典释文》，以内篇的音义训诂为主。

所谓“隐解”，是指不为《庄子》书中表面的字句所束缚，而致力于挖掘其隐藏的深层含义。他的工作策略大体相当于后儒所说的“六经注我”之法，借此路径他实际上是利用庄子的思想资料，发表新的意见。向秀是“七贤”中理论贡献最大的人。

庄子的中心思想之一是逍遥游，追求一种完全“无待”、绝对自由的境界；而向秀以及郭象却把这种很难或简直不可能达到的境界，解释为人们的某些具体愿望的实现，心理上得到满足，而这是不难达到的。向、郭的注释与《庄子》原文实在是在唱对台戏，而他们说这就是庄周的本意，他们所做的不过是“发明奇趣”的阐述而已。这样的办法贯穿了他们注释的全局。

他们的《逍遥义》后来遭到东晋著名高僧支遁（道林，314～366）的批评，《世说新语·文学》“庄子《逍遥篇》旧是难处”条下刘孝标注云：

> 向子期、郭子玄《逍遥义》曰：“夫大鹏之上九万，尺鷃之起榆枋，小大虽差，各任其性。苟当其分，逍遥一也。然物之芸芸，同资有待，得其所待，然后逍遥耳。惟圣人与物冥而循大变，为能无待而常通，岂独自通而已。又从有待者不失其所待，不失，则同于大通矣。”支氏《逍遥论》曰：“夫逍遥者，明至人之心也。庄生建言大道，而寄指鹏、鷃。鹏以营生之路旷，故失适于体外；鷃以在近而笑远，有矜伐于心内。至人乘天正而高兴，游无穷于放浪，物物而不物于物，则遥然不我得，玄感不为，不疾而速，则逍然靡不适。此所以为逍遥也。若夫有欲当其所足，足于所足，快然有似天真，犹饥者一饱，渴者一盈，岂忘烝尝于糗粮，绝觞爵于醪醴哉！苟非至足，岂所以逍遥乎？”此向、郭之注所未尽。

按向、郭的注释，《逍遥游》的主题乃是以“任其性”“当其分”“得其所待”为“逍遥”，所以鲲鹏的状态是逍遥，尺鷃的状态也是逍遥。向、郭义看出了彻底的“无待”几乎是不可能的，或者说只有理想中的“圣人”才能做到；一般人总是“有待”的，但“有待”并无妨其逍遥，只要他“不失其所待”，实现了自己的预期目标，就算是得到了自由。在对于《庄子·齐物论》的注释里，向、郭义又提出人们可以“各美其所美”“各是其所是”，无须攀比他人。这样一来，“逍遥游”就不是“至人”“神人”“圣人”的专利，而是人人可至并且不是很难得到的状态。这样的“逍遥”义无非是要求人们“知足”，只要自己在实际生活中“得其所待”，就安分守己地在一个小天地里“逍遥”，如同小鸟在一个实际上很小的范围之内自由自在地翱翔一样。向、郭义要求人们认清自己在社会中的位置("分"),按照这一客观状况决定自己的欲望,当这一欲望实现之际就觉得已经"任其性""当其分"了,就算是"逍遥"了。这样他们表面上是在注《庄》,而实际上讲的却是儒家的名教和自我约束,或者说是换一种话语来宣传孔子早就强调过的"克己复礼"。

这显然是同庄子很不同的见解,为了消除读者的疑惑,他们特别指出:"夫庄子之大意,在乎逍遥游放,无为而自得,故极小大之致,以明性分之适。达观之士,宜要其会归,而遗其所寄,不足事事曲与生说,自不害其弘旨,皆可略之。"可见他们从事的乃是借题发挥,所谓"要其会归,而遗其所寄"正是"隐解"的要义。中国古代的理论著作往往言简意深,有着很广阔的阐释空间;后来的注家遂得以通过注释的方式来表达自己的新意。两汉的经师对儒家经典已经采用过这样的办法,现在向秀更用以对待《庄子》,使得人们耳目一新。不过这样的借题发挥也很容易被更新的阐释所取代,《世说新语·文学》云:

> 庄子《逍遥篇》,旧是难处,诸名贤所可钻味,而不能拔理于向、郭之外。支道林在白马寺中,将冯太常共语,因及《逍遥》,支卓然标新理于二家之表,立异义于众贤之外,皆是诸名贤寻味之所不得,后遂用支理。

可知到东晋中期以后,关于《逍遥游》的向、郭义的权威地位已经被先在口头发表后又撰成专论的"支理"所取代①。支遁的解说中也包括了他自己的一些意见,其中有些意思比较靠近庄子的原文,也比较合理②,而他同时又把佛教的思想带进了庄学,从某种意义上来说乃是另一种新的"隐解"。"支理"反对将庄子的逍遥游解释为"适性以为逍遥",他曾驳斥坚信旧说的刘系之云:"夫桀跖以残害为性,若适性为得者,彼亦逍遥矣。"(《高僧传》卷四《支遁

---

① 《高僧传·支遁传》也提到他在白马寺与人谈论《逍遥游》时,发表了与旧的解说不同的见解,并且"退而注《逍遥篇》,群儒旧学莫不叹服"。可惜支氏的《逍遥游》注已经亡佚殆尽,字词方面的注释在《经典释文》里还可以看到一点,而他对庄子"逍遥"思想的新理解只见于《世说新语·文学》注引的那么几句。

② 支道林认为鲲鹏和尺鷃都没有达到"逍遥"的境界,鲲鹏虽然能够远走高飞,但是对外在条件的依赖甚多;尺鷃虽然在小范围内自得其乐,似乎逍遥,但它有自以为是的骄傲之心,同样是受到了某种束缚,未能做到"无己",也就是没有达到真正的自由状态。只有游于无穷并且无所用心的圣人才是逍遥游。支道林提出,应当"物物而不物于物",亦即能够利用、凭借外物而不为外物所束缚,不成为外物的奴隶,同时也不是自己身心欲望的奴隶,没有任何"矜伐"之心或其他世俗的考虑,才算是得到"至足",也就是得到了自由。一般欲望的满足并不能算是逍遥。支道林用"至足"来取代向、郭旧义中所说的"得其所待"那种庸俗的小满足。

传》)支道林强调人的欲望是无穷的,具体的"有欲当其所足"并非真正彻底的满足,当某种具体的欲望得到满足以后,他还会有更高的欲望出现,例如一个口渴的人喝饱了水,他当下的欲望是满足了,但这并不是说他就不再希望喝到美酒。人的现实欲望可能水涨船高无穷无尽,如果寄希望于这种种欲望的满足并从而达到"逍遥",那就永远没有"逍遥",因为他永远是欲望的奴隶,是"物于物"即被物所奴役;理想的状态应当是"不物于物",在这种状态下,他不是去追求具体欲望的满足,而是保持精神上的满足亦即"至足"。换句话说,"逍遥游"不仅必须破除外在条件的束缚,也要破除自我身心的束缚,追求高雅脱俗无拘无束的生活情趣,实现彻底的超越。这样的新理明显地带有佛教的色彩。佛教是否定物质世界的,也否定人的实际欲望,因此对于"得其所待"采取极端无所谓的态度。佛教最为关心的是人生大痛苦的解脱,"至足"亦即精神上的大满足乃是从痛苦中自我解脱的好办法,他拿这一点来解释庄子,实际上是把庄子佛学化,也把佛教的道理中国化了。玄学和佛学的合流形成于东晋;而在魏晋之际和西晋,思想家们从事的乃是道家和儒家的嫁接。

向秀注《庄》致力于合儒、道为一,协调"名教"与"自然"的关系。他说"圣人与物冥而循大变",所以像帝尧那样的国君虽身在庙堂之上,而其心无异于在山林之中,既是领袖,也是高人;而许由不明白这一点,隐于箕山不肯入世,其人并不值得羡慕。从向秀的思想看,他的出山并非骨头软,而是一定会发生的事情。他后来虽然当了官,心态仍如隐士,也合于他固有的逻辑。

在《难养生论》中向秀又说:"夫人含五行而生,口思五味,目思五色,感而思室,饥而求食,自然之理也;但当节之以礼耳。"这无非是主张拿"名教"来补充和限制"自然",从而达到儒、道合一的更高境界。这与嵇康一味强调"越名教而任自然"是大异其趣的。从中国士人后来的发展来看,儒、道互补,既向往思想自由,又"节之以礼"乃是主流,完全抛弃社会规范过"任诞"的生活,只是少数名士的乖僻,没有推广的价值。向秀虽与阮籍、嵇康为友,他本人并无任何"任诞"的言行。融合儒道,王弼已导夫先路,但他以道家思想为主体,援儒入道,关注的是思辨哲学;而向秀则以儒释道,关注人生哲学,更多地向传统与世俗妥协。

向秀还注过《周易》,虽然"未若隐庄之绝伦",据说也曾产生过不小的影响,可惜早已完全失传。

从"竹林七贤"的言行看去,兼综儒、道二家,从这时起已经成为士人不约而同的选择,当然具体的方案可以五花八门,构成复杂的精神光谱。阮籍神往于“大人先生”，陈义甚高，很不容易实现；而他在实际生活中也颇善于妥协。向秀则更能与现实妥协，尤多极高明而道中庸之意，因此影响更为广泛而深远。原教旨主义的儒家和道家在后代均甚罕见，多的是杂取二家为我所用的人们。

三

高平陵之变以后，“七贤”分别走上了不同的道路，等到魏晋易代之后，前竹林中人之仍然健在的五位（除已经死去的嵇康、阮籍之外），基本上都与新王朝合作，纷纷出仕。

向秀应岁举到京师后向司马昭妥协，后来在晋朝当官，先后任黄门侍郎、散骑常侍，但不大做事，“容迹而已”，许多时间用来继续注《庄》，直到去世也没有作完。

山涛（205～283）是诸贤中年纪最大，活得最长，官也做得最高的一位。他青年时代爱读道家的书，而实以出任三公这样的最高官职为人生理想。正始中期他早就出任过低级官职，但考虑到政治生活中有许多不确定的因素，遂退出政坛，隐身不交世务，一度与阮籍、嵇康等结为林下之游。高平陵之变后又过了两年，形势比较明朗了，他去找表弟兄司马师，在他手下任职，司马昭政权时当过吏部郎，积极推荐嵇康出山，没有搞成。景元五年（264），司马昭出征叛变的钟会，安排山涛镇守曹魏宗室王公集中的邺城，他成功地完成了这一重任，稍后荣膺新沓子的爵位。晋王朝建立后，曾长期任吏部尚书，负责官员的安排，非常负责而老到，最后升到司徒，实现了早年“作三公”的理想。

山涛在选拔人才时为有关对象写过许多评语，言简意赅，很有知人之明，其有关文本后来集为《山公启事》，是公文史上的名著。嵇康的儿子嵇绍是由他推荐出来任职的，后来成为以生命和鲜血保卫皇帝的著名忠臣。山涛当官很有一套，始终不倒，逐步升迁；但他又并非完全圆滑的官僚，虽与时俯仰，而以退让为主，遇事颇有见解甚至大有先见之明，只是意态始终相当潇洒。东晋名士孙绰评其为“吏非吏，隐非隐”（《晋书·孙绰传》），表示不能理解。这样的名士派官吏后来确实比较少，更没有什么从竹林里走出来的高官。但在西晋有一批这样的官员，即如向秀，也是亦官亦隐。

王戎（243～305）在晋王朝长期担任高官，最后也当到司徒。他的风格与山涛很不同，山涛是个清官，律己甚严，“及居荣贵，贞慎俭约，虽爵同千乘，而无嫔媵。禄赐俸秩，散之亲故”（《晋书》本传）；而王戎则一面当官，一面努力经营田庄，积累了大量财富，还有以权谋私的行为；他最著名的特色是无比吝啬，钱多得数不过来，而对待子女亲戚却极其苛刻，到了不近人情的地步，《世说新语·俭啬》里记录了不少这方面的故事。他的心思都用在计算家产上了，所以简直不写文章，与他早年的神童形象形成残酷的对比。阮籍早年曾称王戎为“俗物”①，那还只是一句开玩笑的话，到晚年，此公乃真成一俗物矣。

刘伶（字伯伦，生卒年不详）个头不高，其貌不扬，一味放达②；高平陵之变以后当过一点闲官，入晋后因“盛言无为之化”（《晋书》本传）而未得起用。他以大喝其酒著称于世，留下过一篇著名的《酒德颂》，很见情趣和牢骚，曾收入萧统《文选》（卷四十七），全文如下：

> 有大人先生，以天地为一朝，万期为须臾，日月为扃牖，八荒为庭衢。行无辙迹，居无室庐，幕天席地，纵意所如。止则操卮执觚，动则挈榼提壶，唯酒是务，焉知其余。有贵介公子，搢绅处士，闻吾风声，议其所以。乃奋袂攘襟，怒目切齿，陈说礼法，是非锋起。先生于是方捧罂承槽，衔杯漱醪，奋髯箕踞，枕麹藉糟，无思无虑，其乐陶陶。兀然而醉，豁尔而醒，静听不闻雷霆之声，熟视不睹泰山之形，不觉寒暑之切肌，利欲之感情。俯观万物，扰扰焉如江汉之载浮萍，二豪侍侧，焉如蜾蠃之与螟蛉。

全文的格局类乎阮籍的《大人先生传》而大为微型化；内容非常单一，无非写醉汉的快乐和伟大，同他一比，所谓贵介公子、缙绅处士都显得十分渺小、可笑而且无聊。何焯评为“撮庄生之旨，为有韵之文，仍不失潇洒自得之趣，真逸才也”（《义门读书记》卷四十九）。文章夸张的口吻正如一位醉汉，而又自有其寄托，历来传诵不衰。

刘伶亦复能诗，今存一首，题作《北芒客舍诗》：

> 泱漭望舒隐，黮黤玄夜阴。寒鸡思天曙，拥翅吹长音。蚊蚋归丰草，枯叶散萧林。陈醴发悴颜，巴歈畅真心。缊被终不晓，斯叹信难任。何以除斯叹，付之于瑟琴。长笛响中夕，闻此消胸襟。

前人解释此诗说：“于客舍抒其旅怀，故赋此以自遣。言月光昏晦，夜色幽沉，寒鸡半夜而鸣，亦若思天之旦，而蚊虻虽已藏匿，草木业已凋枯，此时唯

① 详见《世说新语·排调》“嵇、阮、山、刘在竹林酣饮”条。

② 《世说新语·容止》：“刘伶身长六尺，貌甚丑悴，而悠悠忽忽，土木形骸。”

有酌醴抒怀，而长夜拥衾，谁能堪此？聊以闷怀付之琴瑟，而忽闻长笛，庶可借此以消旅况也。”（唐汝谔《古诗解》卷十八）这里当然也提到酒（“陈醴发悴颜”），但尚不足以消除客子的哀愁，最后还是靠音乐来“消胸襟”。刘伶虽然用了夸张的笔墨大写其《酒德颂》，终于还不是一个酒鬼。

一颂一诗造就了文学家刘伶。他同向秀一样，也是作品极少而名气很大的著名典型。精神产品以质量为重，数量的多少关系不是很大。

阮籍的侄子阮咸（字仲容，生卒年不详）在“七贤”中自属晚辈，他青年时代大约颇有些“作达”的意思①，典型的表现是其放诞的作风与乃叔貌似相近而其实颇为不同。例如阮籍很能欣赏女性之美，但他的态度完全是纯观照的；到阮咸就颇有不同，他往往会采取一些不大文明的实际步骤，曾经让他姑姑的一位鲜卑族婢女怀孕，生下一个儿子（详见《世说新语·任诞》）。他与叔叔的差别固然与品德修养的高下有关，可能与年龄也有关，他太年轻了，控制不住自己。从这些地方看，虽然他也想当一位大人先生，但路子不是很正。

晋王朝建立以后，阮咸也出仕了，山涛很有意提拔这位相熟的晚辈，但他生活态度太过浮虚放诞了，逸事甚多②，升不上去，而他并不在意。阮咸几乎不写文章，而深通音乐，水平高于当时的官方音乐理论权威荀勖，以致遭到其人的嫉恨和打击③，他也不以为意。从这些地方看，成熟以后的阮咸也未尝没有一点大人先生式的修养。阮咸没有什么著作，魏晋时代有一批名士不愿意动笔，只是在口头上谈谈，而水平甚高。

“竹林七贤”在晋代特别是东晋影响很大，东晋人孙盛说“于时风誉扇于海内，至于今咏之”（《世说新语·任诞》“竹林七贤”条刘注引《晋阳秋》）；不仅他们本人的故事播在人口，他们的后代也受到很多关注。《世说新语·赏誉》载：

> 林下诸贤各有俊才子。籍子浑，器量弘旷。康子绍，清远雅正。涛

---

① 《世说新语·任诞》“阮浑长成，风气韵度似父，亦欲作达”之“亦欲”，当即指要向堂兄阮咸（仲容）看齐的意思。阮籍可以强制地不允许儿子挤入林下“作达”，而对侄子只好宽容一点。

② 台湾学者纪志昌先生有详细的综述与分析，详见其《阮咸析论——从七月七日晒衣“未能免俗”的几层意义谈起》，江建俊主编《竹林名士的智慧与诗情》，里仁书局2008年版，第339～364页。

③ 详见《世说新语·术解》“荀勖善解音声”条及刘孝标注引《晋诸公赞》。

子简，疏通高素。迁尚书，出为征南将军。咸子瞻，虚夷有远志。瞻弟孚，爽朗多所遗。秀子纯、悌，并令淑有清流。戎子万子，有大成之风，苗而不秀。唯伶子无闻。凡此诸子，唯瞻为冠，绍、简亦见重当世。

可知在稍后人们的心目中，阮咸的儿子阮瞻、嵇康的儿子嵇绍、山涛的儿子山简是“七贤”后代中的优秀分子，其余诸子也各有所长。如果仿“官二代”“富二代”之例，这几位可称为“名二代”，受到关注和追捧，盖亦人情之常。

阮瞻（字千里，282～311）是西晋的一流名士，《晋书》本传称颂他“性清虚寡欲，自得于怀，读书不甚研求，而默识其要。遇理而辩，辞不足而旨有余。善弹琴，人闻其能，多往求听，不问贵贱长幼，皆为弹之。神气冲和，而不知向人所在。内兄潘岳每令鼓琴，终日达夜，无忤色。由是识者叹其恬澹，不可荣辱矣”。后来东晋的名相王导曾特别提到自己早年曾同阮瞻一起在洛水边共谈道，并引以为重①。

阮瞻的特别之处，一在坚持无鬼论，二在他只说了三个字就得以进入仕途，《晋书》本传云：

见司徒王戎，戎问曰：“圣人贵名教，老庄明自然，其旨同异？”瞻曰：“将毋同。”戎咨嗟良久，即命辟之。时人谓之“三语掾”。

阮瞻说儒家的名教与道家的自然其实是一回事，这样就把当时许多玄学家通过复杂的论证和阐述来讲儒道合一的种种理论说得极其简明扼要，而王戎恰恰是一向主张简要的，所以大为赏识。这一段问答在《世说新语·文学》里被记录为发生于王衍与阮修（阮瞻的堂兄）之间，当出于传闻异词，也说明“儒道同”乃是其时名士们的一种共识。阮瞻又颇与高僧往来，亦复开风气之先。

阮瞻后来在东海王司马越手下任记室参军，司马越要自己的儿子拜他为师，希望通过“式瞻仪度”“亲承音旨”来学习怎么做人（《晋书》本传）。永嘉五年（311）石勒攻破洛阳，他在逃亡的过程中去世。

和当时许多名士一样，阮瞻不多写文章，有集二卷，早已亡佚，现在只能看到一篇《上巳会赋》的片段，从中颇可考见西晋名士们的生活情趣之一斑：

临清川而嘉宴，聊暇日以游娱。荫朝云而为盖，托茂树以为庐。好

① 详见《世说新语·企羡》“王丞相过江”条，又《轻诋》“王丞相轻蔡公”条。

> 修林之蓊郁，乐草莽之扶疏。列四筵而设席兮，祈吉祥于斯途。酌羽觞而交酬，献遐寿之无疆。同欢情而悦豫，欣斯乐之恺慷。发中怀而弦歌，托情志于宫商。

三月初三洛水边上冠盖云集，饮酒高歌，祓除不祥，一片欢乐，其实当时西晋王朝的内忧外患已经相当严重，而名士们颇有些麻木不仁。

嵇绍(252～304)因为父亲嵇康是作为政治犯被杀的，入晋以后不能入仕，到二十八岁时才由吏部尚书山涛以“父子罪不相及”为前提特别予以推荐，晋武帝破格用为秘书丞。元康初为给事黄门侍郎，在议定《晋书》限断的问题上支持贾谧的意见，但他并不像当时许多文士那样依附权倾一时的贾谧，甚至不肯与之论交，表现出不俗的风骨。在八王之乱中，他始终坚守原则，永安元年(304)东海王司马越奉晋惠帝征成都王司马颖，侍中嵇绍随行；在战乱中“百官及侍卫莫不散溃，唯绍俨然端冕，以身捍卫，兵交御辇，飞箭雨集，绍遂被害于帝侧，血溅御服，天子深哀叹之。及事定，左右欲浣衣，帝曰：‘此嵇侍中血，勿去。’”(《晋书·忠义传》)惠帝司马衷其人一向弱智，经过这一次生死的考验似乎稍稍变得清醒了。

嵇绍善诗能文，他的诗现在只能看到一首，是赠给同僚石崇(季伦)的：

> 人生禀五常，中和为至德。嗜欲虽不同，伐生所不识。仁者安其身，不为外物惑。事故诚多端，未若酒之贼。内以损性命，烦辞伤轨则。屡饮致疲怠，清和自否塞。阳坚败楚军，长夜倾宗国。诗书著明戒，量体节饮食。远希彭聃寿，虚心处冲默。茹芝味醴泉，何为昏酒色。

石崇是西晋的首富，又是根基很厚的高官，以酒色财气生活奢华著称，巴结和歌颂他的人很不少，著名作家潘岳就紧紧追随其后；而嵇绍在赠诗中却直截了当地给予规劝。他这首《赠石季伦》被《艺文类聚》列入“鉴诫”类(卷二十三)，该类诸诗大多是写来自励的，专门告诫别人的只此一篇，由此亦可见嵇绍的骨力。

嵇绍的文章传世者仅有五篇，其中的《叙赵至》文字清省有味，提供了重要的史料。

嵇绍事寡母甚孝，抚从子嵇含(字君道，263～306)如己出。嵇含传世的诗文稍多，其《南方草木状》三卷尤其有名，此书记南越交趾植物，上卷草类二十九种，中卷木类二十八种，下卷则包括果类十七种和竹类六种；状物简明，偶记风俗，又每每引用先前的典籍，行文相当质朴典雅，遥开文人记录地方草木虫鱼之先河。嵇含是中古时代重要的科学家之一，他的十卷文集早已亡佚，遗文今存于严可均辑本《全晋文》(卷六十五)者凡二十五篇，其中颇有与植物有关的篇章，例如《宜男花赋序》《瓜赋》《朝生暮死树赋序》《长生树赋并序》《槐香赋》《菊花铭》等等，虽然大抵残缺不全，仍可与《南方草木状》一书互相发明。鲁迅曾经打算做一本《南方草木状》的校本，未能完成，现有手抄的工作本传世①。

山简(字季伦，253～312)是山涛五个儿子中最小的一位，与嵇绍等齐名，而其实只是以豪饮著称，《世说新语·任诞》载：

> 山季伦为荆州，时出酣畅。人为之歌曰："山公时一醉，径造高阳池。日莫倒载归，茗艼无所知。复能乘骏马，倒著白接篱。举手问葛强，何如并州儿？"高阳池在襄阳，强是其爱将，并州人也。

这是山简任荆州刺史时的故事。其中的歌据说是儿歌，但恐怕已经过加工。西晋有不少像酒鬼山简似的官员，他们一味任诞，不好好做分内的事情，固然留下了不少"佳话"，但这样的王朝肯定长久不了。

---

① 参见顾农《早年鲁迅与草木虫鱼》，《上海鲁迅研究》2008 年秋季号，上海社会科学院出版社 2008 年 10 月版。

第三章　西晋绮靡

凉风绕曲房，寒蝉鸣高柳。踟蹰感节物，我行永已久。

——陆机《拟明月何皎皎》

晋虽不文，人才实盛。茂先摇笔而散珠，太冲动墨而横锦。岳、湛曜联璧之华，机、云标二俊之采。应、傅、三张之徒，孙、挚、成公之属，并结藻清英，流韵绮靡。

——刘勰《文心雕龙·时序》

十三 傅玄与张华

西晋王朝是通过原先曹魏王朝的“禅让”得到政权的，所以其文武重臣都是曹魏末年追随司马氏的那些老部下，一般官僚以及文人也都由曹魏而来。晋初的文学，明显地带有过渡期的特色，新旧杂陈，多元并存；而总的趋势是渐渐走向绮靡，诗文的装饰性逐步加强。天下稍一太平，一般文人便会多在翰藻方面下功夫，而关心社会、干预生活的力度则有所下降；其实此时又何尝没有社会问题值得关心并有待解决。开国之初，文学以歌功颂德为主流，这一现象，在中国古代曾反复出现。

西晋初年资格比较老、影响比较大的文学家是傅玄和张华；此外还有应贞、夏侯湛、孙楚以及陈寿、成公绥等人。

一

傅玄(字休奕，217～278)，北地泥阳(今陕西省铜川市耀州区)人，出身于儒学世家。他的祖父傅燮在东汉末年当到汉阳太守，父亲傅幹则是曹魏的扶风太守，后任丞相参军、仓曹属。傅玄早年丧父，是靠个人奋斗成长起来的，他青年时代入太学研习儒家经典，正始年间为中书著作，参与修史，与何晏等当朝权贵关系紧张，受到很大压力[①]；其从兄傅嘏(209～255)也是反对曹爽、何晏的。

在魏晋之际的纷争中，傅玄一直站在司马氏家族一边，高平陵之变后，他长期在司马昭手下任职，屡有升迁，并得到一个“鹑觚男”的爵位[②]。魏晋易代

① 《晋书·列女传·杜有道妻严氏传》：“时(傅)玄与何晏、邓飏不穆，晏等每欲害之，时人莫肯共婚。”

② 咸熙元年(264)司马昭为晋王，“自骑督已上六百余人皆封”(《晋书·裴秀传》)，但都是虚封，并无实土，目的无非是为改朝换代作官员和士气方面的准备。入晋后，傅玄的爵位升了一档，为鹑觚子。鹑觚属雍州新平郡，在今甘肃灵台县北。

时他以散骑常侍的身份为晋王朝制礼作乐，“创定雅歌，以咏祖先”(《文心雕龙·乐府》)，写了不少庙堂乐辞。傅玄精通音乐，自能胜任愉快。稍后改任谏官，迁侍中。因为脾气过于火暴，言行多有不合当时规范处，两次被免职，六十二岁卒于家，谥曰“刚”，追封清泉侯。

傅玄主要是一位政论家，写过大量以议政为内容的上疏；他的《傅子》一书凡一百四十篇、数十万言(已散佚，有辑本多种)，大抵是以儒家思想为根据，兼取名、法，讨论政治问题，强调以礼乐教化治国，抨击玄学，反对放诞。泰始二年(266)他有一份上给武帝的奏疏，其中写道：“臣闻先王之临天下也，明其大教，长其义节，道化隆于上，清议行于下，上下相奉，人怀义心。亡秦荡灭先王之制，以法术相御，而义心亡矣。近者魏武好法术，而天下贵刑名，魏文慕通达，而天下贱守节。其后纲维不摄，而虚无放诞之论盈于朝野，使天下无复清议，而亡秦之病复发于今。陛下圣德，龙兴受禅，弘尧舜之化，开正直之路，体夏禹之至俭，综殷周之典文，臣咏叹而已，将又奚言。惟未举清远有礼之臣，以敦风节，未退虚鄙，以惩不恪，臣是以犹敢有言……”反对虚无放诞，提倡教化风节，《傅子》中不少文章，说的也都是这个意思，不过因为写于易代之前，不便指名道姓有所抨击而已。这部书在政治史、思想史上大约很有些意义，但文学价值并不高；所谓“傅玄篇章，义多规谏”(《文心雕龙·才略》)，正是指此而言。但是《傅子》书中也很有些叙事性的笔墨比较可观，例如他记载“高才而薄行”(《三国志·魏书·刘晔传》)之刘晔的故事，就很有意思：

晔事明皇帝，又大见亲重。帝将伐蜀，朝臣内外皆曰“不可”，晔入与帝议，因曰“可伐”。出与朝臣言，因曰“不可伐”。晔有胆智，言之皆有形。中领军杨暨，帝之亲臣，又重晔，持不可伐蜀之议最坚，每从内出，辄过晔，晔讲不可伐之意。后暨从大驾行天渊池，帝论伐蜀事，暨切谏。帝曰：“卿书生，焉知兵事！”暨谦谢曰：“臣出自儒生之末，陛下过听，拔臣群萃之中，立之六军之上，臣有微心，不敢不尽言。臣言诚不足采，侍中刘晔，先帝谋臣，常曰蜀不可伐。”帝曰：“晔与吾言蜀可伐。”暨曰：“晔可召质也。”诏召晔至，帝问晔，终不言。后独见，晔责帝曰：“伐国，大谋也，臣得与闻大谋，常恐眯梦漏泄以益臣罪，焉敢向人言之？夫兵，诡道也，军事未发，不厌其密也。陛下显然露之，臣恐敌国已闻之矣。”于是帝谢之。晔见出，责暨曰：“夫钓者中大鱼，则纵而随之，须可制而后牵，则无不得也。人主之威，岂徒大鱼而已！子诚直臣，然计不足采，不可不精思也。”暨亦谢之。晔能应变持两端如此。或恶晔于帝曰：“晔不尽忠，善伺上意所趋而合之。陛下试与晔言，皆反意而问之，若皆与所问反者，是晔常与圣意合也。复每问皆同者，晔之情必无所逃矣。”帝如言以验之，果得其情，从此疏焉。晔遂发狂，出为大鸿胪，以忧死。(《三国志·魏书·刘晔传》注引)

刘晔见什么人说什么话，无不振振有词，官僚本事极大；但到底还是长不了。傅玄撰写的郭嘉传、马钧传等篇亦复斐然可观。他当过史官，确有良史之才，可惜后来没有充分地向这个方向发展。

傅玄的文学思想以儒家为宗，念念不忘教化，认为也可以适当创新，但他本人的作品并无多少创新之处。他用传统体制写过大量的仪式性文字，此外还写过不少诗赋，一般来说新意比较少。他的辞赋多写各种植物和动物，显得知识渊博，趣味浓厚。其《正都赋》一篇描写洛阳的方方面面，其中涉及“百戏”的部分是关于当年艺术、杂技演出的重要史料，而文学价值亦不甚高。他的乐府诗，很多乃是模仿之作——例如他的《艳歌行》全仿汉乐府《陌上桑》，几乎亦步亦趋——也没有太大意思。

傅玄脾气火暴，“刚劲亮直”(《晋书》本传)，影响了他在官场的处境；但就是这样一个严肃有余的人，却十分同情女性，善于描写她们，在诗作中多言儿女之情，恰恰是这些同他的个性似乎很不一致的作品，为他在文学史上赢得了一定的声誉。明朝人张溥说：“休奕天性峻急，正色白简，台阁生风；独为诗赋，新温婉丽，善言儿女。强直之士怀情正深，赋好色者何必宋玉哉！”(《傅鹑觚集·题辞》)这话说得很对，刚劲之士又何尝不可以充满爱意和柔情！

这些作品的写作年代不可确知，考虑到傅玄年辈比较高，一生中大部分时间(四十八年)在魏晋易代之前，这些诗写得比较早的可能性很大，但也不能排除作于晋初。

傅玄描写女性的作品甚多，举两三首来看：

有女怀芬芳，媞媞步东厢。蛾眉分翠羽，明目发清扬。丹唇翳皓齿，秀色若珪璋。巧笑露权靥，众媚不可详。令仪希世出，无乃古毛嫱。头安金步摇，耳系明月珰。珠环约素腕，翠羽垂鲜光。文袍缀藻黼，玉体映罗裳。容华既已艳，志节拟秋霜。徽音冠青云，声响流四方。妙哉英媛德，宜配侯与王。灵应万世合，日月时相望。媒氏陈束帛，羔雁鸣前堂。

百两盈中路,起若鸾凤翔。凡夫徒踊跃,望绝殊参商。

——《有女篇》

这首诗很容易令人想起曹植的《美女篇》,而描写更加细腻,更讲究辞藻的华丽。

苦相身为女,卑陋难再陈。男儿当门户,堕地自生神。雄心志四海,万里望风尘。女育无欣爱,不为家所珍。长大逃深室,藏头羞见人。垂泪适他乡,忽如雨绝云。低头和颜色,素齿结朱唇。跪拜无复数,婢妾如严宾。情合同云汉,葵藿仰阳春。心乖甚水火,百恶集其身。玉颜随年变,丈夫多好新。昔为形与影,今为胡与秦。胡秦时相见,一绝逾参辰。

——《苦相篇》

当时男尊女卑,已婚女性在家庭里尤其没有地位,随时可能被喜新厌旧的丈夫抛弃,傅玄对她们寄予深厚的同情。

在儒家圣贤的言论里没有同情妇女的内容,倒是建安时代的诗歌中颇多这方面的新思想新感情;傅玄是不赞成曹魏政权的,但这并不妨碍他继承建安文学的某些传统。

傅玄不仅同情卑弱不幸的妇女,还刻意歌颂她们中的英雄,例如著名的《秦女休行》,诗云:

庞氏有烈妇,义声驰雍凉。父母家有重怨,仇人暴且强。虽有男兄弟,志弱不能当。烈女念此痛,丹心为寸伤。外若无意者,内潜思无方。白日入都市,怨家如平常。匿剑藏白刃,一奋寻身僵。身首为之异处,伏尸列肆旁。肉与土合成泥,洒血溅飞梁。猛气上干云霓,仇党失守为披攘。一市称烈义,观者收泪并慨慷。百男何当益,不如一女良。烈女直造县门,云父不幸遭祸殃,今仇身以分裂,虽死情益扬。杀人当伏法,义不苟活隳旧章。县令解印绶,令我伤心不忍听。刑部垂头塞耳,令我吏举不能成。烈著希代之绩,义立无穷之名。夫家同受其祚,子子孙孙咸享其荣。今我作歌咏高风,激扬壮发悲且清!

这首"音节激扬,古质劲健"(《采菽堂古诗选》卷九)的诗是根据历史上轰动一时的复仇事件为依托写成的。据《后汉书》《三国志》以及皇甫谧《列女传》等史籍所载,酒泉人赵娥亲的父亲赵君安为当地的豪强李寿所杀,官方不闻不问,君安的三个儿子准备自己报仇,可是不久都死于一场瘟疫,李寿从此高枕无忧；君安有一个早已出嫁的女儿赵娥亲，下决心自己动手，《列女传》记录她复仇的情形道："至光和二年(179)二月上旬，以白日清时，(娥亲)于都亭之前与(李)寿相遇，便下车，叩寿马，叱之；寿惊愕，回马欲走，娥亲奋刀斫之，并伤其马。马惊，寿挤道边沟中。娥亲寻复就地斫之，探中树兰，折所持刀。寿被创未死，娥亲因前欲取寿所佩刀杀寿。寿护刀瞋目大呼，跳梁而起。娥亲乃挺身奋手，左抵其额，右桩其喉，反覆盘旋，应手而倒。遂拔其刀以截寿头，持诣都亭，归罪有司。徐步诣狱，辞色不变。"这很像打斗片的一组镜头，赵娥亲大有武林高手的意思，其实她不过是一位普通妇女，而且已人到中年了。她虽然大白天杀人，但因为是不满地方政府的不作为，自己动手来报杀父之仇，容易得到同情，何况她又主动投案，承认法律的尊严，那就更得人心了。所以她后来得到赦免，"州郡叹贵，刊石表闾"(《三国志·魏书·庞淯传》)，一时成了著名的新闻人物、英雄人物。她的事迹后来被载入史册。

当时的文人梁宽特别为赵娥亲立传，稍后诗人们也拿这个题材作诗。晋王朝特别提倡孝道，这样的题材甚合时宜。傅玄诗中的"秦女"即指赵娥亲，她是甘肃人，"休"则是指她的运气好，后来得到了赦免。《秦女休行》基本上是铺叙史实，描写血肉横飞的那几句稍有发挥。这首诗大有建安风骨，在傅玄的作品中比较有名，后来得到不少好评。先前建安诗人已经写过女子复仇这个题材，如左延年有《秦女休行》，记的是另外一个类似的故事，傅玄沿用了他的标题——由此可见他非常注意吸收建安诗歌的营养。

民间私人复仇在法律上是禁止的，按说赵娥亲应判死刑，李寿更是早应按法治罪，判死刑。问题就在于李寿一直逍遥法外，没有人管，赵娥亲不得已才自己动手。中古时代法治混乱，社会公正有时竟要靠非法手段才能实现。古代的官府以至皇帝对这种黑暗的公正往往采取较为宽大的态度，甚至加以赞许，这无非出于统治策略上的考虑，让民间的怨气有一个发泄的渠道，从而维持社会的稳定；但法律的权威却因此大受影响。在中国古代，当官府和法律不能有效地惩办罪犯的时候，勇敢的人们往往会运用个人的力量去实施惩办；这样做，从形式上看他已经犯了罪，但事出有因，人们很容易谅解他，甚至会歌颂他，认为他是一个英雄，一个"烈士"；若是女性，则称为"烈女"。社会不讲法治，总归处处不对劲。

《秦女休行》高度重视伦理与亲情，为此不惜违反法律，这也合于儒家的传统。中国古代虽然早就有了法律，但并非法治社会。人们应当遵守法律，但伦理关系更加重要——这样的思想一再见之于儒家经典，最典型的意见见

于《孟子·尽心上》:

> 桃应问曰:“舜为天子,皋陶为士,瞽瞍杀人,则如之何?”孟子曰:“执之而已矣。”“然则舜不禁与?”曰:“夫舜恶得而禁之?夫有所受之也。”“然则舜如之何?”曰:“舜视弃天下犹弃敝踪也,窃负而逃,遵海滨而处,终身䜣然,乐而忘天下。”

舜的父亲瞽瞍杀了人,皋陶就把他抓起来;这位执法官铁面无私,忠于职守,虽然其人贵为天子家的老太爷,只要犯了法就不能放过;而舜作为一个孝子,又非救出自己的父亲不可,背着老父亲逃到海边上藏起来,天子可以不当,伦理责任不能不尽——但这无非是天子带头违法,而孟子大加肯定。这里案情虽然是虚拟的,讨论却深刻地代表了儒家思想。

试问当皋陶发现杀人犯逃跑之后,是否实行追捕,将主犯和舜一并绳之以法?舜将何以自处?而关于这件事《孟子·尽心上》到此为止,不再写下去,其实按孟子的思路也无法再写下去,就这么糊里糊涂结束了。

《秦女休行》同样更加重视伦理,解决伦理与法律之矛盾的办法则是由高层宣布特赦。傅玄是一位虔诚的儒家,他这样写可以说有根有据,而用现代观念看去颇不足为训。

除乐府诗以外,傅玄的五言徒诗亦有佳作,例如《文选》(卷二十九)录入的《杂诗》:

> 志士惜日短,愁人知夜长。摄衣步前庭,仰观南雁翔。玄景随形运,流响归空房。清风何飘飖,微月出西方。繁星依青天,列宿自成行。蝉鸣高树间,野鸟号东箱。纤云时仿佛,渥露沾我裳。良时无停景,北斗忽低昂。常恐寒节至,凝气结为霜。落叶随风催,一绝如流光。

情致和格调很容易令人想起阮籍五言《咏怀》诗的第一首。时光易逝,人生苦短,原是魏晋人中常见的情绪;傅玄过去较少写这方面的内容,此诗可能作于他晚年被罢官之后——到这时候,他把那一套儒家政治伦理学说放下来,复归于一个普通的士人了。

傅玄又有同他诗友程晓赠答的诗,其他作品亦有互相呼应者,其中程晓的《嘲热客诗》较为幽默有趣。全诗如下:“平生三伏时,道路无行车。闭门避暑卧,出入不相过。今世褦襶子,触热到人家。主人闻客来,颦蹙奈此何。谓当起行去,安坐正跰跨。所说无一急,唶唅一何多。疲瘠向之久,甫问君极那。

摇扇臂中疼，流汗正滂沱。莫谓此小事，亦是人一瑕。传戒诸高朋，热行宜见诃！”天气太热的时候不宜登门拜访，尤其不宜拖很长时间，以免造成干扰；但热衷于奔走驰逐以广交游之辈却不考虑这些。程晓的讽刺至今仍觉颇有意味。

傅玄的儿子傅咸（字长虞，239～294），思想取向与为人风格都近于乃父。他先继承父爵，后来在官场里一直也还比较顺利，只是官位始终不太高。

傅咸原来有集三十卷，作品亡佚已甚，现在只能看到不多几首赠答诗，四言居多，比较质木无文；另有两首五言的，一首《赠郭泰机》仅存残句；另一首《赠何劭王济诗》比较重要，曾被录入《文选》（卷二十五）。诗序云：“朗陵公何敬祖，咸之从内兄，国子祭酒王武子，咸从姑之外孙也，并以明德见重于世，咸亲之重之，情犹同生，义则师友。何公既登侍中，武子俄而亦作，二贤相得甚欢。咸亦庆之。然自限暗劣，虽愿其缱绻，而从之末由，历试无效，且有家艰，赋诗申怀以贻之。”

原来傅咸同何劭、王济两位高官都有不算远的亲戚关系。按，何劭（字敬祖，236～302）是西晋开国重臣何曾之子，地位一向很高，《晋书》本传记载他“少与武帝同年，有总角之好。帝为王太子，以劭为中庶子。及即位，转散骑常侍，甚见亲待。劭雅有姿望，远客朝见，必以劭侍直。每诸方贡献，帝辄赐之……迁侍中尚书”。他身份特殊，地位之高自是傅咸无可比拟的。王济（字武子，247？～292？）出于太原王氏，祖父王昶、父亲王浑都当到三公一级的高官，他本人“尚常山公主。年二十，起家拜中书郎，以母忧去官。起为骁骑将军，累迁侍中”（《晋书》本传），也是背景硬，升迁快。傅咸写这首诗赠他们的时候，两位同时在门下省担任侍中。诗中颇多弦外之音，无非是要巴结这两位围绕在皇帝身边的要人，诗云：

> 日月光太清，列宿曜紫微。赫赫大晋朝，明明辟皇闱。吾兄既凤翔，王子亦龙飞。双鸾游兰渚，二离扬清晖。携手升玉阶，并坐侍丹帷。金珰缀惠文，煌煌发令姿。斯荣非攸庶，缱绻情所希。岂不企高踪，麟趾邈难追。临川靡芳饵，何为空守坻。槁叶待风飘，逝将与君违。违君能无恋？尸素当言归。归身蓬荜庐，乐道以忘饥。进则无云补，退则恤其私。但愿隆弘美，王度日清夷。

傅咸对于两位亲戚“并坐侍丹帷”羡慕仰望之至，又说自己行将“归身蓬荜庐”，与对方的差距将更远；最后几句一方面表示谦虚，同时也颇有希望对方关照的意思。这是一首拉关系的诗。汉末魏晋以来，一批有文化有远见的士大夫在反复进行的政治斗争中逐渐占据了要津，他们十分重视子弟的培养教育，往往几代人长盛不衰，逐渐形成门阀；高门之间互相通婚，形成复杂的关系网，枝叶交通，盘根错节，共同组成了所谓上流社会，他们之间有许多共同的语言，攀高枝，拉关系自然在所难免，只不过往往比较风雅，不那么气急败坏罢了。

傅咸还以七部儒家经典为题目写过一组诗，涉及《孝经》《论语》《毛诗》《周易》《周官》《左传》等，流传至今者约有一多半；这些作品的新奇之处在于，他就直接用那些经典中的句子（或略加改造）集为四言诗，例如《论语诗》其二云：

克己复礼，学优则仕。富贵在天，为仁由己。以道事君，死而后已。

可以说毫无诗意，近于儒家经典的摘要，作为诗简直不及格。但他这种集句的办法又未尝不是一种创造；所以等到宋、元以降集句诗风行一时以后，有些诗论家便将傅咸推崇为集句体诗词孤明先发的先驱[①]，于是他在诗体变迁史上忽然有了很光荣的一席之地。在晋和南北朝并没有诗人跟着傅咸搞这种思想和文字的游戏；集句诗总要到赵宋以后才热起来，同傅咸其实并没有什么关系。

二

张华（字茂先，232～300），范阳方城（今河北固安南）人。其父当过郡守，死得很早，所以他小时候很苦，靠牧羊维持生计，后来通过自学成才，跻身于社会上层。

在中古时代，门第的高下影响于青年人的成长关系甚大，而门第主要看他的先辈特别是祖、父两代的官阶和社会地位如何。父亲的早逝会大大影响孤儿的前途，张华即因为早孤而被看成是庶族出身，其实他还是一个官二代，并非一无凭借的穷小子。不少人讲中国中古时代是贵族社会，这话当然有些

① 元人陈绎曾《诗谱》云：“晋傅咸作《七经诗》……此乃集句诗之始。或谓集句起于王安石，非也。”

道理，而更为本质的却是此时仍为官僚社会，一个家族如果不能不断推出人才，占据官场的高位，还是很容易衰败下去，即使先辈真正有过爵位、家里相当有钱也还是如此。人才不盛的家族总是不得长久——何况爵位须得到官方的认可，而那时王朝更迭相当频繁，爵位是很容易得而复失的。

正因为张华没有受到过正统教育的束缚，他的眼界特别开阔，“学业优博，辞藻温丽，朗赡多通，图纬方伎之书莫不详览”（《晋书·张华传》）。他几乎涉及当时所有的知识领域，回答并解决过许多难题，令人们大为惊讶，认为这个人实在渊博到难以理解；后来更颇有些关于他的神奇故事①，内容虽不可信，却可以表明他具有超乎想象的博学。

青年张华得到许多前辈的提携，他的岳丈刘放是魏的中书监，对他的仕途即大有帮助。魏末张华出仕为太常博士，后为佐著作郎、中书郎；入晋后更大受武帝的赏识，《晋书》本传云：“华强记默识，四海之内，若指诸掌。武帝尝问汉宫室制度及建章千门万户，华应对如流，听者忘倦，画地成图，左右属目。帝甚异之，时人比之子产。”他参与晋朝初建时的制礼作乐，同傅玄一起写了不少御用的诗篇。稍后升迁为中书令，参与机密。

平吴之役前夜，西晋朝廷多次讨论过是否动手，反对者比较多，最后由武帝、羊祜、杜预、张华敲定行动大计；于是张华任度支尚书，负责大战的后勤保障，“运筹决胜，有谋谟之功”，声望进一步提高。稍后由于在安排接班人问题上他的看法不符合武帝的私心，被外放到幽州去戍边，回朝后也没有得到重用。

惠帝即位后，外戚杨骏一度专政，稍后杨骏垮台，权归贾后。贾后、贾谧（字长渊，？～300）觉得张华出身庶族而功勋卓著，进无逼上之嫌，退为众望所依，很放心地让他主管朝政，张华“尽忠匡辅，弥缝补阙，虽当暗主虐后之

---

① 元人尹世珍辑《琅环记》卷上云：张茂先博学详记，尝为建安从事，游于洞宫，遇一人于途，问华曰：“君读书几何？”华曰：“华之未读者，则二十年内书盖有之也，若二十年外则华固已尽读之矣。”其人议论超然，华颇内服，相与欢甚。因共至一处，大石中忽然有门，引华入，数步则别是天地，宫室嵯峨。引入一室中，陈书满架，其人曰：“此历代史也。”又至一室曰：“万国志也。”每室各有奇书，惟一室屋宇颇高，封识甚严，有二犬守之，华问故，答曰：“此皆玉京紫微金真七瑛丹书紫字诸秘籍。”指二犬曰：“此龙也。”华历观诸室书，皆汉以前事，多未闻者，如《三坟》《九丘》《梼杌》《春秋》亦皆在焉。华心乐之，欲赁住数十日。其人笑曰：“君痴矣，此岂可赁地耶？”即命小童送出。华问地名，对曰：“琅环福地也。”华甫出门，忽然自闭，华回视之，但见杂草藤萝，绕石而生，石上苔藓亦合，初无缝隙。抚石徘徊久之，望石下拜而归。华后著《博物志》，多琅环中所得，帝使削去，可惜也。

朝，而海内晏然”（《晋书》本传）。此后西晋又有十年较稳定的局面，对此张华是大有贡献的。赵王司马伦（？～301）发动政变消灭贾后、贾谧，很想拉拢这位老资格的政治家，但张华自有其忠君的原则，不肯同这个大有篡位倾向的王爷合作，结果很快被杀。

张华一方面具有很高的政治军事才干，有很浓厚的儒家思想，具有很高的学术素养，又同当时的玄学名士来往密切，《世说新语·品藻》载：

刘令言始入洛，见诸名士而叹曰：“王夷甫太鲜明，乐彦辅我所敬，张茂先我所不解，周弘武巧于用短，杜方叔拙于用长。”

刘讷（令言）也是当时的一位名士，他后来当到司隶校尉。又《世说新语·言语》载：

诸名士共至洛水戏，还，乐令问王夷甫曰：“今日戏乐乎?”王曰：“裴仆射善谈名理，混混有雅致；张茂先论《史》《汉》，靡靡可听；我与王安丰说延陵、子房，亦超超玄箸。”

乐广（彦辅）、王衍（夷甫）、裴颀（逸民）、王戎（安丰）皆当时一流玄学名士，张华与他们并驾齐驱，而那些人的实际事功全都不行。张华对神仙道教也很有兴趣，有些言行颇近于方士。总之他是一位百科全书式的大人物，而其主要的身份当然还是政治家。

张华后半生达到了政治事业的顶峰；同时也是那时的文坛领袖。这个地位同他拥有很高的官位当然有关，但并不只靠地位，或者说主要不靠这个——他在文学创作、文学批评方面有着很高的成就；他又一向关心青年，奖掖后进，团结了一大批各个方面的人才。《晋书》本传说，张华“性好人物，诱进不倦，至于穷贱候门之士有一介之善者，便咨嗟称咏，为之延誉”。左思、张载、成公绥等人都得到他的栽培，来自被战胜国的青年才俊陈寿、陆机、陆云等人尤其得到他的关照。张华对文学事业最大的贡献就在于他奖掖青年这个方面。他高度重视团结南方作家，意义十分重大，远远超出了文学的范围。南北文化的交流，对中国未来的发展具有重要作用。

从创作方面来说，张华诗赋兼长，文章高妙，还写过一部篇幅很大的小说《博物志》，几项全能。

他早年创作的《鷦鷯赋》是历来传诵的名篇，得到过阮籍的夸奖，被认为是苗头最好的青年作家，且有王佐之才。《鷦鷯赋》是祢衡《鹦鹉赋》以后最优秀的咏物赋，曾被萧统录入《文选》(卷十三)。鹪鹩生活要求很低，“生于蒿莱之间，长于藩篱之下，翔集寻常之内，而生生之理足矣”；这种小鸟对人来说没有什么用处，因此也就很安全，族类繁滋；张华抓住它这一特点来寄托自己的思想和情意：

> 何造化之多端兮，播群形于万类。惟鹪鹩之微禽兮，亦摄生而受气。育翩翾之陋体，无玄黄以自贵。毛弗施于器用，肉弗登于俎味。……其居易容，其求易给。巢林不过一枝，每食不过数粒。栖无所滞，游无所盘。匪陋荆棘，匪容茝兰。动翼而逸，投足而安。委命顺理，与物无患。

大有庄子的意思。一个正在为事业艰苦奋斗的人，多少有些这样的意思，可以缓解精神上的压力，获得心理的安静。张华虽然一向居于高位，但也受到过打击，深感朝廷里事情难做，晚年颇有归隐的意向，其《归田赋》有云：“随阴阳之开阖，从时宜以卷舒。冬奥处于城邑，春游放于外庐……丰蔬果之林错，茂桑麻之纷敷。用天道以取资，行药物以为娱。时逍遥于洛滨，聊相佯以纵意……眇万物而远观，修自然之通会。以退足于一壑，故处否而忘泰。”但这也不过说说而已，他卷入政治实在太深，已经不可能退出了；只是在郊外安排一处庄园别墅，有时去放松一下而已。西晋的官僚无不致力于修建自家的庄园，具有很强的经济实力，他们能有相对独立的人格，是有这个基础为依靠的。

张华又曾在辞赋中大写婚姻和爱情，其《永怀赋》《感婚赋》都写得缠绵悱恻；这些内容在他的诗里也有充分的反映。

张华也是一位有成就的诗人。其乐府诗多慷慨激昂之音，如《游侠篇》《游猎篇》《壮士篇》，很可能作于他在幽州守边期间，读来令人想起曹植的《白马篇》，只是辞藻更为华丽。他亦善于描写儿女之情，《情诗五首》《感婚诗》尤为脍炙人口，如前者其二云：

> 明月曜清景，昽光照玄墀。幽人守静夜，回身入空帷。束带俟将朝，廓落晨星稀。寐假交精爽，觌我佳人姿。巧笑媚欢靥，联娟眸与眉。寤言增长叹，凄然心独悲。

明月当阶，系念佳人，精神恍惚，通宵达旦。“巧笑”二句写“佳人姿”如特写镜头，点到即止，一闪而过，给人留下的印象却很深。

钟嵘《诗品》将张华列入中品，又说“今置之中品疑弱，处之下科恨少”，然则实在中下之间；评语说：“其体华艳，兴托多奇，巧用文字，务为妍冶。虽名高囊代，而疏亮之士，犹恨其儿女情多，风云气少。”写《情诗》《感婚》一类的诗其实是非儿女情多不可的；他的风云气另有表现。至于非常讲究辞藻的华丽则确为张华的爱好，而同时也是西晋诗歌共同的倾向，这也并不完全是消极的。在经历了一段政治军事的恶斗之后，社会重新稳定下来，这时往往会出现一个爱情文学的高潮，人们要从爱情和婚姻生活中寻求休息和寄托，傅玄、张华一类高官也不例外，甚至更加是如此。

张华的文章现在也还可以看到若干，大抵是与公务有关的应用文，同文学的关系比较远，也与他那些充满情致的诗赋不同，中国古人习惯于分档处理。

《博物志》是张华的一部名著，据说原有四百卷之多，后删节而成十卷，但现在所能看到的十卷本乃出于后人拾掇残文而成，紊乱残缺，虽经许多学者反复整理，仍然不容易恢复原貌；集外尚有遗文不少。这大抵是一部杂录的笔记，其中有近于今之所谓小说者，更多的则是各种地理山川、珍稀物品、历史故事、奇事逸闻、零星知识的杂录——后来的笔记小说往往沿袭这样的路径，即使在文言小说之最高成就的《聊斋志异》中，也还是有不少这一类庞杂的内容①。

《博物志》中有少数条目略近于今之所谓小说，如卷十载：

> 旧说云，天河与海通。近世有人居海渚者，年年八月有浮槎，去来不失期。人有奇志，立飞阁于查(槎)上，多赍粮，乘槎而去。十余日中，犹观星月日辰，自后茫茫忽忽，亦不觉昼夜。去十余日，奄至一处，有城郭状，屋舍甚严，遥望宫中多织妇。见一丈夫，牵牛渚次饮之。牵牛人乃惊问曰：“何由至此？”此人具说来意，并问此是何处；答曰：“君还至蜀郡，访严君平则知之。”竟不上岸，因还如期。后至蜀，问君平，曰：“某年月日，有客星犯牵牛宿。”计年月，正是此人到天河时也。

这当是源远流长的牛郎织女故事发展中的一个重要环节，也可见古人关于太空飞行的美妙幻想。更多的是各种异闻的零星记载，如卷二记异俗有云：

> 楚之南有炎人之国，其亲戚死，朽之肉而弃之，然后埋其骨，乃为孝也。

---

① 参见顾农《〈聊斋志异〉中的非小说》，《中国社会科学报》2009年12月24日《后海》副刊。

按，此即所谓剔骨葬，古代某些少数民族实行之，李白也曾为他的朋友实行此种葬法。此外又有零星知识，如卷四记如何染黑胡须：

胡粉、白石灰等以水和之，涂鬓须，不白。涂讫著油，单裹令温暖，候欲燥未燥间洗之。汤则不得著，晚则多折。用暖汤洗讫，泽涂之。欲染，当热洗，鬓须有腻不著药，临染时亦当拭须燥温之。

材料、过程和注意事项均一一道来，由此人们可以知道当时的社会风气和科技水平。张华蓄了一部很漂亮的胡须，平时很注意保养①，这里介绍的一套操作，大约包括他本人的经验在内。

《博物志》中又有若干零星史料，可补史书之未备，读来颇有兴味，如卷五载曹操实行皇甫隆所传授的养生秘诀云：

皇甫隆遇青牛道士姓封名君达，其余养性（生）法即可放（仿）用，大略云："体欲常少劳，无过虚，食去肥浓，节酸咸，减思虑，损喜怒，除驰逐，慎房室。施泻，秋冬闭藏。"别篇。武帝行之有效。

按，曹操曾给皇甫隆写过一封信，请教养生长寿之道，后来收入《曹操集》；曹操曾根据方士们的意见实行过"服食"（吃补药）和"导引"（练气功），大约效果并不明显吧，所以还是要向真正长寿的人请教其中奥妙；其下文如何，在《曹操集》里看不到，在《三国志·魏书·武帝纪》以及裴松之注所引用的史料里也找不到；而张华的这一记载让人们明白皇甫隆把自己得之于道士封君达的几条基本原则都传给了曹操，而曹操也确实照办。皇甫隆所讲的几条非常精彩，现在的科学家讲养生长寿之道，大体上无非也还是这些意见。

三

《晋书》卷九十二《文苑传》共为十七位文人立传，以应贞（字吉甫，？～

① 张华"好帛绳缠须"，陆云"见而大笑，不能自已"，见《晋书·陆云传》。汉魏时代的男性以胡须为性感的一大标志，如汉乐府民歌《陌上桑》里的女主人公罗敷夸奖自己的丈夫说"何用识夫婿？白马从骊驹。青丝系马尾，黄金络马头。腰中鹿卢剑，可直千万余。十五府小史，二十朝大夫。三十侍中郎，四十专城居。为人洁白皙，鬑鬑颇有须。盈盈公府步，冉冉府中趋。坐中数千人，皆言夫婿殊"，前面讲他的坐骑高级，官运亨通，最后说他皮肤很白，还有一部很时髦的小胡子，终于讲到最要害之处。参见顾农《眉毛与胡子》，香港《文汇报》2008 年 9 月 16 日《文汇园》副刊。

269)为首。这固然是因为他年辈比较高，同时也因为他被认为文学成就也比较高，该传序中有云“至于吉甫、太冲，江右之才杰；曹毗、庾阐，中兴之时秀”，从十七位当中选出四个杰出代表来，还是以他为首。可是现在看上去应贞在文学上并没有什么贡献，《晋书》本传全文引用过的他的四言名作《晋武帝华林园集诗》，该诗华丽空洞，四平八稳，官腔十足，乃是一典型的歌功颂德的文字，完全没有诗意。此诗又曾被录入《文选》(卷二十)，列入“公宴”类。

华林园亦称芳林园，是那时的皇家园林，晋武帝司马炎多次在此举行集会，令臣下赋诗，其中泰始四年(268)的一次留下的作品比较多，应贞的诗即作于此时①。完全御用的作品现在看去固然毫无意味，但在当时却很有影响，其歌功颂德的基调和繁丽堂皇的文采都成为一时的样板，引起过广泛的模仿，推动了西晋绮靡诗风的滋长。《华林园集诗》占据了《晋书·应贞传》一大半的篇幅，剩下来介绍他生平的文字只有寥寥几行：

> 应贞字吉甫，汝南南顿人，魏侍中(应)璩之子也。自汉至魏，世以文章显，轩冕相袭，为郡盛族。贞善谈论，以才学称。夏侯玄有盛名，贞诣玄，玄甚重之。举高第，频历显位。武帝为抚军大将军，以为参军。及践阼，迁给事中。帝于华林园宴射，贞赋诗最美。其辞曰……初置太子中庶子官，贞与护军长史孔恂俱为之。后迁散骑常侍，以儒学与太尉荀颉撰定新礼，未施行。泰始五年卒，文集行于世。

如此而已。应贞乃是在官场上一帆风顺的官僚，创作上没有什么成就是必然的事情。除了那一首深得古代史官之心的《华林园集诗》以外，现在还能看到几篇辞赋的碎片(《全晋文》卷三十五)，文字素养不错，但没有什么新意，平稳而已。

中国古代有一大批这样的官僚。文化水平很高，也有一定的文学修养，会写文章；由于他们主要的精力都用在当官上，又一向很得意，所以写不出什么像样的作品来。在应氏家族中早有这样的人，例如应贞的伯父应玚，就是“建安七子”中最平庸的一个，其人平生所作，以《侍五官中郎将建章台集诗》为最著名，也是歌颂顶头上司的平庸之作，正足以与应贞的《华林园集诗》前后照应。“公宴”类从无好诗。

应氏家族确实是“自汉至魏，世以文章显”，其第一代的应奉，第二代的应

---

① 详见《文选》此诗题下李善注引干宝《晋纪》、孙盛《晋阳秋》。

劭，第三代的应玚、应璩、应琳，第四代的应贞，以及此后第五代的应詹、第六代的应亨等等，都有文章传世。应亨曾经自豪地说“自司隶校尉奉至臣父，五世著作不绝，邦族以为美谈”（《让著作表》）。这样历史悠久的书香门第往往以出现若干平庸的文学人物为代价。如果很有个性，讲究独立的人格自由的思想，在政治纷乱的时代，很难保持几代人的平安无事，更做不到“世以文章显”。

夏侯湛（243～291）出于谯郡夏侯氏这一曹魏时代最显赫的门第。这样的出身，决定了夏侯湛虽才华极高，而在西晋的政治格局里只能沉沦于下僚。《晋书·夏侯湛传》的绝大部分篇幅是全文照录他的《抵疑》和《昆弟诰》，剩下的文字很少，略云：

> 夏侯湛字孝若，谯国谯人也。祖威，魏兖州刺史。父庄，淮南太守。湛幼有盛才，文章宏富，善构新词，而美容观，与潘岳友善，每行止同舆接茵，京都谓之“连壁”。
>
> 少为太尉掾。泰始中，举贤良，对策中第，拜郎中，累年不调，乃作《抵疑》以自广……后选补太子舍人，转尚书郎，出为野王令。以恤隐为急，而缓于公调。政清务闲，优游多暇，乃作《昆弟诰》……居邑累年，朝野多叹其屈。除中书侍郎，出补南阳相。迁太子仆，未就命，而武帝崩。惠帝即位，以为散骑常侍。元康初，卒，年四十九。著论三十余篇，别为一家之言。

“朝野多叹其屈”而问题不得解决的根子就在于他的门第——他的祖先同曹魏政权关系太深了。曹操之父曹嵩即出于夏侯氏，后来当了曹腾的养子，才改姓为曹[①]。后来“夏侯、曹氏，世为婚姻”（《三国志·魏书·诸夏侯曹传》），这两个家族关系密切，几不可分。夏侯湛的曾祖父乃是曹魏大将夏侯渊；伯祖夏侯霸与曹爽关系密切，当司马懿发动高平陵政变诛杀曹爽后，其人逃往蜀汉那边政治避难，其子孙则被司马氏徙往东北边远地区[②]。从这个意

① 《三国志·魏书·武帝纪》注引吴人作《曹瞒传》及郭颁《世语》云：“嵩，夏侯氏之子，夏侯惇之叔父。太祖（曹操）于惇为从父兄弟。”《三国志·魏书·夏侯渊传》：“夏侯渊字妙才，惇族弟也。”

② 《三国志·魏书·夏侯渊传》：“长子衡，尚太祖弟海阳哀侯女，恩宠特隆。衡袭爵，转封安宁亭侯。黄初中，赐中子霸……霸，正始中为讨蜀护军右将军，进封博昌亭侯，素为曹爽所厚。闻爽诛，自疑，亡入蜀。以渊旧勋赦霸子，徙乐浪郡。霸弟威，官至兖州刺史。”

义上来说,夏侯氏与司马氏是严重敌对的。

但是夏侯湛的家庭还有另外一个方面的社会关系,即与司马师有着不算很远的姻亲。《三国志·魏书·夏侯渊传》注引《世语》云:“威字季权,任侠。贵历荆、兖二州刺史。子骏,并州刺史。次庄,淮南太守。庄子湛,字孝若,以才博文章,至南阳相、散骑常侍。庄,晋景阳皇后姊夫也。由此一门侈盛于时。”夏侯湛本人仕途不顺,满腹牢骚,恐怕谈不上“盛”;“侈”则有之,《晋书》本传说他“性颇豪侈,侯服玉食,穷滋极珍”。西晋初年,乱局基本结束,享乐主义盛行,像夏侯湛这样感士不遇的浊世佳公子走上讲吃讲穿穷奢极侈的路上去,是势所必至的事情。

所谓“景阳皇后”指司马师夫人羊徽瑜,晋王朝建立后被尊为弘训太后。夏侯湛曾提到过他的母亲“羊姬”(见《昆弟诰》),应是羊徽瑜的姊姊,所以夏侯湛可以算是武帝司马炎的平辈亲戚,只关系略远一点。又司马师原配夫人、后来称为“景怀皇后”者为谯人夏侯尚之女夏侯徽,而夏侯尚乃夏侯渊的从子。司马氏与谯郡夏侯氏有着多重亲戚关系。夏侯庄一家在魏晋易代之后没有倒什么大霉,同这一层关系密切相关。夏侯湛能够那样奢侈,也正表明他还享有许多世袭的财产,经济上仍有特权,只是仕途不大顺利而已。

夏侯湛始终以自己的家族为自豪,在著名的《昆弟诰》中他曾经兴高采烈而且十分严肃地说起“皇曾祖愍侯(夏侯渊),寅亮魏祖,用康乂厥世,遂启土宇,以大综厥勋于家。我皇祖穆侯(夏侯威),崇厥基以允厘显志,用恢阐我令业。维我后府君侯(夏侯庄),祇服哲命,钦明文思,以熙柔我家道,丕隆我先绪”。祖宗三代全都闪闪发光。夏侯湛还曾为两位早逝的从祖立传,据《三国志·魏书·夏侯渊传》裴松之注引《世语》,其文如下:

> 称字叔权。自孺子而好合聚童儿,为之渠帅,戏必为军旅战陈之事,有违者辄严以鞭捶,众莫敢逆。渊阴奇之,使读《项羽传》及兵书,不肯,曰:“能则自为耳,安能学人?”年十六,渊与之田,见奔虎,称驱马逐之,禁之不可,一箭而倒,名闻太祖。太祖把其手喜曰:“我得汝矣。”与文帝为布衣之交,每宴会,气陵一坐,辩士不能屈。世之高名者多从之游。年十八,卒。
>
> 弟荣,字幼权,幼聪惠,七岁能属文,诵书日千言,经目辄识之。文帝闻而请焉。宾客百余人,人一奏刺,悉书其乡邑名氏,世所谓爵里刺也,客示之,一寓目,使之遍谈,不谬一人。帝深奇之。汉中之败,荣年十三,左右提之走,不肯,曰:“君亲在难,焉所逃死?”乃奋剑而战,遂没陈。

按,夏侯称为夏侯渊第三子,夏侯荣为第五子,都与夏侯威为亲弟兄。这里的两段记载用典型的细节写出他们不同凡响的文才武略和高尚品质,虎虎有生气,其中提到太祖曹操、文帝曹丕,都充满了感情。夏侯氏的兴起与荣宠,与曹魏集团有莫大的关系;改朝换代之后,年轻的夏侯湛不胜今昔之感,发而为文,遂不免带一些遗少气息。

对于自己面临的新局面,夏侯湛当然一筹莫展,他只能与世推移,但内心总有些耿耿。他在若干不同内容不同形式的作品中一再流露过自己的身世之感。例如他那篇著名的《东方朔画赞》(《文选》卷四十七),即用咏史诗的手法借古人来抒情。夏侯湛的父亲夏侯庄曾为乐陵郡太守,而这里正是东方朔的故乡,夏侯湛来此省亲时见到东方朔祠堂中的遗像,有感而作。赞中除了依据史传称颂其人的种种卓异不凡之外,又有如下的归纳:

> 洁其道而秽其迹,清其质而浊其文。弛张而不为邪,进退而不离群。若乃远心旷度,赡智宏材。倜傥博物,触类多能……戏万乘若寮友,视俦列如草芥。雄节迈伦,高气盖世。可谓拔乎其萃,游方之外者已。

与其说这些是东方朔所固有的特点,不如说乃是夏侯湛心目中的形象,也是他本人对理想人格的一种描绘。他还为虞舜、左丘明、颜回、闵子骞、管仲、鲍叔、范蠡、鲁仲连、庄周等人写过赞,可惜现在只能看到某些片段,无从窥见作者的特别发现以及他如何借题发挥。《东方朔画赞》一篇跳出,实属难能可贵;而同时也就不能如左思一组《咏史》诗那样产生巨大的影响。系列作品的力量总是要大得多。

夏侯湛本人是做不到东方朔那样雄迈特立的,虽不能至,心向往之。从夏侯湛的传记和作品来看,他一向有些随遇而安的意思,而内心深处并不以此为然,所以精神十分痛苦。在《浮萍赋》中他不胜感慨地写道:

> 仰熙阳曜,俯凭绿水。渟不安处,行无定轨。流息则宁,涛扰则动。浮轻善移,势危易荡。似孤臣之介立,随排挤之所往。内一志以奉朝兮,外结心以绝党。萍出水而立枯兮,士失据而身枉。睹斯草而慷慨兮,固知直道之难爽。

作者从浮萍的特性中得到切身的感悟,眼中的物象已经成为一个象征,自己命运的象征。这样的赋已经完全是咏物诗的写法了。

在西晋作家中,夏侯湛赋保存下来的大约要算最多的之一,可惜大部分只能看到片断而非全文，其中咏物的篇章不少，另外也有写田猎、音乐、舞蹈等传统题材，颇能花样翻新别出心裁，例如《猎兔赋》后半云：

马释控以长骋，郁腾虚而陵厉。翕习于回阻之间，绕缭于山泽之际。盘迂游田，其乐泄泄。心既倦兮日迁，命舆驾兮将还。息徒兰圃，秣骥华田。目送归鸿，手挥五弦。优哉游哉，聊以永年。

这里表现的是打猎的高潮及归来时的情景，看似平常，而其中颇有讲究。“息徒兰圃，秣马华山”“目送归鸿，手挥五弦”乃是嵇康《兄秀才公穆入军赠诗》中的名句，原来在同一首中而不连在一起，夏侯湛大胆而巧妙地把它们抄来（改了两个字），如同己出，天衣无缝。这里引人注目的地方在于，嵇康是作为政治犯被当今皇帝之父司马昭杀掉的，虽然司马昭很快就后悔了，但此案一直没有平反，西晋士人除向秀、王戎等老朋友之外，很少有谈嵇康的——嵇康以至整个“竹林七贤”热起来是晋室南渡以后的事情，那时的形势已经很不同了。夏侯湛以赋诗言志的手法引用嵇康，实际上是把其人的作品当作经典，同时也就表明了一种政治态度。他对于曹魏政权以及支持或倾向于这一政权的人物，总是充满了感情，并且公开地有所流露。在西晋，这样的作家并不多见。

夏侯湛的另一特异之处在于，在当时那样一个五言腾踊的时代竟然完全不写五言诗（当然也可能是全部亡佚了），他一方面替《诗经》补写所谓“笙诗”六章（今仅存八句）①，又写了《春可乐》《秋可哀》《秋夕哀》《苦寒谣》《长夜谣》《山路吟》《离亲咏》《江上泛歌》《征迈辞》等一批楚歌似的短章，可以算是诗，所以《先秦汉魏晋南北朝诗》收入，见《晋诗》卷二；当然也不妨看成是微型辞赋，所以《全上古三代秦汉三国六朝文》也收入了，见于《全晋文》卷六十八。夏侯湛似乎很有进行文体探索创新的热情。这在当时也是不多见的。

唐修《晋书》卷五十六曾为孙楚（字子荆，？～293）立传，比较简略，尤其遗憾的是有卒年而无年岁，遂使其生年不明。传云：

孙楚字子荆，太原中都人也。祖资，魏骠骑将军。父宏，南阳太守。

---

① 《世说新语·文学》：“夏侯湛作《周诗》成，示潘安仁。安仁曰：‘此非徒温雅，乃别见孝悌之性。’潘因此遂作《家风诗》。”注中引出八句，即今天可见之全部。夏侯湛一向与潘岳齐名，《晋书·文苑传序》称“潘夏连辉，颉颃名辈”。

楚才藻卓绝，爽迈不群，多所陵傲，缺乡曲之誉。年四十余，始参镇东军事。

……

初，楚与同郡王济友善，济为本州大中正，访问铨邑人品状，至楚，济曰："此人非卿所能目，吾自为之。"乃状楚曰："天才英博，亮拔不群。"楚少时欲隐居，谓济曰："当欲枕石漱流"，误云"漱石枕流"。济曰："流非可枕，石非可漱。"楚曰："所以枕流，欲洗其耳；所以漱石，欲厉其齿。"楚少所推服，惟雅敬济。初，楚除妇服，作诗以示济，济曰："未知文生于情，情生于文，览之凄然，增伉俪之重。"

孙楚出身名门，青年时代却有隐居之志，开始出仕时已经四十多岁了，这是很不寻常的。中古时代的名门子弟一般总是很早就进入仕途，占据要津；但孙楚的选择不难从他所处的时代得到解释，在他的青年时代，忠于曹魏的势力正在同司马氏集团反复较量，一大批人头落地，政治生活中充满了不确定的因素，时世艰难，人心唯危，究竟站在哪一边是不容易作出判断、下定决心的。连山涛——他与司马氏有不算远的亲戚关系——都隐居了一段时间，以便从容地窥测方向，决定去取；"竹林七贤"当初全是隐士，后来才分道扬镳。只有嵇康一直坚持隐逸的立场，不料却为司马昭所杀。就许多一时的隐退者而言，退一步往往正是为了进两步。

孙楚的祖父孙资属于曹魏政治集团的核心人物之一，在文帝、明帝、齐王芳几代皇帝身边执掌机密；正始年间，孙资一度称病不出①；嘉平以后，权在司马氏，作为资深高官他只能凭借惯性居于高位而无所作为。在这样的情况下，高官之孙的孙楚"欲隐居"固然是明智的选择，同时也是不得已的事情。后来，反司马氏的斗争先后全失败了，最后诸葛诞举兵反司马氏也未能得手，政局完全明朗了——司马氏代表了政局的未来，于是孙楚开始出仕。

《晋书·孙楚传》之所谓"始参镇东军事"的"镇东"指镇东将军石苞。石苞在魏末官运颇为亨通，他本是一个穷小子，碰到机会，先当县吏、中护军司马，然后升迁至典农中郎将、太守、刺史，稍后又升格为奋武将军，然后更进一步，任镇东将军，再升为征东大将军。孙楚要寻一个府主，这样迅速上升的政治明星当然是合适的人选。《晋书·石苞传》载："……乃迁苞为奋武将军、假

① 《三国志·魏书》本传注引《资别传》："大将军爽专事，多变易旧章。资叹曰：'吾累世蒙宠，加以豫闻属托，今纵不能匡弼时事，可以坐受素餐之禄邪？'遂固称疾。"

节、监青州诸军事。及诸葛诞举兵淮南，苞统青州诸军，督兖州刺史州泰、徐州刺史胡质，简锐卒为游军，以备外寇……寿春平，拜苞镇东将军，封东光侯、假节。顷之，代王基都督扬州诸军事。苞因入朝，当还，辞高贵乡公，留语尽日。既出，白文帝曰：'非常主也。'数日而有成济之事。后进位征东大将军，俄迁骠骑将军。"司马氏杀掉年轻有为的高贵乡公曹髦，另立常道乡公曹奂，改朝换代的机运已近于完全成熟；在这一过程中石苞更立新功，地位进一步高升。

由"始参镇东军事"一语可以推知，孙楚入石苞幕应在平定淮南叛乱之后不久、石苞驻镇扬州(治寿春)之时。《资治通鉴》卷七十九《晋纪一》泰始四年(268)载"大司马石苞久在淮南，威惠甚著"，胡注云"魏高贵乡公甘露三年，平诸葛诞，苞代镇淮南，至于是凡十一年"。这样看来，孙楚"始参镇东军事"很可能就在甘露三年(258)，或者略晚些时候。这时他"年四十余"，也就是四十小几，姑且假设为四十三，则孙楚的生年应在黄初七年(226)前后，年齿在傅玄、张华之间。

孙楚不仅谙于进退语默，很有政治头脑，而且也大有才华，所以能得到人才学专家王济的高度评价。《世说新语·言语》有"王武子孙子荆各言其土地人物之美"条，刘孝标注引《晋阳秋》已经提到王济(武子)品题孙楚一事，其评语作"天才英特，亮拔不群"——这应当是唐修《晋书》的史源之一。"访问"为当时"中正"的下级，铨叙人物是他们的分内之事，但轮到给孙楚下结论的时候，王济认为他们的水平不足以品目其人，须亲自出马，他提出的这八个大字确实很精彩，很到位。又《世说新语·文学》载：

> 孙子荆除妇服，作诗以示王武子(济)，王曰："未知文生于情，情生于文，览之凄然，增伉俪之重。"

是为《晋书·孙楚传》之另一史源。刘孝标注引《孙楚集》云："妇，胡毋氏也"，又引其诗云：

> 时迈不停，日月电流。神爽登遐，忽已一周。礼制有叙，告除灵丘。临祠感痛，中心若抽。

这是孙楚在胡毋(双姓)夫人逝世一周年亦即他本人遵礼解除丧服时写的一首诗，现在看到的只有这么八句，很可能已非原作的全文，但从中已经可以感受到他的感情非常真挚纯朴。为已经去世的夫人写这么一首很动感情的诗，先例是很少的，却为此后潘岳的悼亡诗导夫先路。王济高度评价这首题材很前卫的新诗，极有眼光，在文学批评史上应当大书一笔。中国文学批评史的材料有不少是在古人的口头上，往往只见诸时人的记述，而未必写入他本人的文章或著作——在研究中古时代的文学批评时，注意到这一点尤其重要，因为这时许多人高度重视谈话，不一定动笔。孙楚乃性情中人；在政治局面微妙复杂、人命危浅的时候，亲情也往往会显得特别重要而且美好。当胡毋夫人健在的时候，孙楚也曾为她写过诗①。晋代的名士大抵都是感情很丰富的人，“深情”乃是构成名士风流的必要条件之一。

据《晋书》本传，孙楚在离开扬州征东大将军府以后的经历是：

> 楚后迁佐著作郎，复参石苞骠骑军事。楚既负其材气，颇侮易于苞，初至，长揖曰：“天子命我参卿军事。”因此而嫌隙遂构。苞奏楚与吴人孙世山共讪毁时政，楚亦抗表自理，纷纭经年，事未判，又与乡人郭奕忿争。武帝虽不显明其罪，然以少贱受责，遂湮废积年……征西将军、扶风王骏与楚旧好，起为参军。转梁令，迁卫将军司马……惠帝初，为冯翊太守。元康三年卒。

石苞是孙楚初入仕时的府主，不料他们二人后来竟闹僵了。当时开府的将军是可以自辟僚佐的，有时朝廷也给他这里安排若干下属，先前孙楚“参镇东军事”大约是由石苞自行征辟的，后来他当过一段佐著作郎，已为朝廷命官，所以这一回再到石苞手下来参军事，他就以“天子命我”为言，这在石苞听上去就显得前恭而后倨，遂想办法来收拾他。封建时代的大官很希望部下与自己有完全隶属的人身依附关系，孙楚现在却表现出某种自大，这是石苞大将军不能容忍的。本传中“以少贱受责”一语至可注意，在一般情况下，“少贱”与“受责”并没有任何关系，石苞其人的“少贱”才是更典型的。所以这里当另有所指，其潜台词恐怕是，作为曹魏高官后代的孙楚，青年时代长期不肯为司马氏效劳，表现是不好的；晋武帝司马炎还记得他的历史，现在乘机给他一个不予起用的沉重打击。

孙楚的知心好友王济死得较早，孙楚非常伤心。《晋书·王济传》载：

> 年四十六，先（其父）浑卒，追赠骠骑将军。及其将葬，时贤无不毕

① 《文馆词林》卷一五二有孙楚的《赠妇胡毋夫人别》，可惜有目无文。或以为这首赠别诗就是“时迈不停”那一首，不确；这里有着生离死别之不同。

至。孙楚雅敬济，而后来，哭之甚悲，宾客莫不垂涕。哭毕，向灵床曰："卿常好我作驴鸣，我为卿作之。"体似声真，宾客皆笑。楚顾曰："诸君不死，而令王济死乎！"

为逝者作驴鸣以送之，先有汉末戴良"母喜驴鸣，良尝学以娱乐焉"(《后汉书·逸民列传》)，后有告别王粲遗体时曹丕与其他赴客"皆一作驴鸣"(《世说新语·伤逝》)的成例；而孙楚更进一步，不仅讲究音响效果，而且表演身段，这样就与送葬的气氛太不相合，很有些反效果了；对于皆笑的宾客孙楚竟以恶语相加，虽然有点不近情理，但从中颇可考见他与王济的生死交情，以及他的风格：一向我行我素，完全不理会世俗的风习。这里既有高官后代的功架，也是一种典型的名士风度。

孙楚最著名的文章《为石仲容与孙皓书》作于魏末咸熙元年(264)。此文《晋书》本传全文录入，前此它已经被选进了萧统《文选》(卷四十三)。

《文选》本文题下李善注引臧荣绪《晋书》云："石苞，字仲容。太祖辅政，都督扬州诸军事，进位征东大将军……太祖遣徐劭、孙郁(按，《晋书·孙楚传》作符劭、孙郁，而《三国志》《资治通鉴》皆作徐绍、孙彧，后者可从)至吴，将军石苞令孙楚作书与孙皓。劭至吴，不敢为通。"按，当时遣使至吴是为了"开广大信""谕以祸福"[①]，拉拢新上台的孙皓，稳住东南的局势[②]。使者徐劭压下署名石苞的信不敢交出去，无非是因为孙楚执笔的这封信措辞过于激烈，简直像一份最后通牒。此信的后几段写道：

> 方今百僚济济，俊乂盈朝，虎臣武将，折冲万里。国富兵强，六军精练，思复翰飞，饮马南海。自顷国家，整治器械，修造舟楫，简习水战，伐树北山，则太行木尽，浚决河洛，则百川通流。楼船万艘，千里相望。自刳木以来，舟车之用，未有如今日之盛者也。骁勇百万，畜力待时，役不再举，今日之谓也。
>
> 然主上眷眷，未便电迈者，以为爱民治国，道家所尚，崇城自卑，文王

---

① 《资治通鉴》卷七十八《魏纪十》咸熙元年："冬十月丁亥，诏以寿春所获吴相国参军事徐绍为散骑常侍，水曹掾孙彧为给事黄门侍郎，以使于吴，其家人在此者悉听自随，不必使还，以开广大信。晋王(司马昭)因致书吴主，谕以祸福。"

② 《三国志·魏书·三少帝纪》载咸熙元年冬十月丁亥诏书，略谓遣使去吴的任务是"宣扬国命，告喻吴人，诸所示语，皆以事实，若其觉悟，不损征伐之计，盖庙胜长算，自古之道也"。

退舍。故先开示大信,喻以存亡,殷勤之旨,往使所究。

若能审识安危,自求多福,蹶然改容,祗承往告,追慕南越,婴齐入侍,北面称臣,伏听告策,则世祚江表,永为藩辅,丰报显赏,隆于今日矣。若侮慢不式王命,然后谋力云合,指麾风从,雍益二州,顺流而东,青徐战士,列江而西,荆扬兖豫,争驱八冲,征东甲卒,虎步秣陵。尔乃皇舆整驾,六师徐征,羽檄烛日,旌旗流星,游龙曜路,歌吹盈耳。士卒奔迈,其会如林,烟尘俱起,震天骇地,渴赏之士,锋镝争先。忽然一旦,身首横分,宗祀屠覆,取诫万世,引领南望,良以寒心。

夫治膏肓者必进苦口之药,决狐疑者必告逆耳之言;如其迷谬,未知所投,恐俞附见其已困,扁鹊知其无功也。勉思良图,惟所去就。石苞白。

这样的措辞,近于先前陈琳为他的主公(先后为袁绍、曹操)写的檄文,很有点杀气腾腾,因而与当时中枢的思路和策略有些出入,与掌握最高权力的相国司马昭让两位使者带到东吴去的信,立言亦颇有异同。按,《三国志·吴书·三嗣主传》载元兴元年(即魏之咸熙元年〔264〕)孙皓登上帝位之初,“晋文帝(司马昭)为魏相国,遣昔吴寿春城降将徐绍、孙彧衔命赍书,陈事势利害,以申喻皓”,裴注引《汉晋春秋》所载司马昭致孙皓的信,略谓:“圣人称有君臣然后有上下礼义,是故大必字小,小必事大,然后上下安服,群生获所。逮至末涂,纯德既毁,剿民之命,以争强于天下,违礼顺之至理,则仁者弗由也。方今主上圣明,覆帱无外,仆备位宰辅,属当国重。唯华夏乖殊,方隅圮裂,六十余载,金革亟动,无年不战,暴骸丧元,困悴罔定,每用悼心,坐以待旦。将欲止戈兴仁,为百姓请命,故分命偏师,平定蜀汉,役未经年,全军独克。于时猛将谋夫,朝臣庶士,咸以奉天时之宜,就既征之军,借吞敌之势,宜遂回旗东指,以临吴境。舟师泛江,顺流而下,陆军南辕,取径四郡,兼成都之械,漕巴汉之粟,然后以中军整旅,三方云会,未及浃辰,可使江表厎平,南夏顺轨。然国朝深惟伐蜀之举,虽有静难之功,亦悼蜀民独罹其害,战于绵竹者,自元帅以下并受斩戮,伏尸蔽地,血流丹野。一之于前,犹追恨不忍,况重之于后乎。是故旋师按甲,思与南邦共全百姓之命。夫料力忖势,度资量险,远考古昔废兴之理,近鉴西蜀安危之效,隆德保祚,去危即顺,屈己以宁四海者,仁哲之高致也;履危偷安,陨德覆祚,而不称于后世者,非智者之所居也。今朝廷遣徐绍、孙彧献书喻怀,若书御于前,必少留意,回虑革算,结欢弭兵,共为一家,惠矜吴会,施及中土,岂不泰哉!此昭心之大愿也,敢不承受。若不获命，则普天率土，期于大同，虽重干戈，固不获已也。”司马昭的这封信，意思乃是“结欢弭兵”，劝其臣服，语气比较平缓，意识形态的色彩相当浓厚，充满了仁者爱人之意。这大约是因为当时他最关心的是内部改朝换代的大事，并不急于向孙吴方面用兵。孙楚在为石苞起草那封信的时候，对于中枢的态度应当是清楚的，却并没有完全照那个基调来办，而是写得很有些咄咄逼人。但是这种不尽一致恰恰可以形成很好的配合，达成震慑对方的最终目的。信中特别提到未来平吴之役的设想，有所谓“征东甲卒，虎步秣陵”，意思说征东大将军石苞将率部一路杀进孙吴的首都，这样的措辞，就代石苞将军写信的角度来说，是合适的。

简单地与上级保持一致很容易，照抄上级或顶层的有关文本，那未免是过于省劲而且无味的事情；而深刻地领会上面的意思，作出合于自己身份的表示，上下互补，从而形成某种合适的张力，则比较不易，而这正是高级幕僚必须考虑的要务。孙楚此文之所以成为名篇，与这种深刻的辩证思考关系很大。

孙楚还有一篇《反金人铭》(《全晋文》卷六十据《艺文类聚》卷十九及《太平御览》卷五九〇录入)，虽然名声不算很响，其实也是一份绝妙好辞，应视为孙楚的另一篇代表作。

好几部古书上都曾提到，在周代太庙的台阶之前立有一个金人，其背部有长篇铭文，通称《金人铭》；这篇著名的铭文比较完整地见之于刘向《说苑》的《敬慎》篇：

> 孔子之周，观于太庙，右陛之前，有金人焉，三缄其口，而铭其背曰：
>
> “古之慎言人也。戒之哉！戒之哉！无多言，多言多败；无多事，多事多患。安乐必戒，无行所悔。勿谓何伤，其祸将长；勿谓何害，其祸将大；勿谓何残，其祸将然；勿谓莫闻，天妖伺人。荧荧不灭，炎炎奈何；涓涓不壅，将成江河；绵绵不绝，将成网罗；青青不伐，将寻斧柯。诚能慎之，福之根也(二句原作‘诚不能慎之，祸之根也’，此据《孔子家语·观周篇》校改)；曰是何伤，祸之门也。
>
> 强梁者不得其死，好胜者必遇其敌。盗怨主人，民害其贵。君子知天下之不可盖也，故后之下之，使人慕之，执雌持下，莫能与之争者。人皆趋彼，我独守此；众人惑惑，我独不徙。内藏我知，不与人论技；我虽尊高，人莫我害。夫江河长百谷者，以其卑下也。天道无亲，常与善人。戒之哉，戒之哉！”

此文的前一半内容在《大戴礼记·天子践阼》、《太平御览》卷三九〇引《孙卿子》《孔子家语·观周》等篇中也有反映，大约是该铭的原文；而其后半，基本上全是《老子》的思想，与前文的文气不甚贯通，很有可能是后人加上去的。“三缄其口”是可以令人莫测高深、抓不到任何把柄的；而“执雌持下”之术甚多，有些正是要通过卑下的言辞来实现——以此观之，“无多言”与自我卑下化这二者之间并没有必然的联系，这种差异似乎正透露出这样的消息：“强梁者不得其死”以下的部分或是后人所加而未必为铭文所固有。

“无多言”“无多事”本来乃是对于经常出入于太庙的帝王的告诫，而后来却被解读成为对于普通人的规劝，据《说苑·敬慎》篇载，孔子利用这一金人教训他的弟子门说：“记之！此言虽鄙，而中事情。《诗》曰：‘战战兢兢，如临深渊，如履薄冰。’行身如此，岂可以口遇祸哉？”这显然是大有意味的误读，孔子借古老的铭文告戒他的弟子：是非只为多开口，祸从口出；而解决之道就是免开——至少也要少开——尊口。

晋朝人张韩有《不用舌论》（《艺文类聚》卷十七），文中申论“不用舌”（不说话）的两条理由：一是“是谓至精，愈不可闻”——深奥的道理无可言说，这乃是当时非常时髦的“言不尽意论”；二是“枢机之发，主乎荣辱。祸言相寻，召福甚希。丧元灭族，没有余哀。三缄告慎，铭在金人”。这一条根据仍然是古老的《金人铭》。张韩不知为何许人，也不知道其年辈与孙楚孰先孰后，他的文章代表了当时比较流行的意见。

古往今来因为言论而遇祸的人，不知道有多少。金人背上的铭文看来没有起到多少作用，但是它仍然一向是人们的座右铭。情形历来是如此：难以达到的要求才会进入座右铭。

《反金人铭》与《金人铭》以及《不用舌论》之类的高论针锋相对，大有新意：

晋太庙左阶之前有石人焉，大张其口，而书其胸曰：

我古之多言人也。无少言，无少事，少言少事，则后生何述焉？我读三坟五典，八索九丘，赜罔深而不探，理无奥而不钩，故言满天下，而无口尤。夫唯言立，乃可长久，胡为块然生缄其口，自拘广庭，终身叉手？

凡夫贪财，烈士殉名。盗跖为浊，夷柳为清。鲍肆为臭，兰圃为馨。莫贵澄清，莫贱滓秽。二者言异，归于一会。尧悬谏鼓，舜立谤木。听采风谣，惟日不足。道润群生，化隆比屋。末叶陵迟，礼教弥衰，承旨则顺，忤意则违。时好细腰，宫中皆饥，时悦广额，下作细眉。逆龙之鳞，必陷斯机。括囊无咎，乃免诛夷。颠覆厥德，可为伤悲！斯可用戒，无妄之时。假说周庙，于言为蚩。是以君子，追而正之。

按照孙楚的看法，无论什么人，多开口总是好的，他可以充分地表达自己的意见，说错了也没有什么关系，人们应当更加宽容，"莫贵澄清，莫贱滓秽"；而明哲保身乃是衰世的变态，这种时候忌讳甚多，言路不畅，"承旨则顺，忤意则违"，多开口容易招来无妄之灾，而少开口则足以自保。孙楚指出，在周的太庙里，不应该有这种体现了"末叶陵迟，礼教弥衰"的《金人铭》，于是他断然推定此铭出于后人的假托，必须"追而正之"。孙楚的精神状态非常好，说话没有顾忌，思想比较解放——这也是他的一贯风格，读《反金人铭》令人想起王济那八个字的考语："天才英博，亮拔不群"。

《反金人铭》的写作年代无从确考，估计应在西晋初年，此时司马氏刚刚取代了腐朽的曹魏，统一了中国，一时很有一番欣欣向荣的气象，言路相当通畅。晋武帝司马炎对臣下一向宽大为怀，当时没有什么人因言论被治罪。《反金人铭》正是在这样的背景下出台的。

孙楚传世的文章还有若干小赋的片段，以咏物者居多，如《雪赋》《井赋》《笳赋》《相风赋》《菊花赋》《莲华赋》《杕杜赋》《茱萸赋》《橘赋》《鹤赋》《雉赋》《雁赋》《鹰赋》《蝉赋》等等，大抵径赋其物，不用"比德"的办法去拔高主题，继承了曹丕以来咏物小赋的传统。孙楚善于形容，如《鹰赋》之"深目蛾眉，状似愁胡"，就是罕譬而喻的妙句，后来杜甫《画鹰》诗中的"深目似愁胡"一句，径用此喻。孙楚赋中又有个别篇章显示了新的色彩，例如《杕杜赋》，序云："家弟以虞氏《梨赋》见示，余谓岂以梨有用之为贵，杜无用之为贱？无用获全，所以为贵，有用获残，所以为贱，故赋之云尔。"这就大有借此题材发挥庄子哲学之意了。赋的正文今仅存数句，看不出多少眉目来，原文中大约一定会发挥"无用最好"这样一层意思吧。

将玄言引入文学创作，孙楚是一位先驱，他在诗里同样进行这样的尝试，取得了更大的成功。他的《征西官属送于陟阳候作》一诗既被选入《文选》(卷二十)，又早早得到南朝权威评论家的高度评价。沈约专门从韵律的角度立论，以为此诗"音律调韵，取高前式"(《宋书·谢灵运传论》)；而钟嵘则称此诗是值得高度重视的"虬龙片甲"(《诗品·中》)。

"征西"指征西大将军司马骏，其人乃司马懿的儿子、晋武帝司马炎的叔叔，在西晋诸王中是比较正派的一个。《晋书》本传云："武帝践阼，进封汝阴王,邑万户,都督豫州诸军事。吴将丁奉寇芍陂,骏督诸军距退之。迁使持节、都督扬州诸军事,代石苞镇寿春。寻复都督豫州,还镇许昌。迁镇西大将军、使持节、都督雍凉等州诸军事,代汝南王亮镇关中,加衮冕侍中之服。"又云:"咸宁初,羌虏树机能等叛,遣众讨之,斩三千余级。进位征西大将军,开府辟召,仪同三司,持节、都督如故。又诏骏遣七千人代凉州守兵。树机能、侯弹勃等欲先劫佃兵,骏命平虏护军文俶督凉、秦、雍诸军各进屯以威之。机能乃遣所领二十部及弹勃面缚军门,各遣入质子。安定、北地、金城诸胡吉轲罗、侯金多及北虏热冏等二十万口又来降。其年入朝,徙封扶风王,以氐户在国界者增封,给羽葆、鼓吹。太康初,进拜骠骑将军,开府、持节、都督如故。"可知孙楚到司马骏手下为参军当在此公进位征西大将军,开府辟召之际。在西晋,将军而能开府,地位高于一般的将军,"为位从公",地位非常之高,俸禄也达到最高一等,这就是《晋书·职官志》之所谓"诸公及位从公者,品秩第一,食奉日五斛"。在这样的将军幕府里,除了朝廷安排的官员以外,其主公可以自行辟召若干僚佐——那些一时不能进入正规体制或一度被抛出体制的士人可以通过这一途径取得合法的地位。在东汉末年以后、赵宋以前,入幕成了士人在正途出身以外最重要的一条出路。

孙楚的《征西官属送于陟阳候作》一诗,大约作于他将要离开这里,转到梁去当县令之时。孙楚得以重新回到正宗的官僚体制之内去,本是一件好事,但县令实在是一个很小的地方官,实际上未必比得上在皇叔、大将军府里担任僚佐。只不过老呆在这里终非长久之计,久住边境生活上也不大舒服,所以他还是决定回内地去当县令。征西大将军府的同僚们在陟阳候①为之送行,于是他写出了这一著名的诗篇:

> 晨风飘歧路,零雨被秋草。倾城远追送,饯我千里道。三命皆有极,咄嗟安可保?莫大于殇子,彭聃犹为夭。吉凶如纠纆,忧喜相纷绕。天地为我炉,万物一何小?达人垂大观,诚此苦不早。乖离即长衢,惆怅盈怀抱。孰能察其心,鉴之以苍昊。齐契在今朝,守之与偕老。

这是一个满天风雨的秋天,诗人要回内地去了,倾城相送,令诗人很受感动,但是他充满惆怅和忧虑,说自己不知道到地方上去当一个亲民之官究竟

① "候"即堠,边境上用以瞭望的土堡,亦称"亭候"。《后汉书·光武帝纪》:"筑亭候,修烽燧。"

是吉还是凶；人生苦短，前途难测。诗里又说，根据《庄子》里的哲学思辨，世界上的吉凶忧喜本来就纠缠在一起，难以截然分开；而且一切事物都是相对的，你可以说一个夭折的孩子是长寿的，如果拿他同生命极短的蟪蛄来比，也可以说活了几百岁的寿星是夭折了，如果拿他同那些几千年的大树相比。在天地之间，人是特别渺小的一个东西，没有必要自寻烦恼。他愿意同他的朋友们一起体悟庄子"齐物论"的道理，永远保持友谊，所以就拿这些话作为临别的赠言。

诗人孙楚太高妙了，竟然在临别之际想得如此深远。魏晋之际本是一个玄学很繁荣的时代，但著名的玄学家何晏在写诗的时候仍然用传统的方法，并不谈玄，阮籍、嵇康在诗里偶尔流露一点老庄哲学的意味，但也不大使用玄学的关键词和理论；善《易》者不言《易》。孙楚则不仅在赋里加入玄言，在这首诗里加进得更多，这样就大大地改变了祖饯诗的传统面貌。正始以后，玄学一度沉寂，总要到西晋元康年间(291～299)玄谈才再度兴盛，那已在孙楚的身后①。当此青黄不接之际，并非玄学名士的孙楚却在诗赋中一再发挥《庄子》哲学，此事颇可玩味。恰恰是非玄学家喜欢在文学作品中加进若干玄理，而这正是玄言诗赋兴起的关键。

当然孙楚这首诗也还不像后来成熟的玄言诗那样彻头彻尾全谈玄理，框架还是传统的祖饯诗。可以说，孙楚乃是一位为后来玄言诗赋的兴旺导夫前路的一位先行者。

《三国志·魏书·孙资传》注引《孙氏谱》云："楚子洵，颍川太守。洵子盛，字安国，给事中，秘书监。盛从父弟绰，字兴公，廷尉正。楚及盛、绰并有文藻，盛又善言名理。诸所著论，并传于世。"孙盛为著名史学家，也是著名玄学家；孙绰虽不以"善言名理"著称，却是东晋玄言诗赋的领军人物，家学渊源在这里显然起了不少的作用。

四

张华曾经奖掖提拔过许多青年才俊，左思和二陆都受惠于他，陈寿和成

---

① 《资治通鉴》卷八十二《晋纪四》在元康七年(297)条下有云："是时王衍为尚书令，南阳乐广为河南尹，皆善清谈，宅心事外，名重当时，朝野之人，争慕效之。"又说："朝廷士大夫皆以浮诞为美，弛废职业。"可知这一年在清谈发展史上具有里程碑的意义。

公(双姓)绥也是如此。

陈寿(一名长寿,字承祚,233～297),巴西安汉(今四川南充)人。出身名门,青年时代入蜀太学,师事大学者谯周,为太学中四大高材生之一①。出仕为卫将军姜维主簿、东观令史、秘书郎,后又有所升迁,但忽有意外的挫折;"遭父丧,有疾,使婢丸药,客往见之,乡党以为贬议。及蜀平,坐是沉滞者累年。司空张华爱其才,以寿虽不远嫌,原情不至贬废,举为孝廉,除佐著作郎,出补阳平令。撰《蜀相诸葛亮集》,奏之。除著作郎,领本郡中正。撰魏吴蜀《三国志》,凡六十五篇。时人称其善叙事,有良史之才。夏侯湛时著《魏书》,见寿所作,便坏已书而罢。张华深善之,谓寿曰:'当以《晋书》相付耳。'其为时所重如此……寿又撰《古国志》五十篇、《益都耆旧传》十篇,余文章传于世。"(《晋书·陈寿传》)

《华阳国志·后贤传》则载《三国志》《古国志》写成后,"中书监荀勖、令张华深爱之,以班固、史迁不足方也"。言之稍过其实,然亦可见时论评价之高。

《三国志》初稿大约在太康十年(289)完成,后来又反复修改,直到陈寿去世,当即由政府收为官书,民间也颇有传抄,产生了很大影响。后来列为正史,是最为人所重的"前四史"之一,当然也在"二十四史"之列。

《三国志》作为一部断代的国别史,仍用传统的纪传体,以曹魏为中心,吴、蜀也得到充分的记载,这样既维护了大一统的传统(以汉—魏—晋为主轴),也兼顾了三国鼎立的实际情况,有利于保存史料特别是蜀的史料(其他二国还有别的著作,而蜀无史),"创前人未有之例,悬诸日月而不刊者也"(钱大昕《潜研堂文集》卷二十四《三国志辨疑序》)。

三国这一段历史留下了大量的经验教训和丰富多彩的故事,历来是人们关心的热点,有关论著和文学作品层出不穷,至今仍方兴未艾,陈寿(以及为《三国志》作注的裴松之)贡献是很大的。陈寿长于叙事,文字清省,叙述清晰,线索分明,其中也不乏生动的片段,除了非常高的史学价值以外,也有很可观的文学价值,例如《蜀书·诸葛亮传》,文情俱胜,洵为叙事名篇。陈寿编定的《诸葛亮集》,材料丰富,编纂得当,流传至今,影响很大。这也是一个很大的贡献。

---

① 《晋书·文立传》:"蜀时游太学……师事谯周。门人以立为颜回,陈寿、李虔(密)为游、夏,罗宪为子贡。"陈寿入仕于晋,最先就是得到罗宪的推荐,详见《三国志·蜀书·霍峻传》注引习凿齿《襄阳耆旧传》。

但陈寿平生也有一桩很不光彩之事，这就是《晋书·陈寿传》所载的他向人家索取巨额财产，然后才肯为其先人作传："丁仪、丁廙有盛名于魏。寿谓其子曰：'可觅千斛米见与，当为尊公作佳传。'丁不与之，竟不为立传。"有偿写佳传、无偿就不写，"史德"大大受损。

陈寿不向别人寻租讨米而专门找二丁的后代是有原因的。二丁遭遇很特殊，在政争的变局中一起死于非命，其后代大约很需要一篇"佳传"。丁仪、丁廙被杀的细节现在所知不多，《三国志》只是在《魏书·陈思王传》中附带地说了一句"文帝即王位，诛丁仪、丁廙并其男口"。未免言之过简，且不尽准确，事实上丁家至少有一个男孩没有被杀；二丁遇害后，丁廙妻在《寡妇赋》中提到过这个男孩。陈寿故意这样说，似有抹杀小丁的存在之意。曹丕杀二丁无非是因为他们曾经鼓吹由曹植来当曹操的接班人，直接危害了自己的利益。在这个问题上，古代宫廷里历来是你死我活，没有任何其他考虑的。等到魏晋易代、陈寿来写《三国志》的时候，形势已经很不同，为丁氏兄弟写"佳传"不会犯什么忌讳，当然不将二丁列入亦无不可，于是陈寿抓住这一颇有弹性的空当谋取"千斛米"，其思路是可以理解的。小丁很有骨气，没有理他。史家索贿一事，后来也曾发生过，例如初唐时代的高官许敬宗就是一个恶劣的典型①。比较起来，陈寿的情节不很严重，又没有形成事实，所以一般也就忽略不提了。或认为此说并不可信，可是也找不出否认此事的确切根据，所以我们只好姑且承认仍有此事；了不起的史家也可能偶尔出点错误。

成公绥（字子安，231～273），东郡白马（今河南滑县东）人，"幼而聪敏，博涉经传，性寡欲，不营资产，家贫岁饥，常晏如也。少有俊才，词赋甚丽，闲默自守，不求闻达"（《晋书》本传）。张华非常欣赏他的才华和作品，特别推荐给太常，征为博士。现在还可以看到张华的推荐材料，略云：

窃见处士东郡成公绥，年二十五，字子安，体珪璋之质，资不器之量。

① 《旧唐书·许敬宗传》载："敬宗自掌知国史，记事阿曲……敬宗嫁女与左监门大将军钱九陇，本皇家隶人，敬宗贪财与婚，乃为九陇曲叙门阀，妄加功绩，并升与刘文静、长孙顺德同卷。敬宗为子娶尉迟宝琳孙女为妻，多得赂遗，及作宝琳父敬德传，悉为隐诸过咎。太宗作《威凤赋》以赠长孙无忌，敬宗改云赐敬德。白州人庞孝泰，蛮酋凡品，率兵从征高丽，贼知其懦，袭破之。敬宗又纳其宝货，称孝泰频破贼徒，斩获数万，汉将骁健者，唯苏定方与庞孝泰耳，曹继叔、刘伯英皆出其下。虚美隐恶如此。"

知深虑明，足以妙见；研思笃好，足以致精；贞干劲操，足以敦风笃俗；渊才达学，足以弘遵世教。固逸伦之殊俊，搢绅之检式也。（《太平御览》卷六三二引《文士传》）

这是曹魏正元二年（255）的事情，当时张华自己也才当上太常博士不久，时年二十四岁。成公绥后来“历秘书郎，转丞，迁中书郎。每与（张）华受诏并为诗赋，又与贾充等参定法律。泰始九年（273）卒，年四十三，所著诗赋杂笔十余卷行于世”（《晋书》本传）。他的集子后已亡佚，现在还能看到若干散篇作品，其中最著名的是《啸赋》和《钱神论》，而他的诗则未见杰出。

啸在中古时代非常流行，这是一种不用任何乐器而只凭唇齿发出的乐音，有时配合以手指的动作，最便于自由地发抒感情；据说喉管的振动也在其中发挥很大作用，善啸的高手能够同时发出多音部的乐音，例如阮籍见过的高隐苏门先生就达到了这样的水平①。

《啸赋》是最早以啸为题材的辞赋，成公绥描写啸的特点道：

发妙声于单唇，激哀音于皓齿。响抑扬而潜转，气冲郁而熛起。协黄宫于清角，杂商羽于流徵。飘游云于泰清，集长风乎万里。曲既终而响绝，遗余玩而未已。良自然之至音，非丝竹之所拟。是故声不假器，用不借物，近取诸身，役心御气。动唇有曲，发口成音。触类感物，因歌随吟。

形容得很真切也很美。魏晋士人喜欢啸，也正是因为这种张口即来的声乐艺术手段最近于自然，最便于抒发自由的感情，表现独立的人格。

成公绥的《钱神论》现在只能看到一点片段：

路中纷纷，行人悠悠。载驰载驱，唯钱是求。朱衣素带，当途之士。爱我家兄，皆无能已。执我之手，说分终始。不计优劣，不论能否。宾客辐凑，门常如市。谚言：“钱无耳，何可闇使？”岂虚也哉？（《太平御览》卷八三六）

---

① 《世说新语·栖逸》载：“阮步兵啸，闻数百步。苏门山中，忽有真人，樵伐者咸共传说。阮籍往观，见其人拥膝岩侧，籍登岭就之，箕踞相对。籍商略终古，上陈黄、农玄寂之道，下考三代盛德之美以问之，仡然不应。复叙有为之教、栖神导气之术以观之，彼犹如前，凝瞩不转。籍因对之长啸。良久，乃笑曰：‘可更作。’籍复啸，意尽，退还半岭许，闻上㖃然有声，如数部鼓吹，林谷传响。顾看，乃向人啸也。”“如数部鼓吹”是啸的极致，而以善啸著称的阮籍则尚未达到这一水平。

形容金钱的魔力颇见情趣。西晋建国后特别是统一了全国以后，社会空前安宁，经历过分裂和战争的人们总算可以过太平日子了，但政府公开卖官，上层社会奢侈成风，贿赂公行，风气很坏，其时出现了一些著名的守财奴①，社会上则广泛存在“向钱看”的心理，货币的使用价值与储存价值大出风头，引起许多有趣的社会现象。成公绥是一位“性寡欲，不营资产”的高人，对于“唯钱是求”大不以为然，故作此论。

另一位西晋文学家鲁褒（生卒年不详）也写过一篇《钱神论》，保存得比较完整，《晋书》本传与《艺文类聚》卷六十六均有载录，兹据后者节录其主体部分如下：

钱之为体，有乾有坤。其积如山，其流如川。动静有时，行藏有节。市井便易，不患耗折。难朽象寿，不匮象道。故能长久，为世神宝。亲爱如兄，字曰孔方。失之则贫弱，得之则富强。无翼而飞，无足而走，解严毅之颜，开难发之口。钱多者处前，钱少者居后。诗云“哿矣富人，哀此茕独”，岂是之谓乎。

钱之为言泉也。百姓日用，其源不匮，无远不往，无深不至。京邑衣冠，疲劳讲肄，厌闻清谈，对之睡寐，见我家兄，莫不惊视。钱之所祐，吉无不利。何必读书，然后富贵。由是论之，可谓神物。无位而尊，无势而热。排朱门，入紫闼，钱之所在，危可使安，死可使活；钱之所去，贵可使贱，生可使杀。是故忿诤辩讼，非钱不胜；孤弱幽滞，非钱不拔；怨仇嫌恨，非钱不解；令问笑谈，非钱不发。

谚曰“钱无耳，可暗使”，岂虚也哉？又曰“有钱可使鬼”，而况于人乎。

子夏云：“死生有命，富贵在天。”吾以死生无命，富贵在钱。何以明之？钱能转祸为福，因败为成，危者得安，死者得生。性命长短，相禄贵贱，皆在乎钱，天何与焉？天有所短，钱有所长。四时行焉，百物生焉，钱不如天；达穷开塞，振贫济乏，天不如钱。

若臧武仲之智，卞庄子之勇，冉求之艺，文之以成人矣。今之成人者何必然，唯孔方而已。夫钱，穷者使通达，富者能使温暖，弱者能使勇悍，故曰：君无财则士不来，君无赏则士不往。谚曰：“官无中人，不如归田。”

---

① 例如前“竹林七贤”之一的王戎是一著名的典型；又如和峤（字长舆）“家产丰富，拟于王者，然性至吝”，杜预说他有“钱癖”；庾敳也是“性俭家富”，藏钱多至二千万，谈者讥之。如此等等。

> 虽有中人，而无家兄，何异无足而欲行，无翼而欲翔。使才如颜子，容如子张，空手掉臂，何所希望？不如早归，广修农商，舟车上下，役使孔方。凡百君子，同尘和光，上交下接，名誉益彰。

这里的画像更为充分，对于金钱的分析更深刻，讽刺也更辛辣。嬉笑怒骂，皆成文章。两篇《钱神论》内容略有雷同，成公绥在西晋作家中年辈较高，鲁褒的文章作于元康之后[①]，大约就前作踵事增华，但他做到了后来居上。

英国戏剧大师莎士比亚(1564～1616)在《雅典的泰门》中，给先富后穷的雅典贵族泰门安排了这样两段台词：

> 金子！黄黄的、发光的、宝贵的金子！……这东西，只这一点点儿，就可以使黑的变成白的，丑的变成美的，错的变成对的，卑贱变成尊贵，老人变成少年，懦夫变成勇士。……这黄色的奴隶可以使异教联盟，同宗分裂；它可以使受诅咒的人得福，使害着灰白色的癞病的人为众人所敬爱；它可以使窃贼得到高爵显位，和元老们分庭抗礼；它可以使鸡皮黄脸的寡妇重作新娘，即使她的尊容会使身染恶疮的人见了呕吐，有了这东西也会恢复三春的娇艳。[②]

> 啊，你可爱的凶手，帝王逃不过你的掌握，亲生的父子会被你离间！你灿烂的奸夫，淫污了纯洁的婚床！你勇敢的战神！你永远年轻韶秀、永远被人爱恋的娇美的情郎，你的羞颜可以融化了黛安娜女神膝上的冰霜！你有形的神明，你会使冰炭化为胶漆，仇敌互相亲吻！你会说任何的方言，使每一个人唯命是从！[③]

这段揭露金钱的本质和罪恶的台词极为有名，引用者甚多；该剧本的出现已在成公绥、鲁褒二人《钱神论》之后一千二百多年。“孔方兄”一词进入现代汉语词汇，至今仍继续使用。

---

① 《晋书·隐逸传·鲁褒传》：“鲁褒字元道，南阳人也。好学多闻，以贫素自立。元康之后，纲纪大坏，褒伤时之贪鄙，乃隐姓名，而著《钱神论》以刺之。”

② 《莎士比亚全集》第8册，朱生豪译，人民文学出版社1978年版，第176页。

③ 《莎士比亚全集》第8册，第187～188页。

十四 陆机

一

陆机(字士衡,261～303)是西晋成就最高的作家和理论家,他的弟弟陆云(字士龙,262～303)也有不俗的表现,历来合称“二陆”或“二俊”。

陆氏兄弟出身于孙吴最高门第之一的吴郡(治所在今江苏苏州)陆氏。同许多江东大姓一样,他们的祖先也是从中原迁来的,陆氏一支于西汉初年由平原般县陆乡迁至江南;发展到汉末三国时代,已经非常强盛,是所谓“吴四姓”之一①,家族中有许多人出任高官,其中最显赫的是二陆的祖父陆逊和父亲陆抗,连孙氏皇室也不敢轻易得罪他们。后来陆机在《吴趋行》中写道“属城咸有士,吴邑最为多。八族未足侈,四姓实名家”,以乡邦士族之盛自豪。所谓“八族”是战国时代田齐的八大家族,陆机认为同吴四姓比较起来,他们简直不算什么。

陆逊(183～245)为孙吴的著名将领,因为斩获刘备手下首席大将关羽、夺得荆州而名声大噪,封华亭侯。黄武元年(222)以大都督身份领兵抗拒举国来攻的刘备,大破刘兵,此外又取得对魏作战的胜利,黄龙元年(229)拜上大将军。赤乌七年(244)任丞相,功勋卓著,位极人臣。

陆抗(226～274)亦为东吴名将,屡建战功,最后升迁至大司马、荆州牧,都督信陵、西陵、夷道、乐乡、公安诸军事,是东吴西线最高军政长官。他死后这样重大的责任再无人能够接替,遂由他的几个儿子分别继承其军事指挥权,“子晏嗣,晏及弟景、玄、机、云,分领抗兵”(《三国志·吴书·陆抗传》)。这时东吴的形势日趋严峻,远不是晋王朝的对手。不久之后,老大陆晏和老二陆景在晋军南下时先后为国死难;陆机分领父兵,有着牙门将的头衔,也曾

① “吴四姓”是顾、陆、朱、张,详见《世说新语·赏誉》“吴四姓”条下注引《吴录·士林》。

一度到过国防前线的荆州，但战争打响时恰好不在长江中游的前线而在长江下游的后方；等到陆晏、陆景先后死难，这才迅即西上，载“二昆”的灵柩返回华亭自家墓地安葬并在家守制。陆家在首都建康秦淮河畔原有大宅院①，至此只好退回到华亭旧宅去②。国破家亡，满目萧条，往日的兴旺繁华一去不复返，他的心情十分沉重。作为“亡国之余”③，陆机不得已而“闭门勤学”（《晋书·陆机传》），同时观察形势，待机再起。

晋军平吴之后，于太康元年（280）五月下诏决定将“孙氏大将战亡之家徙于寿阳”（《晋书·武帝纪》），这一严厉措施的目的显然是为了切断这一帮危险人物与其故土的联系，巩固大晋王朝新取得的胜利。陆云就曾徙于寿阳（或称寿春，今安徽寿县），被监控起来；可是不久之后，他就得到了晋方扬州刺史周浚的赏识，命为从事，比较早地进入了晋王朝的官场。

扬州这一区域概念，在平吴前后有很大变化：平吴之前，魏及西晋之扬州下辖四个郡，治所在寿春；扬州刺史周浚的官署就在这里；孙吴方面也有扬州，包括十四个郡，首都建业（今江苏南京）也在其内，是吴国四州④当中最发达最富庶的地区。平吴后，原吴国之扬州被并入晋的扬州，州治由寿春迁秣陵（今江苏南京），下辖十八个郡⑤。《晋书·周浚传》在叙过周浚参与平吴之役的战功以后写道：“浚既济江，与（王）浑共行吴城垒，绥抚新附，以功进封成

---

① 详见张敦颐《六朝事迹编类》卷七“宅舍门”之“陆机宅”条。

② 华亭是陆逊为华亭侯时所得之封地，陆家有庄园在此。该地当时属娄县；萧梁后为昆山县地，唐天宝十载（751）建华亭县，今属上海市松江区。参见曹道衡《陆机的籍贯问题》，《艺文志》第三辑，山西人民出版社 1985 年版；又曹道衡《陆机事迹杂考·五、再论陆机的籍贯》，《中古文史丛稿》，河北大学出版社 2003 年版，第 195～196 页。

③ 《世说新语·言语》：“蔡洪赴洛，洛中人问曰：‘幕府初开，群公辟命，求英奇于仄陋，采贤俊于岩穴。君吴楚之士，亡国之余，有何异才，而应斯举？’蔡答曰：‘夜光之珠，不必出于孟津之河；盈握之璧，不必采于昆仑之山。大禹生于东夷，文王生于西羌，圣贤所出，何必常处。昔武王伐纣，迁顽民于洛邑，得无诸君是其苗裔乎？’”又《晋书·华谭传》载：“谭字令思，广陵人……素以才学为东土所推。同郡刘颂时为廷尉，见之，叹息曰：‘不悟乡里乃有如此才也！’博士王济于众中嘲之曰：‘五府初开，群公辟命，采英奇于仄陋，拔贤俊于岩穴。君吴楚之人，亡国之余，有何秀异而应斯举？’”王济那一番很不友好的话，与前引“洛中人”的言论几乎毫无二致，可见蔑视“亡国之余”乃是北方籍贵族的一般观点。二陆在北方也都曾遭到不友好的待遇。

④ 《资治通鉴》卷八一《晋纪三》太康元年胡注：“吴有荆、扬、交、广四州。”

⑤ 《晋书·地理志下》：“（孙吴方面）扬州统丹阳、吴、会稽、吴兴、新都、东阳、临海、建安、豫章、鄱阳、临川、安成、庐陵南部十四郡。江西庐江、九江之地，自合肥之北至寿春悉属魏。及晋平吴……扬州合统郡十八，县一百七十三，户三十一万一千四百。”

武侯,食邑六千户。明年,移镇秣陵。时吴初平,屡有逃亡者,频讨平之。宾礼故老,搜求俊乂,甚有威德,吴人悦服。"所谓"移镇秣陵"正是指他作为行政区划变更之后的扬州刺史,于太康二年(281)将办事机构从寿春迁移到秣陵。此时的扬州刺史周浚管理着广大的新区,"徙于寿阳"的前"孙氏大将战亡之家"仍然完全在他的管理监控之下。陆云初为从事,应当是州治还在寿春的时候,后来跟到秣陵,职务则由从事升迁为主簿[①];后来又"以公府掾为太子舍人,出补浚仪令"(《晋书·陆云传》)。

一般来说,当战争的尘埃落定后,驻扎在原敌方首都及其周围地区的地方长官,都是水平比较高的人;周浚文武两手都相当硬,既能坚决讨平那些不服从新政权的逃亡者,又注意起用那些愿意合作的原孙吴方有影响的人士,陆云便是他注意团结和利用的青年才俊之一。前孙吴最高将领的儿子现在由被监控的对象一变而为新政权的支持者和参与者,这对西晋来说是太有利了,对于稳定扬州地方的局势则关系尤其重大;"吴人悦服"——要的正是这种效果。

作为地方官,周浚在西晋中枢还没有来得及对前孙吴的人才作出适当安排之前,已经先行一步,而且首先安排像陆云这样有着高级贵族家庭背景的年轻人,大有政治家的头脑,所以他很快就被调入中央,先后任侍中、少府并领将作大匠,最后替代王浑"为使持节、都督扬州诸军事、安东将军,卒于位"(《晋书·周浚传》)。陆云也确实具备被选中的条件,他在十六岁时早已被吴的重臣闵鸿看好,举为贤良;他的口才好,态度温和,道德高尚,而且显然愿意合作。《晋书·盛彦传》载:"彦仕吴,至中书侍郎。吴平,陆云荐之于刺史周浚,本邑大中正刘颂又举彦为小中正。太康中卒。"可知陆云不仅很认真地当他的主簿,而且热心地推荐人才,他对西晋政权态度相当配合而且积极;而乃兄陆机却仍然在等待机会,出山比较地迟。

至迟在太康三年(282)年底之前陆云已离开扬州刺史府入洛,任太子舍人。其间作有《征东大将军京陵王公会射堂皇太子见命作此诗》(《陆云集》卷二)对"征东大将军京陵王公"即曾在扬州担任高官并且是周浚之上司的王浑大加歌颂。先前陆云被周浚起用,背后正有王浑的指导思想在起作用。陆云

① 《通典》卷三二《职官十四》论州郡僚佐说:"主簿一人,录门下众事,省署文书,汉制也。历代至隋皆有。"其职务略近于今之秘书长。从事即祭酒从事或曰诸曹从事,分曹理事。参见《晋书·职官志》。

此诗中特别强调地指出王浑将军对南方人士采取的政策极其英明:“南海既宾,爰戢干戈。桃林释驾,天马婆娑。象齿南金,来格皇家。绝音协徽,宇宙告和。”(其四)

既然陆云已经得到晋方的征辟开始出仕,家族责任感极强的陆机就把重振家声的希望都寄托在这位老弟身上。家族利益是贵族青年最为看重的东西,甚至高于国家利益。陆机《赠弟士龙十首》诗的四、五两首写道:

有命自天,崇替靡常。王师乘运,席卷江湘。虽备官守,位从武臣。守局下列,譬彼飞尘。洪波电击,与众同湮。颠踣西夏,收迹旧京。俯惭堂构,仰懵先灵。孰云忍愧,寄之我情。

伊我俊弟,咨尔士龙。怀袭瑰玮,播殖清风。非德莫勤,非道莫弘。垂翼东畿,耀颖名邦。绵绵洪统,非尔孰崇?依依同生,恩笃情结。义存并济,胡乐之悦。愿尔偕老,携手黄发。

第四首写吴方的惨败和自己的惭愧;第五首称赞陆云,说陆家的“绵绵洪统”全靠你来发扬光大了。他对陆云的出仕是赞成的,自己也在等待时机,准备东山再起。陆云在答诗中则说“昔我先公,邦国攸兴。今我家道,绵绵莫承”,表示重新光大门楣的担子自己是挑不动的,“家哲永徂,世业长终。华堂倾构,广宅颓墉。高门降衡,修庭树蓬。感物悲怀,怆矣其伤”(《答兄平原》)。他对前途相当悲观。弟兄两个悲悲切切,显然是国破家亡之初时的作品。

陆机首次入洛在太康五年(284)。西晋灭吴之后,朝廷对于前孙吴方面知名人士陆续作出安排,最早的一批是前孙吴吏部尚书、二陆的从父陆喜等十五人,《晋书·陆喜传》云:“太康中,下诏曰:‘伪尚书陆喜等十五人,南士归称,并以贞洁不容(孙)皓朝,或忠而获罪,或退身修志,放在草野。主者可皆随本位就下拜除,敕所在以礼发遣,须到随才授用。’乃以喜为散骑常侍,寻卒。”可知陆喜到洛阳就任后不久便去世了,时为太康五年(284)①。陆氏家族一次重大的机遇忽然得到,又忽然失去。陆喜的善后是由陆机专程赴洛阳去处理的,这一年陆机二十四岁②。先前他处理过“二昆”的善后,比较地有经验。

---

① 陆云《晋故散骑常侍陆府君诔》:“惟太康五年夏四月丙申,晋故散骑常侍吴郡陆君卒。”

② 《南史·宋宗室及诸王传》记载过一段著名的对话:“(刘)义康素无术学,待文义者甚薄。袁淑尝诣义康,义康问其年,答曰:‘邓仲华拜衮之岁。’义康曰:‘身不识也。’淑又曰:‘陆机入洛之年。’义康曰:‘身不读书,君无为作才语见向。’”按,东汉的邓禹(仲华)二十四岁拜司徒,然则陆机入洛也在二十四岁,即太康五年(284)。

以陆机当时的年龄和履历，还够不上朝廷指名征辟、“所在以礼发遣”的资格；但他作为名父之子和著名的才子，稍后亦得以列入太康末年的征召名单。当时的办法是，将这一批比较年轻、原来地位也不算高的前吴国才俊先行招入首都，就近考察，然后给予适当安排。

孙吴灭亡以后，吴国的士大夫除了已经降晋并获得新官职的人们（例如薛莹）以外，都失去依托，变成平民。当陆喜到达洛阳时，有人问他“薛莹最是国士之第一者乎”，他回答说，薛氏“在乎四、五之间”，照他看，孙吴末年的士人约可分为五等：“夫孙皓无道，肆其暴虐。若龙蛇其身，沉默其体，潜而勿用，趣不可测，此第一人也；避尊居卑，禄代耕养，玄静守约，冲退澹然，此第二人也；侃然体国思治，心不辞贵，以方见惮，执政不惧，此第三人也；斟酌时宜，在乱犹显，意不忘忠，时献微益，此第四人也；温恭修慎，不为谄首，无所云补，从容保宠，此第五人也。过此已往，不足复数。”（《晋书·陆喜传》）其志趣可知。按照这一分类法，陆机可以说属于第一等人，因为他将两位兄长的遗体运回故乡特别是吴亡之后，自己也“退临旧里”，闭门读书，显得“趣不可测”了。可是随着时间的推移，陆机亦不可能始终“沉默其体，潜而勿用”，改朝换代大局已定，不可逆转，他只能在新的政治格局下面由潜而显，寻找出路。而这时恰好“朝廷欲抽引远人，绥慰遐外”（《诣吴王表》），于是他也就应运而出了。

太康十年(289)陆机一人单身入洛，陆云并未同行，他这时已回到华亭并留在这里。唐修《晋书》载陆机“至太康末，与弟云俱入洛”，此说影响极大，但并不符合实际。有多种史料表明此时二陆并未同时入洛，例如其一，《太平御览》卷五八七引《世说》载：

> 陆机入洛，欲为此赋。闻（左）思作之，抚掌而笑，与弟云书：“此间有伧父，欲作《三都赋》。须其成，当以覆酒瓮耳。”及思赋出，机绝叹服，以为不能加也。

陆机知道左思欲作《三都赋》，很不以为然，在给陆云的信中狠狠地加以嘲笑——显然，此时陆机已在洛阳，而陆云不在。《晋书·左思传》也有同样的记载。

其二，古写本《文选集注》卷八《三都赋·序》公孙罗《文选钞》引王隐《晋书》云：

> 左思……甚有大才，博览诸经，遍通子史。于时天下三分，各相夸

竟。当思之时，吴国为晋所平，思乃赋此三都，以极炫曜。其蜀事访于张载，吴事访于陆机，后乃成之。

这也说明当时陆机在洛阳而陆云不在，否则左思不会只向陆机采访。

其三，《晋书·陆云传》载：

初，云尝行，逗宿故人家，夜暗迷路，莫知所从。忽望草中有火光，于是趣之。至一家，便寄宿，见一年少，美风姿，共谈《老子》，辞致深远。向晓辞去，行十许里，至故人家，云此数十里中无人居，云意始悟。却寻昨宿处，乃王弼墓。云本无玄学，自此谈《老》殊进。

而刘敬叔《异苑》卷六已先讲这个故事，细节更为丰富，活见鬼的主人公或作陆机，或作陆云。这种志怪故事本身虽然并不可信，但仍有某种史料价值，可以帮助人们推测历史的真相。二陆见王弼鬼魂的传说，一则表明陆云和陆机在进入中原前后努力加强自己的玄学修养，以适应新的环境，融入中原主流文化；二则也表明陆氏兄弟是分别入洛而不是一同上路的——否则他们应当同时会见王弼的鬼魂，举行三方学术会谈。

陆云入洛虽早于陆机，但他后来又回到了故乡；太康末(289)陆机入洛后过了一段时间，陆云才再次从故乡赴首都，从此弟兄两个一起从事政治和文学活动。在洛阳，二陆兄弟以很高的干劲积极活动，拜访各路名流，安排人脉，扩大影响，提高知名度：

至太康末，与弟云俱入洛，造太常张华。华素重其名，如旧相识，曰："伐吴之役，利获二俊。"(《晋书·陆机传》)

初，陆机兄弟志气高爽，自以吴之名家，初入洛，不推中国人士。见华一面如旧，钦华德范，如师资之礼焉。华诛后，作诔，又为《咏德赋》以悼之。(《晋书·张华传》)

陆机诣王武子，武子前置数斛羊酪，指以示陆曰："卿江东何以敌此？"陆云："有千里莼羹，但未下盐豉耳。"(《世说新语·言语》)

卢志于众坐问陆士衡："陆逊、陆抗是君何物？"答曰："如卿于卢毓、卢珽。"士龙失色，既出户，谓兄曰："何至如此？彼容不相知也。"士衡正色曰："我父祖名播海内，宁有不知。鬼子敢尔！"议者疑二陆优劣，谢公以此定之。(《世说新语·方正》)

陆士衡初入洛，咨张公宜所诣，刘道真是其一。陆既往，刘尚在哀制中，性嗜酒，礼毕，初无他言，唯问："东吴有长柄葫芦，卿得种来不？"陆兄弟殊失望，乃悔往。(《世说新语·简傲》)

只有张华，见识和态度都非常高明；一般南北士人之间总有些互相看不起的意思，处于主导地位的是"中国(中原)人士"，陆机兄弟只能屈尊去拜访，而正如鲁迅先生说过的那样，"二陆入晋，北方人士在欢欣之中，分明带着轻薄"①。其中态度最为恶劣的是卢志，其人出身高门，他的曾祖卢植乃一代大儒，当过东汉王朝的侍中；祖父卢毓是魏的司空，父亲卢珽官小一点，也还当到卫尉卿；卢志的伯父卢钦官爵相当高，张华出道之初，就曾得到他的栽培。卢毓有著作，"所著诗赋论难数十篇，名曰《小道》"，现在还可以看到一点片段(后人题为《论徐邈》，《全晋文》卷三十四)。涿郡卢氏几代人既据高位，又有文化，乃是典型的士族人家。后来卢志的儿子卢谌为乃父作诔，也很强调其家族的传统②。卢志依托丰厚，仕途极顺利，"初辟公府掾，尚书郎，出为邺令"(《晋书》本传)。与陆机见面之时卢志正青云得志，他当然不会把"亡国之余"的陆机看在眼里，以至发起挑衅，当面给他一个难堪；不料被南方贵族青年才俊陆机打了一个力度很强的防守反击，弄得一下子说不出话来，却从此埋下了报复的祸根。

陆机入洛后因为得到张华的拂拭提携，不久就被太傅杨骏辟为祭酒；但为时甚短，不久杨骏就在政变中垮台，陆机只好回故乡去。稍后皇室征他为太子洗马，于是他在元康二年(292)再度走出故乡到洛阳任职。当时太子东宫里名流荟萃。元康四年(294)秋，陆机出补吴王郎中令，元康六年(296)入为尚书中兵郎，转殿中郎，元康八年(298)又为著作郎。

在陆机当尚书郎的时候，贾谧曾有诗为赠，诗由潘岳代笔(曾经入选《文选》卷二十四，题为《为贾谧作赠陆机一首》)，其中有句云："昔余与子，缱绻东朝。虽礼以宾，情同友僚。嬉娱丝竹，抚鞞舞韶。修日朗月，携手逍遥。自我离群，二周于今。虽简其面，分著情深。"大有笼络陆机之意。陆机的答诗当然也写得非常客气而且恭敬，但并不低三下四，有些话说得相当坦率，后来的评论家以为陆机胆子不小，例如他诗中有："惟公太宰，光翼二祖。诞育洪胄，纂戎于鲁。东朝既建，淑问峨峨。我求明德，济同以和。"讲君子和而不同，与对方保持适当距离。陆机并非潘岳那样的贾谧死党。后来陆机参与了司马

① 《花边文学·北人与南人》，《鲁迅全集》第5卷，第435页。

② 详见《尚书武强侯卢府君诔》，载《艺文类聚》卷四十八，又《全晋文》卷三十五。

伦发动的消灭贾氏集团的政变，并因此而赐爵关内侯，为相国参军，他没有像潘岳那样与贾谧同归于尽，是完全可以理解的。

陆机在著作郎任上参与了关于《晋书》限断的讨论，也与贾谧的意见不同。西晋初年关于《晋书》限断亦即晋王朝的开始应当从何时起算的问题前后讨论过两次，第一次在荀勖为中书监之时①，当时主要有两种不同的意见，"中书监荀勖谓宜以魏正始年起，著作郎王瓒欲引嘉平以下朝臣尽入晋史，于时依违未有所决"。此时陆机尚未入洛。第二次讨论在贾谧担任秘书监之时，这时他提出《晋书》应"从泰始为断"，"于是事下三府，司徒王戎、司空张华、领军将军王衍、侍中乐广、黄门侍郎嵇绍、国子博士谢衡皆从谧议。骑都尉济北侯荀畯、侍中荀藩、黄门侍郎华混以为宜用正始开元。博士荀熙、刁协谓宜嘉平起年。谧重执奏戎、华之议，事遂施行"（《晋书·贾谧传》）。陆机于元康八年出任著作郎，正赶上这第二次大讨论。

这时的意见分为三派：荀畯等人坚持的先前由荀勖首先提出正始（240～249）开元说；二是王瓒首先提出、荀熙等人坚持的嘉平（249～254）起年说；三是新近由贾谧提出并终于取胜的从泰始（265～274）为断说。贾谧等人的主张有着宫廷政治上的深刻考虑，因为先前司马昭说过继承权先给儿子司马炎（后为武帝），然后则交给司马炎的弟弟、先已出嗣司马师的齐王司马攸；所以只有以泰始为断才能切断先前的诺言，让司马攸的后代根本无缘染指皇位，从而确保司马炎之子惠帝司马衷以及惠帝接班人、已经内定为冒充贾后之子的韩慰祖（贾谧的胞弟）的合法地位②。这一点对于贾南风、贾谧来说实在是太重要了。由于这第二次讨论之时正是贾氏权势极盛之日，贾谧等人意见占了上风。

陆机不同意由贾谧主导的这一派意见，他认为"三祖实终为臣，故书为臣

---

① 据《晋书》本传，"武帝受禅，改封济北郡公……拜中书监，加侍中，领著作"；太康八年，"以勖守尚书令"；十年，卒。

② 西晋开国元老贾充有三个女儿：贾褒嫁给齐王司马攸，贾南风嫁给太子司马衷（晋惠帝），贾午嫁给韩寿，贾谧是贾午的儿子，本名韩谧，因为贾充之子黎明早夭，无后，根据贾充夫人郭槐的要求，以外孙韩谧奉贾充后，改姓贾，袭鲁公爵。晋惠帝是个弱智者，他在位之初的若干年内实际上是贾后（南风）掌权；贾谧作为她的侄儿，权倾一时。贾氏控制中枢，前后约十年之久。贾谧之弟韩慰祖由贾南风秘密收养，"后诈有身，内稿物为产具，遂取妹夫韩寿子慰祖养之，托谅暗所生，故弗显，遂谋废太子，以所养代立"。详见《晋书·后妃传·惠贾皇后传》。

之事，不可不如传，此实录之谓也。而名同帝王，故自帝王之籍，不可以不称纪，则追王之义”（《初学记》卷二一，《陆机集》补遗卷三）。这一主张的实质是强调司马懿等三祖的历史地位，《晋书》要从这三祖写起，并且称为供皇帝专用的“纪”；只是由于这三祖“实终为臣”，所以几篇“纪”的内容和写法不得不略同于“传”。对于这种持之有故的意见贾谧非常恼火，专门请大学问家束皙来对付他。后来陆机写出了他的《三祖纪》，亦称《晋纪》《晋帝纪》。此后各种晋书撰写均从司马懿写起，嵇康、阮籍等泰始以前的人物，仍然被写入各本晋书之中。历史的发展证明，陆机的办法自有他的道理，而贾谧的主张则随着时间的推移已在无形中被取消了。

在著作郎任上，陆机还完成了另外一些属于他分内之事的著作，如《惠帝起居注》《晋百官名》等。陆机不仅是重要的文学家，也是成果丰富的史学家。

元康九年（299）十二月，贾后、贾谧废掉太子并把他幽禁起来，宫廷斗争大为激化；到第二年即永康元年（300）三月，太子被杀害；于是赵王伦、梁王肜等发动政变，推翻贾氏当权集团，杀贾后以及贾谧、张华、石崇、潘岳等数十人。赵王伦自为相国，独揽大权，陆机为相国参军；稍后司马伦准备登帝位，安排手下人草拟惠帝的禅文，此事大有风险，陆机很担心会被选去干这件事，于是安排陆云假装丧妻，哭泣受吊，自己则因为是近亲而离任吊丧，混过这一关，但机、云兄弟仍在司马伦手下任职，包括司马伦篡位之后。事情可以做，但不能留下文字上的痕迹。

不久齐王冏（老一代齐王司马攸之子）、成都王颖、河间王颙、常山王乂等起兵讨伐司马伦，很快得手，杀司马伦及其一党，惠帝反正。齐王冏收拾赵王伦一党时对陆机采取严厉的态度，几乎要杀了他；陆机向老上司吴王晏等求救，成都王颖和吴王晏一起出面营救，得以减死，改判流放，又因赦免而没有施行。出狱后陆机写了多份谢表，又作《园葵诗》献给成都王司马颖，准备改换门庭，以此人为靠山。稍后他担任大将军成都王司马颖的右司马，又为平原内史。

永宁二年（302）齐王冏自为太师，独揽大权，于是成都王颖、河间王颙等又起兵讨伐齐王司马冏，常山王乂杀了齐王冏，都督中外诸军事，改元太安。混乱的政局进一步向纵深发展。太安二年（303）成都王颖出兵讨伐占据了中枢的常山王乂，以陆机为先锋，统领大批人马。但是在成都王司马颖手下颇有不赞成陆机的人，进了许多谗言，结果司马颖派人杀了陆机，又杀了陆云。

造成陆机之死的有卢志、孟玖、孟超、牵秀等人。卢志为邺令，成都王司马颖镇守邺城,“爱其才量,委以心膂,遂为谋主”,卢志在一个相当长的时间里充当司马颖的“咨议参军,仍补左长史,专掌文翰”(《晋书》本传),近于一个秘书长的角色;司马颖“形美而神昏,不知书,然器性敦厚,委事于志”(《晋书·成都王颖传》)。等到陆机也去依附成都王司马颖之后,不得不与卢志有所交道,这样他就离倒霉不远了。《晋书·陆机传》写道:

> 颖以机参大将军军事,表为平原内史。太安初,颖与河间王颙起兵讨长沙王乂,假机后将军、河北大都督,督北中郎将王粹、冠军牵秀等诸军二十余万人……颖谓机曰:“若功成事定,当爵为郡公,位以台司,将军勉之矣!”机曰:“昔齐桓任夷吾以建九合之功,燕惠疑乐毅以失垂成之业,今日之事,在公不在机也。”颖左长史卢志心害机宠,言于颖曰:“陆机自比管乐,拟君暗主,自古命将遣师,未有臣陵其君而可以济事者也。”颖默然。
>
> ……初,宦人孟玖弟超并为颖所嬖宠。超领万人为小都督,未战,纵兵大掠。机录其主者。超将铁骑百余人,直入机麾下夺之,顾谓机曰:“貉奴能作督不!”机司马孙拯劝机杀之,机不能用。超宣言于众曰:“陆机将反。”又还书与玖,言机持两端,军不速决。及战,超不受机节度,轻兵独进而没。玖疑机杀之,遂谮机于颖,言其有异志。将军王阐、郝昌、公师藩等皆玖所用,与牵秀等共证之。颖大怒,使秀密收机。

照这里的说法,直接陷害陆机的乃是宦人孟玖等人,司马颖很轻易地就相信了孟玖、牵秀等人的诬告并且下令秘密逮捕陆机,格杀勿论;而其实陆机的这一悲惨结局与先前卢志的那一番话关系也很不小。《世说新语·尤悔》说起陆机之死,径称“为卢志所谗被诛”,不提孟玖、牵秀等人,颇足发人深思。

司马颖由“默然”到“大怒”,对陆机由基本信任到忽然不信任,有着复杂的背景。《晋书·成都王颖传》云:“成都王颖字章度,武帝第十六子也。太康末受封……贾谧尝与皇太子博,争道,颖在座,厉声呵谧曰:‘皇太子,国之储君,贾谧何得无礼!’谧惧,由此出颖为平北将军,镇邺。”后来他长期以邺城为大本营经营自己的事业,并且与卢志深相接纳,采用了这位谋士提供的许多谋略。当永宁元年(301)赵王司马伦明目张胆地篡夺中枢大权时,齐王司马冏高举勤王的义旗,司马颖立刻起兵响应,率领二十万人马首先攻入洛阳,杀赵王伦,迎惠帝反正,立了一大功;在洛阳,司马颖又帮助陆机等九人从司马伦一党的嫌疑中解脱出来,亦复深得人心。但首先倡议的齐王司马冏地位更高，手里的军队也更多，成都王颖一时尚不能同他分庭抗礼，这时卢志分析形势道“……齐王今当与大王共辅朝政。志闻两雄不俱处，功名不并立，今宜因太妃微疾，求还定省，推崇齐王，徐结四海之心，此计之上也”（《晋书·卢志传》）；这就是建议他塑造一种功成身退、忠孝两全的崇高形象，为未来更远大的发展准备政治和道德的资本。成都王颖采纳了这一条妙计，并且做得很见功力：

> 颖营于太学，及入朝，天子亲劳焉。颖拜谢曰：“此大司马臣冏之勋，臣无豫焉。”见讫，即辞出，不复还营，便谒太庙，自出东阳城门，遂归邺。遣信与冏别，冏大惊，驰出送颖，至七里涧及之。颖住车言别，流涕，不及时事，唯以太妃疾苦形于颜色，百姓观者莫不倾心。

这一幕由卢志设计司马颖主演的小品取得很好的效果。稍后司马颖又听从卢志的谋划，出资赈济灾民，安葬战死者，一时声名鹊起，似乎成了王朝中兴的希望所在。《晋书·陆机传》说，陆机看到司马颖“推功不居，劳谦下士”，对他深表敬佩，“既感全济之恩，又见朝廷屡有变难，谓颖必能康隆晋室，遂委身焉”。

在洛阳执掌大权的齐王司马冏一年多以后就垮了台，太安元年（302）十二月“河间王颙表齐王冏窥伺神器，有无君之心，与成都王颖、新野王歆、范阳王虓同会洛阳，请废冏还第。长沙王乂又奉乘舆屯南止车门，攻冏，杀之，幽其诸子于金墉城，废冏弟北海王寔。大赦，改元。以长沙王乂为太尉，都督中外诸军事”（《晋书·惠帝纪》）。这一场混战主要的胜利果实为长沙王乂独吞，傀儡皇帝捏在他的手里，自然最为主动。这时成都王颖与卢志发生策略上的分歧，司马颖急欲脱颖而出，所以先参加消灭司马冏的战争，继而又打算扑杀长沙王乂，准备自己当皇帝；而卢志认为应当持重图远，不可操之过急；司马颖不从，“时荆州有张昌之乱，颖表求亲征，朝廷许之；会昌等平，乃回兵以讨乂”（《晋书·卢志传》），于是重用陆机，进攻洛阳。《晋书·成都王颖传》云：

> 颖方恣其欲，而惮长沙王乂在内，遂与河间王颙表请诛后父羊玄之、左将军皇甫商等，檄乂使就第。乃与颙将张方伐京都，以平原内史陆机为前锋都督、前将军、假节。颖次朝歌，每夜矛戟有光若火，其垒井中皆有龙象。进军屯河南，阻清水为垒，造浮桥以通河北，以大木函盛石，沉之以系桥，名曰石鳖。陆机战败，死者甚众，机又为孟玖所谮，颖收机斩

之，夷其三族，语在《机传》。于是进攻京城……颖既入京师，复旋镇于邺，增封二十郡，拜丞相。河间王颙表颖宜为储副，遂废太子覃，立颖为皇太弟，丞相如故，制度一依魏武故事，乘舆服御皆迁于邺。表罢宿卫兵属相府，更以王官宿卫。僭侈日甚，有无君之心，委任孟玖等，大失众望。

司马颖在攻入洛阳后策略又有所变化，改为不打算立即取代乃兄惠帝司马衷，而欲通过合法继承的方式，由皇太弟这一身份逐步过渡到皇帝的宝座上去。这样他就在某种程度上回到卢志的策略路线上去了。所以，当长沙王司马乂死后，“颖表(卢)志为中书监，留邺，参署相府事”(《晋书·卢志传》)。所以可以说，司马颖重用陆机就是疏远卢志，而杀掉陆机则便于回到卢志的路线上来。陆机与卢志乃是司马颖手上的两张牌，就看他怎么一个打法。他打“陆牌”为时甚短，于是陆机就成了一个昙花一现的牺牲品。

卢志始终忠于司马颖，为他的长远利益着想，老成持重，深不可测。他以“臣陵其君”来打击陆机，可以说击中了要害。陆机对司马颖远不如卢志那样一心一意，孟玖等人告发陆机“将反”“持两端”也不是毫无根据的，据《晋书·长沙王乂传》，当司马颖与河间王司马颙合作共同对付长沙王司马乂时，司马乂曾写信给司马颖道：

今卿复与太尉(司马颙)共起大众，阻兵百万，重围宫城。群臣同忿，聊即命将，示宣国威，未拟摧殄。自投沟涧，荡平山谷，死者日万，酷痛无罪。岂国恩之不慈，则用刑之有常。卿所遣陆机不乐受卿节钺，将其所领，私通国家，想来逆者，当前行一尺，却行一丈。

这封信对司马颖忽然下决心杀陆机，显然起了很大的作用。陆机是怎样“私通国家”亦即与长沙王司马乂方面秘密联系的，现在看不到直接的材料，但这显然是可能的，未必就是敌方的谗言虚构。陆机的从政经历告诉他，当今皇帝司马衷虽然是个白痴，但他到底还是国家的象征，而这个象征现在操于长沙王司马乂之手，自己与他们作战，显然是冒着太大的风险，私下里与对方通些消息，未尝不是留一条退路的妙计。过去陆机差一点陷入杨骏、赵王司马伦这两个政治黑洞里去，终于得到解脱都是侥幸，同时也与他并未完全紧跟那些野心家大有关系；现在他又到了生死关头，采取进退两便的立场，脚踏两只船，似可应付未来的各种变化。

当牵秀奉司马颖密令来逮捕陆机的时候，他立刻预感到了自己的结局，《晋书》本传写道：

> 天明而秀兵至。机释戎服，著白帢，与秀相见，神色自若，谓秀曰："自吴朝倾覆，吾兄弟宗族蒙国重恩，入侍帷幄，出剖符竹。成都命吾以重任，辞不获已。今日受诛，岂非命也。"因与颖笺，词甚凄恻。既而叹曰："华亭鹤唳，岂可复闻乎！"遂遇害于军中，时年四十三。

牵秀一来，他就知道自己将会受诛，而没有任何其他的想法；如果不是有"私通国家"的底账，他那过于敏感的想法和告别演出式的做法，就是很难理解的。陆机没有为自己作任何辩解，只是归于天命，亦复意味深长——他知道秘密一旦拆穿就非完蛋不可，解释求饶不仅完全无用，也很丢架子，不像一个贵族了。陆机临死前很像一条好汉，他在政治赌博中忽然满盘皆输，除了认账以外别无选择。

"释戎服，著白帢"是一个很有意味的细节。"帢"是一种便帽，出于曹操的创造（详见《三国志·魏书·武帝纪》注引《傅子》），本意在于节约，而后来竟成为一种时髦，很有身份的人而戴这样的便帽渐渐成了名士的文化符号。陆机此时特别摘下头盔，改戴此种便帽，无非是放下将军的身段，回归书生的本分，以便表明自己对于生死祸福绝不介意，一派名士风流。但这也只不过是精神上的胜利或自慰罢了。

陆机败后，陆云也被司马颖抓了起来。卢志对促成陆云之死亦复不遗余力。最痛恨南方贵族才俊的往往是北方的贵族子弟。

陆机出身于孙吴最显赫的家族之一，吴国灭亡以后，他内心深处始终有两个难以解决的矛盾：首先，他固然因自己高贵的门第、显赫的传统而无比自豪，但事实上已成为"亡国之余"，不得不跑到新兴的西晋王朝的首都洛阳来谋取出路，总是被中原人士看不起，有时他也不免有些自卑，而内心深处仍极骄傲。其次，他虽然无比怀念自己的故里，希望在那里过自由自在的读书生活，而事实上却不得不进入政治中心洛阳，经历其中种种纷扰倾轧，拎着脑袋从事政治活动。这两组矛盾，归根结底，源于他背着沉重的家族包袱放不下来，终其一生未能得到解脱，最后落得一个悲惨的结局。

那时东吴的"亡国之余"跑到洛阳来谋出路的贵族青年很多，有人一看这里形势不对就又跑了回去，得以终其天年，典型的例子如张翰，此人借口思念家乡的美味鲈鱼莼羹就开了小差；又如与陆机陆云兄弟同时入洛的名门之后顾荣（时人合称之为"三俊"），也比较早地看清了形势，深知在司马氏当权集团内部纷争不已之时绝对不能卷进去，他纵酒韬晦，保护自己，并曾劝陆机及早回南方去"时中国多难,顾荣、戴若思等咸劝机还吴。机负其才望,而志匡世难,故不从"(《晋书·陆机传》)。顾荣回了南方,后来在形势巨变之后帮助偏安的东晋王朝在南方安顿下来,对历史作出了贡献。顾荣是孙吴丞相顾雍的孙子,门第与陆机相当,而头脑则要清醒得多。

陆机写过许多作品叙述并歌颂自家祖先的光荣历史,例如他曾在《祖德赋》中用大量的高级形容词来歌颂祖父陆逊的丰功伟绩,将他比拟为周公;在《述先赋》中又以同样的笔墨描述父亲陆抗的显赫功勋和崇高地位,甚至说"故其生也荣,虽万物咸被其仁;其亡也哀,虽天网犹失其纲。婴国命以逝止,亮身没而吴亡"。陆机撰写《文赋》本来是要阐述"作文之利害所由"的,但即使在这里他也特别强调地指出文学的一大作用是"咏世德之骏烈,诵先人之清芬"——这一条显然没有普遍意义,只是强烈地打上了他本人的烙印。

二

在文学创作上陆机是一个多面手,诗赋文诸体兼长,是曹植以后最引人注目的大作家。

在诗歌方面,钟嵘《诗品》不仅把陆机列入上品,而且指出他乃是"太康之英",是西晋诗坛上的领军人物。

陆机的诗作有三大特色,后来都产生了很大的影响:一、非常重视模拟前代名篇,形神俱似,而有时也能加进自己的色彩,于是成为实施"通变"的一大法门;二、将自己的现实遭遇和感触迅速地写入诗中,其中有不少用于家人、朋友间的赠答,前后联系起来看,形成一部精神性的自传,同时也是那个时代的插图;三、开始自觉地将玄学思辨引入诗歌,为日后大为兴盛的玄言诗导夫先路。

陆机的拟古诗数量相当多,也非常有名,单是收在《文选》(卷三十)里的就有十二首之多,亦步亦趋,形神俱似,很能显示临摹的功夫。他摹拟的对象是所谓"古诗",这一批无主名的古诗原有数十首之多,其产生和流传的确切情形现在均已不甚可知,后人所熟悉的只是《文选》中录入的所谓《古诗十九首》——这是经萧统挑选过的精华,而陆机所模拟过的十二首全部入选了。由此可见陆机拟古时选择的眼光和他的巨大影响。

近贤或疑《古诗十九首》中多有曹植的作品;如果事情是这样的话,陆机在模拟古诗时应标出曹植,而事实上绝无此事,这一点似应引起足够的反思。

陆机的乐府诗、挽歌等等，也都带有摹拟前人旧作的性质，同时又具有自己的特色。他的乐府诗虽用旧题，也遵用传统的题材，但仍然流露了自己很真实的感情，例如《门有车马客行》：

门有车马客，驾言发故乡。念君久不归，濡迹涉江湘。投袂赴门途，揽衣不及裳。抚膺携客泣，掩泪叙温凉。借问邦族间，恻怆论存亡。亲友多零落，旧齿皆凋丧。市朝互迁易，城阙或丘荒。坟垄日月多，松柏郁芒芒。天道信崇替，人生安得长？慷慨惟平生，俯仰独悲伤。

这很容易想起吴军在西线大败，陆机的兄长为国捐躯时他本人的遭遇和感伤。在更多的乐府诗里，陆机吟唱他当下的心情道：

但恨功名薄，竹帛无所宣。

——《长歌行》

守一不足矜，歧路良可遵。

——《长安有狭邪行》

不惜微躯退，但惧苍蝇前。

——《塘上行》

凡此种种，都是他直言不讳的内心独白。前人或谓"（陆机）五言乐府一味排比敷衍，间多硬句，且踵前人步伐，不能流露性情，均无足观"（黄子云《野鸿诗的》），持论过苛，与陆机乐府诗的实际明显不合。

陆机的挽歌不完全采取传统的吊丧者视角，也有用死者本身角度来写的，这一新路径对后来陶渊明写《拟挽歌辞三首》颇有启发和影响。

以自己切身的遭遇和感触入诗，是陆机诗后来最为读者重视的方面。成年以后，陆机的许多诗都有着丰富生动的社会政治内容，又充满了贵族精英的情绪和感慨，最能代表他的特色和水平。

太康十年(289)陆机离开华亭到洛阳去寻求政治前途时，有一首《与士龙于承明亭作》(曾入选《文选》卷二十四)：

牵世婴时网，驾言远徂征。饮饯岂异族，亲戚弟与兄。婉娈居人思，纡郁游子情。明发遗安寐，寤言涕交缨。分涂长林侧，挥袂万始亭。伫眄要遐景，倾耳玩余声。南归憩永安，北迈顿承明。永安有昨轨，承明子弃予。俯仰悲林薄，慷慨含辛楚。怀往欢绝端，悼来忧成绪。感别惨舒翮，思归乐遵渚。

吴淇解释此诗说："承明、万始、永安三亭名，皆士衡北行所经。承明在万始北，永安在万始南。士龙送士衡到万始才分袂。分袂之前一日，兄弟并辔，偕经过永安；分袂之后一日，士衡北至承明宿，是永安犹有昨日兄弟同行过之道，而承明并无，所以更悲。"（《六朝选诗定论》卷十）诗中充满了游子的哀伤。"亡国之余"为了寻求政治上的出路，奔走辛劳，感慨甚多，但又不欲明言，只道是"怀往欢绝端，悼来忧成绪"，前途茫茫，全无把握，内心颇有些悲凉。

上路以后陆机又有《赴洛道中作二首》（曾入选《文选》卷二十六）道：

总辔登长路，呜咽辞密亲。借问子何之，世网婴我身。永叹遵北渚，遗思结南津。行行遂已远，野途旷无人。山泽纷纡余，林薄杳阡眠。虎啸深谷底，鸡鸣高树巅。哀风中夜流，孤兽更我前。悲情触物感，沉思郁缠绵。伫立望故乡，顾影凄自怜。

远游越山川，山川修且广。振策陟崇丘，案辔遵平莽。夕息抱影寐，朝徂衔思往。顿辔倚嵩岩，侧听悲风响。清露坠素辉，明月一何朗。抚几不能寐，振衣独长想。

此时陆机并没有得到朝廷方面什么许诺，完全是独身去闯天下；他本是孙吴方面的高官子弟，绝对可以有一个锦绣前程，而现在却要老远地跑到中原去谋求出路，所以他的情绪不免是低沉的（"呜咽辞密亲"），但是又不能不上路，继续呆在华亭肯定不会有任何前途，这就是所谓"世网婴我身"。陆机本是一个热衷于进仕、希望建功立业重振家声的贵族青年，如果不到新的政治中心洛阳去，一切都无从谈起。他的出身、雄心与他当下的处境之间有着巨大的矛盾，于是就不免"顾影凄自怜"，很像一个浊世佳公子了。《赴洛道中作二首》其一是陆机最优秀的作品之一。

其二"远游越山川"一首同样真切动人。"抚几不能寐"是因为前途不明，吉凶难卜；"振衣独长想"一方面确实是写不寐而起——穿上衣服，事先把衣服抖一抖，而这动作颇不乏年轻人的豪情，暗示出他要到首都去拼搏一番，争取出人头地。与陆机同时的诗人左思有句云："振衣千仞冈，濯足万里流"（《咏史》），也用"振衣"这一细节表达豪情，与陆机此诗结穴相视而笑，皆为名句。

等到元康二年（292），陆机重新入洛就太子洗马一职，又有《赴洛二首》（曾入选《文选》卷二十六）：

希世无高符，营道无烈心。靖端肃有命，假楫越江潭。亲友赠予迈，挥泪广川阴。抚膺解携手，永叹结遗音。无迹有所匿，寂漠声必沉。肆目眇不及，缅然若双潜。南望泣玄渚，北迈涉长林。谷风拂修薄，油云翳高岑。亹亹孤兽骋，嘤嘤思鸟吟。感物恋堂室，离思一何深。伫立忾我叹，寤寐涕盈衿。惜无怀归志，辛苦谁为心？

羁旅远游宦，托身承华侧。抚剑遵铜辇，振缨尽祗肃。岁月一何易，寒暑忽已革。载离多悲心，感物情凄恻。慷慨遗安愈，永叹废餐食。思乐乐难诱，曰归归未克。忧苦欲何为，缠绵胸与臆。仰瞻陵霄鸟，羡尔归飞翼。

这里最值得注意的是其一诗中自嘲的口吻。诗人在上一次赴洛阳进入西晋官场后不久就碰上政变，主公全军覆灭，自己铩羽而归，而现在又要仆仆道途了。“惜无怀归志，辛苦谁为心？”“辛苦”“苦心”是陆机诗中的常用词。

写“羁旅远游宦”这首诗的时候，陆机在太子洗马任上已经有了一段时间（“岁月一何易，寒暑忽已革”），他在诗中忽然抒发怀归之情，大约是因为他看出了承华门内可能正酝酿着新的政治风云①：太子不是专权的贾后所生，经常呆在东宫里的贾谧气焰极高，他的权势甚至超过了太子②，所以陆机一方面当太子洗马，同时又加入了以贾谧为中心的“二十四友”集团。这样脚踩两只船并没有让陆机觉得踏实，反倒更加诚惶诚恐了——他“托身承华侧”而充满焦虑者以此。这首诗同样是我们了解陆机精神世界的极好材料，由此也可以体会历史上那些处于政治旋涡之中的敏感官僚的隐忧。

陆机习惯于在自己职务变迁时写诗抒情，留下不少心灵史的生动材料，稍后的《吴王郎中时从梁陈作》诗（曾入选《文选》卷二十六）云：

在昔蒙嘉惠，矫迹入崇贤。假翼鸣凤条，濯足升龙渊。玄冕无丑士，冶服使我妍。轻剑拂鞶厉，长缨丽且鲜。谁谓伏事浅，契阔逾三年。薄言肃后命，改服就藩臣。夙驾寻清轨，远游越梁陈。感物多远念，慷慨怀古人。

此诗作于元康四年（294）陆机离开东宫改任吴王晏郎中令之时。晋代皇

---

① 李善注引陆机《洛阳记》：“太子宫有承华门。”

② 《文选》卷二十四《答贾长渊》“鲁公戾止，衮服委蛇。思媚皇储，高步承华”句下李善注引王隐《晋书》：“谧以贾后之妹子，数入宫，与愍怀（太子）处。”《晋书·成都王颖传》：“贾谧尝与皇太子博，争道，颖在座，厉声呵谧曰：‘皇太子，国之储君，贾谧何得无礼！’谧惧，由此出颖为平北将军，镇邺。”此时贾谧已经不买太子的账，且有调动诸侯王的神通了。

太子诣崇贤门迎师傅，所以“矫迹入崇贤”自当是指出到太子身边任职，“谁谓伏事浅，契阔逾三年”，则是指自己于元康二年(292)入东宫伺候太子，前后三个年头，然后才“改服就藩臣”，到吴王晏手下来任职了①。

“玄冕”是太子洗马服饰中的一件。在东宫中任职是很光荣的事情，“玄冕无丑士，冶服使我妍。轻剑拂鞶厉，长缨丽且鲜”四句，很有些得意的意思；他离开这一清贵之地到吴王晏手下任职只是服从安排，自己并不愿意。太子是未来的皇帝，东宫是一块大有发展前途的风水宝地，对于仕途非常热衷的陆机当然不愿意离开太子洗马一职而去小国藩王那里去当什么郎中②，这岂不是下自乔木而入于幽谷！

除了弱智的晋惠帝司马衷以外，吴王司马晏是晋武帝司马炎诸子中最差的一个，其人仪表既陋，更无内美，完全靠皇家血统过日子。他的就藩，大约在父皇武帝去世、哥哥惠帝继位之后不久。因为封地在南方，其食邑且包括陆机、陆云的老家吴郡，于是陆氏兄弟都被安排到这里来效劳。从朝廷的思路来说，这对于笼络南方氏族，争取政局稳定自然不无好处；而这样的安排并不符合陆氏兄弟特别是陆机的心思，他总是想在一个更有前途的地方任职，以便争取远大的发展。

当陆机走出首都到吴王晏那里去就职时，曾经一道在东宫效劳的同僚潘尼有诗为赠(《赠陆机出为吴王郎中令》，《文选》卷二十四)，诗中照例说了些客气话，颂扬陆机、表示惜别，并特别提到此行乃是荣归桑梓，这些都合于应酬的常规；而陆机的回应《赠潘尼》却写得相当坦率：

水会于海，云翔于天。道之所混，孰后孰先？及子虽殊，同升太玄。舍彼玄冕，袭此云冠。遗情市朝，永志丘园。静犹幽谷，动若挥兰。

他把担任新的职务看成是回到“丘园”去隐居，从此离开“市朝”——这里是偏义复词，重点自然在“朝”。诗中特别用了“幽谷”一词，提醒人们记起《诗

① 陆机本人明确说过“元康四年秋，余以太子洗马出补吴王郎中令”(《皇太子清宴诗序》)，又说过“借曰未洽，亦既三年，居陪华幄，出从朱轮”(《赠冯文罴迁斥丘令》)，他充当太子洗马前后三个年头，然则始任此职当在元康二年(292)。稍后陆机在《答贾长渊》诗中回顾自己在东宫与贾谧的交往道“游跨三春，情固二秋”，也是说连头搭尾跨了三个年头，而实只二年——这正是指元康二年(292)到元康四年(294)。

② 《晋书·职官志》载，太子洗马“八人，职如谒者秘书，掌图籍。释奠讲经则掌其事，出则直者前驱，导威仪”。藩府郎中令，亦省称郎中，其时藩府“有郎中令、中尉、大农为三卿。大国置左右常侍各一人，省郎中，置侍郎二人”。

经·小雅·伐木》里所说的"出自幽谷,迁于乔木",陆机感慨现在自己竟然走着相反的路。不久之前陆机在写给同任太子洗马、后出任地方官的同僚诗中,说起你我同为太子洗马,曾有这样的句子"有命集止,翻飞自南。出自幽谷,及尔同林"(《赠冯文罴迁斥丘令》)。在陆机的心目中,东宫自然是"乔木"。陆机对于官场中的乔迁下放等等变动,一向是很敏感很在乎的。《赠潘尼》诗中特别提到职务改变所引起的服饰的变化,也是很有意思的一个细节。"舍彼玄冕,袭此云冠"——"玄冕"是表明太子洗马一职的高级帽子,现在已经戴不成,要改戴郎中令的"云冠"了。头上戴什么帽子陆机非常在乎,也多有感慨。

最集中地表现了陆机政治感情的诗是《答贾长渊》。诗序云:"余昔为太子洗马,鲁公贾长渊以散骑常侍侍东宫积年,余出补吴王郎中令,元康六年入为尚书郎,鲁公赠诗一篇,作此诗答之云尔。"这里在"入为尚书郎"之后大约有脱文,应当还有一句说明自己当了著作郎,然后再说这时得到了顶头上司秘书监贾谧的赠诗,于是写此诗作答。

贾谧的赠诗和陆机的答诗均作于元康八年(298)。潘岳代作的贾谧(长渊)赠陆机的诗也曾被选入《文选》(卷二十四)。这首诗从开天辟地开始写起,一直说到晋灭孙吴,诗中指称孙吴是"僭号"的伪政权,又说到孙吴覆灭之后陆机像灵鸟一样"凌江而翔",老远地飞到中原来谋求发展。在贾谧以及潘岳的眼中,陆机乃是所谓"亡国之余",只是个人尚有才华,值得重视。诗中讲到陆机入仕于晋的履历:先当杨骏手下的祭酒("抚翼宰庭"),后为太子洗马("曜藻崇正,玄冕丹裳"),然后出补吴王晏郎中令("帝弟作弼"),从太子东宫跑到诸侯王那里去乃是往下走,而陆机似乎很高兴去("吾子洗然,恬然自逸"),看来是那里比较靠近故乡("旋反桑梓")。诗最后说起陆机进入尚书省为郎,现在又来当秘书郎,"优游省闼,珥笔华轩",与自己再度同事——贾谧先是以散骑常侍侍东宫,所以曾有同僚之雅;而现在自己已经结束服丧出任秘书监,正在中枢任要职,宾客甚多①,于是写这首诗赠给部下这位才子。

所谓"二十四友"集团这时正活动得很起劲。陆机本不大想同贾谧呆在一起,现在却成了他直接的下属,他同贾谧的关系,远不如潘岳等人贴得那样

---

① 《晋书·贾谧传》称,贾谧在担任散骑常侍、后军将军时,就已经"开阁延宾,海内辐凑,贵游豪戚及浮竞之徒,莫不尽礼事之",形成了"二十四友"集团。贾谧复出以后,逐步达到了权势的最高点,"二十四友"的活动也达到高潮。

近，他很注意保持距离；这首答诗措辞很有分寸。针对赠诗中对孙吴极不客气的提法，陆机在诗中写道：

> 爰兹有魏，即宫天邑。吴实龙飞，刘亦岳立。干戈载扬，俎豆载戢。民劳师兴，国玩凯入。

将吴安顿在与魏、蜀并列的地位上，三方鼎足而立，言外是说吴国无所谓“伪”。下一章又道：

> 天厌霸德，黄祚告衅。狱讼违魏，讴歌适晋。陈留归藩，我皇登禅。庸岷稽颡，三江改献。

充分肯定晋统一中国的历史贡献。这样陆机就将来诗中以胜利者自居的高傲完全顶了回去，不卑不亢，自有尊严。

关于彼此的关系，诗中一则说“孰云匪惧，仰肃明威”，自己乃是对方的下级，对于贾谧很有些敬畏——这样说显然是为了保持距离。下文又道：

> 分索则易，携手实难。念昔良游，兹焉永叹。公之云感，贻此音翰。蔚彼高藻，如玉之兰。

> 惟汉有木，曾不逾境。惟南有金，万邦作咏。民之胥好，狷狂厉圣。仪刑在昔，予闻子命。

前一章是一般的人生感慨和应酬之辞，后一章自比南金，表示不会发生多大变化，又自称作风近于狂狷，态度仍然不卑不亢，而且大有保持距离之意。有志于进取的陆机本来有机会同炙手可热的贾谧把关系拉得很近，但他没有这样做，他对这位“权过人主”的外戚大约很有些戒备之心。在稍后引起很大争议的晋书限断问题上，作为专掌史任的著作郎陆机没有支持贾谧，更是一个不亲善的表示；后来赵王司马伦发动政变诛灭贾氏集团，陆机参与其事，立了一功，“赐爵关内侯”（《晋书》本传）。这些后事，都可以与《答贾长渊》一诗联系起来加以思考。

《文选》卷二十九“杂诗”类录入陆机《园葵诗》一首，此诗是为感谢成都王司马颖而作：

> 种葵北园中，葵生郁萋萋。朝荣东北倾，夕颖西南晞。零露垂鲜泽，朗月耀其辉。时逝柔风戢，岁暮商猋飞。曾云无温液，严霜有凝威。幸蒙高

墉德，玄景荫素蕤。丰条并春盛，落叶后秋衰。庆彼晚凋福，忘此孤生悲。

《艺文类聚》卷八十二录入了陆机另一首《园葵诗》。这两首诗题相同，立意亦多有相通之处，估计是同时之作，自当捉置于一处来讨论。这一首现在只能看到八句：

翩翩晚凋葵，孤生寄北蕃。被蒙覆露惠，微躯后时残。庇足同一智，生理各万端。不若闻道易，但伤知命难。

从这一首来看，陆机除了感谢成都王司马颖之外，还有别的很深的感慨。按，自西晋建国后最高领导层颇注意网罗原孙吴方面的人才，特别是那边原高官的后代，为之安排了不少职务；这样做无非是收拾人心，扩大统治基础，促进政治上的稳定。这一策略无疑是明智的，也取得了明显的效果——"南金"当中不少人纷纷北上洛阳贡献才智，在新的政治格局里谋取个人和家族的新出路。对这样的治国大思路，寒门文人出身的高官张华有着深刻的领会，他对南方来的青年才俊一再加以表彰，这些言论在当时产生了很好的影响。但是高层的策略思想未必能为全体官僚和上层社会所理解，不少魏晋以来的高门士大夫总是以胜利者的高傲姿态对待南人，往往出言不逊，盛气凌人，引起南人很强烈的反感。陆机本人入洛之初也颇遭中原士人的藐视。在这样恶劣的环境里，陆机自然会产生强烈的孤独感、无助感。两首《园葵诗》中都用了"孤生"一词来形容自己，艺术上不免有点重复，而由此正可见他感慨之深，他实在是有不吐不快的切肤之痛。

园葵是古代一种主要的蔬菜，只要不伤其根，其叶片可以反复摘取食用，所以孔子说"鲍庄子之知（智）不如葵，葵犹能卫其足"（《左传》成公十七年），古诗中也说"采葵莫伤根，伤根葵不生"（《艺文类聚》卷八十二）。但是恶劣的天气却足以使它死亡，非得到庇护不可。陆机的诗取兴于此。为了打破"孤生悲"，抵御灾难，陆机需要找到对自己表示友好的人，而从根本上来说最好能找到可靠而强大的后台，这样才能由"晚凋"走向不凋。朝里无人莫做官，这在古代特别是中古时代乃是一条重要的官场潜规则。

陆机出身于高门，先辈出将入相，所以他理想中的后台必须门第高华，地位高级，而且最好手上有兵权。按照这样的标准，对他非常友好并一再给予过重大帮助的张华并不大合格——其人门第不高，又基本上是个文人；一度是他顶头上司的杨骏也不合格，他虽然权倾一时，但只不过是凭借业已老化的外戚关系，一时得志，很容易垮台；陆机看得很清楚，吴王晏在未来的政治格局里更加不可能有什么作为，对他不抱任何希望，呆在这里毫无前途。新的转机在元康六年(296)终于出现了，陆机被调回洛阳，先后担任尚书中兵郎、尚书殿中郎，到元康八年(298)又转为著作郎；而这时先前曾经在东宫与他同过事的贾谧正为秘书监，成为他的顶头上司。贾谧的官阶虽然不是特别高，但他是贾后的至亲，年纪比较轻，权倾一时。皇宫里正在酝酿废掉太子的大阴谋，贾谧前途无量。因为职务的关系，陆机与贾谧曾经有过诗篇往还，但他对这位新兴的政治明星也并不太看好，因为他现在虽然是一个大人物，但完全是靠外戚的关系出风头，并没有多少才华更没有什么政治头脑，手上又没有任何武装力量，这样的人也是很容易被一阵风吹垮的，老资格的外戚杨骏就是一个先例。何况贾谧也像许多北方贵族一样，不大看得起自己这个南方来的人。所以陆机虽然也是他的所谓“二十四友”之一，却与他保持一定的距离。

陆机一直在寻找可以依靠的后台，始终没有找到合适的。永康元年(300)赵王司马伦发动政变，废贾后，杀张华、贾谧及其一党的石崇、潘岳等人，以相国的名义辅政，实际上把一切权力都集中到自己手里来，西晋的政局忽然之间发生了巨大的变化。这样的前所未有之大变局为陆机创造了一个个人发展的崭新空间。赵王伦个人尽管有许多弱点，但他的门第、地位和手上的实权完全符合陆机的理想标准，于是他很积极地为之效劳，参与到这一场政变之中，事后又充当赵王伦的相国参军，并受封为关中侯，很快成为赵王伦手下的重要人物，揭开了自己政治生涯的重要一页。陆机这一段时间十分活跃，曾积极地为赵王伦推荐人才，又写《愍怀太子诔》，纪念这位被贾后、贾谧害死的冤魂，文中大力歌颂替他报了仇的赵王伦，有道是“爰兹元辅，启我令图”。此时陆机为中书侍郎，做过许多文字工作，执行过重要的使命，永宁元年(301)赵王伦自己上台当皇帝，让惠帝退位，“迁帝于金墉城，号曰太上皇”(《晋书·惠帝纪》)，把他送进去的三位官员中就有陆机“惠帝乘云母车，卤簿数百人，自华林西门出居金墉城。尚书和郁，兼侍中、散骑常侍、琅邪王睿，中书侍郎陆机从，到城下而反”(《晋书·赵王伦传》)。此时陆机地位之重要由此可见一斑。

在赵王伦身上，陆机大约是寄托了重大希望的；但是这位亲王野心膨胀，操之过急，立足未稳就直接登上皇帝宝座，结果遭到其他诸王的强烈反对，很快垮台，饮金屑酒而死。八王之乱从此进入大混战的时期。西晋政局再次发生巨大的变化，“百官是伦所用者，皆斥免之，台省府卫仅有存者”(《晋书·赵王伦传》)。陆机因为与上次政变关系比较大，受到严厉的审查，差一点被判死刑。稍后因成都王司马颖的救援而起死回生，又得到一支军队，这在他看来应当是获得了多少年梦寐以求的机会，于是连作两首诗来感谢司马颖，同时也为自己的时来运转留一纪念。

从赵王司马伦手下转到成都王司马颖手下，表面看去变化很大，而实际上说明陆机只能在作乱的诸位王之间讨生活，甚至也预示着他后来的悲剧命运。“幸蒙高墉德，玄景荫素蕤”，这确实是陆机的真情实感，但是一个专门依靠某一后台过日子的西晋官僚，哪里能把握住自己的命运呢？

但是陆机的诗仍然有他深刻的地方，他认为这一次能免于难只是侥幸，只会“晚凋”若干时日。陆机对于政治斗争的残酷性是有预感的，但是他卷入既深，已经欲罢不能了。诗里又说到命运“不若闻道易，但伤知命难”。他显然认为自己是“闻道”的，至于“知命”就难说了。陆机对于未来似乎大有不祥的预感，但他知其不可为而为之，把自己完全交给了命运。

命运是陆机晚年常常提起的话题。《太平御览》卷六〇二引葛洪《抱朴子》载：

> 陆平原作子书未成，吾门生有在陆君军中，常在左右，说陆君临亡曰：“穷通，时也；遭遇，命也。古人贵立言，以为不朽，吾所作子书未成，以此为恨耳。”

这里谈到了“命”。他始终不肯承认自己有什么失误。世界上如果确有所谓“命运”的话，应当是指那些无可解释的偶然性，是经过努力而不能战胜的遭遇；而陆机的情形并不完全是如此，在这里我们宁可相信另外一句老话：性格就是命运。

《园葵诗》中蕴涵着深刻的教训，艺术上又特别圆熟，应视为陆机的代表作之一。

陆机不断地将自己政治生活中的经历、感慨和领悟写进诗里去，是继承了曹植的传统，对后来的诗人影响很大。陆机是强调“诗缘情”（《文赋》）的，但这一点同“诗言志”并不矛盾，只不过强调必须带着强烈的感情来言志罢了。

玄言诗运动在东晋达到高潮，而其启动则在西晋，陆机可以说是一个发端的标志性人物。

按照玄学的基本理论，世界上的纷纭万物、社会生活都是“末”，无须多加关心；其抽象的根源才是“本”，必须努力体认。诗歌要直探本源，自无须在种种细枝末节上纠缠——这样就切断了诗歌与生活之源的联系，钝化了诗人对社会的责任感和对生活的审美感，从而导致了一个世纪的诗歌濒于衰歇。玄言诗感情单薄，缺少形象，背离了《诗》《骚》的优秀传统，不符合诗歌的根本性质，后来遭到批评和冷遇应当说是咎由自取。

不过玄言诗曾经风靡百年，必有它深刻的依据，同时它也并非绝对消极的东西，玄言诗对儒家"诗教"形成有力的冲击，在某种程度上有利于解除思想禁忌，在艺术方面它对当时和后来诗歌的发展也曾带来过某种意外而有益的营养。

玄谈起于正始，但最早一批富有原创性思辨的玄学家一般都不写什么玄言诗，他们表达自己研究成果的方式，一是通过为典籍作注释来宣传自己的新思维，如王弼注过《周易》《老子》《论语》，何晏与孙邕等人合撰过《论语集解》，向秀、郭象注过《庄子》，凡此种种后来都成了玄学的基本典籍；二是撰写专题论文，例如何晏写过《道德论》，钟会综论过"才性四本"，又有《道论》二十篇，阮籍、嵇康也写过若干哲学论文。《文心雕龙·论说》云"迄于正始，务欲守文，何晏之徒，始盛玄论"，正是说的这种情形。

王弼是专事思辨的天才，死的时候才二十四岁，他从来不写诗。何晏用传统的方法写诗，也并不谈玄，例如他的《言志诗》(一称《拟古》)二首曾得到过钟嵘的肯定，其人亦被《诗品》列入中品，与孙楚、王赞、张翰、潘尼等合为一条，这些人的作品除个别篇章外大抵没有多少玄言色彩。阮籍、嵇康都是大诗人，他们的优秀作品读来令人生玄远之思，但这些作品本身却没有写哲学讲义的意思，而是感情充沛、形象鲜明的，与后来流行的玄言诗绝异。真正具有高度哲学素养的思想家以"玄论"作为表达自己哲学思辨的手段，他们很明智也很自然地将哲学论著与诗歌创作分档处理，颇能各得其宜。

所谓"中朝名士"也就是西晋名士大抵一味沉思与清谈，他们简直不大写诗；到东晋，玄学在社会上士大夫阶层中广泛流行，懂得一点玄理并拿来装点门面的人多了，能够就玄学哲理进行一对一的辩论亦即所谓"清谈"的人多了，哲学思辨的平均水平则不免大为下降；此时绝大部分名士并不研究玄学而只是运用玄学，或者简直是在玩弄玄学，借玄言以自炫①。而正在玄学水平

① 庾翼致殷浩书概述当时的风气说："高谈庄老，说空终日，虽云谈道，实长华竞。"(《晋书·殷浩传》)后来颜之推更指出一般的东晋名士"直取其清谈雅论，剖玄析微，宾主往复，娱心悦耳"，既"非济世成俗之要"(《颜氏家训·勉学篇》)，与研究理论也没有什么大关系。

并无提高更无突破的时候，玄言诗却大为膨胀繁荣起来。参与某一运动之人数的增加，历来会促使它平均水准的下降，二三流的文人在这当中往往会起相当大的推波助澜的作用。玄言诗可以说乃是玄学得到普及以至变成一种时髦的产物。最有资格写玄言诗的人不动手，而思辨水平并不甚高明的人却大写特写，其结果必然是玄言诗中缺少名篇佳作，所有的玄言诗加起来也许还不如嵇康随手写下的这样四句诗："目送归鸿，手挥五弦。俯仰自得，游心太玄。"(《赠秀才从军》)——这才真正体现了魏晋风流。

最初写玄言诗的大约有两种人，一种是刚刚接触玄学觉得特别新鲜特别兴奋的文人，另一种是希望通过引进玄理以提高自己作品品位的二三流作家。陆机以及陆云可以说是前者的代表。

二陆兄弟出身于江南儒学世家，入洛以前对中原地区新兴的玄学大约不甚了然，后来情况发生很大变化，"本无玄学"的陆氏兄弟入洛以后受到以王弼为代表的玄学家思想的强烈影响，唯其如此，陆机在《文赋》中大谈"恒患意不称物，文不逮意"，谈"课虚无以责有，叩寂寞而求音"，鲜明地打上了玄学的烙印①；与此同时，玄理也大踏步地进入陆氏兄弟的诗作，如前引陆机的《赠潘尼》诗即颇含玄理。但陆机本是一个很热衷于进取的人，并无"玄心"，只是在诗中运用玄学术语头头是道而已。这一类作品陆云也写过一些，例如他的《失题》诗中即多玄言，其一二两章尤甚。

后期陆机也未尝不感到自己在洛阳从事政治活动的危险，但他始终不肯退隐，有一首《君子行》道：

> 天道夷且简，人道险而难。休咎相乘蹑，翻覆若波澜。去疾苦不远，疑似实生患。近火固宜热，履冰岂恶寒。掇蜂灭天道，拾尘惑孔颜。逐臣尚何有，弃友焉足叹？福钟恒有兆，祸集非无端。天损未易辞，人益犹可欢。朗鉴岂远假，取之在倾冠。近情苦自信，君子防未然。

这也是一首理过其辞的玄言诗，其中有道家思想，强调祸福之相倚变化，世事没有什么一定；而同时也有儒家思想，而最终归结为天命论，说只要自己小心一点就好。拿玄学的话头为自己的人生态度作解释和辩护，其实并不理解玄学的真谛。陆机之所以会成为玄言诗的奠基人，同这种懂得一点而并不

① 详见周勋初《〈文赋〉写作年代新探》，《魏晋南北朝文学论丛》，江苏古籍出版社1999年版，第28～35页。

准备实行的情形是分不开的。

陆机也很能在口头上进行清谈，但由于他“亡国之余”的身份，中原的清谈高手根本不大理会他。而由吴入洛阳的东南士人之间往往有浓厚的乡情和更迫切的事务要谈，也不大进行清谈；他们之间写过大量的赠答诗，均以浓浓的乡情和抚今追昔的感慨为主。陆机头脑中新装进不久的玄理无从发表，遂改道而入诗赋，竟成了玄言诗赋的一大先行者。

一般来说，在魏晋时代，辞赋乃是文人创作的首选文体，自然也是陆机的首选。

在辞赋一体中，陆机也是一位多产作家，而写得太多了就难免“一手之中，不无利钝”（《北堂书钞》卷一百引葛洪《抱朴子》），所以后来东晋文学家孙绰比较陆机与潘岳说“潘文浅而净，陆文深而芜”，又说“潘文烂若披锦，无处不善；陆文若排沙简金，往往见宝”（《世说新语·文学》）。应当说这样的“宝”还是不少的，其中最著名的自然是《文赋》，但这一篇大讲理论问题，实为这一文体中的异类；他一般的辞赋有三种题材的作品值得注意：一是怀念故乡，二是当下政治，三是人生感慨。

陆机远离南方老家到洛阳来谋出路，中间又有许多不顺利，难免常有思乡之情，在诗文中多有表现；但他主动请假回乡探亲也只有元康六年（296）的一次，其时作有《思归赋》和《行归赋》。《思归赋》序云：“余牵役京室，去家四载，以元康六年冬取急归。而羌虏作乱，王师外征，职典中兵，与闻军政。惧兵革未息，宿愿有违，怀归之思，愤而成篇。”他已经办好了请假手续，但形势忽然紧张起来，他因为职务的关系，一时走不了。到写这篇《思归赋》的时候，他还没有走上归途。赋云：

> 节运代序，四时相推。寒风肃杀，白露沾衣。嗟行迈之弥留，感时逝而怀悲。绝音尘于江介，托影响于洛湄。彼离思之在人，恒戚戚而无欢。悲缘情以自诱，忧触物而生端。昼辍食而发愤，宵假寝兴言。羡归鸿以矫首，挹谷风而如兰。岁靡靡而薄暮，心悠悠而增楚。风霏霏而入室，响泠泠而愁予。既遨游于川沚，亦改驾乎山林。伊我思之沉郁，怆感物而增深。叹随风而上逝，涕承缨而下寻。冀王事之暇豫，庶归宁之有时。候凉风而警策，指孟冬而为期。顾灵晖之促景，恒立表以望之。

情景交融，要言不烦，几处细节（“昼辍食”“宵假寝”“叹随风”“涕承缨”）

都相当典型，最后又用一个"立表以望之"的小动作表示迫切希望可以成行的日子早点到来——这个期限大约是当时有权决定陆机何时可以回乡的长官给他的一个承诺。

照后来的情形看，这个诺言是兑现了的。元康六年(296)"羌虏作乱"的情形不算十分严重，所以陆机终于如愿以偿，踏上了回南的长途，其《行思赋》即作于归途之中：

背洛浦之遥遥，浮黄川之裔裔。遵河曲以悠远，观通流之所会。启石门而东萦，沿汴渠其如带。托飘风之习习，冒沉云之蔼蔼。商秋肃其发节，玄云霈而垂阴。凉风凄其薄体，零雨郁而下淫。睹川禽之遵渚，看山鸟之归林。挥清波以濯羽，翳绿叶而弄音。行弥久而情劳，途愈近而思深。羡品物以独感，悲绸缪而在心。嗟逝宦之永久，年荏苒而历兹。越河山而托景，眇四载而远期。孰归宁之弗乐，独抱感而弗怡。

这里具体地描写自己返回南方的路径，途中的风雨和所见到的景物，"行弥久而情劳，途愈近而思深"二句颇有心理深度，在后来的诗词中多有类似的表达。

陆机是一个卷入政治很深的人，他的诗多涉及时事，赋也是如此，其中最突出的是作于太安元年(302)秋冬、用来批评齐王冏的《豪士赋》，赋中总结历史的经验教训说：

伊天道之刚健，犹时至而必愆。日罔中而弗昃，月何盈而不阙。袭覆车之危轨，笑前乘之去穴。若知险而退止，趋归蕃而自戢。推璇玑以长谢，顾万邦而高揖。托浮云以迈志，岂咎吝之能集。挤为山以自陨，叹祸至于何及。

搞政治要见好就收，不为已甚，这个道理陆机讲得很好。不过他自己也没有能够付诸实施，这真是所谓知易行难了。

《豪士赋》正文之前有一长序，相当于一篇带哲理性的政治学论文，与正文中讲的道理互相呼应。其中颇有警句，如"欲陨之叶无所假烈风，将坠之泣不足繁哀响""身危由于势过，而不知去势以求安；祸积起于宠盛，而不知辞宠以招福""笑古人之未工，亡已事之已拙"等等，话都说得很透彻，常被后人引用。《文选》(卷四十六)选录了这篇赋序，而没有选其正文。

陆机最著名的赋是抒写人生感慨的《叹逝赋》(《文选》卷十六)，此篇作于他四十岁那年即永康元年(300),这一年政坛上发生了许多大事,死了大批重要人物,很容易让敏感的作家产生深沉的感想和忧虑。

本年乃是司马氏政权由盛而衰的转折点。先是三月间贾后矫诏杀害了皇权的法定接班人愍怀太子,安排自己的亲属接班;四月,赵王司马伦联合梁王司马肜发动政变,废掉贾后稍后又杀掉她,同时大开杀戒,将支持贾后的司空张华、尚书仆射裴頠、贾谧以及党羽包括潘岳、石崇等大批人物统统处死;赵王伦自为丞相,都督中外诸军事,稍后加九锡,准备自己上台当皇帝。陆机同贾谧本来就保持着相当的距离,这时更站在政变得手者的一方,安然无事,地位且有所上升。

但是这么多熟人特别是一向奖掖提携他的张华全都在政变中死难,不能不引起他感情上巨大的波动;自己已到不惑之年,前景如何,不确定的因素实在是太多了,平生志事大抵未尝实现,也不能不生出许多感慨来。

于是他写下了《叹逝赋》。小序云:

昔每闻长老追计平生同时亲故,或凋落已尽,或仅有存者。余年方四十,而懿亲戚属,亡多存寡,昵交密友,亦不半在。或所曾共游一途,同宴一室,十年之内,索然已尽,以是思哀,哀可知矣。乃作赋曰……

过去陆机写赋,总不免有些故意为文的意思,这一次是真动了感情。赋开头的部分就写得惊心动魄:

伊天地之运流,纷升降而相袭。日望空以骏驱,节循虚而警立。嗟人生之短期,孰长年之能执!时飘忽其不再,老晼晚其将及。怼琼蕊之无征,恨朝霞之难挹。望汤谷以企予,惜此景之屡戢。悲夫!川阅水以成川,水滔滔而日度。世阅人而为世,人冉冉而行暮。人何世而弗新,世何人之能故……

天长地久,人生飘忽,这样的迁逝之感,在建安、正始的作品中本不罕见,但陆机完全是从自己的切身体验中领会而来,先是国破家亡,现在又到了天地翻覆之际,然则这里的川、水之喻就在"逝者如斯"的传统感慨之外加进了新鲜的成分,很容易引起读者的共鸣。

于是陆机就有了很强烈的感伤悲哀,甚至颇有迟暮之感,遥望前途,忧心忡忡。他继续写道:

瞻前轨之既覆,知此路之良难。启四体而深悼,惧兹形之将然。毒娱情而寡方，怨感目之多颜。谅多颜之感目，神何适而获怡。寻平生于响像，览前物而怀之。步寒林以凄恻，玩春翘而有思。触万类以生悲，叹同节而异时。年弥往而念广，途薄暮而意迮。亲落落而日稀，友靡靡而愈索。顾旧要于遗存，得十一于千百。乐隤心其如忘，哀缘情而来宅。托末契于后生，余将老而为客。

忧能伤人，陆机未老先衰。因为同一代人纷纷凋谢，他打算同年轻人打交道，但年轻人未必看得上自己。这里对"代沟"的感慨在后来的诗歌中产生了丰富的回音①。《叹逝赋》的感慨虽然从当时的时局中来，但因为具有相当的普遍性，因此得到了强烈的共鸣和久远的传播。

陆机的创作以诗、赋为主，文相对少一点，从内容来看，约可分为三个方面：

一是歌颂自家祖先的丰功伟绩的颂、诔之类，大抵严肃而沉闷，可以作为研究贵族子弟心理的材料，没有多少文学价值。

二是与职务有关的应用文字，其中传诵最广的是《谢平原内史表》，表文中流露了他比较真实的思想和对于未来的预期。能够当到一个郡的最高官员，陆机十分兴奋，对于给了他这个重大机会的成都王颖真是感激涕零，陆机和许多贵族青年一样，国家观念并不强，考虑得更多的是家族的利益，是对个别诸侯王的依附关系。陆机出身于儒学世家，而从这篇谢表来看，他最重视的并非儒学，而是儒术。中国古代许多官僚都是如此；一味讲儒学的，却往往是大家都看不起的"腐儒"。

陆机另一篇有代表性的应用文字是他的《与赵王伦笺荐戴渊》，写于永康元年(300)四月赵王伦发动政变得手、自为相国成为实际上的国家最高领导人之后；陆机因参与诛杀贾谧有功，赐爵关内侯，并充当司马伦的相国参军。这时旧的官僚被杀了一批，贬了一批，空出了不少位置，陆机抓住这个机会，大力推荐南方籍的人才，这封笺是专门写来推荐戴渊(若思)的，他写道：

盖闻繁弱登御，然后高墉之功显；孤竹在肆，然后降神之曲成。是以高世之主，必假远迩之器；蕴匮之才，思托大音之和。伏见处士广陵戴渊，年三十，字若思，清冲履道，德量允塞，思理足以研幽，才鉴足以辨物。安穷乐志，无风尘之慕，砥节立行，有井渫之洁。诚东南之遗宝，圣朝之

---

① 参见《管锥编》第3册，第1174～1176页。

奇璞也。若得托迹康衢，则能结轨骥騄；曜质廊庙，必能垂光玙璠。……惟明公垂神采察，不使忠允之言，以人而废。

陆机这封推荐信写得很简要。文章由一组比喻导入，说明人才之重要：有了好弓，射隼就容易成功；有了好竹子，做成乐器，奏起乐来就可以迎神。所以英明的领导人一定会利用或远或近的人才（重点在"远"）；而真有本领的人才，也正在等待机会，加入到从政的行列里来。然后就直接来介绍戴若思其人，而表彰他的那几句话，说得比较抽象概括，这大约是因为戴渊本没有多少可讲之事，只好这样虚晃一枪。凡是不容易或者不便说得太具体的地方，虚一点是有好处的。骈体文的长处之一正在于它善于化实为虚，措辞比较方便。

本文的结尾写得很巧妙。由陆机这样著名的前吴国大将的后代来推荐另一个吴国将领的后代，很容易引起怀疑甚至反感，所以他有必要特别声明自己并无私心，推荐人才是忠于赵王伦的表现，而且推荐疏的内容也是真实恰当的（"忠允之言"）。这样就可以堵住可能出现的流言。陆机为文往往患于才多，有时下笔不能自休，舍不得删去浮文，从这一篇看去，他亦未尝不能写短小精悍的文章。

第三方面是与家族与政务没有直接关系的文章，其中最有名的是《吊魏武帝文》。陆机因为秘书郎的职务之便，看到过西晋皇家收藏的档案，其中有曹操的遗令，令中带有私密性的部分即怎么处理自己的衣服等遗物、姬妾如何安排等等，乃是外人无从看到的秘密文件；陆机摘录了一部分，保存了一些重要而有意味的文献；他又就此大发了一通感慨，则大有玄言的色彩。文章的引言部分首先安排了一段客主问答，其"机答之曰"的部分明显地接受了王弼关于"圣人之情，应物而无累于物"（《三国志·魏书·钟会传》注引何劭《王弼传》）的哲学思考，接下来就拿这样的人生哲学批评曹操遗令中相当强烈的"系情累于外物，留曲念于闺房"的倾向，文末进而大发感慨道：

既睎古以遗累，信简礼而薄葬。彼裘绂于何有，贻尘谤于后王。嗟大恋之所存，故虽哲而不忘。览遗籍以慷慨，献兹文而凄伤！

吊文因为包含着哲学的思考而大大增加了思想的深度，成为散文史上的名篇，前人评为"晋文之雄"（于光华《重订文选集评》卷十五引方伯海评语）。鲁迅先生在他为自己新旧论文的结集《坟》所写的后记中，引用了这八句，表达他还不能毅然决然将自己早年的文章予以毁灭的人间常情，由此颇可考见陆机此文给他留下的印象之深。陆机临死前留恋故乡的“华亭鹤唳”,其实同曹操的“组履分香”也是一回事,“大恋之所存”虽临终而难忘乃是人之常情,不是几句抽象的哲学思辨打得垮的——当然文章里不妨这样写写。

这一类文章中比较特别的是《演连珠》五十首。或以为这一组文章是写来向赵王伦进谏的,这种可能性也许是有的,但并无确证。

“连珠”一体,或可上溯到先秦,而其正式成立,则当以扬雄为标志。陆机的《演连珠》五十首形式上全仿扬雄《连珠》,但写法有所不同,他不是直截了当地发议论,而是通过类比和譬喻来讲道理,可读性比较强,甚至还带有若干多义性,其文体已介乎政论与诗歌之间。《文选》(卷五十五)将这五十首一组的作品列于“论”之后“箴”之前,似有视为“论”之变种的意思。李善注引傅玄《叙连珠》说“所谓连珠者……其文体辞丽而言约,不指说事情,必假喻以达其旨,而览者微悟,合于古诗讽兴之义;欲使历历如贯珠,易看而可悦,故谓之连珠”。“历历如贯珠”,连珠体从来如此;而“假喻以达其旨”乃是陆机的新路数,扬雄并不用这个办法,陆机将拟古新篇题作《演连珠》的道理正在于此,“演”有推衍、引申、变迁之意。陆机将古老的样式加以翻新发展显然是自觉的,这正是《文赋》之所谓“收百世之阙文,采千载之遗韵。谢朝华于已披,启夕秀于未振”。

《文赋》里还有几句话,虽说是普泛言之,拿来形容《演连珠》倒也很合适:“若夫丰约之裁,俯仰之形,因宜适变,曲有微情。或言拙而喻巧,或理朴而辞轻,或袭故而弥新,或沿浊而更清,或览之而必察,或研之而后精……”《演连珠》就其每一则而言,是很简约的,合五十则而观之,则蔚为大观,将君王治国之术发挥得很是透彻;其中各则的写法颇不同,有“言拙而意巧”的,如第二则:

> 臣闻任重于力,才尽则困,用广其器,应博则凶。是以物胜权而衡殆,形过镜则照穷。故明主程才以效业,贞臣底力而辞丰。

君王起用人才,须量才录用;臣下担任职务,要考虑这副担子自己是否挑得动。这个意思其实很普通,陆机说得也很朴实,但其中的比喻“物胜权而衡殆,形过镜则照穷”是相当巧妙的,每一种衡器能称的重量都是有限的,过重的东西能将它压坏;小镜子照不了全身而只能照出一张脸或脸的一部分;同理,人的能力也是有限度的,只能胜任某一范围某一分量的工作,他必须量力而行。这样巧妙的比喻过去还不曾有人打过。

“理朴而辞轻”之所谓“轻”,带有尖新明快富于新鲜感的意味,与“典重”

正好相反。“辞轻”也可以说略近于俄国形式主义文论家特别讲究的所谓陌生化、反常化①。道理虽朴实普通，如能用一套新鲜的言辞予以表达，效果便大不相同，如第四十二则：

臣闻烟出于火，非火之和，情生于性，非性之适。故火壮则烟微，性充则情约。是以殷墟有感物之悲，周京无伫立之迹。

这里的中心是讲“性”与“情”的关系，情欲生于本性，但情欲的恶性发展却能使人的本性异化，甚至彻底泯灭。先前嵇康就曾说过“夫嗜欲虽出于人，而非道之正，犹木之有蝎，虽木之所生，而非木之宜也。故蝎盛则木朽，欲胜则身枯”（《答向子期〈难养生论〉》）。陆机的新鲜之处在于，为了说明这个道理先设一烟火之喻，烟虽出于火，但这并非火的充分燃烧状态，“火壮则烟微”，陆机用生活中这一常见的物象来讲“性充则情约”的道理，显得言近而意远，有比较强的说服力。由“情生于性，非性之适”再向前跃进一步，便是纵欲可以亡身亡国——殷、周之所以亡，《麦秀》《黍离》等挽歌之所以作，无非即因为殷纣、周幽两位末代君王放纵情欲，毫无节制，终于引出了极其严重的后果。殷、周覆亡的教训讲过的人很多，陆机的结论并不新鲜，但从烟、火、性、情这样一条路径来讲，则前无古人。这正是“理朴而辞轻”的适例。

“袭故而弥新”“沿浊而更清”意思相近，略近于后代诗论家之所谓“点铁成金”，化旧为新，出人意外。陆机所设的比喻并不全是新的，其中有些前人早已用过，但陆机的角度不同，用意不同，深度不同。例如《文子》中说过“事犹琴瑟，终必改调”，《淮南子》中说过“镜不设形，故能形也”，都还分别是个别的比喻，点到即止；陆机则予以生发深化，《演连珠》第三十五则云：

臣闻弦有常音，故曲终则改；镜无蓄影，故触形能照。是以虚己应物，必究千变之容，挟情适事，不观万殊之妙。

弦乐器在改变演奏曲调时须重新调弦，文子借这一物象来说明处理事情的办法是不能胶柱鼓瑟僵化不变的；陆机则反过来，强调如果怀有僵化的成见则必然“不观万殊之妙”。镜子可以反映各种物象，淮南子指出其原因在于它“不设形”，陆机则进一步予以理论化，指出这种“不设形”抽象地说便是“虚己”，虚己应物才有广泛的适应性，这其实正是道家之所谓“虚静”或魏晋玄学

① 详见《俄国形式主义文论选》，方姗等译，生活·读书·新知三联书店 1989 年版；简要的说明见该书《序言》第 18～23 页。

家最为重视的以无为本，执简驭繁。这样，一般的旧譬喻就通过生发改造上升到认识论的高度上去了。当然陆机的本意尚非要讲认识论，他是要讲治国之术的，所以其要义尚在言外，须由读者“微悟”。刘孝标注云：“常音，谓君臣宫商之音。夫弦节有恒，清浊之声难越，对物有恒，则应化之功不广。然明镜无心，物来斯照，圣人玄同，感至皆应。是以滞有之与怀豁，道难得而校也。”换言之，陆机是希望君王能虚己应物，洞察一切，此乃君王南面之术也。这一层意思他还在第四十六则里从另外一个角度讲过：“臣闻通于变者，用约而利博；明其要者，器浅而应玄。是以天地之赜，该于六位；万殊之曲，穷于五弦。”刘注云：“事得其要，虽寡而用博。《易》之六爻，该综万象；琴之五弦，备括众声。”君王日理万机，非执简御繁不可。这里又提到琴弦，强调的是五弦即可演奏万殊之曲，与第三十五则各明一义，互为补充。陆机设喻的路子很宽，长于“随手之变”(《文赋》)，毫不凝滞拘执，这正是他思维活跃、深悟创造之妙的表现。

陆云比他的哥哥陆机更早地进入西晋的官场，当地方官颇有才干，最后当到清河太守；但仕途仍然坎坷，最后与乃兄同归于尽。

陆云在诗、赋、文诸文体中也取得了不小的成就。他的诗以四言为多，板重而典雅；而他亦未尝不能写风神骀荡的五言抒情诗。他有《为顾彦先赠妇往返四首》，其中一、三两首采取顾彦先赠妇的口吻，二、四两首则取妇答的口吻，两来两往，故总题为“往返四首”。《文选》(卷二十五)中录入“妇答”的两首：

悠悠君行迈，茕茕妾独止。山河安可逾？永路隔万里。京室多妖冶，粲粲都人子。雅步擢纤腰，巧笑发皓齿。佳丽良可美，衰贱焉足纪？远蒙眷顾言，衔恩非望始。

浮海难为水，游林难为观。容色贵及时，朝华忌日晏。皎皎彼姝子，灼灼怀春粲。西城善雅儛，总章饶清弹。鸣簧发丹唇，朱弦绕素腕。轻裾犹电挥，双袂如雾散。华容溢藻幄，哀响入云汉。知音世所希，非君谁能赞？弃置北辰星，问此玄龙焕。时暮复何言，华落理必贱。

顾彦先就是顾荣(？～312)，其人为前孙吴丞相顾雍(字元叹，168～243)之孙，家世之显赫与二陆相当。顾荣的年纪比二陆大得多，早年在吴时已出仕多年；吴亡后也进入洛阳谋求新的政治出路，与二陆并称为“三俊”，但顾荣比二陆要老成得多，在敏感的时刻往往酣饮沉醉，巧妙地保护自己。其间大约也有着意欣赏歌舞伎一类的绯闻传出，“醇酒妇人”原是实行韬晦之计的老谱。顾荣入洛后，对北方政局一向持比较悲观的估计，始终把家眷留在南方老家，于是陆机陆云兄弟都来替他写诗赠妇，代为表达他对夫人的一片真情；陆云拟出的妇答诗二首，对丈夫在北方可能另有新欢表示忧虑，又说得到北来的消息，恩情如旧，十分欣慰，这就放心了。顾、陆两家本有多重亲戚关系，"三俊"之间更可以无话不谈，所以才会产生这样的代言佳作。晋人大抵深于情。

陆云又有若干首诗是与陆机有关的，如作于太康末年的《答兄机》(《文选》卷二十五)：

悠远涂可极，别促怨会长。衔思恋行迈，兴言在临觞。南津有绝济，北渚无河梁。神往同逝感，形留悲参商。衡轨若殊迹，牵牛非服箱。

这是回答他的四哥陆机《赠弟士龙》的。陆机的赠诗云：

行矣怨路长，惄焉伤别促。指途悲有余，临觞叹不足。我若西流水，子为东峙岳。慷慨逝言感，徘徊居情育。安得携手俱，契阔成骓服。

陆云的答诗几乎逐句回应乃兄的赠诗，如陆机说，我如流水不得消停，子如大山岿然不动——这是叹息自己不能在故乡坚守；陆云的诗就说我送你过江以后自己回南，一济津将永不再渡，恰如河桥已经断绝——这是哀叹自己再也没有去中原的机会。各自谦虚，其实都表现了"亡国之余"的复杂心态。陆云入仕于晋甚早，而此时已返回故乡，"南归憩永安"的主语应是陆云。陆云南归不久，就为乃兄送行。这就是陆机之所谓"我若西流水，子如东峙岳"了。

陆云与南方世族子弟也颇有赠答诗，如《答张士然》(《文选》卷二十五)：

行迈越长川，飘飖冒风尘。通波激枉渚，悲风薄丘榛。修路无穷迹，井邑自相循。百城各异俗，千室非良邻。欢旧难假合，风土岂虚亲。感念桑梓城，仿佛眼中人。靡靡日夜远，眷眷怀苦辛。

陆云诗中抒写对故乡的怀念，颇为动人；但是大谈如何怀乡的人往往是并不真肯还乡的。为了寻求政治出路，重振家声，二陆都没有也不可能像他们的老乡张翰那样抛弃官职，飘然归去，而是继续挣扎，直到死于非命而后已。清人吴淇推测说"此应孙氏亡，张先入洛，后闻陆将至，故作诗赠陆，而陆作此诗以答之也。'风尘'二字乃行路寻常物色，然出士龙之口，便有无限妙意，全在劈首'越长川'三字，盖长川即大江，大江以南，风尘绝少，一越大江，便落风尘之中矣。'通波'句是风，'悲风'句是尘，此江南人曾未经之物色。'修路'二句言土不同，'百城'二句言风不同，风土既已不同，而强作欢亲之状，中心不安,故日夜只是思念桑梓。张虽在洛,实是我桑梓人物,思念之极,眼中仿佛见之,仿佛之中,只是见人不曾见洛也”(《六朝选诗定论》卷十),颇可备一说。陆云一则留恋江南的故乡,一则不得不风尘仆仆地赶到政治中心洛阳,心里很苦,不得不尔。这正是“亡国之余”中那些前孙吴高官子弟的共同心态。

陆机也有一首《答张士然》,作于他充当秘书郎期间,诗中哀叹公务繁忙,最后说到“余固水乡士,总辔临清渊。戚戚多远念,行行遂成篇”。由此亦可知张士然也是来自南方水乡,到首都来谋发展。京城里的这一伙“东吴帮”处境大致相近,皆存乡曲故园之思,多有共同的话题。他们之间赠答诗甚多,具有很强的社交功能,所谓“诗可以群”——文学价值一般不算高。

陆云的赋比较平平,有一篇《南征赋》气势很大,《三国志·吴书·陆抗传》注引《机云别传》说:“时朝廷多故,机、云并自结于成都王颖。”当陆机领兵向洛阳进发时,陆云作《南征赋》以壮行色,赋写得似乎气势非凡,而实多虚骄之气,并无足取。陆氏弟兄文学才华都很高,而政治方面的眼光和嗅觉实在很难恭维。陆云的文以从政的应用文居多,也没有多少文学性。

三

陆机的理论文章《文赋》(《文选》卷十七)在文学理论批评史上具有很高的地位,其写作的年代,据杜甫在《醉歌行别从侄勤落第归》一诗中所说,是他二十岁的时候,亦即太康元年(280);而从陆云的《与兄平原第九书》看去,则似乎是他四十岁或稍后(300 或 301)之作。两说各有所据,从《文赋》带有若干玄学的色彩这一端看去应当作于入洛以后,情形很可能是初稿作于早年而后来颇有增补修改。

《文赋》以许多篇幅讲创作的过程与技巧,涉及大量问题,思想内容方面似乎讲得比较少一点,于是后人往往指责他不管内容,首先提出这种批评的是刘勰,他批评《文赋》“巧而碎乱”,“未能振叶以寻根,观澜而索源,不述先哲之诰,无益后生之虑”(《文心雕龙·序志》)。他认为陆机只是零零碎碎地讲了许多艺术技巧,而没有根据儒家先哲的理论说清楚文学创作的根本问题,因此对后人没有什么好处。有些现代学者也批评陆机忽略文学的思想内容而片面地谈表现的方法技巧,是形式主义理论的创始人。

陆机在《文赋》中将文体分为十类,并首先提出“诗缘情而绮靡”的主张,也往往遭到后人的批评,认为这一提法与“发乎情,止乎礼义”(《毛诗大序》)

的儒家诗教背道而驰，“殊非诗人之旨”（沈德潜《古诗源》卷七）。清朝人纪昀说：“《大序》一篇，确有授受，不比诸篇小序为经师递有增加，其中‘发乎情，止乎礼义’二语，实探风雅之大原。后人各明一义，渐失其宗……一则知发乎情而不必止乎礼义，自陆平原‘缘情’一语，引入歧途，其究乃至于绘画横陈，不诚已甚与?”（《纪文达公遗集》卷九《云林诗钞序》）近人则往往一反纪昀之意而论《文赋》，歌颂陆机的“缘情”说是要摆脱封建礼教的束缚，企图打开一个新的局面，具有很大的进步意义，乃是反对传统儒家文艺思想的一面旗帜云云。

其实陆机出身于儒学世家，《文赋》绝对不是不讲文学作品的思想内容，恰恰相反，他是把思想内容放在第一位的，并且正是以儒家正统思想为标准。尽管传世的《文赋》似乎已颇有残缺[①]，这一点仍然不难看出，例如《文赋》开篇不久就讲“倾群言之沥液，漱六艺之芳润”，明白无误地要求以儒家的六经为创作的依据，这种立场正如钱锺书先生所说，“已发《文心雕龙·宗经》之绪”[②]。陆机又特别强调文学作品一定要“雅”，要合于上流社会的思想标准和审美趣味，大有贵族气，所以他热烈地主张“禁邪而制放”，坚决反对那种“悲而不雅”“奔放以谐合，务嘈囋而妖冶，徒悦目而偶俗，故声高而曲下”的作品。在作品无邪雅正的前提下，陆机又反对“雅而不艳”没有文采的倾向，批评“阙大羹之遗味，同朱弦之清泛”那种干巴巴的东西。陆机何尝忽视思想内容?

《文赋》中有“谢朝华于已披，启夕秀于未振”，以及“虽杼轴于余怀，恐他人之我先”等语，一般认为这就是主张在继承前人的基础上有所创新；可是陆机本人的写作颇重模拟前人，早年尤其如此，所以评论家每“病其呆板”（李重华《贞一斋诗说》）。对于这种不和谐的现象，古今有种种解释说明，最常见的一种意见认为知易行难，陆机能说而不能行，明朝人胡应麟说，陆机虽在理论上“有意乎濯陈言而驰绝足也，然平原诸文，模拟何众，而创获何希也！平原诸诗，藻绘何繁，而独造何寡也！故曰，非知之艰而行之艰也”（《诗薮·外编》卷二）。今人亦有认为陆机的理论与创作互相矛盾者。

这些解说似乎也不尽符合《文赋》的实际。陆机描绘构思的过程说：“其始也，皆收视反听，耽思傍讯，精骛八极，心游万仞。其致也，情曈昽而弥鲜，物昭晰而互进。倾群言之沥液，漱六艺之芳润。浮天渊以安流，濯下泉而潜

① 例如《文心雕龙·声律》提到“《文赋》亦称知楚不易”，今本《文赋》中没有这一层意思，当已亡佚；《文赋》中可能还有些内容佚失，所以有些地方不甚连贯。

② 《管锥编》第3册，第1182页。

浸。于是沉辞怫悦，若游鱼衔钩而出重渊之深；浮藻联翩，若翰鸟缨缴而坠曾云之峻。收百世之阙文，采千载之遗韵。谢朝华于已披，启夕秀于未振。观古今于须臾，抚四海于一瞬。”这一段讲艺术创作思维的特色很见精彩，可以说是对形象思维最早的描述之一。但就在“情曈昽而弥鲜，物昭晰而互进”的时候，陆机就竭力强调要把形象思维的成果纳入群书特别是儒家六经的“芳润”“沥液”之中。陆机最重视的是用儒家经典来规范和约束文学创作，而不是什么创新。陆机说，当作家在创作过程中遇到困难的时候，就好像上了钩的鱼从深水里被拖了上来（此是逆势）；然后又一变而为顺利，好像中了箭的鸟从天上掉了下来（此是顺势）。写作中克服困难的关键在于要模仿和参考前人的作品，只须在辞藻上加以变化，不要傻头傻脑地说那些前人已经说过的话——那好像是已经开败的花朵，作家要开出一种新的花来。由此可知，陆机之所谓“新秀”只能在儒家经典和前人著作范围之内开放。明朝保守派文论家方孝孺说过“不同者辞也，不可不同者道也”（《逊志斋集》卷十二《张彦辉文集序》），正可以借用来概括陆机的主张。这种主张恐怕不能称为创新，这只不过是模拟之中的花样翻新而已。“虽杼轴于余怀，恐他人之我先”好像是讲创新了，而其实仍然是指拟古。在这以前还有两句道“必所拟之不殊，乃暗合于曩篇”。陆机主张摹拟古人时要巧妙一点，高明一点，不要一味硬抄硬搬。后来刘勰在《文心雕龙》里讲“通变”，大约很受陆机的影响，总强调有些是永远不变的东西，同样反映了中国传统文化中述而不作的保守倾向。当然，他们也都为创新留下了若干余地。

读陆机本人的作品可以感到他是实践了自己的理论主张的，就拟古而言，他确实“束身奉古，亦步亦趋”（陈祚明《采菽堂古诗选》卷十）；从花样翻新这一面说，他也作过大量的努力，有许多生动的例证①，而且作品确实“才高词赡，举体华美”（钟嵘《诗品》卷上），在文学史上仍然是相当重要的作家。理论家、批评家兼事创作，眼高手低的很多，创作与他的理论主张完全矛盾的甚为少见。

陆云没有写过专门的理论批评文章，但他在致陆机的许多书信中发表过关于文学创作的见解。他最重视“清省”，不赞成繁缛的文风，同乃兄颇有些不同。他这些书信中又多有文学批评和文章学方面的内容，可惜由于多用口语以及他们弟兄之间的习惯用语，若干内容很不容易获得确切的理解。

缪钺先生在《中国文学史讲演录》中指出：

---

① 参见杨明《陆机重视创新》，《欣然斋笔记》，东方出版中心 2010 年版，第 15～17 页。

> 晋人论文之作亦渐多，其单篇者有陆机《文赋》，陆云《与兄平原书》数十通，傅玄《七谟序》、《连珠序》（《艺文类聚》引），皇甫谧《三都赋序》，左思《三都赋序》（并见《文选》），刘逵《吴都蜀都赋注序》，卫瓘（《魏志·卫臻传》注作权）《三都赋略解序》（并见《晋书·左思传》）。《文赋》论为文甘苦，颇多精义，区分文体亦较曹丕为精细，惜出以赋体，为华辞所掩，未能畅所欲言。陆云书研核得失，时伤细碎。然足见陆氏兄弟之用心于文事。①

就“用心于文事”一端而言，陆氏兄弟在西晋作家中可算是最为突出的了。左思在这一面也非常有名，但他主要从事创作，在《三都赋》上花了半生的精力，理论兴趣不如二陆那样广泛而且浓厚。

四

西晋王朝建立后颇注意网罗前蜀汉和孙吴的人才，也因此催生了一批作品，其作者虽然没有像陆机那样取得多方面的成就，但个别名篇已达到很高的水平，影响也非常之大。

这一方面可以举李密（字令伯，224～287）的《陈情表》与张翰（字季鹰，生卒年不详）的《杂诗》为代表。

李密与陈寿同为蜀中大学者谯周的高足，先后任州从事、尚书郎、大将军主簿、太子洗马等职，还出使过吴国；蜀汉灭亡之后他成了平民，在家讲学授徒。晋王朝建立后一贯标榜以孝治国，鉴于他是著名的孝子，多次请他出来当官，先征为郎，泰始三年（267）又征为太子洗马；而他因为要侍奉祖母养老送终，一再推辞，这时更特地呈上此表，说明情况，表明态度，以免发生误会。

古代的名士在政权更迭之际往往被逼得非赶快表明态度不可，非和新兴的政权合作不可。在晋王朝建立的前后，掌权的司马氏要你出来当官你不肯出来，往往会被认为别有用心，不肯与当局合作，那就十分危险了。“竹林七贤”之一的嵇康，就因为坚持不肯到司马氏手下服务，遭受了很大的压力，最后竟死于非命。嵇康被杀以后，“竹林七贤”中与他关系最为密切的向秀再也不敢坚持不合作的态度，只好出仕，虽然内心不无痛苦，但他找不到别的出路。

在正常的社会秩序里，有若干巢父、许由式的隐士是无妨的，甚至可以作

---

① 《缪钺全集》第6卷，第162～163页。

为盛世的点缀；而在改朝换代之际，名士而不肯入仕，往往会被看作一种异己的政治态度，敬酒不吃就要请你吃罚酒，嵇康正是一个典型的教训。这些近代史上的故事，李密当然是清楚的，为了防止可能产生的误会，他确有必要郑重声明，自己并不讲究什么名节，完全可以先在"伪朝"即蜀汉当官，如今再到新兴的晋王朝当官；现在之所以不能立刻出来，完全是因为祖母尚在，要自己照顾，如此而已，岂有他哉。这种声明在当时是不可或缺的。

《陈情表》(《文选》卷三十七)写道："前太守臣逵，察臣孝廉，后刺史臣荣，举臣秀才。臣以供养无主，辞不赴命。诏书特下，拜臣郎中，寻蒙国恩，除臣洗马，猥以微贱，当侍东宫，非臣陨首所能上报，臣具以表闻，辞不就职。"这样很容易产生一种误会，就是自己有点不识抬举；甚至很容易被误解为不肯与新兴的晋王朝合作，"有所希冀"亦即别有用心，那就很危险了。事实上在李密一再推辞任职之后，已经出现了"诏书切峻，责臣逋慢，郡县逼迫，催臣上道，州司临门，急于星火"的严重局面。好事正在变成坏事，所以李密觉得有必要赶紧上表陈情，恳切地声明自己之所以一再推辞，完全是因为祖母刘氏无人照料，一旦祖母去世，就可以出来当官了。千万不要有什么误会。所谓"臣密今年四十有四，祖母刘今年九十有六，是臣尽节于陛下之日长，报刘之日短也"，说的正是这一层意思。

李密是说到做到的，后来"祖母卒，服终，徙尚书郎，为河内温令，左迁汉中太守，一年去官，卒"(《文选·陈情表》李善注引《华阳国志》)。他只能如此。李密著名的文章只有《陈情表》这一篇，但已足以传世而不朽；他同向秀一样，都是少而精的典范。

张翰本是孙吴高官张俨的儿子；西晋灭吴(太康元年〔280〕)后，孙吴高层人士的子弟作为所谓"亡国之余"要争取新的前途，非北上首都洛阳不可，于是一批前高官的后代如陆机、陆云、顾荣以及贺循等人先后入洛，而张翰"任性自适，无求当世"(《世说新语·任诞》"张季鹰纵任不拘"条注引《文士传》)，一直没有行动；但在吴亡将近二十年后，他静极思动，忽然去了一趟洛阳。《世说新语·任诞》载："贺司空(循)入洛赴命，为太孙舍人。经吴阊门，在船中弹琴。张季鹰本不相识，先在金阊亭，闻弦甚清，下船就贺，因共语，便大相知悦。问贺：'卿欲何之？'贺曰：'入洛赴命，正尔进路。'张曰：'吾亦有事北京(按，指洛阳)，因路寄载。'便与贺同发。初不告家，家追问乃知。"

贺循入洛是得到陆机的推荐，《晋书·贺循传》说他"举秀才，除阳羡令"

“然无援于朝，久不进序，著作郎陆机上书荐循”“召补太子舍人”。陆机任著作郎在元康八年(298)，然则举荐成功贺循以及跟着他走的张翰进入洛阳，很可能已在元康九年(299)。从贺循“入洛赴命，为太孙舍人”的措辞看去，更可能已迟至永康元年(300)，这时愍怀太子被贾后废死，立其子为皇太孙；而《晋书·贺循传》称此行是赴太子舍人一职，则愍怀太子或尚未被废。当然情形也可能是他先被任命为太子舍人，而抵达洛阳以后却只能充当太孙舍人了。

张翰心血来潮忽然跟着贺循进京这一段逸事虽然很有些浪漫意味，但实际上只不过表明他对于功名富贵其实并未完全忘却，一旦受到某种形势的鼓舞，不免蠢蠢欲动，流露出深沉的向往和追求。可惜此时中原的政局已经很不平稳。永康元年(300)四月赵王司马伦发动政变，杀掉掌权的贾后、贾谧及其一党；永宁元年(301)正月司马伦迁惠帝于金墉城，自己上台做了皇帝；三月齐王冏等起兵讨伐之，很快把这个野心勃勃的篡权者打垮；六月，齐王冏为大司马，辟张翰为东曹掾①。

张翰到洛阳不久就看出了朝廷里实在很可怕，混乱恐怕会继续发展下去，不久以后他就决定立即回南方老家去。临行之前他同顾荣有过一段著名的对话：

> 翰谓同郡顾荣曰：“天下纷纷未已，夫有四海之名者，求退良难。吾本山林间人，无望于时久矣。子善以明防前，以智虑后。”荣捉其手，怆然曰：“吾亦与子采南山蕨，饮三江水尔！”翰以疾归，府以辄去除吏名。(《世说新语·识鉴》“张季鹰辟齐王东曹掾”条注引《文士传》)

顾荣地位更高，名声更大，求退固然很难；就是张翰，也不便直接说明他本人匆匆归隐的真实原因，而以健康原因以及思念故乡的菰菜羹、鲈鱼脍为名，在秋风中飘然归去，临行前又说了一句千古名言：“人生贵得适意尔，何能羁宦数千里以要名爵！”(《世说新语·识鉴》)此后不久，齐王冏很快就垮了台。

就在张翰回南方老家的前夜，他写了一首《杂诗》(《文选》卷二十九)：

> 暮春和气应，白日照园林。青条若总翠，黄华如散金。嘉卉亮有观，顾此难久耽。延颈无良途，顿足托幽深。荣与壮俱去，贱与老相寻。欢乐不照颜，惨怆发讴吟。讴吟何嗟及，古人可慰心。

---

① 《文选》张翰《杂诗》题下李善注引《今书七志》云：“张翰，字季鹰，吴郡人也。文藻新丽，齐王冏辟为东曹掾，睹天下乱，东归，卒于家。”

张季鹰是经历过一番历练以后才得到这样一种透彻的人生感悟的。和当年许多士人一样，他也曾努力挤入仕途，很想有一番作为，诗中“延颈”二字表达的正是诗人热烈的企望；但他很快就看出了富贵荣华就像春天园林的好花嘉卉，一时看上去很美，可惜不能长久；而一个人最怕的乃是年纪老了以后跌入贫贱，为了防止落入这样的境地，不如不去攀龙附凤，抛弃青壮年时代比较容易到手的荣耀，始终过平淡的生活——这样才是最合适的人生安排。于是他一跺脚（“顿足”）作出一个决定：抛弃官职回老家。诗人在洛阳前后一共没有呆多长时间，他匆匆而来，匆匆而去，借一句现成的话来说，大有“闻所闻而来，见所见而去”之概。张翰除提供了“虬龙片甲，凤凰一毛”（《诗品》）的这么一首《杂诗》以及留下几句名言隽句之外，尚存诗文各数篇，多无足观，其他方面更甚少实绩可言。

张翰回乡前后最有名的事迹无非就是大喝其酒，于是他得到一个“江东步兵”的外号。《世说新语·任诞》载：

> 张季鹰纵任不拘，时人号为“江东步兵”。或谓之曰：“卿乃可纵适一时，独不为身后名邪？”答曰：“使我有身后名，不如即时一杯酒！”

所谓“步兵”指魏晋之际的阮籍，他最后当过六七年步兵校尉，步兵厨中有酒三百石，他便与刘伶一起酣饮（详见《世说新语·任诞》“步兵校尉缺”条注引《文士传》）。借酒而隐、佯狂避世乃是魏晋之际的通用策略，但是实行起来其实并不容易——酒喝多了很伤身体。与张翰心心相印的顾荣一度也用此法，他就曾感慨地对人说过：“唯酒可以忘忧，但无如作病何耳！”（《晋书·顾荣传》）“顿足托幽深”其实也不一定非得出此下策不可；但张翰的这种态度和策略产生过很大的影响，他作为借口提到一下的菰菜羹、鲈鱼脍，后来不仅成了著名的美味，更是沿用不衰的著名典故。

十五　石崇与潘岳

在以贾谧(字长渊,？～300)为中心的“二十四友”集团中,有两位领军人物:一个石崇(字季伦,249～300),一个潘岳(字安仁,247～300),他们同贾谧关系最为密切,后来也同时被杀。

贾谧是中古历史上一个很特别的人物,原名韩谧,本是西晋开国功臣贾充(217～282)的外孙,后来却成了他爵位的继承人。

贾充有好几个女儿:其前妻生的长女贾褒(一名“荃”)嫁给齐王司马攸;后妻郭槐生的贾南风嫁给太子司马衷(后来的晋惠帝),还有一个小女儿贾午嫁给韩寿——贾谧就是韩寿、贾午的儿子。贾充唯一的儿子早死,于是将韩谧入继为孙辈继承人,同时改姓为贾。

晋惠帝智力甚弱,实际上是皇后贾南风掌权,贾谧作为她的亲内侄,权倾一时。《晋书·贾谧传》载:

> 谧好学,有才思。既为(贾)充嗣,继佐命之后,又贾后专恣,谧权过人主,至乃锁系黄门侍郎,其为威福如此。负其骄宠,奢侈逾度,室宇崇僭,器服珍丽,歌僮舞女,选极一时。开阁延宾,海内辐凑,贵游豪戚及浮竞之徒,莫不尽礼事之。或著文章称美谧,以方贾谊。渤海石崇、欧阳建,荥阳潘岳,吴国陆机、陆云,兰陵缪征,京兆杜斌、挚虞,琅邪诸葛诠,弘农王粹,襄城杜育,南阳邹捷,齐国左思,清河崔基,沛国刘瓌,汝南和郁、周恢,安平牵秀,颍川陈眕,太原郭彰,高阳许猛,彭城刘讷,中山刘舆、刘琨,皆傅会于谧,号曰“二十四友”,其余不得预焉。

在中国古代,权势大小同官阶的高低有时不尽一致,身份特殊可以参管朝政的人物往往具有特殊的权力。元康年间(291～299)贾谧虽然官阶并不高(散骑常侍、后军将军、秘书监),但身份特殊,极有权势;官僚文士们依附于他,各有各的原因,关系的远近也有不同,其中跟得最紧的是潘岳和石崇。《晋书·潘岳传》载:“岳性轻躁,趋世利,与石崇等谄事贾谧。每候其出,与崇辄望尘而拜。构愍怀之文，岳之辞也。谧‘二十四友’，岳为其首。谧《晋书》限断亦岳之辞也。”到永康元年(300)赵王司马伦等发动政变，消灭贾氏集团，石崇、潘岳、欧阳建等拟联络淮南王司马允、齐王司马冏等发动反政变，他们的密谋败露，被杀。其他人或死或散，“二十四友”集团立刻烟消云散。

“二十四友”自然带有一定的政治性质，却不能简单地看成是一个政治集团①。其中有些人与贾谧关系并不深，例如左思，大约不过给贾谧讲讲《汉书》而已，所以后来没有受到株连。司马伦等发动政变后站到胜利者一方的前“二十四友”亦颇有人在，如陆机即与时推移，“预诛贾谧功，赐爵关内侯”(《晋书·陆机传》)。该集团的文学色彩则表现在他们有过若干文学集会，在某种程度上推动了当时创作的繁荣。《晋书·刘琨传》载：

> 年二十六，为司隶从事。时征虏将军石崇河南金谷涧中有别庐，冠绝时辈，引致宾客，日以赋诗。琨预其间，文咏颇为当时所许。秘书监贾谧参管朝政，京师人士无不倾心。石崇、欧阳建、陆机、潘岳之徒，并以文才降节事谧。琨兄弟亦在其间，号曰“二十四友”。

可知这二十四人集合的契机之一在于“文才”，而且颇有文学活动，同题赋诗，似乎有点像建安时代邺下诸子的文学活动的样子。金谷园的集会同“二十四友”群体并不是一回事，这里以石崇为中心，而且“二十四友”中也有不少人如二陆、左思等因其出身的原因即不在邀请之列。但金谷雅集和“二十四友”这两个圈子颇有交叉，例如刘琨兄弟就是两边的活动都参加的，石崇、欧阳建、潘岳就更不用说了，所以《晋书·刘琨传》才把二者放在一起叙述。

也许可以说，当时有一批文士政治上依附贾谧，经济上以石崇为依托，文学上则以潘岳和石崇为领袖——贾谧还太年轻，文才也不大行(他的诗文往往由潘岳代写)；石崇最有条件充当雅集的东道主，而动笔则以潘岳最为行家高手。

二

渤海南皮(今属河北)人石崇是西晋开国功臣石苞之子，很早就出仕，历任修武令、散骑常侍、阳城太守，太康元年(280)以伐吴有功封安阳乡侯，以疾

① 当贾谧被杀后，阎瓒上书要求严惩“二十四友”，称“臣独谓非但(潘)岳、(缪)征，二十四人宜皆齐黜，以肃风教”(《晋书·阎瓒传》)；这一意见未被采纳。

自解职。他忽然称病大约是一个借口,情况很可能是他在平吴之役中捞取的战利品太多,这时有必要见好就收。不久复起为黄门郎、散骑常侍、侍中。惠帝即位后,他因为得罪了当权的杨骏,出为南中郎将、荆州刺史,在这里他以最高地方长官的身份而采用黑社会的手段肆无忌惮地大发横财,"劫夺杀人,以致巨富"(《世说新语·汰侈》"石崇每要客燕集"条注引王隐《晋书》)。其后于元康中复回洛阳,为国子祭酒、太仆,元康六年(296)出为征虏将军,监青徐诸军事,其时曾举行过一次著名的金谷集会,一时称盛。八年(298)免官,回洛阳,拜卫尉。元康中期"二十四友"集团形成①,石崇在其中极为活跃。他投靠贾谧无非是为了找一个政治上的靠山,保住自己那一大批来源不可告人的巨额财产。在古代,财富总是要与权力相结合并以后者为后台,才比较安全、保险。

石崇大约可以说是当时全国的首富,他家的金谷园是一座很高级的庄园。石崇自己说,他的这座庄园在河南县界金谷涧中,"去城十里,有田十顷,羊二百口,鸡猪鹅鸭之类莫不毕备"(《太平御览》卷九一九引《金谷诗序》)。同许多西晋初年特权阶层的庄园一样,金谷别庐既是他家生活生产的基地,也是他接待宾客休闲娱乐的园林式别墅。当时他最有条件主办文酒之会。人们只是仰慕他的富贵荣华,那些巨额财富是怎么来的,就不去追究也无从追究了。

石崇先在平吴之役中大发战争财,后来又在荆州采用强盗手段进一步发家致富;他的豪华和奢侈是极其有名的,载籍中涉及甚多,《世说新语·汰侈》中大部分条目与他有关。举出两条来看:

> 石崇厕,常有十余婢侍列,皆丽服藻饰。置甲煎粉、沉香汁之属,无不毕备。又与新衣著令出,客多羞不能如厕。王大将军往,脱故衣,著新衣,神色傲然。群婢相谓曰:"此客必能作贼。"(刘孝标注引《语林》曰:刘寔诣石崇,如厕,见有绛纱帐大床,茵蓐甚丽,两婢持锦香囊。寔遽反走,即谓崇曰:"向误入卿室内。"崇曰:"是厕耳。")

> 石崇与王恺争豪,并穷绮丽,以饰舆服。武帝,恺之甥也,每助恺。尝以一珊瑚树,高二尺许赐恺。枝柯扶疏,世罕其比。恺以示崇。崇视讫,以铁如意击之,应手而碎。恺既惋惜,又以为疾己之宝,声色甚厉。崇曰:"不足恨,今还卿。"乃命左右悉取珊瑚树,有三尺、四尺,条干绝世,光彩溢目者

① 据沈玉成先生考订,"二十四友"形成于元康五、六年(295、296)间,详见其《"竹林七贤"与"二十四友"》,《辽宁大学学报》1990年第6期。

六七枚，如恺许比甚众。恺惘然自失。(刘注引《续文章志》曰：崇资产累巨万金，宅室舆马，僭拟王者。庖膳必穷水陆之珍。后房百数，皆曳纨绣，珥金翠，而丝竹之艺，尽一世之选。筑榭开沼，殚极人巧。与贵戚羊琇、王恺之徒竞相高以侈靡，而崇为居最之首，琇等每愧羡，以为不及也。)

厕所的水平如此，则其余部分可以想见；连皇亲国戚来同他斗富，竟然也只能露出自己的寒酸。

石崇的人生追求是"身名俱泰"，直言无隐地将物质享受放在第一位。西晋初年有这样思想的人很不少，许多官僚都忙于经营庄园，千方百计想办法弄钱，石崇乃是其中最为醒目的典型，直到临死之际他还说，加害于他的人乃是"利吾家财"(《晋书》本传)。这话也许不无道理——暴发的富豪必有非法的前账，第一桶金的来历尤其不足为外人道，弄不好早晚会倒霉。但富人总是想保住自己的家产，保住自己无比奢华的生活，同时也就要歌唱自己的财富和生活——石崇的创作正是以此为中心来展开。

在这样的思想状态下，他的作品很难有多少积极意义，但可以具有某种认识价值，例如写到他自家别墅的《思归引序》(《文选》卷四十五)云：

> 余少有大志，夸迈流俗。弱冠登朝，历位二十五年，五十以事去官。晚节更乐放逸，笃好林薮。遂肥遁于河阳别业。其制宅也，却阻长堤，前临清渠，百木几于万株，流水周于舍下。有观阁池沼，多养鱼鸟。家素习技，颇有秦赵之声。出则以游目弋钓为事，入则有琴书之娱。又好服食咽气，志在不朽，慠然有凌云之操。欻复见牵，羁婆娑于九列，困于人间烦黩，常思归而永叹。寻览乐篇，有《思归引》，傥古人之情，有同于今，故制此曲。此曲有弦无歌，今为作歌辞，以述余怀。恨时无知音者，令造新声而播于丝竹也。

历史上许多士大夫急于离开官场，往往是为了避祸全身，远离是非，以求得个人的精神自由和人格独立；而石崇要退回他的河阳别业去，却完全是为了享受生活，首先是奢侈的物质生活。当官总有些"烦黩"的公事要办，而石崇已经阔得不耐烦当什么朝廷命官了。这在中国古代是极其罕见的——像石崇这样超一流的大款，在古代文学家中本来就极其罕见。文学家总是比较贫困的人居多。

石崇河阳别业亦即金谷园是中国较早且最著名的私家园林，此后住宅园林在两晋时代日趋繁荣，对文学特别是山水诗的繁荣产生了相当大的影响，许多山水诗、赋描写的景物其实乃是庄园中物。文人致力于描写庄园以外的山水，一般来说乃是东晋以后的事情，到谢灵运则蔚为大观。

金谷园文学集会最著名的一次在元康六年（296），以石崇为中心的金谷诗会只有这一次留下了具体的材料。《世说新语·品藻》“谢公云金谷中苏绍最胜”条注引石崇《金谷诗叙》云：

余以元康六年，从太仆卿出为使持节、监青徐诸军事、征虏将军。有别庐在河南县界金谷涧中，或高或下，有清泉茂林，众果竹柏药草之属莫不毕备。又有水碓、鱼池、土窟，其为娱目欢心之物备矣。时征西大将军祭酒王诩当还长安，余与众贤共送往涧中，昼夜游宴，屡迁其坐。或登高临下，或列坐水滨，时琴瑟笙筑，合载车中，道路并作。及住，令与鼓吹递奏。遂各赋诗，以叙中怀。或不能者，罚酒三斗。感性命之不永，惧凋落之无期，故具列时人官号、姓名、年纪，又写诗著后。后之好事者，其览之哉！凡三十人，吴王师、议郎、关中侯、始平武功苏绍字世嗣，年五十，为首。

此次集会的主题是单一的，大家的情绪是相近的，无非是痛感人生易老，前途难测，必须抓紧时间来享受生活，于是大吃大喝，欣赏音乐，极尽奢华之能事。与会者一味追求“娱目欢心”，享乐主义的气氛非常浓厚。

“感性命之不永，惧凋落之无期”是石崇这篇诗序的主题，也代表了当时很流行的及时行乐思潮。《列子·杨朱》云：“太古之人，知生之暂来，知死之暂往，故从心而动，不违自然所好，当身之娱，非所去也，故不为名所劝；从性而游，不逆万物所好，死后之名，非所取也，故不为刑所及。”这样的人生观流毒甚广，南方大名士张翰说：“使我有身后名，不如即时一杯酒！”（《世说新语·任诞》）金谷集会的情绪基调也是如此。西晋时代上层社会物欲横流，拜金主义盛行，“路中纷纷，行人悠悠，载驰载驱，唯钱是求”（成公绥《钱神论》），做官的领导潮流，公开“为身择利”（干宝《晋纪·总论》），讲究享受蔚然成风。石崇正是这一股思潮的领军人物和代表人物，金谷集会也就成为当时最时髦的盛会。

《世说新语》注所引《金谷诗叙》的文本可能已经有所删节，原文的内容还要更丰富一些，类书中偶有引用；又文末应详载所有参加者的官号、姓名、年纪，而这里只列出了一个为首的苏绍。苏绍是石崇丈人的弟弟（见《三国志·魏书·苏则传》裴注），同时又是石崇的姊夫（见《世说新语·品藻》），其诗当时被认为写得最好，遂列于首位。

现在所能看到完整的金谷诗只有潘岳所作的一首，曾收入《文选》（卷二十)，题作《金谷集作诗》：

王生和鼎实，石子镇海沂。亲友各言迈，中心怅有违。何以叙离思，携手游郊畿。朝发晋京阳，夕次金谷湄。回溪萦曲阻，峻阪路威夷。绿池泛淡淡，青柳何依依。滥泉龙鳞澜，激波连珠挥。前庭树沙棠，后园植乌椑。灵囿繁若榴，茂林列芳梨。饮至临华沼，迁坐登隆坻。玄醴染朱颜，但诉杯行迟。扬桴抚灵鼓，箫管清且悲。春荣谁不慕，岁寒良独希。投分寄石友，白首同所归。

开始写送别，此乃点题，称颂贵客王诩和主人石崇，亦为题中应有之义。中段写金谷园风光，而"前庭树沙棠"诸句完全着眼于这里的财富和产业，过于实际，一一叙去，诗味不多。但潘岳的诗句已经很讲究色彩和布局，还是有新意的，也很容易令人想起邺下诸人写西园的那些篇什。金谷园中自有山水，诗中的描写为后来兴起的田园诗、山水诗导夫先路。等到人们走出园林到名山大川去，特别是后来走到江南的秀山丽水中去之后，山水诗更有了巨大的发展，而早期的训练也是不无贡献的。

金谷集诗在晋代影响很大，成了文人雅集的典范。后来到东晋永和九年(353)，王羲之在山阴兰亭主办集会，与会者四十一人，赋诗者二十六人，作品编为一集，王羲之仿石崇的笔法也写了一篇序；不能赋诗者十五人，各罚酒三斗，亦依金谷的传统。《世说新语·企羡》载："王右军得人以《兰亭集序》方《金谷诗序》，又以己敌石崇，甚有欣色。"此后文人集会以金谷、兰亭为榜样者，多到不可胜数。

贾氏专政覆灭之后，前金谷雅集的参与者以及"二十四友"中诸人风流云散，或死于非命，或归隐避世，或卷入内乱，或走向新生，其中不少人在文学史上留下了自己的足迹。

石崇本人创作的主要成就在诗歌方面，他最著名的作品是《王明君辞》(《文选》卷二十七)，用汉代远嫁匈奴的王昭君(为避司马昭之讳改称明君)的口气来写：

我本汉家子，将适单于庭。辞诀未及终，前驱已抗旌。仆御涕流离，辕马悲且鸣。哀郁伤五内，泣泪湿朱缨。行行日已远，遂造匈奴城。延我于穹庐，加我阏氏名。殊类非所安，虽贵非所荣。父子见陵辱，对之惭且惊。杀身良不易，默默以苟生。苟生亦何聊，积思常愤盈。愿假飞鸿翼，乘之以遐征。飞鸿不我顾，伫立以屏营。昔为匣中玉，今为粪上英。

朝华不足欢，甘与秋草并。传语后世人，远嫁难为情。

诗中强调汉、胡文化上的差异，抒写明君的远嫁之悲，文字平易流畅，音节浏亮和谐。王昭君从此进入文学家的视野，成为一个久盛不衰的热门题材。但是石崇实在是误解了王昭君，她是主动要求远嫁出塞的，《后汉书·南匈奴传》载：

昭君字嫱，南郡人也。初，元帝时，以良家子选入掖庭。时呼韩邪来朝，帝敕以宫女五人赐之。昭君入宫数岁，不得见御，积悲怨，乃请掖庭令求行。呼韩邪临辞大会，帝召五女以示之。昭君丰容靓饰，光明汉宫，顾景裴回，竦动左右。帝见大惊，意欲留之，而难于失信，遂与匈奴。

极其漂亮的昭君入宫后，汉元帝竟然一直没有见过她，原因据说是画师从中作梗："元帝后宫既多，不得常见，乃使画工图形，案图召幸之。诸宫人皆赂画工，多者十万，少者亦不减五万。独王嫱不肯，遂不得见。"（《西京杂记》卷二）很有骨气的王昭君觉得呆在这里根本没有出路，继续等待下去，很可能成一"白头宫女"，于是她主动提出到边疆去；她打扮得十分靓丽地参加告别大会，让汉元帝大吃了一惊，但后悔已经来不及了。昭君不愧为古代的女强人，她不留恋内地大城市，甚至不留恋皇宫，不惜远走高飞，寻找新的出路，实现了自我的价值。入匈奴后她成了呼韩邪单于的阏氏。当呼韩邪单于去世后，按当时匈奴的风俗，她得成为下一代单于的阏氏，起先她不习惯这样的办法，一度想回内地，但她终于想通了，决心根据汉成帝的指示入乡随俗①，一直坚持到底，最后死在那里，当地人民为之安排巨大的青冢，留作永远的纪念。

昭君有过悲怨，但不是不乐意远嫁、不愿意在边疆地区的悲怨，而是对毫无知人之明的汉庭的悲怨，是对凭借一点小权力就寻租索贿的御用画师毛延寿之流的悲怨。这样的光明磊落，拒绝潜规则，这样的丰容靓饰，光彩照人，是很前卫很了不起的。她后来的处境根本不是什么"粪上英"。正因为如此，后来那些在旧体制内讨生活的士人们很不容易理解她，石崇用代言体写成的《王明君辞》正是其中最早的一篇。诗中所描写的精神状态，同历史上的王昭君可谓毫无共同之处。

当然，石崇这样立言也是可以理解的，当时匈奴等北方少数民族不断内

---

① 《后汉书·南匈奴传》："及呼韩邪死，其前阏氏子代立，欲妻之，昭君上书求归，成帝敕令从胡俗，遂复为后单于阏氏焉。"

迁，已对西晋政权逐步形成很大的压力，稍后更发生所谓“五胡乱华”的严重局面，诗中强调“殊类非所安”正是在这一背景下势所必至的事情。后人咏昭君，立言的重点各有不同，大抵是通过昭君的遭遇抒发自己的人生感慨，例如杜甫的《咏怀古迹五首》其三①，重点在于写出他自己的忠君和哀怨，而其实仍然存在借用不当的问题，同样不符合历史上昭君的实际。

石崇在荆州时，虽因劫掠商客而大发横财，但他亦无意久居于此蛮荒之地，迫切希望回到首都去过奢华而高雅的生活，其时写过一首《思归叹》（《艺文类聚》卷二十八），其前半描写眼前所见的荆楚风光，后半云：

> 时光逝兮年易尽，感彼岁暮兮怅自愍。廓羁旅兮滞野都，愿依北风兮忽归徂。惟金石兮幽且清，林郁茂兮芳卉盈。玄泉流兮萦丘阜，阁馆萧寥兮荫丛柳。吹长笛兮弹五弦，高歌凌云兮乐余年。舒篇卷兮与圣谈，释冕投绂兮希彭聃。超逍遥兮绝尘埃，福亦不至兮祸不来。

拿这首有点像赋的作品与王粲的《登楼赋》相比，急于北归中原是相同的，不同的是王氏还在考虑国家和社稷，而石崇则完全着眼于安排自己的生活，关心怎样“乐余年”，全失“建安风骨”。文字绮靡，气象委琐，这也是许多西晋文人的通病。自东汉张衡作《归田赋》，特别是汉末仲长统作《乐志论》以来，不少士人有归隐田园的念头，大抵有远祸全身的深层忧虑在内，虽然是为个人着想，从中仍然可以看到时代的折光；到石崇，则完全是享乐主义了。西晋时代，享乐主义风靡于整个上层社会。

《思归引》之正文，今所可见者（《艺文类聚》卷四十二）似已残缺不全，也全是享乐主义的东西：

> 思归引，归河阳。假余翼鸿鹤高飞翔。经芒阜，济河梁。望我旧馆心悦康。清渠激，鱼彷徨。雁惊溯波群相将。终日周览乐无方。登云阁，列姬姜。拊丝竹，叩宫商。宴华池，酌玉觞。

石崇深通音乐，《思归引》用琴曲旧曲填辞，与一般文人用乐府旧调写新诗的路径不尽相同。乐府诗已经不再能唱了，而这里在音乐方面有更高的要求：文字和音节要合于入乐的需要。这一写作路径对此后音乐文学的创作显

① 该诗全文如下：“群山万壑赴荆门，生长明妃尚有村。一去紫台连朔漠，独留青冢向黄昏。画图省识春风面，环珮空归月夜魂。千载琵琶作胡语，分明怨恨曲中论。”

然提供了新的样板。

当时有两位与石崇密切相关的诗人：一个绿珠，一个欧阳建。

石崇“家素习技，颇有秦赵之声”，家伎中色艺最佳者是绿珠，据说她本姓梁，两广一带人①，极得宠爱；石崇最后被杀，同她也颇有些关系。《晋书·石崇传》载：

及贾谧诛，崇以党与免官。时赵王伦专权，崇甥欧阳建与伦有隙。崇有妓曰绿珠，美而艳，善吹笛。孙秀使人求之。崇时在金谷别馆，方登凉台，临清流，妇人侍侧。使者以告。崇尽出其婢妾数十人以示之，皆蕴兰麝，被罗縠，曰：“在所择。”使者曰：“君侯服御丽则丽矣，然本受命指索绿珠，不识孰是？”崇勃然曰：“绿珠吾所爱，不可得也。”使者曰：“君侯博古通今，察远照迩，愿加三思。”崇曰：“不然！”使者出而又反，崇竟不许。（孙）秀怒，乃劝伦诛崇、建。崇、建亦潜知其计，乃与黄门郎潘岳阴劝淮南王允、齐王冏以图伦、秀，秀觉之，遂矫诏收崇及潘岳、欧阳建等。崇正宴于楼上，介士到门。崇谓绿珠曰：“我今为尔得罪。”绿珠泣曰：“当效死于官前。”因自投于楼下而死。

孙秀出身本甚微贱，此时乃是赵王司马伦的心腹谋主，小人得意，遂仗势欺人，夺人所爱；而石崇竟不能保护绿珠，眼看着她跳楼自杀。同孙秀、石崇比较起来，绿珠不愧是一位刚烈的英雄，而那些高官权贵则皆为无耻无能之辈。

《乐府诗集》卷四十六有《懊侬歌》十四首，据说是绿珠的作品，但据《古今乐录》说，真由她创作的只有其中的第一首，其余都是民歌，这一首是：

丝布涩难缝，令侬十指穿。黄牛细犊车，游戏出孟津。

这里的“丝”字当是“思”的谐音，“缝”则是“逢”的谐音，意思是说自己思念的心上人不容易碰到，只好出去游玩散心。这首诗确为她的心声，到最后她看穿了石崇也是个靠不住的人，只知道重视金钱，对别人根本不负责任，所以自

---

① 鲁迅辑本唐广州司马刘恂所著《岭表录异》卷上载：“绿珠井，在白州双角山下。昔梁氏之女有容貌，石季伦为交趾采访使，以珍珠三斛买之。梁氏之居，旧井存焉。耆老传云，汲引此水者，生女必多美丽。里闾有识者以美色无益于时，遂以巨石镇之。尔后虽时有产女端丽，则七窍四肢多不完全，异哉。（州界有一派水，出自双角山，合容州江，呼为绿珠江，亦犹归州有昭君村，盖取美人生处为名矣。）”周去非《岭外代答》卷十、叶廷珪《海录碎事》卷七也有类似的记载。

己只得一死了之。《懊侬歌》这样的诗后来被称为“风人体”，南朝民歌中很是多见。绿珠本来自民间，大约乃是把它带入上流社会的一位先驱。中国古代的歌妓在文学特别是与音乐关系密切之诗歌的传播方面起过相当大的作用，由于她们流动于社会的上下层之间，这种作用的意义尤其显得重大。

另一位诗人欧阳建（？～300）是石崇的外甥。他曾与赵王伦共事多年，颇有矛盾。他又是著名的玄学家，“雅有思理，才藻美赡”（《晋书》本传），著有《言尽意论》，也能诗，今存二首，一首是四言的《答石崇赠诗》；另一首五言的《临终诗》，作于永康元年（300）他被杀的前夜：

伯阳适西戎，孔子欲居蛮。苟怀四方志，所在可游盘。况乃遭屯蹇，颠沛遇灾患。古人达机兆，策马游近关。咨余冲且暗，抱责守微官。潜图密已构，成此祸福端。恢恢六合间，四海一何宽。天网布纮纲，投足不获安。松柏隆冬悴，然后知岁寒。不涉太行险，谁知斯路难。真伪因事显，人情难预观。穷达有定分，慷慨复何叹。上负慈母恩，痛酷摧心肝。下顾所怜女，恻恻心中酸。二子弃若遗，念皆遘凶残。不惜一身死，惟此如循环。执纸五情塞，挥笔涕汍澜。

所谓“潜图密已构”即指他们密谋联络淮南王司马允、齐王司马冏实行反政变杀赵王司马伦一事，可惜未能成功。诗人认为自己被杀不足惜，痛心的是株连到儿子，还有可怜的老母和年纪尚小的女儿。诗中几乎没有任何玄学色彩，多的是人性之真。临终赋诗已有先例，后例尤夥，优秀之作不多，欧阳建的这一首算是比较好的。

二

荥阳中牟（今河南开封、郑州间）人潘岳少时常住巩县①，又曾随父去其任职之琅邪（今山东临沂），后赴洛阳进入官场，辗转到过很多地方。

潘岳是西晋最优秀的作家之一，在辞赋和诗歌创作两方面都取得了很高的成就。他出身于官僚世家，祖父和父亲都当过郡守一级的高官，他从小便

---

① 《文选》卷二十六潘岳《在怀县作二首》：“眷然顾巩洛，山川邈离异。愿言旋旧乡，畏此简书忌。”李善注曰：“巩洛，岳父坟茔所在也。”是潘岳以巩县为其旧乡，而荥阳中牟只是其籍贯。

以才华著称，人又长得漂亮，远近知名。他后来的岳父杨肇乃是同乡前辈、荆州刺史。潘岳二十多岁辟司空府，为司空荀顗、裴秀的掾属，后又担任司空贾充掾。“岳才名冠世，为世所疾，遂栖迟十年”，一直沉沦下僚，中间曾去东陵山隐居过一段时间[①]。后为河阳令、怀令，都能“勤于政绩”（《晋书·潘岳传》），其间他建议应当允许民间开办旅店，不必以官办的机构取而代之，表现了他对政治、经济、社会问题都有真知灼见[②]；也正因为如此，他对于只在基层当官很不满意。回到洛阳以后，也只当过几任小官，仕途仍不顺利。他当时卷入了官场的派系之争，加上才貌出众，易遭嫉妒，更容易成为一个牺牲品。

惠帝即位（永熙元年〔290〕）后太傅杨骏主政，召他为主簿，但第二年（永平元年，三月改元元康〔291〕）贾后发动政变，杨骏被杀，太傅府所有的僚佐都受到株连，潘岳因为得到友人公孙宏的帮助，得以免于治罪；元康二年（292），起为长安令，离开了首都。元康六年（296）潘岳复回洛阳，补博士，未拜即以母疾去官。这时贾氏专政，潘岳急于改变自己的处境，遂依附贾谧，成为“二十四友”中的领袖人物之一，“望尘而拜”[③]，跟得过紧，低三下四，颇有损个人形象，大遭后人诟病。其间他又曾为贾谧代笔写了赠陆机的诗以及关于《晋书》限断的文件等等。稍后他又按照贾后的设计，以太子的名义写祷神文，诱导喝醉了酒的太子照抄一遍，从而制造出一个废去他的借口。此事实在卑鄙，潘岳后来为此受到许多严厉的批评，以致影响到对他文学成就的评价[④]。永康元年（300）赵王伦政变，杀贾后贾谧，赵王伦的嬖人孙秀时为中书令，此人年轻时曾为潘岳小史，受过潘岳的气，此时遂利用与司马伦的关系实行报复，潘岳被杀。

潘岳辞赋佳作甚多，《射雉赋》《藉田赋》《怀旧赋》《寡妇赋》《笙赋》《秋兴赋》《西征赋》《闲居赋》等多篇都曾经被选入《文选》。他的这些代表作中既有继承了建安以来新传统的抒情短赋，也有传统悠久的大赋。西晋初年大赋一度相当流行，典型之作如左思的《三都赋》，洛阳为之纸贵；潘岳的赋则两者兼

① 《文选》卷二十六潘岳《河阳县作》二首其一“长啸归东山，拥耒耨时苗”，句下李善注引潘岳《天陵诗序》曰：“岳屏居天陵东山下。”

② 详见其《上客舍议》（《艺文类聚》卷六十四）。

③ 《晋书·潘岳传》说他“与石崇等谄事贾谧，每候其出，与崇望尘而拜”；另据《晋书·石崇传》，他们望尘而拜的对象还有“广成君”即贾充夫人郭槐。

④ 例如清代诗评家沈德潜说：“安仁党于贾后，谋杀太子遹与有力焉。人品如此，诗安得佳！”（《古诗源》卷七）重视作家的人品，是中国古代文学批评的一大传统，但有时也会重视过度。

长，实属当时的一流水平。

《射雉赋》写于潘岳二十岁入仕之前。《文选·射雉赋》题下李善注引赋序云："余徙家于琅邪，其俗实善射，聊以讲肆之余暇，而习媒翳之事，遂乐而赋之也。"而《文选·藉田赋》题下李善注引臧荣绪《晋书》说他"弱冠辟司空太尉府"，然则其"徙家于琅邪"当是更早些时候的事情。潘岳的父亲潘芘其时任琅邪内史，他让潘岳到自己身边来，大约是为了便于教诲，并帮助他尽快进入仕途，不料儿子内心深处最有兴趣的乃是射雉。

所谓"媒"，是利用从小驯化的雉作为诱敌深入的工具，安排它发出叫声，引诱野生之雉（赋中称为"原禽"）进入圈套射程之内；所谓"翳"则是"所隐以射者也"（《文选·射雉赋》题下徐爰注），也就是射雉者用木枝树叶临时搭起来的掩体，这样可以不让野生之雉看到这里有什么危险。赋中详细描写如何在初夏的清晨按计划去射雉，笔墨相当细腻，而其关键的时刻同样富于刺激性：

> 良游呃喔，引之规里。应叱愕立，擢身竦峙。捧黄间以密彀，属刚罫以潜拟。倒禽纷以迸落，机声振而未已。

先是让雉媒叫唤起来，引诱原禽入彀，继而大声吆喝，让它惊起而飞，这时迅速拉动早已安排好十字形箭头的弩机（"刚罫"乃是一种专用的铁质箭镞，"黄间"则是一种弩弓），趁它未及飞远，一举射中目标。至于那些机敏灵巧的野生之雉则不是这样好射的，需要更高的技术和更大的耐心，对此赋中也有"细巧雅润"（闵齐华《文选瀹注》卷四引孙鑛批语）的描写。潘岳说，射雉同大规模的打猎不同，这里没有任何危险，而其乐趣却足以使人忘却饥饿和疲劳；收获同样是很可观的：野鸡肉是著名的美味，它的尾巴是极高级的装饰品，只有王后一级的大人物才可以使用。

《射雉赋》选入《文选》时被安排在"畋猎"一类之末，位列第五，前面的四篇是司马相如的《子虚赋》《上林赋》和扬雄的《羽猎赋》《长杨赋》。司马相如的这两篇原先可能是一篇，题作《天子游猎赋》，因为太长，分两次献给汉武帝，于是也就一分为二，各立标题①；扬雄的两篇也是写天子游猎，前一篇记汉成帝时在皇家园林里游猎之事，后一篇仍记成帝之事，时间要晚一点，行动的范围更为广大，且有胡人参加。天子游猎的本意原是检阅队伍，演习军事，当然同时也是富于

① 关于《子虚赋》《上林赋》和《天子游猎赋》三个名目之间的关系，有种种不同的看法，这里选用其中的一种。《史记》《汉书》均作一篇，《文选》则作两篇。

刺激性的娱乐；而到后来娱乐性逐渐加强，乃至成为唯一的成分，正派的大臣往往不以为然，有人还会专门地提出劝谏。而在《射雉赋》中，猎取的目标只是野鸡（雉），而且不以力攻，专凭巧取，完全是民间的小打小闹，但也颇多乐趣。从天子游猎到民间射雉，题材由宏而微，审美趣味完全不同，赋的写法也发生很大变化，这里无须浓墨重彩，讲究的是工笔细写，具体入微。

司马相如、扬雄那些畋猎题材的辞赋到最后都有些劝谏的成分，尽管只不过是“劝百而讽一”①，但仍然非有不可，所谓曲终奏雅，止乎礼义；潘岳《射雉赋》最后也有类似的一段：“若乃耽槃流遁，放心不移，忘其身恤，司其雌雄，乐而无节，端操或亏。此则老氏所诫，君子不为。”这样的教训语，安排在大段兴高采烈的描写之后，自然显得苍白无力，但按照道德传统和文学传统的规范，仍然是非有不可的。

写《射雉赋》时的潘岳充满了青年人的无忧无虑；而他后来的辞赋，或者同政治纠缠不清，或者颇有人生的哀伤。潘岳的“少年游”随着他进入官场，很快就结束了。

《藉田赋》作于潘岳二十二岁时即泰始四年（268），当年晋武帝司马炎恢复古老的“藉田”仪式②，借以鼓吹发展农业生产，稳定社会生活秩序。这是晋朝建立以后的一件大事。潘岳刚进入政坛不久就躬逢盛典，自然不肯放过这种歌功颂德、露才扬己的大好题目。他这篇赋辞藻华丽，文笔铺张，把整个仪式写得花团锦簇，调子极高。赋中又大讲皇帝的“藉田”实乃躬行孝道的典范，“夫孝，天地之性，人之所由灵也。昔者明王以孝治天下，其或继之者，鲜哉希矣，逮我晋皇，实光斯道”，因此“藉田”具有双重的意义，一是“固本”也就是加强了农业生产这

---

① 《汉书·司马相如传》赞曰：“扬雄以为靡丽之赋，劝百而风（讽）一，犹骋郑卫之声，曲终而奏雅，不已戏乎。”又《汉书·扬雄传》：“雄以为赋者，将以风也，必推类而言，极丽靡之辞，闳侈巨衍，竞于使人不能加也，既乃归之于正，然览者已过矣。往时武帝好神仙，相如上《大人赋》，欲以风，帝反缥缥有陵云之志。由是言之，赋劝而不止，明矣。”

② 所谓“藉田”就是皇帝本人亲自率领高官在一块专用土地上进行象征性的耕种，在理论上说是要靠这里的收获作为祭祀祖先的供品，而实际意义在于鼓励农业生产，即所谓“劝农”；同时也是倡导孝道，崇拜祖先。《后汉书·礼仪志》载：“正月始耕。昼漏上水初纳，执事告祠先农，已享。耕时，有司请行事，就耕位，天子、三公、九卿、诸侯、百官以次耕，力田种各耰讫，有司告事毕。”刘昭注引干宝《周礼注》曰：“古之王者，贵为天子，富有四海，而必私置藉田，盖其义有三焉：一曰以奉宗庙，亲致其孝也；二曰以训于百姓在勤，勤则不匮也；三曰闻之子孙，躬知稼穑之艰难无逸也。”干宝是两晋之交的人，他的这一说法代表了晋朝人的共识。

个根本,二是“致孝”。“此一役也,而二美具焉”,其伟大意义“不亦远乎,不亦重乎!”。“以孝治天下”是西晋皇室最基本的意识形态方针,他们的政权是其先辈通过流血政变得来的,“忠”字不便提起,于是传统的“忠孝”只剩下后一半,非大力张扬不可了。这样的作品非常适合作为太子之萧统的口味,所以《文选》高调选入;而其思想和艺术都不算高明,远不及潘岳的其他辞赋。

《秋兴赋》则是潘岳最优秀的辞赋①,但同时大约也是他最难理解的作品之一。

赋序云:“晋十有四年,余春秋三十有二,始见二毛。以太尉掾兼虎贲中郎将,寓直于散骑之省。”由此可以确知此赋作于咸宁四年(278)。当时的太尉是贾充,很有权势;潘岳不过是他手下一个未入流的掾属,竟能兼任地位相当重要的虎贲中郎将,此时应是潘岳空前得意的时期,可是为什么他又竟然颇有些失意,声称正在策划归隐呢?

赋中更直截了当地表示,自己打算归田,做个普通老百姓:

> 闻至人之休风兮,齐天地于一指。彼知安而忘危兮,故出生而入死。行投趾于容迹兮,殆不践而获底。阙侧足以及泉兮,虽猴猿而不履。龟祀骨于宗祧兮,思反身于绿水。且敛衽以归来兮,忽投绂以高厉。耕东皋之沃壤兮,输黍稷之余税。

潘岳在赋序里又写道散骑省“高阁连云,阳景罕曜,珥蝉冕而袭纨绮之士,此焉游处。仆野人也,偃息不过茅屋茂林之下,谈话不过农夫田父之客,摄官承乏,猥厕朝列,夙兴晏寝,匪遑底宁。譬犹池鱼笼鸟,有江湖山薮之思。于是染翰操纸,慨然而赋。于时秋也,故以《秋兴》命篇”云云。然则作此赋时他还在“寓直于散骑之省”,因为做事非常辛苦等原因,已经不想再干下去了。

按说散骑省乃是个最靠近皇帝因此极其重要的地方,潘岳的一生始终热衷于进取,他不怕忙,仅仅是“夙兴晏寝,匪遑底宁”是绝不会让他起归隐之思的,问题是这里存在某种危险,或如正文中所说的容易出于生而入于死——这里显然还有些未便明言的深层原因。从《秋兴赋·序》行文的语气看去,潘岳在散骑省处境不佳。这里正式的官员出身高贵,服饰华丽(“珥蝉冕而袭纨绮”),紧靠皇帝,地位显赫;而潘岳却是以太尉掾兼虎贲中郎将的较低身份寄

---

① 钱锺书先生指出,潘岳诸赋以《秋兴赋》和《射雉赋》为优,而《闲居赋》“抑其亚也”,详见《管锥编》第3册,第1170页。

寓在这里值班，难免被人看不起。潘岳自称“野人”，一则地位低下，二则并未获得正途出身——他要到第二年才弄到一个“秀才”身份，才得以正式进入朝廷命官的系列。单是靠一个太尉贾充当后台，在这里绝对吃不开。

《晋书·职官志》载：“散骑常侍，本秦官也。秦置散骑，又置中常侍，散骑骑从乘舆车后，中常侍得入禁中，皆无员，亦以为加官。汉东京初，省散骑，而中常侍用宦者。魏文帝黄初初，置散骑，合之于中常侍，同掌规谏，不典事，貂珰插右，骑而散从，至晋不改。及元康中，惠帝始以宦者董猛为中常侍，后遂停。常为显职。”又载：“散骑侍郎四人，魏初与散骑常侍同置。自魏至晋，散骑常侍、侍郎与侍中、黄门侍郎共平尚书奏事，江左乃罢。”可知在武帝时代，散骑常侍等散骑省的官员既掌规谏，又“平尚书奏事”，拥有很大的话语权，与主管行政的尚书省形成一种制衡的关系。散骑省大约只在晋武帝时代存在，后来就不复设置了，所以史志中往往不载。潘岳当时兼任虎贲中郎将，其职责是宫廷的保卫事宜，却又临时安排在散骑省住宿值班（“寓直于散骑之省”），这在散骑省的官员看来颇近于“掺沙子”，对潘岳的态度肯定好不了。潘岳在散骑省遭到排斥还有更深刻的原因，这就是潘岳一直紧跟贾充，而贾充在朝廷里对立面很大，武帝虽然一向重用贾充，但对他也并非完全放心，这样作为贾充一党之小人物的潘岳就很容易倒霉了。

西晋初年的朝廷上官僚们大抵分为两派，一派以贾充为首，包括何曾、荀勖、冯𬘘等人，都是先前司马昭夺取天下的得力助手，在充满血腥气的魏晋禅代之际立过很大的功劳，这一帮人心狠手辣，口碑一向不太好；另一派则有山涛、王济、裴楷、和峤、羊琇、王戎等人，在士大夫中素有声誉，略近于所谓清流[1]——两派互相斗争，争权夺利，而晋武帝玩弄平衡政策，放手让他们互斗，在动态中建立起自己高高在上的皇权。武帝任用山涛主管吏部，而山涛完全看武帝的眼色行事，这样用人的行政权就被牢牢控制起来，贾充一派的力量遂不至于无限制地膨胀。潘岳之所以会以太尉掾兼虎贲中郎将，寓直于散骑之省，应当是贾充扩张权力的一种试探性安排，但这一手终于以失败告终。

---

① 如《晋书·裴楷传》说他“与山涛、和峤并以盛德居位……”，其实他们也只是晋武帝手上的另一批可打之牌。这一派人中颇有喜欢弄钱的，王戎、和峤皆为适例。除了贪婪之外，他们往往张扬自己的爱财，大约也借以表明自己在权力问题上并无野心；晋武帝对忠于他的财迷以至贪官一向十分宽容，道理当在于此。

这时的散骑常侍正是贾充的克星山涛①。潘岳只好从这里退出来，写一篇《秋兴赋》，以高雅的身段暂时告别官场，回到故乡的天陵东山隐居一段时间。

仕与隐是士人们可以选择的两条路，而西晋时代的隐已非遁入山林去过苦修的生活，却是经营庄园，谋取收入；当庄园主在当时是很时髦很实惠的一大出路。一般来说士人们当然优先考虑出仕，"学而优则仕"乃是自古以来的老传统，而且出仕也并不妨碍同时从事庄园经济；如果出仕不得意或有大的风险，则不如隐。西晋初年庄园经济十分火热，躲在园林式的田庄里享受，对士人的吸引力相当不小，石崇就是一大典型。潘岳没有石崇那样的经济实力，但要做到田园安稳尚非难事，所以他也不怎么怕隐；但他这次暂归天陵东山却只是以退为进的步骤。

到第二年，潘岳又在贾充的关照之下"举秀才，为郎"(《闲居赋·序》)，以合于规范的身份正式进入官场；这时腰杆子硬了起来的潘岳曾经直接出面攻击山涛等人以报复对方②，但他再一次失利，不久就被吏部安排到外地当县官，不能继续在朝廷里立足。

如果我们不管当年那些官场纷争琐碎的有关背景，只从文本中欣赏潘岳的文才并体悟秋天能带来的感兴，则《秋兴赋》的确不愧为写景抒情的名篇，其中颇含至理。赋中写道：

> 四时忽其代序兮，万物纷以回薄。览花莳之时育兮，察盛衰之所托。感冬索而春敷兮，嗟夏茂而秋落。虽末士之荣悴兮，伊人情之美恶。善乎宋玉之言曰："悲哉秋之为气也，飂瑟兮草木摇落而变衰。憀栗兮若在远行，登山临水送将归。"夫送归怀慕徒之恋兮，远行有羁旅之愤。临川

---

① 《晋书·山涛传》云："咸宁初(275)，转太子少傅，加散骑常侍，除尚书仆射，加侍中，领吏部……涛再居选职十有余年，每一官缺，辄启拟数人，诏旨有所问，然后显奏，随帝意所欲为先。故帝之所用，或非举首，众情不察，以涛轻重任意。或谮之于帝，故帝手诏戒涛曰：'夫用人惟才，不遗疏远单贱，天下便化矣。'而涛行之自若，一年之后众情乃寝……太康初迁右仆射，加光禄大夫，侍中，掌选如故……涛又上表固让，不许。"晋武帝正是要利用山涛牢牢地掌握住用人之权，不让贾充一派力量过于膨胀。《世说新语·政事》"山司徒前后(领)选"条刘注引《晋诸公赞》云："山涛为左仆射领选，涛行业即与(贾)充异，自以为世祖所敬，选用之事，与充咨议，充每不得其所欲。"所以潘岳虽然有贾充这样的后台，仍然不能得意，或者也可以说，正因为他以贾充为后台，又缺乏过硬的出身，所以在吏部这一关上只能一再碰壁。

② 这就是所谓题阁道谣事件，详见《世说新语·政事》"山公以器重朝望"条刘注引王隐《晋书》及《晋书·潘岳传》，文繁不录。

感流以叹逝兮，登山怀远而悼近。彼四戚之疚心兮，遭一途而难忍。嗟秋日之可哀兮，谅无愁而不尽！

这里把秋日的哀伤之感写得很典型，很到位，足以引起广大读者的共鸣。要把悲秋转化为欣赏秋日的美景并从中得到愉悦，只须退出纷争，“敛衽归来”，不计功利得失，那就能看到自然之美其实是不胜收的：

泉涌湍于石间兮，菊扬芳于崖澨。澡秋水之涓涓兮，玩游鯈之潎潎。逍遥乎山川之阿，放旷乎人间之世。优哉游哉，聊以卒岁。

放下包袱，立刻就能优游不迫，日子好过了。这个道理是很深刻的；当然，潘岳虽在理论上懂得这一道理，但在实际生活中却做不到。知易行难，世界上有很多事情是如此。

元朝人祝尧批评《秋兴赋》说：“夫安仁本躁者也，而篇末一段乃强为静者之辞，要岂其真情也哉？篇中慕徒感节，惜老嗟卑，深情莅于辞表，所谓‘躁人之辞多’是已”（《古赋辨体》卷五）。虽说是知人论世之论，但对潘岳其人似亦可以不必深责。作家手中的笔往往比作家本人更伟大，我们何妨只读其辞而赏其情，不去管其人的静躁优劣呢。文本以外的东西，同一般读者其实没有太大的关系。

《西征赋》作于元康二年（292）五月潘岳被重新起用为长安令之后。这篇散体大赋走的是汉大赋经典之作班彪《北征赋》、班昭《东征赋》以及蔡邕《述行赋》[①]以来的老路子，“述行历，论所经人物、山水”（李善注引臧荣绪《晋书》），但也不无新意。魏晋作家绝大多数富于创新精神，他们一方面继承传统，一方面总要别出心裁，花样翻新，在思想和艺术上作出自己独特的探索。

潘岳在这里用了相当长的篇幅来回顾自己出仕的经历，关于在杨骏太尉府的那一段写得特别详细。潘岳很热衷于仕途，开始时形势似乎很不错，后来却屡有挫折，一辈子不甚得意。最糟糕的是当武帝驾崩惠帝即位（永熙元年〔290〕）之初，老牌外戚、晋武帝的岳父太傅杨骏主政，召潘岳为主簿；但第二年（永平元年，三月改元元康〔291〕）野心勃勃的贾后采用非常手段突然在半夜里派兵到太傅府诛杀杨骏及其部属，把大权集中到自己手里来。惠帝其人弱智，贾后实为女皇。政变发生时杀了不少人，事后太傅府全部僚佐都被

① 《北征赋》《东征赋》入选《文选》（卷九）；蔡邕《述行赋》未蒙入选，对此鲁迅曾有所批评，详见《且介亭杂文二集·“题未定”草（六至九）》，《鲁迅全集》第6卷，第422页。

株连，潘岳自然也在其内，削职为民。后来经过甄别，觉得他也没有什么大问题，于元康二年(292)起用为长安令。潘岳很快就离开首都洛阳去长安赴任，这就是他的所谓“西征”。赋中有一大段自叙传道：

武皇忽其升遐，八音遏于四海。天子寝于谅暗，百官听于冢宰。彼负荷之殊重，虽伊周其犹殆。窥七贵于汉廷，畴一姓之或在？无危明以安位，只居逼以示专。陷乱逆以受戮，匪祸降之自天。……夕获归于都外，宵未中而难作。匪择木以栖集，鲜林焚而鸟存。遭千载于嘉会，皇合德于乾坤。弛秋霜之严威，流春泽之渥恩。甄大义以明责，反初服于私门。

发生政变的那天夜里，潘岳恰好回到郊外的家里去，否则一定会在纷乱之中死于非命①；最后还算侥幸，没有治罪。赋里充满了庆幸之情。下文说到当下“皇鉴揆余之忠诚，俄命余以末班。牧疲人于西夏，携老幼而入关”，于是千里迢迢，到长安去上任。这样看来，述行赋必须“论所经人物、山水”的规范潘岳固然不能不遵守，但他已经略加变化，带有相当多的个性色彩了。下文的大块文章按照行程一路移步换形地写下去，一般化的怀古感叹相当多，读起来比较无味，但在大段的怀古老套中也不乏抒发私人感情的笔墨，当他走到新安(今属河南)的时候家里发生了一件不幸之事：

夭赤子于新安，坎路侧而瘗之。亭有千秋之号，子无七旬之期。虽勉励于延吴，实潜恸乎余慈。

将稚子在西征途中的夭亡②夹在诸多历史上的兴亡大事之间一起来写，而且更动感情，大大增加了作品的现实感和抒情性，平添了不少活力。看来潘岳颇有意于在散体大赋中适度吸收抒情小赋的成分，这是很有意义的探索和创新。

赋者铺也，纪行一类题材的作品本来很便于铺叙，而弄不好就会按部就班顺流而下，缺少动人的东西，汉代后期的一些大赋毫无生气的原因在此。建安时代，曹丕带领作家们写小赋，加强抒情性，取得很好的效果；而到潘岳这里，则是在大赋中穿插若干抒情性浓厚的片段。按照陆机《文赋》的意见，赋的本质在于“体物”而诗的本质乃是“缘情”，这两者的区别是明显的，然而

① 李善注引王隐《晋书》曰：“潘岳为杨骏府主簿，骏被诛日，岳取急，对人朱振代夷三族。”代替已请假之潘岳来值班的人及其家族即死于非命。

② 详见潘岳《伤弱子序》。

也可以进行杂交，在赋里来一点抒情的成分，而在诗里适当地有所铺叙，可能会产生很好的效果。潘岳在《西征赋》里的嫁接式改良是成功的。

《西征赋》叙及自己到任以后所见之长安的情形道：“……都中杂遝，户千人亿。华夷士女，骈田逼侧。展名京之初仪，即新馆而莅职。励疲钝以临朝，勖自强而不息。于是孟秋爰谢，听览余日，巡省农功，周行庐室。街里萧条，邑居散逸……”当年长安的情形，见之于载籍者无此亲切。华夷杂居，民生凋敝，正为后来“五胡乱华”的动乱张本。潘岳到任后很想有一番作为，把这个近边的名城治理好：

由此观之，土无常俗，而教有定式。上之迁下，均之埏埴。五方杂会，风流溷淆。惰农好利，不昏作劳。密迩猃狁，戎马生郊。而制者必割，实存操刀。人之升降，与政隆替。杖信则莫不用情，无欲则赏之不窃。虽智弗能理，明弗能察，信此心也，庶免夫戾。如其礼乐，以俟来哲。

虽然有些儒家的老生常谈，但潘岳的态度应当说是很积极很正当的。他看出了民族问题的严重性，而解决的方法则完全寄希望于教化，未免略有些书生气。“人之升降，与政隆替”两句，说得极好，西晋没有把政治搞好，一味内讧，这就使得民族问题急剧恶化，终于出了很大的乱子。

曾经有人把潘岳完全看成是一个毫无原则的官僚，甚至完全是一个伪君子，但这只是他的侧面之一；读《西征赋》可以知道，他是一个很有感情也很敬业的人，同时更是一位富有创新精神的作家。

《闲居赋》大约是潘岳作品中知名度最高的篇章之一，这种情形同元好问《论诗绝句》其六很有关系，元诗云：“心画心声总失真，文章宁复见为人？高情千古《闲居赋》，争信安仁拜路尘！”元好问认为潘岳本极热衷于高官厚禄，是一个“拜路尘”的小人，而在赋里却大讲什么“闲居”“养拙”的高尚情操，为文与为人完全背离，《闲居赋》完全是骗人的东西。此说影响很大，而其实并不尽正确。

《闲居赋》作于元康六年(296)，当时作者暂时退出官场，在洛阳近郊过了一段为时不长的闲居生活。赋序回顾自己先前沉沦下僚的痛苦经历道：

仆少窃乡曲之誉，忝司空太尉之命，所奉之主，即太宰鲁武公其人也。举秀才，为郎。逮事世祖武皇帝，为河阳、怀令，尚书郎，廷尉平。今天子谅暗之际，领太傅主簿，府主诛，除名为民。俄而复官，除长安令，迁博士，未召拜，亲疾，辄去官，免。自弱冠涉乎知命之年，八徙官而一进阶，再免，一除名，一不拜职，迁者三而已矣。

字里行间流露出深沉的感伤。潘岳本人和家族都有相当优越的条件，按说很容易有一个锦绣前程，可是他在仕途上的经历却很不顺利；元康六年(296)长安令任满后复回洛阳，补博士，未拜即以母疾去官，卜居于洛阳城南。

封建时代的官员如果遇上父母去世，必须离开原职回家守孝去，期满可复出；母亲有病，按说是不必“去官”的，潘岳忽然挂冠而去，当有待发之覆。情形很可能是这时潘岳已经五十岁了，如果没有特别的机遇，他在官场里恐怕已经没有太多发展的余地，与其投闲置散，还不如退回庄园里去享受生活，同时再争取别的机会。《闲居赋》描写自家的庄园道：

> 爰定我居，筑室穿池。长杨映沼，芳枳树篱。游鳞瀺灂，菡萏敷披。竹木蓊蔼，灵果参差。……于是凛秋暑退，熙春寒往，微雨新晴，六合清朗。太夫人乃御版舆，升轻轩，远览王畿，近周家园。体以行和，药以劳宣。常膳载加，旧疴有痊。席长筵，列孙子。柳垂阴，车结轨。陆摘紫房，水挂赪鲤。或宴于林，或禊于汜。昆弟班白，儿童稚齿。称万寿以献觞，咸一惧而一喜。寿觞举，慈颜和。浮杯乐饮，丝竹骈罗。顿足起舞，抗音高歌。人生安乐，孰知其他。退求己而自省，信用薄而才劣。奉周任之格言，敢陈力而就列。几陋身之不保，尚奚拟于明哲。仰众妙而绝思，终优游以养拙。

这里说得很清楚，他既畏惧政治上的风波，也追求心灵的自由，但更为重要的还是回家享受优裕而悠闲的生活。西晋时代庄园经济迅速繁荣，不少人从风险很大的政治舞台上暂时退出，花大力气去经营自己的庄园。这些人往往很有经济头脑，石崇就有规模很庞大的庄园，支撑着他奢华的生活；左思远没有他那么阔气，也经营着一份小小的庄园。并不离开官位而忙着创收发财的达官贵人更是指不胜屈。西晋时代金钱的重要性与崇高地位得到普遍认同，既有一批以奢侈闻名的阔佬，也出现过一批著名的守财奴。躲在园林式的庄园里享受舒服的物质生活，这一点对当时士人的吸引力非常之大。《闲居赋》描写自家庄园里富足安闲的生活，情调完全是世俗的甚至是庸俗的，无所谓“高情千古”。赋中提到“池沼足以渔钓，舂税足以代耕。灌园粥蔬，以供朝夕之膳；牧羊酤酪，以俟伏腊之费”。凡此种种，在当时都是很实际的经营运作。“人生安乐，孰知其他”乃是潘岳的中心思想。退居于田庄是为了安乐，望尘而拜，争名于朝，则是为了得到更高的地位、更高级的安乐——写《闲居赋》与望尘而拜并无矛盾，倒是互补性很强的，分别表现了潘岳其人的两个侧面。换言之，按照当时士人的观念，在田园里闲居享乐同他们在官场里奋斗乃是完全一致的，此即石崇之所谓“身名俱泰”。潘岳是一个热衷仕途的人，他总觉得凭自己的才华完全可以占据更高的位置，做出一番事业；事实上他在河阳、怀县当地方官时也确实“勤于政绩”（《晋书》本传）。潘岳一方面悠然自得地写他的《闲居赋》，一方面抓紧同权倾一时的贾谧拉上关系，这在他，在那个时代，都是并行不悖的。我们决不能拿陶渊明那样的模式去衡量潘岳，批评潘岳，以为他的文章“失真”。《闲居赋》的正文写闲居，而赋序中却回顾自己的经历，专门强调自己同“太宰鲁武公其人”的关系，这其实已是一种顶礼膜拜：贾充虽死，余烈方盛，强调自己同这位前府主的关系，利用人脉资源的精明计算是不言自明的。

应当说，潘岳以母疾去官后闲居于洛水之滨，撰写著名的《闲居赋》，而几乎同时又谄事贾谧，望尘而拜，所作所为当然完全不像一个君子，但并不能就说他是一个伪君子，因为事实恰恰相反，他乃是一个有血有肉说了不少真话、做了不少自以为高明之事的西晋官僚文人。在他这里“心画心声”并未失真。元好问对于西晋的风气似乎有些隔膜，他拿一般的儒家道德标准来看潘岳，自然谈不上理解之同情，批评也很难批到点子上来。

潘岳“尤善哀诔之文”（《晋书》本传），其中最著名的作品是哀悼其第二任妻子杨氏的《悼亡赋》和《悼亡诗》。

潘岳一生有过两次婚姻：第一次在他二十岁之前，后不幸丧偶；二十八岁时（泰始十年，274）与第二任妻子杨容姬结婚①，到元康八年（298）再度丧偶②，因此特别伤心。

潘岳的第一任夫人的详细情况现在无从知悉，但可以知道潘岳对她的感

---

① 详见潘岳《离合诗》（《艺文类聚》卷五十六），前人已据其诗句推知其离合之结果是“思杨容姬难堪”六字。离合诗是一种文字游戏，中古时代曾一度风行。

② 按，潘岳《杨仲武诔》（《文选》卷五十六）是为他的杨氏夫人之兄杨潭的次子杨经（字仲武）而作，其序云：“……既借三叶世亲之恩，而子之姑，余之伉俪焉，往岁卒于德宫里。丧服同次，绸缪累月，苟人必有心，此亦款诚之至也。不幸短命，春秋二十九，元康九年夏五月己亥卒，呜呼哀哉！”由此可以确知潘岳之妻杨氏在杨仲武去世的上一年即元康八年（298）卒于洛阳德宫里家宅。又《悼亡赋》有云：“伊良嫔之初降，几二纪以迄兹。遭两门之不造，备荼毒而尝之。婴生艰之至极，又薄命而早终。”可知其亡妻同自己只共同生活了二十四年（“二纪”），如此则潘、杨之结婚当在元康八年（298）前之二十四年，也就是泰始十年（274），本年潘岳二十八岁。或以为这是他的第一次婚姻，不确；当时青年男女结婚往往比较早，例如杨容姬的妹妹嫁给任护（字子咸），丈夫“不幸弱冠而终”（《寡妇赋》），这时他们已有一个不足周岁的女儿。女子的婚龄一般在十五岁，所谓及笄而嫁，不能太晚。当时国家需要增殖人口，所以严格地推行早婚政策。《晋书·武帝纪》载泰始九年（273）“制女年十七，父母不嫁者，使长吏配之”。男子的婚龄也在二十岁之前。

情非常之好，曾经为她写过两首情意浓烈的《内顾诗》(《玉台新咏》卷二)：

静居怀所欢，登城望四泽。春草郁青青，桑柘何奕奕。芳林振朱荣，绿水激素石。初征冰未泮，忽焉振絺绤。漫漫三千里，迢迢远行客。驰情恋朱颜，寸阴过盈尺。夜愁极清晨，朝悲终日夕。山川信悠永，愿言良弗获。引领讯归云，沉思不可释。

独悲安所慕？人生若朝露。绵邈寄绝域，眷恋想平素。尔情既来追，我心亦还顾。形体隔不达，精爽交中路。不见山上松，隆冬不易故。不见陵涧柏，岁寒守一度。无谓希是疏，在远分弥固。

这两首怀人之作应作于潘岳新婚之后不久远游他父亲潘芘任职处之时，他的《登虎牢山赋》说"辞京辇兮遥迈，将远游兮东夏"，正作于此行途中。诗人一向生活于中州，行踪不出于今之河南省，现在忽然跑到大海边上的琅邪去，所以他自称是"迢迢远行客"。诗中所谓"三千里"乃极言其远，"绝域"也是如此，均不必呆看；《古诗十九首》中写离别相思，动辄就说"相去万余里"而现在看去并没有走得太远，不过从故乡跑到洛阳、南阳[①]一带而已——这些古诗正是潘岳注意学习和模仿的典范。潘岳学习古诗颇能神明变化，不像陆机那样亦步亦趋。

距离的远度历来会增加感情的浓度。潘岳在这里非常直露地抒发对于爱妻的思念之情，说是分离的日子显得太漫长了，自己日夜苦思，对妻子的感情更加坚固深厚了。这两首诗"敷布俱饶，蕴藉绝少"(陆时雍《古诗镜》卷九)，充分流露出青年人的激情洋溢。

《内顾诗》在稚气中表达了一片真情，虽然艺术上不算十分高明，但仍然是难能可贵的，除了民歌和下层知识分子的作品以外，士人之诗中像这样热烈抒写夫妇之情的颇不多见。这方面只有一个著名的例子，就是东汉末年秦嘉、徐淑夫妇有一组赠答诗(《玉台新咏》卷一。近人或以这一组诗为伪作，未见确证)，但秦诗写得相当和易内敛，远不像潘岳这样充满激情。清代诗评家黄子云在《野鸿诗的》中以《内顾诗》和《悼亡诗》其三为潘岳诗中罕见的佳作。

① 《古诗十九首》其一云："行行重行行，与君生别离。相去万余里，各在天一涯。"又其十八云："客从远方来，遗我一端绮。相去万余里，故人心尚尔。"又其三云："青青陵上柏，磊磊涧中石。人生天地间，忽如远行客。斗酒相娱乐，聊厚不为薄。驱车策驽马，游戏宛与洛。"宛指南阳郡，洛指东都洛阳。

潘岳第二任夫人杨氏的父亲杨肇本是潘岳之父潘芘的朋友，一位官爵甚高的荥阳同乡前辈。杨肇早就认识并且很欣赏潘岳，很多年后就把女儿许配给他[①]。稍前在泰始八年(272)时，本来以才能著称的杨肇在官场上忽然栽倒，《晋书·羊祜传》载："……及还镇，吴西陵督步阐举城来降。吴将陆抗攻之甚急，诏祜迎阐。祜率兵五万出江陵，遣荆州刺史杨肇攻抗，不克，阐竟为抗所擒。有司奏：'祜所统八万余人，贼众不过三万。祜顿兵江陵，使贼备得设。乃遣杨肇偏军入险，兵少粮悬，军人挫衄，背违诏命，无大臣节。可免官，以侯就第。'竟坐贬为平南将军，而免杨肇为庶人。"杨肇奉命行事，偏师入险，吃败仗的主要责任并不在他，但败仗总得有人负责，于是丢了官职，免为庶人。此事在《晋书·武帝纪》泰始八年条下也有明确的记载[②]，可见是一时的大新闻。于是杨肇离开他先前担任刺史的荆州，回到故乡闲居；而这时故人之子的潘岳不仅已经成年，而且大获"乡曲之誉"(《闲居赋·序》)，在官场上应有发展，又恰好丧偶，于是就把女儿容姬嫁给他——这乃是顺理成章的事情。

就在潘、杨新婚后不久，潘岳的父亲潘芘去世，一年后杨容姬的父亲杨肇去世[③]，咸宁四年(278)容姬的哥哥杨潭(即仲武之父)又去世了[④]。稍后潘岳又遭遇了女儿金鹿的夭折和内侄杨绥(杨夫人之兄杨潭的次子)的英年早逝，这好几年他一直沉浸在巨大而连续的悲痛之中。接踵而至的打击尚不止于

---

① 潘岳《怀旧赋序》："余十二而获见于父友东武戴侯杨君，始见知名，遂申之以婚姻。"赋中又说："余总角而获见，承戴侯之清尘。名余以国士，眷余以嘉姻。"这里叙事跨度很大，事实上"申之以婚姻"是杨肇认识潘岳很多年以后的事情。在文学作品中叙事往往可以有些跳跃，《怀旧赋》是写来追怀往事的，行文以抒情为主，叙事完全不必像填写履历表那样按部就班、细致明确。才见到一个十二岁的好孩子就决定把自家女儿嫁给他，未免过于匆忙，与杨肇州级高官的身份不合；何况后来真的嫁给了潘岳的他家那位千金，此时大约还没有出生——杨容姬约生于景元元年(260)，详见俞士玲《潘岳、潘尼文学系年考证》，《西晋文学考论》，南京大学出版社2008年版，第108页。

② 《晋书·武帝纪》泰始八年九月："吴西陵督步阐举城来降，拜卫将军、开府仪同三司，封宜都公。吴将陆抗攻阐，遣车骑将军羊祜帅众出江陵，荆州刺史杨肇迎阐于西陵，巴东监军徐胤击建平以救阐。"十二月："(杨)肇攻(陆)抗，不克而还。(步)阐城陷，为抗所擒。"杨肇之废为庶人应是本年(272)底或下年(泰始九年〔273〕)初的事情。

③ 潘芘死于泰始十年(274)，杨肇死于咸宁元年(275)，详见《杨荆州诔》及《荆州刺史东武戴侯杨使君碑》。

④ 杨肇有两个儿子，长子杨潭字道元，次子杨歆字公嗣。《怀旧赋》提到杨潭之死，文繁不录。

此:容姬嫁给潘岳后,先是生过不止一个女儿[①];到元康二年(292)三月才生下一个男孩,五月,潘岳携家属去长安任县令,可怜这不到七十天的孩子途中夭折于新安,他们的伤心可想而知。这些不幸都使得杨容姬同丈夫靠得更紧,感情更深。

潘岳本来就笃于夫妇之情,同这位"内芬外藻"(挚虞《新婚箴》)的第二任夫人尤其伉俪情好,他在仕途上一向不甚得意,温暖的家庭应是他重要的精神支撑。第一任夫人去世时潘岳还相当年轻,正在仕途中努力奋斗,前面的路还很长,于是他很快就再婚了;到元康八年(298)再次丧偶时,他年过半百,按当时的社会心理已要算人到老年,夕阳西下,实在伤不起了,于是写下一批作品以释放自己对死去另一半的哀思,在文学史上留下了很深的痕迹。

这样一位曾经共过许多患难的爱妻忽然去世,潘岳的哀伤自然是特别深重的。他先写过一首《杨氏七哀诗》[②]:

> 漼如叶落树,邈然雨绝天。雨绝有归云,叶落何时连。山气冒冈岭,长风鼓松柏。堂虚闻鸟声,室暗如日夕。昼愁奄逮昏,夜思忽终昔。展转独悲穷,泣下沾枕席。人居天地间,飘若远行客。先后讵能几,谁能弊金石。

此诗当作于杨容姬去世之初,表示对这样残酷的事实完全无法接受,昼思夜想,流下了大量的眼泪;他叹息人命之危浅,深感自己离大去亦已不远。全诗以比兴之笔领起抒情,"反复嗟叹,总是无穷之悲,情真语自警"(陈祚明《采菽堂古诗选》卷十一),乃是潘岳最优秀的作品之一。

到亡妻出殡安葬的时候,潘岳又作《哀永逝文》(《文选》卷五十七),略云:

> 尽余哀兮祖之晨,扬明燎兮援灵輴。彻房帷兮席庭筵,举酹觞兮告永迁。凄切兮增欷,俯仰兮挥泪。想孤魂兮眷旧宇,视倏忽兮若仿佛。徒仿佛兮在虑,靡耳目兮一遇。停驾兮淹留,徘徊兮故处。周求兮何获,引身兮当去。

这里将仪式、哀伤、幻觉和无奈糅合为一,"写光景情思入神"(闵齐华《文选瀹注》卷二十九引孙鑛评语),极能写出送葬的气氛,具有动人的力量。

---

① 《晋书·潘岳传》提到,潘岳被杀时"已出之女"也株连被杀。

② 此诗载《艺文类聚》卷三十四,题作《哀诗》;而《文选》卷四十谢朓《拜中军记室辞隋王笺》李善注引开头两句,题作《杨氏七哀诗》。疑《哀诗》乃是原题的简称。

稍后的《悼亡赋》也写到亡妻的出殡和安葬的前前后后：

> 袭时服于遗质，表铅华于余颜。问筮宾之何期，宵过分而参阑。讵几时而见之，目眷恋以相属。听辅人之唱筹，来声叫以连续。闻冬夜之恒长，何此夕之一促。且伉俪之片合，垂明哲乎嘉礼。苟此义之不谬，乃全身之半体。吾闻丧礼之在妻，谓制重而哀轻。既履冰而知寒，吾今信其缘情。夕既昏兮朝既清，延尔族兮临后庭。入空室兮望灵座，帷飘飘兮灯荧荧。灯荧荧兮如故，帷飘飘兮若存。物未改兮人已化，馈生尘兮酒停樽。春风兮泮冰，初阳兮戒温。逝遥遥兮浸远，嗟茕茕兮孤魂。

潘岳说哀悼妻子亡故完全是出于感情，并非礼制决定的，妻子死了，自己也就死了一半，家里面全无生气，物是人非，只剩下无尽的哀伤。

《悼亡诗》凡三首（《文选》卷二十三），其时潘岳服妻丧已毕，重新回到他的官职上去，但丧妻之恸却与礼制规定的期限无关，往事仍然历历在目。物在人亡，情何以堪！其一诗云：

> 荏苒冬春谢，寒暑忽流易。之子归穷泉，重壤永幽隔。私怀谁克从，淹留亦何益？僶俛恭朝命，回心反初役。望庐思其人，入室想所历。帏屏无仿佛，翰墨有余迹。流芳未及歇，遗挂犹在壁。怅恍如或存，周遑忡惊惕。如彼翰林鸟，双栖一朝只。如彼游川鱼，比目中路析。春风缘隙来，晨霤承檐滴。寝息何时忘，沉忧日盈积。庶几有时衰，庄缶犹可击。

这首诗语言很浅近而感情很深，“望庐思其人”等八句如叙家常，真切动人。这样的经历和感受是许多人曾经有过的，读来尤其亲切。

清代诗评家张玉谷曾仔细分析此诗说：“三诗皆作于妻亡周期，释服之官之时。此其首章，乃叙既葬后计欲之官时情景。首四，就流光易逝，慨叹而起，点清妻亡已葬。‘私怀’四句，接写留家势所不能，留亦无益，目前计欲之官之事。‘望庐’八句，正叙将出未出，流连虚室，触目伤心景象。以‘望庐’挑出‘入室’，以‘无仿佛’翻出‘如或存’，笔之曲也。独言翰墨流芳，已于哀悼中将妻之能通文理表出，意之密也。‘如彼’四句插两喻以动荡之。末六，补点时景，醒出沉忧，却以强作排解收住，亦不直遂。”他又指出其二、其三两首稍弱，原因是“意多复沓”（《古诗赏析》卷十一）。他的分析很有些道理。

继潘岳之后，“悼亡”就成了中国古代抒情文学中一大类型。在封建主义伦理压力下，描写和抒发爱情有许多障碍，两性间的感情遂利用悼亡这一悲痛的时刻喷发出来，后来名篇迭出，都是潘岳作品的继续。人已云亡，就不怕什么“止乎礼义”之类的教条了；这一题材因为抒发了真情而为读者所喜闻乐见。《金鹿哀辞》和《杨仲武诔》以及潘岳写的其他哀诔文也都有语浅而情深的特色。

事后看去，杨容姬先走一步也好，不久之后潘岳死于政变，如果她还活着，也只能一道死于非命[①]。当然这是潘岳当时无从逆料的。

《哀永逝文》之末有几句“重曰”[②]，补充前文的意思道：

> 已矣，此盖新哀之情然耳。渠怀之其几何？庶无愧兮庄子。

庄子通达，妻子死了之后鼓盆而歌，惠子认为他未免太过分了；庄子解释说：“是其始死也，我独何能无概然！察其始而本无生，非徒无生也，而本无形，非徒无形也，而本无气。杂乎芒芴之间，变而有气，气变而有形，形变而有生，今又变而之死，是相与为春秋冬夏四时行也。人且偃然，寝于巨室，而我噭噭然随而哭之，自以为不通乎命，故止也。”（《庄子·至乐》）庄子并非没有感情，但他更能理智地思考“命”也就是规律，以理制情，平静地看待生活中的变故，包括妻子去世这样重大的变故。潘岳生活在庄学很流行的时代，所以也希望自己能无愧于庄子。从《悼亡诗》其一结尾的“寝息何时忘，沉忧日盈积。庶几有时衰，庄缶犹可击”这几句来看，他也很神往于能够超越一时感情的玄远境界。

但这其实乃是“事到无可如何，不得不如是收局也”（于光华《重订文选集评》卷十四引方伯海评语）。潘岳文的最后几句无非是表示一下对于主流思想的靠拢，略近于套语，对读者并不能产生什么影响。这正如汉代的大赋，正文用大量的篇幅铺张地描写皇家的宫殿、园囿、狩猎等等的壮观宏丽，到最后才略加几句讽谏，只能是劝百而讽一；又如中古时代流行的“定情”“闲情”题材辞赋，正文用大量的篇幅描写女性的美丽性感和自己狂热的追求，到最后才板起脸来略加几句主旋律的话，而作品留给读者深刻印象的还是前面那些绮丽的描写和火热的情思。但这样的结尾还是得有，这才靠近主流，显得正经。玄学流行以后，主流思想变化了，而行文的格局却未尝有变。这种带有

---

① 潘岳被赵王司马伦及其谋主孙秀杀害时，“岳母及兄侍御史释、弟燕令豹、司徒掾据、据弟诜、兄弟之子、已出之女，无长幼一时被害”（《晋书·潘岳传》）。

② “重”是楚辞以来的传统，洪兴祖《楚辞补注》说：“《离骚》有‘乱’有‘重’。‘乱’者总理一篇之终；‘重’者情志未申，更作赋也。”

规律性的现象很值得深长思之。

魏晋文人一方面接受了若干老庄的思想，而对过分的理智以至于无情却并不看好，他们其实是坚持乃至张扬感情的，夫妇之爱、亲子之情在他们心目中占据极其重要的地位，试从《世说新语》中举两个例子来看：

荀奉倩与妇至笃，冬月妇病热，乃出中庭自取冷，还以身熨之。妇亡，奉倩后少时亦卒。（《惑溺》）

王戎丧儿万子，山简往省之，王悲不自胜。简曰："孩抱中物，何至于此？"王曰："圣人忘情，最下不及情，情之所钟，正在我辈。"简服其言，更为之恸。（《伤逝》）

荀粲、王戎代表了一个时代的新作风，他们都高度重视人，重视人的感情，因此忽略乃至于根本不管传统的教训，不管它是儒家的还是道家的。荀粲、王戎年辈较高，他们的生活方式情感状态还有些人不大能够理解，到潘岳生活的年代就逐步推广开来了。自有深情乃是晋代名士的四大特色之一①。荀、王皆长于清谈，不大动笔；晋代有一批人是只谈不写的，潘岳则只写不谈，他曾经同只谈不写的大名士乐广合作过一次，成为那时的文坛佳话②。

潘岳基本上不参加清谈，他把玄学修养带进诗歌作品里去，大抵安排在结尾部分，作为抒情的附庸或升华。从这个意义上来说，他也是玄言诗的先驱之一。后来玄言诗的作者大抵多玄学理论而不甚长于文笔，诗歌变成了哲学讲义，一度非常流行；后来这种没有什么诗意的玄言诗搞不下去了，玄言逐步从诗歌中退出，但往往还留下一点尾巴，例如谢灵运的若干山水诗就是如此。玄言先从尾巴部分进入诗歌，进而占领全局，最后不得不退出，等到玄言从诗歌的尾巴部分也退出来以后，风靡一时的玄言诗运动就算是结束了。

潘岳的诗流传至今者约二十多首，其中有应制的《关中诗》，有替贾谧所作之赠陆机诗，有在金谷雅集时写的诗，水平和影响都比不上《悼亡诗》。他在当地方官的时候写的《河阳县作二首》和《在怀县作二首》则比较可观，不仅

---

① 冯友兰以玄心、洞见、妙赏、深情为魏晋风流名士的四大条件，详见《论风流》，《哲学评论》第9卷第3期（1944年），后收入《三松堂学术文集》，北京大学出版社1984年版。

② 《世说新语·文学》："乐令善于清言，而不长于手笔。将让河南尹，请潘岳为表。潘云：'可作耳，要当得君意。'乐为述已所以为让，标位二百许语。潘直取错综，便成名笔。时人咸云：'若乐不假潘之文，潘不取乐之旨，则无以成斯矣。'"后来唐修《晋书》之《乐广传》将此段抄入，内容完全相同，仅文字略有改易。

可以从中看到西晋地方官的一般心态，更可以看到潘岳的个性。特别值得注意的是其中写景的部分，虽然还显得有些笔力分散，但仍然作出了新的贡献：

幽谷茂纤葛，峻岩敷荣条。落英陨林趾，飞茎秀陵乔。

——《河阳县作二首》其一

日夕阴云起，登城望洪河。川气冒山岭，惊湍激岩阿。归雁映兰畤，游鱼动圆波。鸣蝉厉寒音，时菊耀秋华。

——《河阳县作二首》其二

这就为后来的山水诗开启了先河。

在当时以及稍后读者的心目中，潘岳与陆机是西晋成就最高的作家，而潘高于陆。东晋文人孙绰说“潘文烂若披锦，无处不善；陆文若排沙简金，往往见宝”（《世说新语・文学》）；孙盛《晋阳秋》则认为潘岳“清绮绝世，蔡邕未能过也”。由于潘岳道德上有很大的弱点，他后来的地位渐渐不如陆机。

与潘岳并称为“两潘”的潘尼（字正叔，247? ～311?）是潘岳的从侄，而年龄同潘岳相仿。同乃叔的躁进相反，潘尼的性格是静退不竞的，早年曾著《安身论》，以无私寡欲为安身之要，所以他没有加入“二十四友”，也没有卷入八王之乱的纷争，只是安分守己地当他的官。当潘岳出任河阳县令时，他以五言的《赠河阳》（《文选》卷二十四）送行，当陆机离开东宫去吴王晏那里当郎中令时，他作四言的《赠陆机出为吴王郎中令》（《文选》卷二十四）为赠，都蔼然为仁者之言。

潘岳被杀后，潘尼为之处理善后，立碑①。光熙元年（306），东海王司马越将惠帝从军阀张方手里解救出来，由长安迎回洛阳②，潘尼写出了著名的《迎大驾》诗（《文选》卷二十六），结尾说：“俎豆昔尝闻，军旅素未习。且少停君驾，徐待干戈戢。”这是在天下纷乱之际无可奈何的哀叹。一个在乱世中过多考虑如何安身的儒者，可以成为一位正人君子，而很难成为优秀的诗人。

---

① 《水经注・洛水》：“罗水又西北径袁公坞北，又西北径潘岳父子墓，有碑……岳碑题云‘给事黄门侍郎潘君之碑’，碑云：‘君遇孙秀之难，阖门受祸，故门生感覆醢以增恸，乃树碑以记事。’太常潘尼之辞也。”

② 《晋书・惠帝纪》载，河间王司马颙的部将张方于永兴元年（304）八月再入洛阳，十一月劫持惠帝西去长安，部下大肆抢掠，洛阳完全鱼烂，“魏晋已来之积，扫地无遗”；光熙元年（306）正月河间王颙杀张方，六月东海王越部下迎惠帝回到洛阳，十一月，惠帝崩于洛阳。

三

“二十四友”中，就其文学成就而言，自以陆机、陆云、石崇、欧阳建、潘岳、挚虞、左思、刘琨等八人比较重要，应予单独论述；此外尚有十六人，其情况略述如下：

缪征，原名缪世征，唐人避太宗李世民讳，省去“世”字；东海兰陵（今山东苍山西南）人，曹魏著名文学家缪袭之孙。兰陵缪氏在魏晋间人才辈出。缪征亦颇有才望，西晋初为中书著作郎、秘书监，后与贾谧关系密切。贾氏集团垮台后，阎瓒上书要求严惩其党羽，特别点了潘岳和缪征的大名（详见《晋书·阎瓒传》）。缪征原有文集，《隋书·经籍志》有著录，可惜早已亡佚。

杜斌（字世将，？～300），京兆（今陕西西安）人，杜预（222～284）的从兄，曾任黄门侍郎。他在“二十四友”中当属年辈甚高者。赵王司马伦发动政变后，与张华等人同时被杀。

诸葛诠（“诠”或作“铨”，字德林，？～311），琅邪阳都（今山东临沂）人。琅邪诸葛氏在魏晋间人才辈出，诸葛亮、诸葛诞、诸葛瑾、诸葛恪等尤为著名。诸葛诠的祖父诸葛绪和父亲诸葛冲均为魏、晋高官，其妹诸葛婉为晋武帝司马炎夫人；他本人曾任兖州刺史，后为散骑常侍、廷尉，永嘉五年（311）洛阳陷落后与太尉王衍护东海王司马越之丧东还，被石勒部击溃，同时遇害。

王粹（字弘远，？～308），弘农（今河南灵宝南）人。平吴大将王濬之孙，尚武帝颍川公主，与中原诸士族关系密切。曾任北中郎将、魏郡太守；八王之乱中曾有人劝告陆机将前锋将军一职让给王粹，尽管陆机没有同意，但颇可考见其人的分量。

杜育（字方叔，？～311），襄城定陵（今河南叶县东）人，曹魏名将杜袭之孙。幼有神童之誉，长大后博学能文，长于清谈，“美风姿，有才藻，时人号曰‘杜圣’”（《世说新语·品藻》“刘令言始入洛”条注引《晋诸公赞》）。后为国子祭酒、散骑常侍、汝南太守、右将军，死于永嘉之乱。

邹捷，字太应，南阳新野（今河南新野）人。其父邹湛以才学著称于魏晋间，邹捷亦以文才著称，曾任散骑侍郎；赵王司马伦篡位的诏书，或认为出于他的手笔，幸遇赦免。后为东海王司马越参军，死于愍帝西迁的纷乱中。

崔基，清河（今山东临清）人。清河崔氏为源远流长的高门大族，人才辈出。崔基曾任太傅杨骏掾，一度被免为庶人，后起复为尚书右丞，与陆机关系比较密切。

刘瓌，沛国（今江苏沛县）人，名士，汉宗室后裔。

和郁，字仲舆，汝南西平（今河南西平）人，祖、父皆为魏晋高官，其兄和峤则为高官兼大名士，和郁背景很硬，本人又以清干著称，仕途很顺，被封为汝南亭侯，与贾氏集团关系密切，曾奉贾后之命持节诣东宫废愍怀太子；而赵王司马伦上台后仍然担任要职，执行过一些重要的使命。晋代士族高门出身的官僚一向以家族利益为重，基本不讲什么节操。

周恢，字弘武，汝南安成（今河南平舆南）人，晋初名将周浚的从兄弟，曾任散骑常侍，是与王衍（夷甫）、乐广（彦辅）、张华（茂先）、杜育（方叔）等并驾齐驱的名士。

牵秀（字成叔，？～306），安平观津（今河北武邑东南）人。《晋书》本传云，他早年得到张华的提携，八王之乱中投靠成都王司马颖，为冠军将军，与陆机等进军洛阳，败于河桥，反证成陆机之罪并奉命杀陆机。稍后亦死于战乱中。

陈眕，颍川许昌（今河南许昌东）人。颍川陈氏在汉魏时人才辈出，入晋后仍然宗风不坠。陈眕嗣父爵为广陵公，一直在上层活动，仕履复杂，后入东晋。

郭彰，字叔武，太原晋阳（今山西太原西南）人，为贾充夫人郭槐的从兄弟，也就是贾后（南风）的从舅。贾后专权时他参与中枢机密，权势很重，宾客盈门，时人并称贾谧、郭彰为“贾郭”。他年辈较高，在赵王伦发动政变前已经去世，否则当不得好死。《晋书》有传，附于《贾充传》后。

许猛，字子豹，河间高阳（今河北高阳东）人，曹魏高官、名士许允之子。许允与李丰、夏侯玄等友善，因反对司马氏被徙边，道死，其时司马昭派钟会前去观察他的两个儿子：许奇和许猛，“如才艺德能及父，当收”，许氏兄弟依据母亲阮氏的指教，应对恰当，躲过了这一劫。后史家评为“虽（钟）会之识鉴，而输贤妇之智也”（《三国志·魏书·诸夏侯曹传》注引《魏氏春秋》）。许猛“有治理才学”（前引书注引《世语》），出任幽州刺史，“礼乐儒雅，当时最优”（前引书注引傅畅《晋诸公赞》）。

刘讷，字令言，彭城（今江苏徐州）人，曾任司隶校尉。有人伦鉴识，善评人物，《世说新语·品藻》载：“刘令言始入洛，见诸名士而叹曰：‘王夷甫太鲜明，乐彦辅我所敬，张茂先我所不解，周弘武巧于用短，杜方叔拙于用长。’”臧否人物不稍假借，由此亦可见他本人的地位。

刘舆(字庆孙,265～311),中山魏昌(今河北无极东北)人,刘藩之子,与弟刘琨齐名,“京都为之语曰:‘洛中奕奕,庆孙越石。’”(《晋书》本传)刘舆在西晋后期的政局中颇为活跃,其弟刘琨任并州刺史,就是他向东海王司马越进言活动的结果。刘舆熟于军政事务,应机辩画,酬对如流,深得司马越的信任。稍后病故。

这些高官、名流虽然同文学没有太大的关系,但知其概况有助于人们了解当时的文学环境和知识界的氛围,得知西晋的文人基本上都出身于名门,门阀正在左右着社会生活并大大地影响了文学,这样我们就可以增进对于其时诸文学家的理解。

十六　左思

一

左思(252？～306?)，字太(一作“泰”)冲，齐国临淄(今属山东)人，出身于一个中低级官吏的家庭；他的妹妹左棻(一作“芬”，字兰芝，256？～300)是一位著名的才女，于泰始八年(272)被选入宫中，左思因此而迁居首都洛阳，司空、陇西王司马泰辟为祭酒，后来张华亦用他为祭酒，贾谧举为秘书郎。他一生中大部分时间都生活在首都洛阳。

左棻貌丑无宠，不过是刚刚建立不久的晋王朝用来表示重视文化的一个象征性点缀品，或者说是一个看上去很风光的牺牲品；左思并未因为这一层关系获得多少实际利益，倒是经历了许多兄妹分离不能见面的痛苦。

据《左棻墓志》，左思、左棻之父左熹，字彦雍，当过太原相、弋阳太守；而《晋书·左思传》却说其父名雍，“起小吏，以能擢殿中侍御史”。连最基本的史料都有歧异，其人的地位较低已可概见。这样比较微贱的出身在当时的文坛上是不多见的。《晋书》本传又说左思“貌寝口讷，辞藻壮丽，不好交游，唯以闲居为事”；他与皇室有那么一点微弱的裙带关系，又不大肯与别人交往，这就很容易被看成是“以椒房自矜”(《世说新语·文学》“左太冲作《三都赋》初成”条注引《左思别传》)的小人；而实际情况是他因出身不高，外貌又相当困难[1]，内心深处不免很有些自卑，于是特别勤奋地致力于文学创作，又曾幻想从军打仗建立功勋，以实现理想，改变处境。后一条没有实现，而他在诗、赋两大领域内真的取得了突出的成就，终于青史留名，其代表作分别是《咏

---

① 《世说新语·容止》：“潘岳妙有姿容，好神情，少时挟弹出洛阳道，妇人遇者，莫不连手共萦之。左太冲绝丑，亦复效岳游遨，于是群妪齐共乱唾之，委顿而返。”这大约是小说家言，未必即为信史，但左思外貌不佳乃是事实。

史》诗和《三都赋》。刘勰说“左思奇才，业深覃思，尽锐于《三都》，拔萃于《咏史》，无遗力矣”（《文心雕龙·才略》）。左思属于那种以作品少而精取胜的作家，与陆机、潘岳等多产作家大异其趣。

二

左思的《咏史》诗八首以及《招隐诗》二首曾被选入《文选》（卷二十一、二十二）。钟嵘《诗品》标举“风力”，其典范除建安诸家之外，重点提到的就是他，并简要地指出了“左思风力”对于陶渊明的影响。

跟后来的陶渊明一样，左思也以充满豪情壮志开始，但在那个门阀观念很强的时代，他是不可能有什么大的作为的，何况不久就内乱蜂起，死亡枕藉，他终于退避归隐，不复过问纷纭纠缠的政局，以保持自己人格的独立和心灵的自由。左思留下来的作品虽然不多，但他在五言诗中有力地表现了中古时代三个具有普泛意义的主题：呼唤建功立业，批评门第观念，抒写隐居之志；而又写得很有文采，于是就占据了文学史上一个相当显赫的位置，在曹植和陶渊明之间起到某种承上启下的作用。

明朝人张溥编《汉魏六朝百三名家集》，许多不太重要的小作家纷纷入围，而偏偏缺一个左思；对此《四库全书总目》已经提出批评，那还主要是从文献角度着眼的，从文学史的角度看，张氏此举尤其显得无识之至。

“左思风力”最突出的表现之一在于他继承了建安时代以曹植、刘桢为代表的激昂慷慨的诗风，强烈地呼唤国家的统一，迫切希望自己能在这一伟大的事业中建功立业；这种刚健向上的精神状态和强劲有力的诗风感动了后世无数读者。

西晋初年，晋、吴对峙的局面尚未改变，但洛阳士人进取之志已衰，许多人热衷于清谈玄理，经营庄园，追求奢华，享受生活，以所谓“身名俱泰”（《晋书·石崇传》）为最高人生理想，建安时代的英雄主义几乎褪尽了色彩。这时埋头苦干，在政治、军事方面积极筹划消灭东吴统一中国的只有一代名臣羊祜、王濬、杜预等少数几位；而在诗坛上与他们遥作慷慨之呼应者，则是没有什么知名度的青年诗人左思，这位小人物赋诗明志，表示将投笔从戎，在统一大业中建立奇功。《咏史》诗其一云：

弱冠弄柔翰，卓荦观群书。著论准《过秦》，作赋拟《子虚》。边城苦鸣镝，羽檄飞京都。虽非甲胄士，畴昔览穰苴。长啸激清风，志若无东吴。铅刀贵一割，梦想骋良图。左眄澄江湘，右盼定羌胡。功成不受爵，长揖归田庐。

《咏史》诗八首非一时之作，大部分难以准确地系年，而这第一首则大体可以推定作于咸宁五年(279)十一月晋武帝司马炎下诏伐吴以后不久①。值此历史发展到新的转折关头、几十年分裂的局面行将结束、中国将复归于统一之际，诗人热血沸腾，决心不计个人的名利，全心全意为国建功。这种高远的志向、昂扬的精神是十分可贵的。

本来，早在景元四年(263)魏军在司马昭领导下灭蜀以后，进而灭吴统一中国的历史任务已经提到日程上来了，但掌握军政实权的司马氏集团忙于消灭拥曹势力，图谋自立门户、改朝换代，此事便搁置起来；到咸熙二年(265)司马炎废曹奂自立为帝，北方政权的更迭已告完成，但此后又过了十五年才灭吴，此中有着诸多原因：东吴尚有相当实力且凭借长江天险，晋室尚须作出进一步的准备，固然是一个原因；而西晋上层统治者意见不一，许多人忙于攫取政治经济特权，缺少开拓进取精神恐怕乃是更重要的原因。

为了平吴，羊祜、王濬、杜预等务实主战派将领埋头苦干，在政治、军事、心理上做了大量的工作，但他们往往受到保守派官僚的牵制和猜忌，处境相当困难。咸宁二年(276)，坐镇荆州的羊祜上表请伐孙吴，略谓“夫期运虽天所授，而功业必因人而成，不一大举扫灭，则兵役无时得息也。蜀平之时，天下皆谓吴当并亡，自是以来，十有三年矣。夫谋之虽多，决之欲独。凡以险阻得全者，谓其势均力敌耳；若轻重不齐，强弱异势，虽有险阻，不可保也……今江淮之险不如剑阁，孙皓之暴过于刘禅，吴人之困甚于巴蜀，而大晋兵力盛于往时，不于此际平一四海，而更阻兵相守，使天下困于征戍，经历盛衰，不可长久也”，他认为平吴的时机已经完全成熟，有必胜的把握；但当朝诸公“议者多有不同，贾充、荀勖、冯纨尤以伐吴为不可”(《资治通鉴》卷八十《晋纪二》)，事情竟再一次搁置起来。咸宁四年(278)羊祜以病求入朝，向晋武帝面陈伐吴之计，不久病逝；杜预为镇南大将军，都督荆州诸军事。五年(279)，王濬、杜预先后上表请伐吴，武帝司马炎这才终于勉强下了决心，而贾充、荀勖等仍然持反对态度，前“竹林七贤”之一的山涛也赞成不求进取。所以后来的情形竟

---

① 详见程千帆《左太冲〈咏史诗〉三论》，《古诗考索》，上海古籍出版社 1984 年版，第 291～292 页。

然是，以反战派首领贾充为大都督，全面指挥平吴之役；而平吴得手后，真正的功臣并没有得到足够的褒奖，朝廷上仍然是腐败官僚贾充等人专横跋扈。西晋朝廷的上上下下，除了少数人以外，毫无英雄气概和进取精神。在这种黯淡的底色之前，左思大声疾呼地抒发自己的远志壮怀，其积极意义显然是不言而喻的。

左思特别声明“功成不受爵”，表现了很高的风格和见识，也流露出中国士人的洁癖。国家利益高于一切，个人只要实现自己的人生价值就行，功名富贵都如浮云。这是中国士人的一个重要传统，影响极其深远①。《咏史》其三（“吾希段干木”）进一步发挥这一层意思，亦复相当动人。

西晋上层官僚对统一战争的麻木态度乃是明显的历史倒退。建安以来，统一全国一直是国人特别是优秀政治家的崇高理想，诸葛亮所在的蜀汉力量最弱，但他亦复高唱“兴复汉室，还于旧都”（《出师表》），并多次率师北伐；力量最强的曹魏更念念不忘以武力统一全国，曹操晚年的东征西讨都是为统一中国作准备，其战略方针是先取西蜀，再灭东吴，后来北方的几代领导人都是按这一方针来办的。

统一中国也是文学家们反复歌唱的一大主题，曹植尤为突出。黄初年间他以戴罪之身作《责躬诗》，仍表示“愿蒙矢石，建旗东岳，庶定毫厘，微功自赎。危躯受命，知足免戾，甘赴江湘，奋戈吴越”；到明帝执政时，他的处境仍然十分窘困，却上《求自试表》称“……西尚有违命之蜀，东有不臣之吴，使边境未得税甲，谋士未得高枕者，诚欲混同宇内，以致太和也”，他热烈地表示愿意率师出征，“必效须臾之捷，以灭终身之愧，使名挂史笔，事列朝策，虽身分蜀境，首悬吴阙，犹生之年也。如微才弗试，没世无闻，徒荣其躯而丰其体，生无益于事，死无损于数，虚荷上位而忝重禄，禽息鸟视，终于白首，此徒圈牢之养物，非臣之所志也”。这种爱国热情和高风亮节，正是“建安风骨”的一个重要方面。到正始时期，北方统治阶层内部的绞斗把作家们的注意力和几乎全部情感都吸引过去了，玄学的勃兴也使得士人更多地关心个人的心灵自由而较少重视时代的使命，文学“向内转”，建安风骨衰微了。到左思才再一次大声歌唱统一中国的主题，刚健豪放的诗风为之复兴，重大题材再度引人注目，这是一个很大的贡献。

---

① 古代文学中表达这一主题的作品指不胜屈；有这种想法的人更多，直到清末，以章太炎等人为首的光复会，仍然保持这一传统，其宗旨中即有“以身许国，功成身退”这样一条。

就个人身份而言，左思根本不能与曹植相提并论。曹植一度是曹操看好的接班人，后来虽然被赶出中枢，并且颇遭魏文帝曹丕、魏明帝曹叡父子的忌恨和迫害，但他总算位为侯王，国事亦是家事，他对国家大事理所当然地保留着一份发言权。在中古时代，忧国忧民得有相当的身份才行；"位卑未敢忘忧国"（陆游）、"天下兴亡，匹夫有责"（顾炎武）一类提法要到很晚的时候才会出现。左思乃是从山东一隅跑到首都来的小人物，家世既不显赫，本人亦默默无闻，他虽然因为其妹妹的关系可算是一个边缘性的皇亲国戚，但按当时的规矩，国家大事他是无权过问的，在统一战争中建功立业更是没有他的份。然而他毅然以天下为己任，诗作中充满了高昂的豪情，非常难能可贵。曹植所表现的"建安风骨"总不免有些贵族气，"左思风力"则比较平民化，因此能具有更强烈而广泛的艺术感染力。

《咏史》其一的客观价值如此；如果就他的主观而言，则正如程千帆先生所说："太冲家世本属微寒。魏晋以降，门阀制度已渐形成，太冲设欲自致隆高，以其资地，实非易事。值厥妹入宫，先拜修仪，后为贵嫔（见《晋书·后妃传》），始骤以寒门跻于外戚。本意功名，因求闻达，及乎蹭蹬经年，终无厚望，遂寄情柔翰，以抒愤思。"①这是非常深刻的观察。作家本人的生存状态受到当时环境的种种限制，他的作品却可以超越这种限制而具有普遍的意义。左思本人虽然不能超越封建时代知识分子关于功名前程的世俗思考；而"左思风力"所包含的精神状态乃是要求建功立业的壮志豪情和对于门阀观念的抗争，这两者在当时都有明显的积极意义，而且具有超越时代的普泛价值。

晋武帝司马炎是一个色情狂，被他罗致到后宫来的女人甚多；左棻以才名入宫，不过聊备一格，其貌不扬，绝不能得宠。所以左思不可能依靠她改善自己的处境，但他开始时似未能清醒地认识到这一点。当左棻入宫之初，左思作《悼离赠妹》（其一）诗中有"光曜邦族，名驰时路""伊我之暗，晞妹之曜"等句，明显有些不切实际的幻想，他指望在平吴之役中一展其才华以建功勋与此似不无关系；而事实上他根本无缘参加此役，连率先攻入东吴首都建业的大将王濬尚且遭到严重的诬陷，原先的反战派仍然占据要津，哪里会有书生左思骋良图建功勋的机会呢。

左思建功立业的雄心壮志在冰冷的现实面前撞得粉碎，于是他来了一个急转弯，大写其悲愤之情，《咏史》的后几首都以此为基调。例如其五即表明

① 程千帆《左太冲〈咏史诗〉三论》，《古诗考索》，第288～289页。

自己要离开首都，高蹈归隐：

皓天舒白日，灵景耀神州。列宅紫宫里，飞宇若云浮。峨峨高门内，蔼蔼皆王侯。自非攀龙客，何为欻来游？被褐出阊阖，高步追许由。振衣千仞冈，濯足万里流。

诗中充满了英雄失路的悲愤不平之气，结尾两句尤为精彩，“振衣”“濯足”尽管都可能暗用了典故①，其实本来都是很普通的事情，而放在高山大河的背景下来进行，气势马上不同。左思虽已志在隐遁，而仍具卓荦豪迈之气。但总体来看，这种心态的巨变带有很浓的书生气，从心理学的角度看，则是遭到挫折以后的文饰机制在起作用：不少人在遭到挫折以后自我安慰地对受挫的原因作出某种貌似合理的解释，以求得心理上的平衡，这时虚张声势一向是常用的手法之一。左思本欲借重妹妹的关系趋时立功，自致隆高，曾几何时，他却要“高步追许由”了。平吴之役胜利以后，左思固然不可能无功受禄，但也没有受到任何打击，估计此时他感受到了某种舆论的压力。《世说新语·文学》“左太冲作《三都赋》初成”条注引《左思别传》云：“思为人无吏干而有文才，又颇以椒房自矜，故齐人不重也。”“颇以椒房自矜”大约是时人对他的观感，认为他过于依赖裙带关系，所以左思要特别声明“自非攀龙客”，这无非是带有虚骄之气的猛烈还击。而所谓“高步追许由”也不过只是一时的愤激之词，事实上他并没有实行归隐。

在一度文饰之后，左思的心理状态似乎多受升华机制的控制，力图以其他方面的成就来治疗心理上的创痛，缓解心理不适。当左思确知“铅刀贵一割”纯属梦想之后，大力转入辞赋创作，集中精力写出了他的主打作品《三都赋》，并努力宣传，产生了巨大的影响。此外又写了一批五言诗，其中包括猛烈抨击门阀观念的几首名作。

左思对豪门世族有一种近乎本能的反感，颇有以布衣寒士自傲的意思。《咏史》其二写道：

郁郁涧底松，离离山上苗。以彼径寸茎，荫此百尺条。世胄蹑高位，英俊沉下僚。地势使之然，由来非一朝。金张籍旧业，七叶珥汉貂。冯公岂不伟，白首不见招。

---

① “振衣”用《楚辞·渔父》“新沐者必振衣，新浴者必弹冠。安能以身之察察，受物之汶汶者乎”；“濯足”用《沧浪歌》。

诗末提到汉代的旧事，托以自鸣其不平。按，晋初虽然也曾下诏说要广罗人才，用人不问门第，而在实际操作中乃多取权贵后代入仕要津，寒门子弟要谋出路困难重重。文坛上也充满了高官的后代。造成严重社会不公的门阀制度起于西晋，到东晋发展到高峰。西晋初年已有有识之士对此提出质疑，表示忧虑，提出规谏；左思则用简明有力的诗的语言对封建主义血统论提出严峻的批判，比当时某些大臣在奏议中对用人政策提出的批评更为醒目，具有很高的思想价值，并且超出西晋一代而有普遍的意义。一般来说，中国封建时代过于看重一个人的出身，所谓“君子之泽”往往能庇荫其子孙数代，结果使得人才不能公平竞争，人尽其才也就成了一句空话。左思这首诗至今读去尚觉勃勃有生气。

《咏史》其六咏荆轲、高渐离事，结末道：“虽无壮士节，与世亦殊伦。高眄邈四海，豪右何足陈！贵者虽自贵，视之若埃尘。贱者虽自贱，重之若千钧。”目光远大，气象高远。陈祚明说“太冲一代伟人，胸次浩落，洒然流咏”（《采菽堂古诗选》卷十一），就这些诗看来他确实能当之无愧。

文未必全如其人，作品往往比它的作者更优秀更伟大，左思在某种程度上可以说也是如此，只不过人们因其是“奇才”便置之不论而已。

左思入洛以后一直没有什么官职，其妹左棻并不得宠，帮不了他什么忙。到永熙元年(290)左思才被司空、陇西王司马泰辟为祭酒；元康五年(295)张华为司空，左思继续在这里当祭酒，同时跻身于贾谧的“二十四友”之列，有借助贾氏之力自致隆达之意。惠帝是个白痴，贾后（南风）专政，其内侄贾谧权倾一时；于是“开阁延宾，海内辐凑”，形成所谓“二十四友”集团，其中石崇、潘岳谄事贾谧最为著名，左思既然在其中，恐怕也不免于攀附，只是不那么典型突出罢了。近人有因为爱护左思而否认他在“二十四友”之列者，一片好心，而全无根据。史称左思为贾谧讲《汉书》，地位自然并不重要。贾谧的身份是外戚，左思在感情上容易与他接近。又贾氏为了对付司马氏诸王，颇注意争取寒门的支持，“贾谧与（贾）后共谋，以（张）华庶族，儒雅有筹略，进无逼上之嫌，退为众望所依，欲倚以朝纲，访以政事……华遂尽忠匡辅，弥缝补阙，虽当暗主虐后之朝，而海内晏然，华之功也”（《晋书·张华传》）。左思与张华交往密切，他的《三都赋》引起很大的轰动，靠的正是张华的拂拭指引；他通过张华的关系进入当时权力核心的外围，是可以理解的事情。

但是贾后专权也只有十年，永康元年(300)四月，赵王伦发动政变，废贾后，杀贾谧，第二年又废去晋惠帝自立。赵王伦起兵得手后，杀张华、裴頠、解系、解结等当朝政要，又杀掉紧紧追随贾谧的潘岳、石崇、欧阳建等人；左思因为地位次要，只是丢了官职，没有受到更大的打击。他此后“归乡里，专思著述”（《世说新语·文学》“左太冲作《三都赋》初成”条注引《思别传》），实为“退居宜春里，专意坟典”（《晋书》本传），可知他仍在洛阳（或许他曾一度回临淄，而后来仍居洛阳），过隐士式的生活。这时其妹左棻已先死①，左思彻底失去了依靠。

此后，左思诗歌创作中的热点一变而为隐居以求其志。左思早年本有“功成不受爵，长揖归田庐”的意思，现在政局的大动荡给了他很深的刺激，进取之志彻底破灭，于是他真心实意地神往于归隐。在八王之乱中，左思明智地放弃了东山再起的机会，“齐王冏请为记室参军，不起，时为《三都赋》未成也”（《世说新语·文学》“左太冲作《三都赋》初成”条注引《思别传》）。按，永宁元年（301）正月赵王司马伦称帝，三月齐王司马冏自许昌起兵讨之，并传檄天下，很快得到响应，赵王伦败亡，齐王冏于六月帅众入洛阳执政，他请左思出山当是这时的事情。《三都赋》未就大约是一个借口；《晋书》本传说“齐王冏命为记室督，辞疾不就”，说生病也是一个借口，根本原因当在于上层的绞斗和昔日友人（如前“二十四友”中若干人）的惨死给了他很深的刺激，宦海风波令他心有余悸，对从政彻底失去了兴趣，下决心过清贫而平静的隐士生活。这一层意思见于《咏史》其八：

> 习习笼中鸟，举翮触四隅。落落穷巷士，抱影守空庐。出门无通路，枳棘塞中途。计策弃不收，块若枯池鱼。外望无寸禄，内顾无斗储。亲戚还相蔑，朋友日夜疏。苏秦北游说，李斯西上书。俯仰生荣华，咄嗟复凋枯。饮河期满腹，贵足不愿余。巢林栖一枝，可为达士模。

苏秦、李斯之风光一时其实正是眼前贾谧、张华、石崇、潘岳等人的写照。残酷的政局纷争使左思心灰意冷，决意退居林下，经营自己的庄园。诗在最后四句令人想起张华的《鹪鹩赋》，以自足为贵，不必求多，道理并不难明白，真要做到却很难。

《杂诗》最能表现左思此时的心情：

> 秋风何冽冽，白露为朝霜。柔条旦夕劲，绿叶日夜黄。明月出云崖，皦皦流素光。披轩临前庭，嗷嗷晨雁翔。高志局四海，块然守空堂。壮

① 据《左棻墓志》，左棻死于永康元年（300）二月十八日，四月二十五日下葬。

齿不恒居，岁暮常慨慷。

此诗《文选》李善注云："于时贾充征为记室，不就，因感人年老，故作此诗。"此说颇误，左思年老时贾充早死，不可能有"贾充征为记室不就"的事情发生，征他的是齐王司马冏。据胡克家《文选考异》，这一段话并非出于李善之手；但总之反正是错的。贾氏集团和赵王伦两个权力中心迅速更迭并迅速发生新的变化，许多人头落地，左思目睹了这些可怕的场面，早年的英雄主义迅速冷却，彻底放弃了"高志"。漫漫秋夜，耿耿难眠，诗人慷慨叹息，沉痛地认识到只有隐遁于"空堂"才是自己的归宿。

左思本欲济世，而终归于避世，这种变化他曾在《招隐》诗中有过一个形象的概括，该诗其一从"杖策招隐士，荒途横古今"开始，归结为"踌躇足力烦，聊欲投吾簪"，他不但没有能把隐士招出来，反而自己也觉得应当归隐了。诗的主题与汉初淮南小山之《招隐士》大异其趣，恰成对照。

既已归隐，就要在隐居生活中寻找乐趣，以填补"高志"失落后顿觉空洞的心灵。左思《招隐》诗其二写道：

> 经始东山庐，果下自成榛。前有寒泉井，聊可莹心神。峭蒨青葱间，竹柏得其真。弱叶栖霜雪，飞荣流余津。爵服无常玩，好恶有屈伸。结绶生缠牵，弹冠去埃尘。惠连非吾屈，首阳非吾仁。相与观所尚，逍遥撰良辰。

诗的前半写他本人隐居的环境，这里既非岩穴，也非空堂，而是一处略具规模的庄园；后半则全写心理活动，诗人痛感命运无常，仕途艰危，于是进而认识到"如柳下惠与少连，降志辱身，吾亦不以为屈；夷、齐不事周，居于首阳山，吾亦不以为仁"（《文选》吕向注），从此左思倾心于庄子的逍遥，追求一己的心灵自由去了。

左思的这一套思路深刻地代表了中古时代一大批比较清醒的士人的心路历程，其中最著名的一个后起之秀就是陶渊明。渊明早年想"大济于苍生"（《感士不遇赋》），也曾几番出仕，与那个时代的风云人物桓玄、刘裕都发生过不算很远的关系；但他后来认识到命运的无常，果断地急流勇退，他的归隐也并非隐于岩穴，而是回到田园，目的是寻求个人的自由。"衣沾不足惜，但使愿无违"（《归田园居》），躲进田园就可以过自己平安潇洒的日子而无须与世隔绝。钟嵘《诗品》称陶令继承了"左思风力"，语颇中肯，事实上他们的生活道路是相当接近的。当然其间也有一个很大的不同，陶渊明的大量创作特别是他的代表作都写于归隐之后；左思则相反，作品大抵是归隐之前以及归隐之初写的，此后便少有创作了。

左思作品中有一首颇为后代读者称道的《娇女诗》，诗中把自己的两个女儿惠芳和纨素写得非常可爱，大女儿“轻妆喜楼边，临镜忘纺绩……从容好赵舞，延袖像飞翮”；小女儿“明朝弄妆台，黛眉类扫迹。浓朱衍丹唇，黄吻澜漫赤”。诗中又写她们如何顽皮，把果子生摘下来，在雪地里嬉戏，衣服弄得很脏，难以洗干净……最后说：“任其孺子意，羞受长者责。瞥闻当与杖，掩泪俱向壁。”诗人的慈爱与小儿女的天真都写得鲜明如画，是古代诗歌中较早的儿童题材佳作。后来陶渊明、杜甫、李商隐等人写小儿女的诗，无不从这里得到启发和营养。

左思归隐后的情况现在所可知者甚少，《晋书》本传只是说“及张方纵暴都邑，举家迁冀州。数岁，以疾终”。张方是河间王司马颙的部将，于太安元年(302)奉命攻洛阳以颠覆齐王冏的专政，太安二年(303)再攻洛阳，“入京城，大掠，死者万计”，永兴元年(304)初，“掠洛中官私奴婢万余人而西”(《资治通鉴》卷八十五《晋纪七》)。到当年八月，张方再度入洛，将惠帝掳走。“方在洛既久，兵士暴掠”(《晋书·张方传》)，“魏晋以来之积，扫地无遗矣”(《晋书·惠帝纪》)。左思之逃出洛阳，当在太安、永兴间，他在“东山庐”过隐逸生活估计只有一两年。此后他想过安定的隐逸生活亦不可得了。如果西晋的政局不是那样反复震荡，左思又能活得长久些，也许不会让陶渊明在晋代诗坛上有鹤立鸡群之势吧。

这样看来，左思诗作中构成“风力”的三个主要成分：追求建功立业之志、不满门阀观念之意和不得已而退避并安于个人心灵自由小天地的隐居模式，都与左思特殊的家世以及个人经历有密切的关系。左思是一个相当复杂的诗人，但他的作品却显得相当单纯而有力度，而且上述三大主题都具有普泛的意义，很容易引起不同时代的读者的共鸣。作品一旦产生，就可能脱离其背景而独立，并产生影响。伟大的作品总是比它的作者更伟大。一味强调“文如其人”，许多事情就说不清楚了。

三

关于左思的名作《三都赋》(《文选》卷四～六)及其序言、注释，载籍中有过若干不尽一致的记载，矛盾纠缠，莫衷一是；今人的论著中或存疑，或论辩，至今难有定论。

这种记载共有十则，现暂予编号罗列于下，以便加以讨论：

一、思字太冲，齐国临淄人。父雍起于笔札，多所掌练，为殿中(侍)御史。思蚤丧母，雍怜之，不甚教其书学。及长，博览名文，遍阅百家。司空张华辟为祭酒，贾谧举为秘书郎。谧诛，归乡里，专思著述。齐王冏请为记室参军，不起。时为《三都赋》未成也。后数年疾终。其《三都赋》改定，至终乃上。初，作《蜀都赋》云："金马电发于高冈，碧鸡振翼而云披。鬼弹飞丸以礌礉，火井腾光以赫曦。"今无"鬼弹"，故其赋往往不同。思为人无吏干而有文才，又颇以椒房自矜，故齐人不重也。(《世说新语·文学》"左太冲作《三都赋》初成"条注引《思别传》)

二、思造张载，问岷、蜀事，交接亦疏。皇甫谧西州高士，挚仲治宿儒知名，非思伦匹。刘渊林、卫伯舆并蚤终，皆不为思《赋》序注也。凡诸注解，皆思自为，欲重其文，故假时人名姓也。(同上书注引《思别传》)

三、(卫)楷子权，字伯舆。晋大司马汝南王亮辅政，以权为尚书郎……作左思《吴都赋》叙及注，叙粗有文辞，至于为注，了无所发明，直为尘秽纸墨，不合传写也。(《三国志·魏书·卫臻传》裴松之注)

四、左太冲作《三都赋》初成，时人互有讥訾，思意不惬。后示张公，张曰："此《二京》可三，然君文未重于世，宜以经高名之士。"思乃询求于皇甫谧，谧见之嗟叹，遂为作叙。于是先相非贰者，莫不敛袵赞述焉。(《世说新语·文学》)

五、陆机入洛，欲为此赋。闻思作之，抚掌而笑，与弟云书曰："此间有伧父，欲作《三都赋》。须其成，当以覆酒瓮耳。"及思赋出，机绝叹伏，以为不能加也。(《太平御览》卷五八七引《世说》)

六、左思字太冲，齐国人。少博览文史，欲作《三都赋》，乃诣著作郎张载，访岷、邛之事。遂构思十稔，门庭藩溷，皆著纸笔，遇得一句即疏之。征为秘书。赋成，张华见而咨嗟，都邑豪贵，竞相传写。三都者，刘备都益州，号蜀；孙权都建业，号吴；曹操都邺，号魏。思作赋时，吴蜀已平，见前贤文之是非，故作斯赋，以辨众惑。(《文选》卷四《三都赋·序》李善注引臧荣绪《晋书》)

七、《三都赋》成，张载为注魏都，刘逵为注吴蜀。自是之后，渐行于代。（《文选集注》卷八《三都赋·蜀都赋》李善注引臧荣绪《晋书》）

八、左太冲为《三都赋》，自以所见不博，求为秘书郎中。（《唐六典》卷十引《晋书》①）

九、左思少好经术，尝习钟、胡书，不成，学琴，又不成。貌丑口讷，甚有大才，博览诸经，遍通子史。于时天下三分，各相夸竞。当思之时，吴国为晋所平，思乃赋此三都，以极眩曜。其蜀事访于张载，吴事访于陆机，后乃成之。（《文选集注》卷八《三都赋·序》公孙罗《文选钞》引王隐《晋书》）

十、左思字太冲……貌寝口讷，而辞藻壮丽。不好交游，惟以闲居为事。造《齐都赋》，一年乃成。复欲赋三都，会妹芬入宫，移家京师，乃诣著作郎张载，访岷、邛之事。遂构思十年，门庭藩溷，皆著笔纸，遇得一句，便即疏之。自以所见不博，求为秘书郎。及赋成，时人未之重。思自以其作，不谢班、张，恐以人废言，安定皇甫谧有高誉，思造而示之。谧称善，为其赋序。张载为注《魏都》。刘逵注《吴》《蜀》，而序之曰："观中古以来，为赋者多矣。相如《子虚》，擅名于前，班固《两都》，理胜其辞，张衡《二京》，文过其意。至若此赋，拟议数家，傅辞会义，抑多精致，非夫研核者不能练其旨，非夫博物者不能统其异。世咸贵远而贱近，莫肯用心于明物，斯文吾有异焉，故聊以余思，为其引诂，亦犹胡广之于《官箴》，蔡雍之于《典引》也。"陈留卫瓘（按，当依资料二作"权"）又为思赋作略解，序曰："余观《三都》之赋，言不苟华，必经典要，品物殊类，禀之图籍。辞意瑰玮，良可贵也。有晋征士故太子中庶子安定皇甫谧，西州之逸士，耽籍乐道，高尚其事，览斯文而慷慨，为之都序；中书著作郎安平张载、中书郎济南刘逵，并以经学洽博，才章美茂，咸皆悦玩，为之训诂，其山川土域、草木鸟兽、奇怪珍异，佥皆研精所由，纷散其义矣。余嘉其文，不能默已，聊借二子之遗忘，又为之略解。只增烦重，览者阙焉。"自是之后，盛重于

① 此《晋书》未明言是何种晋书，余嘉锡先生谓"盖臧荣绪书"，见《世说新语笺疏》，中华书局1983年版，第248页。按，《初学记》卷十二引王隐《晋书》云："左思专思《三都赋》，杜绝人流之事。自以所见不博，求为秘书郎。"则亦可能是王隐《晋书》。又按，秘书郎中一职亦可省称为秘书郎，《通典》卷二十六秘书监条下云："晋秘书郎掌中外三阁经书，校阅脱误……亦谓之郎中。"

时。文多不载。司空张华见而叹曰:“班、张之流也,使读之者,尽而有余,久而更新。”于是豪贵之家,竞相传写,洛阳为之纸贵。初,陆机入洛,欲为此赋,闻思作之,抚掌而笑,与弟云书曰:“此间有伧父,欲作《三都赋》。须其成,当以覆酒瓮耳。”及思赋出,机绝叹伏,以为不能加也,遂辍笔焉。(《晋书·左思传》)

这里说得最详细的当然是资料之十的唐修《晋书》的本传,而其来源则是过去的种种史料——特别是出于臧荣绪之手者——其中肯定有些我们今天看不到的材料;而最不同的声音则来自《左思别传》,这份传的写作时间大约相当早,却对左思比较不利,王士祯以为“定出怨谤之口”(《古于夫亭杂录》卷三),虽然并没有什么直接的旁证材料能够证明这一点,但颇合于情理。游国恩先生说:“太冲才秀人微,见轻当世,覆瓮之讥,谅不能免。借重名流,事或有之,然托名自撰,至于再三,何其不惮烦欤?岂诸史家及选楼中人举为所欺而不疑之乎?《别传》之言,殆不可信。”①通过对资料的清理辨析,也可以得出与此相同的认识。

这些材料给人最深的一个印象是,左思为写他的《三都赋》投入了大量的精力和时间,这一组三篇大赋决不是在短时间内写成并立刻公之于众的;从《三都赋》的文本看去,其中有一个比较明显而不大引起注意的败笔,这就是余嘉锡先生曾经深刻指出过的:

左思规仿班(固)、张(衡),而赋三都,其《蜀都赋》曰:“有西蜀公子,言于东吴王孙。”《吴都赋》曰:“东吴王孙辴然而咍”,是特吴蜀之人相与问答,魏不与焉。辨论既竟,文义已足。疑其所赋,两都而已。乃忽继以《魏都赋》曰:“魏国先生有睟其容乃吁衡而诰曰”,不知此人适从何来,遽集于此。且先生既备聆蜀吴之语,则固已促膝共处,何以仅主宾对坐,旁若无人耶?盖其作《蜀都赋》时,只知攀孟坚西都宾问于东都主人之语,而不知彼两都此三都也。②

这种情形只能有一个合理的解释,那就是开始的时候左思大约是想写一个新的两都赋;后来形势变化,西晋平吴,于是要增加全国统一这一重大内

① 《居学偶记·左思三都赋序注》,《游国恩学术论文集》,中华书局 1989 年版,第 567 页。

② 《读已见书斋随笔·左思三都赋》,《余嘉锡文史论集》,第 622 页。

容，非加一个《魏都赋》不可了。《三都赋》初稿的写作历时已经很长，后来又用更长的时间来修订，即使在已经“洛阳纸贵”以后仍然继续修改，“至终乃止”。因此我们在考虑《三都赋》及其序言、注释的种种问题时，一定要在长时段中考辨其事，其间最重要的是下列三个时间点：一是开始从事，二是基本写成初稿，三是基本完成定稿并引起强烈的社会反应。一与二，二与三之间都颇历年所。其中基本写成初稿的时间尤为吃紧，因为序和注均当作于此后，而其真伪与这一时间的敲定关系甚大，许多分歧的意见也正是因此而起。基本完成定稿以后左思又继续有所修改，其终止则与左思生命的结束同步。为了这篇《三都赋》，左思真是呕心沥血，死而后已。

为了进行较为彻底的清理，以下拟按照资料中所涉及之诸人、诸事的时间先后，逐一予以叙述和讨论：

泰始八年(272)

据《晋书》卷三十一《左贵嫔传》，她本年入宫，稍后拜修仪，一般认为左思移家京师也就在本年。据资料十，在这以前左思已经打算写《三都赋》，到洛阳后即着手做准备工作，例如访问张载等等，所以不妨即以本年或其前一年即泰始七年(271)为《三都赋》创作之始。

太康元年(280)

西晋灭吴。从左思移家京师到本年将近十年，考虑到资料十所说的“构思十年”“赋成”的记载，可以认为《三都赋》之初稿写成于本年。

《三都赋》的全文大约在平吴之际写毕全稿，其中《吴》《蜀》二篇动手比较早，写得比较充分，而《魏都赋》则是匆匆写成的。钱锺书先生说：“窃谓《三都》承《两都》《二京》之制，而文字已较轻清，非同汉人之板重，即堆垛处亦如以发酵面粉作实心馒头矣。三篇中《吴》《蜀》二篇为胜”①；《魏》不及《吴》《蜀》二篇充实细致者，大约与写得比较匆忙有关；但是就主题思想而言，《魏都赋》却显得特别重要。

总之，《三都赋》从泰始七年(271)开始构思，到太康元年(280)平吴之际全稿写成，真所谓十年磨成一剑。

太康二年(281)

去年西晋平吴，明年，为《三都赋》作序的皇甫谧卒，又，从泰始八年到本

---

①　《管锥编》第3册，第1154页。

年恰为十年，所以刘汝霖系《三都赋》于本年①，近人亦有认为订《三都赋》作于本年为较接近于事实者。所谓“构思十年”本不过举其成数，所以也可以含糊一点说《三都赋》写成于太康初年。

太康三年(282)

皇甫谧卒，时年六十八(《晋书》本传)，他为《三都赋》作序不得晚于本年。

皇甫谧《三都赋·序》(《文选》卷四十五)主要有两方面的内容：一是讲此赋在文体上的贡献和意义，同时也就对赋体的规范和历史变迁作了一些概述，具有某种单体文学史的意义；二是阐述此赋主题的重大意义，充分肯定它的价值。皇甫谧写道：

> 曩者汉室内溃，四海圮裂，孙、刘二氏，割有交益，魏武拨乱，拥据函夏。故作者先为吴、蜀二客，盛称其本土险阻瑰奇，可以偏王，而却为魏主述其都畿，弘敞丰丽，奄有诸华之意。言吴蜀以擒灭比亡国，而魏以交禅比唐虞。既已著顺逆，且以为鉴戒。盖蜀包梁岷之资，吴割荆南之富，魏跨中区之衍，考分次之多少，计殖物之众寡，比风俗之清浊，课士人之优劣，亦不可同年而语矣。二国之士，各沐浴所闻，家自以为我土乐，人各以为我民良，皆非通方之论也。作者又因客主之辞，正之以魏都，折之以王道。

皇甫谧引导读者须特别注意此赋与当代政治、文化大背景的深刻联系，大大有助于人们认识左思的深刻用意。左思看出了蜀汉虽然早已被曹魏兼并，但在文化心理上尚未完全与中枢认同，《蜀都赋》中西蜀公子夸称蜀中物产之美和形势之险，最后说：“公孙跃马而称帝，刘宗下辇而自王，由此言之，天下孰尚。故虽兼天下之富有，犹未若兹都之无量也。”西蜀方面很有些夜郎自大，地方割据的思想仍然存在；《吴都赋》中东吴王孙除盛称吴地的山川物产之外，还特别强调这里民风之强悍、武备之精良以及世族力量之盛大，其最后一点极可注意：“其居则高门鼎贵，魁岸豪杰。虞魏之昆，顾陆之裔。岐嶷继体，老成弈世。跃马叠迹，朱轮累辙。陈兵而归，兰锜内设。冠盖云荫，闾阎阗噎。”这里包含着深刻丰富的历史内容，事实上东吴政权所依靠的正是江南的世族，他们在政治、经济、军事、文化上都有相当强的实力，即使在吴国灭亡之后，他们的实力依然存在，并且在今后的历史发展中继续扮演重要的角

① 《汉晋学术编年》下册，第123页。

色。左思对此有着清醒的认识。

因此左思认为，统一全国固然要用武力，而更重要的尤在用中原的思想文化统一全国。《魏都赋》中的魏国先生固然也大讲中原的富饶强大和雄阔的气魄，而更为强调的却是中原在文化上的优势，他说：

正位居体者，以中夏为喉，不以边垂为襟也。长世字甿者，以道德为藩，不以袭险为屏也……剑阁虽嶛，凭之者蹶，非所以深根固蒂也；洞庭虽浚，负之者北，非所以爱人治国也。

道德文化的中心在中原，这是吴、蜀绝对没有的优势。赋中铺叙魏都的宫殿建筑，并不强调其华美，而一味渲染其合度。赋中专门有一节讲汉禅于魏，其言外之意无非是说明晋承法统，是唯一合法的政权，由晋来统一中国，乃是理所当然的事情。

西晋灭吴，统一中国，是历史上的一件大事，当时出现了一批歌颂这一伟大历史事件的文学作品，比较起来，自当以左思这一篇最为杰出。试举张载的《平吴颂》(《文馆词林》卷三四八)来作一对照，张载在序中写道：

吴为长蛇，僭虐历代，跋扈扬越，不供贡职。既凭京山洞庭之险，又限三江五湖之难，自近代之所常患，前叶未遑而服焉。远(逮?)至我皇，仁育品物，威仪穆惠，愍边萌之荼毒，怨六合之未泰，乃潜谋独断，指授成规。运筹樽俎之间，而决胜千里之外。计不下堂，而席卷长江之表。命将于季冬，收功于仲春。八旬之间，而吴会谧如也。昔鬼方小夷，四国馑寇，高宗周公，三年乃克。孟津之会，戎车累驾。采薇之役，载离寒暑。矧今泛舟溯流，而荆门不守；浮军污汉，而夏口自开。衡阳瓦解于西，秣陵土崩于东。兵不污刃，而逋据稽颡；师不逾时，而蛮越来同。斯岂非玄圣之上略，神武之高智也哉……

张载撰写此颂的目的全在歌颂"我皇"即晋武帝司马炎的"上略"和"高智"，该颂的正文贯彻了这一意图，有"我皇怨中夏之既戢，忿江表之跋扈，制庙胜于帷幄，发神策于独睹。违众臣之常议，任圣聪而不顾。乃雷奋而电激，遂有事于金武"等句。分裂已久的中国在西晋初年复归于统一，确实是值得热烈歌颂的。不过武帝对于平吴之役曾经颇为迟疑，指挥也不见得得力，这样来歌颂他不免就有些过分了。

张载的《平吴颂》调门虽高，却没有引起太大影响。其时挚虞作《太康颂》

(载《晋书》本传),也没有引起人们太大的兴趣。左思的《三都赋》不去描写平吴的具体过程,恐怕正是考虑到那样将牵涉到许多敏感的问题,难以措辞,他避开具体的战局,用传统的京都大赋手法写三方面的种种情况,歌颂统一这件事的本身,并且特别着力强调必须用中原的文化统一全国。结果《三都赋》得到热烈的反响,洛阳为之纸贵。前引资料六臧荣绪《晋书》说,左思"见前贤文之是非,故作斯赋,以辨众惑"。所谓"前贤文"应是当时关于平吴的其他作品,张载是他的熟人,其《平吴颂》更是一定会看到的;挚虞与他也相当熟悉,所上之颂,左思自当看到;但左思在写作中采取自己的方针,他显然有独立而深入的思考。将《三都赋》与《平吴颂》《太康颂》等纯属御用性质的文章作比较的研究,水平的高下就很容易看得清楚了。

皇甫谧《三都赋·序》的水平之高也可以由此得到说明;但此序或以为伪,按资料之五和十说陆机入洛后左思正在作或"欲作"《三都赋》,资料之九说左思"吴事访于陆机,后乃成之",甚至直到齐王冏请他当记室参军之时,《三都赋》尚未完成,如果用文章一次完成的普通眼光来看,皇甫谧为《三都赋》作《叙(与"序"字通)》一事,就有点可疑,甚至可指为假托。又有人将皇甫谧之卒年推迟多年,以维持其《序》之真。其实这些都是不明《三都赋》创作的实际而算死账,徒然引起纷扰。

太康五年(284)

夏四月,陆机、陆云的从父陆喜卒于洛阳(《陆云集·晋故散骑常侍陆府君诔》,参见《晋书·陆喜传》),陆机因此曾到洛阳,时年二十四岁。资料五所说的陆机入洛闻左思作《三都赋》则拊掌而笑并致信陆云一事,或在此时。

太康六年(285)

陆侃如先生将张载至蜀省父订于本年。按,多份资料(二、六、九、十)都说左思为写《三都赋》曾经向去过蜀中的张载咨询有关情况,此事当然在张载回到首都以后。《晋书·张载传》只说他至蜀省父在"太康初"而未详何年,陆先生据《叙行赋》中"岁大荒之孟夏,余将往乎蜀都"二句,指出这个巳年应当是乙巳亦即太康六年(285),因为在太康的十年中只有本年是巳年①。

左思之访问张载,正如他后来之访问陆机,乃是进一步搜集信息来修订《三都赋》,使作品更加完善。访张、陆等事并不能证明皇甫谧序必伪;也不能说《三都赋》至此尚未写成;初稿是早就写成了,现在是进一步修订。

---

① 陆侃如《中古文学系年》下册,第713页。

太康十年(289)

陆机应征入洛。此时《三都赋》尚未最后完成,为了让《吴都赋》更加真实可靠,向由吴北上的陆机请教是一个好主意,因此此事同样不能说明《三都赋》的初稿必作于此后,也不能证明《三都赋》之皇甫谧序必伪。平吴是新近发生的大事,《吴都赋》必然是《三都赋》修订工作中的重点。唐钞《文选集注》卷九《三都赋·吴都赋》公孙罗《文选钞》说:"然其所赋,属在孙权,其理则通论古今矣。大意论吴蜀二国优劣有殊,总述归指,结成赋体。"为了慎重起见,左思找陆机来核对补充《吴都赋》的内容,是很有必要的,尽管陆机曾经嘲笑过他。左思写作态度之严肃认真,由此可见一斑。

元康元年(291)

《晋书·职官志》云:"汉桓帝延熹二年置秘书监,后省……惠帝永平中,后复置秘书监,其属官有丞,有郎,并统著作省。"永平这一年号用的时间很短,不久即改为元康。资料八说左思为了看到更多的官方材料"求为秘书郎中",最早当在本年。其时秘书监为贾谧,所以资料一说"贾谧举为秘书郎"。"求为秘书郎"乃是左思为进一步修订《三都赋》而采取的重要步骤。他名列贾谧"二十四友"之一,当与此有关。

元康五年(295)

从元康元年至于本年,左思为秘书郎。

或认为《三都赋》当成于秘书郎任上,张华见而赞叹之前,即本年左右。如果所谓"成"是指修订完成,是合理的;如指出写成初稿,则未免太晚了一点。

元康六年(296)

《晋书·惠帝纪》载本年正月"以中书监张华为司空",而资料十说"司空张华见(《三都赋》)而叹曰"云云,并引起"洛阳纸贵"。据资料四,《三都赋》初稿写出后,左思已"示张公",张华还建议他找名流拂拭;但那是私下的谈话。这时张华对《三都赋》又有所评论,当是对该赋的修订稿之正式评论意见。资料十表明《三都赋》的修改至此告一段落,基本完成定稿,并产生了强烈的社会反响。从左思写出《三都赋》的初稿至此时已经是十多年过去了,刘勰之所谓"左思练《都》以一纪"(《文心雕龙·神思》),殆即指此而言。

时人为《三都赋》作注,大约是该赋走红以后的事情。几位注家的情况大体如下:

张载。资料七和十说他注《魏都赋》,该注已为《文选》李善注所引用。但也有说张载是注《蜀都赋》的,《文选集注》卷八《三都赋·蜀都赋》陆善经注云:

> 臧荣绪《晋书》云，刘逵注吴蜀，张载注魏都。綦毋邃序注本及集题云，张载注蜀都，刘逵注吴魏。今虽列其异同，且依臧为定。

今本《文选》在《蜀都赋》《吴都赋》之下明确列出刘渊林(逵)注，而《魏都赋》下虽列旧注，却没有明确注者是张载，此乃刻印之误失，《文选》中有若干迹象表明这一部分注出于张载之手①。张载注《蜀都赋》也大有可能，他曾经到过蜀中且接受过左思的采访，充当《蜀都赋》的注释者是合适的。

刘逵。《文选集注》卷八《三都赋·蜀都赋》李善注引阮孝绪《七录》云："刘逵字渊林，济南人，晋侍中。"又陆善经注云："刘逵自尚书郎为阳翟令，与傅咸、陆机、杜育同时。"同张载一样，他与左思也是同时代人。

卫权。所作《略解》乃是对张、刘二注的补充，但其遗文仅见于《晋书·左思传》所引。卫权在《晋书·左思传》中被误作卫瓘，按，卫权与卫瓘是两个人：字伯舆的是卫权，他是陈留人，魏司徒卫臻之孙；继张载、刘逵之后为《三都赋》作补注的就是此人。卫瓘(220～291)，字伯玉，河东安邑人，《晋书》卷三十六有传，此人年辈较高，曹魏时已为尚书郎、通事郎、中书郎、散骑常侍、侍中、廷尉卿，入晋后官阶更高，"太康初，迁司空，侍中、(尚书)令如故"，后为楚王司马玮所杀。这样的前辈高官是不可能为《三都赋》写《略解》的。

又前引资料二《世说新语·文学》注引《思别传》提到"挚仲治宿儒知名，非思伦匹"，可知曾经有一种说法，认为挚虞(仲治)也曾为宣传《三都赋》写过什么；可惜此事现在看不到具体材料。

《世说新语·文学》注引《思别传》说张载与左思交往疏远，刘逵、卫权死得比较早，都不可能为《三都赋》作注，那些注都是左思窃取诸人之名的自吹自擂。事实上张载接待过来访的左思，他本人对于歌颂国家的统一有着很高的热情，是完全可能为左赋作注的。刘逵、卫权二人的生平现在所知不多，但刘逵既与傅咸(239～294)、陆机(261～303)等人同时，那么就不能说他死得早到不可能为《三都赋》作注的程度；汝南王司马亮辅政在元康元年(291)，卫权为其尚书郎，他此后还可能活了比较长的时间，其年辈当与刘逵为近，也不存在因"早终"而不可能为《三都赋》作注的问题。

到东晋还出现过綦毋邃为《三都赋》作的注，该注《隋书·经籍志》曾著录三卷，今已亡佚，只是在《文选集注》中还可以见到五条，这些注后来渐渐混入

① 详见《居学偶记·左思三都赋序注》，《游国恩学术论文集》，第566页。

刘逵注中。綦毋邃生活在东晋前期,可知到这个时候《三都赋》仍然极为士人所爱重。

永康元年(300)

本年张华、贾谧被杀。据资料一,左思"归乡里,专思著述"。此后的"专思著述",包括很多方面,精益求精地继续修订《三都赋》当亦包括在其中。

永宁元年(301)

本年齐王司马冏请左思为记室参军,不起。资料一说"时为《三都赋》未成",所谓"未成"显然是指未完成最后的修订,并非一般意义上的没有写完;同时这也可能是他拒绝齐王冏征辟的一个借口。刘汝霖先生说:"按(左)思之《三都赋》,虽经十年告成,然十年之后,其所改订,亦必甚多。意者后人见其临终之稿,遂谓齐王冏请为参军时,赋尚未成。观皇甫谧序于其前,遂以为谧序乃思所假托欤。"①此说甚通达。

太安二年(303)

陆侃如先生将《三都赋》的完成系于本年②。左思的卒年无从确知;其逝世之日,也就是《三都赋》的修订最后结束之时。

综上所述,《三都赋》的撰写和修订是左思一生中最重要的工作,他大约从移家洛阳就正式开始这一工作,先从事《蜀都赋》和《吴都赋》,到太康元年(280)西晋平吴时又匆匆加上《魏都赋》,形成完整的初稿,并请大名士皇甫谧为之作序。此后他又花十多年的时间加以修改,他拜访张载和陆机,又求为秘书郎,都是为了从事这种修订。到元康六年(296)告一段落,得到张华的高度评价,引起强烈的社会反响。《晋书·左思传》说起《三都赋》写成以后,过了一段时间,"豪贵之家竞相传写,洛阳为之纸贵"。中国文学史上这一佳话,人们耳熟能详,但仍然值得重新加以考察和思考,因为在一般情况下,辞赋不至于引起如此强烈的轰动。《三都赋》之所以能一篇跳出,原因大约有两条:首先是这篇大作主题重大;其次是评注宣传相当成功,引人注目。

京都大赋在东汉以来其实已经不大时髦,左思偏要选这个题目来写,有点反潮流的意思。其所以如此,一是他"作赋拟《子虚》"的尊古主义文学趣味在起作用,更重要的动因则在于此时南北对峙的局面行将过去,中国重归于

---

① 《汉晋学术编年》下册,第212～213页。

② 《中古文学系年》下册,第803页。

统一的新的历史时期就要开始，当着这样伟大的历史时刻，用传统悠久、气势阔大的京都大赋的样式来铺叙“三都”，反而令人耳目一新，引起读者的注意。旧东西有时会突然变成新东西。

《三都赋》写成之初并没有引起人们的重视，相反还遭到若干讥刺，这是自视甚高的左思无法忍受的，于是他去找以奖掖后进闻名的张华，张华指点他说“此《二京》可三，然君文未重于世，宜以经高名之士”（《世说新语·文学》），于是左思专门去请大名士皇甫谧加以鉴定；皇甫谧充分肯定了《三都赋》，并为之写了一篇著名的序言，引导读者须特别注意此赋与当时政治、文化大背景的深刻联系，大大有助于人们认识左思的深刻用意，体现了文学批评的指导作用。

在左思笔下，与中原在政治、文化上具有种种优势相对照的，是南方在文化上的严重落后，有种种野蛮落后的风习，“威仪所不摄，宪章所不缀”。《魏都赋》中明确指出，东吴负险顽抗是没有用的，残喘苟延已无多时日，其前途和蜀汉一样，必归于灭亡：

> 薄戍绵幂，无异蛛蝥之网；弱卒琐甲，无异螳螂之卫。与先世而常然，虽信险而剿绝。揆既往之前迹，即将来之后辙。成都迄已倾覆，建邺则亦颠沛。顾非累卵于叠棋，焉至观形而怀怛。权假日以余荣，比朝华而庵蔼。览麦秀与黍离，可作谣于吴会。

三赋以吴蜀二客的自认失败而告结束，他们承认先前“不睹皇舆之轨躅”，见识不高，现在认识到“日不双丽，世不两帝。天经地纬，理有大归。安得齐给守其小辩也哉”。透过《三都赋》纷纭铺叙的外表，人们可以看到它的主题在于宣传晋统一中国的必然性和合理性，强调全国应统一于中原文化。这一主题是深刻的，用历史发展的长镜头来看尤其是如此。左思确实不愧为奇才，军旅之事他也许只是纸上谈兵的专家，在文化问题上他确有深刻的见解。

左思本人对于《三都赋》极为重视，除了请皇甫谧作序以外，又请张载为《魏都赋》作注，刘逵为《吴》《蜀》二赋作注，卫权作略解，大力宣传，隆重推出，终于获得了“豪贵之家，竞相传写，洛阳为之纸贵”的轰动效果。左思为提高作品知名度所作的努力，在中国文学史上是前无古人的。

不过左思决非单靠宣传，他真肯在创作上狠下功夫。为了写好这《三都赋》，左思真是全力以赴，生命不息，奋斗不止。文学的自觉虽说开始于建安时代，曹植已相当明显，到左思，这种自觉的程度是更高了。

四

左棻是西晋唯一诸体皆长的女作家①，与其兄左思齐名，可恨后来被弄进皇宫里去，度过了寂寞的一生。

《晋书·后妃传》载，左棻“少好学，善缀文，名亚于思。武帝闻而纳之。泰始八年，拜修仪。受诏作愁思之文，因为《离思赋》……后为贵嫔，姿陋无宠，以才德见礼。体羸多患，常居薄室，帝每游华林，辄回辇过之，言及文义，辞对清华，左右侍听，莫不称美。及元杨皇后崩，芬献诔曰……及帝女万年公主薨，帝痛悼不已，诏芬为诔，其文甚丽。帝重芬词藻，每有方物异宝，必诏为赋颂，以是屡获恩赐焉。答兄思诗、书及杂赋颂数十篇，并行于世”。泰始八年(272)，左棻才十六七岁，已经名动京师，以好色著称的晋武帝司马炎就把她搞到宫廷里去充当点缀，此后她的实际地位相当于一个御用文人，一味奉诏撰写赋颂，因此获得许多恩赐，而她付出的代价则是几乎一辈子在深宫里被关禁闭，没有丈夫，没有子女，没有欢乐，没有生活。据《左棻墓志》说，她死后由左思的次子奉其祭祠②——直到这时候她才算回到了自己娘家的骨肉至亲身边。

《元杨皇后诔》《万年公主诔》等篇现在还可以看到，文字功夫确实很高而毫无意思；她咏物的赋颂，如《孔雀赋》《鹦鹉赋》《白鸠赋》《郁金颂》之类，传世本已颇残缺，看不出什么特色；又有一批歌颂历史上著名女性的“赞”，多少反映了一点她的女性意识，同时也有不少陈词滥调。她真正动了感情的作品是《离思赋》，虽然也是“受诏”之作，但这一回触动了她痛苦的神经，真动了感情，写得相当动人：

> 昔伯瑜之婉娈兮，每彩衣以娱亲。悼今日之乖隔兮，奄与家为参辰。岂相去之云远兮，曾不盈乎数寻。何宫禁之清切兮，欲瞻睹而莫因。仰行云以歉歔兮，涕流射而沾巾。惟屈原之哀感兮，嗟悲伤于离别。彼城阙之作诗兮，亦以日而喻月。况骨肉之相于兮，永缅邈而两绝。长含哀

---

① 《玉台新咏》卷九有晋代苏伯玉妻的《盘中诗》，颇见巧思，但只是一种文字游戏；《全晋文》卷一四四有西晋几位女性的文章，仅存片断。

② 《左棻墓志》阴面载：“兄思，字泰冲。兄子髦，字英髦。兄女芳，字惠芳。兄女媛，字纨素。兄子聪奇，字骠卿，奉贵人祭祠。”

而抱戚兮，仰苍天而泣血。乱曰：骨肉至亲，化为他人，永长辞兮！惨怆愁悲，梦想魂归，见所思兮。惊寤号咷，心不自聊，泣涟洏兮。援笔舒情，涕泪增零，诉斯诗兮。

一入深宫，从此与家人永远不能再见，完全孤立无助，引起她巨大的哀伤。“受诏”之作而能写出真性情来，大约为武帝始料所不及，也是他不愿意看到的。女人进入皇宫，获得一个什么头衔，用世俗的眼光看起来也许是一件荣幸光彩的际遇，而当事人其实心里很苦很苦。早知今日，不那么杰出也罢。这很容易令人想起《红楼梦》第十八回前半叙“皇恩重元妃省父母”的那些笔墨①。左棻在宫廷这种“不得见人的去处”呆了一辈子，大约未曾得到过只有小说里才有的省亲的恩宠，永远是“骨肉至亲，化为他人”，其愁思为何如！被弄进宫里去的大抵是美女，才女乃是特例，能创作的更如凤毛麟角；所以这篇《离思赋》应视为中国文学史上空前绝后的重要作品，它在最高层的黑幕上撕开了一个小小的裂口。

在封建时代的皇宫里，被关着一大批无辜的女人，其中身份较高、有着种种头衔的人物，唯一的希望是得到宠幸，更好的则是生下儿子，然后靠母以子贵来改善自己的处境；但这样的希望显然是太渺茫了。至于广大的宫女，则除了所谓“宫怨”之外，实在一无所有。封建时代的诗人们对于“宫怨”题材有兴趣的人很多，其中寄寓的往往是他们自己的寂寞和悲哀；而解决“宫怨”的唯一出路也只是有选择地释放若干出去，以显示皇恩之浩荡，而问题依然如故。

在左棻入宫的两年之后，哥哥左思和她之间有一番诗歌的赠答。先是左思写了一首四言的《悼离赠妹》，后二章道：

惟我惟妹，寔惟同生。早丧先妣，恩百常情。女子有行，实远父兄。骨肉之思，固有归宁。何悟离析，隔以天庭。自我不见，于今二龄。　岂惟二龄，相见未克。虽同京宇，殊邈异国。越鸟巢南，胡马仰北。自然之

① 有关部分如下：“至贾母正室，欲行家礼，贾母等俱跪止之。贾妃垂泪，彼此上前厮见，一手挽贾母，一手挽王夫人——三人满心皆有许多话，但说不出，只是呜咽对泣而已。邢夫人、李纨、王熙凤、迎春、探春、惜春等，俱在旁垂泪无言。半日，贾妃方忍悲强笑，安慰道：‘当日既送我到那不得见人的去处，好容易今日回家，娘儿们这时不说不笑，反倒哭个不了，一会子我去了，又不知多早晚才能一见！’说到这里，不禁又哽咽起来……”详见《红楼梦》第1册，人民文学出版社1957年版，第185页。

恋，禽兽罔革。仰瞻参商，沉忧内塞。何以抒怀，告情翰墨。

对此左棻回答了一首五言的《感离诗》：

自我去膝下，倏忽逾再期。邈邈浸弥远，拜奉将何时？披省所赐告，寻玩悼离词。仿佛想容仪，欷歔不自持。何时当奉面，娱目于书诗。何以诉辛苦，告情于文辞。

得此答诗后，左思又作四言一首：

穆穆令妹，有德有言。才丽汉班，明朗楚樊。默识若记，下笔成篇。行显中闺，名播八蕃。以兰之芳，以膏之明。永去骨肉，内充紫庭。至情至念，惟父惟兄。悲其生离，泣下交颈。桓山之鸟，四子同巢。将飞将散，悲鸣忉忉。惟彼禽鸟，犹有号咷。况我同生，载忧载劳。将离将别，置酒中堂。衔杯不饮，涕洟纵横。会日何短，隔日何长。仰瞻曜灵，爱此寸光。何以为赠，勉以列图。何以为诫，申以诗书。去去在近，上下欷歔。含辞满胸，郁愤不舒。燕燕之诗，伫立以泣。送尔涉途，涕泗交集。云往雨绝，瞻望弗及。延伫中衢，愊忆呜咆。既乖既离，驰情仿佛。何寝不梦，何行不想。静言永念，形留神往。优思成疚，结在精爽。其思伊何，发言流泪。其疚伊何，寤寐惊悸。咏尔文辞，玩尔手笔。执书当面，聊以永日。

这里完全没有任何欢欣之辞，只有哀伤；总算有了这一番诗歌的往还以后，左氏兄妹就失去了联系。相对于大批冠冕堂皇歌功颂德的宫廷文学作品而言，这样的悲歌更真实感人。左氏兄妹之间应当还有些往来书信，今已不传。

长期含哀的左棻只活了四十多岁，就郁郁而死。

五

挚虞（字仲恰，？～311）在西晋文坛上是一个比较特别的人物，他虽然也写过若干诗歌赋颂，价值都不算高；据说他同张载、刘逵、卫权等人一样，曾为《三都赋》作过注，但现在已经看不到了。他也曾列名于贾谧的“二十四友”，但并非积极分子，后来也没有受到株连。

挚虞是京兆长安（今陕西西安）人，早年曾师事著名学者皇甫谧，知识渊博，后来当过太子舍人、尚书郎、秘书监、卫尉卿，石勒攻破洛阳后死于饥饿。

他一生致力于著述，鉴于汉末以来谱传多失，撰《族姓昭穆》十卷进呈，又有《决疑要注》一卷、《三辅决录注》七卷，可惜均已亡佚。

挚虞最大的贡献在于编写过《文章志》和《文章流别集》，就作家和文体问题发表过若干重要的意见，在文学批评史上具有重要的意义。

《晋书》本传云："虞撰《文章志》四卷……又撰古文章，类聚区分为三十卷，名曰《流别集》，各为之论，辞理惬当，为世所重。"《隋书·经籍志》集部总集类著录《文章流别集》四十一卷，《文章流别志论》二卷；史部簿录类另有《文章志》四卷。这里《文章流别集》多出十一卷，当是后人有所续补；或又将原先附见于《流别集》中论的部分抽取出来，与《文章志》合编为所谓《文章流别志论》；而《文章志》仍然有单行者。

《文章流别集》的性质属于所谓"总集"，也就是一种选集。

选集是在作家别集的基础上产生的。编订别集的风气起于建安，建安文坛领袖曹丕曾花了不少精力和物力为"七子"编订文集，他在《与吴质书》中写道："昔年疾疫，亲故多离其灾。徐、陈、应、刘，一时俱逝，痛可言邪！昔日游处，行则连舆，止则接席，何曾须臾相失。每至觞酌流行，丝竹并奏，酒酣耳热，仰而赋诗，当此之时，忽然不自知乐也。谓百年已分，可长共相保，何图数年之间，零落略尽，言之伤心！顷撰其遗文，都为一集……"（《文选》卷四十二）为亡友编订文集，曹丕开了风气之先。为自己编集的先驱是曹植，其手订之集称为《前录》，收录了七十八篇辞赋。曹植死后，他的侄儿魏明帝曹叡于景初(237～239)中下诏云："陈思王昔虽有过失，既克己慎行，以补前阙，且自少至终，篇籍不离于手，诚难能也。其收黄初中诸奏植罪状……皆削除之，撰录植前后所著赋颂诗铭杂论凡百余篇，副藏内外。"（《三国志·魏书·陈思王植传》）这里特别提到"前后"，则曹植本人未及编定的后期作品，也已由官方给编定了，但颇有删削，《七步诗》就是典型的一例。

可知无论由公由私，由人由己，编文集的风气从曹氏弟兄父子叔侄起，已有所开始，这是史无前例的。这正是文学创作繁荣，"文章"观念形成之后的新气象。章学诚《文史通义·文集》云："集之兴也，其当文章升降之交乎？古者朝有典谟，官存法令，风诗采之闾里，敷奏登之庙堂，未有人自为书，家存一说者也。自治学分途，百家风起，周秦诸子之学，不胜纷纷，识者已病道术之裂矣。然专门传家之业，未尝欲以文名，苟足显其业，而可以传授于其徒，则其说亦遂止于是，而未尝有参差庞杂之文也。两汉文章渐富，为著作之始衰，然贾生奏议，编入《新书》，相如词赋，但记篇目，皆成一家之言，与诸子未甚相远;初未尝有汇次诸体,裒焉而为文集者也。自东京以降,讫乎建安、黄初之间,文章繁矣,然范、陈二史,所次文士诸传,识其文笔,皆云所著诗、赋、碑、箴、颂、诔若干篇,而不云文集若干卷,则文集之实已具,而文集之名犹未立也。”这一番话极有见识。需要补充的是,从曹植以及“七子”的情形看,这时已经有编成的文集了,有这种机会的人当然是很少数。

建安以来文章多了,别集多了,读起来就有困难,读者需要收纳精华的选本,这样就必然呼唤总集的出现。《隋书·经籍志》说:“总集者,以建安之后,辞赋转繁,众家之集,日以滋广。晋代挚虞苦览者之劳倦,于是采擿孔翠,芟剪繁芜,自诗赋下,各为条贯,合而编之,谓之《流别》。是后文集总钞,作者继轨,属辞之士,以为覃奥,而取则焉。”作品日繁,览者劳倦,于是挚虞编撰的《文章流别集》应运而生。挚虞当过秘书监,他不仅有创新精神,也有条件利用西晋皇家典藏,又参考张华丰富的私人藏书,成了开风气之先的选家。

在中国古代,选家往往也就是批评家。鲁迅先生说得好:“凡选本,往往能比所选各家的全集或选家自己的文集更流行,更有作用。册数不多,而包罗诸作,固然也是一种原因,但还在近则由选者的名位,远则凭古人之威灵,读者想从一个有名的选家,窥见许多有名作家的作品。……凡是对于文术,自有主张的作家,他所赖以发表和流布自己的主张的手段,倒并不在作文心,文则,诗品,诗话,而在出选本。”①选本能够比理论批评专著更有读者,更有影响,这是一个非常深刻的观察。孔夫子说过“我欲载之空言,不如见之于行事者之深切著明也”(《史记·太史公自序》),选本之厉害,也是这个道理。

《文章志》和《文章流别集》均早已亡佚,从传世的遗文看去,“志”以人为纲,“流别”则以文体为纲。作家论、文体论从此成为古典文论的两大热点,而聚焦的中心在“文章”。挚虞写道:

> 文章者,所以宣上下之象,明人伦之叙,穷理尽性,以究万物之宜者也。王泽流而诗作,成功臻而颂兴,德勋立而铭著,嘉美终而诔集。祝史陈辞,官箴王阙……(《艺文类聚》卷五十六)

他提到的文体,有诗、颂、铭、诔、辞、箴、赋、七、碑、图谶、哀策、对问等等,魏晋时代“文章”的概念,至少包括这些在内。

挚虞辨析文体较之曹丕、陆机等前人有些新的特点,他开始联系所选之

① 《集外集·选本》,《鲁迅全集》第7卷,第136页。

文来畅论文体问题，并注意从历史的变迁中分析有关文体的初原状态、古今之变与假借名义似是而非等等复杂的情形，在这样的基础上来讲有关文体的规范就显得有依据有深度，例如：

颂，诗之美者也。古者圣帝明王，功成治定，而颂声兴，于是史录其篇，工歌其章，以奏于宗庙，告于鬼神。故颂之所美者，圣王之德也。则以为律吕，或以颂形，或以颂声，其细已甚，非古颂之意。昔班固为《安丰戴侯颂》，史岑为《出师颂》《和熹邓后颂》，与《鲁颂》体意相类，而文辞之异，古今之变也。扬雄《赵充国颂》，颂而似雅；傅毅《显宗颂》，文与《周颂》相似，而杂以风雅之意。若马融《广成》《上林》之属，纯为今赋之体，而谓之颂，失之远矣。

诗颂箴铭之篇，皆有往古成文，可放依而作，惟诔无定制，故作者多异焉。见于典籍者，《左传》有鲁哀公为孔子诔。

哀辞者，诔之流也。崔瑗、苏顺、马融等为之，率以施于童殇夭折、不以寿终者。建安中，文帝与临淄侯各失稚子，命徐幹、刘桢等为之哀辞。哀辞之体，以哀痛为主，缘以叹息之辞。

既注意追溯起源，又重视近人名作，态度相当公允。

到东晋，出现了另一位编辑总集并有所议论的李充，他在《翰林论》中也涉及多种文体，除《文章流别论》遗文提到的几种以外，又有书、议、赞、表、驳、论、檄等等。由于挚虞、李充之书现在只剩下很少一点遗文，当时“文章”还包括些什么已难详悉，但有一点是明确的，一是当时的“文章”包括大量的应用文；二是我们今天视为文学作品者，也大抵都归在“文章”之内，只有小说是一个例外，魏晋文人虽已大写小说，但地位总还比较低一些，与诗赋论诔之类不能并列。

《文章流别集》为总集之始，而其中的评论部分则是关于文体研究的重要成果，为后来刘勰的“论文叙笔”（《文心雕龙·序志》）导夫先路，历来受到文学批评史家的高度重视；挚虞按文体编选总集的办法影响尤为深远，后来萧统编撰极负盛名的《文选》就是用他这个办法①。

与《文章流别集》配套的《文章志》四卷以专书记叙作家，挚虞撰写此《志》

① 参见顾农《〈文选〉的三重背景》，载《文选论丛》。

较之稍前荀勖以目录学家的姿态为作家写传记①，工作的切入点稍有不同。挚虞注意记录有关作家传世作品的数量，如《后汉书·桓荣传》注引的一条云“桓麟文见在者十八篇，有碑九首，诔七首，七说一首，与沛国郭府君书一首”，又如《三国志·魏书·刘表传》注引关于周不疑的一条云“不疑死时年十七，著《文论》四首”；《文章叙录》则不作这种记载。由于中古时代的目录专书均已亡佚，《文章志》的记载便显得十分可贵。例如曾经被曹植批评过的刘季绪(修)，从《文章志》中可以得知他“著诗赋颂六篇”，自己写得太少，却喜欢批评别人，于是就遭到了曹植的抨击。

挚虞的工作既是一种创新，也显得更有力度，更容易引起读者的注意。鲁迅辑本《文章志》得遗文十二则，涉及的作家有刘修、王粲、阮瑀、缪袭、崔烈、桓麟、周不疑、应璩、徐幹、繁钦、陈琳以及《出师颂》(其作者为史岑)；此外尚有可补充者。

挚虞的这两大贡献得到研究中古文学两大名家的赞赏：刘师培在《搜集文章志材料方法》一文中写道：“文学史者，所以考历代文学之变迁也。古代之书，莫备于晋代之挚虞，虞之所作，一曰《文章志》，一曰《文章流别》。”②鲁迅则下大力气搜罗传录体著作的逸文，有辑本《众家文章记录》和《文士传》二稿③，足供参考。

---

① 荀勖(217？～288)为魏晋间著名的政治家、音乐家、文献学家、文学家，他的一大贡献是和张华合作，按照刘向、刘歆父子《七略》的传统，整理内府藏书，撰写了一部《中经新簿》(此目系继魏《中经》而作，故称《新簿》；后世称为《晋中经簿》)，大凡四部，合 29945 卷。《中经新簿》著录丰富正确，首开图书的四部分类方法，是中古前期最好的一部官修目录。这部书目中没有完整的叙录，与刘向就所校诸书“条其篇目，撮其指意”(《汉书·艺文志》)的规范不合；造成这种情形的原因大约一则受到时间的限制，不能从容完成，一则西汉以前诸书已有刘向《别录》(群书叙录之汇编)，无须另行撰写。但《中经新簿》中总还是著录了不少新出现的著作，仍然有必要作出叙录，他的《文章叙录》大约就是为了填补这一空白而产生的。此书乃是荀勖为“文章家”(即文学家)作品集所作叙录之汇编，基本上专记作者之生平行事，有时也引用一些相关的材料，这种体式后来被称为“传录体”。到后来王俭作《七志》，更明确地“不述作者之意，但于书名下每立一传”(《隋书·经籍志》)，传录体就完成了它标准的形态。

② 《左盦外集》卷十三《搜集文章志材料方法(自秦汉迄隋)》，《刘申叔先生遗书》下册，第 1655 页。

③ 鲁迅辑本《众家文章记录》包括荀勖《文章叙录》、挚虞《文章志》、傅亮《续文章志》、顾恺之《晋文章志》、宋明帝《晋江左文章志》、丘渊之《文章叙》、丘渊之《文章录》、丘渊之《新集录》、失名《文章传》等九种；现已收入上海古籍出版社 1986 年影印本《鲁迅辑校古籍手稿》第二函第四册，又收入人民文学出版社 1999 年排印本《鲁迅辑录古籍丛编》第三卷。

十七 “三张”

关于西晋作家，历来有“三张”（张载、张协、张亢）、“二陆”（陆机、陆云）、“两潘”（潘岳、潘尼）、“一左”（左思）的提法[①]，其中张亢太弱，几乎没有留下什么作品，能列入“三张”仅仅因为他是张载、张协的弟弟；现拟将他剔出[②]，另加一位张敏，仍为“三张”，似乎更有意义。

一

张敏，太原中都（今山西平遥）人，生卒年不详，约与张华同时或稍后，武帝时任太子舍人、济北长史、益州刺史，又曾为尚书郎，领秘书监。张载的《剑阁铭》就是他担任益州刺史期间上报给武帝才得以镌石的[③]。他实在是张载等三兄弟的前辈。

张敏是很优秀的作家，其《头责子羽文》和《神女赋》（《全晋文》卷八十）在晋朝可以算是很优秀的作品，在文学史上应当占有一席光荣的地位。

《头责子羽文》是一篇用对话体写成的幽默散文，是写来同他的姊夫秦子羽开玩笑的，笑话他虽然仪表堂堂，却一直怀才不遇。此文《世说新语·排调》曾有所节选，而刘孝标注则根据《张敏集》引出了全文，该文在不同版本的《世说》中颇有异文；《艺文类聚》卷十七“人部一·头”录入此文，虽有所删节，仍颇有校勘价值；洪迈《容斋五笔》卷四《晋代遗文》条下的引文亦多有佳字。

---

① 钟嵘《诗品·序》：“太康中，三张、二陆、两潘、一左，勃尔复兴，踵武前王，风流未沫，亦文章之中兴也。”

② 《文心雕龙·才略》：“孟阳、景阳，才绮而相埒，鲁卫之政，兄弟之文也。”刘勰这里就不提张亢。张燮辑本《汉魏六朝百三家集》中有《晋张载张协集》，亦未及张亢，且在题词中明确指出“季阳才藻不逮二昆，文不甚显”。

③ 《文选·剑阁铭》李善注引臧荣绪《晋书》：“张载作《剑阁铭》，益州刺史张敏见而奇之，乃表上其文，世祖遣使镌石记焉。”

现据诸书参互校订，引录如下：

余友有秦生者，虽有姊夫之尊，少而狎之。同时昵好，有太原温常仁颙、颍川荀景伯宇、范阳张茂先华、士卿刘文生许、南阳邹润甫湛、河南郑思渊诩，数年之中继踵登朝，而此贤身处陋巷，屡沽而无善价，亢志自若，终不衰堕，为之慨然。又怪诸贤既已在位，曾无伐木嘤鸣之声，甚违王、贡弹冠之意。故因秦生容貌之盛，为头责之文以戏之。并以嘲六子焉。虽以谐谑，实有兴也。其文曰：

维泰始元年，头责子羽曰：“吾托子为头，万有余日矣。大块禀我以精，造我以形。我为子植发肤，置鼻耳，安眉须，插齿牙，眸子摛光，双颧隆起。每至出入人间，遨游市里，行者辟易，坐者竦跽。或称君侯，或言将军，捧手倾侧，伫立崎岖。如此者，故我形之足伟也。子冠冕不戴，金银不佩，钗以当笄，恰以代带，旨味弗尝，食粟茹菜，隈偎园间，粪壤汗黑，岁莫年过，曾不自悔。子厌我于形容，我贱子乎意态。若此者乎，必子行己之累也。子遇我如雠，我视子如仇，居常不乐，两者俱忧，何其鄙哉。子欲为人宝也，则当如皋陶、后稷、巫咸、伊陟，保义王家，永见封殖。子欲为名高也，则当如许由、子威、卞随、务光，洗耳逃禄，千岁流芳。子欲为游说也，则当如陈轸、蒯通、陆生、邓公，转祸为福，令辞从容。子欲为进趣也，则当如贾生之求试、终军之请使，砥砺锋颖，以干王事。子欲为恬淡也，则当如老聃之守一、庄周之自逸，廓然离欲，志陵云日。子欲为隐遁也，则当如荣期之带索、渔夫之瀺灂，栖迟神丘，垂饵巨壑。此一介之所以显身成名者也。今子上不希道德，中不效儒墨，块然穷贱，守此愚惑。察子之情，观子之志，退不能为处士，进无望乎三事，而徒玩日劳形，习为常人之所喜，不亦过乎？”

于是子羽愀然深念而对曰：“凡所教敕，谨闻命矣，以受性拘系，不闻礼义，设以天幸，为子所寄。今子欲使吾为忠也，即当如包胥、屈平。欲使吾为信也，则当杀身以成名。欲使吾为介节耶，则当赴水火以全贞。此四者，人之所忌，故吾不敢造意。”

头曰：“子所谓天刑地网，刚德之尤，不登山抱木，则褰裳赴流。吾欲告尔以养性，诲尔以优游，而与虮虱同情，不听我谋。悲哉，俱寓人体，而独为子头！且拟人其伦，喻子侪偶，子不如太原温颙、颍川荀宇、范阳张华、士卿刘许、南阳邹湛、河南郑诩，此数子者，或謇吃无宫商，或尪陋希言语，或淹伊多姿态，或谨哗少智谞，或口如含胶饴，或头如巾齑杵，而犹以文采可观，意思详序，攀龙附凤，并登天府。夫舐痔得车，沈渊窃珠，岂若夫子徒令唇舌腐烂手足沾濡哉？居有事之世，而耻为权谋，譬犹凿地抱瓮，难以求富。嗟乎子羽，何异槛中之熊、深阱之虎、石间饥蟹、窦中之鼠！事力虽勤，见功甚苦。宜其拳局煎蹙，至老无所希也。支离其形，犹能不困，非命也夫！岂与夫子同处也。”

此文应即作于泰始元年(265)，其时西晋初建，正是“攀龙附凤”的大好时机，而秦子羽却完全无所作为。魏晋之际，本来是很看重人的外貌的，而仪表堂堂的秦子羽却始终怀才不遇。为此“头”讲了很多幽默的话，其实完全是作者写来借以揭露黑暗、大发牢骚的。这里提到的六位后来自以张华最为知名，其他几位也都占据要津①。文章中把太原温颙等人的毛病形容得很刻薄，固然因为作者同他们都比较熟悉，所以能够言之无忌；而其中也有明显与事实不符甚至相反的地方，例如说邹湛“口如含胶饴”，实际情况其实上正相反，所以刘孝标注云“湛辩丽英博，而有此称，未详”。这篇文章中游戏笔墨很多，不能呆看。

文章中头责子羽的内容占了绝大部分篇幅，但全文的关键却在于子羽回答头的那几句话，他说忠、信、介、节这一类传统的美德现在不仅已经行不通，而且业已成了“人之所忌”——这乃是对晋初社会风气的强烈暴露，具有很强的批判性。从这个角度看去，这篇《头责子羽文》可以说是一篇很有意思和深度的杂文，而以游戏笔墨出之。

这样的写法并不完全是张敏的创造，通过巧妙的对话体文章来发牢骚，揭

---

① 《晋书·任恺传》云：“(贾)充既为帝所遇，欲专名势，而庾纯、张华、温颙，向秀、和峤之徒皆与(任)恺善，杨珧、王恂、华廙等充所亲敬，于是朋党纷然。”可知太原温颙(常仁)在晋初官位甚高，所以张敏列为第一人。荀宇(景伯)出于魏晋间著名的高门颍川荀氏，祖父荀彧为汉魏间最重要的政治家之一，父亲荀俣官至御史中丞，他本人“少与裴楷、王戎、杜默俱有名京邑，仕晋，位至尚书”(《三国志·魏书·荀彧传》裴注引《世语》)。士卿刘许(文生)为魏高官刘放之子，《三国志·魏书·刘放传》裴注云“晋惠帝世，许为越骑校尉”。《世说新语·排调》“头责秦子云羽条”刘注引《晋百官名》则说“许惠帝时为宗正卿”，宗正卿或曰士卿，而他与张华同乡，所以正文中省略其籍贯而署以官名。邹湛《晋书·文苑传》中有传，略云：“邹湛字润甫，南阳新野人也。父轨，魏左将军。湛少以才学知名，仕魏历通事郎、太学博士。泰始初，转尚书郎、廷尉平、征南从事中郎，深为羊祜所器重。入为太子中庶子。太康中，拜散骑常侍，出补渤海太守，转太傅杨骏长史，迁侍中。骏诛，以僚佐免官。寻起为散骑常侍、国子祭酒，转少府。元康末卒。所著诗及论事议二十五首，为时所重。”其诗文今仅存碎片。河南郑诩(思渊)，司空郑袤第四子，位至列卿，《晋书·郑袤传》提到过他。张敏在文章中提到的六人均为魏晋间闻人，而秦子羽未见任何记载，也许只是一个虚构的人物。又，这里提到张华“淹伊多姿态”(矫揉造作，喜欢作秀)是一条很有趣的记载，虽然未必可靠。

露问题，这个办法古已有之，例如东方朔的《答客难》、扬雄的《解嘲》（均见《文选》卷四十五），左思的《白发赋》（《全晋文》卷七十四）用白发与主人的对话构成全文，也是这样的笔法，只不过略有变化；而陆云的《牛责季友》则是用“责”来构成文章骨架的另一著例——该文的要害在于“何子崇道与德，遗富与贵之甚哉”这一句，文章最后说“子如不能建功以及时，予请迹于桃林之薄”，这头牛准备逃离主人，另谋出路。《牛责季友》与《头责子羽文》的行文思路和若干提法可以说是英雄所见略同。陆云的行文显然向张敏学到了许多东西。张敏作《头责子羽文》时，陆云（262～303）才出世不久。钱锺书先生关于《牛责季友》一文写道：“按与卷七四左思《白发赋》、卷八〇张敏《头责子羽文》同意，然左、张二文皆有冒子引入，陆文一起即作牛语，殊突如其来也。卷一三八祖台之《荀子耳赋》只存数句，观‘何斯耳之不辰，托荀子而宅形’，似亦此体。”[①]陆云的《牛责季友》原来也可能“有冒子引入”，而今本亡失，于是显得有点突如其来。

这种以责难构成文章的办法，一直到现代文学中尚有影响，最典型的例子也许是鲁迅先生的《狗的驳诘》（后收入散文诗集《野草》中），文中那自称“愧不如人”的狗刻毒地讽刺道：“我惭愧：我终于还不知道分别铜和银；还不知道分别布和绸；还不知道分别官和民；还不知道分别主和奴；还不知道……”作者的深意即寓于这驳诘之中。通过针锋相对的对话曲折地表达不便明言也不想明言的意思，这办法同《头责子羽文》正所谓相视而笑，莫逆于心。

单纯的游戏文章当然也有它的妙处，但也容易让人读后一笑了之；如果能像《头责子羽文》以至于《狗的驳诘》这样幽默而有深意，则自然高出一头，所以完全有必要区分游戏文章的这两种类型，并给予后者更高的估价[②]。

张敏的另一篇优秀作品《神女赋》（《艺文类聚》卷七十九）以神女成公智琼下嫁济北人弦超（字义起）的传说为题材。这个传说在西晋初年颇为有名，几乎成了一时的大新闻；张敏本人就曾写过记载此事的《神女传》。《全晋文》收录了该传，但仅据《北堂书钞》卷一二九引录了三句：“弦义起感神女智琼，智琼后去，赐义起织成裙衫。”其比较完整的文本载于《太平广记》卷六十一，题作《成公智琼》，未著撰人，洪迈《容斋五笔》卷四根据他所见到的《晋代名臣文集》指出其作者乃是张敏，这份传的全称是《神女成公智琼传》。

---

① 《管锥编》第4册，第1217页。

② 表情似乎始终严峻的鲁迅何尝不幽默，而大力提倡幽默的林语堂却只是二流人物；古代的幽默文同样有不同的类型，有高下之分。

《艺文类聚》卷七十九录有《搜神记》中关于这个传说故事的记叙，略谓："济北弦超，嘉平中梦神女从之，自称天上玉女，东郡人，姓成公，名智琼。早失母，天帝哀其孤苦，令得下嫁从夫。当其梦也，嘉喜非常，觉寤钦想，如此三夕四旦。显然来游，驾辎軿车，从八婢，服绫罗绮绣，状若飞仙。自言年十七，遂为夫妇。赠诗曰：'飘飖浮勃述，敖曹云石滋。神仙岂虚降，应运来相之。'"与张敏的《神女成公智琼传》相比，这只是一个梗概而已。今本《搜神记》卷一也有智琼传，详细得多，而文字颇近于《太平广记》卷六十一的《成公智琼》，很可能是以张敏此传为其底本。张敏曾经担任过济北长史①，而弦超是济北人，难怪张敏对成公智琼与弦超的故事知之甚详，并且比较早地有所记录。

张敏《神女赋》今天所能看到的全文如下：

> 皇览余之纯德，步朱阙之峥嵘。靡飞除而入秘殿，侍太极之穆清。帝愍余之勤肃，将休余于中州。托玄静以自处，实应夫子之好仇。于是主人怃然而问之曰："尔岂是周之褒姒，齐之文姜，孽妇淫鬼，来自藏乎？傥亦汉之游女，江之娥皇，厌真慜，倦仙侍乎？"于是神女乃敛袂正襟而对曰："我实贞淑，子何猜焉？且辩言知礼，恭为令则。美姿天挺，盛饰表德。以此承欢，君有何惑？"尔乃敷茵席，垂组帐。嘉旨既设，同牢而飨，微闻芳泽，心荡意放。于是寻房中之至嬿，极长夜之欢情。心眇眇以忽忽，想北里之遗声。赋斯时之要妙，进伟服之纷敷。俯抚衽而告辞，仰长叹以欷吁。乘云雾而变化，遥弃我其焉如。

正文之前还有一段小序，说"世之言神仙者多矣，然未之或验也。至如弦氏之妇，则近信而有证者。夫鬼魅之下人也，无不羸病损瘦，今义起平安无恙，而与神女饮宴寝处，纵情极意，岂不异哉！余览其歌诗，辞旨清伟，故为之作赋"。赋的正文就从弦超的视角来写，他曾经对下凡的神女有所怀疑，后来才消除疑虑，共同生活了一段时间；但后来还是分手了。这一手法很有利于消除人们对这一故事真实性的怀疑。细玩原文，这一文本大约已非原作的全部，而是经过了节选。《艺文类聚》引用旧文往往有所删节。

张华也有写同一故事的《神女赋》，惜已不传。《太平广记》卷六十一《成

① 《容斋五笔》卷四《晋代遗文》："故箧中得旧书一帙，题为《晋代名臣文集》，凡十有四家。所载多不能全。有张敏者，太原人，仕历平南参军、太子舍人、济北长史。其一篇曰《头责子羽》文，极为尖新，古来文士，皆无此作……"

公智琼》文末写道:“……张茂先为之赋《神女》。其序曰:世之言神仙者多矣,然未之或验。如弦氏之妇,则近信而有征者。甘露中,河济间往来京师者,颇说其事。闻之常以鬼魅之妖耳。及游东土,论者洋洋,异人同辞,犹以流俗小人好传浮伪之事,直谓讹谣,未遑考核。会见济北刘长史,其人明察清信之士也,亲见义起,受其所言,读其文章,见其衣服赠遗之物,自非义起凡下陋才所能构合也。又推问左右知识之者,云当神女之来,咸闻香薰之气、言语之声。此即非义起淫惑梦想明矣。又人见义起强甚,雨行大泽中而不沾濡,益怪之。鬼魅之近人也,无不羸病损瘦,今义起平安无恙,而与神人饮燕寝处,纵情兼欲,岂不异哉!”按文意,这一段序当是张华之赋的序,但其内容与张敏本人《神女赋》的序非常接近,其详已不可考。张华是当时搜神记异的大名流,政治地位也比较高,所以也不能排除这样的可能:是张敏将自己的文章假托为张华的作品,以争取广其流传。

古代的穷小子身份低下,生活困难,讨不起老婆,现在天上既掉下一位绝无等级偏见的美女主动嫁给他,又掉下大批馅儿饼,食色性也,两个问题一下子全都解决了。这当然很容易成为古代下层知识分子和平民的白日梦,是不妨一做再做的。

上古的巫山神女只去讨好国王①;建安时代的《神女赋》大抵敷衍先前的传说②;到张敏这里,则根据最新的民间传说作赋,而其中的神女已经肯屈尊面向基层了,从这里可以看到历史进步的折光。

神女成公智琼下嫁弦超的故事,后来形成了一种模式,出现了许多变奏。其中最靠近的一个大约是神女杜兰香的故事(《艺文类聚》卷七十九引《杜兰香别传》,《搜神记》卷一),基本格局与成公智琼下嫁凡人大抵一致。诸如此类的故事一向兴旺发达,实在有它的历史和心理的必然性,所以虽然一再重复,似乎无味,而人们仍然喜闻乐见;这正如戏剧里不管前面有多少苦难和曲折,最后总是要以大团圆为结局一样。

二

张载,字孟阳,生卒年不详,安平武邑(今属河北)人,西晋重要作家。《晋

---

① 详见宋玉《高唐赋》《神女赋》。

② 陈琳、王粲、杨修都写过《神女赋》,基本上都是依据《诗经·周南·汉广》和《韩诗内传》,就汉水神女与郑交甫的故事加以生发和铺叙。

书》本传大段引用他的《剑阁铭》和《榷论》，称之为“当代之文宗”。张载的主要作品问世比较早，陆机、陆云兄弟入洛时，他本人已离开首都到地方上去当官，于是他的“文宗”地位就失去了。

张载的父亲张牧（一作“收”）长期在今四川当官，曾跟着王濬参加过平吴之役，后来做到蜀郡太守以至益州刺史，张载因之不止一次入蜀，对这里的种种相当了解；为写《三都赋》而到处搜集材料的左思曾专门向他咨询蜀中的情况。《晋书》本传谓张载入蜀省父在“太康初”，而他第一次入蜀当在泰始九年(273)，“张载有《叙行赋》(《艺文类聚》卷二十七)，述此次入蜀的途径甚明，文章一开始就点出时间：‘岁大荒之孟夏，余将往乎蜀都；脂轻车而秣马，循路轨以西徂。’大荒即大荒落，即岁星在巳之谓。其时应为癸巳，即太始九年，公元273年”①。后来到太康年间他又至少去过一次蜀中。

张载入蜀道经剑阁，《叙行赋》形容这里地势的险要道：“山峥嵘以峻狭，仰青天其如带。”他写过一篇著名的《剑阁铭》，“益州刺史张敏见而奇之，乃表上其文，世祖(武帝)遣使镌石记焉”(《文选》卷五十六《剑阁铭》李善注引臧荣绪《晋书》。张敏为益州刺史在太康三、四、五年，可知这篇著名的铭文作于泰始九年(273)，至迟亦在太康之初，此时蜀汉早已灭亡，全国也已统一，但妄图割据的势力和野心并未彻底消灭，张载在这篇铭文中对此提出警告。张敏乃是前辈高官，对张载相当提携，表现了很高的风格。

张载对于西晋朝廷衷心拥护，颇多歌功颂德之辞。西晋灭吴后，他兴高采烈地写过一篇《平吴颂》，该颂《艺文类聚》(卷五十九)曾节引二百余字，严可均据以辑入《全晋文》(卷八十五)，但这一文本只是片段而非全文，《文馆词林》卷三四八亦载此文，虽然仍非全文，但这里的序言部分比较完整。张载撰写此颂，固然特别提到水师的显赫战绩(其中自有张牧的一份贡献)，而全文的主题则在歌颂“我皇”即晋武帝司马炎。但这篇颂似乎没有产生太大影响。其时挚虞作《太康颂》，也没有引起人们太大的兴趣，这两篇都远远比不上引起洛阳纸贵的左思《三都赋》。张载与国家统一有关的大文章还是当年曾奉旨刻石的《剑阁铭》：

> 岩岩梁山，积石峨峨。远属荆衡，近缀岷嶓。南通邛僰，北达褒斜。狭过彭碣，高逾嵩华。惟蜀之门，作固作镇。是曰剑阁，壁立千仞。穷地之险，极路之峻。世浊则逆，道清斯顺。闭由往汉，开自有晋。秦得百

① 沈玉成、傅璇琮《中古文学丛考·三张小考》，中国社会科学院文学研究所古代文学研究室编《古代文学研究集》，中国文联出版公司1985年版，第171页。

二，并吞诸侯。齐得十二，田生献筹。矧兹狭隘，土之外区。一人荷戟，万夫趑趄。形胜之地，匪亲勿居。昔在武侯，中流而喜。山河之固，见屈吴起。兴实在德，险亦难恃。洞庭孟门，二国不祀。自古迄今，天命匪易。凭阻作昏，鲜不败绩。公孙既灭，刘氏衔璧。覆车之轨，无或重迹。勒铭山阿，敢告梁益。

中国国土辽阔，据险割据的事情历代都曾发生过，这个问题很不容易彻底解决；汉末以来，西南地方实力派实行凭险割据有很长时间，到蜀汉被消灭之后道路才得以畅通。加强中央集权，反对地方割据，维护国家统一，是一个大题目，张载此文强调“兴实在德，险亦难恃”，但仍然要警惕总是会有人“凭阻作昏”这样的历史教训；要安排可靠的人在这里镇守。此文“通体典质，可与山川争寿”（于光华《重订文选集评》卷十四引孙执升评语），历代流传，至今读去仍觉有其意义。

张载不仅荣幸地得到过张敏的栽培，更早的时候已经赢得另一位前辈作家——高官傅玄的赏识，并因此而进入官场，起家佐著作郎①，后转著作郎、太子舍人、乐安相、弘农太守，八王之乱中一度担任长沙王司马乂之记室督，又在朝廷担任过著作郎等官，稍后称疾告归，卒于家。张载和他的两个弟弟张协、张亢都不甚热衷于进仕，所以能“苟全性命于乱世”，没有像张华、石崇、潘岳、二陆那样死于非命。

傅玄特别赏识张载的《濛汜赋》，此赋写皇家园林里的一个人工湖濛汜池，今存者大约只是其中的片段，而确有可观：

丽华池之湛淡，开重壤以停源。激通渠于千金，承瀍洛之长川。挹洪流之汪濊，包素濑之寒泉。既乃北通澧泉，东入紫宫。左面九市，右带阆风。周墉建乎其表，洋波回乎其中。幽渎傍集，潜流独注。仰承河汉，吐纳云雾。缘以采石，殖以嘉树。水禽育而万品，珍鱼产而无数。苍苔泛滥，修条垂干。绿叶覆水，玄荫珍岸。红莲炜而秀出，繁葩赩以焕烂。游龙跃翼而上征，翔凤因仪而下观。想白日之纳光，睹洪晖之皓旰。

以下又写天子到这里来逍遥游览的情形，意思不大，但应当承认张载写

① 《晋书》本传谓：“（张）载又为《濛汜赋》，司隶校尉傅玄见而嗟叹，以车迎之，言谈尽日，为之延誉，遂知名。起家佐著作郎。”司隶校尉傅玄于咸宁四年（278）去世，张载起家出仕当在此之前。

景的笔墨相当出色。虽诗情不多，而大有画意，这大约与张载之父长于绘画有关①。诗赋中的山水成分往往总是首先从描写气势磅礴的皇家园林开始，然后才是小巧的私家园林，私家园林里一般只能有假山小水，于是又走出园林到广阔的天地里去——这样一个过程相当漫长，大约总要到谢灵运才告完成，而早期的训练也是很有意义的。

张载还写过若干咏物的赋，如《羽扇赋》《瓜赋》《安石榴赋》等等，传世的文本大抵残缺不全，无从深论。

张载的散文现在只能看到《榷论》一篇。读其前半，主题似乎在于论证“有事之世易为功，无为之时难为名”，而本文的要害并不在此，其中大有批判的锋芒。“无为”是晋武帝司马炎治国的大原则之一②，所以西晋的官场上毫无生气，《榷论》说：“今士循常习故，规行矩步，积阶级，累阀阅，碌碌然以取世资。若夫魁梧隽杰，卓跞俶傥之徒，直将伏死嵚岑之下，安能与步骤共争道里乎？至于轩冕黻班之士，苟不能匡化辅政，佐时益世，而徒俯仰取容，要荣求利，厚自封之资，丰私家之积，此沐猴而冠耳，尚焉足道哉！”对西晋官场风气的批判一针见血，得未曾有。西晋一朝简直没有匡化辅政的名臣，多的是争名求利之徒，文学上也是平庸繁缛的文字为多，左思与后期刘琨的高明之处，正在于他们反对平庸，发出另类的声音。张载早年也是颇有锐气的，所以能成为“当代之文宗”。《榷论》流露了他深沉的忧虑，是西晋最清醒最优秀的散文之一。当然张载本人也未能在“匡化辅政，佐时益世”方面有更多的作为；不久天下大乱，更无可为。一介文人和中下级官员，在这个时代自然无从有什么更大的作为，人们也不能对他提这样的要求。

在诗歌方面张载也颇有贡献，可惜散失很严重，现在只能看到十二首，其中《拟四愁诗四首》是继傅玄的拟作之后又一篇模拟张衡名篇的作品，亦步亦趋，与陆机的拟古之作同一路径；《登成都白菟楼诗》则是全面描写成都这座历史文化名城的重要作品；他最有名的还是《七哀诗》二首，其一云：

---

① 张牧作有成都文翁石室的壁画，画仲尼七十二弟子，见《益州名画录》《益州学馆记》；参见《华阳国志》卷八《大同志》。

② 《晋书·武帝纪》载泰始四年正月《大赦诏》有云：“朕守遗业，永惟保乂皇基，思与万国以无为为政。”这样的方略，从积极的方面来说，可以与民休息，让生产力得到一定的恢复；而问题则在于许多该做的事情没有做，未能给长治久安奠定基础，结果司马炎死后很快就天下大乱。司马炎很缺乏开国之君的阔大气象，他本来就是吃现成饭的，所以一味“守遗业”，而殊不知这样是守不住的。

北邙何累累，高陵有四五。借问谁家坟，皆云汉世主。恭文遥相望，原陵郁膴膴。季世丧乱起，贼盗如豺虎。毁壤过一抔，便房启幽户。珠柙离玉体，珍宝见剽虏。园寝化为墟，周墉无遗堵。蒙茏荆棘生，蹊径登童竖。狐兔窟其中，芜秽不复扫。颓陇并垦发，萌隶营农圃。昔为万乘君，今为丘中土。感彼雍门言，凄怆哀今古。

这大约是最早的专咏盗墓的诗篇。中国古代有厚葬的传统，因此也有盗墓的传统，至今方兴未艾；东汉末年则为其高峰期，领导盗墓的大人物先有董卓，后有曹操[①]；西晋盗墓之风仍盛，最有名的是咸宁五年(279)在今河南卫辉市有人盗发战国时代魏襄王的墓，得简策书数十车，漆书，皆科斗字(战国时代的古文字)；到第二年即太康元年(280)为朝廷收藏，派专人加以研究，得到许多前所不知的古籍[②]，此外一般的盗墓则不知凡几。张载的这两首《七哀诗》与有关史料最可互证，实为中国盗墓史上最重要的文献之一。《七哀诗》其二就被盗之墓的现场大发感慨，熔历史的沧桑感与现实的荒谬感于一炉，也是读来令人很感兴趣的诗篇。

---

① 董卓在撤出首都之前，“焚烧洛阳宫室，悉发掘陵墓，取宝物”(《三国志·魏书·董卓传》)，到长安以后，“又使吕布发诸帝陵及公卿以下冢墓，收其珍宝”(《后汉书·董卓列传》)。曹操有组织有领导地大规模发掘坟墓，《三国志·魏书·武帝纪》没有提到，见于陈琳为袁绍写的讨伐曹操的檄文，陈琳将此事作为曹操的一大罪状来痛加暴露：“又梁孝王先帝母昆，坟陵尊显，桑梓松柏，犹宜恭肃；而(曹)操率将吏士，亲临发掘，破棺裸尸，掠取金宝，至令圣朝流涕，士民伤怀。操又特置发丘中郎将、摸金校尉，所过隳突，无骸不露。身处三公之位，而行桀虏之态，污国虐民，毒施人鬼。”(《为袁绍檄豫州》，《文选》卷四十四)按，西汉梁孝王刘武是汉文帝之子、汉景帝之同胞弟，当年在诸侯王中以爱才养士著称，又以财富极多闻名，《汉书·文三王传》说他“未死时，财以钜万计，不可胜数。及死，藏府余黄金尚四十余万斤，他财物称是”。梁孝王刘武的陵墓大约乃是董卓、吕布浩劫之后尚存的一块宝地，因此被曹操看中，成为创收的一大资源。《文选》李善注引《曹瞒传》云“曹操破梁孝王棺，收金宝。天子闻之哀泣”；《太平御览》卷八一一引《曹操别传》云“操引兵入砀，发梁孝王冢，破棺，收金宝数万斤，天子闻之立泣”。这两条记载当出于同一史源，只是文字的繁简稍有不同。正因为曹操是亲自领导过盗墓的，所以他后来严肃地要求自己死后一定要薄葬。曹操的儿子魏文帝曹丕亲身经历过汉末的盗墓高潮，所以也强调务必薄葬。参见顾农《曹操的领导盗墓与安排疑冢》，《博览群书》2008 年第 4 期；此文又收入《四望亭文史随笔》一书。

② 其中包括《逸周书》《竹书纪年》《穆天子传》《琐语》等，凡十六种七十五篇(其中完整的六十八篇，残缺的七篇)；这一批珍贵的古籍后来到隋唐时大部分亡佚，但上述四书经过不断的传抄补辑得以流传至今，前二者是重要的史书，后二者是著名的古小说。这次盗墓如果不是挖到许多竹书，大约不会惊动朝廷，在史书中也不会得到记载。

三

张载的两个弟弟张协、张亢也都是文学家，曾经被合称为“三张”；张协的成就比较高，“文稍让兄，而诗独劲出”（张燮《〈汉魏六朝百三家集·晋张载张协集〉题辞》），钟嵘《诗品》将他列入上品，评语道：“其源出于王粲。文体华净，少病累。又巧构形似之言。雄于潘岳，靡于太冲，风流调达，实旷代之高手。词采葱蒨，音韵铿锵，使人味之，亹亹不倦。”这是极高的评价。西晋诗人进入《诗品》之上品的只有四人：陆机、潘岳、张协、左思，钟嵘认为张协有高于潘岳、左思之处，甚至也高于陆机，所以称为“旷代之高手”。而张载在《诗品》中只被列入下品，被认为“远惭厥弟”，与张协差距甚远；至于张亢，在这里没有被提到，也就是说，其人未能入于“才子”之林①。由此也可以知道，《诗品·序》将张亢放在“三张”里，不过是附带地提及而已。一家弟兄几个都有文才，是难得的事，即使其中有差一点的，也就顺便带上他了。

张协字景阳，生卒年也不详，他起家辟公府掾，后任秘书郎，又曾任征北大将军、成都王司马颖的从事中郎，迁中书侍郎、河间内史，后归隐。“于时天下已乱，所在寇盗，协遂弃绝人事，屏居草泽，守道不竞，以属咏自娱”（《晋书》本传）。永嘉中复征为黄门侍郎，托病不起。张氏兄弟都讲究明哲保身，不愿意卷入当时的纷乱，遂能“自脱于巫山之火”（张燮《〈汉魏六朝百三家集·晋张载张协集〉题辞》），得以终其天年，但也没有干成什么大事，只是张协退隐后作品比较多，稍胜于乃兄。

以“屏居草泽”为界，张协的一生可分为前后两期。其前期的代表作是《七命》（《文选》卷三十五）和《洛禊赋》；后期的代表作则是他的《咏史诗》（《文选》卷二十一）和《杂诗》一组十首（《文选》卷二十九）。

“七”是辞赋中的一种专门格式，始于西汉初年枚乘的《七发》（《文选》卷三十四）。该文由“吴客”与“楚太子”的对话构成：太子病病歪歪，没精打采；吴客指出，这是“久耽安乐，日夜无极”的恶果，于是拿音乐、饮食、飙车、盛会、田猎、观涛等六事来打动他，希望有助于他振奋精神，但未能奏效；最后则说以“要言妙道”，太子竟据案而起，霍然病已。这样他就开创了一种辞赋的模式，先之以六个方面的铺叙，最后再来一段足以解决问题的言论，铺张扬厉，

---

① 《诗品·序》：“嵘今所录，止乎五言……凡百二十人，预此宗流者，便称才子。”

在对比中突现主题。后来模仿这种辞赋格式的作家作品很多,例如有曹植的《七启》等等,这些模拟之作形成了一个被称为“七”的系列。《文选》中也将“七”单列为一体。

但是枚乘的《七发》其实是有弱点的,最后一段的“要言妙道”比较简单而且稀松,给人印象深刻的还是在前面的各段特别是曲江观涛这一部分,文章的目的和手段之间不是最和谐的。张协的《七命》在“七”体中则可以称为最优秀的作品,宋朝人杨万里认为“自枚乘以后,惟张景阳之《七命》足以摩其垒而与之周旋,其余作者,皆自郐以下者也”(《诚斋集》卷六十七《答万安赵宰》)。《七命》中的对话在“避地独窜”的隐士冲漠公子和进取之士殉华大夫之间进行,大夫要招隐士出山,先来了六大段说词,分别讲“音曲”、“宴居”、“田游”、“神兵”(高级武器)、“俊乘”(宝马)和“美食”,冲漠公子均不为所动;最后大夫宣讲大晋天子的盛德和当前的大好形势,“言未终,公子蹶然而兴”,说道:

> 鄙夫固陋,守此狂狷。盖理有毁之,而争宝之讼解;言有怒之,而齐王之疾痊。向子诱我以聋耳之乐,栖我以蔀家之屋,田游驰荡,利刃骏足,既老氏之攸戒,非吾人之所欲,故靡得而应子。至闻皇风载韪,时圣道淳,举实为秋,摛藻为春,下有可封之人,上有大哉之君,余虽不敏,请寻后尘。

可知在西晋平吴、中国复归于统一后,连隐藏得很深的隐士都受到大好形势的鼓舞,决定结束隐居状态,出而入仕了。这样张协就把传统的“七”体与当下的重大主题紧密地结合起来,产生了新的意义,而且“思绪之灵旷飘逸,词致之典丽纤秾,即太冲《三都》,当为避舍”(洪若皋《昭明文选越裁》卷八)。《七命》具有很强的可读性,历来得到很高的评价。

由于《晋书》本传是在叙过张协“屏居草泽”以后才引用《七命》的,所以历来有人视此篇为他的后期作品;而这其实是不可能的,后期张协已经没有也不会有这样积极的态度了。

张协前期的另一代表作《洛禊赋》也很值得注意。春天在洛水边修禊,是当时社会生活中的一件大事,西晋作品中颇有涉及①,而张赋尤为生动具体:

---

① 《艺文类聚》卷四“岁时部(中)三月三日”下引张华《三月三日后园会诗》《上巳篇》、潘尼《三日洛水作诗》、王济《平吴后三月三日华林园诗》、闾丘冲《三月三日应诏诗》、王讚《三月三日诗》等,同卷又引夏侯湛《禊赋》、阮瞻《上巳会赋》等。

顾新服之初成兮，将禊除于水滨。于是缙绅先生，啸俦命友，携朋接党，冠童八九。主希孔墨，宾慕颜柳。临崖咏吟，濯足盥手。乃至都人士女，奕奕祁祁。车驾岬嵑，充溢中逵。粉葩翕习，缘阿被湄。振袖生风，接衽成帏。若夫权戚之家，豪侈之族，采骑齐镳，华轮方毂。青盖云浮，参差相属。集乎长洲之浦，曜乎洛川之曲。遂乃停舆蕙渚，税驾兰田。朱幔虹舒，翠幕蜺连。罗樽列爵，周以长筵。于是布椒醑，荐柔嘉，祈休吉，蠲百疴。漱清源以涤秽兮，揽绿藻之纤柯。浮素卵以蔽水，洒玄醪于中河……

从这篇赋中颇可见出当年的风习。《晋书》卷二十一《礼志下》有云："汉仪，季春上巳，官及百姓皆禊于东流水上，洗濯祓除去宿垢。而自魏以后，但用三日，不以上巳也。晋中朝公卿以下至于庶人，皆禊洛水之侧。"上古三月上巳的禊事本带有某种原始宗教的色彩；魏晋以后的变化，一是选定三月初三，不管它是不是巳日；二是迷信色彩淡化，以郊游、野餐为主要内容，当然总是在有流水的地方进行，以便完成象征性的"洗濯祓除"。达官贵妇就此大出风头，文人学士则喜欢在这个日子举行高雅的集会，老百姓也都出去到水边上玩一玩。三月三实际成为春天的一个郊游盛会以及少男少女们的狂欢节。这是一个重要的节日，连朝廷都很重视。张协的《洛禊赋》多有上层社会民俗的描写，非亲身经历者不能写得如此亲切，历来为读者所喜闻乐见①。后来到东晋，有关修禊的活动则以王羲之等一批知识精英的兰亭集会最负盛名。

比起辞赋来，张协后期的一批五言诗更为著名。

左思的《咏史》是一组诗，诗人根据自己抒情的需要，随手拈来许多古人；而张协的《咏史》是单独的一首，专咏历史上著名的急流勇退的高官二疏。诗云：

昔在西京时，朝野多欢娱。蔼蔼东都门，群公祖二疏。朱轩曜金城，供帐临长衢。达人知止足，遗荣忽如无。抽簪解朝衣，散发归海隅。行人为陨涕，贤哉此丈夫。挥金乐当年，岁暮不留储。顾谓四坐宾，多财为累愚。清风激万代，名与天壤俱。咄此蝉冕客，君绅宜见书。

"二疏"指西汉的疏广、疏受叔侄。《汉书·疏广传》载，他们二人曾同时

---

① 徐元文《含经堂集》卷三十《跋所书张景阳洛禊赋》："禊事之盛，莫过于晋、宋间，大要冠盖云集，士女雾会，不独文人骚士修觞咏之乐也。观景阳《洛禊赋》，略可想见析波浮醴，岂真足以延休吉而蠲疴疾；若右军之叙幽情、兴公之齐达观，则庶几得之矣。"此说不无偏至，像王羲之（右军）、孙绰（兴公）那样借修禊而另有发挥固佳，单纯地描写民俗，亦自有其价值。

担任太子太傅、太子少傅：“疏广字仲翁，东海兰陵人也。少好学，明《春秋》，家居教授，学者自远方至。征为博士太中大夫。地节三年(前67)，立皇太子，选丙吉为太傅，广为少傅。数月，吉迁御史大夫，广徙为太傅，广兄子受字公子，亦以贤良举为太子家令。受好礼恭谨，敏而有辞，宣帝幸太子宫，受迎谒应对，及置酒宴，奉觞上寿，辞礼闲雅，上甚欢说(悦)，顷之，拜受为少傅。”叔侄二人同为太子之师，这在当时算是极其风光的了；但是只干了五年，疏广却忽然提出要退休，《汉书·疏广传》继续写道：“广谓受曰：‘吾闻“知足不辱，知止不殆”“功遂身退，天之道”也，今仕官至二千石，宦成名立，如此不去，惧有后悔。岂如父子相随出关，归老故乡，以寿命终，不亦善乎？’受叩头曰：‘从大人议。’即日父子俱移病。满三月赐告，广遂称笃，上疏乞骸骨。上以其年笃老，皆许之。”于是皇帝和太子赏赐甚厚，公卿大夫故人邑子举行盛大的欢送宴会，叔侄二人顺利地退休回乡。那时太子还小，其外祖父大有干预太子早期教育之意，疏广进行过若干抵制；他大约是怕有什么后遗症吧，遂决定及早抽身。《汉书·疏广传》对此中的曲折有所涉及，但读者往往不大关注这一点，人们津津乐道的是疏广不仅十分明智地功成身退，而尤其在于他不同于流俗的处理财产的方式，《汉书》为疏广立传亦以此为重点，详加叙述：

广既归乡里，日令家共具设酒食，请族人故旧宾客，与相娱乐。数问其家金余尚有几所，趣卖以供具。居岁余，广子孙窃谓其昆弟老人广所爱幸者曰：“子孙几及君时颇立产业基阯，今日饮食费且尽。宜从丈人所，劝说君买田宅。”老人即以闲暇时为广言此计。广曰：“吾岂老悖不念子孙哉？顾自有旧田庐，令子孙勤力其中，足以供衣食，与凡人齐。今复增益之以为赢余，但教子孙怠惰耳。贤而多财，则损其志；愚而多财，则益其过。且夫富者，众人之怨也；吾既亡以教化子孙，不欲益其过而生怨。又此金者，圣主所以惠养老臣也，故乐与乡党宗族共飨其赐，以尽吾余日，不亦可乎！”于是族人说(悦)服。皆以寿终。

在这个问题上疏广表现了更高的人生智慧，其族人子孙虽不免有些俗气，到底也还算是通达明理之辈。

张协的诗完全根据《汉书·疏广传》加以敷演，这本是自西汉班固《咏史》以来的传统，似乎看不出他本人独特的心得，但其指向是很分明的，刘履《选诗补注》卷四云：“景阳托疾屏居，故咏其事，以讽当代之持禄固位者……其意微矣。”张协主张在官场上运作的人要见好就收——这其实正是为他本人在天下已乱之时果断地“弃绝人事，屏居草泽”提供解释，同时也从先贤之“达人知止足”中寻求精神力量。

“达人”一词起源甚早，如今也颇流行，但含义很不同[①]——古之所谓“达人”指见闻广博、通达事理的高人，例如孔子曾被认为是“达人”（见《左传》昭公七年），西汉贾谊在《鹏鸟赋》中安慰自己说：“小智自私兮，贱彼贵我；达人大观兮，物无不可。”后来陶渊明在《饮酒》诗中说：“衰荣无定在，彼此更共之。……寒暑有代谢，人道每如兹。达人解其会，逝将不复疑。”二疏自是“达人”，张协很仰慕他们，他本人同样急流勇退，也可以说是一个达人。后来陶渊明也写过一首《咏二疏》，“咏二疏去位，所以自况其辞彭泽而归田也”（邱嘉穗《东山草堂陶诗笺》卷四），而尤其强调疏广的“放意乐余年”，借以抒写自己的人生态度，特别强调应当放手让子女自力更生，过普通人的生活，不必给他们留下多少财产。

张协最著名的诗篇是他的《杂诗》十首。所谓“杂诗”，就是题材没有一定而主要用来抒发一己之感情的诗，相当于后来的“无题”“即事”“遣兴”之类[②]，魏晋诗人很喜欢用这一标题。

这一组《杂诗》应当都是张协“屏居草泽”之后的作品，未必作于同时，也可能作于某一风雨凄凄的秋天，内容相当广泛，但都包含着诗人深沉的人生感慨。

其一写夫妇离居的忧伤，情调很近于《古诗十九首》而更为凄苦：

> 秋夜凉风起，清气荡暄浊。蜻蛚吟阶下，飞蛾拂明烛。君子从远役，佳人守茕独。离居几何时，钻燧忽改木。房栊无行迹，庭草萋以绿。青苔依空墙，蜘蛛网四屋。感物多所怀，沉忧结心曲。

从这首诗看去，当张协在草泽间隐居的时候，他的眷属并未跟来，遂多相思之情。本诗不写自己如何思念妻子，却从妻子一面立言，更觉委婉情深。

---

① 时下所用的“达人”一词指各种技艺的高手，如运动达人、英语达人；更有所谓“达人秀”（talent show），指某种技能的比试（一般在电视上）。“达人”在英文中大致可以对应 master 一词。

② 《文选》卷二十九王粲《杂诗》题下李善注曰：“杂者，不拘流例，遇物即言，故云杂也。”《文选》卷三十有陶渊明《杂诗》二首，而这二首在陶集中题作《饮酒》，其小序云：“余闲居寡欢，兼比夜已长，偶有名酒，无夕不饮，顾影独尽，忽焉复醉。既醉之后，辄题数句自娱，纸墨遂多。辞无诠次，聊命故人书之，以为欢笑耳。”可知这些诗本来并没有题目，因为是酒醉后所作，题曰《饮酒》固然可以，而题作《杂诗》，亦无不可。凡此诸作，皆“不拘流例”者也。《古诗十九首》在《文选》中被列入杂诗一类，这些也都是无题诗。

家人分离，正是老派隐居方式非付出不可的代价之一，所以远远不如后来陶渊明就在故家隐居那样具有可推广性。

“青苔依空墙，蜘蛛网四屋”二句写故家无人打理，一片荒凉。这正是所谓“巧构形似之言”，很富于镜头感；后来薛道衡的名句“暗牖悬蛛网，空梁落燕泥”（《昔昔盐》）当即由此化出。

其二由夏秋季节的转换联想到人的一生过起来也非常之快，“人生瀛海内，忽如鸟过目”，又引用孔子的话，表明要抓紧时间加强自己的修养，仍未脱儒家的本色。

其三写自己秋日的闲居生活：

> 金风扇素节，丹霞启阴期。腾云似涌烟，密雨如散丝。寒花发黄采，秋草含绿滋。闲居玩万物，离群恋所思。案无萧氏牍，庭无贡公綦。高尚遗王侯，道积自成基。至人不婴物，余风足染时。

这里“腾云”等四句写秋日风光，亦复如画；诗人虽自以为高尚，有道，但仍然有着很深的孤独感，因为他离开了先前所属的群体。这样当然可以免去案牍劳形，也不复有官场中人来打扰，但总不免孤独寂寞。这几乎是所有隐士的心病。后来的大隐士陶渊明尽管具有非常高的修养、非常好的心态，也还是在诗里说“栖栖失群鸟，日暮犹独飞。徘徊无定止，夜夜声转悲”（《饮酒》其四）——这鸟正是他本人的象征。张协、陶渊明等人为什么会有孤独寂寞之感？无非是因为他从此脱离了官场，脱离了他曾经非常熟悉的上流社会，因此不免有一种难以摆脱的“失群”之痛、强烈的失落之感。

中国古代知识分子历来在既有的政治体制里、在本阶层的群体里呆惯了；他们所信奉的儒家思想所关注的也完全是如何在体制之内的人际关系网里安身立命——而这软硬两个方面的东西一旦失落，他们在心理上就难以承受，而写诗来强调自己的“高尚遗王侯，道积自成基”，或陶渊明似的自称“托身已得所，千载不相违”，无非是一种自我安慰，借这样的解说让自己得到解脱。

“腾云似涌烟，密雨如散丝”两句极得秋日风雨神韵，不仅形似而已，前人评为“情景旷越，有苍异之姿，开康乐（谢灵运）风度”（陈祚明《采菽堂古诗选》卷十二）。张协以写雨见长，后来的诗话家颇多佳评。

其四从另一个角度就时令的转换大发感慨：

> 朝霞迎白日，丹气临汤谷。翳翳结繁云，森森散雨足。轻风摧劲草，凝霜竦高木。密叶日夜疏，丛林森如束。畴昔叹时迟，晚节悲年促。岁

暮怀百忧，将从季主卜。

一场秋雨过后，木叶落尽，只剩下树干，大树竦立，丛林如束，诗中这些“佳句得之象外”（王夫之《古诗评选》卷四），对秋景的描写传神如画。诗人由此想到，青年时代总觉得日子过得慢（那时对未来充满希望），而老了以后就觉得光阴似箭时不我待了。这也是人们通常会有的人生感触。前人或以为本诗中的写景都是政治形势的隐喻①，似属过度诠释，并无足取。

其五至其八转入回忆往事，抒写自己的人生感悟和复杂的情绪。其五以“昔我资章甫，聊以适诸越”为喻，感慨自己走错了道路，人生价值无从实现，怀才不遇，曲高和寡，但终于不肯苟同于流俗，虽然不能为人所理解，但并不想改变，因为“流俗多昏迷”。其六以闯鲁阳关为喻，讲世路之艰险和“经阻贵勿迟”的道理。张协是一个很有主见的人，勇于实施，不受外界的干扰。其七、其八说到自己在外乡有事于军旅，当时主张决胜于樽俎之间，以“拙速”取胜，反对进行“迟巧”的缠斗；而最希望的还是归乡过自由的、一向习惯的生活。诗人曾经担任过军职，又当过边境地区的地方官，诗中所写必有丰富的事实依托，但现在已经无从查明了。

其九、其十回到深秋苦雨的当下，情形相当凄苦：

> 结宇穷冈曲，耦耕幽薮阴。荒庭寂以闲，幽岫峭且深。凄风起东谷，有渰兴南岑。虽无箕毕期，肤寸自成霖。泽雉登垄雊，寒猿拥条吟。溪壑无人迹，荒楚郁萧森。投耒循岸垂，时闻樵采音。重基可拟志，回渊可比心。养真尚无为，道胜贵陆沉。游思竹素园，寄辞翰墨林。

> 黑蜧跃重渊，商羊舞野庭。飞廉应南箕，丰隆迎号屏。云根临八极，雨足洒四溟。霖沥过二旬，散漫亚九龄。阶下伏泉涌，堂上水衣生。洪潦浩方割，人怀昏垫情。沈液漱陈根，绿叶腐秋茎。里无曲突烟，路无行轮声。环堵自颓毁，垣间不隐形。尺烬重寻桂，红粒贵瑶琼。君子守固

① 刘履《选诗补注》卷四云：“此景阳睹朝纲之紊乱，忧国祚之不永也。其言朝霞迎日而丹气临汤谷者，以比惠帝之初，权奸柄国，气势煊赫，为乱之渐也。至于翳翳结云，森森散雨，则阴邪日盛而悖逆非一矣。甚至杀害忠良，迫及乘舆，由是贤才退散，朝廷孤危，正犹风摧劲草，霜竦高木，而林叶枯疏，森然如束也。且吾向也叹逢时之不早，今乃悲世运之促忽，譬之少时，日望长大，及既垂老，惟惧衰没耳。时既若此，尚将从善卜者以占其吉凶如何，亦可见其忧国之忠诚矣。”似此，则组诗中其他景物描写又都影射些什么？借口比兴将有关诗句硬往朝政大局上拉，乃是宋元以后诗论家的流行病之一。

穷，在约不爽贞。虽荣田方赠，惭为沟壑名。取志於陵子，比足黔娄生。

诗人遭遇了一场空前的大水灾，处境非常狼狈；诗中对多日暴雨成灾作了细致的描写，而归结为养真无为、君子固穷。儒道两家的思想都在帮助隐士们渡过难关。

张协的诗谢绝玄谈，重视细致地描写物象，讲究形象和色彩，对后来者大有启发。清代评论家黄子云认为他“写景渐启康乐（谢灵运）”（《野鸿诗的》），刘熙载则认为他“开鲍明远（照）”（《艺概·诗概》），都指出了他的影响，已经遥开“声色大开”之刘宋诗风①。因为他的作品比较地超前，与太康诗风有相当的差距，所以今人在讨论太康文学时往往对他比较忽略，其实超前的作家是更有意义的。张协足以与陆机、潘岳、左思、刘琨并列为西晋五大诗人。

左思和张协在动乱纷扰的年代里都实行隐遁，他们是陶渊明的先驱；但左思隐居后一味精思著述，张协则大发牢骚，心态都不像陶渊明那样潇洒平和。实行某种程度的隐居并不很难，难的是心态也是“隐”的。据说现在在终南山里也还有不少修道的隐者，不知道他们的真实情况到底如何；其实就在自己原先所在的城市本来住的房子里隐居，做自己愿意做、能够做的事就好，不一定要劳神费事地跑到什么著名的深山老林里去。

张亢字季阳，是张氏诸位弟兄中最小的一个，入仕已在东晋，他于怀帝永嘉中渡江南下，当时“四海南奔”，大量的中原士人为了躲避乱华的五胡，纷纷逃离，向长江以南迁移。大约因为父兄的庇荫以及本人的文才，被元帝授为散骑侍郎，明帝时为佐著作郎，出补乌程令，又入为散骑常侍，复领佐著作。著作郎一般总是选著名的文人担任，由此可知他的文才也应是不错的，但不知道为什么他几乎没有什么作品流传，《北堂书钞》（卷一四〇）里有一点残句，完全看不出什么眉目。也许他本来就写得很少吧，所以实在应该将他从“三张”中剔除出去。

① 沈德潜《说诗晬语》卷上：“诗至于宋，性情渐隐，声色大开，诗运一转关也。”按，自刘宋以后诗歌中关于声色的描写大为加强自是事实，而性情则未尝渐隐。刘宋以下，谈玄之风渐衰，诗人们更加注意描写物象，这与“性情渐隐”无关。

十八　刘琨以及十六国作家

一

西晋文学家刘琨(字越石,271～318),中山魏昌(今河北定州南)人,据说是汉朝王室的后裔。其人仪表堂堂,颇有威仪①。《晋书》本传说,他从青年时代起就“以雄豪著名”,太康末年,他与祖逖同为司州主簿,中夜闻鸡起舞,后来祖逖得到重用,刘琨写信给亲友说:“吾枕戈待旦,志枭逆虏,常恐祖生著吾先鞭。”中间他在宦海沉浮多年,喜欢清谈,与权贵来往,为贾谧的“二十四友”之一,在上层社会里厮混了很久,如鱼得水,但并没有什么作为。

到光熙元年(306)刘琨出任并州(治晋阳,今山西太原)刺史,走上了抗击匈奴割据势力的最前线,从生活到思想都发生很大变化;他的文学成就也都是后来走上前线、经受了血与火的考验之后的事情。

“八王之乱”大伤了国家的元气,惠帝不仅不能控制政局,反倒成了首席受难者,长期沦为野心家手中的人质。光熙元年(306)五月,这位多灾多难的皇帝由长安回洛阳,从被河间王司马颙的劫持状态中解脱出来,但情形仍极狼狈,《晋书·惠帝纪》云:“五月……己亥,(祁)弘等奉帝还洛阳,帝乘牛车,行宫藉草,公卿跋涉。”此时的首都洛阳被叛军抢掠一空,残破不堪,惠帝虽复回旧宫,但也不过由司马颙手中的傀儡一变而为东海王司马越控制下的皇权

① 东晋野心勃勃的高官桓温也以仪表不凡著称,据《晋书·桓温传》说,“温豪爽有风概,姿貌甚伟,面有七星”“自以雄姿风气是宣帝、刘琨之俦”;后来他在北伐中“于北方得一巧作老婢,访之,乃(刘)琨之伎女也,一见温,便潸然而泣。温问其故,答曰:‘公甚似刘司空。’温大悦。出外整理衣冠,又呼婢问。婢云:‘面甚似,恨薄;眼甚似,恨小;须甚似,恨赤;形甚似,恨短;声甚似,恨雌。’温于是褫冠解带,昏然而睡,不怡者数日。”魏晋时代人们非常重视外貌风姿,刘琨乃在超一流的水平线上。

象征而已。光熙元年十一月，惠帝不明不白地死去，怀帝司马炽继立，朝廷上充满了新的阴谋和新的纷争，而匈奴刘聪对中央的压力则日趋强劲了。刘琨被司马越派到并州去当刺史，离开中枢，走上了抗击匈奴的第一线。

此行途中刘琨写下了著名的《扶风歌》，历代传诵不衰，曾被选入萧统《文选》（卷二十八）。诗云：

朝发广莫门，莫宿丹水山。左手弯繁弱，右手挥龙渊。顾瞻望宫阙，俯仰御飞轩。据鞍长叹息，泪下如流泉。系马长松下，发鞍高岳头。烈烈悲风起，泠泠涧水流。挥手长相谢，哽咽不能言。浮云为我结，归鸟为我旋。去家日以远，安知存与亡。慷慨穷林中，抱膝独摧藏。麋鹿游我前，猿猴戏我侧。资粮既乏尽，薇蕨安可食。揽辔命徒侣，吟啸绝岩中。君子道微矣，夫子故有穷。惟昔李骞期，寄在匈奴庭。忠信反获罪，汉武不见明。我欲竞此曲，此曲悲且长。弃置勿重陈，重陈令心伤！

《文选》李善注指出，“集云：《扶风歌》九首。然以两韵为一首。今此合之，盖误。”《乐府诗集》卷八十四录入《扶风歌》即作九首。清朝人陈沆认为还是作为一首好，“以两韵为一节，盖即乐府四句为一节之例也”（《诗比兴笺》卷二）。按，四句一节在乐府诗中称为一解，往往可以相对独立。不妨认为《扶风歌》由九个小节构成，分之可以单独成立，合之则形成一首。

这里最后一节算是尾声，前面可以分作两个层次，一至四节，五至八节各为一层。

前四节交替地抒写自己的形和神，一实一虚，一强一弱，节奏强烈而分明。第一节写自己的行踪和形象，刚健有力。广莫门为洛阳北门，丹水山在今山西高平，两者相去甚远，而诗人朝发夕至，急于赴任、为国立功之情自在言外。中国文人向喜谈兵，大抵只在纸上；刘琨则真是文武双全的长才，在西晋末年那个需要行动需要英雄的时代，诗人把自己描写成为一个全副武装慷慨赴敌的英雄，不单写出了外形，也写出了神态，使读者从抒情主人公身上感受到他在国难方殷之际救亡图存的高昂的热情。在全诗中，开头这一节的调子最为高亢。

第二节情绪急剧下跌。离开首都叹气流泪一类情绪古诗中本极多见，但那大抵是不遇之感迁客之悲，多为一己的出处所左右；刘琨是离京去并州赴重任的，他得到朝廷高度的信任，而仍然长叹息泪如泉者，显然不是考虑个人的语默得失，而是念及国家社稷的存亡安危，充满了忧患。诗人在西晋上层的政局纷争中辗转甚久，有许多切身的体会，此时此刻离开首都到前方去，其流泪叹息内涵甚深，决不仅仅为了个人。

第三节回到眼前的北征上来，上承第一节，情绪稍稍振起。“系马”“发鞍”本属行旅中常事，但与“长松”“高岳”相连，却构成了简明而壮阔的场景，令人想起左思《咏史》中的名句“振衣千仞冈，濯足万里流”。魏晋诗人习惯于利用动作与背景的微妙联系表达复杂的情绪，写出孤独而高大的形象。悲风也是魏晋诗人喜欢写的意象，“秋风萧瑟，洪波涌起”（曹操《步出夏门行》），“高树多悲风，海水扬其波”（曹植《野田黄雀行》），建安诗人每每把自己慷慨悲歌的沉痛豪情外射为悲风，刘琨这里也是如此。

第四节又回到离别首都那条线上去，遥接第二节。第二节重在告别政治中心，这里重在离别亲人，他已有生离死别的预感。“浮云”与“归鸟”两组意象，《文选》张铣注解释为“云结鸟旋，言助我念宫阙也”，恐怕还要加上留恋亲友，以及担心自己的前途和国家的命运。

以上四节一强一弱，一高一低，一眼前一往事，线索清晰，节奏强烈。以下四节则不复采取这种模式，而是用三节来写眼前的困苦，第八节集中写自己的隐忧，情绪线索婉曲贯注，一径低沉下去，而仍然不失其英雄气概。

第五节表明，自己和家人的存亡安危已经是严重的问题。在刘琨作此诗的前一年即永兴二年（305），当他追随新领豫州刺史范阳王司马虓时，曾经遭到原豫州刺史刘乔的攻伐，刘琨的父母都成了对方的俘虏①，稍后刘琨乞师于幽州刺史王浚，始反败为胜，救出父母。及至刘琨去并州，其父刘蕃留在洛阳，而这时首都已在风雨飘摇之中。到永嘉五年（311），匈奴陷洛阳，晋怀帝被俘，士民死者三万余人，刘蕃奔并州投靠儿子，不久以后，太原太守高乔背叛刘琨投降匈奴，刘琨的父母都遭到杀害。刘琨早已预感到一家老小性命难保。在临近危亡的关头生命意识往往高扬起来，建安诗人为此写过许多好诗，而刘琨则是在严重得多的很可能国破家亡的情况下经受了更残酷的考验。“慷慨穷林中，抱膝独摧藏”写出了乱世英雄内心深处巨大的悲伤。

第六节从生命存亡的高度下降到眼前的孤立无援、资粮乏尽这一具体问题上来，“麋鹿游我前，猿猴戏我侧”二句虽然可能是写实，同时也构成一种象

---

① 《资治通鉴》卷八十六《晋纪八》载：永兴二年八月“（司马）越承制以豫州刺史刘乔为冀州刺史，以范阳王司马虓领豫州刺史。乔以虓非天子命，发兵拒之”；“（刘）乔乘虚袭许，破之。刘琨将兵救许，不及，遂与兄舆及范阳王虓俱奔河北，琨父母为乔所执。”

征。野兽不可与同群，而现在自己却落入这一群不知忧伤为何物、也不可能对自己有任何帮助的异类之中，无可奈何的孤独感几乎要令人精神崩溃。给养是刘琨当时面临的大问题，刘琨在稍后给朝廷的一份报告中诉苦说，并州的老百姓实在苦不堪言，“流移四散，十不存二，携老扶弱，不绝于路。及其在者，鬻卖妻子，生相捐弃，死亡委厄，白骨横野，哀呼之声，感伤和气。群胡数万，周匝四州，动足遇掠，开目睹寇。唯有壶关，可得告籴。而此二道，九州之险，数人当路则百夫不敢进，公私往返，没丧者多，婴守穷城，不得薪采，耕牛既尽，又乏田器。以臣愚短，当此至难，忧如循环，不遑寝食”(《在路上表》)。刘琨要求朝廷给予特殊照顾，以保证并州人民的基本生活和军队的给养。这是刘琨已抵达上党壶口关以后的事情；作《扶风歌》时，他尚在途中，处境更为艰苦，只有靠采野菜充饥，这显然是难以持久的。

诗人由资粮乏尽联想到孔子在陈绝粮，所以下一节提到此事，《文选》刘良注云“当君子道消之时，孔子犹有穷厄，此自慰之词”；不仅自慰，此亦所以安慰其“徒侣”，稳住人心，坚持下去。“吟啸绝岩中”句颇见出刘琨个人的特色，他是以善啸著称的，《晋书》本传载后来他“在晋阳，尝为胡骑所围数重，城中窘迫无计，琨乃乘月登楼清啸，贼闻之，皆凄然长叹”。

以上这些困难，固然已经十分可怕，而刘琨认为最可怕的还不在这里。他将自己的隐忧用一个典故来表明：“惟昔李骞期，寄在匈奴庭。忠信反获罪，汉武不见明。”“骞”与“愆”通，“愆期”指延误了期限。《文选》李善注引《周易》曰“归妹愆期，迟归有时”；张铣注云：“愆期谓李陵与匈奴战，失利，遂降之，实执忠信之节，以报于汉；而武帝不明其心，乃诛其亲族也。琨誓将立功，故引此叹息。”此说甚是，尚待发挥。刘琨此时的敌人正是匈奴人，他联想起历史上抗击匈奴的名将李陵是很自然的事情；李陵之败与他的孤立无援直接相关，被俘后仍“有待而行”，想等待时机报答汉朝，但不被理解，终于获罪。刘琨当时也是孤军奋斗，形势严峻，他特别担心自己今后的作为会遭到朝廷的误解——那时的朝政往往操在几个你方唱罢我登场的权臣手里，派系的纷争很容易影响封疆大吏的命运。刘琨是经历过“八王之乱”的过来人，深知内讧之可怕，尽管他现在已经跳出窝里斗的纷争跑到抗击匈奴的第一线来了，但历史的渊源恐怕还将继续发挥作用，影响自己的未来。这些意思他均不明言，点到即止。后来的事实表明，刘琨确实精明练达，竟不幸而言中了。

《扶风歌》典型地表现了作者以天下为己任、知其不可为而为之的精神。刘琨所面对的苦难和危机，既有物质的匮乏和条件的艰苦，更有背后缺乏信任和支持的恐惧。缺少安全感、归宿感,历来是中国人最担心的事情,《扶风歌》特殊的题材中表达了这种普泛的心态,这正是它能打动千百年来读者之心的重要原因。

沈德潜评论《扶风歌》说“越石英雄失路,万绪悲凉,故其诗随笔倾吐,哀音无次,读者乌得于字句求之”(《古诗源》卷八),很有见地,但这话说得并不完全对。写诗当然要抒发感情,不怕强烈,但历来不是也不可能是完全听其自然的倾吐喷发;所以读者仍然能够而且只能求之于字句之间,事实上这一首“苍苍茫莽,一气直达”(《多岁堂古诗存》卷四)的名作章法相当谨严,抒情也是很讲究有节制和有节奏的,并不是随意倾吐的感情发泄。钟嵘《诗品》评刘琨说:“善为凄戾之词,自有清拔之气。琨既体良才,又罹厄运,故善叙丧乱,多感恨之词。”“善叙”是很重要的艺术才能,其奥妙之一即在于有所节制;在生活中我们有时会看到完全失控的发泄,感情当然很强烈,但并不是艺术,也无从给予接受者以美感。一个优秀的演员既要深入到他扮演的角色中去,同时又要有相当清醒的头脑,对自己的表演有所控制,把握最恰当的分寸;诗人在抒发感情的时候,何尝不是如此。

刘琨的诗,现存者除了《扶风歌》之外还有《答卢谌诗》和所谓《重赠卢谌》(《文选》卷二十五),虽然数量很少,但历来得到很高的评价,刘勰称其“雅壮而多风”(《文心雕龙・才略》);钟嵘称其“有清拔之气”(《诗品》);刘熙载《艺概・诗概》以为高于建安时代的刘桢、王粲和太康时代的潘岳、左思。

《晋书・刘琨传》介绍传主最后的经历道:

> (刘琨)竟为(段)匹磾所拘,自知必死,神色怡如也。为五言诗赠其别驾卢谌曰:“握中有悬璧……”。琨诗托意非常,摅畅幽愤,远想张(良)、陈(平),感鸿门、白登之事,用以激谌。谌素无奇略,以常词酬和,殊乖琨心,重以诗赠之。乃谓琨曰:“前篇帝王大志,非人臣所言矣。”然琨既忠于晋室,素有重望,被拘经月,远近愤叹……会王敦密使匹磾杀琨,匹磾又惧众反己,遂称有诏收琨。初,琨闻敦使至,谓其子曰:“处仲使来而不我告,是杀我也。死生有命,但恨仇耻不雪,无以下见二亲耳。”因歔欷不能自胜。匹磾遂缢之。时年四十八。子侄四人俱被害。

刘琨与段匹磾、卢谌、王敦之间,有着纷纭复杂的关系,刘琨赠卢谌的诗也有着不同寻常的背景。

先是刘琨从永嘉元年(307)起为并州刺史,那时并州的形势极为险恶,刘琨到任后经过一番艰苦的努力，“流人稍复，鸡犬之音复相接矣”(《晋书·刘琨传》)。永嘉五年(311)他的亲戚卢志、卢谌父子来投奔他。卢谌(字子谅，285～351)是刘琨的姨侄，“清敏有理思，好老庄”，“洛阳没，随志(卢谌之父卢志)北依刘琨”(《晋书》本传)。其时洛阳被匈奴人攻陷[1]，卢氏父子成了难民，于是逃出洛阳投奔其姻亲刘琨。但是他们来得很不巧，永嘉六年(312)刘聪派刘粲、刘曜攻并州，刘琨急忙收兵于常山及中山，而刘粲、刘曜乘虚攻入刘琨的根本重地晋阳(今太原)，此时才赶到晋阳的卢氏父子便成了匈奴人的俘虏，卢谌被留为参军。后来卢谌在《赠刘琨诗》中说的“望公归之，视险忽艰。兹愿不遂，中路阻颠”即咏此事。这是永嘉六年八月间的事情。稍后形势略有转机，“(刘)聪遣其子粲及令孤(一作“狐”)泥乘虚袭晋阳，太原太守高乔以郡降聪，琨父母并遇害。琨引猗卢并力攻粲，大败之，死者十五六，琨乘胜追之，更不能克。猗卢以为聪未可灭，遗琨牛羊车马而去，留其将箕澹、段繁等戍晋阳。琨志在复仇，而屈于力弱，泣血尸立，抚慰伤痍，移居阳邑城，以招集亡散”(《晋书·刘琨传》)。到十一月，“琨徙居阳曲，招集亡散，卢谌为(刘)粲参军，亡归琨”(《资治通鉴》卷八十八《晋纪十》)。至此卢谌始得实现初衷，依附其姨父刘琨。

而此后刘琨的处境仍然十分困难，处于匈奴刘聪与羯人石勒的夹击之中，进退维谷，首尾狼狈。建兴三年(315)，晋愍帝拜刘琨为司空，都督并、冀、幽三州诸军事，刘琨继续执行其以胡制胡的策略，积极联络鲜卑猗卢部共讨刘聪；卢谌充当刘琨的主簿、从事中郎，当在此时。建兴四年(316)，刘琨借助猗卢的力量攻石勒，几乎全军覆没，遂投奔鲜卑段匹磾部，“匹磾见琨，甚相亲重，与之结婚，约为兄弟”(《资治通鉴》卷八十九《晋纪十一》)。到建武元年(317)，“匹磾推刘琨为大都督，檄其兄辽西公疾陆眷及叔父涉复辰、弟末柸等会于固安，共讨石勒”(《资治通鉴》卷九十《晋纪十二》)。所谓大都督，其实只是一个空名，并没有真正的指挥权。这时卢谌离开刘琨，转为段匹磾之别驾。卢谌其人一贯与世推移。

更糟糕的是，刘琨拟议中的与鲜卑段部联合起来共讨石勒之役后来未能进行，鲜卑人内讧不已，而刘琨之子刘群卷入这种内讧，与段末柸合谋袭击段

---

[1] 《晋书·怀帝纪》永嘉五年(311)六月载：“丁酉，刘曜、王弥入京师，帝开华林园门，出河阴藕池，欲幸长安，为曜等所追及，曜等遂焚宫庙，逼辱后妃……百官士庶死者三万余人。帝蒙尘于平阳，刘聪以帝为会稽公。”

匹磾，请刘琨为内应，计划事成以后由刘琨取代段匹磾任幽州刺史。此事刘琨毫不知情。

为段末柸、刘群送交密信的使者被段匹磾捕获，于是段匹磾立刻囚禁刘琨，刘、段之盟至此结束，北方形势急转直下。太兴元年(318)“……匹磾遂留琨。琨之庶长子遵惧诛，与琨左长史杨桥等闭门自守，匹磾攻拔之。代郡太守辟闾嵩、后将军韩据复潜谋袭匹磾，事泄，匹磾执嵩、据及其党徒，悉诛之。五月癸丑，匹磾称诏收琨，缢杀之，并杀其子侄四人。琨从事中郎卢谌、崔悦等帅琨余众奔辽西，依段末柸，奉刘群为主”(《资治通鉴》卷九十《晋纪十二》)。

刘琨去世前不久曾先后赠给卢谌两首诗，前一首即是以“握中有悬璧”开头而《文选》题作《重赠卢谌》的这一首；卢谌“以常词酬和”；这让刘琨大为失望，于是又“重以诗赠之”，对此卢谌没有再回答，却说刘琨的上一首诗中有“帝王大志”，根本不能这么写。所以，以“握中有悬璧”开头的这一首可题作《赠卢谌》，他“重以诗赠之”的那一首赠诗才应题为《重赠卢谌》——但这后一首《文选》未选，《晋书》亦未载，现在已经看不到了。

卢谌在刘琨手下效劳前后约有五年之久，当初他追随这位长辈英雄一则是为避难，同时大约也还希望有所作为；但他实在不像一个斗士，总是时时反顾其早年好老庄、谈玄理的潇洒岁月。建武元年(317)当他在暂时离开刘琨去当段匹磾的别驾后，写过一首二十章的四言诗赠刘琨①，还专门附了一封信(《文选》卷二十五)，略云：

> 故吏从事中郎卢谌死罪死罪。谌禀性短弱，当世罕任，因其自然，用安静退……因缘运会，得蒙接事，自奉清尘，于今五稔。谟明之效不著，候人之讥以彰。大雅含弘，量苞山薮，加以待接弥优，款眷逾昵，与运筹之谋，厕宴私之欢，绸缪之旨，有同骨肉，其为知己，古人罔喻……事与愿违，当忝外役……《易》曰：书不尽言，言不尽意。然则书非尽言之器，言非尽意之具矣；况言有不得至于尽意，书有不得至于尽言邪？不胜猥懑，谨贡诗一篇，抑不足以揄扬弘美，亦以摅其所抱而已。

---

① 按，此诗中有云：“长徽已缨，将逝徙举。收迹西践，衔哀东顾。曷云涂辽，曾不咫步。岂不夙夜，谓行多露。”《文选》李善注说：“长徽已缨，谓被匹磾所辟，类乎徽纆之系于己也。”此注是。诗人不再担任刘琨的从事中郎而为段匹磾的别驾，办公地点变化了，虽然相去不远，但隶属关系已经不同，故信一开头即自称“故吏”。由初依刘琨的永嘉六年(312)下数五年，当是建武元年(317)。

所谓“当忝外役”即指被段匹䃅所辟。永嘉六年(312)以来，五年战火的洗礼仍然未能让卢谌得到改造，他对国家的命运和个人的前途都感到十分迷茫，只好仍然在那里一味追求个人心境的平衡虚寂。实际事功不行，只好大谈玄理——后来东晋玄言诗大盛，道理也正在于此。卢谌赠刘琨的这一组诗凡二十章，最后四章写道：

先民颐意，潜山隐机。仰熙丹崖，俯澡绿水。无求于和，自附众美。慊慨遐踪，有愧高旨。　　爰造异论，肝胆楚越。惟同大观，万殊一辙。死生既齐，荣辱奚别。处其玄根，廓焉靡结。　　福为祸始，祸作福阶。天地盈虚，寒暑周回。夫差不祀，衅在胜齐。勾践作伯，祚自会稽。　　邈矣达度，唯道是杖。形有未泰，神无不畅。如川之流，如渊之量。上弘栋隆，下塞民望。

这里以玄言诗的惯用话语所表达的实际内容是：他要用老庄哲学为指导思想，看破生死荣辱祸福，最后回归于道。“爰造异论”等四句，化用《淮南子·俶真训》：“自其异者观之，肝胆胡越；自其同者视之，万物一圈也。”“楚越”犹言“胡越”，当时胡人得势，段匹䃅亦是胡人，于是避用“胡”字。这里的意思颇近于庄子之所谓齐物论①。卢谌对当时的形势缺乏深入的了解，他弄不懂刘琨任大都督、自己改任段匹䃅之别驾究竟意味着什么，只是模模糊糊地预感到前途渺茫，潜伏着某种危机，但完全无计可施，于是只能用极空洞的玄理把大伤脑筋的世事统统打发掉。深受玄学浸淫的晋代知识分子，往往相当软弱而且糊涂。

对卢谌赠诗及来信中的上述态度，刘琨很不以为然。他本人早年为贾谧“二十四友”之一，在上流社会的文化圈子里泡过很久，高谈玄理亦优为之，但经过多年实际政治军事斗争实践的磨炼，他深切地体会到玄理完全不足以救亡图存，于是针对卢谌的来信和赠诗，回敬了一封信和一首四言诗(凡八章)。这封信极其重要，亦载于《文选》卷二十五，全文如下：

琨顿首。损书及诗，备辛酸之苦言，畅经通之远旨，执玩反覆，不能释手。慨然以悲，欢然以喜。昔在少壮，未尝检括，远慕老庄之齐物，近

① 《文选》李善注解释“爰造异论”云“谓琨被谤也”，并引臧荣绪《晋书》曰“众人谓琨诗怀帝王大志”。按，此说甚误，引书也不恰当；刘琨被诬为有帝王志略是此后的事情。参见黄侃《文选平点》，第117页。

嘉阮生之放旷，怪厚薄何从而生，哀乐何由而至。自顷辀张，困于逆乱，国破家亡，亲友凋残。负杖行吟，则百忧俱至；块然独坐，则哀愤两集。时复相与举觞，对膝破涕为笑，排终身之积惨，求数刻之暂欢，譬由（犹）疾疢弥年，而欲一丸消之，其可得乎！夫才生于世，世实须才，和氏之璧，焉得独曜于郢握？夜光之珠，何得专玩于随掌？天下之宝，当与天下共之。但分析之日，不能不怅恨耳。然后知聃周之为虚诞，嗣宗之为妄作也。昔騄骥倚辀于吴坂，长鸣于良、乐，知与不知也。百里奚愚于虞而智于秦，遇与不遇也。今君遇之矣，勖之而已！不复属意于文，二十余年矣，久废则无次，想必欲其一反，故称旨送一篇，适足以彰来诗之益美耳。琨顿首顿首。

这封回信的措辞虽然非常客气，其内容则与来信针锋相对。刘琨在信中回顾了自己如何由仰慕老庄到厌弃这一套虚诞而无济于事的东西之思想变化的过程；他感慨地说，眼前"火燎神州，洪流华域"（《答卢谌诗》第一章），形势实在是太严峻了，在这样惨痛的现实面前，迫切需要的是事功而不是什么玄理。刘琨此时对段匹磾寄予厚望，以为依靠他的实力可以平定北方，共扶晋室，因此鼓励卢谌到他手下以后好好干——据此也可以知道，先前卢谌在刘琨这里其实并没有作出多少贡献，对此刘琨归咎于自己，希望这位晚辈"出幽迁乔"（《答卢谌诗》第八章）以后能够大有作为。信中将卢谌比为和璧随珠，声明不搞人才私有，愿与天下共之，胸襟气度相当阔大。

身负重任者如果沉溺于清谈，足以误国。陈寅恪先生说："如果是林泉隐逸清谈玄理，则纵使无益于国计民生，也不致误国。清谈误国，正因为在朝廷执政即负有最大责任的达官，崇尚虚无，口谈玄远，不屑综理世务之故。"他又据《世说新语·轻诋》注引《晋阳秋》所提供的材料指出："王衍在临死之前所说'吾等若不祖尚浮虚，不至于此'，表示他自己也觉察到这个问题。"[①]刘琨比至死方悟的王衍要略胜一筹，他在死于非命之前较长一段时间里已经认识到一味谈玄之无用有害了。战火纷飞的存亡危急之秋，实在不是高谈玄理的时候。

卢谌接到刘琨的回信及答诗以后，作《重赠刘琨》："璧由识者显，龙因庆云翔。茨棘非所息，翰飞游高冈。余音无九韶，何以仪凤凰。新城非芝圃，曷

① 转引自《陈寅恪魏晋南北朝史讲演录》，第59、60页。

由殖兰芳!”无非是客客气气地应酬一番。刘琨在赠诗中有句云:“虚满伊何,兰桂移植。茂彼春林,瘁此秋棘。有鸟翻飞,不遑休息。匪桐不栖,匪竹不食。永戢东羽,翰抚西翼。我之敬之,废欢辍职。”这不过是一些不免过奖的勉励的话,并非该诗主旨,而卢谌相当注意,说自己并非兰桂,去的地方也不是芝圃,未必适合生长,又说自己也不是凤凰——措词在谦抑中颇不乏高自期许的意味,很能表现其人华而不实的风格。卢谌的答诗表明他完全置姨父的规劝于不顾,可以说是彻底辜负了刘琨的一片苦心。

大约就在刘琨得到卢谌那首新的五言赠诗以后不久,他就被段匹磾拘禁起来了。形势的巨变不禁使他有英雄末路之悲,于是写了一首也是五言的诗来赠给卢谌,对他有所指示:

> 握中有悬璧,本自荆山璆。惟彼太公望,在昔渭滨叟①。邓生何感激,千里来相求。白登幸曲逆,鸿门赖留侯。重耳任五贤,小白相射钩。苟能隆二伯,安问党与仇。中夜抚枕叹,想与数子游。吾衰久矣夫,何其不梦周。谁云圣达节,知命故不忧。宣尼悲获麟,西狩泣孔丘。功业未及建,夕阳忽西流。时哉不我与,去乎若云浮。朱实陨劲风,繁英落素秋。狭路倾华盖,骇驷摧双辀。何意百炼钢,化为绕指柔!

这里着重抒发的乃是身陷囹圄之后的感想和情愫,同时也与先前卢谌与他之间的赠答有所呼应,最明显的是开始的两句又一次提到和氏璧,先前他说过“和氏之璧,焉得独曜于郢握”,有宝要与天下共之,那是针对卢谌要到段匹磾手下去当别驾而言的,表现了宽广的胸怀;现在这里仍用这一典故,但着眼点已经很不同,这一层意思联系以下两句更容易领悟:姜尚在得到周文王知遇之前,不过是渭水边上一个钓鱼的老汉,可知只要确是人才总会崭露头角的,这正如和氏璧一样,尽管原先只是一块楚璞,终于为人所知,经过一番琢磨便成为稀世之珍。这四句乃是针对卢谌而发,表示对他的赏识的。先前卢谌在《赠刘琨诗》中说过“承侔卞和,质非楚璞,眷同尤良,用乏骥騄”(第七章),很有些愧不敢当的意思;现在形势巨变,刘琨本人已经动弹不得,于是格外要求卢谌应力争大有作为,切不可妄自菲薄。

这首诗的一大特色在于“征事杂沓,比兴错出,各有指归”(陈沆《诗比兴

---

① 本句原作“昔在渭滨叟”,据徐仁甫先生说校改,详见其《古诗别解》,上海古籍出版社1984年版,第172页。

笺》卷二)。开头首先提到太公望,以下更一发而不可收地提到一系列古人往事,借以隐喻现实。“邓生何感激,千里来相求”用两汉之际的邓禹投奔刘秀的故事,喻指先前卢谌历尽艰辛投奔自己的往事。可是这样用典故容易引起误解,因为刘秀后来是当了皇帝的,如果有人以辞害意,吹毛求疵,洗垢索瘢,也许会误认为刘琨有所谓“帝王大志”——卢谌正是这样来理解这句的。用比喻说话往往有这样的危险,因为正如钱锺书先生指出过的那样:“一物之体,可面面观,立喻者各取所需,每举一而不及其余,读者倘见喻起意,横出旁申,苏轼《日喻》所嘲盲者扣槃得声,扪烛得形,无以异耳。”①刘琨取邓禹为喻,立意仅在“千里来相求”,并不是说卢谌就是邓禹,更没有自比汉光武帝刘秀的意思。可是君臣之际在古代是一个极其敏感的领域,出言务必谨慎,刘琨不免有些大意,如果读者不理解你所取之需而见喻起意,产生的误会将是非常严重的。

“白登幸曲逆,鸿门赖留侯”二句,借典故指出危难之际只有靠聪明人来解救,所指显然是希望卢谌能够设法救自己。但刘琨在这里用典再次涉及君臣之际,倘读者再次见喻起意,那么刘琨在自比汉光武刘秀之后,竟然又自比汉高祖刘邦,狼子野心就更加昭然若揭了。其实这也绝不是刘琨的本意,他现已成为阶下之囚,命都快保不住了,哪里有条件做什么皇帝梦!根据刘琨前后的一贯表现,可知他是忠于晋室的,决无帝王野心。现在弄不明白他写诗用典时为什么一再涉及汉代帝王,这可能与他本人是“汉中山靖王之后”(《晋书》本传)有关,他忘了自己和这些祖先是太不相同了。典故不宜这样来用。

“重耳任五贤,小白相射钩。苟能隆二伯,安问党与仇”几句,意谓只要有助于复兴晋室,个人之间小小恩怨不足计较。黄侃先生指出“苟能隆二伯”等两句“中有段匹磾在”②,极为中肯。刘琨始终相信段匹磾其人是可以为拱卫晋王朝中央效力的,现在虽然自己已经被他拘禁,但他认为只是一场误会;尽管自己很可能死于这一场误会,但从长远的角度看问题,段氏还是应当团结的,所以他希望卢谌从大处着眼,继续多做工作,促进段氏好好为晋王室效忠。这一层意思看来卢谌苦无领会,或虽已领悟而无法照办,不久以后他就与崔悦等人率刘琨旧部奔辽西奉刘群为主去了。这种做法与刘琨给他的指

---

① 《管锥编》第1册,第40页。

② 《文选平点》,第116页。

示完全不对路。

“中夜抚枕叹，想与数子游”二句略略收束上文，表明他列举古人古事意在暗喻今人今事。卢谌过去一向是追随刘琨的，现在的问题是形势变化太快太大，许多话不便明言，只好借典故来发信息，可惜这样做是没有把握而且相当危险的。

从“吾衰久矣夫”往下，诗意进入一个新的层次。这里诗人哀叹自己的衰老和不幸，流露了很强烈的壮志未酬英雄失路的悲怆之情，苍凉衰飒，令人不忍卒读。沈德潜说“越石英雄失路，万绪悲凉，故其诗随笔倾吐，哀音无次”（《古诗源》卷八），此言得之。

“朱实陨劲风，繁英落素秋”二句表明诗人已意识到自己凶多吉少。按，刘琨之被拘禁乃出于误会，段匹磾甚至还把截获的刘群的密信拿给他看过，说“意亦不疑公，是以白公耳”。但随着形势的发展，有着丰富政治生活磨炼的刘琨已“自知必死”（《晋书》本传）。刘琨到底是一位政治家，当他预感到自己必死无疑时，觉得这并不奇怪，就如同在狭路上翻了车，受了惊的马会把车辕折断一样，是难免的事情。失败和死亡都不足为奇，可惜的是自己英雄了一辈子，结局却会如此窝囊，百炼精钢成了“绕指柔”！死并不可怕，可怕的是屈辱。全诗的结尾虽然低沉，但仍然有勃勃的英雄之气。张玉谷《古诗赏析》（卷十二）说：“后六（句）忽迭四比，比出遭世多艰，士气固易摧折，再用金钢绕指，比出有志者亦复灰心，闵然竟止。语似自嘲，意则讽卢，当早树功。”所见似与原作不合，诗的前一半固然处处与卢谌相关，到后一半，“多感恨之词”（《诗品》），似已经甩开卢谌，独自在那里释愤抒情了；而且他也无所谓灰心，多的是满腔的悲愤。这首诗也完全不用什么首尾呼应的章法，说到最激动处，便戛然而止了。

卢谌接到刘琨此诗之后“以常词酬和”之作现在只能看到十句，《先秦汉魏晋南北朝诗》题作《答刘琨诗》，但只保存了两个片段：

> 随宝产汉滨，嗤此夜光真。不待卞和显，自为命世珍。
>
> 谁言向日暮，桑榆犹启晨。谁言繁菜实，振藻耀芳春。百练或屈致，绕指所以伸。

从前四句看，他大约是将刘琨喻为和璧随珠；先前刘琨曾经把卢谌比成这一类天下之宝，现在卢谌完全奉还了。在形势险恶人命危浅的紧急关头搞这一套雍容揖让的客套，显然全无意义。后六句则针对刘琨的哀叹作出劝慰，说是年纪虽大仍然可以有所作为，挫折虽多尚可以屈求伸。这种空洞的劝慰同样无济于事。至于刘琨诗中对他的种种暗示性指示，看来他全无体会，白白糟蹋了刘琨借古喻今的一番苦心。

更糟的是他竟然产生了很大的误解，说什么“前篇帝王大略，非人臣所言矣”，原来是他第一个对“惟彼太公望……鸿门赖留侯”诸句作出误读，见喻起意，横出旁申，好像看出了刘琨有什么野心似的。刘琨的英雄失路已经是一大悲剧，而连他所信赖并寄予重大希望的卢谌也不理解他，甚至无意中为他的绞架准备好了绳索，不能不说是一个更大的悲剧。

卢谌个人发生的这一误解很快就扩散开去，出现了“众人谓琨诗怀帝王大志”(臧荣绪《晋书》)的谣传，这就为王敦(字处仲，266～324)借段匹磾之手绞杀刘琨提供了一个绝好的借口。

《晋书·刘琨传》云：“琨既忠于晋室，素有重望，被拘经月，远近愤叹……会王敦密使匹磾杀琨，匹磾又惧众反己，遂称有诏收琨……朝廷以匹磾尚强，当为国讨石勒，不举琨哀。”可知刘琨实死于王敦的阴谋，而刚刚建立尚未站稳的东晋朝廷不得已默认了这个事实。上一年年底，西晋最后一个皇帝愍帝被匈奴人杀害，本年三月，晋王司马睿在建康即皇帝位，改元称太兴元年(318)。

刘琨虽然也自有其弱点，但忠于晋王朝是始终如一的。先前他的一个亲信徐润曾诬陷另一属官令狐盛“将劝公称帝矣”，刘琨立刻杀了令狐盛，当然是杀错了人，然正表明他本人绝无称帝的野心。当司马睿称制江南以前，刘琨曾多次上表劝进，稍后又于建兴五年(317)遣温峤带着他手写的《劝进表》以及他与段匹磾的盟文到建康去劝进。《世说新语·言语》载：“刘琨虽隔阂寇戎，志存本朝，谓温峤曰：‘班彪识刘氏之复兴，马援知汉光之可辅。今晋祚虽衰，天命未改。吾欲立功于河北，使卿延誉于江南。子其行乎?’温曰：‘峤虽不敏，才非昔人，明公以桓文之姿，建匡立之功，岂敢辞命！’”这份由温峤带到江南面呈司马睿的《劝进表》被收入《文选》(卷三十七)，是一篇非常著名的文章，其后半略云：

> 臣闻昏明迭用，否泰相济，天命未改，历数有归……臣闻尊位不可久虚，万机不可久旷，虚之一日，则尊位以殆，旷之浃辰，则万机以乱。方今钟百王之季，当阳九之会，狡寇窥窬，伺国瑕隙，齐人波荡，无所系心，安可以废而不恤哉。陛下虽欲逡巡，其若宗庙何，其若百姓何！……陛下

明并日月，无幽不烛，深谋远虑，出自胸怀。不胜犬马忧国之情，迟睹人神开泰之路。是以陈其乃诚，布之执事。臣等各忝守方任，职在遐外，不得陪列阙庭，共观盛礼。踊跃之怀，南望罔极。谨上。

这一类文字免不了有些封建时代臣下所上表文的肉麻气息，但刘琨的忠心耿耿是不容置疑的，其立场在当时也有进步意义①。在古代，忠君就是爱国，当民族危机严重起来的时候尤其是如此。

当时南方政治中心新建，希望西晋旧臣南下，有人对刘琨迟迟不来有些看法，其中对刘琨最有疑忌之意并恶意中伤的是王敦。《建康实录》卷五刘琨条载："及（晋元）帝将中兴于江东，中朝士大夫多过江归帝，朝廷望之，怨琨不至。王处仲曰：'江东地狭，不容琨气。'"王敦是当时南方军事方面最主要的领导人，而其地位声望都远在刘琨之下，他又颇有野心，后来试图取司马氏而代之。他要打倒刘琨显然出于个人权势方面的考虑。

刘琨至多不过想充当齐桓、晋文那样的一方霸主罢了，"帝王大志"是没有的，但他的诗却给他招来大误解，甚至杀身之祸。虽然史书所载的材料零碎不全，但刘琨赠卢谌诗副作用发生发展的线索还是清楚的：一、卢谌误解，以为诗中有帝王大志，非人臣所当言；二、误解扩散，众人谓琨诗怀帝王大略；三、王敦利用这种误解密使段匹磾杀害自己发展势力的障碍刘琨；四、段氏称诏正式逮捕刘琨并加杀害，宣布的罪名正是"欲窥神器，谋图不轨"。

事情弄到这个地步，自然为卢谌始料所不及。作为一个曾经受刘琨器重、被寄予种种厚望的晚辈，面对刘琨因大逆不道的罪名被杀，一定深感震动和内疚。当刘琨刚刚遇害时，卢谌作《刘太尉诔》（《艺文类聚》卷四十六），文末特别提到"委重于外，弛御于内。制比邓禹，礼优窦融"，将刘琨比作邓禹，言外似有纠正过去的误解之意，尽管这种纠正与原诗之意仍然不合。后来到太兴四年（321）卢谌很积极地上表请求为刘琨平反昭雪，恢复名誉，亦当与他内心的忏悔有关。卢谌其人虽然书生气十足，素无奇谋，但良心并未泯灭；可惜在他要求为刘琨平反的过程中，虽一一列举刘琨忠于晋王室的种种表现，却始终不曾交代在先前致刘琨于死地的阴差阳错中他本人应当承担什么责任，未免还有些护短。

王敦密令杀刘琨反映了东晋初年政局变化的一个重要侧面。西晋末年八王之乱的最后胜利者是东海王司马越，司马越一方面安排刘琨任并州刺史，一

① 参见李廷先《论刘琨及其〈劝进表〉》，《古代文史论丛》，台湾乐学书局 2006 年版，第 197～204 页。

方面让琅邪王司马睿于永嘉元年(307)渡过长江向南迁徙。此后政治中心南移的格局日益明显,在南方辅佐司马睿的一文一武王导、王敦,也都是司马越一系的人物。《晋书·王敦传》说:"(元)帝初镇江东,威名未著,敦与从弟导等同心翼戴,以隆中兴。时人为之语曰'王与马,共天下'。"当时"敦总征讨,导专机政,群从子弟布列机要"(《资治通鉴》卷九十一《晋纪十三》太兴三年),东晋门阀政治的格局于此形成。王敦勋劳很大,野心也很大,他不满足于与司马氏"共天下"的局面而"欲专制朝廷,有问鼎之心"(《晋书》本传),稍后两次进攻首都,而在这以前已经开始着手消灭同属司马越一系的其他英雄人物,以便为自己专制朝廷扫清道路;他矫诏杀刘琨正是其中的一个节目,刘琨的政治地位和知名度都比他高。《晋书·王敦传》中提到的"忌周札,杀之而尽灭其族。常从督冉曾、公孙乘等为元帝腹心,敦又害之",也出于同样的目的。后来,告发王敦谋反的,乃是刘琨的旧部温峤。这些全都符合当时政治斗争的逻辑。

鲜卑族段匹磾部在一个较长的时间里支持司马越,刘琨与段氏结盟正是在这一背景下实现的。东晋王朝建立之初,仍然寄希望于鲜卑段部,认为该部是在北方牵制匈奴刘聪、羯人石勒的主要力量。当刘琨死于段手之后,"朝廷以段匹磾尚强,当为国讨石勒,不举琨哀"(《晋书·刘琨传》),原因亦在于此。这实在是无比巨大的悲剧。"忠信反获罪",最冤枉的是刘琨,其悲剧的深刻程度大大超过汉朝的李陵。

清朝大批评家刘熙载说:"刘公幹(桢)、左太冲(思)诗壮而不悲,王仲宣(粲)、潘安仁(岳)诗悲而不壮。兼悲、壮者,其为刘越石乎!"(《艺概·诗概》)一代英雄而遭遇如此,作品自然不同凡响。

二

八王之乱把西晋的局面完全搞糟了,原先已经逐步入迁中原及其周边地区的少数民族力量先是被纷争的诸王所借用,后来则乘乱占领地盘,建立割据性的政权。内忧外患,纷至沓来,战火不断,民不聊生。西晋的最后两个皇帝——怀帝(司马炽,武帝最小的一个儿子)和愍帝(司马邺,武帝之孙)根本没有能力领导政府,受尽了屈辱。早在永兴元年(304)匈奴大酋长刘渊已经建立自己的政权,称汉王于离石(在今山西);到怀帝上台的第二年即永嘉二年(308),更称帝于平阳(今山西临汾),国号汉;羯族领袖石勒和山东军阀王弥以匈奴刘氏为共主,在今河北、河南的广大地区纵横驰骋,洛阳陷入重重包围之中。到永嘉五年(311)西晋的军事主力几乎被消灭殆尽,六月,刘曜(刘渊族侄,后称帝,改国号"汉"为"赵",史称"前赵")、石勒、王弥攻入洛阳,怀帝被俘,稍后遇害。愍帝及其拥护者在长安勉强坚持了四年,到建兴四年(316)十一月,长安陷落,愍帝被俘,西晋灭亡。

从西晋灭亡前后起,北方先后出现了十六个割据政权,其当政者以少数民族领袖居多,也有原先西晋的守边官吏,史称五胡十六国时期(304～439)。

割据政权之间互相恶战,又与在南方建立的东晋政权对垒,纷纭扰攘,长达一百三十多年,大抵与东晋(317～420)相始终。这十六国分别由匈奴(汉/前赵、夏、北凉),羯(后赵),氐(成汉、前秦、后凉),羌(后秦),鲜卑(前燕、后燕、西秦、南凉、南燕)以及汉人(前凉、西凉、北燕)主政。其中曾经一度统一了北方的是前秦(350～394),淝水之战的惨败导致前秦崩溃,北方重新陷于分裂。十六国政权中不在北方的是成汉,永嘉年间(307～312),大批饥饿的农民四处流浪,其中有一批进入今四川,成了稍后建立的氐族李氏成汉割据政权的子民。李氏是早已汉化的賨人,又被称为巴氐;成汉政权建立得比较早(304),后来也比较早地被东晋消灭(347)。最后,鲜卑族建立的北魏消灭了北燕(407～436)和北凉(397～439),统一了北方,与南方的取代东晋的刘宋王朝对垒,中国进入一个新的时期,史称南北朝。

在十六国时期的多年的战乱中,民族融合有了很大进展,为此后隋唐的统一和繁荣准备了条件,但在此期间文化受到很大的摧残,"永嘉之后,寇窃竞兴,因河据洛,跨秦带越。论其建国立家,虽传名号,宪章礼乐,寂灭无闻"(隋·牛弘《请开献书之路表》);"自晋永嘉之后,运钟丧乱,宇内分崩,群凶肆祸,生民不见俎豆之容,黔首唯睹戎马之迹,礼乐文章,扫地将尽"(《魏书·儒林传序》),文学创作自然也很凋敝,即使有一些诗文也很不容易保存①。还有一些作品全用或杂用少数民族语言,传世既少,又很不容易理解,无从深论。现在所能看到的主要作品大抵出于三种人之手:一是滞留于北方的原中原士人,例如卢谌、马岌;二是北方汉族政权的领导人,例如前凉张骏、西凉李暠;三是汉化程度很深的少数民族精英,例如前秦苻融、苻朗。此外还有一位女诗人苏若兰也值得注意。

总体来看,十六国时期文学作品数量无多,影响也不大,有关作家不妨就

① 例如匈奴族首领刘聪"善属文,著《述怀诗》百余篇,赋颂五十余篇"(《晋书·刘聪载记》),均已不传。地位不如刘聪高而作品数量比较少的,保存更为不易。

附在这里略加叙述。

卢谌在刘琨死后往辽西投段末波，鲜卑段部的这一部分仍然忠于晋王朝；“元帝之初，末波通使于江左，谌因其使抗表理琨”，申诉刘琨之冤；其后后赵(319～351)石虎(季龙)破辽西，卢谌倒向石氏，成为他手下的中书侍郎、国子祭酒、侍中、中书监；永和六年(350)死于后赵内乱。

卢谌基本上是一个与世推移、不甚讲究操守的人，但他对刘琨之冤死颇有些内疚，所以上表中一则强调刘琨始终忠于国家，二则要求严惩段匹磾，三则表明自己对晋王朝的忠心。表文最后写道：

> 自河以北，幽并以南，丑类有所顾惮者，唯(刘)琨而已。琨受害之后，群凶欣欣，莫不得意，鼓行中州，曾无纤介，此又华夷大小所以长叹者也……当今二贼未殄，方难尚殷，而使殊俗强国怀怨自相疑惧，非国家静难之远术也。伏惟陛下以睿圣之姿，隆中兴之绪，方将平章典刑，以经序万国，而琨受害悲哀，冤痛已甚，未闻朝廷有以甄论。昔壶关三老讼卫太子之罪，谷永刘向辨陈汤之功，下足以明功罪之分，上足以寤圣主之怀。臣等祖考以来，世受殊遇，入侍翠帷，出簪彤管，弗克负荷，播越遐荒，与琨周旋，接事终始，是以仰慕三臣在昔之义，谨陈本末，冒以上闻，仰希圣朝曲赐哀察。

后来东晋朝廷为刘琨甄别平反，恢复名誉，卢谌是作出努力有所贡献的。表文写得比较直率，“寤圣主之怀”这一说法很有胆量，是不多见的。《晋书·卢谌传》说，卢谌本有很高的声誉，“才高行洁，为一时所推。值中原丧乱，与清河崔悦、颍川荀绰、河东沛宪、北地傅畅并沦陷非所，虽俱显于石氏，恒以为辱。谌每谓诸子曰：‘吾身没之后，但称晋司空从事中郎尔。’”他仍然忠于晋王朝；西晋灭亡后留在中原的士家大族虽然深感受辱，但他们退居乡里，固守传统文化，在民族融合中作出了相当大的贡献。

马岌，前凉(317～376)作家，前凉张氏政权的先辈张轨本是西晋的凉州刺史，其子张寔、张茂继承了这一地位，马岌在张茂手下任参军，算是西晋的官员。张寔之子张骏自称凉州牧、平西公，虽承认晋的宗主地位，而实为割据西北一隅之政权的首脑，马岌在这里充当酒泉太守。他曾上书建议立西王母祠：

> 酒泉南山，即昆仑之体也。周穆王见西王母，乐而忘归，即谓此山。此山有石室玉堂，珠玑镂饰，焕若神宫。宜立西王母祠，以裨朝廷无疆之

福。(《上言宜立西王母祠》)

《穆天子传》是当时出土不久的神话小说,马岌已很熟悉;而他之所谓朝廷即指前凉政权——地方官关心文化建设往往带有表明政绩的意思,并非单纯的文化。

当时酒泉有一位隐士宋纤不肯出山效劳,并且拒绝马岌来访,马岌见不到宋隐士本人,遂于其石壁题诗一首而去,诗云:

> 丹崖百丈,青壁万寻。奇木蓊郁,蔚若邓林。其人如玉,维国之琛。室迩人遐,实劳我心。

写景可观,要言不烦,毫无官气,又表达了对宋纤的尊重,大有文章太守之意。诗里提到"邓林",即"夸父逐日"道渴而死之后,"弃其杖,化为邓林"(《山海经·海外北经》),由此也可知他对神话的熟悉。

张骏(字公庭,307～346),安定乌氏(今甘肃平凉)人,前凉第三代领导。凉州一带是当时北方最为安定的地区,不少中原士人逃到这里来避难,传统文化凝聚于此,社会也比较稳定繁荣;这种情形一直延续到后来的后凉、西凉和北凉时期。

张骏于太宁二年(324)嗣位,在位二十二年,他虽然对东晋称臣,但仍用西晋年号,不行中兴正朔,实为割据一方的雄主;他在执政期间,颇有政绩,维持了西北一隅的稳定,并且颇有志于恢复中原。《晋书·张骏传》载,他曾上表要求讨伐后赵石虎和成汉李期,建议东晋方面也出兵,形成合击之势:

> 臣专命一方,职在斧钺,遐域僻陋,势极秦陇。(石)勒、(李)雄既死,人怀反正,谓季龙、李期之命曾不崇朝,而皆篡继凶逆,鸱目有年。东西辽旷,声援不接,遂使桃虫鼓翼,四夷喧哗,向义之徒,更思背诞,铅刀有干将之志,萤烛希日月之光。是以臣前章恳切,欲齐力时讨。而陛下雍容江表,坐观祸败,怀目前之安,替四祖之业,驰檄布告,徒设空文,臣所以宵吟荒漠,痛心长路者也。
>
> ……臣闻少康中兴,由于一旅,光武嗣汉,众不盈百,祀夏配天,不失旧物;况以荆、扬州慓悍,臣州突骑,吞噬遗羯,在于掌握哉!愿陛下敷弘臣虑,永念先绩,敕司空鉴、征西亮等泛舟江、沔,使首尾俱至也。(《上书请讨石虎李期》)

表中直言不讳地批评偏安于江南的政权苟且偷安,无所作为,具体建议东晋方面由司空郗鉴、征西将军庾亮出师北伐，与自己配合作战。但这样的建议未能实现。

张骏又在一首乐府诗《薤露行》里痛陈西晋的历史教训道：

在晋之二世，皇道昧不明。主暗无良臣，奸乱起朝廷。七柄失其所，权纲丧典刑。愚猾窥神器，牝鸡又晨鸣。哲妇逞幽虐，宗祀一朝倾。储君缢新昌，帝执金墉城。祸衅萌宫掖，胡马动北垧。三方风尘起，猃狁窃上京。义士扼素腕，感慨怀愤盈。誓心荡众狄，积诚彻昊灵。

每一句都实有所指，把西晋惠帝以来的政治昏乱讲得很扼要中肯，指出是朝廷的内乱引起了外患，以至天下分崩离析。风格颇近于曹操的《薤露行》，也可以说是一代诗史。张骏又有一首写春游的《东门行》，归结为"休否有终极，落叶思本茎。临川悲逝者，节变动中情"，略染玄思而清新可读。张骏还发表过关于文学批评的意见①。他可以说是十六国时期最优秀的作家。

张骏的儿子张天锡（字纯嘏，小名独活，344～404）"明鉴颖发，英声少著"（《世说新语·言语》"王中郎甚爱张天锡"条注引《凉州记》）。他在位十三年，为政无道，前凉兵败国亡后向前秦的苻坚投降，后随苻坚参加淝水之战，临阵逃入东晋方面，当了多年的晋官，最后又在桓玄的楚政权中当凉州刺史。此人善于投降，入晋后虽然言辞可观，但很被士人们看不起②。他也很能写文章，在位时给一位隐士写过一封信，略云：

先生潜光九皋，怀真独远，心与至境冥符，志与四时消息，岂知苍生倒悬，四海待拯者乎！孤忝承时运，负荷大业，思与贤明同赞帝道。昔傅说龙翔殷朝，尚父鹰扬周室，孔圣车不停轨，墨子驾不俟旦，皆以黔首之祸不可以不救，君不独立，道由人弘故也。况今九服分为狄场，二都尽为戎穴，天子僻陋江东，名教沦于左衽，创毒之甚，开辟未闻。先生怀济世之才，坐观而不救，其于仁智，孤窃惑焉。故遣使者虚左授绥，鹤企先生，乃眷下国。（《遗郭瑀书》）

---

① 《文心雕龙·熔裁》："昔谢艾王济，西河文士，张骏以为艾繁而不可删，济略而不可益。若二子者，可谓练熔裁而晓繁略矣。"谢艾（？～353），前凉酒泉太守，作家，其文仅存少量公文的残片。王济，生平事迹不详。

② 《晋书·张天锡传》："天锡少有文才，流誉远近，及归朝，甚被恩遇。朝士以其国破身虏，多共毁之……后形神昏丧，虽处列位，不复被齿遇。隆安中，会稽世子元显用事，常延致之，以为戏弄。"

未尝不显得志存高远，礼贤下士，文质彬彬，头头是道。如果不以人废言，这篇文章还算是写得不错的。

另一位割据政权的领导人李暠（字玄盛，小名长生，351～417），陇西成纪（今甘肃秦安）人，乃是西凉（400～421）的开创者。他的先世累代为官，本人“少而好学，性沉敏宽和，美器度，通涉经史，尤善文义”（《晋书》本传），于隆安四年（400）建立西凉政权，而继承前凉的传统，仍奉东晋为宗主，一再上表，表达忠诚。后来唐王朝要找一个阔气的祖先，就追认李暠为先祖，称凉昭武王①。

李暠最著名的作品是《述志赋》，叙述前凉以来凉州的盛衰变迁，坦陈西凉处境的艰难，抒发欲建功立业而不易的苦闷，是一篇很有分量的大文章；而其《手令诫诸子》尤为亲切动人：

> 吾自立身，不营世利，经涉累朝，通否任时，初不役智，有所要求。今日之举，非本愿也。然事会相驱，遂荷州土，忧责不轻，门户事重。虽详人事，未知天心，登车理辔，百虑填胸。后事付汝等，粗举旦夕近事数条，遭意便言，不能次比。至于杜渐防萌，深识情变，此当任汝所见深浅，非吾敕诫所益也。汝等虽年未至大，若能克己纂修，比之古人，亦可以当事业矣。苟却不然，虽至白首，亦复何成！汝等其戒之慎之。
>
> 节酒慎言，喜怒必思，爱而知恶，憎而知善，动念宽恕，审而后举。众之所恶，勿轻承信，详审人，核真伪，远佞谀，近忠正。蠲刑狱，忍烦扰，存高年，恤丧病，勤省案，听讼诉。刑法所应，和颜任理，慎勿以情，轻加声色。赏勿漏疏，罚勿容亲。耳目人间，知外患苦，禁御左右，无作威福。勿伐善施劳，逆诈亿（臆）必，以示己明。广加咨询，无自专用，从善如顺流，去恶如探汤。富贵而不骄者至难也，念此贯心，勿忘须臾。僚佐邑宿，尽礼承敬，宴飨馔食，事事留怀。古今成败，不可不知，退朝之暇，念观典籍。面墙而立，不成人也。
>
> 此郡世笃忠厚，人物敦雅，天下全盛时，海内犹称之，况复今日，实是名邦。正为五百年乡党婚亲相连，至于公理，时有小小颇回，为当随宜斟酌。吾临莅五年，兵难骚动，未得休众息役，惠康士庶。至于掩瑕藏疾，涤除疵

① 李唐王室自称为西凉李暠后裔，陈寅恪先生指出，此乃假托，并为此目的伪造了不少材料。详见其《李唐氏族的推测》及其后记、《三论李唐氏族问题》、《李唐武周事迹杂考》等文，均收入《金明馆丛稿二编》一书，生活·读书·新知三联书店2001年版。

垢，朝为寇仇，夕委心膂，虽未足希准古人，粗亦无负于新旧。事任公平，坦然无类，初不容怀，有所损益，计近便为少，经远如有余，亦无愧于前志也。

一个当了五年最高领导的人能这样来教训儿子，是难能可贵的。文字通脱，有似曹操。此外李暠又有《写诸葛亮训诫、应璩奉谏以勖诸子》，亦复恳切有味。

以上诸文《晋书·凉昭武王李玄盛传》均全文引用。唐修《晋书》中不直书其名而称其尊号，显然是为了表示特别的尊重。

少数民族的文学精英，以前秦氐族的苻融、苻朗最为著名。苻融（？～383）是前秦主苻坚的弟弟，继王猛之后为相，他同王猛一样具有很高的文化修养和深邃的政治眼光。苻坚之所以能强大起来以至基本统一了北方，主要依靠王猛制定的政策。王猛病逝前留下的政治遗嘱是两条："晋虽僻处江南，然正朔相承，上下安和，臣没之后，愿勿以晋为图。鲜卑、西羌，我之仇敌，终为人患，宜渐除之，以便社稷"（《资治通鉴》卷一百三《晋纪二十五》宁康三年条下）。苻融完全执行这两条，所以他既反对苻坚举国南侵，也不赞成苻坚重用鲜卑族酋长，曾经明确提出奏疏（《上疏谏用慕容暐等》）。但苻坚被胜利冲昏头脑，反其道而行之，结果在淝水之战中大败亏输，奉命出征的苻融阵亡；原来服从前秦的鲜卑族酋长叛逃而去，另立燕国；羌族首领姚苌则杀死苻坚，另建大秦（史称后秦），北方重新陷入分裂的局面。在帝王一人具有最后决定权的政治体制中，再英明的宰相也无从制衡头脑发昏的元首。

苻融"聪辩明慧，下笔成章，至于谈玄论道，虽道安无以出之①。耳闻则诵，过目不忘，时人拟之王粲。尝著《浮图赋》，壮丽清赡，世咸珍之。未有登高不赋，临丧不诔"（《晋书·苻坚载记》附《苻融传》）。可惜他的作品亡佚殆尽，现在只能看到一首诗，即《乐府诗集》卷二十五《企喻歌辞》的最后一首：

男儿可怜虫，出门怀死忧。尸丧狭谷中，白骨无人收。

长期混战带给人民群众的痛苦，苻融深感同情和无奈。一个经常带兵打仗的最高级军官能有这样的人道主义态度，是非常难能可贵的。

---

① 释道安（312～385），十六国时期的著名佛教高僧，早年师事佛图澄，后游襄阳，前秦攻下襄阳后礼聘至长安，苻坚及前秦官方对他非常尊重。详见《出三藏记集》卷十五《道安法师传》、《高僧传》卷五《释道安》。有佛学译著多种，影响很大。后来常住庐山的高僧慧远是他的弟子。

苻朗(？～389)是苻坚的从兄之子,历任高官,而尤喜谈玄,有著述之意。淝水之战后的第二年,他向东晋大将谢玄投降,晋方任命他为员外散骑侍郎,与南方诸名士清谈,得到很高评价。后被枉杀,其《临终诗》云:

四大起何因,聚散无穷已。既适一生中,又入一死理。冥心乘和畅,未觉有终始。如何箕山夫,奄焉处东市。旷此百年期,远同嵇叔子。命也归自天,委化任冥纪。

完全是道家的派头,又杂有佛教的话头。他自比嵇康,自然有些冤枉的意思,但并不强调这一点,只是归于天命,委运任化。中原文化已经完全融入他的世界观人生观,最能表明当时少数民族的精英汉化程度之深。

苻朗的专著《苻子》原有二十卷之多,《隋书·经籍志》列入道家类,其中有些寓言,确有《庄子》的意味;另有若干片段文字,亦颇多见道之言,例如:

不安其昧而乐其明也,是犹飞蛾去暗,赴灯而死。为道者日损而月章,为名者日章而月损。荆山不贵玉,鲛人不贵珠。木生蝎,蝎盛而木枯;石生金,金曜而石流。

都大可发人深思。飞蛾为追求光明赴灯而死,后来鲁迅的散文诗《秋夜》中也用此意象①,不知是否由此生发而来。

十六国时期还出现过一位奇女子苏若兰,作有一份形式很奇特的《璇玑图诗》(《文苑英华》卷八三四),在历史上颇为有名。《晋书·列女传》载:"窦滔妻苏氏,始平人也,名蕙,字若兰,善属文。滔,苻坚时为秦州刺史,被徙流沙,苏氏思之,织锦为回文旋图诗以赠滔。宛转循环以读之,词甚凄婉。凡八百四十字,文多不录。"可知她是前秦原秦州刺史窦滔的夫人,在丈夫获罪后写了这首诗赠送给他。

用新鲜巧妙的形式写诗,先前有过苏伯玉妻《盘中诗》,写在盘子上,而解读方法是先从中央读起,按螺旋形向外读去。《盘中诗》的原盘早已失传,经过解读后写出的是下列文本:

山树高,鸟鸣悲。泉水深,鲤鱼肥。空仓雀,常苦饥。吏人妇,会夫稀。出门望,见白衣。谓当是,而更非。还入门,中心悲。北上堂,西入阶。急机绞,杼声催。长叹息,当语谁。君有行,妾念之。出有日,还无

---

① 参见顾农《〈野草·秋夜〉释证》,《鲁迅研究月刊》2011年第1期。

期。结中带，长相思。君忘妾，天知之。妾忘君，罪当治。妾有行，宜知之。黄者金，白者玉。高者山，下者谷。姓为苏，字伯玉。作人才多智谋足。家居长安身在蜀，何惜马蹄归不数？羊肉千斤酒百斛，令君马肥麦与粟。今时人，智不足。与其书，不能读。当从中央周四角！

根据这一文本还原原来的书写方式，可以有多种图形①：苏伯玉妻闺中寂寞，托人将写有这首诗的盘子捎给远在蜀中的丈夫，大约是不愿意让这位中介了解诗里的秘密吧，故意用了这么一种密码。唐汝询评为“此妇真为千古奇人，此诗遂成千古绝调”（《古诗解》卷二十四）。

苏伯玉妻生平无考，她究竟是什么时候的人也不容易说清楚；苏若兰后来居上，她的《璇玑图诗》不仅字数更多，而且书写的形式也更复杂，据说织锦上有不同的颜色，读法尤有种种奥妙。唐朝女皇武则天（624～705）研究过这份神奇的织锦回文图，据她说总的情况是“纵广八寸，题诗二百余首，计八百余言。纵横反复，皆为文章，其文点画无缺，才情之妙，超今迈古”云云。她还提出了几条解读的原则，也相当复杂，不容易弄懂；武则天的种种解读文本是否合于原意，现在无从知道。据说后来更有人能从中读出五百首乃至上千首的诗来。但这些解读出来的诗很有些并无“凄婉”可言，而且多至上千首，这里面必有种种牵强附会的过度诠释。冯复京《说诗补遗》（卷三）指出：“诗之奇者，莫甚于苏若兰《璇玑》，以其巧心独运，展转成文也；诗之拙者，亦莫甚于《璇玑》，以其兴趣不存，牵合无谓也……后人互相衍绎，章数极多，至有不可通者，转觉其可厌。”这一段评论很得要领，苏若兰自是聪明绝顶的奇女子；而后来专事过度诠释的专家则非要弄到让人“觉其可厌”不可，真所谓“可怜无补费精神”。

① 一种圆形的，见宋人桑世昌《回文类聚》卷二；一种正方形的，见郭沫若《拟〈盘中诗〉的原状》（《光明日报》1962年3月24日）；一种长方形的，见饶少平《杂体诗歌概论》（中华书局2009年版）——不知道哪一种合于苏伯玉妻之旧。既然有“四角”，估计不大可能是圆形的。

第四章　东晋风流

闲静少言，不慕荣利。好读书，不求甚解，每有会意，便欣然忘食。性嗜酒，家贫不能常得，亲旧知其如此，或置酒而招之。造饮辄尽，期在必醉。既醉而退，曾不吝情去留。环堵萧然，不蔽风日，短褐穿结，箪瓢屡空，晏如也。常著文章自娱，颇示己志。忘怀得失，以此自终。

——陶渊明《五柳先生传》

大抵南朝皆旷达，可怜东晋最风流。

——杜牧《润州》二首其一

十九　郭璞

两晋之际最有成就的作家除刘琨之外，还有郭璞（字景纯，276～324）。刘琨基本在西晋，郭璞主要的作品写于东晋。西晋覆灭以后，北方的十六国虽然也有若干作家，但主要的创作成果乃出于偏安江南的东晋作家之手。

一

两晋之交是中国移民史上的一个高潮期，中原的难民四处迁徙，“播迁所届，非唯江域，盖实东渐辽海，西叩玉门，北极阴山，南逾五岭焉”①，主流部分是迁到长江流域及其以南地区，上百万的中原人涌进，政治和文学的地图由此都发生了巨大的变化。

早在永嘉之初，受到匈奴刘渊部威胁的有远见的士人已经感到中原存在很大的危机，纷纷开始向江南转移，不少人被安排到江南当官。永嘉元年（307）八王之乱的最后胜利者东海王司马越安排自己的忠实追随者琅邪王司马睿（后为晋元帝，276～322）移镇建邺，为镇东将军，都督扬江湘交广五州诸军事；他身边最重要的一个人则是杰出的政治家王导（字茂弘，276～339）；太尉王衍安排他的弟弟王澄、族弟王敦分任荆、扬二州刺史——琅邪王氏的势力早早地进入江南，为稍后“王与马，共天下”（《太平御览》卷四九五引《晋中兴书》）之东晋的建立打下了重要的基础。

永嘉之乱中大批中原世族带领家小、财产和奴仆向江南转移。他们大抵采取集体行动，在一个强有力的贵族领袖率领下作大规模的迁徙。例如高平郗鉴先是率乡里千余家避难于鲁之峄山，筑坞垒自保，后来追随他的有数万人；后南迁至广陵，过江后官至太尉，极有权势，后来成了王羲之的岳父。像这样的

① 吕思勉《两晋南北朝史》上册，上海古籍出版社2005年版，绪言第5～6页。

世家大族据说有一百家之多①，其中著名的人物如王廙（王羲之的叔父）、庾敳、庾亮、庾冰、桓彝、谢鲲、干宝、郭璞等等，后来都在东晋的政局和文学艺术世界中发挥了重要的作用。由刘琨安排南下的温峤也成为东晋之初的名臣。

稍后东晋王朝在江南立足后，又有大批士人和平民向江南转移，士人大抵进入官场，而平民则成为世家大族的奴仆和国家重要的兵源——在此后政局中发挥了重要作用的“北府兵”就是由南下的流民组成的，淝水之战的胜利靠的是陈郡谢氏家族指挥下的这支军队，后来取代东晋建立起刘宋王朝的则是北府兵的后期主要领导人刘裕。

河东闻喜（今属山西）人郭璞也是其时南下的，他带领家人亲戚朋友数十家迁离故乡，向东南方向运动，先到洛阳，然后继续南下，到庐江，再到宣城（以上二地在今安徽）、建邺。在洛阳旅次，他写下了《登百尺楼赋》和《流寓赋》，后者回顾途中的艰辛，为流亡生涯留下了一份生动的记录：

> 戒鸡晨而星发，至猗氏而方晓。观屋落之隳残，顾徂见乎丘枣。嗟城池之不固，何人物之希少。越南山之高岭，修焦丘之微路。骇斯路之峻绝，感王阳而增惧。诘朝发于解池，辰中暨乎河北……

郭璞用的还是传统的述行赋的手法，但内容是前所未见的流亡路线图。其他文学作品中对南渡也略有记载，无此亲切有味。

百尺楼指洛阳西北面的大夏门城楼，郭璞登楼四望，只见八王之乱以后一片荒凉残破的景象，不禁感慨系之：“嗟王室之蠢蠢，方构怨而极武。哀神器之迁浪，指缀旒以譬主……登兹楼以旷眺，情慨尔而怀古。”西晋王朝的覆灭已在眼前，于是他带领一班人义无反顾地走向江南。

二

郭璞避地东南以后，长期在南方的官场、文坛上活动，最后被准备谋逆的王敦所杀，事平后被晋王朝追赠为弘农太守。

郭璞是一位渊博的学者，通经学，明训诂，又懂得很多神秘的学问，尤以精通占卜、地理（堪舆）著称。他的著作极多，《晋书》本传云：“璞撰前后筮验六十余事，名为《洞林》。又抄京、费诸家要最，更撰《新林》十篇、《卜韵》一篇。

① 颜之推《观我生赋》自注云：“中原冠带随晋渡江者百家，故江东有百家谱。”

注释《尔雅》,别为《音义》《图谱》。又注《三苍》《方言》《穆天子传》《山海经》及《楚辞》《子虚》《上林》赋数十万言,皆传于世。所作诗、赋、诔、颂亦数万言。”《尔雅注》《方言注》是重要的语言学名著,《山海经注》保存了不少古代神话资料。可惜他的很多著作已经失传。

郭璞在文学创作方面也是一位多面手,诗、赋、散文都有相当的成就,其游仙诗尤其著名,产生过深远的影响。朱自清先生说过“《楚辞》的‘引类譬喻’实际上形成了后世‘比’的意念。后世的比体诗可以说有四大类。咏史,游仙,艳情,咏物。咏史之作以古比今,左思是创始的人……游仙之作以仙比俗,郭璞是创始的人……”①。

在中国诗史上有一种现象似乎带有某种规律性:当某一题材刚刚进入创作领域时,题材本身固有的意义强烈地吸引住诗人的注意,于是全神贯注地加以反映或表现;而稍后,客体的意义相对下降,诗人的主观能动作用日见发挥,以致该题材逐渐演变为诗人发抒自己情感的某种凭借。这样就形成了所谓“比体”。咏史、游仙、艳情、咏物这四大类诗都经历了这样一个变化的过程。汉人班固作《咏史》诗,老老实实平平静静地敷演历史故事,质木无文;而到左思作《咏史》诗,则情绪激动,浮想联翩,议论风生,各路历史人物不过替他跑跑龙套而已。当然,这一新的创作路数在左思以前已有若干人导夫先路,作过种种尝试和探索,但总要到左思才算正式开始。游仙诗的情况也是如此。秦汉人在诗里讲仙人之事,是认乎其真的;而到了郭璞手里,各路仙人似乎变成了他手下的奴仆,召之即来,来则服务,诗人在游仙诗里自由自在地抒写各种情绪,发表各种议论,了不起的仙人也只不过在替诗人跑龙套而已。

仙人和神灵是往往相提并论的两个概念。“神”大部分住在天上,只有个别的将宫殿建在其管辖的区域(如海底),本领极大(有所谓“神通”),一般情况下人们看不见他们,除非他(她)忽然下凡——某些神女特别喜欢下凡,为世人特别是年轻人所喜闻乐见。“仙”同样能力极强,为俗人望尘莫及;但他们基本上在人间活动,住在某些特别美好的地方,能够上天入地,与鬼神相交通,但人们总还能够看得见碰得着,所以也被称为“地仙”。或者可以说仙是人间的超人,他们仍有人性;而神乃是天上的超仙,他们有大量的神性以及若干人性②。“仙”字

① 《诗言志辨》,《朱自清全集》第6卷,第214页。

② 至于下凡的神女,乃是天上的“剩女”,她们急于嫁人,显得人性太强了,所以也被称为“仙女”,亦称“天仙”。

是人字旁，也往往被不厌其烦地称为"仙人"——他们更靠近人。由此可以理解，为什么人很难成为神而比较容易成为仙。要想变成神得先死掉才行，而死人绝大部分全都变成鬼，只有极少极少数生前贡献特别伟大的人或有可能进入神坛，其木主得以在庙中接受供奉，这种概率极低，一般人也就不作此想了。人活着就能成仙，仍然过近于人的生活，而特别自由而且幸福，所以古人最希望成仙。仙人的生活相当世俗化，富有生气。古人往往认为，与其越级升格为一个高高在上的神，还不如就地成仙，这样比较靠谱而且实惠。如果是女仙，还可以省却先上天再下凡的折腾。仙人要想上天去玩玩，或者到遥远的地方去旅游，那也非常容易，腾云驾雾，御风而行，方便得很。所以古人要表达自己浪漫的幻想，就大写其游仙诗，诗中大大地描写自己同各路仙人的交往，过着极其自由幸福和谐浪漫的生活。

最初关于"仙"的构想大约产生在战国时代，那时天下大乱，战事不断，死人的事情经常发生，民不聊生；于是有些聪明人就幻想人最好能够长生不死，生活在和平安宁的地方，不受人间的污染和干扰。其中的一派看好了渤海里的几个海岛，把那里设想为仙人的世界；同时深刻地探讨如何才能成仙，研究出种种方法，其中最主要的途径是吃一种不死之药。这些人被称为"方士"，他们的种种办法则叫"方术"，他们的那一套则统称为"方仙道"(《史记·封禅书》)。环渤海的地方是燕国和齐国，"方士"大抵出于这两个诸侯国。方士们的知识固然基本是迷信，但也有合理的成分或萌芽，科技史上常会提到他们的贡献。生活在内地未必见过海的思想家庄周曾设想过有一种"真人"，同样非常自由幸福，但庄子并不研究可操作层面的"方术"，只是一味展开他丰富的想象。另有楚国的诗人写《远游》诗，也表达了同样的希望：

> 悲时俗之迫厄兮，愿轻举而远游。质菲薄而无因兮，焉托乘而上浮。……超氛埃而淑尤兮，终不反其故都。免众患而不惧兮，世莫知其所如。

不受任何压迫，没有任何忧患，长生不死，到处看看玩玩——在灾难深重的时代有这样的想法，是很可以理解的。这首《远游》一般看作是游仙诗之祖①。

---

① 曾有一种意见把游仙诗追溯到屈原《离骚》，似不确，他在这首诗里虽然有上天、求女等等描写，但其中所涉及的超现实人物乃是楚国传统巫术文化中的角色，乃是"神"而不是"仙"。

秦始皇让他手下的御用文人大写其《仙真人诗》[1]——又是"仙",又是"真",未免有些重复,但也体现了大一统的皇家气魄——其诗虽已不传,但文学史上仍然会提到,也被视为后世游仙诗的先导。

一般来说,在实际生活中"学"总是敌不过"术"。精通儒学者只是学究,会玩儒术才能当大官。思想家和诗人离实际比较远,而拥有具体手段的"方士"更容易走红。到秦始皇的时候,幸运的方士们从皇家得到非常可观的资助,大力开展规模宏大的活动,据《史记·秦始皇本纪》载,这样的盛举至少有两次:一次是派遣齐人徐市(福)率童男女数千人出海寻海上仙山(蓬莱、方丈、瀛洲)仙人;又一次是令方士韩终、侯公、石生等人求仙人不死之药。这两大行动均无结果;稍后方士侯生、卢生等背后议论秦始皇太专制了,"未可为求仙药",全都逃走;秦始皇大为发火,曰:"吾前收天下书不中用者尽去之。悉召文学方术士甚众,欲以兴太平,方士欲练以求奇药。今闻韩众(终)去不报,徐市(福)等费以巨万计,终不得药,徒奸利相告日闻。卢生等吾尊赐之甚厚,今乃诽谤我,以重吾不德也。"于是从快从重打击,坑杀了方士以及相关儒生凡四百六十余人,成为历史上极其著名的大案。其实方士中固然多有骗子,但也有正人——他们笃信自己的方术不能算错误,而是专家的本色;至于卢生等反对秦皇的暴政,不为巨额科研经费所动,更表现出英雄的气概。

后来迷信方士的大人物是汉武帝,也上过多次当;但他始终相信人是可以成仙的,只是有些方士水平不行罢了。像他这样的雄主以及等而下之只知享受的皇帝,历史上还有相当一批。王充早就说过:"物无不死,人安能仙?"(《论衡·道虚篇》)如果连这个道理都想不通,那就没有什么可谈的了。网罗方士,用其所长,而没有被愚弄的是曹操。曹操不相信什么仙人不死之药,只相信方士们颇有研究的养身之道。他在这一方面向方士们学到不少东西,从中寻求长寿之道。曹操一心追求长寿,他的游仙诗也以长寿为中心。

郭璞的游仙诗则具有全新的色彩。钟嵘《诗品》将郭璞列入中品,评语中特别指出其"《游仙》之作,词多慷慨,乖远玄宗。其云'奈何虎豹姿',又云'戢翼栖榛梗',乃是坎壈咏怀,非列仙之趣也"。此评简而得要,对人们认识郭璞游仙诗的特色和贡献大有启发。无论在郭璞以前还是以后,以"游仙"命题的

---

[1] 《史记·秦始皇本纪》:"三十六年,使博士为仙真人诗。"《文心雕龙·明诗》:"秦皇灭典,亦造仙诗。"

诗只讲“列仙之趣”的很多,这乃是所谓“正体”①,这样的作品虽然也能以其坚定不移的虔诚和光怪陆离的描写给予读者强烈的刺激,因此也就容易变成道教的图解和信徒的梦呓,尽管可以红极一时,一旦时过境迁,读起来便毫无味道,乃至难以卒读。例如汉代乐府诗中有很多描写仙人世界的篇什;此后仍有许多诗人沿着这个路子往下走,即如《文选》(卷二十一)除选了郭璞的七首《游仙诗》以外,还选了何劭(字敬祖,236～302)的一首《游仙诗》:

青青陵上松,亭亭高山柏。光色冬夏茂,根柢无凋落。吉士怀贞心,悟物思远托。扬志玄云际,流目瞩岩石。羡昔王子乔,友道发伊洛。迢递陵峻岳,连翩御飞鹤。抗迹遗万里,岂恋生民乐。长怀慕仙类,眩然心绵邈。

全诗的中心在仰慕仙人王子乔。《神仙传》云:“王乔者,周灵王太子晋也,好吹笙,作凤鸣。游伊洛之间,道人浮丘公接以上嵩高山。三十余年后,求之于山上,见桓良曰:‘告我家,七月七日,待我于缑山头。’果乘白鹤驻山头,望之不得到,举手谢时人,数日而去。立祠缑氏山下。”何劭诗即以此为生长点,穿靴戴帽,加以铺垫渲染。这种诗的文学价值应当说相当低,只有一定的认识作用——借此我们可以知道,西晋时代若干达官贵人在想些什么以及他们何以竟作此想。

何劭是西晋开国元勋何曾(也就是那个曾经建议司马昭严惩阮籍的礼法之士)的儿子,其人地位很高,品质很坏,接受贿赂,生活奢侈,《晋书》本传说他“骄奢简贵,亦有父风。衣裘服玩,新故丘积。食必尽四方珍异,一日之供以钱二万为限。时论以为太官御膳,无以过之”。何劭真心相信神仙,其《杂诗》有云:“心虚体自轻,飘飖若仙步。瞻彼陵上柏,想与仙人遇。”何劭之仰慕神仙世界,无非是尚不满足于世俗的享乐(“生民乐”),遂强烈地向往超现实的“仙类”。美妙神奇的神仙世界不过是他们白日梦中的享乐之地。

晋代的另外一些游仙诗,如张华、张协等人的作品,专门就仙界本身作过细的描绘,作者本人的思想感情不那么明显,看来是道教渐盛以后神仙世界进一步引起人们兴趣的一种表现。诗人们可以就此发挥想象,描写出一个非

---

①　何焯曾指出“列仙之趣”乃游仙诗的“正体”,而郭璞式的则是“变体”;他论咏史诗的变迁亦云“咏史不过美其事而咏叹之,隐括本传,不作藻饰,此正体也;太冲多自摅胸臆,乃又其变”(《义门读书记》卷四十六)。从出现的时间先后来看,确实可以这样来区分所谓“正”“变”,从文学的角度看,历来是“变”体更高于“正”体。

人间的美好世界来。

至于狂热的道教徒们所作的游仙诗，那就简直不能算是诗，而是道教的宣传品。其中早一点的如葛玄的三首《游仙诗》(见《历代真仙体道通鉴》卷二十三)，晚一点的如杨羲、许穆、许翙的大量作品(见《先秦汉魏晋南北朝诗》晋诗卷二十一)，彻头彻尾地全是“列仙之趣”，读来索然无味。这一类所谓诗估计本来数量很大，今天所能见到者不过一小部分，大量的都被历史长河冲刷殆尽了。

在这一大堆宗教宣传品和宗教色彩甚浓而文学色彩甚淡的游仙诗中，郭璞的作品显得非常别致而醒目。在这里，仙人不过是他咏怀的道具而非仰慕的对象，诗中既没有热昏的说教，也没有宗教的梦幻，多的是人生的感慨，世事的观照，他从一个特殊的视角出发丰富了抒情诗的写作路子。《文选》李善注云：“凡游仙之篇，皆所以滓秽尘网，锱铢缨绂，餐霞倒影，饵玉玄都。而璞之制，文多自叙，虽志狭中区，而辞无俗累。见非前识，良有以哉。”李善和钟嵘一样，明确指出了郭璞游仙诗与传统写法、流俗之作的重大区别，同时又能进一步联系郭璞本人的经历来考虑他作品的特点，强调其“自叙”的性质，这正是先前钟嵘所说的“坎壈咏怀”。近贤黄侃先生说得更为透彻：“前识有非议是诗者。然景纯斯篇，本类咏怀之作，聊以摅其忧生愤世之情，其于仙道，特寄言耳……首章、七章皆有山林之文，然则游仙特隐遁之别目耳。”①

郭璞的诗里确有隐遁之志，但他和一般的山林隐遁似大不相同，即如其一就很能说明问题：

> 京华游侠窟，山林隐遁栖。朱门何足贵，未若托蓬莱。临源挹清波，陵冈掇丹荑。灵溪可潜盘，安事登云梯。漆园有傲吏，莱氏有逸妻。进则保龙见，退为触藩羝。高蹈风尘外，长揖谢夷齐。

郭璞看出了他面前有三条路：一是卷入政治，走向“朱门”；二是不问政治，隐遁山林；三是托于蓬莱，可进可退，可仕可隐，不管身在何处，心态是隐士式的。他选择第三条道路。

应当承认他的选择大有道理。第一条路风险很大，西晋政局反复折腾，外戚专权，八王之乱，互相倾轧，兵戎相见，大批官僚在内讧中死于非命，确实是“朱门何足荣”；第二条路看似平稳风雅，其实风险也很大，不过问政治本身

① 《文选平点》，第91页。

就是一种政治姿态，即不与当局合作，弄不好便会像羝羊触藩，“羸其角”“不能退，不能遂，无攸利”（《周易·大壮》），仍然可能死于非命，魏晋之际嵇康被杀就是一个典型的例子；又如刘毅，司马昭曾“辟为相国掾，辞疾，积年不就；时人谓毅忠于魏氏，而帝怒其顾望，将加重辟，毅惧，应命”（《晋书》本传）。名士而欲隐往往很困难，当局非要你出来捧场不可，弄不好就要出大问题。所以最稳妥的办法是游离于政治，若即若离，既不热衷，也不规避，不作形式上的归隐，而以寄意于道术为手段，处于出世与入世之间，这样在天下纷乱中不仅可以求生存，甚至可以求发展。诗中说“灵溪可潜盘，安事登云梯”，李善注云：“灵溪，溪名也。庾仲雍《荆州记》曰：‘大城西九里有灵溪水。’云梯，言仙人升天，因云而上。”然则郭璞所神往的第三条道路虽近于隐而实非隐，一则这里不牵涉政治上的趋避，二则涂上了一层浓厚的学道色彩：有这样两层防护可以有效地安顿自己了。

郭璞政治方面的观察力很强，本来也颇有积极入世之志，当惠、怀之际，他预见到北方行将大乱，“于是潜结姻昵及交游数十家，欲避地东南”，比较早地过了长江，先后当过宣城太守殷佑的参军，骠骑将军王导的参军、著作佐郎、尚书郎，大将军王敦的记室参军，又一度在临沮县作地方官①；他也曾对当前政治发表过许多意见和建议，但总是披着一副很专业的方士外衣，此外则以其精通五行、天文、卜筮之术的特长为达官贵人提供咨询服务，并因自己才高却未得施展而深感不平，实际上过着半官半隐的生活。在临沮的一段，隐的色彩就更强烈些。他能在相当长的时间里有效地保护自己，悠悠然于丧乱之际原因亦在于此。所谓“长揖当途人，去来山林客”（《游仙诗》其七），正是交出了他处世哲学的底。

郭璞不信神仙而沉溺于卜筮一类方术，同时又有着极其清醒的政治头脑，所以他理想中的人格范型乃是道术之士。《游仙诗》其二、三云：

> 青溪千余仞，中有一道士。云生梁栋间，风出窗户里。借问此何谁，云是鬼谷子。翘迹企颍阳，临河思洗耳。阊阖西南来，潜波涣鳞起。灵妃顾我笑，粲然启玉齿。蹇修时不存，要之将谁使。

① 临沮县的一段经历不见于《晋书》本传，《文选·游仙诗其二》李善注引《荆州记》：“临沮县有青溪山，山东有泉，泉侧有道士精舍。郭景纯曾作临沮长，故《游仙诗》嗟青溪之美。”按，王敦于太兴元年（318）加荆州牧，郭璞作临沮长当在此时或稍后。

翡翠戏兰苕，容色更相鲜。绿萝结高林，蒙笼盖一山。中有冥寂士，静啸抚清弦。放情陵霄外，嚼蕊挹飞泉。赤松临上游，驾鸿乘紫烟。左挹浮丘袖，右拍洪崖肩。借问蜉蝣辈，宁知龟鹤年。

诗人自得其乐地欣赏临沮县青溪一带的山水之美，想象自己如何与仙人、玉女自由地交往，享受高级的幸福。史称郭璞其人好色①，《晋书》本传更具体地说过他在向南方逃难途中曾用计骗得庐江太守胡孟康家一个他看中的婢女；有时朋友来访，他尚“在妇间”，也并不回避。诗中念念不忘“灵妃”，表面上是沿用《楚辞》的故实，而其实反映了他本人这一方面的浓厚兴趣。中古道教一度十分注意利用性游戏来吸引信徒，郭璞虽不信神仙，而对此大有兴趣，生活作风又一向放达，学道正可以作为一个方便的借口。

“左挹浮丘袖，右拍洪崖肩”是郭璞的名句，后来昭明太子萧统曾随口加以引用②；诗中想象自己与著名的神仙像铁哥儿们似的平等相处，友好交往，而略无顶礼膜拜奉若神明之意，这正表明他对神仙道教并不迷信；而且他认为当下既已获得如此的自由，登云梯上青天已不复必要了。

郭璞的学道生涯是在奇山异水之中的准神仙式的半官半隐，与先前的左思以及后来陶渊明那种在新建庄园或故乡田园中的“归隐”有别，环境、情绪、心态全都不同；与道教徒在山间炼丹修道妄图成仙也很不同。他之所以能写出别具一格的游仙诗，与他这一段经历密切相关。可惜关于他在临沮这一段生活经历除《荆州记》略一涉及之外，各种晋书中都无记载，不知其详，只可据其自叙性很强的游仙诗去推测和补充。诗中的“鬼谷子”和“冥寂士”其实就是他本人或他的理想中自己的化身。

郭璞非常清醒地认识到，人而成仙是不可能的，但人生的短促和痛苦乃是一个必须解决的难题。在现实生活中追逐酒色强化世俗享乐是一条路——干宝曾对他说过度的嗜酒好色“非适性耳”，他回答说：“吾所受本有限，用之恒恐不尽，乃忧酒为患乎！”（《太平御览》卷三八九引《晋中兴书》）彻底交代了他享乐主义的人生观；而在精神生活中幻想非世俗的享乐则是另一条路。总的根源都在痛感人生的短促。《游仙诗》其四云：

---

① 《太平御览》卷三八九引何法盛《晋中兴书》云：“璞性轻易，不恃威仪。嗜酒好色或过度，其友人干宝常诫之。”

② 《梁书·王筠传》：“昭明太子爱文学士，常与筠及刘孝绰、陆倕、到洽、殷芸等游宴玄圃。太子独执筠袖抚孝绰肩而言曰‘所谓“左把浮丘袖，右拍洪崖肩”’，其见重如此。”

六龙安可顿，运流有代谢。时变感人思，已秋复愿夏。淮海变微禽，吾生独不化。虽欲腾丹溪，云螭非我驾。愧无鲁阳德，回日向三舍。临川哀年迈，抚心独悲吒。

一股深沉强烈的迁逝之感扑面而来。时光如流，不舍昼夜，人生易老，无可如何。像鲁阳公那样挥戈回日使之倒退三舍是不可能的；改变自己的存在样式如雀化为蛤、雉化为蜃也是不可能的；腾云升天进入不死之国仍然是不可能的。曹丕在《典论》中说过："夫生之必死，成之必败，然而惑者望乘风云，冀与螭龙共驾，适不死之国。国即丹溪，其人浮游列缺，翱翔倒景；然死者相袭，丘垄相望，逝者莫反，潜者莫形，足以觉也。"郭璞同意这个看法。奇迹既然不可能发生，那么只好面对"时变"和"代谢"的现实。过去建安时代的诗人们鉴于"人生几何"，大抵一则走向现世享乐，一则追求建功立业永垂不朽；两晋之际士人心态消沉，建功立业之志淡化，奢侈享乐之风大盛，此外便剩下深长的叹喟和哀思。《游仙诗》其四最能代表郭璞的真实思想；由此反观其三，则可知其中所写的自己与浮丘公、洪崖先生等仙人并驾齐驱，乃是一种心向往之而不能至的白日梦，姑妄言之无非是作为短促人生的一种安慰而已。三、四两首表面的意向正好相反，从这种矛盾冲突的张力中我们正可以窥见他的深层心理，体认他的悲哀和痛苦。

"吾生独不化"也是一种无可奈何的悲哀。据《文选·江赋》李善注引臧荣绪《晋书》，郭璞是会变化的，"有人见其睡，形为鼍，云是鼍精"；这当然是一种传说，但正可以与"淮海变微禽，吾生独不化"联系起来读，郭璞在理智上承认"不化"，而情感上仍然渴望能化，哪怕化作一只鼍也行。

求神仙不可能实现，而时光的流逝确乎咄咄逼人，这一层意思郭璞在《游仙诗》其四中已慨乎言之，相当透彻，而诗人尚觉不足，于是又有一首（其五）：

逸翮思拂霄，迅足羡远游。清源无增澜，安得运吞舟。珪璋虽特达，明月难暗投。潜颖怨青阳，陵苕哀素秋。悲来恻丹心，零泪缘缨流。

李善注云"清源不能行运吞舟之鱼，以喻尘俗不足容乎仙者"，颇得要领，此意与"虽欲腾丹溪，云螭非我驾"指异而旨同。"珪璋"二句，李善、五臣所注均不恰当，倒是五代时人丘光庭《兼明书》中所说较为中肯："案朝聘之礼，有珪璋璧琮，璧琮则加帛然后能达，而珪璋德重，可以独行，故曰特达……此诗之旨，言君子虽有才德，不假外助，然亦不可仕于乱代，如明月之珠，不可以暗中投人也。"可惜丘氏没有进一步把这两句放到全诗的语境中去加以解说。

郭璞的意思是说，成仙是不可能的，仕于乱代是不可取的，似此，则个人虽有才德，又有什么用！况且时光流逝，人生苦短，悲从中来，不禁要痛哭流涕了。郭璞渡江以后多次应辟出仕，他拖家带口，非有些谋生手段不可，但他清楚地知道此中潜伏着很大的危机，自己门第不高，在南方全无凭借；后来他被王敦杀害，虽然未必早在他意料之中，但仕途的险恶他在精神上是有充分准备的。愈是清醒，就愈是感到现实中无路可走。智慧就是痛苦。就这一点而言，他颇近于阮籍，阮籍也曾因走投无路而寄意于神仙；郭璞深知方士的生涯其实也是虚妄的，自然界自有它的规律，不以潜颖、陵苕的悲哀为转移。

《游仙诗》其六正面描写仙界，提到陵阳子明、容成公、嫦娥、洪崖先生、宁封子、北海之士、五龙等仙人的奇迹，写得花团锦簇，煞有介事，而一头一尾，却大煞风景："杂县寓鲁门，风暖将为灾。吞舟涌海底，高浪驾蓬莱"；"燕昭无灵气，汉武非仙才"。"杂县"即"爰居"，一种有特异功能的海鸟，它们能预知海上将有灾异，便飞到鲁国东门之外，果然不久海上就刮起大风暴，巨浪滔天。诗从这里写起，逐步引出神仙世界："神仙排云出，但见金银台。陵阳挹丹溜，容成挥玉杯。姮娥扬妙音，洪崖颔其颐。升降随长烟，飘飖戏九垓。奇龄迈五龙，千岁方婴孩。"如此奇妙的神仙世界原来乃是灾害性天气的结果，这是很辛辣的嘲讽，于是天花乱坠的描写全都变成对神仙世界的揶揄。这种写法，较之先前曹丕等人对神仙世界的断然否定显得更为刻毒①。神仙世界既已如此虚妄，则求仙者就显得更加可笑了。郭璞把著名的神仙迷燕昭、汉武故意轻松委婉地说成只是"无灵气""非仙才"，也较之直言否定更有力量。然则郭璞的《游仙诗》岂但非"列仙之趣"而已，它简直是彻底否定列仙的。唯其如此，便可以拿来谈谈玩玩，作为写诗的材料和符号，随意驱使，为我所用。

所以到第七首，作者又回到第一首的意象上来，表明只有逃向山林才是唯一可行的办法：

> 晦朔如循环，月盈已见魄。蓐收清西陆，朱羲将由白。寒露拂陵苕，女萝辞松柏。蕣荣不终朝，蜉蝣岂见夕。圆丘有奇草，钟山出灵液。王孙列八珍，安期炼五石。长揖当途人，去来山林客。

前半讲自然界自有其规律，植物至秋冬凋谢是正常的情形，还有生命周

① 如曹丕《折杨柳行》："彭祖称七百，悠悠安可原。老聃适西戎，于今竟不还。王乔虚假词，赤松垂空言。"

期更短的生物；在这种语境的压力下，所谓“奇草”“灵液”尽管以正面的语气出之，而其为虚妄不实乃在不言而喻中。诗的最后只在“当途”与“山林”之间作出抉择而根本不提神仙，无疑也是对“列仙”的彻底默杀。其态度之冷峻，较之以论战的语气来否定神仙显得更有力量。

可以说，郭璞的《游仙诗》完全是忧生愤世的咏怀诗，“假栖遁之言，而激烈悲愤，自在言外”（刘熙载《艺概·诗概》）；但其中运用了大量的神仙道教的材料与符号。这是一个很奇妙的创造。郭璞成功的先例告诉人们，游仙这一题材具有极大的弹性，其中可以寄托各种感情，仙境可以成为诗人的大舞台，演出的内容可以与宣传道教奇迹绝不相干。抒情诗从此有了更广阔的道路。

在郭璞之前，已有人为他的写作路子导夫先路。例如曹操在他游仙诗中寄寓了争取长寿以便完成统一大业的壮志豪情；又如曹植通过游仙诗表达了他建功立业、呼唤自由的情绪。但这父子二人并不完全否定神仙，其诗虽另有寄托，亦即已把游仙诗当作咏怀诗来写，但仍有“列仙之趣”，与老派游仙诗十分接近，没有划出一个新的领域来，因而不容易产生太大的影响。稍后的嵇康、阮籍也有类似的情形。至于像何劭那样的游仙诗就更没有什么大意思了。郭璞是一位伟大的创新者，正是这一点造成了他在文学史上占有重要的地位。

郭璞亦颇长于辞赋，南渡途中作有《盐池赋》《巫咸山赋》，东晋建国初献《南郊赋》，高调歌颂重开新局的东晋王朝①，元帝见而嘉之，以为著作佐郎；而他这一方面最著名的作品是《江赋》（《文选》卷十二）。郭璞作赋走汉大赋的路子，体物铺张，追求巨丽之美。他为司马相如的《上林》《子虚》做过注释，本人又长于文字训诂，写起大赋来得心应手。《江赋》铺叙长江的源委脉络、丰富的物产、古怪的水兽、秀丽的景色和神奇的传说，滔滔不绝，气势非凡。由于他南下未久，一味追求大而全，又缺乏左思那样的认真和严谨，所以赋中有不少话说得不准确，有知识性的硬伤，颇遭后代评论家的批评，但大抵属于枝节问题，无伤大雅。赋末有几句道：

---

① 南郊乃是帝王上台时在首都城南举行的祭天大典，具有重大的政治意义。郭璞《南郊赋》当作于太兴元年（318）春天，大力歌颂东晋这一开国大典。后来明帝太宁二年（324），王敦派钱凤进攻首都，钱凤请示：“事克之日，天子云何？”意思是问军事行动得手后如何处置皇帝；王敦回答说：“尚未南郊，何得称天子！”（《晋书·王敦传》）示意他不必有什么顾忌。南郊一事的意义由此可见一斑。

焕大块之流形，混万尽于一科。保不亏而永固，禀元气于灵和。考川渎而妙观，实莫著于江河。

长江和黄河，都是中国的母亲河，值得讴歌称颂，用比较小巧的形式绝对不能适应，非来大块文章不可。

与郭璞《江赋》齐名的是先前木华（字玄虚）的《海赋》（《文选》卷十二）。木华年辈较高，曾经在杨骏手下任职，应当算是西晋作家，他只留下这么一篇作品，传世文本又可能已有残缺，在文学史上难以获得重要的地位，但他这篇《海赋》实为杰作。

中国古代文学作品中专门写海的不多，大约只有曹操的《观沧海》是人们熟知的："秋风萧瑟，洪波涌起。日月之行，若出其中。星汉灿烂，若出其里"，寥寥数句，写出了大海的气魄。但孟德之诗的笔墨比较粗；而木华的《海赋》便要细致得多了，例如赋中描写海上的狂澜巨涛风起云涌，转相触激，一时间天旋地转，好像巨大的山岳飞腾起来，又忽遭覆灭，大山与大山互相追逐撞击……文笔细腻而又气势恢宏，给读者留下深刻的印象。木华又写海上风平浪静的情状："轻尘不飞，纤萝不动。犹尚呀呷，余波独涌。"此时大海温柔而平静，但海上永远没有绝对的静止，"犹尚呀呷"，它像人一样不停地在呼吸吞吐，而就是这种沉稳的呼吸仍然能引起汹涌的波澜。李善在《文选》注里说这几句"言风虽静，而余波犹壮"，解说得很中肯；可以补充的是，这余波在原作中是用来反衬大海的平静的。

《海赋》讲到当时用帆船航海，轻快得如同一只海鸟："若乃偏荒速告，王命急宣，飞骏鼓楫，泛海凌山。于是候劲风，揭百尺，维长绡，挂帆席，望涛远决，冏然鸟逝。"文中又提到"横海之鲸"，先写这种庞然大物如何在海上纵横，吞舟喷水，气势宏阔，然后写它"陆死盐田"，其巨大的身躯鳞骨使人惊叹。看来作者至少看到过死鲸，所以能有相当实际的描写，而且"笔峭而骨清，句奥而气雄"（洪若皋《昭明文选越裁》卷三），与先前《庄子》里纯用寓言手法写不知其几千里并且可以变化为大鹏的巨鲲，写作态度是大异其趣的。《海赋》的水平实高于《江赋》。

可惜此后中国古代沿着现实主义的路子写大海的名作甚少，写到海往往与什么神仙之山、不死之药联系在一起，陈陈相因，一笔带过，比之西方海洋国家的文人们颇有描写海上生活的名作，不免瞠乎其后了。中国作家历来生活于内陆，与江河湖泽关系近，感情深，而与大海则较为隔膜，所以对大海难以有细致亲切的描写，更少有因海上冒险激发出来的哲理性思考[①]；能有的只是"海上生明月"（张九龄《望月怀远》）、"海日生残夜"（王湾《次北固山下》）一类佳句而已。

三

在东西晋之交，大批北方世族南迁，其中出现了不少作家，在王、庾、郗、桓、谢诸著名士族大姓中，文学方面首先冒尖的是颍川庾氏家族[②]，王、谢两家均在其后。

庾氏家族中地位最高的庾亮（字元规，289～340），死后谥文康，他在东晋初年的政治舞台上乃是一位重量级的人物，同时也是一位风流名士，《世说新语·容止》载：

> 庾太尉在武昌，秋夜气佳景清，使吏殷浩、王胡之之徒登南楼理咏，音调始遒，闻函道中有屐声甚厉，定是庾公。俄而率左右十许人步来，诸贤欲起避之，公徐曰："诸君少住，老子于此处兴复不浅！"因便据胡床，与诸人咏谑，竟坐甚得任乐。

成帝咸和九年（334），庾亮以国舅的特殊身份，都督江、荆、豫、益、梁、雍六州诸军事，领江、荆、豫三州刺史，进号征西将军，开府仪同三司，他凭借长江中游强大的军事实力对京师形成很大的压力，以外制内，遥控中枢，权势极盛，连东晋的开国元勋、丞相王导也只好让他三分；他幕府中的僚佐如长史殷浩、记室参军王胡之之徒对他更是相当敬畏；而他却对文人雅集兴致如此之高，礼贤下士，谈笑甚欢。后来孙绰在为他写的碑文中称颂他"微言散于秋毫，玄风畅乎德音。窥门者贵其凝峙，入室者叹其通玄"（《太尉庾亮碑》），正是指此而言。

---

① 尤其没有人像《白鲸》的作者梅尔维尔（H. Melville，1819～1891）那样亲自在捕鲸船上当过水手，或者像《老人与海》的作者海明威（E. Hemingway，1899～1963）那样经常乘游艇出海，这是地理条件和航海水平的限制，不能苛求于古人的。

② 这一家族在魏晋之际崛起，先后有魏襄城令庾乘（《元和姓纂》卷六）、魏太仆庾嶷、晋尚书庾儵（《三国志·魏书·胡昭传》注引《庾氏谱》："嶷，字邵然，颍川人。子儵，字玄默，晋尚书、阳翟子。"），以上乃祖孙三代。庾嶷之弟庾遁，遁二子峻、纯，《晋书》均有传。庾敳为庾峻之次子；庾亮为庾峻之从孙，其父庾琛，永嘉初为会稽太守（见《晋书·外戚传》）。

早在青年时代,庾亮就对清谈对文学有着很深的兴趣,《世说新语·文学》记载过一段他同族叔庾敳(字子嵩,262~311)的著名对话:

庾子嵩作《意赋》成,从子文康见,问曰:"若有意邪,非赋之所尽;若无意邪,复何所赋?"答曰:"正在有意无意之间。"

庾敳是庾氏家族中开始由儒入玄、进一步在上层社会显露头角的重要人物,对庾亮后来的发展起到过某种铺垫的作用。颍川庾氏本是儒学世家,但庾敳"自谓是老庄之徒"(前引《世说新语·文学》注引《晋阳秋》),他在西晋末年天下多故的时候,一方面参东海王司马越军事,具有相当高的政治地位,一方面又摆出一派名士姿态,颇有著述,《晋书》本传说他"见王室多难,终知婴祸,乃著《意赋》以豁情,犹贾谊之《鹏鸟》也"。《意赋》完全以玄言入赋,大讲了一通存亡均齐的大道理:

至理归于浑一兮,荣辱固亦同贯。存亡既已均齐兮,正尽死复何叹。物咸定于无初兮,俟时至而后验。若四节之素代兮,岂当今之得远?且安有寿之与夭兮,或者情横多恋。宗统竟初不别兮,大德亡其情愿。蠢动皆神之为兮,痴圣惟质所建。真人都遣秽累兮,性茫荡而无岸。纵驱于辽廓之庭兮,委体乎寂寥之馆。天地短于朝生兮,亿代促于始旦。顾瞻宇宙微细兮,眇若豪锋之半。飘飖玄旷之域兮,深莫畅而靡玩。兀与自然并体兮,融液忽而四散。

赋本来一向是"体物"的,而这里却完全是说理。玄学的抽象道理如此堂而皇之地进入文学文本,并且贯穿其始终,这还是头一次。

玄学哲理进入辞赋必然给其他文体带来巨大的刺激,玄言诗的日趋繁荣与此当不无关系。两汉以至魏晋时代,赋乃是文体的中心,其他文体例如诗歌之类往往致力于向赋学习,参用它的题材、手法、风格、路子;玄言诗与玄言赋也正有着莫大的关系,所以才会有"诗必柱下之旨归,赋乃漆园之义疏"(《文心雕龙·时序》)二者同时共生的情形。可惜历来的情形是,人们比较重视玄言诗,而关于玄言赋却很少注意认真地考察。庾亮在《意赋》刚刚问世之际就注意到这一种新型的作品,同时深刻地意识到一个矛盾:玄学是大讲言不尽意的,既然如此,用《意赋》为题来写辞赋,就先天地存在麻烦,所以他毫不客气地向比他长一辈的庾敳提出质疑;庾亮的问题很难回答,庾敳只能用庄子式的滑头话语对付过去,其实并没有认真解决这个问题。

晋人的文学批评，除了少数见诸文字的以外，还有许多只在口头上进行，这与当时的玄学家中很有些人并不著书立说而专重清言一样。名士型批评家往往并不把他的意见写出来，只是随便谈谈，在当时就能产生很大的影响。先前的张华是如此，东晋庾亮、袁乔、孙绰等批评家的文学评论意见，也都在口头上发表，此外没有记录下来的意见还不知道有多少。

庾亮曾经一度成为朝廷中的决策者，明帝去世后，庾太后临朝称制，而太后正是庾亮的妹妹。庾亮在从政过程中写过不少著名的文章，他的《让中书监表》曾得到刘勰的高度评价（详见《文心雕龙·章表》），又被萧统选入《文选》（卷三十八）①。

晋代颍川庾氏家族中能文者甚多，庾亮的弟弟庾冰既是高官（曾经一度代王导辅政，又任江州刺史，都督六州诸军事），也是诗人，孙绰有《与庾冰诗》，但庾冰本人的诗今已不传，只能看到一点其他文章。庾冰的第三子庾友字玉台，海西公太和中，以中书郎出为东阳太守，家于暨阳；太和六年（371），桓温废海西公，次年捕杀诸庾，友之儿媳为桓温侄女，请于温，得免，居于会稽，参与兰亭之会，有诗一首。庾冰的第四子庾蕴曾为广州刺史，也逃过了劫难，与兰亭之会，亦有诗一首②。庾阐的儿子庾肃之，历官给事中、相府记室、湘东太守，太元中卒，存文五篇。整个颍川庾氏家族同文学有相当密切的关系，不能因为后来王、谢两家影响更大而不予重视。

---

① 《文选》作《让中书令表》，李善注云："诸《晋书》并云让中书监，此云令，恐误也。"按，《晋书·庾亮传》载："明帝即位，以为中书监。亮上表让云……"查庾亮之妹文君被立为明帝皇后，事在太宁元年（323）六月，庾亮不愿以裙带关系就任中书监。不久明帝去世，庾亮与王导同为顾命大臣，徙中书令，在此后一段时间里政事一决于亮。

② 桓温放过庾友一门事，见《世说新语·贤媛》"庾玉台"条；《晋书·庾冰传》称永和七年（372）庾蕴在广州饮药而死，但从他后来参与兰亭集会一事来看，当是自杀未遂，大难不死。

二十　葛洪

一

中古时代思想比较解放，许多人有志于撰写子书，自成一家之言。徐幹、曹丕、仲长统、傅玄以及苻融等人均有所成，名声远播；曹植、陆机有志未遂，抱恨终身。在这一方面成就最高的是葛洪（字稚川，283～343），著有《抱朴子》内、外篇，凡七十卷，大部分得以保存，流传至今。后来南朝梁的萧绎著《金楼子》，抄纂旧文比较多，而意态亦颇自雄，他心目中的榜样之一，就是抱朴子葛洪①。

葛洪是丹杨句容（今属江苏）人，他的祖父葛系是孙吴的高官，父亲葛悌由吴入晋，为邵陵太守。葛洪十三岁丧父，靠自学成才，读书甚广，尤喜神仙家言。西晋惠帝末，发生张昌、石冰之乱，葛洪从吴兴太守率兵镇压②，建立了功勋，加伏波将军。但这只是一个空名，并无实惠，仍为一介书生。稍后葛洪入洛阳搜求异书，逢陈敏之乱不得回南方③；其时友人嵇含被任命为广州刺

① 《金楼子·序》："今纂开辟以来，至于耳目所接，即以先生为号，名曰《金楼子》，盖士安之《玄晏》，稚川之《抱朴》者焉。"《玄晏》是皇甫谧（字士安，自号玄晏先生，215～282）的著作，今已亡佚。谭献《复堂日记》卷五评《抱朴子》曰："前则《鸿烈》《论衡》，后则《金楼》《家训》，皆志在立言，文采粲然者矣。"

② 张昌、石冰于太安二年（303）五月起兵，攻陷扬州，尽取诸郡，不久又攻破江州，进逼徐州，次年败亡。《晋书·惠帝纪》太安二年十一月载："丙寅，扬州秀才周玘、前南平内史王矩、前吴兴内史顾祕起义军以讨石冰，石退"；永兴元年（304）三月："陈敏攻石冰，斩之，扬、徐二州平。"

③ 陈敏原是西晋负责漕运的官员，后以平叛有功迁广陵相、右将军。永兴二年（305），他也起兵造反，迅即据有吴越之地，自称都督江东军事、大司马、楚公，有割据之势。稍后兵败。攻杀陈敏的是周玘、顾荣等江东世族的代表人物。参见陈寅恪《述东晋王导之功业》有关部分，《金明馆丛稿初编》，第55～56页。

史，请他去帮忙打前站，嵇含未及到任被杀，葛洪遂留滞广州，就在那里专心著述。后来回到故乡，入琅邪王司马睿幕府，司马睿称帝后赐爵关内侯，稍后在王导手下效劳。

葛洪的从祖葛玄（仙翁）曾从大方士左慈受道，葛玄的门徒郑隐又是葛洪的师傅。在现实生活中找不到出路的葛洪也笃信道教。因为一心著书炼丹，辞去不少职务，而求为句漏令，其地虽然偏僻遥远，但那里盛产炼丹的原料，对葛洪很有吸引力；到达广州后，刺史邓岳留住他不让他赴任，于是就在附近的罗浮山炼丹并著书立说。至六十一岁去世。《晋书》本传说他到八十一岁时尸解而去，“八”大约为“六”字之误①。

葛洪勤于著述，他的代表作《抱朴子》内篇二十卷、外篇五十卷完成于两晋之交，后来有所修订。此外又有《神仙传》十卷、《隐逸传》十卷、《良吏传》十卷、《集异传》十卷、《金匮药方》一百卷、《肘后备急方》八卷、文集三十卷，又杂抄经史百家方技成三百一十卷，一共有五六百卷之多，所以前人曾感慨说“六朝著述之富，盖无如葛稚川者”（胡应麟《诗薮》外编卷二《六朝》）。如今大部分亡佚，保存得比较好的只有《抱朴子》和《神仙传》，都有相当详备的今人校注本②。

葛洪自己说，《抱朴子》内篇“言神仙、方药、鬼怪、变化、养生、延年、禳邪、却祸之事，属道家”（《抱朴子·外篇·自叙》），其实应当说是属道教；葛洪道士气非常浓厚，在道教史上具有重要地位③；葛洪对正统道家评价很低，曾说“五千文虽出老子，然皆泛论较略耳”“至于文子、庄子、关令尹喜之徒……其去神仙已千亿里矣，岂足耽玩哉！”又说“常恨庄子言行自伐，桎梏世业，身居漆园而多诞谈”（《抱朴子·外篇·应嘲》），诸如此类的批评尚多。

葛洪又说，《抱朴子》外篇“言人间得失，世事臧否，属儒家”（《抱朴子·外篇·自叙》）。但是他也决非正统的儒家，倒是思想比较解放的，例如他竟然说儒家的两部经典《书》和《诗》已经被后来的作者超越了。这话大有离经叛道的意思。与此同时，他又颇有法家气息，甚至公开声称“仁者为政之脂粉，

---

① 详见杨明照《葛洪生卒年》，《抱朴子外篇校笺》下册，中华书局1991年版，第795～806页；参见曹道衡、沈玉成《葛洪卒年、年岁》，《中古文学史料丛考》，中华书局2003年版，第173～174页。

② 详见王明《抱朴子内篇校释》，中华书局1985年版；杨明照《抱朴子外篇校笺》；胡守为《神仙传校释》，中华书局2010年版。

③ 详见任继愈主编《中国道教史》，上海人民出版社1990年版，第73～109页。这一章的标题是《葛洪与魏晋丹鼎道派》。

刑者御世之辔策”(《抱朴子·外篇·用刑》),这话说得多么透彻!

他的《神仙传》宗教气息相当浓厚,但也可以当小说来读。此外还有两部小说:《西京杂记》和《汉武故事》,据说都由他写定;但此事一向有不同的意见[1],到现在也还不容易最后论定。

二

《抱朴子》外篇多有社会、文化批评的内容,措辞尖锐,很见锋芒。鲁迅曾将此书推荐给国文系学生阅读,特别指出此书“内论及晋末社会状况”[2]。他说的“晋末”自然是指西晋之末。

葛洪本人作为原孙吴官僚的后代,在西晋的政治格局中找不到出路[3],后来又有功不赏,他对社会的负面看得比较清楚,于是直率地加以批评;而这正是一般晋代作家较少涉及的。

《抱朴子》尖锐地批评当时的官场完全被中原高门所垄断,而他们一旦占据要津,就结党营私,无法无天。《疾谬》篇写道:

> 冠盖之后,势援之门,素颇力行善事,以窃虚名。名既粗立,本情便放,或假财色以交权豪,或因时运以佻荣位,或以婚姻而连贵戚,或弄毁誉以合威柄。气盈志溢,态发病出,党成交广,道通步高。清论所不能复制,绳墨所不能复弹。遂成鹰头之蝇,庙垣之鼠。

这样腐败下去,国步自然艰难。葛洪又批评当时的“官二代”说:

> 若夫王孙公子,优游贵乐,婆娑绮纨之间,不知稼穑之艰难,目倦于玄黄,耳疲乎郑卫,鼻厌乎兰麝,口爽于膏粱,冬沓貂狐之温丽,夏缜纱縠之翩飘。出驱庆封之轻轩,入宴华房之粲蔚,饰朱翠于楹梲,积无已于箧匮,陈妖冶以娱心,湎醽醁以沉醉。行为会饮之魁,坐为博弈之帅。省文章既不晓,睹学士如草芥。口笔乏乎典据,牵引错于事类。剧谈则方战

---

① 详见王利器《葛洪著述考略》,《文史》第37辑,中华书局1993年。

② 《集外集拾遗补编·开给许世瑛的书单》,《鲁迅全集》第8卷,第441页。

③ 《抱朴子·外篇·审举》云:“昔吴土初附,其贡士见偃以不试,今太平已近四十年矣,犹复不试,所以使东南儒业衰于在昔也。此乃见同于左衽之类,非所以别之也。”西晋社会对孙吴官僚及士人的后代,长期以来一向采取轻视排斥的态度;这种情形到东晋以后才发生根本变化。

而已屈，临疑则未老而憔悴。虽菽麦之能辨，亦奚别乎瞽聩哉！（《崇教》）

凡到国家衰亡之际，总会有一批这样的贵游少年引人侧目。

葛洪认为当时中原的风气很不好，奢侈放荡，追逐时髦，不守礼法，而一般南方人士也跟着学习模仿，追逐时尚，失去原则，深可痛惜。《讥惑》篇写道：

> 丧乱以来，事物屡变，冠履衣服，袖袂裁制，日月改易，无复一定。乍长乍短，一广一狭，忽高忽卑，或粗或细。所饰无常，以同为快。其好事者，朝夕仿效，所谓"京辇贵大眉，远方皆半额"也。
>
> ……
>
> 又闻贵人在大哀，或有疾病服石散，以数食宣药势，以饮酒为性命。疾患危笃，不堪风冷，帏帐茵褥，任其所安。于是凡琐小人之有财力者，了不复居于丧位，常在别房，高床重褥，美食大饮，或与密客引满投空，至于沉醉，曰"此京洛之法也"。不亦惜哉。

对所谓"京洛之法"作尖锐的嘲讽，仍未脱去南人的本色。

《抱朴子》内篇二十卷主要讲如何炼丹成仙，如《金丹》《黄白》之类，一望而知为神仙道教的专题论文，其中自有许多技术层面上的内容，据说在化学史上有相当的意义。葛洪的《肘后备急方》在医药史上具有崇高的地位，例如其中曾经提到"青蒿一握，以水二升渍，绞取汁，尽服之"可治"久疟"；现代中国科学家屠呦呦和她的团队，在二十世纪七十年代成功地采用低沸点溶剂乙醚从青蒿中萃取有效成分，用于治疗疟疾，几十年来挽救了千百万人的生命。因为向世人提供了青蒿素这一巨大的贡献，屠呦呦荣获了2015年诺贝尔生理学或医学奖。

同任何宗教家一样，葛洪也非常重视道德问题。"道"永远高于"术"。《微旨》篇指出，如果以为靠一点具体的技术就可以解决问题，则未免所见者小，"浅见之家，偶知一事，便言已足，而不识真者"，事实上道德高尚才更重要，"欲求长生者，必欲积善立功，慈心于物，恕己及人"，积善惟恐不足，哪里还能为恶？葛洪指出，以下这些恶是一条也不能犯的："憎善好杀，口是心非，背向异辞，反戾直正，虐害其下，欺罔其上，叛其所事，受恩不感，弄法受赂，纵曲枉直，废公为私，刑加无辜，破人之家，收人之宝，害人之身，取人之位，侵克贤者，诛戮降伏，谤讪仙圣，伤残道士，弹射飞鸟，刳胎破卵，春夏燎猎，骂詈神灵，教人为恶，蔽人之善，危人自安，佻人自公，坏人佳事，夺人所爱，离人骨肉，辱人求胜，取人长钱，还人短陌，决放水火，以术害人，迫胁尪弱，以恶易好，强取强求，掳掠致富，不公不平，淫佚倾邪，凌孤暴寡，拾遗取施，欺给诳诈，好说人私，持人短长，牵天援地，祝诅求直，假借不还，换贷不偿，求欲无已，憎拒忠信，不顺上命，不敬所师，笑人作善，败人苗稼，损人器物，以穷人用，以不清洁饮饲他人，轻秤小斗，狭幅短度，以伪杂真，采取奸利，诱取人物，越井跨灶，晦歌朔哭……”葛洪杂七杂八地列举出这些恶，大约具有很大的随意性，也都是常见的负面表现。他的意思是说，要想成仙，首先必须做一个道德高尚的人才行。凡宗教总是要把人性中善的东西列入修行的规范，这样才能取得信任，扩大影响。所以即使在科学相当进步以后，宗教仍然不会退场，因为这些同教义联系在一起的道德教诲，是自然科学当中并不具备的。

葛洪的文章“旁引曲喻，必达其词”（胡应麟《少室山房笔丛》卷三十一），可以作为晋代的散文来读，只是有些地方稍觉繁冗一点。

三

作为文学家，葛洪诸体兼善，《抱朴子·外篇·自叙》自说他有“碑、颂、诗、赋百卷，军书、檄移、章表三十卷”，《晋书》本传说他“博闻深洽，江左绝伦，著述篇章，富于班、马”，可惜他的文学作品现在基本看不到了，《太平御览》卷九四六引用过几句他的《遐观赋》，完全是散句，也许是赋序或自注中的残句；他的《洗药池诗》只有四句：

> 洞阴泠泠，风佩清清。仙居永劫，花木常荣。

虽然“诗中清气逼人，宛是世外人语”（王尧衢《古唐诗合解》卷二），总觉得不免太简单了一点，而且究竟是不是他的作品也颇可疑。

现在能看得比较清楚的是葛洪的文学思想，在这一方面他发表过不少意见，比较集中地见之于《抱朴子》外篇中的《钧世》《尚博》《博喻》《广譬》《辞义》《应嘲》《百家》《文行》诸篇。

葛洪文学思想中最引人注目的是他大声疾呼地强调文学是不断向前发展的，在许多方面今胜于昔，反对是古非今厚古薄今。他说，有不少人认为古书深隐而高明，今书易懂而浅薄，其实根本不是这么回事。《钧世》篇写道：

> 古书之多隐，未必昔人故欲难晓，或世异语变，或方言不同，经荒历乱，埋藏积久，简编朽绝，亡失者多，或杂续残缺，或脱去章句，是以难知，似若至深耳。

> 且夫《尚书》者，政事之集也，然未若近代之优文、诏、策、军书、奏、议之清富赡丽也。《毛诗》者，华彩之辞也，然不及《上林》《羽猎》《二京》《三都》之汪濊博富也。

《钧世》篇继续写道：

> 若夫俱论宫室，而奚斯"路寝"之颂，何如王生之赋《灵光》乎？同说游猎，而《叔畋》《卢铃》之诗，何如相如之言《上林》乎？并美祭祀，而《清庙》《云汉》之辞，何如郭氏《南郊》之艳乎？等称征伐，而《出车》《六月》之作，何如陈琳《武军》之壮乎？则举条可以觉焉。近者夏侯湛、潘安仁并作《补亡诗》——《白华》《由庚》《南陔》《华黍》之属，诸硕儒高才之赏文者，咸以古诗三百，未有足以偶二贤之所作也。

葛洪认为，描写宫室，《诗经·鲁颂·閟宫》比不上东汉辞赋家王延寿的《灵光殿赋》；描写游猎，《诗经·郑风》之《叔于田》《大叔于田》和《齐风·卢令》比不上司马相如的《上林赋》；描写祭祀，《诗经·周颂·清庙》《大雅·云汉》比不上郭璞的《南郊赋》；描写战争，《诗经·小雅·出车》《六月》比不上陈琳的《武军赋》；夏侯湛、潘岳的《补亡诗》也超过了《诗经》的水平——这是很大胆的比较研究结论。《尚书》《诗经》乃是儒家两部最重要的经典，葛洪认为其实已经被超越；超过前人的作者，除了汉代的大家以外，还有本朝的左思（《三都赋》）、郭璞（《南郊赋》）、夏侯湛、潘岳（《补亡诗》）。《三都赋》名气很大，引起过洛阳纸贵；但敢于说它超越了经典，还是令人耳目一新的。郭璞是作者的同代人，《南郊赋》是眼前很新的作品，名气也还没有那么大，而葛洪就敢说它也超越了经典。

葛洪指出，古书显得很难懂是出于历史的变迁和传播过程中的散佚等等原因，不必神秘化——这些意见虽然近于常识，但在传统力量特别强大的古代，敢讲出来就很了不起。

葛洪持历史进化论的观点，对于一代不如一代的退化论不遗余力地予以批评，他写道：

> 古之著书，不能胜今之作者，何也？然守株之徒，喽喽所玩，有耳无目，何肯谓尔！其于古人所作为神，今世所著为浅，贵远贱近，有自来矣。（《钧世》）

> 又世俗率神贵古昔而黩贱同时，虽有追风之骏，犹谓之不及造父之

所御也……虽有益世之书，犹谓之不及前代之遗文也……俗士多云："今山不及古山之高，今海不及古海之广，今日不及古日之热，今月不及古月之朗。"何肯许今之才士，不减古之枯骨？重所闻，轻所见，非一世之所患矣。(《尚博》)

这样的批评实际上已经超越了文学的范畴，而涉及更广大的思想文化领域，大有反传统的革命意义。

传统儒家又持"有德者必有言"的观点，将文学置于道德的统领之下，写诗作文都是"余事"，这样的轻重本末的顺序是绝对不准动摇的；葛洪则德文并重，认为皆是"君子之本"，他写道：

或曰："德行者，本也，文章者，末也。故四科之序，文不居上。然则著纸者，糟粕之余事；可传者，祭毕之刍狗。卑高之格，是可识矣。文之体略，可得闻乎?"抱朴子答曰："筌可以弃，而鱼未获，则不得无筌；文可以废，而道未行，则不得无文……且文章之与德行，犹十尺之与一丈，谓之余事，未之前闻。夫上天之所以垂象，唐虞之所以为称，大人虎炳，君子豹蔚，昌、旦定圣谥于一字，仲尼从周之郁，莫非文也……且夫本不必皆珍，末不必悉薄。譬若锦绣之因素地，珠玉之居蚌、石，云雨生于肤寸，江河始于咫尺，尔则文章虽为德行之弟，未可呼为余事也。"(《尚博》)

这里的意见也有些反传统的意味。在中国古代，文学往往没有独立的地位和价值，总是从属的、工具性的、次要的东西；葛洪则强调文的重要性，他承认文是第二位的，但并非可有可无的"余事"。这样的估计相对比较合适。

葛洪并不否认文的工具性，恰恰相反，他非常看重这一点，他指出文的重要性正在于其工具性，他说"立言者贵于助教"(《应嘲》)，所以"古诗刺过失，故有益而贵；今诗纯虚誉，故有损而贱也"(《辞义》)。葛洪之所谓"文"所指甚广，几乎包括一切用文字写成的本子。后来刘勰走的正是他这样的路径。

四

写毕《抱朴子》以后，葛洪又撰《神仙传》一书以宣传其道教思想。该书序云：

洪著《内篇》论神仙之事凡二十卷，弟子滕升问曰："先生曰神仙可得

> 不死，可学，古之得仙者，岂有其人乎？”答曰：“昔秦大夫阮仓所记有数百人，刘向所撰又七十一人。盖神仙幽隐，与世异流，世之所闻者，犹千不及一者也……余今复抄集古之仙者，见于《仙经》、服食方及百家之书，先师所说，耆儒所论，以为十卷，以传知真识远之士。其系俗之徒，思不经微者，亦不强以示之矣。则知刘向所述殊甚简要，美事不举。此传虽深妙奇异，不可尽载，犹存大体，窃谓有愈于向多所遗弃也。”

可知这是继阮仓《列仙图》①、刘向《列仙传》②以后，关于仙人的又一次大检阅，其内容除杂抄自先前各种文献者外，又根据传说颇有增补。此书虽题为《神仙传》而其实谈的只是仙，亦即道教所宣传的可以长生不老、有种种特异功能、略近乎神的超人；仙人大部分仍在人间，只有其中的上品可以升天成为“仙官”或者说“天仙”③。神与仙是两种不同的存在，但又往往混言之曰神仙。《隋书·经籍志》称葛洪此书为《列仙传》，应当说更为合适，但自新旧《唐书》以下均称《神仙传》，早已约定俗成，似此则也可以不去追改了。

葛洪在这里一再宣传仙人的奇迹，许多条目重复无味；大讲金丹的重要，则是他本人关于丹鼎理论的敷衍，总之完全是宗教的宣传品，在道教史上自有其意义，同文学关系比较遥远，但也并非毫不相干。

今本《神仙传》涉及仙人八十多位，乃是后人的辑本，其中很有些混乱讹误，神仙之事本属于虚诞，并不可信；可是正如《四库全书总目》所说，“流传既久，遂为故实，历代词人，转相沿用，固不必一一核其真伪也”。现在可以将这本书当作志怪小说集来读。

试举几个比较有趣的例子，来看仙人的思想和言行。有一位叫白石生的仙人不肯飞升，他要享受人间的乐趣：

> 白石生者，中黄丈人弟子也，至彭祖之时，已年二千余岁矣。不肯修升仙之道，但取于不死而已，不失人间之乐。其所据行者，正以交接之道

① 阮仓《列仙图》，《隋书·经籍志(二)》称为汉人的著作，早已亡佚。

② 刘向《列仙传》今存，是否确为刘向的作品，学术界有不同的意见，或以为是魏晋时人的假托之作。

③ 《抱朴子·内篇·论仙》称：“按《仙经》云：上士举形升虚，谓之天仙；中士游于名山，谓之地仙；下士先死后蜕，谓之尸解仙。”又《金丹》篇引述《丹经》道：“上士得道，升为天官；中士得道，栖集昆仑；下士得道，长生世间。”但道教终于很难回避人总是要死的事实，只好提出“尸解”一说，并将这一类死后成仙者列为下等仙。关于仙人的等级高下，《神仙传》卷八《刘根》条中大仙韩众论之甚详，大旨与《论仙》篇同。

为主，而金液之药为上也。初患家贫身贱，不能得药，乃养猪牧羊十数年，约衣节用，致货万金，乃买药服之。常煮白石为粮，因就白石山居，时人号曰“白石生”。亦时食脯饮酒，亦时食谷，日能行三四百里，视之色如三十许人。性好朝拜存神，又好读仙经及《太素传》。彭祖问之：“何以不服药升天乎？”答曰：“天上无复能乐于此间耶！但莫能使老死耳。天上多有至尊相奉事，更苦人间耳。”故时人号白石生为隐遁仙人，以其不汲汲于升天为仙官，而不求闻达故也。（卷一）

由此可知，举形升虚的天仙亦即“仙官”也会有很多麻烦，天上的神场正如人间的官场；所以白石生宁可就当一个快活的地仙，享受饮食男女等等人间乐趣，享受自由。求仙本来就是要自由要幸福，何必再自找麻烦呢。隐士的思想渗入道教，就会产生“中士”高于“上士”的观念。

以长寿著称的彭祖据说也是不愿意升天而宁可当他的地仙的，《抱朴子·内篇·对俗》载：“彭祖言：天上多尊官大神，新仙者位卑，所奉事者非一，但更劳苦，故不足役役于登天，而止人间八百余年也。”这大约反映了葛洪本人思想的一个侧面：他对当官兴趣不是很大，最希望找一个合适的地方去炼丹。

关于炼丹术的祖师、道教的大人物魏伯阳，《神仙传》中有一个很好玩的故事：

魏伯阳者，吴人也。本高门之子，而性好道术，不肯仕宦，闲居养性，时人莫知之。后与弟子三人入山作神丹，丹成，知弟子心不尽诚，乃试之曰：“此丹今虽成，当先试之，然先宜与犬试之，犬即飞者可服之，若犬死者，则不可服也。”伯阳入山，特将一白犬自随；又有毒丹，转数未足，合和未至，服之暂死。故伯阳便以毒丹与白犬食之，即死。伯阳乃问弟子曰：“作丹惟恐不成，丹既成而犬食之即死，恐未合神明之意，服之恐复如犬，为之奈何？”弟子曰：“先生当服之否？”伯阳曰：“吾背违世俗，委家入山，不得仙道，亦不复归。死之与生，吾当服之耳。”伯阳乃服丹，丹入口即死。弟子顾相谓曰：“作丹欲长生，而服之即死，当奈何？”独有一弟子曰：“吾师非凡人也，服丹而死，将无有意耶？”亦乃服丹，即复死。余二弟子乃相谓曰：“所以作丹者，欲求长生，今服即死，焉用此为？若不服此，自可数十年在世间活也。”遂不服，乃共出山。欲为伯阳及死弟子求市棺木。二人去后，伯阳即起，将所服丹内（纳）死弟子及白犬口中，皆起。弟子姓虞，遂皆仙去。因逢人入山伐木，乃作书与乡里，寄谢二弟子。弟子方乃懊恨。

伯阳作《参同契》《五行相类》，凡三卷，其说似解《周易》，其实假借爻象以论作丹之意，而儒者不知神仙之事，反作阴阳注之，殊失其大旨也。（卷二）

在古小说中，师傅永远比弟子高明。看来高级大仙也很需要讲究权术和谋略，一如现实生活中的大政治家一样。这里关于《参同契》的基本估计也颇得要领。在这些地方，《神仙传》仍然有它现实主义的元素。

这种偶尔流露出来的现实主义有时会让读者发出会心的微笑。例如卷十有一则介绍大仙董奉的故事，最后一段提到他和夫人没有生过子女，抱养了一个女儿，后来入赘的女婿人品很坏：

养女长大，纳婿同居。其婿凶徒也，常取诸祠庙之神衣物。庙中神下巫语云："某甲恃是仙人女婿，夺吾衣物，吾不在此，但羞人耳。当为仙人故，无用为问。"

这里有好几点是出人意外的：仙人自己竟然生不出儿女来，他的养女之婿如此之差，庙中的神没有能力保住自己的衣物，又顾忌这坏分子的丈人是仙人而不敢过问。诸如此类，哪里有神仙世界中应有的高明，分明是市井中人常见的低俗。

五

除了《抱朴子》以外，东晋还有一部非常引人注目的子书——《列子》。

《列子》一书的署名作者列御寇资格极老，庄子曾多次提到过他，据说其人"御风而行，泠然善也，旬有五日而后反"（《庄子·逍遥游》）；《汉书·艺文志》著录了《列子》八篇，但此书后来长期失传，直到东晋才忽然由张湛提供出来，他还为该书撰写了注释。由于来历可疑，其中又带有些佛教的思想，一般认为这一《列子》文本乃是伪作，作伪者很可能就是这位张湛，或者是比他略早一点的人，总归应在汲冢竹书被发现（咸宁五年〔279〕）之后[①]，因为《列子》第三卷《周穆王篇》十分明显地从汲冢竹书本《穆天子传》中多所取材，作伪者

① 《晋书·武帝纪》咸宁五年（279）十月载"汲郡人不準盗发魏襄王冢，得竹简小篆古书十余万言"；这事很快惊动了官府和朝廷，太康元年（280），出于汲冢的竹简被送到首都（详见《晋书·律历志上》及《卫恒传》），于是安排专家来整理，参与其事的有张华、荀勖、束皙、和峤、卫恒、王接等许多知名学者，其中束皙发挥了很大作用；到太康二年（281）整理研究工作基本完成，稍后秘书监荀勖为《穆天子传》作序，再往后则有郭璞为之作注。

应当了解新近出土的《穆天子传》①。作伪者究竟是谁今已难以确知，也许不妨笼统一点说，总归是晋朝人②。当然，传世本《列子》中也将一些晋人可以看到的原本《列子》之残存片段整合了进来，其中有些寓言故事大约来源很古老。此书中有些地方颇近于杂凑；先后参与重新编撰作伪者当不止一二人，书中思想颇为驳杂的原因应在于此。

张湛是东晋中期人，孝武帝时任中书侍郎、光禄勋，曾经注释过《庄子》和《文子》，又通医学，撰有《养生要集》《延年秘录》等。《晋书》无传，但在《范甯传》中提到过他。其人应是杂凑之伪书《列子》的最后完成者。

集中地显示《列子》书中多晋人思想的部分是卷六的《力命》篇和卷七的《杨朱》篇。

"力命"中的"力"指人的努力，"命"指天命，亦即"必然之期，素定之分"（张湛注）。《力命》篇开头一段安排"力"与"命"双方进行辩论，最后"命"胜出——这很像是一场清谈。下文列举若干故事，反复论证命运是前定的，无论人如何努力，结局早已由"命"前定了：

> 不知所以然而然，命也。今昏昏昧昧，纷纷若若，随所为，随所不为，日去日来，孰能知其故，皆命也夫。

---

① 《晋书·束皙传》介绍汲冢出土的文书，先讲经、史诸书，然后又提到其他发现云："《穆天子传》五篇，言周穆王游行四海，见帝台、西王母。《图诗》一篇，画赞之属也。又杂书十九篇：《周食田法》《周书》《论楚事》《周穆王美人盛姬死事》。大凡七十五篇，七篇简书折坏，不识名题……武帝以其书付秘书校缀次第，寻考指归，而以今文写之。皙在著作，得观竹书，随疑分释，皆有义证。"又荀勖《穆天子传序》云："古文《穆天子传》者，太康二年汲县民不準盗发古冢所得书也，皆竹简素丝编。以臣勖前所考定古尺度其简，长二尺四寸，以墨书，一简四十字……其书言周穆王游行之事。《春秋左氏传》曰：'穆王欲肆其心，周行于天下。将皆使有车辙马迹焉。'此书所载，则其事也。王好巡守，得盗骊、騄耳之乘，造父为御，以观四荒。北绝流沙，西登昆仑，见西王母，与太史公记同。汲郡收书不谨，多毁落残缺。虽其言不典，皆是古书，颇可观览。"《穆天子传》最初整理本是五卷；后来把杂书十九篇中的《周穆王美人盛姬死事》附列于后，前四卷记周穆王驾八骏马西征之事，第五卷专记周穆王东巡河南诸地事，最后一卷则记穆王美人盛姬死于途中返葬一事，别名《盛姬录》。《隋书·经籍志》著录郭璞注《穆天子传》六卷，已经包括盛姬的故事。由五卷扩充至六卷，大约就从荀勖或郭璞开始。

② 钱大昕《十驾斋养新录》卷八《释氏轮回之说》云："《列子·天瑞篇》：林类曰：'死之与生，一往一反，故死于是者，安知不生于彼。'《列子》书晋时始行，恐即晋人依托。"此说单刀直入，最为通达可取。

死生自命也，贫穷自时也。怨夭折者，不知命者也；怨贫穷者，不知时者也。当死不惧，在穷不戚，安命知时也。

人的种种努力，总是不能改变他的命运。进而言之，不仅结局是命中前定的，就是过程中的种种努力，也是命中注定的。因此唯一正确的态度是认这个命，心平气和地接受最后的结局，包括贫穷与死亡。知命安时之人就是得道的高人。

中国先前的古人也讲“命”，但认为通过努力可以改变它，例如行善积德，就可以争取好的结局。其潜在的前提是自有神灵关注人的表现，并据此给予适当的对待，可知这种“命”具有某种宗教和道德的意义；曹魏明帝时代的李康作《运命论》①，虽然也讲“治乱，运也；穷达，命也；贵贱，时也”，但又强调“木秀于林，风必摧之；堆出于岸，流必湍之；行高于人，众必非之。前监不远，覆车继轨。然而志士仁人，犹蹈之而弗悔，操之而弗失，何哉？将以遂志成名也……道之将废也，命之将贱也，岂独君子耻之而弗为乎？盖亦知为之而弗得矣”。有时即使不能成功，而仁人志士仍然奋斗不息，尽其在我而不完全认命，这是一种比较积极的命定论；而《列子》之所谓“命”乃是自然的法则，完全不因人的意志和努力而有丝毫改变，遂主张无所作为，委运任命，这就是消极的了。

人生中充满了无法预料的偶然性，将难以解释的偶然性以及一切合力运作之结局称为“命”，并提倡安于这个命，确实是一种足以安慰自己取得心理平衡的人生态度，晋代作家中戴逵、陶渊明等均在作品中大讲这种命定论，产生了很大的影响。时至今日，这一类思想和提法仍然很流行。

杨朱其人本是先秦思想家，主张“为我”，《淮南子·泛论训》云：“兼爱尚贤，右鬼非命，墨子之所立也，而杨子非之；全性保真，不以物累形，杨子之所立也，而孟子非之。”杨子之所谓“为我”指的是清静无为，保持自己的本性，不去为别人活着；但《列子》书中的《杨朱》篇所讲的意见，乃是赞成恣意纵欲，寻求物质享受，与历史上的杨朱大异其趣，反映的乃是晋朝的流行意见。在天下纷乱多年之后，西晋达成了一度短暂的和平安定，世族享有大量特权，于是

---

①　李康史书中无传，作品也仅存《运命论》一篇，曾被录入《文选》（卷五十三）。李善注引《集林》曰：“李康字萧远，中山人也。性介立，不能和俗。著《游山九吟》，魏明帝异其文，遂起家为寻阳长。政有美绩。病卒。”钱锺书先生对《运命论》评价很高（详见《管锥编》第3册，第1081～1082页），但文学史上一般因为难以安排而很少提到其人其文。

追求当下享乐的奢侈之风大盛，石崇、何劭之徒是其中突出的代表。《杨朱》篇写道：

太古之人知生之暂来，知死之暂往，故从心而动，不违自然所好。当身之娱非所去也，故不为名所劝；死后之名非所取也，故不为刑所及。名誉先后，年命多少，非所量也。

万物所异者生也，所同者死也。生则有贤愚、贵贱，是所异也；死则有腐臭、消灭，是所同也……十年亦死，百年亦死；仁圣亦死，凶愚亦死。生则尧舜，死则腐骨；生则桀纣，死则腐骨。腐骨一矣，孰知其异？且趣当生，奚遑死后！

晏平仲问养生于管夷吾，管夷吾曰："肆之而已，勿壅勿阏。"晏平仲曰："其目奈何？"夷吾曰："恣耳之所欲听，恣目之所欲视，恣鼻之所欲向，恣口之所欲言，恣体之所欲安，恣意之所欲行……"

（晏）平仲曰："既死，岂在我哉？焚之亦可，沈（沉）之亦可，瘗之亦可，露之亦可，衣薪而弃之沟壑亦可，衮衣绣裳而纳诸石椁亦可，唯所遇焉。"

这里的立论以死为本位，所有的人，不管生前情形如何，死后都成为同样的腐骨；人生十分短暂，应当肆意享受，死后的事情大可一概不问，随遇而安。

这就是说，活着就要好好活着，尽量享受生活；死了就一切结束，不必去管它了——这样的思想过去虽然也曾经有过，但远没有《列子》讲得如此系统、透彻，富于理论性。晋朝人讲究享受，谢绝崇高，专重当下，非常现实，而谓之"自然"。此种人生哲学与儒家提倡的"闻道""行道""知其不可为而为之""未知生，焉知死"等原则大异其趣，而影响于后来者甚大，例如陶渊明受此种思想的浸润就很深，其余波至今不衰。

所以《列子》虽然不能算文学作品，而对于中国人的思想影响甚大，与文学关系亦复不浅；要认清东晋以下的文学，非关注此书不可。

二十一　晋代小说家

中国古代的“小说”一词，本来是指没有多大意思的零星知识、琐碎言论以及神话传说、民间故事之类，可以借来说明某种道理，略近于寓言，没有独立的地位；后来将带有志怪意味的杂史和记录奇闻逸事的小书也视为小说。这一类作品并不十分繁荣，因为都属于“小道”，按儒家的正宗传统，是虽有“可观”而“君子不为”的[①]。

因此在诸子百家中“小说家”一向没有什么地位，甚至连“可观”也算不上——班固分先秦诸子为十家，同时指出“可观者九家而已”，剔除的正是小说家，他严正地写道：“小说家者流，盖出于稗官。街谈巷语，道听途说者之所造也。”（《汉书·艺文志》）这种情况到汉魏之际发生比较大的变化，出现了若干志怪志人之作，很有地位的人亲自动手，例如曹丕有《列异传》《笑书》，邯郸淳有《笑林》等等。儒家经典的重要性下降以后，“小道”就繁荣起来了。

一

晋朝特别是东晋以后小说家大为增加。鲁迅先生说：

> 从汉末到六朝为篡夺时代，四海骚然，人多抱厌世主义；加以佛道二教盛行一时，皆讲超脱现世，晋人先受其影响，于是有一派人去修仙，想飞升，所以喜服药；有一派人欲永游醉乡，不问世事，所以好饮酒。[②]

于是记载异闻、谈神说鬼的志怪小说就繁荣起来。“志怪”一词，《庄子》

① 《论语·子张》：“子夏曰：‘虽小道，必有可观者焉，致远恐泥，是以君子不为也。’”

② 《中国小说的历史的变迁》，《鲁迅全集》第9卷，第310～311页。

开篇中即已有之①；到晋朝颇为流行，不少人取为书名，而记录异事奇迹更成为士大夫的一大爱好，这时的名著除西晋张华的《博物志》之外，有干宝的《搜神记》、王嘉的《拾遗记》和陶渊明的《搜神后记》，在这四大小说之外又有许多零星的作品，大抵都出现于东晋。

关于张华《博物志》，前文已经有过叙述，这里不妨乘便再补充几句。

张华以学问渊博著称，这一特点集中地反映在他的《博物志》一书中。王嘉《拾遗记》卷九云：

> 张华字茂先，挺生聪慧之德，好观秘异图谶之部，捃采天下遗逸，自书契之始，考验神怪及世间闾里所说，造《博物志》四百卷，奏于武帝。帝诏诘问："卿才综万代，博识无伦，远冠羲皇，近次夫子，然记事采言，亦多浮妄，宜更删剪，无以冗长成文。昔仲尼删《诗》，尚不及鬼神幽昧之事，以言怪力乱神；今卿《博物志》，惊所未闻，异所未见，将恐惑乱于后生，繁芜于耳目，更芟截浮疑，分为十卷！"即于御前赐青铁砚（此铁是于阗国所出，献而铸为砚也），赐麟角笔（以麟角为笔管，此辽西国所献）、侧理纸万番（此南越所献。后人言"陟里"，与"侧理"相乱。南人以海苔为纸，其理纵横邪侧，因以为名）。帝常以《博物志》十卷置于函中，暇日览焉。

《拾遗记》乃小说家言，其中可靠的史料很少，但这一条倒也无从证明其为虚构。今本《博物志》中仍有若干"浮疑"之处，不知是删削未尽，还是这些内容在当时并不算是什么"幽昧之事"。《拾遗记》有不少内容是杂抄自先前的古书（古人著书可以如此，在传播手段相当薄弱的时代，这种做法自有它的合理性），也有民间的传说，以张华之博雅，原本《博物志》卷帙甚多是可能的；而现在看到的十卷本也未必就是其压缩精编本的原貌，很可能已有后人的增删改动。范宁先生所撰《博物志校证》（中华书局1980年版）后附集外佚文有二百多则，即足以表明今本《博物志》与原书相去甚远。古代的小说特别是唐以前的小说往往存在这一类虽有原书作为根据而变化相当不小的情形，而且无从复原，只好当作某种集体创作来欣赏和研究——署其大名的作者，只不

---

① 《逍遥游》："《齐谐》者，志怪者也。《谐》之言曰：鹏之徙于南冥也，水击三千里，抟扶摇而上者九万里，去以六月息者也……"

过是这个集体中一个主要的代表。

今本《博物志》的内容约可分为琐录和志怪两大部分，而以前者为主（卷一至卷七）。《四库全书总目》将此书列入小说中的“琐语”一类[①]，根据正在于此。中国古人对于奇异的事物、现象和故事有着浓厚的兴趣，但因为都是孔夫子不愿意谈到的东西[②]，不便写入正经的著作和文章，遂纳入小说之中。从曹丕《列异传》到蒲松龄《聊斋志异》，书名中都著一“异”字，而袁枚写小说更径题为《子不语》，其取向可知。《博物志》的琐录部分中多载罕见的风俗和事物，前者如“剔骨葬”之类；后者如关于火浣布（石棉布）的记载：

《周书》曰：西戎献火浣布，昆吾氏献切玉刀。火浣布污则烧之则洁，刀切玉如腊（蜡）。布，汉世有献者，刀则未闻。（卷二）

先前曹丕在被刻石立为经典的《典论》中否认世上有火浣布的存在，而后来实物出现，闹了一个大笑话[③]。“切玉刀”这东西，张华只说“未闻”，并不否认其存在，态度就谨慎得多。对于常识以外的事物断然予以否定，很可能是危险的事情。

又如海蜇是当时中原人少见的，这里也有记载：

东海有物，状如凝血，从（纵）广数尺，方员（圆），名曰鲊鱼。无头目，腹内无肠藏，其所处众虾附之，随其东西。越人煮食之。（卷三）

如此等等。这种以地理博物为材料的写作路径，明显地继承了《山海经》以来的传统。书中又介绍一种补品“黄精”道：

黄帝问天老曰：“天地所生，岂有令人食之不死者乎？”天老曰：“太阳之草，名曰黄精。饵而食之，可以长生。太阴之草，名曰钩吻，不可食，入口立死。人信钩吻之杀人，不信黄精之益寿，不亦惑乎？”（卷五）

---

① 《四库全书总目》将文言小说分为“杂事”“异闻”和“琐语”三类；鲁迅先生认为实为两类：“前一即杂录，后二即志怪，第析叙事有条贯者为异闻，抄录细碎者为琐语而已。”详见《中国小说史略》，《鲁迅全集》第9卷，第9页。《四库全书》不收白话小说。

② 《论语·述而》：“子不语怪力乱神。”又《论语·雍也》：“敬鬼神而远之。”

③ 《三国志·魏书·齐王芳纪》注引《搜神记》说起火浣布，曰：“汉世西域旧献此布，中间久绝。至魏初，时人疑其无有，文帝以为火性酷烈，无含生之气，著之《典论》，明其不然之事，绝智者之听。及明帝立，诏三公曰：‘先帝昔著《典论》，不朽之格言，其刊石于庙门之外及太学，与石经并，以永示来世。’至是西域使至而献火浣布焉，于是刊灭此论，而天下笑之。”

黄精就是野生姜,又名黄芝,根如嫩姜,经常服用据说有延年益寿的功效,嵇康就非常相信这黄精,曾经在《与山巨源绝交书》里特别提到过;张华大约也很相信此物。魏晋间人所服之药最著名的是五石散,该药虽然比较高级,但毒副作用亦强,服用时有种种讲究和禁忌,弄不好就会出危险;黄精则相当切实靠谱,而且花费要少得多,便于推广。

张华对于这一类知识特别重视,注意加以记载。这样的文字,当时正属于"小说"的范围,而到今天已经不能被视为小说了。

今本《博物志》的后三卷即"史补"和"杂说"上下,志怪小说的意味相对比较浓厚一点,虽然张华仍然关心知识性而不甚注意讲故事,但某种意义上总算比较靠近今之所谓小说了。试看下列二则:

> 《止雨祝》曰:"天生五谷,以养人民。今天雨不止,用伤五谷,如何如何!灵而不幸,杀牲以赛神灵;雨则不止,鸣鼓攻之,朱丝绳萦而胁之!"(卷八)

> 魏明帝时,京邑有一人,失其姓名,食啖兼十许人,遂肥不能动。其父曾作远方长吏,官徙送彼县,令故义共传食之,一二年间一乡中辄为之俭。(《北堂书钞》卷一四三引)

《止雨祝》条表明,人对于神灵往往采用两手,或送上供养,或加以威胁,一定要达成为我所用的目的而后已。鲁迅先生说过"我们中国人虽然敬信鬼神;却以为鬼神总比人们傻,所以就用了特别的方法来处治他"①,这里正是一个很好的例证。后面那个关于"官二代"的故事颇富于象征性,正是这种胃口极大、养得很肥的家伙,把一方的老百姓吃穷了。

后来有人沿着《博物志》的路径著书,如宋人李石作《续博物志》,明人游潜作《博物志》;至于唐人苏鹗之《杜阳杂编》一类杂俎式笔记尤为层出不穷,均反映了张华此书的影响。

晋代最重要的小说家干宝(字令升,? ～336),祖籍汝南新蔡(今属河南),先辈已迁至吴郡海盐(今属浙江),并在孙吴当官——其祖父干统为吴奋武将军,父干莹为丹杨丞;干宝自幼勤学,博览群书,入仕后先任佐著作郎,后

① 《华盖集续编·送灶日漫笔》,《鲁迅全集》第3卷,第249～250页。

以平杜弢功赐爵关内侯①；复因王导的推荐任著作郎，主修国史，王隐、郭璞、虞预、朱凤等人为其助手。出为山阴令、始安太守；复回中枢，任王导司徒府长史，迁散骑常侍，仍领大著作，卒于官。

干宝以史学家名世，著有西晋五十三年的编年史《晋纪》，刘知几评为“其书简略，直而能婉，甚为当时所称”（《史通·古今正史》）；又有经、史、子等方面的著作二十余种，均大抵散佚；他最为后世所知的著作是志怪小说集《搜神记》。干宝本来并不信鬼神，后来遇到几件怪事，一变而为笃信，并花多年时间以史家之笔大写关于鬼神的故事，当时的大名士刘惔开玩笑地称他为“鬼之董狐”（《世说新语·排调》）——专门为鬼立传的伟大史家。

《搜神记》原有三十卷，早已亡佚；曾经有过一种八卷本的《搜神记》，乃是伪作，不可信；后来通行的是胡应麟所辑之二十卷本②，辑录不甚精审，明朝人整理古籍往往比较粗枝大叶，鲁迅先生说此书“半真半假”③，他曾有重新校勘或辑录之意，现在还可以看到一部分草稿④；今有李剑国先生新辑本（中华书局2007年版），后出转精，比旧辑本高明许多。

干宝撰写《搜神记》的方针是“撰记古今怪异非常之事，会聚散逸，使自一贯，博访知古者”（《文房四谱》卷四引干宝《表》），所以其中颇有抄自先前诸书中的材料，同时更大力搜集口述资料，形成一部集大成式的故事集；但“群言百家，不可胜览；耳目所受，不可胜载”，所以干宝也有所选择，有所加工，总体来看态度很认真，是当作历史来写的，意在“发明神道之不诬”，同时也可以“游心寓目而无尤”（《搜神记·序》），已有着意为小说之意。鲁迅先生说：

> 中国本来信鬼神的，而鬼神与人乃是隔离的，于是乎就有巫出来。巫到后来分为两派，一为方士，一仍为巫。巫多说鬼，方士多谈炼金及求仙。秦汉以来，其风日盛，到六朝并没有息，所以志怪之书特多……六朝

---

① 杜弢（？～315）乃西晋末年荆湘流民领袖，永嘉五年（311）起兵，自称梁、益二州刺史，晋官兵镇压之，后于建兴二年（314）请降，稍后复叛，兵败逃亡，死。

② 该本后有胡怀琛先生标点本（商务印书馆1931年版，1957年重印版）、汪绍楹先生校注本（中华书局1979年版）、曹光甫先生校点本（在《汉魏六朝笔记小说大观》一书中，上海古籍出版社1999年版）。

③ 《中国小说的历史的变迁》，《鲁迅全集》第9卷，第308页。

④ 鲁迅辑录的《搜神记》遗文凡59条，收在题为《小说备校》的一束草稿中，现已收入《鲁迅辑校古籍手稿》第三函第十三册，又《鲁迅辑录古籍丛编》第一卷。参见顾农《关于〈小说备校〉》，《鲁迅研究月刊》2001年第8期。

人视一切东西，都可成妖怪，这正就是巫底思想，即所谓“万有神教”。此种思想，到了现在，依然留存，像：常见在树上挂着“有求必应”的匾，便足以证明社会上还将树木当神，正如六朝人一样的迷信。其实这种思想，本来是无论何国，古时候都有的，不过后来渐渐地没有罢了，但中国还很盛。①

干宝的思想正是巫的一套，而葛洪则具有很浓厚的方士气，恰好可以分别作为巫之两派的重要代表。《搜神记》中大量的鬼神故事总是人们有意无意地创造出来的，看似荒诞不经，其中总还是曲曲折折地反映了某种社会生活和人们的思想，书中那些优秀之作如果抛开“神道不诬”的旧观念而当作小说来读，是很有兴味的。

《搜神记》既然带有集大成的性质，自然也就成了志怪小说中的重镇。其中好玩的故事不少，如三王墓、李寄斩蛇等等一向脍炙人口；又如：

汉董永，千乘人，少偏孤，与父居，肆力田亩，鹿车载（父）自随。父亡，无以葬，乃自卖为奴，以供丧事。主人知其贤，与钱一万遣之。永行三年丧毕，欲还主人，供其奴职。道逢一妇人，曰：“愿为子妻。”遂与之俱。主人谓永曰：“以钱与君矣。”永曰：“蒙君之惠，父丧收藏。永虽小人，必欲服勤致力，以报厚德。”主曰：“妇人何能？”永曰：“能织。”主曰：“必尔者，但令君妇为我织缣百匹。”于是永妻为主人家织，十日而毕。女出门，谓永曰：“我，天之织女也。缘君至孝，天帝令我助君偿债耳。”语毕，凌空而去，不知所在。（卷一）

勤劳、善良、孝顺、守信，董永表现出全面的高尚品质，足以感动神明——这样的好人自当有好报，所以天帝派织女来给他帮忙、赐福，主动嫁给他，帮他还债，从为奴的处境中解脱出来。这样的故事深刻地符合中国的人心。孝敬父母，养老送终，欠债还钱，说话算数，这些都是传统道德中的天经地义，属于中国人的核心价值，至今没有过时。

先前刘向的《孝子传》中已经讲过这个故事（详见《太平御览》卷四一一引），后来唐代出现了《董永变文》，话本小说中则有《董永遇仙记》，戏剧舞台上亦复搬演不衰，黄梅戏《天仙配》尤为家喻户晓。《搜神记》承上启下，在董永故事的传播演化中具有重要的地位。

---

① 《中国小说的历史的变迁》，《鲁迅全集》第 9 卷，第 307～308 页。

在仙女下凡这种类型中，《搜神记》中又有杜兰香的故事、成公智琼的故事（卷一）；前者不少小说中均曾涉及，后者则先有西晋作家张敏的《神女成公智琼传》，而其流传和影响均不如织女与董永的故事那样广泛而且深远。

好人有好报，恶人有恶报，表现这一主题的还有丁姑的故事：

淮南全椒县有丁新妇者，本丹杨丁氏女，年十六，适全椒谢家。其姑严酷，使役有程，不如限者，仍便笞捶。不可堪，九月七日乃自经死。遂有灵响闻于民间，发言于巫祝曰："念人家妇女作息不倦，使避九月七日，勿用作事。"吴平后，其女幽魂思乡欲归。永平元年九月七日，见形著缥衣，载青盖，从一婢，至牛渚津求渡。有两男子共乘船捕鱼，仍呼求载。两男子笑，共调弄之，言："听为我妇。当相渡也。"丁妪曰："谓汝是佳人，而无所知。汝是人，当使汝入泥死；是鬼，使汝入水。"便却入草中。须臾，有一老翁乘船载苇，妪从索渡，翁曰："船上无装，岂可露渡？恐不中载耳。"妪言："无苦。"翁因出苇半许，安处著船中，径渡之，至南岸。临去，语翁曰："吾是鬼神，非人也，自能得过。然宜使民间粗相闻知。翁之厚意，出苇相渡，深有惭感，当有以相谢者。翁速还去，必有所见，亦当有所得也。"翁曰："愧燥湿不至，何敢蒙谢！"翁还西岸，见两男子覆水中。进前数里，有鱼千数，跳跃水边，风吹至岸上。翁遂弃苇载鱼以归。于是丁妪遂还丹杨。江南人皆呼为丁姑。九月七日不用作事，咸以为息日也。今所在祠之。（卷五）

不堪婆婆（"姑"）虐待自杀身死的丁姑后来成了"鬼神"（由鬼变化升格而为神），她自杀的那一天（九月七日）成为劳动妇女得以休息一天的假日。真心帮她的老翁得到实实在在的利益，而以轻薄言辞调戏她的两男子则不得好死。报应不爽，爱憎分明，都显得大有民间传说的风味，而且很有一点女性主义的色彩。

丁姑是不堪虐待自杀身死的，另一位本来非常孝敬老人的小媳妇周青则因为小姑诬告、官僚昏聩、屈打成招而死，这个冤案一直要等到地方官换人以后才得以平反昭雪。东海孝妇周青的故事是：

汉时，东海孝妇养姑甚谨。姑曰："妇养我勤苦，我已老，何惜余年，久累年少。"遂自缢死。其女告官云："妇杀我母。"官收系之，拷掠毒治。孝妇不堪苦楚，自诬服之。时于公为狱吏，曰："此妇养姑十余年，以孝闻彻，必不杀也。"太守不听。于公争不得理，抱其狱词，哭于府而去。自后郡中枯旱,三年不雨。后太守至,于公曰:“孝妇不当死,前太守枉杀之。咎当在此。”太守即时身祭孝妇冢,因表其墓。天立雨,岁大熟。

长老传云:孝妇名周青。青将死,车载十丈竹竿,以悬五幡,立誓于众曰:“青若有罪,愿杀,血当顺下;青若枉死,血当逆流。”既行刑已,其血青黄,缘幡竹而上极标,又缘幡而下云。(卷十一)

类似的故事,已先载于《淮南子·览冥训》《说苑》《汉书·于定国传》等文献,其基本内容大约乃是真人真事,而对事情的解释则采用了汉代以来最为流行的天人感应学说,但与官方的天人合一说不同的是,这里不取君本位和官本位,而是民本位:即使是一个小媳妇冤枉而死也会引起天谴,非加以平反不可。这个故事因为进入《搜神记》而获得巨大的聚变能量,影响后世者甚远。

这个故事里有几个基本的要素:孝顺的媳妇、恶毒的小姑、糊涂的太守、正直的狱吏、因冤狱而出现的天灾和事平以后的风调雨顺。这里牵涉到社会生活、伦理司法以至天理人心。中国古代冤狱甚多,人们不敢指望它不出现,只希望一旦出现将来总有昭雪的一天。寄希望于未来,相信神明的正直无私,老百姓觉得可以依靠的乃是永不可欺的天意以及代表天意明镜高悬的青天大老爷。这样的要素和思路一再见之于此后的小说和戏曲,关汉卿的名作《窦娥冤》就是其中典型的一例。这种一靠神明二靠清官的思想影响极其深远,迄今不衰。

《搜神记》中多有人与鬼或妖(或称精怪,由动植物或无生命之物的精灵修炼转化而成)结为夫妇或发生性关系的故事,都曲折地反映了当时的社会生活和人们的幻想,其中狐狸精的故事(如卷十八《阿紫》等)影响最为深远;在后来的文言小说中,狐狸精是出现频率最高的妖怪。

同《博物志》中多载零星知识相比,《搜神记》中已大讲故事,内容涉及甚广,异域奇闻和人鬼神妖的种种际遇,几乎无不毕备,大大开拓了人们的眼界。这些故事虽然情节并不复杂,但已首尾完具,后来模仿之作甚多,直到清朝人蒲松龄作《聊斋志异》,仍以干宝为榜样;鲁迅写新编的故事《眉间尺》(后改题《铸剑》)则以《搜神记》中三王墓故事为生发的基础。

《拾遗记》(一作《拾遗录》)的作者王嘉(字子年)乃是前秦的著名方士,《晋书·艺术传》和《高僧传·道安传》中都有他的传记,其中皆大写他的种种奇迹,很像一个活神仙,而可靠的生平资料甚少,只知道他活动的年代约相当于东晋早期至中期，早年先后隐于东阳谷和终南山，最后深得前秦苻坚的礼遇，成为一个近于国师式的人物；后秦姚苌对这位高人也很尊重，但很快就因为他有不利于自己的言论将他杀掉，其时应在四世纪八十年代中后期至九十年代初①。

《拾遗记》据说原有十九卷，二百二十篇，早已残缺，后由南朝梁的萧绮收拾残稿重新编为十卷，并加评论，以“录曰”二字领起，以区别于原文；对于原文，萧绮大约也略有增改润饰——古人编辑前人著作特别是小说，往往自认为有此种权力。这样的重编本同一般意义上的伪书还不是一回事。有人认为全书都出于萧绮的假托②，未免言之过重。《隋书·经籍志》杂史类著录《拾遗录》二卷，题“伪秦姚苌方士王子年撰”，另有《王子年拾遗记》十卷，题“萧绮撰”。似此，则该原书之残本到初唐仅存二卷，后又有分作三卷者；而萧绮的整理批评本因为篇幅大增，遂分为十卷，并且流传不衰。《旧唐书·经籍志》《新唐书·艺文志》所载略同。今所通行者有齐治平先生校注本《拾遗记》（“古小说丛刊”之一，中华书局1981年版）；又有王根林先生校点本，收在《汉魏六朝笔记小说大观》（上海古籍出版社1999年版）一书中。

《拾遗记》的前九卷按历史顺序排列，从三皇五帝到“晋时事”，而第十卷却是昆仑山等八座名山。这样的结构似乎很奇怪，但《拾遗记》所写的历史并非事实上的历史，而是集中了一批传说，“事皆诞谩无实”③，近于《穆天子传》；所以《隋书·经籍志》列入杂史类，而所谓杂史，往往是“前史所遗，后人所记，求诸异说”（《史通·杂述》），于是从《直斋书录解题》开始另列入小说类。中国古小说的先导之一，正是杂史。《拾遗记》第十卷中的地理乃是《山海经》式的地理，同样“诞谩无实”，记载山川灵异、远方奇物，也正是古小说的渊源之一。所以这里表面看上去显得杂糅混乱的史、地结构不过是借以安顿其所志之怪的框架，恰可一经一纬，互相呼应，使《拾遗记》成为一部内容丰富的志怪小说集。或以为此书有史学化的特色，其实王嘉之志决不在史学，只是在结构上有所参照而已。该书卷七至卷九魏、吴、蜀、晋部分记录人物逸事的成分

---

①　据《晋书·艺术传》，王嘉被杀在释道安去世之后，而道安之死在苻坚建元二十一年（385），姚苌之死在后秦皇初元年（394），则王嘉之死当在此十年之间。

②　详见胡应麟《少室山房笔丛》卷三十二。按，萧绮之“录”与正文的思想和文风皆不相同，不当全然出于一人之手。

③　鲁迅《中国小说史略》第六章《六朝之鬼神志怪书（下）》，《鲁迅全集》第9卷，第57页。

增加,略见史料,但仍多非理性的奇闻,始终未脱志怪本色。

《拾遗记》中多关于历史人物的传说,又有宣传道教的文字,想象丰富而神奇,常常穿插些诗歌,可读性比较好。今天读《拾遗记》最令人感兴趣的是其中颇有科幻的成分,事实上王嘉的许多大胆想象后来都变成了现实。例如宇宙飞船:

> 尧登位三十年,有巨查(槎)浮于西海,查上有光,夜明昼灭。海人望其光,乍大乍小,若星月之出入矣。查常浮绕四海,十二年一周天,周而复始,名曰“贯月查”,亦谓“挂星查”。(卷一)

又有近乎导弹的飞剑:

> 有曳影之剑,腾空而舒。若四方有兵,此剑则飞起指其方,则克伐;未用之时常于匣里,如龙虎之吟。(卷一)

更有机器人:

> 时异方贡玉人、石镜。此石色白如月,照面如雪,谓之“月镜”;有玉人,机戾自能转动。(卷三)

又如潜水艇:

> 始皇好神仙之事,有宛渠国之民,乘螺舟而至。舟形似螺,沉行海底,而水不浸入。一名“沦波舟”。(卷四)

又如人工降水降温:

> 时天下大旱,地裂木燃。一人先唱“能为雪霜”,引气一喷,则云起雪飞,坐者皆凛然,宫中池井,坚冰可琢。(卷三)

书中甚至还提到近乎外星人的羽衣飞人:

> 溟海之北,有勃鞮之国。人皆衣羽毛,无翼而飞,日中无影,寿千岁。食以黑河水藻,饮以阴山桂脂,凭风而翔,乘波而至。中国气暄,羽毛之衣,稍稍自落。帝(按,指颛顼)乃更以文豹为饰。献黑玉之环,色如淳漆。贡玄驹千匹。帝以驾铁轮,骋劳殊乡绝域。其人依风泛黑河以旋其国也。(卷一)

如此等等,王嘉的想象力不能不叫人佩服。他的叙述都非常简要,给读者留下很大的想象空间。中国古代志怪小说中一向有科学幻想的成分,但无此密集有趣。

顾名思义,陶渊明(365～427)的《搜神后记》(一作《搜神录》,见释慧皎《高僧传・序》)是接着干宝《搜神记》往下写的,它自然也是一部志怪小说集。

此书历来有人疑为伪作:书中有些故事带有佛教的色彩,应当不是陶渊明的手笔而出于后人的增补;书中又曾提到陶渊明死后之事,情况也是一样。但尽管如此,却仍然不能就断言"其为伪托,固不待辨"(《四库总目提要》子部小说家类三)。古代小说中每有后人附加的条目,指出这一点是完全必要的,但不能因此就断定全书皆伪。又有人以为陶渊明为人旷达,不会拳拳于鬼神,所以也不会写什么志怪小说;可是陶渊明的思想和趣味其实相当复杂,从诗中可以看到他对《山海经》《穆天子传》等奇书颇为爱重,又有"奇文共欣赏,疑义相与析"(《移居二首》其一)之句,眼界这样开阔的老作家未必与志怪小说完全绝缘。《穆天子传》的出土显然大大刺激人们的艺术想象,推动了志怪小说的繁荣。在未能正式证伪之前,我们还只宜将《搜神后记》视为陶渊明的著作。他的这部志怪小说早已亡佚,现在能看到乃是明朝人的辑本,有一百二十多条,载于《秘册汇函》《津逮秘书》《学津讨原》等丛书中。新印本比较通行者为汪绍楹先生校注本(中华书局 1981 年版),又有王根林先生校点本(收在《汉魏六朝笔记小说大观》一书中,上海古籍出版社 1999 年版);晚近又有李剑国先生新辑本(中华书局 2007 年版),后出转精,可以取代旧时诸本。

《搜神后记》中屡次提到刘宋时代的故事,似应为作者晚年的作品。书中颇有关于真人的传说故事,例如卷二有关于郭璞及其外孙杜不愆的神奇故事四则,可见郭璞在士人心目中简直就是一位半仙,连跟他学过占卜的外孙都有非凡的本领。卷三"流星堕瓮"条则讲桓玄出生的神话,并说"玄虽篡位不终,而数年之中,荣贵极矣"。陶渊明是在桓玄手下效过劳的,这一段记载应当其来有自。

渊明所记的某些故事虽然怪异,却很合于传统的道理,如讲治病之药总是一物降一物,须经过试验才能知道;卷三"马溺消瘕"的故事道:

> 昔有一人,与奴同时得腹瘕病,治不能愈。奴既死,乃剖腹视之,得一白鳖,赤眼,甚鲜明。乃试以诸药浇灌之,并内药于鳖口,悉无损动。乃系鳖于床脚。忽有一客来看之,乘一白马。既而马溺溅鳖,鳖乃惶骇,欲疾走避溺,因系之不得去,乃缩藏头颈足焉。病者察之,谓其子曰:"吾

病或可以救矣。"乃试取白马溺以灌鳖上,须臾便消成数升水。病者乃顿服升余白马溺,病豁然愈。

白马溺能使鳖化成水一事虽不可信,但"试以诸药浇灌之"的做法很像进行科学试验,偶有客人的白马来打一个岔,却忽然获得成功,这也是科研中能有之事。中药里有许多奇奇怪怪的东西,大约就是这么积累起来的。又卷六"腹中鬼"故事,说有一种八毒丸是专治腹中鬼的,服下去以后的效果是"腹中雷鸣鼓转,大利数行,遂差"。可知是通过腹泻把这种鬼排出体外。泻法是治疗消化道疾病的常用方法之一。

《搜神后记》多有关于鬼的故事,既有讲鬼如何厉害把人搞死的,也有讲有人不怕鬼将他制伏的故事,二者并存,见出古人的智慧;这里自然是后者比较有趣,例如有牧童捉鬼:

> 有一伧小儿,放牛野中,伴辈数人,见一鬼依诸丛草间,处处设网,欲以捕人。设后网未竟,伧小儿窃取前网,仍以罨捕,即缚得鬼。(卷六"鬼设网")

真所谓即以其鬼之道,还治其鬼之身。又有给鬼下药来制伏他的:

> 乐安刘池苟家在夏口,忽有一鬼来住刘家。初因暗,仿佛见形如人,著白布裤。自尔后,数日一来,不复隐形,便不去。喜偷食,不以为患,然且难之。初不敢呵骂。吉翼子者,强梁不信鬼,至刘家,谓主人曰:"卿家鬼何在?唤来,今为卿骂之!"即闻屋梁作声。时大有客,共仰视,便纷纭掷一物下,正著翼子面,乃主人家妇女亵衣,恶犹著焉。众共大笑为乐。吉大惭,洗面而去。有人语刘:"此鬼偷食,乃食尽,必有形之物,可以毒药中之。"刘即于他家煮野葛,取二升汁,密赍还家。向夜,居家作粥糜,食余一瓯,因泻葛汁著中,置于几上,以盆覆之。人定后,闻鬼从外来,发盆啖糜,既讫,便掷破瓯走去。须臾间,在屋头吐,嗔怒非常。便棒打窗户,刘先已防备,与斗。亦不敢入。至四更中,然后遂绝。(卷六"白布裤鬼")

住在刘家的鬼确实很坏,不仅偷食,而且掌握人家妇女的内衣裤;吉翼子其人强梁,但不善于斗争,单靠骂是不能解决问题的;倒是一位不知名的"有人"很聪明,想出妙法来将鬼削弱,然后再直接与之较量,终于将他灭掉了。像这一类故事,无论在古在今,都有帮助人们解放思想、鼓舞斗志的作用。

《不怕鬼的故事》未收《搜神后记》中的作品，似觉不免可惜。

《搜神后记》中又有人鬼恋爱的故事，最著名的是“李仲文女”的奇遇：

> 晋时，武都太守李仲文在郡丧女，年十八，权假葬郡城北。有张世之代为郡。世之男字子长，年二十，侍从在廨中。夜梦一女，年可十七八，颜色不常，自言：“前府君女，不幸早亡。会今当更生。心相爱乐，故来相就。”如此五六夕。忽然昼见，衣服薰香殊绝。遂为夫妻。寝息，衣皆有污，如处女焉。后仲文遣婢视女墓，因过世之妇相问。入廨中，见此女一只履在子长床下。取之啼泣，呼言发冢。持履归，以示仲文。仲文惊愕，遣问世之：“君儿何由得亡女履耶？”世之呼问，儿具道本末。李、张并谓可怪。发棺视之，女体已生肉，姿颜如故，右脚有履，左脚无也。子长梦女曰：“我比得生，今为所发。自尔之后遂死，肉烂不得生矣！万恨之心，当复何言！”涕泣而别。（卷四）

李仲文女的奇闻说明美好的爱情和性生活可使少女有死而复生的希望，但此事必须秘密进行，一旦公开，则功败垂成。家长总是恋爱悲剧的制造者。这样的奇闻在其他小说中也有所涉及，都给予后来的作家很大的启发，颇有仿作，而最著名的乃是明代大戏剧家汤显祖的名作《牡丹亭》，他本人在该剧的题词中曾经直接提到①。

这一类故事的由来，大约与汉魏两晋以来盗墓之事屡有发生有关，墓中女尸或有尚未腐烂者，遂生出许多遐想；生活中的少女在恋爱中很少采取主动姿态，文人就在女鬼身上让她们精神焕发，并强调爱情自有伟大的力量，足以突破生死的界限，只是不能让家长知道。

爱情故事在志怪小说中历来占据重要地位，除了人鬼恋爱之外，更多的是人神恋爱，仙女下凡。《搜神后记》中即有“袁根、相硕”的故事，写这两位猎人在深山中忽入仙境，分别同两位仙女结为夫妇，后来又复回人间。此乃后来非常著名的刘晨、阮肇入天台故事的先导②。这里又有一个有趣的新典型，仙女化装下凡，并不与男主人公结合，只是来提供帮助。这就是白水素女的故事：

---

① 《牡丹亭·题词》：“传杜太守之事者，仿佛晋武都守李仲文、广州守冯孝将儿女事，予稍为更而演之。至于杜太守收拷柳生，亦如汉睢阳王收拷谈生也。”按，广州太守冯孝将儿女事，见《搜神后记》卷四“徐玄方女”条，而汉睢阳王收拷谈生则见于《太平广记》卷三一六引曹丕《列异传》。

② 详见刘义庆《幽明录》刘晨、阮肇入天台条。

晋安侯官人谢端，少丧父母，无有亲属，为邻人所养。至年十七八，恭谨自守，不履非法。始出居，未有妻，邻人共愍念之，规为娶妇，未得。端夜卧早起，躬耕力作，不舍昼夜。后于邑下得一大螺，如三升壶，以为异物，取以归，贮瓮中。畜之十数日。端每早至野，还见其户中有饭饮汤火，如有人为者。端谓邻人为之惠也。数日如此，便往谢邻人，邻人曰："吾初不为是，何见谢也？"端又以邻人不喻其意。然数尔如此，后更实问，邻人笑曰："卿已自取妇，密著室中炊爨，而言吾为之炊耶？"端默然心疑，不知其故。

后以鸡鸣出去，平早潜归，于篱外窃窥其家中，见一少女从瓮中出，至灶下燃火。端便入门，径至灶所视螺，但见壳。乃到灶下问之曰："新妇从何所来，而相为炊？"女大惶惑，欲还瓮中，不能得去，答曰："我天汉中白水素女也。天帝哀卿少孤，恭慎自守，故使我权为守舍炊烹。十年之中，使卿居富，得妇，自当还去。而卿无故窃相窥掩，吾形已见，不宜复留，当相委去。虽然，尔后自当少差，勤于田作，渔采治生。留此壳去，以贮米谷，常可不乏。"端请留，终不肯。时天忽风雨，翕然而去。

端为立神座，时节祭祀。居常饶足，不致大富耳。于是乡人以女妻之，后仕至令长云。今道中素女祠是也。（卷五）

这里不涉及任何性爱的内容，女主人公只是一个奉命来做义工的神女。《搜神记》里也有这个故事，但那里白水素女是来给小谢做妻子的。义工没有任何情欲或自利的考虑，显得更为高尚。后来有田螺姑娘的童话流传。

《搜神后记》较少抄录旧书，其中诸作的情节大抵比过去的志怪小说更复杂，叙事更细致，渐有自觉作小说之意；但也有短小的记载异常之事的片段，似乎又近于《博物志》了，如卷七的《虹化丈夫》《毛人》《两头人》，卷九的《杨生狗》之类。这种长短杂陈、零星记载与铺陈故事并存的局面是古代笔记小说的常态，一直到《聊斋志异》都还是如此。

二

晋代志怪小说创作非常繁荣，除了四大小说以外，还有许多作品，可惜大抵亡佚，只能从古今的辑本中看到一些碎片。现略举比较著名的若干部如下：

王浮《神异记》

王浮是西晋初年的道士，有浅妄之称，惠帝时与帛远抗论，屡屈，遂改《西域传》造《老子化胡经》(见唐释法琳《辨正论》卷六)，论战手段不免出格。他的志怪小说《神异记》在一些类书中有所引用，各史志皆未著录，清人文廷式《补晋书艺文志》列入子部小说家类，无卷数。曾有《稗史集传》辑本；鲁迅先生《古小说钩沉》辑得八则，大抵记神仙鬼怪，也有一些有趣的逸闻，如唐人陆羽《茶经》引用过的一则：

余姚人虞洪入山采茗，遇一道士，牵三青牛，引洪至瀑布山，曰："予丹丘子也。闻子善具饮，常思见惠。山中有大茗，可以相给。祈子他日有瓯牺之余，乞相遗也。"因立奠祀。后常与家人入山，获大茗焉。

瀑布山在天台，其地又有丹丘。孙绰《游天台山赋》有句云"访羽人于丹丘，寻不死之福地"，那里大约很有些神奇的传说。这一故事介绍发现"大茗"的经过，那个道士只是了解一些山里的情况而并无神通，所以还要求虞洪请他喝好茶。只要不涉及信仰，王浮倒也并不浅妄。

《陆氏异林》

撰人不详。《三国志·魏书·钟繇传》注引《陆氏异林》一则，讲一个冢中女尸化为美妇人去见钟繇被砍了一刀的故事，最后介绍其来源云"叔父清河太守说如此"，裴注："清河，陆云也。"然则此人乃是陆云之侄，或即陆机二子(陆蔚、陆夏)之一。各史志皆未著录，《太平御览》曾列入引书目录。清人文廷式《补晋书艺文志》列入子部小说家类，无卷数。《古小说钩沉》辑得一则，即据《三国志》注所引用者。

《玄中记》

撰人不详。旧题郭氏撰，各史志均未著录，清文廷式《补晋书艺文志》小说家类据《左传正义》引文著录，无卷数。宋罗泌《路史》注以此书"狗封氏"事与郭璞《山海经注》同，因此认为郭氏就是郭璞。按，六朝人虚造神仙家言，每好称郭氏，无非是影射郭璞，依傍名流，此书或亦属其例；然亦有专家确认为郭璞所作者[①]。前人辑本有《说郛》本、马国翰《玉函山房辑佚书》本、茆泮林辑本(《十种古逸书》本及《丛书集成初编》本)、黄奭《黄氏逸书考》本、叶德辉《观古堂所著书》本等。《古小说钩沉》辑得七十一则。此书的内容比较接近《博

① 详见吴志达《中国文言小说史》，齐鲁书社1994年版，第103页。

物志》,而较早写到关于狐狸精的基本机制,对后来影响很大①,又有夜行游女的故事,比较有名:

姑获鸟夜飞昼藏,盖鬼神类。衣毛为鸟,脱毛为女人。名为天帝少女,一名夜行游女,一名钓星,一名隐飞鸟。无子,喜取人子养之以为子。今时小儿之衣不欲夜露者,为此物爱以血点其衣为志,即取小儿也。故世人名为鬼鸟。荆州为多。

昔豫章男子见田中有六七女人,不知是鸟,扶匍往,先得其所解毛衣,取藏之,即往见诸鸟。各走就毛衣,衣此飞去。一鸟不得去,男子取以为妇。生三女。其母后使女问父,知衣在积稻下,得之,衣之而飞去。后以衣迎三女,三女儿得衣飞去。

这一故事后来流传甚广,《搜神记》及唐人《酉阳杂俎》《岭表录异》中皆有之。人与鸟结为夫妇的故事始见于此,而后来一直到《聊斋志异》仍然变化其形态继续流行。

荀氏《灵鬼志》

东晋荀氏撰,《隋书·经籍志》史部杂传类著录三卷,题"荀氏撰";《旧唐志》同;《新唐志》入丙部小说家类。《世说新语》注曾有征引,题作《谣征》,当是此书中篇名。后亡佚,旧有《说郛》本,一卷,误以荀氏为唐人。《古小说钩沉》辑得二十四则,其中有关于嵇康的传说,皆与弹琴有关:

嵇康灯下弹琴,忽有一人长丈余,著黑单衣,革带,康熟视之,乃吹火灭之,曰:"吾耻与魑魅争光。"

嵇中散神情高迈,任心游憩,尝行西南游,去洛数十里,有亭名华阳,投宿。夜了无人,独在亭中。此亭由来杀人,宿者多凶。中散心神萧散,了无惧意。至一更中,操琴,先作诸弄,雅声逸奏,空中称善,中散抚琴而呼之:"君是何人?"答云:"身是故人,幽没于此数千年矣。闻君弹琴,音曲清和,昔所好,故来听耳。身不幸非理就终,形体残毁。不宜接见君子;然爱君之琴,要当相见,君勿怪恶之。君可更作数曲。"中散复为抚琴。击节曰:"夜已久,何不来也?形骸之间,复何足计?"乃手挈其头,

① 其要点如下:"狐五十岁变化为妇人,百岁为美女,为神巫;或为丈夫,与女人交接。能知千里外事,喜蛊魅,使人迷惑失智。千岁即与天通,为天狐。"后来许多小说写狐狸精,大抵按此原则行文。

> 曰："闻君奏琴，不觉心开神悟，恍若暂生。"遂与共论音声之趣，辞甚清辩。谓中散曰："君试以琴见与。"于是中散以琴授之。既弹众曲，亦不出常，唯《广陵散》声调绝伦。中散才从受之，半夕悉得。先所受引殊不及。与中散誓，不得教人，又不得言其姓。天明，语中散："相与虽一遇于今夕，可以还同千载，于此长绝，能不怅然！"

如此则可以解释嵇康《广陵散》之造诣何以绝伦，又为什么不肯传授给袁孝尼；又可见他的胆量与胸怀。这些故事大约都是嵇康的崇拜者后来创作出来的。"亭"是古代官办的招待所，或曰馆舍①，是容易发生各种故事的地方。

《祖台之志怪》

晋祖台之撰，台之字元辰，范阳（今河北涿州）人，东晋中期人，官至尚书左丞、侍中、光禄大夫，撰《志怪》行于世。其子祖广曾为桓玄参军。他的《志怪》一书，《隋志》史部杂传类著录二卷；《旧唐志》同，析作四卷；《新唐志》入丙部小说家类，仍四卷。此书在唐朝比较流行，《史通·杂述篇》云："祖台之《志怪》、干宝《搜神》、刘义庆《幽明》、刘敬叔《异苑》，此之谓杂记者也。"台之之书后渐亡佚，旧辑有《说郛》本一卷，凡八则；又有《古今说部丛书》本。《古小说钩沉》辑得十五则，虽亦涉及鬼神，而以写精怪者为多，例如有母猪成精化为女子的故事：

> 吴中有一士大夫，于都假还，行至曲阿塘上，见一女子，容貌端正，便呼即来，便留住宿。市解臂上金铃系其臂，令暮更来。遂不至。明日，更使寻求，都无此色。忽过一猪圈边，见母猪臂上系金铃。

人兽交接的故事志怪小说中每多有之，这里的幽默之处在于母猪与容貌端正之女子反差太大；而该士大夫过于情急，且留下胡闹的证据，遂成一大笑柄。

《孔氏志怪》

孔约撰，孔氏生平不详，《世说新语·方正》刘注已引其《志怪》，当在刘宋以前；而遗文有涉及干宝者，则当是东晋人。《太平广记》卷二七六"晋明帝"条引本书题作《孔约志怪》；《隋志》史部杂传类著录四卷，注"孔氏撰"；《旧唐志》同；《新唐志》作《孔氏志怪》四卷，入丙部小说家类。前人或有将此书与唐

① 《汉书·高帝纪》载，刘邦"及壮，试吏，为泗上亭长"。颜师古注："秦法十里一亭。亭长者，主亭之吏也，亭谓停留行旅宿食之馆。"汉魏以来，此制相沿不废。除官办的馆舍之外，民间亦有客店（逆旅）。

人孔慎言《神怪志》混为一谈者,不妥。

此书久佚,向无辑本,《古小说钩沉》辑得十则。其中《太平广记》卷二一八“华陀”条,出处仅注《志怪》,由《北堂书钞》《太平御览》所引可考知为《孔氏志怪》,一并录入。

这里有一则关于著名志怪小说家干宝家里的奇闻:

干宝父有嬖人,宝母至妒,葬宝父时,因推著藏中。经十年而母丧,开墓,其婢伏棺上,就视犹暖,渐有气息,舆还家,终日而苏,说:“宝父常著饮食,与之接寝,恩情如生。”家中吉凶辄语之。校之悉验。平复数年后方卒。宝因作《搜神记》,中云“有所感起”是也。

后来《晋书·干宝传》里也写到此事,不同之处在于这位宝父的嬖人后来被嫁出去,生有子女;又说宝母将那丈夫宠爱的婢女推入墓中一事,“宝兄弟年小,不之审也”;传中又载“宝兄尝病气绝,积日不冷,后遂悟,云见天地间鬼神事,如梦觉,不自知死”——这两件事乃是促使干宝撰写《搜神记》的缘由。

此中又有范阳卢氏家族史中的一则奇闻,《世说新语·方正》“卢志于众坐中问陆士衡”条刘注曾大段引出:

卢充者,范阳人。家西三十里,有崔少府墓。充先冬至一日出家西猎,见一獐,举弓而射,即中之,獐倒而复起,充逐之,不觉远。忽见一里门如府舍,门中一铃下有唱客前。充问曰:“此何府也?”答曰:“少府府也。”充曰:“我衣恶,那得见贵人!”即有人提襆新衣迎之,充著,尽可体。便进见少府,展姓名。酒炙数行,崔曰:“近得尊府君书,为君索小女婚,故相延耳。”即举书示充。充,父亡时虽小,然已见父手迹,便歔欷无辞。崔即敕内,令女郎庄严,使充就东廊。充至,女已下车,立席头,共拜。为三日毕,还见崔,崔曰:“君可归矣。女有娠相,生男,当以相还,生女,当留自养。”敕外严车送客。崔送至门,执手零涕,离别之感,无异生人。复致衣一袭,被褥一副。充便上车,去如电逝,须臾至家。家人相见,悲喜推问,知崔是亡人,而入其墓,追以懊惋。

居四年,三月三日临水戏,忽见一犊车,乍浮乍没。既上岸,充往开车后户,见崔氏与三岁男儿共载,充见之忻然,欲捉其手。女举手指后车曰:“府君见人。”即见少府,充往问讯。女抱儿还充,又与金碗,别,并赠诗曰:“煌煌灵芝质,光丽何猗猗。华艳当时显,嘉异表神奇。含英未及秀,中夏罹霜萎。荣曜长幽灭,世路永无施。不悟阴阳运,哲人忽来仪。

会浅离别速，皆由灵与祇。何以赠余亲，金碗可颐儿。爱恩从此别，断绝伤肝脾！”充取儿盌及诗，忽不见二车处。

将儿还，四座谓是鬼魅，佥遥唾之。形如故。问儿：“谁是汝父？”儿径就充怀。众初怪恶，传省其诗，慨然叹死生之玄通也。充诣市卖碗，高举其价，不欲速售，冀有识者。欻有一老婢，问充得碗之由，还报其大家，即女姨也。遣（儿）视之，果是，谓充曰：“我姨姊，崔少府女，未嫁而亡，家亲痛之，赠一金碗，著棺中。今视卿碗甚似，得碗本末，可得闻不？”充以事对。（女姨）即诣充家迎儿，儿有崔氏状，又似充貌。姨曰：“我甥三月末间产，父曰春暖温也，愿休强矣，即字温休。温休盖幽婚也，其兆先彰矣。”儿遂成为令器，历数郡二千石。皆著绩。其后生植，为汉尚书。植子毓，为魏司空。冠盖相承至今也。

虽然还是志怪小说中常见的生死玄通人鬼交接，但有两点突出之处：一是主人公有名有姓，且与当代名流有关；二是其中夹有诗歌，可读性大为增加。这两点对后来的小说特别是唐人传奇影响非常大。

《世说新语·方正》载，受到过卢志侮辱的陆机骂卢志是“鬼子”，卢志乃是卢毓的孙子，自以门第高华自居，目中无人，双方闹得很不愉快，陆机遂揭发他家的老底。崔、卢皆为北方高门大族，永嘉乱后未曾南渡，遂为过江名士及南人所轻，更有不快于卢氏者，遂有这一类记载，而这样的传说早就产生并已为陆机所知了。

故事中“四座”对被认为是鬼魅的小儿啐唾沫，是一种古老的民俗。传统的观念认为鬼怕人对他吐唾沫，曹丕《列异传》里有一个著名的故事，说南阳人宋定伯夜行逢鬼，彼此有过一番对话，宋问鬼“何所畏忌？”鬼回答说：“唯不喜人唾。”掌握了这一条重要信息以后，宋定伯战胜了鬼，鬼没有办法，变成一头羊，宋“恐其变化，唾之”，鬼再也变不回去，被宋定伯卖得一千五百文钱。中国人早就习惯于用吐唾沫来表示对对方的愤怒和蔑视，对人是如此[①]，对鬼

① 例如《左传》僖公三十三年载，晋国的老臣先轸责备襄公道：“武夫力而拘诸原，妇人暂而免诸国，堕军实而长寇雠，亡无日矣！”骂完了竟“不顾而唾”。原来襄公听信妇人之言，轻易地将战场上好不容易俘获而来的孟明等秦国三帅给放了，简直把国家大事当儿戏，引起先轸极大的愤怒。又，《战国策·赵策四》载，新用事的赵太后不肯放小儿子长安君到齐国去当人质以换取齐的支持，她根本听不进任何劝告，甚至宣布“有复言令长安君为质者，老妇必唾其面”如此等等。

也是如此，可以让他现出原形或不再能变化，乃至灭亡；这样的非语言表达方式长期流行①，且延续至今。

《曹毗志怪》

晋曹毗撰。曹毗字辅佐，谯国人，魏大司马曹休玄孙，有集十卷、《曹氏家传》一卷、《论语释》一卷，《晋书·文苑传》有传。曹毗少好文籍，善为辞赋；据《晋书·礼乐志》，他曾为朝廷制宗庙歌诗。其人喜言奇特之事，时传桂阳张硕为神女杜兰香所降，毗作诗二篇以嘲之，又作《神女杜兰香别传》(《艺文类聚》卷七十九)。所著《志怪》，各史志皆未著录，见于宗炳《明佛论》及《初学记》所引。清人文廷式《补晋书艺文志》列入子部小说家类，无卷数。《古小说钩沉》辑得一则。

《鬼神列传》

谢氏撰，不知其名，生平亦无可考，似乃晋宋间人。《隋志》史部杂传类著录《鬼神列传》一卷，题"谢氏撰"；《旧唐志》同，析为二卷；《新唐志》入丙部小说家类，仍为二卷。《古小说钩沉》辑得一则。

《志怪记》

晋殖氏撰。《隋志》史部杂传类著录三卷，题"殖氏撰"；两《唐志》、《宋志》均不录，应是亡佚已久。《古小说钩沉》辑得一则。

《甄异传》

东晋后期作家戴祚撰。祚字延之，江东人，晋末从刘裕征姚泓(见《水经注·洛水》、《封氏闻见记》卷七)，著有《西征记》二卷、《洛阳记》一卷(参见姚振宗《隋书经籍志考证》)。刘裕克长安，以次子刘义真为安西将军，领护西戎校尉，祚为其主簿。《甄异传》一书，《隋志》史部杂传类著录三卷，题"晋西戎主簿戴祚撰"；《旧唐志》同；《新唐志》入丙部小说家类。《艺文类聚》《太平御览》《太平广记》引用此书，或称《甄异记》《甄异录》《甄异志》，大约都是同一本书。前人辑佚有《说郛》本、《龙威秘书》本，均一卷五则，不甚可信。《古小说钩沉》辑得十七则，多记晋太元、建武间异事，大抵为前此志怪诸书所不载，而

---

① 这一传统办法维持了很久，试举一例以博其趣。清人黄钧宰《金壶七墨·金壶退墨》卷一有云：同邑陈在衡先生，和蔼有风趣，年六十余，暮行郊野间，见二人笼灯前行，就火吸烟，久而不爇。其一人问曰："君过首七未耶?"陈讶其语，漫曰："未也。"其人曰："宜哉，阳气未尽，故阴火不燃。"陈悟为鬼，佯曰："世言人畏鬼，信乎?"鬼曰："非也，鬼实畏人。"陈曰："人何足畏?"曰："畏啐。"陈即长吸而啐之。二鬼退至三步外，张目怒陈曰："汝非鬼耶?"陈笑曰："实不汝欺，吾乃与鬼相近之人耳!"再啐之，各缩其半，三啐之而灭。

类型则大同小异，如杨丑奴的故事：

> 河南杨丑奴，常诣章安湖拔蒲，将暝，见一女子，衣裳不甚鲜洁，而容貌美，乘船载莼，前就丑奴。家湖侧，逼暮不得返，便停舟寄住。借食器以食，盘中有干鱼生菜。食毕，因戏笑，丑奴歌嘲之，女答曰："家在西湖侧，日暮阳光颓。托荫遇良主，不觉宽中怀。"俄灭火共寝。觉有臊气，又手指甚短，乃疑是魅。此物知人意，遽出户，变为獭，径走入水。

在这一类故事中，女主人公总是主动来就，这大约反映了古代下层士人的白日梦——其中取法乎上者拟高攀神仙，下焉者则寄意于精怪；所以各种动物化为貌美女郎主动来投的奇遇层出不穷，虽然重复无味，而小说家一向乐此不疲。

三

晋人志怪小说给人印象最深的除了大量的科学幻想、天人感应等类之外，下列四个方面最为引人注意：

一是关于世外乐土的描写，如《拾遗记》中的洞庭灵洞：

> 洞庭山浮于水上，其下有金堂数百间，玉女居之，四时闻金石丝竹之声，彻于山顶……其山又有灵洞，入中常如有烛于前，中有异香芬馥，泉石明朗。采药石之人入中，如行十里，迥然天清霞耀，花芳柳暗，丹楼琼宇，宫观异常。乃见众女，霓裳冰颜，艳质与世人殊别。来邀采药之人，饮以琼浆金液，延入璇室，奏以箫管丝桐。饯令还家，赠之丹醴之诀。虽怀慕恋，且思其子息，却还洞穴，还若灯烛导前，便绝饥渴，而达旧乡。已见邑里人户，各非故乡邻，唯寻得九代孙。问之，云："远祖入洞庭山采药不还，今经三百年也。"其人说于邻里，亦失所之。（卷十）

这里写的乃是仙境，洞中方一日，世上三百年。在某一特殊之处与神女邂逅的故事，直接启发了后来的唐人小说《游仙窟》，但那里的"艳质"已是艺伎。

更著名的是陶渊明笔下的世外桃源。《搜神后记》该书卷一写桃花源云：

> 晋太元中，武陵人捕鱼为业。缘溪行，忘路远近，忽逢桃花，夹岸数百步，中无杂树，芳华鲜美，落英缤纷。渔人甚异之。（渔人姓黄，名道

真)复前行,欲穷其林,林尽水源,便得一山。山有小口,仿佛若有光。便舍舟,从口入。初极狭,才通人。复行数十步,豁然开朗,土地旷空,屋舍俨然。有良田、美池、桑竹之属。阡陌交通,鸡犬相闻。男女衣着,悉如外人。黄发垂髫,并怡然自乐。见渔人,大惊,问所从来,具答之。便要还家,为设酒杀鸡作食。村中人闻有此人,咸来问讯。自云先世避秦难,率妻子邑人至此绝境,不复出焉。遂与外隔。问今是何世,乃不知有汉,无论魏晋。此人一一具言所闻,皆为叹惋。余人各复延至其家,皆出酒食。停数日,辞去。此中人语云:“不足为外人道也。”既出,得其船,便扶向路,处处志之。及郡,诣太守,说如此。太守刘歆即遣人随之往,寻向所志,不复得焉。

这里仍然是人间,但它可遇而不可求,这样的境界比神仙世界更为高妙,颇具吸引力。在动乱频繁的中古时代,人们当然希望出现这样和谐美好的地方。

这一段文字,按照陈寅恪先生的意见,“实陶公草创未定之本。而渊明文集中之《桃花源记》,则其增修写定之本,二者俱出陶公之手”①。同这一段小说相比,《桃花源记》在文字上略有修润,文气更为畅达,如在“忽逢桃花”一句后加一“林”字;“土地旷空”后二字改为“平旷”,就都是适例。“男女衣着,悉如外人”之前加了一句“其中往来种作”,这样不仅语气更顺,也强调了桃花源中人都在辛勤劳作。这些都是比较小的改订,但表现了很高的水平。差别比较大的是小说中有渔人的姓名,这大约是为了加强故事的真实性而设的,作为散文,这一点已不重要,于是删去不提;又,太守的姓名,在修订稿中也删去了。修订本文末加了一小段,最妙:

南阳刘子骥,高尚士也。闻之,欣然规往,未果,寻病终。后遂无问津者。

余味袅袅,令人不胜叹惋。刘子骥确有其人,后来同陶渊明一起被写进了《晋书·隐逸传》。这位高尚之士名驎之,经常到深山里去采药,颇有奇遇。《搜神后记》卷一在紧接着桃花源一条之后就讲他的故事:“南阳刘驎之,字子骥,好游山水。尝采药至衡山,深入忘反。见有一涧水,水南有二石囷,一闭一开。水深广,不得渡。欲还,失道,遇伐弓人,问径,仅得还家。或说囷中皆

① 《桃花源记旁证》,《金明馆丛稿初编》,第 195 页。

仙方灵药及诸杂物。骥之欲更寻索,不复知处矣。”可知这位刘子骥大有探寻奇迹的兴趣和干劲,这样的人打算去再探桃花源是符合他的性格的,可惜未能成行,“后遂无问津者”。

陶渊明在《桃花源诗》末有“愿言蹑轻风,高举寻吾契”之句,但他本人并没有真去问津,可知陶渊明对自己是在写小说这一点非常自觉,“寻吾契”云云只是要表达一种探求的意向,一种诗人的感情,他并没有采取任何行动。这一意向在《桃花源记》中只是流露于字里行间,诗中却大声疾呼地道出,这也可见诗文互相配合,互相生发,把主题表达得更加清楚有力。

在《搜神后记》里陶渊明写桃花源是在写小说,加以修改成为定本,固然可以说是散文,其实仍然是小说;再为这篇文章配上一首诗——这样陶渊明就在文学文体的创造上向前迈出了两步,后一步的意义尤为重大,他在实际上开创了一诗一文配套推出的崭新的文学样式,从而成为后来唐代传奇文的祖师。孤明先发,陶渊明在文学史上的贡献太大了!

这样一层意思鲁迅先生早已提起过,他写道:

> 六朝人也并非不能想象和描写,不过他不用于小说,这类文章,那时也不谓之小说。例如阮籍的《大人先生传》,陶潜的《桃花源记》,其实倒和后来的唐代传奇文相近;就是嵇康的《圣贤高士传赞》(今仅有辑本),葛洪的《神仙传》也可以看作唐人传奇文的祖师的。李公佐作《南柯太守传》,李肇为之赞,这就是嵇康的《高士传》法;陈鸿《长恨传》置于白居易的长歌之前,元稹的《莺莺传》既录《会真诗》,又举李公垂《莺莺歌》之名作结,也令人不能不想到《桃花源记》。①

由于鲁迅先生是认《搜神后记》为伪作的②,所以他对上文所说的陶渊明向前迈出的那两步只字未提,但他指出《桃花源记》“和后来的唐代传奇文相近”,甚至说“也可以看作唐人传奇文的祖师”,仍然给予人们极大的教益,启发人们进一步来思考先后文学现象之间似乎很遥远而其实相当靠近的历史联系。

二是关于仙女下凡的故事。这是当时志怪小说中最热门的题材之一,仙女中知名度最高的有董永之妻织女、成公智琼、白水素女,另外还有一个杜兰

---

① 《且介亭杂文二集·六朝小说和唐代传奇文有怎样的区别?》,《鲁迅全集》第6卷,第323页。

② 详见《中国小说史略》第五篇《六朝之鬼神志怪书(上)》,《鲁迅全集》第9卷,第46页。

香也传播甚广。曹毗率先作《神女杜兰香别传》，早已亡佚，严可均有辑本（《全晋文》卷一〇七），仅略见一斑，远远不全；吴士鉴《晋书斠注》卷九十二《曹毗传》注文中搜罗佚文比较齐备，但只是杂引类书引文，而无次第；又《艺文类聚》卷七十九所引其实也是曹毗的遗文①，现试为重新拼补排列如下：

神女姓杜字兰香，自云家昔在青草湖，风溺，大小尽没。香时年三岁，西王母接而养之于昆仑之山，于今千岁矣。（《太平御览》卷三九六）

杜兰香，自称南阳人，以建兴四年春数诣张傅。傅年十七，望见其车在门外，婢通言："阿母所生，遣授配君，君可不敬从！"傅先改名为硕，硕呼女前，视可十八九，说事邈然久远。有妇子二人，大者萱支，小者松支。钿车青牛，上饮食皆备。作诗曰："阿母处灵岳，时游云霄际。众女侍羽仪，不出墉宫外。飘轮送我来，岂复耻尘秽。从我与福俱，嫌我与祸会。"至其年八月旦来，复作诗曰："逍遥云雾间，呼吸发九嶷。流汝（游女）不稽路，弱水何不之？"出薯豫子三枚，大如鸡子，云："食此，可令君不畏风波，辟寒温。"硕食二，欲留一，不肯，令硕尽食。言："本为君作妻，情无旷远。以年命未合，其小乖。太岁东方卯，当还求君。"（《艺文类聚》卷七十九）

兰香降张硕家，辄赍瓦榼，酒气芳馨。（《北堂书钞》卷一四八）

兰香降张硕，赍瓦榼酒，七子累累。多菜而无他味，亦有世间常菜，辄有三种色，或丹或紫，一物与海蛤相象，并有非时菜。硕云："食之亦不甘，然一食七八日不饥。"（《艺文类聚》卷八十二）

香戒张硕曰："不宜露头食也。"（《北堂书钞》卷一四三）

香降张硕。硕既成婚，香便去绝不来。年余，硕船行，忽见香乘车于山际，硕不胜惊喜，遥往造香，见香悲喜，亦有悦色，言语顷时。硕欲登其车，其婢举手捍之，巍然山立。硕复欲车前上车，奴攘臂排之，于是遂退。（《艺文类聚》卷七十一）

---

① 逯钦立《先秦汉魏晋南北朝诗》中《晋诗》卷二十一有曹毗《杜兰香作诗》和《复作诗》，按语云："此传及诗出《（艺文）类聚》，不著作者，《诗纪》直题曹毗《杜兰香别传》，必有所据。今查《（北堂）书钞》《（艺文）类聚》《（太平）御览》等所引，或作曹毗《神女杜兰香传》，或作曹毗《杜兰香传》，或只作《杜兰香别传》，或只作《杜兰香传》。以各佚文校之，知皆为曹毗所传也。"中华书局 1983 年版，中册，第 1094 页。

《晋书·曹毗传》载:“时桂阳张硕为神女杜兰香所降,毗因以二篇诗嘲之,并续兰香歌诗十篇,甚有文彩。”可知这神女下凡准备嫁给张硕的故事,是张硕本人传出来的;曹毗作《神女杜兰香别传》并代神女写诗,无非是讽刺这想入非非的毛头小伙子。但他记下的这故事却另有意义在,因为它告诉后人,晋代的青年人很想一举解决婚姻、财富和具有特异功能等诸多问题,可惜张硕年纪比较小,尚未达婚期,而神女已经完全成熟了(于今千岁,视可十八九——而她的心态似乎也正当妙龄),其口吻亦如老大姐,因此“年命未合”,只有等几年再说。一个十七岁的小青年作此姐弟恋的美梦,是可以理解的;所以曹毗的嘲笑非常之委婉,他代神女写的诗,有意让神女显得一味主动,甚至颇有逼迫小伙子就范之意(“从我与福俱,嫌我与祸会”)。这就帮助张硕掩盖住急躁情绪,释放了大量的善意,同时也显得很好玩。作品中还写到当现实生活中的张硕成婚以后,神女杜兰香作为他初恋时的梦中情人仍然出现过,但已经可以巧遇而不可接近了。这也颇合于世态人情。古代有些人总是生活在现实与梦幻之间。

杜兰香的故事后来又有许多变异,北宋人编《太平广记》(卷二七二),其中仍然有关于她的故事,其生命力之长久可见一斑。

三是超越生死的爱情故事。其中最有名的是《搜神记》中的韩凭夫妇故事:

> 宋康王舍人韩凭,娶妻何氏,美,康王夺之。凭怨,王囚之,论为城旦。妻密遗凭书,谬其辞曰:“其雨淫淫,河大水深,日出当心。”既而王得其书,以示左右,左右莫解其意。臣苏贺对曰:“‘其雨淫淫’,言愁且思也。‘河大水深’,不得往来也。‘日出当心’,心有死志也。”俄而凭乃自杀。其妻乃阴腐其衣。王与之登台,妻遂自投台下,左右揽之,衣不中手而死。遗书于带曰:“王利其生,妾利其死。愿以尸骨,赐凭合葬。”王怒弗听。使里人埋之,冢相望也。王曰:“尔夫妇相爱不已,若能使冢合,则吾弗阻也。”宿昔之间,便有大梓木生于二冢之端,旬日而大盈抱,屈体相就,根交于下,枝错于上,又有鸳鸯,雌雄各一,恒栖树上,晨夕不去,交颈悲鸣,音声感人。宋人哀之,遂号其木曰相思树。相思之名,起于此也。南人谓此禽即韩凭夫妇之精魂。今睢阳有韩凭城,其歌谣至今犹存。(卷十一)

爱情可以产生奇迹。相思木和鸳鸯在《孔雀东南飞》里已经出现过,后来更大放光芒,一直到《梁山伯与祝英台》仍相承不绝,在中国家喻户晓。

又有紫玉的故事,说吴王夫差的小女紫玉和比她大一岁的韩重相爱,行将外出求学的韩重请父母去求婚，吴王不许，紫玉绝望而死；三年后韩重学成归来，吊于墓前，与紫玉的鬼魂相见，他们在墓中聚会三日三夜，尽夫妇之礼。在这样的奇迹发生之后，还有一个更出人意外的尾声：

> 临出，（紫玉）取径寸明珠以送（韩）重，曰："既毁其名，又绝其愿，复何言哉！时节自爱。若至吾家，致敬大王。"重既出，遂诣王自说其事。王大怒曰："吾女既死，而重造讹言，以玷秽亡灵。此不过发冢取物，托以鬼神。"趣收重。重走脱，至玉墓所诉之。玉曰："无忧，今归白王。"王妆梳，忽见玉，惊愕悲喜，问曰："尔缘何生？"玉跪而言曰："昔诸生韩重来求玉，大王不许。玉名毁义绝，自致身亡。重从远还，闻玉已死，故赍牲币诣冢吊唁。感其笃终，辄与相见，因以珠遗之。不为发冢，愿勿推治。"夫人闻之，出而抱之，玉如烟然。（卷十六）

这里的结局让美好的愿望化为青烟，令人生出无限的失望和遐想，比大团圆更有味道，也更深刻。但这样的结局比较少见，大量的故事最后还是有情人终成眷属，如关于河间郡男女的传奇故事写道：

> 晋武帝世，河间郡有男女私悦，许相配适。寻而男从军，积年不归。女家更欲适之，女不愿行，父母逼之，不得已而去。寻病死。其男戍还，问女所在，其家具说之，乃至冢，欲哭之叙哀，而不胜其情。遂发冢开棺，女即苏活，因负还家，将养数日，平复如初。后夫闻，乃往求之，其人不还，曰："卿妇已死，天下岂闻死人可复活耶？此天赐我，非卿妇也。"于是相讼。郡县不能决，以谳廷尉。秘书郎王导奏："以精诚之至感于天地，故死而更生。此非常事，不得以常礼断之。请还开冢者。"朝廷从其议。（卷十五）

生死不渝的爱情可以产生非常的奇迹，而法律也倾向于同情感天动地的非常之人。这些观念和办法都是典型的浪漫主义。到底还是大团圆更合于中国传统的人情物理，此后的才子佳人小说一般总以大团圆结束。

四

两晋志人小说方面，也有四大名著：

一、《汉武故事》

撰人不详，今存一卷，记武帝生于猗兰殿至崩葬茂陵杂事，下及成帝时事。其中亦多神仙怪异之言，可以说是志人而兼志怪，文章简雅，水平甚高。《隋志》史部旧事类著录《汉武帝故事》二卷，不题撰人；《旧唐志》题《汉武故事》，入乙部起居注类；《新唐志》同，复题《汉武帝故事》，均不著撰人。《崇文总目》杂史类著录五卷，题班固撰。《四库全书总目》入子部小说家类异闻之属，一卷。宋晁公武《郡斋读书志》云，世言班固撰，又引唐张柬之说，谓王俭撰。《四库全书总目》并列班固、王俭二说。按，司马光《通鉴考异》(卷一)曰"《汉武故事》语多妄诞，非班固书，盖后人为之，托固名耳"；而阮籍《咏怀诗》、潘岳《西征赋》都用过其中的典故，可知其成书远在王俭之前。孙诒让《札逡》(卷十一)据《西京杂记》序，考定为葛洪所作。有种种迹象表明此书之作当在建安时代①，葛洪大约只是其最后的整理写定者。

《汉武故事》旧有《续谈助》本、《问经堂丛书》本、《经典集林》本、《古今说海》本、《历史小说》本、《古今逸史》本、《说库》本(以上均一卷)、《粤雅堂丛书》本、《十万卷楼丛书》本、《丛书集成初编》本(无卷数)、《玉函山房辑佚书》本(一卷)等。《古小说钩沉》辑得五十三则。

本书中颇有专记人间之事，而不涉及怪异者，例如记汉武四岁时欲得阿娇为妇并说"当作金屋贮之"的故事，后来凝聚成一则著名的成语"金屋藏娇"。颜驷白首为郎的故事虽然最后以问题解决、大加歌颂作结，而实际上却暴露了政策没有连续性而又总是一刀切之用人方针的弊端，所谓"文帝好文而臣好武，景帝好老而臣尚少，陛下好少而臣已老：是以三世不遇，故老于郎署"，决不仅仅是颜驷一个人的苦命，而带有相当普遍的意义。

此中最富于小说意味的是关于汉武帝微行的故事：

> 上微行，至于柏谷，夜投亭长宿，亭长不内。乃宿于逆旅。逆旅翁谓上曰："汝长大多力，当勤稼穑，何忽带剑群聚，夜行动众？此不欲为盗则淫耳。"上默然不应，因乞浆饮。翁答曰："吾止有溺，无浆也。"有倾，还内，上使人觇之，见翁方要少年十余人，皆持弓矢刀剑，令主人妪出安过客。妪归，谓其翁曰："吾观此丈夫乃非常人也，且亦有备，不可图也。不如因礼之。"其夫曰："此易与耳！鸣鼓会众，讨此群盗，何忧不克？"妪曰："且安之，令其眠，乃可图也。"翁从之。时上从者十余人，既闻其谋，皆惧，劝上夜去。上曰："去必致祸，不如且止以安之。"有倾，妪出，谓上曰：

① 书中有关于"当涂高"的记载，预言魏将代汉；若干故事中对神仙的态度近于曹操。参见刘文忠《〈汉武故事〉写作年代新考》，《中华文史论丛》1984年第2期。

“诸公子不闻主人公言乎？此翁好饮酒，狂悖不足计也。今日具令公子安眠无他。”妪自还内。时天寒，妪酌酒，多与其夫及诸少年，皆醉。妪自缚其夫，诸少年皆走。妪出谢客，杀鸡作食。平明，上去。是日还宫，乃召逆旅夫妻见之，赐妪金千斤，擢其夫为羽林郎。自是惩戒，希复微行。

这是一幕发生在夜间的小喜剧，有惊无险，颇多趣味。三个主要的人物皆着墨无多，而形象已很鲜明：皇帝一旦微服走出宫门，失去权威，在老百姓眼里便成为非盗即淫的歹徒，他身边虽然也有随从十余人，却对付不了手里有武器的十余个青年；武帝的长处在于处变不惊，善于估计形势，事后又能豁达而合理地处理此事，像个明君。旅馆主人是一奉公守法的良民，勇于维护社会治安，具有很强的社会责任感，只是勇而无谋，几杯老酒下肚就被老婆捆起来了。老妪则智勇双全，实为女中豪杰。西汉盛时民风之淳朴刚毅、敢作敢为，由此可见一斑。“逆旅翁”召来的一批青年和武帝的那些随从都比较平庸，恰好成为主要人物的陪衬，使得这一场好戏不至于因为缺少龙套而显得单调。亭长虽是一过场人物，也不可或缺，他在另一意义上的烘托也颇有助于塑造逆旅夫妇的形象。

帝王微行总是会形成地位与处境的巨大落差，容易产生戏剧性的故事，至今仍然是影视作品乐于从事的题材之一。

《太平广记》中录有《汉武故事》，偶有为《钩沉》所未取者，如卷一六一载：

张宽字叔文，汉时为侍中，从祀于甘泉，至渭桥，有女子浴于渭水，乳长七尺，上怪其异遣问之，女曰：“帝后第七车，知我所来。”时宽在第七车，对曰：“天星主祭祀者，斋戒不严，即女人星见。”

又卷二九一引“汉武帝起柏梁台”一则，较《钩沉》本（录自《续谈助》卷三）为详，可取以参校拼补（圆括号中为增补文字）：

汉武帝起柏梁台，以处神君。神君者，长陵女，（嫁为人妻，生一男，数岁死，女痛悼之，岁中亦死。）死而有灵，（其姒宛若祠之。遂闻言宛若为主，民人多往请福。说人家小事颇有验。平原君亦事之。其后子孙尊显，以为神君力，益尊贵。武帝即位，太后迎于宫中祭之，闻其言，不见其人。至是神君求出，乃营柏梁台舍之。）初霍去病微时，数自祷神，神君乃见其形，自修饰，欲与去病交接，去病不肯，（责神君曰：“吾以神君清洁，故斋戒祈福，今欲为淫，此非神明也。”自绝不复往。）神君亦惭。及去病疾笃，上令祷神君，神君曰："霍将军精气少，命不长。吾尝欲以太一精补之，可得延年，霍将军不晓此意，乃见断绝。今不可救也。"去病竟卒。卫太子未败一年，神君乃去。东方朔娶宛若为小妻，生子三人，与朔俱死。

这里颇有怪异之词，反映了原始信仰中关于性生活可以强身的传统意见。

二、《西京杂记》

《西京杂记》一书，原本二卷，后分为六卷，据说是刘歆的作品，而其实出于葛洪，该书葛洪跋云："家有刘歆《汉书》一百卷，考校班固所作，殆是全取刘氏，小有异同，固所不取，不过二万许言，今钞出为二卷，以补《汉书》之阙。"此事前所未闻，当是葛洪释放的烟幕，当然葛洪在从事此书时很可能有些过去的文本作为依据和参考，他本人只是一个最后写定者。此书《隋志》不著撰人，《新唐志》径署葛洪；后有《汉魏丛书》《古今逸史》等多种版本流传。

此书中故事与杂记并陈，正合于古老的"小说"观念，其中多载帝王逸事、宫廷秘闻、大臣事迹之类。各种零星材料的记述与现在的小说概念相去较远，但这里颇多重要而有兴味的信息，如关于园林的两条：

梁孝王好营宫室苑囿之乐，作曜华之宫，筑兔园。园中有百灵山，山有肤寸石、落猿岩、栖龙岫。又有雁池，池间有鹤洲凫渚。其诸宫观相连，延亘数十里，奇果异树、瑰禽怪兽毕备。王日与宫人宾客弋钓其中。（卷二）

茂陵富人袁汉广，藏镪巨万，家僮八九百人。于北邙山下筑园，东西四里，南北五里，激流水注其内。构石为山，高十余丈，连延数里。养白鹦鹉、紫鸳鸯、牦牛、青兕、奇兽怪禽，委积其间。积沙为洲屿，激水为波潮，其中致江鸥海鹤，孕雏产縠，延漫林池。奇树异草，靡不具植。屋皆徘徊连属，重阁修廊，行之，移晷不能遍也。汉广后有罪诛，没入为官园，鸟兽草木，皆移植上林苑中。（卷三）

说起汉代的建筑和园林来，人们一般重视皇家园林，其实私家亦早已有之，而其中的精华有些后来进入了皇家。又有值得注意者，此时已有假山，安排活水，并注意在园林中驯养珍稀动物，同时又兼具植物园的功能。

这样的杂记占了《西京杂记》的大部分篇幅，可喜的是书中也还有些有意思的故事，著名的如昭君出塞故事，据说王昭君在汉宫中之所以默默无闻，是因为她不肯贿赂画师毛延寿，而汉元帝是"案图召幸"宫人的；事后元帝大怒，杀了毛延寿并扩大化为将全部画工都处以极刑,此事多为后来的诗歌所取材。

再举两则来看:

司马相如初与卓文君还成都,居贫愁懑,以所着鹔鹴裘就市人阳昌贳酒,与文君为欢。既而文君抱颈而泣曰:“我平生富足,今乃以衣裘贳酒!”遂相与谋,于成都卖酒。相如亲着犊鼻裈涤器,以耻(卓)王孙。王孙果以为病,乃厚给文君,文君遂为富人。文君姣好,眉色如望远山,脸际常若芙蓉,肌肤柔滑如脂,十七而寡,为人放诞风流,故悦长卿之才而越礼焉。(卷二)

司马相如与卓文君大谈恋爱以至私奔是一个著名的才子佳人故事,他们后来又通过一套行为艺术巧妙地让文君之父、大富翁卓王孙拿出大笔的钱来资助他们,这些史传中已经写到,但相如用高级裘皮贳酒乃是这里新提供的细节,后来成了典故。用“五花马”“千金裘”来换酒,乃是文人豪举的一大符号。

昔鲁人秋胡,娶妻三月而游宦三年,休,还家。其妇采桑于郊,胡至郊而不识其妻也,见而悦之,乃遗黄金一镒。妻曰:“妾有夫,游宦不返,幽闺独处,三年于兹,未有被辱如今日也。”采不顾。胡惭而退,至家,问家人妻何在,曰:“行采桑于郊,未返。”既还,乃向所挑之妇也。夫妻并惭。妻赴沂水而死。(卷六)

男人一阔就变坏,秋胡是一典型。所以乐府中有《秋胡行》,后来元代石军宝有《秋胡戏妻》杂剧。不同的是后来的秋胡一类人物大抵并无惭愧之意。

《西京杂记》中又有不少与文学创作及理论批评有关的材料,虽然零星,却很有价值,例如与司马相如相关的几条:

司马相如为《上林》《子虚》赋,意思萧散,不复与外事相关,控引天地,错综古今,忽然如睡,跃然而兴,几百日而后成。其友人盛览,字长通,牂牁名士,尝问以作赋,相如曰:“合綦组以成文,列锦绣而为质,一经一纬,一宫一商,此赋之迹也。赋家之心,苞括宇宙,总览人物,斯乃得之于内,不可得而传。”览乃作《合组歌》《列锦赋》而退,终身不复敢言作赋之心矣。(卷二)

或问扬雄为赋,雄曰:“读千首赋,乃能为之。”(卷二)

司马长卿赋,时人皆称典而丽,虽诗人之作,不能加也。扬子云曰:

"长卿赋不似从人间来，其神化所至邪?"子云学相如为赋而弗逮，故雅服焉。（卷三）

> 枚皋文章敏疾，长卿制作淹迟，皆尽一时之誉。而长卿首尾温丽，枚皋时有累句，故知疾行无善迹矣。扬子云曰："军旅之际，戎马之间，飞书驰檄，用枚皋；廊庙之下，朝廷之中，高文典册，用相如。"（卷三）

赋是汉代文学诸形式中的首选，所以有关的言论也就比较集中。还有些记载虽然并不直接与文学有关，但颇有参考价值，例如关于射雉：

> 茂陵文固阳，本琅邪人，善训野雉为媒，用以射雉。每以三春之月，为茅障以自翳，用觟矢以射之，日连百数。茂陵轻薄者化之，皆以杂宝错厕翳障，以青州芦苇为弩矢，轻骑妖服，追随于道路，以为欢娱也。（卷四）

这一记载颇有助于人们理解潘岳的《射雉赋》。琅邪（今山东临沂）人善射，并且早已就训野雉为媒；潘岳青年时代到过琅邪，参加过射雉，因此能对这种"欢娱"作出细致的描写。又如关于菊花酒的记载：

> 戚夫人侍儿贾佩兰，后出为扶风人段儒妻，说在宫内时……九月九日，佩茱萸，食蓬饵，饮菊花酒，令人长寿。菊花舒时，并采茎叶，杂黍米酿之，至来年九月九日始熟，就饮焉，故谓之菊花酒。（卷三）

这一记载是民俗学的重要材料，尤其有助于人们理解陶渊明为什么喜欢采菊：他正是为了酿菊花酒来饮，争取长寿，而是否真能有这样的效果，他却并不在意。

鲁迅对《西京杂记》评价很高，评为"意绪秀异，文笔可观"①，高于一般的作品。葛洪的水平，自然要比一般的作者高出一头。

三、《语林》

东晋处士裴启撰。《世说新语·文学》"裴郎作《语林》"条注引《裴氏家传》云："裴荣字荣期，河东人。父稚，丰城令。荣期少有风姿才气，好论古今人物。撰《语林》数卷，号曰《裴子》。"又加按语道："檀道鸾谓裴松之，以为启作《语林》。荣傥别名启乎?"又同书《轻诋》篇"庾道季诧谢公曰"条注引檀道鸾《续晋阳秋》云："晋隆和（按，此乃晋哀帝年号，362）中，河东裴启撰汉魏以来迄于今时言语应对之可称者，谓之《语林》。时人多好其事，文遂流行。"《隋

① 《中国小说史略》第四篇《今所见汉人小说》，《鲁迅全集》第9卷，第38页。

志》子部小说家《燕丹子》附注中提及《语林》，谓凡十卷，梁时尚存，至隋已佚。

晋人言论崇尚玄虚，举止亦贵旷达，南渡以后，此风更盛，记述名士的举止言谈，遂为人们喜闻乐见，《裴子语林》乃此中成书最早者。时颇盛行，“时流年少，无不传写，各有一通”（《世说新语·文学》）；后来谢安指责其中记载他本人的言论有两处不实，并以“裴氏学”为虚伪不足道之代名词；裴启遭此重创，其书遂废。其实，谢安贬斥此书或另有原因①，而且即使此书中确实有两条不确，也并不代表全书就全无价值，事实上后来的《世说新语》及其刘注颇从此书取材，群书中亦常见其遗文，并未全佚。

《语林》的后人辑本甚夥，有《说郛》本、《五朝小说》本、《古今说部丛书》本（以上皆一卷）、《玉函山房辑佚书》本（二卷）、王仁俊《玉函山房辑佚书补编》本（一卷）等。鲁迅《古小说钩沉》辑得一百八十则。又有周楞伽校注本《裴子语林》（文化艺术出版社1988年版），后出转精，最便省览。

《语林》中有许多有趣的小故事，文字十分简省：

> 魏武（曹操）将见匈奴使，自以形陋，不足怀远国，使崔季珪代当之，自捉刀立床头。事毕，令间谍问曰：“魏王何如？”使曰：“魏王雅望非常，然床头捉刀人乃英雄也。”王闻之，驰杀此使。

> 和峤诸弟往园中食李，而皆计核责钱，故峤妇弟王济伐之也。

> 大将军（王敦）、丞相（王导）诸人在此时，闭户共为谋身之计，王旷（世宏）来，在户外，诸人不容之。旷乃剔壁窥之，曰：“天下大乱，诸君欲何所图谋？将欲告官！”遽而纳之，遂建江左之策。

王旷就是王羲之的父亲，是他首先提出晋王朝应将政权的中枢迁往江南。后来《世说新语》从《语林》中抄录了不少片段，有些略有改动，有些径录原文。古人著书不惮于偶作文抄公，从事小说时尤其可以如此。

---

① 《世说新语·轻诋》：“庾道季诧谢公曰：‘裴郎云：“谢安谓裴郎乃可不恶，何得为复饮酒！”裴郎又云：“谢安目支道林，如九方皋之相马，略其玄黄，取其隽逸。”’谢公云：‘都无此二语，裴自为此辞耳。’庾意甚不以为好，因陈东亭《经酒垆下赋》，读毕，都不下赏裁，直曰：‘君乃复作裴氏学！’于此《语林》遂废。”按，东亭指王珣（字元琳，350～401），是王导之孙、王洽之子，谢安与他矛盾很深，所以见到裴启记载王戎过黄公酒垆下因忆及竹林往事，庾龢（字道季，庾亮之子）又当他的面朗诵王珣的《经黄公酒垆下赋》，便很不高兴，遂痛斥裴氏。檀道鸾已指出谢安的“爱憎与夺”有失公允。

四、《郭子》

东晋郭澄之撰。澄之字仲静，太原阳曲人，曾为相国刘裕之参军，随征姚泓，后位至相国从事中郎，封南丰侯，有集十卷。生平见《晋书》卷九二《文苑传》。《郭子》一书，《隋志》子部小说家著录三卷，注"东晋中郎郭澄之撰"。《旧唐志》《新唐志》同。有贾渊（440～501，唐人改作贾泉）注，贾渊是刘宋至萧齐时人，奉宋孝武帝刘骏之敕注《郭子》，生平事迹见《南齐书》卷五二本传。可见《郭子》及其注曾一度显赫，而后全都亡佚了。前人辑本有《无一是斋丛钞》本、《玉函山房辑佚书》本，均一卷。《古小说钩沉》辑得八十四则，审其遗文，实与《语林》为同类。

这里的故事也极简明：

> 王公（王导）有幸妾姓雷，颇与政事，纳货。蔡公（蔡谟）谓之"雷尚书"。

> 王含为庐江，贪强狼藉。王敦欲护其兄。故于众坐中称："家兄在郡，为政定善。庐江人咸称之。"时何充为主簿，在坐，正色曰："充即庐江人，所闻异于此。"敦默然。傍人为之反侧，充神意自若。

蔡谟（字道明，281～356）地位不如王导，敢于揭发问题，而措辞比较委婉；何充（字次道，292～346）是王敦的属官，敢于当面讲真话。东晋人颇有风骨，不仅能清谈而已。

志人小说中许多故事其实没有多少情节可言，却因为其中的人物语言简洁隽永，亦能引人入胜，例如《汉武故事》中记录了汉武帝与司马相如的一小段对话：

> 上少好学……尤好辞赋，每所行幸及奇兽异物，辄命相如等赋之。上亦自作诗赋数百篇，下笔即成，初不留意。相如作文迟，弥时而后成，上每叹其工妙，谓相如曰："以吾之速，易子之迟，可乎？"相如曰："于臣则可，未知陛下何如耳。"上大笑而不责也。

文末的对话意味深长。汉武帝的要求本来带有开玩笑的意思，而司马相如珍视自己的才华，只是面对皇上不便直接拒绝这番交换，遂出以妙语，曲折地表达已意，机智而超脱，给人印象很深。后来《世说新语》中所记录的名士名言，大抵采用此种简省而微妙的路径。

又如记东方朔的一段话也很有趣味：

> 帝斋七日，遣栾宾将男女数十人至君山，得酒，欲饮之。东方朔曰："臣识此酒，请视之。"因即便饮。帝欲杀之，朔曰："杀朔若死，此为不验；如其有验，杀亦不死。"帝赦之。

东方朔本来以滑稽著称，这里却以简明扼要无懈可击的逻辑力量白喝了来之不易的君山酒，也给迷信不死神方的汉武帝一个当头棒喝。前面的叙事部分只不过是引出妙语的背景材料，文笔亦复简明隽永。

《西京杂记》中亦多名言隽句，如司马相如、扬雄论赋诸语，是有资格进入《世说新语·文学》的，但刘义庆此书取材的范围大抵限于汉末魏晋，不收更早的言论。

这种笔法，颇为此后的《语林》《郭子》所继承，裴启并干脆在书名中突出一个"语"字。试分别列举几条来看。《语林》中载：

> 钟士季(钟会)常向人道："吾少年时一纸书，人云是阮步兵书，皆字字生义，既知是吾，不复道也。"

> 王武子性爱马，亦甚别之。故杜预道："王武子有马癖，和长舆(和峤)有钱癖。"武帝问杜预："卿有何癖?"对曰："臣有《左传》癖。"

> 辛恭静见司马太傅(元显)，问："卿何处人?"答曰："西人。"太傅应声戏之曰："在西颇见西王母不?"恭静对曰："在西乃不见西王母，过东已见东王公。"太傅大愧。

钟会有追星的习惯，追过夏侯玄、嵇康，这里又追阮籍，而仍归于幻灭①；杜预讽刺和峤是守财奴；辛恭静(一作靖，二字可通)是陇西狄道(今甘肃临洮)人，为东晋的河南太守，与后秦作战失败被俘，后越狱逃归东晋，是著名的忠臣(生平事迹载《晋书·忠义传》)，司马元显跟他开的那个玩笑很不恰当，被他巧妙地顶了回去。

---

① 江淹《杂体诗三十首·序》有云："贵远贱近，人之常情，重耳轻目，俗之恒弊。是以邯郸托曲于李奇，士季假论于嗣宗，此其效也。"关于所引之二事，钞本《文选集注》卷六十一引陆善经注曰："《淮南子》云，邯郸乐师有出新曲者，托之李奇，人争学之；后知非其人，皆弃其学。《语林》云，钟士季尝向人道，吾年少时一纸书，语人道是阮嗣宗书，皆字字生义，既知非是，便不复通也。"由此可知钟会曾将自己的论文假托是阮籍写的，后来被揭穿。这里所引之《语林》，文本较之通行本(录自《续谈助》卷四)为优。

《郭子》中有：

> 满奋字武秋，高平人，畏风。在武帝坐，北窗作琉璃扉，实密似疏，奋有难色，帝问之，对曰："臣若吴牛，见月而喘。"

> 庾公（庾亮，字元规）名位渐重，足倾王公（王导）。时庾亮在石头，王公在冶城，忽风起扬尘，王公以扇拂之，曰："元规尘污人！"

都是话很少而意甚韵，能发人深思，觉得颇有意思。后来的《世说新语》成就更高，影响也更大，该书从《语林》等书中多所取材，并不完全是创作。集大成的书总是读者更多，而此前的零星著作则因此而容易亡佚。

二十二　袁宏、孙绰及许询

东晋文学约可分为三个时期：其前期约二十五年（317～342），历元帝、明帝、成帝三朝，其时边境上战事纷纭，内部又先后发生王敦压迫中枢与苏峻、祖约之乱等重大事件①，政局颇为动荡，首都多次处于危急之中；这一时期活跃的作家都经历过两晋之交的时代痛苦，前后生存状态发生很大变化，感慨遂多，容易产生退撄之志，其中重要人物有郭璞、葛洪、干宝等等。中期最长，有五十多年（343～396），历康、穆、哀、废、简文、孝武诸朝，虽仍多纷扰，战功显赫的桓温一度给中枢很大压力②，但总算没有公开破裂，司马氏皇族与几家实力最强的高门世族之间建立起比较好的动态平衡，东晋政权相对稳定，淝水之战（太元八年〔383〕）的胜利为东晋的继续偏安作出了重大贡献，北方重新陷于分裂，对东晋的压力大为下降；南方经济趋于繁荣，文坛相当活跃，重要作家有王羲之以及王氏家族的一批年轻人，此外还有袁宏、孙绰、许询以及戴逵、湛方生等人。后期为安帝、恭帝时期，有二十多年（397～420），东晋王朝由治而乱，先是桓温之子桓玄一度夺取了中央政权，不久刘裕正式实现了改朝换代，其时重要的作家是陶渊明以及谢混等人。

这里先叙袁、孙以及许、戴、湛诸人，王羲之等容后文专述。

一

袁宏（彦伯，小字虎，328～376），阳夏（今河南太康）人，是东晋中叶最著

---

①　王敦（266～324）为两晋之交手握重兵的权臣，曾与从弟王导一起为东晋的建立作出过贡献，后势力膨胀，遂有问鼎之意，于太宁二年（324）败亡。苏峻（？～328）在永嘉之乱中建立起一支私人武装，曾参与平定王敦之役，后以讨伐庾亮为名，与祖约联合起兵反叛，一度攻入首都建康，后为陶侃、温峤等击败。详见《晋书》各有关本传。

②　桓温（312～373），谯郡龙亢人，东晋权臣，曾率兵灭成汉，又攻前秦，一度收复洛阳；权势极重，后废海西公，另立简文帝，并有取而代之之意，不久病死。

名的作家之一,史家曾称为“一时文宗”(《世说新语·文学》“袁宏始作《东征赋》”条注引《续晋阳秋》)。《晋书·文苑传》为袁宏立传,用大量的篇幅引用其《三国名臣颂》,又多讲他创作方面的逸事遗闻,而关于他的履历却说得十分简单,只说他先是由于得到谢尚(308～357)的赏识,开始出仕,就在谢尚本人手下效劳;不久以后他就离开了谢尚,有一段比较长的时间在桓温手下任职,从桓温北征,作《北征赋》;而等到桓温垮台后,他又在谢安(320～385)的帮助下出任吏部郎和东阳郡太守,找到自己的归宿。

陈郡谢氏同谯郡龙亢桓氏几乎同时崛起,影响于东晋政坛者甚深。这两个方兴未艾的高门之间的明争暗斗一向非常剧烈,形成东晋门阀政治中一道著名的风景。高门世族在国家政治生活中具有举足轻重的地位,一般文人往往根据外界形势和自己的需要择主而事。袁宏游走于谢、桓二氏之间,对他的遭遇、心态以及创作影响甚大。

袁宏虽出身于老牌士族陈郡袁氏,但他所属的这一支已经严重衰落,他的父亲只当到小小的临汝县县令,而且早逝,袁宏青少年时代不得不从事微贱的职业;幸而他以杰出的才华得到陈郡谢氏中重要人物谢尚将军的赏识,始得以出仕,重新进入上流社会。他那个凭借才华忽有奇遇的故事,首见于《世说新语·文学》:

> 袁虎少贫,尝为人佣载运租。谢镇西经船行,其夜清风朗月,闻江渚间估客船上有咏诗声,甚有情致。所诵五言,又其所未尝闻,叹美不能已。即遣委曲讯问,乃是袁自咏其所作《咏史诗》,因此相要,大相赏得。

袁宏后来的发迹变泰,即由此开始。《晋书·文苑传·袁宏传》在开头部分也记载了这个故事,情节大体一致,也有某些提法不同,足供会同研读:

> 宏有逸才,文章绝美,曾为《咏史诗》,是其风情所寄。少孤贫,以运租自业。谢尚时镇牛渚,秋夜乘月,率尔与左右微服泛江。会宏在舫中讽咏,声既清会,辞又藻拔,遂驻听久之,遣问焉。答云:“是袁临汝郎诵诗。”即其《咏史》之作也。尚倾率有胜致,即迎之舟,与之谭论,申旦不寐,自此名誉日茂。

这里没有提及谢尚的头衔,这样倒反而更好些,因为“镇西将军”是谢尚很晚才有的头衔,用这一头衔记载他先前的事情,固然也未尝不可,此即所谓“史终言之”,古今行文都喜欢如此,但到底不是好办法,容易引起后世人的误会。

《晋书·谢尚传》写道:“……入补给事黄门侍郎,出为建武将军、历阳太守,转督江夏义阳随三郡军事、江夏相,将军如故。时安西将军庾翼镇武昌,尚数诣翼咨谋军事……建元二年(344)诏曰:‘尚往以戎戍事要,故辍黄散,以授军旅。所处险要,宜崇其威望,今以为南中郎将,余官如故。’会庾冰薨,复以本号督豫州四郡,领江州刺史。俄而复转西中郎将,都督扬州之六郡诸军事、豫州刺史,假节,镇历阳。”江州、豫州处长江上下游中间的冲要之地,二州刺史历来为各高门士族之所必争。在一个比较长的时间里,这里由颍川庾氏控制;由于庾亮先死,庾冰也很快死去,庾氏家族迅速中衰,桓、谢两家地位明显上升,桓温凭借驸马的身份迅速兴起,占据了上游的重地荆州,而陈郡谢氏也渐渐崛起,朝廷先用谢尚为江州刺史,遭到庾翼的武力抵制,谢尚遂还镇历阳,为豫州刺史。据《宋书·州郡志(二)》南豫州条,谢尚任豫州刺史在永和三年(347),由西中郎将进位安西将军在永和四年(348)八月(详见《晋书·穆帝纪》);谢尚是谢氏家族首先获得方镇地位的重要人物,但他的势力远不足以同桓温抗衡,而且他所以能够进号安西将军,同桓温的谋划关系很大,《晋书·谢尚传》继续写道:“大司马桓温欲有事中原,使尚率众向寿春,进号安西将军。”桓温经常鼓吹北伐,而且往往诱导别人先行出兵,这是他的一着高棋:仗打胜了算他的政治主张正确;打败了,消耗的是其他士族的实力。稍后谢尚随殷浩北伐失利,一度收付廷尉治罪,幸而“时康献皇后临朝,即尚之甥也,特令降号为建威将军”,这无非是靠着皇亲国戚的关系,得以从轻发落。谢尚在这一回合中输给了桓温。

谢尚引袁宏参其军事,应当就在他本人进号为安西将军并“率众向寿春”之时;袁宏大约因为先前毫无基础,所以一时很可能没有编制内的职务。稍后谢尚一度被贬号为建威将军,袁宏仍在其手下效劳,到这时他已有一定的年资,于是得到一个“参军”的正式头衔。这样说的证据在于《世说新语·言语》“袁彦伯为谢安南司马”条注引《续晋阳秋》云:“袁宏,字彦伯,陈郡人,魏郎中令焕六世孙也,祖猷,侍中;父勖,临汝令。宏起家建威参军,安南司马记室。”“起家建威参军”一句明确地告诉人们,袁宏首次正式进入官场是充当他的恩主、建威将军谢尚的参军;谢尚因兵败受到降号的处分在永和八年(352)七月,袁宏“起家”应在此稍后。

《晋书·穆帝纪》载:永和九年(353)四月,“以征西将军谢尚为尚书仆射”,到此时他的降号处分已经取消;十二月,“加尚书仆射谢尚为都督豫、扬、江西诸军事，领豫州刺史，镇历阳。”袁宏跟到历阳，当过一段时间的豫州别驾。

此后不久，袁宏转入桓温军幕。《文选集注》卷九十四《三国名臣序赞》下《抄》引臧荣绪《晋书》讲他这一段经历道：“袁宏好学，善属文，谢尚以为豫州别驾，桓温命为安西参军。温北讨，须露布文，呼宏使制。宏傍马前，手不辍，俄顷而就。”检《晋书·穆帝纪》，永和元年(345)八月“以辅国将军、徐州刺史桓温为安西将军、持节、都督荆司雍益梁宁六州诸军事，领护南蛮校尉，荆州刺史。”到永和四年(348)，因为伐蜀取得胜利，“进安西将军桓温为征西大将军、开府仪同三司，封临贺郡公”。当袁宏入桓温幕时桓温已经荣任征西大将军多年，据此，上引臧荣绪《晋书》中“安西”二字应作“征西”才是。

袁宏离开豫州别驾一职转入桓温幕是他一生中的重大转折。当时桓温率部北伐，幕府急需人才，特别是文字秘书；桓温一向喜欢延揽名士入幕，以建立声誉，扩大影响。《资治通鉴·晋纪二十一》永和十年(354)条下载：

> 二月，乙丑，桓温统步骑四万发江陵，水军自襄阳入均口，至南乡；步兵自淅川趣武关；命司马勋出子午道以伐秦。
>
> ……
>
> 夏，四月，己亥，温与秦兵战于蓝田……温转战而前，壬寅，进至灞上。秦太子苌等退屯城南，秦主健与老弱六千固守长安小城，悉发精兵三万，遣大司马雷弱儿等与苌合兵以拒温。三辅郡县皆来降。温抚谕居民，使安堵复业。民争持牛酒迎劳，男女夹路观之，耆老有垂泣者，曰：“不图今日复睹官军！”

桓温的事业和威望达到了前所未有的高峰。但是他却没有攻打长安，反而将主张进逼长安的部将薛珍杀了。桓温的战略目的不在收复失地，而是树立形象，从而有利于提高自己在东晋王朝内部的地位，争取进一步的发展①；所以他的出征往往见好就收，这样做有时效果不错，有时则很糟，因为他的对手也都是智商很高的人物，善于利用他的所谓“持重”，在最后打一个反击战，有时竟能转败为胜。

袁宏作为新来的秘书，未必能深悉主帅的老谋深算别有用心，只管写他

① 《世说新语·赏誉》：“桓温行经王敦墓边过，望之云：‘可儿，可儿！’”桓温如此佩服王敦，他的心思已不难窥见。王敦先后害死了刘琨、郭璞；桓温不像他那样残忍，功劳又比较大，所以在历史上还能不算反面形象。

的应用文字如露布之类；他又十分欣赏玄学，同主公桓温意见不合。永和十二年（356）桓温第二次北伐时，袁宏因为当面直抒己见，差点被桓温杀掉，《资治通鉴》卷一百《晋纪二十二》本年条下载：

桓温自江陵北伐，遣督护高武据鲁阳，辅国将军戴施屯河上，自帅大兵继进。与寮属登平乘楼，望中原，叹曰："遂使神州陆沉，百年丘墟，王夷甫诸人不得不任其责！"记室陈郡袁宏曰："运有兴废，岂必诸人之过！"温作色曰："昔刘景升有千斤大牛，啖刍豆十倍于常牛，负重致远曾不若一羸牸，魏武入荆州，杀以享军。"

这一段记事，史源出于《世说新语·轻诋》，文末还有三句为《资治通鉴》所未录："意以况袁。四坐既骇，袁亦失色。"桓温很不喜欢部下发表与自己顶牛的意见，如果该部下是玄学名士就更加是如此，他一向藐视清谈之士。袁宏受到来自府主的巨大压力，应是他一度离开桓温幕府的主要原因。

袁宏对于清谈名士给予很高评价，专门写过一部《名士传》，《世说新语·文学》"袁彦伯作《名士传》成"条刘孝标注云："宏以夏侯太初、何平叔、王辅嗣为正始名士，阮嗣宗、嵇叔夜、山巨源、向子期、刘伯伦、阮仲容、王濬仲为竹林名士，裴叔则、乐彦辅、王夷甫、庾子嵩、王安期、阮千里、卫叔宝、谢幼舆为中朝名士。"王夷甫（衍）在袁宏心目中地位很高，他当然不能同意桓温对其人作那样严厉的批判。东晋时代关于清谈名士一向有两种不同的意见：一种给予很高评价，评价者本人往往也是清谈名士；另一种评价不高，甚至言谈中多有讥刺之意，评价者往往是重视事功、有所作为的文武要员。桓温虽然也曾附庸风雅地从事清谈，其实是外行，他以武功见长，裴启《语林》载："桓宣武与殷、刘谈，不如甚；唤左右，取黄皮裤褶，上马持矟数回，或向刘，或拟殷，意气始得雄王（旺）。"桓温与殷浩、刘惔一类清谈客完全是两种风格。而作为一位学养很高的历史学家、玄学家和文学家，袁宏从心底里对桓温这位文化不是很高、只会打仗的"老兵"总有些藐视，一不小心就会流露出来。但其时桓温手握很重的军权，实在得罪不起，袁宏担心在这里会像刘表的那头大牛那样被宰杀，于是很快就离开了这里。

此后袁宏一度到了首都，然后又到安南将军谢奉那里去任职。《世说新语·言语》载：

袁彦伯为谢安南司马，都下诸人送至濑乡。将别，既自凄惘，叹曰："江山辽落，居然有万里之势！"

袁宏之所以如此感伤，是因为他要离开首都到很远很远的广州去谋取出路。谢奉字弘道，会稽山阴（今浙江绍兴）人，时任安南将军、广州刺史，是谢安的好朋友。袁宏到他手下任职，或是得到陈郡谢氏的推毂。在岭南，袁宏除了任安南将军府司马以外，还短期兼任过南海太守[①]。兴宁元年（363）以后不久，袁宏就离开了广州，其原因应当是谢奉调回首都任吏部尚书[②]，袁宏失去凭借，只好另谋出路。于是他再一次进入桓温的幕府，这时桓温已经成为大司马，并策划新的北伐。

袁宏再次进入桓温军幕任职，仍然替他做文字工作。桓温由征西大将军进位大司马在哀帝兴宁元年（363）五月，按，《晋书・文苑传・袁宏传》的行文，袁宏为大司马桓温府记室不得早于此时，这与前引《高僧传》卷九所载袁宏兴宁元年尚在南海太守任上也正符合。

当时桓温大司马府中人才极盛。《资治通鉴》卷一百一《晋纪二十三》兴宁元年载：

> 五月，加征西大将军桓温侍中、大司马、都督中外诸军事、录尚书事，假黄钺。温以抚军司马王坦之为长史。坦之，述之子也。又以征西掾郗超为参军，王珣为主簿，每事必与二人谋之……温气概高迈，罕有所推，与超言，常自谓不能测，倾身待之；超亦深自结纳。珣，导之孙也，与谢玄皆为温掾，温俱重之……玄，奕之子也。

太原王氏、琅邪王氏、高平郗氏、陈郡谢氏的新一代精英分子，全都进入了大司马府，桓氏一家独大；在此之前（升平四年〔360〕）始终高卧东山的大名士谢安为了家族的前途也一度进入了桓温幕府为征西司马，后因谢万病逝，才“投笺求归”（《晋书・谢安传》）。在这样的气氛下，袁宏第二次进了桓温幕府。此时的大司马府明显地代表了政局的未来。

可是袁宏先前曾经得罪过这位大人物，于是他觉得有必要用一种风雅的方式来改善同府主的关系，从而为自己的前途作出适当的安排。兴宁二年

---

① 《高僧传》卷九《晋罗浮山单道开》载：“晋兴宁元年（363），陈郡袁宏为南海太守，与弟颖叔及沙门支法防，共登罗浮山。”在这里袁宏看到著名高僧单道开的遗骸，记叙道：“善（单）道开尸在石室北壁下，形体朽坏，止有白骨。在昔在都，识此道士，闻之使人恻然。其业行殊异，当蝉蜕解骨耳。石室中先有瓯盛香，得便使扫除烧香。”（《罗山疏》）袁宏还特别为之写了一篇赞，《晋书・单道开传》也有相应的记载。

② 详见《世说新语・雅量》“谢安南免吏部尚书还东”条注引《谢氏谱》。

(364)五月,朝廷加大司马桓温扬州牧,录尚书事,召他进京入参朝政。桓温辞谢一番,于七月间到达宣城的赭圻,就驻扎在这里,遥领扬州牧;下一年(兴宁三年〔365〕)移镇姑孰(今安徽当涂)——姑孰当时称为“南州”,是首都周围最重要的战略要地①——桓温就在这里遥控中枢。到太和四年(369),桓温从姑孰出发,进行他的第三次北伐。当时袁宏跟随桓温沿江东下,稍后特别写了一篇《东征赋》,处心积虑地在这里大做文章,取得了一定的成效。《世说新语·文学》“袁宏始作《东征赋》”条刘孝标注引《续晋阳秋》云:

> 宏为大司马记室参军,后为《东征赋》,悉称过江诸名望。时桓温在南州,宏语众云:“我决不及桓宣城。”时伏滔在温府,与宏善,苦谏之,宏笑而不答。滔密以启温,温甚忿,以宏一时文宗,又闻此赋有声,不欲令人显闻之。后游青山饮酌,既归,公命宏同载,众为危惧。行数里,问宏曰:“闻君作《东征赋》,多称先贤,何故不及家君?”宏答曰:“尊公称谓,自非下官所敢专,故未呈启,不敢显之耳。”温乃问:“君欲为何辞?”宏即答云:“风鉴散朗,或搜或引。身虽可亡,道不可陨。则宣城之节,信为允也。”温泫然而止。

桓温之父桓彝,早年仕于西晋,后南渡,以平定王敦之乱的功劳进封万宁县男,补宣城内史;稍后在苏峻之乱中兵败,拒不投降,被苏峻部将韩晃杀害,“时贼尚未平,诸子并流迸,宣城人纪世和率义故葬之”(《晋书》本传)。乱平后朝廷追赠廷尉,谥曰“简”。桓温自然十分珍惜自己家族这一段惨痛而光荣的历史。袁宏叙“过江诸名望”自然应当表彰其人,而他却别出心裁故弄玄虚,以引起主公的关注。余嘉锡先生说得好:“至于桓温,固是老兵,然生杀在手,宏安敢违忤取祸?其初所以宣言不及桓宣城者,盖腹稿已成,欲激温发问,因而献谀,以感动之耳。”②这样苦心巴结上司的心态同过去的御用文人并无二致。由于上司不是皇帝,所以尚有若干回旋的余地,有可能采取某些灵活的手段,而其实仍为小官僚家法。

想方设法为主人服务,中国古代的文人很不容易走出这样的牢笼;其中有某些高手不惜失去自我,除服务之外不顾其他者,有时也能成为“一时文

① 《资治通鉴》卷一百二《晋纪二十四》太和四年(369)胡三省注云:“晋都建康,以京口为北府,历阳为西府,姑孰为南州。”

② 《世说新语笺疏》,第275页。袁宏表彰“宣城之节”正是为桓氏作颂歌的意思。桓彝死节是桓家的伤心之事,所以桓温闻之即“泫然而止”。

宗”；而在文学史上则不可能得到太高的评价。著名的《北征赋》也是袁宏应桓温之命而作的，《世说新语·文学》载：

> 桓宣武命袁彦伯作《北征赋》，既成，公与时贤共看，咸嗟叹之。时王珣在坐，云：“恨少一句，得‘写’字足韵，当佳。”袁即于坐揽笔益云：“感不绝于余心，溯流风而独写。”公谓王曰：“当今不得不以此事推袁。”

刘孝标注云：

> 宏集载其赋云：“闻所闻于相传，云获麟于此野。诞灵物以瑞德，奚授体于虞者。悲尼父之恸泣，似实恸而非假。岂一物之足伤，实致伤于天下。感不绝于余心，溯流风而独写。”《晋阳秋》曰：“宏尝与王珣、伏滔同侍温坐，温令滔读其赋，至‘致伤于天下’，于此改韵。云：‘此韵所咏，慨深千载。今于“天下”之后便移韵，于写送之致，如为未尽。’滔乃云：‘得益“写”一句，或当小胜。’桓公语宏：‘卿试思益之。’宏应声而益，王、伏称善。”

据此则情况是主帅桓温认为原作中还缺少了一点什么，而建议增加一句的乃是伏滔而非王珣，细节上小有出入；总之由此不仅推知幕府中切磋文字的情形，更可见袁宏才思敏捷，不愧为当时知名度最高的笔杆子。当高级秘书非得有这么一手不可。

作为一名幕僚，袁宏不得不仰人鼻息，靠卖弄才华以占据一席有利的地位。中古时代的文学家多有充当幕僚者，他们写应用文固然完全是为主公服务，就是写文学作品基本上也不能自由地说话，因为这样的作品往往只是应用文的延续。幕僚型文人及其创作都只是权势者手上的一种工具——这样的情形甚多，袁宏则是很典型的一例，他的大好才华就这样被权势者给消磨掉了。中古时代许多作家的悲剧在此，而其影响之深远，有不可胜言者。

当桓温的权势发展到顶端时，他要求朝廷给他加九锡——这是曹魏、西晋以来权臣夺取最高权力的传统步骤——但遭到谢安、王彪之等人的抵制；袁宏应桓温的指令已经写好了加九锡文，据说文辞甚美，谢安等要他反复修改以拖延时间，幸运的是不久就拖到了桓温病死。东晋王朝躲过了一次重大的折腾，而袁宏也在一生的最后倒向了代表政局未来的谢氏。

袁宏的创作，自以他青年时代尚不受权贵牵制自由自在地高声朗诵的《咏史诗》二首最为有味：

周昌梗概臣，辞达不为讷。汲黯社稷器，栋梁表天骨。陆贾厌解纷，时与酒梼杌。婉转将相门，一言和平勃。趋舍各有之，俱令道不没。

无名困蝼蚁，有名世所疑。中庸难为体，狂狷不及时。杨恽非忌贵，知及有余辞。躬耕南山下，芜秽不遑治。赵瑟奏哀音，秦声歌新诗。吐音非凡唱，负此欲何之。

歌咏的对象是汉代的几位名人，作出若干概括和评价，大约也寄托了自己的大志。袁宏后来是一位史家，且长于史评，在这里也已经流露出“以论断争雄”（王夫之《古诗评选》卷四）的苗头。把史传论赞的写法引进诗歌，自能开创咏史诗的新模式，只是弄不好就会落入老套或陈腐。

《文心雕龙·明诗》说：“江左篇制，溺乎玄风，嗤笑徇务之志，崇盛忘机之谈；袁、孙以下，虽各有雕采，而辞趣一揆，莫与争雄……”刘勰将袁宏与孙绰相提并论，这就指出了他也是玄言诗中重镇。其《从征行方头山诗》云：

峨峨太行，凌虚抗势。天岭交气，窈然无际。澄流入神，玄谷应气。四象悟心，幽人来憩。

此诗当是袁宏参桓温幕为记室时所作，“深远之至，别有神韵”（王夫之《古诗评选》卷二）。北伐途中作诗而仍多玄言，则其诗风可见一斑。可惜袁宏的诗亡佚已甚，估计他的绝大部分玄言诗现在已经看不到了。前人或谓袁宏“能文而不能诗”（胡应麟《诗薮》外编卷二），恐非确论。《诗品》列袁宏入中品。

袁宏同时又是历史学家和清谈家，撰有《后汉纪》和《名士传》（分正始名士、竹林名士和中朝名士三部分，详见《世说新语·文学》“袁伯彦作《名士传》成”条刘注），后者对于推动当时的竹林热起到很大的作用，惜已失传；其妻李氏亦著有《吊嵇中散》文。

完整流传至今的《后汉纪》是接着荀悦《汉纪》往下写的东汉编年史。荀悦的主要根据是班固的《汉书》，将八十万字压缩为十八万字，实乃司马光《资治通鉴》的先驱。根据比较现成的材料作深度的加工，同样可以写成相当好的著作。袁宏根据当时流行的《东观汉纪》和谢承、司马彪、华峤、谢沈、张璠诸家《后汉书》，又参考多种文献史料编撰而成的三十卷《后汉纪》，同后来出现的范晔（字蔚宗）《后汉书》同为有关东汉最重要的史书。袁宏在书中写有五十五条史论，强调名教出于自然，糅合儒道，颇近于郭象，在思想史上具有一定的地位。《四库全书总目》评其书云：“其体例虽仿荀悦书，而悦书因班固旧文剪裁联络，此书则抉择去取，自出鉴裁，抑又难于悦矣。刘知几《史通·正史篇》称世言汉中兴作者唯袁、范二家，以配蔚宗，要非溢美也。”

《晋书》本传说，袁宏除了两部专著之外，尚有“诗、赋、诔、表等杂文凡三百首传于世”，《隋书·经籍志》著录他的文集十五卷（注：梁二十卷，录一卷），而流传至今者不足十分之一；其名篇《北征赋》和《东征赋》虽未完全亡佚，但今本已有相当的残缺。这两篇大赋大抵都采用述行赋的传统章法，叙述一路上的山川、古迹、人物，同时也有一点遥指当下之意。《文心雕龙·诠赋》将袁宏列为“魏晋之赋首”之一。

袁宏的单篇文章中最著名的是《三国名臣序赞》（《文选》卷四十七），“序中所列，大都执义于汉者，不加贬；树功于魏者，不甚褒。深得与夺微权。历赞诸臣，于叙事中时出议论，亦复鉴别不爽。通幅笔甚古，气甚充，故虽简洁高峻，却有滚滚不穷之势”（于光华《重订文选集评》卷十二引孙执升评语）。此外又有《单道开赞》《祖狄碑》《丞相桓温碑铭》，这些文体最为当时人所重，一定要由大手笔来撰作才有面子。刘师培先生认为“东晋以碑铭擅长者，当推孙绰、袁宏为最”①。如果不长于这些带有实用性的文字而只写诗赋，就根本成不了什么“文宗”；时至今日，为官民双方所艳称的所谓“一枝笔”，也还是擅长撰写政治文件的高级秘书，诗人、小说家之类已经完全不沾边了。

二

太原中都（今山西平遥）人孙绰（字兴公，生卒年待考②）是西晋著名作家孙楚的孙子，他本人则是晋中叶玄言、山水诗赋的领军人物。一般来说，中国古代的山水诗是从玄言诗中派生出来的，而玄言赋又为玄言诗的产生导夫先路，互相呼应。在这一历史发展过程中，孙绰具有重要的地位。

---

① 《文心雕龙诔碑篇口义》（罗常培笔受），万仕国辑校《刘申叔遗书补遗》下册，广陵书社 2008 年版，第 1572 页。

② 现在一般将孙绰的生年定于晋愍帝建兴二年（314）；《建康实录》卷八谓孙绰卒于晋简文帝咸安元年（371），年五十八，由此逆推得其生年。但是《建康实录》以及《晋书》之《孙统传》《孙盛传》都说孙绰与其兄弟孙统、孙盛等于永嘉丧乱中渡江南下，那么他应当出生得更早一些；而孙绰的《名德沙门赞·释道安赞》应当作于道安去世（385）之后。如此则孙绰之享年远远不止五十八岁。史料不足而且矛盾，尚须进一步研究。请参见李文初《汉魏六朝文学研究》，广东人民出版社 2000 年版，第 145～150 页。

孙绰一生经历并不复杂而思想屡有变迁，粗一点说，他早年相信道家，志在隐逸；中年调和儒、道，成为一代玄学名家；晚年进而研究佛教，并将佛教与玄学糅合为一，代表了那个时代最为前卫的思潮。但孙绰终其一生有一点始终未变，那就是对自然的热爱，他始终寄情山水，并且热衷于在诗赋中模山范水，借以悟道言志。《世说新语·赏誉》记载过一段他同主公庾亮之间的对话：

孙兴公为庾公参军，共游白石山，卫君长在坐。孙曰："此子神情都不关山水，而能作文！"庾公曰："卫风韵虽不及卿诸人，倾倒处亦不近。"

孙绰认为"神情不关山水"也就是不懂得欣赏自然美的人如卫承（字君长）者流，与文学创作是很难发生关系的。这话说得有点绝对化，未必为名通之论，但孙绰何等重视欣赏山水，由此已可知其程度。

孙绰参加过永和九年(353)三月王羲之主持的兰亭集会，不仅写诗，还为兰亭集诗写过序言，其中特别强调此次集会的意义在于"借山水以化其郁结"，这与王羲之在那篇著名的序言中所强调的"一死生为虚诞，齐彭殇为妄作"颇异其趣。孙绰序言中就山水对诗人的启发有如下的阐述："以暮春之始，禊于南涧之滨，高岭千寻，长湖万顷，隆屈澄汪之势，可为壮矣。乃席芳草，镜清流，览卉木，观鱼鸟，具物同荣，资生咸畅，于是和以醇醪，齐以达观，决然兀矣，焉复觉鹏鷃之二物哉。"在山阴兰亭优美的山水中，孙绰感到庄子的哲学是非常容易理解的，是一定如此的道理。孙绰一辈子神情关乎山水，他以此作为自己诗赋创作的重要内容和逻辑起点，可以说是很自然的事情。

因为永嘉之乱的关系，孙绰很早就离开山西老家，南迁至浙江，《晋书》本传说他"居于会稽，游放山水，十有余年，乃作《遂初赋》以致其意。尝鄙山涛，而谓人曰：'山涛吾所不解，吏非吏，隐非隐，若以元礼门为龙津，则当点额暴鳞矣。'"《遂初赋》今已亡佚，仅仅可以从《世说新语·言语》刘注中看到一段小序：

余少慕老庄之道，仰其风流久矣。却感於陵贤妻之言，怅然悟之，乃经始东山，建五亩之宅，带长阜，倚茂林。孰与坐华幕击钟鼓者同年而语其乐哉？

这时他坚信隐逸高于出仕，很有些纯然道家的色彩，所以他此时不能理解山涛亦仕亦隐的生活方式，并且委婉而彻底地予以否定。

后来他改变了这种生活态度，不仅出仕，对于朝政还十分热心，敢于上疏言事，与权倾一时的桓温对着干，所以桓温曾经很不高兴地说："致意兴公，何不寻君《遂初赋》,知人家国事邪!"(《晋书》本传)这时他的生活方式已经与他早年否定过的山涛非常靠近了①。这就是所谓"体玄识远者,出处同归"(《世说新语·文学》"谢万作《八贤论》"条注引孙绰语,又见于《晋书·谢万传》),官照当,名士照做,俗事不必多管,一味风流潇洒。这种派头在东晋颇为流行。

其后孙绰与许多著名高僧建立了联系,例如支遁(道林)就与他有相当的友谊,并通过他才得以结识王羲之②。孙绰为若干名僧写过赞、论③,还写过为佛教辩护强调佛与周公孔子"无往不一"的专题论文《喻道论》(《弘明集》卷三)。玄、佛合流进一步强化了玄言诗,也强化了玄言诗中的山水成分,因为中国的高僧们比较早地就以对山水的体悟来宣扬佛教的教义。

正是在潇洒的玄思和优美的山水中,孙绰成了一位著名的隐士型官僚和玄言诗人。后来孙绰一直当官——《晋书》本传介绍其经历是:"征西将军庾亮请为参军,补章安令,征拜太学博士,迁尚书郎。扬州刺史殷浩以为建威长史。会稽内史王羲之引为右军长史。转永嘉太守,迁散骑常侍,领著作郎。"——但他毫无政绩,他自己也承认所长并不在此,仍然以风流名士自居,《世说新语·品藻》记载过他的一段自评:

> 下官才能所经,悉不如诸贤;至于斟酌时宜,笼罩当世,亦多所不及。然以不才,时复托怀玄胜,远咏老、庄,萧条高寄,不与时务经怀,自谓此心无所与让也。

他深知自己不大会处理实际事务,于是以玄学家、文学家自命,是有自知之明的。在玄学家、文学家这双重身份中,他又特别看重后者。当时他与许询齐名,支道林曾经问孙绰,与许相比如何,孙答道:"高情远致,弟子早已服膺;一吟一咏,许将北面。"(《世说新语·品藻》)现在看来,他的这一自评应当说比较恰当。

孙绰写过不少比较纯粹的玄言诗,按照那时的风气,这一类诗多用四言,

---

① 所以后来孙绰在《道贤论》中以山涛比竺法护,一并加以歌颂道:"护公德居物宗,巨源位登论道,二公风德高远,足为流辈矣。"(《高僧传》卷一)参见僧祐《出三藏记集》卷十三《竺法护传》。

② 详见《世说新语·文学》"王逸少作会稽,初至,支道林在焉"条。

③ 《全晋文》卷六十一有孙绰《名德沙门赞》八则,卷六十二有《名德沙门论目》二则。僧祐《出三藏记集》卷十五《道安法师传》载:"孙兴公为《名德沙门论目》云'释道安博物多才,通径明理',其见述于世如此。"

举两首来看：

大朴无象，钻之者鲜。玄风虽存，微言靡演。邈矣哲人，测深钩缅。谁谓道遥，得之无远。

——《赠温峤诗》之一

仰观大造，俯览时物。机过患生，吉凶相拂。智以利昏，识由情屈。野有寒枯，朝有炎郁。失则震惊，得必充诎。

——《答许询诗》其一

这些作品的确"平典"得像哲学讲义，内容无非是老庄的老生常谈，并没有提供什么新的思想，也没有什么诗味。孙绰另外还有些玄言诗，则并非纯讲玄理，而是引入了多少不等的山水成分，这样的诗，他往往用五言的形式来写，也举两个例子来看：

萧瑟仲秋月，飙戾风云高。山居感时变，远客兴长谣。疏林积凉风，虚岫结凝霄。湛露洒庭林，密叶辞荣条。抚菌悲先落，攀松羡后凋。垂纶在林野，交情远市朝。澹然古怀心，濠上岂伊遥。

——《秋日诗》

流风拂枉渚，停云荫九皋。莺语吟修竹，游鳞戏澜涛。携笔落云藻，微言剖纤毫。时珍岂不甘，忘味在闻韶。

——《兰亭诗》

在这些诗作中，玄学的哲理基本上隐藏在山水景物的背后，萧条高寄的思想情怀因为有了若干生动具体的物象作依托，就不那么干枯乏味了。这样的写法，相对于纯玄理的玄言诗而言，应当说是一种突破或改革。

孙绰进行的这种改革显然是成功的。"一时文宗"总会有他的新创造，新发展。

而孙绰的突破还有力度更大的一条路径，这就是向民歌学习，大胆地来写爱情诗。诗里有了感情特别是恋爱的激情，那就与干枯乏味全不相干了。

在逯钦立先生编的《先秦汉魏晋南北朝诗》一书中录有孙绰的诗歌作品十一题，大部分是正宗的玄言诗和经过改良、加入山水的玄言诗，但也有两首色彩完全不同的《情人碧玉歌》（原载《玉台新咏》卷十）：

碧玉小家女，不敢攀贵德。感郎千斤意，惭无倾城色。　碧玉破瓜时，相为情颠倒。感郎不羞赧，回身就郎抱。

简直像是民歌，同孙绰本人诗作的主流完全不同，显得极不和谐，以致曾被怀疑并不是他写的；但这样的怀疑并无文献上的依据。创作无禁区，他为什么就不能忽发少年狂地来写这种火热的爱情诗？

那时江南的民歌里，像这样五言四句的爱情小诗，即所谓"吴歌杂曲"者正处在一个空前繁荣的阶段，《乐府诗集》卷四十四引《晋书·乐志》云："吴歌杂曲，并出江南。东晋以来，稍有增广。其始皆徒歌，既而被之管弦。盖自永嘉渡江之后，下及梁、陈，咸都建业，吴声歌曲起于此也。"又《乐府诗集》卷六十一："自晋迁江左，下逮隋唐，德泽浸微，风化不竞，去圣逾远，繁音日滋。艳曲兴于南朝，胡音生于北俗。哀淫靡曼之辞，迭作并起，流而忘反，以至陵夷。原其所由，盖不能制雅乐以相变，大抵多溺于郑、卫，由是新声炽而雅音废矣。"当时新的"郑、卫之声"如《子夜歌》《子夜四时歌》《读曲歌》之类到处传唱，影响很大，孙绰的《情人碧玉歌》应当就是受这些民歌的滋养而写成的。这样的新诗自然构成对玄言诗革命性的颠覆。

《乐府诗集》卷四十五有《碧玉歌》六首，其中包括孙绰的《情人碧玉歌》二首在内，但不提孙绰之名，却引《乐苑》云："《碧玉歌》者，宋汝南王所作也。碧玉，汝南王妾名，以宠爱之甚，所以歌之。"可是刘宋王朝并没有什么汝南王，《乐府诗集》晚出，这里著录的可信程度显然不能同《玉台新咏》相比；《情人碧玉歌》的第一首，《艺文类聚》卷四十三亦有之，题作孙绰《情人歌》，也足以证明孙绰拥有著作权。在不能提供其他更有力的旁证材料的情况下，我们还只能确认《情人碧玉歌》二首的作者应是孙绰。

一位成就得到公认的玄言诗人忽然写出这样两首火辣辣的乐府诗来，其实也不足为奇。后来王献之写过两首《情人桃叶歌》(《玉台新咏》卷十)，也很像民歌，用传统的眼光看起来，也近于所谓"郑、卫之声"。陶渊明那篇色彩很特别的《闲情赋》，写作的路径，用鲁迅先生的话来说，是"既取民间《子夜歌》意，而又拒以圣道"①。然则南方民歌对大隐士陶渊明的影响，亦灼然可见。"吴歌杂曲"对东晋文人创作产生重大影响乃是一个不争的事实，这里特别要关注的，乃是这种影响对于枯燥无味之玄言诗的冲击——连"一时文宗"都弃绝玄言大写艳情了，这玄言诗的趋于衰亡就是无可避免的了。

① 《集外集·选本》，《鲁迅全集》第7卷，第137页。

孙绰的辞赋大约可以分为以玄言为主的和玄言中加入大量山水的这样两种。《遂初赋》估计以玄言为主,《望海赋》则以体物为主,而他的《游天台山赋》则虽有玄言,结尾一段尤甚(其中用了不少佛教的话头,要害在于"泯色空以合迹,忽即有而得玄",否定物质世界的真实性),但其中也多有形象的描写,因为他首先还得"即有",也就是生活在现世之中。玄理与山水兼顾,可以算是他的代表作。赋中佳句甚多,"赤城霞起而建标,瀑布飞流以界道"两句尤为秀出,后来写天台风景的人往往总要提到。赋中详叙自己游天台的过程和感受,颇有生动的描写,同时也包含着哲理,例如中间写爬山的一段道:

> 践莓苔之滑石,搏壁立之翠屏。揽樛木之长萝,援葛藟之飞茎。虽一冒于垂堂,乃永存乎长生。必契诚于幽昧,履重崄而逾平。既克济于九折,路威夷而修通。恣心目之寥朗,任缓步之从容。

坦途总在过了险要处之后,而登山者也非得有点冒险精神不可。像这样描写爬山游览的辞赋,过去并不多见。赋中直接写风景的句子虽然不多,但它已经为山水题材作品的兴盛开辟了宽阔的道路。

沈约《宋书·谢灵运传论》说:"有晋中兴,玄风独振,为学穷于柱下,博物止乎七篇,驰骋文辞,义单乎此,自建武暨乎义熙,历载将百,虽缀响联辞,波属云委,莫不寄言上德,托意玄珠,遒丽之辞,无闻焉尔。"这一著名的结论其实是不尽符合事实的,不少玄言诗赋的作者,同时也正是山水诗赋的作者,当时的诗坛文坛并不是玄言的一统天下,遒丽之辞少一点确是事实,亦并非没有,掷地作金石声的《游天台山赋》就是很好的一篇,所以后来被选入了《文选》。玄言诗中业已存在的山水成分逐步得到发展,正是山水诗日趋繁荣的先导。我们甚至可以说,山水诗即孕育于玄言诗中。

孙绰在相当长的历史时期内一直得到高度重视。《世说新语·文学》注引《续晋阳秋》说"(许)询、(孙)绰并为一时文宗";其地位之高,可见一斑。在思想和文风上领导潮流的人也可以成为一时的文宗,当然就孙绰而言,这同他写过大量著名高官的碑诔文,名声极响,也有绝大的关系①。

① 《晋书·孙绰传》称:"温(峤)、王(导)、郗(鉴)、庾(亮、冰)诸公之薨,必须绰为碑文,然后刊石焉。"《南齐书·文学传论》云:"孙绰之碑,嗣伯喈(蔡邕)之后。"中古时代普遍认为,为当代大佬撰写碑文,是比一般诗赋重要得多的东西。

三

高阳人许询(字玄度)与孙绰齐名,但实际水平要差得多,所以后来渐渐被人们遗忘,《晋书》未给他立传,作品也多半湮没无传,几乎只剩下一个空名。

《世说新语·文学》载,晋简文帝说:“玄度五言诗,可谓妙绝时人。”这是把他钦定为最佳诗人了;而刘孝标注引檀道鸾《续晋阳秋》则通过具体论述指出他在文学史上的重要地位:

> 询有才藻,善属文。自司马相如、王褒、扬雄诸贤,世尚赋颂,皆体则《诗》《骚》,傍综百家之言。及至建安,而诗章大盛。逮乎西朝之末,潘(岳)、陆(机)之徒虽时有质文,而宗归不异也。正始中,王弼、何晏好《庄》《老》玄胜之谈,而世遂贵焉。至过江,佛理尤盛。故郭璞五言始会合道家之言而韵之。(许)询及太原孙绰转相祖尚,又加以释氏三世之辞,而《诗》《骚》之体尽矣。询、绰并为一时文宗,自此作者悉体之。至义熙中,谢混始改。

这里把许询当作扭转文坛趋势、开创一代新风的首席文学家来评估。按照这一提法,东晋中期乃由许、孙二人执文坛之牛耳。

按道理说,玄言诗人最好首先是一位玄学家;而实际上许多玄言诗人做不到这一点,他们只不过是玄学的爱好者,或更下一等,只是著名玄学家的追星族。因此他们在诗里所咏之玄学理论,往往全是老生常谈、过气八卦,玄言诗虽盛极一时却没有形成什么大的气候,这应当是一个重要的原因。许询比这些玄言庸众自是高出一头,据说他清谈的水平很高,《世说新语·言语》“刘尹云清风朗月辄思玄度”条注引《晋中兴士人书》曰“许询能清言,于时士人皆钦慕仰爱之”;《世说新语·文学》记载过一个著名的故事,说曾经有人把他和太原王氏的后起之秀王修(字敬仁,小名苟子)相提并论,而许询认为这简直是对自己的贬损,于是找机会给予回击:

> 许掾年少时,人以比王苟子,许大不平。时诸人士及于法师并在会稽西寺讲,王(修)亦在焉。许意甚忿,便往西寺与王论理,共决优劣。苦相折挫,王遂大屈。许复执王理,王执许理,更相覆疏,王复屈。许谓支法师曰:“弟子向语何似?”支从容曰:“君语佳则佳矣,何至相苦邪?岂是求理中之谈哉!”

似此，则许询虽然态度不够从容，但口头辩论的水平确实很高，无论充当正方反方，全能头头是道。《世说新语·文学》中还有一则故事，也表明许询超一流的清谈水平：

> 支道林、许掾诸人共在会稽王斋头。支为法师，许为都讲。支通一义，四坐莫不厌心；许送一难，众人莫不抃舞。但共嗟咏二家之美，不辩其理之所在。

《高僧传》也有类似的记载。支道林是当时最著名的高僧，援玄入释，新见叠出，得到极高的评价，领导了一代新思潮[①]；而许询被认为和他在同一水平上。当场的听众包括会稽王司马昱(即后来的简文帝)在内，衮衮诸公，皆非寻常之辈，但这时竟然已经弄不清楚他们二人都在谈些什么了。支、许二人高出流辈太多，会稽王被震住了，"妙绝时人"的估价当与此有关。

这里称许询为"许掾"是因为他曾经被辟为司徒掾，其实他并没有就职。《建康实录》卷八载："询字元(玄)度，高阳人，父归，以琅邪太守随中宗过江，迁会稽内史，因家于山阴。询幼冲灵，好泉石，清风朗月，举酒永怀。中宗闻而征为议郎，辞不受职，遂托迹居永兴。肃宗连征司徒掾，不就。乃策杖披裘，隐于永兴西山，凭树构堂，萧然自致，至今此地名为萧山……常与沙门支遁及谢安、王羲之等同游往来……"[②]，无论怎么征辟，许询一直"不起"；而尽管如此，后来人们还是称他为"许掾"。中国官本位思想流毒之深，这里提供了一个好例。

许询的作品现在只能看到两首诗(其中一首已不全)、两篇文章，从中都看不出他乃是"一时文宗"。其诗如下：

> 良工眇芳林，妙思触物骋。篾疑秋蝉翼，团取望舒景。
>
> ——《竹扇诗》

---

① 详可参见葛晓音《东晋玄学自然观向山水自然观的转化——兼论支遁注〈逍遥游〉新义》，《中国社会科学》1992年第1期；又，顾农《支道林"逍遥"新理与王羲之〈兰亭集序〉》，《书品》2004年第3期。

② 按，司徒自有辟举僚佐之权，无烦皇帝代劳，所以这里的记载不是很好理解，另据《文选》卷三十一江淹《杂体诗》李善注引《晋中兴书》可知，征辟他为掾的乃是司徒蔡谟，而《晋书·蔡谟传》说："康帝即位，征拜左光禄大夫，开府仪同三司，领司徒，代殷浩为扬州刺史，又录尚书事，领司徒如故。初，谟冲让，不辟僚佐，屡敦逼之，始取掾属。"原来情况是皇帝(当是晋康帝而非肃宗即晋明帝，详见曹道衡《中古文学史论文集》，中华书局1986年版，第293～294页)曾经敦促司徒蔡谟征辟僚佐，如此则《建康实录》之说也可以理解了。

亹亹玄思得，濯濯情累除。

——《农里诗》

另外还有标题不明的残句两句："青松凝素髓，秋菊落芳英"。如此而已。两篇文章(《黑麈尾铭》《白麈尾铭》)也没有什么特别的高明之处。看来许询把他的精力都用在清谈上了，既没有好好写玄学论文，更没有认真写诗，在专重口头表达的当时名气虽大，一旦时过境迁，文集失传，两手空空，就只剩下一个空壳了。

许询在文学上没有留下什么成果可能还有一个原因，此人的文学细胞大约本来不甚多，孙绰就曾经说过，许询长于清谈而不长于吟咏。只是他清谈的名气太大，而当时的社会心理普遍推崇高谈阔论，由此暴得大名；而他也写一点诗，于是又被某些人连带着大力吹捧，因缘凑泊，竟意外地成了所谓的"文宗"。他其实没有这种资格，后来衰败下去，乃是并不奇怪的事情。

四

与袁宏、孙绰、许询这些文坛要人不同，戴逵(字安道，330？～396)首先是一位极负盛名的雕塑家，他开创了中国本土化的佛像雕塑艺术，绘画水平亦高[1]，这方面名气太大，于是他的文名便遭到某种掩盖。他本来有集十卷，现在虽然所能看到的遗文已经不多(均已辑入《全晋文》卷一三七)，而无论叙事、说理都大有可观，可以同一流的散文家试比其高下。

戴逵的叙事之作可以拿《竹林七贤论》为代表，该文虽以"论"字标目，而今天所能看到的片段却几乎没有什么议论，一味叙事，并且往往能在极短的文字中写出人物的风貌。试略举几则来看：

嵇康字叔夜，与东平吕安少相知友，每一相思，辄千里命驾。(《太平御览》卷四〇九)

刘伶尝醉，与俗人相忤，其人攘袂而往，必欲殴之。伶顾而笑曰："鸡肋不足以安尊拳。"(《太平御览》卷二七一)

初，(阮)籍与(王)戎父浑俱为尚书郎，每造浑，坐未安，辄曰："与卿

① 详见《世说新语·巧艺》中"戴安道就范宣学"条、"戴安道中年画行像甚精妙"条。

语，不如与阿戎语。”就戎，必日夕而返。籍长戎二十岁，相得如时辈。刘公荣通士，性尤好酒，籍与戎酬酢终日，而公荣不蒙一杯。三人各自得也。戎为物论所先，皆此类。（《世说新语·简傲》“王戎弱冠诣阮籍”条注引）

寥寥数句，甚至一两句，就写出了人物的风采以及他与相关人物之间的关系。戴逵很讲究抓住最典型最有特色的细节，直指幽微，一下子勾画出人物的风神，真所谓遗貌取神，简而得要。后来陶渊明作《五柳先生传》《晋故征西大将军长史孟府君传》等文，也不采用一般传记的规范，而用若干细节点染人物的精神风貌，可以说是继承并发展了戴逵的笔墨，以至成了散文史上的名篇。更后的《世说新语》也采用这一手法，产生了极大的影响①。

戴逵的议论文则呈现另外一种风格，文字从容，议论明快，敢于发表与当时权威不同的意见，其典型之作为《释疑论》（《广弘明集》卷二十），略云：

夫人资二仪之性以生，禀五常之气以育。性有修短之期，故有彭殇之殊；气有精粗之异，亦有贤愚之别。此自然之定理，不可移者也。是以尧舜大圣，朱（丹朱）均（商均）是育；瞽叟下愚，诞生有舜。颜回大贤，早夭绝嗣；商臣极恶，令胤克昌。夷叔至仁，饿死穷山；盗跖肆虐，富乐自终。比干忠正，毙不旋踵；张汤酷吏，七世珥貂。凡此比类，不可称数。验之圣贤既如彼，求之常人又如此，故知贤愚善恶，修短穷达，各有分命，非积行之所致也。

戴逵强调人各有其“分命”或曰“定分”，也就是先天决定的命运——宿命。这种先天决定论当然并不科学，但在当时却具有抵制风行一时的佛教果报论的积极意义。大约在太元十八、十九年（393～394）间，戴逵把自己的论文寄给那时的佛学权威——庐山上的慧远大和尚（334～416），并附一信云：“弟子常览经典，皆以祸福之来，由于积行。是以自少束修，至于白首，行不负于所知，言不伤于物类，而一生艰楚，荼毒备经，顾景块然，不尽唯己。夫冥理难推，近情易缠，每中宵幽念，悲慨盈怀。始知修短穷达，自有定分，积善积恶

① 程千帆先生在致钱南秀信中论《世说新语》一书云：“刘义庆并不是在写传记，而是通过不同人物的行事以见其性格，通过某些人的性格以见整个社会风气。”（《闲堂书简》，上海古籍出版社 2004 年版，第 443 页）此说极是；这里可以补充的是，这一妙法戴逵等人已导夫先路，《世说新语》并不具备开创性，只不过集其大成；再加上后来刘孝标注广征博引，形成巨大的聚变能量，于是历代流传，深得人心。

之谈，盖是劝教之言耳。近作此《释疑论》，今以相呈。”戴逵用自己亲身的经历证明：佛教的果报之谈以及中国传统之所谓“积善之家，必有余庆；积不善之家，必有余殃”（《周易·坤·文言》）、“行善者福至，为恶者祸来”（王充《论衡·福虚篇》引“世论”），都是没有事实根据的；当然他也承认这一类说法有助于“劝教”，诱导人们行善去恶，并不是完全没有意义。戴逵的论文简明锋利，附信富于辩证的思考，行文简洁明快，无一长语，显示出文章高手的功力。

慧远收到戴文后，即安排其门徒、“浔阳三隐”之一的周续之（377～423）著《难〈释疑论〉》（《广弘明集》卷二十，又《全晋文》卷一四二）给予反驳，周续之在驳论中列举若干事例，证明确实是善有善报，恶有恶报，“不祈验于冥中，影响自征；不期存于应报，而庆罚以彰”。对于周氏此论戴逵又提出新的驳斥（《答周居士难释疑论》，《广弘明集》卷二十），形成了一场著名的论战。戴、周诸文都采用简单枚举法，结果谁也说服不了谁；于是慧远出来做总结，撰写了著名的《三报论》（《弘明集》卷五，又《全晋文》卷一六二），同时又直接给戴逵写信，指出局限于举例证明是没有意思、不能解决问题的，“佛理精微，难以事诘”，因此要“见其族”亦即从理论思辨上解决问题。慧远居高临下地一举否定了戴逵，同时也指出了周续之的某种不足。他本人的《三报论》重点在于论证所谓报应内涵深广，决不仅仅限于“现验”，有些“因”和“果”距离非常遥远，“世或有积善而殃集，或有凶邪而致庆，此皆现业未就而前行始应”，这也就是说，报应远不限于现报（“善恶始于此身，即此身受”），大量的乃是生报（“来生便受”）和后报（“经二生三生、百生千生，然后乃受”），中间隔的时间比较长——这也就是后来俗语之所谓“不是不报，时候未到”的意思。慧远指出，中国传统典籍的一个弱点是只注意现实，缺乏更深入更长远的思考，“世典以一生为限，不明其外，其外未明，故寻理者自毕于视听之内，此先王即民心而通其分，以耳目为关键者也。如今合内外之道，以求弘教之情，则知理会之必同，不惑众涂而骇其异”。这样，因和果被拉远了，报应的“时候”何时来到，俗人自然无从知道。慧远此论水平确实比较高，似乎可以立于不败之地。但是对于他的这一番高论，戴逵并不买账，在下一封写给慧远大师的信（《答远法师书》，《广弘明集》卷二十）中单刀直入地指出，“三报旷远，难以辞究”，意思是说你的那些玄虚的无法证伪的理论，同样也无法证明；他仍然继续坚持自己“分命可审，不祈冥报”的自然命定论。

戴逵还有若干辞赋之作，如《流火赋》《离兴赋》《栖林赋》等等，可惜传世文本残缺已甚，此外完全散佚的绝妙好辞还不知有多少。单凭《竹林七贤论》

《释疑论》及其相关诸文，戴逵在中国散文史、思想史上就应有一席光荣的地位。

宋人欧阳修说“晋无文章，唯陶渊明《归去来兮辞》一篇而已”（转引自李公焕《笺注陶渊明集》卷五）。欧阳修为了突出《归去来兮辞》这一篇，竟然抹杀了陶渊明的其他文章，又一笔抹杀了晋代其他作家的全部文章，实在未免过于偏至。古今评论家为了加强自己某一意见的力度，有时会不惜极而言之，对此我们心知其意即可，万不能照单全收。“晋无文章”一说不必信以为真。晋代好文章多得很，优秀的散文家颇有人在，若干文学史上不大提到的戴逵即为其一。

五

东晋中期还有一位知名度并不高而相当重要的作家湛方生，生卒年不详，其人年辈当略长于陶渊明①，估计出身寒门，只当过很小的官，所以正史不给他立传，《隋书·经籍志》著录了“晋卫军咨议《湛方生集》十卷（录一卷）”，他的集子早已失传，现在只能看到若干零星的作品，而其中颇有值得注意之诗，例如《庐山神仙诗》：

吸风玄圃，饮露丹霄。室宅五岳，宾友松乔。

庐山是当时佛教的重地，大和尚慧远住锡于此，而湛方生所关注者是神仙的奇迹——可知他本人对佛法并无心得，而是相信道教的。尤其值得注意的是诗前的小序：

> 寻阳有庐山者，盘基彭蠡之西。其崇标峻极，辰光隔辉，幽涧澄深，积清百仞。若乃绝阻重险，非人迹之所游，窈窕冲深，常含霞而贮气，真可谓神明之区域，列真之苑囿矣。太元十一年，有樵采其阳者。于时鲜霞褰林，倾晖映岫，见一沙门，披法服独在岩中，俄顷振裳挥锡，凌崖直上，排丹霄而轻举。起九折而一指，既白云之可乘，何帝乡之足远哉！穷目苍苍，翳然灭迹。诗曰云云。

---

① 《艺文类聚》卷二十七、三十六均曾同时录入湛方生和陶渊明的作品，湛居于前。《类聚》收录湛方生各类作品二十三篇，可知到唐朝他还比较受到重视，这时他的文集尚存于世。

可知庐山当时还没有怎么开发，而樵夫竟在此山中亲眼见过一个和尚（沙门）白日飞升。此诗应作于太元十一年（386）以后不久。小序将写景和叙事结合起来写，“杳远之趣，叙事与写景不殊”（《古诗归》卷八谭元春评语），是很好的小品文，也颇像志怪小说中的一个片段。

写景是湛方生的强项，如下列二诗：

彭蠡纪三江，庐岳主众阜。白沙净川路，青松蔚岩首。此水何时流，此山何时有？人运互推迁，兹器独长久。悠悠宇宙中，古今迭先后。

——《帆入南湖诗》

高岳万丈峻，长湖千里清。白沙穷年洁，林松冬夏青。水无暂停流，木有千载贞。寤言赋新诗，忽忘羁客情。

——《还都帆诗》

这里将要言不烦的写景与深沉的哲理思考结合起来写，颇近于陶渊明的笔墨。王夫之极欣赏《帆入南湖诗》，评为“纯洁无枝叶”，又说：“杜审言‘独有宦游人’一律脱胎于此。近体不从古体来真成孟浪。”（《古诗评选》卷四）

湛方生后来离开官场退隐了，具体情况不甚了解，从他的《诸人共讲老子诗》和《怀归谣》看去，大约并不是一帆风顺的，但他终于胜利地回到了故园，辞官归隐后他有一首《后斋诗》：

解缨复褐，辞朝归薮。门不容轩，宅不盈亩。茂草笼庭，滋兰拂牖。抚我子侄，携我亲友。茹彼园蔬，饮此春酒。开棂攸瞻，对坐川阜。心焉孰托，托心非有。素构易抱，玄根难朽。即之匪远，可以长久。

这里的生活内容、思想感情，同陶渊明《归去来兮辞》以及此后的作品非常接近，湛方生之所谓“玄根”无非就是陶渊明所说的“质性自然”，在经历了一段官场的约束以后越发感到自由之可贵，为了获得这样的自由，宁可放弃比较优厚的待遇，回家过普通人的生活。他还有一篇《庭前植稻苗赞》，则似乎也实行某种程度的躬耕。湛方生同陶渊明看来毫无具体的联系，但他们的心是相通的；据此也可知，陶渊明的归隐并非唯一的特例，这样的人在他的前后都是有的，只是不那么出名，或者其人根本一声不吭，也绝不写什么诗，就那么埋头过他的隐逸生活，大家就不知道了。

湛方生的《游园咏》（《艺文类聚》卷六十五）尤近于《归去来兮辞》，但现在可以看到的文本大约已经不甚完整：

> 谅兹境之可怀，究川阜之奇势。水穷清以澈鉴，山邻天而无际。乘初霁之新景，登北馆以悠瞩。对荆门之孤阜，傍鱼阳之秀岳。乘夕阳而含咏，杖轻策以行游。袭秋兰之流芬，幕长猗之森修。任缓步以升降，历丘墟而四周。智无涯而难恬，性有方而易适。差一毫而遽乖，徒理存而事隔。故羁马思其华林，笼雉想其皋泽。矧流客之归思，岂可忘于畴昔。

从“荆门”一词看去，湛方生的归隐之地在此（今湖北宜都西北），他的故乡大约也在这里。对于“智无涯而难恬”一句，钟惺有批语道“一部《庄子》”，谭元春则批曰“‘难恬’二字道尽聪明人苦处”（《古诗归》卷八）。湛方生的作品中多见道之言，非流俗辈所能道。

辞、赋、赞、铭一类文字，湛方生也写过不少，现存无多，且颇残缺，但仍然可以看出他长于写景，多有玄思，其中《怀春赋》《七欢》《北叟赞》《吊鹤文》等篇尤为秀出。

湛方生的思想受到老、庄很大影响，他分明地说过，自己“拂尘衿于玄风，散近滞于老庄”（《秋夜诗》），又说过“大矣五千鸣，特为道丧设。鉴之诚水镜，尘秽皆朗彻”（《诸人共讲老子诗》）。他还专门写过《老子赞》，同时又有《孔公赞》——尊老而同时崇儒。中古时代不管玄学繁荣到什么程度，基本上没有人完全轻视儒家。

陶渊明固然也有老、庄的气息，但他更强调保持儒家的修养，不大谈玄，隐士而要做到这一点是比较困难的，所以显得更高明，也更容易得到广泛的接受。

二十三　王羲之与兰亭集

以体悟魏晋玄学之理为主要内容的玄言诗，在两晋之交特别是东晋朝盛极一时，刘宋以后迅即衰落，到齐梁时代受到严厉批评。一般来说，玄言诗人大抵是些对玄学理论无所发明的业余爱好者，思辨水平不高，有些人甚至根本缺乏"玄心"，而又往往脱离了生动丰富的实际生活，诗中陈陈相因的套话多而精彩独到的见道之言少。王羲之主持的兰亭会是玄言诗人盛大的节日，与会诸人思想不大一致，其中有些作品因山水成分的加入而带来新的色彩，遂能略去陈言，稍近自然，既代表了玄言诗的新水平，也预示了它的衰亡。

兰亭会是东晋诗坛上的一件大事，会上产生的一批作品是了解玄言诗的重要文本，而王羲之本人的《兰亭集序》也是一篇重要的文献。

一

老子说"玄之又玄，众妙之门"（《道德经》第一章）；但是在诗歌里面大谈玄理，却并不那么合适。所谓玄言诗就是以体悟魏晋玄学之理为主要内容的哲理诗，在两晋之交特别是东晋曾经大为流行。沈约《宋书·谢灵运传论》说：

> 有晋中兴，玄风独振，为学穷于柱下，博物止乎七篇，驰骋文辞，义单乎此，自建武（按，此乃晋元帝年号，317）暨乎义熙（按，此乃晋安帝年号，405～418），历载将百，虽缀响联辞，波属云委，莫不寄言上德，托意玄珠，遒丽之辞，无闻焉尔。

《世说新语·文学》"简文称许掾云"条注引檀道鸾《续晋阳秋》则称："郭璞五言始会合道家之言而韵之。（许）询及太原孙绰转相祖尚，又加以三世之辞，而《诗》《骚》之体尽矣。询、绰并为一时文宗，自此作者悉体之。至义熙中，谢混始改。”这些史家都把东晋百年看成完全是玄言诗的一统天下，未免言之过重，此时玄言诗以外仍然有其他题材和思想的作品。将郭璞视为最早“会合道家之言而韵之”的诗人也没有什么道理，以道家思想入诗早已有之，阮籍、嵇康即已如此，在更早的仲长统的诗中已大有道家气息，曹植甚至写过这样的诗句“天地无穷极，阴阳转相因。人生居一世，忽若风吹尘”（《薤露行》），但这样的作品正如刘师培先生所说，只不过是“渐藻玄思”①，还不能算是玄言诗；到陆机、潘岳，引玄理入诗赋已渐成气候，预示了玄言诗的时代行将到来。而郭璞的意义并不在此，他的新贡献在于他继建安诸家和阮籍之后更加自觉地用游仙题材来咏怀言志，其路径与玄言诗人很不相同，钟嵘《诗品》明确指出郭璞“乖远玄宗”；范文澜先生评郭璞道“所作《游仙诗》，文采鲜明，异于玄言诗的平淡；寓意慷慨，异于玄言诗的浮浅”②，可谓定评。此外东晋也还有若干诗人不完全受玄言诗风的束缚。

当然，宏观地来看，东晋确实是玄言诗最为繁荣最为流行的时代，“江左篇制，溺乎玄风”（《文心雕龙·明诗》）乃是一个极其醒目的事实，所以当时最负盛名的玄言诗人孙绰才成了公认的文坛领军人物③。到刘宋王朝，清谈之风尚存余韵，玄言诗还能得到相当高的评价；到齐梁以后，思想文化界的风向变了，哲学讲义式的玄言诗遭到严厉的批评，刘勰写道：“自中朝贵玄，江左极盛，因谈余气，流成文体。是以世极迍邅，而辞意夷泰，诗必柱下之旨归，赋乃漆园之义疏。”（《文心雕龙·时序》）他对玄学大举侵入文学表示了严重的不满；钟嵘更严厉地指斥玄言诗道：“永嘉时，贵黄老，稍尚虚谈，于时篇什，理过其辞，淡乎寡味。爰及江表，微波尚传，孙绰、许询、桓、庾诸公诗皆平典似《道德论》，建安风力尽矣！”（《诗品·序》）曾经冠绝一时的孙绰、许询在《诗品》中均被

---

① 刘先生说“建武（按，此乃汉光武帝年号，25～56）以还，士民秉礼，迨及建安，渐尚通脱。脱则侈陈哀乐，通则渐藻玄思”，见《中国中古文学史讲义·论汉魏之际文学变迁》，《刘申叔先生遗书》下册，凤凰出版社1997年影印宁武南氏本，第2366页。建安、正始虽渐有道家思想入诗，但没有整首敷演玄理的，而且此时的“玄思”大抵乃是《老》《庄》《易》中的旧理，而非新兴玄学之思辨新义。

② 《中国通史简编》修订本第二编，第414页。

③ 《文选集注》卷六十二江文通《杂体诗三十首·孙廷尉绰》题下公孙罗《文选钞》引《文录》云：“于时才华之士，有伏滔、庾阐、曹毗、李充，皆名显当世，绰冠其首焉。”《晋书·孙绰传》说：“绰少以文才垂称，于时文士，绰为其冠。”也表明了同样的意向。

列入下品。钟嵘将玄言诗的高潮放在西晋之末的永嘉年间，东晋只算是“余波”[①]，所见与刘勰、沈约以及先前的檀道鸾有所不同，而贬斥玄言诗则无异。萧统主持编纂《文选》，完全不录玄言诗。

从此玄言诗就交了华盖运，作品大量亡佚，得到的评价也一向很低。在若干通行的文学史诗歌史上，玄言诗往往被一笔带过，甚至付之阙如。

按照玄学的基本理论，世界上的纷纭万物、社会生活都是“末”，无须多加关心；抽象的根源才是“本”，必须努力体认。诗歌要直探本源，自无须在种种细枝末节上纠缠——这样就切断了诗歌与生活之源的联系，钝化了诗人对社会的责任感和对生活的审美感，从而导致了一个世纪的诗歌濒于衰歇。而事实上“艺术有留恋个别特殊事物的倾向”，“从知解力的角度来看，个别特殊的东西都只有相对的价值，在它上面多操心，是徒劳无益，令人厌倦的。但是从诗的掌握和创作的角度来看，每一个部分和每一个细节都有独立的兴趣和生动性，所以诗总是喜欢在个别特殊事物上低回往复，流连不舍。……所以比起追求断语和结论的知解力来，诗的前进步伐要迟缓些”[②]。玄言诗靠知解力亦即纯理性的哲学来立足，背离了诗歌的本质；纯文学（“诗”）决不急于达成断语和结论，甚至也不作这样的追求，它总是在玩味形象和细节，在这些生动具体的东西上寄托自己的情感和思想，因此往往迟缓从容，不慌不忙，而且充满了感情。玄言诗感情单薄，缺少形象，背离了《诗》《骚》的优秀传统，不符合诗歌的根本性质，后来遭到批评和冷遇应当说是咎由自取。

不过玄言诗曾经风靡百年，必有它深刻的依据，同时也并非绝对消极的东西。玄言诗对儒家“诗教”形成有力的冲击，在某种程度上有利于解除思想禁忌，在艺术方面它对当时和后来诗歌的发展也曾带来过某种意外而有益的营养，例如玄言诗带有很重的散文化倾向，而适度的散文化有利于提高和丰富诗歌的表现力；山水诗的兴起与玄言诗关系很大：玄言诗中已具有描写山水的成分，诗人借此以悟道，而当陈陈相因的庄、老玄虚之论分量减少以后，山水就作为诗的主体凸显出来，此即所谓“庄老告退，而山水方滋”（《文心雕

① 《诗品》下品以王济、杜预、孙绰、许询合为一条，评语说：“永嘉以来，清虚在俗。王武子辈诗，贵道家之言。爰洎江表，玄风尚备，真长、仲祖、桓、庾诸公犹相袭。世称孙、许，弥善恬淡之词。”似又有以永嘉为玄言诗之始的意思。按，王济（字武子）死于永嘉之前，见《晋书·王浑传》；杜预（字元凯）诗作无传；刘惔（字真长）、王濛（字仲祖）并长于清谈而不写诗。

② 黑格尔《美学》第三卷下册（朱光潜译），商务印书馆 1982 年版，第 31～32 页。

龙·明诗》)——“告退”不是指从思想上完全退出,而是指从文本中大踏步地撤离。后来赵宋以后的诗评家大讲所谓“理趣”而反对“理障”,也与深刻地总结了玄言诗的成败得失有关。

正如檀道鸾指出过的那样,玄谈起于正始;不过最早出现的富有原创性思辨的玄学家一般都不写什么玄言诗,他们表达自己研究成果的方式,一是通过为典籍作注释来宣传自己的新思维,二是撰写专题论文,《文心雕龙·论说》云“迄于正始,务于守文,何晏之徒,盛于玄论”,正是说的这种情形。王弼是一味沉溺于思辨的思想家,不写诗;何晏用传统的方法写诗,并不谈玄,其人被钟嵘《诗品》列入中品,与孙楚、王赞、张翰、潘尼等合为一条。或以何晏为玄言诗产生阶段的代表,似乎既不符合刘勰关于“正始明道,诗杂仙心,何晏之徒,率多浮浅”(《文心雕龙·明诗》)的提法,也得不到何晏作品的支持。阮籍嵇康都是大诗人,他们的优秀作品读来令人生玄远之思,但这些作品本身都是感情充沛、形象鲜明的,与后来流行的玄言诗实为两路。真正具有高度哲学素养的思想家以“玄论”作为表达自己哲学思辨的手段,不以玄论为诗。

所谓“中朝名士”也就是西晋名士,大抵一味沉思与清谈,“锐思于几神之区”“交辩于有无之域”(《文心雕龙·论说》),所谓中朝八大名士全都不写诗[①];倒是并不以清谈见长的陆机、陆云、潘岳等诗人在作品里加入了若干玄理,成了玄言诗的先驱,而这几位皆热衷于进取,并无玄心。

到东晋,玄学在社会上士大夫阶层中广泛流行,懂得一点玄理并大肆“清谈”的人多了,绝大部分名士并不研究玄学而只是运用玄学,借玄言以自炫。而正在玄学水平并无提高更无突破的时候,玄言诗却大为膨胀繁荣起来。阑入者一多,平均水准必降,二三流的文人在这当中往往会起相当大的推波助

① 《世说新语·文学》“袁彦伯作《名士传》成”条刘孝标注云:“宏以……裴叔则、乐彦辅、王夷甫、庾子嵩、王安期、阮千里、卫叔宝、谢幼舆为中朝名士。”“中朝”是东晋人对西晋的称呼,那时首都在中原的洛阳。《世说新语·文学》又云:“袁彦伯作《名士传》成,见谢公。公笑曰:‘我尝与诸人道江北事,特作狡狯耳,彦伯遂以著书。’”如果事情是这样的话,这份名单的首创权应属于谢安。按,西晋八大名士是:裴楷(字叔则),河东闻喜(今属山西省)人,司空裴秀的从弟。乐广(字彦辅,? ~304),南阳淯阳(今河南南阳)人。王衍(字夷甫,256~311),琅邪临沂(今属山东省)人,“竹林七贤”之一王戎的从弟。庾敳(字子嵩),颍川鄢陵(今属河南省)人,著有《意赋》。王承(字安期),太原晋阳(今山西太原)人,王湛的儿子。阮瞻(字千里),陈留尉氏(今属河南)人,“竹林七贤”之一阮咸的儿子,也就是阮籍的侄孙。卫玠(字叔宝),河东安邑(今山西夏县)人,卫恒的儿子,乐广的女婿。这些名士基本不大动笔,更不写诗。

澜的作用。玄言诗可以说乃是玄学得到普及以至变成一种时髦之时的产物。

玄言诗发展的历史教训之一就在于，最有资格写玄言诗的人不动手，而思辨水平并不甚高明的人却大写特写，其结果必然是玄言诗中缺少名篇佳作，很难给读者留下难忘的印象，不能在文学史上站稳脚跟。冯友兰先生以玄心、洞见、妙赏、深情为魏晋风流的四大构件①，其中第一条实为核心，凭这一条即可区分名士水平的高下。

最初写玄言诗的大约有两种人，一种是刚刚接触玄学觉得特别新鲜特别兴奋的文人，另一种是希望通过引进玄理以提高自己作品品位的二三流作家。前者以陆机、陆云兄弟为代表；后一种人比较多，不妨以卢谌和王济为例。

陆机、陆云兄弟出身于江南儒学世家，入洛以后急于融入中原主流文化，非常注意补习玄学，水平迅速提高，而中原士人大抵看不起他们，只是给他们难堪，根本不同他们谈玄，南方士人之间忙于相濡以沫，亦无清谈的余暇，于是他们只得以玄理入诗，以显示自己对于新潮文化并不外行。幸而陆机、陆云都是操练有素的诗人，他们在玄言之作中还多少有一些形象性的东西。

卢谌的作品则几乎纯为玄言。永嘉五年(311)六月，匈奴攻陷晋王朝首都洛阳，卢谌与其父卢志逃出洛阳去晋阳投奔刘琨。卢谌虽然已处于战火纷飞的第一线，而他的精神世界还沉溺于先前那种好老庄、谈玄理的旧状态之中。他在离开刘琨以后写过一首二十章的四言诗赠刘琨，几乎全是玄言，后四章尤甚。刘琨在给他的回信和答诗中委婉地指出，在目前的形势下要多做实际的事情，空谈玄理有害无益；这些话卢谌根本听不进去。卢谌的另外一些作品如《答魏子悌诗》《时兴诗》等等，也充满了玄言。

西晋诗人王济(字武子，247？～292)，钟嵘《诗品》列入下品，并指出其特色是“诗贵道家之言”。但他的诗歌完整者仅存一首(《平吴后三月三日华林园诗》)，另有零句若干，都看不出与玄言诗有多少密切的关系，也许是他的玄言诗全部亡佚了。

西晋的另外一些诗人如张载、张协、孙楚、潘尼、曹摅、枣典之流，作品中也都曾经涉及玄理，孙楚的《征西官属送于陟阳侯作诗》玄言的成分已经相当可观。钟嵘说永嘉篇什“理过其辞，淡乎寡味”，当年的大量作品现在已经看不到了。总体来看，西晋的诗风以“轻绮”“流靡”(《文心雕龙·明诗》)为主，玄言诗尚未形成气候。

---

① 详见《论风流》，《三松堂学术论集》，第609～617页。

以平淡之词寓魏晋玄学之理的玄言诗风到东晋才真正方兴未艾。按说自中原大乱、山河破碎以来，士人本应当吸取教训，不再“祖尚玄虚”，而去关心现实，平定叛乱，复兴晋室；诗歌在国家危难之际也应当义无反顾地面向现实，而事有大谬不然者。东晋最优秀的政治家王导在过江之初还曾经大声疾呼地号召人们“戮力王室，克复神州”（《世说新语·言语》），而在后来的实际政务中他更多的力量是用来协调各派政治势力的利益，平衡过江中原世族与江南土著强宗大姓之间的关系，从而把东晋政权在江南安顿下来并且稳住局势；正是基于这种务实的战略考虑，他“政务宽恕，事从简易”（《世说新语·政事》“丞相末年”条注引徐广《历纪》），同时大力倡导清谈。北伐中原、克复神州的话头不再提起。东晋玄言诗的畸形繁荣与这一政治文化大格局关系很大。

《世说新语》中关于王导的记载很多，其中有两条最有意味，一条是“旧云：王丞相过江左，止道《声无哀乐》《养生》《言尽意》三理而已。然宛转关生，无所不入”（《文学》）；一条是“丞相末年，略不复省事，正封箓诺之。自叹曰‘人言我愦愦，后人当思此愦愦’”（《政事》）。可知王导大谈玄远无为的玄学，在士族内部实行极其宽大的政策，无非是为了团结各方面的力量，稳住东晋王朝司马氏与高门士族共掌朝政的政治格局；高谈玄理有助于让久受玄理熏染的过江士族及其子弟保持着对南方大族在意识形态方面的优势——这才便于笼络后者。当时的文化基本上在家族内部传承，学校教育作用甚微。

东晋另一位大政治家谢安也采取类似王导的政策，“不存小察，弘以大纲”（《晋书·谢安传》）。现在所可知的东晋著名的清谈家、玄言诗人绝大部分是过江的中原士族及其后裔，土生土长的南方人很少。谈玄的中心，一在人才最为集中的首都建康，一在过江中原高级士族聚居的会稽郡。陈寅恪先生曾经指出，王导的历史性贡献在于“笼络江东士族，统一内部，结合南人北人两种实力，以抵抗外侮，民族因得以独立，文化因得以续沿，不谓之民族之功臣，似非平情之论也”①。东晋玄言诗风之盛，如果联系王导及其后任者的治国方略这一大背景来看，可以说是势所必至的事情。

从一般的东晋名士这方面说，他们故国虽破，故家未亡，苟安于江南，日子过得很舒服，作诗谈玄正可以有助于潇洒度日，享受人生。

---

① 《述东晋王导之功业》，《金明馆丛稿初编》，第77页。

王导经常谈论的三个题目都是竹林大名士嵇康曾经专门研究过的[①]，此事意味深长。嵇康在西晋建国的前夜被司马昭杀害，“竹林七贤”诸事在西晋是一个敏感的话题，很少有人谈起；随着时间的推移，往日的恩怨已为陈迹，而前竹林名士之一的王戎乃是王导的本族长辈，所以标榜“竹林七贤”既有利于突出王导个人在思想文化界的领袖地位，也有利于营造宽松自由的气氛，于公于私全都大有裨益。在王导的大力推动下，“竹林七贤”在东晋愈炒愈热，王导的丞相掾李充率先写下了《吊嵇中散》，稍后孙盛在断代史著作《魏氏春秋》中正式确立了“竹林七贤”的历史地位，此后更出现了一系列纪念、称道“七贤”的作品。这一股“竹林七贤”热对玄言诗的进一步繁荣起到相当大的推波助澜的作用，因为“七贤”正是前代的大名士，而其中嵇康、阮籍又是声誉极高的大诗人[②]。

王导本人并不写诗，但影响很大。并不动手写文学作品的人，如果政治地位很高并处于精神领袖的位置，其影响往往更高于文坛中人。

二

东晋玄言诗人甚多，孙绰、许询二人尤其有名，已如前述；现在将《文心雕龙》《诗品》《文录》等文献中曾经提到的其他诸人作一粗略的鸟瞰：

《诗品》中两次说起“桓、庾诸公”，桓当即指桓温（字元子，312～373），亦可兼及他的儿子桓伟（字幼道，生卒年不详）和桓玄（字敬道，369～404）。桓温以武功著称，清谈非其所长，但他自我感觉甚佳[③]，也颇有名言隽语，孙绰标

---

① 今本《嵇康集》中有《声无哀乐论》和《养生论》，他也写过《言不尽意论》，惜已亡佚（参见《玉海》卷三十六《晋易象论》）。

② 《世说新语·言语》：“周仆射雍容好仪形，诣王公，初下车，隐数人，王公含笑看之。既坐，傲然啸咏。王公曰：‘卿欲希嵇、阮耶？’”可知嵇、阮此时已成为“啸咏”的典范。

③ 桓温的玄学水平颇为可疑，在殷浩、刘惔一类高级清谈名士面前，桓温只能以武功见长。《世说新语·文学》载：“殷中军为庾公长史，下都，王丞相为之集，桓公、王长史、王蓝田、谢镇西并在。丞相自起解帐带麈尾，语殷曰：‘身今日当与君共谈析理。’既共清言，遂达三更。丞相与殷共相往反，其余诸贤略无所关。既彼我相尽，丞相乃叹曰：‘向来语乃竟未知理源所归，至于辞喻不相负。正始之音，正当尔耳。’明旦，桓宣武语人曰：‘昨夜听殷、王清言，甚佳。仁祖亦不寂寞，我亦时复造心。顾看两王掾，辄翣如生母狗馨。’”桓温自认为是高级听众，其余谢尚（仁祖）听得很投入，王濛、王述两位则傻头傻脑，像是刚刚被人收养的母狗。其实“两王掾”都是长于清谈的高人。

举当时四大“风流人”道“刘惔清蔚简令，王濛温润恬和，桓温高爽迈出，谢尚清易令达”(《晋书·王濛传》)[①]；桓温的玄言诗今已不传。桓伟曾参与兰亭盛会，有诗；桓伟的弟弟桓玄是那时政坛上的风云人物，他一度实现了乃父的奇志，取代晋室自己当了皇帝，国号“楚”，但很快就垮了台。他也是玄学名士，其《登荆山》一诗充满了玄言。

庾公指以庾亮为首的颍川庾氏家族诸公。颍川庾氏在晋代的政坛和文坛上具有重要的地位。庾亮东晋初年官至征西将军、太尉，权势极重；他是高官中的清谈名家，但他的玄言诗今亦已不存。稍晚的庾阐存诗较多，其中《游仙诗》(其七)实为六言体的玄言诗，玄言诗多为四言，出之以六言，颇有创造性；庾阐又喜欢在诗里写景。颍川庾氏中的庾冰亦能诗，已不传；庾冰的两个儿子庾友、庾蕴参加过兰亭盛会，皆有诗。

袁宏是高度重视清谈的文学家和史家，其《名士传》对于推动当时的“竹林热”起到很大的作用；其妻李氏曾作《吊嵇中散》文。《文心雕龙·明诗》说：“江左篇制，溺乎玄风，嗤笑徇务之志，崇盛忘机之谈；袁、孙以下，虽各有雕采，而辞趣一揆，莫与争雄……”刘勰将袁宏与孙绰相提并论，可见也是玄言诗中重镇。其诗今存五首，《从征行方头山诗》作于北伐途中，颇多玄言。袁宏的诗亡佚已甚，绝大部分玄言诗现在已经看不到了。

伏滔，字玄度，平昌安丘(今属山东)人，曾入桓温幕为参军，与袁宏、习凿齿等多有交往，他与习凿齿就青、楚人物进行的辩论在历史上相当有名。伏滔传世的作品多为赋、论，诗已全佚。其子伏系之亦能文。

李充，字弘度，江夏平春(今河南信阳西北)人，其母卫铄是著名书法家，李充本人亦善楷书。曾任王导丞相掾，转记室参军；康帝时以家贫求外出，为剡县令，与孙绰、王羲之等在此处建别墅；后为著作郎，整理典籍，以经史子集四部分类，秘阁以为定制。李充以其编撰的《翰林论》在文学批评史上享有盛名；其书原有五十四卷，今仅存残文不足十条。他对玄学也有研究，著有《释庄论》二卷(已佚)，诗里也有些庄子气，如《送许从诗》有句云：“来若迅风欢，逝如归云征。离合理之常，聚散安足惊。”能联系生活实际来说理，显得比较高明。他又有《嘲友人诗》《七月七日诗》，善于言情，看来也是一位不完全受

① 刘惔(字真长)出于沛国刘氏，王濛(字仲祖)出于太原王氏，都是当时的高门子弟，并以清谈见长；至于谯国龙亢桓氏和陈郡阳夏谢氏则更是东晋中期最显赫的家族。桓温对于前二人皆不以为然。

当时玄言诗风气束缚的强者。

曹毗，字辅佐，沛国谯（今安徽亳州）人，魏大司马曹休的后裔，曾为佐著作郎、太学博士、左卫将军，最后做到光禄勋。他在辞赋方面也有《扬都赋》，亚于庾阐；诗之存世者无多，看不到一首完整的玄言诗，想已亡佚，但也许是他本来就不大写玄言诗。曹毗自我感觉很好，自称“吐辞则藻落扬班，抗心则志拟高鸿”（《对儒》）；而孙绰却批评他“才如白地明光锦，裁为负版裤，非无文采，酷无裁制”（《世说新语·文学》），意思是说曹毗的才华用得不是地方，这大约是批评他写玄言诗不够努力吧。与干枯的玄言诗不同，曹毗比较重视文采，能够从生活中寻求诗料，例如他有《夜听捣衣诗》，后被选入《玉台新咏》（卷三），这一题材后来写的人很多，此篇实导其先路。他又是一位志怪小说作家，所作以《杜兰香传》最为出名。

孙统，字承公，孙绰的哥哥，曾任王羲之的右军司马，性好山水，预兰亭之会，赋诗二首，羲之在《临河序》中列为诗人之首。承公兰亭诗有句云“地主观山水，仰寻幽人踪”，简明有力地道出了玄言诗人与山水之间的关系，面对明静澄澈的自然，诗人觉得自己领悟到了玄虚之道，找到了精神的归宿。

唐朝人杜牧有两句诗说“大抵南朝皆旷达，可怜东晋最风流”（《润州》二首其二），在东晋王朝如果不能清谈，不能写几句玄言诗，几乎很难厕身于士林、文苑。除上述这些比较著名的诗人之外，王胡之、谢安、郗超、张翼等许多人也有玄言诗；他们大抵活跃于东晋中期，到简文帝以后，玄言诗渐归沉寂。

简文帝本人乃是清谈的高手和积极分子①，如果他在位的时间能长久一些，情形也许会很不一样吧。

三

关于晋代文学，《文心雕龙·时序》曾有两段论述：

> 逮晋宣始基，景文克构，并迹沈儒雅，而务深方术。至武帝惟新，承平受命，而胶序篇章，弗简皇虑。降及怀愍，缀旒而已。然晋虽不文，人

① 简文帝司马昱（字道万，320～372）是元帝的幼子，“清虚寡欲，尤善玄言”“神识恬畅，而无济世大略”（《晋书·简文帝纪》）。先后封琅邪王、会稽王，永和元年（345）起总万机，太和元年（366）进位丞相，称为“相王”，咸安元年（371）即皇帝位，次年秋卒。他在当皇帝之前热衷于主持清谈，也发表过不少高论，《世说新语》中多有记载。

才实盛:茂先摇笔而散珠,太冲动墨而横锦,岳、湛曜联璧之华,机、云标二俊之采,应、傅、三张之徒,孙、挚、成公之属,并结藻清英,流韵绮靡。前史以为运涉季世,人未尽才,诚哉斯谈,可为叹息。

元皇中兴,披文建学,刘、刁礼吏而宠荣,景纯文敏而优擢。逮明帝秉哲,雅好文会,升储御极,孳孳讲艺,练情于诰策,振采于辞赋,庾以笔才逾亲,温以文思益厚,揄扬风流,亦彼时之汉武也。及成、康促龄,穆、哀短祚,简文勃兴,渊乎清峻,微言精理,函满玄席,澹思浓采,时洒文囿。至孝武不嗣,安、恭已矣,其文史则有袁、殷之曹,孙、干之辈,虽才或浅深,珪璋足用。

刘勰认为晋代文学有两度高潮,一在“人才实盛”的西晋太康时代;另一段则在东晋中期下迄简文帝时代,成、康、穆、哀诸帝幼年上台,早早夭折,大权完全操在高级世族手里,而皇权的无力恰恰为文学的繁荣创造了条件。其时作品中多有“微言精理”——这正是玄言诗最为繁荣的时代。

这是一个深刻的观察。穆帝永和九年(353)的兰亭盛会正是玄言诗达到鼎盛状态的一个标志。

王羲之发起兰亭集会,请“群贤”赋诗言志,事后编为一集并慎重其事地亲自写了一篇序言,从形式上来看似乎完全是摹仿西晋的金谷集会,后来“王右军得人以《兰亭集序》方《金谷诗序》,又以己敌石崇,甚有欣色”(《世说新语·企羡》)。其实兰亭集有着全新的文化意蕴,即使只从诗歌史的意义上说也是如此。但当代人对于自己的活动之历史意义,一般来说不容易有清晰的认识——这总要到事后甚至多年以后才看得清楚。

由石崇主持的在他金谷别墅中举行的豪华集会有过多次,基本上都是为了享受物质生活,而元康六年(296)形成诗集的那一次,现在只能看到潘岳所作的一首,其中完全不涉及哲理,诗味也并不多。

兰亭集会不是在庄园中而是在真正的山水之中举行,这一次集会没有特定的世俗目的,参加者的思想颇有异同,兰亭集会的本质可以说纯然是精神性的。兰亭诗与玄学、清谈关系非常密切,其中有着不同派别的声音;同时兰亭诗写到了真正的山水。兰亭与会者四十一人,赋诗者二十六人,不能赋诗者十五人,各罚酒三斗,仍依金谷的传统。这一次留下来的诗比较多,王羲之所作序言的内容也更丰富。

王羲之手书的《兰亭集序》原件后来成了书法史上的极品,唐太宗费尽心机把它赚(骗)到手,形成中国文化史上的一大奇观[1];这里所关心的则是这次集会在玄言诗发展史上的地位与意义。

兰亭集会阵容相当豪华,赋诗者二十六人中多王氏家族的成员,同时也包括了当时最活跃的诗人,他们是:王羲之(二首)、孙绰(二首)、谢安(二首)、谢万(二首)、孙统(二首)、孙嗣(一首)、郗昙(一首)、庾友(一首)、庾蕴(一首)、曹茂之(一首)、华茂(一首)、桓伟(一首)、袁峤之(二首)、王玄之(一首)、王凝之(二首)、王肃之(二首)、王徽之(二首)、王涣之(一首)、王彬之(二首)、王蕴之(一首)、王丰之(一首)、魏滂(一首)、虞说(一首)、谢绎(一首)、徐丰之(二首)、曹华(一首),现存诗歌总计三十七首,无论是参加的人数,还是作品的数量与质量,都大大超过过去的文人雅集。

此次集会的主持人王羲之(字逸少,303～361),是琅邪王氏过江第二代中的精英人物,族伯王敦、王导都很器重他。东晋多书法家,羲之最为杰出,诸体皆佳,后人称为“书圣”。他同时也是重要的文学家、思想家。羲之信仰道教,又受到玄学很深的浸润,很早就有隐逸的倾向,曾经多次拒绝征辟。他的最高官衔为右将军、会稽内史,后人或称为“王右军”[2]。永和十一年(355)三月彻底辞官归隐,从此优游于浙东山水之间。

羲之生平行事颇具有玄风,他早年被郗家择婿时的表现是一个著名的故事,《晋书》本传载:

> 时太尉郗鉴使门生求女婿于(王)导,导令就东厢遍观子弟。门生归,谓鉴曰:“王氏诸少并佳,然闻信至,咸自矜持,惟一人在东床坦腹食,独若不闻。”鉴曰:“正此佳婿邪!”访之,乃羲之也。遂以女妻之。

此事后来成为一个著名的典故,“东床”二字从此有了特别的意义。这很让人想起庄子笔下“解衣般礴”的画师[3],完全忘怀得失;对世俗认为重要之事采取高贵的无所谓的态度,该干什么还干什么,心理素质极佳,颇得庄子人生哲学

---

① 详见卞孝萱《冬青书屋笔记》,东方出版中心 1999 年版,第 333～348 页。

② 王羲之在书信中自称“右将军”,而《晋书》本传则作“右军将军”。按,右军将军为宫廷宿卫的高官之一(详见《资治通鉴》卷九十四《晋纪十六》胡三省注);而右将军乃是赠官,无实际职务。吴士鉴《晋书斠注》引《惜抱轩笔记》已指出应以右将军为是(详见该书下册,中华书局 2008 年影印本,第 1333 页)。

③ 《庄子·田子方》:“宋元君将画图,众史皆至,受揖而立,舐笔和墨,在外者半。有一史后至者,儃儃然不趋,受揖不立,因之舍。公使人视之,则解衣般礴裸。君曰:‘可矣,是真画者也。’”

的真谛。

但是王羲之却不赞成庄子的相对主义，不赞成把明明有差别的东西说成是没有差别的，对于孔子，仍然极其尊重；他不是正宗的玄学家。由这样一位具有独立思想的人物来发动并主持兰亭会，而且编成一部玄言诗集，这件事本身意味深长，由此我们也许可以引出玄言诗发展的另一历史教训：随波逐流完全跟着时髦思潮走的诗人是很难有大作为的，哲理诗的成功在某种程度上依赖思想上的创新和独立。独立之人格，自由之思想，乃是从事文化事业的最重要之事，即使只想做一个玄言诗人也是如此。

在这次玄言诗创作的盛会上，王羲之本人写了两首诗，四言、五言各一首，其四言的一首写道：

> 代谢鳞次，忽焉以周。欣此暮春，和气载柔。咏彼舞雩，异世同流。乃携齐契，散怀一丘。

这里表达的意思和《兰亭集序》完全一致。既然人世永不停留地“代谢”，那么在暮春的大好时光里到风景区“散怀”享受人生，就是有意义的。《兰亭集序》里所说的“游目骋怀”“欣其所遇，暂得于己，快然自足”也是指此而言。王羲之强调地指出自己这种人生态度是孔夫子赞成过的——《论语》“侍坐章”中的曾点说他的理想是在暮春时“浴乎沂，风乎舞雩，咏而归”，孔子曾予以肯定——所以说自己与孔门师弟“异世同流”。他在五言诗里说：“有心未能悟，适足缠利害。未若任所遇，逍遥良辰会。”在人与自然的和谐相处中，忘却或淡化实际的功利的考虑，以审美的态度对待生活——王羲之提倡这样一种积极而达观的人生态度。这是羲之一贯的态度，他在《答许询诗》中说过的“争先非吾事，静照在忘求”，表达的也是这样一层意思。

在兰亭集会上，颇有与王羲之态度相同或相近的人，例如桓伟在《兰亭诗》中写道：

> 主人虽无怀，应物贵有尚。宣尼遨沂津，萧然心神王。数子各言志，曾生发清唱。今我欣斯游，愠情亦暂畅。

也用《论语》“侍坐章”的典故，与王羲之呼应得很直接。

与这种态度相反的是表面上鼓吹庄子哲学，抹杀生和死的差别，而实际上却不免仍然有不少功利方面的计算，一味强调物质享受。那时有一批这样的玄学名士，王羲之很不以他们为然，《世说新语·言语》载：

刘真长为丹阳尹，许玄度出都，就刘宿，床帷新丽，饮食丰甘。许曰："若保全此处，殊胜东山。"刘曰："卿若知吉凶由人，吾安得不保此！"王逸少在坐，曰："令巢、许遇稷、契，当无此言。"二人并有愧色。

这是永和三年(347)亦即《兰亭集》形成之前六年之时的事情(见《建康实录》卷八)。刘惔(真长)和许询(玄度)都是当时的"风流人"、玄谈领袖，想不到他们私下里谈话却庸俗得很，只想保住既得的利益、优越的物质生活，王羲之当面讽刺他们，说道家所推崇的高人隐士不会说这样的话。东晋的名士表里不一的尚远不止此。

在兰亭集会中，讲流行的老庄思想、宣扬相对主义思想的作品相当之多，例如谢安的诗中就有句道："万殊混一理，安复觉彭殇。"这种意见王羲之不能同意。王、谢之间意见不同是多次发生过的事情，《世说新语·言语》记载过他们之间一次著名的对话：

王右军与谢太傅共登冶城，谢悠然远想，有高世之志。王谓谢曰："夏禹勤王，手足胼胝；文王旰食，日不暇给。今四郊多垒，宜人人自效，而虚谈废务，浮文妨要，恐非当今所宜。"谢答曰："秦任商鞅，二世而亡，岂清言致患耶？"

王羲之比较重视务实，而当时很年轻尚未出仕的谢安更像一个玄学家。谢安进入政局比较晚，他后来改变了早年一味玄虚的作风，对东晋王朝作出了相当大的贡献。

王羲之在当时的思想界自树一帜，他借写序的机会表明自己的见解，虽然是从正面来讲的，实际上有很强的针对性。所谓魏晋清谈就是指不同意见之间的辩论，玄言诗的创作与这种理论色彩很浓的辩论关系很大，兰亭集会的成功原因正在于会上有不同的声音，诗作中有不同的倾向，思维活跃，不是一言堂。王羲之为这次集会产生的玄言诗集写序，也很自然地打上了辩论的烙印，有思想，有棱角；《兰亭集序》长期传诵不衰的原因当在于此。

《兰亭集序》有几个不同的版本，标题也不完全相同。流传最广的是《晋书·王羲之传》引录的本子；此前萧梁人刘孝标在《世说新语·企羡》注中引用此序，称之为《临河叙》：

永和九年，岁在癸丑，莫春之初，会于会稽山阴之兰亭，修禊事也。群贤毕至，少长咸集。此地有崇山峻岭，茂林修竹，又有清流激湍，映带左右。引以为流觞曲水,列坐其次。是日也,天朗气清,惠风和畅。娱目骋怀,信可乐也。虽无丝竹管弦之盛,一觞一咏,亦足以畅叙幽情矣。故列序时人,录其所述。

右将军司马太原孙丞公等二十六人,赋诗如左。前余姚令会稽谢胜等十五人,不能赋诗,各罚酒三斗。

大约王羲之撰写这篇序言时本来并没有标题,后人根据它的内容和背景分别给加上不同的题目。这一次集会的地点兰亭在浙江之支流兰溪的边上①,所以用《临河叙》来标目当然也是可以的。又《艺文类聚》(成书于唐高祖武德年间,618～626)卷四"岁时"三月三日条下,录有王羲之《三日兰亭诗序》,内容与《临河叙》颇多异同,最明显的差别在于没有"右将军司马太原孙丞公等"那一段,大约是被该书编者删掉了②。更重要的差别则在于《临河叙》中"是日也,天朗气清,惠风和畅。娱目骋怀,信可乐也。虽无丝竹管弦之盛,一觞一咏,亦足以畅叙幽情矣"诸句,《艺文类聚》作"虽无丝竹管弦之盛,一觞一咏,亦足以畅叙幽情。是日也,天朗气清,惠风和畅。仰观宇宙之大,俯察品类之盛,所以游目骋怀,足以极视听之娱,信足乐也"。不仅明显地多出"仰观""俯察"两句,而且文句前后的安排颇有不同。这种情形大约表明:第一,《临河叙》和《三日兰亭诗序》对王羲之原文分别做了不同的删节;第二,二者所依据的原文很可能是两个不同的文本——否则就只会有各自删节之异导致的繁简之别,而不会有文句先后次序之不同。总体来看,《艺文类聚》所依据的文本比较优长,应当是经过原作者本人修改过的文本;而《临河叙》很可能是依据比较早的文本引录的。王羲之是大书法家,喜欢写字,《兰亭集序》又是他本人得意的文章,所以手写本远不止一份,而各次所书,字句或有不同;这些法书传播开来以后,不同的学者分别按照自己之所见加以著录,而又各自有不同程度的删节,于是就很自然地出现了若干差异。

现将《晋书·王羲之传》引录本移录于下。本传云"羲之雅好服食养性,

① 《水经注》卷四十《浙江》:"又径会稽山阴县……浙江又东与兰溪合,湖南有天柱山,湖口有亭,号曰兰亭,亦曰兰上里。太守王羲之、谢安兄弟,数往造焉。吴郡太守谢勖封兰亭侯,盖取此亭为封号也。"湖指兰渚。按,《水经注》作者郦道元(472? ～527)与刘孝标(462～521)大体同时,其说应当是可信的。今绍兴有兰亭遗址,其位置与早期记载颇有差距。

② 按《艺文类聚》的体例之一,如编者欧阳询在序言中所说,乃是"弃其浮杂,删其冗长",以便"览者易为功,作者资其用",如此则删掉这一段说明性的文字是可以理解的。

不乐在京师，初渡浙江，便有终焉之志。会稽有佳山水，名士多居之，谢安未仕时亦居焉。孙绰、李充、许询、支遁等皆以文义冠世，并筑室东土，与羲之同好。尝与同志宴集于会稽山阴之兰亭，羲之自为之序以申其志，曰”：

> 永和九年，岁在癸丑，暮春之初，会于会稽山阴之兰亭，修禊事也。群贤毕至，少长咸集。此地有崇山峻岭，茂林修竹，又有清流激湍，映带左右。引以为流觞曲水，列坐其次。虽无丝竹管弦之盛，一觞一咏，亦足以畅叙幽情。是日也，天朗气清，惠风和畅。仰观宇宙之大，俯察品类之盛，所以游目骋怀，足以极视听之娱，信可乐也。
>
> 夫人之相与，俯仰一世，或取诸怀抱，悟言一室之内，或因寄所托，放浪形骸之外，虽趣舍万殊，静躁不同，当其欣于所遇，暂得于己，快然自足，不知老之将至。及其所之既倦，情随事迁，感慨系之矣。向之所欣，俯仰之间，已为陈迹，犹不能不以之兴怀。况修短随化，终期于尽。古人云，死生亦大矣，岂不痛哉。每览昔人兴感之由，若合一契，未尝不临文嗟悼，不能喻之于怀。固知一死生为虚诞，齐彭殇为妄作。后之视今，亦犹今之视昔，悲夫！
>
> 故列叙时人，录其所述。虽世殊事异，所以兴怀，其致一也。后之览者亦将有感于斯文。

这里同《艺文类聚》本《三日兰亭诗序》一样，删去了文末关于“赋诗”“罚酒”的说明部分，不同处则在录出的议论部分——这也是先前《临河叙》中所没有的。总体来看，《晋书》本《兰亭集序》也是王羲之所撰之序某一手写本的删节本，而《临河叙》则根据另一手写本并且删得比较多，所以两者之间有些相同或基本相同的部分，同时又有若干不同。

从这篇序言中可以看出，王羲之将儒家和道家两种思想作了带有他个人特色的结合。儒家不大谈死后的问题，强调活着就要做有益的事情；庄子是讲“齐物论”的，把相对主义贯彻到底，于是生死就没有什么不同了，这有点诡辩的意思，而这一思想在当时十分流行。王羲之坚决反对这一思想，但他又很欣赏庄子反复提倡过的对生活的审美态度。为了与一般道家思想的信奉者相区别，他必须在如何对待生死寿夭的问题上与他们明确地划清界限，这样他也就迫切而不能已于言了。也正因为王羲之的思想带有某种原创性，而不是一味敷衍陈言，他的玄言诗也才能有某种生气，明显地高于那些并无“玄心”而仅以旧论作为时髦之装饰的一般玄言诗人。

兰亭诗中颇有佳作，例如孙统五言的一首道：

地主观山水，仰寻幽人踪。回沼激中逵，疏竹间修桐。因流转轻觞，冷风飘落松。时禽吟长涧，万籁吹连峰。

几乎全是写景，而他的玄思则被写入四言的一首中，这种分开来处理的办法启发后人更单纯地来描写山水。更多的作品则是将山水景物与玄远之思结合起来写，如谢安五言的一首道：

相与欣佳节，率尔同褰裳。薄云罗阳景，微风翼轻航醇醪陶丹府，兀若游羲唐。万殊混一理，安复觉彭殇。

将玄言成分置于全诗之末，后来谢灵运常用此法。当然更多的兰亭诗全是玄言，比较沉闷无味。完全没有形象和感情，很难写出好诗来。

王羲之一生中最为人所知的活动就是主持了兰亭之会，留下两首诗一篇序。其他作品亡佚已甚，特别是诗，只有《答许询诗》的一点片段；文略多一点，约可分为四个方面：

一是一般意义上的文章，数量很少，其中最有趣的是他在决心抛弃官职的前夜写的一篇《誓墓文》：

维永和十一年三月癸未朔，九日辛亥，小子羲之敢告二尊之灵：羲之不天，夙遭闵凶，不蒙过庭之训；母兄鞠育，得渐庶几，遂因人乏，蒙国荣宠。进无忠孝之节，退违推贤之义，每仰咏老氏、周任之诫，常恐斯亡无日，忧及宗祀，岂在微身而已。是用寤寐永叹，若坠深谷。止足之分，定之于今。谨以今月吉辰肆筵设席，稽颡归诚，告誓先灵，自今之后，敢渝此心，贪冒苟进，是有无尊之心而不子也。子而不子，天地所不覆载，名教所不得容。信誓之诚，有如皦日。

王羲之的打算归隐，实出于不得已，不如此就保不住面子了。《晋书》本传载，在羲之以前担任会稽内史的是太原王氏的后起之秀王述（字怀祖，303～368），其人“少有名誉，与羲之齐名，而羲之甚轻之，由是情好不协。述先为会稽，以母丧居郡境，羲之代述，止一吊，遂不重诣。述每闻角声，谓羲之当候已，辄洒扫而待之，如此者累年，而羲之竟不顾，述深以为恨。及述为扬州刺史，将就征，周行郡界，而不过羲之；临发，一别而去。先是羲之常谓宾友曰：‘怀祖正当作尚书耳，投老可得仆射，更求会稽，便自邈然。’及述蒙显授，羲之耻为之下，遣使诣朝廷，求分会稽为越州，行人失辞，大为时贤所笑。既而内怀愧叹，谓其诸子曰：'吾不减怀祖，而位遇悬邈，当由汝等不及坦之故邪！'述后检察会稽郡，辩其刑政，主者疲于简对，羲之深耻之，遂称病去郡，于父母墓前自誓……"扬州是会稽郡上一级的行政区划，王羲之看不起的王述后来成了他的顶头上司，这样他就受不了了，竟异想天开地请求朝廷将会稽郡从扬州管辖之下独立出来并升格为州，以便让自己同王述平起平坐，这样的想法和做法也未免太天真了，自然根本做不到，于是他便一怒而去职。他说自己现在的地位和待遇不及王述，是因为自己的几个儿子不如王述的儿子王坦之那样优秀，尤其是可笑的怪论。这些言行，同名士的风范相去甚远了。

主动抛弃官职是一件大事，牵涉到家族的根本利益，但为了面子又非这样做不可，于是他便做了一套于父母墓前自誓的行为艺术，而在誓墓文里却只字不提辞官的真实原因，只唱不能"贪冒苟进"的高调，这就大有精神胜利法的意思了。这篇大有虚骄之气的《誓墓文》乃是很值得玩味的文本，在东晋文学史上不可多得的。

《晋书》本传称，王羲之归隐以后"与东土人士尽山水之游，弋钓为娱。又与道士许迈共修服食，采药石不远千里。遍游东中诸郡，穷诸名山，泛沧海，叹曰：'我卒当以乐死！'"豪游山水，实为谢灵运的先驱。王羲之经济实力雄厚，可以当归隐中的豪华派，一般士人没有这样的条件，例如后来的陶渊明就只能过普通乡村知识分子的平凡生活——却因此而具有可推广性。

二是关于书法的专门论述，如《书论》《用笔赋》《笔经》《题卫夫人〈笔阵图〉后》等，都是书法史上意义重大的经典，同文学关系不大。

三是他写给亲朋的信函。一般字数无多，近于便条，但因为是大书法家的关系，这些信被保存下来的相当多，后来习惯上称为"杂帖"，人们重视的是它们的书法价值而不在其内容，例如所谓《快雪时晴帖》，乃书法史上地位极高的稀世珍品之一①，其实只有二十四个字，从文学的意义上来说，内容未免太少了一点。

王羲之的这些信函涉及国事家事，亲友近况，特别是喜欢谈自己的身体不佳，服药行散以及效果如何等等——王羲之所属之琅邪王氏世代信仰天师

---

①　清朝乾隆皇帝以此帖与王献之《中秋帖》、王珣《伯远帖》并称为"三希"，安排三希堂于养心斋内，将内府所藏魏晋至明代法书摩勒上石，并印成《三希堂法帖》三十二册。

道①,很讲究服药养生——但大抵点到即止,很有点像现在的手机短信。信中多用当时的口语,加上背景不明,现在读去颇有不容易理解的地方。

当然也有内容比较多而读来更有兴味的信件,例如他为小儿子王献之(字子敬,344～386)向高平郗氏求婚的信写道:

十一月四日右将军、会稽内史、琅邪王羲之敢致书司空、高平郗公足下:

上祖舒,散骑常侍、抚军将军、会稽内史、镇军仪同三司;夫人右将军刘□女,诞晏之、允之。允之建威将军、钱塘令、会稽都尉、义兴太守、南中郎将、江州刺史、卫将军;夫人散骑常侍荀文女,诞希之、仲之。及尊叔廙,平南将军、荆州刺史、侍中、骠骑将军、武陵康侯;夫人雍州刺史、济阴郗说女,诞颐之、胡之、耆之、美之。内兄胡之,侍中、丹阳尹、西中郎将、司州刺史;妻常侍谯国夏侯女,诞茂之、承之。羲之妻太宰高平郗鉴女,诞玄之、凝之、肃之、徽之、操之、献之②。肃之授中书郎、骠骑咨议、太子左率,不就;徽之黄门郎。献之字子敬,少有清誉,善隶书,咄咄逼人。仰与公宿旧通家,光阴相接,承公贤女淑质直亮,确懿纯美,故欲使子敬为门闾之宾,故具书祖宗职讳,可否之言,进退唯命。羲之再拜。

这纯属一篇事务性的应用文,但读起来很有兴味,因为第一,可以由此知道当年上层社会之为人父者怎样为儿子向人家求婚;第二,可以知道王羲之的部分家世③;而最重要的是,此信表明东晋虽然可以说是门阀政治,而实际上仍为官僚社会——某一家族的地位只靠贵族血统是远远不够的,他们必须在最近的几代人中不断地推出人才,担任高官,这样才有地位,为子弟求婚于高门才有本钱。

王羲之这封信应当是写给司空郗愔(字方回,313～384)的,他有一个弟弟郗昙,那"贤女"名叫道茂,就是郗昙的女儿;因为在郗氏家族中郗愔是家长,所以羲之得向他表达自己的要求。

---

① 参见陈寅恪《天师道与海滨地域之关系》有关部分,《金明馆丛稿初编》,第18～21页。

② 这里传世文本在"凝之"后误失第三子涣之。王羲之在一份"杂帖"中曾经提到自己"有七儿一女,皆同生"。

③ 此信似已有残缺,这里的叙述不甚完整;更详细的情况可参见王伊同《五朝门第》(中华书局2006年版)所附《高门权门世系婚姻表》(一)"琅邪临沂王氏"。

其实郗愔和郗昙都是王羲之夫人郗璿的弟弟①，他们对王家的情况应当是十分清楚的，但这里仍然有必要详细开列自家的“祖宗职讳”，以示郑重。这一门亲上做亲的婚事本来可以说是很美满的，也和谐过一段时间，但后来却因为一个特殊的原因离异了。

四是书信体的文章，《晋书》本传录入了好几封他反对北伐的长信，有写给主持国事之相王司马昱的，也有写给积极主张并实行北伐之高官殷浩以及尚书仆射谢尚的，内容丰富，都是非常重要的文献。

殷浩(字渊源，？～356)是东晋历史上的一大名人，早年即以长于清谈著称，在上层社会中享有盛名；永和二年(346)起任扬州刺史，当时主持国政的司马昱非常重用他，引参朝政，用以抵制咄咄逼人的权臣桓温；都督荆、司、雍、益、梁、宁六州(后又加上交、广二州)的桓温曾多次要求北伐，朝廷怕他借机进一步扩大自己的势力，不予理会；而到永和八年(352)却同意殷浩、谢尚、荀羡等人利用后赵灭亡的有利形势出师北伐，结果吃了败仗；到第二年(永和九年〔353〕)殷浩再次率兵北伐，败得更惨。桓温上疏猛烈攻击殷浩，朝廷不得已将他废为庶人。

时任会稽内史的王羲之比起只以清谈见长的殷浩和司马昱来要务实得多，他从开始起就不赞成殷浩北伐，写信给他们，指出现在的综合国力不足以支撑北伐，如果一定要冒险从事，则老百姓特别是东南的民众完全承担不起租税和兵役的双重重压②，在目前形势下只宜保住淮河一线。等到殷浩准备第二次北伐时，王羲之更写了一封相当长的信给殷浩，分析当前的形势道：

> 今军破于外，资竭于内，保淮之志，非复所及。莫过还保长江，都督将各复旧镇，自长江以外，羁縻而已。任国钧者，引咎责躬，深自贬降，以谢百姓。更与朝贤，思布平政，除其烦苛，省其赋役，与百姓更始。庶可以允塞群望，救倒悬之急。
>
> 使君起于布衣，任天下之重，尚德之举，未能事事允称，当董统之任，而丧败至此，恐阖朝群贤，未有与人分其谤者。今亟修德补阙，广延群贤，与之分任，尚未知获济所期；若犹以前事为未工，故复求之于分外，宇宙虽广，自容何所！

---

① 王羲之夫人的情况详见《世说新语·雅量》注引《王氏谱》。

② 按，那时桓温控制下广大地区的资源，朝廷已经调遣不动，所以扬州特别是会稽郡的负担很重，《晋书·王羲之传》载：“时东土饥荒，羲之辄开仓赈贷。然朝廷赋役繁重，吴、会尤甚，羲之每上书争之。”

知言不必用，或取怨执政，然当情慨所在，正自不能不尽怀极言。若必亲征，未达此旨，果行者，智愚所不解也。愿复与众共之。

复被州符，增运千石，征役兼至，皆以军期。对之丧气，罔知所厝。自顷年割剥遗黎，刑徒竞路，殆同秦政，惟未加惨夷之刑耳。恐（陈）胜、（吴）广之忧，无复日矣。

无论于公于私，都分析得很透彻，提出的补救对策也是切实可行的。王羲之比那些清谈之士明显高出许多。他指出如果继续北伐，很可能引起国内矛盾上升，甚至会逼出造反来，这并非危言耸听，他在地方上当官，对下情比较了解。稍后孙恩、卢循起义爆发于东南沿海，证明了王羲之的预言确实富于远见。

他又写信给摄政的司马昱道：

古之弘大业者，或不谋于众，倾国以济一时功者，亦往往而有之。诚独运之明，足以迈众，暂劳之弊，终获永逸者可也。求之于今，可得拟议乎？夫庙算决胜，必宜审量彼我，万全而启动；功就之日，便当因其众而即其实。今功未可期，而遗黎歼尽，万不余一；且千里馈粮，自古为难，况今转运供继，西输许、洛，北入黄河。虽秦政之弊，未至于此，而十室之忧，便以交至。今运无还期，征求日重，以区区吴越，经纬天下十分之九，不亡何待！

……

愿殿下暂废虚远之怀，以救倒悬之急，可谓以亡为存，转祸为福，则宗庙之庆，四海有赖矣。

这些意见都讲得比较坦率，敢于面对实际，一点不故弄玄虚，文字明快，是很好的政论，在东晋一朝颇不可多见。“虚远之怀”历来误国误民。《晋书·王羲之传》和《资治通鉴》（卷九十九《晋纪二十一》）都大段引用王羲之这些讨论军政大事的书信，肯定他的见解。清朝康熙皇帝就这些书信评论说“羲之在东晋诸名士中，具有经济之才，非徒以文雅见长”（《古文评论》卷三十二），亦可谓知人。后来他匆匆归隐，就国家而言其实是可惜的。

四

王羲之有七个儿子[①]，其中王献之最小，也最为著名，在书法史上与其父

① 他们是王玄之、王凝之、王涣之、王肃之、王徽之、王操之、王献之，其中前五人参与兰亭之会。

并称“二王”；他的官也做得最大。大约因为年龄比较小的关系，他没有参加兰亭盛会（时年十岁）。

王献之也是风流名士，“少有盛名，而高迈不羁，闲居终日，容止不怠，风流为一时之冠”（《晋书》本传），有许多故事流传；但他几乎不写玄言诗，却有两首《情人桃叶歌》（《玉台新咏》卷十）颇为著名。这名叫桃叶的女子应当就是他的情人。诗云：

桃叶复桃叶，渡江不用楫。但渡无所苦，我自迎接汝。桃叶复桃叶，桃叶连桃根。相怜两乐事，独使我殷勤。

《乐府诗集》卷四十五有《桃叶歌》三首，作者皆署王献之，而其中第一首为《玉台新咏》所不载：

桃叶映红花，无风自婀娜。春花映何限，感郎独采我。

这一首很像女性的口吻，恐怕不是王献之的作品，而应出于桃叶其人。下文还有题作《同前》的一首：

桃叶复桃叶，渡江不待橹。风波了无常，没命江南渡。

也当出于桃叶之口。所以，情形很可能是题为《情人桃叶歌》的二首确为王献之的心声，而另外两首《桃叶歌》则是热情的桃叶对情人王献之的回答。二赠二答，这才般配。

《古今乐录》云：“桃叶歌者，晋王子敬之所作也。桃叶，子敬妾名，缘于笃爱，所以歌之。”这话好像不大准确，献之与桃叶欢会须要渡江才能实现，可见作这些诗的时候他们尚未同居，桃叶成为王献之的妾当是后来的事情；《古今乐录》“终言其事”（按后来的情形说话），弄得有点头绪不清了。此时的桃叶是一位歌妓，王献之很爱她，后来就娶而为妾。那时一夫多妻不足为奇，王献之地位很高，迎娶一位歌妓很容易，难得的是他们之间确有感情，称得上有过一场婚外恋①。

王献之不写玄言诗而热烈地歌唱爱情，固然是他个人的经历和爱好所

① 东晋婚外恋而见于诗歌者，还有谢芳姿的《团扇歌》二首，谢是王珉（字季琰，351～388）嫂子的婢女，与王珉情好甚笃，被主妇箠挞，王珉劝阻之，因有此作。当年高门大户人家的婢女一般都来自民间而略有文化，她们将民歌带入上层，形成民间文学向上传播的一条重要渠道。先前的绿珠是一个例子，谢芳姿则是又一例。王珉是王导的孙子，后来接替王献之担任中书令。

致，但有着深刻的含义。父子之间的巨大差距往往表明社会文化发生了重大的变迁①，《情人桃叶歌》的出现表明，哲学讲义式的玄言诗已经完全不能引起年轻一代的兴趣，其衰亡乃是早晚的事情。

王献之的这一场婚外恋发生在什么时间颇难确考，以理推之，大约总在他同元配夫人郗道茂离婚而与余姚公主（后称新安公主）结婚以后。《世说新语·德行》第三十九则载：

> 王子敬病笃，道家上章应首过，问子敬："由来有何异同得失？"子敬云："不觉有余事，惟忆与郗家离婚。"

王献之临终前觉得只有与郗家离婚是自己的平生憾事，要按五斗米道（天师道）的规矩作出忏悔。刘孝标注引《王氏谱》曰："献之娶高平郗昙女，名道茂，后离婚。"又引《献之别传》曰："祖父旷，淮南太守。父羲之，右将军。咸宁中，诏尚余姚公主，迁中书令，卒。"可知王献之本来与高平郗昙之女郗道茂结婚，后来皇帝让他同余姚公主结婚，于是他就同郗道茂离婚，从此官运亨通，累迁为中书令。从他临死前的言论看去，他这一次离婚另娶颇有些不得已。

郗昙是郗鉴的次子，而官至太尉的郗鉴是其父王羲之的岳丈，也就是说郗昙原是王献之的小舅舅，而郗道茂乃是他的表姐。亲上做亲，在东晋的高门世族之间乃是经常发生的事情——这样最容易门当户对。表亲之间的青年男女结婚一向多见，双方认识得比较早，一般来说关系容易亲密。郗家曾经显赫一时，过江第一代的郗鉴以及他的孙子郗超（字嘉宾，郗鉴的长子郗愔之子）都握有相当的实权，但这一家人丁不旺，后来就中衰了。现在王献之因为要去攀高亲，竟要跟已经结婚八年的表姐离婚了。

余姚公主司马道福来头很大，她是晋简文帝司马昱与徐贵人的女儿，原先结过一次婚，丈夫是一代权臣桓温（312～373）之次子桓济，但这个桓济后来出了很大的问题，《晋书·桓温传》载："温六子：熙、济、歆、祎、伟、玄。熙字伯道，初为世子，后以才弱，使冲领其众。及温病，熙与叔祕谋杀冲，冲知之，徙于长沙。济字仲道，与熙同谋，俱徙长沙。"桓祕、桓冲是桓温的两个弟弟，桓温一直重用桓冲，以他为接班人；桓祕则一向不受长兄桓温的欣赏，还曾经

---

① 西晋的开国重臣何曾是一位相当强硬的礼法之士，不能容忍阮籍的任诞；而他的儿子何劭却醉心于玄学，为王弼作传。魏晋之际社会文化气氛的变迁就突出地反映在这"代沟"之中。王羲之那样热心地主持兰亭集会，而到他儿子却根本不理会什么玄言诗，其意义也同样巨大。

被他免去官职,桓祕从此“每愤愤有不平之色。温疾笃,祕与温子熙、济等谋共废冲。冲密知之,不敢入。顷温气绝,先遣力士拘录熙、济,而后临丧。祕于是废弃……”(《晋书・桓彝传》)宁康元年(373)桓氏家族内部在桓温去世的前后爆发了一场严重的内讧,不满大权落入桓冲之手的叔侄三人密谋杀掉他,不料却被本事更大的桓冲打了一个防守反击,全军覆灭。在这样一场政变反政变之后,桓济被废了,他原先的婚姻也跟着完蛋;但公主不能没有丈夫,必须另觅对象,一下子就找到王献之,于是王献之同郗道茂离婚。

在此前一年(咸安二年〔372〕)晋简文帝司马昱驾崩,十一岁的太子司马曜即位(孝武帝),侍中、尚书仆射、中护军谢安(320～385)和中书令、丹阳尹王坦之等人控制了中枢,他们联合起来抵制野心很大的桓温,取得了成功。公主是当今皇帝的姐姐,决不可以跟着已经裁掉的丈夫桓济到长沙去,她得找一个体面的新丈夫,其人必须有合适的门第、年龄和地位。王献之出身于东晋第一高门琅邪王氏,乃是名父之子,这一年三十岁,又深得谢安的赏识,前程远大;双方都是二婚,非常合适。大政治家谢安完全有必要与皇室司马氏以及老牌高门琅邪王氏搞好关系。桓温死于本年七月己亥,王献之的离婚和重新结婚大约也就在此后不久。这种事情决不宜久拖。

关于这次婚变的详细情况现在无从深悉,只是还可以看到当离异之际王献之写给郗道茂的一纸便条:

虽奉对积年,可以为尽日之欢,常苦不尽触额之畅。方欲与姊极当年之匹,以之偕老,岂谓乖别至此!诸怀怅塞实深,当复何由日夕见姊耶?俯仰悲咽,实无已已,惟当绝气耳。(《淳化阁帖》卷九)

看来在婚变中献之面临着很大的压力,颇有些无奈;但他终于同意参与到这一变革中来,所以到病笃时特别提到这事是平生的一大过失。

王献之对此婚变当然应当承担相当的责任,如果他坚决抵制,也完全有可能不变的。这里的一大背景在于,本来很密切的王、郗两家的关系后来已经有些裂痕,《世说新语・贤媛》第二十五则载:

王右军郗夫人谓二弟司空(郗愔)、中郎(郗昙)曰:“王家见二谢(谢安、谢万),倾筐倒度,见汝辈来,平平尔。汝可无烦复往。”

又《世说新语・简傲》第十五则载:

王子敬兄弟见郗公(郗愔),蹑履问讯,甚修外生(甥)礼。及嘉宾死,皆著高屐，仪容轻慢。命坐，皆云："有事，不暇坐。"既去，郗公慨然曰："使嘉宾不死，鼠辈敢尔！"

郗超去世以后，郗家的地位急剧下降，王家的态度就越来越冷淡了，远不如对正在崛起的高门陈郡谢家那么热情。东晋世族看上去都很高雅脱俗，其实内心深处也颇多世俗的势利之见。原先的舅舅兼岳父家正在走下坡路，王献之本人同意实行婚变当与此有关；直到行将离开世界时才回想起同郗道茂的旧情来，觉得很对不起亲爱的表姐。这真是"人之将死，其言也善"——到这种时候，一时的实际功利已经无须计较，剩下的只有永恒的人情了。

王献之虽然通过第二次婚姻在政治上得到了实惠，但他其实并不爱那位公主；《情人桃叶歌》应当就是此后的作品；他对地位无可更高的公主一无表示，却将极大的热情投向一个非常弱势的歌妓桃叶，可见他还是个性情中人，尚未完全被权势所异化。

王献之的文章传世者亦以"杂帖"居多，他也是大书法家，人们乐于保存他的手迹；但这些文本同样不大容易看懂。

《全晋文》卷二十七王献之诸文之末有一篇《保母砖志》，录自董其昌《戏鸿堂帖》；该《志》又载《金石萃编》卷二十五，文字稍有异同。现参据两本移写如下：

琅邪王献之保母，姓李名意如，广汉人也。在母家志行高秀，归王氏，柔顺恭勤。善属文，能草书，解释老旨趣。年七十，兴宁三年，岁在乙丑，二月六日，无疾而终。仲冬既望，葬会稽山阴之黄閍冈下。殉以曲水小砚、交螭方壶。树双松于墓上，立贞石而志之。悲夫，后八百余载，知献之之保母宫于兹土者，尚□□焉。

兴宁三年(365)写这份墓志时，王献之二十二岁，数百年后该志在会稽出土[①]。此文亲切简洁，重点突出，"志行高秀""柔顺恭勤"是表彰保姆李意如之

① 南宋嘉泰二年(1202)六月，会稽一位姓周的农民翻地时无意中使得这块砖制的墓志和殉葬的曲水小砚一起出土。据当年见到原件的人说，砚背有"晋献之"三个字，还有"永和"字样，但已有残缺。墓志的文字为正行(行楷)，很可能是王献之亲自刻成的，"笔法劲正，与《兰亭叙》《乐毅论》合"(姜夔跋)，是极可宝贵的书法珍品。当初这份《保母砖志》出土时已断成几块，因为及时寻找，很快凑成了全璧。据姜夔说，情况是这样的：姓周的农民先把那一方砚台送给了王畿的儿子，王畿问有碑否，"野人云一砖上有字，已碎矣。亟使致之。明日持前五行来，时犹未断也。验是大令《保母墓志》，而文未具。又使寻之，旬日乃以后五行来，断为三矣：一以支床，上有'交螭'字者是也；一为小儿垒塔，上有'曲水'字者是也；一弃之他处。碎而复合，似有神助"。详见《金石萃编》，参见张彦生《善本碑帖录》，中华书局1984年版，第53页。

德;"善属文,能草书,解释老旨趣"则介绍她高度的文化修养。以自己使用的高级砚台为殉葬品,墓中的老奶奶岂是寻常的人物!这样德才兼备的高级保姆,对于王献之的成长关系一定很大。姜夔在一份跋文中说:"古人教子,既使之外从师友,退居于内,亦使之妇人之能文艺知道理者与之处,宜乎子敬为晋名臣也。"王昶则指出,李意如在书法方面对王献之的熏陶影响,关系非常重大:"献之在怀抱中,已习闻保母之教,其以书家名世,非必专本家学矣。"献之的书法与乃父颇有不同,在一段时间内名声甚至超过了乃父。这种水平很可能同他小时候接受李意如妈妈的启蒙教育有关。所以王献之对她很尊重,处理善后也非常郑重其事。这份砖志遂成为书法史和文学史上大有意味的文献。

王献之于书法之外兼长绘画,亦为乃父所不及。

五

檀道鸾将宣扬佛教哲学的诗纳入玄言诗,是一个深刻的意见。当时玄佛合流,名僧正是名士,其中颇有与高官名士交往密切者,而其写诗的路径也略无二致。

在讨论玄言诗的历史发展时,有两位大和尚是不能忘记的,这就是支遁和慧远。

支遁(字道林,314～366),俗姓关,二十五岁出家,一向与名士交往,常住于剡。晋哀帝即位后曾召入首都,三年后复还东山,过他的名士生活。支遁是东晋最著名的高僧之一,也是超一流的大名士,王濛比之为王弼,孙绰比之为向秀[①],他援玄入释,提出所谓"即色义",又重新解释庄子的"逍遥游",在某种意义上领导了一代的思潮;而他在文学史上的地位也并不低于他在佛教史上的地位。

支遁写过大量的诗文,《隋书・经籍志》著录《支遁集》八卷,梁三十卷,可见到唐初他的著作亡佚已甚,流传至今者就更少,但尽管如此,比起其他玄言诗人,他的作品还算是多的,并且仍能从中看出不少新的信息。试从他的《咏怀诗五首》中举出两首来看,先看该组诗中其一:

傲兀乘尸素,日往复月旋。弱丧困风波,流浪逐物迁。中路高韵溢,

① 详见《世说新语・赏誉》《高僧传・支遁传》,孙绰《道贤论》。

> 窈窕钦重玄。重玄在何许？采真游理间。苟简为我养，逍遥使我闲。寥亮心神莹，含虚映自然。亹亹沉情去，彩彩冲怀鲜。踟蹰观象物，未始见牛全。毛鳞有所贵，所贵在忘筌。

这里用了不少《庄子》中的语汇，但整首诗表达的思想与过去那些在某一平面上敷衍玄理的玄言诗已有相当的不同。支遁讲自己悟道的过程在于“中路”以后体认到庄子之所谓“逍遥”的真义，从此以后就气闲神莹，胸怀与过去大不相同。对《庄子·逍遥游》的理解，当时一般名士都采用向秀、郭象注释中的阐述，而支遁则富于理论创新的勇气和才华，“卓然标新理于二家之表，立异义于众贤之外，皆是诸名贤寻味之所不得”（《世说新语·文学》）。《高僧传》卷四《支遁传》提到他在白马寺与人谈论《逍遥游》时，发表了与旧时解说不同的见解，并且“退而注《逍遥》篇。群儒旧学，莫不叹服”。支道林对于自己的《逍遥游》新理论相当重视，一有机会就抓住不放大力宣讲；孙绰比较早地接受了他的新说，郑重其事地介绍给刚刚到任的本地最高行政长官王羲之。自视甚高的王羲之开始对这个年轻的和尚并不太注意，及至听到他的《逍遥》新理，不禁大为欣赏，本当出行，而竟流连忘出了①。支遁的《逍遥游》注今已亡佚殆尽，但据《世说新语·文学》“《庄子·逍遥篇》旧是难处”条刘注可知，支遁的新注与旧有的向、郭义大不相同：

> 向子期、郭子玄《逍遥义》曰：“夫大鹏之上九万，尺鷃之起榆枋，小大虽差，各任其性。苟当其分，逍遥一也。然物之芸芸，同资有待，得其所待，然后逍遥耳。唯圣人与物冥而循大变，为能无待而常通，岂独自通而已。又从有待者不失其所待，不失，则同于大通矣。”支氏《逍遥论》曰：“夫逍遥者，明至人之心也。庄生建言大道，而寄指鹏、鷃。鹏以营生之路旷，故失适于体外；鷃以在近而笑远，有矜伐于心内。至人乘天正而高兴，游无穷于放浪，物物而不物于物，则遥然不我待，玄感不为，不疾而速，则逍然靡不适。此所以为逍遥也。若夫有欲当其所足，足于所足，快然有

① 《世说新语·文学》载：“王逸少作会稽，初至，支道林在焉。孙兴公谓王曰：‘支道林拔新领异，胸怀所及，乃自佳。卿欲见否？’王本自有一往隽气，殊自轻之。后孙与支共载往王许，王都领域，不与交言，须臾支退；后正值王当行，车已在门，支语王曰：‘君未可去，贫道与君小语。’因论《庄子·逍遥游》，支作数千言，才藻新奇，花烂映发。王遂披襟解带，流连不能已。”按，王羲之任会稽内史在永和七年（351），本年王羲之四十九岁，支遁三十八岁，详见张可礼《东晋文艺系年》，山东教育出版社1992年版，第306、311页。

似天真。犹饥者一饱，渴者一盈，岂忘烝尝于糗粮，绝觞爵于醪醴哉！苟非至足，岂所以逍遥乎？”此向、郭之注所未尽。

向、郭注认为《逍遥游》的主题乃是以“得其所待”为“逍遥”。彻底的“无待”只有“圣人”才能做到；一般人总是“有待”的，只要虽“有待”而“不失其所待”，也可以得到逍遥——这是人人可以做到的。

支道林的理解则异于是，他认为鲲鹏和尺鷃都没有达到“逍遥”的境界，只有游于无穷并且无所用心的圣人才能达成逍遥游；而一般人只要“物物而不物于物”，亦即能够利用、凭借外物而不为外物所束缚，不成为外物的奴隶，同时也不是自己身心欲望的奴隶，没有任何“矜伐”之心或其他世俗的考虑，那么也可以得到“至足”，得到自由。这样，支道林就用“至足”来取代向、郭旧义中所说的“得其所待”。“至足”是一种心理上的大满足，而不是某种具体欲望得到实现、“得其所待”那种小满足。人的欲望是无穷的，具体的“有欲当其所足”并非真正彻底的满足，当某种具体的欲望得到满足以后，还会有更高的欲望出现，如果寄希望于种种欲望的满足来达到“逍遥”，那就永远没有“逍遥”可言，因为他永远是欲望的奴隶，不能免于“物于物”即被物所奴役；理想的状态应当是“不物于物”，在这种状态下，他不是去追求具体欲望的满足，而是保持精神上的“至足”，过一种高雅脱俗无拘无束的生活，达成彻底的超越。这样一层意思，是向、郭旧义中未曾涉及的。

支道林的新理论明显地带有佛教的色彩，佛教既否定客观物质世界，也否定人的实际欲望，因此对于“得其所待”采取极端无所谓的态度。佛教最为关心的是人生痛苦的解脱，“至足”亦即精神上的大满足乃是从痛苦中自我解脱的好办法，他拿这一点来解释庄子，实际上是把佛教的道理玄学化中国化了。佛学和玄学的合流，在中古思想史上形成一道很奇特的风景，支道林在这中间是一位重要的人物。

王羲之很欣赏支道林的《逍遥》新理，他发起组织兰亭集会的时候，特别邀请比他年轻得多的高僧支遁参加①。在《兰亭集序》一文中，王羲之实际上

① 《太平御览》卷一九四引王隐《晋书》载：“王羲之初渡江，会稽有佳山水，名士多居之。与孙绰、谢尚、支遁等宴集于山阴之兰亭。”但是据宋施宿《嘉泰会稽志》所载之《天章寺碑》，在参加兰亭集的四十二人名单中并没有支道林。此外的文献记载如《兰亭考》《兰亭记》《法书要录》《云谷杂记·兰亭石刻》等，有的有支道林，有的却没有。产生这种差异的原因大约是支遁乃特邀的名流，又属方外之人，不一定要记入名单之内。

发挥了支氏的"逍遥"新理,《序》中所说的"当其欣于所遇,暂得于已,快然自足,曾不知老之将至",正是支道林之所谓"有欲当其所足,足于所足,快然有似天真";《序》中又道:"及其所之既倦,情随事迁,感慨系之矣。向之所欣,俯仰之间,已为陈迹,犹不能不以之兴怀",这正说明一时的"足于所足"并非"至足",所以一旦"情随事迁",先前的"足"就不复存在了。王羲之的意思是说,一次集会虽然并不能达到"逍遥游"的境界,但它仍然是有意义的。王的思想与支遁同中有异,但他分明吸收了支遁《逍遥论》的某些内容。

再看支遁的《咏怀诗五首》其三:

> 晞阳熙春圃,悠缅叹时往。感物思所托,萧条逸韵上。尚想天台峻,仿佛岩阶仰。冷风洒兰林,管濑奏清响。霄崖育灵蔼,神疏含润长。丹沙映翠濑,芳芝曜五爽。苕苕重岫深,寥寥石室朗。中有寻化士,外身解世网。抱朴镇有心,挥玄拂无想。隗隗形崖颓,冏冏神宇敞。宛转元造化,缥瞥邻人象。愿投若人踪,高步振策杖。

这里的"寻化士"大约就是作者心目中的理想的化身,"若人"虽然生活在现实世界之中,但能"外身解世网",不受世俗的束缚,这就已经是立地成佛了。这里实际上发挥了他本人新创的所谓"即色游玄"论,给予当时的读者一个新的刺激。

所谓"即色游玄"乃是支遁的一个重要观点,在他看来,"色即为空,色复异空"(《世说新语·文学》"支道林造《即色论》"条注引《集妙观章》),世界的本质是"空"(这是佛教的基本教义),但它不是一般意义上的空无,它仍然是可观可感的,因此不能闭着眼讲四大皆空,应当睁开眼看这个世界,而同时应达到对佛教哲理的深刻领悟,这才算懂得佛教。所以支遁的诗中才会有"丹沙映翠濑,芳芝曜五爽。苕苕重岫深,寥寥石室朗"那样色彩鲜明的景物描写,而"寻化士"对此世俗世界既有深刻的感知,同时又能"挥玄拂无想",并从而"外身解世网"。这首诗充分地反映了支遁的佛学新义,给予当时的思想界一个不小的惊喜。支遁还有些诗,如《八关斋诗》《咏禅思道人诗》《述怀诗》《咏利城山居》等等,或玄理更为抽象,或写景更为鲜明,都极为当时士林所钦仰。

支遁的事迹和创作表明,当一位富有创新意识的思想家来写哲理诗的时候,即使其作品的感情和形象相对不足,仍然具有某种可读性,其中新的思想新的信息总会产生某种吸引力。支遁在东晋中期具有那样高的知名度,有那样广泛豪华的交游，与他的思想创新是分不开的。何况支遁已经注意到山水形象，在玄言诗由纯抽象到抽象形象兼而有之的过程中，迈出了重大的步伐——单纯的“游玄”远远不够，必须“即色游玄”，这就为山水元素进入玄言诗提供了理论依据。孙绰那样喜欢写景并借以悟道，大约便从支遁这位当代向秀的理论中获得了启发。

但是支遁并没有也不可能挽救玄言诗的衰落，这并不是他的过错；像他那样的思想家太少了，一般的玄言诗人总是在那里津津有味地复述已陈之刍狗，一再重复，令人厌倦。

慧远(334～416)是比支遁影响更大的高僧，他俗姓贾，雁门楼烦(今山西宁武)人，少为诸生，博通经传；后出家，师事大和尚释道安，苻坚陷襄阳后南下荆州，后住锡于庐山东林寺，弘扬佛法，声誉极高。

支遁有他自己的寺庙，但很不出名，他喜欢云游，完全像一位独来独往的名士，凭借个人的魅力在上流社会活动了多年；而慧远则多少年足不出虎溪，埋头经营他的庐山东林寺，招揽世家子弟，培养了许多儒博颖悟的门徒，并从事佛教典籍的翻译和整理等方面的基本建设——他是实实在在的僧团领袖。慧远开创了净土宗，在佛教史上有崇高的地位。他还注意在寺庙以外扩大影响，据说组织过外围组织“莲社”，延揽了大批士人，当时追随他的士大夫很多，著名的就有刘遗民、雷次宗、宗炳、张野、周续之等等。

为了适应东林寺内外多有知识分子的实际，慧远开展过一些适合他们的活动，游山与写诗便是其中重要的事件。隆安四年(400)他主持过一次规模很大的游山诗会，主要的景点放在石门，慧远带头吟诗一首，题目就作《游庐山》：

> 崇岩吐清气，幽岫栖神迹。希声奏群籁，响出山溜滴。有客独冥游，径然忘所适。挥手抚云门，灵关安足辟。流心叩玄扃，感至理弗隔。孰是腾九霄，不奋冲天翮。妙同趣自均，一悟超三益。

通过游山以感悟佛理，诗中强调的是一种超理性的宗教感悟；好在这首诗教条气尚不甚重，“说理而无理臼，所以足入风雅”(王夫之《古诗评选》卷四)。诗的前四句写庐山的静谧尤有可观，慧远其实很有诗人气质，比许多玄言诗人高明。参加这次游山的有三十多人，包括僧俗信徒。东林寺的诸弟子用集体的名义写下了《游石门诗并序》，序言颇长，内容丰富，简直抵得上一篇《兰亭集序》，其全文如下：

石门在精舍南十余里，一名障山。基连大岭，体绝众阜，辟三泉之会，并立而开流，倾岩玄映其上，蒙形表于自然，故因以为名。此虽庐山之一隅，实斯地之奇观。皆传之于旧俗，而未睹者众。将由悬濑险峻，人兽迹绝。径回曲阜，路阻行难，故罕经焉。释法师以隆安四年仲春之月，因咏山水，遂杖锡而游，于时交徒同趣三十余人，咸拂衣晨征，怅然增兴。虽林壑幽邃，而开涂竞进，虽乘危履石，并以所悦为安。

既至，则援木寻葛，历险穷崖，猿臂相引，仅乃造极。于是拥胜倚崖，详观其下，始知七岭之美蕴奇于此。双阙对峙其前，重岩映带其后，峦阜周回以为障，崇岩四营而开宇。其中则有石台石池，宫馆之象，触类之形，致可乐也。清泉分流而合注，渌渊镜净于天池。文石发彩，焕若披面，柽松芳草，蔚然光目。其为神丽，亦已备矣。

斯日也，众情奔悦，瞩览无厌。游观未久，而天气屡变，霄雾尘集，则万象隐形，流光回照，则众山倒影，开阖之际，状有灵焉，而不可测也。乃其将登，则翔禽拂翮，鸣猿厉响。归云回驾，想羽人之来仪，哀声相和，若玄音之有寄。虽仿佛犹闻，而神以之畅。虽乐不期欢，而欣以永日。当其冲豫自得，信有味焉，而未易言也。

退而寻之，夫崖谷之间，会物无主，应不以情而开兴，引人致深若此。岂不以虚明朗其照，闲邃笃其情耶。并三复斯谈，犹昧然未尽。俄而太阳告夕，所存已往，乃悟幽人之玄览，达恒物之大情。其为神趣，岂山水而已哉。于是徘徊崇岭，流目四瞩。九江如带，丘阜成垤。因此而推，形有巨细，智亦宜然。乃喟然叹，宇宙虽遐，古今一契。灵鹫邈矣，荒途日隔，不有哲人，风迹谁存。应深悟远，慨焉长怀，各欣一遇之同欢，感良辰之难再。情发于中，遂共咏之云尔。

这里固然有着宗教徒的心灵体验，而更引人注目的是其中包含的文学趣味，流连忘返，写景生动，多涵哲理，而且也不无近于世俗的感慨。“一遇之同欢”“良辰之难再”正是结伴同游时最容易产生的情绪。

诗云：

超兴非有本，理感兴自生。忽闻石门游，奇唱发幽情。褰裳思云驾，望崖想曾城。驰步乘长岩，不觉质有轻。矫首登灵阙，眇若临太清。端坐运虚论，转彼玄中经。神仙同物化，未若两俱冥。

既咏山水之美，复叙宗教体验，应当说是一首水平很高的玄言诗。当时刘遗民、王乔之、张野等皆有诗和慧远[1]，也都应视为玄言诗，但水平低于慧远，他们比较急于悟道，来不及欣赏自然之美，失去了留连物象、从容不迫之致。《高僧传》卷六《慧远传》说他“善属文章，辞气清雅”，并非过誉。慧远原唱的那一首先写景后言道的章法，对后来谢灵运大有启示——谢灵运信佛，并且正是慧远最热烈的崇拜者之一。

“山水以形媚道”（宗炳《画山水序》）。慧远率众游山赋诗，实为富有文学性的宗教活动，隆安四年（400）石门之游的意义应不低于永和九年（353）的兰亭集会，如果将这次活动放到玄言诗发展的序列当中去看，则尤有兴味。

在组织过石门之游的两年之后，元兴元年（402）七月，慧远主持一百二十多人的大规模集会，念佛立誓，成立净土社（莲社），并再次安排写诗，事后编为《念佛三昧诗集》，慧远又一次带头写诗（已佚），并为诗集作序（今存，见《广弘明集》卷三十）；刘遗民、王乔之等也都写了诗。从现存王乔之的四首诗看去。完全是宗教内容，没有什么诗味。

义熙八年（412），慧远立佛影台，亲自撰写《万佛影铭并序》（亦见《广弘明集》卷三十），并又一次组织诗会，“挥翰之宾，佥焉同咏”，但这一次的作品完全亡佚，现在可以看到的谢灵运的一篇《佛影铭》，完全是宗教说教，而非文学作品。

慧远非常注意将佛教的内容注入文人的作品中去，以扩大佛教的影响，他在写给刘遗民等人的一封信里说：“君诸人并为如来贤弟子也，策名神府为日已久，徒积怀远之兴，而乏因籍之资，以此永年，岂所以励其宿心哉。意谓六斋日宜简绝常务，专心空门，然后津寄之情笃，来生之计深矣。若染翰缀文，可托兴于此。虽言生于不足，然非言无以畅一诣之感。”（《与隐士刘遗民等书》，《广弘明集》卷二十七）所谓“托兴于此”就是要求在文章中大讲佛法，这与传统的“赋比兴”之“兴”无关。慧远全心全意关心他的佛教，文学在他不过是一个工具。

慧远是一位文学修养很高的大和尚，他多次发动组织诗会从根本上来说完全是为了弘扬佛法，所以产生了许多完全以宗教教义和宗教体验为内容的韵文，这些文本与纯粹的玄言诗一样，乃是押韵的论文或布道文，同文学没有太大关系；这里值得注意的只是在比较早的时候，他为了争取士人加盟，迅速扩大影响，曾经适度地顾及审美的方面，将欣赏山水与领悟佛理打通了说话，

① 见《先秦汉魏晋南北朝诗》之《晋诗》卷四。

意外地丰富了人们审美的情趣。慧远和他的弟子很注意所谓“感”,“感至理弗隔”“理感兴自生”;宗教感悟与审美感受本来相当有缘;后来赵宋人以禅论诗根源在此——这样,以慧远为首的庐山佛教徒的玄言诗,对中国艺术思维的丰富和深化作出了自己的贡献。

作为一位宗教领袖,慧远强调“释氏之化,无所不可,适道固自教源,济俗亦为要务”(《全宋文》卷二十八何尚之《列叙元嘉赞扬佛教事》引),他当然决不会完全沉溺于诗歌创作之中,何况净土宗的宗旨与诗歌也相当遥远。庐山上的歌咏活动在一度活跃之后,很快归于寂灭。佛教哲学的阑入终于没有能够造成玄言诗的复兴。

二十四　陶渊明

陶渊明(又名潜,字元亮,365～427)①,寻阳(或作“浔阳”)柴桑(今江西九江西南)人,是中古时代最伟大的文学家,也是整个中国古代最重要的文学家之一。前无古人,后启来者,早已引起国际文化界的广泛关注和普遍钦仰。

一

陶渊明是东晋大司马陶侃(字士行,259～334)的曾孙,其祖父陶茂、父亲陶逸两代连续出任郡守一类官员,家族具有相当深厚的文化传统,陶渊明的出身应视为世族(士族)。

从母系说,陶渊明母亲孟氏是陶侃的外孙女——他的外祖父孟嘉是陶侃的女婿。关于前者,《宋书·隐逸传》、萧统《陶渊明传》、《晋书·隐逸传》、《南史·隐逸传》都有明文记载;关于后者,则陶渊明本人在《晋故征西大将军长史孟府君传》(简称《孟嘉别传》)中说得十分清楚。

曾经有人认为陶渊明非陶侃的曾孙,而是世系更远的后裔。较早对史传材料提出异议的是清朝人全祖望,他在《陶渊明世系考》(《鲒埼亭集》外编卷四十)中认为陶渊明乃是陶侃的七世孙,其根据有两条:一、陶侃有十七个儿子,其中九个附见于《晋书·陶侃传》,独无武昌太守陶茂,因疑陶茂并非陶侃之子;二、陶渊明集中有《赠长沙公》一诗,序云:“长沙公于余为族祖,同出大司马。昭穆既远,以为路人。经过浔阳,临别赠此。”长沙公本是陶侃的爵位,侃死后其子孙后代夏、宏、绰之、延寿等继承其位(详见《晋书·陶侃传》);晋

① 《宋书·隐逸传》中有关于陶渊明最早的传记,称“元嘉四年将复征命,会卒,时年六十三”。关于陶渊明的享年,后来有过多种不同的推测,皆缺少确切的根据。

宋易代后，降封陶延寿为澧陵县侯①。全祖望据陶集的某些旧注，确认此诗是陶渊明赠陶延寿的，如此则陶侃之五世孙为陶渊明的族祖，陶渊明自当是陶侃之七世孙。王昶《书陶渊明传后》(《春融堂集》卷十三)亦持此说。与全、王立论相近而稍有不同的是姚滢，他在《与方植之论陶渊明为桓公后说》(《东溟文后集》卷一)一文中认为此诗是赠陶绰之的，于是陶渊明便成为陶侃的六世孙。

现在看去《赠长沙公》一诗确实有些问题，如果陶渊明是陶侃的曾孙，则长沙公"族祖"当是陶夏，而陶夏早在咸和九年(334)亦即陶渊明出生(兴宁三年〔365〕)之前三十一年业已去世。该诗中多勖勉之辞，且自称"在长"，夸奖对方"实宗之光"，显然是以长辈的口吻说话，所以原诗序中的"长沙公于余为族祖"是不对的，应依别本作"余于长沙公为族祖"。全祖望等人将陶渊明下降为陶侃的七世或六世孙，无法解释诗中自居于长辈的口吻；而且也无法解释陶侃的女婿孟嘉何以能将女儿嫁给他丈人的六世孙或五世孙。何况陶渊明之生上距陶侃之死仅三十一年，而已得七世，这也是不可能的。

陶渊明所见之长沙公应当比他低两辈，即陶延寿之子；尽管延寿入宋以后已经降封，但这并不妨碍陶渊明仍按旧时爵位立言。"澧陵县侯"或"吴昌县侯"都不如"长沙公"那样响亮。

赵宋人吴仁杰《陶靖节先生年谱》云："以世次考之，先生于延寿为诸父行，今自称于长沙公为族祖，意延寿入宋而卒，见先生于浔阳者，岂其子耶？延寿已降封吴昌，仍以长沙称之，从晋爵也。"这一解释是可以讲得通的，且颇多意味。

全祖望的第一个怀疑也不难解释。《晋书·隐逸传》说陶渊明的祖父为陶茂，而《晋书·陶侃传》所记陶侃诸子中无陶茂其人，完全不足为奇，《陶侃传》中只记录了他的一部分儿子，在陶侃的十七个儿子中，陶茂的知名度不是很高。

陶茂官至武昌太守，见于《晋书·隐逸传》；陶渊明的父亲，据南宋邓名世《古今姓氏书辨证》引据陶茂麟《家谱》所记，名逸，官至安城太守；民间所藏陶氏宗谱或谓其人名"敏"，官至姿城太守，虽互有出入，但其人曾任太守一事则一致。这应当是可信的。陶渊明说过，他的父亲"寄迹风云，冥兹愠喜"(《命

---

① 此据《宋书·武帝纪》所载永初六年(112)六月诏书，《晋书·陶侃传》说是降封吴昌县侯。

子》），前一句表明其人曾登仕途，后一句用典故表彰他老人家意态潇洒，或出仕或下台，都无所谓①。由此可知陶逸或陶敏其人当官的历程比较复杂，不是那么一帆风顺的。

孟嘉也是那个时代的风云人物，他先事庾亮，为庐陵从事、劝学从事，后事庾翼，终事桓温，为长史。二庾和桓温都是那时权势很大的人物，孟嘉的地位也就很不一般。他又是著名的风流名士，颇有遗闻轶事载诸史册。

陶渊明从小受到良好的教育，他曾自称“少年罕人事，游好在六经”（《饮酒》其十六），由此亦可见其家族的文化传统。祖先中有几代人当大官，家族有相当的文化传统，这样的家族就叫作世族，或士族。这两个名词含义稍有不同，颇近于同义词，而重点不同：前者指其世代为官相承不坠而言，后者则指其家族富有文化传统。学而优则仕，仕而优则学，这两者互相推动，一个有地位的家族总是两边兼顾、合二为一的。

但是世族（士族）也总是处于不断的升降变化之中，原无多少根基忽然发迹变泰而成为开山之祖者亦多有之，陶侃或者可以说属于这种类型；这一代人的出身不能算世族，而其后代则可以算。又有原为高门而式微衰变者，如果衰变过久，零落已甚，不仅官位不保，文化也渐渐丢掉了，这样的后代就不能算世族了。在先秦，“君子之泽，五世而斩”（《战国策·赵策》）；到中古，已经保不住五世，一般只能庇护一两代，所以即使是世族高门也得不断推出杰出的人才，才能历久不衰，如王、谢二族就是如此。

总之，要在不太远的世系上有先人获得相当高的政治地位并能在此后的几代人中维持住这种地位，家族和本人又具有相当高的文化修养，才有资格列于世族之林。曾经有人因为陶侃并非世族出身而否认陶渊明的世族出身，那未免将世族的概念理解得过于僵硬，成为彻头彻尾的血统论了。在中古时代，血统固然能起很大作用，但完全靠血统高贵过日子也是不能长久的。

在陶侃的后代中，陶渊明这一支为小宗，到他这一代尤有破落之势，但他的感情仍然完全是世族式的，只是多了些破落户的感慨，集中地见之于《赠长沙公》诗，又见之于《命子》诗——当陶渊明的长子俨（求思）出生时，陶渊明历叙自家祖先显赫的历史，叹息自己这一辈的衰落，希望儿子以圣贤为榜样，长大以后光大门楣，语气中纯然一派破落世族的口吻。

---

① 《论语·公冶长》：“令尹子文，三仕为令尹，无喜色；三已之，无愠色。”

二

东晋朝政的一大特色在于，若干高级世族在相当大的程度上控制着中枢，皇权并不是唯一的权威，司马氏皇权作为凌驾于所有世族之上的权威只带有某种象征性；几家高门士族先后与司马氏共同执掌中央大权，其间权力斗争异常激烈，朝廷与藩镇之间的纷争更是始终没有停止过，但政局在动荡中却总能维持某种平衡。

一个典型的例子是，屡建大功的桓温虽然权势极重，对中枢构成严重威胁，但他终究没有能取代司马氏皇室。到他儿子桓玄，攻入首都，代晋自立，这才彻底打破旧有的平衡，但他很快就失败了，而东晋王朝也气数将尽。

陶渊明出身于名门世族，从小受到的教育是儒家正统的。他曾经自称“总角闻道”（《荣木》诗序）。据统计，陶诗中引用《论语》有近四十处之多，刘熙载甚至说陶诗“大要出于《论语》”（《艺概·诗概》）。陶渊明诗中儒家色彩非常强烈，在东晋一朝颇不多见①。

高贵的出身和正统的教育决定了早年的陶渊明很希望在政治上有所作为。当时他雄心勃勃，“猛志逸四海，骞翮思远翥”（《杂诗》其四），又称“奉上天之成命，师圣人之遗书，发忠孝于君亲，生信义于乡闾”，最终目标则在“大济于苍生”（《感士不遇赋》）。这纯属儒家积极入世、忠孝双全的思想。在古代，知识分子要实现自己的大抱负，自然必须出仕，而通过当官获得比较丰厚的收入，也是理所当然。

陶渊明最初的出仕在他二十岁左右。此事史书未载，只是在他的诗中颇有流露，其《怨诗楚调示庞主簿邓治中》诗云：

> 天道悠且远，鬼神茫昧然。结发念善事，僶俛六九年。弱冠逢世阻，始室丧其偏。炎火屡焚如，螟蜮恣中田。风雨纵横至，收敛不盈廛。夏日抱长饥，寒夜无被眠。造夕思鸡鸣，及晨愿乌迁。在己何怨天，离忧悽目前。吁嗟身后名，于我若浮烟。慷慨独悲歌，钟期信为贤。

---

① 这方面最典型的作品是《饮酒》其二十：“羲农去我久，举世少复真。汲汲鲁中叟，弥缝使其淳。凤鸟虽不至，礼乐暂得新。洙泗辍微响，漂流逮狂秦。诗书复何罪，一朝成灰尘。区区诸老翁，为事诚殷勤。如何绝世下，六籍无一亲。终日驱车走，不见所问津。若复不快饮，空负头上巾。但恨多谬误，君当恕罪人。”似乎是酒后狂言，而句句是真情实感。

又《饮酒》其十诗云：

在昔曾远游，直至东海隅；道路迥且长，风波阻中涂。此行谁使然，似为饥所驱。倾身营一饱，少许便有余。恐此非名计，息驾归闲居。

看来陶渊明二十岁时家里发生了很大的生活困难，遂不得不出门“远游”，这“远游”应是谋职、出仕的委婉说法，谋取某一职务以养活自己并资助家庭。其时他除了去过长江下游之外，还到过北方。因为没有什么正式的头衔，便以“远游”代指之，此事结束后他又回到了故乡——这应当就是陶渊明的初仕与初隐。

此时陶渊明大约是在江州刺史桓伊手下担任使者。江州刺史一职十分重要，历来为各派政治势力所力争，早在东晋之初，琅邪王氏和颍川庾氏这两大高门为此地的控制权争得不可开交。后来谯国龙亢的政治新星桓温(312～373)崛起，江州逐步演变为桓氏的地盘，桓温最小的弟弟桓冲(328～384)长期在此主政，此后江州刺史一职由他的长子桓嗣继续担任。继桓嗣之后担任江州刺史的是前豫州刺史桓伊，桓伊是不久前淝水之战的大功臣[①]，同当时主导政局的谢氏家族关系良好。《晋书·桓伊传》载：“伊在(豫)州十年，绥抚荒杂，甚得物情。桓冲卒，迁都督江州荆州十郡豫州四郡军事、江州刺史，将军如故，假节。伊到镇，以边境无虞，宜以宽恤为务，乃上疏以江州虚耗加连岁不登，今余户有五万六千，宜并合小县，除诸郡逋米，移州还镇豫章。诏令移州寻阳，其余皆听之.伊随宜拯抚，百姓赖焉。”桓伊接任江州刺史在淝水之战的次年，亦即东晋孝武帝司马曜太元九年甲申(384)，他到任后驻节寻阳，正是在此时他起用本地的望族青年才俊陶渊明(时年二十)，给他的任务是去首都呈送公文，并进行各种通讯联络。桓伊的族叔桓宣曾经是陶侃的部下，桓伊照顾、起用陶渊明，完全合于古代官场关系学的逻辑和江州此时的情况。

陶渊明的外祖父孟嘉曾是桓温手下的长史，私人关系极好，凭借这样一层关系，陶渊明得以很早就为江州当权派桓氏所知。新任刺史桓伊是谯国铚县人，与桓温同出谯国，只是支派稍远；他是一位很精明的官员，自当注意原来桓温—桓冲—桓嗣留下的种种人脉，起用本地陶氏的后起之秀，很在情理

① 《晋书·桓伊传》：“及苻坚南寇，伊与冠军将军谢玄、辅国将军谢琰俱破坚于肥水，以功封永脩县侯，进号右军将军……”

之中。由于陶渊明还太年轻，没有什么基础和建树，自然只能从低级的公务员开始，执行种种临时交代给他的公务，没有什么正式的头衔，于是陶渊明之初仕没有条件进入国家档案，这种低级僚佐也一向为史传所不载。

这时东晋正以谢玄挂帅组织北伐，原先在淝水之战中大获全胜的北府兵非常活跃，曾经同谢家领导的北府兵一起参加淝水之战的桓伊支持北伐，并且可以凭借江州的实力提供各种支援。陶渊明其时常常到北方去出差，应与此种局势有关。

陶渊明这一番初仕在他的《杂诗》中也留下了若干痕迹：

> 遥遥从羁役，一心处两端。掩泪泛东逝，顺流追时迁。日没星与昴，势翳西山巅。萧条隔天涯，惆怅念常餐。慷慨思南归，路遐无由缘。关梁难亏替，绝音寄斯篇。（其九）

> 闲居执荡志，时驶不可稽。驱役无停息，轩裳逝东崖。沉阴拟熏麝，寒气激我怀。岁月有常御，我来淹已弥。慷慨忆绸缪，此情久已离。荏苒经十载，暂为人所羁。庭宇翳余木，倏忽日月亏。（其十）

> 我行未云远，回顾惨风凉。春燕应节起，高飞拂尘梁。边雁悲无所，代谢归北乡；离鹍鸣清池，涉暑经秋霜。愁人难为辞，遥遥春夜长。（其十一）

从这三首诗看去，陶渊明曾有多年（诗歌中的“十年”往往未必有数学上的精确性）忙于某种公务，是属于那种经常要出远门的差事，所以诗中称为“驱役”“羁役”“荏苒经十载，暂为人所羁”。

陶渊明的这一段经历在有关史传中未见记载，正应以诗补史。从“掩泪泛东逝，顺流追时迁”以及“沉阴拟熏麝，寒气激我怀”“慷慨思南归，路遐无由缘”这些诗句看去，诗人时时到长江下游的首都建康去，地方大员给朝廷上奏章报告当然要派人去首都；看来他又曾到寒冷的北方去过，淹留甚久。淝水之战以后，东晋出兵北伐，陶渊明也许是在执行什么不便公开的使命。

对陶渊明来说，头衔并不重要，关键是要有比较高的报酬，以此来“代耕”。“亲老家贫”是陶渊明出仕的常用理由。“驱役无停息”的缺点是比较辛苦，又得远离家乡，而优点则是相对自由。后来陶渊明当了几天州祭酒就深感“不堪吏职”，最后为彭泽令，拂袖而去的原因之一乃是不高兴束带去见督邮。看来陶渊明只能适应比较自由、经常一个人行动的职务。

关于陶渊明的初仕，下列四点情况值得注意：

第一，陶渊明从一开始就注意通过入仕获取经济利益。这种利益完全是合法的，所以他毫不讳言。通过当官来吃饭，在当时是可以公开谈论而毫无禁忌的天下之通义。陶渊明晚年在《与子俨等疏》中自称"少而穷苦，每以家弊，东西游走"。他要养活一家老小，让他们过上比较体面的生活，必须谋取官俸。陶渊明去世后颜延之在《陶征士诔》中也特别提到这一层意思，他当然是用典故来表达此意，这就是诔文中的"远惟田生致亲之议，追悟毛子捧檄之怀"二句。齐宣王时代的田过对大王说，自己出来当官是为了供养父母①；东汉的毛义并不喜欢当官，因为亲老家贫，不得已出而为之，一旦可以不干了，就告别官场而去②。

关于陶渊明的几份传记，也曾一再说起他的出仕是出于经济原因，其中最早的沈约《宋书·隐逸传》说他"亲老家贫，起为州祭酒。不堪吏职，少日自解归"。此后萧统《陶渊明传》、《晋书·隐逸传》、《南史·隐逸传》也都有这样几句话。陶渊明的出仕，正是为了提高家人的生活水平。如果家庭经济问题可以通过其他途径解决，例如只靠他自家田庄的收入已经足够，那么他也可以不仕，或尽快退出官场。陶渊明后来忽仕忽隐，一大原因在此。

以"亲老家贫"为出仕的理由非常正当，《韩诗外传》卷一第一章说："任重道远者，不择地而息；家贫亲老者，不择官而仕。"其第十七章及卷七第七章又都载其后半的一句，说是曾子的言论。在东晋，有些广有家产的士人就坚持不肯出仕，例如陶渊明第二任妻子翟氏娘家的头面人物翟汤，即因家底丰厚，一再辞谢征辟，始终不肯做官（详见《晋书·隐逸传》）。

第二，当时出任中下级职务或某种编制外的差事不必通过朝廷的任命，完全由地方当权派说了算。后来陶渊明出任彭泽令也是这么一个路子："会

---

① 《韩诗外传》卷七第一章载：齐宣王谓田过曰："吾闻儒者丧亲三年，丧君三年，君与父孰重？"过对曰："殆不如父重。"王忿然，曰："曷为士去亲而事君？"对曰："非君之土地无以处吾亲，非君之禄无以养吾亲，非君之爵无以尊显吾亲。受之于君，致之于亲。凡事君，以为亲也。"

② 《后汉书》卷三十九《刘赵淳于江刘周赵列传·序》载：中兴，庐江毛义少节，家贫，以孝行称，南阳人张奉慕其名，往候之。坐定而府檄适至，以义守令。义奉檄而入，喜动颜色。奉者，志尚士也，心贱之，自恨来，固辞而去。及义母死，去官行服。数辟公府，为县令，进退必以礼。后举贤良，公车征，遂不至。张奉叹曰："贤者固不可测。往日之喜，乃为亲屈也。斯盖所谓'家贫亲老，不择官而仕'者也。"

有四方之事，诸侯以惠爱为德，家叔以余贫苦，遂见用于小邑。”（《归去来兮辞·序》）安排一个县令，由“诸侯”也就是州一级的行政长官说了就能解决。

第三，也正因为有门路有办法的士人如陶渊明者获得一个不太高的官职并不怎么费事，所以一旦他觉得这官没有意思（辛苦、受气等等），就有可能很果断地予以抛弃。东晋乃是典型的门阀政治，浔阳陶氏在当地乃是数一数二的高门，青年陶渊明可以如此任性。

第四，既然陶渊明第一次出仕后又离开官场回家隐居，这在他自己就开创了一种个人出处的模式，可进可出，相当潇洒，他以后的忽仕忽隐，就都是有例可循的了。无论什么事情都是开头最为重要。把陶渊明初出茅庐这一次的进退看清楚，他此后的种种履历也就不难理解了。

太元十八年（393），陶渊明正式出仕为江州祭酒，这是一个编制内的职务。他后来的诗句“畴昔苦长饥，投耒去学仕。将养不得节，冻馁固缠己。是时向立年，志意多所耻”（《饮酒》其十九）即叙此事。对于这样一个意思不大而拘束不小的小官，他没有多大兴趣，与顶头上司关系也搞不好，“不堪吏职，少日自解归”；稍后“州召主簿，不就”（《宋书·隐逸传》）。

所谓“投耒去学仕”就是走出家门去当官的意思，决不能以为陶渊明原先就是在家埋头种地。青年时代的陶渊明主要的生活内容是“师圣人之遗书”，稍后又到本州最高长官手下效力，并未务农。他后来坦率地说过“在昔闻南亩，当年竟未践”（《癸卯岁始春怀古田舍》），“投耒”云云不过是陶渊明当了隐士以后的口头禅而已。

陶渊明在著名的自传《五柳先生传》中形容自己说：“闲静少言，不慕荣利，好读书，不求甚解，每有会意，便欣然忘食。……常著文章自娱，颇示己志，忘怀得失，以此自终。”然而恰恰在写出此文以后不久，他就出仕为州祭酒。在那个时代，自命清高与争取出仕并不矛盾，玄学高潮之下的企希隐逸之风之所以盛行不衰，无非是因为隐逸的好处甚多：退足以修道养生，远祸全身，避开政治斗争的险恶风浪；进足以提高知名度，显得有很高的道德和很大的本领，只要有当局前来礼聘，可以一下子跃居高位，比起那些在崎岖仕途上慢慢攀登的俗人来，不知道要高明快捷多少。志在用世而大谈隐遁，以至在某一程度上隐居养望，在东晋时代是司空见惯完全不足为怪的事情。我们虽然不必说陶渊明早年自称之“不慕荣利”“忘怀得失”竟是假的，但他此时的高隐姿态与他后期真正的归隐确实很不同。所以，《宋书·隐逸传》、萧统《陶渊明传》、《晋书·隐逸传》、《南史·隐逸传》等等在全文引用过《五柳先生传》之后，接下来就叙述他出任州祭酒，这种行文的路数虽然今天看去颇近乎幽默或讽刺，而当年却是一本正经的实录。

只得以诗补史的情形又见于陶渊明仕于桓玄的一段经历。据《庚子岁五月中从都还，阻风于规林》二首和《辛丑岁七月赴假还江陵夜行涂口》这三首诗，可以确知隆安四、五年(400、401)陶渊明曾在荆州刺史桓玄手下任职。高级世族的政治代表桓玄和他的父亲桓温一样，一向有志于取司马氏的皇位而代之。先是隆安元年(397)，京口镇将王恭联络荆州刺史殷仲堪以及南郡公桓玄等起兵讨伐权倾中外的佞臣王国宝，拉开了新一轮向司马氏中枢政权叫板的序幕。以太傅身份摄政的司马道子不得已杀王国宝以谢天下，同时密谋消灭京口、江陵两藩的势力。隆安二年(398)王恭、庾楷、殷仲堪、桓玄等再次起兵，一度逼近首都，但不久王恭因部下主要将领刘牢之、刘敬宣父子倒戈而失败，被杀，"仲堪既知王恭败死，狼狈西走，与桓玄屯于寻阳，朝廷严兵相拒"(《晋书·会稽王道子传》)；"恭既死，庾楷战败，奔于玄军，既而诏以玄为江州，仲堪等皆被换易，乃各回舟西还，屯于寻阳，共相结约，推玄为盟主，玄始得志"(《晋书·桓玄传》)。桓玄远不满足于只当几个藩镇的盟主，隆安三年(399)他趁着荆州大水、粮食缺乏的机会，发兵打败前盟友殷仲堪以及杨佺期等藩镇势力，兼领荆、江二州刺史，成为最大的地方实力派。

陶渊明从什么时候起仕于桓玄已难确考，估计就在隆安二年(398)诏以桓玄为江州刺史、诸藩屯于寻阳(这里正是陶渊明的故乡)推桓玄为盟主之时，至迟亦应在隆安四年(400)初诏以桓玄领荆、江二州刺史并督八州八郡诸军事之时。当时桓玄多次别有用心地上书请讨孙恩①，而陶渊明恰恰于此时奔走于桓玄的根本重地江陵与首都之间，很像一个负有重要使命的特使而绝非等闲之辈。在陶渊明庚子、辛丑这两年所作的诗中都很有些倦宦情思归隐的句子，例如"久游恋所生，如何淹在兹。静念园林好，人间良可辞"；"商歌非吾事，依依在耦耕。投冠旋旧墟，不为好爵萦。养真衡茅下，庶以善自名"。

① 《晋书·桓玄传》说："玄自为荆、江二州刺史后，屡上表求讨孙恩，诏辄不许。恩逼京师，复上书讨之，会恩已走……"按，孙恩起事在隆安三年(399)，其部逼近京师在隆安五年(401)六月；桓玄上表请讨孙恩的实际目的乃在借此机会率兵东下，相机夺取中央政权，朝廷"诏辄不许"则表明已经看清了他的密谋。《晋书·桓玄传》又说，其时桓玄"树用腹心，兵马日盛。……自谓三分有二，知势运所归"。《资治通鉴》卷一一二《晋纪三十四》云："桓玄厉兵训卒，常伺朝廷之隙，闻孙恩逼京师，建牙聚众，上书请讨之。元显(司马道子之子司马元显)大惧，会恩退，元显以诏书止之。"

据此可知他虽为公务奔走不息，但很有些不适应，不乐从政的清高脱俗与仕途辛苦之间必然产生若干矛盾；但这只涉及普泛的仕与隐的矛盾，并不代表对桓玄本人有什么批评或异议。

此时东晋王朝已经岌岌可危，门阀政治行将走到尽头。司马元显的谋士张法顺分析当前的形势道："桓玄承籍门资，素有豪气，既并殷（仲堪）、杨（佺期），专有荆楚。然桓氏世在西藩，人或为用，而第下之所控引，止三吴耳。孙恩为乱，东土涂地，编户饥馑，公私不赡。玄必乘此纵其奸凶，窃用忧之。"（《晋书・简文三子传》）可能正是这样一种形势使得陶渊明虽已有归隐的念头而终于没有实行急流勇退。东晋王室在世族的心目中并没有什么神圣的地位，而只不过是一个象征；司马道子父子当国之时朝政腐败混乱不堪，人心思乱，他们并非不可取代；依靠一个强大的前途无量的地方实力派以实现自己大济苍生的理想，也未尝不是一条可以走的道路。

隆安五年（401）冬，陶渊明遭遇母丧，依礼制退出官场，而就在他居丧期间，政治舞台上发生了一系列重大的事件：隆安五年桓玄积极准备东下攻取首都建康；第二年元兴元年（402）尚书令司马元显称诏发兵讨伐桓玄，桓玄立即带兵东下，迅即攻入建康，杀司马道子、元显父子，自为都督中外诸军事、丞相、录尚书事、扬州牧，领徐、荆、江三州刺史，兼统西府、北府兵，实际上取得了军政全权，于是就合乎逻辑地"讽帝以禅位"；元兴二年（503）冬，桓玄"接受"禅让，称帝，国号楚，改元永始。被废掉的晋安帝则被打发到寻阳安置。

桓玄攻入建康之初似乎还有一点新的气象，一度"京师欣然"；人们久已厌倦了司马道子父子当政的旧格局和他们那种严重的腐败，这本来为桓玄准备了很好的换班条件；可惜桓玄也同样腐败，不久就"朝野失望，人不安业"（《晋书・桓玄传》）了。

桓玄"奢豪纵逸，政令无常""猜忌安忍，刑赏不公"，其时又适逢荒年，人多饿死，桓玄无以救之，仍然"骄奢荒侈，游猎无度"，弄得"百姓疲苦，怨怒思乱者十室八九焉"（《晋书・桓玄传》）；这样一个更加腐败的政权维持了不到一年就被东晋的北府兵将领刘裕打垮，东晋王朝得以恢复。义熙元年（405）晋安帝复回建康，继续充当傀儡，实际掌握中央大权的乃是刘裕。

刘裕出身微贱，是从行伍中被提拔起来的，但很有政治头脑，对内大力加强中央集权，对外抵御异族入侵，在与桓玄的斗争中能身先士卒，执掌国政后"以身范物，先以威禁内外，百官皆肃然奉职，不盈旬日，风俗顿改"（《资治通鉴》卷一一三《晋纪三十五》），表现了某种进步的倾向。

在桓玄与刘裕的生死斗争中，陶渊明因遭遇母丧而置身事外，但从感情上来说，他明显地倾向于桓玄。陶渊明居丧的三年恰恰是桓玄得志的三年(隆安五年〔401〕～元兴二年〔403〕)，其间他的作品往往有许多指向朝政的言外之意。例如《晋故征西大将军长史孟府君传》①一文为他的外祖父孟嘉立传，其中大写孟嘉与桓温的密切关系，并且特别提到"光禄大夫南阳刘耽，昔与君同在温府，渊明从父太常夔尝问耽:'君若在，当已作公否?'答曰:'此本是三司人。'为时所重如此。"陶渊明早不为孟嘉立传，晚不为孟嘉立传，恰恰在桓温之子桓玄继承父志夺取中央政权最为得意之时来写这份传，并且强调自己的外祖父与桓氏家族的密切关系，而刘耽的身份除了是光禄大夫，他还是桓玄的岳父。陶渊明此文弦外之音相当丰富，其中很可能埋伏着深刻曲折的政治计算。

桓温早怀异志，多次向中央政权施压，都没有能够实现，到最后则要挟晋简文帝"临终禅位于己，不尔便为周公居摄。事既不副所望，故甚愤怨。……寝疾不起，讽朝廷加己九锡，累相催促。谢安、王坦之闻其病笃，密缓其事，锡文未及成而薨"(《晋书·桓温传》)。其实那锡文早就写成了，是谢安等人故意让袁宏反复修改以拖延时间，一直拖到桓温病死。桓玄做到了他老子想做而未能做到的事情，而就在桓玄一度代晋自立的当口，陶渊明忽然为孟嘉立传，大谈自家与桓氏家族的历史渊源、亲密关系，这应当不是偶然的、无意的。

桓玄上台之初颇急于找几个隐士出来为新政权作点缀②，没有考虑陶渊明——这时他还算不上隐士，知名度大约也还不够。此时陶渊明在《癸卯岁十二月中作与从弟敬远》诗中写道:"平津苟不由，栖迟讵为拙。寄意一言外，兹契谁能别!"癸卯为元兴二年(403)，当年夏桓玄称楚王，十二月三日称帝，改元永始。陶渊明此时作诗大发感慨，对于自己走不上坦途("平津")而只能隐没于草野之间作聊以自慰的叹喟，可知此时他颇不安于"栖迟"即隐居。

稍前在癸卯即元兴二年(403)春天桓玄攻入首都并准备上台之时，陶渊明在诗中已经有过"耕种有时息，行者无问津"(《癸卯岁始春怀古田舍》)这样

---

① 此文王瑶先生系于元兴元年(402)，见其编注之《陶渊明集》，人民文学出版社1956年版，第132页；逯钦立先生系于隆安五年(401)或元兴元年(402)，见其编注之《陶渊明集》，中华书局1979年版，第269页；袁行霈先生系于元兴元年(402)之后，见其《陶渊明集笺注》，中华书局2003年版，第494页。

② 《晋书·桓玄传》载桓玄上台后因当代无著名隐士而采取如下措施:"乃征皇甫谧六世孙希之为著作，并给其资用，皆令让而不受，号曰'高士'。时人名为'充隐'。"

急于出山的表示；然则他十二月中所说的“平津苟不由，栖迟讵为拙”，颇有照应前诗的意思。

因为得不到来自首都的反应，陶渊明颇为感慨，元兴二年五月曾在《和胡西曹示顾贼曹》诗[①]中写道：“感物愿及时，每恨靡所挥。悠悠待秋稼，寥落将赊迟。逸想不可淹，猖狂独长悲。”由此不难体会到他此时盼望出山的心情是何等迫切。

从《癸卯始春怀古田舍》的希望有人来“问津”，到《和胡西曹示顾贼曹》的欲及时有为，并致憾于自己没有发挥能力的机会，再到《癸卯岁十二月中作与从弟敬远》的哀叹自己不得不隐居，陶渊明当年的心事，可谓历历如画。

陶渊明于元兴二年春夏间还写过三组四言诗——《停云》《思亲》《荣木》。这些诗的大旨正如黄文焕所说，是发抒自己“匡扶世道之热肠”（《陶诗析义》卷一）；诗中有这样一些意味深长的诗句：“良朋悠邈，搔首延伫”、“岂无他人，念子实多”（《停云》）、“先师遗训，余岂云坠。四十无闻，斯不足畏。脂我名车，策我名骥。千里虽遥，孰敢不至”（《荣木》）……从陶渊明前后的作品及其一贯的态度看去，这些诗句当是为桓玄而发，并且显然是支持桓玄，寄希望于桓玄的。

桓玄沿江东下攻取建康时，曾经路过寻阳，但陶渊明正在守制，无从追随他东下。可惜桓玄很快就垮了台，这是陶渊明始料未及的事情。

可是大约在元兴三年（404）夏天的前后，亦即桓玄业已垮台而陶渊明守丧之期刚满之时，他忽然出山做了刘裕的参军，作有《始作镇军参军经曲阿作》一诗，而几个月以后陶渊明又离开了刘裕。陶渊明这次出山显然很有点勉强，《始作镇军参军经曲阿作》诗中说：“目倦川涂异，心念山泽居。望云惭高鸟，临水愧游鱼。真想初在襟，谁谓行迹拘。聊且凭化迁，终返班生庐。”刚一就职即已考虑归隐，前不久他在诗里所高唱的“脂我名车，策我名骥。千里虽遥，孰敢不至”那种干劲消解无余。

陶渊明此时已经形成了他的天命论思想，所以能“凭化迁”亦即听凭命运的安排，即使是违心的事情也可以先敷衍一下，以为权宜之计。

《荣木》等诗的写作时间和《始作镇军参军经曲阿作》十分接近，但情绪很不同，无非是因为当轴者的身份变化了。联系当时政局的起伏变迁来看，陶渊明始终支持门阀政治，对非门阀势力的崛起，则采取走着瞧的态度，而他彻底归隐的念头至此也已接近成熟了。

---

① 此诗系年据王瑶编注之《陶渊明集》，第17页。

《始作镇军参军经曲阿作》这一标题中的“始作”二字用得蹊跷，这两个字本是开始出仕的意思，而陶渊明分明并非始仕。这种矛盾促使人们作如下的推测：他希望掩盖过去几次出仕特别是曾经仕于桓玄那段历史。陶渊明之仕于桓玄本是充当特使，知道的人不多，要隐瞒是不难的。隐瞒一段历史在晋朝并不是什么很特别的事情，即如桓玄家族就曾经隐瞒其先世桓范在魏末高平陵之变中持反司马氏立场的一段历史①。当家族史或本人的经历不利于自己的时候，它就会被隐瞒，然后再由历史学家们很吃力地把它揭示出来。

陶渊明很快就离开了刘裕，义熙元年（405）他又做了建威将军、江州刺史刘敬宣的参军，作有《乙巳岁三月为建威参军使都经钱溪》诗。刘敬宣为北府名将刘牢之之子，牢之先前被桓玄逼死，敬宣遂从刘裕攻桓玄，但他并非刘裕的嫡系且有脱离刘裕的倾向，代表了另外一派势力。义熙元年（405）三月晋安帝自江陵反政，刘敬宣自表解职。陶渊明此行或是奉贺晋安帝复位，并为刘敬宣奉表解职。刘敬宣为建威将军、江州刺史始于元兴三年（404），足见陶渊明在刘裕那里充当参军时间极短，而他在刘敬宣这里充当参军时间也并不长。

“园田日梦想，安得久离析？终怀在归舟，谅哉宜霜柏。”（《乙巳岁三月为建威参军使都经钱溪》）一旦完成建威将军、江州刺史刘敬宣交代的出使任务，陶渊明就决定归隐，从此不再复出，就在园田里安居。

三

出乎意料的是，到当年即义熙元年（405）乙巳岁八月陶渊明又出仕为彭泽令，八十多天以后才真正实行计划已久的归隐。

《归去来兮辞》的小序写道：

> 余家贫，耕植不足以自给。幼稚盈室，瓶无储粟，生生所资，未见其术。亲故多劝余为长吏，脱然有怀，求之靡途。会有四方之事，诸侯以惠爱为德，家叔以余贫苦，遂见用于小邑。于时风波未静，心惮远役，彭泽去家百里，公田之利，足以为酒，故便求之。及少日，眷然有归欤之情，何则？质性自然，非矫励所得，饥冻虽切，违己交病。尝从人事，皆口腹自役，于是怅然慷慨，深愧平生之志。犹望一稔，当敛裳宵逝。寻程氏妹丧

① 详见田余庆《东晋门阀政治》中《桓温先世的推测》一节，北京大学出版社 1989 年版，第 139～153 页。

于武昌，情在骏奔，自免去职，仲秋至冬，在官八十余日。

这一段文字不长，却是人们理解陶渊明之归隐甚至他一生思想最重要的文献。

陶渊明的出仕一向有着经济方面的考量，他先前几次出山，以及到镇军将军刘裕手下当参军，稍后又到建威将军刘敬宣手下当参军，在某种意义上大抵相当于演员的走穴，客串一下就打算离开。陶渊明本不大高兴在长江沿线兵火未熄之时出远门办事，下决心在干完刘敬宣交给的任务之后立即归隐，但恰好这时他的叔叔陶夔奉皇帝的大驾到了寻阳，对他非常关心，让行将离职的刘敬宣安排陶渊明担任一个县令——所谓"于时风波未静，心惮远役""诸侯以惠爱为德，家叔以余贫苦，遂见用于小邑"等句的内涵如此。

陶渊明先前在出差途中的作品也颇多叹息和牢骚，说当这种官有什么意思，又很辛苦，远不如回家闲居，故乡的园林多好啊；但大抵还是顺便一般地发发感慨，尚未有一定要迅即归隐的明确表示。而到义熙元年(405)作《乙巳岁三月为建威参军使都经钱溪》时，他已明确说过在完成这次公务以后立即彻底退出官场，实行归隐，不再往后拖了。诗云：

> 我不践斯境，岁月好已积。晨夕看山川，事事悉如昔。微雨洗高林，清飙矫云翮。眷彼品物存，义风都未隔。伊余何为者，勉励从兹役？一形似有制，素襟不可易。园田日梦想，安得久离析？终怀在归舟，谅哉宜霜柏。

诗中说，不到长江下游("斯境")来已经好几年了，山川未改("晨夕看山川，事事悉如昔")，而人事的变化却非常之大，上一次到首都，陶渊明是作为桓玄的使者而来的，现在却成为建威参军来执行公务了，而这位刘敬宣也颇有反复，既投降过桓玄，又反对过他，攻打过他的余党①。世事变化之快，有如此者。这样折腾下去有什么意思？这还像是经霜不凋的松柏吗？

---

① 刘敬宣(？～415)是东晋北府兵的重要将领刘牢之(？～402)的儿子。刘牢之英勇善战，威名大振，但此人也曾不止一次地进行政治投机，一再背叛过自己的顶头上司，也曾一再取得成功。桓玄的势力崛起之后，刘牢之的立场在朝廷和桓玄之间游移不定，试图再一次进行某种政治投机，可是这一回他未能实现预期目的，刘敬宣跟在后面也不免经历了种种折腾。他们父子二人皆毫无远见和定力。桓玄败亡后，敬宣"拜辅国将军、晋陵太守。与诸葛长民破桓歆于芍陂，迁建威将军、江州刺史，镇寻阳"。陶渊明到刘敬宣手下任参军，并作为他的使者到首都去办事，当在此时。但这只是个一次性的差事，刘敬宣不久就调离了江州，"安帝反政，征拜冠军将军、宣城内史，领襄城太守"。

诗中继续说，眼前的景色甚佳，雨过天晴，树木充满了生气，飞鸟自由地翱翔。而自己却忙于这种很无谓的奔走，好像受到一种什么制约，完全是被动的（“一形似有制”），做这等违背本心的事情；其实自己原先的想法（“素襟”）是没有也不会改变的啊。

陶渊明的“素襟”无非就是脱离不自由的官场，远离纷纭的政局，回老家过隐居的生活。那时舟行甚慢，途中须花相当一段时间，似乎可以估计陶渊明在当年四月，至迟五月，就可以回到老家，实现其隐居的美梦了。

但恰恰在此时，已经升任为尚书的陶渊明的叔叔陶夔，因为代表朝廷到江陵去迎接复辟的安帝司马德宗回建康而经过寻阳[①]，尚书有实权，这时又正在皇帝身边，话语权很大，这时的江州刺史还是刘敬宣，于是“家叔以余贫苦，遂见用于小邑”一事，遂得以定局。陶渊明必须领“家叔”这个情，何况多弄一些锦上添花的收入（“公田之利，足以为酒”）也是好的。这样，陶渊明的归隐就比原计划延迟了几个月。

陶夔叔叔显得很热心，此时官运亨通，又荣经故里，弄个离家不远的彭泽县的县令给侄子当当可以显得很光彩，而且恰好可以表现其宗族情怀和非凡的能量——而殊不知他其实是给陶渊明帮了一个倒忙。

陶渊明在彭泽县县令的大堂上只坐了八十来天就自免去职了。关于他挂冠而去的原因，曾经有过两个解释，其一，是他本人说过的“寻程氏妹丧于武昌，情在骏奔，自免去职。仲秋至冬，在官八十余日”。嫁到武昌去的妹妹英年早逝，陶渊明要到武昌去一趟，同她作最后的告别，安慰其子女亲属，“情在骏奔”是很可以理解的事情，但一般来说这不足以引发他抛弃现有的职务。请一段事假去武昌走一趟也就是了。其二，在陶渊明的传记里，关于他归隐的近因或曰导火线有另外的说法。《宋书·隐逸传·陶潜传》载：

> 郡遣督邮至县，吏白应束带见之，潜叹曰：“我不能为五斗米，折腰向乡里小人！”即日解印绶去职，赋《归去来》。

唐修《晋书》的《隐逸传》亦载此事：

> 素简贵，不私事上官。郡遣督邮至县，吏白应束带见之，潜叹曰：“吾不能为五斗米折腰，拳拳事乡里小人邪！”

---

① 《魏书·僭晋司马叡传》：“德宗复僭立于江陵，改年义熙。尚书陶夔迎德宗。……德宗发江陵至寻阳。”

文字小有异同，而意向大抵一致。郡里派督邮（巡回检查官）到县里来，县令应着正装拜会他（“束带见之”），按礼节自当鞠躬如也，表示尊重。

两份史料中的“五斗米”无非是一种借代修辞，指代县令的俸禄。陶渊明说自己不能为了拿这么一份薪俸就低三下四地向一个原是“乡里小人”的督邮鞠躬致敬，宁可抛弃官职回家隐居去。“五斗米”后来经常当作典故来运用，唐诗中有“欲徇五斗禄，其如七不堪”（孟浩然《京还赠张维》）、“只缘五斗米，辜负一渔竿”（岑参《初授官题高冠草堂》）、“久别二室间，图他五斗米”（岑参《峨眉东脚临江听猿怀二室旧庐》）、“谁将五斗米，拟换北窗风”（李商隐《自贶》）等等名句。但是如果将这“五斗米”认定为当时官俸的确切数据，则未免胶柱鼓瑟，会惹出种种麻烦来。在诗歌阐释中追求数字的精确性，往往非徒无益而又害之，这种“算博士”的拘执只能形成对作品领悟和鉴赏的干扰。实际上，陶渊明时代是给官员一块“公田”令各自收其租税，其年收入或月收入现在已经无从统计。陶渊明当了八十多天彭泽令就挂冠而去了，这一份“公田之利”不知道到手多少，很有可能一点也没有拿到①。

弄些收入是重要的，而保持人格独立、生活自由也非常重要。可以为创收而仕，但官场里束缚太多，自己“质性自然”，实在受不了，恰巧这时嫁到程家去的妹妹忽然去世，很是哀伤，深感人生苦短，老是勉强自己（“矫励”）实在没有意思，于是干脆“自免去职”，回家去过自由自在的惬意生活。一旦归隐，就再也没有必要遵守官场里那些令人十分反感的规矩礼节了！

一个程氏妹丧于武昌，一个应束带拜见郡里派下来的督邮，拿这两条来说明陶渊明挂冠而去、彻底归隐的原因，都似乎力量尚有不足。陶渊明过去也当过好几次官，向上级“折腰”应当是早就习惯了的。这回来的督邮大约出身不高（所谓“乡里小人”），但以他现在的官职，对检查的官员自然还是必须表示尊重的。官场里只认官阶不认人，这是正常的，何必因此就“即日解印绶去职”呢。前代学者对此议论纷纷，一般都认为这两条皆不足以构成陶渊明

---

① 关于“五斗米”历来还有种种其他说法，大抵属于求之过深，也很不容易讲通。“五斗米”指代官俸一说，自唐代以来就流传不衰，按约定俗成的老例，现在也还可以这么看。“我不能为五斗米，折腰向乡里小人！”乃是诗化的语言，是一种夸张的说法，不宜呆看。读诗时宜乎把追求精确的数学思维头脑暂时搁置起来，不必讲究“落实”，这里正用得着陶渊明关于读书“不求甚解”的指示，含糊一点，这才合适，甚至可以说非常必要。

彻底归隐的原因①，于是另找出路，一个影响很大的说法是陶渊明预感到行将改朝换代，遂赶紧逃离官场。沈约在《宋书·隐逸传·陶潜传》中最早提出这样的分析：

潜弱年薄宦，不洁去就之迹，自以曾祖晋世宰辅，耻复屈身后代，自高祖王业渐隆，不复肯仕。所著文章，皆题其年月，义熙以前，则书晋氏年号，自永初以来，唯云甲子而已。

陶渊明因为曾祖陶侃曾经官任东晋大司马，自家有这样的光荣，于是同司马氏家族的东晋王朝很有感情；所以后来看到“高祖王业渐隆”亦即北府兵将领刘裕地位越来越高，预示着改朝换代的巨大变故行将发生，根本不能接受，于是下决心退出官场，回家隐居，以免同新兴的刘氏新王朝发生什么瓜葛。陶渊明“耻复屈身后代”一说影响极大，得到许多学者的认同②。

可是义熙元年乙巳岁（405）离改朝换代（东晋元熙二年、刘宋永初元年〔420〕）尚有十多年，陶渊明又不是算命先生，如何能够预见到这么多年必有改朝换代之事？

何况陶渊明的曾祖陶侃固然是“晋世宰辅”，却并不完全忠于东晋，他也曾有过很大的野心，只是没有来得及采取行动罢了，其心事已很明显，所以《晋书》本传中有过明确的记录。陶渊明在归隐之前，曾一度仕于桓温之子桓玄，后因母丧退出官场，而其间发生桓玄取代东晋建立自己的“楚”政权的巨

① 李公焕说：“世人但以不屈于州县吏为高，故以因督邮而去。此士识时委命，其意固有在矣，岂一督邮能为之去就哉？躬耕乞食，且犹不耻，而耻屈于督邮，必不然矣。”（《笺注陶渊明集》卷五引韩子苍语）又有人说：“观其语意，乃以妹丧而去，不缘督邮。所谓矫厉违己之说，疑心有所属，不欲尽言之耳。辞中正喜还家之乐，略不及武昌，自可见也。”（洪迈《容斋随笔》五集卷一）

② 例如朱熹说，陶渊明“后以刘裕将移晋祚，耻事二姓，遂不复仕”（《楚辞后语》卷四《归去来辞》解题）。林云铭说“陶元亮作令彭泽，不为五斗米折腰，竟成千秋佳话。岂未仕之先，茫不知有束带谒见之时，孟浪受官，直待郡遣督邮，方较论禄之微薄、礼之卑屈耶？盖元亮生于晋祚将移之时，世道人心，皆不可问，而气节学术，无所用之，徒劳何益。五斗折腰之说，有托而逃……”（《古文析义初编》卷四）陶澍把这一层意思说得格外清晰：“先生之归，史言不肯折腰督邮，序言因妹丧自免。窃意先生有托而去，初假督邮为名，至属文，又迂其说于妹丧以自晦耳。其实闵晋祚之将终，深知时不可为，思以岩栖谷隐，置身理乱之外，庶得全其后凋之节也。”（《靖节先生集》卷五）以“晋祚”之将被替换来解释陶渊明的归隐，以及认定他此后充满“忠愤”——诸如此类的以政治正确道德高尚来评说陶渊明的种种议论，曾经十分流行，影响深远，至今不衰。

变，对此陶渊明并没有表示反对，相反却寄予了许多希望。到了晋、宋易代之时及其以后，陶渊明也没有什么“忠愤”，他大体采取无所谓的态度，只是对刘裕（宋武帝）的个别做法不以为然，用“晋祚将移”来解释陶渊明的归隐，是讲不通的。

事情的真相应当是半年前陶渊明就下决心归隐，到义熙元年(405)十一月才得以实施，已经意外地推迟了半年。人寿几何，再也不能延迟了！《归去来兮辞》的小序说得也很清楚，他决心归隐的原因，从根本上说是自己“质性自然”，不能适应官场的种种；从近因来说，那就是这个计划外的彭泽令他本来就没有想到要干，这是亲故劝他干，而由“家叔”一手安排的。当时不便拒绝，所以事后一有机会就发作起来，自免去职，抓紧实现自己早已有之的“园田梦”以顺自己的心愿。

用政治原因来解释陶渊明的归隐还有另外一条理路，这就是所谓避免清洗说。这一派意见认为，陶渊明曾经在桓玄手下效力，稍后其人一度称帝，而又很快被刘裕打垮，于是陶渊明仕于桓玄的经历就构成了一个严重的政治“污点”或曰“历史问题”，所以到刘裕的权势日渐高升，以至于可能改朝换代之时，他为了淡出政治，逃避清算，就匆匆实行了归隐。

这样的推测恐怕离开当年的实际情形甚远。事实上当时刘裕并没有搞什么政治清算，他对于一度同桓玄有关系而在时局动荡中摇摆不定的人物，大抵采取拉拢的政策，他要扩大自己的势力，自不会把打击面搞得很宽。这里一个具有典型意义的人物是王谧，他在东晋朝廷上位列三公，而同时又是亲手解下晋安帝的玺绶交给桓玄的人，此后在桓氏的“楚”政权中担任司徒。桓玄一垮，他觉得自己处境很危险，赶紧逃走；但刘裕没有整他，而是客客气气请回朝廷来，继续位居于百僚之上。只要其人在政治舞台上不构成对自己的威胁，刘裕一概大肚包容，种种往事完全忽略不计。连“历史污点”如此严重的王谧都平安无事，像陶渊明这样的小人物，精神根本用不着紧张。

拿“历史问题”“历史污点”作为理由来整人，更像是近现代政治斗争路线斗争中常见的办法和风格，而在中国古代，一向更重视当下的立场和表现，往事大抵可以既往不咎。儒家的恕道甚得人心。何况当桓玄取消东晋建立自己的“楚”政权时，因为实行的是禅让，所以从法理上来说，是司马氏皇室把宝座以及满朝的文武大臣都转让奉送给新主人桓玄了，刘裕在打倒桓玄以及后来他自己称帝时，对这些曾经实行立场转移的文武大臣一概没有为难，绝未视为“桓玄集团的余党”，而是基本上全盘接受下来了。

更何况桓玄失败后陶渊明还曾在时为镇军将军的刘裕手下当过一段参军，可以说这表明他已经明确站到自己的一边来了，刘裕怎么会想到要来“清洗”他？

在讨论陶渊明归隐之原因的各种意见中，还有一种出人意料或简直匪夷所思的看法是：陶渊明在彭泽担任县令期间，经济上有些问题，所以一听说负责监察的官员督邮到了，便精神紧张，赶紧逃跑。陶渊明是个贪官。这也未免太恐怖了！

这种大胆推测的根据，据说有两条：一是陶渊明本属为了弄些收入而充当彭泽令，他到任不久，就阔气了许多，一定是有大量的非法的收入。论者没有提出什么具体的证据。不错，陶渊明家确有僮仆、舟车和住宅，但这些应当是充当彭泽令以前就有的，凭什么说这些都是他突然暴发的证据？二是历史上曾经有些官员因为身上有比较大的毛病，一旦听说有厉害的上司或纪检官员莅临，就望风而逃，挂印而去，陶渊明的情形也是如此。以类比推理为手段来坐实某一具体官员的职务经济犯罪，恐怕未免草率得近乎儿戏了。

这样看来，不为五斗米折腰乃是陶渊明挂印而去的一个借口，而非深层原因；另外三说——“不事二姓”说、避免牵连说、畏罪逃跑说——则皆所谓言之似乎成理，持之其实无故——无非是求之过深，转成穿凿。可惜积非成是，现在要想订正这些误解，也很不容易。

陶渊明的归隐并不完全是政治性的退避，在很大程度上乃大有社会性甚至哲理性退避的意思。这一点在他后来的作品中有许多表现，并产生了深远的影响。

四

义熙元年(405)十一月抛弃官职回了故乡的陶渊明非常愉快地开始了他的隐士生活，由于没有了官俸，收入减少，但仍然不愁衣食。他亲自参加了一些辅助性的劳动，而以读书、写作、游览和深入思考人生的哲理为主要生活内容。

这时他的经济来源，除了过去的积蓄，主要依靠田庄里的收入。当年他已经在自己的柴桑故家之外经营了一处田庄，地点在寻阳上京山附近，“方宅(一作“泽”)十余亩，草屋八九间。榆柳荫后檐，桃李罗堂前”“户庭无尘杂，虚室有余闲”(《归园田居》其一)，十分宽敞、幽静、净洁。陶家的生产劳动主要依靠奴子进行，他家具体有多少土地和奴子不可知，但看他诗中记叙奴子“开荒南野际”，又高兴地说“我土日已广”（《归园田居》其二），可见他还能相当小康并不断有所提高。

奴子当时称为“僮仆”或“力”。《归去来兮辞》有云：“实迷途其未远，觉今是而昨非。舟遥遥以轻飏，风飘飘而吹衣。问征夫以前路，恨晨光之熹微。乃瞻衡宇，载欣载奔。僮仆欢迎，稚子候门。”这“僮仆”不是后来一般的所谓仆人，而是与主人有人身依附关系的奴子。汉晋以来的所谓“僮仆”替主人种田、经商、从事各种家务劳动，亦称为“僮”或“僮客”①。“僮仆”在东晋南朝一直存在②，他们在当时的生产中作用很大。《颜氏家训·涉务篇》云：“江南朝士，因晋中兴，南渡江，卒为羁旅，至今八九世，未有力田，悉资俸禄而食耳。假令有者，皆信僮仆为之。未尝目观起一拨土，耘一株苗，不知几月当下，几月当收，安识世间余务乎。故治官则不了，营家则不办，皆优闲之过也。”他这里正是从东晋说起的。“僮仆”实际上就是农奴。

陶渊明家的僮仆应当是他家里从事农业生产的主力。鲁迅先生早已注

---

① 例如《史记·司马相如列传》中提到“卓王孙家僮八百人”；而《汉书·司马相如传》则说“临邛多富人，卓王孙僮客八百人”，注云：“僮，谓奴。”西汉作家王褒（字子渊）的《僮约》，虽然近于游戏文章，但从中也可以考见僮仆任务繁重，相当痛苦。“僮客”这一提法用得很久，例如《三国志·蜀书·糜竺传》就曾说起其人“祖世货殖，僮客万人”。“僮客”亦犹“僮仆”。《三国志·吴书·陈武传》附带地写到其子陈表的事迹，说国家曾经赏给他二百家“僮仆”，但他表示不肯接受：“嘉禾三年，诸葛恪领丹杨太守，讨平山越，以（陈）表领新安都尉，与恪参势。初，表所受赐复人得二百家，在会稽新安县。表简视其人，皆堪好兵，乃上疏陈让，乞以还官，充足精锐。诏曰：‘先将军（陈武）有功于国，国家以此报之。卿何得辞焉？’表乃称曰：‘今除国贼，报父之仇，以人为本。空枉此劲锐以为僮仆，非表志也。’皆辄料取以充部伍。所在以闻，（孙）权甚嘉之。”虽然未能奉还给国家，但他实际上将这些本已沦为“僮仆”的人解放了。

② 《宋书·王弘传》记载了当时的一场讨论，即在最基层的里伍中，士人是否要接受连坐，可否用僮仆奴客来替罪？其时有几种不同的意见，吏部郎何尚之的看法是士人本人必须接受连坐，他感慨地说：“今多僮者傲然于王宪，无仆者怵迫于时网，是为恩之所沾，恒在程、卓，法之所设，必加颜、原，求之鄙怀，窃所未惬。”王弘则主张对士人适当予以照顾：“无奴客，可令输赎，又或无奴僮为众所明者，官长二千石便当亲临列上，依事遣判。”可知“僮”“仆”“奴客”“奴僮”这些语词基本同义，可以通用。“奴僮”一词尤多见于史籍，如《宋书·谢弘微传》称谢混死后，谢家“奴僮尚有数百人”，《宋书·沈庆之传》云其家“奴僮千计”，如此等等。王弘在刘宋初年当过江州刺史，与陶渊明有过交往，这就是《宋书·隐逸传·陶渊明传》所载的：“江州刺史王弘欲识之，不能致也。潜尝往庐山，弘令潜故人庞通之赍酒具，于半道栗里要之。潜有脚疾，使一门生二儿舁篮舆，既至，欣然便共饮酌。俄顷（王）弘至，亦无忤也。”他们是同时代人，王弘的说法同陶渊明的诗文最可互证。

意及此，讲过一条朴素而深刻的道理："凡是有名的隐士，他总是已经有了'优哉游哉，聊以卒岁'的幸福的。倘不然，朝砍柴，昼耕田，晚浇菜，夜织屦，又那有吸烟品茗，吟诗作文的闲暇？""'隐'总和享福有些相关"；具体说到陶渊明，鲁迅指出："他有奴子，汉晋时候的奴子，是不但侍候主人，并且给主人种地，营商的，正是生财器具。所以虽是渊明先生，也还略略有些生财之道在，要不然，他老人家不但没有酒喝，而且没有饭吃，早已在东篱旁边饿死了"①。

陶渊明的不凡之处在于，他本人也参加过一定的农业生产劳动，例如在豆子地里锄草，收割水稻等等。他颇知稼穑的艰难，与"农人"的关系比较亲密，这就同那些"未尝目观起一拨土，耘一株苗，不知几月当下，几月当收"、一味高高在上的官僚雅士不可同日而语了。他的高明之处还在于，他对"僮仆"的态度也比较好，据萧统《陶渊明传》所记，他在彭泽令任上曾经派遣一个"力"——也就是"僮仆"即奴子，亦称"力人"——去为他儿子服务，其时有一封信道：

> 汝旦夕之费，自给为难。今遣此力，助汝薪水之劳。此亦人子也，可善遇之。

要求自家子女善待僮奴，强调指出"此亦人子也"，表现出某种人道主义精神。陶渊明不可能超越当时的政治经济体制，但他主张善待弱势群体，表现了高尚的"仁者爱人"的风范，颇为难能可贵②。

陶渊明家有多少"僮仆"颇不可考，大约不算多——《宋书》本传说给他抬"篮舆"的除了门生以外还有他自己的两个儿子，可见他后来能够役使的人很少，而且越来越少。他晚年在《与子俨等疏》中写道："汝辈稚小，家贫无役，柴水之劳，何时可免，念之在心，若何可言！"到这时候，他家里似乎已经没有"僮仆"了。与陶侃时"家僮千余"（《晋书·陶侃传》）相比，到陶渊明这一代显然要算是彻底破落。

义熙元年（405）冬天陶渊明刚刚归隐时的生活内容，从他的《归去来兮

---

① 《且介亭杂文二集·隐士》，《鲁迅全集》第6卷，第223～224页。

② 与陶渊明大体同时而稍晚的谢灵运，态度就完全不同，他竟然擅自杀害僮仆。《宋书·谢灵运传》云："迁相国从事中郎，世子左卫率，坐辄杀门生，免官。"此事内幕则如《宋书·王弘传》载其奏弹谢灵运文中所说，"世子左卫率康乐县公谢灵运，力人桂兴淫其嬖妾，杀兴江涘，弃尸洪流。事发京畿，播闻遐迩。宜加重劾，肃正朝风"。桂兴其人虽有问题，却无死罪，尤非谢灵运所可擅杀。谢灵运有大贵族的霸气，与陶渊明完全不同。

辞》看去，是“引壶觞以自酌，眄庭柯以怡颜。倚南窗以寄傲，审容膝之易安。园日涉以成趣，门虽设而常关。策扶老以流憩，时矫首而遐观”，以及“悦亲戚之情话，乐琴书以消忧”，意态悠闲而潇洒。

第二年春天如何？《归去来兮辞》继续写道：“农人告余以春及，将有事于西畴。或命巾车，或棹孤舟。既窈窕以寻壑，亦崎岖而经丘”。农人忙于春耕，陶渊明则专事游览，走出那虽设而常关的大门。他并不去名山大川，就在家门口的附近“登东皋以舒啸，临清流而赋诗”。在《归园田居》的其四、其五两首中，他写到了出游时的见闻和感想：

久去山泽游，浪莽林野娱。试携子侄辈，披榛步荒墟。徘徊丘垄间，依依昔人居。井灶有遗处，桑竹残朽株。借问采薪者，此人皆焉如？薪者向我言，死没无复余。一世异朝市，此语真不虚。人生似幻化，终当归空无。

怅恨独策还，崎岖历榛曲。山涧清且浅，可以濯吾足。漉我新熟酒，只鸡招近局。日入室中暗，荆薪代明烛。欢来苦夕短，已复至天旭。

陶渊明在附近的山泽间随意散步，所见到的废墟给他很深的刺激，他由此想到人生的无常和短促，并且立即归结为抓紧时间享受生活。在陶渊明那里，安贫乐道和及时行乐是紧密地结合在一起的。

人存事立，人死则一切都荒墟化了，民居的废墟非常直观地形成一个象征，一个使陶渊明慨然长叹而深有领悟的象征。渊明的诗由抽象上升为具象，而哲理即寓于其中，自然耐读，而且具有超越时空的生命力。

在陶渊明看来，人的一生就是一个走向废墟的过程，因此不必在这个途中再去寻什么烦恼，而应当进德修业，委运任化，想干点什么就干点什么，“但使愿无违”便好。死后一切空无，尤其不必为那时可能发生的种种去瞎操心。这种潇洒的人生态度，贯穿了陶渊明的后半生。他此时已经参透世事，颇有近乎禅悦的意思。在滚滚红尘之中，陶诗往往可以作为一帖清凉剂、解毒剂，带给读者一点超然物外的遐思，尽管它本身也是有毒副作用的。

后来陶渊明又专门写过一首涉及废墟的诗：

山泽久见招，胡事乃踌躇？直为亲旧故，未忍言索居。良辰入奇怀，挈杖还西庐。荒涂无归人，时时见废墟。……栖栖世中事，岁月共相疏。耕织称其用，过此奚所须！去去百年外，身名同翳如。

——《和刘柴桑》

途中所见之废墟给予陶渊明很深的刺激，他由此领悟到人生的悲凉与空虚，一死之后，身与名俱湮没无存，或仅存空名，有如荒途废墟；由此可知在纷纭世俗中辗转奔走只不过徒然消磨生命。做官毫无意义，不如归隐。考虑到这位刘柴桑——即刘遗民，曾任陶渊明故乡柴桑县县令——此时已彻底地迷恋佛教净土宗，则渊明诗的言外之意显然是指出求佛亦毫无意义，四大并不皆空，人世还是值得留恋的，为了生存必须劳作，但不必追求物质享受；死后如何，大可不必去管它。

据陶诗诗意，当时刘遗民正在召唤陶渊明去"山泽"，这大约是刘氏等一批人在慧远大和尚领导下结社念佛时的事情。陶渊明拒绝了他的邀请。"栖栖世中事，岁月共相疏"这两句诗告诉人们，陶渊明的归隐，主要并非政治性的退避，而简直大有哲理性退避的意思。

陶渊明参加过一些轻微的劳动，目的无非是给生活增加一些内容，让自己高兴一下。《归去来兮辞》里说到过"或植杖而耘耔"，《归园田居》其三则写道：

> 种豆南山下，草盛豆苗稀。晨兴理荒秽，带月荷锄归。道狭草木长，夕露沾我衣。衣沾不足惜，但使愿无违。

他的锄草带有遣兴的意思，愿意去干这件事就去干一下。"使愿无违"，人生的乐趣在此。

陶渊明自己动手劳作可能还有些"劝农"的意思，他在正式归隐之前就曾"秉耒欢时务，解颜劝农人"（《癸卯岁始春怀古田舍二首》其二），又曾经专门作《劝农》诗，有云"孔耽道德，樊须是鄙。董乐琴书，田园不履。若能超然，投迹高轨。敢不敛衽，敬赞德美"，孔子斥责"请学稼"的樊须为小人（见《论语·子路》），董仲舒"少治《春秋》，下帷讲诵，盖三年不窥园"（《汉书·董仲舒传》），陶渊明认为那是很高的境界，值得赞美；但是普通老百姓不能这样，还得好生种地："民生在勤，勤则不匮。宴安自逸，岁暮奚冀？儋石不储，饥寒交至。顾尔俦列，能不怀愧！"陶渊明主要在谋生手段这一点上，充分肯定生产劳动的必要性。

陶渊明隐居后的第三年（义熙四年〔408〕），家中遭遇了一场火灾。曾经有人特别强调此事的意义，认为他从此就穷了下来，于是亲自劳动，感情也发生了很大的变化。此说未免过于夸大了这一场火灾的作用，夏天里的一把火烧不掉他多年以来形成的世界观人生观，他那首《戊申岁六月中遇火》写得相当超然，充满了委运任化的天命论思想；他此后的生活依然是“浊酒且自陶”，又说“千载非所知，聊以永今朝”（《己酉岁九月九日》），乐天知命并且及时行乐的思想一如往昔。

再过一年，义熙六年(410)，陶渊明作《庚戌九月中于西田获早稻》，其中有“晨出肆微勤，日入负耒还”之句，自称“微勤”，用词准确。大约就在这一年秋后，陶渊明迁居浔阳县城近郊的南村，此后诗中不复出现“微勤”的痕迹，他津津乐道的是“邻曲时时来，抗言谈在昔。奇文共欣赏，疑义相与析”；“春秋多佳日，登高赋新诗。过门更相呼，有酒斟酌之”（《移居二首》），“居止次城邑，逍遥自闲止”（《止酒》），“今我不为乐，知有来岁不？命室携童弱，良日登远游”（《酬刘柴桑》），完全恢复到隐居之初的状态中去了。

随着年岁的增加，陶渊明留恋人生及时行乐的情绪更加强烈，这时他服用菊花以助延年益寿。“秋菊有佳色，裛露掇其英。泛此忘忧物，远我遗世情”（《饮酒》二十首其七）；“酒能祛百虑，菊解制颓龄”（《九日闲居》）；“采菊东篱下，悠然望南山”（《饮酒》其五）等等都讲起食菊与长寿的关系。此外他还采集紫芝，研究方术，希望能够长寿乃至成仙，从而多过几天“缓带尽欢娱，起晚眠常早”（《杂诗》十二首其四）的生活。在追求现世享乐这一点上，陶渊明和许多晋代文人并无不同，只是他不那么奢华，显得相当家常，因而很便于实行罢了。

陶渊明结交的人物中官员很不少，迁居南村以后尤其是如此——这里离城近了。从诗中看去，他的朋友有晋安南府长史掾殷铁①、戴主簿、前任柴桑令刘程之、现任柴桑令丁某、左将军长史羊松龄、主簿庞遵、邓治中、散骑常侍张野、后军功曹颜延之、江州刺史王弘等等。陶渊明与他们诗酒往还，一道出游。另外一些朋友则是住在乡间的高人雅士，能够同陶渊明一起“奇文共欣赏，疑义相与析”的，自非等闲之辈，奴子是不懂那些“奇文”的。

陶渊明不仅在寻阳、庐山一带漫游，他还有更远大的计划，曾经打算远游中原，凭吊圣贤遗迹，这个计划未能实现。陶渊明如果真的像某些论著所说的那样贫困，哪里会有远游的闲暇和财力？陶诗中确实有“夏日长抱饥，寒夜无被眠”（《怨诗楚调示庞主簿、邓治中》）一类说法，但那是大大地夸张了，不

---

① 《与殷晋安别》诗序云：“殷先作晋安南府长史掾，因居寻阳。后作太尉参军，移家东下，作此以赠。”晋安南府长史掾这个官衔很难理解，传世文本中或有讹误。详请参见袁行霈先生《陶渊明集笺注》，第155～156页。

可死于句下。

五十岁时陶渊明大病了一场，到义熙十四年(418)之后，身体略好，就又坐着轿子出游，其时所作之《诸人共游周家墓柏下》《岁暮和张常侍》《九日闲居》等，充满了人生无常、及时行乐的叹喟，诗风渐趋衰飒。

晋、宋易代以后，陶渊明的生活状态无大变化，仍然是读书、饮酒、出游、吟诗。其组诗《读山海经》的第一首道：

> 孟夏草木长，绕屋树扶疏。众鸟欣有托，吾亦爱吾庐。既耕亦已种，时还读我书。穷巷隔深辙，颇回故人车。欢言酌春酒，摘我园中蔬。微雨从东来，好风与之俱。泛览周王传，流观山海图。俯仰终宇宙，不乐复何如？

情调是安逸轻松的。该组诗其五更直截了当地说："在世无所须，惟酒与长年。"这时陶渊明虽已年高体弱，但仍然未能忘情于远游，曾叹息自己"情通万里外，形迹滞江山"(《答庞参军》)。

陶渊明大约只有去世前的一两年生活真的贫困些。据萧统《陶渊明传》记载，元嘉三年(426)初夏，檀道济就任江州刺史后曾去探望陶渊明，这时老诗人已经"偃卧瘠馁有日矣"，于是"道济馈以粱肉"。陶公所以如此不堪，是因为碰上了"年灾"，《有会而作》诗序中提到这一点，他本来认为在这种特殊情况下，"嗟来之食"是可以接受的；但他仍然拒绝了檀太守的馈赠。在此前后陶渊明还写过一首《乞食》诗，但我们一定不要以为陶渊明真的穷到了讨饭的地步，这首诗的题目太夸张了，那内容是：

> 饥来驱我去，不知竟何之。行行至斯里，叩门拙言辞。主人解余意，遗赠岂虚来。谈谐终日夕，觞至辄倾杯。情欣新知欢，言咏遂赋诗。感子漂母惠，愧我非韩才。衔戢知何谢，冥报以相贻。

原来所谓"乞食"不过是到朋友中打秋风，主人与来宾一道高谈阔论，饮酒赋诗，这哪里是什么乞食呢？

鲁迅先生说得好，"穷到透顶，愁得要死的人，那里还有这许多闲情逸致来著书？……高吟'饥来驱我去……'的陶征士，其时或者偏已很有些酒意了"①。这真是鞭辟入里的分析，对于人们深入研读陶诗，估价他的生活状况具有深刻的启示。

---

① 《华盖集·"碰壁"之后》，《鲁迅全集》第3卷，第68页。

彻底归隐后的陶渊明思想完全成熟了，同先前相比，进步非常明显。这时他已经安于清贫和平凡，不复计较各种名利，只要顺心便好。

在正式归隐前两年，即元兴二年(403)，陶渊明写过一首《癸卯岁十二月中作与从弟敬远》，其时他还没有真正找准自己的人生定位。诗云：

寝迹衡门下，邈与世相绝。顾眄莫谁知，荆扉昼常闭。凄凄岁暮风，翳翳经日雪。倾耳无希声，在目皓已结(一作"洁")。劲气侵襟袖，箪瓢谢屡设。萧索空宇中，了无一可悦。历览千载书，时时见遗烈。高操非所攀，谬得固穷节。平津苟不由，栖迟讵为拙！寄意一言外，兹契谁能别？

诗前半用许多笔墨描写自己在衡门之下饥寒交迫的苦况，甚至说虽然外面是很好的雪景——"倾耳无希声，在目皓已结"这两句，前人评价极高，被称为"千古咏雪之式"(沈德潜《古诗源》卷八)，"后来者莫能加也"(罗大经《鹤林玉露》卷五)——而自己却完全无心欣赏。人一变穷，再加上心理不平衡，就顾不上审美了。

孔子说过"君子固穷，小人穷斯滥矣"(《论语·卫灵公》)，说说容易，真正能固守其穷决非易事。陶渊明在诗中坦率地说自己是"谬得固穷节"，论者或以为这是他的谦辞，其实这一句诗表明他本来并不想走这样一条路，现在只是不得已而为之罢了。

在陶渊明面前有两条路：一是在官场里不断运作和升迁，那是阳关大道("平津"，汉儒公孙弘任宰相，封平津侯)；另一条是退守田园，栖迟于衡门之下，这是独木小桥。陶渊明说，既然前一条路走不成，那么只好走后一条，这也不算是"拙"。这么说总是有一点不得已而求其次的味道，或者简直是他的自我安慰。这时的陶渊明认为固守其穷乃是"拙"，并算不得"高操"。他本心深处并不打算"拙"，只是被逼如此，无可奈何罢了；这与他后来下决心"守拙归园田"(《归园田居》其一)，心情是很两样的。

这首诗结穴处的"寄意一言外，兹契谁能别"两句颇有玄言的色彩。这里的"一言"，指的应当是上句之末的那个"拙"字。"拙"字在陶诗中出现过多次。彻底归隐后的陶渊明往往在褒义上使用此字，除了他的名句"守拙归园田"以外，还有：

人皆尽获宜，拙生失其方。理也可奈何，且为陶一觞。

——《杂诗》其八

介焉安其业，所乐非穷通。人事固已拙，聊得长相从。

——《咏贫士》其六

饥来驱我去，不知竟何之。行行至斯里，叩门拙言辞。

——《乞食》

“拙”字的含义弹性很大，可以由贬而褒；《癸卯岁十二月中作与从弟敬远》诗中“栖迟讵为拙”一句是为“栖迟”亦即隐居辩护的，他说这样活着还不能说是“拙”，可见这时的“拙”字还明显带有贬义；但他已开始来探索“拙”字在它的一般义项之外还有什么言外之意，所以诗中末句忽然发问道，谁能够对此作出分析研究呢？他大约是寄希望于他的从弟陶敬远，但也没有明言，此时诗人自己陷入了深沉的反思。

陶敬远生平事迹不详，据陶渊明的《祭从弟敬远文》，其人去世于义熙七年辛亥(411)，年纪不过三十刚出头(“年甫过立”)，比陶渊明大约要小十五六岁。《祭文》云：“感平生之游处，悲一往之不返。情恻恻以摧心，泪愍愍而盈眼。乃以园果时醪，祖其将行。……余尝学仕，缠绵人事，流浪无成，惧负素志。敛策归来，尔知我意，常愿携手，置彼众议。每忆有秋，我将其刈，与汝偕行，舫舟共济。三宿水滨，乐饮川界，静月澄高，温风始逝。抚杯而言，物久人脆，奈何吾弟，先我离世！”写这篇祭文的时候，陶渊明已经彻底归隐好几年了，他这时回想起先前同敬远在一起的那些日子，不禁感慨万千。关于他本人十年前回家暂隐的缘故，这里说成是“缠绵人事，流浪无成，惧负素志，敛策归来”，似乎是对政局另有所见，并基于某种人生哲理主动退回故乡的；而实际上应当是他遭遇母丧，非回家不可。写《癸卯岁十二月中作与从弟敬远》一诗时，他的老上级桓玄的事业正方兴未艾，所以在陶渊明眼中还有一条可以升迁甚至腾达的“平津”大道；而到现在，桓玄早已彻底垮台，政治局面同先前大不相同了，于是他的措辞就发生了不小的变化。人们往往在无意之中就用现在的意思取代当年的想法而自己根本感觉不到，这并非故意的作伪。回忆性叙事之不尽可信，一大原因在此。

归隐以后陶渊明彻底摆脱了职务的拘束，告别既贵且富的俗念，退回老家去享受生活和自由，不复指望更有什么远大的发展，此后他对人生有了全新的思考。他的《咏二疏》一诗写道：

大象转四时，功成者自去。借问衰周来，几人得其趣？游目汉廷中，二疏复此举。高啸返旧居，长揖储君傅。饯送倾皇朝，华轩盈道路。离别情所悲，余荣何足顾！事胜感行人，贤哉岂常誉？厌厌闾里欢，所营非近务。促席延故老，挥觞道平素。问金终寄心，清言晓未悟。放意乐余年，遑恤身后虑。谁云其人亡，久而道弥著。

二疏即西汉的疏广和疏受。他们叔侄二人曾同时担任太子太傅、太子少傅，极其风光；疏广只干了五年，忽然提出要求退休，疏受也跟着借口健康原因一道退出。他们态度非常坚决，于是皇帝和太子厚加赏赐，公卿大夫故人邑子举行盛大的欢送宴会，叔侄二人顺利回乡。疏广功成身退以后完全不同于流俗的理财方式，他一再置酒高会，“请族人故旧宾客，相与娱乐”，准备把钱花光，而不打算留给子孙，让他们自力更生，过普通人的生活。疏广指出，给下一代很多财产完全是坏事，“贤而多财，则损其志；愚而多财，则益其过”。陶渊明也主张及时从纷争混乱的政治舞台上抽身引退，关于子孙的未来亦复采取通达明智的态度（详见其《责子》诗），而对自己身后之事也不去多作徒劳无益的考虑。因此他很自然地同二疏产生共鸣。《咏二疏》诗的基本内容是敷演史传，略同于先前张协的《咏史》诗；陶渊明的高明处在于“据事直书，而寄托之意自见”（邱嘉穗《东山草堂陶诗笺》卷四）；他特别强调疏广的“放意乐余年”，诗中写得最来神的是“促席延故老，挥觞道平素。问金终寄心，清言晓未悟”这四句，“问金”即指《汉书·疏广传》所载“数问其家金余尚有几所”一事，疏广查询还剩下多少钱，是为了及时地把它花光。此事最能表现疏广的风流旷达与深谋远虑。

归隐或退休以后，钱虽不多，却可以享受普通人生活的乐趣，而无须为官场中事烦心，也不必多管子孙的闲事，让他们当一个普通老百姓好了。陶渊明决心过这样的生活，汉代的二疏为他树立了榜样。

这里有着人生的大智慧；后来鲁迅的遗嘱有一条道“孩子长大，倘无才能，可寻点小事情过活”①，亦犹此意。

又如《饮酒》其五（此诗入选《文选》卷三十，题作《杂诗二首》其一）诗云：

结庐在人境，而无车马喧。问君何能尔？心远地自偏。采菊东篱下，悠然望南山。山气日夕佳，飞鸟相与还。此中有真意，欲辩已忘言。

这里有着许多新的思想，足以解释陶渊明何以能成为“古今隐逸诗人之宗”（钟嵘《诗品》）。在陶渊明以前隐士很多，也不乏名气很大的，为什么唯有

① 《且介亭杂文末编·死》，《鲁迅全集》第6卷，第612页。

他能得此殊荣，并且引起长久的仰慕和模仿？就是因为他有一套新思想。

隐士无非是想远离政治和世俗的纷扰，保持个人的人格独立和精神自由。为了达此目的，先前的隐士（例如同嵇康、阮籍有些关系的孙登和苏门先生）一般总是干脆从社会逃离出去，过一种比较怪异的生活。为了安顿精神家园，他们抛弃了正常的生活，付出了极其高昂的代价，同时也就失去了推广的价值。嵇康欲隐于神仙道教，结果却死于非命；阮籍后期隐于官，但总是免不了世俗的干扰，于是只好大喝其酒，佯狂沉醉，一味麻醉自己。嵇、阮也可以称为隐士，他们以反世俗的言行表明了自己个性化的存在。嵇、阮虽然仰慕更加自由的老派山林隐逸，但那样做成本太高，一般人难以接受。其实就是嵇、阮本人，他们安顿精神家园的成本又何尝不是很高？知识分子要寻求心灵自由、人格独立，不能走苏门先生或孙登那种道路，最好也不走阮籍、嵇康自己的这种道路。新的道路在哪里呢？正始名士没有找到，中朝名士也没有找到。

一直要到陶渊明出来，归隐方式才有了平淡无奇、人人可学的世俗化品格：不须遁入山林，只要回到故园；不须披头散发，仍然过士人的正常生活；不须咬紧牙关不开口，可以随便说话，话桑麻，吟诗赋。唯一的条件只不过是离开官场；离开了这一块是非之地，就比较容易保持内心的平衡和洒脱了。

隐士的根本在于精神世界向内转。在嵇康、阮籍的时代，要么入山林，要么在官场，成本最低的田园竟然完全被忽略了。魏晋之际的怪杰都不能将高远之志隐蔽于家常平淡之中。历史正在呼唤陶渊明的出现。

《饮酒》其五明白如话，然而发人深思，引人入胜。开头一句“结庐在人境”就惊世骇俗，不同凡响。陶渊明说自己的隐居就是生活在普通老百姓当中。

陶渊明实行的乃是“归隐”——退出官场，回到自己的老家，过农村知识分子很普通的生活，读书、饮酒、访友、谈天，高起兴来的时候也干一点农活，外观上一点也不像过去的隐士那样奇奇怪怪的。他仍然在人间，完全过世俗的生活，而已经获得老派隐士们成本极高的自由。先前陶渊明暂时告别官场时，虽然人在故乡的老房子里，与彻底归隐后相同，却说“寝迹衡门下，邈与世相绝”——那时他心中的“世”还是指官场；现在他完全不再管那些，只重视“人境”，安居于草野。这是一个很大的变化。

老式隐士之所以要遁入山林，一大原因是要远离人世的浑浊和喧嚣，防止污染，取消麻烦，遗世独立。现在陶渊明却说隐居完全可以“结庐在人境”，用老眼光看起来，根本缺少基础性条件，因为人间必有种种世俗的干扰，“车马喧”就是这种干扰的形象化的说法。但陶渊明说，庐虽在人间，却可以听不到车马喧，上下两句之间用一“而”字，作一百八十度的急转弯。用“而”字表示转折在散文里很常见，而在诗里极罕见。两句诗十个字，读起来像散文，简直是史无前例的句法，同时也表述了一种史无前例的新观念。

这样就很容易引出一个质疑者来，“问君何能尔?”，提问者大约认为在人间隐居是不可能的；而答复却大有哲学意味——“心远地自偏”。问题不在客观条件，不在“地”，而在主观心态，“心”远则地自偏。

这是一个玄学式的答案，与佛学所谓“心无义”尤可相视而笑。安澄《中论疏记》引竺法温《心无论》云：“夫有，有形者也；无，无象者也。……有为实有，色为真色。经所谓‘色空’者，但内止其心，不滞外色。外色不存余情之内，非无而何?”本来佛教经典认为外在世界(色)是虚幻的，而“心无义”却认为这个世界是真实的，“色是真色”，只不过我们不应当滞执于“色”罢了。又慧达《肇论疏》引竺法温《心无论》另一段云：“有象不可言无，无形不可言有。而经称‘色无’者，但内止其心，不空外色；但内停其心，令不想外色，即色想废矣。”不否认客观世界的存在，而用精神力量去消解它，这一思路违背了先前流行的对于佛教原典的理解，所以当时被斥为辜负如来①。持“心无义”的代表人物有支愍度、道恒、竺法温等，桓玄亦持此义。僧肇、慧远等佛教大师反对“心无义”，双方一度辩论得很激烈②。陶渊明是不大赞成慧远的，从这里也可以看到一些苗头。

佛学“心无义”所讨论的是世界观问题，似未及深入到人生观上来。陶渊明无意于思辨哲学，他只关心人生哲学。关于如何才能“心无”，“心无义”说是要“于物上不起执心”(元康《肇论疏》)，要“无心于万物”(转引自僧肇《不真空论》)；而陶渊明不说“心无”而说“心远”。如何才能做到“心远”，他没有作正面的解说，但用形象的描绘给出了益人神智的答复：“采菊东篱下，悠然望南山。山气日夕佳，飞鸟相与还。”人在自家宅院的东篱下采菊，眼却望着南山，又转而去看飞鸟，此即所谓“心远”。

“望”字一作“见”，一字之差，古今议论纷纭。苏轼认为“见”字好，“因采菊而见山，境与意会，此句最有妙处。近岁俗本皆作‘望南山’，则此一篇神气

① 详见《世说新语·假谲》“愍度道人始欲过江”条；又陈寅恪《支愍度学说考》，《金明馆丛稿初编》，第159～187页。

② 参见汤一介《昔不至今》，上海文艺出版社1999年版，第75～76页。

都索然矣"(《东坡题跋》卷二《题渊明饮酒诗后》)。苏轼是赫赫有名的大诗人,所说似乎也自有道理,后来附和他的人很多,如晁补之云:"记在广陵日,见东坡云陶渊明意不在诗,诗以寄其意耳。'采菊东篱下,悠然望南山',则既采菊又望山,意尽于此,无余蕴矣,非渊明意也。'采菊东篱下,悠然见南山',则本自采菊,无意望山,适举首而见之,故悠然忘情,趣闲而思远。此未可于文字精粗间求之。"(《鸡肋集》卷三十三《题陶渊明诗后》)晁补之讲得更详细,同时也更加暴露出这一派解读的问题,他们将这两句从原诗中割裂出来,以宋代士大夫的闲适情趣加以改塑,而未能从原诗的感情和逻辑出发,遂不免形成误读,尽管是一种很有意味的误读。事实上"望"字在版本上更有根据,苏轼之所谓"俗本"与今日所见之善本均作"望",则自当作"望";"见"字倒未见有什么坚强的依据。何况采菊与"望南山"之间也正有着内在的联系,晋朝的流行观念是相信服食菊花可以延年益寿,陶渊明喜欢用菊花泡酒喝。"南山"就是庐山,也可以指向《诗经》里说过的"如南山之寿"。服食菊花是为长寿,但能不能真的令人长寿,渊明也不是很计较,喝菊花酒能有助于长寿最好,无效也没有什么关系。所以他是"悠然"而望南山,潇洒得很。绝不像士子赶考,志在必得。"悠然"是一种不大容易达到的境界,须放下功利、忘怀得失、看破人生才行。在争取达到某一目的的时候完全没有志在必得的意思,人的精神就可以放松下来了。"悠然"乃是所谓"心远"的一大要领。我们现在有时还劝那些急功近利以至于气急败坏的朋友"悠着点儿"。一点"悠然"的意思都没有,那就活得很累了。

陶渊明厌倦了官场的折腰应酬,抛弃了青年时代"大济于苍生"(《感士不遇赋》)的书生意气,毅然归隐,回归于自然,回归于自我,这时他已经把人世参透了,因此纵有车马喧腾,有种种世俗干扰,他也一概不去理会,只顾自己采集菊花,看看傍晚的美景,自由自在,享受生活,他终于有了一个自由而和谐的精神家园把自己安顿下来。于是诗人由望山而及山之气象,"山气日夕佳,飞鸟相与还"——大自然生生不息,自有佳趣,飞鸟自由自在,日落归林,这一极常见的傍晚景象给陶渊明极深的启示,他由此体认到,这就是人生理想状态的象征。所以接下来又说"此中有真意"。"此中"即指"采菊东篱下"到"飞鸟相与还"这四句所描写的意象中蕴含的"真意",亦即对于生命和自由的爱恋与向往。到这时,"栖迟"乃是理想的境界,根本用不着去考虑什么"平津"了。

嵇康、阮籍的内心世界之所以不能平静,正在于他们貌似不问政治,而实际上卷入甚深,未能做到"心远",尽管采药狂饮、不守礼法,精神家园其实未尝得到安顿。

陶渊明逃禄归耕则可以做到摆脱束缚，回归自然，恢复本性，获得自由。看清这一点我们便能理解他在《归园田居》诗中何以那样高兴地说起“羁鸟恋旧林，池鱼思故渊”“久在樊笼里，复得返自然”（其一），以及“衣沾不足惜，但使愿无违”（其三）等等意思。想给豆苗锄锄草就去锄草，衣裳沾湿了也不足惜；想泡菊花酒便去东篱下采菊，喝下去能否长寿，也没有什么大关系。陶渊明希望在无拘无束中享受人生，名利等等身外之物皆可忽略不计，物质生活水平如何也不重要，最要紧的是不违背自己的意愿，不丧失本性。“使愿无违”可以说是归隐陶渊明人生哲学的基本点。

这些意思诗人都没有直截了当地说出，只是含糊其辞地说“此中有真意，欲辩已忘言”。有些复杂精微的、与传统观念格格不入的意思，确实不是几句话就能说明白的，从来言不尽意，全在各人体悟。《庄子·田子方》里说过“目击而道存，亦不可以容声矣”，王先谦集解云“目触之而知，道在其身，复何所容其言说耶”，《饮酒》其五正有这样的意味，这是很高妙的境界。

到这时候，在陶渊明的眼中，老家已不再是“无一可悦”的“萧索空宇”，而是充满生气充满启示的美好世界。彻底归隐后的陶渊明既得到了自由，也收获了美。到此时他已再也没有“兹契谁能别”的困惑，而只拥有“欲辩已忘言”的淡定。陶渊明的心路历程，就是这样生动地反映在他的诗里。

一般俗人在尘世中摸爬滚打，难免不干一点“违己”的事情，功利之心亦复难以消尽；读读陶诗正可以过屠门而大嚼，虽不能行，聊以寄情。陶诗久诵不衰的魅力，原因之一或即在此。现在，中国古代的新型隐士陶渊明不仅为中国的淡泊之士所欣赏，在西方也产生了越来越大的影响，《饮酒》其五尤为脍炙人口。德国汉学家卜松山(Karl-Heinz Pohl)先生说：

> 陶渊明用诗歌咏唱了其简朴而知足常乐的乡村生活，组诗《饮酒》二十首为其最优美的诗章之一。……大自然的真趣，妙不可言，唯有细细体会才能深切感受。诗人在结尾表达的是一种道家的忘我境界。诗的开头似不经意地透露出，诗人是如何在五光十色的嚣嚣尘世保持避世隐居的超然态度，这关键取决于人的内心思想世界。①

---

① 卜松山《诗与真——漫谈陶渊明与酒》(张国刚译)，《与中国作跨文化对话》，中华书局2000年版，第211～214页。

对于后现代的文明而言，陶渊明的“真意”具有某种解毒剂的意义，尽管西方人心目中的陶渊明很可能又已经经过了他们一番创造性的误解和改造。

五

归隐以后，陶渊明诗文的题材以他的乡居生活为主，但在“饮酒与归田”① 之外，他的作品中也有少量与军事政治有关的内容。

那些年军事上的大事是刘裕北伐取得重大胜利，东晋的外部形势空前之好。义熙六年（410）刘裕率部攻入南燕首都广固（今山东青州）；义熙八年（412）朱龄石伐蜀，克成都，益州平；义熙十二年（416）刘裕部攻克洛阳，次年又攻克长安，灭掉了一度非常嚣张的后秦国王姚泓。

刘裕节节胜利，中间收复了大批失地，取得了东晋南渡以来空前伟大激动人心的胜利。这位前北府兵将领在打垮了篡权的桓玄以后，又建立了这么多丰功伟绩，积累起巨大的政治资本，为后来他取代东晋，建立自家的宋王朝（为了区别后来的唐宋之宋，往往称为刘宋）准备了充足的条件。

陶渊明也为刘裕北伐的巨大成功而欢欣鼓舞，义熙十三年（417）他的老朋友羊松龄奉江州刺史、左将军檀韶之命，以长史身份“衔使秦川”，去关中向北伐的将士表示祝贺，临行前陶渊明赠诗道：

> 愚生三季后，慨然念黄虞。得知千载外，正赖古人书。贤圣留余迹，事事在中都。岂忘游心目，关河不可逾。九域甫已一，逝将理舟舆。闻君当先迈，负疴不获俱。路若经商山，为我少踌躇。多谢绮与角，精爽今何如？紫芝谁复采，深谷久应芜。驷马无贳患，贫贱有交娱。清谣结心曲，人乖运见疏。拥怀累代下，言尽意不舒。

这首《赠羊长史》可谓陶渊明生平第一快诗。全国快要统一了，可以到中原去看看了，老诗人兴奋之至，对刘裕的丰功伟绩大加肯定，感慨自己无从亲自北上秦川。

可是先前不断有专家指出，此诗表明陶渊明对刘裕的篡权阴谋有着深刻的观察，暗示此人的北伐是为了捞取政治资本，为改朝换代做准备，所以诗中

---

① 元好问《继愚轩和党承旨雪诗》“君看陶集中，饮酒与归田”，见施国祁《元遗山诗笺注》卷二。

提到商山四皓，用以表明自己隐逸之志。这样读诗恐怕是求之过深了。此时陶渊明归隐已久，自然仰慕前辈隐士的四皓，托老朋友代自己顺路去看看他们的余迹，这样立言未必有什么弦外之音。诗人非常高兴中原失地得以收复，自己也将有机会到那里去瞻仰圣贤余迹了。这首诗说不上别有用心。

不错，那时也确有北方的政治家对刘裕的军事胜利作出了深入一步的观察和分析。刘裕在一度占领长安以后很快就退回南方，其时北魏的高官崔浩就此分析说："裕克秦而归，必篡其主。关中华、戎杂错，风俗劲悍，裕欲以荆、扬之化施之函、秦，此无异解衣包火，张罗捕虎；虽留兵守之，人情未洽，趋尚不同，适足为寇敌之资耳。"夏王赫连勃勃更明确对他的群臣说："姚泓非裕敌也，且其兄弟内叛，安能拒人！裕取关中必矣。然裕不能久留，必将南归；留子弟及诸将守之，吾取之如拾芥耳。"（《资治通鉴》卷一一八《晋纪四十》）他们都具有政治家精明的计算，而刘裕那种深藏不露的政治家思路远非陶渊明所能想象揣测，陶渊明分明是肯定刘裕的功劳的，他关注的是"圣贤余迹"，并从当前的大好形势推测全国统一已经不远（"九域甫已一"）。陶渊明只能有这样的书生之见。

几年之后的晋、宋易代相对平静，没有产生多大的震荡。让出宝座的东晋恭帝司马德文非常配合，欣然下台，《晋书·恭帝纪》载：

> 二年夏六月壬戌，刘裕至于京师。傅亮承裕密旨，讽帝禅位。草诏，请帝书之。帝欣然谓左右曰："晋氏久已失之，今复何恨。"乃书赤纸为诏。甲子，遂逊于琅邪第。刘裕以帝为零陵王，居于秣陵，行晋正朔，车旗服色如其旧。有其文而不备其礼。

改朝换代就此实现。新王朝开局平稳，形势大好。其原因正如晋恭帝司马德文所说，东晋王朝失去人心已久，其合法性早已丧失殆尽。而宋武帝刘裕自打垮桓玄以来，多年苦心经营，建立了赫赫战功，收回了不少失地，人气指数甚高，简直可以说是众望所归。

在东晋、刘宋正式易代的十六年之前，东晋已经演习似的灭亡过一次，那就是桓玄把晋安帝司马德宗废掉，自己上台当皇帝，国号楚（东晋元兴三年〔404〕）。但他立即遭到刘裕等另外一些军事实力派的反对，很快失败被杀，司马德宗复辟，从外地回到首都，而实际主持国政的乃是刘裕。此后刘裕又继续奋斗了十多年，把改朝换代的条件准备得很充分，终于水到渠成地建立了新的宋王朝。所以本来就是由刘裕扶上台的、继司马德宗之后扮演傀儡皇帝的司马德文才简明扼要地说,他虽下台,并无遗憾。

陶渊明曾一度担任桓玄的部属,他的外公孟嘉又同桓玄的父亲桓温关系密切,所以当桓玄最得意的时候,他也曾经寄予若干希望,但当时他正因母丧退出官场回家守孝——而到他守制期满之时,桓玄已经失败身死了。人们已历沧桑,晋、宋之间的改朝换代也算不上什么惊天动地的大事。他本人也曾在现在登上大位的刘裕手下当过一段参军,他认识这位英雄。

在晋宋易代之次年(永初二年〔421〕)年初,五十七岁的陶渊明组织了一次社区短途旅游,与"二三邻曲"一起出游,还兴高采烈地写了一首《游斜川》的诗。陶渊明和他的邻居(也是一些隐居于寻阳郊区的知识分子)并没有因政局的大变动而产生什么疑虑、激动,更没有任何愤怒。生活平静地进行,陶渊明等游客的兴致甚至比过去更高。

出乎人们意外的是,永初二年(421)秋,风格稳健老谋深算的刘裕忽然干了一件出格的事情,他悄悄派人干掉了以"零陵王"头衔退居琅邪第的前晋恭帝司马德文①。稍后刘宋朝廷为司马德文举行了隆重的国葬。

宋武帝刘裕原是很有政治头脑的人,忽然出此臭棋,不大容易理解,估计是他感到自己年纪大了,此后的子孙要维持局面不大容易,而眼前这位前晋恭帝司马德文总是一个麻烦,很容易变成日后图谋复辟晋王朝者的一面旗帜。刘裕要在自己手上彻底杜绝此种后患,虽遭骂名也在所不惜。但是应当说,这是他的一个误判。东晋气数早尽,司马德文毫无号召力,这种人可以养起来作为一种装饰品,而完全不必杀掉。刘裕安排的这次谋杀让他在政治上大为失分。许多人可以同意或拥护他改朝换代,但未必能够接受这种残酷而无谓的杀戮。

这一点也自然会影响到陶渊明对新王朝的观感。在司马德文被杀害后,老诗人在《述酒》一诗中顺便对刘裕无谓的杀戮发表了一点感慨:

> 重离照南陆,鸣鸟声相闻。秋草虽未黄,融风久已分。素砾皛修渚,南岳无余云。豫章抗高门,重华固灵坟。流泪抱中叹,倾耳听司晨。神州献嘉粟,西灵为我驯。诸梁董师旅,芊胜丧其身。山阳归下国,成名犹不勤。卜生善斯牧,安乐不为君。平生去旧京,峡中纳遗薰。双陵甫云

---

① 《晋书·恭帝纪》:"恭帝讳德文……(义熙十四年十二月戊寅)即帝位……(元熙二年二月)刘裕以帝为零陵王……宋永初二年九月丁丑……兵人逾垣而入,弑帝于内房,时年三十六。"

育，三趾显奇文。王子爱清吹，日中翔河汾。朱公练九齿，闲居离世纷。峨峨西岭内，偃息常所亲。天容自永固，彭殇非等伦。

这首《述酒》原近于谐隐游戏之作，以酒为中心叙述了一批历史人物和故事。此诗起先也并没有引起什么注意，到赵宋以后情况发生变化，诗人兼学者韩驹有了新的发现，指出："见其'山阳旧国'之句，盖用山阳公事，疑是义熙以后有所感而作也，故有'流泪抱中叹''平王去旧京'之语。渊明忠义如此，今人或谓渊明所题甲子不必皆义熙后，此亦岂足论渊明哉！惟其高举远蹈，不受世纷，而至于躬耕乞食，其忠义亦足见矣。"（胡仔《苕溪渔隐丛话》前集卷三引）"山阳公"是先前东汉末代皇帝刘协下台以后的头衔，他向曹丕让出了皇位，完成了汉魏之间的禅代——韩驹认为陶渊明提到其人，乃是指向眼前的东晋末代皇帝司马德文，他被迫向刘裕让出皇位，实现了晋、宋的易代。

此后汤汉大大发挥这一观点，大力歌颂陶渊明"不事异代之节"（《陶靖节诗集注·自序》），指出《述酒》"决为零陵（司马德文）哀诗也"（《陶靖节先生诗》卷三）。他由此兼及其余，成了为陶渊明诗作注的第一人。汤汉又特别注意《咏二疏》《咏三良》《咏荆轲》等等作品，指为均系易代后所作。后来葛立方补充指出《读史述九章》中《夷齐》《箕子》《鲁二儒》三篇也是易代后的作品，同样能证明陶渊明"耻事二姓"（《韵语阳秋》卷五）。真德秀则指出《读山海经》组诗表明陶渊明"眷眷王室"，"食薇饮水之言，衔木填海之喻，至深痛切"（《真文忠公文集》卷三十六《跋黄瀛甫拟陶诗》），如此等等，渐成系列。

当时陶渊明大约确有一点感慨。易代已经胜利实现了，而刘裕却拙劣地谋杀了前皇帝司马德文，事后又来安排隆重的国葬以掩盖其中的血腥，这种完全不按常理出牌的情形想必令陶渊明很不舒服。改朝换代本来也没有什么，但为什么不能放过一个完全不足为害的前任傀儡呢。司马德文同他的前辈刘协一比，太可怜可悲了。于是陶渊明在谈起有关酒之种种的时候顺便发了一点感慨，说是"山阳归下国，成名犹不勤"。意思说，像晋恭帝司马德文这样虽明智引退而仍然被弄死，才能更为有名，更能得到同情。

刘裕先前北伐中原，收复了许多失地，陶渊明是很赞成的，在诗里予以充分肯定，还说自己准备去中原看看圣贤遗迹；而眼前的事实让他大跌眼镜，大失所望。他同情司马德文的这一层意思不便直言，于是借评说山阳公刘协以曲折言之。

《述酒》一诗前面六句写秋日的景色，天高气爽，水落石出；最后六句说自已退居于野，关心的是养生和长寿；中间十八句则浮想联翩，都与酒有关，呈放射性的结构，而措辞隐晦，其中“山阳归下国”这两句的深层含义一直要等到韩驹等人出来才忽有所悟。这样的新发现本来很可珍惜，但可惜被大大地夸张放大起来，弄到很不合理的地步。事实上《述酒》一诗中只有“山阳”二句可以令人联想到晋宋易代，其他各句同当下的政治事件全然无关。《述酒》以赋为诗，多用隐语，作为一种试验，写得并不成功，在他的创作中也没有什么重要的地位。

孔子说：“道之不行也，我知之矣：知（智）者过之，愚者不及也。道之不明也，我知之矣：贤者过之，不肖者不及也。”（《中庸》）古代的陶渊明研究者中有着太多的智者，过度的诠释让他们的研究迅速走向谬误，甚至往而不返。

扩大化是古代文学研究中的常见病多发病，一旦感染上就会愈来愈严重。认为陶渊明不肯仕于二姓的意见起源很早①，到赵宋以后便得到长足的发展，以致积重难返。从此陶渊明成了一位政治原则正确，道德情操高尚，德艺双馨的完人。

这一方面的议论也非常之多，试略举两条来看：

> 渊明委身穷巷，甘黔娄之贫而不自悔者，岂非以耻事二姓而然耶？
>
> ——宋·葛立方《韵语阳秋》卷五

> 陶元亮自以晋世宰辅子孙，耻复屈身后代，自刘裕篡夺势成，遂不肯仕。虽其功名事业，不少概见，而其高情逸想，播于声诗者，后世能言之士，皆自以为莫能及也。盖古之君子，其于天命民彝君臣父子大伦大法之所在，惓惓如此，是以大者既立，而后节概之高，语言之妙，乃有可得而言者。
>
> ——宋·朱熹《向芗林文集后序》，《朱文公集》卷七十六

如此等等，不一而足。可是事实上《述酒》一诗中除了“山阳归下国”这么一句之外，其他各句包括前前后后提到的人物皆与易代无甚相干。从东晋、

---

① 有关陶渊明的第一篇传记资料——刘宋人颜延之的《陶征士诔》称陶渊明在易代之际有“夷皓之峻节”；稍后沈约在《宋书·隐逸传》中更强调地指出“潜弱年薄宦，不洁去就之迹，自以曾祖晋世宰辅，耻复屈身后代，自高祖王业渐隆，不肯复仕。所著文章，皆题其年月，义熙以前则书晋氏年号，自永初以来唯云甲子而已”。萧统《陶渊明传》、《南史·隐逸传》中也有同样一段文字。其实陶渊明对于改朝换代大抵采取无所谓的态度，只是因为资格比较老，偶尔会流露一点遗老的姿态。

刘宋之际起直到赵宋，中间好几百年，陶诗的读者都没有从中读出陶渊明的“忠愤”来。陶渊明对当年政治事件的态度如此安闲平淡、不招人注意，实为文学生活中的重要事实。陶渊明对于东晋并无忠心耿耿的意思，他对刘裕的某些做法确有保留，在《述酒》诗中讽刺过两句，但也就如此而已；他并未反对改朝换代，态度也相当平和。

但是在中国古代，忠君的思想非常深入人心，陶渊明既是了不起的大诗人，如果他同时又在“大伦大法”上符合传统礼法的崇高原则，岂不甚好，于是“忠愤”说一向非常流行，历久不衰，而且越来越扩大化，神圣化，到最后，陶渊明已成了近乎神坛上的人物。

沿着韩驹、汤汉的思路继续研究《述酒》一诗的学者颇有其人，后来越说越远，出现了严重的扩大化的趋势：首先是将“忠愤”由“山阳”二句扩大到《述酒》全篇，再从此诗扩大到其他作品以至陶渊明全人。从此关于陶渊明反对刘宋、忠于晋王朝，大有“耻事二姓”之“忠义”，就成了陶渊明研究中的一大热门话题。

“忠愤”说的进一步扩大化，使得陶渊明许多意思本来比较明白的诗，也被硬行拉扯到忠于旧朝、反对易代这个重大主题上来，牵强附会之说甚多。例如陶渊明有一首题为《九日闲居》的诗，全诗大意在于感慨重阳节这一天没有菊花酒喝，只好干吃菊花。诗里说自己爱饮菊花酒是为了争取长寿（“斯人乐久生”）。人们都非常重视重阳节（“日月依辰至，举俗爱其名”），这时天高气爽，最为宜人；而我时运不济，竟然没有酒可喝了。酒杯空空，多有灰尘，菊花徒然开得很盛，只好“空服九华”，如此亦聊胜于什么都没有。陶渊明酒瘾上来而无法解决，痛苦得很，无聊得很，于是说酒喝不成，那就来唱歌吧（“敛襟独闲谣”），隐居生活里总还有其他乐趣（“栖迟固多娱”），并非一点成就感都没有——他这样来安慰自己，亦属人之常情。就是这样一首大旨相当清楚的诗，“忠愤”说的重要倡导者汤汉却将它硬拉到政治上去解释，说什么“‘空视时运倾’，亦指易代之事”；后来清朝学者邱嘉穗进一步发挥说：“前辈既以‘空视时运倾’句为指易代之事，则自‘尘爵’以下六句实有安于义命、养晦待时之意，此则陶公所自叹为深情者也。诗中‘蓬庐氏’，公自指也。‘时运倾’，晋、宋代谢也。”似乎晋、宋一易代，诗人马上就没有酒可喝了。

信奉“忠愤”说的专家们不仅把《述酒》以至《九日闲居》等诗都说成是关于政治的谜语，又把许多很好的陶诗都解释得云山雾罩的，似乎都与晋、宋易代有关。陶渊明在他们的诠释系统里巨变为东晋的遗老、坚决反对刘宋王朝的斗士，一位坚守专制主义“大伦大法”的样板，然后就匍匐在这位政治正确之道德标兵的座前高唱赞歌。事实上陶渊明对政治无甚兴趣，除了在《述酒》诗中顺便发了一点政治感叹之外别无任何慷慨激昂的言行，与先前的孔融、嵇康等人比较起来，态度确实是平和得多了。《述酒》措辞含蓄隐晦，其影响远远不能与他那些田园诗、哲理诗相提并论，一般读者也并不去追究什么深层底蕴、微言大义。

此后随着时间的推移，他的态度更为平和，与刘宋的官员颇有来往，接受过始安太守颜延之二万钱的馈赠，他还对颜太守说："独正者危，至方则碍。哲人卷舒，布在前载。取鉴不远，吾规子佩。"（转引自《陶征士诔》）他与刘宋的江州刺史王弘也颇有交往。到晚年陶渊明的心态更加平和，一切都"凭化迁"了。用鲁迅先生的话来说，此时的陶渊明"乱也看惯了，篡也看惯了，文章便更和平"①。这正是他的主流和归宿。

"哲人卷舒"一语十分有趣，中国古代知识分子大抵有这样一种本领，他们固然并不超然于政治之外，但也不惮于改变自己的立场；中古时代政局经常发生变化，当轴者多半并无是非邪正之分，所以士人往往与时推移，无特操，善卷舒，否则就很难安身立命。陶渊明在这一方面也颇典型，其人其作之深得人心，在这个意义上也可以说是理所当然的。

文学作品对后世的影响，主要不在于那些作者用心良苦的个别字句之微言大义，而在比较表面的人所共知的一般意义。即使读者有误会，那也是一种创造性的误会，很难用学究气的研究去校正，甚至也无须校正。这里正好用得着陶渊明的两句话："好读书，不求甚解"（《五柳先生传》）。

从另一个角度说，"忠愤"说虽然是一种误解，但对于陶渊明作品走向经典化，却是很有益处的。文学作品因人为拔高而成经典，也可以说是一件好事；待到它既成经典之后，再来进行深入的研究，恢复其本来面目，也没有什么不可以。研究古代作品的兴味之一往往在此。

六

在陶渊明的全部作品中，也许是《桃花源诗并记》知名度最高，影响最大。这一诗一文很有些值得注意的地方。

从内容、用语上看，《桃花源诗并记》作于何时难以确知，一种传统的意见认

---

① 《而已集·魏晋风度及文章与药及酒之关系》，《鲁迅全集》第3卷，第515页。

为是在晋、宋易代之后，因为陶渊明的不少作品都与易代有关。《记》中说，在桃花源里生活的人们“自云先世避秦时乱，率邑人妻子来此绝境，不复出焉”；《诗》云：“嬴氏乱天纪，贤者避其世。黄绮之商山，伊人亦云逝。”所谓“秦时乱”即为影射眼前的易代之乱。赵宋人洪迈指出：“桃源之事以避秦为言，至云‘无论魏晋’，乃寓意于刘裕，托之于秦，借以为喻耳。近时胡宏仁仲一诗，屈折有奇味，大略云：‘靖节先生绝世人，奈何记伪不考真。先生高步窘末代，雅志不肯为秦民。故作斯文写幽意，要使寰海离风尘。’其说得之矣。”（《容斋三笔》卷十）这一层意思后来得到许多响应，例如黄文焕（《陶诗析义》卷四）、阙士琦（《桃源县志》卷十三《桃源避秦考》）、孙人龙（《陶公诗评注初学读本》卷二）、郑文焯（《陶集郑批录》）等等都赞成并发挥了洪氏的见解，对桃花源大加肯定。

这一解读无非是陶渊明“忠愤”说的衍生性成果。“忠愤”说影响陶渊明研究极其深广，至今不易破除。王瑶先生在他所编注的《陶渊明集》中将有关“桃花源”的一诗一文系于刘宋永初二年（421），后来有些注本也采用此说或略有变通。事实上，晋、宋易代以后，新王朝大力加强了中央集权，比起纲纪不立、门阀专政的东晋来，体现了历史的进步；易代的当时及其以后都没有发生什么动乱逼得人们要逃向深山幽谷。

“与世隔绝”“不知有汉，无论魏晋”的桃花源乃是陶渊明幻想出来的、不可能实现的乌托邦；陶渊明并没有愚忠于晋的意思，他只是一向神往于上古之淳朴。马璞说得好：“其托避秦人之言，曰‘乃不知有汉，无论魏晋’是自露其怀确然矣。其胸中何尝有晋；论者乃以为守晋节而不仕宋，陋矣。”（《陶诗本义》卷四）

陶渊明《桃花源诗并记》最明显的特点是一诗一文配套推出。从后来接受的情况看，文的部分即通称为《桃花源记》者极为出名，而诗的部分则不免相形见绌。其实这一组合中的诗与文同样值得细读，并反复加以体味：

嬴氏乱天纪，贤者避其世。黄绮之商山，伊人亦云逝。往迹浸复湮，来径遂芜废。相命肆农耕，日入从所憩。桑竹垂余荫，菽稷随时艺。春蚕收长丝，秋熟靡王税。荒路暧交通，鸡犬互鸣吠。俎豆犹古法，衣裳无新制。童孺纵行歌，斑白欢游诣。草荣识节和，木衰知风厉。虽无纪历志，四时自成岁。怡然有余乐，于何劳智慧。奇踪隐五百，一朝敞神界。淳薄既异源，旋复还幽蔽。借问游方士，焉测尘嚣外。愿言蹑轻风，高举寻吾契。

诗与文内容基本一致，不少地方可以互证互补，例如《桃花源记》里说桃源中人“自云先世避秦时乱，率妻子邑人来此绝境，不复出焉，遂与外人隔绝”，这里则说“嬴氏乱天纪，贤者避其世。黄绮之商山，伊人亦云逝”。“黄”指夏黄公，“绮”指绮里季，都是所谓“商山四皓”中的人物（另外两位是东园公、角里先生），他们因避秦时乱而入商山，汉高祖聘之不出，稍后一度出山仍复归隐。此诗中的“伊人”正是与“四皓”类似的高人。诗中的“奇踪隐五百”，则是略举由秦到“晋太元中”时间差之成数。陶渊明笔下的桃花源并不在人世的彼岸，这里虽然是一个神奇的所在（“神界”），但毫不怪异；它只不过是一个先秦遗民在某一与外界隔绝的山水隐秘之处所开辟的家园，一个在现存的政治社会体制之外的隐士的乐园——所以这里的自然条件、生活方式同外界并无本质差异，更没有任何超自然的奇迹。从这个角度说，《桃花源诗》与过去大量的游仙诗完全不同，这里没有神仙活动的余地。

陶渊明并不相信道教，对于所谓长生久视之道也没有什么兴趣，他的诗句“天道悠且远，鬼神茫昧然”（《怨诗楚调示庞主簿邓治中》）、“世间有松乔，于今定何间”（《连雨独饮》）就都是对道教神仙的质疑和否定。陶渊明也不相信佛教。陶渊明家附近就是庐山，那里是一代高僧慧远的住锡之地，也是佛教净土宗的大本营。净土宗强调形尽神不灭，人死神在，欲使此神进入“泥洹”（涅槃）亦即不生不死免受轮回之苦的美妙状态，须在生前念佛，“神有冥移之功。但彻悟者反本，惑理者逐物耳”（慧远《沙门不敬王者论·形尽神不灭第五》，《弘明集》卷一），“反本”就是与佛教净土宗认同，修来世之福。陶渊明则根本否认有所谓来世，他主张活着就好好地活，死了就一切都完结了，不必多去操心，所以他有诗句道：“三皇大圣人，今复在何处？彭祖爱永年，欲留不得住。老少同一死，贤愚无复数。日醉或能忘，将非促龄具？立善常所欲，谁当为汝誉？甚念伤吾生，正宜委运去。纵浪大化中，不喜亦不惧。应尽便须尽，无复独多虑。”（《形影神·神释》）与委运任化的通达之见相比，道、佛两教显得全是空忙，没有任何意义。桃花源比道教宣传的神仙世界、佛教经典所渲染的佛国乐土都更真实，更亲切。这一理想境界在道、佛两教颇为流行的晋、宋之际提出，表明陶渊明具有独立之精神，自由之思想，是无比光辉的。

但诗中有些句子颇不易确诂，例如“秋熟靡王税”，曾被认为是反对剥削的先进思想，而这一层意思是《桃花源记》里没有明确写到的，《记》里只是说这里的人们“与外人隔绝。乃不知有汉，无论魏晋”，完全没有提到里面的政治社会体制；根据这一句诗可知这里没有“王税”，换言之就是没有“王”——因此这里的人们特别幸福愉快。魏晋时代本有一股“无君论”的思潮，阮籍认为“无君而庶物定，无臣而万事理”“君立而虐兴，臣设而贼生”(《大人先生传》);《列子》中多处说起无君的理想;鲍敬言认为“古者无君，胜于今世”(《抱朴子·诘鲍》)。从陶渊明的这一句诗中我们可以感受到诗人同这一思潮的某种联系。当然这完全是一种乌托邦式的空想。在中古时代有“王税”未见得是一件坏事，只有那些占山为王实行割据的坞堡里才不存在“王税”，那倒是不利于国家的统一和发展的。

流行的意见认为桃花源的现实依据是中古时代的坞堡。在天下纷乱的艰难时世里，豪门世族往往纠集乡党，屯据自守，在这些独立自足的小王国里，就无所谓“王税”;而为了加强中央集权，势必要打击并取消这些土围子，将其中的农奴解放出来变为国家的编户齐民。普通老百姓与其沦为依附坞主的农奴，不如成为向国家缴纳“王税”的自由农民。同无“王税”的封建割据状态比较起来，与“王税”相联系的王权乃是一个进步的因素。

中古时代的坞堡并非原始公社，而是在天下丧乱之际聚众自保的土围子，这里很容易成为一方豪强的家天下。如《晋书·祖逖传》中提到的坞主张平、樊雅、董瞻、于武、谢浮等人，都是占山为王的割据分子，祖逖为了对付他们费了很大力气。还有一个著名的割据势力盟主苏峻，《晋书》本传云:“永嘉之乱，百姓流亡，所在屯聚。峻纠合得数千家，结垒于本县。于时豪杰所在屯据，而峻最强，遣长史徐伟宣檄诸屯，示以王化。”此人后来虽然入晋为官，但终于造反，引出很大的乱子。当然也有正派人士领导的坞堡，如郗鉴所领导者:“中原有乱，乡人遂共推鉴为主，与千余家俱避于鲁国峄山，山有重险”(《艺文类聚》卷三十九引《晋中兴书》);“州中之士”“咸相谓曰:今天子播越，中原无伯(霸)，当归依仁德，可以后亡。遂共推鉴为主”(《晋书·郗鉴传》)。这一批难民后来在郗鉴带领下整体南迁，成为支持东晋政权的一支重要力量。在这种非常时期形成的土围子里，自然无所谓“王税”，但这里决非乐土，其中充满了难民，而非隐士。这只是特殊历史时期的过渡性现象。

陶渊明笔下的桃花源同中古时代的坞堡也并无具体的联系。陈寅恪先生高度重视同陶渊明时代相当靠近以至于同时的坞堡，在《桃花源记旁证》一文中指出，当年跟随刘裕北伐中原、到过关中的戴祚(字延之)曾为军事目的而“穷览洛川”，著有《西征记》二卷，其中提到弘农、上洛一带坞堡的情形——正是这一新出现的资讯，促使陶渊明写出了《桃花源记》。这种可能性恐怕极小。刘裕率师入关在义熙十三年(417)春夏间，攻克长安以后他很快就撤回南方，当年十二月“发自长安，以桂阳公(刘)义真为安西将军、雍州刺史，留腹心将佐以辅之”(《宋书·武帝纪》)。刘义真是刘裕的次子,戴祚被留下来担任义真的主簿。而此后不到一年,刘义真部及其继任者就被夏王赫连勃勃击破,全军覆没。戴祚牺牲于这一次战乱中,他的遗著陶渊明大约无从很快看到。他同戴氏有过什么联系,更于史未闻。

陈先生宏文之深刻而发人深思的高见有两条,一是指出《搜神后记》虽有后人增入之文,但基本应是陶渊明的著作,其中卷一第五则讲起的“桃花源”故事,乃是渊明文集中《桃花源记》的草本。二是将“刘驎之入衡山采药故事”同《桃花源记》联系起来思考。

文集本《桃花源记》之末提到“南阳刘子骥,高尚士也。闻之,欣然规往,未果,寻病终。后遂无问津者”。刘驎之(字子骥)是当时的一大名流,《晋书·隐逸传》曾为他立传,说“驎之少尚质素,虚退寡欲,不修仪操,人莫之知。好游山泽,志存隐逸。尝采药至衡山,深入忘反。见有一涧水,水南有二石囷,一囷闭,一囷开。水深广,不得过。欲还,失道,遇伐弓人,问径,仅得还家。或说囷中皆仙灵方药诸杂物。驎之欲更寻索,终不复知处也。车骑将军桓冲闻其名,请为长史,驎之固辞不受……”这里刘子骥采药至衡山的一节,正是以陶渊明《搜神后记》中一则记载为底文。《搜神后记》在紧接着桃花源一则之后就是关于他的故事,说:“南阳刘驎之,字子骥,好游山水。尝采药至衡山,深入忘反。见有一涧水,水南有二石囷,一闭一开。水深广,不得渡。欲还,失道,遇伐弓人,问径,仅得还家。或说囷中皆仙方灵药及诸杂物。驎之欲更寻索,不复知处矣。”刘子骥颇有志于探寻奇迹,打算继渔人之后再去探桃花源,是符合他的性格的,可惜未能成行,“后遂无问津者”。

陶渊明与刘驎之为同时代人而略晚,陶渊明关于桃花源的记叙或即得之于刘的介绍,当时知道这一传闻的人大约不少。传闻是中古小说的重要来源。这里总不免会有许多姑妄言之、添枝加叶的内容。《桃花源诗》的故事大抵出于诸如此类的民间传说,再加上作者的许多想象虚构,这是不必博引史料予以坐实的。

《搜神后记》在“桃花源”一则的前后又有记叙嵩高山北大穴、长沙醴陵穴、何氏穴等神奇洞府的故事,都可以与桃花源故事互相辉映。《搜神后记》卷一的第二则故事说,嵩高山北有大穴,深不可测,曾有人失足掉下去,在里面走了十几天,忽见光明,草屋中有两位仙人在弈棋,让他喝一种特别的饮料解渴,又告诉他怎样走出洞穴。其人走了半年终于出穴,却已在蜀中。据说对弈的是仙馆大夫,他们请坠穴者喝的是玉浆。何氏穴的故事也在《搜神后记》卷一，是紧靠桃花源故事前面的一条：

荥阳人姓何，忘其名，有名闻士也。荆州辟为别驾，不就，隐遁养志。尝至田舍，人收获在田上，忽有一人，长一丈，黄疏单衣，角巾，来诣之，翩翻举其两手，并舞而来，语何云："君曾见《韶舞》否？此是《韶舞》。"且舞且去。何寻逐，径向一山。山有一穴，裁容人，其人命入穴，何亦随之。初入甚急，前辄闲旷，便失人，见有良田数十顷。何遂垦作，以为世业。子孙于今赖之。

穿过一个很小的洞穴，就别有一番天地，有丰富的土地资源，《桃花源记》所记故事的基本模式也是如此。卷一又有长沙醴陵穴的记载，同样是从一个偶然发现的洞穴进去，"便开明朗然，不异世间"。诸如此类的意境美好的民间传说正是产生桃花源故事的素材和酵母。

陶渊明神往于凭险自蔽与外界隔绝的寡民小国，又加上若干民间传说的元素，于是将他的社会理想、人生理想都纳入其中，设想在那一块人间乐土里的人物都过着隐士般淳朴而幸福的生活。他这样设想是可以理解的，但不宜作无原则的赞美。事实上中国老百姓固然神往于乐土，而常见的希望则是天下太平，风调雨顺；他们并不怕成为纳税人，就怕天下大乱，没有王法，失去归宿。

诗里还有"衣裳无新制"一句，意思说这里的衣着大约还保持着先秦时代的旧式，没有现在的时装；而《桃花源记》里却说"男女衣着，悉如外人"，二者之间似乎有一点矛盾，而其实不然，"悉如外人"指的是他们也同外界的世人一样穿着普通的衣裳，并不怪异，这里不牵涉式样问题。一诗一文，立言的角度不同，有着很强的互补性。

桃花源里的人是普通人，既不是道教徒宣传得很厉害的活神仙，也不是佛教徒宣传得很厉害的在净土里安享幸福的不生不灭的灵魂——他们只不过是先前避乱之贤者的后代。因此他们的生活方式同外界也基本一样，无非特别古朴罢了。完全从事于农耕，过自给自足的乡村生活，并且尊重传统，重视祭祀祖先，"俎豆犹古法"。这里的优点还在于风俗淳朴，大家"怡然有余乐，于何劳智慧"。这一点文章中没有说得如此明白，那里只是说其中"黄发垂髫，并怡然自乐"，而且最后也还告诫那个无意中闯入的打鱼人不要向外界介绍这里的情况——这是可以理解的，如果广为外人所知，游客纷至沓来，这里就会受到污染，不复成为世外桃源了——诗里没有提到这一点，只是说"奇踪隐五百，一朝敞神界。淳薄既异源，旋复还幽蔽"，它只向外界开过一次门，接待过一个无意中闯入的打鱼人，马上又复归于它五百年来的“幽蔽”状态当中去了。诗中呈现的是一个更为宏观的叙述，与文章中的细节恰好也构成重要的互补。

这一世外桃源寄托了陶渊明的美好理想。陶渊明一生追求两个东西，一曰“真”，一曰“善”。但他痛心地看到，当下的社会里“真风告逝，大伪斯兴”（《感士不遇赋》），“羲农去我久，举世少复真”（《饮酒》其二十）——人们都在为金钱和权势进行着残酷的斗争，弄虚作假，言行不一，上古的淳朴之风已经荡然无存，所以他希望回归于上古，过朴素真诚的生活；他又认为，只要人们都去躬耕，同最基层的自食其力的田夫野老——亦即所谓“陇亩民”（《癸卯岁始春怀古田舍二首》其二：“长吟掩柴门，聊为陇亩民”）——生活在一起，做到“真”其实也并不难。陶渊明痛心地看到，眼前的现实里道德沦丧，儒家的优良传统丧失殆尽，所以他虽然无意于进取，却始终不忘加强自己的道德修养，不断地完善自己的人格。“养真衡茅下，庶以善自名”（《辛丑岁七月赴假还江陵夜行涂口》），这两句诗把他的基本思想讲得非常简明透彻。

如果能生活在桃花源里，“真”与“善”就都很容易实现。在桃花源里，人们耕田养蚕，人际关系非常和谐友善，对于忽然闯进来的客人热情招待，很老实地介绍这里的来由，并无戒心和机心。这种生存状态是陶渊明最为仰慕的，先前他曾在《戊申岁六月中遇火》一诗中说过：“仰想东户时，余粮宿中田。鼓腹无所思，朝起暮归眠。”那是上古之事情，而现在桃花源里也已经达到这一水平了。世外桃源不仅是一块物质生活的乐土，也是陶渊明觉得可以安顿自己精神生活的家园。所以诗的最后高呼“愿言蹑轻风，高举寻吾契”！

陶渊明在故乡隐居，无非是想建立一小方这样的基地，可惜还做不到与“尘嚣”完全隔绝，所以只好寄希望于“心远地自偏”（《饮酒》其五）。如果有一块偏僻的与“尘嚣”完全隔绝而又水土肥美的村庄，同一批“素心人”（《移居二首》其一：“昔欲居南村，非为卜其宅。闻多素心人，乐与数晨夕”）生活在一起，那岂不更是上上大吉！

古人把上古想象成乐土，无非是拿来同当下糟糕的现实作对比。描写桃花源里那样的美好社会，也正是对东晋晚期种种丑恶的批判。陶渊明在别的诗里也曾表达过他对上古理想世界的向往，其《戊申岁六月中遇火》一诗写道：

> 草庐寄穷巷，甘以辞华轩。正夏长风急，林室顿烧燔。一宅无遗宇，舫舟荫门前。迢迢新秋夕，亭亭月将圆。果菜始复生，惊鸟尚未还。中

宵伫遥念，一盼周九天。总发抱孤介，奄出四十年。形迹凭化往，灵府长独闲。贞刚自有质，玉石乃非坚。仰想东户时，余粮宿中田。鼓腹无所思，朝起暮归眠。既已不遇兹，且遂灌我园。

诗人在自家住宅被一把火烧光、准备实行“瓜菜代”（“果菜始复生，惊鸟尚未还”）暂度时艰的当口，想起了上古的“东户”盛世（即帝尧的时代，东户季子是当时的一个诸侯），那时路不拾遗，打下的粮食就堆在田边上听人自取。各尽所能，各取所需。在桃花源里，也大有这样的古风。

生活在苦难之中而没有力量改变这种苦难的人们，很容易产生“桃花源”或“东户”一类的乌托邦。饱受租税之苦的人们幻想取消一切“王税”，也正是顺理成章的事情。

研读《桃花源记并诗》，最便于走进陶渊明的精神世界。如果只让举一篇作品为陶渊明的代表作，那么一定是这一组《桃花源记并诗》；《归去来兮辞》虽然也很能代表他，但那一篇作于陶渊明归隐之初，他的思想还没有完全成熟，意思也没有这里说得如此生动透彻。

可惜这只能是一种美好的空想。

《桃花源记并诗》思想上表现为复古，而艺术上却完全是创新。这种奇妙的结合产生了一份铭心绝品。在此之前，虽然也有过诗与文的配合，但总是以某一边为主体，另一边为附属：要么是诗，前面有一篇短短的小序，其例极多；要么是文，其中夹一点诗，例如阮籍的《大人先生传》中有一首薪者唱的“日没不周方”，然后大人先生也唱了一首歌，但这两首诗都是文章的组成部分，而非独立的篇章。到陶渊明这里，一诗一文则是配合得很好的一组，而同时又各具其相对的独立性。诗文平起平坐，成组推出，这样的格局是先前未尝有过的。一文一诗，互为补充——这种新的文学样式，不仅影响到唐人传奇文与诗歌的配合，其实也可以说是此后散句与唱词交相为用之变文以及弹词的先驱。

七

陶渊明在艺术上革新的成就表现在不同的方面。他在自己的诗歌创作中大规模地引进了田园生活，为诗歌王国开辟了一片很大的领土；他又改造了赠答诗、咏史诗和玄言诗，处处显得焕然一新。

在先前的民歌中，民间的歌手也曾歌咏过农耕生活，但远不充分，大约在他们的心目中这是非常普通的事情，没有必要多唱，还不如多唱唱爱情。《诗经》中还有一首著名的农事诗《豳风·七月》，汉乐府中竟举不出类似的名篇来；而陶渊明却以一个隐士的身份大写田园的风光和生活，也咏叹农村的凋敝和农民的辛苦，给予人们很多审美的享受，从此以后田园就成了诗歌中的热门题材，唐诗中即有孟浩然、储光羲等人的田园诗派。

陶渊明又改造了传统的赠答诗，极大地扩展了这一古老题材的艺术容量。赠答诗古已有之，建安以来更为繁荣，佳作不少，但后来颇有流于一味应酬，把彼此的具体关系讲得太多太琐碎，又有或作无聊之吹捧者，可以用于社交，等于请客送礼，完全失去文学价值。又有为人代作的情形（例如贾谧赠陆机的诗是潘岳代作的），也使诗歌丧失个性，成为一种秘书式的代写作业。陶渊明写了不少赠答诗，他一般不去多写彼此关系的细节，而以抒发自己的情愫和感慨为主，成为抒情诗中的一大模式。赠答在他只是一枚钉子，各种内容都可以挂在下面。例如他的《赠羊长史》《别殷晋安》等诗，都是意味深长的名篇，而绝非只是交游考的插图。赠答诗的写法在陶渊明手中获得极大的解放，他的家世、生活、思想、感情、政见等等都生动地反映或流露在这里。

咏史诗自东汉的班固以来，形成了以韵语形式将历史故事和人物敷衍为诗歌的传统，而自西晋左思以来，又新辟了借咏史来影射当下自咏其怀的抒情诗新路径。陶渊明的厉害之处在于他左右开弓，两手都很硬，甚至在同一组诗中，也兼用这样两种手法，而仍能从容不迫得心应手。陶渊明将历史故事和人物敷衍为诗歌的篇章，可以拿《咏三良》《咏荆轲》为代表①，而他的《咏二疏》则带入了他自己的感慨，至今读去仍有启发。

陶渊明的《扇上画赞》和《读史述九章》是介于诗、文之间的文本，其内容

① 前人或谓陶渊明的痛惜“三良”指向哀悼晋宋易代之际的张祎，他受命去给已经下台的司马德文（零陵王）进毒酒，张祎不干，自饮毒酒而死，于是另派士兵进入住处进毒酒，王不肯饮，遂掩杀之。（详见《晋书·恭帝纪》《宋书·褚叔度传》《宋书·武帝本纪》）三良的情形同张祎相去极远，毫不相干，无从影射。袁行霈先生说：“陶渊明此诗不过模拟旧题，未必影射现实。张祎之死，与三良殊不类，亦难比附也。”“三良受重恩于秦穆公，君臣相合，求仕者至此盖无憾矣。而厚恩难忘，君命难违，一旦君王长逝，遂以身殉之。言外之意，反不如不乘通津，不恐功微，明哲以保身也。”（《陶渊明集笺注》，第 387 页）陶渊明的《咏荆轲》一诗也只是按传统的材料和看法来敷衍成诗，同时抒发了一通自己平时总压抑着的豪气，与当下并无直接的关系。

都是关于历史人物的概述、赞叹和评论。《扇上画赞》在一份文本中点赞了九位高人：

> 三五道邈，淳风日尽。九流参差，互相推陨。形逐物迁，心无常准。是以达人，有时而隐。四体不勤，五谷不分。超超丈人，日夕在耘。辽辽沮溺，耦耕自欣。入鸟不骇，杂兽斯群。至矣於陵，养气浩然。蔑彼结驷，甘此灌园。张生一仕，曾以事还。顾我不能，高谢人间。岧岧丙公，望崖辄归。匪矫匪吝，前路威夷。郑叟不合，垂钓川湄。交酌林下，清言究微。孟尝游学，天网时疏。眷言哲友，振褐偕徂。美哉周子，称疾闲居。寄心清尚，悠然自娱。翳翳衡门，洋洋泌流。曰琴曰书，顾眄有俦。饮河既足，自外皆休。缅怀千载，托契孤游。

此赞结构非常简明清晰：开头八句是一总冒，提示读者下面要赞的都是隐逸达人。中间分述荷蓧丈人、长沮、桀溺（此二人为一组合）、於陵仲子、张长公、丙曼容、郑次都、薛孟尝、周阳珪等各位“达人”，这些人物来路不同，言行各异，其共同之处则在于全都高蹈隐居；而陶渊明自己是归隐于故园的，遂引此诸位以为先行的旷世知己。最后八句是全文的总结，表明自己的心同这些先贤完全相通。《读史述九章》的情形不同，陶渊明“读《史记》有所感而述之”，选择的人物类型比较复杂，只有一个张长公同他本人有某种相关之处，其他大部分人物同他本人的风格、经历相去辽远，但在历史上都非常有名，遂皆在赞述之列①。

古代士人发思古之幽情可以有两种模式，一种直接指向当下，联系自己；另一种则是就古咏古，或者发一点大略的感慨，例如世事难料，多有兴亡等

---

① 同陶渊明关系靠近的是张长公（西汉人张挚），其人的特色是当了一段时间的大夫以后就不干了，说不干就不干——“以不能取容当世，故终身不仕”（《史记·张释之列传》）；陶渊明也是先仕后隐的，但出仕的次数较多，断断续续，反复折腾，后来他深感自己愧对张长公，所以在《扇上画赞》里陶渊明曾说，“张生一仕，曾以事还。顾我不能，高谢人间”。至于这里述及的其他人物，即伯夷、叔齐、箕子、管仲、鲍叔、程婴、杵臼、孔子七十二弟子、屈原、贾谊、韩非、鲁二儒，皆各有千秋，无从与陶渊明直接加以联系。过去有些论客喜欢乱加联系，随意发挥。例如伯夷、叔齐是反对武王伐纣、义不食周粟的，鲁二儒是不肯跟着叔孙通出来为朝廷制礼作乐的，于是他们就把这些同陶渊明的所谓“忠愤”联系起来，说诗人如何忠于东晋，反对刘裕篡权换代。可是如此将怎样解释箕子、管鲍、程杵、孔子七十二弟子、屈贾、韩非等人呢？这些人同改朝换代毫不相干，就是夷齐、鲁二儒，同陶渊明的情况也是天差地远，没有相通之处。

等。与此相应的，咏史诗也就有两种路径，一种无非是漫然咏史，将历史上的著名人物著名事件用诗句或押韵的文句加以敷衍，咏叹一番；另一种则把自己摆进去发表感慨。前者似可谓之“无我之境”，后者则是“有我之境”。汉代的二疏（疏广、疏受）都是先当官后退出、隐居于民间的，他们同陶渊明大有可比性，而且他们不打算给子女留下什么遗产的旷达胸怀更深合于陶渊明的思想，所以陶渊明的《咏二疏》便很容易成为“有我之境”的咏史诗；而《咏三良》《咏荆轲》则属于“无我之境”。写咏史诗，陶渊明两手都很硬。

陶渊明又成功地实行了玄言诗的革新。在陶渊明生活的时代，懂得一点玄理并拿来装点门面的人甚多，绝大部分名士并不研究玄学而只是运用玄学，或者简直是在享受玄学，借玄言以自炫。而正在玄学水平并无提高更无突破的时候，玄言诗却大为膨胀繁荣起来。作品数量虽多，水平大抵不高，这些作品多已被历史所淘汰。

陶渊明也写过传统的玄言诗，如《形影神》，但已大有改造，其中的思想不是从书本上抄来，而是自己从生活中体会提炼出来的，只是形式上还保持着传统的面貌。他的另外一些作品则取消全诗都作玄言的格局，改为在常见的叙事抒情中有机地插入包含哲理的诗句，例如《归园田居》其三全诗写自己去为豆苗锄草，其中顺便说起：

衣沾不足惜，但使愿无违。

为了自由，可以付出各种代价。衣服弄脏弄湿，小事一桩，完全不足惜的。又《饮酒》其五全诗谈自家的住宅和日常生活，开头便道“结庐在人境，而无车马喧。问君何能尔？心远地自偏”。这里的第四句朴素而深刻，一举形成警句，后来更视为格言。高级的真理总是朴素的，而且来自生活。装腔作势，故作高深，那只能用来忽悠外行。

陶渊明改造了当年流行的玄言诗，结束了那种哲学讲义似的陈旧模式，直接从生活中提炼哲理，并且与诗中的叙事抒情融为一体，开启了讲究“理趣”的新传统。

陶渊明一贯采用平淡自然、相对散文化的句子来写诗，相当彻底地改造了过去诗人们的套路和功架。他的不少诗句近于所谓“农家语”，似乎是信口道来。“结庐在人境，而无车马喧”（《饮酒》其五），简直同现在的口语也差不了多少。其他不少诗篇，他好像也没有费什么大劲，不过缓缓道来，丝毫没有苦吟的意思。而这些其实都是炉火纯青的表现，是绚烂之极归于平淡，功夫到了家自能没有任何斧凿的痕迹，却达到了“质而实绮，癯而实腴”（苏轼《与苏辙书》）的绝高水平。

这种“豪华落尽见真淳”（元好问《论诗绝句》）的境界，非常不容易达到。

陶渊明写诗，几乎完全没有一般意义上的重大题材，同天下大事大抵无甚相干，所写的无非是自己的感触、情怀，以及农村的生活和风物。他在非常家常的草根题材里挖掘出许多诗意，情、景交融，事、理皆至，给读者留下极深刻的印象。

陶渊明的诗非常讲究运用生动的细节，而较少一般化的笔墨，这样就大大加强了抒情诗的艺术表现力和可读性。例如他写自家的那座“园田居”，有道是：

> 暧暧远人村，依依墟里烟。（《归园田居》五首其一）

看似并无深意的两句，却写出了他归隐之初尚存老派隐士的遗风，神往于离群索居，安家之处远离俗人。这一层意思虽未明言而自在言外。到后来他又有所进步，融入新的社区，乐于在和邻居的友好相处中来享受生活，这见于《移居二首》。

陶渊明写和风拂煦下的田野，有道是：

> 平畴交远风，良苗亦怀新。（《癸卯岁始春怀古田舍二首》其二）

作物的幼苗在微风吹拂下卷舒自如，诗人想象它们内心充满了对未来的希望——这是多么美好的自然状态！诗人平静而喜悦的心情，也一并表达了出来。优秀的细节总是平淡中见警策，具有巨大的艺术表现力。

陶渊明的《归去来兮辞》是他的代表作之一，其文体在乎诗、文之间，行文非常之生动，颇有神来之笔的细节，例如其中写自己返回故园之初的情形道：

> 归去来兮，田园将芜胡不归！既自以心为形役，奚惆怅而独悲。悟已往之不谏，知来者之可追。实迷途其未远，觉今是而昨非。舟遥遥以轻飏，风飘飘而吹衣。问征夫以前路，恨晨光之熹微。乃瞻衡宇，载欣载奔。僮仆欢迎，稚子候门。三径就荒，松菊犹存。携幼入室，有酒盈樽。引壶觞以自酌，眄庭柯以怡颜。倚南窗以寄傲，审容膝之易安。园日涉以成趣，门虽设而常关……

陶渊明踏上了回家的路，先坐船，后走陆路。“风飘飘而吹衣”一句见出行船时风比较大，又令人想起不久前按规矩必须“束带”去拜见督邮而他很不高兴一事。现在弃官而去，正可以不必着正装，无拘无束，很是舒服。“载欣载奔”用的是《诗经》里常见的句式，虽然很古老，而这里恰好能写出自己急于到家的心情，一路小跑，很像一个小孩。“稚子候门”一句亦复细微而生动，爸爸要回来了，小孩子希望能尽早见到，但到底还小，不敢远出，候在门边上正合适。在农村生活过的人们对“稚子候门”一定很熟悉，为人父者看到小家伙坐在门槛上等候自己，总是很暖心的啊。

平淡无奇的日常生活到了陶渊明笔下，竟能一一充满诗意。细节写好了，就根本用不着什么华丽的辞藻和奇妙的结构，只须慢慢道来，隐居生活的味道就出来了。

陶渊明诗歌的艺术创新成就甚为深广，他总是充分地表现他的自我，追求平易之美，所以能不蹈前人窠臼，而历久弥新。

八

陶渊明和中国古代许多一流作家一样，人和作品都是复杂的存在。他的诗文，正如鲁迅先生所说，在“飘逸”之外也还有“摩登”的一面，在“悠然见南山”之外也还有如金刚怒目者。鲁迅由此推而言之，提出一个十六字的告诫：“倘有取舍，即非全人，再加抑扬，更离真实”①。所以决不能简单化，不宜人为地加以纯化和美化，而必须尽可能逼近他真实的原貌。

“摩登”之作主要有一篇《闲情赋》。题目中的“闲”字在这里不是闲情逸致之闲（这一义项古人写成“閒”），而是闲正、防闲之闲。赋前有小序道：

> 初张衡作《定情赋》，蔡邕作《静情赋》，检逸辞而宗澹泊，始则荡以思虑，而终归闲正。将以抑流宕之邪心，谅有助于讽谏。缀文之士，奕代继作，并因触类，广其辞义。余园闾多暇，复染翰为之。虽文妙不足，庶不谬作者之意乎？

“定情”“静情”“闲情”大抵都是一个意思，就是要把“情”或曰“流宕之邪心”给压下去，使之归于安定、平静、闲正。由张衡开创的这种先情后理、归结为自我压抑的作赋模式后来一度颇为流行，写法也有大体固定的框架套路，总是先来一大通“胡思乱想”，然后用正统思想的铁扫帚，将它们一扫而空。

---

① 《且介亭杂文二集·题未定草（六至九）》，《鲁迅全集》第6卷，第422页。

陶渊明的"胡思乱想"主要表现为一口气提出了十种愿望,以及接踵而至的忧虑:

> 愿在衣而为领,承华首之余芳;悲罗襟之宵离,怨秋夜之未央。愿在裳而为带,束窈窕之纤身;嗟温凉之异气,或脱故而服新。愿在发而为泽,刷玄鬓于颓肩;悲佳人之屡沐,从白水以枯煎。愿在眉而为黛,随瞻视以闲扬;悲脂粉之尚鲜,或取毁于华妆。愿在莞而为席,安弱体于三秋;悲文茵之代御,方经年而见求。愿在丝而为履,附素足以周旋;悲行止之有节,空委弃于床前。……

总之很想始终不离对象的玉体,可惜即使能求而得之,也为时甚短,很快就分开甚至被抛弃了。关于单恋的痛苦,赋中亦有精彩的表达:

> 考所愿而必违,徒契契以苦心。拥劳情而罔诉,步容与于南林。栖木兰之遗露,翳青松之余荫。傥行行之有觌,交欣惧于中襟。竟寂寞而无见,独悁想以空寻。敛轻裾以复路,瞻夕阳而流叹。步徙倚以忘趣,色惨凄而矜颜。叶燮燮以去条,气凄凄而就寒。日负影以偕没,月媚景于云端。鸟凄声以孤归,兽索偶而不还。悼当年之晚暮,恨兹岁之欲殚。思宵梦以从之,神飘飖而不安。若凭舟之失棹,譬缘崖而无攀。

耿耿不寐,众念徘徊。丧魂失魄,走投无路。这里形容得如此生动透彻,看来陶渊明本人是有过这方面感情体验的。

凡"定情""静情"一类作品,用来镇静自己的武器往往是儒家的圣道,陶渊明亦未能免俗,《闲情赋》最后写道:

> 起摄带以伺晨,繁霜粲于素阶。鸡敛翅而未鸣,笛流远以清哀,始妙密以闲和,终寥亮而藏摧。意夫人之在兹,托行云以送怀。行云逝而无语,时奄冉而就过。徒勤思以自悲,终阻山而带河。迎清风以祛累,寄弱志于归波。尤《蔓草》之为会,诵《邵南》之余歌。坦万虑以存诚,憩遥情于八遐。

所谓"尤《蔓草》之为会,诵《邵南》之余歌",就是否定郑声,回归雅正。最早为陶渊明编集子的萧统在《陶渊明文集序》中写道:"余爱嗜其文,不能释手,尚想其德,恨不同时。故更加搜求,粗为区目。白璧微瑕者,惟在《闲情》一赋。扬雄所谓劝百而讽一者,卒无讽谏,何必摇其笔端。惜哉,无是可也!"萧统认为原作结尾部分分量太不足了,起不到讽谏的作用。别人可以这么写，陶渊明却绝不应该如此。

萧统对陶渊明太佩服了，遂不免高标准严要求，求全责备。人们习惯于将他们佩服推崇的人物举上神坛，顶礼膜拜，如果稍一发现其人略有瑕疵，便大惊小怪，以为与其神性不合——其实那也未必就是什么瑕疵。陶渊明有权谈恋爱，写恋爱。他的《闲情赋》末段终归于闲正，无非是向那个时代的主流意识形态作出某种妥协，而作者和读者深感兴趣的，恐怕都在于赋之中段的大放厥词，亦即十个愿望以及其后的描写。张衡、蔡邕等一批作家的同类辞赋，情形也大体是如此。

“金刚怒目”式的作品以《咏荆轲》一诗最为典型。诗云：

燕丹善养士，志在报强嬴。招集百夫良，岁暮得荆卿。君子死知己，提剑出燕京。素骥鸣广陌，慷慨送我行。雄发指危冠，猛气充长缨。饮饯易水上，四座列群英。渐离击悲筑，宋意唱高声。萧萧哀风逝，淡淡寒波生。商音更流涕，羽奏壮士惊。公知去不归，且有后世名。登车何时顾，飞盖入秦庭。凌厉越万里，逶迤过千城。图穷事自至，豪主正怔营。惜哉剑术疏，奇功遂不成！其人虽已没，千载有余情。

全诗基本上是依据史料加以敷衍，并没有什么特别的地方，最后的感慨（“惜哉剑术疏，奇功遂不成”）也是前人早已发表过的（《史记·刺客列传》引鲁人的评论说“嗟乎惜哉，其不讲于刺剑之术也！”）。咏史诗正宗的写法就是如此，无非是把已经得到记载的历史故事历史人物用诗的形式再现一次，再顺便发表一点议论或感慨。

先前的诗人们已经注意摘取荆轲的故事入诗，魏的阮瑀、晋的左思，都曾有所作；陶渊明的《咏荆轲》艺术上更为圆熟，知名度也更高。后来朱熹在陶渊明的作品中特别拈出《咏荆轲》这一首来大加表彰，说“渊明诗，人皆说平淡，余看他自豪放，但豪放得来不觉耳。其露出本相者，是《咏荆轲》一篇。平淡底人如何说得出这样言语来”（《朱子语类》卷一三六）。他注意到陶渊明在主流风格以外还有着丰富的内涵，大有眼光。

陶渊明其人也相当复杂。

他给人印象最深刻的是“真”和“拙”。他很讲究“真”，曾慨叹“羲农去我久，举世少复真”（《饮酒》其二十），痛恨“自真风告逝，大伪斯兴，闾阎懈廉退之节，市朝驱易进之心”（《感士不遇赋》）；所以他本人讲究廉退，曾在自传体散文《五柳先生传》中自称“闲静少言，不慕荣利。好读书，不求甚解，每有会意,便欣然忘食。性嗜酒,家贫不能常得,亲旧知其如此,或置酒而招之,造饮辄尽,期在必醉,既醉而退,曾不吝情去留。环堵萧然,不蔽风日。短褐穿结,箪瓢屡空,晏如也。常著文章自娱,颇示己志,忘怀得失,以此自终”。这些话确实完全摆脱了世俗的习气,令读者相信他淡忘了世情。他不愿意为五斗米折腰,飘然归隐,一味在淳朴的田园里寻求人生的乐趣,千百年来给人们留下了清高脱俗的美好印象。“拙”也是陶渊明反复提到的,他说自己“性刚才拙,与物多忤”(《与子俨等疏》),“诚谬会以取拙,且欣然而归止”(《感士不遇赋》),给人的印象是方正有操守,结果处处得罪人,与世俗格格不入,终于贫病潦倒,不为那个腐朽的社会所容。

如果全面地考察起来,陶渊明固然有他“真”和“拙”的一面,他的人品确实是高洁的,他的趣味确实是脱俗的;但同时又有不那么“真”和“拙”的一面,他是一个充满矛盾的人。

他的“拙”有时是真素朴古拙,有时则是大巧若拙。他善于与世推移,在纷纭变幻的世态中巧妙地安身立命而不甚露出痕迹;他看透了社会和人生,知道许多事情都不是凭他个人的力量所能改变的,于是委运任化,在无可奈何之中寻求心灵的平静和个性的自由。在奋斗无效的地方,合理的方法就是放弃奋斗,从而在形式上保持主体的独立。为了达此境界,有时他就不那么“真”,而要讲一点策略。陶渊明参透世故而能近乎真率,他的诗“胸次浩然,其中有一段渊深朴茂不可到处”(沈德潜《说诗晬语》卷上),这才是他的高明处。为了这一段“真”,他付出了相当大的代价,但他认为“衣沾不足惜,但使愿无违”(《归园田居》其三),能作此想就已经够崇高的了。

陶渊明的复杂性,他人格的分裂,还可以从颜延之的《陶征士诔》(《文选》卷五十七)一文来推究一番。

颜延之是陶渊明的老朋友,他们在晋末义熙十一年(415)左右即有交往,当时颜在江州刺史刘柳手下任职,住在寻阳;到刘宋永初三年(422),遭到权臣猜忌排挤的颜延之出为始安太守,道经寻阳,“日日造潜,每往必酣饮致醉。临去,留二万钱与潜,潜悉送酒家,稍就取酒”(《宋书·陶渊明传》)。颜延之为人“好酒疏诞,不能斟酌当时”“肆意直言,曾无遏隐”(《宋书》本传);陶渊明曾就此规劝过他,其大旨即见于他的《陶征士诔》一文:

自尔介居,及我多暇,伊好之洽,接阎邻舍。宵盘昼憩,非舟非驾。念昔宴私,举觞相诲:“独正者危,至方则碍。哲人卷舒,布在前载。取鉴不远，吾规子佩。”尔实愀然，中言而发：“违众速尤，迕风先蹶。身才非实，荣声有歇。”睿音永矣，谁箴余阙。

这里引用的两段话都是陶渊明告诫颜延之的，陶渊明去世以后，延之追忆往事时特为录出，作为纪念。曾经有一种误解，以为“独正者危……吾规子佩”是颜延之规劝陶渊明的话①；此说大谬不然，颜延之年辈晚于陶渊明，又是在为其写诔的时候提及此事的，哪里会说自己是如何告诫陶渊明的。李善为后一段话作注说：“身及才不足为实，荣华声名有时而灭。恐己恃才以傲物，凭宠以陵人，故以相诫也。”这一段话是前一段话的补充。世故老人陶渊明告诫说，一定不要那么“方”“正”，不要“违众”“迕风”，而应当卷舒自如，可进可退。这哪里是“真”、是“拙”、是遗忘世情呢？这一番话当然完全是为对方着想的好意，但这些意思陶渊明在自己的诗文里是从来不说的，面对相熟的年轻朋友，才言之谆谆，做逐层深入的阐述。

“哲人卷舒”确实是陶渊明的经验之谈。既“方正”又“舒卷”，可以说是陶渊明人生之旅的两个轮子。

陶渊明的《五柳先生传》确实写得十分飘逸，他自称不慕荣利、忘怀得失，甚至自诩为“无怀氏之民欤，葛天氏之民欤”，似乎世情完全在他的心胸之外，可是恰恰是在撰写此传以后不久，他就于太元十八年(393)出任州祭酒，以便解决“苦饥”的问题，陶渊明从不讳言自己的出仕是图其“利”。青年时代的陶渊明对州祭酒一类职务不感兴趣，这对于他来说简直是一种耻辱。这是可以理解的，但也就否定了他先前所说的“忘怀得失”。陶渊明从初隐状态中走出，短时间担任低级官吏以后复归于隐，固然跟他热爱隐居向往自然有关，同时也与此番官位太低、事务太烦有关。所以，当后来有地位比较高、办事比较自由的职务在召唤他的时候，他便再度出山。“误落尘网中，一去三十年”(《归园田居》其一)，可以说是一误再误。如果完全遗忘了世情不计世俗的功利，陶渊明大可不必仕于桓玄，或者虽然上了他的船，也可以拂袖下船，回乡“养真”。可是他确已仕于桓玄，如果不是因为母丧，很可能还要在这条路上继续走下去。但他此时已经思念园林企希隐逸也是真心的。内心的矛盾、人格的分裂在这里再度明显地表现了出来。

义熙元年(405)八月，陶渊明最后一次出仕为彭泽令，而不久就归隐了，

---

① 《文选·陶征士诔》吕向注：“诲，教也。言方正之道者见患于时俗，夫物正则止，圆则行。此延之诫于潜也。”

《归去来兮辞》小序直截了当地说到“公田之利”，真率固然是很真率的，但并非不计功利。他曾计划“一稔”到手以后便离去，这正是所谓卷舒自如；但他没有等到这一天便“宵逝”了，则确乎“刚拙”。

这种内心矛盾、人格分裂的情形其实并不奇怪，中国古代许多有头脑的士人处江湖之远时则心怀魏阙，居庙堂之高时却又魂系故园，大谈江上之清风、山间之明月。兼济天下与独善其身，建功立业与心灵自由，这两方面的矛盾很不容易处理，要解决得好则更难。陶渊明是较早陷入这一怪圈的著名代表，在他赋《归去来兮辞》彻底归隐之前，他始终没有找到可以安身立命的基点，美好的理想境界始终在遥远的彼岸。

对这种矛盾痛苦的情形，陶渊明后来做过一个总结，这就是《归去来兮辞》里说的“实迷途其未远，觉今是而昨非”，大彻大悟，将过去的种种一笔勾销。

正式归隐是陶渊明一生的重大转折，此后他在相当大的程度上克服了思想上的困惑和人格上的分裂，一切听从命运的安排，消除各种焦虑和失衡，找到了安身立命的心灵归宿。但是，尽管有委运任化的天命论思想帮助他消除一切矛盾，因此比较心平气和，从容不迫；但是他的双重人格仍然未能彻底改变。这时他面临的新问题主要表现在两个方面：

其一，既欲远离官场而又不容易完全适应。归隐的必要性及其好处本来就在于摆脱尘俗世情，在园田、琴书、亲情、浊酒中享受人生，在这些方面陶渊明写下了大量的千古传诵的诗篇，其艺术感染力超越了时代和社会，至今仍有广大的读者。这些诗对于朝政一概回避。但归隐后的陶渊明不免多有孤独的哀伤，他还不十分习惯于脱离官场和上层社会，此意明显地见于《饮酒》诗其四：

> 栖栖失群鸟，日暮犹独飞。徘徊无定止，夜夜声转悲。厉响思清远，去来何依依。因值孤生松，敛翮遥来归。劲风无荣木，此荫独不衰。托身已得所，千载不相违。

可知陶渊明在“失群”亦即脱离了官僚阶层以后必须找一个“托身”之所来安身立命。诗中所谓“孤生松”应当是用比兴的手法代指他在老家乡下的别墅。《归去来兮辞》中曾经提到“景翳翳其将入，抚孤松以盘桓”，这“孤松”恰好构成一个象征，其中有着诗人因孤立而感到的光荣与高傲。陶诗中写到鸟特别是归鸟的句子甚多，《饮酒》其四的特别之处在于一上来就径写“栖栖失群鸟”。陶渊明为什么会有孤独寂寞之感？从他的作品看去，无非是因为他从此脱离了官场，脱离了他曾经非常熟悉的上流社会，因此不免有一种难以摆脱的“失群”之痛、强烈的失落之感。中国古代知识分子历来在既有的政治体制里、在本阶层的群体里呆惯了；他们所信奉的儒家思想所关注的也完全是如何在体制之内的人际关系网里安身立命——而这些现在在陶渊明的生活中忽然统统失落了，他在心理上难以承受，因此必须在诗文中提出强有力的解说从而使自己得到解脱。离群索居到底是痛苦的，所以陶渊明便入乡随俗地同农民交往，“相见无杂言，但道桑麻长”(《归园田居》其二)；但他又始终没有也不可能完全融入农民的群体之中，他开始隐居时把自家的住处安排在远离村庄的地方就是一个明显的标志。他后来主要与一批农村知识分子、地方官员交往，“奇文共欣赏，疑义相与析”(《移居》其二)，在一起喝酒谈天以消除寂寞。由此可知陶渊明归隐之初的一批诗文乃是为他本人的心理调适而写的，其中多有对自己行为的解释和自我安慰。这与他在另外若干作品中流露出来的得以归隐的欣喜之情正可以互相生发，互为补充。陶渊明并不讳言思想上的矛盾与不适，所以他伟大。

其二，是对新的刘宋王朝及其地方官员既若离又若即的矛盾。对于刘宋取代东晋这一政治上的巨大变动，陶渊明虽然大抵采取无所谓走着瞧的态度，除了偶尔在诗句中寄其微意之外，一向没有什么激烈的言行；与孔融、嵇康等死于非命的文人相比，他的态度可以说是极端地平和。刘宋王朝曾经征陶渊明为著作郎，如果不是因为身体太弱以及随之而来的病逝，他本来也很有可能复出①。他对刘宋官员的态度开始时还比较严峻，后来却也肯与当地最高长官江州刺史王弘一起饮酒，接受他的各种馈赠，在他饯别同僚时充当陪客，写过《于王抚军座送客》诗；至于对待那些级别比较低的参军之类，他的态度就更亲切了。凡此种种，都近于“卷舒”，决不僵硬，一切都“凭化迁”了。清朝人朱鹤龄说：“王弘之要路可就也，颜延年之酒钱可纳也，任天下以羸疾弃我，旷达容我，绝不以养高钓名疑我，夫然后可以逍遥容与，卒全此身于东篱北牖之间……”(《愚庵小集》卷十一《陶潜论》)，似颇能道出陶渊明晚年处世之妙诀。

陶渊明暮年有一次拒绝接受新任江州刺史檀道济的馈赠，挥而去之，那是因为这位太守说话太不得体：“贤者处世，天下无道则隐，有道则至。今子

① 萧统《陶渊明传》：“元嘉四年，将复征命，会卒。”

幸生文明之世，奈何自苦如此?”(萧统《陶渊明传》)这等于将陶渊明排斥于贤者之外，大大伤害了这位老隐士。值得注意的是陶渊明回答檀道济的话:“潜也何敢望贤，志不及也”，这话很富于弹性，为自己留下了广阔的回旋余地，而同时仍未失不为五斗米折腰的骨力。

总体来看，陶渊明自正式归隐以后思想上进入了新的境界，人格趋于成熟统一，虽仍然存有若干内在的矛盾，但同他先前那种相当典型的双重人格相比，已不可同日而语。看透一切的“委心任去留”取代了先前的“遑遑欲何之”(《归去来兮辞》)，终于能“乐天委分，以致百年”(《自祭文》)。当陶渊明达到这样一种天人合一的境界时，他的生命也就结束了。

陶渊明生活在政治斗争相当激烈、社会反复震荡的东晋刘宋之际，他本人曾经与桓玄、刘裕等风云人物有过直接的联系，但他后来总算不露痕迹地一一脱了身，刚过四十岁就归隐于故乡，此后在作品中甚少正面涉及社会政治问题，而往往反复咀嚼和体味人生，颇多见道之言。所以陶诗看似平淡而实际深沉，看似题材单调却显得气象万千，意味无穷，以至于千古传诵。

儒家也讲仕与不仕。孔子说“邦有道则仕，邦无道则卷而怀之”(《论语·卫灵公》);孟子说“穷则独善其身，达则兼济天下”(《孟子·尽心》)。外界的形势不同，立身的办法只得两样。但儒家到底以出仕、以兼济天下为主，不能出仕的时候回到家里去加强修养，并非往而不返，在一般情况下只不过是等待时机准备东山再起。道家的避世与儒家的不仕很不同，道家认为人世间一片污浊，政坛乃是罪恶的渊薮，世事一无可为，唯一的办法是躲到深山老林里去寻求个人心灵的自由。陶渊明兼取这两者加以改造，他的归隐固然是表示与污浊的官场告别，避开政治上的种种风波，而同时也是或者说更重要的乃是满足自己热爱自然的本性;他回到田园以后绝不打算东山再起，但也不放弃在加强修养磨炼节操等方面的努力，所谓“养真衡门下，庶以善自名”(《辛丑岁七月赴假还江陵夜行涂口》)，陶渊明始终不放弃道家很瞧不起的那个“善”。这种态度可以说是非儒非道，亦儒亦道。这是一种崭新的模式，在过去的隐士中，人们未尝见过。

例如东汉末年的隐士很多，大抵是为了避乱，一旦“邦有道”，机会来了，他们当中许多人便纷纷出仕。这种态度完全是儒家式的。道家思想为主的隐士如嵇康，他的隐居避世当然有不肯同司马氏合作的因素，最后被杀，成为著名的政治犯;其实他本人一心“越名教而任自然”，隐居后采药养生，谈玄锻铁，色彩完全是道家的，而且还夹杂着道教的成分，并不一定要过问政治。陶渊明则多次出仕以解决“口腹”问题，而其归隐则因为“质性自然，非矫励所得”(《归去来兮辞·序》)，强烈追求个性免遭束缚。

归隐历来是有政治原因的，到陶渊明，这一点被大大淡化了。过去的隐士在归隐以后愤世嫉俗的意味往往相当浓厚，又有种种“任诞”的作风，而陶渊明却非常平淡(虽然也偶露锋芒)，生活作风非常踏实淳朴，仍然讲究儒家的那一套修养，同时又能与世推移，优游不迫。这样，在后代文人心目中，陶渊明的人格就成了一种新的理想的范式。

在中国，只是诗文写得好还不足以成为万人景仰的巨匠，他一定要有某种卓尔不群的人格力量。诗人当中，在陶渊明之前大约只有屈原达到这种超一流的水平，此后则只有杜甫。他们鼎足而三，代表了中国古代三个不同历史时期的理想人格，其影响都远远超出了文学的领域。

九

陶渊明是通过什么途径把儒道两家的人生态度沟通起来的？弄清楚这一点，我们才能对陶渊明其人及其作品有更深一层的理解。

魏晋之际“名教”与“自然”的斗争从思想上来说乃是一场尖锐的儒道之争。笃守封建主义正统的司马氏集团及其御用文人坚持“名教”，尤重孝道，晋初的重臣有好几位是著名的孝子；而提倡“自然”的人，同司马氏或格格不入，或保持一定距离。掌权的政治家在政局稳定下来以后，也要来抓思想问题，所以魏晋之际的“名教”与“自然”的斗争在嵇康被杀阮籍去世以后仍然存在并且亟待解决。自从汉末以来儒学急剧中衰，各种思想都活跃起来，很有点像是第二次百家争鸣的样子，这样缺少一个中心的情形是不利于政治上的统一的，所以西晋初年理论界的首要工作便在于建设一种新的思想体系，总结先前的纷争，把散乱的人心收拾起来。这时最有贡献的是向秀、郭象、裴頠等人，他们的思路都是要把“名教”和“自然”结合起来，提出所谓“内圣外王之道”(郭象《庄子注序》)。他们认为，道家的“自然”固然是最高的“道”，而实际生活中的“名教”也未尝不合于这个“道”，完全可以把这两者结合起来达到更高的综合。《庄子》之向、郭义有云“臣妾之才而不安臣妾之任，则失矣。故知君臣、上下、手足、内外，乃天理自然，岂直人之所为哉”(《庄子·齐物论》注)，似此，则名教即出于自然。以道家思想为本，儒家思想为用，这就是所谓“内圣外王”，可以使天下大治。从个人修养来说，他们认为应当儒表道里，“终日挥形而神气无变，俯仰万机而淡然自若”（《庄子·大宗师》注），“随变所适，而不荷其累”（《庄子·人间世》注）。至于裴頠则更加重视儒术，反对荒放任诞的世风，“著《崇有》《贵无》二论，以矫虚诞之弊”（《三国志·魏书·裴秀传》注引陆机《惠帝起居注》）。他也主张儒道结合，只是更加重视其中儒的成分，尖锐批评其时“立言藉其虚无，谓之玄妙；处官不亲所司，谓之雅远；奉身散其廉操，谓之旷达”（《崇有论》）的风气，而在兼综儒道这个基本点上，在提倡无为政治从而为豪门世族参与政治留下广阔的余地这一基本策略上，与向、郭并无原则的差别。

但是这些理论家都是从高端设计的层面来考虑并提出自己的主张的；陶渊明则很不同，他虽然出身世族，但家门早已中衰，归隐后大抵不甚过问政治，他主要地是要解决个人安身立命的思想支柱问题，因此他所躬行并且不疲倦地加以表现的乃是与知识分子个人生活关系更加密切的人生哲学，从实际生活入手，因而具有广泛的意义，容易产生更大的影响。

陶渊明也是要调和“名教”和“自然”的冲突，他以“自然”为人生哲学的理论生长点，以田园耕读生活作为实际依托，以“天命”作为沟通各方、解决问题的关键，用不着许多理论思辨，就轻而易举地解决了“名教”和“自然”的纷争，找到个人安身立命的指导思想与实际道路。

既然远离政治实行退隐，道家的“自然”理所当然地成了陶渊明人生哲学的出发点。《归去来兮辞·序》中有云“质性自然，非矫励所得；饥冻虽切，违己交病”，不“违己”，爱自由乃是他的根本，为了过这种不“违己”的生活，他不惜降低自己的物质生活水平。陶渊明高度重视自得其乐的精神生活，宁可为此付出相当的代价，所谓“衣沾不足惜，但使愿无违”（《归园田居》其三）正是他轻物质、重精神的生活态度的真切写照。而这种清高的态度，又绝不同于过去的种种高人雅士，陶渊明一点也没有与世界隔绝矫情放诞的意思，而是实实在在地在他的故乡过着普通知识分子的生活，这在农业文明时代是每一个知识分子都不难做到的。中国文人“清高”的传统虽然古已有之，但只有到陶渊明出来，才为此提供了切实的道路和完美的范式，其影响之既深且广可以说是当然的事情。

既然充分肯定了“质性自然”，以“使愿无违”为最高的准则，那么如何安顿传统的“兼济天下”，或者他本人说过的“大济于苍生”呢？是不是就否定那个方面呢？并不否定。归隐只是“世与我而相违”（《归去来兮辞》）时的做法，并不是唯一的选择，这就给“邦有道”时重新出山留下了广阔的余地。即使在自己并不愿意的情况下，如果不得已，也可以出仕，服从命运的安排。“命”“运”“天命”“天运”这些词在陶渊明作品中多次出现。“天命”的运动他又称为“化迁”，服从命运的安排则叫作“凭化迁”，或曰“委运”。凡此种种都很容易令人想起《列子》中的《力命》篇，而在陶渊明这里完全用诗的语言来表达，又完全是从生活中来而不空发议论，于是显得更加亲切而且有力了。

当陶渊明寄迹于刘裕部下时，他在诗中说“聊且凭化迁，终返班生庐”（《始作镇军参军经曲阿作》），可见他虽然很不愿意为刘裕效劳，但既然命运作出了这样的安排，他也并不作激烈的反抗，可以敷衍一下，形为物役而神气无变就是了。这与一味讲“自然”，写信与山涛绝交的嵇康态度大不相同；强大的天命论思想帮助他克服了种种内心的骚动和不平。当陶渊明得以彻底归隐时他又说“聊乘化以归尽，乐夫天命复奚疑”（《归去来兮辞》），可见他认为自己的归隐也是命中注定，合于自然之道，并不是什么特别的事情。

在陶渊明看来，一切都是命运。命运既然不可改变，那么唯一的选择就是认这个命，或者叫作“委运”。陶渊明有五个儿子，据说都不大有出息，他叹气说“天运苟如此，且进杯中物”（《责子》）。前人评论这一态度为“岂弟慈祥，戏谑可观”（黄庭坚《豫章黄先生文集》卷二十六《书陶渊明〈责子〉诗后》）；其实并无戏谑可言，只是无可奈何而归之于命运。他说这话时态度是很诚恳的。陶渊明归隐后不久家里遭遇了一场火灾，损失相当惨重，而他在《戊申岁六月中遇火》诗中表现出的态度非常之旷达。他过去是“形迹凭化往”，与世推移，无怨无尤；现在面对夏天里的一把火，仍然一如既往，毫无怨天尤人叹老嗟贫之意，宁静地在月光下静思默想，精神历遍整个宇宙。陶渊明“燔室后有此旷情”（《采菽堂古诗选》卷十三），确实表现出很高的修养，而其底力则在于根深蒂固的委运任化思想。清朝人钟秀就此评论陶渊明的思想道：“此诗当与《挽歌》三首同读，才晓得靖节一生学识精力有大过人处，其于死生祸福之际，平日看得雪亮，临时方能处之泰然，与强自排解貌为旷达者不啻有霄壤之别。”（《陶靖节纪事诗品》卷二）这一番话大有见地，需要补充的是，渊明之“学识”在这里表现为彻底的天命论。

陶渊明委运任化的天命论思想在死生问题上也有充分的表现。他曾自称“本既不丰”（《答庞参军》诗序），身体一向不大好，因为长期过清贫的生活而又饮酒过度，到五十岁左右就急剧衰老，于是他就常常提到“死”。

四十九岁时陶渊明作《止酒》诗，说是戒酒可得长生；五十岁时他生了一次大病，从此“气力渐衰损，转觉日不如”（《杂诗十二首》其五），同时想到了死:“弱质与颓龄,玄鬓早已白。素标插人头,前涂渐就窄。家为逆旅舍,我如当去客。去去欲何之?南山有旧宅。”(《杂诗十二首》其七)以活着为住旅馆,死去为回老家,旷达之至①。陶渊明“常恐大化尽”(《还旧居》),于是预留了一份遗嘱《与子俨等疏》,其中直接引用了子夏说过的“死生有命,富贵在天”(《论语·颜渊》)这句老话。陶渊明和所有的人一样,也不免有生之留恋,所以也服益寿药(尤其是菊花),练长生功,虽然他明知道“自古皆有没,何人得灵长”,但仍然追求丹木、玉膏一类古巫书上说过的不死之药(详见《读山海经十三首》其四),希望“不老复不死,万岁如平常”(同上其八)。这里他似乎有点越出了委运任化的思想轨道,但也出于人情之常。值得注意的是,当他知道死亡已经无可改变时,他的心态是平静的,据他的老朋友颜延之说,渊明临终前“视化如归,临凶若吉。药剂弗尝,祷祠非恤。傃幽告终,怀和长毕”(《陶征士诔》)。既已自知不起,他便平和地委运任化。元嘉四年(427)九月,陶渊明作《自祭文》,说自己“识运知命,畴能罔眷?余今斯化,可以无恨”。他写的三首《挽歌诗》尤为旷达,充分表达了他的乐天知命思想。

在天命论思想的笼罩下,陶渊明坚持委运任化的人生哲学,生死祸福,泰然处之,听其自然,无须作为。在《形影神》诗中有几句把这一层意思说得最为透彻,有道是:

纵浪大化中,不喜亦不惧。应尽便须尽,无复独多虑。

《形影神》颇近于玄言诗,是人们了解陶渊明人生哲学最直接的材料。清朝人马璞说:“委运者,渊明无可奈何之归宿处。虽古今之大圣有不能逾者焉,况渊明乎。而渊明此心,诚孔孟后仅见之一人。”(《陶诗本义》卷二)陶渊明有了这种根深蒂固、化为自己血肉的天命论思想,便足以处变而不惊,始终保持内心的平衡,真能旷达,而绝非低水平的“强自排解貌为旷达者”。

《形影神》诗前小序云:“贵贱贤愚莫不营营以惜生,斯甚惑焉。故极陈

① 陶渊明以死亡为回老家这一层意思,又见于《自祭文》:“将辞逆旅之馆,永归于本宅”。当代达观之士也往往讲生为暂住,死为回家,如杨绛《走到人生边上》自序有云:“二〇〇五年一月六日,我由医院出院,回三里河寓所。我是从医院前门出来的。如果由后门太平间出来,我就是‘回家’了。”(商务印书馆 2007 年版,第 1 页)她区分“回寓所”与“回家”,恰与陶渊明的提法合若符契。中国的传统观念认为“未知生,焉知死”(《论语·先进》),“六合之外,圣人存而不论”(《庄子·齐物论》)。这种似乎是回避问题的态度给后来玄学和佛教的流行预留下很大的余地,也奠定了中国人死亡观的基调;陶渊明的提法则源于自身领悟,尤其深得人心。

形、影之苦，言神辨自然以释之。”诗凡三首：《形赠影》《影答形》《神释》。近人或以为这一组诗当是针对慧远的《万佛影铭》而作，所以系于义熙九年（413）；这当然足备一说，但也很难确指。这三首诗是写来阐述他的人生哲学的，其中的“形”代表当时流行的一种玄学的享乐主义；“影”代表传统的儒家思想；“神”则正面代表陶渊明本人的思想，亦即综合儒、道的委运任化的人生哲学。在神看来，形和影分别走上了不同的极端，其人生态度都是不尽妥当的。

此中《形赠影》一首，讲生命既然是短暂的，那么就应当及时行乐，“得酒莫苟辞”；《影答形》则针锋相对，指出生命诚然短暂，但“名”是可以无尽的，靠这个可以不朽，而“身没名亦尽”则是最可悲的。影的结论是：“立善有遗爱，胡可不自竭？酒云能消忧，方此讵不劣？”这几句正如陈仁子解释的那样，意谓：“生必有死，惟立善可以有遗爱，人胡为不自竭于为善乎？谓酒能消忧，比之此更为劣尔。”但他下面说的几句就不对了：“观渊明此语，便是孔子朝闻道夕死，孟子修身俟命之意。与无见于道、流连光景以酒消遣者异矣。”（《文选补遗》卷三十六）他误将这一思想当作陶渊明本人的意见了，事实上这只是“影”的主张，陶渊明的主导思想并不在此，而在《神释》之中。《神释》乃是陶渊明本人对形、影双方有关人生哲学之争的总结性意见：

> 大钧无私力，万理自森著。人为三才中，岂不以我故？与君虽异物，生而相依附。结托既喜同，安得不相语。三皇大圣人，今复在何处？彭祖爱永年，欲留不得住。老少同一死，贤愚无复数。日醉或能忘，将非促龄具？立善常所欣，谁当为汝誉？甚念伤吾生，正宜委运去。纵浪大化中，不喜亦不惧。应尽便须尽，无复独多虑。

在这里陶渊明进行了两条战线上的论战：针对“形”的现时享乐主义，他指出这不过是怕死，而单纯的享乐其实无助于养生，饮酒过量徒然伤身。陶渊明本是以饮酒著称的，但并非一味贪杯，他主张要自然而然，陶然自得，从中领悟人生的乐趣，也体悟天道。针对“影”的孜孜求名，陶渊明指出，有意的立善水平很低，不过是为虚名所拘，喜欢追求荣誉而已。陶渊明并不反对“立善”，他本人很讲究节操，问题在于这也要自然而然，发自内在的要求，绝不想到借此扬名一类问题。

最高的人生态度在于委运，一切归之于自然。清朝人吴瞻泰说：“‘委运’二字，是三篇结穴。‘纵浪’四句，正写委运之妙，归于自然。”（《陶诗汇注》卷二）此言得之。本篇的最后归宿正在“自然”，其实也就是“天命”。享乐也罢，为善也罢，都无不可，但不必孜孜以求，只应随遇而安，乐天知命，“不以祸福动其心，泰然委顺，养神之道也”（罗大经《鹤林玉露》卷五十）。“神”的意见综合了“形”与“影”而又超越了它们，达到一种与大化同步运行因此不喜亦不惧的超人境界。这种境界，说穿了其实就是哲理化、理想化了的宿命论。

这种思想，在帮助人们恢复内心平衡方面确有相当大的作用，对于社会的稳定也不无好处，但恐怕无助于社会的进步。中国封建社会长期处于超稳定状态，跟大量的士人有着类乎陶渊明这种乐天知命随遇而安的人生态度大有关系。陶渊明在唐宋以下获得越来越高的评价，陶渊明其人成了古代知识分子心目中理想人格的范型。其中既有积极的意义，也不无消极的影响。

十

陶渊明的故家离庐山不远，当他“采菊东篱下”的时候，随时可以“悠然望南山”（《饮酒》其五），“南山”就是庐山。而当时一代高僧慧远（344～416）正住锡庐山，大力弘扬佛教，并且特别致力于团结和带动教外知识分子，组织“莲社”，努力扩大其僧团的影响。山上名僧，山下名士，不免会有些故事。《莲社高贤传》载：

> （陶渊明）常往来庐山，使一门生二儿舁篮舆以行。远法师与诸贤结莲社，以书招渊明。渊明曰：“若许饮酒则往。”许之，遂造焉。忽攒眉而去。

此外又有慧远送陶渊明及道士陆静修，“语道契合，不觉过溪，因相与大笑”的故事流传。按陆静修（406～477）年辈较晚，他上庐山在慧远、陶渊明去世以后，无从相与大笑，此事近来论陶者多不屑提及；而慧远结莲社、招渊明一事仍然脍炙人口，其实此事是否可信，亦复颇成问题。莲社一般认为是以慧远为中心的佛教外围组织，其成立以刘遗民（程之）等人依慧远游并立誓信仰佛教净土宗理想为标志；按诸人立誓确有其事，但是否明确结社则颇难言，梁释慧皎《高僧传》卷六《释慧远传》云：

> （慧远）率众行道，昏晓不绝，释迦余化，于斯复兴。既而谨律息心之士，绝尘清信之宾，并不期而至，望风遥集。彭城刘遗民、豫章雷次宗、雁门周续之、新蔡毕颖之、南阳宗炳、张莱民、张季硕等，并弃世遗荣，依（慧）远游止。远乃于精舍无量寿像前建斋立誓，共期西方，乃令刘遗民著其文曰……

这里并未提到结社。而《莲社高贤传·慧远传》曰:“太元六年(381)至浔阳,见庐山闲旷,可以息心,乃立精舍。……(太守桓伊)大敬感,乃为建刹,名其殿曰‘神运’,以在永师舍东,故曰‘东林’,时太元十一年(386)也。……既而谨律息心之士,绝尘清信之宾,不期而至者,慧永、慧持、道生、昙顺、僧睿、昙恒、道昺,昙诜、道敬、佛驮耶舍、佛驮跋陀罗、名儒刘程之、张野、周续之、张铨、宗炳、雷次宗等,结社念佛,世号‘十八贤’。复率众至百二十三人,同修净土之业,造西方三圣像,建斋立誓,令刘遗民著《发愿文》。”这里一则明确提到结社念佛,一则又提出一个“十八贤”的名目。查“十八贤”中颇有很晚才上庐山的人,故近人或谓《慧远传》言“十八贤”结社念佛乃是终言其事,“十八贤”中虽确有后来者,而人们以全体社员中行谊较高的为“十八贤”云云。关于莲社结社的时间,该传中未提到,而前揭慧皎《高僧传》卷六《释慧远传》曾全文照录刘遗民执笔的誓文,开头提到的时间是“岁在摄提格七月戊辰朔二十八日乙未”,摄提格指寅年,旧说谓此寅年当指太元十五年庚寅(390),按本年陶渊明二十六岁,是个并不知名的小人物,慧远大和尚专门写信给他请他上山入社,可能性恐怕是非常之小的;但也不能排除他此后约陶渊明上山并建议他信仰佛教的可能,而据《莲社高贤传》所载陶渊明应邀上庐山后“忽攒眉而去”的故事,则可见陶渊明对慧远保持着一定的距离,并且终于没有加入庐山僧团的外围组织。

著名佛教史家汤用彤先生根本否认有所谓“莲社”,他指出这乃是中唐以后“妄人杂取旧史采摭无稽传说而成,至陈舜俞《庐山记》、志磐《佛祖统记》为之修正,采用旧史,《十八高贤传》(按,即《莲社高贤传》)中,当已加入可靠之材料”,形成一个真伪杂糅而从根本上来说仍属“伪妄”的文本。具体说到陶渊明,汤先生认为“陶靖节与慧远先后同时,但靖节诗有赠刘遗民、周续之篇什,而毫不及远公。即匡山诸寺及僧人,亦不齿及。则其与远公过从、送出虎溪之故事,殊难信也”①。这样就从根本上否定了慧远书招陶渊明入社以及虎溪三笑一类故事的可信性。陈寅恪先生更断言陶渊明“于同时同地慧远诸佛教徒之学说竟若充耳不闻”,“陶集中诗文实未见赞同或反对能仁教义之单词只句”②。可是尽管如此,《莲社高贤传》中的有关记载仍然颇有意义并且值得深思。因为“莲社”虽然很可能查无实据,但刘遗民、周续之等人依慧远游止

① 《汉魏两晋南北朝佛教史》,北京大学出版社1997年版,第258、261页。
② 《陶渊明之思想与清谈之关系》,《金明馆丛稿初编》,第220、217页。

并立誓修净土宗则确有其事，而刘、周二人也的确与陶渊明有过交往，由此我们可以间接地推知陶渊明对慧远、对佛教的态度，并由此进而考察渊明其人的特色。“攒眉而去”的细节至少可以启发我们关注这一问题，并且已经提供了一个形象性的提纲。

刘遗民（程之）曾任柴桑令，与陶渊明相识，再加上周续之，号称“寻（浔）阳三隐”①。慧远通过刘遗民或刘遗民主动邀请陶渊明上庐山与会，都是可能的，但陶渊明终于拒绝了。能够说明此中缘由的最直接的材料也许是陶渊明的诗《和刘柴桑》，该诗开头便道：“山泽久见招，胡事乃踌躇？直为亲旧故，未忍言索居”。清朝人温汝能认为“时遗民招渊明庐山结白莲社，渊明雅不欲预名社列，但时复往来庐阜间，故诗中起数语云云”（《陶诗汇评》卷二）。陶渊明说自己不能离开“亲旧”而入山修行，他要在家种地喝酒（“茅茨已就治，新畴复应畲。谷风转凄薄，春醪解饥劬。弱女虽非男，聊情良胜无。”），虽然喝的是劣质酒（“弱女”），但总比没有酒喝要好些。最重要的是当下的世俗的幸福。那么身后之事怎么安顿？渊明说，“去去百年外，身名同翳如”，来世虚无缥缈，最好不要去管它。“六合之外，圣人存而不论”（《庄子·齐物论》），陶渊明思想中的中国传统因素，在一时影响很大的外来宗教面前仍然决不动摇。所以可以说这首诗在随意谈笑之中，已经划清了自己与佛教净土宗的界限。

刘遗民遁入庐山当是接受了慧远的影响②，刘遗民邀约陶渊明上山，大约

① 萧统《陶渊明传》：“时周续之入庐山事释慧远，彭城刘遗民亦遁迹匡山，渊明又不应征命，谓之浔阳三隐。”沈约《宋书·隐逸传》以及《莲社高贤传》《建康实录》等文献都曾经提到陶渊明与刘遗民、周续之合称“寻（浔）阳三隐”。

② 慧远《与隐士刘遗民等书》（《弘明集》卷二十七）之前有一小段文字介绍其背景道：“彭城刘遗民以晋太元中除宜昌、柴桑二县令，值庐山灵邃，足以往而不返，遇沙门释慧远，可以服膺。丁母忧，去职入山，遂有终焉之志。于西林涧北别立禅坊，养志闲处，安贫不营货利。是时闲退之士轻举而集者若宗炳、张野、周续之、雷次宗之徒咸在会焉。遗民与群贤游处，研精玄理，以此永日。”慧远给他们写信，希望他们不要满足于当一般的隐士，不应限于肤浅地了解佛理，而应笃信净土理想，一味念佛坐禅，如此才能“津寄之情笃，来生之计深”。据信后的短文介绍，此后刘遗民等坚决按照慧远的指示办事，“专念禅坐”，“始涉半年，定中见佛，行路遇像”，收到立竿见影的效果。至于刘遗民等在慧远策划下立誓著发愿文则在元兴元年（402），已在他入山多年之后。据慧远《刘公传》谓，刘遗民“居山十有二年，卒”（唐释元康《肇论疏》引），而其人去世，则“时义熙六年（410）也”（《莲社高贤传》）；另说刘“在山一十五年”（《与隐士刘遗民书》注，《广弘明集》卷二十七）。这里有三年的差距，当是因为计算的起点不同，情形很可能是：刘遗民始隐于庐山在太元末（396）；而直接追随慧远则在隆安三年（399），由此至其去世为十二年。

已在义熙元年(405)十一月陶渊明归隐之后;陶渊明不愿离开人间烟火,不能抛弃老婆孩子,当然也就不能接受佛教,无论它是哪一个宗派的佛教。所以,关于陶渊明曾经应招而往"莲社"却又"攒眉而去"的故事,虽然具体情节并不可信,却有着所谓"通性之真实"①。偶一上山又忽攒眉而去的形象表明陶渊明与周续之、刘遗民不同,他坚守自己的家园,不入团伙,不事慧远;换言之,他不为时会所劫,始终保持着世俗的家常生活和独立的精神生活。

慧远是一位致力于将佛教本土化的大师,他的理论与印度佛教的原教旨已有相当的不同。印度佛教本来是彻底出世的,追求"涅槃"即一种不生不死、超越轮回的永恒境界,与尘世的幸福完全无关;慧远当然也以"涅槃"为修行的最高境界,他在《法性论》(片段在《高僧传·慧远传》中)大讲"至极以不变为性,得性以体极为宗","得性"即指悟得"法性",彻底消除烦恼业因,超越生死轮回,进入"涅槃"的境界;但慧远深知此说过于高妙,不容易被庸众所接受,所以他又十分强调"三世果报",以现世的苦修追求来世的幸福,而来世之我仍为现世之我。慧远的理论虽然仍为出世,而实已兼顾入世,只不过把尘世的幸福推迟到一个人的死后去罢了。按,"净土",本指阿弥陀佛(无量寿佛)的国土,那是一个"乐寿无有极"(《无量寿经》卷下)的快乐世,在某种程度上近于中国人一向向往的"乐土";慧远所倡导的修行方法只是坐禅,简便易行,"功高易进"(慧远《念佛三昧集序》,《广弘明集》卷三十),很容易为中国人包括士大夫所接受。

刘遗民全盘接受了慧远的净土宗理想以及为达成这一理想的修行手段,他在誓愿文中以极其虔诚的态度大讲所谓"三世之传""善恶之报",而落脚处则在"登神界"亦即升入西方净土。誓愿文还说,修行者要互相帮助,"先进"者帮助"后升"者,以便共享来世之福。他们离群索居,坐禅念佛,所追求的无非是一种遥远的功利,深刻地反映了乱世人心的某种隐秘。刘遗民招陶渊明入伙,当然是为了增添声势,扩大队伍,大家共升净土。

与其高唱"涅槃"之绝妙高境,不如大讲净土之切实动人。印度式的苦行苦修,虚无缥缈的"涅槃"绝境,在中国总是不大行不通的,因为在中国传统的

---

① 陈寅恪先生在《唐代政治史述论稿》中说起唐高宗、武后朝之后一般知识分子重进士轻明经的态度时,引用过康骈《剧谈录》中关于明经元稹造门求见李贺而遭到拒绝的记载,同时指出"《剧谈录》所记多所疏误,自不待论。但据此故事之造成,可推见当时社会重进士轻明经之情状,故以通性之真实言之,仍不失为珍贵之社会史料也"(《隋唐制度渊源略论稿　唐代政治史述论稿》,生活·读书·新知三联书店2001年版,第272～273页)。

文化心理中,一向缺少那种坚持长期苦修的宗教感情和完全禁欲的生活态度。

慧远在当时影响极大,同他这一番将佛教中国化的努力是分不开的;尽管如此,陶渊明仍然不买他的账,他安身立命全靠本土传统思想并有新的阐释,他将《周易・系辞上》所说的"乐天知命故不忧"阐释为"乐夫天命复奚疑"(《归去来兮辞》),"纵浪大化中,不喜亦不惧"(《形影神・神释》);他也十分向往"乐土",却决非慧远所说的"净土",而是他想象中的世外桃源——那里除了生活平静安详、与混乱的现实社会完全隔绝之外,毫无特异之处。桃源中人仍在现世,而非死后的"神不灭"。陶渊明是彻底入世的,他不需要什么出世的假设。

陶渊明不应刘遗民(及其背后的慧远大师)之招,自有其思想基础,有深刻的原因。陶渊明当然不是一个现代意义上的思想家,没有什么严整的思想体系,但他同中国古代那些第一流的文学家一样,确实是一个非常有思想的人,而且有他相对完整的一套。朱光潜先生认为"渊明读书大抵采兴趣主义,我们不能把他看成一个有系统的专门学者。……把渊明看成有意地建立或皈依一个系统井然、壁垒森严的哲学或宗教思想,像一个谨守绳墨的教徒,未免是'求甚解'"①。这样看当然大有道理,但我们同时也要看到渊明同那些略无定见随波逐流的普通文人非常不同,我们万不可凭他一句谦虚的自述便以为他写诗也非常随便,不能看轻了这位貌似旷达的诗人。

陶渊明还有一首《酬刘柴桑》,大写现实生活的乐趣,甚至露骨地鼓吹及时行乐,其潜台词也是同刘遗民等人离群索居在庐山上大做其净土迷梦唱对台戏:

> 穷居寡人用,时忘四运周。门庭多落叶,慨然知已秋。新葵郁北牖,嘉穟养南畴。今我不为乐,知有来岁不?命室携童弱,良日登远游。

老婆("室")孩子("童弱"),耕种旅游,这些尘世中普通人的乐趣,陶渊明看得很重,乐此不疲。"及时行乐,固是陶公素怀"(邱嘉穗《东山草堂陶诗笺》卷二)。陶渊明的及时行乐与汉末或西晋贵族们追求奢侈豪华以至放荡的乐趣大不相同,他更看重的恰如张湛所强调的"心夷体闲"(《列子・汤问》注),自由自在,自得其乐,生活情趣完全是带有平民色彩的士大夫式的。这种生活态度在中国有着长久的生命力。出家人的枯寂生活,一般士大夫不能接

① 《诗论・陶渊明》,《朱光潜全集》第3卷,第253～254页。

受；中国多有居士，多有乐于同僧人交往的文人，而少有真正毅然出家的士人。陶渊明这两首与刘遗民有关的诗说得很清楚：他们绝对不肯以舍弃尘世乐趣的高昂代价去换取无从确证的来世的幸福。

但是我们也还不能因为陶渊明不相信所谓“净土”理想，也不应刘遗民之招，就认为他同佛教彻底地绝缘。事情没有这样干脆。陶渊明两次写诗给刘遗民，他对这位虔诚的宗教信徒态度是友好的，诗中也没有任何直接否定佛教的言论，没有任何讽刺的色彩，只是平和地自述其生活情趣；对于刘遗民的那种异于己的信仰和情趣，他未置一词，颇有大肚包容的雅量。这与《莲社高贤传》中说他在“许饮”的前提下可以入社而终于“攒眉而去”，在基调上是一致的。提出以“许饮”为前提正是坚持他所看重的世俗乐趣，皱眉而去表示他终于不能同意净土宗的教义，但他并不拒人于千里之外，并不是没有任何通融的余地——他可以成为佛教徒的朋友，只是对于入伙一事敬谢不敏罢了。故事的情节虽然不能当作信史，所反映的情绪却很真实，很像是陶渊明的作派。

这种情形从根本上来说，是因为中国古代特别是中古时代的文人具有非常宽广的文化包容量，他们能够容忍、接受或欣赏许多异质文化、异量之美；具体地说，陶渊明虽然未必赞成念佛坐禅，但对于某些教义某些提法是可以认同的，即如关于来世之说，陶渊明就并不完全否认，尽管他最重视的乃是现世。他在著名的诗篇《乞食》的结尾说：“感子漂母惠，愧我非韩才。衔戢知何谢，冥报以相贻。”这里就用了“冥报”这样的佛教话语。在一般情况下陶渊明总是认为人一死就一了百了，没有什么来世，“去去百年外，身名同翳如”（《和刘柴桑》），“千秋万岁后，谁知荣与辱”“死去何所道，托体同山阿”（《挽歌诗》），但这里因为要向对方表示衷心感谢而苦于暂无条件，于是就说到“冥报”了。偶尔用一点佛教话语同信仰佛教当然是两回事，而亦可见他的态度并不僵硬。

佛教所讲的“本无”，即世界和人心都是虚幻的，陶渊明在某种程度上也表示认可。按，道安、慧远师徒都讲大乘槃若学，立义均以“本无”（或曰“性空”）为宗，与玄学贵无派的主张非常接近。汤用彤先生指出，道安认为“常静之极，即谓之空，空则无名无著，两忘玄莫，隤然无主。……凡此常静之谈，似有会于当时之玄学，融会佛书与《老》《庄》《周易》，实当时之风气，道安槃若学说似仍未脱此习气也”①；他又说：“慧远固亦不脱两晋佛教之风习，于三玄更

① 《贵无之学（下）——道安和张湛》，《理学·佛学·玄学》，北京大学出版社1991年版，第302～303页。

称擅长,《僧传》称少时博综六艺,尤善《老》《庄》。……故远公虽于佛教独立之精神,多所扶持,而其谈理之依傍玄学,犹袭当时之好尚也。”①陶渊明对于玄学有着很深的体悟,当时佛既通于玄,然则他正好由玄而认可佛学中某些纯理论的部分;当然,如果仔细辨析,陶渊明的思想更近于中国佛学中的“心无义”,而与“本无”之说颇有异同;他对佛教中那些低层面的东西,如念佛坐禅之类则完全不感兴趣。此后中国高级知识分子对佛教基本上也都采取此种态度:对佛学中思辨的精致的形而上的某些部分感兴趣,而对佛教中那些低级的粗俗的仪轨和迷信不以为然——那些东西只能用来对付芸芸众生。然而任何宗教总有它的后一个层面,否则就会脱离群众,从而取消自己——世界上出来没有专供精英分子享用的宗教。

唯其如此,陶渊明诗中那些玄学色彩十分浓厚的诗句,与佛教的理论颇可相通,如果读者是佛教徒,简直可以直接引为同道:

> 人生似幻化,终当归空无。
>
> ——《归田园居》其四

> 吾生梦幻间,何事绁尘羁。
>
> ——《饮酒》其八

如此等等,似乎完全是和尚的口吻。清朝人查初白评“人生”二句说:“先生精于释理,但不入社耳”(《初白庵诗评》卷上),语颇有味。又《形影神》诗中《神释》部分道:“甚念伤吾生,正宜委运去。纵浪大化中,不喜亦不惧。应尽便须尽,无复独多虑。”这固然是陶渊明对人生的深切体悟,而与大乘佛教也可以相通,前人曾经解释这几句为“释氏所谓断常见”(叶梦得《玉涧杂书》。又周密《齐东野语》卷九亦持此说),是有道理的。此后的禅宗,几多公案语录,都没有这几句说得透彻。

不仅在诗歌创作中,就是在生活实践中,陶渊明也有很浓的禅宗气,殆所谓“孤明先发”。传记材料中反复说到他“不解音律,而蓄素琴一张,每酒适,辄抚弄以寄其意”(萧统《陶渊明传》),他那张琴“弦徽不具,每朋酒之会,则抚而和之,曰:‘但识琴中趣,何劳弦上声!’”(《晋书·隐逸传》)禅机十足。慧远、刘遗民等人那样看重陶渊明,殷勤约他入伙,确有眼力,他们之间确实有相通之处——可惜远公师徒生活的年代太早,还不懂得后来禅宗不念佛,不

① 汤用彤《汉魏两晋南北朝佛教史》,第253页。

坐禅，不守戒律，呵佛骂祖，一味讲“顿悟”，讲“饥来吃饭，困来即眠”就是修行用功（《景德传灯录》卷六）那一套，仍然执着于念佛坐禅等琐屑细节，难怪陶渊明要“攒眉而去”。按后来的规矩，陶渊明该给刘遗民等人当头棒喝，一棍子打得他们大彻大悟。其实，陶渊明写给刘遗民的两首诗，与后来禅宗大师们回答门徒的那些言辞，方向是一致的：有了自由自在的生活，就已经成佛了，还管他什么来世，什么净土！

陶渊明终于没有上庐山修行，而他的思想境界比山上的慧远、刘遗民等人反而要高明得多。“攒眉而去”者，不屑与钝根汉为伍也。

关于“寻阳三隐”之一的周续之与陶渊明的关系，也很有意味。

周续之（字道祖，377～423），祖籍雁门广武（今山西代县），其先世已经移居豫章建昌（今江西永修），十二岁起入豫章郡学，师事郡守、著名儒家学者范甯，通五经及纬候之学，既而闲居读《老》《易》；但他很快就被庐山高僧慧远的佛学和人格所吸引，入山师事之，长期追随于左右，成为慧远僧团外围最重要的信徒之一。后来他被官方看好，同刘裕建立了比较密切的联系，得到很高的礼遇，最后病逝于建康钟山（紫金山）。比起另外“二隐”来，他要阔气得多了。

当周续之追随庐山释慧远时，在思想战线上颇为活跃。先是对佛教也颇有兴趣的隐士戴逵写过一篇著名的《释疑论》（《广弘明集》卷二十），反对其时业已相当流行的佛教因果报应论，他强调人各有其“分命”或曰“定分”，也就是先天决定的命运——宿命。这种先天决定论当然并不科学，但在当时却具有反佛教果报论的积极意义。大约在太元十八九年（393、394）间，戴逵把自己的论文寄给慧远大和尚，并附一信，指出佛教的果报之谈与中国传统的“积善之家，必有余庆；积不善之家，必有余殃”（《周易·坤·文言》）或民间之所谓“行善者福至，为恶者祸来”（王充《论衡·福虚篇》引“世论”）一类说教，是得不到事实支持的；虽然他也承认这一类理论有助于“劝教”。慧远收到戴文后，即安排其门徒周续之著《难〈释疑论〉》（《广弘明集》卷二十）给予反驳，他本人也发表了重要的意见，既否定了戴逵，同时也指出了周续之的不足，他说对因果报应要有正确的理解，有些报应很晚很晚才出现，要等到来世，甚至“经二生三生、百生千生，然后乃受”（《三报论》，《弘明集》卷五），这样讲在理论上自然圆通自在，很难用实证的方法来予以批评否定。

戴逵与慧远、周续之师徒的反复论难在晋末是一场很有影响的论争，引起过当时和后代许多人的注意。陶渊明没有直接介入这一场争论，但他对情况显然是了解的，他同戴逵一样不相信佛教宣扬的因果报应，而赞成自然命定论，其《饮酒》其二诗云：

积善云有报，夷叔在西山。善恶苟不应，何事空立言！

这几句应视为对于周续之及其背后的慧远大师之果报论的彻底否定。陶渊明又在《感士不遇赋》中写道：

夷投老以长饥，回早夭而又贫。伤请车以备椁，悲茹薇而陨身。虽好学以行义，何死生之苦辛！疑报德之若兹，惧斯言之虚陈。

这里提到的伯夷、叔齐、颜回等人，正是戴逵在《释疑论》里举过的例子。近贤或谓在陶渊明的诗文中实未见赞同或反对佛教教义的任何语句，此说恐怕并不符合陶渊明创作的实际，上文所引的这些句子，如果联系那时的思想文化背景来看，都是潜台词非常丰富，表现了反佛教特别是反因果报应论的思想。陶渊明在《自祭文》中说自己"乐天委分，以至百年"，其思路亦复与戴逵如出一辙。

天命论是陶渊明思想的根本。"命""运""天命""天运"都是陶诗中多次出现的关键词。尽管陶渊明对于世事并没有遗忘和冷淡，但强大的天命论思想帮助他克服了种种内心的骚动和不平。在陶渊明看来，一切都是命运。命运既然不可改变，那么唯一的办法便是认这个命。这种思想，在陶渊明是非常坚定的，他之所以不能接受佛教的因果报应论的根据在此。

陶渊明不相信佛教报应说，坚持天命决定说，今天看去固然是楚既失之，齐亦未为得也，但当时在庐山脚下起而反对慧远大师的高论，是需要理论上的定力和勇气的。

周续之为人"不尚节峻"(《宋书》本传)，虽然崇信佛教，而亦不废与官府的来往，义熙四年(408)左右曾接受江州刺史何无忌的邀请，与之游处[①]；义熙十二年(416)顷，又曾应江州新任刺史檀绍之约，与学士祖企、谢景夷一起为

① 《宋书·周续之传》："江州刺史每相招请，续之不尚节峻，颇从之游。常以嵇康《高士传》得出处之美，因为之注。"张可礼指出："上述事时间未详，据万斯同《东晋方镇年表》，何无忌于义熙二年至六年三月任江州刺史。上谓江州刺史当指何无忌。"(《东晋文艺系年》，山东教育出版社 1992 年版，第 711 页)兹从其说。

官方做儒家的学问①,“共在城北讲《礼》,加以雠校,所住公廨,近于马队”(萧统《陶渊明传》)。刘宋王朝建立后,周续之更进入首都,开馆讲学,成了皇家的学术顾问之一。据说刘裕问过他:“身为处士,时践王庭,何也?”他回答说:“心驰魏阙者,以江湖为桎梏;情致两忘者,市朝亦是岩穴耳。”(《莲社高贤传》)他是这样一种所谓“通隐”——通达的、未必有什么原则的“隐士”。

当周续之等人在马队附近大讲其《礼》的时候,陶渊明写了一首很有意思的诗《示周续之、祖企、谢景夷三郎》:

> 负疴颓檐下,终日无一欣。药石有时间,念我意中人。相去不寻常,道路邈何因?周生述孔业,祖谢响然臻。道丧向千载,今朝复斯闻。马队非讲肆,校书亦已勤。老夫有所爱,思与尔为邻。愿言诲诸子,从我颍水滨。

这首诗的措辞实在非常之妙,表面看去好像对这“三郎”评价很高,其实多为讽刺之词,只是委婉之至。对于讲《礼》校书这件事本身,陶渊明并不反对,在“道丧向千载”——这一层意思陶渊明曾反复言之,《饮酒》其三有一句亦作“道丧向千载”——的当下,复兴儒学是完全必要并且很有意义的,问题在于似乎未得其人:周生续之不久前还在山中修道,大讲“三报”,现在慧远刚刚示寂,他就出山来“述孔业”了。在陶渊明看来,这些人不免缺少操守,什么时髦就搞什么,他们隐居的目的,也颇为可疑。所以诗中说自己同他们住得很靠近(“相去不寻常”),而精神上的差距却远得不可以道里计,走的根本不是一条道路,其原因也弄不大清楚(“道路邈何因”)。结尾处说自己希望同他们结为芳邻,具体地说是希望他们同自己一样,当真正的隐士。“颍水滨”用许由的典故:据说尧让天下于许由,许由不受,“乃退而遁于中岳颍水之阳,箕山之下。尧又召为九州长,由不欲闻之,洗耳于颍水滨”(皇甫谧《高士传》)。诗末诸句寓批评讥刺于恳切的希望之中,真所谓蔼然仁者之言。

历来都说“寻阳三隐”,其实周续之这一“隐”很有些特别的情形;陶渊明

---

① 《宋书·檀绍传》:“进号左将军……(义熙)十二年,迁督江州豫州之西阳、新蔡二郡诸军事、江州刺史,将军如故。”值得注意的是,据《高僧传·释慧远传》,慧远大师死于义熙十二年(416)八月。所以情形很可能是慧远一去,周续之就应本州刺史之召出山了。李公焕《笺注陶渊明集》卷二引赵泉山曰:“按靖节不事覲谒,惟至田舍及庐山游观,舍是无他适。(周)续之自(莲)社主远公顺寂之后,虽隐居庐山,而州将每相招引,颇从之游,世号‘通隐’。是以诗中引箕、颍之事微讥之。”

后来同官府也有些往来，而此时却对周郎等人发出“从我颍水滨”的殷勤呼唤。隐士们之间大约也有些竞争和较量，隐士场中并不完全太平。先前向慧远、周续之发难的戴逵也是一位隐士。鲁迅先生说得好：“我们倘要看看隐君子风，实际上也只能看看这样的隐君子，真的‘隐君子’是没法看到的。古今著作，足以汗牛而充栋，但我们可能找出樵夫渔父的著作来？”①凡隐士就一定不是樵夫渔父，而是知识分子（“士”），他们的思想往往比较复杂，行为方式也并不单一。古往今来，无不如此。

陶渊明对慧远师徒持基本否定而又居高临下并且富有弹性的态度，除了他本人世界观、人生观方面的深刻原因之外，还有一个值得考虑的因素，即他大体上同他的老上级桓玄保持一致。

刘遗民等人集会立誓的元兴元年（402）恰恰是桓玄极其活跃、登上他事业顶峰的一年。隆安五年（401）冬陶渊明因母丧暂时退出政治舞台，但他在精神上同桓玄仍保持密切的联系。第二年即元兴元年（402）桓玄在政治、军事、文化诸方面都有大的动作，当年他传檄讨伐司马元显，沿江东下，一度驻师于寻阳。慧远住锡于庐山，一时影响很大，而桓玄是长江中游最大的地方实力派，稍后又入据中枢，他对慧远对佛教十分关注，且曾与慧远反复论难，这一情况应当是我们理解陶渊明对佛教对慧远之态度的重要背景材料。

桓玄对慧远个人修养之高颇表敬意，但他是反对大规模传播佛教的，特别反对出家的和尚不服从政治权威，不致敬王者，并主张大刀阔斧地裁减和尚的人数，只保留少数有学问的高僧。其间他与慧远颇有书信往来，反复论辩。桓玄、慧远双方的信函、文章以及桓玄所主持的专题辩论的有关文件，俱载于《弘明集》（卷五、卷十二），唯编次比较混乱，最好是按时间顺序排列，那样就可以看得更清楚些。

慧远强调念佛，以为只须如此即可超生于西方净土；桓玄则认为人之生死出于自然大化，念佛是无谓的，他有一封致慧远书写道：“夫至远缅邈，佛理幽深，岂是悠悠常徒所能习求。沙门去弃六亲之情，毁其形骸，口绝滋味，被褐带索，山栖枕石，永乖世务，百代之中庶或有一仿佛之间。今世道士虽外毁仪容，而心过俗人，所谓道俗之际，可谓学步邯郸，匍匐而归。先圣有言，未知生，焉知死。而令一生之中，困苦形神，方求冥冥黄泉下福，皆是管见，未体大化。迷而知反，去道不远，可不三思！运不居人，忽然将老，可复追哉。聊赠

① 《且介亭杂文二集·隐士》，《鲁迅全集》第6卷，第224页。

至言，幸能纳之。”（《与释慧远书劝罢道》，《弘明集》卷十一）这里桓玄以一副精神贵族居高临下的姿态批评一般佛教徒根本未能悟道，这与陶渊明的态度是很相似的。桓玄指责和尚们“未体大化”；而陶渊明在《形影神》诗中正面强调“纵浪大化中”，可谓遥相呼应，合若符契。桓玄固然是一个后来彻底失败的军阀、野心家，而其人同时也是一位文化精英，一位“形貌瑰奇，风神疏朗，博综艺术，善属文”（《晋书》本传）的高级世族的代表。

桓玄对佛教的态度主要是政治家式的。从理论上来说，他坚持传统思想，以为“未知生，焉知死”，并据此批评佛教徒“未体大化”；对此庐山僧团反唇相讥，在一首玄言诗中说“万化同归尽，离化化乃玄。悲哉化中客，焉识化表年”（《观化决疑》），意思说，只相信传统思想的人只能在大化流行中载沉载浮，在生死轮回中受苦，而未能跳出“化表”，进入更高的境界，这是很可悲的。不过双方理论上的较量并不十分醒目，他们的斗争主要还是在一些比较具体的问题上。

桓玄对待慧远非常讲究策略，态度很实际。隆安三年（399）桓玄征殷仲堪，途经庐山，专门去看望慧远，下山后叹曰“实乃生所未见”；稍后他专门写信给这位具有极高的品德和学养的大和尚，请他还俗，到自己手下来当官做事，这一建议被慧远断然拒绝了，“远答辞坚正，确乎不拔，志逾丹石，终莫能回”（《高僧传·释慧远传》）。元兴元年（402），桓玄举兵攻入建康，自任太尉、扬州牧，总揽朝政。这时他对于佛教采取了两项重要的措施：“欲简汰沙门，非明至理者悉罢之；又议令沙门致敬王者”（《建康实录》卷十）。

这两件事都非同小可。所谓“简汰沙门”，就是用行政命令的方法强迫大批僧人还俗，压缩僧团的人数。桓玄在一份教令中写道：“佛所贵无为，殷勤在于绝欲。而比者陵迟，遂失斯道。京师竞其奢淫，荣观纷于朝市。天府以之倾匮，名器为之秽黩。避役钟于百里，逋逃盈于寺庙。乃至一县数千，猥成屯落。邑聚游食之群，境积不羁之众。其所以伤治害政，尘滓佛教，固已彼此俱弊，实污风轨矣。”（《沙汰众僧教》）这里说明了采取“简汰沙门”新政策的两大原因，一是僧团人数过于膨胀会影响国家可控制的财政收入和人力资源，而高层当权者因为崇信佛教又会动用过多的国家财产；二是佛教徒中有人干预政治，妨碍政府正常施政。这两条应当说都是有根据的：出家人依例不交租税不服劳役，佛教的过热发展必然影响国计民生，而安帝时的权臣司马道子“崇信浮屠之学，用度奢侈，下不堪命”（《晋书·会稽王传》）；又当时已经出现了若干志在政治的和尚尼姑，引起过有识之士的忧虑，现代佛教史家也惊呼“佛徒秽杂，涉及政治，竟至与国家衰亡有关”①。当然桓玄也已经考虑到区别对待，他明确指出真正有学问有修养“不营流俗”者不在沙汰之列，“其有违于此者，皆悉罢道，所在领其户籍”，他在教令之末又特别交代“唯庐山道德所居，不在搜简之例”(《沙汰众僧教》)。桓玄绝对没有针对慧远的意思，恰恰相反，庐山东林寺在他心目中乃是一个特别区域，此处不推行一般的政策。

至于要求“沙门致敬王者”，乃是为了进一步提高政治权威的地位，或者直白地说，提高他本人的地位——这时他正积极准备取代司马氏自己当皇帝，迫切需要树立高大的形象。可以设想一下，如果一向不致敬王者的和尚们能一改旧例，在此时向自己致敬，那是一个何等伟大的胜利！于是他发布一系列文件，集中精力抓这个一问题。他曾与中书令、著名佛教徒王谧反复论难此事，强调指出：“曩者晋人略无奉佛，沙门徒众，皆是诸胡，且王者与之不接，故可任其方俗，不为之检耳。今主上奉佛，亲接法事，事异于昔。何可不使其礼有准，日用清约，有助于教。”(《难王谧》)按先前咸康六年(340)车骑将军庾冰就曾经提出沙门应礼敬王者的问题，但那还是在一般的意义上强调政治权威的意义，反对佛教徒自居于化外；到现在，除了强化名教的意义之外，又增加了新的政治斗争的意味。桓玄这封信中所说的“今主上”就是晋安帝，亦即桓玄准备取而代之的人物。桓玄表面上批评沙门不致敬王室，实际上却在说王室自己在沙门面前不知自尊自重，大失体统，同时连带地指斥那些忠于晋室、自己亦复佞佛的大臣。桓玄的着眼点完全在于政治方面，宗教问题对他来说不过是政治斗争的一个手段。

在桓玄当时下达的几份文件(《桓玄书与慧远法师》《桓玄与八座论沙门敬事》《桓玄书与王令书论道人应敬王事》，均载《弘明集》卷十二)中，都明确宣示要把明令沙门必须礼敬王者当作“一代大事”来抓。既然沙门的一切生活所需都仰赖国家，受德于王，岂能“受其德而遗其礼，沾其惠而废其敬”？桓玄命令“八座”在八日内研究落实这一方面的举措。稍后又致书慧远，指出沙门不敬王者“既是情所不了，于理又是所未喻”(《桓玄书与慧远法师》)，同时附上自己的“与八座书”征求他的意见，实际上是要他带头执行新的政策。桓玄不愧是一代名士，上台之前抓这种“一代大事”很见功夫。

桓玄这一系列动作，引起了慧远的高度重视，他作出了坚定而灵活的回应，分寸恰当，水平极高。关于沙汰众僧，虽然庐山慧远所领导的僧团“不在

① 汤用彤《汉魏两晋南北朝佛教史》，第245页。

搜简之例”，但慧远仍然严阵以待，他一方面承认佛教徒内部的确有些问题，自己也十分痛心；同时更要求桓玄注意区分真正的佛教徒与少数混近来的败类，防止打击面过宽而致玉石俱焚：“佛教陵迟，秽杂日久，每一寻思，愤慨盈怀。常恐运出非意，混然沦湑，此所以夙宵叹惧，忘寝与食者也！见檀越澄清诸道人教，实应其本心。夫泾以渭分，则清浊殊流；枉以直正，则不仁自远。推此而言，符命既行，必二理斯得。然后令饰伪取容者，自绝于假通之路；信道怀真者，无复负俗之嫌。如此，则道世交兴，三宝复隆于兹矣。”（《慧远法师与桓太尉论料简沙门书》，《弘明集》卷十二）他的落脚点是“道世交兴”，即佛教和世俗政治都得到健康的发展。这样就既不得罪桓玄，同时也可以有力地保护佛教。措辞之妙，无以复加。至于礼敬王者，慧远绝对不能带这个头，而且他根本反对此事，因为“若一旦行此，佛教长沦，如来大法，于兹泯灭”（《庐山慧远法师答桓玄沙门不应敬王者书》，《弘明集》卷十二），那是无论如何不能照办的。但是慧远亦颇精通“应帝王”之术，他在回信中指出，佛教信徒应分两种人，一种是在家修行的，当然应当忠君孝亲，遵守礼法，礼敬王侯；另一种是出家修道的沙门，这些人已是“方外之宾”，“袈裟非朝宗之服，钵盂非廊庙之器，沙门尘外之人，不应致敬王者”。出家人有自己的礼仪，所以，“内乖天属之重，而不违其孝；外阙奉主之恭，而不失其敬”。强迫他们也实行世俗的跪拜礼既没有必要，也是不合适的。慧远还说，出家人虽不礼敬王者，却可以协助王者治世救人，“如令一夫全德，则道洽六亲，泽流天下，虽不处王侯之位，固已协契皇极，大庇生民矣”。这一席话含义很是深长，言外似乎表示了佛教徒将不会反对桓玄称帝，这一点对桓玄来说太重要了，元兴二年（403），桓玄篡位称帝后特下诏允许沙门不必礼拜王者（详见《桓楚许道人不致礼诏》，《弘明集》卷十二）。既已称帝，当务之急已与过去不同，他还需要佛教徒的支持，不必在礼仪问题上多去纠缠了。

当桓玄正在同佛教进行微妙的斗争与妥协之时，他的老部下陶渊明不肯上山与方外方内的信徒们完全合流，也是很可以理解的事情。稍后桓玄垮得那么快那么彻底，大约是陶渊明并没有估计到，甚至连慧远也是没有估计到的。

二十五　谢混与“乌衣之游”

陈郡谢氏家族门风放达，人才辈出，是东晋最显赫的家族之一，后来往往与琅邪王氏并称。谢氏崛起于两晋之交，到东晋中期杰出的政治家谢安(320～385)出山后达到高峰，由他领导的淝水之战挽救了这个多灾多难摇摇晃晃的王朝。谢安去世后谢家虽然渐渐走向下坡，但仍然坚持了相当长的时间，其中晋、宋间的谢混乃是转变文学风气的重要人物，谢灵运则是成就最大的文学家，但他的文学活动主要在入宋以后。

一

陈郡阳夏(今河南太康)谢氏在东晋诸高门大族中算是一个后起的门户，根基不算很深厚，发达得比较早的老牌世族往往不大看得起他们①；但经过几代人的努力，谢氏终于站稳了脚跟，不仅成了东晋中后期最高的门第，而且在南朝还延续了很久。

谢家先世的谢缵仕于曹魏，官阶不高；他的儿子谢衡是一位笃守传统的“硕儒”(《世说新语・文学》“卫玠始渡江”条注引《晋阳秋》)，“博物多闻”(《晋书・王接传》)，“以儒素显，仕至国子祭酒”(《晋书・谢鲲传》)；而到谢衡的儿

---

① 《世说新语・简傲》：“谢万在兄前，欲起索便器，于时阮思旷在坐，曰：‘新出门户，笃而无礼！’”谢万(320～361)是谢奕、谢据、谢安的弟弟，阮思旷即阮裕，出于陈留阮氏。《晋书》本传云，阮裕“尝以人不须广学，正应以礼让为先，故终日静默，无所修综，而物自宗焉”。他的作风比较老派，所以看不起新出门户的“笃而无礼”。《简傲》又载：“谢公(安)尝与谢万共出西，过吴郡。阿万欲相与共萃王恬许，太傅云：‘恐伊不必酬汝，意不足尔。’万犹苦要，太傅坚不回，万乃独往。坐少时，王便入门内，谢殊有欣色，以为厚待己。良久，乃沐头散发而出，亦不坐，仍据胡床，在中庭晒头，神气傲迈，了无相酬对意。谢于是乃还。未至船，逆呼太傅，安曰：‘阿螭不作尔！’”王恬是王导的儿子，性格傲诞，很看不起谢万；谢安不愿意去拜访他，正是怕自找没趣。在谢安腾达之前，谢氏家族地位尚不甚高。

子谢鲲(字幼舆,282～324?)则走上了全新的道路,他和当时一批时髦青年一样,“以玄虚宏放为夷达,以儒术清俭为鄙俗”(《晋书·应詹传》)。风流放逸,长于清谈,一派名士风度;所以后来袁宏将他列为中朝(西晋)八大名士之一。他曾同一批同类的放达少年一起先后追随王衍、司马越,在官场里载沉载浮;后来看到北方形势不妙,比较早地渡江南下,投靠早年的朋友王敦,而作风并没有改变[1],他在两晋之交的混乱局面中也始终没有失去高贵的身份,为谢氏家族在南方扎下根来作出了很大的贡献。

谢鲲最著名的故事之一,是他青年时代因为一厢情愿地追求邻居美女,遭到沉重打击:

> 鲲少知名,通简有高识,不修威仪,好《老》《易》,能歌善鼓琴,王衍、嵇绍并奇之。……邻家高氏女有美色,鲲尝挑之,女投梭,折其两齿。时人为之语曰:“任达不已,幼舆折齿。”鲲闻之,傲然长啸曰:“犹不废我啸歌。”(《晋书·谢鲲传》)

啸主要靠喉管发声,与牙齿关系不大,他确实可以啸歌不废,只是门面受损,不免有碍观瞻。谢鲲长于清谈,当他在先前的老朋友现在的大将军王敦手下任长史时,另一位老朋友卫玠(字叔宝,286～312)也渡过长江到南方来了,通夜清谈,弄得卫玠生了一场大病:

> 卫玠始渡江,见王大将军,因夜坐,大将军命谢幼舆。玠见谢,甚说之,都不复顾王,遂达旦微言。王永夕不得豫。玠体素羸,恒为母所禁。尔夕忽极,于此病笃,遂不起。(《世说新语·文学》)

“极”是非常疲劳的意思,两位名士忘我地清谈,送掉了卫玠半条性命[2]。谢鲲虽然作风浪漫,宅心玄远,但政治上并不糊涂,他曾经多次向王敦进言,希望这位一再以武力压迫中枢的大将军勿为已甚,还是要尊重司马氏皇室;王敦虽然相当恼火,但考虑到他是名士又是老朋友,没有加害于他。

史称谢氏家族“自晋以降,雅道相传”(《南史·谢晦传》),这是指谢家历

---

① 谢鲲与胡毋辅之、阮放、毕卓、羊曼、桓彝、阮孚、光逸等人作风相同,时人谓之“八达”,详见《晋书·光逸传》。

② 卫玠在武昌告别王敦、谢鲲以后到了建康,作为著名的美男子他受到极其热烈的欢迎,围观的人太多,“玠先有羸疾,体不堪劳,遂成病而死”,此即所谓“看杀卫玠”(《世说新语·容止》),成为明星中一个悲剧人物的典型。刘注引《永嘉流人名》则云卫玠死于豫章,未到下都,而其悲剧性未变。

来重视文学，又有热爱自然欣赏山水的审美传统。谢鲲的寄情山水非常有名，晋明帝曾问他同庾亮相比如何，他回答说"端委庙堂，使百僚准则，鲲不如亮；一丘一壑，自谓过之"(《晋书·谢鲲传》)。所以几十年后大画家顾恺之为他画肖像，把他安排在山林丘壑之中。谢鲲原有文集六卷，可惜早已失传。

谢鲲的儿子谢尚(字仁祖，308～357)完全继承了乃父的作风，更加长于清谈，而且多才多艺，能歌善舞，他常穿一条绣花裤子，很像一位时髦的艺术家。谢尚的文学修养也很高，在他担任西中郎将、豫州刺史期间，偶尔听到沉沦于下层的文学青年袁宏朗诵自己的《咏史诗》，就大力加以提携，帮他步入上层社会。他本人也是诗人，《乐府诗集》卷七十五引《乐府广题》曰："谢尚为镇西将军，尝着紫罗襦，据胡床，在市中佛国门楼上弹琵琶，作《大道曲》。市人不知是三公也。"诗云：

青阳二三月，柳青桃复红。车马不相识，音落黄埃中。

看来是随口唱出的。描写春日的大街颇得要领，而且通俗易懂，大有民歌风味。山水、音乐、文学，谢家一向钟情于此，出了不少诗人，一如琅邪王氏出了不少书法家一样。连续几代人都是高官兼文艺家，只有东晋一朝才有这样的盛况。

二

谢鲲除了儿子谢尚以外，还有一个女儿，女儿的女儿后来当了皇后、皇太后，对谢氏家族得以占据高位起了不小的作用。谢鲲的弟弟谢裒本人做到吏部尚书、太常卿，他的儿子有六个之多：谢奕、谢据、谢安、谢万、谢石、谢铁，其中谢据英年早逝，其他诸子除谢安外都早早走上仕途，占据了大小不等的要津；只有素质最高的谢安一直拒绝出仕，或敷衍几天就辞职而归，长期留在会稽东山(在今浙江上虞)的老家过他非常潇洒的隐士生活，优游山水，欣赏音乐，玄谈鼓琴，下下围棋；同时花大力气培养大家庭里的一批子女，为本人和家族未来的持续发展进行深入的准备。

谢安一直到四十一岁那年(360)才正式出山，这是因为在前不久他的堂兄谢尚、长兄谢奕(字无奕，？～358)先后去世，四弟谢万因为吃了败仗被废为庶人，两个小弟弟的名位和才能都不足以支撑门户，家族的命运已经到了存亡危急之秋，于是他毅然出仕，很快成为家族的顶梁大柱，也成为国家可以依赖的政要，发挥了巨大的作用；而此时他的名士风流并无改变。本事很大，态度潇洒，这样的宰相真是前无古人，后少来者。

谢安隐居阶段的生活和思想可以从他当时的诗里看到一点痕迹，《与王胡之诗》六章的首末二章云：

鲜冰玉凝，遇阳则消。素雪珠丽，洁不崇朝。膏以朗煎，兰由芳凋。哲人悟之，和任不摽。外不寄傲，内润琼瑶。如彼潜鸿，拂羽雪霄。

朝乐朗日，啸歌丘林。夕玩望舒，入室鸣琴。五弦清激，南风披襟。醇醪淬虑，微言洗心。幽畅者谁，在我赏音。

啸歌，抚琴，饮酒，谈玄，在丘林日月中享受审美的生活；外表很平和，内心很安静，但也能够展翅高飞，现在不过是潜伏在自然之中而已。这一组诗写出了他的修养和风采，能把出世和入世结合得如此之好，是古今难得的。

家族内部的教育是这一阶段谢安用力最多的地方。谢家下一代中人才济济，谢安那个绝顶聪明的侄女谢道韫（谢奕的女儿、谢玄的姊姊）就曾提到“封、胡、遏、末”四位[①]，他们分别是谢万的儿子谢韶（字穆度）、谢据的长子谢朗（字长度）、谢奕的第三子谢玄（字幼度，343～388）和谢安的小儿子谢琰（字瑗度，？～400），其他谢氏后昆还有大约十余人。谢安对他们关心爱护，一视同仁，而又善于因材施教，力促他们成长。中古时代的贵族极端重视下一代的教育培养，这样的教育主要在家族内部进行。

在谢安的家教中，文学教育是一个很重要的部分，其中包括创作和批评。后者如《世说新语·文学》载：

谢公因子弟集聚，问《毛诗》何句最佳，遏称曰：“昔我往矣，杨柳依依。今我来思，雨雪霏霏。”公曰：“讦谟定命，远猷辰告。”谓此句偏有雅人深致。

谢玄欣赏“昔我往矣”（《诗经·小雅·采薇》）等句，流露了很高的鉴赏水平，后来激赏这四句的读者很多。谢安的意见则似乎很难理解[②]，按，“讦谟定命，远猷辰告”二句出于《诗经·大雅·抑》，意思说，在作出一个深谋远虑的

---

① 《世说新语·贤媛》：“王凝之谢夫人既往王氏，大薄凝之。既还谢家，意大不悦。太傅慰释之曰：‘王郎，逸少之子，人材亦不恶，汝何以恨乃尔？’答曰：‘一门叔父，则有阿大、中郎，群从兄弟，则有封、胡、遏、末。不意天壤之中，乃有王郎！’”“阿大”指谢尚，“中郎”指谢万，“遏”，《晋书·谢万传》作“羯”。

② 王士祯《古夫于亭杂录》卷二：“太傅所谓雅人深致，终不能喻其指。”

重大决策以后,要及时地向大家宣布;他的言外之意大约是希望侄子谢玄应当不仅能欣赏《诗经》中感情深厚的佳句,还要有更远大的理想,将来能够担当大任,建功立业。谢安一向对谢玄寄予重大希望,所以在文学教育中暗藏着言外的深意。后来谢玄在淝水之战中立下赫赫战功,获公爵爵位,一直庇荫到孙子谢灵运。谢氏家族文学教育的目的并非培养文学家,在,而是为了提高子弟的人文素质,根本目的在于培养接班人,以便建功立业,光大门楣。

创作方面如《世说新语·言语》载:

> 谢太傅(安)寒雪日内集,与儿女讲论文义。俄而雪骤,公欣然曰:"白雪纷纷何所似?"兄子胡儿曰:"撒盐空中差可拟",兄女曰:"未若柳絮因风起。"公大笑乐。即公大兄无奕女,左将军王凝之之妻也。

谢朗(胡儿)和谢道韫答得都不错,道韫尤为高明。谢安很高兴,"大笑乐"。他没有打分数,也没有去分高下。高下如何,他们自己自然会分。谢安很懂得家庭教育的道理。谢道韫的比方打得真好,从此"咏絮才"成了一个著名的典故。

谢道韫原有集三卷,早已亡佚,她的诗现在可以看到两首:

> 峨峨东岳高,秀极冲青天。岩中间虚宇,寂寞幽以玄。非工复非匠,云构发自然。器象尔何物,遂令我屡迁。逝将宅斯宇,可以尽天年。
>
> ——《泰山吟》

> 遥望山上松,隆冬不能凋。愿想游下憩,瞻彼万仞条。腾跃未能升,顿足俟王乔。时哉不我与,大运所飘飖。
>
> ——《拟嵇中散咏松诗》

完全是一派幽人高士的气象,诗中有形象,有思想,结合得很好,比那时一般的玄言诗高明很多。

谢安的家族教育中包括玄学清谈方面的内容,所以谢玄的清谈水平很高[①],谢道韫的清谈素养也应当是她出嫁之前训练出来的。《晋书》本传说,有一次她的小叔子王献之在客厅里与人清谈,处于下风,形势危急,道韫很替他着急,但又不便直接跑出来帮助他,于是特别"施青绫步障自蔽",隔着屏风声

① 《世说新语·文学》载:"谢车骑(玄)在安西(安西将军谢奕)艰中,林道人往就语,将夕乃退。有人道上见者,问云:'公何处来?'答云:'今日与谢孝剧谈一出来。'"注引《玄别传》:"玄能清言,善名理。"谢玄在守孝期间尚不废清谈,则平日可知。

援“小郎”献之——这种戏剧性的场面，把道韫强烈的参与意识和争强好胜的积极态度表现得分明如画。道韫的丈夫王凝之有兄弟七人，其中以最小的王献之最为杰出，而其清谈的水平尚远在道韫之下。

那时还有一位著名的才女张女士，或认为可以与道韫齐名，其实根本不在同一水平线上。《世说新语·贤媛》载：“谢遏绝重其姊，张玄常称其妹，欲以敌之。有济尼者，并游张、谢二家，人问其优劣，答曰：‘王夫人（道韫）神情散朗，故有林下风气；顾家妇（张女士）清心玉映，自是闺房之秀。’”“神情散朗”之“朗”就是开朗之朗，“散”则有开拓不羁之意，她的风采超越了闺房，甚至具有竹林名士的风度；而张女士只不过是“闺房之秀”罢了。

谢道韫嫁给王凝之以后，对丈夫很不满，回娘家时曾大发牢骚，甚至说：“不意天壤之中，乃有王郎！”（《世说新语·贤媛》）说这话当然可能有点情绪化，不过王凝之确实差劲，迷信五斗米道，完全失去理性。在充当会稽内史任内，孙恩作乱，他不作准备，一味寄希望于“鬼兵”，结果死于非命；而当时谢道韫则拿起武器，同乱兵对抗，表现了非凡的勇气，比她那个窝囊丈夫不知道高明多少。

又《世说新语·文学》载：

> 林道人诣谢公（安），东阳（谢朗）时始总角，新病起，体未堪劳。与林公讲论，遂至相苦。母王夫人在壁后听之，再遣信令还，而太傅（谢安后来当到太傅）留之。王夫人因自出，云：“新妇少遭家难，一生所寄，唯在此儿！”因流涕抱儿以归。谢公语同坐曰：“家嫂辞情慷慨，致可传述，恨不使朝士见。”

林道人即支道林支遁，是当时清谈的一流高手，而小小年纪的谢朗（他后来当到东阳太守）竟然已能与之对垒，反复辩论。谢安安排这样的实践活动，用心良苦，只是弄得谢朗的寡母王绥夫人精神紧张，很心疼幼弱之子，连忙把他抱走了。

谢安出山以后，忙于政务，很少有时间和精力来进行文学方面的活动；但他作为风流名士的形象并未改变，并且具有更广泛的影响，大大超出家族的范围。试举一例以明之：据《世说新语·轻诋》“庾道济诧谢公曰”条下注引《续晋阳秋》的记载，谢安的一位老乡在岭南做官，离任时带回一批当地的特产蒲葵扇，准备自行发卖，搞点创收；可是时令不对，很难卖出去。于是谢安取一把蒲葵扇来摇摇——不是大热天而用蒲葵扇，太不平常也太前卫太时髦了，于是追星一族竞相购买，五万把很快售尽。运至首都的蒲葵扇由滞销到热销，以至成为抢手货，靠的完全是谢安的广告效应，这很容易让人想起先前王导做广告的往事①，以及后来谢玄之孙谢灵运的明星效应。这真是“大抵南朝皆旷达，可怜东晋最风流”！

东晋一朝“君道虽存，主威久谢”（沈约《宋书·武帝纪》），若干高门士族联手控制着中枢，形成典型的门阀政治；这当然不是什么理想的局面，但也使得专制主义的力度下降，社会文化氛围比较宽松自由，人性中那些带有某种永恒性的东西，例如明星崇拜之类，遂得以浮出地表，形成一道有意味的风景。

在这样的历史阶段中，谢安可以说是一位最大的贵族名士；他高度重视家族教育包括文学教育，形成了一种范型。他的侄子谢玄在退出政坛回到故乡以后，也以教养子孙为第一要务，但为时不长就去世了；谢安的孙子谢混继续继承了这一传统，并在文学史上留下更明显的印记。

三

在东晋、刘宋之际，成就最高的诗人当然是陶渊明，他那些看似平淡而意味深长的田园诗实际上宣告了沉闷乏味而风靡百年的玄言诗之终结。但是当年的陶渊明只是一个躲在乡下“常著文章自娱”（《五柳先生传》）的体制以外的隐士，他的创作只不过是草根文学，对诗坛风气的变化一时尚无从产生直接的影响；那时影响大的还是殷仲文、谢混以及稍后的谢灵运等人，其中尤以承前启后的谢混最为重要。

谢混（字叔源，小字益寿，378？～412）“少有美誉，善属文”，是当时最著名的名士，又是首屈一指的美男子；他既继承了先辈的爵位，又是皇家的贵婿，历任中书令、中领军、尚书左仆射等要职，地位极高。但他面临的形势已很严峻，先是父兄死于孙恩之乱，后来他本人在政治斗争中成了一个牺牲品，但杀害他的军事实力派刘裕在登基为帝时却说：“吾甚恨之，使后生不得见其

① 据《晋书·王导传》的记述，东晋内忧外患不断，建国不久就发生苏峻之乱，其后期战争就在首都进行，弄得元气大伤，朝廷财政非常困难，要靠变卖库存物资来维持运转；而库存亦复相当可怜，只有数千匹粗丝织成的布（練），大约因为太不值钱，动乱中没有丢失，现在也卖不出多少钱来。于是身居最高位的王导亲自领着一批中央大员“制練布单衣”来穿，集体亮相做广告，取得极佳的效果——士人们就以这种練布单衣为时尚，供求关系立刻发生重大变化，練布价格飙升，朝廷的经济危机为之缓解，而史书中强调的是名士宰相王导的个人魅力。

风流！”(《晋书·谢混传》)觉得缺少这样一位大名士来点缀新兴的王朝是一大遗憾——谢混的地位和魅力由此不难窥见一斑。

沈约《宋书·谢灵运传论》说：“仲文始革孙(询)、许(绰)之风，叔源大变太元之气，爰逮宋世，颜(延年)谢(灵运)腾声。……并方轨前秀，垂范后昆。”殷仲文(?～407)在晋末变化多端的政局中死于非命，当时文名颇盛[①]；钟嵘《诗品·序》讲影响晋宋诗风变化的大人物，则称：“义熙中，谢益寿斐然继作，元嘉中有谢灵运，才高词盛，富艳难踪。”近人余嘉锡先生说：“益寿之在南朝，率然高蹈，邈焉寡俦。革历朝之积弊，开数百年之先河，其犹唐初之陈子昂乎？”[②]他们都对谢混在转变诗坛风气方面的意义作了很高的估价。

可惜谢混的文集早已失传，诗作能保存至今者甚少，包括残句在内也只有五题，但从中仍然可以推测到他在转变风气方面的重大贡献：他断然抛弃了哲学讲义式的玄言诗，再也不从理论出发来写诗，而着眼于现实生活，在这里获得灵感和诗料。写玄言诗本是东晋流行的风气，也是士人身份的一大标志，而如今首席大名士谢混却不这么做了，他写新的题材，换用新的路数了！跟着时尚走的一般作家从此有了新的方向。

告别陈旧而灰色的玄理，回到常绿的现实生活中来，诗人谢混主要就下列两大题材写诗：一是对家族子弟的教诲，二是对自然景物的感怀。

在东晋诸高门中，谢氏崛起较晚，而不久已有将衰之势。谢氏家族的全盛时期在谢混的祖父谢安执政、堂叔谢玄等手握重兵并取得淝水之战的胜利前后的一段时间；后来很快就开始走下坡路了，一则司马道子专权，谢安出镇广陵，不久病重，很快就去世了；二则谢安的长子谢瑶早逝，次子谢琰又死于孙恩之乱中，谢琰的两个儿子谢肇、谢峻同时遇害，只剩下一个小儿子谢混，门户渐衰；此前谢玄也去世了，他的儿子是个低能儿，孙子谢灵运还小；此外谢家还有些地位比较高的人先后去世——整个谢氏家族“孤遗满目”(谢玄疾笃时所上疏中语，见《晋书·谢玄传》)，人才青黄不接，面临着严峻的局面。

这时只有谢混辈分最高，地位也最高，他很自然地有一种家族的责任感，于是用很大的力气来教育子弟，凝聚家族；在元兴、义熙间他在谢安旧宅主持

---

① 殷仲文的诗亡佚已甚，他是怎样革除玄言诗风的，已难推测。钟嵘《诗品·序》不提殷仲文，正文中列入下品，并说：“晋宋之际殆无诗乎！义熙中，以谢益寿、殷仲文为华绮之冠，殷不竞矣。”

② 《世说新语笺疏》，第267页。

所谓"乌衣之游",加强对子弟的教育熏陶,目的自然在于重振家声,光大门楣。他的诗情即以此为来源之一。

这一方面的代表作是《诫族子诗》:

康乐诞通度,实有名家韵。若加绳染功,剖莹乃琼瑾。(灵运)宣明体远识,颖达且沈儁。若能去方执,穆穆三才顺。(晦,字宣明)阿多标独解,弱冠纂华胤。质胜诚无文,其尚又能峻。(曜,小字多)通远怀清悟,采采标兰讯。直辔鲜不踬,抑用解偏吝。(瞻,字通远)微子基微尚,无倦由慕蔺。勿轻一篑少,进往必千仞。(微,即弘微)数子勉之哉,风流由尔振。如不犯所知,此外无所慎。

他在这里为谢家下一代中的几位优秀的人才写了一份鉴定意见①,指出其优劣得失,并提出了殷切的希望,鼓励他们积极进取,多作贡献。"风流由尔振",谢氏的希望完全寄托在你们身上!诗歌的教育功能是不能忽略的,在古代尤其是如此。

谢混对家中少年的观察相当深刻准确,例如他认为谢灵运缺少"绳染功",就是切中肯綮之论,灵运后来的死于非命即与他性格、修养上的弱点关系很大;谢混对其他几位晚辈的品评也都非常深刻中肯。读这样的诗,人们可以分明地感受到,即使是当时处于第一方阵内的高门世族也得不断推出新的人才,参与生活中的竞争,而决不能坐吃老本。这样的诗显得很实在,很家常,很亲切,语重心长,因而自有动人的力量。

"昔为乌衣游,戚戚皆亲侄"(谢混句,载《宋书·谢弘微传》)。谢氏家族此后又坚持了比较长时间,保持了某种繁荣昌盛,对此谢混是大有贡献的。

自然景物乃是谢混的最爱,对此他感觉敏锐,诗情满怀。其《秋夜长》有云:"秋夜长兮虽欣长而悼速。送晨晖于西岭,迎夕景于东谷。夜既分而气高,风入林而伤绿。燕翩翩而辞宇,雁邕邕而南属。"用赋的手法和格局写诗,颇能要言不烦,可惜这显然并非作品的全部。谢混最著名的诗是《游西池诗》,后来被选入了《文选》(卷二十二):

悟彼蟋蟀唱,信此劳者歌。有来岂不疾,良游常蹉跎。逍遥越城肆,愿言屡经过。回阡被陵阙,高台眺飞霞。惠风荡繁囿,白云屯曾阿。景

① 谢灵运是谢玄的孙子,谢瞻、谢晦是谢朗的孙子,谢曜、谢微(弘微)是谢韶的孙子,都比谢混晚一辈。

昃鸣禽集，水木湛清华。褰裳顺兰沚，徙倚引芳柯。美人愆岁月，迟暮独如何。无为牵所思，南荣诫其多。

这首诗虽然还不能说是集中力量刻画山水景物的诗篇，但其中已多有写景的成分，最后拖了一条玄言尾巴则带有过渡时期的特色。后来刘宋王朝的首席诗人谢灵运的不少山水诗也采用这样的格局。钟嵘《诗品》说谢混诗的风格是“务其清浅，殊得风流媚趣”，《游西池诗》就其全局而言正是如此，这里除了最后一句以外几乎没有用什么典故，辞藻也不华丽，显得浅近有味，“鲜秀清省”（范大士《历代诗发》卷三）。“景昃鸣禽集，水木湛清华”两句尤见精彩。这与“理过其辞，淡乎寡味”、一味敷衍“柱下之旨归”“漆园之义疏”的玄言诗又是完全大异其趣的。

钟嵘在标举“篇章之珠泽，文采之邓林”时又提到“叔源离宴”，这大约是指谢混的《送二王在领军府集诗》，现在能够看到的诗句有“苦哉远征人，将乖萃余室。明窗通朝晖，丝竹盛萧瑟。乐酒辍今辰，离端起来日”。这样的诗句现在看去似乎并没有什么特别，但考虑到先前的诗人们喜欢在分手之际写诗为别时也很喜欢大谈玄理，就可以知道这些平淡无奇的诗句在那时其实也带有某种革新的意义。在《诗品》中谢混被列入中品。

许多本来大有意义的东西一旦远远地脱离了它的背景，就看不出它固有的意义来；而文学史工作者的任务之一恰恰在于尽可能恢复历史的场景，重新找出那些本来具有而后来不容易体会的意义。

谢混的一大特色“浅”，固然同他学问不是很大有关①，但他是故意追求这样的境界，对此钟嵘联系有关文学史背景给予了充分的肯定；刘勰的态度则严峻得多，他指出“殷仲文之孤兴，谢叔源之闲情，并解散辞体，缥渺浮音，虽滔滔风流，而大浇文意”（《文心雕龙·才略》）。他不满于谢混的“浅”，这当然是有根据的，也反映了刘勰本人的文学思想②；但不应忘记这轻浅浇薄在当时

① 当时人认为“谢混风华为江左第一”（《南史·谢晦传》），“风华”指的是仪容举止、风标品藻而非才学。所以才有下文的“帝目之曰：‘一时顿有两玉人耳’”。《诗品》在论及谢混一脉的诗歌风格时多认为他们缺乏才学：例如谢混源出于张华，而张华是“虽复千篇，一体耳”；谢朓源出于谢混，谢朓亦是“意锐而才弱”，谢混本人也是“才力苦弱”。他们在这一点上颇为相似。

② 刘勰主张原道、征圣、宗经，非常强调文章的社会功用；谢混的诗清词弱质，自然不能得到重视。钟嵘标举“干之以风力，润之以丹采”，强调做到这两条才能“使味之者无极，闻之者动心”（《诗品·序》），所以对谢混评价比较高。

却正有消解深而无味之玄言诗的革命意义。

消解了玄言诗的权威地位，各种从实际生活中出发的题材就有生存的空间了。后来取代玄言诗而大为繁荣的是山水诗，谢灵运在这一方面作出了无与伦比的贡献，谢混的诗里虽然也有一点山水，尚未足名家。谢混的主要意义在于破而非立。

在文学史发展的转折关头，总会有若干以“破”见长的大人物，当时颇有影响；而等到这样的时期过去以后，必须破除先前的什么已经不重要甚至无所谓了，大家要看的是文学家的“立”，看他本人有些什么优秀的作品，如果这样的作品不多，“破”得再好，他的历史地位也不容易得到充分的评估，文学作品的选本里也很少选他们的东西。谢混的处境正是如此。一般读者对这一类过渡性的人物比较忽略是正常的，文学史工作者则不应忘记或低估他们。

中国中古文学史

下

顾农 著

凤凰出版社

第五章　南朝新变

在乎文章，弥患凡旧。若无新变，不能代雄。

——萧子显《南齐书·文学传论》

陶冶性情存底物？新诗改罢自长吟。
孰知二谢将能事，颇学阴何苦用心。

——杜甫《解闷十二首》其七

二十六　谢灵运及颜延之

谢灵运(385～433)是东晋名臣谢玄(343～388)的孙子、谢混(378?～412)的堂侄,其前半生在东晋,后半已入刘宋,他主要的作品大抵写于晋宋易代(420)之后,所以一般就说他是刘宋作家。

谢灵运的作品以山水诗最为著名。不过他一生的经历相当复杂,对山水固然大有兴趣,却并非情有独钟,实为不得已而求其次;他最感兴趣的是政治,有着极高的抱负,只是终于一事无成,死于非命,无可奈何而以文学名家,并成为所谓"元嘉之雄"(《诗品·序》)。

一

谢玄在淝水之战中立了大功,进封康乐公;死后爵位由儿子谢瑍继承,谢瑍早亡,遂由贤孙谢灵运袭封,其时他才十五岁。

灵运生于始宁(今绍兴上虞)庄园的那一年,谢家流年不利,谢玄在一份疏中写道:"不谓臣愆咎夙积,罪钟中年,上延亡叔臣安、亡兄臣靖,数月之间,相继殂背,下逮稚子,寻复夭昏。哀毒兼缠,痛百常情。臣不胜祸酷暴集,每一恸殆弊……"谢安是谢氏家族的顶天大柱,他的去世给谢家带来极大的损失。谢玄是谢安培养成才的,当然悲痛之至,再加上老兄去世,稚子(可能是谢瑍的弟弟,也可能是谢瑍的堂弟)夭折,谢玄自己也处于重病之中。谢家担心两世单传刚刚出生的灵运不容易养大,遂送到一向有所联系的钱塘杜氏的静室,请道教大师保佑,至隆安三年(399),灵运为袭封康乐公才回到自己家里。所以他有一个小名叫"客儿",后人亦有时称之为"谢客"。

这时东晋王朝已经气数将尽:先是桓玄发难,一度推翻了晋王朝,建立他自己的"楚"政权,但很快就倒台了;此后晋安帝虽已复位,但只不过是一个象征,中枢大权集中于反桓玄斗争中崛起的权臣刘裕(363～422)之手,晋宋易代渐在酝酿之中,只是正式的改朝换代还在许多年之后。很有政治头脑的刘裕完全懂得，要取代东晋王朝、建立自家的政权，必须争取那些高门世族的支持，他尽量争取琅邪王氏，取得了成功，对陈郡谢氏也做了许多工作，争取到其中一部分人的支持，并从而导致了谢氏家族内部政治态度的分化。

当时谢氏家族中以谢混为首的一派反对刘裕，以谢晦为代表的另一派人则支持刘裕，结果谢混被杀，而谢晦则成为刘宋王朝的新贵。谢氏家族中不少人都看出了未来属于刘裕，同他硬顶是行不通的，例如谢澹早就指出谢混的所作所为"终当破家"，结果"（谢）混寻见诛，朝廷以澹先言，故不及祸"（《南史·谢澹传》）。谢灵运也是这种识时务的俊杰之一，他曾长期在刘裕手下效力，先后担任过太尉刘裕参军、宋国的中书侍郎以及世子刘义符（406～424）的近侍——他承认刘裕在当时政局中的主导地位。

刘裕在登上宋王朝皇帝宝座以后给了谢灵运一个县侯的爵位，其时的诏书有云："晋氏封爵，咸随运改；至于德参微管，勋济苍生，爱人怀树，犹或勿翦，虽在异代，义无泯绝。降杀之宜，一依前典。可降始兴公封始兴县公，庐陵公封柴桑县公，各千户；始安公封荔浦县侯，长沙公封醴陵县侯，康乐公可即封县侯，各五百户；以奉晋故丞相王导、太傅谢安、大将军温峤、大司马陶侃、车骑将军谢玄之祀。"刘裕注意保护王、谢高门等一批前东晋王朝功臣权贵之后代的既得利益，这对于争取他们的支持、稳定新王朝的政局显然是有益的。这一道降封的诏书下达以后，谢灵运上过一份谢表，完全是感恩戴德之辞，其中有云："逮至臣身，值遭泰路，日月改晖，荣落代运，输税唐化，生幸无已。不悟天道下济，鸿均曲成，乃眷遐绩，式是兴征。分虎钮龟，复显茅土，鸣玉拖绂，班景元勋，泽洽往德，恩覃来胤。永惟先踪，远感崩结，岂臣尪弱，所当忝承？臣闻至公无私，甄善则一，皇恩远被，殊代可侔。是以信陵之贤，简在高祖之心，望诸之道，复获隆汉之封。观史叹古，钦兹盛美。"改朝换代以后，自己的爵位还能得到新兴的宋王朝的某种承认，尽管食邑从过去的二千户下降为现在的五百户，但仍然让谢灵运喜出望外，因为新王朝本来完全可以不承认前朝的爵位，降封实为恩典，等于是得到一份新的特权。表中歌颂刘裕，以为可以与汉高祖刘邦媲美①，刘裕是彭城人，据说是高祖刘邦之弟楚元王交的后代，这很可能出于高攀，而这里用意细密的歌颂显然很能得刘裕之欢心。

中古时代的世族高门最看重的是自己家族的利益，唯此唯大，是否改朝

① 《史记·高祖本纪》载，高祖曾下令安排五家人家为无后的魏公子无忌（信陵君）守冢；又《乐毅列传》载，高祖封前燕国大将、望诸君乐毅的孙子为乐卿，号华成君。

换代并不是什么严重的问题,他们可以与新兴的王朝合作。忠君的观念在中古时代是很淡薄的。《南齐书·褚渊传论》云:"魏氏君临,年祚短促,服褐前代,宦成后朝。晋氏登庸,与之从事,名虽魏臣,实为晋有。故主位虽改,臣任如初,自是世禄之盛,习为旧准,羽仪所隆,人怀羡慕,君臣之节,徒致虚名。贵仕素资,皆由门庆,平流进取,坐致公卿,则知殉国之感无因,保家之念宜切。市朝亟革,宠贵方来,陵阙虽殊,顾眄如一。""门庆"高于一切,实为中古时代的流行思想;而后来的人们对此往往不容易理解。

刘裕驾崩后,谢灵运作《武帝诔》,歌功颂德之辞更多,其末段云:"天光下济,谬蒙眷齿。愧微刀笔,颇预游止。垂幕侍讲,接筵餐理。修曙朗夕,登台泛沼。匪月匪日,无晏无早。如何一旦,缅邈穹昊!"回忆起自己曾经得到刘裕的知遇之恩,每一句话都有着落,并非敷衍当局的官样文章。其实早在刘裕称帝之前,谢灵运已在《撰征赋》中将刘裕比作周公,后来在《九日从宋公戏马台集送孔令》诗中更用"良辰感圣心"这样的诗句来歌颂时为宋公的刘裕。这些词句如果不是出于后来的修改,则大有措辞超前、争取欢心的意味。

谢灵运并不反对新兴的宋王朝,如果在这里他能保持自己家族的地位和既得利益,他完全可以在这里效劳;尽管他的内心深处对于自家祖先创建的北府兵中的一介将领现在竟然当了皇帝,或许难免有些不大舒服。

后来形势很快就发生了变化,武帝刘裕匆匆死去,太子刘义符继位,永初三年(422)秋谢灵运被免去散骑常侍一职,出为永嘉(今浙江温州)太守。这是权臣徐羡之、傅亮等人阴谋的一部分,他们当时密谋废去刘义符,迎立刘裕的第三子刘义隆(407～453),为了达此目的,他们首先就要对付刘义符的弟弟、刘义隆的哥哥刘义真(407～424),而谢灵运恰恰与刘义真有着密切的关系。

在刘裕的几个儿子中刘义真是比较有才干的一个,刘裕曾经一度考虑立他为太子,后来没有实现;刘裕临终前不久任命刘义真为"使持节、侍中、都督南豫豫雍司秦并六州诸军事、车骑将军、开府仪同三司、南豫州刺史,出镇历阳,未之任而高祖崩"。他在参加过高祖刘裕的丧礼以后赴任,史载其出都的气派是"义真与(谢)灵运、(颜)延之、慧琳等共视部伍,因宴舫内,使左右剔母舫函道以施己舫,而取其胜者。及至历阳,多所求索"。到任不久,就"表求还都"。据说他曾说过"得志之日,以灵运、延之为宰相,慧琳为西豫州都督"(《宋书·庐陵孝献王义真传》)这样帝王式的人事安排。徐羡之、傅亮等人为了保住自己的权位遂先行下手,以"委弃藩屏,志还京邑,潜怀异图,希幸非冀"的罪名将义真废为庶人,而在这以前更先把义真"影子内阁"中的"宰相"

谢灵运首先赶出国门。

谢灵运出为永嘉太守时，大约并不明白宫廷里正在酝酿着的阴谋，他写诗大发牢骚，其《邻里相送方山》诗云：

> 祗役出皇邑，相期憩瓯越。解缆及流潮，怀旧不能发。析析就衰林，皎皎明秋月。含情易为盈，遇物难可歇。积疴谢生虑，寡欲罕所阙。资此永幽栖，岂伊年岁别。各勉日新志，音尘慰寂蔑。

诗题中的"邻里"很可能包括不久曾经与他一起检阅过部伍的颜延之、慧琳等人，甚至也不排除刘义真本人。谢灵运在另一首诗《之郡初发都》中有句云"生幸休明世，亲蒙英达顾"，"英达"必指刘义真；该诗又云"将穷山海迹，永绝赏心晤"，与这些友人的分别让他十分伤心，其思想感情与《邻里相送至方山》互相映发。现存谢灵运遗文中有一封《与庐陵王义真笺》，信末说"若遣一介有以相存，真可谓千载盛美也"，可见他们一向保持着密切的联系，而这正是徐羡之、傅亮辈最不放心之事。

谢灵运到达永嘉之后，根本不好好地当他的地方官，而是"肆意游遨，遍历诸县，动逾旬朔。民间听讼，不复关怀。所至辄为诗咏，以致其意焉。在郡一周，称疾去职"（《宋书·谢灵运传》），回到他的始宁庄园里去了。不肯做具体工作本来是东晋名士派官僚的通病，他们既是门阀贵族，也是高踞于半空中的精神贵族，一向"以望空为高而笑勤恪"（干宝《晋纪·总论》），谢灵运则将这种作风发挥到极致；但他仍然高自期许，稍后在著名的《登池上楼》一诗中，他以"潜虬""飞鸿"自喻，又提到周公与屈原，多有不安本分的意味。

不久政局再度发生重大变化，刘义隆登极（宋文帝）以后，很快杀掉了当年发动政变擅自废立皇帝的权臣徐羡之等人，为他的二哥刘义真平反昭雪，恢复名誉和地位；谢灵运则被请回首都，担任文人们最为仰慕的清贵高官秘书监。元嘉三年（426）春天，谢灵运在进京的途中特别去凭吊庐陵王的陵墓，写下了著名的《庐陵王墓下作》。据《文选》卷二十三李善注的介绍，文帝刘义隆在初次接见谢灵运的时候，首先问他"自南行来何所制作？"，诗人举出的唯一作品，就是这一首：

> 晓月发云阳，落日次朱方。含凄泛广川，洒泪眺连冈。眷言怀君子，沉痛切中肠。道消结愤懑，开运申悲凉。神期恒若存，德音初不忘。徂谢易永久，松柏森已行。延州协心许，楚老惜兰芳。解剑竟何及，抚坟徒自伤。平生疑若人，通蔽互相妨。理感深情恸，定非识所将。脆促良可

哀，夭枉特兼常。一随往化灭，安用空名扬。举声泣已洒，长叹不成章。

诗从自己的行程写起，天还没有大亮就趁着月光从云阳（今江苏丹阳）出发，到太阳落山才到达朱方（今江苏镇江）。这两地相距不远，根本用不着花一天时间，这里言外显然是要说自己在途中有相当长的时间是呆在庐陵王墓下（刘宋皇室的陵墓大抵在朱方的郊区），诗人对这位不幸遇害的少年王子表示最沉痛的哀悼。“道消”二句要表达的意思是，在徐羡之等人横行的岁月里，小人猖獗，君子道消，自己十分愤懑而无从表达，郁积于胸中已久；现在拨乱反正，国运中兴，才得以一抒其哀悼的深情。“开运”二字大有歌颂刘义隆之意。

“神期恒若存，德音初不忘”两句说逝者虽死犹生，当年的谈话自己是不会忘记的。自己与墓中人的关系一般来说乃是伤逝一类诗歌最重要的内容，往往会写得比较充分；但这里却一笔带过，点到即止，很快就转入“徂谢易永久，松柏森已行”——感慨时光过起来真快那样一种比较常见的叹息当中去了，这里显然有些不得已的原因。在刘宋王朝开国皇帝刘裕的七个儿子中，首先继承皇位的老大刘义符最缺乏政治家素质，他的二弟庐陵王刘义真则要出色得多，很早就参加过刘裕恢复中原的战争，差点牺牲在关中；回到首都以后，注意笼络人才，与文化名人宗教精英相接纳，对未来有所规划。正因为如此，当顾命大臣徐羡之等人密谋废去刘义符另立一个皇帝时，不仅不考虑迎立刘义真，反而非得把他干掉不可——否则他们自己就会在朝廷上失去立足之地。景平二年(424)他们无中生有地诬陷刘义真有武装夺取中央政权的野心，立即废为庶人，流放到新安郡（今浙江淳安）去，不久又派人在那里将他秘密杀害。稍后，已被废黜的皇帝刘义符也被他们杀掉了。当年七月，刘裕之第三子刘义隆被迎回首都登基，八月改元元嘉，虽然这时大权仍在徐羡之等权臣手里，但刘义隆很快就下了一道诏书，追复刘义真的封号，将他的灵柩运回首都。诏书中只谈亲情，而其实乃是一个很重要的政治信号。第二年(425)刘义隆亲政，立即着手筹划用非常手段打掉徐羡之集团，为自己的家族复仇。再一年即元嘉三年(426)初，徐羡之等人被一网打尽。刘义隆辣手翦除旧臣，树立皇室的权威，政局为之一新。谢灵运正是在这样的背景下被召回首都任高官的。他对朝廷一举粉碎徐羡之集团、为庐陵王刘义真平反昭雪恢复名誉，当然是衷心拥护的，但是刘义真当年的狂言却绝对不宜涉及，于是他借用《诗经》中现成的“德音”一词，将自己与这位小王爷的深交含含糊糊地略为一提，即告结束——再多说一句就成蛇足。

这时候只有哀叹刘义真的死于非命是不会犯任何忌讳的，宋文帝刘义隆在口头和书面上多次说起他那十八岁就被人害死的二哥义真乃一“冤魂”（《宋书·庐陵孝献王义真传》）。谢诗也正从这一角度切入，他主要运用了延陵挂剑①和楚老吊丧②两个典故，表明自己不忘旧情；生者的纪念无法让逝者复生，那又有什么用处！诗人痛惜刘义真毁灭于高尚。“抚坟徒自伤”则是觉得自己也可能有同样的命运。汉朝那位以脱俗的言辞来吊唁龚胜的楚老当是道家者流，他看清了一个人的高明之处往往会给他带来麻烦乃至毁灭。高尚是高尚者的墓志铭。谢灵运在诗中大发这一类感慨，既以哀悼庐陵王刘义真，也表达了他本人先前深沉的忧虑。

“平生疑若人，通蔽互相妨。理感深情恸，定非识所将”四句，略谓像庐陵王刘义真这样的人，他的高贵出身同他的悲惨遭遇实在是太矛盾了，简直不能理解，只好痛哭流涕。这里很有些无可奈何而安之若命的道家思想，但实在抑制不住自己的感情。这四句带有玄言色彩，而正能表达其悲痛之深。最后几句说，刘义真死得太早，又死得特别冤枉，现在虽然得到昭雪，也不过是一个空名，我巨大的哀痛无法抑制，只好长歌当哭，根本算不上什么诗篇。

谢灵运后来的山水诗往往精细地描绘风景，感情色彩并不很浓，有一点也多半含蓄深沉，粗粗看去不大容易感觉到；他的政治抒情诗则不同，这一首更是很动了感情。只是由于形势的微妙复杂，他还不能畅所欲言。

在中枢担任秘书监虽然是空前之好的际遇，但自视极高的谢灵运并不满意。秘书监一职虽有很高的文化地位而无事权，谢灵运却是希望参机密、当宰相的，区区一个“掌艺文图籍”（《宋书·百官志中》）的三品闲官有什么意思！在这个岗位上他仍然不正经做事，“多称疾不朝”，常常游山玩水，“经旬不归，既无表闻，又不请急”（《宋书·谢灵运传》），完全目无朝纲，元嘉五年(428)被免职。应当说当朝皇帝刘义隆对他还是非常照顾的，当谢灵运居家

---

① 故事见于《史记·吴太伯世家》，后来《新序·节士》也有记叙：“延陵季子将西聘晋，带宝剑以过徐君。徐君观剑，不言而色欲之。延陵季子为有上国之使，未献也，然其心许之矣。致事于晋，顾反，则徐君死于楚。……遂脱剑致之嗣君。嗣君曰：‘先君无命，孤不敢受剑。’于是季子以剑带徐君墓树而去。”

② “楚老惜兰芳”典出《汉书·龚胜传》，西汉末年的大学者、楚人龚胜不肯应篡国者王莽的征辟，绝食而死，丧仪相当隆重，其间“有老父来吊，哭甚哀，既而曰：‘嗟乎，薰以香自烧，膏以明自销。龚生竟夭天年，非吾徒也。’遂趋而出，莫知其谁”。

期间向会稽地方官索要土地山泽的时候，刘义隆是同意了的[①]；后来又安排他为临川内史，破格给予优厚的待遇；但这些仍然不合谢灵运的口味，“在郡游放，不异永嘉”，他过高地估计了文帝对他的宽容，很快走向了末路。

谢灵运晚年的遭遇非常富于传奇性。《宋书》本传说他“为有司所纠”，而很快就遭到来自高层的严重打击：

> 司徒遣使随州从事郑望生收灵运，灵运执录望生，兴兵叛逸，遂有逆志，为诗曰：“韩亡子房奋，秦帝鲁连耻。本自江海人，忠义感君子。”追讨禽之，送廷尉治罪。廷尉奏灵运率部众反叛，论正斩刑。

谢灵运一介书生，在刘宋王朝得到了不菲的待遇，虽然他本人并不满意，但远没有到达妄图造反的地步，他也没有什么力量可以“兴兵叛逸”。他被捕时写的那四句诗有可能出于捏造和诬陷，也可能是诗人被逼得精神失去常态，干脆负气地说：自己乃是忠于晋王朝的遗老，就是要造你刘宋王朝的反！这一层意思显然毫无事实根据。

后来的事情更加离奇古怪，《宋书》本传继续写道：

> 其后秦郡府将宗齐受至涂口，行达桃墟村，见有七人下路乱语，疑非常人，还告郡县，遣兵随齐受掩讨，遂共格战，悉禽付狱。其一人姓赵名钦，山阳县人，云：“同村薛道双先与谢康乐共事，以去九月初，道双因同村成国报钦云：‘先作临川郡、犯事徙送广州谢，给钱令买弓箭刀楯等物，使道双要合乡里健儿，于三江口篡取谢。若得者，如意之后，功劳是同。’遂合部党要谢，不及。既还，饥馑，缘路为劫盗。”有司又奏依法收治。太祖诏于广州行弃市刑。

由一个据说曾经“与谢康乐共事”的薛道双其人来安排和指挥小股武装在途中营救谢灵运，这一套证词估计乃是主办谢灵运一案的司徒、武帝第四子刘义康（407～451）等人的捏造，非要置他于死地不可。刘义康是文帝刘义

---

① 《宋书·谢灵运传》：“在会稽亦多徒众，惊动县邑。太守孟𫖮事佛精恳，而为灵运所轻，尝谓𫖮曰：‘得道应须慧业文人，生天当在灵运前，成佛必在灵运后。’𫖮深恨此言。会稽东郭有回踵湖，灵运求决以为田，太祖令州郡履行。此湖去郭近，水物所出，百姓惜之。𫖮坚执不与。灵运既不得回踵，又求始宁岯崲湖为田，𫖮又固执。灵运谓𫖮非存利民，正虑决湖多害生命，言论毁伤之。与𫖮遂嫌仇隙。因灵运横恣，百姓惊扰，乃表其异志。发兵自防，露板上言。灵运驰出京都，诣阙上表。……太祖知其见诬，不罪也。”

隆的弟弟，“素无术学，暗于大体”，而其时他在一人之下万人之上，大权在握，“势倾天下”(《宋书·彭城王义康传》)，制造了许多冤案，弄得诸王大臣人人自危。谢灵运正是死在他的手里。

谢灵运临刑前留下一首意味深长的诗：

> 龚胜无遗生，李业有穷尽。嵇叟理既迫，霍生命亦殒。凄凄陵霜柏，网网冲风菌。邂逅竟无时，修短非所愍。恨我君子志，不得岩上泯。送心正觉前，斯痛久已忍。唯愿乘来生，怨亲同心朕。

龚胜和李业都是不事二姓的汉朝人，诗中提到这两个人显然是再一次将自己打扮成晋王朝遗老的样子。嵇叟指嵇康，他死于钟会的诬陷，这里的意思是说自己同样死得冤枉；霍生指西晋隐士霍原，死得尤其冤枉：“王浚称制谋僭，使人问之，原不答，浚心衔之。又有辽东囚徒三百余人，依山为贼，意欲劫原为主事，亦未行。时有谣曰‘天子在何许？近在豆田中’，浚以豆为霍，收原斩之。”(《晋书·隐逸传》)赵钦提供的证词令谢灵运哭笑不得，他便联想到霍原的故事，说自己身边就有类似的荒谬。深刻的荒谬感和无可奈何的哀叹使得这一首诗具有相当的深度。

关于谢灵运的被捕和被杀，《建康实录》(卷十二)补充过一个细节：“灵运之居也，雅不治职。前临川内史司马协少子来投义故，灵运舍诸正寝为居，始如酣笑，久而不止，非隐其事，讽主者以黩货劾焉。江州部从事收灵运，乃徙广州，敕于南海行刑。”司马协少子的详细情形和他的背景现在都不大清楚，谢灵运为什么对他如此客气，后来又怎么弄出“黩货”的经济问题来，难以明其究竟。关于谢灵运该死的罪名说法不一，而且往往离奇古怪，正说明凡此种种都是强加给他的，所谓欲加之罪，何患无辞。司徒刘义康是一个喜欢通过整人提高自己威望的小人，捏造罪名是他的拿手好戏，狂傲的诗人谢灵运把柄甚多，要打击他可以说是相当容易的。《南史·谢灵运传论》说灵运“猖狂不已，自取覆亡”，从谢灵运过多地授人以柄这个角度来看，当然也可以这么说；但从根本上来说，他其实是死于乱抖权威的刘义康之手，而不是因为他与刘宋王朝有什么根本的对立。

二

谢灵运各种文体都能写，而以诗为主；他的诗什么题材都写过，而以山水诗最为著名,从数量上来说,约占他现存作品的一半。

山水进入诗歌,经历了漫长的历程。早先的《诗经》《楚辞》中,已经有涉及山水的诗句,但一则比较零星,二则也还只是某种背景。魏晋以来,诗中山水渐渐有了独立的地位与价值,如曹操的《观沧海》、左思的《招隐诗》、郭璞的《游仙诗》,其中山水的成分日见其多,身价越来越高。到了玄言诗盛行之后,借山水来悟道更成了一种时髦,但大力写山水诗并卓然成家的,还要等谢灵运出来。

谢灵运注意到山水开始于他永初三年(422)到永嘉去就职之后,这里风景绝佳,而他的情绪很坏,所以开始时虽然写到了山水,而实以议论和牢骚为主。例如《登江中孤屿》(《文选》卷二十六)写道:

> 江南倦历览,江北旷周旋。怀新道转迥,寻异景不延。乱流趋孤屿①,孤屿媚中川。云日相辉映,空水共澄鲜。表灵物莫赏,蕴真谁为传。相像昆山姿,缅邈区中缘。始信安期术,得尽养生年。

这里的"江"就是城区附近的永嘉江,江中有岛,风景秀美。诗人说江南江北久已游览多次,就是还没有到过江中孤屿。他急于赶路,唯觉路途太长;而抵达景点以后,又觉得时间过得太快了("寻异景不延"之"景"指时光)。游客的心理往往如此。"乱流趋孤屿,孤屿媚中川"二句非常有名,"截流横渡,不顺曰乱"(《尔雅·释水》郝懿行注),克服很大的困难横渡大江,乃是为了登上妩媚的江中孤屿;这里空气特别清新,水天一色,云日交辉,这是仙人显现出来的灵异啊,可惜世人却不懂得欣赏(物莫赏)②。诗人由此联想到神仙所居的昆仑山,他说其实在这里也可以感到世俗的世界以及其中种种复杂关系离开自己已经很远了("相像昆山姿,缅邈区中缘");最后归结为学习神仙的长生术③。谢灵运原在首都任职,前景看好,现在却忽然被外放到永嘉来,心里老大不舒服,遂不免多有胡思乱想。

这首诗中写景的句子并不多,主要就是"云日相辉映,空水共澄鲜"两句,也并不见得如何秀出。前面六句说怎样去江中孤屿,后面六句发表登屿的感想,就写景而言颇近于穿靴戴帽;这种两头沉的格局正表明诗人的重点在于

---

① "孤屿"二字通行本作"正绝",不佳;此据余冠英先生的意见采用五臣注《文选》的文本。详见余冠英《汉魏六朝诗选》,人民文学出版社1958年版,第216页。

② 古人将自己以外的一切,也包括人,都称为"物",所以"物"往往同"我"对举。

③ 安期生是传说中的大仙,据说活了一千岁,详见《列仙传》。

要表达求仙的诉求而非对于景物的欣赏。在永嘉的这一年，谢灵运的情绪是太不平静了，从政的情结压倒了审美的雅兴。近贤或以为此诗乃是中国山水诗崛起的标志，实乃过情之誉。单是有那么一点写景的句子，这样的诗古已多有之。

谢灵运后来名气极大，于是他的登江中孤屿并赋诗言志一事也跟着出名。李白曾经有诗咏及，杜甫更在《送裴二虬作尉永嘉》诗中写道："孤屿亭何处？天涯水气中。故人官就此，绝境与谁同？隐吏逢梅福，游山忆谢公。扁舟吾已具，把钓待秋风。"诗中"故人"指将去永嘉当小官的朋友裴虬，诗人羡慕他也能到江中孤屿那样的绝美之境去大饱眼福了。梅福是古代志在求仙的隐吏，杜甫拿来与谢灵运对举，符合谢公《登江中孤屿》志在求仙的原意。

一个当地最高地方官不好好从事他的政务，却费很大的劲忙于登屿游览，并且幻想成仙，表明他大有情绪——谢灵运本来就不愿意跑到永嘉来充当无聊的郡守，他自己觉得应当参与高层政治运作，最好是当宰相；此事既不可能，那就玩玩吧，最好能成为摆脱世俗的神仙。

《登江中孤屿》与其说是一首山水诗，不如说是政治抒情诗。当然，这里确有写山水景色的成分，并为他此后进一步大写山水作了某种准备。山水在谢诗中由大发感慨的由头到审美的对象，有一个发展过程；现在他人在江中孤屿，心却在昆仑神山，怎么能写出标志着中国山水诗崛起的作品呢？

著名的《登池上楼》也是感慨多写景少：

> 潜虬媚幽姿，飞鸿响远音。薄霄愧云浮，栖川怍渊沈。进德智所拙，退耕力不任。徇禄反穷海，卧疴对空林。衾枕昧节候，褰开暂窥临。倾耳聆波澜，举目眺岖嵚。初景革绪风，新阳改故阴。池塘生春草，园柳变鸣禽。祁祁伤豳歌，萋萋感楚吟。索居易永久，离群难处心。持操岂独古，无闷征在今。

真正写景，也就"初景革绪风，新阳改故阴。池塘生春草，园柳变鸣禽"这么几句。此诗之有名，同灵运梦见堂弟谢惠连而得佳句的著名轶事大有关系。名人的八卦新闻往往有耸动视听的效果。

山水景物看多了，往往也就看出趣味来，渐渐的它们就不再是填补牢骚以后空白的东西，而是美的具有独立价值的存在。到当年初夏的《游南亭》，谢诗的笔墨就有所不同了：

> 时竟夕澄霁，云归日西驰。密林含余清，远峰隐半规。久痗昏垫苦，

旅馆眺郊歧。泽兰渐被径，芙蓉始发池。未厌青春好，已睹朱明移。戚戚感物叹，星星白发垂。药饵情所止，衰疾忽在斯。逝将候秋水，息景偃旧崖。我志谁与亮，赏心惟良知。

南亭在永嘉近郊，身体不佳的诗人在很普通的景物中看出了美，深感自己应当抛弃无聊的官职，回到自然景物中去体验人生的价值。诗末发点感慨，固然有玄言诗的余波在起作用，也是诗人在努力说服自己，应当退出无聊的官场人事，回归自然去求得内心的平衡和愉悦。《过白岸亭》等诗也有类似的特点①。

等到谢灵运离开永嘉回到故乡始宁的庄园去以后，写了更多的山水诗，祖父谢玄留下的产业规模宏大②，这里的山山水水都是他家庄园中物，所以写起诗来特别亲切有感情，如《石壁精舍还湖中作》：

昏旦变气候，山水含清晖。清晖能娱人，游子憺忘归。出谷日尚早，入舟阳已微。林壑敛暝色，云霞收夕霏。芰荷迭映蔚，蒲稗相因依。披拂趋南径，愉悦偃东扉。虑澹物自轻，意惬理无违。寄言摄生客，试用此道推。

这里提到的精舍是他自家新建的高档建筑，这样的山水诗其实也就是他的田园诗，无非是他家的田园占地甚广，非常阔气，内有真山真水，可以供他漫游欣赏罢了。山水娱人，游子忘归，此是审美的态度。

当谢灵运的游山玩水主要不再是驱愁解闷的手段而近于目的本身之后，他的笔墨相应地发生了一个大变化，那就是致力于细致地描写景物本身，而无须以写景为跳板而很快就转到大发议论上去，这样山水诗中"极貌以写物"（《文心雕龙·明诗》）的笔法就形成了，用钟嵘的话来说则是"尚巧似"，笔墨近于工笔画。这种新的写作路径在谢灵运两度回到故乡隐居以及出守临川

---

① 《过白岸亭》："拂衣遵沙垣，缓步入蓬屋。近涧涓密石，远山映疏木。空翠难强名，渔钓易为曲。援萝聆青崖，春心自相属。交交止栩黄，呦呦食苹鹿。伤彼人百哀，嘉尔承筐乐。荣悴迭去来，穷通成休戚。未若长疏散，万事恒抱朴。"这里也有一条玄言尾巴，谢灵运在一段时间里未能抛弃此种尾巴，表明他还没有完全放下思想包袱。

② 谢灵运有《山居赋》写他的祖传庄园，其自注有云："余祖车骑，建大功于淮、淝，江左得免横流之祸，后及太傅（谢安）薨，远图已辍，于是便求解驾东归，以避君侧之乱。……故选神丽之所，以申高栖之志。"其正文有云："其居也，左湖右江，往渚还江。面山背阜，东阻西倾，抱含吸吐，款跨纡萦。"

之后变得越发分明。

当谢灵运在首都当了一阵子秘书监复回始宁并再度大规模地展开旅游时，作有《石门岩上宿》(一作《夜宿石门》)一诗：

朝搴苑中兰，畏彼霜下歇。暝还云际宿，弄此石上月。鸟鸣识夜栖，木落知风发。异音同致听，殊响俱清越。妙物莫为赏，芳醑谁与伐？美人竟不来，阳阿徒晞发。

苑中兰，石上月，夜里的鸟鸣，风中的落叶，山中的一切无不与自己息息相通。这里没有什么政治牢骚，只有审美的情趣和淡淡的惆怅。作为山水诗人，谢灵运到这时算是成熟了。由此反观《登江中孤屿》或《登池上楼》，只觉得那时还不免计较官场得失，耿耿于怀，气急败坏，虽在美景之中而其实大煞风景。

自家的田园再大，范围到底有限，谢灵运要扩大范围，到更广阔的天地里去。浙东好山好水太多，一定要走出去。于是他努力开辟旅游路线，带了许多家丁门生，形成相当的规模，甚至惊动了邻县的地方官，以为来了什么强盗①。谢灵运开辟的由绍兴到台州的山水旅游路线，到唐代大放光芒，至今仍方兴未艾，被称为“浙东唐诗之路”，引导人们去一路欣赏鬼斧神工的自然之美和同样不朽的诗歌之美。

为了便于爬山，他还别出心裁地发明了一种登山木鞋，鞋底有可拆卸的牙齿，上山则去其前齿，下山去其后齿，这种大有创意颇具科技含量的旅游鞋后来被称为“谢公屐”，在历史上很有名。他戴的斗笠很特别，大约也同经常爬山旅游有关②。谢灵运堪称中国最早的旅行家和旅游产品开发专家。

稍后在去临川途中经过湖口时，谢灵运写下了足以代表他山水诗最高水平的《入彭蠡湖口》：

---

① 《宋书·谢灵运传》：“灵运因父祖之资，生业甚厚。奴僮既众，义故门生数百，凿山浚湖，功役无已。寻山陟岭，必造幽峻，岩嶂千重，莫不备尽。登蹑常着木履，上山则去其前齿，下山去其后齿。尝自始宁南山伐木开径，直至临海，从者数百人。临海太守王琇惊骇，谓为山贼，徐知是灵运乃安。”

② 《世说新语·言语》载：“谢灵运好戴曲柄笠。”余嘉锡先生在《世说新语笺疏》中解释说：“笠者，野人高士之服，而曲柄笠，笠上有柄，曲而后垂，绝似曲盖之形。”这又是很有创意的。谢灵运名气太大了，“凡衣服器用，一有制作，世共宗之”(《宣和书谱》卷十六)，可以说他领导了一代的时尚。

客游倦水宿，风潮难具论。洲岛骤回合，圻岸屡崩奔。乘月听哀狖，浥露馥芳荪。春晚绿野秀，岩高白云屯。千念集日夜，万感盈朝昏。攀崖照石镜，牵叶入松门。三江事多往，九派理空存。灵物吝珍怪，异人秘精魂。金膏灭明光，水碧缀流温。徒作千里曲，弦绝念弥敦。

这里有不少工笔的写实的描画，崩塌的湖岸，夜啼的哀猿，带露的芳草，绿色的原野，山端的白云，林中的曲折，诗人一一细描，可以据此作出画来。这在先前的写景诗里是未尝有过的。值得注意的是，谢灵运本人也是画家①。

谢灵运开了一代新诗风，声色大开，讲究形似，从此影响了整个南朝诗坛的风气。

在山水诗以外，谢灵运还有许多著名的作品，例如他用曹丕、曹植和建安六子（去掉孔融）诸人的口气写了一组《拟魏太子邺中集诗》八首并序，模仿不同的风格各得其宜，显示了很高的水准。他的诗中也有一点关心和同情民间疾苦的内容，如《种桑》《白石岩下径行田》。试看他的《岁暮》诗：

殷忧不能寐，苦此夜难颓。明月照积雪，朔风劲且哀。运往无淹物，年逝觉已催。

在抒情议论之中夹入“明月照积雪，朔风劲且哀”两句，不仅不觉生硬，反有非如此不能道出岁暮之悲的感觉。

他也注意学习民歌，写下层民众的生活和情调，如《东阳谿中赠答》二首云：

可怜谁家妇，缘流洒素足。明月在云间，迢迢不可得。

可怜谁家郎，缘流乘素舸。但问情若为，月就云中堕。

大有吴地民歌的风味。前者写男子看到一双“素足”以后的胡思乱想，后者写女子绝不害怕坠入情网的大胆呼唤。民歌对唱，一往情深，生动活泼，令人神往。谢灵运固然有很强烈的贵族气，但并不藐视草根，他最看不起的是那些毫无个性和情趣、一味奉命唯谨的大小官僚。精神贵族往往如此。民歌对文人创作的影响稍后在鲍照那里表现得更为明显。

谢灵运也写辞赋和论文。辞赋中最有名的是写自家庄园的《山居赋》，其中写景多有可观，而且具有史料价值，为研究经济史、庄园史的学者高度重

① 详见张彦远《历代名画记》卷二。

视。论文则以涉及佛教的具多，其中最有名的是讲佛教原理的《辨宗论》。谢灵运一贯信佛，同不少高僧往来，具有很高的修养。据说他能读懂梵文的佛经，并且曾经修订过佛经的译文。

中国传统思想认为最高档次的圣人是天生的，根本学不来，但学习仍极重要，通过学习可以成为略次一等的贤人；而印度传来的佛教则指出通过修行可以成最高档次的佛，只不过非常不容易罢了。这个通过学习和修炼能否登峰造极的问题一直困扰着人们，先前晋简文帝司马昱对此即持存疑的态度，《世说新语·文学》载：

佛经以为祛练神明则圣人可至。简文云："不知便可登峰造极不？然陶练之功尚不可诬。"

他基本上还是中国的传统思想，但对登峰造极亦即成佛成圣已抱很大希望，只是还不敢完全确信。谢灵运则相信高僧竺道生的"顿悟"新理论，认为成佛成圣是完全可能的，而且其法甚简，无须经过程序复杂的多年苦修，只要有"慧业"即天生的悟性能领悟佛理便成。他回答了司马昱的问题，结论是人可以"登峰造极"，而且不必下多少可怜无补费精神的"陶练"功夫。竺道生讲一切众生皆有佛性，可以在一念之间顿悟成佛；谢灵运演述其说，他强调中国人学佛"易于见理，难于受教"，同习惯于信教苦修的"夷人"不同。谢灵运看不起事佛精恳的会稽太守孟颚，对他说："得道应须慧业文人，生天当在灵运前，成佛必在灵运后。"根据即在于他对自己的"慧业"充满了信心。

谢灵运的《辨宗论》专论是否能够成佛以及如何才能成佛的问题，在思想史上具有重大的意义，影响及于后来的禅宗和宋明理学甚大。谢灵运是一位自我感觉极其良好的贵族，他觉得自己能够快速成佛乃是当然的事情，而且用不着花多大力气。这种速成的思路很容易在中国广获人心。

三

谢氏家族中同谢灵运关系最为亲密的是他的堂弟谢惠连(407～433)，这位小谢是谢灵运的族叔谢方明的儿子，比谢灵运要小二十多岁，其人乃是一位才华杰出的文学家，也是一个著名的同性恋者。可惜早熟早逝，享年仅二十有七。

《宋书·谢方明传》载："惠连先爱会稽郡吏杜德灵，及居父忧，赠以五言诗十余首。”又《宋书·宗室·义宗传》云:“(杜)德灵雅有姿色,为义宗所爱宠;本会稽郡吏,谢方明为郡,方明子惠连爱幸之。”同性恋古已有之,但始终没有合法的地位,儿子有这种癖好,谢方明对他很不满意;而堂兄谢灵运却对惠连特别欣赏,《宋书·谢灵运传》载:“惠连幼有才悟,而轻薄不为父方明所知。灵运去永嘉还始宁,时方明为会稽郡,灵运尝自始宁至会稽,造方明,过视惠连,大相知赏,时(何)长瑜教惠连读书,亦在郡内,灵运又以为绝伦,谓方明曰:‘阿连才悟如此,而尊作常儿遇之;何长瑜当今仲宣,而饴以下客之食。尊既不能礼贤,宜以长瑜还灵运。’灵运载之而去。”谢灵运由永嘉还始宁在景平元年(423),本年谢方明为会稽郡守;到元嘉五年(428),谢灵运由首都重还始宁,这时方明已死,惠连无人管束,直到元嘉七年(430)他被司徒、彭城王刘义康辟为法曹参军,其间前后有好几年完全跟灵运厮守在一起。

谢灵运认识惠连并且特别欣赏他,应当还要早于景平元年(423),《诗品》卷中谢惠连条云:

> 小谢才思富捷,恨其兰玉夙凋,故长辔未骋。《秋怀》《捣衣》之作,虽复灵运锐思,亦何以加焉?又工为绮丽歌谣,风人第一。《谢氏家录》云:“康乐每对惠连,辄得佳语。后在永嘉西堂,思诗竟日不就,寤寐间忽见惠连,即成‘池塘生春草’,故尝云:‘此语有神助,非我语也。’”

《谢氏家录》所载之事,表明灵运在去永嘉还始宁之前已经对惠连极有感情,而且是一种大大超乎堂兄弟手足之情的特殊的感情,以至于寤寐之间忽见之,这显然是很不一般的,颇令人怀疑他们之间也有一种同性恋的倾向①。

此事可从谢灵运《登临海峤》一诗中见出若干迹象。诗云:

> 杪秋寻远山,山远行不近。与子别山阿,含酸赴修畛。中流袂就判,

---

① 谢灵运平生有一著名的故事,就是所谓“千秋亭饮酒”事件:“又与王弘之诸人出千秋亭饮酒,倮身大呼,(孟)顗深不堪,遣信相闻。灵运大怒曰:‘身自大呼,何关痴人事!’”(《南史·谢灵运传》)。孟顗于元嘉三年(426)接替谢方明担任会稽郡太守,谢灵运同他矛盾很深,主要的冲突一是两人对于佛教的见解大相径庭,二是灵运欲求湖造田,连皇帝都同意了,而孟顗两次顶住不办,还上书告了谢灵运一状,指控他有谋反的意思。“千秋亭饮酒”事件估计也在其中发挥作用。关于这一事件的时间、地点、人物都不那么清楚,但有一点是很分明的:灵运的生活作风确实很有些怪异狂放,不符合传统的规范。聚会时大裸其体,很可能与同性恋的倾向有关。同性恋者自然欣赏同性的人体之美。灵运的曾孙谢几卿也有裸体癖,他仕于萧梁时“尝于阁省裸袒酣饮,及醉小遗,下沾令史,为南司所弹,几卿亦不介意。转左光禄长史”(《南史·谢灵运传》)。不知道这里是不是存在一种遗传的现象。

欲去情不忍。顾望脰未悁,汀曲舟已隐。　　隐汀绝望舟,骛棹逐惊流。欲抑一生欢,并奔千里游。日落当栖薄,系缆临江楼。岂惟夕情敛,忆尔共淹留。　　淹留昔时欢,复增今日叹。兹情已分虑,况乃协悲端。秋泉鸣北涧,哀猿响南峦。戚戚新别心,凄凄久念攒。　　攒念攻别心,旦发清溪阴。暝投剡中宿,明登天姥岑。高高入云霓,还期那可寻?倘遇浮丘公,长绝子徽音。

谢灵运这首诗被入选《文选》(卷二十五),题作《登临海峤初发强中作与从弟惠连,见羊、何共和之一首》,是一首留别之作。谢灵运游临海在元嘉六年(429)的秋天,先是元嘉五年(428),灵运离任秘书监,从首都回到家乡会稽始宁,"与族弟惠连、东海何长瑜、颍川荀雍、泰山羊璿之,以文章赏会,共为山泽之游,时人谓之四友"(《宋书·谢灵运传》)。谢灵运和他的"四友"应视为一个小小的文学集团,在这首诗的标题中"四友"就被提到了三位,谢灵运要求他们写出和诗。

"强中"是从始宁去临海途中的一个地名[①]。谢灵运这次游临海乃是自行开辟的新的旅游路线,伐木开路,从者数百,曾经引起很大误解和恐慌;据此诗可知,灵运此行并非完全走山路,开始有一段是坐船,然后才逢山开路,去游天姥等处。这首诗中关于山水的描写并不甚多,更多的是抒写离愁别恨。

奇怪的是,诗人与惠连的分别并非有什么不得已的痛苦的原因,完全是他自已要去游山玩水,同时用一种贵族的功架向他所不满的刘宋朝廷发出抗议的信息。自已想出门旅游,何以竟忧伤至此?

在山阿分手以后,诗人上了船,回望惠连,脖子("脰")还没有感到酸痛("悁"),船一拐弯,就隐没于汀曲之中,随着湍急的流水急驶而去了。"欲抑一生欢,并奔千里游"两句稍稍费解,《文选》李善注云:"言远别已为抑欢,千里逾加离思。"解释不能说不对,但因出游而暂时分离就忧伤到这个程度,终觉不免有些古怪。刘履《选诗补注》卷六联系下文作出串讲道:"欲抑平生相与之欢,而独为远游,然于将夕栖薄之处,不惟情虑复聚,且以向尝共尔淹留于此,而今不能不思念之也。"此说启发读者怀疑谢灵运与惠连之间是不是有一种同性恋的关系。谢灵运是一个旅游狂,临海是非去不可的;而此行要伐

① 同治《嵊县志》载:"强口溪在县西北二十五里谢游乡,水自仙岩入剡溪。……又名强中。"诗中说:"暝投剡中宿,明登天姥岑。"也可见强中的方位。

木开山，体弱的惠连去不成，于是诗人就大大地有些舍不得，很有些心神不定了。诗的最后两句说，自己如果在山上遇到仙人浮丘公，那就会"长绝子徽音"。灵运是不相信什么神仙之说的，所以这个结尾等于说我们的感情是永远不会中断的。暂别之时说这样分量极重的话，很异乎寻常。

《文选》卷二十五里还有谢灵运与谢惠连的一组赠答诗。元嘉七年(430)谢惠连离开谢灵运到首都去任职，途中作《西陵遇雨献康乐》，说了许多留恋不舍、情意绵绵的话；灵运就此作《酬从弟惠连》，一开始就说起自己与这位从弟特别密切的关系，"欢爱隔音容"让他卧病不起，不愿意同人们来往("寝瘵谢人徒")，只有和惠连一起的时候，才"开颜披心胸"。诗的第二章道：

心胸既云披，意得咸在斯。凌涧寻我室，散帙问所知。夕虑晓月流，朝忌曛日驰。悟对无厌歇，聚散成分离。

以下还有若干情意很深的诗句。凡此种种，很可能都以他们之间的同性恋关系为背景。别后他们联系仍然十分密切，现在还可以看到谢灵运的一首《答谢惠连》："怀人行千里，我劳盈十旬。别时花灼灼，别后叶蓁蓁。"惠连当先有赠诗，可惜已经看不到了。

同性恋是古今社会生活中都可以看到的现象，在中国古代的文学艺术作品中也颇有反映，但一则比较隐晦，二则学者们对这个一向被斥为"轻薄"的禁区甚少论及，所以不甚为人所知。常见的异性之间的爱情能产生一种美好而巨大的精神力量，同性恋亦未尝不能产生某种精神能量？疑似的同性恋者谢灵运"每对惠连，辄得佳语"，似有"神助"，正是现成而突出的一例。

谢惠连的诗今存三十余首，乐府和徒诗大约各一半，乐府多相思离别之词，诗风绮丽；而《秋怀》诗则"调响思逸，句句醒快"(闵齐华《文选瀹注》卷十一引孙鑛评语)，又是一种格调。他也很能写景，水平不在灵运之下，如《西陵遇雨献康乐》五章其四云：

屯云蔽曾岭，惊风涌飞流。零雨润坟泽，落雪洒林丘。浮氛晦崖巘，积素惑原畴。曲汜薄停旅，通川绝行舟。

写途中所见，风雨交加，这与他不愿意同族兄离别时暗淡的心情正相契合。他又善于描写女性，著名的《捣衣诗》(《文选》卷三十)云：

衡纪无淹度，晷运倏如催。白露滋园菊，秋风落庭槐。肃肃莎鸡羽，冽冽寒螀啼。夕阴结空幕，宵月皓中闺。美人戒裳服，端饰相招携。簪玉出北房,鸣金步南阶。栏高砧响发,楹长杵声哀。微芳起两袖,轻汗染双题。纨素既已成,君子行未归。裁用笥中刀,缝为万里衣。盈箧自余手,幽缄俟君开。腰带准畴昔,不知今是非。

古代民间自家生产的纺织品比较粗糙僵硬,在用来做衣服之前,须置于木砧之上,用木槌反复捶击,使之回软,以便加工①。这种劳动称为捣衣(或捣素、捣练),捣衣是古代妇女在冬天来到之前最重要的家务劳动之一,其中往往寄托着对亲人的感情,在丈夫远出时尤其是如此。诗中"腰带准畴昔,不知今是非",委婉地流露闺怨,含蓄深沉,相当动人,前人评为"妙绝千古"(彭端叔《雪夜诗谈》);"微芳起两袖,轻汗染双题"表现两人对坐捣衣时的情形②,并将这一劳动加以美化,是历来传诵的佳句。捣衣在后代诗歌中成为一大题材③,而惠连则是导夫其先路者。

惠连的辞赋和文章也有很高的水平,其《雪赋》(《文选》卷十三)与谢庄的《月赋》齐名,赋末乱辞云:"白羽虽白,质以轻兮。白玉虽白,空守贞兮。未若兹雪,因时兴灭。玄阴凝不昧其洁,太阳曜不固其节。节岂我名,洁岂我贞?凭云升降,从风飘零。值物赋象,任地班形。素因遇立,污随染成。纵心皓然,何虑何营?"仍有汉赋"比德"传统之遗意,这大约是因为此赋假托司马相如的缘故,而确为见道之言。

元嘉七年(430)彭城王刘义康在从事基础设施建设时无意中掘出一座古冢,于是予以迁葬,并命惠连就此事作《祭古冢文》(《文选》卷六十)。小谢文前有小序云:"东府掘城北堑,入丈余,得古冢。上无封域,不用砖甓,以木为椁,中有二棺,正方,两头无和。明器之属,材瓦铜漆,有数十种,多异形,不可尽识。刻木为人,长三尺,可有二十余头,初开见,悉是人形,以物枨拨之,应手灰灭。棺上有五铢钱百余枚,水中有甘蔗节及梅李核瓜瓣,皆浮出不甚烂

① 吴淇《六朝选诗定论》卷十四:"裁之缝之,始得成衣。当其捣之,犹未成乎衣者,题曰《捣衣》,为其为衣而捣之耳。故美人之情见乎针篋之后,而作者已识于捣之之先。"所以后来更通行的说法是"捣练"。

② 《文选·捣衣诗》李周翰注云:"运杵用力,故有微汗。言双者,两人对为之。"可知一直到唐代,两人合作捣衣在民间仍然常见。

③ 如庾信诗云"秋夜捣衣声,飞度长门城"(《夜听捣衣》)。唐诗中提及捣衣声者极多,如"九月寒砧催木叶,十年征戍忆辽阳"(沈佺期《古意》)、"长安一片月,万户捣衣声"(李白《子夜吴歌·秋歌》)、"寒衣处处催刀尺,白帝城高急暮砧"(杜甫《秋兴八首》其一)、"千家砧杵共秋声"(钱起《乐游园晴望,上中书李侍郎》),等等。

坏。铭志不存，世代不可得而知也。公命城者改埋于东冈，祭之以豚酒。”颇近于一份考古简报。祭文云：

忝总徒旅，板筑是司。穷泉为堑，聚壤成基。一椁既启，双棺在兹。舍畚凄怆，纵锸涟而。刍灵已毁，涂车既摧。几筵糜腐，俎豆倾低。盘或梅李，盎或醢醯。蔗传余节，瓜表遗犀。追惟夫子，生自何代？曜质几年，潜灵几载？为寿为夭？宁显宁晦？铭志湮灭，姓氏不传。今谁子后？曩谁子先？功名美恶，如何蔑然。

百堵皆作，十仞斯齐。墉不可转，堑不可回。黄肠既毁，便房已颓。循题兴念，抚俑增哀。射声垂仁，广汉流渥。祠骸府阿，掩骼城曲。仰羡古风，为君改卜。轮移北隍，窀穸东麓。圹即新营，棺仍旧木。合葬非古，周公所存。敬遵昔义，还祔双魂。酒以两壶，牲以特豚。幽灵仿佛，歆我牺樽。呜呼哀哉！

充分表达了对于无名逝者的尊重和同情。这种没有明确对象的祭文实在很难写，而谢惠连处理得非常恰当而且巧妙，表现了中国古人深厚的人道主义精神。

“四友”中另外三位情况大致如下：

何长瑜（？～446?），东海人，是谢惠连的老师，颇有文才，而谢灵运比之为王粲（“当今仲宣”），大约是过情之美誉。后为荆州刺史、临川王刘义庆记室参军，义庆死后另就新职，途中死于一场暴风雨。有集八卷，其诗钟嵘《诗品》列入下品，今仅存二首，其《嘲府僚诗》云：“陆展染鬓发，欲以媚侧室。青青不解久，星星行复出。”由此可知染发一事，固然于今为烈，其实古已有之。另一首是《离合诗》。二诗皆游戏之作。

荀雍（字道雍，生卒年不详），颍川人，原有集四卷，亡佚殆尽，现在只能看到一首诗中的四句，无甚特色。

羊璿之（字曜璠，？～459），出身于著名的高门泰山羊氏，他后来追随竟陵王刘诞（文帝刘义隆第六子，433～459）。大明三年（459）刘诞据广陵反，被孝武帝发兵镇压，羊璿之也被诛。其诗钟嵘《诗品》列入下品，但现在完全看不到了；他的文章也完全亡佚。

“四友”中大有才气的还是年纪最小的谢惠连，谢灵运自然最看好他。

四

在文学史上同谢灵运齐名的是颜延之(字延年,384～456),合称“颜谢”。颜氏居前大约是因为他比谢大一岁,而且“颜谢”读起来比较顺口。《宋书》本传说:“延之与陈郡谢灵运俱以词彩齐名,自潘岳、陆机之后,文士莫及也,江左称‘颜谢’焉。”

颜延之是琅邪临沂人,其侨郡县在今南京附近,颜氏住长干里,延之可以说是南京人。他学问和文章皆很有名,又嗜酒不护细行,一派名士风度,只是由于出身于次等氏族,不像谢灵运那样狂放,也没有什么爵位可以作为自大的理由,后虽颇遭挫折,但尚得善终。

颜延之于东晋末年出仕,曾任后将军刘柳行参军,后逐步升迁,入宋以后地位更高,慢慢成为上层文人的一个代表,诗文都有些官派的华丽。其诗钟嵘《诗品》列入中品,评语说:

> 其源出于陆机,尚巧似。体裁绮密,情喻渊深,动无虚散,一字一句,皆致意焉。又喜用古事,弥坚拘束。虽乖秀逸,是经纶文雅才。雅才减若人,则蹈于困踬矣。汤惠休云:“谢(灵运)诗如出水芙蓉,颜如错彩镂金。”颜终身病之。

而据《南史·颜延之传》载,这种颜、谢比较的结论出于鲍照:“延之尝问鲍照,己与灵运优劣,照曰:‘谢五言如初发芙蓉,自然可爱;君诗若铺锦列绣,亦雕缋满眼。’”汤惠休写诗同鲍照是一派,他的意见同鲍照的批评如出一辙。

元嘉十一年(434)三月初三,宋文帝在乐游苑(今玄武湖)举行盛大的游园禊饮,大家赋《曲水诗》,并且由颜延之写《曲水诗序》,他在这些诗文中以华丽的辞藻高调歌颂刘宋王朝,大大地展示了他的“经纶文雅才”,成为宫廷文学中的名篇。其辞赋名篇《赭白马赋》也是意在歌功颂德的宫廷文学作品。

颜延之那些雕缋满眼的御用大文,后来读者甚少,倒是他那首大发牢骚的《五君咏》(《文选》卷二十一)始终脍炙人口。所谓“五君”,是把“竹林七贤”里的山涛、王戎(这两位后来官做得比较大,不合颜延之此时的口味)去掉,剩下的五位:阮籍、嵇康、刘伶、阮咸、向秀。延之一度得罪了权臣,于元嘉十一年(434)被一手遮天的彭城王刘义康外放到谢灵运曾经待过一年的永嘉去当太守,于是他就借这五位的遭遇来发自己的感慨。诗云:

阮步兵

阮公虽沦迹，识密鉴亦洞。沈醉似埋照，寓辞类托讽。长啸若怀人，越礼自惊众。物故不可论，途穷能无恸。

嵇中散

中散不偶世，本自餐霞人。形解验默仙，吐论知凝神。立俗迕流议，寻山洽隐沦。鸾翮有时铩，龙性谁能驯。

刘参军

刘伶善闭关，怀情灭闻见。鼓锺不足欢，荣色岂能眩。韬精日沈饮，谁知非荒宴。颂酒虽短章，深衷自此见。

阮始平

仲容青云器，实禀生民秀。达音何用深，识微在金奏。郭奕已心醉，山公非虚觏。屡荐不入官，一麾乃出守。

向常侍

向秀甘淡薄，深心托豪素。探道好渊玄，观书鄙章句。交吕既鸿轩，攀嵇亦凤举。流连河里游，恻怆《山阳赋》。

出为永嘉太守，这也就是他本人跟阮咸类似的“一麾乃出守”了；其余诸首中的“越礼”“沈饮”“识微”“探道”等等也都有他自己的影子。与古人在若即若离之间，最便于付之歌咏。刘义康见到这五首诗，大怒，准备给予沉重打击，幸而文帝比较宽大，仅仅罢了颜延之的官，未作进一步处理。这是中国文字狱史上比较早的一个案例。

颜延之在“竹林七贤”里只取五君，固然有他的道理，但后来也有人提出批评，认为他其实还是没有悟道①。创作和批评往往都是找一个钉子，往上挂自己的感想和意见，对此心知其意即可，无须胶柱鼓瑟。

颜延之从此居家七年，过隐士的生活，其间曾作《庭诰》也就是家训，要他的儿子们谨慎做人，“不以所能干众。不以所长议物”，以免重蹈自己的覆辙。不过中国的家长往往一方面要求子女适应社会，一方面自己却仍然我行我

---

① 明末清初之张岱(1597～1684)《偶题竹林七贤图》(《张子诗粃》卷三)云：“七人不必通声气，一日竹林偶相聚。此时痼癖在烟霞，诗酒才舒岩壑志。任诞何曾任是非，沉湎不复知势利。不以荷锸拒鸣珂，不以持筹驱犊鼻。相看各不着形骸，啸歌谐谑皆天趣。及见延年《五君咏》，反于此中辨富贵。生平不喜见要人，乃以山、王竟删去。庄生着意轻死生，反以死生为大事。延年蓄意轻富贵，转以富贵动吾意。孰若浮云过太虚，缊袍狐貉无有异。”

素。颜延之仍然大喝其酒，在酒店里打赤膊，唱挽歌，一派名士风度，连皇帝召见都被耽误了。他说自己兼长文、笔，两个儿子各学到其中一个方面，而酒量之大，他们一个也没有学到。

作风狂放一点只要同政治无关，朝廷尚可宽容。颜延之活到七十三岁，寿终正寝于家，追赠为金紫光禄大夫。

颜延之与谢灵运至少有过两度交集，较早的一次是他们二人以及一个政治和尚慧琳跟着刘义真一道检阅部伍，掌握朝廷实权的徐羡之、傅亮等政要认为他们具有很大的政治野心，迅即予以打击，永初三年(422)谢灵运外放去永嘉，颜延之则外放为始安太守。这一次他途经寻阳时，同陶渊明见了最后一面，听取老诗人的规劝，后来写下了著名的《陶征士诔》，是后人了解陶渊明非常重要的资讯。

较晚的一次是在宋文帝刘义隆于元嘉三年(426)清除了徐羡之等人之后，颜延之被请回首都任中书侍郎，又请谢灵运回京任秘书监，谢不肯应命就职，于是皇帝让颜延之和范泰出面敦请，为此谢灵运写过一首《还旧园作，见颜、范二中书》，颜延之写了和诗，二诗均收入《文选》(卷二十六)。这两首诗见证了他们的友谊，也见证了刘宋王朝一次政局的反复。

颜延之的诗风曾经很有影响，据《诗品》记载，在萧齐王朝有下列七人是专门学颜的，他们是：黄门谢超宗，浔阳太守邱灵鞠，给事中郎刘洋、司徒长史檀超，正员郎钟宪，诸暨令颜则，秀才顾则心。值得注意的是，这里领衔的要人谢超宗(？～483)不是别人，乃是谢灵运的孙子，他不继承自家祖父的诗风而走颜延之的路子，可知从事宫廷文学是有好处的，而坚持特立独行则预后不良，弄不好甚至会丢掉脑袋。

但谢超宗最后仍然未得善终，他对当朝的萧齐明帝不满，遂被流放，在途中被逼自杀。东晋后期最为显赫的陈郡谢氏，到南朝已经丧失了先前的特殊地位，其精英分子也只能充当一般的官员；写诗的则很多，晋宋之际有谢灵运，略晚有谢惠连，到萧齐时代更出现了新体诗的杰出代表谢朓。门阀士族延续不下去了，书香门第则自可长命百岁。

二十七 鲍照

鲍照(字明远,414?～466)是中古诗坛上的大人物,祖籍上党(今山西长治),后迁东海(今山东郯城),东海后来有侨郡,在今江苏镇江附近。鲍照同他的祖籍、原籍都无甚相干,可以说他是镇江人。

这一支东海鲍氏门第不高,但也还不能说是寒门①,大约处于社会的中层。鲍照和他的妹妹鲍令晖都接受过很好的教育,具有很高的文学才华。他本人的仕途不能算顺利,怀才不遇,满腹牢骚;后人也很同情他的"才秀人微,故取湮当代"(《诗品》卷中)——这无非是因为他的才气太高,本应当有更好的际遇。

鲍照的官阶始终不算高,够不上史书单独为他立传,只能附列于他曾效劳的第一位诸侯王——临川王刘义庆(403～444)之后,而刘义庆的传又附列于老一代临川王刘道规(370～412)之后②。在《宋书》的《临川烈武王道规传》和《南史》的《临川烈武王道规传》之后各有一段鲍照的传略,兹照录后者如下:

> 鲍照字明远,东海人。文辞赡逸,尝为古乐府,文甚遒丽。元嘉中,河、济俱清,当时以为美瑞,照为《河清颂》,其序甚工。照始尝谒(临川王)义庆,未见知。欲贡诗言志,人止之曰:"卿位尚卑,不可轻忤大王。"照勃然曰:"千载上有英才异士沉没而不闻者,安可数哉!大丈夫岂可遂蕴智能,使兰艾不辨,终日碌碌与燕雀相随乎?"于是奏诗。义庆奇之,赐帛二十匹。寻擢为国侍郎,甚见知赏。迁秣陵令。文帝以为中书舍人。上好为文章,自谓人莫能及。照悟其旨,每为文章多鄙言累句,咸谓照才

---

① 《南齐书·倖臣传》:"宋文世,秋当、周赳并出寒门。孝武以来,士庶杂选,如东海鲍照,以才学知名,又用鲁郡巢尚之,江夏王义恭以为非选。"按,宋孝武帝刘骏以鲍照为太学博士,兼中书舍人,已接近权力中枢。这里并未说鲍照与秋当、周赳一样出于寒门。

② 按,刘义庆原是刘裕之中弟、长沙景王刘道怜之次子,后出继至刘裕之少弟刘道规膝下。

尽,实不然也。临海王子顼为荆州,照为前军参军,掌书记之任。子顼败,为乱兵所杀。

可知鲍照一向以才华著称,早年性格颇外向,高自期许,后来走向成熟老练,学会了韬晦自保,而最终仍不免死于非命。

鲍照在第一任主公刘义庆手下六年,此后他又曾在几位诸侯王手下充当文学侍从之臣,他们是衡阳王刘义季(文帝刘义隆之弟,415～447)、始兴王刘濬(文帝刘义隆之子,429～453)和临海王刘子顼(孝武帝刘骏之子,456～466)。也担任过几处地方官。刘宋皇室内部一向斗争激烈,有些诸侯王受封时年纪很小,权力完全在他身边的主要僚佐之手,而那些僚佐未必是安分守己之辈。孝武帝刘骏死后,新上台的前废帝刘子业(孝武帝长子,449～465)赐三弟刘子勋(456～466)死,其长史邓琬等奉子勋起兵,刘彧(文帝刘义隆之第十一子,439～472)杀刘子业,自立为帝(明帝),此后邓琬等更奉刘子勋称帝于浔阳,临海王刘子顼在荆州响应他,稍后统统失败被杀。鲍照即死于子顼兵败时的混战之中。

刘宋王朝本是暴发户的军阀建立起来的政权,建国后内乱不断,皇子王孙死于非命者大有人在,其部属不明不白而死者尤多。鲍照之死同谢灵运情况很不同,而深为可惜则无异。

二

鲍照主要的文学成就在诗歌,前人评为"材力标举,凌厉当年,如五丁凿山,开人世所未有"(陆时雍《诗镜总论》)。其诗今存约二百首,乐府(有八十多首)、五言、七言三项全能,数量多,质量高,产生过很大的影响。

鲍照自视甚高,而仕途远不能副其所望,且曾经受到意外的打击,所以他牢骚很多,集中地表现在《拟行路难》十八首中:

> 泻水置平地,各自东西南北流。人生亦有命,安能行叹复坐愁!酌酒以自宽,举杯断绝歌路难。心非木石岂无感,吞声踯躅不敢言。(其四)

> 对案不能食,拔剑击柱长叹息。丈夫生世会几时?安能蹀躞垂羽翼?弃置罢官去,还家自休息。朝出与亲辞,暮还在亲侧。弄儿床前戏,看妇机中织。自古圣贤尽贫贱,何况我辈孤且直!(其六)

中国古代感士不遇的知识分子甚多，读了这样抒情力度很强的诗很容易产生共鸣。把一切都归之于命运，此种设想古已有之，而到晋代《列子》面世以后更大为流行，颇能起到安慰剂的作用，但仍然是有限的。尽管承认一切都是命中注定，但失意者往往仍然牢骚满腹，或仍然努力寻找命运以外的原因，一般都确认自己的正直和崇高恰恰是引出倒霉运的根子。陶渊明诗文中已多有此意，但他从来没有像鲍照说得这样洋溢着愤激之情。

《拟行路难》最后二首写道：

> 君不见春鸟初至时，百草含青俱作花。寒风萧索一旦至，竟得几时保光华？日月流迈不相饶，令我愁思怨恨多。（其十七）

> 诸君莫叹贫，富贵不由人。丈夫四十强而仕，余当二十弱冠辰。莫言草木委冬雪，会应苏息遇阳春。对酒叙长篇，穷途运命委皇天。但愿樽中九酝满，莫惜床头百个钱。直得优游卒一岁，何劳辛苦事百年。（其十八）

归结为及时行乐，这也是《列子》中大力宣传的思想，东晋以来颇为流行，陶渊明的诗中也常常提到，但他说得总是很平淡很家常，鲍照则用通俗而无所顾忌的诗句予以强烈表达。鲍照一向非常情绪化，“《拟行路难》十八首，淋漓豪迈，不可多得，但议论太快，遂为后世粗豪人借口矣”（成书倬《多岁堂古诗存·例言》）。

高级的人才不能为上层所认识、社会所接受，是怀才不遇的高人痛心疾首的事情，鲍照有一首《见卖玉器者》即专咏此事。诗前有小序云“见卖玉器者。或人欲买，疑其是珉，不肯成市。聊作此诗，以戏买者”，诗云：

> 泾渭不可杂，珉玉当早分。子实旧楚客，蒙俗谬前闻。安知理孚采，岂识质明温。我方历上国，从洛入函辕。扬光十贵室，驰誉四豪门。奇声振朝邑，高价服乡村。宁能与尔曹，瑕瑜稍辨论！

诗的前六句径写本题，批评那个想买玉器而又充满怀疑终于未能成交的顾客，指出他是继承了楚国人不识宝玉的老毛病——历史上著名的“和氏璧”本由卞和发现，两次上献于楚王，竟然都被认为是欺骗而遭到沉重的打击——诗人指出，这块玉的文理质地都非常之好，而你竟然看不出来！

这首诗出人意料之外的是以下的八句，这里忽然甩开那笔玉器买卖而大谈自己的宏伟计划，把自己形容得很阔气，结尾更流露出不屑与俗人交往的高傲神情。近人或根据此诗推测作者的生平，指出他于元嘉二十二年（445）

曾“从衡阳王辟，之梁郡，旋从之徐州”[1]；或以为他有洛阳之游。其实诗中所写的那种远大的前程和豪迈的气势，作者在实际生活当中并不可能具有。

“宁能与尔曹，瑕瑜稍辨论！”这话有点幽默——他既然已经写了这首诗，就是在辩瑕瑜，说是非。从这里我们很容易作出这样的推测：全诗都是戏说，而不是什么写实之作。

鲍照是一心出人头地的，愈快愈佳，所谓“一言分圭爵，片善辞草莱。岂伊白璧赐，将起黄金台”（《代放歌行》），正是他自己的白日梦。他有一句名言：“大丈夫岂可遂蕴智能，使兰艾不辨，终日碌碌与燕雀相随乎！”可惜当时门阀政治的局面虽然已经发生了相当大的变化，但历史的惯性仍然很强，像鲍照这样出身的人要想飞黄腾达，还是艰难得很。不得志的鲍照除了用大谈归隐、求仙一类话头来消解心中的郁闷之外，还有一条别人较少使用的路径，那就是想象自己已经大有作为，很有地位，从而快意于一时。他有一首《代堂上歌行》道：“四座且莫喧，听我堂上歌。昔仕京洛时，高门临长河。出入重宫里，结友曹与何。车马相驰逐，宾朋好容华。阳春孟春月，朝光散流霞。轻步逐芳风，言笑弄丹葩。晖晖朱颜酡，纷纷织女梭。满堂皆美人，目成对湘娥。虽谢侍君闲，明妆带绮罗。筝笛更弹吹，高唱相追和。万曲不关心，一曲动情多。欲知情厚薄，更听此声过。”诸如此类的白日美梦鲍照没有少做，尽管他分明知道这是不可能实现的。《见卖玉器者》的后半一方面想象自己走马上任，春风得意，一方面又难忘世俗的瑕瑜不分，言外隐含着自己怀才不遇的感慨。在这样相反相成的复调之中，表达了丰富的内容。我们不能凭这首诗来考证作者的生平，只宜据以了解作者的心态。

比较起来，还是像《拟行路难》这样的乐府歌行直截了当、大声疾呼更能代表鲍照的风格，也产生了更大的影响，此即稍后的文学评论家总结的“发唱惊挺”（《南齐书·文学传论》），隋唐之际王通说鲍照的特色是“其文急以怨”（《中说·事君篇》），也是这个意思。鲍照并非不能写婉转含蓄、清淡有味的

---

① 详见钱仲联撰《鲍参军集注》，上海古籍出版社1980年版，第433页。曹道衡、刘跃进《南北朝文学编年史》在“元嘉二十二年”条下有“鲍照三十二岁，应刘义季之征辟，之梁郡，旋从之徐州”的记载，但其下有说明道：“见《鲍参军集注》，不过此说尚可进一步推敲。《见卖玉器者》和《从过旧宫》二诗只讲到几个长安、洛阳的地名，而六朝人常以长安、洛阳比喻建康，其例很多，因此不能据此断为作诗的确切系年依据，此处只能存疑。”（人民文学出版社2000年版，第140～141页）而曹道衡、沈玉成《中古文学史料丛考》更进而指出“鲍照入（衡阳王）义季之幕及北入彭城之说，实为推测，殊难定论”（中华书局2003年版，第305页）。

作品，但到底是直率、浓烈的抒情更为引人注目。鲍照深受乐府民歌的影响，敢于大胆地抒发真情，又喜欢采用以七言为主的歌行形式，他因此而得到很高的评价，后来具有重大的影响，开出唐人一路。

退出官场，回老家去，守着老婆孩子过普通人的生活，鲍照也许真的这样考虑过，所以他对前代的隐逸诗人陶渊明很有兴趣，曾着意模仿，有《学陶彭泽体》一诗：

长忧非生意，短愿不须多。但使尊酒满，朋旧数相过。秋风七八月，清露润绮罗，提琴当户坐，叹息望天河。保此无倾动，宁复滞风波。

确有些陶渊明的意思。据现有的材料看去，这是最早模仿陶渊明的诗，在陶渊明接受史上具有重要的地位。

鲍照的诗题材广泛，其中有描写边塞和战争的，典型之作如《代出自蓟北门行》，其他如《代苦热行》《代东武吟》也都写到普通士兵的感情；又如《代陈思王白马篇》：

白马骍角弓，鸣鞭乘北风。要途问边急，杂虏入云中。闭壁自往夏，清野径还冬。侨装多阙绝，旅服少裁缝。埋身守汉境，沈命对胡封。薄暮塞云起，飞沙被远松。含悲望两都，楚歌登四墉。丈夫设计误，怀恨逐边戎。弃别中国爱，邀冀胡马功。去来今何道？卑贱生所钟。但令塞上儿，知我独为雄。

刘宋开国皇帝刘裕先前曾成功地北伐，一直打到长安，给予人心重大的鼓舞，但他的对外军事行动主要服务于内部的代晋自立，而且此时统一中国的条件也远不成熟，所以没有能够取得最后的胜利。但当年的北伐促使尚武精神一度雄起，高亢的英雄主义调子在诗歌中有所表现，是有积极意义的。鲍照很希望成为英雄，但历史没有给他这样的机会。

鲍照又大写爱情诗，颇多优美之作，在这一方面他向民歌学到许多东西。例如他的《采菱歌七首》是一组情歌：其一写出发；其二写采菱；其三写春思之起，采菱歌总是要写到这一层意思上来的；其四写曾经约情人来会面，遗憾的是那人没有来：

要艳双屿里，望美两洲间。袅袅风出浦，沉沉日向山。

于是接下来的其五便写抱琴而泣：

烟曀越嶂深，箭迅楚江急。空抱琴中悲，徒望近关泣。

这些都是少男少女爱情生活中常常会发生的情节。其六全是负气的话，说是从此拉倒，再也不想提这件事了。其七用无可奈何而又旧情难忘的意思作结。七首连绵而下，不可或断；后来词曲的联章体也无非是用这种办法。近贤或以为这一组诗另有什么深意，恐怕是求之过深所致①。

鲍照诗歌中以爱情为题材的很不少，除了这一组《采菱歌》之外，还有《采桑诗》《吴歌三首》《幽兰五首》《绍古辞七首》《学古》《古辞》《梦还乡》、《秋夜二首》其一、《代陈思王京洛篇》、《拟古八首》其七、《代北风凉行》、《拟行路难》其三、八、九、十三等等。“宁作野中之双凫，不愿云间之别鹤！”（《拟行路难》其三）“发唱惊挺”，在爱情诗中再次表现出来。

鲍照又多写思妇和弃妇。例如《秋夜二首》其一就是代所谓“思妇”立言的：

夜久膏既竭，启明旦未央。环情倦始复，空闺起晨装。幸承天光转，曲影入幽堂。徘徊集通隙，宛转烛回梁。帷风自卷舒，帘露视成行。岁役急穷晏，生虑备温凉。丝纨夙染濯，绵绵夜裁张。冬雪旦夕至，公子乏衣裳。华心爱零落，非直惜容光。愿君剪众念，且共覆前觞。

开始四句写天色微明，这位少妇就起身梳妆了，“膏既竭”表明她一夜没有睡好，眼看着灯火慢慢耗散其能量而近于熄灭；好不容易等到拂晓，启明星仍然明亮、太阳还未出的时候，“环情倦始复”的女主人公就再也不想躺在那里了。“环情”往往用来形容循环往复无可解脱的忧伤，汉代秦嘉《赠妇诗》有“忧来如寻环，匪席不可卷”之句，晋代诗人傅玄也用“情思如循环”来形容“忧来不可遏”；鲍照这里说主人公已经倦于这一种循环，不想再折磨自己，所以赶快起床，用别的方法来打发时光。“晨装”就是早晨的化妆，前人注鲍诗或引陶渊明的诗句“投策命晨装”（《始作镇军参军经曲阿作》）为鲍诗的先导，未

---

①　这里只写少男少女的感情。但其五中有“近关”二字，或联想到《左传》中“从近关出”的典故，以为此诗“盖感事而作”（黄节《鲍参军诗注》，人民文学出版社 1957 年版，第 44 页）；按，据《乐府诗集》卷五十一，其五的第四句当作“徒望弦开泣”，而即使作“近关”，也不过是爱情诗中的地名，并没有什么深意。《诗经·卫风·氓》有“不见复关，泣涕涟涟；既见复关，载笑载言”，毛《传》：“复关，君子所近也。”这里的“近关”大约出于诗人的新创，鲍照很喜欢创造新的词语，如《秋夜》中的“泉卉”，《学刘公幹体五首》其二中的“藻性”，《吴兴黄浦亭庾中郎别》中的“藻志”之类，都是这一类创新的成果。

免只注意字面,“装”“妆”二字可以通用,女主人公并不打算远行。

以下诸句都是写女主人公的所见所想,大抵以四句为一个单位。“幸承”四句写她眼中室内光线的变化:阳光通过窗户照进深闺——“通隙”就是窗户,鲍照很喜欢写这一景象,例如他的《拟阮公夜中不能寐》诗有“素景缘隙流”之句——尚未完全熄灭的灯光逐渐黯淡下去。凡此种种本来都是普通之至平凡之至的情形,主人公却看得很入神,其百无聊赖之态可以想见。

“帷风”四句将视线由室内转向室外,看风看露,并由此想到天气的变化。“帷风自舒卷”句形容细致,鲍照写风往往会注意到这些细节,例如有过“风帷闪珠带”(《可爱》)、“不风条自吟”(《山行见孤桐》)诸句。以下转入怀人,想起征人的辛苦和自己的凄凉。“晏”训安,“穷晏”为偏义复词,偏用“穷”义,指从役的丈夫;“温凉”也是偏义复词,偏用凉义,讲守着空房的自己。再往下的四句顺流而下,为征人做寒衣。后代凡涉及思妇之作,做寒衣(以及与此相关的捣衣等等)是非常常见的。这里的“丝”字未尝不含“思”义,“绵绵”也有《古诗十九首》“文采双鸳鸯,裁为合欢被。著以长相思,缘以结不解”的意味,民间诗歌喜欢用谐音来达意,鲍照学得不少,有人以为他俗气,殊不知这正是他高明的地方。

最后四句是主人公的希望,希望在外面的男人不要有什么外心,一定要“剪众念”,也就是排除杂念,不忘自己——尽管自己正在衰老下去。这很容易令人想起徐幹《室思》中的“寄身虽在远,岂忘君须臾。既厚不为薄,想君时见思”诸句;鲍照的诗更讲究措辞,“华心爱零落,非直惜容光”二句是说,很担心美好的感情发生衰变,自己外貌的衰老倒还尚在其次。这一层意思点到即止,很快就用“且共覆前觞”的美好祝愿结束了全篇。主人公自有她的隐忧,但又并不想过分强调它。

全诗章法谨严,文辞婉转,代表了鲍照诗风中一个非主流的侧面。前人评鲍,往往只谈他的作品“雕藻淫艳,倾炫心魂”、或曰“急以怨”的一面;其实他也还有婉转含蓄、清淡有味的一面。倘有取舍,即非全人,对于一位作家主流风格以外的侧面,我们应当给予适度的关注,这样才能获得比较全面的体认和理解。后来的文坛领袖沈约十分注意学习鲍照,重点发挥其婉转雅致的一面。险急淫艳不容易为上流社会所接受。

《代白头吟》是一首题材传统的弃妇诗,但其中有这样的诗句“人情贱恩旧,世议逐衰兴。毫发一为瑕,丘山不可胜”,又说“凫鹄远成美,薪刍前见陵”,都是能深入到人心深处去的感慨。这样写已不是一般地同情弃妇,而更能深入一层，有点人生哲学的意味。

鲍照诗中又多有写景之作，刻画细致真切，又充满感情，如《玩月城西门廨中》：

始见西南楼，纤纤如玉钩。未映东北墀，娟娟似蛾眉。蛾眉蔽珠栊，玉钩隔琐窗。三五二八时，千里与君同。夜移衡汉落，徘徊入户中。归华先委露，别叶早辞风。客游厌苦辛，仕子倦飘尘。休浣自公日，宴慰及私辰。蜀琴抽《白雪》，郢曲发《阳春》。肴干酒未阕，金壶启夕沦。回轩驻轻盖，留酌待情人。

"归华"二句，白居易在《与元九书》中曾经特别提到，被指为"嘲风月，弄花草"而缺乏深意的例子，其实这种给读者留下深刻印象的诗句，很能代表元嘉诗人们在艺术上的追求。

鲍照写景多脍炙人口的佳句，例如：

松色随野深，月露依草白。

——《过铜山掘黄精》

青冥摇烟树，穹跨负天石。

——《从登香炉峰》

广岸屯宿阴，悬崖栖归月。

——《岐阳守风》

都不弱于谢灵运。鲍照诗歌的成就是多方面的，并不单以山水景物著称。其五言诗，各种题材都有所涉及，且达到相当高的水平，脍炙人口久矣；不过总体来看这些佳作仍不如他那些险急乃至有点怪异的抒情之作给人的印象深刻。

鲍照写诗注意转益多师，他学古诗，学曹植，学刘桢，学阮籍，学陆机，而更多的则是学过去和当代的民歌，这从《拟行路难》《采菱歌》《采桑诗》《吴歌》[①]这些题目上就能看出，而诸诗的情调也确有近于民歌的地方；唯其如此，

① 鲍照有《吴歌二首》："夏口樊城岸，鲁公却月楼。观见流水还，识是侬泪流。""人言荆江狭，荆江定自阔。五两了无闻，风声那得达。"从内容来看，似应题作《西曲二首》。据《乐府诗集》卷四十七，鲍照所事之临川王刘义庆和衡阳王刘义季都写过西曲《乌夜啼》。鲍照注意学习民歌当与此有关。参见王运熙《刘宋王室与吴声西曲的发展》，原载《文史》2002年第3辑，又收入《乐府诗述论》(增补本)，上海古籍出版社2006年版。

有贵族气的作家和评论家是不大以他为然的，斥为“委巷中歌谣”①，说是只能打动流俗之辈，而其实这正是鲍照成功的地方。事实上，中国原始儒家本有眼光向下的传统，强调“民为邦本”“礼失而求诸野”，对民间歌谣也一直高度重视。只有到后来的官僚派儒家，才一味眼光向上，唯皇帝马首是瞻。

鲍照注意学习当时城市里非常流行的七言舞曲歌词《白纻歌》，用它的形式写过六首，其《代白纻曲二首》云：

朱唇动，素袖举，洛阳少童邯郸女。古称《绿水》今《白纻》，催弦急管为君舞。穷秋九月荷叶黄，北风驱雁天雨霜，夜长酒多乐未央。

春风澹荡侠思多，天色净绿气妍和。含桃红萼兰紫牙，朝日灼烁发园华。卷幌结帷罗玉筵，齐讴秦吹卢女弦，千金顾笑买芳年。

最早的七言诗是逐句押韵的，因为这里的一句就相当于五言诗的两句，而到鲍照这里已经渐渐向两句一押韵转化，为此后七言诗的正式形成准备了重要的元素。王夫之指出：“七言之制，断以明远为祖。”（《古诗评选》卷一）

鲍照一向致力于学习民歌，走雅俗共赏的路子。中国古代的文学观念有一个传统的认识：凡起源早、资格老的诗体是雅的，起源晚、资格浅的则是俗的，是以相对于四言诗来说，五言诗是俗的；而相对于五言诗来说，七言诗就更是俗的。鲍照本事比较大，雅的也来得，俗的也来得，都达到很高的水平。

从事于雅文学的人多了去了，入俗而能非常高明的作家则少得多，所以稍后鲍照成了通俗化的一面旗帜，向他学习的人很多。据钟嵘说，刘宋后期及齐梁的诗人“言险俗者，多以附照”（《诗品·序》）。萧子显《南齐书·文学传论》指出当时流行的诗体就是以鲍照为代表的一派：“发唱惊挺，操调险急，雕藻淫艳，倾炫新魂。亦犹五色之有红紫，八音之有郑卫，斯鲍照之遗烈也。”

随着时间的推移，曾经被认为是俗的鲍照也渐渐升格为雅，唐代诗人向他学习的甚多。杜甫在《春日忆李白》诗中以“俊逸鲍参军”来称颂李白，这其实也正是对鲍照极妙的品题，表明他的特色在于慷慨任气，磊落使才，兴会淋漓，时出奇警，而又能飘逸有致。到再往后的诗评家那里，鲍照得到的赞美越来越多，几乎不大有人批评他“俗”了。

用历史主义的眼光来看，应当说鲍照确有他俗的一面，这并不是什么不

① 颜延之“每薄汤惠休诗，谓人曰：‘惠休制作，委巷中歌谣耳。方当误后生’”（《南史·颜延之传》），这其实也是针对鲍照而发的。

高明的事情。他通俗而不低俗,他能够放低身段向民间文学学习是优点而非缺点。即使是民间那些意思不很大的文字游戏,作为一种老百姓喜闻乐见的形式,他也注意学习,进行试验。例如他写过《数诗》:

一身仕关西,家族满山东。二年从车驾,斋祭甘泉宫。三朝国庆毕,休沐还旧邦。四牡辉长路,轻盖若飞鸿。五侯相饯送,高会集新丰。六乐陈广坐,祖帐扬春风。七盘起长袖,庭下列歌钟。八珍盈雕俎,绮肴纷错重。九族共瞻迟,宾友仰徽容。十载学无就,善宦一朝通。

这些诗俗到家了,但也很有意思,其中包含着对官场的讽刺,“十载学无就,善宦一朝通”,只要当了官,自然就有权有势,而且显得很有文化、值得尊敬了。这两句诗很容易令人想起时下流行的一句讽刺官僚的话:“什么都不会做的人适宜当官。”

鲍照又有《字谜三首》:

二形一体,四支八头。四八一八,飞泉仰流。(打一“井”字)

头如刀,尾如钩。中央横广,四角六抽。右面负两刃,左边双属牛。(打一“龜”字。注:现在此字已简化为“龟”)

乾之一九,只立无偶。坤之二六,宛然双宿。(打一“土”字)

这种诗歌形式的谜语至今也还方兴未艾。凡是在民间流行的东西,鲍照都注意学习。

二

鲍照的作品以诗的影响为最大,同时他也是赋颂和骈文的高手。

他的《舞鹤赋》和《野鹅赋》都是咏物的名篇,描写传神而其中多有牢骚不平之气;《飞蛾赋》和《尺蠖赋》则隐含哲理。《游思赋》以辞藻华丽著称:

对蒹葭之遂黄,视零露之方白。鸿晨惊以响湍,泉夜下而鸣石。结中洲之云萝,托绵思于遥夕。瞻荆吴之远山,望邯郸之长陌。塞风驰兮边草飞,胡沙起兮雁扬翮。虽燕越之异心,在禽鸟而同戚。怅收情而抆泪,遣繁悲而自抑。此日中其几时,彼月满而将蚀。生无患于不老,奚引忧以自逼?物因节以卷舒,道与运而升息。贱卖卜以当垆,隐我耕而子织。诚爱秦王之奇勇,不愿绝筋而称力。已矣哉!使豫章生而可知,夫何异乎丛棘?

对偶的文句比重甚大,稍后江淹的赋大体也走这样的路径。

鲍照最著名的是《芜城赋》,曾被萧统选入《文选》(卷十一),列入“游览”一类。赋题下李善注引《(鲍照)集》云:“登广陵故城。”可见作者亲自到过扬州,是根据直接的观察写成的。汉晋时代的辞赋写城市,一般着眼于首都,也写繁华的大城市,例如著名的班固《两都赋》、张衡《二京赋》、左思《三都赋》、庾阐《扬都赋》等等;而鲍照写的是大城市广陵(今江苏扬州)的荒凉残破,取材新颖,视角独特,产生了很大的影响。

“广陵故城”指的是西汉吴王刘濞为自己的小王国(吴)修建的都城,这里先前是春秋时代吴之邗城、战国时代楚之广陵城,刘濞在此基础上扩大重建[①],当时算是一座名城,枚乘在著名的《七发》里曾有所描写。吴楚七国之乱平定后,逐渐走向衰败。到三国时代,魏与吴对峙,江淮之间反复拉锯,人民大抵流亡,这里成了无人区,《宋书·州郡志》说:“三国时,江淮为战争之地,其间不居者各数百里,此诸县并在江北淮南,虚其地,无复民户。”古老的广陵城自然也是一片荒凉,于是被称为“广陵故城”[②]。后来这里在孙吴的控制之下,局面相对平静[③],城市的活力应当逐渐有所恢复;到西晋建立后,这里居人聚集,进一步走向繁荣,有人甚至说“广陵有天子气”,于是武帝将长孙司马遹封为广陵王[④],惠帝即位后立为太子。他如果不是被贾后阴谋杀害,本来是一定可以继承皇位的。后来到东晋中叶,桓温又一次筑广陵城,仍在原址[⑤]。“广陵故城”后来还有一层新的含义,因为附近又有了一座新城。东晋的谢安在指挥淝水之战取得胜利后遭到最高层的猜忌,离开首都,出镇广陵,在广陵

---

① 《春秋左氏传》哀公九年(前486):“吴城邗,沟通江淮。”该城后归楚,《史记·六国年表》周慎靓王二年(前319):“(楚怀王)城广陵。”《续汉书·郡国志》刘昭注云:“广陵,吴王濞所都,城周十四里半。”

② 《三国志·魏书·文帝纪》黄初六年(225):“冬十月,行幸广陵故城,临江观兵。戎卒十余万,旌旗数百里。是岁大寒,水道冰,舟不得入江,乃引还。”

③ 《三国志·吴书·三嗣主传》五凤二年(255):“使卫尉冯朝城广陵,拜将军吴穰为广陵太守。”

④ 《晋书·愍怀太子传》:“愍怀太子遹字熙祖,惠帝长子,母曰谢才人。幼而聪慧,武帝爱之,恒在左右。……时望气者言广陵有天子气,故封为广陵王,邑五万户。”

⑤ 《晋书·桓温传》:“及南康公主薨,诏赙布千匹,钱百万,温辞不受。……发州人筑广陵城,移镇之。时温行役既久,又兼疾疠,死者十四五,百姓嗟怨。”《资治通鉴》卷一〇二系此事于海西公太和四年(369)岁末。

旧城的东北六十里处建新城（今江都邵伯镇），尽管这里只是一个带有军事基地性质的小城，兴建的时间也不长①，但仍然是广陵发展史上的一件大事，从此旧城区更是非称为“广陵故城”不可了。

《芜城赋》的命意，应如萧统所说的那样乃是游览，以及因凭吊废墟而生出来的感慨。根据李善注提供的信息，可以推测甚至确定《芜城赋》的写作年代，这里无非要考察两方面的情况：一是广陵故城遭到破坏竟然变成一座“芜城”的历程，二是作者本人的行踪。

据多种年谱可知，鲍照青年时代曾在扬州呆过比较长的一段，从元嘉十七年（440）到元嘉二十年（443）他在南兖州（治所正在广陵，即今江苏扬州）刺史、临川王刘义庆幕府中任职，其时天下比较太平，扬州并无破坏，并非“芜城”。这一段经历同《芜城赋》的关系在于，正常状态下的广陵为他提供了同后来的“芜城”进行对比的深刻印象，前后巨大的落差让他感到惊心动魄，非写一篇辞赋不足以释愤抒情。《芜城赋》铺叙先前富裕而强固的扬州道：

> 当昔全盛之时，车挂轊，人驾肩，廛闬扑地，歌吹沸天。孳货盐田，铲利铜山。才力雄富，士马精妍。故能奓秦法，佚周令，划崇墉，刳浚洫，图修世以休命。是以板筑雉堞之殷，井斡烽橹之勤，格高五岳，袤广三坟，崒若断岸，矗似长云。制磁石以御冲，糊赪壤以飞文。观基扃之固护，将万祀而一君。

这样的情形当然并非作者曾经生活于其间的广陵，而是汉初全盛时期的广陵，这里作者运用了不少有关典籍中的材料，但应当说同他自己的亲身经历还是有某些关系的，总要有一点直接的观察才能激活书本上的材料，进入创作的领域。

后来鲍照又有两次机会再到广陵：鲍照于元嘉二十四年（447）入始兴王刘濬幕，元嘉二十八年（451）北魏入侵者拓跋焘退走后，刘濬任南徐、南兖（治广陵）二州刺史并筑城于瓜步，此时鲍照仍在刘濬手下，写过一篇《瓜步山楬文》，刘濬解除此职回首都后，鲍照又在江北逗留了一段时间，其间他显然是有机会到广陵的②。后一次在大明初年。大明三年（459）前后鲍照任永安令，

---

①　《晋书·谢安传》：“时会稽王（司马）道子专权，而奸谄颇相扇构，安出镇广陵之步丘，筑垒曰新城以避之。”《资治通鉴》卷一〇六系此事于晋孝武帝太元十年（385）四月壬戌，而到当年八月，谢安已薨（《晋书·孝武帝纪》）。

②　详见丁福林《鲍照年谱》，上海古籍出版社2004年版，第84～97页。

到大明五年(461)进入临海王刘子顼(孝武帝第七子,时为吴兴太守)军府掌书记,算是有了一个实际的职务。永安乃是侨置的小县,并无实土,所以大明三年(459)前后那几年鲍照很可能滞留在首都建康以及其家园所在的京口(今江苏镇江)一带,而这些地方同广陵相距甚近,所以这几年中他来一趟广陵也应当是有很多机会的。

而正是在鲍照两次来广陵之前不久,这里恰巧两度遭到战火的严重破坏,一座历史名城几乎完全被毁灭了。曾经有人认为鲍照笔下的"芜城"完全是写西汉初年吴王濞谋反被消灭后扬州的残破之状,与当下无关。这种意见显然是不可取的,一则吴王濞谋反被消灭后,广陵故城固然确实遭到严重破坏,但后来已经复兴,逐步走向繁荣,成为一方的大都会,并非一直荒芜到鲍照写赋之时。二则扬州城在刘宋年间迭遭兵火,一再遭到惨烈破坏,再次归于荒芜,这种情形恰恰为鲍照亲眼所见。他怎么可能闭着眼不看现实却一味去怀古呢?像鲍照这样现实感很强的作家,即使在怀古之际也一定会"伤今"。

在鲍照从事文学活动的年代里,广陵故城先后经历了两次浩劫:

一次是北魏南侵。元嘉二十七年(450)宋文帝刘义隆在没有做好充分准备没有多少把握的情况下草率决定北伐中原,当时王玄谟、袁淑等一帮唯上是从的官僚纷纷迎合取宠,好大喜功的刘义隆看到臣下热烈的拥护和吹捧,更加头脑发热,遂于七月间匆匆下令北伐;当时财力兵力都严重不足,于是采取了扩大征兵、举借国债等非常措施①,举国若狂,志在必得。战争打响后,开始西线还算顺利,东线则出师不利,很快导致全军告急,连吃败仗;而北魏方面则由皇帝拓跋焘率部亲征,很快打过了淮河,并挺进到长江北岸,驻扎于瓜步(在今江苏南京六合),与刘宋首都建康仅有一江之隔。魏军声势浩大,"坏民庐舍,及伐苇为筏,声言欲渡江。建康震惧,民皆荷担而立,内外戒严"(《资治通鉴》卷一二五《宋纪·七》);于是宋文帝刘义隆紧急调兵遣将保卫首都,稍后更狼狈求和。后来赵宋辛弃疾词中说起的"元嘉草草,封狼居胥,赢得仓皇北顾"(《永遇乐·京口北固亭怀古》),正是讲的这一段历史教训。《魏书·世祖纪》载:"(太平真君十一年〔450〕)十有二月丁卯,车驾至淮,诏刈萑苇,泛

① 《资治通鉴》卷一二五《宋纪·七》载:"是时军旅大起,王公、妃主及朝士、牧守,下至富民,各献金帛、杂物以助国用。又以兵力不足,悉发青、冀、徐、豫、二兖六州三五民丁,倩使暂行。符到十日装束缘江五郡集广陵,缘淮三郡集盱眙。又募中外有马步众艺武力之士应科者,皆加厚赏。有司又奏军用不充,扬、南徐、兖、江四州富民家资满五十万、僧尼满二十万,并四分借一,事息即还。"

筏数万而济。……癸未，车驾临江，起行宫于瓜步山。永昌王仁自历阳至于江西，高凉王那自山阳至于广陵，诸军皆同日临江。所过城邑，莫不望尘奔溃，其降者不可胜数。甲申，义隆使献百牢，贡其方物，又请进女于皇孙以求好。"关于此事，《宋书·索虏传》亦有比较详细的记载，并说到其时江淮之间"村井空荒，无复鸣鸡吠犬"。

当北魏拓跋那部进入广陵之前，太守刘怀之计无所出，奉宋文帝刘义隆的圣旨烧毁了城府和船只，带领部分扬州老百姓渡过长江以避北军，另有大批居民则成了北魏的俘虏；稍后北魏军队复回北方，"俘广陵居人万余家以北……所过州郡，赤地无余"（《南史·宋本纪二》）。扬州大伤元气，从此衰败。

清代著名学者汪中综合多种史料作《广陵通典》，其卷四元嘉二十七年(450)条下写道：

> 十二月丙辰朔，魏主（拓跋）焘自彭城引兵南下。……凡所经过，莫不残害。己未，焘于盱眙渡淮。乙丑，破冗从仆射胡崇之等军，留尚书韩元兴数千人守盱眙，自率大众向南。帝（按，指宋文帝刘义隆）遣人逆烧广陵城府船乘，使广陵、南沛二郡太守刘怀之率人民渡江。……①

其史源以《宋书·索虏传》为主，兼及其余。又《广陵通典》卷四元嘉二十八年(451)条下云：

> 二月丙辰朔，（北兵）退走，自彭城北过。时江夏王（刘）义恭镇彭城，震惧不敢追蹑。民或告虏所驱广陵民万余口，夕应宿安王陂，去城数十里，今追之，可悉得。诸将并请，义恭不许。经宿，帝遣驿至，使悉力急追，义恭乃遣镇军司马檀和之向萧城，（拓跋）焘军已先闻知，乃尽杀所驱广陵民，轻骑引去。②

这次战争让扬州牺牲了大批居民，损失是极其惨重的。

大明初年广陵再遭兵火。先是北魏军队撤回北方之后，原先避乱于江南的扬州人陆续回来，刘宋政权也采取了一些减轻当地人民负担以求休养生息的措施，时任南兖州刺史加都督的刘诞（宋文帝刘义隆之第六子）于大明二年(458)重修广陵城，增修外城小城，其体制下迄陈、隋没有什么变化。总之，这里得到某种恢复；而可惜的是，不到十年，此地又发生了一场恶战，扬州人重

---

① 《新编汪中集》，广陵书社 2005 年版，第 154 页。

② 《新编汪中集》，第 155 页。

建家园的努力付之东流，这里彻底成了芜城。

大明三年(459)四月，受到新上台不久的宋孝武帝刘骏(宋文帝刘义隆之第三子)猜忌的竟陵王、司空、都督南兖南徐兖青冀幽六州诸军事、南兖州(治广陵)刺史刘诞据扬州反，朝廷派遣七十多岁的宿将沈庆之攻扬州，又令江北各路人马前来会合助攻。刘诞"焚烧郭邑，驱居民百姓悉使入城，分遣书檄，要结远近"(《宋书·文五王传》)，据城死守；沈庆之久攻不下，宋孝武帝大怒，一再下玺书催促，并扬言要御驾亲征，沈庆之遂全力强攻，于七月间连续攻克外城和小城，刘诞战死，"同党悉诛。杀城内外男为京观，死者数千，女口为军赏"(同上)。汪中《广陵通典》卷四本年条下写道："诏城内士民无大小悉杀之。(沈)庆之请自五尺以下全之，其余男子皆死，以女子为军赏。长水校尉宗越受旨行诛，躬临其事，皆先刳肠抉眼，或笞面鞭腹，苦酒灌创，然后斩之。越对之欣欣然，若有所得。所杀凡数千人，聚人头于石头南岸，谓之髑髅山。""城陷之日，云雾晦冥，白虹临北门，亘属城内。自后广陵每风晨雨夜，有号哭之声，当时谓之芜城。"①已经在南北交兵中大伤了元气的广陵再遭重创，彻底被摧毁了。

经过两度浩劫，扬州人口锐减，战后难以重建，长期不能恢复。唯其如此，鲍照笔下的扬州城满目荒芜凄凉，简直是一片废墟：

孤蓬自振，惊沙坐飞。灌莽杳而无际，丛薄纷其相依。通池既已夷，峻隅又以颓。直视千里外，唯见起黄尘。凝思寂听，心伤已摧。

到处是丛生的灌木和野草，本来高高耸立的城墙角楼已经倒塌，护城河淤塞不通；极目远眺，只见沙尘暴滚滚而来。作者沉默不语，伤心欲绝。从西汉到东晋迭经兴衰变化的一方名城一蹶不振，惨不忍睹，竟然成了一座荒芜之城！鲍照在赋里还写到，这里居民很少，水井上长满了莓苔，大街上也尽是蔓草，野生动物在城里自由地出入，到处都听到鬼怪狐鼠的嚎叫。当年扬州的画栋雕梁、歌堂舞阁、名花美石、南国丽人都消失了，永远地消失了。这种荒凉残破的情形，显然与这两次浩劫有关。《芜城赋》之末系以歌道：

边风急兮城上寒，井径灭兮丘陇残。千龄兮万代，共尽兮何言！

"边风"一词显然是在提醒人们记住扬州城的惨遭破坏同北兵南下的关系，至于内战引起的严重后果，鲍照就不便多说了。

---

① 《新编汪中集》，第163页。

鲍照在《芜城赋》中所描写的扬州的荒凉残破，特别是几乎已经没有居民的严重状态，同大明三年(459)刘诞、沈庆之之战显然有密切的关系，曾经有人担心鲍照这样写会不会得罪宋孝武帝而自找麻烦；其实当时的话语霸权在皇帝一边，造成名城成荒芜的责任当然完全在反叛的乱臣贼子刘诞一方，所以鲍照作此《芜城赋》并无自速祸尤之虞，何况他极其谨慎，一字不涉及刚刚发生的这一场内战。赋中一则说"登广陵故城"，引导读者走向历史，再则在篇末强调"边风"之可怕，刻意回避不久前发生的内战。这正是鲍照的谨慎处。现在看来，这种故意淡化内讧的手法在某种意义上其实却正在故意提醒人们注意到这眼前的变故，这并不是什么秘密，只是不能说破而已。

清儒汪中虽未尝专门考订《芜城赋》的写作时间，但他在前引《广陵通典》中叙述过大明三年(459)沈庆之、刘诞扬州大战造成这里的荒芜之后，接着便说"当时谓之芜城"，已经给予人们很多启发。这也正体现了他"于空曲交会之际以求其不可知之事"①的治学心得。缪钺先生服膺汪中，他在《鲍明远年谱》中将《芜城赋》系于大明三年(459)②。

要之，《芜城赋》应当作于大明三年(459)七月沈庆之攻入广陵之后、大明五年(461)鲍照入临海王子顼幕之前。鲍照在这一段时间来过广陵，凭吊他青年时代的旧游之地，这全在情理之中。

在不足十年时间之内，北兵南侵和刘宋内讧的两场战争彻底毁掉了扬州，断送了这一座名城。建设一座城市很不容易，要有多年的不断积累，而毁掉它却容易得多。《芜城赋》留给后人的教训应当说是无比深刻的。

鲍照的文基本上都是骈文。其中《河清颂》作于元嘉二十四年(447)，当年河济俱清，于是歌功颂德，文章极其堂皇，前人都给予高评。《瓜步山揭文》由写景而发感慨，章法近于杂文，其中的点题之笔道：

> 瓜步山者，亦江中渺小山也，徒以因迥为高，据绝作雄，而凌清瞰远，擅奇含秀，是亦居势之然也。故才之多少，不如势之多少远矣。

比兴是杂文写作中常见的手段，在这个意义上，它很近于诗。

《登大雷岸与妹书》则完全写景，是历来传诵的名篇：

---

① 《与达官书》，转引自汪喜孙《容甫先生年谱》，《新编汪中集》附录，第11页。

② 《缪钺全集》第1卷下册，第497页。

> 旅客贫辛，波路壮阔，始以今日食时，仅及大雷。涂登千里，日逾十晨，严霜惨节，悲风断肌，去亲为客，如何如何！向因涉顿，凭观川陆；遨神清渚，流睇方曛；东顾五洲之隔，西眺九派之分；窥地门之绝景，望天际之孤云。长图大念，隐心者久矣！南则积山万状，负气争高，含霞饮景，参差代雄，凌跨长陇，前后相属，带天有匝，横地无穷。东则砥原远隰，亡端靡际。寒蓬夕卷，古树云平。旋风四起，思鸟群归。静听无闻，极视不见。北则陂池潜演，湖脉通连。苎蒿攸积，菰芦所繁。栖波之鸟，水化之虫，智吞愚，强捕小，号噪惊聒，纷乎其中。西则回江永指，长波天合。滔滔何穷，漫漫安竭！创古迄今，舳舻相接。思尽波涛，悲满潭壑。烟归八表，终为野尘。而是注集，长写不测，修灵浩荡，知其何故哉！西南望庐山，又特惊异。基压江潮，峰与辰汉相接。上常积云霞，雕锦褥。若华夕曜，岩泽气通，传明散彩，赫似绛天。左右青霭，表里紫霄。从岭而上，气尽金光，半山以下，纯为黛色。信可以神居帝郊，镇控湘、汉者也。若潨洞所积，溪壑所射，鼓怒之所豗击，涌澓之所宕涤，则上穷荻浦，下至狶洲，南薄燕派，北极雷淀，削长埤短，可数百里。其中腾波触天，高浪灌日，吞吐百川，写泄万壑。轻烟不流，华鼎振涾。弱草朱靡，洪涟陇蹙。散涣长惊，电透箭疾。穹溘崩聚，坻飞岭覆。回沫冠山，奔涛空谷。碪石为之摧碎，碕岸为之齑落。仰视大火，俯听波声，愁魄胁息，心惊慓矣！……风吹雷飙，夜戒前路。下弦内外，望达所届。寒暑难适，汝专自慎。夙夜戒护，勿我为念。恐欲知之，聊书所睹。临涂草蹙，辞意不周。

报告从建康到大雷（今安徽望江）旅行所见，而实则有意为文，开出后来游记一路。鲍照的妹妹令晖也是一位文学家，看来也很希望看看外面精彩的世界，但她恐怕不容易出得来，只好来看哥哥的书面报告了。

三

鲍照唯一的妹妹鲍令晖是中古时代不可多得的才女，去世较早，鲍照曾为此请假回去为她治丧①。《诗品》说她的诗“崭绝清巧，拟古尤胜”。可惜只保存了七首，均在《玉台新咏》中。诗风古朴清新，确为佳作：

---

① 鲍照《请假启》：“天伦同气，实惟一妹，存没永诀，不获计见。封瘗泉壤，临送，私怀成恨，情痛并深。”

自君之出矣，临轩不解颜。砧杵夜不发，高门昼恒关。帐中流熠耀，庭前华紫兰。物枯识节异，鸿来知客寒。游用暮冬尽，除春待君还。

——《题书后寄行人》

客从远方来，赠我漆鸣琴，木有相思文，弦有别离音。终身执此调，岁寒不改心。愿作阳春曲，宫商长相寻。

——《拟客从远方来》

都一往情深，比先前的才女谢道蕴更接近普通人的感情世界。道蕴乃是贵族的大家闺秀；令晖则是小家碧玉，同一般读者更为靠近。

鲍照在当时诗坛上影响很大，沿着他的路子向民歌学习来写自己的新诗成为一时的风尚，其中著名的人物有汤惠休和释宝月。

汤惠休原名茂远，曾经当过一段和尚，被称为“休上人”（“上人”是对和尚的敬称），后来还了俗，官至扬州从事史、宛朐令。钟嵘《诗品·下》引用他的从祖、齐正员郎钟宪的话说：“大明、泰始中，鲍、休美文，殊已动俗。”刘宋王朝的大明（457—464）、泰始（465—471）年间正是鲍照和汤惠休大行其道之时。

休上人是当时著名的诗人，作品以通俗而富于感染力著称。鲍、休间的交往现在难以详考，但可以看到他们之间赠答的诗篇。鲍照有两首，诗云：

枯桑叶易零，疲客心易惊。今兹亦何早，已闻络纬鸣。回风灭且起，卷蓬息复征。怆怆簟上寒，凄凄帐里清。物色延暮思，霜露逼朝荣。临堂观秋草，东西望楚城。白杨方萧瑟，坐叹从此生。

——《秋日示休上人》

酒出野田稻，菊生高冈草。味貌复何奇，能令君倾倒。玉椀徒自羞，为君慨此秋。金盖覆牙柈，何为心独愁。

——《答休上人菊诗》

而休上人亦有《赠鲍侍郎诗》：

玳枝兮金英，绿叶兮金茎。不入君王杯，低头还自荣。想君不相艳，酒上视尘生。当令芳意重，无使盛年倾。

鲍照初出仕时担任过临川王国侍郎，由此可知休、鲍之订交甚早，其时休上人尚未还俗，而诗中之绮语如此丰富。后来他们走得很近，共同语言很多。

休上人写诗主要致力于学习吴歌、西曲，多作五言四句的小诗，比鲍照更为通俗，如《江南思》：

幽客海阴路，留戍淮阳津。垂情向春草，知是故乡人。

抒写乡愁，一往情深。他较长的五言诗如《怨诗行》亦复具有很强的感染力：“明月照高楼，含君千里光。巷中情思满，断绝孤妾肠。悲风荡帷帐，瑶翠坐自伤。妾心依天末，思与浮云长。啸歌视秋草，幽叶岂再扬。暮兰不待岁，离华能几芳。愿作张女引，流悲饶君堂。君堂严且秘，绝调徒飞扬。”对怨妇的体贴很深，结末的情调则近于曹植的《七哀诗》。

休上人又大写七言的情诗，今存《白纻歌》三首，其二云：

少年窈窕舞君前，容华艳艳将欲然。为君娇凝复迁延，流目送笑不敢言。长袖拂面心自煎，愿君流光及盛年。

与鲍照的《代白纻曲二首》相视而笑，莫逆于心。汤惠休的诗同鲍照一样，思想解放，情感强烈，文辞华美。

鲍、休美文在社会上影响很大，但到了上层正统文人那里，却往往得不到应有的评价。正统派在刘宋诗歌中主要肯定谢灵运和颜延之，如沈约《宋书·谢灵运传论》云：“爰逮宋氏，颜、谢腾声。灵运之兴会标举，延年之体裁明密，并方轨前秀，垂范后昆。”刘勰《文心雕龙·时序》云：“自宋武爱文，文帝彬雅，秉文之德，孝武多才，英采云构。自明帝以下，文理替矣。尔其缙绅之林，霞蔚而飙起。王、袁联宗以龙章，颜、谢重叶以凤采，何、范、张、沈之徒，亦不可胜也。盖闻之于世，故略举大较。”他们都不提鲍照、休上人。这就是所谓“默杀”。后来萧子显《南齐书·文学传论》提到鲍照了，但批评其诗风道：“亦犹五色之有红紫，八音之有郑、卫。”这无非是把他看成异端的意思。

可是正因为俗，正因为是“郑、卫之声”，却比较容易产生影响，如果再经过一番雅化的改造，更可能做到雅俗共赏。后来的沈约以及宫体诗派诸公，几乎没有不向鲍照和休上人学习的。只是他们口头上往往不肯这样说，有时甚至还要批评他们几句。宫体运动的旗手自然是梁太子萧纲，而其兴起则应追叙到他的两位导师：徐摛和庾肩吾，再进一步追溯其渊源，则应向“鲍、休美文”致敬。

当年宫体诗的先驱鲍、休二人同金碧辉煌的刘宋宫廷诗人颜延年两军对垒，互相批评。钟嵘《诗品》载：

汤惠休云：“谢（灵运）诗如出水芙蓉，颜（延之）如错彩镂金。”颜终身病之。

据《南史·颜延之传》载，颜延之又曾当面问过鲍照“己与灵运优劣”，鲍照回答说：“谢五言如初发芙蓉，自然可爱；君诗若铺锦列绣，亦雕缋满眼。”意思与措辞均与汤惠休波澜不二。作为反击，颜延之则批评休上人的所谓诗作乃“委巷中歌谣”（《南史·颜延之传》），而鲍照同他实为一丘之貉。把“鲍、休”连在一起，即始于颜延之，其目的在于打击鲍照。羊璿之（字曜璠，谢灵运的“四友”之一）揭发说：“是颜公忌照之文，故立休、鲍之论。”（《诗品·下》）休上人声誉较低，颜公此论意在拉鲍下水。但是他倒也没有说错，盖鲍、休二人确有共同之处，他们构成的言情通俗诗派，意义相当重大，而其影响也要比“雕缋满眼”的颜延之等宫廷诗人强烈深远得多。

释宝月更是一位很不一般的和尚，一直没有还俗，他最著名的作品是一首描写思妇的《行路难》：

> 君不见孤雁关外发，酸嘶度扬越。空城客子心肠断，幽闺思妇气欲绝。凝霜夜下拂罗衣，浮云中断开明月。夜夜遥遥徒相思，年年望望情不断。寄我匣中青铜剑，倩人为君除白发。行路难，行路难！夜闻南城汉使度，使我流泪忆长安。

写客子和思妇的相思很见情致，其五、六两句对后来李白那首著名的《静夜思》似不无启发。此诗作者署“释宝月”，他是由宋入齐的知名和尚，一个出家人能写出这样的佳作来，颇可怪异。这位诗僧显然不遵守佛门的规矩。

《南齐书·乐志》说：“《永平乐歌》者，竟陵王子良与诸文士造奏之，人为十曲；道人释宝月辞颇美，上常被之管弦，而不列于乐官也。”由此可以推知，宝月同竟陵王西邸以至宫廷皆有联系。宝月和尚还有两首《估客乐》，亦复写得一往情深，且与高层有关：

> 郎作十里行，侬作九里送。侬拔头上钗，与郎资路用。
>
> 有信数寄书，无信心相忆。莫作瓶落井，一去无消息！

两首一气呵成，前一首殷勤送别，细节生动；后一首全是临别叮咛语，罕譬而喻，大有民歌风味。抒情主人公开朗豪爽，情意无限。抛开破了绮语戒一层不谈，宝月是个了不起的人物。

《乐府诗集》卷四十八引《古今乐录》云：“《估客乐》者，齐武帝之所制也。帝布衣时，尝游樊、邓，登祚之后，追忆往事而作歌，使乐府令刘瑶管弦被之教习，卒遂无成。有人启释宝月善解音律，帝使奏之，旬日之中，便就谐合。敕歌者常为感忆之声，犹行于世。”宝月自作《估客乐》二首，即于此时上之。他虽在空门，而意在宫阙。其人除了穿在表面上的一件袈裟之外，同俗间的士人完全没有什么差别。

钟嵘《诗品》将宝月列入下品，而凡列入《诗品》者“便称才子”；可惜的是《行路难》的著作权有点问题，《诗品》卷下云：

《行路难》是东阳柴廓所造。宝月尝憩其家，会廓亡，因窃而有之。廓子赍手稿本出都，欲讼此事，乃厚赂止之。

这一著作权之争的故事简直够写一篇短篇小说。后来《儒林外史》里就有类似的情节，见于第二十一回“冒姓字小子求名　念亲戚老夫卧病”，只不过那个牛浦郎不仅窃取诗人牛布衣的诗稿，还要进而冒充诗人本人，显得更加荒谬罢了。

柴廓之子本来打算去告官，可知中国古代虽然没有什么著作权保护法，知识产权也还是可以得到某种保护的。然而这位小柴有点财迷，宝月花一笔钱就把事情给摆平了。

刘宋时代还有一位专学民歌的诗人吴迈远（？～474），出身大约相当微贱，连籍贯都弄不清楚，而颇有诗名，据说他每得佳句辄掷地大呼曰：“曹子建何足数哉！”汤惠休很看不惯他的狂放，当头给他一棒道：“吾诗可为汝诗父。”（详见《诗品·下》）休上人与吴迈远同属以民歌为祖先的一派，所以说话毫不见外。

宋明帝久闻吴迈远的诗名，召来，给了一个奉朝请的名义，但也看出此人除了写几句诗，并无大用；稍后他跑到江州，入刺史、桂阳王刘休范（448～474）幕，刘休范是宋文帝第十八子，明帝死后，他自认为应居宰辅，未能实现，遂于元徽二年（474）举兵反，朝廷派屯骑校尉黄回伪去劝降，乘其不备斩之。当一向很窝囊的刘休范起兵造反时，吴迈远为之作符檄。休范很快被杀，他则惨遭灭族。

吴迈远曾经有集八卷，现在只能看到十一首诗。其《秋风曲》有云：

荆扬春早和，幽冀犹霜霰。北寒妾早知，南心君不见。谁为道辛苦，寄情双飞燕。形破杼煎丝，颜落风吹电。荣华一朝尽，唯余心不变。

代思妇立言，情深意长。诗中的“丝”字谐“思”音，后四句无非是思君令人老的意思，而写得大有南方歌谣的风味。运用谐音双关的字眼在《诗经》里已有其例，到南朝乐府民歌中更蔚为大观，如《子夜歌》《采莲曲》中用“莲”字指“怜”，用“丝”字指“思”，借此大唱其情歌。这个办法被诗人拿来运用，其作品就称为“风人体”，意思是说大有民间风味。

“风人体”远不限于诗歌，而且至今仍然方兴未艾，例如迷信“八”字，以为与“发财”之“发”有关之类。

他又有《飞来双白鹄》诗云：

> 可怜双白鹄，双双绝尘氛。连翩弄光景，交颈游青云。逢罗复逢缴，雌雄一旦分。哀声流海曲，孤叫出江滨。岂不慕前侣？为尔不及群。步步一零泪，千里犹待君。乐哉新相知，悲来生别离。持此百年命，共逐寸心移。譬如空山草，零落心自知。

按，《玉台新咏》卷一《古乐府》有《双白鹄》：“飞来双白鹄，乃从西北来。十十将五五，罗列行不齐。忽然卒疲病，不能飞相随。五里一反顾，六里一徘徊。吾欲衔汝去，口噤不能开。吾欲负汝去，羽毛日摧颓。乐哉新相知，忧来生别离。峙躇顾群侣，泪落纵横垂。今日乐相乐，延年万岁期。”（先前《宋书·乐志》已有著录）吴迈远的诗显然是学习这首民歌的，但又有所发展，颇近于一篇动物寓言，借双白鹄来寄托夫妇分离的哀伤。“步步一零泪，千里犹待君”，何等情深意长，大有动人的力量。

应当说吴迈远是一位有成就的诗人，但他自以为比曹植（子建）更高明，话说得不免过激了一点，难怪汤惠休要给他迎头一击。

二十八　刘义庆

一

《世说新语》一书的署名作者刘义庆(403～444)是开国皇帝刘裕之少弟、临川武烈王刘道规(370～412)的法定继承人①,《宋书·临川烈武王道规传附刘义庆传》载:"永初元年(420),袭封临川王,征为侍中。元嘉元年(424)转散骑常侍秘书监,徙度支尚书,迁丹阳尹,加辅国将军,常侍并如故。……在京尹九年,出为使。"先后任荆州刺史、江州刺史、南兖州刺史,并一向拥有兵权,但他"为性简素,寡嗜欲。爱好文义,文辞虽不多,然足为宗室之表。受任历藩,无浮淫之过。……少善骑乘,及长,以世路艰难,不复跨马。招聚文学之士,近远必至。太尉袁淑,文冠当时,义庆在江州,请为卫军咨议参军。其余吴郡陆展、东海何长瑜、鲍照等并为辞章之美,引为佐史国臣"。皇室刘家原是东晋末年的暴发户,其成员腐败分子甚多,有野心的也不少,刘义庆算是难得的正人君子,而且他既"为性简素",做官又非常谨慎,以"不复跨马"、多养文士来表明没有政治野心,所以能够善终。

刘宋王朝的亲王、高官死于非命的极多,宋文帝刘义隆元嘉年间(424～453)经常大开杀戒,被他怀疑的人物往往死于非命,其时高层政治圈子里人人自危、精神紧张。"世路艰难"这四个看似老生常谈的字有着丰富的潜台词,同《世说新语》也很有点关系。周一良先生曾就此发挥道:

> 刘义庆的遭遇和《世说新语》成书时的政治社会背景,从义庆本传里的四个字可以窥见消息。他处在宋文帝刘义隆对宗室诸王怀疑猜忌的统治之下,为了全身远祸,于是招聚文学之士,寄情文史,编辑了《世说新

---

① 刘义庆原是刘裕之中弟、长沙景王刘道怜(368～422)的次子,因道规无子,出继于此。按,道怜其人无才能,蓄财贪纵,详见《宋书》本传。

语》这样一部清谈之书。《世说》里记载的故事和议论,有些在故事发生的当时是颇具政治意义的,例如才性四本的讨论,在魏晋之际曹氏司马氏斗争剧烈时就是如此。但到东晋刘宋时代,就成为与政治或时局无关的纯粹哲理讨论了。《世说新语》里记载的人物、事件、议论,都和刘义庆当时的政治社会相去甚远,不相涉及,而这正是他著述的宗旨所在。

《宋书·刘义庆传》附鲍照事迹,并收录所作《河清颂》,而刘义庆《世说新语》反不提及,《南史》本传才举了此书。鲁迅《中国小说史略》说《世说》“乃纂辑旧闻,非由自造;《宋书》言义庆才词不多,而招聚文学之士,远近必至,则诸书或成于众手,未可知也”。这个意见是非常确切的。日本川胜义雄氏推论此书出于义庆门客、谢灵运好友何长瑜之手。沈约距义庆时世甚近,《宋书》所据又是当时史官旧稿,而本传里收录义庆著述,独独不把此书列在他的名下,想必有其原因。但《世说新语》即使不是——很可能不是——刘义庆自著,也是在他的思想指导影响下纂辑而成的。探讨义庆当时的政治社会背景,对研究《世说新语》也会有所帮助吧。①

这一意见是相当深刻的。不过《世说新语》的具体成书过程现在已经无从确知,而此书历来置于刘义庆的名下,现在也无从变更,不可能算是何长瑜或刘义庆其他门客的著作。署名刘义庆的另外两部小说《幽明录》和《宣验记》,情况也是很可能出于门下宾客之手,而同样必须算是主公的大作。即使是在著作权观念深入人心的今天,秘书或写作班子起草或撰写的文稿,仍然要视为其署名作者的大著,只有在很特殊的情况下才能另有归属。

二

《世说新语》是一部情况比较复杂的书,鲁迅先生有一段论述非常简要地涉及其中各个方面,请先行转录如下,然后再加分疏。鲁迅说:

宋临川王刘义庆有《世说》八卷,梁刘孝标注之为十卷,见《隋(书·经籍)志》。今存者三卷曰《世说新语》,为宋人晏殊所删并,于注亦小有剪裁,然不知何人又加新语二字。唐时则曰新书,殆以《汉(书·艺文)志》儒家类

① 周一良《〈世说新语〉和作者刘义庆身世的考察》,《魏晋南北朝史论集》,北京大学出版社 1997 年版,第 336~337 页。

录刘向所序六十七篇中，已有《世说》，因增字以别之也。《世说新语》今本凡三十六篇，自《德行》至《仇隙》，以类相从，事起后汉，止于东晋，记言则玄远冷隽，记行则高简瑰奇，下至缪惑，亦资一笑。孝标作注，又征引浩博。或驳或申，映带本文，增其隽永，所用书四百余种，今又多不存，故世人尤珍重之。然《世说》文字，间或与裴（启）、郭（澄之）二家书所记相同，殆亦犹《幽明录》《宣验记》然，乃纂缉旧闻，非由自造。《宋书》言义庆才词不多，而招聚文学之士，远近必至，则诸书或成于众手，未可知也。①

现在所可知者，大抵仍不能溢出于此。《世说新语》的传播情形复杂，书名与卷数多有变迁，现今已很难完全说清楚。现存最早的本子是唐人写本的残卷，仅五十一则，有罗振玉 1916 年汇印本；其全本最早者则是南宋绍兴八年（1138）广川董弅的刻本②；董弅是一位态度严谨的学者，非常注意保持他所能看到之原书的本来面貌，佳字甚多，卷末又附录了汪藻的《叙录》（分考异、人名谱、书名等三卷），也具有很高的文献价值。今天要阅读和研究《世说新语》，实以此本最应注意。在相当长一段时间里，曾经最为流行的本子则是明代嘉靖十四年（1535）袁褧嘉趣堂刻本，《四部丛刊》据以影印者即此本，道光八年（1828）周心如纷欣阁刻本和光绪十七年（1891）王先谦思贤讲舍刻本也都出于此本。近年来比较通行的校注本、今译本《世说新语》大抵多以袁本系统为底本③；也有以董弅刻本之影印本为工作底本者④。

萧梁时代刘孝标（原名峻，以字行；462～521）作的注乃是《世说新语》不

① 《中国小说史略》，《鲁迅全集》第 9 卷，第 61～62 页。

② 该书日本有藏本，国内前后有过几份影印本，最易入手者是中华书局 1999 年所影印的日本金泽文库本。值得注意的是金泽文库所藏本最末略有残缺，丢掉了汪藻《叙录》的末卷，董跋亦佚失，但该跋在宋淳熙戊申陆游重刻本中有之。淳熙本今不知所在，幸而这篇跋文在袁褧刻本等书中已被转录了下来，文曰："右《世说》三十六篇。世所传厘为十卷，或作四十五篇，而末卷但重出前九卷中所载。余家旧藏，盖得之王原叔家，后得晏元献公手自校本，尽去重复，其注亦小加剪截，最为善本。晋人雅尚清谈，唐初史臣修书，率意窜定，多非旧语，尚赖此书以传后世。然字有讹舛，语有难解，以他书证之，间有可是正处，而注亦比晏本时为增损。至于所疑，则不敢妄下雌黄，姑以传疑，以俟通博。绍兴八年夏四月癸亥广川董弅题。"

③ 例如徐震堮《世说新语校笺》（中华书局 1984 年版），张万起、刘尚慈《世说新语译注》（中华书局 1998 年版），均以嘉趣堂刻本为底本；余嘉锡《世说新语笺疏》则以后出转精的思贤讲舍刻本为底本。

④ 例如朱铸禹《世说新语汇校集注》（上海古籍出版社 2002 年版），蒋凡、李笑野、白振奎全评新注本《世说新语》（人民文学出版社 2009 年 3 月版）均以金泽文库本为底本。

可分割的重要部分。刘孝标大体采用裴松之注《三国志》的办法，博引材料来补充、订正《世说新语》的各有关条目，引书达四百余种，有许多是今天看不到原书的，因此颇为学者所重。刘注引书大约多为节引，只要达到自己的目的即可，不必首尾完具地抄录原文有关段落。唐人刘知几认为凭刘孝标的才学，来替《世说新语》这样的“流俗短书”作注未免可惜①，他没有预料到，刘注的影响绝不低于许多专著，在学术史上地位也很高②。

《世说新语》一度并不太受重视③，后来越来越火，流布愈广，为之作补注评点者甚多，其中成就较高的有刘辰翁、王世懋、李贽等人，此外刘应登、王世贞、杨慎、凌濛初等辈亦各有所作。模仿《世说》体新写自己的书，尤实繁有徒，形成一个著名的系列，此中有唐王方庆《续世说新语》，宋王谠《唐语林》、孔平仲《续世说》，明何良俊《何氏语林》、李绍文《明世说新语》，清吴肃公《明语林》、李清《女世说》、颜从乔《僧世说》、王晫《今世说》、民国易宗夔《新世说》等等；至今报刊上还常常能够看到标作“新世说”字样的专栏——其他小说未见有获此殊荣者。

《世说新语》以及刘注的内容大抵可以说分轶事和隽语两大方面，亦多有将二者结合在一起来写的。

这里的名人轶事往往只有一点细节或梗概，而已能引人入胜：

> 锺会撰《四本论》，始毕，甚欲使嵇公(康)一见。置怀中，既定，畏其难，怀不敢出，于户外遥掷，便回急走。(《文学》)
>
> 晋文王功德盛大，座席严敬，拟于王者。唯阮籍在坐，箕踞啸歌，酣放自若。(《简傲》)

锺会为人的特色、阮籍与司马昭微妙的关系，都在极简短的记事中得到生动的表现。这可以说是一种高效益的微型散文。

记录名言隽语乃是本书的重点，后来加上“新语”二字的原因当在于此。

---

① 《史通·补注篇》说：“孝标善于攻缪，博而且精，固已察及鱼泉，辨穷河豕。嗟夫，以峻之才识，足堪远大，而不能探赜彪、峤，网罗班、马，方复留情于委巷小说，锐思于流俗短书，可谓劳而无功、废而无当者矣。”一时流行的价值观念往往让著名的学者产生误判。

② 裴松之《三国志注》、刘孝标《世说新语注》、郦道元《水经注》、李善《文选注》合称四大名注，它们本身都成为后来学者的研究对象。

③ 《隋书·经籍志》将《世说新语》列入子部小说家；唐人刘知几《史通·书事篇》说：“又自魏晋以降，著述多门，《语林》《笑林》《世说》《俗说》，皆喜调谑小辩，嗤鄙异闻。虽为有识所讥，颇为无知所悦。”其书《杂述篇》又专门批评《世说新语》。刘知几持严格的历史学立场，对文学作品的价值不甚了了。

这里精彩的段子不胜枚举，略举两则来看：

世目李元礼“谡谡如劲松下风”。(《赏誉》)

王夷甫自叹：“我与乐令谈，未尝不觉我言为烦。”(《赏誉》)

只有一两句话，而其味深长。明朝人胡应麟说：“读其语言，晋人面目气韵，恍忽生动，而简约玄澹，真致不穷。”(《少室山房笔丛》卷十三)《世说新语》记言以晋人为多，由此颇可见一时的风尚。

把记言与记事结合起来的段子最为多见，尤其多有名文，也举几则来看：

阮宣子有令闻，太尉王夷甫见而问曰：“老庄与圣教同异?”对曰：“将无同。”太尉善其言，辟之为掾，世谓“三语掾”。(《文学》)

王子猷尝暂寄人空宅住，便令种竹。或问：“暂住何烦尔?”王啸咏良久，直指竹曰：“何可一日无此君!”(《任诞》)

事情非常简单，人物的语言又都非常之少，而大有味道。中古时代的名士最不以为然的就是啰嗦，话多。

《世说新语》大部分题目只涉及一两个人物，而重点只是一人；当然也有人物较多的，而其重点要写的仍然只是某一个人，例如《文学》有一条道：

殷中军(浩)为庾公(亮)长史，下都，王丞相(导)为之集，桓公(温)、王长史(濛)、王蓝田(述)、谢镇西(尚)并在。丞相自起解帐带麈尾，语殷曰：“身今日当与君共谈析理。”既共清言，遂达三更。丞相与殷共相往反，其余诸贤略无所关。既彼我相尽，丞相乃叹曰：“向来语，乃竟未知理源所归。至于辞喻不相负，正始之音，正当尔耳。”明旦，桓宣武语人曰：“昨夜听殷、王清言，甚佳。仁祖(谢尚)亦不寂寞，我亦时复造心。顾看两王掾，辄翣如生母狗馨。”

这里涉及好几位名人，而重点要表现的乃是以武功著称的桓温。此番清谈的主角是丞相王导和他的对手殷中军殷浩；桓温与谢尚算是高级听众；据桓温的冷眼观察，王导的两位僚属——王濛、王述都没有什么会心，似乎根本没有听懂，露出一副傻狗样子。

桓温很看不起王濛、王述。“辄翣如生母狗馨”是一句很辛辣俏皮的讽刺，意思是说他们呆头呆脑，像刚刚被人收养的母狗[①]。事实上王濛乃是知名

① 朱铸禹先生云：“‘生母狗’谓牝狗初来未驯而畏人也，犹生人之生。”详见《世说新语汇校集注》，第186页。

度很高的名士，善清谈，能书画，可惜只活了三十九岁。《世说新语·伤逝》第十则云“王长史病笃，寝卧灯下，转麈尾视之，叹曰：‘如此人，曾不得四十！’及亡，刘尹（惔）临殡，以犀柄麈尾著柩中，因恸绝。”王濛水平不低，桓温却很瞧不起他，无非表现了名士相轻而已。王述水平亦高，“清贵简正，少所推屈，唯以性急为累”（《世说新语·忿狷》第二则注引《中兴书》）。这一回大约听得过于入神，遂亦为桓温所笑。其实，他们恐怕也不至于就听不懂王导与殷浩的清谈。桓温自我感觉过于良好，其实他本人的玄学水平颇为可疑。鲁迅先生辑本裴启《语林》中有一则关于他的有趣记载：“桓宣武与殷、刘谈，不如甚；唤左右，取黄皮裤褶，上马持矟数回，或向刘，或拟殷，意气始得雄王（旺）。”[①]在殷浩、刘惔一类清谈名士面前，桓温只能以武功见长。放下麈尾，拿起戈矛，意气风发，顾盼自雄——只有到这时，才见出他的英雄本色。

清谈是当时的一大时髦，桓温在这一方面也绝对不肯谦让，他对“两王掾”的观察未必准确可信；但作者不动声色地记录他的豪语，其意当在言外。

《世说新语》的主要特色在于行文非常简省，而颇隽永有味。试举二例以明之。其一，《政事》第十五则云：

> 丞相末年略不复省事，正封箓诺之，自叹曰：“人言我愦愦，后人当思此愦愦。”

很简单的一句话，却表明了在东晋建国之初，缓和统治阶级内部矛盾乃是头等大事，所以丞相王导处处显得糊里糊涂，而其实这正是他绝顶精明之处。刘辰翁评曰：“当其时或自有见，以为政事法则不可。”他看出了其中的奥妙，而言之亦复甚简。陈寅恪先生在《述东晋王导之功业》一文（后收入《金明馆丛稿初编》）中曾详论王导的治国理念。蒋凡等全评新注本更就此有详细的说明道：

> 王导历辅元、明、成三帝。元帝甫过江，草创东晋朝廷，北方权贵进驻江南，面临土著豪强，有能否安家落户的大问题；明帝在位三年而崩，成帝六岁即位，所谓“主幼时艰”。三朝天下，内忧外患，动荡不安。王导在这样的情势下辅政，“务存大纲，不拘细目”，延揽人才，网罗土著豪强，“以宽和得众”（《晋书·庾亮传》）。其政宽惠，甚至宽到顾和所云“漏网吞舟”的程度，是王导理解时事而得出的稳定东晋王朝所必须的基本纲领，也是他三朝辅政的一贯为政风格。不求细节，不苛责于人，在不理解

① 《古小说钩沉》，《鲁迅辑录古籍丛编》第一卷，第 34 页。

的人看来，就是不勤政，不精明，甚至是“愦愦”。这一风格就为庾亮所不解、不容，曾“率众黜导”，陶侃也欲起兵废导，都因郗鉴“不许”而作罢。郗鉴在两晋之际的动乱中饱经忧苦，就是因为宽惠得人心而济险越难，他深知宽惠对于稳定天下的作用。王导式的宽惠风格，如元帝的描述：德重勋高，约己冲心，以身率众（见《晋书·王导传》）。正因为他以如此风格的宽纵施政，才会有一种很好的绥靖效果，流惠所及，以至延长了东晋百余年的国祚。另外，成帝之朝，外戚庾氏家族当政，“任法裁物”，琅邪王氏权势衰落，在士族门户争斗中，琅邪王家已呈衰势，导不“愦愦”，又当如何？因而“后人当思此愦愦”，其言大有意味。①

这样丰富复杂的历史内容，在原文中只用了二十几个字。其二，《世说新语·排调》第五十四则云：

简文在殿上行，右军与孙兴公在后。右军指简文语孙曰：“此啖名客。”简文顾曰：“天下自有利齿儿。”后王光禄作会稽，谢车骑出曲阿祖之，王孝伯罢秘书丞，在坐。谢言及此事，因视孝伯曰：“王丞齿似不钝。”王曰：“不钝，颇亦验。”

这一则故事大约发生在后来的晋简文帝司马昱（320～372）早年为会稽王时，其时王羲之（303～361）在这位年纪尚小的王爷手下充当“会稽王友”，而孙绰（字兴公，314～371）以擅长文章特别是碑文著称，追随于王羲之其后。这里的“右军指简文语孙”应作“右军指孙语简文”②，“此啖名客”是王羲之讽刺孙绰的话，说他太会提高自己的知名度了；走在前面的会稽王司马昱虽然还是一个少年，却忽然回过头来冷冷地补了一句道“天下自有利齿儿”。所谓“利齿儿”，一语双关，不仅说孙绰牙齿锋利很能“啖名”，而且用了他们孙家的一个典故，盖孙绰的祖父孙楚（字子荆，？～293）曾经提到过牙齿问题，他有一个著名的故事，即见于《世说新语·排调》第六则者：

孙子荆年少时欲隐，语王武子“当枕石漱流”，误曰“漱石枕流”。王曰：

---

① 蒋凡、李笑野、白振奎全评新注本《世说新语》，人民文学出版社2009年版，第193～194页。

② 《殷芸小说》曾引这一段《世说》，文作：简文在殿上行，右军与孙兴公在后。右军指谓孙曰：“此是噉名客。”简文闻之，顾曰：“天下自有利齿儿。”后王光禄作会稽，谢车骑出曲阿视之，孝伯时罢秘书丞，在坐，因视孝伯曰：“王丞齿似不钝。”王曰：“不钝，颇有验。”（《古小说钩沉》，《鲁迅辑录古籍丛编》第一卷，第76页）

“流可枕，石可漱乎？”孙曰：“所以枕流，欲洗其耳；所以漱石，欲砺其齿。”

“枕石漱流”本是魏晋间形容隐士生活的一句成语，孙楚一不留神说颠倒了，显得很不通，然而他竟随机应变，将错就错，讲出一番大道理来，机敏得很。这件逸事流传甚广。一个讲究“砺其齿”的人，他的孙子一定会有锋利的牙齿，便于“啖名”（或“噉名”，意思相同）的了。司马昱这一句话，就地取材，含蓄幽默，说得颇俏，于是也就成了一则著名的“排调”（调笑，嘲弄）。又如《世说新语·品藻》载：

刘令言始入洛，见诸名士而叹曰：“王夷甫太鲜明，乐彦辅我所敬，张茂先我所不解，周弘武巧于用短，杜方叔拙于用长。”

这里所载刘讷（令言）的一段话，一下子评说了五位名士：王衍（夷甫）、乐广（彦辅）、张华（茂先）、周恢（弘武）、杜育（方叔），分别抓住了他们的特色，而只用了三十几字；刘讷本人的风采亦复分明可见。

《世说新语》的另一特色是重在表现人物，并不太讲究微观真实性。作者是在写小说而非写历史。虽然那时的小说也讲究纪实，但总不如历史书那样特别强调。正因为如此，当刘孝标以史家的派头为之作注时，就颇有加以订正的文字。如果完全看作小说，就没有必要去一一订正了。例如《世说新语·自新》凡两条，前一条讲周处（238～297）自新的故事：

周处年少时，凶强侠气，为乡里所患。又义兴水中有蛟，山中有白额虎，并皆暴犯百姓，义兴人谓之“三横”，而处尤剧。或说处杀虎斩蛟，实冀“三横”唯余其一。处即刺杀虎，又入水击蛟，蛟或浮或没，行数十里，处与之俱。经三日三夜，乡里皆谓已死，更相庆，竟杀蛟而出。闻里人相庆，始知为人情所患，有自改意。乃自吴寻二陆，平原不在，正见清河，具以情告，并云：“欲自修改，而年已蹉跎，终无所成。”清河曰：“古人贵朝闻夕死，况君前途尚可。且人患志之不立，亦何忧令名不彰耶？”处遂改励，终为忠臣孝子。

这个故事的前一半应确有其事，别的书里也有类似的记载①，而其后半说周

---

① 如《孔氏志怪》载：“义兴有邪足虎，溪渚长桥有苍蛟，并大啖人，郭西周，时谓郡中三害。周即处也。”又祖台之《志怪》云：“义兴郡溪渚长桥下，有苍蛟吞噉人。周处执剑桥侧伺，久之，遇出，于是悬自桥上投下蛟背而刺蛟，数创，流血满溪，自郡渚至太湖句浦而死。”均可与《世说新语》互证。

处去拜访陆机(平原,261～303)、陆云(清河,262～303)兄弟,得到陆云的教诲,从此改过自新等等,恐怕就并不可靠。事实上周处要比二陆年长一辈,不大可能去向这小哥儿俩请教。唐修《晋书》把这一节也抄录了进去,清人劳格在《晋书校勘记》(《读书杂识》卷五)中指出这完全是不可能的事情,他的意见是正确的。

《世说新语》中大部分记载是真实的,可以视同史料,所以研究历史特别是思想史、文化史、哲学史、文学史者多从此中取材。但其中也有一些来自传闻的故事,则不能径以为信史。周处自新故事后半之不大可靠,恐怕是该条的作者把它和另一个故事弄混了——那是关于戴渊悔过自新的故事,《世说新语·自新》列为第二条:

> 戴渊少时,游侠不治行检,尝在江、淮间攻掠商旅。陆机赴假还洛,辎重甚盛,渊使少年掠劫,渊在岸上,据胡床,指麾左右,皆得其宜。渊既神姿峰颖,虽处鄙事,神气犹异。机于船屋上遥谓之曰:"卿才如此,亦复作劫耶?"渊便泣涕,投剑归机,辞厉非常。机弥重之,定交,作笔荐焉。过江,仕至征西将军。

戴渊就是戴若思(? ～322),他得到陆机的推荐进入仕途,后来颇有发展。大约由于陆机劝人改过自新比较有名,于是有人就把周处自新的故事也同陆机联系起来;而为了把故事讲得曲折一些,又拉出他的弟弟陆云来提出教训。许多故事在流传过程中往往会有这种添油加醋的变异;这些增加进来的演义式细节,因为纯属创作,往往特别生动,但并无什么史料价值。

三

刘义庆的小说,除了志人的《世说新语》之外,还有志怪的《幽明录》和《宣验记》。

《幽明录》,《隋书·经籍志》杂传类著录二十卷,两《唐志》作三十卷,《新唐志》改入小说家类。中古时代的杂传情形复杂,其中有一部分后来颇有被纳入小说类者。此书早已亡佚,鲁迅《古小说钩沉》中辑得二百余则,大体完备。

鲁迅说:《幽明录》一书"大抵如《搜神(记)》《列异(传)》之类;然似皆集录前人撰作,非自造也。唐时尝盛行,刘知几(《史通》)云《晋书》多取之"①。

---

① 《中国小说史略·六朝之鬼神志怪书(上)》,《鲁迅全集》第9卷,第48页。

大约是因为从事此书集录的是刘义庆手下的另一批文人，又受到所取材之书的限制，《幽明录》行文的风格同《世说新语》很不同，不仅更讲究情节，而且多有描写，不是只作简笔的勾勒了。这里著名的片段有刘晨、阮肇的故事：

汉明帝永平五年，剡县刘晨、阮肇共入天台山，迷不得返，经十三日，粮乏尽，饥馁殆死。遥望山上有一桃树，大有子实，而绝岩邃涧，永无登路。攀缘藤葛，乃得至上，各啖数枚，而饥止体充。复下山，持杯取水，欲盥漱，见芜菁叶从山腹流出，甚鲜新，复一杯流出，有胡麻饭糁，相谓曰："此必去人径不远。"便共没水，逆流行二三里，得度山。出一大溪边有二女子，姿质妙绝。见二人持杯出，笑曰："刘、阮二郎捉向所失流杯来。"晨、肇既不识之，缘二女便呼其姓，如似有旧，乃相见忻喜。而悉问来何晚，因邀还家。其家铜瓦屋，南壁及东壁下各有一大床，皆施绛罗帐，帐角悬铃，金银交错。床头各有十侍婢，敕云："刘、阮二郎经涉山岨，向虽得琼实，犹尚虚弊，可速作食。"食胡麻饭、山羊脯、牛肉，甚甘美。食毕行酒。有一群女来，各持三五桃子，笑而言："贺汝婿来。"酒酣作乐，刘、阮忻怖交并。至暮令各就一帐宿，女往就之。言声清婉，令人忘忧。

至十日后，欲求还去。女云："君已来是，宿福所牵，何复欲还耶?"。遂停半年。气候草木是春时，百鸟啼鸣，更怀悲思，求归甚苦。女曰："罪牵君，当可如何?"遂呼前来女子，有三四十人，集会奏乐，共送刘、阮，指示还路。既出，亲旧零落，邑屋改易，无相识。问讯得七世孙，传闻上世入山，迷不得归。至晋太元八年，忽复去，不知何所。

刘、阮入天台的故事后来成为著名的典故，引用的频率甚高。入山碰到仙女，过一段奇妙无比的神仙生涯，最后还能安全着陆回到老家，而终于不知所终——这样美好的奇遇从此成为一种范式，也是令人向往的一大美梦。

又士人甲的故事说：

晋元帝世有甲者，衣冠族姓，暴病亡。见人将上天诣司命，司命更推校，算历未尽，不应枉召。主者发遣令还。甲尤脚痛，不能行，无缘得归。主者数人共愁，相谓曰："甲若卒以脚痛不能归，我等坐枉人之罪。"遂相率具白司命。司命思之良久，曰："适新召胡人康乙者，在西门外，此人当遂死，其脚甚健，易之，彼此无损。"主者承敕出，将易之。胡形体甚丑，脚殊可恶，甲终不肯。主者曰："君若不易，便长决留此耳。"不获已，遂听之。主者令二人并闭目，倏忽，二人脚已各易矣。仍即遣之。

> 豁然复生，具为家人说。发视，果是胡脚，丛毛连结，且胡臭。甲本士，爱玩手足，而忽得此，了不欲见，虽获更活，每惆怅殆欲如死。旁人见识此胡者，死犹未殡，家近在茄子浦。甲亲往视胡尸，果见其脚在胡体，正当殡敛，对之泣。胡儿并有至性，每节朔，儿并悲思，驰往抱甲脚号咷；忽行路相逢，便攀援啼哭。为此每出入时，恒令人守门，以防胡子。终身憎秽，未尝娱视，虽三伏盛暑，必复重衣，无暂露也。

在主管生死的“司命”那里，施行肢体移植，只顷刻间事。可惜胡脚甚臭。南朝宋与北方鲜卑人建立的魏对峙，双方互有种族偏见，南方看不起北方的“胡人”，北方很藐视南方的“岛夷”。在多民族聚居区也多有矛盾。这里关于胡脚胡臭的故事，正是典型地表达了南方衣冠族姓的偏见。按，先前陈寅恪先生曾通过相当迂回曲折的路径，考证“狐臭”一名来自“胡臭”，其结论说：“疑此腋气本由西胡种人得名，迨西胡人种与华夏民族血统混淆既久之后，即在华人之中亦间有此臭者，傥仍以胡为名，自宜有人疑为不合。因其复似野狐之气，遂改‘胡’为‘狐’矣。若所推测者不谬，则‘胡臭’一名较之‘狐臭’，实为原始，而且正确欤？”①而一读《幽明录》里的这一则故事，颇觉不必迂远取证，只须径引这里胡脚胡臭一节，似已可解决问题。

《幽明录》里有趣的故事甚多，如《买粉儿》的生死爱情，《焦湖庙祝》的枕中世界，《石氏女》的离魂故事，都开创了类型，为后来的作品反复发挥。

《宣验记》早已亡佚，今亦有鲁迅辑本，在《古小说钩沉》中。此书是典型的“释氏辅教之书”②，每则故事都不长，主题则全在宣扬佛教的因果报应论。例如关于吴唐的故事，说吴唐其人带着儿子去打猎，先射死小鹿，又射杀鹿母，再放箭猎杀动物时，却射死了自己的儿子。这时他听到鹿母在空中说：“鹿之爱子，与汝何异！”这就是他残害小动物的报应。诸如此类的故事在此书中甚多。

同《世说新语》实际上集纳了许多旧有的故事一样，《宣验记》中也多有拆

---

① 陈寅恪《狐臭与胡臭》，《寒柳堂集》，生活 · 读书 · 新知三联书店 2001 年版，第 159～160 页。

② 鲁迅《中国小说史略》第六篇《六朝之鬼神志怪书（下）》云：“释氏辅教之书，《隋志》著录九家，在子部及史部，今惟颜之推《冤魂志》存，引经史以证报应，已开混合儒释之端矣，而余则俱佚。遗文之可考见者，有宋刘义庆《宣验记》，齐王琰《冥祥记》，隋颜之推《集灵记》，侯白《旌异记》四种，大抵记经像之显效，明应验之实有，以震耸世俗，使生敬信之心，顾后世则或视为小说。”详见《鲁迅全集》第 9 卷，第 54 页。

旧翻新的片段，例如《旧杂譬喻经》(三国时僧康会译)卷上有鹦鹉救火的故事，《宣验记》中也这样的故事，不仅内容相同，连文字也差不多少：

> 有鹦鹉飞集他山，山中禽兽辄相爱重。鹦鹉自念虽乐不可久也，便去。后数月，山中大火，鹦鹉遥见，便入水沾羽，飞而洒之。天神言："汝虽有志意，何足云也！"对曰："虽知不能救，然尝侨居是山，禽兽行善，皆为兄弟，不忍见耳。"天神嘉感，即为雨灭火。

既有旧缘，不忍不救。这鹦鹉既像衔微木以填沧海的精卫，力量虽小，而其志甚真；又像挖山不止的愚公，终于感动了神灵。这个故事充满了哲理，也表明了佛教精神的博大。按佛理，不忍之心人皆有之，发扬此心，至于极致，便可成佛了。

四

刘孝标注《世说新语》，大抵采用裴松之注《三国志》的办法博引各路材料来与正文互证，或补充，或生发，或订正——总之可以让读者得到更多的信息，从而大大增加阅读的兴味，可以得到多方面的收益。

这里最常见的是为相关条目补充若干材料，与原文相映带。如《任诞》载王徽之(字子猷，？～388)一个著名的故事道：

> 王子猷居山阴，夜大雪，眠觉，开室，命酌酒。四望皎然，因起彷徨，咏左思《招隐诗》。忽忆戴安道，时戴在剡，即便夜乘小船就之。经宿方至，造其门不前而返。人问其故，王曰："我本乘兴而行，兴尽而返，何必见戴？"

一切以兴致为转移，原订的目的并不重要，确为名士风度。刘孝标注引《中兴书》曰："徽之任性放达，弃官东归，居山阴也。"王徽之成年后为桓温参军，又为黄门侍郎，一向在外面当官，后来忽然弃官不干，回了故园。当不当官，他也是乘兴而行，兴尽而返，没有什么非如何不可的意思。刘注补充的材料虽然不多，却读来令人意远。又如《文学》有一条云：

> 简文帝称许掾云："玄度五言诗，可谓妙绝时人。"

高层大人物对许询评价如此之高，简直是把他钦定为最佳诗人，但言之过简。刘孝标注引檀道鸾《续晋阳秋》就详细得多了：

(许)询有才藻,善属文。自司马相如、王褒、扬雄诸贤,世尚赋颂,皆体则《诗》《骚》,傍综百家之言。及至建安,而诗章大盛。逮乎西朝之末,潘(岳)、陆(机)之徒虽时有质文,而宗归不异也。正始中,王弼、何晏好《庄》《老》玄胜之谈,而世遂贵焉。至江左李充尤盛。故郭璞五言始会合道家之言而韵之。询及太原孙绰转相祖尚,又加以三世之辞,而《诗》《骚》之体尽矣。询、绰并为一时文宗,自此作者悉体之。至义熙中,谢混始改。

这里大有文学史的意识,指出许询的贡献在于扭转了文坛的趋势,是同孙绰共执东晋中期文坛之牛耳的大文学家。这一段注文的意义甚至超过了正文。

又《言语》记载谢安的一则轶事说:

谢公时,兵厮逋亡,多今窜南塘,下诸舫中。或欲求一时搜索,谢公不许,云:"若不容置此辈,何以为京都?"

当时颇有兵士和奴仆逃亡,而谢安对此相当宽容,而且用儒家的语典来回答①,似乎迂腐糊涂;但再读刘孝标注所引之《续晋阳秋》便知道他自有他的道理,只是不便完全明言罢了:

自中原丧乱,民离本域,江左造创,豪族并兼,或客寓流离,名籍不立。太元中,外御强氐,搜简民实,三吴颇加澄检,正其里伍。其中时有山湖遁逸,往来都邑者。后将军(谢)安方接客,时人有于坐言,宜纠舍藏之失者。安每以厚德化物,去其烦细。又以强寇入境,不宜加动人情,乃答之云:"卿所忧,在于客耳。然不尔,何以为京都?"言者有惭色。

外有强敌大兵压境,内部矛盾不宜激化,清理户籍一事,实非当务之急。大政治家考虑问题更为深远,同一般的官僚不可同日而语。

刘孝标的著述以《世说新语》注最为著名,这只是他的成果之一,他有自己的文集,《隋书·经籍志》曾著录六卷,早已亡佚,有今人重新辑录校注的新本可用②。此外又编过类书《类苑》,此书当时已有一定影响③。

---

① 《公羊传》桓公九年:"京师者何?天子之居也。京者何?大也。师者何?众也。天子之居,必以众大之辞言之。"

② 罗国威《刘孝标集校注》,上海古籍出版社 1988 年初版,学苑出版社 2003 年新版修订本。

③ 时人刘之遴曾向刘孝标借阅《类苑》,详见《艺文类聚》卷五十八刘之遴《与刘孝标书》、刘孝标《答刘之遴借〈类苑〉书》。

刘孝标是平原(今山东淄博)人,其先辈早已南下,在南朝当官;他本人在首都建康出生以后不久由母亲带回故乡,稍后北魏占领了这一带地方,到他八岁时(泰始五年〔469〕)"为人所略至中山。中山富人刘实愍峻,以束帛赎之,教以书学。魏人闻其江南有戚属,更徙之桑乾。峻好学,家贫,寄人庑下,自课读书,常燎麻炬,从旦至夕。时或昏睡,爇其发,既觉复读,终夜不寐"(《梁书·刘峻传》)。在极其艰苦的条件下,他通过自学成为渊博的学者。刘孝标在北方呆了十七年,后来终于得到一个机会逃离出来,回到了建康,时在南齐永明四年(486)。在南方他继续苦学,到处借书来读,学问更大了。他很想到竟陵王萧子良的西邸去效劳,没有成功;此后的遭遇也一直不大顺利,"用为南海王侍郎,不就。至明帝时,萧遥欣为豫州,为府刑狱,礼遇甚厚;遥欣寻卒,久之不调"。萧梁代齐后,"天监初,召入西省,与学士贺踪典校秘书。峻兄孝庆,时为青州刺史,峻请假省之,坐私载禁物,为有司所奏,免官。安成王秀好峻学,引为户曹参军,给其书籍,使抄录事类,名曰《类苑》,未及成,复以疾去。因游东阳紫岩山,筑室居焉。……普通二年(521)卒,时年六十。"(《梁书·刘峻传》)

在南齐王朝,孝标因为刚从北国归来未久,年纪也还比较轻,未得重用是很正常的;入梁以后,情形好转,所谓西省即中书省,刘孝标在此典校秘书,可以说是他一生中最能扬其所长的一段,为《世说新语》作注大约也在此时。梁武帝时代文教昌明,按说他理当进一步大展其才,而事实上很不然,其中的奥妙见于《南史·刘峻传》:"初,梁武帝招文学之士,有高才者多被引进,擢以不次。峻率性而动,不能随众浮沉。武帝每集文士策经史学,沈约之徒皆引短推长,帝乃悦,加其赏赉。会策锦被事,咸言已罄,帝试呼问峻,峻时贫悴冗散,忽请纸笔,疏十余事,坐客皆惊,帝不觉失色,自是恶之,不复引见。"孝标学问渊博,征引事类自能如数家珍,但他不应该在梁武帝面前逞能(这位皇帝不能容忍别人在任何方面比他略高一筹)。学问太多、记忆力太强而世故较少,竟彻底断送了刘孝标的前途。所以后来他就在安成王萧秀(475～518)手下去编《类苑》了①。

最能表现梁武帝之小肚鸡肠的是他也来编类书,《南史·刘峻传》继续写道,当《类苑》成书以后,"帝即命诸学士撰《华林遍略》以高之。(刘峻)竟不见

① 《梁书·太祖五王·安成王萧秀传》:"精意术学,搜集经记,招学士平原刘孝标,使撰《类苑》,书未及毕,而已行于世。"

用，乃著《辩命论》以寄其怀”。皇帝要重新编一部内容更丰富的类书当然也未尝不可，按说让刘峻参加进来做一部分工作正是人尽其才，但萧衍绝不会用他——编这么一部书正是为了压倒这个很不知趣的家伙。《辩命论》的主题是一切皆在命中注定，无论你多么努力都没有用。命运决定论古已有之，《列子》书中尤其发挥得很透彻；但孝标这篇论文中举出了大量事例，文字也充满了感情，仍然是很好的文章。该文当然不去涉及自己的倒霉事，一般人也不知道其写作的背景，后来太子萧统竟把它编进《文选》（今本卷五十四）里去了。他还有一篇《广绝交论》，也被选进了《文选》（今本卷五十五）。

刘孝标晚年回顾自己的一生时，更作有《自序（叙）》一篇，进一步发了一大通牢骚。在《辩命论》里历举命运不佳的古人，曾经提到东汉初年的冯衍（字敬通），说是“敬通凤起，摧迅翮于风穴”①，而到《自序》一文中更专门拿自己同倒霉的冯敬通作详细的比较，说自己的命运是更不济了：

> 余自比冯敬通，而有同之者三，异之者四。何则？
>
> 敬通雄才冠世，志刚金石；余虽不及之，而亮节慷慨，此一同也。敬通值中兴明君，而终不试用；余逢命世英主，亦摈斥当年，此二同也。敬通有忌妻，至于身操井臼；余有悍室，亦令家道轗轲，此三同也。
>
> 敬通当更始之世，手握兵符，跃马食肉；余自少迄长，戚戚无欢，此一异也。敬通有一子仲文，官成名立；余祸同伯道，永无血胤，此二异也。敬通膂力方刚，老而益壮；余有犬马之疾，溘死无时，此三异也。敬通虽芝残蕙焚，终填沟壑，而为名贤所慕，其风流郁烈芬芳，久而弥盛；余声尘寂寞，世不吾知。魂魄一去，将同秋草，此四异也。
>
> 所以自力为叙，遗之好事云。

沉痛而冷静，却未见悲伤，自具风骨。这篇文章的写作模式后来有不少人模仿，清代扬州学派的大师汪中的那篇《自序》尤为杰出，他说自己同刘孝标相比，有四同五异，情形更糟。文章的首尾写道：

> 昔刘孝标自序平生，以为比迹敬通，三同四异。后世诵其言而悲之。尝综平原之遗轨，喻我生之靡乐，异同之故，犹可言焉。

---

① 冯衍的事迹详见《后汉书》卷二十八本传。其人幼有奇才，九岁能诵《诗》，二十博通群书，王莽时诸公多举荐，辞不肯仕。后参加推翻新莽的斗争，刘秀以其来迟，只安排为曲阳令，有功当赏，而因谗不行。终于被废，贫病而死。有著作五十篇，其中有题作《自序》者。

夫亮节慷慨，率性而行，博极群书，文藻秀出，斯惟天至，非由人力，虽情符曩哲，未足多矜。余玄发未艾，野性难驯。麋鹿同游，不嫌摈斥。商瞿生子，一经可遗。凡此四科，无劳举例。

……

嗟乎，敬通穷矣，孝标比之，则加酷焉，余于孝标，抑又不逮。是知九渊之下，尚有天衢；秋荼之甘，或云如荠。我辰安在？实命不同。劳者自歌，非求倾听；目瞑意倦，聊复书之。

中间两大段文章分别说自己与刘孝标的四同五异，写尽了他一生的辛酸，令人不忍卒读。汪中对中古时代的文章下过很深的功夫，刘孝标是他崇敬的人物，难怪他的文章比扬州学派中其他各位都显得更为高明①。

---

① 参见顾农《君子和而不同——扬州学派内部文学观的差异》，《中国典籍与文化》2014 年第 3 期。

二十九　江淹

南朝作家江淹(字文通,444～505)虽然只活了六十二岁,却经历了宋、齐、梁三个王朝;他成名甚早,后来有点赶不上新的文学潮流,而又非常畏惧残酷的高层恶斗,遂自称"才尽",韬晦自保,成为一个著名的典型。稍前鲍照也曾玩过显得才华消退这一手,那是为了防止得罪自我感觉良好的帝王,江淹的计谋则要复杂得多,名气也更大。

江淹的《恨赋》《别赋》以及《杂体诗三十首》在文学史上久享盛名,大大超过一般南朝作家。

一

江淹祖籍济阳考城(今河南兰考),少年时代生活在南徐州京口,他同老作家鲍照一样,可以说是镇江人。江淹曾长期辗转于刘宋诸王的幕府,其中追随喜欢养士的建平王刘景素(452～476)时间最长。他早年当过刘景素的老师,后来长时间在他手下任职。

建平王刘景素于泰始二年(466)九月为南兖州刺史;三年(467)八月,改任丹阳尹,后又为吴兴太守;泰始五年(469)十二月为湘州刺史;泰始七年(471)二月为荆州刺史。荆州(今属湖北)是长江上游的重镇,在东晋南朝地位极端重要,荆州刺史乃是"分陕"重任;可惜他在这个位置上呆得不长,到第二年(泰豫元年〔472〕)四月就由镇东将军蔡兴宗接替了。当景素任南兖州(治所在广陵,即今江苏扬州)刺史时,江淹以宾客身份在他手下效劳,其间一度以受贿罪下狱,而其实是一冤枉。《南史·江淹传》载:"宋建平王景素好士,淹随景素在南兖州。广陵令郭彦文得罪,辞连淹,言受金。淹被系狱,自狱中上书。……景素览书,即日出之。"此事江淹本人也曾有所记载,说他在建平王刘景素手下时年纪尚轻,"倜傥不俗,或为世士所嫉,遂诬淹以受金者;将及抵罪,乃上书见意而免焉"(《自序》)。这一份狱中上书就是著名的《诣建平王上书》(《文选》卷三十九),略云:“下官本蓬户桑枢之人,布衣韦带之士,退不饰诗书以惊愚,进不买名声于天下。……不图小人固陋,坐贻谤缺,迹坠昭宪,身恨幽圄,履影吊心,酸鼻痛骨。下官闻亏名为辱,亏形次之,每一念来,忽若有遗。加以涉旬月,迫秋季,天光沉阴,左右无色,身非木石,与狱吏为伍。……”

在扬州的不幸遭遇让江淹得到一个教训,没有正当的头衔长期在诸侯王身边充当宾客是不行的,于是回户籍所在地南徐州,泰始三年(467)或其稍后举为秀才,经过考试,得上第,此后一度到雍州担任巴陵王刘休若的右常侍,算是正式进入官场;但不到一年即离去,重新依附建平王刘景素,以至追随他入湘州、荆州。

与江淹一起举秀才并一度成为同僚的是他的好友袁炳(叔明)。袁炳去世以后,江淹作《伤友人赋》,其中说起他们的交往,有云:“余幼好于斯人,乃神交于一顾。……拾图兮昭籍,抽经兮阅史。共检兮洛书,同析兮河纪。既思游兮百说,亦穷经兮万里。爱诗文之绮发,赏赋艳兮锦起。罄古今之宝赜,殚竹素之琛奇。信朝日之徒昃,属夜星之空移。揽秋实于西苑,摘春华于东池。蚤同岁于上京,未满年于下国。尔湘水兮深沉,我前山兮眇默。惟音华与书酒,伊楚越兮南北。”可知他们很早就订交,曾经一起读书,后来又同时被举荐,又曾短期地同事,但不足一年就分手了。据江淹《袁友人传》,江淹与袁炳为同僚当在袁初出仕时,其时江淹也当过所谓“国常侍”。在此之前江淹举秀才对策上第亦与袁炳同时,此即所谓“蚤同岁于上京”;而江淹充当巴陵王刘休若之常侍之时,应当也就是他与袁叔明共事之日,只是为时甚短,这就是所谓“未满年于下国”了。

从江淹的诗《贻袁常侍》看去,江淹先行离开,袁炳稍后才离开巴陵王。诗云:

> 昔我别楚水,秋月丽秋天。今君客吴坂,春色缥春泉。幽冀生碧草,沅湘含翠烟。铄铄雾上景,懵懵云外山。涉江竟何望,留滞空采莲。驻情光气下,凝怨琴瑟前。珠贝性明润,兰玉好芳坚。不以宿昔阻,怀愧期暮年。

从这首诗来看,江淹离开巴陵王刘休若在泰始四年(468)之秋,袁炳则要迟至第二年春天。江淹离开巴陵王以后,就重新回到景素手下,那时景素为丹阳尹及吴兴太守,稍后景素被任命为湘州刺史,江淹跟着他去上任,但一时还没有正式的职务；一直要到景素为荆州刺史时，才得到一个主簿的职务。在《建平王让右将军、荆州刺史表》一文中，江淹代刘景素写道：

臣闻该秩诏序，匪贤莫能孚其职；端维裂陕，非功无或滥其选。所以轮鞅国典，谛结民纽，五威咸平，四精或训者也。臣践行迷方，试业敝绪，徒以缀采宗莩，承渥帝席。执圭戴笔，亟荷出内。乃至曳组河县，蔑驯羽之化；鸣环京毂，谢批鳞之政。声绩两无，风化双缺。而龟纽未剔，玺书频降。复改册湘区，分瑞衡服。……不悟皇灵再辉，河海重渥，遂逾恒采，忘贲异等，荆门务要，方城任积。……

这里颇多例行公事的假谦虚话头，但其中仍然有可靠的信息。这里就提到景素先前的任职情况，先在朝廷充当太子左卫率，加给事中，这就是所谓“执圭戴笔，亟荷出内”；后来当过南兖州刺史，即所谓“曳组河县”；又当过丹阳尹，因其治所即在首都，所以称为“鸣环京毂”——凡此种种虽然都用了些那时流行的华丽而模糊的公文词汇，但所指倒也分毫不错。这里又提到最近的官职，“改册湘区，分瑞衡服”，当然是指充当湘州刺史①。江淹随建平王刘景素入湘州时还有首《从冠军建平王登庐山香炉峰》，诗云：

广成爱神鼎，淮南好丹经。此峰具鸾鹤，往来尽仙灵。瑶草正翕艳，玉树信葱青。绛气下萦薄，白云上杳冥。中坐看蜿虹，俯伏视流星。不寻遐怪极，则知耳目惊。日落长沙渚，曾阴万里生。藉兰素多意，临风默含情。方学松柏隐，羞逐市井名。幸承光诵末，伏思托后旌。

全篇大抵写景，颇有神仙意趣，大有迎合刘景素之意；从这里最后四句可知江淹先前一度有归隐的表示，但被刘景素招致，于是就“托乘于后车”并且感激不尽了。江淹乐于充当文学侍从之臣。

此诗题下李善注引刘璠《梁典》云：“江淹年二十，以五经授建平王景素，待以客礼。”可知早在大明七年(463)左右，江淹已结识建平王，且有授经之雅；等到刘景素为南兖州刺史时，江淹“窃慕大王之义，复为门下之宾”(《诣建平王上书》)，实际上是利用旧关系到这里来谋出路。但不久就发生了遭人诬

---

① 近人或以为刘景素未到湘州上任，引证《南齐书·江谧传》：“出为冠军长史、长沙内史，行湘州事。政治苛刻……征还，明帝崩，遇赦得免。”即据以得出建平王任湘州刺史期间，实由江谧代行州事，他本人并未之镇的结论。其实江谧不过是在新的刺史未到任之前短期代行其职而已，否则正史中所载之任免事项将无法解释。

告“受金”(贪污受贿)并因此下狱的事件,遂离开这里,谋求功名,另寻主公,由于他追随了刘休若一段时间以后,这位巴陵王出了问题,于是只好又折回到刘景素这里来。这回是自己跑回来的,一时没有正式的职务,所以要可怜巴巴地说什么“伏恩托后旌”了。

《南史》本传说江淹“再迁府主簿”,江淹《自序》则明确记为“寻举南徐州桂阳王秀才,转巴陵王右常侍,右军建平王主簿,宾待累年”,江淹充当建平王刘景素荆州刺史府主簿是平生第二次正式任官,《南史》本传说“再迁”也暗含这一层意思。

江淹为刘景素之主簿当是刘景素任右将军、荆州刺史以后的事情,检江淹集中有《到主簿日诣右军建平王》,由此文可知他长期以来虽然多年追随刘景素但并无正式的职务。文章写道:

> 淹乃庸人,素非奇士。既惭邹鲁儒生之德,又谢燕赵侠客之节,徒以结发卫次,暂闻仁义。常欲永辞冠剑,弋钓畎壑,而身轻恩重,猥奉末光。枉白璧之惠,降黑貂之私,因兹感激,未能自反。负金羁于淮吴,从后车于河楚,竟不能曜丹臒,腾英声,绝白云,负苍梧,至可知矣。不谓咸池再晖,瑶光重照,开高天之慈,布厚地之施。承命以惊,巡走且失。淹闻古人为报,常有意焉。至乃一说之效,齐王动色;一剑之感,赵王解衣。孤心迥概,有陨自天。

此文可能已有残缺,但仍然包含着丰富的信息。所谓“结发卫次”指自己早年授建平王五经事,用词非常谦恭;所谓“负金羁于淮吴”则指刘景素任南兖州刺史时自己已随侍于此,“从后车于河楚”亦指此事,两句互文见义,骈体文往往有如此写法。文章中说,那时自己没有正式的官职;而今天承蒙建平王关照给了自己一个正式的职务(主簿),兴奋感激之至,必将有所报答。主簿乃是州一级政府中居于第三位的属员,主管文书,《宋书·百官志下》云,刺史官属“今有别驾从事史、治中从事史、主簿、西曹书佐、祭酒从事史、议曹从事史、部郡从事史,自主簿以下,置人多少,各随州,旧无定制也”。可见州主簿并不是一个什么了不得的官,而江淹却如此兴奋,其心事固已分明可见。“永辞冠剑,弋钓畎壑”云云,不过说说而已①。

---

①　他后来又写过一篇《与交友论隐书》,说自己有“不可韦弦者五”,所以当不好官。那只是仕途失意时的牢骚而已,当不得真。

文章最后几句说，自己喜欢直言，可能会得罪人，请大王多加关照，不要怪罪。因为有了直接的上下关系，这一提醒是完全必要的。这时建平王已不复“待之以布衣之礼”（江淹《自序》），所以要讲下级服从上级了。这几句真所谓不幸而言中，后来江淹果然因为敢于直谏，得罪了业已追随八年之久的刘景素①，于元徽二年（474）被打发到建安郡（治所在今福建建瓯）吴兴县（今福建浦城）去当县令小官。

刘宋末年政局混乱，建平王刘景素颇欲谋取中枢大权，江淹是他的老部下，反复劝谏，以为不可；于是刘景素策划于幕后，当轴遂将江淹黜为吴兴令。江淹在浦城的三年（元徽二年474～元徽四年476）乃是江淹政治上最倒霉、思想上最痛苦而创作上最繁荣的年头。

有一个传说故事，说浦城城西门外有孤山，江淹在这里做过一个梦，梦见神人授之以五彩笔，所以孤山亦称梦笔山，山上有江淹祠②。这一好梦有一定的历史文献依托③，而后人又有所加工，虽非信史，却可以曲折地表明他在这里获得了创作上的丰收。

元徽四年（476）七月，刘景素举兵造反，立即失败，同月伏诛。此时掌握了兵权的萧道成辅政，将江淹请去，从此他的官运亨通；479年萧道成代宋自立，国号齐；江淹成为开国重臣，萧道成的文章也都由他整理成集④——这在当时要算是很重要的政治任务。江淹此后的心力都用于仕途，自己的诗文创作不复措意。这时他才三十多岁，即已“江郎才尽”了。

关于江淹中年以后创作水平急剧下滑，低迷至死，无从挽回的情形，据说

---

① 江淹在元徽二年（474）作《被黜为吴兴令辞笺诣建平王》，其后半云：“窃思伏皂九载，齿录八年，以春以秋，且思且顾。竟不能抑黑质，扬赤文，抽精胆，报慈光。而自为臃肿之异木，卒成踊跃之妖金。所谓孽由己作，匪降自天。犹沐造化余灵，宥以遐邑。方蒙被霜露，裹粮渊岛。凿山楹为室，永与鼋鼍为群。犹蹶者不忘起，盲者不忘视。况罪溢朔方，尚驻一等之刑；咎过朱崖，犹缓再重之施。金石无知，何以识答？昔河济荆吴，必获陪从，京辅关毂，长奉帷席，德音在耳，话言如昨。淹乃梁昌，自投东极，晨鸟不飞，迁骨何日？一辞城濠，旦夕就远。白云在天，山川间之。眷然西顾，涕下若屑。”本文全面回顾了自己追随建平王的经历，有“伏皂九载，齿录八年”这一总结性的提法。查江淹自泰始二年（466）到南兖州依附刘景素至今，正是九个年头；而其间曾经回故乡求功名，又曾一度去巴陵王手下效力，加起来约一年，直接在刘景素手下者则为八年。

② 详见陈庆元《中古文学论稿》，天津人民出版社1992年版，第193、194页。

③ 唐人写本类书中记载过“江淹少时，梦见人与五色笔，因此有文章”，参见曹旭《诗品研究》，上海古籍出版社1998年版，第161页。

④ 《南史·齐本纪上》：高帝萧道成“所著文，诏中书侍郎江淹撰次之”。

有一个著名的梦在其间起到关键性的作用。钟嵘《诗品》中品江淹条载：

> 初，淹罢宣城郡，遂宿冶亭，梦一美丈夫自称郭璞，谓淹曰："我有笔在卿处多年矣，可以见还。"淹探怀中，得五色笔以授之。尔后为诗不复成语。故世传江淹才尽。

五色彩笔得而复失，于是写不出好诗了。这里的记载虽出于钟嵘，其原始出处当在江淹本人。他自己不说，别人何从知道？名人轶事容易传播，钟嵘是一位态度严谨的学者，必不至于为江淹捏造什么怪梦，《诗品》中记载了不少诗人轶事，大抵切实可信，因此能"传为口实，用作词藻"①；钟嵘的时代与江淹从事文学活动相去不远，所载必有比较可靠的依据。

事实上萧齐初年以后，江淹再也没有写出有分量的作品，已有才降之势；到齐的第二代即武帝萧赜的永明年间(483—493)，其才尽的态势更为明显，钟嵘《诗品》中品沈约条云："永明相王爱文，王元长等皆宗附之。于时谢朓未遒，江淹才尽，范云名级故微，故约称独步。"据《梁书·江淹传》，江淹罢宣城郡在明帝建武四年(497)，已在永明间人们普遍认为他才尽以后的十年左右。

看来《诗品》所载之才尽之梦无非是江淹本人发布的新闻，他在创作水平明显下降的多年以后，干脆自己出来正式承认"才尽"，宣布淡出文坛。

后来《南史·江淹传》除去复述此一原生性的梦以外，又记载了另一个梦：

> 淹少以文章显，晚节才思微退，云为宣城太守时罢归，始泊禅灵寺渚。夜梦一人自称张景阳，谓曰："前以一匹锦相寄，今可见还。"淹探怀中，得数尺与之。此人大恚曰："那得割裁都尽！"故见丘迟，谓曰："余此数尺既无所用，以遗君。"自尔淹文章踬矣。

张协(景阳)索锦，不过是郭璞索笔的翻版；这个唐人所记之新梦看来不过是《诗品》所记原梦的衍生物，并没有提供什么新的信息，意思不大；不过这里提到的做梦之日也是江淹罢去宣城太守之时，仍然值得注意。

江郎才尽的原因以及他自行宣布的时间，都包含着丰富的信息。

江淹后来官当大了，不再有早年的生活经历和人生感受，"及名位益登，尘务经心，清思旋乏"(姚鼐《惜抱轩笔记》卷八)，无心创作，也无暇创作；而且他对于凭文章传世而不朽兴趣不大，曾经说过"人生当适性为乐，安能精意苦

---

① 钱锺书《管锥编》第4册，第1450页。

思，求身后之名哉？故自少及长，未尝著书，惟集十卷，谓如此足矣”（《自序传》）；从文风的变迁来说，他的作风还是刘宋时代流行的那一套；后来文风变化，特别是永明中新体勃兴，讲究声病，文学语言以平浅为高，新派人物追求的是“三易”：“易见事，一也；易诵读，二也；易识字，三也”（《颜氏家训·文章》），江淹不能适应这一新潮，于是显出才尽的样子。江淹较早就写出了代表作《恨赋》《别赋》，已是难以超越的高峰，即使他才思不减于前，恐怕也难免要呈现“才尽”之态。

永明体的大本营在竟陵王萧子良的西邸，有所谓“八友”，而江淹与他们来往甚少，不在其列[①]。他离开了当时文学的主潮，仍然守着古老的规范，太重视模仿前代名作而相对忽视出新，可能也是“才尽”的一个重要原因。

江淹在宣城太守罢归之时的建武四年(497)公开表明自己已经“才尽”，亦即宣布淡出文坛，有着深刻的用心。江淹其人政治上非常敏感，判断力极佳，先前他坚决劝阻建平王刘景素反叛，认为必败无疑，这一判断后来得到充分的证明。他为萧齐开国之君萧道成提出不少主意，大有谋划之功，因此很得到信任，“是时军书表记，皆使淹具草”（《梁书·江淹传》）；后来，“永元中，崔慧景举兵围京城，衣冠悉投名刺，淹称疾不往。及事平，世服其先见”（同上）；后来到萧衍起兵夺取齐政权时，江淹迅即投奔萧衍：凡此种种无不表明其人政治感觉之敏锐，判断之准确，所以他能在复杂多变的政局中保住自己，甚至还能不断升迁。

他在建武四年(497)忽然自称“才尽”，决不仅仅是谦虚，而必有深意存焉。

这里的奥妙须从永明年间说起。当时除皇帝萧赜（武帝）、太子萧长懋而外，萧子良是最重要的人物。子良是齐武帝的次子，他开西邸广招文士，始于

---

① 检齐梁文学文献，“八友”中大抵无江淹，只有萧绎《金楼子·说蕃篇》曾偶一提及江淹与萧子良的关系。他写道，竟陵王“居鸡笼山西邸，集学士抄《五经》、百家，依《皇览》例为《四部要略》千卷。招致名僧，讲论佛法，造经呗新声，道俗之盛，江左未有也。好文学，我高祖（萧衍）、王元长、谢玄晖、张思光、何宪、任昉、孔广、江淹、虞炎、何宪、周颙之俦，皆当时之杰，号‘士林’也”。这里提出的名单与通常所谓“竟陵八友”颇有出入，所以一般认为不尽可信。但这一记载仍然是很有意义的，江淹与萧子良及其“八友”不可能完全绝缘，当时的文坛就那么大，不可能碰不到，问题在于交往的频率和深度。从诗歌赠答的情况来考察，“八友”间往来活动频繁，友情深厚，而江淹集中则甚少有这方面的信息，由此似可推知江淹与竟陵王西邸虽然并非完全绝缘，但来往不多。这种情形与江淹曾是萧嶷的僚佐有关，但也可见他对萧子良及其西邸诸文人学士大有回避之意。他过去吃过追随藩王的苦头，不想重蹈覆辙。

永明二年(484),数年后达到极盛;此时他的军政头衔有护军将军,兼司徒,领兵治佐,侍中如故,镇西州。据《南齐书·武帝纪》载,永明五年(487)时中枢的主要人事安排是:“以太尉豫章王萧嶷为大司马,车骑将军竟陵王子良为司徒,骠骑将军临川王映、卫将军王俭、中军将军王敬则并号开府仪同三司。”是此时朝廷中以萧嶷、萧子良为两大台柱,而子良宾客繁盛如此,这就使他显得身份和地位都相当特殊。永明十年(492)萧嶷薨,子良领尚书令,又兼扬州刺史,权力高度集中。永明十一年(493)正月,太子萧长懋薨,四月,其子萧昭业被立为皇太孙。七月,武帝萧赜病危,有遗诏云:“始终大期,圣贤难免。吾行年六十,亦复何恨。但皇业艰难,不能无遗虑耳。太孙进德日茂,社稷有寄。子良善相毗辅,思弘道治;内外众事无大小,悉与(萧)鸾参怀共下意。……”这里提出宗室成员、左仆射萧鸾同为顾命,显然有制约子良之意。但此时萧鸾的地位与子良完全不能相提并论,而且武帝病危时,子良已奉诏“甲仗入延昌殿侍医药”(《南齐书·武十七王传》),并命令萧衍、萧懿、王融、刘绘、范云等人入为“帐内军主”(《南史·梁本纪》),几乎已经控制了中枢;而萧鸾却进入不了这里。

在这样极其有利的情况下,与萧子良关系最为密切的王融(元长)策划了一场政变:他以武力阻止合法继承人萧昭业入宫,而谋立子良为帝,《南史·王融传》云“武帝病笃暂绝,子良在殿内,太孙未入;融戎服绛衫,于中书阁门口断东宫仗不得进,欲矫诏立子良,诏草已立,上重苏,朝事委西昌侯(萧)鸾”;在这一紧急关头,相对更有实力的萧衍不赞成王融的做法,与萧鸾站在一边,使王融的谋划破产。武帝薨,萧鸾强行入宫,“奉太孙登殿,命左右扶出子良”(《南史·王融传》)。于是形势急转直下,萧昭业为帝,王融下狱,处死。萧子良见死不救,也没有力量来救,新皇帝萧昭业“深忌子良”,将他调出首都,子良不久即郁郁而死,时年三十五岁。“帝常虑子良有异志,及薨,甚悦”(《南齐书·武十七王传》)。

在一场惊心动魄的政变、反政变以后,大权全归萧鸾;不久萧鸾废昭业,另立昭业之弟海陵王昭文,稍后又废之,自己以萧道成第三子的身份人纂立为帝(明帝)。以上的几步都是在一年(494)之内完成的,所以这一年换了三个年号:隆昌、延兴、建武,这在中国历史上是不多见的。萧鸾其人“性忌多虑,故亟行诛戮”(《南齐书·明帝纪》),反政变得手以后,特别是称帝以后大杀宗室嫡系,内忧外患接踵而至,政局进入新的混乱之中。

江淹一向与竟陵王萧子良关系疏远,没有介入永明末年的政治纠纷;反而凭着官场的惯性稳坐原位，始终太平无事，甚至还有所升迁。他这样老成练达，与他年辈较高阅历甚多大有关系。在刘宋时代他已经多次见过皇室成员的互相残杀，他本人打过交道的藩王，大抵不得善终：他最早为始安王刘子真的幕僚，不久子真被赐死（泰始二年〔466〕）；后入建平王刘景素幕，长期追随其人，景素最后以谋反被处死（元徽四年〔476〕）。亲身经历的血的教训使得江淹在入齐以后非常小心，他与竟陵王萧子良及其周围的"八友"甚少来往，其深层原因似即在此。江淹在亲眼所见的血的教训中学会了如何保护自己。

江淹没有介入武帝驾崩前后的政治阴谋，此后他与实际掌握政权的萧鸾保持着良好的关系，但也注意保持距离。《梁书·江淹传》云："永明初，迁骁骑将军，掌国史。出为建武将军、庐陵内史。视事三年，还为骁骑将军，兼尚书左丞，寻复以本官领国子博士，少帝初，以本官兼御史中丞。时明帝作相……明帝即位，为车骑临海王长史。俄除廷尉卿，加给事中，迁冠军长史，加辅国将军。出为宣城太守，将军如故。在郡四年，还为黄门侍郎、领步兵校尉，寻为秘书丞。"江淹当官相对谨慎，任御史中丞时颇有政绩，但他的"当官而行"的背后似有深刻的忧虑。这些年正是萧鸾杀人如麻的恐怖时期，据《南齐书·郁林王纪》，在萧鸾杀新皇帝萧昭业的前后即隆昌元年（494）七月，又杀了他的亲信曹道刚、朱隆之，"余党亦见诛"；据《南齐书·海陵王纪》，在萧昭文当傀儡皇帝期间，亦即延兴元年（494）的下半年，萧鸾再次大开杀戒的情形是：

> 九月……癸未，诛新除司徒潘阳王锵、中军大将军随郡王子隆。遣平西将军王广之诛南兖州刺史安陆王子敏。于是江州刺史晋安王子懋起兵，遣中护军王玄邈讨之。……又诛湘州刺史南平王锐、郢州刺史晋熙王銶、南豫州刺史宜都王铿。
>
> 十月……戊戌，诛新除中军将军桂阳王铄、抚军将军衡阳王钧、侍中秘书监江夏王锋、镇军将军建安王子真、左将军巴陵王子伦。

萧鸾登上帝位以后，依然杀气腾腾，据《南齐书·明帝纪》，其主要记录有：

> 六月壬戌，诛领军将军萧谌、西阳王子明、南海王子罕、邵陵王子贞。（建武二年〔495〕）
>
> 正月……丙辰，尚书令王晏伏诛。（建武四年〔497〕）
>
> 正月……丁未，诛河东王铉、临贺王子岳、西阳王子文、衡阳王子峻、

南康王子琳、永阳王子珉、湘东王子建、南郡王子夏、桂阳王子粲、巴陵王昭秀。

四月……丁卯，大司马、会稽太守王敬则举兵反。五月壬午，遣辅国将军刘山阳率军东讨。乙酉，斩敬则，传首。（以上永泰元年〔498〕）

永泰元年(498)七月，这位杀人狂皇帝萧鸾死。他所杀的不是宗室就是重臣。萧鸾在位期间，江淹有四年任宣城太守，远离首都，他又不是什么大人物，过去与萧鸾关系不错，所以是安全的；但等到他从宣城回来，将担任黄门侍郎、领步兵校尉时，首都一片血雨腥风，死的人实在是太多了，江淹显然深恐卷入政治漩涡，因文字而得祸。“竟陵八友”死的死，在外地的在外地，首都的大手笔仍然非他莫属。在政局纷纭的时候，少不了要有大批的文字工作要做，这是很可怕的①。于是他宣布自己做了一个才尽之梦，以后不能写文章了。不动笔总是要安全得多。

萧鸾死后，其次子萧宝卷(东昏侯)继立，其人荒唐胡闹之至，从此政局更为混乱。不久辅军大将军、扬州刺史萧遥光在首都造反，战争就在宫墙外进行，此后的局面简直不成体统。江淹仍然当他的秘书监，但他的态度极可注意，《梁书》本传写道：

东昏末，淹以秘书监兼卫尉，故辞不获免，遂亲职。谓人曰：“此非吾任，路人所知，正取吾空名耳。且天时人事，寻当翻覆。……”顷之，又副领军王莹。及义师至新林，淹微服来奔，高祖(萧衍)板为冠军将军，秘书监如故，寻兼司徒左长史。

秘书监掌国之典籍图书，这倒也罢了，卫尉的职责是“掌宫门屯兵”(《隋书·百官志上》)，在此时是极其危险的差事。江淹分明感到先前积累起来的“空名”已经成为自己的一累。抛弃名声正是他曾经努力过的，宣布“才尽”即为其中的重要一环，但尚未完全奏效。他又分明感到“天时人事”行将发生巨变，很快就作出了改换门庭的选择，其反应之灵敏、行动之神速，都极为可观。

把这些前前后后的表现联系起来看，他先前宣布怪梦，自称“才尽”，既可

---

① 试举一例以明之，当萧鸾废郁林王萧昭业后，被封为宣城郡公，依例上表谦让，其文由任昉执笔，他在《为齐明帝让宣城郡公第一表》(《文选》卷三十八)中说了几句老实话，萧鸾即“恶其辞斥，甚愠；昉由是终建武中，位不过列校”(《梁书·任昉传》)。清人谭献评此事曰：“代言反以获咎。颠危之世，不合以文字事人，君子慎之。”时局不宁不合以文字事人的道理，江淹显然早已深有所悟。

以体面地解释创作水平何以下降，又可以降低知名度从而远祸全身，难道还不够用心良苦吗？才华横溢、“文辞辩捷”（《南齐书·王融传》）的著名才子王融二十几岁就死于他发动的政变之中，另一位才华横溢、“文章清丽”（《南齐书·谢朓传》）的才子谢朓三十几岁亦死于非命；唯有早已自称“才尽”的江淹能苟全性命甚至不失其富贵于乱世，诚所谓大智若愚者矣。江淹临死前不久对子弟说：“吾本素宦，不求富贵，今之忝窃，遂至于此。平生言止足之事，亦已备矣。人生行乐耳，须富贵何时。吾功名既立，正欲归身草莱耳。”这话大约真假参半，就其每有“止足”之意，注意保护自己而言，是真的；否则他怎么会自称“才尽”？

像江淹这样韬晦逃名的文人，古今时时有之，例如与江淹齐名而略早的鲍照就是一个。《宋书·临川烈武王道规传附鲍照传》云，宋孝武帝刘骏好为文章，“自谓物莫能及。照悟其旨，为文多鄙言累句，当时咸谓照才尽”。鲍照付诸行动而不出宣言，殆所谓无声胜有声；江淹从此少作文章而公开一个怪梦以为解释，则能有效地防止可能产生的猜疑，后退得很有章法。一般来说，文人唯恐其才少名低，而一流人物如江、鲍却一反其道而行之，时事艰难，从可知矣。文人的悲剧有种种，中古时代被枉杀的甚多，江淹说是“不求富贵”，其实与保住已有的名位富贵正不无关系，当然他首先要保住的还在自己的身家性命以及清白正当的旧日名声。鲁迅先生说过：“逃名，固然也不能说是豁达，但有去就，有爱憎，究竟总不失为洁身自好之士。”①借此来品题江淹，似乎也是合适的。

入梁以后，江淹已是齿德俱尊，最后当到金紫光禄大夫，封醴陵伯，去世时梁武帝萧衍为素服举哀，谥曰“宪”。中古作家获此哀荣者不多，自称“才尽”的优越性有如此者。

二

江淹是一位创作上的多面手，辞、赋、诗、文无不擅长，其中成就最高也最为知名的是他的赋。

江淹赋现存近三十篇，其中包括曾被选进萧统《文选》（卷十六）的《恨赋》和《别赋》，就内容而言，前者尤为重要，钱锺书先生说得好：“《别赋》乃《恨赋》

---

① 《且介亭杂文二集·逃名》，《鲁迅全集》第6卷，第397页。

之附庸而蔚为大国者，而他赋之于《恨赋》，不啻众星之拱北辰也。”[①]但就艺术水平而言，《别赋》似乎更高。

《恨赋》一开始就写道：“试望平原，蔓草萦骨，拱木敛魂。人生到此，天道宁论。仆本恨人，心惊不已。直念古者，伏恨而死。”所谓“恨人”，就是有很多伤心遗憾之事的人，这正是交了他自己的底。

《恨赋》采用一种按类型进行简化描述的方式来结构全文，每种类型只有不多几句话，但文采斐然，朗朗上口，使读者印象很深，容易记诵：

> 假如秦帝按剑，诸侯西驰；削平天下，同文共规。华山为城，紫渊为池。雄图既溢，武力未毕。方架鼋鼍以为梁，巡海右以送日。一旦魂断，宫车晚出。
>
> 若乃赵王既虏，迁于房陵。薄暮心动，昧旦神兴。别艳姬与美女，丧金舆及玉乘。置酒欲饮，悲来填膺。千秋万岁，为恨难胜。
>
> 至如李君降北，名辱身冤。拔剑击柱，吊影惭魂。情往上郡，心存雁门。裂帛系书，誓还汉恩。朝露溘至，握手何言？
>
> 若夫明妃去时，仰天太息。紫台稍远，关山无极。摇风忽起，白日西匿。陇雁少飞，代云寡色。望君王兮何期？终芜绝兮异域。
>
> 至乃敬通见抵，罢归田里。闭关却扫，塞门不仕。左对孺人，顾弄稚子。脱略公卿，跌宕文史。赍志没地，长怀无已。
>
> 及夫中散下狱，神气激扬。浊醪夕引，素琴晨张。秋日萧索，浮云无光。郁青霞之奇意，入修夜之不旸。
>
> 或有孤臣危涕，孽子坠心。迁客海上，流戍陇阴。此人但闻悲风汩起，泣下沾襟。亦复含酸茹叹，销落湮沉。
>
> 若乃骑叠迹，车屯轨，黄尘匝地，歌吹四起。无不烟断火绝，闭骨泉里。

这里列举了八种类型：终不能免于一死的大帝、被囚禁的诸侯、战败的大将、远嫁的宫女、失意的隐士、持异见的高人、被流放的官员、默默无闻客死他乡的人们。……他们有许多不同，而最终是一样的死亡。所以赋的最后说：“已矣哉！春草暮兮秋风惊，秋风罢兮春草生。绮罗毕兮池馆尽，琴瑟灭兮丘垄平。自古皆有死，莫不饮恨而吞声。”

---

① 钱锺书《管锥编》第 4 册，第 1411 页。

死亡确实是所有人的归宿，不管你身前多高的地位，也不问你有什么经历。

许梿《六朝文絜》(卷一)评《恨赋》曰："通篇奇峭有韵，语法俱自千锤百炼中来，然却无痕迹。至分段叙事，慷慨激昂，读之英雄雪涕。"又说："亟读数过，不异冷水浇背，热心顿解。"可谓知言。

在江淹所说的八种情形中也有指名道姓的。汉代的冯衍和魏晋之际的嵇康，前者被罢官，不得已而隐居，后者被逮捕，很冤枉地死于非命——这些当然是写古人，但江淹本人正有着类似的遭遇，他在扬州曾莫名其妙地下过一次监狱，遂与冯、嵇二公同病相怜，格外动情。由此可见，他之所以能写出这样令读者惊心动魄的千古名篇，固然因为他具有高度的文学修养，同时也与他本人有过许多恨事有关，并非无病呻吟，恰是夫子自道。

离别，特别是远离别长离别，乃是仅次于死亡的人生恨事，《别赋》先总起写道："黯然销魂者，唯别而已矣！况秦、吴兮绝国，复燕、宋兮千里。或春苔兮始生，乍秋风兮暂起。是以行子肠断，百感凄恻。风萧萧而异响，云漫漫而奇色。舟凝滞于水滨，车逶迤于山侧。棹容与而讵前，马寒鸣而不息。掩金觞而谁御，横玉柱而沾轼。居人愁卧，恍若有亡。日下壁而沉彩，月上轩而飞光。见红兰之受露，望青楸之罹霜。巡层楹而空掩，抚锦幕以虚凉。知离梦之踯躅，意别魂之飞扬。"然后也采用区分类型、逐一概括描写的方式来安排行文，但这里不再说那些具体的人，而完全取典型的情境：

> 故别虽一绪，事乃万族。
>
> 至若龙马银鞍，朱轩绣轴。帐饮东都，送客金谷。琴羽张兮箫鼓陈，燕赵歌兮伤美人。珠与玉兮艳暮秋，罗与绮兮娇上春。惊驷马之仰秣，耸渊鱼之赤鳞。造分手而衔涕，各寂寞而伤神。
>
> 乃有剑客惭恩，少年报士。韩国赵厕，吴宫燕市。割慈忍爱，离邦去里。沥泣共诀，抆血相视。驱征马而不顾，见行尘之时起。方衔感于一剑，非买价于泉里。金石震而色变，骨肉悲而心死。
>
> 或乃边郡未和，负羽从军。辽水无极，雁山参云，闺中风暖，陌上草熏。日出天而耀景，露下地而腾文。镜朱尘之照烂，袭青气之烟煴。攀桃李兮不忍别，送爱子兮沾罗裙。
>
> 至如一赴绝国，讵相见期。视乔木兮故里，诀北梁兮永辞。顾左右兮魄动，视亲宾兮泪滋。可班荆兮增恨，唯樽酒兮叙悲。值秋雁兮飞日，

当白露兮下时。怨复怨兮远山曲，去复去兮长河湄。

又若君居淄右，妾家河阳。同琼佩之晨照，共金炉之夕香。君结绶兮千里，惜瑶草之徒芳。惭幽宫之琴瑟，晦高台之流黄。春闺闷此青苔色，秋帐含兹明月光；夏簟青兮昼不暮，冬釭凝兮夜何长？织锦曲兮泣已尽，回文诗兮影独伤。

傥有华阴上士，服食还仙。术既妙而犹学，道已寂而未传。守丹灶而不顾，炼金鼎而方坚。驾鹤上汉，骖鸾腾天。暂游万里，少别千年。惟世间兮重别，谢主人兮依然。

下有芍药之诗，佳人之歌；桑中卫女，上宫陈娥。春草碧色，春水渌波。送君南浦，伤如之何！至乃秋露如珠，秋月如珪。明月白露，光阴往来。与子之别，思心徘徊。

这里历叙了七种不同的情形：士大夫的分手、剑客杀手的远行、壮士从军与亲人告别、去国者诀别故乡、夫妇分飞、求仙者入山、情人间的别离，最后总结说："是以别方不定，别理千名。有别必怨，有怨必盈。使人意夺神骇，心折骨惊。虽渊、云之墨妙，严、乐之笔精；金闺之诸彦，兰台之群英；赋有凌云之称，辨有雕龙之声，讵能摹暂离之状，写永诀之情者乎？"

从结构上来说，作为抒情小赋的《恨赋》《别赋》都比较单纯朴素，篇幅也不长；它们吸引读者的地方在于在叙述每一种类型的时候，选取最典型的"镜头"，用精炼而华丽的辞藻予以贴切的表达，其中多见深有体会的语句，例如写不得已的隐士，《恨赋》用"左对孺人，顾弄稚子。脱略公卿，跌宕文史"这样四句写他们的生活内容，极得要领，鲍照《拟行路难》形容士人失意之态，不就是说"弄儿床前戏，看妇机中织"吗？《别赋》描写炼丹求道之徒义无反顾地入山，用"术既妙而犹学，道已寂而未传"这样两句，把他们的执着和虚妄说得非常透彻，且含有淡淡的讽刺。

江淹其他的一些辞赋，多有与《恨赋》《别赋》相通者，如《待罪江南思江北赋》《哀千里赋》《泣赋》《倡妇自悲赋》之与《恨赋》，《去故乡赋》《青苔赋》之与《别赋》，都大有可以互证之处。这些辞赋写作的先后不可确考，但总可见这两个中心乃是作者念念不忘的母题。

江淹的辞赋遣词平易清丽，用典不多，而造句则偶有奇警之处，如《恨赋》中有"孤臣危涕，孽子坠心"，涕一般总是同坠联系在一起，心则可以说危，而这里似乎故意作错乱的安排；《文选》李善说这是"江氏爱奇，故互文以见意"。

赋中又有“酸鼻痛骨”一语，动宾关系中的动词取使动用法，新鲜生动，后来成了比较固定的词组。《别赋》中有“心折骨惊”句，李善说“亦互文也”。此类所谓“互文”的句法大约是一种陌生化的修辞手段，后人亦颇有模仿者。

江淹的诗以拟古见长，拟谁像谁，而又有自己的创造，这是很大的本领；《诗品》说他“诗体总杂，善于摹拟”——不“总杂”就不能四出仿造了。

江淹的拟古诗既有《效阮公诗十五首》，专门摹拟阮籍一家，而有十五首之多；又有《杂体诗三十首》，摹拟的对象多达三十家。这两组诗都有很高的水平。

《效阮公诗十五首》是写给建平王刘景素的，主题是“明性命之理”（《自序传》），并以此来提出讽谏。那时刘景素有发动军事政变夺取中央大权的意思，江淹认为这是很危险的，绝对动不得。正因为江淹跟自己对着干，刘景素才设法把他打发到偏远的浦城去。《效阮公诗十五首》的格调同阮籍的《咏怀诗》并不完全一样，但说话含蓄之至是相同的，只有“性命有定理，祸福不可禁”（其十三）、“天道好盈缺，春华故秋凋”（其十四）等少数几句比较明朗一点。刘景素读懂了这些诗，所以把江淹给赶走了。

《杂体诗三十首》则没有那种明确的现实目的，而是表达自己对前辈诗人的尊重，说明自己对那些前辈之主导风格及题材的理解。诗前小序说：

> 夫楚谣汉风，既非一骨；魏制晋造，固亦二体。譬犹蓝朱成彩，杂错之变无穷；宫角为音，靡曼之态不极。故娥眉讵同貌，而俱动于魄；芳草宁共气，而皆悦于魂，不其然欤？至于世之诸贤，各滞所迷，莫不论甘则忌辛，好丹则非素。岂所谓通方广恕，好远兼爱者哉？乃及公幹、仲宣之论，家有曲直；安仁、士衡之评，人立矫抗。况复殊于此者乎？又贵远贱近，人之常情；重耳轻目，俗之恒蔽。是以邯郸托曲于李奇，士季假论于嗣宗，此其效也。然五言之兴，谅非夐古。但关西邺下，既以罕同；河外江南，颇为异法。故玄黄经纬之辨，金碧浮沉之殊，仆以为亦各具美兼善而已。今作三十首诗，敩其文体，虽不足品藻渊流，庶亦无乖商榷云尔。

这里表现出他宽广的胸怀，乐于吸收各种营养，他特别批评好丹非素、论甘忌辛的片面性，主张通方广恕、兼收并蓄，这样的意见在中国文学批评史上具有重要的积极意义。

江淹的本领在于对他模拟的对象都有深刻的理解，抓住了他们的主要特色，而且拟得形神兼备。他的若干拟作曾被误认为就是所模仿对象本人的作品，例如他拟陶渊明的那一首，就被误作陶诗，很久以后才被发现；拟休上人一首中有“日暮碧云合，佳人殊未来”，也被认为是汤惠休的佳句①——这是何等的功力！

江淹又颇有描写行旅山水的诗，如《赤亭渚》：

吴江泛丘墟，饶桂复多枫。水夕潮波黑，日暮精气红。路长寒光尽，鸟鸣秋草穷。瑶水虽未合，珠霜窃过中。坐识物序晏，卧视岁阴空。一伤千里极，独望淮海风。远心何所类，云边有征鸿。

写景细致，对仗工稳，但比谢灵运要平易得多了。又如《渡泉峤出诸山之顶》：

岑崟蔽日月，左右信艰哉！万壑共驰骛，百谷争往来。鹰隼既厉翼，蛟鱼亦曝鳃。崩壁迭枕卧，崭石屡盘回。伏波未能凿，楼船不敢开。百年积流水，千岁生青苔。行行讵半景，余马以长怀。南方天炎火，魂兮可归来。

写景颇有可观，行文挺拔，风格近于鲍照，所以历史上有以江、鲍并称者，虽然他们有许多不同，但也有近似之处，活动的年代又略有叠合，很容易被相提并论。

江淹“身历三朝，辞该众体”（张溥《汉魏六朝百三名家集·江醴陵集题辞》），他不但能写辞藻漂亮的骈体文（如前文提到的《诣建平王上书》）和辞赋，也能写行文通脱的散体文——这样的文章稍后被称为“笔”。例如他的《与交友论隐书》云：

淹者，海滨窟穴，弋钓为伍。自度非奇力异才，不足闻见于诸侯。每承梁伯鸾卧于会稽之墅，高伯达坐于华阴之山，心尝慕之，而未及也。尝感子路之言，不拜官而仕，无青组紫绂龟纽虎符之志，但欲史历巫卜，为世俗贱事耳。而飘然十载，竟不免衣食之败。……况今年已三十，白发杂生，长夜辗转，乱忧非一。……请从此隐，长谢故人。若乃登峨嵋，度流沙，餐金石，读仙经，尝闻其验，非今日之所言也。谁谓难知，青鸟明之。贵布笔墨，然亦焉足道哉！

---

① 关于拟陶诗，详见黄庭坚《山谷别集》卷一《跋江文通拟陶渊明诗后》，此事后来被一再提起。吴聿《观林诗话》云：“江文通教李陵等为《杂诗三十首》，内教休上人《怨别》一首，有‘日暮碧云合，佳人殊未来’，后人便以为休上人语。”如此等等。

当时江淹正当一介小官，而且地位岌岌可危，于是在这封信里大发牢骚；后来他虽然并没有归隐，但他的牢骚是真的。江淹长期当秘书，为他的上司写过大量的应用文，都是没有多少感情也没有多大意思（当然，可以作为考证的材料）的官样文章，唯有到了家常体的“笔”里才能说几句真心话，也才能放下他早已掌握得很好的蟒袍玉带式的功架。他的《报袁叔明书》《袁友人传》《自序传》等等也带有这种“不衫不履”的格调。介于骈散之间的文章往往有一种特别的味道。

中国散文中有这样一条非主流的线索：魏晋文章—六朝之“笔”—笔记小说—宋人题跋—明清小品①。南朝不少作家都写过这种“笔”，江淹是其中重要的一位。

① 二十世纪三十年代沈启无在周作人指导下编选过一部晚明至清初的小品文集《近代散文钞》，钱锺书在有关书评里指出，“家常体”散文的特色在于“不衫不履得妙，跟‘极品’文的蟒袍玉带踱着方步迥乎不同”；该体形成于魏晋之世，后来发展而为“文笔”之分中的“笔”，此乃“介乎骈散雅（bookish）俗（vernacular）之间的一种文体，绝非唐以来不拘声韵的‘古文’，韩愈复古，纯粹单行的散文变了正统；骈体文到了清朝方恢复地位，而家常体虽未经承认，却在笔记小说里，在书函里相沿不绝，到苏东坡、黄山谷的手里，大放光明（东坡、山谷的题跋，便是家常体，他作则为‘古文’），此后便数着沈先生所钞的作者们了。”（中书君《〈近代散文钞〉》，《新月》第4卷第7期，1933年6月）这是非常值得注意的一条线。五四运动以来文章高手当推周氏弟兄，鲁迅杂文与魏晋文章关系甚深，周作人的散文与六朝及晚明小品一脉相承，他们都不赞赏唐宋八大家的古文，更不必说明清时代的什么秦汉派、唐宋派、桐城派了。周作人在《近代散文钞》的新序里说过，“中国古文汗牛充栋，但披沙拣金，要挑剔多少真正的好文艺，却是极难的事。正宗派论文高则秦汉，低则唐宋，滔滔者天下皆是，以我旁门外道的眼光看起来，倒还是上有六朝下有明代吧。”

三十　沈约、谢朓及“竟陵八友”中其他成员

一

在南齐的皇帝和诸侯王中，竟陵王萧子良（460～494）是同文学繁荣关系最大的一人。他是齐武帝萧赜的次子，地位仅次于太子萧长懋（458～493）。永明二年（484），子良为护军将军，兼司徒；五年（487）正位司徒，完全站稳了在中枢的地位，遂于鸡笼山（今称鸡鸣山）开西邸，广招宾客。《资治通鉴》卷一三六载：

> 才隽之士，皆游集其门。开西邸，多聚古人器服以充之。记室参军范云、萧琛、乐安任昉、法曹参军王融、卫军东阁祭酒萧衍、镇西功曹谢朓、步兵校尉沈约、扬州秀才吴郡陆倕，并以文学，尤见亲待，号曰“八友”。法曹参军柳恽、太学博士王僧孺、南徐州秀才济阳江革、尚书殿中郎范缜、会稽孔休源亦预焉。……
>
> 子良笃好释氏，招致名僧，讲论佛法，道俗之盛，江左未有。或亲为众僧赋食，行水，世颇以为失宰相体。

后来在文学史上最为重要的是范云等所谓“八友”，此外出入于西邸的还有一些文人[①]。“八友”的提法因为出于后来认定的正史，显得最有权威[②]。

---

① 详见萧绎《金楼子·说蕃篇》。该篇提出的名单与通常所谓“竟陵八友”颇有出入，一般认为不尽可信；但这一记载仍然是很有意义的，当时与西邸有缘分的士人相当多，突出其中哪些人，办法不尽相同。

② 《南齐书·武十七王传》载：“子良少有清尚，礼才好士，居不疑之地，倾意宾客，天下才学皆游集焉。善立胜事，夏月客至，为设瓜饮及甘果，著之文教。士子文章及朝贵辞翰，皆发教撰录。”《梁书·武帝纪》更具体地提到“竟陵王子良开西邸，招文学。高祖（萧衍）与沈约、谢朓、王融、萧琛、范云、任昉、陆倕等并游焉，号曰‘八友’。”

在当时宰相府的宾馆里，充满了文学名士和各路高僧，“都下盛为文章谈义，皆凑竟陵西邸”(《南史·刘绘传》)。这样的大好局面大约维持了五六年。中古时代，爱好文艺的诸侯王历来是文学沙龙的主持人，也是文学活动最重要的赞助人。这种情形一直要到中唐以后才发生根本的变化。

这时“八友”的活动相当丰富。在思想方面，主要是同主张“神灭论”的范缜(450～?)辩论①。在创作方面，则最喜欢同题共作诗赋。

这种活动方式早在建安年间的邺下已颇风行，那时由曹丕挂帅，现在自然由萧子良领头。例如萧子良先作一篇《高松赋》，然后其从弟萧子恪、王俭、沈约、谢朓也各来一篇，王、沈、谢之赋的片段见于《艺文类聚》卷八十八木部上。二萧之大作今佚，他们只是地位高，水平却未见得高，所以后来编类书的学者没有选入。谢朓的一篇因为又收在他本人的集子里，较为完整，或者就是全文亦未可知。萧子良又先作一篇《梧桐赋》(片段见《初学记》卷二十八)，沈约、王融跟进一篇(片段见《艺文类聚》卷八十八木部上)，当然也是应教之作。又如萧子良出一个《拟风赋》的题目，沈约、谢朓、王融就此各写一篇，其片段见于《艺文类聚》卷一天部上，在谢朓的集子中注明是“奉司徒教作”，其他两位当然也是如此。这种命题作文乃是中古时代比较常见的一种形式。

诗的方面情形也差不多是如此。萧子良先作《游仙诗》，手下的文人纷纷奉和，现在可以看到沈约有两首(《艺文类聚》卷七十八灵异部上)，王融有五首(《古文苑》卷九)，据说范云也有同作，已佚。萧子良又有抄书、郡县名、药名等诗，沈约、王融、范云等人也都有奉教之作。如此等等，不必一一细说。

由主公命题或先作一篇然后大家动笔的办法，一般来说不容易写出优秀的作品来，因为这未必是各位作者很想写的东西；但也不能说这样的工作方式就完全没有意义，事实上这对增强有关作者之间的联系、提供相互切磋借鉴的机会、推广某种新的艺术技巧和表现手法等方面都有着积极的作用。

---

① 萧子良笃信佛教，门下高僧也很不少；但来游于西邸的范缜却“盛称无佛”“不信因果”，《梁书》本传说：“此论出，朝野喧哗，子良集僧难之，而不能屈。……子良使王融谓之曰：‘神灭既自非理，而卿坚执之，恐伤名教。以卿之大美，何患不至中书郎，而故乖刺为此，可便毁弃之。’缜大笑曰：‘使范缜卖论取官，已至令、仆矣，何但中书郎耶！’”范缜软硬不吃，还将自己的论点写成一篇《神灭论》。这是需要进一步对付的，所以不仅萧子良本人亲自出马，又组织手下的文人学士一起上阵，于是沈约作《论形神》(《广弘明集》卷二十二，一作《形神论》)，申论因果。后来到梁王朝的天监年间，“神灭”“神不灭”的纷争辩论再起，沈约等前“八友”中有人也写过批评范缜的文章。

文人之间多多互动总是非常有益的。当谢朓要跟着随王萧子隆到荆州去的时候(永明九年〔491〕),他在鸡笼山西邸的友人沈约、范云、王融、萧琛、刘绘、虞炎纷纷写诗送行,这些诗可以说是那时最优秀的一组送别之作,举三首来看:

汉池水如带,巫山云似盖。沣泪背吴潮,潺湲横楚濑。一望沮漳水,宁思江海会。以我径寸心,从君千里外。

——沈约《饯谢文学》

阳台雾初解,梦渚冰裁绿。远山隐不见,平沙断还续。分弦饶苦音,别唱多凄曲。尔拂后车尘,我事东皋粟。

——范云《饯谢文学》

执手无还顾,别渚有西东。荆吴渺何际,烟波千里通。春笋方解箨,弱柳向低风。相思将安寄?怅望南飞鸿。

——萧琛《饯谢文学》

形式上都是所谓“永明体”,讲究声韵的和谐,与后来的五律已经相去不远;而写景抒情,都带一点凄凉的调子,但皆未明言,似乎都有些话不便多说。那时萧齐王室内部已经矛盾重重。在奉教一类作品里,就不会有这种真实而微妙的感情了——那里只须一般对付,多说些套话、好话无妨。“八友”间多有唱和赠答,其中好诗不少。

在文学理论方面,他们注意总结先前的文学史特别是诗歌史(详见沈约《宋书·谢灵运传论》),研究对仗等艺术技巧,特别是深入研究汉字的声调,并将四声的新知自觉地运用于创作,以求作品的音乐美。

尽管萧子良大养其士自有他增加政治资本的意思,但“八友”并非政治集团,而只是文学圈子;他们也不是很固定的圈子,而大抵是身不由己的聚集——他们在西邸的时间有长有短,起讫也不一。尽管如此,这里的文人们确有某些共同的努力,例如讲究声韵并运用于诗歌即为其一;沈约强调的所谓“三易”:易见事,易识字,易读诵(详见颜之推《颜氏家训·文章篇》),也可以说是他们基本认同的共同纲领之一,这些都深刻地影响了一代文风并产生了久远的影响。

永明年间萧子良的地位大有越来越高之势。永明五年(487)时,武帝萧赜的弟弟萧嶷、次子萧子良为朝廷中两大台柱,再加一个太子太子萧长懋,三足鼎立。永明十年(492)萧嶷薨,子良领尚书令,又兼扬州刺史。永明十一年(493)正月,太子萧长懋薨,四月,其子萧昭业被立为皇太孙。七月,武帝萧赜病危,遗诏以萧子良和另一宗室成员、左仆射萧鸾同为顾命大臣。

稍后“八友”之一、与萧子良关系最为密切的王融(467～493)策划了一场政变,谋立子良为帝;而萧鸾则在萧赜断气之时发动反政变,他在萧衍的支持下强行入宫,“奉太孙登殿,命左右扶出子良”(《南史·王融传》)。形势急转直下,萧昭业为帝,王融下狱死。

“八友”中的王融与萧衍在紧急关头态度完全相反。政治赌博中总归是失败者人头落地,成功者获得巨大红利。萧衍后来还有更大的创获。这也表明“八友”并非政治集团,而只是文学圈子,一个影响很巨大很深远的文学圈子。

忽然间失势的子良不久即郁郁而死,时年三十五岁。朝廷为了稳定大局,为他安排了隆重的葬礼。盛极一时的鸡笼山西邸就此彻底烟消云散。

萧昭业本人不久被废,政局从此进入一个日趋混乱、很快走向灭亡的新阶段;南齐文学的黄金时代就此结束。

二

鸡笼山西邸开张之初,延揽的文士大抵是文坛新手,例如太学的一批学生,有虞羲、丘国宾、萧文琰、丘令楷、江洪、刘孝孙等人,集体活动也就是刻烛吟诗之类(详见《南史·王僧孺传》),属于初级阶段;等到沈约(字休文,441～513)、谢朓(字玄晖,464～499)、任昉(字彦升,460～508)等几位文坛大腕陆续进入之后,情况就不一样了。

“八友”中资格最老、地位最高的是沈约,他在诗文创作和理论批评方面的成就和影响都非常大,是当时的文坛领袖;谢朓则是成就最高的诗人,也是后来唐人最为佩服的诗神;任昉也写诗,而尤其是文章大家。《文选》选录现代作家的作品,以他们三位为最多,几乎构成了南齐文学的大半江山。

沈约到萧子良手下来效劳比较早。这位文坛老手早在刘宋末年已进入官场,稍后长期在萧长懋手下任职,当长懋为征虏将军、雍州刺史时,沈约担任他的记室(秘书)兼襄阳令;长懋为太子后,沈约在东宫里任步兵校尉、太子家令等职,又兼著作郎;到永明五年(487),萧子良正位司徒,移居鸡笼山,沈约被调到这里来任右长史,《梁书·沈约传》说:“时竟陵王亦招士,约与兰陵萧琛、琅邪王融、陈郡谢朓、南乡范云、乐安任昉等皆游焉，当时号为得人。”所谓“游焉”指参加这里的活动，其人可能就在司徒府任职，也可能在别的部门，甚至不一定在首都，只是一有机会就参与这里的文学活动。例如其时谢朓先为太子舍人，后为随王萧子隆镇西将军府功曹，转文学；王融先为丹阳丞、中书郎，后为司徒法曹。萧衍曾经一度在子良手下任职，后来则有相当多的时间不在首都。

西邸里最重要的新生事物是四声的发现及其在文学创作中的运用。《南齐书·陆厥传》说“永明末盛为文章，吴兴沈约、陈郡谢朓、琅邪王融以气类相推毂，汝南周颙善识声韵，约等文皆用宫商，以平上去入为四声，以此制韵，不可增减，世呼为‘永明体’。”沈、谢、王都是“竟陵八友”中人，再加上一个语言学家周颙，这四人乃是永明体的领军人物，而永明体在中国诗歌史上的影响几乎怎么估计都不过分。

沈约、王融、周颙等人是怎么把四声研究出来的，现在看不到什么具体材料。陈寅恪先生认为他们得到了“善声沙门”的启发。那时集中在首都建康的僧人有两部分，一是西域来华的胡僧，一是汉地本土出生的和尚，在说唱佛经时，前者无论是念诵（“转读”）还是吟唱（“梵呗”），大抵用梵文；后者则用汉语的译文，而仍依照外域传来的声调。在这样的转换中存在许多必须揣摩研究的问题，甚至需要作出某种创造，“善声沙门”就是这方面的专家。陈寅恪先生说，四声与印度声明论之三声关系很大，只有入声是中国语中一种特殊的声调，于是“中国文士依据及摹拟当日转读佛经之声，分别定为平上去之三声，合入声共计之，适成四声。于是创为四声之说，并撰作声谱，借转读佛经之声调，应用于中国之美化文。”①陈先生又引用《高僧传》卷十三《齐安乐寺释僧辩传》的一段记载：“永明七年二月十九日，司徒竟陵文宣王梦于佛前咏《维摩》一契，便觉韵声流好，著工恒日。明旦即集京师善声沙门龙光普智、新安道兴、多宝慧忍、天保超胜及僧辩等，集第作声。辩传古《维摩》一契，《瑞应》七言偈一契，最是命家之作。”他就此指出：“在此略前之时，建康之审音文士及善声沙门讨论研求必已甚众而且精。永明七年竟陵京邸之结集，不过此新学说研求成绩之发表耳。”②其说甚辩，但他其实未尝提出任何过硬的文献根据，现在也看不到沈约、周颙、王融等热心审音之文士与善声沙门讨论研求的

---

①　陈寅恪《四声三问》，《金明馆丛稿初编》，第 368 页。

②　《金明馆丛稿初编》，第 371 页。

任何具体材料，所以其结论只能说是一个大有意味的假说，尚未足据为典要。沈约等人都信仰佛教，也认识若干高僧，其交往见于文献记载者历历在目；如果他们真的得到某些“善声沙门”的指教或启发，应当留下痕迹，而现在一点也看不到。

沈约等人为什么就不能独立地悟出汉字有四声之分呢？在他们之前，已有孙炎的《尔雅音义》、李登的《声类》和吕静的《韵集》等著作问世，对汉语语音的研究正在走向深入，沈约等人再向前走一步，而无须依靠什么善声沙门，是完全可能的；当然，这也需要有关证据的发现。

将关于这种四声的新学说自觉地运用于诗歌创作，其基本纲领“若前有浮声，则后须切响；一简之内，音韵尽殊；两句之中，轻重悉异”，是沈约在《宋书·谢灵运传论》中提出来的。《宋书》撰写于永明五、六年(487、488)间。早于萧子良忽然产生诵读佛经“觉韵声流好”的新方法，以及永明七年(489)二月底的那次聚会。萧子良和那些京师善声沙门也许已经注意到沈约的高见。

诗歌不仅要有音乐美，各方面都要讲究和谐美好。谢朓主张“好诗圆美流转如弹丸”(《南史·王筠传》)，沈约称赞谢朓诗“调与金石谐，思逐风云上”(《怀旧诗九首·伤谢朓》)。《南齐书·文学传论》形容理想中的文风道：“委自天机，参之史传。思应悱来，勿先构聚。言尚易了，文憎过意。吐金含石，滋润婉切。杂以风谣，轻唇利吻。”沈约等“八友”的诗风，大抵正是这样的派头。

沈约出身于吴兴沈氏，沈氏家族一则比不上著名的“吴四姓”(顾、陆、朱、张)那样显赫，一则沈约的先辈因为卷入政治斗争，有两代人(其曾祖沈穆夫和父亲沈璞)死于非命，挫折太多，不容易占据优势；但从他的祖父沈林子起，这一支沈家非常注意学问和文学创作，到沈约更发扬光大，逐渐成了书香门第，在梁王朝建立以后很卖力地为新朝制礼作乐，更顺势成了新兴的文化-文学贵族，走到了社会的最上层。精神贵族取代门阀贵族乃是南朝的一大趋势和潮流。

沈约在刘宋末年出仕，凭优秀的文才给各路高官当秘书；入齐以后跟随齐武帝萧赜的长子萧长懋(后为文惠太子)，得到比较好的发展机会，稍后又兼任竟陵王、司徒萧子良右长史，并因其年龄、资历和水平，成为西邸文人集团的领袖。萧鸾政变上台后，沈约被外放为东阳(治所在今浙江金华)太守，稍后回到首都，凭借官场的惯性不断升迁。而在萧衍代齐自立的过程中，他坚定地站在萧衍一边，与范云同为开国元勋。在梁的建国之初就出任尚书仆射，封建昌县侯，以其齿德之尊，成为众望所归的文章班头。刘勰、钟嵘都曾经努力争取得到他的好评，而结果有幸有不幸。沈约入梁之后地位显赫，一直没有退休。天监四年(505)梁武帝萧衍下令北伐,左卫将军吕僧珍奉命出征,沈约作诗送行,说了许多题中应有的慷慨激昂的话,最后说到自己“将陪告成礼,待此未抽簪”(《侍宴乐游苑饯吕僧珍应诏》),意思说自己之所以没有告老退休是为了等待吕将军获胜归来举行庆功的祭天大典。这话虽然说得很机智,但已经有点倚老卖老的意味了。沈约很想当上首相,但是没有弄成。最后又得罪了皇帝萧衍,终于惊惧而死,谥曰“隐”——在谥法里这是一个带贬义的字,“怀情不尽曰‘隐’”。沈约是一位老官僚,经历过十多位皇帝,精于应付,但到最后还是翻了车。不过他本人的创作取得了多方面的收获,获得了一致的尊重,不愧是齐梁之际的文学领军人物。在北方,他的影响也非常之巨大。

在文章方面,无论是骈文还是散文,他都拿得起放得下。其骈文大抵是官方的应用文字以及碑文之类,散体文有评论历史人物的短论如《七贤论》之类,全都简明流畅,头头是道。

沈约散体文方面最大的成就是《宋书》一百卷,此书虽然利用了许多现成的资料和半成品,所以一年时间即已完成,但必有他的一番整理加工,还有不少完全是新写的。书中的史论就大抵是他新写的,十分讲究辞章,多用偶句,例如稍后被选入萧统《文选》的两篇史论:《谢灵运传论》和《恩倖传论》就是如此,前者包含了沈约的文学史观和文学理论,尤为精彩,文中写道:

> 自汉至魏,四百余年,辞人才子,文体三变。相如工为形似之言,二班长于情理之说,子建、仲宣以气质为体,并标能擅美,独映当时。是以一世之士,各相慕习。源其飙流所始,莫不同祖《风》《骚》,徒以赏好异情,故意制相诡。降及元康,潘、陆特秀,律异班、贾,体变曹、王。缛旨星稠,繁文绮合,缀平台之逸响,采南皮之高韵。遗风余烈,事极江右。在晋中兴,玄风独扇,为学穷于柱下,博物止乎七篇。驰骋文辞,义殚乎此。自建武暨于义熙,历载将百,虽比响联辞,波属云委,莫不寄言上德,托意玄珠。遒丽之辞,无闻焉尔。仲文始革孙、许之风,叔源大变太元之气。爰逮宋氏,颜、谢腾声,灵运之兴会标举,延年之体裁明密,并方轨前秀,垂范后昆。……

这样一个文学史框架长期被沿用。此论之末大讲关于声韵的新学说,强调“妙达此旨,始可言文”,影响尤其深远。

短篇的“笔”,沈约亦优为之。到七十岁左右,沈约在写给友人徐勉的一封信中述及自己的衰老道:“外视旁观,尚似全人,而形骸力用,不由综摄,常须过自束持，方可黾勉。解衣一卧，支体不复相关。……百日数旬，革带常应移孔；以手握臂，率计月小半分。”率意而谈，却把全身骨架松散、腰臂渐趋枯瘦的老来景况形容得颇为到位①。在这封信里，沈约提到自己曾经要求退休，皇帝没有批准，即所谓“悬车之请，事由恩夺”。估计他自己的态度也不那么坚决，似乎还在等待什么东西，于是迄未“抽簪”。可是此后没有多久，他因为卖老资格，于无意中得罪了梁武帝萧衍，再加上其他疙瘩，立刻遭到很大的压力，很快惊惧而死。

在诗歌方面，沈约多产而有相当的质量，今存近二百五十首，题材非常广泛。其中的优秀之作有不少是为朋友而写的，他同谢朓分手时写了好几首诗，至于悼念亡友的《怀旧诗九首》中关于非正常死亡的友人王融、谢朓的诗，尤其带有浓厚的感情，颇有动人的力量。在年将花甲时沈约有送别友人范岫出任安成内史的《别范安成》：

生平少年日，分手易前期。及尔同衰暮，非复别离时。勿言一樽酒，明日难重持。梦中不识路，何以慰相思！

不同年龄的人对于离别的态度很不同，青年人朝气蓬勃，往往把离别看得很轻；及至衰暮之年，就会很自然地觉得重逢不易，甚至后会无期，不容易有那么多的豪情壮志了。此乃见道之言。但沈约这首诗也并不完全归结于衰飒，生命意识在这里酿化为一种感伤苍老的人情之美，相当动人而且耐读。这种类型的离别，是江淹《别赋》未尝涉及的。

写山水风景，也是沈约诗的强项，被选入《文选》的就有好几首，其中《钟山诗应西阳王教》（入选《文选》卷二十二）作于刘宋大明年间(457～464)，是写得最早的：

灵山纪地德，地险资岳灵。终南表秦观，少室迩王城。翠凤翔淮海，衿带绕神坰。北阜何其峻，林薄杳葱青。　　发地多奇岭，干云非一状。合沓共隐天，参差互相望。郁律构丹巘，崚嶒起青嶂。势随九疑高，气与三山壮。　　即事既多美，临眺殊复奇。南瞻储胥观，西望昆明池。山中咸可悦，赏逐四时移。春光发陇首，秋风生桂枝。　　多值息心侣，结架山之足。八解鸣涧流，四禅隐岩曲。窈冥终不见，萧条无可欲。所愿

① 出乎意外的是，后来诗文中往往用“沈郎腰”或“沈腰”来形容年轻才子的不加检点，风流放荡，这样的引申发挥不仅大有误会，对沈老夫子也相当失敬。

从之游，寸心于此足。　君王挺逸趣，羽旆临崇基。白云随玉趾，青霞杂桂旗。淹留访五药，顾步伫三芝。于焉仰镳驾，岁暮以为期。

诗风大抵继承颜、谢，但已比较平易流畅。吴淇《六朝选诗定论》（卷十六）解说这一组诗道：“首章，密迩神京，见钟山之重。二章，极写形势之雄壮。三章，山中即事之美。四章，山中定有高隐之士。末章，始点出应西阳王教作诗，是倒插法。”针对诗中用了若干中原以及西汉首都的具体地名，吴淇解释说：“终南、少室，似是借用，玩其文意，本是借客形主之法，仍是正用。若下文之储胥观、昆明池，方是借用。何也？既云山中即事之美，不应登山无所见，所见之地名或不雅驯，故诗人不用，宁借用他处相类之山。”这其实是那时的一种风气，对于写景写山水并没有什么积极意义，沈约后来就放弃了这种追求雅驯而显得比较生硬的修辞手段，改为直书其事或虽用典故而像是直书其事，这正是所谓“三易”之一的“易见事”。这方面的代表作有《早发定山》：

夙龄爱远壑，晚莅见奇山。标峰彩虹外，置岭白云间。倾壁忽斜竖，绝顶复孤圆。归海流漫漫，出浦水溅溅。野棠开未落，山樱发欲然。忘归属兰杜，怀禄寄芳荃。眷言采三秀，徘徊望九仙。

此诗“通体对偶，亦成一格”（沈德潜《古诗源》卷十二）。“野棠”一联，给人印象很深。当然，写景之作还是稍后的谢朓更为擅长。

更能代表沈约诗歌成就的也许是下列题材的作品：美女、艳情（这两种题材往往合而为一）和咏物。沈约对于女性人体之美有着很深的兴味，一再形之于歌咏，举例来看：

朱光灼烁照佳人，含情送意遥相亲。嫣然一转乱心神，非子之故欲谁因。翡翠群飞飞不息，愿在云间长比翼。佩服瑶草驻容色，舜日尧年欢无极。

——《四时白纻歌·夏白纻》

河汉纵且横，北斗横且直。星汉空如此，宁知心有忆。孤灯暧不明，寒机晓犹织。零泪向谁道，鸡鸣徒叹息。

——《夜夜曲》二首其一

忆眠时，人眠强未眠。解罗不待劝，就枕更须牵。复恐傍人见，娇羞在烛前。

——《六忆诗》其四

《四时白纻歌》是当时流行的一种民歌，鲍照也曾经写过，情调比较火爆浓烈，“颇伤清雅之道”（《诗品·中》）；沈约是学鲍照的，这就是前人所谓“休文五言，大抵宪章鲍明远，故矫健雄亮，清宕奇特”（洪若皋《文选越裁》卷四），但他要含蓄淡雅得多。他一向努力适应上层社会的审美口味，尽量把民间的野气从诗歌里挤压出去。

多情而美丽的女子在南朝民歌中具有重要的地位，南朝文人非常欣赏民歌，自然也不肯放过这样的题材。沈约虽然德高望重，为人也很严肃，仍不废这样的题材，而妙在较能做到雅俗共赏。他一方面继承了东晋孙绰、王献之等人用民歌调子写爱情小诗的传统，一方面又吸收了鲍照的营养，从而为此后年轻一代的诗人们创造更加令人耳目一新的新体诗歌即所谓宫体者，在某种意义上开启了先河。

刘师培在《中国中古文学史·宋齐梁陈文学概略·总论》中曾经指出：

> 梁代宫体，别为新变也。宫体之名，虽始于梁，然侧艳之辞，起源自昔。晋、宋乐府，如《桃叶歌》《碧玉歌》《白纻词》《白铜鞮歌》，均以淫艳哀音，被于江左。迄于萧齐，流风益盛，其以此体施于五言诗者，亦始晋、宋之间，后有鲍照，前则惠休。特至于梁代，其体尤昌。

从汤惠休、鲍照到宫体，中间承上启下的一大关键人物正是沈约。

沈约又大写咏物诗，代表作有《咏湖中雁》等等，他对所咏的对象作近距离的观察和细致的描写，咏物就是咏物，不去动什么寄托的脑筋，也不发什么感慨，一味审美——这一点对后来的宫体诗人也大有启发，咏物诗也正是宫体诗非常看重的题材之一。

沈约诗中颇近于后来之宫体者甚多，再略举二例如下：

> 洛阳大道中，佳丽实无比。燕裙傍日开，赵带随风靡。领上蒲萄绣，腰中合欢绮。佳人殊未来，薄暮空徙倚。
>
> ——《洛阳道》

> 夜间长叹息，知君心有忆。果自阊阖开，魂交睹颜色。既荐巫山枕，又奉齐眉食。立望复横陈，忽觉非在侧。那知神伤者，潺湲泪沾臆。
>
> ——《梦见美人诗》

后一首选入《玉台新咏》，而这里乃是宫体诗的大本营。种种例证表明，沈约乃是宫体诗最为靠近的前辈和榜样。萧纲、萧绎都曾高度评价沈约的诗，萧纲称颂沈约是"冠冕"和"楷模"，萧绎则谓沈约是"诗多而能者"(《梁书·何逊传》)，其道理亦可想而知矣。

三

谢朓出于南朝一等高门陈郡阳夏(今河南太康)谢氏，他是"八友"中最优秀的诗人，也是整个中古后期最了不起的诗人。山水诗到他手里，算是完全成熟了。

谢朓是谢安之兄谢据的玄孙，亦即谢灵运的堂侄。谢氏家族各分支的处境和遭遇在东晋、刘宋之际变化很大，谢朓所属的一支还算平安，他本人永明年间先后在豫章王萧嶷、随王萧子隆、竟陵王萧子良手下任职，为"八友"之一。永明八年(490)秋为镇西将军、荆州刺史萧子隆镇西功曹参军，去了江陵，颇得信任。由于萧子隆的长史王秀之从中捣乱，永明十一年(493)秋谢朓奉调回京，这时萧鸾掌权，颇重用谢朓，掌文笔，又任为宣城太守，令他有知遇之感，而萧鸾杀害宗室甚多，谢朓的岳父王敬则乃高帝旧部，感到有压力，遂为自保而起兵，谢朓向朝廷告发，王敬则很快失败垮台。萧鸾死后，萧遥光觊觎帝位，很注意拉拢谢朓，没有搞成，立即翻过手来将他逮捕下狱，死年三十六岁。

谢朓作为政客大约可以说乏善可陈，但他的诗确实高明，沈约评为"二百年来无此诗也"(《南齐书·谢朓传》)；辞赋与文章亦无不内行。中古时代高明一点的作家总是文、赋、诗三项全能的。

谢朓的文章以应用型的居多，文学价值不算高，收入《文选》的两篇即《拜中军记室辞隋王笺》和《齐敬皇后哀策文》可算其中的代表。他辞赋成就要高于骈文，尤其是其中写景的部分往往多有可观，如《临楚江赋》有云：

> 爰自南山，薄暮江潭。滔滔积水，袅袅霜岚。忧与忧兮竞无际，客之行兮岁已严。尔乃云沉西岫，风动中川。驰波郁素，骇浪浮天。明沙宿莽，石路相悬。

写法略近于先前的鲍照、江淹，同他诗里的写景也有相通之处。他的《思归赋》与《酬德赋》有些叙事的成分，可以从中考见他的生平和思想，但辞章功夫不如那些抒情短赋。

谢朓主要是一位杰出的诗人，他把永明间学者研究音韵的成果运用于诗歌创作，写出了许多非常富于音乐美的佳作，例如著名的《新亭渚别范零陵云诗》：

> 洞庭张乐地，潇湘帝子游。云去苍梧野，水还江汉流。停骖我怅望，辍棹子夷犹。广平听方籍，茂陵将见求。心事俱已矣，江上徒离忧。

可以作为新体诗的样板。他的成功更在于诗的内容与艺术，谢朓各种题材的诗都写得好，而尤长于描写山水景物，名篇迭出，美不胜收，例如著名的《暂使下都夜发新林至京邑赠西府同僚》：

> 大江流日夜，客心悲未央。徒念关山近，终知返路长。秋河曙耿耿，寒渚夜苍苍。引领见京室，宫雉正相望。金波丽鳷鹊，玉绳低建章。驱车鼎门外，思见昭丘阳。驰晖不可接，何况隔两乡。风烟有鸟路，江汉限无梁。常恐鹰隼击，时菊委严霜。寄言罻罗者，寥廓已高翔。

所谓“西府”指荆州的随王萧子隆府，“下都”则指荆州，谢朓本来在那里待得好好的，但有人说他的坏话，于是被调回首都，当诗人离开新林将到建康的时候写下了这首诗。他说自己是“暂使下都”，意思说知道自己在那里待不长；“常恐鹰隼击，时菊委严霜。寄言罻罗者，寥廓已高翔”，表明他清楚有人同他过不去，但他有办法逃避灾难。愤慨与欣慰并陈，且深得比兴三昧。中间大段写首都的景色，一气贯注，情景交融，给人印象甚深，开始的一句如同电影开头时的大特写，给人印象尤深。谢朓总是善于安排开头。

又如《之宣城郡出新林浦向板桥》：

> 江路西南永，归流东北骛。天际识归舟，云中辨江树。旅思倦摇摇，孤游昔已屡。既欢怀禄情，复协沧洲趣。嚣尘自兹隔，赏心于此遇。虽无玄豹姿，终隐南山雾。

这时诗人将离开首都到宣城去当太守，又走到新林这个地方了。诗人说离开政治中心到外地去未尝不是好事，在那里既有当官的好处，也比较清静；但他还是想到了彻底的归隐。诗人对时局总是有很大的隐忧。其实谢朓尘心俗缘很重，彻底归隐是不现实的，不过说说而已。“天际识归舟，云中辨江树”写江行途中的感受很是贴切，是历来传诵的名句。

谢朓描写自然景物的诗完全打破了先前记行—写景—说理的模式，一气流转，明快清新，山水诗从此进入了一个完全成熟的新阶段。

谢朓的诗在描写山水景物的同时，往往流露出忧谗畏祸的担心，萧齐王朝不正常的政治气氛对于比较患得患失的诗人来说是可怕的，所以他常常描写肃杀的秋冬、黯淡的晚景。如《宣城郡内登望》：

借问下车日，匪直望舒圆。寒城一以眺，平楚正苍然。山积陵阳阻，溪流春谷泉。威纡距遥甸，巉岩带远天。切切阴风暮，桑柘起寒烟。怅望心已极，惝怳魂屡迁。结发倦为旅，平生早事边。谁规鼎食盛，宁要狐白鲜。方弃汝南诺，言税辽东田。

“寒城”“阴风”，表明诗人心中有着巨大的阴影。唐汝谔《古诗解》（卷二二）云：“此玄晖莅郡而登望书怀之作。言自下车以来，时序已更，宁止一日。及登城临眺，而平楚苍然，则已秋矣。遥望山川长曲，远在天际，而风烟满目，意况屡迁。念平生早事边疆，志原不在温饱，故今将弃郡守税驾归田，庶违汝南之诺，而甘管宁之隐。”但这些意思也不过说说而已，谢朓不是那种甘于退隐的人，他一向是积极入世的，尽管他深知这里的风险。

《晚登三山还望京邑》也许是谢朓最有名的一首诗：

灞涘望长安，河阳视京县。白日丽飞甍，参差皆可见。余霞散成绮，澄江静如练。喧鸟覆春洲，杂英满芳甸。去矣方滞淫，怀哉罢欢宴。佳期怅何许，泪下如流霰。有情知望乡，谁能鬒不变。

离开首都时他非常留恋这里，景色是多么美好啊。谢朓政治热情很高，他当然要在首都活动。“余霞散成绮，澄江静如练”一联，语言流畅圆转，色彩生动鲜明，千古传诵，代表他的水平。谢朓写山水同谢灵运最大的不同，是他不像灵运那样多为细致繁密的描摹外加若干感慨议论，他能打成一片，一气呵成，而且轻便流畅，圆美优雅。同他一比，老办法显得相当笨拙不灵。

谢朓音韵和谐，他作品大抵隔句押平声韵，一韵到底，由此向后来典型的律诗进化，已经路途不远。在这个意义上，《晚登三山还望京邑》也是他的代表作。

谢朓五言四句的小诗亦多有可观者，如《玉阶怨》：

夕殿下珠帘，流萤飞复息。长夜缝罗衣，思君此何极。

又《同王主簿有所思》：

佳期期未归，望望下鸣机。徘徊东陌上，月出行人稀。

都是十分精巧的小品。王主簿就是王融，他们是好朋友，而最后的结局都相当悲惨。

除了写景言情之外，谢朓的咏物、咏女性的诗亦有可观，试看二例：

杏梁宾未散，桂宫明欲沈。暧色轻帷里，低光照宝琴。徘徊云髻影，灼烁绮疏金。恨君秋月夜，遗我洞房阴。

——《咏烛》

生平宫阁里，出入侍丹墀。开笥方罗縠，窥镜比蛾眉。初别意未解，去久日生悲。憔悴不自识，娇羞余故姿。梦中忽仿佛，犹言承宴私。

——《咏邯郸故才人嫁为厮养卒妇》

这些诗同沈约的同类诗篇一样，为后来宫体诗的繁荣提供了先行的样板。

谢朓的诗后来对唐诗产生了巨大的影响，李白对他尤其佩服得五体投地[①]，所谓“一生低首谢宣城”。研究谢朓与李白成了一个专门的题目[②]。如果再放大一点，研究唐诗与谢朓的关系，亦大有兴味。

四

王融（字元长，467～493）是“八友”中比较年轻而死得最早的一个，他在声韵研究方面投入过很多精力，钟嵘在《诗品》的序言中说他是声病说“创其首”之人，而“谢朓、沈约扬其波”，这个提法大约有些贬低沈约的意思，但王融为永明体的教父之一是毫无疑义的。他的兴趣主要在政治方面，曾多次上书求自试，颇急于用世，而在萧衍看来此人乃书生，干不成什么大事。他最后忽然在没有什么把握的情况下仓促发动宫廷政变，企图拥立竟陵王萧子良为帝，立即失败，下狱而死。

王融虽然死得太早，而留下来的诗文仍然不少，有文六十多篇，诗七十余首。《文选》曾选入他出的两份考试题：《永明九年策秀才文五首》和《永明十一年策秀才文五首》，从中都可以看出他对当下的国情十分了解，并致力于解

① 李白《金陵城西楼月下吟》：“月下沉吟久不归，古今相接眼中希。解道澄江静如练，令人长忆谢玄晖。”《宣州谢朓楼饯别校书叔云》：“蓬莱文章建安骨，中间小谢又清发。”《酬殷明佐见赠五云裘歌》：“我吟谢朓诗上语，朔风飒飒吹飞雨。谢朓已没青山空，后来继之有殷公。”如此等等。

② 详见论文集《谢朓与李白研究》，人民文学出版社 1995 年版。

决实际问题，于是在出考试题时代表国家向考生提出这些问题①。

王融所拟齐永明九年(491)的策秀才文着重提出的问题是经济政策方面的，例如第二题问道：农业生产是国家的根本，必须加强；但是如果奖勤罚懒的措施太严峻了，则恐“惊扰愚民”，试问如何处理这一问题？又拟着手兴修水利，但目前缺乏高水平的水利专家，应该怎么办？如此等等。永明十一年(493)的策秀才文问及精简机构、裁撤冗员问题，略云：“周官三百，汉位兼倍，历兹以降，游惰实繁。若闲冗毕弃，则横议无已；冕笏不澄，则坐谈弥积。何则可修，善详其对！”皇帝当然知道冗官之为害，但是真要精简的时候又不得不考虑官僚阶层的承受能力，考虑政权的稳定，深恐操之过急可能欲益反损，决策时颇为迟疑，于是要通过考试听听秀才们有什么好的谋划。这些考试题都紧密结合当前实际并且有相当的深度，决非不学无术的纨绔子弟或死记硬背的两脚书橱所能对付。后来明清时代专考八股文，试卷处理起来容易些，但实在没有什么大意思，所以遭到很多批评；中古时代较少听到对考试的批评。王融的题目文字简明，清晰流畅，是很好的“笔”；《文选》又选入他的应诏而作的《三月三日曲水诗序》，也作于永明九年(491)，乃是文藻富丽的骈文，皇家气派十足，今天读起来倒不一定有什么兴趣。王融对于办理南北外交也颇有见地，写过专门的文章。

王融的诗风与沈约、谢朓相近，多清新可诵之作，如《古意》二首：

> 游禽暮知反，行人独不归。坐销芳草气，空度明月辉。嚬容入朝镜，思泪点春衣。巫山彩云没，淇上绿条稀。待君竟不至，秋雁双双飞。
>
> 霜气下孟津，秋风度函谷。念君凄已寒，当轩卷罗縠。纤手废裁缝，曲鬓罢膏沐。千里不相闻，寸心郁氤氲。况复飞萤夜，木叶乱纷纷。

写思妇的情愫深切而含蓄，通俗而不失其贵族气息。又《同沈右率诸公赋鼓吹曲二首》云：

---

① 齐梁时代选用人才，采取推荐与考试相结合的办法，先由地方推荐，通过一定的考核先行获得秀才身份；再送到首都来参加由皇帝主持的考试，获得高第的即可入仕。齐代一般考五道问答题，全部答得好的为上等，答好四道或三道的为中等，两道的为下等，均可授官；其余落第，打发回家。梁代的试题少而精，只考三道题。当时向考生提出的问题大抵是当前的热点问题，用皇帝本人的口吻来问——具体的命题事宜当然由有关的官员代劳，题目经皇帝认可以后启用。

想象巫山高，薄暮阳台曲。烟霞乍舒卷，蘅芳时断续。彼美如可期，寤言纷在瞩。怃然坐相思，秋风下庭绿。（巫山高）

相望早春日，烟华杂如雾。复此佳丽人，含情结芳树。绮罗已自怜，萱风多有趣。去来徘徊者，佳人不可遇。（芳树）

一方面学习民歌，一方面又致力于将它们雅化，而不取鲍照那样的野气，此是“竟陵八友”的共同倾向。所以无论就讲究声韵而言，还是就杂以风谣、雅俗共赏而言，王融也是此后宫体的教父之一。

萧琛（字彦瑜，465？～531）和陆倕（字佐公，470～526）两位的文学活动主要在梁，永明年间他们还相当年轻，又不如王融那样大露头角，把他们列入“八友”大约是根据他们后来的地位和表现。

萧琛出身于南兰陵萧氏，其人学者气比较重，传世的诗文甚少，一共不足十篇，而他的学术著作又亡佚了，于是在“八友”中显得最无可观。

陆倕的作品以散体之笔见长，后来萧纲在《与湘东王书》中以“谢朓、沈约之诗，任昉、陆倕之笔”并称。他的《新刻漏铭》《石阙铭》都被收入《文选》（卷五十六、卷五十一），得到很高的评价。天监六年（507）梁武帝萧衍“以旧漏乖舛，乃敕员外祖暅治之，漏刻成，太子中舍人陆倕为文”（《文选》李善注引刘璠《梁典》）。陆文记叙新仪器的体制和功能，着重指出其准确，“与造化同符”，是重要的科技史料，文辞亦清丽可诵。《石阙铭》作于天监七年（508）。当年梁武帝萧衍建一仿古建筑象阙，“穷极壮丽，冠绝古今，奇禽异羽，莫不毕备”（刘璠《梁典》）。萧衍命陆倕作此铭，其中竭力歌颂萧衍的绝世功勋，文辞典雅壮丽，名噪一时。《文选》选录当代作家的作品不多，陆倕是其中死得最晚的一位。

范云（字彦龙，451～503）是“八友”中资格比较老的一位，其诗很是秀气，钟嵘评为“清便婉转，如流风回雪”（《诗品·中》），是永明体的重要代表，今存四十余首，略举两首来看：

东风柳线长，送郎上河梁。未尽尊前酒，妾泪已千行。不愁书难寄，但恐鬓将霜。望怀白首约，江上早归航。

——《送别》

田家樵采去，薄暮方来归。还闻稚子说，有客款柴扉。宾从皆珠玳，裘马悉轻肥。轩盖照墟落，传瑞生光辉。疑是徐方牧，既是复疑非。思旧昔言有，此道今已微，物情弃疵贱，何独顾衡闱？恨不具鸡黍，得与故人挥。怀情徒草草，泪下空霏霏。寄书云间雁，为我西北飞。

——《赠张徐州谡》

前者明白如话，情深无限。写后一首时作者正倒霉闲居，而位高权重的故人仍然殷勤来访，却又未遇，遂作此诗为赠，题材新颖，亦复清新可诵。

范云前半生颇有坎坷，后来在帮助萧衍代齐自立过程中大有贡献，入梁后地位甚高，但很快就去世了，萧衍曾亲临吊唁。开国重臣死得比较早的总是极享哀荣，而活得一久，往往问题便多，甚至不能善终，例如范云的老朋友沈约就是如此。

在“八友”中可以同沈约、谢朓鼎足而三的是任昉。他的作品以应用性甚强的“笔”为主，所以有“沈诗任笔”这样的流行提法。《文选》选进他的文章十七篇，是最多的一家。

任昉原籍乐安博昌（今山东博兴），曾任竟陵王萧子良记室参军，齐末入萧衍幕为记室参军，萧衍代齐的重要文件几乎都出于他的手笔。入梁后一直比较顺利并有政绩，四十九岁去世。他乐于奖掖后进，形成“兰台聚”或所谓“龙门之游”。

任昉的文章一般比较朴素，因为政治实用性很强，现在一般来说已在文学的范围之外，所以他的文学史地位就不免要低一点了。

在萧统编选的《文选》里，“八友”的作品占了相当的份额；尤以谢朓、沈约、任昉三人的作品为最多，一看其细目，就知道他们当年确有鼎足而三之势：

谢朓　　《新亭渚别范零陵》《游东田》《同谢咨议铜爵台诗》《郡内高斋闲坐答吕法曹》《在郡卧病呈沈尚书》《暂使下都夜发新林至京邑赠西府同僚》《酬王晋安》《之宣城出新林浦向版桥》《敬亭山诗》《休沐重还道中》《晚登三山还望京邑》《京路夜发》《鼓吹曲》《始出尚书省》《直中书省》《观朝雨》《郡内登望》《和伏武昌登孙权故城》《和王著作八公山》《和徐都曹》《和王主簿怨情》

《拜中军记室辞隋王笺》《齐敬皇后哀策文》

沈约　　《应诏乐游苑饯吕僧珍诗》《别范安成诗》《钟山诗应西阳王教》《宿东园》《游沈道士馆》《早发定山》《新安江水至清浅见底贻京邑游好》《和谢宣城》《应王中丞思远咏月》《冬节后至丞相第诣世子车中》《学省愁卧》《咏湖中雁》《三月三日率尔成篇》

《奏弹王源》《宋书谢灵运传论》《恩倖传论》《齐故安陆昭王碑文》

任昉　《出郡传舍哭范仆射》《赠郭桐庐》

《宣德皇后令》《天监三年策秀才文三首》《为齐明帝让宣城郡公第一表》《为范尚书让吏部封侯第一表》《为萧扬州荐士表》《为褚咨议让代兄袭封表》《为范始兴作求立太宰碑表》《奉答敕示七夕诗启》《为卞彬谢修卞忠贞墓启》《启萧太傅固辞夺礼》《奏弹曹景宗》《奏弹刘整》《到大司马记室笺》《百辟劝进今上笺》《王文宪集序》《刘先生夫人墓志》《齐竟陵文宣王行状》

五

“八友”中最特殊的是后来的梁武帝萧衍(464～549),他早年已经很有文名,《梁书·武帝纪》称他“天情睿敏,下笔成章,千赋百诗,直疏便就,皆文质彬彬,超迈古今”,虽不免多溢美之词,但并非瞎捧。

萧衍在“八友”中不算活跃,对于四声八病之类的研究不感兴趣,他的宏图大志在于政治方面,文学并不是他关注的重点。萧衍写诗也追求丽靡,与其余诸友有共同语言,只是他不讲究声韵,遂自立于永明体之外。他的主要贡献不在于他本人写了多少作品,而在他当了皇帝以后实施了许多有利于文学和文化繁荣的政策。

萧衍建立了新的政权梁王朝以后,开国功臣沈约又继续写了大量作品,任昉入梁后是皇帝的主要笔杆子,萧琛、陆倕的主要文学活动在梁。然则“八友”中健在的作家构成了萧梁王朝前半期的主力队伍。这样看来,在中古后期(南北朝至隋)的文学史上,“竟陵八友”乃是最值得予以高度关注的作家群体。太子萧统在《文选》中选入“八友”的大量作品,继萧统之后任太子的萧纲领导了一场轰轰烈烈的“宫体”运动,发展了鲍照、沈约辈的事业,除了题材方面的特色之外,他们特别讲究作品的声韵之美,进一步发展了永明体的艺术追求,并为后来格律诗的确立作出了重要的准备。

三十一　刘勰

一

活跃于齐梁间的《文心雕龙》的作者刘勰(467? ～531?)在中国文学理论批评史上是一位前无古人、后少来者的伟大人物,可惜关于他的家世和生平,现在所能知道的并不甚多。

据《梁书》本传及《宋书·刘穆之传》,他的远祖可追溯到西汉的齐悼惠王刘肥,家族中的近代名流则有刘宋的开国重臣刘穆之(360～417)、司空刘秀之(穆之的从兄之子,397～464)等;但他本人所在这一支则比较弱,祖父刘灵真似无名位,父亲刘尚做到越骑校尉,而到他本人则有点衰败之势。在南朝,士、庶的界限相当严格,但其间也有变迁,破落已久的士族有时候就会被在位的高官斥为寒士①。刘勰的故家衰落了,于是便有人认为他出身寒门,而史料表明情况绝非如此。

《梁书·刘勰传》开头部分有云:

> 刘勰,字彦和,东莞莒人。祖灵真,宋司空秀之弟也。父尚,越骑校尉。勰早孤,笃志好学。家贫,不婚娶。依沙门僧祐,与之居处积十余年,遂博通经论,因区别部类,录而序之。今定林寺经藏,勰所定也。天监初,起家奉朝请。中军临川王宏引兼记室,迁车骑仓曹参军,出为太末令,政有清绩。除仁威南康王记室,兼东宫通事舍人……

---

① 典型的例子如东晋的杨佺期,其人乃是东汉太尉杨震的后代,“自云门户承籍,江表莫比,有以其门第比王珣者,犹恚恨;而时人以其晚过江,婚宦失类,每排抑之”(《晋书·杨佺期传》)。弘农杨氏衰败已久,到这时更进一步式微了。《晋书·桓玄传》称“佺期为人骄悍,常自谓承籍华胄,江表莫比;而(桓)玄每以寒士裁之,佺期甚憾。”业已长期衰落的士族就这样被人们看成了寒门。

仅就“起家奉朝请”一事，便可以明白刘勰出身于士族（“世族”）。在讲究门阀的中古时代，一个人获得的第一个官职即所谓起家官，与其人的出身、资品（九品官人法评估体系中所得的品第）关系极大。“奉朝请”一职起于东汉，基本是一种荣誉性的安排；到晋、宋也还是如此，而对门资的要求却很高，非二品不可。刘勰起家即为奉朝请，表明他资品甚高。庶族青年不可能得到二品门资，也不可能起家即为奉朝请。是否具有二品门资，在当时是一件意义重大的事情①。

在业已僵化了的九品官人法的系统里，一个人的资品与起家官之间有着大体固定的对应关系。一般来说，只有出身于世族高门的青年才可能被评为二品人才（资品），因此起家即可从六品（官品）清要之职做起。这在当时属于最优惠的待遇。据研究，“西晋以后，资品二品的起家官，一般为员外散骑常侍、秘书郎、著作郎、奉朝请、从事中郎、尚书郎，王国师、友、文学等六品官”②。刘勰置身于此间，则其出身为世族应当是没有什么疑义的。后来刘勰充当东宫通事舍人，掌呈奏案章，亦是清要之职（梁高官班品之第三班），一向皆取甲族有才望者为之，这也充分证明了刘勰绝非出身于寒门。

东莞刘氏是中古的高门之一。其中刘穆之这一支最强，穆之本人为刘宋佐国元勋，封南康郡公；其长子虑之官至员外散骑常侍，中子式之为黄门侍郎，少子贞之为中书黄门侍郎，都位居清要；但后来渐渐趋于衰落。刘穆之的曾孙刘详（此人于刘勰为远房堂兄弟）“少好文学，性韵刚疏，轻言肆行，不避高下。齐建元中，为正员郎。司徒褚彦回入朝，以腰扇障日，详从侧过，曰‘作如此举止，羞面见人，扇障何益?’彦回曰‘寒士不逊!’”（《南史·刘详传》）。这位刘详已被看成“寒士”了，其实他仍有不低的地位，只是同祖先比较起来不免显得衰落而已。褚渊（彦回）是一向看不起破落户的，谢灵运的孙子谢超宗（？～483）也曾被他斥为“寒士”（详见《南史·谢灵运传》）。此公自视极高，他随口贬低别人的话显然不足以给被骂者的家族定性。刘秀之这一支后亦转衰。刘秀之本人位居三公，封康乐县侯，“传封至孙，齐受禅，国除”（《南史·刘秀之传》）。刘勰乃是刘秀之的弟弟刘灵真的孙子，门第本来相当高，

---

① 那时资品二品即“上中”就是最高品（一品即“上上”乃是圣人，基本不会有），从另一角度看，又只有二品才算上品，三品以下用处就不是很大了。在九品官人法早已从“论人才优劣”异化为只看“世族高卑”（《宋书·恩倖传序》）之血统论的南朝，起家为六品清选即可表明他出身于高门。

② 陈长琦《两晋南朝政治史稿》，河南大学出版社 1992 年版，第 180 页。

但刘灵真名位不彰，其子即刘勰的父亲刘尚虽然官居越骑校尉（秩二千石，官居四品），却死得太早，刘勰的一个堂叔刘岱在齐代当到山阴令①；但是到刘勰这一代就大大衰败下来了。东莞刘氏在萧齐一代整体呈现下行之势。刘勰"家贫，不婚娶"一事表明，到他成年后想与世族高门攀亲已经很是困难，而高贵的出身又使得他不愿意随便婚娶以至于失类，于是只好当他的单身贵族。此即所谓"高门多慎婚，所以全门户，保令誉，不贻羞蒙地也"②。如果他出身于庶族寒门，不背什么门第的包袱，解决婚姻问题倒反而比较容易。

中古时代上层青年最大的两件事，一是出仕，一是婚姻，都讲究符合门第、身份，否则便是"婚宦失类"，让人瞧不起，甚至被斥为"寒士"。衰败破落下来的世家子弟一旦与非世族高门人家（哪怕这一家非常富裕）的女儿结婚，就是婚姻的"失类"；而充当低级别军职或其他杂牌小官，则是出仕的"失类"。在前一方面，刘勰实处于"高不成，低不就"的困境中，所以干脆不结婚；幸而在出仕方面，他终于以"奉朝请"起家，保住了身份。刘勰具有很强的门第观念，非常讲究自己的身份。一个四品官的儿子、起家即为六品之奉朝请、后来又当过东宫通事舍人的刘勰，不可能出身于庶族寒门。当然，起点高并不代表他此后一定一帆风顺，在士人的一生中起作用的因素总是很多很复杂。

刘勰早年艰难的处境主要是由于"早孤"造成的。父亲的过早去世，一定会大大增加下一代的困难，在中古时代尤其是如此，但这不影响一个人的出身；而艰难困苦，又总是促使有志气的青年更加奋发图强，所谓"玉汝于成"——这更是历经古今而不变的一条规律。

刘勰入建康定林寺依沙门僧祐，或谓是为了避免租课徭役，其实刘勰虽然早孤，但作为已故越骑校尉的儿子，他是享受特权无须纳课服役的；估计他依僧祐是为了研究学问特别是佛学，同时可能也有通过僧祐之助进入仕途之意。僧祐是一位可以通天的大和尚。

梁王朝建立以后，刘勰进入仕途，但转了很大的一个圈子以后，最后又回到了定林寺，晚年出家，并死在那里。《梁书》本传记录了他简单的履历：

---

① 刘岱其人的墓志于 1969 年在江苏句容出土，完好无缺，后发表于《文物》1977 年第 6 期。据这份墓志可知，刘岱的高祖刘抚官至彭城内史，曾祖刘爽为山阴令，祖父刘仲道（按，即刘灵真之父，刘勰之曾祖）为余姚令，父刘粹之为大中大夫，刘岱本人则是山阴令。从这一可靠的记载中我们可以看到，东莞刘氏的这一支到齐代（刘岱死于永明五年）尚可维持其宗风。

② 王伊同《五朝门第》，中华书局 2006 年版，第 213 页。

天监初，起家奉朝请。中军临川王宏引兼记室，迁车骑仓曹参军。出为太末令，政有清绩。除仁威南康王记室，兼东宫通事舍人。时七庙飨荐已用蔬果，而二郊农社犹有牺牲。勰乃表言二郊宜与七庙同改。诏付尚书议，依勰所陈。迁步兵校尉，兼舍人如故。昭明太子好文学，深爱接之。

初，勰撰《文心雕龙》五十篇，论古今文体，引而次之。其序曰……既成，未为时流所称，勰自重其文，欲取定于沈约，约时盛贵，无由自达，乃负其书，候约出，干之于车前，状若货鬻者。约便命取读，大重之，谓为深得文理，常陈诸几案。

然勰为文长于佛理，京师寺塔及名僧碑志，必请勰制文。有敕，与慧震沙门于定林寺撰经证。功毕，遂启求出家，先燔鬓发以自誓。敕许之。乃于寺变服，改名慧地，未期而卒。

萧梁代齐之后，刘勰进入仕途，他先是充当没有实际职务的“奉朝请”，很快就成为中军将军、临川王萧宏的记室。据《梁书》本传，萧宏进号中军将军在天监三年(504)，六年(507)夏迁骠骑将军，然则刘勰到他手下专掌文翰当在此数年之内。天监七、八年(508、509)间，刘勰参与梁武帝萧衍敕撰之《众经要抄》的编纂事宜，佛教史著作仍称之为“临川王记室东莞刘勰”(《续高僧传》卷五《僧旻传》)；大约就在《众经要抄》事毕之后，刘勰“迁车骑仓曹参军”。他担任太末(今属浙江衢州)令大约在天监十年(511)前后，而除仁威将军、南康王萧绩(萧衍第四子，萧统之异母弟)之记室当在天监十年至十六年(511～517)之间。

刘勰何时兼东宫通事舍人一职很难确知。查萧绩进号仁威将军时，为都督南徐州诸军事、南徐州刺史，其人不在首都；到天监十六年(517)萧绩“征为宣毅将军，领石头戍军”(《梁书》本传)，这才回到首都，刘勰兼东宫职事，很可能就在这一年。

通事舍人一职掌呈奏案章，按照惯例“皆取甲族有才望者”(《梁书·庾於陵传》)，刘勰能得到这个职务显然十分兴奋，于是在第二年上表言事，建议南北郊祀不用牺牲，专用蔬菜水果，这一建议深刻地符合萧衍的崇佛政策，所以立即“诏付尚书议，依勰所陈”。刘勰在政坛上终于崭露头角，很快升迁为步兵校尉——任此职者多为名流——并兼舍人如故。

刘勰在萧统东宫大约前后十五年，时间应当说很长了，但他有许多工夫花在佛教活动方面。他与萧统的关系大约不算密切，萧统最欣赏的文人是刘孝绰、王筠等人，刘勰没有进入这个核心的小圈子。

中大通三年(531)，萧统去世，萧衍没有立萧统的子嗣为皇太孙，而另立萧统之弟萧纲为太子，于是东宫的属官实行大换班，只留下一个通事舍人刘杳，其余一律散去①。刘勰走投无路，奉敕与沙门慧震在定林寺整理研究佛经，稍后他就在这里出家，很快去世。刘勰在官场和宫廷里奋斗求索了三十年，最后又回到了他青年时代长期生活过的定林寺，回到了他的精神导师僧祐的根据地。

二

僧祐(445～518)乃是齐梁时代极负盛名的高僧，他是齐高帝敕封之僧主法颖的高足，又从律学宗师、曾亲自赴西域印度求取经像的法显大和尚问学，很早就成为一代大师。永明间竟陵王萧子良曾经多次请他讲律，听众多至七八百人。僧祐又曾经奉齐武帝之命往三吴(今江苏镇江以东一带)简阅僧尼，俨然佛教界的领袖之一。萧梁代兴以后，梁武帝萧衍对他非常重视，凡于僧事有疑难都请他审议决定；临川王萧宏对他尤为尊重。天监九年(510)出现了以头陀道人妙光为首的附佛外道(邪教)，萧衍即请僧正慧超和僧祐等名德出来审理此案，论罪定刑②。僧祐又精通佛教的造像，许多大的造像工程多由他监造，更进一步扩大了他的影响。

刘勰追随于这样一位大师之后，在定林寺长期研修，后来成了著名的佛教学者和文章高手。《梁书》本传说，刘勰在僧祐那里十余年，“遂博通经论，因区别部类，录而序之。今定林寺经藏，勰所定也”。又说，“勰为文长于佛理，京师寺塔及名僧碑志，必请勰制文”。杨明照先生引证《高僧传·释僧祐传》并进而指出：“舍人依居僧祐，博通经论，别序部类，疑在齐永明中僧祐入吴试简五众，宣讲十诵，造立经藏，抽校卷轴之时。僧祐使人抄撰诸书，由今存文笔验之，恐多为舍人捉刀”③。这里之所谓诸书，是指《出三藏记集》《弘明

① 《梁书·文学传》：“昭明太子薨，官属罢。”“昭明太子薨，新宫建，旧人例无停者，特敕留(刘)杳焉。”

② 详见《出三藏记集》卷五《新集安公注经及杂经志录第四·〈萨婆若陀眷属庄严经〉》。

③ 杨明照《文心雕龙校注拾遗》，上海古籍出版社1982年版，第393页。

集》《释迦谱》《法苑杂缘原始集》《世界记》等等。僧祐在刘勰的帮助以至代为执笔的情况下完成的著作已有相当一部分亡佚，但《出三藏记集》十五卷、《弘明集》十四卷和《释迦谱》五卷还可以完整地看到。

《出三藏记集》是现存最早的佛教经录，全书分四个部分：其一，缘记，简要地叙述佛教典籍的结集和传入中国的过程。其二，名录，这里继承并发展了释道安《综理众经目录》的传统，用一种特殊的富于创意的目录学方法将东汉以来中土所译的佛经（凡二千一百多部，四千三百多卷）作了综合的记录和述评，先按佛典译出的时间先后来排列，再按译者来分类，这就是所谓“沿波讨源”，史的意识非常之强。本书的记录十分精细，除了按时代记录译人译经之外，还兼及各地失译经、疑经、注经等方面，并注意记载同一经典的复译本、抄经、伪经等等，分别注明其存佚。其三，经序，搜集译本佛教经书的序目、后记一百二十篇，保存了大量的重要资料。其四，列传，为佛经翻译家以及有关佛教学者三十二人（其中外国二十二人，中国十人）立传。总之，全书框架宏伟，头绪分明，以译经为中心，熔佛经目录、译经文献与译人传记于一炉，具有极其重要的文献价值。

《出三藏记集》撰录于齐明帝建武年间（494～497），入梁后继续有所增补，书中记载佛教经典诸事最晚的到天监十六年（517）①。刘勰参加了此书的编撰，据日本学者兴膳宏的研究，从运用词汇的习惯这一角度看去，《出三藏记集》的序言和书中若干篇章当出于刘勰的手笔；全书常用的以名数统事理的方式，在《文心雕龙》中也往往可以看到②。这些都表明两书的作者为同一人。刘勰参加此书的编撰，一方面作出了重大贡献，一方面也得到锻炼，提高了处理复杂研究对象的能力。《文心雕龙》的撰写年代与《出三藏记集》部分重叠，前者书中很少运用佛教词汇也许可以由此得到解释：他是把这两部书分档处理的。

除了帮助僧祐著书编书以外，刘勰也曾用个人的名义写了不少文章，所制之寺塔及名僧碑志甚多，由于他本人的文集亡佚，这一类文章也大部分失

① 费长房《历代三宝记》卷十五载：“《出三藏集记录》，齐建武年律师僧祐撰。”道宣《大唐内典录》卷十亦载《出三藏记录》，并云“齐末梁初沙门释僧祐撰”。《出三藏记集》卷八《解大品经序》注云：“此经东渐二百五十有八岁，始于魏甘露五年至自于阗。”由甘露五年（260）下数258年，为天监十六年（517）。

② 详见彭恩华编译《兴膳宏〈文心雕龙〉论文集》，齐鲁书社1984年版，第17～30页、第31～42页。

传了，例如《高僧传·释超辩传》载："以齐永明十年终于山寺，春秋七十有三，葬于寺南。沙门僧祐为造碑墓所，东莞刘勰制文。"《高僧传·释僧柔传》载延兴元年(494)僧柔去世以后，也是僧祐"为立墓碑所，东莞刘勰制文"。这两篇碑志文今已失传。天监十七年(518)僧祐圆寂，墓碑也是刘勰撰写的，亦已失传。刘勰所作的《钟山定林上寺碑铭》《建初寺初创碑铭》①等等也没有流传下来。现在所能看到的直接署名刘勰的文章只有两篇：《灭惑论》(《弘明集》卷八)、《梁建安王造剡山石城寺石像碑》(《会稽掇英总集》卷十六)。

《灭惑论》是刘勰现存唯一的一篇佛学论文，它是针对当时的道士冒用齐代名士张融的名义杜撰的《三破论》而发的。《三破论》强烈地反佛，指出佛教危害极大，入国破国，入家破家，入身破身；佛教是"羌胡"异族的宗教，不合中国国情。刘勰痛驳此论，指出佛教不知道要比道教高明多少；尽管佛教是由异国传入中国的，但这一点并不足以成为信仰它的障碍，因为中外的道理是一样的：

> 至道宗极，理归乎一，妙法真境，本固无二。佛之至也，则空玄无形，而万象并应；寂灭无心，而玄智弥照。幽数潜会，莫见其极；冥功日用，靡识其然。但言万象既生，假名遂立，梵音菩提，汉语曰道……权教无方，不以道俗乖应；妙化无外，岂以华戎阻情？是以一音演法，殊译共解，一乘敷教，异经同归。经典由权，故孔释教殊而道契；解同由妙，故梵汉语隔而化通。但感有精粗，故教分道俗，地有东西，故国限内外。其弥纶神化，陶铸群生，无异也。

这一段话代表刘勰的基本思想。他拥有当时最广阔的胸怀和眼光，看出了异质文化之间有着相通的东西，中国传统的儒家思想与外来宗教的佛教具有同样的价值。认清刘勰这一思路我们就能明白，为什么他既是一个虔诚的佛教徒，又那样五体投地地崇拜孔夫子；为什么他既写了那么多佛教文章，又写了儒家气息极其浓厚的《文心雕龙》。这种看起来很奇怪的情况在刘勰那里是毫无矛盾、理所当然的。

关于这种情形，鲁迅先生早已有过很好的分析，他指出，"中国自南北朝以来，凡有文人学士，道士和尚，大抵以'无特操'为特色的"，他们自称"信

---

① 僧祐在《法集杂记铭目录序》一文中提到刘勰的这两篇碑铭以及《僧柔法师碑铭》，见《出三藏记集》卷十二。

教”，其实是“吃教”：“有宜于专吃的时代，则指归应定于一尊，有宜合吃的时代，则诸教亦本非异致。不过一碟是全鸭，一碟是杂拌儿而已。刘勰亦然”①。齐末正是一个宜于合吃的时代，《文心雕龙》所取用的思想资料显得相当驳杂，一点也不奇怪。鲁迅又说，“佛教东来时有几个佛教徒译经传道，则道士们一面乱偷了佛经造道经，而这道经就来骂佛经，而一面又用了下流不堪的方法害和尚，闹得乌烟瘴气，乱七八遭。但中国人所擅长的是所谓‘中庸’，于是终于佛有释藏，道有道藏，不论是非，一齐存在”②。这是后来的事情了，无非是将“合吃”的范围进一步扩大；在刘勰的时代，佛、道两教尚在恶斗，而儒、佛两家的融合已基本胜利完成。

史称刘勰写成《文心雕龙》以后欲取定于沈约，沈约也正是一位兼信儒、佛的人，他大声疾呼地提倡过“内圣外王，义理均一”（《均圣论》），他之所谓内圣，其实就是佛教。梁朝的开国皇帝萧衍又正是一个兼崇拜儒、佛的皇帝，天监三年（504）也就是刘勰起家奉朝请的那一年，萧衍在佛前立誓，稍后又为孔子立庙，置五经博士。刘勰在这时出仕，可以说是理所当然的事情。即使单就《文心雕龙》的文本看去，刘勰也绝非纯儒或彻头彻尾的佛教徒。他本人就是一个“杂拌儿”。《灭惑论》写于何时，是在《文心雕龙》之前还是其后，目前还没有确切的材料能够说明，且有很大的争议③，其实这个史料考辨问题即使无法解决也无妨，因为这一文一书都是刘勰思想业已成熟以后的产物，其间并无原则上的差别，只不过因为具体的任务不同，论述遂各有侧重而已。

剡山石城寺造像是当年非常著名的佛教大工程，早在齐永明四年（486）僧护经过剡县（今浙江新昌）隐岳寺，见其北有十数丈高的青壁，认为具有雕刻巨型佛像的良好条件，遂发愿造像，未成而卒。后有僧淑继承他的遗志，继续造像，仍然没有完成。到梁天监十二年（513）建安王萧伟（梁武帝萧衍的八弟，天监元年〔502〕封建安郡王，十七年〔518〕改封南平郡王）为了给自己消灾祛病，重新开始这一工程，请僧祐监造，至天监十五年（516）大功告成。僧祐

---

① 《准风月谈·吃教》，《鲁迅全集》第5卷，第310～311页。

② 《集外集拾遗补编·关于〈小说世界〉》，《鲁迅全集》第8卷，第111页。

③ 杨明照先生认为此论作于齐永明间，早于《文心雕龙》，详见《文心雕龙校注拾遗》，上海古籍出版社1982年版，第803页；王元化先生认为此论作于梁，在《文心雕龙》之后，并据此来讨论刘勰前后思想的变化，详见《文心雕龙讲疏》，上海古籍出版社1992年版，第27～52页。

将原先所凿之龛加高加深，在此中刻成一尊高十丈的弥勒巨佛[1]，龛前有三层台，并造门阁殿堂。整个工程气势极为雄伟，成为一代的盛事。刘勰的《梁建安王造剡山石城寺石像碑》用大量的篇幅叙述石城山造像的始末，歌颂大梁王朝“道铸域中”的盛德和萧伟弘扬佛法的“茂绩”，文字华丽典重，与当时一般歌功颂德的文章大体相近，值得注意的是其中关于僧祐的一段文字：

以定林上寺祐律师德炽释门，名盖净众，虚心宏道，忘己济物，加以贞鉴特达，研虑精深，乃延请东行，凭委经始，爰至启敕，专任像事。律师应法若流，宣化如渴，扬船浙水，驰锡禹山。于是扪虚梯汉，构立栈道。状奇肱之飞车，类仙腹之悬阁。高张图范，冠彩虹霓。椎凿响于霞上，剖石洒乎云表。命世之壮观，旷代之鸿作也。初护公所镌，失在浮浅，乃铲入五丈，改造顶髻。事虽因旧，功实创新。乃崖窟既通，律师重履，方精成像躯，妙量尺度。时寺僧慧逞，梦黑衣大神，翼从风雨，立于龛侧，商略分数。是夜将旦，大风果起，拔木十围，压坏匠屋，师役数十，安寝无伤。比及诘朝，而律师已至。灵应之奇，类皆如此。

把僧祐形容得神乎其神，由此颇可考见他们师弟之间亲密的关系。碑文骈散兼施，凡叙事的部分，散句比较多，因为这些地方用骈偶的句子不容易说清楚，例如叙述建安王萧伟决定重新开工、终于建成的经过道：

以大梁天监十有二年，岁次鹑尾，二月十二日开凿爰始，到十有五年，龙集涒滩，三月十五日，妆画云毕。像身坐高五丈，若立形，足至顶十丈，圆光四丈，座轮一丈五尺，从地随龛，光焰通高十丈。自涅槃已后，一百余年，摩竭提国始制石像，阿育轮王善容罗汉，检其所造，各止六丈。鸿姿巨相，兴我皇时，自非君王愿力之至，如来道应之深，岂能成不世之宝，建无等之业哉！

叙事简而得要，足见他散文的水平。写这篇碑文的时候刘勰已经进入仕途十多年了，而他与佛教界的联系还是如此密切。

在这些零零散散的文章之外，刘勰还有一部大著作《刘子》(一称《新论》或《刘子新论》，又有《流子》《德言》等异称)，此书为《梁书》本传所未载，《隋书·经籍志》子部杂家类著录十卷，指明其书出于梁，已亡，未署作者为何许

---

① 《会稽掇英总集》卷十九有僧辨端《新昌县石城山大佛身量记》，详细记载了这尊巨佛的有关数据，据说佛头就有一丈八尺见方。

人。但此书其实未亡,《旧唐书·经籍志》丙部杂家类著录十卷,明确地记载其作者为刘勰。后来的官私目录多有著录,传世之抄本(最早者为敦煌写本,写成于六朝之末或隋)、刻本甚夥。刻本之最早者为小字残宋刻本,题“梁通事舍人刘勰撰,播州录事参军袁孝政注”。《四库全书》收入此书。今人有校注本多种,颇便取读。

关于《刘子》的作者,向有不同的说法,除刘勰之外,又有北齐刘昼、汉刘歆、梁刘孝标、唐袁孝政诸说,而刘昼说最为重要,唐宋时已有人认为作者应当是刘昼。宋人陈振孙《直斋书录解题》卷十引用袁孝政《刘子注序》即认为是北齐刘昼撰,“昼伤己不遇,天下陵迟,播迁江表,故作此书。时人莫知,谓为刘勰、刘歆、刘孝标作。”刘克庄《后村诗话》引《朝野佥载》则称此书为刘昼冒用刘勰的名义所作。《刘子》的著作权从此成了一个问题,至今未能论定。但《隋志》是以阮孝绪《七录》为依据的,《七录》成书于梁普通四年(523),其时刘昼尚幼,不可能写这么一部大书,此书应确认为刘勰的著作①。

《刘子》内容极其丰富,仅就反映刘勰本人的心态这一点而言,其中提供了非常值得注意而且读起来极有兴味的材料。例如《刘子》第四篇《韬光》写道:

> 物之寓世,未尝不韬形灭影,隐质遐外,以全性栖命者也。夫含奇佩美、炫异露才者,未有不以此伤性毁命者也。……
>
> 周鸡断尾,获免牺牲,山狙见巧,终必遭害。由此言之,则出处之理,亦可知矣。

刘勰本人终齐之世未尝出山,一味躲在定林寺里精研佛教典籍,是不是也有一点韬光养晦以待时机的意思呢?又该书第二十一篇《托附》有云:

> 夫含气庶品,未有不托附物势以成其便者也。……附得其所,则重不可浮,短翅能远;附失其所,则轻羽沦溺,迅足成蹇。

刘勰曾背负所著之《文心雕龙》手稿以干沈约,大有托附物势之意;其实就是依附僧祐,又何尝没有托附之以成其便的味道?既讲韬光养晦,又讲托附物势,看似矛盾,其实相反相成,这里有一个时机问题,“屈伸在遇”(《刘子·通塞》),时机未到,姑且韬晦以待,时机一到,当托附合适的对象,振翅高飞。刘勰虽精研佛法,而其内心深处与一般士人固无所异也。

---

① 详见王重民《敦煌古籍叙录》,中华书局1979年版,第182、186、218页。

三

刘勰传世之作中之最重要者当然是他的《文心雕龙》。如今研究此书已经成为一门专门的“龙学”，论著甚多，方兴未艾[①]。

此书的写作年代，据清人刘毓崧的考证，当在齐末和帝时(501～502)；范文澜先生进而推定在齐明帝建武三、四年(496、497)间；近人又有认为当在东昏侯永元元年(499)者。这样一部大书不是短时间内能够完成的，统而言之曰成书于齐末，反而会因为提法模糊而更为准确。我们看《文心雕龙》评论作家作品基本上迄于东晋，刘宋时代的情形亦偶有涉及(如《明诗》《通变》《指瑕》《才略》诸篇)，而称齐代为“皇齐”，不作任何具体的批评，采取回避的态度，便可以知道此书当作于齐代。但此书中也有梁代的痕迹，例如避讳“衍”字[②]，估计这是入梁以后刘勰作了改动；这应当并不影响此书撰写于齐末的基本事实。

刘勰以“文心”为书名的前半，既有中国传统文化方面的承传，也受到佛教经典的启示。《文心雕龙·序志》云：“夫文心者，言文之用心也。昔涓子《琴心》，王孙《巧心》，心哉美矣，故用之焉。”涓子就是《史记·孟子荀卿列传》里提到的环渊，他是老子的弟子，《汉书·艺文志》著录其书十三篇，属于道家；《汉志》又著录属于儒家的《王孙子》一篇，注明一曰《巧心》。二书均早已亡佚，《太平御览》卷六七〇引《集仙录》云：“涓子，齐人也，饵术，著《三才经》，淮南王刘安得其文，不解其旨。又著琴书三篇，甚有条理。”所谓琴书大约即指其《琴心》。近年来出土之郭店楚简中透露出了一些与涓子有关的信息[③]，但仍然不够清晰。佛教典籍中关于“心”字说得很多，东晋高僧慧远与西域僧人僧迦提婆共同译出《阿毗昙心论》，慧远在译本序言中写道：“《阿毗昙心》者，三藏之要颂，咏歌之微言，管统众经，领其宗会，故作者以‘心’为名焉。”可

---

①　在张少康等《文心雕龙研究史》(北京大学出版社 2001 年版)书末，就列出了论文 2900 篇、专著 215 部。此后的论著仍层出不穷。

②　《时序》：“位理定名，彰乎大易之数，其为文用，四十九篇而已。”按，大衍之数五十，这里特别改称“大易”，明显地避萧衍的名讳。又书中提到前代作家邹衍、冯衍、王衍时一律避用“衍”字，应当不是偶然的。

③　详见饶宗颐《涓子〈琴心〉考——由郭店雅琴谈老子门人的琴学》，《中国学术》第 1 辑，商务印书馆 2000 年 1 月版，第 1～11 页。

知佛教以“心”为根本；然则文心就是文之根本，刘勰正是要从根本上来讨论文的问题。

“雕龙”则表明刘勰对于美的追求，《序志》篇说：“古来文章，以雕缛成体，岂取驺奭群言雕龙也。”刘勰热烈地追求文学的美，当然这是被严格界定了的美，与其时所流行者有着原则的区别。

《文心雕龙》“体大而虑周”（章学诚《文史通义·诗话》），思路清晰，结构严密。关于全书的结构，他本人在全书序言的《序志》篇中有过如下的说明：

> 盖《文心》之作也，本乎道，师乎圣，体乎经，酌乎纬，变乎骚，文之枢纽，亦云极矣。若乃论文叙笔，则囿别区分，原始以表末，释名以彰义，选文以定篇，敷理以举统。上篇以上，纲领明矣。至于剖情析采，笼圈条贯，摛神性，图风势，苞会通，阅声字，崇替于《时序》，褒贬于《才略》，怊怅于《知音》，耿介于《程器》；长怀《序志》，以驭群篇，下篇以下，毛目显矣。

可知全书分为四大板块：第一，《原道》《征圣》《宗经》《正纬》《辨骚》是全书的总纲。这里前三篇更重要些，讲的是“正”，后两篇为辅，讲可供参酌的“奇”的一面。思路开阔，并不单打一。第二，其次的二十篇是分文体的各论。《辨骚》一篇，过去曾经有人主张列入这个第二部分，虽似乎言之有理，而持之实乃无故，与《序志》的说明不合①；刘勰本人并不将“骚”当作一般的文体来看待，而是视为一种倾向的代表。这第二部分实际是刘勰的文体论和分体文学史，由古及今，论述充分，精彩纷呈。第三部分是下篇的二十四篇，其中包括创作论、鉴赏论、批评论，理论精华最为密集。最后一篇《序志》是全书的序言。

今本《文心雕龙》大体上是完整的，唯第四十篇《隐秀》有比较严重的亡佚；又最后几篇的排列顺序稍有混乱，例如在《时序》《才略》之间忽然插入一篇《物色》，当非原书之旧，《物色》应适当挪前才是。其余则基本没有什么疑义。

《文心雕龙》熔佛、儒、道、玄于一炉，展现了一个非常庞大的思想体系，处于最高地位的是佛学色彩甚浓的“道”。该书第一篇《原道》开宗明义地写道：

---

① 最早提出此说的大约是范文澜先生，自从他以列表的方式对《文心雕龙》上篇的结构加以分析（见《文心雕龙注》《原道》篇注二）以来，若干论者也跟着将《辨骚》属下，其实范先生本人也未必坚持那种分法，例如他在《序志》篇注十九中引用黄侃先生的意见说：“论文叙笔，谓自《明诗》至《哀悼》皆有韵之文，《杂文》《谐隐》二篇，或韵或不韵，故置于中，《史传》之下则无韵之笔。”似此则《辨骚》自属于上，乃是“文之枢纽”的组成部分之一。

文之为德也大矣，与天地并生者何哉？夫玄黄色杂，方圆体分，日月叠璧以垂丽天之象，山川焕绮以铺理地之形，此盖“道”之文也。仰观吐曜，俯察含章，高卑定位，故两仪既生矣，惟人参之，性灵所钟，是谓三才。为五行之秀，实天地之心。心生而言立，言立而文明，自然之道也。

刘勰认为“道”是世界的本源和依据，是最高形态的抽象的存在，人与自然界都是它的产物。天地既有“文”（日月山川），人当然也有“文”，这是自然而然的道理。由此可知他心目中的“道”先于天地人而早已独立地存在，是第一性的东西。“道”高于佛祖，高于孔子，高于一切。他在《灭惑论》中曾写道“万象既生，假名遂立。梵曰菩提，汉语曰道”，佛教的经典和儒家的经典都只是“道”的文字表现，所以“孔释教殊而道契”，“至道宗极，理归于一”。这样他就建立了一种以“道”为核心的一元化世界观——这同时也就是他的方法论，可以拿这个神秘的“道”来整合当时以儒家思想为核心的全部思想资源。

刘勰又称“道”为“道心”“神理”（亦见于《原道》），为“天道”（《征圣》）或“神道”（《夸饰》），天地人都由此种精神实体派生出来，从此就“言立”而“文明”了。《原道》篇反复论证“道”——抽象玄妙的世界精神不仅是物质世界的根源，同时也就是文学艺术的总根源。

凡是强调真理是从天上掉下来的，实际上总是把自己制造或相信的理论从地上搬到天上去，刘勰也不例外。在全书第二篇《征圣》中他很快就宣布，“天道”在人间的体现便是孔子之道。《文心雕龙》以佛为本，以儒为用。这是一个很精明的策略，中国文学源远流长，儒家经典影响深远，其产生和传播都远在佛教传入中国之前，在论文的时候如果一味大讲佛教，只能使得自己陷于被动。何况懂得太深的东西无须卖弄，佛理只要在建构理论框架时发挥统摄一切的作用，就已经足够把自己安排在思想界的制高点上了。

刘勰是一个很坚定的儒家思想的信徒，他生活在佛教势力空前强大的时代，对佛学也有着深刻的研究，精神视野非常广阔。作为一个有创见的思想家，他的中心思想仍然是传统的儒家，但框架已经更新，看上去整合了各路思想资源，建立了自己的体系。

《征圣》是《文心雕龙》理论大厦的第二块基石。刘勰在这里充满信心地写道，“天道难闻”，但仍然可以认识，因为儒家圣人对此深有领悟，并且早已把它写入经典中去了：“玄圣创典，素王述训，莫不原道心以敷章，研神理以设教。”此即所谓“道沿圣以垂文”。换言之，儒家经典就是“‘道’之文”的样板。

因此,紧接着《征圣》的便是《宗经》——以儒家经典为宗主。征圣,宗经,亦即所以原道。"原道"抽象地讲是原天道,落实下来乃是原儒家圣人之道。这种尊孔崇儒的主张,与他在本书序言中所宣布的"夜梦执丹漆之礼器,随仲尼而南行","于是搦笔和墨,乃始论文"(《序志》),是完全一致的。《文心雕龙》具有很强烈的尊孔崇儒的色彩,所以能够长期立于不败之地。

刘勰站在当时思想界的制高点上,他既是一位渊博的佛学家,也是修养极高的儒家宗师,同时又受到道家思想和玄学很深的熏陶。同前后儒家的不同之处在于,他始终坚持不懈地致力于把儒家思想佛教化、玄秘化,"道源虚寂,冥机动其感;神理幽深,玄德司其契"(《梁建安王造剡山石城寺石象碑》),在他看来只有把"神理"即"道"形容得无比幽深,它在人间的化身——儒家思想才显得神秘而有绝对权威,才足以使人无限崇拜,才便于用来指导文学,拨乱反正。

刘勰在建构"道"这个基础的时候,综合地利用了儒、道、玄、佛诸家的思想资料。孔子早已讲过"天命"(《论语・季氏》),但尚未从本体论的角度考虑问题,讲得也比较少。在老子的思想体系中,"道"是最高的范畴,"先天地而生"的"道"作为独立存在的精神客体是宇宙万物的创造主和最后源泉;有时他又将"道"称为"无",它玄妙空虚之至,却是万物之母。这种竟能无中生有的"道"在中国思想史上影响极大,此后宋钘、尹文学派也以"虚而无形""其大无外,其小无内"的"道"(《管子・心术》)为世界的总根源。到魏晋时代,玄学家们把道家之道同儒家之道结合起来,王弼解释孔子之道说:"道者,无之称也,无不通也,无不由也。况之曰道,寂然无体,不可为象。"(邢昺《论语正义》引王弼《论语释疑》)这种超绝时空、为万物之母的道,也就是"无","天地虽大,富有万物,雷动风行,运化万变,寂然至无,是其本矣"。(《周易》复卦王弼注)。总之,"道"或曰"无"乃是世界的本体、总根源。不难看出,《文心雕龙》之所谓"道",同王弼的"道"是非常接近的。曾经有人问王弼,"夫'无'者,万物所资也,然而圣人莫肯致言",这是怎么一回事? 王弼回答说:"圣人体无,无又不可训,故不说也。"(何劭《王弼传》)他的意思是说,孔子本来是以无为本的,只是这个本体不可言说,为了教训世人,他只好避而不谈这一本体,转而去讲人间的种种现象。王弼通过这一层思辨的转换,把儒、道两家的主张融合起来,在"以无为本"的旗帜下放手利用儒家之道。刘勰说"天道难闻",而儒家圣人的"文章可见",也无非是利用王弼式的手法巧妙地将"天道"落实为儒家圣人之道。

刘勰的思想体系同王弼有着非常密切的关系，方法论方面尤其是如此。王弼认为“圣人有情”，“道”就是通过“有情”的圣人表达出来的，圣人与凡人的差别在于“圣人之情，应物而无累于物”（何劭《王弼传》）；刘勰则说“圣人之情，见乎文辞”（《征圣》），因此才有可能由原道转入征圣。这一思路完全祖述王弼。又《序志》篇云：“位理定名，彰乎大易之数，其为文用，四十九篇而已。”这里关于“大易（衍）之数”的理解，与王弼的“一，无为本；而四十九为用”的解说完全一致。刘勰“执正以驭奇”（《定势》）的观点也明显地受到王弼的影响，奇正之辨是贯穿《文心雕龙》全书的大经络之一，在“文之枢纽”的前五篇中，《原道》《征圣》《宗经》论述的是“正”，而《正纬》《辨骚》则专门论“奇”。刘勰认为应当坚持以儒家经典之“正”，兼采纬、骚之“奇”文，也就是说，在儒家正统思想的大范围内允许有一定的小自由，这种前提明确的灵活性，远之可以追溯到《毛诗大序》①，就近而言，则与王弼之所谓“事有宗而物有主，虑虽百而其致一也。道有大常，理有大本，执古之道，可以驭今”（《老子注》第四十七章）一脉相承。

《文心雕龙》基本思想的另一重要来源是佛教的“般若”学说。《论说》篇云：“宋岱郭象，锐思于几神之区，夷甫裴頠，交辩于有无之域，并独步当时，流声后代。然滞有者全系于形用，贵无者专多于寂寥，徒锐偏解，莫诣正理。动极神源，其‘般若’之绝境乎！”这里对玄学家宋岱、郭象、王衍（夷甫）、裴頠统统有所批评，认为他们有片面性，指出只有佛教哲学中的“般若”学说才是唯一正确的。按，《般若经》的中心在于证明世界是虚妄的，不真实的，世界的本源在于空。“般若”学说中的“本无”派理论，如道安、慧远等人宣扬的“无在元化之先，空为众形之始”（昙济《七宗论》）的观点，与王弼“以无为本”的本体论几乎毫无二致。稍后“般若”学说的主要代表人物僧肇更大讲“色之性空”（《不真空论》），彻底否定物质世界的真实性，引导人们转向精神世界去求解脱，其手段和目的亦复与王弼玄学相视而笑。刘勰批评了若干玄学家但从来不批评王弼，《论说》篇且竭力歌颂他“师心独运，锋颖精密，盖人伦之英也”，原因就在于他的理论同“般若”学说相通。要之，刘勰在《论说》篇中运用佛教的术语提出“‘般若’之绝境”绝不是无意中随便说的一句话——《文心雕龙》全书很少运用佛教术语，刘勰太精通佛教了，其理论已经化为自己的血肉，无

---

① 参见顾农《“发乎情，止乎礼义”——〈毛诗大序〉的合理内核》，《福建论坛》1983年第6期。

须多事引用——在这里他交了自己思想的底。

《隐秀》篇云：

> 夫隐之为体，义生文外①，秘响旁通，伏采潜发。譬爻象之变互体，川渎之韫珠玉也，故互体变爻，而化成四象，珠玉潜水，而澜表方圆。
>
> ……并思合而自逢，非研虑之所课也②。或有晦塞为深，虽奥非隐；雕削取巧，虽美而非秀矣。故自然妙会，譬卉木之耀英华，润色取美，譬缯帛之染朱绿。朱绿染缯，深而繁鲜，英华耀树，浅而炜烨。隐秀所以照文苑③，盖以此矣。

前一段的意思是，所谓“隐”，指意义生于文辞之外，它像一种神秘的声音从别的地方传过来，又像一种隐藏在文辞深处的光辉能够潜沉地表现出来，这就譬如爻象中可以变体的“互体”，又像是河沟里埋藏着珠玉，“互体”经过随机解释化为“四象”，而埋藏在水里的珠玉能使水流产生或方或圆的波澜。后一段说，隐和秀都只能在无意中碰到，不是靠思考研究所能取得的。故意晦涩深沉的文章只能说是深奥而不足以称为“隐”，一味运用美丽巧妙之辞藻的句子只能说是漂亮而不足以称为“秀”。“隐”和“秀”都要自然而且神妙，好像草木的开花，而不能靠反复的锤炼修改，那就好像是给纺织品染上颜色。纺织品染色，即使颜色再深也不好看，而树木开花，即使颜色很浅也是光彩夺目的。“隐”和“秀”之所以可贵，原因大约也就在这里了。

这里有对于文艺创作和欣赏的细致分析，包含了深刻的辩证因素，有许多发人深思的美学道理，可是刘勰认为“隐”和“秀”都不是通过人的努力可以实现的；又说“隐”既然是“义生文外”，所以就可以像“互体”那样随意加以解释。这两层意思都很有些非理性的神秘气息。

“义生文外”这一命题，涉及复杂的背景。《易经》本是殷周之际的占卜用书，其中有些朴素的辩证法，孔子很注意研究这部书，简直把它读烂了（所谓“韦编三绝”）；此后汉儒更充分利用这本书，将它与阴阳家的种种奇谈怪论配合起来，搞出了许多“纬”书，借以鼓吹天人合一。汉儒治《易》偏重于象数，大抵搞机械比附，解释比较刻板；为了更充分地利用这部书，他们又专门在爻象

---

① 此句通行本作“义主文外”，汪本“主”作“生”，纪评曰：“‘生’字是。”

② 此句诸本作“非研虑之所果也”，此据范文澜、杨明照校改。

③ 此句诸本作“秀句所以照文苑”，通观本段全文，系就“隐”“秀”二者立言，结句不当只谈“秀”，故改“秀句”二字作“隐秀”。

中分出“变体”和“互体”来，随意加以发挥，这就是所谓“《易》之为书，六爻皆有变象，又有互体，圣人随其意而论之”（《左传·庄公二十二年》杜注）。他们的说法到后来变得极端的牵强附会，烦琐细碎，日益为人们所不满；所以到了玄学家手里，就改变手法，对《易经》作出新的解释，他们表面上否认有所谓“互体”，实际上却把所有的爻象都看成是“互体”，可以任意发挥，于是《易》与《老》《庄》并列，成为“三玄”。王弼为《易经》作注，借题发挥地解释儒家经典，不免会遭到旧派的非议，为了论证自己的方法合理，他们大讲言意之辨，主张得意忘言。《易·系辞上》传云：“圣人立象以尽意，系辞焉以尽言。”这是说，圣人的意思寄寓在爻象中，系辞则是对爻象的说明。王弼对此有全新的理解，他在《周易略例·明象》中诡辩道：“夫象者，出意者也，言者，出象者也。尽意莫若象，尽象莫若言。言生于象，故可寻言以观象；象生于意，故可寻象以观意。言者所以明象，得象而忘言；象者所以存意，得意而忘象。犹蹄者所以在得兔，得兔而忘蹄；筌者所以在得鱼，得鱼而忘筌也。”由此再进一步，则可以说“存言者非得象者也，存象者非得意者也”，反过来说，则“得意在忘象，得象在忘言”。王弼抓住“意—象—言”这三者之间的差别，加以无限扩大，故意抹杀后者乃是前者之反映这样一个基本的事实，层层脱卸，得出了忘言而得象、忘象而得意的玄学结论。“言不尽意”这一玄学命题正是采用“得意忘言”、过河拆桥的办法得出来的。玄学家抓住概念和它所代表的事物并不完全同一这一点加以夸大，最后竟否认概念乃是它所代表的事物的反映，这样就在实际上坠入了神秘的不可知论。王弼所要认识的并非客观世界而是圣人之意，就连这种“意”，他认为也是不可能真正认识的。根据“言不尽意”的原理，玄学家们解释经典，拿来为我所用，有着非常大的自由。

刘勰大谈“变互体”，表明他在《易》学方面仍然不废汉儒的旧说①，而值得注意的是他同时也在向王弼一派借用思想材料，在《文心雕龙》的序言中，他明确表示赞成“言不尽意”这一命题，在作为创作论首篇的《神思》中，刘勰又说“至于思表纤旨，文外曲致，言所不追，笔固知止。至精而后阐其妙，至变而后通其数，伊挚不能言鼎，轮扁不能语斤，其微矣乎！”这里概括地提出了文艺创作的几微难以言说这一大论点；在此后的各篇中，刘勰反复阐述这样一层意思，除了《隐秀》篇提出“思合而自逢，非研虑之所课”的著名结论之外，他还说过“夫形而上者谓之道，形而下者谓之器。神道难摹，精言不能追其极；形

① 参见周勋初先生的分析，《文心雕龙研究荟萃》，上海书店1992年版，第168～170页。

器易写,壮辞可得喻其真"(《夸饰》),明确地宣称作为世界本体的"道"或曰"神道"是言语不能表达的。《论说》篇又说:"原夫论之为体……乃百虑之筌蹄,万事之权衡也。"连用语都近于王弼。

总之,刘勰的儒家思想固然十分明显,而他的思想其实相当庞杂,受玄、佛的影响非常强烈,化合起来,构成他自己的体系。刘勰在《原道》篇中肯定世界的本源是精神性的"道",硬说物质世界是"道"的产物,是精神产生出自然界;此后他又在《隐秀》等篇中大讲不可知论,讲艺术地把握世界只能"思合而自逢",则从另一个侧面暴露了他思想体系的神秘性。只有打碎《文心雕龙》神秘主义的思想体系,其中的理论精华才能充分地释放出来。

四

《文心雕龙》第六至第二十五这二十篇是刘勰的文体论。

中国古代的文体论固然属于文章学,同时也属于文艺学;文体研究不仅是一种分类研究,而且同创作论、批评论关系都很大。

在刘勰以前,文体研究大体有两种模式,一是根据现存文本择要地进行分类研究,并简明地指出各该文体的规范;另一种是从事按体编排的作品选。

前者以曹丕、陆机为代表。曹丕在《典论·论文》中率先提出了四科八目:"夫文本同而末异,奏议宜雅,书论宜理,铭诔尚实,诗赋欲丽。此四科不同,故能之者偏也,唯通才能备其体。"这里只讲八种文体,而将许多文体划到"文章"之外去,鲜明地表现了当时对于文学的某种自觉。曹丕将富有文采的应用文与纯文学的诗赋并列,集中地体现了建安时代新派人物的文学观念,这一观念具有顽强的生命力,影响极其深远。曹丕指出,能够兼善各文体的高级人才即所谓"通才"是很难得的,一般的作者往往既有其所长,又有其所短,例如时下的"建安七子"就是如此,《典论·论文》分别谈到他们的长短,构成该文的一大重点。不能兼善各体的客观原因在于各文体都有其规范,不容易全面掌握,因此需要辨析文体,引导作者依据自己才性之所近,在相宜的文体中发挥所长。建安时代其他文人也很注意文体辨析,可惜传世的文本不多①。

稍后西晋的陆机在《文赋》中进一步将文章分为十类:"诗缘情而绮靡,赋

① 例如"建安七子"之一的刘桢曾提出"诔所以昭行也,铭所以旌德也"(《处士国文甫碑》),桓范《政要论》中亦言及铭诔诸体。

体物而浏亮,碑披文以相质,诔缠绵而凄怆,铭博约而温润,箴顿挫而清壮,颂优游以彬蔚,论精微而朗畅,奏平彻以闲雅,说炜晔而谲诳。"分得更加细致,又将诗赋挪至最前列,大力提高纯文学文本的地位,表现了文学的进一步自觉。

另一种模式是按文体编撰选本,形成所谓总集。总集可以分为两种类型:"一则网罗放佚,使零章残什,并有所归;一则删汰繁芜,使莠稗咸除,菁华毕出。"(《四库全书总目》总集类序)前一种求全,后一种求精。中古时代这样两种总集都有,早期以选本型的总集为主。总集这一提法始于阮孝绪《七录》,其文集部之三为总集部,著录十四种①。后来《隋书·经籍志》以挚虞编撰的《文章流别志》为总集之始:"总集者,以建安以后,辞赋转繁,众家之集,日以滋广,晋代挚虞苦览者之劳倦,于是采摘孔翠,芟剪繁芜,自诗赋以下,各为条贯,合而编之,谓之《流别》。是后文集总钞,作者继轨,属辞之士,以为覃奥,而各取则焉。"在挚虞以前当然也曾有人搞过选本式的总集,甚至《诗经》和《楚辞》现在看来其实也无非是带有选本性质的文学总集,但"《诗经》既立为经,自难并论,《楚辞》自阮孝绪《七录》,即收入集部,但范围性质既和后来的文集有别,所以《隋志》特立《楚辞》类,并总集、别集为三,以后就成了定法"②。将《楚辞》单列,正是从阮孝绪《七录》开始的,他在"文集录"之下列《楚辞》、别集、总集、杂文四部。《隋志》大抵仍用此法,只是将杂文并入总集,从此形成《楚辞》、总集、别集的三分天下,此后大体遵用此法。挚虞辨析文体较之前人有两个新的特点,一是他开始联系所选之文来畅论文体问题,并注意从历史的变迁中分析有关文体的初原状态、古今之变与假借名义似是而非等等复杂的情形,在这样的基础上来讲有关文体的规范就显得有依据有深度。特点之二是挚虞在编撰选集辨析文体的同时,还注意搜集相关作家的资料,以人为纲,编撰了一部《文章志》。稍后于挚虞的李充在《翰林论》中也十分注意辨析文体,现在可以看到的遗文涉及赞、表、驳、论、奏、盟、檄等文体,议论比较简明,也很注意标举名篇。李充曾任东晋著作郎,对于图书编目作出过重大贡献,后世的经、史、子、集四部分类法就是在他手里确立的。《文选》卷四十六《王文宪集序》李善注引臧荣绪《晋书》称:"李充,字弘度,为著作郎。于时典籍混乱,删除颇重,以类相从,分为四部,甚有条贯,秘阁以为永制。五

① 详见《广弘明集》卷三《七录·序目》。

② 王瑶《中古文学史论》,第95页。

经为甲部，史记为乙部，诸子为丙部，诗赋为丁部。”李充以目录学家的身份从事文体辨析，他将群书分部细化到文章分类，是非常自然的事情。

刘勰则另辟新路，他既不编撰文章选本，也不从事作家传记，而是单刀直入地就文体问题作更深入的研究。《文心雕龙》用五分之二（二十篇）的篇幅来深入分析当时的全部文体，形成系列专论，这是前无古人的盛业。

刘勰按照当时的习惯将文章分为文、笔两大部分，讲究对偶、声律与文采者为文，散句为笔。《文心雕龙》论述“文”的有下列八篇：《明诗》《乐府》《诠赋》《颂赞》《祝盟》《铭箴》《诔碑》《哀吊》，论述“笔”的有下列十篇：《史传》《诸子》《论说》《诏策》《移檄》《封禅》《章表》《奏启》《议对》《书记》，夹在这两组中间的《杂文》《谐隐》两篇涉及多种比较小的文类，其中有些属于“文”，有些属于“笔”，大约正是考虑到这种复杂的情形，于是就放在过渡性的中间部分。

对于每一种文体，刘勰都作出四个层面的论析，此即《序志》篇中说的“若乃论文叙笔，则囿别区分：原始以表末，释名以章义，选文以定篇，敷理以举统”——这也就是梳理各个文体的历史发展，总结它们的基本规范，遴选名家名篇，最后提出更加深入的理论性的说明。试以《诠赋》一篇为例，将上述四个方面分别移录如下：

> 昔邵公称公卿献诗，师箴瞽赋。传云：登高能赋，可以为大夫。诗序则同义，传说则异体，总其归途，实相枝干。故刘向明不歌而颂，班固称古诗之流也。至如郑庄之赋大隧，士蒍之赋狐裘，结言短韵，词自己作，虽合赋体，明而未融。及灵均唱骚，始广声貌。然赋也者，受命于诗人，拓宇于《楚辞》也。于是荀况《礼》《智》，宋玉《风》《钓》，爰锡名号，与诗画境。六义附庸，蔚成大国。述客主以首引，极声貌以穷文，斯盖别诗之原始，命赋之厥初也。秦世不文，颇有杂赋。汉初词人，顺流而作，陆贾扣其端，贾谊振其绪，枚马同其风，王扬骋其势；皋朔已下，品物毕图。繁积于宣时，校阅于成世，进御之赋，千有余首。讨其源流，信兴楚而盛汉矣。夫京殿苑猎，述行序志，并体国经野，义尚光大，既履端于唱序，亦归余于总乱。序以建言，首引情本，乱以理篇，写送文势。按《那》之卒章，闵马称乱，故知殷人辑颂，楚人理赋，斯并鸿裁之环域，雅文之枢辖也。至于草区禽族，庶品杂类，则触兴置情，因变取会，拟诸形容，则言务纤密；象其物宜，则理贵侧附：斯又小制之区畛，奇巧之机要也。
>
> ——以上“原始以表末”

《诗》有六义，其二曰赋。赋者，铺也，铺采摛文，体物写志也。

——以上“释名以章义”

观乎荀结隐语，事数自环，宋发夸谈，实始淫丽。枚乘《菟园》，举要以会新，相如《上林》，繁类以成艳。贾谊《鹏鸟》，致辨于情理，子渊《洞箫》，穷变于声貌。孟坚《两都》，明绚以雅赡，张衡《二京》，迅拔以宏富。子云《甘泉》，构深伟之风，延寿《灵光》，含飞动之势。凡此十家，并辞赋之英杰也。及仲宣靡密，发篇必遒，伟长博通，时逢壮采。太冲安仁，策勋于鸿规，士衡子安，底绩于流制。景纯绮巧，缛理有余，彦伯梗概，情韵不匮。亦魏晋之赋首也。

——以上“选文以定篇”

原夫登高之旨，盖睹物兴情，情以物兴，故义必明雅，物以情观，故词必巧丽。丽词雅义，符采相生，如组织之品朱紫，画绘之著玄黄。文虽新而有质，色虽糅而有本，此立赋之大体也。然逐末之俦，蔑弃其本，虽读千赋，愈惑体要。遂使繁华损枝，膏腴害骨，无贵风轨，莫益劝戒，此扬子所以追悔于雕虫，贻诮于雾縠也。

——以上“敷理以举统”

这里既有历史的研究（如一、三两项），也有批评的研究（如二、四两项）；他的具体处理有五点值得注意：

其一，在原书中“《诗》有六义……体物写志也”一节列于篇首，可见“释名以章义”不一定列于“原始以表末”之后，也可以放在篇首。《明诗》等篇的“释名以章义”部分也列于篇首。总体来看，刘勰的处理比较灵活，由于“释名以章义”部分一般来说总是比较短的，所以有时会与“原始以表末”的部分结合在一起。

其二，“原始以表末”的部分一般来说总是占据全篇的较大篇幅，这其实就是刘勰的分体文学史，其中精义甚多，值得引起文学史工作者的高度重视。

其三，“选文以定篇”部分，有时具体落实到篇，有时只到人，例如这里先举十家并提到有关作品：荀卿《赋篇》，宋玉《风赋》《钓赋》，枚乘《菟园》，司马相如《上林赋》，贾谊《鹏鸟赋》，王褒《洞箫赋》，班固《两都赋》，张衡《二京赋》，扬雄《甘泉赋》，王延寿《鲁灵光殿赋》；以下王粲、徐幹、左思、潘岳、陆机、成公绥、郭璞、袁宏八位则不到篇，只到人，并有简短的评说。是否到篇，大约表明刘勰对于其人其文的重视程度有所不同。有时刘勰还会将“选文以定篇”与

“原始以表末”结合起来进行，如《明诗》篇，涉及的诗人虽多，而提到的篇名却甚少。刘勰完全是一副理论家的派头；选文一定会遇到许多技术性细节，对此他显然并没有太多兴趣。刘勰的这种自我定位决定了他后来虽处萧统东宫之中，而在《文选》的编撰过程中却没有发挥太大的作用。①

其四，“敷理以举统”是刘勰文体论中理论色彩最浓厚的部分，其中所述之理与他在该书下半部分各篇中详细阐发者往往互相呼应，例如《诠赋》篇所论之“情以物兴”“物以情观”与后半的《神思》《情采》等篇都有密切的联系。又如《封禅》篇述评历代封禅诸文以后指出：“虽复道极数殚，终然相袭，而日新其采者，必超前辙焉。”这正是刘勰心目中“通变”的典型，刘勰认为可变者只是文采，“道”是不能变的也不会变的。曾经有人认为刘勰的文体论二十篇只是文学史，没有什么理论，其实《文心雕龙》下篇的种种理论在这里都有伏笔，有表现，全书前后是血脉相通的。

其五，文体论各篇篇末之赞，就上述四个方面用韵语作一总结，多有警句，也是刘勰文体论的重要组成部分，如《诠赋》篇赞曰：

> 赋自诗出，异派分流。写物图貌，蔚似雕画。抑滞必扬，言旷无益。风归丽则，辞剪美稗。

开头两句讲赋的起源，中间四句讲赋的基本特点，最后两句讲注意事项，强调要删除那些看上去很有文采而实际上多余的东西，“辞剪美稗”是一个很好的提法，适用于一切文章，尤其适用于赋，“写物图貌”很容易“下笔不能自休”，一味铺叙而失去控制。

近人习惯于将文学研究分为理论、批评、文学史三个部分，因为分工太细，有时不免会影响研究的深入。刘勰是把三条线一起抓在手里的。当今天我们深感综合研究之重要的时候，刘勰这种古老的办法正可以给我们甚深的启示。

刘勰研究文体问题并不限于上篇中这二十篇分论，在下篇以创作、批评、鉴赏为中心的专论中又有多处涉及文体问题，其中《定势》篇尤为重要，这里他从宏观的视角出发，就文体与风格的关系作出了专门的分析。

《定势》篇云：“夫情致异区，文变殊术，莫不因情立体，即体成势也。”这里

① 参见顾农《试论〈昭明文选〉与〈文心雕龙〉的关系》，《南开学报》1995年第1期；又收入《文选论丛》，第66～77页。

的“体”就是体裁或曰文体，“势”则指风格的趋向。“定势”就是按照文体的要求来决定采用的风格。刘勰指出，各种风格各有所长，难以定于一尊，一个高明的作者最好能够兼善各体，掌握多种不同的风格：“渊乎文者，并总群势，奇正虽反，必兼解以俱通，刚柔虽殊，必随时而适用。”但是在某一具体文体中，风格的趋势必须同一，不能杂糅，“若雅郑而共篇，则总一之势离，是楚人鬻矛誉盾，两难得而俱售也”。这就是说，从宏观方面看，应能全面发展“并总群势”，即能够掌握各种不同的体势；而从微观的方面看，一篇作品中只能有某一种统一的风格，而这种风格应当切合该文体的要求：

> 是以括囊杂体，功在铨别，宫商朱紫，随势各配。章表奏议，则准的乎典雅；赋颂歌诗，则羽仪乎清丽；符檄书移，则楷式于明断；史论序注，则师范乎核要；箴铭碑诔，则体制乎宏深；连珠七辞，则从事于巧艳：此循体而成势，随变而立功者也。

这里刘勰对于各种文体最佳风格的论述，令人想起曹丕、陆机先前那些指示；但刘勰不是像两位前贤那样直截了当地独断地提出这些结论的，他既已先行考察了全部文学史，又对文体风格问题作了理论上的种种说明，然后才得出这些结论。“循体成势”的理论主张建立在这样坚实的基础上，便显得无懈可击了。

这种强调统一、一致、遵守规范的文学批评思路，非常靠近西方的古典主义者。传统把一切都已经规定好了，那就照此办理吧。刘勰十分强调遵守规范而较少提倡艺术上的创新，态度有时会显得比较僵硬，例如关于“颂”，他坚持古老的传统，对汉代许多作品表示不满：

> 至于班、傅之《北征》《西巡》，变为序引，岂不褒过而谬体哉？马融之《广成》《上林》，雅（按，依文意，此字当作颂）而似赋，何弄文而失质乎！又崔瑗《文学》、蔡邕《樊渠》，并致美于序而简约乎篇。挚虞品藻，颇为精覈，至于杂以风雅而不变旨趣，徒张虚论，有似黄白之伪说矣。（《颂赞》）

刘勰认为班固的《车骑将军窦北征颂》（《艺文类聚》卷五十九）、傅毅的《西巡颂》（片断载《太平御览》卷五三一，题作《西征颂》）褒贬既已过当，正文以前加上了过长的序引，文体也是荒谬的。马融的《广成颂》（载《后汉书》本传）、《上林颂》（已佚）完全用赋的写法而称为颂，更属“失质”亦即失体。崔瑗的《南阳文学颂》（《艺文类聚》卷三十八）、蔡邕的《京兆樊惠渠颂》（载本集）序言比正文长得多，亦属于失体。这些批评古典主义气味甚浓。

“循体成势”的文章自然显得得体——风格与文体的要求相符，与此相反的情形则是“失体成怪”。中国文学批评的传统之一，正是依据文体的传统风格规范来批评作品，虽名家名篇一旦“失体”也会大遭抨击①。

当文坛上虽有创新而多存混乱的时候，高举传统的旗帜往往有拨乱反正的积极意义，刘勰所面临的局面中的确存在这样一种倾向，那时的“近代辞人”“率好诡巧”，他们“厌黩旧式，故穿凿取新”，搞了不少“颠倒文字”的花样，刘勰斥为“逐奇而失正”，“瘠义肥辞，繁杂失统”，“文体遂弊”。宋、齐以来文坛上是否确实存在这样的问题？是否确实已经“失体成怪”？因为现在我们读到的大抵是比较优秀的文章，而当年大量的一般作品未能流传至今，所以对这一点已经难以作出有效的判断，但我们看江淹在《杂拟诗》(《文选》卷三十一)序言中说“五言之兴，谅非复古，但关西邺下，既已罕同，河外江南，颇为异语”，便可以知道当时大约有些奇奇怪怪的写法；稍后萧纲在《与湘东王书》中又曾说起当时有人“吟咏性情，反拟《内则》之篇，操笔写志，更摹《酒诰》之作”，看来确实有些并不高明的怪异的文风。刘勰虽然颇多古典主义气味，但在文体风格混乱的时代，他的主张自有其产生和存在的依据，因此也就具有积极的意义。

五

《文心雕龙》下篇②的二十四篇涉及创作论、鉴赏论、批评论，理论精华最为密集。

在刘勰生活的时代，“文”这一概念的外延相当广阔。刘勰指出有两种很不同的文：一种是论说文，“论也者，弥纶群言，而精研一理者也”，“原夫论之为体，所以辨证然否，穷于有数，追于无形，钻坚求通，钩深取极，乃百虑之筌蹄，万事之权衡也。故其义贵圆通，辞忌枝碎，必使心与理合，弥缝莫见其

① 例如赵宋人尹师鲁曾经批评范仲淹的《岳阳楼记》乃“传奇体耳”，王安石批评苏轼的《醉白堂记》乃是“论”而非“记”，都出于同样的坚守文体规范的思路；至于李清照根据“词别是一家”的传统规范批评欧阳修、苏轼、王安石诸人的词，更是最典型的事例。

② 张钧衡跋《文心雕龙》云：“其书《原道》以下二十五篇，论文章体制；《神思》以下二十四篇，论文章工拙。合《序志》一篇，为五十篇。据《序志》称‘上篇以上’‘下篇以下’，本止二卷；然《隋志》已作十卷，盖后人所分。”见《适园藏书志略》卷十六。

隙。……”(《论说》)——在这里写的不是具体的物象而是抽象的事理;另一种是诗歌,“人禀七情,应物斯感,感物吟志,莫非自然”。艺术上成功的好诗“造怀指事,不求纤密之巧,驱辞逐貌,唯取昭晰之能”(《明诗》)——这样的作品写的是外物的形象,而物象又能同作者的感情打成一片,浑然一体,思想隐藏在其中,不直接说出。

写论说文要求“心与理合”,那么在写诗时,心(思维)的状态如何?刘勰在《文心雕龙》下篇中深刻详尽地分析过这个问题,散见于《神思》《比兴》《夸饰》《熔裁》《附会》《总术》等篇之中。

《神思》篇讲的是诗歌构思和撰写过程中的思维过程。“神思”这一术语在刘勰理论体系中的含义略近于今之所谓艺术想象。他写道:“文之思也,其神远矣。故寂然凝虑,思接千载;悄焉动容,视通万里。吟咏之间,吐纳珠玉之声;眉睫之前,舒卷风云之色。其思理之致乎!故思理为妙,神与物游,神居胸臆,而志气统其关键;物沿耳目,而辞令管其枢机。枢机方通,则物无隐貌;关键将塞,则神有遁心。”在文艺创作的思维过程中,外物作用于作者的耳目,以辞令(语言)为中介,引起作者的思维运动,这就是艺术想象。这种思维运动最主要的特点是“神与物游”——艺术家在认识世界、把握世界的整个过程中,始终不扬弃感性的材料,始终伴随着生动丰富的物象。同“心与理合”的抽象思维不同的是,它并不“穷于有数”,而是范围极其广泛,极其自由活泼,不受时空的限制;在这里不是“追于无形”的抽象,相反,其中充满了形象的想象和联想。

“思理为妙,神与物游”乃是艺术思维不同于抽象思维的本质特征。先前陆机在《文赋》中已经讲过艺术思维的特点,他写道:“其始也,皆收视反听,耽思旁讯,精骛八极,心游万仞。其致也,情曈昽而弥鲜,物昭晰而互进。”这里已经指出了在创作的过程中感情与物象是紧密相连的,随着思维运动的发展,物象在作者心目中越来越清晰,感情也越来越鲜明。刘勰所说的“神思”与陆机对艺术思维过程的描绘基本一致,而“神与物游”这一概括在理论上更加成熟。

对于艺术思维过程的特色,刘勰还有一段很深刻的论述,“诗人感物,联类不穷,流连万象之际,沈吟视听之区。写气图貌,既随物而婉转;属声附采,亦与心而徘徊”“目既往还,心亦吐纳”“情往如赠,兴来如答”(《物色》)。这里讲“心”与“物”的关联与统一,也是指艺术思维来源于对外物的感性印象,而物象在这一思维过程中始终存在。这也是就陆机的提法加以发挥,讲得更加透彻。

刘勰认为,“神与物游”的情形不仅存在于构思过程之中,也存在于撰写过程中,直至将这种思维成果写成“婉转附物,怊怅述情”的作品为止。《神思》篇继续写道:“夫神思方运,万涂竞萌,规矩虚位,刻镂无形。登山则情满于山,观海则意溢于海。我才之多少,将与风云而并驱矣。方其搦翰,气倍辞前,暨乎篇成,半折心始。何则? 意翻空而易奇,文征实而难巧也。是以意授于思,言授于意,密则无际,疏则千里。或理在方寸,而求之域表;或义在咫尺,而思隔山河。”这就是说,作家在下笔之前的构思活动中,思维活动急剧地进行,感情饱满,浮想联翩,思想感情与物象紧密结合,“神”与“物”完全融为一体,作品虽然没有写出来,还是“虚”的、“无形”的,但在作者心目当中却已经像雕刻似的凸现出来了,并且相当完美,合乎规律(“规矩虚位,刻镂无形”);可是等到实际动笔来写,却很为困难,写完一看,比起想象中的情况要打一个对折。为什么会这样呢? 刘勰在这里提出了一个“思—意—言”的路线图,在“思—意”和“意—言”这两个过程中,都存在两种可能性,一种是搞得好,由前者运动到后者很顺利,两者密合无间;一种是搞得不好,前后二者间有比较大的距离。在这里“思”指“思理”,即“神与物游”;“意”则指“神与物游”产生的意象即某种艺术形象;“言”则指用具体的语言文字将艺术形象表达出来。要从“万涂竞萌”的“思理”中产生出比较单纯具体的意象来是不容易的,而要把头脑中“翻空”的意象用“征实”的语言文字落实到纸面上,又是一个十分困难的事情,这两难都难在将“神与物游”的形象思维贯彻到底,并不断加以提炼和深化,再加上足够的语言技巧,这才能写出好的作品来。刘勰确实能够“道出文人甘苦疾徐之故”(李家瑞《停云阁诗话》)!

“思—意—言”的提法也并非刘勰的首创,此前陆机《文赋》已经提出过一个“物—意—言”的路线图,说是“恒患意不称物,文不逮意”。刘勰用“思”代替陆机的“物”实际上是指出了在创作过程中所处理的物已经不是独立于作者之外的、与作者没有什么关系的物,而是与作者思维活动密切相关的、已经带上了作者主观色彩的物,是“神与物游”“物以情观”的“物”。所以,从另外一个角度来说,这时的“思”也已经不是一般的思维,而是与物象结合在一起的生动活泼的思维,是用物象武装和充实起来的思维。总之,在艺术创作的过程中,思想与形象相连接,主观与客观相统一,物我完全交融。刘勰对形象思维的理解和表述显然比陆机大大地向前推进了。

《神思》篇末赞曰:“神用象通,情变所孕。物以貌求,心以理应。刻镂声律，萌芽比兴。结虑思契，垂帷制胜。”这里明确地说到了形象思维必须运用比兴。

比兴是中国诗歌创作的传统手法。诗言志，但往往不是直接言志，而是“感物吟志”。在诗歌创作过程中有着丰富多彩的想象与联想。《比兴》篇赞曰：“诗人比兴，触物圆览。物虽胡越，合则肝胆。拟容取心，断辞必敢。攒杂咏歌，如川之澹[①]。”这几句话与《神思》篇论旨关系十分密切，讲清了诗歌创作的一些基本规律，对形象思维问题作了进一步的发挥。

“诗人比兴，触物圆览”，说的是诗的创作离不开对外物的广泛观察，离不开对各种物象之间联系的探索。“圆览”就是“感物”时浮想联翩，连类不穷，将自己的思想与众多的物象（“万象”）联系起来，最终写出“以少总多，情貌无遗”（《物色》）的作品。其间的关键正在于比兴。

“物虽胡越，合则肝胆”讲的是“比”。比者，以彼物比此物，这二物之间本来是距离遥远的（“胡越”），但在某一点上有相通之处，诗人抓住这一点来以彼喻此，因为生动贴切（“肝胆”），所以富于艺术效果。刘勰指出比有两种：一种是“比类”，即利用不同物象之间相似的地方打比方；另一种是“比义”，其特点是“写物以附意”，将某一具体物象与某一抽象的意念联系起来以彼喻此。后一种比喻更加巧妙深刻。

“拟容取心，断辞必敢”讲的是“兴”。前人论“兴”，始终没有讲得十分清楚，刘勰将“兴”与神思联系起来，指出“兴者，起也”，“兴之托喻，婉而成章，称名也小，取类也大”，其特点是所谓“拟容取心”。按，《易·系辞下》云：“其称名也小，其取类也大”，韩注云：“托象以明义，因小以喻大。”刘勰正用此义。“拟容取心”就是“托象以明义”，既写物象，又通过物象引起感情，表达思想；有了“兴”，下文就可以放手去写了（“断辞必敢”）。通过“兴”这种手法，或者大而言之，这种创作路径，外物的容貌形象与作者的思想感情得以微妙地结合起来，在这里不是抛弃形象来抽象地直接地表达思想感情，而是将形象与思想感情结合起来，在本来似乎毫不相干的“容”与“心”之间架起一道桥梁——这是单纯的逻辑思维办不到的。运用“兴”不仅能够描绘事物的外貌，而且能够摄取其精神，能够不抛弃感性材料而达到理性认识。

刘勰大力提倡比兴，认为运用这两种手法可以使得诗歌作品意象丰富，

① “澹”诸本作“涣”，据黄侃说校改，详见《文心雕龙札记》，中华书局 1962 年版，第 177 页。

像流水一般生动("攒杂咏歌,如川之澹")。他的这一主张一方面总结了历史上诗歌创作的成败得失,同时也是为挽救时弊而发的。在刘勰之前,中国诗歌有过两度大繁荣,一是先秦《诗经》和《楚辞》的时代,一是建安时代。刘勰对《诗经》评价极高,这是儒家的经典;对《楚辞》他提出了一分为二的看法,总体来看评价也比较高;对建安文学也是大力肯定的。此后诗坛则有两度厄运,这就是"江左"与"宋初":东晋时玄言诗泛滥,"江左篇制,溺于玄风"(《明诗》),"诗必柱下之旨归,赋乃漆园之义疏"(《时序》),诗中没有形象,一味抽象地说理,亦即徒有"心"而不拟"容";玄言诗没落以后兴起的宋初山水诗专用赋体,只"拟容"而不"取心",而到刘勰写《文心雕龙》的齐末,艳诗已经开始流行,为后来的"宫体"导夫先路,刘勰对这些也是不满意的,这些作品在思想上偏离了儒家体系,在艺术上则只堆砌感性材料而缺少思想的深度。正是为了反对这些时弊,刘勰"搦笔和墨,乃始论文"(《序志》),他一方面用很大的力气大讲原道、征圣、宗经的必要,以儒家思想为武器与文坛异端进行斗争,另一方面则大讲文艺创作的规律,以"神思"为一大论点,去纠正艺术上的肤浅和无聊——就这后一个方面而言,他在理论上确有重大的贡献。

形象思维的特点除了富于想象、善于联想以外,还有很突出的一点,那就是可以夸张;抽象思维是不允许夸张的。《文心雕龙》第三十七篇《夸饰》专论夸张,一开头就说"夫形而上者谓之道,形而下者谓之器。神道难摹,精言不能追其极;形器易写,壮辞可得喻其真"。刘勰本来是认为文源于道的,而在这里他却不能不承认"道"是言语所不能表达的,文艺作品所描写的对象主要还是"形而下"的器,也就是物质的世界、真实的生活;而且他认为通过夸张的手法可以反映事物的真相和本质。为什么?因为"辞虽已甚,其义无害也",不仅无害,搞得好还很有益,有助于表达事物及感情之真,可以把隐藏在内心深处不明显的东西表达得十分鲜明生动,点到要害,使读者十分感动("饰从其要,心声锋起")。经过夸饰的形象与作者的感情结合得非常紧密,形成一种特殊的"神与物游",特殊的"拟容取心",从而成为文学的常用手法,"文辞所披,夸饰恒存"。

刘勰指出,夸张一定要讲究合理的度,不可过分,"夸过其理,则名实两乖",这是因为"虚用滥形"将使得物与心脱节,违背义理,读者从浮夸的形象中看不出象下之意来,反而感受到了欺骗。因此"夸而有节,饰而不浮"乃是必须遵守的原则。

"夸而有节",节从何来?刘勰认为这就需要"验理"——用事理、理论来检验。如果“验理则理无可验”，那就说明夸张已经失控了。刘勰已经考虑到形象思维要受逻辑思维制约的问题。逻辑思维在文艺创作过程中也是要发挥作用的，不可能专用形象思维，不用逻辑思维。这一点在《神思》《比兴》等篇中也有所涉及，《比兴》篇说到比兴要合于义理；《神思》篇更深刻地写道：“陶钧文思，贵在虚静，疏瀹五脏，澡雪精神。积学以储宝，酌理以富财，研阅以穷照，驯致以绎词；然后使元解之宰，寻声律以定墨；独照之匠，窥意象而运斤。此盖驭文之首术，谋篇之大端。”为了搞好形象思维必须加强学习（“积学”），加强理论方面的研究（“酌理”），使自己的头脑成为一个懂得深奥道理的头脑（“元解之宰”）。刘勰把这一点看成是“驭文之首术，谋篇之大端”，可见他对抽象思维十分重视，对处理好形象思维与抽象思维的关系十分重视。

作家在构思时“寂然凝虑，思接千载；悄焉动容，视通万里”，“神与物游”，“万涂竞萌”，情况复杂得很；而写出来的作品却必须做到“以少总多，情貌无遗”（《物色》）——这中间得花费巨大的劳动，有一个艺术概括的过程。关于形象思维的这一方面问题，刘勰也曾有所论述。

《熔裁》篇讲熔意裁辞，实即艺术构思艺术概括的问题。“凡思绪初发，辞采苦杂”，要想使写出来的作品“情周而不繁，辞远而不滥”，“非夫熔裁，何以行之乎？”

为了搞好“熔”，刘勰提出了“三准”：“履始于端，则设情以位体；举正于中，则酌事以取类；归余于终，则撮辞以举要”。“三准”是在动笔以前就得立下的标准，是关于艺术概括的规律，与形象思维的关系相当密切。第一，“设情以位体”。“情”与“意”相通，指形象思维中充满感情色彩的意象①，“体”这个概念在这里指作品的主题或思想②，“设情以位体”指的是根据形象思维中产生的意象来确定作品的主题。第二，“酌事以取类”，根据主题的需要选取素材。第三，“撮辞以举要”，选用适当的语言，抓住要害，给作品树起一个骨架来。上述相互联系的三个过程实际上就是艺术概括的过程。刘勰认为，如果不处理好艺术概括而信手写去，“委心逐辞”，那就会“异端丛至，骈赘必多”。换言之，要将“万涂竞萌”时杂乱纷纭的意象加工为“以少总多，情貌无

① “情”的主要含义是感情，但有时也可以指包含感情的意象，如《神思》“登山则情满于山，观海则意溢于海”，两句互文见义。

② 刘勰多次在这样的义项下使用“体”这个词，例如“体乎经”（《序志》）是说作文应以儒家经典的思想为其主题；“将阅文情，先标六观，一观位体。……”（《知音》）是说分析作品首先要考察它的主题。

遗”的作品，必须经过“权衡损益，斟酌浓淡”的熔意过程，这里要紧的是要敢于“芟繁翦秽”，要舍得抛弃一些材料。这些材料本身也许是很好的，但为了使得作品的主题鲜明突出，仍然非抛弃不可，这就是所谓“绳墨之外，美材必斫”。

《附会》篇也讲艺术概括，但专从谋篇布局的角度立论。“何谓附会？谓总文理，统首尾，定与夺，合涯际，弥纶一篇，使杂而不越者也”。可见附会就是将丰富多彩的意象加以整理，斟酌取舍，加工提炼，使之由多而杂跃进为少而精，将文章写得很精粹凝练。“附辞会意，务总纲领。驱万途于同归，贞百虑于一致。使众理虽繁，而无倒置之乖；群言虽乱，而无棼丝之乱。扶阳而出条，顺阴而藏迹。首尾周密，表里一体。此附会之术也”，这里更具体地讲到如何选择和整理形象思维的成果，使之纲举目张，井井有条，立意鲜明，中心突出。为此就要突出某些东西，使之如树木在阳光下枝条舒展（“扶阳而出条”），又要隐藏省略某些东西（“顺阴而藏迹”）。一个作家必须有这样的自觉，才能“去留随心，修短在手”，掌握“缀思”的主动，提供“具美”（十分完美）的作品，获得写作的成功。

《总术》一篇内容丰富，其中再次讲到艺术概括的规律。篇末赞语云：“文场笔苑，有术有门。先务大体，鉴必穷源。乘一总万，举要治繁。思无定契，理有恒存。”这里再一次强调了要根据形象思维的成果和作品的实际需要，花大力气进行艺术概括。刘勰认为这乃是为文的根本大术。

所有这些看法都带有深刻的辩证因素。先要有“万涂竞萌”的艺术想象，继之以“乘一总万”的艺术概括，最后才能有“以少总多”的成功作品。这里实际上已经涉及典型化问题了，但他没有再说下去。

总体来看，《文心雕龙》对于形象思维问题确实发表了许多精彩的意见，包含着丰富的艺术辩证法；但是刘勰并没有超出儒家思想的范围。最明显的是他在论述艺术概括问题时最为强调的是“位体”，是“先务大体”，而其具体内容无非是根据儒家经典来确定主题，《情采》篇说“是以联辞结采，将欲明经，采滥辞诡，则心理愈翳”——失去儒家思想的指导，头脑就会糊涂。刘勰在讲形象思维时说“我才之多少将与风云并驱矣”，似乎气魄很是阔大，而关于怎样才能使自己的才增多呢，唯一的出路不过是读经，“夫经典深沉，载籍浩瀚，实群言之奥区，而才思之神皋也。扬、班以下，莫不取资，任力耕耨，纵意渔猎，操刀能割，必列膏腴。是以将赡采力，务在博见”（《事类》），似乎只要多读儒家经典，创作中的问题就完全可以解决了。他不过是要让文学成为经学的婢女。这些主张的实质是用儒家思想来羁縻文学，刘勰终于还是将艺术问题完全纳入到他那个原道—征圣—宗经的体系中去了，这是不利于文学创作的。

《文心雕龙》又深入探讨了文学风格问题。书中的《定势》和《体性》两篇，把风格形成的客观和主观因素的这两个方面，几乎分析得题无剩义。刘勰对他心目中理想的文风也作过很精彩的论述，主要见于《风骨》篇；领会了"风骨"这个标准以后，他对不同艺术风格的态度就可以得到某种解释。

体裁是制约风格的客观因素，《文心雕龙》的上篇已经对各类文体作了深入的研究，在下篇的《定势》篇中他又从宏观的视角出发，就文体与风格的关系提出了专门的分析，进一步作出理论上的概括。

在"论文叙笔"的那二十篇中，刘勰几乎涉及了当时的全部文体（只有处于很边缘状态的小说未加论列），总计有三十四种之多，它们是：诗、乐府、赋、颂、赞、祝、盟、铭、箴、诔、碑、哀、吊、对问、七、连珠、谐隐、史传、诸子、论、说、诏、策、檄、移、封禅、章、表、奏、启、议、对、书、记。刘勰对每一种文体都作了四个层次的分析："原始以表末，释名以章义，选文以定篇，敷理以举统。"（《序志》）——最后一个层次理论色彩最为浓厚，在这里刘勰对某一文体应取何种风格作了详细的论述，有时还把这种论述推进到更细微的小类别上去，例如诗，他认为四言诗应以雅润为本，而五言则以清丽居宗。但是刘勰的高明之处主要并不在于他比曹丕、陆机、挚虞、李充等人辨析得更为细致，而在于他能从该文体所处理的材料及其作用等方面阐明它何以应取某种风格。例如赋这种文体，《诠赋》篇指出其风格应当是"丽辞雅义，符采相胜"，其根据在于"赋者，铺也，铺采摛文，体物写志也"，"原夫登高之旨，盖睹物兴情，故义必明雅，物以情观，故辞必巧丽"，所以，非"丽辞"不足以"写物图貌，蔚似雕画"；非"雅义"则不足以"写志"，而如果不写志，赋就会变成"无益风轨，莫益劝戒"的雕虫小技。要之，赋这一文体的本质特点在于通过铺叙事物以寄托某种教训，因此"丽辞雅义"就是必然的要求，成为其质的规定性。又如论这种文体，《论说》篇指出："原夫论之为体，所以辨证然否，穷于有数，追于无形，迹坚求通，钩深取极，乃百虑之筌蹄，万事之权衡也。故义贵圆通，辞忌枝碎，必使心与理合，弥缝莫见其隙，辞共心密，敌人不知所乘，斯其要也。"由于论是辨证事理之是非得失的，所以应当抓住要害，不枝不蔓，深刻而周密地阐明道理，不能有被论敌抓住的漏洞。再如《杂文》篇中对"对问""七""连珠"三种小文体既分别作了讲解分析，又总起来说，凡此种种"皆暇豫之末造"，所以不妨

“飞靡弄巧”;后代的散文小品往往以构思精巧、文采斐然的居多,正足以证明刘勰的分析是正确而深刻的。

西方文论中讲体裁与风格的关系大约以黑格尔讲得最为深刻,他指出“风格就是服从所用材料的各种条件的一种表现方式,而且它还要适应一定艺术种类的要求和从主题概念中生出的规律。如果在这个广义的风格上有缺陷,那就是由于没有能力掌握这种本身必要的表现方式,或是由于主观任意,不肯符合规律,只听任个人的癖好,以一种坏的作风来代替了真正的风格”①。文体决定风格,实际上是内容决定风格,这就是风格的客观因素(作家的个性则是风格的主观因素)。刘勰也许讲得没有这样清晰,但他通过深入的历史研究得出了与此相视而笑、莫逆于心的结论。

刘勰并没有把“体势”(文体风格)完全看成是一成不变的僵死的东西,他承认“变文之数无方”,甚至说“变则可久”“趋时必果”;这样的主张富于弹性,为人们的探索和创新留出了某种余地。刘勰不是那种头脑僵化的古典主义者,他讲“通变”,讲“奇正”,都是允许创新的,只不过这种创新不能突破儒家思想的大框框,不能完全突破传统的文风而已。所以他在《定势》篇中号召人们“执正以驭奇”,在坚持儒家思想和传统的大前提下,有控制地采用新的手法和技巧。刘勰比较善于辩证地思考问题,水平大大高于所谓的古典主义者。

关于风格的主观因素亦即作家创作的个性方面,刘勰在《文心雕龙》的第二十七篇《体性》中作了深入的论述。在《定势》篇中“体”指文体,而在《体性》篇中“体”指风格,古代文论中的一词多义非常多见,这是我们务必要认识清楚的②。

《文心雕龙》全书只用过一次“风格”一词,《议对》篇云:“汉世善驳,则应劭为首;晋代能议,则傅咸为宗。然仲瑗博古,而诠贯有序;长虞识洽,而属辞枝繁。及陆机议断,亦有锋颖,而腴词弗剪,颇累文骨,亦各有美,风格存焉。”这里的“风格”显然指由于作者个性不同而形成作品不同的风貌格局。刘勰分析应劭(仲瑗)、傅咸(长虞)、陆机三位作家的政论文,指出他们各有所长,也各有其短,综合起来就形成了他们不同的风格。刘勰在这里已经提到他们

---

① 《美学》第一卷,朱光潜译,人民文学出版社 1997 年第 2 版,第 373 页。按,黑格尔之所谓“作风”指作家的个人风格,而风格则指文体风格,或大而化之,指不同艺术品种因媒介不同而形成的不同的表现方式。

② 参见《〈文心雕龙〉术语用法举例》,《陆侃如古典文学论文集》,上海古籍出版社 1987 年版,第 907 页。

不同风格的形成与他们本人的种种特点如知识结构、性格等等直接相关，但尚未及作出深刻的理论分析——这个问题他留到《体性》篇中作专门的研究。

为什么同一文体由不同的作家写起来仍然面貌各异？刘勰对此的基本回答是："夫情动而言形，理发而文见，盖沿隐以至显，因内而符外者也。然才有庸俊，气有刚柔，学有浅深，习有雅郑，并性情所铄，陶染所凝，是以笔区云谲，文苑波诡者矣。"这段话包括两个要点：一，表现于外的波诡云谲、纷纭复杂的风格是由作者内在的种种特殊性所决定的；二，创作的个性可以分为先天的才（才能）、气（气质）和后天的学（知识）、习（习染）等几个因素。在刘勰以前也有人讲过创作个性问题，但往往只讲气质对创作的影响以及地域文化对作者的影响，例如曹丕《典论·论文》就是如此；刘勰在前人思想资料的基础上有很大发展，讲得更加全面、圆通。

才、气是先天的东西，难以改变，所以刘勰更加重视后天的学和习。他说："才有天资，学慎始习。斫梓染丝，功在初化。器成彩定，难以翻移。"因此要抓早期培养，学习要端正方向，养成良好的习惯，从而发挥自己的长处。总之，要千方百计加强自己的"内"，所以初学者必须"摹体以定习，因性以练才"，一方面要不断地充实和提高自己，一方面又不能丧失自己的本性。这是一个很有辩证法的提法，合于现代心理学的原则。

不过总体来看，《体性》篇讲创作个性对于文学风格的影响，理论精华不算特别多，水平似不如《定势》篇那样高。这个问题要到后来浪漫主义的文学思潮高涨起来以后，才会进一步引起人们的重视。

《体性》篇将风格区分为八大类型，并分别作了一些说明，大体可以列为下表：

典雅	熔式经诰，方轨儒门
显附	辞直义畅，切理厌心
精约	核字省句，剖析毫厘
壮丽	高论鸿裁，卓烁异采
新奇	摈古竞今，危侧趣诡
远奥	复（通行本作"馥"，此据范文澜说校改）采典文，经理玄宗
繁缛	博喻酿采，炜烨枝派
轻靡	浮文弱植，缥缈附俗

这八体中刘勰评价比较高的显然是典雅、显附、精约、壮丽这一组，对另一组就不是那么赞许了，尤其不欣赏新奇、轻靡二体。给风格分类并决定去取从

来是一件吃力不讨好的事情，他反对新奇和轻靡固然有切中时弊的合理成分，但具体问题尚待进一步分析，即如鲍照的诗应当说很有些新奇、轻靡的意味，《南齐书·文学传论》说："发唱惊挺，操调险急，雕藻浮艳，倾炫心魄，亦犹五色之有红紫，八音之有郑卫，斯鲍照之遗烈也。"站在正统的立场上看，固然可谓"颇伤清雅之调"；鲍照又注意学习民歌，作有《吴歌》《采菱歌》《中兴歌》《拟行路难》等等，而那些"郑卫之声"的民歌恰恰是刘勰很反感的(详见《乐府》篇)。可是经过文学史的长期考验，鲍照还是很能自立的，具有比较高的地位。可见刘勰对"近代辞人"的过分贬抑未必全是，他的思想过于正统，缺乏博大的胸怀，王运熙先生说："对刘勰批评宋齐文风的意见，也要具体分析，不宜笼统地加以肯定。"①所见极是。

刘勰是一位参与意识非常之强的理论家，他研究风格类型绝非进行纯学术讨论，而是为纠正时弊、有所倡导服务的。刘勰理想中的文风是作品中的感情真实而充沛，具有巨大的感染力和教化作用，作品的文辞简明清峻，刚健有力，读来使人振奋那样一种类型。提倡这样的文风正是要对"繁采寡情"(《情采》)、"膏腴害骨"(《诠赋》)的时下弊端痛加针砭。

刘勰心目中理想的文风见之于建安时代，所以特别提出来加以表彰，并另作《风骨》一篇(在全书中列为第二十八篇)，从理论上进一步加以阐明。《风骨》篇讲的是文风问题，与狭义的风格(如《体性》篇中所说的八体)相比，可算是更高层次上的理论概括，不过重视风骨一般就会倾向于阳刚之美，所以不妨联系起来加以讨论。

刘勰指出，建安时代是中国文学史上的一个高峰，"观其时文，雅好慷慨，良由世积乱离，风衰俗怨，并志深而笔长，故梗概而多气也"(《时序》)。所谓"慷慨""多气"指的是作品中充满了对人生对社会的感慨，富于艺术感染力，这也就是《风骨》篇所说的"情之含风，犹形之包气""怊怅述情，必始乎风"——这正是建安文学主要的优点。其次要的优点则是文辞简洁有绪，刘勰认为"膏腴害骨"，文章最怕的是浮肿，例如陆机虽然是大作家，但刘勰毫不留情地批评他"腴辞弗剪，颇累文骨"，《风骨》篇更明确指出"瘠义肥辞，繁杂失统，则无骨之征也"；而建安文学"造怀指事，不求纤密之巧，驱辞逐貌，唯取昭晰之能"(《明诗》)，最是有骨。刘勰希望建安文风重见于今日。

建安风骨的形成，刘勰认为在很大的程度上是由时代决定的，同时也跟

① 《文心雕龙探索》，上海古籍出版社1986年版，第221页。

当时文人健康的心态分不开，“世积乱离，风衰俗怨”，必然引起胸怀大志、关心民间疾苦的作家在艺术创作上走上以简洁的笔墨慷慨抒情的路子。刘勰大讲“风骨”而特别重视建安文学给后人留下深刻的印象，“建安风骨”后来成了一个专门名词。唐初文风颓靡，稍后陈子昂、李白等改革者就标举“建安风骨”作为拨乱反正的一面大旗。到后来，有无风骨往往成为人们衡量作品成败高下的一个重要尺度。一个文艺理论家的意见对后世能有这样大的影响，是非常难能可贵的。

近年来若干学者把“建安风骨”看成是所谓时代风格，同一时代的作家作品在风格上有许多相同相近的地方，就是时代风格。《文心雕龙》的《时序》《通变》《明诗》等篇以及其他一些篇章的某些地方都论述时代风格问题云云。这样看当然也未尝不可，不过狭义的风格与文风是两个不同层次的概念，不同的风格可以并存，也往往难以定其高下；而文风却明显地有好坏之分。理论家在前一个问题上可以很宽容，承认“亦各有美”，而在后一个问题上一般都是态度分明，不稍假借的。尽管文风会影响风格的取向，但它们到底是两回事。所以某一时代突出的文风不如称为时代精神或创作倾向更为合适，或径称一代文风。至于刘勰对建安风骨再三致意，重点又不在论述一代有一代之文风，主要还是他认为这是一种理想的应当大力提倡的文风。刘勰的着眼点全在现实。

关于时代对文风的影响，刘勰的提法较之过去的理论家也大有进境。前人大抵只着眼于政治对文风的影响，所谓“治世之音安以乐，其政和；乱世之音怨以怒，其政乖；亡国之音哀以思，其民困”，《礼记·乐记》和《毛诗大序》都说过这样的话；刘勰也讲政治与文学的关系，例如他说过秦朝“政无膏润，形于篇章”（《奏启》），但他的观察远不限于政治，还考虑到社会生活中的其他因素，注意研究文艺与政治之间的中介，《时序》篇说：“昔在陶唐，德盛化钧，野老吐‘何力’之谈，郊童含‘不识’之歌；有虞继作，政阜民暇，‘熏风’诗于元后，‘烂云’数于列臣，尽其美者何？乃心乐而声泰也。”这里因隐然提出一个公式：

政—民—心—声

注意考察社会文化心态，研究政治上的治乱如何通过民心这一中介去影响文艺，这就要比单讲“治世之音安以乐”等等简单化的命题内容要丰富得多了。刘勰所谓政治当然只是少数封建统治者的政治，所以他把“歌谣文理，与世推移”的原因归结为“风动于上而波震于下”，他这一方面的理论在《时序》篇分析汉代文风的几番变化时流露得特别分明。高层统治者的思想路线和文艺政策必然对文艺创作产生深远的影响，在统治严密的专制社会尤其是如此，我们应当承认这一点。

一代文风往往影响人们对风格的取舍。刘勰认为宋、齐以来文风渐趋萎靡，新奇、轻靡的风格大为流行；他对此深感忧虑，认为这样的作品思想、艺术皆不足取，而最根本的纠偏办法乃是认真学习儒家经典，其次则不妨用建安文学为榜样来帮助拨乱反正，以保证文学创作沿着正确的道路发展。既要让作品富于教化作用，又要有很强的艺术感染力，建安作家们是很好的榜样。文风问题一般来说乃是文学内部规律方面的事情，但中国古代的文论家很少有专讲内部规律的，他们总是关心外部规律，关心文艺与政治、伦理、社会的关系。刘勰在分析"八体屡迁"的《体性》篇之后，紧接着就安排一篇提倡"深乎风""练于骨"的《风骨》篇，其用心在此，亦可谓良苦矣。

《文心雕龙》讲鉴赏和批评，提出的主要观点是他的"六观"论。《序志》篇云："崇替于《时序》，褒贬于《才略》，怊怅于《知音》，耿介于《程器》。"可知这四篇是一组专论[①]，其中《知音》篇尤为重要，所谓"六观"正是在这里明确提出来的，带有某种纲领的性质。佛教典籍中很喜欢用"六"这个数字构成所谓事数，有六大、六天、六道、六根、六尘、六入、六识、六行、六通、六如、六波罗蜜等名目。刘勰精通佛学，于是他的批评标准便是六条。《知音》篇云：

> 将阅文情，先标六观：一观位体，二观置辞，三观通变，四观奇正，五观事义，六观宫商。斯术既行，则优劣现矣。

刘勰虽然没有具体地说到在这些方面何者为优，何者为劣，但联系《文心雕龙》中其他有关论述来看，他的倾向是很清楚的。

放在首位的"观位体"意在考察作品中的情志、思想。"体"这个词在《文心雕龙》中分别指好几个概念，有时指文体，如《定势》篇中诸"体"字；有时近于今之所谓风格，如《体性》篇中诸"体"字；有时则近于主题思想。"体"本来就有主体、本体的意思，引申而为文章中最根本的东西，即主题、思想倾向，这里的"位体"即指确定主题。《镕裁》篇云："草创宏笔，先标三准：履端于始，则

---

① 今本《文心雕龙》在《时序》《才略》之间夹入一篇《物色》，这种布局似乎已非刘勰原文之旧，至少应将《时序》与《物色》互换一下位置。清末人姚华主张重新编定《文心雕龙》下篇的次序(详见《弗堂类稿》论著甲《论文后编》)，其具体方案虽然未必尽当，但他看出今本《文心雕龙》在流传过程中各篇之顺序已有某些错乱，是很有见地的。

设情以位体；举正于中，则酌事以取类；归余于终，则撮辞以举要。”写作的第一个步骤就是要规范自己的感情，确立主题的倾向；创作既如此，那么批评当然要相应地“一观位体”，首先考察作品的情志或者思想倾向如何。

刘勰文学论最重要的命题是“本乎道，师乎圣，体乎经”（《序志》）。“体乎经”就是要求作品以儒家经典的思想为其主题思想。《通变》篇讲“设文之体有常”，文章的主题思想就其大的倾向而言是不变的，这意思当然还是“体乎经”。这些“体”字都指思想原则而非艺术形式。刘勰是一位古典主义的理论家，极重理性，相信世界上总有些永恒不变的原则，文学创作必须以这些原则为出发点和归宿。在刘勰看来，儒家经典无论在思想还是在艺术上都是永垂不朽的范例；如果说在艺术表现方面还可以允许适当的花样翻新的话，那么儒家经典所表达的思想是绝对不容动摇的。这一层意思，《文心雕龙》再三致意，反复强调，因此，在“将阅文情”之际，也必须首先考察其“体”，这乃是头等大事。

刘勰既主张原道、征圣、宗经，因此“观位体”也就是看作品的思想内容是否合于他尊为正统的儒家之道。刘勰评论具体作品时确实首先考察这一条，例如在“七”这一文体中，刘勰高度评价马融的《七厉》，否定左思的《七讽》“《七厉》叙贤，归以儒道，虽文非拔群，而意实卓尔矣”（《杂文》）；“左思《七讽》，说孝而不从，反道若斯，余不足观矣”（《指瑕》）。马融是汉代的大经师，刘勰本人很崇拜他（详见《序志》），他的《七厉》虽然艺术上并不高明，但主题是“归以儒道”的，刘勰就充分予以肯定，以为卓尔不群；左思《七讽》现在已经失传，仅存两句，全篇旨意无从窥见，刘勰因为其中有“反道”的倾向，就毫不留情地斥为不足观。这就是所谓“一观位体”。

“观位体”还有另外一层意思，是要看“体”即作品的主题是否单纯明朗。刘勰认为，优秀作品的主题总是单一清晰的，要做到这一点，在写作过程中必须下一番他称之为“镕”的功夫，“镕则纲领昭畅”（《镕裁》）。用今天的话来说，“镕”就是提炼主题。一旦谈到艺术规律，刘勰往往有精彩的意见。

“五观事义”。朱自清先生说：“事，人事也。义，理也。引古事以证道理，叫作‘事义’。”[①]刘勰在《事类》篇中将“事义”细分为“明理引乎成辞，征义举乎人事”两项，前者指引用古人的话，“全引成辞以明理”；后者是连类而及地运用典故，“略举人事以征义”。无论引成辞还是举人事，就思想大原则言必须

---

① 《朱自清古典文学论文集》上册，上海古籍出版社 1981 年版，第 41 页。

宗经,就技巧言,则“综学在博,取事贵约,校练务精,捃摭须核”,“凡用旧合机,不啻自其口出;引事乖谬,虽千载而为瑕”。这就是说,无论引辞引事,一要少,二要精,三要准确,四要“合机”即合乎自己文章的逻辑和情境,最好应做到“用人若己”,如盐着水,没有任何生硬的痕迹。这就需要多识前言往行,如果所见不博,则无从征引,或只能拾掇小文,显得小家子的寒酸气;而尤其需要有巧妙的联想,如果才气不足,则很可能虽博观而不能约取,运用不灵,反成为文章的弊病。

晋宋以来,引古证今成了文坛流行风气,骈体文尤其非多运用语典、事典不可,刘勰自不能自外于此种文风,他认为事义是文章的“骨髓”(《附会》),因此“观事义”就成了文学鉴赏与批评不可或缺的重要侧面。在《事类》篇中刘勰关于事义的评说,多举文、赋中的例子,不大举诗歌为例。与刘勰大体同时的钟嵘在《诗品》中彻底反对用典,当与他所评论的仅限于诗歌有关,他的议论虽说是针对时弊而发,但终不免稍觉偏激,在理论上显得不如刘勰成熟;好在钟嵘在具体评论作家作品时还能掌握分寸,颇多真知灼见。在大的方向上,他们还是有不少一致的地方。

“二观置辞”。从相关篇章看,刘勰十分重视“剪截浮辞”,提倡简明扼要刚健有力的文辞。刘勰说过“文约为美”(《铭箴》),“义明而词净”(《杂文》)等命题,反复强调只有“辞约而旨丰”(《征圣》)才是好作品。刘勰曾经多次批评陆机繁杂的文风,并指出《文赋》中提倡“榛楛弗剪”的根子就在于他本人在创作上“情苦删繁”(《镕裁》)。与“思能入巧而情苦删繁”(《才略》)的陆机相反,刘勰提倡“芟繁翦秽”;所以在具体评论作家作品时十分注意考察其置辞究竟是繁杂芜秽还是简洁明快。

刘勰讲置辞问题时特别重视规范,《章句》《丽辞》《指瑕》诸篇中讲了不少语法、修辞方面的问题,以致有人认为《文心雕龙》乃是一部讲写作技法的书,只不过因为涉及甚广,于是在文学理论批评方面也显得比较重要罢了。这一看法可谓事出有因。《文心雕龙》的本意在于研究“文心”,成一家之言,绝不限于修辞一类具体问题,他谈这一类仍然是为了品评作品而不是专门进行语言研究。作为一位特别重视规范的古典主义理论家,他在自己的著作中涉及若干具体技法问题,也是非常自然的,这并不影响全书的性质。西方古典主义理论家往往也讲一些技术问题,如戏剧的“三一律”之类,并不影响其为文学理论著作的性质;对刘勰不应另立标准。

“六观宫商”可以视为观置辞的补充。观宫商就是考察作品是否讲究声律，是否具有音乐美。南朝宋、齐是开始研究并因而特别重视声律的时代，范晔、沈约、谢朓、王融、周颙等人研讨尤力，“（沈）约等文皆用宫商，将平上去入四声，以此制韵，有平头、上尾、蜂腰、鹤膝，五字之中，音韵悉殊，两句之内，角徵不同，不可增减，世呼为‘永明体’”（《南史·陆厥传》）。受这种文坛风气的影响，刘勰也十分重视研究声律，他认为如果不讲声病，音律乖谬，写出文章来就像口吃的人说话，那是很大的毛病。刘勰“观宫商”而评论作家，肯定了“宫商大和”的曹植和潘岳，对“时有乖贰”的左思则有所批评。在《章表》篇中刘勰特别表彰曹植诸作“体赡而律调”，尤为具体运用“观宫商”以从事文学批评的著名实例。

不过就《文心雕龙》全书看去，刘勰品评作品时并不十分强调“观宫商”这一条。这大约一则因为其时声律之学尚在研究之中，还没有权威的规范；二来刘勰是高度重视思想内容的人，未必有兴趣在这等末节上过于吹求。刘勰的态度既不像永明体主将沈约那样把声律看得至高无上，说什么“妙达此旨，始可言文”（《宋书·谢灵运传论》）；也不像钟嵘那样粗暴地排斥声律，说什么“但令清浊通流，口吻调利，斯为足矣。至平上去入，则余病未能，蜂腰鹤膝，闾里已具”（《诗品·序》）。刘勰的态度比较折中公允。刘勰勇于接受声律这个新事物并加以论列，在他的批评论中“观宫商”被列于“六观”之末，这是比较恰当的。曾经有一些论者一看到声律便斥为形式主义，以为刘勰的态度不如钟嵘那样坚决；而事实上钟嵘在这个问题上的态度倒是不免有点过激。

以上几观涉及思想、事义、辞采这三个方面；“三观通变，四观奇正”，实际上所观者仍不出此三者，只是讨论问题换了一个角度。

《文心雕龙·通变》开头便道：“夫设文之体有常，变文之数无方，何以明其然耶？凡诗赋书记，名理相因，此有常之体也；文辞气力，通变则久，此无方之数也。名理有常，体必资于故实，通变无方，数必酌于新声。故能骋无穷之路，饮不竭之源。”这里两次运用“通变”一词。“通”“变”也可以分别单独成词，该篇赞曰：“通则可久，变则不乏。”正文中也说“凭情以会通，负气以适变”，并是其例。《易·系辞下》云：“变则通，通则久。”刘勰讲“通变”也许是受这个提法的启示，但含义不同，刘勰之所谓“通”指继承传统，即“设文之体有常”——文章的思想内容就其大的倾向而言是永远不变的，也就是要“体乎经”（《序志》，）以儒家经典的思想为其主题。从这个意义上来说，“观通变”也就是“观位体”。

至于“变”，则指文辞上的变化。刘勰认为文辞是可以变化的，甚至非变化创新不可。就这个意义而言,“观通变”也就是观事义、观置辞以至于观宫商。“通变”的全部意义是,在笃守儒家思想原则的前提下进行艺术创新,并处理好二者之间的关系。

“观奇正”的意义与此相通。所谓“正”,指以儒家经典为代表的思想和作品,而“奇”则指非正统的思想和作品,例如《离骚》,他就称之为“奇文”(《辨骚》)。日本学者兴膳宏说:“众所周知,始终贯彻着刘勰文学论的中心思想为:经书是最大的规范,后世堪忧的文学上的弊病都可以用回到经书的立场的办法来加以矫治。然而他用的‘奇’字却往往指与奉为绝对规范的经书相对立,广义地说,非一般非正统的、破格的事物,在文脉中是作为‘正’的对立概念而出现的。”“刘勰所谓的‘奇’,基本上在所有场合下都与‘新’这个概念具有不可分割的关系,同时具有产生价值或反价值的可能性。”[①]刘勰主张“执正以驭奇”,反对“逐奇以失正”(《定势》),要求以儒家经典为本位,适当吸收“楚骚”等奇文的文采,反对一味“好奇”以致违背了儒家正统。这也就是说,思想上一定要坚守儒家思想之“正”,而艺术上则不妨吸收“奇文”之奇。这与“设文之体有常,变文之数无方”的通变论是完全一致的,无非把“酌于新声”的重点放在影响极大的《楚辞》上而已。也正是在这样的意义上,“事丰奇伟,辞富膏腴”的谶纬在刘勰心目中乃是“无益经典而有助文章”(《正纬》)的东西,并在“文之枢纽”的前五篇中专设一篇以讨论之。

奇正通变之辨贯穿了《文心雕龙》全书。“文之枢纽”的前三篇《原道》《征圣》《宗经》讲的是“正”“通”,后二篇《正纬》《辨骚》讲的是“奇”“变”。“道沿圣以垂文,圣因文而明道”(《原道》),“征之周孔,则文有师矣”,“天道难闻,犹或钻仰,文章可见,胡宁勿思?若征圣立言,则文其庶几矣”(《征圣》)——刘勰认为作为宇宙本体的天道,神秘精微,一般人是无从体会的,但它已经通过圣人被反映在儒家经书里,因此,要使文章合于“道”,唯一的办法是“论文必征于圣”“劝学必宗于经”(《征圣》)。《文心雕龙》反复申述的道—圣—经—文的公式,要求完全以正统的儒家思想来指导和规范创作,这就是“正”,就是“通”。可是屈原的《离骚》和其他作品,楚汉以来产生了极大的影响,用刘勰的话来说,西汉时代“虽世渐百年,辞人九变,而大抵所归,祖述《楚辞》,灵均余影,于是乎在”(《时序》);另据钟嵘的分析,历代著名诗人源出于国风的有十三人,源出于《小雅》的仅阮籍一人,而源出于《楚辞》的则有李陵等二十二

① 《日本研究〈文心雕龙〉论文集》,齐鲁书社1983年版,第218、221页。

人。这种追溯源流的方法也许不尽科学，但至少足以证明那时文坛上的有识之士都看出了《楚辞》有着巨大的影响。刘勰深谋远虑地指出，拿“衣被词人，非一代也”的《楚辞》与儒家经典相比，有同有异，屈原的作品“虽取镕经义，亦自铸伟词”“体宪于三代，而风杂乎战国，乃雅颂之博徒，而辞赋之英杰也”——既然《离骚》等作品同雅颂比较起来虽不免像个浪子而尚非异端，那么就有可能“凭轼以倚雅颂，悬辔以驭楚篇，酌奇而不失其贞（正），玩华而不坠其实”，这就是要执行“执正以驭奇”的方针，以儒家经典为根本，适当吸收“楚骚”的“奇文”“华辞”作为繁荣文学创作的养料。在儒家思想的大范围内允许文学创作有若干革新的自由，乃是刘勰文艺思想文艺策略的基本思路，所谓奇正通变之论的核心正在于此。

不变者，儒家的思想，“文反正为乏”（《定势》），而“通则不乏”（《通变》）；可变者或应变者，文采，“时序交移，质文代变”（《时序》），作者完全可以“负气以适变”（《通变》）。

在具体评论作家作品时，刘勰首先看它是否“正”，是否“通”，这实质上还是“观位体”，只不过换了一个角度罢了。在这一方面刘勰的态度是非常之强硬的，在《史传》篇中他虽然肯定了司马迁《史记》“实录无隐之旨，博雅弘辩之才”等许多优点，但对它思想上的“爱奇反经”以及由此而产生的“条例踳驳”，是斥责不遗余力的；与此相映成趣的是，刘勰对“儒雅彬彬”的班固《汉书》则作了无保留的肯定，尽管他认为班固其人尚有可议之处。在研究文学史上大事件时，刘勰的意见同样贯穿着奇正通变之辨。例如《乐府》篇对汉乐府的论述，就竭力肯定“雅声”，排斥各种新兴的东西，其结论今天看来相当保守，这正是他“观通变，观奇正”的必然结果。刘勰狠批曹操的乐府诗，斥为“韶夏之郑曲”，同样流露了保守的倾向。

当然，观通变、观奇正也有它开明的一面，刘勰到底为艺术创新留下了相当的余地。“文律周运，日新其业。变则可久，通则不乏。趋时必果，乘机无怯。望今制奇，参古定法”，“斟酌乎质文之间，而隐括乎雅俗之际，可与言通变矣”（《通变》），这样立论还是比较圆通的，“趋时必果，乘机无怯”两句尤为精彩。

纪昀评刘勰的通变论说，“齐梁间文体绮靡，转相神圣，文士所作，如出一手，故彦和以通变立论。……当代之新声既无非滥调，则古之旧式转属新声，复古而名以通变，盖以此耳”。他认为刘勰之提倡复古，在当时齐梁伪体泛滥一时的情况下，有挽回颓风促进革新的积极意义。这一分析有若干道理，问题在于刘勰对宋齐以来文坛的估计未必完全正确，他对刘宋以下的文学作品几乎一笔抹杀，态度其实是偏激的。通观《文心雕龙》全书，他评价历代作家，对那些有所创新的人物很少表彰，他总是更重视“通”和“正”，而“变”和“奇”只不过附带说及而已。在作家论专篇《才略》中，刘勰开中药铺式地评说历代作家，全然不提他们较之前代作家作出了什么新的贡献；而《时序》篇关于东汉文风则写道：“然中兴之后，群才稍改前辙，华实所附，斟酌经辞，盖历政讲聚，故渐靡儒风也。”这里肯定了东汉诸家之“改前辙”，似乎是创新了，而其实不过是“渐靡儒风”，又回到“正”的方面来了。奇正通变之论的归宿全在宗经。

总体来看，刘勰《文心雕龙》是中国文学理论批评史上最杰出的著作之一，其中对于文学艺术的深刻理解俯拾即是；鲁迅先生曾经将它与亚里士多德的《诗学》并称，予以高度的评价：“解析神质，包举洪纤，开源发流，为世楷式。”①这并非溢美之词；但是《文心雕龙》和《诗学》又有许多不同，这里有比较多的涉及具体文本的文学批评意味，思想体系则富有中国中古时代以及他个人的特色。

---

① 《集外集拾遗补编·题记一篇》，《鲁迅全集》第8卷，第332页。

三十二　钟嵘

一

南朝齐、梁间的重要文学思想家、诗歌评论家钟嵘(471？～519?)是颍川长社(今河南长葛市)人,其传世著作《诗品》与《文心雕龙》齐名,水平甚高,影响深远。

颍川钟氏是一个著名的家族,有着很长的文化传统,由汉至唐显宦辈出,魏晋之间尤为显赫。过远的世系对于钟嵘来说除了增添他的荣誉感、自豪感以外,也许已经没有太大的影响,最值得注意的是他的父亲钟蹈官任齐中军参军,维持了宗风不坠。钟嵘的哥哥钟岏曾入国子学,具有很高的学术修养,当过太康令;弟弟钟屿为永嘉县丞,参与过大型类书《华林遍略》的修纂[①]:到他们这一代,在政治地位和文化素养两个方面都能保持家族的传统。

由于出身于世族名门,钟嵘在十五岁左右就入了国子学,并很快得到国子学祭酒(相当于校长)、著名作家、学者王俭(452～489)的赏识[②],推荐为本州秀才,稍后出仕为南康王萧子琳的侍郎,进入了上层政治文化圈子。

萧子琳是齐武帝的儿子、竟陵王萧子良的弟弟,永明八年(490)被封为南康王。作为他的文学侍从之臣,钟嵘得以有机会与当时聚集在竟陵王西邸的大批文人建立了相当的联系,为他后来从事《诗品》的创作作了重要的准备。在本书序言中钟嵘介绍自己撰写《诗品》的缘起道:

---

① 《南史·何思澄传》:"天监十五年(516)敕太子詹事徐勉举学士入华林撰《遍略》,勉举思澄、顾协、刘杳、王子云、钟屿等五人应选。八年乃书成,合七百卷。"《隋书·经籍志》著录《华林遍略》六百二十卷。

② 所以《诗品》在评及王俭时称之为"王师文宪",虽列入下品,但又特别说明道:"既经国图远,或忽是雕虫。"对王氏的诗歌作品等于没有发表任何评论意见。这种例外大约是尊师的一种表现。

> 观王公缙绅之士，每博论之余，何尝不以诗为口实。随其嗜欲，商榷不同，淄渑并泛，朱紫相夺，喧议竞起，准的无依。近彭城刘士章，俊赏之士，疾其淆乱，欲为当世诗品，口陈标榜，其文未遂，感而作焉。

刘士章就是刘绘（458—502），《南齐书·刘绘传》云："永明末，京邑人士盛为文章谈义，皆凑竟陵王西邸，绘为后进领袖，机悟多能。时张融、周颙并有言工，融音旨缓韵，颙辞致绮捷，绘之吐言，又顿挫有风气。时人为之语曰'刘绘贴宅，别开一门'，言在二家之中也。"由此颇可考见刘绘当时以善谈著称。钟嵘因为得以与诸位"文章谈义"之士相交接，信息甚广，思维活跃，为日后撰写《诗品》预埋了机运。

竟陵王西邸是著名的"永明体"的摇篮，周颙是其中提供语音学理论的重要人物，他的《四声切韵》为诗歌运用声韵学的新发现作出了基础性的贡献。与周颙一起热衷于研究声韵的著名人物有王融（字元长），永明中钟嵘与其人有些交往，《诗品·序》中曾特别提到：

> 齐有王元长者，常谓余曰："宫商与二仪俱生，自古词人不知之。唯颜宪子乃云'律吕音调'，而其实大谬。唯见范晔、谢庄颇识之耳。"常欲造《知音论》，未就而卒。王元长创其首，谢朓、沈约扬其波。三贤咸贵公子孙，幼有文辩，于是士流景慕，务为精密，襞积细微，专相凌驾，故使文多拘忌，伤其真美。

可知钟嵘对于永明体倡导者的基本主张并不赞成，但这种交往显然能够促进钟嵘更深入地考虑诗歌创作中的种种问题，特别是当年的热门话题。

钟嵘与谢朓也有来往，《诗品》中品曾在对谢朓的评语中提到"齐吏部谢朓诗……至为后进士子所嗟慕。朓极与余论诗，感激顿挫过其文。"《诗品》也引用过一点谢朓对别人诗作的评论。谢朓永明四年（486）为随王萧子隆东中郎府官属，五年（487）为王俭卫将军东阁祭酒，参与竟陵王西邸之游，为"八友"之一；九年（491），赴江陵任镇西将军、荆州刺史随郡王萧子隆的功曹参军。钟嵘与谢朓论诗当在永明八、九年（490、491）间。

钟嵘与沈约应当也有交往，但《诗品》中没有正面提到，这大约是因为他与沈约之间曾经有过一次不愉快。《南史·钟嵘传》载："嵘尝求誉于沈约，约拒之。及约卒，嵘品古今诗为评，言其优劣，盖追宿憾，以此报约也。"说《诗品》是一部泄私愤的书并无根据，但也没有什么材料能够否定沈约拒绝钟嵘的求誉一事。沈约乃当时的文坛领袖，青年人争取他的称赞是很正常的事情。刘勰即尝求誉于沈约，他荣幸地获得了成功；钟嵘则没有这种好运气。

《诗品》的酝酿虽然很早，而其成书却相当晚。永泰元年(498)南康王萧子琳被杀，钟嵘离开王府，先后任抚军行参军、安国令、司徒行参军；入梁后为中军将军临川王萧宏行参军、衡阳王萧元简记室等；到天监十七年(518)萧纲为西中郎将，钟嵘任其记室，稍后就死于任上。钟嵘写《诗品》在他的晚年，很可能是他在萧元简手下的时候。《诗品》不评论在世的作家，所以必然写于天监十二年(513)沈约去世之后；书中没有评及天监十六年(517)去世的当代著名诗人柳恽，则又可以推知《诗品》在天监十六年(517)以前已经完成。

二

《诗品》的体例，据钟嵘在序言中所说以及全书实际所昭示者，有如下六条：

第一，评论的对象仅限于五言诗，并选录了若干文本作为评论的依托。这就是《诗品·序》中说的“嵘今所录，止乎五言。虽然，网罗古今，词文殆集”。可见书中选录下来作为评论对象的作品只限于五言诗(包括徒诗、乐府诗)；钟嵘的原书看来是带有总集(选集)性质的，所以说“词文殆集”[①]；中品沈约条评语中又有云，沈约“虽文不至，其工丽亦一时之选也。见重闾里，诵咏成音。嵘谓约所著既多，今剪除淫杂，收其精要，允为中品之第矣”。沈约当时的地位和声望都非常之高，钟嵘对他评价却并不太高，指出即使他最好的作品也只能在中品。钟嵘对谢灵运编前人之诗“逢诗辄取”表示不满，也表明他本人不仅选诗，而且是严格筛选的；钟嵘的评论当是附在所选作品之后，而后来所选录的文本亡佚，仅余评语，便成为现在看到的样子了。钟嵘在为有关诗人写评语时，偶尔也有超出五言诗范围的[②]，但那只是顺便涉及，并不妨碍他关于评论范围的声明。例外固然打破了常规，同时也就证明了常规的存在。

第二，只评论已经去世的诗人。《序》中说“其人既往，其文克定；今所寓

① 此句诸本皆作“词文殆集”，唯有《群书考索》本作“词人殆集”。当从众本作“文”。参见青木正儿《中国文学概论》，开明书店1947年版，第156页。

② 例如其中涉及夏侯湛的《周诗》乃是四言，刘琨与卢谌的赠答诗亦有四言者。参见邝健行《钟嵘〈诗品〉所录“止乎五言”补说》，《魏晋南北朝文学论集》，南京大学出版社1997年版，第588～589页。

言,不录存者”,根据这一条可以考见《诗品》成书的年代。钟嵘大有为诗人们作盖棺论定之意。后来萧统编撰《文选》也采用同样的原则。

第三,只评论水平线以上的诗人及其作品。《序》中说,本书所涉及者“凡百二十人[①]。预此宗流者,便称才子”。事实上全书以列入下品者居多,约占六成;钟嵘更为重视的乃是上、中两品。

第四,对于所选取的诗人,除给予评语而外,还确定他的品第。《诗品·序》回顾文学批评的历史状况道:“陆机《文赋》,通而无贬;李充《翰林》,疏而不切;王微《鸿宝》,密而无裁;颜延论文,精而难晓;挚虞《文志》,详而博赡,颇曰知言:观斯数家,皆就谈文体,而不显优劣。至于谢客集诗,逢诗辄取;张隐《文士》,逢文即书:诸英志录,并义在文,曾无品第。”对此钟嵘是不以为然的,所以他采用中国传统的三品论人的方法,将所评论的一百二十多位诗人分作三品[②]。当然,他也知道这样做难度很大,往往会有人处于两品之间,而且“三品升降”不容易得到普遍的赞同,序言中对此作了富有弹性的声明;但他仍然坚持搞三品论诗人,可见其苦心所在。

第五,“一品之中,略以世代为先后,不以优劣为诠次”。钟嵘在实际操作中对这一条有所变通,也可能出现了若干失误[③],《诗品》在流传过程中可能又出现了若干讹错;对此应作出适当的说明,或通过校勘予以订正,但他这一体例还是很好的。后来萧统《文选》在同一体类之下也是按作家的时代先后排列,办法与此相通相近。

第六,评语以评论为主,如果诗人有什么特别值得一记的逸事,也顺便予以记载,例如谢灵运何以有“客儿”一名、江淹梦中失笔终于才尽以及诗僧宝月窃取柴廓的《行路难》一诗差点要吃官司之类。后来的诗话特别喜欢记载

---

① 这里是举其成数,更细致的统计是 122 人,其中上品 11 人(另有无主名的古诗),中品 39 人,下品 72 人。

② 孔子说“唯上智与下愚不移”(《论语·阳货》),又说“中人以上可以语上也;中人以下,不可以语上也”(《论语·雍也》),如此则人可以分为上智、中人、下愚三等。董仲舒有“性三品”之论(详见《春秋繁露·实性》)。如将每一品再一分为三,则可以将人分为九品,班固《汉书·古今人表》即用此法,其影响所及,魏晋有九品中正制,钟嵘在《诗品·序》中也曾经提到。

③ 张锡瑜《钟记室诗评》谓:“此亦大判言之,检勘全书,殊不尽尔。如中品晋谢混在宋谢瞻下,下品魏应玚在晋欧阳建下,魏缪袭在晋张载、二傅等下,盖亦微存优劣之意也。”这当然是一个深刻的观察;但也不能排除因合评数人时不能完全顾及世代先后的情形,关于诗人的世代,钟嵘亦有偶尔失考的可能。

诗人逸事，就是从这里学来的，可惜他们往往没有学到钟嵘《诗品》中更重要更本质的东西。

三

对于文学问题的基本态度，钟嵘与刘勰有一点相当接近，那就是对当下的诗坛持非常严峻的批判态度，认为弊端很严重，而解决问题的出路则在于回到传统去。

《诗品》中列入上品的，除了无主名的古诗以外，有十一位诗人：李陵、班姬、曹植、刘桢、王粲、阮籍、陆机、潘岳、张协、左思、谢灵运，齐梁时代的诗人则一个也没有。钟嵘的价值判断在这份名单里业已十分醒目。批评家的一大任务在于确立大师和经典，从而为当下的创作指明方向。批评家手中有着很大的权力，用好这份权力就会产生很大的影响。

《诗品·序》述评齐梁时代的诗风道：

> 今之士俗，斯风炽矣。才能胜衣，甫就小学，必甘心而驰骛焉。于是庸音杂体，各各为容。至使膏腴子弟，耻文不逮，终朝点缀，分夜呻吟。独观谓为警策，众睹终沦平钝。次有轻薄之徒，笑曹（植）、刘（桢）为古拙，谓鲍照羲皇上人，谢朓今古独步；而师鲍照，终不及"日中市朝满"，学谢朓，劣得"黄鸟度青枝"。徒自弃于高听，无涉于文流矣。

这里指出了三个方面的情况：其一，由于诗歌创作队伍的急剧膨胀，写五言诗已经成为士人文化素养最重要的外在标志，同时也是一种广泛追求的时髦，于是总体创作水平严重下降。其二，当代公认的大师并不是真正的一流诗人，而是并不算太高明的谢朓和鲍照，这就对诗歌的发展产生了严重的误导。其三，追逐谢朓和鲍照一类明星的人们比起他们心目中至高无上的榜样来又相去极远，于是造成诗歌创作水平的低落。取法乎中，仅得其下。这三点可以说是钟嵘诗歌评论的出发点和基本点，因此也就是理解钟嵘诗学思想的关键。

任何事业只要投入的人手迅速扩大必然会造成平均素质的下降，庸众低于精英，宗师高于信徒，这些乃是自然而然、势所必至的事情。所以这两点可以无须多论，值得注意的是，在齐梁之际鲍照和谢朓何以成了群起而追之的明星。离当下最近的明星是谢朓，钟嵘本人与他曾经有所接触，对他的作品也给予了比较高的评价，但是钟嵘不赞成把他捧上天去，以为他简直“古今独步”。当时给予谢朓极高评价的不是别人，乃是文坛领袖沈约。沈、谢都是前“竟陵八友”中人，亦即所谓“永明体”的中坚，沈约称小谢之作“二百年来无此诗也”（《南齐书·谢朓传》），他这样说，不仅是对谢朓个人的全盘肯定，同时也是对永明以来新体诗的自我肯定，而这两种近乎绝对的肯定正是钟嵘所不能同意的。

永明体的诗人们热烈地追求诗歌的声律之美，做了许多试验，对此钟嵘不怎么赞成，在《诗品·序》中曾点名批评“王元长（融）创其首，谢朓、沈约扬其波”的永明新潮；永明体诸人又热烈地追求奇句警句，力图以此来提高诗歌的表现力，对此钟嵘有很大的保留，他不赞成孤立地去从事这种追求。《诗品》下品录入当代诗人虞羲（子阳），评语中提到“子阳诗奇句清拔，谢朓常嗟叹之”，但是单靠奇句是成不了什么大气候的。等而下之的是虞炎（？—499），此人乃是谢朓、沈约的好友[①]，写诗追求警句，并且竭力模仿谢朓，遭到钟嵘嘲笑的“黄鸟度青枝”就是其《玉阶怨》中的一句，其全诗如下：

紫藤拂花树，黄鸟度青枝。思君一叹息，苦泪应言垂。

他模仿的对象是谢朓的《玉阶怨》：

夕殿下珠帘，流萤飞复息。长夜缝罗衣，思君此何极。

虞炎虽然自视甚高，但钟嵘毫不留情地指出，他的模仿实在不高明。《诗品》正文未列虞炎，不承认他是才子。

虞炎是一个值得注意的人物，他不仅死死追逐谢朓，同时又是首先为鲍照编辑遗集的人。虞炎曾奉文惠太子萧长懋（458～493）之命编定《鲍照集》，并作序言一篇，该序先略述鲍照的生平，然后写道：“身既遇难，篇章无遗，流迁人间者往往见在。储皇博采群言，游好文艺，片辞只韵，罔不收集。照所赋述，虽乏精典，而有超丽，爰命陪趋，备加研访。年代稍远，零落者多，今所存者，傥能半焉。”搜集编撰鲍集在文献学上的意义无疑是巨大的，这里特别应当予以注意的是鲍照在齐代文坛上地位的上升和影响的加大，以及这一状况与永明体的关系。

萧齐文坛上最引人注目的是竟陵王萧子良的西邸，是所谓“竟陵八友”；

① 《南齐书·陆厥传》：“会稽虞炎，永明中以文学与沈约俱为文惠太子所遇，意眄殊常。”虞炎今存诗四首，其中三首附载于《谢宣城集》，可知他与谢朓关系十分密切。

而亦不应忽略东宫。那时的文人奉职于文惠太子萧长懋东宫的亦复不少，永明体的理论家周颙就在这里充当太子仆，王俭、沈约、虞炎、范云等学者文人亦并集于此，故史称“东宫多士”①。这里的人才与竟陵王萧子良西邸颇有交流。萧长懋东宫也是永明体的摇篮之一。

萧长懋令虞炎编定《鲍照集》是一个意味深长的文化现象。鲍照的作品在刘宋时并没有受到特别的重视，也没有多大影响；可是到了齐代，却忽然大行其时，《南齐书・文学传论》写道：

> 今之文章，作者虽众，总而为论，略有三体：一则启心闲绎，托辞华旷，虽有巧绮，终致迂回，宜登公宴，本非准的；而疏慢阐缓，膏肓之病，典正可采，酷不入情。此体之源，出灵运而成也。次有辑比事类，非对不发，博物可嘉，职成拘制；或全借古语，用申今情，崎岖牵引，直为偶说，唯睹事例，顿失清采。此则傅咸五经，应璩指事，虽不全似，可以类从。次则发唱惊挺，操调险急，雕藻淫艳，倾炫心魄。亦犹五色之有红紫，八音之有郑卫，斯鲍照之遗烈也。

《南齐书》的作者萧子显(487～535)是萧长懋的堂弟兄，其人也是一位作家，对齐代文学了如指掌，他曾自称“追寻平生，颇好辞藻”(《自序》)，他这里对三体似乎都不赞成，其实重点是批评前两体，即受到谢灵运、傅咸和应璩之影响的文体；第一种作品缺乏感情，第二种作品没有文采，与他本人以及许多齐代作家的期待视野不合。唯有第三种即继承鲍照一派的，感情强烈，文采斐然，最得人心。但他又批评说，这乃是“郑卫之声”；这一批评无非是为了迎合梁代的崇儒导向而作出的违心之论，不足凭信。他其实是赞成鲍照的。萧子显的诗今存二十余篇，作风与鲍照十分接近，例如他的《代美女篇》《从军行》，语言通俗，情感强烈，没有贵族架子，也很少用典故，全然是鲍照的作派。当时许多诗人都努力学习鲍照，沈约也是其中的代表之一。鲍照在齐代的重大影响表明，晋宋以来贵族式的审美趣味正在由中心走向边缘，新兴的审美趣味方兴未艾。

钟嵘对于鲍照的创作成就给予很高的评价，但是对他的“俗”则持有较大的保留，《诗品》将他列入中品，评语说：

---

① 《梁书・沈约传》：“太子入居东宫，为步兵校尉，管书记，直永寿省，校四部图书。时东宫多士，约特被亲遇，每直入见，日斜方出。”

其源出于二张，善制形状写物之词。得景阳之諔诡，含茂先之靡嫚。骨节强于谢混，驱迈疾于颜延。总四家而擅美，跨两代而孤出。嗟其才秀人微，故取湮当代。然贵尚巧似，不避危仄，颇伤清雅之调。故言险俗者，多以附照。

在《诗品》里，张协（景阳）是列入上品的，张华（茂先）在上、中品之间，既然鲍照综合地继承了张协、张华以及谢混、颜延之四家的长处，则他应当进入上品才是——今天看去，鲍照也确实是那时的一流人物——但是钟嵘只给他一个中品，这就是因为他"贵尚巧似，不避危仄，颇伤清雅之调"，一言以蔽之，就是"俗"，于是"言险俗者，多以附照"：所以只能进入中品了。

所谓"险俗"当分别观之。险主要是指表现过于新奇的物象、抒发过于强烈的感情，对此钟嵘是不赞成的。俗的一大表现是"巧似"亦即形似，追求形似者往往多用赋体忽视比兴，所以后来《诗眼》(《苕溪渔隐丛话》前集卷八引)说"形似之意，盖出于诗人之赋，'萧萧马鸣，悠悠旆旌'是也。古人形似之诗，如镜取先形、灯取影也"。钟嵘指出："直书其事，寓言写物，赋也"，而"若但用赋体，患在意浮，意浮则文散，嬉成流移，文无止泊，有芜漫之累矣"，这就容易显得"俗"。所以，要雅就得多用比兴。这里钟嵘道出了中国古典诗歌的一个秘密：比兴有助于艺术上的含蓄有致并显得平和冲淡、温柔敦厚。钟嵘非常重视这一点，他批评嵇康说："过为峻切，讦直露才，伤渊雅之致。"列入中品；与嵇康齐名的阮籍则列为上品，则是因为他的《咏怀诗》"可以陶性情，发幽思。言在耳目之内，情寄八荒之表，洋洋乎会于风雅，使人忘其近鄙，自致远大"。一反一正，对比很鲜明。钟嵘对于诗歌的艺术特点有着深刻的会心，同时也流露出他的贵族气。在评论檀超、谢超宗、钟宪（钟嵘的从祖）等人时，钟嵘郑重其事地指出他们"并祖袭颜延（之），欣欣不倦，得士大夫之雅致乎。余从祖常云'大明、泰始中，鲍（照）、（惠）休美文，殊已动俗，唯此诸人传颜（延之）、陆（机）体，用固执不移，颜诸暨（测）最荷家声"。由此可知钟氏祖孙之反"俗"，固然有文学上的原因，而他们的士大夫审美情趣也未尝不夹杂于其中发挥作用，他们对于俗的东西总有一种贵族式的藐视[①]。

刘勰在《文心雕龙》中对鲍照及其追随者评价也很低，批评他们"讹而新"（《通变》），"摈古竞今，危侧趣诡"（《明诗》），同样显示出重雅轻俗的偏见，其

① 《南史·颜延之传》载："延之每薄惠休诗，谓人曰'惠休制作，委巷中歌谣耳，方当误后生'。"

审美趣味与钟嵘有相近之处。

钟嵘不仅看不起以鲍照为榜样的永明体末流虞炎等人，即使是对永明的主将评价都不算很高，在许多问题上持有保留意见，于是谢朓、沈约均被列入中品，王融则在下品。

钟嵘对永明声律说的批评最为引人注目，《诗品·序》写道：

> 今既不被管弦，亦何取于声律耶？齐有王元长者，尝谓余曰："宫商与二仪俱生，自古词人不知之，唯颜宪子乃云律吕音调，而其实大谬，唯见范晔、谢庄颇识之耳。尝欲进《知音论》，未就。"王元长创其首，谢朓、沈约扬其波，三贤咸贵公子孙，幼有文辩，于是士流景慕，务为精密，襞积细微，专相凌驾，故使文多拘忌，伤其真美。余谓文制本须讽读，不可蹇碍，但令清浊通流，口吻调利，斯为足矣。至平上去入，则余病未能，蜂腰鹤膝，闾里已具。

> 若乃经国文符，应资博古，撰德驳奏，宜穷往烈，至于吟咏情性，亦何贵于用事？……观古今胜语，多非补假，皆由直寻。颜延、谢庄，尤为繁密，于时化之。故大明、泰始中，文章殆同书钞。近任昉、王元长等，词不贵奇，竞须新事，尔来作者，寖以成俗。遂乃句无虚语，语无虚字，拘挛补衲，蠹文已甚。

这里都是指名道姓的严厉批评。按，永明诸人讲究声病本来正是为寻找"清浊通流，口吻调利"的规律，以便增加诗歌的音乐美，讲究用典弄得好也有助于提高诗歌的表现力，这两方面的努力只要不为已甚是有益无害的；但钟嵘认为他们搞得太过分了，例如关于声病方面清规戒律太多，以致反而伤害了诗歌的"真美"。钟嵘认为应当研究诗歌创作中更为重要的问题，从更为本质的方面学习文学遗产中的精华。

为了与永明派对着干，钟嵘拒绝研究声律，对平上去入之类表示不屑一顾，又彻底反对用典，甚至武断地说"古今胜语""皆由直寻"，这种态度未免失之偏激。偏激的主张往往很有力度，对于纠正另外的某种偏向确实有用，但从文学事业长远利益和根本利益来看，弊大于利。刘勰对时下文风虽然意见也很大，但并不拒绝研究声病和事类，在《文心雕龙》中安排专篇予以讨论，显得更有气魄和远见。后来唐代大诗人李白、杜甫都是反对齐梁"伪体"的，但又都十分注意吸收齐梁诗歌的营养，李白"一生低首谢宣城"，杜甫"颇学阴何苦用心"，态度就不那么偏激。马克思主张讲究形式美，在写给斐·拉萨尔的信中写道:“既然你用韵文写,你就应该把你的韵律安排得更艺术一些。”①钟嵘痛斥时弊感情比较激动是可以理解的,我们今天则不必将这种偏至之论视为理论精华。而且值得注意的是,钟嵘在具体评论作家作品时,对于声律、用事问题的态度较之《诗品·序》大为缓和,例如他肯定了张协的诗“音韵铿锵”,批评颜延之“喜用古事,弥见拘束”以后又说,此人“虽乖秀逸,是经纶文雅才,若雅才减若人,则蹈于困顿矣”,言外似有才大的诗人虽用典亦不至困踬的意思,可见他也并不绝对地反对用事,只是反对弄巧成拙、作茧自缚罢了。这样立论显得比较圆通恰当,而与《诗品·序》彻底反对用事的提法不无出入。又《诗品·序》之末标举“五言之警策者”,其中正有用典之句,亦与前文“古今胜语”“皆由直寻”的独断自相矛盾。凡此种种都表明《诗品·序》的某些观点不宜呆看,而应联系其全文及《诗品》全书去理解。

钟嵘对于永明派诸人的具体评价也多深意,如中品关于沈约写道:

> 观休文众制,五言最优,详其文体,察其议论,固知宪章鲍明远也。所以不闲于经纶,而长于清怨。永明相王爱文,王元长等皆宗附之(约)②,于时谢朓未遒,江淹才尽,范云名级故微,故约称独步,虽文不至,其工丽亦一时之选也。见重闾里,诵咏成音。嵘谓约所著既多,今剪除淫杂,收其精要,允为中品之第矣。故当词密于范,意浅于江矣。

沈约是当时的文坛领袖,钟嵘对他的评价显然不算很高,倒是对他何以独步一时作了分析,大有世无英雄遂使竖子成名之意。这一段评语中又很有些辩论的口吻,这在《诗品》中是不多见的。按,《南史·钟嵘传》云:“嵘尝求誉于沈约,约拒之。及约卒,嵘品古今诗为评,言其优劣,云‘观休文众制,五言最优。齐永明中,相王爱文,王元长等既宗附于约,于时谢朓未遒,江淹才尽,范云名级又微,故称独步。故当辞宏于范,意浅于江。’盖追宿憾,以此报约也。”这里所引用者与今本《诗品》明显地有差异,估计其原件是一个比较早的钞本,后来钟嵘又有所补充,“嵘谓……允为中品之第矣”这样为自己辩护的句子应当是后来追加上去的。这一点似乎告诉人们,在《诗品》问世之初就已经出现了“追宿憾”一类流言;钟嵘于是在此郑重声明并无其事,并且委婉

---

① 《马克思恩格斯选集》第四卷,人民出版社1966年版,第399页。

② 这个“约”字似乎多余,可考虑删去。关于沈约的评语钟嵘显然曾经做过修改,所以有不同的文本。

地补充指出，沈约之诗不过“工丽”而已，还称不上“文”，词密而意浅，是从鲍照这一条路子发展下来的，因为通俗而产生了很大的影响，但在诗歌史上不能给予太高的评价。

谢朓是钟嵘的朋友，也被列入中品，评语道：

> 其源出于谢混。微伤细密，颇在不伦。一章之中，自有玉石。然奇章秀句，往往警遒，足使叔源失步，明远变色。善自发诗端，而末篇多踬，此意锐而才弱也。至为后进士子所嗟慕。朓极与余论诗，感激顿挫过其文。

比起当时人们对谢朓的高度评价来，钟嵘的调子可以说是很低的。“微伤细密”的“细密”就是沈约的“词密”，话说得多而意思浮浅；其源出于谢混，谢混则源出于“风云气少”的张华。对于这一条线上的诗人，钟嵘一般都给予中等评价。范云与丘迟同列中品，未指明源出于谁，缺点是“浅于江淹”；江淹也列入中品，评为“诗体总杂，善于摹拟，筋力于王微，成就于谢朓”①。而王微(415～453)也在中品，源出于张华，特点是“才力苦弱，故务为清浅，殊得风流媚趣”。然则江淹的诗虽然比王微的作品有力量一些，仍然不免属于才力比较薄弱、文意失之清浅的一类，其水平略低于谢朓。通观《诗品》各条，关于沈约的“意浅于江”就不免是特别浅的意思。沈约在中品中还是比较低档的人物。

意浅而词密的根子在于专用赋而不用比兴。《诗品·序》中有一段极其重要的文字：

> 诗有三义焉，一曰兴，二曰比，三曰赋。文已尽而意有余，兴也；因物喻志，比也；直书其事，寓言写物，赋也。宏斯三义，酌而用之，幹之以风力，润之以丹彩，使味之者无极，闻之者动心，是诗之至也。若专用比兴，患在意深，意深则词踬；若但用赋体，患在意浮，意浮则文散，嬉成流移，文无止泊，有芜漫之累矣。

钟嵘论赋比兴与过去很不同，关于“兴”他只讲它的艺术效果而未对这种手法的本质加以解说，与下文解释“比”和“赋”失去一致。这大约是“兴”的情况比较复杂，不容易说清楚的缘故。钟嵘的主要思路在于分析专用赋与专用比兴

---

①　这几句较难理解，且有歧义，较详细的解说可参见顾农《文选与文心》，贵州人民出版社1998年版，第201～205页。

可能产生的问题,并以此作为诗歌评论的一个重要视角。钟嵘主要批评专用赋体以至文辞繁密芜漫而诗味不多的倾向,张华、鲍照、谢混、王微、江淹、谢朓、沈约等人的毛病在此,永明体的问题在此。钟嵘在《诗品》中主要批评这一倾向。

钟嵘认为好诗应当以"风力"即抒情的感染力为主干,也要有"丹彩"即文采,如果缺少"风力"而只有文采,就成为所谓"工丽而不文"。专用赋体直书其事,充其量只能做到巧似,文辞虽多而意思浮浅,所谓词密意浅、工丽不文的毛病正是这么来的。钟嵘对沈约一派评价不高,有着深刻的理论上的考虑,有着纠正时弊的良苦用心,绝非信口开河,更不是什么个人报复。

"风力"与"丹彩"的结合是钟嵘的理想境界。何谓"风力",他始终没有正面的解释,但他提到过"建安风力"与"左思风力",尤详于前者:

> 逮及建安,曹公父子,笃好斯文,平原弟兄,郁为文栋,刘桢、王粲为其羽翼,次有攀龙附凤自致于属车者,盖将百计。彬彬之盛,大备于时矣。尔后凌迟衰微,迄于有晋。太康中,三张二陆,两潘一左,勃尔复兴,踵武前王,风流未沫,亦文章之中兴也。永嘉时,贵黄老,稍尚虚谈,于时篇什,理过其辞,淡乎寡味。爰及江表,微波尚传,孙绰、许询、桓、庾诸公,皆平典似《道德论》,建安风力尽矣。

这里讲"建安风力"的形成以及尔后的衰微、复兴以至终于丧失殆尽的过程,从这里的叙述中可以知道所谓"风力"与"理过其辞"的西晋玄言诗有着原则上的区别,与"平典似《道德论》"的东晋玄言诗更加不同。重理则轻情,可知风力来自于情,感情乃是诗歌的根本,《诗品·序》一开始就写道:"气之动物,物之感人,故摇荡性情,形诸舞咏。……动天地,感鬼神,莫近于诗。"动人的艺术力量来自诗歌中的激情,钟嵘特别重视诗歌的这一本质。

建安时代的代表性诗人是曹植,《诗品》给了他最高的评价:

> 其源出于《国风》。骨气奇高,词采华茂,情兼雅怨,体被文质。粲溢古今,卓尔不群。嗟乎,陈思之于文章也,譬人伦之有周孔,鳞羽之有龙凤,音乐之有琴笙,女工之有黼黻。俾尔怀铅吮墨者,抱篇章而景慕,映余辉以自烛。故孔氏之门如用诗,则公幹升堂,陈思入室,景阳、潘、陆,自可坐于廊庑之间矣。

真所谓赞不绝口。不少人认为"风力"就是这里提到的"骨气",同时也就是

《文心雕龙》之所谓“风骨”。其实“风”和“骨”是两个概念，“风力”和“骨气”也不能混为一谈。“风力”和这里“情兼雅怨”的“情”字关系最为密切，这一点如果在曹植的评语中还不太明显的话，再看一看关于刘桢的评语就十分清楚了：

> 其源出于古诗。仗气爱奇，动多振绝。真骨凌霜，高风跨俗。但气过其文，雕润恨少。然自陈思以下，桢称独步。

这里将“风”与“骨”并提，可见是两个概念，“风”与“气”则可以相通，都是指作品中所蕴含的可以打动人的感情。“气过其文”指刘桢的诗作“风力”充沛而“丹彩”不足，所以比曹植略输一筹了。

在钟嵘看来，“雕润恨少”固然是一个弱点，但问题还不是太严重，刘桢仍然可以列于上品；又如左思，也是以“风力”著称的，其诗“文典以怨，颇为精切，得讽喻之致”，尽管他“野于陆机”，文采不足，也被列于上品。与此相反的情形如张华，“其体华艳，兴托多奇，巧用文字，务为妍冶，虽名高曩代，而疏亮之士犹恨其儿女情多风云气少”。此公丹彩很足而风力差了，等级就要下降，钟嵘说：“今置之甲科（按，即上品）疑弱，抑之中品恨少。”[①]而终于还是列入了中品。由此可知“风力”在钟嵘心目中地位很重要，而他写《诗品》的目的本来也就在于纠正当时文坛上过重文采追求丽靡而不讲风力的弊端。

认清钟嵘兼重风力与丹彩的批评标准，便可以理解他为什么会将曹操列入下品，将陶渊明列入中品。这两位在后人心目中地位应当更高，但是钟嵘认为曹操的五言诗“古直，甚有悲凉之句”，“古直”是一个贬义的评语，直就是直书其事，专用赋体；按，曹操的四言诗运用比兴较多，五言往往直接叙事，也确实不大讲究丹彩。按照钟嵘的评诗标准，列入下品是可以理解的。《诗品》对陶渊明的评语褒义者较多，而仍然进入中品者，原因是“世叹其质直。至如‘欢然酌春酒’‘日暮天无云’，风华清靡，岂直为田家语耶！”尽管钟嵘为陶渊明辩护，但由于他看重丹彩华靡，因而对渊明那种外表很枯淡的诗歌尚未能真正欣赏。陶渊明在齐代绝不为人所重，刘勰就根本不提他，钟嵘虽然还称不上是陶渊明的知音，但已经表现了不俗的眼光。“质直”在钟嵘那里显然是贬义的评语，一味直说而有文采就成为所谓工丽不文，直说而无文采就是“质直”，或者叫作“质木无文”“鄙直”，比工丽不文还要差。“东京二百载中，唯有

---

① 这里依据何汶《竹庄诗话》以及魏庆之《诗人玉屑》的引文，其原本大约是南宋时代的某三卷本，与后来的通行本不尽相同。

班固《咏史》”，以其难能可贵本当予以高估，可是该篇“质木无文”，于是班固进入下品。曹丕的诗大部分“率皆鄙直如偶语”，幸而他还有“‘西北如浮云’十余首，殊美赡可玩，始见其工矣”，所以还可以列入中品，否则也会被打入下品。“平典不失古体”的阮瑀、欧阳建均列入下品。由此看来，《诗品》将陶渊明列入中品，后人看去固然很不恰当，但在钟嵘本人还是持之有故、言之成理的。

“质木无文”还有一种情形，就是直截了当地说理，用诗歌形式写哲学讲义，玄言诗人往往如此。钟嵘对此抨击不遗余力，而对能够革除玄言诗风的刘琨、郭璞，则给予积极的评价。

反对直书其事，尤其反对直说其理，为的是让诗歌有“味”。钟嵘多次提到“味”，虽然没有展开，但给予后人很大的启发。齐梁时代流行的风气是追求工丽，许多人“精虑造文，各竞新丽，多欲练辞，莫肯研术”（《文心雕龙·总术》），甚至“连篇累牍，不出月露之形；积案盈箱，唯是风云之状”（《隋书·李谔传》），钟嵘和刘勰一样反对这种倾向，《诗品》在这一方面的贡献，大大高于他的反对讲究声病和用典。

以“味”论诗在钟嵘只是零星地提到。语曰“民以食为天”，首先要吃饱，进一步则要吃好，而中国传统之所谓“好”，主要不在营养如何而是要味道好，所以特别讲究烹饪的艺术。这一传统至今基本未变。日常生活、文化生活中最基本的观念，往往都会向其他领域扩散，其术语会被其他领域借用，形成各该领域的常用话语。“味”以及与“味”相关的术语正好存在这种情形。政治领域首先借用了过去，一个有名的故事是《史记·殷本纪》载伊尹“负鼎俎，以滋味说汤”——这位杰出的政治家冒充厨师，带着炊具和砧板，拿做菜作为譬喻，向商汤讲治理国家的大道理。“治大国如烹小鲜”，宰相的责任在于调和鼎鼐，协调各方，这些话中国人真所谓耳熟能详。

钟嵘则拿“味”来评论诗歌。他主张诗歌应当内容动人，辞藻漂亮。诗歌史上最要不得的是晋人的玄言诗，这种哲学讲义似的东西“理过其辞，淡乎寡味”，读来索然无味；写诗应当充分运用赋、比、兴三种手法，“宏斯三义，酌而用之，幹之以风力，润之以丹彩”，这才能“使味之者无极，闻之者动心”（《诗品·序》），得到审美的享受。

那时的玄言诗大抵都是四言的，四言诗本来就很难写——它太容易走上模仿《诗经》的老路；汉末以来的好诗绝大部分都是五言诗。所以钟嵘大力提倡五言诗，他评论的对象也大体限于五言。《诗品》中有一个著名的结论：“五言居文词之要，是众作之有滋味者也。”仍然以“味”立言。诗歌创作是不是有“滋味”，能不能让读者品出好味道来，乃是钟嵘最为关心的事情。

在具体评论作家作品时，钟嵘也谈“味”，他说张协的诗“风流调达，实旷代之高手。词采葱蒨，音韵铿锵，使人味之，亹亹不倦”；评应璩的佳句，则道是“华靡可讽味焉”。这两处都是从读者接受的角度讲的。“味”既是名词，也是动词，动词的含义从名词引申而来。如此，则以“味”论诗就既涉及创作论、作品论，也涉及鉴赏论、批评论。

在钟嵘以前，早已有人以“味”论文，例如陆机批评低劣的作品“阙大羹之遗味，同朱弦之清氾”（《文赋》）；刘勰则强调优秀的作品乃是“深文隐蔚，余味曲包”（《文心雕龙·隐秀》）的，他又说，欣赏佳作时“视之则锦绘，听之则丝簧，味之则甘腴，佩之则芬芳”（《文心雕龙·总术》）。如此等等。但陆机、刘勰等人往往只是比喻性地偶尔一谈，不像钟嵘这样直截了当地予以强调，所以留给人的印象不是很深。不过我们也不必就把所谓“滋味说”看成是《诗品》的中心。“味”并非钟嵘诗歌评论的出发点或生长点，所以不成其为中心。古人著述也未必有什么中心，有什么理论体系，往往只是有若干闪光之点。体系难免有漏洞，而且早晚会过时；而某些具体的意见、概念、评说，倒反而能有强得多的生命力。为古人古书重建体系历来是吃力不讨好的事情。

钟嵘固然非常不赞成专用赋体，同时也不赞成专用比兴，因为这将形成“意深”“词踬”的毛病，也很容易造成文采的短缺，这一方面的典型是阮籍，钟嵘指出，阮籍“源出于《小雅》，无雕虫之功。而《咏怀》之作，可以陶性灵，发幽思。言在耳目之内，情寄八荒之表，洋洋乎会于风雅，使人忘其鄙近，自致远大。颇多慷慨之词，厥旨渊放，归趣难求，颜延年注解，怯言其志”。像阮籍这样专用比兴，作品就不容易理解，并不是一个最好的办法。但是钟嵘对阮籍评价仍然很高，列入上品。“言在耳目之内，情寄八荒之表”正是言有尽而意无穷，足以产生诗味。可见钟嵘主要是反对专用赋体，而对专用比兴则比较宽容。专用比兴的诗人很少，钟嵘对比兴也更为重视。钟嵘对嵇康的评语说：“颇似魏文，过为峻切，讦直露才，伤渊雅之致。然托喻清远，良有鉴裁，亦未失高流矣。”似曹丕的直露是其缺点，而运用比兴，有所寄托，则是其优点。

左思“得讽喻之志”，列为上品。左思的名作《咏史》完全用比兴的手法写成，为此后的抒情诗开辟了一条新路，钟嵘对他评价很高，后来也一向获得好评①。

从前一般的游仙诗多用赋体，真的在那里求仙，而郭璞“用隽上之才，创变其体”，以游仙诗自叙抒情，运用比兴的手法在古老的领域开创了抒情诗另一个新传统，并且“始变永嘉平淡之体”，钟嵘也充分肯定了他的贡献。

咏物诗也可以用来抒情，“古诗”中即有其例，钟嵘评为“文温以丽，意悲而远”，“亦为惊绝矣”，列入上品。汉婕妤班姬有《团扇》诗，以咏物来抒情，“词旨清捷，怨深文绮”，钟嵘给予高度评价，列入上品。齐梁时代许多诗人也写咏物诗，不用比兴专用赋体，高明者也不过得其形似，钟嵘评价便低，例如“长于短句咏物”的许瑶之，列入下品，评语指出他比汤惠休还不如，而惠休也只列入下品。

齐梁之际艳情诗人尤多，为艳情而艳情，毫无寄托，甚至落入淫靡，钟嵘不屑一顾；就是那位以写《室思》著称的徐幹，钟嵘也列入下品，这大约是因为《室思》以赋体写相思而无寄托，与钟嵘的期待视野不合。曹植也写思妇（如《七哀诗》等），但另有寄托，钟嵘便另眼相看。《诗品》中几乎处处看见钟嵘对于比兴的重视。

朱自清先生说过，“后世的比体诗可以说有四大类：咏史、游仙、艳情、咏物”②，钟嵘都提到了。这是他非常重要的贡献。

词采与赋体的关系，《诗品》中多次谈到，铺叙往往容易达成工丽；比兴与风力的关系，今本《诗品》中没有正面的论述，也许已经亡佚。钟嵘多次提到没有风力的诗往往是专用赋体的，然则风力与比兴的联系也就可以推见。后来唐代的诗论家如陈子昂等人十分注意将风骨与比兴相联系，显然从钟嵘这里得到过启示。

兼用赋比兴而以比兴为主，就可以做到既有风力又有丹彩，这是钟嵘诗歌理论的合命题，也是他反对专用赋体、提倡比兴的必然归宿。

值得注意的是，有些诗人专用赋体以词采华丽见长，钟嵘也列入上品，如王粲、陆机、潘岳、张协、谢灵运等等。王粲“文秀而质羸”，陆机“气少”，潘岳

---

① 何焯《义门读书记》（卷四六）说：“咏史者，不过美其事而咏叹之，檃括本传，不加藻饰，此正体也。太冲（左思）多摅胸臆，乃又其变。”沈德潜《古诗源》（卷七）说：“太冲《咏史》不必专咏一人专咏一事，咏古人而己之性情俱见，此千古绝唱也。”左思用比兴手法改造了咏史诗“概括本传”、直书其事的旧传统，钟嵘便将他列入上品。

② 《诗言志辨·比兴》，《朱自清全集》第 6 卷，第 214 页。

"犹浅于陆机",张协"巧构形似之言",谢灵运"尚巧似"。按照上文所说的批评标准,这些人为什么还被列入上品呢?上品诗人也有他的弱点,钟嵘既将他们列入上品,同时又指出他们的弱点,有何不可。何况这里还有两个因素需要考虑:一是这些诗人具有相当的代表性和巨大的影响,如王粲"在曹(植)刘(桢)间别构一体",是建安时代最重要的诗人之一,后来不少诗人源出于其人,列入上品是合适的。陆机为"太康之英",谢灵运为"元嘉之雄",分别代表一个时代的最高水平。永明诸人大抵不赞成谢灵运,钟嵘也自然会给他特别高的评价。

钟嵘评品诗人大约是综合地看他的水平,并不死守着内容第一、形式第二之类僵硬的公式,不可能每一位诗人都像曹植那样伟大,只要有很高的成就、巨大的影响,就可以列入上品。这其实也就为文学批评树立了一个很好的榜样,这种通达的态度本身就是值得吸收的精华。

四

钱锺书先生是当代最高明的学者之一,他对中国古代文学发表过许多极其深刻、发人深省的见解,但也有若干意见很不容易理解,例如钟嵘《诗品》将陶渊明列入中品所引出的钱先生的多次议论就很不容易令人心服:

> 记室评诗,眼力初不甚高,贵气盛词丽,所谓"骨气高奇""词采华茂"。故最尊陈思(曹植)、士衡(陆机)、谢客(灵运)三人。以魏武(曹操)之古直苍浑,特以不屑翰藻,屈为下品。宜与渊明之和平淡远,不相水乳,所取反在其华靡之句,仍囿时习而已。①

> 钟记室不赏渊明,诗识之暗适亦见文德之高,非如山谷所谓逐势利以权衡人物者。②

> 刘勰与(钟)嵘为并世谈艺两大……勰、嵘于陶潜均非知音,勰且受知昭明,乃皆不为势利转移,未尝违心两舌;其文德虽勿足比范缜之于神灭,固胜萧子云之于钟繇书矣。③

① 《谈艺录》,第93页。
② 《谈艺录》,第407页。
③ 《管锥编》第4册,第1450页。

这里有这些话是比较出人意料的，不错，刘勰确非陶渊明的知音，在《文心雕龙》中只字不提，但他的意见如此似与“不为势利转移”无干，因为他写此书时萧统尚未出世；钟嵘则是率先发现陶渊明价值的批评家，将他列入《诗品》的中品，同过去的批评家相比，已是非常抬举他了，怎么能算“不赏渊明”?

《诗品》关于陶渊明的评语如下：“其源出于应璩，又协左思风力。文体省净，殆无长语，笃意真古，辞兴婉惬。每观其文，想其人德。世叹其质直，至如‘欢然酌春酒’‘日暮天无云’，风华清靡，岂直为田家语耶？古今隐逸诗人之宗也。”这些看法我们今天固然不能完全同意，但已经要算是空前未有的高评。

尽管钟嵘“囿于时习”地强调陶渊明“岂直为田家语”，充分肯定的是陶诗中还有“风华清靡”的一面，因此很难说他就是陶渊明的知音，但我们仍然不能不承认是钟嵘率先发现和肯定了陶渊明；我们只能拿他同前人相比以确定其议论的“眼力”如何。而且钟嵘的这种态度与所谓“文德之高”也并不相干，因为萧统之激赏陶渊明并为之编辑文集在后，钟嵘无从得知，他对陶渊明的评价与萧统不同，不同而已，与并未“逐势利以权衡人物”无关。

钱锺书先生谈刘勰与钟嵘忽就“文德”立言，大约乃是有感于时事而发，可惜与史事不甚契合，刘勰、钟嵘之书均成于皇太子萧统——在钱先生心目中显然以他为“势利”之所在——编辑《陶渊明集》之前；欲标举文人未尝趋附权势、违心两舌，可以举出的人和事很多，而刘勰、钟嵘之论陶渊明皆非适例。

钱锺书先生在《谈艺录》的补订中自述其研究中国古代文学的路径说：“妄期亲炙古人，不由师授。择总别集有名家笺释者讨索之……以注对质本文，若听讼之两造然，时复检阅所引书，验其是非。欲从而体察属词比事之惨淡经营，资吾操觚自运之助。渐悟宗派判分，体裁别异，甚且言语悬殊，封疆阻绝，而诗眼文心，往往莫逆冥契。至于作者身世交游，相形抑末，余力旁及而已。”[①]紧紧抓住文本本身，探讨诗眼文心，自是高妙；但也许正是由于相对轻视作者身世交游方面的考订，有时就会因不讲时序而出现判断上的小失误，这是很可惜的。

---

① 《谈艺录》，第 346 页。

三十三　萧氏父子

梁武帝萧衍(464～549)和他的几个儿子萧统(501～531)、萧纲(503～551)、萧绎(508～554)都富于文学才华,各有撰述,影响巨大。

萧统只当到太子即不幸短命死矣,那时天下还相当太平;萧纲和萧绎是做到皇帝的,因为内忧外患接踵而至,结局更惨。萧统的后代很久以后做了后梁的皇帝,但这后梁乃是一个二级朝廷,先后隶属于北周与隋,然后就被取缔了。萧统的曾孙女是隋炀帝的皇后,她的文学素养也非常之高。

兰陵萧氏曾经是权势最大的皇族,后来则成为一个重要的文学-文化世家。在中古后期,门阀贵族已经渐渐衰微,而擅长文学的精神贵族正在兴起。

一

萧衍是中国历史上担任皇帝时间甚长(四十七年)的高手之一。他在位期间实行了一系列改革,建设了不少较好的制度,例如类乎后来科举考试的制度,淡化家庭出身对青年人的影响,只要有文化有才华,就可以在社会生活中作上升的运动[①];他充分利用佛教来帮助治理国家,其政教合一的统治状态比刘宋、萧齐都要好得多[②]。在他统治的期间,没有像宋、齐那样发生宗室成员的内讧和动乱,可惜没能坚持到底。

---

① 萧梁时代教育发达,有各级各类学校,如培养高官后代的国子学、培养一般士族子弟的太学、招收寒门俊才的五馆,其生徒均可参加国家举行的测试,举高第即成绩优异者便可入仕;地方州郡生及自学成才者也可以参加这样的文官考试,大家在考试面前一概平等。这已开后代科举考试之先河。

② 萧衍是中国古代最以佞佛著称的皇帝,一生兴建了大量佛寺,铸造了许多佛像,举办了许多法会,亲自讲解佛经,并先后三次入同泰寺舍身,然后又由公卿百官集资把他赎出来。他又撰写了大量佛教文章,注释佛教经典,大大推进了佛教的中国本土化。这些举措在当时对巩固统治、维持稳定起到比较大的作用,当然也带来若干后遗问题。

萧衍在文化-文学上采取允许多元并存的宽松政策,而又提倡以儒家的文学思想为主导,大力鼓励创作。萧梁时代文坛非常活跃,涌现了大批的作家和批评家,文学思潮大抵多元并存,作家们思想活跃,在这一方面萧衍和他的三个儿子都是大有建树的重要人物。

萧衍在夺取中央政权、改朝换代的事业中得到了前“竟陵八友”诸人的支持,得力于沈约、范云者尤多,所以他在当了皇帝以后对他们很优待,但不让他们参与核心机密。开国重臣在开国后一般不能太重用,皇帝总不免疑心很重的。

《梁书·文学传序》云:“高祖聪明文思,光宅区宇,旁求儒雅,诏采异人,文章之盛,焕乎俱集。每以御幸,辄命群臣赋诗,其文善者,赐以金帛。诣阙庭而献赋颂者,或引见焉。其在位者,则沈约、江淹、任昉,并以文采妙绝当时。至若彭城到沆、吴兴丘迟、东海王僧孺、吴郡张率等,或入直文德,通宴寿光,皆后来之选也。”梁初大抵盛行永明体,那时活跃着两代作家:老一代的沈约、任昉、范云是“八友”中人;江淹资格更老,也是萧衍的旧友,曾经全力支持萧衍建立新政权,但在文学上他早已“江郎才尽”,不大写什么了,不久死于天监四年(505);范云死于天监三年(504),任昉死于天监六年(507),唯有沈约如鲁殿灵光,岿然独存,成了梁初的文章班头,但已渐渐受到萧衍的猜忌,稍后死于天监十二年(513)。到、丘、王、张是比较年轻的一代,但丘迟长期追随萧衍的弟弟临川王萧宏,到溉“性又不好交游”(《梁书》本传),中枢方面的人才并不算很多。萧衍站稳脚跟以后,为了巩固政权,大力提倡儒家思想,在老笔杆子任昉去世以后重用历史学家出身的裴子野(469～530),文章复古渐渐形成潮流。

在先前的宋、齐两朝,政局一直不稳,中枢忙不到思想文学问题,诗文渐趋琐细丽靡;梁王朝建立前后不少人主张复古,回到儒家经典和建安传统当中去,刘勰、钟嵘发表了大量意见;裴子野也大声疾呼地号召复古。他在所著《宋略》的一节(后来被称为《雕虫论》)中写道:

> 宋初迄于元嘉,多为经史,大明之代,实好斯文,高才逸韵,颇谢前哲。波流相尚,滋有笃焉。自是闾阎少年,贵游总角,罔不摈落六艺,吟咏情性。学者以博依为急务,谓章句为专鲁,淫文破典,斐尔为功。无被于管弦,非止乎礼义,深心主卉木,远致极风云。其兴浮,其志弱。巧而不要,隐而不深。讨其宗途,亦有宋之遗风也。若季子聆音,则非兴国,

鲤也趋庭，必有不敢。荀卿有言，“乱代之征，文章匿而采”，斯岂近之乎！

对刘宋以来的诗风提出极其严肃的批评，钱锺书先生评为“甚切六朝以深博掩浅陋，表华而里梠之弊”①。裴子野的这个基本观点与刘勰、钟嵘等批评家所发表的意见方向基本一致，《文心雕龙》明确指出近代以来文风不正，“去圣久远，文体解散，辞人爱奇，言贵浮诡，饰羽尚画，文绣鞶帨，离本弥甚，将遂讹滥”（《序志》），又说刘宋一朝“自明帝以下，文理替矣”（《时序》），看法与裴子野几乎完全相同。《诗品·序》讽刺当时的“膏腴子弟”说，他们“终朝点缀，分夜呻吟，独观谓为警策，众睹终沦平钝。次有轻薄之徒，笑曹、刘为古拙，谓鲍照羲皇上人，谢朓古今独步。……徒自弃于高明，无涉于文流矣”。

当时有一批青年舍弃传统，只以文采的华丽为能事，很少顾及文学的社会效果，对此裴、刘、钟三位都大不以为然。裴子野的《宋略》包括其中的《雕虫论》本作于齐末，到梁代又加以修订，重新问世②，其中对历史上不良文风的批评，言外自有针对现实之意。

萧衍很重视裴子野，大约在天监七年（508）之后不久起用其人③。这时正是永明体诸老相继凋谢、萧衍进一步大力尊崇儒术之时。《梁书·裴子野传》云：“普通七年，王师北伐，敕子野为喻魏文，受诏立成。高祖以其事体大，召尚书仆射徐勉、太子詹事周舍、鸿胪卿刘之遴、中书侍郎朱异，集寿光殿以观之，时并叹服。高祖目子野而言曰：‘其形虽弱，其文甚壮。’俄又敕为书喻魏相元乂，其夜受旨，子野谓可待旦方奏，未之为也，及五鼓，敕催令开斋速上。子野徐起操笔，昧爽便就。既奏，高祖深嘉焉。自是凡诸符檄，皆令草创。”当时有大批文士，包括萧统手下的文人，与子野“深相赏好”，崇儒复古之风勃然兴起。

此前在天监四年（505）萧衍已下诏置五经博士，广开馆宇，招纳后进，以明山宾、陆琏、沈峻、严植之、贺玚补博士，各主一馆，又派遣学生入云门山受

① 《管锥编》第4册，第1440页。

② 《建康实录》卷十四引《宋略·总论》后有“裴子野曰：余齐末无事，聊撰此书，近史易行，颇见传写。此更寻读，繁秽尤多，微重刊削，尚未详定。”这一小段话自当写于梁代，惜其具体年代已不可考。

③ 《梁书》本传载范缜由中书迁国子博士时曾经推荐裴子野任博士，此事在裴子野四十岁时即天监七年（508）；事虽未果，却很能见出一时的形势。此后子野因吏部尚书徐勉的推荐，出任著作郎，掌国史及起居注，而本传称“子野在禁省十余年”，可见他为著作郎应在天监七年（508）之后不久。

业于一代儒宗何胤。天监九年(510)萧衍亲临国子监讲肆,并下诏令皇太子萧统及王侯之子年在从师者都入国子监学习儒家经典。"世习儒史"的裴子野正是在这样的背景下得到重用的。

裴子野"为文典而速,不尚丽靡之词,其制作多法古,与今文体异,当时或有诋诃者,及其末翕然重之"(《梁书》本传)。所谓"典"就是十分重视继承儒家传统的意思。儒家一向主张"辞达而已矣"(《论语·卫灵公》),又极重视文艺的政治、伦理效果。萧衍重用此人正是为了配合他的崇儒政策,巩固其政权。

但是萧衍并不一味尊儒,他对佛教的提倡更加不遗余力,在文艺问题上既强调坚守正统思想,又不废对于"丽靡"的追求,容许各家各派自由发展,显示了很宽广的胸怀。在他领导下,各种文风都得以生存和发展;太子萧统及其身边的文人同时追求"典"和"丽",在强调新的审美趣味时仍能顾及传统,最合于父皇萧衍的思想路线,因此得到长足的发展。这一派文艺主张最集中的表现,便是由萧统主持编纂的以"风教"与"翰藻"为两大基本标准的文学选本《文选》。

裴子野的弱点在于他对文学的教化作用过分强调,而对审美功能则相当忽视,《雕虫论》写道:"古者四始六艺,总而为诗,既形四方之风,且彰君子之志,劝美惩恶,王化本焉。后之作者,思存枝叶,繁华蕴藻,用以自通。若悱恻芬芳,楚骚为之祖,靡漫容与,相如扣其音。由是随声逐影之徒,弃指归而无执。赋诗歌颂,百帙五车,蔡邕等之俳优,扬雄悔为童子。圣人不作,雅郑谁分?其五言为家,则苏、李自出,曹、刘伟其风力,潘、陆固其枝叶。爰及江左,称彼颜、谢,箴绣鞶帨,无取庙堂。"他过分重视文艺"劝美惩恶"的社会功能,完全视文艺为工具。在中国古代,凡是史家出来论文,几乎无不片面地重视文艺的社会功能、功利目的。史家由于自己所从事的专业,总是会把文艺的状况同古今的兴衰成败直接地联系起来考虑,立论每易偏至。于是萧统出来,矫正裴子野的偏颇,指出儒家经典固然伟大,而文学也有自己的关切和传统,思想和艺术应当并重;他通过大型文学作品选《文选》来宣传自己的主张。

此后萧纲继起,指出做人和为文是两回事,文学创作其实可以不管传统的正统思想,一味抒情就好,艺术技巧则非讲究不可,他领导了一场声势浩大的"宫体"运动。萧绎附和这一意见,并在理论上作出进一步的发挥,创作上也继续走宫体的路子。萧统、萧纲、萧绎兄弟的文化-文学观念也有许多相同相近之处,他们是一家人,但也确有差异,只是还能和而不同罢了。

以上这些纷纭主张和生动活泼的局面，都得益于萧衍宽松的文化政策和灵活的领导艺术。萧衍在位近五十年，在他领导下梁王朝实现了最稳定最繁荣的局面；可惜他晚年很有些糊涂，武备不修，又没有处理好北方武将侯景来降的问题，结果一着不慎，满盘皆输，断送了他亲自开创的大梁王朝。

二

萧统是萧衍的长子，早年接受过良好的儒家文化教育，五岁时已遍读五经，悉能讽诵。为了帮助他尽快成长，萧衍曾先后派许多学士充当他的师友，有所谓十学士，他们是：王锡、张缵、陆倕、张率、谢举、王规、王筠、刘孝绰、到洽、张缅[①]，此外尚有沈约、徐勉、到溉、明山宾、殷钧、殷芸、陆襄、刘孝维、刘孝陵、王训、周舍、刘怀珍、何思澄、刘杳、刘勰、王承、萧子范、萧子显、萧子云、刘苞、庾於陵、庾仲容、何胤、陆杲、王泰、萧孝俨等等文化精英，也都为萧统所交接。从这些师友那里萧统得到了多方面的营养。

这些人当中有前永明体的老将，如沈约；有任昉"兰台聚"[②]文人圈中诸有为青年；有与裴子野相当接近的人物，如殷芸、张缵，也有倾向新变的人物，如陆杲，更有杰出的文艺理论家刘勰。刘勰在天监十六年(517)前后兼任东宫通事舍人，历时颇长，史称"昭明太子好文学，深爱接之"(《梁书·刘勰传》)，年轻的萧统一定从他那里学到不少东西，得到许多启发。萧统同刘勰一样，既高度重视文学作品的教化作用，也十分讲究艺术表现，圆通广大，不陷于偏颇。

由于死亡、人事调动等原因，在萧统身边的文人不断发生变化，从萧统成年以后积极从事文学活动之时的情况看，他手下的首席文人当推刘孝绰(本名冉，481～539)。《梁书·刘孝绰传》说："时昭明太子好士爱文，孝绰与陈郡殷芸、吴郡陆倕、琅邪王筠、彭城到洽等同见宾礼。太子起乐贤堂，乃使画工先图孝绰焉。"萧统又特别让他为自己编定文集；萧统主持编纂《诗苑英华》

---

① 见《南史·王锡传》。参见屈守元《"昭明太子十学士"说》，《俞平伯先生从事文学活动六十五周年纪念文集》，巴蜀书社 1992 年版，第 167～180 页。

② 《南史·到溉传》："梁天监初，(任)昉出守义兴，要(到)溉、(到)洽到郡，为山泽之游。昉还为御史中丞，后进皆宗之。时有彭城刘孝绰、刘苞、刘孺，吴郡陆倕、张率，陈郡殷芸，沛国刘显及溉、洽，车轨日至，号曰'兰台聚'。"《姓解》以到溉、到洽、张缵、张率、张缅、刘孝绰、刘苞、刘显、刘孺、陆倕为"兰台十学士"。

时，许多具体工作都是让刘孝绰做的，以致《颜氏家训·文章篇》干脆直接将该书系于刘孝绰的名下[①]。在《文选》的编撰过程中，刘孝绰大约也做过若干工作，所以弘法大师（遍照金刚）在《文镜秘府论》中有“梁昭明太子萧统与刘孝绰等撰集《文选》”的提法。近年来更有日本学者清水凯夫认为《文选》完全是刘孝绰编撰的，萧统不过挂一个空名而已；综合各种材料来看，《文选》的主编仍当是萧统，但他不是凭一人之力完成，必有手下的文人参与，在这些参与者中刘孝绰大约最为重要。萧统手下的第二号文人当推王筠（字德柔，481～550），《梁书·王筠传》说：“昭明太子爱文学士，常与筠及刘孝绰、陆倕、到洽、殷芸等游宴玄圃，太子独执筠袖、抚孝绰肩云‘所谓“左把浮丘袖，右拍洪崖肩”’，其见重如此。”

刘、王二人是梁代中期创作成就比较高的作家，他们的文学态度正如萧统那样带有折中的倾向。刘孝绰是齐代掌制诰的名臣刘绘之子，又是“竟陵八友”中王融的外甥，幼有神童之目，王融给予他很高评价，以为仅次于自己，“父党沈约、任昉、范云等闻其名，并命驾先造焉，昉尤相赏好”——他是在永明体诸先达的关怀下成长起来的；孝绰于吟咏性情之外亦复“肆意坟典”（《梁书》本传），主张文学应当典而且丽，在思想上与萧衍、萧统所倡导的主潮完全一致。王筠出于名门琅邪王氏，“幼年读五经，皆七八十遍”（《梁书》本传），文风比较典雅。由这两个人的情形也可以推测萧统的文学思想。

萧统的重要成就之一是编了一部大型文学总集《文选》。

作家作品的日益增多必然呼唤具有选集性质的总集的出现。《隋书·经籍志》说：“总集者，以建安以后，辞赋转繁，众家之集，日以滋广。晋代挚虞苦览者之劳倦，于是采摘孔翠，芟剪繁芜，自诗赋以下，各为条贯，合而编之，谓之《流别》。是后文集总钞，作者继轨，属辞之士，以为覃奥，而取则焉。”作品日繁，览者劳倦，于是选集应运而生。建安以来文学作品急剧增多的势头到晋、宋以后变本加厉，至齐、梁达到高潮。据统计，从东晋初年到萧梁天监四年（505）不到两百年时间，皇家藏书增加了76倍，其中从刘宋之末的元徽到天监的三十二年中，每十年增加2500卷，是增势最猛的时期[②]。图书典籍的增

---

① 颜之推称之为《诗苑》，应即为《诗苑英华》的简称，不可能是另外一部书。《隋书·经籍志》载“《古今诗苑英华》十九卷，昭明太子撰”，是《古今诗苑英华》乃全称，《诗苑英华》已经是简称，而《诗苑》则为进一步简化者。

② 详见王重民《中国目录学史论丛》，中华书局1984年版，第49页。

加当然包括各方面的著作,但其中占相当大比例的乃是文学作品。南朝特别是齐、梁时代,作家辈出,文风极盛,从事诗赋创作在社会上成为一大热门,正如钟嵘曾经说过的那样,“今之士俗,斯风炽矣。才能胜衣,甫就小学,必甘心而驰骛焉”(《诗品·序》)。面对急剧增多的文学作品,“苦览者之劳倦”的问题大为突出,编辑新的选本已经刻不容缓。

萧统具有从事选本的最佳工作的条件。这时已经有了多种图书目录[①],他又有足够的条件充分利用皇家所藏典籍;萧统本人藏书近三万卷,东宫有专门的四部目录;他手下文士甚多,不仅可以帮他工作,又可以借此人脉关系利用民间藏书。

《文选》得以问世的另一重背景,是自从建安以来文学界对于文体分类的研究越来越予以重视,出现了大量成果,据此已有条件加以总结。曹丕的《典论·论文》、陆机的《文赋》、挚虞的《文章流别论》、李充的《翰林论》,积累了丰富的学术资源;刘勰的《文心雕龙》更将文体的研究推向空前完备而深入的阶段,其中“选文以定篇”的部分对萧统编撰《文选》尤有直接的启发。

编辑文章有两种办法,或分类或编年,“分类有益于揣摩文章,编年有利于明白时事”[②]。萧统《文选》继承挚虞《文章流别》、李充《翰林》的传统,按文体分类选文,凡三十八个体类。这个三十八与刘向、刘歆父子总校群书时将各种典籍分为三十八类恰好相符,尽管他们所处理的对象并不相同——三十八这个数目在目录分类上具有一种传统的魅力。

《文选·序》的前半扼要地论述各种文体的古今变化,然后写道:“余监抚余闲,居多暇日,历观文囿,泛览辞林,未尝不心游目想,移晷忘倦。自姬汉以来,眇焉悠邈,时更七代,数逾千祀,词人才子,则名溢于缥囊,飞文染翰,则卷盈乎缃帙。自非略其芜秽,集其清英,盖欲兼功,太半难矣。”其按体类选文,为读者提供精品范本之意,已极昭然。这是建安以来几代批评家想做、已做而未能完全做好的事情,萧统率领其手下的文士们做得很出色,这一份历史功绩是值得大书特书的。

---

① 东晋曾两次编制皇家藏书总目录;刘宋也是两次,分别由谢灵运、王俭主持其事,王俭还另编过《七志》,多录今书,且有叙录,水平尤高;齐代于永明元年(483)编《秘阁四部目录》;梁代在天监四年(505)和六年(507)先后编制了《文德殿正御四部及术数书目录》《四部书目录》,阮孝绪在天监四年(505)五部书目录的基础上博采民间藏书,用毕生精力编撰了著名的《七录》,其中“文集录”著录图书 1024 种、10755 卷。

② 《且介亭杂文·序言》,《鲁迅全集》第 6 卷,第 3 页。

关于文学选本，鲁迅先生发表过一个著名的意见，他说："选本所以借古人的文章，寓自己的意见。""凡是对于文术，自有主张的作家，他所赖以发表和流布自己的主张的手段，倒不在于作文心、文则、诗品、诗话，而在出选本。"[①]萧统也正是要通过《文选》来宣传自己的主张，反对或修正与他不同的意见。

萧统的文学趣味颇近于儒家正统，典型的表现如他在《陶渊明集序》[②]的结末说：

> 横素波而傍流，干青云而直上。语时事则指而可想，论怀抱则旷而且真。加以贞志不休，安道苦节，不以躬耕为耻，不以无财为病，自非大贤笃志，与道污隆，孰能如此乎？余爱嗜其文，不能释手，尚想其德，恨不同时。故加搜校，粗为区目。白璧微瑕，唯在《闲情》一赋，扬雄所谓劝百而讽一者，卒无讽谏，何足摇其笔端！惜哉！亡是可也。并粗点定其传，编之于录。尝谓有能观渊明之文者，驰竞之情遣，鄙吝之意祛，贪夫可以廉，懦夫可以立，岂止仁义可蹈，抑乃爵禄可辞，不必傍游太华，远求柱史，此亦有助于风教也。

陶渊明的思想本来比较复杂，儒道兼而有之，并且结合得很有特色，在晋、宋之际的思想文化界别树一帜，但萧统所看重的，却专在他崇儒的成分，所谓"安道苦节"，正是儒家之道，亦即"安贫乐道"之道，而非老庄之道，所以篇末说"不必傍游太华，远求柱史，此亦有助于风教也"——"风教"云云，讲的是对个人修养与节操的教化作用，儒家气味尤为浓厚。

重振儒教本来是梁武帝萧衍文艺思想的基本组成部分。《南史·儒林传》说："洎魏正始以后，更尚玄虚，公卿士庶，罕通经业。时荀顗、挚虞之徒，虽议创制，未能有易俗移风者也。自是中原横溃，衣冠道尽。逮江左草创，日不暇给，以迄宋、齐，国学时或开置，而劝课未博，建之不能十年，盖取文具而已。是时乡里莫或开馆，公卿罕通经术，朝廷大儒，独学而弗肯养众，后生孤陋，拥经而无所讲习，大道之郁也久矣乎。至梁武创业，深愍其弊，天监四年，乃诏开五馆，建立国学，总以五经教授，置五经博士各一人。……于是怀经负笈者云会矣。"在天监四年(505)的诏书中，萧衍明确指出"魏晋浮荡"的根子即在

① 《集外集·选本》，《鲁迅全集》第7卷，第136页。

② 《全梁文》卷二十，校以《四部丛刊》景宋本《笺注陶渊明集》。

于“儒教沦歇”(《置五经博士诏》,《全梁文》卷二),因此,要想从根本上解决问题,真正维系住人心,非大兴儒术不可。为此萧衍采取了一系列有力的措施,结果“四方学者靡然向风,斯盖崇儒之效”①云。自汉末魏晋以来一直遭到冷遇的儒家思想这时忽然由最高当局着意强调并大力推行,无疑是思想文化界的一大变动,各方面的反响十分强烈,南齐以来已经先期大力强调尊崇儒术的文艺理论家如刘勰、裴子野等人这时纷纷出来,或开始出仕,或官运亨通;思想文化界出现了一派以儒家思想为旗帜来拨乱反正的势头。幼年的萧统作为刚刚被确立的皇太子,当然要根据父皇萧衍的方针来接受教育,所以他“三岁受《孝经》《论语》,五岁遍读五经,悉能讽诵”(《梁书》本传,《南史》本传亦云然)。语云幼学如漆,如此出身和教养的萧统,思想上与儒家认同,乃是势所必至的事情。后来萧衍笃信佛教,几次“舍身”;萧统也精研内典,应邀讲经——这一方面他同样是乃父的肖子。

《文选》不选“五经”中的文字乃是萧统尊经的一大表现。《文选·序》说“若夫姬公之籍,孔父之书,与日月俱悬,鬼神争奥,孝敬之准则,人伦之师表,岂可重以芟夷,加以剪截?”儒家经典太伟大太神圣了,不宜加以节选。换言之,正因为萧统其人尊经,所以《文选》才不选经。“经”高于“文”,刘勰这么看,萧统也这么看;只不过刘勰是文艺理论家,所以大唱其原道、征圣、宗经的高调,而萧统作为选家则凭借选文的体例以寄寓其尊经的深意。《梁书·刘勰传》称:“昭明太子好文学,深爱接之。”“爱接之”的思想基础正是他们都极其推崇儒家经典。

《文选》的选目流露了他的正统思想。苏轼在《东坡题跋》卷二《题〈文选〉》中痛斥萧统,指责《文选》“编次无法,去取失当”,他举陶渊明为例道:“观渊明集,可喜者甚多,而独取数首。以知其余人忽遗者甚多矣。渊明《闲情赋》,正所谓‘国风好色而不淫’,正使不及《周南》,与屈宋所陈何异?而统乃讥之,此乃小儿强作解事者。”这种议论虽不无见地,但对于萧统其实相当隔膜。就萧统的文学趣味而言,不选《闲情赋》乃是理所当然的事情;选入《始作镇军参军经曲阿作》《辛丑岁七月赴假还江陵夜行涂口作》《挽歌》《杂诗二首》《咏贫士》《读山海经》《拟古》等篇,也很符合逻辑,因为这几首既不违背儒家思想又显得比较有文采;选《归去来辞》,抓住了渊明的代表作,尤能见出选家

---

①　皮锡瑞《经学历史》,中华书局1959年版,第179页。参见程舜英《魏晋南北朝教育制度史资料》,北京师范大学出版社1988年版,第71～83页。

的眼光。又,晋人文章中王羲之的《兰亭集序》自是佳作,而《文选》不录,那是因为该文思想比较独特,与萧统的期待视野不合,而不当如王楙在《野客丛书》中所说的“良由搜罗之不及,非故遗之也”。王羲之为一代名流,《兰亭集序》又绝非冷僻之作,以萧统读书之广、手下文人学士之多,岂有搜罗之不及的道理。从这些地方最能看出萧统的趣味和选文的趋向。从后人的立场看,《文选》的选目可调整之处当然很多,但讨论这一类问题没有多大意义,也永远得不出一致的意见;我们应当关注的是萧统为什么选此而不选彼,并由此去印证他的文学思想,进一步认清其人其书的特色,作为研究更大范围之问题的基础。

萧统也确实考虑过“文”与“非文”(文学与非文学或纯文学与杂文学)的界限问题,例如关于为什么不选诸子之文、古人言论的记录本以及史传中的大量文字,而只选取史学著作中的论赞,萧统都有过明确的解释,他说诸子之文“以立意为宗,不以能文为本”,他们的着力处在于讲清楚自己的理论,并不考虑如何把文章写得漂亮,所以不入选。古人言论的记录本有些可以称为美辞而非美文,何况这些言辞“概见坟典,旁出子史,若斯之流,又亦繁博,虽传之简牍,而事异篇章”,所以“今之所集,亦所不取”。由此可知萧统颇严于“文”“辞”之别,《文选》主要选取单篇的文章(所谓“篇翰”“篇什”),一般不选专著中的某一部分——这里显然包含一些体例上的考虑,是可以理解的①。最有理论价值的也许是萧统关于何以不取史传中一般文字而专选其赞论、序述的那一段说明了:

> 至于记事之史,系年之书,所以褒贬是非,纪别异同,方之篇翰,亦已不同。若其赞论之综辑辞采,序述之错比文华,事出于沉思,义归乎翰藻,故与夫篇什杂而集之。

由此可知他认为史传中某些“事出于沉思,义归乎翰藻”的部分具有“文”

① 章太炎先生在《文学总略》里批评萧统说,他区别语言(“辞”)与文字(“文”)虽然不无道理,但是他本人已经自违其例,“依史所载,荆卿《易水》,汉祖《大风》,皆临时触兴而作,岂尝先属草稿,亦与出话何异?而《文选》固录之矣。至于辞命,则有草创润色之功,苏张陈说,度亦先有篇章。《文选》录《易水》《大风》二歌,而独汰去辩说,亦自相龃龉矣。”这种批评恐怕是没有力量的,诗歌创作或出于口占,或出于竹帛以至于纸墨,要之皆是诗,而与贤人、忠臣、谋夫、辩士之“辞”异,萧统在《文选·序》里只说他何以不选“辞”,与诗无涉。古人讲究文、辞之别,我们只宜表示理解,后人于此不复措意是另一回事。

的性质，所以可以破例入选。古今有不少学者认为“事出于沉思，义归乎翰藻”就是《文选》选文的标准，就是萧统心目中“文”的定义①，这一派意见影响很大，以至于近来有人说“‘事出于沉思，义归乎翰藻’这两句话，可以看作中国古代对于与一般文章不同的文学作品提出一个较为完善的陈述”②。其实萧统这两句话并非并列关系，当分别论之，并且以第二句为主。“事出于沉思”是专就史传中的论赞而言的，如果无视这一点，则正如章太炎《文学总略》所说，“沉思孰若庄周、荀卿”，那就无从明白萧统的原意。按，史传中赞论部分的特点在于，它们并不是一般地直白地叙事，这里虽然不免也要提到若干历史事实，但那已经经过作者的“沉思”消化过了；而唯其能够“事出于沉思”，所以才会“义归乎翰藻”。史家在写这一部分的时候，往往综辑辞采，错比文华，讲究辞藻、对偶等等，显得文采斐然，与“篇什”即单篇的文学作品比较靠近。“事出于沉思”的“事”就是历史事实的事，与“事义”“事类”无关。事实上《文选》中所选的那些论和赞往往并不多用典故，只是以文采见长，无论是班固、范晔，还是干宝、沈约，所作之论赞皆是如此。试举卷五十录入之范晔《后汉书·宦者传论》来看：

> 邓后以女主临政，而万机殷远，朝臣图议，无由参断帷幄，称制下令，不出房帏之间，不得不委用刑人，寄之国命。手握王爵，口含天宪，非复掖庭永巷之责，闺牖房闱之任也。其后孙程定立顺之功，曹腾参建桓之策，续以五侯合谋，梁冀受钺，迹因公正，恩固主心，故中外服从，上下屏气，或称伊霍之勋，无谢于往载，或谓良平之画，复兴于当今。虽时有忠公，而竞见排斥。举动回山海，呼吸变霜露。阿旨曲求，则宠光三族；直情忤意，则参夷五宗。汉之纲纪大乱矣。

这段文字提到东汉邓后以来的许多史实，但都不去展开，只是带着感情很概括地加以叙述，颇富于篇章之美。这就是所谓“事出于沉思，义归乎翰藻”。归根到底，萧统所看重的乃是“翰藻”亦即辞章之美，单纯的叙事是不可能至少也是不容易“归乎翰藻”的。而凡是不“归乎翰藻”者，《文选》一概不选；反之，归于翰藻的，即使是公文之类，《文选》也照选不误。

---

① 例如清朝人阮元在《隋文选楼记》一文中说：“昭明选例，以沉思翰藻为主，经史子三者皆所不选。”又在《书梁昭明太子〈文选序〉后》中说“必沉思翰藻，始名之为文，始以入选也”。阮元一向将“沉思”与“翰藻”二者并列。

② 《中国美学史》第二卷下册，中国社会科学出版社 1987 年版，第 565 页。

重复地说，“事出于沉思”是专就史传中论赞之构思的特点而言的，而“义归乎翰藻”则是肯定了史传中的论赞有合于“文”的标准。所以，是否“义归乎翰藻”才是萧统区分文学作品与一般文章之间界限的着重点。

还有一个事例颇足以从反面有力地证明这一点。《文选》中列有“弹事”一目，所选凡三篇，其中任昉的《奏弹刘整》一篇，入选时被删去八百余字，都是具体叙事，无当于翰藻的文字①，而入选部分则以议论为主，虽然也涉及事实，但只是概括言之，富于文采，也可以说是“事出于沉思，义归乎翰藻”，合于入选的标准。

在当年流行的观念中，直白的叙事乃是史才而非文才。萧统的弟弟萧纲批评裴子野，说“裴氏乃良史之才，了无篇什之美”(《与湘东王书》)，他的意思主要不是指裴氏不会写诗赋，而是说他不善于写史书中的论和赞。裴子野《宋略》中也有些评论性的文字，从《建康实录》《文苑英华》《通典》等书所引用的遗文看去，确实写得相当质朴，虽“事出于沉思”，可惜没有文采，所以萧纲对他很不以为然。就高度重视“翰藻”这一点而言，萧纲关于“文”的基本观念与乃兄萧统是一致的。

文才、史才之分，与当时人们习惯于区分“文”“笔”有一定的联系；但是萧统没有采用“文”“笔”这一组二元相对的概念。按，齐梁时代的人们关于“文”“笔”如何区分，意见不大一致，一般的看法如刘勰在《文心雕龙·总术》中所介绍的那样，是“以无韵者笔也，有韵者文也”，对这样一种二分法，萧统同刘勰一样并不赞成，他以是否“义归乎翰藻”来区分“文”与“非文”，比只着眼于声律更深刻。《文选》中所选的作品不限于讲究声律的近代诸作，它要网罗古今。后来萧统的另一个弟弟萧绎在《金楼子·立言篇》中讲“文”有四个特点：“绮縠纷披，宫徵靡曼，唇吻遒会，情灵摇荡。”这一后期文笔论的见解超越了只讲声律的狭隘眼光，而首重辞采华丽，再加上一条抒情性，同时也讲“宫徵靡曼，唇吻遒会”，立论较之前期文笔论更为全面。萧绎之所谓“绮縠纷披”，正是萧统“翰藻”的具体化。看来萧绎也在很大程度上吸收了乃兄萧统的见解②。

萧统所说的“翰藻”重在一个“丽”字。当萧绎来向他索取文集和《诗苑英

① 参见钱锺书《管锥编》第4册，第1420～1421页。

② 关于文笔说前后的变迁，参见郭绍虞《文笔说考辨》，《照隅室古典文学论集》，上海古籍出版社1983年版，下编第305～311页。

华》时，他回信说：

> 往年因暇，搜采英华，上下数十年间未易详悉，犹有遗恨，而其书已传。虽未精核，亦粗足讽览。集乃不工，而并作多丽，汝既须之，皆遣送也。(《答湘东王求文集并〈诗苑英华〉书》)

虽多谦抑之辞，但他追求文辞“多丽”的倾向十分明显。这种创作路数与他选文的眼光互为表里，自当联系起来考察。

萧统依据儒家的正统文学观念十分重视“风教”，他又很重视“翰藻”，追求“多丽”——这正是萧统文学思想两个基本的方面。他认为这两个方面应当统一起来，不可偏废。就在前引写给湘东王萧绎的信里，萧统还有几句提纲挈领、交自己思想之底的话：

> 夫文典则累野，丽则伤浮。能丽而不浮，典而不野，文质彬彬，有君子之致，吾尝欲为之，但恨未逮耳。

这里很有些辩证的思考。“典”是当时文艺界一个通用的术语，指典雅亦即思想上合于儒家正统、儒家经典。裴子野之所重完全在此“典”字。后来萧纲讥笑前一派道：“未闻吟咏性情，反拟《内则》之篇，操笔写志，更摹《酒诰》之作；迟迟春日，翻学《归藏》，湛湛江水，遂同《大传》。”(《与湘东王书》)前者死守儒家正统，不大顾及文学的特点，问题在于典而野；后者急于抛弃传统，一味强调篇章的新丽，毛病便是丽而浮。萧统较为折中公允，他主张将“典”与“丽”结合起来。他看出了，如果只讲“典”便容易忽视艺术的表达以至于没有文采，其弊在野，也就是萧纲批评过的“了无篇什之美”；相反地，如果只讲“丽”，则容易失去原则，其弊在浮，这就是裴子野批评过的“其兴浮，其志弱”。唯一正确的办法是兼顾“典”与“丽”，“丽而不浮，典而不野”，思想与艺术并重，文质兼美。这既是他本人创作所悬的目标(当然他谦虚地自称没有达到这一境界)——后来刘孝绰为萧统编辑文集，在序言中歌颂这位太子的文章“典而不野，远而不放，丽而不淫，约而不俭”(《全梁文》卷六十)，这些提法合于萧统的思路，也表明他们的倾向是完全一致的——同时也是他选文的基本趋向。

兼顾文质，其实也是那个时代最有头脑的文艺批评家的共识。刘勰《文心雕龙》的一个重要思路便是讲“通变”“奇正”，中心在于要求思想上决不违背正统而艺术上却能不断创新。钟嵘《诗品》给予曹植最高的评价，充分肯定他既"骨气奇高"，而又"词采华茂""体被文质"——这正是典而且丽的意思。萧统的思路与刘、钟都有相通之处，他们都是当年的折中派。

既典且丽，不野不浮，文质两个方面都讲到了，但萧统也并不是平均使用力量。相对而言，他对"丽"的要求似乎更强烈些，除了明显的浮而不典、离经叛道的东西之外，他的态度相当宽容，所以《文选》的选目并不显得狭隘，其中虽未选陶渊明的《闲情赋》，但宋玉的《高唐赋》《神女赋》《登徒子好色赋》和曹植的《洛神赋》是选了的；《文选》中既有不利于到溉的《广绝交论》（刘峻），也有有利于到溉的《古意酬到长史溉登琅邪城》（徐悱）：在这些地方最容易看出萧统阔大的胸襟。而凡是没有文采的东西，《文选》确实一概不选，全书艺术品位甚高。打开《文选》，人们就宛如进入一个藻绘缤纷的美丽世界，汉代以来特别是近代以来的名篇佳作，多半在此。《文选》在唐代有那样巨大的影响，固然与唐人极重文采、考试时写诗赋也非有文采不可有关，首先还得《文选》在这一方面的确大有可取才行，这才能机缘凑泊，风行一时。

"丽"也可以称为"华"。萧统认为文学发展的趋势便是日趋华丽。《文选·序》开宗明义就写道：

> 式观原始，眇觌玄风，冬穴夏巢之时，茹毛饮血之世，世质民淳，斯文未作。逮乎伏羲氏之王天下也，始画八卦、造书契，以代结绳之政，由是文籍生焉。《易》曰："观乎天文以察时变，观乎人文以化成天下。"文之时义远矣哉！若夫椎轮为大辂之始，大辂宁有椎轮之质；增冰为积水所成，积水曾微增冰之凛。何哉？盖踵其事而增华，变其本而加厉，物既有之，文亦宜然。

萧统通过简单的历史回顾和巧妙的比喻论证，很容易地就得出了一个重要的结论：文学发展的规律便是日趋于华丽。《文选》选文偏详于近代的原因在此。由此也可以进一步理解萧统为什么以"翰藻"作为"文"的本质特点。

从这个侧面来看，萧统的文学观与刘勰有所不同。刘勰特别强调复古，认为文学变迁的大势是"从质及讹，弥近弥澹"（《文心雕龙·通变》），今不如昔；而萧统则认为今胜于昔。但是，可变者文采，不变或者说不可变者思想、风教，由此萧统强调儒家之道"与日月并悬"，永世长存，务必坚持。总之，萧统与刘勰是同中有异，同者他们都主张文质并重，异者刘勰更重视"质"，而萧统更多地着眼于"文"。在萧统看来，坚持儒家正统思想乃是不言而喻的事情，于是作者的能事便只剩下一个：向着文采努力，力争作品"丽而不浮，典而不野"。

作为太子，萧统的品德和能力在史书中评价都很高，但他最后干了一件蠢事，《南史》本传云："初，丁贵嫔薨，太子遣人求得善墓地，将斩草，有卖地者因阉人俞三副求市，若得三百万，许以百万与之。三副密启武帝，言太子所得地不如今所得地于帝吉。帝末年多忌，便命市之。葬毕，有道士善图墓，云'地不利长子，若厌伏或可申延'，乃为蜡鹅及诸物埋墓侧长子位。"丁贵嫔是萧统的生母，讲究孝道本无不妥，但弄些低级的巫术迷信实在毫无意义，而且在无意中得罪了父皇。"为蜡鹅及诸物埋墓侧长子位"一事原是悄悄进行的，但后来暴露了，《南史》本传继续写道："有宫监鲍邈之、魏雅者，二人初并为太子所爱，邈之晚见疏于雅，密启武帝云：'雅为太子厌祷。'帝密遣检掘，果得鹅等物。大惊，将穷其事。徐勉固谏得止，于是唯诛道士。由此太子迄终以此自惭慨，故其嗣不立。"埋蜡鹅事件之发露在中大通元年(529)秋[①]，当年十一月，萧衍命南平王萧伟为太子太傅(或作少傅)，加强对萧统的监控。到第二年(中大通二年〔530〕)正月，萧统的弟弟晋安王萧纲突然从雍州被征入京[②]，在尚未到达首都时，"昭明太子谓左右曰：'我梦与晋安王对弈扰道，我以班剑授之。王还，当有此加乎！'四月，昭明太子薨。五月丙申，立晋安王为皇太子"(《南史·梁本纪下》)。在皇宫里面，父子兄弟之间各怀鬼胎，亲情很淡。埋蜡鹅事件促进梁武帝萧衍重新考虑继承人问题，也促进了萧统的早逝。萧统一生的最后两三年是在惭慨恐惧中度过的，没有精神搞什么《文选》了。《文选》中留下了若干编辑工作的漏洞，原因或即在此。

《南史·昭明太子传》载，中大通三年(531)"三年三月，游后池，乘雕文舸摘芙蓉。姬人荡舟，没溺而得出，因动股，恐贻帝忧，深诫不言，以寝疾闻。武帝敕看问，辄自力手书启。及稍笃，左右欲启闻，犹不许"。"动股"大约是一种神经性的痉挛，萧统隐瞒病情应当是担心此事可能危及自己的太子地位，

---

① 大通元年(527)明山宾卒，"昭明太子为举哀，赙钱十万、布百匹，并使舍人王颙监护丧事"(《梁书·明山宾传》)；张率卒，萧统亦"遣使赠赙"(《梁书·张率传》)；到洽卒，萧统在写给萧纲的信中深表哀悼(《梁书·到洽传》)。大通二年(528)萧统奉父皇萧衍之命为菩提达摩写祭文(《释氏稽古略》卷二)。大通三年(529)殷芸卒，萧统在《夜阑思旧诗》中表达了哀悼之情。可知在丁贵嫔去世后的相当长一段时间里，萧统虽然在守"心丧"，生活状态还是正常的；埋蜡鹅事件暴露并深感"惭慨"恐惧，当在此后。

② 据《梁书·武帝纪》中大通二年(530)正月，萧纲由雍州刺史改任骠骑大将军、扬州刺史；《梁书·简文帝纪》所记略同。但《南史·简文帝纪》却说此事在中大通三年(531)，似误。扬州刺史相当于首都大市的市长，位高权重，一向由重量级的人物担任。

而结果耽误了治疗，以至于一病不起。

中大通三年(531)四月，萧统匆匆去世，年仅三十一岁。

三

从普通四年(523)起，萧纲担任雍州(治所在今湖北襄樊)刺史；中大通二年(530)征为扬州刺史，回到首都。中大通三年(531)萧统去世，萧纲被立为太子，时年二十九岁。

太子萧统逝世后怎样确定接班人是当时政治生活中的一件大事，有人主张立萧统之长子萧欢为皇太孙，此论合于宗法传统而不合今上的心意；梁武帝犹豫了一段时间，到五月二十一日终于决定以晋安王萧纲为太子。当年七月，举行了有关仪式，九月，入住东宫①。此后萧纲一方面积极地从事皇太子应做的公务，更努力从事文献工作，编纂《长春义记》一百卷②，同时大力提倡后来被称为"宫体"的新文风。

史称"昭明太子薨，新宫建，旧人例无停者"(《梁书·刘杳传》)，太子既然换了人，东宫的人马自然也就要大换班。此前许多年萧纲在外地为藩王，身边已有一批"高斋学士"③，既从事创作，并着手编撰总集。所谓"宫体"，实酝酿于雍州。

萧纲具备很高的文学素养，进入东宫以后更有条件大规模地开展自己一派的学术和文学活动。萧纲入京不久就在《与湘东王书》中写道：

> 比见京师文体，懦钝殊常，竞学浮疏，争为阐缓。玄冬修夜，思所不得，既殊比兴，正背风骚。若夫六典三礼，所施则有地，吉凶嘉宾，用之则有所，未闻吟咏情性，反拟《内则》之篇，操笔写志，更摹《酒诰》之作，迟迟春日，翻学《归藏》，湛湛江水，遂同《大传》。……诗既若此，笔又如之。徒以烟墨不言，受其驱染，纸札无情，任其摇襞。甚矣哉，文之横流，一至于此！

---

① 《南史·梁本纪下》载："四月，昭明太子薨。五月丙申，立晋安王为皇太子。七月乙亥，临轩策拜。以修缮东宫，权居东府。四年九月，移还东宫。"

② 《南史·许懋传》："中大通三年，皇太子召与诸儒录《长春义记》。"该书《隋书·经籍志》著录一百卷。

③ 《南史·庾肩吾传》："(肩吾)在雍州，被命与刘孝威、江伯操、孔敬通、申子悦、徐防、徐摛、王囿、孔铄、鲍至等十人钞撰众集，丰其果馔，号高斋学士。"这种学士的工作即所谓"钞撰"，整理典籍并著新书。

这时萧梁王朝已经经历了相当长的太平岁月,"于时朝野欢娱,池台钟鼓。里为冠盖,门成邹鲁。连茂苑于海陵,跨横塘于江浦。东门则鞭石成桥,南极则铸铜为柱。橘则园植万株,竹则家封千户。西赆浮玉,南琛没羽。吴歈越吟,荆艳楚舞。草木之遇阳春,鱼龙之逢风雨"(庾信《哀江南赋》)。萧纲及其身边的一批诗人学士在优越高雅的富贵生活中大写其艳诗及其他轻艳的文字,呼风唤雨,领导潮流。《梁书·庾肩吾传》说:"初,太宗(萧纲)在藩,雅好文章士,时肩吾与东海徐摛、吴郡陆杲、彭城刘遵、刘孝仪、仪弟孝威,同被赏接。及居东宫,又开文德省,置学士,肩吾子信、摛子陵、吴郡张长公、北地傅弘、东海鲍至等充其选。齐永明中,文士王融、谢朓、沈约文章始用四声,以为新变,至是转拘声韵,弥尚丽靡,复逾于往时。"《隋书·经籍志·四》指出:"梁简文之在东宫,亦好篇什。清辞巧制,止乎衽席之间;雕琢蔓藻,思极闺闱之内。后生好事,递相放习,朝野纷纷,号为'宫体'。"

宫体在三个方面大有进展:一是沿着永明体继续往前走,更加讲究作品的音乐美;二是女性和艳情成为中心题材;三是雕琢辞藻,不遗余力。

萧纲手下文士云集,其中有两位最为重要:徐摛(字士秀,471～551)和庾肩吾(字子慎,487～551)。这二人从萧纲很小的时候起就在他身边,相当于他的老师,这两位具有很高文学才华的侍从之臣大写其新体诗,产生了很大影响,也给这位小王子极深的熏陶。

早在天监八年(509)萧纲七岁的时候,徐摛就由萧衍安排为他的侍读,实际是他的启蒙老师,此后长期在他这里;萧纲被立为太子以后,徐摛又在东宫担任太子家令,兼掌管记,实为东宫的办公厅主管。除了一小段时间外放为地方官之外,徐摛一直同萧纲在一起。庾肩吾也是从天监八年(509)起就在萧纲手下任职,此后长期追随这位王子。萧纲被立为太子后,他在这里担任通事舍人,除中间一度到萧纲的七弟萧绎(他写诗走的也是徐摛、庾肩吾、萧纲的路子)那里去效劳之外,也一直同萧纲在一起。

徐摛写诗讲究三条:一是把南齐永明以来关于声律之美的追求推向极致,其作品的对仗平仄,几乎跟唐诗没有差别;二是用词华丽,五彩缤纷;三是多作咏物之诗,纤细入微,大有宫廷气息。他的诗虽然亡佚已甚,而其路数风格仍然清晰可见。试举两首来看:

朝逐朱胎卷,夜傍玉钩垂,恒教罗袖拂,不分秋风吹。

——《赋得帘尘诗》

本自灵山出，名因瑞草传。纤端奉积润，弱质散芳烟。直写飞蓬牒，横承落絮篇。一逢提握重，宁忆仲升捐。

——《咏笔诗》

徐摛诗今仅存五首，估计他本来写得也不甚多，他年辈高，地位也高，不免事务繁忙，有许多应用性的大文章要写，实在来不及写太多的诗；但他在当时的影响很大，被认为是一代新风的开创者。

庾肩吾诗人气质更浓，今存之诗也较多，他也讲究新变。其追求声律之美和辞藻的丽靡，均略同于徐摛，题材则更注意写景物，咏美女。这最后一点大约同他年纪比较轻有关。也试举两首来看：

阆苑秋光暮，金塘收潦清。荷低芝盖出，浪涌燕舟轻。逆湍流棹唱，带谷聚笳声。野竹交临浦，山桐迥出城。水逐云峰暗，寒随殿影深。

——《山池应令诗》

绛树及西施，俱是好容仪。非关能结束，本自细腰肢。镜前难并照，相将映渌池。看妆畏水动，敛袖避风吹。转手齐裾乱，横簪历鬓垂。曲中人未取，谁堪白日移。不分他相识，唯听使君知，

——《咏美人》

一瞥中的风景和人体的姿态，确实是世间的真美。庾肩吾对诗人萧纲大约产生过更大的影响，至少在取材和眼光方面是如此。徐摛和庾肩吾的新诗，以及他们的骈体文、辞赋，当时被称为“徐、庾体”，他们的下一代徐陵（字孝穆，507～583）和庾信（字子山，513～581）长大以后也在萧纲的东宫里任职，由于年龄同萧纲相近，来往也更多。他们继承并发展了父辈的文风，所谓“徐、庾体”，也包括这小徐、小庾在内。

在徐摛和庾肩吾熏陶下成长起来的萧纲不但地位高，水平也高，他把诗歌创作的新变进一步推向高潮。于是就出现了一个新词：“宫体”，所谓“宫”就是太子的东宫。“宫体”就是东宫体或太子体，虽然其实仍然是“徐、庾体”，但这个提法更简明，更响亮，也不至于像“徐、庾体”那样压了太子的风头，所以更加流行。在萧纲及其僚佐的大力推动下，“宫体”诗一时声势很盛大，几乎形成了一个席卷南北的文学运动。

为了推行自己的主张，萧纲坚决反对裴子野的复古主义，反对用儒家传统束缚文学的发展，他尖锐地批评说：“时有效谢康乐、裴鸿胪文者，亦颇有惑

焉。何者？……裴氏乃良史之才，了无篇什之美。"这段话出于著名的文学书简《与湘东王书》，原载《梁书·庾肩吾传》。据该传可知这封信作于中大通三年(531)，这一年正是他进入东宫、主持风会之时。萧纲既已正式成为思想文学界的领袖，先前追随他的一批文士地位明显上升，他们在萧纲领导下轰轰烈烈大张旗鼓地推行他们的文学新变运动。

萧纲教训自己的儿子萧大心道：

> 汝年时尚幼，所缺者学。可久可大，其为学欤！所以孔丘言："吾尝终日不食，终夜不寝，以思，无益；不如学也。"若使面墙而立，沐猴而冠，吾所不取。立身之道，与文章异，立身先须谨重，文章且须放荡。(《诫当阳公大心书》)

所谓"放荡"就是放胆放手写文章，争取辞藻华丽，有篇什之美。萧纲在创作问题上不讲儒家正统思想的统帅作用，要求文学与道德脱钩，实为离经叛道的奇谈怪论，令人想起很久之后的法国诗人波德莱尔的高论①。这种态度与萧统是很不同的。当然，萧纲并没有彻底否定传统思想，他认为"立身"也就是做人还是离不开这个东西的；只是为文之道与立身不同，可以自由挥洒。这未免有些二元论的意思。大约萧纲并不想或者仅仅是不便公然否定传统思想，同时又认为写文章不必受此束缚，于是便将传统思想的指导范围缩小到"立身"那一边去，不让它干涉创作，以确保"放荡"的自由。

这样的思路大约早已有之，萧统是不大赞成的。这从他写给萧纲的一封信里可以得到一些消息。在这封信里，萧统肯定了萧纲寄来的一首诗(似为记游之作)，称为佳作，然后写道：

> 既责成有寄，居多暇日，殽核坟史，渔猎词林，上下数千年间，无人致足乐也。知少行游，不动亦静，不出户庭，触地丘壑。天游不能隐，山林在目中。冷泉石镜，一见何必胜于传闻；松坞杏林，知之恐有逾吾就。静然终日，披古为事，况观六籍，杂玩文史，见孝友忠贞之迹，睹治乱骄奢之事，足以自慰，足以自言，人师益友，森然在目，嘉言诚至，无俟旁求。……(《答晋安王书》)

---

① "如果诗人追求一种道德目的，他就削弱了诗的力量，说他的作品拙劣，亦不冒昧。"详见《再论埃德加·爱伦·坡》，《波德莱尔美学论文选》，郭宏安译，人民文学出版社1987年版，第205页。

从表面来看，这里不过是解释自己为什么没有记游之作可以寄给老弟——自己一贯在故纸堆中讨生活，而自得其乐；但其实很有些言外之意，“人师益友，森然在目”云云，大有劝萧纲认真学习儒家经典，不要一味放荡为文的意思。萧统虽然极其重视华丽的文采，但思想到底比较正统；到萧纲便大有浪子气，每多新的提法了。萧统死后，萧纲为太子，在他领导下的梁代后期文坛就彻底“放荡”化了。萧统以《文选》名世，萧纲以“宫体”蜚声，兄弟异途，正是不奇怪的事情。

从积极的方面来说，“宫体诗实质是一种富于创造性的诗歌，为中国后来的诗人们开创了很多的可能性；它的主题则涵盖了贵族生活的方方面面”①。萧纲的“文章且须放荡”论指思想上可以不受传统的约束，写文章时，在题材、写法、措辞等等方面都可以胆子大一些，自由一些。此说对于已经僵化的儒家诗教实在是一个有力的冲击。有这样一种另类的声音，对于诗歌的繁荣亦自有其意义。

宫体诗的内容，简而言之有两大方面，一是女人以及与女人有关的种种，兼及娈童；二是花花草草和优美的风景。前者主要写艳情和同性恋，后者则主要写景咏物。举萧纲的诗作来看：

> 可怜称二八，逐节似飞鸿。悬胜河阳伎，暗与淮南同。入行看履进，转面望鬟空。腕动苕华玉，衫随如意风。上客何须起，啼乌曲未终。
>
> ——《咏舞二首》其二

> 娈童娇丽质，践董复超瑕。羽帐晨香满，珠帘夕漏赊。翠被含鸳色，雕床镂象牙。妙年同小史，姝貌比朝霞。袖裁连璧锦，笺织细种花。揽裤轻红出，回头双鬓斜。懒眼时含笑，玉手乍攀花。怀猜非后钓，密爱似前车。足使燕姬妒，弥令郑女嗟。
>
> ——《娈童》

> 年还乐应满，春归思复生。桃含可怜紫，柳发断肠青。落花随燕入，游丝带蝶惊。邯郸歌管地，见许欲留情。
>
> ——《春日诗》

这样的题材和风格又扩大到其他文体中去，例如赋，便一窝蜂地大写其

① 《剑桥中国文学史》上册（孙康宜、宇文所安主编，刘倩等译），生活·读书·新知三联书店 2013 年版，第 299 页。

《鸳鸯赋》之类①，其他文字包括一些应用文也充满了宫体的气息，例如萧纲的《行雨山铭》即多轻艳之辞，过去的铭，没有这样写法的。

鲁迅先生在一篇题为《帮忙文学与帮闲文学》的讲演中说得好："大凡要亡国的时候，皇帝无事，臣子谈谈女人，谈谈酒，像六朝的南朝，开国的时候，这些人便做诏令，做敕，做宣言，做电报，——做所谓皇皇大文。主人一到第二代就不忙了，于是臣子就帮闲。"他又说帮闲文学乃是"廊庙文学"亦即宫廷文学的一种，与帮忙文学很容易转换。"帮闲文学实在就是帮忙文学"②。萧纲正是萧梁皇室的第二代，他的父亲梁武帝萧衍相当长寿，所以他就一点也不忙，于是借诗歌以消闲，用全副精力来磨炼艺术技巧和审美的眼光；其臣下则以同样题材和手法来吟诗帮闲，于是专门追求艺术表现之新的宫体诗就大大地热闹起来了。

"徐、庾体"也好，"宫体"也好，全都谢绝通常意义上的重大题材，只写上流社会的富贵生活和闲情雅兴；因为完全无视传统的"诗教"，所以很受正统派的批评，但他们观察事物抒写闲情的时候，在艺术上确实作出了许多新的探索，可惜这一方面往往遭到无情的忽视与严厉的批评。

为了寻求"宫体"的历史依据，扩大其影响，萧纲安排徐陵特别编了一本以女性和艳情为主要内容的诗歌选本《玉台新咏》(或称《玉台集》)。其中的主流的还是萧纲及其周围文人的宫体诗，人们从中可以看到这一派诗人的审美趣味和他们在诗艺上深入细腻的追求。

在《玉台新咏》之前，前太子萧统主持编选过一部大型文学选本《文选》，这两大选本体现了截然不同的文学趣味：《文选》比较正统，大体遵守儒家的文学规范，而《玉台新咏》则显得相当大胆趋新。这样就很容易让人认为，以萧纲为中心的新的东宫文学集团正是为了对抗和排斥先前以昭明太子为中心的中央文坛，才特意编纂这部思想解放的歌辞选本的。事情很有可能是如此，但是考虑到《文选》是以太子的名义正式推出的，而《玉台新咏》只不过是以徐陵个人署名的私家选本，直接的目的也只在为宫人的娱乐消遣提供材

---

① 萧纲、萧绎、徐陵、庾信皆有所作，例如萧纲的《鸳鸯赋》写道："朝飞绿岸，夕归丹屿。顾落日而俱吟，追清风而双举。时排荇带，乍拂菱华。始临涯而作影，遂蹙水而生花。亦有佳丽自如神，宜羞宜笑复宜颦。既是金闺新入宠，复是兰房得意人。见兹禽之栖宿，想君意之相亲。"

② 《集外集拾遗·帮忙文学与帮闲文学》，《鲁迅全集》第7卷，第382～383页。

料，所以这部书的推出是不是有那么重要的意义其实有点可疑。在儒家传统思想仍然占据主导地位的情况下，仅仅靠这样一部消闲娱乐性质的东西，也远不足以同《文选》相抗衡。

宫体诗在萧纲以前已经很有些苗头，梁、陈易代以后，其风未泯，到后主陈叔宝的时代，更形成空前绝后的高潮，大唱艳歌成了很触目的浪潮，其余波一直抵达隋及初唐：隋炀帝是一位重要而有成就的宫体诗人；唐太宗那样的一代英主，写起诗来也还大有宫体的流风余韵；稍后初唐的所谓“上官体”也还完全是宫体的套路①。

“徐、庾体”—“宫体”—“上官体”一脉相承，风靡文坛一百五十年之久。直到陈子昂等人出来大声疾呼地加以反对，才渐渐归于衰歇。可以划入宫体诗派的这一批处在社会顶层的诗人，在艺术上对美的追求和探索，为此后盛唐诗歌的大繁荣作出了重要的准备。明朝人胡应麟早就说过：“梁陈诸子，有大造于唐者也。唐之首创也，以梁陈启其端也。”（《诗薮》外编卷二）所谓“梁陈诸子”，主要正是宫体派中的人物。用正统的眼光看去，这一派诗人的作品几乎没有多少社会意义。而按萧纲的意见，诗歌本来就可以不管什么社会意义，这样就势必会创造出一些虽美而不甚重要的作品来，甚至会引来正人君子的严厉批评。

到晚唐五代，曲子词选本《花间集》仍然继承了“玉台”的传统。花间词和宫体诗有许多相似之处，“其一，它们所热衷描写和关注的对象都是女性形态与男性自身被遏制的欲望。其二，它们都出现在封建大一统政权分裂之时。其三，它们在后代正统评论家的文档中皆声名狼藉，至今它们的命运还是没

---

① 在初唐诗坛上最能代表“宫体”余脉的是高官诗人上官仪（608？～664）。《旧唐书》本传说，上官仪“工五言，好以绮错婉媚为本，仪既显贵，故当时颇有学其体者，时人谓之上官体”。“上官体”无非就是初唐时代的“宫体”。上官仪对声律和谐的不懈追求，也是继承了老一代“宫体”诗人的事业，其直接的后继者就是新一代诗坛领军、近体诗的奠基人物沈佺期与宋之问。美国著名汉学家宇文所安（Stepfen Owen）就这位诗人的创作写道：“上官仪的作品是这一时期宫廷诗的代表。根据现存的二十首诗，上官仪完全属于宫廷传统，但是他的精妙雅致使得他获得了以其名字命名的风格称号——‘上官体’，成为第一个获得此类称号的唐代诗人。……上官仪的才能最明显地表现在处理对联上，传统上他确实被认为提出了对联的六种和八种分类。……上官仪的诗有时显示出对自然小景及直观景象各种要素间的微妙联系的敏感。这位诗歌巧匠能够观察和描写它们，但他无法如同盛唐最伟大的诗人那样在全诗的浑融境界中深化它们。”（《初唐诗》，贾晋华译，生活·读书·新知三联书店2004年版，第57～59页。）

有得到根本改善”①。

当太子的萧纲活得非常潇洒，后来侯景之乱爆发，父亲皇萧衍惨死，萧纲当了一段根本没有权力的空头皇帝（简文帝），亦复遭遇很惨，终于死于非命。

四

如果不是萧统英年早逝，萧纲就当不上太子，也就不会有后来当皇帝（简文帝）的痛苦；而如果没有侯景之乱，萧纲也就不会那样痛苦以至死于非命，萧绎也不会成为梁王朝实际上的亡国之君。历史充满了难以预料的吊诡。

侯景（503～552）原是北魏、东魏的将领，后在内斗中因惧祸投降了萧梁，但很快又反叛，带兵攻入首都建康，萧衍饿死于台城；侯景先后立萧正德（？～549）、萧纲为帝，然后又杀掉他们，自己上台当皇帝（国号汉），最后终于被萧绎派兵消灭。侯景之乱使得以建康为中心的萧梁政权迅速土崩瓦解。这时萧衍的另外几个儿子萧绎、萧纶（519～551）、萧纪（508～553）等人为争权夺利互相恶斗，最后萧绎胜出，在荆州称帝（史称梁元帝），而国家的元气已经斫丧殆尽；再加上前太子萧统的儿子萧詧（519～562）也参与混战，甚至不惜求助于西魏的军事力量，于是萧绎很快就战败被杀。稍后萧绎之子萧方智（542～557）被弄出来充当傀儡皇帝，在南京重建梁王朝的政权，但这只是一段过场戏，他很快就被手握军权的陈霸先取代了。梁、陈易代，几乎没有花什么力气就做成了。

萧绎是一位作家，其诗风大体也是宫体的一路，而较有清拔之气，举两首来看：

山高巫峡长，垂柳复垂杨。同心且同折，故人怀故乡。山似莲花艳，流如明月光。寒夜猿声彻，游子泪沾裳。

——《折杨柳》

宁为万里隔，乍作死生离。那堪眼前见，故爱逐新移。未展春花落，遽被秋风吹。怨黛舒还敛，啼红拭复垂。谁能巧为赋，黄金妾不赀。

——《代旧姬有怨诗》

婉转流畅，充满感情。他还有些涉及政治和边塞的诗，又有若干近乎文字游戏的姓名诗、县名诗、将军名诗、宫殿名诗、车名诗、船名诗、药名诗、兽名

① 王玫《宫体诗现象的女性主义诠释》，《学术月刊》1999年第5期。

诗等等，而绝无关于伦理、政教的说教。

萧绎尤其是一位学者，平生著作甚多，据《梁书》和《南史》的记载，如下：

《孝德传》三十卷

《忠臣传》三十卷

《丹阳尹传》十卷

《注汉书》一百一十五卷

《周易讲疏》十卷

《老子讲疏》四卷

《内典博要》一百卷

《连山》三十卷

《洞林》三卷

《玉韬》十卷

《金楼子》十卷

《补阙子》十卷

《怀旧志》(《怀旧传》)二卷

《古今全德志》一卷

《荆南志》(《荆南地纪》)一卷

《江州记》一卷

《贡职图》一卷

《古今同姓名录》一卷

《筮经》十二卷

《式赞》三卷

文集五十卷

萧绎一生只有四十七年，竟如此著作等身。古代的大人物往往有代笔的秘书，但萧绎的情况颇有不同，凡出于身边人之手者，他必一一说明，决不掠人之美；据《金楼子·著书篇》说，这一类的著作有：

《研神记》一帙，一卷。金楼自为序，付刘瑴纂次。

《晋仙传》一帙，五卷。金楼使颜协撰。

《繁华传》一帙，三卷。金楼使刘缓撰。

《奇字》二帙，二十卷。金楼付萧贲撰。

《长州(洲)苑记》一帙，三卷。金楼与刘之亨等撰。

《玉子诀》一帙，三卷。金楼付刘缓撰。

《食要》一帙，十卷。金楼付虞预(荔?)撰。

《补阙子》一帙，十卷。金楼为序，付鲍泉东里撰。

《谱》一帙，十卷。金楼付王兢撰。

《梦书》一帙，十卷。金楼使丁觇撰。

《碑集》十帙，一百卷。付兰陵萧贲撰。

《诗英》一帙，十卷。付琅邪王孝祀撰。

似此，则前列诸书中只有《补阙子》一种不能算他的著作；另外还有一部书他特别说明属于编撰，即"《孝德传》，三帙，三十卷。金楼合众家《孝子传》成此"，这样看来，其余的书都是由他本人完成的。数量之多，已足惊人。萧绎特别强调其中《金楼子》完全出于一己之手，绝对不用枪手。《金楼子·序》说，他很早就开始准备这本书了，"年在志学，躬自搜纂，以为一家之言"；而且很看不起自己不动手、只靠手下人的陈规陋习，"常笑淮南之假手，每嗤不韦之托人"。他又尝言"予之术业，岂宾客之能窥?"可见其自信之至。《金楼子》的基本完成大约在他四十二岁时(太清三年〔549〕)，但后来仍有修改补充，书中提到的最晚之事是他四十六岁时的情况(详见《聚书篇》)，而到第二年他就兵败被杀了。萧绎说他"毕其一生精力于《金楼子》"(《立言篇上》)，这话应当说是可信的，体现了一种纯正的学者态度。《金楼子》完全出于萧绎的自撰一事文证甚多①，颇可称道。

当然，不托他人而完全自己动手并不代表完全是自出机杼，这里可以包括"搜纂"而来的材料和文本——无非是作者亲自弄来的而已。萧绎读书甚广，记忆甚强，从事"搜纂"应当并不困难。他早年读书极勤奋，"一日二十卷"，"不知疲倦"(《颜氏家训·勉学》)，后来则因目疾导致一只眼失明②，另一只视力也比较差，改为听书。《南史·梁元帝纪》载："既患目，多不自执卷，置

---

① 详见许逸民《金楼子校笺·前言》，《金楼子校笺》上册，中华书局2011年1月版，第5～7页。

② 萧绎之妻徐妃以半面之妆著称于史，《南史·梁元帝徐妃传》载："妃无容质，不见礼，帝三二年一入房。妃以帝眇一目，每知帝将至，必为半面妆以俟，帝见则大怒而出。……与荆州后堂瑶光寺智远道人私通……太清三年(549)，遂逼令自杀。妃知不免，乃投井死。帝以尸还徐氏，谓之出妻。"徐妃对残疾的大人物开这种出格的玩笑未免太残酷了，但并无死罪。《金楼子·志怪篇》中有一则记载，说徐妃嫁来时天气就突然变得很坏，可见其人乃是一个谬种。猜字谜至今还有取字形一半的"徐妃格"。

读书左右，番次上直，昼夜为常，略无休已。虽睡，卷犹不释。五人各伺一更，恒致达晓。”《金楼子・自序篇》也说：“自余年十四，苦眼疾沉痼，不复能自读书。三（应作二）十六年来，恒令左右唱之。”听人朗读而能记忆，这本领很了不起。多年来他全凭耳朵听，凭记忆引，“搜纂”而来的文本同古今的传本很可能不免略有出入，当然这也无伤大雅。

在印刷术发明之前，“言公”的观念被普遍认可，正如一句成语创造出来以后人人得而用之一样，前人的著作也可以不作任何声明地加以引用。那时文化成果精神财富乃是共同所有的“公器”。所以其时的作者毫不忌讳在“言公”的旗帜下直接抄录旧文，当然他肯定也会加进一些新东西，或多或少地总要加上一些，也不妨对旧文作“创造性的误解”，借以发表自己的高见——种种创新成果就这样在滚动中慢慢向前发展。在传播手段相当薄弱、文本保存不易的古代，通过“搜纂”而重复一些信息，应当说乃是有积极意义的事情，否则许多典籍很可能亡佚得一干二净。《金楼子》中大量的内容是“裒萃传记”（黄伯思《东观余论》卷下《跋〈金楼子〉后》），编排旧文，形成一大特色；而其中亦自有他本人的贡献。

《金楼子》中的精华在于其中关于“文”的界定：“绮縠纷披，宫徵靡曼，唇吻适会，情灵摇荡。”（《立言篇下》）萧绎关于“文”的界说很早已受到清代扬州学派先锋阮元和他儿子阮福的重视，被引为他们严于“文笔之辨”的重要依据①；但他们并没有充分吸收其言说的全部精华。

这里萧绎实际上讲了三条：一是富于文采，这相当于萧统所强调的“翰藻”；二是具有声韵之美，便于诵读，这是永明体的要求，也是此后古代美文的一大特色，源远流长，一直影响到八股文乃至五四以后的新散文；三是讲抒情性，近于萧纲的“文章且须放荡”而不至于产生误解。中国古代文学中抒情、叙事以及议论皆有传统，而确以抒情最为突出。萧绎的这十六个字的概括，高于萧统和萧纲，是了不起的。

承圣三年（554）西魏军打进荆州，萧绎打算自杀并烧去藏书，结果自杀未遂，所藏的书籍和名人法书（书法范本）则毁于一旦。《太平御览》卷六一九引《三国典略》载：

① 详见《揅经室三集》卷五《学海堂文笔策问》。

周师陷江陵，梁王知事不济，入东阁竹殿，命舍人高善宝焚古今图书十四万卷。欲自投火，与之俱灭。宫人引衣，遂及火灭尽。并以宝剑斫柱令折，叹曰："文武之道，今夜穷矣！"

《梁书·元帝纪》也有这样的记载。被烧去的图书在十四万卷以上①，还有王羲之、王献之等大书法家的大量作品②。萧绎完全崩溃了，竟然成了毁灭文化遗产的一大历史罪人。

① 其中包括他本人的藏书八万卷和原藏于建康文德殿的皇家藏书数万卷。

② 《金楼子·聚书篇》曾详细说到他的收藏中颇有二王墨宝："法书，初得韦护军叡饷数卷，次又殷贞子饷，尔后又遣范普市得法书，又使潘菩提市得法书，并是二王书也。……"通过购买、接受赠送等各种渠道，萧绎自己收藏的书法珍品达数千卷之多。后来又得到了其父皇旧藏之二王秘宝近八百卷，最后一道被焚毁。张彦远《法书要录》卷四唐张怀瓘《二王等书录》载："梁武帝尤好图书。搜访天下，大有所获。以旧装坚强，字有损坏，天监中，敕朱异、徐僧权、唐怀允、姚怀珍、沈炽文等析而装之，更加题检。二王书大凡七十八帙，七百六十七卷，并珊瑚轴织成带，金题玉躞。侯景篡逆，藏在书府，平侯景后，王僧辩搜括，并送江陵。承圣末，魏师袭荆州，城陷，元帝将降，其夜乃聚古今图书十四万卷并大小二王遗迹，遣后阁舍人高善宝焚之。吴越宝剑，并将斫柱，乃叹曰：'萧世诚遂至于此！文武之道，今夜穷乎！'历代秘宝，并为煨烬矣。"

三十四　南朝十家

在萧梁王朝及其前后，文坛上涌现出大量作家，各有特色，其传世作品多少不等，有些是知名度很高的，兹略举谢庄、范晔、陶弘景、孔稚圭、刘孝绰、何逊、吴均、丘迟、沈炯、阴铿等十家为例，分述如下。

一

谢庄（字希逸，421～466）是刘宋时代的高官，也是“时之风流领袖”（《建康实录》卷十四）和重要的作家；谢庄才华出众，文、笔俱佳，且书画皆有很高水平①，又精通音乐②。他原来有作品四百篇，而传世之赋、诗、文只有五十余篇，残缺不全者又约占一半，而仍可见其水平，《月赋》一篇尤其著名。

陈郡谢氏在晋、宋易代后屡遭重创，谢晦、谢灵运先后被杀，谢家另外还死了不少人；灵运的侄子谢庄是注意同刘宋王朝合作的，曾经做过很大的官，但也遇到过很大的危险。

元嘉三十年（453）太子刘劭弑父（文帝刘义隆）自立为帝，其弟武陵王刘骏起兵讨伐，谢庄积极与他配合；刘骏得手称帝（孝武帝）后，谢庄得到重用，两度担任吏部尚书，写过许多政治文件；孝武帝宣贵妃去世后，诔文也出于他的手笔，一时“都下传写，纸墨为之贵”（《南史》本传）。大明八年（464）夏天刘骏死后，王皇后所生的刘子业继位（前废帝），其人心胸甚窄，对《宋孝武宣贵妃诔》高调吹捧宣贵妃大为不满，将谢庄逮捕下狱；同年十二月刘子业被刺身死，刘彧即位（明帝），谢庄才得以出狱。他本来身体就不好，经过这一番折

---

① 张彦远《历代名画记》卷六说谢庄“性多巧思，善画”。陈思《书小史》卷六则称他“善行书”。

② 朱文长《琴史》：“谢庄，字希逸，以文藻风概独冠于当时。历典枢要，以中书令卒。史虽不言其善琴，然故传希逸作《琴名》，今所存古人名氏，班班可识。意即希逸所撰也。非属意于丝桐者，岂能勤勤于此哉？”《乐府诗集》多处征引谢庄《琴论》，大约就是《琴名》。

腾,不久病逝。

谢庄因职务而写的那些皇皇大文,文字讲究骈偶,用典又多,御用的气味很浓厚,没有什么文学价值;倒是他一度要求辞去吏部职务时写的一封信,用家常体写成,读来比较有味:

> 禀生多病,天下所悉,两胁癖疾,殆与生俱,一月发动,不减两三。每至一恶,痛来逼心,气余如綖。利患数年,遂成痼疾,吸吸惙惙,常如行尸。……此段不堪见宾,已数十日,持此苦生,而使诠综九流,应对无方之诉,实由圣慈而已,然当之信自苦剧。若才堪事任,而体气休健,承宠异之遇,处自效之途,岂苟欲思闲辞事耶?家素贫弊,宅舍未立,儿息不免粗粝,而安之若命,宁复是能忘微禄。正以复有切于此处,故无复他愿耳。今之所希,唯在小闲。下官危命,于天下至轻,若在己不能不重。……但得保余年,无复物务,少得养疴,此便是志愿永毕。

碎碎叨叨,情见乎辞。古代的高官只有在放下身段以后,才能说几句真心话,形成自由活泼、清新可读的"笔"(即散文)。

谢庄的辞赋今存四篇,其中《赤鹦鹉赋》《曲池赋》已残,完整的仅有《舞马赋》和《月赋》。后者因为曾选入《文选》(卷十三),具有很高的知名度。

用辞赋的形式写月亮,谢灵运曾有所作,但他那篇《怨晓月赋》单纯写景,缺少深度;谢庄的《月赋》用传统大赋的主客对话来构成框架,注意情景交融,做到了后来居上。赋中说,主公陈王曹植"初丧应(玚)、刘(桢)"之后心情不佳,在一个凄清的秋夜里要求宾客王粲描写月亮,于是王粲就此大大显示自己的才华——尽管历史事实是王粲与应、刘同年去世,而曹植封陈王则是很晚的事,还有其他种种不合①;但这里不是做考证的地方,如此信口开河不过

① 钱锺书先生指出:"谢庄《月赋》:'陈王初丧应、刘,端忧多暇。……抽毫进牍,以命仲宣,仲宣跪而称曰:"……委照而吴业昌,精沦而汉道融。"'按,顾炎武《日知录》卷一九论'古人为赋,多假设之词',不可'掎摭史传以议'其后,举此赋及庾信《枯树赋》为例;盖曹植封陈王时,王粲早与应、刘同岁俱没矣。词章凭空,异乎文献征信,未宜刻舟求剑,固也。虽然,'假设'初非一概。即就此赋而论,王粲之年寿不必与事实相符,而王粲之词旨不可不与身份相称。依附真人,构造虚事,虚虚复须实实,假假要亦真真。不然,则托之乌有先生、无是公可矣,何必嫁名于陈王与仲宣哉?赋中王粲跪称'东鄙幽介,孤奉明恩',谓受魏恩也,乃赞月曰'委照'云云,则对大魏之藩王,谀敌国之故君,且以三分之吴与一统之汉并举而颂祷其业盛道光。罔识忌讳,至于此极,难乎其为文学侍从之臣矣。何焯评点《文 (转下页)

是安排一个“伪立客主，假相酬答”(《史通·杂说》)的架构而已，无关全赋大旨，无须较真。

赋中的王粲形容明月之美道：

若夫气霁地表，云敛天末，洞庭始波，木叶微脱。菊散芳于山椒，雁流哀于江濑，升清质之悠悠，降沉辉之蔼蔼。列宿掩缛，长河韬映。柔祇雪凝，圆灵水镜。连观霜缟，周除冰净。君王乃厌晨欢，乐宵宴，收妙舞，弛清县，去烛房，即月殿，芳酒登，鸣琴荐。

这里没有一个字直接提到月亮，却句句写月，清空优雅，秋气盎然。于是就来欣赏音乐，而才子王粲则献诗两首：

歌曰：“美人迈兮音尘阙，隔千里兮共明月。临风叹兮将焉歇？川路长兮不可越。”歌响未终，余景就毕，满堂变容，回遑如失。又称歌曰：“月既没兮露欲晞，岁方晏兮无与归。佳期可以还，微霜沾人衣！”

前一首歌说人虽离别，尚有明月可共，可以作为人生的一种悲哀或安慰[①]；后一首说，可惜现在月亮也看不见了，与佳人“共明月”已不可能，只好孤独地归去，再另等佳期吧。希望，失望，但终于不肯绝望，仍然寄希望于未来。这样就写出了一种情绪和思想的深度，在曲折的变化中道出了人生的况味和领悟。后来鲁迅在散文诗中大大发挥了这一层意思[②]。

《南史·谢庄传》载：

庄有口辩。孝武尝问颜延之曰：“谢希逸《月赋》如何？”答曰：“美则美矣，但庄始知‘隔千里兮共明月’。”帝召庄，以延之答语语之，庄应声曰：“延之作《秋胡诗》，始知‘生为久离别，没为长不归。’”帝抚掌竟日。

颜、谢都是在开玩笑，但由此亦可知所谓名句其实写的是人生经验的通感，而率先用简练的文句表达出来，即成警策，足以引起共鸣。刘宋的朝廷里有着很浓厚的文学空气。

(接上页)选》批云：‘既假托于仲宣，不应用吴事，亦失于点勘也。’亦有见于斯。故顾说尚堕一边，当以何评羽翼之。”(《管锥编》第4册，第1296～1297页)

① 后来的诗词中发挥此意者甚多，如唐人张九龄《望月怀远》：“海上生明月，天涯共此时。”白居易《自河南经乱……兼示符离及下邽弟妹》：“共看明月应垂泪，一夜乡心五处同。”宋人苏轼《水调歌头》：“但愿人长久，千里共婵娟。”如此等等。

② 详见《野草·希望》。

谢庄的诗歌也以写景见长，继承了谢氏家族的传统。名篇如《北宅秘园》：

> 夕天霁晚气，轻霞澄暮阴。微风清幽幌，余日照青林。收光渐窗歇，穷园自荒深。绿池翻素景，秋槐响寒音。伊人傥同爱，弦酒共栖寻。

秋日小园的声色，不假雕饰，一一道出。谢庄长于白描，其作品的可读性高于谢灵运。谢庄最爱园林小景，对名山大川兴趣不大，当他到襄阳任职时作《怀园引》，念念不忘的还是他在首都的园林式住宅。钟嵘用八个字评谢庄的诗："兴属闲长，良无鄙促。"但只列入下品，这是因为作为谢庄诗作大宗的庙堂乐章，如《宋世祖庙歌》《宋明堂歌》以及种种应诏之诗，庄严透顶，且多用典，非常无味。钟嵘《诗品·序》说："观古今胜语，多非补假，皆由直寻。颜延、谢庄，尤为繁密，于时化之，故大明、泰始中，文章殆同书钞。"这样的诗人品第自然高不了。谢庄本有清雅之才，一为御用文人，作品便不足观，文如此，诗尤其是如此。

御用的诗文帮助颜延之、谢庄在宫廷里取得高位，同时也在文学上害了他们。既当作家，最好不要官运亨通。

颜、谢所代表的刘宋宫廷文学作风，在此后几个王朝的宫廷里颇有影响；至于其真有价值的作品，就他们本人而言，仅为余事而已。

谢庄非常注意研究音韵，实乃永明诸贤的先驱，可惜只见于后人的记载，他本人的有关文本今已无存——也可能他原来就没有写下来，只是谈谈而已①。刘宋时代还很有些晋人清谈的余风，史称谢庄"有口辩"，足见他正是清谈的高手。

二

范晔（字蔚宗，398～445）南阳顺阳（今河南淅川县）人，与谢庄同时而略早，其祖父范甯（339～401）、父亲范泰（355～428）都是很有学问的高官。范甯曾获阳遂乡侯的爵位，这个爵位后来由其子孙继承。范晔因为出继给堂伯范弘之，袭封武乡县侯。

---

① 钟嵘《诗品·序》说："齐有王元长者，曾谓余云：'宫商与二仪俱生，自古词人不知用之。……唯见范晔、谢庄，颇识之耳。'"《南史·谢庄传》记载谢庄曾举例向王玄谟解释何为双声，何为叠韵。

范晔于东晋末年入仕，仕履相当复杂，久历沉浮，其中最大的一次挫折是元嘉九年(432)彭城王刘义康母卒，范晔和他的弟弟范广渊酣饮至夜，听彭城王府的挽歌，义康大怒，免去他的尚书吏部郎一职，外放为宣城太守，在郡数年，他便利用这一段时间，撰写了史学名著《后汉书》，完成了“纪”十卷、“传”八十卷；后来他又回到首都，任太子詹事，更深得宋文帝刘义隆的信任，掌禁旅，参机密。稍后刘义康被黜为江州刺史，一个同他关系密切的官僚孔熙先秘密策划谋杀刘义隆，拥立刘义康为帝，为此他积极串联徐湛之、范晔，请他们作为内应，据说范晔答应了这事。元嘉二十二年(445)徐湛之向朝廷自首，供出孔熙先与范晔，这两个大逆不道的罪犯立刻被捕，稍后被诛杀。

这一件惊天大案颇多可疑之处，范晔正深得今上文帝刘义隆的信任，没有谋逆的道理。古今学者王鸣盛、陈澧、吕思勉等对此皆有辨证，大力为范晔洗刷。此中曲折甚多，现在已很难完全澄清，这里更无从细说①。要之，刘宋一代皇室内部屡起纷争，被卷入的官员甚多，许多人死于非命，非常可惜，而范晔则尤为可惜。他的《后汉书》终于未能写完，计划中有“志”十卷，后来只好从其他同类著作中挪来②。

范晔入狱后有一封与诸甥侄书，收入了《宋书》本传，又列于中华书局点校本《后汉书》之末，这篇书简体的文章对于人们了解范晔关系极大，其全文如下：

> 吾狂衅覆灭，岂复可言，汝等皆当以罪人弃之。然平生行己在怀，犹应可寻，至于能不，意中所解，汝等或不悉知。
>
> 吾少懒学问，晚成人，年三十许政始有向耳。自尔以来，转为心化，推老将至者，亦当未已也。往往有微解，言乃不能自尽。为性不寻注书，心气恶，小苦思便愦闷，口机又不调利，以此无谈功。至于所通解处，皆自得之于胸怀耳。文章转进，但才少思难，所以每于操笔，其所成篇，殆无全称者。
>
> 常耻作文士，患其事尽于形，情急于藻，义牵其旨，韵移其意。虽时有能者，大较多不免此累，政可类工巧图缋，竟无得也。常谓情志所托，

---

① 其详可参见曹道衡、沈玉成《范晔谋逆》，《中古文学史料丛考》，第333～335页。

② 现在的通行本《后汉书》中有“志”八篇三十卷，原是司马彪《续汉书》中的一部分，萧梁时学者刘昭为范晔《后汉书》作注，取司马彪八志分为三十卷，添补在范书之后。司马彪《续汉书》后来亡佚。刘昭的注也仅存与“志”有关的这一部分。

故当以意为主，以文传意。以意为主，则其旨必见；以文传意，则其词不流。然后抽其芬芳，振其金石耳。此中情性旨趣，千条百品，屈曲有成理。自谓颇识其数，尝为人言，多不能赏，意或异故也。

性别宫商，识清浊，斯自然也。观古今文人，多不全了此处；纵有会此者，不必从根本中来。言之皆有实证，非为空谈。年少中谢庄最有其分，手笔差易，文不拘韵故也。吾思乃无定方，特能济难适轻重，所禀之分，犹当未尽，但多公家之言，少于事外远致，以此为恨，亦由无意于文名故也。本未关史书，政恒觉其不可解耳。

既造《后汉》，转得统绪。详观古今著述及评论，殆少可意者。班氏最有高名，既任情无例，不可甲乙辨。后赞于理近无所得，唯志可推耳。博赡不可及之，整理未必愧也。吾杂传论，皆有精意深旨，既有裁味，故约其词句。至于《循史》以下及六《夷》诸序论，笔势纵放，实天下之奇作。其中合者，往往不减《过秦》篇。尝共比方班氏所作，非但不愧之而已。欲遍作诸志，《前汉》所有者悉令备。虽事不必多，且使见文得尽；又欲因事就卷内发论，以正一代得失，意复未果。赞自是吾文之杰思，殆无一字空设，奇变不穷，同含异体，乃自不知所以称之。此书行，故应有赏音者。纪传例为举其大略耳，诸细意甚多。自古体大而思精，未有此也。恐世人不能尽之，多贵古贱今，所以称情狂言耳。

吾于音乐，听功不及自挥，但所精非雅声为可恨。然至于一绝处，亦复何异邪！其中体趣，言之不尽。弦外之意，虚响之音，不知所从而来。虽少许处，而旨态无极。亦尝以授人，士庶者中未有一豪似者。此永不传矣！

吾书虽小小有意，笔势不快。余竟不成就。每愧此名。

由此颇可见他相当自信，书中对自己各方面的才能、成果与体会，作了全面的介绍。

这里唯一提到的人物是谢庄，他们都是注意研究音韵而在诗文创作中并不完全受此约束的。后来齐代永明年间王融、沈约等人沿此继进，创造出富于音乐美的新体诗。钟嵘在谈及诗歌的声调之美时举出范晔、谢庄为这一方面的先驱，原因即在此。

范晔谈到自己在音乐方面的造诣，自称古琴演奏为一流水平，可惜没有传人，颇似嵇康“《广陵散》绝”之叹。他又说自己“听功不及自挥”，可见音乐方面的“听功”很为当时的士人所重视，正如清谈方面的“谈功”。他又说自己的口头表达比较弱，而文字表达则是强项，行文一向注意反复修改，初稿往往被改得面目全非。范晔既高自期许，又绝不吹牛，讲起自己的弱点来也很坦然。

范晔对自己的重要著作《后汉书》非常自信，认为可以同班固《汉书》相比，“博赡不可及之，整理未必愧也”。他的意思是说自己撰史有许多前人的成果作为铺垫和先导①，自己的功夫在于综合整理，重新铸造。他这部史书在史学史上得到很高的评价，同《史记》《汉书》《三国志》并称为“前四史”，是正史中之最优秀者。

范晔讲自己的文章观、文学观，非常简明到位，“以意为主，以文传意”，自是万古不可移易的道理。关于自己《后汉书》的文笔，他非常自信，对序论尤其感觉良好，其中有若干篇毫不客气地自己点赞为“天下之奇作”。后来萧统的《文选》是不录史传文的，但考虑到史书中的论赞具有文学性，特别收入，被选入最多的正是范晔，这里录入了其《后汉书》中的五篇大作，即《皇后纪论》《二十八将传论》《宦者传论》《逸民传论》和《汉光武赞》。以下试举出其《逸民传论》(《后汉书》卷七十三、《文选》卷五十)的前半来看：

> 《易》称“《遯》之时义大矣哉”，又曰“不事王侯，高尚其事”。是以尧称则天，而不屈颍阳之高，武尽美矣，终全孤竹之絜。自兹以降，风流弥繁，长往之轨未殊，而感致之数匪一：或隐居以求其志，或回避以全其道，或静己以镇其躁，或去危以图其安，或垢俗以动其概，或疵物以激其清。然观其甘心畎亩之中，憔悴江海之上，岂必亲鱼鸟乐林草哉？亦云介性所至而已。故蒙耻之宾，屡黜不去其国；蹈海之节，千乘莫移其情。适使矫易去就，则不能相为矣。彼虽硁硁有类沽名者，然而蝉蜕嚣埃之中，自致寰区之外，异夫饰智巧以逐浮利者乎！荀卿有言曰：“志意修则骄富贵，道义重则轻王公。”也。

讲历史上早有高隐的传统，分梳隐者的类别，总括他们的精神，皆简明深刻，益人神智。最后引荀子的话以为收束，与开头引《周易》以笼罩全段遥相

---

① 在范氏书之前已有多种关于东汉的纪传体史书，官方所修的有《东观汉记》(原一百四十三卷，后四库馆臣从《永乐大典》辑得二十四卷)，私家著述有谢承《后汉书》、薛莹《后汉记》、司马彪《续汉书》、华峤《后汉书》、谢沈《后汉书》、张莹《后汉南记》、袁山松《后汉书》；编年体的则有张璠《后汉纪》。这些书在范书流行后大抵亡佚。

呼应，章法甚佳。范晔确实不仅是史学大家，也是文章高手。

范晔又长于为古人修改文章。试举一例来看。东汉末年的大名流蔡邕有一份向何进将军推荐边让（字文礼，150？～193）的文书，其文之《蔡中郎集》（卷八）本如下：

明将军以申甫之德，当中兴之隆，建上将之任，应秉国之权。妖寇作孽，震惊京师，运筹帷幄，定策届胜。先擒马元，归近之变。天兵致诛，兖豫以清。冀荆用次，云消席卷。克厌众心，王室以宁。万国兆民，莫不赖祉。伏惟幕府初开，博选清英，华发旧德，并为元龟，成功立事，莫不毕举。虽振鹭之集西雝，济济之在周庭，无以或加。

伏见令史陈留边让，字文礼，天授逸才，聪明贤智。纂成伐柯不远之则，龀龆夙孤，不坠家训，及就学庐，便就大典，闲不游戏。初览诸经，见本知义，寻端极绪，授者不能答其问，章句不能逐其意。《诗》《书》《易》《礼》先通，三业以次大义略举。众传篇章，无术不综，心通性达，割纤入冥。口辨辞长，而节之以礼度。安详审固，守持内定。非礼勿动，非法不言。处狐疑之论，定嫌审之分。经典交至，检括参合。众夫寂焉，莫之能夺也。使让生于先代，在唐虞则元凯之比，当仲尼则颜、冉之亚。岂徒世俗之凡偶兼浑，是非讲论而已哉？

才艺言行，卓逸不群，阶级名位，亦宜超然。不以常制为限、长幼为拘。若复辈从此郡选举，非所以彰瑰玮之高价，昭大知之绝足也。《传》曰："函牛之鼎，一旦立之以烹鸡，多汁则淡而不可食，少汁则焦而不可熟。"此言大器之于小用，固有所不宜也。邕诚窃悁悒，怪此宝鼎未受牺牛大羹之和，久在煎熬脔胾之间。愿明将军回谋守虑，思垂采纳，就让疾病当亲察之。更以属缺招延，表贡行状，列于王府。跻之宗伯，纳之机密，展其力用，副其器量。夫若以年齿为嫌，则颜渊不得冠德行之首，子奇不得纪治阿之功。苟能其事，古今一也。密疏特表，及期而行，邦国其昌。邕寝疾羸，匍匐拜寄，不敢须通。

而录入《后汉书·文苑列传·边让传》的文本是：

伏惟幕府初开，博选清英，华发旧德，并为元龟。虽振鹭之集西雝，济济之在周庭，无以或加。窃见陈留边让，天授逸才，聪明贤智，龆龀夙孤，不尽家训，即就学庐，便受大典，初涉诸经，见本知义，寻端极绪，授者不能对其问，章句不能逮其意。心通性达，口辨辞长，非礼勿动，非法不言。若处狐疑之论,定嫌审之分。经典交至,检括参合。众夫寂焉,莫之能夺也。使让生在唐、虞,则元凯之次;运值仲尼,则颜、冉之亚。岂徒俗之凡偶近器而已哉?阶级名位,亦宜超然。若复随辈而进,非所以彰瑰伟之高价,昭知人之绝明也。《传》曰:"函牛之鼎以烹鸡,多汁则淡而不可食,少汁则熬而不可熟。"此言大器之于小用,固有所不宜也。邕窃悁邑,怪此宝鼎未受牺牛大羹之和,久在煎熬脔割之间。愿明将军回谋垂虑,裁加少纳,贡之机密,展之力用。若以年齿为嫌,则颜渊不得贯德行之首,子奇终无理阿之功。苟堪其事,古今一也。

蔡邕原是文章高手,而他这篇书信体文章经范晔的删节改动之后,更加要言不烦,简明得体。由此可见范晔的水平,刘师培曾特别举此为例说明修改文章的奥妙①。

中国古代的史家和选家对前人的著作拥有某种得到读者认同的修改权(萧统《文选》和后来某些选本都曾对入选作品有所删节和改动);根据现代学术规范,这种古人因惯例获得的权力已不复存在。如果一位成熟的作家留下了其作品的不同文本,那么,拿后出之定本与此前之草本进行对比,是体悟写作窍门的极好方法,但这样的材料很不易得。而在中国古代,由史家或选家著录下来、后来成为定本的文本与作家原本并存的情形却比较多见,拿这样两种不同的文本进行比较,也是大有意味的;当然,这对作家、选家或史家来说,其意义是各不相同的。

三

一生经历了宋、齐、梁三朝的陶弘景(字通明,456～536),丹阳秣陵(今江苏南京)人,南朝著名的道教宗师。他出身于文化传统深厚的官僚世家,从小熟读儒家经典,长于文章,有志建功立业。他原想在四十岁能当上尚书郎,然

① 刘师培《汉魏六朝专家文研究·论文章之转折与贯穿》:"至于《后汉书》列传中所载各家奏议论事之文,大都经范蔚宗润饰改删。试与袁宏《后汉纪》相较,则范氏或删改其字句,或颠倒其次序,草创润饰前后不同,转折之法于焉可见。例如《蔡中郎集》有《与何进荐边让书》(本集卷八,《全后汉文》卷七十三),《后汉书》采入《文苑边让传》(《后汉书》卷一百十下),但锤炼字句,裁约颇多,以其始终贯穿,转折无痕,如不对照原作,即毫不觉其有所改删,此最堪后学玩味者也。"参见顾农《关于刘师培〈汉魏六朝专家文研究〉》,载《江淮文化论丛》第二辑,文物出版社 2013 年 6 月版,第 132～139 页。

后到风景秀丽的浙东去当地方官，等饱览山水以后就“投簪高迈”(《与从兄书》)，从此归隐。

陶弘景在刘宋末年已经进入官场，入齐后继续沉沦下僚，于是从三十多岁起就不大好好当官，一则拜师问道，二则常常往山里跑，寻求灵异①。到永明十年(492)，更正式辞去一切职务，入山修道。

此后陶弘景在茅山以及江、浙间许多名山里游历修炼了几十年，成为百科全书式的大学者，在道教、天文学、地理学、医学、药物学、化学、冶金学等等领域留下七八十种研究成果，具有重大贡献。他在道教史、科技史上的地位，大大高于他在文学史上的地位。

陶弘景的诗今存七首，其中写得最好也最著名的是《诏问山中何所有，赋诗以答》：

> 山中何所有，岭上多白云。只可自怡悦，不堪持寄君。

这大约是他写给齐武帝萧赜的一份答卷。因为他常常跑到山里去，别人不知道他干些什么，萧赜更弄不懂山林何以对他有那么大的吸引力，特地下诏查询，这首诗便是他对皇帝的回答②，答得实在潇洒。

这首诗的妙处在于说的都是大实话，而又显得飘逸高雅之至。“岭上多白云”，当然是事实，“只可自怡悦，不堪持寄君”也是一句大实话，但潜台词十分丰富，山林中的佳趣，跟一位日理万机的皇帝怎么说得清楚呢。自然景物要靠人去欣赏，同一景物在不同的人看去，很可能天差地远，因为这里有着不同的主体，不同的“本质力量”。在陶弘景看来，皇帝根本欣赏不了自然之美，这一层意思不便明说，于是便以“不堪持寄君”了之，委婉得体，真所谓绝妙好辞。

东晋宋齐以来，山水诗特别兴旺发达，其原因之一即在于社会的动荡和道教的传播促使大批知识分子遁入山林，南方奇山异水之美逐步得到人们的

---

① 据陶翊《华阳隐居先生本起录》说，陶弘景于永明二至四年(484～486)间向著名道教宗师孙游岳(399～489)学道，“咨禀道家符图经法，虽相承皆是真本，而经历模写，意有所未惬者，于是更博访远近以正之。戊辰年(488)始往茅山，便得杨(羲)、许(翙、谧)手书真迹，欣然感激；至庚午年(490)又启假东行浙越，处处寻求灵异。”

② 《太平广记》卷二〇二引《谈薮》载“齐高祖问之曰：‘山中何所有?’”查南齐无高祖，这里当指齐武帝(世祖)萧赜。一说，下诏查询者应是齐高帝的侄子明帝萧鸾(详见王京州《陶弘景集校注》，上海古籍出版社2009年版，第300～302页)，也不能完全排除此种可能，那就是陶弘景正式入山修道以后的事情了。

认识和欣赏，山林隐逸把自己的高雅脱俗之情以及某种宗教感情投射到过去人迹罕至的山水上去，再把古老的神话传说和当代的神仙佳话都附会上去，弄得山山水水都“有仙则名”起来，这样，许多名山大川以至一丘一壑都不再是纯粹的自然景观，同时也是人文景观，自然与文化交相为用，形成了不计其数的名胜古迹，至今还在吸引着中外游人。在陶弘景的时代，山水开始受到人们重视还不太久，还不曾有过重的文化负载，他也无意于在答皇帝垂询的小诗中去讲自然美以外的东西，因此这首诗特别清新灵秀，足以诱导读者去欣赏未经雕琢的自然本身，领会天人之际美妙的和谐。

可惜陶弘景太热衷于道教了，此后再也没有写出什么好诗来。陶弘景十岁的时候看了葛洪的《神仙传》，就有了隐居之志，十五岁作《寻山志》，已有入山修道的志向。按道教的传统，修炼非遁入深山、远离人间烟火不可。所以他一直不大好好当官，“虽在朱门，闭影不交外事，唯以披阅为务”。他正式摆脱官职时，“脱朝服挂神虎门，上表辞禄。诏许之，赐以束帛，敕所在月给茯苓五斤、白蜜二升，以供服饵。及发，公卿祖之征虏亭，供帐甚盛，车马填咽，咸云宋、齐以来未有斯事”（《南史》本传）。皇上特许，达官贵人纷纷送行，这样声势浩大、官派十足地去入山修道，跟自得其乐地欣赏岭上白云相去就远了，可算是雅得很俗，他此时写的《告逝篇》也就不免显得相当平庸。诗末四句云：“此去昭轩侣，结彼瀛台宾。傥能踵留辙，为子道玄津。”大有寻仙之开路先锋的架势。在这样的心境下已经无暇去欣赏自然美，也不复有什么美感，只剩下宗教感情了。

陶弘景的弃官入山修道，固然是他的宗教情结在起作用，也有避祸方面的考虑，他的政治感觉非常敏锐①。后期陶弘景一面在山中修道，同时也还在暗中介入政治，支持萧衍起兵取齐而代之，替他在理论上做了许多重要的事情②；等到萧衍当了皇帝以后，每遇朝廷大事，常派人向他咨询，陶弘景成了历史上著名的“山中宰相”。政、教双修，身在山水之中，心存魏阙之下，他就再

① 永明年间，萧齐宗室内部矛盾重重，酝酿着种种危机，陶弘景曾经在高帝之子武陵昭王萧晔（467～494）、安成恭王萧暠（468～491）、宜都王萧铿（477～494）身边效过力，同萧铿关系尤深；而这时武帝的儿子们已经长大，还有些支派略远的宗室，这些弟兄叔侄之间问题纠结很多，后来萧铿就被明帝杀掉了。陶弘景有意远离这些纷争。在他入茅山修道的第二年（永明十一年〔493〕），武帝萧赜死，萧鸾（齐明帝）上台，几乎将高帝、武帝子孙杀戮殆尽。

② 当萧衍的军队尚未攻入首都时，陶弘景已派弟子假道奉表，表示拥戴；又援引图谶建议新政权国号为“梁”，并为之选定郊祀的吉日。这些举动都大有“国师”的功架。

也写不出什么好诗——岭上白云已经可以“持寄君”了。

陶弘景在茅山修道，广收门徒，组成上清派道团，在教义和方术两方面都做了大量工作，成为中国道教史上的一大宗师。梁武帝萧衍一向对他大力支持，同他保持密切的联系，又赠送大批炼丹的材料，为之建住宅朱阳馆，又建工作室太清玄坛；皇太子萧统和他的几个弟弟对他都非常尊重，大批高官文人向他问学①。

陶弘景是中古时代空前阔气的道士，为上清派历代祖师所不及。他的《真诰》《登真隐诀》《真灵位业图》后来都成了道教史上基本性的经典著作。

陶弘景固然信仰道教，而后期又同时信佛。“常以敬重佛法为业，但逢众僧，莫不礼拜，岩穴之内，悉安佛像，自率门徒受学之士朝夕忏悔，恒读佛经”（法琳《辩正论》卷六）。他本人受了佛教之戒，其朱阳馆东面是道教的青坛，西面是佛教的白塔，又接受僧人为徒。到临终前他安排自己的后事，指定自己入殓的装束兼宗道、佛。他的这些行为，一方面代表了当时将儒、释、道合三为一的流行思潮，也是对梁武帝萧衍合三教为一以为安邦治国根本政策的积极配合。

鲁迅先生说：“中国自南北朝以来，凡有文人学士，道士和尚，大抵以‘无特操’为特色的。”他们自称“信教”，其实是“吃教”，在他们的心目中，“有宜于专吃的时代，则指归应定于一尊，有宜合吃的时代，则诸教亦本非异致，不过一碟是全鸭，一碟是杂拌儿而已”②。这种情形，齐梁以来日趋明显，北朝也大抵是如此。看清陶弘景这个大典型，其他许多人也就可以看清楚了。当然，总还是有些原教旨主义者在那里独尊自己一家，但他们已经左右不了大局。

四

孔稚圭（字德璋，447～501），出身于著名的高门会稽孔氏③。刘宋时入仕，齐高帝萧道成在宋末为骠骑大将军时，孔稚圭为其记室参军，与江淹对掌

---

①　贾嵩《华阳陶隐居内传》载：“齐梁间，侯王公卿从先生受业者数百人，一皆拒绝，唯徐勉、江佑、江淹、任昉、萧子云、沈约、谢瀹、谢览、谢举等，在世之日早申拥篲之礼，绝迹之后，提引不已。”

②　《准风月谈·吃教》，《鲁迅全集》第5卷，第310～311页。

③　关于该孔氏的世系，详见《南史》卷四十九《孔（稚）圭传》，参见王伊同《五朝门第》一书之附表六十八“会稽山阴孔氏”。

辞笔。入齐后一直担任要职,文章多为章奏,他也能诗,可惜传世者甚少。

孔稚圭最著名的文章是《北山移文》,曾被收入《文选》(卷四十三),李善在注文中两处引用与周颙有关的材料,五臣中的吕向注更具体地说到"钟山在都(建康)北。其先周彦伦(颙)隐于此山,后应诏出为海盐县令,欲却过此山。孔生乃假山灵之意移之,使不许得至"。他们都认为此文矛头对准周颙,批评他乃是一个假冒伪劣的隐士:先是装腔作势地隐居于钟山,后来则兴高采烈地出来当官,所以当他重回首都途经钟山时,大为生气的山灵向他发出声讨的文章(移文),不让他进入此山。

可是吕向注中关于周颙生平的介绍,与《南齐书·周颙传》完全不合。周颙一直当官,没有隐居过,他在钟山确有一处住所,但那只是他休假时偶尔来住的别墅,这就是《南齐书·周颙传》提到过的他"于钟山西立隐舍,休沐则归之"。假期一个人跑到这里来放松一下,"虽有妻子,独处山舍"——这完全是阔气官僚的架势,同在此隐居完全是两回事。估计正因为孔稚圭的同时代人周颙在钟山里有"隐舍",又同所谓"草堂寺"有点瓜葛①,于是传说《北山移文》所讽刺的"周子"就是指他。

这实在是所谓"事出有因,查无实据"。出仕和隐逸是士人面前的两条路,并无高下之分,全凭各人高兴,两者之间的转换也是常常会有之事,只要其间有正常的逻辑可寻而非低级趣味的投机就好。此即东晋一代文宗孙绰之所谓"出处同归"②,其后成为流行的观念。

南朝的官员为自己安排郊区别墅,或将自己在城里的住所修建成园林的样子,乃是那时的常态,即如孔稚圭一直当官,但颇为潇洒风雅,"居宅盛营山水,凭几独酌,傍无杂事。门庭之内,草莱不剪,中有蛙鸣。……"(《南齐书·孔稚圭传》)。这是一种类型;周颙安排山中的别墅显得更加阔气,又是一种

---

① 《文选》(卷四十三)《北山移文》"钟山之英,草堂之灵"句下李善注引梁简文帝《草堂传》曰:"汝南周颙昔经在蜀,以蜀草堂寺林壑可怀,乃于钟岭雷次宗学馆立寺,因命'草堂',亦号'山茨'。"又在"世有周子,隽俗之士"句下注引萧子显《(南)齐书》曰:"周颙,字彦伦,汝南人也。释褐海陵国侍郎,元徽中,出为剡令。建元中,为长沙王后军参军,山阴令,稍迁国子博士,卒于官。"

② 《世说新语·文学》"谢万作《八贤论》"条刘注曰:"万《集》载其叙四隐四显,为八贤之论,谓渔父、屈原、季主、贾谊、楚老、龚胜、孙登、嵇康也。其旨以处者为优,出者为劣。孙绰难之,以谓体玄识远者,出处同归。文多不载。"后《晋书·谢安传附谢万传》亦载此事,不复一一。

类型。彼此彼此，没有讽刺的可能和余地。

可是《文选》的李善注是有权威的，五臣注与他形成互补，更增加了讽刺周颙一说的分量，后来的读者大抵按这个说法来理解《北山移文》，积非成是，遂至难以动摇。当然也有勇敢面对李善注、五臣注与可靠史料之矛盾的，而其解决之道在于将此"移文"说成是朋友之间开的一个玩笑。最早提出此说的是明朝末年大规模辑佚编订中古文集的张溥，他揣测说："岂调笑之言，无关记录，如嵇康于山涛，徒有其书，交未尝绝也。"(《汉魏六朝百三家集·孔詹事集·题辞》)近年来出版的文学史、作品选和单篇文章，大抵采用诸如此类的解说。可是，与实际情况完全不符的玩笑有什么可开的呢，开了又有什么作用呢？张溥的"调笑"说客观上无非是把孔稚圭形容成一个不明事理、无的放矢的糊涂虫。

此文讽刺的对象应当是一个曾经隐居于钟山并大摆其隐士功架的投机分子，他的真名现在不知道了。文中所说的"草堂"当指隐者的陋室，只是一个普通名词而非指一座庙的专门名词。这位"周子"的隐居不过是为了吸引朝廷的眼球，是给自己的应诏出山仕预作准备的，也就是说大体相当于后来唐朝人之所谓"终南捷径"[①]——这位"周子"同周颙其人除了都是姓周以外，没有其他任何关系。

当然，还有一种可能，那就是孔稚圭借"周子"这样一个虚构的靶子来打击那些专走"钟山捷径"的投机派士人。作品中安排一两个虚拟的人物以便行文，这个方法由来已久。

总之，解决《文选》注与历史资料之间矛盾的正当出路是抛弃那种乱点鸳鸯谱式的注释。古代文学作品的具体背景或所谓"本事"，能够查明有据固然很好，如果实在弄不清、不知道也没有什么关系。不知道林黛玉等人的原型为何许人，毫不影响我们阅读和研究《红楼梦》。最糟糕的是为古代的诗文小说重新安排一套研究者新近虚拟创造出来的"本事"。

《北山移文》是很成熟的骈文，进入多种选本，连专收散体文的《古文观止》也破格选入，历来传诵。其全文如下：

---

① 详见《太平广记》卷二四〇引《谭宾录》"卢藏用征拜右拾遗"条。又《大唐新语》卷十载：卢藏用始隐于终南山中，中宗朝累居要职。有道士司马承祯者，睿宗迎至京，将还，藏用指终南山谓之曰："此中大有佳处，何必在远。"承祯徐答曰："以仆所观，乃仕宦捷径耳。"藏用有惭色。藏用博学工文章，善草隶，投壶弹琴，莫不尽妙。未仕时，尝辟谷练气，颇有高尚之志。及登朝，附权要，纵情奢逸，卒陷宪网，悲夫！

钟山之英，草堂之灵。驰烟驿路，勒移山庭。夫以耿介拔俗之标，潇洒出尘之想。度白雪以方洁，干青云而直上。吾方知之矣。若其亭亭物表，皎皎霞外，芥千金而不眄，屣万乘其如脱，闻凤吹于洛浦，值薪歌于延濑，固亦有焉。岂期终始参差，苍黄翻覆。泪翟子之悲，恸朱公之哭。乍回迹以心染，或先贞而后黩。何其谬哉！呜呼！尚生不存，仲氏既往。山阿寂寥，千载谁赏？

世有周子，隽俗之士。既文既博，亦玄亦史。然而学遁东鲁，习隐南郭。偶吹草堂，滥巾北岳。诱我松桂，欺我云壑。虽假容于江皋，乃缨情于好爵。其始至也，将欲排巢父，拉许由，傲百氏，蔑王侯。风情张日，霜气横秋。或叹幽人长往，或怨王孙不游。谈空空于释部，核玄玄于道流。务光何足比，涓子不能俦。

及其鸣驺入谷，鹤书赴陇，形驰魄散，志变神动。尔乃眉轩席次，袂耸筵上。焚芰制而裂荷衣，抗尘容而走俗状。风云凄其带愤，石泉咽而下怆。望林峦而有失，顾草木而如丧。至其纽金章，绾墨绶。跨属城之雄，冠百里之首。张英风于海甸，驰妙誉于浙右。道帙长殡，法筵久埋。敲扑喧嚣犯其虑，牒诉倥偬装其怀。琴歌既断，酒赋无续。常绸缪于结课，每纷纶于折狱。笼张赵于往图，架卓鲁于前箓。希踪三辅豪，驰声九州牧。使我高霞孤映，明月独举。青松落阴，白云谁侣？涧石摧绝无与归，石径荒凉徒延伫。至于还飙入幕，写雾出楹。蕙帐空兮夜鹄怨，山人去兮晓猿惊。昔闻投簪逸海岸，今见解兰缚尘缨。

于是南岳献嘲，北垄腾笑。列壑争讥，攒峰竦诮。慨游子之我欺，悲无人以赴吊。故其林惭无尽，涧愧不歇。秋桂遗风，春萝罢月。骋西山之逸议，驰东皋之素谒。今又促装下邑，浪拽上京，虽情投于魏阙，或假步于山扃。岂可使芳杜厚颜，薜荔无耻，碧岭再辱，丹崖重滓，尘游躅于蕙路，污渌池以洗耳？宜扃岫幌，掩云关，敛轻雾，藏鸣湍，截来辕于谷口，杜妄辔于郊端。于是丛条瞋胆，叠颖怒魄。或飞柯以折轮，乍低枝而扫迹。请回俗士驾，为君谢逋客。

以山灵的口气为之，作者的讽刺就隐藏在这位神灵之移文的背后。山灵责问“周子”说，你隐居在我这里很好，为什么又终始参差，苍黄翻覆？又说虽然你官当得不错（“张英风于海甸，驰妙誉于浙右。……希踪三辅豪，驰声九州牧”），可是我就很孤单了。你不要跑来跑去吗！山灵原是“周子”的好朋友,现在骂他无非是喜欢过去的他;而对他现在丧失旧我、一身俗尘极其鄙视,不允许其人重入此山,请他滚远一点。

全文嬉笑怒骂,形容尽致,句法灵活,不可多得。古今评论家对此文一致给予好评。闵齐华《文选瀹注》卷二二引孙鑛评语曰:“六朝虽尚雕刻,然属对尚未尽工,下字尚未尽险。至此篇则无不入体。句必净,字必巧,真可谓精绝之甚,乃唐文所祖。”这是说此篇在骈体文发展史上是承前启后的一座里程碑。吴楚材、吴调侯《古文观止》卷七评曰:“篇中无语不新,有字必隽,层层敲入,愈入愈精。真觉泉石蒙羞,林壑增秽。读之令人赏心留盼,不能已也。”这是说此篇字句精工,具有极强的艺术感染力。

近贤钱锺书先生评此文说:“以风物刻画之工,佐人事讥嘲之切,山水之清音与滑稽之雅谑,相得而益彰。”①他特别拈出篇中景物描写之妙。出此移文的神灵,是管着这里石泉云壑、碧岭丹崖的,当然要调动一切力量来打击和抵制先贞而后黩的伪君子。

仅凭这一篇《北山移文》,孔稚圭就在文学史占据了一席光荣的地位。

五

刘孝绰(小名阿士,496～549)出身于彭城刘氏,小时候是个神童,七岁就能文,十四岁就代其父亲刘绘(字士章,458～502)起草萧齐王朝的诏书,舅父王融非常赏识他,说是“天下文章,若无我当归阿士!”,沈约、任昉、范云等前辈都非常看好他。其弟兄姊妹中,亦复人才济济。看来刘绘的家庭教育非常成功,他本人文武双全,能诗善文,与“竟陵八友”诸人关系密切。

刘孝绰后来长期在首都任职,才华甚高,辞藻为后进所宗,得到萧衍父子的高度重视与爱护。天监初,起家著作佐郎,迁太子舍人,在萧统的东宫里出入过多次,累计呆过很长时间,深得欣赏。萧统本人的文集是由他编定的,又曾经让画工首先为他画像陈列于乐贤堂。

刘孝绰诗文兼长,早年的作品近于永明体,其《酬陆长史倕》凡一百二十四句,大约是南朝最长的诗。萧统死后他追随萧纲、萧绎,作风一变而为宫体,而不甚浓艳,总体来看,其人可谓“八友”之后劲。试读两首,以见一斑:

---

① 《管锥编》第 4 册,第 1346 页。

日入江风静，安波似未流。岸回知舳转，解缆觉船浮。暮烟生远渚，夕鸟赴前洲。隔山闻戍鼓，傍浦喧棹讴。疑是辰阳俗，于此逗孤舟。

——《夕逗繁昌浦》

巫山荐枕日，洛浦献珠时。一遇便如此，宁关先有期。幸非使君问，莫作罗敷辞。夜长眠复坐，谁知暗敛眉。欲寄同花烛，为照遥相思。

——《为人赠美人》

前者属永明体，后者为宫体。这二体其实也多有相通之处，并非可以断为两截全不相干的东西。

刘孝绰与萧统《文选》的关系，一向为人们所关注。萧统的东宫里，文人学士云集，不少人对于《文选》的编撰大约都曾经有所贡献，刘孝绰乃是其中知名度最高的一个。唐朝时有人在提到《文选》的编撰时，曾专门举他作为领衔的代表①。近年来日本"新《文选》学"派更认为《文选》就是刘孝绰编撰的，萧统不过挂一个空名；此说虽查无实据，亦事出有因②。刘孝绰与东宫的关系确实很深，为萧统做过不少工作，《文选》之成书其人亦与有荣焉。但是对于这一点不可作过高的估计，因为在《文选》编撰成书最重要的时段，亦即从普通七年(526)到中大通元年(529)的几年中③，刘孝绰因一场"名教"案，被免去官职，后虽重新起用，但远去了荆州，不可能参加《文选》事宜，更不可能主持其事。

刘孝绰在普通六年(525)栽了一个大跟头，严重地影响了他的后半生。《梁书》本传云：

初，孝绰与到洽友善，同游东宫。孝绰自以才优于洽，每于宴坐，嗤鄙其文，洽衔之。及孝绰为廷尉卿，携妾入官府，其母犹停私宅。洽寻为御史中丞，遣令史案其事，遂劾奏之，云："携少妹于华省，弃老母于下

---

① 《文镜秘府论》南卷《集论》引"或曰"云："晚代铨文者多矣，至如梁昭明太子萧统与刘孝绰等，撰集《文选》，自谓毕乎天地，悬诸日月，然于取舍非无舛谬。"

② 详见顾农《与清水凯夫先生论〈文选〉编者问题》，《齐鲁学刊》1993 年第 1 期；又载《中外学者文选学论集》上册，中华书局 1998 年版，第 492～504 页。

③ 《文选》选文不录存者，所录作家中去世最晚的是陆倕，其人死于普通七年(526)秋。《文选》的编撰虽然未必开始于此后，但定稿必在此后；而萧统从事《文选》最晚大约只能到所谓埋蜡鹅事件暴露(中大通元年〔529〕)之前。

宅。”高祖为隐其恶，改“妹”为“姝”。坐免官。①

一般来说携妾入官府并不至于构成很大的罪名，刘孝绰问题的要害应当在于“携少妹于华省”，梁武帝为保护才子刘孝绰，尽量大事化小，于是改“妹”为“姝”。按，刘孝绰有三个妹妹，《梁书》本传云：“其三妹适琅邪王叔英、吴郡张嵊、东海徐悱，并有才学，悱妻文尤清拔。”如此则他的“少妹”应当就是嫁给徐勉第二子徐悱的刘令娴，其时她已寡居。据《梁书·徐勉传》，徐悱死于普通五年(524)春二月丁丑，然则到洽所指出的刘孝绰之“携少妹于华省，弃老母于下宅”就有了十分丰富而微妙的内容，涉及乱伦之类的“名教隐秽”②。到洽对刘孝绰的指控太严重了，所以萧衍要给到洽的报告改去一个关键词，将问题淡化，以便从轻发落。按当时的规矩，官员被御史中丞纠弹是很严重的事情，《颜氏家训·风操篇》云：“江南诸宪司弹人事，事虽不重，而以教义见辱者，或被轻系而身死狱户者，皆为怨仇，子孙三世不交通矣。到洽为御史中丞，初欲弹刘孝绰，其兄溉先与刘善，苦谏不听，乃诣刘涕泣告别而去。”其实到洽和刘孝绰过去也很熟，这时已顾不得了；而到溉看来更重视往日的交情，他很明白到洽的纠弹必然产生极其严重的局面，于是提前与刘孝绰告别。后来梁武帝那样从宽处理，他和许多人一样是没有预料到的。

这一案件引起一系列很有意味的反应。其一，被免官以后的刘孝绰写信给他随藩在荆、雍的诸弟，“论共洽不平者十事，其辞皆鄙到氏”，他的意思是希望通过诸弟向新任荆州刺史、湘东王萧绎等人求救。萧绎得知此事后，在比较晚的时候给刘孝绰写过一封回信，其中完全不提刘孝绰的案件和被罢免一事，却道“君屏居多暇，差得肆意坟典，吟咏性情。……洛地纸贵，京师名动，彼此一时，何其盛也！”意思是建议他利用这一段时间研究学问，从事创作，以便取得更大的成就。这是一种很友善的劝慰。信中还提到希望对方寄示近作，态度也极为友好。后来刘孝绰跑到萧绎那里去充当僚佐，这一来一

---

① 据《梁书》本传，到洽为御史中丞在普通六年(525)，到任后“弹纠无所顾望，号为劲直，当时肃清。……七年，出为贞威将军、云麾长史、寻阳太守”，然则他奏弹刘孝绰大约就在普通六年(525)，至迟在普通七年(526)离任之前。

② 《南史·到洽传》云：“寻迁御史中丞，号为劲直。少与刘孝绰善，下车便以名教隐秽，首弹之。”又《南史·刘勔传论》云：“(刘)绘辞义克举，诸子各擅雕龙，当年方驾，文采之盛，殆难继乎。孝绰中冓为尤，可谓‘人而无仪’者矣。”这两处的措辞非常值得注意，《诗经·鄘风·墙有茨》云：“墙有茨，不可埽也。中冓之言，不可道也。所可道也，言之丑也。”这首诗传统的解释是讽刺“公子顽通乎君母”的，“中冓之言”暗指乱伦。

往的两封信实已为其先兆。刘孝绰死后，萧绎为作《黄门侍郎刘孝绰墓志铭》（《艺文类聚》卷四十八）更完全不提刘孝绰过去的污点，重点讲他“曰风曰雅，文章动神”、“身兹唯屈，扶摇未申”，充分肯定他的才华，并为他的未能得到充分的发展而抱屈。

其二，刘孝绰将为自己辩护的致诸弟信“写别本封呈东宫”，意思当然是希望得到老主人萧统的援救，可是“昭明太子命焚之，不开视也”（《梁书·刘孝绰传》，《南史·刘孝绰传》略同）。萧统的态度比萧绎严峻得多了，他似乎不大顾及过去的老关系。史称萧统道德高尚，不近女色，他对刘孝绰的道德堕落一定很不高兴，不肯帮他说话。到洽去世后，萧统还特别高度评价他“风神开爽，文义可观，当官莅事，介然无私”（《与晋安王令》），尤可见在到、刘的纷争中，他是支持到洽的。萧统与刘孝绰过去那种亲密的关系一去不复返了。

其三，萧衍对刘孝绰事件的态度极其宽容，《梁书·刘孝绰传》载：“孝绰免职后，高祖数使仆射徐勉宣旨慰抚之，每朝宴常引与焉。及高祖为《藉田诗》，又使勉先示孝绰。时奉诏作者数十人，高祖以孝绰尤工，即日有敕，起为西中郎湘东王咨议。”徐勉正是刘令娴的公公，徐悱的父亲，萧衍让他来慰抚刘孝绰显然有着深刻的用心。徐勉为萧梁重臣，萧衍不希望看到刘孝绰事件给徐勉一家带来地震。这位高深莫测的皇帝让刘孝绰先看到自己的诗并奉诏作和诗，无非是创造一个机会及早解脱刘孝绰并起用之，从而彻底了结此案。萧衍历来高度评价刘孝绰的才华，又不愿意看到自己眼皮底下出现什么“名教隐秽”；揭露刘孝绰问题的到洽很快被调离御史中丞一职，放出首都，另有任用，也曲折地表明了萧老翁处理这一案件时深刻而老到的领导艺术。

其四，大约在普通八年（三月改元大通，527）初，刘孝绰在被任命为西中郎湘东王萧绎的咨议①、出发去荆州赴任的前夜，给皇帝上了谢启，也给萧统上了一份谢启。萧统并没有给他帮什么忙，相反态度倒是比较严峻的，刘孝绰为什么还要来道谢呢？这篇《谢东宫启》写得实在大有意思，中间有一大段道：“邹阳有言，士无贤愚，入朝见嫉。至若臧文之下展季，靳尚之放灵均，绛侯之排贾生，平津之陷主父，自兹厥后，其徒实繁。曲笔短辞，不暇殚述。寸管所窥，常由切齿。殿下诲道观书，俯同好学，前载枉直，备该神览。臣昔因

---

① 按，萧绎出为西中郎将、荆州刺史在普通七年（526）十月，徐勉为仆射在大通元年（527）正月（《梁书·武帝纪》）。可知刘孝绰起为西中郎湘东王咨议不得早于大通元年（527）。参见拙著《文选与文心》，第48页。

立侍，亲承绪言，飘风贝锦，譬彼谗慝，圣旨殷勤，深以为叹。臣资愚履直，不能杜渐防微，曾未几何，逢尤罹难。虽吹毛洗垢，在朝而同嗟，而严文峻法，肆奸其必奏。不顾卖友，志欲要君，自非上帝运超己之光，昭陵阳之虐，舞文虚谤，不取信于宸明，在缧婴缧，幸得蠲于庸暗。裁下免黜之书，仍颁朝会之旨。小人未识通方，絷马悬车，息绝朝觐。方愿灭影销声，遂移林谷。不悟天听罔已，造次必彰，不以距违见疵，复使引藉云陛。降宽和之色，垂布帛之言，形之千载，所蒙已厚。况乃恩等特召，荣同起家，望古自惟，弥觉多忝。”无非反复说明到洽对自己的纠弹完全出于泄私愤、图报复，幸而天子圣明，现在冤狱已经完全平反了。读这封信真当如孟子那样“诐辞知其所蔽，淫辞知其所陷”（《孟子·公孙丑上》），如果他真是被冤枉的，他应当非常气愤，而不至于有信中这种欣慰之情，只要被宽大处理他已经感激涕零。在这封信中刘孝绰力图让萧统相信自己是无辜的，他希望自己在太子心目中的形象还像过去那样美好。太子是未来的皇帝，尽管他在前不久的事件中一点忙也没有帮，但事后对他表示感谢并说明情况仍然是完全必要的。

正因为刘孝绰做了这样一番工作，所以后来到大通三年（529，十月改元中大通，529）萧统为生母丁贵嫔服丧完毕后，刘孝绰得以离开荆州重新进入东宫，仍然充当太子仆①。但他这一回任此职时间甚短，不到半年就因母忧去职了②。

总之，刘孝绰因“名教隐秽”的丑闻仕途上出了大的周折，他先为太子仆，后迁员外散骑常侍，兼廷尉卿；过了许多年以后又复为太子仆，地位一点没有升迁。换言之，两任太子仆之间有三四年时间他完全脱离了东宫。而这几年，恰恰是《文选》编撰工作十分重要的时段。

萧统晚年从事《文选》的编撰特别是定稿，只有普通七年（526）秋到中大通元年（529）埋鹅事件发露前后一共三年左右时间，而这几年恰恰是刘孝绰基本不在首都的几年——说基本，是因为他复为太子仆到中大通元年（529）夏丁母忧之间有一小段时间已经回到东宫任职——刘孝绰对于《文选》的主

---

① 萧统服丧，如依魏晋以来通行的二十七个月计，应至大通三年（529）二月结束；如依南朝新礼二十五个月计，则至大通二年（528）十二月结束。刘孝绰重返东宫在大通三年（529），详见俞绍初《昭明太子萧统年谱》，《郑州大学学报》2000年第2期。

② 刘孝绰丁母忧当在中大通元年（529）五月或六月，其弟刘潜“丁母忧去职，王（萧纲）立为皇太子，孝仪服阕，仍补洗马”（《梁书·刘潜传》）。萧纲正式成为太子在中大通三年（531）七月。

要的贡献应当在他出事之前，那时乃是《文选》的草创和初选时期。

彭城刘氏人才辈出，孝绰的三弟孝仪（486～550）、六弟孝威（496～549），也都是作家。"三笔六诗"，孝仪主要写文章，孝威则是诗人，诗风属于宫体，例如其《望隔墙花》云：

隔墙花半隐，犹见动花枝。当由美人摘，讵止春风吹？

前人或谓后二句过于直露，但在宫体诗里，这美人是非出现不可的。

刘孝绰的几个妹妹也都能诗。嫁给王叔英的刘大娘著有《刘氏文集》，现在可以看到她的《赠夫》一诗：

妆铅点黛拂轻红，鸣环动佩出房栊。看梅复看柳，泪满春衫中。

杂用七言、五言，形式上有创新之意；后两句写虽设法遣愁，毫无效果，孤独之苦、无聊之状如在目前。这种写法为后人抒写闺怨开示了一大法门，冯延巳的名句"泪眼问花花不语，乱红飞过秋千去"（《鹊踏枝》）似乎就是从这里化出。她又有一首《暮寒》诗也很有意思：

梅花自烂漫，百舌早迎春。逾寒衣逾薄，未肯惜腰身。

写年轻妇女的心态极得要领，今天所说的"要得俏，冻得跳""美丽冻人"都还是这个意思。少女往往以自己美好的姿态作为自身价值的一大表现，古今中外，似莫能外。

刘孝绰的少妹刘三娘有《刘令娴集》，她的丈夫徐悱（敬业）乃是著名作家，他曾经写过一首《对房前桃树咏佳期赠内》的诗致刘令娴："相思上北阁，徙倚望东家。忽有当轩树，兼含映日花。方鲜类红粉，比素若铅华。更使增心忆，弥令望狭邪。无如一路阻，脉脉似云霞。严城不可越，言折代疏麻。"表达自己的思念之情，并将妻子的美丽大大夸奖了一番，诗写得并不算太高明。一般来说，女子对于这种夸奖历来是乐于照单全收并表示感谢的，而刘令娴在《答外》诗中却照单全退了：

东家挺奇丽，南国擅容辉。夜月方神女，朝霞咏洛妃。摛辞徒妙好，连类顿乖违。智弥虽已丽，倾城未敢希。

这首诗很有点幽默感，她说自己照照镜子，并不觉得有多美，既比不上宋玉笔下"皎若明月"（《神女赋》）的神女，也比不上曹植笔下"皎若太阳升朝霞"

《洛神赋》)的洛妃。你的辞藻虽然华丽,但把我和桃花相提并论是完全弄错了。诗的最后两句说,我自己的水平大约也就和传说中主动下嫁给弦超的仙女智弥(《搜神记》有比较详细的记载)差不多吧,虽然也可以说很漂亮,但如果一定要说足以使全城倾倒,那就不敢当了。她又有《摘同心支子赠谢娘因附此诗》,以风人体为之,亦复脍炙人口。

可惜徐悱去世甚早,刘令娴亲自写了一篇祭文,情深意长,非常感人。徐悱的父亲本来要写哀辞,一看儿媳妇写得很好,就不再动笔。令娴在祭文中写到丈夫生前对自己的帮助,回忆他们"式传琴瑟,相酬坟典"的幸福生活,最后说"百年几何,泉穴方同",把死则同穴这一层意思表达得很冷静通达,完全没有天塌下来的那种恐惧和哀伤。刘三娘的心态比较靠近现代人,刘大娘也是如此,她们能成为了不起的姊妹诗人,与这种心态关系很大。

六

何逊(字仲言,472? ～518),东海郯(今山东郯城西)人,八岁能赋诗,很早就举秀才,进入首都以后得到前辈作家、齐竟陵王记室参军范云的赏识栽培,沈约也很赏识他;但此后仕途不甚得意,辗转当过一些高官的秘书,在朝廷仅为尚书水部郎。然以诗篇著称,萧绎将他与谢朓相提并论,称为作诗之"少而能者"(《梁书·何逊传》)。

何逊的诗以写景、赠答见长。其《临行与故游夜别》诗云:

历稔共追随,一旦辞群匹。复如江注水,未有西归日。夜雨滴空阶,晓灯暗离室。相悲各罢酒,何时同促膝?

不用任何典故,完全是本色,而相当耐读。何逊又长于写景,他有一联道"露湿寒塘草,月映清淮流"(《与胡兴安夜别》),甚得后来诗话家的激赏,盖景中有情,交融无间。又其《日夕出富阳浦口和朗公》诗云:

客心愁日暮,徙倚空望归。山烟涵树色,江水映霞晖。独鹤凌空逝,双凫出浪飞。故乡千余里,兹夕寒无衣。

后来颜之推在《颜氏家训·文章篇》里说:"何逊诗实为清巧,多形似之言。扬都论者,恨其每病苦辛,不及刘孝绰之雍容也。"何逊的地位同刘孝绰不能相比,沉沦下僚,总有一种寒士心态,哪里能够雍容呢!

杜甫对何逊的诗评价很高，有“颇学阴何苦用心”(《解闷》其二)之句，阴指阴铿，何即何逊，其诗中亦多有学习何逊的痕迹。杜甫还曾直接提到何诗的具体篇章，这就是何的《咏早梅》，诗云：

兔园标物序，惊时最是梅。衔霜当路发，映雪拟寒开。枝横却月观，花绕凌风台。朝洒长门泣，夕注临邛杯。应知早飘落，故逐上春来。

诗题一作《扬州法曹梅花盛开》。此诗乃较早的咏梅名篇，后来杜甫曾在诗中特别提到，有“东阁官梅动诗兴，还如何逊在扬州”(《和裴迪登蜀州东亭送客逢早梅相忆见寄》)之句。何逊及杜甫诗中的扬州指建业即今南京，何逊任水部郎以及在南平王府中为宾客，一向生活在南京；但后来却往往将“扬州东阁官梅”与今之江苏扬州混为一谈，其实杜诗中的“东阁”乃指“蜀州东亭”，是诗人裴迪的登临之处，“扬州”同今日之扬州也没有什么关系①。但后来也就弄不大清楚了。许多佳话虽查无实据，而事出有因，人们在明白底细以后，仍可持理解之同情。

七

齐、梁间著名的诗人、文学家吴均(字叔庠，469～520)祖籍在北方，他本人出生于江南，“家世寒俭”(《梁书·吴均传》)，好学有俊才，而仕途很不顺利。萧齐时代曾到过与北魏对垒的寿阳前线，后来又到过湘州，与周兴嗣交往酬答，但始终没有一官半职。梁初，诗人、音乐家柳恽(字文畅，465～517)出任吴兴太守，吴均被召为主簿，这时他已经三十五岁了。《南史·吴均传》

① 仇兆鳌《杜诗详注》卷九：“东阁，指东亭。官梅，官种之梅，犹言官柳。”又引明人胡震亨的意见道：“何逊墓志：‘东阁一开，竞收杨、马。’杜甫‘东阁’本此。志载《墨庄漫录》。”按，张邦基《墨庄漫录》卷一“何逊尝官扬州”条云：“杜甫诗‘东阁官梅动诗兴，还如何逊在扬州。’多不详何逊在扬州之说。以本传考之，但言逊天监中为尚书水部郎，南平王引为宾客，掌书记室，荐之武帝，与吴均俱进幸。后稍失意，帝曰：‘吴均不均，何逊不逊。’逊卒于卢陵王记室，亦不言在扬州也。及观逊有梅花诗，见于《艺文类聚》《初学记》，云……余后见别本逊文集，乃有此诗，而集首有王僧孺所作序，乃云‘逊，东海郯人，举本州秀才，射策为当时之魁。历官奉朝请。时南平王殿下为中权将军、扬州刺史，望高右戚，实曰贤王。拥彗分庭，爱客接士。东阁一开，竞收杨、马。左席皆起，争趋邹、枚。君以词艺早闻，故深亲礼，引为水部行参军事，仍掌文记室’云云。乃知逊尝在扬州也。盖本传但言南平引为记室，略去扬州耳。然东晋、宋、齐、梁、陈皆以建业为扬州，则逊之所在扬州，乃建业耳，非今之广陵也。”

说，“均尝不得意，赠恽诗而去，久之复来，恽遇之如故，弗之憾也”，其详不得而知，大约是吴均嫌这个职务太低，并非他的英雄用武之地，所以闹了一通情绪吧，幸而柳恽很有雅量，并不介意。柳恽能诗，颇有佳句[1]，他对诗人吴均特别宽容。稍后，吴均的老朋友周兴嗣做了员外散骑侍郎，他便写诗说：“想君贵易朋，居然应见舍。”（《赠周散骑兴嗣》）由此可以推想他对这位老朋友曾寄予重大的希望以及他深沉的失望。

天监四年（505），梁武帝大举北伐，“以中军将军、扬州刺史、临川王宏都督北讨诸军事，尚书右仆射柳惔为副”（《梁书·武帝本纪》），柳惔是柳恽的哥哥，吴均大约因为柳恽的介绍得以参加这次军事行动；其时另一位文学家丘迟也在军中，充当临川王萧宏的记室（秘书）。吴均似乎参加过几次战斗，其时所写的诗也虎虎有生气，但处境仍然不甚得意，诗中屡次发出怀才不遇、有功不赏的悲叹[2]。

天监六年（507）以后，吴均退出军界，充当新任扬州刺史、建安王萧伟的记室，此后一直跟着这位亲王，做些文字工作，前后有六七年之久。萧伟曾将吴均以及他手下另一位文学家何逊推荐给梁武帝萧衍，但是这两位诗人后来都因为赋诗失旨而失意。“帝曰：‘吴均不均，何逊不逊。未若吾有朱异，信则异矣。’自是疏隔，希复得见。”（《南史·何逊传》）萧衍也是一位诗人，风格靡丽，未必欣赏吴均的清拔壮丽。另据《南史·吴均传》披露，吴均的失意有着更深刻的原因：“先是吴均将著史以自名，欲撰《齐书》，求借《齐起居注》及群臣行状，武帝不许；遂私撰《齐春秋》，奏之。书称帝为齐明帝佐命，帝恶其实录，使中书舍人刘之遴诘问数十条，竟支离无对，敕付省焚之，坐免职。”在遭到御用文人责难时，吴均有些话不敢说了，显得理屈词穷。高踞于宝座上的皇帝对于如何书写自己的历史总是自有一套特别的要求，一味说真话很容易

---

① 柳有句云：“亭皋木叶下，陇首秋云飞。”“太液沧波起，长杨高树秋。翠华承汉运，雕辇逐风流。”当时均播在人口。但他颇无意于做诗人。

② 吴均的实际才干究竟如何，史无明文，一些野史笔记把他形容成一个纸上谈兵、大言无实的书生，例如《太平广记》卷一九八“沈约”条引《谈薮》载：“（吴均）《剑骑诗》云‘何当见天子，画地取关西’，高祖谓曰：‘天子今见，关西安在焉？’均默然无答。”又《隋唐嘉话·补遗》载：“齐吴均为文，多慷慨军旅之意。梁武帝被围台城，朝廷问均外御之计，均怯怛不知所答，启云‘愚计速降为上计’。”吴均死于武帝普通元年（520），不可能见到武帝萧衍晚年被围台城事，这一记载显然是不可靠的，但由此可以推知吴均缺乏行动的能力，所以后来才有这样硬栽在他头上的故事流传。

倒大霉，吴均因实录而仅被免职，算是相当荣幸的了。在这样的淫威下，只有一个“奉朝请”头衔的吴均郁郁以终，享年五十二岁。

吴均原有集二十卷（《隋书・经籍志》），可惜早已亡佚；在辑本《吴朝请集》中还留存着他的诗一百多首，颇涉军旅，大有豪情，又多写景之作，清新挺拔。吴诗一度很有影响，被称为“吴均体”①。北方作家郦道元（？～526）在《水经注》（卷二八《沔水》）中曾引用过他的《剑骑诗》中的一句。

因为有过两度从军的经历，吴均的诗中多有军旅边塞之作，举两首来看：

剑头利如芒，恒持照眼光。铁骑追骁虏，金羁讨黠羌。高秋八九月，胡地早风霜。男儿不惜死，破胆与君尝。

——《胡无人行》

羽檄起边庭，烽火乱如萤。是时张博望，夜赴交河城。马头要落日，剑尾掣流星。君恩未得报，何论身命倾。

——《入关》

虽然还不免借用历史的符号来写当下，缺少现实主义的深度，但多有阳刚之气，在南朝的诗坛上已属不可多得。在诗人的感情中更多有功成不赏的牢骚，其《赠别新林》一诗写道：“仆本幽并儿，抱剑事边陲。风乱青丝络，雾染黄金羁。天子既无赏，公卿竟不知。去去归去来，还倾鹦鹉杯。气为故交绝，心为新知开。但令寸心是，何须铜雀台。”这样的精神疙瘩几乎困扰了吴均的一生。

南朝诗人中有过直接军事经历的不多，也很少在诗里写这一题材。那时也有些所谓边塞诗，但只不过是弄一点汉代边塞的地名作为符号，实际上还是在写闺怨、相思。吴均比他们要高明一筹。南朝很缺乏尚武的精神。

吴均的诗又多写山水景物，多见于他的赠答诗中，如《酬周参军》：

日暮忧人起，倚户怅无欢。水传洞庭远，风送雁门寒。江南霜雪重，相如衣服单。沉云隐乔树，细雨灭层峦。且当对樽酒，朱弦永夜弹。

写暮色苍茫又兼细雨中山峦和树木，颇能得其神韵。又《送柳吴兴竹亭集诗》：

平原不可望，波澜千里直。夕鱼汀下戏，暮羽檐中息。白云时去来，

① 如萧梁青年诗人纪少瑜有《拟吴均体应教》，见《玉台新咏》卷八。

青峰复负侧。踯躅牛羊下,晦昧崦嵫色。王孙犹未归,且听西光匿。

写暮色中的鱼鸟牛羊,平淡而有味。

受到那个时代风气的影响,吴均在诗中也大写美人和相思,有些诗曾经与萧纲的作品相混,其风格可想而知,但他写得比较清纯而少艳丽,如《去妾赠前夫》:

弃妾在河桥,相思复相辽。凤皇簪落鬓,莲花带缓腰。肠从别处断,貌在泪中消。愿君忆畴昔,片言时见饶。

又如《和萧洗马子显古意》六首其一云:

贱妾思不堪,采桑渭城南。带减连枝绣,发乱凤凰簪。花舞衣裳薄,蛾飞爱绿潭。无由报君此,流涕向春蚕。

史称"均文体清拔有古气,好事者或学之,谓为吴均体"(《南史·吴均传》)。这里所谓"文体"乃兼指诗、文而言。他的文章,现在更受重视,佳作如《与朱元思书》:

风烟俱净,天山共色,从流飘荡,任意东西。自富阳至桐庐,一百许里,奇山异水,天下独绝。水皆缥碧,千丈见底,游鱼细石,直视无碍。急湍甚箭,猛浪若奔。夹岸高山,皆生寒树,负势竞上,互相轩邈,争高直指,千百成峰。泉水激石,泠泠作响;好鸟相鸣,嘤嘤成韵。蝉则千啭不穷,猿则百叫无绝。鸢飞戾天者,望峰息心;经纶世务者,窥谷忘反。横柯上蔽,在昼犹昏;疏条交映,有时见日。

朱元思不知何许人,一说"朱"应作"宋",宋元思,字玉山,刘峻有《与宋玉山元思书》,也是写给他的信云云。朱、宋二字形近易误,但也许确有"朱元思"其人。这里收信人是谁无关宏旨,因为吴均这封信专谈风景,不涉及人事交往方面的背景材料。

自富阳至桐庐一百多里,风景美不胜收,写不胜写,如何着笔?吴均只选取他泛舟顺流而下时所见所感之最深者,似乎是漫不经心地随便写去,而章法井然,笔意空灵飞动,文字凝练清丽,很富于诗的情趣。

开始四小句,写自己在一个风和日丽的好天气泛舟于富春江。这是文章应有的小引,也顺便交代了自己的观察点是时时处于移动之中的。观察、欣赏景物可以是在一个定点上,也可以不在一个定点上。西洋画多取前法,所以讲究透视;中国画基本用后一法,所以有长卷。中国古代诗人对自然景物的审美习惯也是不取定点的,《与朱元思书》正是要描写一幅富春江山水长卷。文章开始的这几句笔法轻倩,意态潇洒,奠定了全文的基调。

第二句稍稍落实,提出“奇山异水”作为一篇总纲,以下便分别描写。

下文先写水,其异在碧清而湍急。长江大河奔流浩荡,往往泥沙俱下,气势雄伟;而富春江则以优美胜,“水皆缥碧,千丈见底”,此所谓一语道破;“游鱼细石,直视无碍”,则是就上文已点明者再用细节渲染之。作画有所谓“点染”,吟诗作文也有类似的手法,“点、染之间不得有他语相隔,隔则警句亦成死灰矣”(刘熙载《艺概·词曲概》)。这里正是先一点,接着加以渲染,联系很密切的。用来渲染的细节要精细入微,游鱼细石,可谓细矣,却能直视无碍,则水之清澈可以想见。与吴均约略同时的北朝大散文家郦道元在《水经注·洧水》中写道:“绿水平潭,清洁澄深,俯视游鱼,类若乘空矣。”写法与吴均有异曲同工之妙。潭水平静,游鱼空行不算稀罕,富春江水流甚急,这样清澈的江水尤为难得。此后柳宗元写“潭中鱼可百许头,皆若空游无所依”(《至小丘西小石潭记》),即从吴、郦的写法化出。吴均以飞箭和奔马喻写江水的湍急,亦极生动,后来有不少人跟着用这两个比喻。

接着写“奇山”。作者这次泛舟漫游富春江在夏天(所以有蝉鸣),而称山巅之树为“寒树”,很不寻常,寒不寒本来是看不出来的,但诗人自有其通感(一称联觉),这里是把视觉和触觉通过某种心理作用沟通起来了。山太高,高处不胜寒,所以见到的树乃是“寒树”。后来宋朝人林逋作《梅花》诗,有“小园烟景正凄迷,阵阵寒香压麝脐”之句,“香”作用于嗅觉,而“寒”“压”与触觉有关,诗人却通过嗅觉及其产生的联想感觉到它们。有些注本将“寒树”释为“常绿植物”,大约是从耐寒这一点着眼,似乎有些道理,但终不免沾滞,吴均无意于写生态考察报告,何况 “寒”字也没有常绿的意思。“负势竞上,争相轩邈,争高直指,千百成峰”用化静为动的手法,很是生动。顾恺之说会稽山水是“千岩竞秀,万壑争流”(《世说新语·言语》),鲍照《登大雷岸与妹书》有“南则积山万状,负气争高”之句,吴均化而用之,提出一个“负势”“争高”来,精彩愈出,形象地写出了舟行途中所见高山层出不穷,令人应接不暇的情趣,并与开头几句暗暗地遥相呼应。化静为动原是诗人的拿手好戏,用在散文里更是有力的手段。

六朝以前写景的游记文不多,有一点也往往破碎不成片段,行文一般比较板滞,到吴均、郦道元,这种局面被打破了。吴均能以少许优势敌过郦道元的长篇专著——《与朱元思书》在中国文学史上的光荣地位，可以由此得到一个方面的说明。

奇山异水都已写过，作者又以简笔写泉、鸟、蝉、猿，就音响效果着笔，使文章显得有声有色，不同凡响。

“鸢飞戾天者，望峰息心；经纶世务者，窥谷忘返”两句，实际上仍然是写山水，无非不是直接描写，而是间接地来衬托。一般的衬托往往用景物来衬托人的感情，本文因为主旨是写景，便反过来用拟人的动物和人对山水的反应来衬托山水的奇异。我们记得吴均原是热衷于仕途进取的，他这里讲“望峰息心”“窥谷忘返”，也许有一点夫子自道的意思吧。

结尾几句写日光时有时无，初看似乎是补叙，章法不见得如何高明；再三玩味，才能体会这样处理的妙处。作者一路看山看水，不暇他顾，至此才注意看天。江本不宽，高山夹岸，山上的树长得几乎接了头，于是泛舟中流时便有一种如同在林荫大道上漫步的感受。“在昼犹昏”“有时见日”二句实际上正写出了他流连于山水之中的特殊印象，不露痕迹地绾合上文所写的山山水水，余味曲包地收拾了全文。

《与朱元思书》虽然多用骈偶的句子，但并不显得呆板繁复，正是“吴均体”的一个样板，所以成为他的代表作而传诵不衰。此外他还有《与施从事书》《与顾章书》，也是写景的佳作，同样能给予人们不少审美的享受和有益的启示。

八

齐梁间著名文人丘迟（字希范，464～508），吴兴乌程（今属浙江湖州）人。他父亲丘灵鞠（？～491）曾经活跃于宋、齐的政坛与文坛，但作品流传下来的甚少。丘迟早慧，八岁能文，为文坛前辈所赏识。曾经有一个传说，说是江郎才尽，他的才气都转移到丘迟身上去了：“（江）淹为宣城太守时罢归，始泊禅林寺渚，夜梦一人自称张景阳，谓曰：‘前以一匹锦相寄，今可见还。’淹探怀中得数尺与之，此人大恚曰：‘那得割截都尽！’顾见丘迟谓曰：‘余此数尺既无所用，以遗君。’自尔淹文章踬矣。”（《南史·江淹传》）与此相应的自然是丘迟的文章有了极其巨大的进步。江淹从宣城太守一职上罢归在齐建武四年（497），大有急流勇退之意；而其时丘迟的事业正渐渐兴旺发达，所以才会有这种编造出来的故事。

丘迟长期追随后来改朝换代做了开国皇帝的萧衍，在他手下做文字工作；萧衍代齐自立的劝进表和建天子旌旗诸文都出于他的手笔。天监三年(504)丘迟出为永嘉太守，四年(505)冬，萧梁大举北伐，梁武帝萧衍最得力的弟弟中军将军、扬州刺史、临川王萧宏任都督北讨诸军事即前敌总指挥，调丘迟到军中从事文字工作。

丘迟能诗，钟嵘《诗品》列入中品，谓其诗风"如落花依草"，充分肯定他的文采；但他的诗流传下来的不算多。最有名的作品是一封《与陈伯之书》，据说此书一出，陈伯之就复降于梁。效果如此，文章自然大为有名；稍后萧统将这篇当代名文选入《文选》，从此千古传诵。

《与陈伯之书》全文如下：

迟顿首，陈将军足下无恙，幸甚幸甚！将军勇冠三军，才为世出，弃燕雀之小志，慕鸿鹄以高翔。昔因机变化，遭遇明主，立功立事，开国称孤，朱轮华毂，拥旄万里，何其壮也！如何一旦为奔亡之虏，闻鸣镝而股战，对穹庐以屈膝，又何劣耶！寻君去就之际，非有他故，直以不能内审诸己，外受流言，沉迷猖獗，以至于此。

圣朝赦罪责功，弃瑕录用，推赤心于天下，安反侧于万物，将军之所知，不假仆一二谈也。朱鲔涉血于友于，张绣剚刃于爱子，汉主不以为疑，魏君待之若旧。况将军无昔人之罪，而勋重于当世！夫迷途知返，往哲是与，不远而复，先典攸高。主上屈法申恩，吞舟是漏；将军松柏不剪，亲戚安居，高台未倾，爱妾尚在，悠悠尔心，亦何可言！今功臣名将，雁行有序，佩紫怀黄，赞帷幄之谋，乘轺建节，奉疆埸之任。并刑马作誓，传之子孙。将军独腼颜借命，驱驰毡裘之长，宁不哀哉！

夫以慕容超之强，身送东市，姚泓之盛，面缚西都。故知霜露所均，不育异类，姬汉旧邦，无取杂种。北虏僭盗中原，多历年所，恶积祸盈，理至焦烂。况伪孽昏狡，自相夷戮，部落携离，酋豪猜贰。方当系颈蛮邸，悬首藁街，而将军鱼游于沸鼎之中，燕巢于飞幕之上，不亦惑乎！

暮春三月，江南草长，杂花生树，群莺乱飞。见故国之旗鼓，感平生于畴日。抚弦登陴，岂不怆悢！所以廉公之思赵将，吴子之泣西河，人之情也，将军岂无情哉？想早励良规，自求多福。

当今皇帝圣明，天下安乐。白环西献，楛矢东来；夜郎滇池，解辫请职；朝鲜昌海，蹶角受化。唯北狄野心，倔强沙塞之间，欲延岁月之命耳。

中军临川殿下，明德茂亲，总兹戎重，吊民洛汭，伐罪秦中。若遂不改，方思仆言。聊布往怀，君其详之。丘迟顿首。

陈伯之是一个反复无常的小人，其人青年时代靠抢劫起家，后从军，以军功“累迁为冠军将军、骠骑司马，封鱼复县伯”（《梁书》本传）；萧衍举兵东下取齐时，他曾在寻阳阻击，萧衍派人策反，以安东将军、江州刺史的高位相许，于是他就倒向了萧衍。萧衍称帝后，他又叛逃到北魏去，北魏以他为使持节、散骑常侍、都督淮南诸军事、平南将军、光禄大夫、曲江县侯。陈伯之每一次倒戈，官爵就上升一次。

萧宏统帅大军北伐首先就碰上陈伯之，天监五年（506）二月，梁的徐州刺史昌义之与陈伯之战于梁城（今安徽寿阳），吃了一个大败仗。稍后，梁军在淮阳（今江苏宿迁）、胶水（今山东即墨）等地取得进展，陈伯之成了北伐的一大障碍；于是打算再度对他实行招降之策，由丘迟个人出面写这封信。这一政策很快得手，陈伯之率所部八千人复降于梁。梁武帝萧衍先给他一个西豫州刺史的名义，因为怕他再有什么反复变化，尚未到任就另行安排为通直散骑常侍，这样就完全剥夺了他的兵权，并在这个看上去很高贵的地位上将他羁縻至死。

丘迟这篇书信体文章充分体现了梁王朝对陈伯之的策略思想。全文虽然还不到六百字，但内容很丰富，并且有层层深入之妙，把陈伯之可能会有的对立情绪和各种顾虑统统打消了。

文章开始首先肯定他早年向萧衍投降的明智之举，称颂此举带来地位升迁，效果良好，“何其壮也”；接下来就痛斥他前不久背叛而去的不义和不智，“何其劣耶”。两相对照，先声夺人。但文章的重点放在劝降这一基本点上，所以不能一味痛骂他，而要多做攻心策反的思想工作，于是下文着重分析陈伯之背叛大梁而去的原因，打消他对再次归降可能会有的思想顾虑，文章写道：

寻君去就之际，非有他故，直以不能内审诸己，外受流言，沉迷猖獗，以至于此。

这是符合实际的，天监元年（502）陈伯之背叛梁王朝确实是听信了政客褚緭、朱龙符、邓缮、戴永忠等人之“流言”的结果①，丘迟为他做了分寸适当的开脱，

① 详见《梁书·陈伯之传》及所附《褚緭传》。

有利于促进他反思过去，弃暗投明。因为丘迟信中归罪于“流言”，所以褚缙不敢追随陈伯之降梁，后来继续留在北方。以下文章大讲梁王朝对于过去犯过错误的人采取极其宽大的政策，一味向前看：“圣朝赦罪责功，弃瑕录用，推赤心于天下，安反侧于万物。”这样就可以解除陈伯之因为背历史包袱而可能产生的疑虑。接着又用“朱鲔涉血于友于，张绣剚刃于爱子，汉主不以为疑，魏君待之若旧”两件历史故事，来说明凡是大政治家从来不计较个人之间的恩仇。朱鲔曾劝刘玄杀害了刘秀的哥哥刘伯升，后来刘秀仍然诚心相待，不以为疑；张绣在先前的战争中杀死了曹操的长子曹昂和侄子曹民安，归降后曹操不计前嫌，待之若旧。在列举了这两件著名的先例之后丘迟指出，陈伯之先前并没有出过那么大的问题；而且在他投了北魏以后，梁王朝也没有采取任何报复的手段，“主上屈法申恩，吞舟是漏；将军松柏不剪，亲戚安居，高台未倾，爱妾尚在”，仁至义尽，史少其例，“悠悠尔心，亦何可言”！

由于当时萧梁在北伐中已经取得了若干胜利，北魏内部却颇有纷争，政局不稳，于是丘迟在书信中大力渲染北方行将失败，北魏当局将会像过去的慕容超和姚泓那样落得个极其可悲的下场；接下来进而从陈伯之个人成败利钝的角度来劝降，指出对方现在的处境已经十分危险，有如“鱼游于沸鼎之中，燕巢于飞幕之上”，何去何从，应该好好考虑了！

劝降信写到这一步，按说已经完成了使命，而丘迟的高明之处在于他更精彩的文章还在后面：

> 暮春三月，江南草长，杂花生树，群莺乱飞。见故国之旗鼓，感平生于畴日。抚弦登陴，岂不怆悢！所以廉公之思赵将，吴子之泣西河，人之情也，将军岂无情哉？想早励良规，自求多福。

头几句写江南普通景色，明丽优美，令人神往，意在打动陈将军的乡国之思。这几句传诵最广。陈伯之不过是一个不足挂齿的匆匆过客，梁魏的对立也早已成为历史的陈迹，唯有思乡的情结可以超越政治、超越时空而具有永恒的意义。

劝降信显然不能用“动之以情”的笔墨结束，那样会影响文章的气势，所以丘迟的信最后又回到严肃的军事政治问题上来，讲明陈伯之面临着严峻的形势，必须当机立断，“若遂不改，方思仆言”，那就晚了。这就是后人常常说的“勿谓言之不预”的意思，语气虽然委婉，意思是很严峻的。

通观《与陈伯之书》的全文，刚柔相济，恩威并用，沉思翰藻，文质兼备，确为名篇。钱锺书先生说，这篇文章虽然“动魄悦魂”，“然《梁书·陈伯之传》称‘伯之不识书……得文牒辞讼，惟作大诺而已，有事，典签传口语’；则迟文藻徒佳，虽宝非用，不啻明珠投暗，明眸卖瞽，伯之初不能解。想使者致《书》将命，另传口语，方得诱动伯之，‘拥众归’梁；专恃迟《书》，必难奏效，迟于斯意，属文前亦已知及。论古之士勿识史书有默尔不言处，须会心文外；见此篇历世传诵，即谓其当时策勋，尽信书真不如无《书》耳”①。此说虽持之有故，言之却未必成理，陈伯之虽是一介文盲，无从赏识丘《书》的文章之美，但他身边通文墨者颇多，其典签、别驾、记室、参军之流应当是能够懂得丘迟这封信的，由他们向伯之翻译传达其中的内容，即使打了一些折扣，对促成他拥众归梁仍然应当是有作用有意义的，未必就完全是“明珠投暗”。当然陈伯之的复降于梁也不能完全归功于这一封信，这与当时总的形势有关，与伯之其人反复无常只图个人利益的一贯风格有关。任何一篇文章都不能完全解决军事政治问题，能够多少有助于问题的解决就已经了不起了②。

九

沈炯（字礼明，501～559）是由梁入陈的作家，他亲身经历了侯景之乱和江陵的陷落，在其作品中有过具体的反映。沈炯早以文才著称，后来在梁、陈之际写过若干重要的文件。

侯景之乱时，原先梁王朝的将领宋子仙投降侯景，占据了沈炯的家乡吴兴（今属浙江），并以死相逼，令他出来效力，沈炯不得已敷衍了一段时间，很快梁朝官方的大将王僧辩打垮了宋子仙，沈炯就留在他这里负责文字工作，曾起草王僧辩、陈霸先会盟讨伐侯景的檄文。简文帝萧纲死后，荆州群臣拥立萧绎，侍中、征东将军、江州刺史王僧辩领衔上表劝进，表文亦出于沈炯之

---

① 《管锥编》第4册，第1453页。

② 用今天的眼光看去，这封信中对大梁声威的渲染有过火处，对北方少数民族的态度带有古人常有的那种蔑视，这些都是难免会有的情形，不足深责。又“廉公之思赵将”一句出处在《史记》的本传中，但原文中有两处都有可能拿来做解释，一是“赵王思复得廉颇，廉颇亦思复用于赵”，一是“廉颇一为楚将，无功，曰‘我思用赵人！’”注家们往往各取一处，这样便会出现歧义。从丘迟的文意来看，当用前一处，“思赵将”者，思复为赵将也，可是这样在语法上有点不大顺，其原意也许是“思将赵”，“廉公之思将赵，吴子之泣西河”，这样比较好解释；将“将赵”二字乙转为“赵将”，大约是为了朗读起来更为流畅有力。

手。该表开门见山，分析当前形势，指出拥立萧绎为帝的必要性与迫切性，指出舍此以外别无选择。接下来大力歌颂萧绎的至孝与英武，在“事迫凶危”之际恳切请求他立即南面称尊，一切礼仪无妨从简，如此则天下才有所遵奉，各方面的力量将团结在新皇帝的周围，合力荡平作乱的侯景，恢复大梁的天下。全文立论周到，气盛言宜。《陈书·沈炯传》说“其文甚工，当时莫有逮者”。

萧绎很欣赏沈炯的文才，又同情他在动乱中家破人亡的不幸，请他到江陵来就任尚书左丞；但江陵很快就被西魏攻破了，梁元帝萧绎被杀，一大批官员被掳去长安，沈炯亦在其中，他得到相当的礼遇，被授予仪同三司的高官，“炯以老母在东，恒思归国，恐魏人爱其才而留之，恒闭门却扫，无所交游。时有文章，随即废毁。……尝独行经汉武帝通天台，为表奏之，陈己思归之意”（《陈书》本传）。通天台建于元封二年（前 109），元凤年间（前 80～前 75）已毁，沈炯所经者当时其遗址。表文构思曲折巧妙，前半写汉武帝企望成仙而未果，而点题之笔则在于“昔承明既厌，严助东归，驷马可乘，长卿西返，恭闻故实，窃有愚心”等句，表明坚决要求回去的决心。

沈炯的韬晦之策起了作用，稍后他被北方放归，于梁敬帝绍泰二年（556）回到首都建康，除司农卿，迁御史中丞。这时朝廷已被控制在军阀出身的权臣陈霸先之手；到第二年（太平二年〔557〕）八月，陈霸先进位太傅，加黄钺，剑履上殿，入朝不趋，赞名不拜；九月又下诏进位相国，总百揆，封十郡为陈公，备九锡之礼。至此，梁、陈易代的时机已经成熟。依照惯例，陈霸先须谦让一番，其让表出于沈炯之手。这一类文本纯属礼节性的官样文章，什么“不以九族违恩义，不以百姓负国家，所期陛下与北极同寿，朝廷与南山同固”云云，皆是没有任何实际意义的套话。当年十月，梁敬帝禅位于陈，改元永定。

当沈炯从长安回建康的途中，很写了几首诗，如《望郢州城》《长安还至方山怅然自伤》等等。前者典故比较多，重点是哀叹世事的巨大变化，传统的完全中断；后者则相当平易，其前半写自己虽得生还而仍有余悸，以下写故国之残破荒凉，满目凄清，故人死丧略尽，十分沉痛：

> 秦军坑赵卒，遂有一人生。虽还旧乡里，危心曾未平。淮源比铜柏，方山似削成。犹疑屯虏骑，尚畏值胡兵。空村余拱木，废邑有颓城。旧识莫不尽，新知皆异名。百年三万日，出处此伤情！

侯景之乱过后，许多萧梁诗人饱受战争离乱之苦，作品中的现实内容和感时伤世之情大为增加，再也没有先前的雍容潇洒了，沈炯此诗正是一个适例。

回到故国以后，沈炯最重要的作品一是《归魂赋》，一是《陈情表》。《归魂赋》作于南归之初，作品从自己的家世写起，叙述自己的坎坷的一生，抒发忠于故国的情怀。内容丰富多彩，情绪激昂深沉。“抱北思之胡马，望南飞之夕鸿。泣沾巾而杂露，悲微吟而带风”诸句尤为酸楚动人。从“昔休明以云始，余播弃于天下”而下，赋的主体部分回顾自己的一生，尤详于侯景之乱中的遭遇和被迫北迁时的种种，篇末则写终于来归的喜悦。这是作者心灵史的自白，也能从中看到时代的风云。此赋与庾信的《哀江南赋》、颜之推的《观我生赋》鼎足而三，写出了不得已而北去之士人不同的遭遇和他们的心声。

梁、陈禅代以后，沈炯曾两次上表陈情恳求辞去官职，归养尊亲；见于《陈书》本传及《文苑英华》卷六〇一者是陈文帝即位后，作者第二次所上的表文，强调自己在梁时出山乃是“仕不择官”，此后历经艰险，家破人亡，现在把什么都看破了，只求回家侍奉尊长；又说自己年近六十，担任御史中丞责任太重，更是非退下来不可。他退职回乡，不久就去世了。

十

与何逊齐名的梁、陈之际的著名诗人阴铿为名将阴子春之子，《梁书》有阴子春传，未及阴铿；《陈书·阮卓传》附带地提到阴铿，行文甚简；《南史》有阴氏父子合传，阴铿部分大抵照抄《陈书》，只有个别地方提法略有差异。

阴铿于大同六年(540)至太清元年(547)间或更早一点始仕于梁湘东王萧绎；侯景之乱时陷于乱军中，解脱后于承圣元年(552)或次年(553)奔江陵，很可能未到江陵即转而南下，一度在欧阳頠手下任职，天嘉四、五年(563～564)间为侯安都门下的宾客，又在始兴王陈伯茂府任中录事参军，后因徐陵之荐得以回到首都；侯安都、陈伯茂先后倒台后，他未受到株连。

阴铿最初之出仕是在湘东王萧绎手下任职①，《艺文类聚》卷二八与《文苑英华》卷三一五都载有阴铿与湘东王萧绎唱和的诗。萧绎原作《登江州百花亭怀荆楚》云：

---

① 《陈书》说阴铿“释褐湘东王法曹参军”，《南史》则记为“法曹行参军”，级别更低一些。梁天监七年(508)定官员等级为十八班，以班多者为贵。丞相等为十八班，皇弟皇子府参军为四班，皇弟皇子之庶子府蕃王府行参军为一班。详见《隋书·百官志》。

目极才千里，何由望楚津。落花洒行路，垂柳拂砌尘。柳絮飘春雪，荷珠漾水银。试酌新清酒，遥劝阳台人。

阴铿《和登百花亭怀荆楚》云：

江陵一观柱，寻阳千里潮。风烟望似接，川路恨成遥。落花轻未下，飞丝断易飘。藤长还依格，荷生不避桥。阳台可忆处，唯有暮将朝。

两者相较，萧诗似已佚去开头两句。这两首诗当作于萧绎任江州刺史期间，检《梁书·元帝纪》云："天监七年八月丁巳生。十三年封湘东郡王，邑二千户。初为宁远将军、会稽太守，入为侍中、宣威将军、丹阳尹。普通七年，出为使持节、都督荆湘郢宁南梁六州诸军事、西中郎将、荆州刺史。中大通四年，进号平西将军。大同元年，进号安西将军，三年，进号镇西将军。五年，入为安右将军、护军将军，领石头戍军事。六年，出为使持节、都督江州诸军事、镇南将军、江州刺史。太清元年，徙为使持节、都督荆雍湘司郢宁梁南北秦九州诸军事、镇西将军、荆州刺史。……"可知唱和二诗均作于大同六年(540)至太清元年(547)之间。

从原唱及和诗都用"阳台"的典故看去，萧绎怀念旧日在荆州生活的中心在艳遇，阴铿奉承的中心亦在于此。"阳台"是多情的巫山神女的所在，"愿荐枕席"的巫山神女自称："妾在巫山之阳，高丘之阻。旦为朝云，暮为行雨。朝朝暮暮，阳台之下。"(宋玉《高唐赋》)阴铿是一位很优秀的诗人，写景抒情均有可观，但他和南朝的许多诗人一样，总不免有些帮闲气。阴铿对荆州的风光以及主人在荆州时的生活情趣相当熟悉，因此又可以设想，大约早在萧绎为荆州刺史时，亦即大同五年(539)之前，阴铿就可能已经在萧绎手下任职。可惜由于文献有阙，无从考见了。

阴铿早年相当安闲舒适的生活被侯景之乱打破。萧梁晚期几乎所有的文人都受到这一场大乱的影响，不得不开始他们新的生活和创作历程，出现了所谓"国家不幸诗家幸"的局面。侯景之乱时阴铿陷于乱军之中，《陈书》本传曾记录他的一件逸事道："天寒，铿尝与宾客宴饮，见行觞者，因回酒炙以授之，众坐皆笑，铿曰：'吾侪终日酣饮，而执爵者不知其味，非人情也。'及侯景之乱，铿尝为贼所擒，或救之获免，铿问其故，乃前所行觞者。"阴铿从侯景部手中解脱后，急于去江陵投奔他老上级萧绎，但一时不易实现。其《和傅郎岁暮还湘州》诗云：

苍茫岁欲晚，辛苦客方行。大江静犹浪，扁舟独且征。棠枯绛叶尽，芦冻白花轻。戍人寒不望，沙禽迥未惊。湘波各深浅，空轸望归情。

“傅郎”当指傅縡。《陈书》卷三十本传云：“縡幼聪敏，七岁诵古诗赋至十万余言，长好学，能属文。梁太清末携母南奔避难，俄丁母忧，在兵乱中居丧尽礼，哀毁骨立，士友以此称之。后依湘州刺史萧循。”据《梁书·元帝纪》，萧循为湘州刺史在承圣二年（553）的年底。可惜傅縡的原作已佚，否则当能得到更多的信息。

傅郎已有所依靠，而自己却天涯漂泊，漫无归宿，因此诗末有“湘波各深浅，空轸望归情”的感慨。阴铿史称武威姑臧人，但那只是祖籍，从他的高祖阴袭起，已迁居南平，其祖父又迁居秣陵，故乡何在已经很难说了，唯视尊长在何处耳。据《梁书》本传，阴子春于大宝二年（551）死于江陵，其时侯景之乱未平，阴铿先是陷于乱军之中，后虽逃出，欲去江陵仍然困难重重，因为在王僧辩平定侯景之乱传其首于江陵前后，天下一片纷乱，千里奔丧谈何容易。

阴铿急于去江陵，不仅为奔丧，他的老上司萧绎已在江陵称帝，萧梁正统在此，当然急于赶去。大约在写过《和傅郎岁暮还湘州》诗以后不久，阴铿终于成行，其时有《晚泊五洲》《五洲夜发》等诗。可是萧绎很快就失败了，承圣三年（554）十一月魏军攻入江陵，十二月萧绎被杀。在江陵的一批文人，不少被掳去北方。阴铿是否已抵达江陵不可知，很可能未到江陵就已经转而南下，或者已到江陵又逃离，南下广东。史料有缺，无从确指。在广东，他曾任镇南将军欧阳頠的司马①。据《陈书·高祖本纪》，欧阳頠进位镇南将军在陈永定二年（558），阴铿投靠欧阳頠可能要略早一点。欧阳頠一直在今广东一带任职，曾得到梁元帝萧绎的高度评价，据《陈书·欧阳頠传》他此时已授使持节、散骑常侍、都督衡州诸军事、忠武将军、衡州刺史，并进封始兴县侯；入陈后，复被授为使持节、通直散骑常侍、都督衡州诸军事、安南将军、衡州刺史、始兴县侯。朝代虽改，地位未变。

欧阳頠一直据守于广东一隅，阴铿则是打算回首都去的，所以他在广东的时候已经与新贵侯安都建立了某种联系。侯安都为始兴曲江人，本为地方豪右，梁、陈之际趁势而起，与陈高祖陈霸先比较早地建立起密切的联系，在改朝换代当中起了不小的作用，陈建国以后位至于司空，至天嘉四年（563）赐

① 《隋书·经籍志》著录“陈镇南府司马《阴铿集》一卷”。参见赵以武《阴铿生平考释六题》，《文学遗产》1993年第6期。

死。阴铿诗中有《和侯司空登楼望乡》《侯司空宅咏妓》二诗，足以表明他们之间有相当的关系。《陈书·侯安都传》云："自王琳平后，安都勋庸转大，又自以为功安社稷，渐用骄矜，数招聚文武之士，或射驭驰骋，或命以赋诗，第其高下，以差次赏赐之。文士则褚玠、马枢、阴铿、张正见、徐伯阳、刘删、祖孙登，武士则萧摩诃、裴子烈等，并为之宾客，斋内动至千人。"《建康实录》卷十九记侯安都事，也说"自以勋庸渐高，骄恣，数招文武之客阴铿、褚才、张正见等"，尤可见阴铿在侯门宾客中是一个重要人物。《和侯司空登楼望乡》云：

怀土临霞观，思归想石门。瞻云望鸟道，对柳忆家园。寒田获里静，野日烧中昏。信美今何益，伤心自有源。

侯安都原作今已不可见。《陈书》本传说他"工隶书，能鼓琴，涉猎书传，为五言诗亦颇清靡，兼善骑射，为邑里雄豪"。原来竟是一位文武全才。腾达以后虽然热衷于利禄，寄意于功名，但他跟许多知识分子出身的官僚一样，总有些文人积习，诗文非常之风雅。怀乡思归正是一个不能放过的好题目，何况他家老太太始终不肯跟他出来，仍然留在故乡①；阴铿之诗则不免为帮闲凑趣，敷衍主人。诗中有"思归想石门"之句，石门为曲江附近的名胜，近人或谓此石门为澧阳石门县（在今湖南），并以为阴铿的故乡即在此，似失之附会。阴铿在这里要巴结侯司空，帮助他"思归"，哪里会去思念自己的故乡，何况也没有什么切实的材料可以证明阴铿的故乡在湖南石门。

阴铿依附侯安都似不在他任司空（永定三年〔559〕）之后，而要早得多。阴铿诗中有《游始兴道馆》一首："紫台高不极，青溪千仞余。坛边逢药铫，洞里阅仙书。庭舞经乘鹤，池游被控鱼。稍昏蕙叶敛，欲暝槿花疏。徒教斧柯烂，会自不凌虚。"诗并不甚高明，但颇可见出一个道外之人游道观的感受。始兴为侯安都的故乡，阴铿到这里的时间，以其行年推之，当在侯景之乱初平之后，他拟去江陵未果折而南下广东，或已至江陵后避乱南下广东，在欧阳頠手下任职之时，阴铿在这里与侯氏家族建立了联系，后来又追随侯安都数年，陪他望乡，陪他观妓，写下了若干帮闲气味再度转浓的篇章。

天嘉四年（563）春，陈世祖以"密怀异图"罪逮捕侯安都，稍后赐死。门下诸客幸未遭株连，纷纷作鸟兽散。阴铿何时离开侯府已不可考，也许早在侯氏垮台之前，此后他另行依附始兴王陈伯茂为府中录事参军。《陈书》叙阴铿

① 详见《陈书·侯安都传》。

生平有云:“天嘉中,为始兴王府中录事参军。”查陈代封始兴王者前后凡五人:一为武帝陈霸先之兄陈道谈,已先死,霸先即帝位后追赠为骠骑大将军、太傅、扬州牧,改封始兴郡王。此乃追封,自然无须设属官。二为道谈之次子陈顼(后为宣帝),永定元年(557)遥袭始兴郡王,其时陈顼尚身陷北周,也不可能设属官。三是陈道谈长子陈蒨(文帝)之次子陈伯茂,永定三年(559)陈霸先死,陈蒨入纂帝位,下诏徙封陈顼为安成王,而以伯茂为始兴王,以奉陈道谈之祀。此乃实封,当设属官。始兴郡为陈氏帝业发祥之地[1],始兴郡王也就显得相当重要,具有特别的意义。陈顼登帝位以后,于太建元年(569)封其次子陈叔陵为始兴郡王;陈叔陵被诛后陈顼之第十四子陈叔重为始兴郡王,这两位封王已在天嘉之后,阴铿当与之无干。要之,阴铿任中录事参军之始兴王府主必为陈伯茂。据《陈书》本传,伯茂于天嘉二年(561)进号宣惠将军、扬州刺史,三年(562)除镇东将军、开府仪同三司、东扬州刺史。天嘉凡六年,阴铿为始兴王府中录事参军当在天嘉三年至六年(562～565)之间,以天嘉四、五年(563、564)可能性为最大。阴铿诗中有《奉送始兴王》一首:

> 良守别承明,枉道暂逢迎。去帆收锦筰,归骑指兰城。纷纠连山暗,潺湲派水清。背飞伤客念,临歧惘圣情。分风不得远,何由送上征。

依诗义乃是送陈伯茂出任刺史时所作,当在天嘉三年(562)伯茂赴东扬州(治所在今浙江绍兴)刺史任之时。从诗中的口气看,此时阴铿尚未入陈伯茂府。上文已经说过,此时他尚依附侯安都,当时侯安都为司空、都督南徐州诸军事、征北将军、南徐州刺史,南徐州治所在京口(今江苏镇江),兰城在其附近,在今江苏常州西北,当时称为“兰陵”。“良守”陈伯茂告别“承明”(宫名,代指首都)到东扬州赴任,作者“枉道暂逢迎”,迎到以后又与他分别,去者乘船而去,自已则“归骑指兰城”,仍回兰陵。近人多谓诗人在首都送陈伯茂赴任,或谓阴铿早已入陈伯茂幕而此番并未随行,似均误,这样无从解释“兰城”一词,更无从解释“枉道暂逢迎”一句,未足起信。

大约因为拉上了这样一层关系,到侯安都败亡之后,阴铿便正式依附始兴王陈伯茂了。

阴铿依附陈伯茂的时间大约并不甚长,很快因徐陵之荐回到首都。《陈书》本传于“天嘉中,为始兴王府中录事参军”后叙述道:“世祖当宴群臣赋诗,

① 详见《陈书·高祖本纪》太清三年条下。

徐陵言之于世祖，即日召铿预宴，便赋新成安乐宫，铿援笔便成，世祖甚叹赏之。累迁招远将军、晋陵太守、员外散骑常侍。顷之，卒。”阴铿《新成安乐宫》一诗今存：

新宫实壮哉，云里望楼台。迢递翔鹍仰，联翩贺燕来。重檐寒露宿，丹井夏莲开。砌石披新锦，梁花画早梅。欲知安乐盛，歌管杂尘埃。

《陈书·世祖本纪》未载召阴铿赋诗一事，《陈书·徐陵传》云：“天嘉初，除太府卿。四年，迁五兵尚书，领大著作。六年，除散骑常侍、御史中丞。”推荐阴铿来赋诗当是徐陵领大著作以后事，时在天嘉四、五年(563、564)间。

阴铿迁招远将军、晋陵太守、员外散骑常侍等在何时已难确考，估计已到宣帝陈顼时代，从陈蒨到陈顼，中间有一个废帝陈伯宗短暂的两年过渡期，其间王室内部斗争相当激烈，始兴王陈伯茂充当了重要角色。按，《陈书·世祖九王列传》陈伯茂条下先叙他“(天嘉)三年，除镇东将军、开府仪同三司、东扬州刺史”，接下来便叙“废帝即位，时伯茂在都，刘师知等矫诏出高宗(陈顼)也，伯茂劝成之。”原来，在陈伯茂的策动下，顾命大臣中书舍人刘师知于光大元年(567)矫诏令安成王陈顼离京回扬州刺史任所，本欲将他赶出中枢，结果陈顼以计收刘师知，从此国政尽归于顼①。阴铿因先得徐陵之荐入京，比较早地脱离了陈伯茂，未尝卷入后来的宫廷斗争。阴铿曾先后依附侯安都、陈伯茂，但都没有受到他们重罪的株连，实在要算是很侥幸的事情。在中国古代，诗人因为靠山倒台而大倒其霉乃至死于非命者屡见不鲜，阴铿算是很幸运的了。

阴铿的诗情景交融，以写景著称，尤长于描写长江的景色，这同他多次往返于长江中下游各地有关。而其时天下混乱，两岸多垒，同平时的情势不同。阴铿这方面名篇甚多，如《晚出新亭》：

大江一浩荡，离悲足几重。潮落犹如盖，云昏不作峰。远戍唯闻鼓，寒山但见松。九十方称半，归途讵有踪？

新亭在建康城外，又名劳劳亭，是进出首都的必经之地。此诗写自己在一个冬天的傍晚从新亭启程到长江上游去，面对奔腾浩荡的江水，感慨万千，

---

① 陈顼称帝后立即派人暗杀了其侄陈伯茂，事见《陈书》本传及《资治通鉴·陈纪四》。

悲从中来。开篇两句"突然而起,造语雄深"(《四溟诗话》卷三)——诗人刚要走出首都,面对浩荡的长江,立刻就有一股深长的离愁别绪从心底涌出,又投射到外物上去,层层的波浪尽是离愁,一直延伸到远方。心与物在诗里完全打成一片,奠定了全诗沉郁的基调。

"潮落犹如盖"一句写江上晚景,西汉枚乘《七发》形容江上涨潮"如素车白马,帷盖之张",这里反仿说,潮落亦犹如盖。涨潮、潮落原属相反相成,而换一个角度说话便觉新鲜有力。第二句"云昏"正写晚景,景物已经朦胧,看不清了;由此自然地转向只听到兵营中的鼓声(其时军中以鼓角记时)——当时长江一线已成战场。六朝诗人一般不大肯写战乱,这里很有点气氛了。松树在中国古代的传统里代表苍劲不屈,"唯闻鼓"之后接着就说"但见松",弦外之音相当丰富。虚实相生,这傲寒的松柏,鼓舞人们坚强地活下去。诗人深感自己前面的道路还很长,古语云"行百里者半九十",何况自己才刚刚启程呢。诗的前一半相当沉郁,后半才渐渐开朗。颔联用"唯""只"等字眼表达内在的感情,以虚带实,其味愈出。这样的句法在《五洲夜发》中也曾用过:"溜船唯识火,惊凫但听声。"后来杜甫也多用此种句法。这正是他"颇学阴何苦用心"(《解闷》)的一个小小的侧面。

又如《江津送刘光禄不及》:

> 依然临江渚,长望倚河津。鼓声随听绝,帆势与云邻。泊处空余鸟,离亭已散人。林寒正下叶,钓晚欲收纶。如何相背远,江汉与城闉。

刘光禄指友人刘孺,其人曾"出为轻车湘东王长史,领会稽郡丞,公事免。顷之,起为王府记室,散骑常侍,兼光禄卿"(《梁书》卷四十一本传)。诗中写自己到江边码头为刘孺送行,晚了一步,不胜怅惘之至。那时打鼓开船,鼓声渐远表明刚刚开船不久,这更增添了诗人的歉疚和后悔。"帆势与云邻"一句气象高远,也暗示出诗人伫立江头极目遥望的一片深情。后来李白的名句"孤帆远影碧空尽,唯见长江天际流"(《黄鹤楼送孟浩然之广陵》)写目送友人之船逐渐远去,而阴诗写赶到江边时友人之船已经开远,貌异而心同。杜甫说"李侯有佳句,往往似阴铿"(《同李十二白寻范十隐居》),这里正是一个适例。阴诗第五句以下写友人离去后江边一派萧疏,几只水鸟也徒然增加空虚之感。天寒木落,晚钓收纶,都点染出一片凄凉寂寞的气氛,精彩的景物描写让作者对友人依依惜别的深情得到进一步的表达。

阴铿又长于描写夜景,对于光线和色彩都有深刻的领会,诗中大有绘画之美。其《晚泊五洲》诗云：

> 客行逢日暮，结缆晚洲中。戍楼因嶮险，村路入江穷。水随云度黑，山带日归红。遥怜一柱观，欲轻千里风。

五洲在蕲水（今湖北浠水）西江中，《水经注·江水》云：“江中有五洲相接，故以五洲为名。”从诗的最后两句看，诗人当时不惮于千里奔波，是为了赶到新皇帝所在的江陵去，傍晚在五洲暂泊，很快又要往上游进发了。第三句的“戍楼”点出了当下的形势，梁、陈之际长江一线战事频仍。当然诗人的重点仍在写景，“水随云度黑，山带日归红。”写落日映红了山峦，而暮云飞度却使水面一度转暗，光线与色彩的对比变化形成一个真实而深邃的境界。水黑山红，将落日与山水的关系说得很是鲜明生动，宛如一幅外光派的绘画。

这样的诗句似乎也不乏象征的意味：黑云只能让水色黯然，却遮不住红日，可惜这红日已经行将落山了——这也许正是当时局势的一个隐喻。接下来又有一首《五洲夜发》，现在看到的文本大约已有残缺：

> 夜江雾里阔，新月迥中明。溜船唯识火，惊凫但听声。劳者时歌榜，愁人数问更。

虽然只有六句，而写江上夜色已很有味道：江上烟笼寒水，一片迷茫，水面因为缺少参照物而显得更加开阔。江上夜雾不同于一般的雾，它只在水面上有那么薄薄的一层。月亮依然能够朗照，并且恰恰因为迷茫景色的衬托而显得格外皎洁。朦胧和鲜明互相映衬，情调颇近于一幅现代派绘画。江面上几乎什么也看不见，但能从灯火的移动知道有船在行驶，听到声音，才知道受惊的野鸟振翅飞去；在寂静的夜色里，时时传来船工们沉重的号子声，夜不能寐，几次三番地问现在是几更天了。

此诗写雾夜行船的情景真切如画。后来唐人孟浩然《夜渡湘水》诗有句云：“露气闻芳杜，歌声识采莲。榜人投岸火，渔子宿潭烟。”似乎从阴铿此诗得到过启发。

阴铿写景佳作如云，像《开善寺》、《雪里梅花》（或化简为《雪梅》）、《渡青草湖》、《和侯司空登楼望乡》、《闲居对雨》、《广陵岸送北使》等等，无不精妙多佳句。中古后期的山水诗有三位高手：谢灵运、谢朓和阴铿，二谢名气甚大，而论水平，则当以阴铿为最高。

三十五　徐陵

一

由梁入陈的徐陵(字孝穆,507～583)是徐、庾体亦即宫体的先行者之一徐摛的儿子,八岁能属文,知识渊博,口才又非常之好,与庾肩吾的儿子庾信(字子山,513～581)并驾齐驱。他本人后来成为陈王朝的大手笔,《陈书》本传称"其文颇变旧体,缉裁巧密,多有新意"。"缉裁巧密"正是宫体的特色之一。

徐陵去世之日已是陈后主在位之时,朝廷特别下诏给予高度评价,说是"弱龄学尚,登朝秀颖,才高名辈,文曰词宗"。后主陈叔宝虽然是一个腐败荒谬的皇帝,这几句话倒还没有说错。徐陵的高明之处更在于,地位虽高而律己甚严,品德高尚,且能大力奖掖后进,的确像个领袖的样子。

因为是名父之子,又是神童,徐陵出仕甚早,普通四年(523)十七岁时即已在平西将军、宁蛮校尉、晋安王萧纲手下参军事,萧纲为太子后,任东宫钞撰学士;此后仕途一直比较顺利。中间有一段时间担任湘东王萧绎的记室参军。他又曾两度出使北方,一次在太清二年(548)以通直散骑常侍的身份与谢珽一起出使东魏,"魏人授馆宴宾,是日甚热,其主客(按,即主客郎,乃礼宾官员)魏收嘲陵曰:'今日之热,当由徐常侍来。'陵即答曰:'昔日王肃至此,为魏始制礼仪;今我来聘,又使卿复知寒暑。'齐文襄为相,以收失言,囚之累日"(《南史·徐摛传附陵传》)。稍后侯景之乱爆发,又值齐受魏禅,北方强行扣押了南方使者一行人;一直到江陵沦陷、梁元帝萧绎被杀之后,北齐送萧渊明回南方充当梁主,徐陵才得以跟着回来。萧渊明以北齐为靠山称帝,将早些时候已经宣布承制的萧方智(萧绎之第九子)另立为太子;手握兵权的陈霸先很快就罢黜了萧渊明,以萧方智为帝(敬帝),而政事一归于己。梁、陈禅代的机运渐渐成熟了。到第二年(绍泰二年〔556〕)徐陵再次出使北齐,这一次他很快就回建康复命了。

此后徐陵大抵与世推移,他为萧渊明写过文件,为陈霸先写过更多的文件,包括《封陈公九锡诏》《禅位陈王诏》《梁禅陈玺书》《陈武帝即位诏》《为陈武帝即位告天文》等等最重要的皇皇大文。古代的大手笔主要就是要做这些事,至于其主公为何许人,则并不太重要。他们有点类似于后来的技术官僚,凭技术吃饭,哪一家的饭都可以吃的。

徐陵的主要文学成就在他的诗,徒诗和乐府皆有可观。

徐陵的徒诗中有相当一部分是萧梁时代应太子萧纲之令而作,也有同僚间的唱和,当时徐陵正同庾信等文士一起在这位风雅的太子手下任职。这些诗艺术上相当圆熟,讲究声律和辞藻,宫廷文学气味甚浓,合于萧纲大力提倡之"宫体"的规范。

徐陵写风景和美人颇有可观,措辞比较清新,并不那么繁缛,也并不沉溺于艳情与咏物(这是宫体诗的两大题材)。试略举数例来看:

野燎村田黑,江秋岸荻黄。隔城闻上鼓,回洲隐去樯。

——《新亭送别应令》

寒山微有雪,石路本无尘。竹径朦胧巧,茅斋结构新。

——《山斋》

低鬟向绮席,举袖拂花黄。烛送窗边影,衫传篋里香。

——《奉和咏舞》

拭粉留花称,除钗作小鬟。绮灯停不灭,高扉掩未关。

——《和王舍人送客未还闺中有望》

诗虽清爽可读,但是总令人感到作者并没有动什么感情,有点应付公事的意味。

只有到了走出东宫,无须应令或应酬的时候,他才写出比较能流露真情的作品。大同十一年(545)秋天,同事好友庾信奉命出使东魏,徐陵写诗送别道:

征途愁转旆,连骑惨停镳。朔气陵疏木,江风送上潮。青雀离帆远,朱鸢别路遥。惟有当秋月，夜夜上河桥。

——《秋日别庾正员》①

秋日肃杀的景象和分手的感伤互相生发，不仅情景交融，也多少反映出在当时南北关系不正常的情况下，出境的使节总是同某种危险联系在一起。全诗不用一个典故。只有最后的"河桥"容易令人想起旧题李陵与苏武诗中的"携手上河梁，游子暮何之"，暗含一点生离死别的不良预感。幸而这一次庾信是安全回来了，但后来他终于以敌国使节的身份被扣在北方，至死未能再回故国。

到徐陵去世（至德元年〔583〕）那年的春天，他在另一首送别诗《别毛永嘉》中更直截了当地写到此次生离实为死别：

愿子砺清规，归来振羽仪。嗟余今老病，此别恐长离。白马君来哭，黄泉我讵知。徒劳脱宝剑，空挂陇头枝。

毛永嘉就是毛喜（516～587），年纪略小于徐陵，身体尚好，其时被外放为永嘉内史；徐陵则衰病已甚，不免想到死亡正在逼近。他其实把生死看得很透，不相信什么人死而神不灭，但诗中仍然透出一丝凄凉感伤的气息。全诗用词平易，略无藻饰，全然没有"宫体"的臭味了。徐陵是编过《玉台新咏》的，他本人的诗却能与玉台保持着相当的距离；编那样一本宫体诗大全，大约也只是奉命完成一件公务吧。

一旦走出皇宫之外，作为诗人的徐陵马上就有了生气，哪怕身体已经很虚弱也无妨。

徐陵应视为南朝大有成就的五言诗人，其乐府诗亦颇可观。从现存的作品看去，他的五言乐府与徒诗相当接近，文人气很足，当时也并不能入乐。他那首《出自蓟北门行》刚健爽朗，风格近于鲍照，明朝人屠隆评为"掀雷挟电，动魄惊心"。其七言、杂言乐府，为数不多，大抵生气十足，颇能得乐府民歌的精神。举两首来看：

绣帐罗帏隐灯烛，一夜千年犹不足。唯憎无赖汝南鸡，天河未落犹争啼。

——《乌栖曲二首》其二

---

① 此据《文苑英华》卷二六六。《艺文类聚》卷二十九作张正见诗，但张正见没有条件为庾信送别，他的诗也较少流露感情。详见许逸民《徐陵集校笺》第一册，中华书局2008年版，第144～146页。

长相思，望归难，传闻更使戍楼兰。龙城远，雁门寒。愁来瘦转剧，衣带自然宽。念君今不见，谁为抱腰看。

——《长相思二首》其一

大有草根风味。读这样的作品，几乎令人忘却他是朝廷重臣、“大手笔”。徐陵大约不大喜欢写赋，现在仅能看到一篇《鸳鸯赋》，乃早年所作，意思不是太大，同庾信的名篇迭出形成强烈的对比。

徐诗庾赋，大体旗鼓相当，同为“徐、庾体”的重大成果，堪称中古后期文学的双璧。

钱锺书先生指出，庾信暮年的赋是非常好的，诗却一般：“子山词赋，体物浏亮，缘情绮靡之作，若《春赋》《七夕赋》《灯赋》《对烛赋》《镜赋》《鸳鸯赋》，皆居南朝所为。及乎屈体魏周，赋境大变，惟《象戏》《马射》两篇，尚仍旧贯。他如《小园》《竹杖》《邛竹杖》《枯树》《伤心》诸赋，无不托物抒情，寄慨遥深，为屈子旁通之流，非复荀卿直指之遗。而穷态尽妍于《哀江南赋》。早年多事白描，晚制善运故实，明丽中出苍浑，绮缛中有流转；穷然后工，老而更成，洵非虚说。至其诗歌，则入北以来，未有新声，反失故步，大致仍归于早岁之风华靡丽，与词赋之后胜于前者，为事不同。”他又说：“孝穆赋才，自在子山之下，而七言乐府，婉转多姿。”①这是深刻的观察。

徐陵在当时文坛乃至政坛上具有崇高的地位，他用漂亮的骈文写成大批的颂、表、碑、铭、诏、册之类的应用文，现在看去近于浪费精力，还不如多写些不那么典雅却富有生气的诗为好；但写那些官样文章在当时却是十分重要而且完全必要的。

徐陵以骈体文著称，其文讲究声韵之美和辞章的华丽，“词尚轻险，情多哀思”（《隋书·文学传序》），基本上不用散句，全以四六属对，看上去很美，而有时并没有多少实在的内容，很适合写官样文章，特别是文檄军书、禅授诏策之类的高层文章；徐陵也能写属对不那么严格更便于说理言事的骈文和散体的“笔”，而尤长于书信体，现在读起来，比他那些冠冕堂皇的庙堂之作意思要大一点。

当徐陵出使北方被强行扣留之时，写过一封长信给那边管事的尚书仆射杨愔（字遵彦，511～560），对北方为扣押使者而制造的种种借口予以严词驳

① 《谈艺录》，第300～301页。

斥，强烈要求放人回国，写得气盛言宜。全文约可分作三段，第一段是个引子，说大梁王朝现在遭遇了困难，也是“穷通之恒理”，很快总会过去的；中间分八条逐一驳斥北方提出的各种借口，试看其最后两条：

若曰妖氛永久，丧乱悠然，哀我奔波，存其形魄；固以铭兹厚德，戴此洪恩，譬渤澥而俱深，方嵩华而犹重。但山梁饮啄，非有意于樊笼；江海飞浮，本无情于钟鼓。况吾等营魄已谢，余息空留，悲默为生，何能支久？是则虽蒙养护，更夭天年。若以此为言，斯所未喻七也。

若云逆竖歼夷，当听反命，高轩继路，飞盖相随。未解其言，何能善谑？夫屯亨治乱，岂有意于前期？谢常侍今年五十有一，吾今年四十有四，介已知命，宾又杖乡，计彼侯生，肩随而已。岂银台之要，彼未从师，金灶之方，吾知其诀。正恐南阳菊水，竟不延年，东海桑田，无由伫望。若以此为言，斯所未喻八也。

北方说，现在兵荒马乱，行路危险，所以把你们留在这里，保护起来。徐陵驳斥说，你们这一番好意固然值得感谢，但我们需要的是自由，不能老是被关在笼子里，留在这里悲默为生，那是活不长的。

北方说，等到侯景之乱平定了，一定很客气地把你们送回去。徐陵驳斥说，我们年纪都大了，而丧乱正不知何时结束，我们等不起啊。

第三大段直接向杨遵彦喊话陈情，请他遵守政治道德，发扬同情之心，尽快放行。最后又动之以情地写道：

岁月如流，人生几何？晨看旅雁，心赴江淮，昏望牵牛，情驰扬越。朝千悲而下泣，夕万绪而回肠。不自知其为生，不自知其为死也！

足下素挺词锋，兼长理窟，匡丞相解颐之说，乐令君清耳之谈，向所咨疑，谁能晓谕。若鄙言为谬，来旨必通，分请灰钉，甘从斧镬。何但规规默默，齰舌低头而已哉。若一理存焉，犹希矜眷，何必期令我等必死齐都？足赵、魏之黄尘，加幽、并之片骨，遂使东平拱树，长怀向汉之悲，西洛孤坟，恒表思乡之梦！千祈以屡，哽恸增深。徐陵叩头再拜。

对此杨愔没有任何答复，他大约说不出什么道理来。

这封信历来得到很高评价，钱锺书先生认为即使徐陵没有其他作品，但是这一封《与齐尚书仆射杨遵彦书》已可传世而不朽，盖此书“非仅陈吁，亦为诘难，析之以理，复动之以情，强抑气之愤而仍山涌，力挫词之锐而尚剑铦。

'未喻'八端,援据切当,伦脊分明,有物有序之言;彩藻华缛而博辩纵横,譬之佩玉琼琚,未妨走趋;隶事工而论事畅。后世古文家攻击骈文,骈文家每以此为墨守之带若堞焉"①。

被扣押期间徐陵又有《在北齐与宗室书》,向徐姓宗亲吁请援助,也写得情辞俱佳,但他的这一番努力也未能收到预期的效果。

徐陵的另一名篇是《答诸求官人书》。梁陈之际,天下丧乱,官场一片混乱,等到徐陵在陈王朝担任吏部尚书,才略有整顿,结果却引起一些不满,颇有来向他讨官做的,为此他写过一封回答求官诸人的公开信:

> 自古有吏部尚书者,品藻人伦,简其才能,寻其门胄,逐其少多,量其官爵。但古来数千年,非无明时也,非无明主也,自有才用虽美,阶级不通,门户虽高,官资殊屈,若斯人者,其例甚多。请问诸君,此是何义?夫一千钱、一斛米之多少,犹关相禄,况复皇朝官爵,理系玄天,内典谓之为"业",外书称之为"命"。五行有驿马之言,六甲有官鬼之说,必令驿马时发,官鬼克身,所望阶荣,便当果遂,如其不尔,决是难谐。岂可改尚书作官鬼,驱老仆为驿马耶?
>
> 若见问尚书:"何不分判用与不用、许与不许?"仆答云:"君非屈滞,岂可相期?决言应果。若今驿马差爽,便是乖信,此关君命,仆何以相答耶?若朝散之流,行止之属,门户相似,人才不殊,选家斟酌,无能为尔。若陟大位清官,悉由玄命。"夫人君宾用,并是前缘,故宋文帝云:"人岂无运命,每有好官缺,辄忆羊玄保。"梁武帝云:"世间人言有目色,我特不目色范悌。"此则清阶显职,不由选也,自此而论,岂非前业?
>
> 且世谚云:"图官在乱世,觅富在荒年。"梁孝元帝承侯景之凶荒,王太尉接荆州之祸败。尔时丧乱,无复典章,故使官方,穷此纷杂。自绍泰、太平及永定中,圣朝草创,尔时州州自帝,郡郡称王,天下干戈,尚无条序,兼以府库空虚,赏赐悬乏,白银之宝难得,黄纸之板易营;假以官荣,代于钱绢,义在抚绥,无计多少。又有非旧非勋,非地非才,托节将而求官,因时人以买位,卖官既贱,皆为清显。故员外、常侍,路上比肩;咨议、参军,市中无数;四军五校,车载斗量,岂是朝章,应其如此?
>
> 今衣冠礼乐,日富年华,主上体成王之风,太傅弘周公之德,西戎北

① 《管锥编》第4册,第1473页。

狄，畏我王威，时既清矣，时既平矣，何可犹作乱世意，而觅非分之官耶？凡人所以称屈滞者，身已不无寸能，官又不及父祖，既是明时，可以于邑。所见诸君，多逾本分，犹言太屈，未喻高怀。若问梁朝朱领军等，亦为卿相，此不逾其本分耶？此天子所用，非关选序。旧章，秦有车府令赵高，直为丞相；汉有高庙令田千秋，亦为丞相。此复可为例耶？

仆七十之岁，朝思夕计，并愿与诸贤为真善知识，曾无嫌隙，差可周旋，非欲令君作此怨诉。但既忝衡流，应须粉墨，庶其允当，无负朝寄耳。去年疾患，亦余气息，不能相答，通作此书，所望诸贤，深明鄙意。徐君白。

这是一份多有言外之意的声明。徐陵的意思是说，在政治状态正常的情况下，选官得有一定的标准，不能像天下大乱以及新王朝初建时那样满街都是官衔很高的人①；但他又说，当什么官是命中注定的，来找我也没有用——这话好像有点奇怪，但细读原文可以知道，他是说有些官是皇帝直接要给出的，虽然逾其本分，但这不是吏部所能干预的；自己作为吏部尚书，只能照规矩办事，演好这样的角色，不辜负朝廷的希望（“既忝衡流，应须粉墨，庶其允当，无负朝寄”）。最后说自己年纪大了，身体不好，不能一一回复，只好一并作答。由此颇可考见那时的混乱，了解徐陵的方正和无奈。敢这样直率说话的高官应当是不多见的。

《文苑英华》卷六八五有尹尚义致徐陵的信和徐陵的《报尹尚义书》，内容很丰富，文辞也非常讲究，可惜因为背景多有不明之处，有些字句未易得到确切的理解。尹尚义本是梁王朝的官员，曾与徐陵共过事，而后来在北齐、北周为官，参加过南伐的战争，他们之间的通信多有待发之覆。其他还有些书信亦有费解之处，骈体文多用典故，原是一种“婉曲语”，用得好颇耐寻味，增加作品的可读性；而如果背景不明，则婉曲将一变而为模糊，不如普通散体那样比较直截了当更便于理解。

二

后来徐陵以编撰《玉台新咏》（或称《玉台集》）一书知名，此书的背后推手应是萧纲。萧统死后，萧纲主持文坛，风气为之一变。从梁代后期至于陈，是

---

① 绍泰、太平是萧梁一朝最后的两个年号（555～557），永定是陈朝初建时的年号（557～559）。

“宫体”的全盛时代，后来其流愈弊，终于成了唐代文学革新运动攻击的目标。杜甫诗云“窃攀屈宋宜方驾，恐与齐梁作后尘”（《戏为六绝句》），这里的“齐梁”只是衰靡文风的代名词，如果不是顾及音节之美，不如说成“梁陈”为佳。杜甫曾经教育他的儿子要熟读《文选》，认真体会，然则他所指斥的梁，乃是昭明太子萧统身后之梁，亦即萧纲“宫体”时代之梁。

萧统亲自编撰《文选》，徐陵可能得到某种指示编撰《玉台新咏》——前后两位太子各以其选本来发表和流布自己的文学主张，这是很有意思的事情。半个世纪以前，缪钺先生即已揭示此义①；但这里的情形比较复杂，并不是简单的对台戏。

《玉台新咏》编纂于何时是一个有很大争议的问题，唐人刘肃在《大唐新语》卷三《公直第五》中称：“先是，梁简文帝为太子，好作艳诗，境内化之，浸以成俗，谓之‘宫体’。晚年改作，追之不及，乃令徐陵撰《玉台集》以大其体。”此说大约是事出有因，而查有出入，编这本书的时间并不在萧纲的晚年——而且萧纲即使到晚年也未见得就有什么觉今是而昨非之意。从徐陵的序言看去，编这部书的目的是为宫中女性提供读本，此意略近于梁武帝萧衍令张率（457～527）“撰妇人事二千余条，勒成百卷”“以给后宫”（《梁书·张率传》）；父皇下令编《妇人集》于前，太子跟进一书，不仅名正言顺，而且正可以为他所倡导的宫体诗运动制造舆论，大搞宣传。《玉台新咏》选了当今皇帝萧衍和前后两任太子萧统、萧纲的一些诗，安排在第五卷，正是为了提高此书的地位。

我们相信《玉台新咏》成书于中大通六年（534），或其前后，即中大通四年（532）至大同元年（535）之间②，其时正值萧纲进入东宫，主持风雅之初。此书所选，皆为“艳歌”（徐陵《玉台新咏·序》）；书中所选萧纲的诗作甚多，完全是所谓宫体。徐陵编这样一部书肯定得到过萧纲的默认，或简直出于这位太子的授意，否则一位文学侍从是不大可能别出心裁地来编这样一本供宫中女人阅读歌唱的诗歌选本的——他不可能做这种越位的事情。

所谓“宫体诗”，原是由太子萧纲为首的一批诗人提倡起来的，一时声势很盛大，几乎形成了一个运动。萧纲有一个重要的观点：“文章且须放荡。”

---

① 详见缪钺《〈文选〉与〈玉台新咏〉》一文，载《诗词散论》，上海古籍出版社 1982 年版，第 20～23 页。

② 详见兴膳宏《〈玉台新咏〉成书考》，《中国古典文学丛考》第一辑，复旦大学出版社 1985 年版；沈玉成《宫体诗和〈玉台新咏〉》，《文学遗产》1988 年第 6 期；傅刚《〈玉台新咏〉编纂时间再讨论》，《北京大学学报（哲社版）》2002 年第 3 期。

(《诫当阳公大心书》)所谓"放荡",指的是创作可以不受约束,可以放手写去。所以他写诗喜欢大谈女人,举凡女性的身体、容貌、心理、器物……都在他关心的范围之内,成批地形之于歌咏。太子地位极高,而没有多少实质性的政务,不需要负多少责任,而东宫之内,又聚集了大批美女,在当时那种文化氛围中要走出这样一种"放荡"的写作路子,简直是势所必至的事情。

《玉台新咏》凡十卷,前八卷都是五言诗,第九卷收七言及杂言诗,第十卷是五言小诗即后来五绝的前身。内容则都与女性有关,大部分属于所谓宫体。但徐陵在序言中特别强调这样的艳歌是合于传统的,"曾无忝于风雅,亦靡滥于风人"。为宫体做宣传,必须将它纳入主旋律。后来的事实表明,这一方面《玉台新咏》似未能取得预期的效果。

宫体诗的内容,一是女人,二是花草。前者主要咏人,后者主要咏物。《玉台新咏》里充满了这两类新诗。

"艳歌"的提法还表明《玉台新咏》所选作品与音乐的密切关系,徐陵在《玉台新咏·序》中写道:"弟兄协律,生小学歌;少长河阳,由来能舞;琵琶新曲,无待石崇;箜篌杂引,非关曹植。传鼓瑟于杨家,得吹箫于秦女。至若宠闻长乐,陈后知而不平;画出天仙,阏氏览而遥妒。至如东邻巧笑,来侍寝于更衣;西子微颦,得横陈于甲帐。陪游馺娑,骋纤腰于结风;长乐鸳鸯,奏新声于度曲。……但往世名篇,当今巧制,分诸麟阁,散在鸿都。不借篇章,无由披览。于是燃脂暝写,弄笔晨书,撰录艳歌,凡为十卷。曾无忝于雅颂,亦靡滥于风人。"可见编这部集子是为了宫中人度曲演唱,同时也便于她们观览。所以后来唐朝人李康成继承徐陵的事业,新编《玉台后集》,就在序言中更明确地写道:"昔陵在梁世,父子俱事东朝,特见优遇。时承平好文,雅尚宫体,故采西汉以来所著乐府艳诗,以备讽览。"也正是由于这前后两部诗选都是歌辞的总集,所以晁公武《郡斋读书志》将《玉台新咏》与《乐府诗集》《古乐府》等并列,收入乐类之中,又在著录《玉台后集》时说:"唐李康成采梁萧子范迄唐张赴二百九人所著乐府歌诗六百七十首,以续陵编。"

既然内容是艳诗,又要能唱,所以徐陵在为宫体张大其体的时候,也选取了若干过去的歌谣和乐府诗中涉及妇女、爱情、婚姻、家庭的作品,其中颇有现在看上去并不能算"艳"而相当优秀的篇什,例如卷一的《汉时童谣歌一首》、卷九《汉成帝时童谣歌二首》《汉恒帝时童谣歌二首》和《晋惠帝时童谣歌一首》等歌谣,又如卷一古乐府诗六首中的《相逢狭路间》《陇西行》《艳歌行》

等乐府歌辞以及后代文人的拟作①；此中最大的贡献是首先录入了伟大的乐府名篇《孔雀东南飞》(卷一)。但是这些作品并非《玉台新咏》的主体，作为主流的还是萧纲及其周围文人的宫体诗。

《玉台新咏》在保存前代文学文献方面的贡献是毋庸置疑的②，但就其编选的本意而言，它乃是宫体诗运动的一个组成部分，它所保存的文献最主要的还是梁代的大量宫体诗，我们从中可以看出当时文坛的潮流和这一派文人的审美趣味。

《玉台新咏》产生过很大的影响，其中最引人注目的就是晚唐五代的曲子词选本《花间集》明确表明继承了《玉台新咏》的传统，《花间词》同宫体诗有许多相似之处，它们都大写女性的形态，并且唯其如此，在正统派人士中，一直因为被视为不够正经而名声不佳。

先前曾经有一种推测，认为《玉台新咏》乃是被萧绎抛弃的徐妃编撰的。凭空立论，无人附和③。近年来又有一种新见，略谓《玉台新咏》乃是陈后主的宠妃张丽华编撰的。此说颇新奇可喜，惜无文献依据，一时只能存档备考。如果真的出于张丽华之手，那一定会录入许多陈叔宝的大作，而在诸本《玉台新咏》中丝毫未见④。《隋书・经籍志》明确记载此书为徐陵所撰，要推翻这一古老而有权威的记载，只靠一点猜测是远远不够的。

三

同徐陵年辈相近的作家有周弘正(字思行，496～574)、周弘让(生卒年不详)兄弟，他们的祖籍在汝南安成(今河南平舆)，早已迁居南方。弘正在梁武帝时为国子博士，后仕于陈，曾以尚书的身份出使北周，同滞留的那里的原萧

---

① 如荀昶《拟相逢狭路间》(卷三)，沈约《拟三妇》(卷五)，张率《相逢行》(卷六)，吴均《三妇艳》(卷六)，梁武帝《拟长安有狭邪十韵》(卷七)，王筠《三妇艳》(卷八)，刘孝绰《三妇艳》(卷八)等等。

② 详见《四库全书总目・集部・总集类一》关于《玉台新咏》的提要。

③ 详见《玉台新咏三论》，《东方杂志》第40卷第6期。

④ 《玉台新咏》版本复杂，概而言之，一为收录作品比较多的明嘉靖郑玄抚刻本，一为收录作品比较少的明五云溪馆铜活字本。两本的卷帙编次也颇多不同，而优劣互见。旧本中流传较广的明崇祯间寒山赵均覆宋刻本属于后一系统。今有《玉台新咏汇校》(吴冠文、谈蓓芳、章培恒撰，上海古籍出版社2014年版)，甚便省览。

梁名士庾信、王褒颇有交往。他早年的诗如《名都一何绮》《看新婚》等都是典型的宫体，后来其诗风则渐变为质朴淡雅，如《还草堂寻处士弟》：

四时易荏苒，百龄倏将半。故老多零落，山僧尽凋散。宿树倒为查，旧水侵成岸。寻幽属令弟，依然归旧馆。感物自多伤，况乃春莺乱。

不胜今昔之感。诗中的“令弟”即指弘让。周弘让早年在萧梁时出仕，与庾信、王褒等人为友，因不甚得意，遂长期隐居于句容茅山，而一度仕于侯景；梁陈易代后，以白衣领太常卿、光禄大夫。他是一个与时推移、徘徊于隐仕之间的高人，其《留赠山中隐士》诗云：

行行访名山，处处必留连。遂至一岩里，灌木上参天。忽见茅茨屋，暧暧有人烟。一士开门出，一士呼我前。相看不道姓，焉知隐与仙。

在宫体诗风靡天下之时还有这种近于陶渊明的笔墨，颇可惊喜。在其兄周弘正出使北方以后，弘让与旧友王褒（二人同为书法家）重新取得了联系，略有书信往来，都写得感慨系之、情意动人，是有名的小品文字。

作品同徐陵有过一点交集的梁、陈间诗人张正见（字见赜，528？～576？）[①]，祖籍清河东武城（今属山东），其先辈原仕于北魏，后其父归梁，从此一直在南方生活。他本人是一神童型的聪明人，十三岁就因献赋而见知于太子萧纲，后射策高第，出仕，梁末因乱避入深山，后仕于陈，为各路权贵的文学侍从之臣。张正见有集十四卷，赋与文比较一般，以五言诗见长，“大行于世”（《陈书·文学传》），流传至今者还有近百首之多。

因为是文学侍从，张正见的诗多应教赋得之作，只好就题目来敷衍成文，翰藻纷披，感情色彩比较单薄，尤其缺少个人的特色，即前人批评过的“中少性情”（《采菽堂古诗选》卷二十九），但他的才华仍然到处有所表现，试举出两首拟乐府来看：

岩间度月华，流彩映山斜。晕逐连城璧，轮随出塞车。唐蓂遥合影，秦桂远分花。欲验盈虚理，方知道路赊。

——《关山月》

---

① 前文已经提到徐陵的《秋日别庾正员》一诗或作张正见诗，也曾被有些著作确认为张诗。宫体诗人的作品往往有著作权混淆不清的情形，这些作品个性较少，共性较多，要确认其作者有时相当困难。

平生怀直道，松桂比真风。语默妍媸际，沉浮毁誉中。谗新恩易尽，情去宠难终。弹珠金市侧，抵玉春山东。含香老颜驷，执戟异扬雄。惆怅崔亭伯，幽忧冯敬通。王嫱没胡塞，班女弃深宫。春苔封履迹，秋叶夺妆红。颜如花落槿，鬓似雪飘蓬。此时积长叹，伤年谁复同？

——《白头吟》

《关山月》按传统是写征夫思念故乡的，到他这里变为专写月亮；《白头吟》则浮想联翩，把年高不遇的士人也包括进来。诗中虚拟的描写和丰富的想象皆有可观。他又多写景的佳句，如描写破庙的“野藤侵藻井，山雨湿苔碑”（《行经季子庙诗》），形容秋夜的“萤光连烛动，月影带河流”（《和衡阳王秋夜诗》），都表现出观察的细致和刻画的到位。张正见的诗又很讲究声韵之美，平仄的安排大抵合于后来律诗的要求，只是还不甚注意粘联，中古诗人一般如此。张正见的诗较少个人的真情实感，这也是那时许多诗人的通病。

同张正见唱和的有祖孙登、刘删等人，虽存诗不及张正见的十分之一，而仍有可读之作，各举其一为例来看：

长川落照日，深浦漾清风。弱柳垂江翠，新莲夹岸红。船行疑泛迥，月映似沉空。愿逐琴高戏，乘鱼入浪中。

——祖孙登《莲调》

回舻乘派水，举帆逐分风。滉瀁疑无际，飘扬似度空。樯乌排鸟路，船影没河宫。孤石沧波里，匡山苦雾中。寄谢千金子，安知万里蓬！

——刘删《泛宫亭湖》

写景皆有可观。音调和谐，很接近后来的律诗了。

陈代诗人数量不少，成就高的不多；等到后主陈叔宝上台，一帮御用文人就全都去凑上层的热闹，大写赞美贵妃的诗了。

三十六　陈叔宝和他身边的文人

一

南朝陈一共有五任皇帝，每一任的时间都不长：开国皇帝武帝陈霸先，两年(557～559)；文帝陈蒨，七年(559～566)；废帝陈伯宗，两年(566～568)；宣帝陈顼，十四年(568～582)；后主陈叔宝，七年(582～589)。其中知名度最高的是亡国之君陈叔宝(553～604)。

这个短暂的王朝气象相当卑弱，文学则沿着萧梁后期的趋势继续向前发展，保持着一种病态的繁荣，到末代皇帝陈叔宝在位时达到了顶峰。

在中古历史上，陈叔宝以高度的腐朽著称。他当太子的时候即已大力网罗江总等一批文士①，沉醉于艳诗美酒之中。到他上台的时候，国家的情形已经很不好，而他毫无励精图治的意思。当时陈家王朝内部军阀割据的局面没有得到根本改变，长江以北的国土完全被北周占领，只能“西守三峡，北防江岸，土地之小，最于南朝”②。周隋禅代以后，隋文帝杨坚对陈一时没有采取什么行动，外交姿态甚至显得很客气，陈叔宝便觉得天下太平无事，放手享乐。史称“后主愈骄，不虞外难，荒于酒食，不恤政事，左右嬖佞珥貂者五十人，妇人美服巧态以从者千余人，常使张贵妃、孔贵人等八人夹坐，江总、孔范等十人预宴，号曰‘狎客’。先令八妇人襞采笺，制五言诗，十客一时继和，迟则罚酒，君臣酣饮，从夕达旦，以此为常。而盛修宫室，无时休止。税江税市，征取百端。刑罚酷滥，牢狱常满”(《南史·陈本纪下》)。

后主陈叔宝率领着他手下那一帮“垮掉的一代”寻欢作乐，他本人“耽荒

① 《陈书·姚察传》：“补东宫学士。于时江总、顾野王、陆琼、陆瑜、褚玠、傅縡等，皆以才学之美，晨夕娱侍。”“娱侍”正是帮闲的主要内容。

② 顾颉刚、史念海《中国疆域沿革史》，商务印书馆2004年版，第108页。

于酒，视朝之外，多在宴筵，尤重声乐”(《隋书·音乐志下》)。史称陈叔宝“每引宾客，对贵妃等游宴，则使诸贵人及女学士同狎客共赋新诗，互相赠答。采其尤艳丽者，以为曲词，被以新声，选宫女有容色者以千百数，令习而歌之，分部迭进，持以相乐。其曲有《玉树后庭花》《临春乐》等。……大抵所归，皆美张贵妃、孔贵嫔之容色也”。其时风头最盛的是张贵妃张丽华，“每瞻视眄睐，光彩溢目，照映左右。常于阁上靓妆，临于轩槛，宫中遥望，飘若神仙”(《陈书·后妃传》)。当时江总、孔范等一批“狎客”①，整天围绕着张丽华等美女大唱其赞歌，他们的领军人物就是今上陈叔宝。

试举一点他们的作品来看：

> 丽宇芳林对高阁，新妆艳质本倾城。映户娇凝乍不进，出帷含态笑相迎。妖姬脸似花含露，玉树流光照后庭。
>
> ——陈叔宝《玉树后庭花》
>
> 腊月正月早惊春，众花未发梅花新。可怜芬芳临玉台，朝攀晚折还复开。长安少年多轻薄，两两共唱《梅花落》。满酌金卮催玉柱，落梅树下宜歌舞。金谷万株连绮甍，梅花密处藏娇莺。桃李佳人欲相照，摘叶牵花来并笑。杨柳青青楼上轻，梅花色白雪中明。横笛短箫凄复切，谁知柏梁声不绝。
>
> ——江总《梅花落》

美酒、鲜花、妖姬、歌舞……一切都是那样美丽而华艳，诗人们沉迷于其中不能自拔，内心深处又颇有些为欢几何的感伤②。诗当然还是美的，普通文人唱唱这样的流行歌曲自无不可，但陈朝的宫廷里拿这样的东西当作主旋律，弥漫着腐败的空气，那么这样的政权除了走向衰败和灭亡之外，自不配有更好的命运。

陈叔宝人生的最后时刻相当可耻可悲。《南史·陈本纪下》载：隋开皇九年(陈祯明三年〔589〕)，南伐的隋将贺若弼、韩擒虎攻入建康，逼近皇宫核心

---

① 据《南史·陈暄传》，狎客除了江总、孔范等之外，还有陈暄、陈叔达、袁权、王瑳、陈褒、沈瓘、王仪等人。

② 《隋书·五行志》：“祯明初，后主作新歌，词甚哀怨，令后宫美人习而歌之，其词曰：‘玉树后庭花，花开不复久。’时人以为歌谶，此其不久兆也。”《乐府诗集》卷七十四《吴声歌曲·四》题下引《旧唐书·乐志》：“《春江花月夜》《玉树后庭花》《堂堂》并陈后主所作。后主常与宫中女学士及朝臣相和为诗，太常令何胥又善于文咏，采其尤艳丽者，以为此曲。”

部分之时：

> 城内文武百司皆遁出，唯尚书仆射袁宪、后阁舍人夏侯公韵侍侧。宪劝端坐殿上，正色以待之，后主曰："锋刃之下，未可及当。吾自有计。"乃逃于井。二人苦谏不从，以身蔽井，后主与争久之方得入。
>
> ……既而军人窥井而呼之，后主不应。欲下石，乃闻叫声。以绳引之，惊其太重。及出，乃与张贵妃、孔贵人三人同乘而上。

这不是一般的无耻。后主投降以后被带入长安：

> 隋文帝给赐甚厚，数得引见，班同三品。每预宴，恐致伤心，为不奏吴音。后监守者致言："叔宝云，'既无秩位。每预朝集，愿得一官号'。"文帝曰："叔宝全无心肝。"

亡国之君，历史上并不少见，但像陈叔宝这样全然没心没肝的，大约只有蜀汉的后主刘阿斗，再找第三个，那就很为难了。陈叔宝死后，谥曰"炀"；后来隋的第二代皇帝——杨广（569～618）也是一位亡国之君，也谥曰"炀"。按，《谥法解》，"去礼远众曰炀，好内远礼曰炀，好内怠政曰炀"。

鲁迅先生论中国古代文学往往有些新鲜的令人难以忘却的提法，1932年11月22日他在北京大学的一次讲演中说过：

> 大凡要亡国的时候，皇帝无事，臣子谈谈女人，谈谈酒，像六朝的南朝，开国的时候，这些人便做诏令、做敕、做宣言、做电报，——做所谓皇皇大文。主人一到第二代就不忙了，于是臣子就帮闲。所以帮闲文学实在就是帮忙文学。①

亡国之君身边多有帮闲文人，后主陈叔宝和他的这一帮"狎客"是非常典型的。这里的首席帮闲是江总（字总持，519～594），他祖籍济阳考城（今河南兰考），而先世早已移居江南，是典型的南方文人。他九岁而孤，十八岁入仕，凭优秀的才华为文坛先辈所赏识。侯景之乱中先后避难于会稽、广州；陈文帝天嘉四年（563）还建康，任中书侍郎，累迁司徒右长史。宣帝时，入陈叔宝东宫，任太子中庶子、太子詹事，时与太子陈叔宝为长夜之饮。陈叔宝继位当了皇帝以后，他出任吏部尚书、尚书仆射、尚书令，一直当到最高的行政长官，

① 《集外集拾遗·帮忙文学与帮闲文学》，《鲁迅全集》第7卷，第382～383页。

而始终不理政事，一味充当“狎客”。

祯明三年(589)陈王朝灭亡，江总入隋，拜上开府，这时他已经过了六十岁，退休南归，住在江都，五年后死于此地。

江总的一生及其作品，大抵可以分为三个阶段，最为人诟病的是充当“狎客”的那些年，不务正业，一味过花天酒地的生活，写美女艳情的诗；而在这以前的避难阶段和这以后的晚年，他还是有不少优秀的作品，如《秋日登广州城南楼》：

秋城韵晚笛，危榭引清风。远气疑埋剑，惊禽似避弓。海树一边出，山云四面通。野火初烟细，新月半轮空。塞外离群客，颜鬓早如蓬。徒怀建邺水，复想洛阳宫。不及孤飞雁，独在上林中。

又有作于晚年的《于长安归还扬州九月九日行薇山亭赋韵》：

心逐南云逝，形随北雁来。故乡篱下菊，今日几花开？

这些诗，皆清恻可读。他又有《哭鲁广达》：

黄泉虽抱恨，白日自留名。悲君感义死，不作负恩生。

鲁广达本是陈王朝的一位将军，曾经抵抗隋军打过几次胜仗，最后力战被俘，依例入隋，悲愤而亡(详见《陈书·鲁广达传》)。从这首诗看去，江总也还是有血性的诗人，同全无心肝的陈叔宝有所不同。

但是当江总在充当“狎客”的时候，他只是写那种软绵绵的艳诗，除前引《梅花落》之外，再引几首来看：

春草正萋萋，荡妇出空闺。识是东方骑，犹带北风嘶。扬鞭向柳市，细蹀上金堤。愿君怜织素，残妆尚有啼。

——《紫骝马》

绮殿文雅道，玳筵欢趣密。郑态逶迤舞，齐弦窈窕瑟。金罍送缥觞，玉井沈朱实。愿此北堂宴，长奉南山日。

——《今日乐相乐》

后宫唯闻莫琼树，绝世复有宋容华。皆自争名进女弟，定觉双飞胜荡家。愿并迎春比翼燕，常作照日同心花。闻道艳歌时易调，忖许新恩那久要。翠眉未画自生愁，玉脸含啼还似笑。角枕千娇荐芬香，若使琴心一曲奏。幽兰度曲不可终，阳台梦里自应通。秋树相思一枝绿，为插贱妾两鬓中。

——《秋日新宠美人应令》

天寒海水惯相知，空床明月不相宜。庭中芳桂憔悴叶，井上疏桐零落枝。寒灯作花羞夜短，霜雁多情恒结伴。非为陇水望秦川，直置思君肠自断。

——《姬人怨》

无非是美女、歌舞、化妆、相思……一位本来很优秀的诗人一旦落入“狎客”，便只好浪费自己的才华，以适应宫廷的需要。

当时有一批寄生于宫廷的诗人完全不理政事，只忙于追捧贵妃，大写其帮闲之诗，尤可见上下一心，完全沉醉于宫廷文学的浮华空气之中。刘师培在《中国中古文学史讲义》第五课《宋齐梁陈文学概略》之《陈代文学》部分有这样的概述：

后主在东宫，汲引文士，如恐不及，及践帝位，尤尚文章。故后妃宗室，莫不竞为文词。又开国功臣如侯安都、孙玚、徐敬成，均接纳文士。而李爽之流，以文会友，极一时之选。故无须复昌，迄于亡国。然斯时文士，首推徐陵、沈炯，次则顾野王、江总、傅縡、姚察、陆琼、陆琰、陆瑜，并以文著。若沈不害、孔奂、徐伯阳、毛喜、赵知礼、蔡景历、刘师知、杜之伟、颜晃、江德藻、庾持、许亨、褚玠、岑之敬、何之元之流，或工诗文，或精笔翰，亦其选也。……若夫孔范、刘（陈）暄之流，唯工藻艳，抑又不足数矣。

这样一些作家，数量相当可观，除了少数比较杰出的以外，不少人甚少有作品流传于后，能在文学史上站得住的就更少。完全跟着潮流走，随着时髦的大流运动，这样的文人是没有多少价值的，其下焉者就更加不足挂齿了。

二

陈叔宝和他的小朝廷灭亡了，但宫体诗并没有灭亡，它还在继续向前推进；而且梁、陈以来的宫体运动及其产品，也还是有生命力的、可以持续发展的。

人们现在说起宫体诗的时候，往往首先想到其贵族生活的题材，特别是对女性的爱好与敏感，想到这种“新变”之诗如何讲究声律和对仗——这些都是十分自然、毫无疑义的。任何一种“体”总有它某些显而易见的特色。但是题材并非宫体的决定性因素，描写贵族生活的作品古已有之，热衷于表现女性甚至写得比较“艳”一点的创作路径亦复源远流长，例如可以追溯到颇有点帮闲气的先秦大作家宋玉；至于讲究声律，早先的永明体即以此为安身立命之本，而揣摩对仗的工稳巧妙，更是多少代诗人始终不懈的努力。

所以，要深入了解宫体诗，除了要十分注意上述几点在萧梁中期以后文坛形势下的整合和新变之外，更须对该体作品进行深入的检视和分析，作出新的探索和论定。

试取梁陈宫体诸作细读而探寻之，可以感受到这一批作品大抵都有四大特色：美、空、细、碎——前二者关乎宫体诗人的观念和眼光，后二者则是他们乐于试用的新手法，体现了新的审美趣味。

以下请分别略述这宫体诗的四个基本点。

一曰美。宫体诗人专门注意生活中美好的事物与形象，诸如美景、美人、美舞、美酒……，而对痛苦和丑陋的东西则避之唯恐不远。

传统的儒家文艺思想固然也讲美，但总是将它置于“善”与“真”之下，诗歌的意义一向将教化放在第一位，即所谓“诗教”，而萧纲把这个旧基础给挖掉了。诗既不必载道言志，则形式（词藻、声调、形象）上的美必然去全力追求，诗人自己由此获得情绪上的荡漾，并用这样的作品让读者得到艺术上的享受。萧子显《南齐书·文学传论》说：“文章者，盖情性之风标，神明之律吕也，蕴思含毫，游心内运，放言落纸，气韵天成。莫不禀以生灵，迁乎爱嗜，机见殊门，赏悟纷杂。”用这几句话来概括宫体诗人的创作心理，似乎是非常恰当的。萧子显年辈较高（487～535），同萧纲很谈得来，萧纲在东宫常请他宴饮，称为“异人”。

宫体诗对美的追求和表现，在在皆是，举萧纲的两首来看：

北窗朝向镜，锦帐复斜萦。娇羞不肯出，犹言妆未成。散黛随眉广，燕脂逐脸生。试将持出众，定得可怜名。

——《美人晨妆诗》

初桃丽新采，照地吐其芳。枝间留紫燕，叶里发轻香。飞花入露井，交干拂华堂。若映窗前柳，悬疑红粉妆。

——《咏初桃诗》

前一首形容美人梳妆未成不肯见人的娇羞之态，后者则如一幅色彩丰富的花鸟画，这些都是可以得到普遍肯定的人体美、自然美；而女性的化妆尤其是宫体诗最热门的诗料——把人造的美推向极致，正是宫体诗的本质特点之一。

陈叔宝有《舞媚娘三首》，也是专写美人的，“转态结红裙，含娇拾翠羽”（其一）、“转身移佩响，牵袖起衣香”（其三）。宫体诗写美女一般并无淫荡之意，只是欣赏美，一如先前的阮籍，常常醉卧于酒店漂亮的老板娘之旁，而并无他意[①]。不同之处在于，竹林诸贤行为任诞，而南朝的宫体诗人，一般是立身谨重的，他们只是在诗歌里放荡不羁。

对于先前曾经一度流行的以裴子野为代表的“不尚丽靡之词，其制作多法古”（《梁书·裴子野传》）的文风，萧纲非常反对，在写给其弟湘东王萧绎的信里大加批评[②]，信中指出，模仿裴子野的作品未得其长，仅得其短，缺乏文采，黯然无光，只落得一个“懦钝”罢了。应当大写美人，在诗歌里描写“影里细腰，令与真类，镜中好面，还将画等”（《答新渝侯和诗书》）这样的人体之美，欣赏美人与诗人的立身谨重并不矛盾，在道德上毫无问题。在玄言、田园、山水诸美已经被描写得过多了之后，人体之美很自然地登上了诗歌的前台[③]，这也正可以同南朝民歌里大唱火辣辣的恋情而且毫不回避床笫[④]，互为呼应。

民歌对文人创作的影响可以说是全方位的，过去只讲民歌对苛政的暴露和抗议如何影响了进步的文人，避免谈及民歌中的爱情以及色情成分的影响，未免片面偏枯。

二曰空。宫体诗人大抵是佛教徒，萧纲同他的父亲萧衍一样笃信佛教，

---

① 《世说新语·任诞》载：“阮公邻家妇有美色，当垆酤酒。阮与王安丰常从妇饮酒，阮醉，便眠其妇侧。夫始殊疑之，伺察，终无他意。”

② 这封《与湘东王书》见于《梁书·庾肩吾传》，其详细摘要载于《艺文类聚》卷七十七。

③ 章太炎先生在《辨诗》一篇中写道：“世言江左遗彦好语玄虚，孙（绰）、许（询）诸篇，传者已寡，陶潜皇皇，欲变其奏，其风力终不逮。玄言之杀，语及田舍，田舍之隆，旁及山川云物，则谢灵运为之主，然则《风》《雅》道变，而诗又几为赋。颜延之与谢灵运深浅有异，其归一也。自是至于沈约、丘迟，景物复穷。自梁简文帝初为新体，床笫之言，扬于大庭讫陈、隋为俗。”详见《国故论衡》，第126页。

④ 试略举两首为例。《子夜歌》：“宿昔不梳头，丝发披两肩。婉伸郎膝下，何处不可怜？”《子夜四时歌》：“开窗秋月光，灭烛解罗裳。含笑帷幌里，举体兰蕙香。”如此等等，不一而足。

所以他们一方面深爱生活中一切美好的东西，但玩物而不丧志，对美好的物和人都持一种佛教式的“看破”，确认一切美好的存在都是转眼即逝的，空的，虚幻的。

佛教本来是主张禁欲的，认为情欲特别是女性的情欲乃是不净的邪恶的，佛经里也写种种淫欲，为的是认识它的邪恶，远远地离开它。宫体诗之大写美色，也正是为了达此目的，其思路略近于鲁迅就自己的小说创作所说的“揭出病苦，引起疗救的注意”①。鲁迅是要揭发出社会的变态和国民性的弱点，而宫体诗则要揭发美女横陈之可爱和可怕，借以表达佛教的哲理。所以宫体诗最喜欢写美女的舞姿，这无非是因为这里种种美好的姿态都是转瞬即逝的，试举出几首来看：

娇情因曲动，弱步逐风吹。悬钗随舞落，飞袖拂鬟垂。

——萧纲《咏舞》

回履裾香散，飘衫钿响传。低钗依促管，曼睇入繁弦。

——刘孝仪《和咏舞诗》

转袖随歌发，顿履和弦余。度行过接手，回身乍敛裾。

——刘孝仪《又和咏舞》

因风且一顾，扬眉隐双蛾。曲终情未已，含睇目增波。

——何敬容《咏舞诗》

尽管未必是同时之作（那时以此为题的机会一定相当多），而主题是相同的，都是写在舞蹈过程中始终在变化的姿态、动作、表情、气味和音乐，一切都是过程，没有任何稳定的东西。这正是表达佛教一再强调的如梦幻泡影的世界观。

萧纲又有一组专门发挥佛教之“空”观的诗，题作《十空六首》：

汉安设大响，周穆置高台。三里生云雾，瞬息起冰雷。空持生识缚，徒用长心灾。慧人恒弃舍，庸识屡邅回。六尘俱不实，三界信悠哉。

——《如幻》

圆轮既照水，初生亦映流。溶溶如渍壁，的的似沈钩。非关顾兔没，岂是桂枝浮。空令谁雅识，还用喜腾猴。万累若消荡，一相更何求。

——《水月》

---

① 《南腔北调集·我怎么做起小说来》，《鲁迅全集》第4卷，第512页。

迭嶂迴参差，连峰郁相拒。远闻如句咏，遥应成言语。竟无五声实，谁谓八音所。空成颠倒群，徒迷尘缚侣。慜哉火宅中，兹心良可去。

——《如响》

秘驾良难辩，司梦并成虚。未验周为蝶，安知人作鱼。空闻延寿赋，徒劳岐伯书。潜令六识扰，安能二惑除。当须耳应满，然后会真如。

——《如梦》

朝光照皎皎，夕漏转骎骎。昼花斜色去，夜树有轻阴。并能兴眼入，俱持动惑心。息形影方止，逐物虑恒侵。若悟假名浅，方知实相深。

——《如影》

精金宛成器，悬镜在高堂。后挂七龙网，前发四珠光。迴望疑垂月，傍瞻譬壁珰。仁寿含万类，淮南辩四乡。终归一亡有，何关至道场。

——《镜象》

一切皆如水中月、镜中花，终归一无所有。这一组诗略近于玄言诗（实应称为佛言诗），在文学上并无可取，但就其反映了萧纲的佛教思想而言，是非常重要的——他在宫体诗中津津有味地加以描写的美景、美人、美舞、美酒……从根本上来说都是“不实”的东西，而信佛者必须认清“实相”，了悟“真如”。他在写那些宫体诗的时候当然不必老是念这种佛教的基本教条，但我们在读宫体诗的时候，却必须以此作为“垫底之酒”。

在萧纲不写佛教哲学讲义的一般诗歌里，他也曾比较明显地流露过色空的观念，例如他有一首《咏美人看画》的诗里写道：

殿上图神女，宫里出佳人。可怜俱是画，谁能辨伪真。分明净眉眼，一种细腰身。所可持为异，长有好精神。

宫里的佳人其实也同图画里的神女一样，看上去都很漂亮，而同为假象。眼前的世界既然皆为假象，写诗又何必拘谨，“放荡”一番又有何不可？

三曰细。宫体诗人热衷于对人体特别是女性人体作近距离的仔细观察，对自然景物也是如此，不知疲倦地对物象之外形、色彩、光影作过细的描绘。

细写美女的诗前面已经举出了不少，这里另举一点写景之作来看，萧纲《纳凉》诗云：

斜日晚骎骎，池塘生半阴。避暑高梧侧，轻风时入襟。落花还就影，惊蝉乍失林。游鱼吹水沫，神蔡上荷心。翠竹垂秋采，丹枣映疏砧。无劳夜游曲，寄此托微吟。

南朝的首都建康夏天往往持续高温，生活在首都的诗人作品中多有苦暑、避暑、纳凉一类题目。萧纲这首诗写夏夜乘凉时所见：落花就影，惊蝉失林，游鱼吹沫，小龟爬上了荷叶……一一加以描写。作者观察细致入微，琢句琐细纤巧。在一个很小的世界里把神经打磨得特别敏锐——这既是萧纲的路子，也是宫体诗人共同的特色。

萧纲非常注意雕章琢句，以表达其观察之深入细致，名句如"叶密鸟飞碍，风轻花落迟"(《折杨柳》)、"窗阴随影度，水色带风移"(《饯别》)、"渍枝花觉重，湿鸟羽飞迟"(《赋得入阶雨》)……无不精细入微。花枝是承接花朵的，花朵受雨变重，对此花枝已有感觉——这其实乃是诗人一种十分纤细的感受。后来杜甫的诗句"晓看红湿处，花重锦官城"(《春夜喜雨》)，大约是从这里得到了启发。后一句"湿鸟羽飞迟"也是雨天常见的情形，而萧纲的形容非常简洁入神。

这种细写乃是宫体诗人共同的爱好，并且往往放射到其他题材的诗里去。例如萧子云(487～549)有《落日郡西斋望海山》诗云：

渔舟暮出浦，汉女采莲归。夕云向山合，水鸟望田飞。蝉鸣早秋至，蕙草无芳菲。故隐天山北，梦想日依依。

作者选取傍晚景观中的几个小镜头来细写：渔舟出浦，少女采莲，小鸟群飞，秋蝉吟唱，到处一片生机勃勃；最后说到自己无聊的官场生涯，那是只能靠做梦来打发日子的，诗兴突然跌落，见出诗人的个性。全诗平易流畅，基本不用典故，清新生动，朗朗上口。萧子云曾经担任过晋安王萧纲手下的文学，是宫体诗早期的参加者之一。中大通三年(531)萧纲被立为太子后，他出为贞威将军、临川内史，这虽然是升迁了，却要走出首都。萧纲在《与萧临川书》中表达过恋恋不舍之情，而子云也对于充当地方官毫无兴趣，此意亦见于这首诗中。

又如刘孝绰的《太子洑落日望水》诗云：

川平落日迥，落照满川涨。复此沧波地，派别引沮漳。耿耿流长脉，熠熠动微光。寒鸟逐查漾，饥鹈拂浪翔。临泛自多美，况乃还故乡。榜人夜理楫，櫂女暗成妆。欲待春江曙，争途向洛阳。

全诗写傍晚时的水边景色，落日照川，微光浮动，水鸟追逐着波浪翱翔，船工们整理舟楫，船妇则在暗淡的光线里草草梳妆——他们正在做准备工作，明天一早就开船去洛阳了。诗句平易切实，充满了民间生活的情趣，而其细描的手法，得益于他先前宫体方面的训练。

细描有时能出佳句，例如明少遐有一残句道"灯花寒不结"，其全诗已佚，仅余此句（见《酉阳杂俎》卷十二），而确实精彩。以灯花不结来形容寒冷，虽想落天外而在情理之中——过低的气温逼得灯芯作彻底的燃烧，否则它就不能存活，然而这样也只能让它自己尽快烧尽。

四曰碎。宫体诗人在作品中多作碎片式的描写，不讲究一气贯注、浑成圆融，所涉及的诸多物象之间未必有多少联系，而景与情之间亦多有跳跃。借用钟嵘的话来说，这无非是艺术描写上的"务为精密，襞积细微"①。他们又喜欢安排一种出人意料的戏谑式结尾，更使得作品显得相当细碎而不成系统。

在诗歌承担着教化作用的时候，它总是会清晰而连贯地叙事写景或者说理，而宫体诗是排斥教化的，所以朦胧和断裂就是被允许的，甚至是值得提倡的，唯其如此，它的外观往往会呈现出碎片化的倾向。例如庾肩吾的诗《奉和春夜应令》：

春牖对芳洲，珠帘新上钩。烧香知夜漏，刻烛验更筹。天禽下北阁，织女入西楼。月皎疑非夜，林疏似更秋。水光悬荡壁，山翠下添流。讵假西园宴，无劳飞盖游。

春天月夜的景色在诗人笔下显得极其柔和娟秀，芳洲、春牖、珠帘、熏香、疏林、流水……种种碎片拼凑出园林宫殿里的一派富贵气象。诗人的感知力在玲珑剔透的小天地里显得格外敏锐，不少宫体实以此种纤弱琐细式的并列为其特色。诗末提到"西园宴""飞盖游"则是应令体诗难免要用的语词，文学侍从的身份也就此和盘托出。

再看萧纲著名的《临高台》：

高台半行云，望望高不极。草树无参差，山河同一色。仿佛洛阳道，道远难别识。玉阶故情人，情来共相忆。

此诗见于《文苑英华》卷二一〇、《乐府诗集》卷十八，但《玉台新咏》卷七

---

① 《诗品·序》。按，此语原是钟嵘批评当时某些人在声律方面要求过于苛细。

录入此诗却题作梁武帝萧衍，其详待考。全诗径写本题，开头两句写该台之高，接下来从侧面加以描写，说登此台后所见山河、草树都失去了差别，五、六两句说这种无差别正同洛阳大道从远处看几乎全无差别的一样。最后两句忽然提起过去的情人，“情来共相忆”一句与上文不尽相应，而诗人的落脚点恰恰在此：台阶太高，上下相去甚远，虽然是有情人也只好隔阶相视。这种蛇足式的碎片把前文的气势完全给冲垮了，显得不尴不尬。

碎片化的写法自有其表现力，而一旦处理不好，也很容易穿帮，或显得雷同、单一。

宫体诗的上述种种特色，极大地丰富了诗人的审美经验和表现手法，对此后中国诗歌的进一步发展特别是唐代诗歌的大繁荣，作出了重要的准备。明朝诗论家胡应麟指出：“梁陈诸子，有大造于唐者也。何也？唐之首创也，以梁陈启其端也。”（《诗薮》外编卷二）初唐的上官体依然是宫体，此后唐人零星地向梁陈宫体诗学习的例子更不胜枚举，而李贺可以说是全面学习南朝的，李商隐、温庭筠沿此继进，宫体余风在晚唐大放异彩。至于词里的《花间集》，更可以说几乎全然是宫体诗的升级版①。

① 详见顾农《〈花间集〉的意义》，《天中学刊》2015 年第 4 期。

第六章　北朝贞刚

江左宫商发越，贵于清绮；河朔词义贞刚，重乎气质。

——《隋书·文学传序》

北朝文人，舍文尚质。

隋炀诗文远宗潘陆，一洗浮荡之言，唯隶事研词尚近南方之体。

——刘师培《南北文学不同论》

三十七　北地“三才”

鲜卑拓跋氏与中原文化接触比较晚，且对中原文化长期采取敌视的态度，所以他们建立的北魏政权的初始阶段在文化上相当落后，一直到太武帝拓跋焘统一北方之后才稍稍讲究文治，陆续出现了一些比较讲究一点的文书，而措辞仍然质木无文，态度相当蛮横①，其上焉者也只是略有文饰的军政应用文而已。那时军事政治斗争十分激烈，没有多少从容涵咏的余裕，作家们也非讲究实用不可，较少产生诗赋等纯文学作品。《北史·文苑传序》说："既而中州板荡，戎狄交侵，僭伪相属，生灵涂炭，故文章黜焉。其能潜思于战争之间，挥翰于锋镝之下，亦有时而间出矣。……皆迫于仓促，牵于战阵，章奏符檄，则粲然可观；体物缘情，则寂寥于世。非其才有优劣，时运然也。"这是对十六国时期文坛的概括，到北魏初期大抵也还是如此。

等到汉族士人陆续进入北魏朝廷以后，特别是孝文帝拓跋宏迁都洛阳（太和十八年〔494〕）、大力推行汉化政策以后，文坛情况发生了很大的变化，作品日益增多，向南方文学学习蔚然成风，沈约、任昉成为重要的标杆，“太和（北魏孝文帝年号，477～498）天保（北齐文宣帝年号，550～559）之间”“文雅尤盛”（《北史·文苑传序》）；不过即使到这时，最受作者们重视的也还是同军政大事有关的应用文字，诗赋等不急之务皆在其次。

北魏较早出现的作家有崔浩、高允、王肃、常景等人。

崔浩（小名桃简，390？～450）出生于世代公卿的高门清河武成（今属山东）崔氏，他本人是北魏政坛上的充满政治智慧的大人物，历仕三帝（道武帝、明元帝、太武帝），颇得信任，信仰道教，与道教大宗师寇谦之关系密切，最后

① 《宋书·索虏传》载北魏太武帝拓跋焘致宋文帝刘义隆的信，似乎是一份仅稍加文饰的口授记录稿，其中有云："彼今若欲保全社稷，存刘氏血食者，当割江以北输之，摄守南度，如此释江南使居之。不然，可善敕方镇、刺史、守宰，严供张之具，来秋当往取扬州，大势已至，终不相纵。顷者往索真珠珰，略不相与，今所馘截髑髅，可当几许珠珰也！"东晋南朝的官方文书绝不会这样指名索取宝物，赤裸裸地威胁对方。

以种种复杂的原因被杀①。此案株连甚广，严重地打击了北方的汉族士族，也使得文学跌入低谷，一时很难繁荣。

崔浩是一个儒术湛深的政治家，其作品多为军国文书，应用性很强，没有多少文采。《魏书·崔浩传》说：“朝廷礼仪，优文策诏，军国书记，尽关于浩。浩能为杂说，不长属文，而留心于制度、科律及经术之言。”他的文章乃是“笔”，当然亦属于广义的“文”②。那些庙堂上的皇皇大文很容易成为已陈之刍狗，而一些涉及感情的小文章反而显出了光辉。他为其先母卢氏口授之书所作的序言《食经叙》写道：

> 余自少及长，耳目闻见，诸母诸姑所修妇功，无不蕴习酒食。朝夕养舅姑，四时祭祀，虽有功力，不任僮使，常手自亲焉。昔遭丧乱，饥馑仍臻，饘蔬糊口，不能具其物用，十余年间不复备设。先妣虑久废忘，后生无知见，而少不习业书，乃占授为九篇，文辞约举，婉而成章，聪辩强记，皆此类也。亲没之后，值国龙兴之会，平暴除乱，拓定四方。余备位台铉，与参大谋，赏获丰厚，牛羊盖泽，资累巨万，衣则重锦，食则梁肉，远惟平生，思子路负米之时，不可复得。故序遗文，垂示来世。

这种感想和情绪，是古今成功人士往往会有的，崔浩写得很平静安详，毫无做作的意思，所以高明耐读。这里表现出来的对乡里生活、家族传统的珍重，代表了他为人的一个重要方面。《食经》久佚，但从《齐民要术》中可以看到若干片断引文。

古人于不经意间写出的、在当时无足轻重的文章往往可读性比较好，也

---

① 崔浩被杀的原因，旧说认为是因为撰写历史书《国记》不讲避讳，得罪了鲜卑贵族，新说认为他大力推行汉化，努力提高汉族世族的地位，遭到鲜卑旧贵族的痛恨。又有认为他心存华夏，暗助南朝。估计是太武帝拓跋焘为了平衡部下的汉族高官与鲜卑贵族而牺牲了他，而他不久就后悔了。参见曹道衡《论崔浩的历史地位及其死因》，《中古文学史论文集续编》，中华书局 2011 年版，第 120～135 页。

② 刘师培在《中国中古文学史讲义·宋齐梁陈文学概略·丁总论》中曾指出中古时代用语的一种习惯道：当时世论，虽区分文、笔，然笔不该文，文可该笔，故对言则笔与文对，散言则笔亦称文。据《陈书·虞寄传》载衡阳王出阁，文帝敕寄兼掌书记，谓“屈卿游藩，非止以文翰相烦，乃令以师表相事”。又《梁书·裴子野传》谓子野为喻魏文，武帝称曰：“其文甚壮。”是奏记檄移之属，当时亦得称文。故史书所记，于无韵之作，亦或统称“文章”。观于王俭《七志》于集部总称“文翰”，阮孝绪《七录》，则称“文集”。而昭明《文选》，其所选录，不限有韵之词。此皆文可该笔之证也。

比较有意思;而场面上的大文章却很容易过时。这是一条带有规律性的现象。

高允(字伯恭,390～487),勃海(今河北景县)人,乃一方名士,由太武帝拓跋焘礼聘出山①,任职甚久,最后当到司空,他活了将近一百岁。曾有集二十一卷,现在只能看到一点零星,虽诗、赋、文品种俱全,都有一定的文采,却不能算有多高的成就。他的诗《罗敷行》完全依傍汉乐府《陌上桑》,《咏贞妇彭城刘氏诗》是一组四言诗,凡八章,这样的题材很不容易写出好诗来。《答宗钦诗》十三章也是四言组诗,曾经先有一组诗赠他的宗钦(? ～450)是由北凉入魏的,他们曾经一道在崔浩手下参与修史。在这一轮诗歌赠答中,他们彼此说了许多久仰钦佩一类的话,而更值得注意的是这些诗歌流露了他们深感撰史危险的情绪。最后宗钦以及另一位从吐谷浑入魏的文人段承根与崔浩同时被难,高允侥幸未被株连,且又活了三十多年。高允的行政地位高于宗钦、段承根等人,而文采似稍有不如。一向比较安定的西北凉州一代在十六国时期及稍后的时期有相当高的文化积累,由凉州入魏士人带去的保留在那里的中原正统文化,影响至为深远,甚至一直下延到北齐、北周以至于隋。

王肃(字恭懿,464～501)是从南齐过来投向北魏的,其父王奂被南齐武帝诛杀,他不得已到北魏来政治避难(齐永明十一年、北魏太和十八年〔493〕),其时正值孝文帝大力推行汉化政策之时,大受重用,写过许多重要的应用文,又作有《悲平城》等诗,支持将首都从平城(今山西大同)迁往洛阳。诗云:

悲平城,驱马入云中。阴山常晦雪,荒松无罢风。

形容平城一带风雪甚多,很不宜居,首都自然是迁到中原来为好。

将首都由平城迁至洛阳是政治上划时期的大事,也是文学史上大转折,从此北朝的文学创作逐步走向了繁荣。

王肃用全部精力处理政务,作诗甚少。他由南而北的意义在于,通过他的中介,魏晋传来的经由东晋、宋、齐继承并发展的中国主流礼乐制度、典章文物进入了鲜卑族控制下的北方,经过孝文帝的改革,促进了中国主流文化的传承,并将民族融合郑重地安放在这个伟大的基础之上。

---

① 《魏书·高允传》:"(神䴥)四年)与卢玄等俱被征。"《魏书·世祖太武帝纪上》:"(神䴥四年九月)壬申,诏曰:访诸有司,咸称范阳卢玄、博陵崔绰、赵郡李灵、河间邢颖、勃海高允、广平游雅、太原张伟等,皆贤隽之胄,冠冕州邦,有羽仪之用。……尽敕州郡以礼发遣。"壬申诏书乃是北魏推行汉化政策的一大讯号。

常景(字永昌,? ～550)在北魏的政坛和文坛上活动了很长时间,据说有“著述数百篇,见行于世;删正晋司空张华《博物志》及撰儒林、列女传各数十篇”(《魏书》本传),《洛阳伽蓝记》曾提到他的名篇。现在只能看到诗文各数篇,其《赞四君诗》四首云:

长卿有艳才,直致不群性。郁若春烟举,皎如秋月映。游梁虽好仁,仕汉常称病。清贞非我事,穷达委天命。

王子挺秀质,逸气干青云。明珠既绝俗,白鹄信惊群。才世苟不合,遇否途自分。空枉碧鸡命,徒献金马文。

严君情沉静,立志明霜雪。味道综微言,端蓍演妙说。才屈罗仲口,位结李强舌。素尚迈金贞,清标陵玉彻。

蜀江导清流,扬子挹余休。含光绝后彦,覃思邈前修。世轻久不赏,玄谈物无求。当途谢权宠,置酒得闲游。

这些感慨无非是借汉代司马相如、王褒、严君平、扬雄等四君来发自己的牢骚,叹息怀才不遇,久未升迁;其写作的思路略近于颜延之的《五君咏》,而才情远远不及。

常景很能奖掖后进,以洛阳为主要活动地点的北地“三才”①之首的温子昇,青年时代就曾经得到过他的提携,《魏书·温子昇传》载:

(温子昇)为广阳王渊贱客,在马坊教诸奴子书。作《侯山祠堂碑文》,常景见而善之,故诣渊谢之。景曰:“顷见温生。”渊怪问之,景曰:“温是大才士。”渊由是稍知之。

此事约在延昌二年(513)②,那时温子昇还不到二十岁,前辈大作家的赏誉对他来说,是极其重要的鼓舞和资源。

---

① 北地“三才”指温子昇、邢邵(字子才)和魏收三人。《北齐书·邢邵传》:“词致宏远,独步当时,与济阴温子昇为文士之冠,世论谓之‘温邢’。钜鹿魏收虽天才艳发,而年事在二人之后,故子昇死后,方称‘邢魏’焉。”《北齐书·魏收传》:“与济阴温子昇、河间邢子才齐誉,世号三才。”魏收在《魏书·自序》中已先行说到这样一层意思,后来得到史家的确认。

② 此据曹道衡先生的考证,详见《中古文学史料丛考》,第731页。

一

温子昇(字鹏举,495～547)是北朝比较早也比较重要的作家,稍后由南而北的大作家庾信(513～581)认为他是当时北方唯一值得称道的文人①。其文集有三十多卷,传播甚广,不仅风行于中原,据说连吐谷浑王的床头,也有他的文章数卷。

温文得到各方面很高的评价,文人气很重的北魏济阴王元晖业(? ～551)说:"江左文人,宋有颜延之、谢灵运,梁有沈约、任昉,我子昇足以陵颜轹谢,含任吐沈。"南朝梁武帝萧衍令出使东魏的使节张皋抄写子昇文笔传于江南,并作出高度评价道:"曹植、陆机复生于北土。恨我辞人,数穷百六。"(《魏书·温子昇传》)这样高的估计,现在已经不大容易理解。这是因为温氏的文集早已亡佚,现在能看到的作品只有四十篇左右,其中诗十一首,较少历代传诵的名篇;文近三十篇,大抵都是因担任高级秘书而写的官样文章,应用的性质居多。北方的文在一个相当长的时段里都是为官方服务的应用文,"词义贞刚"的深层原因在此。

在中古时代只有擅长写这一类文章才是"大手笔",其地位和影响总是比一般写写诗文的"文人"要高得多。"大手笔"的文章也很讲究文学性和可读性,在传统的观念里是重要的文学作品;那时文学乃是政治的婢女,固然要全力效劳,同时也必须打扮得很漂亮才合格。萧统《文选》里就录入了许多这样的大作。在现在流行的由西方引进的文学观念中,这一类文本的意义业已大为下降,甚至被逐出文学之外,许多文学史简直不屑提到它们。北方的应用文写得比较质直,离晚近的文学观念更远了。

温子昇生长于济阴冤句(今山东菏泽),自称祖籍太原,是两晋之际的大人物温峤的后代,这一点现在既难以证实,也无从证伪。以门第高华而自豪乃是中古时代的祖传老病。这一支温家到温子昇的上一代实在已经相当寒素;温子昇是完全凭自己的才能走到了社会上层的,他先充当广阳王元渊的

① 据说"梁庾信从南朝初至,北方文士多轻之。信将《枯树赋》以示之,于后无敢言者。时温子昇作《韩陵山寺碑》,信读而写其本。南人问信曰:'北方文士如何?'信曰:'唯有韩陵山一片石堪共语,薛道衡、卢思道稍解把笔,自余驴鸣狗吠,聒耳而已。'"(张鷟《朝野佥载》卷六)按,《韩陵山寺碑》作于天平元年(534),而庾信之由南而北(梁承圣三年即西魏恭帝元年〔554〕)已在温碑写出之后二十年。

属官，后来高升为朝廷的金紫光禄大夫、散骑常侍、中军大将军。温子昇曾长期担任中书舍人，起草过大批重要文件，也参与过若干高层政治密谋，一直比较成功；到最后，在已被架空的北魏孝静帝同权臣高澄的斗争中，他受到高澄的怀疑，下狱，被活活饿死。

温子昇先前参与的一大政治密谋，是帮助皇室用计杀掉了依仗军权无法无天的尔朱荣。北魏自锐意改革的孝文帝元宏去世以后，宣武帝元恪在位期间政局就有些不稳，到孝明帝元诩正光五年（524），边境上发生六镇起义，接着又爆发了河北大起义；在镇压这些起义的过程中，北魏的大权逐渐集中到根据地在秀容的契胡族大酋长尔朱荣的手中。元诩非正常死亡后，太后专政，尔朱荣趁元魏皇室内部纷争之机，率部南下，残酷地杀害了大批皇室成员和朝廷高官，自行拥立元子攸为帝（后称孝庄帝），而他本人复回晋阳（今山西太原）老巢遥控朝政。元子攸虽然是由尔朱荣立起来的，却根本不愿意当他的傀儡，很快就巧设一计，杀掉了毫无戒备入朝觐见的尔朱荣；温子昇参与孝庄帝诛杀尔朱荣的密谋，此事得手后有一篇著名的《杀尔朱荣元天穆等大赦诏》，亦出于他的手笔。

同温子昇其他文章一样，这份《大赦诏》立言非常讲究，其中首先肯定了尔朱荣先前的贡献，但他杀人如麻，妄图颠覆朝廷，实在是犯了死罪。当时许多军政大事在这里只点到即止，而意指已极其分明：“孝昌之末，天步孔艰，女主乱政，监国无主。尔朱荣爰自晋阳，同忧王室，义旗之建，大会盟津，与世乐推，共成鸿业。论其始图，非无劳效。但致远恐泥，终之实难，曾未崇朝，豺声已露。河阴之役，安忍无亲。王公卿士，一朝涂地，宗戚靡遗，内外俱尽。假弄天威，殆危神器。时事仓卒，未遑问罪。寻以葛贼横行，马首南向，舍过责成，用平丑虏。及元颢问鼎，大驾北巡，复致勤王，展力行所。以此论功，且可补过。既位极宰衡，地逾齐、鲁，容养之至，岂复是过？但心如猛火，山林无以供其暴；意等漏卮，江河无以充其溢。既见金革稍宁，方隅渐泰，不推天功，专为己力，与夺任情，臧否肆意，无君之迹，日月以甚。拔发数罪，盖不足称；斩竹书愆，岂云能尽？方复托名朝宗，阴图衅逆，睥睨天居，窥觎圣历。乃有裂冠毁冕之心，将为拔本塞源之事。天既厌乱，人亦悔祸，同恶之臣，密来投告。将而必诛，罪无容舍。”这样来立言可谓是滴水不漏的绝妙好辞，具有很强的政治说服力。

尔朱荣被杀后，其从子尔朱兆等人起兵为之报仇，废元子攸，另立元晔（长广王），稍后又另立元恭为帝（节闵帝），但他们都只是傀儡，尔朱家族的一批头目或在朝中执政，或在各地拥兵称雄，实际上掌控着国家政权。当尔朱兆等杀进洛阳时，温子昇只好亡命逃匿。

后来消灭尔朱家族势力的是曾经担任过尔朱荣卫队长的晋州刺史高欢。高欢一方面与尔朱氏虚与委蛇，同尔朱兆结拜为兄弟，一方面不断扩大自己的势力，准备等到条件成熟时反戈一击，着手来消灭尔朱氏一派。稍后高欢自行另立元朗为帝(安定王)，与尔朱氏所立之节闵帝元恭对垒，争取政治上的主动，又自称大丞相、都督中外诸军事、录尚书事，把军政大权集中到自己手里。高欢将政治中心安顿在邺城，同尔朱氏控制下的首都洛阳对峙，他把这些准备工作做好以后，就来同尔朱氏决战。在永熙元年(532)的韩陵战役中，一举消灭了尔朱氏的主要军力，结束了多年的混乱，同时也为此后的政局变化——北魏政权一分为二，而东魏又很快被高齐取代——打下了基础。

温子昇的名篇《韩陵山寺碑序》是写来反映韩陵战役、歌颂高欢的，其文如下：

> 昔晋文尊周，绩宣于践土；齐桓霸世，威著于邵陵。并道冠诸侯，勋高天下。衣裳会同之所，兵车交合之处，寂寞消沉，荒凉磨灭，言谈者空知其名，遥遇者不识其地。然则树铜表迹，有道存焉，刊石记功，可不尚与！
>
> 永安之季，数钟百六，天灾流行，人伦交丧。尔朱氏既绝彼天纲，断兹地纽，禄去王室，政出私门，铜马竞驰，金虎乱噬，九婴暴起，十日并出。破壁毁圭，人物既尽，头会箕敛，杼轴其空。
>
> 大丞相渤海王，命世作宰，惟机成务。标格千仞，崖岸万里。运鼎阿于襟抱，纳山岳于胸怀。拥玄云以上腾，负青天而高引。钟鼓嘈囋，上闻于天；旌旗缤纷，下盘于地。壮士懔以争先，义夫愤而竞起。兵接刃于疆埸，车错毂于此地。轰轰隐隐，若转石之坠高崖，硠硠磕磕，如激水之投深谷。俄而雾卷云除，冰离叶散，靡旗蔽日，乱辙满野。楚师之败于柏举，新兵之退自昆阳，以此方之，未可同日。
>
> 既考兹沃壤，建此精庐，砥石砺金，莹珠琢玉。经始等于佛功，制作同于造化，息心是归，净行攸处。神异毕臻，灵仙总萃，鸣玉銮以来游，带霓裳而至止。翔凤纷已相唤，飞龙婉而俱跃。虽复高天销于猛炭，大地沦于积水，固以传之不朽，终亦记此无忘。

这篇碑序显然是一篇歌功颂德、近乎御用性质的文字；如只就文章而言，则确实写得很见功力。凡是“大手笔”，不御用本来也是不大可能的，只要写得高明就好。

关于韩陵一役，《北史》卷六《高祖神武帝（高欢）本纪》的记载比较简略，只是说“乃合战，大败之”，“是时，神武（高欢）起于信都，至是而破（尔朱）兆等”。《资治通鉴》卷一五五综合多种史料写道：“（永熙元年〔532〕，闰三月）壬寅，（尔朱）天光自长安，（尔朱）兆自晋阳，（尔朱）度律自洛阳，（尔朱）仲运自东郡，皆会于邺，号众二十万，夹洹水而军。……高欢令吏部尚书封隆之守邺。癸丑，出顿紫陌，大都督高敖曹将乡里部曲王桃汤等三千人以从。……庚申，尔朱兆帅轻骑三千夜袭邺城，叩西门，不克而退。壬戌，高欢将战马不满二千，步兵不满三万，众寡不敌，乃于韩陵为圆阵，连系牛驴以塞归道，于是将士皆有死志。欢将中军，高敖曹将左军，欢从父弟岳将右军。欢战不利，兆等乘之；岳以五百骑冲其前，别将斛律登收散卒蹑其后，敖曹以千骑自栗园出横击之，兆等大败。”这一场恶战以高欢方面的险胜而告终结，北方局势从此进入一个新的阶段。稍后高欢入洛阳，囚禁节闵帝，又令元朗禅位于元修（孝武帝），从此他的地位更加巩固，得以主导北魏之一支迁都于邺，另立元善见为帝（孝静帝），形成东魏，与以长安为中心的以北魏皇室另一支为帝的西魏政权对峙，稍后高氏取代东魏建立了自家的王朝——北齐。

温子昇的这篇《韩陵山寺碑序》约可分为四段。第一段是引子，大意说古代发生过重大事件的地方，如齐桓公、晋文公与诸侯会盟之所在，都具有重要的历史意义，但为时一久，容易“荒凉磨灭”，后人不容易弄清楚它到底在哪里，因此建立地标性的碑刻非常重要——他的意思是说，建立韩陵山寺碑是完全必要而且非常及时的。

第二段从“永安之季”说起，重点指责尔朱荣及其家族诸凶的罪行。永安是孝庄帝的年号（528～529），其时元子攸虽然是皇帝，却没有什么实权，大权完全控制在尔朱荣及其家族手中。不久元子攸就被废，被杀，大批贵族高官也都遭到尔朱家族残酷的杀害。所以温子昇说，这一段苦难的岁月“禄去王室，政出私门，铜马竞驰，金虎乱噬，九婴暴起，十日并出。破璧毁圭，人物既尽，头会箕敛，杼轴其空”。天下丧乱，精英毁于一旦，老百姓在水深火热之中。当尔朱攻入洛阳大开杀戒时，温子昇幸而逃得比较快，否则也将被“乱噬”而亡，所以大有切身之痛，写得很动感情。这一段文字为下文高调歌颂高欢消灭尔朱氏一派关键一战的合法性和正义性提供了前提。

第三段是全文最吃紧的段落，大力歌颂高欢的英明和强盛。关于韩陵之役的过程在这里未作任何具体的描写，只是概括地形容其恢宏的气势和史无前例的光辉。如果像后来的历史书那样具体地写到高欢如何先吃败仗、最后胜得也很侥幸等情，那就不合适了。刘师培说："温子昇长于碑版，叙事简直，得张(衡)、蔡(邕)之遗规。"①"简"(简明扼要)而"直"(直截了当)，并有所忌避，的确是写这一类文章的秘诀。"兵接刃于疆埸，车错毂于此地。轰轰隐隐，若转石之坠高崖，硠硠礚礚，如激水之投深谷。俄而雾卷云除，冰离叶散，靡旗蔽日，乱辙满野。楚师之败于柏举，新兵之退自昆阳，以此方之，未可同日"，这样高的调子，自然为高欢乐于接受，也合于当前的形势。这时明白人都已经看出，高氏代表着政局的未来。

最后一段略叙韩陵山寺及其中记功碑的兴建，简要地描写这里的景色，重点则在强调指出，不管自然界发生多大的变化，这座庙和其中的碑都将永世长存而不朽。

全文层次井然，翰藻纷披，而且正如清朝评论家所说的那样，"夭矫腾骧，负声结响，掩清绮以雄丽"(李兆洛《骈体文钞》卷一引谭献批语)，在当时确为不可多得的佳作。歌功颂德的文章一般来说不容易写得好，细节太多容易陷于琐碎，甚至产生副作用，调子太高措辞不当又容易变成肉麻。温子昇能够在某种程度上避开了这两个很常见的毛病，遂能一篇跳出，长久传诵。

此文的写作时间应在永熙元年(532)的两年之后。韩陵之役以后的一段时间里时局仍然很混乱，高欢一直忙于打仗，总要到孝静帝登上大位(天平元年〔534〕)并迁至邺，高欢本人还于晋阳(太原)、遥控中枢，其地位已绝对难以动摇之时。史称此时"军国政务，皆归相府"(《北史·高祖神武帝本纪》)，树碑立传，歌功颂德，是其时矣。序中"大丞相勃海王，命世作宰，惟机成务"诸句，潜台词已经是把高欢当作国家的最高领导人来看待了。文中对元魏皇室竟至于一字不提，这样的措辞亦颇足以表明《韩陵山寺碑序》应作于此时。高级秘书总是非常敏感，注意拿捏分寸。

孝武帝元修即位后，温子昇仍在宫中掌文诏；这时元魏皇室同高欢之间颇有矛盾，孝武帝让温子昇起草给高欢的敕文，"子昇逡巡未敢作，帝据胡床，拔剑作色，子昇乃为敕"(《北齐书·神武纪》)。他知道写这种敕文很容易得罪权臣高欢、弄不好后果将相当严重，他不得已只好写出这敕文，虽是责备对方，措辞仍然雍容不迫，其中有云："本望君臣一体，若合符契，不图今日分疏

① 《南北文学不同论》，《刘申叔遗书》上册，第561页。

至此!"又有"投笔抚膺,不觉唏嘘"等语,似乎是关系很亲密的朋友似的。

温子昇实在是撰写这一类政治性文件的高手,所以当时颇有人请他为自己操刀,至今还能看到若干①,都写得非常得体,而且文采斐然。但不管如何巧妙,他应孝武帝之命写了那份敕文总归很有点得罪高欢,所以在孝武帝被废之后,他完全有必要来一篇高调歌颂高欢的文章,这才能修补关系,挽回局面。古代的"大手笔"固然是在为主公效力,同时也总是很精于为自己着想的。

但是高氏集团对温子昇始终不大放心,总觉得这位笔杆子只忠于元魏皇室,对自己有二心。所以当孝静帝元善见同高氏的矛盾愈演愈烈并且将有所行动之时,继高欢之后主持朝政的大丞相高澄怀疑温子昇与闻此种密谋,就将他逮捕下狱,让他活活饿死。

中古作家原多死于非命的冤魂,而温子昇是其中死得最惨的一个。在政局纷乱之际,借政治文章安身立命的文人,随时有生命的危险;好在好文章的生命力比人更长,子昇虽死,《韩陵山寺碑序》一文仍然极负盛名,传诵甚广,以致二十年后庾信说起北方文学时,仍然只提他的这一篇杰作。到更晚些时候,徐陵也对此文给予高度评价②。庾信、徐陵的这些评价一则表明北朝文坛沉寂已久,二则显示出南方出身的文坛达人不仅自视更高,而且有着大体一致的评文标准。

温子昇的作品以文为主,他也能诗,可惜传世者甚少,其中《捣衣》一诗颇有特色:

> 长安城中秋夜长,佳人锦石捣流黄。香杵文砧知近远,传声递响何凄凉。七夕长河烂,中秋明月光。蠮螉塞边绝候雁,鸳鸯楼上望天狼。

杂用五、七言句,写思妇在本来很美好的秋夜凄凉地捣衣,准备寄给远在边关的征人。七夕是牛郎织女相会的日子,中秋本是团圆的节日,而这也是宅在家里的佳人既忙碌而又感伤的时节。中古时代的捣衣之诗有两首最著

① 这一类文章有:《为御史中丞元匡奏劾于忠》(516)、《为安丰王延明让国子祭酒表》(524)、《为广阳王渊上书言边事》(524)、《为广阳王渊北征请大将表》(524)、《为广阳王渊让吏部尚书表》(526)、《为广阳王渊具言城阳王徽构隙意状》(526)、《为临淮王彧谢封开府尚书令表》(530)、《为南阳王宝炬让尚书令表》(533)、《为西河王谢太尉表》(535)、《为司徒高敖曹谢表》(535)、《为上党王元天穆让太宰表》(539)等。

② 徐陵第一次出使北方在梁太清二年即东魏静帝武定六年(548),因为侯景之乱的关系,直到梁敬帝绍泰元年即北齐文宣帝天保六年(555)才跟随萧渊明复回南方;第二次出使在梁绍泰二年即北齐文宣帝天保七年(556)。徐陵手录温《序》带回南方似在第二次。

名，一是温子昇这一首，一是南方诗人谢惠连的一首。谢诗因为曾经进入《文选》，读者更多，知名度也更高，但二者各有千秋。温子昇又有《凉州乐歌》二首：

远游武威郡，遥望姑臧城。车马相交错，歌吹日纵横。

路出玉门关，城接龙城坂。但事弦歌乐，谁道山川远。

颇多远征的豪情，令人想起后来盛唐时代的边塞诗。温诗亡佚已甚，是很大的损失。

二

北朝作家邢劭（字子才，以字行；496～?）是河间鄚（今河北雄县南鄚州镇）人，他比大名鼎鼎的温子昇只小一岁，一度齐名，称为“温邢”；温子昇去世后，人们又将他同比较年轻的魏收（505～572）相提并论，称为“邢魏”——其人在北朝文坛上守先待后的地位由此已不难推见。河间邢氏是北方的大姓，北魏皇室非常注意争取，曾点名征召邢颖，邢劭正是其宗族后辈。邢氏当时人才辈出。那时北方世族坚持在其乡里聚族而居，抱团取暖，这样在乱世中较易生存，并可能有所发展。

邢劭成名甚早，享年较长，不仅作品数量很多，而且学问渊博，“博览故籍，无不通晓。晚年尤以五经章句为意，穷其指要。吉凶礼仪，公私咨禀，质疑去惑，为世指南。每公卿会议，事关典故，劭援笔立成，征引该洽，帝命朝章，取定俄顷。词致宏远，独步当前”（《北齐书》本传）；又曾参与法律文件的制定和修订。可惜邢劭的作品亡佚已甚，而且他既缺少温子昇《韩陵山寺碑序》一类名篇，又没有魏收《魏书》那样的巨著，不免显得相形见绌了。

邢劭流传至今的文章，以应用性的官方文字为主，写得比较朴素，不像温子昇那样讲究修饰，而在当时却以其古朴清新的风格大受欢迎。邢劭特别推崇南朝的沈约，沈约提倡“三易”（易见事，易识字，易读诵），邢劭确能得其精华。《北齐书·魏收传》载：“始（魏）收比温子昇、邢劭稍为后进，邵既被疏出，子昇以罪幽死，收遂大被任用，独步一时，议论更相訾毁，各有朋党。收每议陋邢邵文。邵又云：‘江南任昉，文体本疏，魏收非直模拟，亦大偷窃。’收闻，乃曰：‘伊常于沈约集中作贼，何意道我偷任昉？’”这些纷争乃所谓文坛轶事，彼此开些玩笑，不宜死于句下，以为他们就此势不两立。事实上他们有着深厚的友情，邢劭有《酬魏收冬夜直史馆诗》，诗云：

年病从横至，动息不自安。兼豆未能饱，重裘讵解寒。况乃冬之夜，霜气有余酸。风音响北牖，月影度南端。灯光明且灭，华烛新复残。衰颜依候改，壮志与时阑。体羸不尽带，发落强扶冠。夜景将欲近，夕息故无宽。忽有清风赠，辞义婉如兰。先言叹三友，次言惭一官。丽藻高郑卫，专学美齐韩。审谕虽有属，笔削少能刊。高足自无限，积风良可抟。空想青门易，宁见赤松难。寄语东山道，高驾且盘桓。

此诗作于天保八年(557)①，其时魏收任太子少傅，监国史，邢劭亦在史馆。从"忽有清风赠，辞义婉如兰"而句看去，是魏收先有诗赠邢劭，邢则作此为答。他在诗中自叹衰老，祝愿年轻的魏收大展宏图("积风良可抟"句用《庄子·逍遥游》的典故，指大鹏展翅)，不要作消极退隐之想。语气十分亲切，哪里有什么朋党之意！他又有《冬日伤志篇》，诗风也近于汉魏，代表北方文学"贞刚"的传统。

邢劭写诗不为时下由南方传来的时髦风气所动，语言质朴，真挚动人，如他的《思公子》诗道：

绮罗日减带，桃李无颜色。思君君未归，归来岂相识？

明白如话，怨而不怒，绝未受当时南方宫体的熏染，没有任何指向情色的话头。邢劭的为人和为文都显得有些老派作风。他在《萧仁祖集序》中说过："萧仁祖之文，可谓雕章间出。昔潘陆齐轨，不袭建安之风；颜谢同声，遂革太元之气。自汉逮晋，情赏犹自不谐；江北江南，意制本应相诡。"他认为诗文创作不必死守老传统，也不必赶什么时髦，按自己的意思写就好。立意甚高，可惜这一篇序现在只知道这么几句。

邢劭非公务性质的文章也有写得极好的。《北齐书·袁聿修传》载，太宁元年(561)邢劭在兖州刺史任上，一位相熟的比较年轻的友人袁聿修(511～582)以太常少卿的身份出差经过此地；临别时，邢劭送了他一些并不怎么值钱的白䌷作为礼品，结果被退回，还附了一封信，于是邢劭赶紧回了一封信去，略云：

一日之赠，率尔不思，老夫忽忽，意不及此。敬承来旨，吾无间然。

---

① 此据缪钺《魏收年谱》，《缪钺全集》第1卷下册，第528页。

弟昔为清郎,今日复作清卿矣。

充分肯定对方的清廉,而语气非常亲切。这时邢劭年纪已经很大,资历也比对方老得多,离去世已不远了,送点礼品本来绝没有行贿的意思,但在信里他坦然承认自己是老糊涂了,做法大为不妥。看来邢劭确实是有过不惮改的儒家君子,而北齐官场的风气也相当不错。袁聿修是袁翻(476～528)的儿子(后出继于叔父袁跃),父子均为能文之士,惜作品散佚殆尽了。

三

魏收(字伯起,505～572),巨鹿下曲阳(今河北晋州)人,历仕北魏、东魏、北齐,主要从事文字事宜。其间曾充当使者到南方去过一次,这对他注意向南方作家学习大约有些关系①。缪钺先生有《魏收年谱》,记述其平生甚为详备。

在北地"三才"中他年辈最晚,成果最多,《北齐书》本传载魏收有集七十卷,《隋书·经籍志》著录为六八卷,现在仅存零星。

魏收文今存十四篇,几乎都是政治应用文。《北史·魏收传》说:"自武定二年(544)以后,国家大事诏命,军国文词,皆收所作。每有警急,受诏立成。时或中使催促,收笔下有同宿构。敏速之功,邢(劭)、温(子昇)所不逮。"他不仅写得快,分寸和文采都颇有可观,确为一代大手笔。如《文苑英华》六百五十所载《为侯景叛移梁朝文》指出侯景其人乃是一个只顾眼前小利、反复无常的坏人,"人伦士操,本自不伦,直以少从羁勒,颇习趋走,叨忝名器,事出尔朱,藏情谄笑,唯利是视",他现在背叛了北朝,将来也一定不会忠于萧梁,你们现在重用其人,绝不能有好下场:"夫量材授任,必原其始;考行责成,当存其大。景豺声蜂目之首,狼心狐魅之徒,义无父子,弃同即异,捐亲背德,于我尚反目而去,在梁则何施可怀!"后来事情的发展,竟完全不出他之所料。

东魏、高齐易代之际,魏收写了许多重要的官样文章。邢劭说他模拟任昉,主要即指他那些诏、策一类朝廷公事文字。这些文章的内容、体式和辞藻,都和任昉在南齐、梁易代之际所作同类作品相似。

魏收应用之外的文章,流传甚少。有一份《枕中篇》,是告诫子侄之作,其

① 魏收作为使节在宾馆里做了些有失检点之事:"买吴婢入馆,其部下有卖婢者,收亦唤取。……人称其才而鄙其行。"(《北齐书·魏收传》)

中引用管子的话说“任之重者莫如身，途之畏者莫如口”；又说“无曰人之我狭，在我不可而覆；无曰人之我厚，在我不可而咎”；主张“能刚能柔”“三缄其口”，从中可以看出他的思想和个性，了解他的处世哲学，并由此可以得知北齐一般士大夫的思想情绪，有一定价值。他曾自诩很能作赋①，但所作如《南狩赋》《聘游赋》《皇居新殿台赋》《怀离赋》《庭竹赋》已全部亡佚了。

魏收诗今存十三首，多有清新可读之作，如《喜雨》的“泻溜高斋响，添池曲岸平，滴下如珠落，波回类璧成”；《庭柏》的“凌寒翠不夺，迎暄绿更浓”等句，对仗工整，巧构形似，很像是南朝诗歌的风格。另有些诗如《月下秋宴》，用典太多，似与“动辄用事”（《诗品》）的任昉相近。还有些诗，则颇近于南朝宫体：

> 春风宛转入曲房，兼送小苑百花香。白马金鞍去未返，红妆玉箸下成行。
>
> ——《挟琴歌》

> 绮窗斜影入，上客酒须添。翠羽方开美，铅华汗不沾。关门今可下，落珥不相嫌。
>
> ——《永世乐》

总体来看，魏收完全是跟着南朝作家的路子走的，唯其如此，南朝的文人对他评价并不甚高。没有自己的特色，总难免成为二流人物。他曾把自己的文集送给南方来的使者徐陵，徐陵在归途中扔进了大江，为的是替他“藏拙”（《隋唐嘉话》卷下）。徐陵只看重自具特色的温子昇。

除了诗文之外，魏收还著有《魏书》一百三十篇，其中包括帝纪十四篇、列传九十六篇、志二十篇，勒成一代大典②。魏收历仕北魏、东魏、北齐三朝，从二十六岁（北魏节闵帝普泰元年〔531〕）起就参与了皇家的“修国史”的大事，东魏、北齐时他担任过一些要职，升至尚书右仆射，但始终兼任史官，修国史；到北齐天保二年（551 年），又正式受命编撰魏史。为刚刚结束的元魏王朝写

---

① 《北齐书·魏收传》：“收以温子昇全不作赋，邢（劭）虽有一两首，又非所长。常云：‘会须作赋，始成大才士。唯以章表自许，此同儿戏。’”魏收一向自视甚高，颇有贬低温子昇、邢劭等作家的言论。

② 《魏书》在流传过程中颇有亡佚，本纪缺二卷，列传缺二十二卷，此外又有三卷残缺不全，由后人取魏澹《后魏书》、李延寿《北史》、《高氏小史》等补足之。现通行唐长孺点校本，中华书局 1974 年版。

史是非常困难的事情，这里会碰到许多麻烦敏感的问题，也是对史家的知识储备、叙述才能和个人品德严峻的考验①。北齐文宣帝高洋对他说："好直笔，我终不作魏太武诛史官。"这是一个重要的承诺。魏收当时可资利用的资料有邓渊的《代记》十余卷、崔浩等人的编年体《国书》（一称《国记》）及李彪的改编本（由编年体改为纪传体），有邢峦、崔鸿、王遵业等人撰录的孝文帝以下三朝《起居注》和元晖业撰录的《辨宗室录》；此外还有一批谱碟、家传。由魏收领导的工作班子②用三年多的时间完成了初稿，后来又修改过两轮。当时不满此书的人斥之为"秽史"，中华书局本《魏书》的出版说明写道：

> 书成后，议论纷纭，被称为"秽史"。魏收借修史来酬恩报怨，他公然宣称："何物小子，敢共魏收作色，举之则使上天，按之则使入地！"凡是史官的祖先姻戚，"多列史传"，"饰以美言"，还有受贿行为。由于魏收在列传人物的去取褒贬上触犯了某些门阀地主，诸家子孙控诉"不平"的一百多人，皇帝高洋和宰相杨愔、高德正庇护魏收，逮捕了一些控诉的人下狱治罪，暂时压下这场风波，同时也命魏书"且不施行"。以后，高演、高湛两次命魏收修改，始成定本，即传下来的这部《魏书》。

两次修改的详情现在不得而知，当时曾公之于众，看来有相当的自信③。就流传至今的本子看，不管这部书可能还有若干对相关人物评价高低失当之类的问题，贡献总是主要的，北魏最原始和比较完备的史料因此书而得以保存，其中二十篇志尤为重要④。从文学角度看，此书叙事的成就甚高，应视为北朝散文的重大成果。钱锺书先生说得好："魏收《魏书》叙事佳处，不减沈约《宋书》；北方'笔'语，当为大宗。"⑤

试从《魏书》的纪传中举几个例子来看。魏收为一代名臣崔浩立传，以酣

① 参见周一良《魏收之史学》（后收入《魏晋南北朝史论集》，第256～292页）。

② 参加者尚有房延祐、辛元植、刁柔、裴昂之、高孝干等人，这些人完全听命于魏收。

③ 《北齐书·魏收传》："帝以魏史未行，诏收更加研审。收奉诏，颇有改正。及诏行魏史，收以为直置秘阁，外人无由得见，于是命送一本付并省，一本付邺下，任人写之。"后来又改过一次；等到"齐亡之岁，收冢被发，弃其骨于外"，干这事的，还是就《魏书》问题来报复其作者。

④ 从东汉班固修《汉书》到唐初修《五代史志》近六百年间，史书中志的部分一向比较薄弱，《魏书》弥补了这方面的不足，《官氏志》《刑罚志》《食货志》《释老志》最为重要，《释老志》是《魏书》首创，记载了佛道两教在中原地区的传播及其变革，关于佛教史的记述尤详。

⑤ 《管锥编》第4册，第1509页。

畅的笔墨记叙他外貌纤弱而料事如神，运筹帷幄之中、决胜千里之外，读来令人神往；而关于他最后何以忽然被杀且株连极广，则言之甚简，留下很大的悬念；这一方面的情形，在《高允传》中有所透露，而高允的形象也被表现得历历如画：

是时，著作令史闵湛、郄标性巧佞，为（崔）浩信待。见浩所注《诗》《论语》《尚书》《易》，遂上疏，言马、郑、王、贾虽注疏六经，并多疏谬，不如浩之精微。乞收境内诸书，藏之秘府，班浩所注，命天下习业。并求敕浩注《礼传》，令后生得观正义。浩亦表荐湛有著述之才。既而劝浩刊所撰国史于石，用垂不朽，欲以彰浩直笔之迹。（高）允闻之，谓著作郎宗钦曰：“闵湛所营，分寸之间，恐为崔门万世之祸。吾徒无类矣。”未几而难作。

崔浩注释儒家的经典，又撰写魏之国史，经过这么大张旗鼓的宣传，把他抬到一个很可怕的高度上去，高允知道，很快就要出问题了。被小人所包围历来是大人物的魔咒①。高允参与过国史的撰写，他预感自己也在劫难逃。但后来却有了戏剧性的变化：

初，（崔）浩之被收也，允直中书省。恭宗使东宫侍郎吴延召允，仍留宿宫内。翌日，恭宗入奏世祖，命允骖乘。至宫门，谓曰：“入当见至尊，吾自导卿。脱至尊有问，但依吾语。”允请曰：“为何等事也？”恭宗曰：“入自知之。”既入见帝，恭宗曰：“中书侍郎高允自在臣宫，同处累年，小心密慎，臣所委悉。虽与浩同事，然允微贱，制由于浩。请赦其命。”世祖召允，谓曰：“《国书》皆崔浩作不？”允对曰：“《太祖纪》，前著作郎邓渊所撰。《先帝纪》及《今纪》，臣与浩同作。然浩综务处多，总裁而已，至于注疏，臣多于浩。”世祖大怒曰：“此甚于浩，安有生路！”恭宗曰：“天威严重，允是小臣，迷乱失次耳。臣向备问，皆云浩作。”世祖问：“如东宫言否？”允曰：“臣以下才，谬参著作，犯逆天威，罪应灭族，今已分死，不敢虚妄。殿下以臣侍讲日久，哀臣乞命耳。实不问臣，臣无此言。臣以实对，不敢迷

① 鲁迅先生曾经痛论此事，说：“无论是何等样人，一成为猛人，则不问其‘猛’之大小，我觉得他的身边便总有几个包围的人们，围得水泄不透。那结果，在内，是使该猛人逐渐变成昏庸，有近乎傀儡的趋势。在外，是使别人所看见的并非该猛人的本相，而是经过了包围者的曲折而显现的幻形。”详见《而已集·扣丝杂感》，《鲁迅全集》第3卷，第486页。智商极高的崔浩后来被闵湛之徒所包围，至可痛惜。

乱。”世祖谓恭宗曰：“直哉！此亦人情所难，而能临死不移，不亦难乎！且对君以实，贞臣也。如此言，宁失一有罪，宜宥之。”允竟得免。

此后还有一系列充满戏剧性的故事。从这里的记叙看去，撰史问题似乎尚非崔浩被杀的最重要的原因。其时毫无法制，许多人的性命都在帝王的一喜一怒之间。而高允始终说老实话，侥幸得免，其人格的高尚在生死关头表现得非常生动。在这一场巨大的灾难中遇难的宗钦临刑前说：“高允其殆圣乎！”这也表明了史家的态度。世祖拓跋焘和时为太子的恭宗拓跋晃在这里也都被表现得个性鲜明。

关于北魏孝文帝拓跋宏的改革，《魏书》中记叙甚详，在《高祖孝文帝纪》中，除逐年记载大事以外，于篇末又有一段道：

> 听览政事，莫不从善如流。哀矜百姓，恒思所以济益。天地、五郊、宗庙二分之礼，常必躬亲，不以寒暑为倦。尚书奏案，多自寻省。百官大小，无不留心，务于周洽。每言：凡为人君，患于不均，不能推诚御物；苟能均诚，胡越之人亦可亲如兄弟。常从容谓史官曰：“直书时事，无讳国恶。人君威福自己，史复不书，将何所惧。”凡所修造，不得已而为之，不为不急之事损民力也。……诸有禁忌禳厌之方非典籍所载者，一皆除罢。

这样人物形象就更加丰满，而此中所记的言论，表明古代的明君对于史书的尊重和敬畏，这是中国一个非常好的传统。

四

在《魏书·文苑传》中写到下列诸人：袁跃（附子聿修）、裴敬宪、卢观、封肃、邢臧、裴伯茂、邢昕、温子昇；《北齐书·文苑传》中又有祖鸿勋、李广、樊逊、刘逖、荀士逊、颜之推、袁奭、韦道逊、江旰、眭豫、朱才、荀仲举、萧悫、古道子。《周书》不设《文苑传》。《北史·文苑传》因为也包括隋，涉及的人物比较多，他们是：温子昇、荀济、祖鸿勋、李广、樊逊（附茹瞻）、刘逖、荀士逊、王褒、庾信、颜之推（附弟之仪）、虞世基、柳䛒、许善心、李文博（附侯白）、明克让（附叔少遐）、刘臻、诸葛颖、王贞、虞绰（附辛大德）、王胄（附兄昚）、庾自直、潘徽（附常得志、尹式、刘善经、孔德绍、刘斌）。又有若干文人因为地位较高另有专传，或有特别情况列入其他合传（如郦道元入《魏书·酷吏传》，而不入《文苑传》）。又有若干作家不能入传的情形。根据作品流传的情况，兹略举北朝中其他五位比较重要的作家，简述如下：

祖鸿勋(？～550)，涿郡范阳(今河北定兴)人，活动于魏、齐间，其名篇《与阳休之书》作于他弃官返乡时，文章想象他回去以后可以在故园美景中过自由潇洒的隐居生活：

萝生映宇，泉流绕阶。月松风草，缘庭绮合；日华云实，傍沼星罗。檐下流烟，共宵气而舒卷；园中桃李，杂椿柏而葱茜。时一褰裳涉涧，负杖登峰，心悠悠以孤上，身飘飘而将逝，杳然不复知在天地间矣。

色彩浓淡适中，行文从容不迫，在北朝骈文中属于一流文字。

刘逖(525～573)，彭城(今江苏徐州)人，魏、齐间诗人，曾待诏北齐文林馆。其集早已亡佚，现在能看到几首诗，风格略近于南朝，如《秋朝野望》诗云：

驻车凭险岸，飞盖历平湖。菊寒花稍发，莲秋叶渐枯。向浦低行雁，排空转噪乌。若将君共赏，何处减城隅。

北方文人一向以南朝作品为榜样，以至看不出多少差别。

祖珽，范阳遒(今河北易县)人，生卒年不可确知，也是由魏入齐的文人，其仕途大起大落，最后官做得很大。在他当政期间北齐建立了专门的学术、文学机构文林馆①，具有重要的意义，其影响下达隋朝。他本人有《从北征》《望海》等诗。

阳休之(509？～582)，北平无终(今天津市蓟州区)人，出于名门，一生仕履复杂，曾在南方呆过一段时间。《北齐书》本传说他“好学不倦，博综经史，文章虽不华靡，亦为典正”。他是早期为陶渊明编集子的重要人物，其序言流传至今。他对声韵颇有研究，著有《韵略》一书，据《文镜秘府论·四声论》说，“制作之士，咸取则焉，后生晚学，所赖多矣。”他本人的诗风，也是学习南朝的，而传世者无多。

---

① 关于文林馆，《北齐书·文苑传》有比较详细的介绍：“后主虽溺于群小，然颇好讽咏。……三年，祖珽奏立文林馆，于是更召引文学士，谓之待诏文林馆焉。珽又奏撰《御览》，诏珽及特进魏收、太子太师徐之才、中书令崔吉、散骑常侍张雕、中书监阳休之监撰。”最早的馆客是萧悫和颜之推，扩大后更包括王邵、魏澹、薛道衡、卢思道、陆开明、李德林等五十余人。据此可知文林馆设立于武平三年(572)，总领馆事者祖珽、魏收、阳休之等高官，参与者甚多，北齐的能文之士几乎网罗殆尽。后成大型类书《修文殿御览》三百六十卷，同时待诏们也大写其诗，其成果有《文林馆诗府》八卷。《隋书·经籍志》有著录，今已亡佚。《北史·齐本纪下》谓文林馆设立于武平四年(573)，似不确，当是进一步扩大之年。

萧悫字仁祖，天保年间（551～559）由梁入北齐，稍后官至太子洗马。其文集由邢劭作序。他存诗较多，最著名的是《秋思》：

清波收潦日，华林鸣籁初。芙蓉露下落，杨柳月中疏。燕帏缃绮被，赵带流黄裾。相思阻音信，结梦感离居。

全诗无非表达思妇的情愫，并不突出，但“芙蓉露下落，杨柳月中疏”一联，表现萧散纤细的情调非常自然，贵妇的感情一般来说比较含蓄，于是写景也不宜强烈到萧瑟的程度。这两句曾经得到颜之推等批评家的激赏。

三十八　庾信

南北朝时期重量级大作家庾信（字子山，513～581）的一生分为两大段：前半在南朝梁为宫廷文人，后半不得已而在北。他初入北时还是西魏，但很快就改朝换代而为周。尽管北方政权的高层人士对他非常尊重客气，他在这里的官位也比过去要高，但故园是回不去了，内心深处总是很有些矛盾和痛苦，不免都融化而进入其诗赋和文章之中。

分裂时代的复杂经历，使庾信的创作能够“穷南北之胜”（倪璠《注释庾集题辞》），在文学史上留下了相当浓重的痕迹。

一

庾信乃是名父之子，本来注定有一个稳定而辉煌的前程，但后来发生了很大的变化。

他的祖籍在南阳新野（今属河南），其先辈于西晋永嘉之乱时南迁，落户于江陵，渐渐有人在南朝当官，但地位似乎并不甚高[①]。他父亲庾肩吾（字子慎，487～551）地位大为上升，成了名声煊赫的文学侍从之臣——他是后来的太子萧纲的老师，从天监八年（509）萧纲七岁的时候起就在他手下任职，此后长期追随这位王子。中大通三年（531）萧纲被立为太子后，他在这里担任通事舍人，除中间一度到萧纲的七弟萧绎那里去效劳之外，长期同萧纲在一起，是著名的御用文人。《梁书·庾肩吾传》写道：

> 初，太宗（萧纲）在藩，雅好文章士。时肩吾与东海徐摛、吴郡陆杲、

① 所以他在《哀江南赋》里只是含糊地说：“我之掌庾承周，以世功而为族；经邦佐汉，用论道而当官。禀嵩、华之玉石，润河、洛之波澜。居负洛而重世，邑临河而晏安。逮永嘉之艰虞，始中原之乏主。民枕倚于墙壁，路交横于豺虎。值五马之南奔，逢三星之东聚。彼凌江而建国，始播迁于吾祖。分南阳而赐田，裂东岳而胙土。诛茅宋玉之宅，穿径临江之府。”

> 彭城刘遵、刘孝仪、仪弟孝威，同被赏接。及居东宫，又开文德省，置学士，肩吾子信、摛子陵、吴郡张长公、北地傅弘、东海鲍至等充其选。齐永明中，文士王融、谢朓、沈约，文章始用四声，以为新变。至是转拘声韵，弥尚丽靡，复逾于往时。

可知其时庾肩吾同萧纲的另一位资深文学侍从之臣徐摛(字士秀，471～551)等人在倡导一场诗界革新，他们的下一代庾信、徐陵等人作为文德省学士紧紧跟上，都以追求新变著称。他们写诗讲究声律与辞藻之美，大有为艺术而艺术的气息。徐摛和庾肩吾的新诗，以及他们那些同样讲究声韵和辞藻的骈体文、辞赋，当时被称为“徐、庾体”。

那时正是萧梁王朝的盛世，“五十年中，江表无事”，“于时朝野欢娱，池台钟鼓。里为冠盖，门成邹、鲁。连茂苑于海陵，跨横塘于江浦。东门则鞭石成桥，南极则铸铜为柱。橘则园植万株，竹则家封千户。西赆浮玉，南琛没羽。吴歈越吟，荆艳楚舞。草木之遇阳春，鱼龙之逢风雨”(庾信《哀江南赋》)。萧纲手下文士云集，年轻的庾信、徐陵在这里充当抄撰学士，春风得意，“父子在东宫，出入禁闼，恩礼莫与比隆。……每有一文，都下莫不传诵”。太子萧纲的诗文之风与所谓“徐、庾体”毫无二致，由于他地位更高，这种体被称为“宫体”。宫体诗的主题涵盖了贵族生活的方方面面，庾信这时的作品也正是如此。其间他曾经出使东魏，同北方作家讨论过辞赋问题，“盛为邺下所称”(《周书·庾信传》)。

可惜一场突如其来的侯景之乱把萧梁王朝完全搞垮了。时任建康令的庾信被派去把守朱雀门，阻止叛军进入首都，而他完全没有这方面的训练和能力，手下又是一群同样丝毫不懂军事的官僚，他们只能退却逃跑。《北史·庾信传》写道：

> 侯景作乱，梁简文帝命信率宫中文武千余人，营于朱雀航。及景至，信以众先退。台城陷后，信奔于江陵。

《南史·贼臣传》则提供了若干细节：

> (太清)二年八月，(侯)景遂发兵反。……(九月)既而景至朱雀航……萧正德先屯丹阳郡，至是率所部与景合。建康令庾信率兵千余人屯航北，及景至彻航，始除一舶，见贼军皆着铁面，遂弃军走。南塘游军复闭航度景。皇太子以所乘马授王质，使援庾信。质至领军府与贼遇，未阵便奔。景乘胜至阙下。

而《资治通鉴》卷一百六十一太清二年(548)条下写道：

> 梁兴四十七年，境内无事，公卿在位及闾里士大夫罕见兵甲，贼之猝迫，公私骇震。……
>
> 辛亥，(侯)景至朱雀桁南，太子以临贺王(萧)正德守宣阳门，东宫学士新野庾信守朱雀门，帅宫中文武三千余人营桁北，太子命信开大桁以挫其锋，正德曰："百姓见开桁，必大惊骇，可且安物情。"太子从之。俄而景至，信帅众开桁，始除一舶，见景军皆着铁面，退隐于门。信方食甘蔗，有飞箭中门柱，信手甘蔗，应弦而落，遂弃军走。南塘游军沈子睦，临贺王正德之党也，复闭桁度景。太子使王质将精兵三千援信，至领军府，遇贼，未陈(阵)而走。

临贺王萧正德乃是与侯景互相勾结的内奸，而庾信以及王质都是根本不能领兵作战的，于是放弃阵地不战而奔，使梁王朝失去守住首都的最后的防线，放叛乱者直接达到皇宫的门外。萧梁王朝的末日行将来到了。

侯景之乱使得以建康为中心的萧梁政权迅速土崩瓦解，台城陷落后，庾信逃出建康，历尽艰险，逃往上游的重镇江陵(今湖北荆州)。在战乱中，庾信有二子一女死于非命，让他悲痛之极。

关于他这一次流亡的经历，现在看不到多少具体的材料，只知道历时甚长，非常辛苦，中间多次出现险情。他后来在《哀江南赋》中有大块的文章写他这一段的经历(由"于是桂林颠覆，长洲麋鹿"到"才子并命，俱非百年")。作者习惯于用太多的典故来暗写当下，当年的具体情形却不易确知，只是可以大体知道以下三点：其一，建康台城陷落，萧梁诸王纷争不已，武帝萧衍和简文帝萧纲都死于非命，庾信自己走投无路，只好向江陵方向逃亡。其二，当时路上非常混乱，充满危险，自己诈称奉皇帝之命出使，勉强混过了一路的盘查，但因为到底没有正式的公文，混得非常吃力。第三，最糟糕的是侯景部下的水兵进攻郢州(今湖北武汉)，与萧绎部下的王僧辩在长江上恶斗，幸亏庾信躲避及时，否则很可能要丢掉性命。

先前庾氏家族南迁之初就是落户江陵的，庾信在这里应当可以找到族人。这时他的父亲庾肩吾也逃回了江陵，于是他们都在"承制"(已继任国家元首，尚待完成称帝的手续)的萧绎手下任职，庾肩吾任江州刺史，庾信为御史中丞。稍后庾肩吾死，承圣三年(554)四月庾信以梁散骑常侍的身份作为梁元帝萧绎的使节出使西魏。可是就在此后不久，西魏即出兵攻占了江陵，梁元帝萧绎被杀，江陵的一批官员及其家属被押解到长安去，成为俘虏和人质。

就在庾信到达长安后不久，西魏执政者、丞相宇文泰（后北周追认为太祖，505～556）命于谨等人率五万大军猛攻江陵，与梁元帝萧绎矛盾很深的萧詧（萧统之子）与魏人配合，也出兵攻江陵。当年年底，西魏攻占了江陵，杀掉梁元帝萧绎，这让使节庾信失去原先的依托，处境十分尴尬；这一年庾信四十二岁，从此留滞北方，直到六十九岁死在那里。

关于西魏方面攻打江陵一役，《周书·太祖纪》有下列简要的记载：

梁元帝遣使请据旧图以定疆界，又连接于齐，言辞悖慢。太祖曰："古人有言'天之所弃，谁能与之'，其萧绎之谓乎！"

冬十月壬戌，遣柱国于谨、中山公护、大将军杨忠、韦孝宽等步骑五万讨之。

冬十二月癸未，师济于汉。……丙申，谨至江陵，列营围守。辛亥，进攻城，其日克之。擒梁元帝，杀之，并掳其百官及士民以归。没为奴婢者十万余，其免者二百余家。

这二百余家自应是上层人物之家，庾信的家小也在其中[①]。江陵沦陷，庾信失去了归路。

宇文泰是一位精明强干的政治家，非常注意笼络利用南方士大夫，当拿下江陵、一批梁的官员向北方投降并被带到长安以后，他高兴地说："昔平吴之利，二陆而已。今定楚之功，群贤毕至，可谓过之矣。"（《周书·王褒传》）他对原属南方的高级人才非常客气，给予礼遇，要求他们安心在此效劳[②]。在这样的政策背景下，庾信自然也在大力笼络的名单之内，但由于他曾经是带着萧绎的强硬立场来谈判的代表，所以也不能一下子就过于客气，先把他软禁起来再说。由江陵掳来的家属允许同他生活在一起——这种人性化的安排有助于让庾信转变立场。

于是庾信被西魏当局软禁在某一小园子里面。北方在等待庾信明确表明态度。庾信的《小园赋》《枯树赋》皆作于此时，这些作品表明他愿意同北方

① 稍后庾信得以与其家属会合，这就是倪璠在《庾子山年谱》中所说的"信本江陵名士，特为太祖所知，推恩礼送，故信老幼皆在长安"。

② 《隋书·艺术传·庾季才传》："周太祖一见季才，深加优礼，令参掌太史。每有征讨，恒预侍从。赐宅一区，水田十顷，并奴婢牛羊什物等。谓季才曰：'卿是南人，未安北土，故有此赐者，欲绝卿南望之心。宜尽诚事我，当以富贵相答。'"他这种坦率的谈话乃是理解庾信等入北之士的重要背景材料。

当局合作,同时也感慨系之。北方先给了他使持节、抚军将军、右金紫光禄大夫等一堆空洞的头衔,把这位并未明确表示投诚的南方使节、大才子安顿下来,但一时并无实际职能——这在庾信看来无非是把他软禁在这里,尚处在某种“妾身未分明”的状态。

三年后北周取代了西魏,宇文泰的儿子宇文觉上台当了皇帝,庾信为新王朝效力的态度也明朗了。先前江陵的萧梁政权亡于西魏,现在西魏已由宇文周取代,所以庾信仕于北周在政治伦理上的精神障碍已经消除,于是他接受了新的实际的职务:先后为司水下大夫、弘农郡守,也获得更多的礼遇,武成二年(560)他回到长安担任麟趾学士,校刊经史①;此后除了一度出使北齐,又担任过洛阳刺史之外,大部分时间在首都供职。

北周时代的庾信作为作家的名声很大,许多高官同他来往,学习他的诗文风格,又敦请他撰写重要的应用文特别是上层人物的墓志。但庾信始终未尝参与朝政机密,他与许多权贵特别是大冢宰宇文护(514～572)、赵王宇文招(宇文泰之子,? ～580)、滕王宇文逌(宇文泰之子,? ～580)关系虽然密切,但大抵只是文字之交。他的实际地位始终低于另一位由南而北的名流王褒。

到大象元年(579),庾信因病退职,两年后(581)病逝。而就在这一年,杨坚“接受”北周的禅让,称帝,隋王朝开始了。

虽然庾信在北周的官场里厮混多年,地位甚至比在南朝时还要高,同若干宇文氏皇室成员关系也很好,但他总还是有一股强烈的乡关故国之思,经常流露于笔端。南方故土永远是他的心头之痛。“庾信生平最萧瑟,暮年诗赋动江关”(杜甫《咏怀古迹》五首之一),他后期的作品上升到一个新的阶段。庾信入北以后的作品由滕王宇文逌于大象元年(579)编成二十卷②,到第二

---

① 麟趾学士相当于萧梁的钞撰学士或北齐的待诏文林馆,专事学术、文学工作。《周书·明帝纪》:“及即位,集公卿以下有文学者八十余人于麟趾殿,刊校经史,又捃采众书,自羲皇以来,讫魏末,续为世谱,凡五百卷云。”《北史·庾季才传》:“武成二年,与王褒、庾信同补麟趾学士。”《周书·宗懔传》:“世宗即位,又与王褒等在麟趾殿刊定群书。”庾信参与这里的工作,曾在诗里提到。

② 据宇文逌《庾开府集序》,他编的这个二十卷本,收的全是庾信写于北方的作品;等到隋平定了陈以后,得到了庾信若干先前的作品,补入该集,成为二十一卷(见《隋书·经籍志》);这些本子均已亡佚。现在看到的庾集都是明朝人的辑录本,诗集有正德十六年(1521)朱承爵刊本《庾开府集》四卷、嘉靖间朱曰藩刊本六卷,诗文合集有万历间屠隆评点本十六卷(有《四部丛刊》影印本)本。后来通行清人倪璠的《庾子山集注》十六卷,《四部备要》曾据以排印;今有许逸民校点本,中华书局 1980 年版。

年，宇文逌、宇文招就都因为政治原因被丞相杨坚杀掉了；再下一年庾信去世——这固然是因为老作家庾信年高久病，而政局的重大变化恐怕也促成了他的终于不起。

二

庾信的创作以辞赋的水平为最高，现存十多篇，前、后期的作品大约各占一半。他早年的赋属于宫体，大抵是在东宫里奉和同题之作，如《春赋》《灯赋》《对烛赋》《七夕赋》《镜赋》《鸳鸯赋》《荡子赋》等等，往往采用五、七言诗加骈文的路数，绮丽而清新，技术娴熟而内容无非是宫体的一套，写风景和女性的体态和心理颇有可观，但没有多少社会意义。举两个片段来看：

> 宜春苑中春已归，披香殿里作春衣。新年鸟声千种啭，二月杨花满路飞。河阳一县并是花，金谷从来满园树。一丛香草足碍人，数尺游丝即横路。
>
> ——《春赋》

> 前日汉使著章台，闻道夫婿定应回。手巾还欲燥，愁眉即剩开。逆想行人至，迎前含笑来。
>
> ——《荡子赋》

到后期，更成熟的技术与新的处境、新的感受结合在一起，写出了非常灿烂的篇章，他的《小园赋》《枯树赋》《伤心赋》《竹杖赋》《邛竹杖赋》《愁赋》《哀江南赋》都是赋史上声名显赫的篇章。

这里有一批作品，包括《伤心赋》《小园赋》《枯树赋》皆作于庾信已获得一些空洞官衔而实际上被软禁的三年期间①。这三年北方内部正在酝酿政治格

① 关于庾信入北之初的官衔，《周书·庾信传》说是："来聘于我。属大军南讨，遂留长安。江陵平，拜使持节、抚军将军、右金紫光禄大夫、大都督，寻进车骑大将军、仪同三司。孝闵帝践阼，封临清县子，邑五百户，除司水下大夫，出为弘农郡守。"而《北史·庾信传》则谓"聘于西魏。属大军南讨，遂留长安。江陵平，累迁仪同三司。周孝闵帝践阼，封临清县子，除司水下大夫，出为弘农郡守。"比较这二者繁简之不同，就可以知道所谓"使持节、抚军将军、右金紫光禄大夫、大都督"以及"车骑大将军、仪同三司"，都是一些空洞的荣誉性的头衔，没有实际职务，也没有什么实际意义。只有后来那个不那么光彩耀目的"司水下大夫"才是具体的职事官。

局的变化（北周取代西魏），庾信则被挂了起来，庾信在《哀江南赋·序》中称为“三年囚于别馆”，而在《伤心赋》里则说成是“流寓秦川，飘飖播迁，从官非官，归田不田。对玉关而羁旅，坐长河而暮年。已触目于万恨，更伤心于九泉”。这是庾信特别痛苦的三年，也是他创作获得丰收的三年。就在庾信尚处于前途不明朗之际，他又有一个女儿、一个外孙不幸死亡，这使他万分痛苦，于是写下了《伤心赋》。

《小园赋》则直接描写他被软禁之处。这是一所“弊庐”，有几间窑洞（“窟室”），都非常矮小（“檐直倚而妨帽，户平行而碍眉”），外面有一个院子，其中有“榆柳三两行，梨桃百余树”，——作者就在这里过自己一家凄凉暗淡的生活：“薄晚闲闺，老幼相携，蓬头王霸之子，椎髻梁鸿之妻。燋麦两瓮，寒菜一畦。风骚骚而树急，天惨惨而云低。聚空仓而雀噪，惊懒妇而蝉嘶”。庾信住在这样一个偏远（“人外”）隐蔽（“拨蒙密兮见窗，行欹斜兮得路”）而且荒凉（“草树混淆，枝格相交。山为篑覆，地有堂坳。藏狸并窟，乳鹊重巢”）的地方，只有一种可能，那就是当江陵的萧绎政权覆灭之初，庾信作为萧绎派往西魏的使者忽然间失去归路的时候。这个小园不是隐逸之士的安身处，而是他政治身份未获确定之时的软禁之所。

《枯树赋》里说起自己的这段经历，有云：“况复风云不感，羁旅无归，未能采葛，还成食薇。沉沦穷巷，芜没荆扉，既伤摇落，弥嗟变衰。”这里所说的“穷巷”“荆扉”，应当也是指《小园赋》里描写过的小园。北方要给他一点苦头吃一吃，等待他明确转变立场，然后再给他上好的待遇。《枯树赋》中的“枯树”在《小园赋》中也曾提到：“心则历陵枯木，发则睢阳乱丝。非夏日而可畏，异秋天而可悲。”“历陵枯木”一句暗示自己有可能作一华丽的转身。历陵在豫章郡，这里有一株著名的大樟树，久枯之后“忽更荣茂”（《宋书·五行志》），庾信在赋里特别提到这样的奇迹，不是没有用意的。《小园》《枯树》二赋呼应甚密，自是同一时段的作品。

被软禁在这里的庾信痛苦不堪，心乱如麻，他设想过保持节操，坚守着小园死不屈服，回归自然；但他下不了这样的决心，他想起自己早年的生活，那时何其得意，何等舒服，而一场侯景之乱把一切都毁了，曾经形势一派大好的萧梁王朝今已覆亡，自己无家可归，还能有什么作为！《小园赋》最后部分写道：

> 昔草滥于吹嘘，藉《文言》之庆余。门有通德，家承赐书。或陪玄武之观，时参凤皇之墟。观受厘于宣室，赋《长杨》于直庐。

遂乃山崩川竭，冰碎瓦裂，大盗潜移，长离永灭。摧直辔于三危，碎平途于九折。荆轲有寒水之悲，苏武有秋风之别。关山则风月凄怆，陇水则肝肠断绝。龟言此地之寒，鹤讶今年之雪。百龄兮倏忽，光华兮已晚。不雪雁门之踦，先念鸿陆之远。非淮海兮可变，非金丹兮能转。不暴骨于龙门，终低头于马坂。谅天造兮昧昧，嗟生民兮浑浑。

下面应该还有些意思要说，但此赋写到这里就戛然而止了。他还有些意思将另写入《枯树赋》里去。按庾信的思路，他作为一棵大树，确实是已经枯死了，往事不堪回首；但自己的木料还是好的，还可以在新的形态里发挥作用，尽管这样做实出于无奈。不久庾信终于正式接受了北周方面的安排，开始了新的生活。

庾信重要的代表作《枯树赋》亦作于他陷入西魏不能南归之初①。此赋不长，全文如下：

殷仲文风流儒雅，海内知名。世异时移，出为东阳太守。常忽忽不乐，顾庭槐而叹曰："此树婆娑，生意尽矣！"

至如白鹿贞松，青牛文梓，根柢盘魄，山崖表里。桂何事而销亡？桐何为而半死？昔之三河徙植，九畹移根。开花建始之殿，落实睢阳之园。声含嶰谷，曲抱《云门》。将雏集凤，比翼巢鸳。临风亭而唳鹤，对月峡而吟猿。乃有拳曲拥肿，盘坳反复，熊虎顾盼，鱼龙起伏。节竖山连，文横水蹙，匠石惊视，公输眩目。雕镌始就，剞劂仍加。平鳞铲甲，落角摧牙。重重碎锦，片片真花。纷披草树，散乱烟霞。

若夫松子、古度、平仲、君迁，森梢百顷，槎卉千年。秦则大夫受职，汉则将军坐焉。莫不苔埋菌压，鸟剥虫穿。或低垂于霜露，或撼顿于风烟。东海有白木之庙，西河有枯桑之社，北陆以杨叶为关，南陵以梅根作冶。小山则丛桂留人，扶风则长松系马。岂独城临细柳之上，塞落桃林之下？

若乃山河阻绝，飘零离别。拔本垂泪，伤根沥血。火入空心，膏流断节。木魅睒睒，山精妖孽。横洞口而欹卧，顿山腰而半折。文斜者百围冰

① 唐朝人张鷟《朝野佥载》卷六载："梁庾信从南朝初至北方，文士多轻之。信将《枯树赋》以示之，于后无敢言者。"初至北方的提法值得高度重视。此赋既可显示自己的才华，也足以表明自己现在的态度。《枯树赋》自当作于庾信陷于西魏不能南归之初，即梁承圣三年（西魏恭帝元年〔554〕）秋冬或其稍后。

碎，理正者千寻瓦裂。戴瘿衔瘤，藏穿抱穴。

沉复风云不感，羁旅无归，未能采葛，还成食薇。沉沦穷巷，芜没荆扉，既伤摇落，弥嗟变衰。《淮南子》云："木叶落，长年悲。"斯之谓矣。乃为歌曰："建章三月火，黄河万里槎。若非金谷满园树，即是河阳一县花。"桓大司马闻而叹曰："昔年种柳，依依汉南；今看摇落，凄怆江潭。树犹如此，人何以堪！"

唐朝诗人张说在《过庾信宅》一诗提起他的作品，专门举出这篇《枯树赋》[①]；而后来研究辞赋的专家也批评过此赋，指出用典过多，脉络不那么分明[②]，但这并不影响它在庾信创作中的地位，到二十世纪七十年代中叶甚至成了一时的大热门[③]。

《枯树赋》从东阳太守殷仲文这里写起[④]，殷仲文（？～407）是大军阀桓温的女婿，当桓温幼子桓玄攻入首都准备取代东晋、自立为帝的时候，他迅速抛弃原先的官职新安太守跑到首都来为桓玄效力。新的楚王朝建立后他当上了侍中，大肆纳贿；不久刘裕起兵打败桓玄，楚政权迅即结束，这时殷仲文又来投靠刘裕，并幻想在这里仍然官居高位，把持朝政；精明的刘裕先稳住他几天，然后很快就把他打发到东阳去当太守，稍后更以谋反罪将他杀掉，其时他还不到四十岁。《世说新语·黜免》第八则载：

桓玄败后，殷仲文还为大司马咨议，意似二三，非复往日。大司马府听（厅）前，有一老槐，甚扶疏，殷因月朔，与众在听（厅），视槐良久，叹曰："槐树婆娑，无复生意！"

殷仲文失去了桓玄当政之时的地位，精神有点恍惚，看大司马府厅前的那棵老槐树，觉得它枝叶偃息倾侧，已经没有生气了——这无非出于一种移

---

① 张说《过庾信宅》全诗如下："兰成追宋玉，旧宅偶词人。笔涌江山气，文骄云雨神。包胥非救楚，随会反留秦。独有东阳守，来嗟古树春。"

② 祝尧《古赋辩体》卷六评《枯树赋》云："庾赋多为当时所赏，今观此赋，固有可采处，然喜成段对用故事以为奇赡，殊不知乃为事所用，其间意脉多不贯串。"

③ 毛泽东在他生命的最后一段时间里，非常关注庾信这篇《枯树赋》，根据他的要求先后出现了两种注释本，详见骆玉明《〈枯树赋〉的解读及其他》，《悦读》第12卷，二十一世纪出版社2009年版；柏寒《桃李满园人已去，终将情采壮山河——深切怀念吴小如先生》，《书品》2014年第3辑；孟繁之《芦荻谈往》，《东方早报》2015年5月3日《上海书评》。

④ 按，此是辞赋中常用的一种办法，著名的先例如南朝宋谢庄的《月赋》，就托之于王粲与曹植。

情作用，表明在他看来前大司马桓温和他的接班人桓玄已经完蛋了；而庾信却借来抒发自己关于大树将枯的感慨。殷仲文对此槐树叹气时尚未去东阳当太守，庾信大约有点记错了，或故意加以改造。他是在写赋，本无须讲究精确。

《枯树赋》里用了许多关于树的典故，令人应接不暇；末了的几句正与开头遥相呼应："桓大司马闻而叹曰：'昔年种柳，依依汉南；今看摇落，凄怆江潭。树犹如此，人何以堪！'"桓大司马就是桓温，故事的原本也在《世说新语》，见于《言语》之第五十五则：

> 桓公北征经金城，见前为琅邪时种柳，皆已十围。慨然曰："木犹如此，人何以堪！"攀枝执条，泫然流涕。

赋中也对原始材料有所改造。在《枯树赋》的这一头一尾中间，有三个小段，分别写枯树的三种前途，庾信本人看好的是其中的第一种。

故国覆亡后身陷于北方的庾信处境很困难，他的使者身份已经自行消亡，在北方十分尴尬，他得面对现实，重新安排自己的前程。所以这篇赋表面看是咏物，而实为写志，甚至带有某种表态的意思。至于欲借此显露才华，压住北人一头，则尤为重要的当务之急。

庾信自己觉得，在当时北方的政局中他一时很难找到适合自己的坐标。先前由南朝叛逃去北方的官僚和文人也很有些人，一般都受到礼遇，甚至还有得到重用的。但自己的情况不同，他是作为使节而来的，从道义上说他不能叛逃，而且故国已亡，也无所谓叛逃了。从实际情形看去，他得另想办法，用一个合适的理由在这里呆下去。

由于他使节的身份，也由于他早已建立起来的文坛声誉，此时他并非普通的阶下囚，而是得到某种规格待遇(实为软禁)的上层人士——这就是后来他在《哀江南赋》中所说的"囚于别馆"——这显然不合于他的心思和需要。外面好看，内里甚苦，年纪渐老，壮志成空，进退皆难，走投无路。所以庾信在《枯树赋》之末写道："风云不感，羁旅无归。未能采葛，还成食薇。沉沦穷巷，芜没荆扉。既伤摇落，弥叹变衰。"萧梁中兴道消，自己无从感会风云，奋其智勇，失去使节的身份，却仍然忧惧谗言(《诗经·王风》有《采葛》篇，郑《笺》云："桓王之时，政事不明，臣无大小使出者，则为谗言所毁，故惧之。")，只能在长安"食薇"，这样一种特殊的处境促使文学家庾信在枯树上找到了寄托感慨的客观对应物，即以此作为发泄感情的突破口。

这新枯之树曾经很是兴旺,但现在其根已死,至少也是半死,生意尽矣。复活是不可能的,看来它唯一的前途是作为木料进入一个新的生存状态。他期待着这上好的木料在加工的过程中获得华丽的转身:"匠石惊视,公输眩目。雕镌始就,剞劂仍加。平鳞铲甲,落角摧牙。重重碎锦,片片真花。纷披草树,散乱烟霞。"这大约应当理解为他本人对于未来的希冀。庾信是一个较之坚守教条更讲究实际的人,他固然不胜感慨地哀叹现在,同时也已经着手规划自己的未来。当下的"匠石"和"公输"亦即识货的高人在哪里?庾信入北之初专门将《枯树赋》公之于众,言外似乎表明他相信自己未必没有翻身之日。当然,这一层意思他并没有也不便过分强调,通篇仍以哀叹为主,他有他的身份,他的尊严,而长期以来形成的"流连哀思"(萧绎语,见《金楼子·立言篇》)的审美趣味也在发挥作用。

庾信清醒地看到,这枯树也就是他自己也很可能并没有什么好的前途,相反将遭到轻重不等的摧残:轻一点的将是"苔埋菌压,鸟剥虫穿。或低垂于霜露,或撼顿于风烟";重一点则是"山河阻绝,飘零离别。拔本垂泪,伤根沥血。火入空心,膏流断节。横洞口而欹卧,顿山腰而半折。文斜者百围冰碎,理正者千寻瓦裂。戴瘿衔瘤,藏穿抱穴。木魅睒睒,山精妖孽。"总之,在此水土不服,前途未可乐观,只能抒写不幸,拭目以待未来。

换言之,现在存在好和坏两类前途,坏前途中又可分为轻、重两种情形。未来存在很大的不确定性或者说多种可能性,在这个意义上庾信正与这新枯之树异质而同构。大树已枯,旧我已死,未来将走向何方?《枯树赋》的原旨大体在此。至于后来的读者怎样理解,那是另一问题,完全可以就其中某一点大加发挥,这里海阔天空,略无挂碍。

庾信后来在一首诗中写道:"倏忽朝市变,茫茫人事非。避谗犹采葛,忘情遂食薇。怀愁正摇落,中心怆有违。独怜生意尽,空惊槐树衰。"(《拟咏怀》其二十一)"中心怆有违"就是现在人们常说的内心矛盾,精神痛苦。这首诗与《枯树赋》正好互为注释。

尽管西魏特别是此后的北周都非常看重庾信,庾信的乡关之思虽然至死不能泯灭,但留北之初迫切希望有"匠石"和"公输"之流来关注自己的意思,则因为问题已经顺利解决而自然消亡了。于是《枯树赋》在他就成了过时的绝唱,而同时也就成为文学史上空前绝后的名篇。

庾信后期辞赋中最著名的篇章是他的《哀江南赋》。这篇将近四千字的大赋写于何时曾经多有分歧的说法,陈寅恪先生论定此赋作于公元578年(北周宣政元年，南朝陈太建十年），他的主要根据是《哀江南赋》中这样几句话："中兴道消，穷于甲戌。""天道周星，物极不反。""况复零落将尽，灵光岿然。日穷于纪，岁将复始。逼切危虑，端忧暮齿。践长乐之神皋，望宣平之贵里。"甲戌（西魏恭帝元年、梁元帝承圣三年〔554〕），是西魏灭梁之年，以岁星纪年，十二年一个来复，由554年下数十二年，是566年（北周武帝天和元年，陈文帝天嘉七年），但这年庾信才五十出头，不能称为"暮齿"，与庾信同被扣留在北方的另一名流王褒（511～574?）尚健在，他也还不能自称"灵光岿然"——所以须再等一个来复，即由566年再下数十二年，那就是578年了。

这样来推算固然不为无据，但似乎尚难成为定论。甲戌（554）确实是一个历史的分界线，也是庾信本人发生命运巨变的重大节点——他作为萧梁出使西魏的使者从此无家可归，不得不长期留滞北方，并终老于此。但推算"天道周星"的起点其实不能放在甲戌（554），而应略晚几年，因为《哀江南赋·序》一开头就说得很清楚：

> 粤以戊辰之年，建亥之月，大盗移国，金陵瓦解。余乃窜身荒谷，公私涂炭；华阳奔命，有去无归。中兴道消，穷于甲戌。三日哭于都亭，三年囚于别馆。天道周星，物极不反。

先是548年（梁武帝太清二年），侯景占领了首都建康，然后是554年（甲戌，西魏恭帝元年，梁元帝承圣三年），梁被西魏所灭，元帝萧绎被杀。作为使臣的庾信被西魏软禁于长安，虽然事实上他已经降于西魏，但总要等到三年后的北周代西魏（北周孝闵帝元年〔557〕）以后，他的处境才得到充分的改善。"天道周星"一句在原作中列于"三年囚于别馆"之后，可见起算点应在甲戌的三年之后。

按庾信自己的叙述，《哀江南赋》应作于甲戌（554）之后的十五年，也就是569年（北周武帝天和四年，陈宣帝太建元年）左右，其年庾信五十七岁。

《哀江南赋》末段写道：

> 日穷于纪，岁将复始。逼切危虑，端忧暮齿。践长乐之神皋，望宣平之贵里。渭水贯于天门，骊山回于地市。幕府大将军之爱客，丞相平津侯之待士，见钟鼎于金、张，闻弦歌于许、史。岂知灞陵夜猎，犹是故时将军，咸阳布衣，非独思归王子！

这一段的意思是说，现在自己在长安，年纪越来越老，不免多有忧思。但这里到底是伟大的首都，多有贵人住在这里；当权的大将军、丞相对自己很关爱，此外来往的也都是高门。我本来早就是将军，至今也还思念我的江南故土。

这里应当注意的是“幕府大将军”“丞相平津侯”二语，按之当时的官场情况，其人应指北周王朝的开创者、太祖文皇帝宇文泰(505～556)之侄、权倾一时的宇文护(514～572)。此公在西魏时已颇立军功，周初拜大司马，孝闵帝宇文觉(542～557宇文泰第三子)以其权势太重大，打算干掉他，不料他发动反政变，杀掉闵帝，另立宇文毓(534～560，宇文泰长子)为帝(明帝)，于是宇文护的权势几乎达到顶点，为大冢宰、太师，一度摄政；明帝中毒身死(此事的幕后指挥还是宇文护)后，宇文邕(534～578，宇文泰第四子)继位(武帝)，大冢宰宇文护为都督中外诸军事，更集军政大权于一身，但保定四年(564)他出征伐北齐吃了败仗，风头稍减；后来到建德元年(572)三月，武帝“诛大冢宰、晋公(宇文)护及其子柱国、谭公会。……大赦，改元”(《北史》卷十《周本纪下》)。从此大权才全归武帝本人。宇文护手握北周大权许多年，其人乃是庾信的重要靠山。庾信深知有一个高端靠山无比必要，就他本人当时的身份而言尤其是如此。作《哀江南赋》时，宇文护尚在台上。

《哀江南赋》深刻地总结了萧梁王朝灭亡的教训，至今读去仍觉得很有意味。既然已经归顺了北周，而且南方的政权也已经由陈取代了梁，所以当庾信来回顾萧梁政局的历史教训时，已经没有多少顾忌，说话可以比较大胆；当然，他始终坚持用繁复的典故和华丽的辞藻来说话。

从《哀江南赋》看去，庾信认为本来相当繁荣的萧梁王朝忽然以惊人的速度走向灭亡，有两大原因，留下了两大教训：

一是居安而不思危，让一些潜在的问题发展到很危险的地步，侯景之乱引爆了危机之后，又拿不出有力的对策来，于是迅速崩盘。庾信写道：

> 于时朝野欢娱，池台钟鼓。里为冠盖，门成邹、鲁。连茂苑于海陵，跨横塘于江浦。东门则鞭石成桥，南极则铸铜为柱。橘则园植万株，竹则家封千户。西赆浮玉，南琛没羽。吴歈越吟，荆艳楚舞。草木之遇阳春，鱼龙之逢风雨。五十年中，江表无事。王歙为和亲之侯，班超为定远之使。马武无预于甲兵，冯唐不论于将帅。岂知山岳暗然，江湖潜沸。渔阳有闾左戍卒，离石有将兵都尉。天子方删诗书，定礼乐，设重云之讲，开士林之学。谈劫烬之灰飞，辩常星之夜落。地平鱼齿，城危兽角。

卧刁斗于荥阳，绊龙媒于平乐。宰衡以干戈为儿戏，缙绅以清谈为庙略。乘渍水以胶船，驭奔驹以朽索。小人则将及水火，君子则方成猿鹤。弊箄不能救盐池之咸，阿胶不能止黄河之浊。既而鲂鱼赪尾，四郊多垒。殿狎江鸥，宫鸣野雉。湛卢去国，艅艎失水。见被发于伊川，知百年而为戎矣！

承平日久，偃武修文，歌舞升平，清谈误国，没有任何打仗的准备。一旦出乎意料的侯景之乱爆发，上上下下惊慌失措，一筹莫展，迅速走向危亡；虽有几个忠臣志士，亦不能挽狂澜于既倒。这是多么沉痛的教训！

二是国有内鬼，皇室离析，内战不断，互相残杀，这些都是极可怕的事情。赋中说“虽借人之外力，实萧墙之内起”。侯景这个罪魁祸首就是由梁武帝萧衍的义子萧正德引进来的，而武帝却相当信任他们，给予实权，后来吃了大亏：“王子召戎，奸臣介胄。既官政而离逖，遂师言而泄漏。望廷尉之逋囚，反淮南之穷寇。”内奸萧正德为了满足个人的权势欲，与侯景联手攻入建康，犯下了很大的罪行。等到萧衍饿死于台城，太子萧纲继位（史称梁简文帝），仅仅一年就被侯景所杀；萧衍的另外几个儿子萧绎、萧纶（519～551）、萧纪（508～553）等人为争权夺利互相恶斗，最后萧绎胜出，在荆州称帝（史称梁元帝），而国家的元气已经斫丧殆尽；再加上前太子萧统（501～531）的儿子萧詧（519～562）也参与混战，甚至不惜求助于西魏的军事力量，于是萧绎很快就战败被杀。稍后萧绎之子萧方智（542～557）被弄出来充当傀儡皇帝，在南京重建梁王朝的政权，但很快就被手握军权的陈霸先取代了。陈霸先是萧梁王朝政治危机的最后获利者。《哀江南赋》写道：“用无赖之子弟，举江东而全弃。惜天下之一家，遭东南之反气。以鹑首而赐秦，天何为而此醉！”在南朝算是最为稳定繁荣的萧梁王朝就这么灰飞烟灭了。

庾信的辞赋大量运用典故，具有极强的“互文性”，而其底文来源又五花八门，简直令人目迷五色。当时的士人固然会很过瘾，佩服作者的渊博；而今天读去则非常吃力，非借助于详密的注释不可。这种“徐、庾体”或曰宫体的写作路径在当年曾经风靡一时，影响深远，余波甚长。对于中古时代作家的这种行文习惯，我们除了宽容忍耐之外别无良法，只好克服困难，取其精华。《哀江南赋》的精华主要不在其文辞之曲折典雅，而在其中总结了深刻的历史教训。

《哀江南赋》正文之前有一小序，是非常好的骈文，其传诵的程度甚至高于正文，尤其是该序的后半：

日暮涂远，人间何世！将军一去，大树飘零；壮士不还，寒风萧瑟。荆璧睨柱，受连城而见欺；载书横阶，捧珠盘而不定。钟仪君子，入就南冠之囚；季孙行人，留守西河之馆。申包胥之顿地，碎之以首；蔡威公之泪尽，加之以血。钓台移柳，非玉关之可望；华亭鹤唳，岂河桥之可闻！

孙策以天下为三分，众才一旅；项籍用江东之子弟，人唯八千。遂乃分裂山河，宰割天下。岂有百万义师，一朝卷甲，芟夷斩伐，如草木焉？江、淮无涯岸之阻，亭壁无藩篱之固。头会箕敛者，合从缔交；锄耰棘矜者，因利乘便。将非江表王气，终于三百年乎？是知并吞六合，不免轵道之灾；混一车书，无救平阳之祸。呜呼！山岳崩颓，既履危亡之运；春秋迭代，必有去故之悲。天意人事，可以凄怆伤心者矣！况复舟楫路穷，星汉非乘槎可上；风飙道阻，蓬莱无可到之期。穷者欲达其言，劳者须歌其事。陆士衡闻而抚掌，是所甘心；张平子见而陋之，固其宜矣。

庾信是真动了感情，虽然用典甚多，而读起来却十分流畅有力，个人的命运和故国的兴亡都令他歌哭无端，许多话不欲明言，也只好通过典故来稍稍发露一点；这同常见的堆砌辞藻、无病呻吟的骈文完全不同。

庾信又有《拟连珠》四十四首，内容与《哀江南赋》可以互证之处甚多；另外一些应酬性的骈文虽然内容大抵并不重要，但就写作技巧而言，在六朝时代总归属于一流，这就是《四库全书总目》所说的“集六朝之大成，而导四杰之先路”，杜甫对于庾信一再给予崇高的评价，不单是充分肯定他的诗，也高度评价他的辞赋和骈文；既看好他的清新，更重视他的老成和萧瑟①。庾信作品后来在文学史拥有的经典地位，同杜甫的评论关系很大。

三

庾信同他的父亲庾肩吾原来都是萧梁王朝的宫廷诗人，极受“宫体”文学运动领袖、太子萧纲的爱重。庾信早年的诗作多为在东宫里的奉和同题之作，如《奉和同泰寺浮图》《奉和初秋》《和咏舞》等等，讲究声律和辞藻，内容大抵是宫廷生活，充满了鲜花、美酒、女人和艳情，离实际社会生活相当遥远；但庾信的艺术水平确实很高，他在形式上的探索也是大有贡献的，例如其《乌夜啼》：

---

① 杜甫《春日忆李白》：“清新庾开府，俊逸鲍参军。”《戏为六绝句》之一：“庾信文章老更成，纵横健笔意凌云。”《咏怀古迹》之一：“庾信生平最萧瑟，暮年诗赋动江关。”

促柱繁弦非《子夜》，歌声舞态异《前溪》。御史府中何处宿，洛阳城头那得栖。弹琴蜀郡卓家女，织锦秦川窦氏妻。讵不自惊长落泪，到头啼乌恒夜啼。

又如作于江陵时的《燕歌行》：

代北云气昼昏昏，千里飞蓬无复根。寒雁嗈嗈渡辽水，桑叶纷纷落蓟门。晋阳山头无箭竹，疏勒城中乏水源。属国征戍久离居，阳关音信绝能疏。愿得鲁连飞一箭，持寄思归燕将书。渡辽本自有将军，寒风萧萧生水纹。妾惊甘泉足烽火，君讶渔阳少阵云。自从将军出细柳，荡子空床难独守。盘龙明镜饷秦嘉，辟恶生香寄韩寿。春分燕来能几日，二月蚕眠不复久。洛阳游丝百丈连，黄河春冰千片穿。桃花颜色如好马，榆荚新开巧似钱。蒲桃一杯千日醉，无事九转学神仙。定取金丹作几服，能令华表得千年。

内容都是写寂寞女性的哀伤，完全合于宫体诗派讲究表达"流连哀思"(《金楼子·立言篇》)的审美趣味，并无多少特异之处；但这两首诗的形式却大可注意，因为正如刘熙载早就指出的那样，《乌夜啼》已经"开唐七律"，而《燕歌行》则"开初唐七古"，"其他体为唐五绝、五排所本者，尤不可胜举"(《艺概·诗概》)。在并无战争的太平时代写《燕歌行》这样代思妇立言的篇章虽然略近于无病呻吟，但艺术形式上的探讨仍然是有意义的。在没有什么紧迫任务的时候，充分利用余裕来磨炼技巧和形式，也是很好的事情。

这一时期作品的标题中多有"赋得""奉和"字样，无非是主人萧纲命题写诗，或者他先来一首，让周围的文士群起而和之，例如萧纲先写一首《山池》，庾肩吾、庾信、徐陵、王台卿、鲍至等人纷纷奉和，庾信的一首是：

乐宫多暇豫，望苑暂回舆。鸣笳陵绝浪，飞盖历通渠。桂亭花未落，桐门叶半疏。荷风惊浴鸟，桥影聚行鱼。日落含山气，云归带雨余。

描写宫廷花园里的假山、水池以及这里的花树鱼鸟，小巧而美丽，"荷风惊浴鸟，桥影聚行鱼"二句尤为纤细。虽然用了许多典故，却简直看不出痕迹。这是典型的宫廷文学。

这种主人与清客聚会作诗的情形在先前曹丕的时代已经盛行，至此更是变本加厉。因为在内容上没有多少脑筋可动，便致力于声韵和对仗，有不少作品的平仄已经非常靠近后来的律诗，而对仗精工，亦堪称"五律之始"(李调元《雨村诗话》)。

等到侯景之乱爆发,政局发生巨变,庾信的生活来了一个大变化,他的诗歌创作也进入一个新的阶段。

这时他的诗里仍然有大量的宫体风格的作品,在北方也有身份很高而一味风雅的主人,例如对庾信非常爱重佩服的赵王宇文招,就很像一个北周版的萧纲,所以庾信就有《和赵王看妓》这样的作品:

绿珠歌扇薄,飞燕舞衫长。琴曲随流水,箫声逐凤凰。细缕缠钟格,圆花钉鼓床。悬知曲不误,无事畏周郎。

这同他先前在萧纲手下充当学士时的那些宫体之作可以说没有丝毫不同。像这样表现他看家本领的诗作还有相当一批,如《奉和赵王美人春日》《奉和赵王春日》《和宇文内史入重阳阁》《北园新斋成应赵王教》《同会河阳公新造山池聊得寓目》,如此等等。一位已经成熟的诗人,总会有他基本不变的东西。赵王宇文招自己写起诗赋来,"学庾信体,词多轻艳"(《周书·赵王招传》);他在物质方面对庾信多有馈赠赏赐,为此庾信写过许多感谢信,到现在还能看到九封。如果身边没有宇文招这样身份很高、热情也很高的粉丝,庾信的宫体诗写作也许会维持不下去。

尽管如此,大环境到底已经发生了巨大的变化,长安不是建康,宇文招也不是萧纲;自己在这里写这些新的应命奉和之诗,这不过是在新的局面里安身立命的需要。事实上庾信始终未能完全融入北方的新环境,他不免总是戴着一副面具在生活。于是他写了另外一些比较肯说真话的诗,这里虽然仍不免有"流连哀思",但已经不是浮泛的呻吟,而是暗含着他内在的血泪。这方面的作品以《咏怀》(后来或题作《拟咏怀》,似无根据)①最为杰出,诗凡二十七首,大约不是一时之作,排列也很随意,而篇篇有很深的感慨,试略举几首来看:

榆关断音信,汉使绝经过。胡笳落泪曲,羌笛断肠歌。纤腰减束素,别泪损横波。恨心终不歇,红颜无复多。枯木期填海,青山望断河。(其七)

摇落秋为气,凄凉多怨情。啼枯湘水竹,哭坏杞梁城。天亡遭愤战,

① 唐人编《艺文类聚》选录了庾信这一组诗中的五首,径题《咏怀》;明人编《诗纪》以及倪璠《庾子山集注》则题作《拟咏怀》,并认为是模拟阮籍的《咏怀诗》。沈德潜说庾信这些诗"无穷孤愤,倾吐而出,工拙都忘,不专拟阮"(《古诗源》卷十四)。此说极是,标题应依《艺文类聚》。

日夔值愁兵。直虹朝映垒，长星夜落营。楚歌饶恨曲，南风多死声。眼前一杯酒，谁论身后名。（其十一）

寻思万户侯，中夜忽然愁。琴声遍屋里，书卷满床头。虽言梦蝴蝶，定自非庄周。残月如初月，新秋似旧秋。露泣连珠下，萤飘碎火流。乐天乃知命，何时能不忧？（其十八）

在死犹可忍，为辱岂不宽。古人持此性，遂有不能安。其面虽可热，其心长自寒。匣中取明镜，披图自照看。幸无侵饿理，差有犯兵栏。拥节时驱传，乘亭不据鞍。代郡蓬初转，辽阳桑欲干。秋云粉絮结，白露水银团。一思探禹穴，无用鏖皋兰。（其二十）

倏忽市朝变，苍茫人事非。避谗应采葛，忘情遂食薇。怀愁正摇落，中心怆有违。独怜生意尽，空惊槐树衰。（其二十一）

歌哭无端，苍劲老辣。其七中的女性色彩完全不同于宫体诗中风流惊艳的美女，而是流落异乡的佳人，多迟暮的悲凉，“枯木期填海，青山望断河”二句尤为沉痛。这是庾信的心声啊。其十一含蓄地写到江陵的陷落，无限哀伤。这样的作品，在他先前的诗作里固然看不到，就是在整个宫体诗里也是看不到的。痛苦产生的诗情，自有其动人的力量。庾信说，他现在是戴着一副假面在过日子，内心其实很痛苦（“其面虽可热，其心长自寒”），而且充满了矛盾（“中心怆有违”），都不欲明言，不如喝酒，不要管什么身后之名（“眼前一杯酒，谁论身后名”）；但要完全忘记初衷，一味死心塌地，也是做不到的（“恨心终不歇”），最后只有让死亡来了结这一切（“独怜生意尽，空惊槐树衰”）。庾信写这些诗，大约是为了缓解内心的痛苦；而在实际生活中，他只好继续同北周的王爷和高官们厮混下去，而且混得像模像样，甚至有滋有味。他在有些诗里表示有隐居之志，实际上只不过是说说而已。

这种为文与为人的分裂，在南北朝时期颇为多见，这时政权更迭频繁，士人往往仕于两朝甚至多朝，而文章中却有念念不忘旧朝的表示，言行两歧，人格分裂。先前的谢灵运早就是如此，庾信也不免是如此——这就会引起后人评价上的歧异，其情形如钱锺书先生曾经概括过的那样：“好其文乃及其人者，论心而略迹；恶其人以及其文者，据事而废言。”①如果我们认清这种为人

① 《管锥编》第 4 册，第 1520 页。

与为文的某种矛盾乃是当时的常态，种种纷争也许可以大为淡化。

后期庾信抛开熟悉的宫体老套，来写魏晋风格的咏怀，思想价值固然是比较高的，但艺术上却不能说非常成功，钱锺书先生曾经直言不讳地说过："窃谓子山所擅，正在早年积习咏物写景之篇，斗巧出奇，调谐对切，为五古之后劲，开五律之先路。至于慨身世而痛国家，如陈氏（按，指《诗比兴笺》的作者陈沆）所称《咏怀》二十七首，虽有肮脏不平之气，而笔舌木强，其心可嘉，其词则何称焉。"[1]当然他也没有一概而论，仍然肯定了这里仍有高妙的篇章和诗句：

其中较流丽如"榆关断音信"一首，而"纤腰减束素，别泪损横波。恨心终不歇，红颜无复多"等句，亦齐梁艳情别诗之常制耳。若朴直凄壮，勿事雕绘而造妙者，如"步兵未饮酒，中散未弹琴。索索无真气，昏昏有俗心"；"摇落秋为气，南风多死声"；"阵云平不动，秋蓬卷欲飞"；"残月如初月，新秋似旧秋"；"无闷无不闷，有待何可待。昏昏如坐雾，漫漫疑行海"；"壮冰初开地，盲风正折胶"；"其面虽可热，其心长自寒。匣中取明镜，披图自照看。幸无侵饿理，差有犯兵栏"，在二十七篇中寥寥无几。[2]

其实，有这些佳句已经很可观了；成名已久的大作家庾信在早已习惯的笔墨之外另辟蹊径来创作新的作品，而能取得这些成绩，已属难能可贵。新手上路，要求不能太高。有很多中年以上的作家一味坚持自己的老套，不肯与时俱进，虽然可以不丢功架，而其精神状态比起庾信来应该说差得很远。庾信与时俱进地来写《咏怀》是值得大加肯定的。

庾信也作五言四句的小诗，如：

玉关道路远，金陵信使疏。独下千行泪，开君万里书。

庾信这首《寄王琳》非常有名，但他话说得吞吞吐吐的，很不容易理解。按，王琳是梁、陈之际的名人，又同北方的北齐、西魏-北周有着复杂的联系，幸而尚可推知出他是在什么情况下先行同庾信取得联系的。据《北齐书》卷三十二《王琳传》（《南史》卷六十四《王琳传》略同）可以知道，王琳早年靠裙带关系成为将帅，但他确有军功，在平定侯景动乱的战斗中逐步确立了自己的地位。但梁元帝萧绎对王琳并不放心，把他远远地打发到岭南去，他很想争取去雍州当刺史，没有成功。萧绎到最后关头才调动战斗力很强的王琳部来救

① 《谈艺录》，第299页。

② 《谈艺录》，第300页。

驾勤王，但已经来不及了。王琳率部到达长沙后，因为手握重兵，一度成了各派政治力量都不得不表示尊重的盟主。而这时王琳正在观望之中，为自己的未来布局，他同北方的北齐、西魏以及后梁（在西魏卵翼之下以萧詧为首之梁）都在拉关系，窥测方向，徐图后计。西魏是刚刚消灭了以萧绎为首的江陵梁政权的胜利者，王琳留在江陵的家属应当也在他们手里——古代到地方上担任要职的官员，特别是带兵的高官，家属一般都留在首都，这多少有点充当人质的味道。西魏破江陵后，掳去大批官员和他们的家属，王琳的家小亦在其内；他“使献款于魏，求其妻子”的来由当出于此。王琳写信给庾信，应当也就在此时。他们都是萧绎手下的官员，自然是早就熟识的。据《资治通鉴》卷一百六十六，王琳屯兵于长沙、被推为盟主在承圣四年亦即绍泰元年(555)正月，然则他给庾信发出信函以及庾信收到来信并作《寄王琳》诗，应当也都在本年。

王琳的信现在看不到了，估计可能会有这样一些内容：对形势的巨变感慨一番，表明自己仍然忠于先前以萧绎为元首的梁王朝，问候庾信——庾信作为萧绎派往西魏的使节，现在还在西魏手里，但只是被扣押，他尚未明确表示效忠于西魏，至少王琳还没有听到这方面确切的消息。而庾信，却正在准备面对现实，开始自己新的生活。现在天翻地覆，形势复杂，不知应当如何立言。自己远在北方一角，南方政治中心的建康（金陵）没有什么人同自己联系（“信使疏”），却意外地收到老熟人王琳万里之外的来信，读来令人热泪盈眶，不知说什么才好。不如不说也罢。

这样感慨系之而并无明确表示的措辞，是可以理解的。这时庾信尚被“囚于别馆”，政治身份尚未分明，此诗大有外交辞令之意。前人评说此诗，或谓其中有“家国之恨”（吴汝纶《汉魏六朝百三家集选·庾开府集选》），又有人说从诗里能感到诗人“忠愤欲绝”（叶矫然《龙性堂诗话续集》），似乎都不免有点过度诠释。

庾信又有《寄徐陵》：

> 故人倘思我，及此平生时。莫待山阳路，空闻吹笛悲。

庾信与徐陵曾经是通家之好的密友，年轻时就在文坛上齐名，但后来走上了很不同的道路，南北隔绝多年，至死未能相见。从这首《寄徐陵》诗的语气看去，应是庾信的晚年之作。他说，如果老朋友还思念我，要趁我活着的时候，不要等我死了以后，像先前的向秀似的去山阳故居凭吊嵇康。

此诗应作于北周保定二年，亦即陈天嘉三年(562)，当是托行将回国之陈王朝的使者周弘正带回南方去的[①]。本年庾信五十岁，在那时就要算是一个来日无多的老人了。

庾信早年曾与周弘正为同僚，与弘正的弟弟弘让也非常熟悉(曾作有《寻周处士弘让》《赠周处士》等诗)，所以在周弘正出使长安的这两年中同他颇有交往，写了好些诗篇，当周离开长安回建康去的时候，又赋诗为别道：

扶风石桥北，函谷故关前。此中一分手，相逢知几年？黄鹄一反顾，徘徊应怆然。自知悲不已，徒劳减瑟弦。

——《别周尚书弘正》

他叹息自己同周弘正的再见不知在何年何月。此时又托他把这首《寄徐陵》带到南方去面交这另一位老友，诗中也同样充满了老年人的悲观和感伤。钱锺书先生特别赏识庾信这一首《寄徐陵》，评为“沉挚质劲，语少意永，殆集中最‘老成’者矣”[②]。老成总是同萧瑟悲凉联系在一起。

当周弘正尚书复回金陵时(陈天嘉三年、北周保定二年〔562〕)，庾信为他写了好几首诗，先有《送周尚书弘正》二首；又有《重别周尚书》二首：

阳关万里道，不见一人归。唯有河边雁，秋来南向飞。

河桥两岸绝，横岐数路分。山川遥不见，怀袖远相闻。

现在有这样一个与故人相见的机会太难得了，别易会难，将来未必能有再见的时候。

后期庾信仍有写景之作，但同早年的取景、笔墨完全不同了，再也不是江南优美的园林花鸟，而是苍茫的河山、漫天的风雪，《郊行值雪》写道：

风云俱惨惨，原野共茫茫。雪花开六出，冰珠映九光。还如驱玉马，暂似猎银獐。阵云全不动，寒山无物香。薛君一狐白，唐侯两骕骦。寒

---

① 《陈书·周弘正传》载：“弘正博物知玄象，善占候，大同末，尝谓弟弘让曰：‘国家厄运，数年当有兵起。吾与汝不知何所逃之。’及梁武帝纳侯景，弘正谓弘让曰：‘乱阶此矣。’京城陷，弘正为衡阳内史，元帝在江陵，遗弘正书曰……乃遣使迎之。……及弘正至，礼数甚优，朝臣无与比者。……及江陵陷，弘正遁围而出，归于京师，敬帝以为大司马王僧辩长史，行扬州事。……(陈)高祖受禅，授太子詹事。天嘉元年，授侍中，领国子祭酒，往长安迎高宗。三年，自周还。”按，周弘正(字思行，496～574)出使北周，是为了将先前在江陵陷落时被迁于关右的陈王朝的皇室成员陈顼(后称帝，庙号高帝、谥号宣帝)迎接回去，因为种种原因，他在长安呆了两年才完成这一使命。

② 《谈艺录》，第300页。

关日欲暮，披雪渡河梁。

写的是北国的寒冬，诗人自己也渐渐走到了生命的冬天。

庾信的诗一向得到很高的评价，清朝诗论家陈祚明说：庾信写诗“运以杰气，敷为鸿文。如大海回澜之中，明珠木难，珊瑚玛瑙，与朽株败苇，苦雾酸风，汹涌奔腾，杂至并出，陆离光怪，不可名状。吾所以目为大家。……岂特北朝一人，即亦六季鲜俪”（《采菽堂古诗选》卷三十三）。沈德潜说：“陈、隋间人，但欲得名句耳。子山于琢句之中，复饶清气，故能拔出于流俗中，所谓轩鹤立鸡群者耶！”（《古诗源》卷十四）他们都强调庾信有一股“气”，亦即充满个性的精神力量作为他创作的根本，这一观察是大有见地的。

四

庾信的文章以应用文为多，文学价值不算高，但可以从中看到他的生活状态和某些感情，例如当他得到北周皇室成员的馈赠时写的那些谢表，就分明可见他的处境和无奈。

写得更多的是碑志文，包括碑文和墓志。古人对死亡高度重视，将遗体大敛后装入棺木，实行土葬，安排陪葬的器物，稍后还要来一方石刻的墓志，一起埋在地下的墓穴中。墓前则要树碑。墓志（或称墓志铭）采用韵散结合的文体：前面是一份简明的墓主传记，一般用散体文，也可用骈文；后面是类乎四言诗的铭文，用以咏叹歌颂。这两部分都可长可短，视墓主的情况而定，一般都是从正面着笔，大讲好话。如果墓主生前比较阔气，则墓志文一定要请名人动手。在一般情况下，前去请托的墓主后代要付给作者一份润笔。古代没有稿费，而撰写谀墓之文是有收入的，而且往往比较丰厚。

现在所知道的最早的墓志文，是刘宋作家颜延之为其好友写的《王球墓志》①，后来谢朓和沈约都写过若干。那时北方更加重视碑志文，庾信以及王褒都写过不少。《北史·庾信传》说：

> 明帝、武帝并雅好文学，信特蒙恩礼。至于滕、赵诸王，周旋款至，有若布衣之交。群公墓志，多相托焉。惟王褒颇与信埒，自余文人，莫有逮者。

能受人之托为群公作墓志文，在那时最足以代表文字水平。通行的《庾

① 详见《文选》卷五十九任昉《刘先生夫人墓志》题下李善注引吴均《齐春秋》。

子山集注》(清人倪璠注,有许逸民点校本,中华书局1980年版)凡十六卷,其中碑文和墓志铭各占两卷,这些墓主大部分是北方的权贵及其家属,也有从南方过来的人物。前者如《周赵国夫人纥豆陵氏墓志铭》,其墓主乃宇文泰之子、赵国公宇文招(? ～580)的夫人纥豆陵氏(551～570)。宇文招"博览群书,好属文,学庾信体,词多轻艳"(《北史·周室诸王传》),庾信同他关系密切,《北史·庾信传》说他同赵王宇文招、滕王宇文逌"周旋款至,有若布衣之交"。庾信曾在文章中提到赵王是"今上之第九弟也,文则河间上书,武则任城置阵"(《周车骑将军贺娄公神道碑》)了给予极高评价。到周、隋易代的前夜,宇文招试图以政变方式谋杀辅政的实权人物、后来的隋文帝杨坚,遭反制,被杀。第二年,庾信也匆匆去世。

由南方过来的人物如吴明彻(字通昭,513～580),此公一生经历相当复杂,曾先后仕于梁、陈、北周,政治立场有过重大的变化。关于他早年出仕于萧梁的情况,庾信在为他写的墓志中介绍说:

> 公志气纵横,风情倜傥。圯桥取履,早见兵书,竹林逢猿,遍知剑术。故得勇爵登朝,材官入选。起家东宫司直,后除左军。葛瞻始嗣兵戈,仍遭蜀灭;陆机才论功业,即值吴亡。公之仕梁,未为达也。

可知他出仕未久就碰上导致萧梁王朝垮台的侯景之乱,尚未来得及得到远大的发展;但他很快就同其时正在崛起的枭雄陈霸先取得联系,追随其人建功立业,成了一代名将:

> 自梁受终,齐卿得政,礼乐征伐,咸归舜后。是以威加四海,德教诸侯,萧索烟云,光华日月。公以明略佐时,雄图赞务,鳞翼更张,风飚遂远。冠军侯之用兵,未必师古,武安君之养士,能得人心。拟于其伦,公之谓矣。为左卫将军,寻迁镇军、丹阳尹,北军中候,总政六师,河南京尹,冠冕百郡。文武是寄,公无愧焉。

这里的"明略佐时,雄图赞务"二句是对吴明彻入陈后诸功业的概括。吴明彻最显赫的战功是先后打垮阴有异志的湘州刺史华皎和已为北齐效力的前萧梁名将王琳(当时他占据寿阳与陈为敌),关于后者,《南史》卷六十六本传载:

> 太建五年,朝议北征,公卿互有异同,明彻决策请行。诏加侍中,总众军十余万发都。缘江城镇,相续降款。军至秦郡,齐大将军尉破胡将兵为援,破走之,秦郡降。……进逼寿阳,齐遣王琳拒守,明彻乘夜攻之,

中宵而溃。齐兵退据相国城及金城。明彻令军中益修攻具,又遏肥水灌城,城中苦湿,多腹疾,手足皆肿,死者十六七。会齐遣大将皮景和率众数十万来援,去寿春三十里,顿兵不进。诸将咸曰:"计将安出?"明彻曰:"兵贵在速,而彼结营不进,自挫其锋,吾知其不敢战明矣。"于是躬擐甲胄,四面疾攻,城中震恐。一鼓而禽王琳等送建邺。

王琳也是名声煊赫的战将,先前庾信写过一首著名的小诗《寄王琳》,而至此已天人永隔。寿春之战乃是吴明彻一生事业的顶峰,于是进位司空,授南兖州刺史;但是后来他败给了北周,遂为降将。《南史》本传继续写道:

及周灭齐,宣帝将事徐、兖。(太建)九年,诏明彻北侵,令其世子慧觉摄行州事。军至吕梁,周徐州总管梁士彦率众拒战,明彻频破之。仍迮清水以灌其城,攻之甚急,环列舟舰于城下。周遣上大将军王轨救之。轨轻行自清水入淮口,横流竖木,以铁锁贯车轮,遏断船路。诸将闻之甚恐,议欲破堰拔军,以舫载马。马明戍裴子烈曰:"君若决堰下船,船必倾倒,岂可得乎?不如前遣马出。"适会明彻苦疾背甚笃,知事不济,遂从之。乃遣萧摩诃帅马军数千前还。明彻仍自决其堰,乘水力以退军。及至清口,水力微,舟舰并不得度,众军皆溃。明彻穷蹙,乃就执。周封怀德郡公,位大将军。以忧遘疾,卒于长安。后故吏盗其柩归。

因为战术出错、年老有病、河流水位下降等诸多因素的综合作用,一代名将吴明彻兵败被俘;虽然北周对他相当优待,但他情绪太坏,不久死去。

此时北齐已经灭亡,北周内部酝酿着中枢换马,对已经缴械归降的名将吴明彻态度非常宽大。庾信的墓志当作于吴明彻的棺柩在长安寄瘗之初,其中自然要写到他兵败于清口、由陈入周的这一段经历。此事颇不易措辞,而庾信的行文竟仍然从容不迫,用大量的典故将种种经过敷衍过去。墓志既维持吴明彻的英雄形象,又充分肯定北周方面宽大雍容的气度,将其时的种种恶战一笔带过,归于天命。很难处理的题目到了高手手里仍可化为绝妙好辞。褚斌杰先生高度评价《周大将军怀德公吴明彻墓志铭》,说:"庾信在这篇墓志铭中饱含感情地描写了他的一生际遇,文章清新洞达,痛惋之情溢于言表,被骈文家推为'志文绝唱'。"①按,称此文为绝唱的是清人李兆洛,其《骈体文钞》卷二十五云:"同病相怜,故言哀入痛,志文绝唱也。"因为吴明彻经历很

① 《中国古代文体概论》(增订本),北京大学出版社1990年版,第445~446页。

特殊，此篇当是庾信特别精心撰写的。

一代名将吴明彻到晚年忽遭重创，自然是极其窝囊之事，所以吴明彻入周以后很快就“以忧遘疾，卒于长安”（《南史》卷六十六本传）。后来的史家可以这样措辞，庾信则不可能如此直白，他在墓志的后半写道：

> 宣政元年，届于东都之亭，有诏释其鸾镳，蠲其衅社。始弘就馆之礼，即受登坛之策，拜持节大将军，怀德郡开国公，邑二千户。归平津之馆，时闻枥马之嘶；舍广成之传，才见诸侯之客。廉颇眷恋，宁闻更用之期；李广盘桓，无复前驱之望。霸陵醉尉，侵辱可知，东陵故侯，生平已矣。
>
> 大象二年七月二十八日，气疾暴增，奄然宾馆。春秋七十七。即以其年八月十九日寄瘗于京兆万年县之东郊。诏赠某官，谥某，礼也。江东八千子弟，从项籍而不归；海岛五百军人，为田横而俱死焉。呜呼哀哉！毛修之埋于塞表，流落不存；陆平原败于河桥，死生惭恨。反公孙之柩，方且未期，归连尹之尸，竟知何日？游魂羁旅，足伤温序之心，玄夜思归，终有苏韶之梦。遂使广平之里，永滞冤魂，汝南之亭，长闻夜哭。呜呼哀哉！乃为铭曰：
>
> 九河宅土，三江贡职。美彼中邦，君之封殖。负才矜智，乘危恃力。浮磐戢鳞，孤桐垂翼。五兵早竭，一鼓前衰。移营减灶，空幕禽飞。羊皮讵赎，画马何追？苗裔永去，随会无归。存没俄顷，光阴凄怆。岳裂中台，星空上将。眷言妻子，悠然亭障。魂或可招，丧何可望？壮志沉沦，雄图埋没，西陇足抵，黄尘碎骨。何处池台？谁家风月？坟隧羁远，营魄流寓。霸岸无封，平林不树。壮士之陇，将军之墓。何代何年，还成武库？

这几段文字，显然出于精心结撰，而且比他前后那些墓志显得更多动了些感情。墓志文总是以称颂为主，但吴明彻乃是投降过来的败将，所以不得不批评他两句，说是“负才矜智，乘微恃力”“五兵早竭，一鼓前衰”，前面的志文中也具体说到他兵败的过程；但庾信更强调的却是肯定他仍然是一位英雄。志文接连用了好几个意在称颂他的典故，叹息其“壮志沉沦，雄图埋没”，最后说起“霸岸无封，平林不树”，更令人感伤。文中具体记录了两个日期：一是兵败归降的宣政元年（578），一是溘然长逝的大象二年（580），其间不过短短两年。文中两次用“呜呼哀哉”这样最强烈的感叹句，尤可见庾信对吴明彻的惋惜、尊重和同情。

失败者仍然可以是一位英雄。庾信发出这样的感慨大约想到了自己。

《北史》本传载，年过花甲的庾信于“大象初，以疾去职”，为吴将军作墓志时，他已在病中，离去世不远了。这份墓志中说到吴明彻归葬故土的遥遥无期，恐怕就更有切身的哀叹隐含于其中。

凡墓志铭，格局大体一样：志文总归是记叙文，当然写法可实可虚，可详可略；而最后的铭文则近于四言诗的路子。作者的感情固然可以渗透于前文之中，而尤其容易直接体现在铭文之中。《周大将军怀德公吴明彻墓志铭》是如此，另一篇《周大将军义兴公萧公墓志铭》也是如此，此篇写到原为南人现已成为北齐官员的萧泰后来投降了北周，志文中说：“秦亭压境，郑柝闻城，鼓角地鸣，将军天落。虽复瓶缶听声，无防于地道，冠绳柴结，不却于云梯，请命受降，翻归都护”，这是形容周师非常强大，而且战术又极其高明，所以萧泰不得不向宇文护、权景宣投降。到末了，铭文中又写道：

> 托身淄右，莅政淮东。秦亭西逼，楚泽南穷。时惊猎火，或惧秋风。属期远略，逢兹应变。阵横十里，兵围一面。月晕孤城，尘惊虚援。春笋非粮，秋蒿无箭，垂翅卧龙，夷襟辍战。时值怀来，恩加始赏。王爵愈峻，戎章更上。朱鹭才飞，虞歌即响。泣子留恨，藏书长往。炎凉迭运，零落山丘。霜氛幕月，松气陵秋。嗟南国之王子，成东陵之故侯。

这里特别强调当时萧泰也曾死守永州孤城①，但内缺粮食和武器，外无援兵，最后不得已而投降。北周对归降者非常宽大优待，可惜萧泰不久就去世了。从这里的措辞和感慨看去，庾信颇致力于为改变立场者寻找合乎情理的原因，以免被责备为没有原则和操守，这里应当包含着他为自己由梁之使节一跃而为周之官员的变化作出解释的意图。

中古时代甚少从一而终的官僚，政局变化太多太快，各个政权的合法程度都是难兄难弟，甚至无论它是汉族的还是少数民族主宰的政权；南北王朝之间也没有明确固定的边界。大家皆属炎黄子孙，都是天下的一部，并且认为自己最能代表天下。如果态度执着就容易近于迂腐。对许多人来说，改变立场根本用不着什么解释，陈沆《诗比兴笺》卷二云：“或谓子山终食周粟，未效秦廷，虽符麦秀之思，终惭采薇之操。然五季云扰，士多乌栖，康乐、休文，遗讥心迹，求其廉颇将楚，思用赵人，乐毅奔郸，不忘燕国者，又几人哉？”那时没有严格的“通敌”与“忠义”的对立，这同赵宋以后的情形很不同。

---

① 永州乃河南城阳，《隋书·地理志》：“豫州汝南郡城阳县，后齐曰永州。”

关于中古的民族纷争与融合，钱穆先生曾经有过一个生动的比喻，他说："罗马衰亡，如一个泉源干涸了，而另外发现了一个新泉源。魏晋南北朝时期，则如一条大河流的中途，又汇纳了一个小支流。在此两流交汇之际，不免要兴起一些波澜与漩涡，但对其本身大流并无改损，而且只有增益其流量之宏大与壮阔。"[①]当南北朝之际，时代的主潮在于民族融合。庾信认同北周鲜卑族主导的政权，肯同他们合作，是正常的，而他不断抒发其乡关故国之思，无非是表现了对华夏文化大流的热爱与眷念。这固然是他的书生气、诗人气之自然流露，同时也深刻地符合中古历史发展的大方向。要了解当时历史发展过程中的波澜与漩涡，庾信的墓志文恰是一批上好的文证。

五

因为侯景之乱和江陵沦亡而由南去北的还有若干人，他们后来的经历各不相同，例如颜之推就设法去了北齐，想从那里回南方去，没有搞成，就留在北齐当官，著书；曾在梁元帝萧绎手下担任要职的王褒（字子渊，514～577）在江陵沦陷后被西魏方面带到长安去，由于他出身于高贵的琅邪王氏[②]，官职也高，入北后即被授予车骑大将军、仪同三司的高位，后来且继续升迁，经常替高层起草文书，比庾信更加受到礼遇。明帝时参与麟趾殿学，刊定群书。他同庾信一样，文章水平甚高，又是大家仰慕的著名书法家[③]，自然也是北周坚决不肯放回南方去的高人。王褒比较安于在北，"忘其羁旅"（《周书·王褒传》），但其时所作诗文仍然颇多悲凉之气，可惜传世者甚少，辑本《王司空集》只有一卷，其中可以确认为入关以后所作的就更少了。

试举一文一诗来看。文是书简体的《与周弘让书》：

> 嗣宗穷途，杨朱岐路。征蓬长逝，流水不归。舒惨殊方，炎凉异节，

---

① 《中国文化史导论》，商务印书馆 1994 年版，第 132 页。

② 王褒的曾祖王俭（452～489）是南朝齐的高官和知识界领袖，父亲王规（492～536）先后受到萧统、萧纲的礼遇。参见任昉《王文宪集序》（《文选》卷四十六）、萧纲《庶子王规墓志铭》（《文艺类聚》卷四十九）。

③ 《颜氏家训·杂艺》："王褒地胄清华，才学优敏。后虽入关，亦被礼遇。犹以书工，崎岖碑碣之间，辛苦笔砚之役。尝悔恨曰：'假使吾不知书，可不至今日耶！'"又《周书·萧㧑传》："㧑善草隶，名亚于王褒。"《周书·赵文深传》："及平江陵之后，王褒入关，贵游等翕然并学褒书。"

木皮春厚，桂树冬荣。想摄卫惟宜，动静多豫。贤兄入关，敬承款曲。犹依杜陵之水，尚保池阳之田，铲迹幽蹊，销声穷谷。何其愉乐，幸甚幸甚！

弟昔因多疾，亟览九仙之方；晚涉世途，常怀五岳之举。同夫关令，物色异人；譬彼客卿，服膺高士。上经说道，屡听玄牝之谈；中药养人，每禀丹砂之说。顷年事遒尽，容发衰谢，芸其黄矣，零落无时。还念生涯，繁忧总集。视阴愒日，犹赵孟之徂年；负杖行吟，同刘琨之积惨。河阳北临，空思巩县；霸陵南望，还见长安。所冀书生之魂，来依旧壤；射声之鬼，无恨他乡。白云在天，长离别矣，会见之期，邈无日矣。援笔揽纸，龙钟横集。

周弘让是曾经来长安充当使者的周弘正的弟弟，其人曾长期隐居不仕，很晚才出山任高官①，王褒先前曾与他相熟；这封信正是王褒会见过弘正以后写的，很可能就托弘正带回南方。信中说起自己的近况，生活待遇尚好，只是年纪大了，身体不佳，而且故乡却是永远回不去了。此信当作于保定二年（陈天嘉三年〔562〕），其时又有《赠周处士诗》。王褒与周弘正是很熟的老朋友，当年关系密切，曾经一道向萧绎提出过迁都的建议，但未蒙采纳。

王褒写诗不多，但水平可观，可举出他的《咏雁诗》为例来看：

伺潮闻曙响，妒垄有春晕。岂若云中雁，秋时塞外归。河长犹可涉，海阔故难飞。霜多声转急，风疏行屡稀。园池若可至，不复怯虞机。

这里也蕴含着无可奈何的乡愁，他说自己远不如大雁，去不了南方，如果能够回去，即使被猎手射下来，也死而无悔。王褒的心同庾信是相通的，只是他一向比较含蓄罢了。

等到王褒去世以后，庾信为他写了一首长诗《伤王司徒褒》，对他给予极高的评价，

昔闻王子晋，轻举逐神仙。谓言君积善，还得嗣前贤。四海皆流寓，非为独播迁。岂意中台坼，君当风烛前。自君钟鼎族，江东三百年。宝刀仍世载，琱戈本旧传。绿绂纡槐绶，黄金饰侍蝉。地建忠臣国，家开孝子泉。自能枯木润，足得流水圆。以君承祖武，诸侯无间然。青衿已对

---

① 《陈书·周弘正传》载"弘正二弟：弘让，弘直。弘让性简素，博学多通，天嘉初，以白衣领太常卿、光禄大夫，加金章紫绶"。庾信先前也同这位高人周弘让相熟，曾作有《寻周处士弘让》《赠周处士》等诗。

日，童子即论天。颍阴珠玉丽，河阳脂粉妍。名高六国共，价重十城连。辨足观秋水，文堪题马鞭。回鸾抱书字，别鹤绕琴弦。拥旄裁甸服，垂帷非被边。静亭空系马，闲烽直起烟。不废披书案，无妨坐钓船。茂陵忽多病，淮阳实未痊。侍医逾默默，神理遂绵绵。永别张平子，长埋王仲宣。柏谷移松树，阳陵买墓田。陕路秋风起，寒堂已飒焉。丘杨一摇落，山火实时然。昔为人所羡，今为人所怜。世途旦复旦，人情玄又玄。故人伤此别，留恨满秦川。定名于此定，全德以斯全。唯有山阳笛，凄余《思旧》篇。

对王褒显赫的家世和早熟的才华大加歌颂，对他的病逝表示深沉的哀悼。这里又提到向秀的《思旧赋》。诗中大有同病相怜之意，既痛惜王褒之死，行复自念。"昔为人所羡，今为人所怜"，流寓他乡而又上了年纪的人，最怕落在这样的境遇里。

等到庾信病逝的时候，就没有什么老朋友为他写这种盖棺论定的长诗了，一直要到杜甫出来，他终于获得了应有的评价。作家作品的经典化，总是要依靠评论家特别是大批评家的论定。

三十九　郦道元

郦道元(字善长,469? ～527)《水经注》是南北朝时期的一部奇书,它本来是为《水经》所作的注释,后来名声却超过了作为主体的《水经》,成为一代名著。

郦道元是范阳涿县(今属河北)人,出身于一个世代为官的高门,其祖父郦嵩官至天水太守,父亲郦范为青州刺史,迁尚书右丞。道元早年是在青州度过的,青州给他留下了美好的印象;成年以后他也一直当官,但中间闲居过十年,他利用这段时间完成了《水经注》四十卷。郦道元复出后任河南尹,迁御史中尉,执法甚严,遭到若干权贵的嫉恨,以至被称为酷吏。后来关中发生谋反,朝廷派他去查办,结果为叛将萧宝夤杀害①。

《水经》的作者旧说是汉朝人桑钦(详见《唐六典·事典》),实际上大约是三国时魏人;书中记录了137条河流的基本情况,郦道元认为它太过简略,于是用作注的方式"脉其枝流之吐纳,诊其沿路之所躔,访渎搜渠,缉而缀之",这种创造性的注释涉及甚广,所记的大小水道,据统计达到1389条,如果再加上湖、淀、陂、泽、泉等等,更多达2596处。中国大小河流甚多,水系复杂,中国文化的发生发展与此关系密切②,郦道元选择《水经》来作注,意义自然重大。《水经注》不仅记江河,也记录名城、名山和若干军事要塞,凡地理沿革、各地

---

① 详见《魏书》卷八十九本传,陷害郦道元的汝南王元悦是北魏孝文帝之幼子,《魏书》卷二十二《汝南王悦传》说他的特色是"无常"和"清狂","动为罪失,不可扶持"。

② 钱穆先生说:"只有中国文化,开始便在一个复杂而广大的地面上展开。有复杂的大水系,到处有堪作农耕凭借的灌溉区域,诸区域间相互都可隔离独立,使在这一区域的里面的居民,一面密集到理想适合的浓度,再一面又得四围的天然屏障而满足其安全要求。如此则极适合于古代社会文化之酝酿与成长。但一到其小区域内的文化发展到相当限度,又可借着小水系进到大水系,而相互间有亲密频繁的接触,因此中国文化开始便容易走进一个大局面,与埃及、巴比伦、印度,始终限制在小面积里的情形大大不同。"详见《中国文化史导论》,商务印书馆1994年版,第5～6页。

物产、民间传说、风土人情也随宜载录，内容是非常丰富的。其中或明或暗引用各类图书477种，有许多是今已失传的，其文献价值与《三国志》裴松之注、《世说新语》刘孝标注以及后来的《文选》李善注并驾齐驱，被称为“四大名注”。郦道元又非常重视亲自考察，调查研究，对于一时无法弄清楚的问题则毅然存疑，表现了面向实际、多闻阙疑的优良学风。

长期以来《水经注》以钞本流传于世，后人引用颇多，明清、近代以来出现了多种整理笺注本①，研究《水经注》成了一门显学(郦学)。

《水经注》原是一本地理书，文字以说明为主，按说只要说得准确清楚就算是完成了使命，但作者还讲究说得有味道，写景之妙，无以复加。明末文人张岱指出：“古人记山水手，太上郦道元，其次柳子厚，近则袁中郎。”(《跋〈寓山注〉二则》，《琅嬛文集》卷五)清初大学者刘献廷说：“郦道元博极群书，识周天壤，其注《水经》也，于四渎百川之原委支派、出入分合，莫不定其方向，纪其道里。数千年之往迹故渎，如观掌纹而数家宝；更有余力，铺写景物，片语只字，妙绝古今，诚宇宙未有之奇书也。”(《广阳杂记》卷四)文学史家之关注此书，实不下于历史地理学家。

一

郦道元《水经注》是一部伟大的地理学名著，而其内容多有超出一般地理学之范围者，例如涉及不少文学史料，记录了若干有关作家作品的地理背景。

地处中州的古都洛阳及其周围一带不仅是政治中心，也是文化最发达的地区，与文学关系甚巨，《水经注》多处记述这一方面的情况。例如关于历史著作和文学作品中常常提到的金墉城和芳林园(后因避齐王曹芳之讳改称华

---

① 明朝有朱谋玮的《水经注笺》(此书有王国维批注、赵万里过录之本，中华书局2014年版)。清朝有全祖望、赵一清、戴震三位大学者分别对《水经注》进行校勘整理，各有进展；清末王先谦著有《合校水经注》(光绪二十三年新化三味书室刊本，巴蜀书社1985年影印本)，资料丰富，足供参考。到近代更出现了代表最高水平的杨守敬、熊会贞的《水经注疏》，此书有1957年北京科学出版社影印本，但其底本是一个错误比较多的钞本；又有台北中华书局1971年影印本，其底本一般认为是最后工作本，现有凤凰出版社2014影印年；又日本京都大学藏钞本也已整理出版(辽海出版社2012年版)。流行最广的是段熙仲点校、陈桥驿复校《水经注疏》，江苏古籍出版社1989年版，这是一个相当好的读本。此外又有王国维的《水经注校》，今有袁英光、刘寅生整理标点本，上海人民出版社1984年版。

林园),《水经注》卷十六《谷水》部分写道:

谷水又东径金墉城北。魏明帝于洛阳城西北筑之,谓之金墉城。……谷水径洛阳小城北,因阿旧城,凭结金墉,故向城也。永嘉之乱,结以为垒,号曰洛阳垒。

……孙盛《魏春秋》曰:景初元年,明帝愈崇宫殿,雕饰观阁,于太行谷城之山,取白石英及紫石英及五色文石,起景阳山于芳林园,树松竹草木,捕禽兽以充其中。于时百役繁兴,帝躬自掘土,率群臣三公以下,莫不展力。山之东,旧有九江,陆机《洛阳记》曰:九江直作圆水,水中作圆坛三破之,夹水得相径通。

……(平望)观西北接华林隶簿,昔刘桢磨石处也。《文士传》曰:"文帝之在东宫也,宴诸文学,酒酣,命甄后出拜。坐者咸伏,惟刘桢平视之。太祖以为不敬,送徒隶簿。后太祖乘步牵车乘城,降阅簿作,诸徒咸敬,而桢抠坐磨石,不动。太祖曰:'此非刘桢也?石性如何?'桢曰:'石出荆山玄崖之下,外炳五色之章,内秉坚贞之志,雕之不增文,磨之不加莹,禀气贞正,秉性自然。'太祖曰:'名岂虚哉!'复为文学。"

金墉城靠近洛阳而又相当坚固,后来成了关押高级政治犯的地方;皇家园林不远处就是罪犯"劳动改造"的地方,这样的结构很有创意。关于"七子"之一刘桢的奇遇,代表了建安时代非常黑暗的一面,而后人往往视为文坛佳话。

又如关于建安著名作家王粲《登楼赋》所登为何楼,先前有记载说是当阳县城楼①,郦道元指出实际上乃是麦城的城楼。《水经注》卷三十二《沮水》:"沮水……又南径麦城西……又南径楚昭王墓。东对麦城,故王仲宣之赋《登楼》云西接昭丘是也。沮水又南,与漳水合焉。"又卷三十二《漳水》:"漳水又南径当阳县,又南径麦城东,王仲宣登其东南隅,临漳水而赋之曰'夹请漳之通浦,倚曲沮之长洲'是也。"这个说法应当是更准确的。

在建安文学中,邺城的铜雀台是一所地位显赫的建筑,《水经注》卷十记述漳水写到邺城,对此台有详细的记载:

城之西北有三台,皆因城为之基,巍然崇举,其高若山,平坦略尽。

① 《文选》卷十一《登楼赋》李善注引盛弘之《荆州记》曰"当阳县城楼,王仲宣登之而作赋"。

《春秋古地》云：葵丘，地名，今邺西三台是也。谓台已平，或更有见，意所未详。中曰铜雀台，高十丈，有屋百余间。台成，命诸子登之，并使为赋，陈思王下笔成章，美捷当时。……南则金凤台，高八丈，有屋一百九间。北曰冰井台，有屋一百四十间。上有冰室，室有数井，井深十五丈，藏冰及石墨焉。石墨可书，又然之难尽，亦谓之石炭，又有粟窖及盐窖，以备不虞。今窖上犹有石铭存焉。左思《三都赋》曰“三台列峙而峥嵘”者也。

关于三台，读此一段可知其大概。《水经注》卷九《清水》详细介绍了竹林七贤聚会的遗址七贤祠，亦即向秀《思旧赋》之所谓嵇康山阳旧居；卷十五提到西晋著名作家潘岳的墓葬所在，略云：“罗水又西北，径袁公坞北；又西北，径潘岳父子墓前。有碑。岳父芘，琅邪太守。碑石破落，文字缺败。岳碑题云《给事黄门侍郎潘君之碑》，碑云：君遇孙秀之难，故门生感覆醢以增恸，乃树碑以记事。太常潘尼之辞也。”潘岳是西晋一流大家，因卷入政治斗争而死于非命，碑文只归咎于孙秀，应是当时的一种叙事策略。

其次，这里引用了不少文学作品，其中有些是全文今已亡佚的，据此可以辑佚，也可以作为考证的依据。如卷十邺城部分有云：

魏武又以郡国之旧，引漳流自城西东入，径铜雀台下，伏流入城东注，谓之长明沟也。渠水又南，径止车门下。魏武封于邺，为北宫，宫有文昌殿。沟水南北夹道，枝流引灌，所在通溉，东出石窦下，故魏武《登台赋》曰：“引长明，灌街里。”谓此渠也。

魏武（曹操）登台之台即铜雀台，当建安十五年（210）该台落成之初，他曾非常得意地率儿子和僚属登临作赋，今存曹植等人的作品，而曹操本人的赋却亡佚了，从这里可以看到一点残句，颇可珍惜。又如卷五《江水・五》说到黎阳县，引用刘桢《黎阳山赋》四句；卷八《济水・二》说到留县，引用繁钦（字休伯）《避地赋》二句，均为重要的辑佚之资。

干宝《搜神记》，现在能看到的是明朝人的辑本，凡二十卷，各卷无标题，各条也无标题；而从《水经注》的引述看去，原来是有标题的。卷二十一《汝水》有云：

河东王乔者，为叶令，每月望，常自县诣台朝，帝怪其来数而不见车骑，密令太史伺望之，言其临至，辄有双凫从东南飞来；于是候凫至，举罗张之，但得一只舄。乃召尚方诊视，则四年中所赐尚书官属履也。每当朝时，叶门下不击自鸣，闻于京师。后天下玉棺于堂前，吏民推排，终不摇动。乔曰："天帝独欲召我耶？"乃沐浴服饰寝其中，盖便立覆。宿昔，葬于城东，土自成坟。其夕，县中牛皆流汗喘乏，而人无知者。百姓为立庙，号叶君祠。牧首每班录，皆先谒拜之。吏民祈祷，无不如应，若有违犯，亦立能为祟。帝乃迎取其鼓，置都亭下，略无复声焉。或云，即古仙人王乔也。是以干氏书之于《神化》。

杨守敬据此指出："今本《搜神记》一叙乔事，至'尚书官属履也'句止，盖辑者失采郦书，又但分为二十卷，不标篇名，非复原本之旧矣。"[①]然则《汝水》的这一段记载，不仅可补《搜神记》辑本文字之遗，而且可据以知道《搜神记》中有一个篇目叫《神化》。

又卷三十九《庐江水》记张公直(张璞)故事云：

昔吴郡太守张公直自守征还，道由庐山。子女观祠，婢指女戏妃像人。其妻夜梦致聘，怖而遽发，明引中流，而船不行。合船惊惧。(妻)曰："爱一女而合门受祸也。"张公直不忍，遂令妻下女于江，其妻布席水上，以其亡兄女代之，而船得行。公直方知兄女，怒妻曰："吾何面目于当世也！"复下己女于水中。将渡，遥见二女于岸侧。傍有一吏立，曰："吾庐君主簿，敬君之义，悉还二女。"故干宝书之于《感应》焉。

熊会贞疏曰："此条见今本《搜神记》卷四。《汝水》注载王乔事云'干氏书之于《神化》'，此又云'书之于《感应》'，皆《搜神记》原书篇名也。"[②]由此可知，《搜神记》原来大约是按故事的类型来编排的，"神化""感应"之类，皆是类型之名，而非具体条目的标题。

第三，书中介绍了若干神话传说，引用了不少民间歌谣，具有保存资料之功。例如关于知名度甚高的仙人王子乔，《水经注》卷二十三中特别提到他的墓和他的奇迹：

刘向言殷汤无葬处为疑。杜预曰："梁国蒙县北有薄伐城，城中有成汤冢，其西有箕子冢。"今城内有故冢方坟，疑即杜元凯之所谓汤冢者也；而世谓之王子乔冢。冢侧有碑，曰《仙人王子乔碑》，曰：王子乔者，盖上世之真人，闻其仙不知兴何代也。博问道家，或言颍川，或言产蒙，初建

① 《水经注疏》中册，第1772页。
② 《水经注疏》下册，第3266页。

此城，则有斯邱，传承先民，曰王氏墓。暨于永和之元年冬十二月，当腊之夜，墓上有哭声，其音甚哀。附居者王伯怪之，明则祭而察焉。时天鸿雪，下无人径，有大鸟迹在祭祀处，左右咸以为神。其后有人著大冠，绛单衣，杖竹，立冢前，呼采薪童子伊永昌，曰："我王子乔也，勿得取吾坟上树也。"忽然不见。

仙人而会死，且有墓碑，并要求采薪童子保护自己的坟墓，这些都是不合神仙的逻辑而很有趣的事情，从这一类地方很能看出中国古代文化某一侧面的特色。

又如卷十五记录殷朝名臣伊尹生于空桑的传说：

昔有莘氏女，采桑于伊川，得婴儿于空桑中。言其母孕于伊水之滨，梦神告之曰："臼水出而东走。"母明视而见臼水出焉，告其邻居而走。顾望其邑，咸为水矣。其母化为空桑，子在其中矣。莘女取而献之，命养于庖，长而有贤德，殷以为尹，曰伊尹也。

后来伊尹以味说商汤①，很像一个厨师，跟他早先"养于庖"的传说是配套的。关于巫山神女，《水经注》卷三十四有如下介绍："丹山西即巫山者也，又帝女居焉。宋玉所谓天帝之季女，名曰瑶姬，未行而亡，封于巫山之台。精魂为草，实为灵芝，所谓巫山之女，高唐之姬，旦为行云，暮为行雨，朝朝暮暮，阳台之下。旦早视之，果如其言，故为立庙，号朝云焉。"这里没有任何情色的成分，朝云姑娘只是一位美好的少女之神。

关于历史上著名的徐偃王，卷八《济水二》记载的传说亦颇神奇，略云：

刘成国《徐州地理志》云徐偃王之异，言徐君宫人娠而生卵，以为不祥，弃之于水滨。孤独母有犬，名曰鹄仓，猎于水侧，得弃卵，衔以来归。孤独母以为异，覆暖之，遂成儿。生时偃，故以为名。徐君宫中闻之，乃更录取。长而仁智，袭君徐国。后鹄仓临死，生角而九尾，实黄龙也。偃王葬之徐中，今见有狗垄焉。偃王治国，仁义著闻，欲舟行上国，乃通沟陈、蔡之间，得朱弓矢，以得天瑞，遂因名为号，自称徐偃王。江淮诸侯服从者三十六国。周王闻之，遣使至楚，令伐之。偃王爱民，不斗，遂为楚败，北走彭城武原县东山下。百姓随者万数，因名其山为徐山。山上立

---

① 详见《吕氏春秋·本味》《史记·殷本纪》。

石室庙，有神灵，民人请祷焉。依文即事，似有符验，但世代绵远，难以详矣。今徐城外有徐君墓，昔延陵季子解剑于此，所谓不违心许也。

这里的记载大约很有些真真假假，同先前的史书、小说中的说法有同有异，足资多闻。关于传说中的治水英雄李冰，卷三十六《沫水》注云：

昔沫水自蒙山南安西溷崖，水脉漂急，破害舟船，历代为患。蜀郡太守李冰发卒，凿平溷崖，河神赑怒，冰乃操刀入水与神斗，遂平溷崖，通正水路，开处即冰所穿也。

又卷三十三《江水·一》有云：

《风俗通》曰，秦昭王以李冰为蜀守，开成都两江，溉田万顷。江神岁取童女二人妇，冰以其女与神为婚，径至神祠，劝神酒，酒杯衡澹澹，冰厉声以责之，因忽不见。良久，有两牛斗于江岸旁，有间，冰还，流汗，谓官属曰，吾斗大极，当相助也。南向腰中正白者，我绶也。主簿刺杀北面者，江神遂死。蜀人慕其勇决，凡壮健者，因名冰儿也。

李冰在蜀郡领导人们治水史有其事，《水经注》里也曾提到①，信史和传说，郦道元都大有兴趣，可见他不单是严谨的学者，也很有审美的情趣。这里所记录的李冰单刀斗沫水河神以及与主簿合力刺杀江神的传说，读来令人神往。

郦道元在行文中颇喜引用民间歌谣，如当地人民歌颂领导大家发展生产之渔阳太守张堪的童谣道："桑无附枝，麦秀两歧。张君为政，乐不可支。"（卷十四《沽河》）又黄牛滩歌谣："朝发黄牛，暮宿黄牛。三朝三暮，黄牛如故。"又三峡渔者歌曰："巴东三峡巫峡长，猿鸣三声泪沾裳。"（卷三十四《江水·二》）又衡山渔者歌曰："帆遂湘转，望衡九面。"（卷三十八《湘水》）如此等等。民间歌谣如不及时记录下来，很容易亡佚不传。

---

① 《水经注》卷三十三《江水一》："秦昭王以李冰为蜀守，冰见氐道县有天彭山，两山相对，其形如阙，谓之天彭门，亦曰天彭阙。"又曰："江水又历都安县……李冰作大堰于此，壅江作堋，堋有左右口，谓之湔堋，江入郫江、捡江以行舟。《益州记》曰，江至都安堰其右，捡其左，其正流遂东，郫江之右也。因山颓水，坐致竹木，以溉诸郡。……"这是关于都江堰很可珍贵的记载，应是郦道元根据《史记·河渠书》《华阳国志》以及他所见到的南方有关文献编写而成的。

二

郦道元是一位极富审美情趣的人，他早年在山东青州生活过一段时间，《水经注》卷二十六《巨洋水》曾经顺便有一段回忆说：

> 巨洋水自朱虚北入临朐县，熏冶泉水注之。水出西溪，飞泉侧濑，于穷坎之下。泉溪之上，源麓之侧，有一祠。……水色澄明，而清泠特异，渊无潜石，浅镂沙文，中有古坛，参差相对，后人微加功饰，以为嬉游之处。南北邃岸凌空，疏木交合。先公以太和中作镇海岱，余总角之年，侍节东州，至若炎夏火流，闲居倦想，提琴命友，嬉娱永日，桂笋（櫂）寻波，轻林委浪，歌琴既洽，欢情亦畅，是焉栖寄，实可凭衿。

对儿时游钓之地充满了感情，多少年后回忆起来仍迫切而不能已于言。他对自己故乡郦亭的景色亦复津津乐道，卷十二《巨马河》特别提到：

> 巨马水又东，郦亭沟水注之，水上承督亢沟水于迺县东，东南流历紫渊东。余六世祖乐浪府君，自涿之先贤乡爰宅其阴。西带巨川，东翼兹水，枝流津通，缠络墟圃，匪直田渔之赡可怀，信为游神之胜处也。

这里并没有什么很特别的景色，只是北方的一处水乡，但在郦道元心目中，她是非常美的游神胜处。凡是有水流的地方，在他看来全都是美好的。那时中国北方水资源非常丰富，在郦道元的故乡、今之河北省境内有些地方简直像是江南，例如阳城县有这样的景色："博水又东南径谷梁亭南，又东径阳城县，散为泽渚，渚水潴涨，方广数里。匪直蒲笋是丰，实亦偏饶菱藕，至若娈童丱女，弱年崽子，或单舟采菱，或叠舸折芰，长歌阳春，爱深渌水，掇拾者不言疲，谣咏者自流响。于时行旅过矚，亦有慰于羁望矣。世谓之为阳城淀也。"这里完全是一派江南风味。

郦道元写景往往只有不多几句，抓住该处的特点，淡写几句，而已得其神。郦亭一带近于水网地区，临朐县熏冶泉则以澄明清泠的水色令他难以忘怀，而阳城淀则以开阔的水面和小儿女采菱的歌声引人入胜。

当然更多的奇异的山水还是在南方，因为政治上的分裂，郦道元没有条件到南方去考察游览，《水经注》写到他未尝去过之处，一般只好借用前人的文字，所以他引用南方作家的文字甚多，例如三峡中的西陵峡，《水经注》卷三

十四便引用东晋作家袁山松(? ～401)的《宜都山水记》:

> 常闻峡中水急,书记及口传皆以临惧相戒,曾无称有山水之美也。及余来践跻此境,既至欣然,始信耳闻之不如亲见矣。其叠崿秀峰,奇构异形,固难以辞叙。林木萧萧,离离蔚蔚,乃在霞气之表。仰瞩俯映,弥习弥佳,流连信宿,不觉忘返。目所履历,未尝有也。既自欣得此奇观,山水有灵,亦当惊知己于千古矣。

以山水的知己自诩,郦道元正与袁山松所见略同。《水经注》引用袁山松的文字有八处之多,构成现存袁氏残文的大半①,这既是袁山松的不幸,也是他的大幸,他如果能读到《水经注》,亦当惊知己于千古矣。

《水经注》中关于三峡有一段著名的经常进入选集的文字:

> 自三峡七百里中,两岸连山,略无阙处,重岩叠嶂,隐天蔽日,自非停午夜分,不见曦月。至于夏水襄陵,沿泝阻绝,或王命急宣,有时朝发白帝,暮到江陵,其间千二百里,虽乘奔御风,不以疾也。春冬之时,则素湍绿潭,回清倒影。绝巘多生怪柏,悬泉飞瀑,飞漱其间,清荣峻茂,良多趣味。每至晴初霜旦,林寒涧肃,常有高猿长啸,属引凄异,空谷传响,哀转久绝。故渔者歌曰:"巴东三峡巫峡长,猿鸣三声泪沾裳。"

这一段录自刘宋作家盛弘之的《荆州记》②,文字小有变易,这固然可能出于版本上的差异,更大的可能则是郦道元有所改动。他的引文,往往与完全出于自己的文字简直同出一手,表现了很高的辞章功夫。郦道元引用过的南方作家的著作后来大抵散佚,所以他的润饰、传播之功颇不可没——这大约是当年没有预料到的。

郦道元没有到过南方,凡记载南方的山水,大抵录自有关文献;他同中国古代知识分子一样,持《春秋》大一统的观念,虽然南北政权对立,而总是坚信国家早晚要统一,神州河山是不容长期分裂的,所以他写起来同样充满感情。当时南方作家写景比较细致,讲究形容;郦道元自己写景一般比较简约,注意抓主要特点,但他也很注意向南方作家学习,并能化为自己的血肉,有时也不惜大段引录。

---

① 袁山松著有《后汉书》一百卷,又有集十卷,亡佚殆尽,今存三则《后汉书》的帝纪论和少数诗文残篇,以至在文学史上很难有他的地位。

② 见于《艺文类聚》卷七,又《太平御览》卷五十三。

郦道元的写景很注意将自然景观与人文景观结合起来写，其例至多，如卷三十九《庐江水》记庐山景色云：

其山川明净，风泽清旷，气爽节和，土沃民逸。嘉遁之士，继响窟岩，龙潜凤采之贤，往者忘归矣。秦始皇、汉武帝及太史公司马迁咸升其岩，望九江而眺钟、彭焉。

庐山之北有石门水，水出岭端，有双石高竦，其状若门，因有石门之目焉。水导双石之中，悬流飞澍，近三百许步，下散漫十数步，上望之连天，若曳飞练于霄中矣。下有磐石，可坐数十人。冠军将军刘敬宣，每登陟焉。其水历涧，径龙泉精舍南，太元中，沙门释慧远所建也。

直接写山水的其实没有几句，相当概括凝练，而短短几行之内，却已提到秦始皇、汉武帝、司马迁、刘敬宣、释慧远等五位历史人物，讲他们同庐山的关系。山不在高，有神则灵，同历史文化名人相关的山水，水平大大高于未经文化滋润浸泡的荒山野岭。自然和人文的结合是《水经注》最常采用的笔法。

郦道元在叙写山水时很注意与其名称有关的传说。如卷十三提到居庸县有大翮、小翮二峰，"高峦截云，层陵断雾，双阜共秀，竞举群峰之上"，这两座山峰之名就来自一个与秦朝有关的传说：

郡人王次仲，少有异志，年及弱冠，变仓颉旧文为今隶书。秦始皇时，官务繁多，以次仲所易文简，便于事要，奇而召之，三征而辄不至。次仲履真怀道，穷术数之美；始皇怒其不恭，令槛车送之，次仲始发于道，化为大鸟，出在车外，翻飞而去。落二翮于斯山，故其峰峦有大翮、小翮之名矣。

对待专家态度要客气一点，动辄抓人不是办法。王次仲与汉字形态的变迁大有关系，研究书法史的专家非常关注，为《水经注》作疏的杨守敬也是著名书法家，故于此下出一长注，讲他所理解的汉字变迁史①。

在人文景观方面郦道元特别注意记叙各地有关的古代碑刻，其所著录者有三百多方，有些摘录了几句碑文，有些只提到一下名目，实际已开后来宋人注意石刻之先河，所以宋人洪适在他的《释隶》中用专卷记录郦道元所见的

① 其注云"守敬按：张怀瓘《书断》引《序仙记》，叙次仲事略同，盖即本此《注》。……南北朝碑版文字，真书仍带隶意；至隋唐，真、隶始分途矣。"详见《水经注疏》中册，第1188页。

碑刻。

有些碑刻颇可证史，如卷八《济水·二》说起项羽的墓葬在谷城："又有狼水，出东南大槛山狼溪，西北径谷城西，又北，有西流泉，出城东近山，西北径谷城北，西注狼水，以其流西，故即名焉。又西北，入济水。城西北三里，有项王羽之冢，半许毁坏，石碣尚存，题云《项王之墓》。《皇览》云冢去县十五里，谬也。今彭城谷阳城西南又有项羽冢，非也。余按史迁《记》，鲁为楚守，汉王示羽首，鲁乃降，遂以鲁公礼葬羽于谷城。宁得言彼也。"将此地的墓碣与司马迁《史记》中的记载加起来考虑，项羽的墓葬确在谷城城西北三里，其他的说法未必可靠。

《水经注》的学术价值主要在于其中准确地叙述了各水道的源流和流向首尾，也在于对一些名胜古迹的考订，后者尤其容易引起一般读者的注意和兴趣。清人孙梅早已注意到郦道元的这一写作特点，他说"天地间山水林麓，奇伟秀丽之致，赖文人之笔以陶写之。若陆云《答车茂安书》、鲍照《大雷岸与妹书》等篇，托兴涉笔，都成绝构，盖皆会景造语不假雕琢者也。至郦善长始以淹雅之才，发摅文笔，勒为《水经注》四十卷，订以志乘，纬以掌故，刻画标致，奇幽诡胜，搜剔无遗，后来作者罕复能继。"(《四六丛话》卷三一《作家四·郦道元》)"订以志乘，纬以掌故"正是说郦道元在描写山水景物时有机地加上人文的元素，从而大大增加了作品的文化含量。

《水经注》讲究简洁而富于层次感①，例如卷四《河水·四》叙述鼓钟峡鼓钟城云：

> 河水又东，与教水合。水出垣县北教山，南径辅山。山高三十许里，上有泉源，不测其深。山顶周圆五六里，少草木。《山海经》曰，孟门东南有平山，平水出于其上，潜于其下，又是王屋之次，疑即平山也。其水南流，历鼓钟上峡，悬洪五丈，飞流注壑，夹岸深高，壁立直上，轻崖秀举，百有余丈。峰次青松，岩悬赪色，于中历落，有翠柏生焉。丹青绮分，望若图绣矣。水广一十步许，南流历鼓钟川，分为二涧，一涧西北出，一百六十许里，山岫回岨，才通马步。今闻喜县东北谷口，犹有乾河里故沟存焉。一水历冶官西，世人谓之鼓钟城，城之左右，犹有遗铜及铜钱也。城西阜下有大泉，西流注涧，与教水合，伏入石下，南至下峡。《山海经》曰，

① 刘熙载《艺概·文概》："郦道元叙山水，峻洁层深，奄有楚辞《山鬼》《招隐士》胜境。柳柳州游记，此其先导耶？"

帝台之所以觞百神，即是山也。

这里叙述的对象相当复杂，郦道元逐层道来，行文雍容，一丝不乱，此是大家手笔。郦道元又十分讲究亲自考察山水，他在文章中时时提到自己的亲眼所见，大大增加了文章的现场感，从而冲淡了科学文章的干枯沉闷，使得可读性大为加强。这样的段落甚多，姑举卷五《河水·五》说到成皋的虎牢关的一段来看："秦以为关，汉乃县之。城西北隅有小城，周三里，北面列观，临河，苕苕孤上。景明中，言之寿春，路值兹邑，升眺清远，势尽川陆。羁途游至，有伤深情。河水南对玉门，昔汉组与滕公潜出，济于是处也。门东对临河，泽岸有土穴，魏攻宋司州刺史毛德祖于虎牢，战经二百日，不克。城惟一井，井深四十丈，山势峻峭，不容防捍，潜作地道取井。余顷因公至彼，故往寻之，其穴处犹存。"这里两处提到自己利用出差的机会对当地的考察，不仅写此处山川的险峻，也介绍了元魏攻刘宋的一大战役，读来令人如临其境。

《水经注》的文字骈散结合，转换灵活，举重若轻，如卷十一《滱水》叙灵邱县、倒马关一带的山水道：

> 滱水自县南流入峡，谓之隘门，设隘于峡，以讥禁行旅。历南山，高峰隐天，深溪埒谷，其水沿山西转，径御射台南，台在北阜上。台南有御射石碑。南则秀嶂分霄，层崖刺天，积石之峻，壁立直上，车驾沿溯，每出是所游艺焉。
>
> ……滱水又西径倒马关，关山险隘，最为深峭。……关水出西南长溪下，东北历关，注滱。滱水南山上，起御坐于松园，见祇洹于东圃。东北二面，岫嶂高深，霞峰隐日，水望澄明，渊无潜甲，行李所径，鲜不徘徊忘返矣。

又如卷十三《漯水》写魏之故都平城（今山西大同）的宫殿建筑和皇家气派道：

> 其水夹御路南流，径蓬台西，魏神瑞三年又建白楼，楼甚高竦，加观榭于其上，表里饰以石粉，皜曜建素，赭白绮分，故世谓之白楼也。后置大鼓于其上，晨昏伐以千椎，为城、里诸门启闭之候，谓之戒晨鼓也。又南径皇舅寺西，是太师昌黎王冯晋国所造，有五层浮图，其神图像皆合青石为之，加以金银火齐，众彩之上，炜炜有精光。又南径永宁七级浮图西，其制甚妙，工在寡双。又南远出郊郭，弱柳荫街，丝杨被浦，公私引

裂，用周园溉。……

大抵叙事说明用散句，写山水建筑诸景用骈句，且多四字一句。这样的骈散结合可以兼取“文”“笔”二者之长，增添读者的兴趣，不容易感觉疲劳。中国古代作家非常注意这样的配合。后来的章回小说中，叙事用散文，抒情用诗歌，写景则用通俗化了的辞赋；戏剧中讲究唱词与道白的配合——都是同样的道理。

正因为《水经注》在写景方面取得很高的成就，所以一再出现这一方面的选本，前有《水经注写景文钞》（范文澜编选，朴社1929年版，后收入《范文澜全集》第六卷，河北教育出版社2002年版），后有专门从文学角度出发的《水经注选注》（谭家健、李知文选注，中国社会科学出版社1989年版）。

北魏还有一部讲生活资料之生产与加工的专书，这就是贾思勰的《齐民要术》。此书内容以农业为主，也讲林、牧、副、渔以及食品加工，凡十卷九十二篇。这固然是一部科学著作，但也有少数篇章具有较强的可读性，了解北朝文化时可适当予以注意。当然其水平与影响不能同《水经注》相比。

该书的序言博引前人各种言论和事例说明发展生产之重要，最后介绍本书的体例道：

> 今采捃经传，爰及歌谣，询之老成，验之行事，起自农耕，终于醯醢，资生之业，靡不毕书。号曰《齐民要术》，凡九十二篇，分为十卷。卷首皆有目录，于文虽繁，寻览差易。其有五谷果蓏，非中国所殖者，存其名目而已，种莳之法，盖无闻焉。舍本逐末，贤哲所非；日富岁贫，饥寒之渐。故商贾之事，阙而不录。花木之流，可以悦目，徒有春花，而无秋实，匹诸浮伪，盖不足存。鄙意晓示家童，未敢闻之有识，故丁宁周至，言提其耳。每事指斥，不尚浮辞。览者无或嗤焉。

完全讲究实际，文风也专讲合于实用，是后来科技说明文的范例。在当时的南朝，尚无人肯做这种脚踏实地的科技工作。

四十　杨衒之

一

从《洛阳伽蓝记》这个书名就可以知道，这是一本关于洛阳一地的人文地理著作，也是一本关于佛教寺庙的专著。首都在洛阳时期的北魏王朝，是佛教最盛的时段，有大小伽蓝即庙宇一千多座，以和尚庙为主，也有若干尼姑庙。

当鲜卑拓跋氏刚刚在朔北兴起的时候，他们并不知道佛教；要等到太祖拓跋珪征服中原，特别是太武帝拓跋焘平定凉州以后，佛教才逐渐在北魏的政治中心平城（今山西大同）传播繁荣起来；而其时更受重视的是道教系统的天师道，在崔浩的鼓动下，太武帝甚至一度灭佛，毁灭了许多寺庙。稍后崔浩被杀，到太武帝崩、文成帝拓跋濬上台以后，佛法重新光大，并在此后数十年间不断走向繁荣，到宣武帝元恪和皇后胡氏的时代，更达到了顶峰。

文成帝时期在平城之西的武州塞开佛窟[①]，即至今尚光彩照人的云冈石窟；长期辅政的文成皇后冯氏在平城建立规模空前宏大的永宁寺、建明寺，永宁寺且建有高三百多尺的七级浮图（佛塔），当时有庙宇近百所，僧尼达二千余人。

北魏首都迁至洛阳以后，佛教的中心也跟到了这里。宣武帝元恪兴建了景明、永明、瑶光等大庙，又在城南伊阙山开佛窟，此即后来龙门石窟的开始。上有所好，下必甚焉，寺庙越建越多。宣武皇后胡氏佞佛尤盛，建起了规模空前的永宁寺，其中有著名的九级浮图，花费了大量的人力物力财力。胡氏控

---

① 《水经注》卷十三记："武周川水又东南流，水侧有石祇洹舍并诸窟室，比丘尼所居也。其水又东转，径灵岩南，凿石开山，因崖结构，真容巨壮，世法所希。"《魏书·释老志》说："于京城西武州塞，凿山石壁，开窟五所，镌建佛像各一，高者七十尺，次六十尺，雕饰奇伟，冠于一世。"

制着朝廷，往往随心所欲，赋税和徭役不断加重，政局相当糟糕，许多老百姓为逃避沉重的负担涌入寺庙出家，这就是《魏书·释老志》所说的“正光（孝明帝元诩的年号，520～524）以后，天下多虞，工役尤甚，于是所在编民相与入道，假慕沙门，实避调役，猥滥之极，自中国之有佛法未之有也。略而记之，僧尼大众二百万矣，其寺三万有余，流弊不归，一至于此。识者所以叹息也。”

北魏高级的庙宇本来就集中在首都洛阳，皇室和高官具有建庙的种种条件；而后来政局的大变动又大大增加了这里伽蓝的数目。正光五年（524），边境上有六镇起义，接着又爆发了河北大起义；在镇压这些起义的过程中，北魏的大权逐渐集中到契胡族大酋长尔朱荣的手中。元诩非正常死亡后，胡太后专政，皇室内部矛盾越来越大，尔朱荣趁机率部南下洛阳，残酷地杀害了大批皇室成员和朝廷高官，自行拥立元子攸为帝（后称孝庄帝），他本人则复回晋阳（今山西太原）遥控朝政。经过这样一场大的折腾，洛阳空出了大批高级住宅，稍后都捐给了佛教为庙，使各类伽蓝多至1367座，达到了历史的最高值。而等到再经过一系列动乱，政权中心由洛阳迁往邺城之后，这里的情形变化很大：“城郭崩毁，宫室倾覆，寺观灰烬，庙塔丘墟”——这样巨大的落差，给予作家杨衒之极深的刺激，促使他写出了一代名著《洛阳伽蓝记》。

杨衒之的生平经历现在所知不多，他的姓又写作“阳”或“羊”，大约以“杨”较为确切。“阳”是北平的大姓，“羊”是泰山的大姓，非常有名，抄写时容易出错。他是平州北平郡（今河北遵化）人，生卒年不可确考，据他自称永安中（528～529）曾为奉朝请①，后为期城郡守②；释道宣《广弘明集》卷六《王臣滞惑篇》又记载他北魏末年任秘书监，“见寺宇壮丽，损费金碧，王公相竞侵渔百姓，乃撰《洛阳伽蓝记》”。由此可知此公在北魏首都洛阳的朝廷里任职和生活过较长时间，对佛教的过度繁荣很不以为然；后为东魏抚军府司马，“至武定五年（547），岁在丁卯，余因行役，重览洛阳”（《洛阳伽蓝记·序》），这时又看到一片残破的惨象，不禁回忆起这里先前的繁华和佛教的兴盛，于是很快写出此书。已经毁灭的繁华一向是亲身经历过的作家们抓住不放的题材，后来的《东京梦华录》《陶庵梦忆》之类无不如此，——杨衒之关注洛阳伽蓝已

① 《洛阳伽蓝记》卷一“崇虚寺”条下子注云：“永安年中，庄帝马射于华林园，百官皆来读碑（按，指《苗茨之碑》），疑‘苗’字误。……时衒之为奉朝请，因即释曰：以蒿覆之，故曰苗茨，何误之有？众咸称善。”

② 详见《续高僧传》卷一、《法苑珠林》卷一百。期城在今河南泌阳。

久,又有条件掌握有关材料,所以能写出这样一部书来。

杨衒之并不反对佛教,但很不赞成佛教的畸形繁荣,头脑比较冷静,由这样的作者来写伽蓝记,就不会陷入宗教情绪,而能比较客观地反映历史真实,具有信史史料的价值。由于他文笔很好,颇有文学趣味,《洛阳伽蓝记》又成为一部文学名著,历来得到很高的评价。据周作人在回忆文章中说,《洛阳伽蓝记》和《水经注》这两部北朝散文,都在鲁迅早年最爱读的书之列,而他对后来名声更大的唐宋八大家却不怎么欣赏①。

二

《洛阳伽蓝记》不仅具有重要的历史文献价值,而且也有很高的文学价值,此事可以分下列四点来看。

其一,全书有相当好的结构和旋律。

杨衒之在《洛阳伽蓝记》的序言中介绍其体例说:

> 京城表里,凡有一千余寺,今日寥廓,钟声罕闻,恐后世无传,故撰斯记。然寺数最多,不可遍写,今之所录,止大伽蓝,其中小者,取其祥异,世谛俗事,因而出之。先以城内为始,次及城外。表列门名,以记远近。凡为五篇。

五篇各为一卷,分别是:城内、城东、城南、城西、城北(附京师建制及郭外诸寺)。每卷之内,又以若干庙宇为单元,如城内分别记载:永宁寺、建中寺、长秋寺、瑶光寺、景乐寺、昭仪尼寺、胡统寺、修梵寺、景林寺。纲举目张,头绪非常清楚。根据本书的叙述,可以画出一张当时洛阳的重点寺庙分布图来②。

但是《洛阳伽蓝记》又不仅是头绪清楚、条理分明而已,其中各卷各寺之间,又有血脉相通,例如关于当时弘扬佛教大建寺庙最有力度的宣武帝皇后胡氏即世称灵太后其人者,在书中即曾反复出现,给读者留下深刻印象。小一点的人物也有反复出场的,例如陈留侯李崇就有好几则故事:

> (卷二城东正始寺)有石碑一枚,背上有侍中崔光施钱四十万,陈留

---

① 详见周作人《鲁迅读古书》,《鲁迅的青年时代》,河北教育出版社 2002 年版,第 63 页。参见顾农《鲁迅爱读六朝文》,载《与鲁迅有关》,凤凰出版社 2014 年版,第 205 页。

② 在周祖谟《洛阳伽蓝记校释》中就有这样一张图,最宜同正文对照起来读。

侯李崇施钱二十万,自余百官各有差,少者不减五千已下。

(卷三城南高阳王寺)(李)崇为尚书令仪同三司,亦富倾天下,僮仆千人。而性多俭吝,恶衣粗食,亦常无肉,只有韭茹、韭菹。崇客李元佑语人云:"李令公一食十八种。"人问其故,元佑曰:"二九(韭)一十八。"闻者大笑,世人即以为讥骂。

(卷四城西开善寺)时国家殷富,库藏盈溢,钱绢露积于廊者,不可较数。及太后赐百官绢,任意自取,朝臣莫不称力而去。唯元融与陈留侯李崇负绢过任,蹶倒伤踝,太后即不与之,令其空出,时人笑焉。

其人贪财吝啬,而又确为出手极阔的大施主,李崇给人印象甚深,而《洛阳伽蓝记》的叙事之妙亦由此可见一斑。

除了一些人物在各卷陆续出台、互相呼应之外,又有同一事件而牵涉各卷者,如尔朱荣之乱即散见于多处。这样一种结构令人感受到这样的旋律:寺庙总是同铺张浪费、道德危机以及政治动乱联系在一起的。

其二,开创了一种正文加子注,互相映照的叙事新模式。

《洛阳伽蓝记》除正文外,又有若干自注。刘知几《史通·补注篇》说:"亦有躬为史臣,手自刊补,虽志存赅博,而才阙伦叙,除烦则意有所恡(吝),毕载则言有所妨,遂乃定彼榛楛,列为子注。若萧大圜《淮海乱离志》、羊衒之《洛阳伽蓝记》、宋孝王《关东风俗传》、王劭《齐志》之类是也。"刘知几很不看好这种办法,但此法在中古时代颇为流行,亦自有其妙处。

现在所能见到的明清诸刊本《洛阳伽蓝记》①,都没有将正文和子注(以正文为母,作者的自注为子)加以区别,所以读起来文气不畅。唯其如此,此后关于《洛阳伽蓝记》之研究的一大重点,就是重新区分该书中的正文与注文。可惜这两种文字淆乱已久,理董不易,虽经清儒和近贤持续努力,完全恢复原书之旧观似乎仍然很难有十足的把握②。好在正文与注文均出于一人之手,不至于发生知识产权的纠纷。

---

① 其中最早的是明如隐堂刊本,今人往往以此本为校勘注释的底本。又有明人吴琯《古今逸史》本、毛氏汲古阁《津逮秘书》本,清刻本有乾隆间王谟辑校之《汉魏丛书》本、嘉庆张海鹏《学津讨原》本、吴志忠《真意堂丛书》本等多种。

② 陆续作出贡献的学者有:吴若准(《洛阳伽蓝记集证》)、唐晏(《洛阳伽蓝记钩沉》),张宗祥(《洛阳伽蓝记合校本》)、范祥雍(《洛阳伽蓝记校注》)、周祖谟(《洛阳伽蓝记校释》)、徐高阮(《重刊洛阳伽蓝记》)、杨勇(《洛阳伽蓝记校笺》)等等。

周祖谟先生提出过一个区分正文与子注的原则:"此书凡记伽蓝者为正文,涉及官署者为注文。其记载时人之事迹与民间故事,及有衒之按语者,亦为注文。"[①]这是从内容上来分,还有一个因素是文理,徐高阮先生在《重刊洛阳伽蓝记・序》中分析子注的特点说:"必书之正文已备,叙事已完,又复别有取材,各随事类,夹行细书,以为补注。"他还有一段更细致的说明道:"《伽蓝记》凡叙一寺涯略而牵及城坊故迹、里巷旧闻、人物事略、文章辞采,则以为子注,今悉夹行小字书写。惟亦有城坊故迹、里巷旧闻而及伽蓝记事,或叙事颇省,而牵连甚远,则此等故迹旧闻,牵连之笔,亦多在正文之列,盖皆中小之寺,涯略不著,赖此以传;亦即衒之之自序所谓'取其祥异,世谛俗事,因而出之'。是其取材既非齐等,制裁亦未可视同一律。至参校异同,刊正谬失之文,自当入注。"所以区别正、注实在应当是一个非常细致的工作。本书在这一方面,均据徐氏《重刊洛阳伽蓝记》[②]。此书早年曾得到陈寅恪先生的指导,书前有陈先生的序言[③],书中区分正文与子注的具体办法和总体原则都颇能反映陈先生的意见。例如陈寅恪先生在《读洛阳伽蓝记书后》一文中曾具体指出,《洛阳伽蓝记》第五卷之末记惠生、宋云去西域取经的一大段,乃是合惠生《行纪》、《道荣传》、《宋云家传》三者为一本,其中以"道荣传云"领起的有关内容,当是子注[④];《重刊洛阳伽蓝记》也正是如此处理的。

正文与子注视角不同,取材各异,互为补充,相映成趣,读起来更有兴味,试举一例来看。卷一城内永宁寺,是本书的最长一则,子注也最多,盖因此庙来头极大,建筑最为富丽堂皇,乃是洛阳的一大地标,而发生在这里的故事也最多,其正文开头的一段略云:

> 永宁寺,熙平元年(516)灵太后胡氏所立也,在宫前阊阖门南一里,御道西。其寺东有太尉府,西对永康里,南界昭玄曹,北临御史台。中有九层浮图一所,架木为之,举高九十丈,有刹复高十丈,合去地一千尺。去京师百里已遥见之。初掘基至黄泉下,得金像三十躯,太后以为信法之征,是以营建过度也。刹上有金宝瓶,容二十五石,宝瓶下有承露金盘

---

① 《洛阳伽蓝记校释・叙例》,上海书店出版社 2000 年版,第 4 页。

② 中华书局 2013 年版,此书与徐氏的名论《山涛论》合印为一册。

③ 这篇《徐高阮重刊洛阳伽蓝记序》又载《寒柳堂集》,第 161 页。

④ 详见《金明馆丛稿二编》,第 175～180 页。按,本文原载《历史语言研究所集刊》第八本第二分,1939 年 9 月。

> 三十重，周匝皆垂金铎，复有铁锁四道，引刹向浮图四角，锁上亦有金铎。铎大小如一石甕子。浮图有九级，角角皆悬金铎。……诏中书舍人常景为寺碑文。装饰毕功，明帝与太后共登之，视宫内如掌中，临京师者若家庭。以其目见宫中，禁人不听登。

所谓“刹”乃是塔上之塔，印度、尼泊尔的塔原是一个实心建筑，称为“窣堵坡”，可安放佛骨和其他遗物，而中国式的佛塔是空心可登临的，将“窣堵坡”加以缩小，安置于塔顶之上作为装饰，同时也代表高高在上的佛教，成为中西合璧的一大象征；塔上再加宝瓶和承露金盘，则又与中国传统的信仰结合起来——一座塔把什么都包括进来了，所以要细加说明。

下文还有很长，而至此已出三注，一在介绍永宁寺地理位置的那几句之下，更周到详细地说明这一带的重要建筑物；二在“常景为寺碑文”句下，详细介绍常景其人；三在“禁人不听登”下，添一短注说：

> 衒之尝与河南尹胡孝世共登之，下临云雨，信哉不虚。

用亲身经历来印证前文的叙述。这样空前壮伟豪华的庙宇和宝塔，表现了当时高超的建筑技术，也洋溢着当时皇室狂热的宗教情绪。可是就在这庄严神圣的庙里，却多有不幸的事件，正文继续写道：

> 至孝昌二年(526)中，大风发屋拔树，刹上宝瓶随风而落，入地丈余。复命工匠更铸新瓶。建义元年(528)，太原王尔朱荣总士马于此；永安二年(529)五月，北海王元颢复入洛，在此寺聚兵；永安三年(530)逆贼尔朱兆囚庄帝于寺；永熙三年(534)二月，浮图为火所烧。……

不过十多年时间，天灾人祸接踵而来，北魏王朝由此走向了衰败和分裂。作者于此段正文几乎一句一注，介绍了大量的有关史实，特别是关于尔朱荣入洛，诛杀王公卿士及诸朝臣二千余人，以及由尔朱荣扶上台的魏庄帝元子攸用非常手段诛杀太原王尔朱荣的经过，叙述非常清晰，中间又夹了一段元子攸从兄元颢自行上台称帝的插曲，把北魏王朝变故迭起、国将不国的乱局作了很好的描述。凡此种种，皆足以与《魏书》互证，其中的许多细节且为史书所不载。如果只是就伽蓝谈伽蓝而没有子注，那么这些大有意味的宝贵内容就无从安排了。杨衒之不愧是当过秘书监的，长于叙事，拿一座永宁寺把种种历史事件贯穿起来，褒贬分明，一丝不乱，确有史才。

其三，骈散结合，行文雍容，细节生动，富于趣味。

《洛阳伽蓝记》大抵叙述用散句，写景用骈句，笔法灵活，行文从容不迫，于随意中见情志，毫无装腔作势之意、哗众取宠之心，读起来很舒服。试举两段来看：

景林寺，在开阳门内御道东。讲殿迭起，房庑连属，丹槛炫日，绣桷迎风，实为胜地。寺西有园，多饶奇果，春鸟秋蝉，鸣声相续。中有禅房一所，内置祇洹精舍，形制虽小，巧构难比。加以禅阁虚静，隐室凝邃，嘉树夹牖，芳杜匝阶，虽云朝寺，想同岩谷。静行之僧，绳坐其内，餐风服道，结跏数息。有石铭一所，博士卢白头为其文。

——卷一城内

宝光寺在西阳门外御道北，有三层浮图一所，以石为基，形制甚古，画工雕刻。隐士赵逸见而叹曰："晋朝石塔寺今为宝光寺也。"人问其故，逸曰："晋朝四十二寺，尽皆湮灭，唯此寺独存。"指园中一处曰："此是浴堂。前五步应有一井。"众僧掘之，果得屋及井焉。井虽填塞，砖口如初，堂下犹有石数十枚。当时园地平衍，果菜葱青，莫不叹息焉。园中有一海，号曰咸池，葭菼披岸，菱荷覆水，青松翠竹，罗生其旁。……普泰末，雍州刺史陇西王尔朱天光总士马于此寺，寺门无何都崩，天光见而恶之。其年天光战败，斩于东市也。

——卷四城西

像这样谢绝拘束，闲散自如的文字，非常能够适应长篇系列散文。短篇文章花腔较多、稍有做作还能接受，一长就不行了；唯闲谈式的文字于长短皆宜。

其四，多引民间传说、故事和谚语，有着丰富多彩的文学元素。

无论是正文还是注文，在合适的地方杨衒之很喜欢引进民间文学的元素，让自已的文章充满了生气和活力。如卷二城东崇真寺，一上来就说"比丘慧嶷，死一七日复活，经阎罗王检阅，以错召放免"。以下就大段记录慧嶷对那些日子的回忆，归结为比丘应当禅诵，不必以讲经为意。这样的民间传说大约反映了其时佛教界风习的转化。崇真寺本身大约没有多少内容可记，便大谈这里的一桩奇事。卷三城南大统寺附双女寺文后有一较长的子注曰：

虎贲骆子渊者，自云洛阳人，昔孝昌年戍在彭城。其同营人樊元宝得假还京，子渊附书一封，令达其家，云："宅在灵台南，近洛河，卿但至彼，家人自出相看。”元宝如其言，至灵台南，了无人家可问，徙倚欲去，忽见一老翁来，问：“从何而来，彷徨于此？”元宝具向道之，老翁云：“是吾儿也。”取书引元宝入，遂见馆阁崇宽，屋宇佳丽，坐命婢取酒，须臾见婢抱一死小儿而过，元宝初甚怪之，俄而酒至，色甚红，香美异常，兼设珍馐，海陆具备。饮讫辞还，老翁送元宝出，云“后会难期，以为凄恨！”别甚殷勤。老翁还入，元宝不复见其门巷，但见高岸对水，渌波东倾，唯见一童子，可年十五，新溺死，鼻中出血。方知所饮是其血也。及还彭城，子渊已失矣。元宝与子渊同戍三年，不知是洛水之神也。

这个故事很有些怪异，洛水之神也须服役，而其家族竟然以溺死者之血为酒。莫非所有的神灵都是如此？

《洛阳伽蓝记》又颇引谣谚，如卷一瑶光寺中美女尼姑甚多，遂引京师语“洛阳男儿急作髻，瑶光寺尼夺作婿”来介绍此寺的特色。卷四白马寺说寺中盛产高级水果，引京师谚云“白马甜榴，一实值牛”。卷三说起伊洛之鱼甚美，引京师语曰“洛鲤伊鲂，贵于牛羊”。凡此种种，都给人留下深刻印象。

三

《洛阳伽蓝记》中又包含了不少文学史料，也可以分成四个方面来看。

其一，介绍有关作家的事迹。

《洛阳伽蓝记》固然以记述故都洛阳的佛教庙宇为中心，但也往往涉及其周边的地理人文景观，由于洛阳是不久之前的政治文化中心，因此在这些记述中总是会提到其时的文人、作品以及其他文学方面的信息，其中知名作家尤为杨衒之所关注。有时虽仅只言片语，而亦足资多闻，例如卷二写到城东“出建春门一里余至东石桥，南北而行，晋太康元年造”，接着又道：“桥南有魏朝时马市，刑嵇康之所也。”关于嵇康的常见史料每谓嵇康被刑于东市，这里的记载更加详细具体。古代往往在人多热闹的地方执行死刑，以扩大影响，震慑社会。

更重要的史料则比较详细地介绍当代作家，如卷三“景明寺”条下提到“至永熙（532～534）年中，始诏国子祭酒邢子才为寺碑文”，文后子注即详细介绍邢劭其人道：

子才，河间人也。志性通敏，风情雅润，下帷覃思，温故知新。文宗学府，腾班、马而孤上；英规胜范，凌许、郭而独高。是以衣冠之士，辐辏其门；怀道之宾，去来满室。升其堂者，若登孔氏之门；沾其赏者，犹听东吴之句。藉甚当时，声驰遐迩。

正光(520～524)末，解褐为世宗挽郎，奉朝请，寻进中书侍郎、黄门侍郎。子才洽闻博见，无所不通，军国制度，罔不访及。自王室不靖，虎门业废，复迁国子祭酒，谟训上庠。子才罚惰赏勤，专心劝诱，青领之生，竞怀雅术，洙泗之风，兹焉复盛。永熙(532～534)年末，以母老辞，帝不许，子才恪请恳至，辞泪俱下，诏以光禄大夫归养私庭，所在之处，给事力五人，岁一朝，以备顾问。王侯祖道，若汉朝之送二疏。暨皇后徙邺，民讼殷繁，前格后诏，自相予夺。法吏疑狱，簿领成山。乃敕子才与散骑常侍温子昇撰《麟趾新制》十五篇，省府以之决疑，州郡用为治本。武定(543～550)中，除骠骑大将军，西兖州刺史，为政清静，吏民安之。复征为中书令，时戎马在郊，朝庭多事，国礼朝仪，咸自子才出。所制诗赋诏册章表碑颂赞记五百篇，皆传于世。邻国钦其模楷，朝野以为美谈也。

邢劭是北朝最重要的作家之一，而这里提供了最早的评论和传记。后来的史传，大抵以此为重要的参考。但“正光末，解褐为世宗挽郎”一句略有疑问，“为世宗挽郎”应是更早些时候的事情①，而解褐为奉朝请，才是正光末的事情②。

关于其时老一辈作家常景，杨衒之也有比较详细的介绍。《洛阳伽蓝记》卷一“永宁寺”条载：“永宁寺，熙平元年(516)灵太后胡氏所立也。……诏中书舍人常景为寺碑文”，子注云：

景字永昌，河内人也。敏学博通，知名海内。大(太)和十九年(495)为高祖所器，拔为律学博士，刑法疑狱，多访于景。正始(504～507)初，诏刊律令，永作通式。敕景共治书侍御史高僧裕、羽林监王元龟、尚书郎祖莹、员外散骑侍郎李琰之等撰集其事；又诏太师彭城王勰、青州刺史刘芳入预其议。景讨正科条，商榷古今，甚有伦序，见行于世，今律令二十

① 北魏世宗即宣武帝，薨于延昌四年(515)；邢劭时年二十，已是著名的才子，稍前世宗曾召见过他(详见《北齐书·崔暹传》)，世宗死后他去充当挽郎是合适的。但此事绝不可能迟至“正光末”。

② 正光是北魏孝明帝的年号。正光末，邢劭时年将近三十岁，起家为奉朝请，年龄比较合适。

篇是也。又共芳造洛阳宫殿门阁之名、经途里邑之号。出除长安令,时人比之潘岳。其后历位中书舍人、黄门侍郎、秘书监、幽州刺史、仪同三司,学徒以为荣焉。景入参近侍,出为侯牧,居室贫俭,事等农家,唯有经史,盈车满架。所著文集数百余篇,给事封玮伯作序,行于世。

常景年辈较高,一生仕履复杂,这里重点提到他于太和十九年(495)被提拔为律学博士一事以及他在法规建设方面的贡献,叙述颇细致可喜,且足以补《魏书·常景传》及《北史·常景传》之不足。

北魏由边陲入主中原之初,法制曾经很不健全,后来作出了不断的努力。杨衒之本人高度重视规章法律的建设,他记述邢劭的贡献时曾特别提到他与温子昇共同制定《麟趾新制》十五篇一事,也流露了同样的倾向。

南北朝时期双方人员的交流,最为多见的是使节的往来,其次则是不断出现的官员叛逃,这自然也是双向的,其中颇有同文学有关的人物,例如王肃就是著名的一例。他因家难由萧齐投奔北魏,大受重用,后来当到尚书令。《洛阳伽蓝记》卷三"报德寺"条下写到的洛阳城南延贤里内正觉寺,就是由他兴造的,其由来有一个有趣的故事:

肃字恭懿,琅琊人也。赡学多通,才辞美茂,为齐秘书丞。太和十八年(494)背逆归顺,时高祖新营洛邑,多所造制,肃博识旧事,大有裨益,高祖甚重之。……肃在江南之日,聘谢氏女为妻;及至京师,复尚公主。其后谢氏入道为尼,亦来奔肃,见肃尚主,谢作五言诗以赠之,其诗曰:"本为箔上蚕,今作机上丝。得路逐胜去,颇忆缠绵时?"公主代肃答谢云:"针是贯线物,目中恒任丝。得帛缝新去,何能衲故时?"肃甚有愧谢之色,遂造正觉寺以憩之。

按,王肃前后两任妻子出身都很高贵,前妻谢氏出身于江南高级世族,其父谢庄是著名文学家;后妻则是北魏孝文帝的妹妹陈留长公主。王肃本来在南齐做官,因为父亲王奂被萧齐武帝诛杀,不得已而投奔北魏,其时正值魏孝文帝厉行改革,大力推行汉化政策,王肃凭他的才能得到赏识和重用,又被北魏王室招了女婿。谢夫人后来追到了北方,于是王肃就成了两位夫人争夺的对象,处境十分狼狈;她们二人先后赋诗言志,王肃一句话也不好说。建一座庙来安置谢氏,乃是不得已的举措,除此以外也没有什么更好的办法了。在诸如此类的尴尬情况下将前妻另行安置,这个办法后来也还相当通行。

谢氏的五言诗里包含着很深的哀怨和讽刺,她说你王肃像一条蚕,原来在箔上养着，后来爬上去了，你还能多少记得些原先的事情吗？这里的“路”“胜”“丝”都有谐音双关的意味，大有南朝民歌的风味。情幽语细，胜于明写哀怨，这正是运用比兴手法的妙处。公主的答诗则充分肯定喜新厌旧是完全正确的，现在的婚姻状态不容改变，“回得直截，令人不堪”(《名媛诗归》卷七)。当时北魏推行汉化政策时间未久，尚存蛮风，公主能这样也用比兴手法写诗以表明自己的严正态度，已经是非常风雅了。王肃文化修养很高，当然会写诗，现在还能看到一点，但他此时绝对不便写，因为实在无法开口，当前的紧迫任务是如何解决燃眉之急，把谢氏安顿下来再说。

另一位由南投北的萧综(502～532)，一般认为是梁武帝萧衍的第二子，但被疑为并非他的亲骨血，后遂背梁赴魏。《洛阳伽蓝记》则明确记载其人是齐东昏侯萧宝卷的遗腹子，其母吴景晖原在齐后宫为淑媛，而萧衍在夺权成功后拿来归了自己。“综形貌举止甚似昏主，其母告之，令自方便”(卷二“龙华寺”条)，于是他便叛逃到北魏去了，但后来的结局却很惨。杨衒之的记载可补正史之未备。

其二，具体引用了若干作品。

这方面引用得最长的大约要算是姜质的《庭山赋》，《洛阳伽蓝记》卷二“正始寺”条说起洛阳城东敬义里的正始寺，由于官僚们捐了许多钱，搞得非常精净漂亮；然后顺便记载了“敬义里南有昭德里，里内有尚书仆射游肇、御史中尉李彪、七兵尚书崔休、幽州刺史常景、司农张伦等五宅”。在这个贵人住宅区里以张伦的宅第最为阔气，“斋宇光丽，服玩精奇，车马出入，逾于邦君”。司农是管经济的，张伦大约近水楼台地为自己弄了不少钱。而张宅最值得注意的是主人在其中造了一座称为“景阳山”的大型假山，“园林山池之美，诸王莫及”云。张氏豪宅内的这座景阳山太了不起了，于是当时有位作家姜质为它写了一篇《庭山赋》，《洛阳伽蓝记》在该段子注中大段引用该赋道：

> 夫偏重者爱昔先民之由朴由纯，然则纯朴之体，与造化而津梁。濠上之客，柱下之史，悟无为以明心，托自然以图志，辄以山水为富，不以章甫为贵。任性浮沉，若淡兮无味。今司农张氏，实踵其人。巨量焕于物表，夭矫洞达其真。青松未胜其洁，白玉不比其珍。心托空而栖有，情入古以如新。既不专流荡，又不偏华上，卜居动静之间，不以山水为忘。庭起半丘半壑，听以目达心想。进不入声荣，退不为隐放。尔乃决石通泉，拔岭檐前。斜与危云等并，旁与曲栋相连。下天津之高雾，纳沧海之远

烟。纤列之状一如古，崩剥之势似千年。若乃绝岭悬坡，蹭蹬蹉跎。泉水纡徐如浪削，山石高下复危多。五寻百拔，十步千过。则知巫山弗及，未审蓬莱如何。其中烟花雾草，或倾或倒，霜干风枝，半耸半垂。玉蕊金茎，散满阶墀。燃目之色，裂鼻之馨，既共阳春等茂，复与白云齐清。或言神明之骨，阴阳之精，天地未觉此生，人鬼焉识其名。羽徒纷泊，色杂苍黄，绿头紫颊，好翠连芳。白鹤生于异县，丹足出于他乡，皆远来以臻此，借水木以翱翔，不忆春于沙漠，遂忘秋于高阳。非斯人之感至，何候鸟之迷方。岂下俗之所务，入神怪之异趣。能造者皆必诗，敢往者无不赋。或就饶风之地，或入多云之处，□菊岭与梅岑，随春秋之所□。远为神仙所赏，近为朝士所知。求解脱于服佩，预参次于山垂。子英游鱼于玉质，王乔系鹄于松枝。歌方丈不足以妙咏，此处态多奇。嗣宗闻之动魄，叔夜听此惊魂。恨不能钻地一出，醉此山门。别有王孙公子，逊遁容仪，思山念水，命驾相随。逢岑爱曲，值石陵欹。□庭为仁智之田，故能种此石山。森罗兮草木，长育兮风烟。孤松既能却老，半石亦可留年。若不坐卧兮其侧，春秋兮其游陟，白骨兮徒自朽，方寸兮何所忆?

巍峨壮丽，自具风云，世所罕见；奇花异草，珍禽异兽，无所不备，简直是一神仙世界。可惜阮籍(嗣宗)、嵇康(叔夜)不能到此一游，他们就是听说一下，也应当惊心动魄，恨不能醉倒于此。

这里有些字句不大容易理解，一大原因可能是流传过程中产生过某些讹误，虽经时贤反复校勘，仍然不无问题；另一个原因则是姜质水平有限，用词鄙俗，现在读去便更加不容易明白。姜质其人史书无传，只是《北史》卷四六《成淹传》提到一下“(成)淹子霄，字景鸾，好为文咏，坦率多鄙俗，与河东姜质等朋游相好，诗赋间起，知音之士所共嗤笑”。凡规范的字词语句相对好懂，而“鄙俗”的词语，当时容易遭到嗤笑，年代一久则变成难懂，在工具书里也往往无从查到。

姜质赋的毛病在于，同景阳山相关或简直不大相干的种种介绍过多，而对张宅内的这座假山本身的描写反而太少。《洛阳伽蓝记》在引用姜质《庭山赋》之前有一段小引式的文字：

(张)伦造景阳山，有若自然。其中重岩复岭，嵚崟相属；深溪洞壑，逦迤连接。高林巨树，足使日月蔽亏；悬葛垂萝，能令风烟出入。崎岖石路，似壅而通；峥嵘涧道，盘纡复直。是以山情野兴之士，游以忘归。

杨衒之的这一段水平高于姜质很多。把姜、杨这两段文字加起来看，可知景阳山与宅院中的建筑物距离很近，而体量甚大，山重水复，引人入胜，树木花草、珍禽异鸟，也多有可观者。早期的假山大约都是以大为美，并且总是在其中安排大量的珍稀动植物；这同明清以后讲究小而精、以神韵风姿见长，派头很不同。唐宋以后描写假山的作品甚多，而前此之作则很少见，姜质《庭山赋》这样的俗赋仍然具有相当的文献和文学价值。

《洛阳伽蓝记》卷三“出宣阳门外四里至洛水上，作浮桥，所谓永桥也”句下子注云：

> 神龟(518～519)中，常景为《洛汭颂》，其辞曰：浩浩大川，泱泱清洛。导源熊耳，控流巨壑。纳谷吐伊，贯周淹亳。近达河宗，远朝海若。兆唯洛食，实曰土中。上应张柳，下据河嵩。寒暑攸叶，日月载融。帝世光宇，函夏同风。前临少室，却负太行。制岩东邑，峭亘西疆。四险之地，六达之庄。恃德则固，失道则亡。详观古昔，考见丘坟。乃禅乃革，或质或文。周余九列，汉季三分。魏风衰晚，晋景凋曛。天地发辉，图书受命。皇建有极，神功无竞。魏箓仰天，玄符握镜。玺运会昌，龙图受命。乃眷书轨，永怀宝定。敷兹景迹，流美洪谟。袭我冠冕，正我神枢。水陆兼会，周郑交衢。爰勒洛汭，敢告中区。

这里引用的很可能就是《洛汭颂》的全文，固然是一篇御用的文字，但这里提到山河之险不可依恃，历史上充满了“禅”和“革”，也就是政权的和平移交和暴力革命，头脑还是清楚的。

《洛阳伽蓝记》所录作品最有趣的也许要算是元子攸(507～530)的《临终诗》，其人乃是魏孝文帝弟彭城王元勰之子，曾封长乐王，后来被控制中枢的军阀权臣尔朱荣立为帝(孝庄帝)，而实为傀儡。子攸设计杀掉尔朱荣，尔朱氏家族起兵造反，尔朱兆攻入首都，活捉庄帝，把他囚禁在永宁寺，后更杀之于晋阳三级寺。“帝临崩礼佛，愿不为国王”，又作五言诗一首道：

> 权去生道促，忧来死路长。怀恨出国门，含悲入鬼乡。隧门一时闭，幽庭岂复光。思鸟吟青松，哀风吹白杨。

后来叛乱平定，迎庄帝梓宫回洛阳，就拿这首《临终诗》作为挽歌。元子攸这诗很难说有多高明，但被杀的国王临终作诗颇不多见，所以很值得玩味。只有等到死到临头，他们才“愿不为国王”。孝庄帝前后北魏朝廷变故迭起，引起后人很多感慨①。

其三,提到了一些文坛轶事。

这一方面虽仅为零星记载,却颇可增加人们对有关人物的理解。例如著名作家温子昇(495～547)为一时文宗,广平王元怀立大觉寺,后来平阳王元修即位(后称孝武帝),在此建一砖塔,“诏中书舍人温子昇以为文”(卷四“大觉寺”条),这就是《大觉寺碑》,其文流传至今(《艺文类聚》卷七十七),唯已有残缺,可据这里的介绍略补两句。

温子昇虽为文人,从政热情很高,《魏书》本传说他“事故之际,好予其际”,并特别记载他深度介入孝庄帝元子攸诛杀尔朱荣一事:“及帝杀尔朱荣也,子昇预谋。当时赦诏,子昇词也。荣入内,遇子昇把诏书,问是何文书,子昇颜色不变曰:‘敕。’荣不视之。”又《北史·尔朱荣传》载:“(庄帝)召中书舍人温子昇告以杀荣状,并问以杀董卓事。子昇具通本,上曰:‘王允若即赦凉州人,必不应至此。’良久,语子昇曰:‘朕之情理,卿所具知。死犹须为,况必不死!宁与高贵乡公同日死,不与常道乡公同日生!’”可见温子昇介入这一密谋之深。按,《洛阳伽蓝记》卷四“宣忠寺”条下子注载:

> 庄帝闻荣来,不觉失色,中书舍人温子昇曰:“陛下色变!”帝连索酒饮之,然后行事。

这一细节颇足以与史书中的记载互补,均表现出温子昇临大事之镇静自若,其政治家的素质高于孝庄帝。近贤为温子昇撰年谱,只引正史中永安三年(530)孝庄帝杀尔朱荣的两段史料,未及《洛阳伽蓝记》卷四“宣忠寺”条,亦可谓失诸眉睫者矣。

其四,《洛阳伽蓝记》中除了介绍寺庙及其周边的情况因而涉及作家事迹、相关作品和文坛轶事之外,也顺便写到一些当年的社会风气,其中颇有了解和研究当时文学的背景资料。

例如从此书中可以知道,当时官员文人游览或集会时,习惯于共赋五言诗,形成一种时尚,作派与南朝无大差异,例如卷五“凝玄寺”条云:该寺“地形高显,下临城阙,房庑精丽,竹柏成林,实是净行息心之所也。王公卿士来游

---

① 例如唐人周昙《咏史诗》有云:“明、庄、节闵并罹殃,命在朱、高二悖王。已叹一年三易换,更嗟驱辱下东廊。”详见周一良《周昙〈咏史诗〉中的北朝》,《魏晋南北朝史论集》,第531～532页。

观为五言者，不可胜数”。洛阳当年诗风之盛，视南朝实在未遑多让。又如卷四“法云寺”条下提到“寺北有侍中尚书临淮王（元）彧宅”，子注云：

> 彧性爱林泉，又重宾客，至于春风扇扬，花树如锦，晨食南馆，夜游后园，僚寀成群，俊民满席，丝桐发响，羽觞流行，诗赋并陈，清言乍起，莫不领其玄奥，忘其褊郄焉。是以谓入彧室者谓登仙也。荆州秀才张裴，常为五言，有清拔之句云“异林花共色，别树鸟同声”，彧以蛟龙锦赐之；亦有得绯䌷紫绫者。唯有河东裴子明为诗不工，罚酒一石，子明八斗而醉眠，时人譬之山涛。及尔朱兆入京师，彧为乱兵所害，朝野痛惜焉。

又卷四“冲觉寺”条述清河王元怿“爱宾客，重文藻，海内才子，莫不辐辏，府僚臣佐，并选俊民”。在北魏末年尔朱氏之乱以前，朝野一派升平景象，王公大人中的风雅之士大建园林，主持文酒之会，作风同南朝的王爷们没有什么两样。文人们热衷于游览写诗①，同南朝的文人也大体相似。张裴的那两句诗，逯钦立《先秦汉魏晋南北朝诗·北魏诗》失收，建议补入。

最后不妨顺便说说，《洛阳伽蓝记》中提到的尼姑庙往往是由宦官们出资建造的②，此事颇可玩味。宦官无性能力，尼姑恪于清规戒律不能有性活动——他们双方在非性这一点上有共同之处，遂能有此种特殊之关系。此事同文学看似无关，但由此却可以悟出，为什么在南朝梁、陈那种佛教气氛极其高涨的氛围中，以大尺度描写女性著称的宫体诗会高度繁荣。在佛光的照耀下，信佛的王公大夫、各路文人自以为定力十足，毫无邪念，所以能够大胆无畏地观照女性之美，结果竟在无意中为中国文学作出了一份特殊的贡献。至于北方，则因为传统道德力量比较强大，宫体诗在这里虽有影响，一时尚未能大行其道。

---

① 《洛阳伽蓝记》卷四“宝光寺”条下云：“京邑士子，至于良辰美日，休沐告归，征友命朋，来游此寺，雷车接轸，羽盖成阴，置酒林泉，题诗花圃。”

② 如卷二写到的城东魏昌尼寺、景兴尼寺等等。卷四提到的王典卿寺，是由阉官王桃汤兴建的，遂特别加以说明道：“时阉官伽蓝，皆为尼寺，唯桃汤所建僧寺，世人称之英雄。”北魏的尼寺当初是禁止男士入内的，这一禁令后来渐渐松弛；但一般的官僚只能建僧寺。

四十一　颜之推

一

颜之推(字介,531～594?)[1]出身于著名的高门琅邪(今山东临沂)颜氏,其前辈几代均任清要之职;之推一生并不很长,经历却很复杂:早年先仕于萧梁,一向追随萧绎,后由萧绎派到郢州(今湖北武汉)去充当其子、中抚军将军萧方诸的秘书,不幸一起被乱臣侯景的部下捉去,囚送建康,直到侯景垮台后才获得自由,重回江陵;等到萧绎在江陵称帝,他升任散骑常侍;江陵的萧梁政权覆灭(承圣三年〔554〕)以后,被掳去北方,稍后他历尽艰险奔至与南方关系比较好的北齐,打算从这里返回故国去,由于建康的萧梁政权很快就被陈所取代,他的愿景没有实现,稍后成为北齐"文林馆"里的重要人物之一[2],官至黄门侍郎,一时颇为得意。北齐亡后入北周,最后入隋。他的主要著作《颜氏家训》完成于隋[3]。

颜之推一生中最惊险的时刻是他逃出北周的牢笼奔向北齐的一段。《北齐书·颜之推传》载:"后为周军所破,大将军李穆重之,荐往弘农,令长其兄阳平公远书翰。值河水暴涨,具船将妻子来奔,时人称其勇决。"北周大将军

---

① 史籍未载颜之推的生卒年,这里的生年根据缪钺先生的推定,详见其《颜之推年谱》,《缪钺全集》第1卷下册,河北教育出版社2004年版,第543页。卒年,该谱谓无可考;曹道衡、沈玉成推测约在开皇十四年(594),详见《中古文学史料丛考》,第756页。

② 据《北齐书·文苑传》,文林馆设立于武平三年(572),总领馆事者祖珽、阳休之,入馆待诏的有颜之推、李德林、王邵、魏澹、薛道衡、卢思道、萧悫、崔季舒、陆开明等五十余人,他们的任务是编撰大型类书,后成《修文殿御览》三百六十卷,同时也大写其诗,其成果有《文林馆诗府》八卷,凡此诸书后皆亡佚。

③ 《颜氏家训》旧本一向署北齐黄门侍郎颜之推撰,而其人实已入隋。《四库全书总目》杂家类一《颜氏家训》提要说:"旧本所题,盖据作书之时也。"此说或亦有可能;但《颜氏家训·书证篇》明确提到隋文帝开皇二年(582)时事,表明其书最后完成于隋文帝时。

李穆之兄李远当时驻扎在弘农(今河南三门峡市),颜之推在李远手下效力的时间不很长,天保七年(556)他听到北齐方面与首都复归于建康的梁王朝交好、将先前扣押的使节徐陵等人放回去的消息,立即冒险逃向北齐,其时有《从周入齐夜度砥柱》诗(《文苑英华》卷二八九):

侠客重艰辛,夜出小平津。马色迷关吏,鸡鸣起戍人。露鲜华镜彩,月照宝刀新。问我将何去,北海就孙宾。

颜之推幸运地逃过了关吏的检查,"水路七百里,一夜而至"(《观我生赋》自注),在苍茫的夜色中直奔北齐的政治中心邺城而去。诗末说"北海就孙宾",他此行途中大约得到过侠客的帮助①。

在北齐的二十多年是颜之推一生中相对平静的时段,他的著作大部分应当撰写于此时。到承光元年(577,即北周建德六年),在北周的巨大军事压力下,北齐的太上皇高纬和幼主高恒走出首都邺城,经济州到青州,拟南下入陈,但由于内奸的出卖,就在青州被北周将领俘获,押解到长安去,颜之推等十八名北齐官员同时被带去。这一批人构成了北周以至隋朝文坛和政坛上的一支生力军。充分利用原先对立政权中的人才,是中古时代广泛采用的治国方针。

萧梁旧都建康的毁灭、新都江陵的沦陷,颜之推都是经历过的,现在可算是又不得不接受第三次亡国。他觉得自己的命运太坏了,于是很感伤地写了一篇《观我生赋》。这篇大赋的间架和价值大抵近于庾信的《哀江南赋》,内容更加充实,只是文采稍微逊色一点②。他回顾国家和自己的种种不幸,开篇不久即先叙侯景之乱道:

初召祸于绝域,重发衅于萧墙。虽万里而作限,聊一苇而可航。指金阙以长铩,向王路而蹶张。勤王逾于十万,曾不解其搤吭。嗟将相之骨鲠,皆屈体于犬羊。武皇忽以厌世,日月黯而无光。……自东晋之违难,寓礼乐于江湘。迄此几于三百,左衽浃于四方。

---

① 孙宾,指孙宾硕(孙嵩),侠士,北海人,以救助过赵岐一事著称,有关事迹详见《三国志·魏书·阎温传》注引《魏略·勇侠传》。又《后汉书·赵岐传》亦详载其事,而其中孙嵩自称"孙宾石"。

② 清朝人谭献认为"《观我生赋》,高于庾子山。"又说其中多理语,下开赵宋赋体。详见《复堂日记》卷一。

梁武帝贪图眼前的利益，引狼入室，让多年来太平繁荣的江南毁于一旦。后来总算在萧绎领导下平定了侯景之乱，但武帝的子孙一再内讧，纷争不已，把国家的一点元气消耗殆尽，结果让北方的西魏轻而易举地就打垮了以江陵为新政治中心的梁王朝，文武之道，一夜丧尽：

惊北风之复起，惨南歌之不畅。守金城之汤池，转绛宫之玉帐。徒有道而师直，翻无名之不抗。民百万而囚掳，书千两而烟炀。溥天之下，斯文丧尽。怜婴孺之何辜，矜老疾之无状。夺诸怀而弃草，踣于途而受掠。……小臣耻其独死，实有愧于胡颜。牵痾疻而就路，策驽蹇以入关。下无景而属蹈，上有寻而亟搴。嗟飞蓬之日永，恨流梗之无还。

同国家的灭亡同步，自己也永远失去了故乡。但是作者的厄运到此并未结束，此后还有第三次的亡国，他所投奔的北齐又灭亡了，作者再次成为俘虏，重新进入被押解的队伍。赋的最后作者不胜感慨地写道："予一生而三化，备荼苦而蓼辛。鸟焚林而铩翮，鱼夺水而暴鳞。嗟宇宙之辽旷，愧无所而容身！"这是他初入北周时的感慨和哀伤，幸而后来的情形比他预计的要好得多，有了新的职务，写出了《家训》，学术研究也颇有新的成果。

当颜之推作为战俘被北周方面押往长安时，仍然督促他的长子颜思鲁好好学习儒家的经典以及史书；他们之间一番意味深长的对话见于《颜氏家训·勉学篇》：

邺平之后，见徙入关。思鲁尝谓吾曰："朝无禄位，家无积财，当肆筋力，以申供养。每被课笃，勤劳经史；未知为子可得安乎？"吾命之曰："子当以养为心，父当以学为教。使汝弃学徇财，丰吾衣食，食之安得甘？衣之安得暖？若务先王之道，绍家世之业，藜羹缊褐，吾自欲之。"

懂事的儿子思鲁看到父亲失去了官位，不愿意再读书，准备早点出来干体力活儿供养家庭；颜之推不同意，还是要他坚持读书，说生活暂时苦一点无妨。士大夫子弟非多接受正统教育不可，只有读书才能安身立命，才能过上体面的生活，在天下很不太平、人生变故甚多的时代尤其是如此。《勉学篇》的前文有道：

梁朝全盛之时，贵游子弟多无学术，至于谚云"上车不落则著作，体中何如则秘书"。无不熏衣剃面，傅粉施朱，驾长檐车，跟高齿屐，坐棋子方褥，凭斑丝隐囊，列器玩于左右，从容出入，望若神仙。明经求第，则顾人答策，三九公宴，则假手赋诗。当尔之时，亦快士也。及离乱之后，朝市迁革，诠衡选举，非复曩者之亲，当路秉权，不见昔时之党。求诸身而无所得，施之世而无所用。被褐而丧珠，失皮而露质，兀若枯木，泊若穷流，鹿独戎马之间，转死沟壑之际，当尔之时，则驽材也。

有学艺者，触地而安，自荒乱以来，诸见俘虏，虽百世小人，知读《论语》《孝经》者，尚为人师；虽千载冠冕，不晓书记者，莫不耕田养马。以此观之，安可不自勉耶！若能长保数百卷书，千载终不为小人也。

这些道理虽然很庸常，少不更事的儿子颜思鲁这时还不大明白，所以要加以训导。

颜之推出身于儒学世家，世传《周礼》和《左传》，他本人一生研究儒学，博览群书，于“小学”即语言、文字、音韵、训诂之学尤为致力，对玄学的空洞议论则不感兴趣。早年他在政治上是紧跟萧绎的，而听萧绎讲玄学却完全无动于衷①，后来更直截了当地予以批评②。由于受到那个时代风气的影响，颜之推也很相信佛教，集中地见之于《颜氏家训》之《归心篇》。曾经有人认为，颜之推作为孔子高足弟子颜渊的后代，笃信儒学自是其本分，应当坚守不懈，根本不应该去信什么佛教。这话固然不能算错，但时代思潮的力量总是要比家族传统的影响大得多；而且颜之推基本上还是一位儒家学者，入世很深，绝未出世。

颜之推应付世事的变化很有一套，他的一个基本观点是，一个士人完全得靠儒家的知识吃饭，保住自己的身家性命和体面的生活，不必去多问具体的政局如何。中古时代有一批这样的人物，相对于后来的技术官僚来说，这一批人大约可以说乃是儒术文化官僚。所谓“儒术”，主要指儒家传统中运用于实际社会生活的那些部分，这里没有多少理想主义可言，基本上都是些实用主义的手段。为了种种实际利益，儒者往往竟如鲁迅所说的那样，可以“献

① 《北齐书·颜之推传》：“之推早传家学。年十二，值(萧)绎自讲庄、老，便预门徒，虚谈非其所好，还习《(周)礼》《(左)传》，博览群书，无不该洽。”

② 《颜氏家训·勉学篇》指出后来的清谈之徒“剖玄析微，宾主往复，娱心悦耳，非济世成俗之要也。洎乎梁世，兹风复扇，《庄》《老》《周易》，总谓‘三玄’。武皇、简文，躬自讲论，周弘正奉赞大猷，化行都邑，学徒千余，实为盛美。元帝在江、荆间，复所爱习，召置学生，亲为教授，废寝忘食，以夜继朝，乃至倦剧愁愤，辄以讲自释。吾时颇预末筵，亲承音旨，性既顽鲁，亦所不好云。”

教、卖经”[1]，只不过都用儒家的漂亮话头来加以修饰而已。在申论此一义时鲁迅也曾举《颜氏家训·勉学篇》为例，可知在他看来，颜之推正是深通“儒术”的老手，而非笃守儒学理想主义的纯儒或迂儒。书生气十足的“学”历来敌不过与世推移的“术”。

二

颜之推有文集三十卷，又写过不少学术著作[2]，均早已散佚，现在只能看很少几篇诗赋；他传世的著作主要是一部《颜氏家训》。

《颜氏家训》同过去那些单篇的戒子书、家诫、家训的不同之处在于体量甚大，分为二十篇，每篇围绕一个中心作系统而自由的漫谈，内容丰富，不单讲为人处世之方方面面的注意事项，也讲如何看问题做学问，涉及许多知识领域；加上文笔质朴有味，所以历来得到很高的评价，影响亦复很大。

像这样的系列化的学术随笔集，过去还不曾有过；后人特别是赵宋以下学术随笔虽多，但基本都采取碎片聚合式的结构或者说漫无结构，这正如诗话的写作可以追溯到钟嵘《诗品》，而后来自欧阳修《六一诗话》以下，除了严羽《沧浪诗话》、叶燮《原诗》等少数几部之外，再也没有进行系统研究或评论的意思，大量的此类专书几乎都是由基本无结构的碎片堆积而成。

中古时代的评论家、学问家写书大抵还是当作一部“子”书来对待，颜之推写家训亦有明确的子书意识，且为自己悬了一个相当高的标准。《颜氏家训·序致篇》云：“魏晋已来，所著诸子，理重事复，递相模敩，犹屋下架屋、床上施床耳。吾今所以复为此者，非敢轨物范世也，业以整齐门内，提撕子孙。”他固然重在教训儿子，也未尝没有“轨物范世”之意；而后来的学者作家写书则几乎都是“集”部的派头了。如果自先秦至中古的子学传统后来没有在中

---

① 鲁迅在《且介亭杂文·儒术》一文中引用元朝人余阙（1303～1358）的《杨君显民诗集序》和《送范立之赴襄阳诗序》，谈起元朝的儒者在非常不利的特殊情况下如何利用儒术获得某些实际利益，然后议论道“这是‘中国人才’们献教、卖经以来，‘儒户’所食的‘佳果’。虽不能为王者师，且次于吏者数等，而究亦胜于将门和平民者一等。……”详见《鲁迅全集》第6卷，第32页。

② 据有关书目记载，颜之推的学术著作有：《训俗文字略》《急就章注》《笔墨法》《证俗音字》等，皆已亡佚。从《颜氏家训》有关文字、音韵、训诂、文献的有关内容中，大体可以推知他论学的旨趣。

国中断，恐怕也就不会让后来传入中国的西式论著规范独领风骚多时了。

《颜氏家训》内容丰富，约可分为三个方面：关于人生与社会，关于文学，关于学术。

第一，关于人生与社会。《颜氏家训》的前八篇大抵集中谈这一方面的问题，后文亦时时涉及之，《省事》《止足》《养生》诸篇尤为再三致意。

作为一个高门出身的士人，颜之推极端重视子弟的道德教育和知识传授，讲了许多儒家的基本道理，特别是处理各种伦理关系的宜忌、治家的注意事项，书中都反复叮咛，虽然不免有若干老生常谈，但总体来看这里的新意还是很多的。例如关于如何处理弟兄关系，说得比较充分而且深入，专设了《兄弟篇》，其他篇章中也涉及这一方面，这是因为颜之推有三个儿子，所以特别注意。关于再婚以后形成的两代人亦即后父、后母与前面的孩子之间的关系，他也有很实在的分析，略云：

> 凡庸之性，后夫多宠前夫之孤，后妻必虐前妻之子。非唯妇人怀嫉妒之情，亦事势使之然也。前夫之子，不敢与我子争家，提携鞠养，积习生爱，故宠之；前妻之子，每居己生之上，宦学婚嫁，莫不为防焉，故虐之。异姓宠则父母被怨，继亲虐则兄弟为仇，家有此者，皆门户之祸也。（《后娶篇》）

原来这里面有一个财产继承权的问题，他的分析有相当的道理。颜之推看家庭伦理，自有其不俗的眼光。

颜之推主张士人凭真本事吃饭，坚决反对自家后代去做追逐时髦依附权贵而自丢功架的事情。《教子篇》末写道：

> 齐朝有一士大夫尝谓吾曰："我有一儿，年已十七，颇晓书疏，教其鲜卑语及弹琵琶，稍欲通解，以此伏事公卿，无不宠爱，亦要事也。"吾时俯而不答。异哉此人之教子也，若由此业自致卿相，亦不愿汝曹为之。

北齐王朝内部汉族官僚与鲜卑权贵之间矛盾颇深，所以颜之推对那位士大夫的看法很不以为然，但也不便当面批评；他主张做人要有自己的尊严和原则，这一层意思足以超越特殊的背景而具有一般的意义。

对于养生，颜之推的态度略近于嵇康，而更为理性，他确认长生不老是不可能的，"纵使成仙，终当有死，不能出世，不愿汝曹专精于此"。那时颇有迷信各种道术的，颜之推要他的儿子们不要信那些邪；至于采取各种有利于养生的措施，争取健康长寿，他认为是好的，《养生篇》就其所见所闻以及自己的切身体会写道：

若其爱养神明，调护气息，慎节起卧，均适寒暄，禁忌食饮，将饵药物，遂其所禀，不为夭折者，吾无间然。诸药饵法，不废世务也。庾肩吾常服槐实，年七十余，目看细字，须发犹黑。邺中朝士，有单服杏仁、枸杞、黄精、白术、车前得益者甚多，不能一一说耳。吾尝患齿，摇动欲落，饮食热冷，皆苦疼痛；见《抱朴子》牢齿之法，早朝叩齿三百下为良，行之数日，即便平愈，今恒持之。此辈小术，无损于事，皆可修也。凡欲饵药，陶隐居《太清方》中总录甚备，但须精审，不可轻脱。近有王爱州，在邺学服松脂，不得节度，肠塞而死，为药所误者甚多。

这样的道理，现在看去也还是正确而且富于启发性的。写《抱朴子》的葛洪、撰《太清方》的陶弘景，都是去今不远的著名道士，他们关于养生都大有研究，颜之推取其精华，而并不完全迷信他们提出的举措，关键在于要无损于事而有实效。

至今尚多有为所谓“大师”所误的可怜虫，应读此段训词。观念的现代化大有难度，至少比器物层次的现代化难得多了。

颜之推又指出，世界上还有比生命更重要的东西，那就是做人的原则，在某些情况下只能而且必须舍生取义，《养生篇》继续写道：

夫生不可不惜，不可苟惜。涉险畏之途，干祸难之事，贪欲以伤生，谗慝而致死，此君子之所惜哉。行诚孝而见贼，履仁义而得罪，丧生以全家，泯躯而济国，君子不咎也。自乱离以来，吾见名臣贤士，临难求生，终为不救，徒取窘辱，令人愤懑。侯景之乱，王公将相，多被戮辱，妃主姬妾，略无全者。唯吴郡太守张嵊，建义不捷，为贼所害，辞色不挠；及鄱阳王世子谢夫人，登屋诟怒，见射而毙。夫人，谢遵女也。何贤智操行若此之难，婢妾引决若此之易？悲夫！

他看出了身居高位的官僚在临难之际表现往往尚不如卑弱的女子，那些大人物只不过是苟惜其生罢了。

对于死亡，颜之推的态度非常通达，他在书末的《终制篇》中说：“死者，人之常分，不可免也。”何况自己已经过了六十岁，“故心坦然，不以残年为念”。他对后事的安排是一切从简，并要求后人注意继承自己的事业，绝对不必在守墓一类事情上费神：

孔子之葬亲也，云："古者墓而不坟。丘东西南北之人也，不可以不识也。"于是封之崇四尺。然则君子应行世道，亦有不守坟墓之时，况为事际所逼也。吾今羁旅，身若浮云，竟未知何乡是吾葬地，唯当气绝便埋之耳。汝曹宜以传业扬名为务，不可顾恋朽壤，以取堙没也。

这种观念在当时比较前卫，现在看去仍然相当可取。周作人高度评价这一篇，称为"古今难得的好文章"，"看彻生死，故其意思平实，而文辞亦简要和易，其无甚新奇处正是最不可及处，陶渊明的《自祭文》与《拟挽歌辞》可与相比，或高旷过之。陶公无论矣，颜君或居其次，然而第三人却难找出了"①。

因为要讲有关人生的道理，书中举出不少事例，而这些内容现在读去乃是很好的社会生活史料，在一般的历史著作里不容易看到的。例如《治家篇》谈到其时的妇女生活方式，南北大有不同："江东妇女，略无交游，其婚姻之家，或十数年间，未相识者，惟以信命馈赠，致殷勤焉。邺下风俗，专以妇持门户，争讼曲直，造请逢迎，车乘填街衢，绮罗盈府寺，代子求官，为夫诉屈。此乃恒、代之遗风乎！"

《风操篇》说起隋统一全国后，讨论制定各级官吏待遇时的一个小故事道：

近在议曹，共平章百官秩禄，有一显贵，当世名臣，意嫌所议过厚。齐朝有一两士族文学之人，谓此贵曰："今日天下大同，须为百代典式，岂得尚作关中旧意？明公定是陶朱公大儿耳！"彼此欢笑，不以为嫌。

这位显贵高官觉得俸禄定得过于优厚，其人风格甚高，不愧名臣；文学之士开玩笑说，您一定是大阔佬的长子，不缺钱。隋初的官场，可以说是风清气正的。大凡每个王朝在开国之初，气象都很不错，可惜太平的时间一久，腐败往往就开始了。

第二，关于文学。颜之推谈文学问题，集中地见之于《文章篇》。他是一位学者型的作家，这里既讲大的原则，也分析具体的作品，甚至细致到赏析名句。他的意见大抵平实可喜，没有什么特别或偏激的议论。

从大的原则来说，《颜氏家训》强调文章源于儒家经典：

夫文章者，原出五经：诏命策檄，生于《书》者也；序述论议，生于《易》者也；歌咏赋颂，生于《诗》者也；祭祀哀诔，生于《礼》者也；书奏箴铭，生于

① 《夜读抄》，河北教育出版社2002年版，第111页。

《春秋》者也。朝廷宪章，军旅誓诰，敷显仁义，发明功德，牧民建国，施用多途；至于陶冶性灵，从容讽谏，入其滋味，亦乐事也。行有余力，则可习之。

这样的主张，同先前刘勰在《文心雕龙·宗经》里把各种文学形式的源头都归之于五经[1]，除了个别对应关系略有调整以外，大抵如出一辙，这一主张至今仍然有很大的影响。至于将文学的实用性看得很高，而把它的审美作用仅仅视为余事，亦复源远流长。大秘书"大手笔"都是写高级应用文的，从事一般诗文创作的只是普通文人，这样的看法至今也还大同小异。文学不能作为主业，只宜充当业余爱好。此说亦自有见地。

颜之推接着又指出，文人往往小毛病比较多，举出许多具体的例子来，又总结说：

文章之体，标举兴会，发引性灵，使人矜发，故忽于操持，果于进取。今世文人，此患弥切。一事惬当，一句清巧，神厉九霄，志凌千载，自吟自赏，不觉更有傍人。加以砂砾所伤，惨于矛戟，讽刺之祸，速乎风尘。深宜防虑，以保元吉。

这样的分析，很有些道理，在社会生活中文人容易惹麻烦，亦复古今同慨。在古代许多士人看来，总是官员最高，其次才是学者，而学者又高于文人。颜之推的高明之处在于，他看出了学者可以靠用功靠积累，而文人却需要一点特殊的才华，不是能教得出来的，从事创作不必勉强，否则容易出丑：

学问有利钝，文章有巧拙。钝学累功，不妨精熟；拙文研思，终归蚩鄙。但成学士，自足为人；必乏天才，勿强操笔。吾见士人，至无才思，自谓清华，流布丑拙，亦以众矣，江南号为诊痴符。近在并州，见一士族，好为可笑诗赋，誂擎邢（子才）、魏（收）诸公，众共嘲弄，虚相赞说，便击牛酾酒，招延声誉。其妻明鉴妇人也，泣而谏之，此人叹曰："才华不为妻子所容，何况行路！"至死不觉。

颜之推这里说的"才思"，相当于后来《沧浪诗话》之所谓"别才"[2]，它不是

① 刘勰说："故论说辞序，则《易》统其首；诏策章奏，则《书》发其源；赋颂词赞，则《诗》立其本；铭诔箴祝，则《礼》总其端；记传盟檄，则《春秋》为根。"

② 《沧浪诗话》："诗有别才，非关书也；有别趣，非关理也。然非读书，多穷理，不能极其至。"

或不完全是知性、理性的，而是一种悟性，只靠勤奋尚不足以养成①。这位并州士族据说就是指写《庭山赋》的姜质②，也可能另有所指，无非是自我感觉太好的空头文学家，这样的可怜虫历代都有，很不容易让他改变。

颜之推诗、赋、文皆有相当高的水准，他的鉴赏力也非常之高，《文章篇》中有一个著名的例证：

> 王籍《入若耶溪》诗云："蝉噪林逾静，鸟鸣山更幽。"江南以为文外断绝，物无异议。简文吟咏，不能忘之；孝元讽味，以为不可复得，至《怀旧志》，载于籍传。范阳卢询祖，邺下才俊，乃言："此不成语，何事于能？"魏收亦然其论。《诗》云："萧萧马鸣，悠悠旆旌。"毛传曰："言不喧哗也。"吾每叹此解有情致，籍诗生于此意耳。

这里只就两句诗发议论，深得王渔洋赏识③，周作人也非常看好这一段文章，说是"此是很古的诗话之一，可谓要言不烦，抑又何其'有情致'耶，后来作者卷册益多，言辞愈富，而妙语更不易得。岂真今不如古，亦因人情物理难能体会，故不免常有所蔽也"④。整个山林十分幽静，只听到一点鸟鸣蝉噪，这也就是说除了这蝉噪、鸟鸣之外没有任何声音，幽静异常。这样颇含辩证法的描写深合人情物理，却不一定是从《诗经》那里学来的，只是诗心相通罢了。王籍曾随湘东王萧绎到过会稽，游云门天柱山，至若耶溪（在今浙江绍兴市南）；《梁书》本传称作者游越中山水时累月不返，他对自然美有深切的体会。王籍这两句诗颇有影响，后来杜甫《题张氏隐居》诗有"伐木丁丁山更幽"之句，直接由王籍而来；而王安石《钟山即事》诗却说"茅檐相对坐终日，一鸟不鸣山更幽"，言各有当，也可以看成是对王籍诗的反仿。唐人钱起《山中酬杨补阙见访》诗之颔联云："幽溪鹿过苔还静，深树云来鸟不知"，似乎也是化用王籍诗意而发挥之。

第三，关于学术问题。

颜之推学识渊博，对当时的主流学问无不精通，而最为重视的乃是语言文字之学，指出这乃是基础，读书必先识字，也要讲究读音，如果字的音、形、

---

① 参见钱锺书《性情与才学》，《谈艺录》，第39～40页。

② 说见王利器《颜氏家训集解》，中华书局2014年版（中华国学文库之一），叙录第8页。

③ 《古夫于亭杂录》卷六《勿袭形模》条称颜之推追溯王籍诗意得到《诗经·小雅》的启发为"神契语"，并发挥说："学古人勿袭形模，正当寻其文外独绝处。"

④ 《夜读抄》，第110页。

义不明，一切学问道理那就完全无从谈起。颜之推高度重视《说文》，同时也注意到字的形态“随代损益”，他主张写一般的文章也可以用世俗的写法；训诂固然要按照古老的字书，也要参考当时的语言。关于文字和训诂方面的议论，主要见之于《书证篇》，该篇是内容非常丰富的一份学术札记。

关于语音，《音辞篇》指出，既要注意各地方言之不同，也得顾及古今语音的变迁。颜之推说，发音最正也最重要的地点是金陵与洛阳这南北两个首都，他写道：

> 南方水土和柔，其音轻举而切诣，失在浮浅，其辞多鄙俗。北方山川深厚，其音沉浊而𫓶钝，得其质直，其辞多古语。然冠冕君子，南方为优，闾里小人，北方为愈。易服而与之谈，南方士庶，数言可辨；隔垣而听其语，北方朝野，终日难分。而南染吴越，北杂夷虏，皆有深弊，不可具论。

古今一般都以首都的口音为标准口音，例如周代以镐京的语音为“雅言”，即当时的普通话，平常说话可以用方言，而读书、举行典礼和办外交全得用这种大家都听得懂的国语来进行(“《诗》《书》执礼，皆雅言也”)。东汉以来，士人一向以首都洛阳口音为正音，东晋南迁，高层士族集中于建康，这里的语音也以洛阳音为主，而略有变通(庶人还是讲他们的方言)；北魏迁都洛阳后，努力学习汉语，也以洛阳音为正，但其间屡经丧乱，不免有些少数民族的影响，语音甚至还不如南方士人那么靠近正宗的洛阳口音——这正是所谓“南染吴越，北杂夷虏”，所以颜之推研究语音高度重视南、北二京，而又能再加考校，这就是他所说的“共以帝王都邑，参校方俗，考核古今，为之折衷”。所以当陆法言著韵书时，特别邀请颜之推参与讨论，并且以颜氏与另一位学者萧该的发音为主要依据①。

在古籍校勘方面，颜之推除了用不同的本子互相校正之外，还注意到利

---

① 陆法言《切韵序》：“昔开皇初，有刘仪同臻、颜外史之推、卢武阳思道、李常侍若、萧国子该、辛咨议德源、薛吏部道衡、魏著作彦渊等八人，同诣法言宿，夜永酒阑，论及音韵。古今声调，既自有别，诸家取舍，亦复不同。……因论南北是非，古今通塞，欲更捃选精切，除削疏缓，颜外史、萧国子多所决定。魏著作谓法言曰：‘向来论难，疑虑悉尽，何为不随口记之。我辈数人，定则定矣。’法言即烛下握笔，略记纲纪。后博问辩，殆得精华。于是更涉余学，兼从博宦。十数年间，不遑修集。今返初服，遂取诸家音韵，古今字书，以前所记者，定为《切韵》五卷。剖析毫厘，分别黍累，非是小子专辄，乃述群贤遗意。于时岁次辛酉大隋仁寿元年也。”可知颜之推乃是《切韵》的教父之一。关于颜之推在语音研究方面的重大贡献，请参见陈寅恪《从史实论切韵》，《金明馆丛稿初编》，第382～409页；又缪钺《颜之推的文字、训诂、声韵、校勘之学》，《文汇报》1961年8月20日，后收入《缪钺全集》第1卷下册，第352～359页。

用出土文物上的铭文、碑刻文字作为校勘之资，又指出应通过细辨上下文来帮助校勘，这些办法都行之有效，给予后来的学者深刻的启示。

充满学术内容的《书证篇》《音辞篇》似乎同家训无关，其实不然，颜之推希望自己的学问能由儿子们继承下来。子承父业，能读父书，一向是中国古代知识分子的一大情结。事实上颜之推的子孙后代也确实继承并发展了他的学问①。

颜之推几乎涉及那时所有重要的知识领域，而《颜氏家训》行文平易，基本不用典故，绝无学究气。全书以议论为主，配以记事，虽篇幅甚长而皆温润通达，既不浮华，也不粗野，而自有一种平和动人的韵味，可读性非常好。宋人吕祖谦评论说："《颜氏家训》虽曰平易，然出于胸臆，故虽浅近而其言有味。"（《吕东莱先生遗集》卷二《杂说》）清人孙梅说："六朝之文无不以骈俪行之者，而《颜氏家训》尤擅议论之长，街谈巷说，鄙情琐语，一入组织，皆工妙可诵。"（《四六丛话》卷三十一）谭复评其文为"朴而畅"（《复堂日记》卷三），只用三个字亦能道出其妙处。后来的学者随笔，往往走他这样的路子。

《颜氏家训》的可读性同此书在讲道理时往往多举事例有关，而他的叙事又总是简明有说服力的。颜之推最看不起不学无术的纨绔子弟，也很藐视那些自我感觉良好的陋儒，但他不是直接地予以指斥，而是拿具体的例证来暴露他们的庸陋可笑。《颜氏家训·勉学篇》有这样两个小故事道：

> 俗间儒士，不涉群书，经纬之外，义疏而已。吾初入邺，与博陵崔文彦交游，尝说王粲集中难郑玄《尚书》事。崔转为诸儒道之，始将发口，忽见排蹙，云："文集只有诗赋铭诔，岂当论经书事乎？且先儒之中，未闻有王粲也。"崔笑而退，竟不以（王）粲集示之。魏收之在议曹，与诸博士议宗庙事，引据《汉书》。博士笑曰："未闻《汉书》得证经术。"收便忿怒，都不复言，取《韦玄成传》掷之而起。博士一夜共披寻之，达明，乃来谢曰："不谓玄成如此学也。"

---

① 清儒王昶跋颜元孙《干禄字书》（《金石萃编》卷九十九）云："颜氏自之推之后，类能研覃经史，著书立说，而于六书声韵之学尤有专长。其所撰述，此书之外，载隋、唐两志经解小学类者，则有之推《急就章注》一卷、《训俗文字略》一卷、《笔墨法》一卷，愍楚《证俗音略》一卷，师古《匡谬正俗》八卷、《急就章注》一卷，真卿《韵海镜源》三百六十卷。余如之推《家训·书证篇》、游秦《汉书决疑》、师古《汉书注》诸书，皆于小学家言再三致意。是则一门著作多有渊源，其讨论之功，非止旦夕。"按，愍楚为颜之推之次子，游秦为其第三子，师古为之推长子思鲁之子；唐代大书法家、学者颜真卿为之推五世孙。

一是亲身经历，一同当代名人魏收有关，都很有表现力，可信度也很高。王粲在荆州时认同当地的学术趋向，向一代大师郑玄发难[①]，此事并不冷僻，而诸儒却一无所知。《汉书·韦玄成传》载玄成为丞相时"议罢郡国庙，又议太上皇、孝惠、孝文、孝景庙，皆亲尽宜毁，诸寝园日月间祀，皆勿复修。"史书中涉及儒家经术的内容甚多，而俗儒孤陋寡闻，同他们实在很难对话；《颜氏家训》很温和地说这些小故事，很容易令人想起后来的《儒林外史》——后来那些八股之士除了八股，连历史上很大的文学家都不知道。就是现在的不少专家，在他的专业之外，一般文化知识亦复不多，情形其实也是大同小异。

三

颜之推不仅是中古后期水平最高的散文作家之一，也是一位很重要的小说家，他写过两部志怪小说：《集灵记》和《冤魂志》(一作《还冤志》《还冤记》)。鲁迅《中国小说史略》第六篇《六朝之鬼神志怪书(下)》写道："释氏辅教之书，《隋志》著录九家，在子部及史部，今惟颜之推《冤魂志》存，引经史以证报应，已开混合儒释之端矣，而余则俱佚。遗文之可考见者，有宋刘义庆《宣验记》，齐王琰《冥祥记》，隋颜之推《集灵记》，侯白《旌异记》四种，大抵记经像之显效，明应验之实有，以震耸世俗，使生敬信之心，顾后世则或视为小说。"[②]颜之推《集灵记》原有二十卷(《隋书·经籍志》)，今已亡佚殆尽，鲁迅《古小说钩沉》仅辑得一则：

> 王谞，琅邪人也，仕梁为南康王记室。亡后数年，妻子困于衣食。岁暮，谞见形，谓妇曰："卿困乏衣食?"妻因与之酒，别而去。谞曰："我若得财物，当以相寄。"后月，小女探得金指环一双。(《太平御览》卷七一八)

这里完全没有提到经像报应之类，根据这一则，似乎还看不出《集灵记》乃释氏辅教之书，而只是一般意义上的志怪小说；王谞其人是颜之推的琅邪

---

① 王粲集久已失传，但其《尚书问》一文至今仍然可以看到。当时荆州乃是新经学的中心，以宋忠为首的一批儒者持严格的古文经学立场，与北方以郑玄为首的杂取今、古文的旧派对峙，有势均力敌之势。其时王粲作《荆州文学记官志》，歌颂刘表的文治，表彰宋忠、綦毋闿等荆州儒者的道德文章；又作《尚书问》，向北方经学大师郑玄提出问难，是皆深刻地符合当时荆州的学术潮流。

② 《鲁迅全集》第9卷，第54页。

老乡,大概确有这个传说,估计是王妻做过一个思念亡夫的梦,而不久女儿忽然翻出了一对指环;这传说也表明王谓其人虽死,而继续关心老婆孩子:这些同佛教都没有什么关系。佛教是不要老婆孩子这些拖累,专讲四大皆空的。至于《冤魂志》,则是典型的佛教小说。都是志怪,却分作两本来写,在颜之推也许本来就是有意加以区分的吧。

《冤魂志》原本三卷,早已亡佚,后来出现过多种辑本,有《说郛》本、《唐宋丛书》本、《续百川学海》本、《宝颜堂秘笈》本、《四库全书》本、《增订汉魏丛书》本、《诒经堂丛书》本等等,改题《还冤志》或《还冤记》,都只有三十几则。今有罗国威先生重新辑录校注的新本(《〈冤魂志〉校注》,巴蜀书社 2001 年版),有六十多则,按故事的时代先后为序,逐则标明有关底本和校本,有详细注释,最为合用①。《冤魂志》是典型的释氏辅教之书,其中许多故事的主题都是所谓因果报应,一报还一报,丝毫不爽。如徐铁臼的故事云:

> 宋东海徐某甲,前妻许氏,生一男,名铁臼,而许亡。某甲改娶陈氏。陈氏凶虐,志灭铁臼。陈氏产一男,生而咒之曰:"汝若不除铁臼,非吾子也。"因名之曰铁杵,欲以杵捣铁臼也。于是捶打铁臼,备诸苦毒,饥不给食,寒不加絮。某甲性暗弱,又多不在舍,后妻恣意行其暴酷。铁臼竟以冻饿病杖而死,时年十六。亡后旬余,鬼忽还家,登陈床曰:"我铁臼也,实无片罪,横见残害。我母诉冤于天,今得天曹符,来取铁杵,并及汝身,当令铁杵疾病,与我遭苦时同。将去自有期日,我今停此待之。"声如生时,家人宾客不见其形,皆闻其语。于是恒在屋梁上住。陈氏跪谢搏颊,为设祭奠。鬼云:"不须如此。饿令我死,岂是一餐所能对谢!"陈夜中窃语道之,鬼厉声曰:"何敢道我,今当断汝屋栋!"便闻锯声,屑亦随落,拉然有响,如栋实崩。举家出走,炳烛照之,亦了无异。鬼又骂铁杵曰:"汝既杀我,安住宅上,以为快也,当烧汝屋!"即见火然,烟焰大猛,内外狼狈。俄尔自灭,茅茨俨然,不见亏损。日日骂詈,时复歌云:"桃李花,严霜落奈何!桃李子,严霜早落已!"声甚伤切,似是自悼不得成长也。于

① 关于中古时代的著作,在一个相当长的时间里,人们大抵依靠明清时代的辑本,而许多这样的辑本并不是太好;其实那些辑本所依据的类书、古注等等今天都能看到,而且比较好的版本大抵有影印本,所以今天重新辑录中古著作的工作条件,从某种意义上来说比明清时代的学者更好;只要方针对头,下一番苦功夫,是完全可以做出优于前人的新成果的。

时铁杵六岁，鬼至使病，体痛腹大，上气妨食。鬼屡打之，处处青黡，月余并母而死，鬼便寂然。

晚娘虐待前妻之子的事比较常见，但这陈氏也太过分了，遂遭此报应。

颜之推这部小说集虽以果报为中心，但也往往能够反映当时的现实生活，有相当的认识价值，如关于江陵士大夫的故事道：

江陵陷时，有关内人梁元晖，俘获一士大夫，姓刘。此人先遭侯景丧乱，失其家口，唯余小男，始数岁。躬自担负，又值雪泥，不能前进。梁元晖监领入关，逼令弃儿。刘甚爱惜，以死为请。遂强夺取，掷之雪中，杖棰交下，驱蹙使去。刘乃步步回顾，号叫断绝。辛苦顿弊，加以悲伤，数日而死。死后，元晖日见刘伸手索儿，因此得病，虽复悔谢，来殊不已。元晖载病，到家而卒。

江陵被西魏攻破后，许多士大夫被俘获入关，颇遭虐待，这里所说的是其中一个特别悲惨的事例。《观我生赋》里就曾说起“夺诸怀而弃草，踣于途而受掠”等情。颜之推本人也是江陵沦陷后被俘获北去的，对当时的黑暗知道得很多，遂能有所揭露。

《冤魂志》另有较多关于冤魂复仇的故事涉及官吏的为非作歹、滥杀无辜，如《孙元弼》《太乐伎》《弘氏》《支法存》等篇，暴露了南北朝时期吏治的腐败，在非理性的框架内反映了某些社会现实。诸篇文字清省，多有意味，要算是中古后期比较重要的一部小说。

四十二 杨广

隋炀帝杨广(569～618)是隋王朝开国之君文帝杨坚的次子,他先被封为晋王,后凭谋略得以取代其兄杨勇被立为太子,仁寿四年(604)七月继承皇位,当了十多年皇帝。他一死,隋王朝也就灭亡了①。

杨广是中国历史上最具魅力的重量级人物之一:消灭南朝陈、实现南北统一的战争由他担任前敌总指挥②;在他手里最后贯通的大运河不仅已经列入世界文化遗产(2014 年 6 月),而且至今仍在发挥实际的运输和调水作用;运河两岸的所谓“隋堤柳”则是一道秀丽的绿色风景线,历代诗人歌咏不衰。杨广在江都(今江苏扬州)兴建的宫殿(包括传说中的迷楼)虽然早已毁灭,却始终是一个谈不完的话题③;他在扬州郊区的坟墓,2013 年因为一个偶然的机遇被成功地挖掘出来④,成为考古界的一大事件,也是引起兴亡之感令人低回不已的去

① 隋大业十三年(617)唐公李渊入京师,遥尊杨广为太上皇,另立杨广之孙杨侑为帝(后称恭帝);第二年(618)三月宇文化及等人杀死杨广;五月杨侑让位于李渊。恭帝杨侑只是隋唐间一个短期傀儡,讨论历史问题时似可忽略不计。

② 《隋书·文帝纪》:开皇八年(588)十月甲子“命晋王广、秦王俊、清河公杨素并为行军元帅,以伐陈。于是晋王广出六合,秦王俊出襄阳,清河公杨素出信州,荆州刺史刘仁恩出江陵,宜阳公王世积出蕲春,新义公韩擒虎出庐江,襄邑公贺若弼出吴州,落丛公燕荣出东海,合总管九十,兵五十一万八千,皆受晋王节度”。

③ 据说,迷楼“凡役夫数万,经岁而成。楼阁高下,轩窗掩映。幽房曲室,玉栏朱楯,互相连属,回环四合,曲屋自通。千门万户,上下朱碧。金虬伏于栋下,玉兽蹲乎户旁。壁砌生光,琐窗射日。工巧云集,自古无有。费用金玉,帑库为之一虚。人误入者,虽终日不能出。帝幸之,顾左右曰:‘使真仙游其中,亦当自迷也,可目之曰迷楼’”(《唐宋传奇集》卷六《迷楼记》)。当代美国著名汉学家斯蒂芬·欧文(Stephen Owen,中文名宇文所安)在他的专著《迷楼:诗与欲望的迷宫》一书之首即引用《迷楼记》作为题辞(程章灿译,生活·读书·新知三联书店 2003 年版)。不过所谓“迷楼”也有可能只是一个事出有因而查无实据的传说。

④ 2013 年 3 月,在江苏省扬州市一处房地产建设项目中发现两座砖室墓(编号 2013YCM1、M2)。4 月中旬,在 M1 中“随故炀帝墓志”出土,根据这份墓志和高规格的随葬品,结合文献记载与牙齿鉴定结果,确定墓主人是隋炀帝杨广。此外,通过出土文物,结合文献记载与人骨鉴定的结果,判断 M2 墓主人是隋炀帝夫人萧后。

处。隋炀帝最后被造反的部下杀害，亡国之君自然无所谓陵墓，又曾经两次迁葬①，能比较完整地保存至今，是难能可贵的。

隋炀帝杨广固然是一个大有争议的政治家，同时也是有名的诗人、文学家。他具有很好的文化素养，“少敏慧”，“好学，善属文，沉深严重，朝野属望”（《隋书·炀帝纪》）。创作方面，诗文皆有可观，有集五十五卷（《隋书·经籍志》），在古代帝王中颇不多见。他的诗歌创作承上启下，具有重要的地位；其水平比唐太宗李世民要高得多，正如作为政治家李世民要比杨广英明伟大得多一样。

一

杨广一生的文学活动，同他的政治生涯一样，以他登上皇帝宝座之仁寿四年（604）七月为界，可分为前、后两期。前期，作为一个藩王和太子，他非常注意按照父皇的思想文化政策办事，大抵不越雷池一步，但这只是为了抢班和接班而作出的迎合性姿态，并非完全出于本意；到后期他就自由地按自己的意思来行事了。

《隋书·文学传序》云：“高祖初统万机，每念斫雕为朴，发号施令，咸去浮华。然时俗词藻，犹多淫丽，故宪台执法，屡飞霜简。炀帝初习艺文，有非轻侧之论，暨乎即位，一变其风。其《与越公书》《建东都诏》《冬至受朝诗》及《拟饮马长城窟》，并存雅体，归于典制。虽意在骄淫，而词无浮荡。故当时缀文之士，遂得依而取正焉。所谓能言者未必能行，盖亦君子不以人废言也。”高祖即文帝杨坚反对浮华文风，开皇四年（584）曾正式下诏令公私文翰并宜实录，不准浮华，且将文表华艳的泗州刺史司马幼之付所司治罪；但这样采用行政手段只能改变官场的文风，不能根本解决文学问题。《隋书·李谔传》载，御史台的一个中级官员李谔上书言事，他一方面更严厉地批评南朝文风，一方面要求进一步加强行政纠察的力度：

> 降及后代，风教渐落。魏之三祖，更尚文词，忽君人之大道，好雕虫之小艺。下之从上，有同影响，竞骋文华，遂成风俗。江左齐梁，其弊弥甚，贵贱贤愚，唯务吟咏。遂复遗理存异，寻虚逐微，竞一韵之奇，争一字

---

① 《隋书·炀帝纪》：“上崩于温室，时年五十。萧后令宫人撤床箦为棺以埋之。（宇文）化及发后，由御卫将军陈棱奉梓宫于成象殿，葬吴公台下。……大唐平江南之后，改葬至雷塘。”

之巧。连篇累牍，不出月露之形；积案盈箱，唯是风云之状。世俗以此相高，朝廷据以擢士。禄利之路既开，爱尚之情愈笃。于是闾里童昏，贵游总丱，未窥六甲，先制五言。至如羲皇、舜、禹之典，伊、傅、周、孔之说，不复关心，何尝入耳？以傲诞为清虚，以缘情为勋绩，指儒素为古拙，用词赋为君子。故文笔日繁，其政日乱。

……外州远县，仍踵敝风，选吏举人，未遵典则。至有宗党称孝，乡曲归仁，学必典谟，交不苟合，则摈落私门，不加收齿；其学不稽古，逐俗随时，作轻薄之篇章，结朋党而求誉，则选充吏职，举送天朝。盖由县令刺史，未行风教，犹挟私情，不存公道。臣既忝宪司，职当纠察。若闻风即劾，恐挂网者多，请勒诸司，普加搜访，有如此者，具状送台。①

文帝将此书布告天下，要求进一步落实斥华返璞的政策，其重点在于政治，在于人才选拔，而非专对文学；但中国古代政治和文学之间从来都没有明确的界限，在这样反“文”尚“质”的空气里，隋朝的宫廷文学里出现了若干正统儒家气息甚浓而几乎没有多少诗意的作品；杨广当然更必须拥护这样的方针，所以他此时的诗文决不去写风云月露，而全部出之以“雅体”。好在他的文学修养要比那些御用文人高明得多，作品仍然比较可读，甚至不乏优秀之作，其诗歌方面的代表作就是魏征在《隋书·文学传序》里特别提到的《拟饮马长城窟》：

肃肃秋风起，悠悠行万里。万里何所行，横漠筑长城。岂台小子智，先圣之所营。树兹万世策，安此亿兆生。讵敢惮焦思，高枕于上京。北河秉武节，千里卷戎旌。山川互出没，原野穷超忽。摐金止行阵，鸣鼓兴士卒。千乘万骑动，饮马长城窟。秋昏塞外云，雾暗关山月。缘岩驿马上，乘空烽火发。借问长城候，单于入朝谒。浊气静天山，晨光照高阙。释兵仍振旅，要荒事方举。饮至告言旋，功归清庙前。

张玉谷《古诗赏析》（卷二十二）云：“通首气体阔大，颇有魏武（曹操）之风。”全文刚健质朴，确实是一首优秀的边塞诗；但张氏认为此诗作于大业八年（612）炀帝征辽西时作则不确，这应当是他称帝以前的作品，诗中有“秉武节”的字样，就显然不是帝王的口气。此诗在某些版本里题下有“示从征群臣”五字，大约是误解的根源，而据《乐府诗集》卷三十八，并没有这五个字。

① 按，此书曾收入《文苑英华》卷六七九，题作《上隋高祖请革文华书》。李谔时为治书侍御史，这是一个从五品官，隶属于御史台，“掌监察纠弹”（《隋书·百官志》）。

文帝杨坚上台后曾多次组织壮丁修长城防突厥，每次时间不长，当是增补加固的意思①。其时杨广任并州总管，正在北方边防线上，修补长城之役自有在其管辖范围之内者，因发此咏，借以歌颂父皇领导下的大好形势，同时表达抗击北方少数民族入侵的豪情。

此外还有《白马篇》，大约也是杨广在并州时的作品：

白马金具装，横行辽水傍。问是谁家子，宿卫羽林郎。文犀六属铠，宝剑七星光。山虚空响彻，地迥角声长。宛河推勇气，陇蜀擅威强。轮台受降虏，高阙翦名王。射熊入飞观，校猎下长杨。英名欺卫霍，智策蔑平良。岛夷时失礼，卉服犯边疆。征兵集冀北，轻骑出渔阳。集军随日晕，挑战逐星芒。阵移龙势动，营开虎翼张。冲冠入死地，攘臂越金汤。尘飞战鼓急，风交征旆扬。转斗平华地，追奔扫带方。本持身许国，况复武功彰。曾令千载后，流名满旗常。

这首诗很容易让人想起曹植那首著名的《白马篇》，二者都充满了青年战士的忠诚、勇敢和漂亮；在此诗主人公的眼里，历史上的名将（如卫青、霍去病）和谋士（如陈平、张良）全都不在话下，敌人在自己面前显得不堪一击。全诗一气呵成，神采飞扬，自是杰作。

先前在南北朝时，因为南北对峙，大大小小的战争次数很多，南方的诗人们也颇有边塞题材的篇什，甚至连全无心肝最为腐朽的陈后主陈叔宝也曾经在诗里涉及过边塞。但这些诗人全都没有到过真正的边塞，不少人甚至没有经历过真正的战争，而且缺少内在的豪情，他们在诗里安排若干边塞的地名，只是一些企图引起读者联想的符号而已，这些诗篇往往在略写几句边塞之后，迅即转向后方的思妇并作比较细致的描写，结果自然是儿女情长，英雄气短，与其说是边塞诗，不如归入闺怨一类更为合适。当然，这里也有个别比较优秀的作品，但未能形成什么气候。杨广真到过边塞，也真打过仗，他青年时代又确实是朝气蓬勃的，他的边塞诗是重要的创作成果，为后来唐人大写边塞，开启了先河，提供了样板。这些作品的意义，至今尚未得到充分的估价。

在中国处于南北分裂的那些年代里，中国文学的重心在南朝。“五十年

---

① 《隋书·文帝纪》：开皇元年（581）四月“发稽胡修筑长城，二旬而罢”，开皇六年（586）二月“发丁男十一万修筑长城，二旬而罢”，开皇七年（587）二月又“发丁男十余万修筑长城，二旬而罢”。参见《隋书·长孙晟传》。

中，江表无事”（庾信《哀江南赋》），萧梁中期以后，南方文坛兴起了一场声势浩大的宫体诗运动，咏物、写景、歌唱女人以及同她们有关的种种成为诗歌的中心题材，刚健质朴的作品难得一见。侯景之乱打破了萧梁君臣的太平美梦，聚集在首都建康的大批衣冠世族几乎被斩尽杀绝；以元帝萧绎为首的另一批上层人物则在稍后的西魏南侵中或死难，或被俘，风流云散；此后的所谓“后梁”完全是一个在北方强权（先后为西魏、北周、隋）直接管控下的小朝廷，文学上很难有什么大的作为。在长江中下游新建的陈王朝经过一段时间的休养生息之后，虽然总算站稳了脚跟，但大抵奄奄无生气。统治区域狭窄，甚少回旋的余地①。君臣上下苟且偷安，忙于享乐；新一批宫体诗人们敏感、脆弱、颓废、萎靡，只会围着陈后主身边的几个美女大写其帮闲的新诗，以维持自家的门面。在他们手里，宫体诗在艺术上进一步走向烂熟，五言律诗基本成型。

虽然后来北方文学有后来居上之势，但宫体的影响仍然十分强盛。陈被隋灭掉之后，发生了一件看似不大而关系非小的事件，这就是《隋书·高颎传》里特别提到的“及陈平，晋王欲纳陈主宠姬张丽华。颎曰：‘武王灭殷，戮妲己。今平陈国，不宜取丽华。’乃命斩之。王甚不悦。”此事一方面为高颎（此时任元帅长史）后来的被杀埋下祸根，而更重要的则是表明隋王朝特别是作为前线总指挥的杨广在军事上战胜了陈后主，而在生活方式上倒是被后者战胜了。南朝文化占了上风。张丽华固然是当时超一流的美人，同时也是一种生活方式的代表或符号。所以后来的事情是：当上了扬州总管以至皇帝的杨广在生活方式上大力向陈后主学习，致力于兴建宫室、罗致美女，而诗歌创作则走向宫体的轨道；由陈王朝过来的一批文人则改换门庭转而在这里继续他们帮闲文人的生涯，资深宫体诗人江总也到了扬州。

杨广这时用很多精力写宫体诗，写出初稿后让一位由南朝陈转过来的诗坛高手庾自直提出意见，反复加以修改，“俟其称善，然后方出”（《隋书·文学传》）。杨广这一方面的代表作有《春江花月夜》二首：

暮江平不动，春花满正开。流波将月去，潮水带星来。

夜露含花气，春潭漾月晖。汉水逢游女，湘川值两妃。

《春江花月夜》原是后主陈叔宝时代创新的歌曲，原作已经失传；从杨广

① 《隋书·地理志》：“逮于陈氏，土宇弥蹙，西亡蜀、汉，北丧淮、肥，威力所加，不出荆、扬之域。”

的这两首看去，这个题目要写的无非是美景和艳情，而这两者，正是陈后主以及隋炀帝杨广所追求的东西。好在杨广尚有英雄之气，艺术感觉又好，写景大有可观，而又并无萎靡的肉感气息。南北文化在这里有所交融，宫体诗由于杨广的介入而增添了活力。杨广的《春江花月夜》，当时的资深文人诸葛颖(535～611)有和诗一首。隋王朝的宫廷里文学空气甚浓，这一点深刻地影响了稍后兴起的大唐王朝，预示着诗国高潮行将到来。

杨广用南朝风格写的诗现在还可以看到若干首，如专写宫中美女的《喜春游歌》二首，又如《锦石捣流黄》二首云：

汉使出燕然，愁闺夜不眠。易制残灯下，鸣砧秋月前。

今夜长城下，云昏月应暗。谁见倡楼前，心悲不成惨。

将边塞因素纳入闺怨诗的轨道，走的也是南朝宫体的路子，这样的作品在梁、陈两朝颇为多见；注意吸收南朝文学营养的北朝作家也曾写过不少这一类的诗篇，薛道衡(540～609)的《昔昔盐》一诗尤其著名。青年时代的杨广对薛道衡颇为仰慕，但薛道衡却不甚领情；杨广登基后，其人几次有意无意地批了逆鳞，终于被处死，据说当时炀帝失口道："更能作'空梁落燕泥'否!"(刘悚《隋唐嘉话》卷上)"空梁落燕泥"正是含有边塞元素之闺怨诗杰作《昔昔盐》中的警句。杨广对南朝文化的欣赏可以说已经到了入迷的程度。他后来经常住扬州，最后甚至打算迁都建康①，都不是偶然的事情。

隋灭陈，中国重新统一，是历史上的一件大事。政治局面的大变动总是会引起文学面貌的大变动，但是这种社会/文学的变动往往要慢一拍乃至好几拍。历史的惯性在文学方面往往有特别顽固的表现，但在继承前代文学风气的同时，后起的作家也会慢慢有所新变，指向未来。文学素养很好的杨广如果不是那样迅速走向腐败，也许能在吸收南朝宫体之有益营养而又坚持其原有刚健风骨方面作出比较大的贡献，但是他没有来得及做到。

魏征在《隋书·文学传序》中分析南北朝时的文风说："彼此好尚，互有异同。江左宫商发越，贵于清绮；河朔词义贞刚，重乎气质。气质则理胜其词，清绮则文过其意。理深者便于时用，文华者宜于咏歌。此其南北词人得失之大较也。若能掇彼清音，简兹累句，各去其短，合其两长，则文质彬彬，尽善尽美矣。"这样的任务要到唐朝特别是盛唐以后，才得以慢慢完成；但在杨广这

① 《隋书·炀帝纪》大业十三年十一月："上起宫丹阳，将逊于江左。"

里总算已经有了一个开头。

隋炀帝的诗歌作品中有相当一部分与扬州有关。杨广在世五十年，而他在扬州的时间占了很大比例，他先是担任扬州总管十年（590～600）；做了皇帝以后又三下扬州：第一次在大业元年（605）八月至次年三月，第二次在大业六年（610）三月至次年二月，第三次在大业十二年（616）七月直到他死在这里——前后累计起来有十三四年之多。他实在热爱这一块宝地；最后死在这里，就他本人而言可以说正是死得其所。

试看杨广笔下的扬州。《江都宫乐歌》云：

扬州旧处可淹留，台榭高明复好游。风亭芳树迎早夏，长皋麦垄送余秋。渌潭桂楫浮青雀，果下金鞍跃紫骝。绿觞素蚁流霞饮，长袖清歌乐戏州。

又《泛龙舟》诗云：

舳舻千里泛归舟，言旋旧镇下扬州。借问扬州在何处？淮南江北海西头。六辔聊停御百丈，暂罢开山歌棹讴。讵似江东掌间地，独自称言鉴里游。

隋炀帝如此留恋扬州可能有种种因素，他先前曾经长期坐镇这里，于是把扬州看作第二故乡，有着很深的感情①，此其一也；通过南游促进南北大运河的建设，此其二也；利用扬州这一基地就近监控新近纳入统一帝国版图的前南朝故地，则其三也。

从客观上来说，隋炀帝多次驻跸扬州，有利于长江下游的进一步开发，使这里变成统一国家最重要的财政来源地之一，这对隋唐时代中国的繁荣具有巨大而积极的意义；特别是安史之乱以后，北方遭到很大的破坏，中央政府不得不主要依靠江淮、江南的支撑，更可见其影响之深远。隋炀帝杨广本人固

① 注意“泛归舟”这样的提法。又，当大业元年（605）秋天，作为皇帝的杨广首次重返扬州时，下《幸江都赦江淮以南诏》（《文馆词林》卷六六六），宣布“自大业元年十月二日昧爽以前，大辟罪以下，已发觉未发觉，系囚见徒，悉皆原免。其常赦所不免者，不在赦例。其扬州复五年，自外扬州旧管内诸州并复三年”。大赦囚徒，免除租税，都是他“存情于故人”“留念于旧室”的表示；前代皇帝只有对故乡或旧时封地才会有这样特别的恩宠。

然有呆在这里尽情享受的意思，而我们考虑历史问题，却必须从大处、从长时段着眼；考虑文学史问题，也是如此。

二

杨广在作为藩王和太子期间，已经十分注意网罗文人学士，史称“王好文雅，招引才学之士诸葛颖、虞世南、王胄、朱玚等百余人以充学士”（《隋书·柳䛒传》），一时称盛；登基以后，手下人才更多，因为好大喜功的关系，他坐在宝座上固然有悠闲享乐的时候，而总体来看仍然相当忙，于是身边的文人有忙帮忙，有闲帮闲，他们写了许多应用文、应诏诗和歌德文章；学士们则写书编书，规模浩大，显示了新近统一全国之大隋王朝的文治功夫。

隋炀帝死得甚惨，名声欠佳，曾在他手下效力的这一知识精英群体很容易被人们忽略或忘却，现在试就文献可征者略述如下。

虞世基(552？～618)　　会稽余姚（今属浙江）人，原南朝陈官员，后入隋，颇为炀帝所亲重，任内史侍郎，参掌朝政；宇文化及等杀杨广，世基亦同时被杀。《隋书》有传（卷 67）。作品曾被编为五卷，已佚；今存诗十九首、文四篇。

陈亡之后，大批前陈朝的官员离开江南到长安去，拜见皇帝，接受甄别和新的安排，当时他们心里还不大有底；世基有《入关诗》云：“陇云低不散，黄河咽复流。关山多道里，相接几重愁。”颇能代表当时一批改换门庭之辈的共同心态；但这样的情绪很快就消除了，隋文帝杨坚不愧是开国之君，对这些前朝旧人一概不咎既往，量才录用，但一般不让他们回南方去当官——这对于新的统一国家的稳定显然是大有必要和好处的。这一批人当中后来有若干进入了杨广的身边，多得重用，虞世基是其中地位最高的一个；他虽忙于政务，也还是写了不少应诏之诗。虞世基的弟弟虞世南(558～638)也是原南朝陈官员，入隋后为晋王杨广身边的学士之一。其人比较长寿，后入唐，极得太宗亲重。

杨广重用虞世基兄弟至少透露了两点信息：一是他非常信任前南朝陈的旧官，心态是开放健康的；二是在他心目中，南方文化比较高，其精英分子既善于帮闲，也很会帮忙。所以杨广身边的文人学士大抵以平陈之后新近归顺过来的为多，其中还有——

庾自直(？～618)　　祖籍颍川鄢陵（今属河南），原南朝陈官员，后入隋，杨广为晋王时即已引为学士，称帝后授著作佐郎，兼起居舍人。宇文化及等杀杨广后被挟持北上，死于途中。如前所述，杨广作诗写出初稿后往往让他提出意见,反复加以修改,“俟其称善,然后方出”(《隋书·文学传》),可见关系之亲密,亦可见杨广对于诗歌创作的高度自觉。自直原有集十卷,已佚;他的作品现在只能看到诗一首,即《初发东都应诏诗》:

二龙承玉轴,万骑翊林塘。纵观此何事,巡驾事维扬。伊雒山川转,江河道路长。照日秋原净,分花曲水香。稻粱叨岁月,羽翮仰恩光。后尘归旧里,还如仙鹤翔。

此诗当作于大业元年(605)秋称帝后的杨广第一次幸江都之时。所谓“后尘”就是他本人,也可以代表有幸随驾南巡的其他前南朝陈的旧人,他们借此机会得以回到故乡,十分兴奋。炀帝一再南幸江都,原因甚多,也不排除笼络前陈旧人这一层意思。炀帝晚年不得人心,众叛亲离,但这一批来自陈的官员却很少有造反的,此事颇可深长思之。

柳䛒(537～605)　　祖籍河东(今山西南部),原为梁及后梁官员,入隋后当过杨广手下的晋王府谘议参军、太子东宫学士,极得亲重,可以说是首席学士,《隋书》本传(卷 58)说:“王以师友处之,每有文什,必令其润色,然后示人。”又说:

初,王属文,为庾信体,及见䛒已后,文体遂变。仁寿初,引䛒为东宫学士,加通直散骑常侍,检校洗马。甚见亲待,每召入卧内,与之宴谑。䛒尤俊辩,多在侍从,有所顾问,应答如响。性又嗜酒,言杂俳谐,由是弥为太子之所亲狎。以其好内典,令撰《法华玄宗》,为二十卷,奏之。太子览而大悦,赏赐优洽,侪辈莫与为比。

炀帝嗣位,拜秘书监,封汉南县公。帝退朝之后,便命入阁,言宴讽读,终日而罢。帝每与嫔后对酒,辄遣命之至,与同榻共席,恩若友朋。帝犹恨不能夜召,于是命匠刻木偶人,施机关,能坐起拜伏,以像于䛒。帝每在月下对酒,辄令宫人置之于座,与相酬酢,而为欢笑。从幸扬州,遇疾卒,年六十九。

这样看来,杨广受柳䛒影响很大,从先前的模拟庾信改为学习《文选》中的范文,同时对这位资深作家给予特殊的恩遇。不仅安排为最高文化职位的秘书监,封为公爵,而且还有许多私人间的密切接触。这里应当还有一个特别的原因,就是杨广的第一夫人萧后原是后梁明帝萧岿的女儿,而柳䛒曾仕后梁,先后担任过侍中、国子祭酒、吏部尚书,可以说是娘家方面来的旧部,自然更多了一份亲近,几乎用不着回避。

柳䛒在杨广当上皇帝之初的大业元年(605)即已去世,应诏之作不算多,但今存之诗五首,其中有三首是奉和杨广之作。

诸葛颖(535~611)　祖籍琅邪阳都(今山东沂水),著籍丹阳建康。先仕于梁,侯景之乱后奔北齐,为太学博士、太子舍人,北齐灭亡后闭门不出十余年;因为是资深文人,晋王杨广特别把他请出来,"引为参军事,转记室。及王为太子,除药厂监。炀帝即位,迁著作郎,甚见亲倖"(《隋书·文学传》)。

诸葛颖入隋后著有《銮驾北巡记》《幸江都道里记》等文,是一个跟得很紧的御用文人,同时也应当是促进杨广走上宫体诗道路的前辈诗人之一。炀帝曾赐给他一首诗,其中有"英华恣讨论""传芳导后昆"等嘉勉之句。炀帝作《春江花月夜》二首后,诸葛颖有和诗,今存一首:

> 花帆渡柳浦,结缆隐梅洲。月色含江树,花影覆船楼。

此诗当是和炀帝的前一首,专门写景;下面应当还有一首关于艳情的,但已失传。诸葛颖今存诗六首,其他五首是:《奉和御制月夜观星示百僚诗》《奉和方山灵岩寺应教诗》《奉和出颍至淮应令诗》《奉和通衢建灯应教诗》《赋得微雨东来应教诗》,此人可谓是一个专业的御用文人,技巧相当娴熟。他奉和的炀帝原唱颇有后来失传者,可以从诸葛颖的和诗中得到一些信息。

王胄(生卒年不详)　祖籍琅邪临沂(今属山东),梁朝著名诗人王筠之孙,先仕于陈,陈亡后晋王杨广引为学士,杨广登基后,为著作佐郎,以文辞得到重视。他也有许多奉诏应教之作,如《奉和赐酺诗》:

> 河洛称朝市,崤函实奥区。周营曲阜作,汉建奉春谟。大君苞二代,皇居盛两都。招摇正东指,天驷乃西驱。展軨齐玉轪,式道耀金吾。千门驻军罼,四达俨车徒。是节春之暮,神皋华实敷。皇情感时物,睿思属枌榆。诏问百年老,恩隆五日酺。小人荷镕铸,何由答大炉。

按,此诗当作于大业五年(609)二月,其时炀帝由新近建成的东都洛阳回京师长安,龙心大悦,"宴耆旧四百人于武德殿,颁赐各有差"(《隋书·炀帝纪》),很得意地赋诗一首,令群下奉和,并发表评论说:"气高致远,归之于(王)胄;词体清润,其在(虞)世基;意密理新,推庾自直。过此者,未可以言诗也。"(《隋书·文学传》)炀帝的原唱以及当时的一批奉和之作今已亡佚,由此可以得到一些消息。王胄歌颂隋炀帝的功业德行已经超越周、汉二代,又说自己在皇帝陛下的大熔炉里得到"镕铸"改造，这样立言自然是"气高致远"了。杨广好大喜功，很喜欢听这样的高调的颂歌。

不过王胄的结局很不好，他同杨玄感来往比较多，等到杨玄感造反失败后，他被流放，途中逃跑，抓到后被杀。王胄的哥哥王眘，也是先仕于陈，陈亡后晋王杨广引为学士，杨广登基后，为秘书郎；王眘因病早逝，没有卷进杨玄感造反一案中。

虞绰（生卒年不详）　　会稽余姚（今属浙江）人，原南朝陈官员，后入隋，"晋王广引为学士。大业初，转秘书学士，奉诏与秘书郎虞世南、著作佐郎庾自直等撰《长洲玉镜》等书十余部。绰所笔削，帝未尝不称善，而官竟不迁。初为校书郎，以藩邸左右，加宣惠尉。迁著作佐郎，与虞世南、庾自直、蔡允恭等四人常居禁中，以文翰待诏，恩盼隆洽"（《隋书·文学传》）。作品有《大鸟铭》等奉诏之作。后卷进杨玄感造反一案中被杀。

早已亡佚的《长洲玉镜》估计是一部类书，有二三八卷之多（详见《隋书·经籍志》）。编撰类书是古代帝王等政要显示文治政绩的一大方面。虞世南入唐后编过《北堂书钞》一百零六卷，欧阳询编过《艺文类聚》一百卷，他们早已在隋代就进行过这方面的操练，入唐后的工作带有后续性。这些类书有幸流传至今。

被杨广杀掉的文人还有老一代大诗人薛道衡（540～609）。对于老一代作家，杨广一般来说是比较客气的，例如南朝最后一位大作家江总（519～594）其人历仕梁、陈，为陈后主的首席"狎客"，当过尚书令，行政地位最高；入隋后为上开府，退休回南方，最后死于扬州。按，江总祖籍济阳考城（今河南兰考），后来一直住在建康，他死于扬州时正当杨广在扬州总管（590～600）任上，事情很可能是杨广把他请到扬州来安置的。就是对薛道衡，杨广也曾经大有罗致之意。至于一直忠心耿耿为隋王朝效劳的重臣、知识界的领袖人物牛弘（545～610），杨广更是给予了很高的礼遇。牛弘提出开献书之路以及修撰《五礼》、改订雅乐都在文帝时代，到炀帝时已是元老级大人物，但仍然跟着炀帝南下江都，最后病逝于此[①]。

隋炀帝对于以儒学为中心的学术研究也相当重视，他在位期间，学术事

---

① 《隋书·牛弘传》："炀帝之在东宫也，数有诗书遗弘，弘亦有答。及嗣位后，尝赐弘诗曰……其同时被赐诗者，至于文词赞扬，无如弘美。……（大业）六年，从幸江都，其年十一月，卒于江都郡，时年六十六。"

业可以说是空前繁荣。《隋书·儒林传序》指出，高祖杨坚一度也很重视儒学，“超擢奇隽，厚赏诸儒，京邑达乎四方，皆起黉校。齐鲁赵魏，学者尤多。负笈追师，不远千里，讲诵之声，道路不绝。中州儒雅之盛，自汉魏以来，一时而已”。但这样的局面没有维持多久，要等到炀帝登基后才重新振起：

> 及高祖暮年，精华稍竭，不悦儒术，专尚刑名，执政之徒，咸非笃好。暨仁寿间，遂废天下之学，唯存国子一所，弟子七十二人。炀帝即位，复开庠序，国子郡县之学，盛于开皇之初。征辟儒生，远近毕至，使相与讲论得失于东都之下，纳言定其差次，一以闻奏焉。于时旧儒多已凋亡，二刘拔萃出类，学通南北，博极古今，后生钻仰，莫之能测。所制诸经义疏，搢绅咸师宗之。

据《隋书·炀帝纪》，杨广登基之初就很注意抓文化建设，大业元年(605)春正月下诏曰：“若有名行显著，操履修洁及学业才能，有一艺可取，咸宜采访，明加检校，将身入朝。”闰七月又下诏曰：“朕纂承洪绪，思弘大训，将欲尊师重道，讲信修睦，敦奖名教。方今宇宙平一，文轨攸同，十步之内，必有芳草，四海之中，岂无奇秀！诸在家及见入学者，若有笃志好古，耽悦坟典，学行优敏，堪膺时务，所在采访，具以名闻，当即随其器能，擢以不次。若精研经术，未愿仕进者，可依其艺业深浅，门荫高卑，虽未升朝，并量准给禄。”又潘徽[①]在《江都集礼》的序言中写道：“上柱国、太尉、扬州总管、晋王握圭璋之宝，履神明之德，隆化赞杰，藏用显仁。地居周、邵，业冠河、楚，允文允武，多才多艺。……乃于宣条暇日，听讼余晨，娱情窥宝之乡，凝相观涛之岸，总括油素，躬批缃缥，芟芜刈楚，振领提纲，去其繁杂，撮其指要，勒成一家，名曰《江都集礼》，凡十二帙，一百二十卷，取方月数，用比星周，军国之义存焉，人伦之纪备矣。”透过这些歌功颂德的过火措辞，仍然可以看出杨广在上台当皇帝以前就已经十分注意抓人才建设、儒学研究和大型图书的编撰；登基后这方面的力度更为加大；可惜到他晚年，完全用浪漫诗人的派头来治理国家的恶果全面暴露，天下大乱，学术研究之风顿坠，一时的盛况竟于转眼间就烟消云散了。

炀帝时代拥有一批著名的学者，如刘焯、刘炫(所谓“二刘”)。《隋书·儒

① 潘徽，吴郡(今江苏苏州)人，原南朝陈官员，后杨广引为扬州博士，与诸儒撰集《江都集礼》，“炀帝嗣位，诏徽与著作佐郎陆从典、太常博士褚亮、欧阳询等助越公杨素撰《魏书》，会素薨而止”(《隋书·文学传》)。

林传》载:“刘焯字士元,信都昌亭人也。……聪敏深沉,弱不好弄。少与河间刘炫结盟为友,同受《诗》于同郡刘轨思,受《左传》于广平郭懋富,问《礼》于阜城熊安生,皆不卒业而去。……后与诸儒于秘书省考定群言,因假还乡里,县令韦之业引为功曹。寻复入京,与左仆射杨素、吏部尚书牛弘、国子祭酒苏威、国子祭酒元善、博士萧该、何妥、太学博士房晖远、崔崇德、晋王文学崔赜等于国子共论古今滞义、前贤所不通者。每升座,论难锋起,皆不能屈,杨素等莫不服其精博”;“炀帝即位,迁太学博士,俄以疾去职。数年,复被征,以待顾问。”刘焯作为出身于草根的学者,得到了相当的重视。刘炫资格亦老,经历复杂,炀帝时也被任命为太学博士,他勤于撰述,“著《论语述议》十卷、《春秋攻味》十卷、《五经正名》十二卷、《孝经述议》五卷、《春秋述议》四十卷、《尚书述议》二十卷、《毛诗述议》四十卷、《注诗序》一卷、《算术》一卷,并行于世”(《隋书·儒林传》)。

除了二刘之外,围绕在隋炀帝杨广身边的还有一批学者,他们在经学、舆地、史学、目录学等方面取得了不少成果,例如比较早就从事编撰《江都集礼》的潘徽,又如先后从事《区宇图志》的崔赜、虞世基等人①;又有大学者许善心(558～618),其人祖籍高阳新城,原南朝陈官员,后主祯明二年(588)作为使者聘于隋,“遇(隋)高祖伐陈,礼成而不获反命。累表请辞,上不许,留絷宾馆”,不久陈亡,改仕于隋。善心能作赋颂,援笔立就;但他重要的成就是在学术方面,开皇十七年(597)任秘书监,“于时秘藏图籍尚多淆乱,善心放(仿)阮孝绪《七录》,更制《七林》,各为总叙,冠于篇首。又于部录之下,明作者之意,区分其类例焉”。仁寿二年(602)任太常少卿,“与牛弘等议定礼乐”。炀帝即位后,“奏荐儒者徐文远为国子博士,包恺、陆德明、鲁世达之辈并加品秩,授为学官”,这些人分别作出了贡献,陆德明尤为突出,在学术史上具有崇高的地位②。善心为人耿直,在炀帝时代当官不算很顺利,曾一度被罢免;而他继续从事学术工作,将他父亲许亨没有著完的《梁史》加以整理补充,略成七十卷。可惜这《梁史》和《七林》以及《方物志》《灵异记》等均已亡佚。善心对炀帝忠心耿耿,宇文化及等杀杨广后,他毫不屈服,也被杀害。

---

① 《隋书·隐逸传》载:崔赜“受诏与诸儒撰《区宇图志》二百五十卷,奏之。帝不善之,更令虞世基、许善心敷衍为六百卷”。

② 徐文远著有《左传音》三卷、《左传义疏》六十卷;陆德明著有《经典释文》三十卷、《老子疏》十五卷、《易疏》二十卷,徐、陆二人已入唐,事详《旧唐书·儒学传》。包恺以研究《汉书》著称,有门徒数千人;鲁世达著有《毛诗章句义疏》四十二卷,事详《隋书·儒林传》。

最后不妨顺便指出，《文选》学起步于隋炀帝时代。这里一个重要的背景是萧梁皇室中昭明太子萧统一支的后裔在隋代颇为活跃。

按，萧统英年早逝后，梁武帝萧衍没有立皇太孙为接班人，而是安排萧统的弟弟萧纲接班；侯景之乱中萧衍、萧纲先后死难，萧统的七弟萧绎在江陵称帝（后来称为元帝），当时领兵坐镇襄阳的萧统之子萧詧（519～562）与萧绎不和，他的弟弟萧誉又被萧绎杀了，于是称藩于西魏，引西魏军攻下了江陵，梁朝算是灭亡了。西魏立萧詧为后梁主（宣帝），从此后梁就在北方政权（西魏、北周、隋）的监控下传了三代，这就是宣帝萧詧、明帝萧岿（542～585）和末主萧琮（？～607?）。这后两位"二级皇帝"的传记均在《隋书》中。

隋高祖杨坚同萧岿关系非常好，特别安排将萧岿的女儿嫁给次子杨广也就是后来的隋炀帝，于是她后来当上了皇后①。既然当今皇帝同后梁明帝萧岿成了儿女亲家，则萧岿先祖萧统编选的《文选》也就受到很大的重视，当时科举考试中已多用《文选》中的选文作为试题②，注意研究《文选》自然也就提上了日程。

到炀帝登基后，这一支萧家作为外戚得到很多特殊的照顾，《文选》的研究也进一步繁荣起来。率先从事《文选》研究者有两个值得纪念的人物，一是萧该，一是曹宪。《隋书·儒林传》载："兰陵萧该者，梁鄱阳王萧恢之孙也。……性笃学，《诗》《书》《春秋》《礼记》并通大义，尤精《汉书》，甚为贵游所礼。开皇初，赐爵山阴县公，拜国子博士。奉诏书与（何）妥正定经史，然各执所见，递相是非，久而不能就，上谴而罢之。后撰《汉书》及《文选》音义，咸为当时所贵。"萧该的《汉书音义》十二卷、《文选音义》（或省称《文选音》）十卷均应作于炀帝时代③；后者开《文选》学之先河，意义是很大的。按，梁鄱阳王萧恢是梁武帝萧衍（464～549）的弟弟，萧该乃是昭明太子萧统的堂侄，他率先出马来研究《文选》，自然有些家族的感情在起作用，同时应当也是受到此时大气候的鼓舞。

另一个研究《文选》学的人物是著名的扬州学者曹宪，此公活了一百零五

---

① 大业元年（605）萧妃被立为皇后，《隋书·后妃传》称她"有智识，好学，解属文"，传中附载了她的一篇《述志赋》，水平很高，可谓不坠家风。

② 例如据《北史·杜铨传》附传可知，开皇十五年（595）杜正玄举秀才，杨素试之以拟《上林赋》《圣主得贤臣颂》《燕然山铭》《剑阁铭》；开皇十六年（596）杜正藏举秀才，苏威试之以拟《过秦论》等等——这些作为典范的原文均曾选入《文选》。

③ 《隋书·儒林传》载包恺"大业中为国子助教。于时《汉书》学者，以萧（该）、包（恺）二人为宗匠"。然则萧该的著作亦当完成于大业中。

岁，一生经历四朝，生于萧梁，渐历陈、隋，晚年入唐，所以《隋书》没有替他立传；但他事业的高峰正在隋炀帝时代，《旧唐书·儒学传》云：

> 曹宪，扬州江都人也，仕隋为秘书学士。每聚徒教授，诸生数百人。当时公卿已下，亦多从之受业。宪又善诸家文字之书，自汉代杜林、卫宏之后，古文泯绝，由宪此学复兴。大业中，炀帝令与诸学者撰《桂苑珠丛》一百卷，时人称其该博。宪又训注张揖所撰《博雅》，分为十卷，炀帝令藏于秘阁。贞观中，扬州长史李袭誉表荐之，太宗征为弘文馆学士，以年老不仕，乃遣使就家拜朝散大夫，学者荣之。太宗又尝读书有难字，字书所阙者，录以问宪，宪皆为之音训，及引证明白，太宗甚奇之。年一百五岁卒。所撰《文选音义》，甚为当时所重。初，江淮间为文选学者，本之于宪，又有许淹、李善、公孙罗，复相继以《文选》教授，由是其学大兴于代。

曹宪中年入隋后才开始出仕，很可能是由扬州总管、晋王杨广请出山的。清儒阮元在《扬州隋文选楼记》一文（《揅经室二集》卷二）有云："扬州旧城文选楼、文选巷，考古者以为即曹宪故宅，《嘉靖图志》所称'文选巷'者也。宋王象之《舆地纪胜》于扬州载文选楼，注引旧《图经》云'文选巷，即其处也。炀帝尝幸焉。'"由此颇可推知曹宪当时的声望之高。

《文选》学发源于隋而大盛于唐，《文选》学的两大先驱——萧该和曹宪都活跃于炀帝时代，重视培养后学的曹宪更可以说是《文选》学的开山祖师，而隋炀帝实为其背后的推手之一。

由帝王、太子、藩王或其他特权人物为中心，形成一个个文化精英的集团或圈子，在中国古代的学术史、文学史上是一个十分值得注意的现象。就中古时代而言，赫赫有名的"建安七子""二十四友""竟陵八友"等等，都属于这种类型；而梁代的萧衍、萧统、萧纲、萧绎身边各有一大批知识精英，更为隋炀帝杨广树立了切近的榜样。杨广晚年为政荒谬，把政权给弄丢了，但他在这一方面的作用仍不应被忽略。

四十三　薛道衡

隋王朝的文坛上，活跃着三支队伍，一是原来北周的文人，隋取代周以后，继续在新王朝服务；二是原属北齐，后来归于北周继而入隋的文人；三是原属于陈，陈灭后归于隋的一批新人。

原来即属于北周的文人相对较少，高水平的更少，比较杰出的只有文武双全的重臣杨素；北齐的文化高于北周，高水平的文人也比较多，文林馆里就集中了一大批人才，他们在齐亡后整批地入周①，周亡后入隋，成为隋前期最引人注目的文坛高手，其中最杰出的是薛道衡，此外还有卢思道、李德林等人。到隋王朝后期即炀帝时代，由陈入隋的文人日益显得重要，南方文风占据了上风，宫体进入了隋的宫廷，并一直延续到初唐。

陈寅恪先生在《隋唐制度渊源略论稿》的《叙论》中指出："隋唐之制度虽极广博纷复，然究析其因素，不出三源：一曰（北）魏、（北）齐，二曰梁、陈，三曰（西）魏、周。所谓（北）魏、（北）齐之源者，凡江左承袭汉、魏、西晋之礼乐政刑典章文物，自东晋至南齐其间所发展变迁，而为北魏孝文帝及其子孙摹仿采用，传至北齐成一大结集者是也。……所谓梁、陈之源者，凡梁代继承创作、陈氏因袭无改之制度，迄杨隋统一中国吸收采用，而传之于李唐者；易言之，即南朝后半期内其文物制度之变迁发展乃王肃等输入之所不及，故魏孝文及其子孙未能采用，而北齐之一大结集中遂无此因素者也。……所谓（西）魏、周之源者，凡西魏、北周之创作有异于山东及江左之旧制，或阴为六镇鲜卑之野俗，或远承魏、（西）晋之遗风，若就其地域言之，乃关陇区内保存之旧时汉族文化，所适应鲜卑六镇势力之环境，而产生之混合品。所有旧史中关陇之新创设及依托周官诸制度皆属此类，其影响及于隋唐制度者，实较微末。故

---

① 北齐败亡后有一批官员被带入长安，凡十八人，他们是颜之推、阳休之、袁聿修、李组钦、元修伯、司马幼之、崔达拏、源文宗、李若、李孝贞、卢思道、李德林、陆乂、薛道衡、高行恭、辛德源、王邵、陆开明。详见《北齐书·阳休之传》。

在三源之中，此（西）魏、周之源远不如其他二源之重要。”①隋朝文学方面原先出于北齐、陈的文人发挥了更大的作用，同隋代的典章制度多取北魏、东魏、北齐一系，又取南方梁、陈的遗产，而较少采用西魏、北周一系的情形，正可谓异质同构。

二

历仕北齐、北周、隋三个王朝的著名诗人薛道衡（字玄卿，540～609）是河东汾阴（今山西万荣）人，北齐时入仕，曾待诏文林馆；入周后担任过州刺史一类官职。入隋后为内事舍人，迁吏部侍郎，曾上平陈之策，颇得文帝赏识，后坐朋党，配防岭外；太子杨广对他也很佩服，但最后却在七十岁时被已经当了皇帝的杨广杀掉。

薛道衡是北朝后期至隋初最有才华的诗人，他的诗文集原有七十卷之多，到唐初已亡佚过半，现在所能看到则仅有文八篇、诗二十一首；而即在此亡佚之余的诗中仍多佳作，写景言情皆有可观。前者如《敬酬杨仆射山斋独坐》：

> 相望山河近，相思朝夕劳。龙门竹箭急，华岳莲花高。岳高障重叠，鸟道风烟接。遥原树若荠，远水舟如叶。叶舟旦旦浮，惊波夜夜流。露寒洲渚白，月冷函关秋。秋夜清风发，弹琴即鉴月。虽非庄舄歌，吟咏常思越。

这首诗是回赠越国公、尚书仆射杨素（字处道，544～606）的，其中甚少世俗的应酬，仅在诗末用典故略一点到；全诗用大量的笔墨写山斋周围的景物，四句一组，蝉联而下，转接自如，清丽高雅，情景交融，且颇富于音乐之美，开出了唐人此类诗作的先河。

后者如《人日思归》：

> 入春才七日，离家已二年。人归落雁后，思发在花前。

此诗是他早年作为北齐的使者聘陈、留居南方时的作品。据说南方读者听到前二句时大大地不以为然，这样的大白话算什么诗！再听下去则一转而为佩服，承认“名下固无虚士”。清代诗评家张玉谷分析这后二句的妙处道：

① 《隋唐制度渊源略论稿　唐代政治史述论稿》，第3～4页。

“三句，点醒迟归，恰又补点‘人’字，与‘雁’对剔；四句，正点‘思’字，‘在花前’恰又抱转人日，流对极为巧切。”(《古诗赏析》卷二十二)五言绝句很不好写，非大手笔不易出彩。

薛道衡又长于边塞、闺怨等流行题材。其《出塞二首》云：

高秋白露团，上将出长安。尘沙塞下暗，风月陇头寒。转蓬随马足，飞霜落剑端。凝云迷代郡，流水冻桑干。烽微桔槔远，桥峻辘轳难。从军多恶少，召募尽材官。伏堤时卧鼓，疑兵乍解鞍。柳城擒冒顿，长坂纳呼韩。受降今更筑，燕然已重刊。还嗤傅介子，辛苦刺楼兰。

边庭烽火惊，插羽夜征兵。少昊腾金气，文昌动将星。长驱鞮汗北，直指夫人城。绝漠三秋暮，穷阴万里生。寒夜哀笛曲，霜天断雁声。连旗下鹿塞，叠鼓向龙城。妖云坠虏阵，晕月绕胡营。左贤皆顿颡，单于已系缨。绁马登玄阙，钓鲲临北溟。当知霍骠骑，高第起西京。

这两首也是和杨素的，薛道衡曾跟随河间王北征突厥，到过北方边塞，所以描写那里的景色颇能细致入微(如“转蓬随马足”等句)，表现将士克服困难的勇气和必胜的信心亦复真切感人。写闺怨如《豫章行》末之“不畏将军成久别，只恐封侯心更移”，很能道出古代军官家属的心声。这里有些诗句很容易令人想起唐人的边塞诗。

薛道衡曾经参与修定隋礼，在越国公、尚书仆射杨素领导下工作，遂得以相熟①。杨素是一位文武全才，早年充当过北周大冢宰宇文护的秘书，后颇立战功；入隋后地位更高，在平陈和对突厥的战争中再立新功，他又支持杨广，所以在炀帝上台以后，其地位达到了巅峰状态。他又是一位诗人，今存诗六首，大部分是同薛道衡的唱和，看来他非常赏识薛的诗才。

杨素的《山斋独坐赠薛内史》二首云：

居山四望阻，风云竟朝夕。深溪横古树，空岩卧幽石。日出远岫明，鸟散空林寂。兰庭动幽气，竹室生虚白。花落入户飞，细草当阶织。桂

---

① 《隋书·高祖纪下》：“仁寿二年(602)闰十月己丑诏曰：‘尚书左仆射越国公杨素、尚书右仆射邳国公苏威、吏部尚书奇章公牛弘、内史侍郎薛道衡、秘书丞许善心、内史舍人虞世基、著作郎王邵，或任居端揆，博达古今，或器推令望，学综经史，委以裁缉，实允佥议，可并修定五礼。’”稍后完成之隋礼以北齐的仪注为准，兼采梁陈之礼。参见陈寅恪《隋唐制度渊源略论稿·礼仪》，《隋唐制度渊源略论稿　唐代政治史述论稿》，第7～18页。

酒徒盈樽，故人不在席。日暮山之幽，临风望羽客。

岩壑澄清景，景清岩壑深。白云飞暮色，绿水激清音。洞户散余彩，山窗凝宿阴。花草共荣映，树石相陵临。独坐对陈榻，无客有鸣琴。寂寂幽山里，谁知无闷心。

这两首诗都是写他在山中别墅的生活感受，景物刻画颇为细致，大有世外高人的闲情雅致，同他权势极高的身份似乎不合，所以沈德潜说“武人亦复奸雄，而诗格清远，转似出世高人，真不可解”（《古诗源》卷十四）。事实上杨素不能说成是只是武人，他的文化修养甚高，奸雄而为清雅之诗亦复常见，正如文人往往喜欢论剑谈兵一样。追求全面发展、丰富多彩乃是人的本性之一，只是能够做到的不多而已。

他的《出塞二首》其二道：

寒虏未和亲，忧国不忧身。握手河梁上，穷涯北海滨。据鞍独怀古，慷慨感良臣。历览多旧迹，风日惨愁人。荒塞空千里，孤城绝四邻。树寒偏易古，草衰恒不春。交河明月夜，阴山苦雾晨。雁飞南入汉，水流西咽秦。风霜行役久，河朔备艰辛。薄暮边声起，空飞胡骑尘。

荒凉的边塞，艰辛的行役，加上老将的感慨，使这样的边塞诗读起来苍凉悲壮，这同南朝那些只用几个边塞地理符号虚晃一枪然后就进入闺怨的所谓“边塞诗”，完全是两路。

杨素的地位越来越高，皇帝对他也不是很放心，杨广对他就是“外示殊礼，内情深薄”，所以他也有些惶恐。当薛道衡外放为播州刺史时，杨素一口气写了一首七百字的长诗《赠薛播州》，诗凡十四章，每章十句，写出这一组大作后不久，他就去世了。薛道衡叹息道：“人之将死，其言也善，其若是乎！”（《隋书·杨素传》）试举其最后两章来看：

秋水鱼游日，春树鸟鸣时。濠梁暮共往，幽谷有相思。千里悲无驾，一见杳难期。山河散琼蕊，庭树下丹滋。物华不相待，迟暮有余悲。　衔杯向南浦，寒色黯沉沉。风起洞庭险，烟生梦泽深。独飞时慕侣，寡和乍孤音。木落悲时暮，时暮感离心。离心多苦调，讵假雍门琴。

看来不仅是其言也善，同时还有其情也悲。在中国古代的官场里，急于升迁时有求之不得的痛苦，功成名就以后又有忧谗畏讥的痛苦，等到年纪一把、地位过高，则更有高处不胜寒的恐惧。迟暮之年同过从甚密的友人远别，往往会有一种难以再见的预感，死亡的阴影无言地逼来，中古时代颇有这样的诗句：例如前文提到的徐陵的“嗟余今老病，此别恐长离”（《别毛永嘉》），过于直露，远不如这里的“物华不相待，迟暮有余悲”来得含蓄而深沉。杨素可以说是隋代的一流诗人，不能因其地位过高而反加忽视。

薛道衡的诗以《昔昔盐》最为出名，恰恰是把边塞和闺怨加在一起来写，很有点南朝风味，令人想起萧纲的《荡妇秋思赋》以及庾信的《荡子赋》。诗云：

垂柳覆金堤，蘼芜叶复齐。水溢芙蓉沼，花飞桃李蹊。采桑秦氏女，织锦窦家妻。关山别荡子，风月守空闺。恒敛千金笑，长垂双玉啼。盘龙随镜隐，彩凤逐帷低。飞魂同夜鹊，倦寝忆晨鸡。暗牖悬蛛网，空梁落燕泥。前年过代北，今岁往辽西。一去无消息，那能惜马蹄。

“昔昔盐”据说就是“夜夜艳”的意思，一向是专门用来写男女之情的。开头的四句分别写垂柳、蘼芜、芙蓉、桃李，很像是思妇房间里的四屏条，画面都很美好；而主人公却很孤单寂寞，没有生活，没有欢乐，长夜难眠，泪流满面。“关山”“代北”和“辽西”这些常见元素代表边塞，也是丈夫的所在，而自己长年留守这日渐荒芜的空闺，何以为情！这样的诗篇比起绮靡无力的宫体诗来，更有动人的力量。后来唐人赵嘏以《昔昔盐》为总题一口气写了二十首五律，其中每一首则用薛道衡《昔昔盐》中的一句诗为分题，这样的“追星族”是不多见的。

薛道衡不仅是抒写思妇闺情的高手，也得心应手于更广阔的领域，比起南朝梁、陈间那些沉湎于宫体狭小领域的时髦诗人来，那是高明多了。据《隋书》本传说，他在酝酿创作时极端专心致志，“每至构文，必隐坐空斋。蹋壁而卧，闻户外有人便怒，其沉思如此”。那些看上去很流畅很随意的诗，其实写得很辛苦。后来唐人王勃构思时也很有薛道衡的派头。

薛道衡也写赋，今存《宴喜赋》，假托梁孝王与枚乘的谈话来写欢愉背后的凄凉，颇有可观，可惜已经残缺不全。

据《隋书·薛道衡传》载，炀帝上台之前本是很尊重老诗人薛道衡的，但薛似乎不大领情①，这就留下了一个疙瘩。等到炀帝上台后，薛老由检校襄州

① 《隋书·薛道衡传》：“后坐抽擢人物，有言其党苏威，任人有意故者，除名，配防岭表。晋王广时在扬州，阴令人讽道衡，从扬州路，将奏留之。道衡不乐王府，用汉王谅之计，遂出江陵道而去。寻有诏征还，直内史省。晋王由是衔之，然爱其才，犹颇见礼。”

总管调任播州刺史，不久即上书请求退休，炀帝不同意，召他进京，准备另行安排为秘书监；而薛老到京以后，特别呈上《高祖文皇帝颂》，把今上的父皇隋文帝杨坚大大歌颂了一番，不料炀帝看了以后非常不高兴。这是因为他与晚年的父皇杨坚本是很不对劲的：文帝病重时忽然打算取消现任太子也就是杨广本人的继承权，召回已被废为庶人的前任太子杨勇；结果是"高祖暴崩"，杨广又迅即"伪为高祖敕书，赐庶人（杨勇）死。追封房陵王，不为立嗣"（《隋书·文四子传》）。炀帝上台是很动了些手脚的，对着他来赞美高祖文皇帝无异于批逆鳞，所以他对大臣苏威说："道衡致美先朝，此《鱼藻》之义也。"此时已暗暗准备来整他，而后来事情更有了戏剧性的进展：

> 于是拜司隶大夫，将置之罪。道衡不悟。司隶刺史房彦谦素相善，知必及祸，劝之杜绝宾客，卑辞下气，而道衡不能用。会议新令，久不能决，道衡谓朝士曰："向使高颎不死，令决当久行。"有人奏之，帝怒曰："汝忆高颎耶？"付执法者勘之。道衡自以非大过，促宪司早断。暨于奏日，冀帝赦之，敕家人具馔，以备宾客来候者。及奏，帝令自尽。道衡殊不意，未能引诀。宪司重奏，缢而杀之，妻子徙且末。时年七十。天下冤之。（《隋书·薛道衡传》）

薛道衡死得实在冤枉，他的问题在于不明白宫廷政治中不足为外人道的奥妙，又有点倚老卖老的做派；殊不知有些敏感问题根本不能碰，帝王又往往听不得不同的意见，炀帝刚愎自用，哪里能容得下这样的批评。薛道衡书生气十足，结果搭上了一条老命；如果他依从好友房彦谦所说的"杜绝宾客，卑辞下气"的建议而不是反其道以行之，事情也许不至于弄得如此不可收拾吧。

《鱼藻》是《诗经·小雅》里的一篇，诗云："鱼在在藻，有颁其首。王在在镐，岂乐饮酒。鱼在在藻，有莘其尾。王在在镐，饮酒乐岂。鱼在在藻，依于其蒲。王在在镐，有那其居。"小序解释诗意说："刺幽王也。言万物失其性，王居镐京，将不能以自乐，故君子思古之武王也。"诗的本意是否就是如此其实很难说，但古人总是根据权威的解释来理解的。隋炀帝对苏威说的那句话，意思是指薛道衡的《高祖文皇帝颂》表面上歌颂先皇，实际上是在骂自己。宋人叶适写道："隋炀帝戕杀父兄而取其位，薛道衡乃上《文帝颂》，极于褒崇，不知而言是为不智，知而言之，夸虚谄而示实讥，真所谓'《鱼藻》之义'也。《传》谓房彦谦劝之而道衡不用，则诚不知悟。从古文人，词繁识寡，志欲邀福，反贻身灾。绞缢既及，犹不自意，真可哀也！"（《习学记言自序》卷三七）其言得之。但薛道衡有没有暗暗讽刺炀帝之意，我们很难知道，估计不大可能，他的问题全在于他不明白这样的颂歌其实很犯忌讳。宫廷深处的种种阴谋曲折，书生何从得知！天真的诗人又不明白高颎（？～607）其人在此时也是不能正面提到的；薛老不知趋避，再一次大犯忌讳。

高颎乃是文帝的重臣，早已功勋卓著，在消灭南朝陈之役中又颇立新功。当时的行军元帅（相当于前敌总指挥）是年仅二十岁的晋王杨广，也就是后来的隋炀帝，而一切决策指挥实际出于元帅长史（相当于参谋长兼秘书长）高颎，“三军咨禀，皆取断于颎”。平陈后，更发生了一件影响深远的事件：

> 及陈平，晋王欲纳陈主宠姬张丽华。颎曰：“武王灭殷，戮妲己。今平陈国，不宜取丽华。”乃命斩之。王甚不悦。（《隋书·高颎传》）

张丽华是当时超一流的美人，杨广其人好色，对这一重大战利品抱有浓厚的兴趣——古代战争结束后，为王的胜者将虏获的敌方美女拿来归自己享用早已是不成文的规矩（即时下之所谓“潜规则”）；而思想正统、作风硬朗的元帅长史高颎却不容分说地狠扫了晋王杨广的兴。这时杨广羽毛未丰，不能拿高颎怎么样，但事情的后果是严重的，早晚要表现出来。封建元首的“性趣”是必须得到完全满足和绝对尊重的。

隋文帝杨坚非常信任高颎，让他同太子杨勇（杨广的哥哥）结为儿女亲家。后来隋文帝有意废去杨勇另立次子晋王杨广为太子，征求高颎的意见，高颎依据“长幼有序”的古老原则表示反对，这样他就成了杨广实施夺嫡之计的一大障碍。等到杨广当上皇帝以后，有着双重前科的资深高官高颎又一再批评时事，指出当下有种种处置不当之处；隋炀帝大为恼火，“以为谤讪朝政，于是下诏诛之，诸子徙边”（《隋书·高颎传》），实际上是同他新账老账一起算，彻底地出了一口恶气。

对于这样一个被当今皇帝整肃掉的高颎，薛道衡竟然充满怀念的深情，犯忌之至，这样他就离倒霉不远了，而他本人却完全没有意识到。

薛道衡同杨素走得太近，写诗赠答唱和闹得很红火，大约也是隋炀帝看了很不舒服的事情。总之薛道衡死于政治原因应当是毫无疑义的。古代许多诗人、文学家都有大小不等的官衔，他们的人生轨迹大抵与他们在官场里的言行以及运气有关，在一般情况下并不是因为他们的作品。不过薛道衡的情形比较复杂，正史中只记载相关的政治原因，而野史笔记里却说同他的诗作也颇有关系。唐人刘悚《隋唐嘉话》（卷上）载：

炀帝善属文，而不欲人出其右。司隶薛道衡由是得罪，后因事诛之，曰："更能作'空梁落燕泥'否！"

照这么说，司隶大夫薛道衡是因为诗写得太好，隋炀帝妒贤嫉能，另找借口将他杀了。现当代学者一般不肯采信此种文学因素高于政治因素的说法，《隋书》里讲到的那些政治原因自应可信，而且薛道衡也绝没有与隋炀帝比试高下的意思。"空梁落燕泥"见于他早先写的《昔昔盐》一诗："惊魂同夜鹊，倦寝忆晨鸡。暗牖悬蛛网，空梁落燕泥。"描写思妇之孤独无聊，确实深刻精彩，隋炀帝没有写过这个题目，应当没有什么可比性。

不过《隋唐嘉话》的记载仍然是很有意味的，隋炀帝杀薛道衡固然是为了消灭政治上的异己分子，但他失口道出的这句话倒也流露出他头脑深处的一大情结：写诗也应当是老子天下第一，其他人都要低一头；如果他比我高，那就让他灭亡！

杨广先后当过藩王、太子、皇帝，政治上自然有很大的野心和抱负，而同时对于诗歌创作也下过很大功夫，有很高的艺术追求，表现出强烈的文学自觉。炀帝对诗人薛道衡是钦佩的，早就想揽入门下，可惜未能成功；直到很晚的时候，也还打算请他担任文人学士最有面子的职务秘书监——可恨这老家伙不识抬举，竟然一再反对自己，现在干脆杀了，看你还能写什么佳句！

并不是因为有"空梁落燕泥"这样的佳句就杀人，而是让你根本写不成。隋炀帝恶狠狠地说这句话时，固然是一个暴君，而同时也流露了一点诗人本色，这是很值得玩味的。

二

先前在北齐文林馆里待诏，齐亡后入周，然后又同薛道衡一起再度转入隋的作家，还有卢思道和李德林。

卢思道（字子行，535～586）比薛道衡略长几岁，他出身于著名的高门范阳（今河北涿州）卢氏，早年师事邢劭，才学兼著，甚有声誉；但进入仕途以后，却多次因为个性狂放、违犯有关规定受到惩罚，而仍能以文才待诏文林馆。入隋后不久死于长安。

卢思道曾有集三十卷，可惜现在能看到的仅存零星，而诗文皆有可观者。诗，如他在由齐入周之初写成的《听鸣蝉篇》：

听鸣蝉,此听悲无极。回噪金门侧,长风送晚声。清露供朝诗,晚风朝露实多宜。秋日高鸣独见知,轻身蔽数叶。哀鸣抱一枝,流乱罢还续。酸伤合更离,暂听别人心即断,才闻客子泪先垂。故乡已超忽,空庭正芜没。一夕复一朝,坐见凉秋月。河流带地从来险,峭路干天不可越。红尘早弊陆生衣,明镜空悲潘掾发。长安城里帝王州,鸣钟列鼎自相求。西望渐台临太液,东瞻甲观距龙楼。说客恒持小冠出,越使常怀宝剑游。学仙未成便尚主,寻源不见已封侯。富贵功名本多豫,繁华轻薄尽无忧。讵念嫖姚嗟木梗,谁忆田单倦土牛?归去来,青山下,秋菊离离日堪把,独焚枯鱼宴林野。终成独校子云书,何如还驱少游马。

在充满了富贵和红尘的首都,一个毫无凭借的客子,除了流泪哀伤,还能干成什么事情?不如归隐。这首诗首写小人物的痛苦悲愤,很富于典型性,后来唐朝的士人往往大写这种牢骚,几乎同卢思道的慨叹如出一辙①。《北史·卢思道传》说:"周武帝平齐,授思道仪同三司,追赴长安,与同辈阳休之等数人作《听鸣蝉篇》。思道所为词意清切,为时人所重。新野庾信遍览诸同作者而叹美之。"庾信的眼光自是不差,也许他由卢思道的《听鸣蝉篇》联想到自己刚到长安时的情形吧。

卢思道的另一名篇是他青年时代的《从军行》:

朔方烽火照甘泉,长安飞将出祁连。犀渠玉剑良家子,白马金羁侠少年。平明偃月屯右地,薄暮鱼丽逐左贤。谷中石虎经衔箭,山上金人曾祭天。天涯一去无穷已,蓟门迢递三千里。朝见马岭黄沙合,夕望龙城阵云起。庭中奇树已堪攀,塞外征人殊未还。白雪初下天山外,浮云直上五原间。关山万里不可越,谁能坐对芳菲月?流水本自断人肠,坚冰旧来伤马骨。边庭节物与华异,冬霰秋霜春不歇。长风萧萧渡水来,归雁连连映天没。从军行,军行万里出龙庭。单于渭桥今已拜,将军何处觅功名!

充满了青春的活力和建功立业的豪情,诗中对北国风光的描写也十分传神。全诗已经近于初唐的歌行。"庭中奇树已堪攀,塞外征人殊未还"二句,唐玄宗曾经随口吟唱过(详见《明皇杂录·补遗》),足见其流传之广远。

---

① 如卢照邻的《长安古意》、骆宾王的《帝京篇》、高适《别韦参军》、杜甫《奉赠韦左丞丈二十二韵》等等。初唐诗人用句法参差的歌行体,与《听鸣蝉篇》也很靠近。

卢思道又写过不少南朝风格的诗，如《后园宴诗》《有所思》等等；赠人之作亦多有可观者，《赠李若诗》《赠别司马幼之南聘诗》尤为精彩。

他的文章有著名的《北齐兴亡论》和《后周兴亡论》，分别写这两个王朝兴起的时候，其领导人朝气蓬勃，大有作为；而到了后来的不肖子孙当政之时，腐败丛生，纲纪荡然，鱼烂土崩，终于不可救药。其《劳生论》中有为腐败分子画像的文字，读来亦复惊心动魄，令人浮想联翩：

> 朝露未晞，小车盈董、石之巷；夕阳且落，皂盖填阎、窦之里。皆如脂如韦，俯偻匍匐，啖恶求媚，舐痔自亲。美言谄笑，助其愉乐；诈泣佞哀，恤其丧纪。近通旨酒，远贡文蛇。艳姬美女，委如脱屣；金铣玉华，弃同遗迹。及邓通失路，一簪之贿无余；梁冀就诛，五侯之贵将起。向之求官买职，晚谒晨趋，刺促望尘之旧游，伊优上堂之夜客。始则亡魂褫魄，若牛兄之遇兽；心战色沮，似叶公之见龙。俄而抵掌扬眉，高视阔步，结侣弃廉公之第，携手哭圣卿之门。华毂生尘，来如激矢；雀罗暂设，去等绝弦。饴蜜非甘，山川未阻，千变万化，鬼出神入。
>
> 为此者皆衣冠士族，或有艺能，不耻不仁，不畏不义，靡愧友朋，莫惭妻子。外呈厚貌，内蕴百心，繇是则纡青佩紫，牧州典郡，冠帻劫人，厚自封殖。妍歌妙舞，列鼎撞钟，耳倦丝桐，口饫珍旨。虽素论以为非，而时宰不之责，末俗蚩蚩，如此之敝。余则违时薄宦，屏息穷居，甚耻驱驰，深畏干没。心若死灰，不营势利，家无儋石，不费囊钱。偶影联官，将数十载，驽拙致笑，轻生所以告劳也。

卢思道的性格有较大的弱点，但他确能嬉笑怒骂，皆成文章，这里行文颇近于后来杂文中的为反面人物画像，这种对世风的尖锐批判是很有意义的。

李德林（字公辅，531？～591?），博陵安平（今河北深州）人，年纪又略长于卢思道，为人沉稳，颇有政治家的风度，兼具文学才华。他是一个早熟的神童，《隋书》卷四十二本传记载他“年十五，诵五经及古今文集，日数千言。俄而该博坟典，阴阳纬候无不通涉。善属文，辞覈而理畅”。他曾经得到前辈大文豪魏收的赏识，说是他的文笔可继温子昇。后来要编北齐的国史，魏收很注意同他讨论，吸收他的正确意见。

李德林从政一向比较顺利，凭他高超的政治性文书立足甚稳，当北周灭齐时，周武帝进入齐之首都邺城以后，特别指派小司马唐道和到他家里去宣旨慰喻，说是“平齐之利，唯在于尔。朕本畏尔逐齐王东走，今闻犹在，大以慰怀，宜即入相见”。于是：

道和引之入内，遣内史宇文昂访问齐朝风俗政教、人物善恶，即留内省，三宿乃归。仍遣从驾至长安，授内史上士。自此以后，诏诰格式，及用山东人物，一以委之。

这样的地位和际遇，是原齐朝官员中最高的。在周、隋禅代的过程中，他再次发挥其大手笔的作用，其时的诏策笺表玺书等重要的文件多出自其手，很得文帝杨坚的信任。后来杨坚要将自己先前当宰相时口授而由德林写下来的文章编成一个五卷本的《霸朝杂集》，这个集子的撰录和序言都由李德林来动手，序言写道：

昔岁木行将季，谅暗在辰，火运肇兴，群官总己。有周典八柄之所，大隋纳百揆之日。两朝文翰，臣兼掌之。时溥天之下，三分构乱，军国多务，朝夕填委。簿领纷纭，羽书交错，或速均发弩，或事大滔天，或日有万机，或机有万事。皇帝内明外顺，经营区宇，吐无穷之术，运不测之神，幽赞两仪，财成万类。咨谋台阁，晓谕公卿，训率土之滨，责非常之贼。三军奉律，战胜攻取之方，万国承风，安上治民之道。让受终之礼，报群臣之令，有宪章古昔者矣，有随事作故者矣。千变万化，譬彼悬河，寸阴尺日，不弃光景。大则天壤不远，小则毫毛无失。远寻三古，未闻者尽闻，逖听百王，未见者皆见。发言吐论，即成文章，臣染翰操牍，书记而已。

这里反映了一些实际情况，杨坚和李德林都是不可多得的人才，而序中将歌功颂德之意、沾沾自喜之情，都表达得相当充分。“大手笔”能做到李德林这种水平，也是不容易的。

李德林原有文集八十卷，后余五十卷，而《隋书·经籍志》仅录十卷；后来散佚更加严重，现在能看到的诗只有六首，数量虽少，而质量较高。例如他的《咏松树诗》：

结根生上苑，擢秀迩华池。岁寒无改色，年长有倒枝。露自金盘洒，风从玉树吹。寄言谢霜雪，贞心自不移。

从“上苑”“华池”“金盘”之类的词语看去，这里写的大概是皇家园林里的松树，但没有说什么肉麻的话，这就算是好的。又《夏日诗》：

夏景多烦蒸，山水暂追凉。桐枝覆玉槛，荷叶满银塘。轻扇摇明月，珍簟拂流黄。壶盛仙客酒，瓶贮帝台浆。才人下铜雀，侍妓出明光。歌声越齐市，舞曲冠平阳。微风动罗带，薄汗染红妆。共欣陪宴赏，千秋乐未央。

这应当是一首应制之作①，平稳而流畅，多少带一点南朝宫体的色彩，但并不过分。这些作品可以说正如其人。李德林做官过于认真，这样他同文学的缘分自然也就不大可能太深了。

此外还有一位孙万寿（字仙期，559？～611？）也是由齐入周再入隋的，他是信都武强（今属河北）人，年纪大抵要比卢思道、李德林等人晚一辈。他在北齐时年纪虽轻，但已经入仕且较受重视，入隋后却因为衣冠不整之类的小节问题而遭到沉重打击，配防江南，到过现在的扬州、镇江、南京一带。其长诗《远戍江南寄京邑亲友》有云：

贾谊长沙国，屈平湘水滨。江南瘴疠地，从来多逐臣。粤余非巧宦，少小拙谋生。欲飞无假翼，思鸣不值晨。如何载笔士，翻作负戈人。……数载辞乡县，三秋别亲友。壮志后风云，衰鬓先蒲柳。心绪乱如丝，空怀畴昔时。昔时游帝里，弱岁逢知己。旅诗南馆中，飞盖西园里。……一朝牵世网，万里逐波潮。回轮常自转，悬旆不堪摇。登高视衿带，乡关白云外。回首望孤城，愁人益不平。华亭宵鹤唳，幽谷早莺鸣。断绝心难续，惝恍魂屡惊。群纪通家好，邹鲁故乡情。若值南飞雁，时能访死生。

无限哀伤，而用字平易，流畅圆转，这在当时应是一种创造，而其形式颇近于后来的排律，也令人耳目一新。他又有《别赠诗》：

昔我游云阁，及尔谬同官。高步参师友，长裾接绮纨。索居方十载，相思劳万端。不言今夕遇，得尽故人欢。酒随彭泽至，琴即武城弹。高斋屏余热，珍簟宿轻寒。叶落霜威重，萤疏月色残。将归动离恨，弥伤行路难。

---

① 与李德林这首《夏日诗》同时收在《初学记》卷三里的魏澹的一首，即题为《初夏应制诗》。

重逢旧日同僚，不胜感慨系之。这样的情调，在唐及其以后的诗中颇为多见。孙万寿知名度不算高，在官场里更是一个失败者，但应当说，他是一位很优秀的诗人。偶尔衣冠不整，原是可以原谅的。

按照史书的规范，隋代比较重要的作家都有单独的传；次要一点在则于《隋书·文学传》中概述之，这里写到近二十位文人，他们是：刘臻、王颏、崔儦、诸葛颍、孙万寿、王贞、虞绰、辛大德、王胄、庾自直、潘徽、杜正玄、杜正藏、常得志、尹式、刘善经、祖君彦、孔德绍、刘斌。应该说，其中以孙万寿成就为最高。

隋王朝是在北周的基地上建立起来的，东边的北齐和南方的陈先后被消灭，中国重新归于统一。可是《隋书》里的这样一份名单，还是来自北齐和陈的人物居多。隋文帝杨坚也好，隋炀帝杨广也好，都是放眼全国的高人，他们都并不只以北周的继承人自居；二是北周在制度建设和精神文明方面都比较滞后一点，成果比较少，文学方面也不免是如此。《隋书·文学传论》在综述隋代文学时，一则说“洛阳、江左，文雅尤盛”，再则说“江汉英灵，燕赵奇俊，并该天网之中，俱为大国之宝”。这样的总结是恰当的。

在入隋的文人中，原属北朝之诸公的文学成就已高于南人。薛道衡、卢思道、李德林、孙万寿诸人的作品代表了这个时代的水准。到唐代以后，成就较高的作者更以出生于中原各地者为多。北朝及隋之文学的潜能至此得到了进一步的发扬光大。

第七章　中古口头创作与批评

街谈巷说，必有可采；击辕之歌，有应风雅；匹夫之思，未应轻弃也。

——曹植《与杨德祖书》

文章未坠，必有英绝，领袖之者，非弟而谁！每欲论之，无可与语，思吾子建，一共商榷。辩兹清浊，使如泾渭；论兹月旦，类彼汝南。

——萧纲《与湘东王书》

四十四　谣谚与民歌

中古时代民间文学创作非常繁荣，主要表现在两个方面：一是谣（歌谣）谚（谚语），二是民歌。

谚语是散文形式的警句，一般不唱，只是念诵出来。这种警句大抵出于民间，也有无主名的士人创造的，流传甚广，最早是谁提出的已经弄不清楚，也无须弄清楚了。

谚语往往用简明通俗的语句一下子就讲清了一个道理或某一方面事情的要害，令人印象深刻，被引用的频率很高，有些后来成了成语，具有久远的生命力。

“歌谣”是群众口头上的诗，出于民间，靠传唱和念诵来传播——在这一过程中当然会有种种变化；经过若干时日以后被记录下来才终于定型，而它作为歌谣的本来意义即告结束，这种记录本或可称为“定本歌谣”。

歌谣虽然也是歌，但不合乐，古人谓之“徒歌”。《诗经·魏风·园有桃》有句云：“园有桃，其实之殽。心之忧矣，我歌且谣。”毛《传》：“曲合乐曰歌，徒歌曰谣。”哼唱“谣”的时候不须配乐，也没有固定的曲谱，各地各人可以有完全不同的唱法。歌谣也可以不唱，而出之以念诵，比较自由。所以谣和谚往往放在一起讨论。

主要在儿童中间传唱和念诵的歌谣称为“童谣”。童谣最先也许出于成年人中的好事者，甚至是政治上别有用心的人借此制造舆论或宣示某种政治预言[①]。政治性童谣往往进入史书的《五行志》。但童谣总得考虑到儿童的特点，往往比较简明而且容易上口。童谣最初的作者更加无从了解。

---

① 《南史·文学传·卞彬传》记载“险拔有才”的卞彬向萧道成（后为齐高帝）念诵了一首指向当下政局的歌谣，“高帝不悦，及彬退，曰：‘彬自作此。’”这就是典型的一例。

新文学运动起来以后，出于民间的歌谣得到了知识界相当的重视①，但后来搜集整理以及研究的工作似乎没有得到足够的发扬光大。

古诗中被称为民歌的，特别是经由音乐机关乐府整理加工过的民歌，是合乐的。其文本被称为“乐府民歌”或“乐府诗”②，因为较早实现了经典化，影响总是比歌谣要大得多。中古乐府民歌的杰作《孔雀东南飞》《木兰诗》《敕勒歌》，在中国家喻户晓。

一

中古时代的谣谚保存下来的不算很多。汉代民间歌谣被（官方）记录下来而流传于世者，内容多半是反映下层人民的生活和情绪，可以作为考察当地地方官政绩之材料的篇什；到东汉末年，情形大抵仍然是如此，但由于高层腐败已甚，政局不稳，社会动荡，民心激昂，所以美刺的对象已不限于地方当局，有时竟直指朝廷中枢。《抱朴子·审举篇》载，桓、灵之世选举极滥，故人为之语曰：

> 举秀才，不知书。举孝廉，父别居。寒素清白浊如泥。高第良将怯如黾。

各地推荐的孝、秀，岂止名不副实，简直到了名实相反的程度。选用什么样的人才，历来是国家行政中的大事，文武官僚的情形如此，其时政局的混乱也就可想而知了。

后来政局进一步恶化，中平六年（189）掌握实权的大将军何进谋诛宦官

---

① 1922年北京大学成立了歌谣研究会，出版《歌谣周刊》，前后凡152期。二十年代末朱自清先生在清华大学首开歌谣方面的课程，其讲义《中国歌谣》（今已收入《朱自清全集》第6卷）是带有开创意义的专著，可惜未及写完（已完成者六章，待写者四章）。

② 《诗经》中的风诗，原先其实就是各地的歌谣，稍后得到记录和整理，逐步定型，经过孔子的认定以后更早早地成了经典。其他未成经典的，则仍被称为歌谣。同样的，经过汉代以及后代音乐机关予以记录整理的民歌，也比较及时地完成了经典化的过程。较早收录汉魏以来部分定本歌谣的是南朝后期著名诗人徐陵编撰的《玉台新咏》，而收集这方面作品最为齐全的《乐府诗集》则要到赵宋才迟迟问世。进一步广泛采录歌谣及谚语的著作，明清时代出现了若干，如明朝人杨慎编有《古今风谣》二卷，清人史梦兰有拾遗四卷。杨慎又编有《古今谚》一卷，其中录入古谚语二百六十余则，清人史梦兰有拾遗二卷。1936年商务印书馆出版了《古今风谣及其他二种》，这其他二种，一为《古今谚》，一为清人李调元编辑的《粤风》（专收广东歌谣）。清人杜文澜编订的《古谣谚》一百卷（有周绍良点校本，中华书局1958年版），则是这一方面的集大成者。

不成，反为宦官所杀，两派以宫省为战场打了一场恶仗，《后汉书·灵帝纪》载："八月戊辰，中常侍张让、段珪等杀大将军何进，于是虎贲中郎将袁术烧东、西宫，攻诸宦者。庚午，张让、段珪等劫少帝及陈留王幸北宫德阳殿，何进部曲将吴匡与车骑将军何苗战于朱雀阙下。苗败斩之。辛未，司隶校尉袁绍勒兵收伪司隶校尉樊陵、河南尹许相及诸阉人，无少长皆斩之。让、珪等复劫少帝、陈留王走小平津，尚书卢植追让、珪等，斩数人，其余投河而死。"少帝刘辩与其弟陈留王刘协(后为汉献帝)狼狈不堪，追随其后的公卿百官疲于奔命，性命难保。《后汉书·五行志》引灵帝之末京师童谣云：

> 侯非侯，王非王。千乘万骑上北邙。

社会顶层的侯王全都成了被宦官劫持的可怜虫，大队人马浩浩荡荡地在死亡线上挣扎。几句童谣不仅道出了时局的极度混乱，也流露了人民群众对东汉王朝彻底失望的情绪。

稍后董卓率部进入洛阳，大权在握，倒行逆施，"以严刑胁众，睚眦之隙必报，人不自保"(《三国志·魏书·董卓传》)。然而就在这样恐怖的压力下，民谣仍然预言了董卓必将失败：

> 千里草，何青青。十日卜，不得生。

"千里草"合成一个"董"字，"十日卜"则是一个"卓"字，这就是谜语中比较常见的"离合体"。在言论不自由的时代，这种办法一再被使用——群众的义愤只能这样曲折地表达。

等到初平元年(190)二月，董卓向长安方向逃窜，这时的歌谣才能畅所欲言，如《后汉书·五行志》：

> 承乐世董逃，游四郭董逃。蒙天恩董逃，带金紫董逃。行谢恩董逃，整车骑董逃。垂欲发董逃，与中辞董逃。出西门董逃，瞻宫殿董逃。日夜绝董逃，望京城董逃。心摧伤董逃！

这很像是一份董卓传的提纲，简明扼要地勾勒出其人从发迹变泰到走向穷途末路的历史，每句诗中皆著"董逃"二字，唱起来音节铿锵有力，充分表达出群众对这个历史罪人的深恶痛绝。

汉末天下大乱，人心思治，在谣谚中也有所反映。《太平御览》卷八四〇引《述异记》载汉末发生大饥荒，江淮间有童谣云：

大兵如市，死人如林。持金易粟，粟贵于金。

又《华阳国志·巴志》云："汉末政衰，牧守自擅，民人思治。"其时有诗歌云：

混混浊沼鱼，习习激清流。温温乱国民，业业仰前修。

这些歌谣不大像民众所作，或当出于下层文人之手。无主名的文人诗虽然在用词和格调上不免带些文人气，但仍然能够曲折地代表人民群众的情绪和心声。

汉末有若干作品反映民间疾苦，以及流离失所之游子与思妇的情愫，很像是建安时代或其稍前的作品。到这时候，选拔人才的考试已经很混乱，儒生的出路很窄，处境窘迫。史称初平四年(193)九月试儒生四十余人，有所录用，或赐郎中，或赐太子舍人，下第者罢之，而献帝忽发恻隐之心，下诏说："今耆儒年逾六十，去离本土，营求粮资，不得专业。结童入学，白首空归，长委农野，永绝荣望，朕甚愍焉。其依科罢者，听为太子舍人。"(《后汉书·献帝纪》)其时民谣有云：

头白皓然，食不充粮。裹衣蹇裳，当还故乡。圣王愍念，悉用补郎。舍是布衣，被彼玄黄。

入京求取功名的儒生在可以脱下布衣之前相当可怜，他们在远离故乡前途未卜之际，感慨往往很多。古代永远是官本位，脱下布衣是儒生们唯此唯大的理想。

汉末歌谣一般都能从现实生活出发，富于认识价值和审美价值；此外也有少数谣谚包含哲理，总结了某种规律，以理趣见长，同样具有非常久远的生命力，如"隐疾难为医"(郑玄《周礼·曲礼》注引)，"救寒莫如重裘，止谤莫如自修"、"如不知足，则失其欲"(《三国志·魏书·王昶传》引)，"己是而彼非，不当与非争；彼是而己非，不当与是争"(《意林》卷五引《魏子》)，如此等等。后来的谚语往往沿着这种哲理性的方向发展。

汉末的歌谣谚语简洁有力，质朴生动，句式丰富，三、四、五、六、七言皆有。三言的如"曲有误，周郎顾"(《三国志·吴书·周瑜传》)，四言的如"失晨之鸡，思补更鸣"(《太平御览》卷四九六《魏武选令》引)，六言的如"明镜所以照形，古事所以知今"(《三国志·吴书·孙奋传》)，而以五言的最多见。句子多少不等，有只一句的，两句及其以上的比较多见。两句的如形容吕布之骁勇的"人中有吕布，马中有赤兔"(《后汉书·吕布传》注引《曹瞒传》)，四句的如孙皓上台打算迁都时的童谣道:"宁饮建业水,不食武昌鱼。宁还建业死,不止武昌居。"(《三国志·吴书·陆逊传》),这简直近于一首五绝了。

民间歌谣中多有七言的句子,为此后七言诗的形成准备了条件。七言的谣谚一般采用上四下三的句式,例如关于人物的评论,上面四个字说其人的特色,下面三个字是他的姓名,如"关西孔子杨伯起"(《后汉书·杨震传》引)、"德行堂堂邢子昂"(《三国志·魏书·邢颙传》)、"奇才强记殷德嗣"(《太平御览》卷六一四引),诸如此类者甚多①,后来发展到不仅用于人物评论,也不限于一句,如王符《潜夫论·救边篇》提到汉末讳言边患,引谚云"痛不著身言忍之,钱不出家言与之",事不关己,便高高挂起。又如讽刺花钱买官的谚语说:"古人欲达勤诵经,今世图官勉治生。"(《抱朴子·审举篇》引)治生是赚钱的意思,赚得钱来好买官。

又有杂用五、七言者,如形容高僧支谦的谣谚说:

支郎眼中黄,形躯虽细是智囊。

《高僧传》介绍其背景材料说:"孙权已制江边,而佛教未行。有支谦者,本月支人,来游汉境,博览经籍,莫不精究,遍学异书,通六国语。其为人细长黑瘦,眼多白而睛黄,时人为之语曰云云。"这十二个字道出了这位异域学者的风采,流露了人们的惊异和佩服。建安时代不乏杂言的诗句,与这一类谣谚在形式上是相通的。

两晋南朝的谣谚流传下来的略多,内容涉及甚广,多有意味。试略举三则以概其余。

其一,《魏书·岛夷刘义隆传》载时人为刘劭、刘骏语曰:

遥望建康城,江水逆流萦。前见子杀父,后见弟杀兄。

《魏书》中写到南朝的皇帝,例称"岛夷",以表示己方才是中原正统。刘劭(字休远)是宋文帝刘义隆的长子,从六岁起就当上了太子;刘骏(字休龙)是刘劭的三弟。刘义隆在位甚久,刘劭等得不耐烦了,遂与其另一个弟弟始兴王刘濬(字休明)合谋,找了个据说能役使鬼神的女巫叫严道育的,用异术诅咒今上刘义隆,让他早点死。他们的阴谋被发现了,朝廷上议论要废黜太子刘劭,刘劭遂先行下手发动宫廷政变,指挥东宫的军事力量混入皇宫,杀死

① 如《大学中谣》(《先秦汉魏晋南北朝诗》卷八)中就充满了这一类七言一句的人物评语,不具引。

父皇，自己上台当了皇帝。《宋书·二凶传·元凶刘劭传》载：

> （元嘉三十年二月）二十一日夜，诈上诏云："鲁秀谋反，汝可平明守阙，率众入。"因使（张）超之等集素所蓄养兵士二千余人，使皆披甲，召内外幢队主副，豫加部勒，云有所讨。宿召前中庶子、右军长史萧斌，夜呼斌及左卫率袁淑、中舍人殷仲素、左积弩将军王正见，并入宫，告以大事。……明旦未开鼓，劭以朱服加戎服上，乘画轮车，与萧斌同载，卫从如常入朝之仪，守开门，从万春门入。旧制，东宫队不得入城，劭与门卫云："受敕。有所收讨。"令后队速来，张超之等数十人驰入云龙、东中华门及斋阁，拔刃径上合殿。上（即指刘义隆）其夜与尚书仆射徐湛之屏人语，至旦烛犹未灭，直卫兵尚寝。超之手行弑逆，并杀湛之。劭进至合殿中阁，太祖（刘义隆）已崩，出坐中堂，萧斌执刀侍直。……
>
> 劭即伪位，为书曰："徐湛之、江湛弑逆无状，吾勒兵入殿，已无所及。号惋崩衄，肝心破裂。今罪人斯得，元凶克殄，可大赦天下，改元嘉三十年为太初元年。"

张超之是刘劭的近卫队长，宋文帝刘义隆是他亲手干掉的，指使他的元凶则是刘劭，但刘劭却编造了一套谎言。这种类型的政变在历史上颇为罕见。

于是时为江州刺史的刘骏起兵讨伐元凶哥哥，称帝；经过一番恶战，攻入首都，擒劭、休明并枭首大桁，政局渐趋稳定。

先是子杀父，后是弟杀兄，刘宋王朝经历的这一番巨大的折腾，在中国历史上是不多见的。刘宋皇室内部的纷争极其严重、复杂，骇人听闻，前后有许多龙子龙孙人头落地，传统伦理道德中的孝、悌等等美名完全成了一纸空文。民间歌谣把这些丑恶一举揭破了。

其二，《玉台新咏》卷十有《苏小小歌》，后收入《乐府诗集》卷八十六，歌云：

> 妾乘油壁车，郎骑青骢马。何处结同心，西陵松柏下。

《乐府诗集》引《乐府广题》说："苏小小，钱塘名倡也，盖南齐时人。西陵在钱塘江之西，歌云'西陵松柏下'是也。"这位歌妓后来成为传说中的大名人，一位痴情才女的共名，有人称之为"中国版的茶花女"。从唐朝起，有许多诗歌和小说、戏剧歌咏描写她，"油壁车"则成为痴情女神之驾座的通称。杭州西湖至今有她的墓和纪念性的亭子。

略举两首唐人的名作，以见中古歌谣《苏小小歌》的影响：

幽兰露，如啼眼。无物结同心，烟花不堪剪。草如茵，松如盖。风为裳，水为珮。油壁车，久相待。冷翠烛，劳光彩。西陵下，风吹雨。

——李贺《苏小小墓》

买莲莫破券，买酒莫解金。酒里春容抱离恨，水中莲子怀芳心。吴宫女儿腰似束，家在钱唐小江曲。一自檀郎逐便风，门前春水年年绿。

——温庭筠《苏小小歌》

李诗写苏小小之精魂美丽而凄苦的形象，颇有些鬼气拂拂的。温诗“前四句谓真挚爱情非金钱可买，离情亦非醉酒可解……后四句谓女子腰似束素，家住钱塘江曲。一自情郎去后，音讯杳然，唯见年年春江水绿而已。全篇盖写一痴情女子之离情与幽怨，后四句既饶民歌风味，又颇具韵致”①。这些次生产品的根基皆在早先的民间歌谣。

其三，北朝有一首关于美酒的谣谚说：

不畏张弓拔刀，唯畏白堕春醪。

“白堕”是当年的一种名酒，是以其酿造师来命名的。《洛阳伽蓝记》卷四载：

市西有退酤、治觞二里，里内之人多酝酒为业。河东人刘白堕善能酿酒。季夏六月时暑赫羲，以罂贮酒，曝于日中，经一旬，其酒不动，饮之香美而醉，经月不醒。京师朝贵，多出郡登藩，远相饷馈，逾于千里，号曰“鹤觞”，亦名“骑驴酒”。永熙年中，南青州刺史毛鸿宾赍酒之藩，逢路贼，盗饮之即醉，皆被擒获，因复命“擒奸酒”。游侠语曰云云。……

《水经注》卷四《河水》曾经提到河东郡民刘堕善酿酒，与“刘白堕”大约是同一个人。河东在今山西，那里至今仍多产名酒。

中古歌谣谚语是一笔丰富的遗产，而关注一向不够充分，这里开发研究尚大有余地。

二

在现存的汉末魏晋民歌中，《孔雀东南飞》是最长也是水平最高的一首。此诗最早收录于《玉台新咏》卷一，题作《古诗为焦仲卿妻作》，后收入《乐府诗

---

① 刘学锴《温庭筠全集校注》上册，中华书局2007年版，第171～172页。

集》时简化为《焦仲卿妻》，现在一般习惯称为《孔雀东南飞》。建安是一个“五言(诗)腾踊”(《文心雕龙·明诗》)的时代，而民间歌手创作出这样一首空前之长的叙事诗，仍然是令人惊异的。

诗前有小序云：“汉末建安中，庐江府小吏焦仲卿妻刘氏，为仲卿母所遣，自誓不嫁，其家逼之，乃投水而死。仲卿闻之，亦自缢于庭树。时人伤之，为诗云尔。”可知此诗开始出现于建安时代，流传三百年后，始由徐陵录入《玉台新咏》。诗前的小序似即出于徐陵之手①。乐府民歌一般都是先在口头流传若干时，然后才有记录本，散文体的序言必是后人所加。“汉末”“时人”等用语也都显然是后人的语气，与题目中的“古诗”二字正相呼应。

从建安到萧梁后期，在这三百年中，诗句有所扩容修改是必不能免的事情。诗序与正文的内容有些不尽相应的地方②，当出于流传过程中的失误与添加——民歌中往往有后人据传闻添加的内容，但其骨架的创作年代仍应订于建安③。徐陵去古未远，又是搜集整理古诗的专家，他说这诗是汉末建安时人的作品，自然有他的根据；也有旁证材料证实他的说法，《文选》卷三十一阮

---

① 《玉台新咏》共有十一题诗有序，除了情况特殊的傅玄的《拟四愁诗》以外，其余《李延年歌诗一首》、《班婕妤怨诗一首》、《秦嘉赠妇诗三首》(以上卷一)、《刘勋妻王氏杂诗二首》、《石崇王昭君辞一首》(以上卷二)、《越人歌》、《司马相如琴歌二首》、《乌孙公主歌诗一首》、《汉成帝时歌谣二首》(以上卷九)九题之下的小序，都是介绍其作者和背景的，细揣其意义语气，当是编者徐陵为它们所加的按语。按照这一条编辑体例来类推，《孔雀东南飞》的小序也应当出于徐陵的手笔。民歌同一般诗人的作品不同，很难确定绝对的创作时间；它在流传的过程里会发生各种变化，例如可能被加上几句，改动几句，等到被记录下来，文本完全凝定了，其间往往经历比较长的时间。诗中有些南北朝时期的名物与风习，大约出于传唱过程中的改动，指出这些情形是必要的，但不宜因此就完全否认徐陵的意见。徐陵是搜集整理古诗的专家，他相信这诗是汉末建安时人的作品肯定有他的根据，只是没有细说；我们生活在徐陵的一千四五百年以后，要否定他的说法，恐怕提不出什么非常有力的根据来。

② 例如诗序中所说的“庐江”与诗中所叙的地理情况有些矛盾，又序称“刘氏”，而正文中却说“兰芝”“兰家女”，可知女主人姓兰名芝。参见段熙仲《〈孔雀东南飞〉是何时写定的》，《文学遗产》第19期，1956年9月。

③ 梁启超1924年在北京师范大学作《印度与中国文化之亲属关系》的著名讲演，其中提到他怀疑《孔雀东南飞》是六朝时代的产物，写法上受到佛教文学的影响。梁的高足弟子陆侃如作《〈孔雀东南飞〉考证》(该文后收入《陆侃如古典文学论文集》，第544～552页)，指出小序有问题，而诗中多南北朝时期的名物与风习，诗风则受到印度诗人的影响，当是齐、梁时人所作。后来有不少学者沿此继进，从名物、地理、语言上提出种种考证，均发人深思，而仍不足以彻底推倒小序。

籍咏怀诗“昔日繁华子”首“愿为双飞鸟，比翼共高翔”句下，李善注引“建安中无名诗”云：“中有双飞鸟，自名为鸳鸯”，这正是《孔雀东南飞》结尾处的两句。从用韵的情况看，此诗龙侯杂协，鱼摸互通，也符合汉代民歌的习惯。这首长诗在长达三百年的口头流传中当然不免会有种种加工整理以及讹传，但其骨架的创作年代仍应订于建安。

诗的开头两句“孔雀东南飞，五里一徘徊”似与下文脱节，历来的解释非常纷纭。胡适先生认为，这两句乃是由一支较长的古乐曲调子压缩而成，“孔雀”可能是“黄鹄”之误①。这是他的大胆假设，根据不足。陈祚明《采菽堂古诗选》说《孔雀东南飞》的兴辞是用《艳歌何尝行》（见《乐府诗集》卷三十九），开了一个为《孔雀东南飞》的兴辞找文献依据的先例；《玉台新咏》吴兆宜注引《古艳歌》（《太平御览》卷八二六）二句来说其兴辞，也是走的这条路。按，《古艳歌》全诗是：“孔雀孔雀，苦寒无衣。为君作妻，中心恻悲。夜夜织作，不得下机。三日断匹，尚言吾迟。”近人或据此以为“孔雀”乃是衣上花纹，因此开头二句是写织布。其实《古艳歌》开头的两句也是兴辞，不能坐实的。事实上“孔雀东南飞，五里一徘徊”只是一个开头，也许可以引起一种缠绵悱恻的气氛，不一定有什么文献上的根据。民间歌谣与文献何干！事实上“兴”不过是“先言他物以引起所咏之词”（朱熹《诗集传》卷一《周南·关雎》注），从创作角度说则是“触物以起情”（胡寅《斐然集》卷十八《致李叔易书》引李仲蒙语），因此，兴辞和后面的正文可以有各式各样的关系，有时的情形简直是“触物发声，默会亦自有妙处，决不可以意义说者”（徐渭《青藤书屋文集》卷十七《奉师季先生书》）。钱锺书先生更干脆说兴辞“功同跳板，决不可即文见义，穿凿求深”②。《孔雀东南飞》的开头，似乎正当作如是观。

民歌在主要的唱词之前喜欢先唱几句可以相关也可以似乎不大相干的话，即所谓“起兴”或“兴辞”，陕北的信天游到现在还是这么一个唱法，古代的民歌也是如此。

《孔雀东南飞》凡三百五十句，一千七百五十字，是一篇史无前例的叙事诗。诗中详细描述了一出震撼人心的婚姻家庭悲剧，其思想与艺术的成就也是史无前例的。

这一出婚变悲剧的根源在于封建家长对下一代婚姻生活的粗暴干涉。

---

① 详见《白话文学史》上卷，第101～102页。

② 《管锥编》第1册，第64页。

在封建专制时代，婚姻基本上不是当事人爱情发展的必然结果，而是由家长们敲定的一桩买卖。虽然这并不妨碍某些夫妇先结婚、后恋爱，不妨碍在不合理的婚姻制度下仍然有美满的家庭，只是概率比较小，而且如果家长想拆散幸福的小两口也相当容易，而当事人却很难反抗。父兄统治子弟，婆婆压迫媳妇，是那个时代的天经地义。

兰芝和仲卿恰恰是一对恩爱夫妻，他们的婚姻虽然也是按当时的规矩来办的，带有某种买卖的性质（“受母钱帛多”），但结婚后他们是真心相爱的。兰芝是一个好媳妇，聪明、能干、贤惠、坚强，而正是最后这一条在婆婆眼里却显得不合格，在这里难以再呆下去了。兰芝对仲卿说：

> 十三能织素，十四学裁衣，十五弹箜篌，十六诵诗书。十七为君妇，心中常苦悲。君既为府吏，守节情不移。贱妾留空房，相见常日稀。鸡鸣入机织，夜夜不得息。三日断五匹，大人故嫌迟。非为织作迟，君家妇难为！妾不堪驱使，徒留无所施，便可白公姥，及时相遣归。

再看焦母对仲卿指责兰芝的简明而严冷的判词：

> 此妇无礼节，举动自专由。吾意久怀忿，汝岂得自由！

她们婆媳之间的矛盾表面看去是生产劳动效率的高低问题，而深层的问题在于媳妇要求某种自由、婆婆压制这种要求而引起的冲突。焦母爱他的儿子，希望他生活得幸福，但同时她按当时的规矩决不放弃对儿媳妇的绝对统治权。兰芝并不是一个放肆的不尊重老人的泼妇，正如她自己所说：“奉事循公姥，进止敢自专？昼夜勤作息，伶俜萦苦辛。谓言无罪过，供养卒大恩。”但这只是她自己的看法和愿望，在婆婆眼里，这小媳妇仍然是一个“举动自专由”的家伙。封建社会有所谓“七出”之条①，只要犯了一条，即可以将媳妇驱逐出家门，而“不顺父母”正是其中的一条。权力完全在父母手里，小媳妇的自我辩护根本无效，兰芝非被赶走不可。

所以，《孔雀东南飞》所叙悲剧的根源，不在于个别人物本身的弱点，作品批评的锋芒实际上指向封建主义的婚姻制度与家庭伦理。这个制度是不合理的，它要求每个儿媳妇都成为毫无个性的奴才，只能充当家庭生产的劳动力（在本诗中具体落实为“织素”）和人类自身生产（养儿育女）的工具（本诗没

---

① 详见《大戴礼记·本命篇》。

有涉及这个方面)。小媳妇唯一的希望是随着时间的推移,熬成一个婆,这样就有资格来压迫下一代的媳妇了。在沉闷的家庭生活中,她们只能沿着这种怪圈来改善自己的处境。旧社会妇女不能参与社会生活,她们只能在家庭内部的事务中等待和争取到这种主导权、领导权。

旧社会的绝大部分妇女正是这么走过来的。中国封建社会长期超稳定的停滞状态的原因固然很多,而占人口一半的妇女丧失个性、丧失自我,异化为家庭内部的奴隶与主管,不能不说也是一个重要的因素,尽管从更深入的层次上来说,这责任并不在她们本身。

兰芝的光辉之处在于不甘心做这种奴才,她业已觉醒的人性要求获得某种程度上的人格独立,她清楚地知道,自己的这种要求同当时的通行观念、道德伦理、法律制度是冲突的,但她决不放弃自己的诉求并勇于承担其后果,所以她一开始就主动提出“君家妇难为!妾不堪驱使,徒留无所施,便可白公姥,及时相遣归”。可知与其说她是被赶走的,不如说是自己出走的,她以此来抗议当时的制度,也希望逼迫焦母能够让步。本诗因为写出了这样一位空前勇敢的女英雄,一位妇女解放运动的先驱,遂能在文学史上获得一席光荣的地位。

兰芝的勇敢还在于,当她做出这样一个勇敢的决定时,她要忍受与丈夫分手的痛苦,而且也预料到回娘家以后也不会有好日子过(“我有亲父兄,性行暴如雷,恐不任我意,逆以煎我怀”)。她什么都明白,但就是不能接受婆婆的专制![1]

回了娘家以后,不出兰芝所料,立即就受到哥哥的压迫,要她改嫁,嫁给太守家的“第五郎”;兰芝不同意这门婚事,而又无处容身,不得已打算一死了之。她装着允诺的样子,甚至已经开始来做嫁衣裳,实际上是争取时间,以便同仲卿作最后的诀别。仲卿不了解情况,两人见面时先吵了一架,后来则决定一起殉情:

> 府吏闻此变,因求假暂归。未至二三里,摧藏马悲哀。新妇识马声,蹑履相逢迎。怅然遥相望,知是故人来。举手拍马鞍,嗟叹使心伤:“自君别我后,人事不可量。果不如先愿,又非君所详。我有亲父母,逼迫兼

---

① 也许会有人觉得兰芝不懂得忍让,不讲究策略,因此也要对诗中描写的这一场悲剧承担若干责任。话或者也可以这么说,但如果兰芝讲究策略,忍辱负重,她将泯然成为一个俗人,慢慢熬成一个婆,而这首诗也就自行消亡了。

弟兄，以我应他人，君还何所望！”府吏谓新妇：“贺卿得高迁！磐石方且厚，可以卒千年；蒲苇一时纫，便作旦夕间。卿当日胜贵，吾独向黄泉！”新妇谓府吏：“何意出此言！同是被逼迫，君尔妾亦然。黄泉下相见，勿违今日言！”执手分道去，各各还家门。生人作死别，恨恨那可论？

充满了哀怨、悲愤和生死关头的情绪激动。仲卿率先提出了“向黄泉”以了结悲剧的办法，以此来冲击社会，一了百了。他也是一位勇敢的斗士。

仲卿的斗争层次分明。他先去了解阿母何以敌视兰芝，表明自己忠于爱情的基本立场，这实际上是希望通过调解让阿母改变态度。这一步没有走得通，母亲要求他站在自己一边赶走兰芝，另娶东家贤女秦罗敷；仲卿立刻严正声明：“今若遣此妇，终老不复取！”这话在当时实属离经叛道，因为封建主义的教条之一是“子甚宜其妻，父母不悦，出！”（《礼记·内则》）。在双方剑拔弩张的情况下，仲卿安排了一个冷处理的方法暂时缓和矛盾，建议兰芝暂且回娘家避一避，过一段时间再回来，双方各做一些让步，保住他与兰芝恩爱夫妻的关系。这在当时大约是唯一可行的方案。兰芝接受了这一方案，说是“感君区区怀！君既若见录，不久望君来。君当作磐石，妾当作蒲苇，蒲苇纫如丝，磐石无转移”。可见他们心心相印，风雨同舟，希望就此解决问题。

可惜这样的希望是落空了。兰兄逼迫妹妹改嫁，事情没有挽回的余地，于是仲卿和兰芝只好走出“黄泉下相见”双双殉情的最后一步。这一对夫妻与传统规范作殊死斗争的悲壮结局，历史的必然要求与这种要求不能实现之间的矛盾所引发的深刻悲剧，只有通过个体的毁灭来了结。崇高的东西毁灭了，就形成悲剧。

作为一个小吏，一个男人，仲卿的爆发力不如兰芝，他比较讲究斗争的艺术，考虑事情的可行性，而其勇敢和坚定，仍足以同兰芝旗鼓相当。

《孔雀东南飞》诗中关于行将进行的兰芝第二次婚姻的描写，有不大容易理解的地方，这里一则有古今风习之不同，其次也因为是歌诗，交代不能很细。

据诗中叙写，兰芝回娘家以后，先后有两起媒人来过。前一起是为县令的第三郎说媒，后一起是为太守的第五郎。前一回因兰芝的坚决拒绝而拉倒，第二次却没有那么容易“断来信（使者、媒人）”了。第二起媒人的几句话颇不易理解：“媒人去数日，寻遣丞请还。说有兰家女，承籍有宦官。云有第五郎，娇逸未有婚。遣丞为媒人，主簿通语言。直说太守家，有此令郎君。既欲结大义，故遣来贵门。”曾经有人认为，这里原文可能有所亡佚，因此无法讲通。这是有可能的,但也没有确据。这几句曲折太多,须过细揣摩才能通解。以下试参用萧涤非先生的意见①,间下己意,为之疏通说明:"媒人去数日"的媒人指第一次为县令来说合的媒人,"丞"则是第二次为太守家来说媒的,"兰家女"即指兰芝。前一起媒人离去之后,太守家派来的媒人丞说,我们太守听说有个兰家姑娘,出身高贵,他说他家正有个五公子还没有完婚,就派我来说媒,我们府里的主簿教我说,你去了以后就直截了当地说"太守家有那么个好少爷,想和你家结为婚姻,所以叫我来了。"《孔雀东南飞》的作者善于摹写人物语言,不同的人物各有其声情口吻。这位丞能说会道,婉转得体,充当媒人是合适的。太守是郡的最高长官,丞为其佐官,亦称长史,主簿亦是太守的属官,主管文书等事务,文化水平一般比较高。主簿帮助丞安排这么一段说词,是可以理解的事情。媒人说话容易有点弯弯绕,再出之以五言的诗句,就显得有些费解了。

中国古代的所谓"婚姻"是指两个家族之间的关系,《礼记·昏义》说"昏(婚)礼者,将合二姓之好,上以事宗庙,而下以继后世也,故君子重之"。当事人处于被动状态,不过是"上以事宗庙,下以继后世"之间的一个环节,自己完全不能做主。两个家族建立了通婚关系就叫作"婚姻",《尔雅·释亲》说:"婿之父为姻,妇之父为婚。……妇之父母、婿之父母相谓为婚姻。"既然结婚是双方家族、家长的事情,那么离婚也是如此。当事人的感情如何,他们之间是否还有来往,都不能改变家长方面关于离婚的决定。

从这两位官媒来提婚的一段故事可以看出,那时的婚姻观念并不太介意一个女人是否有过婚史,当时改嫁的事情很多,很普通。例如著名诗人蔡琰(文姬)前后嫁过三个丈夫,最后一次还是曹操主持操办的。曹操本人曾经说,他死了以后,妻妾"皆当出嫁"(《让县自明本志令》)。这些正是建安时代的事情。不准女人改嫁是赵宋理学大盛以后的新规矩。汉末建安中二婚尚无所谓,也不大讲究门当户对,只要个人素质高就好②。这种态度是比较开明的。而且那时作为当事人的小女子,多少也还有一点否决权,当兰芝坚决抵制县令派来的媒人时,她母亲就依了她。但必须注意的是,上述两点都是发生在诗序中所说的"汉末建安中",后来到赵宋以下以迄近代,女子的婚姻就

---

① 详见《关于〈孔雀东南飞〉中一个疑难问题的管见》,《文汇报》1962年3月17日。

② 古代的婚姻当然要讲门第,但并不是绝对的,不仅各个时代有所不同,而且只要是特别出色的人物(哪怕只有外貌特别优秀这一条)也可以超越门第的限制。兰芝素质很高,她回家后许多高门来求婚,无非表明她非常优秀,也表明焦母把她赶出门实在是一大失误。

完全由父母做主了。

作为反面的典型，诗中的焦母、兰兄这两位各有千秋。焦母的特色在专横，当仲卿表示反对母亲赶走兰芝时，只见：

阿母得闻之，槌床便大怒："小子无所畏，何敢助妇语！吾已失恩义，会不相从许！"

她充分行使家长的权力，不留任何余地。兰兄的特色在势利，他威逼妹子改嫁时说什么"作计何不量！先嫁得府吏，后嫁得郎君。否泰如天地，足以荣汝身。不嫁义郎体，其往欲何云？"对官府人家不胜仰慕，他自然不能理解兰芝的境界，所以兰芝也就不同他多说什么，反正是说不通的。

古代的全部女性都不能当官从政，不能从军打仗；但有了一定的资历以后在家庭里还是有某种地位的，有时还可能很高，《孔雀东南飞》大约是根据当时的一个真实故事加工写成的，所以这里有许多特殊性，也有若干理想化的东西，因而同我们心目中关于古代一般历史图式的记忆容易产生矛盾。其实正因为它不一般，不公式化，不是格式化的历史插图，所以才是好诗。

值得注意的是兰母，她也是家长，也具有正统的伦理思想，她认为女儿被遣自己必有问题，因此对兰芝的"不迎而自归"深感意外和耻辱；但母女的关系历来保持着最多的人性，因此对女儿的同情多于责备，基本的态度是保护。这样写完全符合生活的逻辑，表现了人性的价值。

诗的结尾明显地带有理想的色彩：

两家求合葬，合葬华山傍。东西植松柏，左右种梧桐。枝枝相覆盖，叶叶相交通。中有双飞鸟，自名为鸳鸯。仰头相向鸣，夜夜达五更。行人驻足听，寡妇起彷徨。多谢后世人，戒之慎勿忘！

这个结尾与开头的兴辞"孔雀东南飞"遥相呼应，强化了全诗顾恋缠绵的情调，同时也深化了主题。在中国古代，死则同穴被认为是美好爱情和婚姻的完美结局①。大团圆的结尾寄托了人民群众的美好愿望，一向为中国受众所喜闻乐见。

---

① 《诗经·唐风·葛生》早已写到这种构想，后代则有陆东美故事（《太平广记》卷三八九引《述异记》）、韩凭夫妇故事（《搜神记》卷十一、《太平广记》卷四六三引刘恂《岭表录异》、敦煌变文《韩朋赋》）、梁祝故事等等，无不写到生前遭遇不幸的一对恋人死而合葬以及他们坟墓上的种种奇迹。

“两家求合葬”虽然只是简单的一句诗，但也颇能令人深思。焦母、兰兄曾经给人留下恶劣的印象，但他们其实也是传统观念的受害者，他们未尝不爱其家人，所以在仲卿、兰芝双双殉情而死的严酷结局面前，都表示了忏悔。提出合葬是情理中的事情，也说明了旧传统的失败和民主思潮的胜利。松柏梧桐枝叶相通、鸳鸯和鸣的美好画面显示了爱情能够感天动地，创造奇迹。这样一个光辉灿烂的结局，这种对于未来的信心乃是人民群众历尽磨难而仍然坚韧不移的精神支柱。用一个光明的结尾收拾全篇是中国古代文学的一大传统，自有其深厚的基础，是不能轻易抹杀或贬低的。

《孔雀东南飞》在艺术上表现了极高的水平。这里有着完整而丰富的情节，曲折多姿，妙于剪裁，采用了某种近于当今电影剪接的技巧，以若干富于表现力的镜头举重若轻地讲述了一个动人的故事。

此诗甚长，故事曲折而富于悬念，一气呵成而不乏跳跃，遂能“读去不觉其长”（《古诗赏析》卷七），而唯觉引人入胜。开头兰芝主动提出“遣去”，仲卿为她说情，诗一开始就单刀直入，从半路上说起，展开冲突；接下来阿母大怒，仲卿提出折中的方案，故事至此生出一大曲折，令读者产生一大希望；兰兄气势汹汹，兰芝同意改嫁，故事情节急转直下，气氛陡然紧张；小两口相会，先之以误解吵架，终之以相约殉情，故事逼出高潮，令读者思绪激荡，心事浩茫。最后的情死和合葬，出现奇迹，故事由现实主义上升到浪漫主义，主题进一步升华：正义战胜了邪恶，光明取代了黑暗。

《孔雀东南飞》讲故事写人物善于通过人物的语言来推进，全诗的三分之二是对话，而且非常个性化、非常传神。焦母的专横和兰兄的势利都在其台词中自然流露，媒人的伶牙俐齿，大绕弯子，亦复栩栩如生。诗中人物语言的最高成就在于能够显示人物性格的复杂性和思想深处的奥秘，具有丰富的潜台词，例如兰芝对焦母说的一段话：

> 昔作女儿时，生小出野里。本自无教训，兼愧贵家子。受母钱帛多，不堪母驱使。今日还家去，念母劳家里。

不卑不亢，绵里藏针，保持了自己的人格尊严，将婆母强加给自己的罪名“举动自专由”完全驳回，又不破坏尊卑之序，仍然客客气气的。兰芝具有高度的修养和自制的能力。又如面对哥哥逼她改嫁时的几句话：

> 兰芝仰头答：“理实如兄言。谢家事夫婿，中道还兄门。处分适兄意，那得自任专！虽与府吏要，渠会永无缘。登即相许和，便可作婚姻。”

清人张玉谷剖析这里的潜台词道:“此时兰芝竟不与兄一辩,具有深心,盖未仰头答时,其俯首沉思已久:太守上官,属吏势难与抗,阿兄戾性,大义更难与争。胸中判定一死,索性坦然顺之,不露圭角,为后得以偷出,再会府吏地也。兰芝机警,正赖此神到之笔达之。于此不能索解,负兰芝,并负作者矣。”(《古诗赏析》卷七)可以补充一说的是,这里有许多负气的成分,自具风骨,为人自是机警,而尤多刚烈。

仲卿的语言大抵显示其人的诚恳与厚道,但当他误解兰芝时,出言亦颇尖刻。这样人物形象才更真实,更丰满。

《孔雀东南飞》讲究运用夸张、点染、烘托、反复等多种手段,取得了很好的效果。作者有时在似乎无关紧要处不惜用墨,使人物形象更加饱满,例如写兰芝在离开焦家前夕有意梳妆打扮:

> 鸡鸣外欲曙,新妇起严妆。著我绣夹裙,事事四五通。足下蹑丝履,头上玳瑁光。腰若流纨素,耳著明月珰。指如削葱根,口如含朱丹。纤纤作细步,精妙世无双。

这里采用民歌里惯用的夸张铺叙,以显示兰芝内外皆美,个性刚强,临行之际仍不忘以美容为示威,她决不甘心灰溜溜地走出这里。

在别过婆母之后,与小姑作别,则又是一番情景:

> 却与小姑别,泪落连珠子。“新妇初来时,小姑始扶床:今日被驱遣,小姑如我长。勤心养公姥,好自相扶将。初七及下九,嬉戏莫相忘。”出门登车去,涕落百余行。

这里也充满了民歌式的夸张。如果根据仲卿所说的“共事二三年,始尔未为久”,便怀疑这小姑何以长得如此之快,那不免成为“算博士”型的算死账。这些话主要表现她对小姑的一片深情,表现这位弃妇对过去平静生活的热爱,这就足够了,其他不必去管。民歌从来不管种种无关紧要的细枝末节。面对强者的婆母,他是更强者,面对弱者的小姑,面对过去生活的地方,她有着丰富的少妇的柔情。这样优秀的人物竟不得不自杀,悲剧的艺术感染力自然就更强。

关于太守家迎娶新妇,诗中有一段铺张的描写,以此作为兰芝之死的背景,不仅可见她不为富贵所动的高贵品质,又可以同兰芝、仲卿见面时的凄清互为衬托,进一步增强悲剧的力度。

仲卿与兰芝约定稍过些日子便迎她回来，几乎是同样的话说了两遍，一遍在家里，一遍在大道口，反复叮咛，一片至诚，这种重复非常有利于塑造仲卿的形象，也是民歌中常用的手法。

更妙的是，诗中的某些片段用了近于电影的手法，形容焦母之怒，只用“捶床”二字（“捶床便大怒”）；而形容刘母之惊，则用“大拊掌”三字（“阿母大拊掌”），各来一个特写镜头，两位老太太的不同的性格神态就表现得鲜明如画了。当兰芝离开焦府回娘家时，仲卿骑马相送，此是生离死别，大有文章可做的所在，而作者仅用了十个字“举手长劳劳，二情同依依”，情韵俱足。其定格画面，如果用作电影海报广告画，效果大约也不会差。兰芝被赶回娘家以后，阿母不免要责备几句，兰芝满腹委屈悲伤，却只回了一句“儿实无罪过”，这样写固然是为了避免与上文重复，同时也形成一个言语道断无从启齿的悲愤情境，所以接下来便是“阿母大悲摧”。这也近于电影表现手法，台词不必多，甚至不说话，简洁深刻，以少许胜多许，以无声胜有声。

诗中又有过细的慢镜头，当兰芝离开焦家前夕仲卿细诉衷肠的那场戏，他已经有些负气，措辞严冷（“谢家来贵门”），甚至有些提前的嫉妒（“人贱物亦鄙，不足迎后人”），而说到最后，仍然流露出恋恋不舍的深情（“时时为安慰，久久莫相忘！”）。缠绵细致，曲折多姿。诗末，一方面写太守家张罗迎新的热烈，一方面写兰芝自杀之凄清惨烈，有似电影镜头的剪接转换，笔墨经济而富于表现力。

爱情、婚姻和家庭历来是中国古代诗歌的热门题材，人民群众特别是年轻人的喜怒哀乐在这里最能得到充分的表现，而像《孔雀东南飞》这样的以叙事见长的长篇巨制是不多见的，前人称此诗为“长篇之圣”（王世贞《艺苑卮言》卷二），并非过誉。

三

汉代有专门负责俗乐的音乐文学机构——乐府（东汉称黄门鼓吹），这个衙门派人下去采集了大量的民歌；另有管理朝廷仪式专用之雅乐的机构——太乐（东汉称太予乐）。这种雅俗分途的模式到魏晋南北朝基本上还是如此，只是多次发生分分合合的情形，有关部门的工作也不像西汉盛时那样正常。

其间最大的变化是曹魏的乐官除了仍然有太乐与黄门鼓吹之外，另外增设专门管理新型俗乐的清商署，该署是由曹操直接领导下的铜雀台歌妓这里发展起来的，其中全是女乐。音乐机关由一分为二改造而成一分为三了。王运熙先生指出："清商为当时的女乐专署。六朝的清商曲辞，大都用女子口吻描述，即在便于女妓的演唱。"[①]这里演出的曲目专为娱乐，同汉代注意通过乐府诗来"观风俗，知厚薄"（《汉书·艺文志》），价值取向完全不同了——先前是搜集舆论情报，现在则专讲艺术享受。

东晋南朝以来南方的乐府民歌分为吴歌和西曲两大类。此外还有一种民间祭祀"杂神""杂鬼"的乐章叫作神弦歌的，数量比较少（现存不足二十首），文学价值也比较低。

吴歌是长江下游的民歌，现存三百二十余首。《晋书·乐志》说："吴歌杂曲，并出江南。东晋以来，稍有增广。其始皆徒歌，既而被之管弦。盖自永嘉渡江之后，下及梁、陈，咸都建业，吴声歌曲起于此也。"西曲则是长江中游以及以北地区（这里皆在首都之西）的民歌，现存一百四十余首。《乐府诗集》卷四七引陈释智匠所撰《古今乐录》云："西曲歌出于荆、郢（今湖北江陵、武汉一带）、樊（今湖北襄阳）、邓（今河南邓州）之间，而其声节送和与吴歌亦异，故依其方俗而谓之西曲云。"吴歌和西曲大部分是情歌，多用女性的口吻，其中四句一首的小诗甚多，如《子夜歌》等等；也有篇幅比较长的，如代表南朝民歌最高水平的《西洲曲》。

史称"自宋大明以来，声伎所尚，多郑卫淫俗"（《南齐书·萧惠基传》）。以爱情为主题的俗乐风靡一时，连宫廷里也是如此，史载齐高帝"幸华林（苑）宴集，使各效伎艺，褚彦回弹琵琶，王僧虔、柳世隆弹琴，沈文季歌《子夜来》，张敬儿舞"（《南史·王俭传》）。褚、王、柳、张都是朝廷里的高官，而对流行于民间的歌舞伎艺全都十分内行，可以临时凑齐全套演出班子。这种情形表明，南朝时代爱情题材诗歌高度繁荣，后来更出现了声势浩大的宫体运动，是完全可以理解的事情。

吴歌中最流行的是《子夜歌》《子夜四时歌》《读曲歌》这几种，试分别各举一首来看：

始欲识郎时，两心望如一。理丝入残机，何悟不成匹。

——《子夜歌》

---

① 《汉魏两晋南北朝乐府官署沿革考略》，《乐府诗述论》（增补本），上海古籍出版社2006年版，第187页。

朱光照绿苑，丹华粲罗星。那能闺中绣，独无怀春情？

——《子夜四时歌·春歌》

打杀长鸣鸡，弹去乌臼鸟。愿得连冥不复曙，一年都一晓。

——《读曲歌》

热情开朗的南方小姑娘大唱其激情洋溢的情歌，清新活泼，动人心弦。这些民歌中喜欢用谐音字，例如以“丝”谐“思”，又喜欢巧用一词多义，例如“匹”固然指纺织品告一段落的单位，也指一男一女的匹配。文人们学习这种修辞手段的作品，被称为“风人体”，这里的“风”指代民歌。

吴歌中最引人注目的题材是少女们希望及早进入爱情生活，她们往往痛感青春苦短，人生易老。《子夜歌》里有这样的一首：

年少当及时，蹉跎日就老。若不信侬言，但看霜下草。

写青春期女性希望及早相爱、结婚，非常坦诚，而立言也不乏含蓄。在《子夜四时歌》里有内容相似的一首：

梅花落已尽，柳花随风飘。叹我当春年，无人相要唤。

也是少女怀春的大胆呼唤，充满了人生易老的忧虑和对于爱情的热烈追求。看这歌者的口吻，恋爱似乎尚未成功，甚至完全无人问津，所以哀怨更深，不禁溢于言表；而前一首的主人公则已意有所属，只是进展缓慢，令人着急。

古代的少女们这样迫切而不能已于言是完全可以理解的，女子虽然发育较早，进入青春期比男子要早两至三年，而当时社会认可的婚龄却是男子大大高于女子，并且远不止两三年，这样就使得少女的婚期相对来讲要短得多，所以她们刚一成熟就很容易产生一种焦虑，产生一种朦胧的连她们自己也未必完全弄得清楚的困惑。

现代女性读书受教育的年头很长，结婚往往比较晚，恋爱大约也比较晚，而超出社会一般期待的大龄女性仍然比较多。她们好像并不着急。古人比较淳朴，着急就是着急。后来宋朝有一位少女的诗写道：“昔年尝笑卓文君，岂信丝桐解误身。今日未弹心已乱，此心原是不由人。”（毗陵女子《弹琴》），这正是她们此时心态很好的写照。

在古代那种以男子为绝对中心的社会里，女子命中注定地被安排在事事只能消极被动的境地里，这样女性的自然存在就和她们的社会存在产生了巨大的矛盾，于是青春后期的少女便不得不进入一个呼唤爱情和性关系而未必能得到满足、内心充满压抑和骚乱的非常时期。女性的精神存在也在这时发挥很大的作用。一般来说，旧时代的女性由于不能参与社会事务，她们的活动范围被限制在家庭的小圈子之内，先是父亲的家庭，后是丈夫以至儿子的家庭，她们一般不可能在事业上有什么追求，社会也不允许她们有这种追求，于是她们的心理能量就不得不专一地向着情感的方面释放；其突出的表现，除了生孩子以后往往陷入彻头彻尾的母爱以外，就要算是青春后期对于爱情的热烈追求了。这种追求较之同一年龄的小伙子更为强烈而执着。她们陷得更深，往往不能自拔。《诗经·卫风·氓》有云"士之耽兮，犹可说也，女之耽兮，不可说也"，"说"与"脱"通，女子一陷进感情里去就很不容易从中得到解脱。古今皆然，而于古为烈。

正因为如此，古代少女们虽然处于一生当中生命力最旺盛的时期，却异常强烈地感到光阴易逝，人生易老，就像小草那样容易枯萎，像梅花那样易落，像柳絮那样随风而散。《子夜歌》取眼前的草木为喻，原是民歌的特色，而其中也有文化积累的因素在起作用，《诗经·召南·摽有梅》早就以梅花为喻来表达少女们关于时不我待的焦虑与恐惧了：

摽有梅，其实七兮。求我庶士，迨其吉兮。　摽有梅，其实三兮。求我庶士，迨其今兮。　摽有梅，顷筐塈之。求我庶士，迨其谓之。

寥寥十二句分作三章，一章比一章来得急迫。梅剩下来的越来越少，青春飞速逝去，这位姑娘不禁很有些着急了。第一章里还说要选个吉日良辰，第二章说就在今天，"盖不待吉矣"，而到第三章则进一步说就在此刻，"谓之，则但相告语而约可定矣"（朱熹《诗集传》卷一）。密锣紧鼓，迫不及待。①

现代的文明人也许会笑话这位天真的姑娘未免操之过急，其实，害怕成为所谓大龄女青年乃是古今少女所同然，而当机立断乃是优良的心理素质。这位姑娘其实是大可敬佩的。她主动追求自己的意中人"庶士"，在性爱中采取积极进取的态势，并且敢于表达出来，人性是非常健全的。南朝的女子也还不弱，《子夜歌》与《摽有梅》表达的是同一母题，都是反对蹉跎，提倡抓紧。抓而不紧，等于不抓。敢说真话，敢抒真情，南朝民歌不可替代的魅力正在这里。

---

① 参见顾农《风诗新说三题》，《江海学刊》1990年第5期。

西曲中有联系劳动生活的情歌，如《拔蒲》二首：

青蒲衔紫茸，长叶复从风。与君同舟去，拔蒲五湖中。

朝发桂兰渚，昼息桑榆下。与君同拔蒲，竟日不成把。

又有写离别的情歌，如《那呵滩》中的对唱：

闻欢下扬州，相送江津湾。愿得篙橹折，交郎到头还。

篙折当更觅，橹折当更安。各自是官人，那得到头还。

女子只讲爱情欢聚，男人比较理性，说自己有公务在身，非离开这里不可。可知西曲虽然内容更为丰富，娱乐性却不如吴歌，所以宫廷里更看重《子夜歌》之类。民歌总是用方言的口音来唱，这也是吴歌在首都更流行的一大原因。

吴歌四句一首，各首可以独立；而西曲虽然也是四句一首，但往往联唱，上引《拔蒲》《那呵滩》是两首一联，也可以联得更多更长，经过文人加工以后就更加是如此。

最长的一首是《西洲曲》(《乐府诗集》卷七十二)，诗云：

忆梅下西洲，折梅寄江北。单衫杏子红，双鬓鸦雏色。西洲在何处？两桨桥头渡。日暮伯劳飞，风吹乌臼树。树下即门前，门中露翠钿。开门郎不至，出门采红莲。采莲南塘秋，莲花过人头。低头弄莲子，莲子清如水。置莲怀袖中，莲心彻底红。忆郎郎不至，仰首望飞鸿。鸿飞满西洲，望郎上青楼。楼高望不见，尽日栏杆头。栏杆十二曲，垂手明如玉。卷帘天自高，海水摇空绿。海水梦悠悠，君愁我亦愁。南风知我意，吹梦到西洲。

这首诗内容比较复杂，过去有过种种解释，或谓全诗是男子之辞，或谓全诗是女子之辞，解说起来非常吃力，而且似乎都没有能很好地贯通全诗；这里其实也是男女对唱，无非不是一比一的而已。

南朝乐府民歌基本上是五言四句算一首，可以独立存在；如要表现比较复杂的内容，则将若干五言四句的诗组合起来，成为一大首。组合可以有两种方式，一种是并列式，例如《子夜四时歌》，分之则各咏一个季节，合之则为一大首；另一种是串连式的，内容连贯而下，如果勉强分下来，固然也可以成为若干首小诗，但组合比较紧密，构成浑然一体的一大首。

民歌采用这样的格式，一则与五言是当时诗体的主流相关，一则也渊源于汉魏旧相和歌以四句为一“解”的传统。一“解”是一首诗的一部分，但也可以单独抽出来唱，发展到后来，便成为四句即可作一首，但仍然有若干四句即若干“解”作一首的情形。《西洲曲》恰恰是后一种情形。

这种办法文人也在用。南朝文人联句作诗，习惯于每人来一段五言四句，然后联起来。可以是并列式的，如《先秦汉魏晋南北朝诗》梁诗卷九有何逊等三人的《拟古三首联句》：

家本青山下，好上青山上。青山不可上，一上一惆怅。

——何逊

匣中一明镜，好鉴明镜光。明镜不可鉴，一鉴一情伤。

——范云

少知雅琴曲，好听雅琴声。雅琴不可听，一听一沾缨。

——刘孝绰

又有串连式的，仍以何逊为例，同上书梁诗卷九又有范云、何逊的《范广州宅联句》，前四句范作，后四句何作：

洛阳城东西，却作经年别。昔去雪如花，今来花似雪。蒙蒙夕烟起，奄奄残晖灭。非君爱满堂，宁我安车辙。

这时诗人们联句不是一人写一两句，而是一写就是四句，四句才算一个单元。韦黯、王江乘、何逊等人的《相送联句》，情形也是如此。这种风气到唐朝还有留存。乐府歌辞中时有割裂和拼凑的情形，也往往以四句为一个单位。

《西洲曲》也正是这种带有联句性质的组合起来的诗，抒情主人公是一对恋人，他们深情地对唱，联成一首极其动人的诗。

不过这里不是一人一个单元地联句，而是非常灵活，可多可少，少则一单元，多则两单元或更长些。诗的第一、二两个单元(八句)乃是男子之词，此人当在江南，他的女朋友则在江北的西洲，现在他折下一枝梅花寄往江北，同时深情地回忆起他们上次暮春时相见的情形：自己划船到西洲去，姑娘那天穿一件杏红上衣，头发黑润得像小乌鸦，漂亮极了；他们一直欢聚到日暮时分。

接下来的五个单元(二十句)是女主人公的唱词。她说自己正在等待小伙子的到来，等来等去等不到，于是就出门去采莲，一边采，一边想着那可爱的心上人；后来又爬上高楼向江南眺望，望来望去望不到，只见大江奔流，像海那样无边无际，没有人来，怅惘之至。采莲本是南方水乡一种轻松愉快的劳动，多由女孩子去干，“莲”与“怜”（爱）谐音，姑娘们采到了莲子，也希望获得爱情。

最后一单元（四句）又是小伙子唱的，不知道什么原因他现在不能到西洲去，也正在发愁，他希望刮南风，把自己的梦吹到西洲，吹到他的心上人那里去。

多么纯情的一对少年，多么美好的离别相思！

开始的第一句“忆梅下西洲”说他们上次相见的时间是梅花落的季节即暮春；“下”就是落下之下①，“下”字后面如有名词，往往是交代“下”的地方。“梅下西洲”乃是他们上次相见时的情形，所以念念不忘。梅花落是暮春常见的情形，南朝乐府民歌中颇多见，如《子夜四时歌·春歌》云：“杜鹃竹里鸣，梅花落满道。燕女游春月，罗裳曳芳草”。落梅还容易使女孩子想起光阴易逝，应及早出嫁，《诗经·召南·摽有梅》早已写到这层意思，南朝乐府民歌里也常提到，如前引《子夜四时歌》之“梅花落已尽，柳花随风散。叹我当春年，无人相要唤”之类，“落梅”对那时的年轻人特别是姑娘们能产生相当的心理影响，让他们深刻地感受到光阴易逝、青春不常的压力。诗中一开始就写到落梅、寄梅，有着民俗方面的深刻背景，也奠定了全诗热烈抒情的基调。

诗中提到的江，应当不是长江，而是南方的某一条大河。唐人温庭筠诗云：“西洲风色好，遥见武昌楼。”“艇子打两桨，催过石头城。”不过也很难据此确定《西洲曲》的具体地理背景。这首诗大约和“西曲”相似，产生于荆、郢、樊、邓之间。许多优美的爱情诗都产生在这里。

《西洲曲》本是民歌，但大约已经文人加工润色过，《玉台新咏》收入此诗，题江淹作，明、清人编的古诗选本，又有题梁武帝萧衍作的，虽然不大可靠，均足已透此中消息。这首诗艺术上的一大特色在于“声情摇曳而迂回”（《古诗归》卷十钟惺评语），“续续相生，连跗接萼，摇曳无穷，情味愈出”（《古诗源》卷十二）；其奥妙之一，在于多用接字的句法（如“低头弄莲子，莲子清如水”、“楼高望不见，尽日栏杆头。栏杆十二曲，垂手明如玉”等等），民歌是有这种特色，但往往很随意自然，初无定格，而到了文人手里，却不免刻意追求，这首诗便有这种倾向，当然还不算过分。现在流传下来的古代民歌，有若干首已经

① 例如“洞庭波兮木叶下”（《九歌·湘夫人》），“木叶下君山，空水漫漫”（张舜民《卖花声·题岳阳楼》），“下”字都是落下的意思。

经过文人不同程度的加工，很难视为原生状态的了。

现存南朝乐府民歌约四百首，比汉乐府、北朝乐府民歌都要多，而内容却相当单一，绝大部分都写男女之情。这种情形大约只能解释为官方音乐机关选择的结果。但其中确实保存了许多优美的作品，《西洲曲》就是其中之尤为杰出者。

四

现在看到的北朝民歌，大抵是通过各种渠道传到南方以后，由南朝的音乐机构记录下来的，例如所谓"梁鼓角横吹曲"就是由萧梁王朝的乐府机关翻译整理而成的。

现存北方民歌的数量大大少于南朝乐府，但内容比较多元，远不限于小儿女的情歌，例如这里有歌咏抗击匈奴之壮士陈安的《陇上歌》：

> 陇上壮士有陈安，躯干虽小腹中宽，爱养将士同心肝。骣骢父马铁锻鞍，七尺大刀奋如湍，丈八蛇矛左右盘。十荡十决无当前，百骑俱出如云浮，追者千万骑悠悠。战始三交失蛇矛，十骑俱荡九骑留，弃我骣骢窜岩幽。天大降雨追者休，为我外援而悬头，西流之水东流河。一去不还奈子何，阿呼呜呼奈子何，呜呼阿呼奈子何！

这首歌辞有不同的文本，这里依据文字比较丰满的杜文澜《古谣谚》(卷八)辑本。陈安的事迹见于《晋书》的《刘曜载记》和《南阳王传》，陈安经历复杂，后来曾与匈奴大酋长刘曜反目恶斗。他个子不高，武艺高强，所向披靡，胸怀宽广，爱护士兵，取得多次胜利。最后被敌人包围，他率领少数人马突围，寡不敌众，"与左右五六人，步逾山岭，匿于溪涧"(《晋书·刘曜载记》)，最后壮烈牺牲。"一去不还奈子何，阿呼呜呼奈子何，呜呼阿呼奈子何！"写出了群众对他的怀念和歌颂。这首《陇上歌》乃是堪称中古民间文学中题材比较特别的一份文本。

北方民歌中也多有涉及爱情和婚姻者，风格开朗豪放，没有什么发嗲的意思，读来很是干脆痛快，举几首来看：

> 驱羊入谷，白羊在前。老女不嫁，蹋地唤天。
>
> ——《地驱乐歌辞》

腹中愁不乐，愿作郎马鞭。出入擐郎臂，蹀坐郎膝边。

——《折杨柳歌辞》

天生男女共一处，愿得两个成翁妪。

——《捉搦歌》

月明光光星欲堕，欲来不来早语我！

——《地驱乐歌》

北方姑娘豪爽，其中有些原大约是少数民族的歌辞。有一首《折杨柳歌辞》中说"我是虏家儿，不解汉儿歌"，更明显是翻译过来的民歌。注意吸收少数民族文学的营养，乃是中国古代文学的优良传统之一。

代表北朝民歌最高成就的是《木兰诗》与《敕勒歌》。

以叙事见长的《木兰诗》前面歌唱女英雄代父从征、建功立业的故事，后面歌唱她拒绝功名富贵、回家过普通人生活的高风亮节。

这首诗写木兰的战地经历，用笔甚简，"万里赴戎机，关山度若飞。朔气传金柝，寒光照铁衣。将军百战死，壮士十年归"，用三十个字就写尽了十年，颇近乎过场戏；而写她回家的情形，那就很具体很生动了：

爷娘闻女来，出郭相扶将。阿姊闻妹来，当户理红妆。小弟闻姊来，磨刀霍霍向猪羊。开我东阁门，坐我西阁床。脱我战时袍，著我旧时裳。当窗理云鬓，对镜帖花黄。

一方面是全家出动，热烈欢迎；一方面是赶紧恢复女儿装，忙不迭地梳妆打扮。这里处理的时间非常短，而不惜用墨如泼，与前面那种时段虽长而惜墨如金的写法，形成了强烈的对照。

木兰对家人的热烈欢迎的反应诗里简直没有去写，却径直去忙自己的事情，开阁、坐床、换装、理云鬓、帖花黄。看来她最有感情的乃是她原先在家时自己的闺房小天地；她对于能够回归自我充满喜悦之情。这就表现了一种前所未见的女性主义的深度。

木兰女扮男装代父从军，原是不得已的举动，她立下赫赫战功，不愧巾帼英雄，男人能做的事情她同样能做；但她对自己的女儿身并没有任何自卑之意，比起功名富贵来，她更珍惜自己的女性性别。她回家以后的一系列动作，表现了她由角色异化到角色复归的由衷喜悦。这样，《木兰诗》既写出了木兰的双性气质，也写出了她作为一个女性的深度。

木兰既能胜任传统的女性角色的任务(如织布),也能胜任男性角色的任务(如打仗),具有双性气质;而归根结底她的自然体是女性,她的角色心态也是女性的,她的人格是完整的理想的。可以设想一下,如果木兰在建功立业以后继续冒充男性,直到被别人发现而后已,那么她的形象恐怕就不那么光辉了。

《木兰诗》末尾最妙,木兰回答她那些惊惶的伙伴道:

雄兔脚扑朔,雌兔眼迷离。两兔傍地走,安能辨我是雄雌!

这个比喻深刻极了,“扑朔,兔走足缩之貌;迷离,犹朦胧也。言雄兔雌兔,脚眼虽殊,然当其走,实是难辨也”(张玉谷《古诗赏析》卷二十)。男女两性在体质上虽有差别,一旦行动起来,是可以达到无差别境界的。木兰体现了双性气质的魅力。

兼具二性之长的人物在古代虽然比较少见,但确已存在,并得到很高评价。东晋的才女谢道韫不仅诗才高妙,且善于辩论,有一次还主动出来帮助小叔子王献之与人辩论,表现出强烈的参与意识,时人即以为她有竹林诸贤的风度;后来南北宋之交的李清照是成就最高的女词人,女性气质非常突出,见于她的词如《浣溪沙》《如梦令》《永遇乐》《声声慢》等等;而她的男性气质也相当明显,她具有很强的竞争意识,自尊自信,争强好胜,举止豪放,这些都近于男性气质;与封建传统要求女性的“以弱为美”“有善莫名”“长短休争”之类完全相反,此所以为豪杰之士也①。清照兼具男性气质在她的作品中有多处明显的表现,如她的诗“生当作人杰,死亦为鬼雄。至今思项羽,不肯过江东”,如不署名,恐怕会被误认为是男子之诗。她晚年作《打马赋》,希望当朝将相能打过淮河去,收复失地,其中特别提到“木兰横戈好女子”——清照的双性气质和木兰实在非常相似。

所谓双性气质不仅指女性在气质上向男性靠拢,同时也指男性在气质上向女性靠拢。高明的男子往往具有某种女性气质,一味粗豪的张飞、李逵之流只能是二三流人物,一流人物几乎都是具有双性气质的,如屈原、诸葛亮以及文学作品中的贾宝玉等等。

---

① 详见她在《金石录后序》中的回忆。清照晚年有过一次改嫁,发现乃是上当受骗以后又离婚,这件事的真伪历来有争议,从清照富于双性气质这一点来看,她的改嫁和离婚也都是可以理解的;古代学者往往否认此事,其考辨文字中不仅洋溢着封建礼教的气息,也充满了对清照的隔膜。

中国历史上第一位大诗人屈原一生奋斗，理想幻灭以后投江自杀，无疑是一位顶天立地的男子汉，然而他也颇具女性气质，如《离骚》中有自述道："纷吾既有此内美兮，又重之以修能。扈江离与辟芷兮，纫秋兰以为佩。汩余若将不及兮，恐年岁之不吾与。朝搴阰之木兰兮，夕揽洲之宿莽。"打扮得多么漂亮，多么芬芳！大量的诗句表明，屈原始终追求一种近乎女性的美，他自称为美人，反复表明自身的纯洁与忠诚，抒写自己对楚王的一片纯情，可惜这一切都白费了，于是他悲愤地写道：

怨灵修之浩荡兮，终不察乎民心。众女嫉余之蛾眉兮，谣诼谓余以善淫。固时俗之工巧兮，偭规矩而改错。背绳墨以追曲兮，竞周容以为度。忳郁邑余侘傺兮，吾独穷困乎此时也。宁溘死以流亡兮，余不忍为此态也。

起先还自比女性，写着写着，一股怨怒之气上来，又流露出传统之所谓阳刚之美。屈原的人格美是典型的兼具男女两性之长的双性气质之美。他既是一位感情细腻很有人情味的大诗人，又是一位精明刚烈的大政治家。

双性气质代表一种更悠久更高明的素质①。"雄兔脚扑朔，雌兔眼迷离。两兔傍地走，安能辨我是雄雌"，这几句诗意义深远。木兰这样一个充满双性魅力的女强人，在文学史甚至思想史上将永放光辉！

《木兰诗》还有一点非常值得注意，这就是诗中流露的民族认同。

根据诗中的描写，木兰的故乡应在黄河以南，她从军出征的路线，是一路向北挺进：

旦辞爷娘去，暮宿黄河边。不闻爷娘唤女声，但闻黄河流水鸣溅溅。旦辞黄河去，暮至黑山头。不闻爷娘唤女声，但闻燕山胡骑声啾啾。

敌人就在"燕山"一带，诗中称为"胡骑"，表明那是游牧民族的骑兵。这

① 人类在原始状态下，两性的心态相差应该不远，出现大的分化是此后历史发展的产物，也是为此种发展付出的代价。然而即使在阳极盛而阴极衰的农业文明时代，仍然有超越自己性别角色的英雄豪杰之士。现代心理学的研究成果表明，对自身性别角色的超越有利于创造力和理解力的发展，有利于事业的成功。在中国封建社会快要走到末路的时候，《红楼梦》里的贾宝玉发出了重女轻男的议论，虽过正而实为矫枉，而宝玉本人明显带有双性气质的特色，这也许正是预告了新时代的到来。时至今日，不失女性魅力的"女强人"和事业上相当成功的"模范丈夫"愈来愈多，更预示着人类正进一步超越旧我走向更高的境界。

些关键词告诉读者，只有了解当时立足于中原的后魏（北魏）和稍后的东、西魏（以及北齐、北周）同长城以北游牧民族之间的矛盾和斗争，才能明白这首民歌的历史背景，认识它的伟大价值。

那时北魏及其稍后的政权是由鲜卑族主导的，按，南朝几个汉族政权的见地看去，他们就是“胡”，所以有时骂他们是“索虏”；但中原大部分人口还是汉族，占据主导地位的鲜卑族则努力实行汉化，他们也是炎黄子孙[①]，并以华夏正统自居，而称长城以北的还在过游牧生活的其他民族为“胡”。中古时代的华夏与胡人之分大抵不在种族而在文化，在生活方式：凡主要从事农耕，信仰周公、孔子以来正统思想的，就是中华；而居无定所，过游牧生活不讲传统文化的，则是夷狄胡人。

这时的中原政权亦即北魏和稍后的东、西魏以及北齐、北周，一向要在两条战线上作战：既要对付南朝（关系不好的时候骂他们是“岛夷”），也要对付北面的柔然（骂它的时候称为“蠕蠕”）等游牧民族。如果只重视当时南北朝之间的对立纷争，而不十分关心北与更北的对立纷争，而如果不把眼光放大，就不容易理解当年的历史进程，也读不透《木兰诗》——这首诗里的“胡骑”就指更北的游牧民族入侵中华的骑兵，木兰代父从军就是去同这样的入侵之敌作战。陈寅恪先生在《唐代政治史述论稿》之第三章专论“外族盛衰之连环性及外患与内政之关系”，他深刻地指出：“观察唐代中国与某甲外族之关系，其范围不可限于某甲外族，必须通览诸外族相互之关系，然后三百年间中国与四夷更叠盛衰之故始得明瞭，当时唐室对外之措施亦可略知其意。盖中国与其所接触诸外族之盛衰兴废，常为多数外族间之连环性，而非中国与某甲外族之单独性也。”[②]如果站在南朝的见地上说话，北魏是一外族（鲜卑）的政权，而这一外族又同其他外族（如柔然等等）发生关系，这里正有着“外族盛衰之连环性”，而只有将《木兰诗》置于此种连环性中去考察，始可有深入的了解。《木兰诗》里提到黑山和燕山，这里的燕山实际应指燕然山，而非今河北省境内的燕山，只是为了诗歌的语言之美（与“黄河”搭配）才省称为“燕山”。历史上后魏与柔然的冲突发生过很多次，小规模的战争指不胜屈，而在黑山以北

---

① 《北史·魏本纪》：“魏之先出自黄帝轩辕氏，黄帝子曰昌意，昌意之少子受封北国，有大鲜卑山，因以为号。”

② 《隋唐制度渊源略论稿　唐代政治史述论稿》，第 321 页。个别文字据手稿略有改订，详见《唐代政治史略稿手写本》，上海古籍出版社 1988 年版，第 228 页。

一带举行决定性大会战是在神䴥二年(429),《魏书》卷一百三《蠕蠕传》载:

神䴥元年八月,大檀(柔然领导人)遣子将骑万余人入塞,杀略边人而走,附国高车追击破之。自广宁还,追之不及。

二年四月,世祖(拓跋焘)练兵于南郊,将袭大檀。公卿大臣皆不愿行,术士张渊、徐辩以天文说止世祖,世祖从(崔)浩计而行。会江南使还,称刘义隆欲犯河南,谓行人曰:"汝疾还告魏主,归我河南地,即当罢兵,不然尽我将士之力。"世祖闻而大笑,告公卿曰:"龟鳖小竖,自救不暇,何能为也。就使能来,若不先灭蠕蠕,便是坐待寇至,腹背受敌,非上策也。吾行决矣!"于是车驾出东道向黑山,平阳王长孙翰从西道向大娥山,同会贼庭。五月,次于沙漠南,舍辎重轻袭之。至栗水,大檀众西奔。弟匹黎先典东落,将赴大檀,遇翰军,翰纵骑击之,杀其大人数百。大檀闻之震怖,将其族党,焚烧庐舍,绝迹西走,莫知所至。……世祖缘栗水西行,过汉将窦宪故垒。六月,车驾次于菟园水,去平城三千七百余里。分军搜讨,东至瀚海,西接张掖水,北渡燕然山,东西五千余里,南北三千里。

《北史》卷九十八《蠕蠕传》所载略同。名为黑山的山非止一处,这里的黑山当在今日包头之西北,而燕然山则为今蒙古境内的杭爱山脉。汉代大将窦宪北击匈奴,曾经打到过这一带,班固奉命撰写的《封燕然山铭》(《文选》卷五十六),是历史上有数的名篇。

黄河—黑山—燕(然)山,木兰行军作战的路线如此,这里使用了两座山名作为北魏与柔然战斗的地名关键词,当时的受众听起来一定是很熟悉很亲切的。

北朝的诗人和民间歌手反映战争,从来不谈如何与南朝打仗,而只涉及同北方胡人之间的矛盾和斗争。与此相应的,南朝诗人写边塞诗,也不谈在江淮一带发生的南北朝之间的战争,而越过整个中原,去描写想象中的边塞之战,打垮入侵的游牧民族敌人。在当时人们的心目中,南北朝虽然对立,但还是炎黄子孙一家人,早晚是要统一的,所以有些官员在南北之间有所逃亡流动,往往继续当官,思想上没有多少障碍,顶多有些乡关之思(典型人物如庾信);而同柔然等外族的斗争性质就大大不同了,这里的民族感情表现为一种爱国主义,《木兰诗》的意义亦在于此。

在北朝乐府中还有一首现实题材的《李波小妹歌》，描写一位武艺高强的女强人道：

李波小妹字雍容，褰裙逐马如卷蓬。左射右射必叠双。妇女尚如此，男子那可逢！

李波的妹妹李雍容非常厉害，马术高明，左右开弓，而且总是一箭双雕。李波兄妹都是何许人？《魏书》卷五十三《李孝伯传》附《李安世传》记载李安世(443—493)担任相州刺史时的政绩说：

初，广平人李波，宗族强盛，残掠生民。前刺史薛道摽亲往讨之，波率其宗族拒战，大破摽军。遂为逋逃之薮，公私成患。百姓为之语曰“李波小妹字雍容……”。安世设方略诱波及诸子侄三十余人，斩于邺市，境内肃然。

可知李波乃是广平（今河北省邯郸市永年区）的地方黑恶势力，称霸一方，欺凌百姓，对抗朝廷，当局自然不能容忍这样残民以逞的割据势力，前任地方官剿灭未能得手，李安世到任后以智取之，当地才得以重归于太平。

“妇女尚如此，男子那可逢！”这样厉害的女汉子可不敢碰到，女人尚且如此，男子就更不能碰到了。《李波小妹歌》表明老百姓对李波兄妹相当畏惧。如此而已。可是过去曾有专家把这首歌谣的主题说成是老百姓拥护爱戴这个李波小妹，高调地加以颂扬。又有将李波小妹与《木兰诗》所歌颂的女英雄木兰相提并论的。诸如此类的解说完全不符合原诗的意思和语气。木兰是孝顺父母、热爱故乡、忠于国家的女英雄，感情也很细腻，而李雍容只是功夫了得、一味粗豪的女豪强，她们根本不是同一类人。

《敕勒歌》原载《乐府诗集》卷八十六《杂歌谣辞·四》，同《木兰诗》一样曾经进入过多种选本和教材，在中国家喻户晓。歌云：

敕勒川，阴山下。天似穹庐，笼盖四野。天苍苍，野茫茫，风吹草低见牛羊。

《乐府诗集》题下有注云：

《乐府广题》曰：“北齐神武攻周玉壁，士卒死者十四五。神武恚愤，疾发。周王下令曰：‘高欢鼠子，亲犯玉壁，剑弩一发，元凶自毙。’神武闻之，勉坐以安士众。悉引诸贵，使斛律金唱《敕勒》，神武自和之。”其歌本鲜卑语，易为齐言（按，指汉语），故其句长短不齐。

关于此诗最早的记载见于《北史》卷六《齐本纪》：

（武定）四年八月癸巳，神武将西伐，自邺会兵于晋阳。……九月，神武围玉壁以挑西师，不敢应。西魏晋州刺史韦孝宽坚守玉壁。……顿军五旬，城不拔，死者七万人。……神武有疾。

十一月庚子，舆疾班师。庚戌，遣太原公洋镇邺。辛亥，征世子澄至晋阳。有恶鸟集于亭树，世子使斛律光射杀之。己卯，神武以无功，表解都督中外诸军事，魏帝优诏许焉。是时，西魏言神武中弩，神武闻之，乃勉坐见诸贵，使斛律金敕勒歌，神武自和之，哀感流涕。

《北齐书·神武帝纪》的记载与此略同。《北齐书》成书本早于《北史》，但亡佚已甚，今本《北齐书》的许多内容是照抄《北史》的相关部分补齐的，《神武帝纪》也正是如此，所以就史源学的意义而言，《北史》有关这一场组合演唱《敕勒歌》的记载，应当说更为重要。

武定四年（546）的玉壁（今山西稷山西南）之役是东、西魏之间的一场恶战，东魏主帅是该王朝实际上的最高领导人、官任都督中外诸军事的高欢（496～547，东魏、北齐易代后被追认为齐神武帝），他本来打仗是很厉害的，取得过许多胜利，但世界上总没有常胜将军，这一回竟输在西魏（稍后改朝换代为北周）晋州刺史韦孝宽的手里。高欢又气又根，生起病来，于是只好退回根据地晋阳（今山西太原）——这时他离去世已经不远了。

很有政治头脑的高欢立即着手筹划后事，分别安排两个儿子（高澄、高洋）控制未来东魏的局势。为了消除谣言（“西魏言神武中弩”），稳住人心，他又带病坚持会见部属，表示自己身体没有什么问题，还组织合唱故乡的民歌，以抒发乡愁，鼓舞士气。

高欢原是汉族人，但早已鲜卑化得很厉害，手下的军队中有许多鲜卑族兵将，又多有敕勒族的人马，而该族当时也同化于鲜卑族。他们的老家相近，都在今山西北部至内蒙古之阴山脚下。其中敕勒族一向聚居于今河套平原至土默川一带，当时这里被称为敕勒川。

《敕勒歌》由高欢手下敕勒族大将斛律金（488～567）演唱，得到了记录，歌中唱的是他们故乡阴山脚下大草原无与伦比的美景。原先的唱词是鲜卑语——在高欢领导的这一批军人中通用鲜卑语——后来才翻译成汉语。斛律金是《敕勒歌》的演唱者，而非作者——这首歌大家都会唱的。高欢亲自与他合唱部分歌词（“和”），用的正是演唱民歌的传统模式。

高欢和斛律金都是当年政治军事舞台上的要人。他们兵败之际充满了忧思和乡愁，人之将死，尤其思念故乡。从塞北帐篷（穹庐，今语谓之蒙古包）里走出来的将领，现在预感到快要回老家去见祖先了。于是由斛律金高歌一曲他们故乡的《敕勒歌》以凝聚人心，共抒乡愁。

敕勒族曾经一度相当强大，后来为柔然族所控制，更后，其北面的一支臣服于突厥汗国，成为回纥族的祖先，南面的一支则追随北齐，稍后一起融入了汉族。斛律金本人出身于敕勒族上层，其父大那瓌官至光禄大夫、第一领民酋长；他本人英勇善战，在北魏后期的混乱政局中经历了许多曲折变化，最后成为高欢手下的重要将领，在北齐一直身居高位，活到八十岁，是德高望重的寿星。

当斛律金在玉璧前线高歌《敕勒歌》的时候，他已经五十九岁，与他应和的高欢也五十而知天命了。这种古老苍凉的民歌，由身经百战的老将军们来合唱自然最为合适。

四十五　口头文学批评

中古时代是中国文学批评的重要时段，两部重量级的著作——《文心雕龙》和《诗品》都出现于此时，早已引起人们的注意；而当时口头文学批评的繁荣，也同样或者说更值得注意，因为这实在是空前绝后的。

萧纲在给他弟弟萧绎的信中表示，希望有机会同老弟一道来讨论商榷有关作家作品的评价问题（《与湘东王书》）。中古文人们聚在一起时，总是会谈起这一类话题。钟嵘在《诗品·中》谢朓条下说：

> 谢朓极与余论诗，感激顿挫过其文。

可惜他没有把谢朓的有关言论记录在案，只是在《诗品·下》虞羲（字子阳，一说字士光）条下说："子阳诗奇句清拔，谢朓常嗟颂之。"按，虞羲早年在太学读书时与钟嵘同学，加上谢朓，都是熟人，所以评论的意见皆在口头发表，完全没有写下来的意思。虞羲写过一首著名的《咏霍将军北伐》诗，稍后被萧统选入《文选》诗的咏史部分，其诗云：

> 拥旄为汉将，汗马出长城。长城地势险，万里与云平。凉秋八九月，虏骑入幽并。飞狐白日晚，瀚海愁云生。羽书时断绝，刁斗昼夜惊。乘墉挥宝剑，蔽日引高旍。云屯七萃士，鱼丽六郡兵。胡笳关下思，羌笛陇头鸣。骨都先自詟，日逐次亡精。玉门罢斥候，甲第始修营。位登万庾积，功立百行成。天长地自久，人道有亏盈。未穷激楚乐，已见高台倾。当令麟阁上，千载有雄名！

西汉名将霍去病（前140—前117）曾多次北伐匈奴，封狼居胥山，立下赫赫战功。虞羲以很高的热情写咏史诗来歌颂他，大约同齐梁时代一再打算并实行过北伐有关，其作年无可确考①。诗中确有奇句，如描写当时边境紧急状

① 先前有刘裕的北伐，取得很大的成功，但没有进行到底。嗣后齐武帝欲北伐，多次亲临首都附近的琅邪城讲武，虞诗有可能作于此时。梁天监四年（505），梁武帝命其弟、中军将军临川王萧宏率众北伐，未能得手。

况道:“飞狐(一处边塞之名)白日晚,瀚海愁云生。羽书时断绝,刁斗昼夜惊。”情报时断时续,警报时时响起;霍去病在这种危机的情况下身先士卒,率部出征,建立了不朽的功勋。这位军事奇才英年早逝(年仅二十三四岁),而名垂千载,万人敬仰。在诗风比较柔弱的齐梁时代,像这样刚健挺拔的边塞诗颇不多见,清代诗论家评为“高壮开唐人之先”(《采菽堂古诗选》卷二十八)、“不为纤靡之习所困,居然杰作”(《古诗源》卷十三);而谢朓早就指出虞羲独特的风格。中古文学批评不讲究所谓“细读”,而以一针见血、简要明快取胜,口头上的批评尤其是如此。

诸如此类的文学批评意见比较集中地被记录在《世说新语·文学》之中,又散见于史书中,体会这些言论,有助于考见其时文学批评的特色与价值。

一

《世说新语》第四篇为《文学》,凡一百〇四条,其中前面三分之二的内容是讲学术文化,尤其是那时最为流行而且看重的清谈;到第六十六条以下则讲文学艺术,包括创作与批评。兹取其部分关于文学批评者,略加分疏解析如次:

第六十八条:

> 左太冲作《三都赋》初成,时人互有讥訾,思意不惬。后示张公,张曰:“此《二京》可三,然君文未重于世,宜以经高名之士。”思乃询求于皇甫谧,谧见之嗟叹,遂为作《叙》。于是先相非贰者,莫不敛衽赞述焉。

左思的《三都赋》面世之初有不同的评价,张华很看好这一组三篇的大作,建议作者请“高名之士”来予以论定;后来左思求皇甫谧作序,于是先前的异议退出,洛阳为之纸贵。

帮助《三都赋》引起轰动效应的还有张华本人以及陆机这两位批评家。《文选》卷四《三都赋·序》李善注引臧荣绪《晋书》载:

> 左思字太冲,齐国人。少博览文史,欲作《三都赋》,乃诣著作郎张载,访岷、邛之事。遂构思十稔,门庭藩溷,皆著纸笔,遇得一句即疏之。征为秘书。赋成,张华见而咨嗟,都邑豪贵,竞相传写。

《太平御览》卷五八七引《世说》云:

陆机入洛，欲为此赋。闻思作之，抚掌而笑，与弟云书："此间有伧父，欲作《三都赋》。须其成，当以覆酒瓮耳。"及思赋出，机绝叹服，以为不能加也。

张华与陆机的批评也都在口头进行。文学批评有助于作品的经典化有如此者。作者请名家来批评鼓吹自己的作品，此风于今为烈，而古已有之。这里需要批评家确有见解，出以公心，而绝不能随意褒贬，失去原则。

第七十二条：

孙子荆除妇服，作诗以示王武子，王曰："未知文生于情，情生于文。览之凄然，增伉俪之重。"

孙楚（子荆）为纪念夫人去世一周年而作的诗十分动人，他的朋友王济（武子）就此发表评论，讲了两点看法，一是文情相生，即创作主体与作品的情感互动；二是读者的情感反应，也就是孔子说过的"诗可以兴"（《论语·阳货》）。王济的文学批评已经上升到了理论的层面。后来刘勰在《文心雕龙·情采》中写道："夫情者文之经，辞者理之纬，经正而后纬成，理定而后辞畅。此文之本源也。"这是讲"文生于情"，而他对"情生于文"似不甚措意。事实上创作不仅能够引起读者感情上的变化，也能够调节作者自身的感情，作品完成后，作者的情绪得以恢复平静。

第七十五条：

庾子嵩作《意赋》成，从子文康见，问曰："若有意邪？非赋之所尽；若无意邪？复何所赋？"答曰："正在有意无意之间。"

庾敳（字子嵩，262～311）的《意赋》作于西晋末年，是比较早也比较重要的玄言文学作品。玄学的一个重要命题是"言不尽意"，于是他的侄子庾亮（字元规，谥文康，289～340）向他提出一组所谓两刀问题，无论他回答"有意"或"无意"，都要挨刀失败；对此他用"正在有意无意之间"来应付过去，这正是庄子用"材与不材之间"来回答弟子的故技①。玄学家大抵熟于《老》《庄》《易》这三"玄"，能够活学活用，化解难题。

第七十六条：

---

① 《庄子·山木》记大木以不材得以终其天年，雁因不材（不能鸣）而被宰杀，弟子问庄子"先生将何处"；庄子笑曰："周将处乎材与不材之间。"

郭景纯诗云:"林无静树,川无停流。"阮孚云:"泓峥萧瑟,实不可言。每读此文,辄觉神超形越。"

阮孚的评语是欣赏佳句的一个著名例证。一首好诗也不可能句句精彩,其中往往有那么一两句特别高明,令人历久难忘。"林无静树,川无停流"二句出于郭璞的《幽思篇》,道出了自然界一种常见的现象,而又带某种哲理:一切都在流动之中,世界上没有绝对的静止。阮孚对此有深刻的领悟,指出读这样的诗句能让人的思想境界有所提高。

第七十七条:

庾阐始作《扬都赋》,道温、庾云:"温挺义之标,庾作民之望。方响则金声,比德则玉亮。"庾公闻赋成,求看,兼赠贶之。阐更改"望"为"儁",以"亮"为"润"云。

这里说的庾公指庾亮,《扬都赋》的作者庾阐(字仲初)是他的本家晚辈。庾阐把自己这篇赋呈上去的时候做了两处修改:把"亮"改为"润"是为了避庾亮的名讳,把"望"改为"儁"则是为了迁就下句之末新改成的"润"字,这样才押韵。

中古文人的手稿现在看不到了,欲了解他们如何修改自己的文章,这样的记载很可珍贵。

"扬都"指当时的首都建康(今江苏南京,当年此地同时也是扬州的治所;六朝诗文中的扬州皆指今南京,而非今江苏扬州),"温"指温峤,此公与庾亮同为当时政坛上最重量级的要人。

第七十九条:

庾仲初作《扬都赋》成,以呈庾亮。亮以亲族之怀,大为其名价云:"可三《二京》,四《三都》。"于此人人竞写,都下纸为之贵。谢太傅云:"不得尔。此是屋下架屋耳。事事拟学,而不免俭狭。"

庾亮高度评价庾阐的《扬都赋》,说是可以同张衡《二京赋》、左思《三都赋》这些历史上的名篇并驾齐驱,固然是因为其中歌颂了自己,同时也因为作者是本家族的后进英才。这样的文学批评是有私心的。但他的评论产生了强烈的社会影响,人人传抄,以致造成首都纸价上涨,很像是西晋时左思《三都赋》面世后引起洛阳纸贵一样。

后来谢安就此提出批评,指出庾阐《扬都赋》同班固《二京赋》、左思《三都赋》根本不能相提并论，庾阐一味模仿前人，而规模气象远远不及。《二京赋》《三都赋》全文入选《文选》，《扬都赋》后已亡佚，《艺文类聚》卷六十一中录有部分文字。谢安的意见强调文学作品应当出于创新，又不点名地批评包含着“关系学”思考的文学评论，都非常有道理。

第八十一条：

孙兴公云：“《三都》《二京》，五经鼓吹。”

孙绰高度评价张衡、左思之赋，认为可以充当儒家经典的羽翼。以儒家的五部经典作为文学批评的标准，此论在中国文学批评史上长期占据主导地位。

第八十四条：

孙兴公云：“潘文烂若披锦，无处不善；陆文若排沙简金，往往见宝。”

潘岳、陆机比较论是中古文学批评的一个热门话题。后文第八十九条又道：

孙兴公云：“潘文浅而净，陆文深而芜。”

只看《世说新语·文学》第八十四条，似乎是潘大大高于陆，再看第八十九条，才知道孙绰认为潘岳、陆机二人各有千秋，互有短长——这一意见更加全面、中肯。

第九十八条：

或问顾长康：“君《筝赋》何如嵇康《琴赋》？”顾曰：“不赏者后出相遗，深识者亦以高奇见贵。”

顾恺之字长康(345？～406)，主要是画家，也擅长文学。他不去直接回答对方的问题，专作自评，提出两种可能出现的看法，不卑不亢，颇有自知之明。

第一〇一条：

王孝伯在京行散，至其弟王睹户前，问古诗中何句为最，睹思未答，孝伯咏“‘所遇无故物，焉得不速老？’此句为佳。”

王恭(字孝伯，？～398)在服药行散之际思考回味古诗，他向弟弟王爽(字季明，小字睹，？～398)提出问题时已在答案在胸，不必等待回答。他的这一番自问自答其实是在进行古代文学的鉴赏型批评，沉醉而深刻，见出名士风流。名士总是会有洞见，有深情。

二

在有关中古的十二部史书，即《三国志》《晋书》和所谓八书二史①之中，大抵都有些关于口头文学批评的零星记载，其他著作如《颜氏家训》中也略有这方面的内容，兹从史籍中略举若干例子，以见一时的风气，并可欣赏这些业余批评家的风采。

《三国志》不设文苑传，北方作家的传记材料大抵在《魏书·王粲传》里，裴松之注则提供了更为丰富的信息，其中即含有口头文学批评特别是作家品评方面的记载，如下列两则：

(邯郸淳)对其所知叹(曹)植之才，谓之“天人”。(裴注引《典略》)

(韦)仲将曰：“仲宣(王粲)伤于肥戆，休伯(繁钦)都无格检，元瑜(阮瑀)病于体弱，孔璋(陈琳)实自粗疏，文蔚(路粹)性颇忿鸷，如是彼为，非徒以脂烛自煎糜也。其不高蹈，盖有由矣。然君子不责备于一人，譬之朱漆，虽无桢干，其为光泽亦壮观也。”(裴注引鱼豢曰)

当时的品评，往往同后人得之于书本的印象不尽相同，而自有其重要的价值。

晋朝重要的作家因为还有他重要的历史地位，往往单独立传，或入其他类传(如陶渊明入隐逸传)；而列入《晋书·文苑传》的，则是以作家身份为主的人们，这里涉及应贞、成公绥、左思、赵至、邹湛(附子捷)、枣据、褚陶、王沈、张翰、庾阐、曹毗、李充、袁宏、伏滔、罗含、顾恺之、郭澄之等人，颇多重要的信息，有一条现场作品讨论会的记载非常有趣，见于《袁宏传》：

从桓温北征，作《北征赋》，皆其文之高者。尝与王珣、伏滔同在温坐，温令滔读其《北征赋》，至“闻所闻于相传，云获麟于此野。诞灵物于瑞德，奚授体于虞者。疚尼父之恸泣，似实恸而非假。岂一性之足伤，乃致伤于天下”，其本至此便改韵。珣云：“此赋方传千载，无容率尔。今于‘天下’之后，移韵徙事，然于写送之致，似为未尽。”滔云：“得益写韵一句，或为小胜。”温曰：“卿思益之。”宏应声答曰：“感不绝于余心，溯流风

① 它们是《宋书》《南齐书》《梁书》《陈书》《魏书》《北齐书》《周书》《隋书》和《南史》《北史》。

而独写。”珣诵味久之，谓滔曰：“当今文章之美，故当共推此生。”

这一段记载的史源在《世说新语·文学》之第九十二条及其刘孝标注，《晋书》整合得相当好，更便于作为讨论的基础。袁宏随桓温北伐燕在太和四年(369)，撰成《北征赋》并根据同僚的意见有所增补，当在稍后不久。当时还很年轻的王珣(349—400)觉得袁宏的原作写到“乃致伤于天下”便换韵另写一事，显得比较匆忙，须再补一句才好；另一位资深幕僚、文学家伏滔更具体建议新加的一句以“写”字结束。根据这两位高级读者的意见，袁宏立即补出了“感不绝于余心，愬流风而独写”，文意具足。此生从善如流，文思敏捷，大可佩服。在桓温的幕府里有这么一次讨论改稿的集会，大有意味。靠船下篙的文学鉴赏与批评，作者与读者直截了当、亲切平和的互动，此种晋人风流，非常有利于创作水平的提高。

在大人物的幕府里总是会聚集相当一批优秀人才，在完成他们的主要任务之余，往往会涉及文学，这里的文学批评一般都在口头进行，只是得以记录下来的甚少，例如后来唐代文人入幕，有关文本一般只记录他们如何写诗，如果把他们如何切磋诗艺也记录在案，那将是极有意味的批评史材料。

八书中有些有《文苑传》，另外一些则不设《文苑传》，而凡是重要的人物则皆有单独的传。《南史》《北史》的内容约有一多半来自八书，比较简明，此外也增加了不少信息。读这一段的史书，似乎可以从这二史入手。口头上的文学批评，二史中的记载也比较多。

例如所谓元嘉三大家：谢灵运、颜延之和鲍照，地位最高的自然是谢灵运，他的成就最高，身份也最高(曾经是公爵)，颜、鲍两家则互相不大服气。《南史·颜延之传》载：“延之尝问鲍照，己与灵运优劣，照曰：‘谢五言如初发芙蓉，自然可爱；君诗若铺锦列绣，亦雕缋满眼。’”而钟嵘《诗品中》颜延之条下引汤惠休云：“谢(灵运)诗如出水芙蓉，颜如错彩镂金。”鲍照、汤惠休这种颜、谢比较的结论是颜延之不爱听的，他也曾予以反击，说汤惠休的所谓诗作不过是些“委巷中歌谣”(《南史·颜延之传》)，浅俗可笑。这种互相批评虽然带有藐视对方的情绪，但并非没有根据的诽谤攻击，还是大有意味的。

《南史·文苑传》中涉及从丘灵鞠(丘迟的父亲)、檀超到张正见、阮卓等五十多位作家，因为古今观念的差异以及作品流传的多寡，其中有些人现在已经很难进入新近撰写的文学史了；至于成就很高的人物也往往很重视口头上的评论，并且这些评论能产生较大的影响，略举二例以见之：

《崔慰祖传》：国子祭酒沈约、吏部郎谢朓尝于吏部省中宾友俱集，各问慰祖地理中所不悉十余事，慰祖口吃无华辞，而酬据精悉，一座称服之。朓谈曰："假使班、马复生，无以过此。"

按，由此可见谢朓其人颇长于评论，不单是诗写得好。

《刘勰传》：初，勰撰《文心雕龙》五十篇。……既成，未为时流所称。勰欲取定于沈约，无由自达，乃负书候约于车前，状若货鬻者。约取读，大重之，谓"深得文理"，常陈诸几案。

按，沈约口头上的一句评论简明中肯，《文心雕龙》从此身价飙升，刘勰的处境也为之一变。口头评论的分量，由此可见一斑。

《北史·文苑传》整合《魏书》《北齐书》《周书》《隋书》之有关传记而变化之[1]，具体涉及下列作家：温子昇、荀济、祖鸿勋、李广、樊逊（附茹瞻）、荀士逊、王褒、庾信、颜之推（附弟之仪）、虞士基（附子熙）、柳䛒、许善心、李博（附侯白）、明克让（附叔少遐）、刘臻、诸葛颖、王贞、虞绰（附辛大德）、王胄（附兄昚）、庾自直、潘徽（附常得志、尹式、刘善经、孔德绍、刘斌）。其中亦有引用口头文学批评之处，如：

《温子昇传》："梁使张皋写子昇文笔传于江外，梁武称之曰：'曹植、陆机复生于北土，恨我辞人，数穷百六。'阳夏守傅摽使吐谷浑，见其国主床头有书数卷，乃是子昇文也。济阴王晖业尝云：'江左文人，宋有颜延之、谢灵运，梁有沈约、任昉，我子昇足以陵颜轹谢，含任吐沈。'"

按，南北高人一致高度评价温子昇的文笔，此人的水平和地位业已论定，至今也始终保持的文学史上的高位。

《王胄传》："帝尝自东都还京师，赐天下大酺四日，为五言诗，诏群官诗成者奏之。帝览胄诗而善之，因谓侍臣曰：'气高致远，归之于胄；词清体润，其在士基；意密理新，惟庾自直。过此者未可以言诗也。'"

---

[1] 《北史·文苑传》引言称："《魏书》序袁跃、裴敬宪、卢观、封肃、邢臧、裴伯茂、邢昕、温子昇为《文苑传》，今唯取子昇，其余并各附其家传。《齐书》叙祖鸿勋、李广、樊逊、刘逖、荀士逊、颜之推为《文苑传》，今唯取祖、李、樊、荀，其余亦各附其家传。《周书》不列此传，今取王褒、庾信列于此篇。颜之推竟从齐入周，故列在王、庾之末。《隋书》序刘臻、崔儦、王頍、诸葛颖、王贞、孙万寿、虞绰、王胄、庾自直、潘徽为《文学传》，今检崔儦、王頍、孙万寿各从其家传，并取虞士基、许善心、柳䛒、明克让冠之于此，以备《文苑传》云。"

按，隋炀帝杨广论臣下之诗，认为王胄、虞士基、庾自直三人的作品比较好，而各有所长。他区分“气致”“词体”“意理”三个不同的侧面来发表意见，自是内行的见解。不能因为这是皇帝对御用文学作品的评判而弃置不顾。他的三分法对人们理解当时以及稍后的诗歌理论批评观念也颇有帮助。

余　论

中古名士清谈一向尚简，而本书为了具体地谈论作家、分析作品，不得不相当地辞费；虽然如此，尚有剩义十端，请放在最后一谈，以为余兴。

一

鲁迅先生说过：

> (曹)丕著有《典论》，现已失散无全本，那里面说："诗赋欲丽。""文以气为主。"《典论》的零零碎碎，在唐宋类书中；一篇整的《论文》，在《文选》中可以看见。
>
> 后来有一般人很不以他的见解为然。他说诗赋不必寓教训，反对当时那些寓训勉于诗赋的见解，用近代的文学眼光看来，曹丕的一个时代可说是"文学的自觉时代"，或者如近代所说是为艺术而艺术(Art for Arts Sake)的一派。所以曹丕做的诗赋很好。……①

这个意见后来引起过许多争议。近年来的一大倾向，是不大赞成他的这一独断，或者主张往前提早一些，例如提前到汉朝，以汉赋为文学自觉的标志，更有早到春秋战国时代的；或者主张向后推迟一些，例如到南朝的宋、齐；或者认为文学的自觉是一个过程，不能就拿《典论·论文》作为唯一的标志。这些意见言各有当，多讨论讨论有助于将研究引向深入，暂无共识乃是难免之事，也是正常之事。文学史研究的意义本不在于下一个全体举手一致通过

① 《而已集·魏晋风度及文章与药及酒之关系》，《鲁迅全集》第3卷，第504页。

的结论，而是在这一过程中获得新认知、新启发。

所谓“为艺术而艺术”，原是法国作家戈蒂耶(Théophile Gautier，1811～1872)提出来的，1834年5月他为自己的小说《模斑小姐》(Mademoiselle de Maupin)写了一篇长序，其中声称“只有毫无用处的东西才是真正美的；一切有用的东西都是丑的，因为那是某种实际需要的表现，而人的实际需要，正如人的可怜的畸形的天性一样，是卑污的、可厌的”①。这篇不无偏激的序文产生了很大的影响，被认为是“为艺术而艺术”(L'art pour l'art)的宣言。按照这一派意见，艺术家的任务就是表现美，他可以超越一切功利，不必为作品的道德意义操心，也与社会政治无关②。凡是偏至的意见总是容易产生比较大的影响。曹丕同戈蒂耶当然很不同，但确有灵犀可通、相视而笑之处，尽管曹丕本人具有很高的政治社会地位(他当了皇帝以后更是已经无可更高)，但他自己写诗在正常情况下却既不涉及政治，也不提出什么道德教训，一门心思地描写自然之美与人情之美，而且讲究语言形式的华丽。审美高于一切。拿曹丕作为中国古代“为艺术而艺术”的一个代表，应当说是合适的。

问题在于，单凭一篇《典论·论文》即断定建安时代就是一个“文学的自觉时代”，确实不免跳跃太快，而且缺乏具体的分析和论证。大人物的思维总是跳跃式的，具体的论证可以由普通学者来做。换言之，鲁迅在一篇讲演里这样简单地一提原本未尝不可，而且给予人们甚深的启示；我们的工作则不能是简单地复述他的结论，而应汲取其神思来作稍稍细化或曰比较具体的阐释。

要讨论此一时段的文学自觉的问题，首先要认清当时人们的文学观念。

“文学”一词本来主要指文献和学问，是所谓孔门四科之一③；汉末以来诗赋创作大为繁荣，这一类近于我们今天称为文学的文本，当时的人们大抵称为“文章”，以便与古老而正宗的“文学”相区别。

例如名噪一时的建安老一代作家陈琳建安四年(199)左右在写给老朋友

---

① La Préface de Mademoiselle de Maupin, ed. G. Matoré (Paris, 1946), p. 31.

② 参见《中国大百科全书·外国文学卷》上册，中国大百科全书出版社1982年版，第354～355页。该条执笔者为闻家驷。

③ 《论语·先进》：“德行：颜渊、闵子骞、冉伯牛、仲弓，言语：宰我、子贡，政事：冉有、季路，文学：子游、子夏。”长于“文学”的孔门弟子深通并能传授《诗》《书》《礼》《乐》等经典。用后来的话说，他们是学问家或经学家，而非文学家。

张纮的信中自谦道："自仆在河北，与天下隔，此间率少于文章，易为雄伯，故使仆受此过差之谈，非其实也。"（《三国志·吴书·张纮传》注引韦昭《吴书》）。建安文学的杰出代表、青年作家曹植在《与杨德祖书》中写道："仆少小好为文章，迄于今二十有五年矣。"建安文坛领袖曹丕在《典论·论文》中逐一评说"七子"的文学成就，最后说："盖文章，经国之大业，不朽之盛事。年寿有时而尽，荣乐止乎其身，二者必至之常期，未若文章之无穷。是以古之作者，寄身于翰墨，见意于篇籍，不假良史之辞，不托飞驰之势，而声名自传于后。"后来陶渊明在自传体散文《五柳先生传》中自称"常著文章自娱，颇示己志"。如此等等，这些地方所说的"文章"，包括诗、文、赋、赞等各种文本。

"文章"也可以简称为"文"，曹丕、曹植都有过这样的提法①；陶渊明说"夫导达意气，其惟文乎"（《感士不遇赋·序》），他又说"奇文共欣赏，疑义相与析"（《移居》）。这些"文"，也都指文章亦即文学作品。"文章"既省称为"文"，其作者也就是今之所谓作家也就称为"文人"。《典论·论文》说"文人相轻，自古而然"。

由此可知当时之所谓"文章"或"文"固然首先包括诗歌和辞赋，同时也包括各种形式的应用文；据西晋挚虞《文章流别论》和东晋的李充《翰林论》，当时的"文章"至少包括诗、颂、铭、诔、辞、箴、赋、七、碑、图谶、哀策、对问、书、议、赞、表、驳、论、檄等等，我们今天视为文学作品者，固然大抵都在"文章"之内②，而大量的应用文也在其中。

后来萧统编撰《文选》，按文体安排选文，他列出了三十八类：赋、诗、骚、七、诏、册、令、教、文、表、上书、启、弹事、笺、奏记、书、移、檄、对问、设论、辞、序、颂、

---

① 曹丕花了不少精力和物力为"七子"编订文集，他在《与吴质书》中写道："昔年疾疫，亲故多离其灾。徐、陈、应、刘，一时俱逝，痛可言耶！昔日游处，行则连舆，止则接席，何曾须臾相失。每至觞酌流行，丝竹并奏，酒酣耳热，仰而赋诗，当此之时，忽然不自知乐也。谓百年已分，可长共相保，何图数年之间，零落略尽，言之伤心！顷撰其遗文，都为一集。"《典论·论文》多次用"文"指"文章"，如"文非一体，鲜能备善"，"文本同而末异"，"文以气为主"；曹丕"论文"就是论文章，论文学。曹植《与杨德祖书》有云"以孔璋之才，不闲于辞赋，而多自谓能与司马长卿同风，譬画虎不成反为狗者也。前有书嘲之，反作论盛道仆赞其文。"该《书》中又说："仆常好人讥弹其文"，又引丁廙的话说："文之佳恶，吾自得之，后世谁相知定吾文者耶！"凡这里说起的"文"都是指"文章"。后来挚虞创为文学作品选，题作《文章流别》；萧统编撰大型文学作品选，则径题《文选》。

② 只有小说是一个例外，魏晋文人虽已大写小说，但地位总还比较低一些，尚不能与诗赋铭诔之类并列。

赞、符命、史论、史述赞、论、连珠、箴、铭、诔、哀、碑文、墓志、行状、吊文、祭文[①]，这里基本上只有列在前面的四类属于纯文学，后面大量的体类多为应用文。

中国的传统历来是杂文学的，但曹丕对这一传统提出了两点重要的新见。一是他作出一个重要的分类说明："奏议宜雅，书论宜理，铭诔尚实，诗赋欲丽"；二是他同时又指出，文体虽然不同，但又是"文本同而末异"的，"本同"就是应当"以气为主"。

前一条实际是将纯文学同应用文区别开来，纯文学的诗赋要讲究文采，而各种应用文则各有其具体的要求——这正是"文学的自觉"，相当清楚地区分开来有助于文学按其固有的文体性质向前发展。"丽"正是不管实际的需要而追求"美"，与戈蒂耶的主张不谋而合，异代同心。而他同时又强调，应用文虽然不以追求美为主要目标，但其中也应当包含感情，要有生气灌注——中古时代的应用文正是如此，到南朝更发展到极致。

中国古代文学作品的文学性一向表现在两个方面：一是充满感情，二是讲究文采，曹丕都讲到了。后来刘勰进一步归纳为两个字：情采，在《文心雕龙》中安排专篇加以论述，他写道：

> 圣贤书辞，总称文章，非采而何？夫水性虚而沦漪结，木性实而花萼振，文附质也。虎豹无文，则鞟同犬羊，犀兕有皮，而色资丹漆，质待文也。若乃综述性灵，敷写象器，镂心鸟迹之中，织辞鱼网之上，其为彪炳，缛采名矣。……夫铅黛所以饰容，而盼倩生于淑姿，文采所以饰言，而辩丽生于性情。故情者文之经，辞者理之纬，经正而后纬成，理定而后辞畅，此立文之本源也。

《文心雕龙》对"文"的理解极其宽泛，几乎包括一切文本，但刘勰从中抓住"情采"二字，则确已看清了中国文学的本质特点。汉末以来的许多应用文正是讲究情采的，例如陈琳的檄文，又如潘勖（字元茂，160？～211）的《册魏

---

① 若干古本《文选》和最通行的胡克家本《文选》，从目录上看只有三十七类；清人陈景云在《文选举正》中提出了一个三十八类说，他指出在"书"后面还有"移"一类，这一门类在某些版本的目录中给丢掉了。这个看法被不少文选学家所接受，而在若干古本《文选》中确有"移"体，如日本古钞白文本《文选》、陈八郎本《五臣注文选》、朝鲜正德四年刻五臣注本《文选》、汲古阁所刻李善注本《文选》等等就是如此，可见陈景云的说法是有道理的。又，《文苑英华》选文亦分三十八体，而此书乃是宋朝人接着《文选》往下选的，由此也可以推知《文选》应分三十八类。

公九锡文》以至殷仲文（？～407）在桓玄垮台后所上之《解尚书表》无不神采飞扬，不管其人实际表现如何，文章都有动人的力量①。应用文固然存在是否真与善的问题，而当时的风气却最看重文辞之美。

这样看来，说曹丕的《典论·论文》标志着文学自觉的开始，是可以成立的。他又是最早从事小说创作的作家，亦可由此得到解释。

与此可以互相辉映的是，中国史学的自觉也是东汉末年的事情，在这以前"史"不过是"经"的附庸，到这时得以独立，从而迎来一个史学大繁荣的时代②。艺术的自觉也是魏晋时代的事情③，音乐的自觉以嵇康《声无哀乐论》为标志，两位最伟大的书法家：钟繇是建安时人，王羲之生活在东晋。这些都不是偶然的。只有作为绝对权威而且笼罩一切的儒家经典衰败之后，独立思考的理性精神大为高扬，思想、文化、文学的大解放才得以成为现实。

要达成"为艺术而艺术"首先得有一个前提条件，那就是作者必须具有自由的思想、独立的人格，必须是一个审美的主体，而非某一政治或社会力量的工具，也不是某种伦理道德的布道者。在建安时代，确已出现了一批这样的人物，这种不屑依傍他人具有独立人格的人物此后层出不穷，即如在《世说新语》中提到的六百多位人物即各有其精神面貌，其中包括许多作家。此书所述人物的时限是从汉末到晋宋之际。

换言之，"以气为文"而不以载道或充当什么工具为旨归，必以个性的高扬为基础；而这样的新人是从汉末的社会政治动荡中产生出来的，孔融就是一个突出的代表。在建安作家中孔融可以算作第一代，他亲身经历过东汉末年的"党锢之狱"，在尖锐复杂的斗争中养成了独立的人格，开始了全新的文学取向，而且等到曹操将北方的局面稳定下来以后，他也没有改变自己的风

① 《册魏公九锡文》（《文选》卷三十五）是建安十八年（213）曹操自立为魏公、加九锡时以汉献帝名义发布的诏书，其中列举曹操的十大功劳，竭力加以歌颂，为后来的同类文章树立了样板。在汉献帝的小朝廷上，潘勖自是一位大手笔。殷仲文是桓温的女婿，桓玄的加九锡文出于他的手笔，桓玄称帝后占据高位，厚纳货贿；刘裕打败桓玄后他自知处境危险，自请解职并上《解尚书表》（《文选》卷三十八），转而歌颂刘裕，但稍后仍以谋反罪被刘裕所杀。

② 参见逯耀东《〈隋书·经籍志·史部〉形成的历程》，《魏晋史学的思想与社会基础》，中华书局2006年版，第22～27页。

③ 参见章启群《魏晋哲学自然观的特征及其对于中国艺术自觉的意义》，《论魏晋自然观》，北京大学出版社2000年版，第185～206页。

格。他的追随者祢衡亦复具有强烈而特别的个性。这师弟二人最后都因个性的张扬而死于非命。

从外在形态来看，东汉末年是士大夫群体活动最火热的时代。史学家樊树志先生写道：

三万多名太学生是清流派的同盟军，他们熟读经书，却又不忘时政，在舆论上支持清议派。桓帝永兴元年(153)，冀州刺史朱穆弹劾贪官污吏及宦官党羽，无端遭到贬官。太学生刘陶等数千人游行到皇宫，上书请愿，迫使皇帝赦免朱穆。几年后，刘陶出任谏议大夫，依然保留太学生时代的锋芒，上书言事，直言不讳地指出："天下大乱，皆由宦官。"遭到宦官诋毁，被迫害致死。

在太学生看来，国家命运系于阉宦之手是奇耻大辱，因此他们最为推崇的官僚就是敢于反对宦官的李膺、陈蕃、王畅等清议派，称李膺是"天下楷模"，陈蕃是"不畏强御"，王畅是"天下俊秀"。李膺作为清议派的首领，抨击弊政无所顾忌，公卿以下大小官僚莫不害怕他的"贬议"。他出任河南尹，巫师张成之子杀人，他不顾大赦令毅然将犯人处死。张成得到宦官的后援，到处扬言李膺结成朋党，讽议朝政。张成的弟子牢修甚至上书诬告李膺"养太学游士，交接诸郡生徒，更相驱驰，共为部党，诽讪朝廷，疑乱风俗"。桓帝不辨青红皂白，勃然震怒，下令全国"逮捕党人"，"布告天下"。李膺等二百余人被捕，漏网者悬赏捉拿，一时间，缉捕人犯的使者四面出击，相望于道。次年，由于尚书霍谞、城门校尉窦武出面营救，李膺才得以赦免回乡，但是以"党人"的名义禁锢终身。这就是第一次"党锢之狱"。

有意思的是，当时社会舆论都倾向于"党人"，把那些遭到迫害的清议派人士尊称为三君、八俊、八顾、八及、八厨，引为社会楷模。《后汉书·党锢传》写道："自是，正直废放，邪枉炽结，海内希风之流，遂共相标榜。"……朝廷的本意是企图以"党锢"的手段打击清议，左右舆论，结果适得其反。"党人"范滂出狱还乡，南阳士大夫自发出城迎接，车辆达几千辆之多，显然把他看作衣锦还乡的英雄。度辽将军皇甫规仰慕"党人"的高风亮节，竟以自己不在党籍为耻辱，上书朝廷自请以"党人"治罪。

这是多么具有讽刺意味的一幕！

> 幼小的灵帝即位后，窦太后临朝称制，外戚窦武以大将军身份掌权，与太傅陈蕃合作，起用被禁锢的“党人”，企图一举消灭宦官势力。宦官发动宫廷政变，劫持窦太后，挟持灵帝，窦武兵败自杀。陈蕃率领僚属及太学生，冲入宫门营救，被捕后死于狱中。宦官乘机诬告“党人”谋反，大肆镇压，凡是“党人”及其门生、故吏、父子兄弟及其亲属，都遭到牵连，终身禁锢。这就是第二次“党锢之狱”。
>
> 党锢事件毫无疑问是对持不同政见者的镇压，所谓“党人”，其实并没有结成什么“党”，所谓“共为部党”云云完全是诬陷不实之词。李膺、陈蕃、刘陶、范滂等人不畏强暴，伸张正义的气概，为后人所景仰。正如《后汉书》所说：“咸能树立风声，抗论惛俗，而驱驰险厄之中，与刑人腐夫同朝争衡。”他们忠于职守，抨击弊政，极力反对宦官专权，宁愿丢官丧命，也不屈从于他们的淫威。这种清流，不独令古人，也令今人感慨系之。①

“清流”与太学生们参加政治活动动辄集中数千人，有车数千辆，显示了群体的力量；其时为名流送行、会葬也往往会有成千上万的人参与②。社会精英们这样的活动方式，其前提乃是个性的觉醒，因为这样的行动并没有高高在上的权力的指挥，恰恰相反，它的矛头是指向权力甚至反对现有体制的，面临着遭到镇压的危险；这里需要具有独立人格的觉醒者。

古代的民（士、农、工、商）在一般情况下乃是一盘散沙，从上面来组织和控制他们的是国家权力，每个人在规定的体制内安分守己地过日子、尽义务（交纳赋税，参加劳役和兵役）。情况稍为不同的是士人，他们可以努力研读经书、加强道德修养，听候上面选拔，准备进入官场——他们没有也不需要有什么独立的人格，也少有群体的活动。这样的一盘散沙很便于皇帝和各级官僚的统治和管理。但是东汉末年的情况实在太糟糕了，上面的权威已经统治不下去，而下面的士大夫也不再愿意接受那样的统治了。再晚一点，则是农民也不能容忍这样的局面，纷纷揭竿造反；群豪并起，割据称雄，前后四百多年（前206～25～220）的大汉王朝不久就黯然倒塌；而在这以前二十多年里，

---

① 樊树志《国史十六讲》，中华书局2006年版，第72～73页。

② 《后汉书·郭太传》载：“后归乡里，衣冠诸儒送至河上，车数千辆。林宗唯与李膺同舟共济，众宾望之，如神仙焉。”又载：“卒于家，时年四十二。四方之士千余人，皆来会葬，同志者乃共刻石立碑。”

它已经名存实亡。

个性的觉醒引发群体活动的活跃是汉末以来的大变化。鲁迅先生说过，只有“国人之自觉至，个性张”，才能使“沙聚之邦，由是转为人国”[①]。中国古代在某种程度上也存在这样的因果关系。建安、三国时代思想活跃，人才辈出，“战国以后，中国人的思想从来没有像三国时代这样自由活泼过”[②]，其根本因缘就在于这是一个个性高扬的时代，其盛况前后只有春秋战国和五四运动时期可以媲美。两晋南北朝人才也还较盛。这一阶段文学的繁荣，根底在此。

东汉末年士大夫群体活动空前活跃的影响极其深远，社会风气也为之一变，加强交游成了一件很时髦的事情；据徐幹说，桓、灵之世时“自公卿大夫、州牧郡守，王事不恤，冠盖盈门，儒服塞道。……下及小司，列城墨绶，莫不相商以得人，自矜以下士，星夜夙驾，送往迎来，亭传常满，吏卒传问，炬火夜传，阍寺不闭”(《中论·谴交》)。这种情形真所谓史无前例。“王事”已经没有什么意思了，人才重要，希望全在民间。

正是在重视群体的新传统影响之下，当时和此后一段时间里文学界也颇讲究群体的活动方式。魏晋时代出现了不少文学集团，著名的如邺下文人集团、“竹林七贤”、“二十四友”、庾亮幕府中文人群体、桓温幕府中文人群体，如此等等。此外又多有文人聚会，如金谷聚会、兰亭聚会、乌衣之游等等。归隐后的陶渊明也和他邻里们常常聚会、出游，阵容虽不豪华，而意义却一点也不低。在这些群体活动中，参与者仍然保持着各人的个性。“建安七子”面貌迥异，“竹林七贤”各行其是。在各种群体活动中，虽然不免会有上下主宾之分，但总归相对平等，参与者能够在比较宽松的气氛里互为“郢质”，交流思想，同题写作商略文字，评品作品互有赠答，从而催生出大批的作品，促进了文学创作的繁荣。

这样的风气对后世产生了很大影响，其中某些活动方式甚至延续至今。

赠答诗正是在这样的时代首先繁荣起来的。赠答诗虽然不一定直接产生于群体活动的场合，但平时的群体活动和密切的交往实为其产生的背景或条件。不错，在诗歌中互有赠答的风气古已有之，但远远没有形成气候和

---

① 《坟·文化偏至论》，《鲁迅全集》第1卷，第56页。

② 余英时《论士衡史》，上海文艺出版社1999年版，第126页。

规模①,到东汉末年才有秦嘉与他夫人之间的赠答诗,蔡邕也写过赠答诗。建安以后文学趋于自觉,文人集团开始形成,群体活动日益丰富,文人间的交往也相应地趋于频繁,以诗篇互相应酬,或者借诗歌的形式表达一些不便直说的内容,非常方便而且风雅,赠答诗于是就特别兴旺发达起来。

《文选》选入的赠答诗有三卷之多(卷二十三之后半到卷二十六之前半),其中绝大部分是魏晋士人的作品。

曹魏邺下文人集团中出现了许多赠答诗,写得最多的是曹植。他年纪很轻,才华横溢,而又不处在直接领导诸子的地位上,与文人们比较容易平等地交往,也就最便于以诗赠人。他先后写过赠徐幹、王粲、丁仪、丁廙、曹彪等人的诗。到魏晋之际特别是西晋以后,赠答诗进一步繁荣起来,流传下来的作品也更多,许多诗人都有这方面的篇什。例如陆机、陆云赠人之诗都相当多,赠诗的对象多半是由南方到洛阳来的前孙吴方面的士人,他们之间有着相近的思想感情和太多的共同语言,先前他们在孙吴故国时尚可以相忘于江湖,现在却只能相濡以沫了;也有中原的同僚,如贾谧、潘尼等等,要融入洛阳的上层社会,他们非同中原名流打交道不可。以诗赠答形成风气以后,作者日多,有些诗人甚至除了赠答诗以外,简直不大写其他题材的作品。孔子说过"诗可以群"②,中国古代的诗歌本来就具有人际交往方面的作用,同时也并不妨害其基本的美学功能。

以诗相互赠答形成风气之后,请人代作、帮人代作的情形就出现了。贾谧赠陆机的诗是潘岳代作的,为上司代笔,后来也常有之;出乎一般意料的是,顾荣赠给他夫人的诗以及夫人的答诗,竟然是陆机、陆云兄弟代作的;但顾荣是二陆的姊夫,那么这也是可以理解的了。

---

① 以诗歌互相赠答的情形《诗经》中已经有之,例如《郑风·东门之墠》:"东门之墠,茹藘在阪。其室则迩,其人则远。东门之栗,有践家室。岂不尔思,尔不我即。"前后两章分别为男女之辞,形成赠答的关系。又《大雅·崧高》一篇乃"吉甫作颂""以赠申伯"者,已遥开后来士人赠答诗之先河。《楚辞·九歌》中的《湘君》和《湘夫人》所形成的一赠一答,格调近于民歌。下层文人喜欢采用古老民歌的办法,往往将赠答写入同一首中,例如《古诗十九首》其六云:"涉江采芙蓉,兰泽多芳草。采之欲遗谁,所思在远道。还顾望旧乡,长路漫浩浩。同心而离居,忧伤以终老。"四句一组,前后两部分分别采用思妇与游子的口气,形成很有张力的抒情。要之,赠答诗的民间系统与士人系统均早已产生,但在此后相当一段时间里,士人系统的赠答诗并不多见。

② 《论语·阳货》:"子曰:小子何莫学乎诗?诗可以兴,可以观,可以群,可以怨。迩之事父,远之事君,多识于鸟兽草木之名。"

魏晋诗人还代古人作赠答诗。旧题李陵、苏武的诗(《文选》卷二十九"杂诗"上),大约乃正是魏晋时人帮古人代作,用苏、李的名义写的,后来失去代作者的主名,就变成苏、李本人的作品了①。

从某些赠答诗中可以看出微妙的世态人心,曹魏时代的杜挚与毌丘俭之间的赠答诗就是借诗说事而没有办成的好例②。又如郭泰机与傅咸之间的一组诗读来也颇多兴味,傅咸本来是个满脑袋儒家经典、比较无味的人物,好诗不多,其人被《诗品》列入下品;而一旦写起赠答诗来,倒也略有可观③。陶渊明也写过不少赠答诗,归隐后他固然生活在农村里的农民中,但与各路官员也颇有来往,参加过若干群体活动。一位高隐尚且如此,则生活在官场中的作家,就更离不开他们那个群体了。考察魏晋文学,非注意这样的基本情况不可。赠答诗的繁荣应视为当时文学自觉的表现之一。

---

① 古今考证所谓苏、李诗出于后人之手的议论很多,梁章钜《文选旁证》卷二十五引用翁方纲的意见说:"苏、李远在异域,尤动文人感激之怀。"指出这一题材特别能够引起代作者之兴趣,尤多启发。

② 《三国志·魏书·王卫二刘傅传》裴注引《文章叙录》曰:"(杜)挚字德鲁。初上《笳赋》,署司徒军谋史。后举孝廉,除郎中,转补校书。挚与毌丘俭乡里相亲,故为诗与俭,求仙人药一丸,欲以感切俭求助也。其诗曰:'骐骥马不试,婆娑槽枥间。壮士志未伸,坎坷多辛酸。伊挚为媵臣,吕望身操竿。夷吾困商贩,甯戚对牛叹。食其处监门,淮阴饥不餐。买臣老负薪,妻畔(叛)呼不还。释之宦十年,位不增故官。才非八子伦,而与齐其患。无知不在此,袁盎未有言。被此笃病久,荣卫动不安。闻有韩众药,信来给一丸。'俭答曰:'凤鸟翔京邑,哀鸣有所思。才为圣世出,德音何不怡。八子未遭遇,今者遭明时。胡康出垄亩,杨伟无根基。飞腾冲云天,迅奋协光熙。骏骥骨法异,伯乐观知之。但当养羽翮,鸿举必有期。体无纤微疾,安用问良医?联翩轻栖集,还为燕雀嗤。韩众药虽良,或更不能治。悠悠千里情,薄言答嘉诗。信心感诸中,中实不在辞。'挚竟不得迁,卒于秘书。"

③ 处士郭泰机曾向达官傅咸求援,赠诗道:"皎皎白素丝,织为寒女衣。寒女虽巧妙,不得秉杼机。天寒知运速,况复雁南飞。衣工秉刀尺,弃我忽若遗。人不取诸身,世士焉所希。况复已朝餐,曷由知我饥!"诗载《文选》卷二十五,题作《答傅咸诗》,其实很可能是一首赠诗,其内容完全是自叹贫贱,而以比兴出之,诗末有责备傅咸饱汉不知饿汉饥之意,求人而不失寒士风骨。钟嵘评此诗为"孤怨宜恨",并将郭泰机列入中品。傅咸的答诗今已亡佚,《文选》李善注引用过四句:"素丝岂不挈,寒女难为容。""贫寒犹手拙,操杼安能工?"称为"傅咸赠诗";又引出《傅咸集》中的几句话,似为他答郭处士诗之小序,略云"河南郭泰机,寒素后门之士,不知余无能为益,以诗见激。……余虽心知之,而未如之何。此屈非复文辞可了,故直戏以答其诗云"。本来郭泰机自称"寒女"而指傅咸为"衣工"(制衣专业户),埋怨他不肯帮忙;而傅咸却说自己也是寒女,这个忙帮不上。这也许乃是托词,但措辞不能说不巧妙。他争着去当寒女,这就是所谓"戏答"了。中国历来有帮急不帮穷的说法,"此屈非复文辞可了"亦可谓见道之言,但这并不妨碍有力者在可能的范围内对弱势群体有所帮助。

二

汉末以来思想活跃，明显地出现多元化的生动场景，儒、法、道、玄各擅胜场，道、佛两教蓬勃发展，凡此种种都对文学产生了或隐或显的影响。当年的作家们总是从中吸收有利于自己创作的营养，开辟自己的道路，而较少追随一家一教往而不返以致妨碍创作者。

汉代的学术中心在经学，但这时对儒家经典的解释已经不同于原始儒家，西汉好言灾异，东汉经学则同谶纬结合得很紧，烦琐而神秘，没有多少学理可言，通经致用无非是以经义为治术的装饰，此即所谓“儒术”，与道义其实没有太大的关系。儒学体制化的时间一长，弊端百出，逐渐引起怀疑和厌倦；加上选举制度日趋混乱，老老实实走“学而优则仕”的道路已经不大走不通了，于是士人们寻找别的道路，各种思想，包括法家、道家、名家、纵横家等古老传统思想纷纷重新浮出地表。“《春秋》所以大一统者，六合同风，九州共贯也”（《汉书·王吉传》），而理想中的“天不变，道亦不变”在政权分裂前夕不能不一变而为“天将变，道亦将变”。建安时代天下分崩，征伐不断，迫切需要的乃是进取实用的学问，儒家经典显得迂远而不切实用[①]，所以无论是曹操、孙权还是刘备、诸葛亮都不约而同地注意法家学说和近代（汉王朝）历史。先前曾经作为学术正统的经学，虽然继续存在，甚至还出现了大师级的人物，但实际上是衰微了。郑玄（127～200）是兼通今古文经学的超级大师，得到各方面的尊重，但也只是表面上如此，例如孔融表面上对他相当夸张地表示礼遇，而实际上却不大看得起他；郑玄的孙子、学综六经的郑小同则被以儒学世家自居的司马氏杀害了。

不过汉末以来经学的衰落并不代表儒家思想已经没落，也不代表儒家经典完全失去人心；相反地，玄学家们大大致力于重新阐述《周易》《论语》等经典，渗入本体论的新义，作出了思想史上关系极大的胜业；而不少作家也往往能在传统的僵硬的注释之外，直接从经典中寻找思想资料，得到自己的体悟。曹植、陆机、陶渊明等一流作家都不废儒家经典，陶渊明尤其能从中获得合乎

---

① 西汉人叔孙通早已说过：“夫儒者难与进取，可与守成。”（《汉书·叔孙通传》）。建安时代已无成可守，非进取改变不可。

常识和常情的全新体会,例如躬自参加农业生产的必要性等等①,他的意见并不合于经典的本义,与汉代经师所述之微言大义尤其迥乎不同。

建安时代最值得注意的是所谓刑(形)名之学,讲究循名责实,用法家的严厉手段从事政治,其中曹操最为典型,影响很大,这就是傅玄所说的“魏武好法术,而天下贵刑名”(《晋书·傅玄传》)。人才的流动性大为加强,纵横游说之风也非常引人注目——这些学术上的新变都对文学产生了相当大的影响,而文学上的新风气也反过来影响了学术方面的研究,徐幹的《中论》就是一个明显的成果。

刘师培先生说:

> 建安以后,群雄分立,游说风行。魏主提倡名法,趋重深刻,故法家、纵横家又渐被于文学,与儒家复成鼎足之势。儒家则东汉之遗韵,法家、纵横家当时之新变也。七子之中,曹子建可代表儒家,其作法与班(固)、蔡(邕)相同,气厚而有光,惟不免杂以慨叹耳。王仲宣介乎儒、法之间,其文大都渊懿,惟议论之文推析尽致,渐开校练名理之风,已与两汉之儒家异贯。盖论理之文,“迹坚求通,钩深取极”(《文心雕龙·论说》篇语),意尚新奇,文必深刻,如剥芭蕉,层脱层现,如转螺旋,节节逼深,不可为肤里脉外之言及铺张门面之语,故非参以名、法家言不可,仲宣即开此派之端者也。至于三国奏章,皆属法家之文,斩截了当,以质实为主。王弼、何晏之文,所以变成道家,即由法家循名责实之观念,进而为探索高深哲理耳。陈琳、阮瑀并以骋词为主,盖受纵横家之影响,而下开阮嗣宗一派。故研究建安文学者,学子建应本于儒,学仲宣应溯诸法,学阮、陈应求之纵横,最近亦当推迹邹阳;而嵇叔夜之长论则非参合道、法二家之学说不为功。大抵儒家之文能“衍”,法家之文能“推”。中国文学之最深刻者,莫过法家,如韩非《解老》《喻老》及《说难》,层层辩驳,逐渐深入,实议论文之上乘。建安以后,名、法盛行,故法家之文亦极发达。如王弼《易略例》《易注》之作法皆出于《解老》《喻老》。至嵇叔夜将文体益加恢弘,其面貌虽与韩非全殊,而其神髓则与法家

① 《庚戌岁于西田获旱稻》:“人生归有道,衣食固其端。孰是都不营,而以求自安。……遥遥沮溺心,千载乃相关。但愿长如此,躬耕非所叹。”长沮、桀溺是古代躬耕的隐士,他们不赞成孔子,见《论语·微子》。又本诗的开头二句,也与孟子之所谓“人之有道也,饱食,暖衣,逸居而无教,则近于禽兽”(《孟子·滕文公上》)完全不同。

无异。综上所述,可知三国之文学最为复杂也。①

这时大有新一波百家争鸣、百花齐放之势。

玄学的出现和发展是本阶段思想史上的头等大事,以玄理为内容的清谈风靡一时,至东晋仍兴旺不稍衰,影响于文人的生存状态及其创作非常深远。

一般认为是汉末的“清议”开启了后来的玄学“清谈”。可是这两者之间并无直接的关系,其间转捩的关键在于建安时代的辩论,另一个来源则是荀粲等人的玄论。

汉末名士们关于人物的谈论品评往往只有很简短的一两句话,它是由先前的征辟察举制度演变而来,只不过评论家具有独立的立场,且多持有不同于朝廷的政见,其评论也并非如乡举里选那样直接为官方选拔人才服务,有些甚至有反政府的倾向。这种私家的人物论当时称为“清议”或“人伦”②;后来曹魏实行九品中正制,注意将人物放到他的所在地加以品评,在某种意义上继承并发展了汉朝的乡举里选,此时的办法是:民间的清议经由一种称为“中正”的官员加以采访整理以后逐层上报,朝廷据以决定人才的选拔和任用,于是“清议”一词更普遍地得到运用③。由于东汉末年的人物品评在某些文献中曾被称为“清谈”,而“清议”又正是一种非官方的人物评论,于是“清议”“清谈”这两个名词就弄得有点缠夹不清了④。要之,中古时代“清谈”一词先前曾经指称那些出于名士之口的人物评论,此种议论同后来由中正们采访整理的民间“清议”相对而言,并同时存在;这种意义上的“清谈”与后起的以玄理辩论为中心内容的“清谈”乃是名同而实异的两回事。

汉末体制外清流名士进行人物评论的方式是由某一“人伦”专家独自在

---

① 《汉魏六朝专家文研究·论各家文章与经子之关系》,《刘申叔先生遗书补遗》下册,广陵书社2008年版,第1535～1536页。

② 如大名士郭太“虽善人伦,而不为危言覈论”(《后汉书·郭太传》)、许劭“好人伦”(《后汉书·许劭传》)等等。

③ “清议”一词在文献中颇为多见,如“州里清议”(《晋书·刘毅传》)、“乡邑清议”(《晋书·卞壶传》)等等;因为这种评论意见来自民间,也可以简明地称之为“乡论”,或并提为“乡论清议”,如刘宋明帝泰始元年(465)登基时宣布大赦,将过去“犯乡论清议”的一概“洗除”(《宋书·明帝纪》),与民更始。

④ 《三国志·魏书·武帝纪》裴注引张璠《汉纪》载郑太说董卓曰:“孔公绪(伷)能清谈高论,嘘枯吹生。”《后汉书·郑太传》亦有类似的记载,既然说是“嘘枯吹生”,自当属于人物评论。诸如此类的以“清谈”一词指称非官方名士人物评论的提法,史书中颇有其例,详见唐长孺《清谈与清议》,《魏晋南北朝史论丛》,河北教育出版社2000年版,第276～284页。

那里发表议论，而且往往只说一两句话，被评论者洗耳恭听，并不说一句话[①]——这样的情形同后来玄学“清谈”的方式可谓毫无共同之处。魏晋“清谈”乃是一种内容相当丰富的辩论或曰学术讨论，往往不止一个回合；“清谈”至少有两个人对谈，有时还有主持人，有听众；而决非某一名士在那里发表其品评人物的高论。

魏晋清谈直接的先导之一是建安时代的士人辩论，现在还可以看到当时的辩论文章，如孔融、荀悦等人的《圣人优劣论》，孔融、陈群等人的《汝颍优劣论》，曹丕、丁仪、曹植等人的《周成汉昭论》，阮瑀、应玚等人的《文质论》等等。这一类辩论，正如现在的许多辩论赛上的情形一样，正、反双方的观点谁是谁非，一时难以决定。双方高下之分的重点不在其论点如何，而在证明自己的论点、反驳对方意见时所表现的气度、见识和辩才如何。开展这一类辩论有一个前提，那就是不以某一经典或权威来判断是非，思路较宽，言者无罪。在东汉经学昌盛、思维僵化、师之所传弟之所受一字不敢有出入的情况下，是不可能有如此活跃的辩论的。而汉末以来，王纲解纽，经学衰落，“户异议，人殊论，论无定检，事无定价”（曹丕《典论》），价值有待重估，言论比较自由，这样自由辩论的气氛才得以逐渐形成。当时专题辩论的风气很盛，事后还把辩论发言的要点写成文章，而有时会带有某种游戏性质，所以应玚在《公宴诗》里说“辩论释郁结，援笔兴文章”，后来刘勰概述邺下文坛的盛况，也道是“傲雅觞豆之前，雍容衽席之上，洒笔以成酣歌，和墨以借谈笑”（《文心雕龙·时序》），最后一句即指当年同题作文，互相辩论。

这种风气到正始时代继续存在并有了长足的新发展，向秀故意写文章驳斥嵇康的名篇《养生论》，以便引起他的兴致，激发他进一步阐述其理论主张。这时的题目已经不限于人才问题，而是可以包括各种理论问题。

东汉末年的人物评议是很严肃的事情，关乎被评者的前途，能够产生实际的影响；而建安、正始时代的文人辩论则题目离当下的政治运作比较遥远，

---

① 这方面一个著名的例子是曹操请著名人物评论专家许劭给自己下一品评。《后汉书·许劭传》载：“许劭字子将，汝南平舆人也。少峻名节，好人伦，多所赏识。……又与从兄靖不睦，时议以此少之。初，劭与靖俱有高名，好共核论乡党人物，每月辄更其品题，故汝南俗有‘月旦评’焉。”一个人一旦得到这种大腕明星级之人物评论专家的品题，身价马上飙升；于是曹操就找上门去：“曹操微时，常卑词厚礼，求为己目。劭鄙其人而不肯对，操乃伺隙胁劭，劭不得已，曰：‘君清平之奸贼，乱世之英雄。’操大悦而去。”其时正是乱世，著名“人才学”专家称自己为英雄，曹操当然兴奋。

对社会政治生活并无实际的影响,而只是标志着理论热情的高涨。

荀粲的玄论是此后玄学清谈的另一重要源头。荀粲是当时的重臣荀彧(163~212)之子,《三国志·魏书·荀彧传》注引刘劭《荀粲传》云:

粲字奉倩。粲诸兄并以儒术论议,而粲独好言道,常以为子贡称夫子之言性与天道,不可得闻,然则六籍虽存,固圣人之糠秕。粲兄俣难曰:"《易》亦云圣人立象以尽意,系辞焉以尽言,则微言胡为不可得而闻见哉?"粲答曰:"盖理之微者,非物象所能举也。今称立象以尽意,此非通于意外者也;系辞焉以尽言,此非言乎系表者也。斯则象外之意,系表之言,固蕴而不出矣。"(俣)及当时能言者不能屈也。……

太和初到京邑与傅嘏谈,嘏善名理而粲尚玄远,宗致虽同,仓促时或有格而不相得意,裴徽通彼我之怀,为二家骑驿,顷之,粲与嘏善。夏侯玄亦亲。常谓嘏、玄曰:"子等在世途间,功名必胜我,但识劣我耳。"嘏难曰:"能盛功名者,识也。天下孰有本不足而末有余者耶?"粲曰:"功名者,志局之所奖也。然则志局自一物耳,固非识之所独济也。我以能使子等为贵,然未必齐子等所为也。"……

粲简贵,不能与常人交接,所交皆一时俊杰。至葬夕,赴者裁十余人,皆同时知名士也。哭之,感动路人。

这里已有正方(荀粲)和反方(荀俣、傅嘏等),辩论只在口头进行。荀粲的思想大为超前,能理解的人不多,例如他说哲学思辨无关乎实际,就同中国传统深厚的工具理性、学以致用完全大异其趣,所以连高人傅嘏也不能认同。而荀粲思考问题仍然从儒家经典出发,而从字里行间发现问题,提出新见,这样的方法对何晏、王弼以至向秀、郭象皆有先导之功。

荀粲死得很早,只有二十九岁。他生前笃于夫妇之情,有不少动人的故事,这对此后的名士大讲"圣人有情",并在实际生活中往往具有深情,也树立了一个榜样。

荀粲和他谈玄伙伴的辩论方式以及谈论的内容都为后来的正始玄学家所继承,当然又有所发展。例如何晏与王弼的清谈,即由何先竖一义(正方),王就此义发难(反方),何失败后又由王独自"自为主客数番"(《世说新语·文学》"何晏为吏部尚书"条),既当正方,又当反方,在独角戏中安排两种意见反复交锋,把该题的辩论引向深入,使听众们大开了眼界——这是前所未闻的。王弼是当时水平最高的玄学理论家,后来的辩手能达到这种水平的有东晋的玄学家许询，他与王修辩论，许胜王屈，于是他和对方交换所持的论点再次辩论，结果仍然是许胜王败。

魏晋清谈的内容大抵抽象的玄理，如“声无哀乐”“养生”“言尽意”“才性”等等，内涵甚深；而建安时代最为热门的以人物比较为题的辩论也还久盛不衰，例如东晋有一场伏滔与习凿齿就青、楚人物之优劣的辩论，就与先前的《汝颍优劣论》格局完全相同（详见《世说新语・言语》“王中郎令伏玄度、习凿齿论青楚人物”条以及刘孝标注所引《（伏）滔集》）。

当时有些玄论文章也往往用正反两方辩论的方式写成，如嵇康的《声无哀乐论》即由“秦客”与“东野主人”反复进行的八轮交锋构成，相当于王弼的“自为主客数番”。他的《养生论》也是一篇重要文章，为了答复向秀的责难，嵇康又写了第二轮文章《答〈难养生论〉》。嵇康也乐于充当反方，这方面的辩辞有《难自然好学论》（对手是张叔辽）、《难宅无吉凶摄生论》（对手是阮侃），同样卓尔不群。阮籍也写过若干辩论体的论文，例如他的《达庄论》亦由主客双方的辩论构成；他的《乐论》曾受到夏侯玄的点名批评，可惜这一场辩论没有来得及深入进行下去。

晋人清谈完全以口头辩论为主，往往并不写下来，正反两方就某一题目互相论难，交锋的次数可以多少不等，没有明确的时间限制，总要辩到分出胜负为止。辩手清谈的时候，习惯于手执麈尾作为道具——麈即麋鹿（俗称“四不像”），尾巴比较长；当时之所谓“麈尾”乃是一种用麈尾毛制成的扇子似的物件，既可以用来拂尘，也可以取风降温，是名士们时髦的饰物和道具，在清谈辩论时不可或缺①。挥麈而谈后来成了两晋名士的典型形象。

魏晋时人辩论，固然要看道理讲得如何，同时又十分注意辞令文采，讲究简明扼要，一语破的。辩论时的风采和气度，谈士们也很看重。但发展到后来，包装更重于货色，形式方面的东西显得比内容还重要，表演性过强，不免

---

① 王导《麈尾铭》（《艺文类聚》卷六十九）说麈尾的作用在于“拂秽清暑”。后来徐陵的《麈尾铭》说起麈尾的形制云：“爰有妙物，穷兹巧形。员（圆）上天形，平下地势。靡靡丝垂，绵绵缕细。……拂静尘暑，引饰妙词。”（许逸民《徐陵集校笺》第一册，第169～173页）可见这种类乎扇子之高级玩意的主体部分下平上圆。传世的唐人孙位《高逸图》（《中国绘画史图录》上册，上海人民美术出版社1981年版，第50页）中阮籍手上拿的那把扇子似的东西，据说就是麈尾。关于麈尾更详细的考辨，请参见贺昌群《〈世说新语〉札记》，《贺昌群文集》第三卷，商务印书馆2003年版，第475～485页；范子烨《中古文人生活研究》第四章第四节，山东教育出版社2001年版，第197～241页。

背离了清谈的宗旨。刘义庆所撰《世说新语》虽然多处涉及清谈，但很少交代辩题和双方的辩辞，顶多只介绍其中的一些譬喻和警句，即所谓“名通”之言，而专门重在描述双方的表现和听众的反应；唯其如此，所以“清谈之传于今日者，大抵为结论之类，而其所以然之故自不易考知，后人因亦只具一模糊笼统之观念，不能确切指实”①。不知对清谈如此感兴趣的刘义庆何以不编一本关于清谈内容的资料集，以致史料丧失，极为遗憾。由此也可见，到刘宋时代清谈式的辩论已经走到了末路，人们感兴趣的仅仅在于名士们的风采了。这种情形在东晋已经出现了某种苗头：王濛辩论时输掉了，却强调对方“韶音令辞不如我”(《世说新语·品藻》)；支道林与许询辩论，“支通一义，四坐莫不厌心，许送一难，众人莫不抃舞。但共嗟咏二家之美，不辨其理之所在”(《世说新语·文学》)。辩论搞到这种地步，已经没有多少意思了。清谈后来谈不下去，原因很多，达官贵人沉溺于玄谈不务正业以至造成“清谈误国”，固然是一大原因；清谈式辩论本身舍本逐末、蜕化变质、失去持续发展的生机，应当也是一个重要的原因。

魏晋清谈的积极成果主要表现在三个方面：

首先，促进了当时知识界思想的活跃，宽松自由的气氛对文化特别是哲学的繁荣是十分有利的。宗白华先生说得好：“古代哲理讨论的进步，多由于座谈辩难。柏拉图的全部哲学思想用座谈对话的体裁写出来。苏格拉底把哲学带上街头，他的街头论道是西洋哲学史中最有生气的一页。印度古代哲学的辩争尤其非常激烈。孔子的真正人格和思想也只表现在《论语》里。魏晋的思想家在清谈辩难中显示出他们活泼飞跃的析理的兴趣和思辨的精神。……可惜当时没有一位文学天才把重要的清谈辩论详细记录下来，否则中国哲学史里将会有可以比美《柏拉图对话集》的作品。”②可以稍稍弥补这一缺憾的是，中国有《世说新语》一书传世，从中尚可窥见魏晋清谈的某些情形及其价值。

其次，一批清谈的成果在书面上落实为若干高水平的论著，大大地丰富了中国思想史、哲学史、文学史，其作者主要有何晏、王弼、阮籍、嵇康等人。

最后，玄学清谈更深远的影响则在于文人心态、作风以至创作等方面。玄学讲“以无为本”，讲“自然”，培养了文人们超越的思想，他们或越名教而任

① 陈寅恪《陶渊明之思想与清谈之关系》，《金明馆丛稿初编》，第210～211页。

② 宗白华《清谈与析理》，《美学与意境》，人民出版社1987年版，第201页。

自然，或融合名教于自然，因此可以高蹈于风尘之外或虽处名利场中而能有玄远之意，不至于完全受一时功利的束缚，不至于异化为物质利益或世俗名声的奴隶。这对于从事文学创作是非常有利的。

而且唯其如此，魏晋文人中的高手也就将自己的人生艺术化了，他们思想开放，感情丰富，立意高远，心胸旷达，行事真率，潇洒出尘，悟性极高，我行我素。这样的所谓"魏晋风度"引起后人无尽的仰慕。魏晋名士的风神一向光彩照人，陶渊明尤其是一个不朽的范型，其人格构成影响中国社会甚为深远，直到现在仍然没有完全过时，当今社会仍有遁入山林的隐居之士①。其中的源流演变与利弊得失，有许多值得深思的地方。

魏晋清谈的一些题目构成了议论文的话题，而其中的"言意之辨"更广泛地影响到文学的创作和鉴赏。袁行霈先生指出：

> 言意之辨讨论的问题是言辞和意旨之间的关系，其中言不尽意论和得意忘言论对文学创作和文学鉴赏产生了重大的影响。以荀粲为代表的言不尽意论，认为言可达意，但不能尽意，指出了言意之间的联系和差别，以及言辞在表达意旨时的局限。以王弼为代表的得意忘言论，认为象的功用是存意，言的功用是明象，只要得到象就可以不必拘守原来用以明象的言，只要得到意就可以不必拘守原来用以存意的象。如果不忘象就不能真正得到意，不忘言就不能真正得到象。要想真正得到意必须忘象，要想真正得到象必须忘言。言不尽意论对创作论有所启发，得意忘言论对鉴赏论有所启发。语言是人类伟大的创造，然而它同人类丰富的感情、心理相比，同大千世界相比，又是苍白无力的。文学创作欲求达意，最好的方法是：既诉诸言内，又寄诸言外，充分运用语言的启发性和暗示性，以唤起读者的联想，让他们自己去体味那字句之外隽永深长的情思和意趣，以达到言有尽而意无穷的效果。陆机在《文赋》中已经注意到文学创作中的言意关系："恒患意不称物，文不逮意，盖非知之难，能之难也。"陶渊明《饮酒》其五说："山气日夕佳，飞鸟相与还。此中有真意，欲辩已忘言。"……言有尽而意无穷，这个道理对诗人和读者都很重要。中国诗歌的艺术精髓说到底就在于此，而这正是受了魏晋玄学的启发而得到的。②

---

① 参见《中国社会科学报》2011 年 12 月 13 日第 5～7 版《寻找终南山隐士文化》独家报道。

② 《中国文学史》第 2 卷，高等教育出版社 1999 年版，第 14 页。

这是很深刻的总结。魏晋玄学还直接引出了玄言诗，将理论直接搬进诗歌显然不是一个好办法，所以玄言诗佳作甚少；但如果能吸收玄学理论的营养，从实际生活中、从自然山水中领悟出哲理来，并写入诗中，那就完全不同了。陶渊明受玄学浸润很深，又能别出手眼从田园生活中提炼出许多哲理来，这样他的诗就大有“理趣”而不落入“理障”，自能得到后人极高的评价，自赵宋时代被定为文学经典以后，其人其文的崇高地位从未动摇过，并产生了越来越深广的影响。

汉末三国两晋又是一个史学非常繁荣的时代，这时除出现了陈寿《三国志》、袁宏《后汉纪》等流传至今的长篇巨著外，还有大量的著作，尤多杂史，如《英雄传》《魏氏春秋》《汉晋春秋》《江表传》《晋阳秋》等等；又有关于个别人物的杂传，读来很有兴味，其中有些篇幅不大，细节生动，可以作为散文或小说来看，例如写曹操的《曹瞒传》即近于小说①，大约出于孙吴人之手，着力描写曹操的权术奸诈，《三国志》裴注中多有引用，甚至一直影响到很晚的长篇小说《三国演义》；另外许多这样的短篇传记见于《三国志》裴注、《世说新语》刘注、《文选》李善注和各种类书中，颇有名篇；试举夏侯湛写他家外祖母辛宪英老太太的一篇来看：

宪英聪明有才鉴。

初，文帝与陈思王争立为太子，既而文帝得立，抱(辛)毗颈而喜曰：“辛君知我喜不?”毗以告宪英，宪英叹曰：“太子代君主宗庙社稷者也。代君不可以不戚，主国不可以不惧，宜戚而喜，何以能久？魏其不昌乎！”

弟敞为大将军曹爽参军，司马宣王将诛爽，因爽出，闭城门。大将军司马鲁芝将爽府兵，犯门斩关，出城门赴爽，来呼敞俱去。敞惧，问宪英曰：“天子在外，太傅闭城门，人云将不利国家，于事可得尔乎?”宪英曰：“天下有不可知，然以吾度之，太傅殆不得不尔。明皇帝临崩，把太傅臂，以后事付之，此言犹在朝士之耳。且曹爽与太傅俱受寄托之任，而独专权势，行以骄奢，于王室不忠，于人道不直，此举不过以诛曹爽耳。”敞曰：“然则事就乎?”宪英曰：“得无殆就。爽之才，非太傅之偶也。”敞曰：“然则敞可以无出乎?”宪英曰：“安可以不出！职守，人之大义也。凡人在难，犹或恤之；为人执鞭而弃其事，不祥，不可也。且为人死，为人任，亲

① 参见吴志达《中国文言小说史》，第51～52页。

昵之职也,从众而已。"敞遂出。宣王果诛爽。事定之后,敞叹曰:"吾不谋于姊,几不获于义。"

逮钟会为镇西将军,宪英谓从子羊祜曰:"钟士季何故西出?"祜曰:"将为灭蜀也。"宪英曰:"会在事纵恣,非持久处下之道,吾畏其有他志也。"祜曰:"季母勿多言。"其后会请子琇为参军,宪英忧曰:"他日见钟会之出,吾为国忧之矣。今日难至吾家,此国之大事,必不得止也。"琇固请司马文王,文王不听。宪英语琇曰:"行矣,戒之!古之君子,入则致孝于亲,出则致节于国,在职思其所司,在义思其所立,不遗父母忧患而已。军旅之间,可以济者,其惟仁恕乎!汝其慎之。"琇竟以全身。

宪英年至七十又九,泰始五年卒。(《三国志·魏书·辛毗传》注引夏侯湛《辛宪英传》)

辛宪英是辛毗的女儿,从小就见识不凡,后来尤为深沉有远见,简直是一位水平非常之高的政治观察家,这样的人物如果有机会从政,那就可以成为大政治家。魏晋南北朝时期,才女辈出,人们最为熟悉的乃是以文才著称的蔡琰、谢道蕴等人,其实单是《世说新语·贤媛》中叙述过的著名女性就相当多,也并不以文才为限,这里有各方面的人才;在《世说》所记之外,女强人尚多,这样的散文岂但表明了文学的自觉,同时也是极好的社会生活史料。

魏晋时期的宗教与文学也有很大的关系。在汉末的农民起义中,民间的五斗米教发挥了很大的作用,后来的士大夫也颇有信仰此教者①;而在上层社会又有神仙道教流传,讲究种种特异功能和养生之道,在社会混乱、瘟疫流行、平均寿命很短的时代,这一套很得人心,相信养生术的人很多,曹操、嵇康是其中最著名的代表。后来经过长期的酝酿,到两晋之交出现了神仙道教的经典性论著《抱朴子外篇》。

道士们拥有种种稀奇古怪的知识,宣扬奇迹,在他们的影响下,志怪小说不断地产生,《列异传》《博物志》《拾遗记》等是其代表,而《搜神记》则集其大成,连旷达的陶渊明也撰写了《搜神后记》,参加到这个系列中来。道教是中国本土的宗教,其中的一些基本观念影响国人甚深,虽然似乎难登大雅之堂,

① 陈寅恪先生多有阐述,但如陶渊明与天师道的关系等问题离论定似乎尚有距离,参见周勋初《探索与困惑——研究宗教与六朝文学的一点思考》,葛晓音主编《汉魏六朝文学与宗教》,上海古籍出版社 2005 年版,第 1~7 页。

而潜在的影响很大。游仙诗是道教观念在文学上的重要表现，其中有些固然是直接讲神仙信仰的，更多的则是借用道教的符号抒发各种政治、社会、人生方面的感悟，形成一条安排“比兴”的新路。

佛教在魏晋时期的繁荣对文学也产生了不小的影响，特别是所谓“即色义”和“心无义”传播开来以后，为诗人们注重山水而又以玄心对待之，提供了崭新的思想动力。名士与高僧的交往为文学活动增加了新的内容。当然，佛教对文学产生更大的影响还要等到宋齐以后。

三

同前后的时代相比，魏晋文学的一大特色是高度重视生和死的问题，这是因为这一阶段除了西晋平吴后约有二十年的太平以外，战争和动乱始终没有停息，死亡枕藉，人口锐减，即使用行政手段强迫早婚，鼓励生育，仍然一直人丁不旺，形成很大的隐忧。唯其如此，人们也就高度重视爱情、婚姻和家庭，关心子女；同时又高度关注疾病和死亡，深入考虑如何安排后事。这些内容大踏步地进入文学创作，形成一道特别的风景。

时光流逝，人生易老，这样的感慨在过去的作品里也曾零星地流露过，而到东汉末年则以特别密集的形态出现，《古诗十九首》里反复咏叹道：“人生天地间，忽如远行客。”(其三)“人生寄一世，奄忽若飚尘。”(其四)“人生非金石，岂能长寿考？”(其十一)……“人生”二字反复出现，不胜感慨。《古诗十九首》的作者大抵是些下层知识分子，他们为了寻求出路，谋取富贵，往往背井离乡，到首都洛阳和其他大城市去奋斗，但如愿以偿的甚少，绝大部分只是饱尝了远离亲人、奔走流浪的痛苦，痛感自己正在无可奈何地衰老下去，“所遇无故物，焉得不速老？”(其十一)就道出了事情的根本原因。东晋人王恭激赏这两句，自有其乡关故国之思①。

《古诗十九首》里还不大提到死，一则作者们大约还都比较年轻(所以其中思念情人的篇什甚多)，二则事情也还没有严重到这一步；但一般意义上的

① 《世说新语·文学》：“王孝伯在京行散，至其弟王睹户前，问‘古诗中何句为最？’睹思未答，孝伯咏‘所遇无故物，焉得不速老’，此句为佳。”东晋高官王恭(字孝伯，？～398)出于太原王氏，在江南总不免有点远离故乡的悲哀。

死亡仍然给他们很深的刺激①。

到建安时代不同了，接踵而来的动乱、战争、瘟疫、饥荒，大批的人走向死亡，到处都是累累的白骨，一片惨不忍睹的景象，于是诗人们沉痛地写道：

白骨露于野，千里无鸡鸣。生民百遗一，念之断人肠。

——曹操《蒿里行》

平土人脆弱，来兵皆胡羌。猎野围城邑，所向悉破亡。斩截无孑遗，尸骸相撑拒。马边悬男头，马后载妇女。

——蔡琰《悲愤诗》

出门无所见，白骨蔽平原。路有饥妇人，抱子弃草间。顾闻号泣声，挥涕独不还。"未知身死处，何能两相完？"

——王粲《七哀诗》其一

从此以后，死亡这一本属自然之事，就在魏晋诗歌里长期占据重要的地位。在各种类型的战争和政治斗争中，非正常死亡的人是太多了。

死亡的悲哀倒逼着人们重新思考应当怎样活着。这也可以说是"未知死，焉知生"。

既然"人生几何"(曹操《短歌行》)，那么就应当抓紧这短短的生命，建功立业，展示辉煌。建安时代持这种积极人生态度的人很多，曹操、曹植尤为突出。所谓"建安风骨"实以此种人生态度和价值观念为其根本。西晋的英雄刘琨也说，人生最大的遗憾是"功业未及建，夕阳忽西流"(《重赠卢谌》)。东晋以后，这样想这样说的人就比较少了。

既然人生苦短，那么就必须想办法来享受这人生。美酒佳肴是最常见的享受。曹植在《名都篇》里写"京洛少年"先是斗鸡走马，然后"归来宴平乐，美酒斗十千。脍鲤臇胎鰕，寒鳖炙熊蹯。鸣俦啸匹侣，列坐竟长筵"。西晋的贵族更加奢侈，开国功臣何曾"厨膳滋味，过于王者。每燕见，不食太官所设，帝辄命取其食。蒸饼上不拆作十字不食。食日万钱，犹曰无下箸处"。他的儿

① 如其十三："驱车上东门，遥望郭北墓。白杨何萧萧，松柏夹广路。下有陈死人，杳杳即长暮。潜寐黄泉下，千载永不寤。浩浩阴阳移，年命如朝露。人生忽如寄，寿无金石固。万岁更相送，贤圣莫能度。服食求神仙，多为药所误。不如饮美酒，被服纨与素。"又其十五："生年不满百，常怀千岁忧。昼短苦夜长，何不秉烛游！为乐当及时，何能待来兹？愚者爱惜费，但为后世嗤。仙人王子乔，难可与等期。"

子何劭更加一码,“食必尽四方珍异,一日之供以钱二万为限”(《晋书·何曾传》)。王济家用人乳喂猪,然后蒸着吃,其豪华过分连皇帝都看不下去(详见《世说新语·汰侈》及《晋书·王济传》)。一般的士大夫没有这样的高贵地位和雄厚实力,当然不能如此阔气,但也颇讲究饮食①。

喝酒是最重要的享受。东汉末年上层名士已大喝其酒,下层士人也高唱“服食求神仙,多为药所误,不如饮美酒,被服纨与素”(《古诗十九首》其十三)。曹操说“何以解忧,唯有杜康”(《短歌行》)。“竹林七贤”全是饮酒专家,阮籍借酒佯狂,并以避事;而刘伶最为厉害,一篇《酒德颂》奠定了他在历史上的地位。陶渊明的饮酒更是著名,好在他不赞成烂醉,只到微醺,达到形神相亲便告一段落,他说得透彻:“死去何所知,称心固为好!”(《饮酒》其十一)

爱情和婚姻也是人生的一大享受。“饮食男女,人之大欲存焉”。三国两晋以来,笃于夫妇之情的人物大为增加,玄学清谈的先驱荀粲是一个多情种子,《三国志·魏书·荀彧传》注引刘劭《荀粲传》云,他与夫人(曹洪之女)感情非常之好,夫人病逝后,他“痛悼不能已,岁余亦亡,时年二十九”。《世说新语·惑溺》补充过一个细节,说他“与妇至笃,冬月妇病热,乃出中庭自取冷,还以身熨之”。西晋大作家潘岳也是多情种子,为前后两任妻子都写过诗,第二任妻子杨夫人病逝后更有好几篇动人的悼亡之作,千古传诵。

《古诗十九首》中多有游子思妇的离别相思之辞,三国两晋更涌现了大批爱情题材的作品,其中都隐含着强烈的生命意识。可恨后来不少诗歌评论家往往以“比兴”为口实将它们往政治抒情上硬拉,大煞风景。

陶渊明其人看似平淡,其实也是感情很浓烈的人,一篇《闲情赋》即充分表现了他对爱情热烈的追求。赋中先叙有一美女在黄昏时分独自鼓瑟,“曲调将半,景落西轩,悲商叩林,白云依山”;而听到这音乐的作者大为感动,想去找她作亲密的谈话(“愿接膝以交言”),但是他颇有顾虑:“欲自往而结誓,惧冒礼之为愆。待凤鸟以致辞,恐他人之我先。”这种情形颇近于《古诗十九首》中的遥听高楼上缥缈的弦歌之声而浮想联翩的一首(其五):“西北有高楼,上与浮云齐。交疏结绮窗,阿阁三重阶。上有弦歌声,音响一何悲。谁能为此曲,无乃杞梁妻?清商随风发,中曲正徘徊。一弹再三叹,慷慨有余哀。不惜歌者苦,但伤知音稀。愿为双鸿鹄,奋翅起高飞!”但二者的素质大不相

① 在一出土的东晋墓漆案上有食具十四件,墓壁有奉食图,上列仆役七人伺候主人用餐。详见朱大渭等《魏晋南北朝社会生活史》,中国社会科学出版社 1998 年版,第 114 页。

同：打算与歌者成为双双之鸿鹄的那位无名诗人未免操之过急，他与对方尚未有任何感情的交流就迫不及待地欲与之一道远走高飞，世界上哪里有这等速成的好事。陶渊明写此赋时大约虽然也还年轻，却成熟而且高明得多了，他打算先与对方作亲密的接触，成为贴身的密友；但他又对自己的种种设想一一加以否定，以为可行性不足；最后则寻寻觅觅，希望能和对方见一面再说——这就切实得多了，像个谈过恋爱的男子；而他那种种“愿在X而为Y”的方案，则充分展示了他那一颗滚烫的心。陶渊明懂得爱情，而且主张要爱就要爱得热烈！

既然人生苦短，那么就得想办法来加以延长，于是讲导引（气功）和房中术、服药、求仙等等话题都对人们有很大的吸引力。曹操是一个长寿迷，嵇康以讲究“养生”著称，相信只要搞得好就能“上获千余岁，下可数百年”（《养生论》）。当时所服之药门类繁多，以草药居多，往往自行采制；高级的则有寒食散或曰五石散，据说治疑难杂症颇有神效①，但这药在使用时有种种规矩和避忌，一有不当，会引起很大的麻烦，造成严重的后遗症。高士皇甫谧就不幸落在这样的境遇里，曾作一文大吐其苦水。好色的何晏老药新用，以寒食散为壮阳之具，亦可使面色好看，一时确实有效，而后遗问题很大，导致迅速衰老。

那时的方士和道士提出过各种药物，相信的人不少，嵇康就迷信黄精等“上药”，不知道效果究竟如何。王羲之“栖心绝谷，修黄老之术”（《晋书·郗愔传》），又随道士许迈入山，“采药石不远千里”（《晋书·王羲之传》），非常入迷，但似乎并没有治好自己的病，也没有能够长寿。

争取长寿的最后一着棋是求神仙。对此相信者有之，半信半疑者有之，也有人根本不相信。谁也没有见过神仙，而世上也没有不死之人，加上魏晋时期盗墓之风很盛，所以一般主张薄葬，作比较淡化的处理，曹操、曹丕都为此下过专门的文件。魏晋的明白人大抵主张通达地看待死亡，因为这实在是非如此不可之事。曹操说过“造化之陶物，莫不有终期”（《精列》）。徐幹则说：“夫形体固自朽弊消亡之物。”（《中论·夭寿》）嵇康有诗云：“流俗难悟，逐物不还。至人远鉴，归之自然。万物为一，四海同宅。与彼共之，予何所惜。生若浮寄，暂见忽终。”（《四言赠秀才从军诗》其十八）张湛认为“夫死生之分，

① 嵇含为自家上吐下泻病情严重的幼儿用寒食散治疗，很快平复，遂作《寒食散赋》，称道其“人神”的“殊功”。按，《千金翼方》已指出“五石更生散，治男子五劳七伤，虚羸著床，医不能治，服此无不愈”。

修短之期，咸定于无为，天理之所制矣。但愚昧者之所惑，玄达者之所悟也”（《列子·力命》注）。想通这个道理，则于生死均无欣戚于其间。

据说刘伶出行时使人荷铲以随，交代说：“死便掘地以埋。”（《世说新语·文学》“刘伶著《酒德颂》”条注引《文士传》）这固然非常旷达，但重点在拼命喝酒，虽倒毙于街头也在所不惜。真正达观的是陶渊明，他临终前不久曾从容地写过一篇《自祭文》，很平和地总结自己的一生：“岁惟丁卯，律中无射。……陶子将辞逆旅之馆，永归于本宅。故人凄其相悲，同祖行于今夕。……茫茫大块，悠悠高旻，是生万物，余得为人。自余为人，逢运之贫。箪瓢屡罄，絺绤冬陈。含欢谷汲，行歌负薪。翳翳柴门，事我宵晨。春秋代谢，有务中园。载耘载耔，乃育乃繁。欣以素牍，和以七弦。冬曝其日，夏濯其泉。勤靡余劳，心有常闲。乐天委分，以至百年。惟此百年，夫人爱之。惧彼无成，愒日惜时。存为世珍，没亦见思。嗟我独迈，曾是异兹。宠非己荣，涅岂吾缁？捽兀穷庐，酣饮赋诗。识运知命，畴能罔眷？余今斯化，可以无恨。……”他又作《拟挽歌辞三首》（第三首曾被选入《文选》卷二十八，改题《挽歌诗》）：

有生必有死，早终非命促。昨暮同为人，今旦在鬼录。魂气散何之？枯形寄空木。娇儿索父啼，良友抚我哭。得失不复知，是非安能觉？千秋万岁后，谁知荣与辱？但恨在世时，饮酒不得足。

在昔无酒饮，今但湛空觞。春醪生浮蚁，何时更能尝？肴案盈我前，亲旧哭我傍。欲语口无音，欲视眼无光。昔在高堂寝，今宿荒草乡。荒草无人眠，极视正茫茫。一朝出门去，归来良未央。

荒草何茫茫，白杨亦萧萧。严霜九月中，送我出远郊。四面无人居，高坟正嶕峣。马为仰天鸣，风为自萧条。幽室一已闭，千年不复朝。千年不复朝，贤达无奈何。向来相送人，各自还其家。亲戚或余悲，他人亦已歌。死去何所道？托体同山阿。

第一首写初死，第二、三两首分别写祭奠和下葬，相承而下，是一组精心策划的连章体诗篇。这三首诗大约作于《自祭文》的前后，形成很强的互补性。前人或以为此三诗“出于属纩之际”（李公焕《陶渊明集笺注》卷四引祁宽说），这应当是一个合理的推测。

挽歌在汉末魏晋地位很高，唱的机会很多，不仅用于送葬，平时也有人拿来欣赏，甚至用于宴会之时来助兴，《风俗通义》就曾经提到汉灵帝时婚宴上“酒酣自后，续以挽歌”的情形；《世说新语·任诞》载：

> 张湛好于斋前种松柏。时袁山松出游，每好令左右作挽歌。时人谓“张屋下陈尸，袁道上行殡”。

刘孝标注引《续晋阳秋》云：

> 袁山松善音乐，北人旧歌有《行路难》曲，辞颇疏质，山松好之，乃为文其章句，婉其节制，每因酒酣，从而歌之。听者莫不流涕。初，羊昙善唱乐，桓伊能《挽歌》，及山松以《行路难》继之，时人谓之三绝。

汉末魏晋的旷达之士并不讳言死亡，热爱《挽歌》的颇不乏其人，而其原因未见任何说明，而陶渊明却把心灵深处的东西都讲出来了。

陶渊明是个热爱生活、非常世俗化的人，他的归隐不像先前许多高人隐士那样遁入山林岩穴之类的人迹罕至之处过奇奇怪怪的生活，而只是离开官场、返回故乡、过普通农村知识分子的实实在在、平淡无奇的日子，他对死亡的看法同样平淡无奇到极点：这是必然要发生的再普通不过的事情，听之任之即可。他早就说过，死后的事情无从知道，根本无须多虑：“人生似幻化，终当归空无。”（《归园田居》其四）“甚念伤吾生，正宜委运去。纵浪大化中，不喜亦不惧。应尽便须尽，无复独多虑。”（《形影神·神释》）。陶渊明既不相信道教所宣扬的“肉身”长生不死，也不相信佛教的“法身”永远不灭，他保持着最清明的理性，这在古代是难能可贵的。

晚年陶渊明为自己写过一份遗嘱式的文章《与子俨等疏》，非常平静地对后事做了几点交代。其时又有诗云：“弱质与运颓，玄鬓早已白。素标插人头，前途渐就窄。家为逆旅舍，我如当去客。去去欲何之？南山有旧宅。”（《杂诗十二首》其七）在他看来，死亡不过是一个人离开旅馆回归本宅而已。

死亡带来的痛苦并非对死者本人而言——如果说有，那也只是平生的爱好例如喝酒之类未能充分满足等等——它乃是对那些同死者关系亲密的人如家人、亲戚、朋友而言，陶渊明进而指出，这些人的痛苦也会随着时间的推移而淡化，以至于泯灭。在陶渊明看来，正因为死亡是再普通不过的事情，因此根本无须劳民伤财地厚葬，无须举行隆重烦琐的仪式，无须呼天抢地，大家都心平气和地来处理这件事就可以了。“向来相送人，各自还其家。亲戚或余悲，他人亦已歌。死去何所道？托体同山阿。”如此而已。死完全应当平静地死，不需要作出什么特别的安排。这一观念在当时非常超前，今天看去也还相当前卫。

陶渊明称自己这三首诗为拟古之作，他模拟的具体对象之一乃是西晋大诗人陆机。陆机写过相当数量的挽歌，被选入《文选》（卷二十八）的就有三首之多，其中多叙对逝者的哀悼之情，也有一首（其二）写到人死之后的情形："重阜何崔嵬，玄庐窜其间。旁薄立四极，穹隆放苍天。侧听阴沟涌，卧观天井悬。广霄何寥廓，大暮安可晨？人往有反岁，我行无归年。昔居四民宅，今托万鬼邻。昔为七尺躯，今成灰与尘。金玉素所佩，鸿毛今不振。丰肌飨蝼蚁，妍姿永夷泯。寿堂延魑魅，虚无自相宾。蝼蚁尔何怨，魑魅我何亲。拊心痛荼毒，永叹莫为陈。”挽歌而用这样的角度颇为新鲜，以致曾经遭到文化保守主义者颜之推的批评，说是"（挽歌）皆为生者悼往告哀之意，陆平原多为死人自叹之言，诗格既无此例，又乖制作本意"（《颜氏家训·文章》）。而这其实正好说明了陆机在这一领域有所创新。而陶渊明的创新比陆机又进了一步。陆机按照他的写诗习惯大写死后所见所感，又是"阴沟"，又是"天井"（《文选》李善注："古之葬者于圹中为天象及江河。阴沟，江河也；天井，天象也。"），更讲蚕食尸体的蝼蚁和殷勤来访的魑魅……陶渊明则完全抛弃这一套琐碎，在他看来，人一死就完全结束了，死后的种种细节根本完全无从谈起，所以他反过来大写送葬者的感情和表现——死亡主要是同死者的亲友有关系，与死者本人其实无关；而亲友也大可以平静一点，这是难免总会要发生的事情。

陶渊明后来成了"千古隐逸诗人之宗"，崇拜模仿他的人很多，但往往仅得其皮毛。倒是似乎与他相去甚远的鲁迅，却真能得其风度神韵。

当鲁迅自觉死亡正在逼近的时候，以《死》为题写过一篇著名的文章，内有七条遗嘱，其中第二、三、四条云：

> 赶快收敛，埋掉，拉倒。
>
> 不要做任何关于纪念的事情。
>
> 忘记我，管自己生活——倘不，那就真是糊涂虫。

旷达之至，想得很通。在死亡即将来到之前，鲁迅主张抓紧做事，计划好"做什么文章，翻译或印行什么书籍。想定之后，就结束道：就是这样罢——

但要赶快做。”[①]否则就来不及了。

这正是陶渊明的派头，亦与宋儒张载之所谓“存，吾顺事；死，吾宁也”（《西铭》）大体一致。研究汉末三国两晋文学的人，亦应取此种态度。

四

魏晋时代创作繁荣，文学批评也跟着繁荣起来。这里最引人注目的自然是若干专题的文章，如曹丕《典论·论文》、曹植《与杨德祖书》之类；此外在某些书信、诔文、史传中也有许多值得注意的零星意见，刘师培在谈到这一方面的情形时说：

> 魏代名贤，于当时文学之士亦多评品之词。如吴质《答魏太子笺》曰：“陈、徐、应、刘，才学所著，于雍容侍从，实其人也。”（《文选》）《答东阿王书》亦曰：“众贤所述，亦各有志。”（《文选》）均即七子之文言也。
>
> 又案陈思王《王仲宣诔》曰：“文若春华，思若涌泉，发言可咏，下笔成篇。”（《文选》）王粲《阮元瑜诔》曰：“简书如雨，强力敏成。”（《艺文类聚》引）鱼豢《魏略·武诸王传论》曰：“植之华采，思若有神。”（《魏志·任城王等传》引）亦均文章定论。自此以外，若陈思王《与吴季重书》云：“后所来讯，文采委曲，晔若春华，浏若清风。”（《文选》）殷褒《荐朱俭表》曰：“飞辞抗论，络绎奇逸。”（《艺文类聚》五十三引）明帝诏何桢曰：“扬州别驾何桢，有文章才。”（《御览》五百八十七引）亦足补史传之缺。至若吴质论元瑜、孔璋，以为不能持论。（吴质《答魏太子笺》谓：“东方朔、枚皋之徒，不能持论，即阮、陈之俦也。”）鱼豢论王、繁诸子仅云：“光泽足观。”（《魏志·王粲传》注引鱼豢《魏略·王繁阮陈路传论》：“寻省往者，鲁连、邹阳之徒，援譬引类，以解缔结，诚彼时文辨之隽也。今览王、繁、阮、陈、路诸人，前后文旨，亦何昔不若哉！其所以不论者，时世异耳。”又曰：“譬之朱漆，虽无桢干，其为光泽，亦壮观也。”）虽为一时之言，亦千古之定说也。[②]

鱼豢是三国魏的一位史家，著有《典略》《魏略》，记录汉末曹魏人物史事

---

① 《且介亭杂文末编·死》，《鲁迅全集》第6卷，第612、610页。

② 《中国中古文学史讲义·论汉魏之际文学变迁》，《刘申叔先生遗书》下册，第2371～2372页。

颇详,《三国志》裴注引用甚多,他对文学也大有见地。中国的史家往往兼事文学批评。何桢其人《三国志》无传,只是在《王卫二刘傅传》之裴注引用的《庐江何氏家传》中提到明帝与秘书丞何祯的对话,当即其人。明帝对"文章才"相当重视,可知其时的风气;可惜何桢虽有文章才,却没有什么作品流传下来。

晋人的文学评论大抵在口头上进行,陶渊明说"奇文共欣赏,疑义相与析"(《移居》),这些显然均在口头进行。《世说新语》关于口头评论的情形记载甚多,在这些记载里,潘岳(安仁)、王济(武子)、阮孚、孙绰(兴公)、范启(荣期)等人的评论都只见于口头,当时必定相当流传,后来才得以记录下来。评论意见表扬居多,也有委婉的批评,均以简明扼要见长。

谢安是东晋文学修养最高的人物之一,他关于文学批评的意见也都在口头进行,并没有写下来,他不轻许可,敢于反潮流,讲真话,表现了一位大批评家的丰采。晋朝的文学创作正是在热烈的批评气氛中不断向前发展的。一般来说,批评的繁荣比起创作的繁荣来更能表现文学的自觉。

五

为文学作品编个人的别集和带选集性质的总集,是魏晋时代的新生事物,从一个重要的侧面表明文学的自觉和繁荣。

汉朝作家是不编集子的,所以目录学家和史家提到其人的作品时,总是说他有何种文体多少篇,唯一的例外是应劭在《汉书·谷永杜邱传》的注里提到一下《谷永集》,但这也许是后人给他整理出来的。

一般来说,编集的办法始于建安,曹丕为"七子"编过文集,开创了一代新风。曹植则为自己编过文集,其《前录·自序》说,自编的《前录》收录了七十八篇辞赋,这应当是从更多的作品中经过筛选删定而成;既有《前录》,应当还有《后录》,可惜均未流传下来。曹植死后,他的侄儿魏明帝曹叡于景初(237～239)中又为曹植编过集子,但出于政治方面的原因颇有删削。当然,这时有条件编集子的人应是少数,纸张比较紧缺(《三都赋》《扬都赋》传抄者一多便引起首都纸价上涨,原因在此),一般作家大约尚不敢作此想。

随着造纸术的进步,抄写文章的成本日益降低,到西晋就出现了挚虞编撰的大型文学总集《文章流别集》和作家资料集《文章志》。《晋书》本传云:"虞撰《文章志》四卷……又撰古文章,类聚区分为三十卷,名曰《流别集》,各为之论，辞理惬当，为世所重。”《隋书·经籍志》集部总集类著录《文章流别集》四十一卷，《文章流别志论》二卷；史部簿录类另有《文章志》四卷。《文章流别集》是选集，其中的议论部分单行，题为《文章流别论》；《文章志》则是作家的传记，详细记录其作品的存佚情况。这些书早已亡佚，从传世的遗文看去，他的体例极好。正如刘师培所说：“文学史者，所以考历代文学之变迁也。古代之书，莫备于晋之挚虞。虞之所作，一曰《文章志》，一曰《文章流别》。志者，以人为纲者也；流别者，以文体为纲者也。”①从此以后作家论、文体论就成了为古典文论的两大热点，而聚焦的中心自然在“文章”即文学作品。按文体评论作品、编选作品，从此成为一种范型，刘勰的《文心雕龙》和萧统的《文选》，都受到挚虞的启发和影响。用《文章志》记载作家生平，对后代影响也非常之大，后来出现了许多继起之书，留下了宝贵的资料。东晋的李充按照挚虞的规范编有新的文学作品选集《翰林》，也已经亡佚，其议论部分尚有遗文流传，称为《翰林论》。现存最早的文学总集《文选》，选录了大批汉末三国两晋作家的作品，而关于《文选》的注释和研究，从隋唐以讫于今一向十分繁荣，把这些作品弄清楚，这一时段的文学史也就懂得一半了。

晋代文人聚会产生的作品，更是及时地编成集子，著名的有《金谷集》《兰亭集》等，都产生过很大的影响。单篇的名作传抄亦广。凡此种种都进一步促进了文学的繁荣——自己的作品有人要读，读者众多对作家来说总是令人高兴的好消息。今尚如此，于古为烈。

从《隋书·经籍志》看去，汉末以来作家的诗文集不少，晋人尤多，自蔡邕至陶渊明的集子有二百种之多，这些集子的原本现在几乎都看不到了。现在能看到的，只有极少数宋、元刊本，一般大抵是明、清时代的辑录本。

到清修《四库全书》，有关本时段的别集只有：

《蔡中郎集》六卷

《孔北海集》一卷

《曹子建集》十卷

《嵇中散集》十卷

《陆士龙集》十卷

《陶渊明集》八卷

---

① 《左盦外集》卷十三《搜集文章志材料方法（自秦汉迄隋）》，《刘申叔先生遗书》下册，第1655页。

等寥寥六种，又存目中有：《诸葛丞相集》四卷（清·朱璘编）、《陶诗析义》二卷（明·黄文焕撰）、《陶诗笺》五卷（清·邱嘉穗撰）、《陶诗汇注》四卷（清·吴瞻泰撰）等四种。一共只有十部书。

近年来印行的《续修四库全书》则收入：

《校蔡中郎集疏证》十卷

《外集疏证》一卷（清·吴志忠疏证）

《蔡中郎文集补》一卷（清·吴志忠辑）

《蜀丞相诸葛亮文集》六卷

《曹集考异》十二卷（清·朱绪曾）

《曹子建集》十二卷逸文一卷（清·丁晏诠评）

《陆士衡文集》十卷

《支道林集》一卷

《支道林外集》一卷

《陶渊明诗》一卷《陶渊明杂文》一卷（宋·曾集辑）

《陶靖节先生诗注》四卷《补注》一卷（宋·汤汉注）

《笺注陶渊明集》十卷（宋·汤汉等注）

《总论》一卷（元·李公焕辑）

《靖节先生集》十卷（清·陶澍集注）

《诸本评陶汇集》一卷

《靖节先生年谱考异》二卷（清·陶澍编撰）

亦只限于几位大家。南北朝阶段的作品集亦复亡佚已甚。许多作家的零星珠玉仅散存于各种古注和类书当中，数量也不算多，须一一钩沉辑录。过去用得比较多的是明末张溥的辑本《汉魏六朝百三名家集》一一八卷[①]，但其中多有疏误。明朝人做学问总是不那么严谨，所以人们更重视清人和近人的辑本。

而由此也可知，现在人们所叙述所知道的这一阶段的文学史，只能是一个大概的情形，与原貌一定有相当的差距，而本书更只能是一份粗略的示意图。

---

① 此书有彭懋谦校订重刊本（清光绪五年〔1879〕），该本有广陵书社以江苏古籍出版社名义出版的影印本（2002年），取读较便。

关于中古时代作家的作品,鲁迅当年介绍过三部基本的资料集:

研究那时的文学,现在较为容易了,因为有人已经做过工作。在文集一方面有清严可均辑的《全上古三代秦汉三国六朝文》。……

在诗的一方面有丁福保辑的《全汉三国晋南北朝诗》。——丁福保是做医生的,现在还在。

辑录关于这时代的文学批评论有刘师培编的《中国中古文学史讲义》。这本书是北大的讲义,刘先生已死,此书由北大出版。①

时至今日,这三部书仍然有用,又有若干后出的书也非常好,也举三部为例:

唐李善注《文选》,中华书局 1977 年影印清嘉庆十四年(1809)胡克家刊本

逯钦立辑录《先秦汉魏晋南北朝诗》,中华书局 1983 年版。

穆克宏、郭丹辑录《魏晋南北朝文论全编》,江苏教育出版社 1996 年版

此外作家别集新出了许多整理本、笺注本和选本。现在我们的工作条件比过去好得多了,文学史的研究已经有条件比过去做得更好一些。

六

关于中古后期即南北朝历史发展的宏观大要,已故著名历史学家田余庆先生有如下的总结:

从宏观来看东晋南朝和十六国北朝全部历史运动的总体,其主流毕竟在北而不在南。只是北方民族纷争,一浪高过一浪,平息有待时日,江左才得以其上国衣冠、风流人物而获得历史地位,才有门阀政治及其演化的历史发生。但是不论在北方还是南方出现的这些事情,都不过是历史的表面现象。历史运动中的胜利者,不是这一胡族或那一胡族,也不是江左的门阀士族或次等士族,历史运动过程完结,它们也统统从历史上消失了。留下来的真正有价值的历史遗产,是江南的土地开发和文化

① 《而已集·魏晋风度及文章与药及酒之关系》,《鲁迅全集》第 3 卷,第 502 页。

创造，是北方的民族进步和民族融合。这些才是人民的业绩和历史的核心。而人民的业绩和历史的核心，又要通过历史现象的纷纭变化才能完成，才能显现。①

这一阶段遗留下来的真正有价值的遗产，还有南北两边的文学作品，它们反映了纷纭复杂的历史变化，描写了自然、社会和人心，具有永垂不朽的历史价值和审美价值。

中古后期一个最明显的特点是政局不稳，反复震荡，争夺政权和霸权的斗争空前激烈，不仅多次改朝换代，而且在各王朝内部，种种类型的斗争和杀戮也非常残酷。大批重要人物历尽艰辛，甚至人头落地，许多文学家也未能幸免。而真所谓“国家不幸诗家幸”，从客观方面看，正是反复震荡的政局丰富了文学家们的阅历，增长了他们的创造性和精神力量。

这里有各种类型，首先是有一批帝王文学家，例如宋文帝刘义隆、孝武帝刘骏父子都富于文才，鲍照在文帝手下任职，不敢显示才华，故意把文章写得很差，以免盖过了皇帝陛下的风头②。刘义隆最后被亲生儿子刘劭（“元凶”）杀死（元嘉三十年〔453〕）。刘骏是在消灭了哥哥刘劭以后上台当皇帝的，他在任的孝建（454～456）、大明（457～464）时代，文学相当繁荣，“天下悉以文采相尚”（《南史·王俭传》）。刘骏创造性的举措之一是在朝廷里设立文学评论的专门官员——清台令③，而他同时却高举屠刀，灭掉了许多政治上的对手。刘骏本人注意学习民歌，写了不少抒情小诗，颇清新可读，而其时鲍照、汤惠休（休上人）也努力向“委巷中歌谣”学习，产生了更广泛的影响，“大明、泰始中，鲍、休美文，殊已动俗”（《诗品·下》），诗坛的风气一变而为眼光向下。这种风气在此后的齐梁时代继续向前发展，在中国诗史上留下了很深的痕迹。政治上收得很紧，被整肃的人很多；而文学上放得很宽，创作非常自由——南朝的特色如此。

---

① 《东晋门阀政治》，第356页。

② 《南史·临川烈武王道规传》附鲍照传载：“文帝以为中书舍人。上好文章，自谓人莫能及。照悟其旨，每为文章多鄙言累句，咸谓照才尽，实不然也。”鲍郎才尽早于江郎（江淹）才尽，而知名度远不及后者，大约是因为这里没有什么八卦故事，而纯为韬晦之计。第一流的书法家王僧虔当时写字多用拙笔，也是主动向孝武帝让步，见《南齐书》本传。

③ 《宋书·孝武帝纪》载，大明六年（462）八月乙亥“置清台令”，《建康实录》（卷十三）介绍这个官职说：“初，自武帝（刘裕）永初迄于元嘉，多为经史之学。自大明之代，好作词赋，故置此官，考其清浊。”

梁王朝的三个皇帝：武帝萧衍、简文帝萧纲和元帝萧绎，都是高水平的文学家，而皆不得善终。陈后主陈叔宝在隋军攻入建康皇宫后，同他心爱的女人躲进枯井里去，以为这就安全了，被拉上来当了俘虏以后还请求隋朝随便给他一个什么官职，显得全然没心没肝。尽管此人如此不堪，但还得承认在宫体诗的发展繁荣方面仍然有他的一份劳作和贡献。

其次是涌现出一批与文学发展关系很大的太子和诸侯王，例如刘宋的临川王刘义庆、萧齐的竟陵王萧子良、萧梁的昭明太子萧统等人，贡献都非常之大。刘义庆因极端谨慎而得以善终，而萧子良因被动卷入政变，萧统因无意中得罪父皇，皆匆匆而死，但他们在文学上的贡献仍在，并长期发挥作用。

作家的数量在这一阶段急剧膨胀，而非正常死亡的亦复甚多：谢灵运被认为有谋反罪而判死刑；鲍照同他主公临海王刘子顼一道死于动乱之中；王融密谋发动政变，未遂身死；谢朓卷入政局甚深，被觊觎帝位的萧遥光逮捕下狱，死于非命；在侯景之乱中，大批作家或死难，或逃亡。在南北朝时期，文人的非正常死亡几乎成了一种常规。

因为改朝换代，因为各类政治斗争和民族斗争，具有一官半职之文人学者经历的苦难更仆难数。这些人丰富的经历都化成了他们创作的资源和酵母。只要看一看由南而北的庾信、王褒和颜之推，事情就完全清楚了。如果生活在承平的年代，他们也会写更多的作品，但内容和味道就会完全不一样了，很可能成为一个无足轻重的宫廷文人。由南而北而终于得以南归的沈炯，在创作上也颇有可观。

北朝同样是死了许多在承平年代不会那样不幸的作家，他们同样是作为政治活动家而死于非命的。中国古代甚少有专事创作的作家，他们总是有些官职，中古时代就尤其是如此。于是他们受到政局变化的重大影响，就是不可避免的了。崔浩之死以及因为受他株连而死的数百人，表面看去是因为《国史》而起的文字狱，其实这里有着复杂得多的政治原因①，参与《国史》撰写的另外一些人就没有倒那么大的霉。薛道衡之死则是因为他不领隋炀帝的情，又在敏感问题上得罪了他。

文人最好不介入政治，至少不必深度介入，所以一开始就隐居或在官场里呆一段就归隐，曾经是许多士人的选择，一个最为切近而成功的范例是陶

---

① 详见周一良《北朝的民族问题与民族政策》有关崔浩的部分，《魏晋南北朝史论集》，第128～130页。

渊明。南北朝时期也有隐士，只是其中文学家比较少一点。一旦彻底隐居，也就不必动笔了。

七

南朝作家里有一批是前魏晋贵族高门的后代，他们不同于其先辈的地方在于，这些贵家公子虽然继续跻身于官场，但已经甚少昔日的神采，也不能占据举足轻重的高位，再也没有出现过王导、谢安那样的宰相；他们更多地凭借高水平的文化、文学素养立足。正因为这样的家族同宫廷政治的关系拉得不算很紧，所以相对平安，成为声价甚高的书香世家，并以此为世人所仰慕。

这样的家族成员中当然也有不满足于现状，意欲投身政治大显身手的，但是成功的比较少，大抵以失败告终，甚至死于非命。东晋那样的门阀政治原是历史上的一个特例，南北朝时期军人集团的领袖控制中枢，南北的高门世族只能在他们手下效劳并分得若干利益。他们的优势逐步集中于文化、文学。

由门阀贵族转化为书香世家是这一阶段的重要特色。

试看最受昭明太子萧统欣赏的多产作家王筠(字元礼，481～549)其人①，这位琅邪王氏的一位代表人物曾经很自豪地对自家的后代说过：

> 史传称安平崔氏及汝南应氏，并累世有文才，所以范蔚宗云崔氏“世擅雕龙”，然不过父子两三世耳。非有七叶之中，名德重光，爵位相继，人人有集，如吾门世者也。沈少傅约语人曰：“吾少好百家之言，身为四代之史，自开辟以来，未有爵位蝉联、文才相继如王氏之盛者也。”汝等仰观堂构，思各努力。

他这里虽然以爵位和文才并提，而重点在于上下七代人每人都有文集。爵位是祖先留下来的，只要不出什么大问题，就可以继续享有，而“人人有集”必须是几代人不断努力才能有的大观。

---

① 王筠作品甚多，晚年每任一官就编一部集子，所以有《洗马集》《中庶子集》《吏部集》《左佐集》《临海集》《太府集》《尚书集》等，后来虽均亡佚，而残存之佚文也还不少。《梁书·王筠传》载：“昭明太子爱文学士，常与筠及刘孝绰、陆倕、到恰、殷芸等游宴玄圃，太子独执筠袖抚孝绰肩云：‘所谓“左把浮丘袖，右拍洪崖肩”。’其见重如此。”

王筠之所谓“七叶”指他这一支派的七代人：

王导—王洽—王珣—王昙首—王僧虔—王楫—王筠

第一代的王导(276～339)是中国历史最著名的宰相之一，参与东晋王朝的缔造，有所谓“王与马，共天下”(《晋书·王敦传》)之说。他的贡献很大，在中国历史上具有崇高的地位①。

第二代王洽(323～358)，乃王导诸子中最为著名者，曾任要职，可惜去世较早。

第三代王珣(349～400)，曾入桓温幕府，深得信任。以军功封东亭侯。能诗文，书法称大家，工行草，其《伯远帖》今存，与王羲之《快雪时晴帖》、王献之《中秋帖》齐名，清乾隆帝合称为“三希”。有集十一卷，今存文十一篇、诗二首。

第四代王昙首(394～430)，他已到晋、宋之际，在帮助刘义隆登上帝位一事上立了大功，赠豫宁县侯，谥曰“文”。有集二卷，今存文二篇。琅邪王氏在南朝政局中大体能够左右逢源，其处境大大优于东晋晚期非常神气的陈郡谢氏。

第五代王僧虔(426～485)，活动于宋、齐之际，书法家、音乐家、文学家，今存文十五篇。王僧虔对于如何利用适应时代需要的文化来保护家族利益有着深刻的考虑。高门世族都是一些精致的利己主义者②。

第六代王楫，梁武帝时官员，历官至太中大夫。第七代王筠，虽历任高职，但在政治上并无甚作为。王导是一代名相，而王筠只是一介文人，这样的流变是具有代表性，并且有象征意义的。

琅邪王氏在南北朝时期还有些重要的文学人物，试举第六代的王俭、第七代的王融、王肃和第九代的王褒四位来看：

王俭(字仲宝，452～489)，王僧虔兄王僧绰之子，因为乃父早亡，由僧虔养大，是当时著名的神童。成年后尚刘宋之阳羡公主，任秘书丞，依汉代的《七略》著《七志》，又作《元徽元年秘阁四部书目录》，在目录学史上具有极其重要的地位。后来他依附萧道成，在宋齐易代后占据高位，而又风流文雅，长

---

① 详见陈寅恪《述东晋王导之功业》，《金明馆丛稿初编》，第55～77页。

② 参见汪春泓《论王僧虔与南朝文艺思潮》，北京大学诗歌中心、北京大学中文系编《立雪集》，人民文学出版社2005年版，第712～725页。

于骈体文,所作多为官场应用文字,也能诗,为一代文人领袖。现在看去,他本人创作成就并不高,但由于地位的关系,齐、梁的许多著名作家如沈约、任昉以及一流的评论家钟嵘等人,都曾在他手下任过职,其地位之重要是不言而喻的。他的深层思想,正如《南齐书·王俭传》所说,就是"殉国之感无因,保家之念宜切"。文化方面真能拼实力,政治上则讲究看风使舵。

"永明体"领军人物之一的王融(字元长,467~493)是王昙首之长兄王弘的曾孙,与王筠为远房的堂弟兄。他是王氏后裔中最热心于政治的一个,很年轻时就死于非命。

由南齐逃亡到北魏去的王肃(464~501)在促进鲜卑族汉化方面作出过重大贡献,他出于王导另一个儿子王协这一个分支,曾经是谢庄的女婿,到北方后又与魏的公主结婚。

由梁入北与庾信齐名的王褒(字子渊,511~574),是王俭的曾孙,诗文皆佳,又是书法名家。

由门阀贵族到书香世家的变化也见之于陈郡谢氏。谢氏变化的速度更快一些。陈郡谢氏的崛起相对较晚,而衰败却相当迅速,甚至当淝水之战胜利后不久谢安本人就遭到很大的压力,自我放逐到江北的邵伯(今属江苏扬州)去。晋、宋易代前后,随着谢混、谢灵运先后被杀,谢氏后裔迅即由政治人物演变为文化人物。

北朝世家大族的情形则颇为不同。他们一般世守其家园,培养在地方上的势力,既不主动参与政治,也不热衷于文学,只是传习儒家经典,立足于农耕经济,故能久盛不衰,直到隋唐时代仍然很有地位。

中古政治斗争中的反复震荡,使得居于高位的权势人物处于十分危险的境地,有时甚至会出现大批住在首都的高层人士及其家庭玉石俱焚,例如侯景之乱中首都建康遭受的浩劫,又如尔朱荣一举诱杀士大夫二千余人,就都是骇人听闻的大屠杀大灾难①。这时人们分明地看到,不跑到首都去出风头而呆在故乡以诗礼传家的门第要安稳祥和得多。历史的教训使得中古时代的高门逐渐由政治上十分活跃的贵族门阀演变为相对低调的书香门第,这样

① 《魏书·岛夷萧衍传》:"初,(建康)城中男女十余万,及陷,存者才二三千人。江南之民及衍王侯妃主世胄子弟为(侯)景军人所掠,或自相卖鬻,漂流入国者,盖以数十万口。加以饥馑死亡,江左遂为丘墟矣。"《北史·尔朱荣传》:"(尔朱荣)乃谲朝士共为盟誓,将向河阴西北三里,至南北长堤,悉命下马西度,即遣胡骑四面围之。妄言丞相高阳王欲反,杀百官王公卿士二千余人,皆敛手就戮。"南北高门经此二劫殆已死丧略尽。

就比较长久了。后来常见的一副对联道:“忠厚传家久,诗书继世长。”说的也正是这个道理。

八

儒家思想在魏晋时期权威明显下降,道家、佛教的思想空前流行,思想界呈现多元化的态势。《晋书·孝愍帝纪论》引干宝论晋世风气的话说:“学者以老庄为宗而黜《六经》,谈者以虚荡为辨而贱名检,行身者以放浊为通而狭节信,进仕者以苟得为贵而鄙居正,当官者以望空为高而笑勤恪。是以刘颂屡言治道,傅咸每纠邪正,皆谓之俗吏。其倚仗虚旷,依阿无心者,皆名重海内。”儒家及其倡导的道德名教受到严重的冲击,道家的影响非常之大,后来佛教流行,更形成三家鼎立之势。

到南北朝,儒家、道家、佛教三足鼎立之势更为明显,只须看两位名人对自己形象的最后安排就可以非常直观地了解这一点:

南朝作家、思想家张融(字思光,444～497)对自己的后事作如下的安排:“遗令建白旌无旒,不设祭,令人捉麈尾登屋复魂。曰‘吾平生所善,自当凌云一笑。三千买棺,无制新衾。左手执《孝经》《老子》,右手执小品《法华经》’。”(《南齐书·张融传》)这样的形象表明他已经分别把儒、道、释这中外三家统统捏在自己的掌握之中。

年辈略晚的道教大师陶弘景(字通明,456～536)一生经历了宋、齐、梁三朝,著作甚多,他晚年时梁武帝萧衍大力崇佛,于是陶大师也就与时俱进地敬重佛法,“但逢众僧,莫不礼拜,岩穴之内,悉安佛像,自率门徒受学之士朝夕忏悔,恒读佛经”(法琳《辩正论》卷六)。到临终前夕他安排自己的后事,更特别指定入殓的装束须兼综道、佛两家,其遗令云:“既没不须沐浴,不须施床,止两重席于地,因所著旧衣,上加生裓裙及臂衣靺冠巾法服。左肘录铃,右肘药铃,佩符络左腋下,绕腰穿环结于前,钗符于髻上。通以大袈裟覆衾蒙首足。明器有车马。道人道士并在门中,道人左,道士右。百日内夜常然灯,旦常香火。”(《南史·陶弘景传》)这样的形象虽然相当怪异,却深合时宜,其安排的深刻细致,尤无以复加。

鲁迅先生说:“中国自南北朝以来,凡有文人学士,道士和尚,大抵以‘无特操’为特色的。”他们自称“信教”,其实是“吃教”,而不同的时候吃法不同,“有宜于专吃的时代,则指归应定于一尊,有宜合吃的时代,则诸教亦本非异致，不过一碟是全鸭，一碟是杂拌儿而已。”①看清张融、陶弘景这些知识精英对自己临终形象安排之深意，大大有助于人们加深对这一时段历史文化的理解。

在南北朝时期官方的政策里，儒家思想的正宗地位仍然存在，而在实际社会生活中，儒家思想的地位是远不如前了。

一个突出的表现是妇女得到某种程度的解放，她们强烈地要求个性解放，婚姻自主，同时又出现了许多才女，鲍照的妹妹鲍令晖、徐悱的夫人刘令娴就是其中突出的代表。北方的妇女往往主持自家的门户，《颜氏家训·治家》说：

> 邺下风俗，专以妇持门户，争讼曲直，造请逢迎，车乘填街衢，绮罗盈府寺，代子求官，为夫诉曲。此乃恒代之遗风乎？
>
> ……河北人事，多由内政。

按儒家的经典或班昭的《女戒》，妇女是不能管这么多事情的。

中古后期，男人往往醉心于女性之美，男作家大写歌颂妇女的情诗，同样表现了儒家思想的衰微。

唯其如此，南北朝的各朝政府，都一再强调振兴儒学的重要，也采取过种种措施，官方的这种努力与实际生活中儒学的衰微互搏互补，共同影响着作家的创作。

九

通观南北朝文学，可以明显地感到，相当多的作家纷纷在艺术创新上努力。

刘宋以来，谢灵运致力于优美的山水诗，鲍照大写激越的乐府诗，都流露出创新的意向。刘勰批评宋初“讹而新”（《文心雕龙·时序》），无非是从反面总结了这样的新变。元嘉体、永明体、宫体分别代表了宋、齐、梁三个朝代的新贡献，只有陈王朝完全跟着后期梁文学的路子走，显得比较沉闷无进展，正如这个王朝在政治上也没有什么新意一样。

山水诗是从玄言诗、田园诗演变而来，但仍然追求哲理的深度；宫体在华

① 《准风月谈·吃教》，《鲁迅全集》第5卷，第310～311页。

丽的外表之下，也未尝不含哲理。从这一面的发展变化中，最能看出南朝诗人始终不懈的艺术追求。

玄言诗更不打话，直接就来谈哲理；田园诗在家常的村居生活中领悟哲理；山水诗是在刺激的山川行旅中寻找哲理；而宫体则从美女艳情中观照生活的真谛，认清一切皆如梦幻泡影。

知《易》者不言《易》，真正懂得的道理往往无须在口头上大讲特讲；而满口大道理的“马克思主义老太太”其实不懂马克思。考察一下玄言诗的作者很快就能发现，这里基本上没有玄学家，有的是玄学的爱好者、掮客和粉丝。玄言诗作为一种时髦曾经风行一时，后来就搞不下去了，其作品能流传于世者亦复不多。

最著名的田园诗人陶渊明的高明之处在于，他就在极普通的田园生活中发现了诗意，而且体悟出人生的哲理。谢灵运其实也是在写田园，但是他太阔气了，大片的山水就在他的庄园之中，于是他的田园诗也就成了山水诗。他有一首著名的诗篇《石壁精舍还湖中作》，诗中的精舍即读书斋与其左近的巫湖，都是谢家的产业。这首诗把浙东山水表现得非常之美，而同时也没有忘记从这里去体悟人生的哲理，他认为最重要的是一个人的“意”和“虑”，要很惬意地看待生活和景物，少来一点焦虑，这样外物对他来说也就不那么重要，而养生也就有道了。谢灵运并非当今那些只注意风景只致力于拍照片的游客，他的层次要高得多，当然也颇有些精神胜利法在其中发挥作用。

宫体诗固然是“清辞巧制，止乎衽席之间；雕琢蔓藻，思极闺闱之内”（《隋书·经籍志·四》），题材比较狭隘，但值得注意的是，只写“衽席之间”“闺闱之内”还不能就算是宫体，这里绝对不能忽略的是宫体诗人对于哲理的追寻。曾经有人认为宫体诗人有荒淫之意，其实不然，他们是最不赞成性关系的混乱的，萧纲在《诫当阳公大心书》中教训自己的儿子萧大心说，做人绝对不能离开传统的道德、正统的思想，而又同时指出，至于写诗写文章，则不必受此束缚，要确保“放荡”的自由。而在这种“放荡”之中也颇含哲理，例如写舞蹈的诗：

> 绛树及西施，俱是好容仪。非关能结束，本自细腰肢。镜前难并照，相将映渌池。看妆畏水动，敛袖避风吹。转手齐裾乱，横簪历鬓垂。曲中人未取，谁堪白日移。不分他相识，唯听使君知。
>
> ——庾肩吾《咏美人》

可怜称二八，逐节似飞鸿。悬胜河阳伎，暗与淮南同。入行看履进，转面望鬟空。腕动苕华玉，衫随如意风。上客何须起，啼乌曲未终。

——萧纲《咏舞二首》其二

庾诗写一瞥中的美人，她们都是天生丽质，并非只靠化妆，其美丽的容颜和装束自然是静态看最整齐，一旦舞动起来，那就乱了；天黑下来以后她们的情形如何，也不好说。萧诗重点写舞姿，时刻在变化之中，只要舞曲不停，她们将继续跳下去。这里的潜台词是：如此美好的容颜和舞姿，其实都是虚幻的，无常的——一切美好的东西大约都是如此。

又如萧绎的《代旧姬有怨诗》：

宁为万里隔，乍作死生离。那堪眼前见，故爱逐新移。未展春花落，遽被秋风吹。怨黛舒还敛，啼红拭复垂。谁能巧为赋，黄金妾不赀。

这里说爱情是美好的，可惜同样虚幻而不能长久。宫体诗人总是在美好中看到变化和衰亡，在“放荡”的情思中饱含着幻灭悲哀。又萧纲有《咏美人看画》诗，说只有图画里的美人才能“长有好精神”，而在现实生活中，长住的美好是不存在的。凡此种种，都是佛教徒的感慨和情绪。

把这一切都看破，对美女和爱情都不再动心，人就得到解脱；将它们全都放下，就算超越了世俗，获得了真谛。宫体诗是暗含着哲理的诗，只是这里绝不喋喋不休地去说教，而文字的表面却充满了很有诱惑力的美女、鲜花和艳情。这样的诗显然是有创新意义的。

从理论上总结创新的必要，最早可能出现于书法理论之中①，东晋以来书法成了领军的艺术门类，于是在理论上也率先有所贡献；在文学方面，萧子显(487～535)的《南齐书·文学传论》是大有贡献的，他在这里写道：

习玩为理，事久则渎。在乎文章，弥患凡旧。若无新变，不能代雄。建安一体，《典论》短长互出，潘、陆齐名，机、岳之文永异。江左风味，盛道家之言，郭璞举其灵变，许询极其名理。仲文玄气，犹不尽除，谢混清新，得名未盛。颜、谢并起，乃各擅奇；休、鲍并出，咸亦标世。朱蓝共妍，不相祖述。

不相祖述，追求新变，是中古一大批作家共同的创作心态。创造性永远

① 详见《艺文类聚》卷七十四王僧虔《书赋》、《全齐文》卷八王僧虔《论书》。

是文学的灵魂。

讲得最早也最透彻的也许是南朝作家、思想家张融，其《门律·自序》有云："丈夫当删《诗》《书》，制礼乐，何至因循寄人篱下。"又说自己的文章"不阡不陌，非途非路"而"传音振逸，鸣节竦韵"。中古时代讲究"新变"蔚然成为风气，甘心寄人篱下的大抵甚少；而张融则更是敢说即使是圣人的篱下也不必寄居这样的大话。

北朝作家也讲新变，但他们主要是付诸实践，像《水经注》《洛阳伽蓝记》这样的长篇巨著，都是前所未有的写法。家诫家训一类的文章过去是有过的，而像颜之推撰《颜氏家训》，写成内容非常丰富、包含二十篇的大书，则是空前的贡献。北朝在诗赋方面无甚出新，大抵模仿南朝，而在散文方面却大放了光彩，可见其富于新变的创造性也很强势，只是用武之地各有重点之不同罢了。

南北朝时期的文学有一种强烈的通俗化的倾向，然后又提升为雅俗共赏。南朝主要表现在诗的方面，北朝主要表现在文的方面。

南朝士人之诗歌作品的通俗化主要应是受到了民歌的影响。那时南朝民歌的繁荣是空前的，《乐府诗集》卷六十一说：

> 自晋迁江左，下逮隋唐，德泽寖微，风化不竞，去圣逾远，繁音日滋。艳曲兴于南朝，胡音生于北俗，哀淫靡曼之辞，迭作并起，流而忘反，以至陵夷。原其所由，盖不能制雅乐以相变，大抵多溺于郑、卫，由是新声炽而雅乐废矣。

这里提供的解释不免洋溢着儒家诗教的色彩，但介绍的事实是可信的。南朝民歌，特别是其中那些讴歌爱情的小调，确实风靡一时，影响广泛而且深远。刘宋时代的大文学家王僧虔在《乐表》中说，当时"家竞新哇，人尚谣俗"（转引自《宋书·乐志》），士人的创作遂亦不免大受其影响。事实上早在东晋，孙绰、王献之等高层文士都用民间爱情小调的格调写过诗，陶渊明学习民歌作《蜡日》诗，就是他的《闲情赋》，也有受《子夜歌》浸润的痕迹。刘宋以后，此风更盛。

南朝注意向民歌学习的诗人很多，最著名的是鲍照，他的某些作品确实很像是"委巷间歌谣"，稍后有一批齐梁诗人对鲍照极其仰慕，通俗化形成了风气，其余波下达宫体。刘师培《中国中古文学史讲义》说："梁代宫体，别为新变也。宫体之名，虽始于梁；然侧艳之辞，起源自昔。……其以此体施于五言诗者，亦始晋、宋之间，后有鲍照，前则惠休。”

与鲍照、汤惠休一派通俗“美文”同时并存、互相竞争的是颜延之、谢灵运的高雅派作品，沈约《宋书·谢灵运传论》说：“爰逮宋氏，颜、谢腾声。灵运之兴会标举，延年之体裁明密，并方轨前秀，垂范后昆。”稍后的刘勰也高度肯定这一派，《文心雕龙·时序》写道：“缙绅之林，霞蔚而飙起。王、袁联宗以龙章，颜、谢重叶以凤采，何、范、张、沈之徒，亦不可胜数也。”颜延之主张走高雅的路线，看不起鲍照、汤惠休等人的通俗一派，说他们的作品“委巷间歌谣耳，方当误后生”(《南史·颜延之传》)。但“大明、泰始中，鲍、休美文，殊已动俗”(《诗品·序》)。正反两方面的说法都表明诗歌通俗化的路线影响非常巨大。

虽然作为史家的沈约高度评价颜、谢，而作为诗人的沈约却同时注意学习鲍照，他更高明的是力图将雅和俗结合起来，加以提高，开出了一条雅俗共赏的诗歌创作新路子。《南齐书·文学传论》指出南齐诗歌的高明之处在于“杂以风谣，轻唇利吻，不雅不俗，独中胸怀”，这正是指以沈约、谢朓为代表的新一代诗人综合了刘宋时代颜、谢与鲍、休的不同优点而进一步创新，“不雅不俗”，更上一层。谢朓不幸短命死矣，而沈约颇为老寿，于是就成了一代文坛领袖，以他为旗手的“永明体”雅俗共赏，产生了无比巨大的影响，促成了中国古代诗歌伟大的转折和新变。

北朝早期的文风相当通俗，其主要原因应是主导政局的鲜卑拓跋氏贵族虽然已有一定的汉文化修养，但到底还没有登堂入室，那时动笔的文人为了适应这种局面，行文自然倾向于通俗平易。我们看道武帝拓跋珪、明元帝拓跋嗣、太武帝拓跋焘时代的诏书，尽管大抵都出于宫廷里的笔杆子之手，文字都相当清楚易懂，不讲排偶，也几乎不用什么典故，例如太平真君七年(446)太武帝的《灭佛法诏》写道：

> 昔后汉荒君，信惑邪伪，妄假睡梦，事胡妖鬼，以乱天常，自古九州之中无此也。夸诞大言，不本人情。叔季之世，暗君乱主，莫不眩焉。由是政教不行，礼义大坏，鬼道炽盛，视王者之法蔑如也。自此以来，代经乱祸，天罚亟行，生民死尽，五服之内，鞠为丘墟，千里萧条，不见人迹，皆由于此。朕承天绪，属当穷运之敝，欲除伪定真，复羲农之治。其一切荡除胡神，灭其踪迹，庶无谢于风氏矣。自今以后，敢有事胡神及造形象泥人、铜人者，门诛。……(《魏书·释老志》)

这样涉及面甚广的重大政策法令是务必要求臣民们都要认真体会、严格执行的，所以文字自以通俗、简明、有力为宜，在当时也确实发生了很大的作用。这一诏书中的几层意思，如果用典雅华丽的骈文写起来，那就会比较长而且难懂，却又未必能起到应有的作用。

诏书这种官样文章，其文风在古代往往有重大的影响。对此绝不能低估。

出于北方作家之手的散文名著《水经注》《洛阳伽蓝记》以及《魏书》等等，文字都比较通俗流畅，读起来非常舒服。这些作品，用南朝理论家的话来说，乃是“笔”而非“文”。事实上，“笔”的生命力更为久远。

随着鲜卑拓跋氏统治者日益汉化，随着大批汉族士大夫进入北方政权机构并占据要津，以及南北方文化交流的加深，北方的文风不免也就渐趋于典雅华丽。北周政权和思想文化政策的奠基人宇文泰虽然大讲复古，似乎要复到西周时代去，而实际上他在打垮萧绎以后十分注意接纳从江陵掳来的南方文士，吸收萧梁文化的营养来提高关陇的文化品位。庾信、王褒进入北周以后，这里的文人纷纷向他们学习，进一步追求文字的骈偶华丽，形成了“梁陈派”的北方版。举一个例来看，北周的李昶（又名李那，后赐姓宇文，516—565）在保定元年(561)有一封答徐陵书，略云：

> 繁霜应管，能响丰山之钟；玄云触石，又动流泉之奏。矧伊物候，且成冥符，况乃衿期，相忘道术。楚齐风马，吴会浮云，行李无因，音尘不嗣。殷御正衔命来归，嘉言累札。江南橘茂，冀北桑枯，阴惨阳舒，行止多福。……

把应酬客气的一些套话说得骈四俪六，翰藻纷披。此信同徐陵那封文采斐然的来信堪称旗鼓相当，“工力悉敌”（《骈体文钞》卷三十谭献评语）。

隋统一了中国以后，大批南方文人进入长安，追求华丽的倾向有增无减，以至于文帝杨坚要动用行政手段来提倡质朴的文风；此举有些成效，但回到北周或北魏的初期去是不可能了。稍后《北史·文苑传》说：“江左宫商发越，贵于清绮，河朔词义贞刚，重乎气质。气质则理胜其词，清绮则文过其意。理深者便于时用，文华者宜于咏歌。此南北词人得失之大较也。若能掇彼清音，简兹累句，各去所短，合其两长，则文质彬彬，尽美尽善矣。”这里说的绮丽与质朴之分，大抵与文雅与通俗之别同步共生。

南北朝至隋的文风正走过了这样一个正—反—合的道路，一路向前，迎来了唐代文学的高潮。

十

南北朝时期，南北之间不仅有政权上的对立，还有很复杂的民族矛盾问题，南方的汉族政权与北方鲜卑族和其他胡人（如匈奴别部后裔之宇文氏的北周）以及鲜卑化的汉人（如北齐高氏政权）当权者之间，互相敌视，南方骂北方为“索虏”[①]，北方骂南方为“岛夷”，不同民族间的各种差异，包括语言文字、生活方式、风俗习惯甚至风土气候等等方面的不同，都成为互相攻击和嘲笑的对象。

而在种种斗争包括战争中，各族之间仍有强烈的文化认同，不同的民族在纷纭的斗争中逐步走向了融合。

事实上先前在“五胡乱华”的十六国时期，入据中原割据称雄的许多少数民族的领袖，早已纷纷汉化，认同于炎黄子孙、周孔礼义，例如鲜卑族慕容部里的酋长即颇有汉化得很深的，后来成为前燕创始人的慕容廆（269—333）就具有很高的汉文化修养，得到过西晋文坛领袖张华的高度评价，他的一个高见是各族虽然风俗不同，但不必心存芥蒂。《晋书》卷一〇八《慕容廆载记》附高瞻传载：

> 高瞻，渤海蓨人也，随（崔）毖如辽东，毖奔败，瞻随众降于廆。廆署为将军，瞻称疾不起。廆敬其姿器，数临候之，抚其心曰：“君之疾在此，不在余也。君中州大族，奈何以华夷之异，有怀介然？且大禹出于西羌，文王生于东夷，但问志略如何耳。岂以殊俗不可降心乎？”瞻仍辞疾笃，廆深不平之。瞻遂以忧死。

他招降高瞻遭到拒绝时，深刻地指出高瞻有心理上的障碍，希望对方不要为某些“华夷之异”所蔽，应能体认到大中华的文化认同。可惜高瞻一时未能想通，不幸匆匆而死。

慕容廆的儿子皝（287—348）同样具有很高的汉文化修养，“雅好文籍，勤于讲授”；慕容皝的儿子慕容儁（319—360）“博观图书”，“自初即位至末年，讲论不倦”（分别见其《晋书》载记中本传）。他们本人就都是文化认同的典范。

---

① 鲜卑族人习惯于将头发剃去一部分，剩余的部分打成辫子。后来满族的习惯也是如此。

前秦是氐族的政权，其领导人苻坚一向奉行“变夷从夏”的政策，政治很上轨道，“关陇清晏，百姓丰乐”（《晋书·苻坚载记》），在历史上作出了贡献。

后来统一了中国北方的鲜卑族拓跋部，由于久处边陲，离开中原甚远，在一个相当长的时段里汉化的程度不及慕容部，也远不及前秦，但他们也在不断的进化过程之中。著名的北魏孝文帝改革就是要促进鲜卑族进一步汉化，他取得了很大的成绩，虽然因为操之过急以及某些举措不当，也出现了不少问题，有些甚至还比较严重，但用历史的长镜头来看，他仍然是无比英明的。隋唐以后，鲜卑族已完全融入汉族。北魏对中华民族的生存、发展建立了不朽的功勋，其中孝文帝元宏的贡献尤其杰出。

文化认同的进程绝不是一帆风顺的，其间充满了痛苦、纷争和杀戮，在汉化的同时也存在鲜卑化的倾向，相反相成，在痛苦中逐步前进。鲜卑族拓跋部中最早的汉化先锋曾经有遭到无情杀害的，后来元宏欲将首都从平城（今山西大同）迁至洛阳，阻力很大，不少保守的老派人物坚守塞上不肯南下，镇守边关的士卒也不可能跟着南下，他们的进步就相当慢。

迁至洛阳以后，孝文帝决定以汉语为正式的官方语言（详见《魏书·高祖纪》太和十九年六月条下），此时的阻力就小得多了，《魏书·咸阳王禧传》载：

> 高祖曰：“自上古以来，及诸经籍，焉有不先正名而得行礼乎？今欲断诸北语（鲜卑语），一从正音（汉语）。年三十以上，习性已久，容或不可卒革；三十以下，见在朝廷之人，语言不听仍旧，若有故为，当降爵黜官。各宜深戒。如此渐习，风化可新。若仍旧俗，恐数世之后，伊、洛之下复成被发之人。王公卿士，咸以然不？”禧对曰：“实如圣旨，宜应改易。”

情形大约是当时在南下的鲜卑人中汉语已相当流行，鲜卑族官员特别是比较年轻的官员大抵汉语纯熟，这一改革不算非常困难，只不过是把这一汉化的成果用圣旨和法令的形式彻底固定下来而已。语言的改易意义极其重大，文化方面的认同从此进入一个更高的阶段。

后来六镇起义，高欢、宇文泰崛起，为后来东魏—北齐、西魏—北周的兴起导夫先路，他们分别采取了若干鲜卑化的措施，恢复鲜卑语的地位乃是其中的重要节目，但这只是一种笼络鲜卑武装力量（其成员多为汉化程度较浅之塞上鲜卑）的权宜之计，一种政治家的权术，等到他们站稳了脚跟，又重新开始其汉化的进程，再次强调文化上的认同，宇文泰依据《周礼》来建立政治文化，取得很好的效果；他对南方战俘中的高级知识分子客气尊重到万分，真心相待，体现了文化认同的高度热情。宇文泰的历史贡献堪比元宏。

北齐朝廷里虽然常常倾轧不宁，但其规章制度始终是合于传统的，这就是陈寅恪先生所说的“江左承袭汉、魏、西晋之礼乐政刑典章文物，自东晋至南齐其间所发展变迁，而为北魏孝文帝及其子孙模仿采用，传至北齐成一大结集”①；这样的格局到隋王朝建立以后，更是水到渠成地完全落地了。

北朝时代的民间心理，也是支持民族融合的，最典型的表现，如《木兰诗》表明当时北朝的民众在心理上并不与南朝对立，他们心目中的敌人是远在塞外仍然过游牧生活而时来骚扰中原的柔然人，他们乃是胡人。《木兰诗》从文化认同的角度去体会，颇觉意味深长。

缪钺先生说过：

> 中国是一个多民族的国家，在数千年的历史发展中，各民族间的关系极为复杂变化。但是有一个总的趋势，就是结集于一种高度文化之中而趋向于渗透、融合，破除种族界限，不断为中华民族增加新的生命力。在民族区别的看法上，文化重于血统，种族间的歧视是暂时的，而文化上的融合则是永久的。②

研读南北朝文学，人们也可以体会到中华民族这种伟大的融合精神。

---

① 《隋唐制度渊源论略稿·叙论》，《隋唐制度渊源论略稿　唐代政治史述论稿》，第3～4页。

② 《冰茧庵读史存稿·略谈五胡十六国与北朝时期的民族关系》，《缪钺全集》第1卷上册，第303页。

附　录

一　中古文学大事记

189　己巳　东汉灵帝刘宏中平六年

四月，灵帝卒，皇子刘辩即位(少帝)，时年十四。

何太后临朝，其弟大将军何进秉朝政，谋诛宦官，召四方猛将董卓等进京。袁绍诛宦官。

陈琳作《谏何进召外兵》。

八月，中常侍张让、段珪杀何进，劫少帝及陈留王刘协至小平津。董卓引兵迎帝还宫。

何进败亡后，陈琳避难冀州。

九月，董卓废刘辩为弘农王，立陈留王刘协为帝(后称献帝)，时年九岁。董卓自任太尉，后迁丞相，秉朝政。蔡邕、荀爽等皆为董卓所罗致。

应劭拜太山太守，任内作《风俗通义》。

曹操变易姓名东归。十二月，起兵讨董卓。

190　庚午　东汉献帝刘协初平元年

正月，袁绍等关东群雄起兵讨董卓，前锋抵盟津。曹操行奋武将军。

二月，董卓劫持天子迁都长安，焚烧洛阳宫殿。

孔融出任北海相，起兵讲武，败绩。作《告高密县立郑公乡教》。

王粲徙长安，受到蔡邕赏识。陈琳避难冀州，依袁绍。徐幹避难海表。

何晏生。应璩生。

191　辛未　东汉献帝刘协初平二年

曹丕五岁,学射。

邯郸淳客荆州。

192　壬申　东汉献帝刘协初平三年

董卓遣牛辅以兵屯陕,牛辅部李傕、郭汜等纵兵掠陈留、颍川。

蔡琰落入董卓部羌胡兵之手,稍后被带往关中。

四月,王允、吕布杀董卓。蔡邕被王允逮捕,下狱死。

六月,李傕、郭汜攻长安,纵兵抢掠。王粲离长安,南下荆州避乱,作《七哀诗》其一。

孔融与祢衡为友。

东郡太守曹操进军击黄巾,受降三十余万,收取其精锐者为"青州兵"。

曹植生。

193　癸酉　东汉献帝刘协初平四年

九月,廷试儒生四十余人。

194　甲戌　东汉献帝刘协兴平元年

王粲作《赠文叔良诗》。

曹丕八岁,能属文。

195　乙亥　东汉献帝刘协兴平二年

孔融领青州刺史。曹操为兖州牧。

李傕、郭汜内讧,羌胡兵星散。蔡琰被羌胡兵带入西羌地,后辗转没于南匈奴。

196　丙子　东汉献帝刘协建安元年

曹操迎献帝迁都许。

曹操任大将军,录尚书事,封武平侯。作《薤露行》《短歌行》。

孔融至许,任将作大匠,作六言诗三首歌颂曹操。

祢衡痛骂曹操,被遣送至荆州牧刘表处。后又转送于黄祖。

197　丁丑　东汉献帝刘协建安二年

孔融迁少府,侍讲禁中。

曹操攻张绣,长子曹昂死难。

袁术僭号于九江,置百官公卿。

诸葛亮至荆州。

198　戊寅　东汉献帝刘协建安三年

祢衡为黄祖所杀。

长沙太守张羡率零陵、桂阳三郡叛,刘表平定之。

王粲作《三辅论》《荆州文学官志》,盛赞刘表。

诸葛亮与徐庶等共学。

泰山太守应劭弃郡投奔冀州牧袁绍,稍后应玚亦至冀州。

199　己卯　东汉献帝刘协建安四年

张纮受孙策派遣奉表至许,留为侍御史;与孔融等友善。

孔融作《肉刑议》《崇国防疏》。

朝廷讨论恢复肉刑问题,无结果而搁置。

陈琳受袁绍命,巧改《公孙瓒与子书》。袁军攻破易京,陈琳作《武军赋》。

曹操起用杨彪为太尉,其子杨修亦出仕,为仓曹属主簿。

200　庚辰　东汉献帝刘协建安五年

四月,孙策卒,孙权继立。

袁绍发大军南伐曹操,陈琳为作《为袁绍檄豫州》。

十月,官渡之战,曹操大败袁绍。

201　辛巳　东汉献帝刘协建安六年

王粲代潘文则作《思亲诗》。

丁仪为曹操西曹掾,丁廙亦被征辟。

九月,曹操击刘备于汝州,刘备南下投奔荆州牧刘表。

202　壬午　东汉献帝刘协建安七年

五月,袁绍卒,三子袁谭、袁熙、袁尚争权。

曹操下《军谯令》，又派人以太牢祀桥玄，亲作祀文。

南匈奴南单于呼厨泉归降曹操。

203　癸未　东汉献帝刘协建安八年

曹操下《修学令》。

孔融作《与张纮书》。时孙权讨江夏，令已回江东的张纮居守。

王粲为刘表作书与袁谭、袁尚，劝其加强团结，共抗曹操。

仲长统游并州，谏高幹。

204　甲申　东汉献帝刘协建安九年

八月，曹操攻占邺城，领冀州牧。此后邺城成为曹氏权力中心。

曹丕纳甄氏，孔融作《嘲曹公为子纳甄氏书》，又作《请准古王畿制》《论盛孝章书》。

205　乙酉　东汉献帝刘协建安十年

正月，曹操灭袁谭，遂定河北；下《整齐风俗令》。袁熙、袁尚奔三郡乌丸。

曹丕、曹休、曹真、吴质等作"南皮之游"。

陈琳归曹操，为军谋祭酒。

山涛生。曹丕与甄氏之子曹叡生。

206　丙戌　东汉献帝刘协建安十一年

正月，曹操击高幹，取并州，以梁习领并州刺史。作《苦寒行》。

南匈奴北支逐渐内附。

八月，曹操征海贼管承，曹植随行。

蔡琰由曹操遣使从南匈奴北支赎回，改嫁陈留董祀。作五言《悲愤诗》。

仲长统由荀彧举为尚书郎。

207　丁亥　东汉献帝刘协建安十二年

曹操征三郡乌桓。曹植随行。二月，下令出征；七月，引兵出卢龙塞，涉鲜卑庭，东指柳城；八月，登白狼山，大胜；十一月，班师至易水。作《步出夏门行》。

陈琳作《神武赋》。应玚作《撰征赋》。

曹操下《封功臣令》。

徐幹任司空军谋祭酒掾属。

路粹作《为曹公与孔融书》。

诸葛亮隆中对刘备问,出山,时年二十七。

208　戊子　东汉献帝刘协建安十三年

正月,曹操还邺。六月,曹操为丞相,繁钦为丞相主簿,应玚为丞相掾属。

路粹作《枉状奏孔融》。八月,曹操杀孔融,下《宣示孔融罪状令》。孔融有《临终诗》。

刘表卒,曹操率大军攻荆州。曹植随行。

王粲劝刘表之子刘琮投降,本人亦随之转归曹操,作《七哀诗》(其二)、《登楼赋》。

曹丕作《述征赋》。

曹操兵败赤壁。

夏侯玄生。

209　己丑　东汉献帝刘协建安十四年

曹操引兵退至襄阳,三月,至谯;七月,入淮,军合肥。

曹丕作《感物赋》《浮淮赋》。陈琳、应玚作《神女赋》。王粲作《神女赋》、《初征赋》、《浮淮赋》、《从军诗》(其五)。

210　庚寅　东汉献帝刘协建安十五年

曹操作《让县自明本志令》,下《求贤令》。

曹丕作《临涡赋》《济川赋》。

冬,曹操建铜雀台于邺。

阮籍生。

211　辛卯　东汉献帝刘协建安十六年

王粲任丞相军谋祭酒。

曹操征马超,取关中。曹植随行。王粲、徐幹、阮瑀、应玚等从征。

王粲作《吊夷齐文》《咏史诗》和《征思赋》。阮瑀作《吊夷齐文》。徐幹作《西征赋》,应玚有同题之作。曹植作《离思赋》《述行赋》《赠丁仪、王粲》。

曹丕为五官中郎将、副丞相。作《感离赋》。

曹植封平原侯，仍住邺城。曹据、曹豹亦分别封侯。

阮瑀作《为曹公作书与孙权》。

刘桢任五官将曹丕“文学”；因平视甄氏被捕，应死，从宽处理，罚去磨石。被赦，复为“文学”。稍后改任平原侯曹植“庶子”。刘桢坐谴之际，吴质出为朝歌长。

刘备入蜀。

212　壬辰　东汉献帝刘协建安十七年

年初，繁钦作《与魏文帝笺》，曹丕有回信。

曹操率诸子登铜雀台，曹丕、曹植作《登台赋》。

刘桢作《赠五官中郎将四首》。

阮瑀卒。王粲作《阮元瑜诔》，曹丕作《寡妇诗》《寡妇赋》，命王粲同作。

213　癸巳　东汉献帝刘协建安十八年

五月，曹操进位为魏公，加九锡；七月，建魏之宗庙社稷。王粲为魏制礼作乐，作《太庙颂》《俞儿歌舞四首》《安世歌》，以述魏德。

曹丕出猎，命诸文士作赋。

214　甲午　东汉献帝刘协建安十九年

曹操下《敕有司取士勿废偏短令》。

曹丕作《槐赋》，曹植、王粲并有同题之作。

曹操出征孙权，曹植留守邺城，作《东征赋》；杨修作《出征赋》。

曹植徙封临淄侯，仍住邺城。

吴质改任元城令。

刘备取蜀。

215　乙未　东汉献帝刘协建安二十年

曹操亲率十万大军征张鲁。曹植随行，曹丕驻扎于孟津。

曹操自陈仓出散关取南郑，作《秋胡行》二首。王粲从征，稍后作《从军诗》(其一)。

路粹违禁，被杀。

曹丕作《柳赋》，又有《与朝歌(元城)令吴质书》。

陈琳代曹洪作书与曹丕。

徐幹、刘桢分别作《行女哀辞》《仲雍哀辞》。

皇甫谧生。

216　丙申　东汉献帝刘协建安二十一年

曹操进爵为魏王。

南匈奴单于呼厨泉入朝于魏，留居于邺。南匈奴南、北两支复归于一。

秋，曹操征吴。陈琳作《檄吴将校部曲文》，王粲作《从军诗》(其二、三、四)

曹植作《与杨德祖书》，杨修作《答临淄侯笺》。

217　丁酉　东汉献帝刘协建安二十二年

八月，曹操下《举贤勿拘品行令》。

十月，曹丕被立为太子，作《典论·论文》。

曹植赴临淄就国，有时仍住邺城。

王粲、陈琳、刘桢、应玚先后在瘟疫流行中病卒。

傅玄生。

218　戊戌　东汉献帝刘协建安二十三年

春，徐幹病卒。

九月，曹操至长安。

繁钦病卒。

219　己亥　东汉献帝刘协建安二十四年

三月，曹操自长安出兵斜谷，攻汉中，无功而返。

五月，刘备称汉中王。

七月，孙权攻合肥。

八月，关羽攻曹仁，曹操派曹植救援，曹植因醉酒未能受命。

曹丕作《与吴质书》，为诸文士遗文编集。

关羽败亡于孙权部属，蜀失荆州。

秋，曹操杀杨修。

220　庚子　东汉献帝刘协建安二十五年、延康元年　魏文帝曹丕黄初元年

正月，曹操病逝于洛阳，临终前留《遗令》。曹植等在侧。

曹彰奉命赶赴洛阳，抵达时曹操已崩。

二月，曹操葬于高陵。曹丕继任丞相、魏王，领冀州牧。作《短歌行》《又与吴质书》。

三月，改元延康。

曹丕杀丁仪、丁廙。丁廙妻作《寡妇赋》。

六月，曹丕南征，军于谯。有《黎阳作诗》《令诗》。

十月，曹丕代汉自立（后称文帝），改元黄初。邯郸淳作《受命述》。缪袭作《魏鼓吹曲》十二首。曹植等各诸侯就国。

仲长统卒。

221　辛丑　魏文帝曹丕黄初二年　蜀昭烈帝刘备章武元年

上半年，曹植因"醉酒悖慢，劫胁使者"被拘至洛阳治罪。后贬爵安乡侯，有谢表；七月，改封鄄城侯，亦有谢表。

六月，甄后被曹丕赐死，不获大敛。葬于邺城。

下半年，曹植因"不孝"罪又被拘至洛阳。

刘备称帝。孙权称吴王。

222　壬寅　魏文帝曹丕黄初三年　蜀昭烈帝刘备章武二年　吴大帝孙权黄武元年

春，曹植免于治罪，由洛阳回鄄城，作《洛神赋》。

四月，曹植随众诸侯升格为鄄城王。

曹丕南征。

夷陵之战，急于为关羽复仇的刘备出兵攻吴，大败。吴军统帅为陆逊。

223　癸卯　魏文帝曹丕黄初四年　蜀后主刘禅建兴元年　吴大帝孙权黄武二年

四月，刘备卒于白帝城，向诸葛亮托孤。

刘备子刘禅继立，时年十七。诸葛亮以丞相身份执政。

五月，曹植、曹彰等朝京都，曹彰暴薨。曹植作《七步诗》。归途中作《赠白马王彪》。又有《杂诗》（其五）。

曹植徙封雍丘王，又为监官举报。

224　甲辰　魏文帝曹丕黄初五年　蜀后主刘禅建兴二年　吴大帝孙权黄武三年

魏立太学，置博士。

曹丕南征。

吴质朝京师。

嵇康生。李密生。

225　乙巳　魏文帝曹丕黄初六年　蜀后主刘禅建兴三年　吴大帝孙权黄武四年

八月，曹丕出巡；九月，筑东巡台；十月，南征至广陵故城，作《至广陵于马上作诗》。

曹植作《黄初六年令》。

诸葛亮定南中。

钟会生。

226　丙午　魏文帝曹丕黄初七年　蜀后主刘禅建兴四年　吴大帝孙权黄武五年

正月，魏文帝曹丕卒，子曹叡继立。

曹植作《文帝诔》。吴质作《思慕诗》。

王弼生。

227　丁未　魏明帝曹叡太和元年　蜀后主刘禅建兴五年　吴大帝孙权黄武六年

曹植徙封浚仪。

诸葛亮率师北伐，上《出师表》。

228　戊申　魏明帝曹叡太和二年　蜀后主刘禅建兴六年　吴大帝孙权黄武七年

曹植上《求自试表》。

诸葛亮出兵祁山。马谡败于街亭，诸葛亮收兵回汉中，自贬三等。

十二月，诸葛亮再行率部北伐，出散关，围陈仓，行前上《后出师表》。

229　己酉　魏明帝曹叡太和三年　蜀后主刘禅建兴七年　吴大帝孙权黄龙元年

曹植徙封东阿。

四月，孙权称帝。

230　庚戌　魏明帝曹叡太和四年　蜀后主刘禅建兴八年　吴大帝孙权黄龙二年

明帝下《策试罢退浮华诏》。

《典论》刻石，立于庙门及太学。

吴质入为侍中，卒。

231　辛亥　魏明帝曹叡太和五年　蜀后主刘禅建兴九年　吴大帝孙权黄龙三年

曹植上《求通亲亲表》。

成公绥生。

232　壬子　魏明帝曹叡太和六年　蜀后主刘禅建兴十年　吴大帝孙权嘉禾元年

明帝处理“四聪”“八达”“三豫”十五人浮华案。

明帝在许昌建景福、承光二殿。何晏作《景福殿赋》，缪袭等亦有赋颂。

曹植徙封陈王，十一月卒。

张华生。

233　癸丑　魏明帝曹叡青龙元年　蜀后主刘禅建兴十一年　吴大帝孙权嘉禾二年

诸葛亮劝农讲武，作木牛、流马。

陈寿生。

234　甲寅　魏明帝曹叡青龙二年　蜀后主刘禅建兴十二年　吴大帝孙权嘉禾三年

春，诸葛亮率部出斜谷，分兵屯田。

三月，山阳公（前汉献帝刘协）卒。

八月，诸葛亮卒于五丈原前线。

王戎生。

235　乙卯　魏明帝曹叡青龙三年　蜀后主刘禅建兴十三年　吴大帝孙权嘉禾四年

春，魏以大将军司马懿为太尉。

魏明帝治洛阳宫，起昭阳太极殿，筑总章观，力役不已，农桑失业。

八月，魏明帝立养子曹芳为齐王。

236　丙辰　魏明帝曹叡青龙四年　蜀建兴十四年　吴大帝孙权嘉禾五年

何劭生。

237　丁巳　魏明帝曹叡景初元年　蜀建兴十五年　吴大帝孙权嘉禾六年

魏明帝诏散骑常侍刘劭作《都官考课法》七十二条。

238　戊午　魏明帝曹叡景初二年　蜀后主刘禅延熙元年　吴大帝孙权赤乌元年

司马懿率兵四万讨辽东公孙渊，大获全胜。

239　己未　魏明帝曹叡景初三年　蜀后主刘禅延熙二年　吴大帝孙权赤乌二年

正月，魏明帝曹叡卒，子曹芳继立，时年八岁。曹爽、司马懿辅政，并为侍中，假节钺，录尚书事。二月，曹爽转司马懿为太傅以架空之。

傅咸生。

240　庚申　魏齐王曹芳正始元年　蜀后主刘禅延熙三年　吴大帝孙权赤乌三年

何晏为魏吏部尚书，主选举。

曹爽集团逐步形成。

241　辛酉　魏齐王曹芳正始二年　蜀后主刘禅延熙四年　吴大帝孙权赤乌四年

曹髦生。

242　壬戌　魏齐王芳正始三年　蜀后主刘禅延熙五年　吴大帝孙权赤乌五年

阮籍应蒋济辟，不久即谢病归，作四言《咏怀诗》十三首。

243　癸亥　魏齐王曹芳正始四年　蜀后主刘禅延熙六年　吴大帝孙权赤乌六年

阮籍一度为尚书郎，不久以病免，回故乡陈留。

夏侯湛生。

244　甲子　魏齐王曹芳正始五年　蜀后主刘禅延熙七年　吴大帝孙权赤乌七年

“七贤”林下之游约始于本年。

阮籍五言《咏怀诗》作于本年及稍后数年内。

245　乙丑　魏齐王曹芳正始六年　蜀后主刘禅延熙八年　吴大帝孙权赤乌八年

缪袭卒。

246　丙寅　魏齐王曹芳正始七年　蜀后主刘禅延熙九年　吴大帝孙权赤乌九年

魏幽州刺史毌丘俭讨伐高句骊，刻石纪功而返。

247　丁卯　魏齐王曹芳正始八年　蜀后主刘禅延熙十年　吴大帝孙权赤乌十年

钟会任尚书郎。

潘岳生。

248 戊辰 魏齐王曹芳正始九年 蜀后主刘禅延熙十一年 吴大帝孙权赤乌十一年

阮籍作《达庄论》。

249 己巳 魏齐王曹芳正始十年、嘉平元年 蜀后主刘禅延熙十二年 吴大帝孙权赤乌十二年

正月,司马懿发动高平陵之变,杀曹爽、何晏等人。司马氏专政。

王弼病卒。

四月,魏改元嘉平。

应璩作《百一诗》(“下流不可处”)。

阮籍仕于司马懿,为从事中郎。钟会任中书郎。

石崇生。

250 庚午 魏齐王曹芳嘉平二年 蜀后主刘禅延熙十三年 吴大帝孙权赤乌十三年

孙权废太子孙和,另立孙亮。

251 辛未 魏齐王曹芳嘉平三年 蜀后主刘禅延熙十四年 吴大帝孙权太元元年

四月,魏都督扬州诸军事王浚谋立楚王彪,司马懿率兵讨伐。

五月,王浚自杀,夷三族。六月,楚王曹彪自杀。

八月,司马懿卒。其子司马师秉政。阮籍续任司马师从事中郎。作《大人先生传》。

山涛见司马师求出仕,得以举秀才,除郎中,后又颇有升迁。

252 壬申 魏齐王曹芳嘉平四年 蜀后主刘禅延熙十五年 吴大帝孙权神凤元年,吴会稽王孙亮建兴元年

四月,孙权卒,少子亮继位,太傅诸葛恪辅政。

应璩卒。嵇绍生。

253　癸酉　魏齐王曹芳嘉平五年　蜀后主刘禅延熙十六年　吴会稽王孙亮建兴二年

八月，吴宗室孙峻杀诸葛恪，以丞相身份辅政。

山简生。

254　甲戌　魏齐王曹芳嘉平六年，高贵乡公曹髦正元元年　蜀后主刘禅延熙十七年　吴会稽王孙亮五凤元年

二月，司马师杀中书令李丰、太常夏侯玄。

九月，司马师废齐王芳；十月，另立高贵乡公曹髦，改元。

十月，阮籍封关内侯，任散骑常侍，作《首阳山赋》。

255　乙亥　魏高贵乡公曹髦正元二年　蜀后主刘禅延熙十八年　吴会稽王孙亮五凤二年

正月，魏镇东将军毌丘俭、扬州刺史文钦于寿春举兵反司马氏，兵败。后钟会诬告嵇康欲起兵应毌丘俭。

司马师卒，弟司马昭秉政。

阮籍求外出为东平相。不久回洛阳为司马昭从事中郎，稍后改任步兵校尉。

太常博士张华推荐成公绥。

256　丙子　魏高贵乡公曹髦甘露元年　蜀后主刘禅延熙十九年　吴会稽王孙亮太平元年

钟会任黄门侍郎，作《四本论》，拜访嵇康，于户外遥掷论文。

四月，曹髦幸太学，讲经典。

257　丁丑　魏高贵乡公曹髦甘露二年　蜀后主刘禅延熙二十年　吴会稽王孙亮太平二年

四月，魏征东大将军诸葛诞于寿春举兵反。

258　戊寅　魏高贵乡公曹髦甘露三年　蜀后主刘禅景耀元年　吴景帝孙休永安元年

二月，司马昭攻破寿春，杀诸葛诞。

镇东将军石苞镇淮南，孙楚入其幕。

阮籍作《为郑冲劝晋王笺》，时为步兵校尉。

259 己卯 魏高贵乡公曹髦甘露四年 蜀后主刘禅景耀二年 吴景帝孙休永安二年

曹髦作诗自讽，司马昭见而恶之。

260 庚辰 魏高贵乡公甘露五年，魏元帝景元元年 蜀后主刘禅景耀三年 吴景帝孙休永安三年

五月，司马昭杀曹髦，另立常道乡公曹奂为帝(后称元帝)。

六月，改元。

261 辛巳 魏元帝曹奂景元二年 蜀后主刘禅景耀四年 吴景帝孙休永安四年

山涛升迁，举嵇康自代，未果。

欧阳建生。挚虞生。陆机生。

262 壬午 魏元帝曹奂景元三年 蜀后主刘禅景耀五年 吴景帝孙休永安五年

陆云生。庾敳生。

263 癸未 魏元帝曹奂景元四年 蜀后主刘禅炎兴元年 吴景帝孙休永安六年

嵇康作《与山巨源绝交书》。嵇康因吕安案被捕，作《幽愤诗》《述志诗》《家诫》。太学生三千人上书，请以嵇康为师。司马昭杀嵇康。

阮籍卒。

镇西将军钟会率部伐蜀，作《檄蜀文》。

十一月，蜀亡于魏。

嵇含生。

264 甲申 魏元帝曹奂咸熙元年 吴末帝孙皓元兴元年

向秀入洛，返回途中经过山阳嵇康故居，有感而作《思旧赋》。

孙楚作《为石仲容与孙皓书》。

钟会卒。

265　乙酉　魏元帝曹奂咸熙二年　西晋武帝司马炎泰始元年　吴末帝孙皓甘露元年

八月，司马昭卒。子司马炎代为相国、晋王。

十二月，司马炎代魏称帝，西晋建立。

张敏作《头责子羽文》。

266　丙戌　西晋武帝司马炎泰始二年　吴末帝孙皓宝鼎元年

傅玄上疏，反对虚无放诞，提倡教化风节。

潘岳开始入仕。

267　丁亥　西晋武帝司马炎泰始三年　吴末帝孙皓宝鼎二年

李密上《陈情表》。

陶侃生。

268　戊子　西晋武帝司马炎泰始四年　吴末帝孙皓宝鼎三年

武帝令群臣作诗，应贞有《华林园集诗》。

潘岳作《藉田赋》。

269　己丑　西晋武帝司马炎泰始五年　吴末帝孙皓建衡元年

晋武帝起用前蜀汉人才。

应贞卒。

270　庚寅　西晋武帝司马炎泰始六年　吴末帝孙皓建衡二年

吴以镇东大将军陆抗都督信陵、西陵、夷道、乐乡、公安诸军事，治乐乡。

南匈奴五部自谓其先汉氏外孙，改姓刘。

271　辛卯　西晋武帝司马炎泰始七年　吴末帝孙皓建衡三年

刘琨生。

272 壬辰 西晋武帝司马炎泰始八年 吴末帝孙皓凤凰元年

左棻入宫，左思移家洛阳，着手撰《三都赋》，而其起意已有一两年。

潘岳任司空贾充掾。

晋荆州刺史杨肇与吴将陆抗作战，大败，稍后被废为庶人。

向秀卒。

273 癸巳 西晋武帝司马炎泰始九年 吴末帝孙皓凤凰二年

张载入蜀省父，作《叙行赋》。

成公绥卒。

274 甲午 西晋武帝司马炎泰始十年 吴末帝孙皓凤凰三年

潘岳迎娶杨肇之女为继室。他的第一次婚姻在二十岁以前，后不幸丧偶。

吴大司马、荆州牧陆抗卒，诸子分领其兵。

潘岳之父潘芘卒。

275 乙未 西晋武帝司马炎咸宁元年 吴末帝孙皓天册元年

杨肇卒。

276 丙申 西晋武帝咸宁二年 吴末帝孙皓天玺元年

羊祜上表请伐吴。

郭璞生。

277 丁酉 西晋武帝司马炎咸宁三年 吴末帝孙皓天纪元年

晋令诸侯出京就藩，分别置军；又封异姓功臣为郡公、郡侯，贾充为鲁郡公。

278 戊戌 西晋武帝司马炎咸宁四年 吴末帝孙皓天纪二年

羊祜以病入朝，面陈伐吴之计。

潘岳作《秋兴赋》。

傅玄卒。

279 己亥 西晋武帝司马炎咸宁五年 吴末帝孙皓天纪三年

王濬、杜预先后上表请伐吴。

十月，汲郡人盗墓，出土大批竹简。

十一月，武帝下诏伐吴。

左思作《咏史诗》其一。

280　庚子　西晋武帝司马炎太康元年　吴末帝孙皓天纪四年

三月，吴亡。

五月，武帝下诏将吴大将战亡之家徙于寿阳，加强监管。陆云被徙于寿阳，稍后仕于晋，为扬州刺史周浚之从事。

左思写成《三都赋》初稿，根据张华的建议请皇甫谧作序。张载作《平吴颂》。挚虞作《太康颂》。

石崇因伐吴之功封安阳乡侯，以疾自解归。

281　辛丑　西晋武帝司马炎太康二年

扬州治所由寿阳迁秣陵，陆云任扬州刺史周浚之主簿。

汲郡竹书基本整理完毕。

282　壬寅　西晋武帝司马炎太康三年

阮瞻生。

皇甫谧卒。生前为《三都赋》作序。

陆云入洛阳，为太子舍人，作《征东大将军京陵王公会射堂皇太子见命作此诗》。

283　癸卯　西晋武帝司马炎太康四年

山涛卒。葛洪生。

284　甲辰　西晋武帝司马炎太康五年

陆机首次入洛，处理从父陆喜善后，时年二十四。

285　乙巳　西晋武帝司马炎太康六年

张载入蜀省父。

卢谌生。

286　丙午　西晋武帝司马炎太康七年

鲜卑族慕容、拓跋二氏日益强盛。

287　西晋武帝司马炎太康八年

李密卒。

288　丁未　西晋武帝司马炎太康九年

旱灾，地震。

289　己酉　西晋武帝司马炎太康十年

陆机入洛，有《与士龙于承明亭作》，又有《赴洛道中作二首》。

陈寿完成《三国志》初稿。

庾亮生。

290　庚戌　西晋武帝司马炎太熙元年，惠帝司马衷永熙元年

三月，晋武帝司马炎卒，子司马衷继位，改元永熙。帝舅杨骏辅政。

潘岳任太傅杨骏主簿。

陆机被太傅杨骏辟为祭酒。

左思被司空、陇西王司马泰辟为祭酒。

石崇出为南中郎将、荆州刺史。劫夺杀人，以致巨富。

291　辛亥　西晋惠帝司马衷永平元年，元康元年

惠帝复置秘书监，其属官有丞，有郎，并统著作省。

三月，贾后发动政变，杀杨骏，专政，改元元康。

贾谧任秘书监，左思为修订《三都赋》求作秘书郎。

夏侯湛卒。

292　壬子　西晋惠帝司马衷元康二年

陆机再度入洛，任太子洗马。作《赴洛二首》。

潘岳出为长安令，赴任途中稚子夭折。作《西征赋》。

293　癸丑　西晋惠帝司马衷元康三年

孙楚卒。

294　甲寅　西晋惠帝司马衷元康四年

秋,陆机出补吴王郎中令,作《吴王郎中时从梁陈作》。

潘尼作《赠陆机出为吴王郎中令》,陆机以《赠潘尼》答之。

傅咸卒。

295　乙卯　西晋惠帝司马衷元康五年

左思任张华司空府祭酒。

296　丙辰　西晋惠帝司马衷元康六年

陆机回洛阳为尚书中兵郎,转殿中郎。

潘岳回洛阳,补博士,未拜,以母病去官,作《闲居赋》;又依附贾谧,多次为之代笔。

石崇出为征虏将军,监青徐诸军事。

石崇于金谷园举行盛大宴会,为王诩送行,与会者赋诗,石崇作序。

潘岳作《金谷园集诗》。

八月,氐人齐万年起兵于关中。

陆机请假回南方,作《思归赋》《行归赋》。

司空张华高度评价《三都赋》修订稿,传抄者甚多,引起洛阳纸贵。

297　丁巳　西晋惠帝司马衷元康七年

陈寿卒。

298　戊午　西晋惠帝司马衷元康八年

石崇回洛阳,拜卫尉。

陆机为著作郎,参与《晋书》限断的讨论;又作《吊魏武帝文》。

贾谧有诗赠陆机,由潘岳代作;陆机作《答贾长渊》诗。

潘岳妻杨氏卒,潘岳作《杨氏七哀诗》《哀永逝文》。

299　己未　西晋惠帝司马衷元康九年

张翰随贺循入洛。

潘岳服妻丧满后作《悼亡诗》《悼亡赋》。

十二月，贾后废太子司马遹。

300　庚申　西晋惠帝司马衷永康元年

二月，左棻卒。

三月，贾后杀司马遹。四月，赵王司马伦发动政变，杀贾后、贾谧、张华、石崇、潘岳、欧阳建等人。欧阳建有《临终诗》。

陆机作《愍怀太子诔》《叹逝赋》。

陆机为赵王伦相国参军，封关内侯。作《与赵王伦笺荐戴渊》。

301　辛酉　西晋惠帝司马衷永宁元年

正月，赵王司马伦称帝。陆机为其中书侍郎。

三月，齐王司马冏、成都王司马颖等讨伐司马伦。此后连年混战。

四月，司马伦败死。惠帝反正。

六月，齐王司马冏入洛阳秉政。左思被齐王冏辟为记室参军，不就，退隐专思著述，作《杂诗》《招隐诗》。张翰被齐王冏辟为东曹掾，不久托病回南方，作《杂诗》。

陆机下狱，因成都王颖、吴王晏援救改流放，遇赦免，作《园葵诗》，此后依附大将军、成都王司马颖，任平原内史。

302　壬戌　西晋惠帝司马衷永宁二年、太安元年

张方奉河间王司马颙之命攻洛阳。齐王冏被废，常山王乂秉政。

陆机作《豪士赋》。

十二月，改元太安。

何劭卒。

303　癸亥　西晋惠帝司马衷太安二年

夏，张昌起兵于安陆。成都王颖击破之，又回兵讨伐常山王乂，以平原内史陆机为先锋。

十月，成都王颖杀陆机，稍后陆云亦被杀。

张方再攻洛阳，大掠。

王羲之生。

304　甲子　西晋惠帝司马衷永兴元年

张昌败亡，石冰继起，三月为陈敏所破。

十月，匈奴北单于刘渊举兵，称汉王于离石。

流民领袖巴氐人李雄在成都称王。

十一月，河间王颙部将张方入洛，劫持惠帝西去长安。

左思逃出洛阳。

嵇绍卒。

305　乙丑　西晋惠帝司马衷永兴二年

陈敏起兵，占据吴越，稍后败亡。

王戎卒。

306　丙寅　西晋惠帝司马衷光熙元年

五月，惠帝回洛阳。潘尼作《迎大驾》诗。

六月，李雄称皇帝，国号大成。

八月，东海王司马越秉政。

十一月，晋惠帝司马衷卒，弟司马炽继位。

刘琨赴并州出任刺史，作《扶风歌》。

左思卒。嵇含卒。

307　丁卯　西晋怀帝司马炽永嘉元年

九月，琅邪王司马睿移镇建邺。

张骏生。

308　戊辰　西晋怀帝司马炽永嘉二年

十月，刘渊称汉皇帝，建都平阳，筹划灭晋。

谢尚生。

309　己巳　西晋怀帝司马炽永嘉三年

太傅司马越以王敦为扬州刺史。

王衍任太尉。

刘渊属下石勒部发展至十余万人；王弥攻壶关，中原大乱。

310　庚午　西晋怀帝司马炽永嘉四年

夏，幽、并、司、冀、秦、雍六州发生严重蝗灾。

七月，刘渊卒，刘聪自立为汉皇帝。

洛阳饥困日甚，司马越以羽檄征天下入援，无人响应。

311　辛未　西晋怀帝司马炽永嘉五年

正月，以杜弢为首的流民在湘州起事。

三月，东海王司马越卒。

四月，石勒等消灭西晋军事主力。

六月，洛阳陷落，晋怀帝被匈奴刘曜俘虏，稍后遇害。

卢志、卢谌父子逃出洛阳去并州，投奔刘琨。

挚虞在洛阳陷落后死于饥饿。

庾敳卒。阮瞻卒。

312　壬申　西晋怀帝司马炽永嘉六年

八月，匈奴刘曜、刘粲攻并州，取晋阳。

十一月，刘琨移师阳邑，卢谌为其参军。

山简卒。桓温生。

313　癸酉　西晋愍帝司马邺建兴元年

四月，秦王司马邺在长安即皇帝位。改元。

祖逖北伐。

314　甲戌　西晋愍帝司马邺建兴二年

孙绰生。支遁生。

315　乙亥　西晋愍帝司马邺建兴三年

愍帝以琅邪王司马睿为丞相，大都督，督中外诸军事；又以刘琨为司空，都督并、冀、幽三州诸军事。

316　丙子　西晋愍帝司马邺建兴四年

刘琨攻石勒，败，投鲜卑段匹磾部。卢谌转为段匹磾别驾。

十一月，匈奴刘曜破长安，晋愍帝出降。西晋亡。

317　丁丑　东晋元帝司马睿建武元年

卢谌作四言诗二十章赠刘琨，刘琨有回信和答诗。卢谌又作《重赠刘琨》。

三月，司马睿即晋王位于建康，东晋建国，改元建武。

刘琨上《劝进表》。

张氏据凉州，史称"前凉"。

匈奴人杀晋愍帝司马邺。

马岌生。

318　戊寅　东晋元帝司马睿太兴元年

刘琨被段匹磾囚禁，作《重赠卢谌》诗。

三月，晋愍帝凶问至建康，司马睿登基，改元。

五月，段匹磾称诏杀刘琨，并杀其子侄四人。卢谌奔辽西依段末柸。

七月，匈奴刘聪卒，内乱。十月，刘曜称汉皇帝。明年改国号曰赵，史称"前赵"。

十一月，石勒称赵王，史称"后赵"。

干宝始领国史。

郭璞作《江赋》《南郊赋》。任著作佐郎。

319　己卯　东晋元帝司马睿太兴二年

王导录尚书事。

庾亮领著作，侍讲东宫。

郭璞迁尚书郎。

320　庚辰　东晋元帝司马睿太兴三年

司马昱生。谢安生。

321　辛巳　东晋元帝司马睿太兴四年

卢谌上《理刘司空表》,温峤亦上疏理刘琨。

元帝下《赠谥故太尉刘琨诏》,为刘琨恢复名誉。

322　壬午　东晋元帝司马睿永昌元年

王敦于武昌举兵,沈充在吴兴起兵应之。

司马绍继承帝位。王导辅政。

323　癸未　东晋明帝司马绍太宁元年

王敦自领扬州牧。

庾亮拜中书监,上表让之。

324　甲申　东晋明帝司马绍太宁二年

王敦杀郭璞。

王敦卒。

张骏执前凉之政,对东晋称臣,而不行中兴正朔。

325　乙酉　东晋明帝司马绍太宁三年

司马衍即皇帝位,王导、庾亮受遗诏辅政。

庾太后临朝,政事一决于其兄中书令庾亮。

326　丙戌　东晋成帝司马衍咸和元年

庾阐作《扬都赋》。

327　丁亥　东晋成帝司马衍咸和二年

司马昱为会稽王,王羲之为会稽王友。

苏峻、祖约举兵反。

328　戊子　东晋成帝司马衍咸和三年

陶侃被推为讨伐苏峻之盟主。

袁宏生。

329　己丑　东晋成帝司马衍咸和四年

温峤卒,孙绰为作碑文。

九月,石勒灭前赵。

330　庚寅　东晋成帝司马衍咸和五年

九月,石勒称皇帝。

戴逵生。

331　辛卯　东晋成帝司马衍咸和六年

赵主石勒入邺,营建新宫。

332　壬辰　东晋成帝司马衍咸和七年

进太尉陶侃为大将军。

张骏立世子,凉州境界内称之为凉王。

333　癸巳　东晋成帝司马衍咸和八年

七月,石勒卒。石虎杀石勒诸子,自立为帝。

334　甲午　东晋成帝司马衍咸和九年

征西将军庾亮都督江、荆、豫、益、梁、雍六州诸军事,领江、荆、豫三州刺史,镇武昌。与幕府中诸僚佐咏谑。

陶侃卒。慧远生。

335　乙未　东晋成帝司马衍咸康元年

桓温任琅邪内史。

336　丙申　东晋成帝司马衍咸康二年

王羲之为临川太守。

干宝卒。

337　丁酉　东晋成帝司马衍咸康三年

十月，鲜卑族慕容皝自立为燕王，史称“前燕”。

338　戊戌　东晋成帝司马衍咸康四年

王导为太傅，任丞相，与殷浩共谈析理。

339　己亥　东晋成帝司马衍咸康五年

王导卒。庾冰入为中书监，辅政。

孙绰任太学博士，为王导作碑文。

340　庚子　东晋成帝司马衍咸康六年

庾亮卒，孙绰为作诔、碑文。

王羲之任江州刺史。

司马昱为辅军将军，领秘书监。

341　辛丑　东晋成帝司马衍咸康七年

谢安赴庾冰之召，月余告退。

342　壬寅　东晋成帝司马衍咸康八年

六月，成帝司马衍卒，时年二十二。

司马岳即皇帝位。

葛洪至广州，于罗浮山炼丹。

支遁游京师，作《八关斋诗》。

343　癸卯　东晋康帝司马岳建元元年

庾阐作《登楚山诗》。

谢玄生。葛洪卒。

344　甲辰　东晋康帝司马岳建元二年

庾冰卒，孙绰为作碑文。

康帝卒，子司马聃继位，时仅二岁。

王献之生。张天锡生。

345　乙巳　东晋穆帝司马聃永和元年

司马昱进位抚军大将军，录尚书六条事。

八月，桓温为安西将军、荆州刺史。

孙盛为桓温参军。习凿齿为桓温从事。

346　丙午　东晋穆帝司马聃永和二年

司马昱辅政，总万机。

桓温伐成汉。

殷浩任扬州刺史。

张骏卒。

347　丁未　东晋穆帝司马聃永和三年

王羲之与谢安共登冶城，又当面讽刺刘惔、许询。

桓温率部取成都，成汉亡。

谢尚为南中郎将，领江州刺史。

348　戊申　东晋穆帝司马聃永和四年

桓温为征西大将军，游龙山，参军孟嘉落帽而不觉。

谢尚进位安西将军，引袁宏参其军事。

许询被司徒蔡谟征为掾，不就。

349　己酉　东晋穆帝司马聃永和五年

桓温拟北伐。

350　庚戌　东晋穆帝司马聃永和六年

闰正月，冉闵称帝，国号魏。

十一月，氐人苻健入长安，定关中。

卢谌死于后赵内乱。

351 辛亥 东晋穆帝司马聃永和七年

正月,氐人苻健称天王,国号秦,史称“前秦”。

冉魏灭后赵。

桓温北伐,次于武昌而止。

王羲之出任会稽内史。

352 壬子 东晋穆帝司马聃永和八年

四月,前燕灭魏,杀冉闵。

七月,殷浩、谢尚北伐,失利,谢尚被贬为建威将军。

袁宏转入桓温幕府。

353 癸丑 东晋穆帝司马聃永和九年

三月,王羲之主办兰亭会,与会者四十一人,作诗者二十六人。羲之作《兰亭集序》,孙绰亦有一序。

十月,殷浩再次北伐失败,被废为庶人。

十二月,谢尚任豫州刺史,袁宏为其别驾,后袁宏再入桓温幕府。

354 甲寅 东晋穆帝司马聃永和十年

二月,桓温伐前秦,至灞上。孙盛随桓温入关。

六月,桓温退兵。

慧远出家。

刘程之(后改名“遗民”)生。

355 乙卯 东晋穆帝司马聃永和十一年

王羲之耻出王述之下,称病辞职归隐,于父母墓前立誓。

许询在会稽与王羲之、谢安游。

356 丙辰 东晋穆帝司马聃永和十二年

桓温再度北伐,攻入洛阳,建议迁都于此,不许。

袁宏顶撞桓温,离开其幕府。

袁宏为谢奉司马。

357　丁巳　东晋穆帝司马聃升平元年

六月，苻坚称大秦天王，任王猛为政。

谢尚卒。

358　戊午　东晋穆帝司马聃升平二年

谢奕卒。

359　己未　东晋穆帝升平三年

十月，谢万北伐失败。

360　庚申　东晋穆帝司马聃升平四年

谢安出山，任桓温司马。

袁宏先任安南将军谢奉司马，本年出任南海太守。

王献之与郗道茂结婚，后离异。

361　辛酉　东晋穆帝司马聃升平五年

五月，穆帝卒。司马丕称帝。

王羲之卒，孙绰为作碑文。

谢万卒，谢安辞职归。

362　壬戌　东晋哀帝司马丕隆和元年

支遁作《即色论》。

363　癸亥　东晋哀帝司马丕兴宁元年

五月，桓温为大司马，幕府中人才极盛。

谢安任吴兴太守。

364　甲子　东晋哀帝司马丕兴宁二年

大司马桓温任扬州牧，录尚书事，驻宣城。

支遁离开首都还山。

365　乙丑　东晋哀帝司马丕兴宁三年

桓温东下,镇姑孰。袁宏作《东征赋》。

二月,晋哀帝卒,司马奕就皇帝位,后被桓温废为海西公。

王献之作《保母砖志》。

陶渊明生。

366　丙寅　东晋海西公司马奕太和元年

司马昱为丞相,秉政,被称为相王。

支遁卒。

367　丁卯　东晋海西公司马奕太和二年

王献之为州主簿。

368　戊辰　东晋海西公司马奕太和三年

陶渊明程氏妹生。

369　己巳　东晋海西公司马奕太和四年

桓温伐前燕,袁宏作《北征赋》。

桓温败于枋头。

桓玄生。

370　庚午　东晋海西公司马奕太和五年

前秦灭前燕。

苻坚至枋头慰问群臣。

371　辛未　东晋简文帝司马昱咸安元年

十一月,桓温入建康,废皇帝司马奕,另立司马昱为帝,并谋求夺权。

孙绰卒。

372　壬申　东晋简文帝司马昱咸安二年

司马昱卒,太子司马曜即皇帝位。

373　癸酉　东晋孝武帝司马曜宁康元年

七月，桓温卒。桓氏家族内讧。

王献之与郗道茂离婚，尚余姚公主。

374　甲戌　东晋孝武帝司马曜宁康二年

原中书令王坦之出镇广陵。

谢安总中书，执政。

375　乙亥　东晋孝武帝司马曜宁康三年

谢安领扬州刺史。

袁宏自吏部郎出为东阳太守。

376　丙子　东晋孝武帝司马曜太元元年

前秦攻入凉州，灭前凉，北方统一。

袁宏卒。马岌卒。

377　丁丑　东晋孝武帝司马曜太元二年

东晋建北府兵。

王献之任谢安长史。

周续之生。

378　戊寅　东晋孝武帝司马曜太元三年

慧远离开襄阳南下。

379　己卯　东晋孝武帝司马曜太元四年

谢安遣谢石、谢玄讨苻坚。

380　庚辰　东晋孝武帝司马曜太元五年

司马道子领司徒。

381　辛巳　东晋孝武帝司马曜太元六年

慧远至庐山，立精舍。

382　壬午　东晋孝武帝司马曜太元七年

苻坚拟攻东晋。

383　癸未　东晋孝武帝太元八年

十一月，秦晋淝水之战，前秦大败。苻坚之弟苻融阵亡。

司马道子录尚书六条事，专政。

384　甲申　东晋孝武帝司马曜太元九年

正月，鲜卑人慕容垂自立为燕王，史称“后燕”。

慕容泓自立为燕王，史称“西燕”。

四月，羌人姚苌自立为秦王，史称“后秦”。

前秦苻坚从侄苻朗降于晋，任员外散骑常侍。

385　乙酉　东晋孝武帝司马曜太元十年

闰五月，西燕慕容冲入据长安。

谢安出镇广陵，八月卒。

九月，吕光据凉州，史称“后凉”。

鲜卑乞伏国人据苑川，史称“西秦”。

谢灵运生。

386　丙戌　东晋孝武帝司马曜太元十一年　魏道武帝拓跋珪登国元年

正月，鲜卑拓拔珪称代王；四月，改称魏王。

庐山东林寺建成。

湛方生作《庐山神仙诗并序》。

王献之卒。

387　丁亥　东晋孝武帝太元十二年　魏道武帝拓跋珪登国二年

谢玄为会稽内史，建始宁山居。

388　戊子　东晋孝武帝司马曜太元十三年　魏道武帝拓跋珪登国三年

谢玄卒。王嘉卒。

389　己丑　东晋孝武帝司马曜太元十四年　魏道武帝拓跋珪登国四年
苻朗被杀，作《临终诗》。

390　庚寅　东晋孝武帝司马曜太元十五年　魏道武帝拓跋珪登国五年
孝武帝以王恭出镇京口，以牵制司马道子。

391　辛卯　东晋孝武帝太元十六年　魏道武帝拓跋珪登国六年
桓玄始拜太子洗马。

392　壬辰　东晋孝武帝司马曜太元十七年　魏道武帝拓跋珪登国七年
桓玄出补义兴太守，弃官。
殷仲堪任荆州刺史。

393　癸巳　东晋孝武帝司马曜太元十八年　魏道武帝拓跋珪登国八年
戴逵与慧远、周续之等讨论命运、果报等问题。
陶渊明作《五柳先生传》，稍后起为江州祭酒，不久自解归。

394　甲午　东晋孝武帝司马曜太元十九年　魏道武帝拓跋珪登国九年
后燕灭西燕。后秦灭前秦。
陶渊明丧妻。

395　乙未　东晋孝武帝司马曜太元二十年　魏道武帝拓跋珪登国十年
司马道子引王国宝等为心腹，弄权专政。

396　丙申　东晋孝武帝司马曜太元二十一年　魏道武帝拓跋珪皇始元年
九月，孝武帝卒，太子司马德宗继位（后称安帝），司马道子摄政。
戴逵卒。
刘遗民隐于庐山。

397　丁酉　东晋安帝司马德宗隆安元年　魏道武帝拓跋珪皇始二年
司马道子归政，王国宝总国权。
王恭联络荆州刺史殷仲堪、南郡公桓玄讨王国宝，司马道子杀王国宝以谢之。

鲜卑族政权南凉建国。匈奴族政权北凉建国。

398　戊戌　东晋安帝司马德宗隆安二年　魏道武帝拓跋珪天兴元年

王恭、桓玄、殷仲堪等进逼首都。司马元显讨伐之。

桓玄、殷仲堪屯兵浔阳，与朝廷对垒。

鲜卑人慕容德自立，史称“南燕”。

399　己亥　东晋安帝司马德宗隆安三年　魏道武帝拓跋珪天兴二年

桓玄击败其前盟友殷仲堪等，兼荆、江二州刺史并督八州八郡诸军事。

桓玄经庐山，见慧远。

十月，孙恩起义。

刘遗民依慧远，修净土宗。

400　庚子　东晋安帝司马德宗隆安四年　魏道武帝拓跋珪天兴三年

陶渊明仕于荆州刺史桓玄，奔走于江陵与首都之间。

慧远率领僧众弟子游石门。慧远作《游庐山》诗，诸弟子作《游石门诗并序》。

陶渊明作《庚子岁五月中从都还，阻风于规林》二首。

五月，孙恩攻破会稽。

十一月，李暠自立，史称“西凉”；奉东晋为宗主。后李唐王室追认为先祖。

南燕建国。

401　辛丑　东晋安帝司马德宗隆安五年　魏道武帝拓跋珪天兴四年

陶渊明作《辛丑岁七月赴假还江陵夜行涂口》。

冬，陶渊明遇母丧，回家守制。

402　壬寅　东晋安帝司马德宗元兴元年　魏道武帝拓跋珪天兴五年

三月，桓玄攻入建康，杀司马道子、元显父子，取得军政全权。

孙恩败，卢循继之。

慧远与刘遗民等于佛像前建斋立誓，共期西方。

七月，慧远为《念佛三昧诗集》作序。

桓玄与慧远通信，就简汰沙门等问题反复讨论，又令沙门礼敬王者。

403　癸卯　东晋安帝司马德宗元兴二年　魏道武帝拓跋珪天兴六年

正月，陶渊明作《癸卯岁始春怀古田舍》。

春夏间，陶渊明作《停云》《思亲》《荣木》。

五月，陶渊明作《和胡西曹示顾贼曹》。

七月，后秦灭凉，吕氏亡。

十二月，桓玄接受"禅让"称帝，国号楚，改元永始。

前晋安帝司马德宗被打发到寻阳安置。

桓玄下诏，允许沙门不礼拜王者。

陶渊明作《癸卯岁十二月中作与从弟敬远》。

404　甲辰　东晋安帝司马德宗元兴三年　魏道武帝拓跋珪天赐元年

二月，刘裕、刘毅率北府兵击桓玄。

三月，桓玄退走荆州。

五月，桓玄卒。

夏，陶渊明任刘裕参军，作《始作镇军参军经曲阿作》。

张天锡卒。

405　乙巳　东晋安帝司马德宗义熙元年　魏道武帝拓跋珪天赐二年

三月，晋安帝司马德宗复位，刘裕专政。

陶渊明任建威将军、江州刺史刘敬宣参军，作《乙巳三月为建威参军，使都经钱溪》诗。

八月，陶渊明为彭泽令，八十多天后归隐。

陶渊明程氏妹卒。

十一月，陶渊明正式开始隐居生活。

406　丙午　东晋安帝司马德宗义熙二年　魏道武帝拓跋珪天赐三年

陶渊明作《归去来兮辞》《归园田居》。

谢混作《诫族子诗》。

407　丁未　东晋安帝义司马德宗义熙三年　魏道武帝拓跋珪天赐四年

陶渊明作《祭程氏妹文》。

七月，后燕亡，北燕建国。

408　戊申　东晋安帝司马德宗义熙四年　魏道武帝拓跋珪天赐五年

六月，陶渊明宅遭火灾，作《戊申岁六月中遇火》。

刘裕入朝辅政。

周续之与江州刺史何无忌游处。

409　己酉　东晋安帝司马德宗义熙五年　魏明元帝拓跋嗣永兴元年

四月，刘裕伐南燕。

九月，陶渊明作《己酉岁九月九日诗》。

410　庚戌　东晋安帝司马德宗义熙六年　魏明元帝拓跋嗣永兴二年

二月，南燕亡。

九月，陶渊明作《庚戌九月中于西田获早稻》。

秋，陶渊明搬家至浔阳近郊南村，作《移居二首》。

刘遗民卒。

411　辛亥　东晋安帝司马德宗义熙七年　魏明元帝拓跋嗣永兴三年

陶敬远卒，陶渊明作《祭从弟敬远文》。

陶渊明作《与殷晋安别》诗。

七月，卢循败，自杀。

412　壬子　东晋安帝司马德宗义熙八年　魏明元帝拓跋嗣永兴四年

慧远立佛影台。

谢混卒。

413　癸丑　东晋安帝司马德宗义熙九年　魏明元帝拓跋嗣永兴五年

慧远立佛影台，作《万佛影铭并序》。

414　甲寅　东晋安帝义熙十年　魏明元帝拓跋嗣神瑞元年

六月，南凉亡于西秦。

415　乙卯　东晋安帝司马德宗义熙十一年　魏明元帝拓跋嗣神瑞二年

颜延之在江州刺史刘柳手下任职，住浔阳，多次拜访陶渊明。

416　丙辰　东晋安帝司马德宗义熙十二年　魏明元帝拓跋嗣泰常元年

八月，刘裕北伐后秦，戴祚随行。

慧远卒。

周续之应江州刺史檀绍之约为官方讲《礼》校书。

陶渊明作《示周续之、祖企、谢景夷三郎》《丙辰岁八月中于下潠田舍获》等诗。

417　丁巳　东晋安帝司马德宗义熙十三年　魏明元帝拓跋嗣泰常二年

八月，后秦亡。

九月，刘裕到长安；十二月，取道洛阳南归。

陶渊明作《赠羊长史》等诗。

418　戊午　东晋安帝司马德宗义熙十四年　魏明元帝拓跋嗣泰常三年

陶渊明作《诸人共游周家墓柏下》《九日闲居》等诗。

王弘任江州刺史，与陶渊明略有交往。

十二月，刘裕谋杀安帝，另立司马德文(后称恭帝)。

419　己未　晋恭帝司马德文元熙元年　魏明元帝拓跋嗣泰常四年

正月，改元。

七月，刘裕进位为宋公。

420　庚申　晋恭帝司马德文元熙二年　宋武帝刘裕永初元年　魏明元帝拓跋嗣泰常五年

六月，刘裕即皇帝位，国号宋；废晋恭帝司马德文为零陵王，东晋灭亡。

八月，刘裕立刘义符为太子。颜延之为太子舍人。

421　辛酉　宋武帝刘裕永初二年　魏明元帝拓跋嗣泰常六年

正月，陶渊明作《游斜川》诗。

九月，零陵王司马德文被杀。陶渊明作《述酒》诗。

谢庄生。

422　壬戌　宋武帝刘裕永初三年　魏明元帝拓跋嗣泰常七年

三月，庐陵王刘义真出为南豫州刺史。

五月，宋武帝刘裕卒，刘义符继位，时年十七。徐羡之、傅亮、谢晦等专政。

秋，谢灵运被免去散骑常侍一职，出为永嘉太守。作《之郡初发都》《邻里相送至方山》等诗。

颜延之被外放为始安太守，道经浔阳，拜访陶渊明，临行留二万钱以赠之。

423　癸亥　宋少帝刘义符景平元年　魏明元帝拓跋嗣泰常八年

谢灵运作《登池上楼》《游南亭》《过白岸亭》等诗。

谢灵运离职，由永嘉回故乡始宁庄园，作《山居赋》以及《石壁精舍还湖中作》等诗。

424　甲子　宋文帝刘义隆元嘉元年　魏太武帝拓跋焘始光元年

二月，刘义真被废为庶人，流放去新安郡（今浙江淳安），稍后被杀。

五月，权臣徐羡之、傅亮废少帝刘义符为营阳王，稍后遣人杀之。

七月，权臣迎宜都王刘义隆为帝。八月，刘义隆入京就皇帝位（后称文帝），改元元嘉。徐羡之、傅亮辅政。

425　乙丑　宋文帝刘义隆元嘉二年　魏太武帝拓跋焘始光二年

正月，宋文帝亲政。

426　丙寅　宋文帝刘义隆元嘉三年　魏太武帝拓跋焘始光三年

正月，文帝命有司诛杀擅自废立的权臣徐羡之、傅亮。谢晦亦被杀。

三月，文帝征还谢灵运、颜延之。颜延之为中书侍郎，转太子中庶子，领步兵校尉。

谢灵运进京，任秘书监。途中有《庐陵王墓下作》诗。稍后迁侍中。

初夏，新任江州刺史檀道济访问陶渊明，有所馈赠，遭到拒绝。

427　丁卯　宋文帝刘义隆元嘉四年　魏太武帝拓跋焘始光四年

朝廷复征陶渊明，不就。

九月，陶渊明作《自祭文》。十一月，卒。颜延之作《陶征士诔》。

428 戊辰 宋文帝刘义隆元嘉五年 魏太武帝拓跋焘神䴥元年

谢灵运被免去秘书监一职,由首都还始宁庄园。与族弟惠连、东海何长瑜、颍川荀雍、泰山羊璿之,以文章赏会,共为山泽之游,时人谓之"四友"。

429 己巳 宋文帝刘义隆元嘉六年 魏太武帝拓跋焘神䴥二年

秋,谢灵运出游临海,有《登临海峤》诗。

北魏伐柔然,大胜。

430 庚午 宋文帝刘义隆元嘉七年 魏太武帝拓跋焘神䴥三年

谢灵运任临川内史。

谢惠连被司徒、彭城王刘义康辟为法曹参军,赴任途中作《西陵遇雨献康乐》,谢灵运就此作《酬从弟惠连》。

谢惠连作《祭古冢文》。

431 宋文帝刘义隆元嘉八年 魏太武帝拓跋焘神䴥四年

魏太武帝下诏,举范阳卢玄、博陵崔绰、赵郡李灵、河间邢颖、勃海高允、广平游雅、太原张伟。汉族士人处境较前得到改善。

432 壬申 宋文帝刘义隆元嘉九年 魏太武帝拓跋焘延和元年

彭城王刘义康母卒,范晔与其弟范广渊酣饮至夜,听彭城王府的挽歌。义康大怒,免去范晔尚书吏部郎一职,外放为宣城太守。在郡数年,范晔撰《后汉书》,成"纪""传"部分。

刘义庆任平西将军、荆州刺史。

433 癸酉 宋文帝刘义隆元嘉十年 魏太武帝拓跋焘延和二年

谢灵运被杀于广州。

谢惠连卒,享年仅二十有七。

颜延之作《应诏观北湖田收诗》。

434 甲戌 宋文帝刘义隆元嘉十一年 魏太武帝拓跋焘延和三年

三月初三,宋文帝在乐游苑举行盛大的游园禊饮诗会,令颜延之作《曲水诗序》。稍后,颜延之被外放为永嘉太守,作《五君咏》;后被免职,从此家居七年。

435　乙亥　宋文帝刘义隆元嘉十二年　魏太武帝拓跋焘太延元年

建钟山定林上寺。

436　丙子　宋文帝刘义隆元嘉十三年　魏太武帝拓跋焘太延二年

魏遣游雅等人使于宋。

437　丁丑　宋文帝刘义隆元嘉十四年　魏太武帝拓跋焘太延三年

魏遣使出使西域九国。

438　戊寅　宋文帝刘义隆元嘉十五年　魏太武帝拓跋焘太延四年

宋征雷次宗入京,主持儒学馆。次年又立玄、文、史诸馆,各集门徒讲学。

439　己卯　宋文帝刘义隆元嘉十六年　魏太武帝拓跋焘太延五年

临川王刘义庆改任江州刺史。

440　庚辰　宋文帝刘义隆元嘉十七年　魏太武帝拓跋焘太平真君元年

刘义庆改任南兖州(治所广陵,即今江苏扬州)刺史。召聚才学之士,鲍照、袁淑、陆展、何长瑜等并有辞章之美,列为佐吏。

魏太武帝下诏令崔浩综理史务。

441　辛巳　宋文帝刘义隆元嘉十八年　魏太武帝拓跋焘太平真君二年

沈约生。

442　壬午　宋文帝刘义隆元嘉十九年　魏太武帝拓跋焘太平真君三年

魏太武帝至道坛,亲受符箓。

443　癸未　宋文帝刘义隆元嘉二十年　魏太武帝拓跋焘太平真君四年

颜延之为御史中丞,作《宋南郊登歌》等御用文字。

444　甲申　宋文帝刘义隆元嘉二十一年　魏太武帝拓跋焘太平真君五年

刘义庆卒。江淹生。

魏太子拓跋晃始总百揆。

445　乙酉　宋文帝刘义隆元嘉二十二年　魏太武帝拓跋焘太平真君六年

僧祐生。

范晔以谋反罪被捕,卒。

446　丙戌　宋文帝刘义隆元嘉二十三年　魏太武帝拓跋焘太平真君七年

魏太武帝禁佛教。一境之内,无复沙门。

447　丁亥　宋文帝刘义隆元嘉二十四年　魏太武帝拓跋焘太平真君八年

鲍照入始兴王刘濬幕。河济俱清,鲍照作《河清颂》。

孔稚圭生。

448　戊子　宋文帝刘义隆元嘉二十五年　魏太武帝拓跋焘太平真君九年

崔浩《国书》刊石。

449　己丑　宋文帝刘义隆元嘉二十六年　魏太武帝拓跋焘太平真君十年

魏太武帝在漠南饷百僚,大蒐于河西。

450　庚寅　宋文帝刘义隆元嘉二十七年　北魏太武帝拓跋焘太平真君十一年

宋文帝刘义隆北伐中原,大败。

十二月,北魏军队攻至长江北岸,宋文帝使献百牢,贡其方物,又请进女于皇孙以求和。

北魏历仕三帝(道武帝、明元帝、太武帝)之重臣、作家崔浩被杀,株连甚广。

451　辛卯　宋文帝刘义隆元嘉二十八年　北魏太武帝拓跋焘正平元年

范云生。

二月,北魏兵由瓜步退走,返回平城。掳去广陵民众万余口,后悉予杀害。江淮之间“村井空荒,无复鸣鸡吠犬”。

魏太子拓跋晃去世。太武帝拓跋焘遇刺身死,拓跋晃之子濬立。

452　壬辰　宋文帝刘义隆元嘉二十九年　北魏文成帝拓跋濬兴安元年

北魏恢复佛教。

453　癸巳　宋文帝刘义隆元嘉三十年　北魏文成帝拓跋濬兴安二年

太子刘劭弑父自立为帝,迅即为其弟武陵王刘骏所灭。刘骏得手后称帝(孝武帝)。

454　甲午　宋孝武帝刘骏孝建元年　北魏文成帝拓跋濬兴光元年

鲍照任海虞令。

魏文成帝至道坛受图箓。

455　乙未　宋孝武帝刘骏孝建二年　北魏文成帝拓跋濬太安元年

波斯国遣使至魏。

456　丙申　宋孝武帝刘骏孝建三年　北魏文成帝拓跋濬太安二年

颜延之卒。陶弘景生。

457　丁酉　宋孝武帝刘骏大明元年　北魏文成帝拓跋濬太安三年

宋孝武帝改元大明。

458　戊戌　宋孝武帝刘骏大明二年　北魏文成帝拓跋濬太安四年

宋文帝刘义隆之第六子,竟陵王、南兖州刺史刘诞重修广陵城。

鲍照为永嘉令。

魏文成帝伐柔然,大胜,刻石纪功而还。

459　己亥　宋孝武帝刘骏大明三年　北魏文成帝拓跋濬太安五年

四月,南兖州刺史刘诞据扬州反,朝廷命宿将沈庆之攻之;七月,城破,被杀者凡数千人。自后广陵每风晨雨夜,有号哭之声,当时谓之"芜城"。稍后鲍照作《芜城赋》。

460 庚子 宋孝武帝刘骏大明四年 北魏文成帝拓跋濬和平元年

任昉生。萧子良(后为齐竟陵王)生。

释昙曜于平城武州塞建石窟,即今大同云冈石窟。

461 辛丑 宋孝武帝刘骏大明五年 北魏文成帝拓跋濬和平二年

鲍照进入临海王刘子顼(孝武帝第七子,时为吴兴太守)军府掌书记。

沈约起家奉朝请。

462 壬寅 宋孝武帝刘骏大明六年 北魏文成帝拓跋濬和平三年

刘峻生。平原(今山东淄博)人,其先辈在南朝当官,他本人在首都建康出生后不久由母亲带回北方故乡。

463 癸卯 宋孝武帝刘骏大明七年 北魏文成帝拓跋濬和平四年

江淹年二十,以五经授建平王刘景素,待以客礼。

464 甲辰 宋孝武帝刘骏大明八年 北魏文成帝拓跋濬和平五年

谢朓生。萧衍生。丘迟生。王肃生。

夏,宋孝武帝刘骏崩,时年三十。子刘子业继位(前废帝)。

465 乙巳 宋明帝刘彧泰始元年 北魏文成帝拓跋濬和平六年

刘彧杀刘子业,即皇帝位。

466 丙午 宋明帝刘彧泰始二年 北魏献文帝拓跋弘天安元年

刘子勋称帝于浔阳,临海王刘子顼在荆州起兵响应,失败被杀,鲍照死于乱兵中。

九月,建平王刘景素为南兖州刺史,江淹为其门下之宾,一度被诬告受贿,下狱,作《诣建平王上书》,获释。

谢庄卒。

467 丁未 宋明帝刘彧泰始三年 北魏献文帝拓跋弘皇兴元年

江淹举为秀才,考试得上第,任巴陵王刘休若右常侍。

王融生。刘勰生。

468　戊申　宋明帝刘彧泰始四年　北魏献文帝拓跋弘皇兴二年

秋，江淹离开巴陵王刘休若，重回建平王刘景素手下，时景素为丹阳尹、吴兴太守。

469　己酉　宋明帝刘彧泰始五年　北魏献文帝拓跋弘皇兴三年

裴子野生。吴均生。郦道元约生于本年。

刘峻八岁，被略至中山。

470　庚戌　宋明帝刘彧泰始六年　北魏献文帝拓跋弘皇兴四年

陆倕生。

宋置总明观，分玄、儒、文、史四科，各设学士十人。

471　辛亥　宋明帝刘彧泰始七年　北魏孝文帝元宏延兴元年

魏献文帝册立拓跋宏(后改汉姓为元)为帝，自称太上皇帝。

徐摛生。钟嵘约生于本年。

472　壬子　宋明帝刘彧泰豫元年　北魏孝文帝元宏延兴二年

何逊约生于本年。

四月，刘彧死，太子刘昱即位(后废帝)。

473　癸丑　宋后废帝刘昱元徽元年　北魏孝文帝元宏延兴三年

王俭表上《七志》三十卷。

474　甲寅　宋后废帝刘昱元徽二年　北魏孝文帝元宏延兴四年

江淹被黜为建安郡(治所在今福建建瓯)吴兴县(今福建浦城)县令。

刘休范起兵造反，吴迈远为之作符檄。休范失败被杀，吴则惨遭灭族。

475　乙卯　后废帝刘昱元徽三年　北魏孝文帝元宏延兴五年

张率生。

476　丙辰　宋后废帝刘昱元徽四年　北魏孝文帝元宏承明元年

七月，建平王刘景素举兵反，失败，被杀。

萧道成以江淹为记室。

魏献文帝死,改元,皇太后冯氏临朝听政。

477　丁巳　宋顺帝刘準昇明元年　北魏孝文帝元宏太和元年

萧道成杀刘昱,另立刘準(后称顺帝)。

478　戊午　宋顺帝刘準昇明二年　北魏孝文帝元宏太和二年

萧道成为大都督中外诸军事、太傅,领扬州牧。宋、齐易代之势已成。

479　己未　宋顺帝刘準昇明三年,齐高帝萧道成建元元年　北魏孝文帝元宏太和三年

萧道成称帝,国号齐。刘宋亡。

江淹任齐王朝中书侍郎。此后心力都用于仕途,对于诗文创作不复措意。

480　庚申　齐高帝萧道成建元二年　北魏孝文帝元宏太和四年

王籍生。

481　辛酉　齐高帝萧道成建元三年　北魏孝文帝元宏太和五年

刘孝绰生。王筠生。

482　壬戌　齐高帝萧道成建元四年　北魏孝文帝元宏太和六年

萧道成死,子萧赜立,是为武帝。齐武帝立长子萧长懋为太子,封次子萧子良为竟陵王。

483　癸亥　齐武帝萧赜永明元年　北魏孝文帝元宏太和七年

萧衍二十岁,为王俭东阁祭酒。

484　甲子　齐武帝萧赜永明二年　北魏孝文帝元宏太和八年

萧子良为护军将军,兼司徒,开始召集文士,萧衍为其西阁祭酒。

485　乙丑　齐武帝萧赜永明三年　北魏孝文帝元宏太和九年

本年前后,钟嵘入国子学。

王僧虔卒。

魏遣李彪使齐。

486　丙寅　齐武帝萧赜永明四年　北魏孝文帝元宏太和十年

刘峻逃回南方，继续苦读。

北魏逐步推行汉化政策。

487　丁卯　齐武帝萧赜永明五年　北魏孝文帝元宏太和十一年

高允卒。

萧子显生。庾肩吾生。

萧子良正位司徒，于鸡笼山开西邸，广招宾客，沈约为司徒府右长史。“竟陵八友”逐渐形成。

488　戊辰　齐武帝萧赜永明六年　北魏孝文帝元宏太和十二年

沈约撰《宋书》成，表上朝廷。

489　己巳　齐武帝萧赜永明七年　北魏孝文帝元宏太和十三年

王俭卒。

萧子良招善声沙门集第作声。

490　庚午　齐武帝萧赜永明八年　北魏孝文帝元宏太和十四年

钟嵘起家为南康王萧子琳(齐武帝之子、竟陵王萧子良之弟)侍郎。

秋，谢朓为镇西将军、荆州刺史萧子隆镇西功曹参军，转文学。

491　辛未　齐武帝萧赜永明九年　北魏孝文帝元宏太和十五年

谢朓随萧子隆去荆州，鸡笼山西邸友人萧衍、沈约、范云、王融、萧琛、刘绘、虞炎等纷纷写诗送行。

王融出题《永明九年策秀才文五首》。

北魏两次(四月、十一月)遣李彪使齐。

492　壬申　齐武帝萧赜永明十年　北魏孝文帝元宏太和十六年

萧子良领尚书令，兼扬州刺史。

范云、萧琛使魏。

陶弘景辞去一切职务，入山修道。

493　癸酉　齐武帝萧赜永明十一年　北魏孝文帝元宏太和十七年

正月，太子萧长懋薨；四月，其子萧昭业被立为皇太孙。

王融出题《永明十一年策秀才文五首》。

齐武帝萧赜诛王奂，其子王肃亡命北魏，得到孝文帝元宏高度重视。

七月，武帝萧赜病危，遗诏以次子萧子良与宗室成员、左仆射萧鸾同为顾命。

王融以武力阻止合法继承人萧昭业入宫，谋立子良为帝。武帝薨，萧鸾强行入宫，奉太孙萧昭业登殿，命左右扶出萧子良。萧昭业为帝，王融下狱，处死。

萧鸾废昭业另立昭业之弟海陵王昭文，稍后又废之，自己以萧道成第三子的身份立为帝（明帝）。

秋，谢朓奉调回京，萧鸾用为掌文笔，又出任为宣城太守。

北魏孝文帝元宏南下洛阳，定迁都之计。

494　甲戌　齐明帝萧鸾建武元年　北魏孝文帝元宏太和十八年

孝文帝迁都洛阳。

萧子良卒。

李彪引郦道元为治书侍御史。

495　乙亥　齐明帝萧鸾建武二年　北魏孝文帝元宏太和十九年

温子昇生。

魏孝文帝至鲁城，亲祠孔子庙。

496　丙子　齐明帝萧鸾建武三年　北魏孝文帝元宏太和二十年

邢劭生。刘孝绰生。周弘正生。

魏孝文帝禁止在朝廷用鲜卑语，规定代人南迁者皆为洛阳人。改拓跋氏为元氏。制礼作乐，大力推行汉化。太子恂反对汉化政策，被废为庶人。

497　丁丑　齐明帝萧鸾建武四年　北魏孝文帝元宏太和二十一年

江淹罢宣城郡回首都，任黄门侍郎、领步兵校尉。宣称自己有“才尽”之梦。

刘勰开始写《文心雕龙》。

498　戊寅　齐明帝萧鸾永泰元年　北魏孝文帝元宏太和二十二年

七月，齐明帝萧鸾崩，其子东昏侯萧宝卷继立。

萧衍在襄阳谋举大事，密为准备。

499　己卯　东昏侯永元元年　北魏孝文帝元宏太和二十三年

萧遥光觊觎帝位，拉拢谢朓不成，翻手将他逮捕处死，谢朓时年三十六岁。遥光寻即败死。

500　庚辰　东昏侯永元二年　北魏宣武帝元恪景明元年

十一月，萧衍起兵于襄阳。

501　辛巳　齐和帝萧宝融中兴元年　北魏宣武帝元恪景明二年

九月，萧衍攻入首都，取得中枢实权。萧统生于襄阳，十二月，随母丁贵嫔至首都建康。

孔稚圭卒。沈炯生。

刘勰写成《文心雕龙》，入梁后又有修改。

502　壬午　齐和帝萧宝融中兴二年　梁武帝萧衍天监元年　北魏宣武帝元恪景明三年

四月，萧衍称帝，改元天监。十一月，立萧统为太子。

萧衍旧友多被提拔，文风大盛。

503　癸未　梁武帝萧衍天监二年　北魏宣武帝元恪景明四年

范云卒。侯景生。

萧统三岁，受《孝经》《论语》。

萧纲生。

刘勰起家奉朝请。

504　甲申　梁武帝萧衍天监三年　北魏宣武帝元恪正始元年

刘勰任临川王、中军将军萧宏之记室，专掌文翰，约始于本年。钟嵘为临川王行参军。

丘迟出为永嘉太守。

任昉为御史中丞，撰《天监三年策秀才文》《奏弹王源》等文。后进文人车轨日至，形成“兰台聚”朋友圈。

505　梁武帝萧衍天监四年　北魏宣武帝元恪正始二年

正月，梁武帝萧衍下诏置五经博士，广开馆宇，招纳后进，以明山宾、陆琏、沈峻、严植之、贺玚补博士，各主一馆，又派遣学生入云门山受业于一代儒宗何胤。

梁师北伐，以中军将军、扬州刺史、临川王宏都督北讨诸军事，尚书右仆射柳惔为副。王筠有诗送行。吴均参与出征。丘迟充当萧宏记室。

左卫将军吕僧珍奉命出征，沈约作《侍宴乐游苑饯吕僧珍应诏》诗。

魏收生。江淹卒。

506　丙戌　梁武帝萧衍天监五年　北魏宣武帝元恪正始三年

萧统出居东宫。

谢朏卒，沈约为作墓志。

丘迟作《与陈伯之书》。陈伯之降。

萧纲封晋安王，庾肩吾为其常侍。

507　丁亥　梁武帝萧衍天监六年　北魏宣武帝元恪正始四年

吴均退出军界，充当新任扬州刺史、建安王萧伟记室。

陆倕作《新刻漏铭》。

刘峻本年前后注《世说新语》。

徐陵生。

508　戊子　梁武帝萧衍天监七年　北魏宣武帝元恪永平元年

裴子野得到重用，复古文风流行。

陆倕作《石阙铭》。

刘峻作《广绝交论》，编撰《类苑》。

萧绎生。

丘迟卒。任昉卒。

509　己丑　梁武帝萧衍天监八年　北魏宣武帝元恪永平二年

徐摛为萧纲侍读，张率为萧纲记室。

萧统九岁，讲《孝经》，尽通大义。讲毕，亲临释奠于太学。

阳休之生。

510　庚寅　梁武帝萧衍天监九年　北魏宣武帝元恪永平三年

萧衍亲临国子监讲肆，并下诏令皇太子萧统及王侯之子年在从师者皆入国子监学习。

511　辛卯　梁武帝萧衍天监十年　北魏宣武帝元恪永平四年

刘勰任太末（今属浙江衢州）令大约在本年前后。稍后除仁威将军、南康王萧绩（萧衍第四子，萧统之异母弟）之记室。

512　壬辰　梁武帝萧衍天监十一年　北魏宣武帝元恪延昌元年

梁修五礼毕，凡一百二十帙。

萧绎五岁，能诵《曲礼》。

513　癸巳　梁武帝萧衍天监十二年　北魏宣武帝元恪延昌二年

常景对广阳王元渊称赞温子昇为大才士。

沈约卒。庾信生。

514　甲午　梁武帝萧衍天监十三年　北魏宣武帝元恪延昌三年

七月，萧绎为湘东王。

王褒生。

515　乙未　梁武帝萧衍天监十四年　北魏宣武帝元恪延昌四年

正月，萧统十五岁，冠于太极殿。

东宫有十学士：王锡、张缵、陆倕、张率、谢举、王规、王筠、刘孝绰、到洽、张缅。

五月，北魏宣武帝元恪死，子元诩立，时年七岁，母胡太后临朝。

516　丙申　梁武帝萧衍天监十五年　北魏孝明帝元诩熙平元年

胡太后建洛阳永宁寺，常景作碑文。寺中有九层佛塔，高一千尺。

剡山石城寺造像完成，刘勰为作《梁建安王造剡山石城寺石像碑》。

刘峻编成《类苑》，前后费时九年。

517　丁酉　梁武帝萧衍天监十六年　北魏孝明帝元诩熙平二年

萧绩征为宣毅将军，领石头戍军，刘勰跟回建康，兼东宫通事舍人。史称“昭明太子好文学，深爱接之”(《梁书·刘勰传》)。

钟嵘完成《诗品》。

柳恽卒。

胡太后遣宋云与比丘惠生向西域取佛经。

518　戊戌　梁武帝萧衍天监十七年　北魏孝明帝元诩神龟元年

萧纲为西中郎将，钟嵘任其记室，稍后死于任上。

何逊卒。

519　己亥　梁武帝萧衍天监十八年　北魏孝明帝元诩神龟二年

江总生。

钟嵘约卒于本年。

释慧皎完成十四卷《高僧传》。

520　庚子　梁武帝萧衍普通元年　北魏孝明帝元诩正光元年

北魏胡太后被幽禁，宗室元叉与宦官执朝政，日趋腐败。

吴均卒。

521　辛丑　梁武帝萧衍普通二年　北魏孝明帝元诩正光二年

刘峻卒，时年六十。

522　壬寅　梁武帝萧衍普通三年　北魏孝明帝元诩正光三年

刘孝绰撰《昭明太子集序》。

萧绎始作《金楼子》。

宋云、惠生由西域返回洛阳，取得佛经一百七十部。

523 癸卯 梁武帝萧衍普通四年 北魏孝明帝元诩正光四年

晋安王萧纲出任雍州刺史。

徐陵十七岁，在晋安王萧纲手下参军事。

524 甲辰 梁武帝萧衍普通五年 北魏孝明帝元诩正光五年

三月，六镇起义爆发。

525 乙巳 梁武帝萧衍普通六年 北魏孝明帝元诩孝昌元年

御史中丞到洽纠弹刘孝绰“名教隐秽”，刘孝绰因此被免职。

四月，胡太后复出，临朝执政。

六月，六镇起义失败。

八月，河北大起义爆发。

526 丙午 梁武帝萧衍普通七年 北魏孝明帝元诩孝昌二年

梁出师北伐，裴子野作《喻虏檄文》。

萧统生母丁贵嫔卒。

陆倕卒。

十月，萧绎出为西中郎将、荆州刺史。

527 丁未 梁武帝萧衍普通八年，大通元年 北魏孝明帝元诩孝昌二年

年初，刘孝绰被任命为西中郎湘东王萧绎咨议。

庾信入东宫为侍读。

三月，萧衍在同泰寺舍身，还宫后改元，大赦天下。

郦道元卒。

528 戊申 梁武帝萧衍大通二年 北魏孝明帝元诩武泰元年，孝庄帝元子攸建义元年、永安元年

四月，尔朱荣引兵入洛阳，杀朝士二千余人，立元子攸为帝，控制朝政。

529 己酉 梁武帝萧衍大通三年、中大通元年 北魏孝庄帝元子攸永安二年

九月，萧衍入同泰寺舍身，公卿赎回。十月，还宫，改元，大赦天下。

萧统编撰《文选》成。

刘孝绰重返东宫,不久丁母忧去职。

萧统埋蜡鹅事件发生。

十一月,萧衍命南平王萧伟为太子太傅。

530　庚戌　梁武帝萧衍中大通二年　北魏孝庄帝元子攸永安三年,长广王元晔建明元年

正月,晋安王萧纲由雍州刺史被征入京,改任骠骑大将军、扬州刺史。

九月,孝庄帝设计杀尔朱荣,温子昇撰《杀尔朱荣元天穆等大赦诏》。

十二月,尔朱荣之从子尔朱兆杀孝庄帝元子攸,另立元晔,稍后又另立元恭为帝。

孝庄帝元子攸临终前作五言诗,后来太昌元年(532)下葬时,遂以为挽歌词。

裴子野卒,萧绎为作墓志。

531　辛亥　梁武帝萧衍中大通三年　北魏节闵帝元恭普泰元年,安定王元朗中兴元年

二月,萧琛卒。

四月,萧统去世,时年三十一岁。谥昭明。王筠为作哀册文。东宫僚属解散。

刘勰奉敕与沙门慧震在定林寺撰经,稍后在此出家,赐名慧地。

七月,萧纲被确立为太子;九月,入住东宫。徐陵、庾信为东宫钞撰学士。

萧纲作《与湘东王书》。

十月,高欢拥立元朗为帝,改元中兴。

魏收参与修国史。

颜之推生。李德林生。

532　壬子　梁武帝萧衍中大通四年　北魏孝武帝元脩太昌元年、永兴元年、永熙元年

高欢消灭尔朱氏主力于韩陵。

高欢入洛阳,囚禁节闵帝,又令元朗禅位于元修(孝武帝)。

533　癸丑　梁武帝萧衍中大通五年　北魏孝武帝元脩永熙二年

正月,尔朱兆自杀。高欢消灭尔朱氏势力。

魏收作《庭竹赋》《南狩赋》。

534 甲寅 梁武帝萧衍中大通六年 北魏孝武帝元脩永熙三年 东魏孝静帝元善见天平元年

萧绎作《法宝连璧序》。

徐陵编成《玉台新咏》约在本年或其前后。

温子昇作《韩陵山寺碑》。

七月,北魏孝武帝西奔长安依宇文泰。

十月,高欢立元善见为帝,迁都邺城,是为东魏。

阳休之南奔至梁。

535 乙卯 梁武帝萧衍大同元年 西魏文帝元宝炬大统元年 东魏孝静帝元善见天平二年

卢思道生。

徐勉卒,萧纲为撰墓志。

王筠为萧统之子、云麾将军、豫章王萧欢长史。

536 丙辰 梁武帝萧衍大同二年 西魏文帝元宝炬大统二年 东魏孝静帝元善见天平三年

陶弘景卒。

阳休之北返,抵邺。

537 丁巳 梁武帝萧衍大同三年 西魏文帝元宝炬大统三年 东魏孝静帝元善见天平四年

萧子显卒。

徐陵迁镇西将军、湘东王萧绎记室参军。

东魏遣李谐、卢元明使梁。

538 戊午 梁武帝萧衍大同四年 西魏文帝元宝炬大统四年 东魏孝静帝元善见元象元年

刘孝仪聘于东魏。

539 己未　梁武帝萧衍大同五年　西魏文帝元宝炬大统五年　东魏孝静帝元善见兴和元年

刘孝绰卒，萧绎为撰墓志。

东魏魏收聘梁，作《聘游赋》。

540 庚申　梁武帝萧衍大同六年　西魏文帝元宝炬大统六年　东魏孝静帝元善见兴和二年

薛道衡生。

萧绎出为使持节，都督江州诸军事，镇南将军，江州刺史。

阴铿于大同年间始仕于梁湘东王萧绎。

五月、八月，东魏两次遣使聘梁。

541 辛酉　梁武帝萧衍大同七年　西魏文帝元宝炬大统七年　东魏孝静帝元善见兴和三年

东魏遣李骞使于梁。

东魏高澄与群臣议定新制，邢劭、温子昇参与其事。

542 壬戌　梁武帝萧衍大同八年　西魏文帝元宝炬大统八年　东魏孝静帝元善见兴和四年

萧衍作《撰孔子正言章句竟咏怀诗》，江总作和诗，深得欣赏，转为侍郎。

柳䛒生。

543 癸亥　梁武帝萧衍大同九年　西魏文帝元宝炬大统九年　东魏孝静帝元善见武定元年

温子昇作《芒山寺碑文》。

544 甲子　梁武帝萧衍大同十年　西魏文帝元宝炬大统十年　东魏孝静帝元善见武定二年

萧衍回故乡南兰陵，又登京口北固亭，赋诗，群臣有和作甚多。

从本年起，东魏大事诏命、军国文词，皆魏收所作。

西魏苏绰撰《六条诏书》《大诰》。

东魏遣魏景季使梁。

杨素生。

545　乙丑　梁武帝萧衍大同十一年　西魏文帝元宝炬大统十一年　东魏孝静帝元善见武定三年

庾信奉命出使东魏，徐陵送行，作《秋日别庾正员》诗。此行庾信作诗甚多。

546　丙寅　梁武帝萧衍大同十二年、中大同元年　西魏文帝元宝炬大统十二年　东魏孝静帝元善见武定四年

三月，萧衍入同泰寺讲经，舍身，皇太子等奉赎。四月，复入同泰寺，设法会，大赦，改元。

庾信仍为东宫学士，领建康令。

苏绰卒，时年四十九。

八月，高欢西征，未能得手；十一月病，班师。合唱《敕勒歌》，斛律金领唱。

547　丁卯　梁武帝萧衍中大同二年、太清元年　西魏文帝元宝炬大统十三年　东魏孝静帝元善见武定五年

萧绎徙为使持节，都督荆、雍、湘、司、郢、宁、梁、南北秦九州诸军事，镇西将军，荆州刺史。

温子昇卒。

杨衒之因行役重览洛阳，稍后作《洛阳伽蓝记》。

侯景叛东魏入梁，萧衍予以优待。

548　戊辰　梁武帝萧衍太清二年　西魏文帝元宝炬大统十四年　东魏孝静帝元善见武定六年

徐陵以通直散骑常侍的身份与谢珽一起出使东魏，被扣留。

侯景叛乱，包围建康，梁反应迟缓，大乱。萧纲作《围城赋》。

建康令庾信不战而退。萧正德里应外合，侯景占领首都金陵。

549　己巳　梁武帝萧衍太清三年　西魏文帝元宝炬大统十五年　东魏孝静帝元善见武定七年

萧衍饿死于台城。群臣四处逃散。

萧纲即皇帝位，完全在侯景控制之下，近于囚徒。

刘孝绰卒。

萧绎《金楼子》基本完成于本年。

550 庚午 梁简文帝萧纲大宝元年 西魏文帝元宝炬大统十六年 东魏孝静帝元善见武定八年 北齐文宣帝高洋天保元年

北齐取代东魏,改元天保。

王筠卒。刘孝仪卒。常景卒。祖鸿勋卒。

徐陵仍在北齐,作《与仆射杨遵彦书》。

551 辛未 梁简文帝萧纲大宝二年 西魏文帝元宝炬大统十七年 北齐文宣帝高洋天保二年

十月,萧纲被杀,稍前作《被幽述志诗》《连珠》。

庾肩吾卒。徐摛卒。

庾信奔江陵,投靠萧绎。一时赴江陵者甚多,王朝中兴的希望在此。

魏收正式受命编撰魏史。

552 壬申 梁元帝萧绎承圣元年 西魏废帝元钦元年 北齐文宣帝高洋天保三年

二月,萧绎发兵攻侯景。三月,收复建康。

十一月,萧绎在江陵称帝(元帝),改元承圣。

553 癸酉 梁元帝萧绎承圣二年 西魏废帝元钦二年 北齐文宣帝高洋天保四年

尚书仆射王褒建议萧绎将首都迁回建康,不从。

陈叔宝(陈后主)生。

554 甲戌 梁元帝萧绎承圣三年 西魏恭帝拓跋廓元年 北齐文宣帝高洋天保五年

四月,庾信以梁散骑常侍的身份出使西魏,被扣留,连头搭尾软禁凡三年。

十月,西魏大举攻江陵,十一月攻陷。萧绎自杀未遂。

秋,留滞北方的庾信作《小园赋》《枯树赋》。

十二月,梁元帝萧绎被西魏占领军杀害。大批萧梁官员被迫北迁。王褒降。

魏收撰《魏书》成。

555　乙亥　梁敬帝萧方智绍泰元年　西魏恭帝拓跋廓二年　北齐文宣帝高洋天保六年　后梁宣帝萧詧大定元年

西魏以荆州之地予梁王萧詧，詧称帝于江陵，是为后梁。

徐陵随北齐所立之梁主萧渊明回到南方。

庾信作《寄王琳》诗。

556　丙子　梁敬帝萧方智绍泰二年、太平元年　西魏恭帝拓跋廓三年　北齐文宣帝高洋天保七年　后梁宣帝萧詧大定二年

庾信在北周出仕，为司水下大夫，后逐步升迁。

徐陵又一次出使北齐。

颜之推奔北齐，有《从周入齐夜度砥柱》诗。

被俘北迁的沈迥由长安回到首都建康，除司农卿，迁御史中丞。归途中有《望郢州城》《长安还至方山怅然自伤》等诗。

557　丁丑　梁敬帝萧方智太平二年　陈武帝陈霸先永定元年　北周孝闵帝宇文觉元年，明帝宇文毓元年　北齐文宣帝高洋天保八年　后梁宣帝萧詧大定三年

陈霸先称帝（武帝）。禅代诸文件大抵出于徐陵之手。

宇文护废孝闵帝宇文觉，另立宇文毓为帝（明帝）。

魏收先有诗赠邢劭，邢劭作《酬魏收冬夜直史馆诗》为答。

558　戊寅　陈武帝陈霸先永定二年　北周明帝宇文毓二年　北齐文宣帝高洋天保九年　后梁宣帝萧詧大定四年

庾信作《思旧铭》。

559　己卯　陈武帝陈霸先永定三年　北周明帝宇文毓武成元年　北齐文宣帝高洋天保九年　后梁宣帝萧詧大定五年

陈霸先卒，陈蒨即皇帝位（文帝）。

高洋暴卒，陈遣何之元赴吊。

孙万寿约生于本年。

560 庚辰 陈文帝陈蒨天嘉元年 北周明帝宇文毓武成二年 北齐废帝高殷乾明元年,孝昭帝高演皇建元年 后梁宣帝萧詧大定六年

陈尚书周弘正出使北周,迎陈宗室成员陈顼(后为陈宣帝)南归。

庾信、王褒等原南方官员与周弘正多有交往。

561 辛巳 陈文帝陈蒨天嘉二年 北周武帝宇文邕保定元年 北齐武成帝高湛太宁元年 后梁宣帝萧詧大定七年

邢劭作复袁聿修信。

魏收改订《魏书》,抄副本流传于外。

庾信回长安任麟趾学士,校刊经史。王褒亦在麟趾殿效力。

沈炯卒。

562 壬午 陈文帝陈蒨天嘉三年 北周武帝宇文邕保定二年 北齐武成帝高湛河清元年 后梁明帝萧岿天保元年

周弘正尚书复回金陵,庾信作《送周尚书弘正》二首、《重别周尚书》二首等诗。王褒作《与周弘让书》《赠周处士诗》。

庾信作《寄徐陵》诗。

563 癸未 陈文帝陈蒨天嘉四年 北周武帝宇文邕保定三年 北齐武成帝高湛河清二年 后梁明帝萧岿天保二年

江总任陈王朝中书侍郎,后逐步升迁至尚书令,一向不理政事,充当宫廷的帮闲。

薛道衡为北齐太尉府主簿。

564 甲申 陈文帝陈蒨天嘉五年 北周武帝宇文邕保定四年 北齐武成帝高湛河清三年 后梁明帝萧岿天保三年

祖珽拜北齐秘书监,加仪同三司。

卢思道为丞相西阁祭酒。

565 乙酉 陈文帝陈蒨天嘉六年 北周武帝宇文邕保定五年 北齐后主高纬天统元年 后梁明帝萧岿天保四年

徐陵作《报尹义尚书》。

566 丙戌　陈文帝陈蒨天嘉七年，废帝天康元年　北周武帝宇文邕天和元年　北齐后主高纬天统二年　后梁明帝萧岿天保五年

姚察为徐陵史佐。

567 丁亥　陈废帝陈伯宗光大元年　北周武帝宇文邕天和二年　北齐后主高纬天统三年　后梁明帝萧岿天保六年

庾信为北周作《郊庙歌辞》。

568 戊子　陈废帝陈伯宗光大二年　北周武帝宇文邕天和三年　北齐后主高纬天统四年　后梁明帝萧岿天保七年

释智匠撰《古今乐录》十三卷。

北周柱国杨忠卒，子杨坚袭爵为随国公（后为隋文帝）。

569 己丑　陈宣帝陈顼太建元年　北周武帝宇文邕天和四年　北齐后主高纬天统五年　后梁明帝萧岿天保八年

陈顼即皇帝位，立陈叔宝为太子。

庾信五十七岁，作《哀江南赋》。

杨广（隋炀帝）生。

570 庚寅　陈宣帝陈顼太建二年　北周武帝宇文邕天和五年　北齐后主高纬武平元年　后梁明帝萧岿天保九年

魏收与诸儒修订五礼，参与者有薛道衡、阳休之等。

571 辛卯　陈宣帝陈顼太建三年　北周武帝宇文邕天和六年　北齐后主高纬武平二年　后梁明帝萧岿天保十年

本年前后，庾信多为权贵名人撰写墓志。

572 壬辰　陈宣帝陈顼太建四年　北周武帝宇文邕建德元年　北齐后主高纬武平三年　后梁明帝萧岿天保十一年

三月，北周武帝宇文邕诛大冢宰、晋公宇文护。

魏收卒。

江总为陈太子陈叔宝詹事。

李德林为北齐中书侍郎，与修国史。

北齐建文林馆，总领馆事者祖珽、魏收、阳休之等。馆中聚集了大量人才。

573 癸巳 陈宣帝陈顼太建五年 北周武帝宇文邕建德二年 北齐后主高纬武平四年 后梁明帝萧岿天保十二年

陈将吴明彻北伐，克寿阳，斩王琳。

颜之推除黄门侍郎。

574 甲午 陈宣帝陈顼太建六年 北周武帝宇文邕建德三年 北齐后主高纬武平五年 后梁明帝萧岿天保十三年

周弘正卒。

575 乙未 陈宣帝陈顼太建七年 北周武帝宇文邕建德四年 北齐后主高纬武平六年 后梁明帝萧岿天保十四年

王褒卒。庾信作《伤王司徒褒》。

576 丙申 陈宣帝陈顼太建八年 北周武帝宇文邕建德五年 北齐后主高纬隆化元年 后梁明帝萧岿天保十五年

徐陵七十，姚察为撰《致仕表》。

577 丁酉 陈宣帝陈顼太建九年 北周武帝宇文邕建德六年 北齐幼主高恒承光元年 后梁明帝萧岿天保十六年

北周灭北齐。

阳休之、颜之推、薛道衡等十八名北齐官员被带进长安，进入北周官僚系列。

稍后，颜之推作《颜氏家训》。

578 戊戌 陈宣帝陈顼太建十年 北周武帝宇文邕宣政元年 后梁明帝萧岿天保十七年

江总作《明庆寺诗》。

579 己亥 陈宣帝陈顼太建十一年 北周宣帝宇文赟大成元年，静帝宇文阐大象元年 后梁明帝萧岿天保十八年

庾信因病退职。

北周滕王宇文逌编成《庾开府集》二十卷,并作序言。

580 庚子 陈宣帝陈顼太建十二年 北周静帝宇文阐大象二年 后梁明帝萧岿天保十九年

颜之推作《观我生赋》约在本年。

杨坚杀宇文逌。

581 辛丑 北周静帝宇文阐大定元年 隋文帝杨坚开皇元年 陈宣帝陈顼太建十三年 后梁明帝萧岿天保二十年

隋文帝杨坚代周。

庾信卒。

582 壬寅 隋文帝杨坚开皇二年 陈宣帝陈顼太建十四年 后梁明帝萧岿天保二十一年

何妥、萧该为隋国子博士。

陈顼卒,陈叔宝即皇帝位,世称后主。

阳休之卒。

583 癸卯 隋文帝杨坚开皇三年 陈后主陈叔宝至德元年 后梁明帝萧岿天保二十二年

春,徐陵作《别毛永嘉》,稍后卒。

江总为吏部尚书。

陆德明撰《经典释文》三十卷。

卢思道作《劳生论》。

584 甲辰 隋文帝杨坚开皇四年 陈后主陈叔宝至德二年 后梁明帝萧岿天保二十三年

隋文帝下诏书,令公私文翰并宜实录。泗州刺史司马幼之文表华艳,免职治罪。

十一月,薛道衡使陈。

585　乙巳　隋文帝杨坚开皇五年　陈后主陈叔宝至德三年　后梁明帝萧岿天保二十四年

隋文帝下诏行新礼。

李德林编《霸朝杂集》。

薛道衡在陈作《人日思归》。返回后建议平陈。

586　丙午　隋文帝杨坚开皇六年　陈后主陈叔宝至德四年　后梁萧琮广运元年

卢思道卒。

587　丁未　隋文帝杨坚开皇七年　陈后主陈叔宝祯明元年　后梁萧琮广运二年

后梁政权被取消。

588　戊申　隋文帝杨坚开皇八年　陈后主陈叔宝祯明二年

十月甲子，杨坚下令伐陈。

589　己酉　隋文帝杨坚开皇九年　陈后主陈叔宝桢明三年

隋军将领贺若弼、韩擒虎攻入建康，擒陈后主。陈亡。

三月，陈后主与王公百僚入于长安。

江总入隋，拜上开府。

姚察入长安，受诏撰梁、陈二代之史。

杨广为太尉。

590　庚戌　隋文帝杨坚开皇十年

晋王杨广任扬州总管，前后十年。多招南方文人为身边学士。

591　辛亥　隋文帝杨坚开皇十一年

李德林约卒于本年。

592　壬子　隋文帝杨坚开皇十二年

薛道衡配防岭表，杨广欲罗致之，不应，稍后有诏征还。

593　癸丑　隋文帝杨坚开皇十三年

江总得许南还，途中多有诗作。

594　甲寅　隋文帝杨坚开皇十四年

颜之推约卒于本年。

江总卒于江都。

595　乙卯　隋文帝杨坚开皇十五年

二月，杨广迎智者大师至扬州禅众寺。

九月，智者辞归天台国清寺。

596　丙辰　隋文帝杨坚开皇十六年

何妥卒。

597　丁巳　隋文帝杨坚开皇十七年

潘徽入晋王杨广幕，与诸儒编《江都集礼》。

598　戊午　隋文帝杨坚开皇十八年

杨素伐突厥归，有《出塞》二首，薛道衡、虞世基等有和诗。

599　己未　隋文帝杨坚开皇十九年

晋王杨广入朝长安。

杨素、薛道衡作诗唱和。

600　庚申　隋文帝杨坚开皇二十年

十一月，杨广被立为皇太子。

601　辛酉　隋文帝杨坚仁寿元年

柳䛒为东宫学士，甚见亲待。

602　壬戌　隋文帝杨坚仁寿二年

隋文帝令杨素等修定五礼。

杨广令柳䛒撰《法华玄宗》，奏之。

603　癸亥　隋文帝杨坚仁寿三年

薛道衡出为襄州总管。

王通西游长安，上太平十二策，为朝臣所阻，赋《东征之歌》而归。

604　甲子　隋文帝杨坚仁寿四年

七月，隋文帝暴崩，太子杨广继承皇位，后称隋炀帝。诛杀废太子杨勇。

柳䛒任秘书监。

陈叔宝卒。

605　乙丑　隋炀帝杨广大业元年

八月至次年三月，隋炀帝下扬州。

薛道衡上表求致仕。

秘书学士虞绰、秘书郎虞世南、著作佐郎庾自直等以文学待招，编撰《长洲玉镜》等大书。

606　丙寅　隋炀帝杨广大业二年

杨素卒。姚察卒。

607　丁卯　隋炀帝杨广大业三年

三月，隋炀帝杨广由洛阳回长安。八月，巡视榆林。多有诗作。

608　戊辰　隋炀帝杨广大业四年

许善心作《方物志》，奏上。

609　己巳　隋炀帝杨广大业五年

隋炀帝杀薛道衡。

610　庚午　隋炀帝杨广大业六年

三月至次年二月，隋炀帝再下扬州。

柳䛒卒。

611　辛未　隋炀帝杨广大业七年

辽东服苦役者揭竿起义。

孙万寿约卒于本年。

612　壬申　隋炀帝杨广大业八年

炀帝下伐辽东诏书。手下文士多有诗作。

613　癸酉　隋炀帝杨广大业九年

各地起义不断。

614　甲戌　隋炀帝杨广大业十年

民变蜂起。

615　乙亥　隋炀帝杨广大业十一年

隋炀帝巡视东都,作五言诗令美人咏之。

616　丙子　隋炀帝杨广大业十二年

七月,隋炀帝三下扬州,后死于此。

617　丁丑　隋炀帝杨广大业十三年,隋恭帝杨侑义宁元年

唐公李渊入京师,遥尊杨广为太上皇,另立杨广之孙杨侑为帝(后称恭帝)。

618　戊寅　隋炀帝杨广大业十四年,隋恭帝杨侑义宁二年　唐高祖李渊武德元年

三月,宇文化及等人杀死杨广。葬于扬州郊区。

虞世基被杀。其弟虞世南后入唐。

五月,杨侑让位于李渊,隋王朝结束,唐王朝开始。

二　中古文学书目

《汉魏六朝百三名家集》（明）张溥辑　江苏古籍出版社 2002 年影印本

《全上古三代秦汉三国六朝文》（清）严可均辑　中华书局 1958 年影印本

《先秦汉魏晋南北朝诗》　逯钦立辑校　中华书局 1983 年版

《魏晋南北朝文论全编》（修订本）　穆克宏、郭丹编著　江苏教育出版社 2004 年版

《全汉赋》　费振刚等辑校　北京大学出版社 1997 年版

《建安七子集》　俞绍初辑校　中华书局 1989 年版，又台湾文史哲出版社 1990 年版

《曹植集校注》　赵幼文校注　人民文学出版社 1984 年版

《嵇康集校注》　戴明扬校注　人民文学出版社 1962 年版

《阮步兵咏怀诗注》　黄节注　人民文学出版社 1984 年版

《阮籍集》　李志钧等校点　上海古籍出版社 1978 年版

《陆机集》　金涛声点校　中华书局 1982 年版

《陆云集》　黄葵点校　中华书局 1988 年版

《陶渊明集》　王瑶编注　人民文学出版社 1956 年版

《陶渊明集笺注》　袁行霈撰　中华书局 2003 年版

《世说新语笺疏》　余嘉锡撰　中华书局 1983 年版

《谢康乐诗注》　黄节注　人民文学出版社 1958 年版

《谢灵运集校注》　顾绍柏校注　中州古籍出版社 1987 年版

《鲍参军集注》　钱仲联增补集说校　上海古籍出版社 1980 年版

《江文通集汇注》　（明）胡之骥注　李长路等点校　中华书局 1984 年版

《谢宣城集校注》　曹南融校注集说　上海古籍出版社 1991 年版

《沈约集校笺》　陈庆元校笺　浙江古籍出版社 1995 年版

《何逊集校注》（修订本）　李伯齐校注　中华书局 2010 年版

《庾子山集注》　（清）倪璠注　许逸民校点　中华书局 1980 年版

《徐陵集校笺》　许逸民校笺　中华书局 2008 年版

《温子昇集校注》　牟华林著　新疆人民出版社 2003 年版

《古小说钩沉》　鲁迅辑录　林辰整理　《鲁迅辑录古籍丛编》第一卷　人民文学出版社 1999 年版

《文心雕龙注》 范文澜注 人民文学出版社1958年版
《文心雕龙校证》 王利器校笺 上海古籍出版社1980年版
《诗品注》 陈延杰注 人民文学出版社1961年版
《钟嵘诗品校释》吕德申著 北京大学出版社1986年版
《文选》（南朝梁）萧统编 （唐）李善注 中华书局1977年影印清嘉庆十四年胡克家刊本
《玉台新咏笺注》（南朝陈）徐陵编 （清）吴兆宜注 穆克宏点校 中华书局1985年版
《玉台新咏汇校》 吴冠文、谈蓓芳、章培恒汇校 上海古籍出版社2014年版
《水经注校》 王国维校 袁英光等整理标点 上海人民出版社1984年版
《水经注疏》（清）杨守敬、熊会贞疏，段熙仲点校、陈桥驿复校，江苏古籍出版社1989年版
《水经注疏》（台北定稿本） （清）杨守敬、熊会贞疏，凤凰出版社2014年影印本
《洛阳伽蓝记校注》 范祥雍校注 上海古籍出版社1958年版
《洛阳伽蓝记校释》 周祖谟校释 中华书局1963年版
《洛阳伽蓝记校笺》 杨勇校笺 中华书局2006年版
《重刊洛阳伽蓝记》 徐高阮重别文注并校勘 中华书局2013年版
《颜氏家训集解》 王利器撰 中华书局2014年版
《艺文类聚》（唐）欧阳询撰 汪绍楹校 上海古籍出版社1982年新1版
《乐府诗集》（宋）郭茂倩编 中华书局1979年版
《古谣谚》（清）杜文澜辑 周绍良校点 中华书局1958年版。

《史记》（西汉）司马迁撰 中华书局1982年第2版
《汉书》（东汉）班固撰 中华书局1962年版
《后汉书》（南朝宋）范晔撰 中华书局1965年版
《三国志》（晋）陈寿撰 中华书局1959年版
《晋书》（唐）房玄龄等撰 中华书局1974年版
《宋书》（南朝梁）沈约撰 中华书局1974年版
《南齐书》（南朝梁）萧子显撰 中华书局1972年版
《梁书》（唐）姚思廉撰 中华书局1973年版

《陈书》（唐)姚思廉撰　中华书局 1972 年版

《南史》（唐)李延寿撰　中华书局 1975 年版

《魏书》（北齐)魏收撰　中华书局 1974 年版

《周书》（唐)令狐德棻等撰　中华书局 1971 年版

《北齐书》（唐)李百药撰　中华书局 1972 年版

《北史》（唐)李延寿撰　中华书局 1974 年版

《隋书》（唐)魏征等撰　中华书局 1973 年版

《资治通鉴》（宋)司马光等撰　中华书局 1956 年版

《刘申叔先生遗书》　钱玄同等编校　凤凰出版社 1997 年影印宁武南氏本

《刘申叔先生遗书补遗》　万仕国辑校　广陵书社 2008 年版

《鲁迅全集》　人民文学出版社 1981 年版

《谈艺录》(补订本)　钱锺书撰　中华书局 1984 年版

《管锥编》　钱锺书著　中华书局 1979 年版

《魏晋玄学论稿》　汤用彤撰　上海古籍出版社 2001 年版

《汉魏两晋南北朝佛教史》　汤用彤著　北京大学出版社 1997 年版

《中古文学系年》　陆侃如著　人民文学出版社 1985 年版

《南北朝文学编年史》　曹道衡、刘跃进著　人民文学出版社 2000 年版

《乐府诗述论》(增补本)　王运熙著　上海古籍出版社 2006 年版

《汉晋学术编年》　刘汝霖撰　商务印书馆 1935 年版

《东晋南北朝学术编年》　刘汝霖撰　商务印书馆 1936 年版

《五朝门第》　王伊同著　中华书局 2006 年版

《陶渊明年谱》（宋)王质等撰　许逸民校辑　中华书局 1986 年版

《三曹研究资料汇编》　中华书局 1980 年版

《陶渊明研究资料汇编》　中华书局 1962 年版

后　记

一

上世纪的最后一个冬天，我在为《建安文学史》（湖南教育出版社2000年版）所写的后记中曾回顾并展望自己的有关工作道：

> 多年以来我有一个野心，想写一部独抒己见的魏晋文学史，因为魏晋文章实在大有味道，而有待相与剖析的疑义亦复不少。
>
> ……做了几年准备工作以后，这才动手来写文学史，花了几年功夫先成建安部分，似乎可以单独成立。这本来正如陶弘景所说“只可自怡悦，不堪持寄君”，而今以随顺世缘故，竟出而面世。知我罪我，是在读者。
>
> ……在这一部分书稿写完以后，我已经在为写两晋文学史做前期工作，重新读书，撰写某些专论的草稿，也试写了文学史的部分章节，都还处于初级阶段。岁月不居，早生华发，而人间多事，不免意马心猿，进展非常缓慢；但这个两晋部分总归要写起来的。来日方长，立此存照。

这样的大话说过之后，虽然也断断续续地在写这个“总归要写起来”的后续部分，但是很不顺利，常常停顿，或者是因其他事情打岔，或者是写不下去又回过头去重新读书——其间也发表了若干单篇的论文和文章，试图解决某些具体问题，为拟议中的文学史做进一步的准备——计划始终没有完成。时间和脑筋都不够用。这个两晋部分与前面如何衔接，正始文学如何处理，也很费思量，很长时间没有想出什么好办法来。

七年以后，我从教学岗位上退下来，时间有了，可以来还先前许过的愿了，于是取出种种旧稿，重新规划，再加思考，欣然命笔；到如今又是好几年过去了，总算是告一段落。

那些旧稿的写法五花八门，从非常具体细碎的小考证到应讲规范的学院派论文，以及陆续草拟之书稿的部分章节，再到天马行空的漫谈，全都有那么一些，靠这些零部件是组装不了一本文学史的，非得重新写过不可；而如果用《建安文学史》（有三十多万字，现在看去实在太长）那样的套路来写这一部分，势必相当地长，而且难免仍然要有作家生平介绍、主要作品分析等等非有不可的内容，很难畅谈我多年来陆续产生的那些思考；而包括那些基本知识的书，坊间已多。我想与其制造一个瓶虽全新而其中多有旧酒的东西，不如干脆甩开教科书式文学史的架势，自由自在地来谈谈自己对魏晋文章的观察，尽量不说或少说一般化的东西。这样临文的心态可能会好一点，可读性或者也会好一点。何必因为出过那么一本《建安文学史》就一条路走到底呢，我也可以与时俱进啊。

不过中庸一点也是必要的，决不能太自由散漫了。现在仍然基本维持文学史的身段，而且包含汉末三国两晋的全局，所以将全书分为四章，每章之内列举若干重要作家来纵意而谈，不求知识的全面系统，只求抒写己意的方便痛快。这里的建安部分不免参用了若干旧稿，但不仅大加简化，只取其中比较新鲜的意思，又有些完全新写的内容，而且注意与后文配套，这样才便于理清线索，寻求规律。中古的各种事情，总归要从东汉末年谈起才能说得明白。

这样的写法很有点妄作主张，不能径称为文学史了，遂根据姜小青、林日波二先生的指教，加“论衡”二字以限制之，又因为是以人为单位来写的，即取其一头一尾，用《从孔融到陶渊明》为正题。务请同道不吝指正为幸！

顾农　2012 年 4 月 9 日于扬州西门外玄览堂

二

拙著《从孔融到陶渊明——汉末三国两晋文学史论衡》(凤凰出版社 2013 年版)出版后,老同学许逸民兄为作一书评,先夸奖了一番,然后提出批评道:

> “从孔融到陶渊明”只算得半部中古文学史,尚无法满足读者对汉魏六朝文学史,乃至先唐文学史的求知欲望,我殷切期盼不久的将来,能先补足南北朝一段,有《从谢灵运到薛道衡——南北朝文学史论衡》及早问世。(《魏晋文学史的创新力作》,《书品》2014 年第 1 辑)

这是拿着鞭子赶我往前走了。

我先前其实也曾设想写出我眼中的全部中古文学,关于中古后期(南北朝至隋)这一段文学史,也已经有了大部分草稿和相当一批读书札记。可是后来渐渐悟得,我恐怕只能先尽力把中古前期即魏晋这一段写出来,后一半只好稍后再说。

这里须花大力气来对付的人物太多。小一点的不去说了,单是谢灵运、颜延之、鲍照、刘义庆、江淹、谢朓、沈约、刘勰、钟嵘、萧统、萧纲、徐陵、庾信、郦道元、杨衒之、颜之推、杨广(隋炀帝)、薛道衡这“十八罗汉”,每一位都不是那么容易说清楚的。

近几年来我将有关这一段文学的旧时草稿统统搜罗出来,大加补充修订,又新写了一半左右,理出了这一段文学史的一个大概。中古文人撰写述行之赋,只是选取若干重点来写,不可能一路细看巨细无遗,平均用力;所以无论多么详细,中间总有许多空白,只是起点和终点总是必备的。为了同前书呼应,即按逸民兄的意见题为《从谢灵运到薛道衡——中古后期文学史论衡》,聊供同道参考、批评。请读者不吝指教为幸。

顾农 2019 年 5 月改定于扬州大虹桥南侧寓所

三

当我把《从谢灵运到薛道衡——中古后期文学史论衡》书稿寄给凤凰出版社的林日波先生，请他批评审定以后不久，他便代表社里来信向我提出一个建议，把这个论述中古后期文学史的书稿同前一本讲汉末三国两晋文学史的那一本合起来出版，问我意下如何。

如何？这当然是非常好的事情。社长倪培翔先生有此美意，很是感谢；其实这前后两本书稿原来就是一个东西的前后两部分，只是因为我能力有限，时间和脑筋都来不及一举完成，只好一段一段地啃；又因为年纪大了，体力不佳，出前一部分时不知道后一部分何时能够完成，或能不能完成，所以不便向读者预告，更不敢如同广告里常说的那样，敬请他们期待。

合在一起出版自然会有许多工作要做，汉末三国两晋部分要趁此机会好好修订一下，特别是陶渊明那一节，须大加改订。关于陶渊明，我早已有些自己的思考，与旧说颇多异处，因为一时未能想得很透彻，特别是有几个麻烦缠夹的问题老是想不清楚，没有敢写进上一本《论衡》里去，现在好像有条件写进去了。又全书的文字应做统一的润饰打磨，加强前后的衔接和照应，争取浑然如一气呵成者。如此等等。

现在总算是做成了。草拟过几个书名，最后采用日波为我敲定的《中国中古文学史》。

我正式为撰写中古文学史做准备的第一篇论文写成于1989年，次年发表（《孔融论》，《齐鲁学刊》1990年第5期），匆匆已是三十年过去了。岁月不居，时节如流，不禁令人断章取义地记起宋人词作中的两句："三十功名尘与土，八千里路云和月！"

作为本书前期准备的有下列五本小书：《文选与文心》（贵州人民出版社1998年版）、《魏晋文章新探》（中国文联出版社1999年版）、《建安文学史》（湖南教育出版社2000年版）、《文选论丛》（广陵书社2007年版）、《归去来：不同的陶渊明》（中华书局2020年版）。凡此各书特别是前四本中的看法、提法，容或有些同本书不尽一致的地方，请以本书为准，并请读者不讲客气地予以指谬订正。

顾农 2020年4月于扬州西门大虹桥南寓所